廖心一 著

万历皇帝全传

全六册

① 成三足，共扶幼主

戊戌桂秋王一锋题

金城出版社·北京

GOLD WALL PRESS BEIJING

图书在版编目（CIP）数据

万历皇帝全传：全六册 / 廖心一著 . —北京：金城出版社有限公司，2022.8
（明史纪实小说系列）
ISBN 978-7-5155-2358-3

Ⅰ. ①万… Ⅱ. ①廖… Ⅲ. ①长篇历史小说–中国–当代
Ⅳ. ① I247.5

中国版本图书馆 CIP 数据核字（2022）第 101699 号

万历皇帝全传：全六册
WANLI HUANGDI QUANZHUAN

作　　者　廖心一
责任编辑　王媛媛
责任印制　李仕杰
责任校对　王秋月
开　　本　710 毫米 ×1000 毫米 1/16
印　　张　237.5
字　　数　4373 千字
版　　次　2022 年 8 月第 1 版
印　　次　2022 年 8 月第 1 次印刷
印　　刷　天津旭丰源印刷有限公司
书　　号　ISBN 978-7-5155-2358-3
定　　价　488.00 元（全六册）

出版发行　**金城出版社有限公司**　北京市朝阳区利泽东二路 3 号　邮编：100102
发 行 部　（010）84254364
编 辑 部　（010）64399870
总 编 室　（010）64228516
网　　址　http：//www. jccb. com. cn
电子邮箱　jinchengchuban@ 163. com
法律顾问　北京市安理律师事务所（电话）18911105819

明帝世系表

名讳		庙号	谥号	陵寝	年号	在位公元纪年
朱元璋		太祖	高皇帝	孝陵	洪武	1368—1398
朱允炆	（太祖孙）		惠皇帝		建文	1399—1402
朱棣	（太祖子）	太宗	文皇帝	长陵	永乐	1403—1424
	（嘉靖十七年改成祖）					
朱高炽	（太宗子）	仁宗	昭皇帝	献陵	洪熙	1425
朱瞻基	（仁宗子）	宣宗	章皇帝	景陵	宣德	1426—1435
朱祁镇	（宣宗子）	英宗	睿皇帝	裕陵	正统	1436—1449
朱祁钰	（宣宗子）	代宗	景皇帝	景泰陵	景泰	1450—1456
朱祁镇		英宗			天顺	1457—1464
朱见深	（英宗子）	宪宗	纯皇帝	茂陵	成化	1465—1487
朱祐樘	（宪宗子）	孝宗	敬皇帝	泰陵	弘治	1488—1505
朱厚照	（孝宗子）	武宗	毅皇帝	康陵	正德	1506—1521
朱厚熜	（宪宗孙）	世宗	肃皇帝	永陵	嘉靖	1522—1566
朱载垕	（世宗子）	穆宗	庄皇帝	昭陵	隆庆	1567—1572
朱翊钧	（穆宗子）	神宗	显皇帝	定陵	万历	1573—1620
朱常洛	（神宗子）	光宗	贞皇帝	庆陵	泰昌	1620
朱由校	（光宗子）	熹宗	哲皇帝	德陵	天启	1621—1627
朱由检	（光宗子）	思宗	烈皇帝	思陵	崇祯	1628—1644
		（后改毅宗）				

明朝文职简表

衙门	职官	职掌	备注
内阁	殿阁大学士，预机务，称阁臣或辅臣，初加低品职衔，后均加尚书职衔	票拟圣旨，批答奏章	史称阁臣有相权而无相名
六部（吏户礼兵刑工）	长官尚书，佐官左、右侍郎，属官郎中、员外郎、主事等	分掌庶务	以上衙门长官合称七卿
都察院	长官左、右都御史，佐官左、右副都御史，左、右佥都御史；属官十三道监察御史等	纠劾百司，会审大狱重囚	
通政使司	长官通政使，佐官左、右通政，左、右参议等	进内外章疏	
大理寺	长官卿，佐官左、右少卿	审谳平反刑狱	与刑部、都察院合称三法司。以上衙门长官称大九卿
太常寺	长官卿，佐官少卿	掌祭祀礼乐等	以下至苑马寺，长官称小九卿
光禄寺	长官卿，佐官少卿	掌祭享宴劳等	
太仆寺	长官卿，佐官少卿	掌牧马政令	
詹事府	长官詹事，佐官少詹事	辅导太子	
翰林院	长官学士，佐官侍读学士、侍讲学士	掌文翰、备顾问	
鸿胪寺	长官卿，佐官左、右少卿	掌朝会等仪礼	
国子监	长官祭酒，佐官司业	掌国学训导	
尚宝司	长官卿，佐官少卿	掌宝玺等	
苑马寺	长官卿，佐官少卿	掌各监苑马政	

续表

衙门	职官	职掌	备注
六科（吏户礼兵刑工）	都给事中，左、右给事中，给事中	侍从、规谏，稽察六部	
中书科	中书舍人	掌殿阁书写事	
行人司	司正，左、右司副，行人	掌颁诏、册封等	
督抚	总督、总制、总理、巡抚，加佥都御史至尚书、都御史衔	总督军务，巡抚地方	俗称封疆
顺天府	府尹、府丞等	掌京府政令	
应天府	同上	同上	
承宣布政使司	左、右布政使，左、右参政，左、右参议	掌一省之政	与都指挥使司合称三司
提刑按察使司	按察使、副使、佥事	掌一省刑名	
府衙	知府、同知、通判等	掌一府之政	
州衙	知州、同知、判官等	掌一州之政	
县衙	知县、同丞、主簿等	掌一县之政	

明朝武职简表

五军都督府（中、左、右、前、后）
长官左、右都督
佐官都督同知
都督佥事

- **都指挥使司**——**卫指挥使司**——**千户所**——**百户所**
  - 都指挥使司：**长官**都指挥使；**佐官**都指挥同知、都指挥佥事
  - 卫指挥使司：**长官**指挥使；**佐官**指挥同知、指挥佥事；**属官**镇抚等
  - 千户所：正千户、副千户、镇抚
  - 百户所：百户
- **京卫指挥使司**：官制如卫指挥使司，南、北两京卫共计四十八，其中三十三卫隶属都督府，余十五卫与亲军卫不隶属都督府
- **总兵官**——**副总兵官**——**参将**
  - 游击将军
  - 守备等

亲军卫指挥使司：司宿卫，设官同京卫，其中，锦衣卫又司缉捕、刑狱，下设南、北二镇抚司，北司专治钦定重案，即所谓诏狱。

明朝宦官简表

<table>
<tr><th>衙门</th><th>职官</th><th>职掌</th><th colspan="2">备注</th></tr>
<tr><td>司礼监</td><td>提督、掌印、秉笔等太监</td><td>掌内外章奏，御前勘合</td><td>有内相之喻</td><td rowspan="20">司礼监——司苑局合称二十四衙门</td></tr>
<tr><td>内官监</td><td>掌印、总理、管理等太监</td><td>掌宫室、陵墓等营造</td><td rowspan="11">以上十二监</td></tr>
<tr><td>御用监</td><td>掌印、把总、掌司等太监</td><td>掌御用物什</td></tr>
<tr><td>司设监</td><td>掌印、总理、管理等太监</td><td>掌仪仗、卤簿等</td></tr>
<tr><td>御马监</td><td>掌印、监督、提督等太监</td><td>掌御马房、象房等</td></tr>
<tr><td>神宫监</td><td>掌印、佥书、掌司等太监</td><td>掌太庙洒扫、香灯等</td></tr>
<tr><td>尚膳监</td><td>掌印、提督、总理等太监</td><td>掌御膳、宫内食用等</td></tr>
<tr><td>尚宝监</td><td>掌印、佥书、掌司等太监</td><td>掌宝玺、敕符、印信等</td></tr>
<tr><td>印绶监</td><td>掌印、佥书、掌司等太监</td><td>掌铁券、诰敕、勘合等</td></tr>
<tr><td>直殿监</td><td>掌印、佥书、掌司等太监</td><td>掌各殿、廊庑扫除</td></tr>
<tr><td>尚衣监</td><td>掌印、管理、佥书等太监</td><td>掌御用冠冕、袍服等</td></tr>
<tr><td>都知监</td><td>掌印、佥书、掌司等太监</td><td>随驾前导警跸</td></tr>
<tr><td>惜薪司</td><td>掌印、总理、佥书等太监</td><td>掌薪碳之事</td><td rowspan="4">以上四司</td></tr>
<tr><td>钟鼓司</td><td>掌印、佥书、司房等太监</td><td>掌出朝钟鼓及诸内戏</td></tr>
<tr><td>宝钞司</td><td>掌印、佥书、管理等太监</td><td>掌造粗细草纸</td></tr>
<tr><td>混堂司</td><td>掌印、佥书、监工等太监</td><td>掌沐浴之事</td></tr>
<tr><td>兵仗局</td><td>掌印、提督、管理等太监</td><td>掌制造军器、火药</td><td rowspan="4"></td></tr>
<tr><td>银作局</td><td>掌印、管理、佥书等太监</td><td>掌打造金银器饰</td></tr>
<tr><td>浣衣局</td><td>掌印、佥书、监工等太监</td><td>安置老年及罢退宫女</td></tr>
<tr><td>巾帽局</td><td>掌印、管理、佥书等太监</td><td>掌内用帽靴</td></tr>
</table>

续表

衙门	职官	职掌	备注
内织染局	掌印、管理、佥书等太监	掌染造御用、内用缎匹	以上八局
针工局	掌印、管理、佥书等太监	掌造宫中衣服	
酒醋面局	掌印、管理、佥书等太监	掌造宫中食用酒醋糖酱	
司苑局	掌印、管理、佥书等太监	掌蔬菜瓜果	
东厂	掌印、掌班、领班等太监	掌刺缉刑狱之事	与锦衣卫合称厂卫
西厂	同东厂		不常设
守备	南京、天寿山守备太监嘉靖时设承天府守备太监	护卫留都及守陵	
镇守	各省各镇镇守太监		时人比之督抚
织造	提督织造太监	掌织造御用龙衣	设于南京、苏州、杭州
市舶司	提督太监	掌海外朝贡、交易	设于广东、福建、浙江

目录

第一部　成三足，共扶幼主

第二部　失巨擘，谁撑家国

第三部 逞胸臆，争持国是

第四部　论失德，矿、税成疴

第五部　门户立，东林突起

第六部　变故多，萨役哀歌

第一部

成三足，共扶幼主

第一章

隆庆六年六月初十日，即大行皇帝宾天后的第十四日，新天子的登极大典，在皇极殿举行如仪。

所谓如仪，是对极粗心的官员而言；或是对眼力极不好，因而看不清殿中情形的官员而言；或是对站列在极远处，因而看不到殿中情形的官员而言。对绝大多数官员来说，不仅看出整个典礼举行的过程并不如仪；而且，都想从别人嘴里讨个说法。

今天这样的场合，在殿内外不宜出声；想问话的官员静静地退出各自的班位。在皇极殿外的平台不宜出声，他们静静地行下丹墀；在皇极殿区域内不宜出声，他们静静地行出皇极门。而一出皇极门，队形即乱。员外郎、主事们，盯住本司的司官；御史们盯住各道的掌道御史；给事中们盯住本科掌科都给事中；司、寺的属官们盯住本衙门的堂官。所有的官员无非是想听听上官怎说。郎中们不想说，或不敢说，又盯住本部的尚书、侍郎；道长们不想说，或不敢说，又盯住掌院都御史、副都御史；司、寺的堂官们不想说，或不敢说，又盯住各部的尚书、侍郎，或盯住掌院都御史、副都御史。尚书、侍郎们，掌院都御史、副都御史们，以及六科掌科都给谏，不想说，或不敢说，又盯住阁老们；并引得郎中、员外郎、主事们，御史们，给事中们，司、寺的堂官、属官们，都盯住阁老们。

阁老们能感受到众人的期待，但他们谁也没开口。首辅高拱若有所思，步履比平日缓慢，走在最后面；次辅张居正若无其事，步履比平日快捷，走在最前面；三辅高仪走在二人之间。快走几步，他会赶上张居正；慢走几步，他会把高拱等上来。所以，他走得不快也不慢。这可能是一种很无奈的选择。

从三位阁臣的神态，众人应该有所领悟。

第二章

三名阁臣去的方向是内阁值房，往同一方向去的官员越来越少。

在摆脱喧闹和众人的注视之后，高仪首先想要说话。他选择的是放慢脚步。等高拱赶上来后，他说："天道真乃六十年一周呀！"

"子象兄因何而感慨？"高拱明知故问。

"肃卿兄不感慨吗？"高仪反问。

高仪先和高拱说话，并非因为高拱是首辅，而是因为他二人都是嘉靖二十年进士。

"我亦感慨；不过，我先要推算，何谓天道六十年一周，"高拱说。这不难推算，他很快计算出来，"今年为壬申年，前一个壬申年为正德七年。子象兄是说，今之事与正德七年的事相类似？"

"所谓六十年，是个笼统的数目；相类似之事，不一定正好相隔六十年。"高仪说。

"那么，相隔之期是多于六十年，抑或少于六十年？"高拱问。

"应该多于六十年。"高仪说。

"子象兄说的相类似之事，出在正德七年之前喽？"高拱问。

"是，"高仪应道，又说，"不过，只是略多于六十年。事出在正德年间，是不错的；确切地说，是出在正德初年。"

"如此，则我知子象兄说的是何事。"高拱道。

"肃卿兄说说看，"高仪道。他相信他们的想法是一样的；但这个话题，他想由高拱起头，而不是由自己起头。

高拱也相信他们的想法是一样的；并且确信，这个话题由他起头是理所应当的。他信口言道："正德初年，权阉刘瑾擅政，人皆曰有两个皇帝：一个朱皇帝，一个刘皇帝；一个坐皇帝，一个立皇帝。今日大典，天子端坐宝座，冯某立于宝座之侧，无意退下，见者无不愕然。难怪子象兄会说天道六十年一周！"说到这里，见高仪微微摇头，他问："怎么，我说的不对？"

"肃卿兄所言，不全对。"高仪道。

“是说得太过，还是说得不全？”高拱问。

“两层意思都有吧。”高仪道。

“这倒要听听子象兄的高论。”高拱说着，揖了揖。

“肃卿兄所言今之司礼与昔之司礼，固有相类似之处；我却以为，今之内阁与昔之内阁，更有相类似之处。”高仪说。

“子象兄所言内阁相类似，指的何事？”高拱问。

“彼时内阁三臣，今时内阁亦三臣。”高仪说。

“许多时候，内阁都是三臣，譬如三杨在阁之日。以此而言相类似，恐怕有些牵强。”高拱说。

“还有乡贯呢？”高仪道，“以乡贯而言相类似，也牵强吗？”

“乡贯？让我想想！”高拱略加思索，找到答案，“昔之首辅刘文靖公，豫人也，今之首辅高某，亦豫人；昔之次辅李文正公，楚人也，今之次辅张叔大先生，亦楚人；昔之三辅谢文正公，浙人也，今之三辅子象兄，亦浙人。子象兄，可是此意？”

高仪点点头，没有答话。

“说到这一层，有点儿意思，”高拱道，并掰着手指说，“其一，阁臣皆三人；其二，相对应的阁臣乡贯同；其三——”他顿了顿，问道，“子象兄，还有其三吗？”

“没有。”高仪回答。

“没有？不会吧！”高拱道。

“肃卿兄说有，又是何事？”高仪的态度表明，他把今之内阁与正德初的内阁比较，是有其三的，只是他自己不愿说。

高拱则全无顾忌。他说：“正德初内阁三公，首辅、三辅力陈当亟逐刘瑾等，独次辅与权阉交结，暗通消息，致令刘、谢二公反被罢免，朝廷纲纪荡然无存。”

“此者相类似否？”高仪问。

“二人交结状，子象兄是听得不够多，还是见得不够多？抑或，子象兄亦有意与司礼深交？”高拱以问作答。

“肃卿兄难道断定我有此心？”高仪也以问作答。

“我知子象兄绝无此心，”高拱道，他这次不仅从正面回答，还进一步说，“其实，此事以今比昔，不仅相类似，而且过之。”

“肃卿兄是说，李文正公屈附权阉，实出于无奈，且非为一己之私。”高仪问。

“是。”高拱应道。

“我看，不仅相类似，而且过之的，还有一事。”高仪说。

“子象兄是说，武庙与今上皆以幼冲登极；然武庙登极时，年一十有五，而今上登极，仅十龄？”高拱问。

“是。”高仪应道。

“子象兄有没想过，不仅相类似，而且过之的，应该还有一事？”高拱又问。

“还有一事？肃卿兄特别提到次辅，却没特别提到首辅，是不是——”高仪拖了个长音，把后面的话留给高拱说。

“没特别提到首辅，以及三辅。”高拱补充一句。

“肃卿兄以为，今之首辅，以及三辅，何事应过之？”高仪问。

“论品德，论学识，论事业，我等未必比得过前人，也无须与前人比；但有两个字，你我不应逊于前人。”高拱说。

“肃卿兄说的是哪两个字？”高仪问。

“警觉，”高拱道，“武庙于弘治十八年五月登极，延至正德元年十月，首辅、三辅始倡言阉党乱政，请天子诛之。一年半的时间，足以使阉党坐大，危及社稷。此可为前鉴。”

“肃卿兄之意，弥患须早？”高仪问。

“子象兄意下如何？”高拱反问。

“我自是唯肃卿兄马首是瞻。不过——”高仪欲言又止。

“子象兄担心除恶不成，反受其害吗？”高拱激他。

“既言除恶，焉得顾及自身安危！我是在想，次辅难道真看不出内臣秉政的危害，真甘心与权阉为伍？”高仪道。

“子象兄之意，还要拉一拉他？”高拱问。

“以叔大先生的干练，若能站到肃卿兄这边，而不站到冯司礼那边，你我担心的局面，或不会出现。”高仪说。

“说的是！”高拱点点头，说道，“是该和他通个气。免得他日后责怪我等不教而诛。”（正德初三阁臣为刘健、李东阳、谢迁。正德初年朝廷变故，详见《正德皇帝全传》第一部。）

第三章

高拱、高仪回到内阁，张居正早已坐定。他一手端着茶盅，一手摇着羽扇，见二人进来，笑而不语。他的笑里，蕴含着许多弦外之音。好像在讥笑二人走得太慢；又好像在说：你等私语，躲得过人耳目吗；你等心思，以为我猜不出吗?

高仪被他笑得不好意思，快走两步到自己的座位。

高拱却不急着就座。随意踱几步后，他站在张居正面前，半是认真半是戏谑地说道："叔大先生走得急，大约不曾发觉，众人的目光都集中在你的身上吧？"

"肃卿先生说的是，"张居正应罢，不卑不亢地回敬，"我虽没发觉众人的目光都集中在我身上，却发觉众人的目光都集中在肃卿先生身上。"

高仪担心他们一开始就说僵，插上一句："二公所言，皆为偏颇。"

"怎么？"高拱、张居正齐问。

"众人目光，应该是集中在二公身上。"高仪说。

"你看，他却好似隐遁。"高拱对张居正说。

"是啊，"张居正回应道，"说人偏颇，自家亦是偏颇。"

三人一笑，阁中气氛缓和下来。

"子象兄说到偏颇，虽亦偏颇，对我等却是个警示。"高拱说着，转向张居正，"今日议事，我等皆不偏颇，叔大先生看好不好？"

"如何不偏颇，请肃卿先生明示。"张居正道。

"鼎革之际，朝廷当有一番新气象。天子即位诏书曰：尚赖文武亲贤，共图化理，是天子寄望我等议出个新气象来；众人目光集中在我等身上，是众人寄望我等议出个新气象来。今日我等不偏不倚，议几条新政出来，如何？"高拱嘴里问的是二人，实际只要张居正一人答复。

"所谓新政，二位一路走来，是不是已议出眉目？"张居正问。

"我二人说的是闲话，并未议及新政。"高拱说。

"那么，所谓新政，肃卿先生自家已然胸有成竹？"张居正又问。

"只想出个框框，说不上胸有成竹。"高拱道。

“我等就听听肃卿先生的框框，子象先生看如何？”张居正问高仪。

“好啊！欲进言，第一步总是先要有个框框。”高仪道。

“我想到五件事，”高拱先伸出五指，然后把一指按下去，“第一事：莅门听政。”

“肃卿先生是指皇上吧？”张居正问。

“是。”高拱应道。

“似宜作御门听政。”张居正纠正。

高拱既羞且怒：明明想的是御门，怎么话到嘴边，却成莅门！又不是不知道，此人不易相与，怎么可以这样不小心！这个张叔大也是，一时口误，有多严重，非让人家下不来台吗！

“御门听政，只是个题目，肃卿兄如何画的框框？”高仪这么问，既为的帮高拱摆脱窘境，也为的能够议下去。

“凡各官奏事，俱玉音亲答，以见政自上出。隆庆初，阁臣拟答，人情玩愒。今后司礼监每日开小帖，写明某事宜答，某事不宜答，某事该某衙门知道。皇上御门时，待各官奏事亲答。”高拱说。

“肃卿先生这个框框，倒是画得很明细。”张居正不加褒贬，但讥刺的意味却是很明显的。

“二位以为不妥，尽可以批驳。”高拱道。

“若为长君，此事议不议两可；今天子年幼，我倒以为，不妨议得具体一些，”高仪说着，问张居正，“叔大先生，你说呢？”

他从一开始就想在两位性格都偏于刚强的同僚中充当缓冲的角色，张居正不会觉不出来，也不会把矛头对准他。

“子象先生以为此议妥，我也不以为此议不妥。”张居正说。

“第二事呢？”高仪请高拱再往下说。

“第二事：御案览本，”高拱说，“祖宗时，朝回即奏事，申刻又奏事。内侍先设御案，请天子阅览奏本；随即退于门外，恭侍天子阅毕，发送内阁。隆庆初，不设览本御案，司礼监官上奏，先帝仅接一二本，或全不览。今乞复旧，凡章奏尽呈览；览毕送内阁票拟，票拟后再呈览。果然妥当，然后发行。”

本朝对内外官员奏章的批答，凡三变。初则皇帝亲作批答，宣德时改由内阁阁臣拟作批答，墨书；呈皇帝御览后，易为红书，发下。阁臣所拟批答，称票拟；红书发下，称朱批。阁臣票拟，开始由众阁臣随机而拟，后首辅地位崇高，独揽票拟之权。有人说，首辅无宰相之名，而得宰相之实，一个最明显的特征，就是掌有票拟之权。

“肃卿先生向来敢于承担，也怕人说大权独揽吗？”张居正问得生硬。

“我居首辅之任，敢说绝不谋私；是不是人人居于此间，都可以不谋私，我却不敢说！”高拱的回答更生硬。

“主权归于圣上，我看无可非议。”高仪忙说。

他看来在维护高拱，而引的是前首辅徐阶的话。张居正是嘉靖二十年的庶吉士，徐阶是该馆教习，张居正以恩师视徐阶。引徐阶的话，张居正是不会反驳的。

当然，也不能完全引徐阶话，因为高拱与他形同水火。徐阶的原话是：以威福还主上，以政务还诸司，以用舍刑赏还公论。

高拱与张居正互相扫视对方。张居正做个请高拱接着说下去的手势，高拱清一清喉咙，说道：“第三事：事必面奏。”

“有‘章奏呈览’还用说‘事必面奏’吗？”这次是高仪率先质疑。

“子象兄何不请教叔大先生？”高拱道。

他这么说，高仪当然要问：“叔大先生怎看？”

“章奏人人可写，面奏却不是人人都有机会的。”张居正说。

“如此说来，这一事并非赘言？”高仪见他的话起到缓冲作用，很是高兴，他对高拱说，“肃卿兄，请道其详。”

“二、七日，皇上于朝后御文华殿，臣等有奏即奏；开讲之日，允臣等于讲后奏事；若情事重大，当容臣等不时请见面奏。如此，上下之情，方不壅蔽。”高拱说。

张居正既然肯定这一事并不多余，高拱又没把面奏者局限于首辅，他没理由提出异议。

“可以说第四事吧？”高仪问。

不知他在问高拱，还是在问张居正。反正张居正没说不可以，于是，高拱把第四指按下去，说：“第四事：毋由内批。”

高仪本来还想由他提出质疑，以减少由于张居正的非议而引发的敌对情绪。但事关“内批”，他不好质疑。所谓内批，即不通过内阁，而直接由宫中作出的批答。宫中批答，可能出自圣意，也可能出自某太监的私意。当然，出自某太监私意，也是以圣意的形式表达，使外廷难以分辨。所以，对于内批，凡以清正自居的外廷官员，以及稍有见地的外廷官员，稍有性格的外廷官员，都是反对的。

张居正也不会说，“毋由内批”提得不对。

“毋由内批，说出来容易，坐实却难。”他说。

“是啊，肃卿兄打算如何议之？”高仪附和。

“事议停当，内阁专看详奏拟；若未当上意，仍发内阁详拟。或未经阁拟，径自内批，容臣等执奏。其推升庶官，及各项陈乞，与一切杂本，近年司礼监径批出。内阁系看详章奏之官，章奏乃有不至阁者，岂不失职？”高拱述道。

比起前面几事，此事高拱已多说两句，但高仪仍感不足。他问张居正：“与御门听政、御案览本、事必面奏比较，毋由内批一事似乎更为紧要。叔大先生有没有同感？”

“可以这么说吧。”张居正道。

“那么，是不是要说得再透些？”高仪又问。

“肃卿先生有言在先，议之不妥，可以批驳。批驳尚可，何况补充！子象先生若有补充，尽可以畅所欲言。”张居正道。

“我是问，叔大先生有没有要补充的。”高仪说。

“肃卿先生寥寥数语，虽然简略，该说的，差不多都说到，我没什么要补充的。还是听肃卿先生说最后一事吧。”张居正道。

对高仪的询问，他一直在敷衍，现在干脆把话说死。

“第五事：毋得留中。”高拱说。

留中，是把内外官员的章奏扣留在宫里，不作批答。应该说，它比内批的结果还要糟糕。但内批，司礼监太监作弊的空间更大；而留中，一定是由皇帝本人做出决定。所以，不管高仪，还是张居正，都没有强调此事要紧。

“官民本词，或行或止，皆据于理，无留中不出者。本既留中，莫可稽考。今后通政司封进，开具某科所进；倘有未下，科臣奏讨明白。”高拱具体言道。

“或行或止，皆据于理，这句说得好！”高仪赞道。高拱不仅画出框框，而且勾勒出大意，他总得称赏一句。

“二位看，此五事拼凑成鼎革之际内阁的第一篇奏章，够不够分量？”高拱问。

“肃卿兄所言五事，一言以蔽之，则曰：天子亲政，内外相通。我还是那句话，若是长君，此议或不那么紧要；今天子年幼，此议当亟上之。”高仪说罢，替高拱问道，“叔大先生看呢？”

“诚如子象先生所言，此议合乎时宜，分量是够的；倒是在行文上，还须讲究。”张居正说。

“烦劳叔大先生执笔，如何？”高拱道。

“不妥吧？”张居正婉言拒绝。“题目是肃卿先生出的，框框也是肃卿先生划的，此其一也。前几日，我奉旨往天寿山为大行皇帝卜山陵，此事尚未了结，此其二也。既曰内阁首篇奏章，还是由肃卿先生执笔吧，我等皆附骥。”

“我也是此意。”高仪附和道。

第四章

皇帝回到宫中，谒见两位母后。两位母后，一是嫡母，即大行皇帝皇后陈氏；一是生母，即大行皇帝贵妃李氏。二人虽未上皇太后尊号，但迟早都是要上的；皇帝按照司礼太监冯保教的，先皆以母后呼之。

行过家礼后，皇帝说："有件大事，孩儿难以处置，特禀明母后。"

边说，他边回头偷窥。但答应过他会在他身后的冯保，并不在身后，这使得皇帝有些心慌。

陈皇后则看李贵妃一眼，李贵妃点点头。陈皇后虽然位尊，但一来无子，二来多病，早被大行皇帝打入冷宫。被尊呼一声"母后"，她很知足；也完全没想过，皇帝难以处置的事情，要由自己来拿主意。

"皇上说吧。"在得到李贵妃的首肯后，她才开口。

"有大臣说，十岁儿安能决事，孩儿无以自——"皇帝才从冯保那里学到一句话，由于紧张，只说出前面三字，最后一个字说不出来。

"皇上要说无以自处吧？"李贵妃问。

"是。"皇帝应道。

"这话是何意？"陈皇后问，发觉问得不明确，她加以说明，"我是问，十岁儿安能决事，究竟何意？难道十岁儿就做不得皇上！"

"孩儿也不知这话何意。"皇帝道。

"无以自处这四个字，皇上知道是何意吗？"李贵妃却问。

"孩儿似知，似不知。"皇帝说。

"我看，换个人来说说吧。"李贵妃请陈皇后懿旨。

"也好。"陈皇后无可无不可地说。

"冯保，是你在外面吗？"李贵妃向殿外喝道。

"是奴才，"冯保边应边趋入殿内，跪拜行礼，口称，"奴才给皇后娘娘千岁请安，给贵妃娘娘千岁请安。"

"皇后娘娘方才问的话，你听到吧？"李贵妃问。

“奴才听到。”冯保说。

“皇后娘娘问的话，你答得出来吗？”李贵妃又问。

“奴才答不出来；奴才只是想，不能决事，还是皇上吗？”冯保说。

“这话是谁说的，你总可以告诉皇后娘娘吧？”李贵妃道。

“是，”冯保应一声，说道，“是内阁高先生说的。”

陈皇后、李贵妃听了他的话，都吃一惊。

“哪位高先生？”二人齐问。

“可是少师高先生？”陈皇后记得高拱的一个虚衔。

“是。”冯保应道。

“可是柱国高先生？”李贵妃记得高拱的另一个虚衔。

“是。”冯保应道。

陈皇后、李贵妃都在想：高拱是顾命大臣，而且是第一顾命大臣，这话由他嘴里说出来，比由其他人嘴里说出来，要严重得多。

“高先生敢对皇上如此不恭？”陈皇后问。

“他不仅敢对皇上不恭，还敢对大行皇帝不恭。”冯保说。

“究竟怎么一回事，你从头说来！”李贵妃命道。

“是，”冯保又应一声，说道，“日前，高先生呈上一疏，标以新政五事。爷览后，批答四个字：照旧制行。高先生因所议被驳回，愤曰：十岁儿安得决事！”

“等等！”李贵妃忽然想到许多问题，她捋了捋，一个问题一个问题提出来。“该疏是首辅高先生一人上的，还是内阁三位先生一同上的？”

“张先生和另一位高先生亦签署。但据奴才所知，该疏是首辅高先生所拟；其他两位阁老签署，乃迫于首辅的淫威。”冯保说。

“十岁儿安得决事，是首辅高先生一人的意思，还是内阁三位先生皆有此意？”李贵妃又问。

“是首辅高先生一人的意思。”冯保说。

“何以见得？”李贵妃问。

“奴才传宣圣旨时，只有两位高先生在；奴才传宣圣旨之后，首辅高先生即曰：十岁儿安得决事，另一位高先生则在一旁劝解。”冯保说。

“张先生呢？”李贵妃问。

“张先生告病假。”冯保说。

“好，现在你说说，首辅高先生写的新政是哪五事？”李贵妃命道。

“一曰御门听政，二曰御案览本，三曰事必面奏，四曰毋由内批，五曰毋得留中。”冯保报出五个小标题。

“听起来，都是正当之事。”李贵妃说，并问陈皇后，“皇后说呢？”

“我不懂何事正当，何事不正当；贵妃说正当，想必正当。不过，我更不懂，从正当的事，怎么一下子引出那句不正当的话来！”陈皇后说。

“他不是才说，皇上批答‘照旧制行’四个字吗！”李贵妃说着，转向冯保，问道，“此四字是你批的吧？”

“奴才不敢擅批，奴才只是以为，宜用此四字回复阁老们的章奏，方禀明皇上的。”冯保说。

“你为何以为，宜用此四字？”李贵妃问。

“一则，首辅高先生的章奏，有多处是恶意谤讪大行皇帝的。譬如说，隆庆初，阁臣拟答，人情玩愒；又譬如说，隆庆初不设览本御案，司礼监官上奏，先帝手接一二，或全不览；又譬如说，近年章奏，司礼监径批出。若准其奏请新政，岂不是认可大行皇帝的种种不是！二则，皇上年幼，奴才以为，尚未完全熟悉祖宗制度，标新立异，奢谈新政，并无益处。”冯保说。

“听起来，理由也还正当，”李贵妃说着，又问陈皇后，“皇后说呢？”

“大行皇帝不容谤讪。”陈皇后说。

“冯保，还有一事，你要如实告诉我：无以自处这四个字，也是你教皇上的吧？”李贵妃问。

“是。”冯保应道。

“皇上，你当真觉着无以自处吗？”李贵妃问皇帝。

“高先生是首辅，是顾命大臣。他说十岁儿安得决事，孩儿不知以后还能不能处分朝政。”皇帝说。

“你也以为皇上无以自处吗？”李贵妃又问冯保。

“奴才想，两位娘娘若不作主，皇上当真无以自处。”冯保说。

“他等一有难处，就把事情推到你我头上，皇后看，你我是管的好，还是不管的好？”李贵妃转问陈皇后。

“臣子欺负到皇上头上，怎可不管！”陈皇后道。

“皇后说可管，我就从这个奴才管起！”李贵妃手指冯保说。

冯保不知哪句话说错，只觉一股寒气浸透全身。

“冯保，你可知道，无以自处四字，你不该用？”李贵妃问。

“奴才不知，乞娘娘垂训。”冯保说。

“什么叫无以自处？做错事，自觉羞愧，才无以自处！你倒是说说，有人在章奏里诽谤先帝，皇上把他的章奏驳回，做错吗？”李贵妃问。

“没做错。”冯保应道。

“皇上要遵照祖宗的制度，做错吗？”李贵妃又问。

“没做错。”冯保应道。

“既没做错，你为何说皇上无以自处？”李贵妃质问。

“娘娘教训的是，这四个字，奴才的确不该用。”冯保心悦诚服地说。

“误导皇上，你何以自处？”李贵妃问。

“奴才该掌嘴。”冯保说着，抬手要抽自己嘴巴。

“不忙，”陈皇后止住他，又对李贵妃说，“他等不是听了高先生的话，才慌不择句的吗？他等没主意，你就给拿个主意吧。”

“皇后看，该如何处置？”李贵妃反问她。

“谤讪大行皇帝，欺侮皇上，这等大臣，不可再用。”皇后说。

“皇后娘娘懿旨，冯保，你听清楚没有？”李贵妃问。

“奴才听清楚，奴才这就去拟旨。”冯保道。

第五章

大臣们被告知，于会极门听旨。高拱兴奋地说："终于盼来及时雨！"

"何谓及时雨？"高仪问。

"走，走，快去听旨！"高拱催促。等张居正、高仪二人和他一起走出内阁，他瞥张居正一眼，说道，"子象兄不该问我，该问叔大先生。"

张居正在告病两天后，已经销假。

"请叔大先生赐告。"高仪向张居正揖道。

"肃卿先生高深莫测，子象先生不知，我怎会知！"张居正道。

"是啊，我不知，叔大先生为何会知？"高仪问高拱。

"这一两天，科、道官有几篇奏本，子象兄可否留意？"高拱反问。

"谁个的奏本？"高仪又反问。

"一则陆都谏树德的奏本，一则刘御史良弼的奏本，一则程给谏文的奏本，一则雒给谏遵的奏本。"高拱数出几件。

"有些印象。"高仪说。

"子象兄有些印象而已，叔大先生却一定十分留意。"高拱说。

针对性如此强烈，高仪不好接他的话茬，也不好再问张居正。

"不错，我对此等奏本皆十分留意，"张居正从容地说，"肃卿先生应该晓得，凡言之有物的奏本，我都是十分留意的。"

"那么，叔大先生怎会不知，我说的及时雨所指何事！"高拱道。

"肃卿先生若是针对这几篇奏本，我倒可以猜出一二。"张居正说。

"请叔大先生赐告。"高仪又揖道。

"陆都谏等奏本，都是弹劾司礼冯公的；肃卿先生大概是断定，皇上会因为该等奏本，而驱除冯公。"张居正说。

"叔大先生以为会吗？"高仪问。

"不知。"张居正摇头。

"总是有人欢喜有人愁，"高拱故意把这句话说得又快又含糊，然后催促，"二位快走吧，莫让科、道弹劾我等怠慢。”

捧出圣旨的是司礼太监王臻，而不是几天以来一直宣旨的冯保。不但高拱愈发相信自己的判断不错，连高仪也开始相信他的判断。

王臻先看大臣们是否到齐，然后两眼在大臣们中搜寻。他看到高拱时，高拱向他点头示意，他不理会。越过张居正，他又看向高仪。高仪向他点头示意，他也点点头。从高仪，他又看回张居正，并招呼道：“张先生，请上前来。”

张居正一愣，其他大臣也都一愣。今日圣旨关乎冯保的进退，很多人都料到；张居正与冯保的关系一向密切，很多人也知道。但今天的圣旨可能关系到张居正的进退，却没人料到。

再一想，似乎不对。皇上要处分冯保，或许会同时处分张居正，却没必要把他叫到前面去听旨呀。难道今日圣旨不是处分冯保的？

在众人，包括张居正本人，都在困惑不解时，张居正已然越过高拱，走到前边。王臻把圣旨交给他，说：“奉爷口谕，请张先生宣旨。”

“臣遵旨。”张居正应道。

他接过圣旨，瞥高拱一眼，和出阁时高拱瞥他的一眼一样，都包含着按捺不住的得意和喜悦。而高拱的眼中，失去神采；脸上，失去光泽。除和众人一样的困惑，他更多几分惊惧。

张居正展旨读道：“奉皇帝圣旨、皇后懿旨、皇贵妃令旨：我大行皇帝宾天前一日，召阁臣御榻前，同我母子受遗命云：东宫冲年，唯赖三先生竭忠辅佐，以安社稷。今有大学士高拱，专权擅政，把持朝廷，不容皇帝主管，不知他要何为？我母子惊惧不安，着高拱即日回籍闲住，不许容留。其诸大臣受国厚恩，当思报国，何以阿附权臣，蔑视幼君！自今各宜洗心涤虑，无蹈此辙。特谕。”

读罢，他率先呼道：“吾皇万岁万岁万万岁！”

众大臣，无论是不是阿附高拱，无不愕然。听到张居正的呼声，他们才回过味来，随即呼道：“吾皇万岁万岁万万岁！”

高拱匍匐在地，称道：“罪臣高拱领旨，谢恩。”

他迟迟不起身，甚至不抬起头来。在其他大臣看来，这是很正常的。处分他的圣旨降得太突然，太严厉，对他的刺激太大，可以说是深入膏肓。换成别人，一样是无法承受的；或许，比他的表现还要糟糕。

他们依次退下，无论对他怀有敬意，或对他怀有不满，投给他的都是一份同情，也只能是一份同情。

轮到高仪离开，他往前走两步，招呼道：“肃卿兄，走吧。”

高拱没回应，只是抬起一只手，摆了摆。

高仪以为他仍舍不得离开，说道：“事已至此，肃卿兄，延挨不去又有何益！不如先回去，再作计较。”

“子象先生看不出吗，他不是不愿走，是动弹不得。”张居正说。

“当真？”高仪探头看去，高拱果然四肢都在用力，但就是不能把身子带起来。他弯下腰去，打算搀扶。

“我来！”张居正把圣旨交还王臻，说道，“子象先生有病在身，切不可用蛮力。”

高仪的确有病；在大行皇帝宾天前就有病，病得不轻。不然，依照他的性格，是不会和高拱说“天道六十年一周”并引出那么多的议论的。

张居正走过来，两只手插到高拱腋下，一用力，生生把高拱拖起来。他试着松手，高拱身子一软，又要滑下去。他忙从一侧架住高拱，高仪则往另一侧架住高拱。

“子象先生说的是，先回去，再作计较。我是一定要奏请皇上收回成命的，子象先生想必也会进言。”张居正伏在高拱耳边，轻声地说。

高拱目光呆滞地盯住他，好像听不懂他的话。

张居正不说第二遍。他的话本来就是说给高仪听的，而不是说给高拱听的，高拱听得懂听不懂，他根本不会在意。

第六章

吏部尚书杨博接到都察院掌院左都御史葛守礼差人送来的便笺，约他在朝房小叙。散朝后，他如约走进朝房，葛守礼已经等在里面。吏部衙门在东华门外，都察院衙门在城西，两个衙门的人想说说话，既不多走路，又不惹人注意，在朝房最为合适。今日要在朝房说话的是吏部尚书和掌院都堂，自然不会有人打扰。

杨博、葛守礼二人都是嘉靖八年进士，在朝中算得上元老；二人又都是北方人，性情率直，说话直来直去，不用兜圈子。

“与立兄唤我来，有何见教？”杨博问。

葛守礼把几张纸递给他，反问：“唯约兄，此为何意？”

杨博看一眼，是份名册。他说：“名册而已，并无他意。”

“名册而已，唯约兄说得太含糊。”葛守礼道。

“与立兄要我怎样再说清晰？”杨博问。

“名册列出的是京察中斥退和调外的官员吧？”葛守礼问。

“是。”杨博应道。

“名册是唯约兄所拟吧？”葛守礼反问。

“确切地说，是吏部所拟；再确切地说，是考功所拟。”杨博道。

京察，即考察京官。依照惯例，京察由吏部尚书、掌院都御史、吏部考功郎中共同主持。考功郎中拟出各项处分的名单，不足为怪。

“虽考功所拟，也要唯约兄欣然点头赞同吧？”葛守礼的口气由一般的发问变成质问。

“点头是点头，却非欣然，”杨博俏皮地答复一句，然后问，“与立兄，此名册有何不妥？”

“并无不妥；倒是唯约兄的大义，令人敬佩。”葛守礼说。

一听就是反话。不过，他这么说，也有道理。名册中被斥退的官员三十三人，以吏部员外郎穆文熙为首；被外调的官员五十三人，以吏部主事许孚远为首。

“与立兄不是为我吏部官员不平，是为御史们不平吧！”杨博笑道，又略加解释。“今次京察，涉及的御史是多一些，但与立兄可以看出，涉及的给谏、都给谏也多。总之，是因言事而起。”

“我要说的，并非科、道，恰是吏部的人员：确切地说，是许孟中；再确切地说，是唯约兄本人。”葛守礼回敬两个“确切”。

“与立兄是不是担心，我在挟私报复？”杨博敏感地问。

许孟中，即浙江德清籍官员许孚远，字孟中。隆庆初京察，朝中浙江籍官员半被贬黜，而山西籍官员无一人涉入。当时的吏部尚书是杨博，许孚远为吏部主事。对于该次京察的结果，许孚远颇有微词；传到杨博耳中，他当然不高兴。后来，许孚远以疾求退，不知和这件事有没有关系。但他的复出，是高拱举荐，则人人皆知。

“唯约兄的人品，我是绝不怀疑的。但考功会不会投兄所好，我却不敢说。”葛守礼道。

“投人所好，肯定是有的，却不是投我所好。”杨博说。

“我知他是投别人所好，我不解的是唯约兄为何不驳之！”葛守礼道。

“如何驳之？”杨博问。

“其他人列入名册，如何驳之，我说不出个所以；许孟中列入名册，却有一个现成的理由可驳之。”葛守礼说。

“可是因为他已非京官？”杨博问。

许孚远复出不久，即出任广东佥事，又改福建佥事。同样不知，那次外放是不是和杨博对他的不满有关；但主事外放按察司佥事，应该说是超擢，所以并没引起非议。

“唯约兄心里不是有数吗？”葛守礼道。

“与立兄说我心里有数，却不知与立兄心里有数没数？”杨博问。

“怎么，唯约兄是说我心里无数？请道其详。”葛守礼揖道。

“京察中，处分已被外放的廷臣，以前可曾有过？”杨博问。

“有过。”葛守礼说。

“此其一也。”杨博道。

“虽有过，却不能称例。”葛守礼说。

杨博不理会他的反驳，接着问：“与立兄说，今年京察，如例否？”

“是破例。”葛守礼说。

京察六年一次，定在巳、亥之年，今年是壬申之年，本不该举行。

“此其二也。”杨博道。

“唯约兄提出今次京察非常规，还有别的要说吧？”葛守礼问。

“有。”杨博应道。

“说来听听。”葛守礼说着，又是一揖。

“非常规京察，守非常规规则，”杨博说，“若以常规考察，定以贪，定以酷，定以浮躁，定以不及，定以老，定以病，定以疲，定以不谨。你以为不公，都可以驳之。而穆敬甫斥退，以及其他各人斥退；许孟中外调，以及其他各人外调，却不是八目中的任何一目，或者说，实际上不是八目中的任何一目。与立兄让我怎驳！”

考察之目有八，即贪以下的八条。杨博强调，今次京察实际上不是以八目中的任何一目处分，说的是，即便斥退或外调，注以贪、酷等缘由，或注以浮躁、不谨等缘由，也不过是掩人耳目。

穆文熙字敬甫。北直隶东明人，嘉靖四十一年进士。

“唯约兄，此事我心里是有数的。”葛守礼道。

“是怎样的一个数？”杨博问。

“唯约兄不是想说，今次京察的规则，只有一个标准吗？”葛守礼道。

“是哪一个标准？”杨博追问。

“附前首辅者，为高党；轻则外调，重则斥退。”葛守礼说。

“与立兄能说这个标准定的不对吗？”杨博问。

“君子不党，我不能说这个标准定的不对。”葛守礼道。

“与立兄能说拟予斥退及外调者，不是高党吗？”杨博又问。

“我只能保证自家不党，不能保证别人不党，”葛守礼道。他觉得自己的话太绝对，又补充一句，“当然，我也可以保证唯约兄是不会立党，更不会党附的。”

“此一事，我可与与立兄相互保证，”杨博回应一句，又问，“与立兄既然知道今次京察只有一个标准，既然承认这个标准定的没什么不对，既然承认不知被斥退及被外调的官员是否党附前首辅，还能责怪我对考功拟的名册不驳之吗？”

“能否责怪迟些再说；唯约兄且说，有没有其三？”葛守礼道。

“恰好还有其三，”杨博说，“除今次京察非常规外，我吏部有个好考功，与立兄心里未必有数。”

“姓王名篆，官职不高，名头不小，我怎心里无数！”葛守礼道。

“与立兄所知，仅限于此吗？”杨博问。

“我还知他急于报效，善于报复。”葛守礼说。

“何谓急于报效？”杨博问。

“唯约兄难道不知王某是何方人士？”葛守礼反问。

“我知他是湖广夷陵州人。”杨博说。

“唯约兄难道不知夷陵州属哪一府？”葛守礼第二问。

“我知夷陵州属荆州府，并知荆州府首县是江陵。”杨博说。

“唯约兄难道不知王某要报效的是谁人？”葛守礼第三问。

“我知他要报效的是他乡人。”杨博说。

“唯约兄难道不知他如何才能报效其乡人？”葛守礼第四问。

四问一出，王篆的急于报效表露无遗。杨博用不着回答葛守礼的最后一个问题，而转到他的下一句话：“何谓善于报复？”

“唯约兄难道不知王某是哪一科进士？”葛守礼仍是提问。

“我知他是嘉靖四十一年进士。”杨博说。

“唯约兄难道不知穆敬甫、许孟中是哪一科进士？”葛守礼第二问，“我知他二人皆是嘉靖四十一年进士。”杨博说。

“唯约兄难道不知王某与穆、许二人一向不和？”葛守礼第三问。

“我知三人不和，确与党附有关。”杨博说。言外之意，穆文熙、许孚远的确党附高拱，而王篆党附张居正。

“唯约兄难道不知，抛出吏部二同年，既可向乡人表示忠诚，又可铲除对手？”葛守礼第四问。

这四问又把王篆的善于报复表露得淋漓尽致，杨博不用回答葛守礼的最后一个问题，而可以对自己说的“其三”作个总结：“与立兄看得比我更透彻，为何还要责怪我对考功的名册不驳之？”

葛守礼微微一笑，问道：“唯约兄大约无其四吧？”

“确无。”杨博说。

“唯约兄默认考功拟的名册，有三个理由：一则，京察中处分外放的京官，曾有先例；二则，今次京察非常规，另有一个标准；三则，考功急于报效执政，把持今次京察。对吧？”葛守礼在更广的层面作出总结。

“差之不多吧。”杨博道。

“唯约兄自家以为，这三个理由立得住吗？”葛守礼问。

“立不住。”杨博道。

“唯约兄既知立不住，为何还拿来当作理由？”葛守礼问。

“搪塞而已。”杨博道。

这话一出，两个人都忍不住笑。

“唯约兄应该知道，对我是搪塞不过去的。”葛守礼说。

“我并不想对与立兄搪塞。”杨博道。

“那么，唯约兄何意？”葛守礼问。

“我是想与立兄与我一起搪塞。”杨博道。

二人忍不住又是一笑。葛守礼指着杨博说：“唯约兄修炼得愈发圆滑！几年之前，你可不是这样。”

“我那时是怎样？”杨博问。

“五六年前，高相与徐相之争，唯约兄还从中斡旋。”葛守礼说。

“与立兄把日子记错，不是五六年前，是三四年前。”杨博道。

“高相入阁之后，不是一直与徐相不和吗？五六年前，三四年前，有何差别？”葛守礼问。

“话不能这么说，”杨博道，“六年前，即嘉靖四十五年，高相入阁，实由徐相提携。但在世庙病危之际，高相被给事中胡应嘉纠劾，疑是徐相唆使，二人开始交恶。五年前，即隆庆元年，高相复为科、道纠劾，罢相。与立兄说五六年前的高相与徐相之争，哪有我从中斡旋的份儿！四年前，即隆庆二年，徐相致仕。三年前，即隆庆三年，高相复相，欲构徐相危祸。那时，我倒是劝解过高相。我说三四年前，是往多说；应该是两三年前。”徐相即徐阶。杨博一段虽然不长但很仔细的叙述，把高拱和徐阶之间的恩怨，交代得清清楚楚，并为今日的事埋下伏笔。

葛守礼不会听不出来。他说：“唯约兄详述其事，似有深意呀。”

“与立兄倒是说说，有何深意？”杨博问。

“昔治徐相，除徐党；今罢高相，除高党。旨意虽出自朝廷，却同样都是阁臣之争。”葛守礼说。

“有这层意思。”杨博道。

“阁臣起伏，如昔日高相去官，如昔日徐相被责，如今日高相之去，我辈难以从中斡旋。”葛守礼说。

“也有这层意思。”杨博道。

“一旦今之阁臣欲置前之大臣于死地，我辈不得坐视。”葛守礼说。

“与立兄也想到这一层？”杨博长舒一口气，说道，“大臣进退，以及别官进退，我辈往往难以争持；而一旦诛杀重臣，则或是朝廷失德，或是党争激烈，我辈是一定要争一争的。”

第七章

高拱罢黜不到十天，高仪病卒。又四天之后，礼部尚书吕调阳，以礼部尚书兼文渊阁大学士入阁。当然，后一个礼部尚书，已经不是实职。

到七月初，朝廷降旨，以吏部右侍郎陆树声为礼部尚书。这个任命曾引起一些人的议论。一则，陆树声的吏部右侍郎也是虚的。他是嘉靖末年，在南京国子监祭酒的任上引病乞休的；当时朝廷已有旨，召他为吏部侍郎，他没有赴任。隆庆中，朝廷命他以故官，即以吏部侍郎起用，他又没有领旨。他两辞吏部侍郎之任，引来一片喝彩声，不少人称赞他高风亮节。任以吏部侍郎，他不肯就；任以礼部尚书，他肯就吗？二则，他是松江华亭人，和徐阶同里；是嘉靖二十年进士，和高拱同年。二公柄政之日，他都远离朝廷，居家不出；今之执政不担心，他对自己也不捧场？

而对礼部两位侍郎来说，最实际的问题是：本部前之尚书已去，后之尚书未至，一件必须礼部议决的大事，如何处置？

“前辈，此事可否午后再议？”右侍郎诸大绶问左侍郎王希烈。

王希烈是嘉靖三十二年进士，诸大绶是嘉靖三十五年进士，虽仅差一科，诸大绶却总是戏谑地称王希烈前辈。

“有何不可！”王希烈道。

“那我先出去一趟。”诸大绶说。

“是翰林院里有事？快去快回。”王希烈知道他为何要去，却不说破。

詹事府詹事兼翰林院侍读学士陶大临和诸大绶有着不同一般的关系。诸大绶是浙江山阴人，陶大临是浙江会稽人。山阴、会稽二县不仅均属绍兴府，且县衙同在绍兴城里，二人可以说是出自同城。再者，二人不仅同是嘉靖三十五年进士，且同列名一甲。诸大绶为该科状元，陶大临为该科榜眼。有这两个关系，二人可以无话不说。诸大绶每遇烦心之事，总愿意先找陶大临说一说。好在他仍兼翰林院侍读学士，出入翰林院，亦属正常。

二人见面之后，陶大临微微一笑：“早有所料。”

诸大绶知他喜说大话，并不计较，但问：“虞臣兄所料何事？”

“说说端甫兄遇到的难题。”陶大临道。

诸大绶并不否认，伸出三指，表示难题有三个。

“有这多难题！”陶大临的吃惊，多半是装出来的。

“虞臣兄没料到吧？”诸大绶问。

“没料到。我以为端甫兄只有一个难题。”陶大临说。

“虞臣兄既料到我有一个难题，可知是何难题？”诸大绶问。

“礼部领旨议上两宫尊号，除此事，还会有别的事吗！”陶大临道。

“这是个总的难题，此难题下却有三个难题，望虞臣兄为我解之。”诸大绶说者，一揖。

“好说，”陶大临还揖，“端甫兄且说其一。”

“谕旨曰：其礼部议上两宫尊号，何意也？”诸大绶问。

“这也算得难题！”陶大临道，“端甫兄是不懂两宫呀，还是不动尊号呀，还是不懂议上呀？”

“分开都懂，合在一起则成难题。”诸大绶说。

“我倒要看看，端甫兄是不是真的都懂，”陶大临说着，问道，“端甫兄，何谓两宫？”

“大行皇帝皇后、当今皇上嫡母，一宫；大行皇帝贵妃、当今皇上生母，一宫。是为两宫也。”诸大绶说。

“何谓尊号？”陶大临问。

“尊号，即皇上尊上皇太后等徽号。”诸大绶说。

“何谓议上？”陶大临问。

“或奉旨廷议，或奉旨部议；议毕禀上，请皇上圣裁。”诸大绶说。

一问一答，都很简单。陶大临当然知道，诸大绶不会连这么简单的问题都答不上来；诸大绶当然也知道，陶大临不会连这么简单的问题也要问。他们都不过借此机会捋一捋自己的思绪。

“端甫兄果然都懂，”陶大临说着，问道，“却不知，三事合在一起，怎就成难题？”

“议上两宫尊号，即议上两位皇太后徽号，是不是？”诸大绶问。

“是啊。”陶大临应道。

“祖宗之制，可是如此？”诸大绶问。

“不是。”陶大临道。

“虞臣兄可还记得祖宗之制？”诸大绶问。

“大行皇帝皇后、当今皇帝嫡母，径尊为皇太后；大行皇帝贵妃、当今皇帝生母，尊为皇太后，加以徽号，以示区别。”陶大临说。

“议上两宫尊号，即两位皇太后均加徽号，不会有错吧？”诸大绶问。

“不会有错。”陶大临说。

“虞臣兄还能说，议上两宫尊号，并非难题吗？”诸大绶道。

“端甫兄以为是难题，亦可。”陶大临说。

“怎么，虞臣兄还有别的说法？”诸大绶问。

“有啊，”陶大临道，“难题是难解之题；今者议上两宫尊号，虽有些问题，却并不难解。”

“不知虞臣兄怎样个解法？”诸大绶问。

“两宫并尊，宪庙时有先例。”陶大临说。

本朝直到宪宗时才出现两个皇太后：一是英宗皇帝的皇后、宪宗皇帝的嫡母钱氏，尊为慈懿皇太后；一是英宗皇帝的贵妃、宪宗皇帝的生母周氏，尊为圣慈仁寿皇太后。

“我知虞臣兄会言及此事，”诸大绶道，“国史虽有成化朝两宫并尊的说法，虞臣兄难道不觉着，前时并尊和今时并尊是不能并立的吗？”

“为何不能并立？”陶大临问。

“一则，宪庙时，是钱皇后并周贵妃，而非周贵妃并钱皇后。其时，宪宗皇帝欲独尊周贵妃为皇太后，群臣力争之，才确定两宫并尊的格局。今上有独尊生母皇太后之意吗？没有吧！二则，宪庙初两宫并尊，是尊钱皇后为慈懿皇太后，而尊周贵妃为皇太后，并非依照常规。圣慈仁寿皇太后是成化二十三年尊上的，那时，钱皇后已崩多年。今上有独尊生母为皇太后，而尊嫡母为皇太后，却加以徽号吗？没有吧！三则，今日就照国史所言，宪庙时两宫并尊；但以礼法而言，有无人把它视作正统？没有吧！”诸大绶说得头头是道。

“端甫兄言之切切，不无道理；不过，却忽略一点。”陶大临说。

“虞臣兄说我忽略哪一点？”诸大绶问。

“以礼法而言，是两宫同时加徽号，离正统更远一些；还是生母径尊为皇太后，而嫡母加以徽号，离正统更远一些？”陶大临反问。

“自是生母径尊为皇太后，而嫡母加以徽号，离正统更远一些。”诸大绶说。

“李文达为臣若何？”陶大临问。

“可谓贤臣。”诸大绶道。

“姚文敏为臣若何？”陶大临又问。

“亦可谓贤臣。”诸大绶道。

李文达即李贤，姚文敏即姚夔。于宪宗皇帝登极之初，他二人一为首辅，一为礼部尚书，均称名臣。

“端甫兄说，没人把宪庙时的两宫并尊视作正统，我同意；但其时主事大臣，皆为贤臣，而所为之事，比今日之事离正统更远。以前之两宫并尊为对比，行今之两宫并尊又有何难！”陶大临道。

“虞臣兄言之凿凿，不无道理；不过——”诸大绶还想分辩。

陶大临打断他：“我知端甫兄还有道理要说，但辩来辩去，几时是个头？不如且说端甫兄的第二个难题。”

“好，”诸大绶同意。谁也没把对方说服，是意料中的事，也是他二人谈论时常有的事。他问，“首辅坚执并尊两宫，何意也？”

“端甫兄此问，好不蹊跷！”陶大临道。

“怎的蹊跷？”诸大绶问。

“一则，端甫兄总的难题是议上两宫尊号；首辅坚执其事，或不坚执其事，甚或反对其事，有何相干？”陶大临道。

“有无相干，虞臣兄应该比我更清楚，还是找找别的蹊跷吧！”诸大绶回敬一句，顶得陶大临无话可说。

嘉靖年间，同是浙江籍的官员吴时来，上疏弹劾严嵩、严世蕃父子；陶大临不仅知道其事，还为吴时来修改过奏章。吴时来下狱后，他不顾自己有牵连，又每日往狱里送药送食。得罪权相的后果，他感同身受。

当然，把今之首辅与严嵩相提并论未必恰当，但这不是他们今天要谈论的主题。

“二则，端甫兄怎知首辅坚执其事？”陶大临问。

“谕旨是首辅所拟，虞臣兄不会怀疑吧；谕旨写的明白无误，虞臣兄不会怀疑吧？”诸大绶道。

“那也仅是赞同而已，未必坚执。”陶大临说。

“若是首辅亲言志在必得呢？”诸大绶问。

“首辅亲言，又当别论，”陶大临说着，反问一句，“首辅亲去礼部，向端甫兄等交代的吗？”

“不是首辅亲去礼部向我等交代的，是和卿先生去礼部向我等交代的。志在必得四个字，是和卿先生亲口说的；说的不是他自己，是首辅。虞臣兄不会以为，和卿先生信口雌黄吧？”诸大绶道。

“和卿先生所言，应可信。”陶大临说。

“虞臣兄有‘三则’否？”诸大绶问。

“无。”陶大临道。

“虞臣兄可以为我说首辅为何坚执吧？”诸大绶又问。

“可以。”陶大临道。

“虞臣兄似乎以为，首辅坚执不坚执，并非难题；我倒要洗耳恭听。”诸大绶指着自己的两只耳朵说。

“端甫兄大可一耳听进，一耳放出，”陶大临开句玩笑，然后说，“首辅为何坚执并尊两宫，确实算不得难题。一则，使得皇上可以尽圣孝；二则，使得两宫可以和睦相处。首辅何乐而不为！”

“虞臣兄是说，首辅并无私念？”诸大绶问。

“也不尽然。”陶大临道。

“譬如？”诸大绶问。

“譬如，司礼某公与首辅素有来往，近日更是频繁接触。设若并尊两宫是由司礼某公倡言，首辅依从，则有结好内臣之私。”陶大临说。

“再譬如？”诸大绶问。

“再譬如，上一月，皇上两次单独召入首辅，一次在十九日，一次在二十六日。十九日召入，纯为慰劳；而二十六日召入，则议的是并尊两宫之事。设若并尊两宫是由皇上降谕，首辅依从，则有谀顺皇上之私。”陶大临说。

“再譬如？”诸大绶问。

“再譬如，皇上纯孝，以圣母之意为意，以圣母之念为念。设若并尊两宫是圣母意念，首辅依从，则有窥伺圣母之私。”陶大临说。

“我以为，结好内臣，谀顺皇上，窥伺圣母，皆为自固威权，以售其私。虞臣兄以为如何？”诸大绶问。

“借行并尊两宫，以固权位，诚是；以售其私，则未必是端甫兄所谓私念之私。”陶大临说。

“此话怎讲？”诸大绶问。

“首辅曾上一疏，言六事，端甫兄尚记否？”陶大临反问。

“该疏一出，京城纸贵，怎不记得！”诸大绶道。

“其所议第二事曰‘振纪纲’，开宗明义道：人主太阿之柄，不可一日而倒持；第三事曰‘重诏令’，开宗明义道：君者，主令者也，臣者，行君之令而致之民者也。端甫兄尚记否？”陶大临问。

“虞臣兄记得，我亦记得。”诸大绶道。

“首辅倡尊主权，且身体力行，无可厚非。”陶大临说。

“故虞臣兄说，首辅坚执并尊两宫，可使皇上尽圣孝，可使两宫和睦，我并未厚非，”诸大绶说着，问道，“还有呢？”

“权位既固，朝政既持，所行之事，怎知不是有利于社稷，有利于国家，有利于万民！”陶大临说。

“即便有利于社稷，有利于国家，有利于万民，固其权位的手段，未免也太不光明正大，”诸大绶说着，问道，“还有呢？”

“即便首辅自固权位，以售其私，甚或为大奸，坏国事；早晚会遭天谴，早晚会为皇上和两宫皇太后识破，端甫兄亦无须多虑。”陶大临说。

“早日针砭其私，早日暴露其奸，岂不更好！”诸大绶道。

“端甫兄，你的第二个难题，是首辅为何坚执并尊两宫。我等议及首辅是否有私，已经稍偏议题；至于针砭其私、暴露其奸，更不在议题之内。”陶大临说。

“但是否针砭其私、暴露其奸，却关乎我的第三个难题。”诸大绶说。

“端甫兄的第三个难题为何事？”陶大临问。

“礼部是不是该据理力争，力陈并尊两宫之非？”诸大绶道。

“端甫兄欲力陈并尊两宫之非，以针砭首辅之私，暴露首辅之非？”陶大临把他的意思表述完整。

“正是。”诸大绶应道。

“端甫兄有没想过后果？”陶大临问。

“想过。”诸大绶道。

“譬如？”陶大临问。

“譬如，皇上或会震怒，圣母或会伤心。”诸大绶说。

“君忧臣死，端甫兄不懂得这个道理吗？”陶大临道。

“皇上和圣母圣明，早晚会懂得臣子的良苦用心。”诸大绶说。

“再譬如？”陶大临问。

“再譬如，皇上震怒，或会将我贬黜，或会将我罢免，甚或将我下狱，甚或将我论死。”诸大绶说。

“端甫兄不觉可惜、不会畏惧吗？”陶大临问。

“以一己之进退，而守得祖宗制度、士大夫操守，何惧之有，何惜之有！”诸大绶道。

“端甫兄的确想到一些后果；不过，有一个后果，端甫兄却没想到。”陶大临说。

“是何后果？”诸大绶忙问。

“如你我方才所议，并尊两宫，不加区别，固然有悖正统；然有离正统更远的处分，端甫兄可曾想到这一层？”陶大临道。

“听虞臣兄言及成化事例之前，没想过；听虞臣兄言及成化事例之后，想是想过，但没深想。”诸大绶说。

“端甫兄欲据理力争。此理者，即祖宗制度，即大行皇帝之皇后、当今皇帝之嫡母尊为皇太后，大行皇帝之贵妃、当今皇帝之圣母亦尊为皇太后，却须加以徽号，以示区别。结果却是，皇上可能放弃今日所议之两宫并尊，而采纳宪庙时之两宫并尊。意欲守得祖宗制度，却离正统更远。端甫兄欲力陈并尊两宫之非，以针砭首辅之私，暴露首辅之奸；结果却是，首辅权位更固，危害更大。”陶大临说。

“虞臣兄说的这个后果，着实不可不防。”诸大绶作此回应时，已经想好该如何行事；今次翰林院之行的目的，也达到。

七月二十八日，礼部议上两宫尊号，陈皇后为仁圣皇太后，李贵妃为慈圣皇太后。

第八章

户部尚书王国光回到衙门。本部左侍郎陈瓒，快步迎上去，不无焦虑地问："汝观先生，相公有何训示？"

"廷祼先生有所担心？"王国光反问。

"事关我辈荣辱，怎能不担心！"陈瓒道。

"廷祼先生看，"王国光手往不远处踱步的本部右侍郎傅颐一指，说道，"多一分历练，多一分沉稳，师正先生就不担心。"

王国光字汝观，山西阳城人，嘉靖二十三年进士。陈瓒字廷祼，北直隶献县人，嘉靖二十六年进士。王国光比傅颐晚四科，陈瓒又比王国光晚一科，王国光才会说出听起来像是教训陈瓒的话。

傅颐边走过来，边说："汝观先生怎知我不担心？"

"师正先生也担心吗？请随我来。"王国光说着，率先步入堂上。

陈瓒、傅颐随后步入。三人各就其座。

"廷祼先生为何担心？"王国光问。

"户部掌朝廷会计，一进一出，以百万、千万计。今所言者，却是以十、以百计。相公喜言大事，这次把汝观先生唤去，或是责我辈见小而不见大。"陈瓒说。

"师正先生也担心何事？"王国光又问傅颐。

"我担心的，倒不是事之巨细；况且，户部今次所奏之事，也不能说太细。"傅颐道。

"裁并册籍一事，还不算太细？"陈瓒不服气。

"就一事而言，一册而言，诚为细者；然如我户部奏章所言，近来征派愈繁，册籍愈密，就不是细小之事。譬如条议某一事。一人言之，置一册矣，后人言之，复置一册；今年言之，置一册矣，越数年言之，又置一册。其间大同小异，三样费用，却一样也不会少：造写之费不能少，递送之费不能少，缴纳时需索之费不能少。来自万里，束之高阁，有司不过一目。这势必是要裁并的。"傅颐差不多把奏疏的内容重复一遍，然后说，"一地一册之费，以十计，天下一册之费，该以若干计？一地一年之费，以百计，天下一年之费，又该以若干计？”

“但愿相公也像师正先生这么想。”陈瓒说。

“相国未必不会这么想。”傅颐道。

“师正先生以为，裁并册籍一事非细？”王国光问。

“是。”傅颐应道。

“那么，师正先生不是担心事之巨细？”王国光又问。

“是。”傅颐应道。

“师正先生担心的既不是事之巨细，却是何事？”王国光第三问。

“我担心的，是职之高下。”傅颐说。

“职之高下？怎讲？”王国光不解。

“户部解送金、谷造册，的确繁琐不堪；裁并册籍，虽为大事，却要看谁来议之。户部主事、员外议之，是件大事；甚至司官议之，亦算得上件大事；然由堂官议之，则分量不够。”傅颐说。

“分量不够，还不是因其细！”陈瓒驳道。

“同个细字，却不尽相同。”傅颐又驳之。

“二位且慢争执，”王国光说着，一手朝陈瓒那边按下，一手朝傅颐那边按下。他先问陈瓒，“廷祼先生可知，你之议论，已被相公批驳？”

“不知，相公怎批驳的？”陈瓒心慌意乱地问。

“相公曰：裁并之事虽小，莫以善小而不为。”王国光说。

“如何？我知相公不会轻视这等事！”傅颐不无得意地说。

“职之高下，此论确是高出一筹。”陈瓒被批驳，不得不向没被批驳的傅颐认输。

“师正先生可知，你之议论，亦被相公批驳？”王国光又问傅颐。

“相公也批驳我？”傅颐虽不似陈瓒慌乱，但也不自在。

“汝观先生快说，相公是怎样批驳的！”陈瓒的情绪大为好转。

“相公曰：司徒之职虽尊，莫以事细而不见。”王国光说。

“我就说嘛，相公不会听任职位尊贵而不办实事。”陈瓒道。

“我就说嘛，相公不会听任情事细小而不予处置。”傅颐道。

“二位都错。”王国光说。

“我二人怎的都错？”陈瓒、傅颐齐问。

“廷祼先生，相公批驳的是你之论，而非你本人。实则，相公说莫以事细而不见，是在称赞你呢。”王国光先对陈瓒说。

“可不是，我从不自以为高高在上。”陈瓒亦自赞。

“师正先生，相公批驳的是你之论，而非你本人。实则，相公说莫以善小而不为，是在称赞你呢。”王国光对傅颐说。

“可不是，我从来是把小事当大事议之。”傅颐亦自赞。

“二位且慢自得，”王国光又伸出两手，向两边按下，“此事尚未了结，我等还须一议。”

“怎么，还须议呀？”陈瓒、傅议齐道。

“看来，在廷祼先生心目中，裁并还是件小事呀？”王国光对陈瓒说。

“没有的事！”陈瓒否认。

“看来，在师正先生心目中，裁并还是不该由堂官议呀。”王国光又对傅颐说。

“汝观先生有何依据？”傅颐质问。

“廷祼先生并不小看此事，师正先生并不以为此事不该由堂官议，为何却不愿再议？”王国光道。

“我等不愿再议吗？”陈瓒、傅颐齐问。他们相互看一眼，意识到，他们的确表达过这样一层意思。

“我可不是不愿议；我是在问，该怎样议？”陈瓒辩解。

“我更不是不愿议；我是说，再议的话，须得深入。”傅颐辩解。

“怎样议，相公有所启迪；师正先生也可以看看，依相公的启迪而议，是不是深入。”王国光说。

“相公是如何启迪的？”陈瓒、傅颐齐问。

“相公说，金、谷解送册簿，可造格眼文簿。”王国光道。

“何谓格眼文簿？”陈瓒、傅颐齐问。

“相公之意，将现有册簿列出名目，宜存留者，不动；宜裁省者，以白纸覆盖；宜归并者，下以小字注之。”王国光说。

“妙极！”陈瓒叫好，“有字者为格，空白者为眼，一目了然！”

“我想的和廷祼先生不同。”傅颐却说。

“师正先生以为，造格眼文簿并非善法？”陈瓒问。

“造格眼文簿固是善法，但应以空白者为格，有字者为眼，而不是以有字者为格，空白者为眼。”傅颐说

“不管何者为格，何者为眼，我看，还是先要把宜存留者和宜归并者定下来。”王国光说。

“甚是。”陈瓒、傅颐齐应道。

积年解送金、谷的册簿极多，他们一本一本地审阅，一本一本地议论。对某些

册簿的处理，三人的分歧很大；对另一些册簿的处理，三人有较小分歧；而对大部分册簿的处分，三人并无分歧。没有分歧，自不必争论；分歧很大，也不必争论，但以大司徒的意见为准；只有较小的分歧，三人会争论几句，但很快也达成一致。最后，归并文册为二十二，裁省文册为二十八。无论是地方的官员，还是朝廷的衙门，都大为称便。

第九章

陆树声到京师后，暂住馆驿。半天工夫，有不少大臣来看望他。最引人注目的，也最让他本人感到意外的，是首辅张居正单独看望他，执后进礼。若不是他向来淡定，真不知该如何处之。然后，次辅吕调阳来看望。然后，礼部两名佐卿来拜望。已有旨，诸大绶改吏部侍郎，但他还是愿以礼部佐卿的身份迎接新的大宗伯。然后，以吏部侍郎兼翰林院学士的张四维、以詹事府少詹事兼翰林院学士的马自强来拜望。然后，礼部的属官和翰林院的翰林们分批来拜望。陆树声起为礼部尚书，并兼任翰林院学士，所以，来拜望他的翰林官特别多。

应酬过这么多人，累得够呛，但陆树声仍强撑着，不肯歇息。

“天色已晚，老爷歇着吧。”随他赴京的书童劝道。

“不忙，有个人还没来。”陆树声说。

“老爷要等谁个？”书童问。

“你不知我等的谁个吗？”陆树声笑着反问。

书童足够聪明，见老爷一笑，心里有数。他说：“我知老爷等的是德老爷。德老爷或料到老爷这里今天门庭若市，不会过来。”

“不然，”陆树声摇着头说，“德弟料到今日来看我的人多，只会迟来，不会不来。”

“我愿与老爷一赌。”书童没来得及说怎赌，有人在外敲门。

“童儿欲怎赌？”陆树声问。

“我愿赌老爷的话或对。”书童说着，去开门。

进来的果然是陆树声的弟弟陆树德，官礼科都给事中。

“德老爷来得好，我和老爷正拿你老人家作赌。”书童说。

“拿我作赌？怎赌？”陆树德问。

“老爷说，德老爷今日只会迟来，不会不来。”书童道。

“你又怎说？”陆树德问。

“我说，老爷的话或对。”书童道。

“这也叫作赌！”陆树德把手里的折扇合起，望书童头上一敲，命道，“去，家中带来的好茶，为我冲上一杯，我要和你老爷长谈。”

书童送上来两杯茶，一人一杯，随即退下。

“兄长怎挨到今日才来，让人等得心焦。”陆树德说。

“谁人等得心焦？”陆树声问。

“满朝之人，皆等得心焦。”陆树德说。

“若言自家等得心焦，我还信之；若言满朝之人皆等得心焦，未免言过其实。”陆树声道。

“绝非言过其实，”陆树德说，“兄长想一想，议上并尊两宫一事，何等重大，谁不想听听兄长怎说！”

“我没来，朝廷不是一样议决？树德道谁不想听听我怎说，我看，有人还真不想听我怎说。”陆树声说。

陆树德从他的话里听出些情绪，问道：“兄长指的是——”

“不去说他！”陆树声挥了挥手，说道，“树德说这些日子等我等得心焦，却不知今日我等你等得心焦。”

“我知兄长要考问功课，所以，今日无论如何也要来的。”陆树德道。

陆树声年长十三岁，从小在家里敦促陆树德读书，有如严父。陆树德在兄长中第后二十四年考中进士，不能说和兄长的敦促没有关系。近年来，陆树声年过甲子，陆树德也年过半百，但相隔两地，陆树声给陆树德写信，无意中还会询问，他在读些什么书。

“今日要问的，却是另一种功课。”陆树声说。

“兄长要问哪种功课？”陆树德问。

陆树声做了个书写的动作，说道：“昔日我或在翰苑，或在春坊，议事都不是本业的功课；这些年休致，更无须作议论的文章。树德却是掌科的给谏，疏懒不得。”陆树声说。

“职责所在，岂敢疏懒！不过——”陆树德踌躇着，不知该怎么说。

“何事，对我还不好说？”陆树声问。

“不是不好说，是想过几日再对兄长说的；免得兄长甫入朝，就为我担心。”陆树德道。

“树德说的，是论冯太监掌司礼的那篇奏本吧？”陆树声问。

“兄长已知此事？”陆树德颇为吃惊。

“未出家门，已经听说，”陆树声说着，背诵陆树德奏疏的中心内容，“先帝甫崩，忽传冯保掌司礼监。果先帝意，何不传示数日前，乃在弥留后？果陛下意，则哀痛方深，万几未御，何暇念中官？”背诵之后，问道，“树德是这样写的吧？”

孟冲由尚膳监太监，骤掌司礼监，其实是冯保举荐的。当时，司礼掌印缺，作为司礼监秉笔太监的冯保最有希望升任。但大行皇帝因某些事对他不满，高拱于是举荐御用太监陈洪。冯保因而和高拱产生深刻矛盾，为抵消高拱对司礼监的影响，他举荐孟冲取代陈洪。而一等大行皇帝宾天，他马上挤走孟冲，自己掌司礼监大印。

陆树德未必和高拱关系密切，也不是对冯保有多大成见，上这本奏疏，只是就事论事。这一两个月来，眼见冯保的权势越来越大，他不仅担心这本奏疏会对自己不利，更担心会祸及才出掌礼部的兄长。

“我担心的是树德疏懒，树德敢于言事，我只有欣慰而已；况且，此疏有理有据，我是写不出的。不过——”陆树声口风一转，留个后话。

“弟有言之不当处，兄长只管指出。”陆树德道。

“我要问树德的，并不是此疏。”陆树声说。

“不是此疏？”陆树德奇怪地问。

“不是此疏。”陆树声肯定地说。

“在前，弟还陈言祈福戒坛之非，请罢之。”陆树德说。

那是在大行皇帝病重时，内臣提议祈福戒坛，大行皇帝准允。

“陛下欲保圣躬，宜法大禹之恶旨酒，成汤之不迩声色，何必奉佛？”陆树声又背诵一句该疏的句子，然后问，“树德是这样写的吧？”

旨酒即美酒。陆树德告诫大行皇帝，养生要从戒酒、戒色始，是有道理的。不少臣子在私下都议过，大行皇帝的病根在于纵欲过度。

“是。”陆树德应道。

“这两句，可谓该疏的要旨呀。”陆树声道。

“进言于圣上，不如论劾内臣放得开，该疏有何不妥之处，还望兄长教正。”陆树德说。

“该疏传世，是毋庸置疑的；不过，我要问树德的，也不是该疏。”陆树声道。

“再前，是——”陆树德打算再往前数。反正兄长考较自己是否疏懒，不妨把以前写的奏疏一本一本都数一遍。

陆树声打断他：“树德，我要问你近日的一篇奏本。”

“兄长是说，议祧宣宗的那篇奏本？”陆树德问。

“是。”陆树声应道。

祧者，即迁也。自古宗庙之数，或七，或九。无论七庙，还是九庙，都有齐备之时。因此，须将前面某帝的神庙迁移别处奉祀，而将新近宾天的皇帝奉入太庙。

本朝遵从九庙之制。太祖高皇帝最初于太庙奉祀四祖，即高祖玄皇帝，庙号德祖；曾祖恒皇帝，庙号懿祖；皇祖裕皇帝，庙号熙祖；皇考淳皇帝，庙号仁祖。后渐次奉入太祖高皇帝、太宗文皇帝、仁宗昭皇帝、宣宗章皇帝、英宗睿皇帝，九庙已备。至宪宗纯皇帝宾天，将祔庙，首次提出建立祧庙的问题。礼臣议，德祖是可以追寻到的最早祖先，可视同周朝的后稷，不可祧；太祖、太宗，可视为周文、武，不可迁。于是，宪宗纯皇帝升祔，祧懿祖。遵照依次而祧的原则，孝宗敬皇帝升祔，祧熙祖，武宗毅皇帝升祔，祧仁祖。

到嘉靖十年，更定庙祀，把德祖也迁奉祧庙，而把睿宗献皇帝奉祀太庙。睿宗宪皇帝是宪宗纯皇帝之子、孝宗敬皇帝之弟，封兴王，没有做过皇帝，本来是不应该祀于太庙的。但武宗毅皇帝无子，兴王之子入继大统，是为世宗肃皇帝。他非要尊自己的生父为皇考，非要自己的生父称皇帝，非要自己的生父祔太庙。这样，以太祖高皇帝居首的九庙再次齐备，再祧，则是进入大明朝以后的皇帝。其中，太祖高皇帝是百世不祧的。嘉靖时，太宗文皇帝的庙号改为成祖，同样百世不祧。于是，世宗肃皇帝祧仁宗昭皇帝。

今者大行皇帝宾天，按照依次而祧的原则，当祧宣宗章皇帝。

“闻得树德不赞成祧宣庙？”陆树声问。

“是。”陆树德应道。

“是何道理？”陆树声问。

“理由很多，我且举个最简单的理由：宪庙升祔，祧德祖，孝庙升祔，祧懿祖，武宗升祔，祧熙祖，其间皆八世，而大行皇帝升祔，若祧宣庙，仅五世，故不可不议。”陆树德说。

“理由简单，则难以服人。借用树德一言，这个理由亦不可不议。”陆树声不以为然地说。

“愿听兄长教诲。”陆树德道。

“宪庙祧懿祖，孝庙祧熙祖，武庙祧仁祖，其间皆八世；而大行皇帝祧宣庙，仅五世。那么，树德说说，大行皇帝的八世祖，为哪一庙？”陆树声问。

“为高庙。”陆树德说。

“为何是高庙？”陆树声以为他计算有误。

“我说的是八世，不是八庙。”陆树德道。

陆树声这才明白，是自己理解有误。太祖和大行皇帝之间，隔了成祖、仁宗、宣宗、英宗、宪宗、孝宗、睿宗、武宗、世宗九位皇帝，而以世代论，则孝宗、睿宗为一世，武宗、世宗为一世，太祖高皇帝正好是大行皇帝的第八世祖。

“好吧，就算大行皇帝第八世祖为太祖高皇帝，大行皇帝升祔太庙，可祧高庙？”陆树声问。

“不可。太祖百世不祧，历代皆如此。”陆树德说。

“减一数，为成祖文皇帝。大行皇帝升祔，可祧文庙？”陆树声问。

“不可。成祖不祧，如周之文、武。”陆树德说。

“再减一数，为仁宗昭皇帝，大行皇帝升祔，可祧仁庙？”陆树声问。

“不可。世宗肃皇帝升祔，已祧仁庙。”陆树德说。

“可见，依次而祧，只得祧宣庙。”陆树声说。

“兄长以依次而祧为言，小弟无话可说。”陆树德道。

“还有，树德再说说，世宗肃皇帝祧仁庙，是几世？”陆树声道。

“亦五世。”陆树德说。

“为何宪庙、孝庙、武庙皆八世，至世宗减为五世？”陆树声问。

“太祖、成祖不可祧，武庙、世庙同一世，故少三世。”陆树德说。

“可见，世庙升祔，仅祧五世；大行皇帝升祔，仅祧五世，有所致之。今后承嗣大统，若再有兄终弟及，祧四世、祧三世，都会有的，树德以祧八世、祧五世为言，不足以立论。”陆树声说。

“兄长以兄终弟及为言，小弟也无话可说。”陆树德道。

“以何事为言，树德方有话说？”陆树声问。

“世与庙之不同。”陆树德道。

“原来树德前者称八世非八庙，已埋下伏笔。”陆树声说。

“古者以一世立一庙，而非以一君为一世，”陆树德先明确一个概念，再具体举例，“如晋之庙十一室而仅六世，唐之庙十一室而仅九世。宋自太祖上追溯四祖，至徽宗定为九世十一室，以太祖、太宗为同一世，徽宗、哲宗同一世，高宗、钦宗同一世，皆无所祧。及光宗升祔，增为九世十二室，并祀于太庙。”

陆树声深知其弟在历朝典章制度的研习上下过工夫，相信他说的不会有错。而且，在他的印象里，宋太祖、宋太宗确为兄弟，宋哲宗、宋徽宗确为兄弟，北宋的钦宗、南宋的高宗确为兄弟。但他觉得，笼统地说晋之庙十一室仅六世，唐之庙十一室仅九世，还说得过去；既然具体言及两宋的世系，就不能不说得再清楚一点儿。

“树德的意思，宋之光宗升祔，增室而不增庙，为的是不逾越九庙，因而无须祧之？”他问。

“不为此，难道还有别的说辞？”陆树德反问。

陆树声当真没有别的说辞，他换个说法：“然光宗之后，尚有宁宗、理宗、度宗等众多之弟。”

“宁宗之际，蒙古人已立国，其后之君升祔，不足以论之。”陆树德对后面几个宋朝皇帝如何升祔，避而不谈。

陆树声也不再谈。毕竟宁宗以后的大宋朝不堪一击，即便在宗庙制度上有什么规定，也不足为训。

“树德的意思，我朝亦可仿前朝，把世、庙区别开来，以及增室而不增庙？”他问。

“是，”陆树德应道，“关键是要把世、庙区别开。今宣庙至大行皇帝，凡六世；合太祖、成祖，亦不过八世，无须祧之。至于九庙齐备之后，是否增室而不增庙，尽可再议之。”

“树德既言及再议，可见权宜处置的色彩很浓。我看，朝廷之上，难以通过。”陆树声得出结论。

如他所言，朝廷最后议决的是，大行皇帝升祔，祧宣庙。

第十章

京城的一条胡同里，有个不起眼的小院落。主人姓周，名世臣。其妻室病故，无子女，和他一起生活的，只有一个婢子，姓萧名荷花；还有一个男仆，叫王奎。

家中既有男仆，守门闭户，当然是他来做。这晚合该有事，周世臣在屋里，听到门外有动静。他连着呼唤几声“王奎”，没有回应；于是点起火烛，叫上荷花，亲自去看个究竟。

首先看到的是院门大开，联想到方才的动静，可以断定，有人破门而入。他还没来得及查看闯进院子的是什么人，随着一阵风起，火烛熄灭。同时，几条人影扑将过来。周世臣顺手从窗户底下操起根木棍，与几个人厮打。荷花吓个半死，躲藏在暗处，不敢出声。

周世臣虽习过武，但敌不过众拳。他腿部挨一脚，头上挨一棒，当胸挨一刀，大叫一声，死于非命。

强盗们闯进屋内，翻出周世臣存放细软的匣子。打开匣子，看到里面的银子，大约有一百五十两。他们你伸手拿几块，我伸手拿几块，很快把银子瓜分完毕。这时，在外放风的盗贼飞奔进来，叫道：快走，军老爷就到！众强盗迅即出屋出院，跑得无影无踪。在逃窜时，有人不小心把些许碎银散落在院子里。

躲在暗处偷窥的荷花，见众盗离去，先去看看周世臣的尸体，然后捡起掉在地上的碎银，然后到王奎住的偏房里叫醒他。

“老爷觉少，你也觉少吗！”王奎睡眼惺忪，不住埋怨。

“出天大的事，亏你还睡得着！”荷花道。

“出何事？”王奎问。

“你看这是何物？”荷花松开握着的拳头，让他往手心看。

“银子？你从哪里弄来？”王奎问。

“从老爷身边。”荷花说。

“你好大胆，老爷身边的银子也敢拿！你不怕老爷会为这几粒银子，要你的命！”王奎道。

“我倒想老爷要我的命，好过别人要老爷的命。”荷花说。

“别人要老爷的命？你是何意？”王奎问。

“你做的好事，开门揖盗，让强人要老爷的命！”荷花道。

“胡说！”王奎当然要分辩，“我和往日一般，上床之前，分明把院门关好，谁个开门揖盗！”

“可强人分明是启门而入，并非越墙而入。”荷花道。

“走，你我去看门户！”王奎拉着荷花往外走。

二人走到大门口，检查院门，果然留下被斧头凿开的痕迹。

“得报官吧？”荷花问。

“有盗闯入，当然得报官。”王奎道。

“这会儿就去报官？”荷花又问。

“夜深人静，却去哪里报官！”王奎说罢，反问，“老爷当真已死？”

“我看过，早已断气。”荷花说。

“得报官吧？”这回是王奎问。

“杀死人，当然得报官。”荷花道。

“这会儿就去报官？”王奎问。

“本该就去报官，却不知去哪里报官！”荷花道。

二人正在念叨，一队逻卒赶到。刚才放风盗贼看到的，就是这队逻卒。

逻卒把王奎、荷花围住。带队的巡城指挥张国维，上前问话。

“深更半夜的，为何敞开大门？”张国维问。

“家里被抢。”王奎说。

“家人被杀。”荷花说。

“怎说？”张国维把二人从头到脚打量一番，然后望院里一指。

两名逻卒抢进院内，在院里搜索一番。在周世臣尸体前，二人指指点点，交谈两句。然后，他们进到主人正房搜索一番，拿出一个空匣。

“大人，这家果然被抢。”一逻卒说。

“怎见得被抢？”张国维问。

“此匣显然是装贵重物品的，现已空无一物。”该逻卒说。

“大人，这家果然死人。”另一逻卒说。

“人当真已死？”张国维问。

“一刀插进胸口，应该是当即断气。”该逻卒说。

“你等怎看？”张国维问。

“显见是盗贼闯入，杀死人，抢走东西。”两个逻卒早有结论。

“好不晦气！”张国维吐口唾沫，懊丧地说。明日，大行皇帝的梓宫将移就山陵，城里城外都在戒严，张国维奉兵部指派，巡逻这一片地区，竟碰上一件命案！他手指一名逻卒，问道，“张三，你看怎生处置？”

被唤作张三的逻卒，长一副厚道的脸，却有一肚子的鬼主意。在这一队逻卒中，张国维对他最为倚重。

“二叔，借一步说话。”张三道。他和张国维并非同宗，只因张国维信任，他干脆以长辈呼之。

二人走到一边，张三说：“二叔，他二人的话，有的可采信，有的可采信一半，有的全不可采信。”

“哪句话可采信？”张国维问。

“死人，”张三道，“而且，死者是被杀，不是自杀。他二人不会看错，也无法瞒报。”

“哪句话可采信一半？”张国维问。

“抢东西，”张三道，“家中东西无疑丢失，这一半可采信；但不一定是被人抢去的，这一半不可采信。”

“丢东西，却不是被抢，怎说得过去？”张国维斥道。

“事在人为，事在人说。二叔以为说得过去，就说得过去。”张三说。

“还有一句显见是盗贼闯入。你是说，这句全不可采信？”张国维问。

“二叔明鉴。”张三道。

“这句为何全不可采信？”张国维问。

“二叔难道忘记，自家奉的是何差事？”张三反问。

“奉差巡逻，怎会忘记？”张国维道。

“奉差巡逻，却出强盗闯入民居、劫物杀人之事，此不利于二叔者一也。”张三说。

“此一不利，不能拿我怎样。”张国维说。

“强盗闯入民居，劫物杀人，却未能将强盗捉拿归案，此不利于二叔者二也。”张三说。

“全无线索，要将强盗捉拿归案，倒是件麻烦的事。”张国维心动。

“还有，二叔别看这个院子平平常常，里面住的可不是平平常常的人，死的可不是平平常常的人。”张三又说。

“死者是谁？”张国维问。

“死者周世臣，是庆云侯之后。”张三说。

“张三，朝中有个庆云侯吗？”张国维记不起这么一位爵爷，对庆云侯的来历更是全然不知。

“孝肃皇太后是宪宗皇帝的母后，兄封庆云侯。他的后人没能把爵位一代一代传下去，国戚的身份却是改变不了的，”张三说着，伸出三指，道，“此不利于二叔者三也。”

“宪宗爷爷至今，能传几代，竟败落至此！”张国维感慨一句，然后问，“强盗闯入不可采信，你说怎办？”

“此院住着三人，死一人，不还有二人吗？”张三道。

“你是说，推到那两个人头上？”张国维虽理会他的思路，但有些迟疑，“那二人，张三，你也看到。不像是凶犯模样呀？”

“是不是凶犯，会写在脸上吗？奴仆、婢子，或因结仇或因贪财而杀死主人之事，又不是没出过！二叔看我怎拿他个人赃俱获！”张三做个手势，请张国维去听他审案。

他二人交头接耳的稍久，其他逻卒本来有点儿懈怠。见他二人回来，他们又恢复围住王奎、荷花的阵势。

“死者是谁？”张三问。

“是小民主人。”王奎说。

“是小女子主人。”荷花说。

“我是问他的名字！”张三道。

“周世臣。”王奎、荷花齐道。

“你二人是谁？”张三又问。

“小民是主人家仆。”王奎说。

“小女子是主人婢子。”荷花说。

“我是问你二人名字！”张三道。

“小民叫王奎。”王奎说。

“你的姓不好，”张三道，“人家家仆都和主人同姓，你家主人姓周，你为何却姓王？”

“主人不曾命小民改随周姓，故而小民仍姓王。”王奎说。

“不随主人家姓，居心叵测！”张三不容他分辩，又问荷花，“你呢？”

“小女子叫萧荷花。”荷花说。

“你的名不好，”张三道，“小小的院子，只有个水缸，怎养荷花！”

“小女子的名字是老爷取的。”王奎说。

“你主人给你取这个名字，因早知你是祸根。”张三道。

逻卒们无不窃笑。张国维脸上也挂不住。审案中的荒唐事见得多，但因人姓名而欲加之罪，还从没见过。

“张三，你是何意？”张国维问。

“禀二叔，小侄儿断定，这家主人是他二人所杀。”张三说。

“大人，确是强盗所为，我等怎会杀主人！”王奎、荷花叫屈。

“你说是强盗所为，有何证据？”张三问王奎。

“军爷请看，院门是被砸开的，现有刀劈斧砍的印迹。”王奎说。

“刀劈斧砍不假，但你不能左手拿刀，右手拿斧吗？这等贼喊捉贼的伎俩，瞒得过别人，却瞒不过我，更瞒不过我二叔，”张三道，又问，“你说强盗所为，你看到强盗没有？”

“小民不曾看到。”王奎说。

“你家主人被杀时，你在哪里？”张三问。

“小民在自家的屋里。”王奎说。

“在做何事？”张三问。

“小民在睡觉。”王奎说。

“睡觉？外面杀人，你还睡得着！”张三道。

“小民觉沉，即便打雷，也不会惊醒。”王奎说。

“不仅觉沉，还会梦游吧！”张三讥道。

不想，王奎竟回答：“军爷说的是，小民有时也会梦游。”

这一来，不仅张三喜出望外，张国维和众逻卒也都觉得，他的讯问走上正道：梦游之中，拿根棍棒把主人打一顿，拿把刀子把主人杀死，回去接着睡觉，不是不可能的呀！

“你说主人被强盗所杀，有何证据？”张三又问荷花。

“小女子亲眼所见。”荷花说。

“你亲眼见到何事？”张三问。

“小女子亲眼见到强盗执刀拿棍，亲眼见到主人和强盗厮打，亲眼见到主人不支，被强盗杀害，亲眼见到强盗拿去主人银两。”荷花说。

“你可曾见到，强盗是怎样闯入的？”张三问。

“这却不曾见到，”荷花说，“小女子随主人出屋时，院门已大开，强盗们已经进入院内。”

“你可曾看到，强盗有几人？”张三问。

“有和老爷厮打的，有屋里屋外搜索的，有在外面望风的，小女子没数清楚共有几人。”荷花说。

“你老爷与贼人厮打，你为何不帮你老爷？”张三问。

“小女子早吓破胆，动弹不得。”荷花说。

“你共说三个谎，”张三说着，一一为她数道，“第一，你说你随主人出屋，院门已打开，是个谎言；实则是你和王奎杀主人后，才把院门打开的。门上刀劈斧砍的印迹，是你二人加上的。第二，你说没数清盗贼共有几人，又是个谎言；实则除你主仆三人，根本没进来第四个人。第三，你说吓破胆，动弹不得，更是个谎言；实则不但你能动弹，而且动棍，动刀；不是你击打你家主人一棍，王奎补上一刀，就是王奎击打你家主人一棍，你补上一刀。”

“大人！”荷花欲辩无词。

其实，不用她辩，张三说的好似亲眼所见，反而让张国维和众逻卒难以置信。他们和张三一起走过来的，他们没看见，张三怎会看见？

张三自己也清楚，空口白牙，把荷花的供词推翻，是不够的；还得拿出有力的证据来，才能让张国维和众逻卒信服。

他两只眼睛在荷花身上扫来扫去，忽然停在她的一只手上。那只手攥得紧紧的，看来，不是握着东西，就是心情紧张，想松也松不开。张三想起，第一眼看上去，那只手就是现在的样子。

“手里拿的何物？”张三问。

“没，没拿什么。”荷花下意识地想把手藏起来。

“松开看看。”张三命道。

荷花不由自主地把拳头松开。张三看清她手里握的东西，张国维看清她手里握的东西，众逻卒都看清她手里握的东西。

张三大功告成，得意地说：“二叔，请看！”

“我看到。”张国维道。

“二叔信不信，她会说，是拾到的？”张三问。

“确是强盗们丢下，被我拾到的。”荷花说。

“王奎，你能不能替她想个好点儿的说词？”张三转向王奎。

“小民也没想到会如此。”王奎只能这么说。在别人听来，“如此”二字会有许许多多的解释。

“二叔，还要问吗？”张三让张国维决断。

“不必再问，且将二人羁押起来，明日送官府。”张国维说。

第十一章

嘉靖四十四年的进士中，有两个王三锡，一个是浙江金华人，一个是四川内江人。浙江金华的王三锡，任刑部员外郎。同是嘉靖四十四年的进士、同任刑部员外郎的潘志伊，遇到难题，自然愿和他议论。

听潘志伊略述新近发生在京城的命案，王三锡问道："伯衡兄，该案当真难断？"

"说难断也难断，说不难断也不难断。"潘志伊道。

"伯衡兄先说说不难断。"王三锡揖道。

"不难断，因该案虽有疑点，然一旦将疑点查实，该案自然水落石出。"潘志伊说。

"难断呢？"王三锡问。

"该巡城指挥报来的案情，疑点虽多，合乎情理者亦多，要一一查实，须费时日。"潘志伊说。

"命案重大，费些时日，谁个又能责怪伯衡兄！"王三锡宽解道。

"但愿如天赐兄所言。"潘志伊并没有因他一句话而宽心。

潘志伊字伯衡，南直隶吴江人。王三锡则字天赐。

"疑点既多，伯衡兄先说给我听听如何？"王三锡又说。

"乐意之至，"潘志伊说着，举一例，"譬如，周世臣自幼习过武，不是其仆王奎、其婢杀得了的。"

"一人或杀不了，二人合力也杀不了吗？"王三锡问。

"别说王奎、萧荷花二人；像他等这样的，三四个合在一起，未必杀得了他。"潘志伊说。

"或是二人趁主人不留意时下的手？"王三锡假设。

"若不留意，一人也杀得了。但勘察现场，及周世臣死时的姿态，应是在格斗中被杀。"潘志伊说。

"伯衡兄的推断，不无道理。不过，仅凭这一个推断，恐怕难以推翻巡城指挥的结论。"王三锡之意，是问还有没有别的疑点。

"恐怕天赐兄也难以信服，"潘志伊回应一句，又说下去，"再譬如，周家院门有刀劈斧砍的痕迹，主要是被斧头砍开。”

“巡城指挥怎说？”王三锡问。

“据其报称，系王奎、萧荷花杀害周世臣后伪造。”潘志伊说。

“不是没有可能呀，”王三锡道，“关起门来杀人，再伪造外人闯入的痕迹，我也遇到过这样的案例。”

“劈门的刀，与杀害周世臣的刀，可确认是同一把；但砍开门的斧子，虽在院里再三搜索，并未见到。”潘志伊说。

“或是凶犯随手扔到院墙外。”王三锡推测。

“天赐兄以为，我会粗心到不去左邻右舍查找吗？”潘志伊道。

“或是捡到斧子的人家，恰缺一把斧子用。”王三锡又推测。

“要是我曾以两把斧子的价银悬赏呢？”潘志伊问。

“那没有理由不交出。”王三锡承认。

“还有更重要的证据，”潘志伊道，“周家对门的人家，姓卢，是个卖肉的店家。他亲眼见到，确有一伙人砸开周家院门。”

“亲眼见到？”王三锡表示怀疑。

“他说是亲眼所见，我也相信他是亲眼所见。”潘志伊道。

“邻家有难，他竟坐视不救？”王三锡问。

“所以，巡城指挥向诸邻询问时，他一句话也没说。”潘志伊道。

“他为何会对伯衡兄说？”王三锡问。

“我对他说，王奎、萧荷花二人，决计杀不了周世臣，一定还有第三个帮手。”潘志伊道。

“伯衡兄在暗示，他是第三个人？”王三锡问。

“不错。”潘志伊应道。

“这一招有效？”王三锡问。

“有效。”潘志伊道。

“这算是个有力的人证，伯衡兄何不好生用之？”王三锡问。

“人证虽有力，却不可用。”潘志伊道。

“为何不可用？”王三锡问。

“我实地考证过，他家两扇院门严丝合缝；关上时，根本看不见对面站的人。”潘志伊说。

“哈，伯衡兄好不容易找到的证据，又被自家推翻。”王三锡笑道。

“但我坚信，这个姓卢的邻人，虽看不见对面的情形，却听得到对面砸门的动静。”潘志伊说。

“那又如何？”王三锡问，“伯衡兄自家都无法证实之事，总不能让别人信以为实吧？”

“我并不想让天赐兄信以为实。”潘志伊说。

“不想？”王三锡不信，“伯衡兄举这些事例，不是为的说服我？”

“是的，不是为的说服天赐兄。”潘志伊道。

“那是为何？”王三锡问。

“我只想天赐兄留意此案。说不定日后谳定此案，不在我，而在天赐兄。”潘志伊随口说的一句话，不想竟有后验。

第十二章

张居正一侧坐着吕调阳，对面依次坐着诸大绶、王希烈、申时行、王锡爵。王希烈本来应该坐在前面，但因诸大绶上月已改吏部侍郎，吏部侍郎的排位总是在礼部侍郎的前面。

“克之先生，你胜于我呀！”张居正对王希烈说。

王希烈字克之，江西南昌人，嘉靖三十二年进士。

如果张居正说，诸大绶、申时行胜于他，一定是指此二人都是状元出身，哪怕说王锡爵胜于他，也是指王锡爵是他那一科的会元和榜眼；如果张居正说，吕调阳胜于他，一定是指吕调阳不管是任侍郎也好，任尚书也好，一直兼着翰林院学士，而张居正仅兼过翰林院侍读学士。唯独张居正说，王希烈胜于他，是找不出任何理由的。

“叔大先生所言差矣，在下无一处胜于叔大先生。”王希烈说。

“谁说的？”张居正道，“克之先生还记不记得，中的是二甲第几？”

“二甲第四十四名。”王希烈说。

“克之先生还记不记得，我是二甲第几？”张居正又问。

“具体是二甲第几，在下记不得，只记得名次甚前。”王希烈说。

“是二甲第九名。”张居正说。

“以此而论，叔大先生也远胜于在下。”王希烈道。

“可选庶吉士，克之先生是第几名？”张居正问。

“第二名。”王希烈说。

“我却在第八名，岂不是克之先生胜于我！”张居正道，王希烈欲分辩，被他拦住，“说笑而已，克之先生切莫放在心上。”又对其他人说，“君等在此，我更不敢论名次。今日约君等来，只论职事，不论名次，好不好？”

“好。”诸大绶等四人应道。

“论职事，君等有同有不同；今日把君等一起请来，论的当然是相同的职事。”张居正说。

“是。”诸大绶等四人应道。

“端甫先生，何谓君等职事有同有不同？”张居正忽问诸大绶。

“我等皆翰林，此同也；克之先生和我虽兼职翰林，但他还有礼部的职事，我还有吏部的职事，此不同也。”诸大绶说。

“汝默状元以为然否？”张居正问申时行。

“然。”申时行应道。

“元驭以为我今日要与君等论的，是翰林职事吗？”张居正问王锡爵。

申时行字汝默，南直隶长洲人。他和王锡爵都出自嘉靖四十一年那科。

“晚生以为，又是又不是。”王锡爵说。

“怎讲？”张居正问。

“既曰有同有不同，自当又是又不是。”王锡爵说。

“元驭解题，确与别人不同，”张居正笑道，“我今日要与君等议的是纂修实录。纂修实录，翰林几乎人人参与其中，可以说是翰林的职事；但纂修实录另开史馆，另有委任，又不是翰林的职事。”

“叔大先生说的是。”诸大绶等应道。

“今者两部实录同时在修，和卿先生看，先议哪一部？”张居正好像才想起，吕调阳也在座。

“世宗实录在前，穆宗实录在后，先议世宗实录可；世宗实录虽修数载，比较起来，仍是穆宗实录简而世宗实录繁，先议穆宗实录亦可。”吕调阳想得很周到，又推给张居正决定。

大行皇帝尊谥庄皇帝，庙号穆宗，早在七月初议定。但在一段日子里，大臣们还是愿意称大行皇帝，或先帝。今日谈论的是修实录，他们才改用正式的庙号。

“那就先议穆宗实录，”张居正道，“一来，先简后繁，议事、办事，当遵此道；二来，也是为汝默、元驭两位后进着想。”

申时行、王锡爵相互看一眼，都不知为他二人着想是什么意思。

“汝默，修世宗实录，你选入史馆吧？”张居正问申时行。

“是。”申时行应道。

“元驭，修世宗实录，你也选入史馆吧？”张居正又问王锡爵。

“是。”王锡爵应道。

“我想让二位退出史馆。”张居正说。

不仅申时行、王锡爵对他的决定感到意外，诸大绶、王希烈也对他的决定感到意外。

“两位阁老皆知，修世宗实录事繁，与事者是少，而不是多；修史大才更是少，而不是多。”诸大绶说。

“此事我亦感为难，但不出史馆，怎得再入史馆！”张居正道。

“原来出之是为入之，叔大先生之意，是让汝默先生、元驭先生专心于修穆宗实录吧？”诸大绶悟出他的用意。

“不仅专心于修穆宗实录，而且，要担更大的责任，”张居正道。“端甫先生不是称他二人为修史的大才吗？由他二人任修穆宗实录副总裁，端甫先生以为如何？”

“人选甚是恰当。”诸大绶说。

“叔大先生——”申时行、王锡爵欲谦辞。

“汝默，元驭，我有话对你二人说，”张居正不给他二人机会，“朝廷有两部实录同时要修。两部实录的总裁官都是我，二位看，我是不是该辞去其一？”

“以今日重臣论之，舍叔大先生，谁可总裁？”申时行道。

“叔大先生欲辞，皇上也不会准的。”王锡爵说。

“我不可辞，欲请二位帮我分担，二位难道忍心推辞？”张居正道。

“晚生等亦不敢辞。”申时行、王锡爵齐道。

“请二位分担，是我真心的话，”张居正说，“两部实录同开史馆，当然没有轻重之分，却有繁简之别。我的精力，可能要更多放在修世宗实录上；修穆宗实录，只有更多仰仗二位。”

说着，他朝申时行、王锡爵揖了揖。

二人忙起身，深作一揖，齐道：“朝廷委任，叔大先生托付，我等不敢辜负，自当尽心竭力。”

“二位请坐。”张居正对二人作个手势。

“修史皆有凡例。叔大先生看，纂修穆宗实录的凡例，是今日议之，或是我等拟出个眉目，再请叔大先生裁定？”王锡爵趁机请示。

“你等先拟吧，”张居正道，又说，“我望于君等的，只有一事；今日修的是实录，当为信史，莫让后人讥我实录不实。”

“是。”申时行、王锡爵应道。

“和卿先生，再议世宗实录吧。”张居正多余地对吕调阳说一句。

“好。”吕调阳也多余地应一声。

“端甫先生、克之先生想必已觉出自家的担子更重吧？”张居正问。

“是。”诸大绶、王希烈应道。

“重在哪里？”张居正又问。

“参与修史的汝默先生、元驭先生另有任用。”诸大绶说。

“一定还有别的史官抽调出来，专修穆宗实录。”王希烈补充。

“远不止于此，”张居正说着，问道，“端甫先生可还记得，开史馆纂修世宗实录，始于何年？”

“晚生记得，始于隆庆元年。”诸大绶说。

“几月还记得吗？”张居正又问。

“大约在四月。”诸大绶说。

张居正点点头，转问王希烈：“克之先生可记得，总裁有几名？”

“在下记得，共计六名。”王希烈说。

“已过数载，还说得出是哪六名吗？”张居正又问。

“除叔大先生外，有徐少师、李少保、郭少保、高少保、陈学士。”王希烈说。这是当时的所有内阁大臣，即徐阶、李春芳、郭朴、高拱、陈以勤和张居正。

“难得克之先生全都记得，”张居正说着，问诸大绶，“端甫先生可还记得，副总裁有几名？”

“晚生记得，共计五名。”诸大绶说。

“克之先生说得出六名，端甫先生一定说得出五名吧？”张居正激他。

“晚生试言之，”诸大绶道，“副总裁有大宗伯高公、吏部左侍郎赵公、吏部右侍郎陆公、礼部左侍郎潘公，及礼部右侍郎殷公。”

他说的是高仪、赵贞吉、陆树声、潘晟和殷士儋。

“至今日，总裁官还有几人在朝？”张居正问王希烈。

“仅叔大先生一人。”王希烈说。

除徐阶在隆庆二年七月致仕，高拱在今年六月被罢，郭朴在隆庆元年九月致仕，陈以勤在隆庆四年七月致仕，李春芳在隆庆五年五月致仕。

“副总裁官还有几人？”张居正问诸大绶。

“仅陆公一人。”诸大绶说。

除高仪入阁，于今年六月病逝；赵贞吉于隆庆三年八月入阁，隆庆四年十一月致仕；潘晟于隆庆四年十一月升任礼部尚书，今年三月致仕；殷士儋于隆庆四年十一月入阁，隆庆五年十一月致仕。朝中见得到的，只有陆树声一人。

“他并非副总裁。”张居正摇着头说。

诸大绶一想，众人一想，可不是！陆树声辞吏部侍郎之职时，也辞去《世宗实录》副总裁官。尽管他又还朝，而且是以礼部尚书的职位还朝的；尽管朝廷可能重新任用他为副总裁官，甚至是总裁官，但隆庆元年所任的副总裁，已经一个也不在朝。

“叔大先生说的是，副总裁之位已虚；不过，与吉先生既还朝，再入史馆应该不成问题。”诸大绶说。

“诚如端甫先生所言，陆公可再入史馆，”张居正同意他的说法是虚，随即又问，“但端甫先生想过没有，副总裁并非虚设，陆公年事已高，比我年长一轮还多，你忍心让他一篇一篇地审阅，一字一字地斟酌吗？”

“此事倒不可不虑。”诸大绶道。

“所以，与其让陆公再来作这件力所不能及的事情，不如另任两名稍微年轻又具史才的副总裁，”张居正说着，问王希烈，“若由克之先生推举一人，克之先生会不会推举端甫先生？”

“在下会。”王希烈道。

“若由端甫先生推举一人，端甫先生会不会推举克之先生？”张居正又问诸大绶。

“晚生会。”诸大绶道。

“和卿先生，是否可以视作他二位已彼此推举？”张居正问吕调阳。

“我看可以视作。”吕调阳笑着说。

“岂止可以视作，端甫先生、克之先生彼此推举，简直显而易见。”申时行、王锡爵也笑着说。

“和卿先生，却不知他二位彼此接受对方的推举，是可以视作，还是显而易见呀！”关键的问题，张居正仍然不直接对本人提出。

“他二位都未峻拒，或婉拒，至少是可以视作接受。”吕调阳说。

“未峻拒，可以视作接受；连婉拒的表示都没有，应该是显而易见的接受。”申时行、王锡爵说。

在张居正和另几人的问答之下，诸大绶、王希烈不可能有别的选择。

“我等不敢辞。”二人道。

“端甫先生、克之先生肯就《世宗实录》副总裁官，我甚慰之，”张居正的言谈，在保持从容的同时，又增加几分诙谐，“我方才对汝默、元驭说，两部实录同修，我的精力可能会更多地放在世宗实录上，他二位可信之，你二位切莫信之。身为首辅，应该把修实录视作第一等的大事，这是没问题的。但朝廷大政，君等可以不议，我却不可以不议；君等可以不决，我却不可以不决。故而，我的精力可能会更多地放在朝政上。修世宗实录，二位要多费心。”

说着，他向诸大绶、王希烈一揖。

二人忙起身，深作一揖，齐道：“朝廷委任，叔大先生托付，我等不敢辜负，自当尽心竭力。”

“元驭先生方才问及凡例，我却想问，凡例之外，叔大先生还想为修世宗实录做何规定？”诸大绶趁机问。

“端甫先生最想我规定何事？”张居正反问。

“譬如期限。”诸大绶道。

“端甫先生要我做的，是我无法做出的规定呀！”张居正说，“不过，规定虽然做不出，我还是想说几句。自开史馆，世宗实录已修六载。长不长呢？不妨做个比较。太祖高皇帝实录，自革除元年开馆，至永乐九年最后完稿，共计十三年；其所记述，始于前元至正十一年，止于洪武三十一年，共计四十七年。嘉靖凡四十五年，修实录仅六年，似不算长。不过，切不可忘，太祖高皇帝实录，曾三易其稿，和今日情形是不能比较的。成祖文皇帝实录，自洪熙元年五月始修，迄宣德五年五月定稿，整整五年；其所记述，始于洪武三十一年闰五月，止于永乐二十二年八月，共计二十六年。与之比较，六年似乎也不算多。但修成祖文皇帝实录，五年而成，今世宗实录已修六年，距最后定稿相去甚远，再修三年、四年、五年，甚至六年，能不能竣工？所以我看，六年不能算少。”

“听叔大先生细算这笔账，我等皆有紧迫之感。”诸大绶、王希烈说。

“叔大先生所言三年、四年、五年，甚至六年，能不能视作期限？”诸大绶又问。

“我看，与其定这样一个期限，不如定另外一个期限，”张居正说，“不知叔大先生说的是何期限？”诸大绶问。

“以一月为期，限编成一年之史。”张居正道。

“叔大先生指的可是初稿？”诸大绶问。

“是经两位副总裁修改过的史稿。”张居正道，“每月终，端甫先生、克之先生将一年的史稿送至内阁，我再作最后删润，如何？”

诸大绶、王希烈还没来得及表态，申时行、王锡爵在另一旁赞道：“这个法子甚好！”

“汝默、元驭既以为好，修穆宗实录，也照此办理。”张居正说。

“是。”申时行、王锡爵应道。

“我方才寄望汝默、元驭，穆宗实录须修成一部信史；端甫先生，克之先生，我对世宗实录也有此期待。”张居正又说。

“是。”诸大绶、王希烈应道。

“和卿先生，还有什么要说？”张居正最后问吕调阳。

“该说的，叔大先生已说，我没什么要说。”吕调阳道。

第十三章

冯保给皇帝读疏，保持着同一声调、同一语速。这是司礼太监都必须掌握的技巧。而在特别想引起关注的时候，他会特意把语速放慢，而不是把声调提高；声调提高，怕惊着皇帝。

对皇帝来说，听冯保读疏，往往是件烦闷的事。同样的声调，同样的语速，会催人入睡。听着无味，又不能不听；坐着很累，又不能乱动。因此，在冯保语速放慢的时候，他会突然兴奋起来。

“大伴，这句朕没听清，再读一遍，”他命道。“没听清”，是他让冯保再读一遍的唯一理由；他从来就没想过，冯保的语速放慢，他怎么反而听不清。

“是。”冯保应一声，把这两句再读一遍。

“唐高不君，则天——”皇帝想重复，但在第六个字后卡住。

“唐高不君，则天为虐，几危社稷。此固不足为皇上言；然往古覆辙，亦当为鉴。”冯保也没料到，他竟能再次重复。

“此处写的，是个典故吧？”皇帝问。

“爷说的是。”冯保应道。

“大伴给朕讲讲。”皇帝命道。

“唐高，即唐高宗，是唐朝第三个皇帝，唐太宗之子；则天，即武则天，是唐高宗的皇后。唐高不君，则天为虐，是指唐高宗虽做皇帝，却担不起皇帝的责任，朝政由武则天决断；在他崩后，武则天更自己做起皇帝，改建周朝。”冯保的讲述耐心且细心。

“大伴说，他这个典故用得好不好？”皇帝问。

“爷既问，想必是觉得不好？”冯保反问。

“朕不是觉得不好，只是有不明之处。”皇帝说。

“爷有何不明之处？”冯保问。

“朕只觉得有不明之处；大伴一问，朕又说不出来。”皇帝道。

“奴才说说自家的不明之处，好不好？”冯保问。

“好，你说！”皇帝道。他最怕的是冯保问，自己答不出来；冯保主动解围，在皇帝是求之不得。

“奴才有两个不明之处，”冯保说，“一则，该疏用这个典故，唐高指的是谁，则天指的是谁？”

“大伴问得好，此事朕亦不明。”皇帝道。

“二则，该疏因星变及慈宁宫灾而陈言，请遍查宫中曾蒙先朝宠幸者，体恤优遇，其余无论老少，一概放遣。这本来是一件很小的事，怎么会引出‘唐高不君，则天为虐’的典故来？”冯保说。

“大伴说得好，体恤、放遣，和这个典故根本挨不上边。”皇帝随声附和，并问，“疏写得不好，大伴说，该如何处置？”

“若是写得不好，倒不要紧；奴才担心的是，有人借古讽今，影射老皇爷，影射圣母皇太后。”冯保说。

“大伴说，该疏究竟有无影射？”皇帝问。

“爷恕罪，奴才不便判定。”冯保说。

他说不便判定，必有不便判定的缘故。皇帝换个问题。

“此疏是谁人写的？”皇帝问。

“广西道御史胡涍。”冯保道。

“胡涍？这个名字，朕有点儿印象。”皇帝说。

“爷好记性！两三个月前，胡涍曾上一疏。”冯保说。

“写的何事？”皇帝问。

“他说，爷不该把张宏召回京师。”冯保说。

张宏是南京守备太监，和冯保私交甚厚。冯保掌印后，奏请皇帝把他召回，以为自己援手。这事引起外朝不少议论，胡涍上疏直言之。他的奏疏里有“严驭近习，毋惑谄谀，亏损圣德”，矛头对准冯保。

“哈，朕知大伴为何不便判定！”皇帝道，“胡涍前一疏是说你的。你说胡涍并无影射，怕放过坏人；说胡涍实存影射之心，怕别人说你报复。是不是？”

“爷圣明。”冯保道。

“大伴不便判定，谁人可判定？”皇帝问。

“内阁张先生学问最好。”冯保说。

“那就请张先生来为朕判定。”皇帝命道。

张居正从内臣的嘴里，得知皇帝宣他进宫的事由，已经拿定主意。

“张先生，读疏！”皇帝道。

“是，”张居正应一声，认真地把胡涍的奏疏从头到尾读一遍，然后，呈递上去。

“张先生以为，此疏为优等，抑或劣等？”皇帝问。

“日前星变，及慈宁宫灾，廷臣应诏陈言，各有论述。臣以为，此疏所言之事，说不上是特大之事，却也不是无中生有之事；故而说不上优等，也说不上劣等。”张居正说。

“那么，疏中所引唐高、则天的典故，张先生以为如何？”皇帝问。

“臣以为，不甚恰当。”张居正说。

“怎的不甚恰当？”皇帝问。

“先朝宠幸的宫人是否体恤，其余宫人是否放遣，和唐高、则天之事，实为风马牛不相及。”张居正说。

“先生所言极是；朕也以为该疏前言与后语，毫不相干。”皇帝说着，又问，“张先生看，该疏有无影射？”

“影射？”张居正知道这两个字指的是什么，更知道这两个字的分量。都说童言无忌，胡涍做几年御史，怎么也这等口无遮拦！武则天曾以皇太后的身份，总制朝政。如果说影射，除了影射当今的圣母皇太后，还能影射谁人！而一旦承认该疏影射，那绝不是处分一个御史可以了结的。朝廷在高拱罢相后事态渐趋平静，张居正不想为这样一篇无足轻重的奏章，掀起波澜。

“朕不解的是，该疏中所言唐高，影射的是谁人；疏中所言则天，影射的是谁人？”皇帝又问。

“臣以为，言官之疏，无须分为优等、劣等，言之有物，即是好疏。臣还以为，言对宫人的体恤，或遣放，而引唐高、则天之典，不甚恰当，不，应该说甚不恰当，”张居正把自己方才的意思重复一遍，然后回到皇帝的问题，“不甚恰当，或甚不恰当，不过不恰当而已。臣以为，该御史并非有意以唐高、则天之典影射今事。”

“张先生是说，该御史用错典故，并非有意？”皇帝问。

“是。”张居正应道。

“言官言事，用错典故，要不要处分？”皇帝问。

“应予处分。”张居正道。

“张先生看，当如何处分？”皇帝问。

“皇上可予以申饬。”张居正道。

“予以申饬，是否太轻？”皇帝似有异议。

“该御史若存心影射，不仅予以申饬太轻，就是罚俸、降职、下狱、发戍，亦不为过；但该御史仅用典不恰当，而不是存心影射，且是应诏陈言，臣以为，予以申饬可矣。”张居正说。

处分太轻，皇帝稍感失落。而在失落的同时，他又有个调皮的想法：皇考弥留之际，在御榻前有三位顾命大臣，即内阁三臣，还有一位顾命太监。皇考宾天后，三位顾命大臣，朝中留下一人，顾命太监却还健在。今顾命太监想我从严处分御史胡涍，顾命大臣想我从轻处分胡涍，让他二人去争吧，我才不夹在中间为难呢。

想到这里，他问："张先生看，当如何申饬？"

"臣以为，用狂悖二字足矣。"张居正说。

"好，就请张先生与冯大伴合计，拟出个批复来。"皇帝命道。

以沆瀣一气斥责张居正、冯保的高拱已被逐，而且又是奉旨议事，他们用不着再避人耳目。冯保进到内阁，申明来意，吕调阳是局外人，和冯保打个招呼，随即离开。

"叔大先生不该坏我好事。"冯保埋怨道。

"我怎的坏冯公好事？"张居正问。

"胡涍那厮，与我为仇；今借他暗讽宫里的事，正好假以颜色。叔大先生为何把他救出危境？"冯保道。

"看来，影射二字，是冯公教给皇上的？"张居正笑问。

"不是我教给皇上的；皇上聪慧，是自个儿悟出来的。"冯保道。

"冯公教给皇上的也罢，皇上自个儿悟出来的也罢，我却不敢轻易把此二字接过来。"张居正说。

"二字虽有分量，接过来也不至于如此之难吧！"冯保道。

"冯公既知此二字的分量，难道不知此二字一出，不致人于死地，是收不了场的？"张居正问。

"因言事而毙命，哪朝没有几个！"冯保不以为意地说。

"虽都死人，但死人与死人不同。"张居正道。

"有何不同？"冯保问。

"一则，自古以来，因言事而毙命，或以直言，或以腹诽。以直言而定罪，亦当戒之；以腹诽而定罪，更非盛世所宜。胡涍该疏，一定要说他影射，冯公说得出是影射谁人吗？反正我读疏之后是说不出来的。二则，以星变及后宫之灾，而请体恤、遣放宫人，这是不错的；胡涍错在不该乱用史典。为该疏而置他于死地，小而言之，该体恤的宫人还体恤不体恤，该遣放的宫人还遣放不遣放？大而言之，日后朝廷再因星变而求言，再因灾异而求言，谁个还敢言之！三则，胡涍用错史典，并不是件大事，因星变及后宫之灾而言及体恤、遣放宫人，也不是件大事。以此不大之事，而杀一不重之臣，实为不智。四则，今上年幼，因言事而杀言官之责，谁来担当？传之天下，传之后世，冯公难道不怕背负骂名？”张居正一连说出四个理由。

“如此说来，叔大先生反是为我好？”冯保不由沉吟起来。

“拳拳之心，望冯公体察。”张居正说着，一揖。

“叔大先生，我在琢磨你说的第三事，”冯保道，“叔大先生说，以不大之事，杀一不重之臣，实为不智，我以为然；若以一惊天动地之事，杀一显赫之人，又当如何？”

“自当别论。”张居正回应道。

第十四章

刑部尚书王之诰拜谒张居正时，张居正和他谈起刑部的案子。

“每到岁尾，刑部都有些难以决断的案子，今年有没有？”张居正问。

“有一两个。”王之诰说。

“说来听听。”张居正道。他本来对刑狱不是特别有兴趣，今天不知是得闲，还是因为王之诰才从陕西三边总督任上召还不久，他想看看王之诰是否进入新的角色，或因为王之诰也是湖广人，他想表示一下亲近，竟问起具体案例。

“庆远侯后人周世臣被杀，即一例。”王之诰说。

“此案我记得，告若先生为何说它难以决断？”张居正问。

“套用我乡一句俗话，公说公有理，婆说婆有理。”王之诰说。

“这句俗话，不仅我荆楚人说，各省人似乎都在说。不过，”张居正笑了笑，问道，“告若先生说的公是谁个，婆是谁个？”

“一方是巡城指挥，一方是刑部属官，谁个是公，谁个是婆，无所谓的。”王之诰道。

“告若先生为大司寇，不妨以刑部属官为公。”张居正说。

“多谢厚爱。”王之诰揖道。

“我想，应该是婆先开的口。”张居正推测。

“叔大先生说的是。”王之诰道。

“婆怎说的？”张居正问。

“巡城指挥张国维断定，周世臣为家奴、家婢所杀。”王之诰说。

“有无依据？”张居正问。

“有，”王之诰应道，并想具体陈述张国维的根据。“譬如——”

“告若先生不必具体言之，”张居正打断他，又问，“公怎说的？”

“本部员外潘志伊以为，周世臣非家奴、家婢所杀。”王之诰说。

“不用说，他也有依据。”张居正道。

“叔大先生说的是。”王之诰应道。

“不用说，他的依据不足以推翻张国维的依据。”张居正道。

“叔大先生说的是。”王之诰应道。

“若杀错，告若先生笔下多个冤魂；若放错，杀人偿命的律条成句空话。此案确实难以决断，”张居正说两句理解的话，然后问，“告若先生打算如何处置？”

“正要请教叔大先生，”王之诰本来没想说的，张居正既问，说说也无妨。“潘员外称，既有疑点，理应重新审理；待将疑点一一查实之后，再定有罪无罪，该斩该释。”

“告若先生怎想的？”张居正问。

“人命关天，不可不慎。”王之诰道。

“告若先生能这么想，实朝廷之幸，我亦甚慰。你转告潘员外：凡可疑之处，皆须认真查实。周世臣确为家中奴、婢所杀，无非是让他等多活几日。今年不决，可明年决之；明年不决，可后年决之。他等若是蒙冤，却要早日平反。”张居正说。

“是。”王之诰应道。

一桩案子谈出结果，张居正意犹未尽。

“还有何难以决断的案子，告若先生想对我说？”他问。

“刑部欲缓杀一人，蒙叔大先生成全；刑部欲速杀一人，亦望叔大先生成全。”王之诰说。

“速杀一人？”这个提法引起张居正兴趣，他问，“刑部欲杀谁人？”

“已废黔国公沐朝弼。”王之诰道。

沐氏兴旺，始于沐英，国初封西平侯，死后追封黔宁王。第二位西平侯是沐英长子沐春。沐春死，无子，由二弟沐晟袭爵。永乐六年，沐晟以征安南功，进黔国公。第三代黔国公沐琮之后，世系变得混乱。一来，沐琮无子，爵位传给沐晟之弟沐昂的后人沐昆；二来，沐昆传沐绍勋，沐绍勋传沐朝辅，沐朝辅传沐融。沐融及弟沐巩相继夭折，由沐朝辅弟沐朝弼袭爵。隆庆四年，廷议沐朝弼罪，削爵，逮京，其子昌祚袭爵。

“他解到京有些日子吧？”张居正问。

“是。”王之诰应道。

“现押于何处？”张居正问。

“押于诏狱。”王之诰道。

“告若先生之意，今年的朝审之期已过，刑部不欲延至明年朝审后再决，而欲速决？”张居正问。

“是。”王之诰应道。

“告若先生能否告诉我，为何欲速决？”张居正问。

“沐朝弼罪恶之重大，心地之险恶，骇人听闻。”王之诰说。

“告若先生请具体说说。”张居正道。

“沐融袭爵，以年幼，朝廷命沐朝弼佩印代镇。三年后，沐融年稍长，而猝死。沐融卒，沐巩当嗣。沐朝弼嫡母，即沐融、沐巩祖母李氏，请护送沐巩来京抚养，待其长成，还镇云南。朝廷准允。然沐巩未至京而猝死，沐朝弼遂得袭爵。”王之诰说。

“告若先生是想把此事列为沐朝弼罪状之一吗？”张居正问。

“是，”王之诰应道，“沐朝弼存夺爵之心，沐府妇孺皆知；所以，李氏才奏请于朝，送沐巩来京。不想，沐巩仍然猝死。”

“莫道连害二侄，连害二爵；即便其一死于他手，也是万死难辞，”张居正说着，命道，“告若先生再说罪状之二。”

“是。”王之诰应一声，说道，“沐朝弼嫡母担心他加害孙儿，而庇护不得。他不仅对嫡母无礼，对生母亦无礼；不仅对嫡母、生母无礼，对嫂尤无礼。须知，其嫡母、生母，以及其嫂，皆诰命夫人。不敬她等，即不敬朝廷，不敬父兄。”

“罪之三？”张居正问。

“昆明城里，有公爵府。沐朝弼袭爵，当居公爵府，无可厚非。然沐朝辅在昆明城里另有宅屋，在昆明城外有多处田产，沐朝弼一概据为己有，致使沐朝辅遗族难以生存。”王之诰说。

“罪之四？”张居正问。

“罪人蒋旭，有司缉拿多时，无所获，却原来被沐朝弼藏匿于公府之中。”王之诰说。

“罪之五？”张居正问。

“命手下亲信，携调兵火符，遣入京师，窥测朝廷动向。”王之诰说。

“罪之六？”张居正问。

“愤于子沐昌祚袭爵，沐朝弼欲刺杀之。”王之诰说。

“罪之七？”张居正问。

“日前仅坐实六罪，尚无其七。”王之诰说。

“倘若真的能坐实六罪，沐朝弼是可以论死的；倘若罪状之二以下，罪状之五以上，有一二罪无法坐实，沐朝弼也是可以论死的。可惜——”张居正留下半句话，让王之诰自己说。

“叔大先生是说，沐朝弼与沐融、沐巩二爵之死有牵连，及欲杀沐昌祚，尚不能坐实？”王之诰问。

“告若先生以为能坐实吗？”张居正问。“二侄猝死，不能说和沐朝弼没干系；但有谁指证，是他投毒所致？欲杀亲子，一定有人首告；但是否说得出，他打算如何下手？”

“有人或言及此，尚不能坐实。”王之诰承认。

“尚不能坐实，如何速其死！”张居正回绝他的请求。

“我倒是听得出来，叔大先生不仅不赞成沐朝弼速死，且不赞成沐朝弼论死。”王之诰说。

“这也毋庸讳言。”张居正并不否认。

“那么，沐朝弼罪状之三、之四、之五，皆无足轻重？”王之诰问。

“不敬母、嫂，夺兄宅、田，隐匿罪人，称之为罪恶之重大，亦无不可；但以之论死，却略嫌不足。再者，沐朝弼亦黔国之后，亦曾袭爵，就更不能轻易杀之。”张居正说。

“叔大先生是不是说，对勋臣之后，须得另眼看待？”王之诰心有不甘地问。

“对别的勋臣之后，无须另眼看待；对沐朝弼，确须另眼看待。”张居正说。

“请叔大先生明示。”王之诰揖道。

“好。”张居正的确有更深一层的意思，本来要直接对王之诰说的；但一开口，忽然改问，“告若先生说，沐融年幼袭爵，朝廷命沐朝弼佩印代镇，是不是？”

“是啊。”王之诰应道。

“此者有无故事？”张居正问。

“有，”王之诰应道，“正统时，沐斌年幼袭爵，朝廷命其叔父沐昂代镇；景泰初，沐琮年幼袭爵，朝廷命沐昂孙沐璘，以都督同知代镇。”

“加上沐朝弼代镇，其事有三。”张居正说。

“有四，”王之诰道，“沐璘卒，又命其弟沐瓒以都督同知代镇。”

“好，有四，”张居正回应之后，问道，“似这等屡次代镇一方的情形，别的勋臣府上有没有？”

“在我的印象里，没有。”王之诰说。国初的勋臣，总镇一方的再找不出第二个，更不要说由本府旁支代镇的情形。

“沐府与别府不同，这可算一事吧？”张居正道。

“可算一事，”王之诰只是简单地回应，没说别的。一来，张居正的意思远没有表达完全；二来，他也想表达自己的意思：仅此一事，还不能说明应对沐朝弼另眼看待。

“告若先生说，沐融、沐巩先后猝死后，沐朝弼遂得袭爵，是不是？”张居正又问。

“是啊。”王之诰应道。

“此者有无故事？”张居正又问。

“似无故事。”王之诰说。

“没有吗？”张居正驳道，“沐琮死后，却由谁人袭爵？”

“不错，沐琮无子，死后由沐瓒之孙沐昆袭爵。”王之诰说。

“既如此，告若先生为何称并无故事？”张居正问。

“沐昆袭爵，与沐朝弼袭爵，有所不同，”王之诰说，“一来，沐琮成人后，亲镇多年，确实无子，死后才由沐昆袭爵的；沐融、沐巩，均不曾亲镇。二来，沐昆并不曾代镇，沐朝弼则相继代沐融、沐巩而镇。”

“告若先生是想说，沐昆袭爵，不曾做手脚，也没有机会做手脚；沐朝弼袭爵，却不然吧？”张居正问。

“是。”王之诰应道。

“我问的却是，沐昆、沐朝弼是否均由旁系而袭爵。”张居正道。

“是。”王之诰应道。

“似这等世系迭变的情形，别的勋臣府上有没有？”张居正问。

“在我印象里，也没有。”王之诰说

“那么，沐府与别府不同，这可算第二事吧？”张居正道。

“可算第二事。”同样是简单的回应，但王之诰心里已经在想：对沐朝弼可能应该另眼看待。

“还有一事，告若先生不曾说，我想问一问。”张居正说。

“叔大先生欲问何事？”王之诰问。

“告若先生说，当初沐昂代镇，有无绩效？”张居正道。

“有啊，”王之诰应道，“其时，官军讨思任发，沐昂主馈运，胜任。”

“其后，沐璘代镇，有无绩效？”张居正问。

“有啊，”王之诰应道，“沐璘整顿滇军，肃然不可犯。”

“其后，沐瓒代镇，有无绩效？”张居正问。

“有啊，”王之诰应道，“沐瓒代镇七载，荡平沾禄诸寨，及思卜发等构乱土官。”

“最后，沐朝弼代镇，有无绩效？”张居正问。

“亦有之，”王之诰应道，“元江土舍那鉴叛朝廷，沐朝弼讨平之。”

“沐昆得以袭爵，和沐昂、沐璘、沐瓒等代镇有功，沐朝弼得以袭爵，和他代镇有功，并非无关吧？”张居正问。

“主要是沐琮、沐融、沐巩无后，其次才是沐昂、沐璘、沐瓒、沐朝弼等代镇有功。”王之诰试图说得更精确。

“告若先生承认有关就好，”张居正道，并问，“似这等代镇则有绩效的情形，别的勋臣府上有没有？”

“在我印象里，更没有。”王之诰说。

“那么，沐府与别府不同，这可算作第三事吧？”张居正问。

“可算第三事。”王之诰已经完全被他说服。

“告若先生看，为何会有这三个不同？”张居正问。

“一则云南远在西南边陲，二则沐氏世代镇守云南。”王之诰说。

“告若先生有见于此，就应该知道，对沐府须另眼看待，对沐朝弼须另眼看待。沐氏为朝廷守西南边陲近二百年，日后，朝廷还要用沐氏守西南边陲。所以，处分沐府的事，要比处分其他勋臣府上事，加倍慎重。”张居正说。

“承教，承教！”王之诰连连揖道，“刑部前议，颇为偏激，我等当再议。”

经廷议，沐朝弼免于一死，安置南京为民。

第十五章

慈圣皇太后挥了挥手，让女官和宫女们都出去；并招了招手，让冯保再近前一些。

“你可知，我为何要让她等出去？”慈圣皇太后问。

“太后有机密的事要和奴才说？”冯保猜测。

“要说的事，并非机密；倒是今日我和你说起此事，不想让人知道，”慈圣皇太后说，“后妃不得干政，是我太祖高皇帝明训，后虽有宣德、正统两朝皇太后、太皇太后听政，却不可为例；况且，仁宗诚孝皇后之风范、识见，岂是我等可比！但今日听皇上说起一件事，似有不满，又语焉不详；我放心不下，不得不叫你来问问。”

冯保大约能猜出，皇帝是因哪件事不满，是对谁人不满，也立刻设想该如何应对。但在说到具体事情之前，先要说几句让慈圣皇太后高兴的话；或许，不仅为让慈圣皇太后高兴，也是他的心里话。

“英庙承继大统，仅九龄，诚孝皇后垂训、听政，成就一番帝业，后世称颂者多。今上十岁登极，太后垂训、听政，不仅是皇上之愿，也是奴才之愿、外廷之愿。”冯保说。

“我问问朝廷的事，不过是就事论事，不必戴上一顶听政的大帽子。”慈圣皇后说。

“是。”冯保应道。

“皇上说，内承运库太监崔敏奏请银两，外出购金、购珠、购宝石，有这么一回事吧？”慈圣皇太后问。

“有。”冯保应道。

“内承运库的太监奏事，皇上有没有问过你？”慈圣皇太后问。

“问过。”冯保应道。

“你怎说的？”慈圣皇太后问。

“奴才回爷话：此事当垂询于内阁张先生。”冯保说。

“说得好！”慈圣皇太后赞道，“虽是内承运库的事，也该听听张先生怎么说。冯保，我看，这可以定作一条规矩。”

“是。”冯保应道。

"张先生怎说？"慈圣皇太后问。

"张先生回奏：六月间奉旨停止，今忽有此举，则前诏不信。乞暂停之，以少苏民力。"冯保回忆张居正的话，尽量一字不差地重复。

"他驳回得好！"慈圣皇太后又赞道，"停止买办，写在皇上登极诏书里，怎么连年号还没改过来呢，就要食言！冯保，你把登极诏书里答应做的那些事，一条一条再给皇上念一遍，让他千万别忘。"

"是。"冯保应道。

"不过，"慈圣皇太后又说，"似宫内购金、购珠、购宝石这等事，虽该问问张先生，张先生虽该告诫皇上，但到底不是内阁的主要职责；张先生还是要把精力用在更要紧的事体上。"

"太后说的是。"冯保应道。

"张先生近日有无面奏？"慈圣皇太后问。

"新年将至，张先生曾面奏各项事宜。"冯保说。

"张先生提及哪些事项？"慈圣皇太后问。

"一则曰：先帝丧服未除，年节之间勿设宴；一则曰：元夕当免设灯火。"冯保重复张居正的奏议。

"皇上怎说？"慈圣皇太后问。

"爷谕曰：灯已令停。又谕曰：每侍圣母膳，甚简素，节日或少具果宴，不设大宴。"冯保重复皇帝的话。

"张先生怎说？"慈圣皇太后问。

"张先生称善。"冯保道。

"皇上的孝心，我领；你告诉皇上，略加一两碟果蔬即可，不必称宴。"慈圣皇太后嘱咐。

"是。"冯保应道。

"张先生近日还面奏何事？"慈圣皇太后又问。

"张先生还面奏勿坏制体。"冯保说。

"何谓制体？"慈圣皇太后没听明白。

"所谓制体，即制敕制诰的体例。"冯保说。

"张先生怎说的？"慈圣皇太后问。

"张先生奏道：制敕尚简严庄重。成化间诰敕，叙本身履历、功绩，不过百余字，其余不过六七十字。至庆典覃恩，其词尤简。盖恩赍为荣，不必计其履历。此体制也。近来过为夸侈，多至数百千言，虚为颂美。臣谀其君，犹谓之佞，况以上谀下乎。乞戒代言诸臣，复古崇实，勿坏体制。”冯保复述张居正的奏言。

“我本来不觉着一道敕旨、一道诰书拟得如何，有什么大不了；听张先生一说，还真成大事。以上谀下，延为风尚，朝廷尊严何在，皇上尊严何在！”慈圣皇太后道。

“太后所言极是。”冯保应道。

“再有，‘简严庄重’这四个字说到了根本上，代言诸臣，都该遵守。”慈圣皇太后说。

“此其二也。”冯保本想默念，但说出声。

“制敕制诰，掌于内阁，我看，只要张先生带个头，不愁做不到复古崇实。”慈圣皇太后又说。

“此其三也。”冯保道。

“其二、其三，你在念叨何事？”慈圣皇太后问。

“奴才在记，太后懿旨计有几层意思。”冯保说。

“你别记我的话有几层意思，但记住张先生的话有几层意思，并记住要提醒皇上，就可以。”慈圣皇太后说。

“是。”冯保应道。

“还有，”慈圣皇太后自己想起一件事，问道，“张先生等是不是议过，明年正月开日讲？”

“议过。”冯保应道。

“议定未？”慈圣皇太后问。

“尚未议定。”冯保说。

“为何不能议定？”慈圣皇太后问。

“亦因先帝丧服未除，或议稍缓。”冯保说。

“张先生怎说？”慈圣皇太后问。

“张先生也颇为犹疑。”冯保说。

“我看，该依着张先生初议，不要延期，”慈圣皇太后道，“皇上年少，正是贪玩的时节。早一日开讲，早一日收心，早一日受教。你对张先生说，对皇上施教、引导，有赖于他。”

“是。”冯保应道。

“你还要对张先生说：皇上年少，光讲大的道理，他未必听得进去；还得有些生动易懂的故事，才可收效。”慈圣皇太后又说。

“是，”冯保应一声，说道，“张先生倒是对奴才提过，打算把历来帝王的美德，及当引以为鉴之事，分门别类，述以文字，配以图画，名曰《帝鉴图说》，进呈于上，作为皇上阅读之物。”

“这个想法好，”慈圣皇太后甚为赞成，她问，“张先生已着手做这件事吗？”

“据奴才所知，已经在做。”冯保说。

“你催催他，望他早日完成，早日进呈。”慈圣皇太后吩咐。

“是。”冯保应道。

“我和你说了不少话，你去吧，”慈圣皇太后命道，在冯保躬身退下时，她又嘱咐，“冯保，别忘我方才的话！”

“奴才记得，太后与奴才说的事，不是机密；但太后与奴才说这些事本身，须秘而不宣。”冯保道。

第十六章

万历元年正月十九日一早，皇帝登舆轿，准备上朝。才出乾清宫门，皇帝忽然大喝一声“停”，把抬轿的内臣吓一跳。皇帝喜爱的两名近侍，一叫孙海，一叫客用，快步走向舆轿边。

“搀朕下来。”皇帝命道。

孙海、客用把胳臂伸进舆轿内，皇帝一手撑住孙海的胳臂，一手撑住客用的胳臂，奋力一跃，跳下舆轿。

“哎呦！”孙海、客用故意叫唤一声。

“没用的奴才，朕还没用力呢，就受不住！”皇帝得意地斥道。

“爷六分神力，加于奴才，奴才当然受不住。”孙海说。

“胡说，爷分明是以七分神力加于奴才！”客用说。

“朕的神力，六分加于孙海，七分又加于客用，岂不有了十三分神力？”皇帝道。

“爷的神力岂止十三分，今者加于奴才二人的神力，不过爷神力的百分之一而已。”孙海说。

“是千分之一。”客用说。

“是万分之一。”孙海说。

“是兆分之一。”客用说。

“打住！”皇帝止住二人。他其实听得很受用，但故意作出不耐烦的样子。“朕叫停，有大事要办，岂是听你二人饶舌的！”

“爷又要小解吧？奴才陪爷去。”孙海说。

“爷小解从来不急，只有大解才急。”客用说。

“或是水喝得不够，也说不定。”孙海又说。

“爷早膳吃少，想必还想着补点儿。”客用又说。

“除吃喝拉撒，你等还懂得何事！”皇帝斥道，“耽误朕的大事，看回去怎么收拾你二人！”

“是。”孙海、客用垂手而立，不敢再多说。

皇帝右手往侧面一指，让他二人看。他们看过去，只见一名内臣低着头，从右手方向匆匆走过来。

“你看看那个奴才！”皇帝命孙海。

“不懂事的奴才，在宫里走路，有这等慌张的吗！”孙海道。

“你看看那个奴才！”皇帝又命客用。

“走路都没学会，竟敢闯乾清宫！”客用道。

“以你二人所见，他只是不会走路？”皇帝颇感失望。

“以爷所见呢？”孙海、客用齐问。

“我看，他颇为可疑。”皇帝说。

“爷说的可疑，是何意？”孙海、客用问。

“你二人对他喝一声。”皇帝命道。

“嗨！”孙海、客用大喝一声。

走过来的内臣猛然抬头。见是皇帝，他一怔之下，慌忙掉头转身，朝相反的方向走去，比刚才更加匆匆。

“如何，你等看可疑不可疑？”皇帝问。

“似有可疑，哪儿有奴才见爷，转身就走的。”孙海说。

“奴才见爷，转身就走，不是似有可疑，而是着实可疑。”客用说。

“孙海，你说他为何转身就走？”皇帝问。

“听说有的奴才胆大妄为，从宫里盗出器物变卖。奴才看，他多半是盗者之一。老天有眼，让他撞到爷。”孙海说。

“客用，你说呢？”皇帝又问。

“奴才想，一般的小蟊贼，是不会让爷撞上的；他盗出的一定是贵重器物。”客用说。

“爷，要不要把他拿下？”二人齐问。

“既是蟊贼，自当拿下，还用问吗？”皇帝道。

孙海一招手，几员近侍跟随他，呐喊着追上去。客用一招手，又有几员近侍跟随他，呐喊着追上去。

企图溜走的内臣，嘴里念着“佛祖保佑”，心里想着万岁爷千万别把自己当作一个人物。他心里很清楚，皇帝只要稍加盘问，皇帝的侍从们只要在他身上稍加搜查，他必死无疑。但呐喊声一起，脚步声传来，他深知跑是跑不掉的，立刻站住。

近侍们把他围住，等皇帝过来讯问。

“姓什么？”皇帝问。

“姓、姓王。”该内臣回答。

“该死，看你年纪不小，连回爷话都不会！”孙海喝道。

“回爷话，你该说‘奴才姓王’。”客用教他。

“是，奴才姓王。”该内臣重新回答。

“叫什么名字？”皇帝问。

“奴才叫、叫大臣。”该内臣回答。

“王大臣？朕看，你还可以再加个字，叫王公大臣。”皇帝说。

“除了爷，谁能取出这等有气势的名字！”孙海为皇帝捧场。

“奴才看，他的名字不该加一个，而该减一个字，或叫王大，或叫王臣。”客用道。

“是你等问，还是朕问？”皇帝恼道。

“爷问，爷问！”孙海、客用忙说。

“在哪个宫里当差？”皇帝问王大臣。

“奴才在、在——”王大臣边支吾，边偷窥乾清宫方向。

“你不会在乾清宫当差吧？”皇帝道。

“奴才不在乾清宫当差。”王大臣明智地回答。

“不在乾清宫当差，来乾清宫作甚？”皇帝问。

“奴才是、是——”王大臣没想好来乾清宫的理由。

“是找人吗？”皇帝给他一个提示。

“奴才是、是找人。”王大臣忙应。

“找的是谁？”皇帝问。

“奴才找的是、是——”王大臣说不上来。

“是姓孙吗？”皇帝又给他一个提示。

“是、是姓孙。”王大臣忙应。

“是找你的。”皇帝对孙海说。

“喂，看好！是找我吗？”孙海喝问。

“奴才不找姓孙的。”王大臣忙说。

“那么，是找姓客的吧？”皇帝问。

“是，是姓客。”王大臣忙应。

“是找你的。”皇帝对客用说。

“喂，想好，找我何事？”客用喝问。

“奴才也不找姓客的，”王大臣忙说。为绕开这类他永远也答不上来的问题，他又说，“奴才不、不是来乾清宫找人的，是因不熟悉路，才走到乾清宫来。”

“他说是误闯到乾清宫来的，你信不信？”皇帝问孙海。

“奴才不信，”孙海道，“乾清宫里器物最多样，他早就想来。”

“你信不信？”皇帝又问客用。

“奴才也不信，”客用道，“乾清宫器物最贵重，他不想来才怪！”

“你等不信，朕却信。”皇帝说。

“爷怎会信！”孙海、客用既没面子，又觉奇怪。

“乾清宫里好东西多，他为盗取，当然早就想来；可他既在别处盗物，会给乾清宫送来吗？”皇帝道。

“爷是说，他在别处已得手？”孙海、客用问。

“两个蠢货，看看他衣袖，还看不出来吗！”皇帝斥道。

王大臣的两只衣袖明显有区别，一只衣袖空荡荡，一只衣袖鼓囊囊。听皇帝这话，他不由自主地想把鼓囊囊的衣袖藏到身后。但哪里藏得住！徒使那只衣袖愈发鼓凸。

“我来看看，他盗取的何物！”孙海道。

“我来看看，他在哪处得手！”客用道。

二人说着，一起上前，抓住他那只衣袖，但旋即又放开手。

“爷！”二人齐呼。

“怎么？”皇帝问。

孙海、客用重新抓住王大臣那只鼓囊囊的衣袖，慢慢往上拉。首先露出来的，是刀尖，然后是刀身，然后是刀柄。在王大臣衣袖里藏的，竟是一把完整的佩刀。

“爷，携兵器进宫，是犯大忌。”孙海说。

“不是大忌，是大逆。”客用说。

“朕不再问；送去冯大伴那里，问个明白！”皇帝命道。

第十七章

冯保来到东厂狱，东厂的大小太监早已迎候在门外。他一度既掌司礼监，又督东厂；张宏来后，他不再兼督东厂，但东厂的大小太监们仍把他视作宗主。

“你等拥在这里作甚？”冯保问。

“来伺候冯哥？”资深的太监说。

“来伺候冯叔。”资浅的太监说。

“我是来审案的，你等打算怎样伺候？”冯保问。

“我等坐在一旁，可为冯哥呐喊几声。”资深的太监说。

“我等站在四周，可为冯叔壮壮声色。”资浅的太监说。

“可皇上亲自交代，一个字也不得外泄。”冯保道。

“属下都会管好自己的嘴。”太监们齐道。

“我看，不保险。”冯保摇着头说。

“冯哥要我等怎样保证？”资深的太监问。

“冯叔要我等怎样保证？”资浅的太监问。

“你等要保证不外泄，最好的法子是不与闻。”冯保说。

太监们无论是要表示殷勤，还是要表示巴结，到这里都可以打住。冯保只留两个心腹长随守在密室门外。他不招呼，连他们也不得入内。

“知我是谁吗？”冯保问。

“掌司礼、兼掌东厂的冯爷，谁个不知！”王大臣说。

“你如何称呼我？”冯保问。

“冯爷呀！”王大臣说。

“你这个宦者是假的吧？”冯保道。

王大臣一愣，问道：“冯爷怎知是假的？”

“看来真是假的，”冯保说着，给他一个解释，“在宫里，只有一个爷，万岁爷。此外，谁敢称爷？你连这点儿道理都不知，自然是假货。”

“冯爷明鉴，我实是假的。”王大臣承认。

“你叫王大臣？”冯保又问。

“是。”王大臣应道。

“名字也是假的吧？”冯保问。

“冯爷怎知是假的？”王大臣反问。

“身份是假的，怎会报上真名！”冯保道。

“冯爷明鉴，王大臣实是乱报的。”王大臣说。

“你不姓王，却是何姓？”冯保问。

“姓章。”王大臣说。

“何名？”冯保问。

“单名，一个龙字。”王大臣说。

“章龙，此名很好。可我还得叫你王大臣，知是为何？”冯保问。

“不知。”王大臣道。

“因为你告诉皇上叫王大臣，皇上认可你叫王大臣；再恢复旧名，你又多一层欺君之罪。”冯保说。

“不改就不改，反正是死罪。叫王大臣是砍下一颗头，叫章龙也是砍下一颗头。”王大臣满不在乎地说。

“你倒想得开，”冯保说着，换个问题，“你从何处来？”

“宁波。”王大臣说。

“是浙江的宁波？”冯保问。

“靖江。”王大臣改口。

“是常州府的靖江？”冯保问。

“蓟镇。”王大臣又改口。

“你为何一改再改？”冯保斥道。

“冯爷一问再问，分明是说我报的地方不实，不改怎的！”王大臣道。

“我只不过问实，并未指出你报的地方不实；你一改再改，我倒要怀疑你所报地方不实。”冯保说。

“我所报地方无一不实，”王大臣道，“我生在宁波，最初肯定是从宁波来；后在靖江为优，也可以说从靖江来；再后在蓟镇从军，也可以说从蓟镇来。”

“这么说，你是从蓟镇到的京师？”冯保问。

“是。”王大臣应道。

“你是从蓟镇军营中来？”冯保问。

“准确地说，是从三屯营军营中来。”王大臣道。

“你知蓟镇大帅为谁？”冯保问。

“戚继光，戚帅。”王大臣道。

“这么说，你是从戚帅的军营中来？”冯保问。

“可说是，也可说不是。”王大臣道。

“怎讲？”冯保问。

“我曾在戚帅营中为卒，可说是从戚帅军营中来；后被除名，也可说不是从戚帅军营中来。”冯保说。

“为何来京师？”冯保问。

“被除名后，没地方吃饭，听说京师好觅食，故来。”王大臣说。

“既来京师，做何营生？”冯保问。

“先是结识几个小公公，在内府各衙门中走动；后来结识几个大公公，偶尔也进宫里走动。”王大臣说。

“你进宫里，仅是走动？”冯保问。

“偶尔公公也会赏下几件器物，让我带出宫去；我把宫里器物变卖，换得银子，偶尔也会孝敬公公们。”王大臣说。

“宫里常说器物丢失，原来是你盗出！”冯保道。

“我拿出的器物有限，宫里器物丢失得少，可说是我盗出；丢失得多，我一人可拿不出那么多。”王大臣既不全承认，也不全否认。

“你结识的小公公是谁，结识的大公公是谁？”冯保问。

“只识其人，一概说不出名字。”王大臣说。

“是说不出名字，还是不愿说出名字？”冯保问。

“是说不出名字，也不愿说出名字。”王大臣道。

“为何不愿说出名字？”冯保问。

“小公公、大公公们都待我不薄，我宁愿做个屈死鬼，也不想再拉出几个人垫背。”王大臣道。

“你倒是挺仗义。”冯保称赞他一句，不再追问下去。谁知道这个王大臣结识的是什么人！要是供出自己一两个相好，一两个得力的属下，还得设法遮掩，不如不问。

冯保要听张居正的建议，先把审讯的经过，仔仔细细地说给他听。

“他说从敬帅那里来？”张居正对这一句很敏感。戚继光字元敬，张居正称他一声敬帅，足见对他的敬重。

“他说，可说是从戚帅处来，也可说不是从戚帅处来。”冯保道。

“模棱两可，听来更像是从敬帅处来。”张居正道。

“有人或会这么以为。”冯保说。

“从敬帅处来，敬帅难脱干系。”张居正道。

“说不定真难脱干系。”冯保说。

“冯公想把敬帅牵扯进去吗？”张居正道。

“牵扯不牵扯戚帅，我没想过；我只是想，要想把这个案子作大，须得牵扯上一两个大人物。”冯保说。

“牵扯上别人不要紧，但不可牵扯上敬帅。”张居正说。

“叔大先生为何不欲牵扯上戚帅？”冯保问。

“敬帅先后备倭山东、浙江；复征战福建、广东。‘戚家军’的威名不说它，冯公可还记得，他是在哪一年调来蓟镇的？”张居正反问。

“我记得在隆庆初年。我还记得，或请召俞帅、戚帅共训边卒；部议，独召戚帅。”冯保说。俞帅，指嘉靖年间的另一位名将俞大猷。

“敬帅是召来练兵的，后怎么成镇帅？”张居正问。

“兵部又议，蓟镇既有总兵，又设总理练兵，事权分。宜召还总兵郭帅，专任戚帅。”冯保说。郭帅即曾任蓟镇总兵的郭琥。

“这算起来有五年多吧？”张居正问。

“有。”冯保应道。

“冯公看，以敬帅镇蓟。兵部议得对不对？”张居正问。

“此议甚是。”冯保道。

“怎见得此议甚是？”张居正问。

冯保看他一眼，心想：你一句一句问下去，不就是想证明戚继光是动不得的吗？你难道不知，我也并不想动戚继光？但他还是耐心地回答：“戚帅莅蓟镇五年多，蓟镇安然，北边安然，京师安然。”

“冯公应该记得，蓟镇安然，北边安然，京师安然，得来不易呀！”张居正说着，又问，“冯公还记得庚戌之变吧？”

嘉靖二十九年是庚戌年。该年八月，鞑靼首领俺答，率部越过大同、宣府，进入蓟州，逼迫京师，史称“庚戌之变”。

“怎不记得！”冯保道，“鞑靼军至通州，离京师只有一天路程；一旦渡过潞河，京城守不守得住，谁心里也没底。”

“冯公算算，自庚戌之变到敬帅调蓟镇，中间几多年？”张居正问。

“十六年吧。”冯保算后说。

“应是十七年。”张居正道。

从嘉靖二十九年到隆庆元年，的确是十七年。但张居正为何要计算得如此准确，冯保想不明白。

“十六年怎的，十七年又怎的？”他问。

“十六年，抑或十七年，无关紧要；我想问的是，冯公是否记得，十六年或十七年间，蓟镇易大将几人？”张居正道。

“这却记不得。”冯保说。

“我记得，共易大将十人，且均以罪去。”张居正道。

“有这多？”冯保话一出口，立刻想到，这等事，张居正记得是不会错的。他说，“戚帅善于练兵，善于用兵，是有口皆碑的。”

“十六年或十七年间，用大将十人，皆不胜任；今得一胜任之敬帅，让他镇蓟十六年或十七年，保北边安然十六七年，保京师安然十六七年，有什么不好！”张居正道。

“叔大先生爱惜将才，我能理解；但不知叔大先生想过没有，戚帅乃是前辅高某所倚重的将才？”冯保问。

“说到肃卿先生倚重敬帅，我的感受可能比冯公更深，”张居正说，“肃卿先生领内阁，在隆庆三年，蓟镇凡有所议，无不亲批。应该说，敬帅大展风华，得益于肃卿先生甚多。”

“叔大先生明白，我为何欲牵扯戚帅吧？”冯保自以为抓住要害。

“因肃卿先生倚重敬帅，而欲置敬帅于不利之地，却又不然，”张居正要强调的，恰是该事的另一面，“朝廷倚重敬帅，暂且不说；以个人而言，肃卿先生虽倚重敬帅，但倚重敬帅，不自肃卿先生始。敬帅调蓟镇，是少湖相公为首辅时议定的；敬帅莅镇，凡有所陈请，少湖相公无不慷慨允之。少湖相公致仕之后，肃卿先生复召之前，我仅为三辅。然李、陈二相公不甚关注边事，敬帅有事，多投书于我；我也无不为他在朝中奔走、游说。说起倚重，我其实还在肃卿先生之前。”

“我亦念及这一层，才来和叔大先生计议。”冯保说。

“冯公若要计议，我只有一句话：切莫牵扯敬帅。”张居正道。

“好，此事我答应叔大先生；不过，叔大先生也要答应我一件事。”冯保说。

“吾公且说何事？”张居正道。

“我不牵扯戚帅，却要牵扯另外二人，望叔大先生助我。”冯保说。

“皇上命冯公严审此案；待牵扯到他人，再议。”张居正道。

第十八章

王大臣独自关在一间牢室，百无聊赖。忽然进来一人，他没看清来人的模样，没看清来人的穿戴，只想说话。

“老哥贵姓？”他问。

“姓辛。”进来的人说。

“辛苦的辛？这个姓可不好，”王大臣唠叨一句，又问，“老哥大名？”

“名儒。”进来的人说。

“儒者的儒？这个名字好。读书人辛苦，总有好处，”王大臣说着，要向对方介绍自己。“我姓——”

“你姓王，名大臣；或者姓章，名龙。”辛儒说。

“你知道我？”王大臣惊问。

“略知一二。”辛儒道。

王大臣没想到，闯宫事发，自己的名气见长。他把自己看得高一点儿，把对方看得矮一点儿，问道：“辛兄弟，狱里有个规矩，你知不知？”

“有何规矩？”辛儒问。

“先入者为大，后入者须孝敬。”王大臣说。

“你是说，我该孝敬你？”辛儒问。

“也不一定是孝敬，”王大臣说，“辛兄弟一看，就在京师有家有室，不知我等四处漂泊之人的难处。我已多日没饮一口酒，没吃一口肉。”

“你想饮酒？”辛儒问。

“想饮。”王大臣应道。

“你想吃肉？”辛儒问。

“想吃。”王大臣应道。

“好说！”辛儒道。

他一击掌，两个差役，一人提着食盒，一人抱着酒坛，走进来。在辛儒面前站好，二人说：“小的们来伺候辛大爷。”

“有肉没？”辛儒问提食盒的差役。

“有。”提食盒的差役应着，掀开食盒的盖屉，里面有一碗炖烂的肉。

“酒好不？”辛儒问抱酒坛的差役。

“好。”抱酒坛的差役应着，腾出一只手，取去盖在酒坛口上的碗，一股浓浓的酒香飘出。

“伺候王大爷饮酒、吃肉。”辛儒吩咐。

“是。”二差役应着，一人把肉碗端出，一人把酒碗注满。

“王大爷尝块肉。”提食盒的差役劝食。

“王大爷尝口酒。”抱酒坛的差役劝饮。

“不敢当，不敢当！二位叫我老王即可，”王大臣说着，问辛儒，“辛大爷不用吗？”

“辛兄弟叫得好好的，干吗改叫大爷？”辛儒问。

“若知辛大爷神通，早就该叫大爷。”王大臣说。

“一坛酒，一碗肉，何足道哉！王兄自用，不够的话，让他等再去取来。”辛儒道。

王大臣不再相让，一碗酒、一块肉，交替入口。不知因为真的馋酒肉，还是为讨好辛儒和两个差役，每饮一口，都要叫一声“好酒”，每吃一口，都要叫一声“好肉”。不多时，一碗肉吃个精光，一坛酒也喝得只剩下酒渣。

“够不够？”辛儒问。

“足够，足够，”王大臣连声应道，“多日不进荤腥，吃相不雅，让辛大爷见笑。”

“不必客气，”辛儒摆摆手，问道，“晚间欲点何食？”

“辛大爷说，让我点？”王大臣不敢相信自己的耳朵。

“是啊。”辛儒道。

“我虽在北地厮混得久，到底是南人，最留恋难忘的，还是鱼。”王大臣说。他做梦也不敢想，一大碗肉、一大坛酒，放在面前，任情消受；这些都变成现实，何妨再做一梦。

“老兄中意怎吃？”辛儒问。

“蒸食最佳。”王大臣说。

“听清楚吗？”辛儒问两个差役。

“小的们听清楚。”二差役道。

“去吧。”辛儒命道。

二差役走后，王大臣重新打量辛儒。他这才发现，辛儒虽身着布装，看上去却比穿金戴银的人更显富贵；虽细声细语，听上去却比颐指气使的人更有气势。这绝不是他可以称作老哥或称作兄弟的人。甚至叫一声大爷，心里也觉得大为不恭。但不叫大爷，又叫什么呢？

“辛大爷必非凡人。”他由衷地说。

“仅遂你一个心愿，还看不出来，你不妨再提两个心愿。”辛儒说。

“不管怎样的心愿，辛大爷都能满足我？”王大臣问。

“不一定，但老兄不妨说说看。”辛儒道。

“譬如，钱财。”王大臣试着又提一个心愿。

“想要黄物？”辛儒问。

“想要。”王大臣应道。

“想要白物？”辛儒问。

“想要。”王大臣应道。

“好说！”辛儒道。

他又一击掌，另两个差役各捧个托盘进来，一个托盘里放着黄金，一个托盘里放着白银。在辛儒面前站好，二人说：“小的们给辛大爷送财。”

“你拿来几多？”辛儒问捧来黄金的差役。

“两锭，各五两。”捧来黄金的差役说。

“你拿来几多？”辛儒问捧来白银的差役。

“五锭，各十两。”捧来白银的差役说。

“送与王大爷收讫。”辛儒命道。

“是。”二差役应着，把各自的托盘放在王大臣面前。

“王大爷收好此金。”捧来黄金的差役说。

“王大爷收好此银。”捧来白银的差役说。

“好说！”王大臣被人叫过一次大爷，不再客气，而是学着辛儒的腔调，说出两个他并不熟悉的字来。他又对辛儒说，“常听人说，见者有份，辛大爷须用多少，自己来取吧。”

“我一文不要，”辛儒道，“些许散金碎银，老兄带在身边，打点打点公公们，日子能好过一些。以后要用的金银，他等自会再送来。”

“辛大爷还要送我金银？”王大臣又惊又喜。

“老兄若是索要得太多，我或给不了；但十倍八倍于此的数量，老兄尽管开口。”辛儒说。

王大臣没用过黄金，但知道一两黄金顶得上好几两白银。两锭黄金，计十两，便是几十两白银；五锭白银，计五十两。合起来，至少有白银百两。八倍于此，是八百两；十倍于此，是千两。从来不曾拥有过甚至从来不曾见过的财富就要到手，压得他简直喘不过气来。

“此二位几时可再来？”他小心翼翼地问辛儒。

“老兄想他二人几时再来？”辛儒反问。

“三五天，可否？”王大臣说个大概的天数。

“听清楚吗？”辛儒问两个差役。

“小的们听清楚。”二差役道。

“去吧。”辛儒命道。

二差役走后，王大臣主动聊起第三个心愿。

“辛大爷，人有吃有喝，有金有银，还会有别的心愿吗？”他问。

“有啊，”辛儒道，“你想有恒产，心愿是得地；想有个家，心愿是得女人。但我以为，最好的心愿是求官。”

“求官的心愿，辛大爷也能满足？”王大臣所以要问，不是不相信，而是因为太出乎他的意料。

“老兄在军中做过官否？”辛儒反问。

“做过几日小旗。”王大臣不好意思地说。

“那算不得官，”辛儒道，又问，“老兄想不想做个真正的军官？”

“想做。”王大臣应道。

“想不想做个锦衣卫的官？”辛儒问。

“想做。”王大臣应道。

“好说！”辛儒道。

他第三次击掌，两个差役，一个捧着军官的衣物，一个举着军官的帽子，走进来。在辛儒面前站好，二人说：“小的们服侍辛大爷更衣。”

“你拿的是几品官服？”辛儒问捧来官服的差役。

“正六品。”捧来官服的差役说。

“是锦衣卫官用的吗？”辛儒问。

“是。”捧来官服的差役应道。

“你拿来的是几品官帽？”辛儒问举来官帽的差役。

“也是正六品。”举来官帽的差役说。

“是锦衣卫官用的吗？”辛儒问。

“是。”举来官帽的差役应道。

“不是我要更衣，你等伺候王大爷穿戴。”辛儒命道。

“是。”两个差役应着，走到王大臣面前。

“我伺候王大爷更衣。”捧来官服的差役三两下把王大臣的旧衣扒下，为他穿上官服。

“我伺候王大爷戴冠。”举来官帽的差役不须费事，把官帽往王大臣乱发飘散的头上一戴即可。

“可惜没镜子，不然老兄倒可以自鸣得意片刻。”辛儒说。

“是，是，”王大臣应两声，忐忑不安地问，“辛大爷，他二人说的正六品，是何官？”

“百户，”辛儒回答，并问，“你是嫌百户品秩太低吧？”

“已然不低。”王大臣忙说。

“男子汉大丈夫，就没再大一点儿的志向？”辛儒激道。

“辛大爷的意思，赏给我的官可以不止六品？”王大臣问。

“不是别人赏给的，是你该得的，”辛儒说。该得的究竟是多高的官，他划个大概的范围。“更大的官，不说不能赏给你，也不说你不该得；但四品以下的官，任你挑选。”

“四品以下有何官？”王大臣问。

“卫指挥佥事是正四品，正千户是正五品，卫镇抚司镇抚和副千户是从五品，然后才到六品。”辛儒讲给他听。

“我欲骤得指挥佥事，是不是太贪心？”王大臣试探地问。

“我既提及，就不算贪心。”辛儒说。

“由六品而至四品，短期之内不可能吧？”王大臣更加小心翼翼地问。

“在老兄看来，短期是多久？”辛儒反问。

“十天八天如何？”王大臣又说一个大概的天数。

“听清楚吗？”辛儒问两个差役。

“小的们听清楚。”二差役道。

“去吧。”辛儒命道。

二差役走后，王大臣、辛儒面对面坐着，好久没开口说话。

终于，王大臣先开口：“辛大爷有句话说得有意思。”

“的确有句话，我说得有意思。”辛儒道。

“是哪句话？”王大臣问。

“不是别人赏给的。”辛儒说。

“是我该得的，”王大臣接着说。说罢，问道，“美食美酒，真金真银，官服官帽，当真是我该得的？”

“我先说不是别人赏给的，”辛儒道，“所谓不是别人赏给的，有两层意思：其一，不是我赏给的，也不是如我这等的别人赏给的；其二，不是别的什么人赏给的，而是某公赏给的。”

“辛大爷说的某公是谁？”王大臣问。

“该让老兄知道时，自当告诉老兄，现在还不该你知道。”辛儒说。

“是我该得的，也有两层意思吗？”王大臣问。

“是，”辛儒应道，“其一，一碗酒，一碗肉，老兄不是吃进肚？十金，五十银，老兄不是揣进怀？六品衣，六品冠，老兄不是穿戴在身？更美之食，更佳之酿，更多之金，更多之银，更高品秩之官服，更高品秩之官帽，也是你该得到的；其二，老兄该得到的，既然尚未得到，就有可能得到，有可能得不到。”

“有可能得不到，还叫该得吗？”王大臣有了疑问。

“老兄该关心的，不是该不该得到。”辛儒说。

“我该关心的是何事？”王大臣问。

“该得的，怎样才能得到，怎样却得不到。”辛儒说。

“辛大爷说，怎样才能得到？”王大臣问。

“我说过，美食美酒、真金真银、官服官帽，不是别的什么人赏给的，而是某公赏给的；老兄让某公满意，某公也会让老兄满意。”辛儒说。

“不知怎样才能让某公满意？”王大臣问。

“说轻点，老兄是戴罪之人；说重点，老兄是待死之人。除能开口说话，还有别的什么能让某公满意吗？”辛儒道。

“某公想要我开口说话？”王大臣问。

“老兄真是个明白人，可交。”辛儒说着，表示赞赏地竖起拇指。

“某公想要我开口说什么？”王大臣问。

“老兄怎的一时明白，一时糊涂！”辛儒道，“老兄做的事，都明明白白摆在那里，还用老兄说吗？想要老兄说的，自然是没摆在明面的事。”

“譬如，何人唆使，何人同伙？”王大臣又明白。

“对呀！”辛儒道。

“我说过，来京后结识的大公公、小公公都待我不薄，我宁死也不愿拉出他等垫背。”王大臣说。

“某公与你结识的公公无仇，为何要你供出他等！”辛儒道。

“他是要我供出他的仇家？”王大臣更明白。

“对呀！”辛儒道。

“是些什么人？”王大臣问。

“一个叫高本，一个叫李宝，一个叫高来，”辛儒道，又说，“听名即知，都是些无名之辈，绝不会于老兄有恩。”

“供出他等，我就可得美酒美食？”王大臣问。

“日日可得。”辛儒道。

“就可得更多金银？”王大臣问。

“千金之赏。”辛儒道。

“就可得更高官职？”王大臣问。

“可至四品，”辛儒道，又说，“更要紧的是，老兄供出这几个人，可无罪出狱，尽享美酒、美食，挥霍真金、真银，穿戴官服、官帽；不供出这几个人，则每日里挨打受刑，至死方休。”

该不该相信他的话，王大臣又糊涂。

第十九章

两顶官轿在张居正宅邸前停下。两名官员下轿，一名是杨博，一名是葛守礼。二人相见，都有些意外，又都不甚意外。

“见过唯约兄。”葛守礼揖道。

“与立兄好。”杨博还揖道。

“唯约兄是自行而来，还是应邀而来？”葛守礼问。

“是应邀而来，”杨博回答毕，反问，“与立兄是自行而来，还是应邀而来？”

“也是应邀而来。”葛守礼说。

“不过，叔大先生不邀，我也是要来的。”杨博又说。

“叔大先生不邀，我也要来。”葛守礼说。

二人一笑。葛守礼说：“看来，唯约兄没忘我二人前日之约。”

“与立兄若忘日前之约，为何邀与不邀，都要来相府！”杨博道。

二人被张居正家人引进书房，坐定后，茶即奉上。待家人退下，张居正问：“王大臣攀出肃卿先生府上数仆，二位有所闻吧？”

“有所闻。”杨博、葛守礼应道。

“锦衣卫官校已差往新郑，二位也有所闻吧？”张居正问。

“也有所闻。”杨博、葛守礼应道。

“锦衣卫官校将带回谁个，二位想得到吧？”张居正问。

“想得到。”杨博、葛守礼应道。

“接下来会如何，二位也想得到吧？”张居正问。

“也想得到。”杨博、葛守礼应道。

高拱是河南新郑人，锦衣卫官校去新郑为逮何人，以及这几个人押解到京后，还会出什么事，任谁都想得到。

但杨博马上又说：“接下来会如何，其实还很难说。”

葛守礼懂得他的用意，跟着说：“不错，接下来会如何，不能再任由司礼监说了算。”

“与立先生是说——”张居正让他具体说。

“届时，叔大先生就不得不说话，唯约先生就不得不说话，在下忝掌都察院，就不得不说话。”葛守礼道。

“所以，要约二位来议议此事。”张居正正好找个台阶下。

“事体重大，我等也正要禀明叔大先生。”杨博说。

“请讲。”张居正让道。

“我知叔大先生曾上疏，请诘问主使者。”杨博问。

“身携利器，伪作内侍，闯入大内，且惊动圣驾，何等惊心动魄！我奏请诘问主使者，有错吗？”张居正这一问，也有诘问之势。

“若断定必有，自当诘问主使者。”杨博说。

“唯约先生断定必无？”张居正继续诘问。

“我不能断定必无，但也不能断定必有。故我意，与其奏请诘问主使者，不如奏请问实该案情形。况且——”杨博说到这里，忽然止住。

“况且何事？”张居正问。

杨博本来想说：况且冯太监奏请诘问主使者在前，叔大先生奏请诘问主使者紧随其后，难免有附会司礼之嫌；但想到，这样说的话，可能会刺痛张居正，下面的话就不好再说。于是，他改口说：“况且，王大臣已攀出肃卿先生府上数仆，所谓诘问主使者，当然是要诘问出肃卿先生。”

“我奏请诘问主使者时，王大臣尚未攀出何人。”张居正说。

“我知叔大先生不会疑及肃卿先生。”杨博以为有机可乘。

但张居正不会轻易给谈话的对手机会。他说：“我意是，王大臣攀出高府数仆之前，我不会疑及肃卿先生；但王大臣既攀出高府数仆，我不能不有所疑。”说着，把难题推给杨博，“看来，唯约先生是绝不会疑及肃卿先生。”

“叔大先生说的是，”杨博毫不迟疑地说，“肃卿先生虽粗暴，但天日在上，我绝不相信，他会做出此等目无天日之事！”

张居正没把杨博难住，倒把自己难住，脸色变得很不好看。稳了稳神，他问葛守礼：“与立先生怎看？”

“守礼不敢附乱臣贼党。”葛守礼说。

“与立先生亦曾疑及？”张居正脸色为之缓和。

“我虽不敢附乱臣贼党，却愿和唯约先生一起，以家中百口，保肃卿先生并无异志。”葛守礼说。

张居正默坐不语，脸色更难看。

“叔大先生可知，于嘉靖朝，天下议论最多的是何事？”葛守礼问。

“是何事？”张居正没想到他会出这样一个题目；或许想到，但没想好怎么说。

“内阁纷争，”葛守礼道，“贵溪、分宜二相之间，明争暗斗，叔大先生看到一个尾巴。结果贵溪去，分宜为首辅。分宜、华亭二相之间，明争暗斗，叔大先生看到整个过程。结果分宜去，华亭为首辅。华亭、新郑之间，明争暗斗，叔大先生更是全程旁观。结果华亭去，新郑为首辅。今则新郑去，叔大先生为首辅矣。”

他说的四相，都是以郡望称。夏言，江西贵溪人；严嵩，江西分宜人。

“我可没和谁明争暗斗。”张居正话说得没底气，但不能不说。

“我固知肃卿先生之去，不是在和叔大先生明争暗斗之后，此朝廷上下无不为之庆幸者。然而，”葛守礼口气一转，说道，“贵溪、分宜之争，分宜、华亭之争，华亭、新郑之争，递相倾轧，相名坐损，此不可不虑者一也；所谓诘问指使者，已指明是肃卿先生，叔大先生再坚持诘问指使者，岂不让人仍看作内阁纷争？此不可不虑者二也。”

“与立先生，稍等，”张居正招呼一声，去内室取来一纸，递给葛守礼。他说，“与立先生看看，欲攀出肃卿先生，可是我意！”

葛守礼看时，杨博也凑上去看，二人不由会心地一笑。张居正让葛守礼看的，原来是一道东厂的揭帖，上面记述着王大臣的供词和东厂的判断。他的本意，是让杨博、葛守礼二人知道，高拱府上数仆，是王大臣攀出的，而连及高拱的结论，是东厂作出的。但情急之下，他忘记一件事：冯保把揭帖送给他，是要他修改，而他修改的四个字，清清楚楚写在纸上。朝中熟悉他笔迹的人实在太多！

等想起这件事，他打算不动声色地把揭帖拿回来，为时已晚。葛守礼笑着，将揭帖塞进袖里。

“与立先生何意？”张居正问。

“叔大先生不是想解脱与此事的干系吗？叔大先生自家不便出面，我为叔大先生言之。”葛守礼说。

张居正脸一红，说：“东厂拟揭帖之人，法理不通，我随手改写几字，未见得赞同之。”

“与立兄，既有叔大先生手笔，恐怕不便示人。”杨博说。

“说的是，”葛守礼应着，把揭帖取出来，交还张居正。他说，“不便示人，不仅因为有叔大先生手笔，还有一更重要的原因。”

“与立先生赐教。”张居正揖道。

“请问叔大先生，此揭帖是东厂直接送来的，还是皇上批复下来的？”葛守礼问。

“是东厂直接送过来，要我润色的。”张居正说。

“王大臣案，是皇上钦定重案；其案供词，何等机密！不即送与御览，却先送来相公府，传将出去，得无微词！”葛守礼道。

张居正猛悟：为表白自己，竟未顾及还有更大的忌讳！

在他深悔之际，葛守礼又有一番说词。和前面的态度不同，语句极为委婉，语气极为恳切。

“我等所言，非谓叔大先生甘心于肃卿先生；而是说，王大臣案或将兴大狱，非叔大先生不能解。”葛守礼道。

张居正恢复平静，说道：“苟得进言，敢不任之！但恐后局难解。”

“所患者，叔大先生不肯任耳；既肯任，何患难解！”杨博道。

“请唯约先生教我。”张居正揖道。

“东厂一家审之，开局若此，无法改变；叔大先生欲结局摆脱窘境，接下来不能由东厂一家审之。”杨博献策。

“由冯公审讯，乃皇上所定呀！”张居正说。

“与立兄说，此狱非叔大先生不能解，我以为主要是指，唯有叔大先生奏请，方能改变东厂一家审之的局面。”杨博说。

“与立先生，可是？”张居正向葛守礼求证。

“唯约兄所言极是。”葛守礼道。

“都察院乃三法司之一，与立先生可愿共审之？”张居正问。

“义不容辞，唯皇上所命。”葛守礼道。

“与立先生与冯公共审，可乎？”张居正问杨博。

“最好再加一人。”杨博说。

“唯约先生之意，加入大司寇好，还是加入大理卿好？”张居正问。

“都不妥，”杨博道，“司礼为内监，都察院加刑部，或都察院加大理寺，为外廷，内外对峙起来，倒真成难解之局。”

“那么，何人加入为好？”张居正问。

“何不请出一位世臣来！”杨博道。

世臣很多，但他指的只能是一个人，那就是掌锦衣卫的朱希孝。朱希孝是成国公朱能的后代，今成国公朱希忠的弟弟，官封都督，加太保衔。他的确是在内外大臣、内外衙门中能起到均衡作用的适当人物。

杨博话一出口，不仅张居正露出赞许的神情，葛守礼也暗自喝彩。

第二十章

葛守礼的轿子才到东厂胡同口，朱希孝的马也到。葛守礼下轿，朱希孝下马，二人见过。

葛守礼看朱希孝的神色，和昨日判若两人，不由要问：“太保昨忧而今喜，何也？”

“我昨忧吗？”朱希孝回答得俏皮，更可见心情不错。

“愁云密布，话音带泣，还不算忧？”葛守礼道。

朱希孝呵呵一笑，说道：“忧固曾忧，有解忧之人，则不忧矣。”

“太保先生说的解忧之人，可是叔大先生？”葛守礼问。

朱希孝得知，要他参与王大臣案的鞫讯，且惧且悲，说他话音带泣，一点儿也不过分；又知要他参与王大臣案的鞫讯，出自张居正之议，马上找过去。这是许多人见到的。至于他见到张居正，是抱怨，是哀恳，却不得而知。

“张相四个字，半解我忧。”朱希孝说。

“是哪四个字？”葛守礼问。

“去找冢宰。”朱希孝道。

“以药喻之，叔大先生的四个字，乃是药引；看来，大冢宰的一番话，才是起作用的药材。”葛守礼说。

“与立先生的比喻很恰当。”朱希孝道。

“大冢宰是怎说的？”葛守礼问。

“比张相的话还要简单，只有两个字。”朱希孝说。

“仅二字？”葛守礼感到匪夷所思。

“不错。”朱希孝道。

“是哪两个字？”葛守礼问。

“天机不可泄漏。”朱希孝笑道。

谈话之间，到东厂外。一太监抢上前，双手抱拳，躬身道：“恭迎缇帅，恭迎都堂大人，我家公公已恭候多时。”

“带路，”朱希孝命道。又让葛守礼，“与立先生请。”

“太保请。”葛守礼亦让。

已是共审，就不必在密室，不必避人。堂上一公案，案后有三把椅子。冯保坐在边上的椅子上，怒视着跪在案前的王大臣。各个角落，站立众多等着吆喝、等着用刑的千户、百户，及役隶。

“冯公公已开审？”朱希孝问。

“哪儿能！等着二位呢。”冯保说。

朱希孝走到王大臣面前。王大臣低垂着头，朱希孝把他的头扳起来，端详着他的脸。然后转身问冯保：“彼即王大臣？”

“是。”冯保应道。

“应该还有别的名字吧？本朝岂容一身而兼王与大臣者！不过，皇上命我等审王大臣，管你还有没有别的名字，管王大臣这个名字能不能叫，你就是王大臣，”朱希孝说着，问葛守礼，“与立先生，你说呢？”

“太保说的是。”葛守礼应道。

二人走到公案前，葛守礼朝冯保揖了揖，坐在另一边的椅子上。朱希孝走到冯保身边，也朝他揖了揖，道：“冯公公，请就中座。”

“今次会审，以太保为首，中座是太保的。”冯保说。

朱希孝又走到葛守礼那边，让道：“与立先生，请就中座。”

“三法司会鞫，我也是坐在边上，何况与二位会鞫。”葛守礼说。

“看来，只有我就中座。”朱希孝很是无奈。

“太保不坐，谁个能坐！”冯保、葛守礼齐道。

朱希孝在当中的位置坐下。案上有一块惊木，他顺手操起，重重地一拍，惊得王大臣头垂得更低，惊得满堂之人挺直腰板，连冯保和葛守礼也正一正身子。

“试试手，没想到这等洪亮，”他向冯保、葛守礼二人致歉，然后问冯保，“冯公公看，当怎审？”

“我已审过一遍；今次怎审，听太保的。”冯保道。

“仍按公公的路数审吧，”朱希孝说着，问道，“公公已诘问出主使者，可是？”

“他供出的几人，至多是传命者，我故奏请诘问主使者。”冯保说。

“是三人吧？”朱希孝问。

“是。”冯保应道。

“公公悄声告诉我他等姓名。”朱希孝道。

冯保伏在他耳边，把三个人的姓名告诉他。他又伏在葛守礼耳边，重复这三个人的姓名。然后，他对二人说：“冯公公，与立先生，我就从此处问起吧。”

“太保请。”冯保、葛守礼道。

“王大臣，抬起头来。”朱希孝命道。

王大臣没反应。一役隶上去，照他屁股踢一脚。王大臣为护屁股，上身直了直，头也抬起来一点儿。

役隶嫌他头抬得不够高，还要踢他。朱希孝摆手道：“退下！”等役隶退下后，他问，“王大臣，是谁人让你闯宫的？”

“高本。”王大臣说出一个人。

“就他一人？”朱希孝问。

“还有李宝。”王大臣又说出一个人。

“还有吗？”朱希孝问。

“还有高来。”王大臣说出第三个人。

“不仅名字说对，而且顺序都对。看来，公公审得不错，让他闯宫的，的确是这三个人。”朱希孝对冯保说，又问葛守礼，“与立先生，你说呢？”

“说得上这三个人的名字，未必——”葛守礼欲辩。

朱希孝打断他的话，手指王大臣，道：“我再问问他。”他问王大臣，“这三个人你都见过？”

“都见过。”王大臣说。

“各见过几次？”朱希孝问。

“各见过几次，小人记不住；反正都见过多次。”王大臣说。

“都见过多次，应该都很熟悉吧？”朱希孝道。

“是，都很熟悉。”王大臣说。

“如此甚好，”朱希孝说着，转问冯保，“公公差去河南的校尉们，是否回京？”

“已回。”冯保应道。

“公公没让王大臣与他等见见？”朱希孝问。

冯保一怔，意识到这个问题会惹麻烦；但也没想那么多。

“三人才解至京，尚未安排。”他说。

“今日让他与三人相见，公公不会以为唐突吧？”朱希孝问得客气，反让冯保无法拒绝。

“好说。”冯保道。

“与立先生可赞成？”朱希孝故意又问葛守礼。

“正该让他等相见，”葛守礼道，并说，“太保不倡言，我也想对太保和冯公公提议。”

“来人！”冯保喝道。“去把高本等——”

“公公，我去招呼。”朱希孝说着，站起身，迈大步出门。

冯保欲起身跟出，被葛守礼劝止。

“冯公公安坐，且看太保如何安排。”葛守礼说。

冯保不得不重新坐定，只觉得时间过得太慢，太难熬。高本等同样关押在东厂狱，就算不在本衙内，隔得也不太远，无论谁去传令，也早该把他等解送来。这位太保爷，在捣什么鬼呢？

好不容易把朱希孝盼回来，冯保半是气恼半是无奈地说：“我还以为，太保又去新郑逮人呢。”

“没这久吧？”朱希孝说着，拍几下巴掌。

高本等三人进到堂上。不过，他们不是穿着高府仆人的衣服上来的，而是穿着锦衣卫官校的衣服上来的；不是三个人单独上来的，而是夹杂在众多锦衣卫官校中上来的。按照朱希孝的吩咐，他们站成一排。

见到这局面，冯保愣住。他原来想的是，高本等三人押解上来，王大臣即便认不出谁个是谁，也不会差得太远；而且，也不难想出遮掩之辞。现在让三人夹杂在众锦衣卫官校中间，王大臣是断然辨认不出的。

“太保，这是何意？”他心虚地问。

“王大臣若辨认得出三人，他的话再无可疑。”朱希孝说。

“不错，”葛守礼说的是反面的意思，“他若无法把三人辨认出来，则明显是构陷。”

“公公发令吧。”朱希孝让道。

“还是太保发令。”冯保不愿在担心之余，把面子也丢尽。

“王大臣，你供认的三人可在他等之中？”朱希孝问。

“在。”王大臣应道。

“谁个是高本？”朱希孝问。

王大臣两只眼睛，不在进来的这排人里寻找，却东瞄西瞄，在等候吆喝或等候用刑的千户、百户及役隶中寻找。他要找的，是他认识的那个人。但没找到，他的目光这才不得不转向新进来的这排人。

“王大臣，站得太远，怕看不清。你可以站起来，凑到近前去看。”朱希孝命道。

王大臣不愿站起来，不愿凑到近前。冯保也不愿他站起来，不愿他凑到近前。因离得远认错，还有机会分辩。

“或是跪得久，站不起来，”朱希孝说着，认准方才上前踢王大臣的役隶，向他一指，命道，“你帮帮他！”

该役隶眼望冯保，想从他表情上看出，该不该遵照这个命令办。冯保为避嫌，把脸扭向一边。该役隶只好上前，把王大臣拉起来，随即撒手，回到役隶班中。

王大臣站在原处不动。

“或是跪得久，不会走路，”朱希孝说着，命令该役隶，“一客不烦二主，还是你来帮他！”

该役隶只好把王大臣拉到那排锦衣卫官校前。

王大臣绝无可能退回去，跪下去。他只得把心一横，眼一闭，随便指着一人。等睁开眼，连他自己也不相信，那人会是高本。

“他是高本？谁个是李宝？”朱希孝问。

王大臣又随意地指指另一人。

“你再把高来指出来！”朱希孝命道。

王大臣这次看得比较认真，最后指向一个人。

“你是高本？”朱希孝问王大臣指认的第一个人。

“卑职不姓高，更不名本。”那人说。

“不名本就不名本，为何要加一个更字！难道名本不好？”朱希孝斥道，又问王大臣指认的第二个人，“你叫李宝？”

“卑职不叫李宝。”那人说。

“你叫高来？”朱希孝问王大臣指认的第三个人。

“卑职姓高，却叫高往，不叫高来。”那人说。

“你有个兄弟叫高来吧？”朱希孝问。

“卑职独子一个，并无兄弟。”那人说。

“奇怪，”朱希孝道，“竟然一个也没认出！王大臣，是你认错，还是他等在说谎，欺骗本督？”

“想必是我认错，”王大臣知道，只有这样回答，才可以避免眼前的辱骂和毒打。

“或是你以为我在骗你，高本等三人根本不在他等之中？”朱希孝说着，喝问，“谁个是高本？”

“小民是高本。”身着锦衣卫官校衣服的高本向前走一步。

“谁个是李宝？”朱希孝问。

“小民是李宝。”身着锦衣卫官校衣服的李宝向前走一步。

“谁个是高来？”朱希孝问。

“小民是高来。”身着锦衣卫官校衣服的高来向前走一步。

“王大臣，你看这个高本和你指认的高本，有几分相似？”朱希孝问。

“四分。”王大臣道。

“两个李宝有几分相似？”朱希孝问。

“三分。”王大臣道。

“两个高来呢？”朱希孝问。

“一个高来，一个高往，却只有两分相似。”王大臣道。

“为何你看得越久，越无相似之处？”朱希孝问。

“只怪小人眼花。”王大臣道。

“说实话，仅是眼花吗？”朱希孝问。

“小人说的是实话。”王大臣道。

“好个刁民！看来，不用大刑，你不会说实话！”朱希孝厉声喝道，他问冯保，“公公，是让你的人动手，还是让我带来的人动手？”

“均可。”冯保沉着脸说。

“大老爷且慢，大公公且慢！”王大臣大叫。

“你等还不动手！”冯保对在场的属下喝道。他看出王大臣要改口，想在他改口之前打得他昏死过去。

在场的千户、百户及役隶们，撸胳臂的撸胳臂，挽袖子的挽袖子，操杖器的操杖器，搬刑具的搬刑具，马上就要加刑。

“公公，容我再问一句，”葛守礼拦住，他对王大臣说，“你还有何话，趁着张得开嘴，快快说来。”

“小人实是不识高本、李宝、高来三人。”王大臣说。

“你既不识，谁告诉你这三个名字的？”葛守礼问。

“是个官人。”王大臣说。

“官人？”葛守礼问。

“在小人看来，他是个官人，姓辛，叫辛儒。”王大臣说。

“他在何处对你说起这三人？”葛守礼问。

“在小人关押之处。”王大臣说。

“我记得他一直被关押在东厂，冯公公，是不是？”葛守礼转问冯保。

“与立先生既知，何必再问！”冯保脸色更加阴沉。

“东厂可有姓辛叫辛儒的官人？”葛守礼问。

“一则，东厂只有太监，只有校尉，没有官人；二则，外面的官人，除非如太保和与立先生这等人物，进不到东厂里来。”冯保辩白。

“王大臣，你还敢不说实话！”朱希孝威胁道。

“小人说的是实话，小人从此只说实话。”王大臣道。

“你且说，辛儒为何要告诉你这三个人的名字？”葛守礼问。

“他要小人供认，小人闯宫，是此三人指使。”王大臣道。

“他为何要你牵连此三人？”葛守礼问。

“他说，此三人是某公仇家。”王大臣道。

“某公者，何许人也？”葛守礼问。

“他只说某公，未说其姓名。”王大臣道。

“这个辛儒要你供认，你就供认？”葛守礼问。

“许以美酒美食，许以黄金白银，许以锦衣高官，换了大老爷，能不供认！”王大臣道。

“他许你何官？”葛守礼问。

“已许锦衣卫百户，将许锦衣卫指挥佥事。”王大臣道。

“已许、将许，都是锦衣卫官，某公不会是太保你吧？”葛守礼和朱希孝开个玩笑。

“锦衣卫中果真有个辛儒，我或许就是某公。”朱希孝说。

“太保提醒的极是！辛儒是个要紧的人物，锦衣卫里该查一查，”葛守礼说着，转向冯保，“冯公公，东厂里是不是也要查一查？”

“那倒不须查。”冯保说。

“怎么？”葛守礼问。

“我有个家奴，正叫辛儒。”冯保说。

他若推三推四，葛守礼、朱希孝一唱一和，会继续问下去；他公然承认，倒把葛守礼、朱希孝窘住了。

“这我却不信。”朱希孝喃喃地说。

“太保不信我有个家奴叫辛儒？”冯保冷冷地问。

“我不信尊驾会和钦犯来往。”朱希孝说。

“是啊，若冯公公下人和王大臣有来往，恐怕难以说清。”葛守礼道。

“一来，可传辛儒与王大臣对质；二来，即便辛儒与王大臣有过来往，也是背着我的，我未必就是某公。”冯保说。

“谁个敢说公公是某公！他前言既不可信，今言亦难取信。传辛儒与他对质，我看大可不必，”朱希孝说着，问葛守礼，“与立先生说呢？”

“太保说的是。”葛守礼也见好即收。

离开东厂后，葛守礼对朱希孝说：“唯约兄开的方子，果真见效。”

“与立先生猜出他开的方子吗？”朱希孝问。

“天机不是两个字吗？这两个字是辨人。”葛守礼道。

“好个与立先生，天机都料得出！”朱希孝道。

“好个朱太保，把天机掩饰得了无痕迹！”葛守礼道。

二人笑着，揖手道别，各回衙门。

两天后，三人再次会鞫，王大臣变成哑巴。不知他是被扎过哑穴，还是被下哑药。想从他嘴里问出某公是谁，已不可能；但同样，想从他嘴里证实高拱是指使者，也不可能。

二月二十二日，杀王大臣。

第二十一章

编修张位在将要走出翰林院时，另一名编修田一儁恰巧从外面进来。

“德万兄，从内阁来吗？”张位问。

“明成兄为何以为我从内阁来？”田一儁好不奇怪。

田一儁字德万，福建大田人。张位字明成，江西新建人。二人都是隆庆二年进士，并且都选庶吉士。

“德万兄不是外出吗？”张位道。

“外出即去内阁？”田一儁不仅奇怪，而且无法理解。

“我不正要去内阁吗？”张位道。

“明成兄要去内阁，我即从内阁来？”田一儁问。

“叔大先生着我去回话；我想，叔大先生着人去回话，也该先着德万兄去回话。”张位说。

“叔大先生两眼为何只盯住戊辰科？”田一儁问。

隆庆二年是戊辰年。田一儁不仅是该科的会元，而且最终的排名是二甲第三，极靠前；选庶吉士也在张位之前。尽管张位话里包含着这些内容，或者，他还有更多原因，认为张居正应该先把田一儁找去说话；但田一儁一句诘问，把他所有的理由都推翻。

“看来，德万兄确不曾去内阁。”他自语道。

“明成兄怎说？”田一儁好像没听清他的话。

“我说，德万兄确不曾去内阁。”张位道。

“不是这句，是前面那句。”田一儁说。

“前面哪句？”张位记不住前面说的是哪句。

“你说，叔大先生着你作甚？”田一儁问。

“着我回话。”张位道。

“为何着明成兄回话？”田一儁问。

“这却不知，”张位道，又说，“我若知叔大先生为何着我去回话，德万兄是否去内阁，我又何必上心？”

田一儁一想，可不是这个道理！既然张位不知道张居正为什么要把他叫去，他觉得有必要加以提醒。

“着去回话，是叔大先生原话吗？”他问。

“是原话。”张位道。

“我亦不知叔大先生为何着明成兄回话，亦不曾听说叔大先生对明成兄有何成见；不过，有一事恐怕是不会错的。”他说。

“哪一事？”张位问。

“叔大先生说，着明成兄回话，而不是着明成兄叙话，或着明成兄议事，对明成兄怕是不利。”田一儁说。

“我想的，和德万兄想的一样，”张位道，“所以，我才问德万兄有无去内阁。一则，叔大先生若也着德万兄去回话，则着我去回话，或是依次问些翰苑常规之事；二则，德万兄若去过内阁，叔大先生或会顺便对兄言及，我哪件事办错。”

“明成兄也想到办错事？这就不碍。”田一儁说。

“虽想到办错事，却没想到哪件事办错，怎就不碍？”张位问。

“叔大先生若因明成兄办错事，而着明成兄去回话，明成兄只要记住一句话即可。”田一儁说。

“哪一句话？”张位问。

“多听，少说，”田一儁道，“叔大先生若对明成兄有成见，若以为明成兄办错事，须得让他完全说出来，方得化解。”

“承教。”张位揖道。

张位出翰林院，没走几步，又遇到修撰罗万化。罗万化字一甫，浙江会稽人，隆庆二年那一科的状元。

“一甫兄，可是外出？”张位招呼道。

“是。”罗万化应道。

“可是去的内阁？”张位问。

“不是去的内阁。”罗万化说。

“当真不是去的内阁？”张位追问。

“当真不是去的内阁。”罗万化说。他老成、实在，对别人的问题，一般都正面地回答是或者不是，而不会反问。

“我却要去内阁。”张位说。

“是叔大先生见招？”张位不问，罗万化才问。

“一甫兄知是叔大先生唤我？”张位忙问。

“我并不知是叔大先生唤明成兄；只是想，明成兄去内阁，或是叔大先生见招。”罗万化说。

“一甫兄或知，叔大先生为何唤我？”张位问。

“明成兄既问，想必也不知为何见招；明成兄自家不知，我当然更加不知。”罗万化说。

“虽不知，或能料之？”张位问。

“以或然而言之，应是好事。”罗万化说。

“一甫兄为何以为是好事？”张位问。他并不是个没主见的人，并不是别人说不利于自己，就认为是不利于自己，别人说是好事，就认为是好事；但现在既然是毫不知情，他当然愿意听听别人的看法，更愿意别人说是好事。

“叔大先生亦翰林出身，深知翰林最要面子。有所责怪，欲加斥责，多半会让人传话；叫去面责，彼此岂不都没面子！今既唤明成兄去内阁，肯定是有利于明成兄。”罗万化说。

“果是好事，在叔大先生面前，当如何应对？”张位讨教。

“有句话，明成兄切记。”罗万化道。

“哪一句话？”张位问。

“多说，少听，”罗万化道，“既为好事，叔大先生必有许多溢美之词，还是不让他说出来为好。再者，既是好事，必离不开叔大先生的提携，明成兄的感激之情，应尽情表达。”

“承教。”张位揖道。

张居正把张位找来，既不是要不利于他，也不是有好事要亲口对他说。日前，张位曾上一疏，议的是在参与编纂实录中的一个思考。一方面，被田一儁说的将有不利和罗万化说的应是好事导入歧途；另一方面，史官，翰林官，作此思考，再普通不过。因此，当张居正起个头时，他完全没有反应过来。

“似明成这般勇于议事的翰林，不多呀。”张居正说。

“惭愧。晚生疏懒，议事不多。”张位谦道。

“怎的议事不多，前两日，明成不是还上一疏吗？”张居正道。

“叔大先生说的是史官入值一事？”张位醒悟。

“是啊，”张居正应罢，问道，“明成为何议史官入值？”

“一则，晚生备员纂修实录，于前朝故事，有无所适从之感；二则，晚生身居翰林，深感除入值之外，别无他事可以自效。”张位说。

“这我得好生问你，”张居正道，“史官入值，所司何事？”

“大臣面奏，天子面谕；或虽无奏事，天子之言之行，无不如实记述。”张位道。

“此非古之起居注耶？”张居正道。

“叔大先生说的是，此即古之起居注。”张位应道。

“明成想过没有，本朝虽废起居注，然各朝实录，无不具备？是以实录代起居注，本朝之史，并未废之。”张居正说。

“实录与起居注，有所不同。”张位道。

“有何不同？”张居正问。

“起居注记于当时，实录纂修于后世。”张位说。

“明成是说，记与修，有所不同？”张居正问。

“是。”张位应道。

“明成若只有这一个理由，我看，起居注之制，可复可不复，”张居正道，“良史须如实而记，记于当时者如此，修于后世者亦如此。有良史，无论记于当时，抑或修于后世，皆为信史；无良史，无论记于当时，抑或修于后世，皆无信史。”

“叔大先生说的是，”张位先附和一声，再陈述，“晚生议复起居注之制，除起居注和实录，一记于当时，一修于后世，更要紧的是，无起居注，虽有良史，抑或有缺憾。”

“诏令既存，章疏既存，缺憾者何？”张居正问。

“譬如一事，诏令虽存，却不知皇上如何降谕，臣下如何应对，诏令如何制出，记述不可谓完整。再譬如一事，章疏虽存，却不知皇上是即时批复，或是留中，或是发部议、廷议，记述亦不可谓完整。”张位说。

“所谓缺憾，即指不完整？”张居正问。。

“不然，”张位摇头，“一事只要诏令在，章疏在，或难以记述完整，但轮廓总能勾勒出来。有的朝廷政事，既非出于诏令，又不形诸章疏，湮没无考。对其事避不记述，则有缺憾；若要记述，则语焉不详；若欲详尽，则多出臆度。更有甚者，于朝湮没无考，于野却私史层出不穷；而私史所言，又一矛一盾，无从取舍。是有所考而不如无所考也。”

“此言不无道理；但我还要问一句：本朝有无良史？”张居正道。

“或不乏良史。”张位说。

“既有良史，难道不知明成所谓缺憾？”张居正问。

“既为良史，不会不知无起居注之缺憾。”张位说。

“既知缺憾，为何不议补之？”张居正问。

“或因拘泥于制度，不便言之。”张位说。

“明成以为，今日便于言之？”张居正问。

“是。”张位应道。

“为何今日便于言之？”张居正问。

“晚生于使馆，闻叔大先生志在修信史；故以为，凡有助于修信史者，无不便于言之。”张位说。

以自己对史馆诸官的嘱托为言，当然是张居正愿意听到的。他说：“我看，明成持此议，不仅是便于言之，更是敢于言之。我称明成敢于议事，并非空泛之词。”

“叔大先生谬赞，晚生愧不敢当。”张位揖道。

由于得到张居正的赞许，史官入值一事，得以实行。

第二十二章

张居正右手执笔书写，左手摸起茶杯欲饮，发现茶水已凉。

“老七！”他呼道。

“小人在！”家仆游守礼闻呼而至。

他在家行七，张居正习惯地呼他老七。由于跟随日久，不用张居正开口，游守礼就知道老爷为什么呼唤。他拿起茶杯，去厨房换热水。

他把热茶水送进书房时，张居正已经把笔放下。

“小人也觉着，老爷该歇一歇。”游守礼说着，放下茶杯，准备收拾书案；而第一件要做的，是涮笔。

“老七，不忙。”张居正道。

“是。”游守礼应一声，退后一步。

“我的话，你又忘。”张居正说。

“老爷哪句话，小人却忘？”游守礼问。

“我让你怎的称呼自家？”张居正反问。

“是，小人——”游守礼顿了顿，道，“学生还真忘。”

“你自少年时跟随我，几十年耳濡目染，文字工夫应该不亚于江陵县学或荆州府学的生员，还不敢自称一声学生？”张居正问。

“不是不敢自称，是自称起来，还有些不自在。”游守礼说。

“不管你自称学生有多少的不自在，只要想到一件事，就不会不自在。”张居正说。

“老爷说的是哪一件事？”游守礼问。

“你若再自称小人，我就要让你不自在。”张居正说。

“是，小人这回记住，”游守礼说罢，忙纠正，“学生记住。”

张居正啜口茶，问道：“老七可知，我为何要你自称学生？”

“学生不知。”游守礼道。

“那你可知，前代辅臣，我最敬重哪一位？”张居正换个问题。

“学生想，应该是徐相吧。”游守礼道。不称徐老爷，或者徐老太爷，而称徐相，有点儿儒生的口吻。

“对徐相，我当然是敬重的；不过，我与徐相曾同在内阁办事，他算不得前代辅臣。”张居正说。

“别的辅臣，学生猜不出来。”游守礼道。

“你想想，前者新郑、钱塘二相私语，把我比作谁人？”张居正提示。

“听老爷说，似是李文正公。”游守礼说。

“老七可知，李文正公是哪朝辅臣？”张居正问。

“弘治朝即为辅臣，正德朝更为首辅。”游守礼说。

“他二人把我比作李文正公，我可曾恼？”张居正问。

“老爷不但不恼，反而微笑。”游守礼说。

“老七可知，我为何不恼？”张居正问。

“学生——”游守礼正要说“不知”，忽有所悟，“在前辅臣中，老爷最敬重李文正公。”

张居正点点头，接着问：“老七可知，我为何敬重李文正公？”

“学生不知。”游守礼道。

“李文正公处于乱世，固无政绩可言；但有二事，别的辅臣是比不上他的，”张居正说着，伸出一指，“其一，善周旋，能苦撑。试想，刘瑾当国之际，若无李文正公的周旋，廷臣何堪！若非李文正公的苦撑，朝廷何堪？”说着，再伸出一指，“其二，善教诲，能提携。后进学子，多受惠于他，这不必说；闻得李文正公家仆，均懂得诗赋，在本朝恐怕再也找不出第二位这样的辅臣。如分宜相，性虽鄙，却堪称文学巨子；我见过他的家仆，一个个都较粗俗。”

“学生这才有点儿懂得老爷的心思。”游守礼说。

“我是何心思？”张居正问。

“老爷寄望学生，不使李文正公家仆独得美誉。”游守礼说。

“你有把握？”张居正问。

“学生不敢说一定胜得过李文正公家仆，但让世人说一句‘此游七，翰林坯子也’，是有把握的。”游守礼道。

“翰林坯子？”张居正不由哑然失笑，“别说翰林坯子，有人说你一句‘秀才坯子’，我就知足。”

“老爷莫丧自家志气，且观后效。”游守礼不甘后人地说。

“你也莫拿后效搪塞，我今日写的这篇奏章，你若能断句恰当，一无窒碍地读下来，就算你根基较为牢靠。”张居正说着，把才拟就的疏稿推给他。

“这有何难！”游守礼虽然说得很大气，但还是很理智地埋一伏笔，“我知老爷写疏，为给皇上看，不会用太生涩的字；却不知写此疏时，老爷会不会改变初衷。”

“放心，并无生涩之字。”张居正说。

游守礼拿起疏稿，读道：“臣等窃闻，尧之命舜曰‘询事考言’，乃言底可绩；皋陶之论治曰‘率作典事’，钦哉，屡省乃成。”

因为在“询事考言”和“乃言底可绩”之间，在“率作典事”和“钦哉，屡省乃成”之间，有明显的停顿，所以，张居正问：“老七，尧命舜的是哪句话？”

“询事考言呀！”游守礼不假思索地说。

“皋陶论治呢？”张居正又问。

“率作典事呀。”游守礼道。

“你再读。”张居正命道。

“盖天下之事，不难于立法，而难于法之必行；不难于听言，而难于言之必效。若询事而不考其终，兴事而不加屡省，上无综核之明，人怀苟且之念，虽使尧、舜为君，禹、皋为佐，恐亦难以底绩而有成也。”游守礼读到这里，觉出问题，“老爷，学生似乎断错。”

“怎的错断？”张居正问。

“似为：尧之命舜曰：询事考言，乃言底可绩；皋陶之论治曰：率作典事，钦哉，屡省乃成。”游守礼说。

“字不难认，意却难解，不怪你。”张居正说着，示意他接着读。

“臣等窃见近年以来，章奏繁多，各衙门题复，殆无虚日。然敷奏虽勤，而实效盖少。言官议建一法，朝廷曰可，置邮而传之四方，则言官之责已矣，不必其法之果便否也。部臣议革一弊，朝廷曰可，置邮而传之四方，则部臣之责已矣，不必其弊之果革否也。某罪之当提问矣，或碍于请托之私，概从延缓；某事当议处矣，或牵于可否之说，难于报闻。征发期会，动经数月；催督稽验，取具空文。虽屡奉明旨，不曰着实举行，必曰该科记着。顾上之督之者虽谆谆，而下之听之者恒藐藐。鄙谚曰：姑口顽，而妇耳顽。今之从政者，殆类乎此，欲望底绩而有成，岂不难哉！”游守礼读到这里，道，“学生三教九流无不交往，却不曾听过‘姑口顽，而妇耳顽’这句鄙谚。老爷是从哪里听到的？”

“从三教九流那里听到的鄙谚，远不如从牧子村姑那里听到的鄙谚多且适用。”张居正说。

“老爷以姑口顽喻督之者谆谆，以妇耳顽喻听之者藐藐，真是再恰当不过。皇上读至此，或听至此，必称赏不已。”游守礼奉承道。

“老七的胆子越来越大，连皇上怎想的，也敢揣摩！”张居正道。

“学生不敢，”游守礼吐了吐舌头，继续读道，“臣居正当先帝时，曾上便宜六事，内重诏令一款，亦尝——”

下面的字是亹，他不认得，不得不停下来。

“此字音伟，亹亹者，勤勉之貌也。”张居正告诉他。

“老爷解之，学生知之。却不知皇上认不认得这个字，司礼监的公公认不认得这个字。”游守礼说。

“你的意思，换个字？”张居正听出他话里的意思。

“换倒不用换；但学生这关没过，乞老爷再考校一回。”游守礼说。

“不识此字，不以你为根基不牢。”张居正道。

“谢过老爷，”游守礼这才放心地接读，“内重诏令一款，亦尝亹亹言之。随该吏部题复，欲各衙门皆立勘合文簿，事下各抚、按官，皆明立程限，责令完报。然亦未闻有如期令而以实应者，甚至寝格如初。兹遇皇上不世之资，励精图治，百执事亦皆兢兢，务修其职业，无敢以玩愒弛废者，盖庶几乎率作兴事矣。独所谓考言、屡省者，尚未加之意焉。窃恐致理之道有未尽也。查得《大明会典》内一款：凡六科每日收到各衙门题奏本状，奉圣旨者，各具奏目送司礼监交致。又置文簿陆续编号，开具本状，俱送监交收。又一款：凡各衙门题奏过本状，俱附写文簿后，五日，各衙门具发落日期，赴科注销；过期，稽缓者参奏。又一款：凡在外司、府衙门，每年将完销过两京六科，行移勘合，填写底簿，送各科收贮，以备查考。钦此。及查见行事例，在六科，则上下半年，仍具奏目缴本；在部院，则上下半月，仍具手本，赴科注销。”

张居正打断他，命道：“老七看看，《大明会典》章程我引几款？”

“三四款吧。”游守礼没认真数。

“三款，抑或四款？”张居正问。

“四款，”游守礼说着，掰手指数道，“六科收到题本，送司礼监交致，此一款也；题本陆续编号，送司礼监交收，此二款也；题本五日注销，稽缓参奏，此三款也；在外衙门题本，行移勘合，填写底簿，限期注销，此四款也。”数罢，不放心地问，“学生没照本宣科，不知融会贯通得是对，是错？”

“内容没错，但你说的第一款、第二款，在《大明会典》里实为一款。”张居正说。

“是吗？”游守礼再看疏稿，按照张居正的行文，也应该是一款里的两层意思。他说，“又错一处，学生好不沮丧！”

“不是大错，不碍。”张居正说着，指指疏稿，让他再读。

“祖宗成宪，第岁久因循，视为故事。请自今伊始，申明旧章。凡六部、都察院遇各章奏，或题奉明旨，或复奉钦依，转行各该衙门，俱先酌量道里远近，事情缓急，立定程期，置立文簿存照，每月初注销。除通行章奏、不必考查者、照常开具手本外，其有转行、复勘、提问、议处、催督、查核等项，另造文册二本，各注紧关略节，及原立程限，一本送科注销，一本送内阁查考。该科照册内前件，逐一附簿候查，下月陆续完销，通行注簿。每于上下半年缴本，类查簿内事件，有无违限未销。如有停阁稽迟，即开列具题、候旨，下各衙门诘问，责令对状。次年春、夏季终缴本，仍通查上半年未完。如有规避重情，指实参奏。秋、冬二季，亦照此行。又明年仍复挨查，必俟完销乃已。若各该抚、按官奏行事理，有稽迟延阁者，该部举之。若部、院注销文册，有容隐欺蔽者，臣等举之。如此，月有考，岁有稽，不唯使声必中实，事可责成，而参验综核之法严。即建言立法者，亦将虑其终之罔效，而不敢不慎其始矣。”游守礼一口气读到接近煞尾的地方。

“老七，何谓月考？”张居正忽问。

“六部、都察院遇各章奏，转行各衙门，于每月初注销，是为月考。”游守礼说。

“何谓岁稽？”张居正又问。

“夏季将终，通查上半年缴本情形；岁尾将至，通查下半年缴本情形；明年仍复挨查，是为岁稽。”游守礼说。

“本疏最后一句是：致理之要，莫逾于此。老七，你以为如何？”张居正最后问道。

“老爷此句，才是至理名言。”游守礼道。

第二十三章

兵部车驾主事熊敦朴被本部尚书谭纶唤去时，左侍郎汪道昆也在。

“伯玉先生先和他说吧。”谭纶道。

“不可。”汪道昆不肯。

“有何不可？”谭纶问。

“子理先生是正堂呀，”汪道昆道，“不仅应该子理先生先和他说，而且，应以子理先生为主和他说。”

一则，科有前后，二则，官有正佐，汪道昆的态度，可以视作谦让。熊敦朴却有别的想法：找属官说话，还用这么客气吗？看来，话非好话。

“好，”谭纶应罢，问熊敦朴，“茂初，几时到的兵部？”

“散馆即任兵部职。”熊敦朴回答。

熊敦朴字茂初，四川富顺人，隆庆二年进士，选庶吉士。

“有两年吧？”谭纶问。

“还差几个月。”熊敦朴说。

“我是去岁七月来的兵部，无论如何，茂初比我来得早。”谭纶说。

“是。”熊敦朴应道。

“茂初来兵部时，大司马是唯约先生，对吧？”谭纶又问。

“有一段是唯约先生。”熊敦朴说。

“我来兵部整一年，亦即，和茂初共事整一年；茂初来兵部不到两年，亦即，茂初和唯约先生共事不到一年。”谭纶说着，问熊敦朴，“茂初，对吧？”

“无论子理先生，还是唯约先生，在敦朴均为前辈，为长官，怎敢言共事！”熊敦朴道。

“子理先生之意，不在属官或共事，而在共事之日的长短。”汪道昆在一旁敲起边鼓。

“正是此意，”谭纶朝他点点头，又问熊敦朴，“茂初与本部同在兵部之日，比与唯约先生同在兵部之日久，是吧？”

“是。”熊敦朴应道。

“茂初觉着，我是个比唯约先生城府深的人吗？”谭纶问。

“下官并未觉着。”熊敦朴说。

“或者，我是个比唯约先生善于掩饰的人？”谭纶又问。

“下官倒觉着，子理先生为人坦荡。”熊敦朴说。

“可不可以说，茂初识本部，要比识唯约先生深？”谭纶问。

“识人最难，下官不敢说识人深浅。”熊敦朴显然在回避。

“茂初看本部的毛病，是否比唯约先生的毛病更多？”谭纶坚持要问。

“这个——”熊敦朴一时想不出回避之词。

“人非圣贤，孰能无过？”谭纶听似开解他，实是引导他，“我的意思是，茂初既识本部更深，既看本部毛病更多，为何不参论本部，却要参论唯约先生？”

“我要参论唯约先生？”熊敦朴吃惊地问。

“是啊，”谭纶应道。“部衙之内人人在议论，茂初要参论唯约先生；部衙之外，也有许多人在议论。所以，我才告诉你，与其参论识之不深、毛病看得不多的唯约先生，不如参论本部。”谭纶说。

“下官并无参论唯约先生之意呀。”熊敦朴说。

“茂初没有参论唯约先生之意？”这回吃惊的是谭纶。

“下官并无参论唯约先生之意！”同样的话，熊敦朴说得更坚定。

谭纶看着汪道昆，不知该怎么问下去。

“茂初，人家说你要参论唯约先生，可是有根有据的。”本来没打算盘问的汪道昆，不得不出面。

“有何根据？”熊敦朴道。

“说你因授官不合心意，对吏部颇有怨言。”汪道昆说。

“授官不合心意？这话从何说起？”熊敦朴问。

“凡选庶吉士，无不志在翰林，我是知道的；茂初因未留在翰苑而生怨，我也可以理解。”谭纶又把话接过去。

“子理先生怕是不知，下官那一科，并无庶吉士留翰苑。”熊敦朴道。

“是吗？”谭纶感到意外，“我记得，茂初那科庶吉士并未少选。”

“是否少选，下官未考；有三十名，却是真的。”熊敦朴道。

“庶吉士选三十名应是多的。在我印象里，历届春闱选庶吉士，很少有超过三十名的。”汪道昆说。

“三十名庶吉士，却无一人授官翰苑？”谭纶再问熊敦朴一遍。

“是，”熊敦朴应道，“故而下官不会因未留翰苑而生怨。”

“然翰苑外授官，也有优劣不同。”汪道昆说。

“伯玉先生说的是。”熊敦朴道。

“不因未授官翰苑而生怨，或因授官不美而生怨。”汪道昆说。

“官授部属，不可谓不美。”熊敦朴道。

“部属与部属，也有等次。”汪道昆说。

“伯玉先生说的是——”熊敦朴问。

“不以授官部属为不美，或有等次更美之部属。”汪道昆说。

“依等次，吏、户、礼等部属官在兵部属官之前。”谭纶插言道。

“户部属官未必美于兵部属官。”汪道昆除去一个。

“吏、礼二部属官呢？”谭纶问。

“吏部属官是可遇而不可求的。”汪道昆说。

“伯玉先生是说，茂初因未得礼部属官而耿耿于怀？”谭纶问。

“或是。”汪道昆道。

熊敦朴不由冷笑。两位堂官今天和他谈话的内容固然可笑，而一唱一和、引他入彀的谈话方式，尤其可笑。

“谁个运气好过茂初？”谭纶又问。

“别个还好说，偏偏是他，难怪茂初不服气。”汪道昆答非所问。

“究竟是谁个？”谭纶又问。

“是宋大中。”汪道昆道。

宋大中名儒，贵州麻合州人，也是隆庆二年的进士和庶吉士。

“他二人可有芥蒂？”谭纶问。

“这却不知。”汪道昆道。

“伯玉先生既不知，为何要说‘偏偏是他’之类的话？”谭纶问。

“我虽不知他二人有无芥蒂，却可以断言，宋大中得礼部主事，茂初却得兵部主事，他一定不服。”汪道昆说。

“这又是为何？”谭纶问。

“他二人会试名次，相差甚远。”汪道昆说。

“宋大中名列第几？”谭纶问。

“三甲第二百一十二名。”汪道昆说。

“茂初名列第几？”谭纶问。

“二甲第六十四名。”汪道昆说。

“名次是差得多，”谭纶附和一句后，问熊敦朴，“茂初，伯玉先生断言你不服宋大中得礼部主事，自家得的却是兵部主事，可对？”

“伯玉先生这是小觑下官。”熊敦朴道。

“他怎的小觑你？”谭纶问。

“子理先生倒是说说看，兵部主事与礼部主事之间的差别，到底有多大？在斤两之间，抑或在锱铢之间？”熊敦朴问。

“在我看，只在锱铢之间。”谭纶道。

“伯玉先生之意，我为锱铢之间的差别，而心生怨意，而要参论大冢宰，岂不是小觑我！”熊敦朴道。

“伯玉先生怎说？”谭纶问汪道昆。

“锱铢必较，难道是前人生造出来的？”汪道昆道。

“是啊，”谭纶又转向熊敦朴，“你总还得有点儿别的理由，才能让我等相信，你并未因授官不美而生怨，并无参论唯约先生之意。”

“伯玉先生说到名次，下官也说说名次。”熊敦朴道。

“好，你说。”谭纶应允。

“大中兄名列三甲第二百一十二名，名次的确有些靠后。但授官美否，和名次并不等同；升黜之际如何，和名次更不能等同。譬如伯玉先生，名列三甲第一百零七名，还不是做到少司马？我因大中兄名列三甲而藐之，难道也因伯玉先生名列三甲而藐之？”熊敦朴道。

谭纶担心汪道昆窘住，忙说：“今日只论茂初与大中之事，休要牵连到他人。再者，说到运程，说到才学，宋大中怎能和伯玉先生并论！”

“是，”熊敦朴应一声，说道，“此为其一。其二，子理先生、伯玉先生但知会试榜上，下官在二甲，大中兄在三甲，却不知选庶吉士，大中兄名列第八，下官却排在第二十一名。散馆授官，选庶吉士的名次比会试的名次更要紧，这个道理下官是懂的。”

“有其三否？”谭纶问。

“其三，大中兄和我，不仅既为同科，又是同门，而且，大中兄来自贵州，下官来自四川。子理先生、伯玉先生或许不知，我西南各布政司道里相通，习性相合，语言相近，自有亲切之感。我对他怎会因科试名次有前后之分，因授官差别在锱铢之间，而生怨忿！”熊敦朴道。

“茂初所言，似有道理呀。”谭纶对汪道昆说。

“岂止似有道理，是大有道理。”汪道昆道。

“伯玉先生此言何意？”谭纶问。

汪道昆不答他的问题，却问熊敦朴：“照茂初的说法，对宋大中有亲切之感；有亲切之感，自当亲近。然否？”

“然。”熊敦朴应道。

“既亲近，则或多交往。然否？”汪道昆问。

“然。”熊敦朴应道。

“既多交往，则或多交谈。然否？”汪道昆问。

“然。”熊敦朴应道。

“既多交谈，则不与他人言者，或与宋大中言之。然否？”汪道昆问。

“然。”熊敦朴应道。

“既不与他人言者，或与宋大中言之；则他人不知者，宋大中或知之。然否？”汪道昆问。

“然。”熊敦朴应道。

“既他人不知者，宋大中或知之；则宋大中所言茂初事，或比他人可信。然否？”汪道昆问。

“然。”熊敦朴应道。

“好教茂初得知，因授官不美而生怨，而欲参论唯约先生，不是他人说的，正是宋大中说的。”汪道昆说罢，问道，“此事亦然否？”

“这却不然。”熊敦朴忙说。

“伯玉先生所问，茂初一概然之；怎到最后，又一概推翻？”谭纶问。

“下官并未一概推翻，”熊敦朴辩道，“伯玉先生前面问的，都是或然；下官应以然之，亦是或然之。伯玉先生最后问的，却是必然；下官应以不然，亦是必无其事。”

第二十四章

兵科右给事中陈吾德把谭纶拦住，一看就是争吵的架势。周围没有喜欢多事的官员，有的提前绕开，有的若无其事地走过去。

等他人离得较远，陈吾德才开口。

“子理先生，几时掌的兵部？”他提给谭纶的问题，和谭纶提给熊敦朴的问题，极为相似。

“懋修为何要问？”谭纶反问道。

陈吾德字懋修，浙江归善人，嘉靖四十四年进士。

“就算我有心和子理先生亲近，可以吗？”他说。

“有何不可，”谭纶嘟囔一句，说道，“我是去岁七月掌部。”

“这下可以亲近，我也是去岁七月到的兵科，”陈吾德说着，又问，“子理先生可是自家中起用的？”

“是又怎样？”谭纶反问。

“我也是自家中起用的呀。”陈吾德说。

“我是回家奔丧的，懋修不会也是吧？”谭纶问。

“不是；我是因进言而罢黜的。”陈吾德很认真地告诉他。

“此事亲近不得。”谭纶讥道。

“此事不可亲近，别事却可亲近。”陈吾德说。

“懋修欲在何事上与我亲近？”谭纶问。

“我到科日，与子理先生到部日，差不多同时。子理先生说句实在的话：我可曾找过兵部的麻烦？”陈吾德问。

六科对应六部，各科的职责是对对应各部的事务补阙、拾遗、稽查，将有关的章奏，抄付各部，对各部处置时的违误，进行驳正。因此，各科要找对应各部的麻烦，是很容易的；也因此，各科与对应各部的关系，都比较紧张。

谭纶认真想了想，承认：“不曾。”

“今日我却要找找兵部的麻烦。”陈吾德说。

“懋修职责所在，无须和我打招呼。”谭纶不冷不热地说。

“找兵部的麻烦，无须和子理先生打招呼；若找子理先生本人的麻烦呢？”陈吾德问。

“找我本人的麻烦？”谭纶看他一眼，说，“懋修先生找我本人的麻烦，肯在事先打个招呼，足见厚道。”

“未必是厚道，但足见对子理先生的敬重。”陈吾德说。

“敬重二字，承受不起，”谭纶说着，问道，“懋修为的何事，要找我本人的麻烦？”

“子理先生且说，熊茂初今何在？”陈吾德反问。

“已放外。”谭纶说。

“是放外吗？”陈吾德问。

“懋修以为谪外，亦可。”谭纶说。

“以兵部主事而改两浙盐运司经历，当然是谪外！”陈吾德道。

其实，盐运司是从三品的衙门，不算低。但盐运司经历是从七品的职官，从兵部主事外放该职，实在是太委屈。

“懋修要找我的麻烦，竟是为此事？”谭纶问。

“难道为此事，不该找子理先生的麻烦？”陈吾德反问。

“对茂初的处分，大而言之，在朝廷；小而言之，在吏部。懋修还真不该找我的麻烦。”谭纶说。

“虽朝廷旨意，吏部处分，但归根结蒂，熊茂初谪外，还不是拜子理先生所赐！”陈吾德道。

“不错，我确参茂初一本。懋修能说，属官有劣迹，本部堂官不该参他？”谭纶理直气壮地说。

“或许，子理先生真不该参他。”陈吾德说。

“此话怎讲？”谭纶问。

“子理先生且说，熊茂初有何劣迹？”陈吾德反问。

“他欲参论冢宰。”谭纶说。

“哈！”陈吾德冷笑一声，“堂官参属官，不为劣迹；属官参堂官，却成劣迹！”

“不在堂官参属官，抑或属官参堂官，而在参论之事。”谭纶说。

“那么，熊茂初为何事要参唯约先生？”陈吾德问。

“为私忿。”谭纶道。

“何谓私忿？”陈吾德问。

“当日散馆，茂初不满于授主事，更不满于授兵部主事，郁结在心，故有今日参论之举。这难道不是私忿？”谭纶道。

“亦即，他欲授官翰苑，而不曾授官翰苑；欲得他部主事，而未得他部主事，譬如，欲得礼部主事，而未得礼部主事？”陈吾德加以引申。

“是。”谭纶应道。

“熊茂初会不会因不曾授官翰苑，因未得礼部主事，而郁结在心，姑且不论；子理先生有没发现，此说瑕疵，不止一点两点？”陈吾德问。

“有何瑕疵？”谭纶反问。

“要参论唯约先生，究竟已参论，抑或尚未参论？”陈吾德反问。

“尚未参论。”谭纶说。

“熊茂初尚未参论，子理先生却先参他一本。朝廷因而降旨，吏部因而处分，是不是太早、太重？”陈吾德问。

“无端参论大臣，仅遭谪外处分，不能算太重；至于太早，是为茂初好，他若真的参论，处分恐怕不止是谪外。”谭纶说。

“原来子理先生参熊主事，是因爱惜！这我倒不曾想过；不过，熊茂初尚未写疏，尚未呈进，就被子理先生定为无端参论，是不是定得太早，太无端？”陈吾德问。

“我定得太早，太无端；为私忿而参论，倒不是无端！”谭纶道。

“我要问问，熊茂初授兵部主事时，子理先生何在？”陈吾德道。

“尚在家中。”谭纶说。

“子理先生尚在家中，谁掌兵部？”陈吾德问。

“唯约先生。”谭纶道。

“唯约先生掌兵部，谁掌吏部？”陈吾德问。

“前首辅兼之。”谭纶道。

“亦即，熊茂初授兵部主事时，前首辅掌吏部，是不是？”陈吾德问。

“是。”谭纶应道。

“熊茂初授兵部主事，不干唯约先生的事；他若不满，应该发泄于前首辅，而不应该发泄于唯约先生。如果说，当初前首辅如日中天，炙手可热，熊茂初不敢有所表示；那么，前首辅罢相已经一年多，他完全用不着等到今天才发泄出来。况且，他仍然没有发泄于前首辅，却发泄于唯约先生。”陈吾德说着，问道，“子理先生自家说说，这算不算是个大瑕疵？”

“这一节，我不曾想过。”谭纶说。在陈吾德问熊敦朴授兵部主事时谁掌吏部，他已经发现难以应付；而陈吾德的推断又丝丝入扣，他只能含糊敷衍。

“但这还不算最大的瑕疵。”陈吾德又说。

“何为最大的瑕疵？”谭纶问。

“子理先生敢不敢说，参熊茂初在后，仅因风闻他要参论唯约先生在前？”陈吾德反问。

“不是为此，懋修说，还有何别的缘故？”谭纶不愿正面回答。

“子理先生风闻在前，我亦步亦趋，今亦风闻言之，”陈吾德道，“子理先生参熊茂初，不仅因为风闻他要参论唯约先生，更因风闻他要参论今之相公，对不对？”

“懋修听谁人说的？”谭纶问。

“听谁人说的，并不要紧，要紧的是有无其事？”陈吾德道。

“懋修既问及此，我有二事须申明。”谭纶说。

“愿闻其详。”陈吾德揖道。

“因风闻茂初要参论相公，故而参他，须得先知他要参论相公，对不对？我并未风闻茂初要参论相公，此其一也；因茂初要参论大冢宰，故而参他，因他要参论相公，为何就不该参他？此其二也。”谭纶说。

“我先与子理先生先辨析其一，如何？”陈吾德问一句用不着问的话。

“好。”谭纶应道。

“子理先生并未风闻熊茂初要参论相公，别个也未风闻？”陈吾德问。

“譬如——”谭纶反问。

“譬如在下，就曾风闻。”陈吾德说。

“风闻怎说？”谭纶问。

“风闻熊茂初要参论唯约先生，相公召宋大中询问。宋大中说，熊茂初不仅要参论唯约先生，还要参论相公。”陈吾德说。

“再譬如——”谭纶问的是还有谁风闻其事。

“譬如少司马汪公。”陈吾德说。

“懋修怎知他风闻其事？也是风闻？”谭纶问。

“不仅风闻，还有推断，”陈吾德道，“伯玉先生与相公同年，且过从密，而熊茂初又是兵部的官员。相公闻知此讯，不会不告与伯玉先生。另有一事，却是只有推断，并未风闻。”

“可是伯玉先生闻知此讯，不会不告与我？”谭纶自己也可以推断。

“是。”陈吾德应道。

谭纶暗忖：陈吾德说并未风闻，可能有两种情形：一是他和汪道昆议事机密，没有泄露出去；二是其实也有风闻，但陈吾德给他留面子，不把这一层捅破。至于推断，那是很容易的。不管自己有没有风闻熊茂初要参论张居正，和汪道昆一起盘问过熊茂初，是瞒不住的；在盘问中，汪道昆似乎比自己知道得更多一些，处分熊茂初的心情比自己更急迫一些，也是瞒不住的。

不管陈吾德怎么想，谭纶都不想就这一点再谈论下去。

“懋修不如且辨析其二。”他说。

“是，”陈吾德应一声，说道，“熊茂初要参论唯约先生，故而子理先生参他，不会招致太多非议；熊茂初要参论相公，故而子理先生参他，非议必多。”

“这是为何？”谭纶问。

“熊茂初要参论唯约先生，子理先生参他，不会有人以为，子理先生是受命于唯约先生；熊茂初要参论相公，子理先生参他，有人或以为，子理先生是受命于相公。”陈吾德说。

“懋修不是推断出，此事由伯玉先生告与我的吗？若道受命于相公，也是伯玉先生受命，并非我受命。”谭纶说。

“两者比较，伯玉先生受命于相公，转而说服子理先生，要比子理先生直接受命于相公，更招致非议。”陈吾德道。

“这又是为何？”谭纶问。

“一则，受命者为伯玉先生，言于上者为子理先生，人家会怎说？二则，伯玉先生虽跻身大臣之列，终归以文学称，”陈吾德说到这里，忽问，“王元美先生有两句论文学的话，子理先生知否？”

他说的王世贞，和汪道昆同是嘉靖二十六年进士。

“不知，”谭纶应罢，反问，“是哪两句？”

“文繁而有法者于鳞，简而有法者伯玉。”陈吾德道。

李攀龙长于文学，与徐中行、梁有誉、吴国伦、宗臣并称前五子；而与王世贞齐名，世称王、李。

“元美先生与于鳞兄相互推崇，我早有耳闻；他推崇伯玉先生，应该也在情理之中。”谭纶说。

“我不是说他等几位品行欠佳，但文人无行，似为通识。即便伯玉先生受命于相公，确有其事，别人多半会一笑了之。子理先生则不同。一代名臣，一代名帅，若受命于相公，更有甚者，是伯玉先生受命于相公，而转谕子理先生，恐名节不保。”陈吾德道。

如果说，谭论参熊敦朴，原本就不是十分情愿的；那么，今天听了陈吾德的话，心情更加复杂。如果说，他参过熊敦朴后，原本就有些懊悔。今天听了陈吾德的话，就更加懊悔，不过，他知道懊悔无用，现在应该着眼于其事有无补救。

“懋修与我谈论此事，是要教我弥补之法吗？”他问。

“子理先生已参之，熊茂初已谪外，还怎补救？”陈吾德道。

“既不可补救，懋修说这许多，有何益处？”谭纶责问。

“我说过，今日是来找子理先生麻烦的。”陈吾德道。

“懋修所谓麻烦，是打算参我吧？”谭纶问。

“这却不然，”陈吾德道。“和子理先生说许多，为的是辨明是非；至于我欲参劾者，另有其人。”

另有其人，自是宋儒。对于此人被参与否，是去是留，谭纶毫不关心。

陈吾德上疏，参礼部主事宋儒捏谤圣政，诬蔑大臣，诬斥兵部主事熊敦朴。宋儒谪山西按察司经历。二事相距，不到十日。

第二十五章

宣、大总督开府阳和，节制宣府、大同、山西三巡抚。阳和有阳和卫，辖于山西行都指挥使司，而山西行都指挥使司是受大同巡抚节制的；又有阳和兵备道，由大同按察司差派，亦受山西巡抚节制。这种交错的关系，使得三巡抚中，大同巡抚和宣、大总督接触的机会最多。

前任大同巡抚刘应箕被参，回籍听勘，当然不会来和宣、大总督王崇古道别，朝廷制度也不允许他来道别；而新任大同巡抚申佐到任后，在节制的众多地方里，选择首先巡视阳和，也在情理之中。

听说申佐到，王崇古亲自迎出来。他将出总督衙门的大门时，申佐打算抢上几步行礼，被他叫住。

“懋良先生，慢！”王崇古道。

申佐忙收住脚，眼睁睁看着他走出来。

“懋良先生造访，我是一定要迎出辕门之外的。”王崇古说。

申佐字懋良，北直隶永宁人，嘉靖三十五年进士。

“不敢当。”申佐忙揖道。

“懋良先生，请。”王崇古让道。

“学甫先生请。”申佐当然不会走在前面。

结果，二人并肩走进总督衙门。

二人分宾主坐定。王崇古说：“可惜，朝廷未设阳和分守道。”

分守道由布政司差派参政或参议任之。山西仅设四个分守道，而属于按察司的分巡道、兵备道，加起来却设八个，所以，有阳和兵备道，而无阳和分守道。

申佐不明白他为何有此一叹，说道：“增设一分守道，别个说了不算；学甫先生请于朝廷，一定会朝请而夕增设矣。”

“我哪里是为增设一分守道！我的意思是，朝廷若设阳和分守道，我就可以早日亲睹懋良先生的侠义风范。”王崇古说。

申佐站起来，躬身道：“学甫先生如此称许，愧煞在下。”

“懋良先生，坐！”王崇古等他重新坐好，说道，“我说侠义风范，可不是空泛的称许。自俺答封贡以来，发生两件事，让我惊叹不已。一是君泽先生率数骑直入俺答大营，我尝对众将说，吴都堂这等胆略，你等可有其十之一！”

吴君泽名兑，浙江山阴人，也是嘉靖三十五年进士。

“君泽兄此举，我亦深感敬佩；他不仅有勇，且有智。”申佐说。

“懋良先生赞他有智，是指他侦知俺答出猎，而趋其营？”王崇古问。

“机会选择得好，此其一也。”申佐道。

“其二呢？”王崇古问。

“我听说，君泽兄突至俺答营，守营者愕然，严阵以待。君泽兄命从者斥道：太师来犒军，焉得阻拦！守营者于是拜迎、献酪，任君泽兄遍阅庐帐。”申佐述道。

“不错，太师犒军的名目，实在想得好，”王崇古道，顿了顿，又说，“不过，比起君泽先生此举，懋良先生单骑闯虏营似乎又略胜一筹。因为俺答终究是才受封于朝廷，即便在营，也不见得会加害君泽先生；而懋良先生要面对的，是有不轨图谋的鞑靼部长。”说着，问道，“懋良先生有没想过，单骑出塞是有风险的？”

“想过。”申佐道。

“在懋良先生想来，风险有多大？”王崇古问。

“极大，有可能命丧塞外。”申佐道。

“既知风险极大，为何仍行？”王崇古问。

“俺答封王、入贡、互市，乃朝廷头等大事。若为一二跳梁之辈毁于一旦，岂不成千古之恨！某一介书生，为此头等大事而送上一条命，又何憾哉！”申佐道。

“难得懋良先生有此见识；不过，也可以纠集一支官军以自保呀！”王崇古说。

“唯恐错过时机。”申佐道。

“却为何一名随员也不带？”王崇古问。

“率数名随员，未必能自保，却使虏酋生疑；倒不如只身一人，反而坦荡。”申佐道。

“知风险极大，却义无反顾，此大勇也；知率军无益，乃只身而往，此大智也。所以我说，懋良先生略胜一筹。”王崇古赞道。

图谋劫俺答贡物，而破坏其与朝廷盟约的，是俺答一子。申佐只身出塞，向该部宣明利害，不仅制止这一图谋，而且引起俺答的警觉。他约束各部，勿犯天朝，使得边地趋于平静。因此，王崇古对申佐的赞许，是发自内心的。

“学甫先生如此比较二事，似有些偏颇。”申佐却说。

“怎么？”王崇古问。

“我只身出塞，乃不得已而为之；君泽兄闯俺答营，却是可为之，可不为之。可为之，可不为之，而毅然为之，更难能可贵。”申佐说。

“懋良先生若不是当事者，也会这么说吗？”王崇古不同意他的说法，但也不想再争执，“也罢，我退让一步，只说二事不相上下，均为壮举。懋良先生不会反对吧？”

“不会全然反对，但也不会全然赞同。”申佐说。

“难道非要我说君泽先生更难能可贵，懋良先生才罢休？”王崇古问。

“这却不然，”申佐道，“其实，是我略胜一筹，或是君泽兄更难能可贵，或是我与君泽兄不相上下，都不要紧。”

“在懋良先生看来，何事要紧？”王崇古问。

“要紧的是——”申佐想了想，打一比喻，“譬如一盘棋局，君泽兄和我都是棋枰上一枚棋子；君泽兄闯俺答大营，我出塞外，都是棋局中的一步棋。要紧的是，这局棋是学甫先生设计的。”

“懋良先生不要再说下去，”王崇古笑道，“我称许懋良先生，懋良先生不敢当；懋良先生如此称许，我又怎敢当！”

“我说此局由学甫先生设计，更不是空泛之言；学甫先生应对俺答三策，言犹在耳，我仍背诵得出来。”申佐说。

“是吗？”王崇古似乎不信。

“学甫先生且听！”申佐说着，背诵起王崇古在两三年前上的一道奏章，“俺答横行塞外几五十年，威制诸部，侵扰边圉。今神厌凶德，骨肉离叛，千里来降，宜给宅舍，授官职，丰饩廪、服用，以悦其心；严禁出入，以虞其诈。若俺答临边索取，则因与为市；责令缚送板升诸逆，还被掠人口，然后以礼遣归。策之上也。若遂桀骜称兵，不可理喻，则明示欲杀，以挠其志。彼望生还，必惧我制其死命。志夺气沮，不敢大逞，然后徐行吾计。策之中也。若遂弃而不求，则当厚加资养，结以恩信。其部众继降者，处之塞下，即令把汉统领，略如汉置属国居乌桓之制。他日俺答死，子辛爱必有其众。因加把汉名号，令收集余众，自为一部。辛爱必忿争。彼两族相持，则两利俱存；若互相仇杀，则按兵称助。彼无暇侵陵，我遂得休息。又一策也。”

把汉即把汉那吉，为俺答孙，因俺答夺其妻，忿而降于朝廷。王崇古以此为契机，提出制约俺答之三策。简而言之，上策是利用把汉招抚俺答，中策是利用把汉胁迫俺答，三策是利用把汉使鞑靼仇杀。他的奏议得到高拱、张居正的支持，朝廷基本上采纳的是他提出的上策。

“当年之疏，我都快忘干净，难得懋良先生仍记得，”王崇古叹道，又说，“懋良先生以棋局喻之，我想说：当初提出三策，不过是布局，才摆上两三个棋子而已。”

“学甫先生以提出三策为布局，则所议封贡八事一出，可见规模。”申佐说。

“懋良先生不会连封贡八事都记得吧？”王崇古问。

“全文背诵不下来，其略大约可述一二，”申佐说着，背诵道，“其一，议封号、官爵。诸部以俺答为尊，宜赐以王号，给印信。其大枝宜授以都督，弟侄子孙宜授以指挥。其二，定贡额以均赏赉。每岁一入贡，俺答马十匹，使十人；都督马八匹，使四人；诸部长以部落大小为差，大者四匹，小者二匹。其三，议贡期、贡道以便防范。驻边者，分送各城抚、镇验赏；入京者，押送自居庸关入。其四，立互市以利华夷。虏以金银、牛马、皮张、马尾等物，商贩以缎紬、布匹、釜锅等物。市场，陕西三边有原立场堡，大同于威海堡边外，宣府于万全右卫、张家口边外，山西于水泉营边外。其五，议抚赏之费以求可继。赏守市兵，人布二匹，部长缎二匹，绸二匹，来使视大小，酌加赏犒。其六，议归降以杜启衅。通贡后，降者不分有罪无罪，免收纳；华人被掳归正者，查别无窃盗，乃许入。其七，审经权以严边备。夷狄之于中国，有顺有逆；帝王制御之策，有经有权。无预中国之盛衰，唯视夷类之强弱。其八，戒狡饰以训将略。宜敕下九镇将领，务实心报国，奋勇练兵；戒平时骄悍之习，乘今日糜虏之暇。使虏知我有备，不敢复叛。”

“难得，难得！”王崇古连赞两遍，然后问，“懋良先生，我任你复述前之章奏，不予阻止，你会不会以为我在刁难？”

“学甫先生为何要刁难于我？”申佐反问。

“懋良先生会不会以为我在自鸣得意？”王崇古又问。

“偌大一件功劳，可垂史册，自鸣得意有何不可！然学甫先生持重，必非为的自鸣得意。”申佐说。

“不为彼，亦不为此，却是为何？”王崇古问。

“学甫先生于前之议，或有所思忖。”申佐说。

“懋良先生可谓知我，”王崇古点头称道。又问，“懋良先生可知，我在思忖三策，抑或在思忖八事？”

“学甫先生在思忖八事。”申佐说。

“何以见得？”王崇古问。

“我先背诵过三策，学甫先生若思忖三策，就不会任我再复述八事。”申佐说。

“有道理，”王崇古点点头，又问，“懋良先生可知，我在思忖八事中的哪一事？”

“或是第四事。”申佐说。

“何以见得？”王崇古问。

“第一事，乃国家名器，既有封赐，不会轻易改变。第二、三事，贡额、贡期、贡道，皆据前例而定，也无须改变。而第五事乃具体赏犒，不值得学甫先生思忖。至于第七、八事，不是具体事项，若要思忖，定是一篇大文章；学甫先生要作大文章，怎会有心闲谈？唯互市，除陕西三边为原场堡，大同、宣府、山西皆为新定。这既是件大事，又可以便宜改立，所以，我以为是第四事。”申佐说。

“妙极！懋良先生推论，真可谓一环紧扣一环，”王崇古叫好之后，又说，“不过，我虽思忖的是互市一事，却不是大同、宣府、山西等新定的互市之址，而是陕西三边等原立场堡。”

“学甫先生为何会思忖陕西三边原立场堡？”申佐问。

“原立场堡之外，俺答今又奏请于甘、凉等地开市。朝廷征询于我，我不得不思忖之。”王崇古说。

“学甫先生既在思忖，必是这个题目有难处。”申佐道。

“是两难。”王崇古说。

“何谓两难？”申佐道。

“懋良先生方才说，唯互市，除陕西三边为原立场堡，大同、宣府、山西皆为新定；这既是件大事，又可以便宜改立，”王崇古重复他这句话后，问道，“是吧？”

“是。”申佐应道。

“懋良先生是说，所有的互市之址，都可以便宜改立；还是说，大同、宣府、山西等新立的互市之之址可以便宜改立？”王崇古问。

“这一节，我没好生想过，”申佐不是不愿给出肯定的回答，而是确实不曾想过。

“我以为，你是说大同、宣府、山西等处互市之址，可以便宜改立。”王崇古道。

“何以见得？”申佐想听他的理由。

“若是陕西三边互市之址同样可以便宜改立，懋良先生完全用不着说明‘除外’。”王崇古说。

“是这个道理。”申佐道。

“废除陕西三边原立场堡，改立新址，不是件简单的事，要作许多工夫，”王崇古说。“既然陕西三边原立场堡不在可以便宜改立之列，是不可便宜改立的；而俺答所请，不是在大同、宣府、山西改换互市之址，恰恰是在陕西三边改换互市之址。我料，朝廷多半是不会准的。”说着，伸出一指，“此难之一也。”

“陕西三边开市，是在宁夏原立场堡吧？”申佐问。

“是。”王崇古应道。

“仍于宁夏开市，又有何难？”申佐问。

“俺答驻于河套，于宁夏开市，甚为便当；近年俺答部西迁山外，市于宁夏，往来千里，不仅旅途劳顿，且易行劫持。前者懋良先生在山西参政任上，以一己之力，平息一起劫持风波。谁敢保证，每当有劫持图谋时，都有人出面平息？我担心，若不准其改市甘、凉，只要有一次劫持图谋得逞，就足以使俺答与朝廷之盟出现裂痕。”王崇古说。

“学甫先生所虑极是，此事还真是两难。”申佐道。

“懋良先生可有良策？”王崇古求教。

“没有良策，只有个笨法子。”申佐道。

“怎叫笨法子？”王崇古问。

“如实陈述两难，由朝廷裁之。”申佐说。

“懋良先生说是笨法子，我看却是取巧的法子。”王崇古道。

“学甫先生不以为然？”申佐问。

“我倒想不以为然，可我也没有别的法子。”王崇古道。

果然如他所料，朝廷最终不准俺答改市甘、凉。

第二十六章

皇帝兴致勃勃地在御花园里抓鸟，鸟没抓住，却抓两手泥。他顺手抹一下脸，顿时变成花脸。

“爷，快洗洗吧。”客用道。

“是大伴要来？”皇帝警觉地问。

“不是，大伴今日不会来。”客用说。

“那急什么，再去找鸟！”皇帝命道。

“大伴今日不会来，是因爷要去文华殿。”客用提醒皇帝。

“哎呀！你不说，朕还真忘到脑后！”皇帝惊叫道，他问，“距规定的时辰，还有多久？”

“还有一个时辰，若来不及，迟些也不妨。”客用说。

“一刻不能迟！”皇帝断然地说。他招招手，一名近侍送上一条面巾。皇帝斥道，“朕不是叫你，它能擦干净朕的脸和手吗？”

另一名近侍捧来皇帝饮水的御杯，里面还有皇帝喝剩的半杯水。

“有句话怎说的？”皇帝问客用。

“爷问哪句话？”客用不知皇帝问的是什么。

“就是比没有要强。”皇帝说。

“聊胜于无吧？”客用揣摩。

“对，就是这句话！”皇帝道，“客老儿，你用这聊胜于无的水，给朕洗干净，一会儿好去见老张——”说到这里，他东张张，西望望，见没可疑的人，改用一本正经的口吻说，“好去见张先生。”

“爷这是何苦！回宫洗干净，再去文华殿，来得及。”客用说。

“要回宫，你回，朕不回！”皇帝道，“你不怕回宫撞到大伴，见朕这样子，第一个要打烂你的屁股！”

“爷圣明，这时的确回不得宫。奴才就用这聊胜于无的水，伺候爷盥洗。”客用忙说。皇帝怕冯保，他自然比皇帝更怕冯保。

他先小心地拨去皇帝脸上的泥土，然后把杯子里的水洒在面巾上，浸湿一快，为皇帝擦脸。脸擦干净，再按同样的顺序，擦干净皇帝的手。

“做这等事，你比孙海强，”皇帝话一出口，马上发现，孙海不在身边。他问，“孙老儿呢？”

“爷不是打发他去问功课吗？”客用道。

“朕并未忘；朕是问，他怎还没回来？”皇帝说。

“爷总是说，问功课的事，奴才没海哥机灵。海哥机灵是机灵，但是贪玩。这不，若是奴才去问功课，早就回来，他却不知在哪里和人聊得起劲呢。”客用趁机发发牢骚，也贬低贬低孙海。

“你不贪玩吗？朕看，你言语无味，人家不愿意和你闲聊，你才把孙老儿的长处说成短处。”皇帝把他看透。

一名近侍眼尖，指着远处说：“爷看，孙老儿狂奔而来。”

狂奔二字，一点儿也不夸张。孙海站在皇帝面前时，上气不接下气。

“朕估摸着，你一直这么跑的话，可绕着紫禁城跑两圈。”皇帝说。

“三圈。”客用添油加醋。

“没那么快；奴才算计，不会超过一圈。”孙海说。

“为何去这久？”皇帝问。

“奴才得问呀，”孙海说，“问一事不够，还要问第二事；问一人说不清楚，还要问第二人。”

“你问的何事，说给朕听听。”皇帝命道。

“第一事，奴才问明，咱大明建国之前，确实有个大宋朝。”孙海说。

“这用问吗！”皇帝斥道，“朕也能告诉你，咱大明建国之前有个大宋朝；朕还能告诉你，大宋朝和咱大明朝不是紧挨着的；在大明朝和大宋朝之间，还隔着个元朝呢。”

“爷的学问可比奴才问的那个奴才高明太多，他就不知大明朝和大宋朝之间还隔着元朝。”孙海奉承道。

“是你没问吧？人家未见得不知。”皇帝道。

“是，是。”孙海连声应道。

“接下来，你问的何事？”皇帝说。

“第二事，奴才问明，大宋朝确实有个宋仁宗皇爷。”孙海问。

“这也用不着问，张先生列在《帝鉴图说》里的皇帝，怎会没有其人！”皇帝说。

“奴才没爷想得明白，所以才会问，”孙海道。连说两件事，皇帝没说个好，未免心情沮丧。但他不敢和皇帝计较，只能从客用那里讨点儿便宜。他说，“不管怎说，奴才比客老儿问得强。”

“怎见得比我强？咱大明朝建国之前有个大宋朝，大宋朝有个宋仁宗，我一样可以问个明白。”客用不服气地说。

“是啊，怎见得你比客老儿问得强？”皇帝问。

“他可以把咱大明建国之前有个大宋朝，大宋朝有个宋仁宗问个明白；除此之外，他还知问何事？”孙海道。

“怎不知问别的事！”客用说，“爷让问的功课，是宋仁宗不喜珠饰，难道我连此事也不知问！”

“着哇！”皇帝叫起来，“朕让你问的是宋仁宗不喜珠饰，不会是你忘朕要你问的功课吧？”

“爷交代的事，奴才怎会忘！”孙海道，“奴才的意思是，在问明咱大明朝建国之前有个大宋朝、大宋朝有个宋仁宗之后，询问宋仁宗不喜珠饰之前，还应该问点儿别的。奴才想，其实连咱大明朝建国之前究竟有没有个大宋朝，大宋朝究竟有没有个宋仁宗，客老儿也未必想到要问。”

“你的话绕来绕去，但意思朕大致能听懂，”皇帝说着，问道，“孙老儿，你又问明何事？”

“第三事，奴才问明，宋仁宗是大宋朝第四位皇帝。”孙海说。

“你有没有问明前面的几位皇帝？”皇帝问。

“这又是奴才胜过客老儿之处，”孙海继续卖弄，“客老儿即便问明宋仁宗是大宋朝第四位皇帝，也不会问他前面的几位皇帝是谁。奴才却问明，大宋朝的第一位皇帝是宋太祖，第二位皇帝是宋太宗，第三位皇帝是宋真宗，第四位皇帝便是宋仁宗。”

“如此道来，宋仁宗是宋太祖的曾孙？”皇帝排起辈分。

“是。”孙海没问这一节，随便应道。

“客老儿，你别不服气，”皇帝转对客用说，“朕让孙老儿去问功课，不让你去问功课，是因他比你问得仔细。”

“爷的圣明，奴才向来是服气的；孙老二问的仔细，奴才死也不服气。”客用的话听起来是在赌气。

“这是为何？”皇帝问。

“张先生今日要讲的是宋仁宗不喜珠饰，他问明宋仁宗是大宋朝第几位皇帝，前几位皇帝是谁个、谁个，又有何用！”客用道。

“也是，”皇帝觉得他提的问题很有道理，又问孙海，“孙老儿，你问明这些事，有用吗？”

“怎会无用！”孙海道，“譬如，张先生给爷讲宋仁宗不喜珠饰前，肯定要讲宋仁宗其人，爷说，张先生不必讲，朕知他是大宋朝第四位皇帝；张先生问爷还知道什么，爷说，朕还知他是宋太祖曾孙。爷想想，张先生一听，还不得把眼瞪圆！还不得又惊又喜！心里还不得想：皇上真乃天资颖慧！还不得想：我这个帝师难当！”

“张先生会因朕知宋仁宗是大宋朝第四位皇帝，是宋太祖曾孙，就又惊又喜？”皇帝无法相信，心里却希望这是真的。他对客用说，“孙老儿说得不错，多问明几件事还是有用的。”

“爷说的是，”客用应道，又说，“奴才也不是反对多问几件事，奴才只是担心，枝枝杈杈的事问多，反倒耽误问功课本身。”

“着哇！”皇帝又叫起来，“孙老儿，你要多问几件事，才会问到宋仁宗不喜珠饰？”

“问明宋仁宗乃大宋朝第四位皇帝，是第三事；问明宋仁宗之前的三位皇帝为宋太祖、宋太宗、宋真宗，是第四事；第五事，奴才问的正是宋仁宗不喜珠饰。”孙海说。

“客老儿，他没忘问功课本身。”皇帝道。

“爷，孙老儿说的是问，不是问明。”客用纠正道。

皇帝本来要说“有何区别”，但一想，多一字少一字，区别还不小。于是问：“孙老儿，你是只问，还是已问明？”

“奴才是问。”孙海道。

“你怎问的？”皇帝问。

“奴才问过三个人，”孙海道，并详细地叙述，“第一个人说：宋仁宗我知，宋仁宗不喜珠饰，我却不知。第二个人反问奴才：你怎知宋仁宗不喜珠饰？第三个人说：小海子，你讲笑吧，怎会有人不喜珠饰！”

“孙老儿，你问的是谁人？”皇帝问。

“都是宫里的老人。”孙海道。

“竟无一人知其事？”皇帝问。

“是。”孙海应道。他一直洋洋自得，到这时才面有愧色。

“那朕该怎对张先生说？”皇帝问。

“奴才想，爷只好听张先生讲。”孙海说。

“看来，帝师还是不能不要。”皇帝道。

张居正给皇帝讲历史典故，不同于讲经筵，不同于日讲。讲经筵、日讲，有许多繁琐的仪式，有许多侍从。张居正给皇帝讲历史典故，殿上没有多余的讲官，也不举行任何仪式。讲述的典故，不离《帝鉴图说》，或者是皇帝钦定，或者是张居正选定。皇帝钦定，自然心里有数；如果是张居正选定，他会事先把要讲的典故奏闻，让皇帝做点儿准备。不管怎么说，他都把这种讲述当作皇帝学习的过程。

“今天给皇上讲宋仁宗不喜珠饰。”张居正说。

“张先生讲。”皇帝回应道。

“臣先要讲讲宋仁宗。”张居正如孙海所料地说。

“宋仁宗，朕有所知。”皇帝说。

皇上所知，肯定是肤浅的。但对皇帝的表白，张居正仍然很高兴。这至少表明，皇帝做过准备。

“皇上可以给臣讲讲。”张居正道。

“宋仁宗是大宋朝第四帝，可是？”皇帝边讲边问。

“皇上说的是。”张居正欣慰地应道。

“宋仁宗是宋太祖曾孙，可是？”皇帝仍边讲边问。

张居正感到惊愕还有点感到不安的，不仅在于皇帝说错，更在于皇帝说错时的那种自信。

“皇上怎说？”他说。

“不对吗？”还好，皇帝马上就失去自信，“大宋朝第一帝为宋太祖，第二帝为太祖子，第三帝为太祖孙，第四帝不就是太祖曾孙？”

“皇上说的是父丧子继，却忘自古以来的继承之法，还有兄终弟及。”张居正说。

皇帝知道说错，而且不是一般说错。他回想方才的情形：宋仁宗为宋太祖曾孙，虽是自己说的，但孙海不仅胡乱答应，还把这当作张先生又惊又喜的原因之一。想到这里，他不由迁怒于孙海。不过，惩戒孙海是以后的事，当务之急是解眼前之窘。

“宋仁宗不是宋太祖曾孙？”皇帝问。

“不是。”张居正道。

“不是宋太祖曾孙，却是宋太祖何人？”皇帝问。

“宋仁宗是宋太祖侄孙辈。”张居正道。

“侄孙辈？怎排下来的？”皇帝问。

“臣给皇上讲讲宋朝前二帝的名讳，”张居正道，“宋太祖讳匡胤，宋太宗讳匡义。皇上应该知道，宋朝前二帝是如何排序的吧？”

他可以直接告诉皇帝，宋太祖、宋太宗是兄弟。不过，他如果这样说，讲述未免平淡；而且，会让皇帝觉得难堪。所以，他出一个浅显的题目，让皇帝自己得出正确的答案。

“张先生是说，大宋朝前四帝相传，宋太祖和宋太宗是兄弟，宋真宗是宋太宗子，宋仁宗是宋真宗子？”皇帝问。

“皇上聪慧，一点即通。”张居正道。

得到这一句首肯，皇帝感到满足。

“请张先生讲解宋仁宗不喜珠饰。”皇帝道。

“是，”张居正应道，“宋仁宗不喜珠饰，《帝鉴图说》中有图有说。臣撰其说，用字简易，皇上多数都能认得；不认得的字，问问身边进过内书堂的内臣，亦能告知。故臣不欲再照本宣科。”

“张先生不讲《图说》里的故事，却讲何事？”皇帝问。

“臣想给皇上讲《宋史》里的两句话。”张居正道。

“是哪两句话？”皇帝问。

“第一句，见于《宋仁宗纪》文后的赞。其中一句说，宋仁宗‘燕私常服浣濯’，”张居正说着，问道，“皇上可知浣、濯二字之别？”

“朕不知。”皇帝道。

“浣即濯，濯即浣，都是洗涤之意。不过，浣主要用于洗涤衣裳，濯则既可以用于洗涤衣裳，又可以用于洗涤身体。故古人歌咏曰：沧浪之水清兮，可以濯吾缨；沧浪之水浊兮，可以濯吾足，”张居正解释说。

“是不是濯字用得比浣字更广泛？”皇帝问。

“皇上可以这么理解，”张居正道，“譬如臣引的古人之歌，可改为：沧浪之水清兮，可以浣吾缨，沧浪之水浊兮，可以濯吾足；却不可改为：沧浪之水清兮，可以浣吾缨，沧浪之水浊兮，可以浣吾足；更不可以改为：沧浪之水清兮，可以濯吾缨，沧浪之水浊兮，可以浣吾足。”

他尽量解说得通俗易懂，难免要说一些并无多少意义的话，为的是引起皇帝的兴趣。

“张先生这么一说，朕以后不会用错这两个字，”皇帝道，并问，“张先生为何要引《宋仁宗纪》里的这句赞？”

“常服浣濯，即常服洗涤过的衣裳。皇上想，衣裳多缀珠玉，还方便洗濯吗？”张居正反问。

“张先生的意思是，常服浣濯，即不能喜珠饰；喜珠饰，则不能常服浣濯？”皇帝受到启迪后说。

“皇上想得深刻，”张居正赞道，“节俭，于人为美德，于帝王尤其为美德。常服浣濯为美德；然喜珠饰，则不可常服浣濯，美德失矣。”

“这一句朕已懂，张先生再讲第二句话。”皇帝道。

“第二句是庆历二年五月的一件事，曰：戊辰，禁销金为服饰。”张居正说。

“何谓禁销金为服饰？”皇帝问。

“销者，销熔也。所谓禁销金为服饰，就是说，无论民间，还是官宦，都不准销纯金，作为服饰。皇上想，宋仁宗若喜珠饰，衣裳无不缀以金饰珠饰，如何禁得朝野皆不准销金为服饰！”张居正说。

“是不是宋仁宗自家作表率，才可以禁销金为服饰？”皇帝引申道。

“皇上理解得透彻。”张居正又赞一句。

眼看这一句也讲完，皇帝忽问：“金本可为服饰，为何禁之？”

“禁销金为服饰，为的是黄金有更重要的用途。”张居正说。

“是何用途？”皇帝问。

“宋仁宗时，宋与西夏之间屡有战事。宋败多胜少，与西夏媾和。媾和，则须馈以黄金。”张居正说。

“大宋朝有媾和西夏，今有封贡俺答，二事是否类似？”皇帝问。

这似乎是一个不相干的问题，张居正却意识到，在这个问题的背后，潜伏着许多的问题。皇帝可能没有想到。也可能想到，而不明确；可能想到，而不会说出来。他可以给一个肯定或者否定的回答（当然，他不会给出肯定的回答），堵住皇帝的嘴。但他宁愿让皇帝想到，宁愿让皇帝想得明确，宁愿让皇帝说出来。所以，一定要多说几句。

“截然不同，”张居正道，“宋仁宗时与西夏媾和，西夏称帝建国，不受宋朝赐封，不似今日俺答由朝廷封王；而宋朝以金银等馈送，亦如馈送金银与辽、金，实为贡于西夏，不似今日俺答贡于朝廷。总之，宋朝与西夏，为敌国与敌国；我大明与俺答，为天朝与属邦。汉、唐和亲，以及本朝封贡，皆可为后世法；唯独宋朝媾和，不足为后世法。”

“与西夏媾和不足为后世法，宋仁宗可为后世法乎？”皇帝问。

“皇上问得好！”张居正这声称赞，不是虚与委蛇，而是发自内心。对一个十岁出头的皇帝来说，能想到这一层，太不容易！他说，“宋仁宗不喜珠饰一事，是否收入《帝鉴图说》，臣曾经认真想过。”

“张先生仍以为，宜收入。”皇帝替他说出来。

“是。”张居正应道。

“却是为何？”皇帝问。

“宋朝积弱，不自宋仁宗始，亦不以宋仁宗而极，”张居正边说边问，“这一层，皇上能否听得明白？”

“朕听得明白，”皇帝道，“张先生是说，宋朝与西夏议和，果然不足为后世法，但责任不全在宋仁宗。”

“皇上说的是，”张居正应一声，仍边说边问，“禁销金为服饰，为的是与西夏议和，亦即，为的保全社稷。这一层，皇上能否听得明白？”

“朕听得明白，”皇帝道，“张先生是说，禁销金为服饰，为的是社稷；宋仁宗不喜珠饰，才提得出禁销金为服饰。故宋仁宗不喜珠饰，也是为的社稷。”

这样的推论过于肤浅，过于生硬。但张居正知道，不能期望少年皇帝说出多么深刻的道理；只要皇帝听得明白自己的话，就应该满足。

“皇上说的是，”他应一声，说出第三层意思，“宋仁宗不喜珠饰，乃因其本性节俭。节俭不是一个小的优点，对帝王来说，尤其不是一个小的优点。这一层意思，皇上能否听得明白？”

“朕听得明白，”皇帝道，“张先生是说，宋仁宗与西夏议和，不足为后世法；宋仁宗本性节俭，不喜珠饰，却可以为后世法。”

“皇上说的是。”张居正应道。

张居正要解说的两句话已解说完，宋仁宗不喜珠饰可以收入《帝鉴图说》，或者说应该收入《帝鉴图说》已阐明，他还要说些什么呢？

“张先生还要给朕讲何事？”皇帝问。

“臣一直在说，宋仁宗不喜珠饰，出自节俭本性，其实，臣的说法并不全面。”张居正道。

“难道宋仁宗不喜珠饰，还有别的缘故？”皇帝问。

“与其说宋仁宗不喜珠饰还有别的缘故，不如说宋仁宗不喜珠饰给予后世的启迪，不止于节俭。”张居正说。

“除此之外，还有何启迪？”皇帝问。

“皇上说，珠玉贵重否？”张居正反问一句。

“人皆以珠玉为贵重。”皇帝说。

“皇上说的是。珠玉有价值连城者，焉得不贵重？不过，”张居正语气一转，说道，“人皆可以珠玉为贵重，独皇上不可以珠玉为贵重。”

“朕为何不可以珠玉为贵重？”皇帝问。

“皇上不妨想一想，饥时，珠玉当得食否；寒时，珠玉当得衣否？”张居正道。

“当不得。”皇帝说。

“饥须食五谷，寒须衣布衣。皇上想，是不是？”张居正问。

“是。”皇帝应道。

“若无五谷，则人馁矣；若无布匹，则人冻矣。皇上想，是不是？”张居正问。

“是。”皇帝应道。

“天子牧天下之民，当使天下之人无馁无寒。皇上想，是不是？”张居正问。

“是。”皇帝应道。

“古贤者曰：不作无益害有益，不贵异物贱用物。故天子当重五谷桑麻。而轻珠玉。”张居正最后得出结论。

“张先生说的是，”皇帝应道，想了想，又说，“张先生方才言及启迪，朕还受到一个启迪。”

“皇上受何启迪？”张居正问。

“珠玉非宝，贤臣为宝。”皇帝道。

这句话太出乎张居正的意料。他躬身颂道：“皇上存此一念，实祖宗社稷之福，天下万民之福！”

第二十七章

翰林院修撰张元忭、编修邓以赞，一边一个，把工部主事邹德涵夹在当中。二人还扶着他的胳臂，好像怕他跑掉。

邹德涵用胳臂肘把邓以赞往外撞了撞，问道："汝德兄，可不可以容我活动活动胳臂？"

邓以赞又凑近，说："不可。"

"为何不可？"邹德涵问。

"怕汝海兄遁去。"邓以赞说。

"子荩兄也怕我遁去吗？"邹德涵问张元忭。

"我更怕汝海兄跑遁去。"张元忭说。

"子荩兄为何更怕我遁去？"邹德涵问。

"今日三人之聚，是我做东。"张元忭道。

张元忭字子荩，浙江山阴人。邓以赞字汝德，江西新建人。邹德涵字汝海，江西安福人。三人都是隆庆五年进士，张元忭是该科状元，邓以赞是该科会元和探花，二人直接授官翰林。

"二位邀我小聚，状元兄做东，何其荣幸之至，我为何要遁去？倒是二兄这等夹带，明日就会传出二翰林解一主事往东厂受审，我可要无地自容。"邹德涵说。

张元忭、邓以赞开怀一笑，放开邹德涵。

三人的确是往东厂的方向走；不过，没走那么远。一过灯市口，他们走进一间门面不大、但很素雅的酒家。

外间已经坐不少客人，店主让道："三位大人请坐里间。"

他亲自把三人带进里间。里间比外间清静得多；但外间烧着炉火，热气腾腾，里间则感觉阴冷。

邹德涵畏寒，吩咐："店家，送盆炭火来。"

"是。"店主应道。

不多时，小二端来一盆炭火，并讨好地说："里间的炭火本来是另加钱的，我家主人发话：难得三位老爷光临，蓬荜生辉，炭火之资免收。”

“不可！”邹德涵连忙摆手，“今日是状元公做东，你不收他的炭火之资，却收谁个的炭火之资！”说着，问道，“一般客人来，你店另收几文炭火之资？”

“十文。”小二说。

“告诉你家主人，今日收二十文。”邹德涵道。

“小人替主人谢过老爷！”小二边作揖打躬，边往外走。

“不可！”张元忭喝住他，“谁个要的炭火，谁个付炭火之资。今日是工部主事付炭火之资，你不收他的炭火之资，却收谁个的炭火之资！告诉你家主人，今日收四十文。”

“小人更要替主人谢过老爷！”小二唯恐有变，快速退出。

三人相互取笑之后，又相互让座。

“汝海兄，请上坐。”张元忭道。

“谁个做东，谁个上坐。”邹德涵不肯。

“上坐属子荩兄，汝海兄可在宾客之位就座。”邓以赞道。

“子荩兄做东，汝德兄就不是宾客？”邹德涵仍不肯。他打横一坐，说道，“我最宜坐此，子荩兄也可罚我酒，汝德兄也可罚我酒。”

“汝海兄为何先想到罚酒？”张元忭、邓以赞齐问。

“宴无好宴。今日二兄一起打上门来邀我，可不是计议好，要我醉酒、出丑！”邹德涵道。

“并无此意，”邓以赞道，并解释说，“子荩兄和我一起来，是因为我二人在一个衙门；我二人去工部邀汝海兄，是因为工部距此处近。”

“我等不但无意使汝海兄醉酒，且今日还要特别关照，不使汝海兄醉酒。”张元忭又说。

“这是为何？”邹德涵问。

“醉酒误事。”张元忭道。

“误事？子荩兄不是做东饮酒吗，会误何事？莫非子荩兄做东饮酒，只是托辞？”邹德涵不解。

“子荩兄做东饮酒是实，然借饮酒议事也是真。”邓以赞说。

“欲议何事？”邹德涵问。

“等酒、菜送上来，边饮边说。”张元忭道。

酒、菜送齐，估计小二不会再上来打扰，张元忭给邹德涵斟上酒。

“我一人饮吗？”邹德涵敏感地问。

“不，我三人同饮。”张元忭说着，把另外两个酒盅斟满。

三人相互示意后，饮第一盅酒。

“汝海兄，此酒如何？”张元忭问。

“很好。”邹德涵应道。

张元忭用筷子划一块鱼，夹给邹德涵。

“先给汝德兄。”邹德涵说。

“都有，”张元忭说着，划一块鱼给邓以赞，再划一块鱼给自己。眼看邹德涵把鱼肉分成小块，一小块一小块地吃着，他问，“汝海兄，此鱼如何？”

“很好。”邹德涵应道。

“子荩兄没看出吗，汝海兄一饮一食，其实皆无滋味，还是快把要议的事说给他听吧。”邓以赞道。

张元忭点点头，对邹德涵说：“汝海兄，问你件事。”

“何事？”邹德涵问。

“令祖东廓公有无遗言？”张元忭问。

“不知。”邹德涵道。

“不知？”张元忭似乎很意外。

“是。”邹德涵应道。

“东廓公一定是有遗言的。”张元忭断定。

“家祖有遗言，也是留给家父的。”邹德涵说。

“颍泉公没说与汝海兄知道？”张元忭问。

“不曾说与我知。”邹德涵道。

他的祖父邹守益号东廓，父亲邹善字颍泉，都是进士出身。邹守益还是正德六年的探花，邹善现官广东右布政使。

“颍泉公一定以为，时机尚未到。”张元忭断定。

“子荩兄倒好似知道家祖父的遗言似的。”邹德涵道。

“我并不知，汝德兄知之。”张元忭说。

“汝德兄，当真？”邹德涵几乎要信以为真。

“不能说知之，只能说料之。”邓以赞说。

“汝德兄料定，家祖父有遗言？”邹德涵问。

“若有憾事，必立遗言。”邓以赞说。

“家祖父有何憾事？”邹德涵问。

“汝德兄当真不知？”邓以赞反问。

“汝德兄可料之，我却不可料之。”邹德涵说。

“也是，”邓以赞对他的说法表示赞同，并说，“以我料之，东廓公所憾之事，一定无过于阳明子至今不得入祀文庙；东廓公遗言，一定是谆谆以告子孙勿忘其事。”

文庙即孔庙。阳明子是王守仁的别号。邹守益是王守仁的亲传弟子。王守仁官拜南赣巡抚，邹守益借奔丧之机，随王守仁讲学，协助王守仁平息宁王宸濠之叛。相处既久，感情日深。邓以赞所料邹守益的憾事，邹守益的遗言，当不得真；但王守仁从祀文庙，一定是邹守益所期望的，所追求的。

而邓以赞今日为何提起这件事，以及他和张元忭今日为何邀自己小聚，邹德涵也想明白。王守仁从祀文庙，在隆庆二、三年间就有人倡议，后来又不断有人提起。朝廷多次议过，但赞同者固有，而反对者似乎更多，所以至今没有议出结果。眼看着一年又要过去，朝廷没有特别重大的事情，正是泛泛而议的好时机。

至于张元忭、邓以赞为何热衷此事，邹德涵更是想明白。这也是他取得主动的一个机会。

“二兄今日邀我，可是奉命于龙溪公？”他问。

“非也，我二人在京师日久，已经多时未聆师训。”邓以赞说。

“我却不信，家祖父所憾之事，龙溪公不憾之；家祖父立此遗言，龙溪公不谆谆以嘱诸弟子！”邹德涵道。

龙溪是王畿的别号。王畿是王守仁的另一名弟子，而张元忭、邓以赞都是王畿的弟子。对王阳明而言，他二人是再传弟子；就传承王守仁学说而言，王畿应该是比邹守益更重要的弟子。重要之处：一则，王畿参加过会试，而且榜上有名，但他却放弃廷对，拂袖而去，继续追随王守仁。直到王守仁去世以后，他持心丧三年，才又参加科考，并中进士。可以说，他是用更大的热情，更多的精力，传播阳明学说。二则，王畿今仍健在，游学于南直隶、湖广、浙江、福建之间，在这些地方都有讲舍。

“我看，子荩兄还是实话对汝海兄说吧。”邓以赞插言道。

“好，”张元忭应一声，说道，“汝海兄，我等虽未奉师命，但相信如汝海兄所言，阳明子从祀文庙，亦我师所愿。不过，汝德兄和我合计一下，都以为，我辈之中，汝海兄最宜出面奏请。”

“这是为何？”邹德涵问。

“我有一个理由，汝德兄有一个理由，汝海兄先听谁的？”张元忭问。

“子荩兄既开口，就先听子荩兄的理由吧。”邹德涵道。

“汝海兄不会不知，为何有人反对阳明子从祀文庙吧？”张元忭问。

“以阳明子之学近禅。”邹德涵道。

“阳明子治学，或杂以禅机；但阳明子传道授业，其实是把儒学、禅机分得清清楚楚。而我师传道授业，杂以禅机，从不讳言。我二人出面奏请阳明子从祀文庙，必有人指指点点，道：此龙溪弟子也；道：龙溪杂以禅机，其弟子必亦杂以禅机；道：杂以禅机者为阳明子奏请，必阳明子之学杂以禅机。”张元忭说着，问道，“汝海兄看，我这个理由能不能成立？”

“且听汝德兄的理由。”邹德涵道。

“我别有理由，并非以为子荩兄的理由不成立；不过，我二人常互勉：承师正学，切莫流入杂禅之弊。”邓以赞先作一说明。

“二兄品行端正，学术端正，我尽知之。”邹德涵道。

“我以为汝海兄最宜为阳明子奏请，是因为阳明子不仅是一代儒学宗师，且是一代建功立业的能臣。在翰林们看来，这即不纯粹。其他衙门为阳明子奏请，翰林们未必发难。譬如我等入仕以来，有科臣言阳明子从祀事，有御史言阳明子从祀事，有部属言阳明子从祀事，却少有翰林言及。一旦我二人奏请，或会在翰林院引起轩然大波，反而不利，”邓以赞说着，问道，“汝海兄看，我这个理由能不能成立？”

“二兄的理由都能成立；不过，我要说一句，”邹德涵特意停顿较长时间，让张元忭、邓以赞猜猜，他到底要说什么。“我要说的是，二兄即便全然没有理由，即便不以家祖父遗言之类的话相激，此事我也要议的。”

“汝海兄确定？”张元忭、邓以赞齐问。

“确定。”邹德涵道。

“早知如此，我不如省去今日的酒资。”张元忭不知如何表达自己高兴的心情，干脆说句笑话。

“子荩兄不愿出酒资，我出；反正炭火之资由我出。”邹德涵说。

“都是笑话，汝海兄何必当真。”张元忭连连摆手。

“我却不是说笑，”邹德涵道。“子荩兄愿做东，是因为要说服我做某事；我愿做东，是要请二兄帮个忙。”

“汝海兄要我二人帮忙何事，命之就是。”张元忭、邓以赞齐道。

“帮我把阳明子从祀一事，从头缕一缕。”邹德涵说。

“我等正有此意。”张元忭、邓以赞齐道。

第二十八章

广东设巡抚之日少，大政由提督两广军务都御史兼摄。该官名称，时称总督，时称提督，眼下称提督。两广提督驻肇庆，广东总兵官驻潮州，非有大的征伐，难得见上一面。

万历二年的正旦节期间，两广提督殷正茂，把镇守广东总兵官张元勋邀到广州。

两广提督从来不曾在广州开府。虽然在广州的官衙，文有布、按二司衙门，广州府衙，南海、番禺县衙，武有督理广州海防参将衙门，殷正茂却不愿麻烦任何一个衙门；同时，传檄各衙门，也不要来打扰他。他把和张元勋会面的地点，选在馆驿。

这一来，馆驿忙开。首先，得有足够下榻的地方。殷正茂肯定会带一干人，张元勋也肯定会带一干人，除他二人每人需要一间上房，他们带来的人，或二人，或三人，也都需要一个房间。为保险起见，所有的客人都要清出；这倒好办，大节期间，本来也没多少人要住馆驿。其次，两广提督是封疆大吏，总兵官是一方统帅，住的一定要舒服，吃得一定要可口，特别是正旦节的一顿大餐，一定要让二人满意。

在驿丞率众役隶忙碌之际，殷正茂和张元勋相见。

互贺新年之后，张元勋问："石公怎来到广州？"

殷正茂字养实，号石汀，南直隶歙县人，嘉靖二十六年进士。

"想和你世帅见一面嘛；另外，广西那边的情形，也要和世帅通个气。"他说。

张元勋字世臣，浙江太平人，以小校起家。明初，武臣是没有别字的；后来虽有的武臣也取别字，但不当回事；嘉靖以后，特别是隆庆以后，武臣多附庸风雅，取以别字。而且，文臣及文人墨客，也多以别字、别号称武臣，这才有敬帅、世帅等称呼。

"石公想见我，传檄潮州，我还能不赶往肇庆拜谒！至于通气，随便差一幕僚往潮州告知即可；何劳石公移驾，受颠簸之辛苦！"张元勋道。

"我行二百余里，世帅却行逾千里，到底谁个辛苦？世帅说这话，倒好似不愿相见。"殷正茂说。

"我处处为石公着想，石公却怪我不愿相见，好人真是做不得！"张元勋笑道。

并问，“广西的事，为何要和我通气？”

“原来世帅并不关心广西的事，不说也罢。”殷正茂道。

“我并非不关心广西的事；只是不解，石公怎知我关心广西的事？”张元勋问。

“别个镇广西，世帅可以不关心；李帅镇广西，他曾是世帅的上司，世帅能不关心！”殷正茂道。

“恩帅那边是怎样情形？”张元勋问。

他们说的李帅、恩帅，名锡。张元勋为福建南路参将时，李锡已任福建总兵官。而今，张元勋已是一省镇帅，且广东总兵官看似比广西总兵官更为显赫。但张元勋是以都督佥事镇广东，李锡则挂征蛮将军印，以都督同知镇广西，所以，提及李锡，张元勋仍很恭敬。

“还不错。”殷茂正道。

“怎么个不错？”张元勋追问。

“广西贼势，世帅可知？”殷茂正反问。

“仅知一星半点，不如听石公说说。”张元勋道。

“广西贼势，在一点一线。”殷茂正提纲挈领地说。

“一点是一府、一州，还是一县？”张元勋问。

“一县，怀远。”殷正茂说。

“怀远是——”张元勋没具体概念。

“怀远属柳州府，”殷正茂说，“柳州在会城桂林西南，约四百里；怀远在柳州以北。”

“亦即，怀远距桂林，近于柳州。”张元勋道。

“是。”殷正茂应道。

“一线呢，又是何谓？是一水，一山，还是一路？”张元勋问。

“一水，府江。”殷正茂说。

“府江是——”张元勋也没具体概念。

“桂林府辖阳朔县，府江源自阳朔；桂林以南约二百里，有平乐府，平乐府辖昭平县，府江至于昭平。”殷正茂说。

“石公所谓一点一线，乃是怀远、府江？”张元勋问。

“是，”殷正茂应道，“府江两岸皆险山峻岭，诸瑶夹江而居，以剽劫为业；怀远与湖广、贵州接壤，虽为县，然环城所居，皆瑶人，编氓反处其外。自嘉靖年间知县寄居府城，该地仅得羁縻；近年来，乱瑶汇集，为患最剧。”

“广西贼势在一点一线，我广东贼势则在惠、潮两点。以此而言，两地颇似。”

张元勋说。

"世帅说的是，"殷正茂先应，然后说，"不过，广东和广西比起来，还差那么一点儿。"

"差在哪里？"张元勋问。

"世帅不妨替李帅和郭都堂合计合计，剿一点一线之贼，以何者为先？"殷正茂不正面回答，却向他提出一个问题。

他说的郭都堂，是广西巡抚郭应聘。

张元勋想了想，反说："一线之贼近阳朔，抑或近昭平？"

"近阳朔。"殷正茂说。

"既近阳朔，宜先剿一线。"张元勋道。

"却是为何？"殷正茂问。

"近阳朔则近桂林。我大军先剿怀远贼，则阳朔贼或伺机而动，滋扰桂林。会城乱，则合省乱矣。"张元勋说。

"世帅说的是轻重。"殷正茂说。

"是。"张元勋应道。

"近会城者重而远会城者轻，这是人人皆知的道理。不过，"殷正茂口气一转，问道，"世帅说，有无例外？"

"例外是有的，"张元勋道，"譬如，近阳朔之贼势弱，不足以威逼桂林，亦可置之不理。"说着，问道，"石公，近阳朔之贼可是势弱？"

"不是，"殷正茂摇头，"距阳朔金宝岭不过一舍，即有贼穴。"

"近在咫尺，必先破之！"张元勋用强调的口吻说。见殷正茂笑而不语，他问，"难道我恩帅不以为然？"

"李帅倒是和世帅见解相同。"殷正茂说。

"但被石公否之？"张元勋问。

"主要不是被我否之，而是被君宾先生否之。"殷正茂说。

郭应聘字君宾，福建莆田人，嘉靖二十九年进士。

"郭都堂以为，当先剿怀远之贼？"张元勋问。

"是。"殷正茂应道。

"却是为何？"张元勋问。

"一则，怀远之贼杀知县反。知县官秩虽低，却是朝廷命官，是朝廷委任治理一县者；这与沿府江之瑶据其巢穴，抗拒官府，有所不同。二则，怀远之贼据一县城，方便招纳四方之贼，不从速剿之，为害甚大。三则，怀远之贼集中，宜于用兵，总兵官有用武之地；沿府江之贼分散，不宜大剿，遣部将足矣。四则，先剿沿府江之贼，各贼溃败，逃归怀远，日后再剿怀远之贼，则愈发艰难。故君宾先生对李帅说：君第往怀远，金宝岭等贼，我自处置。”殷正茂说。

“听起来比先剿怀远之贼的理由多，”张元勋承认是承认，但仍有疑问，“不过——”

“君宾先生难道不惧金宝岭之贼突袭桂林？”殷正茂替他问道。

“是啊，君宾先生就不惧金宝岭之贼突袭桂林？”张元勋重复地问。

“不惧。”殷正茂道。

“是因有备？”张元勋问。

“岂止有备！”殷正茂道，“李帅大兵既发，金宝岭贼以为，所余官军不多，不足为虑。君宾先生与按察使吴公，正好亲率一军，出其不意奔袭金宝岭，诛杀其魁；则金宝岭及沿府江各贼，无不悚惧。”

“如此说来，君宾先生这会儿，正安坐大堂，等候各贼归降，及等候我恩帅报捷？”张元勋问。

“也说不定，这会儿李帅已然报捷，而沿府江各贼归降者已十有七八，”殷正茂说得更乐观。稍一停顿，他加上一句，“君宾先生左右有李帅这么一位战将，好不令人羡慕呀！”

这句纯属多余的话，任谁一听，都知道他在激将。脾气火暴的，说不定会愤然起身，愤然立誓，愤然而去。张元勋沉得住气，不但不愤然，反而心平气和地和殷正茂理论起来。

“难怪石公说广东比广西差一点儿！我看石公这话说反，不是广东比广西差一点儿，而是广西比广东差一点儿。”他说。

“差在哪里？”殷正茂也问。

“广东官军剿贼不力，石公看得出，是因为两粤唯大征，方得叙功；雕剿则不叙。故雕剿，诸将不肯效力。石公因而奏请朝廷，雕剿得叙功，诸将面貌定然为之一新。”张元勋说。

“此事由世帅提及，莫归于我。”殷正茂说。

“我仅是提及。雕剿者，零敲碎打也，零敲的是贼，碎打的是贼，可叙功否，须石公说才算数。”张元勋道。

“不管是否我说才算数，雕剿叙功，议自广东，非议自广西。世帅据此而称，广西比广东差一点儿，我赞成。”殷正茂说。

“再者，数载以来，广东、广西都在剿贼，”张元勋说到这里，问道，“石公能否说得出，广西有名有姓的贼酋，凡几人？譬如石公提到的诛杀金宝岭贼酋，可说得出其名姓？”

“说得出名姓的很少，金宝岭贼酋也说不出名姓。不是我说不出他的名姓，君宾先生和李帅也说不出他的名姓。”殷正茂道。

“广东贼酋说得出名姓的，凡几人，石公数过没有？”张元勋问。

“不曾数过，世帅为我数一数吧。”殷正茂道。

“林道乾算一个吧？”张元勋掰着手指数。

“算一个。”殷正茂应道。

“兰一清算一个吧？”张元勋再数。

“算一个。”殷正茂应道。

“赖元爵算一个吧？”张元勋再数。

“算一个。”殷正茂应道。

“马祖昌算一个吧？”张元勋再数。

“我看，他只能算半个。”殷正茂说。

“诸良宝呢？”张元勋问。

“亦算半个。”殷正茂说。

“那么，黄民太、曾廷凤、黄鸣时、曾万璋、李仲山、卓子望、叶景清、曾仕龙等，也只能算半个？”张元勋问。

“是。”殷正茂应道。

林道乾、兰一清、赖元爵是反民中的大头目，黄民太、曾廷凤等则是分属于三人之下的小头目。

“林凤呢？”张元勋问。

“他却算个大头目。”殷正茂说。

“诸良宝为林道乾党，把他算作半个，合乎情理；林凤又是诸良宝党，照理说，只能算作半个中的半个，石公怎却把他算作一个？”张元勋问。

“贼有老巢，在潮州侧，居高据险，就在世帅眼皮底下，世帅不为之厌烦吗？今林凤盘踞老巢，我把他算作一个，是为世帅计。”殷正茂说。

“石公之意，我广东当先荡平奸贼潮州老巢？”张元勋问。

“调度用兵，职在世帅，”殷正茂说，“我只是想，广西说不出几个贼酋的名姓，广东说得出名姓的贼酋不下十余人，广西比起广东，确实差一点儿。不过，广西若是一举荡平怀远之贼，广东潮州老巢之贼却仍逍遥，差得可就不止一点儿。”

“石公放心，虽我恩帅镇广西，我也绝不让广东输与广西！”张元勋终于说出一句表明心志的话。

第二十九章

四川贡物入朝。按照制度，但凡贡物须登记造册，然后入库。在入库前，礼部尚书万士和、兵部尚书谭纶、掌院都御史葛守礼等，陪同张居正、吕调阳前去观看。

贡物两种：一是鼓，一是锅。数十面鼓，有大有小；两只锅，则一样大小，当然，是极大，而不是极小。

“此即所谓铜鼓？”吕调阳问。

“和卿先生为何要加‘所谓’二字？”万士和反问。

“铜鼓亦鼓，我以为，鼓面也是用皮革制作；谁知通体浑然是铜。”吕调阳说。

“和卿先生这是食古不化，铜鼓铸铜而成，谁个说过，须得以皮革作面，才是鼓！”谭纶笑道。

“未必以皮革为面才是鼓，子理先生说的不错；但食古不化用在这里，似乎过重。”万士和说。

“依着思节先生，当怎说？”谭纶问。

万士和字思节，南直隶宜兴人，嘉靖二十年进士。

“未曾考究。”他改用另一个词。

“叔大先生看，哪种说法适宜？”谭纶问。

“都适宜，又都不适宜，不如用抛砖引石。”张居正道。

“为何用抛砖引石？”谭纶、万士和齐问。

“没有和卿先生一句话，怎会引出你二位的这多话！”张居正道。

“那也该是他抛砖引玉。”谭纶说。

“子理先生觉着，你等谁个话语似玉？”张居正道。在众人哄笑声中，他问万士和，“思节先生，鼓有数吗？”

“有，”万士和应道，“据川抚奏表，所贡铜鼓共计九十三面。”

“此鼓很重吧？”张居正问。

“叔大先生何不搬一面试试？”谭纶道。

张居正真的去试。最小的铜鼓，估计可以搬动；最大的铜鼓，估计难以搬动。

他选一面适中的铜鼓，两手用力，试图举起。但铜鼓只是稍稍挪动，根本没离开地面。

“年尚未老，竟无缚鸡之力。”他叹道。

“不是叔大先生乏力，实是铜鼓太重。叔大先生绝料不到，这一面鼓不下二百斤。”谭纶道。

“当真有这重？”张居正颇为怀疑。

“叔大先生不信，可让人用大秤来称量。”谭纶说。

“小的铜鼓有几重？”张居正问。

“最小的铜鼓，也得四五十斤。”谭纶说。

“再大的铜鼓呢？”张居正又问。

“恐怕得四五百斤。”谭纶道。

“我的意思是，铜鼓颇重，为何要贡入这许多？”张居正既是在发表议论，也是在询问。

“西南夷眼里，把铜鼓看得颇重。”万士和说。

“怎么个重法？”张居正问。

“上等铜鼓，可易千牛；稍次一等，也可易七八百牛。”万士和说。

“所谓等次，可是依铜鼓大小？”张居正问。

“不全是依大小，还要听其声。”万士和说。

牛的价值，张居正心里是有数的。他说：“在内地，一乡之中，也未必凑得出一千头牛来。”

“故西南夷各部族，可能须几代人努力，才能得到一面铜鼓，”万士和道，又说，“都掌蛮各寨，多以铜鼓为标记。我想，川抚贡入九十三面铜鼓，或是共下都掌蛮九十三山寨。”

“那倒不一定，”葛守礼插话，“内地村有大小，都掌蛮山寨亦有大小；内地村有贫富，都掌蛮山寨亦有贫富。小的山寨，贫瘠山寨，或无铜鼓；大的山寨，富有山寨，或有数面铜鼓。”

“那川抚为何以九十三面铜鼓贡入？”万士和问。张居正问四川为什么要贡入这么多的铜鼓，他说出一种判断；葛守礼推翻他的判断，却没说明为什么贡入这么多铜鼓。所以，他不服气。

“或是官军荡平都掌蛮，共缴获九十三面铜鼓，”葛守礼也提出一种推测，“山寨既然不存，铜鼓留在当地，又有何益？不仅无益，反而有害。于是，川抚将其一并贡入朝廷。”

“大司马怎说？”张居正问谭纶。

“可谓公说公的理，婆说婆的理，我无话可说。”谭纶道。

“我没让你评判他二人的理。”张居正说。

“叔大先生要我说何事？”谭纶问。

“川抚是曾都堂曾三甫？”张居正问的的确是公理、婆理之外的事；而这个之外的事，竟是他的同乡曾省吾。

“是他。”谭纶应道。

“四川总兵官是三落三起的刘显刘帅？”张居正问。

“叔大先生既知刘总兵三落三起，可知他自经不死？”谭纶反问。

“刘总兵曾自经？此事的确不知，”张居正说着，问其他人，“诸公要不要听听？”

“此乃奇闻，为何不要听！”众人齐道。

“刘总兵是南昌人，据闻生而力大绝伦，长成稍通文义，只可惜家贫落魄，无以为生。一天，他实在感到绝望，走进一间祠堂，悬一根麻绳在梁上，准备自经。但三番两次，不是绳扣自行解开，就是绳断。后来乡人传说，是神护之，不让他死；也有人说，是祖宗护之，让他建立功业，光宗耀祖。”谭纶说。

“死不成，他便从军？”吕调阳问。

“没那么快，”谭纶说，“刘显一路西行，由赣而湘，由湘而入川，在宜宾从的军。平定苗乱时，他冲锋陷阵，只手格杀五十余人。从此名声大振，由副千户而指挥佥事，而都指挥佥事，而总兵官。”

“刘总兵官的履历我等已知，子理先生可以讲一讲他的三落三起。”万士和道。

“他落，是从总兵官而落，”谭纶说，“第一次，刘将军为镇守广东总兵官，赴援福建。时倭贼攻陷兴化城，刘以兵少，未敢遽战，被劾。这一次，朝廷的处分较轻，命戴罪立功而已。”

“二落呢？”万士和问。

“第二次，刘将军镇守浙江，居官多不守法度，被巡按御史纠劾。这一次，朝廷的处分加重，命革任候勘。”谭纶说。

“三落定是在四川。”万士和推断。

“子理先生应该先说说，刘将军是如何度过第二个难关的。”吕调阳提议。

“他度过第二个难关，还真有些坎坷，”谭纶道，“革任听勘后，因浙江巡抚刘畿举荐，他镇守浙江如故。后复以拾遗被劾，贬秩视事。后复以湖广巡抚古中虚举荐，还故官，移镇贵州。三甫先生议征都掌蛮，朝廷复命他移镇四川。”谭纶说。

“三巡抚都举荐他，可见确是个将才。”吕调阳赞叹一句。

“三甫先生为讨伐都掌蛮而用他，他怎会又落马？”万士和问。

“一则有前科，二则不守法度。”谭纶说。

“不守法度，前面已经说过，看来他仍我行我素。”万士和道。

“我行我素是有的；有人专门挑人瑕疵，也是有的。”谭纶说。

关于刘显本人，谈论许多，估计说得差不多。张居正招呼众人：“诸公来看，铜鼓上的纹雕真是精致。”

于是，众人的注意力再次被吸引到铜鼓上。

铜鼓鼓面的图案，中心几乎千篇一律的是向外辐射的日光，边缘多为动物，大者如牛如马，小者如龟如蛙。鼓身则饰以不同的花纹，或简，或繁，或质朴，或绚丽。

“叔大先生看，此鼓有字。”吕调阳指着一面鼓说。

鼓面上有“阿大”二字，不是铸上的，而是写上的。

“谁人写的？”万士和问。

“看墨迹，不会是解至京师才写上的。”葛守礼说。

“三甫先生为何要写此二字？”吕调阳不解地问。

“和卿先生为何以为是三甫先生写的？”万士和问。

“不是三甫先生写的，还会是刘镇帅写的？”吕调阳反问。

“为何不会！”万士和道，“子理先生才讲述，刘镇帅长成稍通文义。稍通文义，难道连这两个字也写不出来？”

“叔大先生熟悉三甫先生字迹，不妨认一认，”葛守礼说。话一出口，他立刻意识到，这句话有讽意。因为曾省吾不仅和张居正同省，而且，在张居正和高拱交恶中，他是最坚决拥戴张居正的官员。说张居正熟悉曾省吾字迹，无疑是说，他二人关系异常。于是，葛守礼掩饰地说，“我看，这字不似三甫先生所书。”

“与立先生说不似，肯定不似，”张居正淡淡地说，他又对万士和说，“思节先生以为只有这两个字吗？还有呢。”

别人也看到，别的一些鼓面上也有字：一面鼓上写的是“阿二”，一面鼓上写的是“方三”，一面鼓上写的是“阿苟”，一面鼓上写的是“阿墨”，如此等等。

“阿二，方三，阿苟，阿墨，此何意也？”万士和喃喃自语。

谭纶没凑过去看，听他的自语，忙问：“思节先生怎说？”

“我在说，阿二，方三，阿苟，阿墨，究是何意。”万士和道。

“哈！”谭纶一笑，说道，“只写阿大二字，我也不知何意；但把这些字都加在一起，诸公就用不着胡乱猜测。”

“子理先生已解其意？”万士和问。

“不都是些名字吗，有何难解！”谭纶道。

“子理先生之意，阿大、阿二等，皆都掌蛮酋首的名字？”张居正问。

“叔大先生明鉴。”谭纶道。

“子理先生怎知，此皆都掌蛮酋首的名字？”万士和问。

“三甫先生等告捷的奏表，诸公都可以不读，某不可以不读；诸公都可以不仔细读，某不可以不仔细读；诸公都可以读罢即忘，某不可以读罢即忘。”谭纶说。

言外之意是，他居兵部尚书之职，皇帝可能随时把他召入，询问平定四川都掌蛮的情形；皇帝不把他召入，相公也可能随时会问他。

“都是有身份的人，怎么还阿大、阿二地叫着，连个正式的名字也没有？”万士和感到困惑。

“这事还真有些怪，”谭纶道。“都掌蛮各部，普通之人或许还有个正经名字，甚至还用姓氏，酋首却不用姓氏，也不起名字，但依大小，呼作阿大、阿二。阿大、阿二是不能乱叫的。”

“怎么到阿三，却用上姓氏？”万士和问。

“听说，方三以前并非大酋，是后来坐大的。”谭纶说。

“有此等习俗，真乃奇哉怪也！”吕调阳啧啧叹道。

“看来，曾三甫细心，某鼓得自某人，马上着人写下来。”张居正说。

他有意无意地称赞曾省吾一句，别人自然不会让他扫兴。

“叔大先生说的是。”众人应道。

“大司马再给我等讲讲阿大、阿二辈是如何被剿灭的吧。”张居正又给谭纶出个题目。

“我先讲讲阿大、阿二辈栖居之地，如何？”谭纶把题目微改。

“甚好。”张居正道。

“四川有叙州府，在会城以南，相距一千二百余里。叙州东南，有属县戎县——对，已有旨，改戎县为兴文县。新改县名一定合思节先生心意：酋首居然没正式名姓，的确该兴兴文。”谭纶才开个头，就不由自主地说起题外的话。

“子理先生，莫扯太远。”万士和道。

“是扯远，”谭纶忙收回来，说道，“都掌蛮栖居在兴文四外的大山里，本朝立国以来，有过两次大的叛乱：一次在成化年间，大司马程公讨之；一次在正德年间，巡抚都御史马公讨之。然两次讨之，皆未彻底平之，致有今次之乱。”

他说的程公，是成化年间的兵部尚书程信；马公，是正德年间巡抚四川都御史马昊。这两次平乱，远者，距今百余年，近者，距今五六十年，谭纶一下又扯远。

“子理先生如此讲述，怕要讲到明天。”万士和说。

“思节先生欲听何事？”谭纶问。

“子理先生不是说，先讲讲阿大、阿二辈栖居之地吗？怎么讲到都掌蛮栖居在兴文四外的大山里，不往下讲？”万士和说着，问张居正，“叔大先生想不想听兴文四外大山的情形？”

“思节先生想听，我就想听。”张居正道。

“和卿先生想不想听？”万士和问吕调阳。

“思节先生想听，叔大先生想听，我也想听。”吕调阳道。

“与立先生想不想听？”万士和问葛守礼。

“思节先生想听，叔大先生想听，和卿先生想听，我也想听。”葛守礼道。

听完这一回答，万士和忍不住先笑，其他人也忍不住笑。

“兴文四外，最有名的山名九丝山，”谭纶讲述道。“九丝山又长有又宽又高，四面陡峭，为都掌蛮主要巢穴。九丝山东北有三岗参差交错，一名鸡冠岭，一名都都寨，一名凌霄峰，有如守卫九丝山的三座哨所。九丝山后，则有牡猪寨，有如九丝山的后庭。”

“子理先生以寥寥数语，概括出九丝山的全貌，难得！”万士和喜欢挑谭纶的毛病，但最先表扬谭纶的也是他。

“多谢。”谭纶揖道。

“子理先生，方才叔大先生要你讲讲阿大、阿二辈如何被剿灭的，你说先讲讲阿大、阿二辈栖居之地；这会儿讲过阿大、阿二辈栖居之地，是否该讲阿大、阿二辈如何被剿灭？”万士和道。

“在讲阿大、阿二辈如何被剿灭的之前，我还想讲讲阿大、阿二辈之间的关系。”谭纶说。张居正出的题目，他都敢于改变；不理睬万士和的提议，更不在话下。

“是该讲一讲，我等只知有此五人，却不知他等关系。”吕调阳说。

“应该说略知一二吧，”万士和道。“子理先生不是说，阿大、阿二是不能胡乱叫的？可见，阿大是大头目，阿二是二头目。”

“其他人呢？”吕调阳问。

“方三有姓氏，虽是后来坐大，未必是三头目；阿苟、阿墨之中，或许有一人是三头目。”万士和推断。

“错！方三确是三头目。”谭纶说。

“那么，阿苟、阿墨是四头目、五头目？”万士和问。

“又错！都掌蛮大头目只有三人，第一个是阿大，第二个是阿二，第三个是方三。”谭纶说。

“阿苟、阿墨又是何许人？”万士和问。

“阿苟是三大头目的耳目，驻于凌霄峰。阿墨是三大头目的亲信，驻于都都寨。三大头目合驻九丝山，或分别巡于鸡冠岭。”谭纶说。

“原来五人是两个等次，从铜鼓大小还真看不出来。”吕调阳说。

“思节先生不是说过，不仅要观其形，还须聆其声？”谭纶道。

吕调阳试着用手掌击了击。写有阿大字样的那面鼓，声音果然清脆、悠扬，听后有余音绕梁不去的感觉。写有阿二、方三字样的铜鼓，声音等而次之。写有阿苟、阿墨字样的铜鼓，声音则有些发闷。

“今日与大宗伯、大司马同行，真是长见识！”吕调阳叹道。

“主要是听大司马娓娓道来，大家都长见识，”万士和说着，转向谭纶，“子理先生还要作铺垫吗？”

谭纶知道他指的是什么，笑着说：“还有一事要铺垫。”

“何事？”万士和问。

“官军的布置。”谭纶道。

“不错，此事是要铺垫的，”万士和附和着，问张居正，“叔大先生，你说呢？”

“我看，此事铺垫好，文章也该做完。”张居正道。

“叔大先生的意思，不必再铺垫？”万士和问。

“非也，”张居正摇摇头，说道，“子理先生讲述的方法很好，一层一层铺垫，水到渠成。”

谭纶本来就对自己的讲述很有信心，得到张居正首肯，他讲述起来更加自如。

“今次讨伐都掌蛮，以刘将军显为主帅，郭将军成为副帅，共召集官军及四川、湖广、贵州三布政司属下土兵，合计十四万人马，于万历元年三月，会于叙州。”他说。

“郭将军亦曾任镇守广东总兵官、镇守四川总兵官。”葛守礼补充。

“是，”谭纶应道，“郭将军是因都掌蛮作乱而移镇四川的，不久被劾罢。朝廷决计刘将军挂帅印征伐都掌蛮，同时起用郭将军，为之副。”

“一役而同时用两位总兵官，实不多见。”吕调阳道。

“首登九丝山，生擒阿大，皆郭将军之功；可见朝廷起用他，甚是明智。”谭纶说。

“说的是官军布置，子理先生怎又转到战况？”万士和挑他的毛病。

“顺带说一句而已，”谭纶说着，简述官军的计划，“按照两位主帅的合计，先拔凌霄峰，再逼都都寨，然后，分五哨合围九丝城下，最后再扫荡牡猪寨残敌。”

“他等筹划可都实现？”吕调阳问。

“都已实现。”谭纶应道。

“果如叔大先生所言，官军布置一节铺垫好，文章也就作好。”吕调阳奉承张居正一句。

“诚是。”众人附和道。

“不过，还是要请子理先生讲一讲阿大、阿二辈是如何被剿灭的。”张居正回到最初出的题目。

“好，”谭纶应罢，总括地说一句，“官军攻克都掌蛮盘踞的各山头，都有关键的一步。”

“何为拔凌霄峰的关键一步？”万士和问。

“诱执阿苟，”谭纶道，“阿苟勇而无谋，诱骗他不须下太多工夫。阿苟被执，拔凌霄峰不费吹灰之力。”

“何为下都都寨的关键一步？”万士和问。

“凿滩以通漕，”谭纶道，“都都寨下有河滩，官军难以逼近。凿滩通漕后，官军不仅可以水战，而且不愁粮草不济。在与都都寨守贼激战中，阿墨被杀，余贼溃散。”

“何为攻鸡冠岭的关键一步？”万士和问。

“诱降，”谭纶道，“阿大亲自守鸡冠岭，刘将军着善言者上山劝诱他归降，许以高官重爵。”

“这么说，阿大是归顺朝廷的？”万士和问。

“不然，”谭纶道，“阿大犹豫不决之际，郭将军率军已克九丝山贼巢。阿大无心据守，官军趁势攻下鸡冠岭，生擒阿大。”

“既如此，攻鸡冠岭的关键一步，不能说是诱降。”万士和道。

“思节先生说，何为攻鸡冠岭的关键一步？”谭纶问。

“算是诱降吧，”万士和想不出更好的说法，不再纠缠。他问，“照子理先生的说法，克九丝山在克鸡冠岭之前？”

“是。”谭纶应道。

“是不是，获阿二、方三也在获阿大之前？”万士和问。

“那却不是，”谭纶道，“官军虽先克九丝山，阿二、方三却不是在九丝山擒获的。”

“他二人在何处被擒获？”万士和问罢，觉得提的问题不对，“不忙，子理先生先说说，克九丝山的关键一步是何事！”

“夜袭，”谭纶道，“在暂时稳住鸡冠岭方面之后，官军已集于九丝山下，选勇士，利用夜色，趁守贼不备，攀藤而上，斩关闯入。等到天明，大军呼啸而进。”

“可惜让阿二、方三漏网，”万士和说着，问道，“此二人跑去何处？”

“当然是牡猪寨。”谭纶道。

“他二人可是在牡猪寨被擒获的？”万士和问。

“不尽然，”谭纶道，“官军取牡猪寨，擒获方三；阿二奔逃，官军追至贵州大盘山，才抓住他。”

“何为取牡猪寨的关键一步？”万士和问。

“九丝山及三岗既失，贼心惶惶，但大喝一声，非逃即降，哪里还需要关键的一步！”张居正笑道。

“叔大先生说的是，”谭纶附和道，“譬如棋局，敌方已无活眼，只要填上一子，即可收去众多敌子。”

“去岁官军剿灭都掌蛮，我等多少都有所知；今日听子理先生活灵活现、绘声绘色的讲述，才见其全貌。真要多谢子理先生。”吕调阳说着，朝谭纶一揖。

“不敢当，”谭纶忙还揖，“和卿先生要谢，该谢叔大先生。不是他题目出得好，诸公哪儿有心思听我讲故事！”

“叔大先生是要谢的。”吕调阳说着，又朝张居正一揖。

“子理先生故事讲得好，何必推功于人！”张居正摆了摆手，对谭纶说。又对万士和说，“要谢，该谢思节先生。不是他和子理先生一唱一和，故事怕也没这么精彩。”

“叔大先生题目出得好，子理先生、思节先生唱和也好。”吕调阳说。

“我等都好，和卿先生有何好？”万士和问。

“我听得好。”吕调阳说。

“和卿先生不止听得好，还有一好。”葛守礼说。

“还有哪一好？”吕调阳问。

“击鼓击得好。”葛守礼说。

众人想起吕调阳方才击鼓试音的动作，均笑。

“与立先生又有何好？”万士和又问吕调阳。

“他才赠我一好，我不能立刻还他一好，思节先生说吧。”吕调阳道。

“我看，与立先生烘托得好。”万士和说。

“我怎烘托得好？”葛守礼问。

“一次，”万士和举第一个例子，“叔大先生说，思节先生想听，我也想听；和卿先生说，思节先生想听，叔大先生想听，我也想听，都没有引发笑声；与立先生一说，思节先生想听，叔大先生想听，和卿先生想听，我也想听，我等无不欢笑。”

“那是因为思节先生最后问的我，若是最后问的别个，诸公，包括我在内，一样会欢笑。”葛守礼说。

“一次，”万士和举第二个例子，“与立先生说，和卿先生还有一好：击鼓击得好。这话有甚好笑？可众人又都笑。”

“与立先生烘托得好，固是一好；我看他还有一好。”谭纶说。

“我还有哪一好？”葛守礼问。

“与立先生矜持得好。”谭纶说。

“我怎矜持得好？”葛守礼问。

“我等都在为曾都堂、刘总兵评功，与立先生却不出一声。”谭纶道。

“一则，是子理先生在为曾都堂、刘总兵评功，不是子理先生等在为曾都堂、刘总兵评功；二则，就算子理先生等在为曾都堂、刘总兵评功，而我不出一声，怎就是矜持？”葛守礼质疑。

“与立先生不出一声，必有缘故。”谭纶说。

“与立先生不出一声，或是并不关注。”万士和替葛守礼说。

“身为掌院都御史，对巡抚都御史之升迁，能不关注？”谭纶驳道。

“子理先生说必有缘故，是何缘故？”万士和问。

“与立先生一定在想：今次荡平都掌蛮，曾都堂、刘总兵等不可谓无功；然说到底，荡平之功，在于朝廷。”谭纶说。

“子理先生是说，皇上圣明？”吕调阳问。

“皇上圣明，是其一，还有其二。”谭纶说。

“子理先生是说，功在兵部？”万士和讥道。

“曾都堂、刘总兵等非兵部选用，方略非兵部制定，兵部何功之有！”谭纶一口否定。

“子理先生不会以为，都察院要争这桩功吧？”葛守礼问。

“与立先生是不会为争功而矜持的。”谭纶说。

三个人说的都不对，只有张居正没开口，而谭纶的目光不时瞥向他。万士和忽有所悟。

“原来子理先生的意思是，今次荡平之功，全在内阁。”他说。

“思节先生不可笼统地说功在内阁。”吕调阳说。

万士和一愣，问：“不可笼统地说功在内阁，却怎说？”

“兵部仅一尚书，说功在兵部，即功在子理先生；都察院仅一掌院都御史，说功在都察院，即功在与立先生；内阁眼下有两名阁臣，以后可能还会增加。阁臣虽有首辅、次辅之别，但和各衙门正卿、佐卿终归不一样。曾都堂、刘总兵之选用，用兵方略之制定，都是由首辅决断的。所以，与其说功在内阁，不如说功在首辅。”吕调阳道。

“是，是，”万士和连声应道，“说到底，今次荡平之功，在于首辅。”说罢，问谭纶，“子理先生说，与立先生矜持，必有缘故，是此意吧？”

“是。”谭纶应道。

“子理先生评定荡平之功，与立先生不出一声，是此意吧？”万士和又问葛守礼。

葛守礼不能说不是此意；若说的话，不但会惹张居正不高兴，也会惹其他人不高兴。他又不愿意说是；若说的话，自己心里会不舒服。其实，边方有功，推与当朝大臣，是惯例。但当朝大臣把功记在首辅一人身上，而且，话语近谀，让葛守礼不能不想起嘉靖以来的几位权臣，心生反感。

他唯有希望，张居正本人把这个话题岔开。而张居正果然把这个话题岔开。

“看过铜鼓，是不是该看看锅？”张居正道。

众人响应，往两口大锅走过去。两口锅，一铜一铁，形状似鼎，其大无比，煮得下一头整牛。众人又有一番议论。

第三十章

皇帝登极之初，仁圣皇太后居慈庆宫，慈圣皇太后居慈宁宫。张居正奏请李太后视皇帝宫中起居，慈圣皇太后遂移居乾清宫。

慈圣皇太后看视的，不仅是皇帝的饮食起居；她看视更多的，是皇帝的功课。譬如，讲官们讲些什么文章，皇帝有些什么体会，皇帝在读些什么书，在做些什么事，都会问到。

“皇上又在习字呢？”慈圣皇太后问。

皇帝顾不上手背沾的墨渍，脸上溅的墨迹，放下笔应道：“是。”

“歇歇吧，和我说会儿话。”慈圣皇太后道。

“是，”皇帝应一声，扶慈圣皇太后坐好，然后说，“儿子去洗洗脸，洗洗手，再来陪母后说话。”

“不用，”慈圣皇太后摆摆手，说道，“皇上这个样子，我喜欢。”

皇帝按照慈圣皇太后的意思，在一旁坐下。

“皇上又在写大字吧？”慈圣皇太后又问。

“母后怎知？”皇帝反问。

“我虽没正经读过书，但我知道，写小字，要规规矩矩坐在那里，手腕微动，一笔一画地写。这样写，怎会把墨渍飞溅到脸上、手上？写大字，龙飞凤舞，才会弄成皇上这个样子。”慈圣皇太后说。

“母后说得对，”皇帝道，“儿子打小只喜欢写大字，不耐烦写小字。”

“打小？皇上以为而今已大？”慈圣皇太后脸上露出笑容，她说，“不管写大字，还是写小字，一是有用，二是磨炼性子。皇上千万别把它当作儿戏。”

“母后慈训，儿子谨记。”皇帝应道。

“听说皇上常把写过的字赐予内臣？”慈圣皇太后问。

“是。”皇帝应道。

“是练习时随便写的字，还是特意写给他们的？”慈圣皇太后问。

“儿子练习的字，多是随手撕了扔掉。有时，儿子既累且懒，也让身边的内侍撕了扔掉。他等舍不得撕了扔掉，恳请儿子把写过的字赐给他等，也是有的。再者，如司礼监冯大伴、张大伴等，儿子特地写字，赐予他等，也是有的，”皇帝说着，偷窥一眼慈圣皇太后的脸色，不放心地问，“母后，这事儿子是不是做错？”

“错呢，也不算大错；不过，其中有两个事儿，皇上是应该想到的。”慈圣皇太后说。

“乞母后垂训。”皇帝道。

“一个事儿，内臣稍一得势，容易作威作福；有宠于皇上，才能得势；连皇上亲笔书写的大字都有，还不算皇上的宠信吗？所以，把写过的字赐予身边的内臣不是不可以，却万万不可让他等拿去炫耀，拿去招摇过市。”慈圣皇太后说。

“这一层，儿子倒是告诫过他等。”皇帝道。

“至于冯大伴、张大伴等，皇上特地写字，赐予他等，也是应该的。不过，特地写字，赐予他等，与皇上把练习写的字赐予身边内臣，却大有不同。皇上把练习写的字赐予身边内臣，在别个看来，不过是一时之戏，算不得真正的赐给；而特地写字，赐予冯大伴、张大伴等，则是无尚的荣耀。因此，有人会想，为何这一份儿荣耀皇上只给内臣，而不给外廷大臣？”慈圣皇太后道。

“母后圣意，是要儿子也特地写字，赐给外廷大臣？”皇帝问。

“这样做，才表明皇上视内廷、外廷为一体。”慈圣皇太后说。

“儿子也想过为外廷大臣们写字；但他等无不自幼练习写字，儿子怕写不好，让他等笑话。”皇帝说。

“我说过，皇上赐字与谁，是谁无尚的荣耀，哪个会笑话，哪个敢笑话！再者，他等自幼练习写字，冯大伴、张大伴等谁个不是自幼练习写字？他等的学问，恐怕还在许多外廷大臣之上呢。”慈圣皇太后说。

“儿子谨遵懿旨，日后也特地写字，赐予外廷大臣。不过，”皇帝又想到一个难处，“儿子特地为冯大伴等写字，是问过冯大伴等之后，才决定写哪几个字的。为外廷大臣写字，亦照此例，怕是不方便。”

“皇上赐字与外廷大臣，写哪几个字，当然不能垂询外廷大臣本人。但这也不难，”慈圣皇太后道，她给皇帝出主意，“赐字与谁，宜写哪几个字，皇上不方便问外廷大臣本人，可以问问冯大伴呀。”

“是。”皇帝应道。

“朕要写字！”皇帝道。

“奴才研墨。”孙海说。

“不用，墨是现成的。”皇帝道。

“奴才铺纸。”客用说。

“不用，纸已然铺好。”皇帝道。

“奴才摇扇。”孙海说。

“天尚未热。”皇帝道。

“奴才叫好。”客用说。

“你再叫好，又有何用！”皇帝道。

孙海、客用二人如往常一样大献殷勤，皇帝却谁的账也不买。

“爷到底要奴才等作甚？”二人不得不问。

“你等去一人，把冯大伴请来。”皇帝道。

“爷写字，奴才等伺候着不成吗，还非得把冯叔请来！”孙海、客用一百个不愿意。

“不请也成，你二人告诉朕，该写何字。”皇帝道。

“爷从来是想写何字，就写何字。”孙海、客用齐道。

“奴才觉着，爷的大字写得极好。”孙海又想个简单的字，让皇帝写。

“奴才觉着，写大字，不如写人字。”客用又想了个更简单的字。

“朕的字是要赐予内阁张先生的，你等看，写大字好，抑或写人字好？”皇帝问。

“原来是赐予张先生的。”孙海、客用你看我，我看你，都没主意。

“既不知写何字好，还不快去请冯大伴！”皇帝喝道。

“奴才这两日尿频，爷还是让客老儿去吧。”孙海推托。

“奴才昨晚跑肚跑得腿软，爷还是让孙老儿去。”客用推托。

“你二人真是傻到家！”皇帝冷笑道。

“奴才等怎的傻到家？”孙海、客用齐问。

“朕知你二人都怕见冯大伴；但那是他觉着你二人犯错，把你二人叫去斥责；今日却是朕着你二人去请冯大伴，请冯大伴又是为的给外廷大臣写字的事，你二人谁个去，谁个能讨好冯大伴。为何也推来推去？难道都想把好处推给对方不成！”皇帝道。

“奴才恍然大悟，奴才愿去！”孙海马上说。

“奴才猛然惊醒，奴才愿去！”客用也说。

“你二人同去，朕倒要看，你二人谁更能哄得冯大伴高兴。”皇帝说。

“奴才等领旨。”孙海、客用齐应道。

皇帝在许多裁成小张的纸上写字。字有大有小，但写的都是“天”和“人”。见冯保进殿，皇帝指指这些纸张，让冯保看。冯保边看，边频频点头，表示称许。

“朕为何请大伴来，他二人说没说？”皇帝问。

“说了。”冯保应道。

“朕打算写几个字，赐予外廷大臣。这也是奉母后懿旨。”皇帝说。

“赐字外廷大臣，以寓寄望之意。这是提醒外廷大臣，切莫忘自家的责任。”冯保说。

“大伴看，朕写的这些字如何？”皇帝问。

“爷的字，越来越有精神，越来越有韵味；且古人云天人合一，天人感应，爷单单写此二字，足见学识上日益精进。不过——”冯保口气一变，露出为难的神情。他说，“这两个字，奴才看，都不宜赐予外廷大臣。”

“朕不是要把这两个字赐予外廷大臣；朕是问大伴，赐字外廷大臣，写多大的字为好。”皇帝说。

“那要看一篇写几个字。”冯保道。

“大伴看，写几个字为好？”皇帝问。

“二字、四字、六字，均可表达一个完整的意思。奴才以为，二字偏少，六字偏多，不如以四字赐下。”冯保说。

“就依大伴，以四字赐下，”皇帝说着，问道，“朕赐外廷大臣字，首先应该得赐的，是内阁大臣吧？”

“是。”冯保应道。

“内阁大臣中，朕首先应该写赐予张先生的字吧？”皇帝问。

“是。”冯保应道。

“大伴看，朕应当写哪四个字赐予张先生？”皇帝问。

冯保得知皇帝要写字赐予外廷大臣，一路上都在想，写哪几个字赐予张居正好；他建议皇帝写四个字赐下，也是因为想出的适宜赐予张居正的话，都是四个字。但可写的话比较多，他一直难以抉择。

“赐予张先生的字，奴才还要想一想，爷不如先写赐予另一位内阁大臣吕先生的字。”他说。

“好哇，”皇帝道。这本来是无所谓的事，他问，“赐予吕先生，宜写哪四个字？”

“吕先生是次辅，奴才以为，可用‘同心夹辅’四字。”冯保说。

“何谓夹辅？”皇帝问。

“夹辅，亦是辅导之意；夹者，协助也，用夹辅二字，表明和首辅有主有从。”

冯保说。

“甚宜，朕就给吕先生写这四个字。”皇帝道。

“奴才给爷把这四个字写出来吧？”冯保请旨。

“也好，”皇帝本来也有此意，“虽说这四个字朕都写得出来，但不知给张先生写的字，冯大伴会想出哪几个来；给其他大臣们写的字，大伴又会想出哪几个来。要是朕把字写错，不仅丢朕的人，也丢大伴的人。”

近侍忙着在御案的一端摆好笔墨纸砚，冯保拿起笔，躬身写出“同心夹辅”四个字。写罢，他退后两步，站直身子，问道：“爷今次是不是还想多给几位外廷大臣写字？”

“大伴看呢？”皇帝问。

“爷若想多赐字给几位外廷大臣，可再赐给六部尚书。”冯保提议。

“大伴说赐给六部尚书，朕就写给六部尚书；不过，大伴得把六部尚书的名字写给朕。”皇帝说。

“奴才遵旨。”冯保应着，在一张纸上写下：张瀚、王国光、万士和、谭纶、王之诰、朱衡六个名字。

“大伴是按照六部的顺序写的吗？”皇帝问。

“是。”冯保应道。

“吏部掌印不是杨卿杨尚书吗？”皇帝问。

“爷没忘吧？杨尚书去年九月就已致仕，由南京工部尚书张瀚接任。”冯保说。

“朕记得大家都说，杨卿是个好尚书。”皇帝道。

“是，”冯保应道，“杨先生嘉靖三十八年任兵部尚书，四十五年改吏部尚书，隆庆三年致仕，五年召复兵部尚书，六年又改吏部尚书。加起来，他任尚书超过十年，官声一直很好。”

“可惜，他致仕得早，没得朕一幅赐字。”皇帝不无遗憾地说。

“爷若想赐字与他，以后可单为他写。”冯保说。

“好，”皇帝说着，又往下看。他说，“王尚书颇能办事。”

“是个能臣。”冯保赞同地说。

皇帝看到礼部也是新的尚书，问道：“礼部陆尚书也已致仕？”

“陆尚书是去年十二月致仕的。”冯保说。

“朕想起来，他曾一连数疏辞官。这是怎么一回事？”皇帝问。

“陆尚书的资历、学识，掌礼部都是合格的；只是性情太古板，有人不喜欢他。”冯保说。

“他是何资历？”皇帝问。

“嘉靖二十年的会元，并选庶吉士。”冯保说。

“嘉靖二十年？”皇帝对这个年头有点儿印象。

冯保知道皇帝想说什么。他提醒道：“前首辅亦嘉靖二十年进士。”

“对，朕知大伴不喜欢前首辅，是不是也不喜欢陆尚书？”皇帝问。

“奴才是因前首辅对爷大不敬，才不喜欢他的；至于陆尚书，奴才不喜欢他，但也不讨厌他。”冯保巧妙地回答。

“张先生又如何？”皇帝问。

“据奴才所知，张先生未必喜欢陆尚书，但对他很敬重。”冯保说。

“怎见得？”皇帝追问。

“奴才听说两件事：其一，陆尚书被召还朝，张先生以后进之礼，率先拜谒；其二，陆尚书请辞之际，张先生曾对其弟陆树德说，令兄拜相在即，为何遽去？”冯保举二例。

“看来，迫陆尚书辞官的，不是大伴和张先生。”皇帝说。

这话怎么听起来，都有排斥异己之意。不过，皇帝童言无忌，冯保没办法和他较真。

“陆尚书是爷钦点的礼部尚书，不仅奴才和张先生不会迫他辞官，也无人能迫他辞官。不过，和他过意不去、不时找他些小麻烦的人，却是有的。”冯保说。

“怎样找他小麻烦？”皇帝问。

“譬如，爷降谕礼部，自然要宣陆尚书受旨。内臣至礼部，宣道：陆尚书速去受旨。陆尚书正端着茶杯，打算饮一口，放下再走。内臣道：旨急，陆尚书还有工夫饮茶！陆尚书放下茶杯，说：公公稍候，我去方便一下。内臣道：旨急，陆尚书还有工夫方便！陆尚书不得已，匆匆赶往会极门，不过是关乎礼部的寻常之事。爷想，陆尚书偌大年纪，怎受得如此调理！”冯保说。

他讲述得形象生动，皇帝忍不住笑出声。

“既有旨意，内臣们催逼，也不能说不对。”皇帝道。

“爷说的是。”冯保应道。

皇帝往下看，看到朱衡，又从头看一遍，似乎没找到他要找的人。

“朕记得，有一尚书，与杨尚书齐名，怎不见他？”皇帝问。

“爷问的是葛守礼葛先生吧？”冯保反问。

“不错，是他。”皇帝道。

“葛先生确任过户部尚书、刑部尚书，今则掌都察院。”冯保说。

“朕赐字六部尚书，不包括他吗？”皇帝问。

“奴才之意，不包括他。”冯保说。

“为何不包括他？”皇帝问。

“六部掌的是政务，都察院掌的是纠劾，职事不同。赐予尚书们的字，不一定适合赐予掌院都御史。”冯保说。

“等等，”皇帝琢磨起他话里的意思。“大伴是说，朕可以给六部尚书写同样的字？”

冯保点点头，说：“奴才想到四个字，对尚书们都适用。”

“是哪四个字？”皇帝问。

“正己率属。”冯保道。

“大伴给朕写下来。”皇帝命道。

冯保在写有六位尚书名字的纸上，再写“正己率属”四个字。

皇帝看着这四个字，问道：“朕看此句意思很好呀，大臣都应该做到；大伴为何说不适合掌院都御史？”

“如臣所言，是职事使然，”冯保道。他具体解释，“吏部尚书若能做到正己率属，一定是好的吏部尚书，如前世的蹇天官和今世的杨尚书。户部尚书能做到正己率属，一定是好的户部尚书，如前世的夏司徒和近世的梁尚书。礼部尚书能做到正己率属，一定是好的礼部尚书，如前世的胡宗伯和近世的徐阁老。兵部尚书能做到正己率属，一定是好的兵部尚书，如前世的于少保和近世的翁尚书。刑部尚书能做到正己率属，一定是好的刑部尚书，如前世的刘司寇和今世的葛尚书。工部尚书能做到正己率属，一定是好的工部尚书，如前世的宋司空和近世的雷尚书。唯独掌院都御史能做到正己率属，不一定是好的掌院都御史。因为掌院都御史不仅须正己，正本衙门官，还须正文武百官，正朝廷风气。”

他举的都是本朝在本职位上政绩显著的尚书。前世、近世、今世的划分，大致是：前世，指正德朝及正德朝之前；近世，指嘉靖朝及隆庆朝；今世，则指万历以降。蹇天官，即永乐朝吏部尚书蹇义；夏司徒，即永乐朝户部尚书夏原吉；梁尚书，即嘉靖朝户部尚书梁材；胡宗伯，即永乐朝礼部尚书胡濙；于少保，即景泰年间兵部尚书于谦；翁尚书，即嘉靖朝兵部尚书翁万达；刘司寇，即洪武朝刑部尚书刘唯谦；宋司空，即永乐朝工部尚书宋礼；雷尚书，即嘉靖朝工部尚书雷礼。其中，刘唯谦并没有显著的政绩，冯保把他列入，因为他是《大明律》的编纂者。

“既然给掌院都御史不宜写‘正己率属’，朕以后也单给葛先生写几个字吧。”皇帝说。

"爷说的是。"冯保应道。

"给张先生写的字，大伴想好没有？"皇帝问。

"想是想好；不过，奴才还有个想法。"冯保说。

"大伴说。"皇帝命道。

"爷今已开讲。讲官们于爷，比尚书们还要亲近。爷既赐字与尚书们，奴才以为，也该赐字与讲官们。"冯保说。

"讲官似乎也是六名。"皇帝道。

"正是六名。"冯保应道。

"大伴也把他等名字写出来。"皇帝命道。

"是。"冯保应过后，换了张纸，写下丁士美、何洛文、陈经邦、许国、申时行、王家屏六个名字。

丁士美，嘉靖三十八年进士，官翰林院侍读学士。何洛文、陈经邦、许国都是嘉靖四十四年进士，并选庶吉士。王家屏是隆庆二年的进士和庶吉士。皇帝开日讲，这六个人被选为讲官。

"大伴看，给讲官写哪四个字好？"皇帝问。

"宜写责难陈善。"冯保道。

"陈善朕懂，责难却是责难于谁人？"皇帝问。

"责难于爷。"冯保道。

"为臣者可责难于君？"皇帝以为抓住的是冯保的错误，问起来语气都有点儿不一样。

"可。"冯保却很坦然。

"大伴据何而言？"皇帝问。

"孟子曰：责难于君，谓之恭。"冯保道。

"难怪母后称赞大伴的学问，外廷许多大臣是比不了的。孟子的话，大伴竟可信口道来！"皇帝赞道。

"奴才把这四个字也写上吧？"冯保请旨。

"好。"皇帝应道。

看冯保写字的时候，皇帝忽然产生一个近乎调皮的念头。

"给张先生写的字，大伴想好没有？"他问。

"奴才已想好。"冯保道。

"是不是得知朕要给外廷大臣写字，大伴一直在想，该给张先生写哪四个字？"皇帝问。

“是。”冯保并不否认。

“想这么久，给张先生写的字，应该和给别个写的字不同，才说得过去。”皇帝道。

“首先要贴切，其次才是不同。”冯保认真地说。

“朕也想到首先要贴切；但要贴切，须得引经据典。给吕先生写的四个字：同心夹辅，朕看是没什么典故的。给六部尚书写的四个字：正己率属，朕看更是白话。给讲官们写的四个字：责难陈善，有两个字是有出处的。给张先生写的四个字，朕想都该有出处。”皇帝说。

“爷要四个字是一个出处，还是两个出处？”冯保问。

“若是一个出处，对大伴来说，太容易；大伴试着把两个出处糅合在一起。”皇帝道。

“奴才遵旨，”冯保道。他想到的，恰好符合皇帝的要求，所以，一点儿也不慌张。“给张先生写“宅揆保衡”四字，爷看如何？”

“是哪四个字？”皇帝问。等冯保把这四个字写在纸上，皇帝问，“可是宅揆一个出处，保衡一个出处？”

“是。”冯保应道。

“大伴给朕讲讲。”皇帝命道。

“宅揆二字，取自《尚书》，曰：有能奋庸熙帝之载，使宅百揆。宅者，居官也，揆者，宰辅也。这句话的意思是：有能使帝业兴盛之人，让他居宰辅之职。”冯保先解释前面两个字。

“亦即，张先生宜居宰辅之职。”皇帝引申。

“爷说的是，”冯保应一句，接着解释下面一句。“天下名相，以伊尹为首，保衡者，即指伊尹。”

“保衡怎会指伊尹？”皇帝觉得奇怪。

“伊尹字衡，保衡又作阿衡。”冯保说。

“古人和今人真是不同，”皇帝道，“今人之名，或一字，或二字，别字都是二字；古人之名是二字，别字却是一字。”

“诚如圣谕，确有此不同。”冯保说。

“把张先生喻为伊尹，他一定高兴，朕就给他写这四个字。”皇帝道。

三月中，皇帝一连写几天大字，以“宅揆保衡”赐张居正，以“同心夹辅”赐吕调阳，以“正己率属”赐六部尚书张瀚等，以“责难陈善”赐六讲官丁士美等。

第三十一章

五月十九日是张老太爷的寿辰。每年这一天，张府门前都是车水马龙；今年这一天，更是乱成一团。一来，今年是张老太爷的七十大寿，不是个简单的生日；二来，皇帝有特别的赏赐。

其他来贺寿的官员好办：来不及进门者，等在外面，等内臣宣赐完毕，张居正谢过恩，再进去；已献过寿礼的官员出不来正门，可以从后门出去。户部右侍郎李幼滋则不然。他已进门，已献过寿礼，要告辞时，张居正把他留下来。谁知二人刚要叙话，圣旨到。张居正匆匆出外接旨，把他一人留在书房里。他坐也不是，站也不是，好不烦闷。

好在不多时，游守礼进来问候。

“学生守礼，见过元树先生。”游守礼躬身道。

李幼滋字元树，湖广应城人，嘉靖二十六年进士。既是同乡，又是同年，张居正众多官员中唯独留他叙话，是情理之中的事。

“老七，圣旨何事？”李幼滋问。

换别人如此称呼，游守礼早就变脸；李幼滋如此称呼，却不妨。

“元树先生知道我家先生的规矩，圣旨若是机密的事，学生是要回避的。”游守礼吊他的胃口。

“老七今日回避否？”李幼滋问。

“今日却未回避。”游守礼道。

“如此说来，今日不是机密之事？”李幼滋问。

“不仅不是机密之事，而且，一两个时辰之后，京城里可能人人皆知其事。”游守礼说。

“我欲此刻知之呢？”李幼滋要他马上就说。

“此刻知之嘛——”游守礼踌躇。

“不可以吗？”李幼滋问。

“不是不可以，只是学生要向元树先生讨个赏。”游守礼说。

“几天不见，老七愈发精明：信口可告知的事情，也要捞些好处才肯说。”李幼滋笑道。

“元树先生的好处，同样是信口可赏的。”游守礼也笑着说。

“老七要何好处？”李幼滋问。

“送学生一个雅号。”游守礼说。

“要雅号，找你家相公呀！”李幼滋道。

“元树先生不知，取个雅号，正是我家相公出给学生的题目，学生为此事好不犯难。”游守礼说。

“你家相公为何给你出这么一个题目？”李幼滋好奇地问。

“我家相公说，你成天学生、学生地自称，总得有个相称的别号才好。学生请我家相公赐个雅号，我家相公说，自个儿去想！”游守礼述道。

“你想不出来？”李幼滋问。

“可不是！”游守礼应道，“学生若想得出来，何必向元树先生讨这个赏！”

“想不出雅号，老七不如再不以学生自称。”李幼滋道。

“我不以学生自称，我家相公更要训斥。”游守礼说。

“原来是叔大兄喜欢你的自称，那绝不能改，”李幼滋道。简短几句交谈之后，他已经想好一个别致的字号。但让他立刻奉送，他却不乐意。张居正回来之前，就指着和游守礼说说闲话，打发时间呢。他说，“我替老七想好一个雅号，是四个字，老七想我一气说出来，还是一字一字说出来？”

“元树先生一气说出来，不也得一字一字地说吗？”游守礼道。

“我既问你，定有不同。”李幼滋说。

“有何不同？”游守礼问。

“一字一字地说出来，我先说出雅号，老七后告诉我圣旨何事，老七占便宜；一气说出来，老七先告诉我圣旨何事，我再说出雅号，我占便宜。”李幼滋说。

游守礼只愿占便宜，立刻决定：“请元树先生一字一字说出来。”

“第一个字是楚。”李幼滋说。

“第二个字呢？”游守礼问。

“老七没听懂我的意思吗？”李幼滋道。“一字一字说出来，是我先说一个字，老七把圣旨何事告诉我，我再说一个字。”

“元树先生说一个字，学生把圣旨何事告诉元树先生，仍是元树先生占便宜，怎会是学生占便宜！”游守礼道。

“一则，老七听我说的第一个字，觉着合意，才把圣旨何事告诉我；不合意的话，可以不把圣旨何事告诉我。二则，圣旨何事，老七也可以一次只告诉我一部分呀。”李幼滋说。

“这么一说，倒是公平交易。”游守礼道。

“第一个楚字，老七合意不合意？”李幼滋问。

“我湖广古为楚地，是吧？”游守礼问。

“是啊。”李幼滋应道。

“学生游七产于楚地，楚字为首，最妙。”游守礼说。

“那么，老七可说圣旨何事吧？”李幼滋道。

“皇上赐物，为我家老太爷贺寿。”游守礼说。

“皇上赐以何物？”李幼滋问。

“有——”游守礼才要说，发觉不对。“圣旨何事，我已告诉元树先生第一部分，该元树先生说第二个字。”

李幼滋笑了笑，说：“第二个字是滨。”

“宾客的宾？”游守礼问。

“不，”李幼滋摇头，“是水滨的滨。”

“也就是说，学生来自楚水之滨？”游守礼问。

“是。”李幼滋应道。

“楚为泽国，楚水之滨，总算有立足之地，不沤在水里。滨字亦合我意，”游守礼说着，问道，“皇上所赐，有物有钱，元树先生先听哪类？”

“都是赐物，何不一齐说！”李幼滋道。

“一齐说，第三、四个字会沤在元树先生心里。”游守礼说。

“分开说，老七也只能听到第三个字，却拿何事来换我的第四个字？”李幼滋用嘲笑的口吻问。

“元树先生还是为自家的事劳神吧；我的事，无须元树先生劳神。”游守礼也用嘲笑的口吻回答。

“既如此，是先说钱，抑或先说物，老七自便。”李幼滋道。

“我先说钱：皇上赐我家老太爷银二十两。”游守礼告诉他比较单纯的一半。

李幼滋点点头，告诉他：“第三个字是翰。”

“同音之字甚多，不知是哪一个？”游守礼问。

“翰墨的翰。”李幼滋道。

“天哪！”游守礼惊呼，“元树先生送给我的雅号里有翰墨的翰字，可说送到我家相公心里！”

“老七别只顾着高兴，把该说的事沤在心里。”李幼滋道。

“我再说物：皇上赐我家老太爷绯蟒衣一袭，纱六匹，玉花坠七件。”游守礼告诉他。

“钦赐封翁绯蟒衣，可是罕有的恩典！”李幼滋叹道。

“元树先生送我的，也是罕有的雅号！”游守礼立即回应一句。

“第四个字，我还没说呢，”李幼滋道。又说，“老七再无消息可换我的第四个字吧？我奉送与你，如何？”

“第四个字我已猜出，不用元树先生奉送。”游守礼说。

“是哪个字？”李幼滋问。

“是个林字。”游守礼说。

“同音字更多，不知是哪一个？”李幼滋问。

“就是元树先生说出翰字时，刻意回避的那个字。”游守礼说。

“你是说，翰林的林？”李幼滋问。

“然也。”游守礼摇起头晃起脑来。

“哈，老七居然猜出林字！”李幼滋嗤笑。

游守礼以为说错，不安地问：“难道不对？”

“我要说的，正是个林字。”李幼滋说罢，哈哈大笑。

“元树先生以楚滨翰林期许，学生怎敢当！”游守礼道。

“老七莫谦，你做别个都不合适，只能作个楚滨翰林。”李幼滋说。

“元树先生这话怎讲？”游守礼问。

“譬如老七不作楚滨翰林，而做楚滨秀才，听起来退好几等；可秀才是功名，须考出来。举人、进士，无不须考出来，”李幼滋说着，反问一句，“老七考得出来吗？”

“翰林不更是考出来的？”游守礼道。

“翰林也有无须考的，譬如待诏。”李幼滋说。

“既有不用考的，我倒可以安心做楚滨翰林，”游守礼道，又说，“四个字，说出三个，猜出一个，元树先生无宝可押了吧？还有件事，我奉送与元树先生，如何？”

“你是说，除赐钱赐物，皇上别有旨意？”李幼滋忙问。

“还是赐钱，不是别有旨意。”游守礼说。

“那是老七的不是！既然也是赐钱，为何在前者说钱，不一起说出来！”刘幼滋责备道。

“虽则都是钱，却是两回事：前者的钱，是赐予我家老太爷的；我没说的钱，是赐予我家相公的。”游守礼说。

“皇上赐予你家相公的，是黄金，是白银？”李幼滋问。

“黄金。”游守礼道。

“赐黄金若干？”李幼滋问。

“一镒。”游守礼道。

“老七可知，一镒是若干？”李幼滋问。

“听说是二十四两。”游守礼道。

“有时也作二十两，但今时皆作二十四两。黄金二十四两，换作纹银，不过一二百两。老七说多吗？多虽不多，但得皇上赐黄金一镒，可保三世不败。”李幼滋说。

“当真？”游守礼惊喜地问。

“老七不信，且静观其效。”李幼滋道。

游守礼不是个可以耐住性子静观的人，他正要追问下去，屋外有人问：“何事，元树兄要他静观其效？”

听到老爷的声音，游守礼垂手恭立于门内。待张居正进来时，他恭敬地说：“老爷应酬完外边的事了？学生正在谢元树先生呢。”

“何事谢他？”张居正问。

“元树先生给学生取个别号，学生很喜欢。”游守礼说。

“元树兄给你取了怎样一个别号？”张居正问。

“楚滨翰林。”游守礼道。

张居正想笑，但忍住。他清了清喉咙，说：“连童子试都没应过的人，也妄想做翰林！”

“学生并未妄想，是元树先生说，学生可做翰林。”游守礼辩道。

“他在哄你呢，”张居正道，又说，“他给你取楚滨翰林的别号，听起来甚雅，实则暗含骂意。”

“元树先生是怎骂学生的？”游守礼问。

“他是说，你兄弟住在水滨，你也当住在水滨。”张居正道。

“学生并无兄弟。”游守礼说。

“你有。”张居正道。

“学生的兄弟是谁个？”游守礼问。

“你叫何名？”张居正反问。

“学生名守礼。”游守礼道。

“你有个绰号，是不是？”张居正问。

“是，老爷唤学生游七，别人也都唤学生游七。”游守礼说。

“你叫游七，你的兄弟自然叫王八。”张居正说。

游守礼这才听出来，老爷在拿自己说笑。老爷的兴是不能扫的，他对李幼滋说：“我尊元树先生为师，元树先生怎变着法子骂我！”

“我并无此意，是你家相公敷衍出来的，”李幼滋笑道，他又对张居正说，“叔大先生嫌这个别号不好，我给他换一个。”

张居正挥了挥手，道：“一个下人，取别号都多余，还在乎好不好吗！”他吩咐游守礼，“你下去吧，我要和元树兄叙话。”

游守礼退出前，给李幼滋作了一揖，比平常作的揖要深，这是感谢他没把自己透露皇帝恩赐的事说出来。

“游七从小跟着我。他喜欢和士人相交，我也就由着他。”张居正向李幼滋解释。

“士大夫家仆中，如守礼这般聪明好学的，实在是找不出第二人。我也很喜欢他。”李幼滋说。

“元树兄看在我面，愿施教于他，我亦感激；但对他万万不可纵容。”张居正叮嘱道。

“是。”李幼滋应一声。

闲话说过，张居正转入正题。

“今日把元树兄留下，是有件事问你。”他说。

“无论叔大兄垂询何事，弟知无不言。”李幼滋道。

“今之户部，有两位佐卿吧？”张居正反问。

“是，”李幼滋应道，“左侍郎是尚甫先生，右侍郎是弟。”

郭朝宾字尚甫，山东汶上人，嘉靖十四年进士。

“我记得，尚甫先生入仕，在你我之前。”张居正说。

“是，”李幼滋应道。“他比叔大兄和我早四科登第。”

“他是由外差召回的吧？”张居正问。

“是，”李幼滋应道。“尚甫先生是由浙江巡抚任上召为户部侍郎的。”

“巡抚浙江之前呢？”张居正问。

“巡抚浙江之前，他曾任顺天府尹。”李幼滋说。

“元树兄看，他任佐卿如何？”张居正问。

“他在隆庆五年召为户部左侍，我还任大理寺卿；待我到了户部，他又改督仓储。故他和我虽同为户部佐卿，却未共过事。”李幼滋说。

仓储总督是个重要的职位，有时以尚书任之，有时以侍郎任之。

“虽未共事，总有耳闻吧！”张居正道。

“是，”李幼滋应道，“尚甫先生在户部，口碑不错。”

“元树兄看，工部若易尚书，宜用元树兄，还是宜用尚甫先生？”

眼下的工部尚书是朱衡。李幼滋没听说朱衡有辞官之意，或朝廷有罢免朱衡之意，怎么张居正说起工部易尚书的人选？早知他不厌其烦地询问郭朝宾是为了此事，回答时就该留有余地。现在自己一直在说郭朝宾的好话，总不能事涉升迁，马上改口吧。

“升工部尚书，尚甫先生当然排在我前；不仅在户部二佐卿中选工部尚书，他应排在前；即便在六部佐卿中选工部尚书，他也应排在前。”李幼滋说时，尽量表现得很有气度。这样，在提出问题时，才可以从容。他问，“叔大兄为何关注工部尚书人选？”

“随便问问而已。”张居正搪塞道。

“不会吧？”李幼滋频频摇头，“若工部尚书一职缺，叔大兄可说是随便问问；今掌部在，叔大兄绝不会是随便问问。”

“元树兄如此确定，不妨视工部尚书一职已缺。”张居正说。

“叔大兄是说，工部今尚书行将去官？”李幼滋问。

“此话是元树兄说的，不是我说的。”张居正不认账。

“不在此话是谁个说的，而在于工部今尚书不是行将去官的话，怎能视工部尚书一职已缺！”李幼滋道。

“元树兄如此确定，不妨视工部今尚书行将去官。”张居正说。

“工部今尚书有疾？”李幼滋问。

“谁人没个病！元树兄敢说，自家无病？”张居正闪烁其词。

“我意，是病入膏肓的那种病，”李幼滋说，并问，“工部今尚书已病入膏肓？”

“不知。”张居正道。

“是工部今尚书疲惫，厌倦了？”李幼滋又问。

“于宦海生涯，谁人没有疲惫、厌倦之时！元树兄敢说，自家从来没有疲惫过，厌倦过？”张居正仍闪烁其词。

“我意，是到非辞官不可的那种疲惫、厌倦，”李幼滋说，并问，“工部今尚书已疲惫、厌倦到非辞官不可？”

“不知。”张居正道。

“工部今尚书不容于舆论了？”李幼滋又问。

“欲人人歌功颂德，谁人可得！元树兄敢说，自家可得？”张居正仍闪烁其词。

“我意，是群起而攻之的那种不容于舆论，”李幼滋说，并问，“工部今尚书已到将被群起而攻之的地步了？”

“不知。”张居正道。

“工部今尚书不容于朝廷了？”李幼滋又问。

“何谓不容于朝廷？”张居正换了个回答的方式。

“一则天子厌之，二则相公厌之。”李幼滋说。

“圣心难测，谁人能永得天子宠眷！元树兄敢说，自家能永得？”张居正一味闪烁其词。

“我意，是天子必欲逐其而后快的那种厌之，”李幼滋说，并问，“天子已到必欲逐工部今尚书而后快的地步了？”

“不知。”张居正道。

“相公呢？”李幼滋这一问，衔接得很紧。

“元树兄是问我，还是问和卿先生？”张居正反问。

“关注工部尚书一职的是叔大兄，叔大兄说，我在问谁？”李幼滋道。并意味深长地加上一句，“叔大兄总不能说，相公之心亦不可测吧？”

“我不会说相公之心亦不可测；但我可以说，相公之心不足道也。”张居正说着，把李幼滋提过的问题归纳起来，“元树兄为何关注工部今尚书是否已病入膏肓，是否于宦海生涯已疲惫、厌倦，是否已不容于舆论，是否已不容于朝廷？”

“叔大兄关注工部尚书一职，我才关注工部今尚书是否病入膏肓，是否于宦海生涯已疲惫、厌倦，是否已不容于舆论，是否已不容于朝廷。没有此等之事，工部今尚书为何行将去官！”李幼滋道。

“元树兄如此确定，不妨视工部今尚书已病入膏肓，于宦海生涯已疲惫、已厌倦，已不容于舆论，已不容于朝廷。”张居正说。

“特别是不容于朝廷，不容于相公吧？”李幼滋最后问一句。

“此话是元树兄说的，不是我说的。”张居正道。

第三十二章

中书舍人乔承华，并不是特别愿意巴结人，也不是特别会说话；但游守礼就是觉得和他特别亲，特别愿意关照他。一旦得知一件他觉得肯定能帮到乔承华的事情，不管多晚，也要找来，也要告知，而等不到第二天。次数渐多，乔承华对此已习惯。

“游兄不能早点儿来吗？明日还要早朝，我已经打算就寝。”乔承华埋怨道。

“早时要伺候相公；这会儿来，已是最早。”游守礼说。

“不能早来，可以晚来呀！是何大事，明日再说不成！”乔承华道。

“我明日再说，有何不可？但乔兄明日再听，一定要怨恨于我。”游守礼说。

“我为何要怨恨游兄？”乔承华问。

“因为和好端端一件立大功的机会失之交臂呀！”游守礼道。

“这么说，游兄是来给我送功？”乔承华似信非信。

“可不是吗！”游守礼道。

“不知是怎样一件功劳？”乔承华问。

“乔兄先告诉我，怎样才算功劳？”游守礼道。

“凡办成有利于朝廷、有利于国家、有利于社稷，以及有利于百姓的事，都可以算作功劳。”乔承华说。

“乔兄所言，皆为虚妄。”游守礼不以为然。

“怎是虚妄？”乔承华问。

“乔兄倒是说说，何为有利于朝廷？”游守礼道。

乔承华眨眨眼睛，说不出来。一则，什么事有利于朝廷，一两句话很难说清楚；二则，即便说得清楚，游守礼也不能理解。

“何为有利于国家，有利于社稷，有利于百姓？”游守礼问。

一句比一句问得理直气壮，乔承华更说不上来。

“游兄告诉我，怎样才算功劳？”他问。

“皇上想办的事，由你去办，是实实在在的功劳。”游守礼说。

“为臣者，想君之所想，急君之所急，应该的。”乔承华说。

“相公想办的事，由你去办，也是实实在在的功劳。”游守礼说。

“游兄说的，是你家相公吧？”乔承华问。

“别个相公，我管他作甚！再说，别个相公想办的事，由你去办，能算功劳吗？说不定，反成过失！”游守礼说。

“游兄说的是，”乔承华应道，“别个相公想办的事，恰好不是皇上想办的，不是你家相公想办的，可不成过失！”说着，问道，“游兄今晚送来的，可是这样一件功劳吧？”

“正是。”游守礼应道。

“究竟是皇上想办的事，还是你家相公想办的事？”乔承华问。

“是皇上想办的事，更是我家相公想办的事。”游守礼说。

“游兄说说看。”乔承华道。

“我重复我家相公的一句话，如何？”游守礼问。

“好。”乔承华应道。

“我家相公说，不妨视某人为不容于朝廷。”游守礼道。

“按照游兄的说法，不容于朝廷，和有利于朝廷一样，也是句虚妄的话。”乔承华说。

“乔兄可教也，乔兄可交也。”游守礼笑道。

“怎见得不容于朝廷，就是不容于皇上，不容于相公？”乔承华问。

“我重复户部元树先生一句话，如何？”游守礼问。

“好。”乔承华道。

“我家相公问元树先生何谓不容于朝廷，元树先生说，一则天子厌之，二则相公厌之。”游守礼道。

“究竟是皇上厌之，还是你家相公厌之？”乔承华问。

“我重复我家相公一句话，如何？”游守礼问。

“好。”乔承华道。

“天子是否厌之，我家相公说：圣心难测。”游守礼道。

“你家相公是否厌之呢？”乔承华问。

“我不是重复过我家相公那句话了吗：不妨视某人不容于朝廷。”游守礼道。

“看来，游兄能确定的，是你家相公厌之。”乔承华说。

“这还不够吗？”游守礼问。

“足够，足够，”乔承华连声道，又问，“某人不容于朝廷，某人你家相公厌之；某人者，究为何人？”

“工部今尚书。”游守礼道。

“朱公士南先生？”乔承华颇为吃惊。

“朱士南先生是谁？”游守礼不熟悉这个名字。

“士南先生，即工部今尚书也。”乔承华说。

“工部仅此一尚书？”游守礼问。

“不错，仅此一尚书。”乔承华说。

“那就是他。”游守礼道。

“不曾闻士南先生与你家相公交恶呀。”乔承华边思忖，边说。

“乔兄，我也正要问你，这位士南先生，为人如何？”游守礼道。

“我只在中书科抄抄写写，怎知公卿大夫为人如何！”乔承华道。

“不知就不知吧。”游守礼说着，端起乔承华在他一进屋后就给他端上的茶水，啜一口，然后站起来。

“游兄要走吗？”乔承华问。

“我是来送功劳的，又不是来和乔兄分享功劳的。意思既说明白，为何还不走！”游守礼道。

“游兄再稍坐，我还有话说。”乔承华道。

“感激的话，我可不要听。”游守礼说着，又坐下来。

“感激的话，是一定要说的，但这会儿我先不说；我想问游兄的，是另一件事。”乔承华说。

“你说！”游守礼道。

“游兄是如何来送功劳的，我已听明白；但如何立功劳，我还有点儿不太明白。”乔承华说。

“如何送功劳既已听明白，如何立功劳，怎会不明白？”游守礼问。

“譬如，我上疏攻讦士南先生；然后，或是士南先生请辞，或是朝廷径罢其官，这桩功劳就算立下。是吧？”乔承华问。

“我来找你，正是此意呀！”游守礼道。

“要是我不曾上疏攻讦士南先生，士南先生亦请辞，或朝廷亦径罢其官，算不算立下功劳呢？”乔承华问。

“乔兄能不上疏攻讦工部今尚书，而使他请辞，或使朝廷径罢其官，更见手段不一般；我家相公更会另眼看待。”游守礼说。

“游兄没听懂我的意思，”乔承华道，“我是说，我不上疏攻讦，而有别个上疏攻讦，使得士南先生请辞，或使得朝廷径罢其官，算不算我的一件功劳？”

“别个上疏攻讦，自是别个的功劳，”游守礼说罢，发觉仍没完全理解乔承华话里的意思。他反问一句，“乔兄是说，在乔兄的游说之下，别个上疏攻讦吧？”

“诚如游兄所言。”乔承华道。

“若是如此，乔兄之功亦不可没；不过，那只是半件功劳，而不是全功，”游守礼说，并问，“乔兄为何不要全功，而宁愿以半功与人？”

“不是我不想要，是承受不起。”乔承华道。

“为何承受不起？”游守礼问。

“百官各司其职，譬如一御史上疏攻讦，或一给谏上疏攻讦，公卿大夫才会无以自处，才会自陈请辞；而一中书舍人上疏攻讦，不但公卿大夫本人不当一回事，朝廷也不当一回事。我怕自家上疏攻讦，反会坏你家相公大事。”乔承华说。

“我以为乔兄胆小，不敢上疏攻讦公卿大夫，原来却是为我家相公着想。也罢，乔兄的这半件功劳，我且记下。”游守礼道。

“游兄高义，弟先谢过。”乔承华揖道。

也在一个晚上，兵科给事中蔡汝贤来到礼科给事中林景旸家里。

蔡汝贤字用卿，林景旸字绍熙。二人都是隆庆二年进士，又都是南直隶华亭人，并且同为科臣，故关系极为亲密。彼此但以字相称，连同年之间一定要用的那个“兄”字，都免去。

“用卿要来，为何不早些来，也免得我独饮两盅酒，好不烦闷。”林景旸说。

“我倒想早些来，可来得了吗！”蔡汝贤道。

“怎么？”林景旸问。

“绍熙也知中书舍人们的坐功，白日在中书科一坐就是一天，晚间在哪里一坐就是一晚。”蔡汝贤说。

“乔中书去找过你？”林景旸知道，乔承华和蔡汝贤比邻而居。

“可不是。”蔡汝贤点头应道。

“看来，他说的事，使得用卿心神不安。”林景旸道。

“绍熙怎知我心神不安？”蔡汝贤问。

“不是心神不安，这么晚，用卿会来找我！”林景旸道。

“与其说心神不安，不如说难以决断。”蔡汝贤说。

“他说的何事，使得用卿难以决断？”林景旸问。

“照他本人的说法，是去给我送功劳。”蔡汝贤道。

“他，一名中书，给用卿你，一名科臣，送去功劳？”林景旸特别强调二人的职位，是觉着这事太不可能。

“绍熙也以为匪夷所思吧？”蔡汝贤问。

“虽则匪夷所思，却不妨说说他送的是何功劳。”林景旸道。

“他明着说，是冲着我的给谏身份去的，绍熙还不知是何功劳？”蔡汝贤道。

“言路者，一则议事，一则劾人。他送的功劳，在议事，抑或在劾人？”林景旸问。

“在劾人。”蔡汝贤道。

“他要用卿劾谁人？”林景旸问。

“和我不相干的一个人，和绍熙也不相干的一个人。”蔡汝贤说。

“和乔中书相干不相干？”林景旸问。

“在我看来，和他更不相干；再者，我等科臣弹劾一个和他相干的人，算得什么功劳！”蔡汝贤道。

“是我糊涂，”林景旸拍着脑门说，并再问，“他要你劾的是谁人？”

“士南先生。”蔡汝贤告诉他。

“大司空！”林景旸惊呼。

“是他。”见他惊诧，蔡汝贤反而平静。

“用卿说的是，应该和乔中书是不相干的，”林景旸道，又问，“他为何要用卿劾大司空？”

“他说，不妨以为士南先生已不容于朝廷。”蔡汝贤道。

“士南先生已不容于朝廷？”林景旸追问一句。

“绍熙觉着这个说法很怪吧？我也觉着这个说法很怪，故而问他，何谓已不容于朝廷？”蔡汝贤道。

“他怎说？”林景旸问。

“他说，一则天子厌之，二则相公厌之。”蔡汝贤道。

“这话倒是对的。看来，乔中书确是给用卿去送功劳的，”林景旸说着，又问道，“用卿为何心神不安，或难以决断？”

“困惑有二。”蔡汝贤说着，伸出二指。

“用卿先说其一。”林景旸道。

“一则天子厌之，二则相公厌之，究竟是天子厌之，抑或是相公厌之？”蔡汝贤问。

“此事放在别时，尚须琢磨；放在今时，无须琢磨。”林景旸说。

“却是为何？”蔡汝贤问。

“谁个不知，今时相公厌之，即天子厌之！”林景旸道。

他说无须琢磨，蔡汝贤还是琢磨一会儿，然后问：“绍熙怎知，相公真厌之，抑或假厌之？”

“此即用卿的第二个困惑？”林景旸反问。

“非也，”蔡汝贤摇头，“我的第一个困惑里有两层意思：一是究竟天子厌之，抑或相公厌之？二是天子厌之，究竟真厌之，抑或假厌之；相公厌之，究竟真厌之，抑或假厌之？绍熙既言相公厌之，即天子厌之，我当然要问相公真厌之，抑或假厌之。”

“此事用卿不该问我。”林景旸道。

“不该问你，却该问谁？”蔡汝贤问。

“一问乔中书，不就辨出真假！”林景旸道。

“我问过乔中书。”蔡汝贤说。

“他怎说？”林景旸问。

“他说，千真万确。”蔡汝贤道。

“何以见得是千真万确？”林景旸追问一句。

“他说，是相公的管家亲口告诉他的。”蔡汝贤道。

“相公管家，何姓？”林景旸问。

“姓游。”蔡汝贤道。

“若是他，用卿不妨以为千真万确。”林景旸说。

“却是为何？”蔡汝贤问。

“一则，相公心厌之，必着此人示意于外，而不会着别人示意于外；二则，此人若言相公厌某人，即便今日相公不厌某人，不久也会厌某人的。”林景旸说。

“一个下人而已，怎会有通天的本事？”蔡汝贤难以置信。

“怪事！”林景旸指点着他说，“用卿与乔中书比邻而居，这位游姓的管家又常去乔中书家，他有多大本事，用卿竟不知！”

“并非不知，感慨而已。”蔡汝贤道。

“用卿的第二个困惑，又是何事？”林景旸问。

“士南先生为人若何？”蔡汝贤道。

“用卿没问问乔中书？”林景旸习惯性地问。

“当然要问。”蔡汝贤道。

“他怎说？”林景旸问。

“他说，士南先生任过工部侍郎，任过南京刑部尚书，总理过河槽。任工部尚书是在隆庆二年秋，至今有五六年。近年来，河患频繁，士南先生常派外差，可能是外差最多的尚书。”蔡汝贤道。

“看来，他所知者，还不少。”林景旸说。

“但我告诉他，此乃履历，我问的是士南先生为人若何。”蔡汝贤道。

“他没反问你，何谓为人若何？”林景旸问。

“绍熙兄如见，他的确反问。”蔡汝贤道。

“你怎说？”林景旸问。

“我告诉他，士南先生在工部尚书任上，谏止过几件事。”蔡汝贤道。

“用卿说，我替你数着。”林景旸掰着手指，作计数的样子。

“先朝，穆宗皇帝命南京织造太监加造缎十余万匹，士南先生奏请停止新造，但贡岁额。皇上因命减少新造三之二。”蔡汝贤说。

“不曾全减？”林景旸问。

“减三之二，已难乎其难。”蔡汝贤说。

“此一事。”林景旸道。

“先朝，皇上命造鳌山灯，计费三万两白银，并拟建光泰殿、瑞祥阁于长信门。此事因士南先生执奏而止。”蔡汝贤说。

“此二事。”林景旸道。

“今上登极诏书，第一款，即停止织造；然内臣不奉诏，且奏请增添织染所颜料之费。士南先生争之，得如其言。”蔡汝贤说。

“此三事。”林景旸道。

“慈圣皇太后传谕，发帑金，修建涿州碧霞元君庙。士南先生争之再三。”蔡汝贤说。

“结果如何？”林景旸问。

“可惜，仅报闻而已。”蔡汝贤说。

“还有第五事吗？”林景旸问。

“没有。”蔡汝贤道。

“听用卿的意思，是要回绝乔中书送功的好意。”林景旸说。

“不是要回绝，而是已然回绝。”蔡汝贤道。

“用卿回绝的有点儿唐突。”林景旸说。

“怎说？”蔡汝贤问。

“用卿回绝，乃因士南先生为人，是不是？”林景旸反问。

“是。”蔡汝贤应道。

“用卿以为，乔中书说的是士南先生履历，而不是他的为人，是不是？”林景旸又问。

“是。”蔡汝贤应道。

“乔中书说的是士南先生的履历，而不是他的为人，固然不错；但用卿说的，也不是士南先生的为人呀。”林景旸道。

“我说的也不是士南先生的为人？”蔡汝贤困惑。

“是，”林景旸点点头，说道，“用卿说的是士南先生的业绩，而不是他的为人。”

蔡汝贤用心一想，可不是！朱衡谏止织造，谏造鳌山，以及谏建庙宇，确切地说，应该是他的业绩。

“看来，不仅乔中书跑题，我也跑题。”他说。

“是，”林景旸应道，“用卿的题目出得好，解答得却不好。”

“怎叫题目出得好？”蔡汝贤问。

“某人是否该劾，不要看他的履历，不要看他的业绩，而要看他的为人。”林景旸说。

“怎叫解答得却不好？”蔡汝贤问出后忽然发觉，这个问题林景旸已经说过答案，“绍熙是说，不该跑题吧？”

“是。”林景旸应道。

“在绍熙看来，怎样回答，才不跑题？”蔡汝贤问。

“以用卿所举之业绩来说，穆宗皇帝欲增织造，士南先生谏止之；穆宗皇帝欲建鳌山，士南先生执奏之；当今皇帝欲增染料之费等，士南先生争之；慈圣皇太后欲建元君庙，士南先生又争之。一言以蔽之，士南先生遇事则争，此所谓强项也。”林景旸说。

“绍熙的意思，天子厌士南先生，相公厌士南先生，是因为他强项？”蔡汝贤问。

“也不尽然，”林景旸道，“用卿举的前三事，相公多半不会厌之。”

“绍熙怎知相公不会厌之？”蔡汝贤问。

“譬如织造当停当减，相公对户部议过，对工部议过，对抚、按议过，对科、道议过，几乎一有机会就议。用卿想，士南先生谏止织造，相公怎会厌之！”林景旸道。

“如此说来，相公厌之，只因第四事？”蔡汝贤问。

“是啊，这是毋庸置疑的。”林景旸道。

“谏止织造是节俭，谏止建庙也是节俭；谏止织造不会厌之，谏止建庙为何厌之？”蔡汝贤问。

“用卿怎么还没懂呀！”林景旸连连摇头，好像在责怪他不开窍，“我才说：相公厌之，则天子厌之。用卿若反过来说：天子厌之，则相公厌之，就未必对。织造当停当谏，相公赞成，故而士南先生再强项，相公尚能容之。至于慈圣皇太后要建元君庙，相公是不会反对的；不仅不会反对，或许还会劝告士南先生休得争执。士南先生争此事，不但是不给慈圣皇太后面子，也是不给相公面子。这等强项，相公怎能容之！”

“照绍熙的说法，岂不是该再加上一句！”蔡汝贤道。

“加上哪一句？”林景旸问。

“慈圣皇太后厌之，则相公厌之。”蔡汝贤道。

“用卿要加上这一句，未必不可。”林景旸不以为他加的不对。

“相公厌之，则天子厌之，有个说得过去的理由；慈圣皇太后厌之，则相公厌之，好歹也得有个说得过去的理由吧？”蔡汝贤说。

“怎的没有！”林景旸道，“相公尊崇慈圣皇太后，拿她和仁庙诚孝皇后相比。相公欲当今皇帝成为一代圣主明君，没有慈圣皇太后在宫中把持，是不成的。此其一也。织造是常例，一次加之，则次次加之，一年加之，则年年加之，于圣政妨碍极大；建元君庙，不过偶为之，于圣政有多大妨碍？此其二也。”说着，问道，“这两个理由，用卿以为说得过去说不过去？”

“有些牵强。”蔡汝贤说。

“有些牵强？”林景旸苦笑道，“我一番苦口婆心，仍不能说服用卿，我也无法。不过，还有句话，不得不说。”

“说服得了，说服不了，是另一回事；你我之间，却没有哪句话是说不得的。”蔡汝贤道。

“乔中书给用卿送去的功劳，用卿不要，弃之若敝屣；我却要捡起来。”林景旸说。

蔡汝贤愣了愣，问道：“怎么个捡法？”

“怎么个捡法？那位楚滨翰林要乔中书怎做，乔中书要用卿怎做，我则怎做。”林景旸说。

蔡汝贤领会了他的意思，出于好心地说：“绍熙想捡尽管捡，但有一条：以强项劾人，会遭嗤笑。”

“士南先生强项，是好听的说法，我当然不会用此二字。”林景旸道。林景旸当晚草疏，弹劾朱衡，改用刚愎二字。朱衡请辞。皇帝准其请，加太子太保衔，让他致仕。

后来，吏部拟外推林景旸按察司佥事，不知何故，忽而改拟。林景旸留于朝中，并升礼科都给事中；蔡汝贤则出为四川布政司参议。

第三十三章

辽东沈阳中卫东北，有抚顺千户所。抚顺千户所东，有抚顺关。掌控建州右卫的都督王杲，每年都有许多日子住在抚顺关的传舍。

建州右卫是从建州左卫分出来的，建州左卫是从建州卫分出来的，建州卫、建州左卫、建州右卫，合称建州三卫。

抚顺关有马市，是为定居辽东及辽东以北广袤地区的女真人和其他少数族居民，以马匹、猎物、参类等，交易关内货物而开设的。建州三卫在抚顺关以东，是距抚顺关最近的羁縻卫。因此，也可以说，抚顺关的马市主要是为建州女真开设的。

王杲住在抚顺关传舍，为的是处置交易之事。

他今年带来五百匹马。有的马还在手里，由他手下的卫卒在关外附近放养；有的马已交易出，从关内的商人那里换来粮食、布匹、铁器。他盘算着，还在手里的马匹，要在明天、后天，或再后的日子里出手。当然，早几天晚几天出手，都不成问题。抚顺关外有草有水，尤其在秋季，很适合放养。他盘算着，换来的粮食、布匹、铁器等，要分成几批，运回本卫。当然，早几日晚几日运回，也不成问题。他出手阔绰，舍得用钱，传舍的吏员、差役们，把他的货物照顾得很好。

一个突发事件，打破马市的平静，也让王杲深感不安。

消息是部属来力红带给他的。来力红是个高大的汉子，勇气过人，但智谋不足。每当王杲在建州右卫以外的地方见到他，总有一种不好的预感。这一次，也不例外。

“癞头，又给老子惹什么麻烦？”他问。

来力红绰号癞头，一是来、癞差不多同音，二是他头上长个疤。

“回禀都督，不是我惹的麻烦。”来力红说。建州三卫的首领世代相传，已经好几代。他们一般都能得到朝廷赐封的都督、都督同知、都督佥事等衔，属下早已习惯呼他们为都督。

“不是你惹的麻烦，是谁个惹的麻烦？”王杲问。

“李儿秃。”来力红道。

“你二人一个癞，一个秃，都是喜欢惹麻烦的角色。不过，儿秃惹的麻烦，总不如你惹的麻烦大。”王杲说。

“我立的功劳还比他多呢。”来力红不服气地嘟囔一句。

“今日只论麻烦，不论功劳。”王杲道。

“他今日惹的麻烦，属下是绝不敢惹的。”来力红说。

“你都不敢惹的麻烦，我倒要好生听听，”王杲说着，命道，“快说，儿秃惹的是何麻烦！”

“他投归官军。”来力红说。

王杲是很沉得住气的，听了这话，也不由得一惊。

“癞头，你怎说！”他呼道。

“李儿秃投归官军。”来力红又说一遍。

“癞头，儿秃投归官军，是你亲见？”王杲似乎还不能相信这个消息。

“属下不曾亲见。”来力红说。

“不曾亲见，你不可妄言。”王杲道。

“属下虽不曾亲见，但李儿秃一路走来，一路扬言，要投归官军，捞个一官半职。都督属下都听到，由不得人不信。”来力红说。

“他说要投归官军，捞个一官半职？”王杲问。

“是。”来力红应道。

“哼！”王杲狠狠地从鼻孔里出口气，恼道，“他孤身一人投归官军，我倒要看看，能捞个多大的官！”

“回禀都督，他不是一人投归官军的。”来力红说。

“他还带人马去？”王杲问。

“是，”来力红应道，“他带着三名属下，连他在内，一共四人，投归官军。”

“四人叛离，人数不多，但开个坏头。”王杲道。

“属下也想到他开个坏头，故而设法挽回。”来力红说。

“你怎设法？”王杲问。

“属下想从官军处把他要回来。”来力红说。

“你知他投归的是哪路官军？”王杲问。

“是，”来力红应道，“他投归的是姓裴的。”

守备抚顺的将领，姓裴，名承祖。

“可是裴承祖？”王杲问。

“就是他。”来力红道。

“你去找过姓裴的？”王杲问。

“找过。”来力红道。

“你去告求过姓裴的？”王杲问。

“告求过。”来力红道。

“我知姓裴的性子，怕是不会轻易答应。”王杲说。

“都督料事如神，姓裴的一口回绝，连商量余地都没有。”来力红说。

“不肯轻易答应，还说得过去；一口回绝，不留商量余地，未免欺人太甚！”王杲气愤地说。

“属下也在想，他欺人太甚！”来力红附和道。

“也罢，”王杲的想法是不可多事，他说，“今次算我栽在他手里；总有一天，我要让他栽在我手里。”

“不必再等一天，属下已让他栽在都督手里。”来力红说。

“你怎让他栽在我手里的？”王杲问。

“他既扣住都督属下四人不放，属下干脆率数十人去核桃山台，劫其五卒归来。”来力红说。

“你劫其五卒归来？”王杲厉声喝问。

来力红本想邀功，被这一喝，得意劲头顿无。他怯声应道：“是。”

“还是从核桃山劫来的？”王杲问。

“是。”来力红应道。

“你不知核桃山台是通往抚顺的要道吗？”王杲问。

“属下知道。”来力红说。

“你不知守核桃山的卒伍是姓裴的心腹吗？”王杲问。

“属下知道。”来力红说。

“你既知之，还敢从核桃山台劫人！”王杲责道。

“属下是想，越是要道，越是姓裴的心腹，属下劫去，他才越知道都督的厉害。”来力红说。

“你要他知道你的厉害吧？”王杲道。

“我是都督属下；我厉害，也是都督厉害。”来力红说。

“你呀！”王杲说着，手指戳过去，几乎要戳到来力红脑门上。他压住火气，问道，“姓裴的可知人是你劫的？”

“应该知道吧。”来力红说。

“怎叫应该知道？”王杲问。

“属下一路归来，一路扬言，要姓裴的拿李儿秃等去我寨里换他的部卒。”来力红说。

“你是唯恐他不知呀！”王杲又是气急又是无奈地说。

“都督常教诲，人过留名，雁过留声。”来力红说。

“好个人过留名！”王杲怒道，“我说，儿秃惹的麻烦总不如你惹的麻烦大，你还要分辩。有什么好分辩的！你看今日之事，儿秃投归官军，不过开个坏头，日后我可以对部属严加管束。姓裴的不会找我的麻烦，李大帅不会找我的麻烦，官军不会找我的麻烦，至多是儿秃找我的麻烦。我不但不怕他找我的麻烦，还恨不得他找我的麻烦呢。你倒好！劫走官军不说，还留下姓名。姓裴的放得过你吗？李大帅放得过你吗？官军放得过你吗？即便放得过你，也放不过我！”

他说的李大帅，是镇守辽东总兵官李成梁。

来力红在王杲的怒叱之下，垂头丧气，像一只斗败的公鸡。他眼睛只顾盯住王杲的双手，生怕他怒不可遏，抓起什么东西，向自己投掷过来；更可怕的是，抽出腰刀向自己砍将过来。

还好，王杲只动口，没动手。来力红这才敢开口。

“今次之事，属下做错？”他问。

“可不做错！”王杲道。

“属下请罪。”来力红由请功变成请罪，很是不情愿。

“还是设法应对吧；这会儿请罪，又有何用！”王杲道。

“是，属下听都督吩咐。”来力红躬身应道。

“你既通报姓名，姓裴的一定会去寻你的晦气。你速回寨严防。他去的人马若多，你但闭寨自守，不得出战；他去的人马不多，你可倾寨而出，将他困住。”王杲命道。

“是，”来力红应一声，说道，“只怕他也要寻都督的晦气；抚顺关内，不宜久留。”

“我自有处置，”王杲道，“事已至此，他不寻我的晦气，我也要寻他的晦气。待此处事务处置停当，我即去助你。”

王杲处置完抚顺关的贸易，回建州右卫调集人马，赶往来力红的营寨，发现数百官军已被建州人马围困。

“里面仅姓裴的一支人马？”王杲问。

“还有姓刘的一支人马。”来力红说。

“可是刘承奕刘把总？”王杲问。

“是他。”来力红应道。

“我知他会来！一个裴承祖，一个刘承奕，似一对难兄难弟，”王杲说着，又问，“姓裴的率几多人马？”

“约三百人。”来力红说。

“姓刘的率几多人马？”王杲问。

“约百余人。”来力红说。

“亦即，合计不过五百人？”王杲问。

“都督说的是。”来力红应道。

“我进去会会他。”王杲做出决定。

“姓裴的向来傲慢，都督何必自取其辱。”来力红劝道。

“我不是取辱，是取破敌之策。”王杲说。

“五百官军而已，不必用策，属下也能对付。”来力红说。

“你当真有把握？”王杲问。

“都督若不来援，属下无太大把握；都督援军既到，我有十分把握。”来力红说。

“我想的和你想的正相反：我不来援，你有把握，是真有把握；我既来援，你有把握，未必真有把握。”王杲说。

“都督这两句话，属下怎听不懂？”来力红道。

“你想想啊，我能自建州右卫城来援你，李大帅就不能自辽阳城来援姓裴的？”王杲启发他。

“但都督已来援，李大帅并未来援。”来力红道。

“那是因为，我先知你寨外会发生何事，而李大帅是姓裴的被围困后才知。故而我已到，李大帅未到。很可能，李大帅派出的援军，已在辽阳至抚顺的途中；甚至有可能，李大帅亲率的援军，已在辽阳至抚顺的途中。”王杲说。

“但都督涉险进入姓裴的营中，阻止不了李大帅派出的援军在辽阳至抚顺的途中，或李大帅亲率的援军在辽阳至抚顺的途中。”来力红说。

“至少我可以看出，姓裴的一支官军，姓刘的一支官军，是不是可以一举而歼之。”王杲说，“可以一举而歼之，则与之战；不可以一举而歼之，则你随我退回建州右卫，再作计较。至于你说的涉险——”他顿了顿，又说，“我只身而入姓裴的营中，不会比贸然与之交战更险。”

“属下惹下的麻烦，却要都督收拾局面，属下罪过大矣。”来力红又提起日前的话来。

“我再对你说一遍：这会儿请罪，又有何用！一旦开战，你擒得住姓裴的，擒得住姓刘的，才可补过。”王杲道。

“是。”来力红应道。

裴承祖率部离开抚顺时，同时报与驻在广宁的辽东巡抚张学颜和驻在辽阳的总兵官李成梁。和刘承奕会合并被建州人马围困，他又差人飞报李成梁。得知王杲在营外请求谒见时，他正和刘承奕算计，李大帅哪一日可知他出发的消息，哪一日可知他被围困的消息，援军哪一日可到抚顺，哪一日可出抚顺关，哪一日可到建州右卫所辖的来力红营寨。

“老刘，你我算计这，算计那，可算计到他会来？”裴承祖问。

“裴大人，还是先问他带多少人来吧。”刘承奕说。

“是啊，”裴承祖问通报的校尉，“他带多少人来？”

“仅率二卒。”通报的校尉说。

“老刘想得到吗，他仅率二卒来谒见？”裴承祖问刘承奕。

“裴大人何不再问问，后面跟随多少人马。”刘承奕说。

“是啊，”裴承祖问通报的校尉，“后面跟随多少人马？”

“未见到。”通报的校尉道。

“老刘听到吗？”裴承祖问。

“下官听到。”刘承奕应道。

“老刘怎想？”裴承祖问。

“他来得好快！”刘承奕道。

“来得好快，是何意？”裴承祖问。

“亦即，若是在裴大人发自抚顺之后，或你我被来力红那厮围困之后，他才得到消息，不该来得如此之快。”刘承奕说。

“你的意思，在我等被围困之前，甚至在我发自抚顺之前，他早知今日之事？”裴承祖问。

“是。”刘承奕应道。

“你说，来力红公然抗拒官军，是不是受他之命；甚至劫我核桃山台卒，也是受他之命？”裴承祖自然会问。

“劫核桃山台卒，是否受他之命，我不敢断定；但公然抗拒官军，一定是受他之命。”刘承奕说。

“若是如此，他怎敢来见我？”裴承祖有几分疑惑。

“裴大人莫忘，他仍是持有诰敕、挂有金印的都督。”刘承奕说。

“看来，他是有恃无恐，”裴承祖说着，问道，“老刘，你猜他此来，为的何事？”

“一来探我虚实，二来为来力红求情。”刘承奕说。

“不见他，如何？”裴承祖问。

“不见他不好，”刘承奕道，“一则，本来是他心虚的，不见他，反变成你我心虚；二则，他为助来力红而来，不说倾巢而出，也必率有大部属下，不见他，或激其大变。下官以为，我援军到来之前，还是先稳住他为好。”

“好，”裴承祖点点头，命通报的校尉，“请王都督进营相见。”

“是唤王都督进营相见。”刘承奕改个字。

“老刘，你不是要我稳住他吗？”裴承祖甚是不解。

“两军对峙，裴大人若对他和颜悦色，立刻透出假来；稳住他的最好法子，是对他假以颜色。”刘承奕说。

“有道理，有道理，”裴承祖连声称道，他命通报的校尉，“听清否，是唤他进营相见！”

荒郊野外，只能因陋就简。没有正式的椅子，没有正式的仪仗，只在树墩上放个椅垫，就成座位。裴承祖坐的是一个较高的位置，刘承奕坐的是一个较低的位置，以分主席次席。另外，特意设置一个更低的位置，看来是留给王杲的。

王杲见此局面，哈哈一笑，对裴承祖抱拳一揖，又对刘承奕抱拳一揖，道：“谢过裴大人，谢过刘将军。”

“何事值得你谢？”裴承祖冷冷地问。

“裴大人、刘将军助我连赢两局，怎不值得一谢！”王杲道。

“我等助你连赢两局？赌的何事？”裴承祖嗜赌，忍不住要问，声音也不像方才那么冷淡。

“癞头和我赌两件事：第一件事，他赌裴大人、刘将军不会见我，我赌裴大人、刘将军一定会见我，是我赢他输；第二件事，他赌裴大人、刘将军若肯见我，一定以礼相待，我赌裴大人、刘将军若肯见我，一定不以礼相待，又是我赢他输。”王杲说。

“我最恼人连赌连赢，今日偏要你赢一局输一局。”裴承祖道。

“看来难。”王杲说。

“那有何难！只要我——”裴承祖说着，身子动了动。他的意思，把上座让给王杲，可谓以礼相待，王杲岂不输？就在这时，刘承奕咳嗽一声，他顿时醒悟。今日是要假以颜色，万万不可以礼相待！他改口说，“先把眼下的事情解决，我再陪王都督赌几局。”

“一定奉陪。”王杲道。

“王都督来得正好，今日之事，先给我个说法吧。”裴承祖转入正题。

“今日之事，不过是我来谒见裴大人、刘将军，这也要有个说法？”王杲显然是有意调侃。

“我是指王都督的部属来力红反叛一事。”裴承祖道。

“一则，来力红并未反叛；二则，若以为来力红反叛，那也不是自今日始。”王杲分辩。

“王都督说反叛不是今日的事，是我说错；但说来力红并未反叛，却不知王都督欲如何辩之？”裴承祖诘问。

“我不须辩之。”王杲道。

“不须辩之，都督何意？”裴承祖问。

“来力红反叛，是裴大人说的吧？该着由裴大人证之，而不该由我辩之。”王杲道。

“此事证之，还不容易！我，”裴承祖说着，指指自己，问道，“我，裴某人，是朝廷命官吧？”

“是。”王杲应道。

“他，”裴承祖又指指刘承奕，问道，“刘将军，也是朝廷命官吧？”

“也是。”王杲应道。

“我所部，刘将军所部，都是官军吧？”裴承祖问。

“都是。”王杲应道。

“朝廷命官，所率官军，被来力红所部围困于此，王都督说，这不算反叛，何谓反叛？”裴承祖问。

“无端围困裴大人、刘将军所部官军，自会被视为反叛；但我也要问一句：二位所部官军，在何处被围困？”王杲道。

“在来力红营寨外。”裴承祖说。

“来力红营寨在谁个辖地？”王杲问。

“既曰来力红营寨，自是来力红辖地。”裴承祖说。他意识到事情牵连到王杲，会变得复杂；王杲提的问题，正是要往这方面引导。他须得反其道而行之，避免事情变得复杂。

“裴大人没听懂我的问题，刘将军听懂没有？”王杲问刘承奕。

刘承奕何尝不理解裴承祖的用心，他想的却是，要回避，怎回避得了！你避而不谈，让王杲自己说出来，岂不更被动！

“在建州右卫辖地。”他说。

“建州右卫有几名都督？”王杲问。

“只王都督一名。”刘承奕说。

“来力红乃我部属，其营寨在我辖地。虽说来力红地位低下，裴大人、刘将军巡于我辖地，不须和他打招呼，但总得和我打个招呼吧？”王杲说着，问道，“刘将军有没有和我打招呼？”

“没有。”刘承奕道。

“裴大人有没有和我打招呼？”王杲又问裴承祖。

“没有。”裴承祖道。

“二位不和我打招呼，我怎传檄告与来力红？他未得我号令，辖地忽然出现别军，谁知是真的官军，还是冒充的官军？他能不严备！故二位所部在来力红营寨外被围困，我不须辩之。”王杲道。

“老刘，他这都是哪门子道理？”裴承祖让刘承奕驳他。

“一则，裴大人与本人巡于抚顺关外，不须和来力红打招呼，也不须和王都督打招呼；二则，裴大人与本人率部而来，不是巡于来力红营寨，不是巡于王都督辖地。”刘承奕反驳道。

“不是出巡，却是为何？”王杲问。

“来力红既反叛，我等自是平叛。”刘承奕说。

“刘将军也没听懂我的话。来力红围困二位所部，非叛，这是不须辩的。”王杲道。

“若我等说来力红反叛，并非为他围困我等呢？”裴承祖问。

“不为他围困官军，却为何事？”王杲反问。

“王都督先说，核桃山台是谁个辖地？”裴承祖又问。

“还用我说，谁不知是裴大人辖地！”王杲道。

“来力红营寨是王都督辖地，我军掩至，被来力红围困，王都督怪我没打招呼；核桃山台是我的辖地，来力红闯入，劫走守卒，这难道也不是反叛，也不须辩之！”裴承祖道。

“此事却须辩之，”王杲说着，问道，“裴大人说来力红在核桃山台劫走守卒，不知劫走几人？”

“五人。”裴承祖道。

“和来力红说的，倒也一致。”王杲边说，边点头。

“来力红自个儿也承认？看来，他是条敢做敢当的汉子。”裴承祖道。

“他手里有五名核桃山台守卒，他承认；从核桃山台劫走五名守卒，他却断然不肯承认。”王杲说。

“不劫，人怎到他手里？”裴承祖质问。

“他说，他等是投归于他的。”王杲道。

“哈！”裴承祖冷笑一声，问刘承奕，“他说我的守卒是投归于他的，老刘以为如何？”

“在来力红，怕也只能这么说，”刘承奕说着，转向王杲，“投归二字，王都督用得不妥吧？”

“是，”王杲应一声，说道，“我改用私奔二字，如何？”

“勉强可用，但破绽太多。”裴承祖说。

“裴大人说一个破绽听听。”王杲道。

“该等五卒，在抚顺都有家室。有的有爹娘，有的有子女，有的上无爹娘，下无子女，却有未过门的媳妇。他等为何要私奔？”裴承祖问。

“或受上官凌辱，或与其他卒伍不和，就不会私奔？”王杲道。

“他等或与某指挥为血亲，或与某千户为姻亲，大概不会受凌辱吧？与其他卒伍不和，也该那些没有靠山的卒伍私奔呀。”裴承祖说。

“原来裴大人对这几个人知之甚详。看来似乎没有理由私奔，可他等又确是私奔。世上没理由的事情少吗？”王杲道。

“理由是有的。”刘承奕说。

“有何理由？”王杲问。

“私奔是假，被劫是真。”刘承奕道。

“即便他等当真没理由的私奔，来力红也该把他等交与本官，问个明白。”裴承祖又说。

“来力红不把它交出，王都督也该交出。”刘承奕又说。

“我怎听说，来力红属下有数人，私奔于裴大人，裴大人也没把他等交与来力红！”王杲道。

“他等是投归于裴大人。”刘承奕纠正道。

“对，是投归。”王杲不纠缠在字句上，他问，“裴大人交还没有？”

“他等非我或刘将军劫来，纯属投归。”裴承祖道。

“难断就难断在这里，”王杲说，“前面的事，来力红一口咬定是被劫，裴大人一口咬定是投归；后面的事，来力红一口咬定是投归，裴大人一口咬定是被劫。我当然不敢怀疑裴大人、刘将军所言不实，可也不能让我的属下蒙受不白之冤。是不是？”

“照王都督这么说，既然难断，只好一战而定清白！”裴承祖道。

“那也不见得。”王杲说是不见得，但显得极有把握。

“王都督打算如何断之？”裴承祖问。

“一则，谒见裴大人、刘将军之前，我只听来力红一面之词，相信核桃山台五名守卒私奔于他；谒见之后，又听裴大人、刘将军一面之词。我这会儿实在拿不准。回去后，我再仔细讯问来力红，仔细讯问来力红属下，仔细讯问该等五名守卒，看他等是如何到来力红手里的，”王杲这么说时，态度甚是恳切。说罢，问道，“如何？”

“若问出他等是被来力红所劫呢？”裴承祖问。

“一定将他等送还裴大人；并使来力红来裴大人、刘将军营中请罪，听凭裴大人、刘将军发落。”王杲说。

“王都督当真会让来力红来请罪？”裴承祖问。

“大丈夫绝不食言！”王杲道。

“王都督是不是说，问不出他等是被来力红所劫，则不了了之？”刘承奕多个心眼，再问一句。

“绝不会不了了之，”王杲道，“来力红一口咬定该等守卒非他所劫，裴大人、刘将军不信；我若续称该等守卒非来力红所劫，想必裴大人、刘将军也不会信。那就只有把来力红、来力红的属下及该等守卒送去辽阳，由李大帅讯问。李大帅讯问的结果，裴大人、刘将军总该信吧？”

“王都督当真会把来力红等送给李大帅讯问？”裴承祖问。

“大丈夫决不食言！”王杲道。

“既如此，却不必把来力红等送去辽阳。”裴承祖说。

“为何不必送？”王杲问。

“大帅不日将亲莅此地。”裴承祖说。

“裴大人说的不日，是几日？”王杲问。

“快则一两日，慢也不过三五日。”裴承祖说。

“大帅若来，岂不更好！”王杲一脸欣喜之色。

裴承祖看刘承奕一眼，询问他意下如何。

“我看，还有两件事，须与王都督说清楚。”刘承奕道。

“老刘有话，但说不妨。”裴承祖点头道。

“不管几多事，刘将军但说不妨。”王杲也点头道。

“第一件事：王都督只说，李大帅讯问的结果，裴大人和我该信；还有，王都督也该信。”刘承奕说。

“我的主意，我岂会不信！”王杲道。

“第二件事：裴大人是得李大帅钧令，才率部而来；未得李大帅钧令，他仍要暂驻于此。”刘承奕说。

“刘将军呢？”王杲挖苦地问一句。作为总兵官，或会直接给守备下令，但极难得直接给把总下令。

“我奉令于裴大人，”刘承奕坦然地说，“裴大人命我暂驻，我则暂驻；裴大人命我先回，我则先回。”

“老刘不可先回。”裴承祖道。

“裴大人准刘将军先回，我也不答应！无论如何，李大帅到后，也要取刘将军的证词，”王杲说。又说，“二位只管暂驻，甚至长驻。缺粮，我让来力红送米；缺肉，我让来力红送肉；缺酒，我让来力红送酒。”

王杲回去不到一个时辰，来力红的属下送来两革囊烈酒。裴承祖、刘承奕开始相信王杲的诚意。当夜，王杲、来力红率建州军劫营。擒获裴承祖、刘承奕等，并杀害。

朝廷闻讯，断绝王杲贡市。

第三十四章

慈圣皇太后居慈宁宫时，在偏殿布置一个佛堂。移居乾清宫，考虑到天子宫室不宜装饰佛堂，故不设。但这不妨碍她每天在自己的寝殿里虔诚地诵经。慈圣皇太后诵经的时刻，乾清宫里保持静默，连皇帝进出都放轻脚步。

“皇上。”慈圣皇太后呼道。

皇帝马上收住脚步，转而走进慈圣皇太后的寝殿，呼声“母后”之后，垂首而立。

“皇上要去哪里？”慈圣皇太后问。

“儿子才听完讲官讲的功课，想去御花园走走。”皇帝说。

“娘也才诵完一篇经文，想和人说说话。皇上是出去走走，还是陪娘说会儿话？”慈圣皇太后问。

“儿子陪母后说话。”皇帝毫不犹豫地说。

他坐下后，慈圣皇太后问他：“我才念的经文，皇上听到没有？”

“儿子听到最后一两句。”皇帝说。

“皇上听后何感？”慈圣皇太后问。

“儿子顿生崇敬之心，也愿信佛。”皇帝说。

“皇上也愿信佛？”慈圣皇太后半是欢愉，半是担忧地说，“皇上万不可有此心。”

“儿子为何不能信佛？”皇帝问。

“皇上先告诉娘，王守仁从祀文庙，可有结果？”慈圣皇太后反问。

“一直没议出结果。”皇帝说。

“是赞成者多，还是反对者多？”慈圣皇太后问。

“似乎反对者多，大臣们反对的尤多。”皇帝说。

“大臣们为何反对？”慈圣皇太后问。

“他等说，王守仁学术近禅。”皇帝道。

“皇上懂了吧？”慈圣皇太后问道，并说，“王守仁乃一代大儒，被大臣们视为学术近禅，故不得从祀文庙；皇上若信佛，在大臣们眼里，还能成为圣主明君吗？”

“儿子不用那些因王守仁学术近禅而不让他从祀文庙的大臣，不就可以跟随母后信佛？”皇帝试探着说。

“皇上千万不要存此念头，”慈圣皇太后正色言道，“我大明朝以儒学立国，皇上只可习孔、孟之道，只可与儒学根基深厚的大臣亲近，若舍本求末，热衷于其他教义，不仅皇上将成为祖宗社稷的罪人，娘也将成为祖宗社稷的罪人。”

她说得郑重其事，皇帝的脸色也变得凝重。

“是，儿子谨遵慈训。”皇帝应道。

“不过，”慈圣皇太后又说，“皇上虽不可一心向佛，但佛的一些意旨，和孔、孟之道是相通的。譬如，老太监常说一句话，叫作‘见其生不忍见其死’，皇上可知道这句话？”

“儿子记得，这是孟子说的。”皇帝道。

“见其生不忍见其死，即是仁慈。佛也教人仁慈，不可杀生，甚至蝼蚁也不可枉杀。”慈圣皇太后说。

皇帝知道母后愿意听什么话。他说：“儿子常见母后走路时，眼观脚下，就是生怕一不小心，踩死蝼蚁吧？”

“难得皇上如此细心。”慈圣皇太后道。她对皇帝向来不苟言笑，这次脸上却露出笑容。她问，“皇上还记得今时是几月吗？”

“儿子记得，是九月。”皇帝说。

“去年九月，皇上做件事，今日还记得吗？”慈圣皇太后又问。

“去年九月儿子做的事？”这样的问题一定会难住皇帝。

“一年里事情太多，一月里事情也太多，不怪皇上，”慈圣皇太后体谅地说，并提示，“皇上记不记得，九月，朝廷何事为重？”

“母后问的是去年的九月，还是今年的九月？”皇帝问。

“我问的是每年的九月。”慈圣皇太后道。

“每年的九月——”皇帝即位以来，这是第三个九月。九月，朝廷有什么必须要办的事，他脑海里有一些印象。“每年的九月，都要秋审、秋决。母后是说，去年秋审、秋决，儿子命法司停刑。”

“皇上终于想起来！”慈圣皇太后点头道。

“母后是不是想，今年仍停刑？”皇帝问。

“这是娘的心愿。”慈圣皇太后说。

“好，儿子这就把大伴找来拟旨。”皇帝道。能够取悦母后，他心里有说不出的高兴。

“皇上别急着找冯太监。”慈圣皇太后制止道。

“儿子该先找谁人？”皇帝问。

“皇上先找张先生，听他怎说。”慈圣皇太后道。

皇帝有些为难。慈圣皇太后要他听张先生怎说，是要他征询张居正的意见，而不是要他径向张居正宣旨。那么，该如何询问呢？直截了当地说，朕欲今秋停刑，张先生看使得使不得；万一张居正说使不得，岂不难为情？直截了当地说，母后欲今秋停刑，张先生看使得使不得；万一张居正说使不得，岂不惹母后不快？还是孙海心眼多，说句：太后娘娘怎问的，爷爷怎问。皇帝心里这才有底。

“张先生可记得，今时几月？”皇帝学舌般地问。

张居正虽感奇怪，还是回答：“是九月。”

“去年九月，朕做过件事，张先生可还记得？”皇帝问。

张居正不能像皇帝在慈圣皇太后面前那样，以问作答。他说：“一则经年，二则事多，臣不知皇上问的是宫中的事，还是朝中的事。”

“是朝中的事。”皇帝道，并问，“张先生记不记得，九月，朝廷何事为重？”

“皇上问的是去年的九月？”这是张居正必须要坐实的。

“朕问的是每年的九月。”皇帝道。

“每年九月，朝廷都要差大臣录囚。”张居正说。

“去年九月呢？”皇帝问。

“去年九月，录囚之后，皇上命停刑。”张居正说。

“张先生终于想起来。”皇帝点头称道。

他希望张居正和自己一样，说到这里，自然而然地问一句：皇上是不是想，今年仍停刑？但他很清楚，张居正是不可能这么问的，更不可能这么建议的。这话必须由他说出来。

“朕欲今年仍停刑，张先生看使得使不得？”皇帝问。

“皇上宅心仁厚，佑人之生，恶人之死。此实社稷之福，百姓之福；臣亦无上欣慰。”张居正说。

“张先生以为可？”皇帝高兴地问。

“此事臣尚须为皇上言之。”张居正委婉地说。

“张先生说，朕听着。”皇帝道。

“臣闻，世事可一，可再，不可三。皇上登极之初，于隆庆六年十月，曾命停刑；去年，于万历元年九月，复命停刑。今次若再停刑，就是三。”张居正用最通俗的话语讲解。

“世事皆是可一、可再，不可三吗？”皇帝问。

“臣愿听皇上是怎想的。”张居正道。

“譬如用膳，朕早一膳，午一膳，晚一膳，有时夜里还要加一膳，不仅可三，而且可四；譬如饮水，朕每隔一两个时辰，皆须饮之，不仅可三，而且可四、可五。”皇帝说。

“皇上的例子举得很好，”张居正不仅认可皇帝举的例子，还加以补充，“譬如读书，不仅可一、可再、可三，而且，最好是日日读、月月读、年年读；譬如习字，不仅可一、可再、可三，而且，最好是日日习、月月习、年年习；譬如日讲，不仅可一、可再、可三，而且，最好是日日讲、月月讲、年年讲。”

“有这多事都是可一、可再、可三，张先生怎说世事可一、可再，不可三呢？”皇帝问。

“是臣没说清楚，乞皇上宽恕，”张居正是没说清楚，但不是不可以解释清楚。他说，“皇上所举用膳、饮水，臣所举读书、习字、日讲，都是常规之事；常规之事，是每日必须要做的，无所谓可与不可。可一、可再，不可三的世事，是非常规之事；非常规之事偶尔为之，才有可与不可的区别。”

“张先生是不是说，譬如秋审、秋决，是常规之事，朝廷每年都要举行；而停刑是非常规之事，是偶一可为之事？”皇帝问。

“皇上圣明，臣正是此意。”张居正道。

“世事有常规之事与非常规之事，听张先生一讲，朕不难懂得；但还有件事，朕仍没想通。”皇帝说。

“乞皇上谕之。”张居正道。

“非常规之事，可不可以变成常规之事？”皇帝问。

“许多常规之事，都是从非常规之事演变而成，”张居正说，“臣举一较久远的事例：臣说读书、习字，是常规之事；而在远古之时，人们结绳纪事。那时是没有文字的，当然说不上读书、习字。臣再举一较新近的事例：今者以内阁大学士为辅臣。洪武朝虽设诸殿、阁大学士，仅侍左右、备顾问而已；永乐朝始有内阁之名，但也仅侍左右、备顾问而已。故古人还常说一句话：世事无常。”

“许多常规之事，都是从非常规之事演变而成；停刑一事，可不可以变成常规？”皇帝问。

“皇上能提出这个问题，可以说用心。不过，”张居正语气一转，说道，“停刑一事，臣以为不可成为常规。”

“为何不可？”皇帝问。

“臣分两层意思来说，”张居正道，“第一层意思：皇上之为皇上，乃奉天承运，故治理国家，一定要合天道。”

“张先生给朕讲过，天道好生。”皇帝插进一句。

“天道好生，却不是唯生。”张居正道。

“天道好生，却不是唯生，”皇帝重复一遍，似有所悟，“张先生是说，天道除好生，也会有死？”

“是，”张居正应罢，做一个更生动的比喻，“春季生机盎然，天道若是唯生，则当只有春季，不再有其他季节。然一年四季，除春外，尚有夏，有秋，有冬。春主生长，秋主肃杀。秋审、秋决，即由此而来。天道有秋，治理国家若无刑戮，则不合天道。”

“第一层意思，朕听懂；张先生再说第二层意思。”皇帝道。

“是，”张居正应罢，说道，“世间有君子，有小人，譬如天有雨露，有霜雪。秋审者，治小人也；秋决者，杀小人也。小人触犯刑律，不治之，不杀之，则小人日以猖獗，君子难以容身。故古人云：赦者，小人之幸，君子之不幸。”

“张先生是说，囚者皆不当赦？”皇帝问。

“不是皆不当赦，而要赦之有度。这就是臣说的可一、可再，不可三，尤其不可一概而赦。”张居正道。

“朕以为，天道好生，却不唯生，是张先生说的第一层意思的要点；赦者，小人之幸，君子之不幸，是张先生说的第二层意思的要点，”皇帝说着，问道，“张先生，朕说的可对？”

“诚如皇上所谕。”张居正道。

“听张先生一番解说，朕已知停刑可一、可再，不可三，已知今秋不可再停刑。不过，”皇帝顿了顿，才说出自己的苦衷，“欲今秋再停刑，非朕本人心意，张先生想必料得到。”

“皇上可是说，欲今秋再停刑，为慈圣皇太后的心意？”张居正当然料得到。

“是。”皇帝应道。

“据臣所知，前冬、去秋停刑，皆出自慈圣皇太后心意。”张居正说。

“张先生说的是。”皇帝点头称道。

“慈圣皇太后为何一而再、再而三欲停刑？”张居正问。

“母后崇尚佛教，不忍行刑，”皇帝道，并说，“张先生的两层意思可以说服朕，却未必能说服母后。”

“慈圣皇太后崇尚佛教，佛教确以慈悲为立教之本。臣愿以释氏徒儿所言，见证停刑非常规。”张居正说。

“张先生能以释氏徒儿所言，证实停刑非常规？”皇帝大为惊奇，并不放心地问，“张先生说的释氏徒儿，不会是今世的僧人吧？”

“不是，”张居正摇头，“臣说的释氏徒儿，是释氏所收正宗徒儿。”

“张先生慢点儿说，朕要听清楚，回宫说与母后听。”皇帝道。

“地狱有刀山，皇上可知出自谁人之口？”张居正问。

“不知。”皇帝道。

“地狱有剑树，皇上可知出自谁人之口？”张居正问。

“不知。”皇帝道。

“地狱有锥舂，皇上可知出自谁人之口？”张居正问。

“不知。”皇帝道。

“地狱有炮烙，皇上可知出自谁人之口？”张居正问。

“不知。”皇帝道。估计张居正问得差不多，他反问一句，“张先生是不是说，此等话皆出自释氏正宗徒儿之口？”

“皇上明鉴，”张居正道，“夫子不言鬼神，更不言地狱。在释氏徒儿眼里，有地狱；在释氏徒儿眼里，地狱有刀山、剑树、锥舂、炮烙诸刑。其为法，比我王法更为惨烈。谁道佛教唯好生，不诛杀！”

“原来地狱里各般酷刑，都是释氏徒儿造出，”皇帝说罢，拍手笑道，“朕把张先生的故事说给母后听，母后一定不会再欲停刑。”

主要的问题既解决，张居正顺带着要解决一个枝节问题。

“还有一事，皇上也可禀明慈圣皇太后。”他说。

“何事？”皇帝问。

“刑不可屡停，囚却须详录。”张居正道。

“张先生此言何意？”皇帝问。

“皇上可知，嘉靖初逢秋审，论决约几多？”张居正反问。

“朕不知。”皇帝道。

“约七八十人。”张居正告诉他。

“张先生要朕把这个数目告与母后知吗？”皇帝问。

“还有另一个数目：近年论决，多达四百人，”张居正道，又说，“慈圣皇太后欲停刑，或因近年论决之数过多。”

“是啊，”皇帝道，“朕也惊诧，怎会相差如此之多！”

“事出有因，”张居正解释说，“嘉靖初，论决者少，是因为有决不待时者，只有秋决者才系狱待刑。后决不待时者日少，但世宗皇帝信奉道教，每有祥瑞，则命停刑。故积累至今，每年论决四百余人。”

“待决而未决者不可以释出吗？”皇帝问。

“待决者皆犯重罪，万无生理；停刑，亦只得淹禁牢户。”张居正说。

“朕听懂张先生的意思，”皇帝道，“皇祖时停刑，致今论决多出好几倍；今若停刑，则累积更多待决未决者于来年，于后世。”

“皇上圣明。”张居正颂道。

第三十五章

日讲毕，讲官和侍从之臣依次退出文华殿，皇帝把张居正一人留下说话。等张居正回到内阁，吕调阳已简单用过午饭，并且打了个盹儿。张居正边吃内阁的差役热过的吃食，边问吕调阳："和卿先生料得到皇上问我一件何事吗？"

"皇上只问一件事？"吕调阳反问。

"是，只一件事。"张居正道。

"这久的工夫，皇上问十件事，叔大先生也该答完；皇上只问一件事，让人无从料及。"吕调阳说。

"皇上问我，建文帝果然出逃否。"张居正告诉他。

"皇上怎会问起此事？"吕调阳无法理解。

"我怎知！"张居正道，"或是宫里的老人给小宦者说古时，或是听这故事的小宦者再说给别的小宦者听时，皇上无意中听到。"

"多半如此，"吕调阳想不出别的解释，他问，"这一段古，叔大先生又是怎样说与皇上听的？"

"我说，建文逃出宫外一事，国史无一字记载，但由故老相传而已。"张居正道。

"叔大先生想用国史无载，堵住圣上之口？"吕调阳问。

"和卿先生还真是知我。"张居正笑道。

"但我估计，仅这一句话，堵不住皇上的口。"吕调阳说。

"和卿先生还真是知皇上。"张居正又笑道。

"皇上是不是让叔大先生讲讲故老怎的相传？"吕调阳问。

"是。"张居正应道。

"叔大先生怎讲的？"吕调阳问。

"我说：故老相传，建文剃度出宫，云游四方；年老思归，于田州题诗。其中两句曰：流落江湖四十秋，归来白发已盈头。"张居正道。

"然后呢？"吕调阳问。

"然后，皇上叹息不已，我正好就此打住。"张居正说。

“皇上会任由叔大先生打住？”吕调阳估计不会，因为就此打住的话，不会挨到这么晚。

“皇上要我录诗以进。”张居正道。

“皇上要叔大先生以此事为题赋诗？”吕调阳的理解有偏差。

“和卿先生想到哪里去！”张居正道，“一则，皇上不会以此事为题；二则，皇上若命以此事为题赋诗，和卿先生脱得了身吗？皇上是要我录进故老相传建文吟的那首诗。”

“叔大先生当即录进？”吕调阳问。

“没有，”张居正摇头，“我能记下的，只有我诵过的两句。”

“叔大先生请查阅后再录进？”吕调阳又问。

“也没有，”张居正又摇头，“我奏言：建文剃度出逃，即便属实，也是亡国之事，但可为戒，其诗不足以观之。臣请录太祖高皇帝御撰《皇陵碑》及《御制文集》以进。”

“有取有舍，叔大先生说得好！皇上日后若问起我相类之事，我也照此回答。”吕调阳说。

“和卿先生，”张居正忽然扭转话题，“帮我个忙如何？”

“好说，”吕调阳道，“我知叔大先生要人帮忙。”

“和卿先生知我要人帮忙？”张居正奇怪地问。

“是。”吕调阳应道。

“我何事要人帮忙？”张居正问。

“录《御制文集》，不是一人做得了的。”吕调阳道。

“哈，”张居正干笑一声，取笑道，“原来和卿先生以为，我要你帮着做舍人们所做之事！”

中书舍人的职责是抄抄写写，所以张居正这么说。

“叔大先生不是此事要我帮忙？”吕调阳问。

“当然不是。”张居正道。

“不是此事，却是何事？”吕调阳问。

“安民之要，在于知人；辨论官材，必考其素，”张居正念叨两句，完全是书面语，好像是从某篇文章里摘录出来的。念叨完，他问，“和卿先生，然否？”

吕调阳不明他是何意，只能应个“然”字。

“和皇上谈论建文之事时，我一直想的其实是这两句话。”张居正说。

“叔大先生是要拿这两句话作篇文章？”吕调阳猜测。

“不错。”张居正应道。

“叔大先生要我一起酝酿这篇文章？”吕调阳问。

“我想请和卿先生帮着酝酿，这篇文章该怎么作。”张居正道。

“叔大先生打算怎作？”吕调阳采取主动。

“我想知道，今朝廷文则六部、都察院，武则五府，及各司寺官，和卿先生能否都说得上来名字？”张居正问。

“太多，说不上来。”吕调阳道。

“我问的是各衙门堂官。”张居正说。

“也未必说得全。”吕调阳道。

“能说出几多？”张居正问。

“六七成吧。”吕调阳道。

“以六七成而言，说得出籍贯、出身的，能有几多？”张居正问。

“半之。”吕调阳道。

“那么，”张居正又问，“今在外文则知府以上、武则守备以上，和卿先生能否都说得出来名字？”

“更说不全。”吕调阳道。

“能说出几成？”张居正问。

“两三成吧。”吕调阳道。

“以两三成而言，说得出籍贯、出身的，能有几多？”张居正问。

“惭愧，十之一而已。”吕调阳道。

“和卿先生无须惭愧，两三成说得出名字，两三成里十个能说出一个的籍贯、出身，已经不少。”张居正说。

“叔大先生自个儿想许久的事，又问我这多的话，不会满足于此吧？”吕调阳略带调侃地问。

“说到满足，当然是不可能的，”张居正道，“连官员之姓名、籍贯、出身都不知，又如何知其人，如何考其素？”

“撇开考其素不说，要知其人，并不难。”吕调阳说。

“请教。”张居正说着，一揖。

“文臣一问吏部，武臣一问兵部，即知。”吕调阳说。

“怎么个问法？”张居正问。

不是问题的难易程度，而是提出这个问题本身，把吕调阳难住。怎么个问法？可以亲自去问，也可以差人去问；可以问尚书，也可以问侍郎、郎中，甚至可以问主事。但张居正要的，肯定不是这样的回答。

“叔大先生说，怎么个问法？”吕调阳反问。

“总不能某天，想知道某司寺某官，或某天想知道某布、按二司某官，就去问吏部；某天，想知道某都督府某官，或某天，想知道某处某守备，就去问兵部吧？”张居正道。

“未尝不能，”吕调阳和他的想法不尽相同，但还是附和地说，“但听起来，确实不妥。”

“所以，最好的法子是要知自知，不必去问。”张居正道。

“要知自知，可不那么容易。”吕调阳说。

“借用和卿先生三个字：并不难。”张居正道。

“叔大先生有何妙法？”吕调阳问。

“立一职官书屏即可。”张居正道。

“职官书屏？”吕调阳边琢磨，边问，“叔大先生是说，把文武百官的姓名、籍贯、出身都写在上面？”

“不是文武百官都写在上面，只须写上五府、六部以下，知府、守备以上，足矣。”张居正道。

“那也不少。”吕调阳说。

“也不少；但由吏部、兵部出面，不过交代给一名主事，花上几日工夫，即可完成。”张居正道。

“不见得那么容易，”吕调阳摇着头说，“书屏如何绘制，主事没有主意，要问员外；员外没有主意，要问司官；司官没有主意，要问侍郎；侍郎没有主意，要问尚书；吏部尚书没有主意，要问兵部尚书；兵部尚书没有主意，要问吏部尚书。想来想去，问来问去，三五个月、一年半载，岂不过去！”

“谁都不必问，我可为他等拿主意。”张居正道。

“叔大先生已想好，职官书屏如何立之？”吕调阳问。

“是。”张居正应道。

“书大先生说说看。”吕调阳道。

“书屏一座，分中、左、右三部分，中间三扇，左边六扇，右边六扇。”张居正说。

“中间三扇绘制何事？”吕调阳问。

“绘天下疆域之图，至府治。”张居正说。

“左边六扇绘制何事？”吕调阳问。

“列文职。”张居正说。

“不用说，是以六部为目。”吕调阳道。

“各布政司、各府，怎分摊到六部去？应是廷臣三扇，外官三扇。”张居正说。

“不错，”吕调阳回应道，“左六扇，列文臣，朝廷恰有六部；右亦六扇，列武臣，却只有五府，更无法分派。”并问，“右六扇，也是五府都督三扇，在外将领三扇吧？”

“是。”张居正应道。

“各官职之下，书该官姓名；再下，书该官籍贯；再下，书该官出身。于是，可以一目了然。”吕调阳说着，眉头一皱，道，“不对呀！”

“有何不对？”张居正问。

“各官频频更换，书屏岂不也要频频更换！”吕调阳道。

“所以，某职官之下的姓名、籍贯、出身，要用浮帖，不能径书于屏上。一旦调任，更换浮帖即可。”张居正说。

“这个法子好，”吕调阳道，“我还有最后一个问题：叔大先生欲将职官书屏置于何地？”

边说，边左顾右盼，意即：书屏太大，在内阁摆放不下。

“置于文华殿，如何？”张居正道。

“原来叔大先生是为皇上立职官书屏！”吕调阳恍然大悟。

“当然，”张居正道，“人主尊居九重，坐运四海，于臣下之姓名、籍贯尚不能知，又安能一一别其能否而黜陟之！”

他最后念叨的两句，也都是书面语，更像是从某篇文章里摘录出来；或者，是要按照这个思路作一篇文章。

第三十六章

在御花园，皇帝走到哪里，孙海、客用跟到哪里。

“你二人跟得太紧。”皇帝道。

孙海嘿嘿一笑，说：“爷没忘吧，今年闰的十二月。”

“闰的十二月，又怎的？”皇帝问。

“今天是闰十二月初十日。”客用说。

“闰十二月初十日，又怎的？”皇帝自问自答，“朕明白，你二人在向朕要压岁钱呢。”

孙海、客用嘿嘿一笑，道：“爷圣明。”

“压岁钱有，找冯大伴要去。”皇帝说罢，自顾自地踱起步来。

“是孙老儿想要，奴才没想要。”客用马上改口。

“你没想要？爷圣明，你没说吗？”孙海诘问。

“要压岁钱是要压岁钱，称颂爷圣明是称颂爷圣明，两回事。别的事我跟不上你，称颂爷圣明，我是不会落后于你的。”客用分辩。

“客老儿，你当真不想要压岁钱？”皇帝问。

客用以为皇帝在测试他是否诚实，咬了咬牙，说：“奴才当真不想要。”

“客老儿不爱钱，再好不过，”皇帝夸奖他一句，然后说，“朕有件事，要问冯大伴。若着孙老儿去，他必定公私兼顾，边替朕问事，边向冯大伴要压岁钱。冯大伴看在朕的面子上，不好不给；但给后，又会恼火，连带着朕也落埋怨。客老儿既不想要压岁钱，还是你去吧。”

客用不想要压岁钱是假，不想见冯保却是真。他得想法子，把这次的差事推掉，或者转给孙海。

“爷要奴才问冯叔何事？”他问。

“新年将至，朕要写几个字，赐予张先生。”皇帝说。

“爷不是赐过张先生字吗？”客用道。

“朕是几时赐的？”皇帝问。

“四五月吧。”客用记不住，只好胡乱说。

“不对，是三月。”孙海纠正。

“已过九个月，不该再赐字吗？”皇帝道。

“爷，已过十个月。”孙海又纠正。

“足足十个月吗？”皇帝不高兴地问。

“未足。九个月才出头，十个月差得远呢！”孙海知道多嘴多的不是地方，忙往回说。

“朕说九个月，有错吗？”皇帝责问。

“爷没错，是客老儿有错。”孙海道。

“他怎错？”皇帝觉得他推过于客用，毫无道理。

“本来爷赐字与张先生，轮不到他多嘴，他偏要说爷已赐过张先生字。说就说吧，他又偏把月份记错。爷说九个月，该再赐字与张先生，是在指出客老儿的错处；奴才说十个月，是想提醒爷，客老儿的错处，比爷想到的还要大。”孙海胡搅蛮缠地说一通。

“你这番道理，倒是该给冯大伴说一说，看他听不听得懂。”皇帝道，又说，“朕问不该再赐字吗，也不是说就该赐字。朕赐字张先生，只因母后看重他。赐他字，他高兴，母后也高兴。”

“圣母皇太后娘娘高兴，爷自然也高兴，”孙海说着，责备客用，“客老儿，你连这个道理都不懂得！”

“我怎不懂得？”客用不服气。

“既然懂得，还不速去！”孙海道。

“我去作甚？”客用问。

“去——”孙海这才发现，皇帝并没交代清楚。他自以为是地说，“还用问吗，当然是把冯叔请过来。”

“请他来作甚？”皇帝脸沉下来。

“不是请，是宣召。”孙海说。

“宣召他来作甚？”皇帝又问。

“爷上次赐字大臣们，是宣召冯叔来拟的词句。”孙海说。

“今次不同，”皇帝道，“一则，要过年，朕少见大伴一次是一次；二则，今次只给张先生一人写字，没那么多话要问。”

“爷是要客老儿去问冯叔，这次写哪四个字好？”孙海以为，这次估计的不会错，才又抢着说。

不料，皇帝却说："谁告诉你朕要写四个字？"

"爷这回只写两个字？"孙海往少想。

"朕这回不能写八个字吗？"皇帝却往多说。

孙海接连碰钉子，灰溜溜地噤口不言。

"爷是要奴才从冯叔那里讨回八个字吗？"客用问。

"你不愿去？"皇帝反问。

"爷赐字张先生，张先生高兴；张先生高兴，圣母皇太后娘娘也高兴；圣母皇太后娘娘高兴，爷也高兴；爷高兴，奴才怎会不高兴！"客用表态表得好，转折也转折得好。他看孙海一眼，说道，"不过，奴才记性不好，爷是知道的。譬如，九个月以前的事，奴才就记不太清楚。四个字，奴才或许勉强记得；八个字，奴才肯定是记不住的。奴才实在是羡慕孙老儿的好记性。"

"你想让孙老儿同去？"皇帝问。

"爷圣明。"客用道。

"孙老儿不想去吧？"皇帝问孙海。

"奴才比客老儿还愿去；只是奴才以为，记性好不好，并不要紧。"孙海也想推掉这趟差事。

"怎不要紧？"皇帝问。

"客老儿以为，记性好，只要冯叔说八个字，就可以回来复旨。其实，冯叔一定会一字一字写下来的。拿来复旨的，是冯叔写的字，才不是他那张嘴呢。"孙海说。

"客老儿，你记性不会差到把冯大伴拟的字丢掉吧？"皇帝问客用。

"冯叔拟的字，奴才一定会带回来的。"客用说。

"那你还有何顾虑？"皇帝问。

"奴才想，冯叔拟的八个字，总不会是上、下、左、右、大、小、有、无那么简单吧？有的字，冯叔是一定要讲解的。讲解的话，他又不能一句一句都写下来；即便一句一句都写下来，奴才或许也记不住哪句话是解说哪个字的。奴才记不住，只好再去问冯叔。一个字的解说，奴才一次记不住，第二次或许记住；但好几个字的解说，第二次仍有记不住的。奴才只得第三次再去问冯叔。冯叔肯定要不耐烦，或许会说：不如我自个儿去对爷解说。爷本来不想见冯叔的，结果，仍然不得不见。"客用啰哩啰唆地说一通。

"你二人一起去，"皇帝裁决，"孙老儿，冯大伴的解说，你要记下来！客老儿，你要盯住孙老儿，别让他向冯大伴讨要压岁钱！"

"奴才们遵旨。"孙海、客用应道。

二人一路争吵打闹，自不必说。回来时，他们带来冯保写的八个字：弼予一人，永保天命。

“朕读这八个字，便觉大气。”皇帝说。

“冯叔让奴才等请旨，看这八个字够不够大气；若爷觉着不够大气，他再重拟。客老儿替爷说的，爷一定觉着大气。”孙海叙述道。

皇帝瞪客用一眼，斥道：“客老儿，你好大胆，朕觉着够不够大气，你也敢替朕说！”

“奴才说的不算数，爷说的才算数。”客用忙道。

“朕读这八个字，便觉顺畅。”皇帝又说。

“冯叔让奴才等请旨，看这八个字够不够顺畅；若爷觉着不够顺畅，他再重拟。孙老儿替爷说的，爷一定觉着顺畅。”客用叙述道。

皇帝瞪孙海一眼，斥道：“孙老儿，你好大胆，朕觉着顺畅不顺畅，你也敢替朕说！”

“奴才说的不算数，爷说的才算数。”孙海用同样的话为自己开脱。

“大气是大气，顺畅是顺畅，但朕觉着有所缺憾，你二人替朕说了没有？”皇帝问。

“不知爷觉着有何缺憾？”孙海、客用齐问。

“天命二字，你等懂不懂？”皇帝问。

“奴才等懂。”孙海、客用应道。

“永保二字，你等懂不懂？”皇帝又问。

“奴才等懂。”孙海、客用应道。

“永保天命四字，你等懂不懂？”皇帝合起来问。

孙海、客用想说“懂”，却怕皇帝命他等解释；想说“不懂”，但分开问，他等都说“懂”，合起来问，似乎不应该不懂。

“爷说奴才等该不该懂？”孙海小心地问。

“爷说奴才等该懂，奴才等就懂；爷说奴才等不该懂，奴才等就不懂。”客用小心地说。

“朕若说该懂，谅你二人说不出个子丑寅卯；朕若说不该懂，又怕把你二人贬得一钱不值，”皇帝道，又说，“其实，你二人懂不懂，无关紧要；朕只想说，冯大伴拟的八个字有缺憾。”

“缺憾在‘永保天命’四字？”孙海、客用齐问。

“不止在此四字，”皇帝说着，指指八个字里的第一个字，问道，“冯大伴有没有给你二人讲解，弼者，辅佐之意也？”

“冯叔是这么讲解的。”孙海、客用齐道。

“予者，我也，”皇帝道，“冯大伴拟的前四个字的意思是：张先生辅弼朕，是唯一的一人。辅臣而称‘一人’，已然过分；更不要说，他拟的永保天命，是保谁个天命？”

孙海、客用面面相觑。按照皇帝的解说，他二人再不学无术，也知道这八个字的问题绝不是“缺憾”二字可做了结的。

见他二人木然，皇帝也很奇怪。他问：“怎么，后面的字，冯大伴没有给你二人讲解？”

“讲解是讲解，只怕是讲解错。”孙海、客用齐道。

“怎么？”皇帝问。

“爷说，予者，我也；奴才等也知，予者，我也。冯叔却说，予一人者，我也。”孙海说。

“冯叔还说，予一人者，古代帝王自称也。他举两个例子，奴才却记不住。”客用补充道。

“冯大伴说，予一人者，是古代帝王自称？”皇帝全然没想到。

“是。”客用应道。

“他举哪两个例子？”皇帝问孙海。

“一个例子出自《尚书》，”孙海说，“冯叔说，《汤诰》中有一句话：尔万方有众，听予一人诰。这里的予一人，即汤自称。”

“对，”客用也记起来，“奴才问冯叔，汤是谁个？冯叔说，爷知道的，不必再说。”

“是，”皇帝点点头，告诉他，“讲官们讲过，张先生、冯大伴也都讲过，商朝的开国君王，为商汤王。”说罢，问孙海，“冯大伴举的第二个例子出自何书？”

“出自《礼记》，”孙海道，“该书注曰：凡自称，天子曰予一人。”

“予一人为古代帝王自称，在今日则为朕自称；弼予一人，则为弼朕；永保天命，则为弼朕永保天命。”皇帝对这八个字有了完全不同的理解。

“冯叔是这么讲的。”孙海、客用齐道。

“予一人，为朕自称，则冯大伴拟的八个字，再无缺憾。”皇帝说。

认可是认可，孙海、客用都感觉出来，皇帝似乎不那么甘心。

“奴才以为，只是意思上并无缺憾。”孙海说。

“在别的方面，不见得没有缺憾。”客用说。

“你二人是何意？”皇帝问。

“予一人，固是古代帝王自称，爷今日固可以用来自称；但不知始于何时，帝王已经不这么自称。”孙海说。

“列祖列宗们都是用一个字自称，到爷这里，反而要用三个字自称，岂不啰唆！”客用道。

“你二人是说，弼予一人可改为弼朕？”皇帝问。

“爷若命客老儿去和冯叔打个招呼，奴才愿陪同他去。”孙海说。

“爷要改就改，用得着和冯叔打招呼吗？再者，爷向冯叔讨字，以你为主，我只是盯住你别向冯叔讨要压岁钱；和冯叔打招呼，也该以你为主，我只是看看你会不会讨回一顿打。”客用说。

“你二人大可不必勉强，朕说过要把予一人改为朕吗？”皇帝冷笑道。

“爷没说。”孙海、客用忙道。

“你二人也不想想，朕让你二人向冯大伴讨几个字！”皇帝道。

“爷命奴才等讨八个字。”孙海、客用道。

“改为‘弼朕，永保天命’，是几个字？”皇帝问。

“是六个字。”孙海、客用道。

“少两个字，你二人给补上吗？”皇帝斥道。

“奴才等补不上。”孙海、客用道。

“奴才补得上两个字，可以考进士。”孙海又说。

“奴才补得上一个字，可以中状元。”客用又说。

“再者，弼朕，有弼予一人大气吗？”皇帝问。

“没有。”孙海、客用道。

“弼朕，有弼予一人顺畅吗？”皇帝问。

“没有。”孙海、客用道。

“既如此，还不快伺候笔墨！”皇帝命道。

闰十二月十七日，皇帝大书“弼予一人，永保天命”八字，赐张居正。

第三十七章

万历三年正旦节期间，南京户科给事中余懋学内心躁动。在本科值房坐不住，更不愿回到家中，他于是漫无目标地在街上走着，从一条街拐到另一条街，从一条巷子的这一头进去，从那一头出来。不知不觉，他走到南京吏部尚书刘光济家门前。

他绝不是存心走到这里来的；但既然走来，他很愿意进去坐坐，和主人说一会儿话。他内心躁动，是因为有话想说出来。

“宪谦先生，没扰到你吧？”他难为情地问。

刘光济心想：既知会扰人，为何还要来？当然，这话是不能说出来的；职位高的前辈面对职位低的晚辈，尤其不能说出来。

“这几日谁能求得清闲？行之不来，别人也会来的；比较起来，我倒宁愿行之来。”刘光济笑呵呵地说。

余懋学字行之，南直隶婺源人，隆庆二年进士。和刘光济同是南直隶人，是他愿意进到刘光济家里的原因之一。尽管刘光济的籍贯江阴属常州府，婺源属徽州府，一个在南京东，一个在南京西南，相隔甚远。

“宪谦先生为何宁愿晚生来？”余懋学好奇地问。

“至少行之不在南京吏科。”刘光济说。

余懋学会意地笑笑。南京吏科给事中轻易不会来看望这位南京吏部尚书；若来的话，多半是找麻烦；就像他这个南京户科给事中，轻易不会登南京户部尚书的家门一样。

“至少行之的话我还听得懂。”刘光济又说。

“但愿晚生的话，宪谦先生真能听得懂。”余懋学立刻回应一句。

“行之似有些感慨？”刘光济听出弦外之音。

“实不相瞒，我有篇腹稿，节前就想和人说说，竟没一人愿意听我说完。”余懋学道。

“再正常不过；大家都在筹办过节，谁有心思听你的文章！”刘光济顿了顿，又说，“再者，身为给谏，行之上疏，用不着听别人怎说。”

他说两点，余懋学首先回应他的第二点。

“若是晚生想听别人怎说呢？”余懋学道。

“行之为何想听别人怎说？”刘光济问。

“晚生的腹稿，是篇大疏。”余懋学说。

所谓大疏，可以有两层意思：第一，是长篇，不是简单的几句话；第二，是泛论，不是针对某件具体事情的议论。

“行之有些拿不准？”刘光济问。

“的确有些拿不准。”余懋学说。

“既拿不准，不妨多想想。”刘光济给他的告诫也是泛论。

余懋学频频点头，似乎表示对“不妨多想想”的说法很是理解、很是赞同。可突然之间，他嘴里冒出一句话，完全不是这个意思。

“或不似宪谦先生所言。”他说。

刘光济一愣，问道：“行之以为，无须多想想？”

“不，不！”余懋学发觉自己失言，忙解释，“晚生是指宪谦先生方才的话。宪谦先生说，大家都在筹办过节，没心思听我的文章。晚生想，原因或不在此。”

“不在此，却是何故？”刘光济问。

“或因晚生的文章不合时宜。”余懋学说。

“不合时宜？是行之多想！”刘光济不以为然。

“不是我多想，是有人说过。”余懋学道。

“不合时宜的文章，一定有趣，我倒想听一听。”刘光济说。

余懋学想说，有人想听，真是件让人高兴的事；但刘光济若是勉强要听，却又不那么让人高兴。余懋学问：“宪谦先生当真想听，抑或为的宽慰晚生？”

“当真想听。”刘光济道。

“既然宪谦先生当真想听，不妨择而听之。”余懋学说。

“我不知行之写的何事，如何择而听之？”刘光济问。

“晚生拟五个题目：一曰崇惇大，二曰亲謇谔，三曰慎名器，四曰戒纷更，五曰防谀佞。宪谦先生想听哪个，则点哪个；宪谦先生点哪个，晚生则说哪个。”余懋学道。

“如此谈论文章，着实少见，”刘光济笑着说，他先点第一个题目，“周公以惇大告成王，行之是取其意吗？”

“是。”余懋学应道。

“惇者，宽厚也。行之是以为，今之为政不够宽厚吧？”刘光济问。

“是。”余懋学应道。

“这个题目，行之打算怎么写？”刘光济问。

“如宪谦先生所言，先述今之为政不够宽厚，”余懋学说着，数道，“今上临御以来，立考成之典，今政不够宽厚之一也；复久任之规，今政不够宽厚之二也；申考宪之条，今政不够宽厚之三也；严迟限之罚，今政不够宽厚之四也。有此四者，大小臣工虽鳃鳃奉职，然政严则苦，法密则扰，非所以培元气、存大体也。”

“政严则苦，法密则扰，我不能说行之的话不对；立考成之典，复久任之规，申考宪之条，严迟限之罚，我也不能说不是政严、法密。不过，行之能不能说，立考成之典，复久任之规，申考宪之条，严迟限之罚，就一无是处呢？”

“我懂宪谦先生的意思，”余懋学道，“宪谦先生掌南铨，深知吏治须得整顿。我想说的是，不可舍本求末。”

“我从未听说，整顿吏治会成求末。”刘光济说。

“宪谦先生在南京整顿吏治，不是求末；张太宰在京师整顿吏治，不是求末；两位太宰整顿天下吏治，也不是求末。而朝廷一门心思都用在所谓整顿吏治上，即成求末，至少有求末之嫌。”余懋学说。

“行之以为，朝廷一门心思都用在所谓整顿吏治上？”刘光济问。

“或许应该说，有的相公今日立考成之典，明日申考宪之条，把一门心思都用在所谓整顿吏治上。”余懋学说。

“行之是不是说，相公应学周公，用更多的心思来告圣上以惇大？”刘光济问。

“周公以惇大告成王，此一典也；皋陶以宽简赞帝舜，此二典也。”余懋学说，“皇上若能远宪二君，留心柔克，则能持大体而略繁文，矜微瑕而宥小眚。使纶綍本之和平，而不数下切责之旨；政令依于忠厚，而不专尚刻核之实。”

“纶綍二字，用得太有讲究。”刘光济不含褒贬地评论一句。

如果说，余懋学开始还是谈论，那么，这一段话，他几乎是在背诵打好的腹稿。譬如纶綍二字，出自《礼记·缁衣》：王言如丝，其出如纶；王言如纶，其出如綍。丝即丝线，纶即用丝线编制成的细带，系于官印，或系于冠帽；綍即用丝线编制成的粗带，一般指抬棺木用的绳索。这两句话的意思是：王言如丝细，一旦宣谕，即如纶；王言如纶粗，一旦宣谕，即如綍。后来把帝王的诏书喻为丝纶，也喻为纶綍。但丝纶常用，纶綍不常用。余懋学偏要用“纶綍”二字，所以，刘光济说他用字太讲究。

“宪谦先生以为不该太讲究？”余懋学想听听他的看法。

“行之讲究，必有讲究的道理。”刘光济说。

“在宪谦先生看来，是何道理？”余懋学问。

“行之此疏，不是写给皇上看的，”刘光济一想，这么说太不恰当。奏疏不是写给皇帝看的，还能写给谁看！于是，他换个说法，“我是说，今之政若过严，今之法若过密，责任不在今上。”

“知我者，宪谦先生也。”余懋学揖道。

“行之先莫引我为知己，有句话，我还没说呢。”刘光济道。

“晚生恭聆教诲。”余懋学说着，又是一揖。

“难怪有人以为，行之欲上此疏，不合时宜。”刘光济道。

“宪谦先生是否也以为不合时宜？”余懋学问。

“我只说想听，没说想议。行之答应五个题目，我点哪个，行之就说哪个。是不是？”刘光济避而不答。

“是。”余懋学应道。

“行之言及的第三个题目是慎名器吧？”刘光济问。

“宪谦先生想点该题目？”余懋学反问。

“行之议崇惇大，是责朝廷政过严，法过密；议慎名器，是责朝廷赏过重，爵过滥吧？”刘光济推断。

“主要是内臣赏过重，爵过滥，”余懋学道，“譬如太监郑真，廕其侄郑玹锦衣卫千户。郑真今日为郑玹求管事，明日为郑玹求诰命，皆不经部议，而径允之。外廷诸臣有所陈请，必付有司查例，内臣则不须用例。宫府一体之义，当不如此。”

“行之但议内臣之赏，恐有失公允。”刘光济有倾向性地评论一句。

“外廷之赏，晚生倒也想举一例。”余懋学说。

“何例？”刘光济问。

“原某寺卿某卒，朝廷议给祭葬；某垣给谏某参其公论不容，不宜赐给。然竟如初命。”余懋学说。

卒者为谁，参者为谁，刘光济都是知道的。余懋学不想说出姓名，他偏要把姓名说出来。

“原某寺，是南京光禄寺吧？”他问。

“是。”余懋学应道。

“卿某，是少卿傅炯吧？”刘光济问。

“是。”余懋学应道。

“某垣，是礼科吧？”刘光济问。

“是。”余懋学应道。

“给谏某，是都给事中朱南雍吧？”刘光济问。

“是。”余懋学应道。

“行之为何不道其姓名？”刘光济问。

“为尊者讳耳。”余懋学说。

“亦即，为我讳耳？”刘光济道。

“是。”余懋学应道。

“为傅某请祭葬，确是南京吏部出面。行之以为奏请不当，直言即可，不必忌讳，”刘光济说着，一指余懋学，“至于行之奏言此事，要不要避讳，倒是该想一想。”

“晚生为何要避讳？”余懋学问。

“我记得，朱君和你是同科进士。”刘光济道。

朱南雍确实是隆庆二年进士；余懋学初时不想说出二人姓名，一方面可能是因为，为傅炯奏请祭葬，南京吏部出面，即刘光济出面；一方面可能是因为，朱南雍和他是同年。现在刘光济既然把两件事都说开，他也可以坦然对待。

“我举此例，并非为同年帮腔，”他说，“大臣之恤典，实寓旌别，当从公论。科臣之言是，则中止恩数，不为过也；科臣之言未确，则勘明之后予之，不为迟也。今既不咎科臣，而又赐傅炯祭葬，始之予也可谓过，后之予也可谓失。”

“行之所述，似乎有所遗漏。”刘光济道。

“有何遗漏？”余懋学问。

“科臣之言是，则南京吏部奏请非；行之为何只说科臣之言是，不说南京吏部奏请非？始之予也可谓过，缘于吏部奏请，行之为何只说始之予也可谓过，不说南京吏部奏请可谓过？”刘光济道。

“此非遗漏，乃晚生有所甄别。”余懋学说。

“怎讲？”刘光济问。

“此一题目为慎名器。名器掌于朝廷，而非掌于南京；过在赐给，而不在于奏请。晚生但陈言朝政之缺失，不欲别生枝节。”余懋学说。

“无论把我牵扯进去，或不把我牵扯进去，我都要说，行之此议，甚是中肯。”刘光济道。

“不是不合时宜？”余懋学开玩笑地问道。

“我想，即便以为行之文章不合时宜者，也不会以为此议不合时宜。”刘光济道。又说，“若议的都是这等事，谅行之也不会拿不准。”

“宪谦先生要不要再听一事，看不合时宜者较多，抑或甚是中肯者较多？”余懋学还想再说。

"那就说说，防谀佞以何事为言吧。"刘光济点最后一个题目。

"以叙功为言。"余懋学道。

"叙功，似也在慎名器之列。"刘光济说。

"晚生所言叙功，和慎名器无关，"余懋学道，"譬如，兵部题复边功，若称某都御史襄赞有功，当加官，某总兵杀贼有功，当晋爵，此所谓慎其名器；今题复边功，往往首列阁臣，大加赞词。"

"阁臣或指授方略，不可谓无功。"刘光济说。

"宪谦先生说的是，"余懋学附和之后，又说，"阁臣运筹帷幄之中，例当叙功；然涿州桥成，工部议功，极赞阁臣、司礼，可有此必要？"

"桥工成，河工成，乃至大工成，首推功于阁臣、司礼，也是沿袭多年的旧例。"刘光济说。

"然词涉献谀呢？"余懋学道，"兵部题复边功，词涉献谀；工部题复桥功，词涉献谀；各部题复某事，无不首推功于阁臣，于司礼，词涉献谀。此风不该煞一煞吗？"

"行之欲怎煞？"刘光济问。

"申饬各部，题复宜直述始末，"余懋学道，"譬如兵部题复边功，但写将士俘获之数，边臣指挥之略，奏请厚予赏赉。至于阁臣翼赞，近臣侍卫，则圣衷夙鉴，国典具存；不得辄加赞扬，以长谀佞。"

"我以为，所谓不合时宜，行之议及崇惇大，已议到顶；谁知——"刘光济停顿下来，斟酌字句。

"更有甚者？"余懋学替他想好四个字。

"应该说，更有确指。"刘光济道。

"看来，晚生所议，还是不合时宜者较多。"余懋学说。

"不合时宜这四个字，我不想再说，"刘光济完全是正经的口吻，没有半点说笑之意，"行之想作的文章，别人怎想、怎说，那是别人的事，行之不必介意；文章要不要作，以及如何去作，行之自定主张。"

余懋学上崇惇大、亲謇谔、慎名器、戒纷更、防谀佞五事疏。有旨切责，罢为民，而且加上一句：永不叙录。

第三十八章

掌管内承运库的太监，称为大使，正五品，比各监太监、少监，以及各座宫门的门正、门副略低。但它是个最实惠的职位，其他内臣，包括皇帝身边的内侍，都会很巴结。

除司礼掌印以外的各监掌印太监，想见皇帝时，未必见得到；想禀事时，未必禀得成。内承运库大使崔敏却办得到。

“老崔，孙老儿、客老儿说，你非见朕不可？”皇帝问。

“奴才斗胆，有事禀爷。”崔敏说。

“朕不能白白见你一次，你要禀的事，最好是要紧的。不然，朕不会饶你！”皇帝道。

“是，”崔敏应道，他早想好，怎样才能吸引皇帝，“奴才要禀的事，只有两个字：哭穷。”

“哈，”皇帝忍不住大笑，并问孙海，“孙老儿，老崔说的哪两个字？”

“奴才只听到一个哭字，却未见他哭。”孙海胡扯道。

“客老儿，老崔说的哪两个字？”皇帝又问客用。

“奴才只听到一个穷字，不知要对谁人穷追猛打。”客用也胡扯。

“他说的若是哭穷，你二人怎想？”皇帝问。

“他定是发傻。”孙海说。

“他定是发疯。”客用道。

“老崔，你自个儿说，是发傻，还是发疯？”皇帝命道。

“奴才没发傻，也没发疯。”崔敏道。

“你没发傻，孙老儿为何说你发傻？”皇帝问。

“他或以为，奴才不明穷是何意。”崔敏道。

“你没发疯，客老儿为何说你发疯？”皇帝问。

“他或以为，奴才忘记是为爷管库。”崔敏道。

“着哇，”皇帝叫一声，又问，“你究竟明不明白穷为何意？”

“奴才明白。”崔敏道。

“你究竟忘没忘记为朕管库？”皇帝问。

“奴才没忘。”崔敏道。

“你仍要说，是来向朕哭穷的？”皇帝问。

“是。”崔敏应道。

“你是担心，所禀之事不惊人，朕饶不了你吧？你得知道，把朕的内承运库管穷，朕一样饶不了你！”皇帝警告说。

“内承运库不是奴才管穷的，是入不敷出，才变穷的。”崔敏说。

“怎么个入不敷出，你说给朕听听。”皇帝命道。

“譬如，隆庆六年十一月，奴才曾奏请买金器、珠宝。”崔敏说。

“有此事否？”皇帝问孙海、客用。

“买金器、珠宝，老崔是通过奴才奏请的，奴才记得有。”孙海道。

“罢买金器、珠宝的旨意，是奴才去对老崔宣谕的，奴才也记得有。”客用道。

“老崔，你是说，内承运库没钱，才罢买的？”皇帝问。

“差不多吧，”崔敏道，“爷登极之初，为爷制作龙袍，为两宫皇太后娘娘制作凤冠，哪一件不得用金器、珠宝？承运库的钱若充裕，谁个拦得住奴才为爷去买金器、珠宝？”

“既然是要用的，客老儿，为何罢买？”皇帝问客用。

“罢买虽是奴才宣谕的，却不是奴才的本意。”客用说。

“那是谁人本意？”皇帝问。

“奴才记得，是冯叔来对爷说，不宜采买的。”客用说。

“奴才还记得，冯叔是奉圣母皇太后娘娘懿旨，来对爷说，不宜采买的。”孙海补充说。

“奴才记得，圣母皇太后是听说内阁张先生奏言其事，才降懿旨罢买的。”崔敏又补充说。

“溯本求源，在于张先生的一篇奏疏？”皇帝问。

“是。”三内臣齐道。

“张先生怎说的？”皇帝问。

“张先生说，六个月前奉旨停止采买金器、珠宝；今次买之，则前诏不信。乞暂停之，少苏民力。”崔敏说。

“既然张先生有奏章，既然母后有懿旨，既然朕有旨意，老崔，你为何今日又来啰唆！”皇帝责备道。

“爷，奴才正是为张先生奏章而来。”崔敏说。

“为张先生奏章而来，此话怎讲？”皇帝问。

“张先生乞暂停，停一年算不算暂停？停两年算不算暂停？今已停三年。再停下去，则成久停，而非暂停。”崔敏说。

“张先生说的可是暂停？”皇帝问孙海、客用。

“奴才虽不知张先生奏章怎说，但想来爷要用的物件，两宫皇太后娘娘要用的物件，张先生不好意思说久停。”孙海道。

“奴才虽不知张先生奏章怎写，但想来他要久停，圣母皇太后娘娘也不会答应，冯叔也要争一争。”客用说。

“老崔，这个理由算你充分，还有没有别的理由？”皇帝又转问崔敏。

“张先生乞暂停为的少苏民力；若不劳费民力，则张先生应该不会奏言罢买。”崔敏说。

“你前次奏买要劳费民力，今次奏买却可不劳费民力？”皇帝驳道。

“奴才前次奏买，其实也不劳费民力，怪奴才没想到，让张先生钻空子；今次奴才把这个空子堵住，张先生想钻也钻不成。”崔敏说。

“怎的不劳费民力，你说与朕听。”皇帝命道。

“内承运库钱储匮乏，太仓却有的是银子。”崔敏说。

“你是说，移太仓银于内承运库？”皇帝问。

“爷圣明，”崔敏颂道，“采买金器、珠宝，内承运库之银不足，征之于民，是劳费民力；移太仓银采买，还能算劳费民力吗？”

“你二人说呢？”皇帝问孙海、客用。

“取自太仓，不取自民，算不得劳费民力。”孙海说。

“内承运库属于爷，太仓也属于爷，算不得劳费民力。”客用说。

“客老儿说太仓也属于朕，是不是朕欲取，即可取之？”皇帝问。

“爷降旨，即可取之。”客用道。

崔敏比他们懂得要多。他说：“爷不必降旨于太仓。太仓归户部管，爷只要降旨于户部，户部发话，即可取太仓之银。”

“着哇！”皇帝能领会二者之间的不同，他问，“户部要是不发话呢？”

“不发话，即抗旨。奴才谅他不敢。”崔敏说。

“户部若是敢抗旨呢？”皇帝问。

崔敏无话可说。孙海、客用也无话可说。

“老崔，你以为朕降旨很容易吗？”皇帝问。

“奴才该死，给爷出个难题。”崔敏惶惶然。

“朕降旨，须得传谕司礼监，由司礼监拟之。朕传谕司礼监，若司礼监不肯拟旨，老崔，你敢去和冯大伴理论吗？”皇帝问。

“奴才不敢。”崔敏道。

“或朕拟旨，须得传谕内阁，由内阁拟旨。朕传谕内阁，若内阁不肯拟旨，老崔，你敢去和张先生理论吗？”皇帝又问。

“奴才即便敢去，肯定也理论不过张先生。”崔敏说。

“你二人敢不敢去？”皇帝问孙海、客用。

“老崔不敢去，奴才等更不敢去。”孙海、客用齐道。

“所以，降旨之事，你等不用再想。”皇帝说，

“是。”三内臣齐应道。

“可听任老崔哭穷，朕心里也不舒服，”皇帝说着，问孙海，“孙老儿，你想不想得出个法子来？”

“奴才在想呢。”孙海应道。

“客老儿，你想不想得出个法子来？”皇帝问客用。

“奴才也在想呢。”客用应道。

“朕看，一遇到正经事，你二人准定派不上用场。”皇帝用激将法。

“爷，奴才忽有个小小的计较。”孙海先被逼出个法子。

“你说。”皇帝命道。

“圣旨须由司礼监拟，或由内阁拟，口谕却只要爷开口即可。拟旨既有难处，这事可让老崔奉爷口谕去办。”孙海说。

“爷，奴才忽有个更小的计较。”客用也被逼出个法子。

“你说。”皇帝命道。

“老崔说，太仓归户部管，干脆别惊动司礼监，更别惊动内阁，让他奉爷口谕，径往户部去办。”客用说。

“看来，你二人也不是全无用处，”皇帝赞罢孙海、客用，再问崔敏，“老崔，去户部传朕口谕，你敢不敢？”

“奴才敢去，乞爷降谕。”崔敏道。

“着户部移太仓银若干于内承运库，以足内廷之用。”皇帝谕道。

户部尚书王国光和崔敏打交道的次数不多。在他印象里，崔敏虽然没有冯保那么跋扈，但无疑是个很难缠的角色。此人忽然跑到户部来，让他不能不多加几分小心。

崔敏却像来串门的，东看看，西看看，问问这，问问那。

“廷裸先生不在？”他问起陈瓒。

“他出去办事，一会儿会回来。崔公公找他，请稍等。”王国光说。

“我不找他，”崔敏道，过一会儿，又问，“师正先生不在？”

“师正先生家中不知有何事，告过假。崔公公要找他，得等明日。”王国光说。

“我也不找他，”崔敏道，又说，“他二位不在正好，今日奉圣谕来办的事，本来就决于汝观先生。”

“崔公公是奉圣谕来办事？”王国光忙站起身来。

“是啊。”崔敏应道。

“崔公公请出谕旨吧。”王国光躬身道。

“万岁爷是口谕。”崔敏说。

“请崔公公宣谕吧。”王国光道。

“万岁爷谕曰：着户部移太仓银若干于内承运库，以足内廷之用。”崔敏一字不差地宣示皇帝口谕。

“臣王国光恭聆圣谕。”王国光躬身道。

“汝观先生，今日我来，有二事议。”崔敏觉得可以切入主题。

“崔公公来，分明只有一事，为何说二事？”王国光道。

“怎的只有一事？”崔敏问。

“崔公公除宣谕，难道还有别的事？”王国光反问。

“汝观先生大概没听清我的话，”崔敏道，“圣谕并不须议，也不可议；我说的是，今日有二事议。”

“崔公公说的二事，可是圣上所谕之事？”王国光问。

“是。”崔敏应道。

“是哪二事？”王国光问。

“其一，万岁爷谕曰：移太仓银若干，究竟移银若干，是要议的；其二，万岁爷谕曰：移银于内承运库，银如何移于内承运库，是要议的。”崔敏说。

“崔公公大概也没听清我的话，”王国光针锋相对地说，“我说的是恭聆圣谕，而非恭奉圣谕。须得奉谕，若干、如何等事，才有的议。”

“万岁爷口谕亦是旨意，汝观先生要抗旨吗？”崔敏责道。

“此乃议之，并非抗之，”王国光道，“崔公公方才说，圣谕不须议，不可议，差矣。莫道崔公公只是宣谕，即便奉有圣旨而来，仍是可以议的。譬如崔公公今日传宣的口谕，究竟移银若干，银如何移于内承运库，不都是要议的吗？”

“是啊，本来是可议的，汝观先生不是不肯议吗？”崔敏以为找出王国光话里自相矛盾的地方。

“不是不肯议，”王国光道，“我的意思是，除若干、如何等事，还有一事是要议的，而且是要先议的。”

“汝观先生说的是何事？”崔敏问。

“太仓银可不可移于内承运库。”王国光说。

“汝观先生以为不可移？”崔敏问。

“是。”王国光应道。

“为何不可移？是太仓无银吗？”崔敏问。

“不是。”王国光道。

“是万岁爷不能动用太仓银吗？”崔敏问。

“也不是，”王国光道。他意识到，只这么回答很容易被崔敏抓住把柄，又说，“动用太仓银，须得奏明朝廷，奏明皇上，故并非皇上不能动用太仓银。但太仓储银，为的是支应国家不时之需，而不是支应内廷之用，故皇上也不能随便动用太仓银。”

“太平盛世，有何不时之需？”崔敏不以为然地说。

“太平盛世，不时之需也不在少数，”王国光说着，略举数例，“如灾荒年年有之，不在此地，便在彼地，朝廷皆须备钱粮赈济。又如河工等项，也都要从太仓支银。特别是各边年例银，更是——”说到这里，问道，“崔公公可知各边年例银要用几多？”

“不知。”崔敏道。

“我给崔公公说说嘉靖年间的数字吧，”王国光道，“嘉靖二十六年，户部会计宣、大、山西三镇防秋客兵银：宣府三十五万余，大同五十三万二千余，山西二十四万四千余，共一百一十二万六千余。”

“动辄百万，汝观先生是随口一说吧？”崔敏不太相信他报的数字。

“此数字见于大司马翁公的信函中，怎是我随口一说！”王国光道。他说的大司马，即嘉靖二十六年的兵部尚书翁万达，“翁公还说，嘉靖二十四年，三镇年例银约为一百四五十万，嘉靖二十五年，三镇年例银约为一百二十六万。”

“而嘉靖二十六年银约为一百一十二万？”崔敏听出问题。

“是。”王国光应道。

“嘉靖二十七年三镇年例银呢？”崔敏问。

“宣府约三十万，大同约三十三万六千余，山西约一十二万七千余。”王国光说。

“亦即，约七十七万？对，还有三千余。”崔敏道。

“是。”王国光已领会他的用意，但不能不应。

“汝观先生看啊，”崔敏怀着胜利的喜悦说，“嘉靖二十四年约为一百四五十万，嘉靖二十五年约为一百二十六万，嘉靖二十六年约为一百一十二万，嘉靖二十七年约为七十七万，岂不是一年少于一年？”

“崔公公别忘，嘉靖二十九年即庚戌年。”王国光道。

“汝观先生何意？”崔敏问。

“庚戌秋，俺答军薄京师。崔公公那时已在宫里吧？”王国光道。

“汝观先生是说，年例银逐年减少，遂使俺答长驱直入？”崔敏问。

“俺答长驱直入，未必是因为年例银逐年减少；但年例银须常备，不可或缺，却是毋庸置疑的，”王国光说。他决定不再和崔敏纠缠下去，不等崔敏提出新的问题，他说，“总之，太仓银不可移于内承运库，以足内廷之用。崔公公是愿我将此一情节奏明皇上，抑或是愿我奏请皇上，集廷臣会议？”

“二者有何区别！”崔敏嘟囔一句，不得不放弃。

第三十九章

刑部尚书王之诰的母亲在京城住段日子，怎么也不能适应，吵着要回老家。王之诰请假送她，有张居正帮着说话，自无不准。才由南京吏部右侍郎改刑部右侍郎的翁大立，署理部务。

署事的第一天，他在纸上写上三个人的名字，交与本部吏目，让他把这三个人找来说话。吏目答应一声，准备去找人。翁大立又把他叫住。

“怎不带上这纸？”翁大立问。

“本部司官，在下熟得很，不会找错人的。”吏目说。

“你打算如何找他等？”翁大立问。

“在下把他等一起找来见老大人。”吏目说。

“不行，我要一个一个见。”翁大立道。

“那也容易办到，在下先见着哪位司官，就让哪位司官先来见老大人。”吏目说。

“不行，你要按照我写的次序找他等来见我。”翁大立道。

看来，翁大立写的纸，吏目非拿上不可。他拿起纸来，重新看一眼，问道：“若是潘大人不在衙署，而王大人正在衙署，或潘大人、王大人都不在衙署，只有徐大人在衙署呢？”

“我不管，我只要按照次序一个一个见他等。第一人见过半个时辰，再见第二人；第二人见过半个时辰，再见第三人。”翁大立具体吩咐。

比起随意把人叫来，难度加大许多。好在这个时辰，各司郎中等官都在衙门里，没让吏目费太大气力。

第一个来见翁大立的，是郎中潘志伊。

“伯衡坐吧。”翁大立招呼道。

“儒参先生唤下官来，有何吩咐？”潘志伊边随便找个椅子坐，边问。

翁大立是嘉靖十七年进士，在杨博、葛守礼相继致仕后，他差不多是朝中资历最深的大臣。

“并无特别的事，只是找伯衡随便说说话，”翁大立道。为让潘志伊放松心情，他真的先随便说几句，“一来，我来刑部没几天；二来，告若先生在，凡有部务，都是他直接交代下去，我和伯衡等都不熟悉。今朝廷命我署部，我就不能像过去那样轻飘。我知道，刑部的具体事务都是司官们在作，所以，我得和伯衡等熟悉起来才行。”

“是，”潘志伊应道，“下官也在想，该找个机会，把下官经手的狱案禀明儒参先生。”

“最好是随便说说；涉及狱案，却不能随便说说。”翁大立道。

“儒参先生想下官怎样随便说说？”潘志伊问。

“譬如，说说好恶。”翁大立道。

没有题目，潘志伊为难；有题目，他更为难。他指指自己，问道：“儒参先生想让下官说说本人好恶？”

“是啊，”翁大立应着，问起来，“伯衡最喜爱的是何事？”

“儒参先生只是听下官随便说说，不会在考察时写入访单吧？”潘志伊不放心地叮问一句。

“断然不会。”翁大立道。

“下官最喜爱之事，儒参先生一定想不到，”潘志伊看来还在犹豫。顿了顿，他才说，“下官最喜爱之事，是看娘子梳头。”

“伯衡说的娘子，可是结发妻子？”翁大立问。

“是。”潘志伊应道。

“伯衡为何有此喜爱？”翁大立问。

“晚生也说不好，只觉着，娘子梳头之时，神态甚美。”潘志伊道。

“伯衡此一喜爱，可谓大雅，也可谓大俗。不仅我无从料及，怕是许多人都无从料及。”翁大立道，随即又问，“伯衡最憎恶的是何事？”

“下官最憎恶的，也是看娘子梳头。”潘志伊说。

“不是神态甚美吗，伯衡为何又憎恶？”翁大立大为不解。

“为贪看娘子梳头，下官误过许多事，”潘志伊说，“譬如，下官曾立志，在三十岁时，把所撰文章集结成册，付梓刊出，结果未能如愿；在三十五时，把所吟诗词集结成册，付梓刊出，又未能如愿。”

“伯衡想开些吧，”翁大立劝告，“为得大美，而失去大名，说起来很是值得。”

“儒参先生说的是。”潘志伊道。

“伯衡想不想知道我最喜爱的事？”翁大立转过来问。

“想知，却不敢问。”潘志伊道。

“我最喜爱的事，可谓极易得，也可谓极难得。我最喜爱的事，是我最憎恶的事，得以处置。”翁大立说。

一环扣着另一环，话等于没说。潘志伊问：“不知儒参先生最憎恶的，却是何事？”

“刁奴恶婢弑主。”翁大立道。

潘志伊一愣，心想：说是随便说说，怎么马上又转到狱案上！涉及狱案，不是不能随便说说吗？兜这么大一个圈子，还不如直接询问周世臣被杀一案，来得实在。

想是想，但不可直言。他只能说：“刁奴恶婢弑主，谁个不憎恶！”

“伯衡亦憎恶，哪怕不是最憎恶，就好办，”翁大立说着，问道，“刑部这两年办过刁奴恶婢弑主的狱案没有？”

“办过。”潘志伊道。

“伯衡这两年经手过刁奴恶婢弑主的狱案没有？”翁大立又问。

“经手过。”潘志伊道。

“刑部办这等狱案时，自家经手这等狱案时，伯衡有没有一种杀之方解心头之恨的心情？”翁大立问。

“若问实，下官确有杀之而后快的心情。”潘志伊说。

“刁奴王奎、恶婢萧荷花弑主周世臣案，可是伯衡经手？”翁大立问。

“是。”潘志伊应道。

“是伯衡去年经手的狱案？”翁大立问。

“不是。”潘志伊回答。

“是伯衡前年经手的狱案？”翁大立问。

“也不是，是下官隆庆六年经手的狱案。”潘志伊说。

“既然有杀之而后快的心情，为何三历寒暑，刁奴恶婢仍未论死？”翁大立的话开始不那么客气。

“下官说的是，须问实，才有杀之而后快的心情。”潘志伊道。

“伯衡是说，该狱案仍未问实？”翁大立问。

“是。”潘志伊应道。

“这是为何？”翁大立问。

“因疑点甚多。”潘志伊说。

“既有疑点，为何不平反之？”翁大立问。

“苦无对证。”潘志伊说。

“三载不能证实的疑点，还能算作疑点？”翁大立道。

“在下官看来，仍是疑点。”潘志伊说。

“那么，三载无法证实，则三载不结案；三十年无法证实，则三十年不结案吗？”翁大立的话更不客气。

“下官没想到那么久远。”潘志伊的性子也很倔强。

“伯衡没想那么久远，我来为你想想，”翁大立道，“今日不算，我再给伯衡三日，把该案了结，如何？”

“三日太少。”潘志伊说。

“三日结不了，就五日。”翁大立稍稍放宽时限。

“五日亦少。”潘志伊说。

“伯衡一人难以决断，我使人同谳，如何？”翁大立道。

言外之意，潘志伊不愿一人担责任，可以让别人和他一起承担责任。拖延数年而不结案，本来就没道理，潘志伊没理由不接受。

第二个来见翁大立的，是郎中王三锡。翁大立招呼他坐下后，问道：“天赐来时，撞见伯衡没有？”

“撞见，”王三锡应道，并补充一句，“是在院里撞见的。”

“有没和他交谈？”翁大立问。

“走得匆忙，彼此只点头示意。”王三锡说。

“天赐未见异常？”翁大立问。

“儒参先生是说下官异常，还是说伯衡兄异常？”王三锡反问。

“天赐所见，自是伯衡异常。”翁大立说。

“下官只觉伯衡兄表情较平素凝重，未见其他，”王三锡说。表情凝重应该算作异常，他反问一句，“儒参先生和伯衡兄说过何事，使得他表情较平素凝重？”

“我只约伯衡来随便说说，并未说特别之事，”翁大立说着，指指王三锡，“约天赐来，也是随便说说。”

“幸亏儒参先生要我随便说说，若要我说公事，我可是一点准备也没有，”王三锡道。他本来以为，随便说说很容易，但真要在上官面前随便说说时，却不知怎么开口。他问，“儒参先生想下官怎样随便说说？”

“譬如，说说好恶。”翁大立道。

“儒参先生是要下官说说本人的好恶吗？”王三锡指着自己问。

“是啊，”翁大立应罢，问道，“天赐最喜爱的是何事？”

“下官告诉儒参先生不妨；但下官告诉儒参先生，儒参先生不会转告告若先生吧？”王三锡不放心地问。

“断然不会。”翁大立允诺。

“儒参先生一定奇怪，下官为何担心被告若先生得知吧？其实，告若先生得知也不妨；但告若先生和相公过从甚密，他得知，多半会说给相公听。下官的喜爱若非相公的喜爱，就大为不妙。”王三锡说。

“到我而止，不会传到内阁。”翁大立说。

“下官最喜爱之事，儒参先生一定想不到，”王三锡顿了顿，似乎还在犹豫。但没停顿太久，他拍拍自己的大腿根部，说，“下官最喜爱的，是这一部位。”

“天赐这个部位，颇与众不同？”翁大立问。

“下官说的，不是自家的这个部位。”王三锡说。

翁大立不由莞尔：不是自家的这个部位，肯定是女人的这个部位。文人无行到不仅说女人的这个部位，还用手来比画，也算到极致。

“是令妻的，还是令妾的？”翁大立问。

“下官未将正室接至京师，是小妾的。”王三锡道。

“官人偏爱小夫人多一些，也在情理之中，”翁大立说着，看看王三锡的大腿根部，“不过，若只有该部位最为天赐喜爱，却非十全十美。”

“儒参先生误会，下官说的也不是小妾的那个部位，”王三锡忙解释，“下官是说，小妾烧的猪肘味道甚美，下官最喜爱。”

“这可真是误会到家，”翁大立方才偷着乐，现在可以笑出声来。笑罢，他问，“天赐最憎恶的是何事？”

王三锡仍旧拍拍自己大腿根部，说：“下官最憎恶的，也是它。”

“不是味道甚美吗，怎又憎恶？”翁大立问。

“下官这一辈子，怕是就误在这上面，”王三锡拍着腿说，“譬如，下官家中并不富裕，每当想攒下些薪俸寄回家中，就会发现，这个月并无余额；究其缘故，多半是肘子买多。”

“终归得口福之欲，不应最为憎恶。”翁大立道。

“最丑陋之事，未必是最憎恶之事；反是想不去做却忍不住非要去做的事，才是最憎恶的事。”王三锡说。

“言之有理，”翁大立点点头，忽然转过来问，“天赐想不想知道我最喜爱的事？”

“儒参先生肯赐告否？”王三锡不相信这是真的。

“本是随便说说，有何不可告之，”翁大立道，“我最喜爱的事，不如天赐喜爱的事雅，也不如天赐喜爱的事俗。我最喜爱的事，是我最憎恶的事，得以处置。”

“儒参先生最憎恶的，却是何事？”王三锡不无失望地问。

“刁奴恶婢弑主。”翁大立道。

刁奴恶婢弑主，哪怕不是刁奴恶婢弑主，只是奴婢弑主，已经转到刑律上。这还能算随便说说吗？王三锡想。

当然不能指责翁大立忽有这个转折，他随口附和道：“刁奴恶婢弑主，谁个不憎恶！”

“天赐也憎恶，哪怕不是最憎恶，我甚欣慰。”翁大立说。

这话让人不能不多想。王三锡问：“儒参先生以为下官是非不分？”

“我不是以为天赐是非不分，只是听说一事，甚是不解。”翁大立说。

“儒参先生何事不解？”王三锡问。

“刑部积压一刁奴恶婢弑主命案，已达三年之久。”翁大立说。

“儒参先生说的可是周世臣被杀一案？”王三锡问。

“是。”翁大立应道。

“按年头算，隆庆六年至今，是四个年头。”王三锡说。

“不必以四个年头算，只说三年，命案能如此拖延吗？”翁大立既占理，就不那么客气。

“儒参先生说的是，命案不能如此拖延，”王三锡重复一遍，解释说，“可下官不曾经手，不知该案为何如此拖延。”

“该案是不是伯衡经手的？”翁大立问。

“是。”王三锡应道。

“伯衡未对你说及该案？”翁大立问。

“他只说，该案疑点甚多。”王三锡道。

“就不曾说些别的？”翁大立问。

“他还嘱咐下官留意该案。”王三锡道。

“你和他有同年之谊，他嘱咐你留意该案，你不会无动于衷吧？”翁大立马上抓住这一点。

“下官确曾留意过；不过，绝无接手之意。”王三锡说。

“我不让你接手，仍以伯衡为主，你加入同谳，如何？”翁大立道。

“儒参先生命下官同谳，下官怎敢推托？但不知同谳之前，儒参先生还有何事交代？”王三锡问。

“一则，我最憎恶刁奴恶婢弑主，我对天赐说过，对伯衡也说过；二则，我告诉伯衡，再给他三五日工夫，审定该案。能查实各疑点，平反之；不能查实各疑点，依律治罪。”翁大立交代两点。

“下官领会。”王三锡道。

第三个来见翁大立的郎中，是徐一忠。

“介夫，饮茶。”翁大立招呼。

徐一忠字介夫，浙江慈溪人，嘉靖四十一年进士。三名司官中，翁大立独对他让茶，一来是说过许多的话后，他自个儿渴得厉害；二来徐一中和他同省，对茶品有着相同的爱好。

“谢儒参先生赐茶。”徐一忠躬身道。

啜几口茶，翁大立恢复精力。他把茶盅一放，问道：“介夫和潘司官、王司官处得如何？”

“儒参先生说的是伯衡、天赐两位司官吧？”徐一忠反问。

“是。”翁大立应道。

“处得还可以。”徐一忠说。

“那就好，”翁大立道，又说，“我才向他二人提个相同的问题，他二人的回答都很有趣。我再问问介夫，如何？”

“下官的回答怕很乏味。”徐一忠道。

“只要说实话就好，”翁大立说着，问道，“介夫最喜爱的是何事？”

“我若告诉儒参先生，儒参先生不会当作笑谈说给别人听吧？”徐一忠和潘志伊、王三锡一样，有着他的担心。

“介夫的好恶，怎会成为笑谈？”翁大立不解地问。

“人人好恶不同，有人的好恶，是很特别的。”徐一忠说。

“介夫放心，我不会把你的好恶当作笑谈的，更不会当作笑谈说给别人听。”翁大立保证。

“下官最喜爱的事，是出门。”徐一忠说。

“出门？介夫的这个喜爱太别出心裁，”翁大立说着，问道，“介夫为何最喜爱出门？”

“家有妒妇，出门才得耳根清静。”徐一忠说。

“原来介夫是逼出去的，”翁大立笑道，并问，“介夫最憎恶的，不会也是出门吧？”

“儒参先生怎知？”徐一忠深感意外。

“还真是出门！”翁大立更感意外，他解释说，“才问过伯衡、天赐，二人最喜爱与最憎恶的，竟是同一件事；谁知介夫亦如此。”又问，“家中不是有河东狮吼吗，介夫为何又憎恶出门？”

“晚生家住的巷子外，有一条时干涸时积水的水沟，附近居者屎啊尿啊都往里倒，一年四季恶臭弥漫，叫人无法忍受。”徐一忠说。

“到底离妒妇而去，还是值得的。”翁大立开解。

“儒参先生说的是。”徐一忠应道。

“介夫想不想知道我最喜爱的事？”翁大立问。

“儒参先生最喜爱的事，一定不同凡响。”徐一忠奉承一句。

“不同凡响说不上，和三位一样，也离不开最憎恶的事。”翁大立道。

“却是何事？”徐一忠问。

“我最喜爱的事，是我最憎恶的事，得以处置。”翁大立说。

“儒参先生最憎恶的，又是何事？”徐一忠问。

“刁奴恶婢弑主。”翁大立道。

“下官亦憎恶刁奴恶婢。但敢于弑主的刁奴恶婢却不多，一旦被下官遇见，定以斩立决断之。”徐一忠说。

“介夫果有此决心？”翁大立问。

“儒参先生疑之不成？”徐一忠反问。

“不是我疑之，是有件事我不明白，”翁大立道，“刑部有介夫这等容不得刁奴恶婢弑主的司官，为何刁奴恶婢弑主的狱案却积压多年！”

“儒参先生是说周世臣被杀一案吧？”徐一忠问。

“是。”翁大立应道。

“一则该案非我经手；二则该案迟迟不决，我也有想法；三则该案迟迟不决，不全在于经手的司官，也不全在于刑部。”徐一忠说。

“还在于何事？”翁大立问。

“前两年儒参先生虽不在朝中，也应该知道，隆庆六年秋有旨停刑，万历元年秋又有旨停刑，连赤裸裸的杀人狂徒都不得决，更何况存有不少疑点的命案！”徐一忠道。

“隆庆六年未决，因有停刑之旨；万历元年未决，仍因停刑之旨。万历二年呢，未决也是因停刑之旨吗？”翁大立问。

“那却不是，去岁曾录囚。”徐一忠说。

“为何刁奴恶婢仍未死？”翁大立问。

“去岁录囚之际，潘司官以疑点未除，不肯结案。”徐一忠说。

“怎叫疑点？”翁大立问。

“罪状不得证实，谓之疑点。”徐一忠说。

“还有呢？”翁大立又问。

“疑罪状不实者不得证实，亦谓之疑点。”徐一忠说。

“介夫看，该案是前者，抑或是后者？”翁大立出个难题。

“下官不曾经手，不好判断。”徐一忠慎重地说。

“我给你个机会，如何？”翁大立问。

“儒参先生要我接手该案？”徐一忠反问。

“不，”翁大立摇头，“该案仍由潘司官主办，我已让王司官同谳，我再请介夫也参与同谳。我给的期限是三至五日。潘司官仍不肯决，我希望王司官不会让他再拖延；潘司官、王司官都不肯决，我希望介夫不会允许他等再拖延。”

“下官尽力而为。”徐一忠应承下来，虽然态度不很坚决。

三郎中合谳，仍不能查实该案从一开始就存在的疑点。拖延三年的命案终于审结。王奎已死于狱中，萧荷花论死。

第四十章

四月初四日，日食。皇帝把冯保叫来问话。

“往常天变，都是臣子们进言，让朕注意这事儿，注意那事儿。今次天变，朕也想做点儿事，让臣子们注意，”皇帝说着，问道，“可否？”

“爷重天变，让臣子们也重天变，是好事。”冯保说。

“冯大伴说，朕可做何事？”皇帝问。

“爷可以把要臣子们注意的事写下来，宣谕百官。”冯保说。

“是不是和写罪己诏差不多？”皇帝问。

“有相同之处，也有不同之处。”冯保说。

“何者相同？”皇帝问。

“写的都是从天变中受到的警示。”冯保说。

“何者不同？”皇帝问。

“罪己诏主要表明，天变因圣上而起，圣上要修省；当然，臣子们也应该修省。爷今日要写的诏书，不特别强调天变因何而起，只是要求臣子们修省。”冯保说。

“朕看，不特别强调天变因何而起，也是表明天变因朕而起。二者还是相同之处多一些。”皇帝道。

“爷若不愿写成诏书，也可写成条幅。”冯保说。

“字多，也可写成条幅吗？”皇帝问。

“是，”冯保应道，“譬如，爷赐给大臣们和赐给奴才的字少，是短幅。爷今次把须得修省的诸多事项都写下来，写的字多，是长幅。”

“写完呢？”皇帝问。

“写完之后，可以悬挂起来。”冯保说。

“悬挂于何处？”皇帝问。

“可以悬挂于乾清宫正殿，也可悬挂于寝殿。”冯保说。

“悬挂于乾清宫，只有朕才看得到。”皇帝道。

“奴才怎忘，爷是要警示廷臣的！”冯保想了想，说，“既为警示廷臣，奴才以为，可悬挂于文华殿。”

“悬挂于文华殿，岂不成朕天天看它？再者，朕在文华殿听讲，侍从的臣子有限，并不是人人都看得到的。”皇帝说。

想要更多的臣子看到，最好是悬挂在皇极殿；但皇极殿是举行大朝之所，何等庄严，悬挂一条幅，显然是不适宜的。皇极殿不适宜悬挂，有既符合皇帝的要求又适宜悬挂的地方吗？冯保实在想不出来。

“看来，写条幅亦不足取。”皇帝说。

“爷说的是。”冯保只能应道。

“朕倒想起一个法子，不知使得使不得。”皇帝说。

“爷说说看。”冯保道。

“朕想起一物，”皇帝说着，问道，“朕听说，臣子们进入宫禁，都要佩戴牙牌，是不是？”

“是，”冯保应道，并说，“牙牌是进入宫禁的信物，臣子上朝，或应召入朝，皆须验过牙牌无误，方得进入。”

“为何称作牙牌？”皇帝问。

“臣子佩戴的牙牌，以象牙制作，故称作牙牌。”冯保说。

“象牙乃罕有之物，以象牙制作，难以假冒，是不是？”皇帝问。

“一则防止假冒，二则以示尊贵。”冯保补充一条。

“大伴说的是，”皇帝应道，又问，“牙牌上要不要写字？”

“要写。”冯保说。

“写的何字？”皇帝问。

“本朝牙牌，初分五类：勋臣一类，以‘勋’字打头；驸马一类，以‘亲’字打头；文臣一类，以‘文’字打头；武臣一类，以‘武’字打头；教坊一类，以‘乐’字打头。嘉靖以后，不再分类，一律以‘官’字打头。”冯保说。

“要臣子们注意的事，朕把它写在牙牌上，臣子们既能经常见到，又可以让更多的臣子见到，大伴看好不好？”皇帝问。

这个想法出乎冯保所料，但细想起来，应该没什么不好。一来，皇帝愿意写字，总是好的；二来，皇帝愿意思考天变给予的警示，总是好的；三来，众多的臣子们经常能看到这些警示，总是好的。

“奴才以为很好，”冯保既然不反对，就要考虑一些具体的问题，“奴才想，把臣子们须得注意的事写在牙牌上，不能以一个字打头。”

“这是为何？”皇帝问。

“奴才举个例子，”冯保道，“譬如，爷告诫臣子们须谨天戒，一面牙牌以谨字起头，一面牙牌以天字起头，一面牙牌以戒字起头，怎看得出有谨天戒之意？况且，一面以谨字起头的牙牌，以戒字起头的牙牌，还可以佩戴，以天字起头的牙牌，谁个敢佩戴！”

“言之有理。大伴之意，朕写牙牌，是不是每面上不能只写一个字，而要写一句话？”皇帝问。

“奴才是这个意思。”冯保道。

“臣子们每逢天变，总以谨天戒进言，这句话朕是一定要赐还的，”皇帝说着，问道，“一句话，是以二字为好，抑或以三字为好？”

“二字、三字，均无不可，奴才以为，以三字为好。”冯保说。

“恰如谨天戒？”皇帝问。

“是。”冯保应道。

“此句之外，还有哪句可写？”皇帝问。

“譬如，任贤能。”冯保又说一句。

“任贤能，是朕该注意的，也要写给臣子们看吗？”皇帝问。

“任贤能，确是对天子而言，”冯保说，“然职官有大冢宰，衙门有吏部，职在用人，都应该任贤能；此外，臣子们人人都有举荐贤能之责。爷把此事奉还臣子们，并没错。”

“不错，此事可写于牙牌，”皇帝附和一句，然后命道，“如此等事，大伴再帮朕多想几件。”

“爷打算写多少面牙牌？”冯保问。

“不少于十面。”皇帝说。

“奴才遵旨。”冯保应道。

他为皇帝拟十二事，分别是：谨天戒、任贤能、亲贤臣、远奸佞、明赏罚、谨出入、慎起居、节饮食、收放心、存敬畏、纳忠言、节财用。

在象牙上写字，和在御用的纸张上写字，感觉完全不同，不仅没有挥洒墨宝的快意，而且，字的形状似乎也有变化。皇帝只写三面牙牌，就感到不耐烦。

他放下笔，晃晃手腕，动动脖子。

“爷累吧？”孙海、客用齐问。

“你二人过来！”皇帝命道。

二人忙靠近皇帝，也晃晃手腕，动动脖子。

“奴才给爷捶捶腰吧。”孙海献殷勤。

“奴才给爷揉揉腿吧。”客用献殷勤。

“只许看，不许动！”皇帝手指牙牌，问道，“你二人仔细看看，这字还像是朕写的吗？”

“像！”孙海、客用齐道。

“当真像吗？”皇帝问。

“奴才的意思是说，爷写的字，怎能不像爷写的。”孙海忙解释。

“奴才的意思是说，爷今日写的字，和往日写的字，还真有些不像。”客用忙改口。

“为何不像？”皇帝问。

“奴才等不知。”孙海、客用齐道。

“朕喜爱写何等字，何等字写得好，你二人总知道吧？”皇帝问。

孙海、客用只分辨出字的大小，所以，皇帝一问，知道该如何回答。

“爷喜爱写大字，大字写得最好。”孙海说。

“爷喜爱写小字，小字写得最好。”客用说。

“你二人说的都不错，也都不全对。”皇帝道。

“爷给奴才等一点儿鼓励，先说对的吧。”孙海、客用齐央告。

“不用你二人作出可怜相，朕也会先说你二人说得对，”皇帝道，“朕喜爱写大字，写大字下过工夫，故而大字写得好；朕亦喜爱写小字，写小字亦下过工夫，故小字也写得好。”

“奴才没说爷亦喜爱写小字，小字写得亦好，是没全对。”孙海检讨。

“奴才没说爷亦喜爱写大字，大字亦写得好，也没全对。”客用检讨。

“朕说你二人没全对，并非为此。”皇帝道。

“那是为的何事？”孙海、客用齐问。

“你等只看得出字的大小，却看不出字体，”皇帝道，“大字要写草书，朕喜爱写草书，草书也写得好；小字要写楷书，朕喜爱写楷书，楷书也写得好。但似这等大小的字，不宜写草书，也不宜写楷书，只能写隶书，朕不喜爱写隶书，也没在写隶书上下工夫。”

“原来是这样！”孙海、客用齐道。

“真该和冯叔说说！”孙海又道，“爷喜爱写大字、写小字，大字、小字又都写得好，冯叔为何偏要爷写不大不小的字！”

“真该和冯叔说说！”客用又道，“爷喜爱写草书、写楷书，草书、楷书又都写得好，冯叔为何偏要爷写非草非楷的字！”

“你二人谁去和大伴好生说说？”皇帝调侃地问。

“客老儿学奴才的话，他去！”孙海道。

“孙老儿引奴才说的，他去！”客用道。

“朕看，你二人都别去，”皇帝说，“于牙牌上书写，是朕的主意，一面牙牌上写三个字，是朕和大伴合计的，怪得大伴吗？你二人去到大伴那里，又有何话可说！”

“爷圣明。”孙海、客用齐道。

说一阵闲话，皇帝心情大为好转。他拿起笔，打算写第四面牙牌。但当“远奸佞”三字跃入眼帘时，他忽然产生一个好玩的念头。

“孙老儿，客老儿，想不想要一面朕写的牙牌？”皇帝问。

“奴才极想要。”孙海说。

“奴才更想要。”客用说。

“你二人想不想自家的牙牌和别人不同？”皇帝问。

“爷赐奴才一面与众不同的牙牌，奴才多半会美死。”孙海说。

“爷赐奴才一面与众不同的牙牌，奴才多半会愁死。”客用说。

“客老儿，你愁打何来？”皇帝问。

“奴才得爷赐的与众不同的牙牌，不知该供奉于何处。”客用说。

“客老儿比孙老儿更会说话。”皇帝笑道。

这话本来不包含褒贬，孙海偏要它含有贬义。他说：“奴才承认，客老儿比奴才更善媚。”

“孙老儿却比奴才更邪气。”客用回击一句。

“一个更善媚，一个更邪气，可谓各擅一格。”皇帝笑得更畅快。

孙海、客用被皇帝笑得心里发毛。二人相互看一问，齐问：“爷赐奴才等的牙牌，与别人的牙牌有何不同？”

“孙老儿说的是，朕的大字写得最好，是吧？”皇帝问。

“是，”孙海应道，并说，“奴才这会儿知道，爷的小字也写得最好。”

“别的牙牌，朕写三个字；赐给你的牙牌，朕只写一个大字。你说，是不是与别人的牙牌不同？”皇帝道。

“奴才不胜欢喜，既因爷赐给奴才的牙牌与别人的不同；更因爷喜爱写大字，爷给奴才写的正是大字。”孙海说。

皇帝在一面牙牌上写个大的奸字，交给孙海。

“爷，这是个啥字？”孙海问。

“等会儿再告诉你，”皇帝说着，问道，“客老儿说的是，朕的小字写得最好，是吧？”

“是，”客用应道，并说，“奴才这会儿知道，爷的大字也写得最好。”

“别的牙牌，朕写三个字；赐给孙老儿的牙牌，朕只写一个字；赐给你的牙牌，朕写三十个字。你说，是不是与别的牙牌不同？”

“三十个字？”客用用目光数着冯保写字的那张纸，数罢，问道，“爷打算把冯叔写的这些字都写在赐给奴才的牙牌上吗？”皇帝道。

“不是，”皇帝道，“朕也写一个字，但写三十遍。”

“奴才不胜欢喜，既因爷赐给奴才的牙牌与别人的不同；更因爷喜爱写小字，爷给奴才写的正是小字。”客用说。

皇帝在一面牙牌上写满佞字，一数，正好三十个。他把牙牌交给客用。

“爷，这是个啥字？”客用问。

“来，”皇帝招呼孙海、客用。他指着冯保写的十二句话的第四句，教给二人，“这三个字读远奸佞。”

“远是远近的远吧？”孙海、客用齐问。

“不错，”皇帝道，“朕是告诫臣子们，须远离奸佞。”

“爷给奴才写的是奸吗？”孙海又问。

“是。”皇帝应道。

“爷，奸是哪个奸？”孙海问。

“当然是奸佞的奸。”皇帝说。

“爷给奴才写的是佞吗？”客用又问。

“是。”皇帝应道 。

“爷，佞是哪个佞？”客用问。

“当然是奸佞的佞。”皇帝说。

“爷为何告诫臣子们，须远离奸佞？”孙海、客用齐问。

“孙老儿，知不知奸字何意？”皇帝反问。

“奴才不知。”孙海道。

“奸者，邪气也，”皇帝用两个字来解释。说罢，问客用，“客老儿，知不知佞字何意？”

“奴才不知。”客用道。

“佞者，善媚也。”皇帝也用两个字来解释。

“爷因奴才邪气，故赐给奴才奸字？”孙海问。

“错！”皇帝道。

“爷因奴才善媚，故赐给奴才佞字？”客用问。

“错！”皇帝道。

“奴才既不邪气，爷为何给奴才写个奸字？”孙海问。

“奴才既不善媚，爷为何给奴才写三十个佞字？”客用问。

“谁个说你孙老儿不邪气！谁个说你客老儿不善媚！”皇帝道，“孙老儿，客老儿说你比他更邪气；朕是因你更邪气，才给你写这个奸字的。客老儿，孙老儿说你比他更善媚；朕是因你更善媚，才给你写这多佞字的。你二人看，朕给你二人写的字，合适不合适？”

“合适。”孙海、客用没精打采地应道。

“噫，你二人腔调怎变？”皇帝奇怪地问。

“爷告诫臣子们远奸佞，爷自个儿说不定也要远奸佞，不知爷以后要把奴才打发到哪里去。”孙海说。

“爷告诫臣子们远奸佞，爷自个儿肯定也要远奸佞，不知以后奴才还能不能服侍爷。”客用说。

“你二人真是蠢货！”皇帝虽则是骂，却充满亲昵，“朕要臣子们远奸佞，朕自家当然也要远奸佞。但朕要远的是奸佞，既不是奸，也不是佞，你二人发的是哪家的愁！”

“爷不斥逐，奴才等才放心。”孙海、客用马上又欢天喜地。

第四十一章

司设监掌印太监曹宪，三番四请，才把徐爵请到自己的私宅。徐爵是冯保的头号心腹，如果把给冯保出主意的人当作他的幕僚，把给冯保办事的人当作他的帮办，徐爵可谓幕僚长、帮办头。

徐爵不是阉宦，没有净身，太监和他谈事，只能在外宅。

“老曹，我知你找我为的何事。”徐爵进门就说。

“我没开口，徐先生即知？”曹宪不相信。

“若要等到你开口才知，你还会找到我头上吗？”徐爵道。

“徐先生这话，把我等的交情看得一钱不值。”曹宪赔着笑脸说。

“交情归交情，事情归事情。论交情，什么事情都该帮忙；论事情，有的事情帮得上忙，有的事情帮不上忙，”徐爵说着，问道，“今次相见，我一再推托，老曹知是何意？”

“今次的事情，徐先生帮不上忙。”曹宪说。

“老曹既知，我过来照个面，也算对得起你老曹的交情吧？”徐爵说着，做出要走的样子。

“徐先生且慢，”曹宪拦住他，“不管帮得上忙帮不上忙，今日我略备薄酒，总要饮几杯再走。”

“好啊，”徐虽不拒绝，但再次提醒，“饮酒归饮酒，事情归事情。”

“饮酒而已，绝不为难徐先生。”曹宪道。

酒、菜上桌，曹宪频频劝饮，徐爵来者不拒。二人有一句没一句地说着闲话。直到曹宪再要斟酒时，徐爵把酒盅扣过来。

“老曹，我数着呢，已够十盅。”徐爵说。

“徐先生仍是但饮十盅？”曹宪问。

“不是但饮十盅，是过十盅不再饮。有时饮酒，一两口而已；有时饮酒，三五盅而已。今日饮满十盅，也算对得起你老曹的交情吧？”徐爵又把话落在交情二字上。

“承情，承情！”曹宪连连揖道。

"既饮过酒，事情也要说个明白，"徐爵道，"我饮你老曹十盅酒，也对你老曹说十句话，如何？"

"要不要说清楚，以及说几句，都是徐先生的交情，我不敢强求。"曹宪话虽婉转，但听得出来，少一句，他也要找回来。

"第一句是问话，"徐爵道，他问，"老曹今日要和我说的，是裁减丝、布之事，是不是？"

"是。"曹宪应道。

"第二句还是问话，"徐爵道，他问，"老曹今日想要我在冯公那里，为你说个情，是不是？"

"是。"曹宪应道。

"第三句还是问话，"徐爵道，他问，"老曹已知今次的事，我帮不上忙，可知我为何帮不上忙？"

"想必因为置办宫中帷幄、被褥等的丝、布之数，是冯哥核算、裁减的。"曹宪说。

"第四句是劝解的话，"徐爵道，他说，"虽是冯公核算、裁减丝、布之数，老曹绝不该抱怨冯公，记恨冯公。"

"不敢，"曹宪忙说，"至多是央告冯哥，不敢抱怨，更不敢记恨。"

"第五句是告知的话，"徐爵道，他说，"为何老曹不该抱怨，不该记恨？因为裁减的数目，冯公留有很大余地。按旧例，拨与纻丝四百匹，布一万三千匹，今裁减仅三之一；而冯公亲自核算过，实际上纻丝二百匹也用不完，布六千匹即够。"

"冯哥核算的如此精确呀。"曹宪不能不惊。

"第六句是提醒的话，"徐爵道，他说，"冯公留有很大的余地，并非不知此等余数都落到哪里。"

"冯哥处，还望徐先生周全。"曹宪揖道。

"第七句又是句问话，"徐爵道，他问，"冯公虽知此等余数落到哪里，为何核算之际，仍留有很大的余地？"

"请徐先生告知。"曹宪揖道。

"第八句是句告慰的话，"徐爵道，他说，"冯公是知道老曹等过日子的难处的，是愿意老曹等的手头更宽裕一些的。"

"但愿如此。"曹宪说。

"第九句又是句问话，"徐爵道，他问，"冯公既知老曹等过日子的难处，既愿老曹等手头更宽裕一些，不裁减岂不更妙？"

“徐先生这话说到我心里。”曹宪不无感激地说。

“我是问，不是说。”徐爵说。

“这句不是第十句话吧？”曹宪问。

“不是，”徐爵道，“这句是奉送的。”

“徐先生第十句话怎说？”曹宪问。

“第十句是表白的话，”徐爵道，他说，“冯公虽知老曹等过日子的难处，虽愿老曹等手头更宽裕一些，仍予裁减，实有不得已之处。”

“有何不得已？”曹宪问。

“老曹，人不可言而无信，十句话说完，我不能再说。告辞。”徐爵说着，又做出要走的样子。

“徐先生且慢，”曹宪拦住他，“好不容易把徐先生请来，我备下薄礼，请徐先生带走。”

“好啊，”徐爵虽不拒绝，但仍提醒，“送礼归送礼，事情归事情。”

曹宪拿给徐爵的是一个精美的小锦囊。取出锦囊中之物，是一颗珠子，一块玉坠，一副手镯。

徐爵拿起珠子看了看，道：“个头不小，我把方才的话说完吧。”

“多谢。”曹宪揖道。

“我方才说冯公实有不得已之处，老曹却问有何不得已，这句话问得有点多余吧？”徐爵道。

“是有点多余。冯哥核算、裁减丝、布，一定是奉旨行事。”曹宪承认是承认，心里却呼道：这颗珠子给的冤枉！谁不知老冯是奉旨行事，还用得着你来告诉我！

“要是仅此一句话，老曹的这颗珠子算是白送给我，”徐爵好似猜出他的心思，“我才告知老曹，不可因冯公核算、裁减，而抱怨冯公，记恨冯公；这会儿还要告知老曹，不可因有旨核算、裁减，而抱怨皇上，记恨皇上。”

抱怨皇上，记恨皇上，谁会，谁敢！不过，从徐爵话里，曹宪却听出另一层意思。他问：“徐先生是不是说，要抱怨该抱怨之人，要记恨该记恨之人？”

“老曹，可教也。”徐爵拍拍他肩膀，说道。

“徐先生是不是打算告诉我，该抱怨之人是谁，该记恨之人是谁？”曹宪又问。

“我只对老曹说事，不对老曹说人，”徐爵道，“着司礼监核算、裁减丝、布之数的旨意，是内阁票拟的。”

“徐先生是说，我该抱怨内阁，记恨内阁？”曹宪问。

“方才的话到此可算说完。老曹想不想抱怨内阁，想不想记恨内阁，自便，老曹这颗珠子给的冤枉不冤枉，自度。”徐爵道。

“不冤枉。”曹宪连忙说。他的目光落在玉坠上，用意很明显。

徐爵拿起玉坠看了看，道：“成色很好，我再告诉老曹一件事吧。”

“和方才说的事有无牵连？”曹宪问。

“有牵连怎的？”徐爵反问。

“若有牵连，不说也罢，”曹宪道，“徐先生告诫我不可抱怨冯哥，不可记恨冯哥，是为我好；告诫我不可抱怨万岁爷，不可记恨万岁爷，更是为我好。但冯哥抱怨不得，记恨不得；万岁爷抱怨不得，记恨不得；张先生就可以抱怨，可以记恨吗？所以，不说也罢。”

“我不能告诉老曹，我新说的事，和方才说的事没有牵连；不过，老曹先听我说说，然后再断定是否‘也罢’，如何？”徐爵问。

“好，徐先生请说。”曹宪无可无不可。

“老曹奏请拨与丝、布，治办帷幄、被褥等，被内阁票旨，裁减三之一，这是一件事。还有另一件类似的事，老曹可知？”徐爵问。

“徐先生问的是几时的事？”曹宪反问。

“一两个月前吧。”徐爵说。

“一两个月前？”曹宪想了想，说道，“和我一样大触霉头的，似乎只有管内承运库的老崔。”

“我说的就是老崔触霉头那件事，”徐爵道，并问，“老曹知他是如何触的霉头吗？”

“听说他以大内存银不足，请移太仓银足之，被户部驳回。”曹宪说。

“老曹可知，移太仓银足内府之用，不是一次两次？”徐爵问。

“有所耳闻。”曹宪道。

“内府从太仓移去的银两总计几多，老曹恐怕未必知道。”徐爵说。

“的确不知。”曹宪道。

“将近二百万。”徐爵告诉他。

“竟有这多！”曹宪咋舌。

“老曹可知，以前移太仓银于内府，可曾被驳回过？”徐爵又问。

“据我所知，户部即便欲驳，也未曾驳回过。”曹宪说。

“以前未曾驳回，今次为何却驳回？”徐爵问。

“有人撑腰。”曹宪道。

“谁人在撑腰？”徐爵问，并告诫，“老曹说衙门即可，不必说人。”

“自是内阁，”兜一大圈，又回到曹宪说的“不说也罢”上。他说，“徐先生还是要我抱怨内阁、记恨内阁呀！”

“我才说，抱怨不抱怨，记恨不记恨，老曹自便。我要告诉你的是——”徐爵顿了顿，琢磨着应该采用怎样的说法。他以为，还是用问话的形式为好，“老崔欲移太仓银于内府，为的是采买金器、珠玉等；老曹请拨与丝、布，为的是治办宫中帷幄、被褥。这些都是皇上要用的，两宫皇太后要用的。宫中要用的，今动辄被驳回，被裁减，老曹想，皇上心里会不会堵得慌，两宫皇太后心里会不会堵得慌？”

“按照常理，应该堵得慌。”曹宪说。

“老崔是内承运库的掌印，老曹是司设监的掌印，今奏请动辄被驳回，被裁减。而冯公是内府各衙门的第一号人物，老曹想，他心里会不会堵得慌？”徐爵又问。

“按照常理，应该堵得慌，”曹宪说。他似乎领会到徐爵话里的意思，又似乎没有领会到徐爵话里的意思，于是懵懵懂懂地问，“徐先生把里里外外的大人物都搬出来，究竟何意？”

“想让老曹知道旁人不知之事，”徐爵道，“别人只知老崔的奏请，皇上听从户部的驳回，冯公听从户部的驳回；老曹的奏请，皇上听从内阁票拟，冯公听从内阁票拟。却不知皇上并不乐意，冯公并不乐意。别人不知，而老曹知之，老曹说，这玉坠送的值得不值得？”

“值得是值得，却不知有何用。”曹宪说。

“有用无用，全在你老曹的悟性。”徐爵道。

“是。”曹宪边应，边把目光转向手镯，意思是：徐爵就前面送的两样东西说许多，未必有实际作用，送的最后这样东西希望能换回几句有实际作用的话，哪怕只是个建议。

徐爵拿起手镯，看一看，又掂一掂，道：“看似精致，我给老曹出个主意，如何？”

“冯哥每赞，徐先生的主意是好的。”曹宪奉承一句。

“老崔在钱财上触霉头，老曹你在钱财上触霉头，想不想让外廷之臣也在钱财上触触霉头？”徐爵问。

“徐先生是不是让内阁在钱财上也触触霉头？”曹宪反问。

“碰到谁是谁，谁人都有可能。”徐爵说。

“谁都有可能触霉头，我怎听着像是奇谭？”曹宪不信。

“奇谭吗？老曹先听听，”徐爵说着，问道，“罚俸对外廷之臣而言，算不算触霉头？”

“那是触大霉头。”曹宪说。

“外廷之臣，是不是人人都有可能被罚俸？”徐爵问。

“是虽是，却须犯有过失，才被罚俸；特别是大臣，更须决断有误，才被罚俸。徐先生，决断有误，不是你我说了算的。”曹宪说。

“没老曹想的那么难，”徐爵道，“有些极普通之事，也可以罚俸。”

“具体来说呢？”曹宪问。

“譬如皇上视朝，臣子不至。”徐爵道。

“这事倒有，且越来越多的外廷之臣不拿它当回事。”曹宪说。

“外廷之臣不拿他当回事，咱何不拿他当回事！”徐爵道。

“咱拿它当回事，有用吗？”曹宪问。

“怎会没用！”徐爵道，“老曹拿它当回事，老崔拿它当回事，和冯公说说；冯公正因内府各衙门被外廷卡住，心里堵得慌，能不当回事！冯公当回事，奏明皇上；皇上正因宫中用度不足，又不得以太仓银移入，心里堵得慌，能不当回事？”

“果真如此，外廷会不乐意的。”曹宪说。

“不乐意又能怎样！”徐爵道，“内阁要振朝纲，吏部要严考核，户部要节用度，借着这个题目罚俸，不正是振朝纲吗，不正是严考核吗，不正是节用度吗？”

“徐先生说振朝纲，说严考核，都有道理；但说节用度，恐怕言过其实。罚一外廷之臣，朝廷能节省多少用度！”曹宪道。

“老曹以为不值得一提吗？”徐爵和他算起账来，“部郎正五品，我就从正五品官算起。除郎中外，通政司参议正五品，大理寺丞正五品，詹事府春坊学士正五品，光禄寺少卿正五品。正五品官，月俸十六石，以十人被罚俸而计，有几多？”

“一百六十石而已。”曹宪道。

“部员外郎从五品，再算从五品官，”徐爵说，“除部员外，詹事府谕德从五品，翰林院读、讲学士从五品，鸿胪寺少卿从五品，尚宝司少卿从五品。从五品官，月俸十四石，以二十人被罚俸而计，有几多？”

“二百八十石而已。”曹宪道。

“部主事正六品，再算正六品官，”徐爵说，“除主事外，都察院经历正六品，大理寺寺正六品，詹事府中允正六品，翰林院侍读、侍讲正六品，国子监司业正六品，太常寺丞正六品，太仆寺丞正六品，尚宝司丞正六品。正六品月俸十石，以四十人被罚俸而计，有几多？”

“四百石而已。”曹宪道。

“御史一职，正七品，有百余名之数。其他正七品的官员还有：都察院都事、通政司经历、大理寺评事、翰林院编修、太常寺博士、行人司行人等。正七品月俸七石五，以百人被罚俸而计，有几多？”徐爵问。

“七百五十石而已。”曹宪道。

“左、右给事中和给事中从七品，加在一起超过五十名。其他从七品的官员还有：詹事府主簿、翰林院检讨、太常寺诸陵奉祀、光禄寺署丞、太仆寺主簿、中书舍人等。从七品月俸七石，以五十人被罚俸而计，有几多？”徐爵问。

“三百五十石而已。”曹宪道。

“武职但计正四品，如何？”徐爵问。

“与内府各衙门过不去的，是外廷文职，何必牵连武职！”曹宪道。

“这叫城门失火，殃及池鱼。皇上视朝，文职不至要罚，武职不至不也要罚？”徐爵说着，问道，“正四品官月俸二十四石，以被罚俸十人计，有几多？”

“二百四十石而已。”曹宪道。

“总而计之，罚俸几多？”徐爵问。

“共计罚俸二千三百八十石。”曹宪道。

“老曹不再说‘而已’？”徐爵讥道，又问，“这是以二百余人计，若以倍之呢？”

“罚及二百余人，已经难以料想，徐先生还想罚及四百人！”曹宪道。

“这是以罚俸一月计，若罚俸两月计呢？”徐爵问。

“罚俸一月，即有人哭嚎，徐先生还想罚俸两月！”曹宪道。

“这是只计文职五品以下、武职四品以下官，若是恰好罚及一名都督、两名尚书、三名侍郎呢？甚或，一不留神，罚及公、侯、伯爵及驸马都尉呢？”徐爵问。

“看来，不罚至五千石，徐先生不肯收手。”曹宪道。

“罚至万石，也不是不可能的。”徐爵说。

“罚俸数目或会不少，我承认；不过，怎样才能一次罚及一百人、二百人，甚至罚及更多的人呢？”曹宪问。

“这有何难？”徐爵道，“老曹想想，大朝会不会有人不至？”

“除非卧病不起，并预先告假，不会有人不至。”曹宪说。

“常朝呢？”徐爵问。

“一般也不会有人不至。”曹宪道。大朝指一年三次的正旦、圣诞、冬至的朝会，常朝指每月初一、十五的朝会。朝会以大朝最为隆重，常朝次之。曹宪问，“徐先生不会是打大朝、常朝的主意吧？”

“我正是要打大朝、常朝的主意；不过，打的不是大朝、常朝当日的主意，而是大朝、常朝次日的主意，特别是常朝次日的主意。”徐爵道。

“为何要打常朝次日的主意？”曹宪问。

“大朝、常朝当日，外廷之臣不会有丝毫的懈怠；大朝、常朝前一两日，他等也不会有丝毫的懈怠。一旦大朝、常朝举行过，他等多半会懈怠下来；一旦皇上视朝，或会无故缺席。”徐爵说。

“这等刁钻的主意都想得出来，真难为徐先生，”曹宪说到这里，口气一变，问道，“罚俸既多，会不会拨与我司设监置办帷幄、被褥等的丝、布也多？或原本不会自太仓移入内承运库的银子会移入？”

“不会。”徐爵的回答很干脆。

“既然不会，我和老崔为何要费这番心思？”曹宪问罢，手伸在前面，好像要堵住徐爵的嘴，“徐先生千万别说，可以为朝廷节省用度；千万别说，可以为皇上聚财，为冯哥聚财！”

“我说为老曹消除怨气，行吗？”徐爵道。

“徐先生的主意极妙，但只为我消除怨气，未免可惜。”曹宪说。

“老曹想我出个更好的主意？”徐爵问。

“不能说更好，只能说更见实惠。”曹宪说。

“好说，”徐爵道。“老曹想要更实惠的主意，其实并不难。只是——”

他欲言又止，眼睛盯着捧在手上的手镯。

“徐先生是说它的分量不够？”曹宪忙问。

“岂止分量不够！”徐爵道。“老曹日后想讨要个好的主意，最好预备下纯金打造的手镯，别拿铜镯应景。”

说罢，辞去。

五月十六日，皇帝视朝，不至官员二百八十三人。皇帝命罚俸一月。

第四十二章

云南巡抚邹应龙致仕，太常寺卿王凝升右副都御史，接滇抚之任。

向张居正辞行时，他说：“多谢叔大先生提携。”

“吏部、兵部共推，与我无关，”张居正说着，招呼道，“来，道甫先生，坐下说话。”

王凝字道甫，湖广宜城人，嘉靖三十五年进士。

王凝谢张居正提携，当然是句客套话；同时，也因为知道张居正挺看重乡谊，他才这么说。其实，他入仕近二十年，不说人人可以做到巡抚，但做到巡抚并非绝无仅有。譬如，他的前任邹应龙和他同年，在隆庆六年就外放巡抚。

至于张居正，只有在比较亲近的人面前，才会说出“与我无关”这样听起来不太礼貌的话。

“道甫先生哪天动身？”张居正问。

“明天若走不成，后天一定走。”王凝说。

“路途遥远，颇费时日。道甫先生早一日动身，早一日到任，好让朝廷早一日安心。”张居正道。

“是，”王凝应一声，说道，“关山万里之外，再要聆听叔大先生教诲，殊为不易。请予赐教。”

“我从未任过地方官，更未任过封疆大吏，让我告诉你如何去做巡抚都御史，无异于问道于盲。道甫先生要是愿意说说闲话，就留在这里；要是不愿意说说闲话，就请便吧。”张居正说着，做个送客的手势。

“在下愿意说说闲话。”王凝道。

“倒是道甫先生封疆，不会不做些准备的工夫吧？”张居正说是要说闲话，问的却不是闲话。

“接旨以来，时日紧迫，只能查阅几篇旧籍，找知情者问问，了解些许风土人情。”王凝说。

“那就说说风土人情。不过，”张居正提醒他，“我说的风土，或是道甫先生说的风土；我说的人情，可不止是道甫先生说的人情。”

“除风土人情中包含的人情，叔大先生还要考较何等人情？”王凝问。

“譬如，前任巡抚云南都御史中的名臣，道甫先生能说出几个？”张居正出个具体的题目。

“略说得出几个，”王凝掰着手指数道，“如成化朝的王端毅公，弘治朝的杨贞肃公，正德朝的何文简公，嘉靖朝的欧阳子重先生、顾唯贤先生，以及隆庆朝的云卿兄。”

王端毅即王恕，官至吏部尚书。杨贞肃即杨继宗，卒于云南巡抚任上。何文简即何孟春，官至吏部侍郎。欧阳子重名重，官至云南巡抚。顾唯贤名应祥，官至刑部尚书，二人死后均未得谥。云卿是邹应龙的字。

“在道甫先生心目中，欧阳公、顾公亦堪称名臣？”张居正问。

“是。”王凝应道。

“能不能说说理由。”张居正似乎很感兴趣。

“叔大先生问此二公是否堪称名臣，是因为二公均未得朝廷之谥吧？”王凝问。张居正点头后，他说，“所谓名臣，诚应得朝廷之谥，然亦有因故而未得谥者。如欧阳公因获罪于议礼重臣张文忠公，除名，家居二十余年，不复召用；顾公师从王文成公，王文成公既屡遭争议，顾公未得朝廷之谥，可说在情理之中。”

张文忠即张璁，后为避世宗皇帝名厚熜，更名孚敬。他因嘉靖之初的争大礼而骤贵，入阁主政。另一个因争大礼而骤贵的大臣是桂萼，死后谥文襄。（“大礼议”是嘉靖初期最重大的事件之一，详情参阅《嘉靖皇帝全传》第一部。）

“道甫先生所言欧阳公被除名一事，不实。”张居正道。

“叔大先生是说——”王凝问。

“他得罪的不是张文忠公，”张居正为他讲述，“他得罪的是镇守云南的黔国公沐绍勋和镇守云南太监杜唐，沐、杜二人借张文忠公之手，罢去他。他一直在外任官，并未牵连到大礼之议中。至于后来有人说他是桂文襄公党，他愤而请起用大礼之议中被逐诸臣，完全是意气用事。”

“叔大先生熟知前朝掌故，在下自愧弗如。”王凝说。

“其实，”张居正又说，“沐、杜二人相比为奸，欧阳公纠劾二人，反遭陷害，道甫先生据此而称他为名臣，还说得过去；单单一句‘因获罪于议礼忠臣张文忠公，除名’，那只是个虚名而已，我很难认同。”

“久闻叔大先生务实效，而不重虚名，果然。”王凝赞道。

“以顾公为名臣，道甫先生有具体事例吗？”张居正问。

“有，”王凝道，“我查阅旧籍，见顾公在巡抚云南任上不足两年，所上奏章二十余道，每道奏章说的都是要办的实事。”

“有哪些实事？”张居正问。

“譬如，永昌军民府衙署、腾越州衙署、凤梧守御千户所衙署，皆为顾公在任时建；寻甸府城垣，为顾公在任时所筑；永昌等府、州、县儒学，为顾公在任时所立；王氏等乡约，为顾公在任时所颁。”王凝说。

“一件一件，果都是实事，”张居正道，“道甫先生别小看这些事情。建一衙署，筑一城垣，立一儒学，颁一乡约，在腹里各布政司，或许只是一件很小的事，为之，或许不足以成为名臣；而在边陲之地，每做一件此等小事，均为一建树。”

“是，”王凝应道，“叔大先生教诲，在下谨记。”

“不是说闲话吗，怎又成教诲？”张居正笑着责备。

“纵为闲话，也值得谨记。”王凝说。

“再说说你那位同年吧，”张居正说着，问道，“道甫先生把他列为名臣，是出自私情呀，还是出自公心？”

“是出自公心。”王凝说。

“是因他其他建树，还是因他在云南巡抚任上的建树？”张居正又问。

“兼而有之。”王凝说。

“其他见树，是他弹劾严分宜的那篇奏疏吧？”张居正问。

“是。”王凝应道。

“严分宜主政之日，弹章接二连三，而致其罢免、其子下狱者，则是云卿先生这篇奏章；致云卿先生名声大振，超擢通政司参议，也是这篇奏章。不过，我以为，云卿先生一疏奏效，天时也；一帆风顺，人和也，”张居正说着，问道，“道甫先生可知，我所谓天时，指的何事？”

“在下闻得，世庙笃信乩语，有羽流兰道行者善扶乩，借神仙之笔，尽言严分宜行奸弄权状，世庙因而日以疏之。云卿兄上疏，恰逢其时，故而奏效。”王凝说。

“何谓人和？”张居正又问。

“对，在下正有一事请教，”王凝道，“闻得云卿兄擢通政司参议之初，不敢履任，不知可有其事？”

“有其事，”张居正道，“世庙罢严分宜后，仍思念之，常郁郁不乐，曾亲笔写一手札与内阁：嵩已退，其子已伏辜，敢再言者，并应龙斩之！云卿先生知有此事，怎得不惊！”

“所以，叔大先生说的人和，乃少湖相公从中调护。”王凝说。

“尽心调护言路，徐相之外，再无第二人，”张居正道，又问，“我说天时，说人和，道甫先生知是何意？”

“请叔大先生赐告。”王凝虽猜到一二，但觉得还是让张居正本人说出来为好。

“云卿先生在朝中的建树，我不想贬低，更不想抹杀，毕竟严分宜未罢，弹劾他是要有勇气，也要有见识的。我只想告诉道甫先生，云卿先生在朝中有所建树，是因其机缘；道甫先生没遇此机缘，不必引以为憾。倒是封疆云南的机缘，云卿先生有，道甫先生也有；云卿先生在云南巡抚上有所建树，道甫先生若无建树，可就真的输与他。”张居正说。

“叔大先生的——”王凝本来还想说“教诲”，但想到张居正会拿这两个字调侃，改说，“——期望，在下不敢辜负。”

张居正笑了笑，问道：“道甫先生以为云卿先生在云南巡抚任上有所建树，又有哪些具体事例？”

“其于云南巡抚任上最大建树，莫过临安等府改土为流。”王凝说。临安距昆明四百余里，国初即置府，流、土杂处。所谓流，即临安知府为流官，所属县，及部分州为流官，由朝廷委任；所谓土，即所属部分州，及长官司为土官，世袭。所谓改土归流，已是流官的府、州、县，用不着改，要改的是土官治理的州和长官司。

“比起在云南建署衙、筑城垣、立儒学、颁乡约，比起在云南和黔国公的冲突、和镇守内臣的冲突，改土为流是件更大的事情。”张居正说。

“叔大先生也赞成吗？”王凝问。

“我赞成与否，并不要紧；要紧的是，道甫先生该听听大司马、掌院都堂等怎说。”张居正道。

王凝从张府出来，立刻去谭府。揖见过谭纶后，他说明来意。

“是相公让道甫先生来问我的？”谭纶问。

“相公不是让我来问子理先生的，是让我来听子理先生怎说的。”王凝道。

“二者有何区别？”谭纶笑道，“说实话，相公没让道甫先生来听我怎说，此事我也该说与道甫先生听。”

“子理先生该说，我该听，两便，甚好。”王凝道。

“道甫先生可知，已犯大错？”谭纶忽问。

王凝吃了一惊，反问：“谁人已犯大错？我吗？”

“可不是！”谭纶道。

“我犯何大错？”王凝问。

"相公问云卿先生在云南的建树，道甫先生说何事不好，却偏偏要说改土为流！"谭纶道。

"还有何事可说？"王凝问。

"第九位黔国公沐朝弼被治罪，道甫先生是不知其事，抑或不以为是云南巡抚任上的一个建树？"谭纶道。

沐朝弼事，发之已久，最后被定罪，被逮治入京，是在邹应龙任上。这件事无人不知，王凝要回答的，是后者。

"云南巡抚任上，欲有所作为，有所建树，无不与沐府冲突，与镇守内臣冲突。别个巡抚与沐府冲突，我视为建树；云卿兄与沐府冲突，且终结多年的一桩悬案，我更视为建树！"他说。

"就是嘛，"谭纶点了点头，又说，"再如番人数叛，云卿先生合官军及土兵剿之，动辄斩获千余，不值得一说吗？"

"不是不值得一说，是我知之不详。"王凝道。

"临安改土为流，道甫先生所知甚详吗？"谭纶问。

"亦不甚详。"王凝道。

"看来，道甫先生还是把其事看得甚大。"谭纶点着头说。

"相公也把其事看得甚大。"王凝道。

"我与道甫先生说说其事的始末，如何？"谭纶问。

"甚好，多谢。"王凝揖道。

"临安有流官，有土官，道甫先生知之吧？"谭纶问。

"知之。"王凝应道。

"阿迷州为土官建制，道甫先生也知之吧？"谭纶问。

"也知之。"王凝应道。

"阿迷土知州姓氏，道甫先生知否？"谭纶问。

"我记得姓普。"王凝说。

"云卿先生欲改土为流，因普氏兄弟争夺土官之位而起。"谭纶道，"普氏二兄弟，一名崇明，一名崇新，皆欲袭土官位。二人都有外援：临安以西有广南府，广南府土官姓侬，普崇明以侬氏为外援；临安府宁远州有安南长官司，可知近安南，普崇新以安南军为外援。安南、广南乐得帮助普氏兄弟开战，其实都为扩充自家的地盘。安南到底路远，先撤回。广南侬氏军则留驻。云卿先生命驻守临安的将领杨守廉剿之，竟连战连败。因此，云卿先生颇为滇人所咎，消息传到京师，科、道亦多劾他偾事。面临此等局面，道甫先生想，如何处置为好？”

“子理先生是说，云卿兄为摆脱自身困境，才有此议？”王凝问。

“他是不是为摆脱自身困境，我不敢断定；我可以断定的是，改土为流，无助于朝廷摆脱困境。”谭纶说。

“子理先生何出此言？”王凝问。

“云卿先生之议，一可以理解为阿迷州改土为流，二可以理解为整个临安境内改土为流。阿迷州一州而已，下无属县，无长官司，改土为流波动不大。临安府辖六州、五县、九长官司。阿迷州土官争斗，改土为流，其他州土官争斗，是不是也改土为流？各长官司土官争斗，是不是也改土为流？临安府距布政司尚近，其他的府、军民府有远达千里之外的。临安府土官争斗，改土为流，其他各府、各军民府土官争斗，是不是也改土为流？数十程之外的各宣慰使司土官争斗，是不是也改土为流？一律改土为流，别说朝廷鞭长莫及，就是云南巡抚，云南三司，也是鞭长莫及；如果说不打算一律改土为流，又何必开此先例？我以为，改土为流朝廷不是不可以考虑，但因土官争斗而改土为流，实非上策，”谭纶议罢，问王凝，“这层意思不知我说明白没有？”

“子理先生说得很透彻，我完全听明白。”王凝道。

“再有一层，”谭纶说，“阿迷州改土为流，无非三种情形：其一，以流官任知州，以土官任同知；其二，只任流官，不任土官，但普氏仍留在州内；其三，只任流官，不任土官，普氏不留在州内。”

“我以为只有两种情形，原来却有三种情形。”王凝插言道。

“道甫先生是不是以为，若不设土官，普氏留不留在州内，没多大的区别？”谭纶问。

“应该是有区别的，只是我没想到。”王凝说。

“有何区别，稍后再说，你我先看看第一种情形，”谭纶道，“普氏为土知州，崇明、崇新二人要争，降为土同知，崇明、崇新二人仍要争。二人皆握兵，必以战争。战之不胜，必求外援。前者，崇明求援于广南，崇新求援于安南。今崇明或仍求援于广南，或改求援于安南；崇新或仍求援于安南，或改求援于广南。换言之，广南或仍扶持崇明，或改扶持崇新，安南或仍扶持崇新，或改扶持崇明。或安南不再介入临安土官之争，或广南不再介入临安土官之争，或该两处均不再介入临安土官之争，而他处土司介入之。总之，只要普氏仍为土官，为土知州也好，为土同知也好，并无区别。普氏为土同知，流知州则如一只系线的玩偶，听任佐贰摆弄。”

“我也以为，既为流，则不可设土佐贰。”王凝说。

“再来看看不设土佐贰的情形，”谭纶道，“普氏的护身符不是官印，而是土地、部众。其为土知州，或不为土知州，改为土同知，为的是以其土地养其部众，以其部众守其地方。若普氏不再为土知州或土同知，其部众还能用来守地方吗？不仅不能用来守地方，还会为害地方。崇明、崇新兄弟，本来是相互争斗，一旦没有官位可争，反而会联手，与官府作对。今日城中闹事，明日城外闹事；今日东山闹事，明日西寨闹事。流知州则如放在铁镬上的蚂蚁，被崇明、崇新两捆柴火烧得无处躲藏。”

“逐于州境之外，又如何？”王凝主动转到第三种情形。

“逐普氏兄弟，须连其部众一同逐之，”谭纶说，“他等在州内，广南、安南等是外敌，让官府头疼的是广南、安南援军。既被逐，他等和广南、安南等一起成外敌，让官府头疼的除广南、安南援军，还有崇明部、崇新部。而他等既去，阿迷州半空，靠谁个来抵御？崇明今日约广南作帮手杀回老家，明日约安南作帮手杀回老家；崇新今日约安南作帮手杀回老家，明日约广南作帮手杀回老家。流知州则如闯火牛阵里的野牛，永不得宁。”

“用为佐贰不可，不用为佐贰亦不可；留于州中不可，不留于州中亦不可。阿迷流知州的日子实在不好过。”王凝说。

“岂止流知州的日子不好过！”谭纶道，“流知州穷于应付，禀与临安知府；临安知府穷于应付，禀与布、按二司；布、按二司穷于应付，禀与巡抚都御史。道甫先生，你到任后，日子也不好过！”

“我穷于应付，只好禀与朝廷，大司马的日子也不好过。故而大司马宁愿不改土为流。”王凝说。

“我的日子好过不好过，还在其次，主要是朝廷的日子不好过，”谭纶道，“祖宗时，平定云南、贵州、广西等区，力挫群雄，难道不能尽天下而郡县之？祖宗不这样做，良有深意，我等当体会之。”

“子理先生第二层意思，也说得很透彻。在下即日迈出京门，前往履新，心里总算有底。多谢！”王凝揖了揖，又道，“容我到任后，熟思其事，权衡利弊，再上报大司马，上奏朝廷。”

“正该如此。”谭纶还礼。

第四十三章

郧阳府学十余名生员兴致勃勃地来到郧阳巡抚衙门，准备听王世贞讲学。王世贞在去年九月，自太仆寺卿升任右副都御史，巡抚郧阳。他希望不定期地找几名府学的生员来，聊一聊掌故，聊一聊人物，聊一聊诗文，名曰切磋，实际由他主讲，有时他还会预先出个题目。

今日的题目本是吴楷，他准备和众生员品评吴中楷书的十大佳作。这是他喜爱的题目，也是众生员向往的题目。不过，一到巡抚衙门，他们就发觉不对头：一来，每次他们来时，都直接去后堂，这次却被让到前堂；二来，王世贞一开口，说的是别的题目。

“君等为我断一案，如何？”王世贞道。

众生员面面相觑。虽然他们求学为的是应付科举，应付科举为的是任官，今后的日子很难说不和审案连在一起；但现在就让审案，他们一点儿心理准备也没有。

“凤洲都堂不讲吴楷吗？”一生员的失望溢于言表。

凤洲是王世贞的别号，他的另一个别号是弇州山人。

“视断案情形而定。”他说。

“我等先观摩凤洲都堂断案，再聆听凤洲都堂品字。”一乖巧生员说。

“不是观摩，是参与，”王世贞道，他命差役，“把人带上来！”

被带上堂的是名僧人。不过，与其说是带上来，不如说是请上来：差役们没给他披枷戴铐，对他的态度也很温和。

“君等识否？”王世贞问众生员。

有人点头，有人摇头，有人表示似曾相识。

“外来的和尚会念经，看来君等已听过他念经。”王世贞对点头的生员说。

“只在街上见他一面，并未听过他念经。”一点头的生员说。

“你既见过他，可见他手里拿着何物？”王世贞问。

“似一画卷。”该生员说。

“呈上堂！”王世贞命差役。

一差役拿来一幅画卷，展开，画的是一人物。

“你见到的，可是此画卷？”王世贞问答话的生员。

“是。”该生员应道。

“他包袱里有何物，你等没见到吧？”王世贞问其他点头的生员。

“没见到。”点过头的生员齐道。

“呈上来！”王世贞命差役。

一差役拿来一纸度牒，和其他度牒不同，纸是镀金的。

王世贞手指画卷，问生员们：“君等可知此画像为谁？”

多数人摇头；有人想点头，但实在没多大把握。

“让他告诉君等，如何？”王世贞手指僧人问众生员。

众生员纷纷点头，表示愿意。

“你细声慢气地说，别吓着他等。”王世贞嘱咐僧人。

“是我皇祖御容。”僧人说。

众生员无不大惊。既称皇祖，无疑是哪一代皇帝；而这个僧人，无疑也是皇室贵胄。怪不得差役们对他甚是优容，看来是早听过他的话，且颇为相信。奇怪的是都堂大人，让差役们把他带上来，而且说的审案一定和他有关。难道都堂大人对他的话一点儿也不信？

“那和尚，再说确切。”王世贞命道。

“是我太祖高皇帝御容。”僧人道。

方才摇头的生员中，有人的心狂跳不止，他险些要说：其容丑陋无比，谁个识得！方才想点头的生员中，有人的心狂跳不止，他险些要说：其容丑陋无比，似曾见过。

他们一起瞪大眼睛，盯住画像。他们中有人见过太祖高皇帝御容，有人没见过太祖高皇帝御容。没见过太祖高皇帝御容的生员，当然无法辨认真假。见过太祖高皇帝御容的生员，也不敢妄加评论；因为僧人这幅太祖高皇帝御容，和他们见过的太祖高皇帝御容不一样。

不容他等可否，王世贞又问：“君等见过金牒否？”

多数人摇头；少数几人本想点头，但想了想，改为摇头。金牒想必剃度皇室宗亲时才用，但未闻本朝有过宗人剃度，他们哪里见得到金牒！

“让他告诉君等金牒从何处得来，如何？”王世贞问。

众生员纷纷点头，表示愿意。

“是我皇祖所赐。”僧人说。

“那和尚，再说确切。”王世贞命道。

“是我太祖高皇帝所赐。”僧人道。

这个说法肯定是玄乎其玄，众生员反而平静下来。

“师傅高寿有二百岁吗？”一生员问。

“问得好！”王世贞不是赞他问得好，而是赞他终于发问，“再无人讯问，君等不像是陪审的，倒像是陪绑的。”

说着，示意僧人快快回答。

“贫僧连一百岁也不到。”僧人说。

“不到一百岁，怎会得太祖高皇帝所赐金牒？”该生员道。

“金牒是我太祖高皇帝所赐，然并非赐予我。”僧人说。

“非赐予你，你如何得到？”另一生员问。

“是我王祖所传。”僧人说。

“那和尚，再说确切。”王世贞命道。

“是我王祖韩宪王所传。”僧人道。

韩宪王是太祖高皇帝第二十子。传自韩宪王的说法，比赐自太祖高皇帝的说法，似乎要可信一些，也轻松一些。有更多的生员加入讯问。

“师傅一百岁也不到，而韩宪王至少薨于一百五十年前，金牒怎会传到你的手里？”一生员问。

“问得好！”王世贞赞罢，问道，“君怎知韩宪王薨于一百五十年前？”

“学生是猜的。”该生员不好意思地说。

“能猜到这一层，很有见地。韩宪王薨于永乐五年，迄今一百六十八年。”王世贞告诉他。

“凤洲都堂真乃博闻强记！”众生员齐赞。

“我不是博闻强记，而是做过亲王世袭考，故而记得。”王世贞说。

“你说不到一百岁，我看你连五十岁也没有。”提问的生员对僧人说。

“是，贫僧四十岁出头。”僧人说。

“相差一百多年，韩宪王怎把金牒传与你？”该生员问。

“是我亲祖所传。”僧人说。

“那和尚，再说确切。”王世贞命道。

“是我亲祖乐平郡王所传。”僧人道。

身份明确，生员们也没得可问。乐平郡王对他们来说太生疏，要问，不知从何问起。

“君等谁知，乐平王是第几代韩王的分支？”王世贞问众生员。

“晚生等不知。”众生员齐道。

“第一代乐平王是韩宪王庶四子，永乐二年封。”王世贞告诉他们。

“晚生等谨受教。”众生员齐道。

“君等谁个还要问他？”王世贞问众生员。

“晚生问他，怕他答不上来，不如问凤洲都堂。”一生员说。

“好，你问。”王世贞道。问谁不重要，重要的是要有人问；不然，怎体现得出众生员为他断案？

“凤洲都堂赐告，第一代乐平王何谥？”该生员问。

“那和尚，你可说得上来？”王世贞转问僧人。

“书生问的是大人。”僧人逃避回答。

“大人不可问僧人吗？”王世贞道。

“贫僧不知。”僧人承认。

“第一代乐平王谥定肃。”王世贞告诉提问的生员。

有的生员这才知道，郡王为二字谥。

“凤洲都堂赐告，第一代乐平王薨于哪一年？”另一生员问。

“那和尚，你可说得上来？”王世贞转问僧人。

“贫僧说不上来。”僧人道。

“第一代乐平王薨于成化二十二年。”王世贞告诉提问的生员。

“乐平王不是你亲祖吗？怎既不知其谥，又不知其卒年？”一生员问。

“贫僧以乐平王为亲祖，是指贫僧这一支，以第一代乐平王为始祖。他若是贫僧祖父，贫僧怎也有七八十岁。”僧人说。

“那你的祖父为谁？”该生员问。

“问其祖父，不如问其父。”另一生员说。

“何不让他一起说说。”王世贞道。

“一起说说更好。”二生员道。

“贫僧祖父为温定王，父为安和王。”僧人说。

“凤洲都堂，对不对？”许多生员齐问。

“温定王为父，安和王为子，是不错的。”王世贞道。

一生员欲言，但看看僧人，又看看王世贞，似觉为难，没有开口。

“有话但问不妨，问他问我均可。”王世贞说。

该生员走近王世贞两步，伏在他耳边说：“其祖、其父都说得出来，会不会是真的？”

“且看有无破绽，”王世贞说着，问道，“那和尚，温定王薨于哪年？”

“嘉靖三十八年。”僧人说。

“安和王薨于哪年？”王世贞问。

“嘉靖四十一年。”僧人说。

“凤洲都堂，对否？”众生员齐问。

“等等再说，”王世贞卖个关子，问道，“君等还有何疑惑？”

本来有人还想问，他这一卖关子，反而不问。

“君等不问，我再问他件事，”王世贞道，“那和尚，你奉太祖高皇帝御容，携带金牒，欲何往？”

“巡游天下。”僧人道。

“你是自行巡游天下，抑或奉命巡游天下？”王世贞问。

“是奉命巡游天下。”僧人道。

“奉谁人之命？”王世贞问。

“父王之命。”僧人道。

“亦即，奉安和王之命？”王世贞坐实。

“是。”僧人应道。

“安和王哪年命你巡游天下？”王世贞问。

“亦于嘉靖四十一年。父王弥留之际，以太祖高皇帝御容及所颁金牒与贫僧，命贫僧巡游天下，为父王祈寿，为我大明祈福。”僧人说。

“结果，你没为安和王祈得寿！”王世贞冷笑。

“是。”僧人应道。

“你以为，可为我大明祈得福否？”王世贞问。

“贫僧有诚心而已；能否祈得福，非贫僧所能逆料。”僧人说。

“君等以为如何？”王世贞问众生员。

“听不出破绽。”众生员齐道。

“听不出破绽，不怪君等。”王世贞说。

“按照凤洲都堂的说法，应该是有破绽的？”一生员问。

“当然有破绽。”王世贞道。

“破绽在哪里？”另一生员问。

“一个年份而已。”王世贞道。

“可是嘉靖三十八年？”一生员问。

“温定王确薨于嘉靖三十八年。”王世贞说。

“可是嘉靖四十一年？”另一生员问。

“安和王嫡一子确袭位于嘉靖四十一年。”王世贞说。

“既如此，破绽何在？”有生员问。

“那和尚先前说的，并非安和王嫡一子；即他本人的兄长，袭位于嘉靖四十一年，而是安和王薨于嘉靖四十一年。”王世贞道。

“二者有何不同？”又有生员问。

“本朝制度，并非前一亲藩薨，世子自然袭位；而是要奉朝旨，方得袭位。”他身边的生员告诉他。

“说得对！”王世贞道，“即以韩藩而言，宪王薨于永乐五年，恭王于永乐九年袭位；安王薨于嘉靖四十年，今韩王于隆庆三年袭位。再以乐平王而言，定肃王薨于成化二十二年，恭安王于弘治三年袭位；恭安王薨于嘉靖二十二年，温定王于嘉靖二十六年袭位。”

一生员先点头，然后又一生员点头，然后众生员纷纷点头。他们承认这个破绽是存在的，因而看僧人的目光，也有很大的改变。

“那和尚即为宗室，此事不该不知。”第一个点头的生员说。

“把前一亲藩薨逝之年与后一亲藩袭位之年混为一谈，这个破绽未免太大。”第二个点头的生员说。

“此破绽就算大吗？”王世贞却说。

“凤洲都堂何意？”众生员齐问。

“这还用说吗，凤洲都堂之意，此破绽还不够大。”一生员道。

“凤洲都堂可是此意？”众生员又问。

“是。”王世贞点头应道。

“更大的破绽是何事？”众生员问。

“仍是一个年份。”王世贞说。

“我等已知，安和王并非袭位于嘉靖三十八年。”众生员齐道。

“不是这个年份。”王世贞说。

“我等亦知，安和王并非薨于嘉靖四十一年。”众生员道。

“也不是这个年份。”王世贞说。

“两个年份都不是，却是哪个年份？”众生员问。

“君等且说，安和王袭位于哪年，薨逝于哪年？”王世贞反问。

众生员被问住。王世贞已确定温定王薨于哪一年，安和王嫡一子，即今乐平王，袭位于哪一年。安和王薨于哪一年，王世贞虽然问过，但没确定；至于安和王袭位，王世贞连问都没问。

“安和王应袭位于嘉靖三十八年至四十一年间的某年，应薨于嘉靖三十八年至四十一年间的某年。”一生员自作聪明地说。

“凤洲都堂，对否？”众生员齐问。

“当然不对。”王世贞道。

“请凤洲都堂赐告。”众生员齐道。

“安和王薨于嘉靖三十三年，生前未作一日郡王，安和乃日后追封。”王世贞告诉他们。

“原来嘉靖四十一年安和王传以太祖高皇帝御容及金牒，纯系子虚乌有！”一生员愤愤地说。

“把父王薨逝推迟整整八年，这个破绽大到没边。”另一生员说。

“还不能说没边。”王世贞却说。

“凤洲都堂何意？”众生员齐问。

“这还用说吗？凤洲都堂之意，还有大到没边的破绽。”一生员道。

“凤洲都堂，可是此意？”众生员齐问。

“是。”王世贞应道。

“大到没边的破绽是何事？”众生员问。

“不会又是一个年份吧？”一生员更多问一句。

“凡年份总会过去的，总是有边的。”王世贞说。

“凤洲都堂赐告，何事无边？”好几个生员问。

“制度。”王世贞道。

“制度？”许多生员不解。

“朝廷订立的制度是不能逾越的，故而是没边的。”王世贞解释。

“朝廷订立的制度很多，凤洲都堂指的是哪一制度？”一生员问。

“你等说，宗室晓事以后，最先要被告之何事？”王世贞反问。

“要敬祖。”一生员说。

“要知礼。”又一生员说。

“要勤学。”又一生员说。

“要节俭。”又一生员说。

“君等说的都是，”王世贞并不反驳众生员，而是给出自己的答案，“我以为，最先要被告知的是：不得出城。此僧不仅出城，而且穿越各城之间，而且穿越各布政司之间，而且张扬若此，故我断定其伪。”

“凤洲都堂断的是，晚生等谨受教。”众生员齐道。

“且解入狱中，再行发落。”王世贞命差役。

僧人被带走后，王世贞对众生员说：“天色已晚，我劳累，君等也劳累。今日的题目，改日再议吧。”

“是。”众生员应道。

第四十四章

湖广夷陵州籍儒生刘戡之夫妇要来京，正在患病的张居正，精神立刻好起来。刘夫人是张居正最钟爱的女儿，爱屋及乌，刘戡之也成为张居正的爱婿。虽然刘氏夫妇到后，会马上来看他，虽然阖府上下都知道他想早一刻见到女儿的心情，张居正还是一遍两遍地吩咐：不管他在做什么，是在吃饭，还是在睡觉，刘氏夫妇一来，要马上带进卧室。

当然，他不会睡觉。自从得到女儿要来的消息，他夜里都很难入眠，更不要说白天。

张小姐心静如水，和婚前一样。她没有兴奋地奔到张居正睡榻前，没有焦虑地询问张居正的病情，只是平静地行过家礼，平静地说一句："女儿见过爹爹。"

"你不知爹爹重听吗，话说得如此细声细气！"张居正为掩饰自己的兴奋心情，和她开起玩笑。

"爹爹知道，女儿说话从来声小。"张小姐道。

"小姐，老爷是想你靠近些说话。"送二人进来的游守礼提醒。

他的声音也不大，张居正却听得见。

"游七，你不在我床头放个凳子，她怎好靠近呀。"他说。

"是学生办事不周，"游守礼道。他搬个凳子，紧挨着睡榻，并招呼道，"小姐，请坐下和老爷叙话。"

张小姐有些犹豫，没马上坐过去。

"游七，你办事的确不周，"张居正责备道，"只一个凳子，是她坐，还是她夫婿坐，还是她二人一起坐？"

他提到夫婿，刘戡之说："小婿拜见岳父大人。"

"家中相见，不必多礼，坐过来说话。"张居正命道。

游守礼又搬来一个凳子，随即退下，去办他的事。如果说，刘戡之夫妇在卧室与张居正相见，开始可能会有些不自在；但现在人家父女翁婿要说话，他仍留在屋里，岂不是太不知趣！

“女儿见瘦，可是旅途劳顿？”张居正看着女儿的脸问。

“还好。”张小姐嘴里吐出的这两个字，不知是在回答前一个问题，表示自己并没瘦；还是在回答后一个问题，表示旅途并不劳顿。

“女儿，戡之对你好不好？”张居正问。

他不避讳当着刘戡之的面问，一来是他知道，女儿从来不会说谎，好就是好，不好就是不好，不会因为刘戡之在场而糊弄自己；二来，他知道刘戡之讨到这么一个美貌的妻子，又是他张居正的爱女，对她只会有一百个好，不会有一个不好。

“好。”张小姐的回答，简单得不能再简单。

“你公公对你好不好？”张居正又问。

“好。”张小姐应道。

“你婆婆对你好不好？”张居正又问。

“好。”张小姐应道。

“一家人都对你好，你也要好好对待自己，别让人家为难，也别让爹爹担心。”张居正说。

“是。”张小姐应道。

张居正扫她腹部一眼，有句问话几乎要脱口而出，但强忍住。

“你两个哥哥都在，你先去和他等说说话。”他吩咐。

“是。”张小姐应着，站起身来。

他们父女对话时，刘戡之边听，边瞥一眼睡榻另一侧的床头柜。床头柜上放着一个好似小匣子的物件，外面以黄缎包裹，看上去，应是宫中之物。夫人起身，他以为张居正要休息，也跟着起身，并准备说两句请张居正静心摄养的话。

“戡之，你再坐坐。”张居正却不让他走。

“是。”刘戡之应一声，又规规矩矩坐好。

张居正以目光把女儿送出门去，又转过来和姑爷说话。他发现刘戡之注视床头柜上的物件，于是先对它加以说明。

“那是今日一早宫里的内臣送来的，”张居正指着它说，“内臣说，我这一病，惊动皇上。方子是院使奉旨开的，药是皇上亲自封识的。”

“皇上对岳父大人的眷宠，真是历朝不曾有过的。”刘戡之叹道。

“是啊，得知此情，我病好一半；今日你携妻到来，我的病又好一半。”张居正说。

“小婿不知岳父大人偶患小恙，不然，会早几日来。”刘戡之说。

“人有旦夕祸福。戡之以为，早几日来，我就不会病吗？”张居正说着，问道，“戡之，这次在南京住了几日？”

“十日上下。”刘戡之说。

“孟真先生可好？”张居正问。

刘戡之的父亲名一儒，字孟真，嘉靖三十八年进士，现任职于南京。

“家父身体还好，并命小婿问候岳父大人。”刘戡之说。

“你去南京前，我托人带话给你，带到没有？”张居正问。

“带到，”刘戡之回答，又说，“小婿遵命，把岳父大人的意思也带给家父。”

“孟真先生何意？”张居正问。

“家父说，他在南京任官很好，岳父大人若为他改北一事煞费苦心，甚或有违制度，会让他深感不安。”刘戡之复述父亲的话。

“孟真先生不是怕我煞费苦心，而是不愿与我离得太近。”张居正说。

“岳父大人当真这么想吗？”刘戡之问。他其实知道父亲的心思，知道张居正说得不错。他要是承认这一点，张居正必大为不满，或会对父亲不利；但要否认这一点，又不得不说谎。更要命的是，说谎未必瞒得过张居正；不，应该说一定瞒不过张居正。所以，他只能设法从中弥合。

还好，张居正至少不想和他过不去，因此没再究问。

“不为自家前程想，即便为子女想，也是改官京师为好。你看，如今你二人住在夷陵，想看他，须得往南京；想看我，须得来京师。来京师看我，不去南京看他，他心里必不痛快；去南京看他，不来京师看我，我心里必不痛快。他若在京师，你二人就只须来京师；而且，可以在京师安顿下来，岂不是件好事！”

岳父大人这可想差，刘戡之心里说。以父亲的为人，既想离你远一些，怎会为子女们的方便，过来就合你！再者，父亲如果真改北，我与夫人来到京师，一定是住在他老人家那里，他怎会让我住在岳父家里！是否允许常来张府走动，都要两说。

心里说，但不能说出口；说出口的是别的话。

“岳父大人的心意，小婿领会得又深一层。待下次去南京时，小婿再探探家父的口风。”他说。

“好，”张居正点了点头，道，“不说令尊，说你吧。”

“是。”刘戡之应道。

“戡之，明年要应乡试？”张居正问。

“小婿是有这个打算。”刘戡之说。

“那就留住京师如何？”张居正道，“敬修、嗣修等也在京师用功，你等兄弟正好在一起切磋，相互勉励；我空闲时，还可以看看你等文章。”

“能得岳父大人点拨，当然是好。”刘戡之说。

“那就这么说定吧？”张居正道。见刘戡之迟疑，他说，“我知你要请得父命，你不妨告诉他，这是我的意思。”

“家父已知岳父大人有此意。”刘戡之说。

“孟真先生已知我有此意？”张居正问。

“是。”刘戡之应道。

“他怎说的？”张居正问。

“他叮嘱小婿，在京师住上三日五日，最多不超过十日，即回夷陵，不可太搅扰岳父大人。”刘戡之明知张居正听这话会不快，也不得不说。

“哼！”张居正冷笑，“他哪里是怕你搅扰我，分明是他离我远一点儿，要你也离我远一点儿！”

“家父并无此意，”刘戡之分辩，“岳父大人乃朝廷柱石，在家父眼里，定是日理万机。小婿若分岳父大人的心，岂不成朝廷的罪人！”

“并无此意，为何要定十日之限？”张居正道，“你等在南京住十日上下，还有个上呢，他为何要你等在京师只住三日五日，不得超过十日？这不是明摆着告诉你，在他是子，在我是婿，不可等同！”

为人子者会争风吃醋，没想到，为人父者，也会争风吃醋，而且是位高权重的前辈在争风吃醋！这让刘戡之颇为好笑，也颇为感动。他不能再公然为父亲辩解，否则，张居正更会以为，翁婿与父子，到底是有亲疏之分的。好在张居正若只是和父亲争风吃醋，而不是对父亲有什么别的看法，应该没什么大的妨碍。

“小婿倒没想过，在京师住的日子，不能超过在南京住的日子；况且岳父大人染恙，我等理当在京师多住些日子。我不便住得太久，也要让娘子多住些日子。”他说。

“不用，”张居正道，“我想的是你留在京师准备功课；你既然遵父命，要回家乡，自是同来同回。我怎忍心拆散你们小两口子！”

“多谢岳父大人。”刘戡之揖道。

“好了，”张居正挥了挥手，道，“也不说你的事了，说你妻的事吧。”

“是。”刘戡之应道。

“你二人完婚有两年吧？”张居正问。

“一年又十个月。”刘戡之回答。

“差两个月而已，”张居正的意思很明显，不管是两年，还是一年又十个月，都够长的。“戡之，有一件事，去岁你二人来京师时，我还不急；今岁你二人再来，我可是有些着急。”

“岳父大人说的何事？”刘戡之问。

“你当真不知我说的何事？”张居正反问。

“小婿当真不知。”刘戡之的口吻显露出心虚。张居正说的是什么事，他清楚得很；但要说清楚，就不那么容易。所以，不如故作不知。

“我想问你的是，几时让我做外公呀！”张居正道。

“小婿说不上来。”刘戡之一句话噎过去。

“你怎说不上来？”张居正道。

“生儿育女，是女子的事。”刘戡之又一句话噎过去。

“荒唐！女子一人能够生儿育女，为何还要男女婚配，阴阳作合！”张居正有点儿不高兴。

“既是男女婚配、阴阳作合之事，容小婿与娘子合计。”刘戡之第三句话虽不噎人，但明显是回避，不想再谈论下去。

“戡之，不是我急，”张居正却变得有耐心，“婚后一两个月没动静，不见得有毛病；三五个月没动静，也不见得有毛病；但一两年没动静，多半是有毛病。该吃药，你等须吃药；该治病，你等须治病。无后为大，我不信，孟真先生不急。”

“家父也急；也一再告诉小婿，该吃药，须吃药，该治病，须治病。”刘戡之说。

“你等有没求过医？”张居正问。

“尚未求医。”刘戡之道。

“这是为何？”张居正问。

“据小婿想，小婿和娘子未见得有病。”刘戡之说。

“戡之，此言何意？”张居正语气变得严厉。新婚近两年的小夫妻，都没有病，却一直无身孕，让人怎么也想不通。

“这个——”刘戡之有口难言。完婚近两年，娘子一直无身孕。父亲大人和岳父大人动不动就问，是不是有病呀，该不该用药呀；怎么不想想，还有一种更简单的情形，娘子也不会有身孕，而且永远不会有身孕！那就是，他二人虽然完婚，虽然同床共枕，但从来没有肌肤之亲。不管天冷天热，娘子一上床，就用一条被子把自己裹得严严实实，让他一根手指都伸不进去。他想说话，娘子的眼睛已经闭上。他身子往娘子那边挤一挤，娘子的身子往后缩一缩，估计挤上四次，缩上四次，娘子就会跌落床下。所以，最多挤三次之后，他不再继续。

张小姐艳美动人。京师见过她的人，南京见过她的人，江陵见过她的人，夷陵见过她的人，无不称赞她的美貌，无不羡慕刘府娶回一个仙女。刘戡之每天守着这样一个仙女睡觉，却碰也不得碰，说出去，谁人会信！可他就是一直克制着自己，一直容忍着张小姐，几乎要把自己煎熬成一个废人。

这话怎么告诉父亲大人，怎么告诉岳父大人！但今天和张居正把话说到这等地步，他已经在考虑，要不要把事情的真相说出来。

如果不是游守礼的闯入，他可能会说出来。

“老爷！”游守礼不但闯入得突然，而且情绪也很紧张。

“何事？”张居正问。

“有人来。”游守礼说。

“宫里又来人？”张居正问。

“不是宫里来人，是江陵来人。”游守礼说。

“江陵来人，有多急的事，你就不能让我和戡之把话说完！”张居正大为不满。

“事关舅老爷，学生不敢耽搁。”游守礼说。

“舅老爷又怎的？”张居正显然也担心。

游守礼说的舅老爷，即张夫人的弟弟。他倚仗姐夫的权位，横行乡里，张居正对此很是头疼。

“岳父大人有事处置，小婿先辞。”刘戡之趁机结束让他为难的谈话。

“也好，”张居正应允，“戡之不会这一两日就走，方才言及之事，你总得给我个说法。”

刘戡之离开后，游守礼表示关切地问：“元定姑爷何事做得不妥当，老爷向他要个说法？”元定是刘戡之的字。

“说你的事！”张居正命道。

“是，”游守礼应一声，说道，“舅老爷和江陵县闹过一场。”

张居正知道，这一个“闹”字，说大可大，说小可小。他问：“闹到何等程度？”

“闯入县衙，出手伤人。”游守礼说。

“伤的是——”张居正心存侥幸。

“恰是江陵县本人。”游守礼说。

打伤别人还好说，把知县本人打伤，想捂是捂不住。怪不得游守礼慌慌张张跑来报信，这事还真有些难办。

“此事怕是要闹到荆州府。”他自语道。

“只闹到荆州府，算是烧高香。”游守礼道。

“你是说，会闹到布、按二司？”张居正问。

“只闹到布、按二司，舅老爷大概要念阿弥陀佛。”游守礼道。

“老七的意思，还要闹到朝廷不成！”张居正道。

“会不会闹到朝廷，学生不敢妄言；但巡抚衙门是一定要过问的。”游守礼说。

郧阳巡抚抚治的地区跨湖广、河南、陕西三布政司，其中包括荆州府。游守礼提到巡抚衙门，张居正自然会想到王世贞。

“亦即，元美兄是一定要过问的。”他自语道。

“舅老爷报信急如星火，正是想请老爷和元美先生打个招呼，让他适可而止。”游守礼说。

“怎叫适可而止？”张居正问。

“最好把错断在江陵县一边。”游守礼说。

“不伤人，错在哪一方，本来是两可之间的事；今者伤人，而且，想必是在众目睽睽之下伤的人，还能叫人担错！”张居正道。

“这一层，舅老爷已想到。退一步，各打五十大板，他也是可以接受的。”游守礼说。

“他不接受，又能怎的！要紧的是，元美兄会否接受。”张居正道。

“要紧的是，老爷要不要元美先生接受。”游守礼居然连老爷的话也敢于纠正，或者说善于引申。

“舅老爷不挨几板子，是不会收敛的。”张居正说。

“那么，老爷打算要元美先生接受？”游守礼问。

张居正没马上回答。略加思忖后，他忽问：“再退一步呢？”

“再退一步，舅老爷宁愿认罚。”游守礼说。

“你这位舅老爷，拔一毛而心疼，也肯拿钱消灾？”张居正冷笑。

“学生以为，舅老爷已知错。不然，他不会出此下策。”游守礼说。

“老七以为是下策？”张居正问，并说，“我看，他能拿钱消今次之灾，才算是烧高香，才要念阿弥陀佛！”

“老爷说的是，”游守礼附和道，“老爷这尊佛若不出面，最后的结果一定不是罚点儿钱了事。舅老爷烧香烧到老爷的庙里，算是烧对香；对着老爷念阿弥陀佛，算是念对地方。”

“老七，我可以作证，你为舅老爷免灾，可谓尽心竭力；多余的话，不必再说。”张居正不想再听他的甜言蜜语。

“老爷不打算和元美先生打招呼吗？”游守礼担心地问。

张居正摇摇头，反问：“老七，记得我和你说过的话吗？”

“老爷说的哪句话？”游守礼问。

“元美兄会做学问，却不会做官。”张居正道。

“老爷是说过这话。”游守礼应道。

“所以，不是我不肯和元美兄打招呼；而是我和元美兄打了招呼，未必管用。你说，我致函元美先生，请他关照舅老爷，元美兄却秉公办理，甚至比我不和他打招呼，处置还要严厉，岂不是得不偿失！还不如让他该过堂过堂，该收系收系，多给舅老爷吃些苦头。”张居正道。

“老爷这是一个计较。”游守礼说。

“你还有别的计较？”张居正问。

“是。”游守礼应道。

“说来听听。”张居正命道。

“舅老爷即便过堂，惮于老爷的威名，审者不会严词厉色，班役不会用刑；即便收系，惮于老爷的威名，狱吏不敢索取，狱卒不敢虐待。但舅老爷一旦过堂，一旦收狱，老爷的威名肯定受损。人家不会说老爷不徇私情，只会说元美先生不徇私情；不会说老爷一秉于公，却会说老爷的至亲不遵法理。”游守礼道。

“老七的意思，我还是该和元美兄打个招呼？”张居正问。

“学生的担心不一定对，请老爷参酌。”游守礼道。

“此事容我想想。”张居正没法马上做出决定。

第四十五章

八月二十九日，午门内外的气氛庄严肃穆。在大臣们的记忆中，献俘仪式很久没有举行。而今天由辽东战将和海西女真首领王台部属献上的是：这一两年把辽东搅得有些混乱的建州女真首领王杲。

参加献俘仪式的文武大臣们按序排列在午门外。在他们前方，从左掖门到午门，再从午门到右掖门，道路两侧都是手执各式仪仗兵器的武士队列。所献之俘，倒翦双手，或置于马背，或置于囚车，自左掖门入，从午门前走过，从右掖门出。

这是一条很长的路，无论马匹，还是囚车，行走都很缓慢，让午门上的皇帝和午门下的文武大臣们可以尽情观看。

皇帝会宣召一些亲近大臣，登上午门城楼，和他一起观看。今天获此殊荣的，除张居正外，还有吕调阳和今年八月以礼部尚书兼东阁大学士入值的阁臣张四维，以及兵部尚书谭纶。

被献之俘从午门下走过时，午门下的文武大臣和道路两侧的武士有节奏地山呼万岁。皇帝兴奋起来，高声叫道："谭爱卿何在？"

谭纶上前两步，应道："臣在。"

"最前面骑在马上的人，可是王杲？"皇帝问。

"是。"谭纶应道。

"随后囚车上的，似个女子。"皇帝说。

"她是王杲正妻。"谭纶道。

"再后面骑在马上的呢？"皇帝问。

"他是王杲长子。"谭纶道。

皇帝不再理他，一人一人地数起献俘的人数。他数出声，而站在他后面的冯保则是默默地数着。

数到最后，皇帝有点儿乱。

"冯大伴，是二十六人，还是二十七人？"他问冯保。

"奴才数的，是二十七人。"冯保说。

“谭爱卿，你那里有没有数？”皇帝问谭纶。

“臣这里有数，当献俘者，王杲及家眷，计二十七人。”谭纶说。

“大伴没数错。”皇帝道。

“奴才想，爷也没数错；爷若数作二十六人，或是没有把王杲本人数在里面。”冯保说。

“不错，”皇帝找到数错的原因，心里很高兴，“朕是从囚车数起的，而最前面的，应该是匹马。”

午门下此起彼伏的欢呼声忽然停顿，然后，又忽然高涨。这表明，献俘的队伍就要走出右掖门，仪式就要结束。

当欢呼声再一次停顿下来，冯保禀奏：“爷，文武大臣们在恭送爷起驾回宫呢。”

“可朕还想和谭爱卿，还有，”皇帝想到不能冷淡张居正，又加上一句，“和张先生，说会儿话呢。”

“门楼里已设御座，爷可稍歇，再宣召二臣入内。”冯保说。

“好。”皇帝应道。

张居正、谭纶被宣入门楼，行礼毕，皇帝对张居正说：“张先生，朕要先问谭爱卿一件事。”

“是。”张居正应一声。皇帝把兴趣过多地放在谭纶身上，他并不意外，也不反感。

“谭爱卿可记得，朕曾与你谈论过辽东战事？”皇帝问谭论。

“臣记得。”谭纶应道。

“那是几月？”皇帝问。

“五月。”谭纶道。

“卿还记得是哪一日吗？”皇帝问。

“五月二十五日，陛下召臣于会极门。”谭纶说。

“朕当时怎说的，爱卿还记得吗？”皇帝问。

“皇上谕曰：辽东虏众内犯，陛下——”谭纶才开始叙述，被皇帝打断。

“王杲被俘获在几时？”皇帝又问。

“七月初四日。”谭论说。

“今日是——”皇帝这是在问冯保。

“八月二十九日。”冯保说。

“大伴，你帮朕算一算，自朕在会极门宣召谭爱卿，至王杲被俘获，其间几多日；至今日献俘，其间又几多日。”皇帝命道。

“爷宣召谭尚书，至王杲被俘获，其间三十九日；王杲被俘获，至今日献俘，其间三十四日；若自爷宣召谭尚书，至今日献俘，其间七十三日。”冯保说。

“三十日前，朕忧其事，三十日后，即传捷报；七十日前，朕忧其事，七十日后，即献俘午门，何其速也！”皇帝道。

“此爷之洪福，社稷之洪福。”冯保颂道。

“社稷之洪福，自然是社稷之洪福；至于朕之洪福——”皇帝拖个长音，道，“朕想说句古话：得人是福。”

得人，可以理解为得一称职的大司马，因为皇帝不仅今天把他召到午门上，而且一直在颇有滋味地和他说话。但包括谭纶在内的人都知道，皇帝不会是这个意思，皇帝指的肯定是张居正。至于怎么把皇帝的话和今日的事联系在一起，则是个谜。

好在皇帝没让他们去破解这个谜。

“爱卿可知，五月二十五日，朕为何召你至会极门？”皇帝问谭纶。

“臣不知。”谭纶道。

“一则，是卿说过的，朕要让你知道朕的忧心；二则，是卿没来得及说的，辽东战事兵部多日未曾禀奏。”皇帝说。

“兵部对辽东战事过问不及，是臣之罪。”谭纶道。

“而让朕关注辽东战事、并督促兵部的，正是张先生。后来朝廷给兵部的谕旨，以及给辽东边臣的谕旨，也都是张先生亲拟的。故朕以为，张先生运筹之功，不可没也。”皇帝说。

“诚如圣谕，论辽东平虏，臣居正辅弼之功当列首位。”谭纶附和道。

“皇上圣明，边臣用命，辽东告捷，非臣之功。”张居正则谦道。

“功赏之事不忙议；张先生，谭爱卿，你二人谁先把辽东战事说给朕听听？”皇帝问。

“用兵之事，在于兵部，当由臣纶叙说。”张居正道。

“谭爱卿，张先生推你先说，你就先说。”皇帝命道。

“是，”谭纶应一声，说道，“王杲由海西女真部长王台俘获，但辽东战事却要由辽东总兵官李成梁说起。”

“卿既提及王台，就先给朕说说王台吧。”皇帝却有自己的主意。

“是。”谭纶应罢，特意顿了顿，看皇帝会不会具体问。

“卿说王台是海西女真部长，不知是哪部？”皇帝问。

“是哈达部。”谭纶说。

“王台姓王，王是他本姓吗？”皇帝问。

“不是。他本姓纳喇氏。”谭纶说。

“台是他本名吗？”皇帝问。

“不是。他本名万，其部属都以万汗称呼他。”谭纶说。

“原来海西女真是以名称王，不是以姓称王。”皇帝说。他知道，北虏的汗，相当于汉人的王。

“陛下说的是。”谭纶应道。

皇帝想起另一件事，问冯保：“大伴记不记得，辽东边臣的奏章说，王杲还有另外一个名字？”

“奴才记得，叫科勺。”冯保说。

“科勺也是王杲的本名吗？”皇帝问谭纶。

“这却不是，”谭纶道，“王杲在朝廷绝其贡市后，心怀怨恨，因而改名为科勺。王杲本名，臣等无考。”

“不要紧，反正他在朕手里，问一问即知。”皇帝说。

“是。”谭纶应道。

“王台已说清楚，卿再说李成梁吧。”皇帝命道。

“是，”谭纶应一声，叙述道，“自建夷诱杀辽东官军守备裴承祖后，成梁一直谋剿之。去岁十月，王杲大举犯边，成梁率官军迎战，命副将杨腾、游击将军王唯屏分屯要害，命参将曹簠挑战。两军交战之际，成梁一声号令，伏兵四起。敌大溃奔逃，会聚王杲老巢。该地势高、沟深、城固，王杲欲负隅顽抗。成梁命以火器攻之，把总于志文、秦得倚奋勇先登，众将随即跟上。王杲退守高台，亲手射杀志文，我攻势稍遏。时天助官军，大风忽起，成梁命纵火，焚敌营垒。官军趁势杀敌，斩敌达一千一百余级，获得大胜。”

“张先生，谭爱卿讲述得如何？”皇帝问张居正。

“详略得当，条缕清晰。”张居正道。

“谭爱卿，张先生赞你讲述得好，你的确讲述得好。”皇帝说。

“臣叩谢陛下称赏，谢过张先生称赏。”谭纶道。

“张先生看，辽东为何获此大捷？”皇帝问张居正。

“臣以为，除皇上圣明，还有三事可言：其一，李成梁会用兵，能作战；其二，众将肯用命；其二，得益于火器。”张居正说。

“张先生概括得很好，但朕还要加上一事：张先生运筹帷幄之功，”皇帝说着，问谭纶，“此役在去冬，王杲被俘获在今夏，其间相隔半年有余，战事如何？”

“大败之后，王杲藏匿阿哈寨。成梁侦知，复命曹簠率精骑往击。王杲退走南关，遭遇王台，终被擒获。”谭纶说。

“看来，是官军把王杲驱入王台怀抱的。”皇帝道。

“陛下此说，甚是传神，”谭纶赞道，又说，“官军若不大败王杲，王台与他遭遇，未必会有俘获他的机会。臣还以为，由王杲被王台俘获，更能看出天佑我大明。”

“卿此言怎讲？”皇帝问。

“王杲自诩善星象之学，每观星象，再定所向。那日，他观星象，道出南关必无恙；谁知才出南关，就遭遇王台。”谭纶说。

“这倒是桩趣事，”皇帝说着，问张居正，“张先生，你说呢？”

“皇上说的是，”张居正应道，“古人云：天厌之。王杲反叛天朝，犯我边陲，上苍亦不容他。”

“卿看，当如何处置王台？”皇帝问。

“臣与兵部及吏部、礼部等臣议过，以为他虽是拣到一桩功劳，但不可不酬。”张居正说。

“如何酬之？”皇帝问。

“兵部以为，王台本人，宜赐封龙虎将军名号，其二子王勋、王卫，宜授都督佥事。”张居正说。

“张先生以为呢？”皇帝问。

“臣以为可。”张居正道。

“还有呢？”皇帝问。

“礼部以为，宜赐以金币。”张居正说。

“张先生以为呢？”皇帝问。

“臣以为可。”张居正道。

“还有呢？”皇帝问。

“吏部以为，宜加柱国之衔。”张居正说。

“张先生以为呢？”皇帝问。

“臣以为，可加右柱国之衔。”张居正道。

“都依张先生：王台着封龙虎将军，加右柱国衔，赐以金币；二子封都督佥事。”皇帝说着，又问，“张先生看，李成梁当如何封赏？”

“以平虏之功，当重予赏赐。但臣以为，不如先予嘉勉；加官晋职，不妨稍迟。”张居正说。

“这是为何？”皇帝问。

“今春以来，窜入辽东的鞑靼诸部纠集，大有犯边之势。可命成梁严加防范，待事平，一并赏赐。”张居正说。

他说的窜入辽东的鞑靼，主要是插汉部。该部在嘉靖中期以后，为避俺答吞并，徙居辽东。其首领，初称小王子。今首领土蛮继汗位后，始去小王子名号，而以名传世。

“张先生说的重予赏赐，包括爵位吧？”皇帝问。

“功足够高的话，赐以爵位，亦无不可。”张居正道。

“张先生的意思，是以官爵为饵，诱他等为国家效命。”皇帝说。

“臣是此意，但皇上不该用个‘诱’字，”张居正道，“成梁与王台辈不同。他是朝廷命官，既食朝廷俸禄，为国家效命，乃其本分。朝廷驾驭之道，当不惜赏赐，又不轻予赏赐。”

“张先生所言甚是，”皇帝应罢，招呼冯保，“大伴，记得你告诉过朕，午门楼里存放一件圣物？”

“是。”冯保应道。

“是何物？”皇帝问。

“是成祖皇爷驰骋天下时，使用的一杆御枪。”冯保说。

“置于何处？”皇帝问。

“存于最西端的凤楼里。”冯保说。

“圣祖遗物，为何不置于正楼？”皇帝问。

“成祖皇爷修建北京宫阙，即以御枪镇于该处。奴才想，成祖皇爷或有深意；故列祖列宗，均不曾挪动。”冯保说。

“张先生知此事否？”皇帝问张居正。

“臣略闻其事，未仰瞻其物。”张居正说。

“谭爱卿知否？”皇帝问谭纶。

“臣不知。”谭纶道。

“大伴领朕去仰瞻此物；张先生，谭爱卿，同朕一同去。”皇帝命道。

“臣等遵旨。”张居正、谭纶应道。

午门上，有一间正搂，两侧庑廊环接，左右庑廊两端，各有一阁楼，与正搂合称五凤楼。除正搂之外，两侧的四座凤楼，极少有人涉足。

皇帝一行来到西侧外端的凤楼。楼里果然存放一支长枪，看上去很普通。如果不是置于凤楼，不是宫里的老人口传，不会有人相信这是成祖皇帝使用过的御枪。因存放年头久，不仅枪身发乌，枪头也失去光泽。

皇帝注视良久，心里翻滚过许多想法，许多感慨。他最后说一句：“该着人好生擦拭。”

“奴才遵旨。”冯保应道。

第四十六章

几乎和上回是同一批生员，拥入郧阳巡抚衙门的后堂。不等王世贞招呼，他们各自找个位置坐下。

“君等今日都来，补上前次议题吧。”王世贞道。

众生员还没来得及响应，却被一生员岔开。

“凤洲都堂，学生欲问一事，可否？”该生员问。

“你问。”王世贞道。

“闻得凤洲都堂才过问一桩荆州的案子，不知确否？”该生员问。

前次让众生员帮着断个案子，好久没人开口；今日只想和众生员论文，却有人问起案子。王世贞边想边说：“是我不对，和君等探讨疑案。谁知一次而已，此君就兴致盎然。”

众生员哄笑。提问的生员不好意思地说：“今日说听凤洲都堂解说吴楷；案子的事，不说也罢。”

“多说干扰主题，但我可以告诉你一句：日前本堂确曾过问一桩荆州的案子。”王世贞说。

他的本意，是不想让提问的生员难堪；不料，问题只要一开头，马上有人接上。

“凤洲都堂，学生亦欲问一事。”另一生员说。

“你问。”王世贞道。

“闻得此案与朝中某相公有涉，不知确否？”该生员问。

“君称‘有涉’，是何意？”王世贞反问。

“即涉案之人，为朝廷某相公亲眷。”该生员说。

“既如此，但问涉案之人，是否为朝廷某相公亲眷不好吗；为何偏要问，此案与朝中某相公是否有涉！”王世贞道。

“凤洲都堂责备的是，”该生员应道，又问，“学生按照凤洲都堂的意思问的话，凤洲都堂的答案是‘是’或‘否’？”

“你既问错，本不该给你答案；但我可以告诉你一句：涉案之人，确为朝廷某相公亲眷。”王世贞说。

“凤洲都堂，学生亦欲问一事。”第三名生员说。

“你问。”王世贞道。

“闻得朝廷某相公过问此案，不知确否？”该生员问。

“君称‘过问’，是何意？”王世贞反问。

“即朝廷某相公，曾有私函与凤洲都堂。”该生员说。

“我与朝廷众多公卿均有私函往还。”王世贞说。

“学生的意思是，朝廷某相公是否曾为涉案亲眷告求。”该生员说。

“既如此，但问朝廷某相公是否为涉案亲眷告求不好吗？为何偏要问朝廷某相公过问此案，又问朝廷某相公有无私函与我！”王世贞道。

“凤洲都堂责备的是，”该生员应道，“学生正欲问，朝廷某相公是否曾为涉案亲眷告求？”

“你问错两次，我不给答案，你不会以为我待你不公吧？”王世贞问。

“学生不会。”该生员说。

“我不给你答案，你会不会料到答案？”王世贞又问。

“学生料得到。”该生员说。

“好，我不给你答案。”王世贞道。

“凤洲都堂，学生亦欲问一事。”第四名生员说。

“你说。”王世贞道。

“凤洲都堂是否一口回绝朝廷某相公？”该生员问。

“远隔数千里，回绝也是一纸，不会是一口。”王世贞说。

“这可是答案？”该生员问。

“君不妨视作答案。”王世贞说。

“凤洲都堂胆魄令人敬佩。”该生员道。

“凤洲都堂！”又一生员呼道。

“看来，今日相聚，非得改成盘问不可。”王世贞道。

“学生正想请老师颁令，不得再问此事。”该生员说。

“君等之意呢？”王世贞问众生员。

“我等皆是此意。”众生员齐道。

“怎见得君等皆是此意？”王世贞不愿自己转变话题。

“凤洲都堂，学生欲问一事。”一生员说。

“你问。”王世贞道。

“善楷者不止吴人，凤洲都堂为何定下吴楷这个题目？”该生员问。

“这还用问，凤洲都堂是吴人，自然喜爱吴楷。”另一生员抢着说。

“凤洲都堂，然否？”其他生员齐问。

“虽不中，亦不甚远，”王世贞道，“我愿和君等议一议吴楷，是因为我在探究吴人楷书上下过工夫，略有心得；而不喜爱吴人楷书，我是不会在这上面下工夫的。”

“凤洲都堂，学生亦欲问一事。”又一生员说。

“你问。”王世贞道。

“闻得凤洲都堂将吴楷列为十等，不知确否？”该生员问。

“此定误传，兄误信矣。”另一生员抢着说。

“怎知是误传？”前一生员问。

“若列等次，上、中、下足矣，动辄曰十，岂不繁琐！”后一生员道。

“凤洲都堂，如何？”其他生员请王世贞裁定。

“你莫嫌繁琐，”王世贞对后一生员说，“我探究吴人楷书，还真要从十字说起。你的话错。”

“凤洲都堂当真把吴楷列为十个等次？”后一生员问。

“虽则曰十，却不是十个等次。你的话也错。”王世贞对前一生员说。

“不以等次曰十，却以何事曰十？”众生员齐问。

“十册也，”王世贞道，“我收集吴人楷书佳作凡十册，故论吴楷，须得从十字说起。”

“吴人善楷书者虽多，能入凤洲都堂法眼者，竟有十件之多，学生甚疑之。”一生员立即提出异议。

“君等谁来计数？”王世贞问。

显然是要开讲。众生员大为兴奋，纷纷抢着计数。

“不如就由你来计数。”王世贞对表示异议的生员说。

“学生遵命。”该生员道。

“一册，陈文东小楷《圣主得贤臣颂》。”王世贞说。

首先，此人距今世应该很远；其次，不知文东是名，抑或是字。以致王世贞的话在众生员中没引起任何反响。

“陈文东先生名璧，国初松江华亭人也。君等知其人否？”王世贞给众生员一个提示。

众生员仍沉思默想，或是根本未闻其名，或是虽闻其名，却未见其字。

“二沈先生，君等总该知道吧；二沈先生的字，君等总该见识过吧？”王世贞道。

大沈，名度，字民则，小沈，名粲，字民望，兄弟二人均以书法名世。作为府学生员，无人不知二人的大名，也大都欣赏过二人的字。

“凤洲都堂为何不以民则先生楷书列为第一？”一生员问。

“凤洲都堂为何不以民望先生楷书列为第一？”另一生员问。

“君品赏过民则先生哪篇楷书？”王世贞反问前一生员。

“《出师表》。”该生员道。

“君品赏过民望先生哪篇楷书？”王世贞问后一生员。

“《虞书·益稷篇》。”该生员道。

“陈文东先生和二沈先生的楷书，均属于云间派。文东先生《圣主得贤臣颂》，字较民则先生《出师表》为小，而与民望先生《虞书·益稷篇》相当，”王世贞说着，问提问的两名生员，“你二人对文东先生的字，能想得出大致轮廓吗？”

“似有大致轮廓。”二生员道。

“君等品赏过《出师表》及《益稷篇》者，应有大致轮廓；未曾品赏者，想找到这两篇字的拓本，亦非难事。”王世贞对其他生员说。

“《圣主得贤臣颂》既凤洲学士收藏，何不让我等直接品赏？”一未曾品赏过二沈楷书的生员道。

“我收藏的物件，置于太仓家中，未携至任所。”王世贞说。

众多生员“呀”一声，不知是理解，还是失望。

“凤洲都堂，”一生员指着前面提问的二生员，提醒道，“他二位问的是，何不以大沈或小沈的楷书列为第一？”

“是啊，文庙称民则先生为我大明王右军，凤洲都堂为何不以他的楷书列为第一？”另一生员附和道。

“一则，我把《圣主得贤臣颂》列为第一册，非把文东先生楷书列为第一等；二则，确有人把文东先生楷书列为第一等，但不是我，而是陆文裕公。他以为，陈文东先生楷书出于二沈先生楷书其表。”王世贞说。

陆文裕，即陆深，上海人，以文学名。

“凤洲都堂，可以说第二册吧？”被王世贞指定计数的生员发现，在第一册楷书上耽搁太久，连忙催促。

“一册，徐元玉临摹的褚河南《哀册》。”王世贞说。

徐元玉名有贞，苏州吴县人，曾任内阁首辅，并封伯，却不曾给谥。这是因为他在天顺初获罪，下狱论死。后免死发戍，再后被释还原籍，但朝廷没再起用他。士大夫及普通百姓也没原谅他，因为于谦的死，和他有很大的关系。除恶名之外，他可以传世的，还有别具风格的文章，和造诣颇深的书法。

褚河南即唐朝书法大家褚遂良，封河南郡公，故以褚河南称。他官至中书令，为武后厌恶，屡遭贬黜，郁郁而卒。所以有《哀册》传世，和他的这段经历有关；徐有贞临摹他的《哀册》，也是借以抒怀。

“凤洲都堂，徐氏楷书也可成一家吗？”一生员问。

“这还用问！”另一生员抢着说，“以徐氏的名声，若不是楷书有特别过人之处，凤洲都堂怎会收藏！”

“君若知我还收藏何人楷书，就不会轻易地说他的楷书有特别过人之处，”王世贞对后一生员说罢，又转过去对前一生员说，“不过，徐元玉的楷书，的确堪称一家。”

“学生听人说，褚河南最长于隶书，不知然否？”一生员问。

听他提的问题，即知他对前代书法的研习颇有心得。

“又然，又不然。”王世贞说。

“凤洲都堂此话怎讲？”众生员问。

“褚河南隶、楷皆擅。他本人最钟意者，或是隶书；但我料定，他用的最多的，却是楷书。”王世贞说。

“凤洲都堂为何以为他用楷书最多？”众生员问。

“褚河南初以谏议大夫兼知起居事，唐太宗问他：朕有不善，卿必记耶？他回答：臣职载笔，君举必书。你等不妨想一想，君举必书，若以隶书，方便不方便？记起居注，当以楷书。”王世贞说。

“凤洲都堂说的是。”众生员应道。

“第三册。”被王世贞指定计数的生员几乎成为司仪。

“一册，祝京兆楷书。”王世贞说。

祝京兆即祝允明。汉置京兆郡，唐置京兆府，所辖都是京城周边地区。后世以京兆代表京师周边地区，或京师周边地区官员。本朝可以称作京兆的，是顺天、应天府官。祝允明曾官应天府通判，故名。

祝允明不仅距今世较近，而且名气也更大。所谓“吴门四才子”，即祝允明、文征明、唐寅、徐祯卿。其中，文征明、唐寅又以画名，徐祯卿又以诗文名，最以字名的，则是祝允明。

许多生员品赏过祝允明的楷书，提的问题自然也多。

“凤洲都堂所藏，是《祝氏集略》，抑或《祝氏文集》？”一生员问。

“君等谁个读过《祝氏集略》？”王世贞反问众生员。

除提问的生员，其他人大都在摇头。

“《祝氏纪略》即《怀星堂集》。”王世贞说。

众生员这才纷纷点头。《怀星堂集》这一书名，许多人是知道的。

“《祝氏集略》《祝氏文集》，皆在付梓后得名。君等说，从中可以看出祝京兆的真迹否？”王世贞说。

“是学生问错。”提问的生员面有愧色地说。他本想显示一下博览群书，不料闹个大笑话。

“凤洲都堂所藏，是祝京兆早年的楷书，抑或祝京兆晚年的楷书？”另一生员问。

“君有此问，行家也。”王世贞赞道。

“凤洲都堂缪赞，学生愧不敢当，”该生员揖道，又问，“学生闻得，祝京兆早年的楷书与晚年的楷书，若出二手，不知然否？”

“差别确实很大，”王世贞道，“此一册，多为祝京兆年少时所书，包括赋一，诗三十，序一，楷法精美。间以小行书，近草，似于不经意中书之，具种种姿态。又有古体诗十五，乃书之以上公卿者。大约是经意书之，字体稍显纤长，应是晚年的应酬之作。”

“凤洲都堂称‘此一册’，是否还有另一册祝京兆楷书？”一生员问。

“好个聪慧的秀才！”王世贞笑道。

“前一册祝京兆楷书，多为年少时所书；后一册楷书，是否多为晚年时所书？”另一生员问。

“不尽然，”王世贞道，“祝京兆前一册楷书，尽管间有小行书风格，仍为正规楷书。后一册楷书的特色是以秃笔作楷，纯质古雅，隐然欲还古风。其中《赤壁赋》一篇，笔道劲挺，似从褚河南来，而结法微显轻佻简约；《齐闲录序》一篇，雅致精密，似出入钟太府、王大令古法。”

“凤洲都堂一席话，让学生等神往不已。”众生员齐道。

被指定计数的生员方才失去一次主持的机会，这次不会再失去。

“第五册。”该生员道。

“一册，文待诏楷书。”王世贞说。

文待诏即文征明。他唯一参加的考试，是为选拔贡生举行的吏部试；唯一的功名，是朝廷赐予的翰林院待诏。但他在书、画、诗、文方面的成就，却是无与伦比的。

“祝京兆楷书，凤洲都堂藏有两册，文待诏的楷书，至少也该藏有两册吧？”一生员问罢，解释说，“学生以为，无论如何，文待诏不应逊于祝京兆。”

“一则，文待诏、祝京兆各成一家，难以分辨谁个胜谁个一筹，谁个逊谁个一筹；二则，文待诏不会因我未藏有他两册楷书，而逊于祝京兆，也不会因我藏有他两册楷书，而胜于祝京兆。”王世贞说。

“凤洲都堂说的是。”众生员应道。

“不过，”王世贞又说，“我恰好也藏有文待诏两册楷书。”

“文待诏大楷、小楷俱佳，凤洲都堂收藏他两册楷书，是否以大楷、小楷区别？”另一生员问。

“非也，”王世贞道，“我所藏两册文待诏楷书，皆为小楷。”

“请凤洲先生为学生等讲解前一册。”被指定计数的生员说。

“前一册为文待诏《甲子杂稿》，”王世贞道，“计有：诗四十七首，词四阕，文八篇。”

“学生听说，文待诏每至新岁，则亲书旧年诗文一册，不知确否？”另一生员则问。

“确有其事，”王世贞道，“如甲子年，为弘治十七年，文待诏年在三十五岁，《甲子杂录》为当年文待诏所作全部诗文。”

“文待诏长寿，所遗诗文当有数十册之多吧？”另一生员问。

“文待诏习性，贵在坚持。他近九十而仙逝，即便自三十五岁时算起，也有五十多册。”王世贞说。

“凤洲先生品赏过其中几册？”又一生员问。

“惜哉，仅得此一册，以及后一册。”王世贞道。

“其余各册的下落，凤洲都堂知否？”又一生员问。

“我若知其下落，知一册，定购一册。”王世贞说。

“《甲子杂录》是凤洲都堂购得？”又一生员又问。

“是。”王世贞应道。

“以几钱购得？”又一生员问。

“十千，”王世贞回答之后，顺便讲起一段故事，“闻得文待诏逝后，亲书诗文分散于诸子。有不肖子孙，不知其价值，胡乱售与他人。有徽人某，曾以四十千购得二十册而去。”

“四十千购得二十册，平均每册二千，而凤洲都堂却以十千方购得一册，”一生员算罢价值，又算年头，“想文待诏仙逝，至今不过数十年——”

“是二十五年。”王世贞告诉他。

“文待诏仙逝，至今不过二十五年，价值却翻五倍。难怪凤洲都堂说，知一册，定购一册。”该生员叹道。

“兄言差矣，”另一生员批驳，“凤洲都堂购入文待诏亲书诗文，一来是喜爱文待诏楷书，二来为文待诏楷书得以保存，岂为其价值翻倍！”

“恕学生不恭。敢问凤洲都堂，究竟为何？”第三个生员问。

“仁者见仁，智者见智，今日不去谈它。”王世贞笑着说。

差不多所有的生员都开过口，被王世贞指定计数的生员说：“请凤洲都堂为我等讲解后一册。”

“凤洲都堂尚未概言文待诏此册特色。”一生员提醒道。

“我所藏文待诏二册亲书诗文，倒是可做个比较，”王世贞说，“文待诏出道成名较晚，三十五岁可说是少年时期。前一册意气风发，间有不按规矩，任意改窜者；然比起晚年楷书，气骨似小有不足。再说后一册小楷：近体诗《早朝》十四首，是我的诗，老人家为我书写时，已八十四岁；古诗十九首，书写时为八十八岁；《三画锦堂记》一篇，书写时六十七岁；《拙政记》及王敬止三十一首古、近体诗，书写时六十四岁；《致仕三疏》，有改窜之处，应是嘉靖五年乞休奏疏的草稿，时文待诏五十七八岁。”

“此册与前册不同，不是文待诏亲书成册，而是凤洲都堂将所得文待诏手稿归结成册。”一生员说。

“诚如君言。”王世贞道。

“凤洲都堂才说，文待诏年轻时的楷书，比较晚年的楷书，气骨小有不足；那么，此册楷书都写于五十岁后，是否应具气骨？”另一生员问。

“诚是。”王世贞应道。

“凤洲都堂能否具体为我等讲讲？”第三个生员提出要求。

“我才讲述后一册五种诗文，君等记否？谁个能一一道出，我就一一评述之。”王世贞提出要求。

众生员彼此窃语几句，推出一名记性最好的生员。

“凤洲都堂首先说的是，凤洲都堂所吟、文待诏所书的《早朝》十四首。”该生员说。

“神采奕奕动人。”王世贞的评述是六个字。

“其次，则是古诗十九首。”该生员说。

“极有小法，可与枚叔媲美。”王世贞的评述是九个字。

枚乘字叔，汉朝词赋名家，与司马相如齐名。众生员不知枚乘在书法上的成就，均想，王世贞指的或是古诗堪与枚乘的赋媲美。

“又其次，《三画锦堂记》。”该生员说。

“结力遒劲，而考据翔实。”王世贞的评述还是九个字。

考据翔实显然是指文章，而不是指书法。众生员愈发相信，前者所言“可与枚叔媲美”，也是指的古诗本身。

“又其次，《拙政记》及王敬止诗。”该生员说。

“待诏最得意之作。”王世贞的评述是七个字。

王敬止名献臣，苏州吴县人。他官做得不大，被谪外之前，是御史；被谪外之后，终于嘉兴知县。其事迹，也不甚突出。他后来名气不小，是因为去官回到原籍苏州后，建造一座园林，名拙政园。文征明热爱山水，他书写王献臣的诗，也是因为拙政园的缘故。

“又其次，《致仕三疏》。”该生员说。

“吉光凤羽，集而为裘。”王世贞的评述是八个字。

在已说过的几册楷书中，他对这一册的评述最为细腻。被他指定计数的生员对其他生员说：“诸兄该知足吧？”又对王世贞说：“第七册。”

“一册，王履吉先生《拙政园赋》，及诗四章。”王世贞道。

王履吉名宠，苏州长洲人。他出生晚于文征明二十多年，去世却比文征明早二十多年，是吴门书画新一代的代表人物。

“学生闻得王履吉先生曾居林屋三载，可有其事？”一生员问。

“确有其事。”王世贞道。

“林屋山人可是其别号？”该生员又问。

“这却不然，”王世贞道。“林屋山人是蔡九逵先生字号。王履吉少学于九逵先生，就住在他的林屋中。”

蔡九逵名羽，自诩甚高。有人称赞他的诗风格似李贺，他说：吾诗期出魏、晋以上，仅得为李贺耶！

“王履吉先生《拙政园赋》，凤洲都堂如何评述？”一生员问。

“一言以蔽之，得钟、王笔意。”王世贞说。

“具体而言呢？”该生员问。

“意态古雅，风韵遒逸，大巧若拙，书家之上乘也。”王世贞说。

“凤洲都堂以此三言勾勒上乘书法，极为透彻。”众生员道。

被王世贞指定计数的生员以为关于王宠的议论可以到此为止，他用手指比画个八数，并说：“第——”

“且慢，”王世贞打断他，“君等称我评述得透彻，实则我只知皮毛；倒是另有二人，探研王履吉先生的书法，心得颇深。”

“是哪二人？”众生员齐问。

“其一，我友俞仲蔚；其二，我弟王敬美，”王世贞道，“他二人评王履吉书，无一字不相左，无一处不对峙。单看其中一论，都会叹服其据理、深邃；把二人之论放在一起，有如对簿公堂，让人无所适从。”

俞仲蔚即俞允文，苏州昆山人，淡泊功名，致力于诗文书法。

“若将二公评说并列于此册之后，岂不有趣！”一生员道。

“我已照此办理。”王世贞说。

“从来未闻兄台出过好主意，好不容易想出个让人击掌称绝的主意来，却是步人后尘。兄台是可怜呀，还是可悲？”另一生员取笑出主意的生员。

众生员轰然而笑，连王世贞也忍不住笑。

“步凤洲都堂后尘可怜吗？可悲吗？再者，不是还有另外一个说法吗：英雄所见略同！”出主意的生员还击更犀利。

众生员又是一阵哄笑，还有人叫好，那是希望二人接着打口水仗。

被王世贞指定计数的生员出面干预，果断地说道：“第八册！”

“一册，四子合册。”王世贞说。

“合册，且是四子合册，与前面各册都不同。”一生员说。

“凤洲都堂，是哪四子？”另一生员问。

“其一，文寿承书五子诗；其二，文休承书《养生论》；其三，彭孔嘉书广五子诗；其四，许元孚书《庞居士传》。”王世贞说。

文寿承名彭，文征明长子。文休承名嘉，文征明次子。彭孔嘉名年，长洲人，从文征明游。许元孚名谌，昆山士人。

“寿承先生书五子诗，是李于鳞先生为首的五子吧？”一生员问。

嘉靖以来，以五子而称者甚多，众生员都觉得，这一问大有必要。

王世贞点点头，反问：“君说得出五子之名否？”

“有李于鳞先生、宗子相先生、徐子兴先生、梁公实先生、吴明卿先生。”该生员道。除李攀龙外，宗子相名臣，徐子兴名中行，梁公实名有誉，吴明卿名国伦，四人都是嘉靖二十九年进士。

“寿承书五子诗时，谢茂秦尚未与于鳞先生交恶，五子中不包括明卿先生。”王世贞说。

谢茂秦即谢榛，以布衣游于士大夫间，与李攀龙、王世贞等结诗社，为之长。后与李攀龙发生争执，王世贞偏向李攀龙，将谢榛从前五子中除名，而以吴国伦补入。

“孔嘉先生书广五子诗，是俞仲蔚先生等五子吧？”另一生员问。

“君说得全广五子之名否？”王世贞也反问。

“有俞仲蔚先生、卢少楩先生、李伯承先生、吴峻伯先生、欧桢伯先生。”该生员说。卢少楩即卢柟，李伯承名先芳，吴峻伯名维岳，欧桢伯名大任，都是和王世贞、李攀龙差不多同时代的人。

“凤洲都堂，请为我等评述四子之字。”又一生员揖道。

王世贞辨认出记性好的那个生员，说：“还请君提醒我，如何？”

“遵命，”该生员应道，“其一，文寿承先生书五子诗。”

“承父箕裘，尤觉淳古。”王世贞道。

“其次，文休承先生书《养生论》。”该生员说。

“承父箕裘，清俊微佻。”王世贞道。

“又其次，彭孔嘉先生书广五子诗。”该生员说。

“温润秀劲，光彩射人。”王世贞道。

“又其次，徐元孚先生书《庞居士传》。”该生员说。

“一纸老笔，圆熟流俊。”王世贞道。

在记性好的生员说“彭孔嘉先生书《庞居士传》”时，被王世贞指定计数的生员已经半张开嘴，王世贞话音刚落，他马上说：“第九册。”

“一册，陈道复《千字文》。”王世贞说。

陈道复即陈淳，受业于文征明，工书画，尤擅写生。

“可是眼下风头正劲的陈淳陈道复先生？”一生员问。

“是他。”王世贞道。

“闻得陈道复先生以画为主，字在其次，不知确否？”另一生员问。

“所谓其次，并非字不如画，而是写得少。”王世贞说。

“闻得陈道复先生以草为主，楷在其次，不知确否？”又一生员问。

“亦非楷不如草，而是楷书写得尤少，”王世贞不仅回答，而且加以补充，“此子写字不如作画多，写楷不如写草多，而小楷写得尤少。我不仅得其楷书，且得其小楷，故此册弥足珍贵。”

弥足珍贵，已经说到顶。被王世贞指定计数的生员道：“第十册。”

“一册，张伯起唐人诗数首、王舜华诗十二章、莫云卿诗十四章、袁鲁望诗十五章、周公瑕诗二十章等。”王世贞说。

张伯起即张凤翼，周公瑕即周天球。王舜华名逢年，昆山人。莫云卿名是龙，华亭人。袁鲁望名尊尼，长洲人。

一个“等”字首先引出问题。一生员道：“前有四子合册，此已五子，难道还要多？”

“兄台怎知还要多？”另一生员问。

“你没听凤洲都堂说的‘等’字吗？”前一生员道。

“说‘等’字，未必还要多，”后一生员驳道，“只有五子，已说五子，后面仍可缀以‘等’字。”

王世贞微笑不语。他记得，该册的确还收集其他一二人的字，但怎么也想不出来是谁。二生员争吵，反让他解脱。

“凤洲都堂，还要学生起个头吗？”记性好的生员把话岔开。

“再好不过。”王世贞道。

“其一，张伯起唐人诗。”该生员说。

“规度森然。”王世贞道。

“其次，王舜华诗。”该生员说。

“清俊。”王世贞道。

“又其次，莫云卿诗。”该生员说。

“浓婉。”王世贞道。

“又其次，袁鲁望诗。”该生员说。

“流利。”王世贞道。

“又其次，周公瑕诗。”该生员说。

“精雅有法。”王世贞道。

“兄等觉否，凤洲都堂越来越惜字如金？”一生员问其他生员。

“何以见得？”其他生员问。

“评述五子，用不足十五字，还不是惜字如金吗！”该生员道。

“兄台还说凤洲都堂惜字如金，也不看看已到什么时辰！”另一生员道，“我等年轻，饥一顿，饱一顿，不在话下；凤洲都堂怎受得了！”

众生员一看，可不是，天色已昏暗，对面相望，看到的是一张张模糊的脸。他们纷纷起身，有的道谢，有的道歉，相拥而去。

巡抚衙门的后堂，很快静下来。

第四十七章

万历四年的最初几天，监察御史傅应祯的情绪一直安定不下来；准确地说，正旦节之前，他的情绪就没安定下来；更准确地说，在由外官召为御史以后，他的情绪就没安定过。

把情绪发泄出来，需要作文章；作文章，需要有题目。题目在耳闻目睹之中，不断涌现。譬如，京师附近的地震；譬如，四方叠告的灾异；譬如，特别是不久前禁城端门上的兽吻，遭到雷击。

而朝廷对这一件一件的变故，似乎无动于衷；皇上对这一件一件的变故，似乎无动于衷；相公对这一件一件的变故，似乎无动于衷。难道真如宋人王安石所说：天变不足畏耶！

再看对祖宗制度的变更。自己不熟悉者，不去说它；真定府城抽分中使的兴革，他是清楚的。所谓抽分，就是进出城中贸易的货品，收取一定比例的税钱。在国初，收税的官员或是由户部差出，或是由工部差出；设点抽分的地方，也是有限制的。后来，抽分的地方越来越多。后来，更多的抽分不是由户部差官掌管，不是由工部差官掌管，而是由内府衙门差出中官掌管，甚至直接由宫中差出中官掌管。真定设抽分中官，即始于英庙正统年间。

乱设抽分中官，连有见识的太监都意识到必不可行。真定的抽分中官，就是先帝时的内官监太监李芳奏请罢遣的。而近日听说皇上又欲差出抽分中官。难道真如宋人王安石所说：祖宗不足法耶！

再看对言路的轻蔑。科、道言事，未必都说在要害，未必都可取。一些奏章蜻蜓点水，浮皮潦草，自己读过之后，也不会激起丝毫热情。这等奏章，不去说它；但科、道言事，是朝廷运作的一个重要环节，如果一概置之不理，朝政何以澄清、君臣何以自律！

譬如户科给事中朱东光，隆庆二年进士，和自己不是同年；福建浦城人，和自己不是同乡。他的奏章，自己读后忍不住要击节叫好；但在朝廷之上，却没引起任何反响。难道真如宋人王安石所说：人言不足恤耶！

他思如泉涌，脑海中很快提炼出一段文字：

陛下登极初，自隆庆改元以前逋租，悉赐蠲除，隆庆四年以前，免三征七，恩至渥也。近乃定输不及额者，按、抚听纠，郡、县听调。诸臣畏谴，督趣倍严。以致流离接踵，怨咨愁叹，上彻于天。是岂太平之象，陛下所乐闻者哉！请下明诏，自非官吏干没，并旷然除之。民困既苏，则灾沴自弥。

很快，又一段文字涌上他心头：

陛下登极初，召用直臣，如石星、李己等，臣工无不庆幸。近则赵参鲁纠中涓而谪为典史，余懋学陈时政而锢之终身。他如胡执礼、裴应章、侯于赵、赵焕等封事累上，一切置之，如初政何？臣请擢参鲁京职，还懋学故官，为人臣进言者劝。

想好题目，罗列出内容，傅应祯的情绪却更不安定。

他是隆庆五年进士。张居正是隆庆五年的主考官，是他的座主。而他要作的文章，不说完全，也在很大程度上是针对张居正的。譬如提到“三不足”，有一句话非说不可：王安石以之误宋，不可不深戒也。明眼人不难看出，这是把张居正比作王安石。再譬如，输不及额者，按、抚听纠，郡、县听调，也是针对张居正提倡的严综核的。前南京户科给事中余懋学议论政事，对严综核提出异议，被斥为民，而且永不叙录，可见张居正是容不得反对他的主张的。自己和余懋学又不同，是张居正的门生，若公然反对他的主张，而且提出录用余懋学，岂不更要激怒他！

不过，师弟之谊是师弟之谊。师弟之谊绝不能超过君臣之义，绝不能阻碍他对朝廷尽忠，绝不能解除他肩上应担的责任。

在情绪不安定地过四天之后，傅应祯上疏。一天后，他被逮下诏狱。

张居正被召至文华殿，皇帝和他谈论的，正是傅应祯的奏疏。

“朕要廷杖姓傅的御史，张先生为何不让？”皇帝问。

“皇上为何要廷杖他？”张居正反问。

“朕生他的气；杖之，可以泄愤。”皇帝说。

“皇上为何生他的气？”张居正问。

“他谤朕‘三不足’。”皇帝说。

“他是谤皇上，更是谤臣。”张居正道。

“怎是谤张先生？”皇帝不解。

“皇上记得‘王安石以之误宋，不可不深戒’这句话吧？”张居正说着，问道，“皇上知道王安石何许人也？”

“冯大伴告诉朕，王安石官同中书门下平章事，相当于前朝之丞相，本朝之阁臣。”皇帝说。

“亦即，王安石的官职相当于臣的官职，”张居正道，“傅应祯这句话的意思是，昔者王安石以‘三不足’误宋，今者张居正又要以‘三不足’误我大明。”

“他谤张先生，张先生不生气吗？”皇帝问。

“臣非圣人，被谤，当然会生气。”张居正说。

“张先生既有气，朕廷杖之，以泄张先生之愤，不好吗？”皇帝问。

“皇上以朝廷刑罚，为臣泄愤，臣不敢受。”张居正说。

“朕换个说法，”皇帝道，“张先生为朕师傅，为朝廷柱石。若因被谤而不敢任事，唯知避怨，此朕之失也，朝廷之失也。朕为朝廷而杖谤者，有何不可！”

“臣不会避怨，”张居正道，“先帝临终之际，亲以皇上付臣；臣又受皇上厚恩，捐躯难报。臣若避怨，既负先帝之托，亦负皇上之恩。”

“朕再换个说法，”皇帝道，“张先生因辅朕而被谤，因执政而被谤；谤张先生，即谤朝廷也，即谤朕也。朕岂能容之！”

“谤君，固然是大罪，固然死有余辜，但朝廷待言官当存体面。所言不当，所言有罪，当由朝廷议处。将他下诏狱，即是此意。傅应祯下诏狱，外人已知朝廷纪纲，已知祖宗法度，这就足够。”张居正说。

“张先生被谤，尚为谤者言，此张先生胸怀也；但昨文书官持本至内阁，吕、张二先生却不出一言，想必是在避怨。”皇帝说。

“二臣皆朝廷简拔以事皇上，当尽心为国，绝不会避怨。至于昨日未出一言，臣想，或因二臣亦知，傅应祯谤的是臣，出面解之乃臣之责也。”张居正说。

“张先生说当由朝廷议处，为何却有科、道申救？”皇帝又问。

“此亦故事，非有所欺慢。”张居正说。

“说他等不会轻慢朝旨，朕信之。但朕要给张先生说一件事：有疏称，傅某家中有八十岁老父，朕即命取登科录览之，见他只有母在，父已亡故，”皇帝说着，问道，“难道这不是欺瞒？”

“皇上说有疏称，可见不是每疏皆称。”张居正说。

“那又怎的？”皇帝问。

“疏称傅应祯家中有八十岁老父的科、道官，或不知他老父已亡故。臣想，他等即便存心欺瞒朝廷，也不会以这等简易之事为词。”张居正说。

“虽非存心欺瞒朝廷，以不详之事为词，此风亦不可长。”皇帝道。

“皇上说的是。”张居正应道。

“傅应祯既谤张先生，且谤朕，虽不廷杖，亦不可轻饶。”皇帝又说。

“谤君之罪法司会公正而议。”张居正说。

“张先生回阁，可着吕、张二先生体会‘避怨’二字。”皇帝命道。

“乞皇上明谕之。”张居正躬身道。

“二先生宜同心体国，毋得避怨。”皇帝说。

“臣遵旨。”张居正应道。

张居正可以三言两语，平息皇帝心里的恼怒，却无法平息自己内心的恼怒；即使转谕过皇帝对吕调阳、张四维昨日暧昧态度的责备，仍不能平息他内心的恼怒。回到家中，掌诏狱的锦衣卫使余荫求谒，给他一个宣泄的机会。

“缇帅为何事而来？”他沉着脸问。

余荫升至锦衣卫使，和他是湖广籍关系甚大。因此，即便张居正和颜悦色，他也会小心应答；张居正脸色沉下，他更要加倍小心。

“事已安置停当，下官特来禀明相公。”余荫说。

“何事安置停当？”张居正问。

“傅侍御已安置停当。”余荫说。

“他既下狱，已不是御史。”张居正道。

“是，”余荫应一声，重说，“傅先生已下狱。”

“他是我所取士，你在我面前称呼他先生，宜否？”张居正问。

“是，”余荫又应一声，再重说，“傅应祯已安置停当。”

“所谓安置停当，何意？”张居正问。

“一则，下官给他拣选出一间干净的牢室；二则，下官交代属下，不得难为他。”余荫说。

“你的属下是否难为他，我不去管；我只想知道：为何给他拣选一间干净的牢室？”张居正问。

“他不是较为特别嘛。”余荫道。

“他有何特别？”张居正追问。

“他是，他是——”余荫吞吞吐吐，给出的是一个不知所云的回答，“他是廷臣。”

“廷臣下诏狱，你都予以关照？”张居正问。

“并非都予以关照，但他是科、道官。”余荫又说。

“科、道官下诏狱，你都予以关照？”张居正问。

“并非都予以关照，但他是——”余荫这才想起张居正刚才说过的话，“他是相公所取士。”

“我所取士下诏狱，你都予以关照？”张居正问。

“并非都予以关照，但相公存心关照的人，下官定予关照。”余荫说。

“缇帅是说，我存心关照他？”张居正问。

“是。”余荫应道。

“你怎知我存心关照他？”张居正问。

“皇上欲廷杖，被相公劝阻。”余荫说。

“但皇上要将他下诏狱，我劝阻否？”张居正问。

“未闻相公劝阻。”余荫说。

“你知为何？”张居正问。

“下官不知，乞相公明示。”余荫揖道。

“廷杖虽太祖朝已有之，但不轻用，滥用廷杖，自英庙王振始。我以为，廷杖为刑非善，以不用为好。故皇上欲杖傅应祯，我加以劝阻；非因其为我所取士，实因廷杖非善法。诏狱者，法司之一也。廷臣获罪，下诏狱鞫讯、议处，非法外治罪。故皇上下傅应祯于诏狱，我未加劝阻，非我不顾及师弟之谊，实因其罪有应得。”张居正说。

“相公说得透彻，下官这就回去重新安置。”余荫忙道。

“如何重新安置？”张居正问。

“一则，给他调换一间牢室。”余荫还想好几件事，但才说一件，被张居正打断。

“你知傅应祯犯的何罪？”张居正问。

“下官听说是谤君。”余荫道。

“为何是听说？你不确定吗？”张居正问。

“原本是很确定的；但又听相公说，傅应祯是谤相公，下官于是不敢十分确定。”余荫说。

“我是对谁说的？”张居正问。

“听说相公是对皇上说的。”余荫道。

“我对皇上说的是：他是谤皇上，更是谤臣。你不知吗？”张居正问。

“下官没听完全。”余荫道。

“皇上谕曰：谤张先生，即谤朝廷，即谤朕。你不知吗？”张居正问。

“下官未闻。”余荫道。

“我既告诉你，你不该再不知。”张居正说。

“是。”余荫应道。

“说说看，你将如何重新安置？”张居正命道。

“谤君、谤相公，皆为重罪，一则，将他调换到重囚室，”余荫修改第一件事的内容；然后，接着说，“二则，命属下对他严加看管；三则，不准任何人探监。”

严加看管，和方才说的不得为难，正好对立。张居正不管诏狱的人会不会为难傅应祯，也不会管是否严加看管，他注意的是第三事。

“为何不准任何人探监？”他问。

“重罪钦犯，都不准人探监。”余荫说。

“未必吧。”张居正道。

“是，”余荫应道，“若有人关照，可以例外。但相公都不肯关照他，下官看，无人敢关照他。”

“他下诏狱，我没关照；让他住好的牢室，我以为不妥。但有人去探望他，我还是愿意关照一二的。”张居正说。

“相公的意思是——”余荫问。

“你自家去体会吧。”张居正道。

“是。”余荫应道。他很快就体会出张居正的用意。

工科给事中徐贞明和御史李祯、乔岩，抱着试一试的心态来到诏狱。

没想到，不受任何刁难被让进去。而且，因他三人的到来，还把傅应祯从重囚室放出来，让他们在院子里说话。

须发未整理，衣袍皱皱巴巴，看上去，人显得憔悴、沮丧。但除此之外，看不出有用过刑的痕迹，看不出他吃过多少苦头。

“公善兄挺自在嘛。”徐贞明忍不住说道。

“自在吗？要不孺东兄也进去住几天？”傅应祯指着重囚室那边说。

“不用住几天，想一想已足够。”乔岩说。

“巽甫兄怎只怕孺东兄吃苦？”傅应祯道。

“孺东兄不用住进去，公善兄最好也早日出去。”李祯说。

“还是维卿兄厚道，一视同仁。”傅应祯道。

傅应祯字公善，江西安福人。徐贞明自孺东，江西贵溪人。乔岩字巽甫，河南商丘人。李祯字维卿，陕西安化人。徐贞明等三人和傅应祯一样，都是隆庆五年进士。

随便说几句，四人各自找个地方坐下来。

“公善兄的奏章，拟前对我说过，拟后我也拜读过，并没觉着有何不妥，怎的一下子就下狱？”徐贞明问。

“孺东兄在问我吗？”傅应祯反问道，“孺东兄在外面，总还可以听到别人怎说，我却去问谁个！”

“别人怎说的，我不想知道；我只想知道，你是怎想的。”徐贞明道。

“我是怎想的？”傅应祯想了想，说道，“还不是觉着朝政有缺失，我辈身为言官，当补缺、拾遗。”

“再无其他？”徐贞明问。

“除此之外，我还会想别的何事？莫非补缺、拾遗是你科垣的专职，我等御史不得染指！”傅应祯道。

六科给事中和十三道御史，并称科、道，又合称言路。但说到六科给事中的职责，包括补缺、拾遗等；说到十三道御史的职责，则包括纠劾百官等。所以，傅应祯才会这样说。

“孺东兄并无分出彼此之意，”李祯插话，“他也曾问过巽甫兄和我，兄台在上疏之前，究竟是怎想的？”

“维卿兄可知？”傅应祯问。

“我如实相告，并不知公善兄是怎想的。”李祯道。

“我是问，可知孺东兄为何要问。”傅应祯道。

“我亦不知。”李祯说。

“此事我却略知一二。”乔岩在一旁搭话。

“巽甫兄怎知？”傅应祯问。

“孺东兄不知从何处得知：皇上对公善兄的奏本大为恼怒，对我等恩师说，此疏谤君；我等恩师却说，此疏谤君，更是谤他，”乔岩讲述之后，道，“我想，孺东兄是问，公善兄是否真有此意？”

“孺东兄是否真想知道，我有无此意？”傅应祯问徐贞明。

“我的确想知道。”徐贞明承认。

“那我就告诉你，有一句话，我思忖良久，才加上的。”傅应祯说。

“是哪句话？”徐贞明问。

“王安石以之误宋。”傅应祯道。

“亦即，公善兄此疏确是因叔大师而写。”徐贞明引申一句。

“这么说，并不确切。”傅应祯道。

“公善兄此疏，在很大程度上是因叔大师而写？”徐贞明又问。

“孺东兄要这么说，亦无不可。”傅应祯道。

李祯、乔岩都“呀”一声，以示惊诧。但惊诧之后，二人的反应却截然相反。

“公善兄此事难办。”乔岩说。

“何谓难办？”李祯问。

“此疏若仅被视为谤君，叔大师还可以勉为解说；今被视为既谤君，又谤相，却由谁个解说！”乔岩道。

“巽甫兄所言甚谬。”李祯道。

“据实而言，何谬之有！”乔岩不服气。

“首先，这个‘谤’字就用得不妥。”李祯道。

“不是我用的，是皇上和叔大师用的。”乔岩说。

“皇上用的，当廷辩；叔大师用的，当阁辩。”李祯道。

“维卿兄欲怎辩？”乔岩问。

“改一个字而已。”李祯道。

“改掉哪一字？”乔岩问。

“谤。”李祯道。

“改为哪一个字？”乔岩问。

“谏。”李祯道。

“改得好！”徐贞明赞道，“公善兄本意，并非要谤君，而是要谏君，并非要谤叔大师，而是要谏叔大师。”说着，问乔岩，“巽甫兄看呢？”

“此字一改，公善兄的确无罪。”乔岩说。

“我等一同谒见叔大师，分辩这两个字，如何？”徐贞明提议。

“我早有此意。”李祯说。

“只怕辩之无益。”乔岩却说。

“怎的无益？”李祯问。

“即便皇上认可公善兄是谏，叔大师未必会认可公善兄是谏；即便叔大师认可公善兄是谏，未必肯谅之。”乔岩说。

“巽甫兄是说，与叔大师辩不出是非？”李祯问。

“不在于分辩得出是非分辩不出是非。”乔岩摇着头说。

“那么，是叔大师容不得谏者？”李祯又问。

“叔大师能否容得下谏者，维卿兄心知肚明，何必问我！”乔岩道。

“我想听听巽甫兄的想法嘛。”李祯说。

“维卿兄想听我想法，不如去想一个人。”乔岩说。

“去想谁人？”李祯问。

“元美先生。”乔岩道。

“为何想他？”李祯问。

“他与叔大师同年。”乔岩说。

“因他和叔大师同年，就去想他，巽甫兄不觉可笑？”李祯道。

“我要维卿兄想想他，并非因他和叔大师同年。”乔岩改口说。

“却是何事？”李祯问。

“朝廷曾欲召元美先生为卿贰，维卿兄知否？”乔岩反问。

“有所耳闻。”李祯道。

“后来因何未召？”乔岩问。

“这却不知。”李祯道。

“听说不久前，元美先生论奏叔大师姻亲骄横，不会是因为此事吧？”徐贞明插话。

“这还在其次。”乔岩道。

“难道还有别事？”其他三人齐问。

“是，”乔岩点点头，说道，“荆州地震，元美先生致函叔大师，其中有两句话，曰：臣道太盛，坤维不宁。”

“巽甫兄是说，叔大师因此而阻止召入元美先生？”李祯问。

“道听途说，我姑妄言之，兄等姑妄听之。”乔岩道。

姑妄言之，姑妄听之，用不着再辨真伪。傅应祯作为当事之人，当然没什么好说的；徐贞明、李祯本来打定主意，要去张居正府上分辩是非，至少为傅应祯说说情，听了这话，也不由气沮。

“臣道太盛，我和元美先生同感。”还是傅应祯先开口。

“兄等想想，元美先生出于同门，吾师尚不能容；况公善兄乃所取之士，叔大师能容否？我说公善兄之事难办，在于此。”乔岩道。

“巽甫兄既觉难办，又何必来探望公善兄，就不怕受牵连！”李祯心里有气，只能撒在乔岩身上。

“一来同年，二来同居言路，三来公善兄有感，我等岂无感！探望是一定要来探望的，至于如何为公善兄辩之，我等还是回去之后再从长计议吧。”乔岩说。

他们几个谁也没料到，隔墙有耳，他们的话被一一记录下来，送到张居正府上。

第四十八章

刘台由刑部主事改任御史，随即得外差，巡按辽东。巡按御史和巡抚都御史不同：巡抚都御史相当于一方诸侯，可以招揽一名至多名幕僚；巡按御史则轻车简从，没资格也没能力招揽幕僚。

但刘台手下却有一名幕僚，或者说亦僚亦友。此人也姓刘，名才，精通官场上正式的、或非正式的规矩，是刘台在刑部主事任上结识的一个师爷。刘台外放辽东，很希望刘才和他同往；而刘才也认定刘台前途无量，愿意跟随他去。二人一拍即合。

去年底，刘才回趟京师，一是回家过年，二是处理自己和刘台在京师的一些事务。正旦没和在辽东的主人一起过，他颇感歉意，特意在正月十五之前赶回辽东。当然，他赶回来还有更重要的事由。

“本家老兄，我要你拜见的人，你一一拜见否？”刘台问。

“子畏先生要在下拜见的人，在下一一拜见过。”刘才答道。

刘台字子畏，江西安福人，隆庆五年进士。

“你拜见过谁人？”刘台似乎不太相信，一定要他重复一遍。

“公善先生，孺东先生、维卿先生、巽甫先生、一登先生等，在下一一登门拜见。”刘才说。

一登即刘天衢，湖广广济人，也是隆庆五年进士，也官御史。

“我那件事，他等怎说？”刘台问罢，觉得还是一个人一个人问的好。

“我那件事，公善先生怎说？”

“公善先生说，他手头有件大事要做；等做完，就去为子畏先生打听。”刘才道。

“我辈的大事，无非是外放，或者进言。他是有外放的消息，还是打算进言？”刘台问。

“在下后来得知，他正打算进言。”刘才说。

“一登兄怎说？”刘台又问。

“一登先生说，子畏先生的事，相公是发过话的；并应允，年节之后，帮着再去打听。”刘才说。

“维卿兄怎说？”刘台问。

“维卿先生说，相公似乎并无降谪子畏先生的意思；他亦应允，年节之后，帮子畏先生再去打听。”刘才说。

“巽甫兄怎说？”刘台问。

“巽甫先生说，子畏先生的事似乎不会有什么变化；他亦应允，年节之后，帮着子畏先生再去打听。”刘才说。

“孺东兄怎说？”刘台最后问到徐贞明，是因为他任职科垣。给谏如果对御史的过失不加纠劾，台省大概也不会追究。

“孺东先生说，没听说哪科给谏要纠劾子畏先生；他亦应允，年节之后，帮子畏先生再去打听。”刘才说。

“年节之后，你有没有再去拜见？”刘台问。

“在下去过。”刘才道。

“诸兄打听得如何？”刘台问。

“并无进一步的消息。”刘才说。

“不对呀，公善兄等皆重信义，既已应允，怎会皆无消息！”刘台道。

“情势大变，在下懵然，于是匆匆赶回来。”刘才说。

“怎的大变？”刘台问。

“首先，公善先生下诏狱。”刘才说。

“公善兄下诏狱？”刘台吃惊不小。想起刘才方才的话，他问，“可是因其进言？”

“是，”刘才应道，“正旦后不久，公善先生上一道奏本，随即被下诏狱。”

“公善兄奏章写的何事？”刘台问。

“在下不知其详，但闻一登先生说，是以‘三不足’为言。”刘才说。

“‘三不足’？可是王安石所倡言者？”刘台问。

“子畏先生说的是，”刘才应道，“一登先生还告诉在下，公善先生在‘三不足’后有句话，惹恼相公。”

“是怎样一句话？”刘台问。

“王安石以之误宋。”刘才复述他听到的这句话。

“没有这一句，公善兄的奏章还可以说是泛泛之言；有这一句，则直刺相公。难怪相公会恼。”刘台道。

“京师中人，大都这么说。”刘才附和一句。

“其他几位呢？”刘台问罢，觉得仍是一个人一个人问的好，“一登兄呢？你似乎见到吧？”

“是，”刘才应道，“在下见到。”

“他怎说？”刘台问。

“他歉道：子畏先生的事，没顾上打听。”刘才说。

“我说的不是我的事，是公善兄的事。”刘台道。

“一登先生说，已疏救公善先生，还有几位同官也上疏。”刘才说。

“看来并无结果？”刘台猜测。

“是，”刘才应道。“他等救疏上后，杳无音信。”

“孺东兄呢？你见到没有？”刘台又问。

“在下去孺东先生府上时，他已不在。”刘才说。

刘台心头一颤，问：“何谓不在？”

“被贬为太平府知事，已出京。”刘才说。

不是出意外，而是谪外，刘台心稍放宽。他接着问：“维卿兄呢？”

“在下去维卿先生府上时，他也不在。”刘才说。

“他贬谪到哪里？”刘台问。

“长芦盐运司知事。”刘才说。

“巽甫兄呢？”刘台问。

“在下去巽甫先生府上，他也不在；不可思议的是，在下想问问巽甫先生的去向，竟没问出来。”

“反正是谪外，不问也罢。”刘台道。

“是，”刘才应一声，又说，“据闻，外放三先生曾去诏狱探视。”

“孺东兄等为探视公善兄，而被谪外；他等被处分，公善兄也一定被处分吧？”刘台问。

“在下打听到，处分公善先生的旨意，比处分孺东先生等的旨意，早一刻颁下。”刘才说。

“朝廷如何处分他的？”刘台问。

“戍定海卫。”刘才说。

“你既见到一登兄，没从他处弄一份公善兄奏章的抄本来？”刘台很想看到傅应祯奏疏的全文。

“在下问过一登先生，他说，他手上没有公善先生奏章的抄本；他还说，朝廷既已处分，弄到抄本又有何用！”刘才道。

“确实无用。”刘台回应一句，陷入沉思。

刘才匆匆赶回辽东，他现在完全能理解。对他最不利的，不是他办过一件他不该办的事，而是张居正和许多出自他这一科的科、道官的对立。

如果说，傅应祯直刺张居正，张居正不放过他，还在情理之中；徐贞明等只不过探探监房，也要治罪，未免太说不过去。结论只有一个：张居正在恼怒之下，已经完全不顾师弟的情分。

刘台想起嘉靖朝的大臣霍韬。此公性情古怪，他主会试那一年，中第的进士们拜谒座主，他却不承认他们是自己的门生。看来，张居正是要效法这位霍文敏公。

绝情如此，怎能指望得上他维护！即便自己不出错，因对其他诸弟子的不满，张居正说不定也要整治自己。再一想，张居正要整治自己，并没有错。在京师时，和同年们聚会，许多人都在议论他们这位恩师权势过大，行事过苛，自己也颇有微词。今者自己既出差错，而且可能是不小的差错，正好似把鱼、肉送上案板！

与其任人宰割，不如学公善兄的样子，痛痛快快地写一篇疏，痛痛快快地骂一回！这样说起来，也是个不屈服权势的言官。

想到这里，他对自己将会面临的窘境，反而可以坦然。

“本家老兄，可知‘三不足’的来由？”刘台问。

“天变不足畏，祖宗不足法，人言不足恤。听说这是宋相王安石的名言。”刘才说。

“和相公比起来，王安石所为，真乃小巫也，”刘台说着，问道，“我一口气可以说上十件我这位恩师不畏天变、不法祖宗、不恤人言的事，你信不信？”

“真有偌多？”刘才看来不信。

“你听着！”刘台道。他先举一事，“祖宗进退大臣以礼。先帝临崩之际，以太子托于高相与相公，相公却与内臣合力逐高相。既而，又借王大臣狱，欲置高相于死地。及舆论纷纷，却又致函，令无惊死。既逐之以示威，又遗书以市恩，而使朝廷无礼于旧臣，使皇上无礼于旧臣。”

“这算得一件。”刘才说。

“祖宗朝，非开国元勋，生不封公，死不封王。成国公朱希忠，嗣祖宗之爵位，而非有奇功，相公敢违祖制，赠以王爵。给事中陈吾德进一言，而遭外迁；郎中陈有年进一言，而被斥去。从此以后，只怕公侯之家，布贿厚施，缘例陈乞，将成风气。”刘台又举一事。

“这也算得一件。”刘才说。

“祖宗朝，用内阁、冢宰，必由廷推。今者，阁臣张四维、吏部尚书张瀚，皆相公私荐。”刘台又举一事。

“在下听说，私荐二张，老先生并不否认，甚至对皇上也不讳言。”刘才补充道。

“他可曾对皇上说过，内阁之张在翰林时，被论者数矣？他可曾对皇上说过，吏部之张生平无善状，巡抚陕西，即已赃贿狼藉？”刘台问。

“这却不得而知。”刘才说。

“内阁之张为人，相公知之矣；知之而用之，无非是他善于机权，任用之，可托以后事。吏部之张为人，相公知之矣；知之而用之，无非是他唯唯诺诺，任用他，可得一簿吏，”刘台说到这里，忽然想到，刘才也是簿吏，于是补充一句。“如本家老兄这等簿吏，他是比不了的。”

“我不介意子畏先生把他比作簿吏；我只不知，老先生任用二张的本意，是否果如子畏先生所言。”刘才道。

“我既言之，必有所据，”刘台说，“相公曾贻书南京都察院赵都堂，令台谏毋得议及冢宰。若非为私人，若非为听命，何至于亲自出面，挟制两京言官！”

“这也算得一件。”刘才说。

“祖宗朝，诏令不便，部臣得以咨阁拟之不审。今得一严旨，相公辄曰：我力调剂，才得稍缓；得一温旨，相公辄曰：我力陈请，而后得之。每每如此，使畏惧于相公者甚于畏惧天子，感激于相公者甚于感激天子。威福已出，目无朝廷，可谓已极。”刘台又举一事。

“这也算得一件。”刘才说。

“祖宗朝，一切政事，由台、省奏陈，部、院题覆，抚、按举行，举劾不由内阁。今者，相公令，抚、按考成、章奏，各具二册，一送内阁，一送六科。抚、按延迟，则部臣纠之；六部隐蔽，则科臣纠之；六科隐蔽，则内阁纠之。阁臣衔列翰林，止备顾问，从容论思而已。相公创此新制，只为挟制科臣，使其拱手听令。”刘台又举一事。

“这也算得一事。”刘才说。

“祖宗朝，按臣回道考察，苟非有大败，常不举行，以免重挫抑之。在先，赵参鲁以进言而迁，尚可曰外任；余懋学以进言而罢，尚可曰禁锢。今者，公善兄以进言而谪戍；而孺东兄等以牵连而谪外。摧折言官，仇视正士，无过此者！”刘台又举一事。

“这也算得一事。”刘才说。

“还有一事，我实不忍言。”刘台说是不忍言，还是想言之。

“是个贪字吧。”刘才道。

“老兄怎知？”刘台问。

“在下跟了子畏先生几年，子畏先生心里想的，还猜得出几分，”刘才说，“高阁老被倾轧一事都说得，除贪渎，还有何事不忍言之！”

“相公之贪，不仅不忍言之，且不易言之。”刘台又说。

“怎么个不易言之？”刘才问。

“别个之贪，或在钱财，或在田宅，或在功名；相公之贪，则无所不在。”刘台道。

“贪在钱财，贪在田宅，贪在功名，子畏先生既指明此数者，以在下看来，不难言之。”刘才说。

“我听你说说贪在钱财。”刘台命道。

“辅政未几，富甲全楚；不贪钱财，何由致之！”刘才道。

“说得不错，”刘台称赞一句，命道，“老兄再说说贪在田宅。”

“敢夺辽藩地，敢拟宫禁起大宅，复有何忌！”刘才道。

辽藩初封于广宁，永乐二年迁至荆州。

“说得更好，”刘台又称赞一句，并问，“贪在功名呢？”

“为子弟谋举乡试，助者高升，讥者穷治。”刘才道。

“果然会者不难，我以为贪字不易言之，却被老兄三言两语概括，”刘台说着，口气一转。“不过，贪字一定要在最后说，在说贪字之前，还有几件事可以说说。”

“子畏先生！”刘才呼叫的同时，做个停下来的手势。

“怎么，已足十事？”刘台问。

“似未足。”刘才说。

“既未足，为何不让我再说？”刘台问。

“在下想问一句：子畏先生是随便说一说，还是真要上疏，参劾老先生。”刘才道。

“罗织其过，自然是要上疏参劾。”刘台说。

“是含糊其词地参劾，还是指名道姓地参劾？”刘才又问。

“君子坦荡，自然要指名道姓。”刘台说。

“子畏先生可要想好！”刘才道。“公善先生讽之而已，已被谪戍；子畏先生若指名道姓，招致的怕是没顶之灾。”

刘台听劝不听吓，刘才不拿后果警告他还好；一拿后果警告他，更激发他的豪迈气概。

“大罚也是罚，小罚也是罚，何惧之有！”刘台说罢，命道，“本家老兄，为我洗笔、研墨，我这就来草疏！”

起篇一段，他写道：

高皇帝鉴前代之失，不设丞相，事归部、院，势不相摄，而职易称。文皇帝始置内阁，参预机务。其时官阶未峻，无专肆之萌。乃大学士张居正偃然以相自处，自高拱被逐，擅威福者三四年矣。谏官因事论及，必曰：吾守祖宗法。臣请即以祖宗法正之。

在列出张居正各项罪状之后，他最后又写道：

臣举进士，居正为总裁；臣任部曹，居正荐改御史，臣受居正恩亦厚矣。今敢讼言攻之者，君臣谊重，则私恩有不得而顾也。

第四十九章

皇帝回到后宫，还没来得及洗沐更衣，就被慈圣皇太后找去。

“皇上，今日朝中有无大事？”慈圣皇太后和平常一样问道。

“回禀母后，今日朝中无甚大事。”皇帝和平常一样回答。

“张先生可上朝？”慈圣皇太后问。

“张先生仍未上朝。”皇帝说。

“这是第几日？”慈圣皇太后问。

“第三日。”皇帝说。

“首辅三日不上朝，还不算大事！”慈圣皇太后嗔道。

“是。”皇帝不敢和母后争辩。

“皇上究竟是怎想的？”慈圣皇太后问。

“儿子想，张先生第一日没来上朝，是大事；以后没来上朝，就算不得大事。等张先生哪天来上朝，又是大事。”皇帝说。

“皇上的想法太糊涂！”慈圣皇太后道。她命侍立一旁的冯保，“老冯，你告诉皇上，外面是怎说的。”

“是，”冯保应一声后禀奏，“外廷纷言，朝中不可一日无首辅。”

“外廷纷言，皇上可有所闻？”慈圣皇太后问。

“儿子无所闻。”皇帝如实言道。

“皇上要是疑冯太监所言不实，我可以加上一句：我也以为，朝中不可一日无首辅。”慈圣皇太后说。

“儿子不疑冯大伴所言；儿子记住母后慈训。”皇帝道。

“我说朝中不可一日无首辅，并非无缘无故。皇上看，他几日不视事，外廷纷言之事，你竟然无所闻。”慈圣皇太后说。

“儿子懂得，此乃大事。”皇帝道。

“好，”慈圣皇太后点点头，命道，“皇上说说，这两天做过何事？”

“儿子一心想的，是慰留张先生，让他回阁视事。”皇帝说。

“等等，”慈圣皇太后叫住他，“皇上从张先生请辞说起。”

“是，”皇帝应一声，说道，“刘台奏章呈进，张先生甚是激愤，儿子也甚是激愤。张居正请辞官职，儿子加以慰留。”

“张先生是疏辞，还是面辞？”慈圣皇太后问。

“是面辞。”皇帝说。

“他怎说的？”慈圣皇太后问。

“张先生除激愤之外，还甚委屈。”皇帝说。

“我要听张先生自家是怎说的。”慈圣皇太后道。

“张先生说，张先生说——”皇帝不知从哪里说起。说实在话，张居正说的那些话，并没给他留下太深的印象。

“他当面对皇上说的话，皇上却没记住，是没认真听吧？”慈圣皇太后责备道。

“儿子不是没认真听，是张先生的话太多，儿子没办法完全学下来。”皇帝小心地分辩。

“冯保，你可记得？”慈圣皇太后问。

“奴才记得。”冯保道。

“你说来听听。”慈圣皇太后命道。

“是，”冯保应一声，述道，“臣居正先说的是刘台为何要攻讦他：在令，巡按不得报军功。去年辽东大捷，刘台违制妄奏，法应降谪。臣惜他是个人才，但请旨诫谕，而刘台已不胜愤慨。后傅应祯下狱，究诘党与。初不知刘台与傅应祯同邑且相厚。刘台妄自惊疑，乃至无所顾忌，发其愤于臣身。”

“皇上，张先生说的，是不是实情？”慈圣皇太后问。

“刘台违制妄奏辽东大捷，是有的；傅应祯下诏狱，究诘党与，也是有的。”皇帝说。

“有此二事，刘台发其愤于张先生，应是实情。”慈圣皇太后道。

“母后说的是。”皇帝应道。

“张先生廷辞，还说什么？”慈圣皇太后问冯保。

“臣居正接下来说的是他的苦衷，”冯保说着，述道，“臣之所处，危地也，言者方以为擅作威福。而臣之所以代主行政者，非威也，则福也。自兹以往，将使臣易其涂辙、勉为巽顺以悦下耶？则无逭于负国之罪；将使其故辙、益竭公忠以事上耶？则无逃于专擅之说。臣一日不去，取其所行者，即近似而议之，则事事皆可以为作威，事事皆可以为作福。睊睊之谗，日哗于耳，虽圣明不为之投杼，而使臣常负疑谤，亦岂臣节之所宜有乎！”

“投杼是哪两个字？”慈圣皇太后问。

“投者，投掷之投；杼者，指织机。投杼，说的是曾子之母的故事。”冯保说。

“曾子可是孔夫子的弟子曾参？”慈圣皇太后问。

“是。”冯保应道。

“曾母投杼的故事，我知道，你说与皇上听。”慈圣皇太后命道。

“是。”冯保应一声，讲述道，“曾母织布，有人来告诉他：曾参杀人。曾母回答：吾子不会杀人。乃织布自若。过一会儿，有人来告诉曾母：曾参杀人。曾母说：吾子不会杀人。仍织布自若。又过一会儿，有人来告诉曾母说：曾参杀人。曾母听罢大惧，投杼逾墙而走。”

“我记得，曾子说过一句话，很有名。”慈圣皇太后说。

“是，”冯保应道。“曾子曰：吾日三省吾身。”

“皇上听过这句话吗？”慈圣皇太后问。

“儿子听过，却不知这话是曾子说的。”皇帝道。

“修身如曾子者，却会杀人，皇上信不信？”慈圣皇太后问。

“儿子不信。”皇帝道。

“曾母于曾子，可谓最亲近；曾子会不会杀人，她应该最了解。但她最终却相信曾子杀人，这是为何？”慈圣皇太后问。

“告诉她的人多。”皇帝道。

“明明是句谣言，告诉曾母的人多，不由得她不信。张先生引这个典故，可见他心里有多么无奈。”慈圣皇太后说。

“母后说的是，儿子更加理解张先生的无奈。”皇帝道。

“老冯，张先生还有话说吗？”慈圣皇太后转问冯保。

“张先生最后说的是他必去的决心，”冯保说着，述道，“刘台为臣所取士，二百年来无门生劾师长者，计唯一去谢之。”

“与其说这是他必去的决心，不如说这是他心中的积愤。”慈圣皇太后纠正道。

“皇太后说的是。”冯保应道。

“母后说的是。”皇帝也应道。

“冯大伴所述有没有错？”慈圣皇太后问皇帝。

“没有错。”皇帝说。

“张先生说这多话，皇上，你是怎做的？”慈圣皇太后问。

“张先生每暂顿，儿子就说两句慰留的话。”皇帝道。

“除说两句慰留的话，你还怎做？”慈圣皇太后问。

“张先生辩白时，一直跪拜不起；说到最后，乃至泣不成声。儿子不得不离御座，亲自把他搀扶起来。”皇帝说。

“慰留保傅，自当如此，”慈圣皇太后道，并问，“皇上慰留之心，可谓精诚，张先生有没有答应皇上？”

“答应是答应，但张先生当日离文华殿后，并没回内阁，而是直接回家；以后他也没入阁视事。”皇帝说。

“皇上知道张先生为何不肯践诺？”慈圣皇太后问。

“儿子不知。”皇帝道。

“老冯可知？”慈圣皇太后又问冯保。

“奴才亦不知。”冯保道。

“皇上，”慈圣皇太后唤一声，忽然问道，“你打算如何处置刘台？”

“刘台之疏比傅应祯之疏更恶毒；傅应祯既下诏狱，且谪戍，刘台也应先逮下诏狱再说。”皇帝道。

“他是在辽东吧？是否差人去？”慈圣皇太后问。

“尚未。”皇帝道。

“已过数日，为何仍未差人去逮？”慈圣皇太后问。

“母后懿旨，凡遇重大之事，须咨张先生后再行。这两日张先生未入阁，儿子又不好硬召他来，故而耽搁。”皇帝说。

“此事不须咨于张先生，”慈圣皇太后道，“刘台的奏章，和前者傅应祯的奏章，还有所不同。张先生说，傅应祯的奏章，既谤皇上，更谤他；刘台的奏章，则完全是诬张先生。对傅应祯，皇上要廷杖，张先生劝阻；而下狱、谪戍，张先生都没劝阻。因为到底有谤君之罪摆在那里。今对刘台，皇上要差人逮至京师，要下诏狱，以后还要处分，张先生是劝阻好，还是不劝阻好？皇上咨于他，岂不让他为难？”

“母后一席话，令儿子茅塞顿开。”皇帝说。

“我给皇上出个主意：你可先差人往辽东逮拿刘台，然后再去请张先生入阁视事。”慈圣皇太后道。

“儿子谨遵母后懿旨，”皇帝应道，随即又问，“是等刘台逮至，再去请张先生吗？”

“那得等多少日子！”慈圣皇太后道，“人差出之后，皇上就可以去请张先生，并且一定要把此事告他。”

“是，”皇帝应道，并指指冯保，“还是让冯大伴去请吧。”

“不好，”慈圣皇太后摇头，“老冯和张先生太熟，有些话反而不好说，不如从司礼监另选个人。”

司礼太监孙隆宣谕皇帝手敕之后，张居正叩谢。礼毕，二人就座。

“我请辞，皇上却去逮刘台，这不是南辕北辙吗？”张居正道。

“其实，逮不逮刘台，要看叔大先生。”孙隆说。

“孙公公这话是何意？莫非我请皇上不要究治刘台，皇上就可以不究治刘台？”张居正问。

“我不是这个意思。”孙隆道。

“不是此意，却是何意？”张居正问。

“无论谁人出面，刘台皆须究治；但奉万岁爷口谕，叔大先生仍不肯入阁视事，则将刘台就地处死。”孙隆说着，反问一句，“叔大先生看，逮不逮刘台，是不是在你？”

“孙公公这是在逼张某呀。”张居正叹道。

“不敢，在下奉旨行使而已。”孙隆说。

“这等主意，皇上是想不出来的，冯公也是想不出来的。孙公公，你告诉我实话，是不是你想的这个主意？”张居正问。

“我告诉你实话，娘娘千岁和万岁爷，还有冯叔谈论过这件事；我来见叔大先生前，娘娘千岁曾把我唤去，作过交代。”孙隆说。

尚未册立皇后，而仁圣皇太后从不过问朝政，他说的娘娘千岁，一定是慈圣皇太后。

“慈圣皇太后亦过问此事？”张居正问。

“叔大先生说呢？”孙隆先反问一句，然后说，“叔大先生几日不入阁，万岁爷心中惶惶，不知该如何处置此事。娘娘千岁对万岁爷说，朝中不可一日无叔大先生；又对在下说，为让张先生改变主意，即便冒杀言官之名，也在所不惜。”

张居正长叹一声，道：“皇上待张某，恩重如山；太后待张某，恩重如山！张某肝脑涂地，不能报也。”

“叔大先生，我可以回宫复旨吗？”孙隆见大功告成，起身告辞。

张居正随他起身，出门。一般送客，送到屋门口而已。司礼监的公公来，多半是奉旨，他也只送到院中。今天，一来孙隆是奉旨，不仅奉皇帝的旨意，还奉慈圣皇太后的旨意；二来，感到言犹未尽，所以，他一直往大门外送。

“叔大先生请留步吧。”孙隆道。

“有劳孙公公，多送几步，”张居正边走边说，“孙公公方才说，皇上这两日心中惶惶；孙公公可知，我这两日也心中惶惶？”

“还是为傅应祯、刘台等的奏章？”孙隆问。

张居正不从正面回答，而是说：“傅公善以我为误国，刘子畏以我为误国，我自家不得不想，我是否真的误国？我坚请辞官，这两日不肯入阁视事，实是为此。”

“要我说呢，叔大先生不必多想。”孙隆道。

“为何不必多想？”张居正问。

“书生们妄议朝政，妄议国事，谁个真懂朝政，真懂国事！”孙隆道。

“孙公公，单凭你这句话，堵不住人家的嘴呀。”张居正说。

“谁告诉叔大先生，我只有这句话？”孙隆问。

“难道孙公公还有别的话？”张居正反问。

“若让我驳斥傅应祯、刘台，我会问：你等有谁去过太仓，有谁去过太仆寺？”孙隆道。

“没去过太仓，没去过太仆寺，就不能议朝政，不能议国事？”张居正体会不出，这两件事之间有什么必然的联系。

“不错，”孙隆却很自信，“没去过太仓，就不知太仓以前的情形如何，今日的情形如何；没去过太仆寺，就不知太仆寺以前的情形如何，今日的情形如何。没去过太仓，没去过太仆寺，当真无法议朝政，当真无法议国事！”

“如此说来，孙公公是去过？”张居正问。

“是。”孙隆应道。

“孙公公说，以前太仓的情形如何？”张居正问。

“仓廪几空。”孙隆说。

“而今呢？”张居正问。

“粟米充盈，可支数年。”孙隆说。

“以前太仆寺的情形如何？”张居正问。

“太仆寺金捉襟见肘。”孙隆说。

“而今呢？”张居正问。

“积金百万。”孙隆说。

“果如孙公公所言？”张居正问。

“叔大先生想啊，要不是太仓粟盈，太仆金积，皇上怎会动辄向太仓要钱，向太仆寺要钱！”孙隆道。

“如此变化，别说傅公善、刘子畏等不知，我亦不知。看来，我也不可妄议朝政，妄议国事。”张居正说。

“具体情形，叔大先生或不知；但为何有此变化，叔大先生心里应该再清楚不过。”孙隆说。

“此话怎讲？”张居正问。

“叔大先生立考成法，以课吏职，凡逋赋者，追究责任；又以漕运逾春，发水横溢，非决则涸，命以孟冬日兑运。太仓充盈，有赖于此。开马市，亦叔大先生议决，马因而充裕。马充裕，则不多需种马，叔大先生复命减种马之数，令养种马之民以马价纳入，而免其役。太仆金积，有赖于此。傅应祯不知太仓以前的情形和今日的情形，不知太仆寺以前的情形和今日的情形，却请行宽大之政；刘台不知太仓以前的情形和今日的情形，不知太仆寺以前的情形和今日的情形，却非议考成法。我说没去过太仓，没去过太仆寺，不可妄议朝政，不可妄议国事，叔大先生说，是不是有道理？”孙隆道。

张居正听他前面那些话，答应入阁视事，还有不得已的原因：听他这一番话，心中大悦，完全是自愿入阁视事。

“孙公公倒是个可以议朝政、可以议国事的人物。”他说。

“在下是不是可以禀明万岁，叔大先生明日入朝？”孙隆问。

“不，”张居正道，“送走孙公公，我更换朝服，即刻赴阁。”

第五十章

傅应祯、刘台所上奏疏引起的风波，持续一个多月，直到四月初，朝廷才平静下来。皇帝不再避讳，仍不时单独宣召张居正；张居正也不再避讳，单独一人前往文华殿。

“停课许久，张先生再给朕讲讲《帝鉴图说》吧。”皇帝说。

“是。”张居正应道。

“朕数了数，张先生编纂的《帝鉴图说》，共计一百零八篇，叙述一百一十七个帝王的事迹，”皇帝说着，问道，“不知朕数得对不对？”

“皇上数得对。”张居正道。

“其中，以治而称的帝王八十一名，以乱而称的帝王三十六名，是吧？”皇帝又问。

“是。”张居正应道。

“凑成此数，是以治而称的帝王恰八十一名，以乱而称的帝王恰三十六名，还是张先生有别的用意？”皇帝问。

“是有些许别的用意。”张居正说。

“张先生说给朕听听。”皇帝道。

“臣在翰林时，读过一位前代阁臣写的青词对联，上句是：洛水金龟初现瑞，阴数九，阳水九，九九八十一数，等等，等等；下句是：岐山丹凤双呈祥，雄鸣六，雌鸣六，六六三十六声，等等，等等，”张居正说个故事。前一代阁臣，指的是袁炜，他以善撰青词而著名，以善撰青词而在嘉靖末入阁。

“该联中有九九八十一数和六六三十六声，张先生从那时便想到要用这两个数编书？”皇帝问。

“那倒没有，”张居正道，“当时，我只觉着，这篇青词虽华丽，却有大错。”

“有何大错？”皇帝问。

“以阴数九，阳数九和雄鸣六，雌鸣六相对仗，不就是个大错？”张居正道。

阴对雄，阳对雌，肯定错。不过，皇帝很容易找出一个辩护的理由。

“或是笔误。”皇帝说。

“皇上说的是，”张居正并非迎合皇帝，而是要指出一个更大的错误，“以阴数九，阳数九对雄鸣六，雌鸣六，可能是笔误，但同时用九，又同时用六，肯定不会是笔误。”

“同时用九，又同时用六，有错吗？”皇帝问。

“同时用九，又同时用六，不见得错；臣说的是，在阴、阳上同时用九，在雄、雌上同时用六，却错。”张居正说。

“怎错？”皇帝问。

“《易》中，以九为阳爻，六为阴爻。所以，既言阳数九，就不当言阴数九；既言雌鸣六，就不当言雄鸣六。”张居正说。

“原来数字也是可以用来别阴阳的，”皇帝颇感兴奋。和往常一样，在老生常谈的礼法之外，获得一个额外的知识，他心情总是愉快的。“张先生把以治而称的帝王定在八十一名，即为阳数；把以乱而称的帝王定在三十六名，即为阴数。”

“皇上明鉴，臣确有此用心，”张居正肯定皇帝的推测。但接着又说，“不过，臣以为，以治而称的帝王，是定在八十一，或定在别数，以乱而称的帝王，是定在三十六，或定在别数，并不是最要紧的；最要紧的是皇上须体会，以治而称的帝王，因何而治，以乱而称的帝王，因何而乱。鉴古之治乱，成今之盛世，是臣编纂该书的初衷。”

“张先生用心良苦，朕也一直在用心读这部书。”皇帝道。

“皇上御览《帝鉴图说》，日子不算短，今日主动要臣讲讲，是不是皇上有特别的心得？”张居正问。

“朕读一篇，有所思耳，不见得是特别的心得。”皇帝说。

“皇上读的是哪一篇？”张居正问。

“唐玄宗。”皇帝道。

“皇上何所思？”张居正问。

“唐玄宗列在以乱而称的帝王中，是吧？”皇帝反问。

“唐玄宗时，有安史之乱，只能列在以乱而称的帝王中。”张居正说。

“朕读该篇，提及唐玄宗是在勤政楼宴安禄山。朕想，有楼而名勤政，唐玄宗应该不是昏庸之主。”皇帝说。

“皇上说的是，唐玄宗并非完全的昏庸之主。”张居正道。

“既在以乱而称的帝王中，又不是昏庸之主，朕颇难理解。”皇帝说。

“皇上思及此，的确是用心，”张先生称颂一句，然后说，“以治而称的帝王，必始终贤明，故以治而称的八十一篇，说的都是其贤明；以乱而称的帝王，却未必始终昏庸，故以乱而称的三十六篇，说的不完全是昏庸。拿唐玄宗来说，不仅有勤政楼之名，可见他不是完全的昏庸之主；而且，他先后用过三个年号，第一个年号曰先天，第二个年号曰开元，第三个年号曰天宝，史有‘开元之治’的说法，更可说明他不是完全的昏庸之主。”

“唐朝不仅有贞观之治，还有开元之治？”皇帝问。

“是。”张居正应道。

“和贞观之治一样，开元之治是名副其实的治吗？”皇帝又问。

“是名副其实的治，”张居正应道，“开元之治不仅继承贞观之治，且实有三代之风气。”

“张先生能给朕举些例子吗？”皇帝道。

“譬如，皇上知道贞观之治是名副其实的治，实则无论是人口之盛，物产之盛，赋税之盛，贸易之盛，人才之盛，文学之盛，开元时都远胜过贞观时。”张居正说。

“贞观之盛，在于唐太宗；开元之盛，也在于唐玄宗吗？”皇帝问。

“所谓贞观之治在于唐太宗，首先是唐太宗用一干贤臣，如房玄龄、杜如晦、魏征、李靖等；开元之治在于唐玄宗，首先也是唐玄宗用一干贤臣，如宰相姚崇、宋璟等。”张居正说。

“姚、宋二相有何功业？”皇帝问。

“革除弊政，励精图治；淘汰冗官，整顿吏治；禁建寺院，限定僧数；销焚玩器，以戒奢侈；兴修水利，扶持农桑。凡是一名贤相该做的事情，他等或多或少都做过。”张居正说。

“二人相业，可与张先生比否？”皇帝问。

“他二人是盖棺论定的。臣在任上，已毁誉参半；待臣休致，更不知是颂者多，是詈者多。”张居正不仅这么说，且流露出落寞的表情。

“张先生无须多虑。朕听说，张先生迄今为止的相业，已无人可及；一生的相业，当前无古人。”皇帝安慰他。

从谈论唐玄宗，转到谈论自己的相业，弯子转得太大。张居正不想过多谈论这个题目，他说：“皇上，臣还是说回唐玄宗吧。”

“好。”皇帝点头。

“唐玄宗在位四十四年。其中，用先天年号者两年，用开元年号者二十九年，用天宝年号者十四年。”张居正仍从年号说起。

“三者加起来，是四十五年。”皇帝说。

“先天二年和开元元年是同一年。”张居正道。

“原来如此。”皇帝又点头。

“史家一般以为，开元政治清明，天宝始浑浊。由此而言，唐玄宗在位时，政治清明的年头还要多过政治浑浊的年头。”张居正说。

“这是一般以为，张先生以为呢？”皇帝问。

“臣并无异议，”张居正道，“政治清明、政治浑浊之间的改变，绝不是一日而成，甚至不是一年而成。唐玄宗在位时，由盛而衰，甚至整个唐朝由盛而衰，因其骄逸。唐玄宗的骄逸，在开元后期已开始显露，但致使朝政败落，纪纲不振，是在改元天宝以后。另则，天宝政治浑浊的一个关键人物是杨贵妃。开元时，杨贵妃即入宫，并得宠于唐玄宗，但她册封贵妃，是在天宝四载。所以，大致而言，以开元、天宝划分政治之清浊，是不错的。”

“原来如此，”皇帝点点头，道，“张先生说史，比别个说得清楚。”

“皇上褒勉，臣无胜荣耀，”张居正躬身道，又接着说，“如勤政楼，本该是勤政之场所，却让唐玄宗把它变成游逸之场所。其实，天子召藩镇宴，不见得是坏事；召藩镇宴勤政楼，更不是不可。但唐玄宗召安禄山，为悦杨贵妃，是视国事为儿戏。皇上以唐玄宗宴安禄山于勤政楼为言，实是抓住要害。”

“安禄山戏为杨贵妃义子，在此时吧？”皇帝问。

“安禄山入京，和杨氏册封贵妃，的确相隔不久；不过，”张居正语气一变，说，“皇上这个戏字，用得不妥。”

“有何不妥？”皇帝问。

“肥胖数倍、年长许多的安禄山认杨贵妃为养母，杨贵妃以为儿戏，唐玄宗以为儿戏，满朝文武以为儿戏，安禄山却不以为是儿戏。他看准，谄杨贵妃即谄唐玄宗，即可无所不为，无所不得。”张居正说。

“他所得何事？”皇帝问。

“譬如，入京之前，安禄山已是平卢、范阳节度使。平卢节度使治所在今辽东，范阳节度使治所在今京师附近，而唐朝建都长安，安禄山以平卢、范阳二节度使反，是不可能一举而下的。在他入京之后，特别是认杨贵妃为养母之后，唐玄宗又让他兼河东节度使。河东节度使治所在今太原，兼该节度使后，不仅掌控今山西、北直隶、辽东广大地区，而且挥师西下长安，也便利得多。安禄山认个养母，而换来河东节度使这一至关重要的职位，正是他狡黠之处。”张居正说。

“安禄山呼杨贵妃养母，想必不敢呼唐玄宗养父。唐玄宗连阿爹都没听到一声，就把河东之地交与他，实在是草率之极。”皇帝道。

“皇上说的是。”张居正应道。

“张先生说，满朝文武都以为此事儿戏，难道就没人看出安禄山的狡黠？”皇帝问。

“有。”张居正应道。

“是谁？”皇帝问。

“在先有宰相张九龄，他早看出安禄山有反相，欲借故杀之，唐玄宗不答应；在后有太子李亨，多次言道，安禄山拥兵将反，唐玄宗不理会。”张居正说。

“骄逸，是唐玄宗在位时由盛而衰的一个原因；不纳人言，是不是另外一个原因？”皇帝问。

“皇上所言极是。”张居正应道。

“张先生，朕有个想法，不知说得说不得。”皇帝忽道。

“皇上想到何事？”张居正问。

“朕以为，唐玄宗有点儿像我皇祖世宗肃皇帝。”皇帝说。

这是一个应该避开的话题。虽然有开元之治，唐玄宗到底是列在以乱而称的帝王中的；拿世宗皇帝和他类比，岂不是把世宗皇帝也列在以乱而称的帝王中！这不符合为尊者讳的古训。

但张居正和一般人的想法不同。一则，既然有开元之治的说法，把世宗皇帝和唐玄宗比较，对世宗皇帝来说，是褒奖，而不是贬抑；二则，唐玄宗时有奸相李林甫，世宗皇帝时亦有奸相严嵩；唐玄宗时有安史之乱，世宗皇帝时亦有庚戌之变。若说乱，都够得上。现在是皇帝拿世宗皇帝和唐玄宗类比，稍加谈论，亦无不可。

当然，谈论起来，要有技巧，要有智慧，不能太直截了当。

“皇上为何以为，唐玄宗有点儿像我世宗肃皇帝？”张居正问。

“在位都久，”皇帝说，“唐玄宗在位，合起来说是四十四年，分开说是四十五年，皇祖嘉靖年间也是四十五年。”

“此乃小似，”张居正道，“臣记得一事：嘉靖初年，世宗皇帝建无逸殿，以为劝耕劝农之所，和唐玄宗有勤政楼相似；世宗皇帝崇尚道教，无逸殿又称为玄修之所，和唐玄宗在勤政楼召宴安禄山，也相似。嘉靖治平之业，遂不如初。”

“张先生举的例子，比朕举的例子，深刻得多。”皇帝赞道。

第五十一章

朝廷决计罢开胶莱新河以通海运，召回在胶州一带勘查地势的南京工部尚书刘应节、南京工部右侍郎徐栻。二人还至济南，山东巡抚李世达设便宴迎送。

酒过三巡，改以说话为主。

“我欲为家乡谋福祉，都坏在世寅兄和子成先生手里。”刘应节说。

“子和先生，言重吧。”李世达道。

刘应节字子和，山东潍县人，嘉靖二十六年进士。徐栻字世寅，南直隶常熟人，也是嘉靖二十六进士。李世达字子成，陕西泾阳人，嘉靖三十五年进士。按身份来说，应该是徐栻先回应刘应节的话，但李世达是东道主，所以他先开的口。

“岂止言重；我看，是大谬。”徐栻马上也说。

“怎是大谬？”刘应节问，“在南京日，世寅兄不是也赞成开通胶莱新河的吗？时隔一年，怎又反复？”

“子和先生，我可以先说一句吗？”李世达又抢着说话。

“今日畅所欲言，谁都可说。”刘应节道。

“世寅先生不是时隔一年后反复的；早在半年之前，世寅先生经反复勘查，就已经反复。不然，子和先生也不会先来一趟山东。”李世达说。

刘应节奏请开通胶莱新河以通海运，徐栻开始的确是赞成的。所以，朝廷命徐栻来山东勘查，刘应节很放心。不料，徐栻实地勘查之后，发现开通新河并不是件轻而易举的事，并指出，其事耗费巨大，非百万不足以成之。朝廷这才命刘应节前来勘查。

“子成先生只知世寅兄半年之前的反复，并不知他半年之后的反复。”刘应节说。

“世寅先生半年之后又有反复？”李世达问。

“不错，”刘应节道，“我到胶州后，会同世寅兄重新勘查，说明我的见解，世寅兄以为不无道理。今日他又说我大谬，故而，我要问他怎又反复。”

“子和兄，所谓大谬，不是说你开河的见解。”徐栻说。

“不是开河的见解，却是何事？”刘应节问。

“子和兄开口就说，欲为家乡某福祉；我是说，此言大谬。”徐栻道。

“我倒要听听，此言怎谬？”刘应节摆出要大辩一场的架势。

“子和兄说的为家乡谋福祉，是请开新河吧？”徐栻问。

“正是。”刘应节应道。

“请开新河，怎成为家乡谋福祉？”徐栻问。

“临清等城，哪一处不是因通漕而繁荣？胶莱新河若开，海运若通，胶、莱等处也会繁荣。这难道不是为家乡谋福祉！”刘应节道。

“我看，世寅兄不是为家乡谋福祉，而是以邻为壑。”徐栻说。

潍县属平度州，平度州和胶州均属莱州府。以府而言，平度州和胶州都可以说是刘应节的家乡；以州而言，胶州对刘应节来说，则成邻。

“世寅先生，言重。”李世达尽量不偏不倚，让今天的谈话能保持平和的气氛。

“以邻为壑说的的确不妥；我应该说，子和兄不是为家乡谋福祉，而是贻患家乡。”徐栻道。

“世寅兄倒是说说，我怎的又成贻患家乡？”刘应节问。

“子和兄只见临清一城繁荣，怎不说，漕河两岸非泛洪即干涸，苦不堪言！”徐栻道。

“漕河之外各水，难道就没有泛洪或干涸之时？”刘应节反诘。

徐栻被问住。不错，大河水患常常和漕河水患搅和在一起。但大河之外呢，总不能说所有江河湖泊的水患都和漕河水患搅和在一起吧！自己把漕河水患和贻患家乡联系在一起，的确太片面。

“把贻患家乡归结于漕河水患，确有不妥。”他说。

“为何是不妥，不是大谬？”刘应节讥道。

“因为还有别的贻患。”徐栻说。

“譬如？”刘应节问。

“须耗费巨赀。”徐栻道。

“即如世寅兄所言，非百万不足以成之？”刘应节话里仍带讥讽语气。

“非百万不足以成之，并非浪言。”徐栻认真地说。

“我知之，不就是须凿山道二百五十余里嘛！”刘应节道。

“子和兄说，凿山道一里，费四千金，多吗？”徐栻问。

“老实说，不多。”刘应节道。

“退一步说，依着子和兄，浚地只须百里，浚地一里，也不会少于四千金吧？合而计之，所费也须数十万金。子和兄以为，数十万金是个小数目吗？”徐栻问。

“老实说，不是。”刘应节道。

“二公且慢，”李世达听得不甚了然，不得不打断他二人的争吵，“一会儿二百五十余里，一会儿又百余里，怎算的？”

“子和兄，你对子成先生说，抑或我对子成先生说？”徐栻问刘应节。

“你和子成先生同心，自当你对他说。”刘应节道。

“去岁，我自南京北上，是绕过济南，径往胶州而去。子成先生可知，我为何行色匆匆？”徐栻问李世达。

“不知，”李世达说，“老实说，我还有点儿怪世寅先生呢。”

“是我把开胶莱新河以通海运想得太过简单，”徐栻说着，又问，“子成先生，我为何会把此事想得太过简单？”

“更加不知。”李世达说。

“是因为子和兄的一席话，”徐栻道，“在南京时，子和兄和我议此事时说，难海运者无非有二：一曰放洋之险，一曰覆溺之患。欲去此二患，并非难事；可自胶州以北，杨家圈以南，浚地百里，则杨家圈北之水，悉通于海。其中，开创者十之五，通浚者十之三，量浚者十之二。”

“原来百余里的出处在此。”李世达说。

“是。”徐栻应道。

“浚地百里，确非易事。”李世达说。

“子成先生说说，有何难处？”徐栻想听他对这件事怎说。

“譬如，途中有高山之阻。”李世达说。

“子和兄说，百里之间，无高山长坡之阻。”徐栻道。

“又譬如，河道有巨石之阻。”李世达说。

“子和兄说，曾以锥探之，河道中无巨石。”徐栻道。

“想必寅世先生勘查后，发觉并非如此。”李世达说。

“子成先生怎知？”徐栻问。

“不然，百余里怎会变成二百五十余里！”李世达道。

“确如子成先生所言，”徐栻笑道，“依子和兄所言，胶州以北，杨家圈以南，无高山之阻；遇潮时，海水可灌入内陆，以成河。然则，据我勘查，胶州以北地势高峻，不能通潮。欲浚地百余里成河，须得引泉源方可。所谓二百五十余里，即引泉源至胶州以北、杨家圈以南新河所需里程。其间须凿山引水，筑堤建闸，大非易事。”

“但我指点世寅兄看胶州以南、以北海口，既深且阔，我说二处皆可通潮，寅世兄不也点头！”刘应节道。

“点头之意，不无道理也；不无道理者，或可一试也；或可一试者，并非万全也。我仍以为，引泉成河，方是万全之策。”徐栻说。

“我听出来，二公所争执者，在引潮或引泉。”李世达插话。

“子成先生是听出来的？”和徐栻的争论还没有结果，刘应节的注意力又被吸引到李世达身上。

“是啊。”李世达应道。

“亦即，在听我二人谈论之前，子成先生并不知我二人所持见解？”刘应节又问。

“全然不知。”李世达道。

“既如此，子成先生为何要卷入世寅兄和我的争论之中？”刘应节不是一般地问，而是近乎质问。

“我卷入子和先生和世寅先生的争论之中？”李世达摸不着头脑。

“子成先生不仅卷入世寅兄和我的争论之中，且断然站到世寅兄那一边。”刘应节道。

“我断然站到世寅先生那一边？”李世达更摸不着头脑。

“前不久，子成先生曾奏言开通新河之事，是吧？”刘应节问。

“无论如何，胶、莱在我巡抚的范围之内；朝廷咨询于我，我不能不言之。”李世达说。

“子成先生奏言后，朝廷即放弃开胶莱新河之议，是吧？”刘应节问。

“不是我奏言后，朝廷即放弃开胶莱新河之议。我奏言后，商侍御复奏言。是商御史奏言后，朝廷才放弃开胶莱新河之议的；至少是我和商御史都奏言后，朝廷才放弃开胶莱新河之议的。”李世达说。

他说的商侍御，是巡按山东御史商为正。

“世寅先生和我各执一词，争于朝廷，子成先生奏言开胶莱新河事，已卷入我二人之争；因子成先生所奏，朝廷放弃开胶莱新河之议，子成先生岂不是断然站到世寅兄一边？”刘应节有自己的想法，根本不理会李世达的分辩。

“子和先生据此断言，我无话可说。”李世达苦笑道。

“子和兄，你我不如一起听听子成先生的奏议。”徐栻提议。

“我固然要听子成先生的奏议，世寅兄也要听吗？”刘应节话里有话。

“这话是怎说的？”徐栻也苦笑。

“他是怕世寅先生和我沆瀣一气。”李世达说。

“说得口干舌燥，我等不如饮酒。”徐栻改议。

“沆瀣一气就沆瀣一气，我会怕谁个不成！”刘应节反倒不答应，“子成先生，说！”

“子和先生，我所奏言，句句都是针对你议。”李世达明确告诉他这一点，是想看他是不是果真要听。

“我倒要听听，子成先生是如何句句针对我议的。”刘应节道。

“子和先生说的南北两个海口，南海口曰麻湾，对吧？”李世达问。

“对呀。”刘应节应道。

“麻湾以北，子和先生谓沙积难除，对吧？”李世达问。

“对呀。”刘应节应道。

“子和先生欲如何处置？”李世达问。

“徙十三里而至古路沟，以避之。”刘应节说。

“徙至古路沟，又有何顾虑？”李世达又问。

“虑其南接鸭绿港，东连龙家屯。”刘应节说。

“虑在何事？”李世达问。

“二处沙积亦甚高，渠口一开，沙随潮入。”刘应节说。

“子和先生欲如何处置？”李世达问。

“建闸障沙。”刘应节说。

“我倒要请教子和先生，闸一旦关闭，潮自何处而入；闸一旦开启，沙则如何障之？”李世达问。

刘应节的思考不严谨，只考虑开闸可以入潮，没想到海沙也将涌入；只考虑闭闸可以阻沙，没想到连潮水一起阻挡。

“子成先生是说，于鸭绿港、龙家屯建闸，并不可取；鸭绿港、龙家屯建闸不可取，即麻湾引潮不可取？”徐栻问。

“是。”李世达应道。

“子和兄，子成先生所议不无道理呀。”徐栻对刘应节说。

“有水有沙，哪一处建闸，不是水、沙俱入，水、沙俱阻！”刘应节不像是分辩，而像自己在嘟囔。

“再听子成先生说说北海口吧？”徐栻道。

“子和先生说的北海口，即仓口，对吧？”李世达问。

“对呀。”刘应节应道。

“子和先生说南、北二海口既深且阔，实则仓口至新河闸一段，沙淤潮浅，对吧？”李世达问。

“此一段确多沙。”刘应节承认。

“子和先生有没有设法去沙？”李世达问。

“我曾试于新河东岸二里左右地段，去沙二尺。”刘应节说。

“子和先生不担心，大潮一来，沙壅如故？”李世达问。

“有所担心，”刘应节承认，并说，“正因担心大潮一来，沙壅如故，我才有筑堤以净水障沙之议。”

“子和先生以为，筑堤以净水障沙，有把握吗？”李世达问。。

“有没有把握，总得试试吧！”刘应节道。

“我看子和先生别抱多大的期望，”李世达说，“筑堤，或可障两岸之沙，而潮水自中流冲击，其中裹带之沙，是无法障之的。”

“筑堤纵然不成，我还有另一设想。”刘应节道。

“可是改道王家丘？”李世达问。

“子成先生亦知？”刘应节反问。

“原道障于沙，唯一可取之道是王家丘。”李世达说。

“子成先生看，可行否？”刘应节问。

“不是不行，但要看须几多银子。”李世达说。

“子成先生怎也扯到银子上去？”刘应节不悦。

“子和先生掌南工部，难道不知，有多少工程都是因银两不足而停的！”李世达说。

“那你说，改道王家丘，须几多银子？”刘应节道。

“世寅先生，我要把你一起说进去。”李世达转向徐栻。

“改道王家丘，我是说过不无道理。”徐栻道。

“不是为此，”李世达说着，问道，“世寅先生方才说，凿山引水，一里须几多金？”

“四千金。”徐栻道。

“世寅先生浚地，以里计；若改道王家丘，吴家口至亭口一段，约五十里，我却是以丈计的。”李世达说。

“一丈须得几多金？”徐栻问。

“七十五金。”李世达说。

“一丈七十五金，一里岂不超万金！”徐栻惊道。

“是一万一千二百五十金。”李世达说。

“五十里即五十余万金。”徐栻计算道。

“是五十六万两千五百金。”李世达说。

“所须何至于偌多？”徐栻问。

“上则险峻，下多巨石，又非世寅先生引泉之处可比。”李世达说。

“其中一段须金五十余万，新河成，所费恐怕不止百万。”徐栻说。

“我估算过，不得少于一百五十余万，”李世达说着，转对刘应节说，“子和先生，我以为不可行，还不止是耗费惊人。”

“还为何事？”刘应节问。

“潮信有常，不得不虑。”李世达道。

“何谓潮信有常？”刘应节问。

“一则，潮水再大，也只到得杨村闸、杨家圈一带，再进一里都难；二则，一日之内，止得二潮，潮起潮落，其可恃乎？”李世达说着，转向徐栻，“世寅先生，我还要把你一起说进去。”

“子成先生，引潮不可恃，我是有同感的。”徐栻说。

“引潮不可恃，引泉难道可恃！”李世达道。

“子成先生之意，引泉亦不可恃？”徐栻问。

“是，”李世达应道，“世寅先生引泉的新河，迂曲二百余里。欲引者，无非张鲁河也，白河也，胶河也，或许还有几条支流。然张鲁、白、胶三水，几近干涸。若遇亢旱，无滴水可引。”

“子和兄看，子成先生并非完全站在我这一边，”徐栻对刘应节说，又对李世达说，“子成先生说自家奏言句句针对子和先生，也不尽然。”

“我只是对开新河以通海运一事，略有所见，并未针对任何一人。”李世达道。“元人开浚此河，史家谓劳费不赀，终不成功，可为前鉴。”

“子成先生以为我所估费用偏低，我信服；子和兄，他针对你的那些话，你是不是信服？”徐栻问刘应节。

“且不说他针对我的那些话，我是不是信服；世寅兄，你说我的那句话，我断不会信服的。”刘应节道。

“我说子和兄的哪句话？”徐栻没想起来。

“你说我贻患家乡呀，”刘应节道，“你二人所谓不可行，都有一条：耗费巨赀。然则，动辄须百万金也好，动辄须百五十万金也好，自有朝廷会计。朝廷拿得出该等银两，则兴其工；朝廷拿不出该等银两，则罢其役。怎说得上贻患家乡！”

“还有夫役呢？”徐栻问，“且不说朝廷拿得出的银两，也是征于民；朝廷决议兴其工，国帑不足，必要加征。而兴工于山东，山东加征必重；兴工于莱州、胶州，莱州、胶州加征必重。但以夫役而言，兴工于莱州、胶州，必以莱、胶之民应役。你莱、胶之民再富庶，可轻松应役吗？”

刘应节的口被堵住。虽说朝廷兴工，会支给役钱；但在官府层层盘剥之下，到夫役们手里所剩无几，应役决不会很舒心。

第五十二章

手巧的宫女在给皇帝梳头。随着宫女手里精巧的玉梳一抬一落，皇帝的心情也一起一落。他记得，以前的头发随生随剪，留发是从去年初开始的。才一年多的时间，竟长这么长，不能不让他惊奇，也让他兴奋。

忘记当时谁给他出个主意，让礼部拟上仪注，让天下都知道皇帝长发，让皇帝长发成为天下人的节日。

他直接给礼部降道谕旨，可来回复他的是张居正。张居正告诉他：此事没有先例。别说有哪位祖宗曾经举行过庆祝长发的仪式，就连祖宗们是在什么年纪长发的，史籍也不载。唯一的例外是：英宗实录中记载，英庙在正统八年六月六日长发。

他问张居正：英庙长发，礼部有没有拟仪注？

张居正告诉他，仅告奉先殿而已，未拟仪注。

张居正又说：天子长发之礼，若举行，也是在宫中举行，故外不得其详。皇上前在东宫时，曾行冠礼；今欲行长发礼，无须烦礼部，容臣先期略具仪节即可。

没有先例就没有先例吧。不拟仪注就不拟仪注吧。但自己开始长发，开始留发，这是谁也不能不承认的。

引申而言，长发何意？人在长大。从隆庆六年五月登极以来，整整过去六年。如果说，登极之初，他还是个纯粹的少年，现在则已经开始迈入青年。如果说，登极之初，母后说什么话，张先生说什么话，冯大伴说什么话，他都会不假思索地接受，不假思索地照办；那么，现在他虽然也会接受，也会照办，但越来越多地有了自己的想法。

张居正说，英庙在正统八年长发。皇帝记得，英庙也是在少年时登极，和自己的岁数大概差不多。英庙在正统八年长发，自己则在万历四年即已长发，是不是自己比英庙成长的要快？想到这里，他不免有些得意。

张先生虽然说没有先例，但也不反对在宫中行礼。可见，对于自己的成长，他也不能视而不见。但愿他从此以后不再把自己当作一个纯粹的少年看待，但愿冯大伴从此以后不再把自己当作一个纯粹的少年看待，但愿母后从此以后不再把自己当作一个纯粹的少年看待。想到这里，他不由兴奋起来。

但要行长发礼这样一件事，他径自传谕礼部的这样一件事，最终也要由张居正来作主。他是传谕礼部的，难道就不能让礼部尚书来和他谈论这件事？换言之，他为什么就不能命礼部尚书直接来回禀？想到这里，他不免感到失落。

在由兴奋转到失落时，皇帝从镜子里看到一个熟悉的身影。

“孙老儿，为何探头探脑！”他喝道。

“奴才只探下头，并未探脑。”孙海边说，边走进来。

“有事吗？”皇帝问。

“有个人，不知爷愿不愿见。”孙海说。

“要你来禀奏的人，朕都不愿见。”皇帝道。

“如果不是他要奴才来禀奏，是奴才抢着来替他禀奏呢？”孙海问。

“那要看你为何抢着来替他禀奏。”皇帝道。

“奴才觉着他要禀奏的事，对爷大有好处。”孙海说。

“有何好处？”皇帝问。孙海才要说，他又命，“你先说人，再说事。”

“是老崔要见爷。”孙海说。

“他说大有好处，你也信！”皇帝冷笑。

“大有好处，是奴才说的。”孙海道。

“他来说何事，你以为大有好处？”皇帝问。

“他来奏请采买。”孙海说。

“孙老儿，你又不是不知，奏请采买，他这是第一次吗？”皇帝斥道。

“是啊，奴才也问他：你这是第几次奏请采买？”孙海道。

“他怎说？”皇帝问。

“他说，今次的奏请，与以前的奏请，都不相同。”孙海说。

“有何不相同？”皇帝问。

“奴才也问他：今次的奏请，与以前的奏请，有何不相同？”孙海道。

“他又怎说？”皇帝问。

“他说，须面奏。”孙海道。

“哈，他把你当作外人，你还替他回禀！”皇帝冷笑。

“是啊，”孙海应道，“要不是他马上说句对爷大有好处，奴才才懒得替他回禀。”

“也罢，朕再听他一回。你唤他进来吧。”皇帝命道。

“奴才领旨。”孙海应一句，出去招呼崔敏。

崔敏进来时，给皇帝梳头的宫女已被打发走，皇帝的长发披散在肩。

“奴才恭贺爷的发又长许多。”崔敏道。

“老崔，你为看朕的长发而来吗？”皇帝问。

“奴才不是为看爷的长发而来；但奴才为之而来的事，和爷的长发大有干系。”崔敏说。

“你不是为奏请采买而来吗，和朕的长发有何干系？”皇帝问。

“爷发长至此，离办一件事的日子不会太远。”崔敏说。

“离办哪件事的日子不会太远？”皇帝问。

“大婚。”崔敏道。

“你是说，朕要册立皇后？”皇帝问。

“是，奴才预贺。”崔敏道。

“孙老儿，朕要立皇后，怎没人告诉朕？”皇帝问孙海。

“也没人告诉奴才。”孙海说。

“他说的是不是早点儿？”皇帝又问。

“是早点儿。”孙海边应，边对崔敏努努嘴，让他来接这话茬。

“爷，奴才说的是离办这事儿的日子不会太远。”崔敏道。

“你说日子不会太远，有多远？”皇帝问。

“两年左右。”崔敏道。

“孙老儿，老崔说是多少日子？”皇帝又问孙海。

“他说两年左右。”孙海回答。

“哈！”皇帝嗤笑，“朕问他多少日子，他说两年左右！孙老儿，你过日子，是以年算的吗？”

“奴才是以日算的。”孙海说。

“两年左右，有几多日？”皇帝问。

“少则七百日，多则八百日。”孙海说。

“老崔，七八百日后的事，你今日预贺，还不早吗？”皇帝问崔敏。

“早是早点儿；但曰预贺，也不算早得太多。”崔敏说。

“再者，你怎知离朕立皇后的日子还有两年左右？”皇帝问。

“奴才考据过。”崔敏说。

“你还懂得考据？”皇帝觉得好笑。

“奴才确曾考据过。”崔敏认真地说。

“好啊，说给朕听听。”皇帝命道。

“本朝皇后，多是先册为皇太子妃，然后太子即位，再册为皇后，只有三位皇后是径立为皇后的。先为皇太子妃，后册为皇后，依据的都是皇帝登极的年岁，而不是皇帝应该册立皇后的年纪；径册为皇后，才是皇帝应该册立皇后的年纪。”崔敏说着，问道，“奴才这么说，不知爷听得懂听不懂？”

“朕听得懂，你接着说！”皇帝道。

“奴才说的三位径立为皇后的皇后，一位是英庙老皇爷的钱皇后，一位是武庙老皇爷的夏皇后，一位是世庙老皇爷的陈皇后。”崔敏说。

“连三后的姓氏都说得出来，你行啊，老崔！”皇帝道。

“要不，奴才怎敢说有所考据呢。”崔敏嬉笑着说。

“你给朕说说武庙立后。”皇帝没按照顺序，而是让他先说武宗皇帝。

“武庙于弘治十八年五月登极，时年十五岁，次年，即正德元年，册立夏皇后。”崔敏说。

“亦即，武庙是十六岁时册立皇后的。”皇帝道。

“诚如圣谕。”崔敏应道。

“世庙呢？”皇帝问。

“世庙于正德十六年四月登极，时年十五岁，次年，即嘉靖元年，册立陈皇后。”崔敏说。

“亦即，世庙也是十六岁时册立皇后的。”皇帝道。

“诚如圣谕。”崔敏应道。

“再说说英庙吧。”皇帝命道。

“奴才最想告诉爷的，就是英庙册立皇后，”崔敏说，“英庙于宣德十年正月登极，时年九龄，正统七年，册立钱皇后。”

“英庙多等若干年，是为等到十六岁吗？”皇帝问。

“爷说的是。”崔敏应道。

也许英庙登极时的年纪和自己差不多，皇帝才让崔敏最后说到英庙；也许猜到皇帝的心思，崔敏才说，他最想告诉皇帝的，是英庙册立皇后。所以，崔敏说完英庙立后，皇帝马上联系到自己。

“朕于隆庆六年五月登极，时年十岁。到万历六年，朕恰十六岁，是该着册立皇后。”皇帝说着，问崔敏，“老崔，这就是你的考据吧？”

“是。”崔敏应道。

“其实，你大可不必费心思考据，只要随便找个礼部官员来问问，本朝皇帝是不是应该在十六岁时大婚，或者本朝太子是不是应该在十六岁时册立太子妃，就一清二楚。”皇帝说。

“爷圣明，”崔敏话里流露出崇敬，又流露出无奈，“奴才怎么没想到，此事一问礼部官员，即可一清二楚！”

“算了吧，”皇帝挥了挥手，说道，“朕料，英庙、武庙、世庙册立皇后的事，你就是找一个礼部的官员问出来的。”

崔敏赧然一笑，承认自己撒个小谎。他知道，皇帝对这种并无恶意的小谎，是不会计较的。

“英庙、武庙、世庙是不是都在十六岁时立后，朕信你的，不再问；要是朕该在十六岁时册后，是在两年之后，这会儿说它，是不是太早，朕也不再问。”皇帝说着，伸出一指，“朕只问你一个字。”

“爷问奴才哪个字？”崔敏问。

“贺，”皇帝道，“即便朕要册后，值得一贺吗？”

“太值得一贺。”崔敏说。

“你说说看。”皇帝命道。

“爷一旦册立皇后，身边就有女人；身边有女人，总是件好事。”崔敏说。

“为何身边有女人，总是件好事？”皇帝问。

“古人不是常说阴阳交合吗？爷是阳，后是阴，爷册立皇后，就是阴阳交合。”崔敏说。

“何谓阴阳交合？”皇帝问。

“具体而言，何谓阴阳交合，奴才也说不清楚。”崔敏道。当然，他虽然身体有残缺，但男人为什么需要女人，他并不是说不清楚。太监和相好的宫人在一起，情同夫妇，早已成为惯例。身为内承运库的掌印太监，他自己就有几个相好的宫女。只是，让皇帝懂得男人为什么需要女人，有专人司其事，他不愿给自己找麻烦。“奴才只知一件事：世上男人、女人在一起，越是有钱的男人，越是有地位的男人，身边的女人越多。要是男人身边有女人不是件好事，应该反过来才对。”

皇帝觉得他的说法很有趣，问道：“怎样反过来？”

“越是没钱的男人，越是没地位的男人，身边的女人越多；等到有了钱，有了地位，身边的女人一个一个都跑掉。”崔敏说。

“照你这么说，做到天子，身边就该没女人！”皇帝笑道。

“所以奴才说，男人身边有女人，是一件好事，当贺。”崔敏说。

“纵然是一件好事，两年后朕册立皇后，和列祖列宗册立皇后一样，和民间男女嫁娶一样，未必值得一贺。”皇帝道。

“不管别位皇爷立后是不是值得一贺，民间男女婚嫁是不是值得一贺，爷立后，确实值得一贺。”崔敏说。

“这是为何？”皇帝问。

“爷，奴才或猜得出是为何。”孙海在一旁插话。

“你猜猜看。”皇帝命道。

“奴才斗胆问一句：而今有没有折磨爷的事？”孙海斗胆提这样的问题，换别人，包括崔敏在内，是绝不敢提的。

“你说呢？”皇帝反问。

“奴才看有。”孙海道。

“你说是何事。”皇帝命道。

“黎明即起，”孙海道，“爷睡意正浓，不得不起身穿衣，洗脸洗手，昏昏沉沉被迎出御朝。此事让爷苦不堪言。”

“就算此事折磨朕，和朕大婚有何干系？”皇帝问。

“奴才听说，爷一旦大婚，娘娘千岁就不会留在乾清宫。”孙海说。

皇帝睡意正浓，谁敢去吵醒？太监不敢，宫女不敢，女官不敢。敢去把皇帝唤醒的，只有慈圣皇太后。这几年来，慈圣皇太后不应该说是唤醒皇帝，有时几乎是把皇帝生拉硬拽起来的。慈圣皇太后别留在乾清宫，还真是皇帝的一个大心愿，尽管他不敢说出口。

“老崔，你可是这么想的？”皇帝问崔敏。

“是。”崔敏应道。

“你也知朕为此事苦不堪言？”皇帝问。

“奴才不知其详，但看爷每日一大早上朝，风雨寒暑无阻，奴才和孙老儿、客老儿等一样，都想爷早日大婚。”崔敏说。

“算你有良心，知道心疼朕，”皇帝夸奖他一句，然后扯到别的话题。事关母后，若说多，对谁都没好处。“老崔，还有件事，朕得问你。”

“爷问。”崔敏估计该说到正题上，精神一振。

“你是来奏请采买的，是吧？”皇帝问。

“是。”崔敏应道。

“纵然朕大婚是一件好事，纵然值得一贺，和你奏请采买，又有何干系？”皇帝问。

“一来，当真是一件好事，奴才才敢对爷说是一件好事；二来，当真值得一贺，奴才才敢预贺——”崔敏话没说完，被皇帝打断。

“这两句都是废话，快说三来吧。”皇帝道。

“是,”崔敏应一声后，说道，“前两次奏请采买未成行，奴才知道，不是爷不想让奴才去，是有人不想让奴才去。但归根结蒂，还是奴才没选好时机。奴才选的时机不好，人家不想让奴才去，才说得出口；要是奴才选的时机好，人家纵然一百个不愿意，一千个不愿意，一万个不愿意，也说不出口。”

“你干脆说为朕大婚采买是个好时机，不好吗？”皇帝道。

“奴才正是此意。”崔敏说。

崔敏等奏请采买金珠宝石等，以备大婚之用。科、道奏请止之，不听。同时，朝廷命司礼太监孙隆往苏、杭提督织造，也是为备大婚。

第五十三章

仲夏的京师，天气燥热。未、申之交，皇帝忽然宣召三名阁臣。

午朝之后，皇帝很少宣召大臣；更少同时宣召三名阁臣，而且并不告诉他们宣召的事由。这自然会引起猜测。

“不知出何等大事？”吕调阳念叨。

“和卿先生怎知是大事？”张四维问。

“不是大事，怎会此刻宣召！”吕调阳道。

“我看，未必是大事，但肯定是急事。”张四维说。

“子维先生怎知是急事？”吕调阳问。

“不是急事，怎会此刻宣召！”张四维道。

二人相视而笑。笑罢，吕调阳问张居正：“叔大先生看，是大事，抑或是急事？”

“我看，既非大事，亦非急事。”张居正说。

“叔大先生怎知不是大事？”吕调阳问。

“叔大先生怎知不是急事？”张四维问。

“若是大事，若是急事，怎会此刻宣召！”张居正道。

说着，他先笑起来，吕调阳、张四维又随着他笑一会儿。

“叔大先生，总得说点儿具体的理由吧？”吕调阳道。

“此刻宣召，分明是皇上体恤我等，不让我等顶着烈日走这一大段路。若是大事、急事，还顾得上吗？”张居正道。

“叔大先生所言极是。”吕调阳、张四维齐应道。

果然，不是大事，也不是急事。掌库太监在内府翻腾出几幅旧画，呈皇帝御览，皇帝请阁臣们一同观赏。

“朕览这几幅画，豪情满怀，特邀卿等同览。”皇帝说。

“得览宫藏珍品，臣等叩谢圣恩。”三阁臣齐道。

四名近侍各持一画卷，站在另一侧。皇帝做个手势，一名近侍向阁臣们这边走几步，把画卷展开。

画面上，一匹战马奋起两只前蹄，一箭射入其胸。马旁站立一脸庞似番人模样却披挂汉人战袍的将士，伸出手去，准备拔出箭来。四周是半人高的蒿草，被白雪覆盖。画面之外题的两个大字“龙驹”，是草书，可以看清，两行小字，是隶书，则看不清楚。

看得清“龙驹”两个大字，对张居正等来说，已经足够。

“朕听说，龙驹是我成祖文皇帝第一匹御骑，可是？”皇帝不点姓名，一定是问张居正。

“是，”张居正应道，“靖难之初，成祖文皇帝与李景隆大战于郑村坝，连破其七营，所乘御马，名龙驹。龙驹亦于该役重伤，不治而亡。”

“张先生看此画何感？”皇帝又问。

“臣观此马重创而不屈，正可衬出成祖文皇帝威武神勇。”张居正道。

“吕先生何感？”皇帝问。

“郑村坝距当时的北平仅数十里，战在隆冬。臣观此地白雪皑皑，更可想见成祖文皇帝用兵时艰苦卓绝。”吕调阳说。

“张卿何感？”为和张居正的称呼区别，皇帝不能称张四维先生。

“臣读史籍，知成祖文皇帝麾下有一番将，名丑丑，官都指挥；龙驹所中箭，由他拔出。画中之人，甚是传神。”张四维说。

“卿等看，此画该不该咏之？”皇帝问三人。

“此画记成祖文皇帝神功圣烈，臣等既蒙赐览，当咏之。”张居正说。

“臣等当咏之。”吕调阳、张四维也说。

皇帝命第二名近侍走近阁臣们，把画卷展开。

画面上又是一匹战马，毛身赤红，扬蹄奋进，昂首嘶鸣。马蹄践踏之处，是一簇簇青草；远处的背景，是一条河流，似听得到水流之声。看得清的两个大字是：赤兔。

自古以来，叫作赤兔的名马太多，如果开始就让阁臣们看这一幅画，他们未必料到，它是成祖文皇帝的御骑。但看过第一幅画后，再看这一幅画，心里就会有底。

“张先生可知，我成祖文皇帝在哪一役中乘骑此马？”皇帝问。

“臣记得，在白沟河之役。”张居正说。

“赤兔不曾中箭吗？”皇帝问。

“臣记得，成祖文皇帝的赤兔马，亦是胸部中箭。”张居正说。

“伤在哪一战？”皇帝问。

“若臣料得不错，这一幅画正是白沟河之役的场景；赤兔中箭被伤，正在该役。”

张居正看着画卷说。

“吕先生，”皇帝转问吕调阳，“白沟河位于何处？”

“在定兴以西，”吕调阳说。定兴是个县名，他担心皇帝不知道，又补充了一句，“定兴隶于保定府。”

“离京师不远，亦属北地。”皇帝道。

“是。”吕调阳应道。

“我成祖文皇帝战于白沟河，在几月？”皇帝又问。

“臣记得，在四月。”吕调阳说。

“草绿水清，正是当时的情景吧？”皇帝道。

“皇上说的是。”吕调阳应道。

“张卿，”皇帝转问张四维，“龙驹所中箭，由丑丑拔出，赤兔所中箭，却由谁人拔出？”

“由都指挥亚失帖木拔出。”张四维说。

“也是名番将？”皇帝问。

“是。”张四维应道。

“画的虽非受伤情景，也是随我成祖文皇帝征战的宝马，卿等看，该不该咏之？”皇帝问三人。

“未画受伤时情景，未必此马便不神勇，或是画者不忍每马皆画其受伤。臣等既蒙赐览，当咏之。”张居正说。

“臣等当咏之。”吕调阳、张四维也说。

第三匹战马，体红而略显黯淡，身中两箭，一箭穿腹，一箭在两股之间。马的前蹄已曲，但仍不甘心倒下。一将面对战马，手停在空中，似乎拿不定主意，是先拔下射中马腹的箭，还是先拔下射中马臀的箭，又似不忍心下手拔箭。由于马匹颜色较为黯淡，整个画面，包括背景中的水流，都显得较为黯淡。题写的两个大字是：枣骝。

“毛发深沉，朕览此马，不由神情凝重。”皇帝说。

“枣骝马亦成祖文皇帝钟爱。”张居正说。

“观此情景，枣骝马当即阵亡。”皇帝道。

“是。”张居正应道。

“阵亡于哪一战？”皇帝问。

“小河之役。”张居正道。

“朕观此画色彩黯淡，是不是因枣骝阵亡，天地为之动容？”皇帝问。

“画者或有此意；不过，”张居正口气一转，说道，“臣以为，天地为之动容，不仅因为枣骝的阵亡。”

“还因为何事？”皇帝问。

“靖难以来，小河之役最为惨烈，成祖文皇帝几为平安所伤。因初战败绩，众将动摇，或议回师北平。”张居正说。

“吕先生，”皇帝转问吕调阳，“小河位于何处？”

“在宿迁境内。小河者，实为小河口，是睢水流入大河的地方，”吕调阳说，又补充道，“宿迁隶于淮安府。”

“隶于淮安府？岂不到南直隶地界！”皇帝道。

“皇上说的是。”吕调阳应道。

“我成祖文皇帝战于小河，在几月？”皇帝问。

“臣记得，亦在四月，”吕调阳说，又补充道，“白沟河之役，在革除二年，小河之役，则在革除四年。”

“张卿，”皇帝转问张四维，“此将最终有没有拔箭？”

“有拔箭。”张四维说。

“此将为谁？”皇帝又问。

“应是安顺侯脱火赤。”张四维说。

“不仅是番将，还封过爵位！”皇帝道。

“是。”张四维应道。

“枣骝壮烈如此，也该咏之吧？”皇帝道。

“诚如圣谕。”三臣齐应。

第四匹战马色黄，无一杂毛，画面的背景，一边是山，一边是水。该马面向山的一边，目光甚是坚定。此马似乎没来得及取名，或者马的主人认为用不着取名，题写的两个大字为：黄马。

“此马为何不名？”皇帝问张居正。

“并非不名，黄马即其名。”张居正说。

“此马伤否？”皇帝问。

“亦伤。”张居正说。

“伤在何处？”皇帝问。

“两股之间。”张居正说。

“伤于何役？”皇帝问。

“灵璧之役。”张居正说。

“我成祖文皇帝是否不甚喜此马？”皇帝问。

“皇上为何有此想法？”张居正反问。

“前者三马，一曰龙驹，一曰赤兔，一曰枣骝，名皆响亮不俗；此马名曰黄马，太普通。”皇帝说。

“黄马名或俗，却有一最不俗之处，”张居正说着，指着画面上的山问，“皇上可知，此山何山？”

“朕不知。”皇帝道。

“此山为齐眉山，”张居正说着，指着画面上的河问，“皇上可知，此水何水？”

“朕亦不知。”皇帝道。

“此水为大河，”张居正说，“齐眉山在灵璧之南，大河在灵璧之北，黄马虽伤于股，马首仍向南。是知成祖文皇帝决意夺取南京，以成一统。”

“让张先生一说，黄马果有奇处，”皇帝道，他转问吕调阳，“吕先生，灵璧位于何处？”

“灵璧隶于宿州，”吕调阳说，又补充说，“宿州隶于凤阳。”

“战于中都，应该离南京不远吧？”皇帝问。

“是，”吕调阳应道，“灵璧一役，南军大败，大将平安被俘。此后，成祖文皇帝统兵南下，再无大的阻碍。”

“张卿，”皇帝转问张四维，“张先生说黄马虽伤，马首仍向南。此画上，黄马通身无箭，想必已拔去吧？”

“皇上说的是。”张四维应道。

“这一次拔箭者为谁？”皇帝问。

“指挥鸡儿。”张四维说。

“可是番将？”皇帝问。

“臣以为不是。”张四维道。

“卿为何以为不是？”皇帝问。

“成祖文皇帝起兵靖难，军中多有宦者，知名者如狗儿、马儿等，鸡儿或亦是成祖文皇帝贴身宦者，”张四维说，又补充道，“史籍不载，无从考据，臣只能推测。”

“卿的推测，合乎情理，”皇帝说着，问三臣，“黄马神奇如此，也该咏之吧？”

“诚如圣谕。”三臣应道。

“朕知，我成祖文皇帝最推崇唐太宗；朕还常听臣子们说，堪匹我成祖文皇帝者，唯有唐太宗，”皇帝说到这里，手指四名近侍捧着的画卷，道，“朕想问问卿等，我成祖文皇帝有这多宝马，唐太宗有否？”

“据史籍所载，唐太宗亦有六骏。”张居正道。

“卿二人亦知否？”皇帝问吕调阳、张四维。

“臣等亦知之。”吕调阳、张四维齐道。

“朕不欲偏劳张先生，卿等三人可一人讲述一匹。”皇帝说。

“臣等遵旨。”三臣应道。

“六骏之一，曰拳毛騧。”张居正先说。

“名字好怪！是哪几个字？”皇帝问。

“拳者，拳拳之心之拳；毛者，羽毛之毛；騧者，左为马字，右为做饭烧菜的那个锅字，去掉金字偏旁。”张居正说。

“既以马字为偏旁，定和马有关。”皇帝推测。

“皇上说的是，”张居正应道，“黄毛黑喙之马，古称作騧。”

“唐太宗是否曾御拳毛騧征战？”皇帝问。

“是，”张居正应道，“唐太宗平刘黑闼，即以拳毛騧为坐骑。敌飞箭如雨，拳毛騧前身中六箭，背上中三箭。”

“唐太宗竟未中箭？”皇帝问。

“是。”张居正应道。

“好一匹护主的良驹！”皇帝赞罢，等着吕调阳说第二匹马。

“六骏之二，曰什伐赤。”吕调阳道。

“名字亦怪得很。是哪几个字？”皇帝问。

“什者，什一之什；伐者，征伐之伐；赤者，赤色之赤。”吕调阳说。

“无疑是匹赤色的马。”皇帝推测。

“皇上说的是，”吕调阳应道，并说，“另外二字，多半是从番语中译过来，臣不解其意。”

“唐太宗何时御之？”皇帝问。

“平王世充时，唐太宗以什伐赤为坐骑。该马前身计中四箭，背上则仅中一箭。”吕调阳说。

“看来，唐太宗平王世充，不如平刘黑闼，来得激烈。”皇帝说着，向张四维示意：轮到他说。

“六骏之三，曰白蹄乌。”张四维道。

“不用说，是匹黑马，四蹄却是白色。”皇帝推测。

“皇上说的是。”张四维应道。

“唐太宗御白蹄乌于哪一役？”皇帝问。

“御于平薛仁杲之役，未闻有箭伤。”张四维说。

“那是匹福马，”皇帝说着，命道，“张卿，你再说一骏。”

“是，”张四维应一声，道，“六骏之四，曰特勒骠。”

“骠字一定是骠骑之骠，另二字呢？”皇帝问。

“特者，特别之特；勒者，勒令之勒。”张四维说。

“从名字上，辨不出马的颜色。”皇帝道。

“是，”张四维应道，并说，“据载，特勒骠黄白相杂，喙微黑。”

“那不是可以唤作半弱吗？”皇帝显露出调皮的本性。

“臣看，只宜唤作半半弱。”张四维回应一句笑话。

皇帝笑了笑，问道：“特勒骠是唐太宗平谁个时的坐骑？”

“平宋金刚时所御。”张四维说。

“有无中箭？”皇帝问。

“亦无中箭。”张四维说。

“福马都让张卿赶上。”皇帝说着，示意吕调阳说下一匹马。

“六骏之五，曰飒路紫，又曰紫燕骝。”吕调阳说。

“毛色为紫，奔驰起来，轻盈如燕。”皇帝以名论马。

“皇上说的是。”吕调阳应道。

“唐太宗何时所乘？”皇帝问。

“定东都时所乘。”吕调阳说。

“东都即洛阳吧？”皇帝问。

“是。”吕调阳应道。

“紫燕骝伤否？”皇帝问。

“前身中一箭。”吕调阳说。

“张先生，”皇帝转向张居正，问道，“唐太宗的第六匹宝马何名？”

“六骏之六，曰青骓。”张居正说。

“青者却是何色？”皇帝想象不出来。

“名青骓，实为苍劲之白，间有他色。”张居正说。

“唐太宗何时御之？”皇帝问。

“平窦建德时御之。”张居正说。

“青骓伤否？”皇帝问。

“前身中六箭。”张居正说。

“轮到张先生说的，都是壮烈之骏。”皇帝道，又说，“三卿各说一马后，朕让你等调换次序，是朕有桩心事，想请张先生说完最后一骏后，顺便为朕解之。”

“皇上有何心事？”张居正问。

“我成祖文皇帝拥有四骏，唐太宗却有六骏，朕听张先生说这个数目，心里觉着不舒服。”皇帝说。

这完全是孩童的情绪，张居正却不因其幼稚而胡乱应对。他问：“皇上是觉着，数目少，我成祖文皇帝则输与唐太宗？”

“是。”皇帝应道。

“若言数目，我成祖文皇帝还有一事少于唐太宗。”张居正说。

“何事？”皇帝问。

“靖难之役，自革除元年七月夺取北平九门，至革除四年六月进入南京，按年头算，是四年，按实际日子算，仅三年；而唐太宗平定天下，却用七年。”张居正说。

“唐太宗征战日久，难怪所御宝驹多过我成祖文皇帝。”皇帝说。

张居正摇了摇头，否定皇帝的话。他说：“臣要说的是，虽多未必便胜。如唐太宗平定天下，虽用七年，但在多数日子里，他留于宫邸；而靖难之役虽仅三年，我成祖文皇帝却无一日不在军中，无一战不亲临沙场。虽则都是百战之余而平定天下，但以艰苦卓绝而言，我成祖文皇帝胜唐太宗多矣。”说到这里，他顿了顿，又说回马，“宝驹是用于战事的，即便唐太宗拥有六骏，我成祖文皇帝仅有四骏，我成祖文皇帝也不输与唐太宗。这是其一。”

“还有其二？”皇帝问。

“是，”张居正应一声，说道，“实则，我成祖文皇帝所拥有者，不是四骏，而是八骏。”

“我成祖文皇帝有八匹宝驹？”皇帝惊呼。

“是。”张居正应道。

“张先生怎知？”皇帝问。

“臣读宪庙时阁臣刘定之文集，内有文皇八骏之咏。故臣知，成祖文皇帝拥有八骏，非止四骏。”张居正说。

“我成祖文皇帝既拥八骏，为何只有四骏之图？”皇帝问。

“臣等知龙驹等四骏事，均得于刘文定八骏之咏。另四骏文字，和此四骏文字相同。臣以为，既有此四骏图，亦当有另四骏图，但不知藏于何处。”张居正说。

“张先生是说，另四骏文字和此四骏文字相同？”皇帝问。

“是。”张居正应道。

“张先生尚记否？”皇帝当然想听一听。

“臣试言之，”张居正道，“八骏之五，曰乌兔，中箭于东昌，都督童信拔箭；八骏之六，曰飞兔，中箭于夹河，都指挥猫儿拔箭；八骏之七，曰飞黄，中箭于乐城，都督麻子帖木儿拔箭；八骏之八，曰银褐，中箭于宿州，都督亦赖冷蛮拔箭。”

“文字果然相同，”皇帝点点头，向张居正许诺，同时也向吕调阳、张四维许诺，“张先生，待找到那四骏图，朕再召卿等览之。”

第五十四章

散衙的时辰已过一会儿，吕调阳、张四维起身要走，张居正却安坐不动，挥笔书写。

“叔大先生，不走吗？”吕调阳问。

“我约来汝默、元驭，说说修《世宗实录》的事。”张居正道。

他如果请吕调阳、张四维留下来一起听听，他二人一定会留下来。但他显然没有这个意思，吕调阳朝张四维摆手，张四维点头，二人轻手轻脚走出去。

听到脚步声，张居正头也不抬，只说一句：“汝默，元驭，自家找地方坐下，我这就好。”

申时行、王锡爵按照他的吩咐，各找把椅子坐下。

张居正把要写的文字写完，招呼道：“来，坐近些。”

怕打乱张居正的思路，申时行、王锡爵都坐在离他较远的地方；听他招呼后，各换离张居正较近的椅子坐下。

“叔大先生，听说皇上出个题目？”王锡爵问。

“是。”张居正应道，“前几日，皇上赐览文庙四骏图，命我等咏之。”

“晚生等可否拜读？”王锡爵问。

“业已呈进，未留诗草，你等无法读到，”张居正说着，拿起才写的疏稿，“其实，你等与其读那些诗句，不如读读此文。”

“是。”王锡爵应着，伸出手去，准备接过张居正的疏稿。

张居正却把奏稿又放回案上，道：“还是先说正题吧。”

“是。”申时行、王锡爵一起应道。张居正找他二人来谈《世宗实录》，他们是知道的。

“我记得，当年开馆修《穆宗实录》时，曾定期限，”张居正说着，问答，“汝默、元驭，我记错没有？”

“叔大先生没记错。”申时行、王锡爵齐道。

“当时怎定的，二位尚记否？”张居正问。

“每月编纂一年实录，随编纂随送副总裁。”申时行说。

“月终，送阁审定。”王锡爵补充说。

“你二位是《穆宗实录》副总裁，《穆宗实录》是不是如期完成的？”张居正问。

“所幸不辱使命。”申时行、王锡爵齐道。

“怎么个不辱使命，说与我听听。”张居正命道。

“隆庆凡六年，加以嘉靖四十五年，共七年，按照每月编纂一年的定制，应该在七个月内完成初稿。开馆修《穆宗实录》，在隆庆六年九月，筹备三个月，十二月正式启动。应于万历元年七月完成初稿，实于万历元年七月完成初稿。”申时行把一个一个日期交代清楚。

“《穆宗实录》最终定稿呈进，在万历二年七月，也在我预期之内。”张居正补充一句。

“是。”申时行、王锡爵应道。

“叔大先生总裁其事；《穆宗实录》在预期之内完成，全靠叔大先生督促。”申时行、王锡爵齐道。

“《世宗实录》又如何？”张居正问。

“须两说。”王锡爵道。

“怎么个两说？”张居正问。

“修《世宗实录》，是隆庆元年四月开馆的。嘉靖凡四十五年，加以正德十六年，共四十六年，按照每月编纂一年的定制，应该在四十六个月内完成。若从隆庆元年四月算起，迄今已百余月，得说拖延已久；若从隆庆六年九月算起，今为万历四年六月，恰是第四十五个月，还提前一个月。”王锡爵也一个一个日期交代清楚；不过，没有结论。

“元驭以为，该从隆庆元年算起，抑或该从隆庆六年九月算起？”张居正问。

“难说。”王锡爵道。

“为何难说？”张居正问。

“从隆庆元年四月算起，那时并无每月编纂一年实录的定制；从隆庆六年九月算起，又似在为逾期辩解。”王锡爵说。

“汝默以为呢？”张居正问申时行。

“确是两难。”申时行道。

“元驭情愿从何时算起？”张居正问回王锡爵。

“晚生自是情愿从隆庆六年九月算起。”王锡爵说。

“那就从隆庆六年九月算起，如何？”张居正又问申时行。

“亦晚生所情愿。”申时行道。

“实则，从隆庆六年九月算起，在你二人，并不难开口，”张居正道，“一则，修《世宗实录》未能如期，责任不在你二人。前者，你二人的精力都放在修《穆宗实录》上，修《世宗实录》的副总裁是王克之先生和诸端甫先生。但端甫先生在任副总裁的第二年，即不幸病故；而王克之先生实授吏侍，又是个事繁的职位。故而，《穆宗实录》完成后，才不得不由你二人接替《世宗实录》的副总裁。二则，元驭说的是从隆庆六年九月算起，而不是和修《穆宗实录》一样，要求再筹备三个月，显见不是为逾期辩解。”

“叔大先生顾念下情，诚晚生等之幸。”申时行、王锡爵齐道。

“我可不是顾念下情，”张居正摇着头说，“我是《世宗实录》总裁官，如期完成，我脸上难道就无光？”

说罢，他忍不住笑起来。申时行、王锡爵也笑起来。

“二位先勿庆幸，还有一事，我是不打算顾念下情的。”张居正又道。

申时行、王锡爵忙收敛起笑容。

“《穆宗实录》于万历元年七月完成初稿，于万历二年七月定稿呈进，其间相隔一年；今《世宗实录》完成初稿，我欲于明年此时定稿呈进，”张居正说着，问道，“二位以为如何？”

他的主意已定，二人即便提出异议，也是徒劳；不过，拍着胸脯表示赞成，看上去并不是负责任的态度。

“隆庆仅六年，嘉靖却是四十五年。”申时行说。

“编纂《穆宗实录》初稿，仅用七月，编纂《世宗实录》初稿，却用四年，说用九年亦可。”王锡爵说。

“二位以为万无可能？”张居正问。

“不是无可能，是甚难。”申时行、王锡爵齐道。

“若能用两年工夫审订，从容得多。”申时行又说。

“或不求似《穆宗实录》般翔实、中肯，也可从容些。”王锡爵又说。

“汝默要延长一年，我不能从之；元驭要放宽尺度，我亦不能应允。我不给自家留余地，也望二位再接再厉，和我一起，按照期限、按照标准完成《世宗实录》的审订。”张居正道。

“是。”申时行齐应。

“二位允诺，算是立下军令状吗？”张居正问。

“叔大先生若立军令状，晚生等也立军令状。”申时行说。

“叔大先生要晚生等立军令状，晚生等则立军令状。”王锡爵说。

“有二位这话，我心里踏实许多，”张居正说着，挥了挥手，“二位请便吧。”

“是。”申时行、王锡爵应罢，各离座位，躬身行礼，然后退出。

走到门口时，王锡爵忽然呼唤一声：“叔大先生！”

“元驭还有事？”张居正问。

王锡爵手指张居正前面的书案，道：“叔大先生说过，此文可以让晚生辈读一读的。”

“我说过吗？”张居正只含糊瞬间，马上想起来，“我说的是，与其读那些诗句，不如读读此文。汝默、元驭有兴趣的话，的确可读读。”

他把才写的文稿拿起来，申时行、王锡爵忙返回，伸手去接。在文稿将要递到对方手里时，张居正问道：“汝默、元驭读过绍熙等人新近上的奏疏否？”

他提起林景旸，申时行、王锡爵马上知道他这篇文稿的内容。

“叔大先生是要驳回他的奏议吧？”申时行问。

“汝默怎知我要驳回他的奏议？”张居正反问。

“叔大先生的心思既在审订《世宗实录》上，晚生想，是不会二用的。”申时行说。林景旸奏请重修《大明会典》；驳回他的奏议，即不赞成重修《大明会典》。

“汝默读过此奏稿，便知我是不是要驳回绍熙的奏议。”张居正说。

他刚才还没想好，是让申时行、王锡爵二人分着读好，还是一起读好；分着读的话，不知让申时行先读好，还是让王锡爵先读好。在和申时行对话之后，自然是让他先读。

王锡爵的想法和申时行相反。他正想说出自己的想法，张居正却问起他来；但问的不是他的想法。

“元驭可记得，《大明会典》修于哪一年？”张居正问。

“似修于弘治十年。”王锡爵说。

“那是始修之年，”张居正回应一句，又问，“元驭可知，《大明会典》修成于哪一年？”

“似成于弘治十五年。”王锡爵说。

“刊印于哪一年？”张居正问。

“似刊于正德四年。”王锡爵说。

“元驭说的年份都对，大可省去那个‘似’字。”张居正说着，冲王锡爵点点头，好像在说：我知你的想法和汝默的想法不同，你说吧。

“叔大先生意欲重新《大明会典》吧？”王锡爵问。

“元驭怎知我欲重修《大明会典》？”张居正反问。

“叔大先生不欲重修，一句话的事，不必做大篇文章。”王锡爵说。

“小议而已，并非大文章，元驭读过便知。”张居正说。

恰好申时行读完奏稿，王锡爵接过来读。

听到张居正问王锡爵的话，申时行心里算着：开始编纂《大明会典》，迄今已七十九年;《大明会典》成书，迄今已七十四年;《大明会典》刊印，迄今已六十七年。多则近八十年，少也近七十年，可以说够久。读过奏稿，联系张居正的问话，他感到，自己开始的推测也许是错的，张居正也许会问他现在是怎想的。

张居正果然问他；但问的不是他现在怎想的。

“汝默可记得，《大明会典》总裁官是谁人？”张居正问。官修史书的总裁官往往不止一人，他问的当然是领衔的那人。

“应该是徐文靖公吧。”申时行说。

徐文靖即徐溥，成化二十三年入阁，弘治五年为首辅，十一年致仕。“那是开始修《大明会典》时的总裁官，”张居正回应一句，又问，“汝默可知，《大明会典》修成时的总裁官是谁人？”

“似是刘文靖公。”申时行说。

“《大明会典》刊印时的总裁官呢？”张居正问。

“似是李文正公。”申时行道。

“汝默说的人物都对，也不必用那个‘似’字。”张居正说着，冲申时行点点头，好像在说：我知道读此奏稿后，你的想法已经有所改变，你说吧。

恰好王锡爵读完奏稿，交还给张居正。

听到张居正问申时行的话，王锡爵心想：《大明会典》初纂时，总裁官是徐文靖公；《大明会典》成书时，总裁官是刘文靖公；《大明会典》刊印时，总裁官是李文正公。此三人都是前朝的名臣，李文正公更是文学大家。读过奏稿，联系张居正的问话，他感到，自己开始的推测也许是错的，张居正也许会问他现在是怎想的。

张居正的确有话要问；不过，他指指申时行，意思是先要问他。

“汝默，仍以为我要驳回绍熙奏议吗？”张居正问。

“非也，”申时行道，“晚生看出，叔大先生对林绍熙的奏议，还是很赏识的。”

“何以见得？”张居正问。

“一则，叔大先生两度盛赞该书，”申时行说着，读起疏稿，“在前则曰：《大明会典》一书，即唐、宋六典、会要之遗意，以昭一代之章程，垂万年之成宪，至精且当。在后则曰：臣等参照会典一书，于昭代之典章法度，纲目毕举，经列圣之因革损益，美善兼该，比之周官唐典，信为超轶矣。”读完两段后，又说，“二则，叔大先生两度指出，须得重修。在前则曰：顾其为书，成于弘治之末，至今代更四圣，岁逾六纪；典章法度，不无损益异同。凡百有司，艰于考据；诸所援附，鲜有定划。以致论议繁滋，法令数易，吏不知所守，民不知所从，甚非所以定国是而一人心也。在后则曰：近年以来，好事者喜于纷更，建议者鲜谙国体。条例纷纭，自相抵牾；耳目淆惑，莫知适从。祖宗之良法美意，几于沦失矣。”

“元驭，仍以为我欲重修《大明会典》吗？”张居正又问王锡爵。

“非也，”王锡爵道，“晚生看出，叔大先生是嫌林绍熙的奏议，上得太早。”

“汝默的依据，又是两则，又是两度，元驭也有吗？”张居正问。

“没有两度，两则却是有的，”王锡爵说着，从申时行手里拿过奏稿，边说边读，“一则，叔大先生强调，重修《大明会典》之议，早已有之。曰：嘉靖年间，世宗皇帝尝命儒臣续修会典，自弘治十五年，至嘉靖二十八年而止，已经进呈，未蒙刊布。隆庆二年，都御史孙应鳌亦尝奏请汇辑嘉靖事例，附入会典。二则，叔大先生强调，重修《大明会典》，须渐进。曰：今两朝实录，尚未告成，披阅校正，日不暇给。若复兼修会典，未免顾此失彼。合行翰林院，候实录进呈毕日，另行题请开馆，抡选儒臣，分局纂修；仍先行文各该衙门，选委司属官，将节年题准见行事例，分类编集，呈送堂上官，校勘明白；候开馆之日，送入史馆，以备采择。”

“你二人真是妙不可言，”张居正笑道，“汝默原本以为我要驳回绍熙之意，读一段文字后，却看出我赏识他的奏议；元驭原本以为我会赞成重修《大明会典》，读一段文字后，却以为我嫌其奏议上得太早。”

“实则，叔大先生尽管赏识林绍熙的奏议，但嫌其上得太早，亦即驳回他。这一层意思，晚生还是坚持的。”申时行说。

“实则，尽管嫌林绍熙奏议上得太早，但重修《大明会典》，是叔大先生的本意。这一层意思，晚生也是坚持的。”王锡爵说。

“《大明会典》须得重修，但不可现在重修，汝默、元驭说的都不错，”张居正自己做个了断，然后说，“不过，另有一件事，你二人却未必料得到。”

“叔大先生说的是何事？”申时行、王锡爵齐问。

“你二人来时，和卿先生、子维先生才走。”张居正说。

申时行、王锡爵相互看一眼，心里都很纳闷：是在问他们，有没有和那两位阁臣相遇吗？相遇怎样，未相遇又怎样？不值得一说的事，叔大先生为什么要正正经经地说呢？

“是，晚生等与和卿先生、子维先生打个照面。”申时行说。

“和卿先生还催晚生等快走，说叔大先生已等急。”王锡爵道。

“汝默、元驭要来，本该留下他二位，一起说说的；我却没留。你二人知是为何？”张居正问。

“晚生等不知。”申时行、王锡爵齐道。

“不是我等谈论《世宗实录》，不可让他二位听；而是我料到，会和汝默、元驭言及重修《大明会典》事，我不想让他二位听，”张居正说着，问申时行，“《大明会典》始修于弘治十年，刊印于正德四年，其间相隔十二年，我计算得对不对？”

“叔大先生计算得对。”申时行道。

“《大明会典》始修时，徐文靖公是总裁官，刊印时，李文正公是总裁官，其间还有刘文靖公是总裁官，我说得对不对？”张居正问王锡爵。

“叔大先生说得对。”王锡爵道。

“重修《大明会典》，不是一朝一夕的事。我在内阁任上，还有多久，谁也说不清楚。和卿先生身体不好，未必会比我任之长久；子维先生身体虽好，也未必能毕其功。所以，还不如把重修《大明会典》一事，交代给你二人。”张居正说。

申时行、王锡爵又相互看一眼，心想：听起来不值得一说的事，原来还有这么深的一层含义。

“叔大先生正壮年，身体又健，必能由始至终主持其事。”申时行说。

“重修不必花费初修时那么多的工夫，不会几易其人的。”王锡爵说。

六月底，开馆重修《大明会典》，以张居正、吕调阳、张四维为总裁官，以礼部尚书兼翰林院学士马自强，礼部左右侍郎兼侍读学士汪镗、林世章，詹事府少詹事兼侍读学士申时行、王锡爵为副总裁官，另选左右中允兼翰林院编修陈经邦、何洛文等三十余名翰林为纂修官。

当然，真正开始纂修，要在完成《世宗实录》的校勘、审定之后。

第五十五章

慈圣皇太后走进寝殿时，皇帝还在酣睡。

皇帝不醒，没人敢把他叫醒；慈圣皇太后叫醒他，也没人敢拦着。

慈圣皇太后叫两声“皇上”，皇帝没有反应。她又叫两声，皇帝还是没有反应。她向离得最近的近侍招招手。

该近侍极不情愿又绝不敢违背地走近御榻，躬下身去，轻轻地推推皇帝。皇帝身子动动，没睁开眼睛。该近侍又轻轻推推皇帝。皇帝身子又动动，还是没睁开眼睛。

慈圣皇太后把该近侍推到一边，拽住皇帝的胳臂，用力一拉。

皇帝不仅被拉得睁开眼睛，还被拉得坐起来。他正要发作，却看到母后沉下脸，站在面前。

“母后，儿子是否起晚？”皇帝揉着眼睛问。

“你看看天色，起晚没有！”慈圣皇太后道。

八月初二日，天色阴沉，黎明时看着殿外，和半夜差不多少。

但皇帝知道，母后不是看着天色来叫起他的。他边翻身下御榻，边说：“儿子看出，是起晚。”

几名近侍忙抢上来，服侍他穿上准备上朝的龙袍。另有近侍奉上面盆、面巾等，服侍他洗漱，给他梳头。

“平日睡得再熟，多叫两声，皇上也醒来；今日推都推不醒，是不是昨晚睡得太迟？”慈圣皇太后问。

“儿子是睡迟。”皇帝说。

“告诉皇上多少遍，早睡才能早起，为何不听！”慈圣皇太后斥道。

“是儿子的错。”皇帝早就有体会，不管母后怎么训斥，只能认错，不能分辩。

“昨晚睡迟，是何缘故？”慈圣皇太后问。

瞒是瞒不过去的，但从实说出昨晚做的荒唐事，不仅自己要受到更严厉的斥责，而且，引着自己、陪着自己做荒唐事的孙海、客用等人，还不知道要怎么遭殃呢！

他正在迟疑，忽然记起：昨晚睡迟，自己是很心安理得的；而心安理得地睡迟，自然有可以心安理得的理由。

“启禀母后，儿子是因今早可以迟起，昨晚才睡迟的。”皇帝说。

“今早可以迟起？”慈圣皇太后从没听过这样的回答，不由怒喝道。

皇帝浑身一哆嗦，但他不能改变才说过的话，只有硬撑下去。

“是。”皇帝应道。

“皇上倒是说说，今早为何可以迟起！”慈圣皇太后命道。

“今日免早朝。”皇帝说。

“今日免早朝？”慈圣皇太后喝问。

“是。”皇帝应道。

“皇上要免早朝，就免早朝？”慈圣皇太后问。

“不是儿子要免早朝。”皇帝说。

“皇上想免早朝，就有人替皇上免早朝？”慈圣皇太后问。

“不是儿子想免早朝。”皇帝说。

“不是皇上想免早朝，却为何免早朝？”慈圣皇太后问。

“是冯大伴告知朕，今日免早朝的。”皇帝说。

“好端端的，冯保为何要免早朝？”慈圣皇太后问。

“也不是冯大伴要免早朝的，是张先生等议的。”皇帝说。

“张先生等议的？”慈圣皇太后的语气有所转变。对可能是皇帝要免早朝，或者冯保要免早朝，她的口吻一直是质问：你等怎能免早朝；说到张居正等议免早朝，她的口吻仅是怀疑：真是张先生等议的吗？

“是。”皇帝应道。

“张先生等怎议的？”慈圣皇太后问。

“张先生等议，今日儿子要幸太学，不如免早朝一次，好在幸太学时精力充沛。”皇帝说。

“皇上是今日幸太学？”慈圣皇太后又问一句。皇帝近日要巡视国子监，她是知道的；是不是今日巡视国子监，她却没记住。

“是。”皇帝应道。

“既要幸太学，暂免早朝是可以的；既免早朝，迟起一会儿也是可以的，”慈圣皇太后这么说，不知是为表示认可皇帝今日迟起，还是为提前把皇帝叫醒表示歉意。说罢，她又沉下脸，问当值的太监，“你不知皇上今日幸太学吗？”

“奴才知道。”当值的太监惶然言道。

“不知今日免早朝吗？”慈圣皇太后又问。

“奴才不知。”当值的太监道。

“你该知道的。”慈圣皇太后说。

“是，”当值的太监应道，“奴才疏忽，娘娘千岁恕罪。”

“你不该向我请罪，该向皇上请罪。”慈圣皇太后说。

“奴才疏忽，爷恕罪。”当值的太监又请一遍罪。

“算了，”皇帝道，“没人告诉你，也不全是你的错。”

“皇上可以再多睡一会儿。”慈圣皇太后对皇帝说。

“儿子谢过母后。”皇帝道。

“你计算好时辰，叫醒皇上。”慈圣皇太后又对当值的太监说。

“奴才谨遵懿旨。”当值的太监应道。

在仪仗前导下，銮驾出东华门、东安门，然后一路向北。

大臣乘骑，以阁臣居首。本来，张居正、吕调阳、张四维可以并辔而行的，但吕调阳、张四维有意稍稍靠后，使张居正一人突出在前。

不经意中，忽然有一骑和他并排而行。

吕调阳、张四维看得真切，该骑不是从后面赶上来的，不是从侧面挤上来的，而是从前面退下来的。他们看得真切，退下来的不是别人，而是冯保。因此，他们并不感到惊讶，而是顺理成章地更退后一些。

后面的大臣们，有的奇怪于忽然多出一人，有人奇怪于吕调阳、张四维忽然又退后；等看清楚前面的情形后，他们无不释然。

“叔大先生，看天！”冯保低声招呼。

“一直在看呢。”张居正回应道。

“日子没选好。”冯保道。

“钦天监算准今日是个好天气，谁知天有不测风雨。”张居正说。

“只是风雨还好说，怕的是电闪雷鸣，惊到圣驾。”冯保道。

“冯公该在銮驾之侧，皇上只要见到冯公，就不会惊吓。”张居正说。

“我是要赶上去；但有件事，你我得拿个主意。”冯保道。

“何事？”张居正问。

“雨真下起来了，怎办？”冯保反问。

好像是被他召唤，雨点滴滴答答地落下。

冯保把落在脸上的雨点抹去，道：“叔大先生，你看！”

张居正也抹一把脸，说：“冯公有言，只是风雨还好说。”

“说是那么说，心里还是怕出意外。”冯保说。

张居正稍一沉吟，做出决断。

“銮驾启动之前，若是下起雨来，是走是停，还可计议。但那时老天偏露出作美的样子，有放晴之势。这会儿走在路上，想停是停不住；选择往回走，必将大乱。”他说。

“叔大先生之意，只有继续往前走？”冯保问。

“是。”张居正应道。

“然后呢？”冯保问。

“然后，”张居正想了想，说道，“祭文庙，观石鼓，御彝伦堂。”

“仪注里提到的，叔大先生差不多都提到。”冯保道。

“皇上既然幸太学，仪式就不能太简单，”张居正说着，抬头看看天空，冷笑两声，“我就不信，老天真会拿我君臣戏弄一番！”

好像是被他震慑，本来不大的雨，竟然收住，乌云也逐渐散开。不过，不是完全散开，而是忽散忽聚，每次合拢时，似乎都在加厚。

“还真被叔大先生的神威吓退。”冯保说。

“不是我有神威，是老天眷顾，”张居正说着，又观望天空，“冯公说我把仪注里提到的事情都提到，实则有一项最为耗时的程式，即由学官进讲，我没提到。没提到，并非遗忘。我是想，既幸太学，文庙是不能不祭的，石鼓是不能不观的，彝伦堂是不能不进的；而学官进讲一项，在情急无奈之下，则可省略。若老天不允，前三项举行之后，即奏请銮驾回宫，你看如何？”

冯保想问，老天若允许呢？但还没开口，头顶的乌云又合拢，比前一次要大、要密的雨点落下来。

“非叔大先生之意，非我之意，是老天之意。”冯保说着，一勒缰绳，纵马驰行，前去追赶銮驾。

太学规制，左庙右学，即孔庙在东，国子监在西。

皇帝驾到，以礼部右侍郎署理国子监事的孙应鳌，率众学官及数以千计的监生，在戟门外恭迎，行礼如仪。

皇帝在大臣们的侍奉下祭奠孔庙时，时暗时亮、忽雨忽停的天空，发亮停雨。

祭奠结束，天色又暗下来。

皇帝在大臣们和孙应鳌的侍奉下观览石鼓时，天空又发亮。

引起皇帝兴趣的，不是祭奠孔庙的仪式；举行仪式的枯燥，他早就想到。本来，他听人说过，石鼓就是一块块看似铜鼓的石头，以为没什么好看的。但亲眼目睹形状、大小都很相近的石头，不规则地排列在那里，皇帝忽然感到兴致盎然。纵然天空变幻莫测，随时会降落大雨，他也不想尽快地离开，尽快地结束今日的行程。

“此即石鼓？”他问离得最近的张居正。

“是。”张居正应道。

“是张先生给朕讲讲石鼓，还是学官给朕讲讲石鼓？”皇帝让他选择。

“石鼓乃国子监镇监之宝，当由孙祭酒为皇上讲解。”张居正说。

“好，”皇帝答应一声，问孙应鳌，“朕数此石鼓，数为十，然否？”

“然，”孙应鳌应道，“臣监流传一句话：其质石，其形鼓，其数十，其自籀。”

“每句三字，且有韵，倒好记。”皇帝说。

“石、十，鼓、籀，皆协韵，是为叠韵。”孙应鳌道。

“朕观此石，高约二尺，然否？”皇帝问。

“然，”孙应鳌应道，“石鼓十面，几齐高，为二尺。”

“其广似半之，然否？”皇帝问。

“然，”孙应鳌应道，“其广不一，或为一尺；或略多，但不会多出一寸；或略少，但不会少出一寸。”

“朕能看出的，只有这些，请孙先生给朕讲讲石鼓的来历。”皇帝说。

“臣领旨，”孙应鳌应道，“此石之存，不知其几千几万年；石之有字，不知其几百几千年；以石鼓记者，则始于唐朝。”

“怎知始于唐朝？”皇帝问。

“臣阅《郡邑志》云：贞观中，吏部侍郎苏勉纪其事，曰：虞、褚、欧阳，共称其妙。”孙应鳌道。

“其妙，是石鼓之妙？”皇帝问。

“是，”孙应鳌应道，“前面文字，有曰石鼓云云。”

“卿等可曾见过更早的文字？”皇帝问张居正等三阁臣及礼部尚书马自强。

“臣未见过更早的文字。”张居正道。

“臣等未见过更早的文字。”其他几人齐道。

皇帝喜爱写字，即使不太懂得书法之妙，但虞世南、欧阳询、褚遂良都在唐初四大书家之列，他是知道的。四大书家的另一人是薛稷。

“薛稷未称其妙？”皇帝问。

“除虞、褚、欧阳三人，言及石鼓的唐人，还有苏勖、李嗣真、张怀瓘、窦臮、徐浩、杜甫、韦应物、韩愈等；但臣没读过薛稷写的文字。”孙应鳌说。

“卿等读过否？”皇帝问张居正等。

“臣等也没读过。”张居正等道。

“石鼓记载，唐朝始见，却是谁个寻到的？”皇帝问回孙应鳌。

“臣不知谁个寻到，只知石鼓初弃于陈仓郊野，被四朝为官、曾任国子祭酒的郑庆余，移置凤翔夫子庙。”孙应鳌说。

“置于凤翔夫子庙，而非长安夫子庙？”皇帝问。

“是。”孙应鳌应道。

“宋朝言及石鼓者，有哪些人？”皇帝又问。

“有薛尚功、杨文昺、欧阳修、梅询、苏轼、黄庭坚、张师正、王顺伯、王应麟、赵明诚、郑樵等。”孙应鳌说。

“宋朝石鼓置于何处？”皇帝问。

“初置于汴梁辟雍，即今太学，后移置保和殿。”孙应鳌说。

“元朝言及石鼓者，有哪些人？”皇帝又问。

“有杨桓、熊朋来、吾衍、潘迪、虞集、周伯温。”孙应鳌说。

“张先生，”皇帝低声问张居正，“孙祭酒提到的，都是知名之人吗？”

“都是，”张居正应道，“他等或是名臣，或是名儒，或是名家，或是名臣而兼名儒，兼名家。”

“元朝石鼓置于何处？”皇帝问回孙应鳌。

“臣提及之虞集，官大都教授，得石鼓于泥草之中，移于国学大成门内。”孙应鳌说。

“本朝言及石鼓者，有哪些人？”皇帝问。

“咏者甚多，或以《石鼓诗》为名，或以《石鼓歌》为名；然探究石鼓来历者，唯杨慎堪称一家。”孙应鳌说。

“他怎成一家？”皇帝问。

“他以为，言石鼓者，非自唐苏勉始；晋王羲之、唐章怀太子，均曾言之。”孙应鳌说。章怀太子即武则天第二子，曾立为皇太子。

“其说可信否？”皇帝问张居正。

“臣未详考，难下定论，但以杨慎考据为一家之言可矣。”张居正说。

“张先生说的是，”皇帝应罢，问回孙应鳌，“杨慎成一家，唐、宋、元朝那么多人，却有几家？”

“约有七家，”孙应鳌道，“一家，以为石鼓乃周宣王之鼓，韩愈、张怀瓘、窦臮是也；一家，以为石鼓乃周文王之鼓，至宣王时刻以诗，韦应物是也；一家，不言石鼓为文王鼓，或宣王鼓，但言，石鼓之上乃秦氏之文，郑樵是也；一家，以为石鼓乃宣王之鼓，而疑文为宣王之文，欧阳修是也；一家，以为石鼓乃宣王之鼓，而信文亦宣王之文，赵明诚是也；一家。以为石鼓乃成王之鼓，程琳是也；一家，以为石鼓乃北周宇文氏所作，马子卿是也。”

“张先生，诸多家里，你信哪一家？”皇帝问张居正。

“臣以为，石鼓为哪代哪王之鼓，难以考据；倒是考据鼓上文字，属于哪代哪王，较为实在。”张居正说。

“朕也是这么想的，”皇帝说着，问回孙应鳌，“石鼓上文字有几多？”

“唐时字数无考，宋英宗治平年间，存字四百六十有五；元顺帝至元年间，存字三百八十有六；据杨慎所言，我大明武宗正德时，存字仅三十余。”孙应鳌说。

“哎呀，仅存三十余字！”皇帝惊呼。

“所幸，有前朝拓本，”孙应鳌道，“今存拓本，甲鼓之字六十有一，乙鼓之字四十有七，丙鼓之字六十有五，丁鼓之字四十有七，戊鼓之字一十有二，己鼓之字四十有一，庚鼓之字八，壬鼓之字三十有八，癸鼓之字六，共存字三百二十有五。”

“万幸，万幸！”皇帝呼道，又说，“朕数着，好似少一鼓。”

“皇上明察，”孙应鳌颂道，“唐郑余庆取石鼓置于凤翔夫子庙时，仅得九，另一鼓宋仁宗皇祐时始得自民间，即辛鼓，字已不可拓。”

有问有答，也不知过去多久。君臣都发觉天色越来越暗，雨也由时下时停变为持续不断，这才离开文庙庙门内放置石鼓的地方。

大臣们侍从皇帝来到彝伦堂。张居正奏请起驾回宫，皇帝欣然应允。站在外面，听孙应鳌讲述石鼓的方方面面，他不厌倦；坐在彝伦堂里，听孙应鳌或其他什么人讲四书五经，他想起来就心烦。

第五十六章

皇帝离开后宫前，要更衣。他问孙海、客用："二老儿看看，朕换哪身衣服好？"

"爷去哪里？"孙海抢着问。

"除文华殿，朕还能去哪里！"皇帝似有牢骚。

"爷稍候，"孙海说着，匆匆而去。不多时，他匆匆而回，手里捧着一领比皇帝穿在身上的御袍更新的御袍，并说，"爷换上这一身吧。"

"为何要换上这一身？"皇帝问。

"爷去文华殿，是受大臣们拜谒。爷穿得越正式，越隆重，在大臣们眼里，爷对他等越看重。"孙海说。

"这一身足够正式、足够隆重吗？"皇帝说着，把他拿来的新袍扔到一边。

"爷再稍候，"孙海又跑去挑选。不多时，他捧回一领更新的御袍，并说，"此袍最新制作，爷再不满意，奴才就没法可想。"

"且放置一边，"皇帝命道。他问客用，"客老儿以为如何？"

"爷见谁人？"客用问。

"除张先生，朕还能见谁人！"皇帝牢骚似更盛。

"爷稍候，"客用说着，也匆匆而去。不多时，他匆匆而回，手里捧着一领比皇帝穿在身上的御袍更旧的御袍，并说，"请爷更衣。"

"朕为何要换上这一身？"皇帝问。

"爷见的是张先生，张先生常对爷说节俭。爷穿得越旧，越不讲究，张先生看到，越要称颂。"客用说。

"这一身足够旧、足够不讲究吗？"皇帝说着，把他拿来的旧袍扔到一边。

"爷再稍候，"客用又跑去挑选。不多时，他捧回一领更旧的御袍，并说，"此袍最旧，爷再不满意，奴才就无法可想。"

"你无法可想，朕自家去选。"皇帝说着，不慌不忙地去挑选。不多时，他拎一件御袍回来，让孙海、客用看。

"这就是爷自家选的呀！"孙海、客用齐道。

“是啊，”皇帝得意地应一句后，问孙海，“孙老儿，你不是说再无比你拿来的那件更新的吗？”

“奴才可以保证，绝无。”孙海道。

“这件不比你那件更新？”皇帝问。

“爷别让我说，让客老儿说。”孙海道。

“爷拿的这件，确实不如孙老儿拿的那件新。”客用说。

“爷听！客老儿可是从来都不帮奴才说话的。”孙海道。

“朕说这件比你那件新，自有朕的道理，”皇帝说者，问孙海，“孙老儿，此衣何色？”

“青色。”孙海道。

“你知它原先是何色？”皇帝又问。

孙海看一会儿，想一会儿，道：“它以前难道不是青色？”

“朕告诉你吧，它原先是紫色。”皇帝说。

孙海又看一会儿，又想一会儿，附和道：“奴才记起来，它原先确是紫色。”

“由紫色变成青色，你说新不新！”皇帝道。

“爷要这么说新旧，这一件确比那一件新。”孙海说。

“客老儿，你说呢？”皇帝问客用。

“爷这么快就让孙老儿信服，奴才好不仰慕！”客用道。

“朕问的是，朕拿来的这件，是不是比你拿来的那件旧？”皇帝说。

“爷别问我，问问孙老儿。”客用道。

“爷拿的这件，确实不如客老儿拿的那件旧。”孙海说。

“爷听！孙老儿从来是和奴才唱反调的。”客用道。

“朕说这件比你那件旧，自有朕的道理，”皇帝说着，问客用，“客老儿，此衣何色？”

“孙老儿说，是青色。”客用道。

“它原先是何色？”皇帝又问。

“爷一提醒，奴才也记起来，它原先是紫色。”客用说。

“由紫色穿成青色，你说旧不旧！”皇帝道。

“爷要这么说新旧，这一件确比那一件旧。”客用说。

“朕今日就穿它！”皇帝道。

皇帝希望张居正一上殿，就能主动看出他今天穿的御袍是有特点的，然后会询问，让他可以自然而然地说出来。但张居正并没注意他今天穿的御袍有什么不同之处，也没问。

皇帝略感失望，不得不用提问来引起张居正的注意。

“张先生眼神还好吗？”皇帝问。

“尚可。”张居正道。

“张先生，朕此袍何色？”皇帝问。

“臣看是青色。”张居正道。

“朕问过的人，都告诉朕，此袍是青色；却无人知，它原先不是青色，”皇帝说着，问道，“张先生可看得出来，此袍原先是何色？”

“臣只看得出，皇上此袍御之已久。衣袍穿得既久，原先比青色深，可能成为青色；原先比青色浅，也可能成为青色。臣看不出它原先是何色。”张居正说。

“张先生看得出，此袍御之已久？”这是皇帝希望听到的话。

“是。”张居正应道。

“但张先生看不出，此袍原先为紫色？”皇帝问。

“臣看不出。”张居正说。

“此袍原先为紫色，今却成为青色，张先生想象得出，朕穿它有多久吧？”皇帝道。

“臣想象得出，一定有很久。”张居正说。

“紫色久而成青，张先生有无观感？”皇帝问。

“臣有观感，”张居正说，“紫色易脱落，愿皇上以后少制紫袍。”

这不是皇帝想听到的。他不无失落地问：“张先生还有别的观感吗？”

“前者所言，臣观感之一也，臣还有观感之二，”张居正说，“我朝太祖高皇帝，太宗文皇帝，不尚炫服，但服其色久者，袍甚敝，始易之。祖宗享国长久，未必不由此。先帝则不然，新袍一服则易矣。臣愿皇上以皇祖为法，节一衣，则民间有数十人受其衣者；轻一衣，则民间有数十人受其寒者。此不可不审也。”

皇帝想从张居正嘴里得到一句称颂，回宫后学给母后听；好从母后嘴里，也听到一句夸奖。不料，从张居正那里得到的，只是几句告诫。

不过，告诫归告诫，总不能否定自己的节俭吧？学给母后听，母后除称赞张先生说得好，总不能说自己这件御袍选得不对吧？

“张先生说的极是，”皇帝道，“朕也听宫里人讲过，今时民穷，至鬻妻子，以应上供。此诚不可不审。”

第五十七章

都督佥事冯邦宁在京师横行惯了，从来也没想过，一直这样下去，会不会惹出麻烦。他的自信一小半来自他节节攀升的官职身份，一大半来自他的另一层身份：冯保的亲侄。

快要过年，冯邦宁带领几名亲兵，去采办年货。经过一家皮货店时，见一个买主在和店主讨价还价，他信步走进去。

买主要买的是一条貂皮围领，店里标价纹银五十两，买主只肯出三十两。店主一两一两地让，买主一两一两地加。冯邦宁进去时，已让到四十三两，加到三十七两；而且，看上去还有加、让的余地。

银灰色的貂毛十分诱人，冯邦宁第一眼看去，就喜欢上。年节之际，送给小妾这样一件礼物，她一定会开心。

"店家，卖几文钱？"他问。

"将爷知道的，本店只收银子。"店主说。

"卖几多银子？"冯邦宁又问。

"原本标价五十两，我已降到四十三两。"店主说。

"包起来，我买。"冯邦宁道。

"将爷说的是哪个价？"店主问。

"你不是说已降到四十三两吗？"冯邦宁道，"难道你卖他四十三两，卖我仍要五十两！"

"本店童叟无欺，一货不敢卖二价，"店主说，"小人的意思是，这位主顾是先来的，四十三两他若肯买，理当卖与他。"

买主原本仍然嫌贵，一心想让店主让到四十两以下；但他同样很喜欢这条貂皮围领，看又有人要买，他打算接受店主现在出的价钱。

"让你占个便宜，就四十三两吧。"他说。

"将爷，您再挑别的样式。"店主边说，边把这条貂皮围领包起来。

冯邦宁看中的东西，怎肯让人！他当然不去挑选其他围领，当店主包好，要交到买主手里，并从买主手里接过银票查验，买卖即将成交时，他伸出双手，把两个人的手同时按住。

“店家，你说他先来的，是不是？”冯邦宁问。

“是啊。”店主应道。

“照你的意思，是先来者得，是不是？”冯邦宁又问。

“是啊。”店主应道。

“我问你，四十三两的价钱，是谁先应的？”冯邦宁问。

“是将爷先应的。”店主说。

“那你该卖与我才是呀。”冯邦宁道。

“将爷的说法，当然也是个理。”店主说。

“你难道还有别的说法、别的理？”冯邦宁问。

“小人是这么想的，”店主道，“小人一直在和这位客官讲价，让到四十三两时，他若再讲价，而将爷应，自然是将爷应在先；不过，小人让到四十三两时，并不知这位客官准备答应，还是要接着讲价。四十三两的价钱，小人是先让给他的，他应的话，还该算他在先。”

“我先应，还算他在先，世上哪有这等歪理！”冯邦宁道，顿了顿，他又说，“我既要买你的货，就不难为你。你说四十三两的价钱是先让给他的，我问你，在让到四十三两之前，你让到几多？”

“四十四两。”店主说。

“再之前呢？”冯邦宁问。

“四十五两。”店主问。

“他都没有应你吧？”冯邦宁问。

“将爷说的是，”店主道，“小人让到四十五两，他若应，就不会让到四十四两；让到四十四两，他若应，就不会让到四十三两。”

“我若肯出四十五两，应该算是我先应吧？”冯邦宁问。

“将爷肯出四十五两买此物？”这可大大出乎店主的预料。本来以为还要往下降降价，谁知反而升高，而且升到一个整数。他说，“将爷肯出四十五两，自然是将爷先应的。”

他准备把包好的貂皮围领交给冯邦宁手里，并从邦宁手里接过银票，却被买主阻拦。

“我在先，为何却卖与他？”买主问。

“先来者得，是本店的一条宗旨，却不是第一条宗旨；本店的第一条宗旨是：价高者得。”店主说。

“你是说，四十五两比四十三两价高？”买主问。

“孰高孰低，还用我说！”店主道。

“我若肯出四十八两，是谁个价高？”买主问。冯保宁一次增加二两，他一次增加三两。

“那自是客官价高。”店主的手又变个方向。同时，心里在想：早知这会儿，当初会什么要一两一两地讨价还价！

“四十八两就高吗？我出五十二两！”冯保宁又增加四两。

“太多，太多！”店家忙说，“卖到四十八两，小人已知足。”

“哼！”冯邦宁冷笑，“你不是说价高者得吗？我出五十二两，难道不比他那四十八两多！”

“小人怎敢！只是该物原标价五十两，多出此价，小人不敢卖。”店家说。他虽然说是不敢卖，其实是真不想卖给冯邦宁。一般将爷都是恶魔，只见过低价低买，哪儿见过高价高买的！况且，冯邦宁不是一般恶魔，而是恶魔中的恶魔！他出的价再高，最后可能从他那里一文也得不到。店家心里在想：早知这会儿，当初不如三十两银子把它卖掉。

“哪里是不敢卖，我看你是存心不想卖与我吧！”冯邦宁说着，一拳向店主的下巴击去。

店主惨叫一声，两手捂在嘴上，包好的貂皮围领跌落在地，眼看着血从指缝间滴下。他觉得嘴里有异物，吐出来，是一颗牙。

冯邦宁从地下捡起貂皮围领，对买主说：“四十八两，卖给你。”

买主见他如此蛮横，哪里敢买，边退边说：“在下不买，让给将爷。”

“我要的东西，用得着你让！”冯保宁说着，飞起一腿踢过去。

买主后退，为的是伺机逃跑。但他退的脚步怎有冯保宁踢的腿快！这一脚正好踢到他裆下，疼得他立刻弯下腰去。

冯邦宁一手揪住他脖领，另一手捏成拳头，击将过去。

买主知道这一拳不会轻，闭上眼睛，咬紧牙关，准备硬扛。让他奇怪的是，等来等去，这一拳没落到身上。

更让冯邦宁奇怪的是，他这一拳没挥出去。有一只手托住他的胳臂。

“冯爷，何必和小民一般见识。”那人笑着说。

“你是何人？”冯邦宁问。那人穿一身衙门公差的衣服，冯邦宁只觉得他面熟，却不认得。

“在下姓姚，单名一个旷字，是小人物，不值得下问。”那人说。

姚旷？名字也有点儿耳熟。但冯邦宁在愤怒之下，没办法马上想起此人是谁，也不愿多想。

“既知是个小人物，怎还妄称在下！”冯邦宁道。

身份相同，或虽略低但相差不多的人，才会自称一声“在下”。冯保宁看这个姚旷和自己身份差得太多，所以诘问。

“不妄称在下，我该如何自称？”姚旷问。

“你问他去！”冯保宁手指店主道。

“店家，在冯爷面前，你怎自称？”姚旷问店主。

“小人。”店主怀着感激之情告诉他。要不是他忽然出现，并出面干预，自己和这个买主，还不知会被打成什么模样。

“冯爷的意思，我也该自称小人？”姚旷问。

“你开不得口？”冯邦宁反问他，“看你是在衙门里当差吧？”

“是。”姚旷应道。

“在我面前，别说你该自称小人，就是你衙门堂官在我面前，说不定也要自称小人。”冯邦宁说。

“我自称小人可以，只怕冯爷承受不起！”姚旷冷笑。

“我承受不起？”冯邦宁也冷笑，“你知我是冯爷，只怕还不知我这个冯爷的斤两吧！”

“怎会不知，冯爷不是官拜都督佥事吗？”姚旷道，“实话告诉冯爷，别说面对都督佥事，即便面对都督，我这个‘小人’也是以在下自称的。”

“好个只以在下自称、不以小人自称的差人！”冯邦宁手快，话音未落，一巴掌打在姚旷的脸上。

姚旷没想到他说打就打，愣了愣神，把脸转过来，问：“你还敢打吗？”

“再打，你能怎的！”冯邦宁又一巴掌，打在他另一边脸上。

“我不能怎的，只想问一句：冯爷说过的话，认不认账。”姚旷说。

“你爷爷说的话，没一句不认账的！”冯邦宁道。

“冯爷说，在下衙门的堂官说不定也要在冯爷面前称小人，这话也认账吗？”姚旷问。

“我说过这话，有什么了不起的！”冯邦宁道。

“冯爷敢不敢和在下一起去见在下衙门的堂官，听他在冯爷面前自称一声小人？”姚旷拿话激他。

“你不在乎丢人，我又何必在乎！”冯邦宁道。

但见到姚旷说的衙门堂官，他的气焰一下全无；说得更准确些，在见到姚旷说的衙门堂官之前，他的气焰已经全无。姚旷带他到的地方，他认得，那是张居正的宅邸。他一下子想起来，这个姚旷，不是别人，正是服侍张居正的班役头目。

他只能设想，见到张居正时，怎么认错，怎么道歉，怎么请罪。他估计，看在自己亲叔的面子上，张居正不会把他怎样。

可惜，他想好的话一句也没说出来。因为他根本没见到张居正。张居正只写一柬，让姚旷把他送交冯保，请冯保发落。

冯保从重处置，当即打他四十大板，并把他的劣迹奏闻于朝。

朝廷的处分也很重，命贬其秩，并待罪一年，以观后效。这看上去是张居正的手笔。

万历五年的正旦节期间，冯邦宁是躺在床上过的。倒不是那一顿板子打得他起不了床，而是他心里觉得委屈，用这种方式向冯保发泄。

他不起床，不去给冯保贺年请安，料定冯保会来看自己。

冯保还真来看他。冯邦宁把头扭过去，面对墙壁，不看他。

“宁儿懂得面壁，好！”冯保笑着说。

“谁个在面壁！”冯邦宁不得不转过脸来。

“我没说面壁不好，你该面壁的。”冯保又说。

“侄儿为何该面壁！”冯邦宁顶撞。

“面壁思过呀。”冯保道。

“侄儿无过。”冯邦宁赌气地说。

“打伤人，还说无过！”冯保斥道。

“侄儿至多是打人，并未打伤人。”冯邦宁分辩。

“打落人牙，踢伤人肾，还不算打伤人！”冯保斥道。

“侄儿即便打伤人，自个儿不也被打伤吗！”冯邦宁说。

“看来，宁儿果真是因被惩罚而记恨于我。”冯保道。

“叔父是侄儿亲叔，怎样惩罚侄儿都不为过；侄儿只是为叔父不平。”冯邦宁说。

“为我不平，这话怎讲？”冯保问。

“叔父先说，当真忍心责打侄儿吗？”冯邦宁反问。

“我视宁儿如己出，责打宁儿，我自然会心疼。”冯保说。

“不忍心责打侄儿，又责打侄儿，却是为何？”冯邦宁问。

“宁儿把两个意思混淆，”冯保道，“我说的是，责打宁儿，我自然会心疼；而不是说，不忍心责打宁儿。”

“二者有何区别？”冯邦宁问。

“应该说，区别很大。”冯保道。

“叔父既以为区别很大，何不给侄儿讲讲？”冯邦宁本来还是躺着的，说这话时坐起来。他知道，请叔父讲道理，不能躺着听。

“不，”冯保摇摇手，说，“还是宁儿先给我讲清楚，为我不平，究竟何意？”

“叔父不忍心责打侄儿，又责打侄儿，或如叔父所言，责打侄儿心疼，又责打侄儿，显见是被逼无奈。叔父是何等人物，也有无奈之时，侄儿难道不该为叔父不平！”冯邦宁道。

“宁儿为我不平，仅是为此？”冯保问。

“侄儿为叔父不平，有两层意思，这是一层意思。”冯邦宁说。

“另一层意思呢？”冯保问。

“侄儿听许多人说，叔父和张阁老结识多年，交甚厚。这话不错吧？”冯邦宁问。

“不错。”冯保应道。

“侄儿还听许多人说，当年高阁老大权在握，炙手可热，若不是叔父和张阁老联手，根本不可能逐之。这话也不错吧？”冯邦宁又问。

“也不错。”冯保应道。

“侄儿又听许多人说，若是没有叔父，即便逐去高阁老，张阁老也不会有今日权势。这话也不错吧？”冯邦宁又问。

“这话却得两说着。”冯保不肯定，也不否定。

“不管是几说，有没有道理？”冯邦宁问。

“不能说全无道理。”冯保说。

“十分里有一分道理，已足够，”冯邦宁道，“叔父成全张阁老，恐怕不只是滴水之恩吧？张阁老别说涌泉相报，他有没有以滴水相报呢？拿今次之事来说，侄儿与人发生争执，动手打人，即便如叔父所言，把人打伤，多大的事？侄儿被带到张阁老那里，张阁老不能做个人情，把侄儿放过？就算径自放过，张阁老担心脸上不好看，胡乱教诲两句就是；何至于把侄儿发回叔父这里，让叔父亲自来处置！他不知叔父会为难吗？不知责打侄儿，叔父会心疼吗？他心里究竟有没有叔父！他心里究竟有没有和叔父的交情！”

“第二层意思就这么多？”冯保问。

“就这么多，还不够吗？”冯邦宁反问。

“那好，”冯保指着他说，“我驳你为我不平，也有两层意思。”

“第一层意思从何说起？”冯邦宁问。

“宁儿不是问我，不忍心责打宁儿和责打宁儿，我自然会心疼之间，有何不同吗？我就从这里说起，”冯保道，“不忍心责打，是责打之前，就心疼。为何责打之前就心疼？因为觉着可责打，可不责打；觉着可责打，可不责打，结果多半是不会责打。责打之后心疼，是觉着一定要责打，所以才会责打；而责打之后，又觉心疼。我这么说二者的不同，宁儿能体会出来吧？”

“叔父想说，所以责打侄儿，是觉着一定要责打？”冯邦宁把他的几句话概括成一句。

“是啊，”冯保应道，“宁儿犯的过错，放在别人身上，或可不责打；放在宁儿身上，却一定要责打。”

“这不是对侄儿不公平吗？”冯邦宁道。

“宁儿无尺寸之功，官至都督佥事，对征战疆场的将士来说公平吗？”冯保反诘，“职位得之太易，则会骄横，则不知珍惜。不因小错加以警诫，则会酿成大错。一旦酿成大错，我纵然欲加维护，却未必维护得成。宁儿，我今次责打你，是为你好；既为你好，我不得不狠下心来。”

“这层意思侄儿大致听懂，叔父第二层意思从何说起？”冯邦宁问。

“宁儿不是责怪叔大先生把你交与我处置吗？我就从这里说起吧，”冯保道，“不错，叔大先生可以私下放你，并不存在脸上好看不好看的顾虑。身为阁臣，本不必过问街巷斗殴之事的。他过问，是因觉着不对你加以约束，不但对你不好，对我也不好。再者，他也可以代我训斥你几句。但他那样做，才是对我不敬重呢。把你送还我，由我处置，是他相信我能够体会他的苦心，我会对你加以管束。我一定要责打于你，也是为回报叔大先生的情谊。”

“照这么说，张阁老全是为叔父好？”冯邦宁问。

“碰到这种事，各人想法不同；但我相信，叔大先生是为我好。所以，你能下床，要去拜谢叔大先生，也代我向他致谢。”冯保说。

第五十八章

皇帝给慈圣皇太后请安时，冯保也在。

“我在和冯大伴谈论会试，你也听听吧。”慈圣皇太后对皇上说。

“是。”皇帝应道。

“老冯，你说已经开始读卷？”慈圣皇太后问冯保。

“是。”冯保应道。

“张先生没再请辞读卷吧？”慈圣皇太后问。

“皇上明谕不许，张先生没再请辞。”冯保说。

“你上次说，还有二人也请辞读卷，是谁个？”慈圣皇太后问。

“一位是内阁吕先生，一位是署理戎政的王尚书。”冯保说。

署理戎政者，可以是尚书衔，也可以是侍郎衔。王崇古是以兵部尚书兼右都御史总督宣、大军务，并在该职上被召还朝，署理戎政的，故冯保称他王尚书。

“皇上可知，张先生等为何请辞读卷？”慈圣皇太后问皇帝。

“儿子听说，张先生有一子与试，吕先生有一子与试，王尚书有一子与试。”皇帝说。

“为何有子与试，就要请辞读卷？”慈圣皇太后进一步问。

“是祖宗定下的制度。”皇帝说。

“祖宗为何要定下这一制度？”慈圣皇太后再进一步问。

“儿子说不好。”皇帝道。

“老冯，说给皇上听听。”慈圣皇太后命冯保。

“是，”冯保应一声，说道，“奴才以为有二：其一，子应试，父读卷，不当中第而取之，是为作弊；即便不作弊，也有作弊之嫌，并招致非议。其二，子应试，父读卷，当中第而不取，是为遗才，对该举子不公；对朝廷而言，也是个损失。故以回避为好。”

“皇上听得懂吗？”慈圣皇太后问。

“儿子听得懂。”皇帝应道。

“我看，皇上还没完全听懂，”慈圣皇太后摇着头说，又问，“祖宗之法甚善，我为何却告诉皇上，张先生等请辞读卷，不可许之？”

“母后说，抡选人才，张先生不可不与其事。”皇帝道。

“皇上老实说，担心不担心张先生等读卷，会出不当中第者取之、当中第者不取之事？”慈圣皇太后问。

“母后担心，儿子也担心；母后不担心，儿子也不担心。”皇帝道。

“我看，不当中第而取之，是不用担心的。张先生忠心为国，又多次言及重名器，是绝不会取不当取之士的。”慈圣皇太后说。

“母后说的是。”皇帝应道。

“但畏惧人言，恐怕圣人也不可免，”慈圣皇太后又说，“我倒是担心，让张先生为国家抡选人才，会委屈他的儿子。”

“母后是说，当中第，张先生畏惧人言，却不取之？”皇帝问。

“皇上看会不会？”慈圣皇太后反问。

“会是会；但儿子想，母后不必太担心。”皇帝说。

“怎么？”慈圣皇太后问。

“他回避不取，儿子可以取之。”皇帝说。

“皇上有此心，才是完全懂得祖宗制度，也完全懂得我过问会试的用心，”慈圣皇太后说着，又问冯保，“老冯，你应该也懂得吧？”

“奴才也懂得，”冯保应道，并说，“张先生一子，及吕先生一子、王尚书一子，一并登科，可以确定下来。”

“是否确定下来，迟些再说，”慈圣皇太后道，她问皇帝，“皇上可知与试各子之名？”

“似听人说过，儿子没记住。”皇帝道。

“老冯，告诉皇上。”慈圣皇太后命道。

“是，”冯保应一声，告诉皇帝，“张先生子，曰嗣修，吕先生子——”

“等等，”慈圣皇太后打断他，并命皇帝，“皇上，你照说一遍。”

“张先生子，曰嗣修。”皇帝重复道。

“你知道不知道，张先生是否看好嗣修？”慈圣皇太后问冯保。

“奴才只听张先生说过，嗣修读书不错，也较为务实。”冯保说。

“皇上听清否？”慈圣皇太后问皇帝。

“儿子听清。”皇帝应道。

“照说一遍。”慈圣皇太后命道。

“嗣修读书不错，也较为务实。”皇帝重复道。

“张先生以为读书不错，一定超过寻常士子，”慈圣皇太后说着，命冯保，“好，你说吕先生之子吧，”

“吕先生之子，曰兴周。”冯保说。

“照说一遍。”慈圣皇太后命皇帝。

“吕先生之子，曰兴周。”皇帝重复道。

“王尚书之子呢？”慈圣皇太后问冯保。

“王尚书之子，曰谦。”冯保说。

“照说一遍。”慈圣皇太后命皇帝。

“王尚书之子，曰谦。”冯保重复道。

“三人的名字，皇上是否都记住？”慈圣皇太后问。

“儿子都记住。”皇帝道。

“好，”慈圣皇太后点点头，对冯保说，“我记得宫中人说，先帝时取士最多，你还记不记得，究竟有几多？”

“先帝时两科会试，”冯保一一数道，“戊辰科：一甲三人，二甲七十七人，三甲三百二十三人，共计四百零三人；辛未科：一甲三人，二甲七十七人，三甲三百一十六人，共计三百九十六人。”

他说的戊辰科，是隆庆二年的会试，辛未科，是隆庆五年的会试。

“万历二年那一科，取士若干？”慈圣皇太后问。

“一甲三人，二甲七十人，三甲二百二十六人，共计二百九十九人。”冯保数道。

“今次开科，会取士若干？”慈圣皇太后问。

“这要由考官们确定；但奴才想，不应少于前科。”冯保说。

“老冯可知，我为何问你取士的数目？”慈圣皇太后问。

“娘娘千岁或在想，不论三子考得如何，皆关照中第的话，在取中士子中会占几成。”冯保说。

“对，我想的正是此事。你帮我算算。”慈圣皇太后道。

“按照隆庆二年的取士数目，是一百三十四名中第举子中，才有一人被关照；按照隆庆五年的取士数目，是一百三十二名中第举子中，才有一人被关照；按照万历二年的取士数目，也是近一百名中第举子中，才有一人被关照。”冯保说。

“皇上说，多吗？”慈圣皇太后问皇帝。

“儿子以为不多，”皇帝道，“一百三十四名中，一名被关照，另外一百三十三名都不被关照；一百三十二名中，一名被关照，另外一百三十一名都不被关照；一百名中，一名被关照，另外九十九名都不被关照。”

“皇上的算法很好，”慈圣皇太后先称赞皇帝，然后问冯保，“老冯有没有别的算法？”

“据奴才所知，在考官们心目中，也有应该关照的举子；其数目，远不止三名。”冯保说。

“老冯的算法也不错，”慈圣皇太后道，“照皇上和冯大伴的算法，我看，三子一并登科，可以确定下来。”

这话是对皇帝和冯保两个人说的，但只须皇帝一人回应。

“儿子谨遵懿旨。”皇帝道。

“老冯，”慈圣皇太后转向冯保，说道，“我还想起一事，你得帮皇上拿个主意。”

“是。”冯保应道。

“张先生、吕先生、王尚书，都是股肱大臣，但张先生和吕先生、王尚书，是有所区别的。”慈圣皇太后说。

“奴才懂得，”冯保应道，“张先生和吕先生、王尚书有所区别，进士名次也有所区别，须使张先生之子的名次在前。”

“不仅是名次在前。”慈圣皇太后摇着头说。

“娘娘千岁的意思是——”冯保一时琢磨不出来，只好拖个长音。

“三甲和二甲，区别大吗？”慈圣皇太后问。

“虽一则曰赐进士出身，一则曰同进士出身，但应该说区别不是太大，”冯保说，“譬如选庶吉士，二甲进士可选，三甲进士亦可选；譬如授官，二甲进士可授部属官及司、寺属官，三甲进士亦可授部属官及司、寺属官，二甲进士可授知县，三甲进士亦可授知县；譬如晋升，二甲进士有升至督、抚者，三甲进士亦有升至督、抚者，二甲进士有升至尚书或都御史者，三甲进士亦有升至尚书或都御史者。”

“二甲和一甲呢？”慈圣皇太后又问。

“那就区别较大，”冯保说，“譬如名目，一甲三名，曰状元，曰榜眼，曰探花；二甲进士中，除第一名曰传胪，其他各名别无名目。譬如授官，一甲进士径授翰林官；二甲进士，当然也包括三甲进士，不选庶吉士，不得授翰林官，纵选庶吉士，散馆后未必得授翰林官。”

“所以，张先生之子和吕先生、王尚书之子的区别，不仅在名次，而且在甲次。”慈圣皇太后说。

“奴才懂得，张先生子，当在一甲。”冯保说。

“我有此意，”慈圣皇太后点头应道，又问皇帝，“皇上之意如何？”

“儿子看，张先生子可点状元。”皇帝说。

“不是不可以。”慈圣皇太后说着，瞥冯保一眼。

“万岁爷、娘娘千岁以状元许之，张先生一定感激涕零，一定更加尽心辅佐朝政。不过——”转变口风，冯保却不马上说出后面的内容。

“老冯有话，不妨直言。”慈圣皇太后道。

“是，”冯保应一声后，说道，“其实，辅臣之子点状元，本朝曾经有过。正德辛未年，首辅是李东阳，次辅是杨廷和；杨廷和子杨慎，点该科状元。”

“母后，儿子略知杨慎。”皇帝插话。他是想起去年幸太学、听孙应鳌讲石鼓时，提起过杨慎。

“皇上略知何事？”慈圣皇太后问。

“此人似有学问。”皇帝道。

“是吗？”慈圣皇太后问冯保。

“应该说，很有学问。”冯保道。

“杨廷和为臣若何？”慈圣皇太后问。

“褒贬不一，称许者多。”冯保说。

“既然杨廷和是良臣，既然杨慎很有学问，今者不正可援其例！”慈圣皇太后道。

“但杨慎点状元一事，饱受非议，致有‘面皮状元’之讥。”冯保说。

“所以，老冯以为，不宜以状元授张先生之子？”慈圣皇太后问。

“是，”冯保应道，“即便嗣修的文章足以点状元，也必招致非议，恐怕他的日子不会好过。他日子不好过，张先生的日子也不会好过，朝廷的日子也不会好过。这是奴才的一个顾虑。”

“你还有第二个顾虑？”慈圣皇太后问。

“是，”冯保应道，“本朝状元入阁的不少，但少有作为。内阁名臣，在早的如杨士奇、杨荣、杨溥，在后的如李贤，再后的如刘键、李东阳，再后的如徐阶，乃至张先生本人，都不是状元出身。臣想，嗣修钦点状元，未必是张先生的心愿。”

“皇上听得懂吗？”慈圣皇太后问。

“儿子听得懂，”皇帝应道，“点状元不成，儿子可点他榜眼、探花。”

本科会试，以冯梦祯列第一，即会元。殿试，读卷官置张嗣修于二甲第二，皇帝拆卷后，改置一甲第二，即榜眼，而以沈懋学为状元，曾朝节为探花。读卷官拟的一甲第一名宋希尧列二甲第一，会元冯梦祯则列二甲第三。

第五十九章

庶吉士沈自邠、杨德政、陆可教、冯梦祯，还有进士屠隆，都是浙江籍。沈自邠字茂仁，秀水人；杨德政字公亮，鄞县人；陆可教字敬承，兰溪人；冯梦祯字开之，秀水人；屠隆字长卿，鄞县人。

五人相约去拜师，走到半路，屠隆有点儿后悔。

“四兄皆在馆，我陪着四兄去，太不合适。”他说。

“长卿兄此话有两个错。”冯梦祯立刻反驳。

“至多一个错吧，怎会有两个错！”屠隆道。

“长卿兄说的一个错，是何错？”沈自邠问。

“子维师是我等取中进士的座师，根本不关选不选庶吉士、在不在馆的事。”屠隆说。

“开之兄说的两个错，有没有这一个？”沈自邠问冯梦祯。

“有。”冯梦祯应道。

“另一个错呢？”沈自邠问。

“另一个错才是关键：不是长卿兄陪我四人，而是我四人陪长卿兄。”冯梦祯道。

别说屠隆不能同意，另外三人也不能同意。

“开之兄说结伴而往即可，不是长卿兄陪我四人，也不是我四人陪长卿兄。”陆可教说。

“都是来拜座师，或曰相互陪同。”杨德政说。

“兄台等言之有理，可我还要说，是我四人陪长卿兄来。”冯梦祯道。

“这是为何？”另四人齐问。

“陪长卿兄来拜师的话，是子维师说的。”冯梦祯道。

“怎是子维师说的！”四人齐呼。

“确是子维师说的，”冯梦祯坐实，“那日在街上遇见子维师，我说择日去老师府上谢恩；子维师说，可陪长卿一起来。”

他爱说笑，但绝不是个编造瞎话的人，另四人不能不信。

张四维的第一句话更证实冯梦祯没骗人。

“长卿就要赴凤阳上任，你四人确该陪他一起来。”他说。

屠隆放颍上知县。颍上是凤阳府颍州的属县。

“是。”沈自邠、杨德政、陆可教、冯梦祯齐应。

“子维师这话，该颠倒过来说。”屠隆道。

“怎颠倒过来说？”张四维问。

“晚生就要赴外地上任，确该陪四兄一起来拜师。”屠隆道。

“长卿为何要颠倒过来说？”张四维又问。

“只听得人说狗尾续貂，几时听过人说貂附狗尾的！”屠隆道。

“长卿说这话，可要得罪很多人呀。”张四维警告他。

“长卿兄不过自贬而已，怎会得罪很多人？”冯梦祯不解。

“开之不信吗？”张四维问，“他以貂喻开之，开之不以为忤？”

“晚生为何要以为忤？”冯梦祯反问。

“貂有另一写法，开之知道吧？”张四维边问，边用手指在空中比画。

“是鼠字旁，晚生在书中见过。”冯梦祯说。

“长卿把开之等喻为鼠辈，开之等岂不以为忤！”张四维道。

五名新科进士哄然而笑。笑过后，沈自邠说：“貂为鼠辈，貂未必比狗珍贵，子维师可以为之正名。但貂皮珍贵，非狗皮可比，更非狗尾可比，不知子维师如何正名？”

“我并非要为这句话正名；我只是说，长卿把你等喻为鼠辈，是把你等，以及另外那些被他喻为鼠辈的人得罪。”张四维说。

“是不是长卿兄以狗尾自贬，又把那些被他喻为狗尾的同年得罪？”杨德政问。

“公亮看，他是不是得罪更多的人？”张四维反问。

“未选庶吉士者，自然比选庶吉士者多，”杨德政说着，问道，“晚生可否说句不该说的话？”

“有何不可！”张四维让他说。

“未选庶吉士者中，有些人被喻为狗尾，并不委屈。”杨德政说。

“这话不公正，”陆可教道，“难道庶吉士中就没有狗尾？”

“敬承兄的话亦偏颇，”冯梦祯接着说，“不仅庶吉士中有无狗尾，值得商榷；即便拿一甲进士来说，就没有狗尾？”

“敬承、开之二兄的话，可有所指？”沈自邠问。

“我只是泛泛而言。”陆可教说。

“虽泛泛而言，却未必无验。”冯梦祯却说。

“开之兄既是有的放矢，何不当着子维师的面说出来，也好有所求证。”沈自邠道。

“茂仁兄以为我不敢说吗！”冯梦祯当真要说出来，因为沈自邠说的有所求证，对他是个启发。

张四维却不敢听，或者，不愿听。

“一句话引出这多的话，公亮，你自家来收场吧。”他对杨德政说。

“晚生的意思是，有人未选庶吉士，确是狗尾；长卿兄未选庶吉士，却是委屈之至。”杨德政说。

“公亮确是如此想吗？”张四维问。

“晚生确是如此想，”杨德政道。“晚生自县学，至府学，都和长卿兄同窗，深知长卿兄才学远胜于晚生。今晚生选庶吉士，长卿兄却未选，晚生惭愧得很。”

“公亮兄只顾自家不惭愧，就不顾及我无地自容吗？”屠隆道。

听他这话，张四维一笑，四名庶吉士也随之一笑。

“长卿，你且听他等说，”张四维说着，问沈自邠、陆可教、冯梦祯，“公亮和长卿同郡同邑，他的话不能全信。他说公亮才学远胜于他，你等是怎想的？”

“晚生以前只闻长卿兄、公亮兄之名，未曾相处，难以将他二人比较。”沈自邠说。

“茂仁兄没听懂子维师之意。”冯梦祯说。

“我怎的没听懂？”沈自邠问。

“子维师是问，拿我等自家和长卿兄比较，当如何？”冯梦祯道。

沈自邠看看张四维，陆可教也看看张四维，都想从他的表情上看出，冯梦祯的话到底对不对。但张四维只是笑笑，不点头，也不摇头。

不摇头，说明冯梦祯的话也许对。

“久闻长卿兄大才，千言可立就，晚生是做不到的。”沈自邠说。

“闻得长卿兄一双子女，自幼能诗，让人又是称羡，又是生妒。”陆可教说。

“敬承兄是羡多一些，还是妒多一些？”冯梦祯笑着问。

“未成同年，妒多一些；既成同年，羡多一些。”陆可教说。

谑而不虐，众人又都笑起来。笑声中，张四维道：“开之，别只顾问别个，你还没说呢。”

“子维师让我说何事？”冯梦祯问。

“在别人身上，开之兄分辨得出听懂没听懂；怎么轮到自家，却懵懂起来？子维师是问，拿你和长卿兄比较，又当如何？”陆可教说。

“茂仁兄、敬承兄以前和长卿兄未曾相处，所以问你二人和长卿兄比较如何；我以前和长卿兄相处过，用不着问。”冯梦祯说。

“开之兄以前和长卿兄相处过？”沈自邠表示怀疑。

“我闻鄞县县学有名生员，诗文冠甬城，遂往鄞县县学访之；闻宁波府学有名生员，诗文冠浙东，又往宁波府学访之。谁知竟是一人！茂仁兄说，算不算相处过？”冯梦祯道。甬城是宁波的简称。

不等沈自邠答复，陆可教又问：“为何相处过，就不用问？”

“既然相处过，自知逊之，又何必问！”冯梦祯说罢，问道，“敬承兄说，和长卿兄既成同年，羡多一些；我看未必。”

“开之兄此言何意？”陆可教问。

“亦即，敬承兄还是免不了要妒之。”冯梦祯说。

“敬承兄比你我都大度，他为何仍要妒之？”沈自邠不同意他的说法。

“不在大度不大度，而在敬承兄亦有一子，和长卿兄之子，年纪相当。”冯梦祯说。

“开之兄是说，我子非自幼能诗，所以我仍妒长卿兄？”陆可教问。

“非是，非是，”冯梦祯连连摇头。“我知敬承兄之子，亦聪慧过人。我是说，令郎未必能遇上开之兄之子这等佳偶天成的婚姻。”

“长卿兄之子已娶得佳人？”除屠隆外，别人都问。

“尚未婚娶，却已定亲。”冯梦祯说。

“长卿，这是几时的事？”张四维也很有兴致地问。

屠隆支支吾吾，不知该从哪里说起。

“子维师，我替长卿兄说吧？”冯梦祯道。

“你引出的话，可不该你替他说！”张四维点头。

“长卿兄之子的婚事，就是昨日议定的。”冯梦祯说。

“昨日议定？长卿兄在京师，谁来议定？”杨德政问。

“即便长卿兄委托别个全权作主，昨日在浙江议定的事，今日就能传告京师！”陆可教反问。

“听开之兄的话头，似是长卿兄在京师议定的？”沈自邠揣测。

“茂仁兄断事奇准，长卿兄正是昨日在京师，给其子定好一门绝佳的婚姻，”冯梦祯说着，问道，“子维师，诸兄台，可知女家家长是谁？”

凭空而猜，很难猜出。陆可教想到一条线索：或是和屠隆同邑的京官，和屠氏世交。会试之前，屠隆去拜望，不见得会提出婚事；而屠隆中第之后，两家联姻就不成问题。

“公亮兄可知端倪？”他问另一个鄞县出来的进士。

“一无所知。”杨德政摇头。

“敬承兄没问对人，公亮兄不会知道的。”冯梦祯说。

“开之，你说女家家长是谁！”张四维道。

“茂仁兄，和你同姓。”冯梦祯对沈自邠说。

姓沈，这一点虽然可以确定，但没太大用处。在陆可教问过杨德政后，大家都按照他的思路去想。沈姓京官不在少数；况且，除京官之外，京师还有别的沈姓人家。

“子维师让你说其人，没让你说其姓！”沈自邠道。

“哪怕说说，其人和你、和茂仁兄同邑，还是和我、和长卿兄同邑，也好呀。”杨德政说。

“怎么，就不会和我同邑？”陆可教表示不满。

“是，”杨德政应道。“或是和敬承兄同邑？”

“都不是。”冯梦祯说。

“都不是？总不会是我的邑人吧？”张四维道。

“离子维师原籍，则更远，”冯梦祯笑着说，“我再告诉子维师和诸兄，他是宣城人。”

这个提示打破众人方才的思路，他们不得不重新思考。

“子维师让你说其人，没让你说其籍！”陆可教道。

“我再告诉子维师和诸兄，他和我等同科。”冯梦祯说。

应该说，这个人已经被限定在极少数的人中，甚至可以呼之欲出；但谁也没轻易呼之。

“子维师让你说其人，没有让你说其出身！”杨德政反而又给一句。

“其姓、其籍、其出身，三者合一，还不是其人吗？”冯梦祯道。

三句话分开说，而且每两句话之间都有人打岔，所以，谁也没把三句话联系在一起。经冯梦祯提醒，众人忽然发觉：不错，把三句话合而为一，只能是一个人！

“竟是今科状元郎！”张四维道。

“竟是君典兄！”其他三名新科进士齐呼。

沈懋学字君典，南直隶宣城人。

“不对呀，”杨德政首先从惊诧中醒悟，“我和长卿兄交往多年，从没听他说，和宣城沈家有何来往。”

“若因今次会试才结识，前后不过一月工夫，怎来得及谈论儿女婚事！”陆可教道。

“前后一月工夫，得把前边的大半个月除去，”沈自邠道，“那时饭吃不香，觉睡不甜，怎会有精力考虑试外的事！”

“试前，长卿兄和我同居一室，我可以保证，他没出过会馆的大门，也没见君典兄去看望过他。”杨德政又说。

“开之，你给大家说说，究竟是怎么一回事。”张四维命道。

“君典兄和长卿兄彼此慕名已久。长卿兄对我说，其子该婚；君典兄对我说，其女该聘。我一想，何不由我来做月老呢？昨日我请他二位饮茶，说起此事，一拍即合。”冯梦祯说。

“开之，你算做件好事。”张四维称赞道。

“开之兄要做好事，干脆做到底。我子尚未成亲，你为我找一个和君典兄差不多的姻亲吧。”陆可教说。

“我等子女的婚事，都仰仗开之兄。”杨德政也说。

“兄等把我当作马泊六吗！”冯梦祯道。

众人在一片欢笑声中，起身告辞。

送他等出去时，张四维说：“我为何要批驳狗尾续貂的俗语？我为何要你等拿自家和长卿比较？说句不怕得罪的话，就才情而言，就文学而言，你等与长卿比较，确要略逊一筹。长卿未选庶吉士，我深以为憾。”

这话是对屠隆以外四名新科进士说的，他等应道：“诚如子维师言。”

屠隆想说两句谦虚的话，张四维摇摇手，让他不要说。

“由知县任起，不见得没有作为，长卿好自为之。”张四维说。

“子维师教诲，晚生谨记。”屠隆道。

出张府，走出没多远，与另一起前来拜师的新科进士相遇，正是本科的一甲三人沈懋学、张嗣修、曾朝节。他们已是正式的翰林官，前来拜师，和沈自邠等准翰林官，和外放的屠隆，心情都不一样；或者在别人的眼里，他们的心情不一样。

“长卿兄明日离京，君典兄有许多话要和他说吧？”冯梦祯问沈懋学。

“还真有许多话要说。”沈懋学道。

“二兄所言，我等不便听之，请去那厢。”冯梦祯指着一个方向说。

沈懋学、屠隆不懂他的意思，但还是照他说的，往那个方向走去。

“开之兄，他二位有何机密的话，我等不便听？”曾朝节问。

“真卿兄，他二位有些话，你我还真不便听。”杨德政笑着说。

曾朝节字真卿，湖广临武人。

冯梦祯不让杨德政多说，也不让别人插话。他说：“公亮兄，你不是才和懋仁兄说，有话要单独对真卿兄说吗？”

“谁要——”杨德政想争辩。

但他刚一开口，就被冯梦祯打断。冯梦祯指着另一个方向，道：“那厢安静，兄等何不去那厢说。”

沈自邠、杨德政、曾朝节不懂他的意思，但还是往他指的方向走过去。

“敬承兄为何不去？”冯梦祯问陆可教。

“开之兄不是说，他三位要单独说话吗？”陆可教反问。

“不是三位要单独说话，是四位要单独说话。”冯梦祯道。

“我看，是开之兄要单独说话吧。”陆可教嘟囔一句，追过去。

只剩下冯梦祯和张嗣修两个人。张嗣修道：“我看也是开之兄有话单独对我说，请吧。”

“并无特别的话，只想问二公子有没有拜见启图先生。”冯梦祯说。

他说的启图先生，姓何，名洛文，河南信阳人，嘉靖四十四年的进士和庶吉士，官翰林院修撰，是本科会试的考试官之一。

“开之兄怎呼我？”张嗣修问。

“二公子呀。”冯梦祯道。这样称呼，无疑因为张嗣修是张居正次子。

“太生分吧！本朝同年之间，似乎从来没人这般称呼。”张嗣修说。

“别管生分不生分，二公子只说，有没有拜见过启图先生。”冯梦祯执着地以二公子称呼张嗣修，也执着地问他同样的问题。

“启图先生是房师，当然要拜谢。”张嗣修说。所谓房师，即他所在的那一房的房考。

“二公子是一个人去的？”冯梦祯问。

“没约到别人，只好一人去。”张嗣修说。

“果不出我所料。”冯梦祯点点头，道。

“开之兄所料何事？”张嗣修问。

“我所料者，众人所言也。”冯梦祯道。

“众人所言者何事？”张嗣修问。

“众人说，启图先生为二公子撰殿试策论。”冯梦祯道。

“我的策论是启图先生所撰？”张嗣修又气又怒，他问，“开之兄说的众人是谁个，竟如此恶语伤人？”

“既曰众人，怎说？”冯梦祯不告诉他。

“此等谣传，开之兄也信？”张嗣修问。

“我不说自家信不信；摈除诸兄，只是要听二公子怎说。”冯梦祯道。

“绝无此事！”张嗣修矢口否认。

“但愿二公子上不欺苍天，下不欺世人！不然，与二公子同年，我将耻之。”冯梦祯道。

“冯开之欺人太甚！”张嗣修怒气冲天地说。

听他说话的是游守礼。他问：“二公子说的冯开之，可是今科会元冯开之先生？”

“别呼我二公子！”张嗣修极厌恶这个称呼，“我已入翰林，称一声二先生，会辱没你吗？”

“是，”游守礼应一声，重新问，“二先生说的冯开之，可是今科会元冯开之先生？”

“你和他有多少交情，呼得如此亲切！”张嗣修斥道。

“在下是看在二先生的面子上，才尊称他一声；不看二先生的面子，在下早直呼其名。”游守礼说。

“你直呼其名即可。”张嗣修道。

“是，”游守礼又应一声，问道，“冯梦祯怎欺二先生太甚？”

“他说，他说——”到底是有关脸面的事，张嗣修犹豫再三，但最后还是告诉游守礼。“他说，我的策论是由别人捉刀。”

“好个大胆狂徒，竟敢恶语伤人！”游守礼大怒，或有意作出大怒的样子，“二先生乃大手笔，相公都是很称赞的。写出一篇洋洋洒洒的策论，何足道哉！仅中榜眼，我都为二先生感到委屈。”

“你为我感到委屈有何用！你得为我消消气呀。”张嗣修道。

“二先生要消气，极易。”游守礼说。

“说来听听，”张嗣修在听他说之前，加上一个条件，“老七听好，不准给父亲大人出难题。”

“绝不给相公出难题，”游守礼保证，他问，“二先生可知，眼下哪一件事最让冯某哀痛？”

“我没想过。”张嗣修道。

“我以为，他既选庶吉士，以为一定会留在翰林；故散馆后，不授以翰林院官，最让他哀痛。”游守礼说。

“不见得吧？”张嗣修道，“选庶吉士而不留授翰林者，哪一次没有几个！他或会哀痛，但不会最哀痛。”

“大先生莫忘，冯某和别人不同。”游守礼说。

“有何不同？”张嗣修问。

“他是会元呀，”游守礼道，“本朝开科以来，要么不选庶吉士；若选庶吉士，除非会元已列一甲，没有不选庶吉士者。本朝选庶吉士以来，要么散馆后一概不留为翰林；只要量留，会元没有不授以翰林官的。今者，若在散馆后不授冯某以翰林官，他就会大跌脸面。”

“你还说不给父亲大人出难题，这不是难题！”张嗣修责备道。

“怎是难题？”游守礼分辩，“本科已选庶吉士，用不着相公做什么；散馆后留不留官翰林，早已确定，用不着相公再做什么。相公只要不把冯某留在翰林就是，这算难题吗？”

“怎不算难题！”张嗣修道，“只要选庶吉士，会元一定被选；只要有人留馆，会元一定留馆，这不是你老七说的吗？已成惯例的事，让父亲大人改变，他能不为难！”

“听起来是难题，在下略施小计，即不难。”游守礼说。

“你有何计？”张嗣修问。

“只要选庶吉士，会元一定被选；只要有人留馆，会元一定留馆，这是一个惯例。还有一个惯例：一省若有数人选庶吉士，散馆后，至少有一人不留馆。据在下所知，今浙江有四人选庶吉士。若先使另外三人授翰林，则冯某必出。二先生想，同时入馆就学，三人皆留，只冯某一人出之，他该是怎样的心情！”

“不错，这样一来，难题真的不难。”张嗣修道。

第六十章

户部尚书殷正茂被张居正请来，心情颇为不安。

“兄掌部，有一年吧？”张居正问。

“一年略过。”殷正茂说。

他是万历三年由两广总督召为南京户部尚书的；一年后，户部尚书王国光被劾去官，他改北。

“我大明朝的这个家不好当呀。”张居正道。

“是不好当。”殷正茂赔着笑脸说。

“养实兄可知，汝观先生请辞，我曾一再挽留？”张居正问。

“略有所闻。”殷正茂道。

“你知我为何要挽留他？”张居正问。

“这却不知。”殷正茂道。

“因他在其位而谋其政，留心国计。”张居正说。

殷正茂听出话里有责怪之意，甚是慌张；同时，也甚觉委屈。

“惭愧，我不如汝观先生。”他赌气地说。

“怪事，有人说过养实兄不如汝观先生吗？”张居正问。

“没有人说，是我自觉。”殷正茂道。

“养实兄为何自觉不如汝观先生？”张居正问。

“我听说，汝观先生掌户部时，一再有旨采买，一再有旨征太仓银，皆为汝观先生谏止。”殷正茂说。

“今者有旨采买、征银，养实兄不曾谏止？”张居正问。

“谏是照谏，却未止住。”殷正茂说。

他说的是今年三月，皇帝有旨，征太仓银、光禄寺银各十万，户部官、户科官争相进谏，皇帝均未采纳。

“这怪不得养实兄，”张居正道，“皇上大婚之年将至，需要采买之物不得不采买，需要置办之物不得不置办，哪一样不得用银子！养实兄看吧，这两年还有得征呢。”

“相公不怪，可让我松口气。”殷正茂说的是心里话。

“气可以松一松，但不可太松，松过头。”张居正警告他。

殷正茂一怔，忙问：“叔大兄的意思是——”

“内府征银，该进谏，还得进谏；再者，如何富国，如何强国，养实兄既主会计，更要在这方面多下工夫。”张居正说。

“相公说的是。”殷正茂应道。

“今日请养实兄来，主要是想问问，有没有读过光都谏的奏章。”张居正转到正题上。他说的光都谏，名懋，字子英，山东阳信人，嘉靖四十四年进士，官户科都给事中。

“有读。”殷正茂应道。身为户部尚书，不可能不读户科掌科的奏章。

“养实兄能否给我讲讲该疏？”张居正问。既问殷正茂有没有读过光懋的奏疏，自己肯定是读过的；自己读过而要殷正茂讲，是检查他到底有没有认真读过。

“我可没有过目不忘的本事，读一两遍光子英的长篇宏论，就背诵得出来。”殷正茂说。

“我不难为养实兄，说说大意即可。”张居正道。

“光子英此疏，议的是赋役之法。”殷正茂提纲挈领地先说一句。

“正好，赋役之法也是大司徒最该留意的。”张居正说。

“叔大兄说的是。”殷正茂应道。

“光都谏是怎议的？”张居正让他具体往下说。

“所议有二，”殷正茂道，“其一，泛泛而议。譬如说，赋属田，役属人。譬如说，夏税秋粮，因其地为等，有三壤，无不宜则之；银差，则顾役代己而纳之，力差则本身服役之道。论户丁而籍之，谓之均徭；稽籍定役，无与于田。”

“养实兄还真是认真读过该疏，几句话把这层意思说得明明白白。”张居正大加称赞。

“主要是光子英写的还比较清楚，容易捋下来。”殷正茂谦道。

“其二议的何事？”张居正问。

“其二，具体而议条鞭法，”殷正茂道，“他说，至嘉靖末年，创条鞭法。不分贫富，一例摊派。甚至将银、力二差，与户口、盐钞并之于地，而丁力反不与焉。致使商贾享逐末之利，农民丧乐生之心，于民甚不利也。”

“看来，他是很不赞成条鞭法呀。”张居正说。

“我亦品出其味。”殷正茂附和道。

“他不赞成，养实兄，你赞成不赞成？”张居正问。

“这个——”殷正茂不知该怎么说。

“养实兄只须说赞成，或不赞成。”张居正提示他。

“我想，不能笼统地说赞成或不赞成。”殷正茂想出一个说法。

“养实兄能够具体地说赞成或不赞成，更好呀。”张居正道。

“具体地说，也有难处。”殷正茂更说不上来。

“养实兄干脆说无法断言，不好吗？”张居正道。

“是，”殷正茂应道，“是无法断言。”

“养实兄为何无法断言？”张居正问。

“总因留意不够吧。”殷正茂说。

“我说大司徒最该留意赋役之法，养实兄是赞成的。”张居正这话说得比较尖锐。

“我已知这是我的失误。”殷正茂说。

“说失误，言之过重，不如说疏忽，”张居正道，“前者既有疏忽，养实兄，今者我和你一起来弥补，如何？”

“相公肯加以指点，再好不过。”殷正茂揖道。

“你我先一起回忆一下吧，”张居正说着，问道，“养实兄记不记得，何时开始有条鞭法名目的？”

“不记得。”殷正茂说。

“是不记得，还是不知？”张居正又问。

“准确地说，是不知。”殷正茂道。

“这怪不得养实兄，”张居正说，“最早有条鞭名目，在嘉靖十年。那时，我辈尚在启蒙课读，哪里识得天下大事！入仕后，若不多读些案牍和前人的文章，是不会知道的。”

“叔大兄博览强记，非我辈可及。”殷正茂奉承道。

“主要还在于用心，”张居正回应一句，又问，“养实兄记不记得，嘉靖十年，条鞭法行于何地？”

“不记得，”殷正茂答后，主动纠正，“准确地说，是不知。”

“初试行于江西赣州、南安等府，”张居正告诉他。追问进一步的内容，他的回答肯定也是不记得，至多加上一句“准确地说”，张居正干脆不再问，“当时南赣巡抚都御史是陶庄敏。闻此公并不擅长理财，却敢创行条鞭法。有时我想，他会不会是陶朱公的后人呀。”

“有此可能。”张居正不问，殷正茂却搭上腔。

“养实兄怎知有此可能？”张居正奇怪地问。

“陶庄敏是会稽人。”殷正茂说。

“养实兄怎知他是会稽人？”张居正问。

“此公是我前任，我在两广总督题名录上看到的。”殷正茂说。

他们提到的陶庄敏，名谐，谥庄敏。他是浙江会稽人，弘治九年进士，嘉靖十年官南赣巡抚，十一年升任两广总督。

陶朱公则是范蠡的别名。他是春秋时人，籍贯是今河南南阳，在越国做官，任大夫，离开越国后在今山东经商，改名陶朱公。如果说会稽有他的后人，仍应姓范，而不该姓陶。因此，张居正怀疑陶谐是不是陶朱公的后人，殷正茂断定有此可能，都是戏谑之言，说说而已。

张居正再开口时，已经把陶朱公抛到一边。

“养实兄为何翻阅两广总督题名录？”他问。

“这是弟的一个习惯，”殷正茂说，“每到一任，我都要查查我的前任有谁，作过何事，以为前鉴。”

“是个好习惯！”张居正赞道，又说，“有人告诉我，养实兄每任一职，都是懵懵懂懂，全不上心；看来不是。”

殷正茂很清楚，这话是谁人说的；也很清楚，那人为何要这么说。他很想在表明自己长处的同时，也贬低贬低对方。但他知道，那人和张居正的交情，比自己要深，这时说他的坏话，恐怕会适得其反。

他苦笑一声，没有多说。

“条鞭法正式推行，是在嘉靖末年，说起来，和养实兄总督其地的广东，有些渊源。”张居正说。

“叔大兄是说，嘉靖末年，条鞭法曾于广东推行？”殷正茂问。

他总督两广军务在隆庆五年，如果嘉靖末年在广东推行条鞭法，在他赴两广任时，总会留有痕迹。但他不记得有什么痕迹；或者说，他没留意有什么痕迹。但这话是张居正说的，他不好直接反驳，只能问。

“不是推行于广东，是推行于浙江。”张居正说。

“推行于浙江，叔大兄为何说与广东有渊源？”殷正茂不解地问。

“在浙江推行条鞭法的，是巡按福建御史庞尚鹏，养实兄不知他是广东南海人吗？”张居正道。

“对其人，弟略有所知。”殷正茂说。

“养实兄先去查一查嘉靖十年在赣州等地试行条鞭法的情形，和嘉靖末年在浙江推行条鞭法的情形，再来议之，如何？”张居正道。

“谨遵台命。”殷正茂应道。

李幼滋从游守礼那里得知，张居正曾找过殷正茂谈话，以及他们谈话的大致内容，因此，去见张居正之前，他做过一些准备。

“元树兄，近来在忙何事？”张居正问。

“叔大兄说的近来，若是指这几日，则我只在忙一事。”李幼滋说。

“好啊，就说说这几日在忙何事。”张居正道。

“这几日，我一直在琢磨光都谏的奏章，并曾约养实兄一起议议；可惜，养实兄的心思没放在这上面。”李幼滋说。

“元树兄为何关注光都谏的奏章？”张居正问。

“身为户部佐贰，自当留意赋役之法。”李幼滋说。

“元树兄既留意，我正好请教。”张居正道。

“请教不敢当，但我愿在叔大兄面前略抒己见。”李幼滋说。

“元树兄可知，养实兄为何不肯和你一起议议光都谏的奏章？”张居正提的第一个问题，出人意料。

“这却不知。”李幼滋只能说。

“因为他无法断定，该赞成其议，或该不赞成其议。”张居正说。

“不加留意，自然无法断定。”李幼滋顺势说句贬低殷正茂的话。

“看来，元树兄能断定？”张居正问。

“这个——”李幼滋也不知怎么说才好。游守礼虽向他透露许多张居正和殷正茂谈话的内容，但张居正究竟赞成光懋的奏议，还是不赞成光懋的奏议，却无从判断。他说，“欲断定赞成与否，先要看何为条鞭法。”

“元树兄说得出何为条鞭之法？”张居正问。

“叔大兄要听，我试言之，”李幼滋道，“条鞭法，就天下而言，最早见于赣州、南安等府；就浙江而言，最早见于余姚、平湖。”

“元树兄为何想起查浙江的条鞭法？”张居正问。

“据在下所知，浙江曾于嘉靖末年推行条鞭之法。”李幼滋说。

“好，”张居正点头，“元树兄给我讲讲余姚、平湖条鞭法。”

“余姚、平湖条鞭法，又曰均徭一条鞭法，顾名思义，行条鞭法在于均徭。”李幼滋概括地说。

“元树兄可知，该等地方何役为重？”张居正问。

“如馆夫，如库役，如盐工，如捕快等。”李幼滋说。

“元树兄信口拈来，听过之后，还以为元树兄曾任该等地方府、州、县官呢。”张居正说。

虽然他面无表情，语气也平平，但与其说他是称赏，不如说他是讥讽。因为李幼滋一直任京官，根本没有任府、州、县官的经历。

“我不过愿读旧日案牍，及前辈文章。”李幼滋煞有介事地解释。

“条鞭法如何均徭？”张居正接着问。

“其一，岁编徭役，于十甲之内通融，随粮代征。”李幼滋说。

“怎叫通融？”张居正问。

“十甲之中，一甲有役，则以十甲分而摊派。”李幼滋说。

“如此通融，有何好处？”张居正问。

“以十年之差，而责之一年，则重而难；以一年之役，而均之十年，则轻而易。”李幼滋说。

“元树兄应该知道，人户有贫富不同，应役相同，未必就是均徭。”张居正说。

“所以才有其二，”李幼滋道，“人户有贫富不同，故将丁田分而为二：有田之丁，或以田折丁之丁，编银必增其数；有丁无田者，每丁编银，量为递减。使于均平之中，曲寓存恤之意。”

“元树读前辈文章，读的是庞少南的奏议吧？”张居正笑着问。

他提起庞尚鹏，李幼滋一怔，不好意思地应道：“是。”

“庞少南昔日参酌余姚、平湖二邑之法，推行于全浙；今者能否参酌浙省之法，推行于天下？元树兄试为我言之。”张居正命道。

李幼滋原来希望，张居正在谈论浙江条鞭法的过程中，能有一两句予以肯定或予以否定的话，让他作个参考，进而确定该赞成光懋的奏议，或不该赞成光懋的奏议。但张居正不作一句评论，而径问条鞭法能否推行于天下。这是他没办法回答的，是他不敢随意下结论的。

“恐怕还得参酌各地情形。”他含糊地回应一句。

“元树兄参酌各地情形，待有心得，再与我议之，如何？”张居正道。

“谨遵台命。”李幼滋应道。

第六十一章

王崇古从礼部回到本衙，兵部左侍郎梁梦龙、右侍郎吴道直、曾省吾都在等他。谭纶卒于今年四月，时王崇古已改刑部尚书，奉旨接掌兵部。

“怎的都没走？”王崇古问。

“想早些知道，学甫先生探的口风如何。”梁梦龙说。

“是乾吉先生一人想早些知道，还是敬甫先生、三甫先生都想早些知道？”王崇古问。

吴道直字敬甫，北直隶定州人，和梁梦龙都是嘉靖三十二年进士。有趣的是，吴道直先任兵部侍郎，然后曾省吾任兵部侍郎。他们的字里都有个甫字，而曾省吾字三甫，于是有人开玩笑地说，日后兵部还要有一甫。果然，今年王崇古任兵部尚书。

“学甫先生去这久，我等不想早知道，早就离衙。”吴道直说。

“学甫先生问的有些多余。”曾省吾则说。

他的话很失礼，但王崇古知道他为张居正所重，因而并不计较，只是不卑不亢地说：“问还是要问的。诸公都想早知道，我才好说；如有一人并不心切，则不妨明日再说。”

“闻体乾兄欲准俺答之请，然否？”梁梦龙问。

马自强字体乾，陕西同州人，也是嘉靖三十二年进士。他原以礼部左侍郎掌詹事府事，万历三年九月，在万士和致仕后，升礼部尚书。

“然。”王崇古应道。

“学甫先生未能说服体乾兄？”梁梦龙问。

“未能。”王崇古应道。

“体乾兄亦未能说服学甫先生？”梁梦龙问。

“亦未能。”王崇古应道。

“也就是说，未成定论。”梁梦龙道。

“是，”王崇古应道，“我正在后悔，公等没和我一起去。不然，凭借公等口才、识见，以及同年之谊，或能说服体乾先生。”

如果说口才、识见是指三名侍郎，同年之谊指的只能是两名侍郎。不在其中的曾省吾有点酸溜溜地说：“或更容易说服体乾先生，也或更容易被体乾先生说服。”

“所以，才要不易被体乾先生说服的三甫先生去，和我做个伴呀。”王崇古笑着说。

三侍郎也笑。笑罢，梁梦龙问：“礼部坚持，宜准俺答开茶市之请？”

“是。”王崇古应道。

“却是为何？”梁梦龙问。

“想必是体乾先生没有好好读巡茶御史的奏章。”曾省吾说。

巡茶御史李时成，字唯中，湖广蕲水人，隆庆五年进士。

“不然，体乾先生和我不仅一直在谈论李唯中的奏章，还把他前后的奏章做过比较。”王崇古说。

“学甫先生是如何与体乾兄比较的？”吴道直觉得，要了解礼部和兵部的立场不同，这个问题是更好的切入点。

“不是我要与体乾先生比较，是体乾先生要与我比较。”王崇古说。

“体乾兄是如何与学甫先生比较的？”吴道直重新问过。

“体乾先生以为，李惟中前一奏章，论韂藏通贡宜准，理由很充分；后一奏章，论俺答开茶市不宜准，理由不充分。”王崇古说。

韂藏泛指散居在西宁、甘州、洮河等卫以外广袤地区的番人部落。他们可能是藏人，也可能不是藏人，因无正式名目，故以韂藏称之。

“乾吉兄，我的想法怎的正好相反？”吴道直对梁梦龙说。

“你是说，李唯中后一奏章比前一奏章的理由更充分？”梁梦龙问。

“是。”吴道直应道。

“我也是这么想的。”梁梦龙道。

“二位以为李唯中后一篇奏章理由更充分，是觉着他前一篇奏章理由不充分吗？”曾省吾问。

“那倒不是。”梁梦龙、吴道直齐道。

“我等若觉着他前一篇奏章理由不充分，就不会赞成韂藏通贡。”梁梦龙又说。

“所以，我看我等跟在体乾先生后面比较两篇奏章哪一篇理由更充分，毫无益处；不如听学甫先生说说，体乾先生究竟是怎样比较的。”曾省吾道。

“三甫先生说的是。”梁梦龙、吴道直应道。

“好，”王崇古也觉得，话题被他们扯得太远，“体乾先生觉着李唯中前一篇奏章理由充分，其实和我等一样，也集中于二事：一则，该疏称，韂藏生西番中，距我极远，未尝通贡市。一朝率众来降，乃畏我天威，诚心来归；而我以洮西极边地得此族，益厚固我藩篱；二则，今我急需马匹，与氈藏通贡，岁可增三十匹，亦有小补。”

“前者，我边军获撒马儿罕诸部族数百人，无一氈藏，可见其对大明朝廷不叛不侵。说它诚心来归，这个理由是充分的。”曾省吾补充道。

“该疏的‘其二’，却不那么充分，”梁梦龙的补充，旨在证明他们的看法：前疏不如后疏的理由充分，“我每年所须马匹，以千万计，岁增三十匹，实在是微不足道。”

“是啊，”吴道直表示赞同，“李唯中前疏若是只有‘其一’，没有‘其二’，反而显得理由更充分。”

“与其说‘其二’不够充分，不如说不够有力，”曾省吾则说，“归根结蒂，它仍证明宜准通贡，并未成为反证。”

“三位所言皆是，体乾先生和我谈论的，也是‘其一’足够充分，‘其二’不够充分；但‘其二’虽不够充分，却不是反证。总而言之，氈藏请通贡市，宜准。”王崇古概括地说。

“总而言之，是学甫先生的话，还是体乾先生的话？”曾省吾问。

“是体乾先生的话。”王崇古说。

“三甫先生，这话有错吗？”吴道直问曾省吾。

“这话本身没错，但用在李唯中的后疏，或许更恰当。”曾省吾说。

“对呀，”吴道直应一声后，转向王崇古，“学甫先生没在谈论李唯中后疏时，也说‘总而言之’？”

“我当然会说。”王崇古道。

“学甫先生怎说的？”吴道直问。

“我对体乾先生说两层意思，第一层意思是：俺答请开茶市，意不在得茶。”王崇古道。

“学甫先生应该告诉体乾兄，番人饮酪，素须饮茶，一日不饮，则病且死。”梁梦龙说。

“学甫先生还应该告诉体乾兄，番人得茶于中国，则命悬于中国；得茶于俺答，则命悬于俺答。”吴道直说。

“学甫先生还应该告诉体乾先生，我祖宗于西宁、甘州、洮河开设茶市，故番人之命一直悬于中国。”曾省吾说。

“我不说，体乾先生也懂得。但我是照三位所言，一句一句对他说的；还总而言之地说：俺答请开茶市，不在得茶，而在得番。”王崇古道。

“此等意思都阐述清楚，理由应该很充分。”梁梦龙说。

“我觉着比前疏的‘其一’，理由还要充分。”吴道直说。

“为何体乾先生以为理由不充分呢？”曾省吾问。

“体乾先生并没说这一层意思的理由不充分。”王崇古道。

“那么，体乾兄是以为第二层意思的理由不充分？”梁梦龙问。

“必如乾吉兄所料。”吴道直附和道。

“第二层意思，学甫先生是怎说的？”曾省吾问王崇古。

“我说的第二层意思是：准俺答开茶市，弊远大于利。”王崇古道。

“学甫先生应该告诉体乾兄，我与番人开茶市，虽得马五千六百余匹，以时值计，合六万五千金。”梁梦龙说。

“学甫先生还应该问体乾兄，准与俺答开茶市，岁可得几多马，以时值计，约合几多金。”吴道直说。

“学甫先生还应该告诉体乾先生，一旦与俺答开茶市，尽失番人之心，河以西无复安枕之日矣。”曾省吾说。

“我不对体乾先生说这些话，又能对他说哪些话！”王崇古道。

“可体乾兄仍以为理由不充分？”梁梦龙问。

“我等皆以为理由很充分，体乾兄为何以为理由不充分？”吴道直问。

“与前疏‘其二’的三十四匹马比较，理由总要充分吧！”曾省吾道。

“体乾先生并没说，这一层意思的理由不充分。”王崇古道。

“体乾兄不以为这一层意思的理由不充分？学甫先生不是说，体乾兄以为，后一奏章不如前一奏章理由充分吗？”梁梦龙不理解。

“是啊，”吴道直也不理解，“学甫先生对体乾兄说两层意思，体乾兄不以为第一层意思的理由不充分，不以为第二层意思的理由不充分，怎会以为李唯中后疏的理由不充分？”

“莫非体乾先生指的是，李唯中的后疏，忽略两层意思之外的另一层意思？”曾省吾则猜测。

“三甫先生说得对！”王崇古道。

“是哪一层意思？”三侍郎齐问。

“体乾先生说，我等不该忘记两件事：其一，四月，朝廷赐俺答所建西海寺曰仰华寺；其二，七月，朝廷准俺答往西海饮长生水，并迎取活佛，于西海斋醮。”王崇古道。

“赐名是赐名，赐名曰仰华，又不是仰茶。”梁梦龙说。

“饮水是饮水，又不是饮茶。”吴道直说。

“莫非体乾先生是说，活佛来自番邦，须得饮茶？”曾省吾则猜测。

“又让三甫先生说对。”王崇古道。

“学甫先生怎答复的？”三侍郎齐问。

“我对体乾先生说，虏迎佛斋醮，须得用茶，可量给若干，却断不可为俺答开茶市。”王崇古说。

“有理有节，礼部不应再有异议。”三侍郎齐道。

“但愿如此。”王崇古应道。

第六十二章

张四维家晚上来个客人，是省亲归来的冯梦祯。

“开之，几时回来的？”张四维问。

“天擦黑进的城，换身衣服，赶来老师这里。”冯梦祯说。

张四维发觉他气色不好，道：“赶路赶的急吧？每日少行个十余里，多走上三五日，其实也无大碍。”

“子维师说的是，”冯梦祯不仅气色更不好，声音竟也有些哽咽，“早知今日局面，不如干脆在家里多住几日。”

“今日局面？今日是何局面？”张四维稍感吃惊。

“子维师不知吗？”冯梦祯不是不想马上就告诉张四维，他说的是什么事情；但这事有点儿说不出口，只得以问话过渡。

“你不说何事，我怎知知与不知！”张四维道。

“晚生才进京师，茂仁兄就找到晚生。”冯梦祯说。

“茂仁找你何事？”张四维问。

“茂仁兄告诉我，已散馆，他留在翰林院。”冯梦祯说。

“此事我知。”张四维道。

“茂仁兄前脚才走，敬承兄后脚就到。”冯梦祯又说。

“敬承找你何事？”张四维问。

“敬承兄也告诉我，已散馆，他留在翰林院。”冯梦祯说。

“此事我亦知，”张四维道，并开玩笑地问，“不会是敬承前脚才走，公亮后脚就到吧？”

“子维师说的是，”冯梦祯应道，“敬承兄前脚没走，公亮兄后脚就到，二人还在我面前打过招呼。”

“公亮找你何事？”张四维问。

“公亮兄也告我，已散馆，他留在翰林院。”冯梦祯说。

“此事我亦知，”张四维道，他脸上的笑容不复存在，以责怪的口吻问，“开之，这就是你说的局面？”

“是晚生说的局面的一半。”冯梦祯说。

“我不管是局面的全部，抑或局面的一半，我只问你：茂仁、敬承、公亮授以翰林，是不是件好事？”张四维道。

“是件好事。”冯梦祯说。

“难道以他等之才，不该留于翰苑？”张四维问。

“都该留于翰苑。”冯梦祯说。

“既如此，他等留在翰林院，开之为何郁郁？”张四维问。

“晚生才说，这只是局面的一半。”冯梦祯道。

“局面的另一半是何事？”张四维问。

“公亮兄走后，君典兄又来找我。”冯梦祯说。

“君典找你何事？”张四维问。

“君典兄告我，已散馆，晚生要有准备。”冯梦祯说。

“要有准备，却是何意？”张四维问。

“即准备去尚无定数的某个衙门报到。”冯梦祯说。

“去某个衙门报到？还是尚无定数的某个衙门？”张四维露出很不理解的表情。“君典此等奇思怪想从何而来？”

“还有更甚者，”冯梦祯说，“君典兄还告我，要准备外放。”

“确是更甚，”张四维道，并问，“开之，君典是不是从吏部那里听到的风声？”

“据晚生想，应该不是从吏部听到的风声。”冯梦祯加以否定。

“连我都一无所闻，他不是从吏部听到的风声，却是从谁人那里听到的风声？”张四维问。

“无论从哪里听到的风声，都不是空穴来风。”冯梦祯说。

从话音里听得出来，从表情上看得出来，或是沈懋学告诉他从哪里听到的风声；或是他自己猜得出，沈懋学是从哪里听到的风声。但出于某种考虑，他不想对张四维说出来。

他不想说出来，张四维也不追问下去，而是改言道：“看来，开之信以为真。”

“是。”冯梦祯应道。

“有何依据？”张四维问。

“按照惯例，某一布政司庶吉士选的名额多，散馆后，不得悉数留在翰苑。今科选庶吉士，我浙省四人，茂仁兄等三人已留，我是绝不会再留。”冯梦祯说。

“还有这等惯例！”张四维不知是当真不知有这一惯例，还是想当然地以为不应该有这一惯例。拿他的出身来说，进士排列在二甲第八十名之后，不算太靠前，但选庶吉士，他排列第一名。因此，散馆后他顺理成章地授以翰林官，根本没想过有没有别的限制。现在问他当年共选几名庶吉士，其中山西籍的庶吉士有几名，散馆后有没有山西籍的庶吉士没留在翰林院，都已成为模糊的记忆。

“子维师问晚生为何郁郁，非为茂仁兄等三人留在翰林院，晚生却要离开翰林院；而是为日后难有聆听子维师教诲的机会。若授外官，就连再见子维师的机会也极少。”冯梦祯说。

听他这几句话，张四维心里一阵难过。屠隆未选庶吉士，且外放知县，他就觉得不是滋味。在选中的几十名庶吉士中，浙江籍的几名士子应该算是很突出的；而在四名浙江籍的庶吉士中，冯梦祯又是最突出的。若是不留此子翰林院，他都会觉得很失败。

默想一会儿，他问：“开之，你今日还京，有无人知？”

“茂仁兄等，还有君典兄，都是知道的。”冯梦祯说。

“我是问，他等之外，还有无人知。”张四维道。

“应该没有。”冯梦祯道。

“那好，”张四维点点头，嘱咐道，“开之，明早天不亮，你就走！”

“走？去哪里？”冯梦祯问。

“出城。”张四维道。

“出城？”冯梦祯问，“子维师要我再回浙江？”

“不用走那么远，”张四维摇着头说，“在京郊找一个僻静、不易为人知的地方暂住下来，即可。”

“子维师要我躲起来？”冯梦祯问。

“是，”张四维应道，“开之找个地方躲起来，君典和茂仁等，我会叮嘱他等，对你回来一事，秘不外言。”

“可晚生为何要躲起来？”冯梦祯问。

“为躲吏部。”张四维道。

“躲吏部？”冯梦祯更糊涂。

“是，”张四维应道，“据你所言，或者，据君典所言，你将离开翰林院，并非空穴来风。吏部若得知你回来，给你一纸文书，或给你一句口信，让你去某衙门，则难有转机。”

“子维先生以为，仍有转机？”冯梦祯问。

“我不敢说一定有转机，只能说或有转机。”张四维道。

“晚生要躲几久？”冯梦祯问。

“少则两三日，多则五六日；再久，则成定局。”张四维说。

江陵老家传来喜讯：张府又添孙。京城文武大臣闻之，纷纷登门道贺。张四维特意找个不会有人的时辰去。

他道喜之后，张居正说：“我和子维先生每日在阁中相见，子维先生何必多跑一趟。”

“应该的。”张四维道。

“正好无人，子维先生坐一会儿，说说话吧。”张居正相邀。

“好。”张四维求之不得。

两个人随意而坐，一人一杯清茶。

“我记得，子维先生有二子吧？”张居正问。

“是。”张四维应道。

“有孙否？”张居正问。

“有。”张四维应道。

平时两个人在一起，或加上吕调阳，三个人在一起，张四维的话最多。

今天则相反，除两句道贺的话，他都在等张居正问话，他才回答；或者等张居正说话，他才回应，而且，回答或回应都是极少的字。

这一变化，张居正不会不发觉。

“子维先生为何郁郁？”他问。

“我？郁郁？”张四维反问。

“至少是有心思。”张居正断定。

“没多少心思，只是在想一位前辈。”张四维说。

“能说说想的是谁吗？”张居正问。

“张文毅公。”张四维道。

本朝文臣谥文毅的不少，但姓张的只有一人，即嘉靖中期入值内阁的张治，张居正很容易想起来。

“是茶陵张文毅公？”他问。

“是，”张四维应一声，反问道，“此公亦湖广籍，不会和叔大先生是本家吧？”

“他是长沙张，我是荆州张，相隔千里，叙不上同宗。”张居正说。

茶陵州属长沙府，在武昌以南千里之外，荆州则在武汉以西千里之外。

“喔。”张四维仅应一声，仍不多说。

“子维先生怎会想起他？”张居正问。

“忽然想到，我也不知何故。”张四维总算多说几个字。

“想到的是他做的哪件好事吗？”张居正问。

“不知是否算得好事。”张四维道。

“那么，想到的是他做的坏事？”张居正又问。

“也不知是否算得坏事。”张四维道。

“不是好事，也不是坏事，却是何事？”张居正问。

“或可算作一件善事。”张四维道。

“善事？子维先生说说看！”张居正命道。

“我在翰林院时，闻前辈说，嘉靖辛丑科馆选，有段小插曲，不知叔大先生听说过没有？”张四维问。

嘉靖辛丑科，即嘉靖二十年的会试。那时的插曲，对张四维来说，是听说；对张居正来说，也只能是听说。

“和张文毅公相关的小插曲？”张居正反问。

“和张文毅公相关的小插曲。”张四维道。

“我记得，嘉靖辛丑科的主考官不是张文毅公。”张居正说。

“叔大先生说的是，”张四维道，“张文毅公不是嘉靖辛丑科的主考官，他是前一年应天试的主考官。”

“看来，子维先生说的插曲，和前一年应天试大有关系。”张居正说。

“亦无太大关系，只是和一名举子相关。”张四维说。

“和哪名学子相关？”张居正问。

“大宗伯与吉先生。”张四维说。

“陆与吉先生？”张居正对陆树声有知，有不知，他问，“与吉先生是辛丑科进士不假，但他是前一年乡试中第的吗？”

“是。”张四维应道。

“那么，张文毅公是他的座主。”张居正说。

“是。”张四维应道。

“子维先生说的插曲，出在与吉先生身上？”张居正问。

“是。”张四维应道。

“我记得，与吉先生是该科会元，以会元而入馆选，会有麻烦吗？”张居正问。

“叔大先生说的是，以会元而入馆选，不会有麻烦。与吉先生的麻烦，是在散馆时。”张四维道。

“散馆时的麻烦？”张居正问，“散馆时，他不是授的翰林官吗？”

“这就是我说的张文毅公做的善事，”张四维道，“与吉先生在馆时，一位公子闻其名，表示愿与他交往，被他婉拒。公子怀恨在心，与其父某相公言之，遂命吏部散馆时出与吉先生于外。张文毅公闻讯，与相公言其事，说，本朝自开科以来，凡以会元选庶吉士者，散馆时无不授翰林官。相公乃改初衷。”

“子维先生所谓善事，原来是留一会元于馆。”张居正说。

“是，”张四维应道，并说，“此事虽小，却关乎本朝之例。”

“话虽不错，故事却有漏洞，”张居正说着，问道，“子维先生说的相公，是严分宜吧？说的公子，是严东楼吧？”

他主动提及严嵩父子，正是张四维最希望的。尽管他说有漏洞，张四维仍应道：“是。”

“我记得，嘉靖二十年，内阁只有二人：一为夏贵溪，一为翟诸城，严分宜是二十一年入阁的，而且在八月。庶吉士就学翰林院，少则半年，多则一年，不会等到第二年的八月才散馆吧？故而，子维先生那声相公，称的有点儿早。”张居正说。翟诸城，即翟銮。

“确有点儿早。”张四维承认。

“再者，与吉先生授翰林官时，严分宜官礼部尚书。他要吏部办事，恐怕不能用‘命’字。”张居正又说。

“‘命’字确用得不妥。”张四维承认。

“一段故事，漏洞很多，子维先生却讲给我听，是有别的用意吧？”张居正问。

“是，”张四维应道，“叔大先生指出张文毅公的故事有许多漏洞，但无论如何，是件善事。今有与该故事相类之事，我欲效仿张文毅公，还望叔大先生成全。”

“子维先生说是相类之事，我就试着说出对应之人：今之与吉先生，应该是今科会元冯开之；今之严东楼，应该是嗣儿；今之严分宜，应该是我，”张居正说着，问道，“子维先生，然否？”

“既曰相类，不可能完全对应。”张四维说。

“不是冯开之，或是今科别的庶吉士？”张居正问。

“请叔大先生成全的，确是冯开之。”张四维道。

“不是嗣儿，或是懋儿？”张居正问。

“我知这一段日子，二公子不在京师。”张四维不正面回答。

“唯独我本人，我看不能完全对应，”张居正道，“处分与吉先生时，严分宜尚未入阁；而今之处分冯开之，我已是首辅。”

“还有一事完全不能对应，”张四维补充一点，“处分与吉先生，严分宜是知情的；今之处分冯开之，叔大先生断不知情。”

“子维先生相信我断不知情？”张居正问。

“确信不疑。”张四维道。

“实不相瞒，开之的事，我是有所闻的：冯开之还乡省亲，及归来，已散馆，浙籍庶吉士沈茂任、陆敬承、杨公亮均已授翰林官。子文先生、体乾先生都对我说，本朝自开馆以来，没有一省庶吉士俱留的先例；看来，冯开之须得另授官职，”张居正说着，问道，“子维先生说的相类之事，是指这件事吧？”除马自强，他还举出吏部尚书张瀚，似乎更有说服力。因为张瀚是浙江仁和人。

“是。”张四维应道。

“他二位既然这么说，我本不想过问；但今天子维先生郑重其事地和我言及此事，还讲一段相类的故事，我倒要问问，”张居正说着，顿了顿，才问，“子维先生，此事确与嗣儿有关吗？”

“叔大先生相信不相信，二公子说起来也是我的门生，对他和开之等，我不会有所偏袒？”张四维反问。

“确信不疑。”张居正借用他的话说。

“好，”张四维点点头，也借用他一句话，“实不相瞒，此事是否与二公子有关，我并不知。但我想，年轻气盛，因事而生芥蒂，不足为怪。不管此事与二公子有没有关系，叔大先生若知会吏、礼二部，重新议处，一则为朝廷留住人才，二则两个后生若是真有芥蒂，也可借此弥合，岂不两得！”

张居正想了想，说道：“子维先生说的是，此事我还真得过问。”

冯梦祯和沈自邠等一起留在翰林院，打破旧例。

第六十三章

“又到议刑的日子。”慈圣皇太后说。

不知她是在自语，还是在对自己说，冯保没应声。

“老冯，今岁停议，你以为如何？”慈圣皇太后问。

“娘娘千岁是说，今岁暂停议刑？”冯保把她的意思补充完整。

“你说呢？”慈圣皇太后反问，并说，“这多年，其他的事停议不停议，你看我管过吗？”

冯保把她的话补充完整，当然不是因为慈圣皇太后的话不完整，容易产生误解；而是因为他得考虑考虑，怎么回答才合适。

“此事容奴才和张先生议过，再请旨，请懿旨。”他说。

“好，”慈圣皇太后应道，同时又说，“不过得快，待法司议过，你再去和张先生议之，又有何益！”

“奴才晓得，奴才不敢耽搁。”冯保躬身道。

照他的意思，话说到这种程度，已经可以。但慈圣皇太后还在想事，没让他走。或是这两年停刑之事屡议，屡被张居正婉辞驳回，她想让今年的停刑更有把握一些。

“老冯，你打算和张先生怎说？”她忽然问道。

“奴才想好，今岁停刑，有一个绝好的理由；无论张先生，还是法司，都不能不接受。”冯保说。

“不准以嗣修高中一甲第二为词。”慈圣皇太后预先警告。

“和此事无关。”冯保道。

“那却是何理由？”慈圣皇太后问。

“娘娘千岁不会忘，明年开春皇上大婚吧？”冯保道。

“你是说，以皇上大婚为词？”慈圣皇太后问。

“是。”冯保应道。

慈圣皇太后确信，这是个绝妙的理由。但她还是要问一句：“以大婚停刑，可是惯例？”

“奴才未加考据，不敢妄言是否惯例；但奴才想，不管是否惯例，在皇上大婚前停刑一次，都是说得过去的。”冯保道。

“你才说是绝妙的理由，转眼间，怎成说得过去！”慈圣皇太后本来挺高兴，因这句话而有点儿扫兴。

“奴才觉着它是绝妙的理由，但张先生不见得觉着是绝妙的理由；张先生即便不觉着它是绝妙的理由，也会觉着说得过去。”冯保饶舌地说。

“你就拿这个理由去和张先生说吧，”慈圣皇太后命道，隔一会儿，又说，“另外，我再教你个理由。”

“是。”冯保应道。

“开春时，你给我讲过一件事，还记不记得？”慈圣皇太后一下子拉回到大半年之前。

“奴才年纪大，可没娘娘千岁的记性好。”冯保赔笑说。

“就是岁报重囚那件事。”慈圣皇太后道。

冯保被提醒，应道，“此事奴才记得。”

“你记不记得，你当时告诉我的数目？”慈圣皇太后问。

“奴才只记得禀告娘娘千岁，各省所报的重囚人数多，临决的人数少；奴才还禀告娘娘千岁——”冯保话没说完，被慈圣皇太后打断。

“多至若干？”慈圣皇太后问。

“或逾千数。”冯保说。

“少至若干？”慈圣皇太后又问。

“或三四人。”冯保说。

“多逾千数，少仅三四，老冯，你不妨问问张先生，停刑一次，对朝廷真那么有害吗？”慈圣皇太后道。

“是。”冯保应道。

他想把刚才没说完的话补上，但慈圣皇太后没容他说。

“当时听老冯说这两个数目，我就想让你去问问张先生；但那时不是议刑的日子，不好让你去。眼巴巴地等上大半年，今儿个正好用得上这个理由。”慈圣皇太后说。

“奴才谨遵懿旨。”冯保应道。

他没有说出来的话，其实很重要；他若说出来，慈圣皇太后或许会改变主意。但眼巴巴地等上大半年，他怎忍心让慈圣皇太后失望！

张居正从文华殿出来，见冯保站在不远处的墙荫下，他心里有数：这是在等他呢。他走过去招呼："冯公，一同走吧。"

"好啊。"冯保应道。

按照常规，冯保在文华殿等张居正，多半会问，皇帝召他来为的何事，有无谕旨，好应付慈圣皇太后那边的垂询。

而要这么问，没什么不好开口的，上来就可以问。

但今天，他却闷头走着，一直不开口。

于是，张居正知道，冯保今日等候在此，不是为问此事。当然，他也不必急着问，反正冯保总要说的。

"散朝时，我见吴大司寇匆匆而回。"冯保没头没脑地说一句。

王崇古改掌兵部后，南京刑部尚书刘应节改北。刘应节前不久致仕，以曾任刑部侍郎、后改兵部侍郎的吴百朋升任刑部尚书。

"是吗？"张居正随便应一句。

"我也见到陈都堂，看来病得不轻。"冯保又提及掌院都御史陈瓒。

"昨日太医院差人去看过，太医们的意思，他该多歇着。"张居正说。

"他行色匆匆，并无歇着的意思。"冯保道。

"或是衙门里有紧急公事等他处置。"张居正说。

"他不是往西去的，是往东去的。"冯保道。都察院衙门在西城，东城的衙门很多，而以东华门外的六部衙门为主要衙门。掌院都御史往东去，最可能去的衙门是刑部。但冯保并没指明这一点。

"是吗？"张居正又随便应一句。

"我还见到陈廷尉，好似一路追赶陈都堂。"冯保又提及大理寺卿陈一松。

"是往东追赶吗？"张居正问。

"陈都堂往东，他能往西追赶！"冯保道。

"说的也是。"张居正随便应道。

"我料他二人往刑部衙门，是与大司寇会合。"冯保说。

"我料冯公所料不差。"张居正说。

二人相顾一笑，冯保这才问起皇帝今日宣召的事。

"皇帝今日召叔大先生，谕及何事？"他问。

"并无特别之事，只是垂询选后官员有无名目。"张居正说。

"好极！"冯保道，"前几日，皇上也问过我选后官员的名目，我虽知名纳采、问名使，却不知出处。我对皇上说，此事还须问叔大先生。今日皇上既问过，我也正好请教。”

“古圣贤定，婚姻有六礼，纳采、问名是前面的两项，故以名选后妃官员。”张居正说。

“何谓纳采？”冯保问。

“官民人等婚礼，请某人向女家提亲，女家答应议婚，男家备礼前去求婚。简而言之，即提亲、议婚。帝王婚礼，则着纳采、问名使去女家提亲、议婚。”张居正说。

“此即纳采、问名使的第一项差事吧？”冯保问。

“冯公说的是。”张居正应道。

“何谓问名？”冯保又问。

“男家请媒人问女方的名字和生辰，归后，卜其吉凶。帝王婚礼，则着纳采、问名使去询问。”张居正说。

“此即所谓测八字吧？”冯保问。

“是。”张居正应道。

“此为二礼，另四礼呢？”冯保问。

“纳吉、纳征、请期、亲迎。”张居正道。

“何谓纳吉？”冯保问。

“男家卜得吉兆，备礼，告知女家，缔结婚姻。帝王婚礼，则着纳采、问名使宣谕女家。”张居正说。

“何谓纳征？”冯保问。

“男家以聘礼送女家，又曰纳币。”张居正说。

“帝王婚姻，则是纳采、问名使解送聘礼。”冯保替他说后面一句。

“冯公说的是。”张居正笑道。

“请期，即商定婚期吧？”冯保问。

“确切地说，是男家择定婚期，备下礼品，告知女家。”张居正说。

“亲迎乃迎亲，不会错吧？”冯保道。

“错是不会错；但帝王之婚姻，与官民人等之婚姻，其最大不同，也在此事。”张居正道。

“怎讲？”冯保问。

“官民人等婚姻，须新婿亲去女家迎娶新妇；帝王婚姻，则是纳采、问名使代天子前去迎娶。”张居正说。

“承教，”冯保揖了揖，说道，“叔大先生对诸礼无不稔熟，我看，纳采、问名之使，非叔大先生莫属。”

“这可不成。”张居正一本正经地说。

“叔大先生不会是看不上这个差事吧？”冯保问。

“皇家无小事，我敢看不上！”张居正道，“我是说，任纳采、问名使，须得勋臣之家，我不够资格，任个副使还勉强。”

“正使也罢，副使也罢，我可要向圣母皇太后复旨。”冯保说。

“冯公此言何意？”张居正问。

“圣母皇太后交代：先帝所选顾命大臣，在朝者仅张先生一人；皇上大婚事，须得张先生主持，她才放心。”冯保说。

“我说嘛，冯公在宫里几十年，没经历过大婚，总也经历过皇太子的婚娶吧；不详知六礼，总也知道个大概吧！为何一事一事地问个不停？原来是代慈圣皇太后在考较我呀。”张居正笑着说。

“圣母皇太后懿旨归圣母皇太后懿旨，我受教归我受教，不是一回事。”冯保也笑着说。

话说不少，路也走不少，眼看着前面就到内阁。如果冯保只是为传宣慈圣皇太后要张居正主持大婚一事，说到这里完全可以结束，二人可以一揖后分手。但张居正判断，一定还有别的事。一来，冯保丝毫没有告辞的意思，而且，也不说他要去哪里；二来，如果只为说这件事，他完全没必要提及三法司的掌印。

很快，有了答案。

“我也去刑部，叔大先生看使得使不得？”冯保问。

“怪事！”张居正道，“几时的规矩，司礼掌印去哪个衙门，还得问内阁使得使不得！”

“不是问内阁，是问叔大先生。”冯保纠正道。

“几时的规矩，司礼掌印去哪个衙门，还得问我？”张居正改问。

“平日之事，可以不问；今日之事，若是不问，去也白去。”冯保说。

“今日之事，却是何事？”张居正问。

“叔大先生想一想吴司寇、陈都堂、陈廷尉凑到一起为的何事，即知我去刑部，为的何事。”冯保说。

“三法司嘛，凑到一起，肯定为的议刑；冯公去刑部，不会也为的议刑吧？”张居正问。

“叔大先生所料，也对，也不对。”冯保说。

“此话怎讲？”张居正问。

“我去刑部，的确为的议刑，叔大先生说得对；我去刑部，的确为的议刑，却不是要和他等一起议刑，叔大先生说得不对。”冯保道。

“为的议刑，却不和他等一起议刑，那是让他等停议。”张居正说。

“诚是，”冯保应道，“所以，我要问叔大先生，我去刑部使得使不得；所以我说，若是不问，去也白去。”

“且休说我！”张居正摇着头，说道，“他三位已在议刑，冯公命其停议，总得有个理由给他三位吧？”

“皇上明春大婚，今秋为之停刑，这个理由如何？”冯保道。

“尚可。”张居正含糊地回答两个字。

“仅是尚可？”冯保问。

“仅是尚可。”张居正道。

“尚可二字，叔大先生从何说起？”冯保问。

“譬如皇上登极诏书，只言赦免，不言停刑。”张居正说。

“二者有何区别？”冯保问。

“赦免乃免可免之罪，十恶不赦之罪不在其中；停刑则不分轻重，一切刑罚均停。”张居正说。

“叔大先生的意思，可以赦免，不可以停刑？”冯保问。

“大致上是这个意思。”张居正道。

“没有商榷的余地？”冯保边问边想：圣母皇太后确实圣明，早料到皇帝大婚这个理由未必能说服张居正。

“冯公欲怎样商榷？”张居正反问。

“譬如，刑狱之中，当论决者甚多，即犯十恶不赦之罪者甚多，则刑不可停；当论决者甚少，即犯十恶不赦之罪者甚少，则刑可停，”冯保说着，问道，“叔大先生以为如何？”

“冯公想以哪一年论决的数字为例？”张居正反问。

“久远之事，未必还记得，不如就以去岁的数字为例，”冯保道，“叔大先生不会不记得，去岁议刑，报上的狱囚千余人，临决则仅三四人吧？”

“冯公是说有的布政司如此，还是所有的布政司如此？”张居正问。

“是有的布政司如此，但也不是仅一布政司如此。”冯保说。

“不是所有的布政司如此，也不是仅一布政司如此，是吧？那么，是多数布政司如此，还是少数布政司如此？”张居正换个问题。

“这却不曾留意，叔大先生说呢？”冯保反问。

“我也不说是多数布政司如此，还是少数布政司如此，只举几个御史审狱囚的例子，如何？”张居正道。

“不必几个，两个即可。”冯保说。

“好，”张居正应一声，说道，“御史刘光国审狱囚九十四人，论决四十九人，不能说为数极少吧？御史陆万钟审狱囚四十九人，论决四十三人，能不能说极多呀？”

冯保让他只举两个例子，他就只举两个例子。举罢例子，他又说：“我记得，年初学甫先生、冯公和我就议过这些数字呀。”

“是，”冯保应道，“临决狱囚并非少到微不足道，我是知道的；以此而欲停刑，也不是我的本意。”

“传谕此事，冯公是奉懿旨？”张居正问。

“叔大先生说呢？”冯保不作正面回答，而是说，“看来，叔大先生仍然只赞成赦免，不赞成停刑。我只能这样回复。”

“冯公可否为我多奏上两句？”张居正问。

“叔大先生说。”冯保的责任是在宫、府之间传话，张居正有话奏入，他是不能拒绝的。

“稂莠不除，嘉禾不茂；怨愤不泄，戾气不消。”张居正道。

“我以为叔大先生嫌‘只赞成赦免，不赞成停刑’这两句太生硬，才要我多奏上两句；谁知这两句更生硬。”冯保说。

“关系甚大，不敢不持之；但还有一句话，冯公可能不会觉得生硬，”张居正道。“请上复慈圣皇太后：俟明年吉典告成，然后盖免一年，则春生秋杀并行，而不悖矣。”

冯保一愣，问：“叔大先生怎说？”

“俟明年吉典告成，然后盖免一年，则春生秋杀并刑，而不悖矣。”张居正一字不差地重复。

“盖免之意，即是停刑吧？”冯保问。

“不论是否，请冯公只说盖免，不说停刑。”张居正道。

“叔大先生真乃坚持已见，难以撼之！”冯保叹道。

第六十四章

九月二十六日，张居正宅邸传出第一声嚎哭。接着，哭声大起，震动附近的街巷，又很快传遍京城，传到宫里。

张居正宅邸附近的居民先知，然后是远处的居民知道，然后是各衙门知道，然后是宫里知道：张居正家发生大事。而张居正家发生什么大事，却是宫里先知，然后是各衙门知道，然后是宫里和各衙门附近的居民知道，然后是张居正宅邸附近的居民知道。

张府出的大事，是老太爷去世。

慈圣皇太后和皇帝谈论这件事时，冯保一定会在场。

“前朝遇有此事，都是如何处置的？”慈圣皇太后问冯保。

“常规之事，都好处置。”冯保道。

“何谓常规之事？”慈圣皇太后问。

“譬如，遣内外大臣慰问。”冯保说。

“廷臣，着张先生的内阁同僚去；内臣，须得老冯去，”慈圣皇太后说着，问皇帝，“皇上说呢？”

“儿子也是这么想的。”皇帝道。

“奴才谨遵圣旨，谨遵懿旨。”冯保躬身道。

“还有什么常规之事？”慈圣皇太后又问。

“譬如，赐以金、币及治丧之物等。”冯保说。

“你休得再言‘譬如’，一件一件说来。”慈圣皇太后命道。

“是，”冯保应一声，说道，“当赐以白金若干，钞若干，彩币若干，白粲若干，麻布若干，及香腊、薪炭各若干。”冯保说。

粲即上等白米。皇帝道：“张先生家里不会少白米、麻布吧？”

“他家里有，是他家里有的；爷赐给，是爷赐给的。”冯保说。

“此乃显示皇上对张先生的宠眷，并不是说，皇上若不赐给，他家的丧事就办不成。”慈圣皇太后说。

“是，”皇帝应道，“既然如此，一应当赐之物，都按最高规格赐给。”

“奴才领旨。”冯保应道。

“我也要赐给吧？”慈圣皇太后问他。

“按照常规，娘娘和仁圣娘娘皆宜赐给。”冯保说。

“既是规矩，我等和皇上一样，都按最高规格赐给。”慈圣皇太后说。

“是。”冯保应道。

“老冯说的常规之事，就这么多吗？”慈圣皇太后又问。

“是，”冯保应一声，又说，“不过，有些看似非常规的事，却和常规的事，牵扯在一起。”

“譬如？”慈圣皇太后不让冯保用这两个字，自己却用。

“譬如，奴才奉旨慰问张先生，若得奉皇上一道御札而去，则张先生无尚荣耀，奴才亦无尚荣耀。”冯保说。

“此事易办，皇上就写一道手札吧。”慈圣皇太后说着，问道，“你看，皇上手札该怎写？”

“奴才想，无非是谕张先生止哀。”冯保说。

“皇上能写吗？”慈圣皇太后问皇帝。

“母后要儿子写，儿子就能写；不过，”皇帝犹豫一下，说道，“儿子觉着，不是太好写？”

“怎的不好写？”慈圣皇太后问。

“丧父必哀；不哀，或被责以不孝。既要张先生止哀，又要张先生尽孝，儿子想不出怎说好。”皇帝道。

“皇上会想事了，”慈圣皇太后对皇帝提出这样的问题很满意，她命冯保，“皇上想不出怎说好，老冯帮着想一想吧。”

“是，”冯保应道。其实，在提出皇帝最好写一道手札时，他已想好内容；在提出无非是谕张先生止哀时，他已斟酌出词句。但他还是停顿许久之后，才说，“奴才想出八个字，不知宜否？”

“哪八个字？”慈圣皇太后问。

“为朕抑哀，以成大孝。”冯保道。

慈圣皇太后一面品味这八个字，一面频频点头。把抑哀和尽孝联系在一起，把尽孝和尽忠联系在一起，应该说是十分巧妙的。

“皇上以为如何？”她问皇帝。

“儿子以为可用。”皇帝道。

张居正父去世的前两天，户部左侍郎李幼滋升南京都察院右都御史。户部佐卿调他衙，朝臣调南京官，总得有三五日交接的时间。而张居正父去世，让李幼滋又推迟行期。

他每天都到张居正宅邸去，看看有什么事可以帮上忙；张居正想和人说话时，他就陪着说说话。

“元树兄从哪里来？”张居正问。

“从内阁来。”李幼滋说。

“我不去内阁，元树兄去内阁作甚！”张居正道。

“正因叔大兄不宜去内阁，我才代叔大兄去内阁看看，有没有出事。”李幼滋说。

“内阁不过日常批答，会出何事！”张居正虽然这么说，但李幼滋能想到替他去内阁看看，还是应该领情的。他问，“内阁有没有出事？”

“有些事，还是看得出端倪。”李幼滋说。

“元树兄说说看。”张居正命道。

“就说——”李幼滋才要说，脑筋一转，改为提问，“不如叔大兄先说说，宫里对老太爷仙逝，有何表示？”

“皇恩浩荡。”张居正笼而统之地说。

“具体而言呢？”李幼滋问。

“皇上和仁圣、慈圣两宫皇太后赙赠白金合计一千五百，钞合计万贯，彩币合计三十只，白粲合计六十石，麻布合计五十匹，香腊、炭薪之类难以数计。”张居正说。

“别拿公、侯等爵比，遇国丈之丧，皇家恩典也无过此。”李幼滋道。

“还有，皇上御书手札，曰：为朕抑哀，以成大孝。我奉读之后，且泣且欣。不仅其文出人意表，其字亦愈发有神采。”张居正说。

“我想，御札之文是冯公拟的，叔大先生信不信？”李幼滋问。

“不管谁人拟的，皇上亲书，即出自圣意，”张居正道，又说，“宫里的表示大略如此，元树兄可以告诉我，内阁出的何事吧？”

“叔大兄勿躁，我还有一事相询。”李幼滋说。

“你说。”张居正道。

“以赙赠而言，皇恩厚矣；以御札而言，宠眷深矣。不过，有一件极要紧的事，皇上似乎忽略，冯公似乎忽略。”李幼滋说。

“元树兄所言何事？”张居正问。

“叔大兄遭遇大丧，是守制，还是夺情，可有明谕？”李幼滋反问。

根据礼法，官员丧父丧母，去官还家，守丧三年，此谓守制；朝廷不让官员还家奔丧，而命其素服办事，或虽让官员还家治丧和守丧，但不满丧期，即命其复职，皆谓夺情。

“我是肯定要奏乞守制的。”张居正说。

“我不是问叔大先生是否奏乞守制；我问的是，皇上是否降明谕，准叔大先生守制，或命夺情？”李幼滋道。

“我还没奏乞守制呢，却要皇上降明谕，早点儿吧？”张居正说。

“此言差矣，”李幼滋道，“皇上欲留叔大兄在朝，为何一定要在叔大兄奏乞守制之后，才予以驳回；难道就不能在叔大兄奏乞之前，先降明谕，命叔大兄夺情？”

一般说来，总是丧父丧母的官员先奏请守制，然后朝廷再决定准与不准；但皇帝如果特别需要把某大臣留在朝中，先降谕旨，着该臣夺情，也不是不可以。

“况且，皇上亲书御札，正好借‘为朕抑哀，以成大孝’这两句话，着叔大兄夺情；但皇上并未抓住这个机会。”李幼滋又说。

“元树兄的意思是——”张居正说。

“有所忽略，这是往好的方面说。”李幼滋道。

“往不好的方面说呢？”张居正问。

“不忍言之。”李幼滋道。

他不说，张居正也能理解。皇帝未降明谕，可能是在等自己奏乞守制，然后再命夺情；但也可能是很高兴自己离任而去，一旦自己奏乞守制，立刻准允。李幼滋显然是在为这样的局面而担忧。

“不至于到不忍言的程度吧？”张居正仍往好的方面想。

“我也以为绝不至于；但不得不防，”李幼滋道，“叔大兄不是想知道内阁出的何事吗？我可以告诉叔大兄我在内阁见到的情形：和卿先生的座位左移。”

“是吗？”张居正问。他不能说没被震动，但还能控制自己的情绪。

“叔大兄莫怪他，他是等三天之后才左移的。”李幼滋说。

内阁诸臣的座次，是从左往右排列的，即首辅的座位在最左，次辅的座位在首辅的座位右，三辅的座位又在次辅的座位右，以此类推。在一般情况下，首辅去位，都是次辅晋为首辅。所以，按照惯例，首辅去位三日后，次辅的座位移到最左边。

“不是首辅去位三日后，次辅方得左移吗？我这就算去位吗！”张居正由惊而怒。

“在别人眼里，无夺情之旨，叔大先生就算是去位，”李幼滋说，“和卿先生还是个老实人，还耐得住性子；若换别个，说不定等不到三日，座位早已左移。所以我才说，不得不防。”

“怎么个防法？元树兄总不能不让我奏乞守制吧！总不能反而让我奏乞夺情吧！”张居正道。

“叔大先生说得对，欲解今日之局面，除夺情而外，别无他法；叔大先生又说得对，总不能由叔大兄出面奏请夺情，而要由他人为叔大兄出面奏请。”李幼滋说。

“会有人愿意出面吗？”张居正问。

“叔大兄放心，”李幼滋道，“此事用不着叔大兄张罗，甚至用不着我张罗，自会有人张罗。”

监察御史曾士楚被李幼滋请去，隐隐觉得是件好事。

“子翘，”李幼滋呼着他的字，问道，“与我不同省吧？”

“下官是广东从化人。”曾士楚说。

“人是粤籍，却名士楚，有些古怪。”李幼滋说。

“元树先生是不是觉着，下官应该是楚人？”曾士楚问。

“不，”李幼滋摇着头说，“子翘非楚人，甚好。”

曾士楚不明白，不是楚人为什么甚好？他一脸茫然。

“子翘是哪一科的进士？”李幼滋又问。

“隆庆辛未科。”曾士楚说。

“尚未掌道吧？”李幼滋问。

“是，”曾士楚应道。“尚未掌道。”

“尚未掌道，甚好。”李幼滋又道。

曾士楚更加无法明白，尚未掌道为什么更好？

“我没别的意思，”李幼滋好像怕他误会，解释说，“子翘出自辛未科，出道不过五六年，掌道的确有些快。”

都察院以十三布政司的名目，分十三道，每道御史若干名，并设掌道御史一名，由资深御史任之。曾士楚是隆庆五年进士，按照他会试中第后的年头算起，也只有五年多。实际上，进士不可能中第后即授御史，难怪李幼滋说他资历不够。

但李幼滋马上又否定自己的话。他说：“掌道要快，并非没可能。”

曾士楚被他前一句、后一句说得更加糊涂，只好不吭声。

“子翘和同年、同僚的关系好不好？”李幼滋又问。

同年不会理解错，同僚的范围却可大可小。

“元树先生问的可是同道御史？”曾士楚问。

“同道御史，及他道御史。”李幼滋道。

“平平而已。”曾士楚说。

“平平而已，甚好。”李幼滋道。

“在下官想来，楚人才好；元树先生却说，非楚人甚好。在下官想来，掌道才好；元树先生却说，未掌道甚好。在下官想来，关系密切才好；元树先生却说，关系平平甚好，”曾士楚说着，苦笑道，“下官实在不知，是下官想错，还是元树先生说错。”

“你想的也不错，我说的也不错，”李幼滋道，“有件事，须得人办。此事楚籍之士去办，亦可；但非楚籍之士去办，更好。掌道者去办，亦可；非掌道者去办，更好。和众御史关系密切者去办，亦可；和众御史关系平平者去办，更好。”

“元树先生说的是何事？”曾士楚问。

“子翘，我先问你，”李幼滋道，“子翘说说看，朝中不可一日或缺者，是谁人？”

“自是太岳相公。”曾士楚道。

太岳是张居正的别号。他在回答时，对李幼滋要办的事，已经了然。

“朝中若无太岳相公，将会如何？”李幼滋问。

“朝中或将乱，天下或将乱。”曾士楚道。

“我辈食朝廷俸禄，总不能眼看着朝中将乱，天下将乱吧！”李幼滋慷慨言道。

“元树先生之意，我已知之，”曾士楚道，“放心，只要元树先生倡言夺情于朝中，下官必定起而响应。”

“子翘仅起而响应，远远不够。”李幼滋摇着头说。

“不仅我一人起而响应，我会鼓动同年、同僚起而响应。”曾士楚说。

“我不是说，子翘仅一人起而响应，远远不够；而是说，仅起而响应，远远不够。”李幼滋道。

“元树先生还要下官怎做？”曾士楚问。

“倡言于朝。”李幼滋道。

“元树先生不是自家倡言于朝，是要我倡言于朝？”曾士楚惊问。

“正是。”李幼滋道。

“却是为何？”曾士楚虽感受宠若惊，但还是要问个明白。

“倡言于御史中，子翘以为我合适吗？再者，我不是才说：子翘非楚人，更好；未掌道，更好；关系平平，更好？”李幼滋道。

“倡言于朝，为何非楚人更好？”曾士楚问。

“太岳相公乃楚人，非楚人倡言夺情，更见非出于乡谊。”曾省吾说。

“倡言于朝，为何非掌道更好？”曾士楚问。

“非掌道倡言夺情，更见非以权势裹挟。”李幼滋说。

“倡言于朝，为何关系平平更好？”曾士楚问。

“关系平平倡言于朝，更见非为结党。”李幼滋说。

“非楚人更好，非掌道更好，关系平平更好，下官虽不完全认同，但愿倡言于御史中，以为朝廷留下大贤。”曾士楚慨然应允。

都察院佥都御史王篆才把倡言夺情的意思表达清楚，吏科掌科都给事中陈三谟马上问：“铭之先生何不倡言于十三道御史？”

王篆字铭之，湖广夷陵州人，嘉靖四十一年进士。

“十三道御史中自有人倡言。”他说。

“所以，铭之先生欲倡言于六科？”陈三谟道。

“充其量，我是吁请汝明兄出面，倡言于六科。”王篆笑着说。

陈三谟字汝明，浙江仁和人，嘉靖四十四年进士。王篆称呼他“汝明兄”，纯粹是为拉近彼此的关系。

“为何要我倡言于六科？”陈三谟问。

“吏科列六科之首，汝明兄掌吏科，即为六科第一人。我不吁请汝明兄倡言，还能请谁人倡言！”王篆道。

“不瞒铭之先生，我早有此意，”陈三谟说到这里，顿了顿，又说，“不过，也不瞒铭之先生，我有顾虑。”

“是担心给谏们不附和？”王篆问。

“那倒不是，”陈三谟道，“好歹在科垣近十载，总有几个知己。人人附和做不到，半数附和还是有把握的；就算没半数附和，不会没有三五人附和吧；就算无一人附和，我一人疏言之，又有何妨！我担心的是，夺情非太岳相公本意，我陡然倡言，反让他为难。”

“汝明兄大可放心，”王篆安抚他，“一则，太岳相公反感之事，无意之事，我为何要做？不怕给汝明兄惹麻烦，难道我不怕给自家惹麻烦？二则，太岳相公最讲情义，凡帮过他忙的人，他都会记在心里，并予回报。汝明兄若是不信，不妨看看今次之事后，是怎样光景！”

“铭之先生的话，我没有理由不信；不过，”陈三谟口气一转，说道，“此事我不担心，还有另一事不得不担心。”

“那是何事？”王篆问。

“倡言夺情，能否成事。”陈三谟说。

“有一句话，叫作‘谋事在人，成事在天’，汝明兄没听过？只须尽力，成事与否，又何必担心！”王篆道。

“铭之先生不是说我是六科第一人吗？六科第一人，不是天下第一人，不是当朝第一人，但也须讲究脸面。今次倡言而不能成事，日后不好再率六科同僚进言。”陈三谟说。

“要我看，定能成事。”王篆道。

“铭之先生怎能断定？”陈三谟问。

“其一，本朝阁臣夺情，有无先例？”王篆反问。

“有。”陈三谟应道。

“汝明兄说得出几人？”王篆问。

“譬如金学士文靖公，宣德初以母丧归；不久，宣庙命起复。”陈三谟举金幼孜的例子。

“还有吗？”王篆问。

“譬如，三杨之一的南杨先生，亦于宣德年间，以母丧归；不久，宣庙命起复。”陈三谟再举阁臣杨溥的例子。

“还有吗？”王篆问。

“譬如，南阳李文达公，成化二年三月遭父丧；五月，宪庙命起复，”陈三谟举李贤的例子，并说，“我所知者，仅此三例。”

“他臣不论，阁臣有三例，足矣。”王篆道。

“不过，三公起复，都是有人反对的。其中，李文达公尤遭非议。”陈三谟觉得有必要提醒。

“这正是我要说的其二，”王篆说着，问道，“反对三公起复，尤其是非议李文达公的，是何官员？”

“以科、道官居多。”陈三谟说。

“汝明兄率六垣倡言夺情，纵然不是全部科臣都附从，总有一部分科臣会附从吧？一部分科臣进言，不附从的科臣会不会义无反顾地反对、非议？”王篆问。

“应该有所顾忌。”陈三谟承认。

“其三，金文靖、杨文定、李文达三公，是何等之臣？”王篆问。

“堪称名臣。”陈三谟道。

“有夺情起复之事，亦堪称名臣？”王篆问。

“纵夺情起复，亦堪称名臣。”陈三谟肯定地说。

“三公与太岳相公比，如何？”王篆又问。

“小贤与大贤之别。”陈三谟说。

“小贤起复，遭非议，堪称名臣；大贤起复，谁人能撼！”王篆道。

“铭之先生说的是，我不再担心。”陈三谟说。

第六十五章

吏部尚书张瀚把本部左右侍郎何维柏、申时行找来。找他们的人，来也匆匆，去也匆匆，二人知有急事，跟着匆匆而来。等赶来，见张瀚愁眉不展，坐立不安，更知道事急，且重大。

“子文兄，何事？”何维柏问。

“二位自家看。”张瀚说着，把一份文稿推给他们。

文稿字迹工整，一看就是作文案的人写的。再一看内容，何维柏、申时行立刻知道张瀚在为什么事发愁。这是一篇议复的草稿，内容是：群臣呼吁阁臣张太傅夺情留朝，以洽舆情。

“子文兄是改变初衷，还是违心拟之？”何维柏不满地问。

“乔仲兄看，可是我的笔迹？”张瀚道。

“子文兄不用亲拟，找人代拟也是一样。”何维柏说。

“本部有汝默先生，文章最为相公赏识；此等议复文字，他大笔一挥即可，又何必找别个代拟。”张瀚道。

申时行赧然一笑，不出声。张瀚说他的文章最为张居正赏识，当然不是赞赏；但此事尽人皆知，用不着分辩。而在今天这样的场合，他最好的选择就是少说话。

“此文不是子文兄拟的，也不是子文兄找人代拟的？”何维柏问。

“不是。”张瀚坦然地回答。

“难道是从天上掉下来的？”何维柏道。

“乔仲兄不会真以为这是天意吧？”张瀚取笑道，“也不是从天上掉下来的，是我从一个人手里接过来的。”

“从谁人手里接过来的？”何维柏问。

“从一个我见过其面乔仲兄也见过其面、我不知其名乔仲兄也不知其名的人手里接过来的。”张瀚说。

“只知为尊者讳，汝默先生听说过为卑者讳吗？”何维柏问申时行。

“乔仲先生怎知是卑者？”申时行问。

“不是卑者，怎会不知其名！”何维柏道。

“既不知其名，无须为之讳。”申时行说。

“不是讳，却为何把我等找来！”何维柏道。

“这却要问子文先生。”申时行笑着说。

“其人是尊是卑，并不要紧；要紧的是，此文不得不议。”张瀚说。

“子文兄，怪得很呀！”何维柏道。

“何怪之有？”张瀚问。

“子文兄既言要紧，昨日的圣谕要紧不要紧？”何维柏反问。

“圣谕焉有不要紧的！”张瀚说。

“圣谕没有不要紧的，却不听子文兄说要紧，也不见子文兄急召；今日不过是一见过其面而不知其名的人送来一篇文字，就急召我等，并称其要紧。这是为何，难道此文比圣谕更为要紧？”何维柏问。

“话不能这么说。”张瀚道。

“不能这么说，该如何说？”何维柏问。

“圣谕虽要紧，却与吏部无关，与我等无关；此文虽不如圣谕要紧，却与吏部有关，与我等有关。”张瀚说。

“汝默先生听得懂吗？”何维柏问申时行。

“听不大懂。”申时行道。

“汝默先生若听得懂，是我愚昧，可不劳子文兄讲解；既然汝默先生也听不大懂，就非得兄台讲解不可。”何维柏对张瀚说。

“叔大先生以他事去官，当去不当去，吏部议得；以丧归去，该由礼部议，不该由吏部议。既然以丧归去，不该由吏部议，朝廷要留之于朝，当留不当留，也不该由吏部议。”张瀚说。

“听起来不无道理。汝默先生，你说呢？”何维柏问申时行。

“吏部不议，最好。”申时行说。

“子文兄，”何维柏又转回张瀚，“此文为何与吏部有关？”

“乔仲兄看不出来吗，此文是为吏部拟的议复！”张瀚道。

“那又怎的！”何维柏不屑一顾地说，“随便一人，拟一篇吏部的议复，子文兄就以为和吏部有关！”

“要紧的是，此文非一般人所拟。”张瀚道。

“非一般人所拟，子文先生就以为和吏部有关？”何维柏问。

“我可以不以为和吏部有关，但总得说出个理由。”张瀚道。

“子文兄要的可是当不当留的理由？”何维柏问。

“是。”张瀚应道。

“我给你一个当不当归的理由，如何？”何维柏问。

“亦可。”张瀚道。

“天经地义，何可废也！”何维柏的理由只八个字。

“汝默先生怎说？”张瀚问申时行。

“乔仲先生把话说透，我无话可说。”申时行道。

南直隶华亭人宋尧愈游至蓟州，特意绕道三营屯，往总理练兵事务兼镇守蓟州总兵衙门，拜谒戚继光。

戚继光早闻其名，知道他在京师是张居正府上的宾客，以善于卜卦而为张居正所重，因此，对他很是亲切。

宋尧愈一揖至地，道：“久闻大帅英名，今日得拜驾前，何其幸哉！”

“宋先生不是外人，不必说客套话，”戚继光说着，问道，“宋先生可是从京城来？”

“不是。”宋尧愈摇头。

“也没打算往京城去？”戚继光又问。

“本要往京城去；闻老太爷驾鹤仙去，故先来大帅处。”宋尧愈说。

“这不对吧？”戚继光大为不解，“相府老太爷仙逝，你即便本不打算往京师去，也该去吊唁；怎么本来打算去，反而不去？”

“我想，相府出此大事，正要人帮忙。”宋尧愈的话听来言不及义。

“是啊，”戚继光道，“相公要人帮忙，宋先生去，正好帮得上忙。”

“我去，是帮小忙；我不去，为的是帮大忙。”宋尧愈说。

“宋先生这话，煞是费解。”戚继光道。

“我先请问大帅：京城里乱哄哄的，大帅知为何事？”宋尧愈问。

“为相公当否夺情。”戚继光道。

“倡言夺情诸官，大帅以为是不是在帮相公？”宋尧愈问。

在各边镇总兵官里，戚继光算是对朝廷的事比较关注的；但宋尧愈提的问题，他却答不上来。

“宋先生是不是以为，他等不是在帮相公？”他反问道。

“不能说不是在帮相公。”宋尧愈道。

“那该怎说？”戚继光问。

“应该说，是帮的小忙。”宋尧愈道。

“怎讲？”戚继光本来在应付，这下被勾起兴趣。

“我有两句话，大帅一听即明。”宋尧愈说。

“好，我来听听。”戚继光应道。

“第一句：相公留，天子、苍生幸甚。”宋尧愈说。

“第二句呢？”戚继光问。

“相公去，天下、万世幸甚。”宋尧愈说。

“请宋先生详为剖析。”戚继光道。

“何谓相公留，天子、苍生幸甚？”宋尧愈自问自答，“须从武宗之世说起。武宗之世，民以慢，世庙纠之以猛，穆宗济之以宽，民情偷矣。”

“宋先生，”戚继光打断他，问道，“何谓慢？”

“慢者，轻忽也。”宋尧愈道。

“何谓偷？”戚继光问。

“偷者，苟且也。”宋尧愈道。

“轻忽、苟且之风，皆非盛世所宜。”戚继光说。

“大帅说的是。”宋尧愈应道。

“宋先生接着说。”戚继光命道。

“相公在位，抑奔竞，汰滥竽，惩不恪，诛侵渔，简才德，轨文词，祖宗以来法纪，稍弛而旋振者，皆相公力也。”宋尧愈说。

“说得好！”戚继光喝彩。

宋尧愈停下来，只是喘一口气，并非这一层意思已经言尽。听到戚继光喝彩，他更觉精神振奋。

“此相公德政一也，”他概括一句，一口气说下去，“居庸以西，嘉峪以东，胡马不嘶，塞烟静色。辽阳之捷日至，青齐之道无虞；江海之防岁饬；巩国祚于金汤。非相公，孰能有其功？此相公德政二也。民和年丰，国无灾害，鬼神歆禋祀而祚生灵，燮理成矣。此相公德政三也。两宫以和不以离，主上以德不以邪，内侍忘奸，百姓忘惰，无不竭尽忠贞。此相公德政之四也。建威立法，主圣民安，自今以往，将三王不足拟，而五帝不足方。此所谓相公留，则天子、苍生幸甚。”

“宋先生这一番话，我看倡言夺情的诸官是说不出来的。”戚继光道。

“何谓相公去，天下、万世幸甚？”宋尧愈仍自问自答，“功已成矣，名已遂矣，身可退矣，天其或爱相公而夺尊大人以年乎？”

“说得好！”戚继光赞道。

“欲留者，情也；必去者，礼也，”宋尧愈接着说，“君子爱人以德。礼，德之纪也。今相公飘然而去魏阙，以洗汉、唐之陋，复含鼓之风，岂非上臣之盛轨与？此所谓相公去，则天下、万世幸甚。”

“何谓魏阙？”戚继光请教。

“宫门上之楼观，谓之魏阙。”宋尧愈说。

“出自何典？”戚继光问。

“《庄子》曰：身在江海之上，心居乎魏阙之下。”宋尧愈道。

“何谓含鼓？”戚继光又请教。

“口含食，手击腹，以喻淳朴之风。”宋尧愈说。

“出自何典？”戚继光问。

“亦出自《庄子》，”宋尧愈道，“其辞曰：夫赫胥氏之时，民居不知所为，行不知所之，含哺而熙，鼓腹而游。”

“宋先生这一番话，我看争夺情的诸官也是说不出来的。”戚继光道。

“大帅称赏，小生愧领。”宋尧愈说着，揖了揖。

“宋先生反复辨析，我已领会：在宋先生看来，倡言夺情，是帮相公小忙；劝言归丧，才是帮相公大忙，”戚继光说着，问道，“可是？”

“是。”宋尧愈应道。

“宋先生用意甚佳，我亦十分赞成，可惜帮错地方。”戚继光说。

“怎的帮错地方？”宋尧愈问。

“宋先生要帮相公大忙，该去京师，不该来蓟州。”戚继光说。

“不然，”宋尧愈摇头道，“我去京师，又成帮小忙。”

“怎会？”戚继光不解。

“劝言相公归丧，相公纳之，是帮上大忙；相公不纳，仍是帮的小忙。”宋尧愈说。

“宋先生是担心相公不纳？”戚继光问。

“不是担心，是断定。”宋尧愈道。

“宋先生不去京师，而来蓟镇，是想让我投书相公？”戚继光问。

“是。”宋尧愈应道。

“宋先生怎知，我若投书，相公会纳之？”戚继光问。

“相公寄重托于大帅，朝野皆知；大帅所议，相公无不纳之。能帮上相公大忙的，只有大帅。”宋尧愈说。

“宋先生这么一说，我倒要重新审视你的两番话。在我看来，两番话虽然精辟，但有遗漏。”戚继光说。

“有何遗漏，乞大帅明示。”宋尧愈揖道。

“留有留的道理，去有去的道理；去的道理大于留的道理。但宋先生可知，相公若去，忌惮的是何事？”戚继光问。

“相公主政数载，扶持的人多，得罪的人也多。一旦归丧，或会谤讪风起。”宋尧愈说。

“宋先生把留的道理说得很透彻，把去的道理说得很透彻，却没说这一层道理。”戚继光说。

“这一层道理，小生也曾想过。”宋尧愈道。

“你怎想的？”戚继光问。

“即不幸身去而谤讪风起，先皇之命在耳，两宫之口足征，主上之鉴如日，老臣之迹可按也。亦何借要津、利器，以防民之口哉！故当去而去，即受祸，祸则轻；欲去不得去，即祸不及身，其祸重。今所忧者，初丧之乱在方寸，而惑在深眷，不忍以礼决也。”宋尧愈说。

“加上这层意思，才完全，”戚继光说着，深作一揖，“宋先生可否按照所言，为我拟一拜函，投与相公？”

“不可。”宋尧愈道。

“不可？”戚继光没想到他会如此果断地拒绝。

“不可，”宋尧愈重复后，解释原因，“大帅说小生的两番话，诸公说不出来，实则小生也说不出来。此等语言，是写出来的，不是说出来的，小生日前已投书相公。”

“我已想到，”戚继光笑着说，“你把写出来的话，对我重复一遍，是要我也照着你的意思，再拟一书。”

“何谓抛砖引玉？大帅作的文章，定比小生的深刻。”宋尧愈笑道。

第六十六章

如果说，张居正这几天有点儿失魂落魄，那么，三分，至多四分，是因为老父的病故，七分，至少六分，是因为在陈三谟率六科给事中上疏、曾士楚领衔十三道御史上疏之后，一直沉寂的朝廷，忽然喧闹起来。特别是不以言事为任的翰林官，纷纷进言，主题只有一个：首辅夺情之非。

首先上疏的，是翰林院编修吴中行。张居正记得，他全部立论的基础，是在这样的假设上：首辅是诚心诚意守制的，而皇帝不准其去。所以，他才写道：元辅张居正乞归守制，至再至三，情词俱穷矣。而皇上眷倚则殷，慰勉特至。

这个吴中行还算聪明。他不直接批评皇帝不准守制不对，而是委婉地给皇帝戴上两顶高帽：皇上以受遗顾命之臣，而委心以任之，大孝也；为社稷、生灵以留之，至仁也。

真是大孝吗？真是至仁吗？他马上又写道：事有轻有重，重于国则轻于家，人臣匪躬之义也。

在他眼里，守制是万古纲常所系，才为重者。委心以任顾命之臣，抵不过这个重；为社稷、生灵，也抵不过这个重。

不信吗？有夫子之言为证。夫子批评缩短丧期的宰予：予有三年之爱于其父母乎？有亚圣之言为证。孟子告诉请教丧事的王子：虽加一日愈于已然，则终丧。

圣人有圣人的教训，皇帝有皇帝的心思。怎么统一起来呢？吴中行提出一个两全的办法：皇上有殊绝之恩，而求去必速，则尤有所大不忍者。然则所望以恤其私情、全其大节者，亦唯在皇上曲体而俯容之耳。况恤一时之情，正所以安其心，而责效于他日；全一人之节，正所以端其身，而锡极于兆民。则皇上勉留之者，固所以为社稷，为生灵；而臣谓皇上宜俯容之者，亦所以为社稷，为生灵也。

他最后的一段表白，张居正读过之后，说不出应该感动，还是应该气愤。他写道：臣之进也，元辅之所举也，有师弟子之分焉。然昭是非，垂劝戒，亦史臣之职也。与其记述于简册，以彰秽示惩；孰若披陈于君父之前，求今日无过举，俾后世无遗议也。

然后是翰林院编修赵用贤上疏。张居正记得，他奏疏里用的“窃怪”二字，读起来觉得很刺目：臣窃怪居正能以君臣之义效忠于数年，不能以父子之情少尽于一日；臣又窃怪居正之勋望积以数年，而陛下忽败之一旦。

你就不能说：居正能以君臣之义效忠于数年，今当以父子之情少尽于一日；就不能说：居正之勋望积以数年，陛下不当忽败之一旦，而偏要使用“窃怪”这样的句式！

杨溥、李贤，本来是倡言夺情诸臣借以立论的先例，而在赵用贤的笔下，却成今日反对夺情的理由：昔杨溥、李贤回籍夺情，未有不出都门而可谓之起复也。莫若如杨溥、李贤故事，听其暂还守制，刻期赴阙，庶父子音容乖睽阻绝于十有九年者，得区区稍伸其痛于临穴凭棺之一恸。

与吴中行奏疏不同的是，他不说大道理，而说具体的事由。譬如，陛下怎会忽败之一旦，他不是从有违礼法的角度说的，而是从另一个角度说的：陛下不允辅臣之请，谓政令赖以参决，人心赖以观法。今方负沉痛，思虑迫切，必不能如往日之周悉；而四海之遂听风声者，又以拘曲之见疑之，亦必不能如往日之敬信而承服。

然后是刑部员外郎艾穆、主事沈思孝合疏一本。张居正印象最深刻的是：吴中行、赵用贤的奏疏，虽也言及守制，但强调归丧；赵用贤更明明白白地说，可以效仿杨溥、李贤，归丧之后再起复。而来自刑部的这本奏疏，则强调终制。

其疏略曰：自居正夺情，妖星突见，光逼中天。言官曾士楚、陈三谟甘犯清议，率先请留。人心顿死，举国如狂。事偶一为之者，例也；万世不易者，先王之制也。今弃先王之制，而从近代之例，如之何其可也！居正今以例留，腼颜就列矣。异时国家有大庆贺、大祭祀，为元辅者，欲避则害君臣之义，欲出则伤父子之情。臣不知陛下何以处居正，居正又何以自处也。陛下诚眷居正，当爱之以德，使奔丧、终制，以全大节，则纲常植而朝廷正，朝廷正而百官万民莫不一于正，灾变无不可弥矣。

以灾变开篇，以灾变终篇，好似夺情之举，已不容于天。究竟是苍天不容，还是你沈思孝不容，你艾穆不容！

什么人心顿死，是你二人之心已死吧；什么举国如狂，所见者，不过你等数人张狂而已！

什么先王之制，近代之例！先王之时，哪儿有什么内阁，哪儿有什么元辅！难道遵从先王之制，就作不得阁臣，称不得元辅！

什么腼颜就列！群臣奏留，皇上谕留，我是坦坦荡荡地留任，光明正大地留任，何腼颜之有！

但张居正也隐隐觉得，该疏给他出个难题。是什么呢？对，就是接下来的那句：

国家有大庆贺、大祭祀，皇帝何以处之，他本人何以自处。大祭祀每年都有，而大庆贺，明年的皇帝大婚，就是一件。届时，他该避呢，还是该出呢？

让张居正大感寒心的是，除吴中行是隆庆二年的进士，赵用贤、沈思孝也是隆庆二年的进士；艾穆虽然不是隆庆二年的进士，而且，他根本不是进士出身，但他一直是张居正所看重的。

李幼滋手持一函，匆匆来见张居正。

“元树兄，把书函收起，不然，我不和你说话。”张居正道。

“好。”李幼滋应着，把书函掖进袖内。

“元树兄莫怪，”张居正冲他揖了揖，道，“公疏、私函，连日来读得太多，不厌其烦。故见元树兄手里的书函，不由得怦然心跳。”

“别的书函，叔大先生皆可弃之不顾；此一书函，叔大兄却是该读一读的。”李幼滋说。

“这是为何？”张居正问。

“此一书函，是我写的。”李幼滋道。

“元树兄写的？”张居正大感意外，“你我之间也到不能对面晤谈，而要投掷书函的地步？”

“非也，”李幼滋道，“此一书函，不是写给叔大兄的。”

“不是写给我的，却是写给谁人？”张居正问。

“是写给沈状元君典的。”李幼滋说。

“写给沈君典的？元树兄为何要写书函给他？”张居正问。

“礼尚往来而已。”李幼滋道。

“元树兄是说，他先投书与你？”张居正愈发好奇。

“是。”李幼滋应道。

“他为何事投书与你？”张居正问。

“他所书之事，说出来徒增叔大兄厌烦，不说也罢。”李幼滋道。

“既知有来函，还是说说吧；不然，仅读元树兄的复函，难免会不知所云。”张居正道。

“是，”李幼滋应一声，说道，“沈君典投来之函，概括起来，不过两句话：前一句曰‘师相之归，宜决’，后一句曰‘台省之留，宜止’。”

“今年会试的主考官，一位是张子维，一位是沈汝默，沈君典还知称我一声‘师相’，不似吴子道、赵汝师、沈纯父等，出自我门下，却简直视我为仇雠！”张居正慨然言道。

吴中行字子道，南直隶武进人。沈思孝字纯父，浙江嘉兴人。

“我复函沈君典，用的另外两个字，加在吴子道等身上，或许更为贴切。”李幼滋说。

“是哪两个字？”张居正问。

“鲰生。”李幼滋道。

“元树兄引的是汉朝高祖皇帝的话吧？我记得，是出自《史记·项羽本纪》。”张居正道。

“是，”李幼滋应罢，具体引述那句话，“汉高祖说的是：鲰生说我曰：距关毋纳诸侯，秦地可尽王也。”

“汉高祖从来看不起读书人，由此可见一斑；不过，本朝的新科状元，元树兄目之为鲰生，眼光未免太高。”张居正说。

“我是站在他所称师相的角度说的，就我本人而言，自然不会小觑他，”李幼滋道，并补充一句，“在叔大兄面前，此后生难道不是鲰生？”

说着，他从袖口又把自己写的书函取出来。

“元树兄且慢。”张居正伸出一手，不是去接，而是止住他。

“叔大兄还是无心阅读？”李幼滋问。

“我是想，沈君典所投之函，元树兄概括为两句话，可谓言简意赅，元树兄自家写的书函，能不能也以两句话概括之？”张居正道。

“两句略少，三句如何？”听这话，可知李幼滋是说笑。

“三句亦可。”张居正却很认真。

“第一句：尔等所持，宋儒迂腐之论；此宋之所以衰败。”李幼滋说。

“出语不凡，别说鲰生等始料不及，亦非我所能料。”张居正赞道。

“第二句：师相不奔丧，是圣贤之道，得古法真传；尔等鲰生安能知之！”李幼滋说。

这是颂扬的话，张居正不便称赞。他问：“第三句呢？”

“本朝唯王新建阳明先生可与语，罗伦辈无此见识。”李幼滋说，“元树兄以罗伦而喻沈君典，甚当。”张居正赞道。

李贤起复引起的争论，发生在成化二年，罗伦是成化二年的状元，也因反对夺情而成名，和今年成状元、今年反对夺情的沈懋学，颇为类似。

“可惜只有沈君典一人投书元树兄；若是吴子道等亦投书元树兄，元树兄倒是可以代我这个师相给他等一些教训。”张居正不无遗憾地说。

他感到遗憾，是因为极贬宋儒、大赞王守仁，及以不奔丧列入圣贤之道，是不能写在圣旨、圣谕和批复上的。

“恕我直言，叔大兄这几位门生，不同于沈君典；教训他等，也不能只用笔。”李幼滋说。

“元树兄的意思是——”张居正问。

“有句话，叫作棒打出孝子。”李幼滋说。

“元树兄是想施以廷杖之刑？”张居正不是没想过，但很难下决心。李幼滋的提议让他想到，该下决心了。“元树兄，此事我不好对人说；你对我说说，还不要紧，但不要再对别人说。廷杖一事，法司要说，让法司去说；司礼要说，让司礼去说；哪个衙门要说，让哪个衙门去说。总之，你我不要说。”

“是。”李幼滋应道。

王锡爵不顾张府家仆的阻拦，闯入丧庐，张居正不得不见。当然，张府的家仆知他是老爷器重的大臣，不便强行阻拦，才使他得以闯入。

“元驭，我知你和汝默一起来过。”张居正说。

“不止我二人，还有翰林院读、讲学士十余人。”王锡爵道。

“在你等之前，体乾先生也来找过我。”张居正说。

“晚生已听说。”王锡爵道。

“我见体乾先生，却把你等拒之门外，你是不是怪我不给你面子呀？”张居正问。

“不敢，”王锡爵揖道。“实在是因为事体紧急，晚生不得不擅闯，还望叔大先生见谅。”

“其实，你要说何事，汝默要说何事，你等要说何事，我都是知道的；因为体乾先生已经说过。”张居正道。

你怎样对体乾先生说的，我是知道的，王锡爵心里想。但他知道，这话只能想，千万不能说；一说，再无转圜的余地。

“不过，元驭既来，而且闯入，我就再听一遍吧。”张居正说着，自己坐下，既不请王锡爵坐，也不让人送上茶水。

“晚生想，体乾先生谒见，叔大先生会赐坐的。”王锡爵道。

“元驭想坐，自便。”张居正说着，指指旁边的椅子。

“晚生并非讨坐，而是想说，同样一句话，体乾先生是坐着说的，晚生是站着说的，算不得鹦鹉学舌。”王锡爵道。

张居正想笑，但笑出来的样子很冷漠。他说：“如此说来，倒是我不让座，使得元驭有空子钻？我说过再听一遍，元驭找得出找不出借口，没多大关系。”

“是，”王锡爵应一声，说道，“晚生此来，只为请止廷杖。”

“请止廷杖？体乾先生说的也是这事。”张居正道。

“叔大先生怎回复他？”王锡爵问。

“我问他，可是我要廷杖？”张居正道。

“体乾先生一定说不是。”王锡爵猜测。

“元驭会怎说？”张居正问。

“晚生也说不是。”王锡爵道。

“既如此，元驭为何要对我说？”张居正问。

“叔大先生有没问大宗伯？”王锡爵反问。

“问过。”张居正道。

“体乾先生一定说，此结唯有叔大先生解得开。”王锡爵猜测。

“元驭会怎说？”张居正问。

“晚生也说此节唯叔大先生解得开。”王锡爵道。

“元驭可知，为何有廷杖之旨？”张居正问。

“叔大先生有没问大宗伯？”王锡爵反问。

“问过。”张居正道。

“体乾先生一定说，因皇上震怒。”王锡爵猜测。

“元驭会怎说？”张居正问。

“晚生也说皇上震怒，故有廷杖之旨。”王锡爵道。

“既然皇上震怒，只有皇上解得开此结，我怎解得开？”张居正问。

“叔大先生有没问大宗伯？”王锡爵反问。

“问过。”张居正道。

“体乾先生一定默然。”王锡爵不再猜测。

“元驭先生怎知他默然？”张居正问。

“叔大先生既曰解不开，掌部大宗伯自不便多言。”王锡爵道。

“而掌部少宗伯却还有话说？”张居正冷笑。

“也只一句话。”王锡爵道。

“元驭怎说？”张居正问。

“皇上震怒，为的叔大先生；别个的话皇上听不进去，唯叔大先生的话，可平息圣怒。”王锡爵说。

“即便皇上震怒为的是我，亦可为我而息怒，我却为何要奏请停止廷杖？”张居正问。

“叔大先生有没问大宗伯？”王锡爵反问。

“大宗伯已默然，我为何还要问他！”张居正又冷笑。

“既如此，晚生再多说一句话。”王锡爵道。

“元驭怎说？”张居正问。

“于公于私，叔大先生都须奏请停止廷杖。”王锡爵说。

“何谓于公？”张居正问。

“叔大先生，元辅也，有维护体统、疏通言路之责。”王锡爵说。

“何谓于私？”张居正问。

“叔大先生，座主也，有解救建言诸门生之义。”王锡爵说。

“元辅有维护体统、疏通言路之责，何官没有维护体统、疏通言路之责？譬如元驭，没有维护体统、疏通言路之责吗？既有其责，却不言于朝，而来规劝于我，这还是于公吗？至于于私，”张居正冷笑一声，道，“我为座主，有解救建言诸门生之义；他等为门生，却是何义？难道合而逐我出朝，反是门生之义！”

王锡爵不是无话可说，而是发觉张居正的情绪开始不稳定，不敢再说。

“叔大先生既持己见，晚生告退。”他揖道。

“不送，”张居正冷冷地说。在王锡爵要出门时，忽然又被他叫住，“元驭，稍等。”

王锡爵已经一脚在门里，一脚在门外。他回过头来，既没把门外的那只脚缩回来，也没把门里的那只脚迈出去。

张居正跨上两步，一腿屈下，一手在空中摸索，口中叫道：“要我为他等讲情，元驭，不如你来杀我，你来杀我！”

王锡爵惊恐万状，夺路而去。他说先来游说的马自强最终默然，是在遮掩；实际上他听到的传闻是，张居正最后也演这么一出，使得马自强没办法再说下去。

第六十七章

吴中行、赵用贤杖六十，艾穆、沈思孝杖八十。刑后，吴中行、沈思孝即刻逐出京门，艾穆、沈思孝又被解回诏狱。

吴中行精瘦，杖过之后，气若游丝，是被校尉用布裹着，拖出长安门的。赵用贤体态肥胖，用刑之后，倒还能行走，只是不停地用手护住臀部，后来才发现，背部、臀部的皮肉一片一片脱落。长安门外，停着两辆牛车，是两家人预先准备好的。

无友人相送，沿途路人，透过来的是冷漠的目光。两辆牛车缓行在长安道上，出城后又缓行在宣武门外的官道上，好不凄凉。

如果不是一名官人迎面拦住，两家的家人都不知该怎么办才好。

赵用贤发觉车停住，勉强抬起头来看过去，勉强地问一声："维桢先生，怎么是你？"

拦在车前面的，正是以右庶子兼日讲官的许国。

"来送送二君。"许国说。他做个手势让赵用贤不要动。

赵用贤本来俯卧在车上，为的是避免背后摩擦车板。听到许国的话，他干脆翻过身来，又干脆坐起来。一则，难得遇到一名同僚来送行，俯卧在车上，不好说话；二则，有一名同僚来送行，是个莫大的安慰，身上的创伤不觉得那么疼痛。

"汝师，不碍事吗？"许国问。

"不碍事。"赵用贤说。

许国又凑过去看吴中行，并伸手在他鼻孔下探探气息。

"子道的伤，重过你。"他说。

"是，"赵用贤应道，并激动地说，"我等同年，无一人敢送；维桢先生却赶来宣武门外相送！子道兄若有知觉，一定会挣扎起来的。"

"同年倒有同年的顾虑，汝师不必计较，"许国说着，从怀里掏出二物，"昨日得知今日用刑，我一夜没睡，准备好两件礼物，分送二君。子道兄暂无知觉，汝师先代他收下吧。"

赵用贤不知是何物，从车上落地，恭恭敬敬地伸手去接。

许国把一只犀角杯递给他，说道："闻犀角之杯盛水以饮，可以疗伤。这只犀杯是赠与汝师的。"

"维桢先生情谊，没齿难忘，"赵用贤揖道。他一手接过犀杯，并准备用另一只手去接另一只杯子，却发现犀杯上有文字。他问，"杯上文字，是维桢先生镌刻的？"

"不然，怎会一夜没睡！"许国道。

他镌刻在犀杯上的文字，计六行，每行四字，曰：文羊一角，其理沉黝。不惜剖心，宁辞碎首？黄流在中，为君子瘦。

赵用贤从上到下、从右往左地读一遍，连连揖道："多谢，多谢。"

许国把另一只杯子交给他，说："闻玉能养人，此玉杯赠与子道。"

赵用贤接过。玉杯上也有文字，计三行，每行七字，曰：斑斑者何卞生泪。英英者何蔺生气。追之琢之永成器。

"卞生之执着，蔺生之英武，子道兄兼而有之。维桢先生寥寥数语，正是其写照。"赵用贤含着泪说。

许国用卞和献璧于楚王和蔺相如献璧于秦王两个典故，当然不是为证明该玉杯的珍贵，而是为称颂吴中行的品行。

"子道兄若有不测，我就代维桢先生将此玉杯赠与他的后人吧。"赵用贤又说。一路上，他一直在担心吴中行能挨到几时。

"吉人天相，子道不会就此一命呜呼的。"许国却说。

他帮着把两家人在一家旅舍安顿下来。当晚，一男子腋下夹着一个小布包，找到旅舍，找到吴中行。他用手试探吴中行鼻息，仔细观看吴中行杖伤，二话不说，把小布包打开。里面有两纸包药。一包外敷，他均匀地敷在吴中行伤处；一包内服，他向旅舍老板借个炉子，借个砂锅，亲自煎药，药煎好，又亲自喂服。

他从始至终没开口说一句话。吴中行的家人也从始至终没开口问一句话。他们对吴中行生还，完全不抱希望；那男子忙来忙去，在他们看来，也只是尽人事而已。

他们没想到，敷一剂药，服一剂药，吴中行夜里竟苏醒过来。

赵用贤告诉他们，救吴中行性命的，是中书舍人秦柱。

新科进士邹元标，观政刑科，尚未实授。他持一道奏本，送到通政司，通政司收本的官员朝一旁努努嘴。邹元标朝他示意的方向看去，只见一名太监翘着个二郎腿，悠闲地坐在那里。若不是有人来，那太监说不定嘴里还在哼着小曲。

"文书房的公公。"通政司收本的官员悄声告诉他。

"怎么，通政司已被文书房接掌？"邹元标问。

“休得说笑！”通政司收本的官员悄声道，“昨日新定的规矩，司礼监掌印让文书房的公公轮流来通政司坐堂，一应奏本，须得他等筛选，方得呈进。”

“大人的意思，在下此疏，也须他阅过，方得呈进？”邹元标问。

“他不一定阅读，但会先问你话。”通政司收本官员说。

“承教。”邹元标朝他揖了揖，然后往文书房太监坐的那边走去。

那太监左眼瞥他一下，右眼瞥他一下，就是不拿正眼看他。

“公公好。”邹元标主动招呼。

“你等不来惹事，会更好，”文书房的太监说着，问道，“有本要上？”

“是。”邹元标应道。

“他没对你说什么好话吧？”文书房的太监边问，边朝通政司收本官员那边努努嘴。

“也没说什么坏话。”邹元标道。

“他没说，通政司已被我等接掌？”文书房的太监问。

“他没说，是在下说的。”邹元标道。

“你这是正经话，还是玩笑话？”文书房的太监问。

“在下从不说玩笑话。”邹元标道。

“你不说玩笑话，我也不说玩笑话。你说通政司被我等接掌，不能算错；可你得知道，我等接掌通政司，全是为你等好，”文书房的太监说着，问道，“你不懂我这话吧？”

“着实不大懂。”邹元标道。

“那你懂不懂廷杖呀？”文书房的太监问。

“这却懂。”邹元标道。

“懂不懂杖六十，杖八十呀？”文书房的太监问。

“在下识数。”邹元标道。

“知不知吴、赵二翰林各杖六十，艾、沈二比部各杖八十呀？”文书房的太监问。

“举朝皆知，在下焉得不知！”邹元标道。

“知不知吴、赵二翰林杖六十后，即逐出京门；艾、沈二比部杖八十后，各加镣、链，锁于狱，不日遣戍呀？”文书房的太监问。

“满城皆知，在下焉得不知！”邹元标道。

“知不知吴翰林几死于城外，赵翰林打落的皮肉以斤两称呀？”文书房的太监问。

“有所闻。”邹元标道。

“司礼掌印命我等搜检奏章，凡议及夺情、起复者，概不纳之。这是避免再有人被杖，你说，是不是为你等好？”文书房的太监说明道理。

“公公说的是。”邹元标应道。

“好吧，看看你的本子。”文书房的公公说着，伸出手。

“是。”邹元标应道。他在把奏本递过去前，先在怀里摸索一会儿，递奏本时，下面垫块纹银。

文书房的太监手一接触，知是何物；手一掂，知有多重。他若一手拿奏本，腾出一手把银子收起，容易被人看出来，所以，他仍两手捧住奏本，盖住下面的银子。而这样捧着，是无法阅读的。

“你写的不会是夺情、起复之事吧？”他问。

“不是，”邹元标道，“家中有事，在下写的是告假的奏本。”

“厉害都给你说清楚，谅你不会和自个儿的血肉之躯过不去。”文书房的太监说着，把奏本还给邹元标，而留下纹银。

略施小伎俩，奏本安然呈进，邹元标好不得意。议夺情之非，比吴中行等晚几天，他深以为憾；但因此却要和阻拦议其事的人斗斗智慧，斗斗沉稳，不也是件快事吗！

回到住处，他把疏草拿出来，又读一遍。最让他欣慰的是，和吴中行等的奏本比起来，他的奏本多一项内容。吴中行等的奏本，不管立论在守制也好，在归丧也好，都是就事论事，对张居正执政的功过是非，不置一言，这或许因为他们是张居正的门生，要为尊者讳吧。而他虽然和新科进士们一样，以师相称张居正，但在就事论事之前，先罗列上张居正执政的四大过错。

其一曰：进贤未广。邹元标写道：先朝各郡邑进学数十人，居正任事，限郡邑不过十六七人，是阻进贤之路也。夫豪杰之徒，非有衣冠维持之；不羁之才，必有所逞。迄今怨号之声，遍于江南，此其遗祸何如也！

其二曰：决囚太滥。邹元标写道：先时决囚，初无定额；居正任事，限各省决囚有定数，有滥及无辜者矣。虽有自新者，其道无由矣。

其三曰：言路未通。邹元标写道：古先盛世，草莽贱士，农工商贾，皆得竭尽其力。居正任事，大臣持禄不敢言，小臣畏罪不敢言，诚有之矣；折绣槛于彤庭、披忠肝于玉陛者，未之见也。

其四曰：民隐未周。邹元标写道：臣先岁北上，睹黄河泛滥，漂没为鱼者，不知其几。有司不以奏闻，恐干大臣德政，以致辗转沟壑、提妻携子、散之四方者，众矣。

在陈述四大过错之后，邹元标得出结论：即使有利社稷，犹大坏纲常也；况无利社稷若此，而可留之耶！

当然，议及夺情本身，他阐述的角度，也是和吴中行等不同的；他用词的尖刻，更远远超出吴中行等人。他的切入点，是张居正乞请归丧、守制的奏疏：臣观居正首疏云：有非常之人，然后办非常之事；非常之事，非常人所能办也。是其心盖曰：起复非常事也，吾非常人也，吾而当此，谁则议之！

他批驳道：自臣观之，人有五常，仁、义、礼、智、信是也。力此五者，斯谓之不常之人。今有人于此亲生而不顾，死而不葬，指而名之曰：非常人也。然人不曰残忍，则曰薄行，不曰禽彘，则曰丧心，可谓非常人乎！

再引张居正的奏疏：且其疏又曰：不顾旁人之谤议，恤匹夫之小节。

再批驳道：非病狂丧心，有此言哉！一家非之不顾，一国非之不顾，天下非之不顾；谓理之所在，则顾理而不顾众论也。三年之丧，无贵贱，一也。旁人谤议，是乎，非乎？

他还引皇帝敕谕：皇上谕曰：朕学尚未成，志尚未定，先生既去，前功尽弃。

他批驳道：陛下言及至此，社稷无疆之福也。皇上以英明之资，御历五稔，人皆曰将兴尧舜之道、三王之功矣。以居正而在京守制，天下后世谓陛下何如主？纲常自此而坏，中国自此而衰，人心自此而弛。居正一人不足惜，后世有揽权恋位者，辄援居正故事；甚至窥窃神器，贻祸深远，难以尽言者矣。

最后，他写道：居正学尚刑名，见臣此疏，祸臣必深，臣万万死矣。盖非严刑督责，以箝天下之口，则攻之者愈多也。噫，臣甘为妾妇，自爱其生矣！堂堂丈夫，不忍为妾妇也，碎首玉阶奚憾哉！

邹元标对张居正的贬损、攻击，举朝再无第二人。他作好“万万死”的准备，廷杖百、谪戍都匀卫的结果，对他来说，已是万幸。

吴中行、赵用贤、艾穆、沈思孝、邹元标五人，被称作万历初五君子，是在张居正病逝之后。

第六十八章

万历六年正旦节假期，廷臣彼此之间少有走动，即便有庆宴，也尽量不声张。往年有机会在张居正家宴中获得邀请的大臣，都不会主动往张居正家里去，但又都盼望得到张居正一纸请柬。哪怕只是坐一坐，聊一聊，奉杯清茶，也足以证明他们的地位。

张居正谁都不请，只把才召入朝中的戎政侍郎张学颜请到家中一坐。

“今日请子愚先生过来，奉以清茶，佐以清谈，如何？”张居正问。

张学颜字子愚，北直隶肥城人，嘉靖三十二年进士。

“还可再简便些。”张学颜说。

“再简便些？”张居正一时未能理解。

“不须清茶，清水即可。”张学颜道。

张居正笑了笑，说道：“子愚先生哪里是要简便，分明是责怪我简慢。”

“由衷之言，绝无他意，”张学颜道，又说，“新春之际，叔大先生赐以清谈，已是无上荣耀，谁还计较清茶、清水！”

“还是清茶吧，提神。”张居正说。

“是。”张学颜应道。

游守礼送上两杯茶，这也是张府对来客重视的一个表示。他见没其他事，退下。

“他有个雅号，子愚先生知否？”张居正指着他的后背问。

“闻得相府有位楚滨翰林，就是他吧？”张学颜道。

“不错，”张居正点点头，又问，“子愚先生可知，此号是谁人送与他的？”

“这却不知。”张学颜道。

“是元树兄。”张居正告诉他。

“元树先生也是个雅人。”张学颜说。

“非大雅，亦非大俗，尚可与之议事。”张居正对这个既是同乡又是同年好友的评价，是三句话。

“叔大先生以为可与之议事，其人定有大智慧。”张学颜说。

“何谓尚可与之议事？可与议、而不可与深议之谓也。”张居正有他自己的解释。

“以叔大先生思虑之深、之精，难找一个可与深议之人。”张学颜说。

“不然！”张居正指着他，说道，“我看，子愚先生可与深谈。”

张学颜不知为何会如此得相公抬举，吓一大跳。他想说几句客套话，又担心被张居正认为是言不由衷；想问何出此言，又担心被张居正认为是急于表现。想来想去，最好什么也别说，什么也别问，静待下文。

“子愚先生是哪年巡抚辽东的？”张居正却岔开，好像只是漫谈。

“隆庆五年。”张学颜道。

“还记得是几月吗？”张居正问。

“二月。”张学颜道。

“不是约在二月？”张居正问。

“不是约在，是确定。”张学颜道。

张居正满意地点点头。又问：“子愚先生是哪年召入的？”

“万历五年。”张学颜道。

“还记得在几月吗？”张居正问。

“十月。”张学颜道。

“不是约在十月？”张居正问。

“不是约在，亦确定。”张学颜道。

“虽非久任，子愚先生巡抚辽东的日子也不算短。”张居正说。

“计六年又八个月。”张学颜随口说道。

“子愚先生可记得，谭公几时召主戎政？”张居正一下子问到谭纶。

“隆庆四年十月。”张学颜道。

“他又是几时拜大司马的？”张居正问。

“万历元年七月。”张学颜道。

“子愚先生可记得，王公几时召主戎政？”张居正一下又问到王崇古。

“万历元年九月。”张学颜道。

“他是几时拜大司马的？”张居正问。

“万历五年四月。”张学颜道。

“问这许多，很无聊吧？”张居正问。

“我不知叔大先生为何要问，但深信定有深意。”张学颜说。

“深意说不上，只不过想看看，问的日子子愚先生能不能具体说上来，”张居正道，“我曾拿这些事问过别人，他等或是说不出具体的日子，或是只能说出约在某年，约在某月。似子愚先生这般精细，不仅说得出自家任官的日子，还说得出前任任官的日子，可谓少之又少。我说子愚先生可与深议，这是个原因。”

终于回到张学颜想听答案的话题。他说：“此若为善，亦是小善，不足为叔大先生称道。”

“古人怎说的？莫以善小而不为嘛。”张居正说着，把话又岔开，“其次，我还想告诉子愚先生，自召主戎政，到拜大司马，相隔都不会是一日一月；譬如谭、王二公，就是例子。”

“叔大先生说的是，”张学颜应罢，又随口说，“子理先生自召主戎政到拜大司马，相隔两年又九月；学甫先生自召主戎政到拜大司马，相隔三年又七月。”

“所以呀，子愚先生莫急。”张居正道。

“叔大先生是说，在下急于拜大司马？”张学颜哭笑不得，连忙分辩，“一则，在下召主戎政，不过两三个月光景；二则，谭、王二公被召，是以兵部尚书之衔主戎政，在下被召，却是以兵部侍郎之衔主戎政，不可相提并论。在下连能否拜大司马都不曾想过，更别说急于拜大司马。”

“主戎政者拜大司马，几乎成为规则。子愚先生早晚是要拜大司马的；不过，我还是劝你莫急。”张居正说。

“是。”张学颜已分辩过，只能应一声。

“方才问子愚先生许多无聊的数字，再请子愚先生说两个不那么无聊的数字吧。”看来，张居正又要把说岔开。

“叔大先生有问，在下试言之。”张学颜道。

“今所言洪武年间天下田土，以哪一年为准？”张居正问。

“洪武二十六年。”张学颜道。

“总计若干顷？”张居正问。

“八百五十万又七千六百二十三顷。”张学颜道。

“百年之后天下田土总计若干？”张居正问。

“四百二十二万又八千五十八顷。”张学颜道。

“这是哪一年的数字？”张居正问。

“弘治十五年，距洪武二十六年一百又九年。”张学颜道。

“竟没问住子愚先生！”张居正显然是在称赏，又道，“我若问元树兄这些数字，他必说不出来。”

“元树先生长处，或不在务实。”张学颜为李幼滋开脱。

“子愚先生一语中的，”张居正道，“元树兄任户部佐贰有年，我不敢把户部交与他掌，正在于此。”

“朝廷用人至当，和元树先生比起来，养实先生的确更为务实。”张学颜称颂朝廷用人至当，亦即称颂张居正用人至当。

“只能说差强人意，未必至当。”张居正却说。

“在下敢说，叔大先生若问历朝田土数目，养实先生一定说得出来。”张学颜替殷正茂分辩。

“但我问他洪武年间天下田土，他一定不会以洪武二十六年的数目为言；问他百年后天下田土，他一定不会以弘治十五年的数目为言。”张居正又驳道。

“此事仁者见仁，智者见智；不会人人都以为，这两个数目能说明什么。”张学颜继续分辩。

“子愚先生以为这两个数目能说明什么？”张居正问。

“天下田亩大失。”张学颜道。

“子愚先生为何关注天下田亩大失？”张居正问。

“去冬有旨，令天下度田。”张学颜说。他估计张居正会问他在哪一月，他记得是在十一月。

但张居正没问。他问的是：“还有呢？”

“朝野纷纷议论条鞭法，在下以为，不得其田，焉得其赋？度天下田亩，实为行条鞭法之根本。”张学颜说。

“说得好！”张居正欣然赞同，又问，“子愚先生看，度天下田亩，须得几年完成？”

“三年。”张学颜道。

“不能快些吗？”张居正问。

“叔大先生欲以几年完成？”张学颜反问。

“譬如两年。”张居正道。

“两年或可完成；但在下以为，筹划之时，宜定以三年，不宜定以两年。”张学颜说。

“这是为何？”张居正问。

“以留余地。”张学颜道。

“子愚先生，此刻我不妨告诉你：我和元树兄，和养实兄，不止一次地谈论过条鞭法，但他等都没有议及度天下田亩乃行条鞭法之根本。”张居正说。

“这只是在下的断想，未必恰当。”张学颜道。

“我亦曾问过元树兄，问过养实兄，度天下田亩，须得几年。他等不仅说不出三年，连个具体年数也说不上来。”张居正又说。

“叔大先生不是也以为，可以不用三年？”张学颜道。

“那是两回事，”张居正摇着头说，“我和元树兄，和养实兄，浅谈而止，原因在此；我说元树兄不足与深议，养实兄不足与深议，原因也在此。我说子愚先生可与深谈，原因在此；我说子愚先生莫急拜大司马，原因也在此。”

看来，元辅对自己有别的期待，张学颜想。

第六十九章

皇帝大婚，以英国公张溶为纳采、问名正使，阁臣张居正为纳采、问名副使。虽遭非议，张居正仍以吉服从事。

纳采、问名，已择定吉日，在正月十八日行礼。一切按程式举行。

先期，设御座、制案、节案、卤簿、彩舆等，于丹陛上、文楼下。同时，遣官祭告天地、礼部准备聘礼，陈于丹陛上、文楼下。

十八日天微明，君臣聚于丹陛上。皇帝冕服升座，百官朝服行礼。礼毕，各就其位。

正副采纳、问名使朝服四拜。众执事举放置制书、放置符节之案，从中门出。内臣举礼物随之，置于丹陛中道。传制官宣制曰：兹选某官某女为皇后，命卿等持节行纳采、问名礼。

正副使复四拜。

皇帝起驾。

执事举制案、节案，由奉天门中门出。

正副使取符节、制书，置于彩舆中。由仪仗大乐前导，出大明门。出大明门后，脱去朝服，改换便服，乘马而行，抵皇后家。

皇后家大门外左首，早已设置使者幕次，南向。家中正堂，设香案；其南，设制案、节案；并于别处设他案。

使者至，引礼官导入幕次，执事官陈礼物于正堂。

使者出幕次，奉制书于制案。

礼官先入，立于东；主婚官朝服出，立于西。礼官曰："奉制建后，遣使行纳采、问名礼。"言罢，礼官引主婚官出迎。

使者捧制书及符节在前，礼官随后，至堂上。使者置制书于制案，置符节于节案。正使立于案左，副使立于案右。主婚者四拜，跪于案前。

正使取纳采制书，宣读："朕承天运，钦绍鸿图。经国之道，正家为本。夫妇之伦，乾坤之义。实以相宗祀之敬，协奉养之诚，所资唯重。祇遵圣母皇太后命，遣使持节，以礼采择。”

宣毕，以制书授主婚者。主婚者授执事者。执事者置于北案上稍左。

副使取问名制书，宣读：“朕唯夫妇之道，大伦之本。正位于内，必资名家。特遣使持节以礼问名，尚伫来闻。”

宣毕，以制书授主婚者。主婚者授执事者。执事者置于北案上稍右。

主婚者俯伏，起立。

执事者举表案，以奏表授主婚者。主婚者跪于正使前，授以奏表。表曰：“臣某，伏承嘉命。正使某官某等，重宣制诰，问臣名族。臣女，臣夫妇所生，先臣某官某之曾孙，先臣某官某之孙，先臣某官某之外孙。臣女今年若干，谨具奏实。”

主婚者俯伏，起立，后退，四拜。

使者出，置表彩舆中。

主婚者上前，曰：“请礼从者。”

并奉以酒馔。酒馔毕，主婚者捧币，以劳使者。

使者出。主婚者送至大门外。

使者出的是大明门正门，入则由大明门左门。至奉天门外，将奏表、符节授司礼监太监，以复使命。

皇后王氏。其父王伟，于万历五年先封都督，继封永年伯。

二月初二日，以定国公徐文璧为正使，阁臣吕调阳为副使，行纳吉、纳征、告期如仪。

该仪式在宫中的部分，和纳采、问名一样：皇帝冕服升座；百官朝服行礼；正副纳吉、纳征、告期使朝服四拜；执事举制案、节案，出中门。

不同的是，纳征用礼为玄纁、束帛、六马、谷圭等；制词曰：兹聘某官某女为皇后，命卿等持节行纳吉、纳征、告期礼。

皇后家里的布置，和行纳采、问名礼一样，只是多置一玉帛案。

使者至，以制书、玉帛置于案上，以六马陈于堂下。执事先行设皇后冠服诸物于正堂。

礼官入，主婚者出迎。执事举玉帛案，正使捧纳吉、纳征制书，副使捧告期制书，执符节者捧节，以次进入，各置于案上。

主婚者四拜，跪于案前。

正使取纳吉制书，宣读：“大婚之卜，龟筮师士协从；敬循礼典，遣使持节告吉。”又取纳征制书，宣读：“卿女有贞静之德，称母仪之选，宜共承天地宗庙。特遣使持节，以礼纳征。”

宣读毕，副使以纳吉、纳征制书授主婚者。

接下来，正副使捧圭及玄纁，授主婚者，仪式如前。

最后，副使取告期制书，宣读：“岁令月良，吉日某甲子，大婚维宜，特遣使持节，以礼告期。”

宣读毕，副使以告期制书授主婚者。

主婚者四拜。使者持节出。主婚者奉以酒馔，劳以钱币。使者还宫，以复使命。

奉迎皇后的亲迎礼，于二月十九日举行。典礼在宫中的部分如前。在所备礼物中增加大雁，取鸿雁传书之意。礼部陈礼物于丹陛上，内官陈皇后卤簿车辂于奉天门外。

奉迎制词曰：“兹册某官某女为皇后，命卿等持节，奉册、宝，行奉迎礼。”

正副使以册、宝置彩舆中，至皇后家，取制书、册、宝置案上。

礼官先入，主婚者朝服出见。

礼官曰：“奉制册后，遣使持节奉册、宝，行奉迎礼。”

执事者举案前行，使者捧制书及符节。执事者以雁及礼物从行，至堂中，各置于案上。

正、副使者左右立。主婚者四拜，退立于西南。

女官以九龙四凤冠袆衣进皇后。内官陈仪仗于中堂前，设女乐于堂下。乐作乐止，皆如常仪。

使者以节、册、宝授司礼监官，内赞导入中堂。皇后具服出阁，至香案前，面北而立，四拜。

宣册官宣读册文，皇后跪。宣册官宣读毕，以册授皇后。皇后受册，并授女官。女官跪受，立于西。

宣宝官宣读印鉴文，仪如宣册。

皇后四拜，入阁。

司礼监官持节出，以授使者，报受册受宝礼毕。

主婚者至案前，跪。正使取奉迎制书宣读。宣读毕，以制书授主婚者。副使进雁及各项礼物。主婚者皆跪受，仪如前。

主婚者起，使者四拜出。

女官奏请皇后出阁。皇后自东阶下，立于香案前，四拜。

皇后升堂，南向而立。

主婚者进，立于东，西向，曰："戒之敬之，夙夜无违。"言毕退，立于东阶。

皇后母进，立于西，东向，施衿结帨，曰："勉之敬之，夙夜无违。"言毕退，立于西阶。衿，指衣领；帨，指佩巾。

内执事请皇后登舆。皇后降阶，升舆。

引导官从出。仪仗大乐前行，綵舆在后。再后，正、副使；再后，司礼监官拥导凤舆。皇后一行从大明门正门入。

文武百官朝服，于承天门外列班迎候，舆入，乃退。

皇后至午门外，鸣钟鼓，卤簿止。

正、副使以符节授司礼监官，以复使命。

后面的仪式在宫里举行。

司礼监捧册，捧宝官捧宝，仪仗、女乐前导，皇后一行进奉天门。

至内庭，以册、宝授女官。皇后出舆，由西阶进。

皇帝由东阶降迎于庭，揖皇后入内殿。

皇帝至更服处，具衮冕。

皇后至更服处，更礼服。

皇帝、皇后同至奉先殿，行谒庙礼。

礼毕，还宫。

合卺礼，皇帝更皮弁，升内殿。皇后更衣，从升内殿。各升座，东西相向。

执事者举馔案于前，女官取四金爵，酌酒以进。饮毕，进馔。复进酒，饮毕，进饭。女官以两卺酌酒，合和以进。皇帝、皇后饮毕，又进馔。

饮食毕，皇帝、皇后起，易常服。

接下来，是仪式中一个饶有趣味的情节：皇帝从者取皇后馔盘，食尽余馔；皇后从者取皇帝馔盘，食尽余食。

次日早，皇帝、皇后皆礼服。候皇太后升座，皇帝、皇后进至座前，宫人以腶修盘立于皇后左侧。皇帝、皇后皆四拜。腶修即捣碎之肉脯。

执事举案至，宫人以腶修盘授皇后，皇后捧置于案上。女官举案，皇后随至皇太后前，进腶修。进毕，复位。

皇帝、皇后复四拜。

第三日早，皇帝衮服，皇后礼服，同至皇太后宫，行四拜礼。

仁圣皇太后居慈庆宫，慈圣皇太后在皇帝大婚之前迁出乾清宫，还居慈宁宫。皇帝、皇后须往两宫，行四拜礼。

皇后还宫，升座。引礼官引导在内亲属及六尚等女官，行八拜礼。次各监、局内官、内使，行八拜礼。

六尚，为尚宫、尚仪、尚服、尚食、尚寝、尚功六局，是女官的主要衙门。掌局女官正五品，略低于太监。

是日，皇帝御皇极殿，颁诏如常仪。

第四日早，皇帝服衮冕，御华盖殿。

亲王行八拜礼。时在京亲王仅潞王，为皇帝四弟，年尚幼。

然后，执事官五拜。

皇帝升皇极殿。百官进表，行庆贺礼。

是日，皇太后、皇后礼服升座。亲王入，八拜而出。

然后，内外命妇庆贺；外命妇进表笺，如常仪。

第五日，行盥馈礼。尚膳监官具膳修。皇后礼服，至皇太后座前，四拜。尚食官以膳授皇后，皇后捧膳进于案，复位，四拜，退立于西南。

俟膳毕，引导官引导皇后出。

延续数日的大婚仪式，至此结束。

第七十章

皇帝用晚膳前，问孙海："冯大伴走没走？"

"奴才见冯叔已走。"孙海道。

"会不会回来？"皇帝问客用。

"奴才没听他说要回来。"客用道。

"妙极！"皇帝搓了搓手，指着案上的汤汤水水，说道，"此等饮物，统统撤下，朕不要饮。"

"是，"侍膳的近侍们应着，一钵钵、一碗碗地端下去。

"孙老儿，你知朕要饮何物吧？"皇帝问孙海。

"奴才知道。"孙海应道。

"还不快去取！"皇帝喝道。

"奴才不敢。"孙海说。

"客老儿，你听清孙老儿的话吗？"皇帝问客用。

"奴才听清。他说，他不敢去取。"客用道。

"你呢？"皇帝问。

"奴才也不敢。"客用道。

"你二人怎么回事？存心要扫朕的兴吗！"皇帝喝道。

"爷有谕旨，奴才等不敢不遵。"孙海、客用齐道。

"朕有何谕旨？"皇帝问。

"比奉慈训，宴饮一切省俭。"孙海、客用齐道。

"你两个真是糊涂！"皇帝斥道。

"爷没说过这话？"孙海忙问。

"抑或奴才等没学对？"客用则问。

"这话朕的确说过，你两个学的也不错。但你两个可知，朕是几时说的？"皇帝问。

"奴才等不知。"孙海、客用齐道。

"你两个可知，朕为何要说这话？"皇帝又问。

"奴才等不知。"孙海、客用齐道。

"你两个可知，母后为何要朕宴饮省俭？"皇帝又问。

"奴才等不知。"孙海、客用齐道。

"三问皆不知，也敢学说朕的话！"皇帝斥道。

孙海、客用傻傻一笑。孙海问："爷是几时说的这话？"

"节前说的。"皇帝道。

"爷节前说的，奴才等学说于节后，难怪惹爷发怒。"孙海说。

"爷为何要说这话？"客用问。

"当时正日讲。讲官讲解《尚书·酒诰》，说的都是不能嗜酒，朕能不说两句！"皇帝道。

"爷日讲时说的，奴才等学说于日讲后，难怪惹爷发怒。"客用说。

"你等所言，朕只能批四个字：一派胡言！"皇帝道。

孙海、客用又是傻傻一笑，并齐问："爷，圣母皇太后娘娘为何要爷宴饮省俭？"

虽有两宫皇太后，他们两个，以及众多内臣，都径称慈圣皇太后"娘娘千岁"，好像只有一位皇太后；现在已册立皇后，再简称慈圣皇太后"娘娘千岁"，就有许多不便。

"你两个猜不出来？"皇帝问。

"奴才等猜不出来。"孙海、客用齐道。

"孙老儿想想，母后这话是几时说的。"皇帝命道。

"具体圣母皇太后娘娘是哪一年哪一月哪一日说的，奴才想不出来；但奴才想，一定是节前爷说'比奉慈训'之前说的。"孙海道。

"这话等于没说，"客用讥道，"若是之后说的，爷怎能对讲官们说'比奉慈训'！"

"你说我的话等于没说，你说个试试！"孙海道。

"你以为我没得说吗！"客用学他半句话，造自己半句话，"具体圣母皇太后娘娘是哪一年哪一月哪一日说的，奴才想不出来；但奴才想，一定是圣母皇太后娘娘移宫之后说的。"

"孙老儿别不服气，客老儿的话比你的话靠谱。"皇帝道。

"他运气好，奴才不能不服气。"孙海说。

"他是运气好，不是说得好？"皇帝问。

"他是运气好，不是说得好。"孙海重复道。

"客老儿怎的运气好？"皇帝问。

“爷让奴才想想，圣母皇太后娘娘的话是几时说的；奴才可以说在某事之前说的，也可以说在某事之后说的。奴才要是说在某事之后说的，客老儿一定说是某事之前说的；奴才要是说圣皇太后移宫之后说的，客老儿一定说是节前爷说‘比奉慈训’之前说的。可奴才偏偏说是节前爷说‘比奉慈训’之前说的，这才让客老儿捡个大便宜，让爷以为他说的比奴才说的靠谱。”孙海罗啰唆嗦地说一大通。

“为何他说是圣母皇太后移宫以后说的，或者你说是圣母皇太后移宫以后说的，就靠谱？”皇帝问。

“奴才说不上来；只想，这是爷说的，一定不错。”孙海道。

“客老儿，你说呢？”皇帝问客用。

“奴才也说不上；只想，孙老儿既说圣母皇太后娘娘是在节前爷说‘比奉慈训’之前说的，那么，说某事之前说的，一定会错。”客用的话没那么多，但听起来也够啰唆。

“还是朕来告诉你两个吧，”皇帝道，“母后居于乾清宫，朕的饮食起居，无不看在眼里。知道朕从不贪杯，知道朕素来省俭，你两个说，她还用得着再加慈训吗？”

“爷一说，奴才等恍然大悟。”孙海、客用齐道。

“孙老儿，你说来听听。”皇帝命孙海。

“既然圣母皇太后娘娘居于乾清宫，用不着加以慈训，爷说的‘比奉慈训’，就不会是圣母皇太后娘娘居于乾清宫时说的。”孙海道。

“客老儿，你说来听听。”皇帝命客用。

“既然慈圣皇太后娘娘居于乾清宫，用不着加以慈训，爷说的‘比奉慈训’，就一定是圣母皇太后娘娘在移宫后说的。”客用道。

“你两个懂是懂得，可惜只懂得其一，不懂得其二。”皇帝说。

“奴才等愚昧，乞爷明示。”孙海、客用齐道。

“母后居于乾清宫，朕的饮食起居，无不看在眼里，所以不用加以慈训，”皇帝把方才的话重复一遍，然后问，“对吧？”

“对。”孙海、客用应道。

“母后不居于乾清宫，朕的饮食起居，看不在眼里，所以才要加以慈训，”皇帝把方才的话加以引申，然后问，“对吧？”

“对。”孙海、客用应道。

“爷，奴才觉着不完全对。”孙海又说。

“怎不完全对？”皇帝问。

“爷的饮食起居，圣母皇太后娘娘全然不知，才会加以慈训；看不在眼里，不一定是全然不知。”孙海说。

“爷，奴才也觉着不完全对。”客用又说。

“怎不完全对？”皇帝问。

“爷的饮食起居，圣母皇太后娘娘全然不知，才会加以慈训；看不在眼里，不一定会加以慈训。”客用说。

“你二人担心，朕的饮食起居，母后虽然看不在眼里，却可能会听进耳中？”皇帝问。

“是。”孙海、客用应道。

“你两个说，朕饮酒，自家会告诉母后吗？”皇帝问。

“圣母皇太后娘娘不问，爷自不会主动告诉。”孙海、客用齐道。

“孙老儿，你会告诉母后吗？”皇帝问。

“圣母皇太后娘娘不问，奴才自不会告诉。”孙海说。

“母后若问呢？”皇帝问。

“爷命奴才不准告诉，则奴才也不会告诉。”孙海说。

“客老儿，你会告诉母后吗？”皇帝问。

“圣母皇太后娘娘不问，奴才自不会告诉；圣母皇太后娘娘若问，爷命奴才不准告诉，则奴才也不会告诉。”客用省去皇帝一句问话。

“他等呢？”皇帝指着近侍们问。

“圣母皇太后娘娘不问，他等也不会主动告诉。”孙海说。

“圣母皇太后娘娘若问，就有点儿不好说。”客用说。

“若是朕告诉他等不准告诉呢？”皇帝问。

“奴才想，爷若有命，他等也不会告诉。”孙海说。

“奴才想，爷命在先，他等也不会告诉。”客用说。

“那你两个有何好担心的！”皇帝道。

“其实，奴才担心的不是他等。”孙海说。

“不是他等，却是谁人？”皇帝问。

“进出乾清宫禀事的叔们。”孙海说。

“客老儿担心的也不是他等吧？”皇帝问客用。

“爷说的是。”客用应道。

“你担心的却是谁人？”皇帝问。

“掌酒房的叔们。”客用说。

“你两个这等瞻前顾后，怎能为朕办好事！”皇帝斥道，他先对孙海说，“你不是不担心他等吗？你让他等守好门户，不放别的奴才进宫，还会碍事吗？”又对客用说，“你不是挺有面子的吗，就说你自个儿要饮酒，掌酒房的奴才能不给你？”

“是，”孙海应道，“奴才这就去叮嘱他等。”

“是，”客用应道，“奴才这就去讨酒。”

虽说坐龙廷已许多年，皇帝的个头见长，但还是年少。三盅酒下肚，很快分不清东西南北。在饮第四盅酒前，他竟说句让孙海、客用大惊失色的话。

他说的是：“张先生负朕！”

孙海脑筋转得快，问：“爷是说三辅吧？他做过哪些对不起爷的事？”

客用处事果断，请示：“爷，让他等退下吧？”

他等，即其他的近侍。皇帝虽有醉意，但还没到浑不知事的程度。他挥挥手，道：“对，让他等退下。”

近侍们求之不得。皇帝不想让他们听见的话，最好别听见；否则，有百害而无一利。

等他等退出殿外，皇帝道：“朕说的是张先生。”

说的要是别人，孙海一定率先迎合，客用也会紧紧跟上，说一两句那人的坏话。现在说的是张居正，他二人不敢随便迎合；不仅没有迎合，连一两句使得皇帝好接着说下去的搭讪的话也没有。

好在皇帝借着酒劲，不需要他们搭讪。

“张先生家有丧事，朕是如何待他的，你两个知道吧？”皇帝问。

“奴才等知道。”孙海、客用应道。

“爷让他素服入朝。”孙海举一事。

“爷让他素服视事。”客用马上举相类似而绝对不同的另一事。

“爷大婚，让他任纳采、问名使。”孙海又举一事。

“爷还让他吉服从事。”客用马上回应一事。

“爷为他廷杖众多官员。”孙海说。

“爷为他谪戍众多官员。”客用说。

“此等事朕只不过动动嘴，还有实惠的呢？”皇帝问。

“爷让光禄寺每日送酒饭一桌。”孙海说。

“爷让有司每月送米十石。”客用说。

“爷让有司每月送香油二百斤。”孙海说。

“每月还送茶叶三十斤。”客用说。

“每月还送盐一百斤。”孙海说。

“每月还送黄白蜡烛一百只。”客用又说。

“每月还送柴三十杠。”孙海说。

“每月还送炭三十包。”客用说。

孙海再想不出别的东西，说：“其余赏赐，一言难尽。”

“其余赏赐，不可胜数。”客用也说。

“朕待张先生薄吗？”皇帝问。

“不薄。”孙海道。

“极厚。”客用道。

皇帝问这么多话，孙海、客用说这么多话，接下来，应该是孙海或客用问一句：张先生怎负爷？但皇帝心里很清楚，这是不能指望的，还得自己问下去。

“朕不能只对张先生厚，也得对皇后家厚，你等知道吧？”皇帝问。

“奴才等知道。”孙海、客用应道。

“你两个说，朕待皇后家厚不厚？”皇帝问。

“爷大婚前即赐封国丈永年伯，恩泽厚矣。”孙海说。

“爷大婚后即赐封二国舅锦衣卫正千户，恩泽厚矣。”客用说。

“孙老儿，这次你说的没错。”皇帝道。

“谢爷金口玉言。”孙海眉飞色舞。

“客老儿，你却说错。”皇帝道。

“奴才怎错？”客用一脸沮丧。

“朕问过礼臣，英庙大婚前，后父仅封都督同知；武庙是正德元年册封的皇后，后父正德二年才封伯。朕在大婚前即封国丈伯爵，恩泽可谓厚矣。但二国舅封锦衣卫千户，远远不够。”皇帝说。

“爷可有计较？”客用问。

“当然是有的。”皇帝道，“仍是武庙时的事，国舅夏助等授的是锦衣卫指挥使，而不是锦衣卫千户。”

“既有比较，爷何不照办？”孙海问。

“孙老儿可知，二国舅授锦衣卫千户，是谁人奏请？”皇帝反问。

“应该是礼卿吧？”孙海道。

“客老儿，你说呢？”皇帝问客用。

“奴才猜是阁臣。”客用道。

“孙老儿，这次又是客老儿说的靠谱。”皇帝道。

“不打紧，他靠谱也是错的靠谱。”孙海不在意地说。

“我错的靠谱，不如你对的不靠谱吗？”客用分辩。

“客老儿，我不与你争，听爷怎说。”孙海道。

“客老儿，朕说你的话靠谱，而不说你对，这是为何？”皇帝问。

“奴才猜阁臣奏请，没猜哪位阁臣奏请。”客用说。

“那你再猜，是哪位阁臣奏请。”皇帝命道。

“奴才猜不着。”客用说。

“是猜不着，还是不敢猜？”皇帝问。

“是猜不着，也是不敢猜。”客用并不否认。

“其实，朕知你已猜到是哪位阁臣奏请的，”皇帝说着，命孙海，“孙老儿，你猜，客老儿猜的是哪位阁臣？”

“奴才猜不着。”孙海说。

“是猜不着，还是不敢猜？”皇帝问。

“是猜不着，也是不敢猜。”孙海同样不否认。

“其实，朕知你已猜到客老儿猜到的是哪位阁臣，”皇帝道，“朕不难为你两个，客老儿猜的不错，孙老儿猜的也不错。不然，朕为何要说，张先生负朕呢！”

“既有比较，爷何不谕阁臣知？”客用问。

“你以为，此事张先生会不知！”皇帝道。

“阁臣既知之，却如何回复爷？”客用问。

“他说，正德时例，世宗朝悉已厘正。”皇帝道。

“竟没有任何回旋余地？”孙海问。

“回旋余地，倒是留一点儿，”皇帝道，“他言道：朕的大舅哥可授锦衣卫指挥佥事，二舅哥仍授锦衣卫千户。”

“大国舅得加一级，奴才以为已经很不容易。”孙海说。

“阁臣纵然负爷，也负得有限。”客用说。

“爷还是饮酒吧，奴才给爷斟一盅。”孙海又说。

“爷还是饮酒吧，奴才再给爷斟一盅。”客用又说。

皇帝饮酒，大醉而罢。

第七十一章

南直隶太平府同知龙宗武趁着到南京办事的机会，去应天巡抚衙门拜谒巡抚都御史胡执礼。这不能完全说是越职谒见，因为龙宗武是江防同知，而太平府的江防是由应天巡抚辖制的。

“君扬，来得正好。”胡执礼招呼道。

“汝立先生有事吩咐？”龙宗武问。

胡执礼字汝立，陕西永昌卫人，嘉靖三十八年进士。龙宗武字君扬，江西泰和人，隆庆五年进士。

“打招呼而已，并非大事。”胡执礼说。

“是。”龙宗武应道。

“君扬还记得宣城狂生吴仕期一案吧？”胡执礼问。

“下官拜谒都堂，除请示江防事宜，正是要向都堂禀报该案的结果。”龙宗武趁机说明来意。

“君扬是先说该案结果，还是先听打招呼之事？”胡执礼问。

“先听打招呼之事。”龙宗武再急于禀报吴仕期案的结果，也不能要求都堂大人先听。

“新近流传一文，称是海刚峰奏本，以朝中的夺情风波为言，丑诋相公。”胡执礼说。

刚峰即嘉靖朝以直言进谏而闻名的海瑞的别号。他几乎要死在狱中，因为世宗皇帝突然驾崩而捡回一条命。但此后他的命运一直坎坷：隆庆年间，高拱不喜欢他近乎刻板的刚直，利用兼任吏部尚书的身份，稍微做点儿手脚，使他不得不去职；万历以来，张居正也不喜欢他近乎刻板的刚直，虽中外交荐，亦不召用。

“当真是刚峰先生的奏本？”龙宗武问。

“海刚峰僻居琼山，这会儿都未必得知朝廷夺情之举，更别说有奏本呈进。”胡执礼道。

“汝立先生说的是，”龙宗武应道，又问，“既非刚峰先生奏本，有没有查到伪造之人？”

“查到。”胡执礼道。

“伪造者为谁？”龙宗武问。

“姑苏一无赖士人，姓王名制。”胡执礼说。

“他为何冒刚峰先生之名，伪造奏本？”龙宗武问。

“君扬说呢？”胡执礼反问。

“一蛊惑，二博名。二者之外，下官想不到别的缘故。”龙宗武说。

“比君扬想的还要不堪。”胡执礼道。

“还要不堪？难道是泄私怨？”龙宗武不解。

“姑苏一无赖士子，和京师的相公有何私怨！”胡执礼道，“王制将伪造海刚峰奏本，刊印发售，每纸三五文钱，聊博酒食之资。”

“此人不仅无赖，而且无聊。”龙宗武说。

话虽这么说，他却并没有表现出对此事的愤慨；相反，他看上去还显得高兴。

“此案已结？”他又问。

“已结。”胡执礼道。

“当真已结？”龙宗武不放心地追问一句。

“当真已结。”胡执礼道。

“不会有别的隐情？”龙宗武又追问一句。

“不会有别的隐情。”胡执礼道。

“如此，我心里才踏实。”龙宗武长吁一口气说。

“君扬，你今日好不奇怪！”胡执礼道。

“怎么？”龙宗武问。

“王制一案是苏州府审理，为何当真结案，没有别的隐情，你就踏实？难道不能结案，还有别的隐情，你心里就不踏实？”胡执礼反问。

“还真如此，”龙宗武道，“下官审理吴仕期一案，与王制一案极为类似。王制一案既结，下官想，吴仕期一案也可结。”

“吴案可不可结，另说；君扬，你怎能说，吴案与王案极为类似？”胡执礼颇有责怪之意。

“是，下官失言，”龙宗武认错，“吴案与王案，大有不同：王案是冒刚峰先生的名头写疏，吴案则是直署其名，以上相公。”

所谓吴仕期案，即吴仕期草拟一文，名曰上张太岳相公，却没送达京师，而是在宣城，在宁国，在临近的府、州、县，遍示所知。文稿的内容，是规诫张居正不可夺情。

宣城是宁国府的首县。官府得知，一级一级上报，由县报到府，由府报到巡抚衙门。胡执礼命逮系，送临近的太平府，异地审理。

“我说的不同，不在此事。”胡执礼道。

“还有个不同：王制刊印以售，博取酒食钱；吴仕期仅是拿给友人读读，并未求财。”龙宗武又说。

“也不在此。”胡执礼道。

“汝立先生说的是——。”龙宗武想不出别的不同。

“君扬告诉我，所谓别有隐情，究是何意？”胡执礼道。

“譬如，王制与刚峰先生有无牵连。”龙宗武说。

“我要说的不同，正在于此，”胡执礼道，“王制冒海刚峰之名写疏，而海刚峰对相公又有怨愤，人家自然要想，他写该疏，是不是当真由海刚峰授意，或他从海刚峰处得到疏稿。但王制那厮在姑苏，海刚峰却在琼山，海刚峰不可能授意于他，他也不可能从海刚峰处得到疏稿；故而可以断定，再无别的隐情要查。吴仕期案则相反，正是要查隐情的。”

又来！龙宗武心想。胡执礼把案子交给他审理时，已经交代过，一定要追查出指使之人。前些日子，他把审案的结果移文禀报，被驳回；胡执礼要他再审，目标仍是追查出指使之人。

“可吴仕期并未冒别人之名呀。”他说。

“没冒别人之名，也要查！”胡执礼道。

“他亦未供出有指使之人。”龙宗武说。

“没供出，也要查！”胡执礼道。

“从别处，下官亦不曾查出线索。”龙宗武说。

“查不出线索，也要查！”胡执礼道。

“他不曾冒用别人之名，不曾供认有指使之人，又没别的线索，下官真不知如何查下去。”龙宗武说。

“在我眼里，君扬是干员，怎碰到这点事，就叫起苦来！”胡执礼道。

“谬奖，谬奖，”龙宗武连连揖手，并说句笑话，“下官还以为，自个儿在汝立先生眼里是庸才呢。”然后换成正经的语气说，“如何查下去，还请汝立先生明示。”

“两个字：推断。”胡执礼道。

“推断？”龙宗礼不能说完全没听懂，也不能说完全听懂。

“譬如，王制冒海刚峰之名写疏，而海刚峰对相公又有怨愤，人家自然要想，他写该疏，是不是当真由海刚峰授意，或他从海刚峰处得到疏稿，”胡执礼把自己方才说过的话，一字不改地重复一遍，然后问，“审理吴仕期案，为何不能由此推断？”

“汝立先生，下官不知说过几多次，吴仕期并未冒别人之名。”龙宗武很是无奈。

“王制冒海刚峰之名，而海刚峰对相公又有怨愤，才是推断；如果只说王制冒海刚峰之名，那算得推断吗！”胡执礼道。

“汝立先生的意思是，吴仕期虽不曾冒别人之名，但别人对相公却有怨愤；对相公有怨愤的人，即指使之人？”龙宗武悟道。

“仅凭对相公有无怨愤，不能断定即是指使之人。”胡执礼说。

“还要凭何事？”龙宗武问。

“王制那厮在姑苏，海刚峰却在琼山，海刚峰不可能授意于他，他也不可能从海刚峰处得到疏稿，”胡执礼又一字不改地重复一句自己方才说过的话，然后说，“此一对相公有怨愤之人，不会在琼山，不会在数千里之外的任何地方，而应在宁国或宁国临近府、州、县。”

“最好是在宣城。”龙宗武补充一句。

“对，最好在宣城。”胡执礼鼓励道。

“汝立先生仍疑沈君典呀！”龙宗武道。

“我只是疑之而已；君扬若能一举而推断出他是指使之人，再好不过。”胡执礼说。

沈懋学本来也拟一篇议论夺情的奏章，但被好友暗中扣住。他改为致函李幼滋，表明自己对夺情一事的态度。因为不曾上疏，他没受到朝廷责罚；但在朝廷处分公开上疏的官员之后，他以病辞官，再一次表明自己对夺情一事的态度。

沈懋学是宣城人，对张居正即便没有怨愤，也是持批评态度。这两点都符合胡执礼推断指使之人的标准。因此，他在一开始接触吴仕期案，就决心要把沈懋学追查出来。

龙宗武其实也很想推断；但让他推断的话，他宁愿以为，胡执礼把沈懋学视为指使之人，说的好听点儿是邀功，说的难听点儿是献媚。

当然，这话无法说出口。

“要不，下官把吴仕期及一应文书一并移呈都堂，由都堂定夺？”他这么说，是因为据他估计，胡执礼不会答应。

“君扬再审审看，如何？”胡执礼果然说。

“实不相瞒，此案在下官心中已有定论；再审，也难以改变。”龙宗武婉言拒绝。

胡执礼缓缓地摇着头，表示龙宗武让他失望。然后他问：“君扬可知，此案我为何不就地着宣城县或宁国府审理，而移至太平审理？”

"下官不知。"龙宗武道。

胡执礼从他的表情看得出，他不是不知，而是不愿说；或者，也不愿想。于是，他自己把话挑明："我看中的，是你隆庆辛未科的出身。"

"多谢汝立先生提醒，"龙宗武揖道，"师相是下官恩师，此案又关系到师相。若没有这一层缘故，下官或许不会审理得如此细致入微，也不敢在汝立先生面前说已有定论之类的话；正因为有这一层关系，下官的审理不敢不细致入微。下官既有定论，若不禀明，则不仅有负朝廷，且有负师相。还望汝立先生明察。"

话说到这等地步，胡执礼不好再勉强他。

胡执礼没有再勉强龙宗武，还因为他在等待京师的消息。两宗针对张居正的文字案都发生在南直隶，他这个南直隶的最高官员不敢轻慢。在命苏州府审理王制案、太平府审理吴仕期案的同时，他已差派心腹幕僚进京，向张居正禀报案情，并请示如何处置。他知道，差去的人不一定能见到张居正，但只要有个口信，他也好放心。

该幕僚还真没见到张居正。他把手本投进张府后，回到会馆，静候消息，连门都不敢出。但当天没人来。第二天还没人来。到第三天晚上，一人找到会馆。

"先生从南京来？"来人问。

"是。"该幕僚应道。

"先生贵姓。"来人问。

"免贵，姓胡。"该幕僚应道。

"看来，是胡都堂的本家。"来人道。

"都堂是陕西胡，在下是浙江胡，攀不上本家。"该幕僚说。

"你这人不错，不攀高枝。"来人称赞道。

"阁下从相府来？"轮到姓胡的幕僚问。

"是。"来人应道。

"管家贵姓？"姓胡的幕僚又问。

"姓游。"来人不情愿地把"贵"字免去。

"哎呀，是七先生！"姓胡的幕僚惊呼道。

来人正是游守礼，他微微点头，没出声。

"是楚滨翰林七先生！"姓胡的幕僚又呼道。

"是我。"游守礼应道。

姓胡的幕僚双臂环抱，一揖到地，口中说道："学生不知七先生驾临，未曾远迎，还望恕罪。"

“说什么呢！”游守礼倒不见外，和他说话，既随意，又诙谐，“有句话叫暗通款曲，老胡一定听说过。今日之事，你我只好暗通款曲。我总不能差人来报信，然后你迎出，然后满京城的人看到我和你相见吧？”

“七先生说的是。”姓胡的幕僚笑着应道。

“还有个事我得告诉你，”游守礼道，“我家相公接获胡都堂大函后，一来因家中事多，二来也是不想让更多的人知道你来送函，所以，没把你老哥唤入。我家相公可不是不把胡都堂说的事放在心上。”

“学生理会得。”姓胡的幕僚应道。

“我家相公称赞胡都堂办事谨慎，这话你可以带回去。”游守礼说。

“是。”姓胡的幕僚应道。

“宣城沈某人指使姓吴的生员，恶言恶语，污蔑我家相公，业已坐实，是吗？”游守礼问。

“胡都堂的意思，只要想坐实，是可以坐实的。”姓胡的幕僚说。

“怎叫想坐实？”游守礼问。

“相公欲处分沈某人，则可坐实。”姓胡的幕僚说。

“胡都堂有十分的把握？”游守礼问。

“有。”姓胡的幕僚应道。

“老哥说说看。”游守礼命道。

“一则，审理该案的官员是相公所取士。”姓胡的幕僚说。

“说别的吧，此事最靠不住，”游守礼道，并补充一句，“这话不是我说的，是我家相公说的。”

“二则，胡都堂指示狱守，可用大刑。”姓胡的幕僚说。

“在审理的官员不听话的情形下，可用大刑，是吧？”游守礼问。

“是。”姓胡的幕僚应道。

“可见，胡都堂并不以为，审理的官员一定听话。”游守礼指出。

“七先生说的是。”姓胡的幕僚应道。

“我想，还应该有第三。”游守礼道。

“诚如七先生所料，”姓胡的幕僚道，“三则，即便审理的官员不听话，大刑亦不见效，胡都堂仍可上疏朝廷，指证沈某人勾结狂生，散布狂言，污蔑元辅。”

“这倒是靠得住的，”游守礼道，“一旦胡都堂的弹章到京师，朝廷议复，逮治沈某人，那是不成问题的。”

“这是相公的意思吗？”姓胡的幕僚以为这是结果，“那么，学生可以这层意思回南京复命？”

“不忙，”游守礼道，“我得告诉你件事：前两日，我才亲自送一函与兵部快马，是送达宣城的。”

“相府寄函，是相公的大函？”姓胡的幕僚问。

“不是我家相公亲拟，却是我家相公授意。”游守礼说。

“是相公授意七先生写的？”姓胡的幕僚问。

“不是，”游守礼摇头，“我与宣城无任何瓜葛。”

“相公不是授意七先生写的，却是授意谁个写的？”姓胡的幕僚问。

“老胡不知，我相府里谁个与宣城有瓜葛吗？”游守礼反问。

“学生愚钝，着实不知。”姓胡的幕僚道。

“沈某人是去春的状元，我家公子是去春的榜眼。”游守礼道。

“七先生是说，相府大函是相公授意榜眼公写的？”姓胡的幕僚问。

“是。”游守礼应道。

“榜眼公应该是致函沈某人吧？”姓胡的幕僚问。

“是。”游守礼应道。

“却不知榜眼公致函沈某人，为的何事？”姓胡的幕僚问。

“叙同年兄弟之情，请状元公移尊步还朝。”游守礼说。

“请状元公还朝？”姓胡的幕僚惊问。

“是，”游守礼点点头，说道，“还得加上一个字，是恳请。”

姓胡的幕僚原以为，今次来京师请示，是多此一举；沈懋学和相公作对，立场已经很鲜明；只要利用吴仕期案，把他网罗进去，相公还会不高兴，还会不领情？现在看来，还是都堂明智。不然，相公一心想着把沈懋学请回朝廷，都堂却把他关入狱中，真成南辕而北辙！

当然，相公为何急于把沈懋学请回朝廷，还得问问清楚。

“七先生，学生在南京，并没听说沈某人有悔过之辞。”他提醒道。

“我知，我家相公更知。”游守礼说。

“此际将他请回朝廷，岂不是引狼入室？”姓胡的幕僚道。

“狼来不怕，”游守礼说，“再具野性的狼，一到朝廷，一到我家相公身边，也得收敛。”

“原来相公要沈某人还朝，是为驯服他的野性。”姓胡的幕僚道。

“不仅为此，”游守礼不慌不忙地说，“前一阵子，皇上为慰留我家相公，非议夺情的官员，廷杖若干人，谪戍若干人。让人想不到的是，其中竟以翰林官为多，其中又以我家相公亲取士为多。我家相公深悯之。不过，吴翰林、赵翰林被杖及谪戍，艾员外、沈主事被杖及谪戍，邹进士被杖及谪戍，无不是奉旨。总得等圣怒平息，才好为他等说情。沈状元是自请辞官的，相公欲他还朝，一来是为朝廷爱惜人才，二来也是试探。他的事办成，再为被廷杖、被谪戍的官员们谋个出路。”

“相公慈悲为怀，以德报怨，真乃菩萨心肠。”姓胡的幕僚颂道。

“我讲这件事，老哥知道该怎样回复胡都堂吧？”游守礼问。

“是，”姓胡的幕僚应道，“胡都堂只须议定狂生之罪即可，不必把状元公牵连进去。”

“狂生嘛，其罪有何好议的。”游守礼却说。

“七先生的意思是——”姓胡的幕僚没懂他的意思。

“不过一篇狂言乱语的手书，都堂不值得为之一议；更别说奏上朝廷，由法司再议。”游守礼说。

“七先生的意思是，不如释之？”姓胡的幕僚问。

“老哥以为我是个滥好人呀！”游守礼道，“人不在狱里，固然用不着都堂劳神议罪；人不在世上，不是更用不着都堂劳神议罪！”

“是，”姓胡的幕僚应道，“七先生的意思，已学生知。”

姓胡的幕僚返回南京，禀明此行的情形。当晚，吴仕期毙于狱中。

沈懋学则逃过一劫。

第七十二章

三月十三日，张居正离京，还乡治丧。

文武廷臣，一大早赶往广宁门外送行。勋臣及武臣，以英国公张溶、定国公徐文璧等为首，文臣以阁臣吕调阳、张四维、马自强、申时行，及吏部尚书王国光、户部尚书殷正茂、兵部尚书方逢时、刑部尚书吴百鹏、工部尚书李幼滋、掌院都御史陈炌为首。

张居正还乡治丧，皇帝是本月初恩准的。张居正除谢恩外，还奏请增补阁员，皇帝准允，并根据廷推，特别是根据张居正的提议，简用礼部尚书马自强、吏部侍郎申时行。

马自强入阁，自南京吏部尚书任上接掌礼部的潘晟，尚未到京。

其他几位新任的尚书，王国光是在去年十月张瀚免官后召起，方逢时也是在去年十月王崇古致仕后任。吴百鹏则是在去年九月，前尚书刘应节致仕后，由南京都察院掌院右都御史改任。李幼滋掌部最晚，是在去年十二月。陈炌则是去年十一月掌院。

但在送行的人员中，最显赫的还不是公卿大夫，而是四名太监：一是司礼太监张宏，他在司礼监的地位，仅次于冯保，一是司礼太监王臻，他二人都是代表皇帝来送行的；一是慈庆宫管事太监李用，代表仁圣皇太后来送行；一是慈宁宫管事太监李旺，代表慈圣皇太后来送行。

在众人瞩目之下，张居正的车舆出广宁门。它远大过一般官员乘坐的车舆，宽为一丈四尺，纵深倍之。以人力抬行，须得一百二十人；以马力拉行，须得数十匹马，随行的马匹计三百。马上的鞍、辔，皆用白绫遮蔽，车舆及随行之人，俱服白衣。

车舆停下，张居正由随从搀掖下车舆。众人急切而有序地迎上去。但这个次序很快就被打破，最先与张居正对话的，既不是张溶、徐文璧等勋臣，吕调阳、张四维等文臣，也不是张宏等有身份的内臣，而是一名从队伍后面飞身而上的御史。

该御史越过送行的队伍，使文武大臣们无不惊呆；该御史冲到车舆前，使护送的甲士和随从们无不惊呆；该御史扑倒在车舆下，双手扳住车辕，放声恸哭，使张居正本人惊呆。

他认出御史是朱琏，伸手去扶。

“文卿，请起。”张居正道。

朱琏字文卿，江西新淦人，隆庆五年进士。

他不肯起来，说：“学生是来哭谏的，话不说完，是不会起来的。”

张居正不能硬拉他起来，只得随他：“好，文卿有话，尽管说。”

“学生有三谏，”朱琏说着，伸出一指，“其一，群臣皆知朝廷不可一日无师相，天下皆知朝廷不可一日无师相，学生尤知朝廷不可一日无师相。学生从众御史、众科臣上疏，恳请师相夺情，留朝视政，实是为朝廷计，为社稷计，为天下计，并无半点私心。”

“文卿，这话你等都说过，不必再提。”张居正道。

“但陈言于朝，与陈言于师相将归之大驾前，意义是不一样的，”朱琏说着，再伸出一指，“其二，师相纯孝，必归而治丧；皇上体恤，准师相归而治丧。学生不能以去留谏止，不能以生死谏止，只能每日在京师遥祈师相早日还朝，以正朝廷，以安社稷，以不负先帝托付，以慰解皇上悬念，则学生等幸甚。”

“文卿言虽恳切，也总得让我聊表思亲之寸心吧。”张居正道。

“今者得归，足以宣思亲之苦，”朱琏说着，伸出第三指，“其三，师相归而治丧，皇上恩准师相归而治丧，学生不能以去留谏止，不能以生死谏止；但治丧之后，皇上必亟召师相还朝。望师相以皇上为重，以朝廷为重，以社稷为重，抑哀以成大孝。不然的话——”他拖个长音，没把话说完。

“不然，文卿怎的？”张居正问。

“学生宁负师相，不敢负朝廷，不敢负天下，必以弹章加于师相！”朱琏道。

“唉，”张居正长叹一声，不知是为朱琏的话感动，还是为忠孝难以两全而怅惘，还是为进也弹章相加、退也弹章相加的两难局面而无奈。

“文卿，你的话说完没有？”陈炌问。

“下官的话说完。”朱琏应道。

“话既说完，可以起身。”陈炌道。

朱琏忘记自己才说的话，张居正也忘记他才说的话，不是陈炌在一旁提醒，真不知他要跪到几时。

朱琏给老师叩个头，说句“望师相三思”，然后起身，退回到御史们的行班里去。

张居正这才和公卿大夫、和三内臣互揖、叙话。

文臣们说的，无非是节哀顺变，或代为祭拜；勋臣们说的，无非是一路保重，或盼公早归。话都很简单，好像话越简单，越能表达他们和张居正同悲的心情。

当然，也不只为表达心情。他们都很清楚，今天送行的主角不是他们，而是张宏等人；张宏等人坚持最后才和张居正话别，也是因为意识到，今天他们在场的重要性。话别过的公卿大夫，都稍往后退，渐渐的，在车舆近旁只有张居正和四名太监。

皇帝和两宫皇太后皆有赏赐，赏赐之物都用黄锦包裹。

三名内臣，也有轻重之分。因此，先与张居正话别的，是李用。

"仁圣娘娘懿旨：路途辛劳，张先生一定要休息好。"李用说。

"臣谨遵仁圣皇太后懿旨。"张居正道。

"这是仁圣娘娘命太医调配的药剂，"李用指着一个黄锦覆盖的小匣子说，"此药有安神之功效，张先生可酌服。"

"是。"张居正应道。

"这是仁圣娘娘赐给的路资，"李用又指着一个黄锦覆盖的大匣子说，"一路上应酬不少，张先生可以用它来支应。"

"臣叩谢仁圣皇太后。"张居正道。

公事传达完，还有私情。李用指着一个白绫覆盖的匣子说："在下恨不能亲往荆州，为张先生略尽绵薄之力。可惜这桩差事没派到在下头上，只得让御膳房相好的师傅，准备几样素点，供张先生途中食用。"

"大李公公有心，情义谨记。"张居正道。

还有一位姓李的太监在场，按照年纪，张居正把李用称作大李公公。

"其中有一块沉香，来自异域，或用得着，张先生笑纳。"李用说。

"却之不恭，多谢。"张居正揖道。

李用和公卿大夫们一样，往后稍退，把他的位置让给李旺。

"慈圣娘娘懿旨：治丧劳顿，张先生一定要节哀。"李旺说。

"臣谨遵慈圣皇太后懿旨。"张居正道。

"这是慈圣皇太后命太医调配的药酒，"李旺指着一个黄锦覆盖的小匣说，"此酒有解乏之功效，张先生可酌服。"

"是。"张居正应道。

"这是慈圣娘娘赐给的珠宝，"李旺又指着一个黄锦覆盖的大匣子说，"在乡里时时处处要赏人，张先生可以用它来支应。"

"臣叩谢慈圣皇太后。"张居正道。

李旺在交代完慈圣皇太后的赏赐后，也指着一个白绫覆盖的匣子说："在下未蒙佥选，深感懊恼。这里是几坛从御酒房里讨来的极品，张先生在乡里待客时，可开启。”

“小李公公有心，谨致谢忱。”张居正道。

“其中有一枚夜明珠，先帝所赐，或有用途，张先生笑纳。”李旺说。

“却之不恭，多谢。”张居正揖道。

李旺稍退，按照次序，王臻知道轮到他。

“张哥，我先呈上爷赏赐的物件。”他对张宏说。

“王哥情。”张宏道。

“奉圣谕：张先生还乡治丧，朕与张先生同在；朕坐朝理政，望张先生与朕同在。”王臻说。

“臣领旨谢恩。”张居正道。

“皇上赐予张先生的，仅有一物，”王臻指着一个黄锦覆盖的小匣子，命道，“取出来！”

随他同来的一名长随，恭恭敬敬地掀开黄锦，开启小匣子，从里面取出一枚银制的印鉴，递给王臻。

王臻恭恭敬敬地把印鉴递给张居正。

张居正恭恭敬敬地接过，读过印文后，又恭恭敬敬地交还王臻。王臻又交还长随，长随恭恭敬敬地把印鉴放回小匣。

“帝赉忠良四字，是皇上御笔亲书；皇上谕曰：张先生沿途之上，或乡居之日，凡有奏章，皆可加此印鉴以上；凡加此印鉴之奏章，皆须快马送递，至京之日，旋即呈进。”王臻说。

“臣叩谢皇上赐以印鉴；臣谨遵圣谕。”张居正道。

整齐排列的大小匣子，不管是以黄锦覆盖的，还是以白绫覆盖的，都已经被指过。站在稍远处的公卿大夫，以及站在更远处的其他官员，心里都在好奇地想：来自慈庆宫的公公和来自慈宁宫的公公，本人都有礼物赠送，来自司礼监的公公，或者说来自乾清宫的公公，有没有呢？

“在下无物可赠，做个口头的人情吧。”王臻说。

“王公公太客气。”张居正道。

“真是一句口头的人情，”王臻说，“魏哥和我至交，他临行前，我再三叮嘱，一定要用心再用心，仔细再仔细，把这趟差事办得漂漂亮亮。”

魏朝是另一名司礼太监，皇帝在命张嗣修代张居正还乡治丧时，命魏朝同往，协助他办理张老太爷的丧事。

“王公公如此有心，多谢。”张居正揖道。

王臻稍退，车舆前，只留下了张宏。他喝道：“奉酒！”

跟随他来的两名长随，一人捧着御酒，一人端着御盘，走过来。盘上有两只御用酒盅，捧着御酒的长随给两只酒盅斟满酒。

张宏双手端起一只酒盅，递与张居正，自己又拿起另一只酒盅。

“奉圣谕，为张先生饯行。”他说。

送行总要有酒。但一来张居正是还乡治丧，二来送行的官员太多，不可能人人都来敬他一杯。张宏的酒，不但是代表皇帝为他饯行，也是代表所有的官员为他饯行。

“臣叩谢圣恩。”张居正道。

“皇上有三句口谕，命我转达，”张宏说，“第一句：祝张先生一路安好。”说着，让道，“张先生请。”

“臣恭聆圣谕。”张居正双手把酒盅高举过顶，向着宫阙方向行礼，然后饮酒。

张宏陪他饮第一盅酒，接着说：“第二句话：祝张先生治丧完满。”

“臣恭聆圣谕。”张居正行礼道，并饮酒。

“第三句话：愿张先生早日还朝。”张宏说。

“臣恭聆圣谕，但请张公公代我复旨：容臣尽过孝思，再言还朝之事。”张居正道。

“皇上又谕曰：早日并非即日，张先生把该办的事办好，须早日还朝。”张宏补充说。

“臣领旨，谢恩。”张居正道。

“王哥做个口头人情；张先生，我也做个口头人情。”张宏论起私交。

“张公公不必客套。”张居正道。

“冯哥拟篇祭文，请张先生带上，代冯哥，及我司礼监同仁，祭于尊大人灵前。”张宏说。

“多谢冯公，多谢张公公，多谢司礼监诸位公公。”张居正揖道。

在张宏也稍退之后，张居正向送行的众人环作一揖，以示谢意。

众人还揖，齐道：“请叔大先生登舆，启程。”

第七十三章

渡过黄河，抵达开封，张居正开始认真考虑，要不要去看望高拱。

从开封南下，有许多条官道，通往东南、正南、西南等不同方向。新郑在开封西南，他完全可以说，归心似箭，不能绕道新郑。

要不是王大臣案，让他感觉愧疚，他可能就这么说。

严格地说，王大臣案闹得沸沸扬扬，并非他的本意。借王大臣案，进一步打击高拱及其党羽，他并不完全反对；但他从来也没有想过，要借王大臣案，置高拱于死地。

但许多人显然不是这么看的。张居正特别想到几年前已去世的老尚书杨博和一个多月前才去世的老都堂葛守礼，他们的联手劝说，让他好不难堪。二人中，他又特别想到葛守礼。葛守礼拿着他为东厂修改过的案牍，让他简直无法辩驳。

本意是本意，可能说得清楚，也可能说不清楚；你这样说，人家可能相信，也可能不相信。而实证是实证，实证摆在那里，谁看过之后，都会得出自己的结论。这不是“本意”之类的话可以改变的。

不管他有没有支持、协助冯保实施计谋，他没坚决反对，没全力阻止，而且知道该案的内幕，为东厂修改过案牍，这些都是不争的事实。他没办法否认，没办法抹去。

没办法否认、抹去，所以，张居正感觉愧疚。

他还听说，宫里有位公公，姓殷，职权不重，资历极深，敢以前辈的身份教训任何一名内臣，包括冯保。

他对皇帝说：万岁爷爷不要听他，那高阁老是个忠臣，怎会干这等事！他是臣下，来行刺却为何？必无此事，不要听他！

他对冯保说：万岁爷爷年幼，你当干些好事扶助万岁爷爷，如何干这等事！那高胡子是正直忠臣，是受顾命的。谁不知道张蛮子夺他首相之位，故要杀他灭口！你我都是内臣，又不要做首相，你为何要替他张蛮子出力？你若干此事，我辈内官必然受祸，不知要死多少人呢！

张居正从不知这个姓殷的老公公；或许曾打过照面，但并不认得。这些话也不是冯保告诉他的，而是他从别的渠道听说的。正因为不是冯保告诉的，让张居正想到很多。

高拱没死于王大臣案。是不是因为姓殷的老公公一番话，让冯保收敛？姓殷的老公公一番话可以劝止，自己要是阻止，会阻止不了！

在姓殷的老公公眼里，原来冯保只是个帮凶，自己才是主犯呢。这或许是他劝阻的手段，但也可能是他真实的想法：从高拱的去留、高拱的生死，冯保并不能得到更多的东西，而自己却得到首相之位！

可以劝阻而不曾竭力劝阻，自己不曾竭力劝阻而有人竭力劝阻，所以，张居正感觉愧疚。

感到愧疚，他没办法借口绕道，而放弃看望高拱。

感到愧疚，他容易想起高拱的好处。

他不能不承认，高拱在许多方面和自己是相通的。

譬如尊主权。

隆庆时，先朝得罪诸臣皆以遗诏录用、赠恤。高拱说：《明伦大典》颁示已久，今议事之臣假托诏旨，凡议礼得罪者悉从褒显，将使献皇在庙之灵何以为享，先帝在天之灵何以为心！而陛下岁时入庙，亦何以对二圣！臣以为不可。

高拱这么说，有意气用事的成分在里面。因为徐阶主张并实施录用、赠恤议礼诸臣，所以他要反其道而行之。但不管怎么说，他的话符合张居正尊主权的论述。

譬如用人才。

高拱兼掌吏部时，立下一个规矩：凡主要的廷臣，每年必须晤见一次；凡重要的地方官员，朝觐时都要争取晤见。这么做的目的，是遍识天下人才。他还把各官的名册交给各衙门掌印，使签署贤否，呈报吏部。

这不能说有多少新意，但和张居正课吏职的主张，和他上职官御屏，应该说是一脉相承的。

有许多相通之处，他二人在内阁才能一度互相配合，彼此呼应，成就一番事业。

正因为想到高拱的好处，才会激发起张居正些许思念。

他想到，王大臣案后，高拱差一仆人来京，取其京宅中的器具。他闻讯，把高仆唤去，询问高拱起居。

高仆道：老爷不准说。

他说：你家老爷不准你对别人说，不会不准对我说吧？

高仆道：老爷不准我对别人说，尤其不准我对张老爷说。

他问：为何尤其不准对我说？

高仆道：怕惹得张老爷伤心。

他说：你不说，怎知我伤心不伤心呢？

高仆道：我家老爷发话，张老爷一定要你说，你也只得说。

他说：好，我就一定要你说。

高仆道：我家老爷自京师回到新郑家中，大受惊吓；加上鞍马劳顿，大病一场，几乎不起。

说罢，高仆还问：张先生伤心不伤心。

张居正没说伤心，没说不伤心，只是潸然而泣。

他还想到，大约一年前，他的一名宾客，也是高拱的门人，回乡省亲，回到京师后，和他有过一段更令人伤感的谈话。

宾客道：有一事，须禀明相公。

他命道：你说。

宾客道：在下返京时，曾绕道新郑，谒见肃卿师。

他说：不忘师恩，读书人正当如此。

宾客道：但在下要禀明的，不是此事。

他问：不是此事？

宾客道：不是此事。

他问：不是此事，却是何事？

宾客道：肃卿师要我问相公一件事。

他问：何事？

宾客道：肃卿师问，闻得荆州出好寿具，不知然否？

他说：荆州山多，确生长佳木。

说罢，他反问：肃卿先生为何要问此事？

宾客道：此事坐实，肃卿师有一事相托。

他命道：你说。

宾客道：肃卿师对我说，幸烦寄语太岳：一生相厚，无可仰托，只求于荆土为我买一口寿具。

听到这里，他的眼眶湿润。

想到高拱的好处，心存些许思念，更没法借口绕道而放弃看望高拱。

况且，他是真想知道，高拱是不是已经病到要找寿具的地步。

比预想的还要严重。当张居正坐在高拱病榻前时，他是这么想的。但他说的却是：“肃卿先生气色还不错嘛，至少看起来不比我差。”

“这是不能比的。”高拱道。

“怎的不能比？”张居正问。

“叔大先生的气色，是忙于朝政忙出来的，是哀于家事哀出来的；我的气色，却是病于斗室，病于睡榻，病出来的。这怎能一样？叔大先生只要身心稍微松弛，气色就会大不一样。”高拱说。

“肃卿先生这是在安慰我呢，”张居正道，“近来我常觉得，精神大不如前。原本不该忘的事，忽然就会忘记；原本很容易决断的事，忽然就会拿不定主意。”

“但忘记的事很快又想起来，拿不定主意的事很快又有决断，对吧？”高拱问。

“不是所有的事都能想起来，都有决断。”张居正说。

“总有半数以上的事能想起来，能有决断，对吧？”高拱问。

“十件事里，总有两三件事是想不起来的，一两件是做不出决断的。”张居正像往常一样，愿意量化。

“叔大先生胜我多矣，”高拱道，“我在叔大先生这等年纪时，十件忘记的事里，会有三四件事想不起；十件拿不定主意的事里，会有两三件做不出决断。况且，我那时远不如叔大先生今时事繁。”高拱说。

他比张居正年长十二三岁。十二三年前，他还不是首辅，所以说，不如张居正今时事繁。

“在我印象里，却是相反，”张居正说，“即便在肃卿先生主持内阁时，十件忘记的事里，也不会有三四件事想不起；十件拿不定主意的事里，也不会有两三件事做不出决断。”

“是吗？”高拱表示怀疑，“果真如此，还不是因为内阁有叔大先生。”

“此事无须争，”张居正把话岔开，“我倒是想看看，是不是如肃卿先生所言，身心松弛下来，我的气色能好一些。”

“叔大先生恐怕看不到。”高拱道。

“却是为何？”张居正问。

“叔大先生命中一切都好，只有一事不好。”高拱说。

“何事不好？”张居正问。

“注定一生劳碌。”高拱说。

“也未见得，”张居正道，“今次还乡治丧，皇上虽拒之再三，最后还不是恩准；多官虽奏留再三，最后还不是增补其他阁臣！”

“皇上难道没有再三宣谕，叔大先生须早日还朝？”高拱问。

“皇上确是再三宣谕。”张居正说。

“可见皇上准叔大先生还乡治丧，实属无奈；至于增补其他阁员——”高拱顿了顿，问，“闻得有人欲召还华亭，可有其事？”

“有。”张居正应道。

“叔大先生怎想？”高拱问。

“亦无不可。”张居正道。

“叔大先生无异议，怎的未召？”高拱问。

“我无异议，却有人有异议。”张居正说。

“叔大先生无异议的事，谁个能把它变得有异议？”高拱问。

“是司礼冯公。”张居正说。

“我应该想到的，”高拱道，“叔大先生是知道的，我对此公向来没好感；但他这次的异议，我却极为赞成。”

“我也应该想到的。”张居正回应道。

“叔大先生是说，华亭与我形同冰火，老冯拒绝召他还朝，我自然会赞成？”高拱问。

“差不多是此意吧。”张居正道。

“但今次我赞成老冯，却是为叔大先生计。”高拱说。

“为我计？怎讲？”张居正问。

“朝廷增补其他阁臣，首辅的位置谁也得不去的；召还华亭，却只能以首辅的位置与他。朝廷无论增补几名阁臣，无论谁个暂居首辅之位，叔大先生还朝后，他等都只能退居次辅；召还华亭，叔大先生一旦还朝，是让他再度休致，还是叔大先生甘愿退居次辅？”高拱道。

一番话道破张居正的心思。

不错，张居正的确想过，自己还乡治丧期间，是不是可以召入徐阶，暂且主持内阁。所以，朝中才有起用徐阶的议论。但他很快否定这个想法。他的顾虑，正是高拱说的：徐阶只能以首辅见召；一旦召入，即便张居正还朝，也不能让他离开这个位置。隆庆三年召还高拱，就是前鉴。张居正产生起用高拱的念头，本来是为抗衡另一名阁臣赵贞吉；在起用高拱后，果然如愿驱除赵贞吉。但高拱很快晋为首辅，和张居正之间的冲突，远远超过张居正和赵贞吉之间的冲突。朝中响起几声召入徐阶的议论后，戛然而止，主要并不是冯保的异议，而是张居正想法的改变。他可不想徐阶成为另一个高拱。

“我没想那么多，”他努力掩饰自己的心情，“只是冯公称，少湖翁年事已高，不宜再任剧劳；以我本人的情形度之：我不过五旬开外，已常有想不到的事，难以决断的事；少湖翁却是坐七望八的高龄，加以重荷，我作为晚辈，实有不忍。”

“无论何故，华亭不起，乃叔大先生之幸，亦朝廷之幸。”高拱说。

两个人会说这么多的话，说得这么投契，张居正没想到，高拱也没想到。张居正看出高拱已经极度疲惫、极度虚弱，起身告辞。

“肃卿先生好生将养，万一朝廷一定不准我守制，还朝之时，我会再来看望。”他说。

“多谢厚谊，只怕我等不到那一日。”高拱道。

“万一肃卿先生不测，所托之事，我一定照办。”张居正说。

“多谢，”高拱想握手揖别，但根本举不起胳臂。他说，“尊大人灵前，叔大先生请代我烧一炷香。”

高拱在张居正走后，昏睡很久，才醒过来。

他没有子嗣，过继给他的侄子高务观正坐在病榻前打瞌睡。

“观儿，回你房去睡吧。”他轻声招呼道。

高务观没反应。在高拱打算招呼别人把他送回去时，他却醒过来。

“父亲醒来？”他忙站起来，弯下腰去，看高拱有什么吩咐。

“我睡多久？”高拱问。

“两个多时辰吧。”高务观说。

“怪不得外面已经昏暗，”高拱说着，点头示意，“我睡这一觉，精神好许多。观儿，你去歇着吧。”

“父亲躺着睡两个多时辰，孩儿坐着也睡两个多时辰，并不困顿，还是陪父亲坐一会儿吧。”高务观说。

“也好，”高拱点点头，问道，“我和张江陵的谈话，你都听到？”

“是。”高务观应道。

“怎想的？”高拱问。

“父亲说的是——”高务观反问。

“很亲切吧？”高拱仍问。

“父亲说的是张江陵？”高务观又反问。

“当然。”高拱点头。

“过于亲切。”高务观道。

“很随意吧？”高拱问。

“过于随意。”高务观道。

“怎见得亲切？”高拱又问。

“譬如，大谈忘性和气色，我听后，觉得实在是亲切；我若说与别人听，谁也不会相信是张江陵在和父亲说话。”高务观道。

“还有吗？”高拱问。

“譬如，他最后表示，还朝之日，还会再来看望父亲。”高务观道。

“怎见得随意？”高拱又问。

“譬如，谈及华亭之事，父亲说与华亭形同水火，他并不否认。谁能相信他对父亲如此坦诚？”高务观道。

“还有吗？”高拱问。

“譬如，父亲昔日托人请他求购寿具，他竟当面应承。”高务观道。

“观儿倒听得仔细！”高拱冷笑。

高务观当然听得出，这不是夸奖。他说：“孩儿亦知，亲切仅是其表。”

“其里呢？”高拱问。

“孩儿说不好，乞父亲教之。”高务观说。

“拿气色来说吧，”高拱道，“观儿，你看我和张江陵的气色当真不相上下吗？”

“不管怎说，父亲年长十余岁，差别还是有的。”高务观说。

“故你说亲切亦可，却当不得真。”高拱道。

“父亲说的是。”高务观应道。

“再拿忘性来说，”高拱道，“观儿，你相信张江陵的忘性竟会比我还大吗？”

“孩儿觉着，不该忘的事，父亲从未忘过。”高务观说。

“我要告诉你，张江陵比我精明十倍。”高拱说。

“这正是孩儿不懂之处，”高务观道，“既然都不健忘，父亲与张江陵说起忘事，怎都振振有词？”

“观儿还记不记得，谁个先说起忘事？”高拱问。

“是张江陵。”高务观说。

“肯定吗？”高拱问。

“十分肯定。”高务观说。

“他是客，既说起忘事，我总不能不予回应！”高拱道。

“父亲说的是，”高务观应罢，说道，“孩儿不懂的是，张江陵为何要抓住这个话题，谈个不休？”

“你不是以为我二人谈话过于亲切吗？他的用意正在于此。观儿不妨想想，若换别的话题，能否谈得如此亲切？”高拱问。

高务观想了想，承认：“的确难。”

“我没料到的是，张江陵会来看望我；他既来看望我，大谈年老后的一些特征，都在我意料之中。唯有如此，彼此才不尴尬。”高拱说。

“父亲深知张江陵为人。以后凡觉他亲切时，孩儿都会想一想，他的用意何在。”高务观道。

“那倒不必，”高拱摇摇头，说道，“观儿所谓亲切者，还有他声称，还朝之日会再来看我。你看，他是随口一说，抑或言出必诺？”

“若有机会，他或会再来。”高务观说。

“我料定，他必不会再来。”高拱道。

“却是为何？”高务观问。

“还乡，他可以不急；还朝，他必急如星火。”高拱道。

“父亲的意思，他说再来，也是为的显示亲切？”高务观问。

“正是。”高拱点头。

“孩儿说的亲切，经父亲一剖析，全无亲切可言。不如说说随意。”高务观把话题转换。

“好啊，”高拱道，“就说我和华亭的关系吧。观儿还记不记得，是如何引出这个话题的？”

“张江陵先说，他对召起华亭没异议，有人却有异议；并说此人即冯阉。”高务观忆道。

“我怎说的？”高拱问。

“父亲说，应该能想到的；并说，对冯阉向来无好感，但冯阉对召起华亭有异议，父亲却极为赞成。”高务观接着回忆。

“他怎说的？”高拱问。

“他说，他也能想到的。”高务观道。

“于是我问他，可是指我和华亭形同水火，是不是？”高拱问。

“是。”高务观应道。

“故而观儿以为，他说他也能想到，很是随意，是不是？”高拱问。

“是。”高务观应道。

“其实，他这么说，不是随意，而是刻意。”高拱道。

“刻意？怎讲？”高务观问。

“他今日对我说，冯阉不欲召起华亭；日后可以对人说，高某人不欲召华亭。人人皆知，他师事华亭，若让人知道他不欲召起华亭，难免有欺师之嫌。”高拱说。

“但不召起华亭，早已成定局；况且人人皆知，父亲的话是不起作用的。”高务观道。

“让我的话看起来有点儿作用，又有个好处，”高拱说，“并非人人皆知，是他和冯阉联手逐我出朝。我的话起作用，会有人以为，高某人的某些话，他还是肯听的。至于随口一说，可以把我的话变成在起用不起用华亭之前说的，有何难哉！”

“这般刻意，真是孩儿再也想不到的！”高务观道。

“观儿，他表现随意，你还说件何事？”高拱问。

“应承为父亲求购寿具，”高务观道，并说，“还朝时再看望父亲是句空话，此事应该也是句空话。”

“这却未必。”高拱道。

“父亲是说，他会践诺？”高务观问。

“对他来说，我和华亭不同。华亭不召入朝中，他就可以安心；我即便在乡，即便是个待罪之人，他也是放心不下的。一旦得知我命休矣，何其快哉！送套寿具，以示庆贺，有何不可！”高拱道。

“用意忮刻，果然不是句简单的空话。”高务观说。

“和张江陵相处多年，我算看透他。看似亲切之中，蕴藏杀机；看似随意之下，用意深刻。我豫中有句老话：又做师婆又做鬼，说的正是他这等人！”高拱道。

师婆即巫婆。巫婆是捉鬼的。又做师婆又做鬼，和贼喊捉贼这句老话，有异曲同工之妙。

第七十四章

冯保奉召，匆匆赶往慈宁宫。他知道，慈圣皇太后把他找去，无非是为两件事：一是问问皇帝近来如何，二是问问张居正的情形。这两件事也是他最关心的，他相信不会被问倒。

“老冯，你知道我最担心的，是皇上贪玩，不按时睡觉，不按时起床，会误上朝。”慈圣皇太后说。

“奴才也担心，所以叮嘱乾清宫当值的内臣，不管发生天大的事，也要唤醒皇上。”冯保说。

“你只告诉我，皇上有没误过上朝。”慈圣皇太后命道。

“没有。”冯保道。

“一次也没有吗？”慈圣皇太后问。

“一次也没有。”冯保保证。

“这就好，”慈圣皇太后道，又问，“我离开乾清宫，有三个月吧？”

“娘娘是正月二十一移还慈宁的，已三个月又十天。”冯保说。

“我在乾清宫时，皇帝每月还有一两天起不来床，要我去叫，甚至要我去拉他。册立正宫后，难道他真的已长大，真的已懂事？”慈圣皇太后不放心地又问一遍，“皇上当真一次也没误上朝？”

“是。”冯保应道。

“老冯，你怎有本事做到的？”慈圣皇太后问。

“不是奴才有本事。一则如娘娘所谕，皇上已长大；二来皇上孝顺，不会忘记娘娘慈训。奴才所做的，不过是——”冯保本想说“以恶治恶”，但对皇上来说，太不恭敬。他改口说，“奴才不过顺其势而已。”

“顺其势？怎的顺其势？”慈圣皇太后问。

“皇上睡过头，别个是不敢去惊动的；去唤，也唤不醒。只有乾清宫里两个当差的，敢在皇上睡熟时惊动圣驾；被他二人唤醒，皇上不会恼怒。于是，奴才把皇上按时而起坐落在这两个人头上。”冯保说。

“为何被这两个人唤醒，皇上不会恼怒？”慈圣皇太后问。

“这两个人会说话，三言两语能哄得皇上开心。”冯保道。

“会哄人开心，未必是好事。”慈圣皇太后说。

“是，”冯保应道，“奴才不过是用其所长；这两个人身上有些小毛病，奴才不时加以敲打。”

“这两个人叫什么？”慈圣皇太后问。

“一个叫孙海，一个叫客用。”冯保告诉她。

“孙海，客用，我得记住这两个人，”慈圣皇太后说着，又问，“老冯，张先生离朝有两个月吗？”

“还不够两个月，”冯保道，“张先生是三月十三日出京的，距今日正好一个月又二十天。”

“其父已安葬吧？”慈圣皇太后问。

“按照张先生在京时对奴才说的日程，应已安葬。”冯保说。

“我曾嘱咐发道圣谕，敦请张先生尽早还朝，皇上有没发出？”慈圣皇太后问。

“二十天前已发。”冯保道。

“是要他葬礼过后即还朝吗？”慈圣皇太后问。

“是。”冯保应道。

“可有回信？”慈圣皇太后问。

“才有回信。”冯保道。

“张先生奉旨否？”慈圣皇太后问。

“尚未。”冯保道。

“他拒不奉旨？”慈圣皇太后问。

“也没有。”冯保道。

“既不奉旨，又不拒奉，是怎么一回事？”慈圣皇太后问。

“张先生说，其父既丧，不忍留母一人在荆，请奉之还京。”冯保说。

“这是他的孝心，没理由不准呀！”慈圣皇太后道。

“奴才也是这么想的。”冯保说。

“那就让皇上再降一道谕旨，准其所奏。”慈圣皇太后道。

“娘娘，奴才以为，张先生此奏不宜准。”冯保小心地说。

“怎么？”慈圣皇太后问。

“时在暑日，张先生乞秋日奉母入京。”冯保说。

慈圣皇太后意识到，“准其所奏”，说得太随意。她在心里计算着日子，并且不知不觉地说出来：“那得两个月之后，才好动身。”

“两个月之后，或者三个月之后，才好动身。”冯保说。

“老冯，你怎想的？”慈圣皇太后问罢，自己忍不住笑起来，“对，你才说过，不宜准其奏。”

“奴才的意思，不是驳回张先生奉母来京之请，而是不宜准张先生留待秋日再奉母来京。”冯保说。

“你是说，宜分为两步：其一，张先生先还朝；其二，待到秋日，再由别人奉其母来京？”慈圣皇太后听懂他的意思。

“是。”冯保应道。

“既可由别人代为治丧，由别人奉母来京，应该也是可以的。不过，当初代为治丧的，是其子，而今其子要代他在乡守制，不宜奉祖母来京。”慈圣皇太后沉吟道。

“奴才想，魏朝为治坟茔的差事已完成，正可由他奉张母来京；嗣修仍留荆州，代其父尽孝。”冯保说。

“好，”慈圣皇太后点头应道，并命，“就这样拟一道谕旨吧。”

“是。”冯保虽然应着，但看上去还有话说。

“老冯还有何事？”慈圣皇太后问。

“奴才想，最好是大臣们先上疏，敦促张先生还朝，皇上再降这道谕旨。”冯保筹划精细地说。

“大臣们上不上疏，是你的事，我不管。”慈圣皇太后道。

皇帝让孙海陪他下棋，输者罚酒。

“奴才不下。”孙海说。

“孙老儿，你敢抗旨！”皇帝吓唬他。

“奴才这会儿不抗旨，一会儿也得抗旨。”孙海说。

“这是为何？”皇帝问。

“奴才和爷下十盘棋，得输十盘，酒都是奴才一个人喝。爷若是想喝一口，就得命奴才：你倒是赢一盘呀。爷想，以奴才手谈的工夫，赢得了爷吗？奴才可不得抗旨！”孙海说。

皇帝被他说的得意，不再难为他。

“客老儿，你比孙老儿下得好，你来陪朕下。”他对客用说。

“奴才和孙老儿下十盘棋，能赢他十盘，可和爷下十盘棋，得输上十一盘。”客用说。

“下十盘棋，怎会输十一盘？”皇帝问。

“输得数错呗。”客用说。

皇帝更加得意。他说：“客老儿，你这六个字，比孙老儿的六十个字，更有妙趣。”

“一则，客老儿笨嘴拙舌，说话怎有妙趣？二则，奴才说得不会正好六十个字吧？”孙海分辩。

“我只是形容你的话多，不一定恰好六十个字。”皇帝说。

“爷金口玉言，不会错；孙老儿说的恰好是六十个字。”客用道。

“你怎知恰好是六十个字？”皇帝问。

“奴才数着呢。”客用道。

“你浑浑噩噩，数也未必数得清。”孙海讥道。

“那我数给你看，”客用说着，一句一句重复孙海一句，重复一句，问一遍，“奴才和爷下十盘棋。”

“有这话。”孙海道。

“几字？”客用问。

“八字。”孙海道。

“得输十盘。”客用重复。

“有这话。”孙海道。

“几字？”客用问。

“四字。”孙海道。

“酒都是奴才一个人喝。”客用重复。

“有这话。”孙海道。

“几字？”客用问。

“九字。”孙海道。

“爷若是想喝一口。”客用重复。

“有这话。”孙海道。

“几字？”客用问。

“七字。”孙海道。

“就得命奴才。”客用重复。

“有这话。”孙海道。

“几字？”客用问。

“五字。”孙海道。

“你倒是赢一盘呀。”客用重复。

“有这话。”孙海道。

“几字？”客用问。

“七字。”孙海道。

“爷想。”客用重复。

这两个字很容易使人误会。孙海道：“你还没重复完呢，让爷怎想！”

“难道你不曾说‘爷想’？”客用问。

“有这话。”孙海道。

“几字？”客用问。

“二字。”孙海道。

“以奴才手谈的工夫。”客用重复。

“有这话。”孙海道。

“几字？”客用问。

“八字。”孙海道。

“赢得了爷吗？”客用重复。

“有这话。”孙海道。

“几字？”客用问。

“五字。”孙海道。

“可不得抗旨！”客用重复。

“有这话。”孙海道。

“几字？”客用问。

“五字。”孙海道。

“八字，加四字，加九字，加七字，加五字，加七字，加二字，加八字，加五字，再加五字，孙老儿，你算算，共是几多字？”客用说。

“一堆数字，让我怎算！”孙海道。

客用一个数字一个数字地再说一遍，让孙海掰着手指计算。每加到十数，孙海拿笔在纸上划一道竖杠，然后张开手掌，重新计算。等到数完，纸上刚好有六道竖杠，他的手掌也刚好张开。

他很想指出，客用重复的话里多几字，或少几字。但别说他不可能把自己的话记得那么清楚；就算他记得清楚，他也很难从客用的重复里挑出毛病。再说，这正好说明皇帝的神奇，他干吗要扫兴！

“爷，”惊愕之余，他一副可怜相地求助于皇帝，“是奴才浑浑噩噩，自个儿计算出来的数目，自个儿不敢相信。”

“朕再计算一遍。”皇帝也觉得不可思议。

客用又一句话一句话地说一遍，让皇帝掰着手指计算。皇帝每加到十数，他就伸出一指表示整数，皇帝会张开手掌，重新计算。等到数完，客用刚好第二只手伸出一指，皇帝的手掌也刚好张开。

“客老儿，你厉害呀！”皇帝说。

“是爷厉害，”客用道，“爷说孙老儿说的是六十个字，果然是六十个字，一字不多，一字不少。”

“朕是说，你怎会想到给孙老儿数字？”皇帝问。

“孙老儿说话最啰唆，”客用道，“明明几个字可以说清楚的事，他非说几十个字不可。奴才有时好奇，就数他到底能说几多字。没想到，今日让爷派上用处。”

“数得好！朕要赏赐你，”皇帝说着，问道，“冯大伴说，若叫不起朕，误了上朝，要怎的你？”

“打烂奴才的屁股。”客用道。

“朕保你的屁股完好无损！该你叫起，朕绝不耽搁。”皇帝说。

“还有奴才呢。”孙海也想得到一个保证。

“你怎的？”皇帝问。

“冯叔说，奴才若叫不起爷，要撕烂奴才的嘴。”孙海道。

“你那张嘴，被冯大伴撕烂才好，免得客老儿费心为你数字！哪天朕高兴，一定给你个机会！”皇帝开心地说。

“爷不能厚彼薄此呀！”孙海一脸苦相地说。

“厚彼薄此？哪次朕不是先想着你！今日朕要下棋赌酒，不是先找的你吗？”皇帝道。

“奴才遵旨，奴才这就摆棋。”孙海说着，要去拿围棋。

“停！朕已没兴致。你二人还是陪朕说说闲话吧。”皇帝道。

“是。”孙海、客用应道。

“朕今日为何要下棋，你两个知否？”皇帝问。

“奴才等不知。”孙海、客用齐道。

“反正爷不开心时，才要下棋。”孙海又说。

“奴才觉着，爷今日不如昨日开心。”客用又说。

“那朕昨天为何开心呢？”皇帝问。

“奴才等不知。”孙海、客用齐道。

“昨日接获张先生一道奏本。”皇帝说。

“爷为张先生上一道奏本而开心？”孙海觉得有点儿奇怪。

“爷开心或是他奏本写得好？”客用猜测。

“孙老儿以为朕不会为张先生的奏本开心，不对；朕有时也会因张先生上一道奏本而开心的。客老儿以为朕开心是因为张先生奏本写得好，更不对；在朕眼里，张先生的奏本不是以好坏来区分的。朕开心，是因为张先生所奏之事。”皇帝说。

“张先生所奏何事？”孙海、客用齐问。

“张先生说，父亲不在，他要把母亲接来京师。”皇帝说。

“难怪爷会开心。”孙海嘴快，先有回应。

“为何张先生要把母亲接来京师，爷就开心？”客用问。

“这还不懂吗！”孙海道。皇帝称赏客用，而贬低他，虽然是开玩笑的成分居多，他心里还是不痛快。现在总算有打压客用的机会，他说，“张先生要把母亲接来京师，是他的孝心，对吧？张先生是爷最敬重的大臣，他有孝心，足可为文武百官的表率，对吧？文武百官有表率，天下之人有表率，爷自然开心。”

“原来如此，”客用回应一句，然后问皇帝，“爷开心可是为此？”

“张先生若有孝心，留在荆州陪伴其母，岂不更好！”皇帝道。

“可不，张先生有孝心，留在荆州陪伴其母，岂不更好！”客用学舌。

皇帝的话，孙海不敢公然反驳；但同样的话从客用嘴里说出来，他却可以毫无顾忌地反驳。

“张先生可以陪伴其母留在荆州，但是准其假归葬，而不是准其守制，爷给他的假期是三个月，他能抗旨吗？他不能抗旨，就不能不还朝；他不能不还朝，把其母接来京师，就是有孝心。”他说。

“爷，孙老儿的话似乎也有三两分道理。”客用道。

“岂止三两分，八九分都是有的！”皇帝说。

“爷的意思是——”客用问。

“朕是说，昨日朕开心，并非因为张先生有孝心。”皇帝道。

“爷昨日开心，不是为的张先生有孝心？”孙海抢着问。

“爷不为张先生有孝心，却为何事？”客用也问。

“张先生的奏本里还说，时值暑热，请于秋日奉母来京。”皇帝道。

“秋日上路，免其母受暑热之苦，这也是张先生的孝心呀——”孙海说到这里，忽有所悟，连声说道，“不对，不对！”

“孙哥是说，张先生奏请秋日奉母来京，不是孝心？”客用问。

“张先生奏请秋日奉母来京，肯定是孝心；我是说，张先生奏请秋日奉母来京，除孝心，还有别事。”孙海道。

“还有何事？”客用问。

“秋日距今，还有多少日子？”孙海反问。

“两个月，三个月，或者四个月。”客用说。

“初秋暑热并未全消，张先生既为避开暑热，不会两个月后即奉母来京吧？”孙海问。

“不会，”客用道，“照张先生的意思，应该在三个月之后，甚或四个月之后，再奉母来京。”说到这里，他不可能不懂，“张先生得三个月之后，甚或四个月之后，才能还朝，难怪爷开心。”说着，问道，“爷，奴才说得对吧？”

“虽是你说的，却是孙老儿先琢磨出来的。这一次，让他占先。朕也要应承他，得保住他那张嘴。”皇帝道。

“奴才谢爷恩典。”孙海忙叩头。

“不过，你还得说出来，朕今日为何不开心。”皇帝又提出一个要求。

“客老儿呢？”孙海问。

“他也得说出个一二；不然，朕的应承概不作数。”皇帝道。

“是。”孙海、客用齐应道。

“奴才想，爷今日不开心，一定是因为张先生不等秋日就要奉母来京。”孙海仍抢着说。

“张先生为何不等秋日就要奉母来京？”皇帝问。

孙海答不出来。一日之内，张居正有另一道奏本呈进，实在说不过去。

“未必是张先生不等秋日奉母来京，但一定是张先生不等秋日就要还朝。”客用换个说法。

“张先生为何不等秋日就要还朝？”皇帝问。

客用也答不出来。大家都说张居正奉母来京是孝心，于秋日奉母来京是孝心。难道一日之内，他会放弃孝心？

“朕不能说你两个的话离题千里，也不能说你两个的话切中题目，实际上是张先生可能不等秋日就要还朝。所以——”皇帝说到这里，见孙海、客用一脸失望的表情，安抚道，“朕再给个机会。你两个说，张先生为何可能不等秋日就要还朝？”

关系到皇帝会不会认可，会不会恶作剧，让冯保严厉地惩罚自己，孙海、客用二人都要多花点儿心思。

“朝廷今日有没再降一道谕旨给张先生？”孙海问。

“曾降。”皇帝道。

“一定是朝廷今日降谕张先生，不准他秋日奉母来京之请；所以，他有可能不等秋日就要还朝。”孙海说。

皇帝不置可否，而问客用：“客老儿，你说呢？”

“朝廷今日有没有廷臣所上奏本？”客用问。

“有。”皇帝道。

“一定是廷臣奏请敦促张先生还朝，朝廷不得已再降一道谕旨；所以，他有可能不等秋日就要还朝。”客用说。

“这次你两个说的都不错，客老儿说的尤其准确。朕可以重新应承，不为难你两个。”皇帝道。

“谢爷恩典。”孙海、客用齐道。

“你两个再多说一事。说对，朕有赏赐；说错，朕不取消对你两个的应承。”皇帝道。

“奴才等遵旨。”孙海、客用齐道。

“你两个可知，今日上疏的廷臣有谁？”皇帝问。

“一定有阁臣们。”孙海说。

“不错，他等确上疏。”皇帝道。

“六部尚书和掌院都御史不一同上疏，也会有五六个上疏。”客用说。

“是一同上疏。”皇帝道。

“各司、寺掌印必闻风而动。”孙海又说。

“几乎未漏一人。”皇帝道。

“六科、十三道、怎甘于寂寞！”客用又说。

“几乎未漏一道，一科。”皇帝道。

“奏章铺天盖地而来，难怪朝廷要再降谕旨。”孙海说。

“奏章铺天盖地而来，难怪爷不开心。”客用说。

“朕不仅不开心，朕也不懂，”皇帝道，“他等争先恐后地上疏，难道都愿意张先生早日还朝？”

“奴才想，其中多数人是应景。”孙海说。

“应何事之景？”皇帝问。

孙海张着嘴，说不上来。

“奴才想，其中多数人是奉命。”客用说。

“奉何人之命？”皇帝问。

客用张着嘴，更说不上来。

“拿吕先生来说，位置好不容易左移，他当真愿意应这个景，再把位置移回去？”皇帝问。

“应该不愿意。”孙海、客用齐道。

“他贵为当朝第一臣，又会奉谁人之命？”皇帝问。

“似无他人之命可奉。”孙海、客用齐道。

“还有张卿，马卿，申卿，吕先生为首辅，他等是名副其实的同僚；张先生回阁，他等形同随员。他等当真愿意应这个景，不做同僚，而做随员？”皇帝问。

“应该不愿意。”孙海、客用齐道。

“身为辅臣，他等又会奉谁人之命？”皇帝问。

“除非是奉首辅之命。”孙海说。

“除非张先生为首辅，他等才会奉首辅之命。”客用说。

“拿王尚书来说，张先生不在朝，他是列于首位的尚书；张先生还朝，吏部形同吏科，尚书形同吏员。他当真愿意应这个景，不做首位尚书，而做吏员？”皇帝问。

“应该不愿意。”孙海、客用齐道。

“身为首位尚书，他又会奉谁人之命？”皇帝问。

“除非是内阁之命。”孙海说。

“除非是张先生为首辅的内阁之命。”客用说。

“其他六卿，张先生不在朝，他等是名副其实的尚书；张先生还朝，各部形同各科，各尚书，还有掌院都御史，形同书办。他等当真愿意应这个景，不做尚书、都堂，而做书办？”皇帝问。

“应该不愿意。”孙海、客用齐道。

“身为掌部尚书、掌院都御史，他等又奉谁人之命？”皇帝问。

“除非是内阁或吏书之命。”孙海说。

“除非是张先生为首辅的内阁之命，或经张先生授意的内阁之命。”客用说。

“但张先生分明不在朝中，分明不为首辅，为何人人仍应着不愿应的景，奉着不知谁人之命？”皇帝问。

“奴才等不知。”孙海、客用齐道。

“你两个不是不知，是不敢说，”皇帝道。“你两个不敢说，朕替你两个说吧。有人对内阁几位先生说，对七卿说，圣母皇太后想张先生早日还朝。圣母皇太后想张先生早日还朝，即皇上想张先生早日还朝。因此，张先生必定是要早日还朝的。张先生还朝后，你等想日子好过，此刻不妨敦促张先生早日还朝；不想日子好过，此刻也可推三推四，不进一言。谁不想以后的日子好过呢？他们当然要纷纷上疏。”

“爷圣明。”孙海、客用颂道。

第七十五章

散朝后，户部员外郎王用汲满脸怒容地在大臣班里寻摸着。殷正茂以为在找自己，朝他点点头。他却理也不理，从殷正茂身边走过去，一直走到掌院都御史陈炌面前。

“明受，我看大司徒和你打招呼呢。”陈炌说。

“下官不找他。”王用汲生硬地说。

“他或许在找你。”陈炌道。

“养实先生以为我在找他，才和我打的招呼；并非因为他要找我，才打的招呼。这点儿差别，下官还能区分。”王用汲的语气仍然不友善。

“看来，明受是在找我。”陈炌道。

“是，”王用汲应道，“我是在找文晦先生。”

陈炌字文晦，江西临川人，嘉靖二十年进士。王用汲字明受，福建晋江人，隆庆二年进士。

“明受找我何事？”陈炌问。

“有一事请教。”王用汲道。

“户部事务，我可是一窍不通。”陈炌开玩笑地说。

“不是户部事务，是都察院事务。”王用汲道。

“明受关注都察院事务，我之幸也。明受请说。”陈炌说句客气话。

“此处喧闹，敢请文晦先生移驾。”王用汲道。

“好。”陈炌应道。

都察院和户部在相反的方向。作为部属，王用汲是没资格把陈炌请到户部衙门的；都察院衙门距宫中甚远，距户部衙门更远，陈炌也没可能去。换个地方谈话，只能是往较为僻静的地方走几步。

“可以了吗？”陈炌问。

“可以了。”王用汲道。

“都察院何事，让明受留心？”陈炌问。

“赵御史文宗先生削籍，是怎么一回事？”王用汲反问。

赵文宗名应元，陕西泾阳人，嘉靖四十四年进士，官御史，巡按湖广。

“明受怎关心起这件事？”陈炌的话语显示他没想到，可他的表情却显示他早有准备：即使王用汲不来问他，也会有别人来问他，“文宗削籍，是朝廷的处分；本院议时，不是这等处分。”

“这也是下官想要请教的，”王用汲说着，问道，“都察院议文宗先生事，是如何处分的？”

“罢职。”陈炌道。

他想强调的是，罢职和削籍，虽都是罢官，但有根本的区别：罢职，虽丢官，身份还是有的；削籍，则连做官的资格也除去。但王用汲关心的，并不是二者有无区别。

“下官再请教，文宗先生有何过失，都察院议以罢职？”他问。

“应该算是正常考核吧。”陈炌应付地说。

“正常考核？”王用汲冷笑一声，问道，“是他巡按任上出过纰漏？”

“虽非纰漏，但不可谓非大事。”陈炌道。

“若谓大事，也是出在湖广。怎不闻处分陈都堂、王都堂、徐都堂？”王用汲问。他说的陈都堂，是前湖广巡抚陈瑞；他说的王都堂，是今湖广巡抚王之垣，他说的徐都堂，是郧阳巡抚徐学谟。

“文宗的事和他等无关。”陈炌说。

“当真无关？”王用汲问。

“明受何意？”陈炌反问。

“我看，不仅有关，关系还大得很。”王用汲说。

“好啊，”陈炌道，“我倒要听听，关系怎大得很！”

“陈都堂在湖广巡抚任上做的最后一件大事，是不远千里，赶往相公府上吊唁，是吧？”王用汲问。

“是否他做的最后一件大事，不好说；但他的确去吊唁。”陈炌说。

“他在太夫人面前泣不成声，是吧？”王用汲问。

“明受，你知陈都堂是哪一年的进士？”陈炌反问。

“他是哪一年进士，与吊唁时泣不成声，有何关系！”王用汲道。

“不见得很大，关系却是有的，”陈炌的话音里颇有些挖苦的味道，“陈都堂是嘉靖三十二年的进士，他的房考官正是叔大先生。以师为父，父之父即祖父。他哭得伤心，有何不当？”

“在灵堂，陈都堂遇到一位协助相公府上办理丧事的内臣，”王用汲接着讲述，“太夫人对陈都堂说，这位公公帮忙不小，孔麟当善待之。陈都堂当即揖该内臣，并说：瑞不能为公公倚重，公公却能重瑞。”说罢，仍问一声，“有这事吧？”

孔麟是陈瑞的字。

“此事是风闻吧？”陈炌反问。

“是。”王用汲应道。

“风闻之事，不便多议。”陈炌道。

“好，”王用汲应一声，又说，“陈都堂吊唁之后，即召为南京工部侍郎，不是传闻吧？”

“不是传闻，”陈炌承认，同时又说，“不过，明受要请教此事，该请教吏部，不该请教都察院。”

“人人皆知之事，下官不用请教，”王用汲说着，把话题转到另一人身上。“王都堂赴湖广巡抚之任后做的第一件大事，是不远千里，赶往相公府上吊唁，是吧？”

“是否他做的第一件大事，不好说；但他的确去吊唁。”陈炌说。

“我知王都堂不是隆庆五年的进士，他不会恰巧是相公为主考时所取吧？”王用汲道。陈炌挖苦他一句，他也要挖苦陈炌一句。

“据我所知，不是，”陈炌不计较他的挖苦，“明受之意，他不是叔大先生所取士，就不可以表达一下他的哀悼之情？”

“下官当然不是这个意思，”王用汲道，“下官是说，巡抚既管其地，又管其民，又管其军，又管其财赋，何其繁杂！难道他可以弃一切事务不顾，只把心思放在相公的家事上？”

“一则，即便王都堂到任后做的第一件大事是往荆州吊唁，未必就是对一切事务弃之不顾。二则，叔大先生家丧，朝廷遣内臣为之营建坟茔；叔大先生归葬其父，皇帝及两宫皇太后遣内臣饯于郊外。这是不是把它当作第一等大事来办？朝廷把它当作第一等大事，王都堂依朝廷规格，也把它当作第一等大事，何错之有！”陈炌辩道。

王用汲点到而已，引出陈炌那么多的话，他却不接着往下说。

“武昌距荆州不下千里，我看，郧阳似距荆州更远。文晦先生，你说呢？”他问道。

“明受还要编派徐都堂的不是？”陈炌反问。

“就算郧阳距荆州更远，就算徐都堂把一切事务弃之不顾，他赶往相公府上吊唁，文晦先生也不觉着有何不对，是吧？”王用汲又问。

“就算徐都堂赶往叔大先生府上吊唁有天大的不对，就算陈都堂、王都堂相继赶往叔大先生府上吊唁也不对，但说都察院处分文宗，朝廷处分文宗和此事有关，是不是太牵强？”陈炌又反问。

“文晦先生且听是否牵强，”王用汲道，“陈都堂赶往相公府上吊唁，不管是不是因此而升迁，至少无过；王都堂赶往相公府上吊唁，不管有没有功，至少无过；徐都堂赶往相公府上吊唁，不管有没有功，至少无过。因此，他等都未受到处分。唯独一个文宗先生，胆敢不往相公府上吊唁，他就被都察院议处罢职，被朝廷议处削籍。文晦先生能说，处分文宗先生，和不往相公府上吊唁无关？”

“我说的是和几位都堂无关，并非说和他不往相公府上吊唁无关。明受既言及此，我可以坦率告知，都察院议处文宗以罢职，朝廷议处文宗以削籍，和他不往叔大先生府上吊唁有关，又无关。”陈炌说。

“怎叫有关？”王用汲问。

“朝廷把叔大先生家丧当作第一等大事，陈都堂等把叔大先生家丧当作第一等大事，文宗却不把叔大先生家丧当作第一等大事，此即他的过失。都察院有理由议处他，朝廷有理由议处他。”陈炌说。

“文晦先生怎又说无关？”王用汲问。

“都察院以罢职议处，朝廷以削籍议处，并非仅仅因为他不往叔大先生府上吊唁。”陈炌说。

“并非仅仅因为他不往相公府上吊唁？难道他还有别的过失不成？”王用汲问。

“当然。”陈炌应道。

“是何过失？”王用汲问。

“他觉察不往叔大先生府上吊唁，乃是过失；或别人提醒他，不往叔大先生府上吊唁，乃是过失。他于是称病乞休，试图遮掩；却不知谎称有病，欺罔朝廷，乃更大的过失。以重罪言之，亦不为过。”陈炌说。

“文晦先生以此加罪文宗先生，才是牵强呢。”王用汲道。

“怎的牵强？”陈炌问。

“人有旦夕祸福，文宗先生乞休疏送达朝廷的前两日，工部司务吕潜、序班郭英稷以病告归；文宗先生乞休疏送达朝廷的后两日，南京刑部主事孙一星、刘玉成乞休疏送达朝廷。他们难道也是欺罔朝廷，也该治罪？吕潜等所请，孙一星等所请，经吏部题复，皆奉旨俞允，为何换在文宗先生身上，则以罢职议处，以削籍议处！”王用汲道。

“他官乞休，与巡按御史乞休，是不能相提并论的。”陈炌说。

“巡按御史乞休，也有现成的例子呀，”王用汲道，“陆御史元量先生，刘御史汝观兄，陈御史道亨先生，哪一位不是以巡方事讫而引疾的？”

他说的陆元量，名万锺，南直隶华亭人，嘉靖四十四年进士；刘汝观，名光国，河南上蔡人，隆庆二年进士；陈道亨，名用宾，福建晋江人，隆庆五年进士。

“明受以他等数人为例，就不牵强？”陈炌驳道，“赵文宗有不往叔大先生府上吊唁的过失在前，他称病乞休，才被疑为欺罔朝廷；别人并无这个过失、或其他过失在前，平白无故，为何要疑人家欺罔！”

“文晦先生可以断定，他是被疑为欺罔？”王用汲抓住他话里一个不确定的字眼。

陈炌知道这两个字有毛病，又不愿意纠正，或者说又难于纠正。他说：“以此事疑为欺罔，足以论罪。”

“但以疑为二字，也足以辩脱，”王用汲道，“我将辨析文宗先生削籍一事，若涉及文晦先生，幸勿怪罪。”

张居正一身素服、一脸冷峻地步入内阁，使得阁中的气氛顿时紧张，三名先到的阁臣不约而同地站起来。三名阁臣是张四维、马自强、申时行。吕调阳在张居正给假治丧之日暂代首辅，但他这个首辅当的实在憋屈，皇帝不仅一次没单独宣召他，咨以朝政，而且降下明谕：其大事，俟元辅裁决。所以，张居正还朝后，他即告病不出，坚请辞官。朝廷虽然尚未准允，但谁都知道，他致仕是早晚的事。

按照张居正以往的习惯，他进到内阁，众阁臣都在的话，他会先和吕调阳打招呼；吕调阳不在，他会先和张四维打招呼。但今天他不仅没理睬张四维，也没理睬马自强，而是径与申时行打招呼。

“汝默，此疏你大可欣赏一番。”他说。

“是，”申时行走过来，从他手里接过一本奏疏。读过第一句话，他说，“叔大先生，此疏晚生读过。”

“读过，不妨再读。”张居正道。

“是。”申时行埋头读疏。

“我的意思，是可以读给众人听听。”张居正道。

“是。”申时行应过后，偷瞥张四维、马自强一眼。张居正让他读给众人听，他不能不读；但人家要不要听，他也不能不顾及。

“汝默读过此疏，他二位一定也都读过；不想听的话，可以不听。”张居正生硬的口吻，和平常他对内阁同僚说话的口气，全然不同。

“叔大先生说值得再读，我等怎会不想听！”张四维马上表态。

“汝默先生，请读吧。”马自强也说。

“是王明受的奏本。”申时行觉得有必要告诉他二人。

王用汲的奏疏，内阁诸臣不仅都读过，而且批复的文字，还是张四维拟的。他们都不理解，张居正为什么要申时行、其实也是要他们再读该疏；更不能理解，已经处分王用汲，而且处分得相当严厉，张居正为什么还是一脸的怨愤，一肚子的怨愤？

见张四维、马自强没有反应，申时行读道：“御史赵应元以不会葬，得罪辅臣，遂为都御史陈炌所论，坐托疾欺罔削籍。臣窃恨之——”

“他和都察院的笔墨官司，不必读。”张居正打断他。

“是，”申时行应一声，读下一段，“如昨岁星变考察——”

“对了！”张居正打断他，“我记得，前一段最后一句用意深刻，汝默，你找出来读读。”

申时行读才读过的那句前面的一句：“陛下但见陈炌论应元，以为恣情趋避，罪当罢斥；至其意所从来，陛下何由知之！”

“王明受和都察院的笔墨官司，可不予理睬；但和都察院笔墨官司的最后一笔，牵扯出皇帝，我等就不能不有所表示。”张居正说。

“叔大先生说的是。”其他三阁臣齐道。

“内阁公议，治以重罪，也在于此。”张四维又说。

张居正对他的话置若罔闻，又命申时行：“汝默，接着读吧。”

申时行读道：“如昨岁星变考察，将以弥灾也。而所挫抑者，泰半皆不附宰臣之人。臣不意陛下省灾塞咎之举，仅为宰臣酬恩报怨之私。且凡附宰臣者，亦各借以酬其私，可不为太息矣哉！”

“公等看，此一段要害何在？”张居正问。

张四维越来越明显地感觉到，张居正今天的怨愤不是冲着王用汲来的，不是冲着别的阁臣来的，而是冲着自己来的。自己说什么，都很难改变他的心情，还不如干脆缄口。

马自强不能眼看着冷场，他说：“不管这次他是和谁打笔墨官司，最后仍是指向皇上。”

“怎可不管他和谁打笔墨官司！”张居正对他也很严厉，“他在这一段多次使用两个字，这两个字才是要害。”

“叔大先生说的是。”另三名阁臣齐道。他们都清楚，张居正说的是哪两个字。

“他不写元辅、首辅，而写宰臣，汝默，不会指你吧？”张居正问。

“晚生不值得他上疏论之。”申时行说。

“如此说来，和你无关？”张居正又问。

“也不能说无关，内阁本是一体。”申时行的回答很得体。

“难得你有此见识。”张居正道。

张四维、马自强都觉得，他说这话时会瞥自己一眼；或者说，他们都希望他说这话时会瞥自己一眼。但张居正只是若有若无地瞥马自强一眼，在他眼里，张四维好像并不存在，这使得张四维更加惴惴不安。

申时行知道，打破眼下尴尬局面的唯一办法，是赶快读下去。

“孟子曰：逢君之恶其罪大。臣则谓，逢相之恶其罪更大也。陛下天纵聪明，从谏勿咈。诸臣熟知其然，争欲碎首批鳞以自见。至若辅臣意之所向，不论是否，无敢一言以正其非；且有先意结其欢，望风张其焰。是臣所谓逢也。今大臣未有不逢相之恶者，陈炌特其较著者耳。”

“汝默看清楚否？仅是较著，而非特著？”张居正冷笑道。

“晚生看得清楚，并未读错。”申时行说。

“文晦先生逢相，仅是较著；公等何不问问王明受，逢相之特著者，又是谁个！”张居正道。

“信口雌黄，量他也说不出来。”张四维说。

“况都察院处分过失御史，怎就联系到逢相！”马自强道。

“公等看出没有，这一段的写法与前两段的写法不同？”张居正问。

“请叔大先生示教。”三名阁臣齐道。

“前两段，他是由臣写到君，这一段，他却由君写到臣。”张居正说。

“果如叔大先生所言。”三阁臣齐道。

“他所言辅臣，不是别的辅臣，正是我张某人。但我要问诸公一句：他这般指责我，公允不公允？”张居正问。

“实不公允。”三阁臣齐道。

“如朝廷欲织锦绮，欲采珍异，欲取太仓、光禄，首先是叔大先生言之。”张四维又说。

“抚臣、按臣言之，部臣、科臣言之，台臣、科臣言之，亦叔大先生意之所向，于此他为何不言‘逢’相！”马自强又说。

“抚臣、按臣言之，部臣、科臣言之，台臣、科臣言之，若无叔大先生主持，朝廷怎会嘉纳，怎会停止！”申时行又说。

“在公等看来如此，在王明受看来，或在不少人看来，则如彼矣。公等不信，再听下去。”张居正道。

申时行读该疏最后一段：“以臣观之，天下无事不私，无人不私，独陛下一人公耳。陛下又不躬自听断，而委政于众所阿奉之大臣。陛下何不日取庶政而勤习之，内外章奏躬自省览，先以意可否焉；然后宣付辅臣，俾之商榷？阅习既久，智虑益弘，几微隐伏之间自无逃于天鉴。夫威福者，陛下所当自出；乾坤者，陛下所当独揽。寄之于人，不谓之旁落，则谓之倒持。政柄一移，积重难返。此又臣所日夜深虑，不独为应元一事已也。”

不用人说，另外三名阁臣也知道，最让张居正恼怒的，一定是这一段的内容。王用汲直言不讳地提出大权旁落、乾坤倒持的问题；直言不讳地奏请皇帝躬览章奏，勤习庶政。他无异于指出张居正意在篡政，意在夺权。在所有的罪恶中，这是第一大罪恶。他无异于在提醒皇帝，要警惕张居正的篡政，警惕张居正的夺权。在所有能挑拨君臣关系的事情中，这是最敏感的一件事情。

“天下无人不私，汝默私否？”张居正问。

“晚生不敢自诩无私。”申时行道。

“那么，你赞成王明受的话？”张居正问。

“晚生不想说赞成不赞成他的话，只想问他是否有私。”申时行道。

“公等看，他是否有私？”张居正问。

张四维、马自强早有话说。挨过许久，好不容易挨到张居正不是问申时行一人，他们怎肯放过！

“他又说，独陛下一人公耳，他是承认自家有私。”张四维说。

“他若无私，也写不出这等肆无忌惮的话来。”马自强说。

“汝默看呢？”张居正表明，他虽然问的不是申时行一人，但重视的还是申时行的态度。

申时行当然不以为这对自己是件好事，他明智地选择一个两不得罪的答法：“子维先生、体乾先生说的是。”

张居正懂得他的心思，也不想让他太为难，接着问道：“公等以为，皇上登极以来，是不是亲习庶政？”

“皇上登极以来，在叔大先生辅弼之下，一直在亲习庶政。”三名阁臣齐道。

“皇上登极以来，有没有躬览章奏？”张居正问。

“凡有见地、有建树的章奏，叔大先生无不奏请皇上躬览。”三名阁臣齐道。

“既如此，他言及亲习庶政，言及躬览章奏，却是何意？”张居正问。

“请叔大先生示教。”三名阁臣知道张居正自己有话要说。

“我若说他居心叵测，欲皇上疏远我等辅弼大臣，公等以为如何？”张居正问。

“叔大先生说的是。”三名阁臣应道。

“我若说他心怀险恶，欲导皇上于异途，公等以为如何？”张居正问。

“叔大先生说的是。”三名阁臣应道。

“我若说他野心勃勃，欲纠合朝中奸党，兴风作浪，公等以为如何？”张居正问。

“叔大先生说的是。”三名阁臣应道。

“汝默，有没有研习过《大明律》？”张居正又问起申时行一人。

“晚生读是读过，却说不上研习。”申时行道。

“身为辅臣，应该好生研习。”张居正说。

“是。”申时行应道。

张居正的话并没说完，他接着说：“不然，若有人问，居心叵测，心怀险恶，野心勃勃，当如何论治，你都没办法置可否。”

“是。”申时行应罢，瞥张四维、马自强一眼，而目光停留在张四维脸上的时间更多一些。

张四维、马自强如梦初醒。张居正今天为什么不给他们一句好话，不给他们一个好脸色，总算明白。王用汲削籍，他们以为够严厉的；谁知，张居正仍以为处分得太轻。

张四维一方面不安，一方面又委屈。若谓削籍太轻，还能怎处分？是廷杖，是下狱，是戍边，还是直接论死！

第七十六章

高拱既然早料到，张居正还朝时不会再来看自己，在这一预言变为现实时，他的情绪就丝毫也不会受影响。

当高务观告诉他，张居正已经渡过黄河时，他甚至为张居正辩解。

“观儿又不是不知，朝廷只给他三个月的假。”他说。

“父亲竟以为，他失言是有道理的？”高务观不解地问。

“观儿可以算算呀，”高拱道，并问，“张江陵三月十三日出京，亦即自三月十三开始他的假期，是吧？”

“孩儿不记得，父亲却还记得清楚。”高务观赌气地说。

高拱不理会，仍与他算计：“观儿可知，他今日渡过黄河的话，哪一日方可抵京？”

“他是昨日渡过黄河的，今日孩儿得知。”高务观说。

“他昨日渡过黄河，也得十三四日后方可抵京；亦即，他不在路上耽搁，才能准时销假。”高拱说。

“是否能准时销假，对他来说，要紧吗？”高务观问。

“要紧是不要紧；可为看我一眼，延误日期，值得吗？”高拱反问。

“他若有心看望父亲，大可早几日离开荆州。”高务观道。

“治丧事大，三个月不少，但也不是很充裕。”高拱说。

“他若不在前一程耽搁，后一程怎会吃紧！”高务观道。

“你说他前一程耽搁，是何意？”高拱问。

“父亲不知吧，他在襄阳耽搁一天。”高务观说。

“在襄阳耽搁一天？为襄王吗？”高拱问。

“可不是！”高务观道，“张江陵途经襄阳，本来应该只宿一夜，因襄王邀宴，他于襄阳停留一日两夜。”

“亲藩相邀，他不好坚拒。”高拱说。

“我正好请教父亲，辅臣见亲藩，应执何礼数？”高务观问。

“别说辅臣，即便公侯见亲藩，也要执臣礼。”高拱说。

“孩儿却听说，张江陵见襄王，仅执宾主之礼。”高务观道。

“有这等事？”高拱虽见多识广，也不由吃惊。

“虽非亲见，但此事传自官府，想来不会有诈。”高务观道。

高拱默默想了一会儿，连吐两个“好”字，不再多说。

“过南阳时，他又停留两日一夜。”高务观说。

“不用说，是为唐王。”高拱道。

“是。”高务观应道。

“也是执宾主礼吧？”高拱问。

“是。”高务观应道。

高拱又连吐两个“好”字。高务观问他好在哪里，他却不说。

当高务观告知张居正已入值时，高拱问得特别仔细。

“哪一天的事？”他问。

“六月二十六日。”高务观说。

“他是哪一天抵京的？”高拱问。

“六月十五日。”高务观说。

“原来他并非抵京后即入值。”高拱道。

“是，”高务观应道，“皇上给他十天假。”

“怪不得他不急于入阁视事呢！但我敢断定，十天假满之前，他一定去过内阁，与和卿先生、子维先生等叙话。”高拱说。

“父亲所料极是，”高务观道，“京里的朋友说，假满之前，他的确去过一次内阁。不过，与他相见的阁臣，不包括和卿先生。”

“这就叫‘曾经沧海难为水’呀，”高拱感慨地说，“和卿先生好歹做过几个月首揆，不甘再为僚属。”

“他去内阁，也不是和子维先生等叙话。”高务观道。

“不为叙话，却去作甚？”高拱问。

“训饬。”高务观道。

“训饬？他为何要训饬其他阁臣？”高拱问。

“京里的朋友说，内阁拟旨处分一官，他嫌处分得轻。”高务观道。

“为处分一官之事，先期去内阁，一定关系到他吧？”高拱问。

“是，”高务观应道，“该官上疏论劾他，甚是严厉。”

“子维先生等拟旨，是如何处分的？”高拱问。

“削籍。”高务观道。

“削籍处分还轻！”高拱惊呼。

“人人皆以为很重，独他以为还轻；故他对子维先生、体乾先生，无不严词厉色。”高务观说。

“子维、汝默，都是他亲自选定的阁臣；体乾是否他亲自选定，还不好说，但至少他是点过头的。他就一点儿面子也不给他们？”高拱问。

“京里的朋友说，他几乎很给汝默先生面子，但汝默先生一样好不难堪，好不狼狈！”高务观说。

高拱又一连吐出两个“好”字。

当高务观告知张母已抵达京师时，很长一段日子不想说话的高拱，又有说话的兴致。

“太夫人果然秋凉才动的身。”他说。

“是。”高务观应道。

“你说是由谁人护送的？”高拱问。

“司礼太监魏朝。”高务观说。

“皇上真是给足他面子。”高拱道。

“魏朝是个人物？”高务观问。

“他在司礼监的地位，仅次于冯阉、张宏数人。”高拱道。

“究竟排在第几？”高务观好奇地问。

“物是人非，我也说不清楚，”高拱道，又说，“其实，他排在第几，无关紧要；要紧的是，司礼太监是为皇上办事的，是为皇太后办事的。譬如亲藩再尊贵，也不敢使唤，而今他却成侍奉张府太夫人的家奴，不知他心里会怎么想。”

“父亲的意思，他会觉着委屈？”高务观问。

“不一定觉着委屈，至少心有不甘吧。”高拱说。

“父亲想的大概不对，”高务观道，“听湖广、河南两地的朋友说，这个魏朝一路上得意得很呢；听京里的朋友说，司礼监不知有多少太监，想得到这个差事，却得不到。连父亲提到的张宏，也因为没得到这趟差事，而深以为憾。”

“你京里朋友的话，也不知有没有准。”高拱说。

“八成准头是有的。”高务观道。

高拱露出一丝微笑，又连吐两个“好”字。

就这样关注着朝廷，关注着张居正，高拱挨到十月。

高务观坐在病榻前陪他闲谈时，他说：“别个人之将死，其言也善；我却是人之将死，其言也怪。”

“黄太医才说父亲日渐好转，父亲怎又说起丧气话！”高务观责备道。

离他乡不远，有名致仕的太医，姓黄，高务观常把他请过来，给高拱诊病。黄太医抱定治病救人的宗旨，并不因高拱得罪朝廷，罢官乡居，而拒绝出诊。

“他是在宽慰我，你竟听不出来！”高拱道。

“孩儿虽不懂医，但父亲是不是见好，还是觉得出来。”高务观说。

“你一定要说见好，我也不与你争辩；反正我要说的，并不在我究竟见好，还是将死。”高拱道。

“孩儿也正想说，”高务观顺着他的话说，“撇开别的话，单单一个怪字，很令孩儿费解。”

“其言也怪，这话费解吗？”高拱问。

“其言也怪，这话并不费解；父亲近来的话，也确实有些怪。孩儿想说，父亲近来的话，怪得有些费解。”高务观道。

“譬如？”高拱问。

“譬如，”高务观举例，“父亲近来不止一次地为张江陵开脱，孩儿就很是不解。”

“所谓言之也怪，这算得其一。”高拱道。

“父亲是对他的看法有所改观，还是打算以德报怨？”高务观问。

“观儿果然不解，”高拱道，“即便我确曾为他开脱，在观儿眼里，就算得德？在张江陵眼里，恐怕是不值一哂吧！”

“看法有无改观，父亲又怎说？”高务观问。

“近来精神稍佳，我坐在案前，总算完成一篇文章。观儿不妨看看。”高拱说着，从枕下拿出一摞纸来。

“父亲撰文，从不避人，此文怎的藏起来！”高务观开玩笑地说。

“观儿读过再说。”高拱道。

是一篇不短的文章，但高务观还是很快读完。

“观儿还会说，我对此人的看法有所改观吗？”高拱问。

“再不会，”高务观道，“清晰、深刻，父亲写的许多事情，孩儿亦闻所未闻。”

高拱写的是他和张居正交恶的始末，大致可以分成三部分。第一部分为顾命纪事，写的先帝临终前他和张居正受顾命的情形；第二部分为交恶之始，从他受徐阶排挤，写到会极门之变；第三部分为王大臣事件，把试图置他于死地，归结为张居正与冯保的合谋。

“父亲此文，是可以单独成册的，却缺个题目。”高务观说。

“我是在病榻上挣扎起来写的，就叫《病榻遗言》吧。”高拱说。

“好题目！”高务观赞道。

“观儿说好，我就把它交给你保管。但有一条，你要收藏好，绝不可以示人。”高拱叮嘱。

“为何不可以示人？”高务观问。

“你先说，我和张江陵，谁个会死在前？”高拱反问。

“父亲问这话，让孩儿怎说！”高务观道。

“你不好说，我却没什么不好说的：我一定死在张江陵前，”高拱说着，问道，“我死后，要不要请朝廷恤典？”

“父亲曾为当朝第一人，孩儿拼死也要为父亲请得恤典。”高务观说。

“你拼死又有何用！”高拱道，“朝廷会不会给予恤典，不在礼部，不在吏部，不在张子维，不在马体乾，不在申汝默，甚至不在皇上，而只在张江陵一人。此文流传出去，你想，他还会答应吗？”

“此事孩儿懂得；但还有一事，孩儿却不懂。”高务观说。

“既不可以示人，我为何要写它，是吗？”高拱问。

“是。”高务观应道。

“我只说不可以示人，并未说永不示人。”高拱道。

“那要到几时，才可以示人？”高务观问。

“几时才可以示人？”高拱好像也在想这个问题。但想的结果，他决定还是先绕开。他问，“观儿，让你费解的，还有何事？”

“孩儿发觉，这些日子以来，父亲喜欢说个‘好’字。”高务观道。

“是吗？”高拱笑笑，问道，“我说过几次？”

“张江陵渡河，父亲说过一次。”高务观道。

“还有呢？”高拱问。

“张江陵抵京，父亲至少说过两次。”高务观道。

“还有呢？”高拱问。

“张江陵入阁视事前，父亲说过一次。”高务观道。

“还有呢？”高拱问。

“张母抵京时，父亲说过一次，”高务观道，并说，“孩儿记得的，有这几次。”

“原来我真说过这么多的‘好’呀！”高拱道，“观儿应该懂得，何谓水满则漫呀；应该懂得，何谓功高震主呀；应该懂得，何谓天威不测呀！以张江陵此等威福，皇上十龄时尚可容之，到十五岁，还可容之吗？十五岁时尚可容之，到二十岁还能容之吗？我看，他就快走到尽头。”说着，指指手稿，“观儿不是想知道，它几时可以示人吗？到那时，它就可以公之于天下。”

“父亲良苦用心，孩儿亦已懂得。”高务观道。

高拱当月病故，高务观携带其夫人陈氏陈乞恤典的奏表，去京师活动。

张居正请复其官，如例给予祭葬。传旨，准给其半。这是后话。

第七十七章

万历七年正旦节过后，首先被张居正找来议事的，不是别部尚书，不是掌院都御史，而是礼部尚书潘晟；议的不是别的事，而是宗室的事。

“乐安王府宗人除名者，有多少人？”张居正问。

“六百余人。”潘晟道。

“是不是太多？”张居正问。

潘晟不好回答。张居正问是不是太多，肯定在他心目中是太多；但此事已奏闻于朝，现在让他自己承认太多，等于是承认犯错。

有错也多些人来担吧。想到此，他说：“除名一事，我和元驭先生、丙仲先生再三议过，并与宗人府议过，才定下来的。”

“丙仲先生等是怎议的？”张居正问。

余有丁字丙仲，浙江鄞县人，嘉靖四十一年进士，他和王锡爵在去年先后升任礼部侍郎。

“皆为擅婚所出，要不一个也不除名；要除名，一律除名。”潘晟说。

“皆擅婚所出，不能成为或一个也不除名，或一律除名的理由；思明先生要一律除名，还得有些别的理由。”张居正说。

“别的理由嘛——”潘晟略一沉吟，问，“我欲引二臣之言，可否？”

“好啊，”张居正边应边问，“是哪二臣之言？”

“一是林若雨的一道奏疏，他写道：天下财赋，岁贡京师米四百万石，而各藩禄米岁至八百五十三万石；山西、河南存留米二百三十六万三千石，而宗室禄米五百又四万石。”潘晟引罢该疏，顿了顿，看张居正有什么话要说。

“天下宗藩岁禄八百五十余万石，山西、河南，宗藩禄米多达五百余万石，林若雨没写错吧？”张居正果然有话。

“应该不会写错，”潘晟道，“一来，朝廷在山西、河南建藩，多于别省；二来，山西各藩，多建于国初，生殖繁衍自然会多。”

“言之有理，”张居正点点头，问道，“思明先生要引的第二臣之言，却是谁人的奏疏？”

“是戚希仲的一道奏疏，”潘晟道，“他写道：诸藩日盛，禄粮不继，不及今密为区处，将来更有难处者。”

“思明先生还不如引他奏疏里另一段呢。”张居正说。

“我下面正要引之，”潘晟道，“他又写道：大国初，亲王、郡王、将军，才四十九位，女才九位；今二百余年，宗支玉牒见存二万八千有奇，视国初不啻千倍。”

“林、戚二位的奏疏，距今多则十六七年，少则十年。思明先生引他二位的奏疏，应该说并未过时。”张居正先肯定他的想法。

林若雨即林润，潘晟引的文字，是他在嘉靖四十一年官御史时写的。戚希仲即戚元佐，潘晟引的文字，是他在隆庆三年官礼部郎中时写的。

“元美兄也有篇奏疏，言及宗藩之事，思明先生还记得吗？”张居正接着又问。

“有点儿印象。”潘晟道。其实，他不仅记得很清楚，而且最先想援引的，就是王世贞那篇奏疏。但他知道，张居正对他这位同年的成见已经很深，这会儿要是引他的奏疏，岂不是自找没趣？谁知张居正自己却提起王世贞的奏疏。

“思明先生知我指的是该疏哪一段吗？”张居正问。

“臣于嘉靖二十九年，遇故修玉牒臣云：自亲王而下至庶人，已书名者几三万位；又二十年，可得五万位。周府已近四千位，韩府亦近千余位。虽竭天下之财力，恐不足以供其源源之产，”潘晟背诵一段文字后，问道，“叔大先生指的可是这一段？”

“思明先生岂止是有点儿印象！”张居正笑道。

听起来是在讽刺，但似乎并无恶意。

“距元美先生写该疏时，过去二十八年，‘可得五万位’的话虽未应验，其产源源不断却是实在的。”潘晟说。

“看来，思明先生欲引二臣之言，及复引元美兄之言，就是别的理由吧？”张居正问。

“我的意思是，宗藩广衍，既有禄米不继之患，遇到可一律除名、可一个也不除名的情形时，不如一律除名。”潘晟说。

“我方才就要说，你的想法不能算错；我现在还要说，你的想法不能算错。问题是——”张居正忽然停止，没说出问题的症结。

“请叔大先生明示。”潘晟揖道。

“‘可得五万位’的话居然没应验，思明先生似乎很庆幸呀。”张居正忽道。

“不能说庆幸，实则二万八千位已经很是了得。”潘晟说。

“即以二万八千这个实在的数目来说，革宗人六百余，可占到其中几成？”张居正问。

“约是百分之二三。”潘晟说。

“以人而计，是百分之二三，以简省的禄米计，能不能占到到百分之二三？”张居正道。

“肯定占不到。”潘晟说。

“这是为何？”张居正问。

“乐安王是郡王，除名的宗人最高者为镇国将军，其一年禄米千石，最低者为奉国中尉，其一年禄米三百石。将军以下禄米折半支给，即镇国将军岁支禄米五百石，奉国中尉以下岁支禄米一百五十石。乐安府被除名的宗人，全部是中尉，九成以上是奉国中尉，所支禄米总计在十万石左右。在八百五十万石禄米总额中，仅占百分之一强。”潘晟说。

“思明先生计算得很仔细呀。”张居正称赞一句。

“我似已懂得叔大先生的意思，”潘晟也从这些数字中有所领悟。“林若雨的奏言也罢，戚希仲的奏言也罢，以及元美先生的奏言也罢，都不能成为或一律除名、或一个也不除名的理由。以一百为率，或其二三，或其一二，太微不足道。”

“不能说微不足道，更不能说太微不足道，”张居正却摇头，“乐安府，一郡王府也，革除宗人六百余，天下郡王府，以百计，不要说每府革除宗人六百余，就算革除宗人六十余，又如何？”

“那可不得了！”潘晟道，“计算天下郡王府一百，每府革除六十，总数也有六千。实则天下郡王不止一百，天下宗人可能要革除其半。”

“可能吗？”张居正问。

“不可能。”潘晟道。

“为何不可能？”张居正问。

“一则，乐安府查出，六百余人为擅婚所出，因而除名；别的郡王府未必查出六十人是擅婚所出，甚至不一定能查出六人是擅婚所出。二则，乐安府查出六百余人为擅婚所出，可简省六百余人的禄米；但同时，也将有六百余衣食无着的贫民。若查出数千人为擅婚所出，可简省数千余人的禄米；同时，也将有数千衣食无着的贫民。若查出上万人为擅婚所出，可简省上万人的禄米；同时，也将有上万衣食无着的贫民。朝廷简省禄米，官府却要出仓米赈饥。此真可谓：医得眼前疮，剜却心头肉。”

“思明先生说得很深刻呀，”张居正又称赞一句，“所以，我以为，或一律除名，或一个不除名，理由并不在于数字。”

“叔大先生说的是。”潘晟道。

“那么，理由何在呢？”张居正问。

“似乎找不出别的理由。”潘晟说。

“亦即，或一律除名，或一个也不除名，没有理由？”张居正问。

“是。”潘晟道，“在我这里，没有理由。”

“可不可以反过来说，或不要一律除名，或不要一个也不除名，却是有理由的？”张居正作起文字游戏。

“或许吧。”潘晟道。

“理由何在呢？”张居正问。

“同样的，在我这里，也没有理由。”潘晟说。

“我给思明先生一个理由，如何？”张居正道。

“请叔大先生赐教。”潘晟揖道。

“先问句题外的话，”张居正道。“乐安王出自宁藩，对吧？”

“对，”潘晟应道，“宁藩第一代献王，为太祖高皇帝第十七子；第二代惠王，薨于献王前，其王是后来追封的。乐安王即宁惠王第三子，与惠王第二子瑞昌王、第四子石城王、第五子弋阳王，原本是不能封郡王的，因惠王追封，方得郡王之封。”

“宸濠是第几代宁王？”张居正问。

“第五代。”潘晟道。

“宸濠反逆伏诛，宁藩各郡王府，朝廷是如何处置的？”张居正问。

“受牵连的郡王，如宜春王，解往京师后自尽；瑞昌王，被朝廷处死。未受牵连的郡王，如乐安王、石城王、弋阳王、建安王等，共计八支，仍世袭郡王之封，并以弋阳王、乐安王先后奉祀献王、惠王。”潘晟说。

“思明先生看，反逆之罪够重的吧？朝廷对宁藩所出的郡王，并未一律治罪，或一律革除；亦未一律不治罪，或一律不革除。此事岂不耐人寻味！”张居正道。

“叔大先生是说，擅婚所出宗人亦可分别处置？”潘晟问。

“我是这么想的，思明先生以为如何？”张居正反问。

“分别处置，要定个标准。”潘晟说。

“用不着。”张居正道。

“用不着？”这个回答出乎潘晟意料。

“既有现成的标准，为何还要定新的标准！”张居正道。

潘晟想到这个标准是什么，但还是问：“叔大先生是说——”

“我要说的，即是你想到的。”张居正好像看透他的心思。

“我大明宗藩制度，宗室年十五，王府为请封请婚，按臣核实以闻。礼部复上，赐封后始许成婚。未核奏擅婚，所生子女，止许请名，不得请婚。后执行不严，故于嘉靖二十八年重申旧例，”潘晟先叙述一段制度沿革，然后请示，“即以嘉靖二十八年为断，此前擅婚所生，不再追究，此后擅婚所生，一律除名，叔大先生以为如何？”

“甚当，”张居正道，“不教而诛，不是善政；嘉靖二十八年重申旧例，不可谓不教矣。”

第七十八章

南京都察院掌院右都御史曾省吾赴京朝觐，与工部尚书李幼滋、都察院右副都御史王篆三人相约，一同去给张居正拜年。

走在路上，李幼滋提议："叔大兄近来睡眠不好，精神也稍差。今日我等只小叙，不大扰，如何？"

"元树先生，何谓小叙，何谓大扰？"王篆问。

"小叙者，说说闲话而已；大扰者，一是板起面孔议论朝政，一是开怀痛饮。"李幼滋道。

"若是不板起面孔而议论朝政呢？"曾省吾问。

"若是开怀而不痛饮呢？"王篆问。

"我有所议，你二人总是要联手反诘！"李幼滋说。

"元叔先生是正卿嘛，总要以理服人。"曾省吾、王篆齐道。

"好，我就来说说我的理，"李幼滋说着，先回答曾省吾的反诘，"不板起面孔议论朝政，即笑谈朝政。你我在一起，可以笑谈朝廷；在相公面前，也可以笑谈朝政吗？"

"我等不可以，元树先生却是可以的。"曾省吾说。

"和你二位一样为佐卿时，我也以为可以在叔大兄面前笑谈朝政；但升任正卿以后，却发觉不可以。"李幼滋道。

"亦即，元树先生有一年多没在相公面前笑谈朝政？"王篆问。

"是。"李幼滋应道。他是万历五年十二月召任工部尚书的。

"可惜。"曾省吾道。

"有何可惜？"李幼滋问。

"记得相公曾言，独与李元树议论朝政，可以笑而谈之。可见，与元树先生笑谈朝政，是相公一大乐事。今却不能笑谈，岂不可惜！"曾省吾道。

"时势使然，我也无可奈何，"李幼滋只能表示遗憾。他接着回答王篆的反诘，"何谓开怀？浅饮而止，铭之也曾开怀吗？"

“浅饮当然不能开怀，但开怀未必因饮酒。”王篆说。

“饮酒之外的开怀又当别论，但我指定是饮酒，开怀痛饮一定是大扰；譬如说说闲话而开怀，就算不得大扰。”李幼滋说。

“铭之先生，今日你我先在相公处小叙，说说闲话而开怀；再大扰元树先生，痛饮而开怀。你说好不好？”曾省吾提议。

“正合我意。”王篆响应。

“开怀痛饮一回，我不反对，但为何是大扰我？”李幼滋问。

“元树先生是正卿呀。”王篆道。

“叔大兄还是元辅呢，以地位而言，岂不还是要大扰叔大兄？”李幼滋分辩。

“不以地位而言，却待怎言？”曾省吾问。

“以喜事而言吧。”李幼滋说。

“我既未纳妾，又无儿女嫁娶喜事。”曾省吾马上把自己摘出去。

“我家中亦平静如水。”王篆也说。

“元树先生才娶新妇，可谓大喜。”二人齐道。

“我虽娶新妇，却是因为元配病故。丧事、喜事一起办的，算不得纯喜。”李幼滋加以否认。

“均无喜事，只得放弃开怀。”曾省吾、王篆齐道。

“喜事不一定是家事，有心开怀痛饮，就找得出喜事。”李幼滋又说。

“元树先生说说看。”曾省吾、王篆齐道。

“譬如，升迁。”李幼滋道。

“对，元树先生自佐卿升南院都堂，我等还不曾讨一杯喜酒喝。”曾省吾马上想到一事。

“元树先生自南京掌院召掌工部，我等又不曾喝过喜酒。”王篆说。

“不如两次合为一次，大扰一番吧。”二人又齐道。

“隔年的事，不值得再提。”李幼滋道。

“我官南京，是隔多年的事，更不值得一提。”曾省吾也说。

他这次和李幼滋联合起来，二人一齐注视王篆，道：“铭之佥都升副都，可是数日之前的事！”

“三人中，我排列最后，却要我做东，还有无天理！”王篆道。

三人说笑着，来到张府。说一阵闲话之后，张居正留三人吃饭。这样一来，今日谁来做东的难题迎刃而解。在书房尽量回避的朝政，移到餐桌上来谈论，原本打算的小叙也变成“大扰”。

“今日的酒，可酌饮，可痛饮，你等随意。”张居正说。

“相公饮不饮？”曾省吾问。

“饮。”张居正道。

“相公欲酌饮，欲痛饮？”曾省吾又问。

“本想酌饮，若被公等说得高兴，说不定也会痛饮。”张居正道。

“元树先生，只好得罪。”曾省吾说着，朝李幼滋一揖。

“怪事，”张居正道，“你等说得我痛饮也罢，说不得我痛饮也罢，与元树兄何干？”

“依元树先生之意，我等今来，小叙而已，不可大扰。”曾省吾解释。

“痛饮亦成大扰？”张居正问。

“是，”曾省吾应道，“依元树先生之意，板起面孔议论朝政，属于大扰；开怀痛饮，也属于大扰。”

“元树兄不欲大扰，是好意，我先谢过；但不大扰，即不得开怀。我把他的两条禁令都取消，你等赞成不赞成？”张居正问另外两个客人。

“我等最大心愿，乃相公开怀，为何不赞成！”曾省吾、王篆齐道。

“元树兄呢？”张居正又问李幼滋。

“叔大兄容我先对他二位说一句，”李幼滋说着，转向曾省吾、王篆，“你二人自寻烦恼，莫谓我言之不预。”

“我二人怎是自寻烦恼？”曾省吾、王篆齐问。

“我等在外面说的，是不痛饮不得开怀；叔大先生却言之在先，说得他高兴，他才会痛饮，亦即，他先要开怀，才会痛饮。你等谁个有把握说得他高兴？”李幼滋道。

曾省吾、王篆对视一眼，彼此会意地点头。

“不能说有把握，尽力而已。”曾省吾说。

“元树先生也不要置身事外。”王篆说。

“我何尝不愿叔大兄开怀！二位说得好，我自然会推波助澜。”李幼滋允诺。

“元树兄把今日餐饮当作一场战事吗，要你来推波助澜！”张居正道。

客人们以轻松有节制的笑声，回应他的这句玩笑。

但家宴一开始，曾省吾、王篆还是显得有些拘谨，也许是把太多的精力用在寻找话题上，饮酒、品菜反倒成累赘。

曾省吾最先想到一个话题。他问王篆：“高新郑家人来京师奔走呼号，御史台为何无所表示？”

“三甫先生以为，本院应该有何表示？”王篆问。

“当然，”曾省吾道，“他奔走呼号是否正当，难道不是宪臣应该把关的？”

“他奔走的是礼部；议决恤典事的，也是礼部。况且——”王篆本想说：况且，他不仅奔走于衙门，还奔走于豪门；但一想，这个豪门，首先是指张居正府邸，在不明了张居正态度的情况下，以不惹是生非为好。于是他接着说，“所以，有所表示的应该是礼部，不应该是都察院。”

“铭之兄言之差矣，”曾省吾予以批驳，“须知，高新郑是被罢相，是被逐还，而不是乞休、致仕。”

“三甫先生这话，我听不懂，”王篆道，“他若是乞休、致仕，恤典一事，还用得着其家人奔走呼号吗？”

“正因他是被罢相，被逐还，其家人是否可为其恤典奔走呼号，才应该是都察院关注嘛。”曾省吾说。

“元树先生，有这么一说吗？”王篆不直接问张居正，而问李幼滋。

李幼滋一个劲儿地摇头，而不答话。意思是，曾省吾挑选这样一个话题，实在太不成功。

张居正端起酒盅，三名客人无不紧张地注视着。曾省吾希望他一饮而尽，那就说明自己成功；王篆不会情愿接受曾省吾对都察院的指责，但如果张居正能因为这个指责而畅饮，也是他的希望；李幼滋明知张居正不会对这个话题有很大兴趣，却也抱着一丝希望。

张居正啜一小口，把酒盅放下。

李幼滋也啜一小口酒，并向张居正示意，这一口酒是陪他喝的，然后说：“叔大兄，铭之问我，我可说不上来。”

“你是要我代你说？”张居正问。

“叔大先生不说，他二人有个该罚酒。”李幼滋道。

“罚酒倒不必，”张居正摆摆手，让他二人随意。等他二人各啜一小口后，他说，“我看，高新郑家人乞请恤典一事，让丙仲先生等去议吧，都察院确实没必要介入。”

“诚如所谕。”李幼滋等齐道。

宾主四人重新有一句没一句地说着闲话，一小口一小口地抿酒，不知其味地吃菜，直到王篆找到下一个话题。

“三甫先生，户部办事，是不是有点心不在焉？”他问曾省吾。

“怎的心不在焉？”曾省吾不解。

“朝廷降旨，令度天下田，是在几时？”王篆问。

“万历五年呀。”曾省吾道。

“三甫先生不记得，今为何年吧？”王篆问。

“不是万历七年吗，怎不记得！”曾省吾道。

“历三个年头，度天下田一事为何毫无进展？”王篆问。

“铭之兄怎知毫无进展？”曾省吾一面反驳，一面设下一个圈套，“不过，铭之兄若问为何仍未完成的话，我将——”

“将无话可说吧？”王篆果然上当，“好，我就问三甫先生，为何仍未完成！”

“也有话可说的，”曾省吾笑道，“一则，虽是三个年头，却一个是岁尾，一个是年初，满打满算，只是一整年而已；二则，度天下田，铭之兄以为多久可以完成？”

“三甫先生不是说满打满算，一整年而已吗？我看度天下田，有一整年足矣。”王篆说。

“元树先生，他竟说一年足矣！”曾省吾好像听到什么奇谈怪论。

李幼滋又是一个劲儿地摇头，而不作答。在他看来，王篆挑选这样一个话题，也不成功。张居正虽然关心度田一事，但和他都不曾认真地谈论过，又怎么会和曾省吾、王篆等谈论！

张居正习惯地端起酒盅。三名客人又紧张地注视着。张居正和上次一样，啜一小口，把酒盅放下。

李幼滋陪他啜一小口，然后说：“度田，可以极其认真，也可以极其马虎。极其马虎的话，一月即可完成；极其认真的话，一年未必能完成。”说罢，问道，“叔大兄以为如何？”

“在元树兄看来，极其认真的话，度天下田需要几久？”张居正反问。

“我虽曾为户部佐卿，此事我还真说不上来。”李幼滋道。

“元树兄这是句实在话，我为你饮一大口。”张居正说着，把酒盅里剩下的酒一口喝掉。

李幼滋没想到，自己随便一句话居然使得张居正大口饮酒，他也把酒盅里的酒喝干；曾省吾、王篆更没想到，李幼滋随便一句话居然使得张居正稍稍开怀，也忙着饮酒。

“子愚先生对我说，度天下田，须得三年完成。我想，他说的只是相当认真，而不是极其认真。我信他的话，”张居正道。这话是对三个人说的。说罢，他对李幼滋说，“元树兄，度田一事，我没和你深谈，是不想让你为之心烦。”

“我早想到，很是感激。”李幼滋揖道。

“铭之，度田一事，你都察院不必介入，更不要去找户部的麻烦。”张居正嘱咐王篆。

“恩相之命，敢不凛遵！”王篆揖道。

“三甫，度田一事，你也不必过问太细，更不要去找子愚先生的麻烦。”张居正嘱咐曾省吾。

“晚生助之，绝不扰之。”曾省吾揖道。

“来，再饮一口。”张居正举起酒盅相邀。

三名客人都举起酒盅，看张居正怎么个喝法。

张居正仍是啜一小口，就把酒盅放下。于是，曾省吾、王篆心里有数：这个话题张居正虽则多说两句，但并没开怀。他们自忖找不出能让张居正极有兴趣的话题，一起把目光投向李幼滋。

李幼滋也明白，要想让张居正开怀，他责无旁贷。正在他也想不出一个更好的题目时，忽然想到一个人，眼睛不由得一亮。

“叔大兄可知，赵文宗巡按楚地，最推崇谁人？”他问。

“我连赵文宗是谁人都不知，又怎知他推崇谁人！”张居正道。

“是名布衣，姓何，命心隐。”李幼滋说。

“何心隐？名字有点儿熟。”张居正道。

“我再说个名字，叔大兄会觉着更熟。”李幼滋说。

“你说。”张居正道。

“求仁。”李幼滋说的两个字，听上去不是人名。

“元树兄说的不是人名吧？”张居正问。

“不是人名，是书院名。”李幼滋道。

“求仁书院？我想起来，是办在我湖广的吧？”张居正问。

“是，”李幼滋应道，“开办求仁书院的，正是这个何心隐。”

“元树兄提及此人，是想和我说说赵文宗呀，还是想和我说说何心隐？”张居正问。

“赵文宗已罢职，无甚可说。”李幼滋道。

“何心隐，又有何可说？”张居正问。

“其实，何心隐也无甚可说。”李幼滋道。

听他这话，张居正哑然失笑。曾省吾、王篆随之而笑。

李幼滋却不笑。他说：“何心隐虽无甚可说，我却想问问叔大兄，要不要见见此人。”

张居正没来得及回答，曾省吾抢着说：“元树先生失言。”

“我怎的失言？”李幼滋问。

“元树先生难道不知，相公最憎的，是讲学，是讲学之人？相公怎会要见此人！”曾省吾道。

不等李幼滋分辩，张居正抢着问：“三甫，你怎知我最憎讲学，最憎讲学之人？我对你说过吗？”

曾省吾没来得及回答，王篆又抢着说：“不仅三甫先生知道相公最憎讲学，最憎讲学之人，晚生亦知。”

“你又是听谁人说的？”张居正问。

“晚生是观察的，不是听人说的。”王篆道。

“好啊，说说你的观察。”张居正命道。

“嘉靖末年，晚生中第授官之际，京师讲学之风最盛。晚生为风气裹挟，也曾去听过几次讲学。但闻讲者侃侃而谈，听者啧啧而叹；但见朝中大僚坐于前列，真心在听，真心在捧。唯独相公，绝不赴会。晚生听两次后，有所觉悟，不再去凑热闹。”王篆说。

“三甫，你也是自家观察的吗？”张居正又问曾省吾。

“是。”曾省吾应道。

“也是因我不曾去听讲，而有所觉悟？”张居正问。

“此其一也。”曾省吾道。

“其二为的何事？”张居正问。

“我知相公以华亭徐相为师，对他极为敬重。但徐相倡导讲学，交结讲学之人，相公不仅不风从，且多有微词。”曾省吾说。

“元树兄，他二人的话你听到吧？”张居正问李幼滋。

“他等又不是对叔大兄窃窃私语，我自然听得到。”李幼滋说。

“我没对他二人说过，我最憎讲学，最憎讲学之人，他二人却能观察出来；我可是不止一次地对元树兄说过，我最憎讲学，最憎讲学之人，元树兄怎忘得干干净净！”张居正道。

“我从未忘。”李幼滋不承认。

“元树兄未忘，为何要我见此人？”张居正问。

“三甫、铭之是见叔大兄不赴讲学，有所觉悟；我和他二人相反，我是见叔大兄从不赴讲学，有所憾之。”李幼滋说。

“有所憾之？”张居正不解。

“是，”李幼滋应道，“我不仅为叔大兄憾之，亦为三甫、铭之憾之。”

“还为我二人憾之？”曾省吾、王篆也不解。

“三甫，你知求仁书院否？”李幼滋问曾省吾。

“闻得其名。”曾省吾道。

“入过求仁书院否？”李幼滋又问。

“不曾入过，”曾省吾道，并说，“求仁书院不在承天。”

“铭之，你知求仁书院否？”李幼滋问王篆。

“亦闻其名。”王篆道。

“入过求仁书院否？”李幼滋又问。

“不曾入过，”王篆道，并说，“求仁书院不在夷陵。”

“叔大兄也不曾入过求仁书院吧？”李幼滋最后问张居正。

“不曾入过。”张居正道。

“他二人不曾入过求仁书院，是因为求仁书院不在其邑；叔大兄不曾入过求仁书院，不是因为求仁书院不在江陵吧？”李幼滋又问。

“不是，”张居正道，“求仁书院即便在江陵，我也不会去。”

“求仁书院不在应城，我却去过，而且和掌院何山人交谈过。故而，我为叔大兄憾之，为三甫、铭之憾之。”李幼滋说。

“看来，元树兄是和何心隐交谈之后，有所觉悟？”张居正问。

“诚然。”李幼滋道。

“这个何心隐，难道真有独特之处？”曾省吾问。

“有啊！”李幼滋道。

“这个何心隐，难道真能打动元树先生？”王篆问。

“能啊！”李幼滋道。

“愿闻其详。”曾省吾、王篆齐揖道。

“我感慨有二：其一，产生于进入书院之时；其二，产生于和何心隐交谈之后。”李幼滋说。

“元树先生进入书院之时，有何感慨？”曾省吾、王篆问。

“你二人皆听过讲学，是在嘉靖末年，在京师。此前，王阳明在在江西讲学，已成气候。而求仁书院不在京师，不在江西，却在湖广，在最憎讲学的叔大兄的故乡。我不能不感慨讲学之风蔓延。”李幼滋说。

他特意加进一句“在最憎讲学的叔大兄的故乡”，显然是说给张居正听的。曾省吾、王篆稍等一会儿，见张居正并没特别想发表评论的意思，李幼滋也没特别要说明的意思，这才又开口。

“元树先生和何心隐交谈之后，有何感慨？”二人问道。

“我和叔大兄没赶上听王阳明讲学，你二人就更不可能赶上。但王阳明门生讲学，或者门生的门生讲学，我是听过的，你二人想必也是听过的。在我看来，王阳明已偏离儒学正宗；至于他的门生，他的门生的门生，旁门邪说越来越多。而和何心隐比起来，他等只能算是小巫见大巫。我不能不感慨异教邪说之横行。”李幼滋说。

他这次没特意加上什么刺激张居正的话，张居正却有反应。

“元树兄以我不赴讲学而憾之；我看，从不赴讲学，还真是一件憾事。仅憎讲学，不赴讲学，虽知讲学之危害，却未必深知讲学之危害；虽知讲学之人之险恶，却未必深知讲学之人之险恶。”他说。

曾省吾、王篆开始是奇怪李幼滋竟选择这样一个话题来吸引张居正；待见张居正真的被吸引，他二人也努力投入。

“相公所言，极其透彻。”二人齐道。

“晚生不曾入过求仁书院，确是件憾事，不管求仁书院是不是在承天。”曾省吾又说。

“晚生一旦返乡，定要去见识见识求仁书院的规模，领教领教何心隐其人的旁门邪说。”王篆又说。

“你现在想起该去求仁书院，怕是晚矣。”张居正说。

“怎会晚？乞相公明示。”王篆揖道。

“你道元树兄今日为何给我等讲求仁书院？”张居正问。

“不是要相公去去求仁书院，见见何心隐其人？”王篆反问。

“错，他的用意并不在此。”张居正摇头。

“莫非元树先生劝相公查封求仁书院？”曾省吾问。

“若只查封一所求仁书院，他用不着费这多口舌。”张居正说。

“莫非元树先生劝相公多查封几所书院？”王篆问。

“为何不是查封天下书院！”张居正道。

曾省吾、王篆面面相觑。查封天下书院，他们绝无这样的眼光，也绝无这样的胆魄。

“叔大兄，值不值得浮一大白？”李幼滋问。

“值得。”张居正应着，命家人换上大的酒杯。

酒杯斟满，四人各执一杯，等张居正发话。

“思之已久的一件事，元树兄助我决断，我当引一大杯。”张居正说着，一口饮尽。

“愚弟奉陪。”李幼滋说着，一口饮尽。

“晚生等奉陪。”曾省吾、王篆说着，一口饮尽。

“我意犹未尽，你等如何？”张居正问。

“我等亦意犹未尽。”三名客人齐道。

“元树兄出题目，三甫，铭之，你二人还可作文章。文章作得好，我仍大杯饮酒。”张居正对曾省吾、王篆说。

“晚生可否先饮一杯，再作文章？”曾省吾问。

“有何不可！”张居正道。

曾省吾满饮一杯，然后说：“书院皆有房屋、院落。晚生以为，书院房产，官府可没收，以做官廨。书院多有田产。晚生以为，书院田产，官府可没收，以作公田。”

“三甫之议，可谓部臣本色。”张居正笑道。

“虽非大利，却是顺带收获。这一杯，相公饮不饮？”曾省吾问。

“饮！”张居正痛饮一杯。曾省吾忙陪饮一杯。

“晚生也饮一杯再说，”王篆饮罢，说，“查封天下书院，须有一个理由；今日正好有个理由。常州前任知府施观民，科征民力，创建书院，为巡按御史究劾。借着这个缘由，禁开书院，相公看，使得使不得？”

“铭之之议，可谓院臣本色。”张居正也笑道。

“虽非大谋，却可堵住议者之口，这一杯，相公饮不饮？”王篆问。

“饮！”张居正痛快地饮一杯。王篆忙陪饮一杯。

施观民一案，由吏部具奏。内阁所拟批复，略曰：私创书院一节，明系勘官私庇容隐，独以一事坐罪。故依拟，着革了职，冠带闲住。其所创书院，并各省、直有私建的，着遵皇祖明旨，都改为公廨衙门；田粮查归里甲，再不许聚徒游食，扰害地方。各巡按御史仍将查过缘由，立限从实具奏。其各提学官，候科场事毕，你部会同礼部，照前旨从公考察。自今预行体访，如有违背敕论徇私作弊的，着不候考察，即便奏来处置。

第七十九章

身上发痒时，皇帝不过隔着衣物挠一挠，没太在意。身上又发痒，而且从一处扩展到几处，皇帝隔着衣物这里挠一挠，那里挠一挠，仍没太在意。身上又发痒，不仅又多几处，而且发展到脸上也痒起来，皇帝对着镜子一照，看到脸上生出几粒痘痘。他知道，身上发痒的地方，一定也生出痘痘。

“孙老儿，给朕挠挠。”他命孙海。

痘痘没长在别人身上，而是长在皇帝身上；不但长在别处，而且长在脸上。此所谓龙头也。孙海怎敢触到！

“奴才不敢。”他说。

“客老儿，取些止痒的药水来，给朕涂上。”皇帝命客用。

皇帝用药，一剂一滴，都由太医开出方子，签字画押。客用别说要不来止痒的药水，就是要来，也不敢乱用！

“奴才取不来。”他说。

“朕痒得很，怎办？”皇帝问。

“奴才去请太医来吧。”孙海说。

“奴才去请冯叔来吧。”客用说。

一人去太医院唤太医，一人去司礼监请冯保，不多时，冯保和数名太医一同赶到乾清宫。

原来，皇帝在出疹子。

慈圣皇太后把冯保召入慈宁宫问话。

“皇上出疹子的事，可宣谕内阁诸臣？”他问。

“已遵懿旨，宣谕内阁。”冯保说。

“张先生不会无动于衷吧？”慈圣皇太后问。

“张先生也很焦虑。”冯保说。

“他有没提出保驾的办法？”慈圣皇太后问。

“他说，出疹虽无大碍，且服药之后，皇上已见好；但事关圣躬，不可有些许懈怠。太医院里几位擅长此科的太医，宜以院使率领，轮流入值乾清宫，每日至少要有一人在宫里。”冯保说。

“老冯，和你对我说的，也差不多嘛。”慈圣皇太后道。

“奴才想，出疹并非重症，能想出来的，只有这些。”冯保道。

“你有没对张先生说，我打算请神僧开戒坛，说法度众，为皇上祈福祛灾？”慈圣皇太后问。

“娘娘圣意，奴才已谕张先生。”冯保道。

“他怎说？”慈圣皇太后问。

“他说——”重复张居正的话，冯保似乎难以启齿。

“他不赞成？”慈圣皇太后替他说出来。

“是。”冯保应道。

“你没多说几遍，说法度众为的是为皇上祈福祛灾？”慈圣皇太后问。

“这话奴才说过好几遍。”冯保道。

“他仍不赞成？”慈圣皇太后问。

“是。”冯保应道。

“他难道不知，请神僧于戒坛说法度众，为皇上祈福祛灾，我原本可以不与他商议的？”慈圣皇太后道。

“奴才虽未提及这一层，张先生自个儿却提到。”冯保说。

“他怎说的？”慈圣皇太后问。

“他说，先帝委以顾命，娘娘咨以恭保圣安，他唯有殚精竭虑，以报先帝与娘娘，以报皇上。”冯保说。

“可他仍不赞成开戒坛？”慈圣皇太后问。

“是。”冯保应道。

“张先生为何不赞成开戒坛？”慈圣皇太后问。

“张先生说，戒坛是奉皇祖旨意禁革的。”冯保道。

“我却记得，太祖高皇后崩后，太祖高皇帝曾选取高僧，往各王府讲经说法，戒坛怎会是高皇帝禁革的！”慈圣皇太后驳道。

“娘娘，张先生说的是皇祖，不是太祖高皇帝。”冯保提醒道。

“他说的是世庙？”慈圣皇太后醒悟。

“是。”冯保应道。

慈圣皇太后听说过一些嘉靖年间宫中的情景：一来，世宗皇帝崇信道教，从内心排斥佛教。二来，在世宗皇帝之前，武宗皇帝是崇信佛教的。他召请的番僧，他敕封的佛子、国师，不计其数；而开坛说法，所聚僧人、信徒，往往多达数万。因此，世庙禁开戒坛，在情理之中。

虽有所知，她还是要问："老冯，你说皇祖为何禁开戒坛？"

"据文档所记，一是恐生变故，二是为防败俗。"冯保说。

"你信吗？"慈圣皇太后问。

"奴才想，不能不信，也不能全信。"冯保要个滑头。

"这话呀，你应该对张先生说；他不赞成开坛说法，不就是因为他全信吗！"慈圣皇太后道。

"张先生未必全信。"冯保却说。

"是吗？"慈圣皇太后与其说怀疑冯保的话，不如说对他的话有兴趣。

"张先生曾对奴才说过，皇祖禁开戒坛，本是好事；然禁开戒坛为的是大开斋醮，殊可叹也。"冯保说。

"他却因皇祖殊可叹之举，而不赞成再开戒坛！"慈圣皇太后道。

"是，"冯保应一声，说道，"不过奴才想，他不赞成再开此端，是为朝廷好，为社稷好，为皇上好。"

"我知他是为朝廷好；不然，为何要咨于他，听从他！"慈圣皇太后虽然表示不生气，但还是不太甘心。她说，"医者，药者，常人都想得出来。张先生不赞成再开戒坛，有没想出别的法子保佑皇上？"

"张先生说，圣躬康豫，宜告谢郊庙、社稷，斯名正言顺，神人胥悦。"冯保重复张居正的话。

"就依他吧，重开戒坛一事，我不再提。"慈圣皇太后说，并命道，"老冯，你去问问，皇上是否痊愈，几时可视朝。"

"奴才谨领懿旨。"冯保应道。

遵医嘱，不能受风，皇帝在寝殿被关一个月，不胜烦闷。唯一的乐趣，就是把孙海、客用指使得团团转，或者和孙海、客用一起，把别的侍从指使得团团转。

皇帝要写字，一名近侍摆设好笔墨纸砚，禀道："爷，已都准备好。"

"孙老儿，你去看看。"皇帝命道。

孙海去御案边转一圈，找出毛病。

"干吗铺这么大一张纸？"他问。

"爷不是要写大字吗？"近侍道。

“谁个告诉你，爷要写大字？”孙海问。

“爷要写字，十有八九是写大字。”近侍说。

“那不是还有一两次不写大字吗！”孙海道。

“自然是孙哥说得对，我换上一张写中字的纸，行吗？”近侍问。

“你看着办吧。”孙海并不给他明确的指示。

看着该近侍换好纸，他回到皇帝面前禀道：“爷，已都准备好。”

“客老儿，你去看看。”皇帝命道。

客用去御案边转一圈，也找出毛病。

“怎铺展这样一张纸？”他问。

“爷不是要写中字吗？”近侍道。

“谁个告诉你，爷要写中字？”客用问。

“孙哥告诉我的。”近侍道。

“真是孙哥告诉你的？”客用追问。

近侍一想，孙海还真没告诉他皇帝要写中字，于是道：“我原来准备爷要写大字，孙哥说我拿错纸。我说，爷要写字，十有八九是写大字。孙哥说，不是还有一两次不写大字吗！我才换上这纸。”

“不写大字，一定是写中字吗？”客用问。

“客哥是说，爷要写小字？”近侍问。

“反正不能用这纸。”客用也不给他明确的指示。

看着该近侍又换好纸，他回到皇帝面前禀道：“爷，已都准备好。”

“朕去检查检查。”皇帝道。

亲自去御案边转一圈，也找出毛病。

“没有大张的纸吗？”他问。

“有，奴才才撤换下。”近侍说。

“为何要撤换？”皇帝问。

“客老儿告诉奴才，爷要写小字。”近侍道。

“真是客老儿告诉你的？”皇帝问。

近侍一想，客老儿别说没明确地表示，连不太明确的表示也没有。他于是道：“客老儿并没直接告诉奴才，爷要写小字。只是原来摆放的是写中字的纸，客老儿问，不写大字，一定写中字吗？奴才才换上这张纸。”停了停，又说，“原来爷不是要写小字，奴才把纸换回来。”

他把写中字的纸换回来，皇帝又问：“谁告诉你朕要写中字？”

“孙老儿告诉奴才的。”近侍道。

“真是孙老儿告诉你的？”皇帝问。

“孙老儿并没直接告诉奴才，爷要写中字。只是原来摆放的是写大字的纸，孙老儿说，十次里，爷不是有一两次不写大字吗！奴才才换上写中字的纸，”近侍道。顿了顿，又说，“原来爷不是要写中字，奴才把纸换回来。”

他把写大字的纸换回来，皇帝又问：“谁告诉你朕要写大字？”

“没人告诉奴才，是奴才自个儿想的。”近侍说。

“原来你琢磨朕要写大字。”皇帝道。

“是。”近侍应道。

“孙老儿过来，”皇帝命道。等孙海走近，皇帝说，“原来你孙老儿琢磨朕要写中字。”

“是。”孙海应道。

“客老儿过去，”皇帝命道。等客用走近，皇帝说，“原来你客老儿琢磨朕要写小字。”

“是。”客用应道。

“朕若写大字，岂不让你琢磨出来！”皇帝对近侍说。

“爷还是让孙老儿、客老儿琢磨出来吧；奴才没敢琢磨。”近侍说。

“朕若写中字，岂不让你琢磨出来！”皇帝对孙海说。

“爷还是让客老儿琢磨出来吧；奴才没敢琢磨。”孙海说。

“朕若写小字，岂不让你琢磨出来！”皇帝对客用说。

“爷还是自个儿作主吧，奴才没敢作主。”客用说。

“朕自个儿作主，只好不写字。”皇帝道。

“爷不写字，奴才去把文房四宝收起来吧？”近侍请旨。

皇帝没反对的表示，近侍把纸收起来。

“奴才去帮他的忙。”孙海请旨。

皇帝仍没反对的表示，孙海把笔收起来。

“奴才也去帮忙吧。”客用请旨。

皇帝还是没反对的表示，客用把墨、砚收起来。

等他们都忙活完，皇帝忽问：“笔呢？”

“被奴才收起。”孙海说。

“谁个让你收起的，去取来！”皇帝命道。

孙海不敢吱声，一肚子委屈地又把笔取来。

“纸呢？”皇帝问。

“被奴才收起。”近侍说。

“谁个让你收起的，去取来！”皇帝命道。

近侍不敢吱声，一肚子委屈地又把纸取来。

“奴才去取歙墨、端砚。”客用打算主动去取。

“等等，”皇帝命道，“客老儿，你有话问朕吧？”

“爷圣明，”客用道，“奴才本不敢问的，但爷让奴才问，奴才只得问：爷决意不写字，为何仍把笔、墨、纸、砚摆在那里？”

“摆在那里，让人家看看，不成吗？”皇帝道。

他说的人家，很快就来。冯保去太医院询问皇帝的疹子还有没有大碍之后，特来乾清宫探视。他料到皇帝一定闷坏，没想到皇帝在烦闷之际，并没戏耍，而是以写字打发时光。他很满意。

第八十章

张居正劝止慈圣皇太后重开戒坛没多久，意外地得到来自异邦的几件佛教礼物。礼物是主管提督四夷馆的礼部侍郎余有丁带来的。几名或提或抱礼品的随员，被余有丁留在张府门外；他只持一函，入内拜谒。

“丙仲怎来？”张居正问。他习惯对申时行、王锡爵等直呼其字，所以，对他们那一科出身的官员，不论官至几品，都直呼以字。

“特来给叔大先生送一份拜函。”余有丁说。

“朝廷少宗伯竟当起传邮，此函不简单呀。”张居正笑着说。

“确实不简单。”余有丁边笑着说，边把书函交给张居正。

张居正接过后，没有马上开启。他问：“丙仲说说，有何不简单？”

“首先，是经侯都堂之手呈进的。”余有丁说。

他说的侯都堂，名东莱，现官甘肃巡抚。这两年来，俺答请开茶市，朝廷拒绝俺答开茶市，都经过甘肃巡抚。因此，余有丁提起侯都堂，张居正马上联想到俺答。

“是俺答的书函？”他问。

“不是。”余有定道。

“不是？”张居正感到奇怪，“不是俺答的书函，侯道宗还会转呈别个的书函？”道宗，是侯东莱的字。

“晚生的话不很确切，”余有丁修正道，“此函虽非俺答所上，却是经俺答引进的。晚生说此函不简单，这是其二。”

“俺答引进谁个来函？”张居正问。

“是乌斯藏番僧锁南坚错专呈叔大先生的书函。”余有丁说。

“丙仲，你再说一遍他的名字。”张居正命道。

“锁南坚错。”余有丁又说一遍。

“这个名字有点儿耳熟。”张居正说。

“是该耳熟，”余有丁道，并问，“叔大先生还记不记得，去年俺答声称，要迎取乌斯藏活佛供奉于青海，并为此请开茶市。”

“我想起来！”张居正道，“俺答于青海之南建寺，请朝廷赐名。仰华二字，还是丙仲等议的。”说着，问道，“这个锁南坚错，可是俺答迎至仰华寺的活佛？”

“正是。”余有丁应道。

“此函是锁南坚错写与我的？”张居正指着手里的书函问。

“是。”余有丁应道。

“我恐怕不便拆阅。”张居正沉吟道。

“叔大先生为何不便拆阅？”余有丁问。

“若俺答与我私函，我是没有忌惮的；但乌斯藏与我大明并未通贡，它不上奏表于朝廷，而致私函于臣下，此乃大忌。”张居正说。

“叔大先生的顾虑，亦是晚生的顾虑，”余有丁道，“我往四夷馆见乌斯藏使臣，本想当即将此函奉还；但听使臣一席话，我又改变主意。”

“使臣怎说的，竟使得丙仲打消顾虑？”张居正问。

“使臣说，锁南坚错是为通贡而致函元辅阁下，他是为通贡而来大明京师。”余有丁道。

“听其言，似有诚意。”张居正说。

“是，”余有丁应道，“听其言，似有诚意；叔大先生再阅其文，更知其是否有诚意。若果有诚意，朝廷宜迅即处置。”

“好，”张居正虽则同意，但有条件，“丙仲是礼卿，正好和我同阅。”

“晚生愿为叔大先生作个见证。”余有丁道。

书函有两份，一份是番文，一份是华文。张居正阅览华文时，把番文的书函给余有丁看；读过后，他把华文的书函递给余有丁，自己拿过番文的书函看。他们都不懂番文，看番文书函只是作个样子，免得一人阅览时，另一人干坐在那里。

华文的书函写得极其恭顺，无非是对天朝如何仰慕，对大明天子如何仰慕，对元辅张先生如何仰慕。读过之后，让人不得不怀疑：华文的书函，和番文的书函，究竟是不是同样的内容。

张居正又要过华文的书函，看看末尾签署姓名的地方。锁南坚错签署的名字是释迦牟尼比丘。

“释迦牟尼者，不是佛祖的名字吗？”张居正问。

“叔大先生说的是。”余有丁道。

“比丘二字，也常听人说起，其意即和尚吧？”张居正有问。

“是，”余有丁应一声，详细解释，“释教出家，有曰比丘者，即受戒男子，亦即和尚；有曰比丘尼者，即受戒女子，亦即尼姑。其实，比丘还有一个意思，即乞士。”

“俺答不是称他为活佛吗，他怎自称和尚？”张居正问。

“晚生想，他因致函叔大先生，故有此谦称。”余有丁说。

“那释迦牟尼比丘，又是何意？”张居正问。

“晚生想，比丘或可作弟子解；释迦牟尼比丘，亦即释迦牟尼的弟子之意。”余有丁说。

“方才说耳熟二字，我是耳熟不能详；丙仲，看来你是耳熟能详。”张居正笑着说。

“略知一二，不敢说能详。”余有丁谦道。

“略知一二也好，丙仲就给我讲讲锁南坚错一二吧。”张居正命道。

“是，”余有丁应一声后，说道，“锁南坚错自署为释迦牟尼比丘，实则他还有一个在仰华寺，在青海，在俺答各部，在乌斯藏，更广为人知的名号，全称是：圣识一切瓦齐尔达赖喇嘛，简称是：达赖喇嘛。”

“达赖—喇嘛？”张居正不知为什么，把四个字分成两节。

“这个名号有点儿特别吧？”余有丁问。

“不是有点儿特别，是极为特别。”张居正道。

“不管是有点儿特别，抑或极为特别，其特别之处，已被叔大先生领会。”余有丁说。

“是吗？我怎不觉？”张居正道。

“达赖—喇嘛，”余有丁按照他的顿挫说一遍，然后加以解释，“喇嘛者，乌斯藏语也，意为上师；达赖者，鞑靼语也，意为海。达赖喇嘛是俺答在尊锁南坚错为上师的同时，又缀以鞑靼语的颂词，称他的学识如海一样渊博，他的信众如海一样广大。”

“上师二字，很有点儿意思。”张居正点评。

“怎么？”余有丁问。

“上者，可以是上方、上等，上乘、上佳等之谓也，也可以是君上之谓也；我看，乌斯藏人用于上师里的上，就是君上之意。师者，国师之谓也。对其国人来说，既是君上，又是国师；在我中华，是没有这等人物的。”张居正说。

“叔大先生的解说，倒是独辟蹊径。”余有丁道。

“丙仲，我已懂得锁南坚错为何要在比丘前加上释迦牟尼字样：以达赖喇嘛的名号，他可谓在释教中独创一派。”张居正说。

“叔大先生说的是。”余有丁道。

“既为君上，又为国师，他的话，在乌斯藏应该是算数的；他表示愿与我大明通贡，即乌斯藏愿与我大明通贡。”张居正说。

“身为释迦牟尼比丘，或释迦牟尼喇嘛，他的话在乌斯藏是算数的。这毋庸置疑。晚生还要补充一句，作为达赖喇嘛，他的话在鞑靼各部也是算数的。闻得锁南坚错到得青海，屡以戒杀劝说俺答，也颇为俺答信服。”余有丁道。

“难怪丙仲说，此事朝廷宜迅即处置。”张居正道。

“晚生妄言。宜否迅即处置，以及如何处置，还须叔大先生裁定。”余有丁说。

“我会把锁南坚错此函呈进，并附一奏章，主要是申明怀远之意，”张居正说着，问道，“丙仲看，这样处置如何，算不算得迅即处置？”

“晚生以为甚当，”余有丁说。张居正以为事情已经谈完，他会告辞；不料，他却说，“叔大先生，晚生还有一事须禀明。”

“何事？”张居正问。

“锁南坚错除有专函呈与叔大先生，还有礼品馈赠。”余有丁说。

“是何礼品？”张居正问。

“皆与释教相关。譬如，有一尊四臂观音像，甚是精美；还有金刚结子等装饰之物和氆氇等织物。”余有丁说。

“我又不作佛事，四臂观音像再精美，我要他何用！”张居正说着，命道，“丙仲，一应礼品，且存礼部，待我奏闻朝廷，再行处置。”

“是。”余有丁应道。

冯保交代跟随而来的长随去取一篇奏章，自己则站在慈宁宫门外等候。慈宁宫的太监们不敢怠慢，请他去里面坐坐。他不去，搬把椅子出来，坐在门外等。长随把该篇奏章取来，他拿过后，立即进宫去见慈圣皇太后。

“张先生的奏章取来？”慈圣皇太后问。

“奴才着人取来。”冯保应道。

“大臣们的奏章，我本来不该听的，我也并不想听。但你告诉我，张先生写的是乌斯藏活佛的事，我无论如何也要听听。”慈圣皇太后说。

“奴才这就给娘娘读吧？”冯保请懿旨。见慈圣皇太后点头，他读道，“看得乌斯藏僧人锁南坚错，虏酋俺答所称活佛者也。去年虏酋西行，以见活佛为名，实欲西抢瓦剌。比时臣窃料虏酋此行，必致败衄。待其既败，而后抚之，则彼之感德愈深，而款贡可以坚久。乃——”

“老冯，下面一段不用读。”慈圣皇太后命道。

冯保不明白她为什么要打断，也不知道下面一段应该在哪里结束。

“我知去岁朝廷处置俺答事，很是得当，不必再听。”慈圣皇太后说。

冯保从她这话里听出她的心意，也知道该怎么说。

“朝廷去岁处置俺答事，只是个引子，下面就该说到处置乌斯藏事。张先生此疏甚短，若隔过一段，难以领会。”他说。

“那你接着读吧。”慈圣皇太后道。

“是，”冯保应一声，从方才读的最后一句读起，“而款贡可以坚久，乃授策边臣，使之随宜操纵，因机劝诱，阴修内治，以待其变。今闻套虏连遭丧败，俺答部下番夷，悉皆离叛，势甚窘蹙。遂托言活佛，教以作善戒杀，阻其西掠，劝之回巢。”

“听得出来，张先生并不信活佛之说。”慈圣皇太后插话。

“是。”冯保应道。

“但他不能不承认，活佛是教人作善戒杀。”慈圣皇太后又道。

“他不仅承认，而且以为可为我用。”冯保说。

“你读下去。”慈圣皇太后命道。

“除求贡一事，已奉旨下礼、兵二部议处，惟本僧所馈臣礼物，虽远人向化之诚，难以峻拒；但臣系辅弼近臣，参预密勿，义不得与外夷相通。缘是不敢私受，仅略举其事本末，即乞圣明，俯赐裁夺，敕下臣愚遵行。庶不辜远夷归向之诚，亦以见人臣不敢自专之义。”

“张先生是以为，通贡之请可准，私赠之物难受。我没理解错吧？”慈圣皇太后问。

“娘娘没理解错，他正是此意。”冯保道。

“老冯，你怎想的？”慈圣皇太后问。

“奴才以为可准其奏。”冯保道。

“哪一事准他？”慈圣皇太后问，“是准他通贡之议，还是准他不受私赠之物？”

“臣以为，二事皆可准。”冯保道。

“锁南坚错馈赠之物，他不肯受，退将回去，不还是辜负远夷归向之诚！”慈圣皇太后道。

“远邦礼物，绝无退回的道理，”冯保说，“奴才见过锁南坚错馈赠张先生的礼物。其中一件为四臂观音像，极其精致。张先生既然以为他不宜收下，不如着他献入宫中，存于娘娘处。”

对这个提议，慈圣皇太后不是不动心；但深思之后，被她拒绝。

“不妥。”她说。

“娘娘以为不妥？”冯保琢磨不透。

“我欲重开戒坛，被他阻止；我欲将观音像存入宫中，他就会赞成吗？与其讨这个没趣，不如存放在他那里，”慈圣皇太后说着，想好一句话，“老冯，你去对皇上说，可降旨于张先生：西番礼品，命他勉纳之。”

“是。”冯保应道。

第八十一章

十岔口是辽东永奠堡外的一座小土城。李成梁得报，土蛮一部约千余人，袭占十岔口。他把副总兵官孙朝梁叫来，商量用兵事宜。

“大帅，永奠堡谁人驻守？”孙朝梁问。

“老孙问他作甚？”李成梁反问。

“把他绑来，打一顿板子再说！”孙朝梁道。

“老孙与他有私怨？”李成梁问。

“我若为私怨打他，大帅可先打我一顿板子。”孙朝梁说。

“老孙若为私怨打他，倒无所谓，说不定我能为你再打他一顿板子；若为公事打他，那可得有个说法。”李成梁道。

“虏部近在咫尺，他却龟缩在永奠堡，还不该打？”孙朝梁说明理由。

“打是该打；不过，先得打我。”李成梁说。

孙朝梁一惊，忙问：“大帅这话从何说起？”

“因为是我命他龟缩不动的。”李成梁说。

“大帅命他不战？”孙朝梁一想，不难想明白，“我知永奠堡兵力不足，大帅担心战而不胜，反让虏贼占便宜。但出堡骚扰一下也不成吗？按兵不动，太过示弱。”

“我示弱，有何不好？”李成梁满不在乎。

“我一示弱，彼更易忘形。”孙朝梁说。

“彼得意忘形，有何不好？”李成梁问。

“彼得意忘形，更肆无忌惮。”孙朝梁说。

“彼肆无忌惮，有何不好？”李成梁问。

孙朝梁肚子里的词汇本来有限，被李成梁三问两问，无话可说。

“大帅是何意呀？”他问。

“你说，我担心永奠堡兵力不足，战而不胜，反让虏贼占便宜，是吧？”李成梁反问。

“这话是我说的。”孙朝梁道。

“你说，虏贼会占到什么便宜？”李成梁问。

“譬如，官军战败，永奠堡不守。”孙朝梁举例。

“于是，虏贼更得意忘形，更肆无忌惮？”李成梁问。

“是。”孙朝梁应道。

“老孙，高明！我怎没想到呢？”李成梁说着，竖起大拇指。

孙朝梁可不认为这是对他的褒奖。既然没想到，说明自己的想法是错的：李成梁不是因为担心让虏贼占便宜，才命守军龟缩堡内的。

“大帅若想到，则如何？”他问。

“我若想到，就会命永奠堡官军出堡骚扰一下。”李成梁说。

“大帅的话，我更加听不懂。”孙朝梁说。

“这有何难懂！”李成梁道，“我就是要让虏贼占到便宜，要让彼更得意忘形，更肆无忌惮。”

“然后呢？”孙朝梁问。

“然后——”李成梁笑了笑，说，“老孙，这不正好你来！”

“大帅的意思，让我去十岔口？”孙朝梁似乎理出点儿头绪。

“不，”李成梁摇着头说，“我的意思是和你商量，你去十岔口，还是我去十岔口？”

“杀鸡焉用牛刀，自然是我去。”孙朝梁道。

“你去可以；不过，有一事你得明白。”李成梁说。

“请大帅训示。”孙朝梁揖道。

“你此去，不是骚扰一下虏贼，而是要歼灭虏贼。”李成梁道。顿了顿，又说，“老孙，你看啊！虏贼虽不是完全得意忘形，但也够得意忘形；虽不是完全肆无忌惮，但也够肆无忌惮。反正我把虏贼给你留在十岔口；若让他跑掉，不是我的事。”

“大帅放心，我愿立下军令状。”孙朝梁道。

十岔口一役，官军大胜。

在此前后，辽东另一个不起眼的城堡长定堡又热闹起来，而且不是热闹一次，是接连热闹两次。

第一次热闹，是名叫阿丑哈的土蛮部属，率所部四五百人归降。

长定堡守将飞报李成梁和辽东巡抚周咏先，并在得到明确的指示前，先把阿丑哈及所部安顿在城堡外。

几天之后，游击将军陶承喾率一队官军赶到长定堡。

守将先已得报，陶承喾奉大帅之命，特来犒赏降部。陶承喾到城下，他一面通知阿丑哈，一面出堡迎接。既曰犒赏，他以为，数十人，至多百余人，足矣。可看到的，竟是一队不下两千人的官军，他心里不由得犯起嘀咕。

“将军是来犒赏的？”守将问。

“是啊。”陶承喾应道。

“大帅还有别命吧？”守将又问。

“实不相瞒，大帅说的是两句话：第一句，犒赏降部；第二句，见机行事。”陶承喾说着，问道，“你懂见机行事的意思吧？”

“末将懂。”守将道。

“你给我说说，这个阿丑哈是真降，抑或假降。”陶承喾命道。

“在末将看来，是真降。”守将道。

“有几成把握？”陶承喾问。

“七成把握是有的。”守将道。

“那你说说，他为何来降？”陶承喾命道。

“他得罪大酋。”守将道。

“你说的大酋是土蛮吧？”陶承喾问。

“是。”守将应道。

“阿丑哈怎的得罪土蛮？”陶承喾问。

“其部盗马，后来发现盗的是土蛮的马。”守将说。

“盗马几多？”陶承喾问。

“据闻有二三十匹。”守将说。

“盗马二三十匹，竟以四五百人来降？”陶承喾表示怀疑。

“土蛮心狠手辣，盗他一匹马，也是在太岁爷头上动土。”守将说。

“看来，阿丑哈来降，确无可疑之处，”陶承喾道，“你只说有七成把握，够慎重。”

“末将不敢把话说得太满。”守将与其说自谦，不如说自诩。

“好，”陶承喾点点头，说道，“就按七成把握来处置吧，有两件事要你去做。”

“请将军吩咐。”守将躬身道。

“第一件事：我要叨扰你一顿酒。”陶承喾说。

“应该的，”守将道，“虽地处偏僻，末将当略尽地主之谊。”

“酒好不好，菜好不好，甚至有没有酒，有没有菜，都不要紧。但有一事，须得让阿丑哈知道，我在你这里喝酒。”陶承喾说。

“末将不明白。”守将一脸茫然。

“你明白不明白，也不要紧，只管照做就是。”陶承喾说。

“是。”守将应道。

“第二件事：我走之后，你紧闭城堡，不得疏忽。”陶承喾说。

守将不仅不明白，而且紧张起来。陶承喾如果真是来犒赏的，他担心什么呢?他既然有所担心，多半不是真来犒赏；联系到他说的第一件事，明显是为麻痹阿丑哈，就更不像是真来犒赏的。

“这两日，城堡一直紧闭。”守将说。

“我是说，今日尤其要紧闭，今夜尤其要紧闭。”陶承喾道。

“是。”守将应道。

长定堡守将宴请陶承喾的消息使得阿丑哈没有任何疑虑。他和他的部卒们该吃饭时吃饭，该睡觉时睡觉，一心准备明日一早接受边将的犒赏；当然，也是朝廷的犒赏。

他们睡梦正酣时，营地被陶承喾率领的官军包围。以两千人屠五百人，而且是在五百人毫无防备的情况下屠之，容易之极。

第八十二章

宛平县捉获几名盗贼，本来只想以入室盗窃草草结案的；问着问着，却问出一桩让一些官员、一些衙门很为难、很尴尬的案子来。

宛平县问罢，没片刻耽搁，移文呈报顺天府。

顺天府生怕宛平县的鞫讯有误，命把案犯解来，重新审理。审理之后，没片刻耽搁，移文呈报刑部。

时在三月，一早一晚还有些凉意。刑部尚书严清读罢顺天府的案牍，却惊出一头的汗。他马上命人把本部左侍郎陈瑞请来，马上让陈瑞仔细阅读顺天府的案牍。

陈瑞马上阅读顺天府的案牍，仔细阅读顺天府的案牍，他头上也冒出不少的汗。

“公直先生，不会是宛平县误审的吧？”他问。

“宛平县是误审，顺天府也是误审吗？”严清反问。

“那应该是不会的。”陈瑞说。

“再者，会是怎样的误审？”严清又问，“是宛平县，或是顺天府，陡然想起多年前已结的凶案，贸然地问今日的案犯，某年某月某日于某地，人可是你等杀的？”

“只有醉酒鞫讯，才会出现公直先生设想的情境。”陈瑞笑着说。

“我看，醉酒鞫讯，也未必会出现这等情境。”严清则说。

“公直先生说的是，”陈瑞应道，又请求，“七年前的案子，顺天府的文牍一带而过，公直先生给我说说吧。”

“孔麟先生不知吗？”严清感到奇怪。

严清字公直，云南后卫人，嘉靖二十三年进士。陈瑞则是福建长乐人，嘉靖三十二年进士。

“公直先生以为我知吗？”陈瑞反问。

“是啊。”严清应道。

“却是为何？”陈瑞也感到奇怪。

严清不知该怎么说，他指指陈瑞的额头。陈瑞这才感觉头上有汗，举袖拭去。

“不知该案，怎会紧张？”严清道。

陈瑞不承认，也不否认，而是同样地指指严清的额头。严清也才感觉头上有汗，也举袖拭去。

“公直先生若是因热而汗，我也是因热而汗；公直先生若是因惊而汗，我也是因惊而汗。”陈瑞说。

“我是因惊而汗。”严清道。

“那么，公直先生是知之而惊，我是不知而惊，”陈瑞说罢，加以修正，“当然，也不是全然不知，而是知之不详。”

不管怎么说，心情是一样的。二人相视一笑，开始谈论具体案情。

“被杀的周世臣，孔麟先生知是何人吧？”严清问。

“似乎是国戚后裔。”陈瑞说。

“是寿宁侯家后人。”严清道。

“公直先生不会为国戚后裔被杀而惊吧？”陈瑞问。

“国戚后人在京师被杀，不能不说是件惊人的大案；不过，要说惊的话，也该惊于彼时，而不是惊于今时。”严清说。

“言之有理。”陈瑞同意他的说法。

“该狱由刑部审结，孔麟先生知否？”严清又问。

“此事知之，”陈瑞点点头，说道，“不是刑部审结，顺天府也不会这么快呈报上来。”

“刑部由谁人审结，孔麟先生知否？”严清问。

“似是员外潘伯衡。”陈瑞说。

“伯衡今为九江太守矣，”严清道，并说，“该狱初时由潘伯衡审理，后又以王、徐两位司官同审。审结该案的，实是他三人。”

审结该案的另外两名员外郎王三锡、徐一忠，都已升至本部郎中。

“公直先生不会因该狱案牵涉多名刑部官而惊吧？”陈瑞问。

“不能说毫无关系；该狱是桩冤案，此等官员都将被处分。不管怎么说，在一个衙门共事；而且，他等若被处分，多少有些冤枉，让人不能不悲悯之。”严清说。

“公直先生说他等冤枉，是怎么一回事？”陈瑞问。

“案发于哪年，孔麟先生知否？”严清问。

“据顺天府案牍，应在隆庆六年。”陈瑞说。

“是在隆庆六年九月，”严清道，又问，“周家婢子萧荷花决于哪年，孔麟先生知否？”

“不知。”陈瑞摇头。

“是在万历四年十月，”严清道，又问，“四年未决，孔麟先生可知是何缘故？”

“据我所知，那些年常有停刑之旨。”陈瑞说。

“常有停刑之旨，也常有秋决之争。不是这个原因。”严清道。

“那一定是潘伯衡发觉有可疑之处。”陈瑞说。

“不错，”严清道，“潘伯衡一直以为，萧荷花弑杀周世臣，事有可疑，故不肯结案；甚至王司官、徐司官介入审讯之后，仍有一段日子不能结案。要不是刑部堂官严令，说不定该狱案拖到今日，也不会决。”

“公直先生说的刑部堂官，可是告若先生？”陈瑞自然会想到王之诰。

“不是，”严清摇着头，说道，“其时，告若先生正在省亲，儒参先生以贰卿署理部务。我那时在大理寺，知三位司官实是在儒参先生逼迫下，最终不得不议决该狱。”

“公直先生的话，我总算懂得。”陈瑞道。

“我的哪句话，孔麟先生总算懂得？”严清问。

“我问公直先生，是否因牵涉多名刑部官而惊，公直先生的回答是，不能说毫无关系。亦即，是因牵连多名刑部官而惊，主要却不是因牵连多名刑部官而惊。公直先生所惊者，是牵连刑部前堂上官也，”陈瑞说着，问道，“公直先生，可是此意？”

“是固然是，但孔麟先生得给我一个理由。”严清道。

“我给公直先生一个理由？”陈瑞没领会话里的意思。

“是啊，”严清道，“潘伯衡也好，王、徐二司官也好，都是在按照程式审讯；而且，潘伯衡最先发现该狱的疑点，多年来一直在追查这些疑点。就算最终决狱，也情有可原。儒参先生则不然。一来，命王、徐二司官与讯，是他决定的；二来，对潘伯衡发现的疑点，他置若罔闻；三来，逼迫潘、王、徐三人，按照他的意思从速决狱。如果要用草菅人命四个字，只能用在儒参先生头上。”

“而草菅人命，是要抵命的。”陈瑞加上一句。

“是啊，”严清又应一声，接着说，“今之刑部堂官，因决狱之事，论死前之刑部堂官，我朝恐怕还不曾有过。”

“公直先生自家说的理由，确实点到二者的不同：刑部多名官员被牵连，罪轻；儒参先生被牵连，罪重，”陈瑞先附和一句，然后说，“但罪重固然罪重，也未必重到一定要抵命吧？”

“抵命二字出自孔麟先生之口，非出自我口。”严清说。

“杀人抵命，谁都会顺口说出；但儒参先生此事，或许还有别的说法。”陈瑞道。

“别的说法？孔麟先生是说，还可据别的律条？”严清问。

“不然，”陈瑞摇头道，“我说别的说法，先要跳出律条。”

“跳出律条？”这回是严清没领会话里的意思。

“是啊，”陈瑞应一声，说道，“譬如贪赃枉法，你可以说儒参先生并未贪赃，却枉法；譬如作奸犯科，你可以说儒参先生并未作奸犯科，却擅权渎职；譬如杀人抵命，你可以说儒参先生未动手杀人，却置人于死。总之，若在律条里打转，是转不出来的。”

“跳出律条，又如何打转？”严清问。

“何不请教叔大先生？”陈瑞道。

严清这下领会他话里的意思：按照大明律条，可以议定翁大立死罪，也可以不议定翁大立死罪；与其纠缠在律条，以决定翁大立生死，不如让张居正来决定他的生死。

就严清本意而言，是不愿意把刑名之事，交与内阁来裁决的；但以刑部遭遇的尴尬局面而言，除让张居正来裁决，似乎又没别的出路。他唯一能做的，是质疑陈瑞这个主意可行与否。

“多年前的案子，与叔大先生并无牵连，只怕他不肯裁之。”他说。

“我想，叔大先生或会裁之。”陈瑞道。

“却是为何？”严清问。

“公直先生不是说，那些年常有秋决之争吗？”陈瑞道，“秋审秋决有误，历朝都有，本不足怪；但叔大先生力主秋审秋决，而有误审误决，他一定会给个说法的。”

那些年常有停刑之旨；旨意降自皇帝，主张的却是慈圣皇太后。那些年常有秋决之争；部臣、院臣都不赞成停刑，能驳回宫中之议的，却是张居正。要是他对出在隆庆六年、决于万历四年的周世臣被杀一案没个说法，还真不好向皇帝交代，向慈圣皇太后交代。

想到这里，严清邀道：“孔麟先生和我一起去一趟相府吧？”

“我与公直先生同去，在外人眼里，倒显得刑部议而不能决，不如公直先生一人去的好。”陈瑞婉言拒绝。

严清很少和内阁诸臣过往，尤其是很少和张居正过往，因此，他突然拜访，张居正不难猜出他的来意。

“公直先生为顺天府的案子来吧？”张居正问。

“确切地说，是刑部的案子。”严清道。

“更确切地说，是须得刑部议处的案子。”张居正加上几个字。

“是。”严清应道。

“刑部怎议的？”张居正问。

“孔麟先生有句话，恰如其分。”严清道。

陈瑞曾抚湖广，张居正对他有好感；用他的话引出张居正的话，是严清在来之前就想好的。

果然，张居正面带微笑，问：“孔麟先生怎说？”

“他说，刑部议而不能决。”严清道。

“刑部不能决，故找我裁之？”张居正问。

“是。”严清应道。

“所谓议而不能决，是议论甚多，难以决断。但在我看来，无非是几种议论：一曰有罪，一曰无罪，一曰罪重，一曰罪轻，一曰当死，一曰不当死，”张居正说罢，问句“然否”。

“诚如叔大先生所举。”严清道。

“公直先生，若有人以为，昔日的潘员外、王员外、徐员外，以及昔日署理刑部事的儒参先生无罪，你可让他等来找我。”张居正说。

不仅裁之，而且态度极为明确，是严清不曾想到的。

“叔大先生之意，他等皆有罪？”他问。

“公直先生不会也以为他等无罪吧？”张居正反问。

“不，不，”严清连声否认，“我是以为他等有罪的。”

张居正既然没被要求说明理由，就没必要加以说明。

“再者，若有人以为，昔日的潘员外、王员外、徐员外等罪重，你可让他等来找我。”他说。

“叔大先生之意，几位昔日的员外皆为轻罪？”严清问。

“公直先生不会也以为他等是重罪吧？”张居正反问。

“不，我是以为他等为轻罪的。”严清道。

张居正仍没被要求说明理由，他仍不加以说明。

“再者，若有人以为，儒参先生当死罪，你可让他等来找我。”他说。

“叔大先生之意，儒参先生罪不当死？”严清问。

“公直先生不会也以为他罪当论死吧？”张居正反问。

如果严清再予否认，张居正再不被要求说明，他们的谈话可以到此结束；对宛平县、顺天府移送的案牍，就可以有明确的议复。但严清没再轻易地否认。他知道，对翁大立如何处置，是此事的关键。

“有人称，杀人抵命，乃是铁律。”严清说。

“公直先生不会也以为，杀人抵命是铁律吧？”张居正问。

“我一直在琢磨这句话。”严清含混地说。

“铁律者，一成不变也，”张居正道，“杀人抵命，是一成不变吗？譬如刽子手行刑，你能说不是杀人吗？难道他也要因杀人而抵命？”

“刽子手行刑，乃其职事。”严清说。

“所以，杀人至少有以职事杀人和非职事杀人的区别，不可简单地一概而论。”张居正道。

“叔大先生之意，法司议刑，也可以归入以职事杀人之列？”严清问。

“法司议刑，肯定应列入以职事杀人之列；不过，法司议刑而杀人，和刽子手行刑杀人，又有所不同。”张居正说。

“叔大先生是不是说，刽子手行刑而杀人，即便被杀之人冤死，他也不须承担责任；而法司议刑而杀人，被杀之人若冤死，他却须得承担责任？”严清问。

“正是，”张居正应道，又说，“法司议刑，既是以职事而杀人，与非以职事而杀人，也应有所不同。”

“叔大先生是不是说，非以职事而杀人，无论故意杀人，抑或过失杀人，皆须抵命；而以职事杀人，故意入人死罪须抵命，误入人死罪，却不须抵命？”严清问。

“公直先生既知这两个不同，又何须我裁之！”张居正笑道。

“难裁者，儒参先生究属故意入人死罪，或属误入人死罪。”严清说。

张居正这次没马上回答。他想了想，说道：“儒参先生与萧荷花有私怨乎？未闻也。周世臣于儒参先生有私恩乎？未闻也。在我看来，他应属误入人死罪。”

一言裁之。时翁大立已致仕，乃追夺其一切官职。王三锡、徐一忠调外官，潘志伊谪陈州知州。

第八十三章

吏部尚书王国光、掌院都御史陈炌同时被张居正找去。他们都想到，一定是为原礼部侍郎董传策在家中被杀一事；但二人的心思各不相同。

王国光想的是：传闻董传策是被家仆所杀，原因是他待下刻薄寡恩。这事本来和吏部没任何关系，和他王国光没任何关系。但吏部才准备以南京礼部侍郎兼南京国子监祭酒起用董传策，他王国光尤其力荐。这就容易使人产生许多想法，说不定使张居正也产生许多想法。

譬如，有人会想，说不定张居正也会想：董传策是被科、道纠劾而去官的，吏部堂官们忘记，还是根本不知？你王国光忘记，还是根本不知？

王国光不会不知，也不会忘记：隆庆年间，董传策官至工部侍郎；万历初，改礼部侍郎。因言路劾他收受贿赂，而被免官。

当然，他可以辩解：嘉靖年间，董传策因上疏论劾严嵩，下过诏狱，这应该是他的大节吧？至于他后来被纠劾免官，并无确凿证据，应该不影响对他的起用。

再者，他是嘉靖三十五年进士，年纪并不太大。现在满朝尽是嘉靖三四十年代的进士，起用他，有何不可？

如果说，此一事还好辩解的话，有些想法就不那么好反驳。

譬如，有人会想，说不定张居正也会想：董传策待下刻薄寡恩，是较轻的说法；说得再重一些，是待下暴虐。家仆忍无可忍，才杀的他。在家中待下寡恩，为官对百姓能宽容吗，对属下能宽容吗？特别是任国子祭酒，对监生能宽容吗？

待下暴虐，以致被下所杀，不管起用他任何种职官，都是失察；起用他任国子监祭酒，尤其是失察。

人如果活着，你王国光可以说：起用当否，不妨冷眼观察。现在人已死，可以盖棺论定，他董传策没办法辩之，吏部没办法辩之，你王国光也没办法辩之。

陈炌想的是：才把一起奴婢杀害主人的旧案反过来，会不会又是一起盗贼杀人却安在家仆头上的冤案呀？那一起案子责任在刑部；这一起案子如果又是误审，责任可是在都察院。董传策是松江华亭人，他被杀，是华亭县报与松江府，松江府报与巡按苏、松等府御史，巡按御史报与都察院的。追究责任，最后肯定着落在都察院。

这起案子，其实和七年前的那起案子，是有很大区别的；甚至可以说，是根本不同的。七年前那起案子的两个嫌犯，萧荷花从来也没承认自己杀周世臣，王奎虽然在把总张国维刑讯下，承认自己是凶犯，但一到刑部狱后，就矢口否认。今天这起案子，董传策的家仆则从一开始就承认主人是他杀的，并且说明杀死主人的原因。

华亭县录的供状没任何瑕疵，松江府录的供状没任何瑕疵，巡按御史录的供状没任何瑕疵。他试图去找，找不出来；让那些精明的资深御史去找，找不出来；让老于世故的吏目去找，也找不出来。

但如果张居正问他，能不能、敢不敢为华亭县录的供状作担保，他不能，也不敢。如果张居正问他，能不能、敢不敢为松江府录的供状作担保，他不能，也不敢。如果张居正问他，能不能、敢不敢为苏、松巡按御史录的供状作担保，他不能，也不敢。

他的回答可能是，还须亲自鞫讯。

让王国光、陈炌二人不解的是，张居正在说句“董某被杀，我知之”后，立即问个毫不相干的问题。

“二公可知，肃雍二字出自何典？”张居正问。

“《诗经》。”王国光、陈炌几乎同时说。

“曷不肃雍，王姬之车。”王国光背诵两句。

“喤喤厥声，肃雍和鸣。”陈炌也背诵两句。

“汝观先生吟诵的两句，出自《召南》吧？”张居正问。

“是。”王国光应道。

“汝观先生能不能给我讲解讲解这两句？”张居正与其说要请教，不如说在考较。

“不敢当，某试言之，若有不当，请叔大先生教正。”王国光说。

“好说。”张居正道。

“肃雍原本应指鸟鸣之声，但王姬之车，怎会和鸟鸣之声拉扯在一起呢？我想，本诗或是以肃雍喻王姬车上类似鸟鸣的铃铛声。这两句可译为：王姬的车，为何不闻铃铛之声？”王国光解说道。

“汝观先生对这两句的讲解很好，不过，我想，只讲解这两句，难免片面，应该把前面两句也加上，”张居正说着，把四句连在一起吟诵，“彼何秾矣，唐棣之华；何不肃雍，王姬之车。”吟诵罢，说，“何花开放得如此浓密，是唐棣之花；王姬的车来，却听不到铃铛之声。唐棣之花，色也；铃铛之声，声也。古人很讲究声色之悦。周平王嫁孙女给齐桓公，诗中首先描绘的，即其色其声。”

“诗写的有声有色，叔大先生的讲解更有声有色。”王国光道。

“汝观先生过奖，”张居正说着，转问陈炌，“文晦先生吟诵的两句，出自《周颂》吧？”

“是。”陈炌应道。

“文晦先生也讲解讲解这两句吧。”张居正命道。

“喤喤是声音，究竟是怎样的声音，我学不上来。后面说是肃雍和鸣，也只好理解为此起彼伏的鸟鸣之声。”陈炌说。

“文晦先生以后语解前言，讲解得很聪明。”张居正说。

“请叔大先生教正。”陈炌揖道。

“汝观先生吟诵的两句诗，我以声色二字论之；文晦先生吟诵的两句诗，我则欲以声势二字论之。”张居正说。

“怎讲？”陈炌问。

“前者是曷不肃雍，后者是肃雍和鸣，喤喤厥声，哪个声势大呀？再加上前面所吟：应田悬鼓，鞉磬柷圉，各般乐器都搬出来，文晦先生说声势大不大！”张居正道。

“声势二字，叔大先生用得极好。”陈炌奉承一句。

“其实，肃雍二字用在汝观先生吟诵的诗里也好，用在文晦先生吟诵的诗里也好，体现出来的，都是和谐之音。一家之主，宜多听肃雍之声，以使一家和谐；一国之主，宜多听肃雍之声，以使一国和谐，”张居正说着，问道，“二公看，我说的有没有道理？”

“听叔大先生讲解，我等无不茅塞顿开。”王国光、陈炌齐道。

他们估计，一家之主，指的是董传策；张居正应该转而谈论董传策被杀一事。

他们的估计不对。张居正只是轻描淡写地说一句：“任用祭酒，固当以严正。董某唯酷暴耳，非严正也。”

如果他们以为，张居正和他们谈论“肃雍”二字，只是为影射董传策被杀一事，他们就更错。

皇帝要写字，而且是写他不喜欢写的中字。

“孙老儿，认得这个字吗？”皇帝写一个字后，问孙海。

“是萧字吧？”孙海没有把握。

“你怎知是萧字？”皇帝问。

“奴才记得，司礼监有个姓萧的老人，他外宅匾额上的两个字是‘萧宅’，前面一字和爷写的一样，”孙海说着，问道，“爷是不是要给他写匾额？奴才认得他家，爷写好，奴才送去。”

“老萧家的匾额也要朕写，朕一天到晚不用再做别的事，”皇帝道，“告诉你吧，萧字上面还有个草字头呢，这个字不读萧，读肃。”

说着，又写个字，然后问客用：“客老儿，认得这个字吗？”

“奴才不认得。”客用的长处，不会不懂装懂。

“这个字读雍，”皇帝说，“朕曾对你二人说过，古代的国子学有个很奇怪的名字，叫辟雍，记得吗？”

“原来这就是那个雍字呀，”客用道，“奴才还以为，辟雍的雍，是用字呢；心里还想，辟用，怎叫这样一个名字？”

孙海捂嘴而笑。皇帝问他：“孙老儿，他理解错第二个字，你一定理解错第一个字，把征辟的辟当作放屁的屁吧？”

“爷圣明，”孙海道，“奴才想，古代的人好不蠢也，办个学校，原来是不管屁用的。”

“客老儿将雍作用，多少还有些道理，征辟而来、为君所用嘛；你孙老儿将辟作屁，简直有辱斯文！”皇帝笑着斥道。

“奴才知错，”孙海道，并问，“辟雍是国子学的名字，肃雍又是哪所学校的名字？”

“肃雍是殿名，不是学校的名字，”皇帝说着，在雍字后面写个殿字，问道，“这个字，你两个都认得吧？”

“是个殿字。”孙海、客用齐道。

“这个字呢？”皇帝又写了个箴字。

孙海学乖，和客用一起摇头。

“孙老儿，你不会读作咸字吧？”皇帝笑着问。

“奴才差点儿就读作咸，后来发觉它多个字头。”孙海道。

“这个字读箴，但不是真假的真。”皇帝说着，把笔扔下。

“原来爷写的是肃雍殿箴。”孙海、客用齐道。

“爷这四个字写得真好。”孙海又奉承。

“爷把这幅字赐给奴才吧。”客用又请求。

“朕今日的功课还没作完，你却先来讨字！”皇帝道。

“爷还有功课呀！”孙海、客用齐道。

“今日的功课还不少呢，”皇帝说着，吩咐，“朕写的这四个字收好，再换张大纸来。”

“爷改写大字吗？”孙海问。

"朕改写小字。"皇帝道。

"爷写小字，为何用大纸？"客用问。

"朕为何改写小字？"皇帝反问。

"奴才不知。"客用道。

"因为要写的字多，不得不改写小字，"皇帝道。他从袖口里抽出一摞纸来，在二人眼前一晃，问道，"你等看多不多？"

一摞纸，不下十页，每页上都写得密密麻麻。孙海、客用见后，又是担心，又是心疼。

"爷今日要把这些字都写一遍呀？"孙海、客用齐问。

"一日之内是写不完的，但朕想，一日至少要写百字吧。"皇帝道。

纸换好，皇帝抄写道：

北宸紫宫，维皇宅中。身为民表，心与天同。斯须不和，则乖戾起。斯须不敬，则傲慢丛。念常生于所忽，祸乃基于无穷。是以圣人事心，天命是敕。钦厥止，日谨万几；处深宫，心周八极。不以嗜欲滑和，不以佚豫灭德。无作好，无作恶，霭霭熙熙，如春斯煦。无荒色，无荒禽——

"爷！"孙海招呼一声。受客用启发，他也开始热衷于数字。

皇帝瞥他一眼，问："怎了？"

"已到一百个字。"孙海说。

"你怎知？"皇帝问。

"奴才一直数着呢。"孙海说。

"还是孙老儿向着朕，生怕朕吃亏，"皇帝夸奖他一句，又说，"不过，你得让朕写完一句完整的话呀。"

他接着写了八个字，完成今天的功课：—兢兢惕惕，如渊斯临。

第二天，皇帝抄写大约一百个字：

勿谓燕闲，人莫予观。一喜一怒，作人燠寒。弦急者绝，气平者安。优优和衷，为君实难。勿谓宥密，人莫予弼。一动一言，恒为度律。危惧则得，骄泰则失。昭昭神明，相在尔室。在昔成周，宇内太和。雍雍其在宫，发琴瑟而不颇。亦曰懿恭，小民怀保。由肃肃其在庙，克对扬于祖考。

第三天，皇帝抄写大约一百个字：

我皇浚哲，是谓智临。匪高明之不足，贵育德于静深。我皇抚运，是谓开泰。匪丰亨之非臻，惧此心之惑汰。乐以平其情：虽钟虡不设，而若闻厥声；然后心和气和，而天下平。礼以饬其志：虽升降未施，而若持重器；斯谓无逸乃逸，而天下治。

“爷，差得还远呢。”孙海提醒他。
“写了多少字？”皇帝问。
“至多九十个字。”孙海说。
“不少，”皇帝道，“明日写的还要少。”

第四天，皇帝抄录完余下的部分：

故曰：冲和者养威，淡泊者养禄，危励者养安，忧劳者养乐。以古为师，于何不仪？平平周道，维王所之。以心为鉴，于何不见？穆穆文王，维皇所宪。朽索在手，勿谓无伤。覆车在睫，奈何勿防。和不见流，敬不可忘。慎终如始，万寿无疆。

一来终于抄录完毕，二来今天写的字比较少，皇帝的话多起来。
“今日朕写够一百个字没有？”他故意问。
“不够。”孙海说。
“是不是比昨日写的还少？”皇帝问。
“是，”孙海应道，“今日爷只写八十六个字，比昨日还少几个。”
“你看，朕昨日的话不错吧？”皇帝道。
“爷圣明，连每日写字的小事都安排得妥妥帖帖。”孙海奉承道。
“客老儿，你没话要说吗？”皇帝问客用。
“奴才没话要说，却有话想问。”客用道。
“好，你问！”皇帝竟准。
“爷不言不语地写好几日，写的是什么文章？”客用问。
“咦，”皇帝叫一声，对他的问题表示奇怪，“此篇何名，第一天朕不就告诉你两个！”

“是啊，”孙海附和道，“此篇名《肃雍殿箴》，爷第一天就告诉你我，还教你我认好几个字呢。”

客用不搭理他，而对皇帝说：“奴才知是《肃雍殿箴》；奴才是问，此文何人写的，爷如此认真抄录。”

“客老儿想的，总比孙老儿想的多。”皇帝赞道。

“可奴才做的，总比客老儿做的多，”孙海不服气。“譬如，爷每日写多少个字，都是奴才数的，他就不知道数。”

“那你能不能也多想一些？”皇帝问。

“爷要奴才多想一些，奴才就能多想一些。”孙海说。

“好啊，”皇帝指指自己抄录的文字，道，“你就想一想，这篇箴言是谁个写的？”

“爷宽限几个时辰，奴才回去想一夜，明日一早来告诉爷。”孙海说。

“你不是回去想，是回去问吧？”皇帝道。

“爷既料到，倒省奴才的事。”孙海嬉皮笑脸地说。

“其实，谁个写的，你两个都猜得出来，”皇帝道，“别个写的文章，朕会花费好几日功夫抄录吗？”

“是张先生写的？”孙海、客用齐问。

“你两个既猜到是张先生写的，再猜猜，朕为何要把它抄录下来？”皇帝命道。

“爷喜欢张先生的这篇文章。”孙海说。

“爷不是喜欢文章，是喜欢箴言。”客用纠正。

“你两个都说朕喜欢，有谁见朕喜笑颜开？”皇帝道。

“不是喜欢，奴才猜不到。”孙海说。

“奴才也猜不到。”客用说。

“朕虽不喜欢，但看得出来，张先生写这篇《肃雍殿箴》，是花大心思的。所以，朕把它抄录下来，张贴于御屏，让朕每日在文华殿召见大臣，都能见到；张先生被宣召，也能见到。”皇帝说。

“这样一来，张先生就知道，他花的心思，爷体会到。”孙海说。

“这样一来，张先生就知道，爷也花大心思。”客用说。

“你两个还不算太笨嘛。”皇帝笑道。

第八十四章

往朝房走时，兵部尚书方逢时问本部右侍郎郑洛：“禹秀先生已知今日要议何事吧？”

郑洛字禹秀，北直隶安肃人，嘉靖三十五年进士。

“不是议李帅封爵之事吗？我知道。”郑洛说。

“都说天下边镇以宣、大为首，谁知多年未以军功封爵，忽以军功封爵，却在辽东！”方逢时不无感慨。

他的话不错，前一次以军功封爵，是在正德十六年，算起来有五十多年；而且，前次王守仁是以文臣封爵，武臣以军功封爵，则是正德五年仇钺封咸宁伯，更在六十多年前。

“行之先生不甘心吗？”郑洛笑道，“宣、大总督任上连出两名大司马，人家蓟、辽总督也未必心甘。”

方逢时字行之，湖广嘉鱼人，嘉靖二十年进士。

方逢时被郑洛说得也笑起来。他说：“禹秀先生言之差矣。总督召为大司马，还不是谭公在前？再者，我虽是宣、大总督任上召入朝中，我的督、抚生涯却是从辽东巡抚开始的。除非禹秀先生也为大司马，蓟、辽总督或辽东巡抚才会觉着不公。”

郑洛是自大同巡抚任上召为兵部侍郎的，所以他这么说。

“我不会有非分之想，”听罢方逢时回过来的笑话，郑洛嘟囔一句，然后问，“说正经的，我知李帅封爵，不是兵部首议；但吏部不首议李帅封爵，行之先生会否首议？”

“或会。”方逢时道。

“怎叫或会？”郑洛问。

“李帅镇守辽东以来，战功卓著，是有目共睹的，”方逢时道，“以前的战绩，都不必说；单说今春十岔口一役，禹秀先生还记得他报上来且经核实的数字吗？”

“记得。”郑洛道。

“斩首是——”方逢时问。

“七百五十四级。”郑洛道。

“夺回被掠男妇是——”方逢时问。

“一百六十余人。”郑洛道。

“夺得马匹是——”方逢时问。

“三百六十余匹。”郑洛道。

“官军死伤是——”方逢时问。

“一百九十余人。”郑洛道。

“马匹损失是——”方逢时问。

“三百四十余匹。”郑洛道。

“马匹损失相当，人员以一换四，算不算大胜？”方逢时问。

“自是大胜。”郑洛道。

“所以，我或会首议李帅封爵。”方逢时最后总结一句。

“行之先生问我许多话，我能不能也问问行之先生？”郑洛郑重其事地提出来，显然是正经的问题。

“禹秀先生尽管问。”方逢时道。

“今春十岔口一役，斩敌首级是——”郑洛问。

方逢时根本不会想到，他问的是自己才问过的、并且他给出准确答案的问题，不由愣住。

“行之先生不记得，我可以重复一遍。”郑洛说。

“不用，”方逢时道，“是七百五十四级。”

“夺回被掠男妇是——”郑洛问。

“一百六十余人。”方逢时道。

“夺得马匹是——”郑洛问。

“三百六十余匹。”方逢时道。

“官军死伤是——”郑洛问。

“一百九十余人。”方逢时道。

“马匹损失是——”郑洛问。

“三百四十余匹。”方逢时道。

“马匹损失相当，人员以一换四，算不算大胜？”郑洛问。

“自是大胜。”方逢时道。

“既是大胜，行之先生为何只是或会首议，而不是必会首议？”郑洛本来可以直接提出这个问题的，但他不厌其烦地让方逢时重复一遍各项数字后才提出，是要增加这个问题的分量。

“禹秀先生问得好，”方逢时赞道，“为十岔口之役，以及为此前的众多战事，我本当首议李帅封爵一事的；而我却说或会首议，是因为今春除十岔口之役外，还有一役。”

“行之先生说的是永奠堡之役？”郑洛问。

“是，”方逢时点点头，又说，“也有一个数字。”

“行之先生说的是永奠堡杀降的人数？”郑洛问。

“禹秀先生记得该数字吗？”方逢时反问。

“是四百七十余人。”郑洛道。

“准确地说，永奠堡之役根本不能算作一场战事，而只能说是一场屠戮。所以，我不是必会首议李帅封爵。”方逢时说。

“行之先生，我还有个问题。”郑洛道。

“不会还是个数字吧？”方逢时笑着问。

“行之先生不喜欢数字，我就不问数字，”郑洛也笑着说，“辽东杀降一事，李帅是脱不了干系的。吏部既已首议李帅封爵，行之先生是或会驳之，抑或必会驳之？”

“肯定不是必会驳之。”方逢时说。

“为何不是必会驳之？该次辽东杀降，难道还不够严重？”郑洛问。

“严重是严重，却不足以使我必驳之。”方逢时说。

“却是为何？”郑洛问。

“因为科、道已论劾其事，朝廷已处分其事。”方逢时道。

“科、道论劾其事，行之先生为何就不必驳之？”郑洛进一步问。

“科、道论劾，给事中光懋是第一疏，对吧？”方逢时反问。

“对。”郑洛应道。

“禹秀先生还记得他怎写的吗？”方逢时问。

“请治陶承嚳杀降之罪。”郑洛道。

“勘实该事的御史又是怎说的？”方逢时问。

“勘查属实，并请治陶承嚳杀降之罪。”郑洛道。

“光懋有没有言及李帅？”方逢时问。

“不曾言及。”郑洛道。

“勘事御史有没有言及李帅？”方逢时问。

“亦不曾言及。”郑洛道。

“他等为何均不论劾李帅？”方逢时问。

“或是以为陶承喾杀降和李帅无关；或是虽以为陶承喾杀降和李帅有关，但苦于没有证据。”郑洛道。

“禹秀先生以为，哪一种可能性更大？”方逢时追问。

“应该是后者的可能性大。以光懋等的见识，不至于连陶承喾杀降是否受命于李帅都看不出来吧？”郑洛道。

“陶承喾杀降，不见得李帅有明令，但总是脱不了干系。”方逢时对他的说法加以纠正。

“是，”郑洛应道，“脱不了干系，这个说法更稳妥。”

“言官是允许风闻奏事的。他等风闻而不论劾，禹秀先生，我等对李帅封爵之事，为何要必驳之？”方逢时道。

“科、道论劾其事，不足以使行之先生必驳之，说得很清晰；为何朝廷处分其事，亦不足以使行之先生必驳之？”郑洛又问。

“禹秀先生还记得朝廷是怎处置的？”方逢时问。

“夺陶承喾叙功恩命。”郑洛道。

“还有呢？”方逢时问。

“行之先生是问有没有夺李帅恩命吧？没有。”郑洛道。

“非也，”方逢时摇着头说，“我不是问有没有夺李帅恩命，是问有没有夺别人的恩命。”

“那是有的。”郑洛道。

“还夺谁人恩命？”方逢时问。

“行之先生是知道的，何必非要我说！”郑洛道。

“不好意思说，我替你说，”方逢时说着，一指自己，“除陶承喾叙功外，第一个同叙的是我，加柱国；陶承喾夺恩命，我亦削柱国。”又指向别处，“第二个同叙的是蓟辽总督梁乾吉先生，加兵部尚书；陶承喾夺恩命，乾吉先生亦削兵部尚书。第三个同叙的是辽东巡抚周思养先生，加右副都御史；陶承喾夺恩命，思养先生亦削右副都御史。”

周思养名咏。梁梦龙官蓟辽总督，周咏官辽东巡抚。

“行之先生夺恩命，轮不到我置评；督、抚二人夺恩命，我却要议论两句。”郑洛说。

“好啊，禹秀先生请说。”方逢时道。

“乾吉先生该夺恩命，思养先生不该夺恩命。”郑洛说。

“乾吉先生为何该夺恩命？”方逢时问。

“科、道论劾陶承喾，他为陶承喾辩解，竟说：彼虏前尝窥边，该杀。”郑洛道。

“思养先生为何不该夺恩命？”方逢时问。

“他以为，陶承喾杀降冒功，宜追论。”郑洛道。

“照禹秀先生的说法，思养先生更应该夺恩命。”方逢时说。

“却是为何？”郑洛问。

“他是因为陶承喾之功而同叙的；他既以为陶承喾不仅无功，反而有罪，他同叙的恩命岂不是更该夺去！”方逢时道。

郑洛皱着眉头，说：“思养先生不应该夺恩命，或更应该夺恩命，是题外的话，无须辩出是非，也未必辩得出是非。但行之先生仍未分辩，为何朝廷处分，行之先生就不会必驳之？”

“朝廷处分，夺陶承喾恩命，夺我等恩命，却不夺李帅恩命，我一定要把李帅牵扯进来，是想为陶承喾分辩呀，还是想为我等同叙同夺之人分辩？”方逢时道。

“行之先生所虑，不能说没道理。”郑洛边点头，边说。

说话间来到朝房之外，二人结束谈论。

吏部、礼部、兵部、都察院等堂上官奉旨议封爵之事。其实，在王国光转达张居正的两句话后，根本用不着再议。张居正说的第一话是：成梁屡立战功，忠勇为一时之冠；第二句话是：虽加显秩，流爵非世袭比，只不过为鼓将士、振边事之一机也。

五月十二日降旨，李成梁封宁远伯，岁禄八百石。

第八十五章

监察御史王国奉差清核勋戚庄田。他问陈炌，自己被差往何处。陈炌回答说不知，并要他去户部问张学颜。张学颜是去年七月殷正茂致仕后，升任户部尚书的。

“是之桢吗？”张学颜问。

王国字之桢，陕西耀州人，万历五年进士，并选庶吉士。

“子愚先生认得我？”他反问一句。

朝中一百多名御史，别说其他衙门的人，掌院都御史都未必认得全。难怪张学颜叫出名字，他会觉得奇怪。

“不认得。”张学颜道。

“文晦先生说我要来？”王国又问。

“他没说，至少没对我说。”张学颜道。

“那子愚先生怎知是我？”王国问。

“猜的。”张学颜道。

“胡乱一猜，即猜中？”王国不相信。

“虽是猜的，并非胡乱一猜，”张学颜道，“文晦先生告诉我，你王之桢样样都好，就是有点不安分；若有人来找麻烦，一定是你。”说着，指了指他，“这不，你果然就来。”

“一则，下官非如文晦先生所言不安分；二则，下官来见子愚先生，只不过询问一件小事，并非来找麻烦。”王国说。

“之桢欲询问何事？”张学颜让他说。

“今者清核四处勋戚庄田，不知下官差往哪一处？”王国问。

“尚未确定。”张学颜告诉他。

“如此说来，还可以通融？”王国似有喜色。

“如此说来，之桢是想挑个去处？”张学颜似不悦。

“可以这么说吧。”王国不管他高兴不高兴，坦然回答。

“是陕西，抑或山东？”张学颜问。

“下官陕籍，不宜往陕西。”王国说。

“那么，是山东。”张学颜道。

“子愚先生为何以为下官欲去山东？”王国问。

“与两畿比较，清核山东勋戚庄田，事简而易办。”张学颜说。

“子愚先生说的虽是，下官却不欲往山东。”王国道。

“之桢欲往南畿？”张学颜又问时，兴趣陡增。

“子愚先生为何以为下官欲往南畿？”王国问。

“与畿内比较，清核南畿勋戚庄田，事简而易办。”张学颜说。

“下官也不欲往南畿。”王国说。

“难道之桢来找我，是欲清核畿内勋戚庄田？”张学颜问。

两畿，指的是京师和南京周边地区。南畿，指的是南直隶地区，特别是指应天府。畿内，指的是北直隶地区，特别是指顺天府。

“是，”王国应道，并问，“这不算给子愚先生找麻烦吧？”

“当然不算！但我不知，若是之桢可以挑选地方的话，为何要挑选畿内？”张学颜问。

“缘故恰如子愚先生言，”王国道，“和山东、陕西比较，清核两畿勋戚庄田，事繁而难办；和南畿比较，清核畿内勋戚庄田，事繁而难办。”

“知难而上，之桢可谓初生之犊不怕虎！”张学颜赞道。

“子愚先生这算是应允下官吗？”王国益发喜形于色。

“之桢虽是初生之犊不怕虎，我却怕之桢为虎所伤。”张学颜道。

“子愚先生担心晚生不能胜任？”王国问。

张学颜不承认，也不否认，而是提出一系列的问题。

“清核勋戚庄田，之桢似有激情，却是为何？”他问。

“庄田如瘤，病国，病民，”王国道，“下官以为，前辈言及皇庄时用过的四个字，用在勋戚庄田上，亦甚是贴切。”王国说。

“哪四个字？”张学颜问。

“为厉于民。”王国道。

“这四个字是夏贵溪说的吧？”张学颜问。

“是，”王国应道，“夏贵溪官给谏日，奉旨清核畿内皇庄，说的这四个字。他贵为礼部尚书以后，特别是贵为首辅以后，再也说不出这等犀利的言辞。”

似有所指，张学颜忙把话岔开。

“具体如何清核，之桢想过没有？”他问。

“想过。”王国道。

“说来听听。”张学颜命道。

“下官以为，勋戚庄田当清核者有三。”王国说。

“其一？”张学颜问。

“勋戚庄田，为其奏请所得。奏请之际，荒地者易准，熟地者不易准。故而勋戚无不以荒地奏请。清核勋戚庄田，首先要核对奏请时其地是否为荒地。果为荒地，准其保留；非为荒地，则没收之。”王国说。

“其二？”张学颜问。

“奏请之际，地少者易准，地多者不易准。故而勋戚无不以少地奏请。清核勋戚庄田，其次要核对奏请时呈报的田亩之数和实际田亩之数。在呈报之内者，准其保留；超过奏请之数者，则没收之。”王国说。

“其三？”张学颜问。

“田庄既设，或是巧取，或是豪夺，或是投献，或是影射，其庄田数目无不扩张。清核勋戚庄田，第三要核对奏请时的田亩之数和今存田亩之数。合乎奏请时田亩之数者，准其保留；其后扩张者，则没收之。”王国说。

“之桢的思绪当真很清晰，”张学颜称赞一句，后面的话则欲说又止，“不过——”

“下官遗漏之处，还请子愚先生明示。”王国揖道。

“我不是说你有无遗漏，以及是何遗漏；而是想问你，记不记得朝廷降旨度天下田，是在几时？”张学颜道。

“下官记得是在万历五年冬，本科庶吉士仍未散馆，下官是在翰林院里听到消息的。”王国说。

“是在十一月，”张学颜告诉他一个更准确的时间，“之桢那时还在馆，我那时则在翰林院。相公一次召我议事，问我度天下田须得几久。”

“子愚先生怎生答复？”王国问。

“我对相公说，须得三年。”张学颜道。

“哎呀，期以三年，岂不是已过其半！”王国惊呼。

“当然不能从万历五年十一月计起。我是万历六年七月掌户部的，相公对我说，三年之期，即从万历六年七月计起。”张学颜道。

“那也过去将近一年。”王国说。

“所以——”张学颜拖个长音，让他去琢磨。

“子愚先生是说，下官也要定个期限？”王国问。

“之桢能不能定个期限？”张学颜反问。

“这个数，如何？”王国伸出三根手指，问道。

“之桢也要三年之期？”张学颜苦笑着问。

“子愚先生自家也没三年，怎给得了下官！下官是说以三月为期。”王国道。

“三月？之桢确定？”张学颜问。

“下官愿立军令状，”王国道，又说，“子愚先生大概希望以一月为期，但一月对下官来说太紧蹙，下官实不敢信口应之；下官更希望以半年为期，但半年对子愚先生来说太奢侈，下官亦不敢信口讨之。以三月为期，下官以为，只要每日不虚度，是有把握的。”

“好，我就给之桢三月的期限，”张学颜说。这个期限和他估算的、期待的相差无几，他痛痛快快地答应下来。接着，他又说，“不过，三月为期，我要的是彻底清核，之桢绝不可敷衍塞责。”

“此事自不待言，”王国道，“下官既立军令状，若有失职，愿受朝廷处罚。”

“之桢，别怪我啰唆，”张学颜语重心长地说，“之桢应该知道，在清核两畿、山东、陕西等处勋戚庄田之后或之中，还要清核其他地方的勋戚庄田，还要清核北、南直隶及各布政司的官田、民田。清核北、南直隶及各布政司官、民田的官员们在清核时，一定会以清核勋戚庄田为参照；清核其他地方勋戚庄田的官员们，又一定会以清核两畿、山东、陕西等地勋戚庄田为参照。眼下而言，清核南畿、山东、陕西勋戚庄田的官员们，也会以清核畿内勋戚庄田为参照。换言之，畿内勋戚庄田清核得彻底，则南畿、山东、陕西勋戚庄田亦可清核彻底；两畿、山东、陕西勋戚庄田清核得彻底，其他地方的勋戚庄田亦可清核彻底；勋戚庄田清核得彻底，北、南直隶及各布政司官、民田亦可清核彻底。故畿内清核勋戚庄田，至关重要，之桢须得努力。”

王国起身，理了理官袍，躬身言道：“子愚先生嘱托，下官敢不牢记！”

第八十六章

以都察院右都御史兼工部左侍郎总理河道的潘季驯回朝述职，少不得要在工部逗留，和李幼滋周旋。李幼滋约好他，一同去拜谒张居正。

"时良先生奔波沿河，风餐露宿，整整一年，辛苦了。"张居正慰问。

潘季驯字时良，浙江乌程人，嘉靖二十九年进士。嘉靖四十四年，他曾以右佥都御史总理河道；隆庆四年，他又以右副都御史总理河道。现在是第三次当此差，每次职衔都有升迁。

"官于斯，忙碌于斯，应该的。"潘季驯道。

"河工进展得如何？"张居正问。

"已到后期，再有两三个月，即可竣工。"潘季驯说。

"好啊！"张居正看上去很兴奋，"当初吴尚书、傅都堂各执一词，所议不合，遂以时良先生总其事。看来，朝廷的决定是对的。"

他说的吴尚书，即总督漕运的工部尚书吴桂芳；傅都堂，即总理河道的都御史傅希挚。万历五年，黄河决于崔镇，清河口淤塞，导致淮河南徙，淮安、扬州、高邮、宝应间洪涝严重。此次水灾因黄河而起，威胁到漕运，故朝廷命吴、傅二人协同治理。但二人的意见不合。吴桂芳之议是浚复黄河故道，傅希挚之议是堵塞崔镇决口。二人所议不同，治理工程无法进行。

以潘季驯总其事，并不像张居正说得那么简单。首先，朝廷曾进行人员的调整，命傅希挚改抚陕西，而以山东巡抚李世达改河道总理。其次，将二职合而为一，改李世达他职，而以吴桂芳兼河道总理。

万历六年初吴桂芳病故，这才以工部侍郎潘季驯接任。他接任的是河道总理。接任漕运总督的，是另一大臣江一麟。但河工由潘季驯主持，则是明确的。

"我知此事决于叔大兄，是叔大兄英明。"李幼滋说。

"元树兄是不是想我说，此事初议于工部，是元树兄英明呀？"张居正开个玩笑，然后说，"元树兄，今日你我不要互相捧场，一起来给时良先生捧捧场，如何？"

"好啊，但不知怎么个捧场法？"李幼滋问。

“元树兄记不记得，时良先生今次治河，所议几事？”张居正问。

“六事，”李幼滋回答。并问潘季驯，“时良先生，是吧？”

“是。”潘季驯应道。

“元树兄还记得是哪六事吗？”张居正问。

“其一，议塞决，以挽正河之水；其二，议筑堤防，以杜溃决之虞；其三，议复闸坝，以防外河之冲；其四，议创建滚水坝，以固堤岸；其五，议止浚海工程，以免靡费；其六，暂寝老黄河之议，以仍利涉，”李幼滋一口气说完，并问潘季驯，“是良先生，是吧？”

“是，是。”潘季驯连应两声。

“他这次捧场捧得如何呀？”张居正问他。

“令某且感且愧。”潘季驯道。

“元树兄，能否再捧得深一层？”张居正又问李幼滋。

“如何捧得更深一层？”李幼滋反问。

“说说每一事是怎样议的。”张居正道。

“相公饶我，一篇疏文我怎背诵得下来！”李幼滋连连摇头。

“我来替你捧这个场，如何？”张居正道。

“叔大兄是说，你要背诵该疏？”李幼滋惊问。

“背诵难矣，但可述其大意。”张居正说。

“时良先生！”李幼滋这一声呼叫有两层意思：第一层意思，想让潘季驯把话岔开；第二层意思，张居正一定要背诵的话，在他忘记的地方，适时地提个醒。

但没等潘季驯打岔，张居正说：“时良先生不用提醒，待我背诵后，有遗忘、错误之处，再予纠正。”又对李幼滋说，“元树兄，还要烦你起个头，再说一遍各事的题目。”

“其一，议塞决，以挽正河之水。”李幼滋道。

“河水旁决，则正流自微，”张居正叙述道，“水势既微，则沙淤自积。运道梗阻由此也。臣等查得，淮以东有高家堰、朱家口、黄浦口三决。淮水旁决处有三，黄水旁决处有二十九。俱当筑塞。但伏秋之水，相继而至，不但地为水占，无处取土；且波涛汹涌，为工不坚。其决口稍窄者，可即刻兴筑，其决至数十丈以上者，可纠集工料，相时兴举。”

李幼滋虽然背诵不下这一段，但这一段的大意他是了然的。他可以断定，张居正的背诵既没有遗漏，也没有错误。这让他既放下心来，又感到惭愧。

“其二，议筑堤防，以杜溃决之虞。”他说出第二事的标题。

“堤以防决，堤弗筑，则绝不已，”张居正叙述道，“累年修堤防，既无真土，类多卑薄，且夹河束水，窄狭尤甚。宜力鉴前弊，凡堤必寻老土，凡基必从高厚，仿河南远堤之制，查有原址迫近去处，量行展筑月堤。且于两岸相度地势另筑遥堤。桃、清一带南岸，古堤已坏，相应修复，北岸亦应创筑遥堤一道。及清江浦外河一带，除量行加帮外，宜自柳浦湾至高岭，创行接筑四十余里，以遏两河之水，尽趋于海；自清河浦运河，至淮安西门一带旧堤，相应再行帮厚，勿致里河之水，走泄妨运。如此，则诸堤悉固，全河可恃。”

潘季驯议这一事，比议前一事，多费一倍的笔墨。不仅如此，议中还牵扯许多地名和专业用语，不是熟读，是不可能背诵下来的。

李幼滋很想说几句赞美的话，但张居正一个眼色把他止住。

“其三，议复闸坝，以防外河之冲。”他说出第三事的标题。

“前平江伯陈瑄，创开里河，特建五闸。今五闸已废其一，仅存四闸，亦且坍塌殆尽，是以黄、淮二水，悉由此倒灌，致伤运道。宜将见存四闸，俱加修理，俟二月前后，粮运过完，即行封闭，惟遇海鲜贡船，方许启放。”张居正叙述道。

“其四，议创建滚水坝，以固堤岸。”李幼滋道。

“黄河伏秋之间，淫涝相仍，势必暴涨。西岸为堤所固，水不能泄，则奔溃之患，有所不免。今查得古城镇下之崔镇口，桃源之陵城，清河之安娘城，土性坚实，宜各建滚水石坝一座，比堤稍卑二三尺，阔三十余丈。万一水与堤平，任其从坝滚出。”张居正叙述道。

“其五，议止浚海工程，以免靡费。”李幼滋道。

“海口为两河归宿之地，应深阔。相传海口横沙，并东西二尖，并未望见潮上之时，海舟通行无滞。潮退，沙面之水，尚深二尺。况横沙，并东西二尖，各去海口三十余里，岂能阻碍河流！故臣等以为不必治，亦不能治，惟有塞决挽河，沙随水去。治河即所以治海也。”张居正叙述道。

“其六，暂寝老黄河之议，以仍利涉。”李幼滋道。

“黄强淮弱，每每逼淮东注，故议者欲复老黄河故道。但勘得原河七十余里，中间故道久弃俱失其真，无从下手。一不便也。且欲行开复故道，必须深广与正河等，乃可夺流。今现存大河口窄狭，不及桃清三分之一，犹恐水未必趋。二不便也。又其中流，地势卑洼，诸决之水，漫流至此，一望弥茫。筑堤费钜，且恐难保。三不便也。况今桃清遥堤议筑，则黄水自有容受；崔镇等决议塞，则正河自日深广；高家堰议筑，则淮水自能会黄；清河浦等闸议严启闭，新城北堤议行接筑，则淮安、高邮、宝应、兴化、盐城等处，自无水患。故老黄河不必复也。”张居正背诵道。

叙述之后，他常吁一口气。李幼滋也长吁一口气。潘季驯想长吁一口气，却怎么也吁不出来。

“时良先生，请教正。”张居正道。

“在下若不手持疏稿，绝听不出来有一词一字之失之误。”潘季驯说。

“时良先生，不可为尊者讳。”李幼滋说。

潘季驯闻言变色，问他：“元树先生是何意？”

“相公叙述，每事皆有遗失，怎说无一词一字之失！”李幼滋道。

“竟有此事？倒要请元树先生教正。”潘季驯揖道。

“他说的不错，”张居正替李幼滋解释，“时良先生每言一事之后，都有一句‘伏候圣裁’。把这四个字通通省略，则略二十四字。”

“既曰述其大意，本该省略。”潘季驯道。

“但我省略这四个字，是有缘故的，”张居正主要是对李幼滋说，“时良先生有立有破，先立后破，立得好，破得也好，不必‘伏候’，皇上一定会准允的。”

李幼滋、潘季驯听这话，都笑起来。

“我说出六事的题目，时良先生说是且感且愧；相公把六事的大意叙述下来，时良先生又怎说？”李幼滋问。

“且惊且骇。”潘季驯也说四个字。

“怎讲？”李幼滋这一问有引导之意，只要潘季驯再说几句称颂的话，今日的拜谒就可以圆满结束。

“所惊者，叔大先生掌枢要，日理万机，在下一篇普通奏章，他竟然熟读，出口能述；所骇者，如在下这等事务之臣，从今以后，是不敢有丝毫懈怠。”潘季驯的称颂很得体。

张居正听得虽然很舒服，很自得；但看表情，他并不想就此结束。他一开口，更可听出他的兴致正浓。

“我年轻时记性很好，今日借着给时良先生捧场，也想看看，到这把年纪，还剩几成功力。时良先生，我可没吓你的意思。不过，我倒想再借时良先生的功力，吓一吓元树兄。”他说。

“吓我？叔大兄要借用时良先生的哪门功力来吓我？”李幼滋问。

“也是记性，”张居正说着，转向潘季驯，“时良先生，愿不愿在这里露一露真人面目？”

“敢不从命，但不知叔大先生考问何事？”潘季驯问。

“肯定是时良先生擅长的，”张居正道，“听说时良先生最善记数字，过耳不忘。

我就问时良先生一些数字，如何？”

“是。”潘季驯应道。

“时良先生方才说到筑堤，何谓走马堤？”张居正问。

“筑堤，坡面宜缓，忌陡峻。如坡底六丈，则其顶不超过二丈，坡面可走马，故曰走马坡。”潘季驯解释。

“筑堤无非是挖土、填土，何谓一方？”张居正问。

“长、阔皆一丈，高一尺，是为一方。”潘季驯道。

“堤底阔顶窄，却如何计算？”张居正问。

“堤阔六丈，顶二丈，取其中，皆以四丈计之。”潘季驯道。

“工银是否按方计之？”张居正问。

“是。”潘季驯应道。

“如何计之？”张居正问。

“依土之远近而计，”潘季驯道，“土最近者，每方工银二分；稍近者，每方工银三分；远者，每方工银四分。”

“元树兄，筑堤一事，还有要问的吗？”张居正问李幼滋。

“没有。”李幼滋道。

“下面是不是该问塞决？”张居正问。

“是。”李幼滋应道。

“时良先生，堵塞决口，所用何物？”张居正问潘季驯。

“埽。”潘季驯只回答一个字。

“是这个字吗？”张居正在空中比画了个“埽”字。

“是。”潘季驯应道。

“埽如何制作？”张居正问。

“以草、柳梢、桩木、生麻、麻绳、滚肚绳等捆扎而成；如无柳梢，可以芦苇代之。”潘季驯说。

“埽以多大为宜？”张居正问。

“普通使用的，有大埽，有中埽。决口合拢时，水口渐窄，水势益涌，须得使用特别的埽。其大小视合口情形而定，但形状是一致的，即头细尾粗，曰鼠头埽。大埽一般长五丈，高六尺。”潘季驯说。

“制作大埽，需料若干？”张居正问。

“制作一大埽，用草六百束，柳梢一百二十束，草绳六十套，桩木五根，生麻一百五十斤。”潘季驯说。

“其值几许？”张居正问。

“草一束重十斤，价银二厘，六百束该一两二钱；柳梢每束重三十斤，价银一分，一百二十束亦该一两二钱；草绳每套四十二条，每条长二丈四尺，价银三分，六十套该一两八钱；桩木每根价银一钱，五根该五钱；生麻每斤价银五厘，一百五十斤该一两二钱五分。合而计之，每大埽一个，料价银共五两九钱五分。”潘季驯叙述的细致、精确。

“元树兄，我可不好意思再问。”张居正对李幼滋说。

“相公还是硬着头皮再问一事吧。”李幼滋凑趣地说。

“时良先生，是他不放过你的。”张居正笑着对潘季驯说。

“应该的，元树先生是大司空嘛。”潘季驯也笑着说。

“方才说的都是小钱，时良先生再说个大钱，如何？”张居正道。

“叔大先生欲知哪一类大钱？”潘季驯问。

“譬如，造一坝，费用几多？”张居正道。

“有顺水坝，有滚石坝，说哪一个？”潘季驯问。

“二者有何区别？”张居正反问。

“本堤水刷汹涌，虽有边埽，难以久恃，须于本堤上首筑一道顺水坝。其长，或五六丈，或十数丈。顺水坝一丈，约可逼水远去数丈。滚石坝建于卑洼处，以防水发盈漕，势大漫堤。这是区别之一。区别之二，顺水坝以埽以土，滚石坝以石以土，又称滚水石坝。”潘季驯说。

“时良先生最好两个都说说。”张居正道。

“是，”潘季驯应一声，说道，“顺水坝以长六丈、阔四丈、高一丈计，须用中埽十八个。中埽每个长五丈，高三尺，用草四百束，柳梢八十束—无柳梢，代以同等之苇，草绳四十条，桩木四根。即用草七千二百束，该银一十四两四钱；柳梢或苇一千四百四十束，该银亦一十四两四钱；草绳七百二十条，该银二十一两六钱；桩木七十二根，该银七两二钱；行绳十四条，每条四十斤，共用麻四百八十斤，该银二两四钱。合而计之，一段长六丈的顺水坝，须银六十两。”

潘季驯停顿下来，看张居正、李幼滋有没有要问的。

“六丈顺水坝须银六十两，亦即一丈顺水坝，须银十两。”张居正说。

“算是这么个算法；不过，不能修一丈的顺水坝。”潘季驯道。

“相公并非要你修一丈的顺水坝；相公的意思是，得知一丈长的顺水坝的造价，无论建多长、无论建多少顺水坝，所须银两都可以从容计算出来。”李幼滋替张居正解释。

“原来相公是在为我等计算。”潘季驯道。

“时良先生，滚石坝的造价要比顺水坝贵一些吧？”张居正问。

“不止贵一些，”潘季驯道，“石坝分为坝身和雁翅。石坝一座，坝身连雁翅以三十丈计，该银一千九百余两。而建三十丈的顺水坝，仅须银三百两。是为一与六之比。”

“这一千九百余两，都是石价吗？”张居正问。

“那却不是，”潘季驯道，“建一座三十丈的石坝，须粗细石料共计一千三百九十余丈，加之并地钉、桩龙骨木、铁锭、铁销、煤炭、木炭、生麻之费用，及各匠工食费，共约一千九百余两。”

“时良先生何不一一列出价目？”李幼滋提出要求。

“不必，”张居正道，并问，“莫道每一料用银几多，就是建座石坝须得哪些物料，元树兄，你说得出来吗？”

“说不出来。”李幼滋道。

“所以，听时良先生娓娓道来，你怎想的？”张居正问。

“倒是我应该且感且愧。”李幼滋说。

“那我岂不是该且惊且骇！”张居正道。

三人大笑。李幼滋对潘季驯使个颜色，二人起身告辞。

第八十七章

应天府学里一片静谧，今年的应天试正在进行之中。

应天试非应天府试，和顺天试一样，是比较特殊的乡试。说它们比较特殊，一是各布政司的乡试都在会城举行，而北直隶的乡试在京师举行，南直隶的乡试在南京举行；二是各布政司的乡试均以布政司名冠之，如浙江布政司的乡试在杭州举行，但不名杭州试，而名浙江试，而北直隶的乡试在京师举行，不名京师试，亦不名北直隶试，而名顺天试，南直隶的乡试在南京举行，不名南京试，亦不名南直隶试，而名应天试。

今年应天试的两名主试官，一是右春坊右中允兼翰林院编修高启愚，一是翰林院侍读罗万化。或者应该说，排名在前的主试官是高启愚，排名在后的主试官是罗万化。因为不管是乡试，还是会试，两名主试官的排列是有讲究的，排名在前的主试官有更大的权威，更多的责任。按照惯例，主试官若有一名中允，一名侍读，二官虽然同品秩，而且中允在京师行走，享有前导双呵，但一定是侍读排名在前，中允排名在后，二百年来都是如此。今年应天试主试官的排名格局，有所改变。

好在罗万化是个不计名次的人，他担心的，倒是今年的试题。

二人在监舍里巡行一周。才回到屋里，他急忙问高启愚："习之先生有没有发觉，许多生员拿笔发呆？"

高启愚字习之，四川铜梁人，嘉靖四十四年进士，比罗万化早一科。

"前面几间监舍里，发呆的人多；后去的几间里，发呆的人要少一些。乡试不同于别的儒学之试，下笔肯定要慎重。"他不在意地说。

"但最后的监舍仍有人发呆。"罗万化坚持他的担心。

"一甫先生是何意？"高启愚问。

"我怕今次的试题会把许多人难住。"罗万化说。

"舜亦以命禹，这个题目不好写吗？"高启愚问。

"放在别时，这个题目好写；放在今时，这个题目的确有点儿不好写。"罗万化说。

"一甫先生说的今时，是指今年的乡试之时吗？"高启愚问。

“我是指今年的乡试之时；也是指万历元年的乡试和万历二年的会试之时，万历四年的乡试和万历五年的会试之时。”罗万化说。

“亦即今上改元后之各试。”高启愚概括成一句。

“诚如习之先生所言。”罗万化道。

“我却有点儿不懂一甫先生的意思。为何今上改元后之各试，碰到‘舜亦以命禹’这等题目，就不好写？”高启愚问。

“习之先生不该忘今上的御号。”罗万化道。

高启愚被提醒，点了点头。他不是表示赞同罗万化的说法，而是表示听明白罗万化的意思。

他们不知道，大明朝的前面那些皇帝有没有御号，但自世庙自号尧斋以后，穆庙乃号舜斋；今上虽年少登极，但这些年过去，据闻也以禹斋自号。舜亦以命禹，即以天下授禹，不管怎么阐述这个题目，都有影射先帝传位于今上的嫌疑。

“一甫先生是说，举子迟迟不落笔，是担心被视为影射？”高启愚问。

“是啊。”罗万化应道。

“这倒要辨析辨析，”高启愚说，“一甫先生若以为，今上改元后之各试，碰上‘舜亦以命禹’这等题目，就不好阅定，我还可以赞同；但以为今上改元后之各试，碰到‘舜亦以命禹’这等题目就不好写，却大谬不然。”

“这是为何？”罗万化问。

“今上自号禹斋，可曾见于圣谕？”高启愚反问。

“未见。”罗万化道。

“可曾见于起居注？”高启愚问。

“未见。”罗万化道。

“可曾见于内阁、礼部或翰林院文书？”高启愚问。

“未见。”罗万化道。

“可曾见于内府文档？”高启愚问。

“未见。”罗万化道。

“一未见于圣谕，二未见于起居注，三未见于内阁、礼部或翰林院文书，四未见于内府文档，皇祖自号尧斋，先帝自号舜斋，皇上自号禹斋，皆口耳相传。故‘舜亦以命禹’，但指大舜王以天下授大禹王，甚至可以但指大舜王以治水一事命禹王，和先帝与今上的帝位传承毫无关连，大可不必有影射之虑。”高启愚说。

“习之先生当然可以这样说，却不能阻止举子们作他想。我是主试者，忽然之间都会有这个想法；何况应试者，定会想得更多。”罗万化道。

“这就是我为何以为，我虽赞成不好阅定，却不赞成不好写。”高启愚说，“一甫先生和我来自京师，来自朝中，三帝自号的传闻不绝于耳，故‘舜亦命于禹’这等题目，难免会引起各种遐想。应试举子们却不然。他等来自各府学、州学、县学，宫中的传闻，京师的传闻，不那么容易传到他等耳朵里。即便传到应天府学容易，传到徽州、淮安等府学却未必容易；即便传到徽州、淮安等府学也容易，传到盐城、休宁等县学却未必容易；即便皇祖自号尧斋、先帝自号舜斋的传闻略有所闻，今上自号禹斋的传闻却未必那么快能传到。”

“习之先生是说，举子们听不到京师的传闻，对阐述‘舜亦以命禹’这个题目，就不会有顾虑？”罗万化问。

“是。”高启愚应道。

“我的想法刚好相反。”罗万化说。

“一甫先生是怎想的？”高启愚问。

“我的想法是，举子们的迟疑恰恰证实：皇祖自号尧斋，他等是有所闻的；先帝自号舜斋，他等是有所闻的；今上自号禹斋，他等亦是有所闻的。”罗万化说。

“一甫先生既有此想法，为何确定试题时不说？”高启愚问。

“我不是早有此想法；当然，也不是才有这想法，”罗万化说，“确定试题时，我并无此想法；离京南来之际，我忽然隐隐地萌发此想法；方才巡视各监舍，此想法骤然强烈起来。”罗万化说。

“惜其晚矣。”高启愚道。

“可不！”罗万化同意。

“既已晚，一甫先生不如把想法改改。”高启愚说。

“如何改法？”罗万化问。

“如我所言，权当举子们并不知御号之事，这是其一。”高启愚道。

“然后呢？”罗万化问。

“举子们见这个题目，虽稍有迟疑；但无论如何，总要提笔作文章，”高启愚说着，问道，“一甫先生说是不是？”

“定是，”罗万化应罢，又问，“然后呢？”

“审阅试卷、评定名次时，你我权当并无御号之事。”高启愚说。

“我恐怕做不到，习之先生做得到吗？”罗万化问。

“做不到，也得勉强做到。”高启愚说。

“却是为何？”罗万化问。

“一甫先生且说，你我能不能奏停今次的应天试？”高启愚反问。

“朝廷选才大典，岂得奏停！”罗万化道。

“你我能不能奏易今应天试期？”高启愚问。

“试期有定制，岂得奏改！”罗万化道。

“你我能不能奏改今应天试题？”高启愚又问。

“试题经朝廷审定，岂得奏改！”罗万化道。

“那么，只得仍以今试期，仍以今试题，如常举行今日之试，是不是？”高启愚概括地问一句。

“是。”罗万化应道。

“权当没有御号之事，才能使今日之试得以如常举行；举子们的试卷缴入后，无论写得如何，才不会顾及有无影射之嫌，才可以按常规评定文章之好坏。若读到这句，疑是影射；读到那段，疑是影射。今次应天试还能有个结果吗！”高启愚道。

“习之先生所言不差，只是——”罗万化的顾虑似乎没完全打消。

“还有一事，一甫先生或者并未想到。”高启愚说。

“是哪一事？”罗万化问。

“‘舜亦以命禹’，一甫先生虑有影射之嫌，虑的是影射先帝与今上大位传承，是吧？”高启愚反问。

“是。”罗万化应道。

“若是有人亦虑有影射之嫌，虑的却不是影射先帝与今上大位传承，却如何是好？”高启愚问。

“不是影射大位传承，会是何事？”罗万化想不明白。

“我没说不是大位传承，我是说非先帝与今上大位传承。”高启愚道。

“可先帝自号舜斋，今上自号禹斋，才让人虑到影射呀。”罗万化说。

“一甫先生别往舜斋亦以命禹斋上去想，但往舜亦以命禹上去想。”高启愚道。

“但往舜亦以命禹上去想？”罗万化按照他的提示去想，想着想着，脸色大变。舜亦以命禹，如果把它理解为舜以天下授禹，如果它是影射，却不是影射先帝与今上大位传承，那只能是别的大位传承。要知道，舜、禹之时，是公天下，所以才会出现舜有子、却不传子的局面。

“习之先生说的是！御号之事不但要权当没有，而且一定要当作没有。”他心惊胆战地说。

直、省会试结束之后，主试官和当地高层官员总会有些应酬。在各布政司的应酬，布政使是最高官员；而在应天府，府尹只不过是中层官员，因为南京的部、院大臣，地位远在府尹之上。和他们的应酬，特别是和南京礼部尚书的应酬，是主试官首先要考虑的。

但高启愚首先考虑的，是和府尹阴武卿的应酬。

阴武卿字定夫，四川内江人，嘉靖三十五年进士，既是四川同乡，又是前辈，只要他想晤见，高启愚没有拒绝的道理。

行礼之后，阴武卿说："今次应天试，习之先生主持，再好不过。"

"学长说的，恐怕不是心里话。"高启愚道。

"怎不是心里话？"阴武卿问。

"今次主应天试，我尚未离京，已有非议；到南京后，更是怨声不绝于道，怎会再好不过！"高启愚道。

"习之先生未离京，怎会有非议？"阴武卿问。

"定夫先生难道不知吗，主顺天、应天试，侍读排名，从来是在中允之前的！"高启愚道。

"虽是惯例，却并非一成不可变。为此而非议，习之先生大可不必理会。"阴武卿说。

"好。"高启愚应道。

"再者，习之先生到南京之后，怨声不绝于道，我怎一点儿也没听到？"阴武卿又问。

"今次试题，举子怨，师者怨，家长怨，你会听不到？"高启愚不信。

"只是该题不好作文章而已，说不上怨吧？"阴武卿说着，顺势转到他主要想谈的话题上，"习之先生，我正要请教：今次的试题，是你出的，还是一甫先生出的，或者，干脆是上面直接出的？"

"定夫先生为何不说，是相公直接出的！"高启愚道。

"我是想这么说，但怕习之先生正告我：休得胡言！"阴武卿笑着说。

"我是要正告定夫先生，但不是这句话。"高启愚说。

"不是这句话，却是哪句话？"阴武卿问。

"无论谁人出的乡试试题，皆须朝廷审定。"高启愚道。

"习之先生说的是，"阴武卿应一句，又问，"相公出试题，每每蕴意深刻，是吧？"

"听定夫先生的话，好像很懂得相公出的试题。"高启禹说。

"有所闻而已，不敢说懂得。"阴武卿道。

"定夫先生都听说哪些事？"高启愚问。

"譬如，丁丑馆散馆，闻得相公出一题考庶吉士，曰'李纲不私乡人'，"阴武卿说着，问道，“有其事吧？”

“有。”高启愚应道。

“费君似崔，人望甚高；因此题而不得留馆，有其事吧？”阴武卿问。

“有。”高启愚应道。

“张君元冲、李君顺衡，人望甚高；因此题而不得留馆，有其事吧？”阴武卿问。

“有。”高启愚应道。

“张君慎吾、万君涵台、史君念桥，人望甚高；因此题而不得留馆，有其事吧？”阴武卿问。

“有。”高启愚应道。

费似崔名尚伊，字国聘，湖广沔阳州人。张元冲名养蒙，字泰亨，山西泽州人。李顺衡名植，字汝培，山西大同人。张慎吾名鼎思，字睿甫，南直隶长洲人。万涵台名象春，字仁甫，南直隶无锡人。史念桥名继辰，字应之，南直隶溧阳人。阴武卿呼的，是他几人的别号。

李纲不私乡人，这个题目如果有寓意的话，就是告诫今日当政者不可私乡人。吏部显然是按照这个意思去理解的：费尚伊是张居正乡人，没留任翰林；张养蒙、李植是张四维乡人，没留任翰林；张鼎思、万象春、史继辰是申时行乡人，没留任翰林。他们未必都是人望甚高，或许正是因为未留任翰林，才让人觉得可惜。

“故而，应天试出‘舜亦以命禹’这等题目，一定也是有蕴意的。”阴武卿得出结论。

“定夫先生以为，是怎样的寓意？”高启愚问。

“我在请教习之先生，习之先生怎么反倒问起我来！”阴武卿说。

“定夫先生说的定有蕴意，我不问定夫先生却问谁人！”高启愚道。

“那么，习之先生不以为有蕴意？”阴武卿问。

“此言除其原本之意，我想不出还有何蕴意。”高启愚道。

他估计，阴武卿还会纠缠。并且想好，阴武卿再说什么蕴意之类的话，就逼他自己说下去；直到他的话太出格，才敲打他一下。

他绝没想到，阴武卿见好就收；而且收得让他莫名其妙。

“果无蕴意，倒好办。”阴武卿说。

“何事好办？”高启愚问。

“譬如，这个题目蕴意很深。我不解其蕴意，则无法和习之先生等论试卷；习之先生既曰并无蕴意，则论题目的本意即可。舜亦以命禹的本意，我想，谁个都不会理解错的。”阴武卿说。

“定夫先生是说，今次应天试，我等阅卷有所偏差吧？”高启愚听出他的意思。

“习之先生，还有一甫先生，皆为饱学硕儒，看文章，怎会看走眼！只是有一卷，中式后忽欲弃之，我想不明白是何缘故。”阴武卿说。

“定夫先生说的是华亭举子高承禅一卷吧？”高启愚问。

“就是他，”阴武卿应道，并问，“我听说，习之先生还是很喜爱他的文章的；弃之不录，不是习之先生的意思吧？”

“不，”高启愚摇头，“是我的意思。”

“那么，习之先生喜爱他的文章，是谬传？”阴武卿又问。

“不，”高启愚又摇头，“并非谬传。”

“这让人难懂呀！”阴武卿道，“既喜爱其文章，却又弃之不录，无论如何说不过去。”

“我将他弃之不录，并非因他文章作得不好。”高启愚说。

“不为他文章作得不好，却为何事？”阴武卿问。

“为他的名字。”高启愚道。

“为他的名字？”阴武卿难以理解。

“是啊，”高启愚改摇头为点头，他问，“定夫先生想，阐述‘舜亦以命禹’这个题目，有哪个字是必不可少的？”

一语点破，阴武卿道：“习之先生说的是‘禅’字？”

“不错。没有禅字，这篇文章就不能成立；而举子却名承禅。定夫先生，你说哪个考官会让他中式！”高启愚说着，把阴武卿当作高承禅本人一样安慰道，“此生功底不错，让他再参加下次的应天试吧。”

“因名字与题义太近，而弃之不录，未免可惜，”阴武卿道。他今天就是为高承禅的事来找高启愚的，可见，他对高生才是格外喜爱，“一甫先生和我对他的名字都很忌讳，恐怕难以通融。”高启愚说。

阴武卿也知道，事已至此，难以转圜。但他脑筋忽然灵光闪现，想到一个主意。他说：“不是要习之先生、一甫先生通融；我的意思，可不可以让该举子自行通融一下。”

“该举子自行通融？却怎通融？”高启愚问。

“该生非文章不合式而弃之，却因姓名不合宜而弃之。这不仅对该生来说，是件憾事；对习之先生、一甫先生等来说，也未必不是件憾事。事因名字不合宜而起，不如使该生改个名字。”阴武卿说。

“改名？”高启愚觉得这个主意不错，但不知有没有把握。他问，“定夫先生看，高生肯改名否？”

“别个劝他改名，他肯不肯听，说不好；但我晓以利害，想来他会听从。别个改的名字，他肯不肯采纳，说不好；习之先生改的名字，他一定会欣然从之。”阴武卿道。

“定夫先生是说，让我为他改名？”高启愚问。

“是啊，”阴武卿道，“主试之官为应试举子更改姓名，传播于天下，传播于后世，岂不是一件美谈！”

高启愚为高承禅易名承祚，并将他的试卷列为中式。

第八十八章

申时行把张鼎思唤来，陪他小酌。酒桌上，申时行只是劝酒，别的什么也不说，倒让张鼎思有点儿不自在。

“汝默师还在担心我有情绪呀？”他问。

“睿甫没情绪吗？”申时行反问。

“实不相瞒，当初不得留馆，我是有情绪的；但汝默先生看得出来，我并没闹情绪呀。”张鼎思说。

“沉得住气，有情绪而不显露，是好的；我却愿，睿甫心中更静，没有不满，没有怨愤。”申时行说。

“连一丝想法也不能有吗？”张鼎思问。

“最好连一丝想法也没有。”申时行道。

“那好，我听汝默师的，把一丝想法也扼杀掉。”张鼎思说。

“睿甫有此心，不妨饮一杯。”申时行邀道。

二人饮酒。张鼎思说：“汝默师的这个酒令甚怪。”

“怎么？”申时行问。

“汝默师不说当饮一杯，却说不妨饮一杯。”张鼎思道。

“睿甫听出来？”申时行微笑。

“汝默师是故意这么说的？”张鼎思问。

“当然。”申时行道。

“请汝默师明示。”张鼎思揖道。

“我知睿甫那一丝想法，是扼杀不掉的；我的意思是，不管怎样，饮一杯再说。”申时行说。

“既扼杀不掉，让它留在心中，不好吗？”张鼎思问。

“不好，”申时行道，“心中有芥蒂，或是有一日终要表露出来，或是郁结成疾；对睿甫来说，都不好。”

“但我辈沉浮，因某人一言而定，不足以令人郁结吗？”张鼎思既然这么问，说明虽过多时，他还没想通。

“睿甫，你授的何官？”申时行问，好像他从来都不知道一样。

“给谏。”张鼎思说。

“授官科垣，睿甫以为，是沉，抑或是浮？”申时行问。

“这个——”张鼎思答不上来，改变说法，“晚生之意，既试之，留馆与否，当看成绩，而不当看其他。因是执政乡人而关照，固非善事；因是执政乡人而排斥，亦不公正。”

“授官科垣，睿甫以为是排斥吗？”申时行问。

“这个——”张鼎思又答不上来，又改变说法，“以乡人而定去留，总不能说是择才而任吧？”

“睿甫以为，自家的才学一定胜过其他各人？一定胜过沈茂仁、杨公亮、陆敬承、冯开之？”申时行问。他举出沈自邠、杨德政、陆可教、冯梦祯等人，因为他知道，张鼎思对他们几人有好感。

“我不是要和他等比个高下。”张鼎思说。

“若在阁的不是我，而是——譬如，端甫先生若在世，可能是他在内阁。那么，睿甫、仁甫、应之等可能都留馆，而茂仁、公亮、敬承、开之等，却都出馆，”申时行说。他以诸大绶为言，是因为诸大绶和沈自邠等都是浙江籍。他问，“睿甫以为，这样公正吗？”

“也不公正。”张鼎思道。

“睿甫想，他等会怎想？”申时行问。

“晚生不知。”张鼎思道。

“他等会不会责怪端甫先生？”申时行问。

“茂仁兄等为何会责怪端甫先生？”张鼎思反问。

“而今他等当然不会责怪端甫先生，因为端甫先生不会妨碍他等留馆。”申时行道。

“也就是说，我等因汝默师不得留馆，故而该责怪汝默师？”张鼎思总算琢磨出他这话的意思。

“是啊，”申时行营道，“睿甫难免会想，老天不公啊；至少，是我张生生不逢时！既使我等入馆，为何又使申某人入阁？”说着，斟酒、邀道，“此酒算我致歉，睿甫饮吧。”

“汝默师言重，此酒晚生怎敢饮！”张鼎思拒绝，“一则，我等不得留馆，不是汝默师的缘故；二则，不得留馆，当真因为汝默师的缘故，我等绝无怨言。”

“睿甫既能做到，若因我的缘故不得留馆绝无怨言；那么，就应该能做到，因任何人的缘故不得留馆都绝无怨言。”申时行道。

“汝默师绕个大圈子，又回到这一点。”张鼎思说。

“这一点，已不同于离开时的那一点。”申时行道。

“有何不同？”张鼎思问。

“因为我把茂仁、公亮、敬承、开之诸君都搬出来。”申时行笑道。

“汝默师把茂仁、公亮、敬承、开之诸兄搬出来，我还真不好意思有怨气。”张鼎思也笑起来。

“但我知道，睿甫仍未心服。”申时行又说。

“汝默师还想再多搬几位仁兄出来吗？”张鼎思问。

“没有几位，只再搬出一位。”申时行说。

“却是谁人？”张鼎思问。

“睿甫，有段铭文，你不妨读读。”申时行说着，起身去旁边的书案上拿起一页纸，走回来交给张鼎思。

不是申时行的字迹，看来，是别人抄写，请他过目的。

“这是——”张鼎思想问个明白。

“睿甫读罢再问。”申时行道。

铭文是四言，只有九句。张鼎思读道：

> 其生不辰，其行则纯。厚积而发，一蹶而湮。疾于电光，容若朝菌。呜呼马君，古之独行，今之畸人。

“这位马君何许人也？”张鼎思问。

“睿甫，记得畸人之典吧？”申时行反问。

“晚生记得。”张鼎思再急于知道此人是谁，也得先回答。

“说来听听。”申时行命道。

“畸者，不齐之谓也；畸人者，不合于时俗之谓也。虽不合于世俗，却合于天道。故子曰：畸人者，畸于人而侔于天。”张鼎思解道。

“夫子称畸人侔于天，看来，是不可随便加于人的。”申时行说。

“所以，晚生很想知道，这位被人称作今之畸人的马君，究竟为何人？”张鼎思顺着他的话又问一遍。

“你我同乡之人。”申时行回答是回答，但仍不明确。

“汝默师是说，此马君亦长洲人？”张鼎思问。

“不和你我同邑，但和你我同郡。”申时行说。

“是姑苏哪一邑人？”张鼎思问。

“常熟。”申时行道。

张鼎思遍想他认得的，或不认得但听说过的常熟士人，不是没有姓马的，但想不起有谁才去世；或不是才去世的，而是前一段日子甚至更久以前去世的，有资格被人称作畸人。

“晚生似不知其人。”他说。

“我也不知其人。”申时行道。

“既不知其人，该墓志铭从何而来？”张鼎思问。

“有友人自姑苏来，抄录该铭文让我读，并给我讲述此马君的故事。今日，我也想讲给睿甫听。”申时行说。

“晚生愿听；不过，晚生先要知道，汝默师听此马君的故事，是否以为他堪称畸人？”张鼎思问。

“此乃见仁见智之事。我以为堪称畸人，睿甫未必以为堪称畸人；我以为不堪称畸人，睿甫或以为恰是畸人。况且，何谓畸人，见解都可能不同，睿甫何必先入为主！”申时行道。

“汝默师说得对，请讲。”张鼎思只得先听。

“马君名凤，字瑞夫，生于嘉靖辛卯年，世代居常熟支塘，他中年之后迁至常熟南城。”申时行述道。

嘉靖辛卯年，即嘉靖十年，张鼎思不用计算也知，此人已是老者。

“比我年长许多。”他说。

“别说比睿甫年长，比我也要年长几岁，可他今秋才中的应天试。”申时行说。

年近花甲，才考中一个举人，对那些二三十岁中进士的人来说，即便不应鄙视，也是会轻视的。好在有前面那些铺垫，张鼎思才口下留德，没说出太刻薄的话。

“这位马举人，必有过人之处吧？”他问。

“我还是先说马君的身世吧，”申时行道，“马君之父名芹，以严谨、厚道闻名里中，一生布衣，而有士行。有司廉知其为人，列名旌表，却一夕遭遇横祸瘐死狱中。”

“遭遇的是何祸事？”张鼎思问。

“这却不知，”申时行道，“只知马君后来自号惊乌子，想必是痛悼其父含冤而死吧。”

“他没有为其父鸣冤吗？”张鼎思问。

“我想，他不是没有为其父鸣冤，而是欲鸣冤而无门。所以，他后来才会自号惊乌子。”申时行说。

“他这是自喻为惊弓之鸟呀！”张鼎思慨言道。

“是，”申时行应一声，问道，“其父蒙冤而亡，既不得申救于生前，又不得申冤于死后，够悲惨吧？”

“够悲惨。”张鼎思应道。

“和睿甫不得留馆的遭遇比起来，如何？”申时行问。

“此二事绝无可比之处。”张鼎思说。

“那好。不可比，就不比，”申时行道，“我再说说马君的家境吧。马君家贫次骨，世世诎于赀财。”

“汝默师，不对呀。”张鼎思插言道。

“何事不对？”申时行问。

“先世居支塘，他在中年之后迁邑城，应是家赀颇丰呀。”张鼎思说。

“因富饶由乡村迁至邑城、郡城，是有的；因贫困由乡村迁至邑城、郡城，也是有的，”申时行说。“马君原居支塘，尚有薄田陋室。后三四徙，愈徙愈陋。待徙至邑城，已地无一垄，房无一椽，仅赁一茅屋居住，课几名邑中弟子维持生计。闲暇时，常空腹而出，登山巅而独吟，以为乐也。访友，必在饭后，或值友人家偶饭迟，必缩足避去，无论友人怎样招呼，绝不肯返。访友人，无非二事：一曰论，论道义，论学问；二曰借，不借别物，唯借书也。因家贫，无力购买一书，他所读者，皆借自友人。读罢返还，有甚爱者，则默诵而抄录之。”

“此君读书，比常人艰难百倍，难怪才考中举人。”张鼎思道。

“家境尚未如此不堪时，马君尝为子聘妇。后度日愈艰，其子复患瘘疾，妇家每有怨言。马君遂返其庚帖，曰：不能以病子误汝女子嗣；而当初所聘之礼，分文不索。”申时行又述道。

“绝婚，岂不等于绝后！”张鼎思不无感慨地说。

“是啊，”申时行应一声，问道，“家贫如此，够悲哀的吧？”

“够悲哀。”张鼎思应道。

“和睿甫不得留馆的遭遇比起来，如何？”申时行又问。

“此二事亦不可比。”张鼎思说。

“那好。不可比，仍不比，”申时行道，“我再说说马君科举运程吧。他一辈子只知读书，不问生产。睿甫，你大概想不到，常熟到南京，不过两三日行程，他竟从未应过秋闱。”

“汝默师说这话，难以置信。”张鼎思说。

“为何难以置信？”申时行问。

“他不是课几名弟子吗，总该有所入息。”张鼎思说。

“睿甫不知，马君以课人子弟为本分，从不问入息。算起来，他所得酬金，只不过是付给其他塾师的十分之二而已。几年下来，他竟凑不出往南京应试的盘缠。”申时行道。

“原来如此。”张鼎思点头，表示理解。

“今岁好不容易凑足花销之费，他首次赴应天试，竟一战而捷，歌鸣鹿而归。对马君而言，可谓苦尽甘来吧？”申时行问。

“是，”张鼎思应道，“他得中秋闱，我都为他高兴。”

“睿甫可知，马君首先要应付的是何人？”申时行问。

“晚生想不出来。”张鼎思说。

“是那些往日连看也不看他一眼的苍头！”申时行道，“他等蜂拥而至，无不打躬作揖，口称：愿事新主！”

“乡试得中，可以做官；或者秋闱之后还有春闱，春闱得中，更将官运亨通。此等苍头已在赌他日后的官运。”张鼎思说。

“睿甫可知，马君是怎样回答他等的？”申时行又问。

“晚生想不出来。”张鼎思道。

“马君所言仅四字：我固我耳！”申时行道。

“说得痛快！”张鼎思赞道。

“但苍头驱之不绝，一拨人才去，一拨人又来。到第四日，马君已无力再驱逐。”申时行说。

“这是为何？”张鼎思问。

“因为他已经卧病在床。”申时行道。

“卧病在床？”张鼎思大感意外。

“卧病在床；且是重病。”申时行道。

“汝默师为何特别指明是第四日？”张鼎思担心地问。他已经预感到，申时行说这句话，应该是有下文的。

“报捷后的第五日，马君不治身亡。”申时行说。

“不治身亡？”张鼎思大感意外之外，又大感悲戚。

“是，”申时行应一声后，问道，“艰难几十年，仅享五日之幸运、之欢乐，够短促的吧？”

“够短促。”张鼎思应道。

“和睿甫不得留馆的遭遇比起来，如何？”申时行第三次问。

张鼎思不能再说二事不可比。他说：“晚生不得留馆，若称作不幸，与马君大不幸之一生相比，实在不值得一提。汝默师以马君之事告诫晚生须知足，晚生谨受教。”

“说个故事而已，何言告诫！倒是这个故事尚未完结，且请睿甫听我讲完。”申时行道。

“是。”张鼎思应道。

“马君卒后，有友人叹曰：君低回乡校者余二十年，仅一战而捷，捷未再月而殒，庆者在门，吊者在闾矣。夫既扼之，又胡畀之才耶？既成之晚，又胡夺之速也！”申时行述道。

“此亦晚生欲言者。”张鼎思道。

“又有友人应之曰，”申时行继续述道，“列子有言：厚于德，薄于命，则奇矣。第亦死，不第亦死；不第而死，孰知有马生者！天能以一第报其德，而亦不能自违其定也。君可悲矣，亦可瞑矣。”

“君可悲矣，亦可瞑矣。君可悲矣，亦可瞑矣。”张鼎思重复两遍最后的两句话，似有所悟。

“出此言者，亦今岁应天试中第举子，姓孙，名楼。”申时行说。

张鼎思这次主动为申时行和自己斟上酒。他举起酒杯，躬身道：“汝默师反复开导，晚生再冥顽不灵，也会开窍。请汝默师饮此酒。”

第八十九章

工科都给事中王道成、礼科左给事中顾九思约好，一同去见张居正。

“你二人同来同往，不会是因私情吧？”张居正问。

所谓同来同往，是指几个月前，二人曾一同上疏，请朝廷撤回浙、直织造内臣，今日又一同到他这里来。

“礼科时下无都给谏，遇有当议之事，只好由学生这个左给谏领衔。”顾九思解释一句。

“即便礼科有都给谏，若议之不合，学生也只好请与睿兄出马。”王道成却说。

“与睿，原恭若找到你，你会怎的？”张居正饶有兴致地问顾九思。

王道成字原恭，四川巴县人。顾九思字与睿，南直隶长洲人。他二人都是隆庆五年进士，所以，在张居正面前说话才放得开。

“学生以朝廷事为大，掌科若不肯出面，学生只得出头。”顾九思说。

“原恭，与睿亦议之不合，你便怎的？”张居正又问王道成。

“说不得，学生只得揪他来见师相。”王道成说。

“很好，”张居正满意地点点头，说道，“既然走上为官这条路，一定要以朝廷事为大。否则，对不起朝廷，对不起朝廷给的这份俸禄；也对不起祖宗的阴德，父母的养育，自家下的苦功。”

“是。”王道成、顾九思应道。

“你二人今日同来，又是为的何事？”张居正问。

“仍是为的浙、直织造事。”王道成、顾九思齐道。

“撤回浙、直织造内臣，不是已有定论吗？你二人是不甘于日前的定论，还是又有别事？”张居正问。

“是又有别事。”王道成说。

“也是不甘于日前的定论。”顾九思说。

“与睿先来算旧账吧。”张居正命道。

“是，”顾九思应道，“前次学生等奏请撤回织造内臣孙隆事，原本以为无望；得旨却是：完工即还京。学生等实喜出望外。”

“你等可知，为何有此批复？”张居正问。

“皆因师相执奏，皇上才为之动心。此事学生等略有所闻。”王道成、顾九思齐道。

“与睿，你说说我是如何奏言的。”张居正命道。

“闻得皇上以我二人奏疏示师相，并咨以处分。师相奏道：民重困，宜召还孙隆，以苏民困。”顾九思说。

“原恭，说说圣谕。”张居正命道。

“皇上谕曰：孙隆在浙、直，其工且完，可待来春。”王道成说。

“我又怎奏？”张居正问顾九思。

“师相复奏道：地方多一事，则有一事之扰；宽一分，则受一分之惠。灾地疲民，不堪催督，不如暂撤回督造内臣，俟稍丰，然后可复遣。”顾九思说。

“皇上又怎谕？”张居正问王道成。

“皇上谕曰：近降下新式花样，乃出内帑，未派于民。俟新花样织成，即召还内使；其余织造，一概停止。”王道成说。

“原恭，我有没有再执奏？”张居正问他。

“未闻师相再执奏。”王道成说。

“与睿，我为何不再执奏？”张居正问顾九思。

“皇上准允停止其他织造，已然难得之极。”顾九思说。

“与睿既知难得之极，为何还要来算旧账？”张居正问。

“学生不甘于日前的定论，不是为的此事。”顾九思说。

“不为此事，却为何事？”张居正问。

“原恭兄言及圣谕，有‘乃出内帑，未派于民’云云。”顾九思道。

“难道还有别种传闻？”张居正问。

“别无传闻；学生要说的，正是这两句传闻，”顾九思说着，问道，“师相可知，内帑所出几多？”

“总是千金以上吧。”张居正道。

“学生闻得，是五千金，”顾九思说，“内帑之出，户部不知，工部不知，户科不知，工科不知。开内廷胡乱支出之先河，甚可虑也。学生称不甘于前之定论者，在于此也。”

“与睿所虑，是件大事，当再深思而熟虑之；我也找机会与大司徒、大司空等计之。”张居正道。

“是。”顾九思应道。

“原恭说又有别事，却是何事？”张居正问王道成。

“今日内旨降于工部，命增织布、缎。”王道成说。

“此事我知，是增织七万余匹吧？”张居正问。

“是，”王道成应道，“是七万三千匹。”

“比万历三年那次派织，似略有减少。”张居正说。

“万历三年派织，是九万匹，”王道成说着，情绪变得亢奋，“师相知否，万历三年那次派织，两个月前才完成！”

“亦即，九万匹派织，是分四年完成的。”张居正说。

“是。”王道成应道。

“亦即，七万三千匹派织，须得三年至四年，方得完成。”张居正说。

“是。”王道成应道。

“增织七万三千匹，须几多金？”张居正问。

“约四五十万。”王道成应道。

“亦即，每年约十至十五万金。”张居正说。

“是。”王道成应道。

“若三四年增织一次，则每年约须增织两万余匹，每年约须多支十五万金。”张居正说。

“学生所虑者，正在此。”王道成道。

“原恭所虑，不能说没有道理。不过，”张居正顿了顿，问道，“原恭，你说以后会不会每年增织两万余匹，多支十五万金？”

“学生说不好。”王道成说。

“你说不好，我却可以断言：会的！”张居正道。

“师相为何敢于断言？”王道成问。

“前次增织，为的何事？”张居正反问。

“大婚。”王道成道。

“今次增织，为的何事？”张居正问。

“赏赐辽东三卫夷人，缺虎豹一款，故命增织，”王道成说，顿了顿，又说，“学生以为，这算不得特别的缘由。”

“我断言增织会成惯例，正是因为算不得特别的缘由，”张居正道。“因大婚而增织，以为赏赐之用，是惯例，亦合情理。然大婚能有几次？因赏赐夷人而增织，相同的缘由不知会有几多。今日为一事而增织，明日为一事而增织，则随时可降旨。故而，仅有万历三年之派织，我不虑之；有今年之增织，我深以为虑。我看，原恭也深以为虑。是不是？”

“是，”王道成应道，“学生虽亦虑之，却远不如师相虑得深远。”

“与睿，你看今次增织，如何处置为好？”张居正问顾九思。

“当谏止。”顾九思说。

“原恭，你的意思呢？”张居正问王道成。

“愿谏止。”王道成说。

“你二人一个用‘当’字，一个用‘愿’字，虽一字之差，却大相径庭呀，”张居正说着，问顾九思，“与睿之意，是不留余地吧？”

“是。”顾九思应道。

“原恭之意，是留有余地吧？”张居正问王道成。

“是。”王道成应道。

“师相以为，是当留余地，抑或不当留余地？”二人又齐问。

“有把握谏止，当然不留余地最好；但我以为，难矣。”张居正说。

“师相言于朝，亦难？”顾九思问。

“我言于朝，并不难；欲一言而断之，则难矣，”张居正说，“皇上年纪日长，阅历日广，见识日坚，要办的事，不是一句话两句话可以挽回圣意的。前次谏止增织一事，你等都经历过。你二人进谏，户部、工部臣进谏，我则面谏，结果呢，也没做到完全停止。我若不是适可而止，该事还不知要争执到几时。今日之事，若要彻底谏止，同样也难。”

“师相说的是。”王道成、顾九思齐道。

“当然，今日之事，欲加谏止，也有有利之处。”张居正又反过来说。

“有何有利之处？”王道成、顾九思问。

“你二人想想。”张居正道。

“今次增织，并无特别的缘由；学生想，可否由此切入？”顾九思道。

“不妥，”张居正摇摇头，说道，“赏赐夷人，虽非特别的缘由，但也不能说不是正当的缘由。”

“径以停止或酌减言之，可否？”王道成问。

“也不妥，”张居正道，“乞停止增织，或乞酌减增织，是最后要落实的，不宜径言之。”

“有利之处，还乞师相明示。”王道成、顾九思齐道。

“有二事，便于今日进言，”张居正说，“其一，数月前才有旨，除新花样俟完成，其余一概停止；今又增织，是以朝廷旨意为儿戏。其二，今浙、直水灾，朝廷方议蠲免、赈济，增织非皇上爱护元元之意。”

“此二事，不仅便于今日进言，亦须于今日进言。学生等谨受教。”王道成、顾九思齐道。

“停止今日增织，可言之，而不可望之。至于酌减今日增织，你二人看，可望减少几成？”张居正问。

“学生以为，不可少于五成。”顾九思说。

“学生意思，难以多过五成。”王道成说。

“那就减半，大家都往这个目标努力。”张居正说。

“是。”王道成、顾九思应道。

十一月底，皇帝宣召张居正，谈论增织一事。在张居正的面谏之下，皇帝答应增织缎匹的数量减半。

廖心一 著

万历皇帝全传

全六册

② 失巨擘，谁撑家国

戊戌桂秋王之锋题

金城出版社
GOLD WALL PRESS
· 北京
BEIJING

第二部

失巨擘，谁撑家国

第九十章

掌院都御史陈炌满腹心思地拦住副都御史王篆，问道："铭之先生打算几时去相府贺新岁？"

王篆看他一眼，反问："文晦先生和我同去吗？"

"我和汝观先生等约好同去，不能再应铭之先生。"陈炌说。

"那只好各去各的。"王篆道。

"各去各的是各去各的，但有桩事，还要请铭之先生禀之。"陈炌说。

"何事？"王篆问。

"黔抚上疏所陈。"陈炌道。

王篆马上明白，陈炌为什么看上去满腹心思，为什么问自己几时去给张居正拜年，为什么要自己向张居正禀明该事。

贵州巡抚王缉去年年尾写一道奏本，刚好在万历八年初呈达朝廷。

要说该疏，劾的是一个普通的人物：前麻哈州经历宋儒。说的是两件极小的事情：一是宋儒乃麻哈州土同知宋珠之子，隐瞒身份，窜籍北直隶定州，参加隆庆辛未科的会试，并榜上有名；二是宋儒被谪家居，恣行不法，残杀无算，遗毒一方。

窜籍应试，且中第，当然不是小事；但他已经去官，可追究下去，也可不再追究。恣行不法，当然不是小事；但在亦流亦土的边陲，可以理睬，也可不予理睬。陈炌特别要提到这件事，却不是无缘无故。

王篆很清楚其中的缘故。他说："为何一报忧，文晦先生就着我去！"

"铭之先生以为此乃报忧？"陈炌表示很不理解。

"难道不是？"王篆表示更不理解。

"铭之先生倒是说说，怎的是报忧！"陈炌揖道。

"宋某是辛未科进士，文晦先生难道不知！"王篆道。

"我想也是为此。"陈炌边说，边点头。

"文晦先生倒是说说，怎的不是报忧！"王篆揖道。

"辛未科进士让相公寒心次骨，铭之先生难道不知！"陈炌道。

隆庆辛未年即隆庆五年。张居正作为主考官，和该科进士有扯不断的联系，所以，处分隆庆辛未科的进士是件敏感的事。而吴中行、赵用贤、沈思孝等进言夺情、守制一事，也的确使张居正对该科出身的官员既爱又恨。所以，陈炌、王篆的说法各占一半的道理。

“文晦先生既然以为处分宋某不算报忧，为何一脸报忧的神情？”王篆指着他的脸问。

“我是一脸报忧的神情吗？”陈炌摸着自己的脸反问。

“文晦先生不信的话，可另找一人看看。”王篆说。

“不必，”陈炌道，“年初遇到此事，难怪我有一脸报忧的神色。”

“如何？文晦先生不还是以为，此事说到底是报忧吗！”王篆自以为赢得这场口舌之争。

“铭之先生没明白我的意思。”陈炌却否认。

“年初便遇到此事，故有一脸报忧的神色，难道不是文晦先生说的？”王篆质问。

“这话我说的不假；但我说的‘此事’，非黔抚所言之事。”陈炌道。

“不是黔抚所言之事，却是何事？”王篆问。

“乃赣抚所言之事。”陈炌道。

王篆哑然。江西巡抚王宗载的一道奏本，也在万历八年的正旦节刚过，呈达朝廷。该疏劾的也是普通的人物，说的也是极小的事情。不同的是，王缉的奏本劾的是一个极小的人物，王宗载的奏本劾的是两个极小的人物；王缉的奏本说的是两件极小的事情，王宗载的奏本说的是一件极小的事情。如果让王篆选择一疏去对张居正说，他宁愿选择王缉的奏本。

陈炌猜得透王篆的心思。他说：“我是想，两件事一起禀明相公，我等禀得不安，相公听得厌烦；不如分开，你我各说一件。黔抚所疏，显然较为简便，所以请铭之先生禀明。既然铭之先生不惮繁琐，你我把两件事情交换过来也成。”

“文晦先生决定的事，不用换吧，”王篆忙道，又说，“你我各去各的，各禀明各的，谁人先到相府，谁人先行禀明。”

“好，”陈炌点点头，说，“定是铭之先生先行禀明。”

“文晦先生怎知？”王篆感到奇怪，“莫非文晦先生断定，一定比我晚去相府；或是拿定主意，一定要比我晚到相府？”

“早到晚到还在其次，赣抚所言之事，还是要下点儿工夫。”陈炌说。

“下何工夫？”王篆问。

“我先要和思明兄等议议。”陈炌说。

“和思明先生等议议？”王篆想不明白，和刑部议议还说得过去的事，为什么要拿去和礼部议。

“铭之先生有兴致，一同去吧。”陈炌邀道。

“这不好吧？”王篆谢绝。已经分好工，他当然不愿意把该陈炌做的事情，变成由他们两个人来做。

礼部尚书潘晟和署翰林院事的本部左侍郎余有丁正在说闲话，陈炌的突然造访，让他二人都感到意外。

“此公今来，为的何事？”潘晟不知是自语，还是问余有丁。

如果他是问余有丁，余有丁所答非其所问：“在下告辞。”

“丙仲先生为何要走？”潘晟问。

“文晦先生是来和思明先生叙年谊的，我为何不走！”余有丁道。

“这些年，你见此公几时和我叙过年谊？况且，还上门来叙年谊？”潘晟问。所谓年谊，即同年之谊。他和陈炌都是嘉靖二十年的进士。

“不叙年谊，却为何而来？”余有丁问。

“或是来提携后进的。”潘晟说。

“不会吧，”余有丁道，“我有思明先生一人提携足够，掌院都堂上门来提携，谁个承受得起！”

没等二人说出头绪，陈炌已进屋。

相互行过礼后，余有丁问：“文晦先生是来向思明先生贺岁的吧？”

“本来想向思明兄贺岁；丙仲先生在，再好不过，顺便也可向丙仲先生贺岁。”陈炌说。

“文晦先生这个空头人情，我可不领，”余有丁说着，仍然要走，“你二位好生叙叙，在下先走。”

“丙仲先生莫急着走，有件事，是要和礼部议的，不是和思明兄一人议的。”陈炌拦住他。

“哈，”余有丁取笑道。“原来向思明先生贺岁，也是个空头人情，文晦先生是来议事的！”

“今日贸然登门，一来是向思明兄贺岁，二来是向丙仲先生贺岁，三来是和思明兄、丙仲先生议事。”陈炌说。

三人说笑几句，言归正题。

“文晦兄来议何事？”潘晟问。

“赣抚今上一疏，二公知否？”陈炌问。

“是永丰梁某、吉水罗某聚众讲学一事吗？丙仲先生和我初闻此事，曾议论过几句。”潘晟说。

“我要和二公议的，正是此事。”陈炌道。

“哈，”余有丁又取笑，“文晦先生这次真是舍近求远。”

“怎的舍近求远？”陈炌问。

“刑部是都察院近邻，文晦先生不去刑部议此事，却来礼部议此事，可不是舍近求远！”余有丁说。

“丙仲先生怎知是都察院和刑部该议的事？”陈炌问。

“我当然有我的理由，”余有丁道。可有什么理由，还真不好编排。他问，“难道文晦先生当真以为，此事该着都察院和礼部商议？”

“我当真是这么以为的。”陈炌说。

“那又有何理由？”余有丁问。

“文晦兄当然有文晦兄的理由，”潘晟担心二人说僵，出面作和事佬。“不然，他怎会来礼部与我等商议？”

“思明兄说和丙仲先生议论过几句，不知二公怎议的？”陈炌若无其事地问，好像没有受过余有丁的取笑和质疑。

“可谓异途同归吧。”潘晟道。

“怎么个异途同归？”陈炌问。

“文晦先生好似来礼部访查的。”余有丁心直口快地说。

“不是访查，是沟通，”陈炌道，“知道思明兄、丙仲先生是怎么想的，我也会告诉二公，我是怎么想的。”

“为何文晦先生不可以先告诉我等？”余有丁问。

“我不是不可以先说；但我若先说，岂不成喧宾夺主！”陈炌道。

“谁个是宾，谁个是主，还真不好说。”余有丁话里有刺。

“我先说吧，”潘晟又息事宁人，“我以为，梁某、罗某聚众讲学，在朝廷明禁私学之前，故赣抚的奏本上得略晚。”

“我则以为，梁某、罗某聚众讲学在朝廷明禁私学之前，则不必追究；在朝廷明禁私学之后，则宜追究，”余有丁道。并说，“思明先生称赣抚奏本上得略晚，意思是，聚众讲学在朝廷明禁讲学之前，不必再追究。他说和我异途同归，正是为此。”

“我听出来。”陈炌回应一句，示意他的解释多余。

余有丁哼一声，道：“文晦先生怎想的，可说否？”

“我还是从二公的想法说起，”陈炌道，“朝廷明禁私学是在万历七年正月，赣抚挨过将近一年，才疏言梁某、罗某聚众讲学，诚如思明兄所言，奏本上得略晚。但无论思明兄以为赣抚奏本上得略晚，故而不必追究；或者丙仲先生更直截了当地以为，聚众讲学在朝廷明禁讲学之前，不必追究，皆不妥当。”

“有何不妥当？”余有丁问。

“梁某、罗某聚众讲学虽在朝廷明禁私学之后，但若实实在在讲的是孔、孟之道，是大儒之学，可令其解散徒众，不再兴办私学，不一定要深究；梁某、罗某聚众讲学虽在朝廷明禁讲学之前，但若讲的是背离圣学，大逆不道，则仍须深究。”陈炌说。

余有丁不再和他拌嘴，潘晟一时也无话可说。陈炌的一番议论，让礼部的正卿、贰卿都无法反驳。他们只能这样想：或是在朝廷中的位置不同，他们比较容易放过别人，而陈炌比较容易揪住别人。

还是潘晟先警醒，他问：“文晦兄以为，梁某、罗某讲的是孔、孟之道，抑或是离经叛道？”

“文晦先生以为，他等是在朝廷明禁私学之前，抑或在朝廷明禁私学之后，聚众讲学的？”余有丁跟着也问一句。

“我先答复思明兄，他等讲的，肯定是离经叛道。”陈炌说。

“文晦兄能否举个事例？”潘晟请求。

“譬如，他等声称，朝中有人擅权专政，扬言将齐赴京师，倡言逐之。”陈炌说。

“有人”指的是张居正，用不着解释。这件事即便属实，也是攻讦朝廷大臣，并不能归到背离圣学。但陈炌在潘晟要求举例时，毫不犹豫地举出这件事，潘晟、余有丁也毫不犹豫地接受他的举例。攻讦张居正，比攻讦程、朱等大儒，甚至比攻讦孔、孟等先师，要严重得多。

“文晦先生的意思，或者都察院的意思，是要深究？”余有丁问。

“是，”陈炌应一声，对他说，“我还没答复丙仲先生呢。”

“既决意深究，答复不答复我的询问，有何必要！”余有丁道。

“还是有必要的，”陈炌说。“不管梁某、罗某于何时倡言，反正赣抚是在去岁之尾奏言其事的；显而易见，他等在朝廷明禁私学之后，仍在聚众讲学。”

“因而——”余有丁问。

“因而，尤须深究。”陈炌道。

“文晦先生所谓深究，无非是逮之、罪之吧？”余有丁问。

“是。”陈炌应道。

"既如此，我说文晦先生当和刑部商议，并没错呀。"余有丁道。

"是啊，"潘晟随声附和，"文晦兄为何不去和公直先生等商议，却找到礼部来？"

"逮人、罪人等事，自当和刑部商议；但以何故逮人，仍是要和思明兄、丙仲先生商议。"陈炌说。

"却是为何？"潘晟、余有丁齐问。

"事由私学而起，该当由礼部过问。"陈炌说。

"文晦先生莫非忘记，当日奏禁私学一事，是由吏部题复的？"余有丁提出异议。

"吏部题复，乃常州知府科征民力，建造书院。明禁私学，则是朝廷的旨意；而朝廷主持教化的衙门，则是礼部。"陈炌说。

"文晦兄说的是，私学之事，礼部不能不管，"潘晟先被他说服，并问，"文晦兄的意思，此事当由礼部议处？"

"当由礼部议处，也是和都察院一起议处。"余有丁说。

"当由哪个衙门议处，我做不了主；我是想，此事由礼部、都察院合而处置，最为适宜。"陈炌说。

"二位既然都以为此事宜由礼部和都察院两个衙门合而处置，那么，如何处置，一定也想过吧？"潘晟问。

"我可是有前提的，"余有丁马上申明，"赴朝倡言，逐我相公，固是人神共愤；但总不是学术，礼部是不便以此议罪的。"

"都察院也不便以此议罪。"陈炌说。

"难道梁某、罗某还有别的罪过？"余有丁问。

"思明兄问的是如何处置，我还是说如何处置吧，"陈炌道。他问，"湖广、贵州交界之处，近获妖人曾某，二公知否？"

如果说，遇到聚众讲学之事，礼部大臣不管怎么说都要想一想；那么，以妖人名之，他们则完全不会放在心上。

"近获妖人倒是听说，但不知在湖广、贵州之交。"潘晟说。

"近获妖人倒是听说，是姓曾吗？"余有丁则问。

"确姓曾，确在湖广、贵州之交被捉获，"陈炌先给他二人肯定的答复，然后说，"还有一事，二公想必更不知：曾某来自江西。"

"可是永丰？"潘晟马上产生联想。

"可是吉水？"余有丁也问。

"究竟来自永丰，抑或来自吉水，我想不难问出。"陈炌道。

说到这里，潘晟、余有丁完全领会了陈炌的用意。以聚众讲学议罪，必将涉及讲学的内容。今之讲学者，难免会说些不合礼法的话；别说普通的儒者，即便是大儒，即便是步入宦途的大儒，谁敢保证句句话不离孔孟之道？所以，以左道邪教议罪，其实是很难的。而妖人是一定要治罪的；如果把梁某、罗某和妖人曾某拉扯在一起，再议其聚众讲学之罪，就要简单得多。

“与妖人有连，其聚众讲学，必定妖言连篇。”潘晟说。

“与妖人有连，礼部、都察院合议其罪，宜之。”余有丁说。

梁某名汝元，罗某名巽，曾某名光。梁汝元在江西永丰聚徒讲学，罗巽与之游学，确有其事；二人攻讦张居正，倡言赴京逐之，确有其事。至于曾光其人其事，或言有之，或言无之，其说不一；至于梁汝元、罗巽与曾光有牵连，更是或言有之，或言无之，其说不一。

礼部、都察院奏言其事，命下法司讯之。

第九十一章

两名宦者无聊之极，在文华殿西角门外闲聊。

“马哥，你看那根柱子。”一宦者手指西角门道。

“牛哥说的是南边的柱子，还是北边的柱子？”另一宦者问。

他们并非一个姓马，一个姓牛，而是一个属马，一个属牛。

“北边的柱子。”属牛的宦者说。

“是外边的柱子，还是里边的柱子？”属马的宦者又问。

“里边的柱子。”属牛的宦者说。

“你是说，那根柱子下面已松动？我早留意；不仅早留意，而且我不断提醒自个儿，出入该门时，靠南边走。”属马的宦者道。

“你是怕门坍塌被砸到？告诉你吧，它若是坍塌，无论你靠哪一边走，都会被砸到。但我要告诉你的，不是它会不会坍塌，更不是告诉你，出入该门时应走哪一边。”属牛的宦者说。

“那你要告诉我何事？”属马的宦者问。

“那根柱子有些古怪。”属牛的宦者说。

“一根柱子而已，有何古怪？”属马的宦者问。

“我是说柱子的下边。”属牛的宦者说。

“柱子的下边，有何古怪？”属马的宦者问。

“似被涂抹过。”属牛的宦者说。

“柱子下部埋入之前，会涂抹油漆，算不得古怪。”属马的宦者道。

“不是涂抹的油漆，似是字迹。”属牛的宦者说。

“牛哥是入过内书堂的，看看写的何字，不就知道有无古怪？”属马的宦者道。

“我一个人看不成，须得有人帮我。”属牛的宦者说。

“我认不得几个字，怎帮得你！”属马的宦者道。

“你一个字不识，也没关系，我又不要你帮我认字。”属牛的宦者说。

“不帮认字，却帮何事？”属马的宦者问。

“帮我——”说是很难说明白的，属牛的宦者干脆拉着属马的宦者，往西角门走过去，边走边说，“马哥气力比我大，要马哥出气力。”

文华殿西角门本来应该很热闹，但正是歇午的时辰，没什么人进出。属牛的宦者拉属马的宦者蹲下，用手拂去柱子周围的浮土，露出下边的砖石，并把他说的有字迹的地方指给属马的宦者看。

有根柱子松动，这说法不准确。柱子仍然牢牢地立在那里，只是围在柱子下端的砖石有的裂开，不能把柱子完全围住，露出不小的缝隙。

“哪里有字？”属马的宦者问。

“你细看！”属牛的宦者道。

“我再三细看，并未看到。”属马的宦者说。

“我让你看那块松开的砖。”属牛的宦者道。

“我也看到那块砖。”属马的宦者说。

“你能把它撬出来吗？”属牛的宦者问。

“牛哥，你想让我屁股挨板子呀！”属马的宦者道。

“为何不是让你官升三级，作到少监？”属牛的宦者引诱他。

“撬出块砖，能官升三级？”属马的宦者才不相信。

“撬出十块砖，也不会官升一级；倒是如马哥担心的，屁股会被打烂。但是，撬出那块砖，能看出这根柱子的古怪，官升三级，应该不在话下。”属牛的宦者说。

或许并无过错，也会挨一顿板子；而官升三级，可能是一辈子只有一次的机会。属马的宦者控制不住自己的冲动。

“那就试试。”他说。

破坏是人的本能，尽管没有可手的家伙，也不会被难住。他推推那块砖，砖在晃动，那块砖和别的砖之间的泥土也在脱落。他又推推，砖晃动的范围更大，那块砖和别的砖之间的泥土脱落得更多。推几次后，那块砖成了裸砖，很容易取出来。

再往被埋住的柱子看，隐约看得到有字，但看不出是何字。

“牛哥，看不出有何字。”属马的宦者说。

“你再细看！”属牛的宦者道。

“我再仔细看，仍未看出。”属马的宦者说。

“我让你看那块裂开的石头。”属牛的宦者道。

“我也看到块石头。”属马的宦者说。

“你能把它搬出来吗？”属牛的宦者问。

“牛哥，你想让我项上挨一刀呀！”属马的宦者道。

“不是让你把整块石头搬出来，”属牛的宦者说，“它已裂成若干块，你只要搬出两三小块即可。”

“那也足够挨一刀的。”属马的宦者说。

“为何不是官升五级，做到掌印太监？”属牛的宦者道。

“搬出几小块石头，能官升五级？”属马的宦者这次是半信半疑。

“搬出其他所有的石头，也不会官升一级；倒是如马哥担心的，项上挨一刀。但是，搬出那几块小石头，能看清柱子上的字，官升五级，也不在话下。”属牛的宦者说。

“那就试试。”属马的宦者又有动力。

如法炮制，没费多少气力，搬出一块碎石，又搬出一块碎石，在搬出第三块碎石后，柱子上的字完全暴露出来，但其中一些笔画已经模糊。

“牛哥，一共四个字。”属马的宦者惊喜地说。

“你虽识字不多，这四个字该都认得吧？”属牛的宦者也又惊又喜。

“第一个字是大，还是天？”属马的宦者不是不认得，而是笔画不清。

“应是个天字。”属牛的宦者道。

“第二个字是卜，还是下？”属马的宦者问。

“应是个下字。”属牛的宦者道。

“第三个字是大，还是太？”属马的宦者问。

“应是个太字。”属牛的宦者道。

“不用说，第四个字是平！”属马的宦者说。

“是，”属牛的宦者应道，并说，“这四个字出现在文华殿的柱基上，可真了不得！”

“牛哥，咱两个真会升职吗？”属马的宦者只盼望升职就好，没敢盼望升三级，甚至升五级。

“那要看你我的造化。”属牛的宦者道。

孙海跳着蹦着上殿，见皇帝叫道：“爷，咱宫里出现祥瑞！”

“胡说！宫里出现祥瑞，你会比朕先知！”皇帝叱道。

随后上殿的客用慢声慢气地说：“爷，是祥瑞。奴才等本来不想先知的；可到处有人传言，奴才等堵住耳朵也听得到。”

“客老儿的话，朕较信，”皇帝在二人之间挑逗一句，然后命道，“客老儿说说，是何祥瑞？”

“孙老儿说，是天书。”客用道。

“为何要孙老儿说，你两个不是一起听到的吗？”皇帝奇怪地问。

“听是一起听到的；是天书，却是孙老儿的说法。”客用交代。

“朕不要听孙老儿怎说，要听你怎说。”皇帝道。

“奴才的说法，是字。”客用说。

“为何不是天书？”皇帝问。

“奴才觉着，天书是写在纸上的，这几个字没写在纸上。”客用说。

“没写在纸上，却写在哪里？”皇帝问。

“写在柱子上，”客用说，又补充，“不是写在柱子别的地方，是写在柱子的基石上。”

“写的是哪几个字？”皇帝问。

“天下太平。”客用道。

“天下太平？”皇帝这次是问孙海。

“回爷话，是这四个字。”孙海说。

“孙老儿，你为何以为是天书？”皇帝问。

“字是写在柱子的基石上的。”孙海说。

“客老儿说，天书是写在纸上的；写在柱子基石上的，不能算天书。”皇帝用客用的话反驳他。

“但字是写在基石埋在地下处。”孙海说。

“客老儿难道不知道字是写在基石埋在地下处？他却不以为是天书。”皇帝仍以客用为矛，来攻孙海这面盾。

“写的字是：天下太平。”孙海又说。

“这四个字太平常，谁都可以写。”皇帝道。

“这四个字埋在地下二百年——”孙海才说半句话，被皇帝打断。

“北京宫城是我成祖皇帝修的，距今不到二百年；这字埋在地下，怎可能有二百年！”皇帝道。

“一百年总有吧？”孙海最会以退为进。

“那却又不止。”皇帝道。

“这字埋在地下一百多年，到爷登极之后，才让人看到。这是老天在示祥瑞，所以奴才以为是天书。”孙海说。

“你这个说法，有点儿意思。”皇帝这次没刻意反驳他。

“奴才说它是天书，还有个缘故。”孙海还有更有意思的。

“还有何缘故？”皇帝问。

“四字天书，是两个打杂的小宦者发现的，”孙海说，“一个小宦者用手掌擦，看能不能擦去；另一个小宦者用衣袖擦，看能不能擦去。前一个小宦者又用湿布擦，看能不能擦去；后一个小宦者又用水冲，看能不能冲掉。”说着，问道，“结果，爷猜怎的？”

“没擦去，也没冲掉。”皇帝道。

“爷真是圣明，”孙海奉承道，又说，“字迹显现后，再无法除去，还能不是天书！”

“客老儿，你仍以为不是天书吗？”皇帝问客用。

“是。”客用应道。

“字迹除不去，为何仍不是天书？”皇帝问。

“人家家里供奉的祖宗牌位，庙里观里的匾额，难道永远不擦拭吗？难道一擦拭字就被除去？”客用道。

“不错，保存字迹有的是法子，”皇帝点头，“孙老儿，你还怎说？”

“奴才也知，人家家里供奉的祖宗牌位，寺里观里的匾额，字是擦不去的。但那都是在地上的；埋在地下一百多年的字能否保存下来，奴才可就不知。”孙海说。

“客老儿，你知不知？”皇帝问客用。

“奴才也不知。”孙海说。

“走，陪朕去看看，就知是不是天书。”皇帝命道。

“是，”孙海应道，“奴才这就去传銮舆。”

“是，”客用应道，“奴才这就去招呼人。”

宫中总管太监、文华殿主管太监等先到。皇帝到达时，他们正忙着指挥内臣们清理场地。属牛的宦者、属马的宦者被找来，怯怯地呆在一个角落里，等候皇帝召见、问话。属牛的宦者开始后悔自作聪明，属马的宦者开始后悔升官心切。

皇帝被引导至西角门，被引导去看柱子底端“天下太平”四个字。

“天书无体，这倒有点儿像是天书。”皇帝不知说的是真话，还是嘲笑字写得太差。

“爷，当真无体吗？”孙海问。

“你倒是说，是似柳体，还是似欧体？”皇帝边问边说，“朕看，不仅分不出柳体、欧体；连是隶书，是楷书，是草书，是篆书，也分不出来。只能说是手书。”

“听爷一说，这字还真看不出体来。”孙海附会道。

“不仅无体，字的笔画也不全，”皇帝说着，命道，“孙老儿，你不是说字迹擦不去吗？你用手掌擦擦！”

孙海用手掌擦，没擦去字迹。

“客老儿，你用衣袖擦擦！”皇帝命客用。

客用用衣袖擦，没擦去字迹。

“孙老儿，你用湿布擦擦！”皇帝又命孙海。

孙海用湿布擦，没擦去字迹。

“客老儿，你用水冲冲！”皇帝又命客用。

客用提桶水来，泼向柱子下部，没冲去字迹。

“看来，还真是擦不去，冲不去。”皇帝自语。

“奴才这次不仅亲眼见识，还亲手尝试。”孙海说。

“孙老儿，还有一个法子，你可以试试；若是再除不去字迹，朕就信是天书。”皇帝说。

“爷吩咐。”孙海道。

皇帝从手上褪下一枚戒指，命道：“你用它刮刮，看能否将字迹除去。”

“爷佩戴之物，若有损坏，奴才担当不起。”孙海说。

“此物乃皇考所赐，也算是天物。那字若是天书，应该相触之下，彼此无损。”皇帝说。

孙海无奈，接过戒指，走到柱子边上，伏下身去，用戒指小心地刮着柱子的下部。

“怎样？”皇帝问。

“回爷的话，似天似大的那字，被奴才变成大字。”孙海说。

“再试下一个字。”皇帝命道。

孙海刮几下第二个字，说：“似卜似下的字，被奴才变成卜字。”

“天下变成大卜，你还以为是天书吗？”皇帝问。

“再有人告诉奴才是天书，奴才不会信。”孙海说。

“分明是前代官员或工匠在修建宫殿之时，随笔写上的几个字，哪里来的天书！”皇帝道。

“爷圣明！”在场的大小内臣们齐颂道。

“不过，天下太平四字，蕴意甚佳；前人写的，今日见到，也算是一段佳话。孙老儿，你一会儿再来，把刮去的笔画添上。”皇帝吩咐。

“奴才遵旨，”孙海应道，他提出要求，“奴才想要客老儿捧砚。”

“可。”皇帝准允。

第九十二章

翰林院侍讲陈于陛、王家屏，都是隆庆二年进士，都选庶吉士，散馆后都授翰林官，都以预修实录，先升修撰，再升侍讲。

不同者，陈于陛是四川南充人，王家屏是山西大同人。一个爱吃辣，一个爱吃酸，二人怕在一起吃饭，又常聚在一起吃饭。

“忠伯兄尝尝这个菜，我特意吩咐，不要太辣。”陈于陛说着，从一盘看上去就很辣的菜里，夹一筷子，放在王家屏面前的碟子里。

如果王家屏自己选择的话，他肯定不会动那盘菜的。陈于陛布给的，他无论如何也得尝一口。陈于陛夹给他的菜本来不多，他又从中挑选颜色看上去浅些的部分，送进嘴里。即便如此，他的嘴张开后，仍然久久无法合上。

“还可以吧？”陈于陛问。

“果如元忠兄所言，不是太辣。”王家屏说。

元忠是陈于陛的字。

“那就多吃些。”陈于陛让道。

“元忠兄不必客气，我自己会吃。”王家屏说着，伸筷去夹另一盘里的菜。结果，那盘看上去清淡的菜，更辣一些。他只得多饮酒，多吃饭，尽量少吃菜，饭吃到一定程度，再无法多吃；酒饮到一定程度，再无法多饮。到无法多吃饭、多饮酒的程度，只有代之以多说话。

陈于陛作为主人，客人菜吃得少时，还可劝他多饮酒，多吃饭；到酒饮得少、饭吃得少时，只好也陪他多说话。

“元忠兄，我要问个正德朝的典故，你知之为知之，不知为不知，好不好呀？”王家屏问。

“这是圣人的教诲，岂容忠伯兄问好不好！”陈于陛道。

“虽是圣人教诲，我引述之，和圣人的立论略有不同。”王家屏说。

“和圣人的立论略有不同？忠伯兄何出此偏颇之言！”陈于陛责备道。

“元忠兄莫急下结论，且听我说，”王家屏道，“知之为知之，不知为不知，圣人的教诲是立足于莫以不知为知之，对吧？”

“对呀，”陈于陛应道，并问，“忠伯兄引此教诲，却立足在哪里？”

“莫以知之为不知。”王家屏道。

“忠伯兄是说，我若知之，不可不言？”陈于陛问。

“是。”王家屏应道。

“那还不如引‘知无不言，言无不尽’那句古训。”陈于陛说。

“我是怕元忠兄为难。”王家屏说。

“不就一个典故吗，知之言之，有何为难！”陈于陛道。

“知无不言，不会为难；言无不尽，或会为难。”王家屏说。

“正德朝的典故，我本来没多大兴致；忠伯兄既然说不易做到言无不尽，我倒要用心。”陈于陛说着，问道，“忠伯兄，是何典故？”

“一次部试。”王家屏说。

题目有点儿偏。各部考察本部属僚，不一定会出题考试，但也许会出题考试。在这个题目下的典故，应该不止一个答案。

“一次部试？”陈于陛必须要问。

“是。”王家屏应道。

“哪一衙门的部试？”陈于陛问。

“吏部。”王家屏说。

“哪一年的部试？”陈于陛又问。

“正德元年。”王家屏说。

正德元年的吏部，陈于陛隐约记得，尚书数易。先是马文升；马文升致仕后，是焦芳；焦芳入阁后，是许进。至于那年吏部的部试，他完全不记得。但有一点可以肯定：部试一般在年初，应该是马文升掌部。

“是马端肃公掌部时的事吧？”陈于陛试探地问。

“是呀。”王家屏应道。

“忠伯兄欲问何事？”陈于陛问。

“马端肃于部试时出的题目。”王家屏道。

陈于陛本来完全不记得，一听到题目二字，又隐约记得。

“似与宰相有关。”他说。

“如何，我说言无不尽或会为难吧？”王家屏笑道。

“忠伯兄何意？”陈于陛问。

“分明是断与宰相有关，元忠兄却说似与宰相有关，难道不是不欲尽言！”王家屏道。

“在忠伯兄，是断与宰相有关；在我，却只能说似与宰相有关。此亦取圣人教诲之本义，不以不知为知也。”陈于陛说。

“马端肃出的试题是：宰相当用读书人，元忠兄真的记不起来？”王家屏问。

陈于陛本来隐约记得，一听他说，完全记起来。

“不错，是这个试题。”他说。

“元忠兄记不记得，马端肃为何出这个试题？”王家屏又问。

“似与内阁拟的文字有关。”陈于陛说。

“元忠兄这次也不是言无不尽吧？”王家屏问。

“不是，”陈于陛道。“我只隐约记得，内阁拟的某文字，马端肃以为不妥，故以此试题嘲讽。”

“马端肃不会以为，内阁拟的年号不妥？”王家屏提示。

陈于陛的记忆又一次变得清晰起来，说：“不错，是年号。”

正德这个年号，西夏国主李乾顺曾使用过。新帝登极，年号一定是内阁议的；或虽是翰林院议的，却一定由内阁审定。马文升任过掌院都御史，任过兵部尚书，任过吏部尚书，不太把从翰苑走进内阁的大学士们放在眼里。他以部试的题目嘲笑阁臣，不足为怪。

但王家屏说起这个典故，就不能说不足为怪。

“忠伯兄说起这个典故，可是因为对选用正德这个年号也不以为然？”陈于陛问。

“不是，”王家屏摇头，“用一个夷邦之主用过的年号，确实不妥；不过，细想起来，当时以正德为年号，既承前，又启后。”

“此话怎讲？”陈于陛问。

“武庙之前，为孝庙；孝庙的年号，是弘治。武庙之后，是世庙；世庙的年号，是嘉靖。欲弘治，须正德；唯正德，得嘉靖。”王家屏说。

“忠伯兄这么一说，倒真把前朝三个年号的承启解说清楚，”陈于陛附和一句，又问，“那么，忠伯兄说起这个典故，可是对马端肃公的攻讦不以为然？”

“不是，”王家屏又摇头，“李公谋，刘公断，谢公尤侃侃，时人虽对三公有溢美之辞，但在选用年号一事上，终归是有瑕疵的。”

李东阳善谋，刘健善断，谢迁尤能执正而言，说的是三名阁臣在弘治年间的表现；到正德朝，情势则大变。

“不是质疑年号之选用，不是质疑马端肃公无端发难，忠伯兄说起这个典故，却是为的何事？”陈于陛问。

“在想一句话。”王家屏道。

“哪一句话？”陈于陛问。

“宰相当真可以不读书吗？”王家屏道。

“忠伯兄所喻何人？”陈于陛问。

“元忠兄何来此问？”王家屏反问。

“李文正公，刘文靖公，谢文正公，没有一人是不读书的；故忠伯兄所谓‘宰相当真可以不读书吗’，一定是有所指。”陈于陛说。

“元忠兄称，二文正公，一文靖公，没有一人是不读书的；我倒要请问：本朝自设内阁以来，哪一位值阁大臣是不读书的？”王家屏道。

“所以，我才要请教忠伯兄嘛。”陈于陛说。

“元忠兄，今日谈论这个题目，对事，不对人，如何？”王家屏问。

“哈，”陈于陛不由发笑，“忠伯兄还说我做不到言无不尽呢！我看，忠伯兄也未必做得到言无不尽。”

“元忠兄一定要对人，只好打住。元忠兄责我做不到言无不尽，我只有承认。”王家屏的顾虑显然比陈于陛更多更重。

“谁说我一定要对人？我不过以子之矛，攻子之盾，”陈于陛说着，问道，“忠伯兄对事，对的是何事？”

“譬如，有人称，宫阙有‘天下太平’字样呈现，元忠兄会怎想？”王家屏反问。

陈于陛终于知道他要谈论的题目，也知道他为什么要绕这么大的一个圈子，因而知道他为什么强调对事不对人。

“我或许会不以为意。”他说。

“亦即，不把它当一回事？”王家屏问。

“是。”陈于陛应道。

“这或许是最明智的选择，”王家屏说着，问道，“其次呢？”

“退而求其次，我或许会不以为然。”陈于陛说。

“再次呢？”王家屏问。

“我或许会奏请核实。”陈于陛说。

“不以为然，是不信祥瑞之说，而不加理会；奏请核实，是不信祥瑞之说，而有所作为。”王家屏加以诠释。

“是。”陈于陛应道。

“元忠兄不会以其为祥瑞，并贺之吗？”王家屏问。

“不会。”陈于陛很肯定地回答。

“为何不会？”王家屏追问。

“我已坦诚地说不会，忠伯兄为何还要问！”陈于陛似有不满。

“言无不尽嘛。”王家屏却很平和。

“忠伯兄一定要问，我也讲个典故，”陈于陛道。“南宋高宗绍兴十六年，庆州某民家翻修房屋，朽柱上有文字，曰：天下太平。奸相秦桧正忙于和金人议和，闻知此事大喜。他以祥瑞奏之，乞付史馆。”讲述典故之后，他说，“忠伯兄请想，秦桧是想用此事粉饰其议和之行径，遮掩其叛国之罪恶，岂足效法！”

“此事出于何典？”王家屏问。

“见于《宋史》及多部著作，稍予涉猎，不会不知。”陈于陛说。

“照此说来，只要读书，即知此典故？”王家屏问。

“是。”陈于陛应道。

“亦即，既知此典，即不当效之。”王家屏问。

“是。”陈于陛应道。

“亦即，以显现‘天下太平’字样为祥瑞，乃不读书也？”王家屏问。

“是。”陈于陛应道。

“亦即，虽读书，亦称祥瑞，乃居心叵测？”王家屏问。

“忠伯兄该问够了吧！”陈于陛显然不想再回答。

“我问元忠兄事出何典，我也是不读书的，至少没把书读好。日后有一天，我侥幸入阁，元忠兄可用‘宰相当用读书人’来警示于我。”王家屏笑着说。

“此乃后话。”陈于陛道。

“此际元忠兄欲言何事？”王家屏问。

“忠伯兄问我偌多，也该我问问忠伯兄吧？”陈于陛道。

“应该的，应该的。”王家屏连声应道。

“有人称，宫阙有‘天下太平’字样呈现，忠伯兄会怎想？”陈于陛问王家屏的第一个问题，和王家屏问他的第一个问题，完全一样。

“我会不以为意。”王家屏把陈于陛回答中的“或许”二字去掉。

“其次呢？”陈于陛问。

“退而求其次，我会不以为然。”王家屏说。

“再次呢？”陈于陛问。

“我会奏请核实。”王家屏说。

“忠伯兄不会以其为祥瑞，并贺之吗？”陈于陛问。

“不会，”王家屏说。陈于陛似乎不想再问，王家屏似乎也不想等陈于陛再问。

他说，“为避免元忠兄责我不能言无不尽，我也讲个典故吧。大唐武后篡国时，有人以丹漆书于龟腹，曰‘天下万年’，献于朝廷。宰相李昭德以刀刮之，片刻之间，字迹尽无。李昭德奏请收献龟之人于狱，治其欺罔之罪。”

“武氏治其罪否？”陈于陛问。

“武氏治其罪否，要紧吗？”王家屏问。

“并不要紧，”陈于陛说着，问道，“此事出于何典？”

“见于新旧《唐书》，稍稍翻阅，即会知之。”王家屏说。

“照此说来，只要读书，即知此典故？”陈于陛问。

“是。”王家屏应道。

“亦即，既知此典，即当效之，虽唐朝宰相之中，李昭德算不得大贤？”陈于陛问。

“是。”王家屏应道。

“亦即，不知效李昭德者，乃不读书也？”陈于陛问。

“是。”王家屏道。

“亦即，虽读书，亦不知效李昭德者，乃谄佞也？”陈于陛问。

“凡问都有结束之时，就在此结束吧。”王家屏显然也不想再回答。

“我问忠伯兄出何典，并问武氏治其人罪否，我也是不读书的，至少是没把书读好。日后有一天，我侥幸入阁，忠伯兄亦可用‘宰相当用读书人’来警示于我。”陈于陛笑着说。

“愿与元伯兄共勉。”王家屏也笑着说。

第九十三章

三月十三日，消停两天的巩华城又热闹起来。

巩华城位于昌平州城东南，是京师往天寿山的必经之地。说得更准确些，是因为皇帝往天寿山祭拜祖宗陵寝，需要在中途有个歇脚的地方，才有巩华城。因此，只有在皇帝谒陵时，或在皇帝奉皇太后谒陵时，巩华城才会热闹起来。

今次，是皇帝奉两宫皇太后谒陵。两天前驻跸，使巩华城热闹一回；今天自天寿山返回，再次驻跸，又使巩华城热闹一回。

晚膳后，皇帝去仁圣皇太后行殿叩安，仁圣皇太后只是让他好好休息，别的没说什么。他去慈圣皇太后行殿叩安，慈圣皇太后把他留下说话。

“皇上累不累？”慈圣皇太后问。

“儿子年轻，不累，怕的是母后累。”皇帝说。

“我只谒三座陵，能累到哪里去！倒是皇上，除谒陵之外，还爬半天的山，须得好生歇息。”慈圣皇太后说。

天寿山已有九处陵寝，即：葬成祖文皇帝的长陵，葬仁宗昭皇帝的献陵，葬宣宗章皇帝的景陵，葬英宗睿皇帝的裕陵，葬宪宗纯皇帝的茂陵，葬孝宗敬皇帝的泰陵，葬武宗毅皇帝的康陵，葬世宗肃皇帝的永陵，葬穆宗庄皇帝的昭陵。今上谒陵，或奉皇太后谒陵，不必每陵都到。但有三处陵寝，即长陵、永陵、昭陵，是必谒的。

“是。”皇帝应道。

“皇上方才说不累，是真不累吗？”慈圣皇太后问。

“儿子不甚累。”皇帝说。

“不累和不甚累，是有差别的。”慈圣皇太后道。

“儿子谒陵、登山，不可能一丁点儿不累，应该是不甚累。”皇帝说。

“这是实在话，”慈圣皇太后道，“皇上能说实在话，娘甚慰之。皇上既不甚累，和娘说会儿话吧。”

“是，”皇帝应道，“和母后说会儿话，亦儿子心愿。”

“我问皇上件事：列祖列宗，既有尊谥，又有庙号，且均为一个字。按照谥法，尊谥的一个字，和庙号的一个字，是不是都有其义呀？”慈圣皇太后问。

“据儿子所知，均有其义。”皇帝说。

“其义是不是应该相同，或相似？”慈圣皇太后又问。

“儿子不甚了然。”皇帝如实回答。

“列祖列宗尊谥用字及庙号用字，皇帝都知其义吗？”慈圣皇太后换个问题。

“阁臣和礼卿没特别给儿子讲过，儿子有的说得出来，有的说不出来。”皇帝留有余地。

“皇上愿不愿找个人来讲讲，我二人一起听听？”慈圣皇太后问。

“儿子愿意，”皇帝应道，又说，“大臣多随驾谒陵，儿子是不是宣召张先生，或另宣召一阁臣，或宣召礼卿，来讲讲谥法？”

“不惊动张先生等，还是把老冯叫来吧。”慈圣皇太后说。

“是。”皇帝应一声，着人去叫冯保。

冯保就在附近，很快应召赶来。听皇帝说过宣他来的目的，他心里一阵轻松。在应该掌握的学识中，谥法是他最熟悉的。

“奴才从哪个字说起？”他请旨。

“听母后的。”皇帝道。

“是，”冯保应一声，转向慈圣皇太后，“乞娘娘降谕。”

“先帝庙号穆宗，穆字何义？”慈圣皇太后问。

“布德执义曰穆。”冯保说。

“先帝尊谥庄皇帝，庄字何义？”慈圣皇太后又问。

“履正志和曰庄。”冯保说。

“我本以为，庙号和尊谥用的字，其义应该相同或相似。但先帝庙号，是称颂有德有义；尊谥，是称颂亦正亦和。其义不仅不相同，好像也不相似。”慈圣皇太后说。

“娘娘说的是，”冯保道，“仅用一字，不足以颂德行，所以庙号和尊谥才用不同的字，加以称颂。尊谥用字和庙号用字，其实是相通的。譬如，同是昭字，先帝用于尊谥，仁庙则用于庙号。”

“我听你说穆字之义，说庄字之义，都是四个字，尊谥的诠释，庙号的诠释，皆为四字吗？”慈圣皇太后又问。

“是，”冯保应道，“谥者，有一字谥，有二字谥，有四字谥，无论几字谥，谥法皆以四字诠释。”

“你说的谥法，是本朝拟的吗？”慈圣皇太后问。

“母后，儿子知道。”皇帝抢着说。

“那好，皇上说给我听听。”慈圣皇太后笑道。

“谥法不是本朝拟的，是自古传下来的，”皇帝说，“讲官告诉儿子，据传，谥法是周公拟的；但传至今日，其中想必有所增添，有所更改。”

“皇上说的是不是呀？”慈圣皇太后问冯保。

“皇上说的极是。”冯保道。

“听老冯一讲，还有，听皇上一说，我终于明白，”慈圣皇太后说着，问皇帝，“皇上还有别的问题吗？”

“没有。”皇帝道。

“那就让老冯从头说说吧。”慈圣皇太后命道。

“是。”皇帝应一声，示意冯保按照母后慈命，从头说起。

“本朝奉祀的始祖是德祖玄皇帝，要不要说？”冯保却不能不问。

“以前各祖不必说，从太祖高皇帝说起吧。”慈圣皇太后道。

“冯大伴，朕记得，太字似无诠释。”皇帝说。

“爷说的是。”冯保道。

“怎会无诠释？”慈圣皇太后问。

“先王无以此字谥者，故周公谥法不载；后世补入此字，然有其文而无其义。”冯保说。

“皇上，太祖尊谥的高字，有无诠释？”慈圣皇太后问皇帝。

“儿子不记得。”皇帝道。

“老冯，你说！”慈圣皇太后命冯保。

“亦无诠释。”冯保说。

“也是有其文而无其义？”慈圣皇太后问。

“是。”冯保应道。

“母后，儿子有点儿想不通。”皇帝说。

“怎想不通？”慈圣皇太后问。

“儿子回想讲官们讲史，上古之时，虽无君王以‘高’字为庙号或帝号，但汉代之后则有之，如汉高祖、唐高祖等；上古之时，虽无君王以‘太’字为庙号或帝号，但唐代之后则有之，如唐太宗、宋太祖、宋太宗等。立国之主庙号或帝号为高祖或太祖，既成惯例，为何历代礼臣未增添高、太二字的诠释？”皇帝问。

“皇上所疑有理，老冯怎说？”慈圣皇太后问冯保。

“或是‘高’‘太’二字之义太崇高、太广博，历代礼臣不敢贸然议之。”冯保说。

“老冯所言亦有理，”慈圣皇太后道，又对皇帝说，“历代礼臣不敢贸然议之，皇上也莫使今之礼臣贸然议之。”

“儿子并无此意。”皇帝说。

“下面该说成祖，成字是不是也没有诠释？”慈圣皇太后问。

冯保不急着说，先看皇帝有没有开口的意思。

皇帝开口说：“儿子想，成字应有诠释。”

“为何应有诠释？”慈圣皇太后问。

“高字到汉代才用于庙号和帝号，太字唐代才用于庙号和帝号，在周朝有成王，即以成字为帝号。”

“老冯，皇上说的可是？”慈圣皇太后问冯保。

“皇上说的极是。”冯保道。

“皇上说说成字之义。”慈圣皇太后命道。

“儿子不记得。”皇帝道。

“老冯，你说！”慈圣皇太后命道。

“安民立政曰成。”冯保说。

“文字何义？”慈圣皇太后问。

“经天纬地曰文。”冯保说。

“安民立政，经天纬地这八个字，用在成庙，再合适不过，”慈圣皇太后说着，问皇帝，“皇上，你说呢？”

“成祖功德，无愧于这八个字。”皇帝说。

“皇上，你依次问吧。”慈圣皇太后命道。

“是，”皇帝应一声，问道，“成祖以下，是仁庙，仁字何义？”

“据谥法，有其文而无其义。”冯保说。

“仁字为何也不加诠释？”慈圣皇太后奇怪地问。

“奴才想，一是仁字人皆能详，若高字、太字是不易诠释，则仁字无须诠释；二是宋代以后方以仁字为庙号，礼臣来不及议之。”冯保说。

“皇上怎想？”慈圣皇太后问皇帝。

“二者之外，儿子不知还有没有别的缘故。”皇帝说。

“好，”慈圣皇太后点了点头，道，“皇上再问。”

“仁庙尊谥昭皇帝，昭字何义？”皇帝问。

“昭德有劳曰昭。”冯保说。

“母后，儿子以为此处诠释不佳。”皇帝对慈圣皇太后说。

“我也听出来。既诠释昭字，释文中不应重复。”慈圣皇太后道。

“母后说的是。”皇帝应道。

“娘娘说的是。”冯保应道。

“宣庙庙号宣宗，宣字何解？”皇帝又问。

“圣善周文曰宣。”冯保说。

“何谓圣善周文？”慈圣皇太后问。

“奴才亦不得其解。”冯保说。

“皇上找个机会，问问礼卿。”慈圣皇太后吩咐皇帝。

“是，”皇帝应道。见慈圣皇太后没别的话，他问，“宣庙尊谥章皇帝，章字何义？”

“敬慎高明曰章。”冯保说。

“英庙庙号英宗，英字何义？”皇帝问。

“据谥法，有其文而无其义。”冯保说。

“大概也是无须诠释吧。”慈圣皇太后道。

“母后说的是。”皇帝应道。

“娘娘说的是。”冯保应道。

“英庙遵谥睿皇帝，睿字何义？”皇帝问。

“据谥法，有其文而无其义。”冯保说。

遇到的次数既多，皇帝和慈圣皇太后都不再发议论。

“宪庙庙号宪宗，宪字不会无其义吧？”皇帝问。

“宪字有诠释，”冯保说，“博闻多能曰宪。”

“我怎觉者，博闻多能并不能诠释宪字？”慈圣皇太后道。

“儿子同感。”皇帝附和道。

“故宪字另有一解，”冯保说，“赏善罚恶曰宪。”

“四字虽俗，却合宪字本义。”慈圣皇太后说。

“是。”皇帝、冯保齐应道。

“宪庙尊谥纯皇帝，纯字何义？”皇帝问。

“据谥法，此字却是有其文而无其义。”冯保说。

“孝庙庙号孝宗，孝字何义？”皇帝问。

“五宗安之曰孝。”冯保说。

“孝庙尊谥敬皇帝，敬字何义？”皇帝问。

“合善典法曰敬。”冯保说。

“武庙庙号武皇帝，武字何义？”皇帝问。

“武字有三解，”冯保说。“其一，克定祸乱曰武；其二，威强敌德曰武；其三，保大定功曰武。”

“皇上，你看武庙适用哪一解？”慈圣皇太后问。

“武庙定宁藩之叛，适用第一解。”皇帝说。

“说起来，倒是宁藩成就武庙。”慈圣皇太后说着，示意他再问。

“武庙尊谥毅皇帝，毅字何义？”皇帝问。

“致果杀敌曰毅；又，强而能断曰毅。”冯保说。

“世庙庙号世宗，世字何义？”皇帝问。

“据谥法，世字有其文而无其义。”冯保说。

“此字无其义，是难以诠释，还是无须诠释？”慈圣皇太后问。

“奴才以为，兼而有之。”冯保说。

“兼而有之，怎讲？”慈圣皇太后问。

“周公谥法，无世字。然古有世室，又称世庙，即宗庙也。欲对世字加以诠释，不知是诠释古之世室之世，抑或诠释今之世庙之世。奴才想，历代礼卿不诠释世字，或是为此。”冯保说。

“皇上，你皇祖一生最重议礼；崩后庙号，却让人无法诠释，实可叹也。”慈圣皇太后对皇帝说。

“母后说的是。”皇帝应道。

“皇上记得你皇祖的尊谥吗？”慈圣皇太后问。

“皇祖尊谥是肃皇帝。”皇帝说。

“老冯，肃字不会没有诠释吧？”慈圣皇太后问冯保。

“是，”冯保应一声，说道，“刚德克就，执心决断，正己摄下，皆曰肃。”

“我侍先帝于裕邸，所闻，所知，肃皇帝确是这样一位正己摄下的果决天子。”慈圣皇太后不无感慨地说。

“启禀母后，列祖列宗庙号、尊谥已讲解完毕。”皇帝道。

“皇上能把列祖列宗的庙号、尊谥记住，殊为不易。”慈圣皇太后先称赞皇帝一句。

“儿子争取以后把谥法中的诠释也记住。”皇帝说。

“那却不必，”慈圣皇太后道，她又称赞冯保，“能把谥法释文记得如此牢实，真是难为你。”

“这是奴才的本分。”冯保说。

“本来早该歇着，却让你来讲一个时辰的课，你去吧。”慈圣皇太后命道。

“是。”冯保应着，躬身退出。

“皇上再坐会儿。”慈圣皇太后留住皇帝。

“是。”皇帝应道。

“皇上听出来没有？”慈圣皇太后问。

“母后问的何事？”皇帝不解。

“本朝列祖列宗，没有一个不美之谥，是吧？”慈圣皇太后问。

“是。”皇帝应道。

“历代君王有没有不美之谥？”慈圣皇太后问。

“有，”皇帝道，“如汉有哀帝，唐有殇帝，皆不美之谥；至于宋代末帝赵昺，但称帝昺，无谥。再古，亦有恶谥，如夏桀、商纣、周厉等。”

其实，本朝也有不谥之君，如建文帝，至今无庙号，无帝号；也有恶谥之君，如景泰帝，在英庙复位后，谥以“戾”，但在成化年间，即改谥景皇帝。慈圣皇太后问的是历代之君，皇帝觉着没必要说本朝故事。

“历代君王有不美之谥，有恶谥，还有不谥，而本朝列祖列宗并无不美之谥，皇上懂得我的意思吧？”慈圣皇太后问。

“母后是要儿子爱惜声誉，做个好皇帝，别从儿子这里，本朝始有不美之谥。”皇帝试着解释。

“这话说出来不好听，但我就是这个意思。皇上登极时年幼，我管教皇上严厉，甚至搬到乾清宫去管教，也是这个意思。皇上已成人，已大婚，我不好再似以前那般管教。但皇上要记住，皇上做个好皇帝，仍是我最大的心愿。”慈圣皇太后说。

“儿子记住；儿子还愿母后管教儿子。”皇帝说。

“我是说，不会似以前那样管教；但皇上若做出格的事，若做不该做的事，我还是要管教的。”慈圣皇太后说。

“是。”皇帝应道。

“其实，要做个好皇帝也不难，皇上只要记住十二个字就成。”慈圣皇太后又说。

“哪十二个字？”皇帝问。

“学二帝三王治天下大经大法。”慈圣皇太后说。

“学、二、帝、三、王、治、天、下、大、经、大、法，”皇帝一字一顿地重复一遍，是在计算母后说的究竟是不是十二个字。重复之后，他说，“儿子一定牢记。”

“皇上别今天记住，明天却忘。”慈圣皇太后道。

“儿子恳乞母后把这十二个字写下来。”皇帝说。

“我的字不好，皇上不如自个儿写。”慈圣皇太后道。

“母后御笔，儿子每看，如亲聆母后教诲。”皇帝说。

“好，”慈圣皇太后应道，“皇上心诚，娘答应你。”

第九十四章

吏部尚书王国光对本部右侍郎赵贤格外礼遇，不是因为他曾任湖广巡抚，也不是因为起用他任吏部侍郎，得到张居正的首肯，而是因为他离湖广巡抚任后，张居正给他的一封私函。在私函中，张居正写道：公去楚数年，楚人思公，不啻赤子之恋慈母。由此可见张居正对他的看重。

“良弼先生抚楚，违例乘传的人多不多？”王国光问。

赵贤字良弼，河南汝阳人，嘉靖三十五年进士。

“司空见惯。”他说。

“遇到此等事，良弼先生会如何处置？”王国光问。

“视情节轻重而定。”赵贤说。

“何者为轻，何者为重？”王国光问。

赵贤知道，王国光一直在朝廷任职，除隆庆元年被起为河南巡抚但未任之外，几乎没有任外官的经历。尽管如此，他不相信，任户部尚书数载又任吏部尚书数载的王国光，竟连违例乘传何轻何重也不知道。只是人家是正卿，既然问，他就得答。

“驿递为公事而设，但为公事未必给驿传。我以为，为公事而不给驿传，却使用驿马、驿船、驿舍等，过失较轻；为私事而使用驿马、驿船、驿舍者，过失较重。”赵贤划一个大概的框框。

“良弼先生能否举个具体事例？”王国光问。

“譬如，勋戚出使，一般人都以为，理当给予乘传；其实不然。洪武年间定制，勋戚出使，非奉符验，不得乘驿。亦即，勋戚出使，未奉符验，而使用乘传，亦为过失。但这个过失较小，勋戚非奉公差，而乘驿马、驿船，则过失较大。再如，有事禀奏朝廷，或禀报上司，一般人都以为，理当给予乘传；其实又不然。永乐年间定制，各处军情急务，方许给驿。亦即，禀奏或禀报的不是军情急务，而使用乘传，亦为过失。当然，这个过失也较小；非有事禀奏朝廷，或禀报上司，而使用乘传，则过失较大。”赵贤举的例子很具体。

“良弼先生理解得很透彻，讲述得也很清晰，”王国光称赞一句，然后问，“良弼先生抚楚几年？”

“隆庆六年七月接旨抚楚，万历三年五月，接旨以左佥都御史佐理院事，算起来，差两个月三年。”赵贤说。

“三年里，良弼先生有没有处分过违例乘传之事？”王国光问。

“汝观先生为何只问抚楚之时？我在浙江时就处分过违例乘传之事。”赵贤说。

“是吗？”王国光这一问毫无意义。首先，他不是不知道，赵贤曾任浙江布政使；其次，处置违例乘传，并不是了不得的事，赵贤没必要说谎。下面一问才是实在的，“良弼先生在浙江处置过何官？”

“一两名知县、同知之类。”赵贤说。

同知可能是府同知，可能是州同知。一个正五品，一个从六品，差别还是很大的。所以，王国光问：“是府同知，抑或州同知？”

“是州同知。”赵贤告诉他，是品秩低的同知。

王国光不动声色地点头。又问：“抚楚三年，准确地说，在差两个月三年里，良弼先生处置过何官？”

“一两名知州、同知而已。”赵贤说。

“这回是府同知吧？”王国光问。

“不，”赵贤摇着头说，“是卫指挥同知。”

“良弼先生抚楚时，有没有处分过布、按二司的官员？”王国光问。

“汝观先生问的是经历，还是都事？”赵贤反问。

“良弼先生倒没想到是照磨、检校。”王国光笑道。

经历从六品，都事从七品，照磨从八品，检校正九品，都是布政司衙门的下僚。按察司同样的职官，降半级。

“下僚太多，想不过来。”赵贤说。

“我指的不是他等。”王国光道。

“是参政、参议？”赵贤问。

“也不是。”王国光道。

“那只有布政使。是左，是右，不必区分吧？”赵贤问。

“不必区分。”王国光道。

“堂堂二品大员，巡抚是不能擅自处分的；我即便有心处置，也只能参奏。”赵贤说。

“按察使呢，处分过没有？”王国光问。

“一个正三品，一个从二品，有多大差别！”赵贤道。

“良弼先生抚楚时，有没有参奏过布、按二使？”王国光问。

“为别的事，参奏过；为违例乘传，没参奏过。”赵贤道。

听他的口气，违例乘传似乎不值得大动干戈，更不要说是巡抚都御史为此事参奏布政使、按察使。

王国光听出他话里的意思，但仍不动声色。

“良弼先生在浙江，有没听说过朝廷处置布、按二司官员？”他问。

“汝观先生说的仍是布政使、按察使？”赵贤反问。

“是。”王国光应道。

“为别的事，听说过；为违例乘传，没听说过。”赵贤道。

“那么，良弼先生就要听说，为违例乘传处分方伯；而且，良弼先生就要亲身参与，为违例乘传处分方伯。”王国光说。

“怎么？”赵贤问。朝廷上什么事情都会发生。他虽然被召入朝廷不久，但对发生什么事情，都不会太吃惊，只是有时感到意外。

“有数人以违例乘传被科、道纠劾，为首的二人，一为布政使，一为按察使。”王国光说。

“此事我怎不知？”赵贤有点儿奇怪。

“科、道弹章及朝廷批复，很快会下吏部。”王国光说。

赵贤点点头，问道：“汝观先生说被劾者有一布政使，有一按察使。布政使是谁人？”

“江西布政使吕鸣珂。”王国光说。

“吕方伯可是产自括苍的声甫先生？”赵贤问。

“是他。”王国光道。

“久闻他酷喜丹青，不拘小节，不想今日以违例乘传被劾，”赵贤说着，又问，“按察使却是何人？”

“浙江按察使李承式。”王国光说。

“是他！”赵贤这次颇为吃惊。

“李承式，良弼先生也有所闻？”王国光问。

“敬甫兄是云中人，和我是同年。”赵贤说。

吕鸣珂字声甫，浙江丽水人，嘉靖三十八年进士。李承式字敬甫，山西大同人，嘉靖三十五年进士。括苍是古县名，即今丽水；云中是古郡名，即今大同。

“不知他亦不拘小节吗？”王国光问。

“不知。”赵贤问。

“也不能断定他注重小节吧？”王国光问。

“也不能断定，”赵贤道，并笑着反问一句，“汝观先生是不是担心我会徇私呀？”

“我知良弼先生不会的，”王国光说，“我是想，科、道纠劾的若是李敬甫一人，则不易断定，他是不拘小节，或不是不拘小节；但既是和吕声甫一起纠劾，而良弼先生久闻吕声甫不拘小节，那么，大概可以认定，李敬甫也是个不拘小节的人。”

“汝观先生的推断甚是。”赵贤道。

“科、道还纠劾哪几人，良弼先生想不想知道？”王国光又问。

“无所谓想，无所谓不想。”赵贤说。

“良弼先生可不能无所谓呀。”王国光道。

“怪哉！”赵贤驳道，“不是汝观先生问我想不想知道吗？汝观先生既问，可见我知道亦可，不知道亦可。既然我知道亦可，不知道亦可，我说无所谓想，无所谓不想，有何不可！”

“是我问话有错。”王国光说。

“汝观先生承认问话有错，我却不承认答话有错；除非汝观先生告诉我，为何我不能无所谓。”赵贤道。

“没有别的原因，只是相公找我去，要吏部处分此事。”王国光道。

难怪他比自己早一刻知道布、按二使等被纠劾；难怪他说，自己就要听说并亲身参与为违例乘传处分方伯。原来相公已对他交代过！想到这里，赵贤说：“既要吏部处分，不可不知。”

“以违例乘传被纠劾者，布、按二使之下，还有二知府，”王国光说，并补充一句，“知府，良弼先生任方伯或巡抚时，似也不曾处分过。”

“不知是哪两府的知府？”赵贤问。一百四十个左右的府，他不能保证说得出所有的知府，所以问府而不问人。

“严州知府杨守仁，淮安知府宋伯华。”王国光则不但告诉他府，而且告诉他人。

“宋伯华可是山东人？”赵贤对其中一人略有印象。

“山东益都人，字汝含，隆庆二年进士。”王国光告诉他更多信息。

“对，是隆庆二年进士。”赵贤道。

“杨守仁，良弼先生知之几多？”王国光问。

“几无所知。”赵贤道。

“几无所知，非良弼先生之过。”王国光说。

“怎么？”赵贤问。

“杨守仁是福建漳浦人，嘉靖四十四年进士。我询问过朝中该科出身的官员及福建籍官员，竟无人说得出他的字、号。”王国光说。

“这一下，他却要除名！”赵贤调侃一句。

“最后还有一人，是名知州。”王国光说。

“是哪一州的知州？”赵贤问。

“宁州。”王国光道。

“可是江西的宁州？”赵贤问。

“良弼先生怎知是江西的宁州？”王国光反问。

天下至少有三处宁州：一在陕西，属庆阳府；一在江西，属南昌府；一在云南，属临安府。赵贤不问哪个宁州，而问是不是江西的宁州，不能不让王国光吃惊。

“一则，江西的宁州隶南昌府，即隶会城。查出隶于会城的州官违例乘传，比查出非隶于会城的州官违例乘传，要容易些，可能性也大些；二则，查出违例乘传的布、按二使，一在江西，一在浙江，二知府，一在浙江，一在南直，因而，查出违例乘传的知州也应在此区域，而不是远离此区域。”赵贤说。

“良弼先生推断，甚是严谨。被纠劾违例乘传的，果然是江西宁州知州陆宗龙。”王国光道。

“此人我竟一无所知。”赵贤说。

“他不是进士出身，又没在朝中任过官，即便让良弼先生去查，恐怕也查不出太多。”王国观道。

“听汝观先生所言，今次以违例乘传被纠劾者，仅此五人。”赵贤说。

“是。”王国光应道。

“相公既请汝观先生去，如何处分，也有交代吧？”赵贤问。

“是，”王国光应道，“相公的第一个交代，是从严。”

“从严？严到怎样的程度？”赵贤问。

“严到不能再严。”王国光说。

“这是为何？”赵贤问。

“相公给我讲述新近的一件事：慈圣皇太后日前遣外戚为皇上祈福，途中一切费用皆自付，不花官府一文，不劳民间一人，”王国光述罢，道，“慈圣皇太后自律若此，谁个违例乘传可以宽贷！”

“相公处分的是，”赵贤应一句，又问，“从严是要从严，但处分该等官员，还须分等次吧？”

“是，”王国光应道，“相公的第二个交代，是区分轻重等次。”

“汝观先生可知，该等官员，谁个是因公而违例乘传，谁个是因私而违例乘传？”赵贤问。

“不知。”王国光道。

“既如此，只好等科、道弹章下至吏部后再议。”赵贤显然仍想以他心目中的标准来区分轻重。

“那却不用。”王国光道。

“不用？”赵贤不解。

“以公而违例乘传为轻，以私而违例乘传者为重，固是一个不错的准度；但相公却提出一个更简便的区别轻重的准度。”王国光说。

“是何准度？”赵贤问。

“官品高者处分稍轻，官品低者处分愈重。”王国光说。

“这又是为何？”赵贤问。

“相公以为，官品高者违例乘传，多在可给乘传可不给乘传之间；官品低者违例乘传，则多属不该给乘传而用之。”王国光说。

“相公推断，不无道理。”赵贤道。

两天之后，朝廷的处分发布：吕鸣珂、李承式各降三级调用，杨守仁、宋伯华各降六级调用，陆宗龙竟至削籍。

第九十五章

刘一儒自南京召入，先任大理寺卿，很快升刑部侍郎。他知道，是因为张居正为他说话。朝廷召入，他不能违旨；张居正的好处，他却绝不领情。到京师后，他未曾私下里拜谒过张居正。在公开场合见到，只是彼此一揖，或点点头；若是寒暄，不会超过三五句话。

但并不是说，他对张居正的近况，及对张府里的一切事情，都漠不关心，不闻不问。

他了解张居正近况及张府事情的主要途径，是听儿子刘戡之的叙述。他可以约束自己不去张府，不和张居正私交，但不能不让儿子去看望他的岳丈，不能不让儿子陪同媳妇去张府住上几天。

当然，也可以说，他关心的不是张居正，不是张府里的事情，而是刘戡之。他必须知道，刘戡之在张府的一言一行有没有越轨的地方；必须知道，刘戡之有没有从张居正那里得到过许诺，得到过好处，以及刘戡之有没有答应为张居正做什么。

他还要经常做的一件事，是检查媳妇的嫁妆。张居正钟爱这个女儿，出嫁时送给她的珠宝纨绮，一匣又一匣，一箱又一箱，不知有几！他把这些嫁妆单放在一间屋里，钥匙亲自掌握；不管家里出什么大事，不管家计怎样拮据，也不许从里面拿出一样。为了防备“家贼”，他隔上三五日，就要检查这间屋子，看东西有无缺少。

这天检查过房间，刘戡之正好从张府回来。

“你岳丈对你说何事？”刘一儒问。

“岳丈问我夫妇，连续三四次穿着皆同，是不是再无别的衣物？”刘戡之道。

“怎么，叔大先生要关心整个朝廷的事，要关心天下的事，竟连你等是否换装，也看得出来？”刘一儒问。

“不仅是否换装看得出来，连稍胖稍瘦也看得出来。”刘戡之说。

“媳妇怎说？”刘一儒问。

“她说，她不喜着新衣，不让家里制作。”刘戡之道。

“你怎说？”刘一儒问。

“孩儿说，家里为孩儿制作两三套相同的衣物，看着是同一件，其实是换着穿的。”刘戡之道。

真真假假，反正说得还算得体，刘一儒放过这一节。

“他连你等胖瘦都看得出来，今次见你等怎说？”他问。

“岳父大人说，女儿又瘦。”刘戡之道。

“媳妇怎说？”刘一儒问。

“她说，今夏极热，吃得少，睡得少，故而消瘦。”刘戡之道。

“你怎说的？”刘一儒问。

“孩儿说，已入秋，该给媳妇补一补。”刘戡之道。

“戡之，他又怎说你的？”刘一儒问。

“岳父大人说，这一个夏日过去，孩儿似未中暑。”刘戡之道。

听这话，刘一儒心里一沉。这一个夏日过去，似未中暑；亦即，前一个夏日，却中暑。他是为爱婿今夏未中暑而庆幸，还是对爱婿去夏曾中暑表示怀疑？要知道，去夏刘戡之中暑非实，谎称中暑体虚，为的是躲开去年的乡试。刘一儒早已决定，让儿子回乡参加去年的秋闱。张居正得知后，嘱咐朝廷差往湖广的主考官，对刘戡之要特别留意，特别关照。这是刘一儒决不能接受的。他无法阻止张居正的嘱托，只有让刘戡之报称中暑，留在京师养病，不参加乡试。刘一儒心想，张居正如果知道事情的真相，一定会恨死自己。

当然，他主要担心的，还不是张居正的记恨，而是儿子的不满。

“戡之，错过去岁秋闱，你是不是觉着可惜？”他问。

“是。”刘戡之应道。

“你有把握，去岁乡试，一定得以中式？”刘一儒问。

“孩儿并无把握。”刘戡之道。

“既无把握，有何可惜？”刘一儒问。

“若是与试，孩儿至少可以见识一下秋闱的阵势。”刘戡之道。

“倒是少一次经历，”刘一儒点点头，又问，“错过去岁秋闱，是因为我坚阻，戡之有未埋怨我？”

“孩儿不敢埋怨父亲。”刘戡之说。

“是不敢埋怨，抑或未有埋怨？”刘一儒问。

“是未有埋怨。”刘戡之道。

“戡之有理由埋怨的，为何却未埋怨？”刘一儒问。

“孩儿想，凭自家努力而中式，和靠岳父大人托付而中式，个中滋味是不一样的。”刘戡之说。

“戡之能这么想，我大可放心。”刘一儒欣然言道。

“不过，孩儿也有个担心。”刘戡之又说。

“担心终生躲不开你岳丈的荫庇吗？”刘一儒问。

“这还在其次，”刘戡之道，“两年之后，又是乡试，届时岳父大人若仍托付，孩儿该怎样借故躲闪过去？总不能又称中暑吧！”

“不中暑，还有别的疾病；不称疾，还有别的缘故。总之，只要你岳丈有所托付，你就不能入秋闱，更不能入春闱！”刘一儒坚定地说。在这一点上，他绝不会退让半步。

“是。”刘戡之应道。

这件事不用再多说，刘一儒换个话题。

“戡之，在你岳丈家里，有何见闻？”他问。

“孩儿遵照父亲之命，凡拜谒岳父大人的官员，一概避之。故孩儿在岳父大人家外，还有所见闻；在岳父大人家里，既无所见，亦无所闻。”刘戡之说。

“我问的不是官场上的见闻，是你岳父家里的见闻。”刘一儒说。

“岳父大人家里一切依旧，只是大厅之上新换一联。”刘戡之说。

“新换一联？怎写的？”刘一儒问。

“上联是：日月并明，万国仰大明天子。”刘戡之说。

“此乃拆字联，上联拆了个明字，下联定要拆个岳字。”刘一儒说。

“父亲怎知？”刘戡之惊诧之情毫不做作，可见刘一儒说对。

“该联是人赠与你岳父的，是吧？”刘一儒问。

“对呀。”刘戡之应道。

“既是赠与你岳父的，定要在你岳父的姓名、字号、官职、籍贯等中，找出一个字来拆解，是吧？”刘一儒问。

“是。”刘戡之应道。

“先说籍贯，湖广二字可拆否？”刘一儒问。

“似不易拆。”刘戡之说。

“荆州二字可拆否？”刘一儒问。

“似不易拆。”刘戡之说。

“再说官职，大学士三字可拆否？”刘一儒问。

“大字可拆为一人，即一人为大，”刘戡之说，想了想，又说，“但上联中已有大明字样，大字不能再用。”

“大学士时称相公，或相国，可拆否？”刘一儒问。

“相字可拆为同音二字，无义。”刘戡之说。

“你岳父加太傅、左柱国，太、傅、左、柱四字可拆否？”刘一儒问。

“柱字可拆，亦无义。”刘戡之说。

“再说姓名字号，你岳父张氏，张字可拆否？”刘一儒问。

“可拆；而且，似有对句。”刘戡之说。

“是不是：弓长为张，兆民颂某张相公？”刘一儒先说句下联。

“父亲也想到？”刘戡之笑起来，笑的是作为对联，此句肯定是不能成立的。他问，“但父亲为何用的是某张？”

“我倒是想出几个字，但无法确定哪个字最好。”刘一儒道。

“父亲想到哪几个字？”刘戡之问。

“譬如用楚字来代替那个某字。”刘一儒说。

“兆民颂楚张相公，听起来，比兆民颂某张相公顺耳得多；但以楚张对大明，似未妥。”刘戡之道。

“把楚字改为睿字，如何？”刘一儒问。

“兆民颂睿张相公？”刘戡之品咂一会儿，摇着头说，“我看，睿张不如楚张有味道。”

“英张如何？”刘一儒问。

“英字和睿字，几乎是同一个意思。”刘戡之说。

“都不合用，戡之，你拟用哪个字？”刘一儒问。

“老。”刘戡之道。

“兆民颂老张相公？”刘一儒不得不承认，这个“老”字，比他用的那些字都要巧妙，但缺陷也是最明显的。他说，“老字虽可与大对仗，但以老张对大明，未免太猥琐。”

“父亲说的是，”刘戡之道，“所以，孩儿只敢说似有对句。”

“照你的法子，正字也是可拆的：一止为正，兆民颂居正相公，”刘一儒说着，问道，“戡之以为此句如何？”

“直呼其名，大不敬。”刘戡之说。

“戡之看，还有哪个字可供拆解？”刘一儒问。

“说来说去，只有一个岳字，”刘戡之说着，总结道，“该联是赠与岳父大人的。上句拆解明字，下句应该选择岳父大人的姓名、字号、官职、籍贯里的一个字来拆解；而其他的字都不适宜拆解，难怪父亲一下子想到岳字。”

“下句是：丘山为岳，兆民颂太岳相公，是吗？”刘一儒问。

“只有两个字要改，”刘戡之道，“父亲从一开始就确定该用兆民来对万邦，但该联没用这两个字。”刘戡之说。

“那么，它用的是四方？”刘一儒问。

“是。”刘湛之应道。

“用四方固不算错，但四方和万邦的意思，太接近，反不如兆民对得工整。”刘一儒评论道。

“父亲说的是。”刘戡之应一句。

“其实，不管用四方，还是用兆民，此联都俗不可耐。想不到叔大先生听几年奉承的话已听顺耳，竟被它诱惑，张挂出来。”刘一儒说。

“诱惑岳父大人的，或不是文，而是字。”刘戡之道。

“该联胜在书法？”刘一儒问。

“在孩儿看来，字也普通；但二十二个字不是写出来的，而是铸金而成，镶嵌在纸上的。”刘戡之说。

“天哪！”刘一儒只惊呼一声，说不出话来。过一会儿，他问，“戡之，你几时再去你岳父家里？”

“媳妇要在岳父大人家里住几日，她回来时，儿子去接。”刘戡之说。

“骄横至此，奢靡至此，别人可以不劝阻，我不可以不劝阻。我要修书一封与你岳父，你去时记得替我捎上。”刘一儒嘱咐。

“是。”刘戡之应道。

第九十六章

荆州府推官魏允贞巡街，经过江防道衙门时，见一员差官，押解一辆马车出来。一个甚大的木箱，看上去很粗糙，但上两道锁，贴着好几处封条，横三道、竖三道地用绳子固定在车上，里面显然放的是贵重之物，且不能碰不能摔。魏允贞怕惊着拉车的马，在路边站下来，并让随行的逻卒也站下来。

马车从身边过去后，他向逻卒们做个手势，准备继续往前走。

押解马车的差官却跳下马来，对着他深作一揖，道："多谢懋中先生。"

魏允贞字懋中，北直隶南乐人，万历五年进士。

"你认得我？"他问差官。

"懋中先生名扬荆楚，谁个不认得！"差官说。

"我怎不认得阁下？"魏允贞道。

"在下是才从布政司衙门派来江防道当差的，懋中先生自然不会认得。"差官说。

"原来如此，"魏允贞点点头。才要和差官分手，他忽然心动，问道，"你这是要出城吗？"

"是。"差官应道。

"是送往武昌之物？"魏允贞指着车上的箱子问。

江防道由湖广布政司派出，分上江防道，下江防道。上江防道驻荆州。江防道和布政司之间才有人员往来，物件往来，魏允贞据此推测，车上的木箱是送去布政司的。

"不是，这次是远差。"差官说。

"不会远过江去吧？"魏允贞问。

"岂止过江，还要过淮呢！"差官道。

魏允贞开始只有三分好奇，听这话，陡增至六分。

"是谁人的物件？"他问。

"大人的。"差官说。

"助甫先生的吗？送去河南？"魏允贞问。

他二人说的，是分守上江防道参政张九一。张九一字助甫，河南新蔡人，嘉靖三十二年进士。魏允贞以为张九一是往老家运私物。

“岂止过淮，还要过河呢。”差官又说一句。

开封在大河南岸，新蔡更在大河以南。箱子送过河去，多半不是私物。

“莫非是送去京师？”魏允贞问。

“如懋中先生所料。”差官道。

“是送入朝中？”魏允贞问。

“这要看怎说。”差官道。

“送入朝中，就是送入朝中；不送入朝中，就不是送入朝中。这还会有不同的说法？”魏允贞问。

“送至相府，懋中先生说，是不是送去朝廷？”差官反问。

“送至相府？”魏允贞被难住。

相府归相府，朝廷归朝廷，他是分得清的；但身边这个差官分得清吗，天下多数的人分得清吗？他们分不清，以为送至相府，就是送入朝中，有什么好奇怪的！

分守上江防道参政张九一，有东西要送至荆州人张居正的相府，魏允贞的好奇又陡增三分。

“我陪你走一段，也算是护送出境吧。”他说。

“不敢当。”差官道。

“不算护送，算说说闲话，如何？”魏允贞问。

“能和懋中先生说说闲话，荣幸之至。”差官道。

于是，前面有两个差役开道，马车在其后，魏允贞和差官又在其后，一队逻卒又在其后。

“你方才说我名扬荆楚，是奉承吧？”魏允贞问。

“千真万确，并非奉承。”差官信誓旦旦。

“我任官荆州不过两载，名从何来，我怎一点儿也不知？”魏允贞道。

“两年里荆州出件大事，懋中先生不会也不知吧？”差官道。

“你说的是相公家里的大丧？”魏允贞问。

“是。”差官应道。

“相公家大丧，我没做任何事，怎会名扬荆楚？”魏允贞问。

“自巡抚湖广、郧阳二都堂以下，全湖广的官员，全荆州的官员，都在做一件事，即争先恐后地往相公府上吊唁，唯独懋中先生不往；不仅不往，且在治丧期间，捕到张府跋扈之奴，治其罪。懋中先生名扬荆楚，正是为此。”差官说。

“我不过区区推官，不往相府吊唁，也会传得人人皆知？”魏允贞知道此事有人议论，但绝想不到传播得如此广泛。

“这就叫好事不出门——”差官说上半句。

“恶事传千里。”魏允贞说下半句。

“不对，”差官摇着头说，“是更好之事传千里。”

“阁下真以为，这是更好之事？”魏允贞问。

“我怎以为，无关紧要；反正有人是这么以为的。”差官说。

魏允贞没想到和他谈得如此投机，趁机转到自己想谈的话题。

“我看你是个晓事的人，怎连朝廷和相府也区分不清？”他问。

“我不是区分不清，是遵照大人之命而言。”差官说。

“助甫先生交代，是送去朝廷的？”魏允贞问。

“是。”差官应道。

“你却知，是送至相府的？”魏允贞问。

“不是大人交代，我怎会知！”差官道。

“亦即，助甫先生一边告诉你，此物须送至相府；一边要你告诉别人，此物是送去朝廷的？”魏允贞问。

“是。”差官应道。

魏允贞又增加一分好奇。如果好奇可以超过十分，他还会再增加。

“不知助甫先生要你将何物送至相府？”他问。

差官不露痕迹地笑笑，让人看不出他是知道，还是不知道。

“或许不会让你知道。”魏允贞采用激将法。

“那却未必。”差官不服气地说。

“或许寻常之物，不足为外人道也。”魏允贞又激道。

“寻常之物，值得驰驱数千里送之？”差官说。

“既如此，何不告知！”魏允贞道。

差官早就想说，只是不能让第二个人听到。正好出到城外，行人较少，而道路加宽，他一勒自己的坐骑，道：“懋中先生，走慢些。”

魏允贞会意，也一勒缰绳。

眼看着，二人和前面的马车离远，和马车前面的差役离得更远。

差官又回头，看一眼跟在后面的逻卒。

魏允贞会意，吩咐逻卒们说：“你等先回衙门，候命再出。”

大人骑马，逻卒们步行，出城已是老大不情愿，谁还愿意多走！眼看着，他们越走越远。

“阁下可以说了吧？”魏允贞问。

“箱里装的，是面镜子。”差官说。

“镜子？数千里驰驱，只为送面镜子？”魏允贞与其说是无法相信，不如说是失望。他虽然只是一员推官，但也是朝廷命官，也是甲科出身。护送的只是一面镜子，说出去岂不遭人嗤笑！

“此镜不凡，懋中先生莫小看它。”差官说。

“有何不凡？”魏允贞问。

“装于偌大的箱子里，可见它有多大。”差官说。

“再大，也不过镜子而已。”魏允贞道。

“大人得到它时，背面有字。”差官说。

“有个什么字？”魏允贞问。

“不止一个字。”差官说。

“有句什么话？”魏允贞又问。

“不止一句话。”差官说。

“还是篇文章不成？”魏允贞道。

“不成篇文章，却是两句话。”差官说。

“两句话怎说？”魏允贞问。

“前一句是张氏受命膺大宝；后一句是亿世子孙其永昌。”差官说。

魏允贞大惊，道：“你再把前一句说一遍！”

“张氏受命膺大宝。”差官重复一遍。

“老兄，你认不认得字？”魏允贞问。

“好歹读过几年私塾，怎不认字！”差官道。

“镜子背面的字，你有没有亲见？”魏允贞问。

“这却没有；我是听大人的心腹说的。”差官道。

“助甫先生的心腹，有没亲见？”魏允贞又问。

“似乎也没有，他是听大人的公子说的。”差官道。

“助甫先生的公子，有没亲见？”魏允贞又问。

“这却不得而知，”差官说着，反问一句，“懋中先生为何一定要问出谁个亲见？”

“有人亲见，才好坐实。”魏允贞说。

“懋中先生为何一定要坐实？”差官又问。

“老兄不是读过几年私塾吗，怎会不懂大宝何意！”魏允贞道。

“大是大小的大，宝是珍宝的宝，在下自是懂得。”差官说。

“二字合在一起呢？”魏允贞问。

“大宝即重宝，即富贵，”差官道，“拿在下来说，要是和懋中先生一样，中进士，授以推官，则可谓膺大宝；拿懋中先生来说，要是和张大人一样，升为大参，主持一道，则可谓膺大宝；拿张大人来说，要是和相公一样，入阁辅政，立于当朝，则可谓膺大宝。”说着，问道，“懋中先生，我说的对不对？”

魏允贞还真不能说他不对。尽管大宝二字，是有特定含义的，但在不知这两句话真实与否之前，是不能贸然说出来的。

“拿相公来说呢？”他给差官出个难题。

“相公已膺大宝，不应该再有企盼。”差官既然能够若无其事地解释大宝二字，也能若无其事地解释相公膺大宝。

魏允贞反觉为难。他不能和差官再在大宝二字上纠缠；一旦道出这两个字的真实含义，不是把差官吓死，就是自己将变成死囚。当然，如果他当真看到镜子，看到镜子背面的两句话，又当别论。

“和老兄商量个事吧。”他说。

“懋中先生是不是想看看里面的物件？”差官指着箱子问。

“老兄能不能行个方便？”魏允贞反问。

“有何不可。”差官答应得很痛快。

“那么——”魏允贞示意差官解绳子、开锁。

“懋中先生须得亲自动手，而且在解开绳索之前，先要砍去在下的双臂。”差官说。

“你不是说笑吧？”魏允贞问。

“不是，”差官道，“大人交代，其索若臂，臂在索在。”

“不解绳索，径开铜锁，如何？”魏允贞问。

“锁钥在我身上，懋中先生可取去；不过，在开锁之前，先要砍去在下的两腿。”差官说。

“也是助甫先生交代的？”魏允贞问。

“是。”差官应道。

“这些封条更是不能撕去的吧？”魏允贞最后问道。

“不是不能撕去；但撕去之前，先得把在下这颗头砍去。”差官说。

魏允贞知道，他根本不可能看到箱子里的那面镜子，不可能确定镜子背后究竟有没有那两句话；因为他不能砍去差官的两只臂，两条腿，一颗头。他也知道，不能单凭差官的讲述，就把这件事披露于朝廷；别说当事人是张居正，就算当事人是别的大臣，也不行。因为他是一名判官，而不是一名御史，他没有风闻奏事的特权。

他只有让他的好奇保存在心里。

第九十七章

张学颜去见张居正，是想把户部才拟出来的清丈畿内及各布政司官、民田条例拿给他看，请他裁定。可二人才一见面，就被张居正把话岔开。

“清丈畿内勋戚庄田的御史是王——”张居正没说出名字。

“御史王国，王之桢。”张学颜说。

“我记得他是丁丑科的进士。”张居正说。

“是。”张学颜应道。

“还选庶吉士。”张居正又说。

“是。”张学颜应道。

“听说他清丈畿内勋戚庄田，颇有成效？”张居正问。

“不是颇有成效，是大有成效。”张学颜说。

“我知子愚先生说话，颇为注意分寸；不，是大为注意分寸。大有成效四字，不会是随意说出口的吧？”张居正问。

“叔大先生说笑。”张学颜说是这么说，但他心里清楚，张居正决不会是说笑。

“子愚先生说大有成效，是因为清丈畿内勋戚庄田，清出侵占官田、民田，数目巨大吧？”张居正果然问他。

“此其一也。”张学颜道。

“我记得，将近万顷。”张居正说。

“是九千六百余顷。”张学颜说个更具体的数字。

“的确不是个小数目，”张居正表示，畿内勋戚庄田能清出如此之多的侵占之数，他是很满意的。他又问，“所谓大有成效，还有何事？”

“清出的侵占土地，以成国公府上居多；其次，则英国公府上；又其次，则定国公府上。此三公，皆百余年世家，其侵占之田可以清出，还怕别的侵占之田不能清出！”张学颜道。

“子愚先生率先清丈畿内勋戚庄田，不是杀鸡以儆猴，而是杀猴以儆鸡，是吧？”张居正问。

“是。”张学颜应道。

“一则清出的侵占之田数目巨大，一则清出的确是势要之家所侵占之田。有此二事，王之桢在畿内办的差事，真可谓大有成效，”张居正总结道，又说，“丁丑科的庶吉士授以他官的不少，有人非议之。我看，王之桢改御史，就不能说改错。”

“不仅没改错，且是人尽其才。叔大先生善于用人，此亦一例。”张学颜奉承一句。

“他改御史，是我点头的；他清丈畿内勋戚庄田，却是子愚先生点头的。要说善于用人，这笔账要记在子愚先生头上，”张居正实事求是地说，并问，“畿内勋戚庄田清丈完毕，南畿勋戚庄田清丈完毕，山东、陕西勋戚庄田清丈完毕，天下勋戚庄田也即将清丈完毕吧？”

“是，已近尾声。”张学颜道。

“畿内勋戚庄田清出近万侵占之田，以此而计之，天下二直隶、十三布政司，应该可以清出十四万顷侵占之田吧？”张居正问。

“按照叔大先生的算法，还要多。”张学颜说。

“畿内勋戚庄田最多，勋戚庄田之侵占应该也最多。不能期待南畿及各布政司清丈勋戚庄田，都清出这个数目；但天下勋戚庄田清出十万顷侵占之田，有没有可能？”张居正问。

他有兴趣估算，不能让他失望。张学颜说：“尚未结束，说不出个具体数目；但据户部估算，应该不足十万顷，而在五六万顷以上。”

“亦即，约为十四万顷的半数，”张居正说着，又问，“天下田亩以百分为率，勋戚庄田占不到十分吧？”

“占不到。”张学颜说。

“五分呢？”张居正问。

“也占不到。”张学颜说。

“二分、三分呢？”张居正问。

“应该差不多吧。”张学颜说。

“子愚先生看，能不能以勋戚庄田清出的占田为率，来估算官田、民田中被侵占之田？”张居正又问。

“清丈畿内官、民田，尚未举行，不好说。”张学颜道。

“那么，子愚先生有没有期待？”张居正问。

“有。”张学颜应道。

“子愚先生怎期待的？”张居正问。

“譬如，今次清丈天下田亩，最终能为朝廷清出一百万顷失额的田数。”张学颜说。

“仅一百万顷？”张居正似乎不满足。

“也曾想过，能否清出二百万顷。”张学颜说。

“好，”张居正点点头，说道，“我先给子愚先生算算，今次清丈天下田亩，能不能清出一百万顷或二百万顷失额之田。”说到这里，他伸出一指，“姑且以勋戚庄田为天下田亩的百分之三计，可以吧？”

“可以。”张学颜应道。

“亦即，天下田亩约为勋戚庄田的三十三倍，是吧？”张居正说着，又伸出一指。“姑且以勋戚庄田清出的占田为率，可以吧？”

“可以。”张学颜应道。

“天下勋戚庄田清出的侵占之田在五六万顷至十万顷之间，姑且算作八万顷，可以吧？”张居正问。

“可以。”张学颜应道。

“勋戚庄田为天下田亩的百分之三，或天下田亩为勋戚庄田的三十三倍，勋戚庄田清出八万顷，以其率计之，清丈天下田亩，当清出侵占之田，不是一百万顷，不是二百万顷，而是二百六十四万顷！”张居正说着，问道，“子愚先生，我算错没有？”

“叔大先生没算错。”张学颜说。

“若以勋戚庄田为天下田亩的二分计呢？”张居正问。

“那么，天下田亩为勋戚庄田的五十倍，以相同的方法估算，当清出的侵占之田应是四百万顷。”张学颜说。

“一是二百六十余万顷，一是四百万顷，子愚先生有没想过这两个数目？”张居正问。

“没想过。”张学颜说。

“是不愿想？”张居正问。

“是不敢想。”张学颜说。

“我再说个数目，子愚先生就不会不敢想，”张居正说着，问道，“子愚先生还记得，我问过你洪武二十六年的天下田亩之数吧？”

“记得，是八百五十万七千六百二十三顷。”张学颜说。

“子愚先生还记得，我问过你弘治十五年的天下田亩之数吧？”张居正又问。

“记得，是四百二十二万八千又五十八顷。”张学颜说。

“我那次有没有问你，两次清丈，相差几许？”张居正问。

“叔大先生没问。”张学颜说。

“那我今天问问子愚先生。”张居正道。

“相差将近四百三十万顷，亦即，弘治十五年天下田亩较之洪武二十六年，不足半数。”张学颜说。

“子愚先生是否懂得我的意思？”张居正问。

“是，”张学颜应一声，说道，“今次清丈天下田亩，清出二百六十余万顷，不无憾也；清出四百万顷，并非不可能。”张学颜说。

“知我者，子愚先生也。”张居正大悦。

“叔大先生！”张学颜呼叫一声而止。

“子愚先生还有话说？”张居正问。

“我也有个算法，不知可不可说？”张学颜道。

“子愚先生的算法，亦即户部的算法吧？”张居正问。

“叔大先生要这么说，亦可。”张学颜点头。

“那当然要听一听。”张居正道。

“天下勋戚庄田清出占田之数，叔大先生是以八万顷估算的，我则宁愿估算为五六万顷。”张学颜道。

“子愚先生不是估算在五六万顷至十万顷之间吗？我取其中，不能算多呀！”张居正惑道。

张学颜微微一笑，不作任何解释。

但张居正已经明白。他拍着自己的脑门说：“不错，十万顷的数目是我减下来的。我大概已有不可再减之意，所以，子愚先生也不好再减。实则，子愚先生以为，十万之数是偏高的。”

“叔大先生明鉴。”张学颜道。

“子愚先生算下去。”张居正命道。

“若勋戚庄田清出占田之数为五万顷，而以勋戚庄田清出占田比率计之：天下田亩为勋戚庄田的三十三倍，则天下官、民田可清出占田之数，为一百六十五万顷；天下田亩为勋戚庄田的五十倍，则天下官、民田可清出占田之数，为二百五十万顷。若勋戚庄田清出占田之数为六万顷，仍以勋戚庄田清出占田比率计之：天下田亩为勋戚庄田的三十三倍，则天下官、民田可清出占田之数，为一百九十八万顷；天下田亩为勋戚庄田的五十倍，则天下官、民田可清出占田之数，为三百万顷。亦即，可清出的官、民田之数，在一百六十五万顷至三百万顷之间。”张学颜说。

“子愚先生的估算，比我的估算，慎重得多。”张居正道。

“纵然较慎重，我还是有顾虑。”张学颜说。

“有何顾虑？”张居正问。

"叔大先生的估算，还有我的估算，都是根据勋戚庄田清出的占田比率而计，而普通的官、民田主，远没有勋戚的权势，侵占田亩未见得达到这个比率。"张学颜说。

"子愚先生的意思，清出官、民田占田之数还会少些？"张居正问。

"是。"张学颜应道。

"大约能少几多？"张居正问。

"譬如，官、民田占田比率为勋戚庄田占田比率的八成，则以五万顷、六万顷、三十三倍、五十倍分别计之，为一百三十二万顷、二百万顷、一百五十八万余顷、二百四十万顷。"张学颜说。

"是不是可能还要低？"张居正问。

"可能。"张学颜承认。

"在我，是多多益善；在子愚先生，是越少越好。"张居正说。

似有责怪之意，张学颜不能不作些解释。

"我并非希望越少越少，只是希望定下目标之后，能够达到，或者超过。否则——"张学颜说到这里，停顿下来。

"否则怎的？"张居正问。

"若是目标定得太高，难以达到，一来难免失落，二来只怕有的官员求功心切，以溢额为事。"张学颜说。他知道这话是张居正不爱听的，但既然说到这个程度，不接着说下去，张居正是不会放过他的。

张居正并没发怒，甚至连生气的表情也没有。他只是问："王之桢清丈畿内勋戚庄田，户部有未复核？"

"有。"张学颜应道。

"发现有溢额之事否？"张居正问。

"并未发现。"张学颜道。

"我听说王之桢曾主动向子愚先生请缨，是不是？"张居正问。

"是。"张学颜应道。

"那也可以说是立功心切吧？"张居正道，"王之桢立功心切，却不以溢额为事。清丈一事，为何不可以多用一些像王之桢这样的官员！"

"人有短长，怕的是用人不当。"张学颜说。

"子愚先生是怕用人不当，标准定得太高，立功心切而以溢额为事者有之；为何不怕用人不当，标准定得太低，敷衍塞责而草率收场者，也会有之？"张居正道。

"相公主政以来，严于综核，谁人敢敷衍塞责！"张学颜略表疑义。

"子愚先生不是才说，人有短长吗？"张居正用他自己的话来反驳。

张学颜无话可说，只有苦笑。

“子愚先生希望把标准定得低一些，但子愚先生绝不会敷衍塞责，这我是相信的；我希望把标准定得高一些，但我绝不会倡导以溢额为事，也请子愚先生相信。”张居正又说。

“相信，相信！”张学颜连应两遍。

“既是子愚先生信我，我信子愚先生，就别把标准定高，也别把标准定低。”张居正说。

“叔大先生之意，仍是取其中？”张学颜问。

“不，”张居正摇头，“我是说，根本不用定个标准，反正最后总得以实际清出的占田之数计之。”

“叔大先生英明。”张学颜不经意间把心里话说出来。在张居正看来适中的标准，在他看来，或许还会太高，不定标准最好。

“不过，还有句话，”张居正道，“我估算的数目，子愚先生估算的数目，以及历来清丈的天下田亩总数，你我二人切莫忘记。”

他的意思，其实不是不定标准，而是不把他们心目中的标准公布。

“是。”张学颜不能不回应。

“今次清丈天下官、民田，户部共议几事？”张居正又换个话题。

这是张学颜今天一来就要禀报的事。他答道：“计有八事。”

“第一事应是总则，户部怎议的？”张居正问。

“额失者清丈，不失者不清丈。”张学颜概述道。

“是失去的失吧？”张居正问。

“是。”张学颜应道。

“有此一‘失’，才有彼一‘实’。”张居正道。

“叔大先生说的，是实在的实吧？”张学颜问。

“是。”张居正应道。

二人会意地一笑，对第一条的内容已无须再议。

“第二事，户部怎议的？”张居正问。

“在朝廷，户部总其事；在地方，布政司总其事。”张学颜说。

“在朝廷，是何事？”张居正问。

“一则颁布朝廷意旨，二则督察各地清丈，三则核对清丈之数。”张学颜说。

“在朝廷，有子愚先生主持，我不担心；朝廷各衙门官员，子愚先生要用哪个，要用几多，无不准之。”张居正说。

“有叔大先生允诺，何其幸也！”张学颜揖道。

“在地方，是何事？”张居正又问。

“具体清丈，皆赖地方各官。”张学颜说。

“如何行其事？”张居正问。

“一州一县之内，知州、知县主清丈之事，县丞以下官吏，各主持数乡、数里清丈；一府之内，知府主清丈之事，同知以下官吏，或数人督一州一县清丈，或一人督一州一县清丈，或一人督数州数县清丈；一布政司之内，左、右布政使并主清丈之事，各分守道主所领数府清丈，参政、参议以下官吏，或数人督一府清丈，或一人督一府清丈，或一人督数府清丈。”张学颜尽量说得具体。

“各领其事，各司其职，很好，”张居正称赞一句，又问，“第三事，户部怎议的？”

“清丈须别。”张学颜道。

“何谓清丈须别？”张居正问。

“其别有二：一则有官田、民田、屯田等数则；一则有上等、中等、下等等数则。分别勘之，不得混一清丈，”张学颜道，“譬如民种屯地，即纳屯地之粮；军种民地，即纳民地之粮。”

“纳粮，是清丈之后的事。”张居正说。

“叔大先生之意，此一事可以取消？”张学颜问。

“取消不必，但须旨在清丈；不得混一清丈的提法很好。”张居正道。

“是。”张学颜应道。

“第四事，户部怎议的？”张居正问。

“严欺隐。”张学颜道。

“今次清丈，正是要清丈欺隐。子愚先生把则例留下，我要仔细读读，用心想想。”张居正吩咐。

“是。”张学颜应道。

“第五事呢？”张居正问。

“定期限。”张学颜道。

“此后各事，也是定这定那的吧？”张居正问。

“是。”张学颜应道。

“行文是否具体？”张居正问。

“在下以为，很具体。”张学颜说。

“那就一起留下吧。”张居正命道。

第九十八章

乾清宫的偏殿，几案上杯盘狼藉，皇帝已经有五六分的酒意。

在一旁侍酒侍膳的孙海、客用加倍地小心，生怕稍不如意，被皇帝责骂甚至殴打。让他们稍感宽心的是，皇帝的心思不在酒上，不在膳食上，全在两名唱曲的小宦者身上。

两名小宦者一人一句地接唱，才唱两句，就出差错。

一小宦者唱道：喇叭、唢呐。

另一小宦者接唱：腔儿小，口儿大。

“住！”皇帝喝道。

第二名小宦者一哆嗦，第一名小宦者则若无其事，因为他知道，自己并没唱错，不然，皇帝早就叫停。

“再唱一遍！”皇帝命第二名小宦者。

“腔儿小，口儿大。”第二名小宦者照原词再唱一遍。

“孙老儿，是你教的词？”皇帝问孙海。

“不是奴才教的。”孙海忙说。

“客老儿，是你教的词？”皇帝问客用。

“不是奴才教的。”客用也忙说。

“不是你教的，不是你教的，”皇帝指指孙海，指指客用，最后指指自己，“难道是朕教的不成！”

“是爷教的。”孙海、客用齐道。

“朕还不知是朕教的！朕是问，他唱的词谁个教的？”皇帝道。

“爷，他可是唱错？”孙海、客用齐问。

“你二人竟没听出来？”皇帝反问。

“奴才为爷斟酒呢，没注意听。”孙海说。

“奴才为爷切肉呢，没仔细听。”客用说。

“那孙老儿注意地听一遍，客老儿仔细地听一遍。哪个再听不出来，朕就认定是哪个教的。”皇帝说着，让第二名唱曲的小宦者重唱。

明知唱错，但心慌意乱，却不知错在哪里，再也没有比这事更急人的。第二名小宦者第三次唱时，调子不知跑到哪里去。

“爷，他调儿唱错。”孙海说。

“不简单，孙老儿能听出调儿唱错。”皇帝道。

“是。”孙海如释重负地应道。

“词儿呢？”皇帝问。

“奴才没听出来。”孙海重又紧张。

“客老儿听出错吗？”皇帝问客用。

“调儿唱错，还在其次。”客用说。

“词儿有错吗？”皇帝问。

“词儿肯定也有错，但奴才没听出来。”客用说。

“孙老儿，你见过腔儿小、口儿大的喇叭吗？”皇帝终于忍不住，自己指出错处。

“奴才这下知道他错在哪里。”孙海道。

“客老儿，你见过腔儿小、口儿大的唢呐吗？”皇帝问客用。

“奴才这下也知他错在哪里。”客用道。

“你知错吗？”皇帝问第二名唱曲的小宦者。

“奴才知错。”第二名唱曲的小宦者道。

“该怎唱？”皇帝问。

“该是腔儿大，口儿小。”第二名小宦者说。

“喇叭、唢呐，腔儿大，口儿小，唱出来好听吗！”皇帝叱道。

“是不大好听。”第二名小宦者说。

“你把口儿小放在前边，腔儿大放在后边，唱出来是不是好听一些呀？”皇帝提示他。

第二名小宦者喃喃地试一遍，欢喜道：“爷，果然好听！”

“重新唱过！”皇帝命道。

“是。”两名唱曲的小宦者应道。

第一名小宦者起唱：喇叭、唢呐。

第二名小宦者接唱：口儿小，腔儿大。

第一名小宦者再接唱：官船来往乱如麻。

第二名小宦者再接唱：全仗你抬声价。

第一名小宦者再接唱：军听了军愁。

第二名小宦者再接唱：民听了民怕。

第一名小宦者再接唱：哪儿去辨什么真共假！

第二名小宦者再接唱：眼见的吹翻了这家，吹翻了那家。

两名小宦者最后唱道：只吹得水尽鹅飞罢。

皇帝饮口酒，问孙海、客用："好听不好听？"

"真是好听。"孙海、客用齐道。

"知道是何曲牌吗？"皇帝又问。

"奴才等不知。"孙海、客用齐道。

"知道是谁人写的吗？"皇帝接着问。

"奴才等不知。"孙海、客用齐道。

"此曲曲牌是《朝天子》，词目就叫《喇叭》，是个叫王磐的才子写的。他写的小曲有味道，朕最爱读。"皇帝说。

"爷爱读他写的小曲，何不给他个翰林院待诏，让他专门为爷写小曲？"孙海提议。

"才子皆恃才傲物，给他个翰林院待诏，他当然不会来。爷爱读他写的小曲，给他个正式的翰林官，他肯定会来。"客用说。

"恃才傲物，敢傲到爷这里吗？给他个待诏足矣。"孙海辩道。

"爷礼贤下士，还是该给正式的翰林官。"客用又辩。

"给他个翰林学士，他也不会来。"皇帝却说。

"这是为何？"孙海、客用齐问。

"他已死几十年。"皇帝说。

"原来是个逝去的才子，我二人有何好争！"孙海、客用齐道。

"再给朕唱一曲。"皇帝命两名唱曲的小宦者。

"奴才等才练熟一套曲，唱给爷听吧。"第一名小宦者请旨。

"可是王磐写的？"皇帝问。

"是。"第一名小宦者应道。

"你说套曲，有几阕？"皇帝问。

"三阕。"第一名小宦者说。

"总曲牌何名？"皇帝问。

"《一枝花》套曲。"第一名小宦者说。

"词为何名？"皇帝问。

"《久雪》。"第一名小宦者说。

“是咏雪的，正宜于今日听。”皇帝道。

“诚如圣谕。”孙海等四人齐道。

“三阕各为何名？”皇帝问。

“分别是《一枝花》《梁州》《尾声》。”第一名宦者说。

“怎么一直是他在回朕的话，你从不开口？”皇帝手指第一名小宦者，问第二名小宦者。

“第一句被他抢到，所以一直由他回话；要是第一句被奴才抢到，就会一直由奴才回话。”第二名小宦者说。

“朕要奖勤惩惰，第一阕由你独唱。”皇帝道。

“谢爷恩典。”第二名小宦者却谢起恩来。

“朕要罚你多唱，怎成恩典？”皇帝奇怪地问。

“第一阕最短，第二阕最长，爷让奴才唱第一段，让他唱第二阕，是体恤奴才。”第二名小宦者说。

“谁说让他唱第二阕？你独唱完第一阕，再和他一人一句唱第二阕最长的。”皇帝道。

“奴才领旨。”第二名小宦者应罢，唱起《一枝花》短曲：

乱飘来燕塞边，密洒向程门外。恰飞还梁苑去，又舞进灞桥来。
攘攘皑皑，颠倒把乾坤碍，分明将造化埋。荡磨的红日无光，
隈逼的青山失色。

接下来，两名小宦者一人一句地唱第二阕《梁州》，仍由第一名小宦者唱第一句。

第一名小宦者起唱：冻的个寒江上鱼沉雁杳。

第二名小宦者接唱：饿的个空林中虎啸猿哀。

第一名小宦者再接唱：不成祥瑞翻成害。

第二名小宦者再接唱：侵害陇麦，压损庭槐。

第一名小宦者再接唱：眩昏柳眼，勒绽梅腮。

第二名小宦者再接唱：遮蔽了锦重重禁阙宫阶。

第一名小宦者再接唱：填塞了绿沉沉舞榭歌台。

第二名小宦者再接唱：把一个正直的韩退之拥坐在蓝关。

第一名小宦者再接唱：将一个忠节的苏子卿埋藏在北海。

第二名小宦者再接唱：把一个廉洁的袁郡公饿倒在书斋。

第一名小宦者再接唱：哀哉，苦哉！

第二名小宦者再接唱：长安贫者愁无奈。

第一名小宦者再接唱：猛惊猜，忒奇怪。

第二名小宦者再接唱：这的是天上飞来的冷祸胎。

两名小宦者最后齐唱：遍地下生灾。

“韩退之是谁人？”皇帝问第一名小宦者。

“奴才不知。”第一名小宦者说。

“是唐朝的韩愈，”皇帝道，又问第二名小宦者，“苏子卿是谁人？”

“奴才不知。”第二名小宦者道。

“是汉朝的苏武，”皇帝道，又问第一名小宦者，“袁郡公是谁人？”

“奴才还是不知。”第一名小宦者说。

“还是汉朝的袁安，”皇帝道，又问孙海、客用，“你两个记住没？”

“奴才等记住。”孙海、客用齐道。

“唱第三阕吧。”皇帝命道。

仍是第一名小宦者起唱：有一日——

“等等！”皇帝喝道。并命第二名小宦者，“这次你先唱。”

“是。”第二名小宦者应一声，唱道：有一日赫威太阳真火当头晒。

皇帝立刻明白，为什么非得第一名小宦者起唱，而不能由第二名小宦者起唱。因为他起的调子太高，即使第二句唱得上去，第三句也绝对唱不上去。

“调子为何恁高？”皇帝问。

“唱的不是赫威太阳吗？奴才以为应高亢。”第二名宦者有他的理由。

“不可！”皇帝道，“赫威太阳，你唱得恁高，下面一句没赫威太阳，你让人家怎唱？”他指指第一名小宦者，命道，“还是你来起唱。”

两名小宦者恢复原来的次序，一人一句接唱。

第一名小宦者起唱：有一日赫威太阳真火当头晒。

第二名小宦者接唱：有一日暖拍拍和气春风滚地来。

第一名小宦者再接唱：就有千万座冰山一时坏。

第二名小宦者再接唱：扫彤云四开，现青天一块。

两名小宦者最后齐唱：依旧晴光瑞烟霭。

“套曲已唱完？”皇帝问。

“已唱完。”两名小宦者齐道。

“朕听得不过瘾，你两个呢？”皇帝问孙海、客用。

“奴才等听得也不过瘾。”孙海、客用齐道。

“你两个为何不过瘾？”皇帝问。

“因为爷听得不过瘾呀。”孙海说。

“爷不过瘾，奴才等怎敢过瘾！”客用道。

“也就是说，你二人不过瘾，是没有缘由的；朕不过瘾，却是有缘由的，”皇帝道。“听一段曲，花费三倍的时光，怎能过瘾！不过，这不能怪他两个，怪朕插话太多。你两个再唱一曲，朕不插话，让朕，还有他两个，都听个痛快。”

“是。”两名小宦者应道。

“乞爷点曲。”第一名小宦者又说。

“郑府世子载堉，是朕叔辈，他写的小曲，你两个学过没？”皇帝问。

“学过一曲。”第一名小宦者说。

“是何曲牌？”皇帝问。第一名小宦者又要说，被他拦住。他手指第二名小宦者，命道，“你说！”

“是《山坡羊》。”第二名小宦者说。

“词目？”皇帝又问。

“《富不可交》。”第二名小宦者说。

“有点儿意思，”皇帝道，“朕还以为贫不可交，郑世子却说富不可交。朕听说，郑世子常写劝世之文，且听他是怎样劝世人莫交富人的。”

第一名小宦者起唱：劝世人，休结交有钱穷汉。

“停！”皇帝大喝一声，显是暴怒。四人都被惊呆。

“爷不是说过，不再插话？”孙海小心地平息皇帝的怒气。

“不是朕存心插话，是朕不得不插话！”皇帝说着，命第一名小宦者，“来，你重唱一遍！”

第一名小宦者明知自己出错，拼命想找出错处，但找不出来。他只得把每个字都吐得含糊一些。

“劝世人，休结交有钱穷汉。”他唱道。

“你等听出没？”皇帝问孙海、客用。

“奴才听出，他这次没前次吐字清晰。”孙海说。

“奴才觉着，他的唱词有毛病。”客用说。

“哪个字唱错？”皇帝问。

“奴才没听出来。”客用说。

要在平日，孙海肯定要和他斗嘴：没听出哪个字唱错，就敢说人家唱词有毛病？但今日看出皇帝是真怒；而且，皇帝已经有八九分的酒意，这时候胡乱插嘴，还不知会惹上什么祸呢！

“你两个说说，世上有有钱的穷汉吗？”皇帝问。

“有钱的穷汉？谁个会说这等疯话！”孙海、客用齐道。

“问他！”皇帝指着第一名小宦者道。

孙海、客用终于知道唱词错在哪里，第一名小宦者也终于知道唱词错在哪里；但孙海、客用知道这次出错有多么严重，第一名小宦者却未必知道。所以，他还想分辩。

“奴才只听说穷汉，没听说富汉，不知不觉就唱成穷汉。”他说。

“你两个听听，他居然还有理！”皇帝对孙海、客用说。

“没听说富汉，乃孤陋寡闻；皆为汉也，既可以呼穷汉，为何不可呼富汉！”孙海道。

“还敢于申辩，纯胡言乱语；郑世子是爷的叔辈，他呼富汉，富汉一定是可以呼的！”客用道。

“当斥。”孙海说。

“当责。”客用说。

“当严斥。”孙海说。

“当重责。”客用说。

“当撵出宫去。”孙海说。

“当撵去种菜。”客用说。

“迟些再议处分，先听他二人将此曲唱完。”皇帝道。

两名唱曲的小宦者一人一句，不安地唱起来，声调全变。

第一名小宦者起唱：劝世人，休结交有钱富汉。

第二名小宦者接唱：结交他，把你下眼来看。

第一名小宦者再接唱：口里挪，肚里缵。

第二名小宦者再接唱：与他送上礼物只当没见。

第一名小宦者再接唱：手拉手往下席安。

第二名小宦者再接唱：拱了拱手，再不打个照面。

第一名小宦者再接唱：富汉吃肉，他说天生福量。

第二名小宦者再接唱：穷汉吃肉，他说从来没见。

第一名小宦者再接唱：似这般冷淡人心。

第二名小宦者再接唱：守本分，切不可与他高攀。

两名小宦者齐唱：羞惭！

第一名小宦者接唱：满席飞锺，转不到俺跟前。

两名小宦者齐唱：羞惭！

第二名小宦者接唱：你总有银钱，俺不稀罕。

两名小宦者最后齐唱：羞惭，羞惭！

“这回如何？”皇帝问孙海、客用。

“最后二字是休惨，奴才听他二人唱的，确有些凄凄惨惨。”孙海说。

“他唱的是羞色的羞，惭愧的惭，不是休得凄惨之意。”皇帝说。

“这一大段，他二人未再唱错，难得。”客用说。

“你怎知未再唱错？”孙海诘道。

“爷没听出错，难道你还能听出来不成！”客用反诘。

“你怎知爷没听出错？”孙海又反诘。

“爷若听出错，早就惩处，还会问你我！”客用又反诘。

“即便这次没听出错，爷也是要惩处他等的；听出错，没听出错，有何差别！”孙海又反诘。

“这次听出错，惩处将更重；没听出错，惩处或较轻。怎会无差别！”客用又反诘。

“更重是比较于重或较重而言，你一个更重，一个较轻，怎能放在一起比较！”孙海又反诘。

“本来要重加惩处。这次再听出差错，固然会更重；这次没听出差错，或许会较轻。都是比较于重加惩处而言，怎不能比较！”客用又反诘。

皇帝听他二人无休止的争辩，只是冷笑。

两名唱曲的小宦者，则越听，越冒冷汗。要是孙海、客用的争辩不牵涉他们，那是再好不过；说不定皇帝听来听去，把要惩处他们的事忘个干净，那可真是抽中上上签。但孙海、客用吵到后来，竟完全围绕惩处他二人的事！皇帝本来或许已经忘干净，这下肯定会想起来；或许已经不打算惩处他二人，这下肯定不能不惩处。

“孙叔，求你一事。”第一名小宦者边说，边向孙海打拱。

“求我何事？”孙海问。

“求你老人家别再争。”第一名小宦者说。

“那得看客老儿争不争。”孙海道。

“客叔，求你一事。”第二名小宦者忙对客用说。

“求我何事？”客用问。

“求你老人家别再争。”第二名小宦者说。

“那得看孙老儿争不争。”客用道。

“求他二人可有用？”皇帝冷笑着问。

两名小宦者猛然醒悟，一起跪倒在皇帝面前，口称：“乞爷宽恕！”

“朕本来是想放过你两个的，谁知你两个拜佛都认不得庙门，朕不能不惩处你两个。”皇帝说。

“奴才等是看孙叔、客叔争个不休，句句话不离惩处；奴才等心里起急，才去央求的。”两名小宦者解释。

“你两个说得不错，朕本来已忘记惩处之事的；是他两个左一句惩处，右一句惩处，不停地在提醒朕。你两个若要埋怨，别埋怨朕，该埋怨他两个。”皇帝道。

“奴才不敢埋怨孙叔、客叔，更不敢埋怨爷。”两名小宦者说。

“奴才并没有惩处他二人的意思；相反，奴才是想爷放过他二人。”

客用不愿和孙海蒙上同样的恶名。

“朕听得出来，”皇帝现在可不想他两个有什么区别，他说，“但拿这件事提醒朕，你也有一份；他两个记恨，你也该有一份。”

“爷说的是。”客用道。

“备家法！”皇帝喝道。

两名健壮的近侍拎着棍棒上殿。棍棒粗大，但看上去不真实。

“是戏台上用的吧？”皇帝问。

“是。”近侍应道。

“去，换上真的刑具。”皇帝命道。

“是。”近侍应罢，去取真的廷杖之具。

“两人不够，要四人。”皇帝又命道。

四个人来，肯定是对两名唱曲的小宦者一起动刑。第二名小宦者问：“对奴才也要惩处呀？”

“你为何不该惩处？”皇帝反问。

“奴才该少打几下吧？”第二名小宦者又问。

“你为何该少打几下？”皇帝反问。

“奴才的错小。”第二名小宦者说。

“你的错小吗？”皇帝反问。

“和他的错比起来，奴才的错小得多。”第二名小宦者说。

“他的错怎见得大？”皇帝问。

“一则，有钱穷汉，太荒唐；二则，他错在唱郑世子写的曲上，郑世子于爷是叔辈，他写的曲敢唱错，还有什么曲不敢唱错！”第二名小宦者说。

“一则，”皇帝模仿他的口气说，“你错在前；不是你错在前，他未必会错在后。二则，你错在唱《朝天子》；朝天子也敢唱错，别的还有什么不敢唱错！三则，王磐是朕喜爱的词人，他写的词也敢唱错，还有谁人写的词不敢唱错！四则，腔儿小，口儿大，不荒唐吗？你两个的错半斤八两，他该砍头，你就该腰斩。”

“爷饶命！”两名小宦者哀乞。

“谁说要你两个的命？但死罪免去，活罪难饶，”皇帝记得有这两句戏词，照着说道。他又命孙海、客用，“你两个一边一个监刑，看谁个不用力，朕再打他。”

“爷，杖几？”孙海问。

“你两个只管数着，打够时，朕自会叫停。”皇帝说。

第一棒打下去，两名小宦者尖叫。以后每打一下，二人呼叫一声，但声音越来越低沉。数到三十时，近乎无声。

“爷，已杖三十。”客用说。

“三十怎的？”皇帝道。

“再杖，怕要毙命。”客用说。

“毙命怎的？”皇帝道。

“这两个奴才不能死呀。”孙海说。

“尤其不可死在乾清宫。”客用说。

二人的话提醒皇帝：两名小宦者是唱曲的。宫里不仅皇帝听曲，皇后也听曲，仁圣皇太后也听曲；这都没什么，关键是慈圣皇太后也听曲。慈圣皇太后要听这两个小宦者唱曲，这两个小宦者却不见，追究起来，可是个不小的麻烦！

皇帝一挥手，让孙海、客用带人，把两名小宦者抬走。

第九十九章

唱曲的小宦者没被杖死，麻烦也不小。

慈宁宫管事太监李旺找到冯保，一揖到地，道："双林哥帮我！"

冯保在各宫的管事太监中，对李旺是最客气的。他一把拉起李旺，问："老李，何事惊慌？"

"娘娘要听曲。"李旺说的娘娘，自然是慈圣皇太后。

"这有何难，找唱曲的去呀。"冯保道。

"娘娘只爱听二人唱曲。"李旺说。

"这有何难，找他二人去呀。"冯保道。

"可他二人没法去。"李旺说。

"没法去？为何没法去？"冯保问。

"二人皆卧床疗伤。"李旺说。

"卧床疗伤？可是和别人斗殴？"冯保问。

"他二人并未动手，是被暴打。"李旺说。

"两个唱曲的，手脚上也该有些工夫，难道任人暴打？"冯保问。

"他二人处境，只能任人暴打。"李旺说。

"谁个如此大胆，慈宁宫应差的人也敢打！此事你得管呀！"冯保道。

"在下怕是没法管。"李旺说。

"你的意思，是让我管？"冯保问。

"冯哥怕也没法管。"李旺说。

"你是说——"冯保听出苗头。

"是爷打的。"李旺告诉他实话。

"爷打的？"冯保知道，这事他的确没法管；或者准确地说，他一个人没法管。他问，"爷为何暴打此二人，你可问清？"

"已问清，"李旺说着，把事情的经过简单叙述一遍，"冯哥给我出个主意，此事我该怎么回复娘娘？"

“你实话禀奏，就说此二人受伤，暂不能应差。”冯保道。

“娘娘若问怎受的伤呢？”李旺又问。

“更得照实说，”冯保道，“此事是瞒不住的，你老李不告诉娘娘，别人也会告诉娘娘。到那时，有你的好吗？”

皇帝进到慈宁宫的正殿。慈圣皇太后端坐于上，旁边既没有暂设他的座位，慈圣皇太后也没吩咐看座。他知道事情不妙。

再看慈圣皇太后新换的一件青布素袍，无任何图纹，无任何点缀，手镯、耳环、簪珥等一切摘取，皇帝更知道事情不妙。

皇帝的目光不敢在慈圣皇太后的脸上停留，看不出她愤怒到什么程度；但慈圣皇太后一开口，那话语，那声调，像是一桶冰水浇到他头上。

“皇上不能站着说话吧？”慈圣皇太后问。

“奴才不知。”李旺说。

“你怎会知！我问的是冯保！”慈圣皇太后道。

“皇上发布圣谕，可坐，亦可站。”冯保说。

“谁问你皇上发布圣谕，我问的是和母后说话！”慈圣皇太后道。

“圣母赐坐，皇上可坐着说话；圣母不赐坐，皇上则站着说话。”冯保道。

“皇上已成年，也是如此吗？”慈圣皇太后问。

“也是如此。”冯保说。

“做了近十年皇帝，也是如此吗？”慈圣皇太后问。

“也是如此。”冯保说。

“冯保，我并非问你，我若不给皇上预备座位，皇上是不是就得站着和我说话。”慈圣皇太后道。

“娘娘问的何事？”冯保问。

“是我的话真不容易听懂呀，还是你不愿意听懂？”慈圣皇太后嗔道，“除坐着说话，站着说话，还能怎的说话！”

“这个——”冯保虽然听懂，但无法说下去。

李旺当然更不敢多嘴。

好在皇帝也懂得母后的意思，两腿一屈，跪下去。

冯保、李旺两腿一屈，跪在皇帝身后。

“没你两个的事，你两个起来！”慈圣皇太后道。

“皇上有过错，皆奴才等之罪，奴才等甘愿领罚。”冯保、李旺道。

“你两个要跪，也等说到你两个之罪时再跪。现在是说皇上的过错，你两个退到一边去！”慈圣皇太后厉声命道。

冯保、李旺爬起来，退到一旁。二人垂下头，既不敢正视慈圣皇太后，也不敢正视皇帝。

“前几月在巩华城说的话，还记得吗？”慈圣皇太后问皇帝。

“儿子记得。”皇帝道。

“我怎说的？”慈圣皇太后问。

“母后垂训，不会再似以前那般管教儿子。”皇帝复述。

“不错，这话我是说过的，”慈圣皇太后点点头，问道，“只是这一句话吗？”

“母后又垂训：儿子若做出格的事，若做不该做的事，母后还是要管教的。”皇帝又复述。

“这句话和前面那句话，我是一起说的；皇上分成两句话，也好，”慈圣皇太后说着，问道，“我要收回其中一句话，皇上知是哪一句？”

“儿子不知。”皇帝说。

“不知，再好好去想，”慈圣皇太后道，并问，“那次我最后送给皇上十二个字，皇上还记得吗？”

“儿子记得。”皇帝道。

“是哪十二个字？”慈圣皇太后道。

“学二帝三王治天下大经大法。”皇帝复述。

“看来是记住，但不知懂没懂。”慈圣皇太后道。

“儿子唯恐不懂，特意请讲官讲解过。”皇帝说。

“如此说来，是真懂？”慈圣皇太后问。

“儿子自以为真懂。”皇帝说。

“皇上既懂，我来问问你，”慈圣皇太后道，“耽于犬马声色，是不是二帝三王大经？”

“不是。”皇帝道。

“耽于犬马声色，是不是二帝三王大法？”慈圣皇太后问。

“不是。”皇帝道。

“滥施刑罚，是不是二帝三王大经？”慈圣皇太后问。

“不是。”皇帝道。

“滥施刑罚，是不是二帝三王大法？”慈圣皇太后问。

“不是。”皇帝道。

“亲近小人、奸佞，是不是二帝三王大经？”慈圣皇太后问。

“不是。”皇帝道。

“亲近小人、奸佞，是不是二帝三王大法？”慈圣皇太后问。

“不是。”皇帝道。

“话说到这里，皇上还不知我要收回哪句话吗？”慈圣皇太后问。

“母后要收回‘不会再似以前那般管教儿子’这句话。”皇帝说。

“冯保，你说呢？”慈圣皇太后问。

“皇上圣明。”冯保道。

“李旺，你说呢？”慈圣皇太后问。

“皇上圣明。”冯保道。

“皇上说错，你等皆错。”慈圣皇太后却说。

不是收回这半句话，就是收回另外半句：皇上若做出格的事，若做不该做的事，还是要管教的。收回这半句话，等于要对皇帝听之任之。只有失望之极，伤心之极，才会这样做。皇帝从被冰水灌顶，到被烈火炙烤；从不甚慌张，到极度惊悚。

“儿子若做出格的事，若做不该做的事，还望母后管教。”他说。

冯保、李旺本来是事不关己的态度，现在也全神贯注。

“奴才等愿为皇上恳乞。”他二人说。

“谁个说我不再管教皇上！”慈圣皇太后道。

皇帝看看冯保，看看李旺，心里在想：难道母后的话我理解错？冯保、李旺面面相觑，心里在想：难道圣母皇太后的话，我等理解错？三人又一齐在想：应该不会错呀！

“皇上，我要收回另一句话，是何意？”慈圣皇太后说。

“母后说的是：儿子若做出格的事，若做不该做的事，还是要管教的；母后要收回这句话，就是说，不再管教儿子。”皇帝说。

“你二人怎想的？”慈圣皇太后问冯保、李旺。

“奴才等的想法和皇上一样。”冯保、李旺说。

“皇上说错，你等皆错，”慈圣皇太后重复这句话后，冷笑一声，“我生的儿子，我不管教，还指望谁个管教！你等说是不是？”

“母后说的是。”皇帝道。

“圣母娘娘说的是。”冯保、李旺齐道。

“祖宗的天下交到他的手里，我不管教，怎面对列祖列宗！你等说是不是？”慈圣皇太后又道。

“母后说的是。”皇帝道。

“圣母娘娘说的是。”冯保、李旺齐道。

“所以，我收回另一句话，其实只是要修改那句话里的两个字，并非全部收回。”慈圣皇太后说着，问道，“皇上想知道是哪两个字吗？”

“儿子想知道，乞母后明示。”皇帝说。

“你两个想知道是哪两个字吗？”慈圣皇太后问冯保、李旺。

“奴才等想知道，乞圣母娘娘垂示。”冯保、李旺说。

“管教二字不能用，我要改成废黜！”慈圣皇太后道。

亦即，皇上若做出格的事，若做不该做的事，慈圣皇太后不是要管教他，而是要废黜他！

皇帝不仅腿发软，整个身子都发软，几乎要瘫下去。

冯保、李旺再次跪倒在皇帝后面，叩头不已。

“冯保！”慈圣皇太后叫道。

“奴才在。”冯保匍匐向前稍许。

“我听说，宣庙驾崩日，太子幼，诚孝皇后曾欲立襄王，有无此事？”慈圣皇太后问。

诚孝皇后即昭皇后，是仁宗皇帝的皇后，宣宗皇帝时尊为皇太后，英宗皇帝时尊为太皇太后。

“奴才不敢说有无此事；但阅国史，知宫中纷言将迎立襄王，诚孝皇后乃召诸臣于乾清宫，手指太子道：此新天子也。英庙遂立。”冯保说。

“也就是说，并无此事？”慈圣皇太后问。

“奴才想，或无此事。”冯保道。

“那是太子并无过失；若是太子有过失，冯保，你说诚孝皇后会不会当真迎立襄王？”慈圣皇太后问。

“奴才不敢妄言。”冯保不肯说。

“可我想，以诚孝皇后的英明，太子若有过失，且过失甚大，诚孝皇后是会另立别君的。”慈圣皇太后说。

冯保不敢回应，李旺更不敢开口。

“我不敢望孝慈高皇后、仁孝文皇后，而一向以诚孝皇后为表率。以今日之事言之，我亦愧对诚孝皇后。诚孝皇后辅导宣、英二庙，皆为明君；我只辅导一帝，却让祖宗失望。”慈圣皇太后又说。

“圣母皇太后言重，”冯保不能再不说；再不说，等于默认慈圣皇太后的话，“皇上纯孝、聪慧，圣母娘娘辅导有年，定会成为尧、舜之君。皇上小有过错，圣母娘娘念其初犯——”

“皇上是初犯吗？”慈圣皇太后打断他的话，“醉酒不是第一回，惩处宫人不是第一回。上次醉酒后，他拔剑要杀一宦者，要不是该宦者躲闪得快，要不是有人阻拦，他早开杀戒！”

“皇上小有过错，圣母娘娘念其知错——”冯保换个理由说。

“皇上知错吗？”慈圣皇太后又打断他的话，“来见本宫后，他的话说得不少，可曾说过一句知错的话？”

冯保距皇帝跪的位置比较近，伸手可触。他不被人留意地伸出一只手，握住皇帝的一只鞋，摇了摇。

皇帝跪得麻木，被慈圣皇太后训饬得麻木。冯保一摇他的脚，他猛然醒悟过来，喃喃地说道：“儿子知错。”

“你怎说？”慈圣皇太后大声问，也让他大声说。

“儿子知错。”皇帝又大声说一遍。

“你错在哪里？”慈圣皇太后问。

“儿子不该醉酒。”皇帝说。

“还有呢？”慈圣皇太后问。

“儿子不该滥刑。”皇帝说。

“还有呢？”慈圣皇太后问。

“儿子不该亲近小人。”皇帝说。

慈圣皇太后的确是为皇帝做过的那些事发怒，但更主要的是为他敷衍的态度发怒。不，说敷衍都轻，皇帝现在几乎有点漠视她这个母后的权威。刚登极时，皇帝可不是这样；在自己面前，他站有站样，坐有坐样，多规矩，多可爱！甚至两三年前，皇帝也不是这样；他可能会犯一些错，会做一些出格的事，但只要自己给他指出来，他除认错，别的什么也不会说。什么时候开始，皇帝变成现在的样子？是他十四五岁时，还是他十六七岁时？你问他记不记得在巩华城自己对他说些什么，他的答案居然是半句话，是对他有利的半句话，是他希望听到的半句话！

也许，在巩华城对他说那些话，更多的原因是出于无奈。

也许，心目中的尧、舜之君离开自己越来越远；他能和他的皇考一样，和他的皇祖一样，自己就应该满意。

因此，今天说到废黜，只是一时的怒火中烧。皇帝认错，自己给他指出的错处，他一一承认，慈圣皇太后心中的怒火已消除一大半。

“皇上，我是不是问过你一个叫孙海的奴才，一个叫客用的奴才？”慈圣皇太后问话的口吻已有所缓和。

“母后问过。”皇帝回答。

“那日，孙海、客用二人在不在场？”慈圣皇太后问。

“在。”皇帝应道。

“皇上耽于犬马声色，是不是受他二人煽惑？”慈圣皇太后问。

“这个——”皇帝不好回答。他知道，只要承认是受二人煽惑，自己这一关好过；但孙海、客用二人的命运如何，却不好说。

“我让你仔细盘问该事经过，你问过没有？”慈圣皇太后转问冯保。

“奴才问过。”冯保说。

“你说，皇上耽于犬马声色，是否受他二人煽惑？”慈圣皇太后命道。

“奴才以为是。”冯保说。

“我让你仔细盘问该事经过，你问过没有？”慈圣皇太后转问李旺。

“奴才问过。”李旺说。

“你说，皇上耽于犬马声色，是否受他二人煽惑？”慈圣皇太后命道。

“奴才以为是。”李旺说。

“皇上要和他两个分辩吗？”慈圣皇太后问皇帝。

“儿子不要分辩。”皇帝说。

“皇上滥施刑法，是不是受他二人煽惑？”慈圣皇太后又问。

“这个——”皇帝仍不想直接回答。

“冯保，你说！”慈圣皇太后命道。

“奴才以为是。”冯保说。

“李旺，你说！”慈圣皇太后命道。

“奴才以为是。”李旺说。

“皇上，似孙海、客用这等小人、奸佞，还能留在宫里，留在你身边吗？”慈圣皇太后又问。

“儿子听母后处分。”皇帝说。

“冯保，你说！”慈圣皇太后命道。

“奴才以为，此二人不能留在宫里，留在皇帝身边。”冯保说。

“李旺，你说！”慈圣皇太后命道。

“奴才以为，此二人不能留在宫里，留在皇帝身边。”李旺说。

“皇上不是说听我处分吗？我就替你处分，将他二人安置南京，你赞同不赞同？”慈圣皇太后问。

“儿子赞同。”皇帝道。

“我不信，上万的内臣中，只有孙海、客用两个小人，两个奸佞，”慈圣皇太后说着，问冯保，“你司礼监里有没有小人，有没有奸佞？”

“有，”冯保应道，“譬如孙德秀、温泰，和孙海、客用过从甚密。奴才怀疑，有些煽惑皇上的法子，孙海、客用是想不出来的。”

“你的意思，可能是孙德秀、温泰替他们想出来的？”慈圣皇太后问。

“是。”冯保应道。

“这两个人不能留在司礼监，也不能留在京师！”慈圣皇太后说。

“是。”冯保应道。

“你看哪个内臣衙门里有小人，有奸佞？”慈圣皇太后又问李旺。

“据奴才所知，兵仗司周海，奸恶不在孙海、客用以下。”李旺说。

“此人不能留在兵仗司，也不能留在京师。”慈圣皇太后说。

“是。”李旺应道。

“你等还要令内臣各衙门自陈：谄佞放恣者，一概汰之；唯老成廉慎者，可留用。”慈圣皇太后命道。

“是。”冯保、李旺齐应。

“冯保，”慈圣皇太后呼叫一声，又命道，“那日乾清宫里的事，今日慈宁宫里的事，你要晓谕张先生，让内阁、部院、科道等臣，直言进谏。你告诉张先生，就说是我说的：谁个谏词严刻，谁个才是爱护皇上；谁个遮遮掩掩，我看他也是小人，也是奸佞。”

“奴才谨遵懿旨。”冯保道。

张居正进言，用的是“皇上亦宜痛改”这样很严厉、很恳切的句子，并把皇帝应该改正的地方概括在七句话里：戒饮宴以重起居，专精神以广继嗣，节赏赉以省浮费，却玩好以定心志，亲万几以明庶政，勤讲学以资治理，端趋向以肃士风。

第一百章

新年伊始，张居正把吏部尚书王国光、户部尚书张学颜一起找到自己家里来，谈论一件具体的事项。这在以前是没有过的。

“汝观先生，怎样能让你新春快乐？”张居正先问王国光。

“叔大先生新春快乐，某亦新春快乐。”王国光说。

“那么，怎样能让汝观先生轻松度过节日？”张居正又问。

“叔大先生不议京察之事，某能轻松度过节日。”王国光说。

京察每隔六年，逢巳、亥举行。万历九年是辛巳年，正该京察。

“好，”张居正允诺，“今日不与汝观先生议今次京察。”

“多谢叔大先生体恤。”王国光揖道。

“子愚先生，怎样能让你新春快乐？”张居正再问张学颜。

“叔大先生新春快乐，某亦新春快乐。”张学颜说。

“那么，怎样能让子愚先生轻松度过节日？”张居正又问。

“叔大先生不议清丈之事，某能轻松度过节日。”张学颜说。

“好，”张居正允诺，“今日不与子愚先生议今次清丈。”

“多谢叔大先生体恤。”张学颜揖道。

“汝观先生可知，今日不议京察，不是为的你轻松？”张居正问。

“或知之，”王国光道，“若议京察，叔大先生更不得轻松。”

“我也不是为的自家轻松。”张居正摇着头说。

“那是为的谁个？”王国光问。

“为的他。”张居正指着张学颜说。

“为的子愚先生？”王国光不解，“若议京察，子愚先生应该轻松呀。”

“你说得对，我就是不欲子愚先生太轻松，”张居正说着，转向张学颜，“子愚先生可知，今日不议清丈，也不是为的你轻松？”

“原本不知，这会儿却知。”张学颜说。

“我也不是为的自家轻松。”张居正道。

“而是为的汝观先生；叔大先生不欲汝观先生太轻松。”最后一句话，是张学颜替他说的。

“是啊，”张居正笑着应道，并说，“议京察，让汝观先生觉着不轻松，而使子愚先生太轻松；议清丈，让子愚先生觉着不轻松，而使汝观先生太轻松。二位谁能找出一个不让汝观先生觉着不轻松，又不使子愚先生太轻松、不让子愚先生觉着不轻松，又不使汝观先生太轻松的题目来，你我议一议？”

“这等题目，我二人找不出来。”王国光、张学颜齐道。

“我倒想到一个题目，二位看合适不合适？”张居正说。

“请叔大先生赐题。”王国光、张学颜齐道。

“省浮费。”张居正出的是三个字的题目。

“可是叔大先生于去岁岁尾所议‘节赏赉而省浮费’的省浮费？”王国光问。

“不错。”张居正应道。

“省浮费，似与吏部无关呀。”王国光道。

“子愚先生，你说呢？”张居正问张学颜。

“省浮费前，应该还有几个字，叔大先生不会泛泛而议的。去岁岁尾，叔大先生议的是‘节赏赉而省浮费’，不知今日却要议何事而省浮费？”张学颜反问。

“裁浮员而省浮费。”张居正说。

“裁浮员，似与户部无关呀。”张学颜道。

“汝观先生以为与吏部无关，子愚先生以为与户部无关，不让二位觉着不轻松，这个目的可说达到吧？”张居正问。

“但如何不使子愚先生太轻松呢？”王国光问。

“但如何不使汝观先生太轻松呢？”张学颜问。

“我正要说与二位听，”张居正道，“汝观先生，你那句话说全，应该是：省浮费，那是户部的事，似与吏部无关呀。对吧？”

“对。”王国光应道。

“子愚先生，你那句话说全，应该是：裁浮员，那是吏部的事，似与户部无关呀。对吧？”张居正问张学颜。

“对。”张学颜应道。

“汝观先生，你说那是户部的事，子愚先生会太轻松吗？”张居正问。

“应该不会。”王国光道。

“子愚先生，你说那是吏部的事，汝观先生会太轻松吗？”张居正问。

“应该不会。”张学颜道。

“那么，二位都认可这个题目？”张居正笑着问道。

“是。”王国光、张学颜笑着应道。

“不过，虽则都不会觉着不轻松，又不会觉着太轻松，但议此题目，似乎仍是汝观先生的分量更重一些。”张学颜又说。

“何以见得？”张居正问。

“裁浮员以省浮费，省浮费，全在裁浮员。裁浮员一人，则为朝廷省一浮员之费；裁浮员十人，则为朝廷省十浮员之费。既不会多，也不会少。而裁浮员，最终定于吏部，故我以为，议此题目，汝观先生的分量更重一些。”张学颜说。

“若议裁浮员的数目，子愚先生的话是不错的；但是，不仅议裁各衙门的浮员，且议裁浮员后所省浮费，又如何？”张居正问。

“若是既议裁浮员，且议省浮费，则不相上下。”张学颜说。

“岂止不相上下！”王国光插话。

“汝观先生之意呢？”张居正问他。

“若是既议裁浮员，且议省浮费，则子愚先生的分量更重一些。”王国光说。

“何以见得？”张居正问。

“裁浮员，一则一，二则二；省浮费，由一人而计一月薪俸，由一月薪俸而计一年薪俸，岂不费事得多！”王国光说。

“子愚先生以为汝观先生的分量更重一些，汝观先生以为子愚先生的分量更重一些；我能使二位的分量一样重，二位信不信？”张居正问。

“唯叔大先生，方能掌控局面。”王国光、张学颜齐道。

“裁浮员，先从部、院说起，如何？”张居正起个头。

“理当从部、院说起。”王国光、张学颜齐道。

“各部尚书一人，不能不设，鸟无头不飞嘛；左、右侍郎各一人，我看也不能裁。各衙门都是一正职，二副职，没理由各部只设一副职。”张居正这次是专门对王国光说。

“叔大先生说的是。”王国光应道。

“但六部能否裁并？譬如并为五部，或四部？”张居正问。

“我看不能。”王国光道。

“为何不能？”张居正问。

“譬如裁去工部，其所领诸事，是否可并入别部？譬如，并入户部？”王国光举出最简单的一个理由。

“汝观先生怎不说归入吏部？”张学颜提出异议。

“吏部署理天下官吏选授、考课之事，再兼署治理河漕、置办矿冶、修筑宫室等事，显然是不合适的。”王国光说。

“户部掌天下户口、田赋之事，再兼署治理河漕、置办矿冶、修筑宫室等事，就合适吗？”张学颜道。

“二位争持，可见六部裁并为五部、四部，是不可行的。”张居正说。

“叔大先生说的是。”王国光、张学颜齐道。

“再说都察院，”张居正道，“都察院是单独一个衙门，掌纠劾，既不同于吏部选授、考课天下官吏的职掌，也不同于兵部选授、简练天下武卫的职掌，也不同于刑部主理天下刑名的职掌，更不同于其他各部职掌。也就是说，既不能裁革，也不能归并。”说着，问王国光，“汝观先生，是不是这样？”

“是。”王国光应道。

“都察院设左、右都御史，左、右副都御史，左、右佥都御史，是吧？”张居正问。

“是。”王国光应道。

“都御史、副都御史、佥都御史，能否只设其一？”张居正问。

“恐怕不能。”王国光说。

“为何不能？”张居正问。

“一是都察院人多事繁，譬如吏部，属官不过二十来人，设三堂官，都察院光御史就有百余人，也设三堂官，衙门里的事务怎处置得了？二是天下督、抚，均挂都察院职衔，若不分左、右，但以都御史、副都御史、佥都御史为衔，难以区别。”王国光说。

“言之有理，”张居正道，“结论是：都察院衙门不可裁并，都察院堂官亦不可裁并，是吧？”

“是。”王国光、张学颜齐应道。

“再说各部属官，”张居正道，“各部设清吏司，汝观先生先说说，清吏司能否裁并。”

“不能。”王国光回答得很干脆。

“为何不能？”张居正问。

“清吏司，一是据职事而设，如吏部，如礼部，如兵部，如工部，各设四个，已不能再减少。一是据地域而设，如户部，如刑部，各设十三个。户部掌天下财赋，刑部理天下刑名，对应十三布政司而设清吏司，最合实际。”王国光说。

“我记得，国初，户部、刑部亦各设四清吏司。”张居正说。

“国初，清吏司名属部。吏部设三属部，户部设四属部，礼部设四属部，兵部设三属部，刑部设四属部，工部设四属部。后，户部增为五属部。再后，户、刑二部对应十二布政司，增为十二属部。属部改清吏司，是在洪武二十九年。”王国光说。

“子愚先生听得如何？”张居正问张学颜。

“汝观先生讲述变革，甚是清晰。”张学颜说。

“户、刑二部以职事设属部，在洪武年间；对应布政司设属部，亦在洪武年间，可见是不能不改的。”张居正说。

“叔大先生说的是。”王国光、张学颜齐道。

“清吏司不可裁并，只得看其员，”张居正说，“司官为郎中，其下为员外郎、主事。二位看，先从哪一官议？”

“可先从主事议。”王国光说。

“汝观先生说的是。”张学颜附和道。

“为何先从主事议？”张居正不先问王国光，而先问张学颜。

“郎中、员外，有的部增设，有的部未增设；主事，则各部均有增设。裁减主事，议之较易；裁减郎中、员外，议之较难。”张学颜说。

“汝观先生也是此意？”张居正再问王国光。

“是。”王国光应道。

“好，那就从主事议起，”张居正说着，问道，“汝观先生，吏部四清吏司，各有主事几员？”

“初时，每清吏司设主事一员，洪武年间，文选司增一员，正统年间，考功司增一员。”王国光说。

“你看，有没有裁减的余地？”张居正问。

“在我看来，没有。”王国光说。

“我看也没有，”张居正道，“天下第一衙门，合而计之，只有六主事，实在是不能再裁减。”说着，问张学颜，“子愚先生，户部有没有仅设一主事的清吏司？”

“没有，”张学颜道，“初时，户部每清吏司即设二主事。”

“看来，裁革主事要从户部开始。”张居正说。

“是。”张学颜应道。

“今之户部，哪一清吏司主事最多？”张居正问。

“云南。”张学颜说。

“云南清吏司有几员主事？”张居正问。

“先后增七主事，今有九主事。”张学颜说。

“怎会如此之多？”张居正惊道。

“皆因事增设，”张学颜说，“譬如，云南司带管皇城四门仓，由一主事长驻，则须增设主事一员；又带管临清、德州、徐州、淮安、天津各仓，即便不必每仓长驻主事一员，也须增设二员，巡视于各仓。”

“其他清吏司的情形呢？”张居正问。

“或增设主事二员，或增设主事一员。”张学颜说。

“也都因事而增设？”张居正问。

“是。”张学颜应道。

“既可因事而增设，亦可因事而裁减，你二人说是吧？”张居正问。

“是。”王国光、张学颜应道。

“子愚先生，你不用告诉我，户部各清吏司各设几员主事；我只想听你说，户部各清吏司可裁减几员主事。”张居正道。

“是，”张学颜应一声，说道，“方才言及云南清吏司，我就从云南清吏司说起。我以为，云南清吏司可裁减主事二员。”

“子愚先生说几员？”张居正高声问。

“二员。”张学颜却很平静。

“九员主事，只可裁减二员？”张居正显然以为裁减得少。

“是。”张学颜应道。

“汝观先生以为如何？”张居正转问王国光。

“子愚先生以为可裁减二员，必有可裁减二员的道理。”王国光说。

“子愚先生有何道理？”张居正又问张学颜。

“今日所议者为裁浮员，而非笼统地裁员，”张学颜说，“拟裁云南清吏司二员，一是专管皇城四门仓主事，改由各主事轮流巡视；一是带管临清、德州、徐州、淮安、天津主事，原设三员，改为二员，一则巡视天津、临清、德州三仓，一则巡视淮安、徐州二仓。除此之外，其他各主事难以裁减。”

“我虽以为裁减的少，但不能不承认，子愚先生确有所据，”张居正说着，问道，“其他各清吏司呢？”

“浙江、湖广、河南、福建、广东、广西六清吏司，可各裁减主事一员；江西、山东、四川、山西、贵州五清吏司，同云南清吏司，可各裁减主事二员；陕西清吏司，可裁减主事三员。”张学颜说。

“为何陕西清吏司裁员最多？是因为该清吏司事简，抑或该清吏司增补的主事多？”张居正问。

“叔大先生说，既可因事增补，亦可因事裁减，陕西清吏司带管朝廷各衙门出入，应该是较易办理的差事。”张学颜说。

“汝观先生，”张居正转问王国光，“你有没计算好，户部共可裁减主事有几？”

“已计好，”王国光道，“裁减一员者六清吏司，裁减二员者六清吏司，裁减三员者一清吏司，共计二十一员。”

“子愚先生说说省浮费吧。”张居正又转向张学颜。

“是，”张学颜应一声，计算道，“主事正六品，正六品官月俸米十石，即年俸米一百二十石。户部裁减主事二十一员，朝廷可少支禄米两千五百二十石。”

张居正留意到他话里的一个细节，问道：“子愚先生说少支禄米若干，而不说省浮费若干，是有缘故的吧？”

“户部裁减二十一员主事，会不会误事，实不敢断定，还要看看再说。”张学颜道。

“少几名主事而已，即便误事，能误多大的事？再者，今且裁减；若当真备员不足，仍可增补。”张居正说。

“叔大先生说的是。”王国光、张学颜齐道。

“户部裁减主事，可省浮费两千余石，汝观先生不会以为少吧？”张居正问王国光。

“两千余石，本来也不是小数目；况且，只是户部一个衙门省下来的。如若朝廷各衙门都和户部一样裁减，真可谓集腋成裘。”王国光道。

“能不能集腋成裘，要看汝观先生。”张居正说。

“叔大先生不会这会儿就要我呈报各衙门裁减之数吧？”王国光问。

“为何不会？”张居正反问。

“各衙门裁减浮员一事，吏部还须与各衙门议之。”王国光说。

“户部裁减浮员一事，子愚先生还须与本部贰卿议之，甚至还要与各司官议之，他却先自报出裁减之数。他对本部情形心里有数，难道汝观先生对各部情形心里没数？”张居正道。

他不给王国光退路，王国光不得不想一点说一点：“礼部和吏部的情形差不多，四清吏司，初各设主事一员，后仪制司增设二员，祠祭司增设一员，主客司增设一员。”

“汝观先生之意，礼部也没裁减余地？”张居正问。

“我并无此意，”王国光道，“以职事繁简而论，礼部所设主事，不应多过吏部所设主事。”

“吏部四清吏司增设二主事，今礼部四清吏司增设四主事，汝观先生是说，可裁减其二？”张居正问。

“是，”王国光应道。并说，“可裁减其二，或裁减其三。”

“怎么个裁减法？”张居正问。

“仪制司先后增设主事二员，后一员，为教习驸马而增设，我以为宜裁减，以前增主事兼教习驸马即可；祠祭、主客二清吏司增设主事一员，皆可裁之。”王国光说。

“子愚先生听听，汝观先生未与礼部议之，是不是也说得头头是道？”张居正问张学颜。

“是。”张学颜应道。

“裁减主事三员，即可省浮费三百六十石，是吧？”张居正问。

“叔大先生计算得不错。”张学颜道。

“在我印象里，兵部清吏司虽不多，增设主事却甚多，”张居正说着，问王国光，“汝观先生，是否？”

“诚是。”王国光应道。

“增设有几？”张居正问。

“兵部四清吏司，初各设主事二员，其后，武选司先后增设主事三员，职方司先后增设主事四员，车驾、武库二司各增设主事一员，共计增设主事九员。”王国光说。

“汝观先生会不会说，以职事繁简而论，兵部所设主事，不应多过吏部所设主事？”张居正问。

“这却不会。”王国光道。

“为何不会？”张居正问。

“吏部管的只是官，兵部不仅要管官，还要管兵。”王国光说。

“此诚正论，”张居正评论一句，又问，“然则，兵部增设的主事，有无可裁减者？”

“有，”王国光应道。“兵部所增设九员主事中，一主事专司优给，一主事专司存恤，一主事专司京卫武学，皆可裁减，其事由别主事兼。”

“也是三主事？”张居正听得很清楚，但还是问一句。

“是。”王国光应之。

“子愚先生听到吗？又为户部省去三百六十石浮费。”张居正对张学颜说句笑话。

“是为朝廷省去三百六十石浮费。”张学颜纠正道。

“刑部清吏司同户部清吏司，也是十三个，但不知所设的主事，是不是也和户部一样多？”张居正问王国光。

“刑部增设主事，比户部要少一些，”王国光说，“一则，刑部绝无设主事九员的清吏司；二则，刑部每清吏司初设主事二员，后各增设一员，再后，四川、广西清吏司复增设一员，但很快裁革。亦即，刑部十三清吏司，各设主事三员，共计主事三十九员。”

“刑部能不可能和户部一样，裁减主事二十一员？”张居正问。

“我以为不能。”王国光道。

“为何不能？”张居正问。

“刑部事繁，外差亦多。”王国光说。

“那么，可裁减几多？”张居正问。

“最多可裁减十三员。”王国光说。

“亦即，每清吏司裁减一员？”张居正问。

“是。”王国光应道。

“各清吏司恢复旧制，设主事一员，不会有太大妨碍吧？”张居正问。

“应该不会。”王国光说。

“子愚先生算算，可省去浮费几多？”张居正命张学颜。

“一千五百六十石。”张学颜随口说出。

“子愚先生，这一笔一笔的账，你都得记清。”张居正嘱咐。

“是，”张学颜应道，“在下记着呢。”

“工部所设主事，又是多的吧？”张居正转问王国光。

“户、刑二部之外，工部应是最多的，”王国光说，“工部四清吏司，和户、兵、刑部一样，一开始就各设主事二员。其后，都水司增设主事五员，营缮司增设主事三员，虞衡司增设主事二员，屯田司增设主事一员。”

“可谓无司不增设。”张居正评点一句。

“叔大先生说的是。”王国光道。

“工部主事，多过礼、兵二部，裁减主事，也应该多过礼、兵二部吧？”张居正问。

“怕是未必。”王国光摇着头说。

“未必？”张居正不理解地问。

“工部裁减主事，未必可多过礼、兵二部。”王国光更加肯定地说。

“好吧，”张居正退让一步，“不能多过礼、兵二部，和该二部一样，裁减三员，应该不算多吧？”

“还是多。”王国光仍否定。

“我倒要听听汝观先生的说法！”张居正道。

“一则，工部初设主事二员，是不可裁减的。叔大先生问我，刑部裁减主事，能否和户部一样，我说不能，也是因为初设之员不可裁减；二则，都水司增设主事五员，营缮司增设主事三员，虞衡司增设主事二员，皆有定责，不宜裁革。”王国光说。

“让汝观先生一说，工部岂不是无浮员可裁！”张居正道。

“屯田清吏司增设主事一员，可裁。”王国光说。

“它为何可裁？”张居正问。

“该主事分管台基厂，却挂名在屯田司，本身就不妥当；再者，台基厂可由别主事兼管，不必专设主事。”王国光说。

“工部可为朝廷省去浮费一百二十，”张居正似乎更多是在调侃。他问张学颜，“六部裁减主事，共可省去浮费几多？”

“四千九百二十石。”张学颜随口说出。

“子愚先生怎计算得这快？”张居正好奇地问。

“户部二十一员，礼部三员，兵部三员，刑部十三员，工部一员，计四十一员。每员每年俸粮一百二十石，计四千九百二十石。”张学颜说。

“不够五千石，不能算成袭吧？”张居正这话是对王国光说的。

“郎中、员外尚未计算，都察院尚未计算，六部以下数十个衙门，尚未计算。”王国光说。

“子愚先生说，裁减郎中、员外议之较难，你等还是和本衙门先议一议吧。其他衙门如何裁减，你等也先和该各衙门议一议吧。”张居正说。

看得出，工部竟然仅裁减一主事，对他的情绪不无影响；或者说，议裁六部主事员额没达到他的预期，对他的情绪不无影响。

“原以为是个大手笔，不想只触到皮毛。”他又对张学颜说。

“在下倒是以为，多少年不曾认真议论裁减浮员之事，今日开的这个头不错。若以为主事是皮毛，不还有郎中、员外吗！若以为裁减堂官才触及肌肤，朝廷的尚书、侍郎不可裁减，不是还有南京的尚书、侍郎吗！”张学颜道。

郎中裁减最多的是兵部：正统年间增设的武选司郎中一员、职方司郎中一员，成化年间增设的车驾司郎中一员，都被裁革。工部则裁革虞衡司增设的管遵化铁冶郎中一员，营缮司增设的管重城员外郎一员。此外裁革的有：都察院裁革司狱一员；通政司右通政一员，誊黄右通政一员；大理寺左评事一员；詹事府录事一员；顺天府管军通判一员，管匠通判一员；太常寺博士一员，赞礼郎三员，协律一员；光禄寺典簿一员，大官署署丞一员；尚宝司司丞一员；上林苑监蕃育署录事一员，良牧署录事一员；户科给事中四员，礼科给事中二员，兵科给事中五员，刑科给事中四员；中书舍人二员；行人司右司副一员，行人五员。

南京裁革涉及众多堂官，包括：吏礼、兵刑、工部侍郎各一员，太常寺少卿一员，司丞一员。此外，还有南京各部员外郎、主事多员，及其他衙门官员若干。

第一百零一章

张居正早一刻到内阁，等张四维进来后，他问：“子维先生入阁前，为何官？”

“吏部左侍郎。”张四维说。

“仍兼翰林院职吗？”张居正又问。

“仍兼翰林院学士。”张四维说。

“好，你算一个。”张居正道。

他问的第一句话，就很怪；现在说的这句话，就更怪。张四维盯着他看，好像要从他身上找出答案。

“叔大先生，何事我算一个？”张四维问。

张居正笑笑，没有回答。

正好申时行进来，张四维问：“汝默先生入阁前，为何官？”

“吏部右侍郎。”申时行说。

“仍兼翰林院职吗？”张四维又问。

“仍兼翰林院侍读学士。”申时行说。

“好，你也算一个。”张四维道。

申时行和张四维一样，感到奇怪。他问：“子维先生，何事我算一个？”

“我说的是，你也算一个，”张四维道，“欲知何事你也算一个，须知何事前边那人算一个。”

“前边算一个的人，是子维先生吧？”申时行问。

“然也。”张四维点头。

“何事子维先生算一个？”申时行问。

“问我何事算一个，不如问前边说我算一个的人，何事我算一个。”张四维道。

“前边说子维先生算一个的人，是叔大先生吧？”申时行问。

“然也。”张四维点头。

“叔大先生，我算一个的事，和子维先生算一个的事，是不是相同？”申时行转问张居正。

“相同。”张居正点头。

“何事子维先生算一个，我也算一个？”申时行又问。

“二位看看吧，议议吧。”张居正指着书案上的两页纸说。

张四维、申时行伸手各取一页纸。看完自己手里那页纸后，他们交换过来看。又看完，申时行把自己手里的纸递给张四维，张四维把两页纸一起放回书案上。

“叔大先生，这不是你拟的四十则题目吗？”张四维问。

“是。”张居正点头。

“这些题目，在去年年尾奏请编纂此书时，已然呈进，还要再议吗？”张四维问。

“叔大先生拟的四十则题目，我等都以为无以复加；再议，怕也议不出新的题目。”申时行则说。

“正因为议不出新的题目，才请二位议之。”张居正道。

张四维、申时行你看看我，我看看你，皆不解其意。

“题目勉强算得齐备，难道束之高阁不成？”张居正提示道。

张四维、申时行几乎同时“嗨”一声，表示理解。

“叔大先生是说，可以着手编纂？”张四维问。

“子维先生意下如何？”张居正反问。

“是不是太快？”张四维有点儿担心。

“汝默之意呢？”张居正又问申时行。

“编纂此卷，在去岁十二月初九日奏请，迄今不过一月。”申时行虽没正面回答，但听得出也觉得快。

“二公之意，还要再筹备几日？”张居正问。

“是。”张四维、申时行齐应道。

“但累朝《实录》《宝训》，内阁有，翰林院有，皇史宬有，还有何事要筹备？”张居正问。

他们谈论的编纂，是指由内阁三臣奏请，当然，主要是出自张居正之意，将《太祖实录》《太祖宝训》等累朝《实录》《宝训》中相关的内容分成四十个题目，集结成书。就资料而言，有了《实录》《宝训》，就足够。

“但参与编纂的儒臣，不是一二人，甚至不是一二十人，总得在朝野选择合适之人。”张四维说。

“所以我说，子维先生算一个；子维先生又替我说，汝默也算一个。”张居正道。

“叔大先生之意是——”张四维、申时行齐问。

“把朝中所有的翰林学士都请来，各领一题，到时找他要书稿，二位看使得使不得？”张居正说出他的想法。

“叔大先生莫忘，题目有四十个呢。”张四维提醒他，朝中没有那么多的翰林学士。

“况且，依惯例，子维先生和我入阁后，就不再兼翰林院的职。”申时行也说。

“请二位重操旧业，二位不乐意吗？”张居正这话是针对申时行问的；当然，也是针对张四维问的。

“翰林是我等出身之处，怎不乐意！”张四维、申时行齐道。

“入阁前，我官礼部右侍郎兼翰林院学士，本来也应该算一个的。但一来，我年纪偏大；二来，皇上时有宣召，难以静坐下来。编纂一事，只有重托二位。”张居正说着，深作一揖。

张四维、申时行连忙还揖，口称：“此朝廷大事，合该尽力。”

“编纂此书，是叔大先生倡议，我等自当响应。”张四维又说。

“编纂此书，须叔大先生总其事，不可再具体分题。”申时行又说。

“多谢二位体恤，我等真还要数一数，似二位这样曾兼翰林学士的，眼下仍兼翰林学士的，以及本职为翰林学士的，究竟几人。”张居正说。

“是。”张四维、申时行齐应道。

“振宗先生，算一个吧？”申时行先举一人。

他说的汪镗，以礼部尚书兼翰林院学士。汪镗和张居正同是嘉靖二十六年进士，在可能想到的学士中，堪称资深。

“汝默先生这个‘算’字似用错。”张四维说。

“怎用错？”申时行问。

“我可以算一个，你可以也算一个，甚至叔大先生以为，他自家也算一个；但振宗先生是掌院学士，就不能说算一个。”张四维道。

“不能说算一个，却怎说？”申时行问。

“他是一个。”张四维道。

“不错，”张居正点点头，说，“一个‘算’字，一个‘是’字，差别还是很大的。”

“好，振宗先生是一个，”申时行采纳张四维的说法，然后举余有丁，问道，“丙仲兄，该说‘算’，还是该说‘是’？”

“他当然也‘是’一个，”张四维道，“以吏侍兼翰林院学士，你我入阁前，也不过如此。”

余有丁原来是以礼部右侍郎兼翰林院学士，去年改吏部左侍郎。

“克之先生呢？”申时行又举王希烈问。

“他可以算一个。”张四维说。

“他为何算一个？”申时行问。

“汝默先生自家去想。”张四维道。

“是因以礼侍兼？”申时行想出一个理由。

“不是。”张四维摇头。

“是因兼的侍读学士？”申时行又想出一个理由。

“不是。”张四维仍摇头。

申时行想不出别的理由，遂请教张居正：“叔大先生一定知道吧？”

“有个最简单的缘故，汝默为何不去想？”张居正道。

“最简单的缘故？”这一提示，更让申时行无从想起。

“他二人是同年的进士呀！”张居正道，“子维先生被归到‘算一个’之列，能让克之先生成为‘是一个’？”

申时行微微一笑。张四维也笑。

“克之先生尚且‘算一个’，维桢先生就更不会‘是一个’吧？”申时行提到许国。他是几天前，才以礼部右侍郎兼翰林院侍读学士。

“不然，”张四维摇摇头，说道，“维桢先生，我倒想列入‘是一个’之列。”

“这是为何？”申时行问。

“后生可畏嘛，”张四维道，“他出自嘉靖乙丑科，满打满算，迄今不过十六载。我看，他早晚是要掌院的。”

“思成先生，子维先生又怎看？”申时行问。

陈思育字思成，湖广茶陵人，也是嘉靖四十四年进士，以詹事府少詹事兼翰林院侍读学士。

“今日说他，还有点儿早。”张四维道。

申时行明白这话的意思：同样兼侍读学士，一则以礼侍兼，一则以少詹事兼，不可同日而语。他不再举例。

“汝默先生可以再举一人呀。”张四维又说。

“再想不出。”申时行道。

“再想不出？”张四维开始好像无法理解这四个字的含义，等到终于理解，他问，“怎会再想不出？”

是啊，常说满朝都是学士，这才说几个！两个曾经兼过学士，一个兼着学士，三个兼着读学，不过才六人，怎就再想不出！

“要不，子维先生再举一个，我来说说他‘算一个’，或‘是一个’。”申时行道。

张四维以为一开口就可以说出两三个来，但想了想，却一个也没说出来。他知道，申时行的断言是对的。

同时，他也知道，只数出六人，他嫌少，张居正一定也嫌少。比起申时行来，他更懂得“权宜”二字：张居正能够权宜地把他和申时行纳入“算一个”之列，他为什么不能权宜地把另一些人也纳入“算一个”之列呢?

“不在朝中、而以学士休致者，算不算？”他问申时行。

“这得由叔大先生定夺。”申时行知道自己说的不算。

“为何不算！”张居正道，“学士休致，未必就做不成学士的事。譬如元驭，我看他比你还要体健。”

王锡爵曾以礼部右侍郎兼侍读学士。在张居正当守制还是当夺情的争论中，他态度明确地站在攻讦张居正的官员一边；张居正还乡治丧，朝中大臣联名上疏，急请召回，他独不肯签署。有这两件事，张居正对他不可能不抱成见。他奏请省亲，并不肯还朝，为的是避祸。

今天张居正主动提到王锡爵，并且是在议论可不可用时提到王锡爵，看来，对他的恶感有所缓解。

申时行决定以近乎调侃的语句接过这个话题。

“晚生“算一个”，元驭兄也只能‘算一个’吧？”他问。

“你问子维先生。”张居正道。

“元驭先生最后再定，他前面应该还有好几位呢，”张四维说着，举出一人，“邦彦先生‘算一个’，抑或‘是一个’？”

丁士美是状元出身，先后以礼、吏二部左侍郎兼侍读学士，以父丧还乡。

“应该‘是一个’。”申时行说。

“他为何‘是一个’？”张居正问。

“子维先生看维桢先生早晚有一天掌院，故把他列入‘是一个’之列；我看邦彦先生若不是家变，也该掌院，所以，我把他也纳入‘是一个’之列。”申时行说。

“汝默先生自定标准，莫要学我，”张四维说着，又问，“继文兄呢？”

姚弘谟字继文，浙江秀水人，嘉靖三十二年进士，先后以礼部右侍郎及吏部右、左侍郎兼侍读学士。

“继文先生于我是前辈，若不是顾及子维先生的尊严，我一定会把他纳入‘是一个’之列。”申时行说。

“好说，”张四维道，“汝默先生若将继文兄纳入‘是一个’之列，我也把元驭先生纳入‘是一个’之列。”

“继文先生究竟‘是一个’，抑或‘算一个’，不如由叔大先生裁定。”申时行说。

"'是一个''算一个'差别很大，是子维先生说的，不是我说的。在我看来，议别的事，'是一个''算一个'可能差别很大，议编纂此书，二者并无多大差别。"张居正说。

"叔大先生说的是。"张四维、申时行齐道。

"不管'是一个''算一个'，能不能再找一个出来？"张居正问。

原来说的六个，又补充三个，张四维、申时行都想到，再找一个，为的是凑个整数。

"子旸兄如何？"张四维道。

"启图先生如何？"申时行道。

吕旻字子旸，福建龙溪人，嘉靖三十二年进士。沈时行说的启图先生，即何洛文。二人都曾以礼侍兼侍读学士。

"我宁选资深的一位。"张居正厌恶何洛文，故选择吕旻。

"叔大先生之意，由此十人分担四十个题目？"张学颜问。

"子维先生以为如何？"张居正反问。

"负担不轻。"张四维说。

"汝默说呢？"张居正又问申时行。

"晚生也以为负担不轻。"申时行说。

"二位都以为负担不轻，我怎忍心让二位为难！"张居正道，"我是想，十名学士，是一个也好，算一个也好，一视同仁，各领一个题目，先把这件事做起来。我等所奏，是择天下儒臣。等十名学士做开头，可再陆续选择其他儒臣来做。"

"叔大先生为何先选十人来做？"申时行问。

"一下子选四十名儒臣，一人做一个题目，当然很好。但一来，不是想选四十名堪任其事的儒臣，就能选出四十名堪任其事的儒臣；二来，即便一下子选得出四十名堪任其事的儒臣，也有麻烦，"张居正说着，问张四维，"子维先生数得出，今有几部《实录》？"

"《太祖实录》《成祖实录》《仁宗实录》《宣宗实录》《英宗实录》《宪宗实录》《孝宗实录》《武宗实录》《世宗实录》《穆宗实录》，共十部。"张四维说。

其他二帝，景帝朝实录附于《英宗实录》，建文朝实录则以洪武纪年，附于《太祖实录》。

"累朝《宝训》呢？"张居正问。

"同于《实录》，也是十部。"张四维说。

"子维先生懂得我的意思吧？"张居正问。

“编纂此书，离不开《实录》《宝训》。《实录》《宝训》可以部分，却不可以卷分，以页分。譬如十人来做这件事，每日手里可有一部，使用完毕，再彼此交换。若四十个题目同时着手进行，你争我夺，反而会慢。”张四维说着，问道，“叔大先生，是此意吧？”

“不错，”张居正点着头，问申时行，“汝默，你看这个法子如何？”

“晚生想不出再好的法子。”申时行说。

“二位既然都赞成，却如何分题？”张居正问。

“题目，按叔大先生拟时的顺序；人员，则按方才说时的顺序，碰到哪个题目，是哪个题目。”张四维提议。

“汝默看呢？”张居正问申时行。

“晚生以为可行，”申时行道，又说，“不仅题目可以这么分，《实录》《宝训》也可以这么分。譬如子维先生应分第一个题目：创业艰难；《太祖实录》《太祖宝训》也先分在他手里。当然，创业艰难，不仅限于太祖时有事迹，有圣谕，其他各朝也有。但这个题目无疑在太祖时最突出，因此，子维先生从《太祖实录》《太祖宝训》阅起，很是方便。”

“这是偶合，不见得适于每个题目，但只要有一两个题目方便，就可以说是方便。”张居正表示赞同。

“子维先生，我先把你写上。”申时行说着，在一张白纸上写下：创业艰难，张公四维，《太祖实录》《太祖宝训》。

“下面这行我来写。”张四维说着，从申时行手里拿过笔，写道：励精图治，申公时行，《成祖实录》《成祖宝训》。

写完，他又把笔交还申时行。

“子维先生，为何不让汝默自家写？”张居正问。

“他若写作：申某时行，岂不是太特别！”张四维道。

“你倒是替他着想。”张居正笑着说。

申时行按照前两例，写上另外八人：

勤学，汪公镗，《仁宗实录》《仁宗宝训》。

敬天，王公希烈，《宣宗实录》《宣宗宝训》。

法祖，许公国，《英宗实录》《英宗宝训》。

保民，陈公思育，《宪宗实录》《宪宗宝训》。

谨祭祀，丁公士美，《孝宗实录》《孝宗宝训》。

崇孝敬，姚公弘谟，《武宗实录》《武宗宝训》。

端好尚，王公锡爵，《世宗实录》《世宗宝训》。

慎起居，吕公旻，《穆宗实录》《穆宗宝训》。

他把写好的文字看一遍，又提笔在每一行的上端，加上从“壹”到“拾”的序号。

“汝默先生何不好人做到底！”张四维道。

“子维先生何意？”申时行问。

“把后面的题目都写出来，留待叔大先生填写。”张四维说。

“好，”申时行应罢，又按照这十个题目的写法，把其余三十个题目写上，前面的序号从“拾壹”到“肆拾”。

这三十个题目是：

戒游佚；正宫闱；教储贰；睦宗藩；亲贤臣；

去奸邪；纳谏；理财；守法；敬戒；

务实；正纪纲；审官；久任；重守令；

驭近习；待外戚；重农；兴教化；明赏罚；

信诏令；谨名分；却贡献；慎赏赍；甘节俭；

慎刑狱；褒功德；摒异端；饬武备；御荒服；

“此事甚是繁琐，譬如，你二位能不能静下来做它；又譬如，丁维桢、王元驭能否应召入朝，都是未知之数。先做起来再说吧。”张居正用一句不是很急迫的话，结束今次谈论。

第一百零二章

皇帝身边缺少孙海、客用，日子过得寂寞许多。近来，他看上宫里的太监张鲸，有事时，闲着时，有事询问时，没事炫耀时，常把张鲸叫过来说话；而每次开始问的，几乎都是同一句话。

"老张，你的确投在张大伴名下，不是投在冯大伴名下？"皇帝问。

张大伴即司礼太监张宏。皇帝称作大伴的太监没几个，张宏是一个。

"是。"张鲸每次也都是用同一个字来回答。

"投在张大伴名下好。"皇帝接下来总是欣慰地说。他的许多心里话，都包含在这句话里。

"张叔对爷最忠心。"张鲸借机为自己的宗主说句好话。

然后，才说具体的事。皇帝问："老张，可知王俊其人？"

"奴才知道，是永年伯之弟。"张鲸说。

"可知王栋其人？"皇帝又问。

"奴才知道，是永年伯之子。"张鲸说。

"朕欲授他二人官职，你看行不行？"皇帝问。

"都是皇亲国戚，授不授官两可。"张鲸说。

"但朕就是想授他二人世职，让他二人世世代代都可以吃一口皇粮，朕心里觉着痛快。"皇帝道。

"既然爷想授他二人世职，奴才看，没什么不行。"张鲸说。

"你看，可授何官职？"皇帝问。

"奴才不知朝廷制度，说不上来。"张鲸直率，自己不知道的事，就说不知道。

"都依制度，朕何必问你！"皇帝道，"朕让廷臣议其授官，估计他等不会不授，但也不会让朕满意。朕得知道，前朝外戚授官，有没有不合制度的，才好力争。"

"要不，奴才去问问熟悉制度的？"张鲸请旨。

"问谁人皆可，就是别问冯大伴。"皇帝叮嘱。

"奴才心里有数。"张鲸应道。

半天工夫，他又回到宫里，皇帝想知道的事情，他已问出头绪。

“老张，你投在张大伴名下，不是投在冯大伴名下，有事要问，不会问冯大伴吧？”皇帝似乎仍不放心。

“奴才问任何事情，都不会问冯大伴。”张鲸说。

“你不会去问冯大伴，却对朕说不是问的冯大伴吧？”皇帝又问。

“就是冯大伴知道奴才在问此事，并逼问谁指使奴才问的，奴才也不会告诉他；怎会奴才去问冯大伴，却不禀奏于爷！”张鲸道。

“问的不是他就好，”皇帝这才放心，这才询问结果，“老张，前朝的故事，问清楚没？”

“奴才问得一清二楚。”张鲸道。

“谁个的故事，与朕要办的事相似？”皇帝问。

“奴才以为，夏皇亲的故事，与爷要办的事相似。”张鲸说。

“夏皇亲？朕想想，”皇帝道，他很快想出眉目，问道，“武庙皇后姓夏，夏皇亲是她家吧？”

“是。”张鲸应道。

“他的故事，怎的和朕要办的事相似？”皇帝又问。

“武庙时，国丈讳儒。正德二年，夏儒封庆阳伯；此外，其弟、其子多名，授以世袭官职。”张鲸说。

“授以何职？”皇帝问。

“均授以锦衣卫指挥使。”张鲸道。

“老张，朕问的是世职！”皇帝在意外之余，强调说。

世职，即世袭，不是及身而止。现职的官员，不论是文职的内阁大学士、尚书、都御史，还是武职的都督、都指挥使、指挥使，都是及身而止。而荫官，或勋戚子弟授官，则有世袭和非世袭的区别。授以世袭官职，当然比授以非世袭官职，尊贵得多。

“奴才说的也是世袭。”张鲸道。

“是世职锦衣卫指挥使？”皇帝追问一句。

“是。”张鲸应道。

“不是世职锦衣卫指挥佥事？”皇帝又追问一句。

“不是。”张鲸道。

“不是世职锦衣卫指挥同知？”皇帝又追问一句。

“不是。”张鲸道。

“的的确确是世职锦衣卫指挥使？”皇帝最后问一句。

“是。”张鲸应道。

“老张，你可知道，锦衣卫指挥使是极尊贵的世职，有时拿都督佥事、都督同知，甚至左、右都督的现职，都是换不来的？”皇帝问。

“奴才略有所闻。”张鲸说。

“你说，朕若授王栋、王俊世袭锦衣卫指挥使，他二人会不会感激涕零？”皇帝与其说在问张鲸，不如说在窃喜。

“定会。”张鲸道。

“国丈会不会大喜过望？”皇帝问。

“定会。”张鲸道。

“皇后会不会心花怒放？”皇帝问。

“定会。”张鲸道。

“朕这就让张先生等议之。他等若不肯以世袭锦衣卫指挥使授皇后叔、皇后弟，朕倒要和他理论理论。”皇帝说。

“爷只要记住夏皇亲的故事，奴才想，张先生等也不好意思拿别的官职来敷衍爷。”张鲸为皇帝打气。

散朝后，三阁臣往文华殿见驾。

“王栋、王俊授锦衣卫千户，是礼部之意，还是兵部之意？”皇帝问。

“是臣等之意。”张居正说。

“王栋、王俊授锦衣卫千户，且不世袭，是礼部之意，还是兵部之意？”皇帝又问。

“亦是臣等之意。”张居正说

“张先生是说，乃内阁之意？”皇帝问。

“是。”张居正应道。

“张卿，是你之意否？”皇帝问张四维。

“臣是赞成的。”张四维奏道。

“申卿，是你之意否？”皇帝问申时行。

“臣也是赞成的。”申时行奏道。

“朕想，内阁之意，未必是张先生之意。”皇帝最后对张居正说。

“皇上为何以为不是臣之意？”张居正问。

“张先生常对朕讲，朕与皇后一体，本该相敬相爱，共荣共贵。朕授王栋、王俊世职，即取共荣共贵之意，张先生不会反对的。”皇帝说。

“共荣共贵，是有制度的，”张居正道，“譬如皇后为天下母仪，即其贵也；后父赐封永年伯，世袭，即其荣也。制度以外再求贵、求荣，臣不敢与闻，更不敢苟同。”

“张先生是说，朕为后弟、后叔求职，不合制度？”皇帝问。

“后弟，后叔，授以官职，并非完全不合制度，故臣等议授锦衣卫千户。”张居正说。

“张先生是说，授以锦衣卫千户则合制度，授以锦衣卫指挥佥事、锦衣卫指挥同知、锦衣卫指挥使，则不合制度；授以及身而止的锦衣卫官则合制度，授以世职，则不合制度？”皇帝问。

“臣等正是此意。”张居正说。

“总而言之，戚家子弟授锦衣卫指挥佥事、锦衣卫指挥同知、锦衣卫指挥使世职，不合制度，是吧？”皇帝问。

“是。”张居正应道。

“张卿怎以为的？”皇帝问张四维。

“臣亦以为，戚家子弟径授锦衣卫指挥佥事、锦衣卫指挥同知、锦衣卫指挥使世职，不合制度。”张四维说。

“申卿怎以为的？”皇帝问申时行。

“臣亦以为，戚家子弟径授锦衣卫指挥佥事、锦衣卫指挥同知、锦衣卫指挥使世职，不合制度。”申时行说。

皇帝一再重复地问张四维、申时行，不是因为比以前看重他二人的态度；而是有些话，不好问张居正，却可以问他二人。

“张卿，你为何以为，戚家子弟径授锦衣卫指挥佥事、锦衣卫指挥同知、锦衣卫指挥使世职，不合制度？”皇帝先问张四维。

“臣等查阅过本朝典籍。”张四维说。

“申卿呢？”皇帝又问申时行。

“臣等是一同查阅的。”申时行说。

“那也应该说，戚家子弟径授锦衣卫指挥佥事、锦衣卫指挥同知、锦衣卫指挥使世职，典章中不载；而不能说，戚家子弟径授锦衣卫指挥佥事、锦衣卫指挥同知、锦衣卫指挥使世职，不合制度。”皇帝道。

皇帝这么说，好像说法有误，责任在张四维、申时行，而不在张居正。张四维、申时行可以申辩，但他二人知道，他们无论谁开口申辩，皇帝一定还会纠缠下去。

张居正当然也清楚这一点。他从容地说：“皇上容臣禀奏。”

“张先生请说。”皇帝道。他明知张居正一开口，自己就拘束，可又不能不让他开口。

“诚如圣谕，典籍中不载，和不合制度，二者有别。”张居正说。

他的话，大大出乎皇帝意料，也大大出乎张四维、申时行意料。不同的是，张四维、申时行为之一惊，皇帝则为之一振。

“张先生当真以为朕的话对？”皇帝问。

“是。”张居正应道。

“朕的话对在哪里？”皇帝问。

“典章不载，即非制度；但本朝除典章外，还有事例。事例亦可援之，遵照施行。”张居正说。

“张先生说得好，朕也是这么想的！”皇帝道。他两手比画着，对张四维、申时行说，“张卿，申卿，张先生说得出除制度外，还有事例，你二人却说不出，此即你二人不如张先生的地方。”

“皇上说的是。”张四维、申时行应道。

“张卿，你说说看，前朝若有戚家子弟径封锦衣卫指挥佥事、锦衣卫指挥同知、锦衣卫指挥使世职的事例，今日是否也可以遵照施行？”虽然这一点是张居正指出的，皇帝还是愿意问别人，

“是。”张四维应道。

“申卿说呢？”皇帝又问申时行。

“臣也以为是。”申时行说。

“所以，王栋、王俊今日授何官职，卿等尚须议之。”皇帝道。

“皇上容臣禀奏。”张居正又从容开口。

“张先生请说。”皇帝道。

“诚如圣谕，戚家子弟径授锦衣卫指挥佥事、锦衣卫指挥同知、锦衣卫指挥使世职，的确是有事例的。”张居正说。

皇帝又是一振，张四维、申时行又是一惊。

“张先生亦知该事例？”皇帝问。

“是。”张居正应道，“臣知陛下说的，是武庙朝事例。”

“张先生亦知，武庙毅皇后家姓夏？”皇帝问。

“臣亦知。”张居正道。

“张先生亦知，毅皇后之父，单名一个儒字？”皇帝问。

“臣亦知。”张居正道。

“张先生亦知夏儒封庆阳伯？”皇帝问。

“臣亦知。”张居正道。

“张先生亦知，庆阳伯子，弟多名，径授锦衣卫官世职？”皇帝问。

“臣亦知。”张居正道。

“朕却不知，授的是何官？”皇帝说。

“有径授世袭锦衣卫指挥使者。”张居正道。

“朕却不知，径授世袭锦衣卫指挥使者何人，”皇帝说着，伸出一指，“张先生举一人即可。”

“譬如，有单名助者。”张居正道。

“夏助？他是夏儒何人？”皇帝问。

“他是夏儒之弟。”张居正道。

“张先生确定，他授的不是锦衣卫指挥佥事世职？”皇帝问。

“臣确定。”张居正道。

“张先生确定，他授的不是锦衣卫指挥同知世职？”皇帝问。

“臣确定。”张居正道。

“张先生确定，他的的确确授的是锦衣卫指挥使世职？”皇帝问。

“臣确定。”张居正道。

问到这里，皇帝以为可以进入主题；而张四维、申时行无不担心，张居正一句一句回答得那么痛快，该怎样收场？

“夏助，夏儒弟也；王俊，朕岳丈王伟弟也。夏助可径授锦衣卫指挥使世职，王俊是不是可援其例，授以锦衣卫指挥使？”皇帝问。

“臣以为不可。”张居正说。

“不可？”皇帝呆住。他吃惊的，不仅是张居正的回答，更是张居的从容态度。过好一会儿，他又问，“事例亦可援之，不是张先生说的吗？”

“是臣说的。”张居正道。

“武庙朝，戚家子弟径封锦衣卫指挥使世职，不是张先生说的吗？”皇帝问。

“是臣说的。”张居正道。

“既如此，为何不可？”皇帝问。

“事例可援之，遵照施行，这是臣说的；但臣还有一句话，援事例，遵照施行，与守制度，遵照施行，有所别也。”张居正说。

“二者有何别？”皇帝问。

“制度，无论何时，都须遵行；事例，有先后之分，后一事例若改前一事例，则当遵照后一事例而行。”张居正说。

“张先生不会是说，武庙授戚家子弟锦衣卫使之例，已被后例改变吧？”皇帝存着几分侥幸问。

“臣正是此意。”张居正却说。

“武庙迄今不过五十余年，却是几时改的？”皇帝问。

“世庙末已改之。”张居正说。

“皇祖是怎改的？”皇帝问。

“嘉靖末年，世庙以外戚官例不世袭，故泰和伯子陈绍祖止授尚宝司丞，不世袭。至穆庙时，遵世庙例，故固安伯子陈昌言止授锦衣卫千户，不世袭。戚家子弟授以世职锦衣卫指挥使，一例也；戚家子弟仅授尚宝司丞、锦衣卫千户，不世袭，二例也。戚家子弟授以世职锦衣卫指挥使，先例也；戚家子弟仅授尚宝司丞、锦衣卫千户，不世袭，后例也。戚家子弟授以世职锦衣卫指挥使，皇上皇伯祖所行也；戚家子弟仅授尚宝司丞、锦衣卫千户，不世袭，皇祖、皇考所行也。臣以为，皇上宜从多例，宜从后例，宜从皇祖、皇考之例。”张居正说。

世宗皇帝肃皇后陈姓，穆宗皇帝庄皇后亦陈姓，两位陈国丈封伯，其子弟授官，如张居正所说。

张居正这一番话，不仅让皇帝无话可说，张四维、申时行也不由得在心里叫好。后例改前例，当从后例，他们也是懂得的，但在今日这样的场合能不能说，他们把握不住；特别是拿多例与孤例比较，以皇祖、皇考之例与皇伯祖之例比较，更是他们想不到的。

“张先生，没有改变的余地吗？”皇帝沮丧地问。

“臣以为，尚有改变的余地。”张居正说。

皇帝不再振奋，张四维、申时行也不再吃惊。他们的心情趋于一致，都是好奇。

“怎的改变？”皇帝问。

“一则是皇后亲弟，一则是皇后亲叔，臣以为，弟、叔之亲疏，可以有些微区别。”张居正说。

“张先生是不是说，弟亲过叔？”皇帝问。

“是。”张居正应道。

“张先生是不是想，让王栋保住锦衣卫千户之职，而王俊降一级，授以锦衣卫百户？”皇帝问。

“正好相反，臣是想让王俊保住锦衣卫千户之职，而王栋量升一级，授以锦衣卫指挥佥事。”张居正说。

“就依张先生，”皇帝忙道。这已经是能争取到的最好结果，他用不着再问张四维、申时行的看法。

第一百零三章

方逢时任宣、大总督时，吴兑任宣府巡抚；方逢时任兵部尚书后，吴兑召为兵部侍郎，不久，又加右都御史衔。应该说，二人的缘分不浅。

四月上旬，方逢时致仕。他对来看望他的吴兑说："君泽先生不用为我送行，也不用向我辞行，我二人最好各走各的。"

"行之先生已知我派外差？"吴兑问。

"兵侍外差，相公总要和兵部打个招呼。"方逢时说。

"行之先生没想过留我在朝吗？"吴兑问。

"留君泽先生在朝？君泽先生不要大骂我一通！"方逢时道。

"感激还来不及呢，怎会大骂一通？"吴兑不理解。

"看来，君泽先生有心留于朝中，这我可没想到。"方逢时说。

"行之先生之意，今次差外，对我来说是件好事？"吴兑问。

"当然是好事。"方逢时应道。

"为何是好事？"吴兑问。

"还是君泽先生先告诉我，为何不欲差外吧。"方逢时道。

"以公而论，我佐行之先生掌部务两年，兵部事务，已然熟悉。行之先生致仕，我又差外，对兵部来说，总是个损失吧？以私而论，我在兵部是左侍，又挂右都御史衔，无论兵部正卿缺，抑或都察院正卿缺，两面都可以补之。"吴兑说。

"以公，我已致仕，不能和君泽先生并论。"方逢时笑着说。

"我也更想听听，以私而论，行之先生怎说？"吴兑道。

"我以为，君泽先生的想法是错的。"方逢时说。

"行之先生是不是觉着，我太在意升迁？"吴兑问。

"不，不，"方逢时连声否认，"任属官者，没有不望升堂官的；任佐卿者，没有不望升正卿的。我是过来人，我任佐卿时，一点儿也不比君泽先生通达，我哪里有资格指责君泽先生！"

"那我错在哪里？"吴兑问。

“君泽先生为兵部左侍，又挂右都御史衔，兵部正卿缺，都察院正卿缺，两面都可以补之，这个想法错。”方逢时说。

“行之先生说我错，可我有前例呀。”吴兑道。

“你是说谭公吧？”方逢时问。

“是，”吴兑道，“子理先生召掌戎政，其衔为右都御史兼兵部左侍郎，和我完全相同。他顺升尚书掌部，我为何就不成？”

“时势不同，是不可以类比的。”方逢时说。

“时势有何不同？”吴兑问。

“君泽先生，有些事情靠的体会，很难说清楚。”方逢时道。

“说不清楚，却也能说，是不是？”吴兑一定要他说，“纵然说不清楚，只要提个头，我或能体会得深一些。”

“好，我就懵懂地说，君泽先生就懵懂地听，”方逢时说着，问道，“子理先生前任为谁，君泽先生尚记否？”

“是虞翁。”吴兑说。虞坡是杨博的别号。

“君泽先生的前任为谁？”方逢时又问。

“不是行之先生吗？”吴兑道。

“君泽先生实在性急，”方逢时笑着说，“你若今日升尚书，可说前任是我，但你并未升任尚书。”

“我是说，我任兵部左侍，前任是行之先生；若言尚书前任，尚不知是谁呢？”吴兑笑着分辩。

“我若是说，乾吉先生最有可能成为你前任，君泽先生以为如何？”方逢时问。

他致仕后，即有旨召还蓟、辽总督梁梦龙。梁梦龙在总督任上，已加兵部尚书衔，所以，给他的旨意是还部。还部即掌部。

方逢时说梁梦龙最有可能成为吴兑的前任，意即：吴兑有可能在梁梦龙之后任兵部尚书。这当然是句让人高兴的话。

“我当然雀跃不已。”吴兑说。

“君泽先生雀跃，我也为君泽先生高兴。”方逢时说。

听他的口气，好像不准备再往下说；或者，他再没什么可说的。吴兑自然不会放过他。

“时势若是指此，对我可没多大帮助。”吴兑说。

“我再提一事，”方逢时说着，问道，“虞翁在兵部任上滞留几久，君泽先生尚记否？”

“行之先生问的是前一次，还是后一次？”吴兑反问。

杨博两任兵部尚书，两任吏部尚书。第一次任兵部尚书，是嘉靖三十七年三月至嘉靖四十五年十月，第二次任兵部尚书，是隆庆五年十月至隆庆六年六月。第一次任兵部尚书八年，第二次任兵部尚书则只有八月。

“我问的是子理先生接任兵部尚书的那一次。”方逢时说。

“八月而已。”吴兑道。

“君泽先生，你的前任会在兵部任上滞留几久？”方逢时问。

“你是说乾吉先生？”吴兑问。

“当然。”方逢时道。

“人家尚未到任，就预测离任，未免太不厚道。”吴兑说。

“随便说说，又不会一语成谶；再者，不任兵部尚书，或许和虞翁一样，改掌吏部，也不见得是坏事。”方逢时道。

“说的也是，”吴兑承认他的话有道理。但梁梦龙几时会离开兵部尚书任，别说想，连猜都无从猜起。他说，“乾吉先生在兵部任上滞留几久，我没法给行之先生一个答案。”

“君泽先生没有答案，我也没有答案；不过，”方逢时口气一转，说，“有件事，君泽先生不妨参酌。”

“何事？”吴兑问。

“虞翁与相公相处若何？”方逢时以问代答。

“我欲用若即若离四字，不知是否恰当？”吴兑道。

“恰当之极，”方逢时点头称赞，又问，“乾吉先生与相公相处若何？”

“我欲用如鱼得水四字，不知是否恰当？”吴兑道。

“更为恰当。”方逢时又点头称赞，但不再问。

“行之先生还有别的事要问吗？”吴兑问。

“没有。”方逢时道。

“行之先生之意，我已领悟，”吴兑说，“行之先生问的是三层意思，一则时势不同，二则相处若何，三则久任与否。问三层意思，无非告诉我，今乾吉先生掌部，时势也；乾吉先生与相公相处，如鱼得水，势可久任；兵部正卿之缺，怕不是一两日可以等到。”说罢，问道，“是否？”

“是。”方逢时应道。

“都察院正卿缺呢，也不可坐等？”吴兑问。

“说到都察院正卿，则是另一番思路。”方逢时说。

“是何思路？”吴兑问。

“还是从虞翁说起吧，”方逢时说着，问道，“虞翁掌部时，掌院者为谁，君泽先生尚记否？”

“行之先生问的是虞翁哪一次掌部？”吴兑问。

“第二次掌部。”方逢时道。

“是与翁。”吴兑道。与川是葛守礼的别号。

“与翁自何官改掌都察院，君泽先生尚记否？”方逢时问。

“似由大司寇转。”吴兑说。

“不错，是由刑书转，”方逢时应罢，又问，“与翁后任为谁，君泽先生尚记否？”

“是不是廷裸先生呀？”吴兑记得是陈瓒。

“是廷裸先生，”方逢时应罢，又问，“廷裸先生自何官升掌院都御史，君泽先生尚记否？”

“似从南京召入。”吴兑说。

陈瓒万历三年掌院，吴兑尚在宣府，难怪说不具体。

“是自南京户部尚书任上召入，”方逢时说着，又问，“廷裸先生后任为谁，君泽先生尚记否？”

“不用特别记，文晦先生仍在掌院。”吴兑道。

“文晦先生自何官升掌院事，君泽先生尚记否？”方逢时问。

“是刑部左侍郎吧。”吴兑道。

“君泽先生看，你的三位前任——”方逢时才说半句，被吴兑打断。

“行之先生，我几时掌院！”吴兑道。

“是，”方逢时笑着应道，“我是说，君泽先生若掌院，他三位是君泽先生的前任；或者换个说法，文晦先生之后，谁人掌院，他三位即是谁人前任。三位前任，一转自刑书，一升自刑侍，只有一位与刑部无关，却是从南京户书改任，哪有一个是自兵侍转升的！”

“行之先生之意，兵侍不得升掌院？”吴兑问。

“此非我所知也。不过，我可再给君泽先生举出二位：与翁之前，掌院者子正先生也；子正先生自南京礼部尚书改掌院都御史，而在任南京礼部尚书之前，曾任南京刑部侍郎。子正先生之前，掌院者锺城先生也；锺城先生自刑部尚书改掌院都御史，且曾任南京刑科给事中，刑部侍郎。故我以为，掌院者虽不一定出自刑部，但有刑书、刑侍经历者掌院，似乎更为自然。”

子正即王廷，锺城即张永明，二人在嘉靖年间先后掌院。

“所以，行之先生以为，即便都察院正卿缺，也不可期？”吴兑问。

“是。”方逢时应道。

“兵部正卿缺，其日不可期；都察院正卿缺，其职不可期。所以，不如坦然去应今次的外差？”吴兑问。

“我是想这样劝君泽先生的。”方逢时说。

“可我做不到坦然呀！”吴兑道。

“君泽为何做不到坦然？”方逢时问。

“行之先生给我讲的故事，我都知道；行之先生通过这些故事说的道理，我都懂得。但行之先生想过没有，自总督而召入，又外放总督，近年可有前例？”吴兑道。

他说的总督，其实指蓟、辽总督和宣、大总督。以蓟、辽总督而言。

谭纶召为右都御史兼兵部左侍郎，协理戎政，后掌兵部，刘应节召为南京工部尚书，杨兆召为南京刑部尚书；以宣、大总督而言，王崇古召为兵部尚书，协理戎政，方逢时召为兵部尚书，协理戎政，二人后来都掌部。不管以尚书衔召入，还是以侍郎衔召入，都未再外放。

“确无前例。”方逢时承认。

“若是行之先生遇到并无前例之事，心里能坦然吗？”吴兑问。方逢时正要回答，吴兑摆摆手，示意他不必说。“行之先生和我不同，心里用不着不坦然。”

方逢时奇怪的不是他用不着不坦然，而是吴兑竟公然地说，他二人不同。他问：“我和君泽先生有何不同？”

吴兑想起他才说的一句话，重拾起来，不慌不忙地说：“有些事情靠的体会，很难说清楚。”

“说不清楚，也还能说，是不是？”方逢时也重复吴兑当时的话。

“其实不必说，行之先生想一想，便可了然。”吴兑道。

“想谁个？想君泽先生，还是想我自家？”方逢时问。

“当然是想我。”吴兑道。

“想君泽先生何事？”方逢时问。

“先想一想我的出身。”吴兑说。

“君泽先生不是出自嘉靖己未科吗？”方逢时道。

“乡试呢？”吴兑问。

“乡试？”方逢时不知，只能说句笑话，“总在这之前吧？”

吴兑笑了笑，问道：“行之先生与新郑高公同年，是吧？”

“是。”方逢时应道。

“新郑高公哪一年主浙江试，行之先生知否？”吴兑问。

“老实说，不知，”方逢时道，又说，“不过，我可以推测出来：肃卿兄散馆后，即入侍裕邸，达九年之久。入侍裕邸，是不可能主乡试的。肃卿兄是嘉靖三十八年升侍讲学士的。乡试及顺天、应天试，考官最多为侍讲，不会是侍讲学士。因而，肃卿兄主浙江试，应在嘉靖二十九年至嘉靖三十八年之间。”说着，问道，“君泽先生乡试中式那科，是不是肃卿兄主试？”

“不仅是新郑高公主试，而且我是新郑高公亲点。”吴兑说。

“所以，君泽先生担心，为相公所不容？”方逢时问。

“行之先生说，有没有这个可能？”吴兑反问。

“我看，君泽先生这是多虑，”方逢时说，“我和肃卿兄同年，学甫先生也和肃卿兄同年，我二人不是先后掌部？”

“同年和座主不同，”吴兑道，“同年可不防，门生却不可不防。”

“君泽先生若以为，自家因此事而不容于相公，故放外差，很难令人信服；除非君泽先生还有别的佐证。”方逢时说。

“有啊，”吴兑道，“我是哪一年巡抚宣府的，行之先生尚记否？”

别人不知，方逢时不会不知；别人不记得，方逢时不会不记得。

“是隆庆五年，”他说，“其时，学甫兄总督宣大，君泽先生巡抚宣府，我巡抚大同。”

“行之先生算过没有，隆庆五年，距我会试中第，有几年？”吴兑问。

“虽没算过，却不难算，应该是十二年。”方逢时说。

“释褐十二载，即开府近畿，本朝再没第二人吧？”吴兑道。

“是啊。”方逢时应道，“当时确有人议，君泽先生官运亨通。”

“只是羡我官运亨通吗？”吴兑问。

“我似明白君泽先生的意思，”方逢时道，“隆庆五年，吏部由肃卿兄兼署。虽则学甫兄和我开府，都可以说得肃卿兄庇护；但君泽先生开府，若非肃卿兄力持，几乎是不可能的。”

“这可以算个佐证吗？”吴兑问。

“算个佐证，是没有问题的；但能否算个力证，则很难说。君泽先生要想证实此事，我倒有个提议。”方逢时说。

“有何提议？”吴兑问。

“君泽先生可以去向相公辞行，当面求证。”方逢时说。

“你是说，我去问相公，是否不见容于他，故放外差？”吴兑说着，连声道，“这怎么可以，这怎么可以！”

“当然不可以这样问，也不需要这样问。”方逢时道。

“不需要这样问？”吴兑关注的是后半句话。

“对，”方逢时点头应道，“廷臣外放督、抚，可以向相公辞行，也可以不向相公辞行，但多数是会向相公辞行的。君泽先生去辞行，相公不会疑他，别人也不会言他。再则，君泽先生去向相公辞行，不管问的是何事，为何要将君泽先生外放，相公都会给个说法。所以我以为，君泽先生应去辞行，也须去辞行。”

“好，”吴兑才要应，忽然又产生一个别的想法，“行之先生，你难道不去向相公辞行吗？”

“我是致仕，不是放外官，为何要辞行！”方逢时道。

“虽无一定之规，但大臣致仕，可以向相公辞行，也可以不向相公辞行，而多数会向相公辞行。行之先生去辞行，相公不会疑他，别人也不会言他。行之先生去向相公辞行，不管是问自家的事情，还是问别人的事情，相公都会回答的。”吴兑几乎是学说方逢时的话，表达的意思却完全不同。

“你是要我去问别人的事情？”方逢时问。

“重托。”吴兑说着，深作一揖。

“我本来没打算去向相公辞行；既然君泽先生托付，说不得，我只好去一趟。”方逢时道。

张居正与方逢时面对面地坐着，半真半假地嗔道：“行之先生，我以为你已经不辞而别。”

“怎会！”方逢时赔着笑说。

“你说实话，要不是我让你等乾吉到后，交割一下部务，你是不是已经离京？”张居正问。

“归乡心切，倒是有可能。”方逢时说。

“你今未去，正好有件事请教。”张居正道。

“不敢当，”方逢时揖了揖，问道，“叔大先生下问何事？”

“郜子孝丁忧辞官，你看谁可接任？”张居正问。

郜光先字子孝，山西长治人，嘉靖三十八年进士，以兵部左侍郎兼右副都御史总督陕西三边军务。

“不在其位，不谋其政，何不等乾吉先生还朝后，再议其事？”方逢时不想发表意见。

“总督之位，不可一日或缺。郜子孝接到凶讯即挂印，朝廷得奏报，已迟多日；等乾吉还朝再发布新督，又要迟多日。”张居正说。

“大约有两个法子，”方逢时不得不说，“一个法子，看似简便，其实麻烦；一个法子，看似麻烦，其实简便。”

“有意思，”张居正笑了笑，问道，“哪个法子看似简便？”

“总督所辖，一般都有三四巡抚。譬如陕西三边总督，辖陕西、延绥、宁夏、甘肃四巡抚。看似简便的法子，是从四巡抚中选择一人，升任陕西三边总督。”方逢时说。

“这个法子怎麻烦？”张居正又问。

“一则，四抚中，论资历，论才力，有无合适的，须得考察；二则，无论以四抚中任何一人升任，都要再补该抚之缺。”方逢时说。

“亦即，去一人，须推二员。”张居正说。

“是。”方逢时应道。

“又是哪个法子看似麻烦？”张居正问。。

“从朝中选一佐卿，外任总督。”方逢时说。

“这个法子怎的麻烦？”张居正问。

“一则，两部佐卿十余人，还不算左、右副都御史，从中推出一人，并非易事；二则，外放总督，都要加都察院衔，是加副都好，还是加佥都好，须得斟酌；三则，两部佐卿多由督、抚召入，再放外差是否恰当，须得考虑。”方逢时说。

“这个法子怎又简便？”张居正又问。

“只是差一总督，没有别的麻烦。”方逢时说。

“行之先生的两个法子，与其说一个看似简便，其实麻烦，一个看似麻烦，其实简便；不如说一个简便在前，一个简便在后，或者更准确地说，一个麻烦在前，一个麻烦在后。”张居正更正道。

“叔大先生说的是。”方逢时道。

“我办事宁愿麻烦在前，”张居正选定一种方法后问，“从朝廷差佐卿，行之先生看谁人合适？”

“叔大先生识人最准，一定早盘算好。”方逢时说。

“我知行之先生不好开口，”张居正道，“外差总督，兵部佐卿是首选。但今日兵部，正卿更替，新尚书尚未到任，左侍郎且已外放总督；再把右侍放出去，兵部就要唱空城计。”并说，“行之先生放心，兵部不是个可以唱空城计的衙门。”

“兵部佐卿之外，叔大先生看好哪一衙门佐卿？”方逢时问。

“此人如何？”张居正说着，用手指比画了一个“高”字。

六部侍郎中，只有一人姓高，即工部右侍郎高文荐。方逢时点点头，说：“是个合适的人选。”

“行之先生当真以为合适？”张居正问。

“是。”方逢时应道。

“好，”张居正看似做出决定，但忽问，“行之先生是不是才说，佐卿外放总督，有三个麻烦？”

“是。”方逢时应道。

“既有人选，第一个麻烦算已解决吧？”张居正问。

“是。”方逢时应道。

“第二个麻烦还真是个麻烦，”张居正说，“我记得，高侍郎是从山西巡抚任上召还掌院的，后改工侍。他在巡抚任上的职衔是右副都御史，也是以右副都御史掌院，照理说，外放总督，该加副都御史衔。不过，既放总督，不能挂工侍衔，须得改兵侍；不宜以兵部右侍衔，宜改兵部左侍衔。既由工部右侍改兵部左侍，又带右副都御史，规格似乎过高。”

“叔大先生虑的是。”方逢时道。

“那么，改兵部左侍郎，兼右佥都御史，总督陕西三边军务，如何？”张居正确定高文荐外放的职衔。

“甚当。”方逢时道。

“第三个麻烦，看来不用再提。因为行之先生认可，他是个合适的人选。但我以为，行之先生提出这个麻烦，是有所指的。高侍郎外放总督。是个合适的人选；有人外放总督，则未必是合适的人选，”张居正说着，问道，“行之先生，是不是？”

“我只说，有的佐卿外放总督，是否恰当，须得考虑；并不是说，一定不合适。”方逢时解释。

“行之先生能不能举个例子？”张居正问。

“譬如，高侍郎以巡抚召任佐卿，又外放总督，我以为甚当；若以总督召任佐卿，又外放总督，则须考虑。”方逢时说。

“行之先生说的是君泽先生吧？”张居正不难听出他所指。

“君泽先生是一例。”方逢时说。

“恐怕也是眼下独有的一例。”张居正说。

“叔大先生说的。”方逢时道。

“他让行之先生来找我说此事的？”张居正问。

“他没有。”方逢时道。

“但他有这样的想法，是不是？”张居正问。

“我既有这样的想法，难保他没有这样的想法。”方逢时含糊地回答。

“不管他有没有这样的想法，也不管是不是他让你来的，行之先生，请你转告他：他外放总督，并无不妥。因为蓟、辽总督和宣、大总督，有所不同。”张居正说。

“有何不同，乞叔大先生明示。”方逢时揖道。

“东虏猖獗，甚于套虏、西虏；蓟、辽防务，重于宣、大防务。这算不算一个不同？”张居正问。

“这是个不同。”方逢时道。

“学甫先生以兵侍召还，你行之先生以兵侍召还，他吴君泽也是以兵侍召还；今梁乾吉则以掌部召还。这算不算一个不同？”张居正问。

“这更是个不同，”方逢时道，并问，“叔大先生的意思，他若再召还，可能也是掌部？”

“这我不能保证，我只能告诉他，在天下总督中推大司马，蓟、辽总督肯定是首选。”张居正说。

“对他来说，这应当是莫大的安慰，”方逢时说着，又提出一个建议，“乾吉先生赴蓟、辽总督任，是以右都御史兼兵部右侍郎衔，后又加兵部尚书衔。君泽先生此去，能否也加兵部尚书衔？”

“一兵部尚书衔，何足惜哉！”张居正道。

“叔大先生这么说，算是应承吗？”方逢时不相信会如此顺利。

“这也请行之先生转告他：今东虏为患最烈者，速把亥也，只要他剿灭速把亥，朝廷即以兵书一衔酬之。”

如果说，在天下总督中推大司马，蓟、辽总督是首选，只不过是泛泛的一句承诺；平速把亥即酬以兵部尚书衔，则是一个具体的承诺。方逢时想，吴兑应该会坦然赴任。

第一百零四章

由宣城游至太仓的沈懋学来访，王锡爵陪着他说话。正说在兴头上，一丫鬟进来，伏在王锡爵耳边说句悄悄话。王锡爵看沈懋学一眼，责备丫鬟："不见我有客吗？"

"小姐说，只两句话。"丫鬟道。

"一句话也罢，两句话也罢，不能迟些再说？"王锡爵问。

"小姐说，此话须得即刻与老爷说。"丫鬟道。

沈懋学见状，起身告辞："元驭先生家中有事，晚生告辞。"

没等王锡爵挽留，丫鬟抢先挽留："我家小姐说，沈先生不要走，她和老爷说的话，与沈先生有涉。"

"你家小姐的事，与我有涉？"沈懋学又惊又气。

王、沈二家都是大姓，都是世家；他二人出身，不是状元，就是榜眼，王锡爵又是前辈。要是传出他和王家的小姐有私，那可是轰动太仓，也许还是轰动苏州、轰动江南的天大丑闻。

"不是我家小姐的事与沈先生有涉，是我家小姐与老爷说的事，与沈先生有涉。"丫鬟纠正他的说法。

"你说的小姐，是哪一位小姐？"沈懋学问。

"是二小姐。"丫鬟说。

"可是被称作昙阳子的二小姐？"沈懋学忙问。

"是她。"丫鬟应道。

这一来，沈懋学比丫鬟还要急，他催促王锡爵："昙阳子要说的事与晚生有涉，元驭先生快去吧！"

"怎好怠慢君典？"王锡爵仍感为难。

"不要紧，我在外坐等。"沈懋学道。

王锡爵进内院片刻，很快回来。不同的是，离开时表情平和，回来时则是一脸的尴尬。他的尴尬，使得沈懋学紧张起来。

“看来，话不多。”沈懋学装着无事、没话找话地说。

“她说两句话，就只两句话。”王锡爵道。

“真和晚生有涉？”沈懋学按捺不住地问。

“是。”王锡爵点头应道。

“昙阳子怎说的？”沈懋学问。

“她说两句话。须得先说第一句，第二句才可说。”不知为什么，本来不需要解释的一层意思，王锡爵偏要解释。

“那就请元驭先生先说第一句。”沈懋学道。

“好。”王锡爵虽应答应，却迟迟不说。

“是不是晚生有祸将临？”沈懋学由一般的紧张变为担心。

“那倒不是。”王锡爵摇头道。

“既然不是，元驭先生为何不说？”沈懋学问。

“小女的话，让我难以启齿。”王锡爵说。

这话太奇怪。女儿的话，让父亲转达，父亲却难以启齿！怎会如此？

肯定不会是向沈懋学示爱。王锡爵虽然比沈懋学早十几年中进士，但实际上只年长五岁。而今王锡爵年近半百，沈懋学也四十多岁，而王锡爵的第二个女儿应该在二十五岁左右。让她对比自已年长十五到二十岁的男子产生忘年的恋情，是难以想象的。再者，二十五岁左右的女子也好，四十多岁的男子也好，已不是少男少女，谁会相信一见钟情，两情相悦？何况，王氏二女在少女时代嫁到徐家，在丈夫英年早逝后，已心如止水；不然，人们怎会相传她得道成仙？

那么，又是什么话呢？

“元驭先生，不管怎样的话，但说无妨。”沈懋学催促道。

“好。”王锡爵又答应一声，还是没开口说的意思。

“元驭先生再不说，晚生只得斗胆去问昙阳子本人。”沈懋学近乎威胁地说。

“这倒不失为一个法子，”王锡爵一面赞成，一面却又反对，“不过，小女才说，君典还不能与她相见。”

“这是昙阳子说过的两句话里的一句吗？”沈懋学问。

“不是一句，是半句。”王锡爵道。

“前面一句的半句，抑或后面一句的半句？”沈懋学问。

“是后面一句的半句。”王锡爵说。

“也就是说，不说前面一句话，后面一句话的另外半句是不可说的；或者说了，也不解其意？”沈懋学问。

该王锡爵说的话，沈懋学替他说出来，所以，他只需要点点头。

“那么，元驭先生还是不肯告诉晚生第一句话？”沈懋学问。

“无论怎样的话，君典是不是让我但说无妨？”王锡爵反问。

“这话我说过。”沈懋学道。

“无论我说怎样的话，君典是不是都不会怪罪？”王锡爵问。

“我的话，正是此意。”沈懋学说。

“我其实该问，无论小女说怎样的话，君典是不是都不会怪罪？”王锡爵道。

“我唯一会怪罪的，是元驭先生推三阻四，不肯把昙阳子的话示下。”沈懋学说。

“好，”王锡爵第三次答应之后，慢慢地说，“小女告诉我，她和君典有缘。”在沈懋学还没回味过来，他连忙又加上两个字，“非别缘，乃师弟之缘。”

“元驭先生难以启齿的，是这话？”沈懋学问。

“君典别误会，她不是要拜师于你。”王锡爵提醒他说。

“怎能误会！”沈懋学道，“拜我为师，学些辞赋文章，昙阳子还成其为昙阳子吗！太仓人还不得要我的命！”

“君典仍以为，这话我没什么不好说的？”王锡爵问。

“当然，”沈懋学道，“元驭先生早一刻说这话，我早一刻喜自心生。昙阳子肯收我为弟子，实我三生有幸。”说着起身，整理一下衣袍，“元驭先生，我就在此给昙阳子行礼吧。”

“别急，”王锡爵止住他，“君典莫忘，小女还有一句话呢。”

“是，昙阳师说，晚生还不能与她相见，”沈懋学重复之后，问道，“这是半句话，另外半句怎说的？”

“小女说，十日后可于徐氏坟茔前相见。”王锡爵说。

“十日后与昙阳师于徐氏坟茔前相见，晚生记住。”沈懋学道。

王世贞自郧阳巡抚任上罢归，其弟王世懋也差不多同时辞官归来。王氏昆仲虽不住在一起，但时相往来。

王世懋走进王世贞的书房，兴冲冲地说：“兄长可知，太仓出件大事！”见王世贞之子王士骐也在，书案上放着一页写满了字的纸，父子二人好似正在谈论文章，他连声致歉，“是我冒失，是我冒失！兄长，士骐，你二人继续。”

“我二人说累，正好听你说说太仓的大事。”王世贞道。

“懋叔，小侄也可以听吗？”王士骐问他。

“这得问你父亲。”王世懋道。

“太仓一年能有几件大事！既曰大事，顷刻便传遍太仓，不在这里听到，也会在别处听到。与其在别处听到，还不如听你说，”王世贞说着，命王士骐，“坐下，听你懋叔说！”

“是。”王士骐应道。

王世懋却不坐，在王世贞、王士骐之间不停地走来走去，边走边说。

“元驭先生次女，要收弟子！”他说。

“元驭先生次女，可是自号昙阳子者？”王世贞问。

“是她。”王世懋应道。

“人皆以昙阳子呼之，或以昙阳师呼之，少美为何不欲呼之？”王世贞问。王世懋字敬美，但他兄弟的好友李攀龙、汪道昆等都呼他“少美”，以与王世贞的字“元美”对应，王世贞有时也随着他们这样叫。

“非我不欲呼之，我是怕兄长不欲呼之，不欲听人呼之。”王世懋说。

“我为何不欲听人呼之！”王世贞道，并问，“少美常去元驭家中吗？”

“我和元驭先生，不如兄长熟悉，去得少。”王世懋说。

“大概也没听过，元驭亦呼昙阳子吧？”王世贞问。

“不但没亲耳听过，也没听别人说过。”王世懋道。

“难怪！”王世贞说，“元驭还是很讲究体统的，除非失口，他不会在人面前呼自己次女的别号。”

“父亲是说，他不同于严介溪？”王士骐问。

“截然不同，”王世贞道，“严介溪无论有人无人，无论人多人少，左一个‘东楼’、右一个‘东楼’地叫着；我看，世蕃就是被他一声声‘东楼’叫得飘飘然。”

听他这番议论，王世懋、王士骐频频点头。严世蕃是严嵩独子，严嵩以其别号东楼呼之，是嘉靖年间一桩笑谈。

“少美有没听说，昙阳子要收的弟子是谁人？”王世贞问。

“有人说，是沈君君典。”王世懋道。

“收的竟是状元弟子！”王士骐惊呼。

“此不足怪，”王世贞道，“据我所知，君典在太仓亦元驭家常客，我在他家就遇见过好几次。我想，一定是昙阳子看上君典身上的灵气，放言收他为弟子；而不是君典缠着元驭，要拜在昙阳子门下。”

“兄长怎确定的？”王世懋问。

“太仓士民，欲拜在昙阳子门下的，有多少人？苏州士民，欲拜在昙阳子门下的，有多少人？江南士民，欲拜在昙阳子门下的，有多少人？但昙阳子门下弟子，寥寥数人而已。可见，她并非广收门徒。不知你想过没有，反正我是想过：若昙阳子肯收我为弟子，我说不定也会在她座下拜上几拜；但我不会主动向元驭提出，愿拜在昙阳子门下。我想，君典的想法大概也是如此。”王世贞说。

“兄长所析，大约不会错的，”王世懋虽则肯定他的分析，但还是忍不住问上一句，“昙阳子若放言收兄长为弟子，兄长真会拜在她门下？”

“为何不呢？”王世贞道。

“或许，兄长料到，昙阳子不会如此放肆，元驭先生也不准她如此放肆，才会这么说的，”王世懋也有他的分析，“不信的话，让士骐拜在她门下，看兄长答应不答应。”

“少美说的不错，那是不能答应的。”王世贞道。

“如何？”王世懋以为得理。

“可少美是否知道，我为何不能答应？”王世贞问。

“元驭先生以前辈视兄长，士骐和他应是同辈，拜在其女门下，一下子降两辈，日后怎的相处！”王世懋很容易就想出一个理由。

“少美错矣，我与元驭是以平辈相交。”王世贞说。

“即便平辈相交，士骐拜在昙阳子门下，也是降低一辈。”王世懋说。

“少美还是没说对，”王世贞道，“我不答应士骐拜在昙阳子门下，不是怕他吃亏，而是担心有欺元驭之嫌。”

“欺元驭？从何说起？”王世懋不解。

“我说过，和元驭是以平辈相交的。”王世贞说。

“那又如何？”王世懋问。

“元驭与昙阳子，名为父女，实亦师弟。”王世贞说。

“兄长是说，元驭先生也拜在昙阳子门下？”这可是王世懋没想到的。当然，也是王士骐没想到的。

“当然，不会是正式的礼拜。但据我所知，元驭不止一次地听过昙阳子说法，并大为称赏。”王世贞道。

“原来是这么个欺元驭！说起来，还是士骐吃亏。”王世懋说。

“我怎的吃亏？”王士骐问。

“你父与元驭先生平辈相交，元驭先生拜在昙阳子门下，你也拜在昙阳子门下，他为弟子，你只能为徒孙。”王世懋道。

“让父亲和懋叔如此牵挂，我不拜在她门下就是。”王士骐说。

“好，”王世贞止住二人说笑，他问王世懋，“昙阳子收君典为弟子，日子定否，地点定否？”

“皆定，”王世懋道，并问，“兄长是不是打算去观礼？”

“权当给元驭捧场，我是要去的。少美，你也可去看看；士骐，你却不要去。”王世贞吩咐。

昙阳子指定的那一天，那一地，人头攒动，万众拥聚。来的最近的，是徐氏乡人；然后，是太仓城里的居民；稍远者，有从苏州城来的，有从崇明、吴江、昆山、常熟、嘉定来的；再远者，有从松江、常州、镇江等府来的，有从南京来的，有从扬州渡江而来的；再远者，有从浙江、江西、福建等布政司来的。拜在昙阳子门下的弟子，昙阳子未收在门下但自认为是其弟子的士民，虽不自认为是昙阳子弟子但对其仰慕已久的市民，以及单纯为看热闹的市民，凡在十日之内得到讯息并能在十日之内赶到的人们，从天色未明开始，络绎不绝地赶来这里。

从各地赶来的致仕官员不少。王世贞估计，实际看到的也是，来者都不如他资深，不如他官品高，他们一定会和他招呼、寒暄。他拉王世懋躲到一棵大树后，免得成众矢之的。

沈懋学恭立在人群之外，等候昙阳子的到来。众人知道，他现在需要的是心静，所以，没有人来打扰他。

一领小轿，出太仓城，缓缓而来。除两个轿夫，轿边只有一名沈懋学见过的丫鬟随行。

轿子将近，沈懋学匍匐在路旁，等轿子过去，等昙阳子发话。

昙阳子对轿外的丫鬟说句话。丫鬟传达：“小姐请沈先生跟来。”

“是。”沈懋学应道。

小轿走完平坦的道路，开始沿着山间的坡路往昙阳子亡夫的坟茔行去。丫鬟仍跟在轿边，沈懋学跟在轿后。

小轿所过之处，一片一片的人群跪拜行礼。不想跪拜的人，还有不好意思在今日这种场合跪拜的人，自觉地退到后面。

小轿平静地从匍匐跪拜的人群中经过，丫鬟平静地从匍匐跪拜的人群中走过，只有沈懋学不时向两旁合十致谢。

小轿在离昙阳子亡夫坟茔十步开外停下来。昙阳子下轿，走到坟茔前，双手合十，躬身行礼。礼毕，她回转身来，向一侧走几步。

丫鬟示意沈懋学随她走过去。

待她站定，沈懋学欲屈膝，准备拜下。

她摆了摆手，说："在佛，我是俗家弟子；在我，沈君是俗家弟子。佛门的这些礼仪，全免吧。"

"俗家师弟，也要行礼的。"沈懋学说。

"在我，是我父之女；在沈君，是我父之友。世俗的这些礼仪，也免吧。"昙阳子说。

"谨遵师命。"沈懋学道。

"今日约你来此，有两层意思。"昙阳子说。

"是。"沈懋学应道。

"第一层意思：我虽收过几名弟子，但没对任何一名弟子说过我的师承，我想让你知道。"昙阳子说。

"请昙阳师示下，弟子谨记。"沈懋学道。

"沈君知昙噩禅师否？"昙阳子问。

"弟子不知。"沈懋学道。

"沈君不须沮丧，我父博学，亦不知。当今之世，尚知昙噩禅师者没有几人。弇州山人或知之；日后，沈君可向弇州山人请教。我今日只告诉沈君，昙噩禅师，我师也。"昙阳子说。

"是。"沈懋学应道。

"第二层意思：我今日为坐化而来，要让沈君作个见证。"昙阳子说。

男女有别，又是师弟的关系，沈懋学不便观望昙阳子面容。听这话，他目光忍不住在昙阳子脸上稍事驻留。他发现，昙阳子脸色红润，二目有神，绝不似将逝之人。

"弟子看，昙阳师阳寿还长久得很。"他说。

"沈君充其量修身，并未修神，阴阳之别，怎区分得清！"昙阳子道。

"何谓修身，何谓修神？"沈懋学请教。

"人道修身，圣道修神。"昙阳子说。

"弟子愿修神，须从何入手？"沈懋学问。

"我父亦欲修神。我对他说：既已入世，难以出世；只可修身，不可修神。"昙阳子道。

"弟子也只可修身？"沈懋学问。

"我父悟性，只可修身；沈君悟性，只可修身。修身虽不能达到圣界，但足以做一个好人，做一个好官。"昙阳子说。

"昙阳师是说，弟子还可以做官？"沈懋学问。

"我说的是我父，他的官运远没到头；至于沈君——"昙阳子话说到一半，戛然而止。

“是不是弟子的官运已到头？”沈懋学问。

“我时不多，沈君让我静一静。”昙阳子道。

她手往一棵大树下指指，丫鬟把一个蒲团放在树下。她盘坐在蒲团上，闭目，合十，口中念念有词。四周一片静谧，数以万计的人们，无不关注着她。只见她的嘴唇渐渐由频动到慢动，从微动到不动。

丫鬟用手指在她鼻下试试，证实已无气息。

众人匍匐跪拜，送她仙去。

第一百零五章

牛唯炳的奏本送到内阁，张居正看过题目，立刻差人去找他来。他奏本的题目是：妖徒日盛，恳乞圣明亟为禁止，以正人心，以消隐忧事。

在等牛惟炳时，他读着奏本，目光久久盯在“乃近日复得《昙阳太师传》睹之，王锡爵所草创、王世贞从而润色之者也”这句上，无心往下读。

牛唯炳从未单独面对张居正，一时手足无措。

“你是——”张居正问。

“下官牛唯炳，草字懋华。”牛唯炳把名、字一起报上。

“听你口音，是北直隶人吧？”张居正问。

“是，”牛唯炳应道，同时报上出身、官职，“下官是甲戌科进士，现官户科给事中。”

甲戌年即万历二年，距今七年，算是资历适中的给事中。

“懋华这道奏本，分量不轻呀。”张居正说。

“元美先生、元驭先生都是下官仰慕的前辈，若不是忍无可忍，下官也不会肆无忌惮地攻之。”牛唯炳说。

“懋华，你是仰慕他二人，还是嫉恨他二人，我不关心；我关心的是它，”张居正指定奏本上的一处，问道，“近日复得《昙阳太师传》睹之，你是亲睹吗？”

“下官是亲睹。”牛唯炳说。

“也就是说，你手里有该文？”张居正问。

“没有，下官是借阅的。”牛唯炳说。

“还能借到吗？”张居正问。

“借是能借到，不过，不见得一两日内能借到。”牛唯炳说。

“这是为何？”张居正问。

“下官有一同年，在苏州任官，他赴京觐见时，携有该文抄本，下官是从他那里借阅的，阅后还与他。”牛唯炳说。

“他已回任？”张居正问。

“是。”牛唯炳应道。

“不妨，”张居正道，“也不见得只你那位同年手里有该文，也不见得该文抄本就没有留在京师的，只要查一查即知。”

“师相说的是。”牛唯炳道。

“懋华，我要问你的，其实是下一句，”张居正挪动一下手指，问道，“该文所署，可是王元驭撰，王凤洲辑？”

“下官阅的是抄本，并无撰者及辑者。”牛唯炳说。

“那你怎知是王元驭草创，王凤洲润色？”张居正问。

“下官是风闻。”牛唯炳说。

“是你那位携来该文的同年告诉你的？”张居正问。

“下官是从别的入觐官那里听说的，并询问过下官那位同年。他只说有所闻，并不能证实。”牛唯炳说。

“但你确定该文是王元驭草创，王凤洲润色？”张居正追问。

“是。”牛唯炳应道。

“你怎能确定？”张居正问。

“下官询问过太仓、苏州等地入觐官员，及太仓籍、苏州籍官员，都道元驭先生为其女立龛，确有其事；为其女建观，确有其事。既可立龛，既可建观，为何不可作传？再者，下官听说，该女夫婿亡故后，即还元驭先生府上，一切诡异变幻之状，没有比他更清楚的。所以，下官确定，该文必由元驭先生草创。”牛唯炳说。

“又怎见得是王凤洲润色？”张居正问。

“下官说过，对元美先生仰慕已久。元美先生所撰人物志传及墓志铭等，下官读过不下百篇，对其遣字造句，对其行文风格，有所了解。所以，下官确定，该文由元美先生润色。”牛唯炳说。

“王元驭草创，王凤洲润色，不能说你的分析没有道理，只可惜都不是真凭实据。”张居正道。

“师相若是想要更多证据，下官愿下气力去寻找，再重新写过奏本。”牛唯炳说。

“不用，”张居正摇头道，“我说过，你这道奏本分量不轻。来，你把这几句读给我听听。”

牛惟炳按照他的要求，读道：今各处异教蜂起，禁之自戢。乞速行彼中抚、按，将昙阳恬淡观，并《昙阳太师传》刻板，尽行拆毁，龛中尸骸，勒限如礼迁葬。仍乞天语戒谕锡爵，宜斥邪奉正，使乡人有矜式；勿得顿丧平生，自干清议。

“禁之自戢，懋华的话不错。”张居正若有所思地说。

慈圣皇太后把冯保叫到慈宁宫，开宗明义地问他："毁庐焚骨，以绝异端，这是谁个的意思？"

"是大宗伯倡议。"冯保说。

"我不知大宗伯是谁！"慈圣皇太后话语间，流露出强烈的不满。

"是徐尚书学谟。"冯保说。

徐学谟是去年十二月，前尚书潘晟致仕后，接掌礼部的。

"他是哪一科的进士？"慈圣皇太后道。

"是嘉靖庚戌科，即嘉靖二十九年的进士。"冯保说。

"比张先生仅迟一科，是吧？"慈圣皇太后问。

"是。"冯保应道。

"资历不算浅，他难道不知三教合流之说，开口、闭口便称异端！"慈圣皇太后叱道。

"娘娘责备的是。"冯保道。

"他的乡贯是哪里？"慈圣皇太后又问。

"南直隶嘉定。"冯保说

"嘉定隶于哪一府？"慈圣皇太后问。

"苏州。"冯保说。

"我记得，太仓也隶于苏州吧？"慈圣皇太后问。

"是。"冯保应道。

"同属一郡，却不能相容，徐尚书也太没有气度。"慈圣皇太后说。

"娘娘说的是。"冯保道。

"此事张先生怎看？"慈圣皇太后换个问题。

"奴才问过张先生，似在两可之间。"冯保说。

"姓牛的给谏是不是说，《昙阳太师传》是由王锡爵草创，王世贞润色？"慈圣皇太后问。

"是。"冯保应道。

"我记得你告诉过我，王世贞和张先生是同年进士。"慈圣皇太后说。

"是。"冯保边应，心里边想：慈圣皇太后要是再说，同为一科，却不能相容，事情可要严重得多。

但慈圣皇太后不会轻易批评张居正，即使在冯保面前。她说的仍是王世贞："我记得你还说过，王世贞学问很好。"

“是，”冯保应道，“王世贞学识渊博，本朝立国以来，堪称第一人。”

“由今次之事，看得出来吗？”慈圣皇太后问。

“可见端倪。”冯保说。

“说给我听听。”慈圣皇太后命道。

“是，”冯保应一声，说道，“据苏州士人相传，昙阳子坐化前，告诉弟子，她师承于昙噩禅师。她的弟子中，有考中状元者，不知师祖是何方高人；还是经王世贞考究，才知昙噩禅师其人。”

“王世贞考究出的昙噩禅师，究为何人？”慈圣皇太后问。

“昙噩禅师是前元人物，其籍贯浙江慈溪，也姓王。年轻时离家，游至长芦，剃度为僧。曾于杭州灵隐寺修行，后主保圣、开寿、国清诸寺，最后开山瑞龙院。洪武初，我太祖高皇帝闻其名，征馆于天界寺，以年老，赐命还山。四年后，昙噩禅师终于瑞龙院。”冯保述道。

“老冯，你说洪武初，能说得出具体是哪一年吗？”慈圣皇太后问。

“是洪武二年。”冯保说。

“那么，他坐化应该是洪武六年。”慈圣皇太后道。

“是。”冯保应道。

“洪武六年至今，有多少年？”慈圣皇太后问。

“娘娘想到的事，奴才也想到。所以，奴才曾仔细计算，应是二百零八年。”冯保说。

“我想到的事？我想到的是何事？”慈圣皇太后问。

“要是昙噩禅师终于洪武六年不谬，昙阳子是近年师事于他，则昙噩禅师差不多该有三百岁；要是昙阳子在昙噩禅师坐化前师事于他，昙阳子也应该有二百余岁。”冯保说。

“三百岁是怎推算出来的？”慈圣皇太后问。

“昙噩禅师离家时二十四岁，距我大明立国，恰好一个甲子。洪武二年，他应是八十五岁，洪武六年，他应是八十九岁。再加上二百零八年，应是二百九十七岁。”冯保计算道。

“真是差不多三百岁，”慈圣皇太后说着，称赞一句，“你说王世贞学识渊博，我看你老冯的学识也很渊博。”

“奴才读过一篇文字，才知昙噩禅师其人的；他们告诉奴才，这篇文字附在《昙阳太师传》后面。”冯保说。

“看来，王世贞所谓润色，是加进许多鲜为人知的事，”慈圣皇太后道，又说，

“老冯，我想到的事，和你想到的事，看似相同，其实想法是不一样的。”

“娘娘的想法是——”冯保问。

“昙噩禅师三百岁也好，昙阳子二百岁也好，昙阳子既然说师承昙噩禅师，就一定曾为师徒。至于在何时为师徒，在何处为师徒，则不得而知。”慈圣皇太后说。

“娘娘的想法，比奴才的想法更深一层。”冯保道。

“三百岁的昙噩禅师和二百岁的昙阳子曾为师徒，师傅不是凡人，徒儿也不是凡人，”慈圣皇太后说到这里，顿了顿，然后下定决心，“老冯，你去和张先生说：神灵之事，信之则有，不信则无，此事不要再追究；毁庐焚骨，也不要再提。”

“是。”冯保应道。

第一百零六章

兵部的堂官又搭配完整。梁梦龙到任后，兵部右侍郎王一鹗改左侍郎，宣府巡抚张佳胤召为兵部右侍郎。

他们议论的第一件大事，是变卖种马。

“二位有何高见？”梁梦龙问。

王一鹗、张佳胤的想法一样：第一，如果张居正尚无定见，他们的见解可以随意发挥，说的中张居正意，是一功，说的不中张居正意，也不至于成一祸；要是张居正已经有主张，那就围绕着张居正的主张，加以发挥，加以完善，否则，都是白说。第二，他们都知道，梁梦龙最受张居正赏识，张居正有没有定见，一问梁梦龙即知。

因此，他二人齐问：“相公有无说法？”

“无。”梁梦龙道。

“有无训示？”二人又问。

“训示只是：怎利于朝廷，怎做。”梁梦龙道。

“既如此，我看种马宜变卖。”王一鹗说。

“子荐兄的意思，是悉数变卖，还是部分变卖？”梁梦龙问。

“既然变卖，自然是悉数变卖的好。”王一鹗说。

“肖甫先生的意思呢？”梁梦龙又问张佳胤。

王一鹗字子荐，北直隶曲周人，和梁梦龙是同年进士。张佳胤字肖甫，四川铜梁人，嘉靖二十九年进士。

“我也是此意。”张佳胤说。

“悉数变卖，会不会太急？”梁梦龙有顾虑。

“议论多日，不能说急。”王一鹗说。

“岂止多日！”张佳胤道，“若从隆庆二年算起，议有十余年。”

“肖甫先生为何要从隆庆二年算起？”梁梦龙问。

“大司马应该知道的呀。”张佳胤说。

梁梦龙仍没反应过来，王一鹗提醒他："肖甫先生从隆庆二年算起，是因为砺节兄的奏议。"

武金字砺节，北直隶井陉人，隆庆二年官太仆寺少卿时，曾奏请变卖种马。因为他也是嘉靖三十二年进士，所以张佳胤说，梁梦龙对武金那次奏议应该知道。

"砺节兄那次奏议，似乎还有效果，是吧？"梁梦龙问。

"是。"王一鹗、张佳胤齐应道。

"既然说到隆庆二年，不如再往前说说，把变卖种马的缘由从头捋一遍。最后是变卖也好，不变卖也好，相公问起来，都拿得出个理由来，"梁梦龙说着，问道，"二位看如何？"

"好。"王一鹗、张佳胤都同意。

"洪武初，种马皆官牧，几时改为民牧？"梁梦龙提出第一个问题。

"洪武末。"王一鹗随口说道。

"洪武几年，子荐兄记得吗？"梁梦龙问。

"这却不记得。"王一鹗说。

"肖甫先生记得吗？"梁梦龙又问张佳胤。

"似是洪武二十八年。"张佳胤说。

"我记得罢群牧监，其马隶有司牧养，是在洪武二十八年；种马改为民牧，也在洪武二十八年吗？"王一鹗提出异议。

"二位稍等，查查便知，"梁梦龙说着，真的去查文档。查过之后回来，对张佳胤竖竖拇指，又对王一鹗竖竖拇指，"肖甫先生说的不错，种马改为民牧，是在洪武二十八年；子荐兄说的不错，罢设群牧监，也是在洪武二十八年。"

"如此细议，恐怕三五日也议不完。"王一鹗说。

"怕议不完，下面不必议得这么细，"梁梦龙道。他也觉得议这么细太费工夫。总不能一遇到说不准的事，就去查文档；再说，种马改为民牧的年份，轻而易举可查到，不见得所有说不准的事，都能轻而易举地查出。他转到第二个问题，问道，"民牧种马，行于何处，二位尚记否？"

"永乐间，行于北畿永平等七府；宣德间，增山东兖州等三府；正统间，增河南彰德等四府。"王一鹗说。

"说出永平，又说出七府；说出兖州，又说出三府；说出彰德，又说出四府，我看就可以。肖甫先生，你说呢？"梁梦龙问的是张佳胤，实则是向王一鹗表明，他真的不打算议那么细。

"乾吉先生说的是。"张佳胤当然不好意思说不是；或者，逞能般地把其他各府一一道出。

“不过，我还是想请肖甫先生告诉我，行于永平等七府，是在永乐哪一年？”梁梦龙却没有就此打住。

“永乐十年。”张佳胤说。

“增行于兖州等三府，是在宣德哪一年？”梁梦龙问。

“宣德四年。”张佳胤说。

“又增行于彰德等四府，是在正统哪一年？”梁梦龙问。

“正统十一年。”张佳胤说。

“子荐兄，”梁梦龙转对王一鹗说，“我问出这几个年份，并不是想把事情议得过细。”

“我知乾吉兄必有深意。”王一鹗道。

“我想请子荐兄帮我算一算，从种马改为民牧，到行于永平等七府，其间相隔几多年？”梁梦龙问。

“从洪武二十八年，到永乐十年，相隔十七年。”王一鹗说。

“从行于永平等七府，到增行于兖州三府，其间相隔几多年？”梁梦龙问。

“从永乐十年，到宣德四年，相隔也是十七年。”王一鹗说。

“从行于永平、兖州等十府，到增行于彰德等四府，其间相隔几多年？”梁梦龙问。

“从宣德四年，到正统十一年，相隔还是十七年。”王一鹗说。

“三个相隔十七年，可是大有讲究呀，”梁梦龙说着，问道，“洪武二十八年，定种马改为民牧，应是于原来各官牧之所，分散改为民牧。我这样理解，不知有没有错？”

“乾吉兄理解的不错。”王一鹗说。

“乾吉先生理解的不错。”张佳胤也说。

“十七年之后，即永乐十年，行于永平等七府，应是将民牧种马集中在永平等七府。换言之，永平七府民牧，足矣。我这样理解，不知有没有错？”梁梦龙问。

“乾吉兄理解的不错。”王一鹗说。

“乾吉先生理解的不错。”张佳胤也说。

“又一个十七年之后，即宣德四年，增行于兖州三府，应是将种马集中在永平等七府民牧，已不足够；但增加兖州三府之后，民牧行于永平、兖州等十府，足矣。我这样理解，不知有没有错？”梁梦龙问。

“乾吉兄理解的不错。”王一鹗说。

"乾吉先生理解的不错。"张佳胤也说。

"又一个十七年之后，即正统十一年，增行于彰德四府，应是将种马民牧于永平、兖州等十府，已不足够；但增加彰德四府后，民牧行于永平、兖州、彰德等十四府，足矣。我这样理解，不知有没有错？"梁梦龙问。

"乾吉兄理解的不错。"王一鹗说。

"乾吉先生理解的不错。"张佳胤也说。

"为何种马当变卖，要我说，这三个十七年间的变化，是一个可以说得清楚的理由。"梁梦龙说。

"乾吉兄是说，种马之牧，由七府而十府，由十府而十四府，累及牧民越来越多，不如变卖？"王一鹗是一种理解。

"是。"梁梦龙应道。

"乾吉先生是说，种马之牧，七府不足，而增三府，十府不足，复增四府，累计官府越来越多，不如变卖？"张佳胤从另一个角度说。

"是。"梁梦龙也应道。

"乾吉兄说，这三个十七年间的变化，是一个可以说得清楚的理由，是不是还有另一个说得清楚的理由？"王一鹗问。

"或是一个说不清楚的理由？"张佳胤则问。

"的确还有一个理由，你说它说得清楚也对，说它说不清楚也对。"梁梦龙道。

"却是何理由？"王一鹗、张佳胤齐问。

"正统十一年之后，民牧种马还有没有增行于他处？"梁梦龙反问。

"应该没再增行他处。"王一鹗说。

"肯定没有再增行他处。"张佳胤说。

"子荐兄为何说应该没有？"梁梦龙问王一鹗。

"此后，部臣、科臣等关注的，似乎都是变卖种马。"王一鹗说的是不太肯定的变化。

"肖甫先生为何说肯定没有？"梁梦龙问张佳胤。

"在增加民牧种马地域和变卖种马之间，还有一个环节，即弘治年间，确定种马额数。"张佳胤说的是可以肯定的一件事。

"是弘治哪一年？"梁梦龙问。

"弘治六年。"张佳胤说。

"是谁人议定？"梁梦龙问。

"太仆寺少卿彭公礼。"张佳胤说。

“他怎议的？”梁梦龙问。

“彭公议道：养马户丁有限，请止设种马十万匹，岁征驹二万五千匹。”张佳胤说。

“弘治六年，太仆少卿彭礼奏定种马额数十万匹，此前种马额数应在十万匹以上。我这样理解，不知有没有错？”梁梦龙问。

“乾吉先生理解的不错。”张佳胤说。

“乾吉兄理解的不错。”王一鹗说。

“然后是变卖种马之议，是不是？”梁梦龙问。

“是。”王一鹗、张佳胤齐应道。

“变卖种马，不会始于隆庆二年砺节兄的奏请吧？”梁梦龙问王一鹗。

“变卖种马，并非始于隆庆二年，”王一鹗说，“据我所知，嘉靖年间，曾有两次变卖。”

“子荐兄稍等，”梁梦龙止住他，转问张佳胤，“肖甫先生，嘉靖之前，有没有变卖种马之议？”

“应该没有，”张佳胤也不是很有把握，“据我所知，正德年间，曾有御史议过种马事，但仅议及令民买解，并未议及变卖种马。”

“子荐兄，请你说说嘉靖年间的两次变卖吧。”梁梦龙转回王一鹗。

“我记得不那么细，乾吉兄欲知细节，可咨于肖甫先生，”王一鹗做个铺垫，然后说，“前面一次，由浙江道御史钱君璞等奏请：年份我不记得，只记得奏请变卖四千余匹；后面一次，由应天巡抚翁公大立奏请：年份我记得，是在嘉靖二十九年，奏请变卖匹数，我却不记得。”

因为他做过铺垫，梁梦龙不好意思向张佳胤询问，张佳胤也不好意思加以补充。好在不加补充，也可以议下去。

“隆庆二年，砺节兄奏请变卖种马几多？”梁梦龙问。

“砺节兄是奏请悉数变卖。”王一鹗说。

“结果呢？”梁梦龙问。

“结果变卖半数。”王一鹗说。

“和钱君的奏请比起来，甚至和翁公的奏请比起来，砺节兄这次的奏请，可谓大手笔。”梁梦龙道。

“诚如所言。”王一鹗、张佳胤齐道。

“砺节兄之后，还有谁人奏请悉数变卖？”梁梦龙又问。

“万历二年，巡按直隶御史胡君秉性又言变卖之事。”王一鹗说。

“他怎议的？”梁梦龙问。

“奏请变卖安东等四县种马七百五十四匹。”王一鹗说。

“好，此事沿革说得已差不多，我该给二位一个交代，”梁梦龙道。“二位还记得吧，方才言及另一个理由，我告诉二位，说它说得清楚也对，说它说不清楚也对？”

“记得。”王一鹗、张佳胤齐道。

“乾吉兄，何谓说得清楚也对？”王一鹗又问。

“乾吉先生，何谓说不清楚也对？”张佳胤又问。

“我先说何谓说不清楚吧，”梁梦龙道，“我想说的另一个理由是，正统十一年之后，民牧种马，不再增行于别府，故而不如变卖之。肖甫先生说，这能说得清楚吗？”

“确是说不清楚。”张佳胤说。

“我想说的另一个理由是，正统十一年之后，民牧种马有许多二位方才提到的变更，故而不如变卖之，”梁梦龙说着，问王一鹗，“子荐兄说，这能说得清楚吗？”

“要看怎说。”王一鹗道。

“不错，得有个说法才成，”梁梦龙点点头，问道，“子荐兄说，嘉靖年间御史钱君璞等奏请变卖，年份记不清，我假设是在嘉靖十九年，子荐兄看使得使不得？”

“乾吉兄知其在嘉靖十九年，抑或假设其在嘉靖十九年？”王一鹗问。

“纯属假设。”梁梦龙说。

“乾吉兄为何假设在嘉靖十九年？”王一鹗问。

“因为我又要计算相隔的年份，”梁梦龙说着，问道，“正统十一年，至弘治六年，相隔几多年？”

“相隔四十七年。”王一鹗说。

“弘治六年，至嘉靖十九年，相隔几多年？”梁梦龙又问。

“好像也是四十七年，”王一鹗边说边计算。计算出来后，他不无惊诧，“乾吉兄，的确是四十七年！”

“弘治六年，彭公奏定种马额数，为的是苏民困，同时减轻朝廷的负担。我这样理解，不知有没有错？”梁梦龙问。

“乾吉兄理解得不错。”王一鹗说。

“乾吉先生理解得不错。”张佳胤也说。

“嘉靖十九年，钱君首议变卖种马，为的是苏民困，同时减轻朝廷的负担。我这样理解，有没有错？”梁梦龙问。

“乾吉兄理解得不错。”王一鹗说。

“乾吉先生理解得不错。”张佳胤也说。

“彭公者，太仆少卿也；砺节兄，亦太仆少卿也。两个相隔四十七年，两位太仆少卿言种马事，为何种马当变卖，这也是一个说得清楚的理由吧！”梁梦龙道。

“乾吉先生所举两个理由，很是充分；但我以为，还有一笔账目可为朝廷算一算。”张佳胤说。

“是何账目？”梁梦龙问。

“种马悉数变卖，草料折银照收，我算了算，每岁可入十二万五千余金，积十年，可得百万。”张佳胤说。

“这笔账算得也好，相公定悦之，皇上定悦之。”梁梦龙道。

第一百零七章

刘戡之一路上都在念叨，最好让他先遇到大哥。在张氏三兄弟中，老大张敬修最厚道；至少，对他这个渐已失宠于岳丈的妹夫，还算厚道。当然，也还有别的原因。二哥嗣修中万历五年的榜眼，三哥懋修中万历八年的状元，只有张敬修中的是万历八年的二甲第十八名，比较起来，和他这个连乡试也不曾中的妹夫，差距稍微小一点儿。

真是天如人愿，在张府门外，他和张敬修撞个正着。

“大哥！”他抢上前，招呼道。

“元定来了，”张敬修说着，拍拍他肩膀，以示亲切。并邀道，“走吧，一起进去。”

“今日特来看望大哥，既巧遇，就不进去。”刘戡之婉拒。

“特来看我，不会吧？”张敬修不信。

“为何我不会特来看大哥？”刘戡之问。

“你若特意看我，早约我去别的地方，不会找到家来。”张敬修说。

“大哥料事真准，我今日还真不是特意来看大哥的。”刘戡之说。

“那就快进去吧，要看谁个，去找谁个。”张敬修道。

“我还是不进去吧。”刘戡之犹豫着说。

“元定怕撞上父亲吗？放心，他这两日身体不适，根本不会到院子里走动。”张敬修说。

“岳父大人身体不适，我也有所闻。不碍事吧？”刘戡之问。

“只是咳嗽不止，多痰，倒没别的毛病，”张敬修道，又说，“元定果然是来探视父亲病情的。己卯年乡试的事，父亲不止一次地说过，是孟真先生阻挠，并非元定本意；且事过两年，父亲也已淡忘。元定去给他请安，他会高兴的。”

“若是为请安，我自会硬着头皮去见岳父大人。”刘戡之说。

“元定来，也不是特意来给父亲请安？”张敬修问。

“不是。”刘戡之摇头。

“不是特意来看我，不是特意来看父亲，却是特意来看谁个？”张敬修想不出来，好心地说，“要不，你想见谁个，我帮你叫出来？”

“除大哥，我并不想见别个。”刘戡之说。

“并不是特意来看我的，却除我，并不想见别个，元定，你说得我好糊涂呀。”张敬修道。

“我不是特意来看大哥，但有件事，却须得大哥拿主意。”刘戡之说。

“何事须得我拿主意？”张敬修问。

“是一桩和张、刘两家都有关的事。”刘戡之说。

“是和你那个刘家和我这个张家都有关的事？”张敬修明知不会是别的意思，还是问一句。

“是。”刘戡之应道。

“我若有外甥，或许会想，是不是他出事；偏偏又没有。元定告诉我，是不是小妹出事？”张敬修道。

“是。”刘戡之应道。

“可是患病？”张敬修问。

“是。”刘戡之应道。

“病得重不重？”张敬修问。

“大哥，岳父大人的病当真不碍事？”刘戡之不回答，却反问一句。

张敬修问小妹的病重不重，并不特别担心。小妹向来体弱，吃的又过于清淡，常闹些小病。不但他已习惯，连对她钟爱有加的父亲也已习惯。所以，病得重不重，是句寻常的询问。但刘戡之反问张居正的病情，让他担心：虽然，刘戡之有时来府上，会说一句小妹哪处不舒服之类的话，但从来没有特意来报告小妹的病情。看来，小妹是病重。刘戡之再次询问父亲的病情，不是担心父亲的病碍事不碍事，而是担心把小妹生病的事告诉他，碍事不碍事。

“有没请医者诊视？”张敬修问。

“请过。”刘戡之道。

“医者怎说？”张敬修问。

“他说，他说，”刘戡之定定神，决定说出实情，“有些麻烦。”

“这是原话？”张敬修追问。

“他的原话是，相当麻烦。”刘戡之道。

“元定，你请的是名医吗？”张敬修问。

“在京师，算是相当有名气的。”刘戡之说。

“有没请过太医？”张敬修又问。

“没有，”刘戡之道，“家父和太医院里的人，素无来往。”

“不行！”张敬修断然言道，“你和我一同去太医院，把小妹的病情详细说与他等知道，该着谁去，我让院使亲自择定。”

“若得如此，再好不过，”刘戡之不由松口气，他问，“这就去吗？”

“你特意来的，还能耽搁吗！”张敬修道。

“我是问，要不要和岳父大人打个招呼？”刘戡之说。

“你担心我请不来太医？”张敬修问。

“不，”刘戡之摇头，“我是担心，日后岳父大人知道小妹患病，我却不来禀告，会怪罪的。”

对自己的爱妻，他也随张敬修等，以小妹呼之。

“父亲的病虽然不碍事，但小妹的病还是先不告诉他为好。日后他若怪罪，自有我来担待。”张敬修说。

“是。”刘戡之应道。

两天后，刘戡之再到张府，在院子里先遇到张嗣修。

“元定，小妹吃过章太医的药，见好吧？”张嗣修问。

“是，是。”刘戡之应道。

虽连应两声，但听上去，应得勉强。

“怎么，仍然麻烦？”张嗣修问。看来，张敬修和他说过小妹的病情，而且用的是“麻烦”二字。

“听说，岳父大人完全康复？”刘戡之反问。

“不能说完全康复，但已经入值内阁；回家后，也常在院子里走一走。”张嗣修说。

“今日已回到府上吗？”刘戡之问。

“已回来。”张嗣修说。

“二哥替我请个安，我先回去。”刘戡之说着，转身要走。

“等等，”张嗣修叫住他，“元定，我知你近来怕见父亲；小妹一病，你更怕见父亲。但今日，你无论如何要亲自给父亲请安。”

“这是为何？”刘戡之问。

“这些日子，父亲常问起小妹，我等都在敷衍。好在他在病榻，只是问问而已。今日他眼看着康复，眼看着可以走动，你难道让他老人家找上门去看女儿？”张嗣修道。

“还望二哥再帮着敷衍两日，还望二哥和另外两位哥哥商量着再隐瞒两日。”刘戬之说着，连连作揖。

“对了，你还没告诉我呢，小妹是不是仍然麻烦？”张嗣修又问一遍。

“是。”刘戬之应道。

“仍然相当麻烦？”张嗣修又问。

“这个——”刘戬之有话，不好说出。

“你对我不妨直说。”张嗣修道。

“是更麻烦。”刘戬之说。

张嗣修一惊，忙问：“怎么个更麻烦？”

“当天用章太医的药，次日症状见轻；但第二天用同一剂药，再次日症状却更重。”刘戬之说。

“有没有再请章太医去看看？”张嗣修问。

“请过。”刘戬之道。

“他怎说？”张嗣修问。

“口气大变，”刘戬之道，“两天前他说的是：且吃两副药看看，多半会见好；昨天他叹道：无力回天。”

张嗣修浑身一抖，惊呼：“这话他都说出来！”

“这是原话。”刘戬之道。

“你没问问他，前日为何还有把握？”张嗣修问道。

“问过。”刘戬之道。

“他又怎说？”张嗣修问。

“他说，宫人患此症者甚众，照他的这个方子服药，多是用两副即愈。”刘戬之述道。

“就是说，也有不愈的？”张嗣修问。

“是，”刘戬之应道，“章太医说，若十人患此症，经他治愈的，在八人以上，不能治愈的，不到两人。”

“他是不是想说，不到两人中，有一人就是小妹？”张嗣修问。

“他就是这个意思。”刘戬之说。

“我看，他在太医院也混到头！”张嗣修忿道，“他要是说，他根本治不了这个病；或者，他要是说，十个病人中，他偶尔能治好一个两个，还说得过去。十人中，他能治好八人以上，却偏偏治不好小妹的病，我绝不放过他！”

“二哥说的是。”刘戬之附和道。

“元定，你这会儿怎想？”张嗣修问。

“家父说，看来，得预备后事。”刘戡之道。

“孟真先生说得不错。也说不定，预备后事，冲一冲喜，小妹的病会好转。”张嗣修分明是在安慰刘戡之，也在安慰自己。

“二哥看，要不要禀于岳父大人？”刘戡之问。

“你是何意？”张嗣修问。

“我是说，后事如何预备，要不要请岳父大人示下。”刘戡之道。

“不要！”张嗣修用力摆手，“本来指望你来报喜，谁知报的是忧。父亲初愈，得知此讯，还不更要大病一场！”

“但今日不禀，他日岳父大人怪罪下来，我可担待不起。”刘戡之说。

“有我呢，有大哥呢，有懋修呢。”张嗣修道。

张懋修在去刘一儒家的路上，和刘戡之遭遇。刘戡之眼圈外黑内红，头发未梳，胡须未理，人显得憔悴，衣衫也不整齐。

“元定，怎这副模样？”张懋修忙问。

“状元哥，去哪里？”刘戡之反问。

“去看看小妹。”张懋修说。

“状元哥，小妹已不在！”刘戡之说罢，不管是不是在街上，不管有没有来往行人，放声大哭。

“小妹不在？”张懋修问着，泪水也止不住地往外流。

二人相对哭泣一会儿，各用衣袖擦擦好似被泪水洗过的脸。

“几时的事？”张懋修问。

“不到半个时辰之前。才给小妹换上寿衣，父亲就催促我出门。”刘戡之说。

“元定这是要去哪里？”张懋修问。

“自是去府上报信。”刘戡之说。

“元定是说，要给父亲报信？”张懋修问。

“此事恐怕不能瞒。”刘戡之说。

“瞒是不能瞒，但一定要这会儿让他老人家知道吗？”张懋修问。

“三哥的意思是——”刘戡之反问。

“元定今日先不要去报信。”张懋修说。

“今日不去，哪日再去？”刘戡之问。

“几时让父亲知道，怎样让父亲知道，等我和大哥、二哥商定之后，再说吧。”张懋修说。

“三哥可别拖太久。”刘戡之说。

“不会的，”张懋修道，“你怕父亲怪罪，我就不怕吗，大哥就不怕吗，二哥就不怕吗？”

当晚，张敬修等三兄弟，一起去见张居正。

张居正觉得奇怪，问道：“怎一起都来？”

“孩儿等有些日子没一起来陪父亲说话，今日约好同来，有件事也要和父亲说。”张敬修道。

“恐怕说事才是正经的吧。”张居正道。

“是。”三兄弟齐应道。

“何事？”张居正问。

“懋修，你得的音信，你说吧。”张敬修推让。

“二哥比我先得的音信，还是二哥说吧。”张懋修道。

“怎是我先得的音信？”张嗣修不承认。

“两天前，你不就告诉我，得预备——”张懋修及时刹住，没把“后事”两个字说出口来。

“这若算是先得的音信，大哥比我得到的还早。”张嗣修说。

“我怎比你得到音信还早？”张敬修也不承认。

“再早两天，你不是已告诉我，是你去请的——”张嗣修也及时刹住，没把“太医”两个字说出口来。

但张居正已经预感到出事。他指着张嗣修，命道：“你快说，敬修去请的谁人！”

“请的太医。”张嗣修不敢违抗父命，更不敢在父亲面前说谎。

“请到咱家来的，还是请到刘家去的？”张居正问。

请太医，肯定是有病人，而且是重病之人。他想的是，张敬修若把太医请到自己家来，肯定是因老母病；若把太医请到刘一儒家，肯定是因女儿病。这两种可能中，他更倾向于后者。因为，这些日子，御医多次来家中给他诊治，如果是老母得重病，根本用不着张敬修特别去请。

“到刘家去的。”张嗣修说。

“是小妹病？”张居正问。

三兄弟你看看我，我看看你，都不回答。

“小妹病重？”张居正又问。

三兄弟谁也不看谁，但还是没人回答。

“懋修，”张居正指着他，命道，“你快说，嗣修要预备何事！”

“预备后事。”张懋修同样不敢违抗父命，更不敢在父亲面前说谎。

“小妹已不在？”张居正问。

三兄弟不回答，目光闪烁不定，既不对视，也不看别处。

随着一声悲呼，张居正喷出一大口血，人当即昏厥过去。

三兄弟忙上前，一人轻拍其背，一人轻抚其胸，一人轻轻掐他的人中。

“嗣修，你须用力。”张敬修说。

“我不是不用力，是手抖得厉害，”张嗣修说着，转向张懋修，“懋修，你也须用力。”

“我手也抖得厉害，”张懋修说着，问张敬修，“大哥，怎好？”

“听我号令，一起用力。”张敬修道。

在他的号令下，拍背的力气加重，抚胸的力气加重，掐人中的力气加重。张居正元气回归，又吐出一大口血。

“我不碍事。”他气息微弱地说。

“父亲，孩儿去请太医？”张敬修请示。

“你就知请太医！有的病，太医是治不了的。”张居正道。

“父亲，孩儿去把元定找来？”张嗣修请示。

“现在找他来，又有何用！”张居正道。

“父亲，孩儿去刘府，商议怎办后事？”张懋修请示。

“后事我定，你等都不要管！”张居正道。

“是。”张敬修等三人应道。

“敬修，你是四五日前知道小妹患病的吧？”张居正先问长子。

“是。”张敬修应道。

“你知我在想何事？”张居正问。

“父亲一定在责怪孩儿。”张敬修说。

“我为何要责怪你？”张居正问。

“孩儿当时若把小妹患病之事禀告父亲，父亲或会把她接回家来，住上几日。”张敬修说。

“然后眼看着她一日一日消瘦，一日一日虚弱？”张居正摇着头说，“我那时病未痊愈，你不告我，是你的孝心。”

“不是此事，孩儿想不出别事。”张敬修说。

“嗣修，你是两三日前知道小妹病重的吧？”张居正又问次子。

“是。”张嗣修应道。

“你知我在想何事？”张居正问。

“父亲一定在责怪孩儿。”张嗣修说。

“我为何要责怪你？”张居正问。

“孩儿当时若把小妹病重之事禀告父亲，父亲或会亲去刘府，和小妹见上一面。”张嗣修说。

“然后洒泪而别？”张居正摇着头说，“我那时大病初愈，你不告我，是你的孝心。”

“不是此事，孩儿想不出别事。”张嗣修说。

“懋修，你小妹是今日去的吧？”张居正最后问三子。

“是。”张懋修应道。

“你几时得知噩耗？”张居正问。

“两个时辰之前。”张懋修说。

“你知我在想何事？”张居正问。

“父亲一定在责怪孩儿。”张懋修说。

“我为何要责怪你？”张居正问。

“孩儿当时若把小妹去世的噩耗告知父亲，父亲或会率我等去小妹灵前一祭。”张懋修说。

“然后指斥刘家没照顾好小妹？”张居正摇着头说，“两个时辰前，我才离阁回家，又累又饿，若闻此讯，就不是现在的情形，你挨到这时，和你两个哥哥一起来告我，是你的孝心。”

“不是此事，孩儿想不出别的事，”张懋修的话，和敬修、嗣修的话相同。但说过之后，他又多问一句。“父亲究竟想的何事？”

“是啊，父亲究竟想的何事？”张敬修、张嗣修也问。

“我在想王元驭。”张居正说。

“父亲在想元驭先生！”兄弟三人无不奇怪。

张居正点点头，陷入沉思。张敬修等三兄弟则深陷迷惘之中。小妹病故，和远在江南的王锡爵，有什么关系？

张居正终于给三兄弟一个解释，他说的是：“元驭有女，曰昙阳子。昙阳子逝，元驭为她设龛、建观、立传。我初时不懂得他的心思，这会儿却懂得。”

“父亲是说，小妹和昙阳子是同一类人？”张敬修听出一层意思。

“父亲也想为小妹设龛、建观、立传？”张嗣修听出另一层意思。

“父亲仍要用元驭先生和元美世伯？”张懋修听出第三层意思。

“懋修所言最谬。”张居正评论道。

“孩儿所言怎谬？”张懋修问。

“元驭在朝，做过不少让我不快之事，但我从未说过他一句坏话。汝默和他同郡、同科、同为一甲，同入翰林，懋修若是不信我的话，可问汝默。至于元驭不起，不是我把他拒于朝廷之外，是他自绝于朝廷。元美兄去官，是他在职不慎，为科、道纠劾，不得不请辞。他在乡举动乱常，又为科、道所论。他二人未获用，不是因为我；自然也不会因为我，而获大用。”张居正说。

“父亲的话，我怎会不信！是我言缪。”张懋修道。

“嗣修所言亦大违我愿。”张居正又说。

“孩儿所言怎违父亲之愿？”张嗣修问。

“元驭为昙阳子设龛、建观、立传，颇遭非议。科、道之议，以及礼部议复，我都是赞成的。要不是皇太后决断于宫中，元驭为昙阳子所设龛、所建观，早已拆毁；为昙阳子所立传，及龛中遗存昙阳子骨骸，早已焚烧。此即前鉴，嗣修难道想我重蹈覆辙，复遭科、道纠劾，复为礼部议复，让你小妹的尸骨亦不得安生！”张居正说。

“父亲说的是，是我不省父亲之愿。”张嗣修道。

“敬修所言，我不知该怎议。”张居正又说。

“孩儿愿听父亲教诲。”张敬修道。

“你说，小妹和昙阳子是同一类人，对我有所触动。不过，”张居正顿了顿，接着说，“我宁愿你这句话反过来说。”

反过来有许多种说法。张敬修问：“怎样反过来说？”

“不是小妹和昙阳子是同一类人，而是昙阳子和小妹是同一类人，”张居正道，“人言昙阳子得道、证道；我要说，她若得道、证道，比较起来，我家小妹更得道、证道。人言昙阳子是菩萨化身；我要说，她若是菩萨化身，我家小妹更是菩萨化身。”

“我当然愿意小妹更得道、证道，更是菩萨化身。”张敬修说。

“我等都愿意小妹更得道、证道，更是菩萨化身。”张嗣修、张懋修一起附和道。

“听你等这话，即知有几分不信；我若说出一事，由不得你等不信。”张居正道。

“是。”张敬修等三人齐应道。

“你等可知，所谓昙阳子者，嫁去徐家几多年？”张居正问。

“似有七八年。”张敬修说。

“闻得其夫去世也有两三年。”张嗣修说。

“闻得其夫去世，恰值元驭先生省亲；元驭先生于是接她回家，昙阳子之名也自那时大起。”张懋修说。

“七八年，是吧？”张居正似乎只对几多年感兴趣，他又问，“小妹嫁去刘家，有几多年？”

“十年。”三兄弟齐道，并一齐在想：难道嫁人年头越久，越能得道、证道，越是菩萨化身？父亲是不是因小妹之死，神智大乱？

张居正当然不是从这个数字的简单比较中得出结论。

“你等可知，所谓昙阳子者，有无生育？”他问。

“未闻。”张敬修道。

“至少元驭先生在朝时，未闻他有外孙儿女。”张嗣修说。

“元驭先生省亲还家后，已丧婿，更不会有。”张懋修说。

“总之，应该是不曾生育。”张居正道。

“是。”三兄弟齐应道。

“小妹有无生育？”张居正又问。

这还用问吗！小妹要是给你生个外孙子，或者外孙女，或者一对外孙子、女，你就不会有什么憾事！三兄弟都在想。

但昙阳子未生育而终，小妹亦未生育而终，分不出个优劣呀！

“问得多余，是吧？”张居正说一句自嘲的话，又问，“你等可知，所谓昙阳子者，未曾生育，是何缘故？”

“孩儿等不知。”张敬修等齐道。

婚后七八年，除去其夫去世后的两三年，也有四五年、五六年。一直不曾生育，其中闺秘，就算能传出来，也不一定能传到京师。

几乎可以肯定，父亲接下来要问小妹为何不曾生育，他们这几位兄长，可要尴尬之极。

“小妹不曾生育，又是何故？”张居正要证明他的结论，才不管三个儿子好不好回答，是不是尴尬。

“孩儿等亦不知。”张敬修等齐道。

“孩儿身为长兄，对小妹关心不够，致使父亲留憾，是孩儿之过。”张敬修又说。

“非你之过，我也不憾。”张居正却说。

“父亲不憾？”张敬修又感到奇怪。

“我也曾憾之，但后来不再憾。”张居正说。

“父亲终于想开？”张嗣修问。

“近两年，家中不断添加孙儿、女，父亲也该想开。”张懋修说。

“我想开不假，却不是添加孙儿、女让我想开，而是你等小妹让我想开。”张居正道。

“小妹怎的让父亲想开？”张敬修等齐问。

“所谓昙阳子者，婚后为何不曾生育，你等不知，我亦不知；小妹婚后为何不生育，你等不知，我却知之，”张居正说到这里，顿了顿，见张敬修等都全神贯注地等听下文，他才接着说，“小妹婚后十年不曾生育，不是她有病，也不是元定有病，而是她自嫁到刘家，从不曾和元定同床而睡，同衾而眠，从不曾有过肌肤之亲，直至终前，仍保留童真。”

“有这等事？”张敬修等无不惊诧。

“元定亲口对我说的，还会有假？”张居正道，“所谓昙阳子者，不曾生育，即便同样是和徐氏未行人道，也只有四五年、五六年之久；你等小妹却与元定同室十年，仍纤尘不染。你等说，谁个更得道、证道，谁个更是菩萨化身？”

“自是小妹。”张敬修等齐道。

第一百零八章

在后宫，除乾清宫，皇帝去的最多的两处是慈庆宫和慈宁宫。仁圣皇太后除皇帝日常的晨昏叩安，从来也不会另加宣召；而慈圣皇太后在移居慈宁宫后，凡有事要亲问皇帝，有话要亲对皇帝说，或要对皇帝加以训示时，都会把皇帝找来。因此，皇帝到慈宁宫的次数，比到慈庆宫的次数，又要多许多。

来的次数既多，见的人自然就多。皇帝自以为慈宁宫的太监、女官、宫女，没有他没见过的。这天在往慈宁宫深处走去时，偶一回头，看到一张脸从廊庑间一扇门里探出。那是一张陌生的脸，意识到被皇帝看到，马上又缩回去。在缩回之前，那张脸上的那双眼睛，毫无惧色地和皇帝的双目对视。

其实，皇帝走在道路正中，和廊庑下的那间小屋相距不是三五步，而是三五十步，屋里那人是否和他对视过，根本无法看清。屋里那人的容貌是否姣好，是否妩媚，也不是看得很清楚。

但就是这一对视，让皇帝怦然心动；就是这一对视，使皇帝产生一种不曾有过的冲动。

也许，让皇帝心动和冲动的，不是那张脸本身，不是那双眼睛本身；而是那张脸的自然探出，自然缩回，而是那双眼睛的毫无惧色。在宫里，还有在朝中，是没人敢和皇帝对视的。即便皇后，在和皇帝相对而立、相对而坐时，也不会把眼皮抬起来；即便仁圣皇太后，在和皇帝说话时，目光也落在别处，而不会直视他。除慈圣皇太后，宫中几乎找不出第二个女人，和他对视过。

“老魏！”皇帝招呼随他来慈宁宫的司礼太监魏朝。

“奴才在。”魏朝应道。

“慈宁宫当差的人，都认得吗？”皇帝问。

“爷问的是——”魏朝反问一句。他不敢说大话。皇帝要是问的宦者，他会说差不多都认得；要是问的女官，他会说多半认得；要是问的宫女，他只能说认得不多。

“朕问的是宫人。”皇帝道。从那人住的小屋来看，从那人露出的发式来看，从那人露出一角的服饰来看，皇帝断定，她是宫女，不是女官。

“奴才认得不多。”魏朝说。

“朕要你认得的，你能不能认得？”皇帝问。

“爷要奴才认得的，奴才一定能认得。”魏朝说。

“好，你认认吧。”皇帝说着，回转身去，用手一指。

魏朝往前走几步，回转身来，仍然站在皇帝身后，刚好顺着皇帝手指的方向看过去。当然，人是看不到。但皇帝刚才偶一回头的动作，皇帝表情的变化，他都看在眼里；皇帝的表情为什么会起变化，他大致也猜得出来。

“爷要奴才认得哪扇门里的宫人？”他问。

“那扇门。”皇帝指着一扇门说。

随手一指，可能并不准确；顺着手指的方向看去，也可能看错。所以，魏朝仍要问：“从右数过去，可是第三扇门？”

“是。”皇帝应道。

“从左数过去，可是第四扇门？”魏朝问。

“是。”皇帝仍应道。

“奴才这就去认认她。”魏朝躬身言道。他的意思是：请皇帝先去给慈圣皇太后叩安，等皇帝辞退后，他一定可以给皇帝一个答案。

皇帝满意地点点头，转身走去。走几步，又回过头问：“老魏，你知朕找她作甚？”

“奴才知道。”魏朝说。

“你看，朕可做得？”皇帝问。

“爷想做的事，无不可做。”魏朝说。

“这可是在慈宁宫！”皇帝道。

“在慈宁宫也一样。”魏朝说。

“这可是在母后眼皮底下！”皇帝道。

“爷想瞒着，无人会禀与圣母娘娘；但奴才以为，圣母娘娘即便知道，也不会生爷的气。”魏朝说。

“好，你去办吧。”皇帝一挥手，让他去办交代给他的差事。

等皇帝给慈圣皇太后叩安后走出来，魏朝快步迎上去。

“爷要奴才认得的宫人，奴才已认得。”他说。

“姓氏？”皇帝问。

“姓王。”魏朝回答。

“年岁？”皇帝问。

“十八。”魏朝回答。

“身份？”皇帝问。

“慈宁宫里一普通宫人。”魏朝回答。

“她还在那屋里吗？”皇帝问。

“还在。”魏朝回答。

“屋里有无旁人？”皇帝问。

“眼下只她一人。”魏朝回答。

“好，这里你处置一下。”皇帝说罢，独自一人向那间小屋走去。

魏朝懂得，所谓处置，是要他办两件事：第一，把侍驾的近侍们打发到宫外候驾；第二，守在这里，不让慈宁宫的人接近那间小屋。

魏朝一人在司礼监当值之际，一名内臣闯进来，深揖不起。

“你是——”魏朝看他面熟，但不记得在哪里见过。

“魏叔不记得在下？在下是张二。”该内臣说。

姓张不会错，但真名未必叫张二。文书房里有几个姓张的，他排在第二，所以，大家都叫他张二。他要报上自己的真名，魏朝未必想得起；他说张二，则魏朝不会不知道。

“文书房的张二？”为保险，魏朝多问一句。

“是。”张二应道。

“你来作甚？”魏朝问。

“有件事，在下实在不知该怎做，特来请教魏叔。”张二说。

“何事能把你难住？”魏朝问。

“昨日午后慈宁宫的事，在下已得知。”张二说。

“慈宁宫的事，还限定在昨日午后，何事呀？”魏朝明知他说的是什么事，却故作不知。

“魏叔别拿我打趣，你老人家安排好的事，还来问我！”张二道。

“张二，这话可不能乱说！”魏朝警告他。

“在下也就在魏叔面前说一句，在别人面前，只字不敢提。”张二道。

“这就好！”魏朝点着头，问道，“记录爷宫中起居，今日轮到你？”

“是。”张二应道。

“你来问我，昨日之事，要不要记录在案？”魏朝问。

“在下正是来问此事。”张二道。

“照规矩呢？”魏朝问。

“照规矩，爷所御，非后妃，事后当记载于起居注，以备日后之验。”张二说。

“你照规矩办就是，何必问我！”魏朝道。

“在下当然可以照规矩办，但魏叔能让爷也照规矩办吗？”张二问。

魏朝大感意外，问：“张二，你是何意？”

“还有一则规矩，事后爷当赐以信物。”张二说。

“你是不是想对我说，爷未赐信物？”魏朝问。

“是，”张二应道，“在下问过，爷并未赐以信物。但奴才不知爷为何不赐以信物，也不敢问爷，只得来问魏叔。”

“爷未赐以信物，或是爷不知有此则规矩。”魏朝说。

“在下问过爷身边近侍，爷是知道此则规矩的。”张二说。

“爷既知此则规矩，却不照办，只一个理由：爷不欲赐之。”魏朝说。

“这个，在下也想到。”虽然是废话，张二却不能不说。

“可爷为何不欲赐之，你想到吗？”魏朝问。

“在下要问魏叔的，正是此事。”张二道。

“爷不欲赐之，是爷不欲人知之。”魏朝说。

“魏叔不说，在下还真是想不到，”张二讨好地说。皇帝不欲人知之，他不会想不到；不然，为何要来问魏朝，昨日之事要不要记于起居注？承认没想到，就好接着请教。他说，“一旦记之，就有人知道。”

“张二，你真是糊涂！”魏朝叱道，“怕被人知，就可以不记以文吗？你不记之，万一爷这一炮击去，留下龙种，怎说得清楚！”

“在下也就是心存侥幸，”张二说，“爷大婚迄今三四年，一后一妃侍寝，未闻有孕；王氏乃一下人，得爷一御，已是几世修来的福分，难道还真能让她怀上龙种！”

“爷的事，不能心存一丝侥幸；况且，播下龙种，是爷的幸事，朝廷的幸事。你还能心存侥幸，让爷播不下龙种？”魏朝道。

“多谢魏叔解在下之惑，在下这就去把昨日的起居注补齐。”张二感恩戴德地说。

他在起居注上加的一句话是：万历九年十月某日，皇帝御宫女王氏于慈宁宫某室。

第一百零九章

新春之际，朝廷中凡资格够的大臣，都要去张府拜谒。有两件事，是去之前他们必须打探清楚的：一是当日张居正有没有特别邀人去，特别邀人的日子，不能去；二是当日曾省吾、王篆会不会去，他二人要去的日子，也不能去。前者是因为张居正特别邀去的人，肯定要留下长谈。后者是因为曾省吾、王篆去的话，张居正肯定也要把他们留下长谈。自己在这两种情况下去，不是见不上面，就是要长候。

曾省吾、王篆最感得意的，也是这件事。

曾省吾喜欢给别人出难题。和王篆约好一同去张府时，他问："铭之兄，你猜今日谁个是主角？"

"还用问吗，自然是恩相。"王篆说。

"我是问，你我二人中，谁个是主角？"曾省吾道。

"自然是三甫先生。"王篆说。

"为何自然是我？"曾省吾问。

"元树先生在时，凡来见恩相，他一直是主角吧？"王篆反问。

"为何元树先生是主角，我就自然是主角？"曾省吾只是进一步提问，并不反对。

"元树先生休致前，他是正卿，你我是佐卿，故主角为元树先生；元树先生既去，三甫先生是正卿，我是佐卿，故三甫先生为主角。"王篆说。李幼滋是万历七年底致仕的，工部尚书一职由曾省吾接任。

"元叔先生为主角，并非因为是正卿。"对他的理由，曾省吾持异议。

"那是为何？"王篆问。

"一则，元叔先生是相公同年，相公眷顾他，我等礼敬他，故他成主角；二则，元叔先生掌过南院，任过户部侍郎，相公谈论之事，他都能搭得上话，故他成主角。今日他已不在，主角应是铭之兄。"曾省吾说。

"非得户部侍郎，别部侍郎不成？"王篆问。

"非得户部侍郎，别部侍郎不成。"曾省吾道。

"这是为何？"王篆问。

“因相公最重朝廷会计，最爱谈论朝廷会计。”曾省吾道。

这一点，王篆无异议；只是以为还没接触主题。

“恩相最重朝廷会计，元树先生又曾为户部佐卿，故每次我等同来，都是他为主角，这个理由是说得过去的。但你我都不曾为户部佐卿，今日为何我应成为主角？”他问。

“今日相公不谈朝廷会计。”曾省吾道。

“三甫先生怎知今日恩相不谈朝廷会计？”王篆问。

“这两年以来，铭之兄和我一同拜谒相公，相公谈过朝廷会计吗？”曾省吾反问。

王篆想了想，点头道：“的确未谈过。”

“别说你我二人；即便元树先生还在，我等同去，相公也不会与我等谈论朝廷会计。”曾省吾说。

“这又是为何？”王篆问。

“自子愚先生掌户部以来，相公和别人谈论朝廷会计，日见其少。”曾省吾道。

“这倒是，我有同感，”王篆附和一句。但又说，“为何恩相不谈论朝廷会计，三甫先生也不能成为主角？我仍然不懂。”

“因相公今日也不会谈论工程事。”曾省吾道。

“三甫先生的意思，恩相今日会谈论吏治？”王篆问。

“子可教也。”曾省吾笑道。

“是否恩相曾示意于三甫先生？还望告知。”王篆说着，一揖。

“相公不曾示意于我；吏治事，相公也不会示意于我。”曾省吾道。

“是三甫先生想到，恩相会提起某件关乎吏治之事？”王篆又问。

“是。”曾省吾应道。

“请三甫先生示教。”王篆说着，又是一揖。

“铭之兄记得，今年为何年？”曾省吾问。

王篆记得，有一次在相府闲谈，自己曾问过曾省吾同样的问题，想不到今天他又拿这个问题来问自己。

“万历十年，以干支纪，是壬午年。”王篆尽可能答得全面。

“可是京察之年？”曾省吾问。

“不是。”王篆道。

“可是外察之年？”曾省吾问。

“不是，”王篆道，并得理似地说，“正因不是京察之年，不是外察之年，我才无特别之事要禀明恩相。”

“铭之兄这话可谓错到家，”曾省吾道，“京察之事，外察之事，你即便说，说得极为仔细，极为认真，说过之后，相公能不去问汝观先生吗？能不去问文晦先生吗？再者，相公有所训示，即便把你找去说，能不对汝观先生说吗？能不对文晦先生说吗？所以，京察也罢，外察也罢，除非有特别之事，相公不会单独对铭之兄说的，铭之兄也大可不必在相公面前说。倒是非京察之事，非外察之事，不管是否特别，相公多半会单独对铭之兄说，铭之兄也要多动动脑筋。”

“譬如？”王篆要他举个例子。

“譬如，京察、外察，所为何事？”曾省吾问。

“考察官员。”王篆说。

“考察之后呢？”曾省吾问。

“分别处置。”王篆说。

“铭之兄，你说京察之年，外察之年，会不会有人把目光盯在已经被处置的官员上？”曾省吾问。

“应该不会有，”王篆说，“京察之年，外察之年，大家的目光都盯在正在被考察、将要被处置的官员身上，不会有人把目光盯在已经被处置的官员身上。”

“所以，只好在既非京察之年，又非外察之年，来关注已经被处置的官员，”曾省吾说着，问道，“铭之兄，你说是不是？”

“三甫先生是说，恩相今日会和我谈论已经被处置的官员；或者是说，即便恩相不主动谈论，我也该和恩相谈论此事？”王篆问。

“不错，”曾省吾点头应道，“有人放出口风，说因夺情之争，以及夺情之争之前，因诽谤、非议相公而罢免者，宜起用。此时、此事，此等逆流，铭之兄不为相公挡之，谁个来为相公挡之！”

“此时、此事，此等逆流，合该我为恩相挡之；但如何为恩相挡之，还望三甫先生教我。”王篆说着，第三次深揖。

“此乃吏部之事，我不好再多说。”曾省吾道。

见面行礼之后，曾省吾、王篆交替对张居正说一些恭贺新春的话。张居正等他二人说得差不多时，指着一把椅子，让曾省吾坐下，并且说：“三甫稍坐勿躁，我有几句话先对铭之说。”

曾省吾坐下之前，对王篆作个怪样，好像在问：我说你是今日的主角，如何？王篆暗中竖起拇指，表示佩服他的预见。

“铭之，此事我不知是不是吏部的职责。”张居正对王篆说。

“一定是吏部的职责。”王篆回应道。

“你知我要说何事，就断定是吏部的职责？”张居正奇怪地问。

王篆才要说“不是再次处置已经被处置的官员吗”，忽然想到，这是曾省吾所言及，要是恩相根本没有这个想法，岂不太唐突！于是，他改口问:“恩相说的是何事？”

“今日皇上召我去文华殿，你知问的何事？”张居正反问。

“晚生不知。”王篆道。

“皇上问我，随地咳吐之事，该哪个衙门管？”张居正说。

“恩相说不知是不是吏部的职责，指的是此事？”王篆问。

“是啊，”张居正应道。“铭之能否告诉我，此事该不该吏部管？”

“这个嘛——”王篆一时还真回答不上来。他知道，皇上垂询的也罢，张居正问的也罢，都是御史上疏所言及。百官上朝、散朝之际，随意咳吐，以至庄重之地，遍地痰迹，龌龊之极，令人作呕。其实，自嘉靖朝以来，就不断有御史言及此事，奏请整顿。但皇帝一直不曾降过明谕，内阁及部、院大臣们也不曾认真议过。

“叔大先生，皇上所谕，只此一事吗？”曾省吾插问。

“还有一事：百官袍带多不按品秩。”张居正道。

“两件都不是了不得的大事。”曾省吾说。

“虽不是了不得的大事，但几十年来，不时有人议之，议的没人会把它们当回事。今皇帝同时问起这两件事，我心里想，该到认真处分的时候。”张居正道。

“叔大先生说的是，”曾省吾应道，又说，“不过，由吏部出面处置此事，似乎并不妥当。”

“吏部处分不妥当，交给工部处置，如何？”张居正这么说，显然是开玩笑的成分居多。

“那就更不妥当。”曾省吾道。

“你等的衙门都不妥当，哪个衙门妥当？”张居正问。

“晚生以为，不妨交与鸿胪寺处置。”曾省吾道。

“鸿胪寺权轻，怕是处置不了。”张居正说。

“再加上侍班御史。”曾省吾道。

“三甫的意思是——”张居正边问，边琢磨。

“鸿胪官司仪朝会，侍班御史监督朝仪，见有袍带不按品秩者，及随地咳吐者，即指名参劾。无人敢于轻犯，陋习自然绝迹。”曾省吾说。

张居正原来设想，由吏部拟一条例，可以采取罚俸的办法：袍带不按品秩，罚俸若干，随地咳吐，罚俸若干；可以采取升级的办法：第一次被参劾，罚俸若干，第二次被参劾，罚俸若干。听曾省吾的话后，他又觉得，引而不发，把处罚的轻重隐藏起来，不予公布，也许威慑力更大。也许，并不需要很重的处罚，仅指名参劾就有足够的威慑力。

“我看可以。”他说。

王篆对曾省吾一笑，意思是：你看，今日的主角还是你吧？曾省吾也对王篆一笑，意思是：这不过是个插曲，正戏在后面呢。

张居正看在眼里，问道：“你二人在搞什么把戏？”

“铭之兄在谢我呢。”曾省吾说。

“他为何要谢你？”张居正问。

“我替他解围，所以，他要谢我。”曾省吾说。

“你替他解围？”张居正很是困惑。

“是啊，”曾省吾道，“叔大先生想让吏部处分维护朝仪的两件事，那不是铭之兄想要作的，他又不好推托，正在两下里为难。”

“他不想做此事，却想做何事？”张居正问。

“有一件合该吏部做的事，他酝酿已久。”曾省吾说。

“是吗？”张居正这次直接问王篆。

王篆被架起来，想不点头都不行。

“铭之，说来听听。”张居正命道。

“今者，非京察之年，非外察之年，晚生想，吏部正好有精力议处已经被处分的官员。”王篆说。

“议处已经被处分的官员，何意？”张居正问。

“近来有人活动，想让朝廷起用以前被处分过的官员；晚生以为，吏部应该有所表示。”王篆说。

“他等欲起用的，有谁人呀？”张居正问。

“譬如，翰林编修吴中行、赵用贤，刑部员外郎艾穆、主事沈思孝，观政进士邹元标，有人称他们为‘五君子’，意欲朝廷起用。”王篆说。

“当年朝廷处置他等，不是恩赦不与，永不叙录吗？”张居正道。

“恩相说的是。”王篆应道。

“铭之欲再议此事，莫非是要修改这一处置？”张居正问。

“恰恰相反，”王篆道。“晚生想的是：事隔三年，有人或忘却这一处置，不然，怎会意欲朝廷起用？而他等所以会忘却此事，是因为朝廷虽降明谕，却并未榜示。”

“铭之的意思，应再榜示之？”张居正问。

“是，”王篆应一声，说道，“再者，如御史傅应祯、李祯、乔岩，给事中徐贞明等，朝廷当时虽有处置，却仅是贬谪。有人倡议起用他等，更是有恃无恐。晚生以为，对该等已经处置过的官员，吏部也要议一议。”

“铭之打算怎议？”张居正问。

“最好是复加恩赦不与、永不叙录明谕，并榜示之。”王篆说。

“三甫，你以为如何？”张居正问曾省吾。

“晚生以为，这是吏部正经该办之事。”曾省吾说。

“既是吏部正经该办之事，铭之，你和汝观先生商量着办就是，我不宜过问。”张居正说。

从这话本身，分辨不出他的态度；但从说这话的语气，及流露出的神情，不难看出他的态度。曾省吾、王篆欢喜辞去。

第一百一十章

浙江巡按御史张文熙在巡抚衙门前稍稍犹豫，还是走进去。按官品来说，巡按御史和巡抚都御史相差太远，有如掌院都御史、副都御史、佥都御史与十三道御史之别；但按地位来说，巡抚都御史是朝廷以都察院的名义差出的，巡按御史也是朝廷以都察院的名义差出的；而且，二者可以互纠，奏章都可以直达朝廷。随着时间迁移，同一地的巡抚都御史与巡按御史对峙，渐成风气；而且，巡抚都御史多年迈持重，巡按御史多年轻气盛，巡按御史凌辱巡抚都御史之事，时有发生。要不是这几年张居正刻意压制御史，稍有越轨，则诟责之，并敕谕各道道长对其属严加考核，碰到今日这等事，张文熙早拟一道奏章呈进，才不会来和巡抚都御史吴善言会商呢。

“质卿，你怎来这里？”吴善言问。

“我怎来这里！我若不来，子远先生是不是还在睡大觉呀！”张文熙冷冷地说。

吴善言字子远，北直隶成安人，嘉靖四十一年进士。张文熙字质卿，广西临桂人，万历五年进士。

“出何大事？”吴善言惊问。

“军营不稳，子远先生竟一无所闻！”张文熙道。

“原来为的这事。”吴善言听说军营出事，反倒不慌。

“看来，子远先生并非一无所闻。”张文熙道。

“闻，确实未闻；料，却料得到。”吴善言说。

“子远先生怎料到的？”张文熙有些意外。

“所谓军营不稳，是东七营吧？”吴善言问。

“是。”张文熙应道。

杭州驻官军四千五百人，分为九营：七营在东，称东七营；二营在西，称西二营。

“杭州官军裁减军饷三分之一，质卿难道竟一无所闻？”吴善言用张文熙才质问自己的四个字问道，只是没有张文熙那样盛气凌人，而是多几分讥讽的味道。

“我听说的是杭州九营官军裁减军饷，未闻东七营官军裁减军饷。”张文熙反讥道。

“一则，东七营人众；二则，东七营里有几个喜欢捣蛋的家伙；三则，东七营既防海汛，又防海寇，自以为责任重大。”吴善言说得条理分明，证明他早有所料并非虚言。

“既知此情，子远先生为何还径裁其饷！”张文熙责备道。

“是我径裁其饷吗？朝廷命裁减，我敢不裁减；换是质卿，质卿敢不裁减！”吴善言辩道。

张文熙一下被堵回去。他强辩道：“我说的是，子远先生既知此情，裁减军饷之前，为何不预作防备。”

“不知质卿所谓预作防备，是预发布告，还是预与协商？”吴善言道，“若谓预发布告，则本堂是预发过布告的；若谓预与协商，朝廷之旨，命的是即裁，能容我把他等叫来，慢慢商议？再者，有那几个捣蛋之辈，质卿以为协商有用吗？”

张文熙无话可说。在他一时张不开口之际，吴善言开始主动问他。“质卿怎知军营不稳？”吴善言问。

“他等到我那里去诉言。”张文熙说。

“去多少人？”吴善言问。

“总有十余人。”张文熙说。

“质卿有没问他等姓名？”吴善言问。

“我没问，但有两个彪形大汉，自报姓名。”张文熙说。

“有没有一人姓马？”吴善言问。

“有。”张文熙应道。

“可是叫文英？”吴善言问。

“子远先生认得他？”张文熙反问。

吴善言不回答，接着又问：“另一个是否姓杨？”

“是，”张文熙应道，并主动说，“此人姓杨名廷用。”

“我说的东七营里捣蛋之辈，以他两个为首，”吴善言道，又说，“质卿对他两个，切不可太柔弱。”

“军营不稳，难道不该安抚？”张文熙又有质问之意。

“安抚是可以的，但言辞间不可太柔弱。”吴善言说。

“安抚官军是子远先生的事，我或是刚硬，或是柔弱，有何要紧！”张文熙不再纠缠于此。看来，他对前去巡按衙门请愿的官军，说过不少的好话，才把他们的情绪稳定住。他问，“子远先生既然早料到军营会不稳，打算如何处置？”

“我想再发一份告示。”吴善言说。

“不会是撤销前一份告示吧？”张文熙讥道。

“那怎可能！”吴善言道，“此一份告示，我会明确告诉他等，裁减军饷乃奉旨行事，不可更改；凡不愿充兵者，听其归家。”

“子远先生发此告示，只怕要激变。”张文熙说。

“除此之外，我想不出别的法子来安抚军营，”吴善言说着，对张文熙揖了揖。“要不，质卿教给我一个法子？”

张文熙也没有更好的法子。

第二天，数十官军士卒拥向巡抚衙门。守在衙门外的官校估计凭几名守卒根本阻挡不住，干脆不加阻挡，任其拥入；并任其拥吴善言而出，推推搡搡，往东而去。

进到东七营居中的一营，各营的士卒拥到这里，有数百人之多。他们一个个怒目而视，瞪得吴善言头也抬不起来。

“来呀，”一彪形大汉喝道，“大家都给大人磕头。”

说着，他一膝着地，跪下来。

空旷的营地里，数百人都一膝着地，跪下来。即便吴善言在将佐的陪同下，来营里巡视，也不会这么整齐。

“不必多礼。”吴善言勉强说出这四个字。

“谢大人！”领头的彪形大汉道。

“谢大人！”数百人齐道。

“大人知道我是谁吧？”领头的彪形大汉问。

“你是马壮士，还是杨壮士？”吴善言反问。

“壮士二字，实不敢当，”领头的彪形大汉说着，问身边另一条彪形大汉，“兄弟，你敢当吗？”

“大哥不敢当，别人谁个敢当！”他身边的彪形大汉说。

“我是马文英，他，”领头的彪形大汉一指身边的彪形大汉说，“是杨廷用。大人直呼我二人姓名即可。”

“文英。”吴善言试着呼一声。

“请大人加上姓氏。”马文英板着脸说。

加上姓氏，显得太生分，吴善言又试着问杨廷用：“这位杨兄弟，有没有别字？”

“读书人才要别字，我辈要何别字！”杨廷用也板着脸说。

“二位把我带到这里来，为的何事？”吴善言硬着头皮问。

“兄弟，”马文英一条胳臂搭在杨廷用肩上，大大咧咧地问，“大人说我二人把他带到这里来的，你说，我二人带得他来吗？”

“带不来，反而会被大人带走。”杨廷用说。

“大人，”马文英又对吴善言说，“一起去把大人请到这里来的，有好几十人，大人想不想看看都有谁人？”

说着，也不管吴善言想不想看，挥了挥手，凡去过巡抚衙门的士卒齐往前跨一大步，好像一阵狂风，刮得吴善言浑身一哆嗦。

“大人想不想听他等报上姓名？”马文英又问。

“不必，不必。”吴善言连声道。

“大人说不必，就不费这工夫，”马文英道，又说，“不是我二人把大人请来的，是一定要说明的；说明这一点，才好往下说。”说到这里，问杨廷用，“兄弟，往下该说什么？”

“大人问，把他带到这里来，为的何事。”杨廷用说。

“为的何事，大人猜不着吗？”马文英问。

“这是不好乱猜的。”吴善言赔着笑脸说。

“我一定要大人猜呢？”马文英道。

吴善言做出一个无奈的手势，然后说：“是为的裁减粮饷一事吧？”

“兄弟，是不是呀？”马文英问杨廷用。

“也是，也不是。”杨廷用道。

“怎叫也是？”马文英问。

“弟兄们拿的那点儿粮饷，填饱肚子都难，更不要说养家糊口；弟兄们要问问大人，为何还要裁减？”杨廷用道。

“不是我要裁减你等粮饷，是朝廷有旨裁减。”吴善言辩道。

“兄弟听清没有，他说是朝廷有旨裁减？”马文英问杨廷用。

“朝廷知我等又要防海汛、又要防海寇吗？我等一身而当二差，不要两份粮饷，很可以说是任劳负重。”杨廷用道。

“此等情形，大人有没有禀奏朝廷？”马文英问吴善言。

“朝廷明谕，奉旨即行，不容禀奏。”吴善言说。

“大人开府杭州，巡抚浙江，少说有三年吧？三年里会没机会禀奏，说出来谁个相信！”杨廷用道。

“是啊，大人这话难以令人信服呀。”马文英对吴善言说。

“前次不曾禀奏，是我之失。”吴善言不得不承认。

“兄弟，还有话说吗？”马文英问杨廷用。

“朝廷知我等粮饷既微薄，还要兼支铜钱吗？铜钱其值日降，拿在手里买不到米，有何用处！”杨廷用道。

“此等情形，大人有没有禀奏朝廷？”马文英问吴善言。

“诸位应知，我等为官，也是钱、粮兼支的。”吴善言说。

“你等做官的钱、粮兼支，月俸是多少？恐怕比我等当兵的年饷，还要多好几倍！”杨廷用道。

“大人，他在问：此事可曾禀奏朝廷？”马文英提醒吴善言。

“不曾禀奏。”吴善言道。

“兄弟，还有话说吗？”马文英问杨廷用。

“再无。”杨廷用道。

“那怎叫也不是呢？”马文英又问。

“我等把大人带到这里来，不止是为的裁减粮饷事，还为的他昨日所发告示。”杨廷用说。

“昨日所发告示又怎了？”马文英问。

“告示说，我等不满裁饷，可离营归家。他又不是不知，我等皆军籍，归家之后，他能保证官府不找我等麻烦吗？”杨廷用道。

“是啊，大人能保证官府不找他等麻烦吗？”马文英问吴善言。

“我不能保证。”吴善言道。

“兄弟，还有话说吗？”马文英问杨廷用。

“我等世代为军，未置家业；归家之后，他能保证我等不受冻馁之苦吗？”杨廷用道。

“是啊，大人能保证他等不受冻馁之苦吗？”马文英问吴善言。

“我不能保证。”吴善言道。

“这也不能，那也不能，他昨日发的告示，不是把我等逼入死路吗！”杨廷用忿道。

“大人是不是要把他等逼入死路？”马文英问。

“古来就有‘爱兵如子’的训言，我怎会把他等逼入死路！我也是被逼无奈，才发的这篇告示。”吴善言辩道。

“兄弟听清吗，他说是被逼无奈！”马文英问杨廷用。

“我倒要听听，他怎的被逼无奈？”杨廷用道。

“是啊，大人怎的被逼无奈？”马文英问吴善言。

“我若不遵旨裁减粮饷，朝廷放不过我；我遵旨裁减粮饷，诸位又有怨言。所以，我才不得不发那篇告示。”吴善言说。

“兄弟怎说？”马文英问杨廷用。

“他说朝廷放不过他；我倒要听听，他若把我等实情禀奏朝廷，朝廷会把他怎样！”杨廷用道。

“是啊，朝廷会把大人怎样？”马文英问吴善言。

“轻则不予理会，重则降谕切责。”吴善言说。

“会论死吗？”杨廷用问。

“那倒不会。”吴善言道。

“大人说不会论死，兄弟还有话说吗？”马文英问杨廷用。

“我还要听听，不遵旨裁减我等粮饷，朝廷会把他怎样！”杨廷用道。

“是啊，朝廷会把大人怎样？”马文英问吴善言。

“轻则罚俸，重则贬谪。”吴善言说。

“会论死吗？”杨廷用问。

“多半不会。”吴善言道。

“大人说也不会论死，兄弟还有话说吗？”马文英问杨廷用。

“就算我等逼他，也没把他逼入死路吧！”杨廷用道。

“是啊，他等没有把大人逼入死路呀。”马文英对吴善言说。

“昨日所发告示，是我对不住众人。”吴善言不得不承认。

“兄弟说的也是，他认错；兄弟说的也不是，他又认错。兄弟还待怎的？”马文英问杨廷用。

“只要他不裁减我等粮饷，我等既往不咎。”杨廷用说。

“大人听清没有，他等为的不过是此事！”马文英对吴善言说。

“但裁减粮饷确是奉旨，我作不了主呀！”吴善言道。

“兄弟听清吗，他说他作不了主！”马文英对杨廷用说。

“他的话说尽，我的话也说尽，由大哥作主吧。”杨廷用道。

“对，由马大哥作主！”众士卒齐呼。

“他等要我作主，大人怎说？”马文英问吴善言。

两名彪形大汉，一个凶神，一个笑佛；吴善言知道，不过是一个在唱白脸，一个在唱红脸。但让他选择一个的话，他还是会选唱红脸的。

“就请马、马——作主。”他说。

“兄弟，有句话我得告诉你等。”马文英对杨廷用说。

“大哥说。”杨廷用道。

“朝廷是反不得的。”马文英说。

“大哥说朝廷反不得，我等就不反朝廷。”杨廷用道。

“我等不反朝廷。”众士卒齐道。

“大人听清吧，他等不反朝廷？”马文英问吴善言。

“不反朝廷，再好不过。”吴善言道。

“大人，有句话我得告诉你。”马文英说。

“请说。”吴善言道。

“大人得给他等一个把大人带到这里来的理由。”马文英说。

“他等把我带到这里来，怎还要我给他等一个理由？”吴善言不服。

“大人是不是不同意我作主？”马文英以威胁的口吻问道。

“我并非不同意。”吴善言喃喃言道。

“那就请大人给他等一个理由。”马文英道。

“他等为裁减粮饷一事把我带到这里来，这就是理由。”吴善言说。

“这个理由不成。”马文英道。

“为何不成？”吴善言问。

“裁减粮饷乃奉旨行事，不是大人说的吗？”马文英反问。

“是我说的。”吴善言承认。

“大人裁减粮饷，乃奉旨行事；他等为此把大人带到这里来，乃不肯裁减粮饷。这岂不成反朝廷！”马文英道。

“这个理由不成，我想不出别的理由。”吴善言说。

“我倒为大人想出个理由，大人要不要听？”马文英问。

“要听。”吴善言估计不会是自己可以接受的理由，但还得听。

“大人给的理由，稍微改一改，他等则无反朝廷之嫌。”马文英说。

“怎改？”吴善言问。

“裁减粮饷乃奉旨行事，他等不肯，是反朝廷；裁减粮饷若不是奉旨行事，他等不肯，就不是反朝廷。”马文英说。

“不是奉旨，我为何要裁减粮饷？”吴善言问。

“大人可以自作主张呀。”马文英说。

“但分明是朝廷有旨！”吴善言道。

“大人自作主张裁减粮饷，朝廷又能把大人怎样？”马文英问。

“自裁粮饷，军中激变，罢官、削籍、发戍，都有可能。”吴善言说。

“会论死吗？”马文英问。

“也是有可能的。”吴善言道。

“既会论死，就不能强大人行之，”马文英说，顿了顿，又说，“这理由不成，我还想出个理由，大人要不要听？”

“要听。”吴善言只能希望，另一个理由比这个理由合乎情理。

“他等为裁减粮饷一事，把大人带到这里来。若言奉旨裁减，他等承受不起；若言自行裁减，大人承受不起。不如不提。”马文英说。

“好。”吴善言也觉得，这是个办法。

“他等把大人带到这里来，为的是粮饷被克扣，大人以为如何？”马文英问。

“被谁人克扣？”吴善言不知是真糊涂，还是故作懵懂。

“大人呀，”马文英道。“别个克扣他等粮饷，他等会把别个带到这里来，而不会把大人带到这里来。”

“我并未克扣粮饷呀！”吴善言叫屈。

“一次也不曾克扣？”马文英问。

“一次也不曾克扣！”吴善言道。

“升斗也不曾克扣？”马文英问。

“升斗也不曾克扣！”吴善言道。

回答如此坚决，倒让马文英不好问下去。马文英不问，他就自己解释。

“有时不能如期发饷，或是因为朝廷不能如期如实拨下，或是仓粮糜腐，不得不扣除，非我有意克扣粮饷。”他说。

“我想今事与朝廷无关，大人怎又把朝廷扯出来！”马文英责怪。

“扣除仓粮糜腐，和朝廷无关。”吴善言说。

“和朝廷无关，和大人也无关，只是和他等有关，”马文英说着，问杨廷用，“兄弟，大人的这个理由，你能接受吗？”

“绝不接受！”杨廷用道。

“绝不接受！”众士卒齐道。

“大人听清没有，他等绝不接受？”马文英问吴善言。

“听清了。”吴善言道。

“大人很无奈？”马文英问。

“很无奈。”吴善言道。

“大人很无辜？”马文英问。

“很无辜。”吴善言道。

“我帮大人个忙，如何？”马文英问。

“你怎帮我？”吴善言反问。

“今日在这里恭候大人的弟兄们，人不多，大约二三百人，大人怎么也得请请他们吧？”马文英道。

吴善言以为他在暗示自己，用酒肉堵住众士卒之口，忙应道：“该请！”

“大人看，要用多少银两？”马文英问。

“有肉有酒，约需百金。”吴善言说。

“若不备肉呢？”马文英问。

“五十金即可。”吴善言说。

“若不备肉也不备酒呢？”马文英问。

“二十金或足矣。”吴善言说。

“好，就定以二十金，”马文英说着，又问，“二十金出自何处？”

“是我请众人，自是我出私房钱。”吴善言说。

“大人出私房钱，得和众人有交情，众人才会欣然领受。大人看，和众人有无交情？”马文英问。

“似无交情；不过大家共进一餐，就有交情。”吴善言说。

“那就在大人下一次请客时，再拿私房钱。”马文英说。

“这一次呢？”吴善言问。

“可支库金。”马文英道。

“先支库金，亦可。”吴善言说着，和马文英商量，“我这就去吗？”

“大人写个手谕即可，不劳大人亲往。”马文英说。

“无笔。”吴善言看着习惯于用笔的右手说。

“来呀，笔墨伺候！”马文英喝道。

有士卒把一只毛笔递到吴善言右手，另有士卒捧着砚台。

“无纸。”吴善言看着习惯于扶纸的左手说。

“来呀，纸张伺候！”马文英喝道。

有士卒把一张纸递到吴善言左手。

吴善言看看笔，看看纸，说：“无案。”

“来呀，桌案伺候！”马文英喝道。

纸笔等容易找来，桌案却不易找来。一士卒一边叫着“桌案在此”，一边冲到吴善言面前，突然一个转身，把脊背当作桌案。

“大人将就着用吧。”马文英道。

吴善言把纸放在该士卒背上，草草写两行字，在下端签字画押。

“已写好。”他说着，把写好的手谕交给马文英。

马文英把他的手谕交给一士卒，说：“大人手谕，你收好；并带几个人往库房，支出库金后，去置办食物。”

该士卒带几个人去办事。

“多谢大人赐食。”马文英双手抱拳，对吴善言说。

“多谢大人赐食。”众士卒齐道。

“好说，好说。”吴善言还礼。

“我等谢过大人，大人是不是也该谢我？”马文英问。

“马、马——说的是帮我的忙吧？”吴善言道，“我原想谢你帮我个忙，可我尚未懂得，你怎帮我忙。”

“大人不是为一次也没克扣、升斗也没克扣粮饷而为难吗？我让大人动用一次库金，即克扣一次粮饷，大人不就不再为难！”马文英道。

“原来是设个圈套！但只凭我一纸手谕，诸位恐怕不能定我克扣粮饷之罪。”吴善言说。

“为何不能定？”马文英问。

“你以为库金都是饷金，那就大错，”吴善言道，“身为都堂，我是可以动用库金，犒赏有功将士的。区区二十金，不在话下。”

“好，”马文英冷笑道，“一纸手谕，不能定你克扣粮饷，一纸供状，也不能定你克扣粮饷吗？”

“谁人的供状？”吴善言问。

“还用问吗，自然是你的供状。”马文英道。

“供状何在？”吴善言问。

“这会儿没有，迟早会有。”马文英道。

“你等要伪造一份本堂的供状吗？”吴善言问。

“不是伪造，是你自个儿写的。”马文英道。

“想都别想，我死也不会写这等供状！”吴善言发着狠说。

“好啊，我正想看一看，你是怕死，还是怕写供状，”马文英说着，问杨廷用，“兄弟，你有没有法子让他写这样一份供状？”

“我也没法子，”杨廷用道，并指着众士卒说，“不过，大哥要是想要这样一份供状，他等或有法子。”

“不错，我有法子！”一士卒冲上来，瞅准他衣补上的鸟兽，一口痰吐上去。

吴善言爱洁，心中作呕，几乎要吐出来。

“看我这法子！”又一士卒冲上来，揪住他头发，用力一扯。

“我这个法子更好！”又一士卒冲上来，揪住他耳朵，用力一拧。

吴善言头顶一疼，耳根一疼，真有种撕心裂肺的感觉。

又二士卒同时冲上，把他按倒在地，另二士卒稍后冲上，顾不上去营房里取刑具，随便捡两枝柳条，你一下我一下地抽打起来。

士卒们轮番冲上来，辱之，殴之。吴善言咬紧牙关，强忍着。但马文英的几句简单的话，让他心惊肉跳。

“我想成全他。”马文英道。

“大哥的意思，放他回去？”杨廷用问。

“不，”马文英摇摇头，说道，“士可杀而不可辱，他受辱如此，放他回去，还能成全他吗？”

“大哥之意，是干脆杀他？”杨廷用又问。

马文英点点头，两眼盯着吴善言，手向腰间摸去。

“我不要壮士们成全！”吴善言拼力喊道。他到底还是怕死的。

“那你成全我们呀。”马文英道。

张文熙闻得吴善言被乱卒劫持，忙约齐布、按二司官及浙江巡盐御史、驻在杭州的工部主事等官，赶往军营，对乱卒好言劝慰。

乱卒折磨够吴善言，又拿到他胡乱写的一篇供状，这才放他回衙。

第一百一十一章

散朝后，张学颜打算直接回衙门。一名中书官走到他身边，对他说："相公请子愚先生先莫回衙，他想和子愚先生说会儿话。"

"在哪里？"张学颜忙问。

"在朝房。"该中书说。

张居正差人来通知，要和他说会儿话，而且约在朝房里，张学颜估计不会是简单的一两句话。所以，先到朝房后，他找个有茶几的地方坐下，静等张居正过来。等着等着，眼睛不知不觉合上，打起盹儿来。

似乎听到有人进来；似乎感觉到有人要唤醒他，却没唤醒他。等他睁开眼，发现张居正已经坐在茶几另一侧。

他忙要起身，张居正伸手过来，制止住他。

"礼节就从简吧，"张居正说，"看来，户部事务繁杂，连子愚先生也有点儿吃不消。"

"事务繁杂在其次，主要是年纪已老。"张学颜说。

"子愚先生比我晚两科，怎也叹老！"张居正道。

"叔大先生早达，说不定比我还要年少几岁呢。"张学颜说。

张居正不愿意告诉别人自己的年纪，所以，也不问张学颜的年纪。他问："不论实际年纪，子愚先生看我气色如何？"

"我说句实话，去岁之尾至今岁之初，叔大先生气色确实不太好，"张学颜道，又说，"但我知，叔大先生是为爱女早逝而悲痛，调理一些日子心境，定会好转。"

"难！"张居正说着，有些颓丧地摇着头。他问，"太医给我诊病时，仅说五个字，子愚先生知他是怎说的？"

"这却不知。"张学颜说。

"他说的五个字是：须用心调理；但我品出这五个字后面的另外五个字：元气已大伤。"张居正道。

"叔大先生过虑，太医绝非此意。"张学颜宽解道。

“闲话不说吧，”张居正道。若觉颓丧，也是瞬间的事，他很快振作起来，“子愚先生，我请你来，是想问问丈田之事。”

“是。”张学颜应道。

“户部正式奏请清丈官、民田亩，是在几时？”张居正问。

“万历八年十一月。”张学颜回答。

“我原以为，清丈官、民田亩，最早有结果的，会是畿内。实则不是，是吧？”张居正问。

“是，”张学颜应道，“最先完成清丈的，是山东布政司。”

“那是在几时？”张居正问。

“去岁，即万历九年的九月。”张学颜说。

“然后呢？”张居正问。

“去岁十二月，江西完成清丈。”张学颜说。

“南畿完成清丈，似亦定于去岁，是吧？”张居正问。

“是，”张学颜应道，并解释，“南畿清丈，原拟于去岁十二月完成，在江西清丈之前。但有官员提议稍缓，故实际不曾完成。”

“依他等之见，须缓到几时？”张居正问。

“他等未提出期限。”张学颜说。

“恐怕是愈缓愈好吧？”张居正冷笑。

“想来如此。”张学颜附和一句。

“户部打算遂其意否？”张居正又问。

“清丈乃朝廷大计，岂得为某些人之议而停止！”张学颜道。

“那么，户部打算缓到几时？”张居正问。

“畿内已于正旦之后完成清丈，南畿也须于今岁。”张学颜说。

“有没有定下期限？”张居正问得很仔细。

“七月。”张学颜说。

“其他布政司呢？”张居正又问。

“大约在南畿完成清丈前后，预计浙江、贵州、广西等布政司也会陆续完成清丈。”张学颜说。

“哪一布政司可能最早？”张居正问。

“应是贵州布政司。”张学颜说。

“然后呢？”张居正问。

“应是广西布政司。”张学颜说。

“浙江布政司最迟？”张居正问。

“虽说最迟，但不会延至八月。”张学颜说。

“河南乃中原大省，几时可完成？”张居正又问。

“应在九月。”张学颜说。

“剩下的几个布政司呢？”张居正问。

“在九月之后，陆续完成。”张学颜说。

“亦即，今岁之内，可完成清丈天下田亩？”张居正概括地问一句。

“是。”张学颜应道。

“虽才过正旦，我已在向往岁尾的局面，”张居正说着，问道，“子愚先生能够体会我的心情吧？”

“完全能够体会；我的心情和叔大先生的心情相同。”张学颜说。

“听子愚先生一席话，我心大慰，说不定气色真会大好，”张居正捡起开始时的话题说一句。然后说，“今日把子愚先生请来，我其实有另一件事要请教。”

“请教不敢当，叔大先生请说。”张学颜道。

“代征，是怎么一回事？”张居正问。

代征二字，使用不是一年两年。张学颜确信，张居正不会不知这两个字的含义；他要问的，应该是代征的具体情形。

但回答他的问题，仍须从字面开始。

“代征者，代为征收钱粮也。”张学颜说。

“由谁人代征？”张居正问。

“官府。”张学颜道。

“征收钱粮，本就是官府的事，怎又多出代征一说？”张居正问。

“所谓代征，不是指征收之人谁个替谁个代征，而是指征收之物谁个为谁个代征。”张学颜说。

“子愚先生这么说，还是费解。”张居正道。

“譬如某官今年征收某地钱粮，合该百金。实际征得百金后，不管征收者为谁，都应该算作今年的钱粮。是吧？”张学颜开始具体讲解。

“这不会错。”张居正道。

“但该官上报，却只得八十金，叔大先生会怎想？”张学颜问。

“我会想，该官有贪赃之嫌。”张居正说。

“实则该官并未贪赃呢？”张学颜问。

“并未贪赃，那二十金却去何处？”张居正反问。

“被代征。”张学颜说。

“被代征？被谁个代征？”张居正问。

“自然是被该官代征。”张学颜说。

“被该官当作何物代征？”张居正问。

“仍被当作钱粮代征。”张学颜说。

“分明是名正言顺的征收，为何要代征？”张居正问。

“作为今年的钱粮征收，是名正言顺的征收；不作为今年的钱粮征收，还能算作名正言顺的征收吗？”张学颜反问。

“我大致听明白，”张居正道，“不作为今年的钱粮征收，即作为前一年的钱粮征收，或者作为再前一年的钱粮征收，总之，是作为累年的积逋征收，是不是？”

“是。”张学颜应道。

“这就是子愚先生说的征收之物谁个为谁个代征，即今年征收的钱粮为累年的积逋代征。”张居正道。

“是。”张学颜应道。

“这等代征，有好处吗？”张居正问。

“有啊。”张学颜应道。

“有何好处？”张居正问。

“考察地方官员治绩，有一条是该地有无积逋。”张学颜说。

“没理由呀！”张居正怪道，“子愚先生说的是，某官征收某地今年钱粮，合该百金，实际征得百金后，却只上报八十金；而不是说，某官征收某地今年钱粮，合该百金，实际征得百二十金后，上报百金，是吧？”

“不错，”张学颜道，“若实际征收百二十金，以百金为今年钱粮，以二十金补前些年的积逋，那就不叫代征，而叫索逋。”

“但今年征收的百金中，以二十金补前些年的积逋，今年则有二十金的亏欠；到明年，不又成积逋？”张居正问。

“叔大先生说的是，”张学颜应道，“今年二十金的亏欠，到明年，又成积逋。”

“这样一来，代征还有好处吗？”张居正又问。

“还有好处。”张学颜道。

“还有何好处？”张居正问。

“今年考察，只考察前一年，或前几年，只要补上累年积逋，考绩不难为优。”张学颜说。

“可明年考察，不要考察今年的钱粮征收吗？”张居正道。

“明年考察时，该官已不知调任何处。”张学颜说。

“今之官吏，竟至如此短视！”张居正惊叹。

“如此短视者，不见得是全部，但大有人在。”张学颜说。

“子愚先生掌户部，不掌吏部，怎知大有人在？”张居正问。

“我这里有个数字：自隆庆元年至万历七年十余年间，代征钱粮计百余万金，还不包括兵、工二部马价银、料价银。其中，仅苏、松二府，代征十七万金，为各府之冠。代征之额巨大，显见不是少数官员所为。”张学颜说。

“子愚先生，为何苏、松二府代征独多？”张居正从他的话里又琢磨出新的问题。

“苏、松田赋重，积逋自然多；积逋多，代征自然多。”张学颜说。

“是不是也可以理解为，苏、松二府平庸、短视官员特别多，所以代征自然多？”张居正从另一个角度说。

“当然，”张学颜应道，“苏、松二府及所属州、县，皆为美差，多有人谋获之。既然谋获之，就不会把心思全用在正道上。”

“百姓财力有限，一岁之入，仅足一岁之用；不幸遇有灾年，本年钱粮不能办，岂复有余力完累岁之积逋！故有平庸、短视之官员想出代征这样一个法子。但代征对朝廷来说，剜肉补疮而已；对地方来说，败坏吏治而已。故代征一事，须得严禁。”张居正说。

“叔大先生说的是。”张学颜道。

“代征须禁，可积逋之事又得想法子解决，子愚先生有没有好法子？”张居正又问。

“也是在万历七年，朝廷曾降谕旨：除金花银外，累年积逋悉数蠲免，而当年正额责令尽完。”张学颜说。

金花银即折银征收的田粮，初行于江南等地，以米麦四石，折银一两征收，共折米麦四百余石，征银百万，入内承运库。今则两畿及各布政司，都有金花银之征。

“子愚先生还记得，蠲免有几多？”张居正问。

“户部是按照江南逋负七十一万一千余金、淮扬等道逋负二十四万九千余金奏请蠲免的，南京户部是以兵部逋负二十一万五千余金奏请蠲免的。”张学颜说。

“合计超过百万余金，不是个小数目呀。”张居正叹道。

“谁说不是！”张学颜道。

“别说每年蠲免，即便十年一次，蠲免这多，子愚先生看，朝廷承受得了吗？”张居正问。

“断难承受。”张学颜说。

“代征之法不可行，蠲免又难行，怎办？”张居正问，

“当然是积逋越少越好。”张学颜说。

“但怎样才能减少积逋呢？”张居正又问。

“百姓遇有灾年，交不上钱粮，还在其次。譬如万历七年，难道就无灾害？朝廷明谕当年正额尽完，还不是正额尽完？我想，减少积逋，还须着落在‘均粮’二字上。”张学颜说。

“子愚先生说到‘均粮’，我倒想起一事，”张居正说着，问道，“浙江抚、按合上的《浙省均平录》，子愚先生阅否？”

“已阅。”张学颜道。

“可行否？”张居正问。

“可行。”张学颜道。

“肖甫先生和张质卿不会是虚应故事吧？”张居正不无担心。

吴善言以杭州兵营哗变免官，张居正举张佳胤代之。

“我以为不会，”张学颜道，“一则，肖甫先生是个办实事的人，不会虚应故事。二则，肖甫先生往抚浙江，主要差事是平息民变、军变，清丈及推行条鞭法，尚在其次。他适时奏言此事，应该说是水到渠成，而非勉强为之。三则，今者言均粮，不同于往者言均粮，浙省清丈已告完成，其行均粮之法，已有根有据，故不会是虚应故事。”

“言之有理，”张居正沉吟片刻，问道，“若以《浙省均平录》转行各布政司，子愚先生以为如何？”

“在下以为，不妨等等。”张学颜说。

“为何要等等？”张居正问。

“一则，看看浙省所定‘均平录’行之如何；二则，看看各布政司清丈陆续完成后，各自有无举措。”张学颜说。

“子愚先生称，彼张是个办实事的人；我看，此张更是个办实事的人。”张居正称赞一句，也落实在实事上，“就依子愚先生。”

张学颜看出，张居正呈露出疲惫的神情，起身告辞。张居正点点头，没有挽留。

第一百一十二章

慈宁宫做女红的宫女王氏，在去年底就觉察到自己身体的变化。她不敢声张，只是自己留意观察，看是不是真的怀有身孕。好在她的活计和外人接触少，没引起注意。又过两个月，她可以确定怀有身孕，慈宁宫的总管太监李旺也觉察到她身体的变化。王氏没出宫的机会，宫里又没一个男人，能够进出慈宁宫的男人只有一人。除非发生足以把宫禁闹得天翻地覆的重大隐情，在王氏稍稍隆起的肚子里，一定是皇帝播下的龙种。所以，需要他问的，只有一件事。

“几时的事？”李旺问。

“去年十月。”王氏说。

“何以为证？”李旺问。

王氏一怔，反问：“此事还要凭证？”

“关系重大，当然需要凭证。”李旺说。

“除肚里的孩子，还能以何为凭证？”王氏问。

“爷赐你之物，即是凭证。”李旺说。

“完事之后，皇上并未赐物。”王氏道。

“任何一物都未赐下？”李旺问。

“是。”王氏应道。

“你怎不向爷讨赐？”李旺跺着脚问。

“婢子怎敢！”王氏道。

“不是敢不敢的事，这是规矩，”李旺说，“历来爷御宫人之后，都要赐下一物，以供日后查验之用。你手上没有爷的赐物，让人怎生查验！”

“难道没有赐物，宫里的人都不承认我肚里的孩子是皇上的骨肉，皇上也不承认我肚里的孩子是他自己的骨肉？”王氏带着几分惊惧几分失望地问。

“这不好说，先等等吧。”李旺说。

这一等，又过两个月。到初夏时分，王氏的肚子已经太明显，瞒是无法再瞒。李旺不主动禀于慈圣皇太后，等风声传到太后耳朵里，太后追问下来，他会更被动。

慈圣皇太后一口气憋在心窝里，半天才吐出来。她问：“你怎说？”

“皇上幸本宫宫人王氏，现已有喜。”李旺说。

“几时的事？”慈圣皇太后首先提出来的，也是这个问题。

“去岁十月。”李旺说。

“去岁十月？”慈圣皇太后掰着手指数了数，道，“已六个月？”

“是。”李旺应道。

“怎才告与我知？”慈圣皇太后问。

“奴才也是才知不久。”李旺打马虎眼。

“才知不久，是几久？”慈圣皇太后问。

“一个多月。”李旺知道不能谎报，只能尽量往少里说。

“一个多月，不可谓不久！”慈圣皇太后脸沉下来。

“是。”李旺忙应。

“怎才告与我知？”慈圣皇太后又问一遍。

“奴才想查一查。”李旺说。

“查一查？”慈圣皇太后觉得奇怪，“从她身子看不出吗，还要去查！”

“从她身子倒是看得出，但别的物件奴才没见到。”李旺说。

“你说的是皇上赐予的信物吧？”慈圣皇太后问。

“是。”李旺应道。

“怎会没见到？”慈圣皇太后问。

“她手里没有。”李旺说。

“怎会没有？难道这也可以丢失？”慈圣皇太后问。

“不是丢失；据她称，皇上并未赐予信物。”李旺说。

“皇上并未赐予信物？此事蹊跷。”慈圣皇太后道。

“故奴才以为该查一查。”李旺说。

“你可查出其中隐情？”慈圣皇太后话一出口，自己先是一惊。她问，“李旺，不会真有隐情吧？”

李旺知道隐情指的是什么。他说：“宫禁森严，并无隐情。”

慈圣皇太后只在一瞬间，闪过一个念头；李旺既否定，她更不必多想。

“王氏不会是欺诈吧？”她又提出一个假设；尽管她心里很清楚，这个假设是绝无可能的。

“她不敢！”李旺道，“况且，有孕之事，也无法欺诈。”

“那么，王氏的确有孕，是皇上留下的种？”慈圣皇太后问。

“是。”李旺应道，并想：娘娘接下来如果问有无凭证，事情就很容易说清楚。但娘娘接下来问的，是别的事。

“但皇上为何不赐予她信物呢？”慈圣皇太后问罢，自己找个理由，“会不会是皇上不知宫中有此规矩？”

她这么想，有道理。因为她自己不可能对皇帝说：你可以与宫里任何一名宫女交合；但在交合后，要留下信物。

“此事奴才查过。”李旺说。

“你怎查的？”慈圣皇太后问。

“奴才暗地里询问过皇上身边的近侍。”李旺说。

“他等可知你为何要询问？”慈圣皇太后问。

“不知，”李旺道，“奴才问得若无其事，他等不知奴才为何要询问。”

“询问的结果如何？”慈圣皇太后问。

“皇上身边的近侍，无不知道这个规矩；再者，当日随皇上来慈宁宫的，是司礼监的老魏，他更熟知本朝的典故。”李旺说。

“你的结论是，皇上不会不知道这个规矩？”慈圣皇太后问。

“是。”李旺应道。

“那皇上为何不赐予她信物呢？”慈圣皇太后再问一遍。

“奴才想，或因她在慈宁宫当差。”李旺说。

“或因她在慈宁宫当差？”慈圣皇太后哂道，“我不指望皇上对在慈宁宫当差的内臣、女官、宫人另眼看待，但也不愿皇上歧视他等。”

“皇上不赐予王氏信物，不会是歧视她。”李旺说。

“那是为何？”慈圣皇太后问。

“或是担心娘娘获知，心中不悦。”李旺说。

“一则，他是皇上。皇上幸宫人，历朝都有。我为何不悦！二则，皇上一幸本宫宫人即有孕，乃皇上之幸，社稷之幸，亦本宫之大幸。我为何不悦！”慈圣皇太后道。

“娘娘说的是。”李旺应道。

“倒是皇上幸王氏，有没有确实的凭证，你查出来没有？”慈圣皇太后最后才提出早应提出的问题。

“奴才查出来，有确实的凭证。”李旺忙说。

“是何凭证？”慈圣皇太后问。

“起居注里记有一笔。”李旺说。

“起居注里有记载？”这是慈圣皇太后没料到的。

“是。”李旺应道。

“日子对吗？”慈圣皇太后问。

“日子对。”李旺应道。

“你有没查核？”慈圣皇太后还有点儿不放心。

“奴才查核过，”李旺道，“奴才问过记录其事的中书房内臣，他说是据实而录；奴才又问过当日随皇上往慈宁宫的老魏，他说确有其事。”

“看来是千真万确。”慈圣皇太后道。

“是。”李旺应道。

慈圣皇太后身子往后一靠，指指自己的肩膀。一年少的宫女上前，先是轻轻捶打，然后轻轻按摩。慈圣皇太后很享受地闭上双眼。看来，才和李旺谈论的事情太重大，她的情绪太紧张，所以感到辛苦。

过一会儿，她睁开眼睛，重新坐直身子。

“李旺，此事你能办吗？”她问。

“娘娘指的何事？”李旺反问。

“告诉皇上，慈宁宫有他的种子，让他补件信物。”慈圣皇太后说。

“娘娘命奴才办的事，奴才无不能办；不过，奴才以为，娘娘亲自告诉皇上，方显得此事甚大，也才能让皇上体会到娘娘的喜悦。”李旺说。

“你的话不错，我该亲自告诉皇上。”慈圣皇太后道。

四月中的一天，皇帝侍宴时，慈圣皇太后忽然问他：“皇上还记得自家的生日在几月吗？”

“八月。”皇帝随口应道。

“皇上登极十年，大婚四年，不久前又册立九嫔，不知道今年八月，能不能给我生个孙儿。”慈圣皇太后说。

皇帝以为母后在说笑，不好意思地笑了笑，给母后夹过一筷子菜去。他没回应，慈圣皇太后也没再说下去。

“皇上是上月册立的九嫔吧？”慈圣皇太后问。

“是。”皇帝应道。

“他们给我讲过九嫔的姓氏，可我年纪大，记性不好，一个也没记住，”慈圣皇太后说着，问道，“皇上可记得住？”

“儿子记得住。”皇帝应道。

“说给我听听。”慈圣皇太后命道。

“好，”皇帝应一声。他想，正面回答，不如做个游戏，可哄得母后多吃几口。“儿子说一个，为母后进一食，好不好？”

“好啊。”慈圣皇太后慈爱地应道。

“端嫔周氏。”皇帝说着，进一勺肉羹。

慈圣皇太后把肉羹送进嘴里，慢慢嚼着。

皇帝等她咽下后，说：“淑嫔郑氏。”

说着，斟半盅酒，进上。

慈圣皇太后端起酒盅，抿了抿，算是饮过。

“安嫔王氏。”皇帝说着，进点心。

慈圣皇太后拣自己喜欢的点心，吃一口。

“敬嫔邵氏。”皇帝说着，往酒盅里加了点儿酒，进上。

慈圣皇太后又抿一小口。

“德嫔李氏。”皇帝说着，进菜蔬。

慈圣皇太后吃一口，慢慢嚼着。

皇帝等她咽下后，说：“和嫔梁氏。”

说着，盛一碗粥，进上。

慈圣皇太后尝一调羹，觉得味道比平日好；或者，今日比平日有食欲。她又多吃两口。

“荣嫔李氏。”皇帝说着，往酒盅里加点儿酒，进上。

慈圣皇太后又抿一小口。

“慎嫔张氏。”皇帝说着，进豆腐。

这是慈圣皇太后喜爱的食物，她也多吃两口。

“最后一名，顺嫔魏氏。”皇帝说着，准备再进点心。

慈圣皇太后摆了摆手，示意不再吃。皇帝往酒盅里加点儿酒，慈圣皇太后示意他多加一点儿，再多加一点儿。直到皇帝把酒盅斟满，慈圣皇太后端起来，一饮而尽。

“这是素酒，多饮些不妨。”她说。

“是。”皇帝应道。

“你乾清宫里的事，我平日不好多问。今即言及，我就多问一句：九嫔都侍过寝吗？”慈圣皇太后问。

“尚未。”皇帝道。

“侍过寝的几嫔，皇上看，谁个有宜子之相？”慈圣皇太后又问。

“儿子看不出，但会看相的女官告诉儿子，淑嫔有宜子之相，”皇帝说着，顿了顿。见慈圣皇太后没有反应，他加上一句，“淑嫔即郑氏。”

“好，”慈圣皇太后点头。过一会儿，她又问，“除册立九嫔，这次没有册立皇妃吧？”

“没有。”皇帝道。

“皇上是怎想的？”慈圣皇太后问。

“儿子闲着无事时，和司礼监的大伴聊过，和女官聊过，和讲官们也聊过。九嫔中有孕者，即可晋为皇妃，这一点，他等的说法倒是全然一致。”皇帝说。

“九嫔中有孕者，即可晋为皇妃，我也赞成。不过，”慈圣皇太后口气一转，说，“他等的说法尚有遗漏。”

“有何遗漏？”皇帝问。

“未册立为九嫔者，若是有孕，该如何处置？”慈圣皇太后反问。

“这个，儿子没问。”皇帝道。

“我看，也该册立为皇妃，甚至皇贵妃。”慈圣皇太后说。

“是。”皇帝应道。

“看来，我的说法，皇上也赞同？”慈圣皇太后问。

“是。”皇帝应道。

“既如此，我看有一人该最先册立皇妃。”慈圣皇太后说。

“母后说的是谁个？”皇帝问。

“王氏。”慈圣皇太后道。

“安嫔王氏吗？母后料她会先产皇子？”皇帝问。

“不，”慈圣皇太后边摇头，边指指地下，表示人不在乾清宫，而在此地，“是慈宁宫宫人王氏。”

皇帝大惊失色，不出一声。

“皇上在慈宁宫留情之事，我已知之。”慈圣皇太后又说。

“母后，并、并无此事。”皇帝想否认。

“皇上是说，并不认得我宫里的王氏？”慈圣皇太后问。

“是，”皇帝应道，“儿子并不认得慈宁宫里的王氏。”

“更不曾与她有片刻之欢？”慈圣皇太后问。

“是，”皇帝应道，“儿子更不曾与她有片刻之欢。”

“事过即忘，难道皇上患健忘之症！”慈圣皇太后道。

“儿子并无健忘之症，或是她有妄想之症。”皇帝说。

“她可有这症，可有那症，甚至，可能是栽赃于皇上；但她绝无妄想之症。”慈圣皇太后道。

“母后怎能断定她无妄想之症？”皇帝问。

“因为她已有六个月的身孕。”慈圣皇太后道。

“她有身孕？”皇帝愈发惊慌。

“是，”慈圣皇太后点点头，问道，“皇上还否认那日之事吗？”

“果有那日之事，她可拿得出证据？”皇帝没办法断然否认。

“皇上要何证据？”慈圣皇太后问。

“儿子听说，天子幸御宫人，必留下信物。她拿得出来吗？”皇帝道。

“这等证据，她拿不出来，但我拿得出来。”慈圣皇太后说。

“母后拿得出证据？”皇帝半信半疑。

“李旺，你出来吧。”慈圣皇太后喝道。

李旺从帷屏后出来，手里捧着一本包在黄锦里的日志。

“翻给皇上看。”慈圣皇太后命道。

李旺翻到十月某日，记录该事的那页，双手呈与皇帝。

皇帝根本没想到，这件事会记于起居注，不由得呆住。

“皇上，不会是文书房的内臣也栽赃于你吧？”慈圣皇太后问。

“儿子知错。”皇帝道。

“你错在哪里？”慈圣皇太后问。

“儿子不该做那日的荒唐事。”皇帝说。

“谁个说你那日的事荒唐！”慈圣皇太后道。

“母后不是说她有可能栽赃于儿子吗？栽赃之事，儿子想，一定不会是好事。”皇帝推论。

“我是说，皇上若没做这件事，她硬说是皇上做的，那才是栽赃；话说回来，皇上若没做这件事，她硬说是皇上做的，足够她死一百回，可不是栽赃那么简单。至于皇上做过这件事，她说是皇上做的，那叫如实而言，和栽赃根本不搭界。”慈圣皇太后耐心地给皇帝解释。

“母后说的是。”皇帝道。

“皇上还说并无此事吗？”慈圣皇太后问。

“母后当真不以为此事错？”皇帝反问。

“当真不以为。”慈圣皇太后道。

“母后当真不怪儿子？”皇帝问。

“当然不怪，”慈圣皇太后道，并说，“我一开始就说，皇上已二十岁。我二十多岁有的皇上，则已四十多岁。王氏怀上皇上的男，皇上的女，我都高兴，也为皇上高兴。倘若她果真生男，不仅是皇上之福，不仅是我之福，也是社稷之福。我怎会以为皇上做的是错事，怎会怪皇上！”

“儿子也如实说：确有其事。”皇帝终于承认。

“好，”慈圣皇太后点点头，说道，“皇上既然确认，有两件事，须得马上去做。”

“母后吩咐。”皇帝道。

“第一事皇上是知道的：你欠王氏一件信物。”慈圣皇太后说。

“母后放心，儿子一定送。”皇帝允诺。

“第二事皇上是认可的：王氏当册立为妃。”慈圣皇太后说。

“母后放心，儿子一定册立。”皇帝说。

“最后一事，我要与皇上商量：王氏仍留在慈宁宫，我替皇上照顾她。皇上看如何？”慈圣皇太后问。

“一切听母后安排。”皇帝道。

第一百一十三章

以兵部右侍郎加佥都御史衔巡抚浙江的张佳胤，在嘉兴忽得报，杭州城里又生民变。

“为的何事？”张佳胤问前来报信的游击将军徐景星。

“为一个叫丁仕卿的人。”徐景星说。

“丁仕卿是何人？”张佳胤问。

“原籍上虞，侨居会城。”徐景星说。

“上虞隶于绍兴府吧？”张佳胤问。

“是。”徐景星应道。

“绍兴善出幕僚，这个丁仕卿是何人，竟闹得杭城大乱？”张佳胤问。

“此人少文而多诈，肖甫先生是不会用他作幕僚的，”徐景星笑道，并说，“杭州民变因丁仕卿而起，此事说起来话长。”

“话长不怕，你从头说。”张佳胤命道。

“杭州城厢，立有关栅。关栅，非由官军守之，亦非由逻卒守之，而由官府抽丁守之。有殷实之家，不欲服此差役，雇人顶替；有穷困之家，等米下锅，前去顶替。”说到这里，徐景星问，“我这么说，肖甫先生能听懂吧？”

“能听懂，”张佳胤道，“无非是殷实、穷困之家，各取所需。”

“大人概括得好，”徐景星奉承道，又说，“有人雇人顶替，有人顶替赚钱，这等情形，持续有年。近一两年，官府忽然关注此事，定立规矩：该役之人，须得亲身服役，不得替代。这样一来，殷实人家不得雇人顶替之便，游手不得顶替赚食之便。”

“游手即受雇顶替之人？”张佳胤问。

“是。”徐景星应道。

“亦即，各取所需变成诸多不便。”张佳胤又概括一句。

“肖甫先生说的是。”徐景星道。

“然后呢？”张佳胤问，“是殷实者作乱，还是穷困者作乱？”

“殷实者相率投依势豪有力之家，以求免役，不会作乱。”徐景星说。

“那么，是穷困者作乱？”张佳胤问。

“是。”徐景星应道。

“我想起来，”张佳胤想起一句话，“徐将军说的是，杭州民变因丁仕卿而起，难道是他鼓动穷困者不成？”

“此事须两说。”徐景星道。

“怎样两说？”张佳胤问。

“一则，丁仕卿起初并非鼓动穷困者。”徐景星说。

“起初他怎做的？”张佳胤问。

“他先是找到杭州府，复又找到分守杭、嘉、湖道参政，述说利害。”徐景星道。

“他怎样述说利害的？”张佳胤问。

“他说，前者殷实之家不欲当差，出钱雇游手，钱落到穷困者手里；今者殷实之家不欲当差，投依势豪有力之家，钱落到势豪有力者手里。前者游手得钱，顶替当差。今者殷实之家投依势豪有力之家，对官府而言，差事无人应之；官府另派差事，多半是派到穷困之家，对游手而言，不得钱而应差。可见，获利的是势豪有力之家，受损的是官府及穷困之家，至于一般殷实之家，奉献于势豪有力之家钱财，肯定比雇人顶替之钱财要多，最终也会受损。”徐景星叙述道。

“老徐，你别说，还真有几分道理。”张佳胤评论一句。

“末将也以为，有几分道理。”徐景星道。

“杭州府怎样回复他？”张佳胤问。

“不听。”徐景星道。

“分守杭、嘉、湖道参政怎样回复他？”张佳胤问。

“亦不听。”徐景星道。

“他起初找杭州府、分守道述说道理，杭州府、分守道不听，故他转而鼓动穷困者？”张佳胤问。

“是。”徐景星应道。

“他怎样鼓动的？”张佳胤问。

“他说，官府无如乱兵何，何而如我！”徐景星述道。

“他竟完全不把官府放在眼里！”张佳胤道。

“是。”徐景星应道。

“如果说听他前面的话，以为不无道理；听他这话，我确信此人实系巨奸大蠹。”张佳胤说。

“末将也有同感。”徐景星道。

“所谓丁仕卿鼓动穷困者作乱须两说：一说，游说道、府；二说，鼓动作乱。”张佳胤总结之后，问道，“徐将军，是这样吧？”

“并不全对，”徐景星道，“游说道、府，鼓动作乱，可以说是二事，也可以说是一事。我是当作一事来说的。”

“那第二说呢？”张佳胤问。

“第二说：丁仕卿并非因鼓动作乱而下狱。”徐景星说。

“不是因鼓动作乱而下狱？”张佳胤不解。

“是，”徐景星应道，“虽说，他鼓动作乱，官府完全可以把他下狱；但在把他下狱时，官府并不掌握他鼓动作乱的种种罪状。官府是因为别的事，和他鼓动作乱全不相干的事，把他下狱的。”

“原来是这样，”张佳胤点头，“官府知道不是因他鼓动作乱而将他下狱，那些被他鼓动者并不知道。他等以为官府是因他鼓动作乱而将他下狱，于是呼啸而起。”

“是。”徐景星应道。

“响应从乱者，有多少人？”张佳胤问。

“以千计。”徐景星说。

“和兵变的声势相差不多嘛。”张佳胤道。

“是。”徐景星应道。

“为乱若何？”张佳胤又问。

“一则，劫狱；二则，焚劫诸势豪有力人家；三则，毁损巡按御史、巡盐御史两衙，迫司、道以下官俱窜匿。”徐景星归纳出几条。

“为害又甚于乱卒。”张佳胤道。

“是。”徐景星应道。

民变的情形到此问出头绪，谈话也暂时中断。停一会儿，张佳胤忽问：“丁仕卿却在何处？”

“在狱。”徐景星说。

“徐将军和这个丁仕卿熟不熟？”张佳胤问

“不熟，”徐景星觉得说“不熟”还不够确切，又说，“末将和这个丁仕卿素无来往。”

“那么，丁仕卿的事，徐将军知道的多不多？”张佳胤又问。

“那要看，肖甫先生欲知何事。”徐景星道。

“譬如——”张佳胤似要举例，忽然又问，“乱卒之酋叫什么来着？”

“一个叫马文英，一个叫杨廷用。”徐景星说。

“譬如，丁仕卿和马文英有无交往？”张佳胤问。

“并无来往。”徐景星说。

“是你不知他等有无来往，还是他等确无来往？”张佳胤进一步问。

“是确无来往。”徐景星保证。

“他和杨廷用呢？”张佳胤又问。

“亦无来往。”徐景星说年。

“极妙！”张佳胤叫起好来。

徐景星不知好在哪里。他和张佳胤不熟，又不好询问，只得等张佳胤自己说出。但张佳胤在他面前走来走去，就是不说。他两眼跟随张佳胤转来转去，转累，不想再转下去，他恨不得把眼睛闭上。这时，张佳胤可能也走累，停下来。

张佳胤站在徐景星侧面，徐景星不得不把身子转一转。

“徐将军可知，本官今次巡抚浙江，是相公所荐？”张佳胤忽问。

“有所闻，”徐景星道。即使并没有听到什么，他也会说有所闻；不然，怎么回答？他还乖巧地加上一句，“而且，肖甫先生召入，佐署兵部，听说也是相公一力主张。”

“朝廷的事不去说它，今次浙江的事，却一定要办好。”张佳胤道。

“是。”徐景星应道。

“徐将军亦知，朝廷之旨，是命我平息兵变。”张佳胤说。

这不用他说。他离京时，朝中并不知杭州城里民变；他在杭州，即便朝中已知今次民变，这会儿也来不及降旨给他。

“是，”徐景星应一声后，问道，“肖甫先生之意，是一边治乱卒，一边候朝廷之旨；待兵变平息，朝廷命处置民变的旨意也该降下？”

“我不是这个意思。”张佳胤道。

“肖甫先生是想先处置民变，再处置兵变？”徐景星问罢，提出异议，“肖甫先生奉旨处置兵变，此事不可有片刻延挨。”

“朝廷命我处置杭城兵变，但如何处置，朝廷并未授以方略；我向相公辞行，他亦未具体授以方略。”张佳胤说。

“朝廷和相公都是要肖甫先生便宜行事，”徐景星说着，问道，“肖甫先生打算怎样便宜行事？”

“徐将军还是先告诉我，马文英、杨廷用等乱卒头目，和你有无宿怨？”张佳胤反问。

“我和他等素无来往。”徐景星说。

“你去见他等，他等会不会二话不说，就动手杀你？”张佳胤问。

“我想不会。”徐景星说。

“那就好，”张佳胤顿了顿，说道，“老徐受累，连夜赶回杭城，去军营见马文英、杨用廷等，替我带个话。”

“肖甫先生让我怎说？”徐景星问。

“你先告诉他等，城中民变。”张佳胤道。

“告诉他等城中民变？肖甫先生难道不怕他等和乱民搅和在一起？”徐景星问。

“你不告诉他等，他等就不知道？但由你告诉他，情形会有很大的不同。”张佳胤说。

“有何不同？”徐景星问。

“告诉他等之后，你还有话可说呀。”张佳胤道。

“肖甫先生还要我怎说？”徐景星问。

“你再告诉他等，聚众生乱，挟持大臣，是死罪。”张佳胤道。

“肖甫先生让我告诉他等，他等犯的是死罪！”徐景星惊道。

“不仅是死罪，而且当族之。”张佳胤说。

“那岂不是激变！”徐景星不解。

“既已生变，还用得着激变！再者，别人不能对他等这么说；你对他等这么说，却不妨。”张佳胤道。

“我这么说，为何不妨？”徐景星问。

“因为你还有话可说。”张佳胤道。

“肖甫先生还要我怎说？”徐景星问。

“你再告诉他等，乱民所为，甚于他等。”张佳胤道。

“那不等于再次鼓动他等？”徐景星问。

“他等起初或会以为是鼓动，但徐将军再说一句话，他等就不会以为是鼓动。”张佳胤道。

“肖甫先生还要我怎说？”徐景星问。

“你最后告诉他等，其罪可赎。”张佳胤道。

“怎赎？”徐景星问。

“讨乱民以自赎，”张佳胤道，“徐将军可对他等说，他等罪虽重，但因激于一时之愤，朝廷能够体谅；他等若讨平乱民有功，不但可以酌减其罪，我还愿上奏朝廷，为他等请功。”

“肖甫先生这是要以乱治乱呀。”徐景星终于懂得他的用意。

旬日后，杭州城里恢复平静。

马文英、杨廷用自缚，在徐景星陪同下，往辕门请罪。

“马大哥，我等当真不会被治罪？”杨廷用问马文英。

马文英嘴朝徐景星一努，道：“你问他。”

“我不问，”杨廷用说，“向来我只问你，再由你问别人。”

“徐爷，他问你，我等当真不会被治罪？”马文英替他转问。

“你问他！”徐景星学他的样子，嘴朝前一努。前方眼看就要到巡抚衙门。

“我不问，”马文英说，“到都堂大人那里，他要治罪，当时就治；不要治罪，当时就放。何必还问！”

“你若问我，我就告诉你，”徐景星道，“都堂大人言必信，他说你等之罪可赎，你等之罪定可赎。”

“兄弟，听清没有？”马文英问杨廷用。

杨廷用点点头，又问：“马大哥，我等当真会被纪功吗？”

又啰唆一回，徐景星告诉他们：都堂大人说要为他们请功，定会为他们请功。

到巡抚衙门，官校禀报，张佳胤命带入。他坐在公案前，几名幕僚在后，两排校尉在前，和前抚吴善言被裹胁到军营的情形，大为不同。

马文英、杨廷用双腿一屈，跪倒下去。

“都堂大人，马文英、杨廷用带到。”徐景星禀告。

“我让你请他二人来，为何绑来！”张佳胤道。

“是他二人自缚，非末将所绑。”徐景星道。

“你叫何名？”张佳胤先问杨廷用。

杨廷用看着马文英，似在问他，该怎么回答。

“罪卒。”马文英悄声告诉他。

“罪卒叫杨廷用。”杨廷用道。

“就是被他唤作兄弟的？”张佳胤问。

“是。”杨廷用应道。

“你叫何名？”张佳胤问马文英。

“罪卒叫马文英。”马文英道。

“就是被他唤作大哥的？”张佳胤问。

“是。”马文英应道。

“你二人这是第几次自缚？”张佳胤问。

“第三次。”马文英说。

“是第三次吗？”张佳胤又问杨廷用。

“大哥说第三次，肯定是第三次。”杨廷用道。

“那你给我说说，第一次在何时！”张佳胤命道。

“你问马大哥，我不记得。”杨廷用说。

“马文英，看来你这个大哥没白当。在他等眼里，你本事最大；凡事都得你说，才算数。”张佳胤半开玩笑半讥讽地说。

“罪卒虚长几岁而已，并无特别的本事。”马文英说。

“那你说说，第一次在何时？”张佳胤命道。

“两月前，罪卒等拜谒巡抚吴大人、巡按张大人等时，乃自缚以投，仓惶请罪。”马文英说。

“那一次，你等是该自缚请罪的。因为前一日，你等劫持吴都堂，不是一般的罪过。”张佳胤说。

马文英拉杨廷用一把，二人齐应：“是。”

“但吴大人、张大人并未怪罪你等，是不是？”张佳胤问。

“是。”马文英、杨廷用齐应。

“他等为何不曾怪罪？”张佳胤问。

需要说明时，杨廷用就不出声，由马文英一人回答。

“或因罪卒等恳切。”马文英说。

“才不是呢，”张佳胤道，“你等数人自缚请罪，衙门外聚集数百人，人人身怀利刃，语稍不合，就准备杀人的。”说着，问道，“是不是？”

马文英拉杨廷用一把，二人齐应：“是。”

“第二次自缚，在何时？”张佳胤又问。

“十日前，徐将军驾临军营，罪卒等自缚以候。”马文英说。

“那一日，徐将军是为解救你等，为送给你等一桩功劳，而孤身前往。你等是该自缚恭迎的。”张佳胤说。

“是。”马文英、杨廷用齐应。

“他为何要解救你等，为何要送一桩功劳给你等？”张佳胤问。

“徐将军爱兵，素有口碑。”马文英说。

“错！”徐景星在一旁说，“解救你等的，给你等送去一桩功劳的，不是我，是上面坐的都堂大人。”

“谢过都堂大人。”马文英、杨廷用齐道。

“我等今次自缚而来，正为感谢都堂大人解救我等，感谢都堂大人送给我等一桩功劳。”马文英又说。

“我正要说到第三次自缚，”张佳胤道，“你等平乱，立功，今次用不着自缚。”说着，命道，“来呀，给他二人松绑。”

两名校尉上前，一人一个，给他们松绑。

“听说你二人不愿被称作壮士？”张佳胤问。

“黄都堂昔为阶下囚，被他称壮士，是我等之耻；张都堂来自朝廷，威仪肃然，被张都堂称壮士，是我等之荣。”马文英说。

“我可称他壮士，你呢？”张佳胤问杨廷用。

“马大哥愿做壮士，罪卒也愿做壮士。”杨廷用道。

“两位壮士告诉我，今日平乱，谁个功劳最大？”张佳胤问。

“马大哥！”杨廷用毫不犹豫地说。

“马大哥功劳怎的最大？”张佳胤问。

“营兵冲击乱民，马大哥一马当先。”杨廷用说。

“兄弟别胡说！”马文英叱道。

“马壮士欲谦，那你说，谁个功劳最大？”张佳胤转问他。

“徐将军！”马文英毫不犹豫地说。

“徐将军功劳怎的最大？”张佳胤问。

“徐将军率所部为中军，如中流砥柱。”马文英说。

“老马别胡说！”徐景星斥道。

“徐将军欲谦，那你说，谁个功劳最大？”张佳胤又转问他。

“都堂！”徐景星毫不犹豫地说。

“都堂功劳怎的最大？”张佳胤问。

“都堂运筹帷幄，官军才能出奇制胜。”徐景星说。

“我若也叱徐将军休得胡说，徐将军会不会问我，谁个功劳最大？”张佳胤问。

“自然要问。”徐景星道。

“运筹帷幄的，不是我，是相公；故相公功劳最大。”张佳胤说。

“是，相公功劳最大。”徐景星应道。

“不过，相公伟业，非你我可以议论的，”张佳胤说着，问道，“徐将军懂得我的意思吧？”

“末将懂得，”徐景星应道，“肖甫先生功绩，非我等可以议论。”

“罪卒也懂得，”马文英又道，“徐将爷功劳，非罪卒可以议论。”

“罪卒也懂得，”杨廷用又道，“马大哥功劳，非罪卒可以议论。”

“那却去议论谁个的功劳？”张佳胤笑问，“不如只说两位壮士的功劳，别个的功劳都不说。徐将军，如何？”

“好。”徐景星应道。

“我曾请徐将军带话给二位壮士，你等若讨平乱民，我将为你等请功，这话他曾带到吧？”张佳胤问。

“徐爷把话带到。”马文英、杨廷用齐道。

“都堂大人的话，让罪卒等欢欣鼓舞。”马文英又说。

“杨壮士说，马壮士功劳最大，至少是以为，在你二人中，马壮士的功劳要大于你，是吧？”张佳胤问杨廷用。

“是。”杨廷用应道。

“亦即，朝廷若有升赏，马壮士要高于你，是吧？”张佳胤又问。

“是。”杨廷用应道。

“譬如，马壮士若升作小旗，你升作伍长；马壮士若升作总旗，你升作小旗。你不会不满意吗？”张佳胤问。

“只要马大哥满意，我就满意。”杨廷用道。

“我只是打个比方，朝廷不会如此小气。但究竟升授何官，还得看战绩，”张佳胤说着，问徐景星，“今次平息民乱，共抓获多少乱贼？”

“二百余人，”徐景星道，“肖甫先生命分三队进发，末将率所部骁勇为中军，马文英、杨廷用等率营兵为前队，府、县精勇为后队，三部各有所擒获。”

“丁仕卿是否也被擒获？”张佳胤问。

“是。”徐景星应道。

“谁个擒获的？”张佳胤问。

“是前队。”徐景星说。

“如果以擒获二百人为一功，擒获丁士卿，可居其半，”张佳胤说着，问道，“徐将军，你说是不是？”

“肖甫先生说的是。”徐景星应道。

“以此功，我愿保举马壮士为千户，你看使得使不得？”张佳胤问。

“此升恰可酬其功，”徐景星道，并对马文英说，“老马，还不叩谢。”

“罪卒谢过大老爷提携之恩。”马文英叩道。

“杨壮士，你只得屈居副千户。”张佳胤对杨廷用说。

“罪卒谢过大老爷提携之恩。”杨廷用叩道。

“你等功已抵罪，不用再把‘罪卒’二字挂在嘴边。”张佳胤说。

“是。”马文英、杨廷用齐应。

“卑职谢过大老爷宽恕之恩。”马文英道。

“卑职谢过大老爷宽恕之恩。”杨廷用学舌。

张佳胤一举平息二乱，他的奏请，朝廷没有不准的道理。

但后来，他还是找个机会，杀马文英、杨廷用，以及另外几名领头的士卒，以绝后患。

第一百一十四章

六月十四日，司礼太监魏朝奉旨探望张居正后，回宫复旨。

“将养五日，可见好？”皇帝问。

张居正是本月九日，第一次以病乞休的；十一日，再度乞休。按照第一次乞休的日子算，迄今正好五天。

“似见好转。”魏朝禀道。

“怎叫似见好转？”皇帝没有深责他的话含混不清，而是自己把问题提得更具体，“你且说，元辅在何处见你？”

“在厅。”魏朝说。

“他坐得住？”皇帝问。

“坐得住。”魏朝应道。

“他和你说几句话？”皇帝问。

“不止几句，总有十几句吧。”魏朝说。

“看来，是真的见好，”皇帝自己作出判断。停了停，又问，“老魏，元辅和你说些何事？”

“元辅先要奴才代他谢恩。”魏朝说。

“谢朕差你去看他？”皇帝问。

“这是一则，另一则是为进太师衔。”魏朝说。

张居正进太师衔，在他两次乞休之间。时叙辽东大捷功，张居正进太师，荫一子锦衣卫同知；张四维进太子太师，荫一子锦衣卫百户；申时行进太子太保。宁远伯李成梁、兵部尚书梁梦龙、蓟辽总督吴兑、辽东巡抚周咏等，各有封赏不等。

“进封太师，他不是已经谢过恩吗？”皇帝道。

“今次他的意思是辞其封。”魏朝说。

“你怎说的？”皇帝问。

“奴才问元辅，为何要辞？”魏朝道。

“问得好！”皇帝称赞，又问，“元辅怎说？”

“元辅说，本朝三公之衔最崇高，从不轻授；并问奴才，知不知本朝迄今封过几位太师。”魏朝道。

“你知否？”皇帝问。

“奴才不知。”魏朝道。

“你可向元辅请教呀。”皇帝说。

“奴才是向元辅请教来着，”魏朝道，“元辅告诉奴才，本朝立国以来，加太师衔者，不超过十人。”

“都有谁人，快说！”皇帝颇感兴趣。

“勋臣六人，计：英国公张辅，永乐二十二年加；英国公张懋，弘治四年加；保国公朱永，弘治四年加；定国公徐光祚，嘉靖五年加；武定侯郭勋，嘉靖十五年加；成国公朱希忠，嘉靖四十二年加。戚臣一人，为寿宁侯张鹤龄，嘉靖元年加。文臣一人，为韩国公李善长，洪武三年加。”魏朝分门别类地说。

“朕知中山、开平二王为勋臣之首，他二人都不曾加太师衔？”皇帝问。中山王即徐达，开平王即常遇春，都在死后追封异姓王。

“奴才也有此疑惑。”魏朝说。

“你有没对元辅说？”皇帝问。

“奴才有对元辅说。”魏朝道。

“他怎说？”皇帝问。

“他说，中山王仅加太傅；开平王去世得早，未加三公。”魏朝道。

“看来，确如元辅所言，本朝重三公之衔，从不轻授。”皇帝说。

“诚如圣谕。”魏朝道。

“正因太师不轻授人，元辅加太师衔，才见其郑重。这是母后的心意，也是朕的心意，元辅勿辞。”皇帝说。

“是，”魏朝应一声，请旨，“奴才要不要再去一次元辅府上，宣示圣谕。”

“不用，”皇帝道，“过些日子，朕还要差人去探望元辅。”

四天之后，即六月十八日，皇帝差司礼太监张鲸探望张居正。

张鲸回宫复旨，皇帝问他：“朕所赐食物，元辅用否？”

“虽未用，但元辅含泪叩谢圣恩。”张鲸说。

“一样也没用吗？”皇帝问。

“一样也没用。”张鲸道。

“是不是比奏表所言，病情又加重？”皇帝问。

“似见加重。”张鲸说。

“怎叫似见加重！”皇帝在责怪之后，提出相同的问题，“你倒是说说，元辅在何处见你？”

“在寝室，”张鲸说，“别个要想见元辅，肯定是见不到的；奴才奉旨探视，才见上元辅一面。”

“还能开口说话吗？”皇帝问。

“爷问的是元辅，还是奴才？”张鲸反问。

“你好端端的，怎会说不了话！朕问的是元辅。”皇帝道。

“元辅还能开口说话。”张鲸答道。

“你有没向他转达朕的意思？”皇帝问。

“奴才向他宣示圣意。”张鲸道。

“你怎说的？”皇帝问。

“奴才说：闻先生不粥，爷为之深虑。国家大计，先生当为爷一言之。”张鲸复述他对张居正说的话。

“说得很得体，”皇帝点头称赞，又问，“元辅怎说？”

“元辅举荐数人，谓其堪当大任。”张鲸说。

“都是谁人？”皇帝问。

“奴才记下来。”张鲸说着，把两张纸呈进。

皇帝以为举荐的人很多，才要批驳张鲸“举荐数人”用得不妥，却发现，第一张纸上只有五人，第二张纸上只有四人。“举荐数人”，说得一点儿也不错。

“老张，为何要分开来写？”皇帝问。

“元辅是分两次说的，第一次说数人后，感觉不适，又是服用汤药，又是静心养神。隔好一会儿，才又说数人。”张鲸解释。

“元辅为国，真是耗尽心血。”皇帝不由感叹，对张居正举荐的数人，也更加留意。他随手拿几张纸片，边读出声来，边把读过的名字写上。那是准备帖到御屏上、以备浏览的。

张居正举荐的第一个人是潘晟。皇帝问：“这个潘晟，可是已致仕的礼部尚书？”

“是他。”张鲸应道。

“潘尚书掌部时，朕并未觉察元辅对他格外器重。”皇帝说。

“爷当真是明察秋毫。”张鲸话中有话地说。

“怎么，其中果有内情？”皇帝问。

“奴才听说，有人料到，元辅病重，爷必以用人咨之，曾以潘尚书托付。”张鲸说。

“谁个托付的？”皇帝问。

“爷想，敢托付元辅以私事的，能有几人！”张鲸虽不直接回答，但已回答出来。

“是冯大伴？”皇帝顿了顿，问道，“老张可知，冯大伴为何要以潘尚书托付于元辅？”

“奴才只知，冯大伴爱书，潘尚书曾以贵重之书馈赠。”张鲸说。

“倒也属于文雅之交，”皇帝不再问。他把潘晟的名字写在纸片上，然后往下读，“梁梦龙，是去年才掌兵部的大司马吗？”

“是他。”张鲸应道。

“掌兵部，已当大任，朕充其量只是保住他兵书一职。”皇帝说。

张鲸知道皇帝在自语，而不是问他的看法，所以没接话茬。

“余有丁，现为何官？”皇帝问。

“吏部左侍郎兼翰林院学士。”张鲸说。

“许国，现为何官？”皇帝问。

“礼部左侍郎兼翰林院学士。”张鲸说。

“陈经邦，现为何官？”皇帝问。

“礼部右侍郎兼翰林院侍读学士。”张鲸说。

“此五人为元辅第一次举荐的，朕写在较大的纸片上，另外四人为元辅第二次举荐的，朕要写在较小的纸片上，”皇帝说着，换几张纸片，并问，“徐学谟，现为何官？”

“礼部尚书。”张鲸说。

“曾省吾，现为何官？”皇帝问。

“工部尚书。”张鲸说。

“张学颜，现为何官？”皇帝问。

“户部尚书。”张鲸说。

“朕听说，六部尚书中，元辅最看重张尚书，是不是？”皇帝问。

“有此说法；但奴才以为，元辅对张尚书，看重而不亲近。”张鲸说。

“何以见得？”皇帝问。

“譬如，六部排序，户部仅在吏部之右；而元辅举荐，张尚书在徐尚书、曾尚书之后。由此可见一斑。”张鲸说。

“不无少许道理，”皇帝说着，手指最后一个名字，问道，“这个王篆，是名侍郎吧？”

“是，”张鲸应道，“王篆现官吏部右侍郎。”

“为朕粘贴于御屏，以备大用。”皇帝命近侍。

“是。”一名近侍应着，把皇帝写上姓名的纸片捧去，准备粘贴。

六月二十日，张居正卒于家中。

皇帝辍朝一日，赐金五百，纻丝六双，纱罗、柴布、香烛、茶、米、油、盐、炭各若干，赐祭十六坛，并命司礼太监张诚经纪张居正丧事。赐臣子祭葬，这是最高的规格。两宫皇太后及皇后各赐金币。

礼臣议，张居正谥文忠，追赠上柱国，荫一子尚宝司丞。

刑部左侍郎刘一儒，从不和他这位亲家私相交往，即使年节之际，也只和同僚同去给张居正拜贺，而不会携小儿及眷属，参加张居正的家宴。但闻得张居正去世的消息后，他以亲家的身份，而不是以同僚的身份、同乡的身份，前去祭拜。

刘一儒祭拜之后，张氏兄弟以长辈视之，把他请到厅里，奉茶、叙话。

离开时，张氏兄弟一定要其子刘戡之送他回家。

本来应该刘一儒乘轿，刘戡之骑马。但路不远，他二人更愿意走回去。

因为说不清楚是一种怎样的心情，默走一会儿，刘一儒才开口。

“戡之，相府厅上的对联是新换上的吧？”刘一儒问。

“是。”刘戡之应道。

“知是哪一日换上的吗？”刘一儒又问。

“儿子不知。”刘戡之道。

“应该不到十日。”刘一儒说。

“父亲怎知不到十日？”刘戡之有点儿奇怪。

“怎么，戡之未读过该联？”刘一儒更加奇怪。

“儿子读过。”刘戡之说。

“未仔细读过？”刘一儒又问。

“儿子仔细读过。”刘戡之说。

“既仔细读过，联中有‘太师’字样，你竟没留意？”刘一儒道。

“是，是，”刘戡之连声应道，“遭遇此事，儿子心智大乱，竟没想到岳父大人进太师未过十日。”

“戡之可知该联是谁个写的？”刘一儒又问。

“儿子不知。”刘戡之道。

“不知也罢，反正是些谀辞；不过，他煞费苦心地撰写出此联，工夫算是白费。”刘一儒说。

“父亲为何说他工夫白费？”刘戬之问。

“你说他为何要写此联？”刘一儒反问。

“为得岳父大人赏识。”刘戬之说。

“近十日以来，叔大先生卧病不起，再好的联句，他也赏玩不成。再者，写联者为得叔大先生赏识，只是第一步；第二步，他为的是打通宦途。但就算叔大先生还有闲心赏玩此联，也无余力为他开通道路。你说，他的工夫是不是白费？”刘一儒道。

“他若有所求，工夫是白费。”刘戬之说。

“戬之知道该联是谁个要换的吗？”刘一儒又问。

“孩儿不知。”刘戬之道。

“不管是谁个要换的，他的一番良苦用心也付之东流。”刘一儒说。

“父亲为何说他良苦用心也付之东流？”刘戬之问。

“你说他为何撤去旧联，换上新联？”刘一儒反问。

“儿子看不出他的良苦用心。”刘戬之说。

“无非是求个喜庆。”刘一儒道。

“旧联不够喜庆吗？”刘戬之问。

“日月并明，万国仰大明天子；丘山为岳，四方颂太岳相公。此联要说气势，还有一点儿；要说喜庆，就远不如新联。你看，又是上相，又是太师，又是状元，又是榜眼，状元联榜眼，百代俊才出谁府；上相晋太师，十朝荣宠集一身。自古以来，哪一年能集中这多喜庆之事！”刘一儒道。

“这些都是实实在在的，父亲为何却说付之东流？”刘戬之问。

“不错，这些都是实实在在的；但你应该说，曾经是实实在在的。状元、榜眼是授与考试者的，既授官，和别的修撰、编修一样，不再有状元，不再有榜眼；上相、太师是授与为官者的，人既死，和别的死者一样，不再有上相，不再有太师。”刘一儒说。

“父亲说得透彻。”刘戬之道。

第一百一十五章

散朝后，除刑部的官员外，其他五部的官员都出会极门，再出东华门，各回自己的衙门。但曾省吾只在工部大门外转一圈，并没进去。他掉头去到兵部。

梁梦龙匆匆往外走，和他正好相遇。

“乾吉先生去找我吗，不必劳动尊驾。”曾省吾道。

“不，我要去礼部，”梁梦龙说，并问，“三甫先生为何以为我要去找你？”

“遇到此等之事，乾吉先生不找我商议，却和谁人商议！”曾省吾道。

梁梦龙看他一眼，心里奇怪：自己要去找谁，他怎能比自己还清楚？再说，他要去礼部商议的事，无论如何和工部也扯不上边。

当然，他也不能对曾省吾说，此事和他无关，不必和他商议；毕竟，大家都是相公倚重和提携的人，不能相公才走，就彼此结仇。

“遇到大事，自须与三甫先生商议；但一般小事，就无须告扰三甫先生吧？”梁梦梦道。

“乾吉先生以为此乃小事？”曾省吾问。

“自是小事，三言两语可说定的小事，”梁梦空说着，反问一句，“三甫先生以为此乃大事？”

“自是大事；且是第一等大事。”曾省吾说。

二人的语气，都包含着不理解和大不以为然的成分，因此，都开始怀疑说的是不是同一件事。

“三甫先生说的是何事？”梁梦龙问。

“乾吉先生说的又是何事？”曾省吾反问。

“我说的是鞑靼部的事。”梁梦龙道。

“鞑靼部的事？俺答的葬事，及黄台吉袭王位之事，不是都已处置？鞑靼部又出何事？”曾省吾问。

鞑靼部酋长俺答是今春病卒的，朝廷一面给以隆重的礼仪：赐祭七坛，赐彩币十二双，布百匹，一面命俺答子黄台吉承袭顺义王，以保持和鞑靼部的联系，维系边地的安定。

“黄台吉要改名，朝廷须议定准与不准。”梁梦龙说。

“他要改何名？”曾省吾问。

“乞庆哈。”梁梦龙道。

“此名何意？”曾省吾问。

“不知。所以要去礼部问问。”梁梦龙说。

“总不会是不利我大明之意吧？譬如，要灭我大明之类？”曾省吾问。

“黄台吉既然受封，应该不会。”梁梦龙说。

“一则，乾吉先生才说，此乃三言两语可说定的小事；二则，纵然不是小事，也不是即刻须说定之事；三则，纵然即刻须说定，乾吉先生差个人去礼部问问，足矣。”曾省吾道。

不管理由是不是充分，他阻止梁梦龙去礼部的意图是很明显的。礼部，梁梦龙可以不去，或不马上去；但他先得问一问，曾省吾要和他商议的是什么事。

“三甫先生说的何事？”他问。

“边走，边说，如何？”曾省吾道。

“三甫先生拉我去何处？”梁梦龙问。

“吏部。”曾省吾道。

东华门外各部衙门，不是相对，就是相邻，离得都不远。边走边说，没什么不可以的。曾省吾要拉他去吏部，说过原因后，他觉得没必要和曾省吾去吏部，转身可以去礼部。

“三甫先生说的第一等大事，可别是第一等无聊之事。”他边走边说。

“事关相公，乾吉先生说，会是第一等无聊之事吗？”曾省吾问。

“那当然不会，”梁梦龙说着，采取同样的表述方式问道，“不过，相公葬仪、赐谥等事，不是都已处置？事关相公，又有何事？”

“乾吉先生说，相公为朝廷作的最后一件大事是何事？”曾省吾反问。

“这不好说。”梁梦龙道。这个问题他不曾想过。

“我若说是举荐大臣，乾吉先生会不会反对？”曾省吾问。

“我为何要反对！”梁梦龙道，“说不定我还可以帮着三甫先生确定，相公为朝廷作的最后一件大事，是不是举荐大臣。”

“相公举荐的大臣被人质疑，是不是关乎相公？”曾省吾又问。

“这更不好说。”梁梦龙道。这个问题他也不曾想过。

“我若说事关相公，乾吉先生会不会反对？”曾省吾问。

“我为何要反对！”梁梦龙道，“说不定我也可以帮着三甫先生确定，相公举荐的大臣被人质疑是关乎相公。”

“那好。”曾省吾手指前方的吏部衙门，说道，“我邀乾吉先生同来吏部，正是为的确定，相公为朝廷作的最后一件大事是举荐大臣；为的确定，相公举荐的大臣被质疑关乎相公。”

吏部尚书王国光不在衙中，他们见到的是佐卿王篆。也许，这正是他们二人，尤其是曾省吾所希望的。

“大司马、大司空联袂造访，何其幸哉！可惜本部正卿不在，要让二位失望。”王篆边揖边说。

“不失望，”曾省吾道，“汝观先生在，此事与汝观先生说，亦可；汝观先生不在，此事与铭之兄说，更佳。”

“三甫先生是否把话说反？”王篆问。

“没说反，铭之兄问问乾吉先生便知。”曾省吾说。

“乾吉先生，二位当真是来找我？”王篆和曾省吾太熟悉，玩笑也开得太多，要证实一件事，还真得问第三者。

“我是被拉来的，不知三甫先生要找谁人；不过，我以为他更愿见到铭之先生，并非虚妄之言。”梁梦龙说。

“乾吉先生不是不知，事关吏部，还得汝观先生作主。”王篆道。

“事关相公呢？”梁梦龙问。

“事关相公？”王篆和梁梦龙一样，一时也想不出，现在还有什么事会关系到张居正。

“铭之先生想想，相公为朝廷做的最后一件大事是何事？”梁梦龙拿曾省吾曾问他的问题，来问王篆。

“这不好说。”王篆的回答，和他方才的回答相同。

“有人若说，相公为朝廷作的最后一件大事是举荐大臣，铭之先生会不会反对？”梁梦龙问。

“不会反对，”王篆道，“我不知举荐大臣是不是相公为朝廷做的最后一件大事，但肯定是相公为朝廷做的最后几件大事之一。”

“相公举荐的大臣被人质疑，是不是关乎相公？”梁梦龙说。

“这更不好说。”王篆道。

“有人若说，相公举荐的大臣被人质疑关乎相公，铭之先生会不会反对？”梁梦龙又问。

“不会反对，”王篆道，“相公举荐的大臣被人质疑，虽不是直接针对相公，但最终会牵涉相公。”

曾省吾饶有兴致地听梁梦龙把自己的问题重复一遍，听王篆态度明确的回答，觉得不需要再绕圈子。

“铭之兄这下该相信，我并没有把话说反吧？”他问。

“是，”王篆应道，“此事确实更该和我说。”

他们三人都是张居正临终前特别举荐的大臣，而王国光不是。对张居正举荐的大臣被人质疑一事，他们应该比王国光更敏感。

“铭之先生看来已了然？”梁梦龙问。

“是。”王篆应道。

“我却尚未了然，”梁梦龙道，“我并非说，相公为朝廷做的最后一件大事不是举荐大臣；并非说，相公举荐的大臣被人质疑不关乎相公。我不了然的是，究竟相公举荐的哪位大臣被人质疑？”

“乾吉先生竟然不知吗？”王篆颇感意外。

“不知。”梁梦龙道。

王篆完全可以断定，梁梦龙说的是真话；同时，他稍想一想，也就不会感到意外。梁梦龙掌的是兵部，相公举荐哪些大臣，凭什么要求他关心？有人对相公举荐的大臣质疑，凭什么要求他知道？

“三甫先生说的相公举荐而被质疑的大臣，是致仕尚书潘思明先生。”王篆告诉梁梦龙。

“谁人质疑于他？”梁梦龙问。

“浙江道御史雷国柱等。”王篆说。

雷士祯字国柱，陕西朝邑人，万历二年进士。

“他是怎质疑思明先生的？”梁梦龙问。

“他说，潘某初为礼部尚书，即秽迹昭著，先帝尝斥之；其再起，舆情共恶，皇上又斥之。今一旦登具瞻之任，恐贪荣幸进者流，有以窥皇上之举动也。幸收回成命，更择耆硕，以昭平明之治。”王篆叙述雷士祯奏疏的大意。

“这哪里是质疑，分明是痛斥！”梁梦龙道。

“谁说不是！”曾省吾、王篆齐道。

“痛斥得好！”梁梦龙道。

“乾吉先生竟为他叫好？”曾省吾、王篆齐呼。

“为何不能为他叫好？”梁梦龙问。

“我并非不知雷国柱奏疏其实是痛斥。所以称作质疑，是因为他质疑相公举荐之人，亦即质疑相公；若言其痛斥，他痛斥相公举荐之人，亦即痛斥相公。”曾省吾说。

“错！”梁梦龙道。

“谁个错？”曾省吾、王篆齐问。

“三甫先生所言错；铭之先生若赞同三甫先生所言，铭之先生也错，”梁梦龙道，“相公是相公，相公举荐之大臣是相公举荐之大臣。雷国柱上疏，我敢说他绝不会把二者混为一谈。他不把二者混为一谈，二位为何要把二者混为一谈！”

“乾吉先生说，雷国柱的奏疏没把二者混为一谈，是读其疏，发觉字里行间没有把二者混为一谈；还是以为，雷国柱从心里没把二者混为一谈？”曾省吾问。

“三甫先生应该知道，我并未读其疏。”梁梦龙说。

“那就是以为，他从心里没把二者混为一谈。”曾省吾道。

“我也不敢说，他从心里没把二者混为一谈；或者，从心里不想把二者混为一谈。”梁梦龙说。

“既如此，乾吉先生为何断言他没把二者混为一谈？”曾省吾问。

“因为我从心里以为，二者并非一事。”梁梦龙说。

“相公举荐的大臣被人质疑是不是关乎相公，乾吉先生，可是你问的我？”王篆插话。

“是三甫先生先问的我。”梁梦龙道。

“我问时，乾吉先生可是说过，要帮着我确定，相公举荐的大臣被质疑，是不是关乎相公。”曾省吾说。

“那是说的别人。”梁梦龙道。

“乾吉先生是说，相公举荐的别的大臣被质疑，关乎相公；相公举荐的思明先生被质疑，不关相公事？”王篆问。

“是。”梁梦龙应道。

“这是为何？”王篆问。

“铭之兄应该知道的。”曾省吾打算替梁梦龙来回答。

“我怎就该知道？”王篆问。

“因为你是吏部佐卿呀，”曾省吾道，“你应该知道，相公先后举荐九人，八人皆现职，唯独思明先生是致仕官，可见，举荐思明先生，并非出自相公本意。你还应该知道，相公举荐思明先生，是碍于司礼冯公的情面，此事传得沸沸扬扬，乾吉先生想必也有所闻。”

“乾吉先生可是此意？”王篆向梁梦龙求证。

“是。”梁梦龙应道。

“乾吉先生的想法，确有道理，”王篆说，又问曾省吾：“三甫先生怎想的？”

“就思明先生一人而言，是可以不把相公和相公举荐的大臣混为一谈的。”曾省吾道。

“雷国柱等质疑的，只有思明先生一人呀！三甫先生既以为可以不混为一谈，也就不必为此事担忧。”王篆说。

“这却不然。”曾省吾道。

“怎又不然？”王篆问。

“就思明先生而言，是可以不把相公和相公举荐的大臣混为一谈的，这个想法我赞同；但这毕竟只是乾吉先生的想法，不见得是雷国柱等人的想法。”曾省吾说。

“三甫先生是说，雷国柱等或许还有别的想法？”王篆问。

“是，”曾省吾应道，“他等或许还有别的想法；或者，他等虽然没有别的想法，别的御史、别的给谏、别的任何官员，可能从他等的质疑中得到启发，会有别的想法。”

“那会是怎样的想法？”王篆问。

“譬如，不管怎说，思明先生也是相公举荐。思明先生可质疑，同样是相公举荐的曾某人为何不可质疑？”曾省吾道。

“还有呢？”王篆问。

“同样是相公举荐的铭之兄为何不可质疑？”曾省吾道。

“还有呢？”梁梦龙问。

“同样是相公举荐的乾吉先生为何不可质疑？”曾省吾道。

“还有余学士、许学士、陈读学，为何不可质疑！”王篆附和道。

“还有张尚书、徐尚书，为何不可质疑！”梁梦龙也附和道。

“既然相公举荐的人都可以质疑，相公为何不可质疑！”梁梦龙、王篆最后齐道。

“如此说来，我担心的事，二位也都担心？”曾省吾问。

“是。”梁梦龙、王篆齐应道。

“这些问题，我还可以反过来问。”曾省吾又说。

“怎反过来问？”王篆问。

“思明先生被质疑，会让人想到何事？”曾省吾反问。

“三甫先生想要的答案是不是：他是相公举荐？”王篆道。

曾省吾点点头，又问：“乾吉先生、铭之兄、还有曾某人被质疑，会让人想到何事？”

“我等无不是相公举荐。”王篆道。

“余学士、许学士、陈读学被质疑，会让人想到何事？”曾省吾问。

“学士们无不是相公举荐。”王篆道。

“张尚书、徐尚书被质疑，会让人想到何事？”曾省吾问。

“尚书们无不是相公举荐。”王篆道。

曾省吾问完，梁梦龙、王篆互问。

“铭之先生觉得，三甫先生的两种问法，有何不同吗？”梁梦龙问。

“并未觉得。”王篆说。

“其实是有区别的。”梁梦龙道。

“有何区别？”王篆问。

“三甫先生的第一种问法，是从思明先生而联系到我等，再联系到学士等，再联系到尚书等，最后才联系到相公；第二种问法，是从一开始就联系到相公。”梁梦龙说。

“回想起来，似有此区别，”王篆认同。并问，“可三甫先生用两种问法来问，是何用意？”

“这正是我要请教三甫先生的。”梁梦龙转向曾省吾。

“按照第一种问法，事情是渐进发展的；我等对待它，也可以渐进的方法。按照第二种说法，事情是一以贯之的；我等对待它，也须以一以贯之的方法。”曾省吾说。

“铭之先生听得懂吗？”梁梦龙问王篆。

“听不懂。”王篆说。

“听不懂，可以问呀。”梁梦龙道。

“听不懂，也不知怎问。”王篆说。

他或许真不知怎问，梁梦龙只好自己问。

“所谓渐进发展，可是由质疑思明先生，而牵累及我等，而牵累及学士们，而牵累及尚书们；牵累及尚书们，最后，而牵累及相公？”他问。

“是。”曾省吾应道。

“何谓对待以渐进的方法？”梁梦龙问。

“思明先生被质疑，不予理会。待我被质疑时，我辩之；乾吉先生被质疑时，乾吉先生辩之；铭之兄被质疑时，铭之兄辩之。学士们、尚书们被质疑，不予理会；待相公被质疑，我等一齐辩之。”曾省吾说。

“所谓一以贯之，可是质疑相公举荐的任何一人，都是针对相公？”梁梦龙问。

“是。”曾省吾应道。

“何谓对待以一以贯之的方法？”梁梦龙问。

“相公举荐的大臣，无论谁人被质疑，我等皆须关注，皆须化解，皆须分辩。”曾省吾说。

“亦即，思明先生被质疑，我等亦当关注？”梁梦龙换一种说法。

“是。”曾省吾应道。

“亦即，此事我等今日即当关注？”王篆又换一种说法。

“是。”曾省吾应道。

“两种方法，看来，三甫先生是倾向于后一种方法的。能够告诉我二人理由吗？”梁梦龙问。

“当然，”曾省吾应道，“一则，事情虽然有可能是渐进发展，但我更多是以为，事情一以贯之。亦即，雷国柱等质疑思明先生，实际上纠劾思明先生，就是为的质疑相公，纠劾相公。二则，我几乎可以断定，在质疑思明先生之后，必然要牵累我曾某人，必然要牵累乾吉先生，必然要牵累铭之兄。三则，即便事情渐进发展，与其牵累我等时再辩之，不如先予关注，先予化解，先予分辩。”

“铭之先生这回可以听懂吧？”梁梦龙又问王篆。

“可以听懂。”王篆道。

“以为如何？”梁梦龙问。

“三甫先生所论甚是。”王篆道。

“乾吉先生以为如何？”曾省吾问梁梦龙。

“我若不以为然，就不会和三甫先生一同来吏部。”梁梦龙很有先见之明似的说。

“既然同有此意，我等何不坐下来议一议！”曾省吾道。

“我等一直坐着呢，也一直在议。”梁梦龙说。

“我意是，我等可以具体议一议如何处置。”曾省吾道。

“三甫先生以六字言之：关注、化解、分辩。我等不如就从这六个字说起。”王篆提议。

“好。”梁梦龙、曾省吾都赞成。

“六个字，分到每人名下，是两个字。我等每人说两个字，如何？”梁梦龙又提议。

“好。”曾省吾、王篆也都赞成。

“谁个先来挑选？”梁梦龙问。

“长者为先。”曾省吾、王篆让他先选。

“我按照顺序，选关注二字。”梁梦龙说。

“乾吉先生当真是为的按照顺序吗？我看不是。”曾省吾道。

“三甫先生说我不是为的按照顺序，却是为的何事？”梁梦龙问。

“取巧。”曾省吾赠以二字。

梁梦龙呵呵一笑，未加反驳。

“乾吉先生怎是取巧？”王篆问曾省吾。

“我等都在关注，这两个字还用议吗！”曾省吾道。

王篆一想，可不是！大家说这么半天，谁个不是把心思都放在这件事上，还用得着议论该不该关注吗！还能进一步阐述如何关注吗！

他也笑笑，问曾省吾：“三甫先生选哪两个字？”

“我谦让，选分辩二字。”曾省吾说。

“三甫先生当真是为的谦让吗？我看不是。”梁梦龙道。

“乾吉先生说我不是为的谦让，却是为的何事？”曾省吾问。

“投机。”梁梦龙回敬二字。

曾省吾呵呵一笑，也未加反驳。

“三甫先生怎是投机？”王篆问梁梦龙。

“分辩二字，还真能往深里议吗？”梁梦龙道。

王篆一想，可不是！无论事情是渐进发展，还是一以贯之，三甫先生被质疑，他自家肯定要分辩；乾吉先生被质疑，他自家肯定要分辩；自己被质疑，我也肯定要分辩。这是毋庸置疑，也毋庸议论的。但这已经是不合事例。大臣被质疑，换言之，大臣被纠劾，首先应该做的不是分辩，而是请辞。至于学士们被质疑，他们能为之分辩吗？尚书们被质疑，他们能为之分辩吗？所以，分辩二字，不过是说说而已。

“我能不能再选关注二字？”他问梁梦龙。

“不能。”梁梦龙道。

“关注二字，不用再议；化解二字，要不要议？”王篆又问。

“要议。”梁梦龙道。

“我能不能再选分辩二字？”王篆问曾省吾。

“不能。”曾省吾道。

“分辩二字，不可深议；化解二字，要不要深议？”王篆又问。

“要深议。”曾省吾道。

“乾吉先生取巧，三甫先生投机，却把不能取巧、不能投机的两个字留给我，好意思吗！”王篆叫屈。

“乾吉先生是按照顺序，有何不好意思！”曾省吾先更正自己方才的说法，又说，“再者，我想听听铭之兄高见，有何不好意思！”

“三甫先生是谦让，有何不好意思？”梁梦龙也更正自己方才的说法。又说，“再者，我把展现才华的机会留给铭之先生，有何不好意思！”

“二公真是巧舌如簧，任意播弄，佩服，佩服！”王篆笑道，“我不能像三甫先生解释关注二字那样，像乾吉先生解释分辩二字那样，把化解二字解释得无须再议，只得略陈愚见。”

“快说，快说！”梁梦龙、曾省吾一起催促。

“有二事，要请二公想一想。”王篆说。

“是哪二事？”梁梦龙、曾省吾齐问。

“其一，雷国柱等质疑思明先生，或曰纠劾思明先生，皇上会不会因而收回成命？”王篆问。

“可能不会。”梁梦龙留有较大余地。

“多半不会。”曾省吾否定的语气更重一些。

“肯定不会，”王篆则完全否定，“起用思明先生的旨意，是相公临终前颁下，可以视作皇上对相公的承诺。相公去世才四日，皇上肯定不会自毁承诺。即便惑于御史之言，皇上心有所动，慈宁宫也不会答应。”

“说的是。”梁梦龙、曾省吾都赞成他的分析。

“皇上不肯收回成命，科、道会作罢否？”王篆又问。

“这是第二件事吗？”梁梦龙、曾省吾齐问。

“不，是继续第一件事。”王篆说。

“可能不会。”梁梦龙还是留有较大余地。

“多半不会。”曾省吾还是否定的语气更重一些。

“肯定不会，”王篆还是完全否定，“即便雷国柱等不再进言，别的御史，别的给谏，别的官员也会陆续进言。这种情形我等前面已经不止一次地提到。我相信，二公与我的担心并非多余。”

“说的是。”梁梦龙、曾省吾仍赞成他的分析。

“雷国柱等的首次质疑，或曰纠劾，皇上可以不予理会；他等再次质疑，或别的御史、别的给谏、别的官员再次质疑，皇上会不会仍不予理会？”王篆问。

“铭之兄是不是会告诉我二人，皇上肯定仍不予理会？”曾省吾反问。

“是。”王篆应道。

“接下来是不是要问，皇上仍不予理会，雷国柱等，或别的御史、别的给谏、别的官员会不会作罢？”梁梦龙问。

“是。”王篆应道。

“总之，不管御史、给谏及别的官员怎样进言，皇上都是不予理会的，铭之兄不必再告诉我二人。”曾省吾说。

“总之，不管皇上怎样不予理会，御史、给谏、别的官员都不会作罢，铭之先生不必再问下去。”梁梦龙说。

“还是说第二事吧。”梁梦龙、曾省吾齐道。

“其二，化解其事，究竟为何？”王篆问。

“还是你说！”梁梦龙、曾省吾齐道。

“可是为的维护思明先生？”王篆问梁梦龙。

“不是，”梁梦龙道，“我等只维护相公，为何要维护他！”

“可是为的打压质疑的御史？”王篆问曾省吾。

“不是，”曾省吾道，“我等与科、道应该是，也只能是：他不犯我，我不犯他；为何要为一个思明先生得罪言路！”

“所谓化解，不是要维护思明先生，不是要打压科、道，却是为何？”王篆又问。

“你倒是说说看。”梁梦龙、曾省吾齐道。

“我以为，所谓化解，是求思明先生被质疑一事到此为止，不要牵累到任何别人。”王篆说。

“说的是。”梁梦龙、曾省吾都赞成他的结论。

“若可以到此为止，思明先生如何，雷柱国等如何，别的御史、别的给谏、别的官员如何，都无所谓。”梁梦龙又说。

“得知思明先生被质疑，我最初的念头正是‘到此为止’四字，铭之兄最后又归纳到‘到此为止’四字，可谓所见略同。”曾省吾又说。

“但怎样才能到此为止呢？”王篆问。

“你倒是说说看。”梁梦龙、曾省吾仍齐道。

“无论思明先生是未赴朝就被雷国柱等谏止，还是赴朝后被雷国柱等劾罢，或是被别的御史、别的给谏、别的官员劾罢，都不会到此为止。对吧？”王篆问。

“对。”梁梦龙、曾省吾齐应道。

“皇上无论因科、道质疑，或曰纠劾，而不用思明先生，或因自个儿的意思而不用思明先生，也不会到此为止。对吧？”王篆又问。

“对。”梁梦龙、曾省吾齐应道。

“故而，要想事情到此为止，只有一个法子：陈述利害，使思明先生自辞。”王篆说。

梁梦龙、曾省吾相互看一眼，频频点头。这无疑是一个最简单的办法，但也是最有效的办法。雷士祯作的是潘晟的文章，别的御史，别的给谏，别的官员要想作文章，也要从潘晟被举荐、被起用作起。潘晟自辞，而不被谏之，不被劾罢，他们还有什么文章可作！

第一百一十六章

算着日子快到，张鲸比皇帝本人还要在意慈宁宫那边的动静。只要一有机会，他就往那边跑；他没机会，也会差亲信的属下往那边跑。他的目的是在第一时间得到消息，禀明皇帝。

在得到确切的消息后，他直奔进宫，边跑边叫：“爷，生了！”

“何事生了？”皇帝问。

“不是事。”张鲸道。

“何物生了？”皇帝又问。

“不是物。”张鲸道。

“不是事，不是物，却是何生了？”皇帝问。

“是人生了。”张鲸道。

“谁人生了？”皇帝又问。

“慈宁宫里的娘娘生了。”张鲸说。

“胡说！”皇帝怒斥。

“奴才该死，奴才没说清楚，”张鲸说着，大喘一口气，“奴才是说端妃娘娘生了，不是说圣母娘娘生了。”

端妃是慈宁宫的宫人，被皇帝一御而有身孕，皇帝奉慈圣皇太后懿旨，册封她端妃。她是皇帝册封的第一位皇妃。

张鲸以为，得此喜讯，皇帝一定会龙颜大悦。但皇帝没有；不但没有，皇帝的眉头反而皱起。

“端妃生了？应该还没到日子吧？”皇帝问。

“只差几日，太医们都说，算得上足月。”张鲸道。

“只差几日，为何急着要生！就不能等到日子再生，就不能迟几日再生！”皇帝自语。

张鲸不知皇帝到底在埋怨谁，不敢多嘴。

“是皇子，是皇女？”皇帝问。

“恭喜爷，是皇子。”张鲸说。

“这么说，应该是皇长子？”皇帝又自语。

这话回应一句，应该没问题。

“是皇长子。”张鲸应道。

皇帝不再埋怨，也不再自语，但眉头并未舒展开。

“母后可知此事？”皇帝问。

“爷忘了，端妃一直居于慈宁宫。”张鲸说。

“朕怎会忘！”皇帝道，“朕想知道，母后得知此事后，高兴不高兴！”

“高兴至极。”张鲸说。

“你当时在慈宁宫？”皇帝问。

“奴才不在。”张鲸说。

“既不在慈宁宫，你怎知母后高兴至极？”皇帝问。

“奴才听说，圣母娘娘闻讯，一路小跑赶去端妃娘娘居住的宫室；路上被绊一下，险些跌倒。”张鲸说。

“母后若是跌出好歹，此儿罪过不小。”皇帝道。

“吉人天相，况且是圣母娘娘，多大的福分！不会的，”张鲸说着，又讲起另一件事，“奴才还听说，圣母娘娘见到小皇爷已在襁褓中，高兴地摘下自己戴的玉佩，亲手给小皇爷戴上。奴才听说，该玉佩，是圣母娘娘怀爷时，先帝爷赐给的。”

“母后是真把此儿当作皇长子呀。”皇帝自语。

本来就是皇长子，怎叫当作皇长子？张鲸心里这么想，但没敢说出来。

“老张，”皇帝命道，“去传谕司礼监，给他取名吧。”

“是。”张鲸虽应一声，但没有退下的意思。

“为何不去？”皇帝问。

“奴才还有句话，不知爷让不让说。”张鲸道。

“你说！”皇帝让他说。

“爷不去看看小皇爷吗？”张鲸问。

“你是说，朕该去看看？”皇帝反问。

“奴才不敢说爷该不该去，奴才只是想，圣母娘娘见到小皇爷，高兴至极；再见爷闻讯后即去看视，一定会更加高兴。”张鲸说。

“为让母后更加高兴，朕去看看他，谅也不妨。”皇帝道。

张鲸负责的是司礼监与宫里的联络，对宫里的具体事项，并不完全知情。所以，他听不出，皇帝说“谅也不妨”是有所指的；或者，他虽然听出这句话说得有些怪，却不知所指。

是不是“谅也不妨”，到晚间才能知道。

皇上传谕，今日侍寝的，仍是淑嫔郑氏。

慈圣皇太后曾问过皇帝，册封的九嫔是否遍御，皇帝回答尚未。当时，还不曾侍寝的九嫔中，就包括郑氏。而在郑氏侍寝之后，其他八嫔就再没有侍寝的机会。不仅其他八嫔没有侍寝的机会，就连皇后，除和皇帝一起去为两宫皇太后请安，也难得有机会和皇帝相见。

郑氏姣好的容貌，嫩滑的肌肤，适中的身材，以及在侍寝时让皇帝神魂颠倒的功夫，深深地吸引着皇帝。他不再需要别的女人。

这天晚上，郑氏一切都在敷衍：她的抚摩，没有让皇帝感到任何温存；她的长吻，没有让皇帝感到任何甜蜜。皇上的手触摸到她身体的任何一个部位，感觉上都好像是石头一样的冰冷，以致皇帝不得不放弃和她继续缠绵下去的念头。

“爱妃，今日怎么回事？”皇帝问。

“臣妾是淑嫔，不是陛下的爱妃。”郑氏道。

“嫔妃，嫔妃，嫔即是妃。朕要册封妃时，你是第一人。”皇帝说。

“臣妾至多是第二，第一位皇妃已有所属。”郑氏道。

“你是说端妃？她是母后要册立的，不是朕要册立的。”皇帝说。

“不管怎说，她是陛下的皇妃，不是圣母皇太后的皇妃，是不是？”郑氏大有责问之势。

“那倒是，”皇帝承认，同时又说，“皇妃了不起吗？皇妃以上，还有皇贵妃呢，朕要册封皇贵妃时，你是第一人。”

“陛下记不记得，这是第三次允诺臣妾？”郑氏问。

“是吗？”皇帝不是不记得，而是要听她说。

“第一次，陛下允诺，要臣妾第一个生皇子，陛下忘没忘？”郑氏问。

“朕没忘，”皇帝道，“不过，朕说的是，九嫔中一定是你最先生皇子。端妃有孕，是在爱妃入宫之前，怪不得朕。”

“怪臣妾吗？”郑氏问。

“也怪不得爱妃，”皇帝道，“要怪，只能怪内阁、礼部、司礼监，把选册九嫔之事推迟到今年才办。不然，哪里来的端妃！皇儿这会儿应该在爱妃的肚子里。”

说着，耳朵伏到郑氏的肚子上听，好像要听听里面是不是有另一个皇儿在啼哭，在戏耍。

郑氏"噗嗤"一声笑出声。她把皇帝推开，说道："臣妾入宫才几个月？得以侍寝才几个月？陛下要在臣妾肚子里播上种，还早呢。"

"爱妃不再为此事不开心？"皇帝问。

"臣妾本来就不是为此事不开心。"郑氏说。

"那么，"皇帝点头，说道，"爱妃说朕今日是第三次允诺爱妃，之前还有第二次允诺呢。爱妃或是为第二次允诺不果，而不开心。"

"陛下记得第二次允诺臣妾何事吗？"郑氏问。

"才说，朕要册封皇妃时，你是第一人，"皇帝道，"但有端妃册封在前，这已无法改变。若是端妃所产非皇子，为皇女，朕也有机会把她的端妃名号革除，以践诺。谁只她一生，生的是皇子。朕只得向爱妃认个错：先前答应你的事，太唐突。"

"陛下以为臣妾是为此事不开心？"郑氏问。

"难道又不是？"皇帝稍一思索，不难想到，郑氏不开心，绝不是为的此事。因为郑氏今日自入乾清宫，就是一脸的哀怨；而皇帝是在这以后，才信口说要让她成为第一名被册封的皇妃的。他问，"爱妃不开心，究竟为的何事？"

"陛下今日去没去慈宁宫？"郑氏反问。

"慈宁宫朕差不多每日都要去。"皇帝说。

"臣妾是问，陛下今日是不是去慈宁宫看端妃？"郑氏道。

"朕去，看的是皇儿，不是端妃。"皇帝说。

"陛下没见端妃？"郑氏问。

"朕去看皇儿，她总要接驾的；但朕可以向爱妃保证，除'平身'，朕一句话也没对她说。"皇帝道。

"陛下说的不是'爱妃平身'，或'端妃平身'？"郑氏问。

"不是，"皇帝道，"朕说的只是'平身'。"

"人家给陛下生个皇儿，陛下连声'爱妃'的称呼都没有，未免太绝情。"郑氏嘴上说的和心里想的完全不一样。

"在朕心里，爱妃只你一人，别人都不是爱妃。"皇帝说。

"陛下这句话，臣妾愿意相信，臣妾很开心。"郑氏道。

"爱妃既然开心，就与朕共眠吧。"皇帝说着，打算重效床笫之欢。

"还有一事，陛下让不让臣妾问？"郑氏问道。

"你问！"皇帝不会不让她问。

"陛下今日去慈宁宫看皇子，是自家要去的，还是奉圣母皇太后懿旨去的？"郑氏问。

“母后并未要朕去。”皇帝说。

“但陛下知道，若去，圣母皇太后一定会开心，是不是？”郑氏问。

“是。”皇帝应道。

“其实，是陛下自家要去的，或是奉圣母皇太后懿旨去的，并无区别；要让圣母皇太后开心，这才是根本的。”郑氏道。

“既言及此，我要对爱妃说一句：朕天性孝顺，不仅朕孝顺母后，爱妃也要孝顺母后。”皇帝道。

“是，”郑氏应一声，说道，“人以孝为本，这个道理臣妾是懂的。臣妾想对陛下说的是：册封端妃，陛下是为让圣母皇太后开心；去慈宁宫看皇子，陛下是为圣母皇太后开心；若是圣母皇太后要陛下晋端妃为贵妃，要是端妃晋为贵妃，圣母皇太后才开心，陛下会不会做呢？故臣妾断定，陛下要册立皇贵妃时，臣妾为第一人，也是句空话。”

“爱妃说得不对，”皇帝道，“册立端妃，去慈宁宫看皇儿，虽然都使母后开心，却不是母后逼迫朕做的；册立皇贵妃，朕只要拿定主意，母后也不会逼迫朕去做。这是其一。其二，册立端妃的念头，是母后先有的，而册立是在爱妃侍寝之前，册立不册立端妃，对朕来说，是件无所谓的事；但册立皇贵妃的念头，是朕自家有的，是在爱妃侍寝之后有的，朕的心里只有爱妃一人，还会让别个嫔妃染指吗？不过——”

说到转折处，皇帝顿了顿，似乎不好说出口。

“臣妾知道，臣妾得给陛下也生个皇儿，陛下才有底气。此事臣妾自会努力，但陛下也得努力呀。”郑氏道。

“那就一起努力吧。”皇帝说着，把郑氏抱上龙床。

第一百一十七章

嘉兴南湖之畔的望月楼酒家，宾朋满座，生意兴隆。

一名公子哥模样的人，大约三十多岁，占据靠窗的一张桌子。他要小二送来两碟小菜，一壶黄酒，边喝，边等人。

不多时，一名看上去就像净过身的男子，匆匆上楼。他的一张脸白白净净，看不出实际年龄。该男子径向公子哥模样的人走去，伏在那人耳边，看似要窃窃私语，要避人；实则坐在柜台后的店主、跑堂的小二，都能听得见他的话。

“殿下，有缘之人已找到。”看上去就像净过身的男子说。

殿下？公子哥模样的人，气势不凡；看上去就像净过身的男子一开口，更像是净过身的。把两个人合在一起，确实像是来自王府。望月楼开张多年，什么样的客人都接待过，就是没接待过被称为殿下的客人。店主、店小二的精神不由得一振。

“人可带来？”公子哥模样的人问。

“已带来，在外面候着呢。不知殿下见是不见，奴才不敢让他贸然进来。”看上去就像净过身的男子说。

“你老郑既曰有缘，就见一面吧。”公子哥模样的人说。

看上去就像净过身的男子，又匆匆下楼。不多时，他带一名佝偻着上身、容貌猥琐的老丈上楼。

“老郑，你说的有缘之人是他？”公子哥模样的人问。

“是。”看上去就像净过身的男子应道。

“他怎的有缘？”公子哥模样的人问。

“他知道殿下能炼仙丹，正四处打听。”看上就像净过身的男子说。

“那老丈，你过来，”公子哥模样的人招呼老丈。老丈走过来后，他问，“老丈，你要仙丹作何用途？”

“救人。”老丈道。

“救何人？”公子哥模样的人又问。

“拙荆。”老丈道。

“老婆子患的何病？”公子哥模样的人问。

“重症。”老丈道。

“病重不怕；但我炼的仙丹，只施与有缘之人，你知不知道？”公子哥模样的人问。

“小老儿有所闻。”老丈道。

“但怎叫有缘之人，你知不知道？”公子哥模样的人问。

“这却不知。”老丈道。

“有句话叫作为富不仁，老丈听过吗？”公子哥模样的人问。

“小老儿听过。”老丈道。

“所以，富豪之人，我的仙丹不施与，”公子哥模样的人说着，又问，“有句话叫作命中受苦，老丈听过吗？”

“小老儿也听过。”老丈道。

“所以，贫穷之人，我的仙药也不施与。”公子哥模样的人说。

“老人家，我实话对你说吧，”看上去就像净过身的男子插话，“我家殿下炼仙丹，虽为救人；但他炼丹，也是要拿银子购得炼丹之物的。他每日也是要吃饭，要喝酒的。富豪之人拿得出银子，但银子不干净；贫穷之人拿不出银子，救他的命，就再也救不了别人的命，说不定我家殿下自家的命也不保。所以，这两种人，我家殿下都不施与仙丹。”

“小老儿理会得。”老丈道。

“老人家不会是富豪之人吧？”看上去就像净过身的男子问。

“我这样子，像吗？”老丈反问。

“老人家也不会是贫穷之人吧？”看上去就像净过身的男子又问。

“我的样子，有点儿像，是不是？”老丈自问自答，“但我为求仙丹，救拙荆，还凑得出些许银两。”

“老人家说的些许，是几多？”看上去就像净过身的男子问。

老丈伸出手来，握成拳头，然后掰开拇指，再掰开食指，直到把五指都掰开，拳头变成手掌。

“五两？”看上去就像净过身的男子问。

“不是。”老丈道。

“不会是五钱吧？”看上去就像净过身的男子大失所望。

“更不是。”老丈道。

有了这句话，看上去就像净过身的男子长吁口气。他拍拍老丈的肩膀，说道：

“老人家凑得出五十两银子，缘分还不浅呢。”

“老郑，眼见为实。”公子哥模样的人提醒道。

“是，”看上去就像净过身的男子应罢，问老丈，“五十两银子不是笔小数目，老人家放在哪里？”

“就在身上。”老丈拍着胸脯说。

他胸口向里凹着，绝看不出藏有银两。

“可否出示？”看上去就像净过身的男子又不放心。

“本是要给你的，有何不可！”老丈说着，手探到怀里，变戏法般地取出一锭银子，比五十两只多不少。

看上去就像净过身的男子盯着老丈的胸口，好像不相信能从那里取出银子来；然后，又看公子哥模样的人一眼，等他做决定。

公子哥模样的人不看老丈的手，好像根本没把这一锭银子放在眼里。但同时，他微微点头，示意看上去就像净过身的男子，检查银子的真伪。

“老人家，可否把银子给我看看？”看上去就像净过身的男子问老丈。

“仙家要验真伪，有何不可！”老丈说着，把银子递过去。

看上去就像净过身的男子接过银子，看了看，掂了掂，证实银子是真的，分量是足的。他另一只手向公子哥模样的人伸过去。公子哥模样的人也把手探到怀里，取出一粒蜡丸，郑重地交到看上去就像是净过身的男子手里，看上去就像净过身的男子又转交给老丈。

“如假包换吗？”老丈边接边问。

“如假包换。”公子哥模样的人说。

“何谓真，何谓假？”老丈问。

“你说何谓真，何谓假？”公子哥模样的人反问。

“我知仙家会说，治得病为真，治不得病为假。”老丈道。

“人人都会这么说，老丈，难道你不这么说？”公子哥模样的人问。

“我不这么说。”老丈道。

“老丈怎说？”公子哥模样的人问。

“我说，治不死人的，是假的；治得死人的，才是真的。”老丈说。

公子哥模样的人和看上去就像净过身的男子闻言，脸色遽变。公子哥模样的人腾地站起来，看上去就像净过身的男子则连连后退，看来，两个人都要夺路而去。老丈也不理会，反而不慌不忙地坐到公子哥模样的人才坐的椅子上，拿起筷子吃菜。二人见有机可乘，几步奔到楼梯口，但一条腿刚要下楼梯，又退回来。四五名壮汉，你抢我拥，正在上楼。他们上一步，公子哥模样的人和看上去就像净过身的男子退一步；他们上到楼梯口，两个人又退回到桌边。

再看老丈，脸上的皱纹不见，头上的白发变成黑发。他站起来，腰不弯，背不驼，比刚才足足高大一倍。

公子哥模样的人和看上去就像净过身的男子知道中了圈套，狡辩没有用，逃跑更是别想，乖乖地被几名捕快带走。

刑部右侍郎刘一儒改左后，都察院右副都御史胡价改刑部右侍郎。九月的一天，他们几乎同时找到本部尚书严清，而严清也正要找他们。

“公直先生，孟真先生，从未见过这等荒唐之事！”胡价道。

“公直先生，士重先生，从未见过这等荒唐之事！”刘一儒道。

“孟真先生，士重先生，从未见过这等荒唐之事！”严清道。

要是有第四个人在场，一定会觉得，刑部三位堂官同时惊呼荒唐，才是更荒唐的事；要是他三人不是同时惊呼，而是有开口的，有没开口的，有先开口的，有后开口的，有别人在场，一定也会觉得荒唐。

胡价字士重，湖广宜城人，嘉靖四十一年进士。

“士重先生以为何事荒唐？”严清问他。

“这个杨文举冒充哪一王府的人不好，偏偏冒充宁府的人！”胡价道。

“冒冲宁府的人怎就比冒充别府的人荒唐？”严清问。

“宁府早在正德年间就已除藩呀！”胡价道。

“宁藩虽除，宁藩有几个郡王府，却还在一代一代传承。”严清说。

“看来他假以宁府的名头，公直先生并不以为荒唐？”胡价道。

“怎不荒唐，我一看供状上有宁府二字，已失声而笑。”严清说。

“既觉荒唐，为何还要驳我？”胡价问。

“虽曰荒唐，却未到从未见过的程度，”严清说，“譬如奸乱之人，不常常冒充王府之人吗？”

“说的也是。”胡价点头应道。

“孟真先生以为何事荒唐？”严清又问刘一儒。

“想个怎样的名目不好，偏想个宁府散诞王！宁府几时封个散诞王！天下亲藩几时封个散诞王！”刘一儒道。

“这却未必，”严清说，“孟真先生在朝中，散诞王的名头自然瞒不过去。愚昧百姓却未必知道，本朝郡王都是以地名封的；未必知道，散诞二字是不宜封王的。

别说愚昧百姓未必知道，即便府、州、县官，也未必人人皆知。我说的不是正途出身的官员，而是那些不知用几多银、几多粮捐来的官员。说不定，听人叫一声‘殿下’，他们还会迎来送往，礼拜如仪呢。”

“看来他假以散诞王的名头，公直先生并不以为荒唐？”刘一儒道。

“怎会不荒唐！我一听散诞王三字，已忍俊不禁。”严清说。

“既觉荒唐，为何还要驳我？”刘一儒问。

“虽曰荒唐，却未到从未见过的程度，”严清说，“譬如邪教之人，不常以邪门歪道的名头自命？”

“这倒也是。”刘一儒点头应道。

应罢，他看看胡价，发现胡价也在看自己。二人会意，齐问严清：“公直先生以为何事最荒唐？”

“这个郑喜，冒充哪府的内使不好，偏偏冒充石城王府的内使，还不让人笑掉大牙！”严清道。

“公直先生是说，并无石城王？”胡价问。

“不，石城王是有的。”严清道。

“石城王不属宁府？”胡价又问。

“石城王确属宁府，”严清道，“宁府世系：第一代献王，乃太祖高皇帝第十七子；宁献王世子，薨于献王前，他的王是追封的，谥惠。第一代石城王即宁惠王第四子。”

“石城王有无传承？”胡价又问。

“有传承。”严清道。

“既有石城王，石城王既属宁府，既有传承，冒充石城王内使，为何让人笑掉大牙？”胡价问。

“士重先生且说，约为某数，会不会恰是某数？”严清反问。

“不会，”胡价说，“如恰是某数，则约成赘字。”

“约为某数，会不会多于某数？”严清又问。

“不会，”胡价说，“多于某数，与其在前面加一约字，不如在后面加一余字。”

“那么，约为某数，应是略有不足？”严清问。

“是。”胡价应道。

“好，请士重现生和我一起算一算，”严清道，“浙江抚、按报呈文案，说这个郑喜约四十岁。石城王虽有传承，但第三代石城王卒于嘉靖二十七年，无子，封除，迄今已三十四年，就算郑喜确实在石城王府当过差，就算他在石城王府当差时只有十岁，而今也该四十四岁。约为四十岁，设若有一岁之差，即有五年的误差。也就是说，郑喜在石城王府当差时应该只有五岁。别说五岁小儿，即是十岁小厮，可称内使吗？”

“让公直先生一说，此事还真有些荒唐，”胡价说着，问刘一儒，“孟真先生，你说呢？”

“公直先生的文章是从一个‘约’字开始的，我也想在‘约’字上作一作文章。”刘一儒说。

“孟真先生的文章想怎作？”胡价问。

“浙江抚、按报呈，说这个郑喜约四十岁，如果约四十岁只是郑喜胡乱说的一个年岁呢？”刘一儒道。

“孟真先生是说，可能他是恰四十岁，或四十余岁？”胡价问。

“不，”刘一儒摇头，“或者他是约五十岁呢？”

“约五十岁，石城王府除封时，他就有十六岁；十六岁，勉强做得该府内使。”胡价说。

“或者他是约六十岁呢？”刘一儒道。

“约六十岁，石城王府除封时，他就有二十六岁；二十六岁，完全作得石城王府内使。”胡价说。

“四十岁与六十岁，浙江抚、按不至于分辨不出来吧？”严清质疑。

“或者他驻颜有术呢？”刘一儒道。

“或许他不愿报出实际年纪，但他既想冒充石城王府内使，就该把年纪往大说，而不该往小说呀。”严清仍质疑。

“公直先生是指石城王府除封已三十余年吧？”刘一儒早就想好要怎么说：他说的荒唐，被严清反驳；反驳他的那些话，现在正好反驳严清自己，“公直先生在朝中，石城王府除封一事，自然是知道的，愚昧百姓又怎会知道？别说愚昧百姓不知，即便府、州、县官，也未必人人知道；我说的不是那些不知用几多钱、几多粮捐来的官员，而是正途出身的官员。别说府、州、县官，未必人人皆知；即便朝中官员，也未必人人皆知。譬如公直先生是嘉靖二十三年进士，对石城王府除封一事，或略有所闻，而我是嘉靖三十八年进士，对此事却一无所知。士重先生方才问公直先生，冒充石城王府内使为何荒唐，看来也不知此事。”

“我确是不知，”胡价应罢，不无遗憾地说，“看来，此事也算不得从未见过的荒唐之事。”

“找不出从未见过的荒唐之事，但杨文举自称宁府散诞王，郑喜自称石城王府内使，总是荒唐之事吧？”严清道。

“那倒是。”刘一儒、胡价齐应。

“说到荒唐之事，还有一事甚是荒唐。”严清说。

“还有何事荒唐？”刘一儒、胡价齐问。

“浙江抚、按以假官律拟罪，恰当否？”严清反问他二人。

“的确不恰当，”胡价道，“一则假官，一则假王，哪个罪重？但以假官拟罪，至少是避重就轻。”

“还不止是轻重失衡，”刘一儒说，“杨文举、郑喜以假王、假官欺诈，骗取钱财。在松江华亭，有人误食其丹药致死；在浙江湖州，他二人与他人斗殴，致人死命。这才引起江、浙官府关注，在嘉兴将其擒获。他二人身上背负人命，是一定要偿命的。”

“我看，不仅有比假王更重之罪，还有比杀人更重之罪。”严清说。

“何罪？”刘一儒、胡价齐问。

“杨文举身着王府冠服，身上搜得封散诞王的敕旨，显见是伪造，可以诈传诏旨拟罪；郑喜虽净身，但并无净身的文书，显见是私净，可以私自净身拟罪。”严清说。

“杀人也是死罪，诈传诏旨、私自净身也是死罪，公直先生为何欲以诈传诏旨、私自净身拟罪？”胡价不解地问。

“浙江抚、按若以杀人拟罪，刑部议复，照拟即可；浙江抚、按以假官拟罪，刑部议复，改拟诈传诏旨、私自净身，等于在其所拟的基础上加重几等，也算给浙江抚、按留点儿面子。”严清说。

“原来公直先生是为浙江抚、按着想。”胡价道。

“肖甫先生出抚浙江，一举而平息兵变、民变，实是桩大功劳。今拟杨文举、郑喜罪，虽然荒唐，但总是瑕不掩瑜吧。能为他遮掩一二，不如为他遮掩一二。”严清说。

“公直先生说的是。”刘一儒、胡价齐应道。

杨文举即嘉兴南湖望月楼里公子模样的男子，郑喜即望月楼里看上去就像净过身的男子。

第一百一十八章

云南道御史杨寅秋把雷士祯请到自己的住处。二人任官的年头说长不长，说短不短；又都由别官改御史，官御史的年头更是说长不长，说短不短。如果说有一点相同，那就是都到了非有所建树不可的时候。不然，终老在御史这个职任上，也不是不可能的。

雷士祯上疏，论劾张居正举荐的前礼部尚书潘晟，迫使潘晟不得不上疏自辞，从而名声大振。杨寅秋把他请来，为的也是疏论大臣之事。

“国柱兄有没有听说，潘某原拟补内阁之缺？”杨寅秋问。

“不用听别人说，想也想得出来。”雷士祯说。

“国柱兄怎想得出来？”杨寅秋问。

“义叙兄想啊，他致仕前官礼部尚书，朝廷总不能以侍郎起用他吧？但今之六部，哪一部尚书有缺，哪一部尚书有被罢免迹象？再者，他是翰林起家，除礼部外未任他部职，也不宜以尚书、都御史之衔总督一方。所以，朝廷起用他，只能是入阁。”雷士祯说。

杨寅秋字义叙，江西泰和人，也是万历二年的进士。

“原来国柱兄早知取他入阁！算他知趣，上疏自辞，但国柱兄此举，也相当于劾罢一名阁臣，令人称羡！”杨寅秋道。

“相当于劾罢一名阁臣，与劾罢一名现任阁臣，不可同日而语，不值得称羡。说起此事，我还真有些后悔呢。”雷士祯说。

“国柱兄此言何意？难道想让他被朝廷召入内阁后，再一举劾罢他？”杨寅秋问。

“那倒不是。”雷士祯摇头。

“莫非国柱兄想的是另一入阁之臣？”杨寅秋又问。

另一入阁之人是余有丁。张居正去世后，朝廷欲补二人入阁，第一人是潘晟，第二人是余有丁。潘晟自辞，实际入阁的只有余有丁一人。

“丙仲先生有必被劾罢的劣迹吗？”雷士祯反问。

杨寅秋想了想，说：“丙仲先生似不同于潘某。”

“丙仲先生若有必被劾罢的劣迹，不待入阁，已经被劾罢，”雷士祯道，“义叙兄为何只盯住内阁，部、院难道就没有应被劾罢的大臣？实言相告，我说后悔，原因不在内阁，而在部、院。”

“国柱兄说得不错，部、院大臣中奸佞之辈更多。”杨寅秋附和道。

“若使义叙兄论劾部、院大臣，有无人选？”雷士祯问。

“有。”杨寅秋道。

“谁个？”雷士祯问。

杨寅秋不作答，反问：“若使国柱兄论劾部、院大臣，有无人选？”

“有。”雷士祯道。

“谁个？”杨寅秋问。

“我问义叙兄欲论劾谁个，义叙兄又问我欲论劾谁个；我不愿先说出，义叙兄想必也不愿先说出。不如我二人一起写出来，如何？”雷士祯道。

“好，我去拿纸、笔。”杨寅秋兴致勃勃地响应。

纸、笔拿来，一人一纸，一人一笔，各写各的。但在写时，二人又不约而同地偷瞥对方。从字数上来看，应该是一样的，都是两个字；从笔画上来看，第一个字的第一笔，二人都是一横，但第二笔，有人写的仍是一横，有人却写了一竖，后面的笔画也各不相同，他们写的应该不是同一人。

因此，在把自己写的字拿给对方看时，两个人都在想：他欲论劾的，会是谁呢？等看对方写的字后，二人又不约而同地欢笑。

雷士祯写的是：天官；杨寅秋写的是：吏书。

“看来，此叟是众望所归。”雷士祯说。

“不如说是千夫所指。”杨寅秋道。

“义叙兄欲论劾吏书，有无具体劣迹？”雷士祯问。

“有。”杨寅秋道。

“有几件？”雷士祯又问。

“约三四件。”杨寅秋说。

“可否说来听听？”雷士祯问。

杨寅秋仍不作答，反问：“国柱兄欲论劾天官，有无具体劣迹？”

“有。”雷士祯道。

“有几件？”杨寅秋又问。

“也是三四件。”雷士祯说。

“可否说来听听？”杨寅秋问。

“我要义叙兄具体说说此叟劣迹，义叙兄要我说说此叟具体劣迹；我不想先说，义叙兄也不想先说。不如——”雷士祯说到这里，顿住。

“还是写出来吗？”杨寅秋问。

“那太麻烦，”雷士祯道，“不如一人说一事，轮番先说。”

“怎样轮番先说？”杨寅秋问。

“譬如，第一事义叙兄说，为先，第二事我说，为后；第三事又我说，为先，第四事义叙兄说，为后。”雷士祯道。

“好。”杨寅秋点头。

“那就请义叙兄先说吧。”雷士祯道。

“为何是我先说？”在雷士祯是理所当然，在杨寅秋却有疑问。

“我说，第一事义叙兄说，义叙兄不是说‘好’吗？”雷士祯道。

“国柱兄说的是‘譬如’，”杨寅秋分辩，“轮番先说，我同意；第一番由我先说，国柱兄还得说出理由。”

“义叙兄是主，我是客，不可喧宾夺主。这算个理由吗？”雷士祯问。

“算个理由，但不够充分。”杨寅秋说。

“今日是义叙兄把我找来的，不是我找上门来的，义叙兄应该准备得充分。这算个理由吧？”雷士祯问。

“算个理由，但不够有力。”杨寅秋说。

“我已论劾过潘某，该着义叙兄论劾王某，我愿为义叙兄提供一二可供论劾之事。这算个理由吧？”雷士祯问。

“国柱兄当真不打算自家论劾王某？”杨寅秋反问。

“是，”雷士祯应罢，随即补充一句，“至少在义叙兄上疏论劾王某之前，我不会论劾他。”

“既如此，我愿意先说，也应该先说，”杨寅秋道。顿了顿，他换成正经议事的口吻，说道，“我想到这样一件事，王某曾擅挪工部万金，修建私第，国柱兄看，可不可论劾。”

“果是擅挪？”雷士祯问。

“国柱兄是何意？”杨寅秋反问。

“我意，不是奉旨？”雷士祯道。

“皇上屡有旨，以户部金、太仆寺金，充内承运库，若知工部有余羡，还不早征去内承运库！”杨寅秋道。

“确实不合情理，”雷士祯同意他的说法，又问，“虽非奉旨，会不会是故元辅点头的？”

“此事我想过，”杨寅秋道，“王某万历五年掌吏部至今，大司空相继是李元树先生、曾三甫先生。他二位都是唯故元辅马首是瞻的，故元辅如无任何表示，王某恐怕很难将工部金擅挪。”

“事关故元辅，王某大可一推了事。”雷士祯说。

“他是推出，我也可推入，”杨寅秋道，“不管是否点过头，故元辅已不在，一切责任只好由王某自家承担。”

“说的也是，”雷士祯点点头，说道，“工部金是他擅挪的，挪去修的是他私第，他不承担责任，却让谁个承担责任！”说着，又问，“其挪用者，果是万金？”

“国柱兄是何意？”杨寅秋问。

“我意，万金是个整数，”雷士祯道，“工部不可能真以万金与他，而是任他擅挪木料、石料、砖瓦等，以及夫役工费，这些加在一起，不一定正好凑成万金。”

“国柱兄是不是说，九千九百九十九金，或一万又一金，都不可算作万金？”杨寅秋道。

“九千九百九十九金，或一万又一金，当然不是万金，何须我说！不过，我说的不是九千九百九十九金，或一万又一金，而是差得较多，譬如七八千金、五六千金，或一万二三千金、一万四五千金，都不好笼统地称作万金。即便多数百数十金，或少数百数十金，义叙兄若能写出来，更令人信服。”雷士祯说。

“此事不易，”杨寅秋道，“一则，万金确是笼统的说法，此说法出自工部官员之口，彼笼统言之，我也只能笼统用之；二则如国柱兄所言，王某擅挪木料、石料、砖瓦等，若要一一折合计算，恐非一日工夫可成；三则，木料、石料、砖瓦等折价，今日与擅挪之日不同，是以今日之价计之，抑或以彼日之价计之？若以今日之价计之，与万金的差别可能会很大；以彼日之价计之，则要一一查得彼日之价。”

“此事不易，我有同感。”雷士祯说。

“所以，国柱兄对论劾该事有疑义？”杨寅秋问。

“不，不，”雷士祯连连摇头，“此事必须论劾，而且要作为王某第一大罪状论劾。若能计算得更细致，当然很好；不能再细算，‘万金’二字也足以使朝廷震撼。”

“那么，此事可否定下来？”杨寅秋问。

“可定下来。”雷士祯点头。

“那就请国柱兄说第二事吧。”杨寅秋道。

“义叙兄见王宅门前两座石狮否？”雷士祯问。

“我常从他宅前过，怎会不见！”杨寅秋道。

“义叙兄可知，石狮得自何处？”雷士祯问。

“这却不知。”杨寅秋道。

“是得自原咸宁侯府。”雷士祯告诉他。

咸宁侯仇钺以军功，初封伯，继进侯。三传至仇鸾，嘉靖二十六年以得罪下狱。出狱后卒于家中，世宗皇帝命戮尸、除爵。

“仇鸾乃嘉靖朝罪臣，王某难道与他有私情？”这是杨寅秋没想到的。

“若有私情，那是仇氏馈赠；王某与仇氏并无私情。”雷士祯说。

“国柱兄之意，他是擅取？”杨寅秋问。

“是。”雷士祯应道。

“虽也是个擅字，但擅挪工部金，和擅取罪臣门前石狮，根本不是一回事。”杨寅秋说。

“不是一回事，但可相互印证。”雷士祯却说。

“相互印证？怎生印证？”杨寅秋不解。

“仇氏卒于嘉靖三十一年，王某万历五年掌吏部，其间二十五年，义叙兄可知，更换过多少名吏部尚书？”雷士祯问。

“不知。”杨寅秋道。

“十二名。”雷士祯告诉他。

“听起来不少；但纵然不少，也不过是更迭太速，怎印证王某擅挪工部金？”杨寅秋还是不解。

“十二名吏部尚书，良莠不齐，不乏贪渎之辈，却无一人把仇氏门前石狮取去，装饰门面。”雷士祯说。

“国柱兄是说，擅取罪臣门前石狮，别人皆忌讳，独王某不忌讳？”杨寅秋听出一些眉目。

“这当然可以论劾；但我以为，重点不在于此。”雷士祯说。

“不在于此，却在于何事？”杨寅秋问。

“王某所建家宅，比别的吏部尚书家宅，当然，也比其他各部尚书家宅，更豪华，更奢靡，更气派；所以，他才会想到，取罪臣门前的石狮来装点。”雷士祯说。

“不错，此一擅取确实可以印证彼一擅挪。”杨寅秋被说服。

“义叙兄，请说第三事吧。”雷士祯道。

“好，”杨寅秋才要说，忽然发觉不对，“这次不是该国柱兄先说吗？”

“对，还该我说，”雷士祯说着，问道，“义叙兄可知王某在玄武门城楼宴客之事？”

“略有所闻。”杨寅秋道。

“京城各门，早晚启闭，皆有定制。王某乃于玄武门城楼上宴客，火烛之光映天，歌乐之声震耳，觥筹交错，通宵达旦，守城将士不堪忍受，附近居者不堪忍受！”雷士祯说。

“此为第三罪，我说第四罪，”杨寅秋说着，问道，“国柱兄可知王某渔色，老而弥甚？”

“略有所闻。”雷士祯道。

“沧州知州张与行，不知所出，为巴结王某，自家乡搜罗两名年轻貌美女子，送至王宅，王某坦然纳之。”杨寅秋说。

“张与行此人，并未闻考最、升优。”雷士祯从一个角度说。

“他非正途出身，是不是因为献上美人，而得知州之任，都很难说。”杨寅秋从另一个角度说。

“不管是否如此，都可以劣迹论劾，”雷士祯说着，提出一个很尖锐的问题。“以上四事皆可论劾，但义叙兄切不可忘，他是吏部尚书。”

“国柱兄是说，还没有涉及其滥用职权之事？”杨寅秋不会听不懂。

“是。”雷士祯应道。

“是国柱兄先说，还是我先说？”杨寅秋问。

“该义叙兄先说。”雷士祯道。

“我等眼皮底下就有一桩事，”杨寅秋说，“都察院司务胡诰，都察院上下，交口称为端人；都察院以外各衙门，交口称为端人。然不为王某所喜，被逼勒以病致仕。”

“王某更多则是贪图贿赂，引用私人，”雷士祯自动地转到第六件事上。“江学诗例不当补而补之，以内姻也；贪墨副使韩应元、知府薛纶不当用而用之，以金贿也。”

十月，杨寅秋以六事论劾王国光。皇帝闻奏大怒，降旨曰：王国光欺君蔑法，令冠带闲住。疏中涉及的官员，各有处分。

第一百一十九章

两个月后，另有两名御史在一起计议上疏论劾之事，一个是山东道监察御史江东之，一个是江西道监察御史李植。不同的是，他们的矛头不是指向廷臣，而是指向内臣；不是指向阁臣或部、院大臣，而是指向第一内臣、司礼掌印太监冯保。

“汝培兄欲效法雷国柱、杨义叙两位前辈御史，抑或欲另辟蹊径？”江东之莫名其妙地问道。

“长信兄的话，令人费解。”李植说。

江东之字长信，南直隶歙县人，和李植同年。因是万历五年进士，所以，他称雷士祯、杨寅秋为前辈。

“初听费解，想一想却并不费解。”江东之说。

“那就请长信兄解之。”李植揖道。

“国柱先生劾止潘尚书，义叙先生劾罢王尚书，难道不堪用的奸人，只此二尚书？”江东之反问。

“长信兄举例来说。”李植揖道。

“吏部新尚书，不当论劾？”江东之问。

王国光罢免后，兵部尚书梁梦龙改吏部尚书。

“当论劾，且当劾罢。”李植道。

“工部曾尚书，不当论劾？”江东之问。

“当论劾，且当劾罢。”李植道。

“吏部王侍郎，不当论劾？”江东之问。

“当论劾，且当劾罢。”李植道。

“雷、杨二御史径论不职大臣，你我今日再接再厉，径自论劾梁尚书、曾尚书、王侍郎，且劾而罢之，即为效法也。”江东之说。

“何谓另辟蹊径？”李植又问。

“不径论部、院大臣，是否蹊径？”江东之反问。

“不径论部、院大臣，可是为避其势？”李植问。

“非也，”江东之摇着头，说，“不径论部、院大臣，为的是径论更有势力之辈。”

比各部尚书、掌院都御史更有势力之辈，无非是两种人：一是阁臣，二是司礼太监。一般阁臣不见得比各部尚书、掌院都御史更有势力，只有首辅才可能比各部尚书、掌院都御史更有势力；一般首辅也不见得比各部尚书、掌院都御史更有势力，只有得皇帝信用的首辅才可能比各部尚书、掌院都御史更有势力。张居正新逝，无论旧阁臣，还是新阁臣，无论首辅，还是次辅、三辅，还没人能取代他的权势。因此，江东之说的更有势力之辈，肯定是司礼掌印太监冯保；说的径自轮劾更有势力之辈，肯定是论劾冯保。

这件事李植不是没想过，但还没想透彻。他暂且避开此事的核心部分，就事论事地问：“不论劾部、院大臣，而论劾他人，部、院大臣中该当罢免者，怎会被朝廷罢免？”

“若论得朝廷决心整治更有势力之辈，而部、院大臣中该当罢免者又与更有势力之辈有瓜葛，朝廷会不会罢免他等？”江东之反问。

“那要看有何瓜葛。”李植道。

“譬如，曾以钜金进之。”江东之说。

“长信兄所谓钜金，是几多？”李植问。

“譬如，数以万计。”江东之说。

“王尚书取人万金，被劾罢；梁尚书、曾尚书等贿人万金，应该也会被劾罢，”李植说着，提出疑问。“但他等皆故元辅信用之徒，有故元辅提携，他等还用得着贿赂别个？”

“故元辅在日，他等当然用不着贿赂别个；故元辅不在，他等也用不着贿赂别个吗？”江东之道。

“长信兄说的是这几个月的事？”李植问。

“对，”江东之点头应道，“汝培兄不妨想想，王尚书劾罢不足十日，梁尚书即改吏部，为何如此之速？”

“吏部居六部之首，正堂不可一日或缺。”李植说。

“这固然是个解释；但为何以兵书改之？”江东之问。

“难道是司礼作祟？”李植反问。

“别个想要作祟，能作得了吗？”江东之道，又问，“汝培兄可知，为这一改官，梁尚书用去几多金？”

“长信兄不是说万金吗？”李植道。

“是三万金！”江东之比画着说。

“未免太昂贵。”李植叹道。

“他用三万金，总算如愿；还有用三万金，仍未如愿者。”江东之说。

“长信兄说的是谁人？”李植问。

“吏部王侍郎。”江东之道。

“以佐卿而争正卿，当然不如以正卿而改正卿。”李植说。

“他并非争吏部尚书。”江东之道。

“却争何职？”李植问。

“掌院都御史。”江东之道。

“都察院可设二都御史掌院，今仅一人掌院，他应该有望。”李植说。

“原本是有望的，今却无望。”江东之道。

“这是为何？”李植问。

“我等意欲劾罢他侍郎职，岂容他升掌院！”江东之道。

“说的是，”李植笑道。并问，“梁尚书、王侍郎以重金贿赂，似皆可信，曾尚书独无？”

“或是无有，或是不知。”江东之说。

“岂不是梁尚书、王侍郎皆可劾罢，曾尚书却得留任？”李植道。

“虽不知曾尚书是否以重金贿赂，但夤缘攀附司礼，他却比梁尚书、王侍郎更甚，梁、王若被劾罢，他无独留的道理。”江东之说。

“但愿如长信兄所言，”李植回应一句后，觉得较为次要的这个问题可以打住，转而议论更重要的那个问题。他问，“其实，径论劾梁尚书等，我看亦可将其劾罢，长信兄为何一定要论劾更有势力之辈？”

“论劾更有势力之辈，朝廷会不会罢去梁尚书等，汝培兄是否得出结论？”江东之反问一句。

“已得出结论。”李植道。

“朝廷会罢去梁尚书等否？”江东之问。

“既有瓜葛，会罢去。”李植道。

“径论梁尚书等，除不除得去更有势力之辈？”江东之又问。

“应在两可之间。”李植说。

“我看，不会因为有人论劾梁尚书等，而梁尚书等与更有势力之辈有瓜葛，朝廷就会除去更有势力之辈。除非有人径论更有势力之辈，否则，朝廷不会决心除之。”江东之说着，问道，“汝培兄以为如何？”

“基本认同。”李植道。

“基本之外，怎说？”江东之问。

“除非有人论劾更有势力之人，朝廷不会决心除之，这没有问题；有问题的是，有人论劾更有势力之人，朝廷一定会决心除之吗？”李植的问题虽然啰唆，但意思很明确。

“我以为会。”江东之道。

“我知道长信兄以为会；我更想知道，长信兄以为朝廷会除更有势力之辈，有何依据？”李植说。

“好，”江东之应道，“皇上对更有势力之辈，久已厌之，依据一也；潘某，更有势力之辈请托于故元辅者也，而未遂其意，依据二也；王尚书以贪渎罢去，今更有势力之辈亦牵涉贪渎，依据三也。”

“我看，依据之一乃是根本。”李植说。

“诚如兄言，我也是这么看的。”江东之道。

“皇上久已厌之，长信兄有依据否？”李植问。

“有，此言闻之于内臣。”江东之道。

“内臣之言，未可尽信。”李植说。

“一般内臣之言，未可尽信，我却闻之于司礼监；一般司礼太监之言，仍未可尽信，我却闻之于常侍皇上左右的司礼太监。”江东之道。

“长信兄说的是——”李植问。

“张鲸。”江东之道。

“若是他言，我也信之，”李植附和一句后，下定决心，“长信兄，论劾更有势力之辈，此事可为。”

“汝培兄，我忽有个计较：且不忙于论劾更有势力之辈。”江东之好不容易说服李植，自己却变卦。

“长信兄怎说？”李植大感意外。

“且不忙于论劾更有势力之辈。”江东之重复一遍。

“是不是想来想去，仍以效法前辈更稳妥？”李植问。

“那倒不是，”江东之道，“汝培兄说，内臣之言，未可尽信；我忽想，纵然是张鲸之言，也未可尽信。在论劾更有势力之辈前，不妨先论劾别个，权作试探。”

“长信兄打算先论劾谁人？”李植问。

“更有势力之辈府上有个叫徐爵的，汝培兄知否？”江东之反问。

“知之，”李植道，“他自称司礼门下第一宾客，司礼甚是倚重，近年且为他谋得武职。”

“他无官职，还不好论劾：堂堂御史的笔端，总不能指向布衣吧！”江东之说着，又问，“所谓倚重，汝培兄有依据否？”

“听说，外廷之臣欲结交司礼，无不经徐爵引介。”李植说。

“还有一说，”江东之立即补充，“梁尚书以三万金谋掌吏部，王侍郎以三万金谋掌院，都是经过徐爵之手。”

“长信兄之意，先论劾徐爵？”李植问。

“对，”江东之点点头，说道，“我的想法是：我先上疏，论劾徐爵。朝廷若处置他，汝培兄再上疏，论劾更有势力之辈；朝廷若不处置他，而处置我，汝培兄可先按兵不动，待机而发。”

“此议我不能赞同。”李植道。

“汝培兄是想先上疏，论劾徐爵，我则待机而发？”江东之问。

“不，”李植摇摇头，说道，“长信兄先论劾徐爵，以观其变，我同意；我的想法是：长信兄论劾徐爵之后，不管朝廷处置他，还是处置你，我都要论劾徐爵的主子。”

十二月初七日，江东之上疏，论劾徐爵。疏中，除“擅入禁庭，为谋叵测”等虚词，最引起皇帝注意的是：吏部尚书梁梦龙以三万金，托徐爵行贿；谢恩之日，即往拜爵狎饮。当天，皇帝命下徐爵于诏狱，锦衣卫严讯；下梁梦龙于刑部狱，旋令致仕。

第二天，李植上疏，论劾冯保十二罪。

皇帝让张鲸找人拟旨，张鲸没去司礼监值房，而是绕个远，去东厂找张宏。一来，他出自张宏门下，找张宏办这件事，心里放心；二来，按照惯例，提督东厂太监由司礼监排在第二或第三的秉笔太监兼任，也算是司礼太监，找他拟旨，合乎情理。反正皇帝也是这个意思：此旨宣示之前，不能让冯保知道。去司礼监找人，还能瞒得住他！

“张鲸，你闯大祸！”张宏一见他面就责备。

“属下怎闯大祸？”张鲸问。

“我嘱咐你的话，你忘个干净！”张宏接着责备。

“叔冤枉属下；叔的教诲，属下一个字也不敢忘。”张鲸分辩。

“那你说说，冯公的事，我是怎么对你说的！”张宏命道。

“叔说：冯公乃前辈，有骨力。他在司礼监，我辈如有一棵大树靠着，有何不好？”张鲸果然一个字也没忘。

“你倒好，把棵大树连根拔去！”张宏责备道。

“拔树的是科、道，不关属下的事。”张鲸分辩。

“不关你的事？”张宏冷笑，“你难道不知，李植等为何敢上今疏！”

“属下确实不知。”张鲸说。

“你不知，我告诉你，”张宏道，“他等是闻知爷对冯公久已厌之，这才上疏攻讦冯公的。”

“这话属下没对他等说过。”张鲸分辩。

“我知你没对他等说过，是在宫里当差的别的内臣对他等说的；我却不知，这几个内臣不在爷身边服侍，爷的心思，他等怎知！”张宏道。

“这话属下曾对宫里几个要好的内臣说过。”张鲸承认。东厂无孔不入，这话到底是谁传出去的，不难查出，还不如自己承认。

“只是说说爷的心思而已？”张宏问。

“属下也对他等说过，爷的心思若使科、道知之，上疏论劾，是给爷除去心头大患。”张鲸说。

“不是你的话，这几个内臣怎会去科、道官中散布？说你拔去大树，冤枉你吗！”张宏责备道。

“叔既已查知，属下不敢再瞒。除去冯公的念头，属下确实是有的；属下不为别的，只为爷的确是对冯公厌之已久。但叔的话，属下也没忘；所以，属下并未亲自出面。”张鲸半是承认、半是分辩。

责备归责备，责备之后，张宏问起正事。

“对李植等奏章，爷怎说？”他问。

“着司礼监拟旨。”张鲸重复的，无疑是皇帝的原话。

“只有‘着司礼监拟旨’一句圣谕？”张宏问。

“不然，”张鲸道，“在‘着司礼监拟旨’前，爷还说句话。”

“爷前面那句话，才是我要问的，”张宏说着，重问一遍，“爷怎说的？”

“爷说，吾待此疏久矣。”张鲸道。

张宏料定，张鲸虽有时顽劣，也有野心，但这个谎是不敢撒的；而且“吾待此疏久矣”和“厌之已久”前后呼应，应该是皇帝的真实意愿。他也看得出，此疏由谁来拟旨，关系重大：谁拟此旨，谁就可能取代冯保，成为内臣第一人。张鲸多半也是看到这一点，才来找自己的。他未必想要自己掌司礼监，但自己掌司礼监后，需要另选一人掌东厂。他的目标，可能是提督东厂；他也料定，自己掌印后，会推举他掌东厂。

张宏在内臣中是少有的恬淡之人，但机会落到头上，他也不会不把它抓住，听任失去。

“张鲸，你看此疏该怎拟？”他问。

“爷的口谕，属下已经宣示。怎样拟旨，叔应该自有主张，属下不敢妄言。”张鲸说。

“我且写几句话，你看是不是爷的本意。”张宏说。

“是。”张鲸应道。

张宏写道：司礼掌印太监冯保，欺君蠹国，本当显戮。姑念勤劳日久，着降南京奉御闲住。

“叔写的极好！”张鲸赞道，“李植等疏，爷待之已久；叔拟的此旨，爷更是待之已久。”

冯保安置南京，其弟冯佑、其侄冯邦宁，削籍下狱；其内臣中的心腹张大受等八人，贬为小火者，司香孝陵；徐爵等，发戍烟瘴之地。

同时，梁梦龙、曾省吾、王篆等外廷大臣先后罢免。

第一百二十章

万历十一年上元节刚过，内阁三臣就遇到一件棘手的事。

“南京阮给谏的奏章，二位都读过吧？”张四维问另两名阁臣。他说的阮给谏，是南京刑科给事中阮子孝。

申时行、余有丁点点头，都不应声。

所以，他得一人一人问。

“汝默先生，你看当如何议复？”张四维先问申时行。

“此事似宜交礼部议复。”申时行说。

“皇上却偏交与内阁议复，”张四维道。他估计申时行不会再发表什么意见，又问余有丁，“丙仲先生怎看？”

“入阁日短，尚无定见。”余有丁说。

入阁日短，也有半年吧？再说，有无定见，和入阁长短，有什么关系！张四维的这些想法只能存在肚子里；他不可能像张居正那样，把内阁同僚视作属吏。

“子维先生看，当如何议复？”申时行在一旁又问。

张四维不好说，却不得不说。

“所谓二氏私其子，滥登科第，我以为，应该分别看待。”他说。

他说的二氏，或者说，阮子孝疏论的二氏，即张居正、王篆。张居正三子，各登高第，自不必说；王篆的两个儿子也先后中进士。

你当然要分别，因为你也存在父在内阁、子中进士的情形。申时行、余有丁都在想。当然，也怪不得张四维，他们入值内阁若久，也会碰到同样的问题，也会遭人议论。

“子维先生，何谓分别看待？”申时行问。

“咱们换个角度来看此事吧，”张四维说着，问他，“故元辅三子就试之际，汝默先生皆曾阅卷。在汝默先生看来，此三子策论如何？”

“一则探花，一则状元，似有人情在里面；但评个二甲前几名，应该是公允的。”申时行说。

“若言人情，也不是汝默先生和我的人情，也不是汝默先生和丙仲先生的人情。”张四维说。他和申时行是张嗣修高中榜眼那一科的主考官，申时行和余有丁是张懋修钦点状元那一科的主考官。

“子维先生的意思，是皇上的人情？”余有丁问。

“人情出自那里，不用挑明，”张四维说着，又问他，“榜眼、状元授翰林时，丙仲先生为学士。在丙仲先生看来，他等是否滥得翰林。”

“毋庸讳言，二子文笔都是很好的。”余有丁说。

“此乃我要强调的一件事。”张四维道。

“另一件事，是我那位同年的两位公子，书读得如何，文章写得如何吧？”申时行问。

“我倒忘记，王铭之与你是同年，”张四维道，“古人讲究易子而教，其子有没有拜在你的门下呀？”

“没有，”申时行摇头，“登第之前，他的两位公子倒是去家里找过我，但只是问候问候身体、说说闲话而已。”

“也不拿篇文章去，请你这位年伯教正？”张四维问。

“不拿，”申时行道，“二子口中，绝不涉及读书、作文；除试卷之外，我也绝未读过二子撰写的只言片语。”

“我看，二子，或是其父，怕在汝默先生面前原形毕露。”余有丁说。

“丙仲先生别说汝默先生，二子文章，你读过几多？”张四维问他。

“不瞒子维先生，二子应试的文章，我也不曾读过。”余有丁说。

“主考官未阅其卷，就让他中第！”张四维感叹不已。

“我说的不曾读过，是不曾留意，不曾品味，不曾推敲，并不是说真的没阅其试卷。”余有丁解释。

“一事是，张氏诸子，皆有文学；一事是，王氏诸子有无文学，并无人知，至少我等皆不知。”张四维概括之后，问道，“可以这么说吧？”

“可以。”申时行、余有丁齐道。

“故而，张氏子以连捷高第见嫉，宜留；王氏二子，不知其才，宜复试，”张四维说着，问道，“如此议复，二公以为如何？”

“我等并无歧见。”申时行、余有丁齐道。

正旦、上元相继侍慈圣皇太后宴，皇帝都在等着母后问他；更确切地说，自从去年尾，冯保被贬去南京以后，他一直在等着母后问他。皇帝知道，对于这样一件大事，母后是不会不闻不问的。但慈圣皇太后就是一直不问他；不但不问，话也显得少。直到正月就要结束，皇帝去慈宁宫恭请慈安，慈圣皇太后才认真和他谈话。

“听说皇上把张先生的几个儿子都除名？”慈圣皇太后问。

“是。”皇帝应道。

“我记得，张先生诸子，一个状元，一个榜眼，一个在二甲前几名，是吧？”慈圣皇太后又问。

“是。”皇帝应道。

“一个不留，皆除名？”慈圣皇太后问。

“是。”皇帝应道。

“皇上为何要这么做？”慈圣皇太后问。

“有科臣论劾张先生和侍郎王篆，各私其子，滥登科第。儿子不得已，而除其名。”皇帝说。

“这是皇上自家的主张，还是廷臣所议？”慈圣皇太后问。

“是儿子自家的主张。”皇帝道。

“科考之事，该着礼部管吧？为何不使礼部议复？”慈圣皇太后问。

“儿子让内阁议复的，没让礼部议复。”皇帝说。

“让内阁议复，也是可以的，”慈圣皇太后道，“看来，内阁并不主张一并除名；不然，皇上也不会说是自家的主张。”

“是。”皇帝应道。

“内阁怎主张？”慈圣皇太后问。

“内阁主张，张先生诸子能文，宜留任；王侍郎二子不知其才，宜复试。”皇帝说。

“皇上为何不准其奏？”慈圣皇太后问。

“儿子以为，私其子即私其子，滥登科第即滥登科第，与能文不能文、有才没有才无关。”皇帝说。

“皇上的想法不错，但我还是有顾虑，”慈圣皇太后道，“起用潘尚书，潘尚书被论劾。我那时就在想，潘尚书是张先生举荐的；潘尚书被论劾，会不会牵连张先生？张先生没被牵连，王尚书却被牵连出来。论劾王尚书时，我就在想，王尚书是看张先生眼色行事的；王尚书被论劾，会不会牵连张先生？张先生没被牵连，老冯一干人却被牵连出来。老冯被论劾时，我就在想，老冯和张先生如同皇上左膀右臂，老冯被论劾，会不会牵连张先生？果然，才过年，就拿张先生的儿子开刀。皇上再降一道圣谕，论劾张先生的奏章不铺天盖地而来，才怪呢！”

“没有儿子的谕旨，论劾张先生的奏章已铺天盖地而来。”皇帝说。

“是吗？我怎不知？”慈圣皇太后吃惊地问。

“母后不曾问；儿子怕惹母后烦心，也没敢说。”皇帝道。

慈圣皇太后没问，是因为冯保被贬后，不知该问谁好。

“今日既已言及，皇上为我说说。”她命道。

“是，”皇帝应一声，说道，“去岁十二月初八日，御史李植劾冯保十二罪；十二月十四日，御史杨四知即劾张先生十四罪。”

“几多罪？”慈圣皇太后怀疑听错。

“十四罪。”皇帝重复。

“竟比老冯还多两罪！”慈圣皇太后道。

“是。”皇帝应道。

“若一罪一罪说，太难为皇上，皇上说说大意吧。”慈圣皇太后命道。

“是，”皇帝又应一声，说道，“无非是欺君蔽主、奢僭侈专、招权树党、不孝忘亲等。”

“皇上怎批复的？”慈圣皇太后问。

“儿子命内阁拟旨，略曰：居正朕虚心委任，宠待甚隆。不思尽忠报国，顾怙宠行私，殊负恩眷。念彼乃皇考付托，侍朕冲龄，有十年辅理之功，姑不问，以全始终。此外，儿子仍谕廷臣，各省修职业，不必追言往事。”皇帝复述道。

“一句以全始终，一句不必追言往事，写得好！”慈圣皇太后评论一句，又说，“仅此一疏，纵有十四罪之多，也算不得铺天盖地。”

“此疏之后，尚有多疏。”皇帝说。

“且举几疏，说来听听。”慈圣皇太后命道。

“杨四知疏后第三日，御史孙继先上疏，请宥翰林吴中行、赵用贤，员外艾穆、主事沈思孝，观政进士邹元标，及南京给事中余懋学，御史赵应元、傅应桢、朱鸿谟、孟一脉，南京员外王用汲等，以开言路。”皇帝举第一例。

“他等的事都和张先生有关？”慈圣皇太后问。

“他等都因主张张先生归丧、守制，而被贬黜。”皇帝说。

“皇上怎生批复？”慈圣皇太后问。

“儿子命内阁拟旨，略曰：朕一时误听，致降罢失中，今俱起用。”皇帝复述道。

“张先生夺情，不管是否出自他本意，皇上都是有旨的；而皇上降旨，又是我给皇上拿的主意。如果说此事错，我和皇上都有份。皇上认个错，也是应该的。”慈圣皇太后道。

“是儿子的错，与母后无涉，”皇帝说着，举第二例，“再次日，给事中孙玮上疏，论劾左副都御史劳堪，刺探张先生意，杀刑部左侍郎洪朝选。洪朝选子洪兢赴阙控诉，劳堪飞书冯保，杖之几死。”

“官至刑部左侍郎，怎说杀就杀？”慈圣皇太后问。

“儿子听说，是为的亲藩事，”皇帝道，“朝廷闻辽藩诸不法事，命洪朝选往勘。时湖广副使施笃臣与辽王交恶，待洪朝选至，诈作辽王馈其书函，并劫得之。辽王遂建白纛，曰‘讼冤之纛’，张挂于王府外。施笃臣称王反，以五百卒围王府。然洪朝选还朝，但言辽王罪，不言辽王反。后劳堪罗织洪朝选罪，致其死于狱中。”

“皇上说，劳堪刺探张先生意，是怎么回事？”慈圣皇太后问。

“辽藩初封于广宁，后改封荆州。”皇帝说。

“我记得，张先生也是荆州人，”慈圣皇太后道，并问，“皇上是不是说，张先生家里也和辽王交恶？”

“是。”皇帝应道。

“皇上是怎处置的？”慈圣皇太后问。

“劳堪已免官、遣戍，与此事有牵连的东厂办事官金言等已下狱。”皇帝说。

“事虽涉及张先生，也只得如此处置。”慈圣皇太后表示满意。

“今年初，御史张应诏上疏，论劾南京刑部尚书殷正茂、两广总督陈瑞，皆以重金贿赂张先生和冯保而得官。”皇帝举第三例。估计母后对这件事不会有太大兴趣，他把处置也一并说出，“儿子已罢此二人官。”

“还有呢？”慈圣皇太后问。

“三天后，御史陈性学上疏，论劾江西布政司参政李选、广西按察司佥事李宗鲁，任官谏垣时，结交张先生家苍头游守礼：李选娶游守礼妻之表妹，李宗鲁娶游守礼妻之表姑，促膝叙姻。”皇帝举第四例。

“既为姻亲，岂不是要和一家仆称兄道弟！”慈圣皇太后道。

“儿子听说，众多士大夫都以和游守礼称兄道弟为荣。”皇帝说。

“这不是士风日下吗！”慈圣皇太后说着，又问，“一放参政，一放佥事，正是结交游守礼的好处吧？”

“这倒不是，”皇帝道，“陈性学奏疏说，张先生得知李选、李宗鲁二人与游守礼结为姻亲，曾当面斥辱之。给事中外放佥事，都给事中外放参政，虽然连升好几级，却是常规升迁；而江西、广西，亦非优选。”

“我方才说士风日下，看来张先生也有同感。”慈圣皇太后道。

“母后说的是。”皇帝应道。

“若不牵连张先生太甚，这个游守礼应该治罪。”慈圣皇太后说。

“儿子已将他下狱，并将李选、李宗鲁免官。”皇帝道。

“好。”慈圣皇太后称赞皇帝的处置。

“三日后，御史江东之上疏，论劾都察院左佥都御史王宗载、御史于应昌构杀刘台，宜抵罪。”皇帝举第五例。

“刘台之死，是怎么一回事？”慈圣皇太后问。

“刘台为御史，巡按辽东。他于万历四年上疏，论劾张先生。张先生辩曰：巡按御史，例不得报军功，刘台误报之；惧罪，遂劾臣。朝廷乃罢刘台官，除名为民。后戍广西，死于戍所。”皇帝说。

“为何说他死在王宗载、于应昌二人手里？”慈圣皇太后问。

“刘台远戍广西，有两个原因，”皇帝叙述道，“其一，今户部尚书张学颜曾巡抚辽东，称刘台为辽东巡按，曾私受罪人赎金。时于应昌巡按辽东，奉命查核，报称属实。其二，刘台是江西安福人，罢官还家。王宗载巡抚江西，侦知刘台里中事，呈报朝廷。故而，江东之将刘台之死，归罪于此二人。”

“此事皇上怎处置的？”慈圣皇太后问。

“儿子命法司核之。”皇帝道。

“我听其事，也有些模糊，应该复核。”慈圣皇太后说。

“再二日，给事中唐尧卿上疏言道：今内党尽去，外党未拔，人人攻击，宜生疑惧。宜诏平日往来权门者，省改修职。”皇帝举第六例。

“外党，指的是附张先生之党吧？”慈圣皇太后问。

“儿子以为是。”皇帝应道。

“若外党尽去，朝廷是不是要为之一空呀？”慈圣皇太后问。

“不为之一空，也所剩无几。”皇帝说。

“但听起来，此疏似不是要尽去外党，而是要为外党开脱，”慈圣皇太后说着，问道，“皇上怎看？”

“母后所言极是，”皇帝应道，“故朝廷颁诏，令平日往来权门者，省改修职，亦即，朝廷不追究。”

“皇上如何批复？”慈圣皇太后问。

“儿子批的是两个字：从之。”皇帝道。

“还有何疏？”慈圣皇太后问。

“再后，即阮子孝论劾张先生和王侍郎私其子、滥登科第的奏疏。”皇帝说。

“虽非铺天盖地，但直接牵连张先生、或间接牵连张先生的奏疏，的确不少。皇上打算怎处置张先生？”慈圣皇太后问。

“儿子还没想好，乞母后慈训。”皇帝道。

“我也没有更多的话要对皇上说；但皇上自个儿拟的两句话：一曰以全始终，一曰不必追言往事，只要常记在心头，必不会失当。”慈圣皇太后语重心长地说。

“是，”皇帝应道，“母后慈训，儿子谨记。”

他强记下这些奏疏的内容，完全为应付母后有一天的询问。在他想来，今天的表现堪称完美。但他没料到，慈圣皇太后今天要和他谈论的主题，并不是对张居正的处置。

“论劾张先生的奏疏不少，皇上并未贸然行事；我听说，论劾冯保者，仅一疏，皇上就匆匆把他降为奉御闲住。这是为何？”慈圣皇太后忽然又问回到冯保。

“儿子亦思忖良久，并非匆匆把他降为奉御。”皇帝辩道。

“你是怎思忖的？”慈圣皇太后问。

“其实，李植疏上之前，已有内臣对儿子讲述大伴罪恶，并议降为奉御，安置南京。”皇帝说。

“你说的内臣是谁个？”慈圣皇太后问。

“张鲸、张诚辈。”皇帝道。

“我记得，这两个人都是皇上在东宫时的旧人。”慈圣皇太后说。

“是。”皇帝应道。

“他等和皇上自是亲近；但越是亲近之人，皇上越不能轻信、重用。”慈圣皇太后说。

“是，”皇帝应罢，马上又分辩一句，“但昔掌东厂、今掌司礼监的张宏，并非儿子东宫时的旧人。”

“他也对皇上讲述老冯的罪恶？”慈圣皇太后问。

“那倒没有。”皇帝说。

“既没有，皇上为何要提他？”慈圣皇太后问。

“处置大伴的谕旨，是他拟的。”皇帝说。

“既然他没有对皇上讲述老冯的罪恶，还是说回张鲸、张诚吧。”慈圣皇太后命道。

“是。”皇帝应道。

“张鲸、张诚给皇上讲述过哪些老冯的罪恶？”慈圣皇太后问。

“儿子先讲一事，”皇帝道，“潘尚书来京途中自辞，儿子应允，命内阁拟复。大伴时有疾，在外宅将养，母后绝想不到，他怎说的！”

讲到这里，皇帝卖个噱头，以引起母后兴趣。

“他怎说的？”慈圣皇太后果然有兴趣。

“他说：我小恙，眼里就没我！”皇帝述道。

“我料，复旨是新首辅张四维拟的。”慈圣皇太后说。

“母后料的是。”皇帝道。

“对首辅尚且如此，遑论他人！老冯这话说得太过分。”慈圣皇太后不失公允地说。

“还有一事，”皇帝又说，“母后初得皇孙，诸臣多有封赏。如内阁张卿进少师，申卿进少保，余卿进太子太保。大伴欲以伯爵自封，内阁张卿以本朝无内臣封爵驳之，并拟荫其弟侄一人为都督佥事。母后可知，冯保闻讯，又是怎说的？”

“不知，你说！”慈圣皇太后道。

“他说：你等有今日，得自谁人，竟负恩若此！”皇帝述道。

“欲封伯爵，已荒唐至极！我若知其事，不待张鲸、张诚等言之，不待李植疏之，早就治他的罪。况以满朝大臣为其私人，更是天理不容！”慈圣皇太后发怒，自有一番威仪。

“诚如母后所谕。”皇帝道。他相信，冯保欲得爵位，绝不敢让母后知道；更不敢当着母后，指斥张四维等。

“张鲸、张诚为何劝皇上降老冯为奉御，安置南京，我有所体会；但皇上思忖良久，又是怎么回事？”慈圣皇太后问。

“朕不止一次地对张鲸、张诚等说：你等欲朕降旨，着大伴闲住；若大伴找上殿来，朕怎办？你等谁敢当面对他说！”皇帝述罢，生怕母后不信，表白道，“儿子是否说过这番话，母后一问张鲸、张诚等便知。”

“我不想问别人，皇上是否说过这话；只想问皇上自个儿，今日仍惧老冯若此耶？”慈圣皇太后问。

“儿子自幼惧他，每见他来，则正襟而坐；并嘱咐近侍：大伴来矣，你等都要放规矩。今日儿子虽已长大成人，但每逢和他说话时，仍然坐立不安。”皇帝道。

“虽则皇上冲龄登极，身边需要有人扶持；但让主上惧怕如此，也难怪他没有好下场，”慈圣皇太后叹道，又道，“直至李植疏劾老冯，皇上才决心处置老冯，是吧？”

“是。”皇帝应道。

“皇上，我还想问你件事。”慈圣皇太后显得很随意地说。

“母后但问，儿子无不据实以言。”皇帝道。

“皇上决心处置老冯，除他擅作威福，目无主上，还有没有别的缘故？”慈圣皇太后问。

“有。”皇帝毫不犹豫地应道。

“是何缘故？”慈圣皇太后问。

“张鲸、张诚等告诉儿子，外廷大臣欲获升迁，差遣内臣还朝交差，无不以重金赂大伴。譬如，吏部王侍郎、兵部梁尚书，赂金都达三万。多年下来，大伴家财钜万。”皇帝说。

“钜万是几多？”慈圣皇太后问。

“不下百万。”皇帝说。

“当真有这多？”慈圣皇太后问。

“是儿子估计的。”皇帝说。

“老冯人已安置南京，家宅已被查抄，究竟有没有百万之多，也该坐实吧？”慈圣皇太后道。

“尚未坐实，儿子差人查抄大伴家，仅得十余万金。”皇帝说。

“皇上估计百万，怎仅得十余万？”慈圣皇太后问。

“儿子听说，大伴家奴狡黠，闻得家要被查抄，先窃而逃去。故查抄未可尽得。”皇帝说。

“不管查抄出几多，有件事我要对皇上说。”慈圣皇太后道。

“是。”皇帝应道。

“皇上还记不记得，你弟生于哪一年？”慈圣说事前先问。

穆宗皇帝四子，二子、三子皆早殇，存者仅皇帝和潞王翊鏐。巧的是，二人都是慈圣皇太后所生。所以，她对皇帝说“你弟”，而不说“皇弟”，包含一种特别的亲切感。

“儿子记得，四弟比儿子小五岁。”皇帝说。

“皇上还记不记得，是哪一年大婚的？”慈圣皇太后道。

“是万历六年。”皇帝道。

“正好过去五年吧？”慈圣皇太后问。

“是。”皇帝道。

“你比你弟大五岁，五年前你大婚，今年是不是该给你弟完婚？”慈圣皇太后问。

“儿子懂了，”皇帝道，“儿子这就命司礼监张罗给四弟选妃。”

“妃是该选；另外，潞王和你一母同胞，他要完婚，你这个当哥哥的，不能舍不得花钱。”慈圣皇太后说。

“母后是不是想把查抄大伴家的钱财用于四弟的婚事？”皇帝问。

“我原有此意，但听了皇上的话，不觉失望，”慈圣皇太后说，“老冯家财钜万，我也听人说过；钜万应不下百万，我也想过。不料，追缴来的，十分里只有一分。皇上把从老冯家查抄来的钱都用来给你弟办婚事也好，再从别处筹集钱来给你弟办婚事也好，别让你弟婚完得太寒酸，我就知足。”

“儿子谨遵懿旨。”皇帝应道。

第一百二十一章

四川道御史孙继先、兵科给事中张鼎思缘分有三：一则都是万历五年进士；二则都来自北地，孙继先是山西盂县人，张鼎思是河南安阳人；三则他们的字里都有甫，孙继先字胤甫，张鼎思字睿甫。所以，孙继先在积极上疏进言的同时，见张鼎思迟迟没上疏，很为他着急。

“睿兄，还没寻到目标吗？”孙继先问。因为字里都有甫，二人相互称呼时，干脆把这个字去掉。

“寻何目标？”张鼎思问。

“当然是论劾的目标。”孙继先道。

“不忙，”张鼎思道，“胤兄，还有汝培兄、长信兄等相继上疏，一疏不足则二疏，二疏不足则三疏。等汝培兄等尽兴，我再写我的疏。”

“不怕到那时，已无人可以论劾？”孙继先问。

“不会，”张鼎思道，“如长信兄论劾徐爵，被罢免的仅一梁尚书；汝培兄论劾冯保，被罢免的仅曾尚书、王侍郎二人；长信兄又疏，论劾的仅构杀刘子畏先生之二贼；纯玉兄所疏，不过论劾枉杀洪司寇之一贼；习之兄所疏，亦仅不知廉耻之二给谏。原指望胤兄多论劾几人，但胤兄不是急于为五君子等平反，就是急于举荐元驭先生等大臣。还有寅可先生，倡外党之说，使我辈为之一振；谁知却着落在省改修职上，又让我辈为之沮丧。”

纯玉是兵科给事中孙玮的别字，习之是陕西道御史陈性学的别字。他二人也都是万历五年进士。寅可则是工科给事中唐尧钦的别字，他是隆庆二年进士。

“睿兄东一句，西一句，究是何意？”孙继先问。

“我怎是东一句西一句？”张鼎思反问。

“言长信、汝培、纯玉、习之诸兄之疏，睿兄嫌论劾的人少，这是东一句吧？言我之疏，睿兄嫌我急，这是西一句吧？言寅可先生之疏，睿兄嫌着落错，这又是东一句吧？”孙继先道。

“听起来是东一句，西一句，其实已经是目标。”张鼎思说。

“已经是目标？倒要听听睿兄的说法。”孙继先道。

“长信、汝培、纯玉、习之诸兄之疏，被论劾者各有其人；但胤兄说，有无共同指向？”张鼎思问。

“有。”孙继先道。

“指向哪里？”张鼎思问。

“故元辅。”孙继先道。

“别疏都好说，长信兄前一疏，论劾徐爵，却是影射冯保；汝培兄之疏，则直指冯保。此二疏也可说是指向故元辅吗？”张鼎思问。

“也可说。”孙继先道。

“胤兄说说看。”张鼎思要他解释。

“故元辅与故司礼掌印，在皇上眼里，被看作一体；在廷臣眼里，被看作一体；在天下人眼里，被看作一体。因此，论劾故司礼掌印，即论劾故元辅；论劾故元辅，即论劾故司礼掌印。”孙继先说。

“胤兄说得好！”张鼎思喝彩。又问，“胤兄之疏，或曰平反，或曰举荐，有无共同指向？”

“有。”孙继先道。

“指向哪里？”张鼎思问。

“故元辅。”孙继先道。

“寅可先生之疏，倡言外党，有无指向？”张鼎思问。

“有。”孙继先道。

“指向哪里？”张鼎思问。

“故元辅。”孙继先道。

“论劾者、平反者，举荐者、倡言外党者，无不指向故元辅。所以，凡指向故元辅者，今日都可以成为目标，”张鼎思说着，问道，“胤兄，然否？”

“诚然，”孙继先应道，并说，“我听出来，睿兄在责怪我。”

“我怎在责怪你？”张鼎思问。

“我开口即问睿兄，是否寻到论劾的目标；实则要进言，可言之事甚多，不仅限于论劾。”孙继先道。

“虽则目标甚多，长信兄、汝培兄等有一个目标，胤兄有一个目标，寅可先生有一个目标；然则今日进言，终归是以论劾为主，胤兄要我寻论劾的目标，并没有错。”张鼎思却说。

“不管我错不错，不管睿兄怪不怪，睿兄的意思，我已听明白。”孙继先又说。

“我是何意？”张鼎思问。

“无非三个目标中选择一个。”孙继先说。

“我会选择哪一个？”张鼎思问。

“睿兄天马行空，会不会也像寅可先生那样，提出一个类似‘外党’之类的说法？”孙继先道。

“然后再以类似‘省改修职’的说法化解之？”张鼎思表明，他不会学唐尧钦的进言。

“睿兄敬重前辈英才，会不会如弟般，为蒙冤之臣呼号？”孙继先道。

“我曾为胤兄数过，胤兄提出的平反之臣，包括五君子在内，有十一人之多。对吧？”张鼎思问。

“对。”孙继先应道。

“胤兄举荐之臣，包括元驭先生在内，也有十人之多。对吧？”张鼎思又问。

“对。”孙继先应道。

“该平反之臣，胤兄则向朝廷呼吁；该举荐之臣，胤兄则向朝廷举荐，我却为谁人呼号？”张鼎思道。

听起来好似称赞孙继先平反无遗，举荐无遗；实则表明，他无意效之。

“那么，睿兄当真准备论劾？”孙继先问。

“汝培兄等尽兴未？”张鼎思反问。

“我看，已尽兴。”孙继先说。

“那我就当真准备论劾，”张鼎思说着，特别强调，“不过，我的论劾，与汝培兄等的论劾，有同有不同。”

“何同，何不同？”孙继先问。

“汝培兄等论劾所涉及者，或论劾所牵连者，都是文臣；我所论劾者，却是武臣。这算一个不同吧？”张鼎思问。

“算一个不同，”孙继先应罢，问，“睿兄欲论劾何人？”

“此事迟些再告诉你，”张鼎思说着，又举出第二个不同，“汝培兄等论劾，皆以被论劾者罢斥为目标；我所论劾者，却不欲朝廷罢斥。这也算一个不同吧？”

“不欲罢斥，却欲朝廷怎处分？”孙继先问。

“譬如调任。”张鼎思道。

“不仅汝培兄等以被论劾者罢斥为目标，大概没有论劾者不以被论劾者罢斥为目标；睿兄却以被论劾者调任为目标，真可谓与众不同。”孙继先评论一句。

“汝培兄等论劾，无不指向故元辅；我之论劾，亦指向故元辅。此乃同者也。”

张鼎思转到相同方面。

“论劾武臣，却指向故元辅，睿兄欲论劾者，会不会是戚敬帅呀？”孙继先自己理出头绪。

“知我者，胤兄也，我欲论劾者，正是他！”张鼎思道。

“先别忙着拉我为知己，”孙继先道，并说，“睿兄欲论劾戚敬帅，我是不敢苟同的。”

“因他为一代名将？”张鼎思问。

“是。”孙继先应道。

“因他嘉靖朝抗倭之功？”张鼎思问。

“是。”孙继先应道。

“因他隆庆以来驻守蓟镇之功？”张鼎思问。

“是。”孙继先应道。

“胤兄想到的这些，我都想到。”张鼎思说。

“但仍欲论劾？”孙继先问。

“是。”张鼎思应道。

“却是为何？”孙继先问。

“只为他和故元辅交厚，追究外党，他应该算是一个。”张鼎思道。

“只为和故元辅交厚，睿兄欲抹煞他的一切功绩？”孙继先不以为然。

“不会抹煞他的一切功绩，”张鼎思道，“我不才说，我之论劾，不以被论劾者罢斥为目标，而是以调任为目标！”

“那么，”孙继先想起他先前的话，问道，“睿兄欲他调任何处？”

“譬如广东，或者福建。”张鼎思道。

“以何事为言？”孙继先问。

“譬如不宜守北，可以吗？”张鼎思道。

“但以不宜二字为借口，而使之调离蓟镇，难以服人。”孙继先说。

“当然不会只以不宜二字，”张鼎思说，“譬如，我会称赞戚敬帅在浙、直、闽、粤扫荡倭贼之功，不会有人反对吧？”

“此皆实情，谁会反对！”孙继先说。

“譬如，我还会称赞，戚家军征于江南，屡战屡胜，也不会有人反对吧？”张鼎思道。

“此亦实情，谁会反对！”孙继先说。

“譬如，我还会说，戚敬帅驻守蓟镇以来，了无建树，会有人反对吗？”张鼎思问。

“未必无人反对，”孙继先道，“戚敬帅在镇十六年，边备修饬，蓟门宴然，不可以说了无建树。”

“但我说戚敬帅攻战之功，高于驻守之功；戚氏兵法，攻战之力，强于防守之力。胤兄还会反对吗？”张鼎思问。

“说不好，或许不会反对。”孙继先道。

“所以，胤兄不用担心我论劾戚敬帅，会遭人反对。”张鼎思说。

“我所担心者，不在于此。”孙继先道。他现在很有点儿后悔，鼓动张鼎思去寻论劾的目标。

张鼎思疏上后，内阁与兵部等衙门议，戚继光移镇广东。

领蓟镇南兵营的副总兵官朱先，闻戚继光将南去，匆匆赶来为他送行，正碰上戚继光出总兵衙门。

“朱将军，我知你会来送我。”戚继光说。

“戚帅怎知？”朱先问。

“朱将军是武举出身吧？”戚继光似谈兴很浓，从头说起。

“是。”朱先应道。

“我记得，朱将军是募盐徒，在胡少保麾下自成一军的。”戚继光说。

“是。”朱先应道。

胡少保，即胡宗宪，嘉靖时以兵部尚书兼右都御史总督浙、直军务，以平倭功加少保衔，后为严嵩案牵累，逮捕下狱。

“胡少保被逮，朱将军辞官护行。此事有吧？”戚继光问。

“有，”朱先应道，并说，“朱某自胡少保巡按浙江，便为其所用，直到他总督浙、直。胡少保有难，理当共赴。”

“巡抚福建王都堂为巡按御史攻讦。巡按御史要朱将军作证，朱将军说：朱某，王公部将也，不敢诬府主。御史怒，攻讦你侵军费万金，你因此而下狱。此事有吧？”戚继光又问。

王都堂，名询，嘉靖年间官福建巡抚。

“有，”朱先应道，并说，“王都堂确是朱某府主，待朱某不薄，更重要的是，御史攻讦之事不实，我怎能助之为虐！”

“由此二事，我知朱将军有国士之风；并料定，今日你会来送我。”戚继光说。

“惭愧，惭愧！”朱先连连揖道，“朱某也只能来这里送送，不能似往日护行胡少保般，护送戚帅南下；亦不能似往日为王都堂辩诬般，为戚帅辩诬。”

“你当然不能护送我南下，更不能为我辩诬！”戚继光一本正经地说。

“我为何当然不能护送戚帅南下？”朱先问。

“一来，对朱将军来说，我和胡少保的身份不同：胡少保是朱将军的恩主，我是朱将军同僚；二来我和胡少保的处境不同：胡少保是下狱，我是移镇；三来，胡少保虽以军功加衔，却是文臣，我却是武臣，没有要人护行的道理。”戚继光说。

“我为何更不能为戚帅辩诬？”朱先问。

“朝中有人论劾我，我是知道的；但朝廷并未罢我之官，去我之衔，只是使我移镇，显见论劾我的言辞甚为缓和。我若自辩，或朱将军为我辩之，是重我罪也。我今之去，已成定局，犯不上再把朱将军牵连进来。蓟镇防务，朝廷还要倚重朱将军呢。”戚继光说。

“戚帅看得透彻，朱某不如。”朱先说着，又是一揖。

“为酬盛情，朱将军，我送你一件薄礼。”戚继光说着，从怀里取出几页折叠得整整齐齐的纸，交给朱先。

“这是——”朱先不用问下去。因为打开之后，马上就知道这是一篇文章，题目是《蓟镇急务》。他改问，“这是戚帅在蓟镇十几年的心得吧？”

“应该说，是到蓟镇的前一两年的心得，”戚继光道，“当时，信手写下来，十几年后再看，觉得还有些用处。昨接旨移镇，我趁收拾行李之闲，边抄录边修改，想着赠与有缘之人。朱将军来的是时候，正是有缘之人。”

“戚帅若赐他物，朱某未必敢收；戚帅以有用之文相赠，朱某只有八个字：“欣然领受，学以致用。”朱先说着，深作一揖。

送走戚继光后，朱先秉烛夜读。戚继光写道：

蓟镇急务，惟有四事：曰建台，曰练战，曰营田，曰种树。然职之专责、务之严急者，其惟战与守乎？夫守固以筑台为策，而战必以练兵为先。今若专言战，势必不妨修工；如执于筑台，势必不得教练。

关于建台，该文略曰：

查得每区每枝，尚有主客援兵，今亦俱派台工。请定拟数日，每月操三日，每操一日前，容免修工，一月之内，歇工三日，其余马步，照旧做工。如此，修中有练，其实练少为多。视之往年，因平日教练无纪，约束未行，以致临时对垒，风尘昏惨之际，不复能辨某枝某营，仓促扑挤一团，争安避险，纷如乱丝。所谓虽多亦少，盖坐此弊。

关于练战，该文略曰：

今拟自三屯营为中，以东路五区为一大营，西路五区为一大营，各配成五方。每区为一色，给与号令操法，发与器械式样。做工之日，照前听各区主客将官，各将主客援兵一月抽操三次。

关于种树，该文略曰：

至于栽树遮虏，今已为奇策焉。不知木多生险难迹稀之处，牛羊践踏之所，未有易生者。若沙河石岸，又用何法栽种？现今口外林树如织，未见止却虏马。北方风寒土燥，虽有树木，竟是稀疏，不比南方土湿雨多，藤木纠缠，猿猱莫板，此其一也；况惟柳榆易栽，而山险之地，栽难必茂，此其二也。

关于营田，该文略曰：

近日又拨军屯田，远在百余里外。古人屯田，谓彼处抛荒，俱在目前。客军适居其地，列屯坐食，不如务耕，人自用力。故其法行而军便之。今皆强其势所不便，力所不能，是以难易分焉。而栽木、营田两者，诚未见其可也。

每个字都很普通，每句话都很普通，全篇文字都很普通；文中提到的四件事，凡在蓟镇为将者，没有一天不遇到，没有一天不处置。但只有戚继光把四件事的利弊得失，观察得如此仔细，阐述得如此明晰，这就是戚继光所以为戚继光者也。朱先觉得，朝廷如果让他接替戚继光，任蓟镇总兵官，他心里都多几分底气。

第一百二十二章

建州人阿台是王杲之子，王杲死后，他渐渐纠集起一支队伍。阿海是王杲同部族另一头领之子，其父死后，他也渐渐纠集起一支队伍。两支队伍会合时，部卒杂处欢呼，阿台、阿海则要合计去向。

“台哥欲往何处？”阿海问。

“南关。”阿台道。

南关、北关都是相对开原的马市而言，又都是针对海西女真人而言。

海西女真分为四部，即：乌拉部，居住于乌拉河流域；哈达部，居住于哈达河流域；灰扒部，居住于灰扒河流域；叶赫部，居住于叶赫河流域。后四部相继南徙，哈达部徙至马市以南广顺关外，故南关亦指哈达部；叶赫部徙至马市镇北关外，故北关又指叶赫部。

阿台走投无路时，曾投靠南关。置王杲于死地的王台，即哈达部首领。阿台一刻也没有忘记杀父之仇，王台死后，其子虎儿罕势力渐衰，阿台转投北关，攻掠南关。

“台哥，我不是问你去依附谁。”阿海说。

“我也不是带着海弟去依附南关。”阿台说。

“台哥的意思是——”阿海问。

“攻之掠之。”阿台道。

“好！”阿海叫道，“当初台哥依附南关，我就在想：台哥是条汉子，难道会把杀父之仇抛在脑后，难道会认贼作父！”

“丧家之犬，不投入一部，不得生存。恰好首先撞入南关，遂暂且栖身。后来得知，俺爹死在王台那厮手里，我就一直在寻找机会，为俺爹报仇。算他运气好，没等我动手，自个儿病死。要是落在我手里，他就不会死得那么便宜！”

“不过，南关就是南关，台哥破得了它吗？”阿海不无担心地问。

“说破它还太早，但每去一次南关，都会有所获，”阿台道。为解除阿海的担心，他又说，“海弟不知，虎儿罕的南关，和王台那厮的南关，不可相提并论。王台主南关，若得知我投依北关，不等我往南关，早就发兵攻打北关。今虎儿罕主南关，仅得闭关以守。所以，你我合兵一处，攻掠南关，海弟用不着害怕。”

“南关我是不怕的；但南关终归是大明朝廷的南关。我怕的是，我等合兵攻掠南关，大明官军会坐视吗？”阿海道。

“对南关，大明官军不过用用而已，还真会鼎力相助？再说，大明朝廷元辅一死，乱成一团。闻得关内总兵官戚大帅，是元辅心腹，已移镇广东；关外李大帅也是元辅心腹，说不定几时也要调任。谁还有心思来管你我攻掠南关之事！”阿台道。

“说的是，”阿海应道。“大明官军即便要管，我等也有退路。既可复仇，又有利可图，此事不可不做！”

阿台、阿海等部，不但攻掠南关，而且在占到便宜后，又屡犯孤山、汛河，以及沈阳以南的浑河。这样一来，李成梁不能不管。他亲率大军，出抚顺关，一路追寻。他的次子李如柏和往常一样，随父征战。

父子二人并辔而行，一路上说着闲话。

“前面隐隐可见者，是何处？”李成梁问。

“启禀父帅，前面二三十里，是古勒寨。”李如柏说。

“古勒寨是谁个的老巢？”李成梁问。

“是阿台的老巢。”李如柏说。

“再前二三十里，是何处？”李成梁问。

“是袄郎兔。”李如柏说。

“袄郎兔是谁个的老巢？”李成梁问。

“是阿海的老巢。”李如柏说。

一连串考问般的问题问完，答案都正确。李成梁又问：“柏儿可知，我想让你做什么？”

“父帅定想让孩儿为前锋，冲突虎穴。”李如柏很有信心地说。

“错。”李成梁道。

“错？”李如柏问，“父帅不想孩儿冲锋陷阵，却想孩儿作甚？”

“我想让你忘掉古勒寨。”李成梁道。

“让孩儿忘掉古勒寨！”李如柏重复。

李成梁点点头，又道：“我想让你忘掉阿台。”

“让孩儿忘掉阿台！”李如柏又重复。

“我想你忘掉袄郎兔。”李成梁道。

“让孩儿忘掉袄郎兔！”李如柏重复。

“让你忘掉阿海。”李成梁道。

“让孩儿忘掉阿海！”李如柏重复后，总问一句，“父帅，这是为何？”

李成梁不回答他的问题，反问道：“柏儿随父征战，有几年？”

“七八年吧。”李如柏随口回答。

“柏儿随父征战，这是第几次？”李成梁问。

“第十余次吧。”李如柏回答。

“柏儿能不能把今次征战当作最后一次随父征战？”李成梁提出一个很是奇怪的问题。

李如柏先是因为不解，后是因为羞愧，脸涨得通红。

“父帅是怪孩儿作战不勇猛吗？”他问。

“不是，”李成梁摇着头说，“柏儿作战勇猛，辽东将士是有目共睹、交口称赞的。”

“父帅是怪孩儿不能出一良策？”李如柏又问。

“不是，”李成梁摇着头说，“我一肚子破虏良策，不在乎别人还有没有良策。倒是柏儿几次独自领兵，颇有章法，令我欣慰。”

“既见孩儿尚能领兵，父帅为何不让我再随父亲征战？”李如柏问。

“就是因为你尚能领兵呀。”李成梁道。

“孩儿不懂，尚请父帅垂示。”李如柏道。

“你若领兵没章法，或根本不足以领兵，随我在辽东之地征战，多看看，多学学，未尝不可；既领兵颇有章法，尚可领兵，就没必要在我左右。”李成梁道。

“在父帅麾下，一样可以立功的。”李如柏说。

“那不一样！”李成梁断然驳道，然后问，“柏儿随我征战七八年，十余次，今是何衔？”

“父帅是知道的，我第一次荫官，荫的是锦衣千户；第二次荫官，荫的是指挥佥事。至今，儿子仍是指挥佥事。”李如柏说。

所以有第二次荫官，是因为第一次荫锦衣千户，他留在京师，行事不检点，和友人饮酒时，竟以放炮为乐。炮声响彻紫禁城，也断送他的前程。这才有第二次荫官，以指挥佥事随父征战于辽东。

“松儿现是何衔？”李成梁问。他问的是长子李如松。

“都督佥事。”李如柏说。

“你和松儿荫官，前后相差不过一两年而已，职衔相差，怎如此之大？”李成梁问。

“他是兄长，自然荫官比我高，升迁比我快。”李如柏乱说个理由。

“这不是理由。”李成梁道。

“第一次荫官，孩儿不知珍惜，做事荒唐，故被免官。”李如柏换个较为正经的理由。

“也不是这个理由，”李成梁道，“你第一次荫千户，第二次荫指挥佥事，若不被免而以功升迁，也不过如此。”

“大哥第一次荫官，即荫为都指挥同知，孩儿的指挥佥事，无法与他相比。”李如柏说一个更正经的理由。

“是不是指挥佥事与都指挥同知的差别，比都指挥同知与都督佥事的差别，还要大呀？”李成梁问。

“不然，”李如柏道，“虽则指挥佥事是正四品，都指挥同知是从二品，都督佥事是正二品，前两个比，差着三级，后两个比，只差一级。看似指挥佥事与都指挥同知的差别，比都指挥同知与都督佥事的差别要大；但实际上，从二品的都指挥同知升至正二品的都督佥事，比正四品的指挥佥事升至从二品的都指挥同知，要难得多。”

“柏儿所言，甚有道理。”李成梁点头。

“父帅说，是何缘故？”李如柏因自己的说法都被批驳，反问父亲。

“因为你在我身边太久。”李成梁说。

“因为我在父帅身边太久？”李如柏显然听不明白。

“是啊，”李成梁道，“随我征剿，你立再大的功劳，一来，别人看不到，朝廷看不到；二来，我再注意分寸，别人也会以为，兵部也会以为，我是在夸大其功。譬如松儿，年少时亦曾随我征战，但他很早就离开我，去自建功业。你看，他而今不仅升至都督佥事，而且为神机营右副将，可以独当一面。我方才说，你第一次不被免官，今日也升不过指挥佥事，我说得不对。因为你荫的是锦衣千户，留在京师，而不是在我身边，你也可以自建功业，说不定也可以独当一面。所以，我希望你忘掉辽东，忘掉辽东的人物，忘掉辽东的战事。”

“父帅良苦用心，孩儿已然领悟，孩儿打这会儿起，就试着把古勒塞忘掉，把阿台忘掉，把袄郎兔忘掉，把阿海忘掉。”李如柏说。

“这会儿却不可忘。”李成梁道。

“孩儿这会儿怎又不可忘？”李如柏问。

“开战在即，你把辽东的一切都忘掉，谁个为我打杀阿台，谁个为我擒拿阿海！”李成梁道。

“孩儿明白！”李如柏应道，“自建功业，独当一面，都是此役之后的事。此一役，孩儿还要与父帅谋划，还要为父帅冲锋陷阵。”说着，扬起马鞭，“父帅，孩儿这就往前去！”

“不忙，”李成梁用自己的马鞭把他的马鞭压下来，“再进十里，我让你领前部突击。这会儿你且耐住性子，与我说说话。”

“是，”李如柏应一声，问道，“父帅想与孩儿说何事？”

“譬如，柏儿不想知道为父的心愿吗？”李成梁道。

“父帅的心愿，不说，孩儿也知。”李如柏道。

“柏儿说说，为父有何心愿。”李成梁命道。

“父帅愿我等兄弟，个个成为将材。”李如柏道。

李成梁九子，除如松、如柏外，还有如桢、如樟、如梅、如梓、如梧、如桂、如楠，还有兄弟成材，都在军中效力。

“柏儿再说说，何谓成为将材。”李成梁又命道。

“至少如大哥般，官至都督佥事，可以自建功业，可以独当一面。”李如柏把父亲刚才的话重复一遍。

“今日之松儿，非如我愿。”李成梁却说。

“孩儿说的是至少。”李如柏强调。

“我说的非如我愿，不在于官至都督佥事，或官至都督同知，或官至左右都督。”李成梁道。

“那在于何事？”李如柏问。

李成梁眺望远方，好像在回想很久以前的往事。过一会儿，他收回思绪，问道：“柏儿可知，我最初袭的是何职？”

“记得父帅说过，和孩儿一样，也是指挥佥事。”李如柏道。

“我高祖自朝鲜内附，授世袭铁岭卫指挥佥事；我当袭的，是铁岭卫指挥佥事，”李成梁说着，问道，“柏儿可知，我当初因家贫，连指挥佥事都不得袭？”

“这却不知。”李如柏道。

“我因家贫，无赀打通关节，袭得官职。故至四十岁，仍为诸生。后有一名巡按御史，爱我之才，资助我些银两，助我入京活动，这才得以袭职。我今贵为伯爵，但对来辽东的文臣，不管是巡抚、巡按，还是清军御史、督饷主事，都很礼敬，正是因为有此渊源。”李成梁说。

"原来父亲有这等经历。"李如柏道。

"柏儿可知，我是哪一年袭的指挥佥事？"李成梁又问。

"孩儿不知。"李如柏道。

"是嘉靖四十四年，"李成梁告诉他，又问，"柏儿还记得我是哪一年任辽东总兵官的吗？"

"是隆庆年间吧。"李如柏说。

"是隆庆四年，"李成梁告诉他一个准确的年份，又问，"柏儿可知，我当年是以何衔总镇辽东的？"

"此事孩儿不记得。"李如柏说。

"是署都督佥事，"李成梁告诉他，并说，"自嘉靖四十四年，至隆庆四年，我从指挥佥事，升至都督佥事，总镇一方，只用五年；又九年，我封爵矣。"

"父帅的际遇，几百年不见得有一次。"李如柏说。

"所以，我并不期待松儿、柏儿等，从军五年之后，即升都督佥事；再九年之后，即封爵。说实在话，对松儿、柏儿等能否升都督佥事，能否封爵，我并不很在意；我在意的，唯有一事。"

"可是总镇一方？"父亲述说他的经历，只有这一件没被提及。李如柏不难料到。

"不错，"李成梁道，"自建家业，独当一方，不在升都督佥事、都督同知、左右都督否，不在封爵否，只看你能不能总镇一方。松儿虽升都督同知，但我说非如我愿，是为此；柏儿随我左右，我说非我所愿，也是为此。"

"父帅不会是想让我或大哥代镇辽东吧？"李如柏问。

"十年之内，我不会告老还乡的；再者，松儿或你，可以袭爵，可以袭都督之衔，却未必能袭辽东总兵官一职。不过，"李成梁口气一转，说道，"天下之大，总镇一方，未必一定要总镇辽东。"

"父帅愿我和大哥另镇一方？"李如柏又问。

"是啊。"李成梁应道。

"父帅愿我等镇于何处？"李如柏具体地问。

"在南，不如在北。"李成梁说。

"在北，又是何处？"李如柏问。

"在西，不如在东。"李成梁说。

"父帅愿我等镇于蓟州？"李如柏问。

"除蓟州外，还有宣、大等镇，"李成梁说，"俚语云：上阵父子兵。柏儿不妨设想，我仍镇辽东，你和松儿一镇蓟州，一镇大同或宣府，那是怎样的局面？”

“孩儿想，朝廷上下都会以干城视我父子。”李如柏道。

话说到这里，李如柏被激起一腔澎湃之情，同时，又消去身上的浮躁之气。李成梁觉得，现在可以放他去突击。

“柏儿可去也，”李成梁说，并嘱咐道，“敌寨若坚，则用火攻，此术百试不爽。”

“孩儿得令。”李如柏应罢，策马而前。

李如柏在古勒寨，采用火攻，阿台在奔突中被射杀。随即官军在袄郎兔连破阿海军，并在激战中击杀他。

第一百二十三章

王立仁虽然只是一介书生，虽然只有秀才的功名，但多谋善思，在宣、大总督衙门里，是最受重视的幕僚。

一连三日，他向总督郑洛提出相同的问题，自然会引起郑洛的注意。

第一天，他问的是："禹秀先生，大同有消息吗？"

"王老弟的意思，大同会有消息报来？"郑洛反问。

"或会有之。"王立仁说。

"或会有何消息？"郑洛问。

"譬如，顺义王贡使自大同入境。"王立仁说。

"大同或会有消息；但我要告诉王老弟，尚无此等消息。"郑洛说。

第二天，王立仁问的是："禹秀先生，宣府有消息吗？"

"王老弟的意思，宣府会有消息报来？"郑洛反问。

"或会有之。"王立仁说。

"或会有何消息？"郑洛问。

"譬如，顺义王贡使自宣府入境。"王立仁说。

"宣府或会有消息；但我要告诉王老弟，尚无此等消息。"郑洛说。

第三天，王立仁问的是："禹秀先生，雁门有消息吗？"

山西巡抚驻于雁门关。近年秋、冬之际，山西巡抚或暂驻宁武关，但主要还是驻于雁门关。

"王老弟的意思，雁门会有消息报来？"郑洛反问。

"或会有之。"王立仁说。

"或会有何消息？"郑洛问。

"譬如，顺义王贡使自雁门入境。"王立仁说。

"鞑靼自雁门入境？不大可能吧？"郑洛道。

"不大可能，但并非绝无可能。"王立仁却说。

"好，如王老弟所言，"郑洛道，并说，"雁门或会有消息；但我要告诉王老弟，并无此等消息。”

第四天，王立仁才一开口呼“禹秀先生”，郑洛便问：“王老弟今日问哪里的消息？是重复问大同、宣府、雁门，还是问别处？”

“其实，晚生只想知道，有无顺义王入贡的消息，无论是从大同、宣府、雁门入境，或从别处入境。”王立仁说。

“王老弟为何如此关注顺义王入贡之事？”郑洛问。

“禹秀先生敢说自家对此事并不关注？”王立仁反问。

“关注自是关注，但似乎不如王老弟关注之切。”郑洛说。

“那我劝禹秀先生，再多关注一些。”王立仁道。

“能说说理由吗？”郑洛问。

“乞庆哈袭封顺义王，一直不曾遣使入贡。”王立仁道。

“乞庆哈袭封顺义王，还不到一年。不曾遣使入贡，关注关注是可以的，似不必再多一些关注。”郑洛说。

“若无别故，顺义王一年不遣使入贡，的确不必再多一些关注；若有别故，就不好说。”王立仁道。

“王老弟所谓别故，有所指吧？”郑洛问。

“禹秀先生说的是。”王立仁道。

“所指何事？”郑洛问。

“为何不遣使入贡，禹秀先生知否？”王立仁反问。

“闻其率部西去。”郑洛道。

“乞庆哈为何率部西去，禹秀先生知否？”王立仁又问。

“传言不少，一言难尽。”郑洛道。

“譬如？”王立仁让他举例来说。

“譬如，传其欲称雄西域。”郑洛道。

“禹秀先生信不信？”王立仁问。

“不信，”郑洛道，“称雄西域，言老顺义王有此志向，有此胆略，我信；言新顺义王有此志向，有此胆略，我不信。”

“既如此，禹秀先生再举个别的例子。”王立仁说。

“我不举；王老弟，你举！”郑洛命道。

“譬如，乞庆哈弃部追人，如何？”王立仁也举一例。

“追人？王老弟的这个说法有趣，他却去追何人？”郑洛问。

“也儿克兔哈屯。”王立仁道。

“你是说，他去追顺义夫人？”郑洛问。

“是啊，”王立仁应道，“禹秀先生不是要我举例吗，我举此例。”

“此事王老弟信吗？”郑洛问。

“信呀。”王立仁点头。

“此等事王老弟怎会信之！”郑洛好不奇怪。

“看来，禹秀先生不信此事？”王立仁问。

“不信。”郑洛道。

“禹秀先生为何不信？”王立仁问。

“难以置信嘛。”郑洛道。

“怎就难以置信？”王立仁问。

“闻得乞庆哈身边女子极多，怎会在乎一个也儿克兔哈屯。”郑洛说。

“他追的不是也儿克兔哈屯。”王立仁道。

“咿，”郑洛发出声怪叫，说道，“他去追也儿克兔哈屯，不是你王老弟说的吗？”

“我说他去追也儿克兔哈屯，我所说有误；禹秀先生说他去追顺义夫人，禹秀先生说的才对。”王立仁道。

“就算也儿克兔哈屯和顺义夫人是两回事，他为何要追顺义夫人？”郑洛问。

“至少有两个缘故，”王立仁道，“其一，关乎名分。譬如亲藩，前王薨，后王袭位，前王妃则封太妃。今俺答卒，乞庆哈袭封，却未封也儿克兔哈屯顺义太夫人。她不封顺义太夫人，乞庆哈身边无论有多少女子，也不能封顺义夫人。朝廷的意思，不是很明确吗？”

“你是说，朝廷仍欲以也儿克兔哈屯为顺义夫人？”郑洛问。

“莫道朝廷之意，禹秀先生，你意如何？”王立仁反问。

“我当然也想她仍为顺义夫人。”郑洛道。

“禹秀先生为何想她仍为顺义夫人？”王立仁问。

“也儿克兔哈屯嫁与俺答，封贡一事，明里是俺答出面，暗中多经她斡旋，其功不在俺答之下。所以，朝廷才封她顺义夫人。”郑洛说。

“她起的作用，不仅朝廷看得到；俺答属下，鞑靼各部首领，也都看得到。所以，凡忠于俺答者，凡欲与天朝通贡者，凡欲结好于朝廷者，无不受也儿克兔哈屯约束。乞庆哈失去她，等于失去对部属的掌控，他能不急？”王立仁说着，问道，“禹秀先生想，是不是这个道理？”

“道理是不错的。”郑洛说。

“这就是我要说的其二。”王立仁道。

“照王老弟的说法，对此事不可漠然视之？”郑洛问。

“是。”王立仁道。

“在王老弟看来，此事当如何处置？”郑洛问。

“朝廷命乞庆哈袭封顺义王，为的是笼络鞑靼部属。乞庆哈弃部西去，笼络部属无从谈起，朝廷封顺义王，失其效用。故处置鞑靼之要务，在留住乞庆哈。而也儿克兔哈屯不返回旧营，乞庆哈断然不会回头；即便回头，也如同废人。故处置乞庆哈之要务，在召回也儿克兔哈屯，”王立仁说罢，附带一句，“晚生愚见，谨供禹秀先生参酌。”

“你可不能说愚见！你说愚见，我见与你见同，是不是也成愚见？”郑洛开句玩笑后，顺着王立仁的思路说下去，“处置也儿克兔哈屯之要务，在找到也儿克兔哈屯，你说是不是？”

“禹秀先生说的是。”王立仁道。

“但怎样才找得到也儿克兔哈屯呢？”郑洛问。

“乞庆哈弃部西去，必得也儿克兔哈屯西去之信，不会是乱闯乱撞，”王立仁说着，反问道，“禹修秀先生说是不是？”

“此事可以断定。”郑洛道。

“故沿俺答当年西行之路寻去，必能找到。”王立仁说。

“谁可担当此任？”郑洛又问。

“禹秀先生有人选，禹秀先生任其往；禹秀先生无人选，晚生愿请缨。”王立仁说。

“王老弟须知，此事是有风险的。”郑洛说。

“晚生自知。”王立仁道。

“王老弟不怕吗？”郑洛问。

“黄沙、黄土，一样可掩忠骨！我往漠北走一遭，好歹也算为国捐躯，好歹也算为知己者死！”王立仁道。

一天荒野、一天沙漠地艰难跋涉十几天，王立仁等终于在一条河溪旁，找到也儿克兔哈屯的营地。离她的营地不远，还有一处营地，比她的营地要小，是乞庆哈驻扎在那里。估计他率领的人少，要见面，也儿克兔哈屯不见；要劫持，又不敢。所以他只能不即不离、若即若离地尾随。

王立仁命一随从去较小的营地见乞庆哈，通报他的使命；并要求乞庆哈不得轻举妄动。他自己则去也儿克兔哈屯的营地。

也儿克兔哈屯得知他是从宣、大总督衙门来的，杀牛宰羊，对他很是客气。酒囊开启，仰头而饮；刀匕割肉，手抓而食。

这些习俗王立仁都是熟悉的，应付起来得心应手。

“官府的人很少深入漠北，王先生为何而来？”也儿克兔哈屯问。

“为夫人而来。”王立仁说。

“我有何事，劳王先生追随而来？”也儿克兔哈屯问。

“郑太师欲请夫人回到原驻地。”王立仁道。鞑靼等部习惯于把边镇督、抚称作太师，王立仁也使用他们的称呼。

“太师心里会惦记我？”也儿克兔哈屯半信半疑。

“夫人是朝廷册封的顺义夫人，他自然惦记。”王立仁道。

“郑太师当真要我回到驻地？”也儿克兔哈屯问。

“千真万确。”王立仁道。

“太师要我回去，我本该回去；只要太师肯帮我个忙，我马上就回去。”也儿克兔哈屯说。

“夫人要郑太师帮何忙？”王立仁问。

“王先生去那边没有？”也儿克兔哈屯指着乞庆哈那边的营地问。

“我没去那边，但已差人去。”王立仁说。

“太师若传檄那边，让他另择居地，我马上回到原驻地。”也儿克兔哈屯说。

“这怕不可能。”王立仁说。

“王先生担心他不遵檄？”也儿克兔哈屯问。

“他遵不遵檄无关紧要，紧要者，他是朝廷敕封的顺义王。郑太师不能不重他的身份，不能逐他离开原驻地。”王立仁说。

“那就让太师重他身份，把他请回原驻地，而允我离开。”也儿克兔哈屯说。

“顺义夫人也是朝廷敕封的，郑太师同样重夫人身份。”王立仁说。

“一个顺义王，一个顺义夫人，驻于一处，太师不怕纠缠不清？”也儿克兔哈屯问。

“一个顺义王，一个顺义夫人，朝廷既没有晋封夫人为顺义太夫人，又没有另外册封一位顺义夫人，怎会纠缠不清！”王立仁道。

“王先生究是何意？”也儿克兔哈屯问。

“我是何意，无关紧要；紧要者，郑太师之意。”王立仁说。

“太师究是何意？”也儿克兔哈屯问。

“郑太师亦无他意，只想顺义夫人仍是顺义王的夫人。”王立仁说。

“也就是说，我要嫁与黄台吉，做他的妻子？”也儿克兔哈屯问。

“是。”王立仁应道。

“这不可能！”也儿克兔哈屯断然拒绝。

“夫人名义上是顺义王之继母，难道他不愿娶夫人？”王立仁问。

“他不愿娶我？他不愿娶我，为何一路追来！”也儿克兔哈屯道。

“那么，是夫人不肯嫁他？”王立仁又问。

“对，我不肯嫁他！”也儿克兔哈屯道。

“夫人为何不肯嫁他？”王立仁问。

“汉人不也讲究从一而终吗？”也儿克兔哈屯闪烁其词。

“夫人的志向，当真是做节妇？”王立仁问。

也儿克兔哈屯也知道，这个理由是说不通的，所以她改口说：“黄台吉衰老不堪，我见而厌之。”

“若言衰老，今之顺义王可是昔之顺义王之子呀。”王立仁说。

“一则，俺答是大英雄，虽老，雄风犹在，黄台吉怎能比之！二则，我嫁俺答时年少，不知男子年老年少有何区别；今已知之，不愿再嫁衰老之人。”也儿克兔哈屯说。

“这个理由勉强说得过去，夫人还有别的理由吗？”王立仁问。

“黄台吉多姬。”也儿克兔哈屯又说个理由。

“据我所知，前顺义王亦多姬。”王立仁说。

“那不一样，”也儿克兔哈屯道，“俺答多姬，并非总侍于身边；况且，王先生可知，黄台吉身边有几多女子？”

“不知。”王立仁摇头。

“一百零八人。”也儿克兔哈屯告诉他。

“竟有这多！”王立仁感到吃惊。

“就是有这多！”也儿克兔哈屯道。

“一百零八，好像是个特别的数目吧？”王立仁问。

“番僧挂在身上的练珠，正是一百零八颗。”也儿克兔哈屯说。

“夫人是说，他在效法番僧？”王立仁问。

“是。”也儿克兔哈屯应道。

“这个理由也勉强说得过去，夫人还有别的理由吗？”王立仁又问。

“这两个理由还不够？”也儿克兔哈屯反问。

“我才说，勉强说得过去。”王立仁道。

“为何只是勉强说得过去？”也儿克兔哈屯问。

“譬如衰老：他若是个普通男子，夫人完全可以弃他而去；但他不是普通男子，他是顺义王。譬如多姬：今顺义王身边女子再多，有名分的有几人？封顺义夫人的有几人？”王立仁道。

“太师奉朝旨镇边，心里只有黄台吉，必然会替他说话；王先生奉太师命追来，心里也只有黄台吉，也必然为他说话。”也儿克兔哈屯不满。

“夫人此言差矣，”王立仁道，“朝廷既命乞庆哈袭封顺义王，夫人嫁与他，仍是顺义夫人；夫人不嫁与他，他早晚要娶妻，朝廷早晚还要册封其妻为顺义夫人。到那时，夫人何以自处？”王立仁道。

“你说我何以自处？”也儿克兔哈屯问。

“夫人不过塞上一妇人耳！”王立仁道。

这话击中要害。也儿克兔哈屯嫁与俺答后，一直协助俺答，和朝廷谈判贡市。这为她赢得三方面的荣耀：在大明朝廷，她被册封为顺义夫人；在俺答，她的宠信远远超过俺答身边任何别的女人，包括俺答的原配妻子；在鞑靼部，部众对她的敬重和服从，仅逊于俺答本人。一旦大明朝廷放弃她，乞庆哈身边有新的顺义夫人，后果当真难料。

“王先生且饮酒，此事容我再想。”她说。

再三权衡之后，她答应嫁与乞庆哈，并和乞庆哈一同回到原驻地。鞑靼部和大明朝廷，恢复贡市如前。

第一百二十四章

魏允贞被召为御史后，和他最谈得来的，不是同道的御史、别道的御史，甚至不是同年又同道的御史，而是户部郎中李三才。李三才字道甫，顺天府通州人，比他晚一科，是万历五年进士。

“道甫兄，陕西道杨御史纠劾故元辅的奏章，写得如何？”魏允贞问。

“写得好呀。”李三才道。

“是心里话？”魏允贞问。

“肯定是心里话。”李三才道。

“非因他是我同年而谀之？”魏允贞又问。

“我曾谀过懋中兄吗？我不曾谀懋中兄，为何谀他！”李三才道。不出自同科的进士，一般不以某“兄”相称，特别是科第在后的官员，不会以某“兄”称呼科第在前的官员。李三才不拘小节，魏允贞既然以“兄”称他，他也就以“兄”回称。

“道甫兄没听懂我的意思。”魏允贞不无遗憾地说。

“我怎没听懂！”李三才道，“懋中兄不就是想说，陕西道杨御史的文章既然写得好，为何响应者不多！”

“道甫兄还真听懂我的意思，”魏允贞说着，问道，“既然听懂，道甫兄说说，为何响应者不多？”

“懋中兄那位贵同年上疏后，皇上谕曰：不必追言往事。但欲论故元辅，哪一件不是往事！”李三才道。

“论故司礼，不也件件是往事？”魏允贞提出异议。

“懋中兄先告我，故元辅之故，与故司礼之故，同否？”李三才道。

“确有不同。”魏允贞承认。

“有何不同？”李三才问。

“故元辅乃是病故，其职、其衔、其谥，未曾丝毫受损，此所谓虎死威犹在者也；故司礼则是罢黜，免去官职，逐出京门，此所谓丧家之犬者也。”魏允贞说。

“陕西道杨御史上疏后响应者不多，这是第一个缘故。”李三才说。

“第二个缘故呢？”魏允贞问。

“他论劾故元辅，虽有十四罪之多，但不是失于琐屑，就是失于空泛，不足以引起皇上关注，也不足以引起廷臣关注。”李三才说。

“道甫兄，这才是你的心里话！”魏允贞道。

“称赞杨御史的奏疏写得好，是心里话。因为在故元辅卒后，它是第一篇完全针对故元辅的奏疏；没有一点儿勇气，是写不出来的。指出杨御史奏疏的不足，也是心里话。因为只有对故元辅的论劾更深入，朝廷才得以大开言路，才能清明政治。”李三才说。

“道甫兄当真是这么想的？”魏允贞问。

“我几时曾欺骗懋中兄！”李三才道。

“道甫兄当真是这么想的，会不会疏论故元辅？”魏允贞问。

“暂且不会。”李三才道。

“这是为何？”魏允贞问。

“我任职户部，非御史，非给谏。从科、道的角度，关注的是一些事情；从户部的角度，关注的可能是另一些事情。”李三才说。

“那么，我若疏论故元辅，道甫兄以为如何？”魏允贞又问。

“只要不和我从户部郎角度关注之事背道而驰，我一定会给予声援。”李三才说。

“此话当真？”魏允贞问。

“我几时曾欺骗懋中兄！”李三才又道。

“道甫兄等着看我的奏疏是不是琐屑，是不是空泛！”魏允贞说着，兴冲冲地而去，留下李三才一人，在原处发呆。

魏允贞上疏论劾张居正，只写四件事。

第一事曰“公文武之用”。魏允贞写道：

> 文职如九卿，武职如总兵，皆由会推，制也。张居正辅政以来，文职一命而上；吏部不得自行推用，必须关白。至于武职，又有甚焉。势属利进，不能枚举。六部之长，遇有员缺，即行请教，未上题疏，先具揭帖。直枉混淆，举措倒置，物议朋兴，则又诿曰：权不在我也。臣愚，以为辅臣不专吏、兵之权，以行其私；吏、兵不敢乘辅臣之间，以自行其私。如是，何忧乎吏治不得人！

第二事曰“严科举之防”。魏允贞写道：

顷居正厌薄餍典，垂涎制科，全场题目，或自拟呈览，或领教拟成，居正诸子等请人代作。监试官吏又加意誊朱，分别式样以拟。海内人士，无不愤叹，以为二百年科举之制，坏自今始。贵者既以势胁，富者必以利要，买题买名，不知其所终矣。请辅臣子弟中式者，如张甲征、申用懋，其廷试读卷，比照内外官引嫌回避事例，俱以卑者避尊者，不得以大臣回避子弟。其有怀才抱志，堪及第中秘者，退任以后，听从自便。

第三事曰“慎台谏之选”。魏允贞写道：

魏允贞写道：居正辅政以来，所选授给事中、御史，多切近乡人、亲友死党，有所欲为，则托之倡言；有所欲去，则讽之论罢。以讳言而酿乱者，常十九；以直言而偾事者，未之十一也。奈何直用而不直取乎！

第四事曰“务战守之实”。魏允贞写道：

往者总兵各官，悉其有以养健儿，结为父子，甘苦与同。彼时为健儿者，亦悉力以养其战斗之气。无事则嬉饱，有急则死援。故虏数至而能不为患也。今纳款既久，上下懈弛，三军之士，月领一石，折色六钱，既扣其半，以充市虏之费；又扣其半，以奉贵人。有如虏负约，谁为御之！

张甲征是张四维子，申用懋是申时行子。二人都参加今年的会试，并中第。他们虽然没有获得张居正诸子那么显赫的位置，但张甲征也是二甲第十一名，申用懋也是二甲第二十一名。

对魏允贞的奏疏，皇帝批复曰：言官建白，须顾大体、据实迹，虚心为国。这本漫逞私臆，语多过当，着都察院参看来说。

事关首辅、次辅，二人上疏，请罢张甲征、申懋用，回籍肄业，如魏允贞所言，待他等去位之后，候补廷试。

李三才疏救魏允贞。皇帝批复曰：魏允贞方奉旨参看，尚未处分；这厮辄敢出位妄言，窥探上意，好生党护欺肆！本当重处，姑从宽，降三级调外任。

吏部、都察院议复，魏允贞谪许州判官，李三才谪东昌府推官。

第一百二十五章

礼部尚书徐学谟把本部左侍郎周子义、右侍郎沈鲤请来，认真讨论一件事。

“故元辅在日，曾授意礼部议件事，今日是否议议？”徐学谟和两位侍郎商量。

“故元辅授意？差不多有一年吧？”周子义道。

“以方兄没注意，叔明先生说的是‘故元辅在日’吗？”沈鲤道。

“仲化兄的意思，也可能超过一年？”周子义问。

“是。”沈鲤应道。

徐学谟字叔明，南直隶嘉定人，嘉靖二十九年进士。周子义字以方，南直隶无锡人。沈鲤字仲化，河南归德人。二人都是嘉靖四十四年进士。

“故元辅授意礼部议件事，仲化兄，此事我怎一点儿印象也没有？”周子义问沈鲤。

“以方兄真有趣，故元辅在日，你可是礼部佐卿？”沈鲤道。

周子义一想，自己也想笑。张居正是去年六月去世的，他今年正月才由国子监祭酒升礼部左侍郎，张居正授意礼部议的事，当然不会有人告诉他；即便有人曾告诉他，他也不会留意。

“故元辅授意，差不多一年，或超过一年，叔明先生怎今日才想到议议？”周子义又问徐学谟。

“不是一直没得空吗！”徐学谟道，“故元辅病重之际及去世前后，朝廷局面混乱，各衙门基本上都议不成事。然后是壬寅科的秋闱，然后是癸未科的春闱，一直忙到现在。”

“一年左右未议，我看议不议两可，”周子义说着，问沈鲤，“仲化兄，你说呢？”

“不妨先请叔明先生说说，究竟是何事。”沈鲤比较稳重。

“好，”周子义觉得有道理，又问徐学谟，“叔明先生，故元辅授意礼部议的，是何事？”

“处置宗藩事宜。”徐学谟道。

“宗藩事宜？故元辅曾留意该事？”周子义问。

“是。”徐学谟应道。

“宗藩事宜，眼下不说是最让朝廷头疼的事情，也是最让朝廷无奈的事情。即便故元辅不授意礼部议之，今日也该议一议，”周子义说着，问沈鲤，“仲化兄，你说呢？”

“以方兄说的是。”沈鲤道。

“二位既以为该议，就请各抒己见。”徐学谟让道。

“叔明先生，请等一等，”沈鲤先有话说，“故元辅授意礼部议宗藩事宜，礼部当时未得机会议，这可以理解；此后忙于各种事务，一直未得机会议，这也可以理解。但故元辅既授意，叔明先生总不会想也没想过吧？当时的礼部佐卿们总不会想也没想过吧？”

“想是想过；不仅想过，我还拟过几个题目，并把这几个题目拿给当时的礼部佐卿看过。”徐学谟说。

“既拟过题目，叔明先生何不示下？”沈鲤道。

“有这个必要吗？”徐学谟似有顾虑。

“大有必要！”周子义、沈鲤齐道。

“我先说说当时拟的题目，倒也不妨；但二位切不可局限在那几个题目里，凡须议者，都要议到。”徐学谟嘱咐道。

“叔明先生放心，我等自当畅所欲言。”周子义、沈鲤齐道。

徐学谟当初拟定四个方面的内容，分别是：疏通壅滞，取具证验，稽查结勘，奏请选婚。

他说过后，沈鲤问周子义：“以方兄听得如何？”

“似不太明确。”周子义道。

“叔明先生，能否稍加阐述？”沈鲤转向徐学谟。

“好说。”徐学谟道。

“那么，何谓疏通壅滞？”沈鲤问。

“礼部曾拟定，王府奏请名封、婚礼，不系单本奏题，皆按季类题，王府使臣皆滞留京师，等候消息。此所谓壅滞也。”徐学谟说。

“疏通壅滞，即改变按季类题的规定吧？”周子义问。

“是。”徐学谟应道。

“何谓取具证验？”沈鲤又问。

“礼部查核各王府奏结，仅以奏稿、勘合底数为凭。此所谓证验也。”徐学谟说。

“取具证验，即不得仅凭奏稿、勘合底数吧？”周子义问。

“是。”徐学谟应道。

“何谓稽查结勘？”沈鲤又问。

“礼部题行各王府奏请事件，必由王府所在布政司转行、查勘。此所谓结勘也。”徐学谟说。

“所谓稽查结勘，即不必由各布政司转行、结勘吧？”周子义问。

“是。”徐学谟应道。

“奏请选婚，似不必解释。”沈鲤说。

“选婚可不解释，奏请选婚，还须解释一二。”周子义却说。

“奏请选婚，有王府之奏，有抚、按之奏，往往拖延日久，致误婚期。故奏请选婚，须得一议。”徐学谟说。

“以方兄，此刻明确否？”沈鲤问周子义。

“已明确。”周子义道。

“叔明先生看，怎么个议法？”沈鲤问徐学谟。

“议即是议，何论议法？”徐学谟反问。

“我意，一人一句是议，一人一事也是议，叔明先生欲一人一句议之，还是一人一事议之。”沈鲤道。

“一人一事，自然快捷。”徐学谟说。

“但我等仅三人，却有四事。谁个议一事，谁个议两事？”周子义问。

“此事不难处置，”沈鲤说着，指指自己，“我议两事。”

“此所谓能者多劳吧？”周子义并不满意他的自告奋勇。

不想，沈鲤又指指他：“以方兄也议二事。”

“仲化兄是说，叔明先生出的题目，他反而不用议？”周子义问。

“叔明先生若议，我等则无须议。”沈鲤说。

“此话怎讲？”周子义问。

“叔明先生不仅出的题目，而且思之已久；他若议之，我等还有增删修改的余地吗？所以，他不用议。”沈鲤道。

“也是，”周子义赞同地点头，“我二人分别议之，若有不足，叔明先生却是可以增删修改的。”

“增删修改说不上，”徐学谟道，“题目虽是我拟的，但宗藩事宜，谁都会见到，谁都会想到。二公作出的文章，一定是好的。至于二公体贴，让我作个听客，我又何乐而不为！”

“一人一事，是仲化兄提出来的，仲化兄须先议一事。”周子义说。

“好，”沈鲤边考虑第一方面的内容，边问徐学谟，“礼部拟定按季类题，是在哪一年？”

“万历二年。”徐学谟告诉他。

“所谓延挨，都是在本季内的延挨吗？”沈鲤又问。

“未必，”徐学谟道。“前季奏到，下季查明，是常有的事。”

“叔明先生、以方兄看，第一题这样概况成不成，”沈鲤说着，叙述道，“按季者，必在本季奏到，即于季终题复。本部近行，俱前季奏到，直至下季，方与查明类题。两季之间，相隔日久，甚至有前季之孟月到者，亦待下季查题。各府差来人役，不得不潜住守候，又不敢面禀催行。衙门吏书利其守候之久，既易于勒诈；而原差人役，亦借守候之名，消耗使费，可以诳惑本宗。上下蒙蔽，内外隔绝。即本部刻意振刷，亦不能杜塞弊窦。今后除系亲、郡王等奏，应单本具题者，仍照例于五日内题行外，其将军以下名封等项奏结，于本日到部，次日通与查对，限三日内回复，其间应题、应勘、应立案者，定于十日以里先行揭示本部门首，谕令通知。其有可疑者，随唤本役赴本部，当面查审。如无违碍，本部约于本季仲月，奏结到齐者，即在季终题复。如季终方到，查核不及者，始案候至下季查题。通计一年之内，定以四次题复，不得过逾期限。”

周子义想不到，他这位同年友好一开口，竟有三四百言。想不输与沈鲤，就得好好动动脑筋，因此，他一边考虑自己要作的文章，一边和徐学谟、沈鲤搭讪。

“前季孟月，即前季第一个月。仲化兄遇到过，有前季第一个月到者，须待下一季才能把事情办成？”他问。

“我任礼部佐卿，比以方兄还要晚两个月；以方兄若没遇到，我也不会遇到。”沈鲤说。

“既不曾遇到过，为何要说？”周子义问。

“叔明先生不是说：前季奏到，下季查明，是常有的事？”沈鲤道。

“但前季奏到，可能是指前季第三个月奏到，或者是前季第二个月奏到，不见得是前季孟月奏到，”周子义说着，问徐学谟，“叔明先生，并无前季之孟月到者吧？”

“不多，但有。”徐学谟说。

“以方兄若以为，这一句不够严谨，可笼统地写成前季。”沈鲤说。

“不必，不必，”周子义连连摇头，“叔明先生既言有之，写成‘前季之孟月’，更为生动。”说着，问徐学谟，“叔明先生看，这一大段有没有必须修改之处？”

“我没听出来。”徐学谟道。

“叔明先生不作增删修改，我来说第二事。”周子义道。

“好。”徐学谟点头。

“不能仅凭王府题稿、勘合底数，是否因为所存底数有浥烂者？”周子义也有问题要先问。

“果如以方先生所料；但除浥烂外，尚有开载未备者。”徐学谟道。

“几时以前的题稿、勘合底数有浥烂者？”周子义问。

“隆庆以前者，即多有浥烂。”徐学谟说。

“除题稿、勘合底数，当真别无所凭吗？”周子义又问。

“其实还有玉册及宗人府奏报，和题稿、勘合底数一样，隆庆以前者，也多有浥烂。”徐学谟说。

“第二事，取具证验，”为表示和沈鲤的论述有区别，周子义重复一遍题目，然后说，“各王府奏结到部，责成该司专官查核，较之往昔，倍加详慎。而本部所执以凭信者，不过节年题稿、勘合底数，及收贮玉册、宗人府奏报而已矣。近年收掌颇全，类多可考，而隆庆以前，则多有浥烂无存，或开载未备者。况有勘而未明者，往往废搁。宜通行各王府，以本年秋季为始，凡遇奏请之期，果有所藏敕、诰或勘合等件，于奏内事情关系紧要者，各顺带来京，以备质对。如有底案残缺，查理未明事件，即出示令，原役赍赴本部，以为证据。验其果足凭信，即与明白具题，既可免行查勘，不致往来烦费。且因借以登记未备，为他日名封之考。庶省事省费，为便宜宗室之一端也。”

他也是一气呵成，说完之后，还问徐学谟一句：“叔明先生数不数得清，我和仲化兄的文章，谁个的略长？”

“相差无几。”徐学谟说。

“是他和我相差无几，还是我和他相差无几？”周子义问。

“这我没数清；不过，二位的文章都很精彩。”徐学谟怕他还要追问，忙问沈鲤，“第三个题目，是仲化先生来作吗？”

“是。”沈鲤应道。

“可否就作？”徐学谟问。

“可，”沈鲤道，“第三事，稽查结勘。宗室有来历未明、本部遽难题复者，例行布政司查勘。谓其为喉舌之司，历年底勘俱在，可以正各宗之讹，而本部所从取信者也。但该司总理纷杂，一经行勘，辄逾年不报，或则只据长使司申呈，付吏誊写，以了前件。任其弥缝掩护，于本宗情实，漫无可否。本部未免再驳，再驳而回复如故，终无实报。今后严行各布政司，务要备查节年勘合号数，及各宗来历，逐一整理。如授封、成婚、生子年月日等项，自亲、郡王而下，宗支世次，犁然明备。

每遇有本部行勘，据实具结缴报。合例者，明开若何来历，本部即于具题；违例者，明开若何情弊，本部因而停止。”

“叔明先生，多余的话不再说，我径述第四事。”周子义没有再在沈鲤的叙述中挑错。

“好。”徐学谟应道。

“第四事，奏请选婚，”周子义道，“宗室选婚，乃人道之最者。故新议条例过期年限，视名封为少宽。今有巡奏已至，复以王奏与结未全，每每停候，迟之岁月，不即查题。以致宗众过期愈久，或甘蹈擅婚之禁而不顾者。较之齐民，反多失所，其情甚可悯也。今后宗室选婚，如巡奏已到，虽王奏与结未齐，本部先与查核，参之册稿，来历相同、别无违碍者，即与题授封号，随发勘合，行令成婚，不复久待，致失婚姻之时。容臣等仍移咨都察院，转行各巡按官，凡遇宗室选婚事件，务要作速勘明。每于季中孟月，先王奏与结而奏到，毋得稍为迟缓。”

“二公后篇都比前篇略短，但仲化先生归结到正宗室之讹，以方先生归结到蹈擅婚之禁，可以说是本疏的精华。”徐学谟总结道。

“还有没有需要增删修改之处？”周子义问。

“我看没有。”徐学谟道。

“那我二人各把自家叙述的部分录出，如何？”周子义问。

“好。”徐学谟应道。

“叔明先生也别闲着，”周子义又说，“本疏尚无引文，提纲挈领的文章，须得叔明先生来作。”

“好。”徐学谟应道。

于是，沈鲤录写第一、第三事，周子义录写第二、第四事，徐学谟则拟奏疏的引文。他写道：天下之弊，恒生于暗，而彻于显。顷年各王府差来奏事人员，不许在京潜住，所以杜打点之路，绝夤缘之端也。但彼走京惯役，一入京来，即狙伏于熟识之家，潜踪密迹，往来侦探。本部委宜加意疏通，使奸由明烛，事以敏成，宗室之耗费日减，而皇上展亲睦族之意，或可以少助于万一矣。今将应议事宜，开列上请，伏乞裁定。容臣等刊刻成书，颁布各藩，永为遵守。

第一百二十六章

梁梦龙改吏部尚书后，朝廷召蓟、辽总督吴兑接掌兵部。仅数月，吴兑被论劾，不得不辞官而去，廷推户部尚书张学颜改兵部；而在曾省吾罢官后接掌工部的杨巍，曾任南京户部尚书，因此，由他接掌户部，就成不二之选。

张学颜、杨巍是同时接旨的。户部衙门到兵部衙门的距离，和工部衙门到户部衙门的距离，相差不多。按说，杨巍到户部衙门接印时，张学颜也应该到兵部衙门接印，但他没想到，自己前脚才走进兵部衙门，杨巍后脚就跟进来。

“伯谦先生怎也进此门？”张学颜问。

杨巍字伯谦，广东海丰人，嘉靖二十六年进士。

“我进不得？”他反问一句。

“进得，进得！”张学颜忙说，“伯谦先生要来，随时可来。只不过，今日就来，我颇感意外。”

“子愚先生是不是要立即处置部务？”杨巍问。

“不，”张学颜摆摆手，说道，“伯谦先生既驾临，接待伯谦先生，是此刻第一要务。”

“不管你说的是不是心里话，我可是当真的，”杨巍道。张学颜才要表示的确是心里话，被他止住，“日后我来，恰逢子愚先生有事，尽管下逐客令；但今日，子愚先生不得逐客。”

“伯谦先生，我并无逐客之意；但我很想知道，伯谦先生今日之来，与日后之来，有何不同？”张学颜问。

“今日我是来致谢的。”杨巍说。

“致谢？怎讲？”张学颜问。

“通行清丈天下田亩这等大事，在子愚先生手里完成，让我坐享其成。我还不该致谢！”杨巍道。

“若言此事，不该伯谦先生来向我致谢，倒是我该去向伯谦先生致歉。”张学颜却说。

"致歉？怎讲？"杨巍也要问。

"伯谦先生说这等大事在我手里完成，实则留下条尾巴。我还不该向伯谦先生致歉？"张学颜道。

"留下条尾巴？"杨巍很吃惊。

"一条很粗很长的尾巴。"张学颜强调地说。

"一条很粗很长的尾巴？"杨巍更加吃惊。

"是啊。"张学颜应道。

"莫非清丈的数目不实？"张学颜问。

"伯谦先生可知清丈的数目？"张学颜反问。

"天下田亩通行丈量，总计七百余万顷。这是记载于册的，我怎会不知！"杨巍道。

"伯谦先生能把余字改成具体的数字吗？"张学颜问。

"是七百又一万三千九百七十六顷。"杨巍竟然说得上来。

"伯谦先生还真记得呀！"张学颜不能不惊诧。

"我虽不善于记数，但今次清丈，较之以前的数目，几增三百万顷，我当然要用心地记一记，"杨巍说着，又问，"若是清丈数目不实，与这个数目相差能有几多？"

"伯谦先生，我说过清丈数目不实吗？"张学颜反问。

杨巍一怔，随即道："子愚先生没说，是我说的。"

"一则，不实之处是有的。"张学颜不慌不忙地说。

"我料到肯定会有，"杨巍插话，"上有所好，下必甚焉。我那位同年相公好大喜功，清丈者能不以溢额为事！"

"二则，不实之处有之，但不会像有些人想的那么严重、说的那么严重。"张学颜又说。

"所谓有些人，子愚先生不会是指我吧？"杨巍问。

"伯谦先生把不实之处想得很严重吗？"张学颜反问。

"并未。"杨巍道。

"伯谦先生把不实之处说得很严重吗？"张学颜问。

"更未。"杨巍道。

"所以，我指的不是伯谦先生，"张学颜说着，指出最后也是最关键的一点，"三则，我说留下一条很粗很长的尾巴，并不是要伯谦先生率户部同仁们重新核实清丈的数目。"

"那是何事需要弥缝？"杨巍问，"是不是户部可能会面对各方面的责难，让子愚先生略感歉意？”

“户部若面对责难，伯谦先生以为首先会是哪一方面的责难？”张学颜反问。

“我看，恰是子愚先生说的，以溢额为功。”杨巍说。

“伯谦先生，我说过以溢额为功吗？”张学颜问。

杨巍又是一怔，随即道：“子愚先生没说，是我说的。”

“一则，溢额很模糊。”张学颜说。

“怎的模糊？”杨巍问。

“清丈增三百万顷，譬如一万顷是实数，二百九十九万顷是虚数，这算不算是溢额？”张学颜问。

“自是溢额。”杨巍道。

“二百九十九万顷是实数，一万顷是虚数，算不算溢额？”张学颜问。

“一顷亦是溢额。”杨巍道。

“那么，清丈增三百万顷，一百万顷是实数，二百万顷是虚数，这算不算溢额？”张学颜问。

“自是溢额。”杨巍道。

“二百万顷是实数，一百万顷是虚数，算不算溢额？”张学颜问。

“自是溢额。”杨巍道。

“伯谦先生看啊！清丈增三百万顷，一顷虚数，算是溢额；一百万顷虚数，算是溢额；二百万顷虚数，算是溢额；二百九十九万顷虚数，算是溢额。溢额是不是很模糊呀？”张学颜问。

“子愚先生的意思，溢额可说，但要说出溢额的具体数目，不可笼统地说，是不是？”杨巍反问。

“是，”张学颜应一声，又说，“二则，溢额难处置。”

“怎难处置？”杨巍问。

“清丈增添三百万顷，一万顷是实数，二百九十九万顷是虚数，该不该责难？”张学颜问。

“那还用说！”杨巍道，“不仅要被责难，我看上自子愚先生，及力主清丈的叔大兄，下至差往各地清丈的官员，都要治罪。”

“二百九十九万顷是实数，一万顷是虚数，该不该责难？”张学颜问。

“那不必我说吧！”杨巍又道，“一万顷与二百九十九万顷比较起来，是完全可以忽略不计的。”

“一百万顷是实数，二百万顷是虚数，该不该责难？”张学颜问。

“那很难说，”杨巍道，“虽则虚数多过实数，但说起来，一百万顷的实数不能算小数目。”

“二百万顷是实数，一百万顷是虚数，该不该责难？”张学颜问。

“也很难说，”杨巍又道，“虽则实数多过虚数，但说起来，一百万顷虚数同样不能算小数目。”

“伯谦先生看啊，一万顷实数，二百九十九万顷虚数，或反过来，二百九十九万顷实数，一万顷虚数，都好处置；一百万顷实数，二百万顷虚数，或反过来，二百万顷实数，一百万顷虚数，则不好处置。但溢额的议论，肯定是一百万与二百万之比，或二百万与一百万之比引出的，而不是一与二百九十九之比，或二百九十九与一之比引出的。这是不是很难处置呀？”张学颜问。

“子愚先生的意思，溢额若由一与二百九十九之比，或二百九十九与一之比引出的，则不妨处置；若由一百万与二百万之比，或二百万与一百万之比引出的，则不必理会。是不是？”杨巍反问。

“是，”张学颜应一声，又说，“三则，我说留下一条很粗很长的尾巴，并不是要伯谦先生率户部同仁应付溢额的责难。”

“不是核实清丈数目，也不是面对溢额的责难，我实在想不出，子愚先生留下的那条很粗很长的尾巴，会是何事？”杨巍道。

“我以署理戎政见召，后却掌户部。伯谦先生可知，是谁个的主张？”张学颜问。

“闻得是叔大兄力荐。”杨巍道。

“伯谦先生可知，故元辅为何要我接掌户部？”张学颜又问。

“闻得叔大兄曾赞子愚先生精于勾稽，善于出纳，”杨巍说着，顺便发表一番感慨，“或言叔大兄用人以私，我看不尽然。论私，梁乾吉、曾三甫、王铭之，哪一个和他相处，不比你亲近？但朝廷一件最重大的事情交与户部办时，他却选你来掌户部。”

“我是不是精于勾稽、善于出纳且不说；即便我真的精于勾稽、善于出纳，在故元辅也是传闻而已。故元辅用我掌户部，实则是因为我多说一句话。”张学颜说。

“因为多说一句话？子愚先生怎说的？”杨巍问。

“若是有人问，为何要度天下田土，伯谦先生会怎说？”张学颜反问。

“有其田，则有其赋。”杨巍说。

“多数人都会这么说，我也这么说；但我估计，若是只答这一句，故元辅未必会让我接掌户部。”张学颜道。

“子愚先生多说过哪句话？”杨巍问。

“度天下田土，实为行条鞭法之根本。”张学颜道。

“度天下田土，实为行条鞭法之根本？亦即，度天下田土，为的只是行条鞭法？”杨巍引申一句。

“是。”张学颜应道。

“在我听来，两种说法无甚区别呀。”杨巍道。

“区别不大，但还是有的，”张学颜却说，“度田，为的是有其田，则有其赋，这是毋庸置疑的。但度田之后，仍可能此田有赋，彼田无赋；此田赋重，彼田赋轻。欲使此田、彼田同有赋，此赋、彼赋同轻重，则须行条鞭之法，以均粮均赋。”

“不错，两种说法确有区别，”杨巍点头认同，又说，“我已懂得，子愚先生所谓留下一根很粗很长的尾巴，是清丈天下田亩一事虽已完成，条鞭之法却尚未推行。”

“我要向伯谦先生致歉，是因为清丈一事虽难，推行条鞭之法或许会更难。”张学颜说。

“苟利社稷，再难亦不得辞！”杨巍慨然言道。

第一百二十七章

宫中收藏的《百子图》，不知出于哪朝哪代，更不知出于谁人之手。皇帝喜图中诸儿活泼可爱，更喜其取意祥瑞，在反复赏玩后，示于内阁三臣观赏，并命赋诗以进。

此时，张四维已因丁忧去官，内阁三臣除申时行、余有丁外，又以礼部侍郎许国增补。

到规定的期限，张鲸去内阁取来诗稿，呈皇帝御览。

“老张，懂不懂字？”皇帝问。

张鲸以为皇帝问他认不认字，回答说：“奴才想，阁老们奉旨赋诗，不会用太偏涩的字，奴才应该都能认得。”

“朕是问你看不看得出字的好坏。”皇帝道。

“秀才们字的好坏，奴才或许还看得出；阁老们字的好坏，奴才看不出，”张鲸说着，反问，“爷看哪位阁老的字好？”

“因要呈进，都是一笔一画，规规矩矩写出来的，很难分别；不过，还是申阁老的字有风骨。”皇帝说。

“申阁老是状元出身，字必然写得更好。”张鲸附和道。

“老张，朕许久没写字。”皇帝忽然说。

“爷想把阁老们的诗抄录一遍？”张鲸揣测皇帝的心思。

“你不是字都认得吗？你读，朕写，如何？”皇帝将他一军。

皇帝言出即旨，况且大话说出去，张鲸无法推托。

文房四宝都是现成的，皇帝拿起笔，命道：“老张，先读申阁老的诗。”

“是，”张鲸应道。扫一眼，阁老们的诗的确没有用太生涩的字，他放心地读道，“昌——”

才读一字，被皇帝叫停。皇帝问：“哪个字？”

“昌盛的昌。”张鲸说。皇帝写好这个字，等张鲸再读下一个字。

“祚——”张鲸又读一个字。

“哪个字？”皇帝又问。

“国祚的祚，”张鲸说，等皇帝写好，他读下一个字。“逢——”

“哪个字？”皇帝问。

“相逢的逢，”张鲸说。等皇帝写好，他读下一个字。“千。”

“是千万的千吧？”皇帝问。

“是，”张鲸应罢，读下一个字，“载。”

皇帝这回没问他，写个运载的载字。他要接着往下读，皇帝摆摆手，把笔放下。

“老张，此字何意？”皇帝问。

“应是年的意思。”张鲸说。

“为何不用年字，而要用载字？”皇帝问。

“奴才不知。”张鲸道。

“做诗要讲究平仄，譬如第一句与第二句，要不就押韵；若不押韵，第二句的最后一个字是平声，第一句的最后一个字要用仄声，第二句的最后一个字是仄声，第一句的最后一个字要用平声。不然，很难读得上口。”皇帝解释说。

“这般麻烦，只有爷能说得奴才懂。”张鲸又想往下读。

“老张，你不能这样读啊。”皇帝却说。

“怎么？”张鲸问。

“你每读一字，朕要问一句，你想累死朕吗？”皇帝道。

“奴才怎样读，爷才可以不问？”张鲸问。

“你一句一句读，朕多半可以不问。”皇帝道。

“字，奴才认得；句，奴才怕断错。”张鲸说。

“昌祚逢千载，是完整的一句，申先生赋的，是五言诗，你五个字一断，不会错的。”皇帝道。

“是，”张鲸说着，往下读，“下一句是：多男应百祥。”

皇帝另起一行，写上这句。

“下一句是：渥泽龙种出。”张鲸读道。

“是这个渥吧？”皇帝手指自己写的字问。

“如爷所写。”张鲸应道。

“渥泽，即润泽之意。”皇帝说着，示意他再读。

“下一句是——”张鲸仍像方才那样，先说这四个字。

“老张，读诗要有读诗的样子，这句省去吧。”皇帝命道。

“奴才遵旨。”张鲸应道。

他这才和皇帝磨合得有所默契。他读一句，皇帝写一句；他再读一句，皇帝再写一句，直到读完了申时行的题诗。

申时行写的是：

昌祚逢千载，多男应百祥。渥泽龙种出，阿阁凤雏将。

队舞趋金埒，群游绕画堂。宁馨珠映掌，有美玉成行。

桐叶传宫戏，兰芽散国香。埙篪联伯仲，褷褷识君王。

翼燕谋应远，含饴乐未央。绵绵宗社庆，瓜——

最后一句只读了一个字，张鲸就停顿下来，皇帝知道他被难住。

“老张，哪个字把你难住？”皇帝问。

“乞爷赐教。”张鲸说着，把诗稿呈上。

是个瓞字，皇帝也不认得，但很容易照写下来，并顺带把后面的三个字也写上。最后一句是：瓜瓞咏灵长。

“既从瓜字，应是瓜之类，朕也说不上来，你抽空去请教申阁老吧。”皇帝命道。

“奴才遵旨。”张鲸应道。

皇帝换张纸，准备抄录下一首诗。

“奴才给爷读余阁老的诗吧？”张鲸请旨。

“好，”皇帝点点头，命道，“你仍是一句一句读。”

“是，”张鲸应道。按照皇帝前面所教，他仍五字一句地读，但第一句只读出三个字，就遇到麻烦。“金屏绣——”

“下面一字怎写？”皇帝问。

“左侧是巾，巾帼的巾，右侧是莫，莫非的莫。”张鲸说。

皇帝恰好认得这个字，告诉他：“此字念幙，与天幕的幕同义。”

“谢爷赐教，”张鲸谢恩后，重新把这句读完，“金屏绣幙春。”

皇帝写下这五个字，并移一行，准备写下一句。

“风起柳——”张鲸读不下去了。

“何字不识？”皇帝问。

“爷看。”张鲸把这个字指给皇帝。

是个骈字，皇帝也不识。他把骈字，还有骈后面的花字都写上，对着这五个字发起愣来。风起柳骈花，别说还有个不认得的字，即便没有这个不认得的字，也是没办法读通的。

“老张，此字须得请教余阁老。”皇帝说。

“是。”张鲸应道。

“再读，慢一些。”皇帝命道。

“娇燕莺语缤。”张鲸又读。

皇帝眉头一皱，但还是写下这一句。

“纷百子竞韶。”张鲸又读。

“韶字可是左为声音的音，右为宣召的召？”皇帝问。

“是。”张鲸应道。

“下面一字可是华夏的华？”皇帝又问。

“爷怎知道？”张鲸的惊喜，一大半是装出来的。

“错！”皇帝恼道。他把才写的这一页纸揉成一团，掷于远处。

“除幙字奴才不识，别的字奴才都没读错呀。”张鲸说。

“朕不是说你把字读错，是说你把句子断错！”皇帝道。

“爷不是说五个字一断，不会错的吗？金屏绣幙春，风起柳絮花，奴才是五个字一断的。”张鲸分辩道。

“申阁老写的是五言诗，自当五字一断，余阁老写的是七言诗，你怎也五字一断！”皇帝道。

“爷是说，此诗当七字一断？”张鲸问。

“你试试！”皇帝命道。

“金屏绣幙春风起，”张鲸按照七字一句重读，发觉顺口得多，“奴才真是糊涂，春风二字怎能分在两句里呢！”

“你糊涂，朕也糊涂，”皇帝道，“你把春风分在两句里，朕竟没有觉察；直到你把韶华也分在两句里，朕才恍悟。”

“说来说去，还是余阁老糊涂。”张鲸说。

“他怎糊涂？”皇帝问。

“他不注明是七言诗呀。”张鲸说。

“申阁老注明是五言诗吗？”皇帝道，“诗要靠读出来，谁人会提示你，它是五言诗，还是七言诗！”

“爷说的是，”张鲸应一句，问道，“爷，奴才要不要把一句拆解成两句来读？”

“你怎样拆解？”皇帝问。

“上半句四字，下半句三字，或上半句三字，下半句四字，”张鲸说。

“你不懂诗，却懂得把诗拆解成长短句，”皇帝讥道，又问，“老张，为何要拆解？”

“七字一句有点儿长，不如拆成两句，爷写起来容易，奴才读起来也容易。”张鲸说。

“你是怕七字一句，朕记不住，未免也太小觑朕！”皇帝说着，命道，“你就七字一句地读！”

“奴才遵旨。”张鲸应道。

余有丁写的是：

金屏绣幙春风起，柳鞞花娇妍莺语。缤纷百子竞韶华，
绰约群游芳径里。小儿英英自有神，玉屑为骨珠为唇。
大儿嶷嶷气清澈，秋水双瞳先照人。玲珑锦石藏身入，
藉草攀条坐还立。日映花枝纨绮明，露垂柳叶髫鬟湿。
刻竹当马鸠当车，扑蛾调鸟更窥鱼。善戏初非好弄者，
幻来百伎总成娱。掌中之珠自古重，或云孔释亲抱送。
渥注水上种为龙，丹穴山中雏是凤。凤雏龙种世所夸，
电绕虹流瑞帝家。桂殿早闻润玉颗，兰宫日睹长琼葩。
环佩珊珊采——

将近结尾时，张鲸的诵读又中断。

“又有个不识的字？”皇帝问。

“不是一个字，是两个字。”张鲸说。

“怎写？”皇帝问。

“都是草头，前一个字，下部是个不识的不；后一个字，下部是个姓吕的吕。”

皇帝在“采”字后面写了“芣苢”，问：“可是此二字？”

“是。”张鲸应道。

“迟些去问余阁老。”皇帝吩咐。

“是。”张鲸应一声，读最后三句：

关雎协应麟之趾。周典何须祀燕谋，尧封自合多男子。

皇帝写完后，问道：“不是还有许阁老的诗吗，怎不接着读？”

“奴才又遇到难题。”张鲸说。

“是何难题，你说！”皇帝命道。

“申阁老是五言诗，余阁老是七言诗，许阁老写的诗，奴才不知是几言，不知几

字一断。”张鲸说。

“你先试以五字断之。”皇帝给他出了个主意。

“周雅徽言传。”张鲸读五个字。

“具体说说，是哪些字！”皇帝命道。

“周朝的周，风雅的雅，徽州的徽，言语的言，传达的传，”张鲸一一加以注解。

皇帝把这五个字连在一起，说有意义，似乎也解释得通；说没意义，则一点儿意义也没有。他又命：“老张，再读五字！”

“太姒唐渥汉。”张鲸读道。

“具体说说，是哪些字！”皇帝命道。

“太子爷的太，左侧女子之女、右侧可以之以的姒，唐朝的唐，申阁老、余阁老都用过的渥泽的渥，汉朝的汉。”张鲸一一加以注解。

“你不妨就说太姒之姒。”皇帝道。

“是，”张鲸应一声，说，“但奴才不解太姒之意。”

“同为妾，年长者为姒，年少者为娣。”皇帝说。

“原来如此，太姒如太妃之类。”张鲸说。

“对，”皇帝点点头，问道，“老张，你看似五言诗吗？”

“似有其韵。”张鲸说。

“其意呢？”皇帝问。

“奴才不解。”张鲸道。

“天知道，谁个能解！”皇帝说着，命道，“你再试以七言诗断之。”

“周雅徽言传太姒。”张鲸读道。

“再读下面七字。”皇帝命道。

“唐幄汉池开百子。”张鲸读道。

“不用再读，必是七言无疑。”皇帝道。

张鲸七字一断地读下去。许国写的是：

周雅徽言传太姒，唐幄汉池开百子。伊谁图此献彤帏，不羡螽斯与麟趾。春风吹花锦绣明，燕燕于飞黄鸟鸣。婴孩无事得嬉笑，相趁春风花底行。竞爽呈奇见真态，半藏半出花丛内。分行逐队百戏新，宛转踉跄总堪爱。黛为头颅玉为肤，明眸广颡娇自如。遍观一一皆龙钟，骨格迥异凡儿殊。绰约更疑姑射集，岐嶷频向郊——

张鲸戛然停下。皇帝说：“读得如此顺畅，朕以为难不住你呢。”

“要不是这个倒霉的字，奴才真可一气读完。”张鲸说着，把他不认得的字指给皇帝看。

是个祼字，皇帝也不认得。他问张鲸：“前面有个姑射，后面有个郊——，老张，你解其意否？”

“奴才不解。”张鲸说。

“那好，你也有的请教许阁老。”皇帝道。

“是，”张鲸应一声，见皇帝把“岐嶷频向郊祼出”写完，接着读下去：

谢家玉树荀家龙，对此茫然空自夫。纵然佻达也钟情，跃地攀楹意气轻。珊瑚欲坠锦裆卸，神驹蹄弛旁人惊。共道保民如赤子，闾里嬉游亦如此。和气由来致百祥，天潢锡羡从今始。君不闻王风首二，南又——

读到这里，被皇帝打断。

“怎又觉着不对？”皇帝道。

张鲸忙掰着手指数字，并说：“爷，是七个字呀。”

“风首二，或王风首二，你听过这等说法吗？”皇帝道。

“奴才没听过；可许阁老是这么写的，奴才也只能这么读。”张鲸说。

“你告诉朕，二字后面是何字。”皇帝命道。

“是个南字。”张鲸说。

“难住你，可难不住朕！”皇帝一击掌，说道，“讲官给朕讲《诗经》时说过，诗有二篇，一曰《周南》，一曰《召南》，合称‘二南’。这句应该是：君不闻王风首二南。”

“七言诗里怎会有八字句？莫非许阁老数错字？”张鲸猜测。

“七言诗分绝句、律诗和长诗。绝句和律诗是不会加字的，但七言长诗不仅偶尔会有八字句，而且偶尔会有十字句。朕记得，李白的七言诗里就有‘君不见黄河之水天上来’的句子。”皇帝说。

“听爷一讲，奴才也觉着有点儿懂诗。”张鲸讨好地说。

“你别满口雌黄，快把许阁老的诗读完吧。”皇帝命道。

“君不闻王风首二南”后，只有三句：又不闻乐只歌南山。圣主真为民父母，小臣因颂百斯男。

张鲸去请教申时行。申时行告诉他瓞字读音。和皇帝估计的一样，瓞即瓜也。申时行告诉他，大者为瓜，小者为瓞，是自古以来就有的说法。

张鲸去请教余有丁。余有丁告诉他幪、髴、芣苢等字的读音；并告诉他，幪与幕同义，髴谓下垂之意，芣苢即车前草，可治女子不孕之症。

张鲸去请教许国。许国告诉他禖字的读音；并告诉他，禖者，帝王求子所祭祀的神，其祠在郊外，故称郊禖，姑射则是山名。庄子《逍遥游》：姑射之山有神人居焉，肌肤若冰雪，淖约若处子。后以形容美貌女子。

第一百二十八章

提督太和山兼分守湖广行都司等处地方的内官监太监田玉走马上任，从内官衙门里挑选一二十名长随、奉御等随行。武当山是一片山区，其主峰即称武当，又称太和。自永乐年间赐封武当山为太岳，在官方文字中，都称太和，而不称武当。

田玉的车在当中，随员们骑马，簇拥在前后左右。一路上有说有笑，海阔天空，并没有确定的题目。马上要进入湖广地界，田玉和随员们的闲谈也逐渐集中到太和山。

“小子，为何愁眉苦脸？”田玉问一名他喜欢的长随。

“小子没愁眉苦脸。”该长随说。

“你等看看，他有没有愁眉苦脸？”田玉让别的随员评判。

取笑同侪，讨好权贵，是通常之情，在内臣中尤其突出。大多数随员当然是顺着田玉的话说。

“岂止愁眉，简直是愁眉不展！”一随员说。

“岂止苦脸，简直是苦脸不堪！”另一随员说。

“难道他等都看错？”田玉问该长随。

“他等不懂，田叔应该懂的，小子这叫肃穆，不叫愁眉苦脸。”该长随一本正经地说。

“何事使得你忽然肃穆？”田玉颇有兴致地问。

“小子在想，田叔这趟差事得之不易。”该长随说。

“你怎知的？”田玉问。

“小子有个交好的，在文书房当差。他告诉小的，田叔的差事发布后，有个叫张鼎思的都给事中上疏论之。”该长随说。

“他是只告诉你有该疏，还是给你具体讲述该疏？”田玉问。

“他不是只告诉小子有该疏。”该长随说。

“那么，他是给你具体讲述该疏？”田玉问。

“他也没给小子具体讲述该疏。”该长随说。

“他怎做的？”田玉问。

“他把该疏底件拿给小子看。”该长随说。

“你既读过，可记得一二？”田玉问。

“小子不仅记得一二，还记得三四。”该长随说。

“既记得，说与他等听听。”田玉命道。

“张鼎思那厮的奏章说：查得分守之兼，盖起于成化末年，历朝因革，难以殚述。至隆庆元年，有太监吕祥，倚势虐民，巡按御史奏状，本部复议，悉行裁革。”该长随述道。

田玉见他停下来，问道：“三四就这么多？”

“连一二还没到呢。”该长随说。

“为何不接着背诵？”田玉问。

“前一段写的是分守因革，接下来写的是近年情状。小子借此机会，喘一口气。”该长随说。

“这口气喘够没有？接着说近年情状！”田玉命道。

“张鼎思那厮接着写道：既监丞刘进奉旨提督，仍有分守字样；兵科都给事中欧阳一敬等极言不可。既监丞柳朝奉旨提督，仍有分守字样；兵部尚书郭乾等又言不可。是历考祖制：提督本山，原非内臣；内臣提督，原不分守。”该长随述道。

“怎么，又要喘一口长气？”田玉问。

“小子喘这口气，是想告诉田叔，已经说过一二；小子还想告诉田叔，下面，张鼎思那厮是警告田叔。”该长随说。

“他是如何警告的？”田玉问。

“张鼎思那厮写道：分守之无益于国而有扰于民，吕祥可鉴也。”该长随述道。吕祥是前任太和山提督内臣，以虐民被参劾。

“仅此一句？”田玉问。

“仅此一句。”该长随道。

“他有没有警告别个？”田玉问。

“他还警告小子们。”该长随说。

“他怎警告的？”田玉问。

“张鼎思那厮写道：今田叔之去——”该长随才说个开头，就被打断，“张鼎思竟也称我田叔？”田玉问。

“小的虽是叙述张鼎思奏章，也不敢直呼田叔名讳。”该长随说。

“直呼不妨；不然，人怎知你在叙述他的文章！”田玉命道。

“是，”该长随应一声，述道，“张鼎思那厮写道：今田玉之去，纵能遵奉纪法，不敢放恣；然家人辈岂尽体玉之意？非所以全玉也。”

“警告你等，也只一句？”田玉问。

“是。”该长随应道。

“然后，警告谁个？”田玉问。

“警告地方。”该长随说。

“他怎警告的？”田玉问。

“张鼎思那厮写道：纵玉能敛缉家人，不至骚扰；然职贵权重，均敌抚臣。机务必多牵制，事情必多推诿，亦非地方之利也。”该长随述道。

“然后，警告谁个？”田玉问。

“警告道众。”该长随说。

“他怎警告的？”田玉问。

“张鼎思那厮写道：迩来本山道众，食粮数万，多为奸罪逋逃渊薮。其香钱所入，不下数万计。而土地所出，亦且不赀。”该长随述道。

“然后，警告谁个？”田玉问。

“似乎又在警告田叔。”该长随说。

“他又怎警告的？”田玉问。

“张鼎思那厮写道：提督内臣，若能修明道教，禁绝奸徒，节用爱人，岁有储蓄，自足以报效朝廷，不负任使；岂必争兴山外之事，而后为称职！”该长随述道。

“从警告我开始，也该到警告我结束，是不是？”田玉问。

“小子本来也以为，再次警告田叔后，应该结束的。不料，张鼎思那厮最后又写一段话。”该长随说。

“他最后是警告谁个的？”田玉问。

“似是警告朝廷。”该长随说。

“他怎警告的？”田玉问。

“张鼎思那厮写道：至于符验，乃所用以为驰驿者，清静奉臣之官，祈禳行善之职，则何借乎此！愿我皇上收回成命，专委提督；符验、关防、旗牌等项，一切禁止。余分守事务，仍令照旧，以便责成。”该长随述道。

“你说记得三四，我看，八九都有。”田玉说。

“小子也没想到，读过一遍后，竟记住这么多。”该长随道。

“你等说说，此篇奏疏值得不值得他肃穆？”田玉问别的随员。

“事关田叔，值得。”一随员说。

"田叔这趟差事得来不易，值得。"另一随员说。

"该疏警告来警告去，警告田叔的话，不过一两句而已，不值得。"也有不同的声音。

"田叔这趟差事若是美差，张鼎思那厮只言不该分守，不敢言不该提督。爷即便从其议，也只是不让田叔分守，不会不让田叔提督。美差仍是美差，不值得肃穆。"另一随员说。

"张鼎思那厮最后说的是：仍令照旧，以便责成。"有人驳道。

"前面有个'愿'字，是切不可省略的；有了这个'愿'者，他本人也不相信会有这样的结果。"又有人驳他。

田玉闭上眼睛。随员们知道，这表示他不愿听他们争论。于是，大家都闭上嘴。

"你怎缄口不言？"田玉问另一名他器重的长随。

"小子开口，怕田叔嫌小子啰唆。"该长随道。

"啰唆不啰唆，说出来方知。"田玉道。

"小子以为，田叔这趟差事得来不易，话是不错；不过，并非因为张鼎思那厮的一篇奏疏。"该长随说。

"那是为何？"田玉问。

"田叔想啊，内府衙门里比田叔资历更深的掌印、提督、随堂、佥书太监，有几多？"该长随反问。

"以十计。"田玉说。

"和你老资历相当的掌印、提督、随堂、佥书太监，有几多？"该长随问。

"以百计。"田玉说。

"比田叔资深的叔们以十计，其中就没有愿得提督太和山差事的吗？"该长随问。

"一定有的。"田玉说。

"和他等争，田叔有必胜的把握没有？"该长随问。

"他等若志在必得，我一个也争不过。"田玉说。

"和田叔相当的叔们以百计，其中就没有愿得提督太和山差事的吗？"该长随又问。

"一定更多。"田玉说。

"和他等争，田叔有必胜的把握没有？"该长随问。

"他等若志在必得，半数以上我争不过。"田玉说。

"所以，小子以为，田叔这趟差事得来不易，主要不在于张鼎思那厮的一篇奏疏。"该长随总结一句。

“有理，有理！”田玉虽然被他接连不断的问题问得不耐烦，但是对他的结论还是同意的，所以，连呼两声。

“田叔，小子还有话说。”该长随道。他本来担心话说到一半，会因啰唆而被田叔斥退；但田叔在旅途之上似乎比在衙门里有耐心得多，这让他感到鼓舞。

“你说！”田玉命道。

“田叔这趟差事得来不易，故须肃穆以待，这话也不错；不过，须肃穆以待的，也不是张鼎思那厮的一篇奏疏。”该长随说。

“你说，该为何事肃穆？”田玉问。

“比田叔资深的叔们向往得到这趟美差，这趟美差为何没落到他等头上？”该长随又开始连续的问话。

“你等说呢？”田玉懒得回答，转问别的随员。

“那还用说，这趟美差落到田叔头上呗。”有随员说。

“与田叔资历相当的叔们向往得到这趟美差，这趟美差为何也没落到他等头上？”该长随又问。

“你等说呢？”田玉转问别的随员。

“那还用说，也是因为这趟美差落到田叔身上呗。”有随员说。

“田叔说，资深的叔们若想得到这趟差事，他老人家一个也争不过；资历相当的叔们若想得到这趟差事，他多数争不过。为何这趟美差偏偏落到田叔身上？”该长随问。

“你等说呢？”田玉转问别的随员。

“田叔自谦的话，你也信！”有随员说。

“田叔，可是自谦？”该长随问田玉。

“我为何要自谦！”田玉道。

“只要田叔想得到这趟差事，无论和谁个争，都能把它争到手。”又有随员说。

“田叔，可如他所言？”该长随问田玉。

“你都问过，我也答过，为何又问！”田玉有点儿不高兴。

“田叔息怒，小子啰唆的毛病总改不掉，”该长随认错是认错，该问的还要问，“小子斗胆，再问一遍：为何这趟美差偏偏落到田叔身上？”

“你等再说！”田玉命别的随员。

“那还用说吗，田叔有司礼掌印的扶持；不然，提督太和山的差事皆由内官监差出，司礼掌印为何让田叔由司礼监改内官监！”有随员说。

“那还用说吗，田叔更得爷宠眷；不然，张鼎思那厮，以及别的那些厮们，前后呼应地上疏，要除去敕旨中‘分守’字样，爷为何一概置之不理！”又有随员说。

“小子，你以为他等答得如何？”田玉问该长随。

“他等答的，和小子想的完全一样。”该长随说。

“你还有要问的吗？”田玉又问。

“小子没得要问，只想再说一句：既然田叔得到这趟美差是爷的宠眷，是司礼掌印的扶持，当肃穆以待的乃是：如何报恩？”该长随道。

“有理，有理！”田玉又连呼两遍，并命众随员，“爷派我这趟差事，我当如何报恩，你等都好生想想！”

于是，有的随员议道：太和山既为神仙宝地，必多稀世珍宝。当用心寻访，进献宫中。

有的随员议道：张鼎思那厮都说，其香钱所入，不下数万。当量加征敛，进献宫中。

有的随员议道：太和山既曰太岳，必多仙人，当用心为皇帝查访。

有的随员议道：太和山既曰太岳，必多灵气，当用心为皇帝祈福。

“小子，你怎不想想？”田玉问第三名长随。那是他既不喜欢又不器重、而又舍不得弃之的属下。

“小子在想呢。”该长随说。

“你想的何事？”田玉问。

“小子想起一段故事。”该长随说。

“说来听听！”田玉命道。

“十几年前，小子有个乡人出门远游，久而不返。”该长随说。

起句平淡无奇，打岔的人自然多。

“田叔命我等想正事，你想的是何事！”有随员斥道。

“我想的是正事。”该长随说。

“乡人出门远游是正事？值得你想这久！”有随员又斥。

“若从此再无他的消息，我就不想；但后来又有他的消息，颇耐人寻味。”该长随说。

“又有他的消息，在何处？”有随员问。

“当然在太和山；不然，我为何要说！”该长随道。

“他到过太和山？”又有随员问。

“是。”该长随应道。

“怎知他到过太和山？”有随员问。

“他儿子寻他寻到太和山，见着他的字迹。”该长随说。

“他父子是在太和山相见的？”又有随员问。

“不是，”该长随道，“我才说，他儿子在太和山见到他的字迹；他父子若是在太和山相遇，我何必说见到字迹！”

“他在何处留字？”有随员问。

“闻得太和山有太子岩，游人、墨客多在该岩下题字。”该长随说。

“他写的何字？”又有随员问。

“无非是某某到此一游之类。”该长随说。

“子见父字，是否也会续题？”有随员问。

“没错。”该长随道。

“其子题写何字？”又有随员问。

“无非是某某寻父至此之类。”该长随说。

“父为某某，子亦某某，有无真名实姓？”有随员问。

“有。”该长随应道。

“父子是何姓氏？”又有随员问。

“姓赵。”该长随道。

“父何名？”又有随员问。

“廷瑞。”该长随道。

“子何名？”又有随员问。

“重华。”该长随道。

“你说赵氏父子不是在太和山相见的，他父子后来究竟相见没有？”有随员问。

“当然相见。”该长随道。

“在何处相见？”又有随员问。

“无锡南禅寺。”该长随道。

“其子怎找到无锡去的？”又有随员问。

“其子过丹阳，被盗，身无分文，且乞且行。忽遇一老僧，告之曰：汝父在无锡南禅寺，言讫，忽失踪影。”该长随说。

说到这里，才有一点儿传奇色彩。众随员你一句，我一句，都想借此机会，发挥一下自己的想象力，直到田玉咳嗽一声。

“小子，他乡在何处？”田玉有意等众人问够才问。

“云南。”该长随说。

“郡邑呢？”田玉问。

“太和。”该长随说。

他的回答让田玉意外，也让众随员意外。

“云南也有座太和山？”田玉问。

“不是太和山，是太和县，”该长随道，“云南布政司有大理府，大理府有太和县。在太和县，有山，曰点苍；有池，曰洱海；有水，曰澜沧；有关，曰龙首，曰龙尾。名胜之多，不亚于太和山。”

他竟无拘无束地赞起自己的家乡。而田玉和众随员对这些并不感兴趣，他们感兴趣的是两个同名的地方。

“赵廷瑞从彼太和来到此太和，赵重华也从彼太和来到此太和，应该不是巧合吧？”田玉道。

“田叔说的是。”众随员齐应道。

“彼太和、此太和之地都是有的，赵廷瑞、赵重华之人有没有，只有天晓得。”田玉又说。

“小子们也都在疑其事。”众随员齐道。

他们的怀疑很快被消除。在太子岩下，他们找到赵廷瑞的题字：嘉靖四十四年十二月十二日，赵廷瑞朝山至此。在附近，又找到赵重华的题字：万历六年十二月十二日，赵廷瑞之子重华，寻父至此。

父子二人不是同年到达太和山，却是同月同日在太子岩下题字，这等巧合，更使得田玉和众随员叹息不已。

第一百二十九章

九月初九日，皇帝谒陵后，于巩华城行殿宣召扈驾大臣们议事。

大臣们或是料到，或是听到，今日将要做出一个重大的决定，都显得心情紧张，不苟言笑。

通政司左参议梁子琦在心情紧张之外，还显得有些激愤。通政司参议正五品，宣召大臣觐见，本来是到不了这个等级官员的；甚至扈驾谒陵，也到不了这个等级的官员。但梁子琦和今日要决定的大事有特别的关系，所以，皇帝不仅谒陵带上他，宣召大臣，也把他叫来。

和大臣们比较起来，皇帝显得轻松得多。

“梁子琦来否？”皇帝问。

“微臣奉旨觐见。”梁子琦应道。

“好，”皇帝点点头，问立于最近处的申时行，“申先生，朕前一次谒陵，你也扈驾吧？”

“是。”申时行应道。

“但朕记得，你那次还不在班首。”皇帝说。

“是，”申时行应道，“彼时，臣四维尚未丁忧还乡，居于班首。”

“余先生，”皇帝招呼余有丁，问道，“还记得前一次谒陵在几月吗？”

“在闰二月。”余有丁回答。

“一年之中，两次谒陵，不曾有过吧？”皇帝问。

“即便有过，臣亦不曾遭遇。”余有丁回答得留有余地。

“许先生，”皇帝招呼许国，问道，“前次谒陵，你不曾扈驾吧？”

“是，”许国应道，“彼时，臣未值阁，皇上谒陵，留臣守于礼部。”

“那么，前次朕足迹所至，你尚不知？”皇帝问。

“臣有所闻，但未亲见。”许国说。

“前次谒陵，及今次谒陵，除祭祀祖宗，还有一桩大事，即择朕本人寿宫。故今年两次谒陵，应称作谒陵及择地，”皇帝说着，问阁臣们，“朕说的可是？”

“诚如圣谕。”申时行等齐应道。

“徐尚书，”皇帝招呼礼部尚书徐学谟，命道，“近前，朕有话问你。”

“是。”徐学谟应着，往前跨一步。

“许先生前次不曾扈驾谒陵，沈先生、余先生虽扈驾谒陵，却不曾随朕择地，唯有你始终从驾，你给他等讲讲。”皇帝命道。

“是，”徐学谟应一声，对三阁臣说，同时也是说给其他对此事不甚了然的大臣们听，“前次谒陵之际，臣学谟伴随圣驾，遍历天寿山祥子岭、阳翠岭、潭峪岭、勒草洼、圣迹山等处，以择寿宫。”

“可曾定下宫址？”皇帝问。

“彼时并未确定。”徐学谟说。

“然后呢？”皇帝问。

“然后，皇上命臣与钦天监正、臣张邦垣再勘之。”徐学谟说。

“然后呢？”皇帝问。

“然后，臣与臣邦垣奏言，大峪岭可用。”徐学谟说。

“大峪岭在何处？”皇帝问。

“在祥子岭偏南。”徐学谟说。

“然后呢？”皇帝问。

“然后，通政司左参议、臣梁子琦奏称，张邦垣不谙地理，请另择寿宫之址。”徐学谟说。

“然后呢？”皇帝问。

“然后，皇上命臣与臣邦垣、臣子琦共勘之。”徐学谟说。

“然后呢？”皇帝问。

“然后，臣邦垣绘制山陵六图，臣子琦绘制山陵八图，臣一并呈进，并请圣裁。”徐学谟说。

“然后呢？”皇帝问。

“然后，皇上今次谒陵，复巡幸大峪。”徐学谟说。

“此事来龙去脉，卿等可听得清楚？”皇帝问众臣。

“臣等听得清楚。”众臣应道。

“徐尚书要朕裁之，朕当即可裁之；但朕延至今日，为的是再巡幸，再权衡。朕此举，可谓够慎重吧？”皇帝问。

“是。”众臣应道。

“事体重大，皇上宜慎之。”申时行又说。

“今日又再巡幸、再权衡，朕若仍不裁之，则说不过去。不过，”皇帝顿了顿，说道，“裁定之前，朕还要问问梁卿。”

“是。”梁子琦应道。

“寿宫之选，你持一议，邦垣持一议，朕着你随行，却未着邦垣随行，你知是为何？”皇帝问。

“微臣不知。”梁子琦道。

“你不妨度之。”皇帝命道。

“圣意深远，微臣无从揣摩。”梁子琦道。

“你既揣摩不出，朕就告诉你，”皇帝说，“朕所以命你随行，未命邦垣随行，原因有二：一则，徐尚书是附和邦垣的，朕的裁定，由他转告邦垣，邦垣不会不信；而徐尚书是不同意卿之所议，朕的裁定，由他转告卿，卿难免生疑。故而，朕要你亲耳听到朕的裁定。”

“微臣懂得。微臣叩谢圣恩。”梁子琦道。

“这一层意思，你能体会出朕的爱护；另一层意思，朕希望你也能体会出朕的爱护，”皇帝说着，告诉他第二个原因，“二则，你持一议，邦垣持一议，朕从其一，必起争端。朕不欲卿等争辩于朕前。故而，朕既命你随行，就不命邦垣随行。徐尚书虽附和邦垣之议，你总不至于不顾及他的身份吧？”

梁子垣稍一犹豫，道：“臣亦不敢在圣驾前妄议。”

“好，”皇帝点点头，谕曰，“朕意，大峪岭可建寿宫。”

从朝房前经过的官员，都听得见里面的争吵声；细心的官员，还听得出一人在诘责，一人在分辩。在朝房中争吵，或一人诘责，一人分辩，虽不是每天都会发生，但也不是绝无仅有。喜欢看热闹的人，会进去看个究竟；不喜欢看热闹的人，听若罔闻，径自走过。

挑起争端的一方，或者说诘责的一方，是梁子琦；争吵的另一方，或者说分辩的一方，是徐学谟。

“择寿宫一事，叔明先生罪不可道。”梁子琦说。

“汝珍先生，持议不同，何事无之，何时无之，何人无之！不可议稍不同，则加之以罪。”徐学谟说。

梁子琦字汝珍，南直隶寿州人，嘉靖四十四年进士。

“是议稍不同吗？”他问。

“是我说错，”徐学谟改个字，把自己方才的话重复一遍，“持议不同，何事无之，何时无之，何人无之！不可议大不同，则加之以罪。”

“在他人，或不可；在我，则无不可！”梁子琦道。

“为何在他人不可之事，在汝珍先生则无不可？”徐学谟问。

“因为在他人，不过是持议不同而已；在我，却看出叔明先生朝三暮四，朝言夕改。”梁子琦说。

“我怎朝三暮四，朝言夕改？”徐学谟问。

“前者共勘于天寿山之事，叔明先生未忘吧！”梁子琦诘问。

“我并未忘。”徐学谟道。

“我是怎说的，叔明先生未忘吧？”梁子琦诘问。

“我亦未忘。”徐学谟道。

“你既未忘，敢不敢在此处复述？”梁子琦问。

“有何不敢！”徐学谟道，“汝珍先生不就是说，大峪岭原系先帝陵麓，势斜而走，不堪建陵吗！”

“你敢说，你当时不曾颔首？”梁子琦问。

“我是点过头的。”徐学谟道。

在他们周围已经聚不少官员，梁子琦先对众官员说：“他承认自家点过头，诸公都亲耳听到吧？”又对徐学谟说：“我之议，你是点过头的，回朝之后，你却又力主大峪岭可建陵，我说你朝三暮四，朝言夕改，难道是冤枉你！”

“是啊，”有反对把大峪岭选作寿宫之址的官员帮腔道，“言弃既在先，言用复在后，这可不是大宗伯的做派。”

“我并未言弃。”徐学谟辩道。

“叔明先生不是点过头吗？”帮腔的官员道。

“我先说说点头之意，如何？”徐学谟既是在和梁子琦商量，也是和为梁子琦帮腔的官员商量。

“叔明先生有话，尽可以说。”梁子琦道。

“汝珍先生说，大峪岭原系先帝陵麓，是否实情？”徐学谟问。

“不是实情，我怎敢言之！”梁子琦道。

“大峪岭系先帝陵麓既是实情，我颔首有何不对？”徐学谟说着，又问，“汝珍先生说，大峪岭势斜而走，是不是实情？”

“若非势斜而走，我为何称它不可用！”梁子琦道。

“大峪岭势斜而走既是实情，我颔首有何不对？”梁子琦说的三句话，徐学谟问过两句之后，不再问，“我为系先帝陵麓颔首，为势斜而走颔首，却并非为不可建陵颔首。”

为梁子琦帮腔的官员只是为徐学谟颔首而帮腔，徐学谟一辩白，他们帮不上腔，目光一齐转向梁子琦。

梁子琦却不只是为徐学谟颔首而诘问，关于徐学谟朝三暮四，朝言夕改，他有太多的话要说。

“就算叔明先生颔首不是为的不可建陵，我倒要问一问，查勘大峪岭之后，叔明先生又率我等查勘何处？”梁子琦道。

“是珠窝山吧。”徐学谟并不讳言。

“查勘过珠窝山，叔明先生怎说的？”梁子琦问。

“称其奇。”徐学谟仍不讳言。

“须于大峪岭、珠窝山中择寿宫，叔明先生又怎说的？”梁子琦问。

“称珠窝山山势过于险峻，不宜建陵。”徐学谟说。

“始则称奇，继则称不宜，是不是朝三暮四，朝言夕改？”梁子琦道。

“不是，”徐学谟分辩说，“奇者，就珠窝山自身而言也；不宜者，珠窝山相对于大峪岭而言也。奇是奇，宜是宜，奇者未见得宜，宜者不在于奇，这个道理汝珍先生还不懂吗？”

道理其实牵强，但在别人听后，不易驳之。

“好，好，”梁子琦连声呼后，换件事说，“就算奇者未见得宜，宜者不在于奇，对黑山中岭，叔明先生又怎说！”

“汝珍先生，黑山中岭又是怎么一回事？”有旁听者问。

“黑山中岭是查勘珠窝山后查勘的一处地方，”梁子琦概括地解释一句，然后问徐学谟，“查勘过黑山中岭，叔明先生怎说的？”

“称其善。”徐学谟道。

“须于大峪岭、黑山中岭择寿宫，叔明先生又怎说的？”梁子琦问。

“黑山中岭迫近景陵，不宜建陵。”徐学谟说。

景陵是宣宗皇帝的陵寝，在成祖皇帝长陵以东，偏南。

“始则称善，继则称迫近，是不是朝三暮四，朝言夕改？”梁子琦道。

“不是，”徐学谟分辩说，“初见黑山中岭，但知其善，不知其迫近景陵。一旦列为寿宫之选，须得考察其前后左右，自会知道其迫近景陵。善者宜选，迫近者不宜选，有何怪哉！”

“好，好，”梁子琦连声呼后，又换件事说，“就算善者宜选，迫近者不宜选，叔明先生还记得曾率我等查勘皇山寺诸岭吗？”

“记得。”徐学谟道。

“于皇山寺第一岭，叔明先生怎说的？”梁子琦问。

“气势甚严，规模中正，连日所看，无过此地者。”徐学谟复述。

“于第二岭呢？”梁子琦问。

“极善之地，他日所用，不在彼则在此。”徐学谟复述。

“须于大峪岭、皇山寺诸岭择寿宫，叔明先生又怎说的？”梁子琦问。

“皇山寺第一岭、第二岭夹于献、裕二陵之间，不宜建陵。”徐学谟说。献陵是仁宗皇帝的陵寝，裕陵是英宗皇帝的陵寝，二陵位于天寿山陵区北部，偏西。

“始则称无过此地者，称不在彼则在此，继则称夹于二陵间，是不是朝三暮四，朝言夕改？”梁子琦问。徐学谟才要分辩，他抢先说，“叔明先生若仍辩以初见皇山寺诸陵，但知无过此地者，但觉不在彼则在此，一旦列为寿宫之选，则要考察其前后左右，就不必开口。”

“我要说的恰好不是这些话。”徐学谟道。

“不是这些话？叔明先生怎说？”梁子琦问。

“查勘皇山寺诸岭之际，我已知皇上钟意于大峪岭。”徐学谟说。

“你是说，你所以初则大赞皇山寺诸岭，继则弃之不用，是因为知道皇上钟意于大峪岭？”梁子琦惊奇地问。

“不错。”徐学谟应道。

“那么，对珠窝山始爱终弃，对黑山中岭始爱终弃，也是因为知道皇上钟意于大峪岭？”梁子琦问。

“不错。”徐学谟应道。

“身为大宗伯，怎可如此行事！”梁子琦责道。

“为皇上择寿宫，从皇上之愿，有何不对？再者，称大峪岭非吉，是汝珍先生一家之言；善辨地理者多人，都称大峪岭为吉壤。身为大宗伯，为何一定要从你汝珍先生之议？”徐学谟道。

“叔明先生就不担心日后不幸被我言中？”梁子琦问。

“勘者曰吉，皇上钟意，我哪里管得了那么许多！汝珍先生所谓日后，是哪日之后？或许我早不知身在何处！”徐学谟道。

“你等听听，哪里管得了许多，早不知身在何处，这等言语，像是出自大宗伯之口吗！”梁子琦不仅自己叱责徐学谟，并且发动众官员一起声讨。

响应的官员不少。徐学谟也发觉自己言语有失，分开众人，匆匆离去。

第一百三十章

朝中的正三品官员，包括各部侍郎，都察院副都御史，通政司、大理寺、詹事府、太常寺等衙门的正堂，几乎无不接来家眷，在京城置办房宅。都察院左副都御史丘橓是个例外。

当然，也不完全是例外。一来，他是在大理寺少卿任上以病免官的，大理寺少卿正四品；是以通政司右通政召还的，左、右通政也是正四品。正四品官员不接来家眷，不在京城置办房宅，就不那么显眼。二来，他是万历十一年深秋被召，初冬到京，在京城只度过一个冬天。在朝中任官的第一个冬天，不接来家眷，不在京城置办房宅，也不那么显眼。

他率一僮一仆，赶往京师。在途中，又接一旨，着升左副都御史。对他来说，面临着选择：让该僮或该仆，转回老家，去接家眷；或让该僮或该仆，速往京城，赶置房宅。但他既不让他们去接家眷，也不让他们去置办房宅，而是若无其事地继续赶路。这样，在去都察院报到备案之后，他只能住在西长安街朝房后，供暂任京职的官员居住的房屋。

一住就是三个月。一僮一仆一次一次地暗示老爷：此时去接夫人、儿女，一家人可以在京城共度正旦佳节；此时去接夫人、儿女，一家人可以在京城共度上元佳节；此时去接夫人、儿女，一家人可以在京城共享龙抬头的喜庆。丘橓不为所动，一次一次地让他们失望。

他们只好两个人陪着老爷过个平淡无味的正旦节。

终于有一天，一僮一仆向他发难。

“老爷今晚找个人家去打秋风吧！”僮儿说。

“为何要去打秋风？”丘橓问。

“壶中已无酒。”僮儿说。

“无酒，不饮就是。”丘橓道。

“不饮酒，老爷还是得找个人家打秋风。”家仆说。

“这是为何？”丘橓问。

“锅中已无肉。”家仆说。

“无肉，不食就是。”丘橓道。

“无汤呢，也不饮吗？”僮儿问。

“无米呢，也不食吗？”家仆问。

“我听出来，今日家里无可饮之物，是不是？”丘橓反问僮儿。

“是。”僮儿应道。

“今日家里无可食之物，是不是？”丘橓反问家仆。

“是。”家仆应道。

“极好！”丘橓出人意料地呼叫一声，一僮一仆都惊呆。

“极好？”僮儿、家仆齐问。

“是啊，”丘橓应一声，问僮儿，“无可饮之物，你就不用点火炒菜，是不是？”

“是。”僮儿应道。

“既不用点火炒菜，为我洗笔去！”丘橓命罢，问家仆，“无可食之物，你就不用淘米煮饭，是不是？”

“是。”家仆应道。

“既不用淘米煮饭，为我研墨去！”丘橓命道。

“可老爷还饿着肚子呢？”僮儿、家仆齐道。

“你是不是说，你饿着肚子，洗不了笔？”丘橓问僮儿。

“老爷稍候，小人这就去洗笔。”僮儿忙说。

“你是不是说，饿着肚子，研不了墨？”丘橓问家仆。

“老爷别急，小人这就去研墨。”家仆忙说。

不多时，笔也洗好，墨也研好。丘橓拿起笔来，吹了吹笔毫，感觉可用。他蘸墨书写。一边写，他一边读出声。屋里还有一僮一仆，正好给他捧场。

“臣向叨事两朝，先后共十年；去国家居，先后共二十四年。据臣数十年目击耳剽，虚文日增，实政殊鲜，士风渐靡，吏治转污。是可尽诿之气数哉！皆风纪之不振使然耳，”丘橓写到这里，读到这里，停下来。开篇不错，他估计，所谓“士风渐靡，吏治转污”，至少有八件事可以写，但他首先想给僮、仆二人讲一讲，他是嘉靖二十九年进士，至今三十三年，他为什么算出三十四年。但抬头一看，哪里还有二人的影子！

八事写完之后，他又写几句结束语：昔晋臣杜预亦当时贤者，其在镇也，数馈遗于京城。或问其故，曰：但恐为害，不求益也。夫止于惧害者且然，况纷纷求益者乎！齐威王处衰弱之余，惟烹一阿大夫，封一即墨大夫，齐因不旋踵而大治。夫区区一诸侯且然，况风行草偃，圣人在天子之任者乎！

他用一个多时辰拟就疏稿，放下笔，伸个懒腰，才觉得肚里饿得慌。

“人呢？”丘橓呼道。

“小人在！”不知躲到哪里去的僮儿、家仆忽然现身。

“肚囊空空，可有饭？”丘橓问。

“有。”家仆应着，去端来一盘才出锅的馍。

丘橓咬一大口，慢慢嚼着。咽下去后，他说：“有点儿干。”

“老爷要喝汤吗？”僮儿说着，去端来一钵冒着热气的汤。

丘橓尝一口，味道不错，又连喝数口。

“若是有肉，更妙。”丘橓说。

“年还没过完呢，怎会没肉！”家仆说着，去端来一碗烧肉。

丘橓吃两块肉后，转向僮儿。

不等他开口，僮儿说：“年既没过完，怎能无酒！”

说着，去拎来一壶酒，酒香四溢。

“你二人前倨而后恭，何也？”丘橓问。

“老爷为国事操劳，小人等不能不伺候好老爷。”僮儿、家仆齐道。

司礼掌印太监张宏赶来文华殿，皇帝正在等他。

“在朕的印象里，张大伴很少称赞外廷奏章的。听说张大伴称赞此疏有分量，有无此事？”皇帝问。

“爷说的是哪篇奏章？”张宏反问。

“大伴自家看，”皇帝指着御案上的一本奏疏说。

张宏看一眼，回奏：“确有此事。”

“丘卿其人，大伴知否？”皇帝问。

“略有所知。”张宏道。

“说与朕听听。”皇帝命道。

“臣丘橓，山东诸城人，嘉靖二十九年进士。初授行人，后擢刑科给事中。因言权臣不宜独任，朝纲不宜久弛，得罪首辅严嵩——”张宏尽可能详细地叙述。

“权臣不宜独任，这话肯定是指向严嵩的，”皇帝说着，问道，“他是因得罪严嵩而被免官吗？”

“那倒不是，”张宏说，“一则，臣橓并未直接论劾严嵩，故而严嵩亦未马上对他下手；二则，待他劾罢严嵩党羽数人，严嵩没来得及对他下手，自个儿却被罢去。”

“丘卿不是因严嵩而去官，却是为谁人而去官？”皇帝问。

“为蓟、辽总督杨选。”张宏说。

“得罪首辅未去官，得罪一名总督却去官，难道杨选的权势超过严嵩不成？”皇帝问。

“臣橓不是因论劾杨选而去官的。”张宏说。

“不因论劾杨选，难道因阿附杨选不成？”皇帝问。

“更不是阿附杨选，”张宏说，“嘉靖四十二年，北虏犯我，略密云、三河等县，直抵通州。臣橓劾杨选不发兵援救，朝廷因而逮杨选下狱；同时，皇祖爷怒臣橓不早奏，命罢免。”

皇祖爷即嘉靖皇帝。皇帝不能责怪皇祖因此而罢免丘橓，显得有些荒唐；但对丘橓本人，却陡增些许兴趣和好感。

“丘卿嘉靖二十九年入仕，四十二年去官，应该是十三年，而且是仅事一朝呀。”皇帝说。

“嘉靖四十二年去官之前，臣橓曾因丧父，守丧三载；嘉靖四十二年免官后，曾于隆庆初召还，官至大理寺少卿。所以，他说先后居官，先后居家。”张宏解释。

“嘉靖二十九年迄今三十三年，他却称先后居官十年，先后居家二十四年，显然有一年，他既记在居官之内，又算在居家之内。”皇帝对他的解释又作个补充。

“爷说的是。”张宏道。

“丘卿既于隆庆初召还，怎又辞官？”皇帝问。

“以病免。”张宏道。

“不会一病十余年吧？”皇帝问。

“奴才听说，臣橓并无非辞官不可的大病，以病免，或许是个托辞；其病愈后，故元辅恶之，故久未召还。”张宏说。

“故元辅恶之，也是为的‘权臣不宜独任’那句话吧？”皇帝道。

“定如爷所谕。”张宏附和道。

“张大伴既以为此疏有分量，就自个儿读给朕听吧。”皇帝命道。

“是，”张宏应道。在读过篇首两句话后，他请旨，“臣橓共议八事，奴才一事一说为爷陈述大义吧？”

“好。”皇帝应道。

“一曰考绩之积弊，”张宏道。丘橓是先述其文，再归纳为目，张宏为了让皇帝听得有头绪，先报其目，“京官考满，河南道例有称职之考；外官给由，抚、按例有存留之疏。岂都无一不称职者乎？岂都无一可劾而俱当保、无一可去而俱当留者乎？乃敢于树恩，而不敢于任怨，敢于徇私，而不敢于秉公，激励安在、斥陟何凭耶！”

“言辞犀利，”皇帝称赞一句，又不无担心地问，“共言八事，不会每一事都如此犀利吧？”

“奴才以为，都很犀利。”张宏说。

“不会每一事都如此长篇吧？”皇帝又问。

其实，张宏把文章压缩到百余字，已经不能算长篇。但张宏知道，篇幅太长，皇帝没耐心听下去；要想让皇帝听下去，除把文章压缩得再短些，还得宽解皇帝的担心。

“是奴才语言不够简洁。”他说。

皇帝点点头，命道：“大伴陈述第二事。”

“二曰请托之积弊，”张宏道，“古之持正者，不受私谒、不依书邮为高。今之未出都门，而密嘱之姓名，已铭心于私牍；才到地方，而贿买之简札，常接踵于公庭。堂堂豸冠持斧之威，甘于俛眉束手，将何以望其当风霜而动山岳耶！”

“朕记得年幼时，讲官给朕讲，豸冠即执法者戴的帽冠。”皇帝说。

“讲官们讲得不错。豸冠又作獬豸冠，是执法者戴的帽冠。”张宏加上一个字，又解说一遍。

“讲官们告诉朕，豸者，神羊也，善辩曲直。”皇帝说。

“讲官们讲得不错。传说人若争斗，獬豸则以角触理屈者，故被喻为执法之冠。”张宏加上一句话，又解说一遍。

“张大伴，朕想问你，豸冠为执法者之冠，出自何典。”皇帝道。

“古老典籍，奴才读得少，只记得《后汉书》里写道：法冠，执法者服之，或谓之獬豸冠。”张宏说。

“朕记得，讲官们引的也是《后汉书》，看来，同出一处。”皇帝说着，问道，“丘卿第三写的是何事？”

“三曰访察之积弊，”张宏道，“二司考语，必托之有司，而有司则侈加美考，于是结兄弟之欢矣。有司考语，亦皆托之有司，于是彼此交通，互为耳目，已为不解之藤萝矣。二司既与有司为当，在抚、按查访，不下数十处，乃褒美之辞，如出一口，盖以为得一佳吏；而不知改头换尾，咸出本官一人之手耳。”

“二司应是布政司、按察司吧？”皇帝问。

“是。”张宏应道。

“有司却是那个衙门？”皇帝问。

“臣橓虽未明言，但奴才以为，或指抚、按。”张宏说。

“不错，布、按二司官员考察，看的是抚、按考语；二司所托之有司，应指抚、按。”皇帝说着，又问，“大伴看后面，有司又托之有司；被托之有司，却是哪个衙门？”

“奴才想，或指吏部、都察院。”张宏说。

“丘卿任职于都察院，难怪他只书有司，不书官衔名。”皇帝道。

“爷说的是。”张宏应道。

“大伴，此一议篇幅似又长。”皇帝提醒他。

“是，”张宏应一声，述道，“四曰举劾之积弊。近年贪酷之官遍天下，生民之极涂炭矣。何劾司者，罕挂于知府，而方面则又多有举而无劾。既有劾，亦不过一人而止；或多吹毛于去任者，塞责耳。疏一下，而观者无不窃笑之矣。”

“有何好笑！”皇帝道，“人家二司不是可以托之有司吗，想必知府也可以托之二司。”

说不好笑，说罢，皇帝自己先笑。张宏也随之而笑。

“诚如圣谕，”他回应道。见皇帝没有别的话说，他讲述第五事，“五曰提问之积弊。方今纠治贪残之法，失之太宽。强人意者，只有提问一节。奈何豺狼见遗，而狐狸是问，或阴纵之而使去，或屡提之而不行，或批驳以相延，或朦胧以幸免。”

“没有了？”这一次皇帝听着又过于简洁。

“下面还有两句：填溪壑者，或数万金而赃，惟撮其一二；刈草菅者，或数百命而罚，不伤其毫毛。”张宏挑选能吸引皇帝的句子。

“此二句对仗真是工整。”皇帝说。

“爷说的是。”张宏应道。

“六为何事？”皇帝让他再往下说。

“六曰拘资格之积弊，”张宏道，“有司之荐举，则先尽甲科，而举、监非有凭藉者不与焉；纠劾则先尽举、监，而甲科纵有訾议者不与焉。于是同一官也，不敢接席而坐；同一职也，不敢比肩以入。助成纵恣之风，沮丧贤豪之气，莫有甚于此者。”

“荐举与举荐，有何区别？”皇帝没听清这两个词。

“有司之荐举，是为荐举，后之二字为举、监，非举荐。举者，举人也，出身乙科者也；监，监生也，国子生也。”张宏讲解道。

“原来是举人与监生，非是举荐。”皇帝回应一句，不再多说。

“七曰处佐贰、教职之积弊，”张宏道，“州、县佐贰见必叩首，言必称命，行必步随，揖必还叩，役使谴呵，曾奴隶之不若，礼与法盖两失之矣。学校之官，又关乎人才之盛衰，士风之邪正也，而悉视之为闲官。上官既屑屑于教职，为教官者，安得复规规于教事耶！”

“还有一事吧？”皇帝忽问。

“是。”张宏应道。

“有两个字，朕想问问大伴，”皇帝稍一犹豫，说道，“不过，还是等大伴述罢最后一事，再问吧。”

“是，”张宏应一声，述道，“八曰馈遗之积弊。乡、会二试，而乃束脩之间，动于百金；繁缛之仪，终身不废。稍一不丰，稍一有缺，则以薄行目之。是盖假明扬之典，而开贿赂之门；借交际之名，而为邀结之计。钱神固臭，恬不为非。无怪乎廉白之名迹，不见于天下矣。方今国与民俱贫，而官则独富，既以官致富，又以富买官。使汉臣贾谊生今之世，又不知其当何如为痛哭流涕也。”

“最后一事，大伴真不忌惮繁言。”皇帝说。

张宏也觉察在八事里，此一事篇幅最长。他说：“奴才只想着爷要问奴才的会是哪两个字，却忘删繁。”

“丘卿陈八事，皆曰积弊，朕就想问问你，何为积弊？”皇帝说。

“积弊，即积年之弊，”张宏一边回答，一边心里在想：皇帝问的是两个字，决不会满足于四个字的解释。

果然，皇帝说：“朕还不知积弊即积年之弊？朕想问的是，何为积年！”

“积年者，积久之年也。”张宏的回答仍然模糊。

“百年算不算积年？”皇帝问得更具体。

“算。”张宏道。

“五十年算不算积年？”皇帝又问。

“算。”张宏道。

“十年算不算积年？”皇帝最后问。

“应该也算。”张宏道。

“百年积弊，责任不在朕，朕也未必尽得革除；五十年积弊，责任不在朕，朕也未必尽能革除；但近十年间积弊，朕有责任，也应该尽数革除。”皇帝说着，问道，“大伴，你说呢？”

“爷说的是。”张宏应道。

“你可径拟批复，就说：这所奏切中时弊，有裨风纪，该部、院着实举行。若踵袭前弊，参奏处治！”皇帝命道。

“奴才领旨。”张宏应道。

第一百三十一章

翰林院编修冯梦祯因张居正一言，得留翰林院；又因忤张居正，以病辞官。他不是因为论劾张居正而受到严厉处罚的，因此，张居正死后，也没人马上想到他。直到万历十二年初，他才以原职被召还。

翰林院里，出自万历五年的翰林很有几位，浙江籍的翰林也很有几位，没想到，最先为他接风的，却是御史丁此吕。

丁此吕字右武，江西新建人，万历五年进士，初授推官，征授御史。

“开之兄赏光，多谢。”丁此吕揖道。

“右武兄威风八面，不邀我，我也要去拜晤你的。”冯梦祯还揖道。

“威风八面，从何说起呀？”丁此吕问。

“故司礼掌印冯，门下第一宾客是徐爵，对吧？”冯梦祯反问。

“对呀。”丁此吕道。

“徐爵下狱，谁人上疏请速诛之？”冯梦祯问。

“议者甚多。”丁此吕道。

“谁人首疏？”冯梦祯问。

“或是我吧。”丁此吕道。

“故元辅张，门下第一苍头是游七，对吧？”冯梦祯又问。

“也对呀。”丁此吕道。

“游七下狱，谁人上疏请速诛之？”冯梦祯问。

“议者亦多。”丁此吕道。

“谁人首疏？”冯梦祯问。

“或仍是我。”丁此吕道。

“两大权贵门下客，皆右武兄首疏，请速诛之，这还不够威风八面吗？”冯梦祯道。

“见笑，见笑，”丁此吕摆着手说，“愚弟虽则做过一两件有人称道、有人不齿之事，却比不上开之兄当年之勇。”

“我当年之勇？我当年何勇之有，值得右武兄称道？”冯梦祯问。

“开之先生不会告诉我，当年去官，当真是因病吧？”丁此吕反问。

“部分因病。”冯梦祯说。

“几成因病？”丁此吕问。

“三四成吧。”冯梦祯说。

“亦即，六七成不是因病。”丁此吕道。

“是。”冯梦祯应道。

“亦即，开之兄当年去官，究其原委，三之一因病，三之二非因病。”丁此吕又道。

“是，”冯梦祯应罢，问道，“右武兄到底要说何事？”

“我要说，有那三之二的不是因病的成分在里面，开之兄还不够勇吗！”丁此吕道。

“惭愧，惭愧！”冯梦祯摆着手说，“当年全非因病而被罢官者，不在少数。愚弟之去，仅三分之二不是因病，不值得炫耀。”

“不一样，你是翰林。”丁此吕说。

“武进吴公，常熟赵公，难道不是翰林！”冯梦祯道。

“不一样，二公是隆庆进士，开之兄是万历进士。”丁此吕说。

他没有解释，隆庆进士和万历进士有何不同。冯梦祯也不问；或许，冯梦祯是不想和他再纠缠此事。

“右武兄约我来，为的是彼此吹捧吗？”冯梦祯问。

“不，我是约开之兄来饮酒的。”丁此吕说。

“酒呢？”冯梦祯问。

二人坐在一家小酒店的一张小桌旁，从坐下就说话，忘要酒要菜。店家小二从桌旁来来回回走好几趟，他们谁也没留意；而小二看两名官人高谈阔论，不敢打断。

“店家，还做不做生意？”丁此吕喝道。

“做生意，做生意。”店小二忙应道。

“来酒，来菜！”丁此吕道。他要两壶酒，几碟菜，并问冯梦祯，“开之兄，可以吗？”

“右武兄看可以，就可以。”冯梦祯说。

在等店小二烫酒的工夫，丁此吕道：“开之兄，可否求证一事？”

“何事？”冯梦祯问。

“有人说，你我那一科春闱，公子的策论是请人捉刀的，是不是果有其事？”丁此吕问的是多年前的事。所谓公子，指的是张嗣修。同榜进士中，有人称他相府公子，更多的人则简称公子。

“你也是听说？”冯梦祯反问。

“是啊。”丁此吕应道。

“为何要向我求证？”冯梦祯问。

“因为我还听说过一件事。”丁此吕道。

“何事？”冯梦祯问。

“开之兄曾向公子求证过，有无其事？”丁此吕道。

“有。”冯梦祯应道。

“那么，我向开之兄求证，不对吗？”丁此吕道。

“或许不对。”冯梦祯道。

“怎么？”丁此吕问。

“我向公子求证过，并不一定能告诉右武兄答案。”冯梦祯说。

“既求证，怎会无答案？”丁此吕问。

“公子矢口否认，右武兄能想得到吧？”冯梦祯反问。

“能想得到其矢口否认，并能想得到其恼羞成怒；甚至能想得到，开之兄后来去官，他难脱干系。”丁此吕说。

“后来的事且不说，免得越说越乱。”冯梦祯道，他把事情重新捋一遍，“我向公子求证捉刀之事，公子矢口否认，我又难以认可他的否认。右武兄说，我怎能给个答案？”

“开之兄说，并不认可公子的否认？”丁此吕正要坐实此事。

“是。”冯梦祯应道。

“既不认可，为何不疏论之？”丁此吕问。

“右武兄是说，疏论公子策论请人捉刀一事？”冯梦祯反问一句。

“是啊，”丁此吕应道，“公子策论若是请人捉刀，自当人神共愤；但比较起来，开之兄受害最重，更该讨之伐之。”

“为何我受害最深？”冯梦祯问。

“开之兄是该科会元呀。”丁此吕道。

“会元未必入得一甲，若言受害最深，其实是钦如兄。”冯梦祯说。

宋希尧字钦如，江西分宜人。万历五年殿试，初拟宋希尧为一甲第一，张嗣修为二甲第一。但皇帝为把张嗣修提升至一甲第二，而将宋希尧降为二甲第一。比冯梦祯更为不幸的是，宋希尧竟未选庶吉士。

“初拟名次，并无名分；开之兄的会元，却是有名分的。”丁此吕不同意他的说法。

“有名分也罢，无名分也罢，我都不宜疏论此事。”冯梦祯又说。

“却是为何？”丁此吕问。

“一则，官职也。我虽不认可公子之否认，却无的证，可证明公子确实请人捉刀。翰林不似科、道，可以风闻奏事。二则，名声也。如右武兄所言，公子请人捉刀，我受害最深。不仅右武兄这般看，大概许多人都会这般看。我受害最深，而疏论最力，右武兄或不会以为我公报私仇，别人会不会以为我公报私仇，却很难说。”冯梦祯道。

“真是有趣。”丁此吕笑着摇头。

“何事有趣？是我的话可笑吗？”冯梦祯问。

“开之兄的话绝无可笑之处；我本意是促开之兄疏论此事，不料反被开之兄促我疏论此事。”丁此吕说。

“我只说我不宜疏论此事，并未促右武兄疏论此事。”冯梦祯反驳。

“开之兄怎未促我！”丁此吕道，“开之兄顾虑，翰林不可风闻奏事，我为御史，却可风闻奏事；开之兄顾虑，有公报私仇之嫌，我却无公报私仇之嫌。这难道不是在促我？”

“右武兄要这么想，我也没法。”冯梦祯真的很无奈，不得不越过这个话题，“右武兄今日约我来，为的是谈论公子请人捉刀一事？”

“不，我是约开之兄来饮酒的。”丁此吕说。

“酒呢？”冯梦祯问。

丁此吕一看桌上仍是空的，跟着问：“是啊，酒呢？”

“酒来！”店小二应着，拎来两壶酒。

“怎让我二人等这久？”丁此吕责问。

“老爷要的两壶酒，热了凉，凉了热，不知热过几多遍。只因两位老爷说得专心，不敢贸然打扰。”店小二分辩。

“酒既上，菜也要快上。”丁此吕吩咐。

“是。”店小二应道。

丁此吕斟酒，敬道：“且饮一杯清酒，权当为开之兄接风。”

冯梦祯饮罢酒，说声“多谢。”

敬第二杯酒之前，丁此吕又有话说：“开之兄，可否求教一事？”

“何事？”冯梦祯问。

“仅疏论公子请人捉刀，文章未免单薄。”丁此吕说。

“一则，是否疏论公子请人捉刀，不是我向右武兄提议的。右武兄愿写则写，不愿写则不写；以为可写则写，以为不可写则不写。这不关我事。二则，我亦不知，仅疏论公子捉刀，文章是否单薄；怎样写，文章就不单薄。”冯梦祯说。

人家明显的有些不耐烦，丁此吕却毫无觉察，仍然谈论。

“譬如，不仅公子可以疏论，公子家兄弟三人高中，都可疏论；譬如，不仅为公子代笔者可以疏论，凡有牵连的考官都可疏论。”他说。

“右武兄所谓有牵连的考官，有哪些人？”冯梦祯问。

“譬如会试主考官，皆可论之。”丁此吕说。

“亦即，首先要疏论的，是子维师、汝默师。”冯梦祯道。

“对。”丁此吕应道。

“右武兄不怕被人讥为欺师？”冯梦祯道。

“依开之兄呢？”丁此吕问。

“若要论劾，不如只论劾汝默师。”冯梦祯说。

“那不一样被人讥为欺师？”丁此吕问。

“有所不同，”冯梦祯道。“若以汝默师与子维师一起论劾，人或讥为欺师；若以汝默师与丙仲先生一起论劾，则没理由被讥为欺师。”

“开之先生的意思，论劾的是万历八年主考官，不是万历五年主考官？”丁此吕问。万历五年的主考官是张四维、申时行，万历八年的主考官是申时行、余有丁。并劾张四维、申时行，自然是论劾万历五年的主考官；并劾申时行、余有丁，则是论劾万历八年的主考官。丁此吕不难理解其中的微妙区别。

“是。”冯梦祯应道。

丁此吕未必知道，张四维于冯梦祯有恩，冯梦祯借此以报答；或者，即便知道，他以为也无伤大雅。况且，论劾座主，在他也是有顾虑的。

“好，只论劾汝默师，再加上丙仲先生。”他说。

“汝默师，丙仲先生，还有为公子捉刀者，已有三个人，”冯梦祯数罢，问道，“还有他官在考虑中吗？”

“公子会试中式有可疑之处，乡试中式亦有可疑之处。”丁此吕说。

“右武兄之意，主乡试者也要论劾？”冯梦祯问。

“主乡试者及乡试房考，都要论劾。”丁此吕道。

“我记得，公子应的是前一年的顺天试。”冯梦祯说。

“前一年顺天试的主试官是许维桢先生；公子房考官是今兵部员外郎稽某。”丁此吕补充说。

“万历五年主试者，不宜论劾，连带着房考也不宜多加论劾，右武兄代之以万历四年顺天试的主考和房考，甚妙；但万历八年的主试者，既拟论劾，房考亦不必顾虑。”冯梦祯又说。

“我也是这么想的，”丁此吕道。“庚辰科，张懋修的房考，是今山东提学副使陆檄；张敬修的房考，是今河南参政戴光启。”

“弟自江、浙来。去岁应天式，王之鼎高中解元，南京城里议论极频繁且激烈。”冯梦祯补充说。

王之鼎是王篆之子。王篆有二子万历十年同时应乡试，为掩人耳目，一子在湖广应试，一子在应天应试。

“此事我亦有所闻，”丁此吕说，“沈右真先生是故元辅门生，他主应天试，不能无嫌疑。”

沈幼真即沈懋孝，他以翰林院修撰，与右春坊右赞善沈鲤，同主万历十年应天试。

你说一人，我说一人，说到沈懋孝，冯梦祯知道失言。他笑着说：“右武兄约我来，原来是帮着拟疏的。”

“不，我是约开之兄来饮酒的。酒在壶里，开之兄自用。”丁此吕说。

“菜呢？”冯梦祯问。

桌上孤零零两只酒壶，着实显得寒酸。丁此吕跟着问：“是啊，菜呢？”

“菜来！”店小二应着，布上几碟下酒的菜。

“等这久，又是怕打扰我二人吗？”丁此吕问。

“小人还存个私心。”店小二说。

“存何私心？”丁此吕问。

“两位老爷谈兴如此之浓，小人想，说不定这几碟小菜不够，老爷们要吃两样大菜。”店小二说。

“开之兄，要吃他这里的大菜吗？”丁此吕问。

“小菜如此龌龊，大菜能好到哪里去！免了吧。”冯梦祯说。

菜虽不好看，味道还可以，二人吃几口，又用两杯酒。

“开之兄在江、浙，听到有人议论今次的应天试，有没听到有人议论前次的应天试？”丁此吕问。

“右武兄是说，议论万历七年的应天试？”冯梦祯反问。

“是。”丁此吕应道。

“会、乡二试，哪一次没有议论的！万历七年的应天试，自然也有人议论。”冯梦祯说。

“怎议论的？”丁此吕问。

“不少人说，那年应天试的策论题目不易作。”冯梦祯说。

“仅是不易作？”丁此吕问。

“还有别的议论？”冯梦祯摇着头说，“或有，我没留意。”

“那年应天试的策论题目，开之兄还记得吧？”丁此吕问。‘

“记得，似是‘舜亦以命禹’。”冯梦祯说。

“不错，是这个题目，”丁此吕点头，并问，“开之兄既记得该题目，就没琢磨琢磨该题目的寓意？”

“该题目有寓意吗？”冯梦祯问罢，发觉问得荒唐。他自嘲道，“任何一个题目，都有寓意；言及两大圣人的题目，怎会无寓意！”

“我是问开之兄，高习之、罗一甫二位主应天试，出个‘舜亦以命禹’的题目，是何寓意！”丁此吕道。

“我还真不曾想过，”冯梦祯边应边问，“右武兄说，是何寓意？”

“我看，有劝进之意。”丁此吕道。

“劝进？”冯梦祯脸色大变，他问，“右武兄说劝进，何谓劝进？劝谁人进？劝人进至哪地步？”

一连串的问话与其说是询问，不如说是质问。

“何谓劝进，开之兄真不解其意？”丁此吕道。

被反问一句，冯梦祯平静下来。他说：“我不过在想，劝进二字是不能胡乱说的。”

“开之兄敢保证，他绝无劝进之意？”丁此吕问。

“知人知面不知心，我怎敢保证！”冯梦祯道。

“开之兄以为我是胡乱说的吗？好，我给你说数事，”丁此吕说着，伸出一指，“一事：据闻，故元辅家中挂黄金联一幅，上句曰：日月并明，万国仰大明天子；下联曰：丘山为岳，四方颂太岳相公。以太岳相公对大明天子，开之兄说是何意？”

“无耻小人，卖弄文字工夫。”冯梦祯道。

“仅是卖弄文字功夫？没那么简单吧，”丁此吕说着，伸出两指，“二事：有人献画故元辅。其一，献周公负成王图，故元辅怒而弃掷；其二，大禹泣囚者图，故元辅喜而纳之。开之兄不愿把大禹泣囚者图和‘舜亦以命禹’这个题目，联系在一起想想吗？”

“若是高习之先生献图，我可能会想一想。”冯梦祯说。

“三事，”丁此吕说着，伸出三指，“有人献镜故元辅，镜背之文，是开之兄绝对想不到的！”

“怎写的？”冯梦祯问。

“其词曰：张氏受命膺大宝，亿世子孙其永昌。”丁此吕说。

“无耻之尤！”冯梦祯怒道。

“开之兄仍以为只是无耻？”丁此吕问问而已，并不需要回答。他伸出四指，说，“四事：故元辅病重之际，乞于私宅票拟。”

“此事我有所耳闻。”冯梦祯道。

“私宅票拟，即以私宅为朝廷，开之兄以为然否？”丁此吕问。

“还是不宜类比。”冯梦祯委婉地反驳。

“那我再说第五事，”丁此吕道，“故元辅久疾，廷臣为之建醮，此事开之兄知否？”

“亦有所耳闻。”冯梦祯点头。

“开之兄可知，朝中建醮的光景？”丁此吕问。

“这却不知。”冯梦祯摇头。

“我为开之兄言之，”丁此吕数落道，“部、院大臣，五府都督，公、侯、伯等爵，无不为之建醮祛病。公卿大夫建醮之后，翰林、科道继之。翰林、科道建醮之后，部属官继之，中书、行人之类又继之。适值赤日炎炎，凡建醮者，朝夕奔走于衙门和建醮之处，每日不辍，乃至两次、三次。凡致醮，则长跪不起，则终日素食。有官，不耐跪拜，则重赂道士，中断斋醮，以息腿力；有御史逢外差，有司依例馈以牢饩，则怒曰：我为相公食斋，奈何以肉食我！肃庙崇道教，多建醮，其光景开之兄和我都不曾见识；而举朝为一相公建醮，其规模，其虔诚，较之肃庙自醮，有过之而无不及！”

“此事尤见无耻之徒众多。”冯梦祯道。

“除无耻二字，开之兄难道不想说两个别的字？”丁此吕微露不满。

“我知右武兄想我换哪两个字说。”冯梦祯道。

“哪两个字？”丁此吕问。

“劝进。”冯梦祯道。

“我说这些，开之兄仍不想说这两个字？”丁此吕问。

“我说不说这两个字，碍右武兄的事吗？”冯梦祯反问，“是不是我说一句确有劝进之意，右武兄则以劝进论劾；我说一句并无劝进之意，右武兄则不以劝进论劾？”

“那倒不会，”丁此吕说，“我既认准高习之、罗一甫出此题目有劝进之意，无论开之兄怎说，我都会以劝进论劾。”

“既如此，右武兄何必在意我说不说这两个字！”冯梦祯道。

散朝后，申时行拉着吏部尚书杨巍走一会儿。

“丁御史的奏疏，吏部人人在议论吧？”申时行问。

“多有人议论。”杨巍说。

“是称赏的人多，还是批驳的人多？”申时行问。

“各占其半吧，”杨巍答罢，反问一句，“汝默先生欲加称赏，抑或欲予批驳？”

“我欲加称赏，抑或欲予批驳，无关紧要。”申时行说。

“汝默先生称赏、批驳不要紧，谁个称赏、批驳要紧？”杨巍问。

“自是你伯谦先生。”申时行道。

“吏部要紧的，也不是称赏或批驳，而是处分。”杨巍笑着说。

他说的不错。譬如他以吏部尚书的名义，或以吏部的名义，对丁此吕的奏疏表示称赏，丁此吕不会因此而得到好处；他以吏部尚书的名义，或以吏部的名义，对丁此吕的奏疏加以批驳，丁此吕也不会因此而有所损害。而吏部对此事的处分，就不一样。

申时行随之报以一笑，问道：“吏部打算怎样处分？”

“丁御史论劾多人，而以何侍郎代嗣修、懋修预撰策论一事，最为严重，也最可坐实，须得重惩。”杨巍说。

“伯谦先生称该事最为严重，我无异议；称该事最可坐实，我却有些怀疑。就连丁右武的奏疏，也不曾写得十分肯定。”申时行道。

“我说最可坐实，并非因为丁御史的奏疏。”杨巍分辩道。

“非据该疏，却据何事？”申时行问。

“一来，嗣修、懋修策论的行文风格，极为相似，如出自一人之手；二则，其事不实，何侍郎应该疏辩的，但他却默不作声。”杨巍说。

“伯谦先生以此而断，不能算错，”申时行这么说，仅是表示不再谈论，并非表示赞同。他问，“伯谦先生说重惩，吏部欲如何重惩？”

“量加降黜。”杨巍说。

“这等处分，也还合乎情理，”申时行说着，又问，“其他考官，看来不如何侍郎之事严重，吏部打算怎样处分？”

“此事我正要请教内阁诸公。”杨巍道。

“我等倒是议过，皆以为考官取舍的是文章，并不知其姓名，不宜以此加罪。不过，如何处分，我等所说，并不算数。”申时行说。

“不宜以此加罪，我等也是此意；不过，一概留任，恐引致科、道喧哗，不如量加改调。”杨巍道。

“改调诚为明智之举，”申时行赞成吏部的这一处置，同时又问，“高侍郎是在留任之列，还是在改调之列？”

“汝默先生问的是习之先生？”杨巍没必要地反问一句，说明对高启愚的处置，让吏部也感觉为难。

“丁右武论劾的考官，难道还有第二个高侍郎！”申时行道。

“说句实话吧，不理会丁御史对高侍郎的论劾，则何侍郎的事最为严重；若理会丁御史对高侍郎的论劾，则劝进一事，比较捉刀一事，要严重得多！”杨巍说。

“看来，吏部是不打算理会丁右武对高侍郎的论劾，”申时行道。

“难道汝默先生欲吏部理会他对高侍郎的论劾不成？”杨巍问。

“若是理会，自有理会的道理。”申时行颇具意味地说。

“汝默先生真有此意呀！”杨巍有点儿吃惊。

“先不说它吧，”申时行把话岔开，“此一事的关键人物有三个，除何侍郎、高侍郎外，还有一人，伯谦先生可知是谁？”

“不知。”杨巍道。

不是完全不知。丁此吕把内阁三臣都论到，若要在其中找一个关键人物，应该是申时行。丁此吕论劾几届会试、乡试中那么多的考官，而申时行是两届会试的主考官。当然，杨巍不能点申时行的名，那会让他感觉很难堪。

“伯谦先生或以为另一个关键人物是我。我可不愿自高身份，在丁右武眼里，我没那么关键。”申时行却不认为，点自己的名有什么难堪。

“我没以为是汝默先生，也不知是谁人，”杨巍重申后，问道，“汝默先生说的另一个关键人物是谁个？”

“是丁右武。”申时行道。

“是他？”杨巍完全没想到。

“吏部若对他论劾的官员一一处分，则他有功于社稷，对他当褒奖；吏部若对他论劾的官员，除一人拟降黜，数人拟改调，并未严加惩处，则他属妄议，对他当或加斥责，或加降黜。伯谦先生说，他算不算一个关键人物？”申时行为他分析。

“汝默先生说的是，”杨巍表示赞同，“其所劾大臣，涉及三阁臣，二侍郎，及其他众多大臣，朝廷对他当有所处分。”

“论劾阁臣，还在其次。”申时行却说。

“论劾谁人，不可谅之？”杨巍问。

“这就是我为何称，理会丁右武对高侍郎的论劾，自有理会的道理之所在。”申时行说。

“汝默先生之意是——”杨巍仍在懵懂之中。

“论劾我和丙仲先生、维桢先生，都是空泛之言。既然定不得我等之罪，也就定不得丁右武之罪。论劾高侍郎，却是径指他‘劝进’！何谓劝进？即大逆也。以大逆之罪论劾大臣，若得坐实，则大臣当死罪；若不得坐实，甚或虚妄，则诬陷大臣致死，当治以何律？”申时行问。

“亦是死罪。”杨巍说着，打个冷战。若以建言而杀言官，那是任何人都会有顾虑的。

“若论死罪，就该交法司议，”申时行说。他也没有杀丁此吕的意思，又说，“今既交吏部处分，当然只是论其升迁降黜。”

第一百三十二章

皇帝曾有旨，命提督东厂太监张鲸留意丘橓、丁此吕等上疏后，外朝的动向，因此，皇帝宣召张鲸进宫，他是有备而来。

“老张，朕找你来，是想你帮着朕把朝中的争执捋一捋。”皇帝说。

“是。”张鲸应道。

“吏部拟杨雒文贬黜，稽应科、陆檄等改调，高启愚、戴光启等留用，丁此吕谪外，朕不得不姑且从之；但此非朕本意，”皇帝说着，问道，“老张可知，朕姑且从之，意在何为？”

“奴才想，爷是给阁老们面子，也是给杨天官面子。”张鲸说。

“这若是道考题，朕至多给你个及格，”皇帝道，“若为的给面子，朕大可以从之就是，不必姑且从之。”

“姑且从之，有转圜的余地。”张鲸又说。

“凭这句话，可评个中之上或上之下。”皇帝道。

“奴才想，爷姑且从之之际，已决定要翻转过来。”张鲸又说。

“好，这次可得个上之中，”皇帝说着，问道，“老张，据你这些日子观望，朕能不能翻转过来？”

“奴才以为，只要爷想翻转过来，定能翻转过来。”张鲸说。

“这朕还不知吗！”皇帝道，“朕是问你，据你这些日子观望，是赞同吏部拟议的多，还是不赞成吏部拟议的多？”

“据奴才观望，大臣中赞成吏部拟议的多些，而科、道中不赞成吏部拟议的多些。”张鲸说。

“也就是说，故元辅在日，是故元辅与科、道对峙；今者故元辅不在，仍是大臣与科、道对峙。”皇帝说。

“爷说的也是，也不是。”张鲸道。

“怎叫也是？”皇帝问。

“昨者、今者，皆大臣与科、道对峙，此谓也是。”张鲸说。

“怎叫不是？”皇帝问。

“故元辅在日，不用其他大臣帮腔，他一人就足以对付科、道；今者，大臣们纷纷出马，仍狼狈不堪。”张鲸说。

“你且说说，大臣们怎的狼狈不堪。”皇帝命道。

“奴才先说内阁吧，”张鲸道，“内阁三臣，都在被论劾之列。申阁老、许阁老且已奏请辞官，避位不出；阁中只有一个余阁老，孤掌难鸣。爷若要翻转过来，内阁是无法阻止的。”

“申阁老请辞，是因科、道论劾吏部拟议，涉及到他吧？”皇帝问。

“是。”张鲸应道。

“许阁老请辞，是因他极力斥科、道官生事，并指科、道官朋党为奸吧？”皇帝问。

“是。”张鲸应道。

“你别怪阁老们大乱阵脚，连朕也稍乱阵脚，”皇帝说，“吏部拟议一出，科、道交章论劾，或言申阁老二子皆中科第，故不欲丁此吕言科场事；或言杨尚书今者拟议，表面上是庇护故元辅，实际上是媚于今元辅。申阁老、杨尚书乃双双求去。朕意，本想两解之，一则慰留申阁老，一则召还丁此吕。不想，原可置身事外的余阁老、许阁老坚持道：不谪丁此吕，无以安申阁老、杨尚书之心。科、道的矛头于是又指向许阁老，致使他避位不出。”说着，问道，“老张，阁臣与科、道对峙的梗概，大致如此吧？”

“是。”张鲸应道。

“你给朕说说，除吏部杨尚书之外，还有哪些大臣是赞成吏部拟议、而与科、道对峙的。”皇帝命道。

“是，”张鲸应一声，掰着手指数道，“户部王尚书、刑部潘尚书、工部杨尚书、掌院赵都堂，都赞成吏部拟议，且请慰留申阁老、许阁老、吏部杨尚书等，不宜听其去。”

潘季驯是去年正月升刑部尚书的；杨兆是去年四月杨巍改户部尚书后召为工部尚书的；赵锦是去年七月陈炌被劾罢后，掌都察院的。除兵部尚书张学颜，其他各部尚书及掌院都御史都明确表明态度。

“佐卿们呢？”皇帝问。

“奴才所知，如吏部左侍郎沈鲤、吏部右侍郎陆光祖、户部右侍郎褚鈇、刑部左侍郎舒化、工部左侍郎何起鸣等，赞成吏部拟议、与科、道对峙。”张鲸说。

“听起来，不那么踊跃呀。”皇帝道。

“爷说的是。”张鲸应道。

“还有别臣吗？”皇帝又问。

“还有，譬如大理寺卿温纯。”张鲸说。

“还有吗？”皇帝问。

“有几个爷绝对想不到的人。”张鲸说。

“谁个？”皇帝问。

“一个是吏科都给事中齐世臣、一个是江西道监察御史刘怀恕；还有别的御史、给谏，但以此二人最肯出力。”张鲸说。

“你是说，科、道对峙科、道？”皇帝问。

“是。”张鲸应道。

“妙极！”皇帝叫好，“科、道对峙科、道，旗鼓相当，全无顾忌，最有乐趣。”说着，一皱眉，“这个齐世臣，朕有点儿印象。”

“爷定寿宫址，他曾说过话。”张鲸道。

“可是那个声称大峪穴下若有石，敢以身当之者？”皇帝问。

“不是，”张鲸道。“声称大峪穴下有石，敢以身当之者，是御史柯挺。齐世臣是闻得廷辩寿宫选址一事，夜读《雪心赋》，以备廷辩之用。”

“《雪心赋》是怎样一篇赋？”皇帝问。

“奴才不知。”张鲸道。

“谁人写的？”皇帝问。

“奴才不知。”张鲸道。

“齐世臣为廷辩，为何要读《雪心赋》？”皇帝问。

“奴才不知。”张鲸道。

“一问三不知，为何还说！”皇帝叱道。

“奴才听说，第二天廷辩，齐世臣言辞犀利，驳得那些不赞成选址大峪的官员们哑口无言。他私下对人说，廷辩占到上风，全是因为夜读《雪心赋》，所以奴才觉着，不妨提一提该赋。”张鲸说着，请旨，“要不，奴才去问问齐世臣，《雪心赋》为何赋，谁人所写，为何廷辩前要读它？他总该说得出一二。”

“不用，”皇帝摆摆手，忽问，“朕记得你说过，前次廷辩之后，齐世臣、柯挺都得个绰号，是不是？

“是。”张鲸应道。

“齐世臣得的绰号是什么？”皇帝问。

“齐保山。”张鲸说。

“柯挺的绰号是什么？”皇帝问。

“就叫石敢当。”张鲸说。

“朕听过一句话：泰山石敢当，今被柯挺改成穴石身敢当，”皇帝说着，问道，“今者廷辩，柯挺持议若何？”

“柯挺才放湖广巡按，未曾介入廷辩。”张鲸说。

“齐世臣也该放个外官，免得他前者保山，保得不错，今者保人，却保得不尽如人意，不知又会得个什么绰号。”皇帝道。

“爷圣明，齐世臣今者保人，当真又得个绰号。”张鲸说。

“别人怎叫他？”皇帝问。

“叫他齐保保。”张鲸道。

“如何，果遭人嘲笑吧！”皇帝道。

“给他取个齐保保的绰号，怎就是嘲笑他？”张鲸不解地说。

“保保者，宝宝也。把他喻为婴孩，还不是嘲笑他吗！”皇帝道。

“爷说的是。”张鲸应道。

“你再给朕说说，和大臣们对峙的科、道，都有谁人？”皇帝命道。

“是，”张鲸应一声，说道，“御史李植、江东之、杨四知，及给事中王士性等，皆有奏疏呈进。”

“这不用你说，朕也料得到，”皇帝道，“朕说的交章论劾申阁老、杨尚书，就是指的他等。大臣们既出面反驳，他等怎肯就此收手！朕要你说的，是有没有别人攻讦大臣们。”

“有，”张鲸应道，“据臣所知，广东道御史李廷彦、云南道御史蔡时鼎、巡按直隶御史黄师颜等，都准备疏言丁此吕案。”

“他等会怎议？”皇帝问。

“一则，请复丁此吕官；二则，攻讦请慰留申阁老、许阁老、杨尚书的大臣们。”张鲸说。

“只这几名御史附李植等之议？”皇帝问。

“附议的御史少，爷是不是觉着有些单薄？”张鲸反问一句。

“不仅附议的御史少，朕觉着单薄；即便再多的御史附议，朕仍以为单薄。”皇帝说。

“这是为何？”张鲸问。

“你看呀，”皇帝道，“朕以为是大臣与科、道的对峙，你也以为是大臣与科、道对峙；结果，却成大臣携科、道，与科、道的对峙。大臣一方，有科、道援手，科、道却是孤立一方，再多，岂不也显得单薄！”

“方才奴才说有几个想不到的人，帮衬大臣，爷称最有乐趣；这会儿奴才想告诉爷，还有件有乐趣的事。”张鲸卖弄地说。

“又有何事？”皇帝问。

“各部衙门里，也有帮衬科、道的。”张鲸说。

“有谁人？”皇帝问。

“朝中有主事张正鹄，南京有郎中汪应蛟。”张鲸说。

“堂官与部属对峙，果然也是件有乐趣的事，”皇帝道。对他来说，有科、道之外的官员支持科、道，这就足够，就不用再听下去。他问，“老张，你知朕怎想？”

“奴才不知。”张鲸道。

“大臣一边有科、道，科、道一边有部属，说不定以后还会有正、佐卿。让他等对峙下去！”皇帝说。

“他等对峙，就没精力对爷说三道四，奴才也愿他等对峙下去，”张鲸说着，请旨，“奴才呢？是不是仍留意外朝对峙之事？”

“稍留意即可，不必过分留意。”皇帝说。

“是。”张鲸应道。他心里有数，皇帝又有新的差事要交代。

“老张可知，朕已决意抄没故元辅家？”皇帝果然说起别的事。

“奴才略有所闻。”张鲸道。

“故元辅在京师有家财，朕首先要抄没他在京师的家财。”皇帝说。

“是。”张鲸应道。

“此事就在朕的眼皮底下，朕想，不该出纰漏。”皇帝说。

“是。”张鲸应道。并表示理解地点着头。

“较难的是抄没他在荆州的家财。”皇帝说。

“爷说的是。”张鲸道。

“你说说，有何难处！”皇帝忽然命道。

“抄没故元辅在荆州的家财，不在爷眼皮底下，难免会有纰漏。”张鲸先搬出皇帝方才的说法。

“还有呢？”皇帝问。

“据奴才想，故元辅在京师的家财虽也不会少，但在荆州老宅的家财，更要多过在京师的家财。”张鲸又说一条。

“能多出几多？”皇帝问。

“或倍之。”张鲸说。

“或十倍之。”皇帝说。

“说不定还要多。”张鲸道。

“还有呢？”皇帝问。

“故元辅在京师的家财亦可转移他处，但在荆州的家财更易转移，更难追查。”张鲸说第三个难处。

“所以，抄没故元辅在荆州的家财，更须得力之臣。”皇帝说。

“爷说的是。”张鲸应道。

“外廷之臣，朕选定一名，你猜是谁？”皇帝问。

“奴才猜不出来。”张鲸说。

“刑部右侍郎丘橓，老张，你看如何？”皇帝问。

“果是名得力之臣。”张鲸道。

“朕要你再为朕推举一名内臣，与丘侍郎同往。”皇帝命道。

“容臣想想，”张鲸道。他不是一般地想想，而是认真在想。抄没大臣家，肯定是桩特别有油水的差事；但抄没张居正这样权倾一时的大臣家，肯定又是一桩皇帝特别关注、满朝文武特别关注、天下之人无不关注的差事；况且，皇帝又把财富看得特别重。因此，推举该差事人选，不能不慎重。他最后说，“奴才荐司礼太监张诚。”

张诚不仅和他私交甚好，而且有能力。

第一百三十三章

翰林院侍讲兼左春坊左谕德于慎行，明显是往丘橓住处来的，但接近丘橓住处时，他放慢脚步，看来有些犹豫。到门外，他并没去敲门，而是快步走过去。走出十几步后，他转身往回走，接近丘橓住处时，又放慢脚步。再次经过门外，仍没去敲门，仍是快步走过去，再转身。就这样，来来去去好几趟。

丘橓的家仆发觉后，感到奇怪，告诉丘橓的童儿。丘橓的童儿也感到奇怪，禀告给丘橓。丘橓出门观看，认出于慎行，上前和他打招呼。

“无垢先生是找我吗？”丘橓问。

于慎行字无垢，山东东阿人，隆庆二年进士。

“是来找茂实先生。”他应道。茂实是丘橓的字。

“为何不进？”丘橓问。

“晚生在犹豫。”于慎行说。

他完全可以说，他找不到丘橓的住处；暂居朝房，到底和住在大门外挂着写有“丘府”字样的灯笼，或匾额写有“丘府”的家里不一样，找不到是很正常的。但他却说，他在犹豫；也就是说，究竟找不找丘橓，见不见丘橓，在两可之间。因此，在把他让进前，有些话需要说清楚。

“无垢先生乡贯是东阿吧？”丘橓问。

“是。”于慎行应道。

“无垢先生知我是诸城人吧？”丘橓问。

“知之。”于慎行应道。

“无垢先生犹豫，可是为此？”丘橓问。

“不是。”于慎行道。

“但除此之外，我不知还有何事使无垢先生犹豫。”丘橓说。他的意思是，除同是山东人，他二人再无别事联系在一起；也就是说，除是同乡之外，他二人再无别的私情。

“晚生的犹豫，和同乡不相干。”于慎行说。

“我知无垢先生出身隆庆戊辰科，无垢先生亦知我出身嘉靖庚辰科吧？”丘橓问。

“亦知。”于慎行应道。

“一个嘉靖庚辰科，一个隆庆戊辰科，相隔近二十年，总不致被人误为同年吧？”丘橓道。

“晚生的犹豫，和同年亦不相干。”于慎行说。

“与同乡不相干，与同年亦不相干，却与何事相干？”丘橓问。

“与茂实先生的差事相干。”于慎行说。

“你是说，与我今次湖广之行相干？”丘橓问。

“是。”于慎行应道。

丘橓看他一眼，说：“我似知无垢先生的来意。”

“茂实先生知我来意？”虽然是问话，但于慎行的语气表明，他以为这是不可能的。

“无垢先生与故元辅有积怨，是不是？”虽然也是问话，但丘橓的语气则表明，他深信自己的判断不会错。

“是。”于慎行应道。

“无垢先生激怒故元辅的第一件事，是刘子畏被逮，人皆避之，唯独无垢先生往视之。是不是？”丘橓问。

“是。”于慎行应道。

“无垢先生激怒故元辅的第二件事，是故元辅夺情，无垢先生偕同官上疏谏之。是不是？”丘橓问。

“是。”于慎行应道。

“故元辅是怎样斥责无垢先生的？”丘橓问。

“子吾所厚，亦为此言！”于慎行复述。

“无垢先生怎作答的？”丘橓问。

“某为此言，正以公见厚故耳。”于慎行复述。

“于是，无垢先生不得不以病辞官，是不是？”丘橓问。

“是。”于慎行应道。

在回顾这些细节之后，丘橓自信地说：“故而，无垢先生是来表达欢欣鼓舞之情，同仇敌忾之气的。”

“晚生或该表达欢欣鼓舞之情，同仇敌忾之气；不过——”于慎行在转折时稍微顿了顿，于是，话被丘橓打断。

“无垢先生用不着难以启齿，此情、此气，并要我对张氏家财严加查核，近日来已有不少的人向我表达过。”丘橓说。

“晚生想对茂实先生说的恰是，今次之来，恰不是为的表达欢欣鼓舞之情，同仇敌忾之气，并请茂实先生对张氏家财严加查核。”于慎行道。

“不是为此，却是为何？”丘橓问。

“晚生是来表达悲悯之情的。”于慎行说。

“悲悯之情？”丘橓问。

“是来表达抚恤之意的。”于慎行又说。

“抚恤之意？”丘橓重复他的话问，似有不解；但很快，他又自以为是地加以推断。“此亦合乎情理。故元辅不仅骄奢，而且肆虐。淫威之下，受害者不少，值得悲悯，理当抚恤。不过，无垢先生须知，我这趟差事，是清核张氏之财，不是清算张氏之政，不能指望该平反的一律平反，该予以恤典的一律予以恤典。”

“晚生此来，不是为受害之臣求平反，求恤典的。”于慎行说。

“悲悯的不是他等，却是谁人；不为他等求恤，却为谁人求恤？”丘橓问。

“为张母，为张子。”于慎行道。

“为谁人？”丘橓惊问。

受命以来，专门来看他的人不少，和他谈论此事的人不少；怎样说的都有，就是没有一个是来说情的。难怪丘橓觉得不可思议。

“为张母，为张子！”如果说，于慎行第一次说的时候，有些惶恐，甚至有些羞涩；那么，在他重复这两句话的时候，已变得平静、坦然。

“无垢先生当真是悲悯张母、张子，为张母、张子求恤？”丘橓问。

“是，”于慎行应道，并反问一句，“茂实先生不会拒晚生于门外吧？”

“得罪，得罪，竟把无垢先生拦在门外说话，”丘橓说着，侧过身子，让道，“无垢先生请。”

无内室、外室之分，无书房、卧房之分，更无主座、客座之分。屋里只有一把椅子，丘橓让给于慎行坐，自己坐在床上。

“无垢先生真是坦诚君子呀，”丘橓既叹且赞，“我听说无垢先生一段故事，原以为是谬传，现在看来是真的。”

“是哪一段故事？”于慎行问。

“皇上宣召阁臣及讲官赏宫中藏画，并命分题赋诗。无垢先生自以为字写得不好，拟诗后请人代书。皇上见而爱之，无垢先生乃以实情禀奏，皇上大为称赏，书‘责难陈善’四字赐之。”丘橓述道。

“此事确是有的，”于慎行先予证实，然后说，“但茂实先生因此事而以晚生为坦诚君子，则是谬誉。即便有天大的胆子，在皇上面前，谁敢不以实奏！即便一时昏聩，不以实奏，又能瞒多久！”

“可今日之事呢？”丘橓问。

“今日之事？”于慎行不明他所指。

“欲为故元辅家人说情，谁个不知避讳！无垢先生大可不必说得如此开门见山。”丘橓道。

“晚生愚鲁，若引起茂实先生反感，还望见谅。”于慎行说着，一揖。

“别个来为故元辅家人说情，我是决计不听的；无垢先生来说情，我却要听一听。”丘橓道。

“故元辅柄政，我以为可归纳成两句话，不知是不是合适。”于慎行试探地说。

“哪两句话？”丘橓问。

“殚精毕智，勤劳于国家；阴祸深机，结怨于上下。”于慎行说。

“无垢先生有褒有贬，听起来，褒者更多些。”丘橓道。

“茂实先生以为，此二言不合适？”于慎行问。

“殚精毕智是实，是否用于国家，则须商榷；结怨上下是实，是否只为私事，则须商榷。”丘橓说。

“晚生即属于结怨于上下之下者，在晚生看来，这两句话还是切实的。”于慎行辩道。

“见仁见智，你我不必深辩，”丘橓说着，问道，“除这两句话，无垢先生还有别的话要说吗？”

“还有两句话，可诠释前两句话。”于慎行说。

“哪两句话？”丘橓问。

“当其柄政，举朝争颂其功，不敢言其过；今日既败，举朝争索其罪，不敢言其功。”于慎行说。

“此二句怎诠释前二句？”丘橓问。

“颂其功，言其过，在其柄政或败落，而不在其确实否。”于慎行说。

“无垢先生作此诠释，亦无不可，但我也可作另一诠释。”丘橓道。

“茂实先生请讲，晚生恭聆。”于慎行揖道。

“举朝争颂其功，亦有不颂其功者，无垢先生即是一个。”丘橓说。

“此非实情，”于慎行摇着头说，“我虽探视过子畏先生，虽上言过夺情之非，虽以得罪而去官，毕竟还是颂过故元辅之功的。倒是茂实先生自始至终，无一句颂德之言，令人敬佩。”

“你我的区别，不过是在朝在野。我若在朝，是否无一句颂德之言，我也无法保证。”丘橓说句实话。

“那么，这两句话还是见仁见智吗？”于慎行趁机问道。

“无垢先生此问，可否不作答？”丘橓反问。

“茂实先生不欲作答，自可不作答。”于慎行说。

“不是不欲作答，而是答与不答，皆无谓也，”丘橓解释，“我方才说，我这趟差事，是清核张氏之财，不是清算张氏之政；故是否当颂张氏柄政之功，是否当索张氏柄政之罪，亦非我之使命。”

“晚生接下来就想说一说张氏之财。”于慎行道。

“也是两句话吗？”丘橓开玩笑地问。

“不是两句话话，是一句话。”于慎行道。

“只一句话？”归于正题，丘橓没想到他竟如此吝于言辞。

“只一句话。”于慎行肯定地说。

“是哪一句话？”丘橓问。

“其所入有限。”于慎行说。

“何谓有限？”丘橓问。

“有限，即不会很多。”于慎行说。

“我知有限即不会很多；我是问无垢先生，是不是说张氏家财不会很多？”丘橓道。

“晚生是说张氏家财不会很多，更是说故元辅受赂有限。茂实先生奉旨清核张氏家财，主要就是清核故元辅受赂之财，”于慎行说着，问道，“不知晚生理会的错不错？”

“若不计原有的家财，靠薪俸及赏赐，能积累几多？清核家财，自当以清核赂金为主。无垢先生理会得不错。”丘橓说。

“所以，晚生更是说故元辅受赂有限。”于慎行强调。

“无垢先生怎敢断言？”丘橓问。

“首先，须得明确，故元辅绝非不受赂。”于慎行说。

“人人皆知之事，何须无垢先生再次明确！”丘橓道。

“晚生所言受赂，与他人所言受赂，或有不同。”于慎行说。

“有何不同？”丘橓问。

“故元辅平生，显重名节，而阴为厚实；以法绳天下，而间结以恩。”于慎行说两句听起来不相干的话。

“为作诠释，无垢先生又说两句话；但不知这两句和受赂，有何关联？”丘橓问。

“阴为厚实，则不会不受赂；显重名节，则不会广受赂。间结以恩，则不会不受赂；以法绳天下，则不会广受赂。”于慎行说。

“皆言盗亦有道，无垢先生则言赂亦有路。”丘橓道。

“茂实先生诠释得好，这就是晚生要说的第二层意思。”于慎行笑道。

“怎个赂亦有路，无垢先生能否详述？”丘橓出个题目。

“其深交密戚，则有路而赂之，路人则无路亦不敢赂之；镇帅、钜卿，其赂以一当十，则有路而赂之，小吏则无路亦不敢赂之；得其门而入者，则有路以赂之，望于门外者则无路亦不敢赂之。”于慎行总结出三类可行赂之人与三类不可行赂之人。

“深交密戚有限，镇帅、钜卿有限，得其门而入者有限，故无垢先生以为，故元辅受赂亦有限？”丘橓为他引申。

“是。”于慎行应道。

“于故元辅而言，或是赂亦有路，然于其家人呢？”丘橓问。

“于其家人，晚生也有一句话。”于慎行说。

“是哪一句话？”丘橓问。

“所入亦有限。”于慎行说。

“此话又怎讲？”丘橓问。

“故元辅赂亦有路，乃其自重也。茂实先生看，可不可以这么说？”于慎行反问。

“既受赂，何言自重！”丘橓道。

“但与赂无不受者，譬如与严介溪之流者比较呢？”于慎行问。

“张江陵不同于严介溪，无垢先生据此，一定要言其自重，也还说得过去。”丘橓勉强同意。

“故元辅自重，又当如何望其子？”于慎行又问。

“无垢先生说，他当如何望其子？”丘橓反问。

“故元辅既以盖世之功而自豪，故不甘于污鄙，则以传世之业望其子。茂实先生看，可不可以这么说？”于慎行问。

“何谓传世之业？”丘橓又反问。

“譬如，故元辅以名相自居，则以名臣望其子。”于慎行说。

“张江陵不同于严介溪，则张江陵望其子，亦不同于严介溪望其子。无垢先生据此，一定要言其以传世之业望其子，也还说得过去。”丘橓仍然是勉强同意。

“然张氏之子勤于学，绝不同于严氏之子；张氏之子不滥于交游，亦绝不同于严氏之子。”于慎行说。

“但张氏纵横于科场，受益于科场，却是多官议论的话题。”丘橓说。

“茂实先生不是说，今次的差事，是清核张氏之财，不是清算张氏之政吗？”于慎行用他的话来堵住他的口。

“好，但言其财，不言其他。”丘橓无奈地说。

“张氏之子不滥于交游，得与其关通财货者，三五人而已。至于故元辅之父、之弟等，久居荆州，网罗致赂，也是间或有之，而非大张旗鼓。故我以为，其家人所入亦有限。”于慎行说。

丘橓不再针对这些话提出疑问，不是因为他真的觉得这些话有道理，而是因为他觉得这些话不需要争辩。

“无垢先生析其受赂有限，析其家人所入亦有限，我不能说没有道理；不过，只为言此，无垢先生今日大可不必枉顾寒居。”他说。

“我知。”于慎行道。

“无垢先生亦知？”丘橓问。

“是。”于慎行应道。

“无垢先生说说看。”丘橓道。

“故元辅受赂是否有限，其家人罗致是否有限，正是茂实先生要去清核的。故元辅受赂有限，是一种说法；故元辅受赂无穷，又是一种说法。不管茂实先生采纳受赂有限的说法，抑或采纳受赂无穷的说法，都有先入之见，都是茂实先生应该避免的。”于慎行说。

“无垢先生既已知此，前面那么多话，岂不都枉费！”丘橓道。

“并未枉费，”于慎行说，“我不说故元辅有功有罪，不说但颂其功，但索其罪，不说故元辅受赂有限，其家人罗致有限，我来向茂实先生讨情的两句话，便成无源之水，无根之木。”

“无垢先生讨情，也是两句话？”丘橓问。

“是。”于慎行应道。

“第一句，无垢先生怎说？”丘橓问。

“张氏太夫人年届八旬，老矣。”于慎行道。

“第二句话，无垢先生怎说？”丘橓问。

“张氏诸子皆为书生，抄没之后，落魄流离，可为酸楚。”于慎行道。

“我若请无垢先生再多说两句，无垢先生会怎说？”丘橓问。

“我会怎说，茂实先生应该心里有数。”于慎行道。

“无垢先生会不会说：乞以聚庐之居？”丘橓问。

“会说。”于慎行道。

“无垢先生会不会说：恤以立锥之地？”丘橓问。

“会说。”于慎行道。

“无垢先生会不会说：使生者不为栾、郤之族？”丘橓问。

“会说。”于慎行道。

“无垢先生会不会说：使死者不为若敖之馁？”丘橓问。

“会说。”于慎行道。

栾、郤即西汉时人栾布、春秋时人郤缺，二人皆为获罪大臣。若敖即楚王子熊仪，后成为姓氏。若敖氏后代——楚令尹子文，担心若敖氏有灭宗之灾，临终时哭着对族人说：若敖氏之鬼，不其馁而！

“而我只能对无垢先生说一句：歉甚！”丘橓板起面孔说，“朝廷命我清核故元辅家财，在清核之前，任何一事我都不能答应。”

第一百三十四章

应荆州知府郝如松之请，千余官军把张居正在荆州的老宅围得铁桶一般。张家的人一个不准出，张家以外的人一个不准进。官军不会主动询问宅里的情形，宅中出事，张家的人隔着厚厚的大门对外面喊话，官军有时应声，有时不应声。所谓应声，也只是把宅里发生的事告知府衙。府衙里的人多是不予理会，十件事只有一两件报与郝如松知道。得到禀报，郝如松也多是不予理会，十件事只有一两件会处理。

“老爷，里面说已无肉。”衙门的人报与郝如松知。

“偌大一个宅子，会无肉？”郝如松始则不信。

“卑职差人进去查过，确实已无肉。”衙门的人说。

“无肉怎的！你每日都能吃上肉吗？”郝如松继则不以为意。

“卑职食无肉是常有的事。”衙门的人说。

“这家人也该尝尝食无肉的滋味！”郝如松道。

“是。”衙门的人应道。

说过之后，郝如松把张居正家老宅里没肉的事抛到脑后。

“老爷，里面说已无油。”衙门的人又报与郝如松知。

“偌大一个宅子，会无油？”郝如松始仍不信。

“卑职差人进去查过，确实无油。”衙门的人说。

“无油怎的！你每日都要炒菜吃吗？”郝如松继仍不以为意。

“卑职家里，十天里有八天不吃炒菜。”衙门的人说。

“这家人也该尝尝吃不上炒菜的滋味！”郝如松道。

“是。”衙门的人应道。

说过之后，郝如松把张居正家老宅里没油的事抛到脑后。

“老爷，里面说已无粮。”衙门的人又报与郝如松知。

“偌大一个宅子，会无粮？”郝如松始仍不信。

“卑职差人进去查过，粮囤果空。”衙门的人说。

“囤空怎的！你家有粮囤吗？”郝如松继仍不以为意。

“卑职支的那点儿散钱，能买多少口粮？用不着粮囤。”衙门的人说。

“这家人也该尝尝饿肚子的滋味！”郝如松道。

“是。”衙门的人应道。

说过之后，郝如松把张居正家老宅里没粮的事抛到脑后。

“老爷，里面说死了人。”衙门的人又报与郝如松知。

“偌大一个宅子，死个人也算事！”郝如松总算没有始则不信。

“死人的事有点儿尴尬。”衙门的人说。

“谁个尴尬？里面死的人吗？”郝如松总算也没有不以为意。

“不是。”衙门的人说。

“里面没死的人吗？”郝如松问。

“也不是。”衙门的人说。

“不是里面的人尴尬，难道还是外面的人尴尬！”郝如松道。

“卑职正想说外面的人有点儿尴尬。”衙门的人说。

“是他尴尬？”郝如松随便指一个人问。

“不是。”衙门的人道。

“是你尴尬？”郝如松问。

“不是。”衙门的人道。

“不是他尴尬，不是你尴尬，难道是我尴尬不成！”郝如松道。

“卑职正想说老爷有点儿尴尬。”衙门的人说。

“我为何要尴尬？”郝如松问。

“人是饿死的。”衙门的人说。

“人饿死，与我何——”郝如松最后一个字没说出口，已然想到，人若是饿死，与他还真有干系；也就是说，他现在的处境，确实有点儿尴尬。于是，他改口问道，“你曾告我，里面无粮，是吧？”

“是。”衙门的人应道。

“送点儿粮去。”郝如松命道。

“是，”衙门的人应一声，说道，“卑职还告诉过老爷，里面无油。”

“送点儿油去。”郝如松命道。

“是，”衙门的人应一声，又说，“里面也无肉。”

“送点儿肉去。”郝如松命道。

衙门的人遵命办事，郝如松的脑海里开始翻腾起来。封锁张家老宅，是他提议的；人死，是在封锁之后发生的。人命关天，无论朝廷追究死人的事，还是上官追究死人的事，他都难辞其咎。

送粮、送油、送肉，为的是里面不再死人，可谓亡羊补牢。但仅有亡羊补牢是不够的，他还得有个牢为何不实、致使羊亡的理由。在这里，也就是为何要封锁张家老宅、致使人死的理由。

幸好这个理由他是有的，即：张居正的巨赃尚未追回，为不走露风声，封锁张家老宅势在必行。

所谓赃银，他是从张居正长子、曾官礼部主事的张敬修身上打开缺口的。张敬修懦弱，绝无其父之风，稍一用刑，让他怎说，他就会怎说。赃银数从数万，增至十万，又增至数十万。偌大一笔钱财，足以消除张家饿死一两个人带给他的尴尬。

现在的问题是：张敬修赃银数目供认得痛快，藏银的地方却供认得不痛快，不是吞吞吐吐，闭口不言，就是说个地方，让人无从去找；或者找到地方，却找不出赃银。把供认的赃银变成实际的赃银，他还得多下工夫才成。

更大的问题是：才封锁张居正家老宅，他可以单独审讯张敬修及张宅里的任何一个人，或和府衙的其他官员同审，但以他为主；而现在钦差们莅临，他或可以和钦差们同审，但绝不会是以他为主。而要让钦差们相信，数十万的赃银确实是存在的，要让钦差们有信心追出赃银，得下更大的工夫才成。

多官第一次会审张敬修，目标只有一个：追索赃银。多官，一部分是钦差，包括司礼太监张诚、刑部侍郎丘橓、刑科左给事中杨廷相、锦衣卫都指挥使曹应魁；一部分是当地官员，包括湖广巡抚李江、湖广布政司分守荆南道参政杨栢、荆州府知府郝如松等。郝如松官职最低，但他是荆州府的父母官，接触张敬修最早，赃银数又是他直接问出来的，所以，会审开始时，由他主持。

当然，他也知分寸。众大人让他主持，主要是把众大人的身份告诉张敬修。他从张诚说起。

“此位乃司礼监的张公公。”郝如松说。

“罪臣叩见张公公。”张敬修道。

“在京师应该见过的吧？”郝如松问。

“罪臣看张公公眼熟，但无私交。”张敬修说。

“彼时，你眼中只有冯某，怎会有我！”张诚插话。

“张公公在司礼监是何等显赫，你敢不说实话？”郝如松问。

“罪臣不敢。”张敬修道。

“此位乃刑部丘侍郎。”郝如松接着说。

“罪臣叩见丘大人。”张敬修道。

“想必你无缘得见丘大人，但总知其名吧？”郝如松道。

“罪臣有所耳闻。”张敬修说。

“有所耳闻，怕是句搪塞的话吧！”张诚插话。

“丘大人是审狱高手，你敢不说实话？”郝如松问。

“罪臣不敢。”张敬修道。

“此位乃刑垣的杨给谏。”郝如松接着说。

“罪臣叩见杨大人。”张敬修道。

“我职位低下，郝大人不必问他知与不知。”杨廷相插话。

“是，”郝如松应一声，说道，“问可以不问，说还是要说：杨给谏每日看的都是狱状，看你敢不说实话！”

差不多的意思，被他从问话改成直接的警告。

“罪臣不敢。”张敬修道。

“此位乃锦衣卫的曹缇帅。”郝如松接着说。

“罪臣叩见曹缇帅。”张敬修道。

“锦衣卫官多如牛毛，郝大人也不必问他知与不知。”曹应魁插话。

“是，”郝如松应一声，说道，“问可以不问，说还是要说：锦衣卫用刑，非我荆州府可比，看你敢不说实话！”

“罪臣不敢。”张敬修道。

“此位乃巡抚湖广都御史李都堂。”郝如松接着说。

“罪臣叩见李大人。”张敬修道。

“我乃湖广官，与他又不是第一次见，说也不必说。”李江插话。

“是，”郝如松应一声，说道，“说可以不说，问还是要问：李都堂曾亲自鞫讯，你当他面说的可是实话？”

差不多的意思，他又变回问话。

“罪臣不敢说假话。”张敬修道。

“此位乃荆南道杨大参。”郝如松接着说。

布政司设参政、参议。俗称，以参政为大参，以参议为少参。

“罪臣叩见杨大人。”张敬修道。

“我见他的次数比你少不了多少，更不必说。”杨栢插话。

“是，”郝如松应一声，说道，“说可以不说，问还是要问：杨大参鞫讯你多次，你当他面说的可是实话？”

“罪臣不敢说假话。”张敬修道。

“诸位大人还要问吗？”郝如松转向众官。

“郝太守不会以为，会审可以就此结束吧？”丘橓觉得他问得太没道理，硬邦邦地回问一句。

郝如松也发觉自己的话有毛病，忙解释：“茂实先生误会下官的意思，下官是问，哪一位大人先行发问。”

“我既然开口，就由我来问吧，”丘橓说着，问张敬修，“京师里的事，你听说过一些吗？”

“丘大人问的是近日京师里的事？”张敬修反问。

“可不是近日京师里的事！以前京师里的事，你不仅听说过，还可能目睹，我何必要问！”丘橓道。

“近日京师里的事，罪臣不知。”张敬修说。

“你父在京师的宅邸被抄没，你也不知？”丘橓问。

“罪臣亦不知。”张敬修说。

“也没想过？”丘橓问。

“想却曾想过，”张敬修说，“罪臣亡父在荆州的老宅既被抄没，京师家宅肯定也要被抄没。”

“你可知，你父京师宅邸中抄没钱财几多？”丘橓问。

“这又不知。”张敬修说。

“若有人告诉你，你父京师宅邸，并宅中器物等，共折银一万六百七十两，你会不会吃惊？”丘橓问。

“罪臣不会吃惊。”张敬修说。

“据你估计，你父在京师的家财只有这么多？”丘橓问。

“是。”张敬修应道。

“你父荆州老宅被抄没，你应该知道吧？”丘橓又问。

“罪臣皆亲历。”张敬修说。

“你可知，你父荆州老宅清核财物几多？”丘橓问。

“不知。”张敬修道。

“你听好！”丘橓为他一一言道，“金二千四百余两，银十万七千七百余两，金器三千七百余两，金首饰九百余两，银器五千二百余两，银首饰一百余两。”说了这几项，他问，“你以为如何？”

“罪臣不理家，不知荆州老宅究竟有几多家财。”张敬修说。

“虽不理家，总有个估算吧？”丘橓道。

“是。”张敬修应道。

“老宅中的清核，与你的估算，出入大不大？”丘橓问。

“似乎不大。”张敬修不在意地说。

“怎会不大？你不是估算，你父家财应在五十万吗？”丘橓问。

“罪臣是对李大人、杨大人、郝大人等这样估算过。”张敬修说。

“你还说，对他等没说假话。”丘橓道。

“是。”张敬修应道。

“我再为你估算估算，”丘橓道，“金二千四百余两，金器三千七百余两，金首饰九百余两，合而计之，约为七千两。以金十倍于银计，约折合银七万余两。又银十万七千七百余两，银器五千二百余两，银首饰一百余两，合而计之，约为十三万两。两项合计，约合白银二十万两。”计罢，问道，“我估算的有无误差？”

“似无误差。”张敬修说。

“可你却对李大人、杨大人、郝大人等说，你父家财应在五十万！”丘橓道，“五十万与二十万，相差三十万；五十万与二十余万，也相差二十余万。是你估算有误，还是你没说实话？”

“小人估算的，是家父总的家财；而大人估算的，只是家父荆州老宅里的家财。”张敬修说。

“对，你父在京师的房宅及其中所存放器物，价值一万又六七百两呢，”丘橓说着，又计算，“本来相差二十余万，减除一万余，还应该是二十余万吧？是相差二十二三万，还是相差二十七八万？或许，选个中间的数目，相差二十五万，比较合适？”

“丘大人说的是，相差二十五万比较合适。”张敬修附和道。

“那么，二十五万在何处？”丘橓问。

“或是放在某处。”张敬修说。

“是京师宅邸某处，抑或荆州老宅某处？”丘橓追问。

“罪臣不知。”张敬修说。

“在京师宅邸某处的可能性大些，抑或在荆州老宅某处的可能性大些？”丘橓追问。

“应在荆州老宅某处的可能性大些。”张敬修说。

“偌大一笔钱财，挖地三尺得之，也是值得的。你说呢？”丘橓问。

“丘大人说的是。”张敬修道。

“可李大人、杨大人、郝大人等已经命人在老宅挖地三尺；而且，是由郝大人坐镇指挥的，”丘橓说着，问郝如松，“郝太守，是不是？”

“是。”郝如松应道。

“可找到二十余万金？”丘橓问。

“连二十金也没找到。”郝如松说。

“你说，这是怎么一回事？”丘橓问张敬修。

“罪臣不知。”张敬修道。

“郝太守，他说不知。”丘橓对郝如松说。

“你不是说过，可能有人把家财分散存于别家？”郝如松提醒张敬修。

张敬修愣了愣神，道：“罪臣是说过。”

“分散存于别家，会是谁家？”丘橓问。

“罪臣记得，舍妹出阁，家父送去的陪嫁，价值不菲。”张敬修说。

“孟真先生就南京大司空前，已将你妹的陪嫁原封不动地缴官。估计价值在万金左右，离二十余万差得远呢。你得想想，还会存放在别个谁家？”丘橓问。

张居正死，亲党皆被斥退，唯刘一儒以重名节，反拜南京工部尚书。

“最有可能的，是曾尚书。”张敬修说。

“他已罢官。”丘橓道。

“是，”张敬修应一声，又说，“最有可能的，是钟祥曾家。”

“在你看来，寄存于曾家的钱财能有几多？”丘橓问。

“七万或八万。”张敬修随口说个数。

“还有呢？”丘橓问。

“或会存于王侍郎家。”张敬修说。

“他也罢官。”丘橓道。

“是，”张敬修应一声，说道，“还可能寄存于夷陵王家。”

“在你看来，寄存于王家的钱财能有几多？”丘橓问。

“六万到七万。”张敬修减少一万。

“还有呢？”丘橓问。

“或会存于傅大人家。”张敬修说。

“哪个傅大人。”丘橓问。

“江陵傅大人。”张敬修说。

“江陵傅家近者有二人为官，一出身隆庆二年那科，一出身万历二年那科。”杨廷相插话。他本人也是万历二年进士。

隆庆二年的进士名作舟，万历二年的进士名作雨，二人是兄弟。

“是出身隆庆二年的傅大人。”张敬修说。

“在你看来，寄存于傅家的钱财能有几多？”丘橓问。

“五万到六万。”张敬修又减一万。

“还有呢？”丘橓问。

“或会存于高大人家。”张敬修说。

“哪个高大人？”丘橓问。

“江陵高大人。”张敬修说。

他说的高大人名志进，非进士出身，但和张氏是世交。张敬修说不出高志进现为何官，而丘橓连这个名字也不会知道，所以，他干脆不问。

“在你看来，寄存于高家的钱财能有几多？”丘橓问。

“四万到五万。”张敬修又减一万。

“还有呢？”丘橓问。

“丘大人算算，总数已差不多吧？”张敬修道。

“可不！”丘橓感觉差不多，再心算一番：以高限寄，寄存于四家的钱财是二十六万，以低限计，寄存于四家的钱财是二十二万，取其中，大约是二十五万左右。他对张诚说，“我算差不多，公公再算算。”

“是差不多，不用再算。”张诚说。

“公公再问问。”丘橓又说。

“茂实先生问得很仔细，不用再问。”张诚说。

“二位还有要问的吗？”丘橓问杨廷相、曹应魁。

“没的要问。”二人齐道。

“下官以为，我等可分别去四家索银。”杨廷相又说。

“四家若不认账，又搜索不出，此等赃银还得着落在这位大公子身上。到时我再来问。”曹应魁又说。

“两位大人的话，你听清楚没有？”丘橓问张敬修。

“罪臣听清楚。”张敬修道。

他两眼黯然失色，也许是在想：承认为张氏收藏赃银，不仅要破财，而且会招惹更大的麻烦，曾省吾、王篆、傅作舟、高志进四人大概谁也不会承认的；也许是在想：这四个人不承认，还能把祸水引到谁家；也许是在想：锦衣卫的酷刑早有耳闻，索银不得，曹应魁会用哪些刑具、哪些手段来对付自己呢？

曾、王、傅、高四家果然都不承认有寄存之事。但没等丘橓等再次会审张敬修，他在老宅中自经身亡。

张诚奏闻，把责任都推到郝如松身上。郝如松被逮治。

第一百三十五章

刑部主事董基经过太常寺时，和他同年的进士、太常博士魏允中，恰好从衙门里出来。

“懋权兄。”他招呼一声。

魏允中走路，向来心无旁骛，董基一声招呼，让他回过神来。

“是巢雄兄呀！”他打回招呼。

魏允中字懋权，北直隶南乐人。董基字巢雄，山东掖县人。二人都是万历八年进士。

“我这副嘴脸，不值得冒充。”董基笑道。

魏允中也笑，问道：“巢雄兄怎会走到这里来？”

虽然都在皇城以西，但刑部衙门在西城阜财坊，太常寺衙门在中城大时雍坊，不仅不属同一坊，而且不属同一城。太常寺归于礼部，一名刑部主事是不会来太常寺办事的；而要回家，魏允中知道董基家在哪里，更不可能走到太常寺来。所以，他要问一句。

“就算来找个伴吧。”董基随口说道。

“来找谁人为伴？”魏允中问。

“遇到谁人，以谁人为伴。”董基说。

“既遇到我，则以我为伴？”魏允中问。

“不错，”董基道，“既遇到懋权兄，就以懋权兄为伴。”说着，问道，“懋权兄不乐意与我作伴吗？”

“乐意之至。”魏允中道。

“不管做何事，懋权兄都愿与我作伴？”董基问。

魏允中估计，大家都在朝为官，董基又是刑部官，不会让他做违法干纪之事。他说：“不管做何事，都愿与巢雄兄作伴。”

“不管去何处，懋权兄都愿与我作伴？”董基又问。

“不管去何处，都愿与巢雄兄作伴。”魏允中说。

“既如此，懋权兄请。”董基让道。

魏允中抬起脚，却落不下去。出太常寺衙门，临太常寺街。太常寺街四通八达，往哪个方向都可以走。

“巢雄兄，怎走？”他问。

“懋权兄日日在这里走来走去的，该你给我指路呀，怎反问起我来！”董基道。

“该我指路？”魏允中苦笑，“我得知道巢雄兄去何处，才指的出路。”

“去惜薪司，怎走？”董基问。

“去惜薪司，我可带巢雄兄走条近路。”魏允中说。

在街巷间穿来穿去，本来以为很长的一段路，不多时，就来到西安门外。但魏允中走得并不轻松，他在检讨：方才答应董基，不管做何事，不管去何处，都愿与他作伴，是不是太草率？惜薪司是内臣衙门，一名刑部主事不可能和惜薪司的公公有什么公事上的来往；若为私相交往，董基不该来，自己更不该陪他来。

但既应允在先，不好骤然反悔。他停下来，问道：“巢雄兄有没发觉，少走许多路？”

“诚然，”董基道，“懋权兄路引得好，多谢。”

“这一路与巢雄兄作伴，是不是——”魏允中是试探，不能说得太直白。

董基不会听不出来。他马上说：“懋权兄想和我分手吗？不管做何事，都愿与我作伴，不管去何处，都愿与我作伴，言犹在耳呀！”

“并非我想和巢雄兄分手，”魏允中道，“无人为伴，我愿与巢雄兄作伴；巢雄兄眼看就要有伴，还用我作伴吗？”

“懋权兄怎知我眼看就要有伴？”董基问。

“巢雄兄不是要去惜薪司吗？前面就到惜薪司，懋权兄可不是该有伴！”魏允中道。

“懋权兄怎知我到惜薪司就有伴？”董基问。

“巢雄兄来前难道不曾与惜薪司的公公约定？来惜薪司难道不是赴约？”魏允中反问。

“懋权兄怎知我是来赴约？”董基问。

“今日是个赴约的日子呀。”魏允中说。

“今日是个赴约的日子？”董基想了想，问道，“懋权兄的意思，今日是端午节，故我来赴约？”

“难道不是？”魏允中反问。

“当然不是，”董基道，“你我在京师做官不是一日两日，懋权兄几时见过，我曾与惜薪司的公公约会？”

“是我想差？”魏允中想差，反而欣欣然有喜色。不过，他很快又转入困惑，“我不懂，巢雄兄不为赴约，却为何要去惜薪司？”

“懋权兄怎知我要去惜薪司？”董基问。

“巢雄兄难道没问，去惜薪司怎走？”魏允中道。

“问惜薪司怎走，难道一定要去惜薪司？”董基问。

“问惜薪司怎走，的确不一定去惜薪司，”魏允中承认，并问，“巢雄兄既然不去惜薪司，为何要问惜薪司怎走？”

“路过。”董基道。

“路过惜薪司，再去哪里？”魏允中问。

“甲、乙、丙、丁、戊字等库。”董基说。

“究竟哪一库？”魏允中问。

“哪一库都可。”董基说。

“来，”魏允中拉他走进西安门，往右首一指，问道，“那是惜薪司，巢雄兄认得吧？”

“认得。”董基点头。

“巢雄兄既不是去惜薪司，就请往另一边看，”魏允中往左首一指，问道，“西头一排房屋，巢雄兄知是何处？”

“不知。”董基摇头。

“那是鸽子房。”魏允中告诉他。

“原来是鸽子房。”董基回应一句。

“鸽子房对面一排房屋，巢雄兄知是何处？”魏允中问。

“不知。”董基道。

“那是果园厂。”魏允中告诉他。

“怎不见果园？”董基觉得不像。

“它终归是厂，不是园，”魏允中说，“不论哪处果园的果子，送进宫前，都要在这里处置。”

“名为果园厂，实乃晾果厂。”董基道。

“巢雄兄看得见鸽子房、果园厂之间那条路吗？”魏允中问。

“看得见。”董基应道。

“巢雄兄顺此路，一直往北走，即可见诸库，”魏允中说，并加上一句，“至于各库位置，我也说不上来，须得巢雄兄自个儿进去打听。”

“多谢懋权兄指引，”董基致谢之后，发觉不对，“懋权兄的意思，我自个儿沿此路，一直往北走？”

“是啊。”魏允中应道。

“我自个儿进去打听各库位置？”董基问。

“是啊。”魏允中应道。

“懋权兄又要弃我而去！”董基责备道。

“不是我要弃巢雄兄而去，”魏允中道，“巢雄兄要我陪伴来诸字库，诸字库既在眼前，巢雄兄用不着我再陪伴。”

“谁说诸字库既在眼前，我就用不着懋权兄再陪伴？”董基问。

“巢雄兄找到诸字库，不就有伴吗？”魏允中道。

“谁说我到诸字库就有伴？”董基问。

“难道巢雄兄来前，没和某库某公公约定？来诸字库难道不是为的赴约？”魏允中问。

“当然不是，”董基道，“懋权兄几时见我与内库的公公交往？”

“我又想差？”魏允中这次有充分的理由相信，他没想差。“巢雄兄这次说的是去甲、乙、丙、丁、戊诸字库，非是问往甲、乙、丙、丁、戊诸字库怎走，不能再以路过言之吧？”

“本就不是路过。”董基道。

“不是赴约，却去诸库作甚？”魏允中问。

“懋权兄先随我顺这条路，一直往北走，既见诸字库，也不必打听各库位置；懋权兄若见我与某库某公公有约，见我和某库某公公点头招呼，从此再也不用理睬我，如何？”董基道。

他话说到这种地步，魏允中除回应一句“也不必如此绝情”，只能按照他说的，和他一同往诸字库走去。

西安门内，南一排房屋，除惜薪司外，还有赃罚别库等。在它们后边，是大光明殿和万寿宫。北一排房屋，除鸽子房、果园厂外，还有洗帛厂、藏经库、西花房、西酒房等。在西花房、西酒房后边，是内安乐堂，即病重的内臣、宫女暂歇的地方。被这么多的房屋遮蔽，稍远处的情景看不到，稍远处的动静听不到。

走过鸽子房、果园厂之间那条路，豁然开朗。中间的场地甚是空旷，场地西侧长长一排房屋，是甲、乙、丙、丁、戊字库，及承运、广惠、广济、广盈等库；东侧短得多的一排房屋，是虎房、豹房、牲口房等；北侧一栋又高又大的房屋，是赃罚库的正库；南侧接近内安乐堂，有一栋小得多的房屋，是司礼监经厂。

“莫非巢雄兄当真是为公务而来？”魏允中问。

“懋权兄怎又疑我为公务而来？”董基反问。

“内库并非和刑部全无干系，赃罚库钱不都是刑部追缴？”魏允中道。

“赃罚库钱也由刑部查核吗？”董基问。

“那却不是，”魏允中道，“朝廷要查核赃罚库钱，会遣派御史。”

“所以，我并非为赃罚库而来。”董基说。

“巢雄兄究竟为何而来，总可以说说吧？”魏允中道。

董基摆摆手，示意他不要说话；竖起耳朵，示意他仔细听。

走过鸽子房、果园厂之间的小路后，不再有密集房屋的遮蔽，听得出较大的动静。不是空旷场地上发出的声音，不是甲、乙、丙、丁、戊字等库，承运、广惠、广济、广盈等库，赃罚库，虎房、豹房、牲口房，以及经厂发出的声音，而是从赃罚库的后边，或者是从虎房、豹房、牲口房的后边，亦即是从他们所在的位置的东北方向传出来的，但被赃罚库或虎房、豹房、牲口房等遮蔽，看不到里面发生什么事情。

一个声音较为清晰。董基问：“懋权兄听，是何声音？”

“似是号令声。”魏允中说。

又一个声音较为清晰。董基问：“懋权兄听，是何声音？”

“似是踏步声。”魏允中说。

又一个声音很清晰，以至魏允中可以准确地回答，而不必含糊其辞。

“懋权兄听，是何声音？”董基问。

“铳炮。”魏允中道。

又一个声音更清晰。董基问：“懋权兄听，是何声音？”

“欢呼。”魏允中道。

“懋权兄听得出，声音从何处传来？”董基问。

“听得出，”魏允中道。“声音是从赃罚库以东、牲口房东北传来。”

“懋权兄可知，那是何处？”董基问。

“知之，”魏允中道，“那是内教场。”

“懋权兄该知道，我约你来，为的何事吧？”董基问。

“知之，”魏允中道。“巢雄兄约我来，为的是看内操。”说罢，觉得不对，又更正说，“看是看不到，巢雄兄约我来，为的听内操。”

“虽仅闻其声，却能想象得出。”董基说。

“巢雄兄能想象得出，操练的规模吗？”魏允中问。

"想象得出，"董基道，"操练内臣，不下三千。"

"巢雄兄想象得出，操练者的体魄吗？"魏允中问。

"想象得出，"董基道，"个个彪悍，人人精壮。"

"怎见得个个彪悍，人人精壮？"魏允中问。

"十数万内臣中选三千人，不说是百里挑一，也是数十人中挑一，肯定个个彪悍，人人精壮。"董基说。

"巢雄兄想象得出，操练者的神情吗？"魏允中问。

"想象得出，"董基道，"不胜疲惫，不胜懈怠。"

"不是个个彪悍，人人精壮，怎又不胜疲惫，不胜懈怠？"魏允中问。

"懋权兄今日几时起身？"董基问。

"约在五更。"魏允中说。

"从太常寺到此处，你我走多久？"董基问。

"大半个时辰。"魏允中说。

"懋权兄不觉疲惫，不觉懈怠吗？"董基问。

"略觉疲惫、懈怠，"魏允中说着，马上分辩一句，"但我算不得彪悍，算不得精壮。"

"所谓彪悍、精壮，是就内臣而言，非就卒伍而言，"董基说，"他等或较懋权兄彪悍，但也只会彪悍一点点；或较懋权兄精壮，但也只会精壮一点点。懋权兄五更起身，走大半个时辰，已略觉疲惫，略觉懈怠；他等三更起身，等候三四个时辰，走动三四个时辰，能不觉疲惫，不觉懈怠？区别应在于：是不胜疲惫，不胜懈怠，还是略觉疲惫，略觉懈怠。在炎炎烈日下，不仅呕吐、昏厥者有之，说不定垂死者亦有数人。"

"操练内臣不胜疲惫，不胜懈怠，的确不是件小事，难怪巢雄兄要亲临一观。"魏允中表示理解。

"操练内臣不胜疲惫，不胜懈怠，不是件小事，可也不是极大之事。"董基却说。

"极大者，却是何事？"魏允中问。

"须杜意外之变，"董基道。"兵者，凶器也；内廷，清严之地也。古圣王观兵不庭，犹曰不得已而用之。今有所谓不得已乎？乃聚兵三千之众，轻以凶器，尝试于清严之地？"

听这两句议论，魏允中笑起来。

"巢雄兄有所想象，我也有所想象。"他说。

"懋权兄想象出何事？"董基问。

“巢雄兄来倾听一下内操的声音，设想一下内操的情景，以便把谏章写得更生动一些。”魏允中说。

“快走，快走！箭在弦上，不得不发。”董基说着，拉魏允中离开。

张鲸进入文华殿时，皇帝正反复阅读御案上的两篇奏疏。

“老张来得好，朕正有事问你。”皇帝招呼道。

“是。”张鲸应一声，快走两步，到御案前。

“前日内操，有无三千人？”皇帝问。

“原拟三千人内操。”张鲸说。

“实际呢，究竟有没有？”皇帝问。

皇帝问得急切，张鲸回答得不能急切。他估计，只要他不马上回答，皇帝就会告诉他，为什么要问这件事。

果然，在他沉静时，皇帝说：“两篇奏疏，一篇出自大司马之手，一篇出自刑部一主事之手，都道是三千人内操。故而，朕要查一查那日内操的实际员数。”

知道了皇帝的用意，张鲸就好回答。

“那日原拟三千人内操，实到内教场者，只有二千七百余人。”他说。

“好！”皇帝的一个想法得到证实，大为愉悦，“实到内教场二千七百余人，却奏三千人内操，算不算奏事不实？”

“相差二百余人，自是不实。”张鲸说。

“奏事不实，当不当斥之？”皇帝问。张鲸又迟疑，皇帝理解他迟疑的缘故：因主事奏事不实而斥之，不会引起什么风波；因尚书奏事不实而斥之，则不是件小事。况且，兵部尚书是皇帝一直信赖的张学颜！因此，在谈论这件事时，得把张学颜摘出来，专门针对董基，尽管两篇奏疏在内容上完全相同，在字句上也颇为相似。皇帝改问，“内操一事，须知会兵部吧？”

“是。”张鲸应道，“是奴才亲自知会张尚书的。”

“可见，张尚书言三千人，有所据，”皇帝说着，问道，“是不是？”

“是，”张鲸应道。

“内操须知会刑部否？”皇帝又问。

“内操不关刑部事，不须知会。”张鲸说。

“更不须知会刑部主事吧？”皇帝问。

“刑部尚书不须知会，何须知会刑部主事！”张鲸道。

“未知会刑部，未知会刑部主事，董基怎知三千人内操？”皇帝问。

“或是风闻。”张鲸道。

“主事亦可风闻奏事？”皇帝问。

“不可，”张鲸道，“满朝文武，唯言官可风闻奏事。其他官员，上自尚书，下至主事，皆须据实以奏。”

“不仅风闻奏事，且所奏之事不实，朕若处置他，他不应该觉着委屈吧？”皇帝问。

“他不应该觉着委屈。”张鲸附和。

“别个言官也没理由申救吧？”皇帝问。

“别个言官也没理由申救。”张鲸附和。

“况且，他风闻奏事，且所奏之事不实，又不止一件，”皇帝成功地证实第一个想法后，又要证实第二个想法。他问，“老张，那日内操，你有没在场？”

“奴才从始至终都在场。”张鲸说。

“你可见，操练内臣中有不胜疲惫、不胜懈怠者？”皇帝问。

“那日爷亲莅内教场，观看骑射，操练内臣无不欢呼雀跃。莫道不胜疲惫、不胜懈怠者，即便稍显疲惫、稍显懈怠者，奴才也没见到一个。”张鲸说。皇帝即称又一件风闻奏事，且所奏之事不实，他就知道该怎说。

“老张，那日内操，外廷之臣有没有在场者？”皇帝又问。

“并无在场者。”张鲸说。

“兵部尚书未在场？”皇帝问。

“奉圣谕，兵部尚书仅知会而已，并未邀至。”张鲸说。

“刑部尚书未在场？”皇帝问。

“未邀兵部尚书，更不会邀刑部尚书。”张鲸说。

“无兵部主事在场？”皇帝问。

“兵部尚书不在场，兵部主事更不会在场。”张鲸说。

“无刑部主事在场？”皇帝问。

“兵部主事不在场，刑部主事更不会在场。”张鲸说。

“既不在场，可不只能风闻奏事！”皇帝道。

“爷说的是。”张鲸应道。

“老张，那日内操之后，你有没探视过参与操练的内臣？”皇帝开始证实他的第三个想法。

“奴才奉圣谕，不仅去探视，还送去酒、肉。”张鲸说。

“操练内臣离开内教场后，有无萎靡者？”皇帝问。

“人人振奋，无一萎靡者。”张鲸道。

“有无垂死者？”皇帝问。

“人人健康，无一垂死者。”张鲸道。

“有无猝死者？”皇帝问。

“人人生存，无一猝死者。”张鲸道。

“既然无一萎靡，无一垂死，无一猝死，所谓不胜疲惫，不胜懈怠，所谓垂死者且数人，他从何而知？”皇帝问。

“奴才想，往好里说，是风闻奏事。”张鲸道。

“往不好里说呢？”皇帝问。

“是谣传蛊惑。”张鲸道。

“不必说他谣传蛊惑，”皇帝摆一摆手，说道，“但以一篇奏疏，至少有三处风闻奏事，且无一是实，朕一要降他的职，二要把他逐出朝廷。这样的处置不能算重吧？”

“爷说的是，处置不能算重。”张鲸道。

董基谪为万全都司都事。科、道及大臣们论救，皇帝不听。

第一百三十六章

刑部尚书潘季驯溜溜达达，走到都察院。都察院门役认得他，殷勤地招呼：“潘大老爷来，是找我们赵都堂吧？我带您去。”

他一口气说三句话，潘季驯也不假思索地回三句话：“不用，路我熟，我自个儿去。”

赵都堂即掌院都御史赵锦。他历任南京南京都察院右都御史及南京刑部、礼部、吏部三部尚书，因不为张居正所喜，以病请辞。去年七月，前掌院都御史陈炌劾罢，廷推赵锦掌院。

二人都是浙江籍。潘季驯是湖州乌程人，赵锦是绍兴余姚人。赵锦是嘉靖二十三年进士，比潘季驯早两科，可以说是同一代人。赵锦以知县起家，征为御史，曾官大理寺卿，潘季驯以推官起家，征为御史，曾官大理寺丞，经历也有许多相似之处。故二人相处时，很轻松，很随意。

“时良先生是来送茶叶吧？”赵锦开玩笑地问。

“恰恰相反，是来向元朴先生讨茶叶的。”潘季驯开玩笑地说。元朴是赵锦的字。

“有，有，”赵锦连声应道，“家人不分上品、次品，一概送来，时良先生尽管拣好的拿。”

“要尝一尝，才知品级。”潘季驯说着，随便找把椅子坐下。看样子，他是来说事的，不是来讨茶的。

“时良先生有话要说？”赵锦边斟茶水，边问。

“有。”潘季驯回答得很爽快。

赵锦杯子已端起来，听了这话，又放下去。他问：“时良先生有一两句话要说，抑或有极多的话要说？”

“有两句话要说。”潘季驯道。

“时良先生对付着润润口吧，我不给你换新的。”赵锦说。

“元朴先生还是换杯新茶吧。”潘季驯却说。

“时良先生不是只有两句话吗？”赵锦不想费事。

“两句话是两个话题，每个话题下都有许多话要说。”潘季驯道。

“既如此，时良先生稍等，”赵锦说着，命仆役新煮一壶茶来。然后，他转回来问潘季驯，“时良先生有哪两句话要说？”

“第一句：难能可贵；第二句：勉为其难。”潘季驯道。

“两句里都有个难字，时良先生是来念难经吗？”赵锦笑问。

“虽都有个难字，却是念的颂经。”潘季驯道。

“颂经？颂谁人？”赵锦问。

“第一句，自是颂的主人。”潘季驯道。

“第二句呢？”赵锦问。

“颂的是客人。”潘季驯道。

“今日堂上，只有时良先生一位宾客。”赵锦提醒道。

“我是要自颂。”潘季驯说。

“时良先生遇到何事，不得不勉为其难？”赵锦问。

“按照顺序，元朴先生应该先问，自家做过何事，我要颂其难能可贵。”潘季驯道。

“是啊，”赵锦应罢，重新问道，“我掌院以来，做过何事，值得时良先生以难能可贵颂之？”

“我颂难能可贵，一半是在元朴先生掌院之前，一半是在元朴先生掌院之后。”潘季驯说。

“掌院之前是何事？”赵锦问。

“久远之事，不提也罢，我只说万历朝的事，”潘季驯以这句话开场，已有称颂之意。赵锦为御史时，曾以天变进言，以为应在权奸乱政。这是劾严嵩的，他并因此被罢斥为民。同时，潘季驯也表明，自己今日要说的，虽然不是那件事，但和那件事也有类似之处。他问，“故元辅在日，元朴先生曾以二字议之，是哪两个字？”

“时良先生说的，是不是操切二字？”赵锦反问。

“对，就是这两个字！”潘季驯道，并说，“元朴先生这两个字的议论，遭致某给谏强烈抨击。我记得，他送给元朴先生八个字吧？”

“是。”赵锦应道。

“是哪八个字？”潘季驯问。

“讲学谈禅，妄议朝政。”赵锦道。

“恰是这八个字，让元朴先生辞官的吧？”潘季驯问。

“无论谁个遭此抨击，都会辞官。”赵锦道。

“以二字之议，换来八字之讦，并不得不辞官。元朴先生觉着，值得不值得？”

潘季驯问。

“无所谓值得，无所谓不值得，”赵锦道，“时良先生也是做过御史的，御史当言则言，难道还计后果？”

“可此事发生之际，元朴先生已身为大僚。”潘季驯说。

“或是做御史时的风骨不改吧。”赵锦也用一美词来形容这件事。

“风骨不改，令人敬佩，”潘季驯道，“我颂元朴先生难能可贵，这是前一半的缘故。”

“后一半的缘故又是何事？”赵锦问。

“今年朝廷决计抄没故元辅家，元朴先生曾有三言两语的议论，尚记否？”潘季驯反问。

“眼前的事，怎会不记得！”赵锦道。

“元朴先生怎说的？”潘季驯问。

“世宗时藉严嵩家，祸延江西诸府；居正私藏未必逮严氏，若加搜索，恐贻害三楚，十倍江西民。且居正诚擅权，非有异志。其翊戴冲圣，夙夜勤劳，中外宁谧，功亦有不容泯者。今其官廕、赠谥及诸子官职，并从褫革，已足示惩。乞特哀矜，稍宽其罚。”赵锦复述。

“百余字，竟一字不差，难得！”潘季驯赞道。

“我所拟疏，其文不长，其时不久，没有记不住的道理。”赵锦说。

“我是说，元朴先生为张氏陈请宽贷，发自内心；所以，今日复述其辞，才会一字不差。”潘季驯道。

“发自内心，时良先生说得不错；若非发自内心，我也用不着作这番议论。”赵锦说。

“我颂元朴先生难能可贵，这是后一半的缘故。”潘季驯道。

“此番议论，不仅发自内心，而且，我以为议论得对。但在我看来，不过是尽职而已，时良先生称其难能可贵，未免过誉。”赵锦谦道。

“不然，”潘季驯自有一番议论，“故元辅权重之时，敢于直言，诚属难能可贵；但我不会当着元朴先生的面，颂其难能可贵。抄没故元辅家，敢于奏乞宽贷，诚属难能可贵；但我也不会当着元朴先生的面，颂其难能可贵。我所以要当着元朴先生的面颂其难能可贵，是因为直言在前，因直言而去官在前，奏乞宽贷在后。我敢说，百官中，有此胸怀者，二三人而已。”

“所谓难能可贵，到此为止，如何？”赵锦被他说得不好意思。

“好啊。”潘季驯想说的话都说出来，自然不会反对。

“请时良先生再解说第二事。”赵锦揖道。

“这不妥吧，”潘季驯摇头。。

“不妥？有何不妥？”赵锦不解地问。

“颂元朴先生，是我解说；轮到自颂，还要我解说？”潘季驯道。

“时良先生之意，该我来解说？”赵锦问。

“有劳。”潘季驯说着，一揖。

“好，”赵锦欣然从命，“时良先生说的四个字，在我看来，有三层意思。”

“第一层意思何在？”潘季驯问。

“在个为字。”赵锦说。

“亦即，我要做事。”潘季驯引申道。

“对。”赵锦应道。

“我要做何事？”潘季驯问。

“这须时良先生自个儿来说。”赵锦道。

潘季驯笑了笑，接着问：“第二层意思何在？”

“在个难字。”赵锦说。

“我要做的事难在哪里？”潘季驯问。

“也须请时良先生自个儿来说。”赵锦道。

“第三层意思何在？”潘季驯又接着问。

“第三层意思在个勉字。”赵锦说。

“为何要做的事虽难，我仍要做？”潘季驯问。

“更须请时良先生自个儿来说。”赵锦道。

潘季驯不由大笑。笑罢，他半是叹服半是讥讽地说：“这几句题解，真个令人击节叹之！”

“时良先生可以作题解之解吧？”赵锦问。

“好。”潘季驯点头应允。

“时良先生欲做何事？”赵锦问。

“效元朴先生，陈乞宽贷张氏家人。”潘季驯说。

“时良先生做此事，有何难处？”赵锦问。

“潘时良非赵元朴。”潘季驯说。

“怎讲？”赵锦问。

“赵元朴为故元辅斥退，今却为张氏陈乞宽贷，知者无不称颂赵元朴胸怀，非同一般；潘时良乃故元辅引用，委以重任，今为张氏陈乞宽贷，知者无不讥以报私恩也。”潘季驯说。

“这个难字，还真是两难，”赵锦补充道，“皇上欲重惩故元辅，朝廷上下多欲重惩故元辅，天下之人多欲重惩故元辅；此时反其潮流，而陈乞宽贷，难之一也。昔日受恩于故元辅，本就被目为其党，此时不顾舆论，而陈乞宽贷，难之二也。”

“诚如元朴先生所言。”潘季驯不无感激地说。

“此事既有二难，时良先生为何还要做？”赵锦问。

“虽有二难，却有三不得已。”潘季驯说。

“三不得已？”赵锦伸出一指，问道，“其一？”

“元朴先生且说，朝廷抄没故元辅家，起于何事？”潘季驯反问。

“因辽府事。”赵锦说。

“元朴先生可否说得具体些？”潘季驯提出要求。

“御史某追论故元辅，指其构辽庶人罪；辽庄王次妃王氏顺势疏言：大奸巨恶，计陷亲王，强占钦赐祖寝，俱夺产业，势侵金宝；庶人金宝万计，悉入故元辅家。朝廷乃差遣大臣，抄没张氏。”赵锦说。

宗室成员被剥夺贵胄身份，统称为庶人。上自天子，如御朝四载的建文皇帝，称建庶人；下至将军、中尉等。辽庶人即第七代辽王宪㸅，隆庆二年降为庶人。辽庄王则是宪㸅之父、第六代辽王致格。（辽藩事，详见《隆庆皇帝全传》。）

“元朴先生亦知，御史某及辽庄王次妃疏上，皇上是命哪个衙门议复的吧？”潘季驯问。

“是命刑部议复。”赵锦说。

“既刑部议复，抄没中发生过当之事，身为刑部掌印，我不得不陈乞宽贷。”潘季驯说。

“其二呢？”赵锦问。

“元朴先生且说，朝廷抄没故元辅家，派的谁人？”潘季驯反问。

“共差四臣，二臣为主，二臣为辅；为主二臣，一是司礼监张公公，一是刑部丘侍郎。”赵锦说。

“丘侍郎曾任都察院副都御史。”潘季驯道。

“是。”赵锦应道。

“若丘侍郎仍为都察院佐卿，抄没一事办成今日的样子，元朴先生会不会无动于衷？”潘季驯问。

“或许不会。”赵锦说。

“抄没主官为刑部佐卿，抄没中发生过当之事，身为刑部正堂，我不得不陈乞宽贷。”潘季驯说。

“其三呢？”赵锦问。

“张氏老宅中致毙多人，元朴先生有所闻吧？”潘季驯反问。

“有所闻。”赵锦应道。

“故元辅长子因索赃自经，元朴先生有所闻吧？”潘季驯问。

“有所闻。”赵锦应道。

“刑部职责，在主人生死，抄没中一再发生死人之事，身为刑部尚书，我不得不陈乞宽贷。”潘季驯说。

“一事、二难、三不得已，时良先生做这件事，不但是勉为其难；难能可贵四个字，我也该一字不改地奉还。”赵锦叹道。

潘季驯疏上，御史李植劾其党庇张居正。潘季驯罢官。

第一百三十七章

慈宁宫总管太监李旺匆匆来到殿外，和在殿外当值的太监说句什么，说得很急，应该是让当值的太监入内禀奏。但当值的太监刚要入殿，又被他叫住。他摆摆手，又打算匆匆离去。

坐在殿内的慈圣皇太后看到这一番情景，把他叫进去。

“李旺，你不会无事而来吧？”慈圣皇太后问。

“是。”李旺应道。

“不好说，要跑，是吧？”慈圣皇太后又问。

李旺窘然一笑，算是默认。

“是你不便说呀，还是我不便听呀？”慈圣皇太后问。

“宫里的事，没有娘娘不便听的。”李旺说。

“看来，是外朝的事？”慈圣皇太后问。

“外朝的事，奴才从不关心。”李旺说。

“那么，还是宫里的事？”慈圣皇太后问。

“是。”李旺应道。

“何事，说吧！”慈圣皇太后命道。

“是，”李旺应一声，说道，“奴才在外边听到一个消息，说是皇上要册封贵妃。”

“你说的外边，是哪个外边呀？”慈圣皇太后问。

“是慈宁宫的外边。”李旺说。

“你是不是想说，皇上要瞒着我册封贵妃？”慈圣皇太后问。

“奴才不敢妄言。”李旺道。

“你不敢妄言，却敢乱想！”慈圣皇太后斥道，“实话告诉你吧，册封贵妃的想法，皇上和我说过，我也是赞成的。皇后册封六年，也该找个帮手，帮衬她打理宫中的事。”

“娘娘说的是。”李旺道。

“你听说皇上要册封贵妃，有没有听说，皇上想册立谁个为皇贵妃？”慈圣皇太后又问。

“奴才从外边听到的消息，说是选自九嫔。”李旺说。

“又是从慈宁宫外边听到的消息吧？”慈圣皇太后问。

“是，”李旺应罢，立刻加上一句，“奴才想，皇上要从九嫔中选立贵妃，一定是禀过娘娘的。”

“你想得对，”慈圣皇太后道，“皇上不仅对我说过，要从九嫔中选立贵妃；还对我说过欲册立淑嫔为贵妃。”

“原来娘娘心里早就有数。”李旺说。

“你看此事如何？”慈圣皇太后问。

“奴才不敢妄议。”李旺说。

“就算你敢妄议，我会要你妄议吗！”慈圣皇太后冷笑，“我只是问你，知道不知道淑嫔是谁个？”

“奴才知道，淑嫔即郑嫔。”李旺说。

“还有个安嫔，知否？”慈圣皇太后问。

“安嫔即王嫔。”李旺说。

“皇上告诉我，欲以郑氏为贵妃，王氏为荣妃。”慈圣皇太后说。

“是。”李旺除应一声，没别的话可说。

“你看此事如何？”慈圣皇太后又问。

“娘娘不准奴才妄议。”李旺说。

“你以为我问你以郑氏为贵妃、王氏为荣妃如何吗？”慈圣皇太后冷笑，“我是问你知道不知道，皇上为何要册立郑氏为贵妃？”

“奴才不知。”李旺说。

“当真不知？”慈圣皇太后追问一句。

“奴才想，皇上欲册立淑嫔为贵妃，一定是对她宠爱有加；但奴才不知道，除宠爱，有无别的缘故。”李旺说。

“你想，还会有别的缘故吗？”慈圣皇太后问。

听得出，她是否定的。因此，李旺坦然地说：“应该没有。”

“我本想，恭妃诞生皇长子，册封贵妃首先应该选她。但皇上的心思都在淑嫔身上，我有什么法子！毕竟册封的是他的贵妃，不是我的贵妃！”慈圣皇太后道。

“娘娘体恤皇上，皇上一定体会得出来。”李旺说。

“有时我也想，把恭妃母子留在慈宁宫，这件事是不是做错？她在我身边，皇上欲召幸她，会有许多顾虑。或许应该另择一宫安置她。”慈圣皇太后像是自语，又像是说给李旺听，总之是心里话。

“娘娘无论怎样安置，都是为皇上好，为恭妃好，为小皇爷好。”李旺既是奉承又是宽解地说。

“到此打住，册封贵妃的事，我不再多想，”慈圣皇太后说着，警告李旺，“你也不准去外边乱说，记住没有？”

“奴才不敢乱说。”李旺应道。

八月初六日，册封淑嫔郑氏为贵妃，安嫔王氏为荣妃。

淑嫔晋为贵妃，一下跳跃好几级，郑贵妃身边的女官、内臣、宫女，也成倍地增加。

一名新来的宫女，年纪不大，但看上去很老成；容貌不美，但眉目似会传情。她引起郑贵妃的注意。

“你过来！”郑贵妃手指着她，命道。

该宫女面有喜色，上前，行礼，口称：“奴婢见过贵妃娘娘。”

“叫什么名字？”郑贵妃问。

“张翠霞。”该宫女报上大名。

“好俗气的名字！”郑贵妃皱了皱眉，又问，“有无乳名？”

“有。”该宫女应道。

“乳名叫什么？”郑贵妃问。

“菊儿。”该宫女报上乳名。

“乳名也不好。”郑贵妃说。

该宫女乖巧，马上跪下，道：“乞贵妃娘娘赐个新名。”

“叫青莲吧。”郑贵妃给她取个新名。

“叩谢娘娘赐名之恩；奴婢从今日起，就叫青莲。”该宫女道。

“你可知，我为何给你取青莲的名字？”郑贵妃问。

“莲蓬多子。”该宫女说。

郑贵妃给她取新名青莲，并没经过深思熟虑；问她为何取此名，也是随便一问。但听了她的回答，却怦然心动。看来，自己的观察不错。这个宫女的回答意味深长，应该是知道自己的心愿的；这个宫女的回答安详沉稳，应该是能够帮助自己实现心愿的。

“我给你取名青莲，你能让我得多子吗？”郑贵妃问。

“不能。”青莲说。

“能让我得一子吗？”郑贵妃问。

“不能。”青莲说。

“那我不是白白给你取这么个名字！”郑贵妃道。

“贵妃娘娘给奴婢取这么个名字，定有给奴婢取这么个名字的用处，并没白取。”青莲却说。

“你说并没白取？”郑贵妃问。

“是。”青莲应道。

“说给我听听。”郑贵妃命道。

“青莲这个名字，贵妃娘娘是随口说出的。是吧？”青莲问。

“是又怎样？”郑贵妃道。

“贵妃娘娘随口取青莲的名字，可见心里想的，正是得子这一件事。是吧？”青莲问。

“是又怎样？”郑贵妃道。

“贵妃娘娘由民女而径选九嫔，由九嫔而径册贵妃，可谓心想事成。贵妃娘娘心想得子，一定也能得子。”青莲说。

“青莲，你这话大错，”郑贵妃道。

“奴婢怎的大错？”青莲问。

“你说我由民女而径选九嫔，是心想事成？”郑贵妃问。

“是。”青莲应道。

“可选九嫔一事，在选九嫔之前，我心里从未想过。故至多是心未想而事成，”郑贵妃说着，问道，“你说我由九嫔而径册贵妃，是心想事成？”

“是。”青莲应道。

“可册贵妃一事，在册贵妃之前，我心里也从未想过。这也是心未想而事成。”郑贵妃说。

“贵妃娘娘心未想而事成；心若想，事更成。”青莲说。

“未必，”郑贵妃摇着头说，“心未想，事成坦然，事不成亦坦然，故反而成；心若想，事成则欣喜，事不成则懊恼，故往往不成。”

她这样说，并非无的放矢。选九嫔至今，有两年多。皇帝召幸她的次数，比召幸皇后和其他妃嫔的次数加在一起还要多，但她一直没有身孕。皇帝决意册封她贵妃，是为酬谢她侍寝之功；慈圣皇太后不反对，是为满足皇帝的意愿。但无论皇帝的酬谢，或是慈圣皇太后的迁就，都于事无补，都不能让她身怀龙种。

“错！”青莲诚惶诚恐但又毫不犹豫地说。

“谁个错？”郑贵妃问。

“奴婢斗胆说一句，贵妃娘娘错。”青莲道。

“我怎错？”郑贵妃问。

“若是贵妃娘娘一人在想，事或不成；但奴婢知道，贵妃娘娘诞生皇子，不仅是贵妃娘娘一人的心愿，也是万岁爷的心愿。不仅贵妃娘娘事成则欣喜，事不成则懊恼；皇上也是事成则欣喜，事不成则懊恼。故奴婢敢言，此事必成。”青莲说。

“皇上想我诞生皇子，我心知肚明。可皇上想我诞生皇子，非自今日始，为何我至今未孕？难道是天意？”郑贵妃打心眼里赞成青莲的说法，可心里的顾虑，又不能不说出来。

“奴婢想，不会是天意。”青莲说。

“不是天意，又如何解之？”郑贵妃问。

“自古以来，宫里的母子无非是两种情形：一则母以子贵，一则子以母贵。今之宫里，母以子贵的情形已有；子以母贵的情形，却还没有。”青莲说。

“母以子贵，指的是恭妃诞皇长子？”郑贵妃问。

“是，”青莲应道，“若言天意，万岁爷偶幸恭妃娘娘，而诞皇子，恭妃娘娘以子而贵，册为皇妃，这是天意；万岁爷常幸贵妃娘娘，而未诞子，却将贵妃娘娘诞子之喜，置于尊贵之后，使贵妃娘娘之子因母而贵，这也是天意。”

郑贵妃笑了笑：“将诞子之喜，置于尊贵之后，你倒说得煞有介事。”

“贵妃娘娘提到天意，奴婢才把此事归为天意的；实则，奴婢以为，将贵妃娘娘诞子之喜，置于尊贵之后，亦是万岁爷之意。”青莲说。

“你好厉害，皇上怎么想的，你居然也猜得出。”郑贵妃道。

“奴婢是据理而言，非胡乱猜测。”青莲说。

“你说的话不错，你所据的理也不错；不过，”郑贵妃顿了顿，说道，“你倒是说说，我尊贵之前，皇上已不遗余力，却未能使我诞育皇子；我尊贵之后，又怎能使我诞育皇子？”

“奴婢想，贵妃娘娘尊贵之后，万岁爷一定更加不遗余力。”青莲说。

“仅此不足。”郑贵妃道。

“贵妃娘娘尊贵之后，万岁爷一定会多方求医、求药。”青莲说。

“你以为，皇上大婚六载，仅得一子，该求的医，会不求吗；该用的药，会不用吗？”郑贵妃道。

“贵妃娘娘尊贵之后，皇帝一定祈祷上苍，让贵妃娘娘早日诞育皇子。”青莲说。

“此一事确实有些不同，”郑贵妃道，“尊贵之前，若要祈祷，是求赐子淑嫔，贵为天子，未免难以启齿；尊贵之后，则求赐子贵妃，才可以说得出口。”说到这里，她顿了顿，然后接着说，“不过，皇上要管的事情太多，要祈祷的事情也太多，不可能每祷则灵。祷子一事，与其由皇上去做，不如我自家去做。”

“贵妃娘娘说的是。”青莲应道。

“你看，说来说去，不还是天意！”郑贵妃道。

“贵妃娘娘看得深远，奴婢只看出是人意，贵妃娘娘已看出是天意。”青莲忙奉承一句。

“青莲，宫中有无祷子之处？”郑贵妃忽问。

“奴婢不知。”青莲说。

“我给你一月工夫，你能不能找出一处来？”郑贵妃问。

“不用一月，奴才保证三五日之内，便为贵妃娘娘找出一所祷子之处。”青莲很想在郑贵妃面前表现出自己的能力。

“不可张扬，须得不动声色。”郑贵妃叮嘱。

“奴婢自有分寸。”青莲道。

没用几天，青莲真打探到一所祷子的去处。那是禁城以北的大高玄殿，奉祀天君。前辈妃嫔多有私祷于该殿而得子者。

从此以后，郑贵妃常在宫人陪同下，祷于大高玄殿。

第一百三十八章

余有丁看上去精力不济，申时行对他说："丙仲兄若觉疲乏，回家歇着吧。"

"无事要议吗？"余有丁问。

"倒是有二事须议；不过，留待明日再议，亦无不可。"申时行说。

"是哪二事？"余有丁问。

"一是辽藩事，一是故元辅案。"申时行道，

"都是亟待定之事，还是今日议吧。"余有丁说。

"维桢先生的意思呢？"申时行转问许国。

"二事亟待定，是不错的；可也不是须得今日议定，还是看丙仲先生可否耐得住烦劳。"许国无可无不可地说。

申时行只得自己拿定主意。他说："那就先议一议，丙仲兄若觉着不舒服，马上停议。如何？"

"好。"余有丁、许国都同意。

"汝默兄开个头吧。"余有丁又说。

"说是二事，其实二事既有牵连，又不可当成一件事。"申时行先表明他对两件事的总体看法。

"何谓二事既有牵连？"许国问。

"抄没故元辅家，是由辽庄王次妃之奏表而起；可以说，故元辅之案，亦由辽藩事而兴。"申时行说。

"何谓又不可当成一回事？"许国问。

"辽藩事，是辽藩事；故元辅之案，是故元辅之案。二事不可混为一事，更不可以一事之是非而定另一事之是非。"申时行说。

"但抄没故元辅家，是由辽庄王次妃之奏表而起呀，故元辅之案是由辽藩事而兴呀。"许国说。

"我说的不可混为一事，有两层意思，"申时行道，"第一层意思：辽庄王次妃所奏，有'计陷亲王'等句，但同时又有'强占钦赐祖寝、俱夺产业、势侵金宝'等

句。不难看出，计陷亲王只是一句空洞的话，强占钦赐祖寝、俱夺产业、势侵金宝等才有实据。亦即，没有计陷亲王，仍可兴故元辅狱；反之，仅有计陷亲王，则难兴故元辅案。第二层意思：辽庶人被废，与强占钦赐祖寝、俱夺产业、势侵金宝等无关，而御史论劾辽庶人淫秽、暴虐、僭越等状，皆有所据。若言计陷亲王，则是故元辅欲以谋逆治辽庶人罪。但朝廷差往荆州勘定辽藩事的刑部洪侍郎，虽不言王反，但对其淫秽、暴虐、僭越等状，并无异议。可见，没有故元辅计陷，朝廷处置辽藩事，也会如此。”

“我没的要问，丙仲先生问吧。”许国对余有丁说。

“我早就没的要问。”余有丁道。

“早到几时？”许国问。

“汝默兄说到，二事不可混为一事，不可以一事之是非而定另一事之是非，我以为，已把内阁应持的宗旨点透。”余有丁说。

“照丙仲先生的说法，我后面的话岂不多余！”许国道。

“那又不然，”余有丁摇着头说，“维桢先生不重复抄没故元辅之家，是由辽庄王次妃之奏表而起，故元辅之案是由辽藩事而兴，你我怎听得到汝默兄一番精辟的议论？”

“丙仲兄莫取笑，粗略之议，怎称得上精辟！”申时行道。

“汝默先生无须谦辞，不可以一事之是非而定另一事之是非，确是精辟之论。不过我在想，汝默先生这一大番议论，能不能用两句话概括起来。”许国说。

“维桢先生想出这两句话吗？”余有丁问。

“没想出来。”许国说，

“我倒想出两句话，不知可否作为议复辽藩事的纲目。”余有丁道。

“丙仲先生既想好，就说来听听。”许国催促道。

“第一句：张居正所犯，自足丧家。”余有丁说完这句后停顿下来，看他的话对另外二人有没有启发。

“此句式很好，丙仲先生，我试言第二句如何？”许国看来受到启发。

“好啊。”余有丁道。

“辽庶人所犯，自足倾国。”许国道。

“和我要说的第二句，一字不差。”余有丁笑道。

“汝默先生以为如何？”许国问申时行。

“这两句话，恰可作为内阁议复的纲目。”申时行道。

“我看似有不妥。”许国却说。

“怎的不妥？”申时行问。

“汝默先生是首辅呀。”许国道。

“内阁是一体。内阁议复，不是首辅议复，谁人拟的好，则用谁人的话来议复。这不是问题。”申时行说。

“通篇议论都是汝默先生的呀。”许国又说。

“这也不是问题，”申时行道，“我是散论，丙仲兄浓缩成两句话；或者说，丙仲兄浓缩出第一句话，丙仲兄和维桢先生共同浓缩出第二句话。维桢先生说很好，我也以为很好。以此议复，有何不可！”

“我是觉着，汝默先生有点儿吃亏。”许国说。

“你分明是怕我占便宜，哪里是怕我吃亏！”申时行笑道，“两句议复，一句是丙仲兄说的；一句是丙仲兄想到，让维桢先生说出来。我一字一句都不用想，不用说，岂不坐享其成！”

“我才不信，汝默先生会一字一句都不想。”许国换个腔调。

“也罢，我来想一句，”申时行道，“张居正所犯，自足丧家；辽庶人所犯，自足倾国。两句话有如一联，我再加一批吧。”

“如此甚妙，”许国边叫好边问，“汝默先生拟怎批？”

“两不相蒙，复藩非制，”申时行说着，问道，“如何？”

“有此一句，更为完整。”余有丁、许国齐道。

“皇上要重惩张氏，未必想复辽藩，我等三句议复，在皇上那里是通得过的。可皇上命内阁议复辽藩事，是因为近日外议汹汹，皆以复藩为言，二位看，我等议复的三句话，在议者那里能不能通得过？”余有丁从另一个角度提出问题。

“我也在想，复皇上易，复议者难。”许国说。

“自故元辅辞世，哪一件事不是复议者难？久而久之，我倒想出一些应对之策。”申时行说。

“汝默兄如何应对？”余有丁问。

“如何应对议者，是首辅要想的，丙仲先生，你不在首辅之位，何必惹此烦恼！”许国道。

“维桢先生这话不对，”申时行说，“如何应对议者，并非首辅一人要想，每名阁臣都要想，乃至每名尚书及都御史都要想；再者，丙仲兄，维桢先生，不知哪一天也会成首辅。如何应对议者，当真需要想一想。除非维桢先生不愿听，我倒是愿说一说的。”

“汝默先生愿传授，我当然愿受教。”许国道。

“议者所议，皇上有命内阁议者，有不命内阁议者。皇上命内阁议者，内阁议之；不命内阁议者，内阁可不议之。内阁议复，有皇上那里通得过、而议者那里通不过者，有皇上那里通不过、而议者那里通得过者，有皇上那里、议者那里都通得过者，有皇上那里、议者那里都通不过者。皇上那里、议者那里都通得过，则如抽得上上签，但十桩里未必碰得上一桩；皇上那里、议者那里都通不过，多半是议复有毛病，内阁须得反省。皇上那里通不过、而议者那里通得过者，自有部、院为之争，内阁无须多争；皇上那里通得过、而议者那里通不过者，最是内阁应该争取的结果，因为命内阁议复的是皇上，不是议者；内阁要说服的也是皇上，不是议者。”申时行说。

这一番经验之谈，听得余有丁、许国频频点头，叹赏不已。

“故元辅卒后，内阁处境尴尬。汝默兄主持内阁不过两年，即有此等见识，真是难得。”余有丁说。

“记得华亭公曾言：以威福还主上，以政务还诸司，以用舍刑赏还公论。汝默先生所议，可谓异曲同工。”许国说。

华亭公即徐阶。许国提到的三句话，他写作条幅，张挂于内阁值庐。

“不过，话说回来，我等仅以三句话议复，在议者那里也不至于完全通不过。”申时行又说。

“这是为何？”许国问。

“议者请复辽藩，请重惩张氏，一者为主，一者为辅，”申时行说着，反问道，“维桢先生以为，哪一事为主，哪一事为辅？”

“重惩张氏为主，请复辽藩为辅。”许国说。

“这是为何？”申时行也问。

“辽藩之废，以故元辅计陷，则复藩可言；若以辽庶人淫秽、暴虐、僭越，复藩尚可言乎？”许国道。

“既以重惩张氏为主，请复辽藩为辅，则不复辽藩，议者未必不能通过；若不重惩张氏，在议者那里才完全不能通过，”申时行说着，问道，“维桢先生说是不是？”

“言之有理，”许国道，“内阁议复，并不反对重惩张氏，议者也不应该和内阁过不去。”

“我却有个顾虑。”余有丁插话。

“我的顾虑已都打消，丙仲先生怎又有顾虑？”许论道。

“汝默兄，是否可议第二事？”余有丁问申时行。

“有何不可！”申时行道。

“我的顾虑不在今日要议的第一事，而在今日要议的第二事，”余有丁说着，问道，“辽藩之废，以故元辅计陷，则复藩可言，是吧？”

“是啊。”申时行、许国齐道。

“汝默兄和维桢想必读过刑部拟上的榜文吧？”余有丁问。

所谓榜文，是皇帝命刑部拟上张居正的罪状，榜示天下。

“读过。”申时行、许国齐道。

“二公不会没留意，榜文第一款，列的是何罪状吧？”余有丁问。

“是诬蔑亲藩，侵占王坟，”许国一旦说出，就不难理解余有丁的顾虑，“丙仲先生是说，刑部榜文硬把二事混同一事？”

“至少是有此倾向吧？”余有丁道。

“是啊，”许国似有同感地说，“内阁议复，说的是‘两不相蒙，复藩非制’；而刑部榜文却赫然将‘诬蔑亲藩，侵占王坟’列为第一大罪。二事到底是相蒙还是不相蒙？”说到这里，语气忽然一变，“不过，我以为，丙仲先生也无须过虑。刑部榜文虽不如内阁议复拟的清晰，也不至于把二事混同一事。”

“怎讲？”余有丁问。

“辽藩之废，虽不由故元辅计陷，但故元辅欲以谋逆治辽庶人罪，确属诬蔑，此其一也；刑部榜文虽以诬蔑亲藩，侵占王坟列为故元辅第一罪状，却并未言及辽藩宜复，此其二也；至于其三——”许国说到这里，问道，“丙仲先生还记不记得，榜文的其他罪状？”

“记得，”余有丁一一数道，“钳制言官，蔽塞圣聪，罪状之二也；假以丈量，骚动海内，罪状之三也；专擅权柄，搅乱朝政，罪状之四也；罔欺主上，辜负皇恩，罪状之五也。”

“刑部榜文，虽把‘诬蔑亲藩，侵占王坟’列为罪状之一，但后面各款罪状，哪一款不比该罪为重！”许国道，“总而言之，刑部榜文虽言及辽藩事，却并没把辽藩事与故元辅狱混同一事，丙仲先生也无须担心内阁议复与刑部榜文相互冲突。”

“维桢先生这么说，我等大可放心。”余有丁点着头说。

第一百三十九章

湖广道御史徐待和尚宝司丞徐贞明住在同一条胡同。晚饭后，他提包老家捎来的茶叶，去徐贞明家。

“家里送来些茶叶，知孺东先生喜品茗，分一半送来。”他说。

“太多，太多！”徐贞明接过茶叶后，连声说道。

“顺便坐一坐，可否？”徐待边问，边坐下去。

“若言不可，子器先生就不坐吗？”徐贞明笑着问。

徐待字子器，浙江鄞县人，万历二年进士。

“主人不让坐，我肯定不坐；但有一桩，我肯定不走。”他也笑着说。

“子器先生有话要说？”徐贞明问。

“对，”徐待应道，并问，“孺东先生还会说不可吗？”

“子器先生顺便来小坐、闲谈，在我求之不得，怎会不可！”徐贞明边说，边吩咐家人准备茶水。

“孺东先生，今日不是小坐。”徐待说。

“久坐亦可。”徐贞明道。

“也不是闲谈。”徐待又说。

“议正事亦可。”徐贞明道。

他以得罪张居正谪外，张居正死后，以尚宝司丞召还，是个闲职。他是个喜欢议事的人，早已闲得发慌。

“若是帮衬呢？”徐待问。

“我官居闲散，恐怕帮衬不到子器先生。”徐贞明道。

“不是孺东先生帮衬我，是我帮衬孺东先生。”徐待说。

“子器先生肯帮衬，自是感激；但我不知，有何事要请子器先生帮衬？”徐贞明道。

“孺东先生真无须人帮衬之事？”徐待问。

“一时想不出。”徐贞明说。

“不妨，慢慢想。”徐待说着，跷起二郎腿，端起茶杯，轻轻把茶叶吹拂开，啜一小口，并连赞“好茶”，似乎真要等他慢慢想起来。

“子器先生可否提示一二？”徐贞明比他着急。

“孺东先生可往谪外时想想。”徐待给他一个提示。

“我谪外，大约是万历四年。”徐贞明说。

“年份并非要点。”徐待道。

“我被谪为太平府知事。”徐贞明说。

“是南直隶的太平府？”徐待问。

“是。”徐贞明应道。

“贬往何处，亦非要点。”徐待道。

“何事为要点，子器先生可否再提示一二？”徐贞明央道。

“孺东先生可往途中想一想。”徐待又给他一个提示。

“我往太平府赴任，皆取正道，并未绕行。”徐贞明说。

“我问的也是正道上的事。”徐待说。

“子器先生说的途中，可是指旅途正中？”徐贞明问。

“不是。”徐待摇头。

“尚未行到旅途正中，抑或已过旅途正中？”徐贞明问。

“尚未行到旅途正中。”徐待说。

“距京师近一些，抑或距旅途正中近一些？”徐贞明问。

“距京师近一些。”徐待说。

“在直隶境内，抑或已出直隶？”徐贞明问。他说的直隶，指北直隶。时人言及南直隶，南字是不能省略的；而言及北直隶，则往往径称直隶。

“在直隶境内，出京师不远，可以说近在咫尺。”徐待说。

“我在通州下的漕河，近在咫尺，应是通州吧？”徐贞明问。

“还要近些，”徐待说，“我问的是，孺东先生途经潞河时的事。”

潞河即通州以下的一段运河，又称北运河。

“途经潞河，我没做什么事呀。”徐贞明道。

“也没想什么事吗？”徐待问。

“想肯定是会想的。”徐贞明说。

“想的何事？”徐待问。

“记得当时想过，知事到底是何官。”徐贞明说。

“正九品。”徐待道。

“这我知道；我想的是，知事有无职掌。”徐贞明说。

“既有其官，当有其职掌吧。”徐待道。

“职掌何事呢？”徐贞明问。

“孺东先生这下把我问住。”徐待答不上来。

“到任后我才知道，知事亦掌文案，与吏员相差无几。”徐贞明说。

“孺东先生，知事说到这里为止，好不好？”徐待道。

“好。”徐贞明应道。

“孺东先生还想何事？”徐待问。

“并未想别事。”徐贞明说。

“难道途经潞河时，孺东先生只想过知事是何官？”徐待问。

“老实说，那时才受处分，整个人浑浑噩噩；连知事是何官想过没有，我也无法保证。”徐贞明道。

“不对，不对，”徐待频频摇头，“据我所知，孺东先生过潞河时，可是想过很多事的。”

“子器先生知我想过何事？”徐贞明问。

“譬如水利。”徐待道。

“水利？”徐贞明问。

“譬如畿辅水利。”徐待道。

“畿辅水利？”徐贞明问。

“譬如山东水利。”徐待道。

“山东水利？”徐贞明问。

“譬如陕西、河南水利。”徐待道。

“陕西、河南水利？”徐贞明问。

“孺东先生敢说，凡此，想都没想过？”徐待道。

“想是肯定想过，却怎知是在途经潞河时想的？”徐贞明问。

“有文为证。”徐待道。

“子器先生说的是——”徐贞明问。

“《潞水客谈》。”徐待说出一篇文章的题目。

“子器先生亦知此文？”徐贞明不觉又惊又喜。

“不仅知之，且拜读过。”徐待说。

“子器先生从何处得知？又从何处获得？”徐贞明问。

“从何处得知，从何处获得，要紧吗？”徐待反问。

“不错，从何处得知，从何处获得，并不要紧；要紧的是，子器先生曾得知，曾获得。”徐贞明说。

“孺东先生虽明白，我却不明白。”徐待道。

“子器先生何事不明白？”徐贞明问。

“治水，有功于朝廷，有德于兆民。孺东先生八年前对北方及西北治水，即有此心得，其后为何不再言及？”徐待道。

“对朝廷言及吗？”徐贞明问。

“有何不可？”徐待反问。

“若把我贬到顺天府某州、县任官，或者贬到北直隶某府、州、县任官，或者贬到山东、河南、陕西等布政司某府、州、县任官，我陈言北方水利，可谓尽职尽责；我是被贬到南直隶太平府任官，陈言北方水利，岂不要被人指为不务正业！”徐贞明道。

“孺东先生所言，不无道理；但不陈言于朝廷，也可陈言于私人呀。”徐待说。

“我因得罪故元辅而遭贬谪，能陈言于故元辅吗？不能陈言于故元辅，恐怕也不能陈言于其他阁老吧？治水掌于工部，一个李大司空，一个曾大司空，故元辅不理会的事，他等会理会吗？”徐贞明道。

李幼滋、曾省吾先后掌工部五年之久，他们和张居正关系密切，在徐贞明看来，是不会关心他这个被张居正贬谪的下僚有什么议论的。

“不可陈言于他等，也不可与我等议一议吗？”徐待问。

“不是不可与子器先生等议，”徐贞明道，并解释说，“我被召还不久，即改尚宝司官。尚宝司官大谈水利，子器先生等说不定也要责怪我不务正业。”他似乎也觉得这个理由难以服人，说到这里，顿了顿，想听听徐待怎样反驳。徐待没反驳，他接着说，“其实，子器先生说我途径潞河时想过北方水利，是有偏差的。”

“怎有偏差？”徐待问。

“治理北方水利的想法，我不是途经潞河时有的，而是早一年，由浙江山阴知县征为工科给事中时就有。”徐贞明说。

“哎呀！孺东先生不说，我还真忘！”徐待拍拍脑门，好像才想起往事，“孺东先生任工科给事中时，曾上言二事：一曰水利，二曰军班。该疏议的正是北方水利吧？”

“是。”徐贞明应道。

“那么，《潞水客谈》是重复该疏水利之议？”徐待推测。

“那倒不是，”徐贞明说，“子器先生是知道的，疏言某事，只能言其大概。我在潞河畔等船，闲着无事，将以前想到、而不能在奏疏中详述的北方水利之事尽量完善，撰成《潞水客谈》一文。这也算是我对前事作个了结吧。”

“孺东先生做事，可谓有始有终。”徐待道。

“子器先生，可否问一句？”徐贞明问。

“是要问我如何帮衬孺东先生吧？”徐待反问。

“是啊，”徐贞明应道，“子器先生把我途经潞河的事问出来，把我任工科给事中的事问出来，如何帮衬，该有个交代吧？”

“很简单，孺东先生所不宜，正我所宜也。”徐待说。

“何事我所不宜，而子器先生宜之？”徐贞明问。

“自家才说的，孺东先生怎就不记得！”徐待道，“身为尚宝司官，大谈北方水利，会被人诘为不务正业，这不是孺东先生的顾虑吗？身为御史，大谈任何事项，都不用担心被诘为不务正业。”

“子器先生意欲大谈北方水利？”徐贞明问。

“不好，是吧？”徐待问。

“有何不好！”徐贞明道，“水利是朝廷大事，天下大事，人人得而言之。子器先生欲陈言北方水利，即可陈言，无须和我通气。”

“孺东先生说得不错：陈言水利，无须和孺东先生通气；可惜的是，除孺东先生《潞水客谈》所述，我再难有所陈言。”徐待说。

“子器先生愿依据《潞水客谈》而大谈北方水利，对我来说，也是一件足以欣慰之事。”徐贞明坦诚地说。

“人云亦云，我不为也；再者，袭孺东先生治水之说，而言帮衬孺东先生，岂不太厚颜！”徐待道。

“那么，子器先生打算怎的帮衬我？”徐贞明问。

“大谈孺东先生治水之议可取，大谈孺东先生实具治水之才。这样谈成不成？”徐待道。

“子器先生拟陈言于朝廷，抑或陈言于私人？”徐贞明问。

“陈言于朝廷。”徐待道。

“亦即，子器先生意欲朝廷用我治水？”徐贞明引申道。

“是。”徐待应道。

“子器先生荐我，也无须和我通气。”徐贞明道。

“孺东先生说得不错：举荐孺东先生，无须和孺东先生通气；而且，不该和孺东先生通气。不过，我总得知道，事隔多年，孺东先生对兴治北方水利，是否仍有信心，是否仍肯担当。”徐待说。

“只要朝廷肯用，我自会担当！”徐贞明慨然言道。

皇帝把御史徐待、苏瓒等奏疏批与工部议复，工部三位堂官杨兆、何起鸣、褚鈇集聚一堂议起来。

“徐孺东，好似有些印象。”褚鈇说。

褚鈇字民威，山西榆次人，嘉靖四十四年进士，今年始任工部右侍郎。何起鸣万历九年官工部右侍郎，去年改左。杨兆别号晴川，陕西延安人，嘉靖三十五年进士，则是在前工部尚书杨巍改吏部尚书后，接掌工部的。

“民威先生是对徐孺东有些印象，还是对其议有些印象？”杨兆问。

“对他本人也有些印象，主要是对其议有些印象。”褚鈇说。

“对他本人有印象，是他闯入诏狱探友吧？”何其鸣问。

“是，”褚鈇应道，并说，“对他本人的印象，只有这多。”

“对其议的印象呢？”杨兆问。

“徐孺东初为工科给事中，曾言二事，一曰水利，一曰班军。其言水利，略曰：神京兵食，宜取之畿甸，今皆仰给东南。西北古称富强地，岂不足以实廪而练卒乎？山东诸泉，引之率可成田。而畿辅诸郡，或支河所经，或涧泉自出，皆足以资灌溉。北人未习水利，惟苦水害，不知水害未除，正由水利未兴也。该水聚之则为害，散之则为利。今顺天、真定、河间诸府，诚于上流疏渠浚沟，引之灌田，以杀水势；下流多开支河，以泄横流；其淀之最下者，留以潴水，稍高者，皆如南人筑圩之制。则水利兴，水患亦除矣。”褚鈇毫无困难地把这一段背诵下来。

“民威先生能记其大略，不能说是有些印象。”何起鸣道。

“我能记得下来，也是来工部后翻阅旧的文牍，发现这一篇，觉着确有灼见，故多读两遍。”褚鈇说。

“所谓灼见，民威先生能否举例？”何起鸣问。

“譬如‘西北古称富强地，岂不足以实廪而练卒’；譬如‘北人未习水利，唯苦水害’；譬如水聚之则为害，散之则为利。”褚鈇立举数句。

“我亦以为，该疏颇有灼见。不过，有一事我想不通：彼时朝中大僚，难道无一人看得出疏中灼见？”杨兆问。

“问得好！”何起鸣喝彩。

“应岐先生说说看。”褚鈇道。

“我赞晴川先生问得好，并非知其缘故，而是我也想不通，”何起鸣说着，问道，

“民威先生是否知道其中缘故？”

“略知一二，”褚鈇道。“彼时朝中大僚并非全未理会，大司空郭公言，水田劳民，且俟异日。一句话把徐孺东之议驳回。”

“郭公也是北人，看来，也不甚习水利。”杨兆笑着说。

“其实，首先驳回徐孺东之议的不是郭公。”褚鈇说。

“那是谁人？”何起鸣问。

“大司马谭公。”褚鈇道。

“对，徐孺东议的是二事，第二事曰班军，”何起鸣点点头，问道，“谭公驳的是他班军之议吧？”

“是，”褚鈇应道。并说，“但谭公虽驳回班军之议，对水利之议却很称赏。”

“民威先生是说，徐孺东一疏所议二事，谭公驳回一议，称赏一议？”何起鸣问。

“那倒不是。”褚鈇道。

“谭公对水利之议却很称赏，不是你说的吗？”何起鸣好不奇怪。

“谭公对水利之议称赏，却不是对二议中的水利之议称赏，而是对徐孺东《潞水客谈》称赏，”褚鈇说。“徐孺东贬谪后不久，他撰的《潞水客谈》即在京师传播。谭公读后说：吾历塞上久，知其必可行。”

“以谭公见识，既言可行，想必是可行的。”何起鸣说。

“我也以为，《潞水客谈》是可行的。”杨兆说。

“晴川先生说说看。”何起鸣好像成为主持者。

杨兆桌案上恰有一本《潞水客谈》，他找出来递给何起鸣，说：“我印象最深刻的，是他言及兴西北水利之十四利。”

“晴川先生稍等，”何起鸣在文中找出杨兆提到的内容，商量道，“晴川先生，我来读读如何？”

“好，大家正好一起听听。”杨兆道。

“乃西北之地，旱则赤地千里，涝则洪流万顷。唯寄命于天，以幸其雨旸时若，庶几乐岁无饥耳。此可以常恃哉！唯水利兴而后旱涝有备，其利一也。”何起鸣读道。

“亦即水利可备旱涝。”褚鈇概括道。

“民威先生说的是，”何起鸣应罢，择其要读道，“神京北巩，惟兴水利以劝农功，使王畿常裕，视东南为外府，可也。水利既兴，则田畴之间，要皆仓庾之积。其利二也。”

“亦即水利可足仓庾。”褚鈇概括道。

“民威先生说的是，”何起鸣应罢，读第三利。“东南转输，每以数石而致一石，民力竭矣。惟西北有一石之入，则东南省数石之输。东南民力，庶几复苏。其利三也。”

“亦即水利可纾东南。”褚鈇说。

“好，”何起鸣应一声后，接着读道，“今河自关中以入中原，合泾、渭、漆、沮、汾、泌、伊、洛、瀍、涧，及丹、沁诸川数千里之水。当夏秋霖涝之时，其势既盛，而诸川又会入于河流，则河流安得不盛！今诚自沿河诸郡邑，访求古人故渠、废堰，师其意，不泥其迹，疏为沟浍，引纳支流，使霖涝不致汛溢于诸川，则并河居民，得利水成田。其利四也。”

“此一利不忙着概言。”杨兆说。

“晴川先生欲言何事？”何起鸣问。

“河自关中入中原，诸水附之，文中提及十二水。二公对此十二水都熟知否？”杨兆反问。

何起鸣、褚鈇相互看一眼，各拣熟悉的说。

“我记得，漆、沮皆古水名。古有漆县，约在今扶风附近，漆水发于其西，流入渭；沮水出祁山，会于泾水。虽古文献以漆、沮为二水，或曰实为一水，”何起鸣说。

“应岐先生说漆、沮二水，我来说说瀍、涧二水吧，”褚鈇道，“瀍水源于洛阳西北，东入洛水；涧水源于渑池东北，东南入洛水。亦即，漆、沮二水在陕西，瀍、涧二水在河南。”

“晴川先生，还有哪一水要说？”何起鸣问。

“我知丹水出自山西高平，至河南沁阳入沁水。其他诸水不必再一一说吧。”杨兆道。

“前三利都有概言，第四利也请晴川先生概言一句。”何起鸣道。

“亦即水利可赖沟洫。”杨兆说。

“好，”何起鸣应一声，接着读道，“古人之划地而国也，既顺土而宜民，亦设险而御辱也。今西北之地，平原千里，寇骑得以长驱。若使沟浍尽举，则田野之间，皆金汤之险；而田间植以榆、柳、枣、栗，既资民用，又可以设伏以避敌。其利五也。”

“亦即水利可以设险。”褚鈇说。

“好，”何起鸣应一声，接着读道，“游惰之民，轻去乡土，而易于为乱。今西北之境，土旷而民游，识者常惴惴焉。诚使水利兴，则旷土可垦，而游民有所归，消衅弥乱，深且远矣。其利六也。”

“亦即水利可抚流民。”杨兆说。

“好，”何起鸣应一声，接着读道，“东南之境，生齿日繁，地苦不胜其民，而民皆不安其土。乃西北蓬蒿之野，常疾耕而不能遍。今若招抚南人，修水利以耕西北之田，则民均而田亦均矣。其利七也。”

“亦即水利可以均田。”褚鈇说。

“好，”何起鸣应一声，接着读道，“南之赋繁而役减，北之赋省而徭重也。使田垦而民聚，民聚则赋增，而北徭可轻。其利八也。”

“亦即水利可以减徭。”杨兆说。

“好，”何起鸣应一声，接着读道，“沿边诸郡有转输不能至者，招商以代输。盖有数顷之田，困于一商，遂弃业以他徙。惟近边田垦，转输不烦。其利九也。”

“亦即水利可省转输。”褚鈇说。

“好，”何起鸣应一声，接着读道，“西北非无田之为患，而不垦之为患。驱兵为农，势固难行；惟募之为农，而简之为兵，则心安而力奋，屯政无不举矣。亦即募农以修水利，修水利以举屯政。其利十也。”

“亦即水利可举屯政。”杨兆说。

“好，”何起鸣应一声，接着读道，“塞上之卒，不得已而有募军，为费不赀。又不得已而有班军，则春秋递往，疲于奔命。若近塞水利既修，屯政大举，田垦而人聚，人聚而兵足。其利十有一也。”

“此利可谓水利可省班军。”褚鈇说。

“好，”何起鸣应一声，接着读道，“宗禄势将难继，不资之以谋生，而徒曰裁其禄，则饥寒者孰恤？不定以安居，而徒曰弛其禁，则流离者孰依？今西北之地，旷土弥望于其间，如中尉以下，量其岁禄，授之以田。其雄桀者，不失为富家翁；即庸拙者，亦可以依田力穑。其利十有二也。”读罢，问道，“此利是否离题稍远？”

“至少前面一段，不该工部议，而该户部、礼部议。”褚鈇附和道。

“后一段虽少于前一段，但也应该作个概言。”杨兆则说。

“晴川先生如何概言之？”何起鸣问。

“亦即水利可减宗禄。”杨兆说。

“好，”何起鸣应一声，接着读道，“昔之有志者，尝欲仿井田之遗意，惜其时之不可；痛豪强之兼并，限民之田，而恨其势之难行。今若于西北空闲之地，修举水利，则仿古井田亦可也，限民名田亦可也。其利十有三也。”

“亦即水利可举井田。”褚鈇说。

“好，”何起鸣应一声，接着读道，“古者以井划地，民不可多得尺寸之地，而地亦不可多得一介之民，民与地适相均也。今若划井居民，益其多寡，使民与地均，如古比闾族党之意，则教化可兴，而俗尚自美。其利十有四也。”

“亦即水利可兴教化。”杨兆说。

“兴修西北水利十有四利，我已读完。后面有大段议论，二公看，还要不要读下去？”何起鸣问。

“民威先生看呢？”杨兆问褚鈇。

“十有四利者，我等无一句反驳之言。我想，后面的议论无非是针对谭公称勾军之制不可废、郭公称水田劳民而写的，不必再读吧。”褚鈇说。

“那么，以其说可行复上？”杨兆道。

“好。”何起鸣、褚鈇齐应。

徐贞明升本司少卿，往各地会同抚、按官勘议。

第一百四十章

万历十三年的正旦节过没两天，在太仓一向很少出门，不对，应该说是很少去人家家里做客的王世贞，忽然造访王锡爵。

“哪一阵风把弇公吹来？”王锡爵笑着问。

“歪风。”王世贞道。

“歪风？”王锡爵怀疑自己听错。

“邪风。”王世贞又说一句。

不会再误以为听错，王锡爵不无困惑地问：“难道有人以歪风、邪风胁迫弇公不成？”

“我会受人胁迫？昔日那位贵人同年亦曾胁迫我，我屈从过吗！”王世贞道。

“我亦知弇公是不怕胁迫的，却不知弇公怎会被歪风、邪风吹来。”王锡爵说。

“我经得住人胁迫，却经不住人哀恳。”王世贞道。

“这么说，是有人哀恳于弇公？”王锡爵问。

“是。”王世贞应道。

“有人哀恳弇公来寒舍？”王锡爵问。

“是，”王世贞应道，又说，“明着是哀恳于我，实则是哀恳于元驭先生，我不过传个话而已。”

“哀恳弇公传话的，是他吧？”王锡爵说着，比画出个“连”字。

“元驭先生已料到？”王世贞边点头，边问。

“弇公先用哀恳二字，接下来又用传话二字，不是他，还会是谁人！”王锡爵道。

“元驭先生肯不肯给我这个面子？”王世贞问。

“言重，不敢当！”王锡爵揖道。

“元驭先生肯给我这个面子？”王世贞又问。

“弇公只说来传个话，我还不知弇公有何事命我呢。”王锡爵道。

“不错，”王世贞微笑道，“此人得罪元驭先生，生怕元驭先生上章劾之，故哀恳我来为他讨饶。”

“原来为的此事！”王锡爵道。

“元驭先生肯不肯给我这个面子？”王世贞再一次问。

“言重，不敢当！”王锡爵再一次揖道。

“元驭先生肯给我这个面子？”王世贞再一次问。

“一则，此人说不上得罪我；二则，即便此人得罪我，我也无可奈何。故讨饶云云，无从说起。”王锡爵道。

“可我知道，他若得罪元驭先生，元驭先生昨日奈何不得他，今日却是完全奈何得了他的。”王世贞说。

“弇公说的是近日所传朝廷召我入朝一事吧？”王锡爵问。

“是啊，”王世贞应一声，反问道，“朝廷诏旨是怎说的？”

“以礼部尚书兼文渊阁大学士入值内阁。”王锡爵说。

“复入内阁，炙手可热，要整治一个名不见经传的小臣，还不是轻而易举！”王世贞道。

“莫不是弇公也以为我要整治他？”王锡爵问。

“这要问元驭先生自个儿，我心里无数。”王世贞说。

“实不相瞒，我确曾动过整治他的心思。”王锡爵道。

“等等，”王世贞听出他话里的矛盾，问道，“元驭先生不是说，此人说不上得罪吗？既未得罪，为何要整治？”

“若得罪，就可整治吗？”王锡爵反问一句。

“不错，即便得罪，也不可动辄整治。”王世贞承认他的话对。

“其实，何谓得罪，何谓整治，还是该加以说明的。”王锡爵又把话绕回来。

“元驭先生为何不加以说明？”王世贞道。

“弇公先是说奈何得了、奈何不了呀。”王锡爵笑道。

“也罢，元驭先生不妨把奈何得了、奈何不了先说清楚。”王世贞作起文章来有条不紊，是个大家；但说起话来，并不注重条理。

“说起炙手可热，本朝阁臣，有几个是像张江陵那样的？”王锡爵问。

“屈指可数，甚或可说仅此一人。”王世贞说。

“故以职权而言，我是奈何不得他的。是不是？”王锡爵问。

“可以这么说吧。”王世贞道。

“若言锱铢必报，本朝阁臣，有几个是像张江陵那样的？”王锡爵问。

“有几个，不多。”王世贞说。

“晚生可似他？”王锡爵问。

“元驭先生宽厚，绝不似他。”王世贞说。

“故以性情而言，我是奈何不得他的。是不是？”王锡爵问。

“是不屑于奈何他。”王世贞更正。

“非要这么说，亦可。”王锡爵道。

“总之，元驭先生想说奈何不得他，是吧？”王世贞问。

“并不全是这个意思。”王锡爵摇头。

“咦，”王世贞感到奇怪，“奈何不得他，不是元驭先生自家说的吗？”

“我是说，以职权而言，奈何不得他，以性情而言，奈何不得他；亦即，我自家奈何不得他。”王锡爵说。

“元驭先生是说，你自家奈何不得他，却有人奈何得他？”王世贞问。

“是。”王锡爵应道。

“元驭先生说的是朝廷吧？”王世贞问。

“更确切地说，是朝廷纪纲。”王锡爵道。

“元驭先生可知，此人怕的就是你搬出朝廷来整治他？”王世贞稍一停顿，换个说法，“此人怕的就是你搬出朝廷纪纲来整治他？”

“我早想到。”王锡爵道。

“元驭先生，此人哀恳于我的，正是请元驭先生不要搬出朝廷纪纲来整治他。”王世贞说。

“我也想到。”王锡爵道。

“元驭先生这下可以告诉我，肯不肯给我这个面子吧？”王世贞问。

“言重，不敢当！”王锡爵揖道。

“元驭先生肯给我这个面子？”王世贞又问。

“奈何得了，奈何不了，既说完；得罪不得罪，却还没说。等说完得罪不得罪，再说应允不应允，如何？”王锡爵和他商量。

“得罪不得罪还没说吗？我以为，元驭先生既说，此人说不上得罪，已经一言以蔽之。”王世贞道。

“我是说，此人说不上得罪我。”王锡爵分辩。

“得罪元驭先生说不上，却是得罪谁人？”王世贞问。

“弇公，方才你我说谁个奈何得了他？”王锡爵反问。

“朝廷呀，朝廷纪纲呀。”王世贞道。

“朝廷为何要奈何他？朝廷纪纲为何要奈何他？”王锡爵问。

“这正是我要请教元驭先生的。”王世贞道。

“若有人撰文，称弇公为元圣，弇公作何感想？”王锡爵反问。

“荒唐、无稽。”王世贞道。

“若有人撰文，称弇公夫人为启圣，弇公作何感想？”王锡爵又问。

“更是荒唐，更是无稽。”王世贞道，

“但觉荒唐，但觉无稽？”王锡爵问。

“元驭先生作何感想？”王世贞反问。

“弇公不觉着触犯朝廷，触犯朝廷纪纲？”王锡爵道。

“言其触犯朝廷，触犯朝廷纪纲，亦无不可；毕竟圣字是不能胡乱用的。”王世贞说。

“既可曰触犯，是不是也可说得罪？”王锡爵问。

“当然。”王世贞首肯。

“此人哀恳于弇公，就没告诉弇公，因朝廷召我还朝，他写一贺函与我？”王锡爵问。

“他倒是告诉过我。”王世贞道。

“他就没告诉弇公，在贺函里，称我为元圣，称内人为启圣？”王锡爵问。

“虽说得含糊，但也告诉过我。”王世贞道。

“我说他得罪朝廷，得罪朝廷纪纲，过分不过分？”王锡爵问。

“并不过分。”王世贞道。

“我自家奈何他不得，搬出朝廷来奈何他，搬出朝廷纪纲来奈何他，过分不过分？”王锡爵问。

“并不过分。”王世贞道。

“那么，弇公还愿为他说项？”王锡爵问。

“是。”王世贞应道。

“这好似说不通呀。”王锡爵道。

“元驭先生既以为说不通，不如再把此事的头绪理一理，如何？”王世贞也和他商量。如果说，在前面的谈话中，都是王锡爵在引导他；那么，从这会儿开始，他准备引导王锡爵。

“好。”王锡爵应道。

“其一，朝廷降下敕旨，召元驭先生还朝；其二，连某进贺函，向元驭先生道喜；其三，贺函中有‘元圣’‘启圣’等谀词；其四，元驭先生以为，此等驭词得罪朝廷，得罪朝廷纪纲；其五，元驭先生欲上章劾之；其六，连某闻讯，慌不择路，找到山人王某；其七，王某悯其哀恳之情，故来见元驭先生。”王世贞特意把一件特别简单的事，条分缕析地诉说。说罢还问，“元驭先生，有无遗漏？”

“再无遗漏。”王锡爵道。

“不然，还遗漏一事。”王世贞却说。

“遗漏何事？”王锡爵问。

“元驭先生说，我愿为他说项，除悯其哀恳之情，还有没别的缘故？”王世贞反问。

“这正是我要请教弇公的。”王锡爵道。

“元驭先生欲知，我与连某人有没特别的情分，却又不好开口相询，是不是？”王世贞问。

“弇公既言及此，还望赐告。”王锡爵揖道。

“还是元驭先生先告诉我，连某人是哪里人氏吧。”王世贞道。

“我记得，是北直隶人。”王锡爵说。

“是北直隶永年人，”王世贞说着，问道，“从乡贯看，此人和我绝无牵连吧？”

“从乡贯看，和弇公有牵连，即和我有牵连。”王锡爵说。

“元驭先生可记得，连某人哪科出身？”王世贞问。

“似是隆庆五年进士。”王锡爵说。

“隆庆五年会试的主考是我那位贵人同年，元驭先生不会以为，我因这一层关系才为连某人说项吧？”王世贞问。

“不会，”王锡爵道，“我知弇公和故元辅一向不甚亲近。”

“元驭先生可知，连某人曾在我郡任官？”王世贞又问。

“是常熟令吧？”王锡爵反问。

“是。”王世贞应道。

“他任常熟令时，我在京师；弇公是在南京，或在郧阳？”王锡爵问。

“在郧阳。”王世贞说。

“亦即，他官常熟令，和弇公，和我，都无牵连。”王锡爵道。

常熟是苏州属县，太仓是苏州属州。在常熟任官，本来就和太仓人没什么牵连；王锡爵指出王世贞和他都不在太仓，是进一步强调。

“是，”王世贞应道，并问，“我一问乡贯，二问科第，三问官地，元驭先生知是何意？”

“弇公告诉我，为连某人说项，并非因为和他有私情。”王锡爵说。

“然也。”王世贞点头应道。

“莫非更有他人情分在里面？”王锡爵猜测。

“会是谁人情分？”王世贞问。

“这我却猜不出来。”王锡爵说。

“常熟倒出个隆庆五年的进士，会不会是他？”王世贞问。

“弇公说的是赵汝师吧？”王锡爵马上想到赵用贤。

“是他。”王世贞道。

“不会是他托付的弇公。”王锡爵说。

“为何不会？”王世贞问。

“他与连某人根本不是一路人；况且，如连某人这般写贺函，汝师肯定不齿。”王锡爵说。

“常熟还有别的士人，会不会是他等？”王世贞问。

“不会。”王锡爵摇头。

“为何不会？”王世贞问。

“其中或有和连某人是一路人者，或有愿意为连某人向弇公托付者，但弇公肯定不会应允。”王锡爵说。

“元驭先生说得不错，我肯定不会应允。”王世贞道。

“故而，我实在想不出，会是谁个的情分。”王锡爵立刻接上一句。

“是你。”王世贞说着，指指他。

“是我？”王锡爵大惑。

“对，”王世贞应道，“我为连某人说项，正是为元驭先生本人。”

“弇公此言怎讲？”王锡爵问。

“还须从元驭先生的说法说起，”王世贞说着，反问道，“元驭先生以为连某人得罪朝廷，得罪朝廷纪纲，乃因他称元驭先生元圣，称元驭先生夫人启圣，是不是？”

“是。”王锡爵应道。

“元驭先生以为称元圣、称启圣是得罪朝廷，得罪朝廷纪纲，是因为圣者，专用于天子、母后也，对吧？”王世贞问。

“对。”王锡爵应道。

“但圣字并非专用于天子、母后呀！”王世贞道。

“譬如？”王锡爵问。

“孔圣人不是常常被今人挂在嘴边吗？”王世贞道。

“那是私下里的称谓。”王锡爵说。

“连某人的贺函难道是公牍？”王世贞问。

王锡爵没话可说，唯一可以指责王世贞的就是：“我看，弇公的情分还是在连某人身上。”

“不，”王世贞摇着头说，“我的情分在元驭先生身上。”

“何以见得？”王锡爵问。

“元驭先生先想想，连某人所谓元圣、启圣，那个圣字指的是谁人？”王世贞问。

“是——”王锡爵一直没有往这方面去想，经王世贞提醒，他忽有所悟；但这个人又说不出口，他说，“你知我知，不必说明吧。”

“好，”王世贞同意，并用“她”来代表他们议论的那个人，“人中有圣，仙中亦有圣。把她视为仙中之圣的，不止一个连某人吧？我太仓有多少人？整个苏州有多少人？南直隶各郡、县有多少人？临近各布政司有多少人？别个不说，元驭先生自个儿就不把她视作仙中之圣吗？我反正是有那么点儿感觉的。既视她为仙中之圣，把元驭先生称作元圣，把元驭先生夫人称作启圣，应该没那么大的罪过吧？”

“此事嘴上说说还罢，他却写在纸上！”王锡爵道。

“元驭先生说得对，写在纸上比嘴上说说要麻烦，”王世贞先肯定他的想法，然后问，“元驭先生欲劾他，难道不是写在纸上？”

“这个——”王锡爵被问住。

“而且，他是写于私函；元驭先生劾他，却是写在公牍上。都是写在纸上，结果却是不一样的。”王世贞说。

“弇公说的是。”王锡爵道。看得出，他基本上被说服。

“她为仙中之圣，已不似若干年前沸沸扬扬，太仓人已渐渐把此事淡忘，太仓以外的人更已渐渐把此事淡忘。此事写于私函，他知，元驭先生知，其他人并不知；此事写于公牍，不用多久，朝中便知，朝外便知，天下便知。”王世贞说着，问道，“元驭先生难道真想天下人重提此事？”

“我当然不想，”王锡爵道，并说，“弇公说情分在我身上，我现在看出来，弇公的情分真在我身上！”

他们一再提到的连某人，名三元。

第一百四十一章

监察御史蔡时鼎考中进士后，大约一半时间在朝，一半时间在外，包括任两淮巡盐御史。他对京城应该说是很熟悉的；但到顺天府衙，却是第一次，因此，感到很新奇。

他找的是顺天府通判周弘禴；有事要问，自然也是问周弘禴。

“元孚兄，宣庙御制顺天府箴言，供奉何处？”蔡时鼎问。

“在正堂前。”周弘禴告诉他。

“能否瞻仰？”蔡时鼎问。

“台甫兄来的是时候，府尹、府丞恰好都不在。在堂前多逗留一会儿，应不碍事。”周弘禴说。

蔡时鼎字台甫，福建漳浦人。周弘禴字元孚，湖广麻城人。二人都是万历二年进士。

“大人们在又何妨，还能把我撵出去不成！”蔡时鼎道。

“撵是不会撵，”周弘禴说，“顺天府衙门里忽然来位御史，府尹大人、府丞大人不知为的何事，说不定一个个都要低首下心地巴结。”

“区区一御史，会有这等威风？”蔡时鼎不信。

“台甫兄不信，可以拣个日子来试试呀。”周弘禴道。

二人往府衙里走，边走边闲聊起来。

“听说在都察院，巡盐是个肥差。”周弘禴说。

“元孚兄想发财吗？”蔡时鼎问。

“不曾想过。”周弘禴道。

“若想发财，巡盐是个肥差；不想发财，巡盐是个苦差。”蔡时鼎说。

“苦在哪里？”周弘禴问。

“苦在盐商的种种贿赂，须得一一推辞。”蔡时鼎说。

“那么，对台甫兄来说，是苦差？”周弘禴问。

“让你说对，”蔡时鼎道，“故而朝廷召还，我接旨即行。”

“还忘问，台甫兄是几时还京的？”周弘禴问道。

“昨日。”蔡时鼎回答。

“昨日还京，今日即来顺天府衙，是不是在两淮巡盐时，碰到和顺天府有关的人或事？”周弘禴推测。

“不是。”蔡时鼎道。

“那是台甫兄新的差事，和顺天府的人或事有关？”周弘禴又推测。

“也没有。”蔡时鼎道。

“既如此，台甫兄为何而来？”周弘禴问。

“不是才说，想瞻仰宣庙御制箴言！”蔡时鼎道。

“不会吧，”周弘禴摇着头说，“台甫兄在朝多年，没想过要来瞻仰宣庙御制箴言；去两淮巡盐之后，怎就迫不及待地要瞻仰？”

说话间，来到堂前，二人把闲话暂且收起，肃立在碑前，专心观览宣宗皇帝题写的四字箴言。

箴言共二十八句，写的是：

奕奕京师，四方所瞻。京尹之职，民庶事咸。周之内史，汉之三辅。不轻畀之，择贤以付。国家因之，有尹有丞。亦有庶僚，用赞厥成。芒芒区域，辇毂其本。王者施仁，笃近举远。尔体予怀，务勤以周。情必上通，泽必下流。水清玉刚，准平绳直。毋惮豪右，毋纵奸慝。赵、张、边、延，显显有规。无愧古人，祗我训词。

赵、张、边、延应该是指四位作过京尹或府丞的古人。赵、张是大姓，作过京尹或府丞的不止一人，很难马上想出具体指谁；延是偏姓，至少迄今为止，在本朝还没有出过一位姓延的名人，甚至没有出过一名姓延的进士。蔡时鼎马上想到的，只有一名边姓者。

“唐朝似有边鸾其人，边者，会不会指他？”他问。

“有可能，”周弘禴的回答不很肯定，“边鸾曾官右卫长史，说起来，也算作京城的官；更重要的是，边鸾善绘画，以宣庙对绘画的喜爱，推崇他是很自然的。”

宣宗皇帝喜爱绘画，在本朝列圣中是十分突出的。他的许多花草虫鸟画，珍藏于大内。

“宣庙提及四臣，元孚兄不曾探究过？”蔡时鼎问。

“惭愧，弟的心思没放在探究古人上，”周弘禴道，又说，“台甫兄若有心探究，我可介绍几位熟知本衙典故的前辈与台甫兄认识。”

“不必，我也无心探究。”蔡时鼎婉拒。

“台甫兄还对顺天府衙何物有兴趣，我陪台甫兄去看。”周弘禴说。

“别的不再看，和元孚兄说说话吧。”蔡时鼎道。

“在衙门里说，还是回家去说？”周弘禴问。

“元孚兄坐衙，不如我自在，就在衙门里说吧，”蔡时鼎说着，提出一个条件，“不过，和元孚兄说的话，不想让别人听到。”

“安静的地方有，”周弘禴道。他把周弘禴带到后院一间小室，把门一关，屋里出奇的安静。他问，“台甫兄，此处如何？”

“甚好。”蔡时鼎点头称赞。

“台甫兄请说吧，”周弘禴让道，“昨日到京，今日即找到衙门里来，没一些特别的话对我说，才怪呢！”

“不过是些寻常规劝的话，并无特别之处，”蔡时鼎说到这里，觉得还没把来意表述得很清楚。他又说，“其实，也说不上是规劝，或许说提醒，更恰当一些。”

“规劝也罢，提醒也罢，无不洗耳恭听。”周弘禴揖道。

“好，”蔡时鼎点点头，问道，“元孚兄拟篇奏疏，是不是？”

“台甫兄第一日上朝，竟已听说？”周弘禴反问。

“不是今日才一上朝听说的，而是昨日才一入京就听说的，故而今日一得空，马上来寻元孚兄。”蔡时鼎说。

“确有其事。”周弘禴道。

“元孚兄之疏，以论劾大司马为主？”蔡时鼎又问。

“我欲论劾多人，难分主次。”周弘禴说。

“但首先论劾的是大司马，是吧？”蔡时鼎问。他最关注的，是周弘禴打算论劾张学颜，所以一定要坐实。

“是。”周弘禴不否认。

“元孚兄论劾大司马何事？”蔡时鼎问。

“我先问问台甫兄，巡盐两淮有两年吗？”周弘禴道。

“有。”蔡时鼎回答。

“台甫兄可知，两年来，论劾大司马的有几人？”周弘禴问。

“不知。”蔡时鼎道。

“其实，我亦不知。”周弘禴说。

蔡时鼎以为他在戏弄自己，无奈地苦笑。

“台甫兄莫笑，我虽不知两年来有几多人论劾大司马，却知两年来因论劾大司马而被逐的科臣有一人，道臣有三人，”周弘禴说着，问道，“据此，可不可以说人所共愤？”

“科、道四人，都是因论劾大司马而被逐？”蔡时鼎问。

“绝不会有错。”周弘禴确定。

“仅是因论劾大司马而被逐？”蔡时鼎又问。

周弘禴不能再确定。科、道论劾大臣，当然也有只论劾一人的，但更多的时候，是论劾几名大臣。如被放逐的给事中一人、御史三人，在他们的奏章中，都涉及数名大臣；而且，若问他们是不是以论劾张学颜为主，他们会和周弘禴一样回答：难分主次。

“他等奏章或不仅论劾大司马一人；但皇上贬黜他等，主要是为大司马，我看是不会错的。”周弘禴只能这样说。

“好吧，”蔡时鼎未再分辩。他问，“就算科、道四人因论劾大司马而被逐，元孚兄是不是以为很多？”

“当然是很多，”周弘禴道。“若五人论劾，一人被逐，则有二十人论劾大司马；若十人论劾，一人被逐，则有四十人论劾大司马。这难道还不多！”

“二十人论劾，四十人论劾，是元孚兄推测的人数，并非实在的人数。”蔡时鼎指出。同时又说，“就算二十人论劾、四十人论劾是实在的人数，就算二十人论劾、四十人论劾不算少，就算科、道四人被逐不算少，仅据此而论劾大司马，理由很充分吗？”

“具体理由也是有的。”周弘禴说。

“譬如？”蔡时鼎让他举例。

“在台甫兄眼里，提督东厂太监张鲸，是何等人物？”周弘禴问。

“权势内臣。”蔡时鼎说。

“我问的是其人品。”周弘禴道。

“我虽在朝日久，但从未与他接触。”蔡时鼎说。

“也未听人议论？”周弘禴问。

“若以耳闻，似非端人。”蔡时鼎说。

“似非端人，怕是最客气的说法，”周弘禴道，“好吧，即以似非端人而论，和此人结为兄弟，又是何等之人？”

“元孚兄是说，大司马和东厂提督结为兄弟？”蔡时鼎问。

“这算个论劾他的理由吧？”周弘禴道。

“岂止算个理由，简直是个天大的理由！”蔡时鼎说着，问道，“结为兄弟，元孚兄是耳闻，还是听他二人大哥、二弟地呼唤过？”

“是耳闻。”周弘禴说。

“好，论劾大司马一事，就说到这里吧，”蔡时鼎道，“元孚兄开始说过，论劾的不止大司马一人。我想知道，除他之外，还有谁人？”

“此人曾与台甫兄同僚。”周弘禴说。

“亦即，曾官御史？”蔡时鼎连连摇头道，“十三道御史百十号人，我哪里猜得出是谁人！”

“此人后升太仆寺少卿。”周弘禴提示道。

“是李汝培！”蔡时鼎立刻想到李植，并惊呼。

“是他。”周弘禴应道。

“元孚兄为何要论劾他？”蔡时鼎问。

“还是我先问问台甫兄，今日你我若升职，朝廷会不会授以太仆寺少卿？”周弘禴道。

“可能吧。”蔡时鼎说。

“只是可能，并无把握？”周弘禴问。

“御史正七品，顺天府通判也仅正六品，太仆寺少卿却是正四品，我等怎有把握得之？”蔡时鼎道。

“可李汝培却即授太仆寺少卿！”周弘禴道，“况且，他出身万历丁丑科。比起你我，迟三科；对你我，他得称一声前辈吧？”

“升迁速缓，各人运道不同；且李汝培、江长信辈因论劾故元辅、论劾故司礼而受知于皇上，元孚兄是知道的。”蔡时鼎说。

“我正要和台甫兄说说他二人论劾故司礼一事。”周弘禴道。

蔡时鼎听出他语气里对此事是不以为然的，不由得要问：“元孚兄不会以为，他二人不该论劾故司礼吧？”

“该不该论劾是一回事，为何论劾又是一回事。”周弘禴说。

“元孚兄是说，他等论劾故司礼，并非因为故司礼种种作为该当论劾，而是别有缘故？”蔡时鼎推测他话里的意思。

“不错。”周弘禴道。

“是何缘故？”蔡时鼎问。

“李汝培曾巡按畿内，台甫兄知否？”周弘禴反问。

“知之。”蔡时鼎道。

“其巡按畿内时，曾纳娼为妾，台甫兄知否？”周弘禴又问。

“此事却不知。”蔡时鼎道。

“我因此事论劾李汝培，算个理由吧？”周弘禴问。

“官吏纳娼为妾，时或有之；但身为宪职，行为如此不端，却是该论劾的，”蔡时鼎认可他的理由，同时又有疑惑，“元孚兄不是要说他等论劾故司礼一事吗，怎转到他纳娼为妾上？”

“此二事是纠葛在一起的。”周弘禴道。

“一则论劾权宦，一则纳娶女娼，二事会纠葛在一起？”蔡时鼎无论如何看不出两件事之间的联系。

“身为宪职，不会不知纳娼为妾违纪吧？”周弘禴帮他理清头绪。

“不会。”蔡时鼎道。

“若称猖狂干纪，言之可过？”周弘禴问。

“不过。”蔡时鼎道。

“不会不知违纪，且可谓猖狂干纪，李汝培为何敢为之？”周弘禴问。

“元孚兄是说，他有所恃？”蔡时鼎反问。

“不错。”周弘禴道。

“他所恃者谁人？”蔡时鼎问。

“今司礼掌印有一门客，姓乐，名新声，台甫兄知否？”周弘禴反问。

“有所闻。”蔡时鼎说。

“据台甫兄所闻，乐新声是何等人物？”周弘禴问。

“似非端人。”蔡时鼎说。

“我若告诉台甫兄，乐新声即故元辅门下之游七，故司礼门下之徐爵，台甫兄还会以为他仅仅似非端人吗？”周弘禴问。

“那又另当别论。”蔡时鼎说。

“我若告诉台甫兄，乐新声实为扳倒故司礼之谋主，台甫兄还会以为，李汝培等论劾故司礼，有功于社稷吗？”周弘禴问。

“元孚兄是说，李汝培等论劾故司礼，是乐新声指使？”蔡时鼎反问。

“这算是个论劾他的理由吧？”周弘禴道。

“这个理由虽算不得天大，但也足够大，”蔡时鼎说着，问道，“乐新声指使李汝培等论劾故司礼，元孚兄是耳闻，还是指使之际，亲眼所见，亲耳所闻？”

“是耳闻。”周弘禴说。

“好，论劾李汝培一事，且说到这里，”蔡时鼎道，并问，“被元孚兄论劾者，还有第三人吗？”

“有。”周弘禴应道。

“又是谁人？”蔡时鼎问。

“乃当今第一科臣。”周弘禴说。

“是齐唯良吗？”蔡时鼎问。第一科臣指吏科都给事中，是可以确定的；他不能确定的是，今日吏科都给事中是否为齐世臣。

齐世臣字唯良，江西南昌人，隆庆五年进士。

“是他。”周弘禴应道。

“元孚兄为何要论劾他？”蔡时鼎问。

“为其一议。”周弘禴说。

“为其一议？”蔡时鼎不解。

“其议，台甫兄或许会赞成。”周弘禴说。

“却是何议？我或许赞成，元孚兄却要论劾？”蔡时鼎问。

“管员外之事，台甫兄记不记得？”周弘禴反问。

“记得，”蔡时鼎道。“管登之官南京礼部员外，疏陈十事。故元辅不悦，以察典罢免。”

“赵主事之事，台甫兄记不记得？”周弘禴又问。

“记得，”蔡时鼎道，“赵象贤官南京兵部主事，疏陈五事。故元辅不悦，出为楚王府长史。”

管登之名志道，南直隶太仓人。赵象贤名世卿，山东历城人。二人都是隆庆五年进士。

“故元辅不容部曹言事，由此可见吧？”周弘禴问。

“故元辅不容言者，又岂止部曹！”蔡时鼎道。

周弘禴不理会他客气的反驳，又问起别人。

“和父先生谪戍前曾为何官，台甫兄记不记得？”周弘禴问。

“记得，”蔡时鼎道，“和父先生谪戍前，曾任刑部员外郎。”

“纯父兄谪戍前曾为何官，台甫兄记不记得？”周弘禴问。

“记得，”蔡时鼎道，“纯父兄谪戍前，曾任刑部主事。”

“他二位为何被谪戍，台甫兄记不记得？”周弘禴问。

“记得，”蔡时鼎道，“其时，朝中或倡夺情，他二位力主归丧、守制，为故元辅所不容。”

“其时，台甫兄也不赞同夺情吧？”周弘禴问。

“是，”蔡时鼎应道，“于理于情，夺情皆不可取。”

“既如此，部曹如和父先生之言，如纯父兄之言，何负于国家？”周弘禴问。

“并无人说和父先生、纯父兄负国呀！”蔡时鼎道。

“部曹之言不负国家，齐唯良却请朝廷禁部曹建言！”周弘禴忿道。

“有这等事？”蔡时鼎颇惊。周弘禴既曰齐世臣请朝廷禁部曹建言，肯定有奏本在；所以，蔡时鼎不用问是耳闻，或是本人所知。他问“有这等事”，也不是表示怀疑，而是表明他的一种态度。

“通政司底簿在，台甫兄可以查呀！”周弘禴道，并发一通议论，“故元辅恶员外郎管登之之建白，御史龚懋贤因诬以老疾；恶主事赵象贤之条奏，尚书王国光遂贬以王官。再者，张司马、李少卿结交内臣，张宏、张鲸窃皇上权，张司马、李少卿又窃司礼势。齐唯良于此为何视而不见，准科、道建言，准大臣建言，唯独不准部曹建言？”

“科、道可建言，大臣可建言，部曹亦可建言，这是没有疑义的，”蔡时鼎说着，问道，“被元孚兄论劾的第四人是谁？”

“齐唯良的两位前任。”周弘禴说。

“是哪两位吏科都给谏？”蔡时鼎问。

“一则周英甫，一则秦道明。”周弘禴道。

周邦杰字英甫，江西临川人。秦燿字道明，南直隶无锡人。二人也都是隆庆五年进士。

“元孚兄为何论劾他二人？”蔡时鼎问。

“此二人长吏垣，都在故元辅柄政时。”周弘禴说。

“元孚兄官顺天府通判，弟官御史，也都在故元辅柄政时！”蔡时鼎指出，这个理由不能成立。

“但台甫兄甘为故元辅鹰犬，或在故元辅淫威下甘为寒蝉否？”周弘禴则表明，他有充分的理由。

“他二人谁个是鹰犬，谁个是寒蝉？”蔡时鼎问。

“周英甫为鹰犬，秦道明乃寒蝉。”周弘禴道。

“即便一则鹰犬，一则寒蝉，也是前事；今日再论，似不合时宜。”蔡时鼎说。

“若二人仍在谏垣，或如常外迁，我可以不计较前事，”周弘禴说着，问道，“台甫兄可知，他二人现任何官？”

“似乎一在太常寺，一在太仆寺。”蔡时鼎说。

“鹰犬在太常寺，寒蝉在太仆寺，皆为正卿！”周弘禴道。

“一正三品衙门正卿，一从三品衙门正卿，皆可谓超擢。”蔡时鼎说。

“对台甫兄来说，升少卿只是可能，并无把握，而此二人却径升正卿，其际遇足以令台甫兄艳羡吧？”周弘禴取笑之后，说道，“其为谏职，于朝政无补，却坐陟京卿。台甫兄说，是不是台省足恃，而台甫兄放过大好机会？”

“科、道正直之员甚多，元孚兄切不可以偏概全。”蔡时鼎正告他。

“我若不知科、道正直之员甚多，还会和台甫兄说这多！”周弘禴道，“说来说去，我只是对齐唯良之议耿耿于怀。”

出身隆庆五年的科臣径升三品寺卿，人人皆知，同样不必怀疑是风闻。所以，蔡时鼎往下问：“第六个被元孚兄论劾的是谁人？”

“没有第六个。”周弘禴道。

“一位大司马，一位少卿，一位给给谏，两位寺卿，元孚兄拟如何处置？”蔡时鼎问。

“张司马、李少卿放归，周、秦二寺卿出外，齐掌科夺谏职；另外，提督东厂张太监闲住。”周弘禴快人快语地说。

“元孚兄真是大刀阔斧呀！”蔡时鼎半是称赏半是嘲讽地说，并问，“在元孚兄看来，朝廷会不会这么处置？”

“不知，”周弘禴的回答很痛快，解释也很干脆，“不过，区区通判，争得建言，已属不易，并不敢奢望处置。”

“我也没资格处置；但在我看来，朝廷绝不会这么处置。”蔡时鼎说。

“我正要请教，”周弘禴忽然想到什么。一直是蔡时鼎在询问，他在叙述；但蔡时鼎并不是来发问的呀！“台甫兄今日是来提醒我，或是来规劝我的，是不是因为料定朝廷不会这么处置？”

“这只是一小部分缘故。”蔡时鼎说。

“大部分缘故呢？”周弘禴问。

“同年好友，我须得为元孚兄计。”蔡时鼎道。

“台甫兄是怎样为我计的？”周弘禴问。

“元孚兄初授户部主事，后外放无为州同知，是吧？”蔡时鼎反问。

“是。”周弘禴应道。

“部主事，外放州同知，是明显的贬谪呀。”蔡时鼎说。

“我知。”周弘禴道。

“元孚兄为何被贬谪？”蔡时鼎问。

“言事，忤当道。”周弘禴道。

“可见，部曹建言，不可禁；部曹建言，亦不可不慎。”蔡时鼎说。

“台甫兄是说我前次言事不慎，故而被贬谪；还是说我这次欲议之事不慎，难免重蹈覆辙？”周弘禴问。

“略有此意。”蔡时鼎道。

“略有此意，即还有他意。又是何意？”周弘禴问。

“元孚兄论劾四人，或曰论劾四事五人，对吧？”蔡时鼎道。“四事中，大司马与东厂提督结为兄弟，及李少卿论劾故司礼，今司礼门客为其主谋，最为骇人听闻。然二事皆耳闻，非亲闻亲见，以奏事而言，乃风闻奏事。部曹准以建言，我是赞成的；但部曹不得风闻奏事，是祖宗时即立下的规矩，也是不可违的。如果说，以前事为鉴，我是在提醒元孚兄；莫要风闻奏事，则是我在规劝元孚兄。”

“台甫兄提醒的是，规劝的是，容我再思量。”周弘禴说。

蔡时鼎知道他并没被说服，但作为提醒，作为规劝，再无更多的话可以说。

周弘禴几乎完全是按照自己的叙述撰写的奏疏。疏上，谪代州判官。

第一百四十二章

内阁本来应该是四臣。去年底有旨，除召起王锡爵，还推礼部左侍郎兼翰林院侍读学士王家屏，以吏部右侍郎兼东阁大学士入阁。王家屏在朝，随即入阁办事，而王锡爵至今仍未奉旨北上。

三臣得知皇上要找他们议一议礼部的一道奏议，都做些准备，免得在皇帝询问时答不上来。

“申先生是哪里人？”皇帝先问申时行。

“臣是南直隶人。”申时行说。

“南直隶人？此事和卿没多大关系。”皇帝像是对他说，又像是自语，让他回应也不是，不回应也不是。好在皇帝马上转向王家屏，“王先生，朕听说两件事，要问问卿。”

“是。”王家屏应道。

“修朕皇祖考实录，卿曾参与吧？”皇帝问。

“是。”王家屏应道。

“操江都御史高捷，以官帑赂严嵩亲信赵文华，卿如实写入实录，”皇帝说着，问道，“有此事没有？”

“有。”王家屏应道。

“故首辅高拱要卿讳言其事，是不是？”皇帝问。

“是。”王家屏应道。

“高拱为何要卿讳言其事？”皇帝问。

“高捷乃高拱兄长。”王家屏道。

“卿是否删除其事？”皇帝问。

“臣未删除。”王家屏道。

“卿为何不肯删除？”皇帝问。

“既修实录，当以直笔。”王家屏道。

“高拱方柄朝政，得罪他，朕知他肯定是要报复的。卿难道不惧怕？”皇帝问。

“臣惧怕他报复，但臣更惧怕有负皇恩。”王家屏说。

“说得好！”皇帝称赏一句，又说第二件事，“朕听说，张居正病重时，卿一直不曾为他祷祈。”说着，问道，“有没有此事？”

“有。”王家屏不能不回奏，但顾虑挺多。他那时还是一名普通翰林官，不知如申时行、许国等位尊之官有没有为张居正祷祈过，也不知他们对此事是怎么看的。只干巴巴地回答一个“有”字，难免让他们感到难堪。所以，他要解释一句，“张居正病重之际，臣亦染病，不耐行走。”

“朕知有些廷臣，病得连朝也上不成，仍为他行走祷祈。”皇帝说。

“是。”王家屏不能再多解释。

“张居正柄政，权势之重，非高拱可比；报复心之强，亦非高拱可比。卿不为他祷祈，朕知他肯定是要报复的。卿难道不惧怕？”皇帝问。

“臣惧怕他报复；但臣不耐行走，他要报复，只得由他。”王家屏说。

“申先生，”皇帝转问申时行，“你还记得，朕如何称赞王先生的吗？”

“臣记得，皇上称他为端士。”申时行道。

“申先生说说，朕用他入阁，有错没错？”皇帝问。

“皇上用人不错；臣家屏入阁办事，乃众望所归。”申时行说。

“众望所归吗？”皇帝摇摇头，说道，“朕怎么听说，王先生入阁，朝中颇有议论？”

“议论是有的，却非以为用之不当。”申时行说。

“那是为的何事？”皇帝问。

“或以为，臣家屏去史官二年即辅政，前所未有。”申时行说。

“何谓去史官二年？”皇帝问。

“翰林院修撰、编修、检讨等，曰史官；侍读、侍讲以上，乃至学士，虽亦有修史之责，但学士则考议制度，详正文书，备天子顾问，侍读、侍讲则掌讲读经史，皆不被视作普通史官，”申时行先讲解何谓史官，然后再讲解该议论，“臣家屏自升作侍读，至入阁办事，其间仅两年而已，故廷臣议曰前所未有。”

“王先生是去岁十二月入阁的吧？”皇帝要证实他的说法。

“是。”王家屏应道。

“却是哪一年升为侍读或侍讲的？”皇帝问。

“臣于万历十年九月，升右庶子兼翰林院侍读。”王家屏说。

“万历十年九月，至十二年十二月，果然才两年稍多，”皇帝道。似乎嫌证之不足，他又问申时行，“申先生是万历六年入阁的吧？”

“是。”申时行应道。

“却是哪一年去史官的？”皇帝问。

“隆庆五年。”申时行道。

“亦即，申先生入阁，是在去史官七年之后。”皇帝说。

“是。”申时行应道。

“去史官七年后入阁，是速，是缓？”皇帝问。申时行要回答，却被他止住，“等等，朕自家来比较比较。”说着，问许国，“许先生是万历十一年入阁的，却是哪一年去史官？”

“臣万历五年去史官。”许国回答。

“你和申先生速缓相差无几，”皇帝道，并问，“是不是去史官后六年入阁，是寻常之事？”

“臣缓于臣时行。”许国说。

“难道朕算错？”皇帝口算道，“万历五年去史官，十一年入阁，其间不也是六年吗？”

“皇上没算错，是臣记混，”许国道，“万历五年，臣不是去史官，而是升侍读学士。臣去史官，还要早三年。”

“亦即，卿是万历二年去史官的？”

“是。”许国应道。

“那么，卿是去史官九年后入阁的。”皇帝说。

“是。”许国应道。

“两相比较，申先生去史官七年后入阁，许先生去史官后九年入阁，申先生速于许先生。”皇帝对申时行说。

“是。”申时行应道。

“但王先生去史官两年后入阁，又速于申先生。”皇帝又说。

“是。”申时行应道。

“王先生去史官两年后即辅政，前所未有，朕信之，”皇帝说着，问道，“前所未有之速，朕看是件好事，卿等说呢？”

“皇上说的是。”申时行、许国齐应道。

皇帝问的是“卿等”，申时行、许国须得一起回应；而说的是王家屏入阁，他是不好应声的。

“卿不以为然？”皇帝问他。

“臣蒙皇上不拘常格选用，不知能否胜任，诚惶诚恐。”王家屏说。

“不拘常格选用，卿言甚是，”皇帝说着，问道，“前所未有，是申先生说的；朕说是件好事，并非特指卿。朕是说，选用人才不必太拘资格，卿以为如何？”

“皇上说的是。”王家屏应道。

虽然围绕着去史官和入阁，皇帝问得饶有兴致，说得饶有兴致，但申时行等都知道，这并非主题，皇帝随时可能把话题转开。

果然，皇帝说：“说了半天‘去史官’，朕今日把三位先生找来，可不是谈论这件事的，还是说正事吧。”

“是。”三阁臣应道。

“礼部的奏疏，卿等读过没有？”皇帝问。

虽然事先已得知，还是需要坐实。申时行反问一句：“皇上说的可是礼部拟请解除方孝孺等后人戍籍的奏疏？”

“是啊。”皇帝应道。

“臣等已读过。”三阁臣齐道。

“卿等议过没有？”皇帝又问。

“臣等私下里议过，尚未正式议之。”申时行代表三阁臣说。

“私下里议，有无争论？”皇帝问。

“尚无。”申时行道。

“卿等皆以为可行，抑或皆以为不可行？”皇帝问。

“臣等皆以为可行。”申时行道。

“卿等以为可行，朕也以为可行；不过，朕有几件事要问问卿等。”皇帝说。

“是。”三阁臣齐应道。

“一人一句，卿等说说，为何可行。”皇帝命道。

如果让每个人说说理由，申时行等三人都能说出不止一条理由，而且每条理由都能说得头头是道；但皇帝顽皮地只让每人说一句，让他们都感到为难。申时行也没按照惯例，率先开口。

皇帝大概也猜到他们的难处，没让申时行先说。

“王先生怎说？”他先点王家屏的名。

“成庙诛方孝孺等，在洪武三十五年，迄今已近二百年。”王家屏说。

“卿是说，年已久远，前人之罪，不应累及后人？”皇帝问。

“是。”王家屏应道。

“洪武三十五年即建文四年吧？”皇帝问。

“是。”王家屏应道。

“朕听说，有人以革除记建庶人时事，有否？”皇帝问。

“有之。”王家屏应道。

“为何以革除记之？”皇帝问。

“成祖皇帝登极后，以洪武年号记建文时事，即建文元年改为洪武三十二年，以此而推，建文四年为洪武三十五年——”王家屏说到这里，被皇帝打断。

“以洪武年号纪建文时事，王先生以为如何？”皇帝问。

“臣未查核，不知倡议者为谁；但臣以为，以洪武年号纪建文时事，在其时，或是最明智的选择。”王家屏说。

“卿等看呢？”皇帝问申时行，许国。

“臣家屏所言是。”申时行、许国齐道。

“卿再说，为何有人以革除纪建文时事？”皇帝命王家屏。

“臣以为，仍在年已久远，”王家屏道，“鼎革之际，将洪武年号延长数载，乃不得已而为之；但当时之人，无不知我太祖高皇帝在位，实为三十一年。年既久远，不熟悉国史者，或以为太祖高皇帝在位为三十五年。与其为后人解说洪武三十二年至三十五年的来由，不如改用一种说法。于是有好事之人，想出革除二字。”

“卿是不是也以为，以洪武年号记建文时事，有所不妥？”皇帝问。

“臣没仔细想过。”王家屏道。

“但听到人家言及革除年间，或记为革除年间，卿总会有些感触吧？”皇帝进一步问。

“是。”王家屏应道。

“卿有何感触？”皇帝问。

“臣觉着，革除二字，虽涵义明确，但用在野史中尚可；用于正史，则不伦不类。”王家屏说。

“此二字不好，卿能不能也做一回好事之人，另外想出两个字来？”皇帝给他出了个难题。

“臣没想过，一时想不出来。”王家屏说。

“卿等呢？”皇帝问申时行、许国。

“臣等也没想过，一时想不出来。”申时行、许国齐道。

“不见得想不出，或是说不出吧？”皇帝道。

一句戏谑的话，让内阁三臣都有点儿尴尬。好在，由于王家屏一句回答引出这么多话，皇帝已经说够。

“于礼部奏议，许先生怎说？”皇帝再点许国的名。

“宥获罪诸臣家属，仁庙时已有谕旨。”许国说。

“仁庙谕旨是怎说的？”皇帝问。

“建文诸臣，已蒙显戮，家属籍在官者，悉宥为民，还其田土。其外亲戍边者，留一人戍所，余放还。”许国述道。

“仁庙当年既有谕旨，今日为何仍议其放还？是不是仁庙放还戍边者之谕旨，未得实施？”皇帝问。

“据臣所知，洪熙年间，确有赦还者。”许国说。

“卿能否为朕举一例？”皇帝命道。

“譬如，臣邻郡有陈迪，官礼部尚书。成庙登极，诛陈迪父子六人，唯幼子幸免，北戍抚宁。洪熙初，赦还，给田产。”许国述道。

他是宁国府宣城人，陈迪是徽州府歙县人，宁国府、徽州府都在南京以南，相距约三百里。许国特别指出二府相邻，为的是表明，此事他并非仅是耳闻，还有确凿的证据。

“礼部所议，似乎不包括南直隶籍。”皇帝说。

“诚如圣谕，”许国道，“礼部奏议，包括浙江籍七百一十三人，江西籍三百七十一人，福建籍二百四十四人，四川籍四十一人，广东籍三十四人，并无原籍在南直隶者。”

“朕方才为何说此事与卿无关，卿懂得吧？”皇帝问申时行。

“是，”王家屏应道，“皇上是说，礼部所议赦还戍籍者，没有臣家乡之人。”

“据卿所知，有没有以上各布政司戍籍赦还者？”皇帝又问许国。

“有。”许国应道。

“举个例子，朕与申先生、王先生一起听听。”皇帝命道。

“江西鄱阳人胡闰，官大理寺少卿，被杀。其幼子戍边，幼女给功臣家为奴，仁庙时俱被赦还乡。”许国述道。

“既有仁庙谕旨，且有被赦还之实例，为何今日仍有——”皇帝问一半，转问，“卿有没有计算过，五布政司应赦还戍籍，有几多人？”

“共约一千四百人。”许国道。

“为何今日仍有一千四百人要赦还？”皇帝又问。

“臣以为，原因有二，”许国道，“一则，仁庙虽有谕旨，且有被赦还之实例，却未必能落实在每个人头上，或有被戍且当释还者，未能释还；二则，臣要借用臣家屏一句话。”

“可是年已久远？”皇帝问。

“是。”许国应道。

“年已久远，是圣谕，臣说的是迄今近二百年。”王家屏忙说明。

“臣要说的第二个原因，即如皇上所谕：年已久远，”许国也更正自己的说法，“即便仁庙时当赦还者无不赦还，近二百年，子孙传六七代，以戍者百人计，繁衍至千余人，并不算多。”

“卿等看呢？”皇帝问申时行、王家屏。

“臣国所言是。”申时行、王家屏齐道。

“他说礼部之议为何可行，理由也很充实吧？”皇帝问。

“诚如圣谕。”申时行、王家屏齐道。

“申先生怎说？”皇帝最后就礼部奏议问申时行。

“成祖文皇帝已动恻隐之心。”申时行实打实地只说一句，中间不须隔开、停顿。

“申先生是不是说，靖难之役后，我成祖文皇帝杀戮过重？”皇帝问。

“臣不完全是这层意思。”申时行说。

“但也有这层意思！”皇帝道。

“是。”申时行应道。

“申先生先说说这层意思以外的意思吧。”皇帝命道。

“是。”申时行应一声，说道，“一则成祖文皇帝登极之际，人心浮动，不杀不足以立威；二则，彼时杀人过多，未必都是成祖文皇帝本意。故而，一定要说杀戮过重，亦非成祖文皇帝杀戮过重。”

“申先生所言甚是，”皇帝道，“我成祖文皇帝杀戮过重，这话是朕说的。申先生既无此意，朕收回。”说罢，又问，“申先生话里有这层意思，又该怎讲？”

“洪武三十五年，或曰革除四年，与永乐元年之际，杀戮的确有些重。”申时行说。

“申先生能否举例？”皇帝道。

“譬如国初大儒方孝孺，除其兄孝闻先卒，其弟孝友与孝孺同时被杀，其妻郑氏及二子中宪、中愈，皆自经死，二女皆投河死。”申时行讲述。

“礼部请赦还浙江戍籍七百一十三中，竟无方孝孺后人？”皇帝问。

“无。”申时行应道。

“如此说来，方孝孺无后？”皇帝又问。

“臣请为皇上讲二事。”申时行道。

“都是方孝孺的事吗？”皇帝问。

“或者应该说，都是方氏族人的事。”申时行道。

“好，”皇帝愿意听故事，命道，“请申先生先讲第一事。”

“方孝孺父克勤，洪武年间为官。克勤弟克家，有子曰孝复，洪武年间以言事得罪，谪戍边卫。孝复子琬，后被释还。”申时行说。

“也是在仁庙时？”皇帝问。

“孝复与孝孺同辈，方琬为孝孺侄，他被释还，应该是在洪熙年间。”申时行说。

“但孝复谪戍，与孝孺一案并无干系。”皇帝指出。

“诚如圣谕。”申时行应道。

“既无干系，申先生为何还要讲他？”皇帝问。

“臣想说的是，方孝孺无后，然方氏有后。”申时行说。

皇帝点点头，道：“申先生再讲第二事吧。”

“第二事发生在世庙时，臣尚在乡课读，此事乃耳闻，”申时行先说明，然后讲述，“松江人俞斌，伪称方孝孺后人，江南士人信之，甚而有人为之撰《归宗录》。然方氏族人察其伪，报于官府，官府止其事。”

“此事与孝孺一案亦无干系。”皇帝指出。

“诚如圣谕。”申时行应道。

“亦无干系，申先生为何又要讲他？”皇帝问。

“臣想说的是，俞斌虽伪称，但他对孝孺的崇敬由此可见；江南士人虽不察，但他等对孝孺的崇敬由此可见。”申时行说。

“卿等看呢？”皇帝问许国、王家屏。

“臣时行所言是。”许国、王家屏齐道。

“申先生，”皇帝又转向申时行，道，“你说我成祖文皇帝已动恻隐之心，能否举一二事例？”

“是，”申时行应一声，述道，“户部侍郎卓敬被押，成祖文皇帝三次势必要杀之，却两次欲赦之。”

“第一次是怎样的情形？”皇帝饶有兴致地问。

“成祖文皇帝责卓敬离间骨肉，卓敬厉声言道：惜先帝不用敬言！言外之意，建文若接受他的建议，就不会有今天。话说到这种地步，是非杀他不可；然成祖文皇帝惜其才，没有杀他。”申时行述道。

“第二次是怎样的情形？”皇帝问。

“卓敬系于狱中，成祖文皇帝使人探望，以管仲、魏征的事例说服他规正。卓敬泣道：人臣委贽，有死无二；先皇帝无过举，恨不即死见故君地下。话说到这种地步，只有杀他；然成祖文皇帝悯其志，仍没有杀他。”申时行述道。其间有些辱骂成祖文皇帝的话，不便重复；申时行觉得，也没必要重复。

“第三次是怎样的情形？”皇帝问。

“靖难之役谋主姚少师，与卓敬有隙，言于成祖文皇帝：敬言诚见用，皇上焉得有今日！成祖文皇帝这才杀卓敬，诛其三族。”申时行述道。

“这话卓敬本人的确说过。”皇帝指出他叙述中的一个矛盾。

“是，”申时行先应一声，然后解释，“相同的话，在卓说来，是明志；在姚说来，是警诫。在姚少师警诫之下，成祖文皇帝杀卓敬，但仍不无惋惜地说：国家养士三十年，唯得一卓敬！”

“申先生说的是，”皇帝点点头，说道，“不过，我成祖文皇帝惋惜是惋惜，到底还是杀卓敬，且诛其三族。用这个事例来证实我成祖文皇帝动恻隐之心，未免有瑕疵。”

“有不肯规正，罪止本身，不及家人的。如大军入京，衡王府纪善周是修自经死，有宪臣请追戮之，成祖文皇帝曰：彼食其禄，自尽其心，勿问。也有存心敌对，该杀而未杀者。如宁波知府王琎大造舟舰，谋助建文。被擒后，成祖文皇帝问他，造舟舰何用？他说：欲泛海往瓜洲，阻北师南渡大江。依其行事，当诛之，但成祖文皇帝放其还乡，未加罪责。”申时行述道。

“此事足见我成祖文皇帝已动恻隐之心，”皇帝说着，问许国、王家屏，“卿等看呢？”

“诚如圣谕。”许国、王家屏齐道。

“王卿的一句话是：其事迄今已近二百年；许卿的一句话是：仁庙已有谕旨；申卿的一句话是：成祖文皇帝已动恻隐之心，”皇帝说着，问道，“朕说的对吧？”

“皇上说得对。”三阁臣齐应道。

“朕也说一句话：准礼部所议。”皇帝道。

“皇上圣明。”三阁臣齐颂道。

第一百四十三章

四月十六日后半夜，整个京城处在戒严状态。当然，街巷无人，门户皆闭，戒严不为人知。十七日凌晨，则有越来越多的人感受到戒严的紧张气氛。先是往宫中和官宦人家运送玉泉山泉水的马车、牛车，被拦在阜城门外，进宫的水车放入，其他水车被告知，至少要等天大明后，他们才有可能进城。然后是洒扫京城大街的夫役，几乎是被逻卒押解，匆匆扫街，匆匆离去。再然后是有遛早习惯的居民，在胡同里走走没人管，要走出胡同，立刻被撵回去。

当然，也有在城里可以畅行无阻的人，他们是勋戚，阁、部等大臣，五军都督府的都督们，以及允许前往被严密封锁地区的官员。他们从不同方向进入皇城，聚集在午门前。

寅末卯初，午门大开。皇帝乘坐的玉辇、大辂，在前面仪仗开路、后面禁军护卫下从宫中出来。午门外的大臣早已文左武右、以品秩为序地找到自己的位置，这时肃然而立，恭送玉辇、大辂顺着御道，行往端门，然后按照序班，跟随在后。

皇帝今日前往天坛祭天祷雨，整个的仪式，和以前举行这一类活动时的仪式相同。不同的是，皇帝并没坐在玉辇或大辂里。

准确地说，这也不算不同。因为郊祀时，皇帝乘的是步辇，玉辇、大辂等，本来只是随驾以供观瞻之用。

实际上，不同的是，行进的行列中，并无皇帝的步辇。

在仪仗、玉辇大辂、禁军的后面，是规模更大的仪仗，和人数更多的禁军。在规模更大的仪仗和人数更多的禁军之间，留下更大的距离。皇帝身着青布衣袍，头系黑角带，安详地行走在其间。

稍后，是潞王翊镠。他虽已成年，但仍未就藩。

再稍后，是司礼掌印太监张宏和提督东厂太监张鲸，及数名近侍。

隔了较长一段距离，则是文、武大臣们的行列。

由于皇帝步行，所有的侍从以及文、武大臣，也都是步行。因此，承天门外安静许多，往常在这里等候主人的仆从及马匹，均不在场。

出正阳门，天色大亮。往常乘马扈驾，大臣们的心思要用在控制马匹上，生怕出乱子，无暇言语。现在步行扈驾，要控制的只是自己的两条腿，要容易得多，有把握得多；因此，他们说话的欲望也强烈得多。

议论纷纷，众说纷纭，以致队列混乱，是不允许的；但邻近二人窃声私语，却是谁也不会管的。

兵部尚书王遴碰碰走在自己身边的礼部尚书沈鲤，悄声问道："仲化先生有未经历过步祷？"

"继津先生是前辈，有未经历过？"沈鲤反问。

王遴以科第而言，早可任尚书；而且，在当今部、院大臣中，除吏部尚书杨巍和他同年之外，其他人都要晚几科。但由于不阿附，直到张居正去世，他才推任尚书，先是掌户部，今年三月张学颜以病免官，他又改掌兵部。

沈鲤则是去年十月，升任礼部尚书的。

"我亦未经历过。"王遴说。

"本朝二百余年，步祷之仪恐怕一共没几次。"沈鲤说。

"近百年来，步祷之仪恐怕从未举行。"王遴则说。

"皇上今日步祷南郊，真可谓一大盛事。"沈鲤说。

"谁说不是！"王遴道。

为的是边走边聊，可以轻松一些。谁知才说两句，却无话可说。不过，话题不止一个，颂扬的话没得可说，尽可以说些别的。

"仲化先生，举行大朝会时，丹陛所设銮舆有哪些？"王遴无话找话。

"步祷之仪虽未经历过，大朝之仪总是经历过的，继津先生说不上吗？"沈鲤反问。

"我未入翰林，亦未任职礼部，不甚留意銮舆之类。"王遴说。

"不错，我入过翰林，今又掌礼部，銮舆之类应该说得出。"沈鲤道。

王遴怕他误会，解释说："方才在午门外，我见玉辇、大辂过去，心想，郊祀，谒陵，以及巡幸，也设銮舆；但似乎不如大朝会时隆重。所以我才随便问问，并无别意。"

"我知继津先生是随便问问，并无别意，"沈鲤道，"其实，銮舆和各色卤簿一样，好比是个门面，无论是举行大朝会，或者皇上郊祀，或者皇上谒陵，或者皇上巡幸，都是要设的。今日所用卤簿，一样也不比大朝会时少。"

"是吗？"王遴似乎有所怀疑。

“继津先生不信吗？”沈鲤问，“大朝会时设大凉步辇一乘，今日继津先生有没见到？”

“有见到。”王遴回答得很干脆。

“大朝会时设步辇一乘，今日继津先生有没见到？”沈鲤问。

“有步辇吗？”王遴得想一想，然后说，“有见到。”

“大马辇一乘，今日继津先生有没见到？”沈鲤问。

“有见到。”王遴回答得很干脆。

“小马辇一乘，今日继津先生有没见到？”沈鲤问。

“有小马辇吗？”王遴又得想一想，然后说，“有见到。”

“玉辇一乘，今日继津先生有没见到？”沈鲤问。

“有见到。”王遴回答得很干脆。

“大辂一乘，今日继津先生有没见到？”沈鲤问。

“有见到。”王遴回答得很干脆。

“板轿一乘，今日继津先生有没有到？”沈鲤问。

“有板轿吗？”王遴又得想一想，然后说，“有见到。”

“继津先生见大不见小呀。”沈鲤开玩笑地说。

“并非见大不见小，”王遴认真地解释，“大者印象深刻，仲化先生一提，马上浮现在眼前；小者须得想一想，才能想起有没见到，若有见到，位置在哪里，是怎样从眼前过去的。”

“那么，今日之銮舆比往日大朝会所设銮舆，少哪一样？”沈鲤问。

“没少吗？”王遴更得多想一想，然后说，“似乎不少。”

“此事须得和继津先生说个明白。不然，皇上步祷南郊，銮舆不足，卤簿有缺，岂不成礼部的重大失误！”沈鲤道。

“我知礼部不会有这等失误，不然，也不会和仲化先生说这个闲话，”王遴回敬一句，然后问，“大凉步辇、步辇、大马辇、小马辇、玉辂、大辂、板轿，共七种，是否遵的古制？”

“继津先生这可把我问住。”沈鲤道。

“怎么？”王遴问。

“说是遵古制，却和古制不全相合；说不遵古制，却东拉西扯，也可拼凑在一起。”沈鲤说。

“此话怎讲？”王遴好奇地问。

“古制，天子五辂，曰金辂，曰玉辂，曰象辂，曰革辂，曰木辂。继津先生听起来，和今日所言步辇、马辇等不一样吧？”沈鲤反问。

“太不一样！”王遴道，“除玉辂，今日仍沿用，其他四辂，从来也没人说起。”

“实则不然，”沈鲤摇着头，说道，“除金辂，今日要找一个与之对应的銮舆，较比困难；其他各辂，都可找到对应者。”

“当真？”王遴难以相信。

“我为何要诳继津先生！”沈鲤道。

“譬如象辂，仲化先生几时见过象辇？”王遴问。

“何谓象辇？”沈鲤反问。

“牛车，以牛驾之；马车，以马驾之；象辂，自以象驾之。”王遴说。

“继津先生只想以象驾辂，怎不想想以象负辂！”沈鲤道。

“古制之象辂，是以象负辂？”王遴问。

“我不知古制之象辂，是以象驾辂，抑或以象负辂；但今之玉辇、大辂，有以象负之者。有象，有辂，与古制之象辂对应，也没什么不可以吧！”沈鲤道。

“仲化先生的意思，今之玉辇、大辂，即是古制之玉辂，又是古制之象辂？”王遴问。

“是。”沈鲤应道。

“合二为一，无甚不可，”王遴说着，又问，“革辂，今亦有否？”

“有。”沈鲤应道。

“今日所见，哪一件可与之对应？”王遴问。

“今日所见，及大朝仪时丹陛所见，没一件可与之对应。”沈鲤说。

“既未见，仲化先生怎知有之？”王遴问。

“读书呀，”沈鲤道，“正德十四年，武庙征逆藩宸濠，所乘即革辂，这在当时人的笔记中是有记载的。”

“仲化先生敢说，武庙所乘革辂，即古制之革辂？”王遴质疑。

“我不敢说，”沈鲤承认，但同时又反问，“继津先生知古制之革辂是何等模样？”

“不知。”王遴也承认。

“古制之象辂，今日无其名者与之对应；既有革辂之名与古制对应，我看，继津先生就不必求全。况古制之革辂，专征伐之用；武庙出征而乘之，正合古意。”

“仲化先生说的是。”王遴应罢，又问，“木辂，今有其名否？”

“无。”沈鲤道。

“今日可有与之对应者？”王遴又问。

“有。”沈鲤道。

“是哪一件？”王遴问。

“板轿浑身上下皆是木，何妨称一声木辂！”沈鲤道。

“照仲化先生的说法，金辂也可找到对应者。”王遴说。

“是吗？”沈鲤表示怀疑。

“大、小步辇，大、小马辇，哪件身上用的铜、铁多，哪件即可称之为金辂。”王遴笑着说。

“不无道理。”沈鲤亦笑。

“和仲化先生闲话一路，真是受益匪浅。”王遴说着，揖了揖。当然，动作很小，不为人注意。

他说闲话一路，实际上只闲话半路，因为队伍还没走到猪市口，离天坛还有好长一段路呢。

走过猪市口，王家屏实在支撑不住。如果能停下来，他恨不得马上停下来；如果能坐下来，他恨不得马上坐下来；如果能躺下来，他恨不得马上躺下来。但不能躺下，不能坐下，也不能停下，他只有拖着两条疲惫的腿，一步一步艰难地向前走着。

许国比王家屏年长八岁，在他想来，自己尚且能支撑，其他人更应该没问题，因此没特别注意王家屏。倒是申时行，比王家屏仅年长一岁，觉得自己已经很累，别人一样会累。他先瞥许国一眼，发现他精神还不错；再瞥王家屏一眼，不由大吃一惊。

“忠伯先生，有何不妥？”他问。

“无事。”王家屏虽然只说两个字，但身体一晃，几乎站立不住。

许国走在他们两个人当中，当然听到他们简单的问话和简单的答话。他扭过头看王家屏，同时，下意识地伸出手臂，搀扶王家屏一下。

“忠伯先生，实话实说。”许国道。

“头——”王家屏这次更糟糕，只吐一个字，就发不出声来。他的脸色本来红得吓人，一下又变成白得吓人。

“头疼？”许国问。

王家屏头摇得几乎看不出来，申时行、许国只是从他的表情上看出，他不是头疼。

“头昏？”许国又问。

王家屏头点得也让人看不出来，申时行、许国只是从他手的比画看出，他头昏得厉害，天旋地转。

“维桢先生，怎么一回事？”申时行问许国，好像许国懂医。

许国其实不懂。他摇摇头，道：“快请御医！”

“好。”申时行应道。

如此盛大的活动，有不止一名御医随行。申时行顾不得队列的整齐，快走两步，找到前面管事的内臣，说明情况。

病的是阁老，该内臣不敢怠慢。他一面唤来两名卫士，架着王家屏继续往前走；一面亲自去招呼御医，过来诊断。

御医小跑着过来，自己也喘不上气来。他长呼一口气，使气息平和；然后，两指按住王家屏的脉搏，又翻起他的眼皮看了看。

见他搓了搓手，申时行、许国等不像方才那么紧张。

“要紧吗？”申时行问。

“是中暑。”该御医说。

“那不碍事。”申时行、许国悬着的心都落下来。

“我是说中暑，并未说不碍事。”该御医道。

“那怎好？”申时行问。

“一则须用药。”该御医道。

“先生带着药吗？”申时行忙问。

“这等天气，解暑热的药总是要带的。”该御医说。

虽是四月中旬，但因为一个春天滴水未降，天气十分燥热。

“二则呢？”申时行问。

“王阁老须得静养。”该御医说。

“静养是何意？”申时行问。

“静养，即不能再走。”该御医说。

“但皇上步祷，总不能乘轿吧？”许国道。

“许阁老误会我的意思，”该御医说，“即便能乘轿，王阁老也不能去天坛。我意，服药之后，设法找顶轿子，把他送回去吧。”

“我不——”王家屏大概想说他不能回去，但后面的话没说出来。

“先生先给他用药吧。”申时行对该御医说。

该御医从药囊里取出一颗大药丸，手法灵巧地捏成许多小丸，直接送进王家屏嘴里；然后，从药囊里取出一个小葫芦，把里面盛的清水也灌进王家屏嘴里，让他把药丸咽下。

“忠伯先生，先回吧，”申时行劝道，“回到家中，多饮些水，睡上一觉。要是感觉好些，再赶去天坛，亦无不可。若再来的话，备辆车子，切不可步行。”

王家屏发现队伍已经有点儿乱，自己再不走，不知要乱成什么样子呢。他点头答应。

祷雨的仪式结束后，皇帝稍事休息，出外召见阁、部、院大臣。步祷一事，做得很漂亮；再说几句得体的话，就更完美。

本以为列于班首的只有申时行和许国，却意外地看到，王家屏也在。

“王先生身体已恢复？”皇帝问。

“臣中暑，本无大碍；御医嘱咐臣回家静养，但行过一程后，臣觉着已有好转，于是掉头赶来。”王家屏说。

“卿忠于国事，天日可鉴，朕也见到。”皇帝褒勉道。

“皇上赞誉，臣愧不敢当；臣未能扈驾临坛，罪过不小。”王家屏惶惶地说。

“申先生，”皇帝问申时行，“别臣有无身患疾病，或体力不支？”

“部、院大臣俱在；其他臣子有无患病，臣亦无闻。”申时行说。

“不是朕要难为卿等，”皇帝对众大臣说，“一春亢旱，灾象已显；再不降雨，必成大灾。朕决定步行南郊，祈天祷雨，为表诚意也。”

“皇上此心，乃圣人之心，臣等皆能体会。”众臣齐道。

“天时亢旱，由朕不德呀。”皇帝感慨地说。

“皇上为民祈祷，不惮勤劳，一念精诚，天心必然感格；此皆臣等奉职无状而致。”申时行代表众大臣把责任揽下来。

“此皆臣等奉职无状而致。”众大臣齐呼应。

“卿等和王先生一样，都是勤于职守，忠于国事的。不过，”皇帝口气一转，说道，“天时亢旱，亦因天下有司贪赃坏法，剥害小民，不爱百姓，以致上干天和，”说罢，问道，“卿等说是不是？”

“诚如圣谕。”众大臣齐道。

“杨卿！”皇帝招呼吏部尚书杨巍。

“臣在。”杨巍应道。

“天下官员之用，职在吏部吧？”皇帝问。

“是。”杨巍应道。

“今后推用官员须慎，”皇帝叮嘱，“凡贪赃犯法之辈，皆不可用。”

“臣遵旨。”杨巍应道。

“赵卿！”皇帝招呼掌院都御史赵锦。

“臣在。”赵锦应道。

“纠劾官员，职在都察院吧？”皇帝问。

“是，”赵锦应道，并说，“纠劾官员，吏部、都察院都有责任；但日常纠劾，以都察院为主。”

“今后纠劾官员须严，”皇帝叮嘱，“凡贪赃坏法之辈，皆须劾罢。”

“臣遵旨。”赵锦应道。

“申先生！”皇帝招呼申时行。

“臣在。”申时行应道。

“许先生！”皇帝招呼许国。

“臣在。”许国应道。

“王先生！”皇帝招呼王家屏。

“臣在。”王家屏应道。

“今后卿等须勤于商量，”皇帝叮嘱，“凡贪赃坏法之辈，须与吏部商量，不可用之；须与都察院商量，须得劾之。”

“臣等遵旨。”三阁臣应道。

“卿等退吧，稍事歇息，准备回程。”皇帝最后说。

第一百四十四章

浙江道御史蔡系周和江西道御史孙愈贤边走，边闲聊。

“修之兄与我缘分不浅。”蔡系周说。

“怎的缘分不浅？”孙愈贤问。

“同出一科，是个缘分吧！”蔡系周道。

“缘分是缘分；但我等那一科，三甲进士共计五百余名，大家的缘分是一样的。”孙愈贤说。

“同为御史，是个缘分吧！”蔡系周道。

“若言同征御史，约二十人；若言同年而为御史，亦不下十人。大家的缘分也是一样的。”孙愈贤说。

“修之兄是浙人，我偏分在浙江道，是个缘分吧！”蔡系周道。

“伯之兄是川人，我若分在四川道，才是个缘分呢。”孙愈贤说。

蔡系周字伯之，四川内江人。孙愈贤字修之，浙江永嘉人。二人都是万历八年进士。

“但我住长江头，修之兄住长江尾，这个缘分不是同年进士者，同为御史者，人人都有的吧！”蔡系周道。

“伯之兄言之不确，应该是伯之兄住长江头之外，我住长江尾之外，不知这算不算缘分？”孙愈贤笑道。

蔡系周也笑。他说：“看来，修之兄是不愿与我有缘分呀。”

“不是不愿，”孙愈贤摇着头说，“常言道，宴无好宴，伯之兄以缘分抬爱，不知是何意？”

“何不猜猜！”蔡系周道。

“伯之兄有事命我？”孙愈贤问。

“命字太亢，换个字。”蔡系周道。

“伯之兄有事求我？”孙愈贤真换个字。

“求字太卑，再换个字。”蔡系周道。

“不卑不亢之字，我猜不出来。”孙愈贤不再往下猜。

“修之兄不妨说，我有事邀之。”蔡系周道。

“伯之兄何事邀我？”孙愈贤又问。

“我知此事甚合修之兄心意，方敢邀之。”蔡系周仍不直接告诉他。

“伯之兄不会又要我猜吧？”孙愈贤问。

“不用猜，乃是修之兄以为己任的那件事。”蔡系周道。

“既官御史，当以斥退奸佞为己任。”孙愈贤说。

“我正是邀修之兄斥退奸佞。”蔡系周道。

“伯之兄所谓奸佞，指的何人？”孙愈贤又问。

“我知修之兄一双慧眼，早已洞察朝中奸佞。”蔡系周道。

“伯之兄要我猜吗？”孙愈贤问。

“不用猜，是修之兄认定为奸佞的那几个人。”蔡系周道。

“毋庸讳言，我以为今日朝中第一等的奸佞，是新升为三少卿者。”孙愈贤说。

“我正是邀修之兄斥退三少卿。”蔡系周道。

三少卿，即同时由御史升为少卿的李植、江东之、羊可立。除李植升太仆寺少卿外，江东之升光禄寺少卿，羊可立升尚宝司少卿。羊可立，河南汝阳人，和李植、江东之同是万历五年进士。

“伯之兄想好没？”孙愈贤问。

“何事想好没？”蔡系周反问。

“所谓斥退，非伯之兄说一声：李某，秋风已至，还不落下！李某即落；说一声：江某，大潮已至，还不退回！江某即退；说一声：羊某，猛虎已至，还不逃窜！羊某即窜。”孙愈贤饶有风趣地说。

蔡系周大笑，说得很有豪情：“我可不是要以大言吓退他等！我有一支笔，不是秋风，胜似秋风；不是大潮，胜似大潮；不是猛虎，胜似猛虎。修之兄且看，能否斥退他等！”

“但伯之兄还是要好生想一想。”孙愈贤半劝半激地说。

“修之兄可是想到元孚先生？”蔡系周问。

周弘禴论劾数臣，其中包括李植，结果是他被贬谪。这很明确地显示，李植，当然也包括江东之、羊可立等，官职虽然不高，却为皇帝所重。

“此为殷鉴，伯之兄切勿小觑。”孙愈贤道。

“该想的事，我一定会想；不过，修之兄放心，今次论劾李汝培辈，不会重蹈覆辙。”蔡系周说。

“伯之兄怎有这大把握？”孙愈贤问。

“我不会如元孚先生，东一把眉毛，西一把胡子。”蔡系周说。

“怎叫东一把眉毛，西一把胡子？”孙愈贤问。

“譬如李汝培辈，因论劾故司礼而显，而受知。故司礼与故元辅一体，论劾故司礼，即论劾故元辅。今论劾李汝培辈，可谓东一把眉毛。而周英甫、秦道明辈、则依附故元辅。元孚先生称他等于故元辅为鹰犬，为寒蝉，并不为过。今论劾周英甫、秦道明辈，可谓西一把胡子。眉毛、胡子一把抓，实为不智。”蔡系周说。

“伯之兄是不是说，只抓一把眉毛，或只抓一把胡子，才有把握收效？”孙愈贤问。

“是。”蔡系周应道。

“但伯之兄想过没有，朝廷处分元孚先生，是因为他抓了眉毛，还是因为他抓了胡子？”孙愈贤问。

“我懂修之兄的意思，”蔡系周道，“朝廷处分元孚先生，是因为他抓的是一把眉毛；我今若抓一把眉毛，结果同样也不会妙到哪里。”说着，问道，“修之兄是此意吧？”

“我想的不对吗？”孙愈贤反问一句。

“我说修之兄想的不对，修之兄一定不服，一定说我想错。所以，不如不说。”蔡系周道。

“那岂不是各执一词！”孙愈贤很不理解他的态度。

“虽各执一词，但我敢说，不会各奔东西。”蔡系周道。

“怎讲？”孙愈贤问。

“所谓各执一词，修之兄以为，今日仅论劾李汝培辈，结果也妙不到哪里；我则以为，今日论劾李汝培辈，结果不会和元孚先生一样，”蔡系周说着，问道，“是吧？”

“是啊。”孙愈贤应道。

“我以为结果不会和元孚先生一样，则我论劾李汝培辈，心底坦然；修之兄以为结果妙不到哪里，则修之兄论劾李汝培辈，心情忐忑，”蔡系周说着，问道，“是吧？”

“照理说，是这样。”孙愈贤说。

“修之兄若以为，结果不会和元孚先生一样，我邀修之兄疏劾，可谓志同道合；修之兄既以为，结果妙不到哪里，我邀修之兄疏劾，则是强人所难，”蔡系周说着，问道，“是吧？”

“照理说，是这样。”孙愈贤仍说。

“我不会强修之兄所难，”蔡系周道，“我意，由我先论劾李汝培辈，修之兄静观其变。若朝廷处分我，修之兄不必再以硬碰硬；若朝廷对我未加处分，甚或，对李汝培辈加以处分，修之兄则可乘胜而上，以求全胜。这样一来，修之兄持论虽与我不同，却不会各奔东西。”

“伯之兄的意思，日后论罪，我可以躲过；论功，我可以有一份？”孙愈贤愤愤言道，“伯之兄没听清我的话吗？我说的是，照理说，是这样。照理说，是怎样？趋利避祸也。孙某岂是图利惧祸之辈！”

“我知修之兄以大义为重；而且，我提议分个先后，也不完全是为修之兄着想。你我同志同道，与其一损俱损，不如有所保留，蓄势再发。”蔡系周阐明己意。

“伯之兄想得周全，”孙愈贤稍一沉吟，来个反提议，“既分先后，我先，伯之兄后，如何？”

“今日我邀修之兄，修之兄先，我后，是置我于何地！”蔡系周道。

“伯之兄这么说，我就不好再争；不过，”孙愈贤口气一转，问道，“我想请教伯之兄，论劾李汝培辈，当从何处着手？”

“修之兄看，皇上厌故元辅，最厌者在何事？”蔡系周反问。

“在权势。”孙愈贤道。

“既在权势，我可从权势二字着手。”蔡系周说。

“从权势二字着手？”孙愈贤不解。

“古者，朝有权臣，狱有冤囚，则旱。这个起篇如何？”蔡系周问。

“既言及去冬今春之旱，又言及皇上最厌之权臣，可谓一箭双雕。不过，”孙愈贤口气一转，道，“接下来说的，似乎不该是李汝培辈？”

“那是修之兄误以为，少卿与权臣挨不上边，”蔡系周道，“权臣者，不在职位高下，而在职权大小。”

“李汝培辈权势，又如何看得出？”孙愈贤问。

“至尊呼我为儿，这话修之兄听过未？”蔡系周反问。

“未听过。”孙愈贤摇头。

“至尊每观没入宝玩则喜我，这话修之兄听过未？”蔡系周问。

“未听过。”孙愈贤又摇头。

“修之兄可想得出，这等恬然无耻的话皆出自李某之口？”蔡系周问。

“以前想不到，这会儿却能想到。”孙愈贤说。

“少卿，官职不高，却以‘皇儿’自居，却以抄没前大臣的倡导者自居，修之兄说他的权势如何！”蔡系周道。

“其言固无耻，然不过是无耻之言。伯之兄，仅凭这两句话，我看不出李汝培有多大的权势。”孙愈贤说。

“修之兄以为此二言不足以看出李汝培辈权势，再听听这两句，”蔡系周说着，模仿李植的口气说，“谕德公，可入阁。”说着，问道，“这话修之兄听过未？”

“未听过，”孙愈贤答后，觉得有必要问一问，“伯之兄说的谕德公，却是谁人？”

“修之兄听听这句，看能不能听出来，”蔡系周说着，模仿另一人的口气说，“少卿公，可秉铨。”然后问，“修之兄听的出来吗？”

他学的是南京腔调。孙愈贤是浙人，听得出来。但在基本的南京腔调之外，似乎又有些杂音。不会是苏州话，因为绵软的吴音，和别地有明显的不同。也不会是江北各郡、县的方言，虽仅一江之隔，口音的差别却大得很。有可能的是镇江、常州的口音，而最有可能的是常州的口音。来自常州，以及来自镇江的谕德，只一人，即张居正死后得复翰林官、后升谕德的吴中行。孙愈贤不难想到他。

“此人是吴子道？”他问。

“是。”蔡系周应道。

“伯之兄是说，李汝培以阁臣期许吴子道，吴子道以冢宰期许李汝培？”孙愈贤进一步问。

“恐怕不仅是期许。”蔡系周道。

“难道李汝培还真有把握推吴子道入阁、吴子道还真有把握推李汝培秉铨不成？”孙愈贤问。

“把握当然不会有；但修之兄听不出来，自家被期许为阁臣，吴子道慨然允之，自家被期许为吏书，李汝培慨然允之！”蔡系周道。

“是有那么点儿味道。”孙愈贤承认。

“李汝培欲吴子道入阁，为的是善其后；吴子道欲李汝培秉铨，为的是骋其私。我说朝有权臣，修之兄应该认同吧？”蔡系周道。

孙愈贤仍觉得，要认同，有些勉强；但又不愿再争辩。他问：“伯之兄不是还说狱有冤囚吗，有无具体之事？”

“潘公，修之兄以为是何等人？”蔡系周反问。

“伯之兄说的是前大司寇时良先生？”孙愈贤反问。

“是。”蔡系周应道。

“我以为，时良先生治水之功莫大焉，算得我浙省先贤。”孙愈贤说。

“修之兄不会不知，他是怎去的官吧？”蔡系周问。

“系李汝培讦奏。”孙愈贤道。

“修之兄还记得，李汝培是如何讦奏的？”蔡系周问。

“他奏曰：时良先生党庇故元辅，”孙愈贤道，并说，“实不相瞒，我视李汝培辈为奸佞，主要为的是时良先生无故蒙冤。”

“修之兄当真以为时良先生蒙冤？”蔡系周问。

“那还用说！”孙愈贤猛然间理解蔡系周为什么要问，他说，“时良先生蒙冤肯定是蒙冤，但此冤与伯之兄所言之冤，有所别：他虽罢官为民，却不在狱中。”

“修之兄理会错矣。”蔡系周道。

“我怎理会错？”孙愈贤问。

“冤囚一定在狱中吗？”蔡系周问。

“冤囚可以不在狱中？”孙愈贤反问。

“当然，”蔡系周道，“古者画地为牢，难道真的成狱？故而，狱有冤囚，要在一个冤字，而不在一个狱字？时良先生有功于朝廷，有功于国家，却以莫须有之罪被罢，这个冤情小吗？其冤情不雪，天理不容，这才有的去冬、今春之亢旱。”

“若言冤情，那个狱字倒是可以忽略的。”孙愈贤这次认同。

“那么，我以‘朝有权臣，狱有冤囚’起篇论劾李汝培辈，修之兄不会再以为理由不充分吧？”蔡系周问。

“既决计论劾李汝培辈，不管理由充分不充分，伯之兄拟疏就是；我虽应允伯之兄进言分个先后，但不管朝廷怎样处分，我总是要随后拟疏的。”孙愈贤一面鼓励他进言，一面向他表示决心。

四月，蔡系周、孙愈贤等，相继上疏，论劾李植。

羊可立随即反击，上疏为李植辩，同时自辩。

李植、江东之及吴中行、沈思孝等各自上疏，自请罢免。

朝中逐渐形成两个阵营。

第一百四十五章

南京尚宝司卿余懋学有一肚子的话，见到谁，对谁说；有一肚子的怒气，见到谁，向谁发泄。

见到才拜南京吏部尚书的丘橓，他说："茂实先生，请教一件事。"

"行之先生有事说事，莫言请教。"丘橓道。

"今日朝中，谁个为权臣？"余懋学问。

丘橓被问得莫名其妙，反问一句："今日朝中有权臣吗？"

"怎会没有！"余懋学道。

"那行之先生说，今日朝中谁个为权臣？"丘橓反客为主地问。

"半数之人，皆为权臣，"余懋学道，"内阁四臣为权臣——"

"今日内阁只有三臣。"丘橓提醒他。

"茂实先生是说，他尚未赴京？"余懋学问。

"是啊。"丘橓应道。

"他早晚要赴京，要拜相的，摆不脱权臣的名号，"余懋学道，又说，"无论是七卿、九卿，又无论是大九卿、小九卿，无不是权臣。"

七卿指六部尚书和掌院都御史；大九卿除七卿外，再加上通政使、大理寺卿；小九卿指太常寺卿、太仆寺卿、光禄寺卿、詹事府詹事、翰林院学士、鸿胪寺卿、国子监祭酒、苑马寺卿、尚宝司卿。有时，人们把六部、都察院的佐卿也列入七卿，把通政司通政、大理寺少卿也列入大九卿，把太常寺等衙门其他堂上官也列入小九卿。

所以，丘橓说："我曾任都察院、刑部贰卿，也可以算作权臣。"

"那还用说！"余懋学道，"我这个南京尚宝司卿若在朝中，也是不折不扣的权臣！"

"还有打折扣的权臣？"丘橓问。

"有啊！"余懋学应道。

"是不是如太仆少卿、光禄少卿、尚宝少卿等？"丘橓问。

“原来茂实先生也读过该疏，有何感触呀？”余懋学反问。

“一家之言吧。”丘橓说。

“在茂实先生看来，如此简单？”余懋学大感失望。

“是啊，”丘橓应道，并说，“拟疏者为御史，行之先生总不能说他等的御史是冒牌的吧；朝廷设御史，是为言事的，行之先生总不能说他等言的不是事吧，总不能不让他等言事吧！”

“我真是不懂！”余懋学扭头要走。

“行之先生，等一等！”丘橓叫住他。

余懋学不情愿地站住，问道：“茂实先生还有话说？”

“行之先生，请教一句话。”丘橓说。

“茂实先生有话说话，莫言请教。”余懋学回敬道。

“行之先生何事不懂？”丘橓问。

“茂实先生向来疾恶如仇，怎官拜二品大员，却对大奸大恶之人，大奸大恶之事，熟视无睹？”余懋学道。

“行之先生说的大奸大恶之人，是谁个？”丘橓问。

“茂实先生不是明知故问吗！”余懋学道，“除蔡伯之、孙修之辈，还会是谁个！”

“行之先生亦知，我曾官都察院左副都御史，对十三道御史的为人多少有所知。在我看来，蔡、孙二人还算不得大奸大恶。”丘橓说。

“他等不是大奸大恶，难道汝培兄等倒是大奸大恶？”余懋学道。

“李、江、羊诸君亦曾为御史，我亦知之。在我看来，他等更算不得大奸大恶。”丘橓说。

“他等仅非大奸大恶吗？”余懋学大为恼火。

“不是，”丘橓一本正经地否认，“他等敢于任事，是好御史；但行之先生既问他等是不是大奸大恶，我当然要说不是。”

余懋学急不得，恼不得。他说：“反正在茂实先生看来，当年曾为你属下的御史，皆非大奸大恶之人。”

“我并未说御史中无大奸大恶之人，只是说蔡、孙等人算不得大奸大恶之人。既然我不以为他等是大奸大恶之人，行之先生说我对大奸大恶之人熟视无睹，我是不认账的，”丘橓说着，又问，“行之先生说的大奸大恶之事，是何事？”

“讦奏好御史，还不是大奸大恶之事！”余懋学道。

“行之先生亦知，我曾官都察院左副都御史，对十三道御史的性情多少有所知。李、江、羊曾官御史，蔡、孙仍官御史，御史互讦，是再寻常不过的事。”丘橓说。

“互讦寻常，难道就无是非？”余懋学问。

“我并未说御史互讦无是非；但互讦中的是，就一定是大功大德，互讦中的非，就一定是大奸大恶吗？”丘橓反问。

“是非当然是有大有小的，”余懋学点头承认之后，问道，“在茂实先生看来，今者蔡伯之辈讦奏汝培兄等，是大是非，还是小是非？”

“我不好断定。”丘橓不愿回答这个问题。

“大是非即大是非，小是非即小是非，有何不好断定？”余懋学问。

“若为别事互讦，是不难断定的；但因今次讦奏，说到底，争的是故元辅张，故司礼冯，我故不好断定。”丘橓说。

“茂实先生不也疏论过故元辅张、故司礼冯吗？不也疏论过故元辅张之党羽、故司礼冯之党羽吗？怎的今日有人争故元辅、故司礼，茂实先生反倒不好断定？”余懋学越听越觉得不懂。

“正因为我曾疏论过，今日才不好断定。”丘橓说。

“这又是为何？”余懋学问。

“我若断定李、江诸君是而蔡、孙诸君非，人岂不以自夸视我；我若断定蔡、孙诸君是而李、江诸君非，人岂不以自贬视我？”丘橓道。

“茂实先生怎会有这等想法！”余懋学叹息。

南京工部尚书陆光祖散衙后回家。走在路上，听到有人“与绳先生、与绳先生”地呼个不停，回头一看，是余懋学正跑步追上来。

“莫跑，我等着你呢。”陆光祖边转身等候，边说。

余懋学不再跑，但走到陆光祖面前，仍喘着粗气。

“何等急迫之事，行之要狂追而来？”陆光祖问。他和张居正同年，而张居正是隆庆二年会试的主考官，他虽然和张居正并不亲近，对隆庆二年进士出身的官员却有一种亲切感。

“并无急迫之事。看背影，似是与绳先生；我想知道究竟是不是与绳先生，故追上来。”余懋学说。

“只为证实你的眼力？”陆光祖频频摇头，说道，“行之虽健于行，也不会专为此事而追赶一程的。”

“当然，尽力追赶，也为请教一事。”余懋学承认。

“说事吧，客套的话不用说。”陆光祖道。

“是，”余懋学应一声，问道，“朝中有奸恶，当如何处置？”

“行之官南京尚宝，亦关注朝中奸恶？”陆光祖反问。

“与绳先生掌南京工部，就不关注朝中奸恶？”余懋学又反问。

“自是关注，但恐怕与行之的关注有所不同。”陆光祖说。

“有何不同？”余懋学问。

陆光祖不答，又转回到余懋学才提的问题上：“行之是不是要我说，朝中有奸恶，当如何处置？”

“是。”余懋学应道。

“能除则除之，不能除则避之，”陆光祖把他的想法概括成两句话，并问，“行之以为如何？”

“达则兼济天下，不达则独善其身。与绳先生的处置，是从这两句古训引申出来的吧？”余懋学道。

“虽则引申，涵义却大不一样。”陆光祖说。

“有何不一样？”余懋学问。

“古训达则兼济天下，不达则独善其身，是指同一人。”陆光祖说。

“与绳先生难道不是指同一人？”余懋学问。

“当然不是，”陆光祖点点头，说道，“达则兼济天下，指的是有志诸君。譬如行之，前程不可限量，当兼济天下。”

“我辈只有前程可言，而与绳先生已在高位，已然是‘达’，怎么反而无心于兼济天下？”余懋学问。

“一则，南京工部尚书是个闲职，与古训里说的可以兼济天下的‘达’，相去甚远；二则，老朽昏聩，即便‘达’，也难以兼济天下；三则，无论老朽‘达’与‘不达’，今者只能作‘不达’之想。”陆光祖说。

“与绳先生说的一则、二则，虽是谦辞，但道理说得过去。三则若谓已到作‘不达’之想的年岁，也还说得过去；但为何只能作‘不达’之想，可真叫晚辈琢磨不透！”余懋学分析他的话。

“某不为言路所容，人人都看得出来，怎到行之这里，却琢磨不透！”陆光祖道。

“与绳先生是不是说曾为故元辅辩？”余懋学问。

“岂止是为故元辅辩！”陆光祖道，“李君汝培、江君长信等，欲正故元辅罪，我却大言故元辅辅翼之功不可泯，此忤言路之一也。丁君右武、李君汝培等，欲劾去大冢宰杨公，我又庇护大冢宰而丑诋言者，此忤言路之二也。周君仲卿劾我依附宗人，而皇上竟未加罪，此忤言路之三也。杨君以义劾我受人贿赂，为人托嘱，而吏部杨公一力维护，此忤言路之四也。”

周仲卿名之翰，杨以义名有仁，二人亦为御史。

“依附宗人、受赂托嘱二事，我信必无。”余懋学说。

“行之此言，令我感激。”陆光祖说着，一揖。

“前二事，我却不能苟同于与绳先生。”余懋学又说。

“我亦能够理解。”陆光祖道。

“在大理寺，力解明受兄之狱；在工部，力挫故元辅之议。与绳先生因而去官，显见非阿附故元辅之人呀。”余懋学说。

他提到的两件事：第一件，户部员外郎王用汲愤而疏论掌院都御史陈炌，实则针对张居正。张居正怒，欲将他下狱廷杖。时陆光祖官大理寺卿，为之开解。第二件，廷议漕粮改折征收，时陆光祖官工部侍郎，陈其不可，当众与张居正分辩。

“只有行之还记得此等之事，”陆光祖叹道，又说，“不过，李、江、丁、周、杨诸君，皆御史中有力者。他等将我归入奸恶之列，我心灰意冷，只有颓然求去。我以‘不达’自居，正是为此。再者，我劝行之也忘掉以前我的那些事，尤其不要与人谈论以前我的那些事；不然，你说不定也会过早加入到‘不达’的行列里。我说不能除则避之，也是要行之远避开我，以求大吉。”

余懋学想过陆光祖会心灰意冷，但没想到他竟这样心灰意冷；想过他会颓然，但没想到他竟这样颓然。想让他对蔡、孙等辈的奏章发表一些议论，根本是不可能的。

他朝陆光祖揖了揖，默然离去。

“好文章！”余懋学放下笔，大喝一声。

他和丘橓、陆光祖谈论蔡系周、孙愈贤的奏疏，虽是巧遇，也是他觉得此二人可以一谈。结果不尽如人意，他不再找别人谈论，而是自己写起批驳蔡文、孙文的奏章。

只写个开头，他就自己给自己鼓劲。

从老家带来的书童往屋里探头，被他看到。

“童儿，进来。”他招呼。

童儿进来，问道：“老爷惨叫一声，没出事吧？”

“我在惨叫？”余懋学觉得这两个字用得太匪夷所思。

“在小的听来，就是惨叫。”童儿说。

“好，好，就算我在惨叫，”余懋学不和他争论，拿起才写的那一页纸，说，“我读给你听，你就知我是不是惨叫。”

“老爷不会想让小的也惨叫吧？”童儿立刻愁上眉梢。

“你惨叫也罢，喝彩也罢，反正得听我读完这几句，”余懋学说着，读道，“诸臣之不能容植等，一则以科场不能无私，而恶植等之讦发；一则以往者尝保留居正，而忌吴中行、沈思孝等之召用。二疑交于中，故百妒发于外也。”

“老爷读完没？小的要去办事。”童儿说走真走。

“回来！”余懋学喝道。等童儿转过身，他问，“怎没听你惨叫？”

“老爷这几段写得长短合宜，小的不用惨叫。”童儿说。

“可也没听你喝彩。”余懋学道。

“小的听老爷喝声‘好文章’，小的也只能赞是好文章。”童儿说。

“好在哪里？”余懋学问。

童儿根本没听懂，怎说得出好在哪里！他只记得，文中好几次听到一个人，名植，于是反问：“老爷写的‘植’，是李老爷吧？”

“是汝培兄。”余懋学道。

“小的听上去，老爷好似在为李老爷叫屈。”童儿说。

“不错，”余懋学道，“我是在为汝培兄叫屈。”

“李老爷一身正气，老爷的文章为他叫屈，一定是好文章。”童儿说。

“你看得出汝培兄一身正气，听得出我在为他叫屈，我对你得刮目相看。”余懋学说着，命道，“别走！我接着写，你接着听。”

童儿一面觉得兴奋，一面觉得后悔。兴奋的是被老爷夸奖，而且不是一般的夸奖；后悔的是，早知自己胡乱说两句话会被老爷留下，不如说些更不着边际的话，让老爷恨不得马上把自己打发走。但后悔没用，他只能站在那里，看老爷写，听老爷读。

余懋学写完一段，说句“听这一段”，择其要读道：“今执政大臣一政之善辄矜赞导之功，一事之失辄诿挽回之难。是为诬上，其蠹一。”读罢，问童儿，“听得懂吗？”

“小的只有一个字没懂。”童儿说。

“哪个字？”余懋学问。

“蠹。”童儿说。

“这个字我常挂在嘴上，你怎会不懂！”余懋学道。

“不是这个字不懂，小的其实是不懂得，老爷为何在疏中要用这个字。”童儿说。

“你听到后面便知，我不必为你解释，”余懋学说着，又写，又读，“进用一人，执政则曰我所注意也，冢宰则曰我所推毂也，选郎则曰我所登用也。受职公朝，拜恩私室。是为招权，其蠹二。”读罢，问童儿，“你听懂没？”

“小的有点儿听懂。”童儿说。

“说来听听。”余懋学命道。

“老爷是想把满朝大臣都得罪。”童儿说。

“怎见得我想把满朝大臣都得罪？”余懋学问。

“老爷写的蠹一，只是执政大臣；蠹二，则除写执政，又写冢宰，又写选郎。接下来，不知还要写多少人呢！”童儿说。

余懋学不能不承认，童儿的话虽然幼稚，却并非没有道理。他此疏是专为蔡系周、孙愈贤等论劾李植、江东之等而写的，自然要说到御史；他既然陈言朝政之弊，自然还要说到别的许多官员。

“写到哪里算哪里，得罪几人算几人，难道你怕不成！”余懋学道。

“老爷不怕，我有什么好怕的。”童儿嘟囔道。

下面他又写几事，他自以为较比平常，没有读。他写的是：

> 二三大僚，稍有规正，辄奋袂而起，恶声相加。是为讳疾，其蠹三。中外臣工，论人则毁誉视其爱憎，行政则举置徇其喜怒。是为承望，其蠹四。今当路意有所主，则群相附和，敢于抗天子，而难于违大臣。是为雷同，其蠹五。他曹稍有建白，不曰出位，则曰沽名。是为阻抑，其蠹六。潘季驯之斥，大快人心，而犹累牍连章为之申雪。是为欺罔，其蠹七。

下面一事，引四位古人，所以，余懋学写后读出来：“近中外臣僚始以自用之私，终之好胜之习。好胜不已，必致忿争；忿争不已，必致党比。唐之牛、李，宋之洛、蜀，其初岂不由一言之相失哉！是为竞胜，其蠹八。”读罢，问童儿，“牛、李、洛、蜀，各是谁人，你知否？”

“老爷这一类比不好。”童儿却说。

“怎的不好？”余懋学问。

“牛、李是姓氏，对吧？”童儿反问。

“对呀。”余懋学应道。

“洛、蜀也是姓氏吗？”童儿问。

“不是，”余懋学道，“洛指洛阳，蜀指四川，皆为地名。”

“以地名对姓氏，所以小的说不好类比。”童儿说。

“你听得出洛、蜀是地名，学问大得很呀，”余懋学讽刺一句，然后说，“不过，洛阳、四川虽非姓氏，此处的洛、蜀却是指人。”

"怎的又指人？"童儿问。

"我先说牛、李吧：唐朝有牛党李党之争，牛党以牛僧孺为首，李党以李德裕为首。我再说洛、蜀：宋朝有洛党、蜀党之争，洛党以洛阳人居多，最有名的是大儒程颐，蜀党以四川人居多，最有名的是文学大家苏轼。"说罢，余懋学问童儿，"你还要说不好类比吗？"

"原来以地方指人，和以姓氏指人，并无区别。"童儿说。

"佞谀成风，日以寖甚，"第九件事，余懋学几乎是边写边读，"言及大臣，则等之伊、傅；言及边帅，则拟以方、召；言及中官，则夸吕、张复出；言及外吏，则颂卓、鲁重生。非籍结欢，即因邀赂。是为佞谀，其蠹九。"

"伊、傅、方、召、吕、张、卓、鲁，都是名臣吧？"童儿问。

"当然。"余懋学应道。

"小的一个也不知，"童儿说。

"你想我讲给你听？"余懋学问。

"是。"童儿应道。

"我知你一个也不知，故而不曾问你；我在给朝廷写疏，却不在给你说古。"余懋学说着，写完最后一事：近两京大臣务建白以为名高，侵职掌而听民讼。长告讦之风，失具胆之体。是为乖戾，其蠹十。写罢，他问童儿，"我劾论十蠹，够不够？"

"十是个整数，不管够不够，都是大吉。"童儿说。

余懋学把疏稿从头到尾看一遍，觉得该写的，都已写到。他在篇首之后，"一蠹"之前，加上一句"臣谨以臣工之十蠹为陛下言之"，然后作为定稿，抄录成正式文本。

第一百四十六章

六月中，王锡爵终于还朝。朝中许多官员期待他有所作为，在向他表示祝贺的同时，都想和他谈论谈论时事，谈论谈论朝政，听听他的见解。当然，在王锡爵还朝的最初日子里，无论于公，还是于私，最有机会和他深入交谈的，只有首辅申时行。

许国、王家屏似乎都深知，自己不可能、不应该率先与王锡爵作深入的交谈，因而，时辰一到，相继告辞出阁。

阁中只留下申时行、王锡爵，一人一杯清茶，面对面地坐着。谈话是从申时行的一句客套中包含真情的话开始的。

“元驭兄，我翘首以盼多日。”申时行说。

“有汝默兄这话，我方心里坦然。”王锡爵道。

“怎么，元驭兄竟担心我心存猜忌？”申时行问。

“非也，”王锡爵道，“我是说，延挨多日，我心中多有不安；本想向汝默兄致歉的，汝默兄的话使我消除顾虑。”

“我翘首以盼，本该加重元驭兄的负罪之感呀，怎么反而消除元驭兄的顾虑？”申时行困惑地问。

“汝默兄翘首以盼，不正说明我裹足不前是有道理的！”王锡爵道。

说罢，二人忍不住拊掌而笑。

申时行饮口茶，说道：“看来，元驭兄也知道朝中的日子不好过。”

“略有所知，但不知艰难到何种地步。”王锡爵说。

“元驭兄愿听我说说吗？”申时行问。

“当然，”王锡爵点头。

“其实不用我细说，元驭兄看看我白发平添几多，自体会得到。”申时行指着自己的头顶说。

“未必，”王锡爵道，“说起来我还长汝默兄一岁，而看上去汝默兄的白发多过我。但一来，汝默兄是一甲第一名，我是一甲第二名，汝默兄的白发本来就该多过我；二来，这些年小女教给我一些保养的方法，试之果然有效。故而，见汝默兄白发平添，我并不能体会在朝中的艰难。”

“那我再换个说法，”申时行说着，问道，“元驭兄可记得，我入阁有几多年？”

“七八年吧。”王锡爵笼统地说。

“我是万历六年三月，故元辅给假治丧之际入阁的，迄今七年又三个月。”申时行告诉他一个准确的时间。

“汝默兄的说法和此有关？”王锡爵问。

“是，”申时行应一声，问道，“在阁七年又三个月，若要分成前、后两个时期，元驭兄会怎么分？”

“一般而言，会平分：七年又三个月，前半期三年又六个半月，后半期三年又六个半月，”王锡爵说到这里，顿了顿，“我心里有数，汝默兄不是这么个分法。”

“不错，”申时行道，“我的分法是：七年又三个月，前半期四年又三个月，后半期是三年。”

“汝默兄是以故元辅身前、故后来分的？”王锡爵马上悟出。

“是，”申时行点点头，说道，“我若告诉元驭兄，我头顶平添的白发，十有八九是在后三年里长出来的，元驭兄还会说体会不出吗？”

“汝默兄的意思，故元辅卒后为官，比故元辅柄政时为官，还要艰难？”王锡爵进一步悟出他的用意。

“艰难得多。”申时行道。

“不会吧？”王锡爵并非当真否定，只是想听申时行再多说几句。

“元驭兄为何以为不会？”申时行先问他。

“谁人不知，故元辅讲究严综核，对僚属们的要求最为苛刻！”王锡爵一言以蔽之，并反问一句，“汝默兄对此难道没有体会？”

“我并非没有体会，也并非说，故元辅柄政时，在朝中为官不觉艰难；我说的是，故元辅身后，在朝中为官更艰难。”申时行道。

“汝默兄何不做个比较？”王锡爵建议。

“好，”申时行点点头，说道，“元驭兄说，故元辅柄政讲究严综核；故在朝中为官艰难，压力来自故元辅。对吧？”

“对。”王锡爵应道。

“除来自故元辅的压力，元驭兄有没有同时感受到来自别的方面的压力？”申时行问。

“来自别的方面的压力，何所指？”王锡爵反问。

“譬如，科、道论劾。”申时行道。

“我想是这样：来自科、道论劾的压力也有，但和来自故元辅的压力比较起来，要小一些。”王锡爵说。

“是小一些吗？”申时行问。

“也可以说小许多。”王锡爵退一大步。

“再譬如，皇上宣斥。”申时行道。

“来自皇上宣斥的压力，不会比来自故元辅的压力小吧？”王锡爵问。

“照理说不会。”申时行道。

“其实呢？”王锡爵问。

“实则来自皇上宣斥的压力，仍比来自故元辅的压力小。”申时行说。

“这是为何？”王锡爵问。

“一来，皇上宣斥，多是为的故元辅；二来，皇上欲斥某臣，可因故元辅解之，反之则未必。”申时行说。

“细想一想，确如汝默兄所言。”王锡爵赞同道。

“再者，故元辅柄政时，朝廷秩序井然，元驭兄有没有这个印象？”申时行问。

“有。”王锡爵应道。

“今之朝廷，混杂不堪。朝廷之命，部、院可以不当一回事；部、院之命，司、寺可以不当一回事；正卿决断，佐、贰可以不当一回事；佐、贰决断，僚属可以不当一回事；最后，朝廷之命，部、院之命，正卿决断，佐贰决断，科、道都可以不当一回事，”申时行说着，一指王锡爵，“元驭兄，你马上就会领教。”

“汝默兄能不能给我举几个例子？”王锡爵又提出要求。

“好，”申时行应一声，问道，“元驭兄是哪一日到京的？”

“本月十六日。”王锡爵说。

“吴仕期狱，元驭兄有没有印象？”申时行又问。

“吴仕期？可是四处扬言要上书故元辅、请其守制的宣城狂诞诸生？”王锡爵有印象。

“就是他。”申时行应道。

“我记得，他是死在太平府狱的吧？”王锡爵问。

“是。”申时行应道。

“说起来，不过一狂生之狂言，罪不当死。”王锡爵道。

“他不当死，胡士重、龙君扬当不当死？”申时行问。

“吴仕期狱与他二人有牵连？”王锡爵反问。

“有，”申时行应道，“时胡士重为操江都御史，龙君扬官太平府同知。吴仕期狱，是龙君扬一手经办的；或传，胡士重欲阿附故元辅，乃嘱托龙君扬杀吴仕期。”

“此事至今仍是传闻？仍不能作实？”王锡爵问。

“元驭兄以为，胡士重有没有嘱托龙君扬杀吴仕期，能决定他二人生死？”申时行反问。

“那倒不见得，”王锡爵道，“即便胡士重嘱托龙君扬杀吴仕期，还得看龙君扬究竟杀没杀吴仕期；即便吴仕期之死，龙君扬难脱干系，毕竟他是以府同知的身份治狱。”

“元驭兄说得透彻。”申时行赞道。

“不过，我并不以为，胡士重是否嘱托龙君扬杀吴仕期，无关紧要。”王锡爵马上又补充一句。

“我要说的，也不是此事是否无关紧要，”申时行道，“重提此事是在万历十一年四月，朝廷有旨，着胡士重回籍听勘。元驭兄到京前七日，即本月九日，法司议，胡士重、龙君扬二人拟戍。”说着，问道，“仍然是模糊不清的两句话：一句是或传胡士重嘱托龙君扬杀吴仕期，一句是吴仕期毙死狱中。胡、龙二人拟戍，元驭兄以为如何？”

“甚当。”王锡爵道。

“王明受却不肯签署案牍。”申时行说。

“王明受今为何官？”王锡爵不知道王用汲的官职。

“大理寺少卿。”申时行说。

“怪不得要他签署，”王锡爵回应一句，然后问，“王明受不肯签署，他怎说？”

“他说，按律：刑部及大小官吏，不依法律，听从上司主使、出入人罪者，罪如之。仕期之死，胡价非主使者乎？龙宗武非听上司主使者乎？今仅谪戍，不知所遵何律也！”申时行复述王用汲的奏疏。

“看来，他确定所传胡士重嘱托龙君扬杀吴仕期，吴仕期毙于狱乃龙君扬所杀，皆为实。”王锡爵说。

“这是显而易见的。”申时行道。

“王明受疏驳法司，皇上一定要内阁议复吧？”王锡爵问。

“元驭兄料的是。”申时行道。

“汝默兄等何不诘问明受，朝廷若依他而杀胡士重、龙君扬，而最终查实，二人罪不当死，他是不是也该罪如之？”王锡爵给他的提议虽在事后，但听起来仍觉得刻薄。

“若非碍于大臣体统，我真想如此告诫他。”申时行说。

“法司议定，大理寺少卿不肯签署，可算一个事例，”王锡爵为这件事划个句号。然后他问，“汝默兄还有没有其他事例？”

“有，”申时行应道，并问，“本月的二十一日，距元驭兄到京，过去几日？”

“五日。”王锡爵连脑子都不用过，就可以回答。

“那日内阁拟一道旨意，元驭兄记不记得？”申时行问。

“汝默兄说的是——”王锡爵并非记性差，而是因为入朝没几天，还不能适应自己新的角色。

“就是四川巡抚雒都堂调外任的敕旨。”申时行说。

雒都堂名遵。督、抚皆加都宪衔，即便以尚书或侍郎衔总督军务或巡抚地方，也要加都御史、副都御史、佥都御史衔，所以，被视作部、院差出大员，尤其是都察院察出的大员，被视作廷臣，而不是简单的地方大员；所以，巡抚调任地方官员，被视作调外任。

“我记起来，那日阁中确拟该旨。”王锡爵说。

“元驭兄可知，雒都堂为何调外任？”申时行问。

“似为多名廷臣论劾。”王锡爵说。

“多名廷臣为何论劾他？”申时行又问。

“请汝默兄告之。”王锡爵道。又是他还朝之前的公案，他纵然略知一二，也愿意听申时行讲述。

“在多名廷臣论劾雒都堂之前，他曾上一疏。”申时行说。

“言何事？”王锡爵问。

“吁朝廷进忠臣，退奸臣。”申时行说。

“他有没点名？”王锡爵问。

“有点名。”申时行道。

“忠臣指谁人？”王锡爵问。

“如海刚峰，如邹云卿，如邹尔瞻。”申时行说。

“两位前辈，偕一位后进。”王锡爵道。

邹元标是万历五年进士；而海瑞虽非进士出身，但早已任过应天巡抚。邹应龙则是嘉靖三十五年进士，对王锡爵来说，邹应龙、海瑞都是前辈。所以，他戏谑地说一句。

“元驭兄说的是。”申时行道。

“奸臣又指哪几人？”王锡爵问。

“仅指一人，乃元朴先生。”申时行说。

“赵公元朴？”王锡爵多问一句。

“是他。”申时行点头。

“我看，雒都堂确犯大忌。”王锡爵说。

“元驭兄不会说，以佥都御史，攻讦掌院都御史，是犯大忌吧？”申时行问。

“当然不会，”王锡爵道，“我说雒都堂犯大忌，别有两个缘故。”

“是哪两个缘故？”申时行问。

“其一，”王锡爵伸出一指，说道，“雒都堂巡抚地方，应以抚治地方为重，而不应和普通御史一样，妄言廷臣忠奸。”

“这确是个大忌。”申时行评论道。

“其二，”王锡爵又伸出一指，说道，“元朴先生、云卿先生作过一件相同的事情，那就是纠劾严介溪。此即所谓大节。如果说，二人有所区别，那就是元朴先生上疏，不曾撼动严介溪；而云卿先生所上之疏，对世庙产生显著的影响。但元朴先生在南京任官，在严介溪权势最大时出于义愤，驰疏劾之；云卿先生在朝中任官，在得知世庙已疏远严介溪时，上疏劾之。在我看来，元朴先生之疏更为可贵。为何云卿先生是忠臣，元朴先生却成奸臣？”

“元驭兄当真想不通？”申时行问。

“当真想不通。”王锡爵道。

“其中有个缘故，”申时行说，“四川兵变，元朴先生纠劾雒都堂难辞其咎；雒都堂怨之，故直斥他为奸臣。”

“此事听起来有点儿耳熟。”王锡爵道。

“元驭兄说的可是刘子畏巡按辽东，奏事有误，于是抢先下笔，参劾故元辅？”申时行问。

“是，”王锡爵点点头，说道，“刘子畏参劾故元辅，不能说错；而且，他为此而殒命，着事令人痛心。不过，若是因为怕被参劾而参劾，无论如何也是一个污点。”

“雒都堂因被掌院都堂参劾，转而攻讦，元驭兄看这个事例如何？”申时行问。

“朝中混乱，可见一斑。”王锡爵道。

“元驭兄还要不要我再举别的事例？”申时行又问。

“到此为止吧，日后让我自家去体会。”王锡爵道。

申时行、王锡爵家住不同方向，离开禁城后二人分手。行不多远，王锡爵听出后面的马蹄声，似在追赶自己的轿子。他命轿夫停下。

正好，马匹也停下来。骑者翻身下马，走到轿前，呼声“元驭先生”，躬身行礼。王锡爵看去，原来是沈思孝。

“纯父也住到这边来？”王锡爵问。还朝后，他二人还没机会单独相处。虽然，沈思孝也离开京师不少年，他现在已不是正六品的主事，而是正四品的太常寺少卿，按理说，多半不会住在原来的地方；但王锡爵还是问一句。

“没有，我仍住在那边。”沈思孝手指相反的方向说。

“那岂不是南辕北辙？”王锡爵道。

“若是循路而来，可以说是南辕北辙。”沈思孝说。

“怎么，还有不循路而行的？”王锡爵好奇地问。

“对，我是循轿而来，”沈思孝道，“我见前面的轿子像是元驭先生的，于是追赶过来。果然没认错！”

“纯父找我有事？”王锡爵问。

“亦无大事。”沈思孝说。

“怎样的小事，令得纯父不惜南辕北辙？”王锡爵问。

“不过想问问，几时可去拜望元驭先生？”沈思孝道。

“此事用不着问呀！纯父要去，随时可去。”王锡爵说。

“元驭先生可别回答得太随意。”沈思孝却说。

“怎么？”王锡爵问。

“若去府上，不是坐坐那么简单。”沈思孝说。

“纯父是说，我家尚未安顿好，不便招待？”王锡爵问，并说，“纯父尽管放心。眼下要我在家里举宴，确有些难处；但请纯父吃顿便饭，还是张罗得出来。”

“若是非我一人去叨扰呢？”沈思孝问。

“多去几人，亦无妨，”说到这里，王锡爵觉得有必要问问，“除纯父，还有别人在惦记我？”

“惦记元驭先生的人不少呢，”沈思孝道。一琢磨，不对，又改口说，“比我更惦记元驭先生的人，不少呢。”

“譬如？”王锡爵问。

“右谕德子道先生。”沈思孝道。

“还有呢？”王锡爵问。

“右赞善汝师先生。”沈思孝道。

“他二人么——”王锡爵沉吟不语。

当年论张居正“夺情”，有五君子之称，即吴中行、赵用贤、艾穆、沈思孝、邹元标。张居正最痛恨的，是吴中行、赵用贤，因他二人是隆庆五年进士，与他有座主、门生的名分。而王锡爵闯入张居正为父亲立的丧庐，请求收回廷杖五人的成命，首先也是为吴中行、赵用贤说情。因为他二人是翰林官，而王锡爵其时以詹事府詹事掌翰林院。现在提起这两个人，王锡爵应该表现得兴奋，才合情理；谁知他不仅不兴奋，反而显得表情冷漠。

“元驭先生是在怪他二人吗？”沈思孝问。

“我为何要怪他二人？”王锡爵反问。

“元驭先生当年去官还乡，以及乡居不出，是为解救我等，尤其是为解救吴、赵二君。元驭先生还朝，他二人首先应该拜谒，叩谢解救之恩；但延至今日，他二人虽有拜谒之意，却无拜谒之行。这于情于理，未免都说不过去。”沈思孝说。

“纯父，你是代他二人致歉的吗？”王锡爵问。

“非晚生代他二人致歉，是他二人托晚生致歉。”沈思孝说。

“他二人已知纯父今日能见到我？”王锡爵问。

“不知，”沈思孝道，“他二人早就托我向元驭先生致歉，我却挨至今日才候到元驭先生，挨到今日才有机会代他二人致歉，错在于我。”

“纯父代他二人致歉已够，用不着自个儿还要致歉；实则，纯父代他二人致歉，也是多余。”王锡爵说。

“元驭先生为何说多余？”沈思孝问。

“他二人来看我，或许彼此都会尴尬；他二人不来看我，他二人方便，我也方便。纯父说，他二人何必有歉意！”王锡爵道。

简直是宣布恩断义绝，沈思孝不由怔住。

“纯父，我要劝你一句。”王锡爵又说。

“是，”沈思孝应道。他已估计到王锡爵要说什么。他的本意，是希望王锡爵不要说；但王锡爵一定要说，他不能不听。

“纯父宜远离此二君。”王锡爵说。

“这是为何？”沈思孝问。

“乱国之臣，乱政之臣，此二君之谓也。”王锡爵言辞甚是犀利。

“元驭先生以他二人为乱国之臣，乱政之臣，恕晚生不能苟同。”沈思孝道，“子道先生、汝师先生昔日曾议故元辅之非，晚生昔日也曾议故元辅之非；子道先生、汝师先生近日曾议今辅臣，晚生近日也曾议今辅臣。子道先生、汝师先生若是乱国之臣，乱政之臣，晚生也是乱国之臣、乱政之臣。”

“纯父的出身和他二人不同。”王锡爵说。

“我的出身和他二人不同？”沈思孝没听明白。

“是啊，”王锡爵应一声，问道，“他二人都是隆庆辛未科出身，纯父，你呢？”

“我比他二人早一科。”沈思孝说。

“隆庆辛未科，主考官是故元辅；早一科，主考官不是故元辅。所谓出身不同，指的是此事。”王锡爵道。

“元驭先生的意思，我那一科，主考官不是故元辅，我参劾故元辅，不是乱国之臣，乱政之臣；他二人出身辛未科，主考官是故元辅，他二人参劾故元辅，就是乱国之臣，乱政之臣？”沈思孝问。

“纯父说的不全对，”王锡爵道，“我若以为他二人参劾故元辅，就是乱国之臣，乱政之臣，当时何必不顾一切地出手解救？”

“元驭先生的意思，他二人参劾故元辅，并没错？”沈思孝又问。

“纯父说的仍不全对，”王锡爵道，“他二人参劾故元辅，以及刘子畏等参劾故元辅，都不能说错。不过，他等参劾故元辅的出发点，应该和别人不同；他等参劾故元辅的言辞，应该比别人缓和。这才可以表明，他们并非全不在意座主、门生的名分。”

“但这个错处，元驭先生还能体谅，是吗？”沈思孝问。

“是。”王锡爵应道。

“元驭先生不能体谅的是何事？”沈思孝问。

“故元辅既已辞世，别人可以揪住不放，咬住不放，他二人却应该讳言之。故元辅在，你为朝廷，为天下，可以参劾之；故元辅不在，你还有必要再参劾之吗，还忍心再参劾之吗？”王锡爵道。

“若是有人揪住他二人参劾故元辅一事不放、咬住他二人参劾故元辅一事不放呢？”沈思孝驳道。

“这就是我要说的第二个不同。”王锡爵说。

“第二个不同？何者不同？”沈思孝问。

“纯父与他二人起家不同。”王锡爵说。

“元驭先生是说，他二人是翰林起家，我是县令起家？”沈思孝问。

“是。”王锡爵应道。

“元驭先生的意思，晚生县令起家，参劾故首辅，不是乱国之臣，乱政之臣；他二人翰林起家，参劾故元辅，就是乱国之臣，乱政之臣？”沈思孝问。

“纯父说的不全对，”王锡爵道，“门生可以参劾座主，翰林为何不可参劾阁臣？”

“元驭先生的意思，他二人作为翰林，参劾故元辅，并没错？”沈思孝又问。

“纯父说的也不全对，”王锡爵道，“以‘夺情’一事参劾故元辅，以守万古纲常，以正四方操守，乃翰林之职业也；至若谈论朝政之是非，甚或利用朝廷之争议，结以私党，非翰林所宜。”

“在我的印象里，吴、赵二君的奏疏，除参劾故元辅不宜‘夺情’，并未谈论朝政之是非，更未结以私党。”沈思孝辩道。

“昔者未争论朝政之是非，今日呢？汝培、长信辈，纯父敢说没和他等结为党羽！汝培、长信辈在朝中挑起争端，攻讦部臣、内阁，纯父敢说与他等无关！”王锡爵道。

“即便相关，也是志同道合。”沈思孝驳道。

“即便志同道合，身为翰林，也应信奉君子不党，”王锡爵说，“纯父方才问我，若是有人揪住他二人参劾故元辅一事不放，咬住他二人参劾故元辅一事不放，又当如何？我告诉纯父，这是我要说的第二个不同。我为何要这么说？参劾故元辅，已是过往烟云。吴、赵二人如果好好做学问，好好体会翰林官的职守，好好尽翰林官的责任，少参与庶务之争，不与科、道结党，是不会有人揪住他等不放、咬住他等不放的。”

“元驭先生的意思，并非我须远离子道先生、汝师先生，而是子道先生、汝师先生须远离我。”沈思孝问。

“纯父说的不全对，”王锡爵道，“吴、赵二人若未与汝培、长信辈结党，我会告诫他远离汝培、长信辈，也包括远离纯父你；吴、赵二人既与汝培、长信辈结党，我再告诫他远离汝培、长信辈，包括远离纯父你，又有何用！我只有劝告你远离他等。你远离他等，对你来说，是件好事；对他等来说，也是件好事。”

沈思孝早不耐烦，但出于对王锡爵的敬重，不能不听，不能不谈论。趁王锡爵停顿的时机，他问：“元驭先生还有何教诲？”

“再没别的话要说，”王锡爵道，“我才说过，只劝一句。”

“请登轿吧。”沈思孝说着，为他掀开轿帘。

王锡爵体会到他对自己的敬重，也体会到他对自己的话不以为然；知道朝中不少官员对自己的期待，也知道今天对沈思孝说的话传出去，对自己会有什么影响。但他不后悔。他觉得，和申时行站在同一立场，共度时艰，是他唯一正确的选择。

第一百四十七章

隆庆五年进士，只做到主事，或给事中，可谓官运蹇滞。有半数的人可能会单纯地牢骚，可能会单纯地自嘲；有半数的人可能会保持沉默。如果拿这件事来炫耀，不是有极大的胸怀，就是将会有极大的动作。

袁国臣看来是要拿这件事来炫耀。

“仁夫兄，自在否？”他问诸大伦。

“唯邻兄问的是在家，还是在衙？”诸大伦反问。

袁国臣字唯邻，湖广潜江人，官吏科给事中。诸大伦字仁夫，浙江余姚人，官兵部主事。二人都是隆庆五年进士。

“我知嫂夫人贤惠且貌美，仁夫兄在家一定是自在的；我是问仁夫兄，在衙自在否？”袁国臣说。

“员外是万历五年进士，司官是隆庆五年进士，换唯邻兄，能自在否？”诸大伦道。

袁国臣怕的是他太淡泊名利，话就没办法谈下去。他既然还把职位的高低放在心上，今天的谈话就不难引起他的兴趣。

“幸亏员外是万历五年进士，司官是隆庆五年进士，若员外、司官皆隆庆二年进士，仁夫兄又当如何？”袁国臣问。

诸大伦一方面觉得“幸亏”二字用得最合清理，又最刺痛人心，最令人难堪；一方面又不甘心被动地被人刺痛，被动地被人置于难堪的境地。

“唯邻兄自在否？”他反问一句。

“仁夫兄问的也是在衙吧？”袁国臣道。

“是。”诸大伦应道。

“自在得很。”袁国臣道。

“我知六科是清要衙门；但我不信，都给谏和左、右给谏都是隆庆二年以前的进士。”诸大伦说。

“仁夫兄说的是，”袁国臣应道，“不过，都给谏有隆庆五年以后的进士，但也有隆庆五年以前的进士；左、右给谏有隆庆五年以后的进士，但也有隆庆五年以前的进士。若言不自在，隆庆五年以前的进士更不自在，所以，还轮不到我呢。”

“充其量唯邻兄不是最不自在，不能说自在，更不能说自在得很吧？”诸大伦道。

“仁夫兄讥我以五十步笑百步？”袁国臣问。

“唯邻兄难道不是？”诸大伦反问。

“说不定真的不是。”袁国臣道。

“何意？”诸大伦问。

“我也不自在，有人比我更不自在，我笑他，可谓五十步笑百步；有人不自在，而且是在我面前不自在，我却自在得很，我笑他，仁夫兄还能说是五十步笑百步吗？”袁国臣道。

“有人在唯邻兄面前更不自在，因为有隆庆五年以前的进士，仍官给谏嘛；不过，唯邻兄真的不在意隆庆五年以后的进士官左、右给谏，乃至官都给谏？”诸大伦道。

“在意，”袁国臣说罢，又强调一句，“当然在意。”

“既在意，怎能自在得很呢？”诸大伦问。

“譬如有一日，我升为都给谏。吏垣都给谏，天下第一谏臣者也。仁夫兄说，无论在隆庆五年前、隆庆五年、隆庆五年后出身的给谏面前，在左、右给谏面前，在其他都给谏面前，会不自在吗？”袁国臣道。

“原来唯邻兄说的是日后的情形，”诸大伦不由笑起来，“譬如有一日，我升为尚书。兵部尚书，大司马也。唯邻兄说，无论在隆庆五年前、隆庆五年、隆庆五年后出身的主事、员外、郎中们面前，在侍郎们面前，在其他尚书面前，会不自在吗？”

“仁夫兄确定日后能升至尚书？”袁国臣问得认真，没一丝笑意。

诸大伦没想到他会这么问自己，而且后悔自己怎么没想到这么问他。现在再问似乎有点儿晚，但总比不问好。

“唯邻兄确定日后能升至都给谏？”他反问道。

“能确定。”袁国臣道。

“日后的事，唯邻兄怎能确定？”诸大伦问。

“言路的业绩，在于进言；进言得当，不仅能获得声誉，也能提升地位。故而我自信。”袁国臣说。

“唯邻兄是说，手上握着既可获得声誉、又可获得提升的进言题目？”诸大伦问。

“正是，”袁国臣的炫耀由此开始，他不无得意地问，“仁夫兄可知，何谓进言得当？”

诸大伦说不清楚；即便能说清楚，也宁愿他这个言官说。

“唯邻兄说来听听。”他揖道。

“一则，所进之言，为朝廷上下关注。”袁国臣说。

“这一点我倒是想得到。”诸大伦道。

“二则，所进之言，要涉及大人物。”袁国臣说。

“是参劾大人物，抑或颂扬大人物？”诸大伦问。

“参劾，”袁国臣道，“大人物值得颂扬，颂扬者必多，一名理智的言官，不会去凑这个热闹。”

“在科、道，称作凑热闹；在我等部属，则要称作阿附。”诸大伦顺便发句牢骚。

“三则，所涉及大人物，不能是群臣拥戴，但也不能是众矢之的。”袁国臣就着他的牢骚说。

“我本想问，是否汝默先生，是否维桢先生，是否元驭先生，是否忠伯先生，是否伯谦尚书，是否仲化尚书，是否元朴都堂，看来都不是。”诸大伦挑出四名阁臣、三名七卿来说。

“都不是。”袁国臣证实他的推测。

“那是何人，唯邻兄能否告知？”诸大伦揖道。

“是都察院佐贰。”袁国臣当然要告诉他。

“汝宗先生？”诸大伦问。都察院眼下只有一名副都御史，即左副都御史张岳。提到都察院佐贰，一般都会想到副都御史；只有在副都御史完全空缺时，才会想到佥都御史。

“是他。”袁国臣点头。

“唯邻兄为何参劾他？”诸大伦关切地问。

“因为他是仁夫兄的乡贤呀。”袁国臣笑着说。

张岳是浙江余姚人，袁国臣打定主意在诸大伦面前炫耀时，并没清楚地意识到张岳和诸大伦的同乡关系；现在意识到，与其刻意地淡化，还不如开句玩笑。

“唯邻兄，我是真想知道。”诸大伦恳切地说。

“四则，”袁国臣按照自己排列的次序，不慌不忙地说，“所涉及的大人物，一定得罪过别的大人物；亦即，你参劾该大人物，一定会有别的大人物为你叫好。”

“别的大人物，是汝默先生，或是维桢先生，或是元驭先生，或是忠伯先生，或是伯谦尚书，或是仲化尚书，或是元朴都堂，或是他等都合在一起吧？”诸大伦又抬出四名阁臣、三名七卿。

“不是都合在一起，但大部分合在一起。”袁国臣说。

“所以，唯邻兄参劾汝宗先生，是因他疏列二十一名廷臣，一一加以品藻？”诸大伦推论道。

“仁夫兄说的是。”袁国臣应道。

“让我想想，”诸大伦边想边说，“二十一名廷臣中，够得上唯邻兄说的大人的，有汝默先生、维桢先生、元驭先生、忠谦尚书、汝德尚书，还有与绳尚书。我提及大人物七人，汝宗先生言及大人物六人，所以唯邻兄说，他等大部分合在一起。不过，还应该加上一句：除他等，还有别的大人物也合在一起。与绳先生是我不曾提及的。”

“还应该加上一句：不仅他等大部分合在一起，除他等，还有别的大人物合在一起；而且，有科、道数人与他等合在一起。”袁国臣说。

“是科、道三人，”诸大伦道，“唯邻兄向往的第一都给谏唯良兄也，御史吴君子敬也，孙君修之也。”

吴子静名定，非甲科出身。非甲科出身的御史，可以说少之又少，张岳疏列的二十一人中，有他的一个位置，或是为此。

“仁夫兄不觉着你那位乡贤荒唐吗？”袁国臣问。

“他怎的荒唐？”诸大伦反问。

“三言官与六大臣有类比之处吗？却将他等一起论列！”袁国臣道。

“是唯良兄不般配，还是吴君、孙君不般配？”诸大伦问。

“不在于职位有高低，相互是否般配，而是阁臣之贤有阁臣之贤的标准，部臣之贤有部臣之贤的标准，言官之贤有言官之贤的标准，不应该放在一起论列。”袁国臣说。

“唯邻兄说的是，此事确有些草率。”诸大伦虽然表示赞同，但选择一个不那么刺耳的词句，

“此其一也，”袁国臣道，“其二，该疏对此九臣，不吝溢美之辞；却又对每一人，无不加以讥刺。”

“人非圣贤，孰能无过？溢美的同时，微作讥刺，不能算草率。”诸大伦提出异议。

“不仅是草率，而且更是荒唐，”袁国臣道，“譬如为人写墓志铭，仁夫兄不会在通篇赞美之后，再写几句其人的过错、其人的缺陷吧？疏列廷臣，无非是荐贤，退不肖。在溢美之际，又加以讥刺，意在要朝廷重用他等，抑或要朝廷斥退他等？”

“那且算作草率吧，”诸大伦退让，他又问，“疏列二十一人，此乃九人，汝宗先生对其他十二人的论列又如何？”

“其他十二人，分为三类，一是力荐，一是溢美而无讥，一是诮让特深。三者无

不荒唐。”袁国臣说。

“汝宗先生力荐的廷臣，是李君汝培、江君长信、羊君子喻吧？”诸大伦看来要和他一一理论。

“是。”袁国臣应道。

“力荐他三位，怎就荒唐？”诸大伦问。

“仁夫兄既记得力荐他三位，可记得是如何力荐的？”袁国臣反问。

“汝宗先生以为，赏功惜才，他三位当令宣力一方。”诸大伦说。

“仁夫兄不会不知，何为宣力一方吧？”袁国臣问。

“宣力一方，即曰外放。”诸大伦道。

“外放何官？”袁国臣紧接着问。

有点儿不好回答，诸大伦反问：“唯邻兄道是外放何官？”

“他三位昔之御史，今之少卿，官品在正四品、正五品、从五品不等，”袁国臣说着，问道，“即以从五品而言，外放知府，或按察司副使，或布政司参议，如何？”

“从五品少卿，外放四品官，也是有的。”诸大伦说。

“既然有之，还用仁夫兄这位乡贤力荐吗？”袁国臣问。

“唯邻兄是说，他不是要李、江、羊等君外放四品官？”诸大伦反问。

“显然不是。”袁国臣道。

“却是外放何官？”诸大伦问。

“宣力一方，非方伯，即巡抚。”袁国臣道。

“他三位都是万历五年进士，迄今不过八载，外放布政使，甚或巡抚都御史，升迁太骤。”诸大伦说。

“所以我说他荒唐嘛，”袁国臣道，“外放知府等官，不必力荐，而力荐之，此为荒唐；以八年为官资历而外放布政使、巡抚都御史，且不是一人，而是三人，此更为荒唐。”

诸大伦觉得这话不无道理，不再争。

“溢美而无讥者，我记得有五人，为侍讲子道兄、修撰汝师兄、府尹纯父先生、马博士廓庵、陈郎中伯符，”他数罢，问道，“是吧？”

马廓庵名应图，陈伯符名泰来，二人都是万历五年进士，又都是浙江平湖人。沈思孝则在近日升顺天府尹。

“是，”袁国臣应一声，诘道，“溢美而无讥者五人，三为浙省人，二为邻近的南直隶人，仁夫兄那位乡贤，荐人是以贤，抑或以亲？”

“汝宗先生或许没想那么多。”诸大伦为张岳辩解。

“是想得太多，还是没想那么多，仁夫兄并不敢断言吧？”袁国臣道。诸大伦还要分辩，他说，“仁夫兄一定要说，他没想那么多，我一定要说，他想得太多，能争出个结果吗？我只求仁夫兄承认这是个事就可以，别无奢求。”

“好，我承认这是个事。”诸大伦道。

“最后还有四人，看仁夫兄能不能说出其乡贯。”袁国臣出个题目。

“这有何难！”诸大伦掰着手指，数道，“第一位，故尚书时良先生，广东南海人；第二位，龚御史晋甫君，四川内江人；第三位，蔡御史伯之，也是四川内江人；第四位龚御史唯长，湖广公安人。”

龚晋甫名懋贤，隆庆二年进士。龚唯长名仲庆，和蔡系周同是万历八年进士。前刑部尚书潘季驯则在遭受李植等攻讦后，近又遭受张岳攻讦。

“其中可有一人是浙籍？”袁国臣问。

诸大伦一怔，说道：“看来，汝宗先生确有些地域成见。”

“荐则无一不是乡人，或邻近地方之人；斥则无一是乡人，或邻近地方之人。仁夫兄能说这不荒唐吗！”袁国臣道。

“唯邻兄，我还有一个问题。”诸大伦顾左右而言他。

“你说！”袁国臣道。

“唯邻兄是要以此一进言博取天下第一都给谏的，纵然汝宗先生之疏荒诞不经，唯邻兄参劾之，果能如愿吗？”诸大伦问。

“五则，”袁国臣堂而皇之地说，“进言之际，不可患得患失。”

袁国臣参劾张岳，他本人并未如愿升迁，但张岳却因此而罢免。李植等三臣降职，李植则户部员外郎，江东之则兵部员外郎，羊可立则大理寺评事。

第一百四十八章

闰九月初六日，皇帝驾出谒陵，众大臣扈从。

两个月前，申时行奉旨，往天寿山巡视寿宫。他心里有数，皇帝趁着这次谒陵的机会，一定会亲自阅视寿宫；知道申时行曾奉旨巡视寿宫的大臣们，甚至不知道申时行曾奉旨巡视寿宫的大臣们，也猜得出，皇帝多半会趁着这次谒陵的机会，亲自阅视寿宫。

果然，初六日，驾发京师，当日宿巩华城。初七日，驻跸感恩殿。初八日，谒长陵、永陵、昭陵。初九日，皇帝亲阅诸山。

皇帝回到感恩殿，众扈驾大臣恭迎于殿外道旁。

“宣召四臣。”皇帝命司礼监太监张诚。他在张宏去职后接掌司礼监。

“是。”张诚应一声，退出传宣。别人听皇帝的口谕，或许发懵，不知四臣是谁。但他知道，四臣一定是指内阁四臣，而不是指扈驾大臣中地位最高的勋戚一名、地位最高的武臣一名、内阁地位最高的首辅及外廷地位最高的文臣吏部尚书。

申时行等四阁臣进殿恭候。皇帝稍事休息，饮茶，更衣，然后，命四阁臣于东室面驾。

“申先生！”皇帝呼道。

“臣在。”申时行应着，上前一步。

“朕亲阅寿宫礼成，卿扈从勤劳，今特赐卿玉带一条、罗衣一袭以酬之。”皇帝说。

“寿宫吉壤，断自圣裁；臣奔走无功，乃蒙皇上非常特赐，臣不胜感戴天恩。”申时行谢恩，退后。

“许先生！”皇帝呼道。

“臣在。”许国应着，上前一步。

“卿扈从勤劳，赐玉带一条，罗衣一袭。”皇帝说。

“臣叩谢天恩。”许国应罢，退后。

“王先生！”皇帝呼道。

“臣在。”王锡爵应着，上前一步。

“卿扈从勤劳，赐罗衣一袭。”皇帝说。

“臣叩谢天恩，”王锡爵应罢，退后。

“王卿！”皇帝呼道。

“臣在。”王家屏应着，上前一步。王锡爵还朝之前，皇帝同样称呼他“王先生”；王锡爵还朝，排名在王家屏之前，皇帝已称呼过“王先生”，再称呼一次王先生，难以区分。所以，采取以前称呼张居正、张四维的办法，一个称先生，一个称卿。

“卿扈从勤劳，赐罗衣一袭。”皇帝说。

“臣叩谢天恩。”王家屏应罢，退后一步。

“另传谕：定国公徐文弼、彰武伯杨炳，扈从有劳，各赐玉带一条，罗衣一袭。”皇帝说。

命的是站立一侧的张诚。张诚应一声。

“今日卿等劳累，朕亦觉累，且退下歇息。”皇帝命众阁臣。

“是。”众阁臣应道。

申时行等以为可以回去睡个安生觉；同时又在想：皇上亲阅寿宫一整天，应该有许多话对他们说呀！怎么一句没说，就把他们放走？

才出感恩殿门，张诚从面追上来。边追边叫：“申先生慢走！各位先生慢走！”

申时行等停下来等他。申时行问：“张公公有事？”

“万岁爷都让先生们去歇息，我有事，还敢拦着不成？是万岁爷还有话要说。”张诚道。

应该是这样的，众阁臣不约而同地想。

“仍在东室吗？”申时行问。

“仍在东室。”张诚道。

皇帝立于御座前。他大概本想起身回寝殿的，但一站起来，忽然又想和阁臣们说些什么；或者，在去寝殿的途中忽然想和阁臣们说些什么，又回到东室。

“申先生还怒吗？”皇帝问。

“臣——”问得突然，申时行难以对答。

“申先生还怨吗？”皇帝又问。

“高山仰止。臣每次拜谒祖宗陵寝，无比崇敬，无比肃穆，此外没有别的心情。”申时行说。皇帝多问一句，让他想好对答之词。

“朕是问你，前次巡视寿宫还朝，耳朵里听进不少赘言，申先生就不怒吗，就不怨吗？”皇帝道。

“各执一词，议事时常会遇到，臣不怒，更不怨。”申时行说。

“朕却怒之！”皇帝道，“不然，朕知李植等人皆可用之材，也不会将他等贬官。”

“此事皇上悔之，尚可挽回，”申时行违心地说。皇帝虽然说，他因怒而贬李植等的官职，但申时行很清楚，别人也都很清楚，皇帝贬李植等的官职，不仅因为李植等言寿宫事，违拂圣意；也是为的安抚在陵址选择上和皇帝保持一致的申时行等人。

“朕确悔之，”皇帝似乎故意想让申时行心头一堵，所以说这几个字以后，停顿一会儿；但似乎又不想让申时行心头堵得太厉害，所以停顿的工夫很短。他接着又说，“朕悔处分得太轻。”

不管对皇帝的话有同感，或不赞成，四阁臣都不好回应。

“申先生，你和李植等熟不熟？”皇帝问。

“认都认得，但私下里没有交往。”申时行说。

“没一个可称得上很熟的？”皇帝又问。

“是。”申时行应道。

“许先生呢？”皇帝问许国。

“臣也没一个称得上很熟的。”许国说。

“王先生呢？”皇帝问王锡爵。

“臣离朝日久，更不熟悉。”王锡爵说。

“卿呢？”皇帝最后问王家屏。

“臣是大同人，李植祖籍也是大同，故他和臣有些来往；但仅有些来往而已。”王家屏说。

“卿倒是实诚，”皇帝道，又问，“以卿和李植的一些来往，看得出他精通堪舆吗？”

“他从未言及，臣看不出来。”王家屏说。

“朕问卿等与李植等是不是熟悉，实则是想知道，他等是不是精通堪舆。”皇帝对众阁臣说。

“臣等亦不知。”申时行齐道。

王家屏自称和李植有些来往，并得到皇帝称赏，许国开始有点儿不自在。王家屏和李植，一个现籍的大同人，一个原籍的大同人，尚且有些来往；自己和江东之，都是现籍的歙县人，却完全没有来往，似乎说不过去。他希望皇帝再问自己一句什么，以便把他和江东之同是歙县人这一点加以说明；并再次确定，和江东之并无来往。皇帝现在既说明用意，他可以趁此机会，多说一句。

“臣是南直歙县人，江东之亦歙县人。东之虽不屑与臣来往，但臣从乡人口里得知，江氏家中有事，都是请人来看风水的。臣料定，东之亦不懂得风水。”许国说。

“他不屑与许先生来往，许先生也不屑与他来往吧？”皇帝笑问。

“是。”许国应道。

“许先生为何不屑与他来往？”皇帝问。

“偏执，急功近利。”许国说。

“江东之如此，李植是不是也如此？”皇帝又问王家屏。

“急功近利或不如东之，偏执更甚。”王家屏说。

“李、江二人不懂得风水，羊可立呢？”皇帝问。

没有具体的问话对象，应该由申时行回答。他说：“臣看，羊可立也不懂得风水。”

“何以见得？”皇帝问。

“大峪山非吉，乃李、江、羊三人合疏言之，理由无非是地果吉则不宜有石，有石则非吉。此非善风水者之言。可立若懂得风水，不应当简单地以此为言。”申时行说。

“朕实在不明白，”皇帝对众阁臣说，“朕看阅寿宫，自有主张；他等原不知风水，为何要纷纷来说！”

“寿宫是否吉壤，皇上天纵聪明，一经圣览，自有定裁。今次谒陵，上自两宫圣母，下至百姓万民，无不料皇上将裁定此事，无不望皇上将裁定此事。故有所见地者，纷纷进言。”申时行说。

“申先生称寿宫择址之争是各执一词；不知风水，却进言其事，也算各执一词吗？”皇帝质问。

“臣国称其偏执，急功近利，此事或可印证。”申时行说。

“会不会是朕偏执，或卿等偏执？”皇帝问。

申时行怔了怔，说道：“臣等或会偏执，皇上断然不会。”

“那么，朕以为寿宫之址乃吉壤，李植却言寿宫之址非吉壤，申先生试为朕言之。”皇帝命道。

“李植称，所择寿宫之址，下有青白顽石，非吉壤。其说大谬。大凡石之麻顽，或带黄黑者，方可谓之顽；若其色青白滋润，则有生气，不得谓之顽石矣。”申时行说。

“申先生此说，可谓深究风水之精妙，”皇帝说着，问许国，“许先生以为如何？”

“皇上说的是。”许国道。

“王卿看呢？”皇帝又问王家屏。

“臣赞同臣时行之说。”王家屏道。

“王先生看呢？”皇帝最后问王锡爵。

“臣亦赞同。”王锡爵道。皇帝不按阁臣排列的次序，而是先问王家屏，再问自己，他料到，皇帝有更多的话要对自己说。

“王先生，”皇帝果然对他说，“申先生若言李植等不可大用，朕信之，但未必会全信；许先生若言李植等不可大用，朕信之，但未必会全信；王卿若言李植等不可大用，朕信之，但未必会全信；朕最终相信李植等不可大用，在先生你。”

“在臣？”王锡爵显得不安。

“对，在你。”皇帝点头。

“乞皇上明示。”王锡爵道。

“李植等皆曾荐王先生于朝，王先生不会不知吧？”皇帝问。

“臣有所闻。”王锡爵道。

“王先生却因李植等举荐而欲辞官，是吧？”皇帝问。

“确有此事。”王锡爵回答。

“这是为何？”皇帝问。

“臣耻为他等所荐，且有所惧。”王锡爵说。

“王先生为何耻为他等所荐？”皇帝问。

“一则贪天之功，譬如张、冯之狱，分明是圣意先定，言者不过适投其会而已；他等却大肆渲染吴中行、赵用贤等之功，并甘居其党之列。二则如臣国、臣家屏所言，持议偏执。”

“卿有何惧？”皇帝追问。

“臣惧蹈臣许国、臣杨巍、臣舒化等覆辙，”王锡爵说，“臣国、臣巍、臣化，昔日皆为李植等举为正人，今日却恨不得逐出朝廷，甚至恨不得手刃之。臣担心昨日为他等荐之，明日却为他等诟之。”

“这是为何？”皇帝问。

“无非是一言相左。”王锡爵道。

“一言相左，即欲逐之，即欲手刃之，可谓意气用事吧？”皇帝问。

“意气用事，已至极致。”王锡爵道。

“可谓不能容人吧？”皇帝问。

“不能容人，已至极端。”王锡爵说。

“贪天之功，持议偏执，意气用事，不能容人！此等臣子，不仅不能大用，且不能留任于朝中，”皇帝说着，问道，“朕说的是不是？”

“皇上说的是。”王锡爵应道。

“寿宫择址之争，朕与申先生、许先生、王卿等持议同。申先生若谓，李植等不可大用，朕不会多想；若谓李植等不可留任于朝，朕难免要想，会不会是偏听偏信？许先生若谓，李植等不可大用，朕不会多想；若谓李植等不可留任于朝，朕难免要想，会不会偏听偏信？王卿若谓，李植等不可大用，朕不会多想；若谓李植等不可留任于朝，朕难免要想，会不会偏听偏信？而王先生未经历寿宫择址之争的始终，介入不深。王先生若谓李植等不可留任于朝，朕听之，不会是偏听；朕信之，不会是偏信。今者，申先生但与李植等争其事，而不言是否可留任于朝；许先生但与李植等争其事，而不言是否可留任于朝；王卿但与李植等争其事，而不言是否可留任于朝；唯独王先生坦言，李植等不可留任于朝。朕有把握，李植等放外官，并非偏听偏信。”说着，问众阁臣，“朕说的是不是？”

“皇上圣明。”众阁臣齐颂道。

回朝后，皇帝降旨：李植贬为绥德知州，江东之贬为霍州知州，羊可立外调大名府推官。关于寿宫择址的争议，渐为平息。

第一百四十九章

内臣衙门多设在北安门内，有地位、资财又雄厚的太监也多买北安门内外的院落，作为外宅。估计太监们差不多该离开衙门回家歇着，顺天府生员张元吉从北安门外到北安门内，一家一家走访。按说，城里的舆论已经很汹涌，不用内臣介入，可能也会掀起一阵浪潮；但他知道，他父亲更知道，要想皇帝亲自过问此事，最好是由说得上话的公公们在宫里大肆渲染，推波助澜。

他敲第一家时，一个年长的长随出来应门。不等长随开口，他先问道：“是都知监陈太监府上吗？”

“都知监有姓陈的太监，也有姓成的太监，你确定找的是姓陈的太监？”年长的长随话多，该说的，不该说的，都说。

“是陈太监。”张元吉说。

年长的长随瞥他一眼，问：“你让我怎的禀告我家公公？”

“敝姓张，公公就说，张元吉求见。”张元吉说着，取一块碎银塞到年长的长随手里。

年长的长随一掂，觉得分量还够，可以表示表示关心。

“我报上张公子的名字就可以吗？”他问。

“有劳公公，可以。”张元吉道。

年长的长随进去禀报，不多时，出来把张元吉接进院内。

陈太监坐在屋里，见张元吉进来，并不起身。

“学生给公公叩头。”张元吉说着，拜下去。

“你是读书人，这个头我受不起。”陈太监道。

“家父有命，见到公公，一定要叩拜。”张元吉坚持行完礼。

既是父命，陈太监不再拦他。等他叩过头起身，陈太监问：“你老爹近日可好？”

“身体还算硬朗。”张元吉说。

“有些日子没见他，我挺惦念他的。”陈太监道。

“多谢公公关爱，家父也惦念公公。”张元吉说。

“你老爹差人来过，说要我帮个忙，还说你会来具体告知。没想到你来得恁快。”陈太监说着，问道，“张公子，究竟要我帮何事？”

“是秋闱中的事。”张元吉说。

“今年的秋闱？”陈太监问。

“是。”张元吉应道。

“对，你也曾与试吧？”陈太监问。

“学生确与试。”张元吉道。

“一定是高中吧？”陈太监问罢，不无责怪，“偌大的喜事，你老爹怎也不报个信来，让我高兴高兴！”

“惭愧，学生落榜。”张元吉面带羞色地说。

“落榜？”陈太监显得很意外，也很紧张，“张公子，你老爹要你来找我，不会是要我在中式举子中补上你的名字吧？八月秋闱，十月让我补入一人，实在太迟。”

其实，就算八月秋闱之后，马上要他帮这个忙，或者在秋闱之中、秋闱之前，要他帮这个忙，他也帮不上。但那时求他，他是别的说法；到十月再提出请求，他可以堂而皇之地用“太迟”作借口。

“家父并无此意，学生也宁愿凭借真才实学，先过顺天试这一关，再去闯春闱那一关。”张元吉说。

“好，有志气！”陈太监在称赞张元吉的同时，又产生疑惑，“可张公子说，是秋闱中的事，要我帮忙呀。”

“是，”张元吉应一声，说道，“今次秋闱，不公允之事太多，还望公公为我等举子们作主！”

“秋闱中不公允之事太多，要我来作主？”陈太监指着自己的鼻子问。这既有嘲笑张元吉的意味，也有自嘲的意味。

“是。”张元吉不动声色。

“我怎作主？”陈太监问。

“别人的话，皇上是听不到的；即便听到，也未必信。公公的话，却可以直达圣聪；皇上听到，也必信无疑。”张元吉说。

“你是说，让我把秋闱中不公允的事，说给万岁爷知道？”陈太监问。

“是，”张元吉应罢，又重复方才的话，“别人的话，皇上听不到；听到也未必信。公公的话，皇上听得到，而且必信无疑。”

“公子也知道，万岁爷最信我？”张元吉的话陈太监爱听，很痛快地答应帮忙，“秋闱中若有不公允之事，我一旦得知，也是该告诉万岁爷的。不然，岂不失职！不过，”他顿了顿，又说，“今次秋闱中有何不公允之事，我还不得而知。”

“学生正要禀明公公，”张元吉道，“乡试不得冒籍，早有明旨，公公是知道的。今次秋闱，冒充北直隶籍的举子，公公知有几人？”

“有几人？”陈太监问。

“八人！”张元吉道。

“公子说的八人，是否都中式？”陈太监问。

“八人是中式的，未中式的，还不知有几人！”张元吉道。

这话有点儿言过其实，但并非凭空造谣。能冒籍的举子，都是有来头的，而且，多少有些把握乡试中第，所以落第的冒籍举子应该不会很多；但另一方面，也不可能所有的冒籍举子都中第。张元吉确信，只有这么说，才能引起陈公公的关注，从而引起皇帝的关注。

“顺天府试不过取百余名，竟有八人冒籍，此事是要和万岁爷说说，”陈公公明确表示对此事的关注，并问，“冒籍的八人，公子可知其原籍？”

“有知道的，有不知道的。”张元吉说。

“不用多，公子报得出两个，我就好对皇上说。”陈太监道。

“譬如胡正道，原籍浙江，冒籍通州；再譬如史记纯，原籍也是浙江，冒籍大兴；再譬如——”张元吉还要举例，被陈太监制止。

“不用再说，”陈太监摆手道，“胡某、史某，皆浙人，一个冒籍通州，一个冒籍大兴，有这两个例子足够。公子说多，我反而记不住。”

“实则，此八人中式，不仅因冒籍。”张元吉又想说些别的事。

“还有何不公允的事，公子也不必对我说；说的多，我同样是记不住的。”陈太监不想再听。

张元吉知道，凭着父亲和陈太监的交情，能在皇帝面前帮他说一件事，哪怕并不在皇帝面前说，而是在宫中散播，由别的内臣在皇帝面前说，已属不易，不能期待太高。好在父亲还有别的太监朋友，还有比陈太监关系更密切的朋友，一人在皇帝面前说一件两件事，或在宫中散播一件两件事，凑起来，就很可观。

“老陈老矣！他告诉朕，今岁顺天府试，冒籍中式者有八人，朕问他是哪八人，他却只答得出两个。”皇帝对张鲸说。

“老陈说的是哪两个人？”张鲸问。

“一个姓胡，一个姓史。”皇帝道。

“姓胡的，大概是胡正道；姓史的，大概是史记纯。”张鲸说。

“此事你也知道？”皇帝问。

“是，”张鲸应道，“老陈在都知监都知道的事，奴才在东厂若是不知，爷还不把东厂关闭，把奴才打发走！”

“另外六人，你也说得出名字吗？”皇帝问。

“一人姓冯，叫冯诗；一人姓章，叫章维宁；一人姓陈，叫陈邦训；一人姓董，叫董邵；一人姓杨，叫杨日章；一人姓孙，叫孙唫，加上胡正道、史记纯二人，共计八人。”张鲸报上八人姓名。

“你知八人名字，也知八人原籍？”皇帝问罢，放宽尺度，“你不必告诉，某人原籍某地，只须告诉朕，八人原籍都在哪里。”

“八人中，三人原籍浙江，二人原籍江西，一人原籍湖广，一人原籍四川，一人原籍福建。”张鲸说。

“几乎遍布南方各省。”皇帝冷笑。

“爷说的是。”张鲸应道。

“朝廷再三申明，不得冒籍，他等全不当回事！”皇帝道。

“据奴才所知，此事市井有议论，外廷有议论，宫中亦有议论。人人得而攻之，指的大概就是这等事。”张鲸说。

“人人得而攻之，他老陈得而攻之，你老张得而攻之；你说，外廷虽有议论，但会不会得而攻之？”皇帝问。

“奴才想，必有人会攻之。”张鲸道。

“好，”皇帝点点头，命道，“你替朕留意，看谁个会攻之。”

“奴才领旨。”张鲸应道。

他很想马上去办这件事，但皇帝没让他走；而且，看来还有事要问他，他只有耐下性子等着。

“司设监老张又说，冒籍举子中，有人馆于考官家中。朕问他谁个馆于谁个家，他又说不上来。你说，他正在壮年，怎的也和老陈一样糊涂！”皇帝忽道。

“奴才想，他并非糊涂，或是有所顾忌。”张鲸说。

“他顾忌何事？”皇帝问。

“顾忌得罪贵人。”张鲸说。

“谁个是贵人？”皇帝问，“老张，你指的是馆于人家的举子家里有贵人，抑或考官是贵人？”

“家里有贵人，不会馆于别人家。”张鲸说。

“那么，你指的是考官？”皇帝问。

"是。"张鲸应道。

"顺天试所点考官二人中，是哪一人？"皇帝问。

"是排名在前的那一人。"张鲸说。

"朕记得，是张一桂。"皇帝道。

"是他。"张鲸应道。

今年主顺天试的官员二人，排名在前的，是左春坊左谕德兼翰林院侍读张一桂，排名在后的，是司经局洗马兼翰林院修撰陈于陛。

"在尔等眼里，谕德、侍读也成贵人！"皇帝哂道。

"翰林院最为清要，故翰林院官在奴才们的眼里皆为清贵，"张鲸说，并补充，"再者，翰林院官皆以阁老为座主。得罪一两个翰林官不打紧，若因此得罪阁老，麻烦会很多。"

"说的是顺天试考官，你牵扯到阁老作甚！"皇帝不让他说下去。

"是，奴才多嘴。"张鲸认错。

"馆于张一桂家的，是哪两个人？"皇帝又问。

"一是冯诗，一是章维宁。"张鲸说。

"此二人冒籍，不一定因张一桂；但此二人中式，应该是张一桂徇私。"皇帝推测。

"爷说的是。"张鲸应道。

"老张，朕方才让你去做何事？"皇帝问。

"爷命奴才留意谁个会攻冒籍一事。"张鲸说。

"这个差事，朕给你免去。"皇帝道。

"爷不再想知谁个会攻冒籍？"张鲸问。

"谁个欲攻冒籍，已无关紧要，"皇帝道，"科举冒籍，乃朝廷所禁。朕原来只想看看，朝廷所禁之事，谁个放在心上，并不想事先传谕外廷。然朕亦曾想过，举子冒籍，必有官员徇私庇护；今日又知，徇私庇护者竟是考官。故朕不能不传谕都察院查处。朕既传谕，不信无人纠劾，故而不用你暗访谁个会攻之。"

"爷圣明。"张鲸颂道。牵涉到对官员的处分，他在称颂的同时，想到该留有余地。虽然皇帝不让他提及阁臣，但他很清楚，处分考官，一定会牵扯出阁臣；即便不是牵扯出阁臣和冒籍之事有关，也会有阁臣出面说话。于是，他小心地说，"不过，奴才听到的，只是有人疑冯诗、章维宁二人曾馆于张侍读家，尚未坐实。"

"你去坐实呀！"皇帝道，"朕免你一件差事，再交给你一件差事：坐实冯诗、章维宁是否曾馆于张一桂家。"

"奴才领旨。"张鲸应道。

皇帝右臂前挥，那是让张鲸退下的动作。但挥到一半，忽然停下。皇帝问："老张，你方才说，那个姓史的举子何名？"

"记纯。"张鲸回答。

"老陈提到他时，朕就模模糊糊想到一个人；今日你再提到他，朕忽然想清楚，"皇帝说着，问道，"翰林院是不是有一员编修姓史？"

"是，"张鲸应一声，说，"该编修名钶。"

"史钶也是浙江人吗？"皇帝问。

"是，"张鲸又应一声，"史钶是浙江余姚人。"

"史记纯呢？"皇帝问。

"也是余姚人。"张鲸说。

"史记纯与史钶，是否同宗？"皇帝问。

"岂止同宗！"张鲸道，"史记纯正是史钶之子。"

"果如朕所料！"皇帝点点头，说道，"朕记得，今岁乡试，本使史钶主湖广试，史钶却力辞，后来改用另一编修。看来，是因史记纯要参加今岁乡试，且已冒籍成功，他心中有愧，才辞去考官的。"

"定是如此。"张鲸附和道。

"官员子弟冒籍，又是一类，"皇帝道，又说，"朕料定，官员子弟冒籍者，不止史氏父子一例。"

"爷说的是。"张鲸应道。

"还有谁个？"皇帝问。

"譬如，江西乐安人董邵，是御史董裕之侄；福建晋江人陈邦训，是休致官员陈邦颜之弟。"张鲸说。

"休致官员？是因年纪吗？"皇帝问。

"奴才恰好问过，陈邦颜已届休致之年。"张鲸说。

"他是哪年的进士？"皇帝问。

"嘉靖四十一年。"张鲸说。

"不对，不对！"皇帝连连摇头。

张鲸吓一跳，忙问："奴才哪句话说得不对？"

"不是你说得不对，是这件事不对，"皇帝道，"陈邦颜已届休致之年，陈邦训也小不了几岁。今岁顺天试中式，还要应明岁的会试，授官之后，不过两三年，也要休致。你说，他冒籍顺天试有何趣味！"

"陈邦训没那么大。"张鲸说。

“他不是陈邦颜弟吗，怎没那么大！”皇帝道。

“是族弟。”张鲸说。

“原来如此，”皇帝忍不住笑。人家哪怕七八十岁，想冒籍来应顺天府试，与你何干！他问，“你方才说，子侄冒籍的官员，还有谁个？”

“御史董裕。”张鲸道。

“是在朝，抑或派外差？”皇帝问。

“今岁曾派外差，已毕。”张鲸说。

“往何处外差，如此之短？”皇帝问。

“恰是顺天试监试。”张鲸说。

“坐实没有？”皇帝问。

“董裕是董邵亲叔，及董裕监临今岁顺天府试，均已坐实。”张鲸说。

“亲叔监顺天试，亲侄冒籍应顺天试，太明目张胆吧！此事一定要严办！”皇帝怒道。

第一百五十章

兵科给事中史孟麟一路沉思走来，与一人擦肩而过。他头也不抬，只点点头，继续往前走。那人也怪，不急着招呼他，等他走出差不多二十步，才叫一声："际明！"

史孟麟字际明，南直隶宜兴人，万历十一年进士。

听人叫他的别字，他马上站住，并回头看去。

御史蔡时鼎，眯缝着两眼，正笑嘻嘻地看着他。

"台甫先生，怎会是你！"史孟麟转身，边说边向蔡时鼎走去。

"怎不会是我？"蔡时鼎笑着问。

"在这条路上，难得碰上一位侍御。"史孟麟说。

"但今日际明亟欲碰到一位侍御，是不是？"蔡时鼎问。

"这倒是实情。"史孟麟并不否认。

"所以，我才来呀。"蔡时鼎道。

史孟麟被他逗笑，问道："台甫先生怎知我今日亟欲碰到一位侍御？"

"际明先把先生二字去掉，我再告诉你。"蔡时鼎说。

这是表示友好，史孟麟不能不领情。他揖了揖，道："请台甫兄赐告。"

"际明思绪专注，不是为的家事吧？"蔡时鼎问。

"不是。"史孟麟点头。

"不是为的本科的事吧？"蔡时鼎问。

"不是。"史孟麟又点头。

"也不是为的别科的事吧？"蔡时鼎问。

"不是，"史孟麟第三次点头后，问道，"台甫兄怎知我不是为的家事，也不是为的科垣的事？"

"不是家事，我是误撞上的，我怎知你家中有没有突然的变故？不是兵科的事，不是别科的事，我却是有根据的：若是为的兵科的事，际明应该不会走出兵科值房；若是为的别科的事，际明会顺便走进某科的值房。总之，你不会思绪专注地走在路上，更不会亟欲碰到一名侍御。"蔡时鼎说。

“台甫兄思虑精细，佩服！不过，”史孟麟口气一转，问道，“台甫兄料到我亟欲碰到一名侍御，料到我思绪专注，不是为的家事，不是为的兵科的事，不是为的别科的事，可知是为的何事？”

“是为另一位给谏的奏本吧？”蔡时鼎道。

史孟麟暗中叫声“厉害”，又问：“哪一科哪一位给谏的奏本？”

“礼科锺叔濂的奏本。”蔡时鼎说。

锺羽正字叔濂，山东益都人，万历八年进士。

“台甫兄料的不错，却不知是怎料到的？”史孟麟问。

“同样是误撞的，因为我的思绪也专注于锺叔濂的奏本。”蔡时鼎说。

“台甫兄是怎想的？”史孟麟忙问。

“际明是怎想的？”蔡时鼎反问。

“我隐隐觉着，叔濂先生的奏议有不妥之处；但究竟有何不妥，却没想出名堂。”史梦麟说。

“我倒是想出名堂，却不知究竟是不是名堂。”蔡时鼎道。

“台甫兄乃资深侍御，想出的一定是名堂。”史孟麟由衷地说。

“不管是不是名堂，且说出来商榷，”蔡时鼎说着，问道，“锺叔濂纠劾史记纯、胡正道冒籍，际明以为，有没有错？”

“似没有错。”史孟麟说。

“不是似没有错，是定没有错。”蔡时鼎道。

“对，是定没有错。”史孟麟附和道。

“锺叔濂又纠劾冯诗、章维宁曾馆于稚圭先生家中，有没有错？”蔡时鼎又问。

张一桂字稚圭，河南祥符人，隆庆二年进士。

“似没有错，又似有错。”史孟麟说。

“怎讲？”蔡时鼎问。

“冯诗、章维宁确曾馆于稚圭先生家；而今岁的顺天试，冯、章二人为应试举子，稚圭先生为考官。冯、章二人中式，任谁人都会想到徇私枉法。”史孟麟说。

“既如此，怎又似有错？”蔡时鼎问。

“据我所知，冯、章二人皆寒士，不得已而馆于稚圭先生家。单言一个‘情’字，是有可能的；若言赂取，则无可能。这是其一。其二，冯、章二人馆于稚圭先生家，不过数月，既以‘情’字而言，也有限得很。其三，冯、张二人试卷，并非稚圭先生批阅，亦非稚圭先生一人审定，为此而处置稚圭先生，似为不公。”史孟麟说。

锺羽正疏上，八名顺天试中式举子戴枷示众，董裕降一级，张一桂改南京兵部员外郎。侍读改员外郎，论品秩未降，论地位则相去甚远。

“际明还说没想出名堂来呢！”蔡时鼎道。

史孟麟笑一笑，问道：“台甫兄说，我的想法对不对？”

“际明想到的，怎会不对！”蔡时鼎道，又说，“我要说出来与际明商榷的，正是此一事。”

“再无别事？”史孟麟问。

“还有一事，在我看来，是无须商榷的。”蔡时鼎说。

“却是何事？”史孟麟问。

“你说，皇上传谕都察院在前，抑或钟叔濂上疏在前？”蔡时鼎反问。

“自是皇上传谕都察院在前。”史孟麟道。

“皇上既非由锺叔濂之疏而知今岁顺天试中有举子冒籍及考官徇私之弊，却是从何得知？”蔡时鼎又问。

“据我所知，是闻于内臣。”史孟麟道。

“内臣又从何得知？”蔡时鼎问。

“这却不得而知。”史孟麟道。

“际明想不想知道？”蔡时鼎问。

“当然想知道。”史孟麟说。

“今岁顺天试，有个落第举子，叫张元吉，际明知否？”蔡时鼎问。

“不知。”史孟麟道。

“那么，际明也不知，这个张元吉之父，是京师有名的富商？”蔡时鼎与其说在问，不如说在开始他的讲述。

“更加不知。”史孟麟道。

“张父与内臣各衙门的太监多有交情，与张姓太监又多结拜金兰。”蔡时鼎说。

“司礼掌印恰好姓张。”史孟麟插话。

“那还没来得及巴结上呢。”蔡时鼎道。

“提督东厂太监呢？”史孟麟问。

“若有这个靠山，张元吉用不着再找别个。”蔡时鼎道。

“御马监有个姓张的太监。”史孟麟说。

“是他义兄。”蔡时鼎道。

“衣帽局有个姓张的太监，”史孟麟说。

“是他义弟。”蔡时鼎道。

“台甫兄是不是说，今岁顺天试冒籍及徇私之事，内臣们是从张元吉处得知？”

史孟麟问。

“皇上传谕的前两日，张元吉出入各衙门太监家。他入时手提重物，出时两手空空，际明说，是不是他在兴风作浪！”蔡时鼎道。

“此事应无疑。”史孟麟点头称是。

“顺天试果有冒籍之事，果有徇私之事，张元吉大可言于官府，言于部、院，乃至上疏直陈；今乃活动于内使，并借内使之言，达于圣聪，可说是匿名告讦吧？”蔡时鼎问。

“确属匿名告讦。”史孟麟又点头称是。

“锺叔濂只说冒籍乃朝廷所禁，难道不知，匿名告讦，亦我大明律所明禁！”蔡时鼎道。

“台甫兄说此事无须商榷，果然无须商榷。”史孟麟在表示同感时，已经开始酝酿腹稿。

“近日北闱蜚语，直达御前。夫匿名告讦，律有明禁，诸司尚不得妄投，何况宫禁清严之地！纵其事尽公，其言尽实，犹恐启谗间之门，广告讦之路；更何况假实济诬，因公遂私耶！”蔡时鼎却早有腹稿，他说，“我就这几句话，看他锺叔濂如何驳之！”

申时行、王锡爵同时告假，只有许国、王家屏值阁。

“又连及纯父先生，如何是好？”许国甚是无奈。

“不是一般的连及，是殃及。”王家屏改个字。

“为何是殃及？”许国问。他不是个很较真的人，或许因为无奈，对上无奈，对下无奈，对内无奈，对外无奈，不如与同僚抠抠字眼。

“他无辜被连及，故曰殃及。”王家屏说。

“稚圭先生难道就有过错？”许国问。

王家屏无话可说。其实，张一桂、沈思孝都是他的同年，他不希望他们中任何一人出问题。

“平心而论，皇上命处置蔡台甫，你我拟以罚俸半年，维桢先生说，是重，还是轻？”他干脆不究字眼而直接论事。

“我以为偏重。”许国道。

“维桢先生后来有没对汝默先生、元驭先生说过？”王家屏又问。

“说过。”许国道。

“他二位意下如何？”王家屏问。

“也以为稍重；同时又以为，拟罚虽稍重，但还说得过去。”许国说。

“你我拟罚，将他二位列名，他二位可有不满？”王家屏又问。

“虽无不满，却略有微词。”许国说。

“怎说的？”王家屏问。

“汝默先生婉转地说：列名之事，最好先打个招呼；元驭先生微讽：借他二人之名而壮声势，只怕适得其反。”许国复述道。

“但遇到此等事，他二位总该表明立场的，是不是？”王家屏道。

“这一点，他二位倒无异议。”许国说。

“既无异议，今日拟议，还该把他二位的大名列上。”王家屏道。

“我也是此意。”许国笑道。

“说正事，”王家屏换个腔调，一本正经地问，“在维桢先生看来，纯父兄该不该救之？”

“该救，却不好救。”许国说。

“怎讲？”王家屏问。

“我说连及，忠伯先生说殃及，意思是一样的。说白了，即无妄之灾，所以该救；但今次之事和前次之事不同，所以不好救。”许国说。

“维桢先生是说，今次之事，皇上未命内阁拟罚？”王家屏问。

“是，”许国应道，“处分廷臣一事，非阁臣本分。该吏部拟的，吏部拟；该刑部拟的，刑部拟；该都察院拟的，都察院拟。台甫的事，是皇上命内阁拟罚，故而你我拟之。你我拟罚俸半年，轻也好，重也好，皇上并未采纳。台甫被谪为马邑典史，不会有人因此而指责内阁越位。纯父先生的事，皇上但命其对状，并未命内阁拟罚，所以，你我贸然请轻其处分，恐怕会惹来许多的指责。”

“我的想法恰好相反。”王家屏说。

“忠伯先生说说看。”许国道。

“台甫的事，皇上欲重其罚，你我轻其罚，不失为救助。然皇上既命内阁拟罚，这个‘罚’字总是无法摆脱的；欲救之，只能在罚轻罚重上作作文章。纯父兄的事，皇上未命内阁拟罚，你我欲救助，反而可以在罚与不罚之间作作文章。”王家屏说。

“言之有理，言之有理！”许国连连点头，并问，“文章如何作法，忠伯先生想好没有？”

“大事化小，小事化了。”王家屏答以八字。

“怎叫大事化小？”许国问。

“皇上命纯父先生对状，是因为朝廷有旨，冒籍者解发还籍，而董邵等衣冠而出阜成门。解发还籍，是交代给顺天府办的；衣冠而出，哪里能体现解发之意？纯父兄因而被纠劾，事体不可谓不大。”王家屏说。

沈思孝升顺天府尹，故冒籍举子解发不合规矩，他首先被论劾。

“伯忠先生说出其大，却如何化小？”许国问。

“若论以违旨，其事则大；若论以宽纵，其事则小。”王家屏说。

“伯忠先生的意思，董邵等衣冠出阜成门，不妨以宽纵论之？”许国边体会，边问。

“维桢先生看，此论能否立得住？”王家屏反问。

“立得住倒是立得住；不过，”许国沉吟着，问道，“小事终归也是事，宽纵终归也是过，怎化得无？”

“宽纵终归是过，却未必是府尹之过。”王家屏说。

这话绕有味道，值得许国费些工夫品咂。品咂的结果，认为可行。顺天府解发，并非府尹解发；解发顺天府试中的冒籍举子，更不应该把责任推给府尹一人。想到这里，文字自然形成。

“人主万几之繁，其任愈大，其体愈尊，必也猜防苛细。即听断甚精，如汉宣帝、唐德宗，何补于治？且使奸人乘机中伤，将来之患不可胜言！”许国说罢，问道，“拿这两句话开篇，伯忠先生以为如何？”

“甚佳，”王家屏道。“符合大事化小、小事化了的宗旨；又言及防奸，应该说是开篇明义。”

内阁疏救，没起作用，皇帝仍命沈思孝降三级留用。

“老爷，这身官服穿不得。”沈思孝的仆人拦住他说。

沈思孝撩起官袍看看，道：“还是半新，怎穿不得？”

“老爷已不是三品官。”仆人说。

“我还是不是府尹？我把它当作府尹的官服，不当作三品官的官服，不成吗？”沈思孝道。

他若无其事地仍着三品官服上朝、坐衙，又引来科、道官的参劾。

第一百五十一章

万历十四年的前几天，皇帝是在兴奋与期待中度过的。

不管是举行过正旦的大朝，还是给两宫圣母请过安，进乾清宫门时，他必然要问："是谁个去听消息？"

"是张三。"当值的太监禀道。

"张三呢？"皇帝没见到张三，一定会问。

"还没回来。"当值的太监道。

"张三之前呢？"皇帝问。

"是李四。"当值的太监道。

"有何消息？"皇帝看见李四，也要问。

"尚无消息。"叫李四的近侍说。

"生产是消息，未生产也是消息，怎会没消息！"皇帝叱道。

"奴才糊涂，不是没消息。"李四说。

"有何消息？"皇帝又问一遍。

"尚未生产。"李四说。

"还有呢？"皇帝问。

"没别的消息。"李四说。

"人好是消息，人不好也是消息，怎会没别的消息！"皇帝又叱。

"奴才糊涂，不是没别的消息。"李四道。他心里想的和嘴上说的可不一样：人不好的话，谁敢说呀！

"有何别的消息？"皇帝问。

"贵妃娘娘母子安好。"李四说。

"不是尚未生吗，哪儿来的母子安好？"皇帝问。

"王院使说胎稳。"李四道。

"他说的是平安，不是母子安好。"皇帝驳道。

"刘太医说吉相。"李四道。

“他说的也是平安，也不是母子安好。”皇帝又驳。

“母子安好，是奴才说的，”李四最后不得不说。

“你看得出生男生女？”皇帝问。

“奴才看不出。”李四道。

“既看不出，怎知是子？”皇帝问。

“奴才估摸的，”李四说，“奴才听过一句话，叫早得贵子，有个贵字；贵妃娘娘也有个贵字。奴才想，贵妃娘娘得的应该是贵子。”

“你倒是会想！”皇帝道，“如你所言，贵妃娘娘得的是贵子，朕有重赏；但是，贵妃娘娘得的不是贵子——”

“奴才甘愿受罚，”李四说得很爽快，心中则在暗祷：贵妃娘娘，生个贵子吧！贵妃娘娘，生个贵子吧！

初五日，皇帝进乾清宫门，又问：“今日谁个去听消息？”

“是王二。”当值的太监说。

“王二，你已回来？”皇帝见王二在，随口问道。

“是。”叫王二的近侍应道。

“有何消息？”皇帝问。

“贵妃娘娘尚未生产。”王二道。

“还有呢？”皇帝问。

“王院使和刘太医都说快生。”王二道。

“他等既说快生，你为何回来？”皇帝责道。

“奴才赶回来，给爷报个喜讯。”王二说。

“你回来，谁个在那边守着？”皇帝问。

“无人。”王二说。

“如此大事，怎能无人守着！”皇帝叱道。

“奴才糊涂，院使、太医，还有稳婆们，都在那边守着呢。”王二说。

“朕问的是乾清宫里有无人在那边守着！”皇帝道。

“咱乾清宫确实无人守着。”王二说。

“朕问的是，如此大事，乾清宫怎能无人在那边守着！”皇帝道。

“咱乾清宫虽无人在那边守着，但和咱乾清宫有人在那边守着，差不多少。”王二说。

“有就是有，无就是无，怎会差不多少！”皇帝叱道。

“张叔守在那儿呢。”王二说。

“哪个张叔？”皇帝问。

“提督东厂的张叔。”王二说。

听说张鲸守在那里，皇帝才放下心来。一则，不管郑贵妃宫里有什么消息，张鲸一定会立即赶到乾清宫来禀报；二则，有张鲸守在边上，不管是院使，还是太医，绝不敢有丝毫懈怠；三则，有张鲸守在那里，鬼神似乎也不敢近。

但只平静一会儿。往宫里才走几步，皇帝忽然一个转身，招呼：“走！”

“爷要去哪里？”当值的太监问。

“朕亲去守着！”皇帝道。

“爷！”当值的太监有话说，又不敢说。

“说！”皇帝命道。

“奴才想，有老张守在那边就成。爷驾临，院使、太医们或会惊恐，反而误事。”当值的太监说。

“朕只是想尽早得到消息，你以为，朕会让他等看见吗！”皇帝道。

皇帝并不是第一时间知道结果的。他才要迈出乾清宫的门槛，留在宫门外的几名近侍已经欢呼起来：“来也，来也！”

“谁个来也！”当值的太监喝问。

“张叔。”宫门外的近侍应道。

才提到张鲸，宫门外的近侍又欢呼“张叔”。来的一定是张鲸！皇帝这一步反而迈不出去。他命道：“让他快来！”

张鲸的快跑变成狂奔，到皇帝面前，几乎喘不过气来。

皇帝伸出一只手，好似在安抚。但张鲸，以及站立在宫门内、宫门外的内臣都看得出，皇帝的手在微微颤抖。

“恭喜——爷！”张鲸好不容易吐出几个字。

“已生？”皇帝问。

“已生。”张鲸应道。

“怎样？”皇帝问。

“贵妃娘娘平安，”张鲸说。他知道，皇帝虽然关心生儿生女，但更关心郑贵妃本人的情形，所以先报个平安，然后才说，“奴才给爷道喜，是位小皇子。”

“爱妃真给朕生个皇儿？”皇帝喜不自禁，两眼在内臣们中搜寻。

“奴才在！”那个叫李四的近侍一直蜷缩在别的近侍身后，这会儿才敢露出头来。

“你所言有验，是个吉儿，朕让你去贵妃宫里当差。”皇帝说。

“是。”李四应道。在乾清宫里当差，虽然天天可以见到皇帝，但未必会被皇帝见到，更不要说引起皇帝的注意；而在郑贵妃的宫里当差，差不多也天天可以见到皇帝，而且，多半会引起皇帝的注意。所以，即便是乾清宫里的内臣，改往郑贵妃宫里当差，也是美调。

“老张，你留下喘息，朕要去看爱妃和皇儿！”皇帝又对张鲸说。

郑贵妃躺在卧榻上，身体有点儿虚弱，精神却很好。见皇帝进来，她身子一动，想先坐起来，再站起来，再行礼。

皇帝两步跨到榻边，按住她说：“别动！”

“臣妾有礼。”郑贵妃以言代行。

“爱妃辛苦。”皇帝说。

“陛下才辛苦。”郑贵妃说。

辛苦二字的含义，只有他们自己才能体会，二人会意地一笑。

“抱上来，让他父皇看看他。”郑贵妃命道。

乳娘是早就选好的，从皇子呱呱落地，一切事务都由她接过去管。皇子内里是黄棉布裹着，外面是黄锦缎裹着，由乳母高举过头，给皇帝看。不知她怎样调理的，皇子竟然不哭。

“陛下看，他像不像自个儿？”郑贵妃问。

“像朕，也像皇祖；但说起来，又不甚像。”皇帝说。

“真的？”郑贵妃有些失望。

“是，”皇帝点点头，说道，“朕看他更像爱妃。”

“是吗？”郑贵妃不由多看襁褓中的儿子几眼。

“他像不像朕，像不像皇祖，都不要紧；只要他像爱妃，朕就会多疼爱他几分。”皇帝又说。

“臣妾要代他叩谢陛下。”郑贵妃道。

她使个眼色，乳娘抱着皇子退下。她又使个眼色，在殿上侍奉的内臣、宫女们也都退下。

皇帝觉察到，问道：“爱妃有话对朕说吗？”

“臣妾请罪。”郑贵妃道。

“爱妃为朕生子，为祖宗延嗣，何罪之有！”皇帝不解。

“臣妾因有身孕，多日没在寝殿侍驾，罪之一也。”郑贵妃说。

“爱妃想知道，你不方便的这些日子，谁个在侍寝吧？”皇帝好像猜到她的心思。

“臣妾方便之日，尚且不关心除臣妾外，还有谁个侍寝；不方便之日，就更不关心。臣妾只因不能尽责任，心中不安。”郑贵妃说。

“好，就算爱妃不想知道，但朕想告诉爱妃，行吗？”皇帝道。

“那是陛下的事，臣妾管不了。”郑贵妃说。

“爱妃自道不方便，有没有三个月？”皇帝问。

“差不多吧。”郑贵妃道。

“三个月里，朕只宣召皇后一次，端嫔两次，德嫔三次，爱妃说，是多，还是少？”皇帝问。

“皇后，宣召的少；端嫔，宣召的不算多；德嫔，一月一次，宣召的不算少。”郑贵妃一一言道。

“爱妃妒之，朕以后不再宣召她。”皇帝道。

“臣妾并非妒妇，只是以事论事。”郑贵妃分辩道。

“爱妃非妒妇，朕却是痴心，”皇帝说着，问道，“爱妃才说罪之一，难道还有罪之二？”

“有。”郑贵妃应道。

“那是何事？”皇帝问。

“臣妾曾往大高玄殿进香乞子。”郑贵妃说。

“此事爱妃对朕说过，”皇帝道。

“臣妾去过不止一次。”郑贵妃说。

“朕知。”皇帝道。

“臣妾连大高玄殿供奉哪位星君都不知道，就去奉拜。”郑贵妃说。

“那有何妨！”皇帝道，“管他供奉哪位星君，祷之有验，就是拜得对，就值得一拜。”

“陛下真这么想？”郑贵妃掩面欲泣。

“好端端的，这是为何？”皇帝道。

“陛下不懂臣妾的心。”郑贵妃说。

“朕怎不懂！”皇帝道，“爱妃以往大高玄殿进香乞子，以不止一次往大高玄殿、以不知大高玄殿供奉的是哪位星君而拜之，为罪之二；朕告诉爱妃，皆不为罪，故爱妃可以松一口气。”

“陛下猜的不对，”郑贵妃摇摇头，说，“臣妾并不以为，往大高玄殿进香乞子，是桩罪过。”

“此非罪之二？”皇帝感到奇怪。

“是，非罪之二，”郑贵妃回应一句，又说，“臣妾并不以为，去大高玄殿不止一次是桩罪过。”

“此亦非罪之二？”皇帝问。

“是，亦非罪之二，”郑贵妃回应一句，又说，“臣妾并不以为，不知大高玄殿供奉的是哪位星君，就去奉拜，是桩罪过。”

“此又非罪之二？”皇帝问。

“是，又非罪之二。”郑贵妃应道。

“爱妃说有罪之二，又一件接一件地说出这三件事，怎都不是罪之二？”皇帝不解地问。

“这三件事都是铺垫，罪之二另有其事。”郑贵妃说。

“却是何事？”皇帝问。

“臣妾往大高玄殿进香乞子，曾许下愿。”郑贵妃说。

“既往乞子，自然要许愿，这怎算罪！”皇帝道。

“愿是臣妾许的，却须陛下陪同臣妾去还愿。”郑贵妃说。

“要朕陪同爱妃还愿？”皇帝以为听错。

“是。”郑贵妃应道。

“这是怎么一回事？”皇帝问。

“臣妾许愿，星君果若送子，臣妾将恳求陛下与臣妾一同往大高玄殿进香。臣妾原本想，接连几年都未怀上龙种，往大高玄殿进香，也未必怀得上；即便怀上，也不一定是皇子。谁知星君真给臣妾送来一子！臣妾若不能还愿，唯恐对小皇子不利；若恭请陛下同往大高玄殿进香拜谢，又唯恐陛下怪我先许愿后禀奏。”郑贵妃说。

“这是爱妃说的罪之二？”皇帝问。

“是，”郑贵妃应道，并说，“直至陛下宣谕：管他供奉哪位星君，祷之有验，就是拜得对，就值得一拜。臣妾眼前忽然一亮：恭请陛下同往大高玄殿进香有望，还臣妾许的愿有望。”说着，问道，“臣妾有没有领会错陛下之意？”

“爱妃说的，正是朕的本意。爱妃拜得对，朕也应当拜；值得爱妃拜，当然也值得朕拜！”皇帝道。

第一百五十二章

兵部主事伍袁萃自贵溪知县任上召回朝中不久，和朝中的官员多不熟悉，因此，很少主动和人打招呼。但见到徐贞明，他不仅主动招呼一声，而且主动说三句话，尽管每句话都极短。

“难得。”这是他说的第一句话。

徐贞明一摆手，又一揖。一摆手，是把“难得”二字当作对自己的称许而谦辞；一揖，是表示谢意。

“可惜。”伍袁萃说第二句话。

徐贞明一皱眉，又一揖。一皱眉，是把“可惜”二字当作对自己的微词而不解；一揖，同样是表示谢意。

“还好。”伍袁萃说第三句话。

徐贞明这次没任何表示，只说：“我请父母官饮酒。”

他是贵溪人，所以把伍袁萃称作父母官。伍袁萃主动和他说话，不知是不是因为这一层关系；他想让袁袁萃知道，请饮酒是因为这一层关系。

“好啊。”伍袁萃道。

二人进一家小酒馆，既无佳酿，又无佳肴，唯一可取的是干净。

“难得我与父母官饮酒，可惜酒劣菜糙，还好可以解馋。”徐贞明让酒之辞，把伍袁萃说的三句话都用上。

伍袁萃朗声欢笑，在“妙哉、妙哉”的呼叫中，喝干一碗酒。

“但圣起先生说难得，不是说难得与我饮酒，对吧？”徐贞明问。

伍袁萃字圣起，南直隶吴县人，万历八年进士。

“对。”伍袁萃应道。

“那是何意？”徐贞明问。

“孺东先生饮口酒，我再告诉你。”伍袁萃说。

徐贞明端起碗，也把酒喝干。

“闻得京东垦田，已过三万亩，是否？”伍袁萃问。

“更准确的数目，是三万九千余亩。”徐贞明说。

“孺东先生领垦田使，有半年吗？”伍袁萃问。

“我是去岁九月领垦田使的，仅四月。”徐贞明说。

“四阅月而垦田三万九千余亩，诚是难得！孺东先生垦田之功，着实可敬可佩。”伍袁萃道。

“四月垦田近四万亩，难得确是难得；但垦田之功，并不在我。”徐贞明再一次谦辞。

“不在孺东先生，却在谁人？”伍袁萃问。

“若不是大司马谭公称许，徐子器、苏廷献等举荐，朝廷怎知有个徐贞明，皇上怎知有个徐贞明！”徐贞明道。廷献是苏瓒的字。

“不错，他等均有功；但那是举荐之功，不是垦田之功。”伍袁萃说。

“廷献先生不仅举荐，且议论畿内治水，对我大有启迪。”徐贞明道。

“几时的事？”伍袁萃问。

“去岁三月。”徐贞明道。

“其时我尚未还朝，难怪一点儿印象也没有。”伍袁萃说。

“去岁三月，”徐贞明给他讲述，“廷献先生奉差巡关，特上一疏，专论畿内水利。他说：治水与垦田相济，未有水不治而田可垦者。”

“廷献先生不会空泛而言畿内治水吧？”伍袁萃问。

“是，”徐贞明应一声，说道，“廷献先生以为：畿辅为患之水莫如卢沟、滹沱二河。卢沟发源于桑干，滹沱发源于泰戏，皆源远流长；又合深、易、濡、泡、沙、滋诸水，散入各淀，而泉、渠、溪、港悉注其中。以故高桥、白洋诸淀，大者广围一二百里，小亦四五十里。每当夏秋淫涝，膏腴变为舄卤，菽麦化为萑苇，甚可惜也。”

“水患确定，如何治之？”伍袁萃问。

“廷献先生提出三策：浚河以决其壅也，疏渠以杀其势也，撤曲防以均其利也，”徐贞明述道。并说，“每一策，廷献先生论的都很详尽，圣起先生有兴趣，我把该疏找出来给你看。”

“孺东先生处有该疏抄本？”伍袁萃问。

“不，是原疏，”徐贞明道，“朝廷命我统筹畿辅治水之事，故将廷献先生奏本，及相关各疏，都发下与我。”

伍袁萃点点头，说道：“我不看该疏亦知，廷献先生所议果然深切；但那只是进言之功，不是垦田之功。”

“若不是大司徒毕公等议决，我不过区区一少卿，垦田之事怎能办得如此顺利。”

徐贞明又道。户部尚书毕锵，是去年三月，王遴改任兵部尚书后，接掌户部的。

“几时的事？”伍袁萃问。

“在我领垦田使之前。”徐贞明说。

“毕公等是怎议的？”伍袁萃问。

“共议决六事，”徐贞明说，“其一，郡县有司以垦田勤惰为考核标准，勤者上，不勤者中，惰者下。”

“这是给吏部的建议吧？”伍袁萃道。

“是给吏部的建议；但后面还有一句：听贞明举劾。”徐贞明说。

“这个权限可不小，”伍袁萃道，又问，“其他各事怎说？”

“其二，地宜稻者以渐劝导，宜黍宜粟者如故，不遽责其成。”徐贞明不紧不慢，一事一事地说。

“强调一个‘渐’字，是不让孺东先生压力太重。”伍袁萃道。

“其三，招募南人，给衣食农具，俾以一教十。”徐贞明说。

“招募南人，是孺东先生最先提出来的吧？”伍袁萃问。

“是，”徐贞明应道，“我是想，戚大帅蓟镇练兵，可以招募浙人，我开垦京东水田，为何不可以招募南人。不过，我只想到，南人习种水田，可招募来北地垦种；以一教十，却是毕公等所议。”

伍袁萃点了点头，问：“其四是何事？”

“其四，能垦田百亩以上，即为世业，子弟得寄籍入学，其卓有明效者，仿古孝悌力田科，量授乡、遂、都、鄙之长。”徐贞明说。

“这一条最得人心，”伍袁萃道，“无论招募的南人，或本地的北人，只要勤力，都有前程。”

“圣起先生说的是，”徐贞明回应一句，接着说，“其五，垦田无力者，贷以谷，秋成还官，旱涝则免。”

“衰弱之民得助矣！”伍袁萃道。

“其六，郡县民壮，役止三月，使疏河芟草，而垦田则专募工。”徐贞明说。

“民壮当然不能垦田，不然，服役期间开垦出来的田亩，是给官，还是给其私人！”伍袁萃道。并说，“无此六议，孺东先生这个垦田使，的确不会步步顺利。不过，这只是议用之功，不是垦田之功。”

“圣起先生一定要把垦田之功加在我头上，我只有一句话可说。”徐贞明道。

“孺东先生不用说。”伍袁萃摆手制止他。

“圣起先生知道我要说哪句话，是吧？”徐贞明问。

“是。”伍袁萃应道。

“圣起先生知道我那句话一说，就不好反驳，是吧？”徐贞明问。

“是，”伍袁萃应道。“孺东先生也没必要一定堵住我的嘴吧？”

“好，”徐贞明答应。他要说的是，没有皇帝的信用，根本不会有垦田之举。他把垦田之功归于谭纶的赏识，徐待、苏瓒的举荐，苏瓒的议论，户部的授权等，伍袁萃可以否定；而归功于皇帝，伍袁萃就没办法否定。徐贞明觉得，自己真要这么说的话，显得太矫情。他说，“我不堵圣起先生的嘴，但我要请教，圣起先生也别堵我的嘴。”

“孺东先生随意。”伍袁萃道。

“圣起先生说可惜，不是可惜酒劣菜糙，对吧？”徐贞明问。

“对。”伍袁萃应道。

“那是何意？”徐贞明问。

“孺东先生先饮酒，我再告诉你。”伍袁萃道。

徐贞明答应着，喝第二碗酒。

“孺东先生方才说，四个月间，京东垦田近四万亩。我想知道，在孺东先生看来，京东可垦田多少；或者说，以孺东先生的志向，在京东欲垦田多少？”伍袁萃道。

“圣起先生不饮吗？”徐贞明看着他面前的碗问。

伍袁萃端起碗来，也把酒喝干。

“所谓京东，仅一永平府；今所报于朝廷之三万九千余亩，皆垦于永平。我看，可垦之地已不多。”徐贞明说。

“那么，在孺东先生看来，整个畿辅可垦田多少？”伍袁萃问。

“这不好说，”徐贞明道，“譬如永平府，仅领一州五县，顺天府则领五州二十二县，相当于四五个永平府，但弃田荒地并不似永平那么多，将来开垦的田数自然也不如永平多。”

“大致估算一下呢？”伍袁萃固执地问。

“或可十万亩。”徐贞明随便估计个数字。

“北地其他布政司呢？”伍袁萃又问。

这更难估算。徐贞明想拖延一下时间，反问：“圣起先生问的是——”

“在孺东先生看来，北地其他布政司，特别是山西、陕西二布政司，可垦田多少？”伍袁萃问。

“圣起先生还是问，以我的志向，欲垦田多少吧？”徐贞明反问。

“是啊。”伍袁萃应道。

“以我的志向，但愿天下可垦之田，皆垦之。”徐贞明说。

伍袁萃笑着竖起拇指，表示赞赏。按说，徐贞明没回答他提的问题，他可以责怪，或者继续询问；但他没有。他根本不在意具体的数字。

“我看，孺东先生难以如愿。”他说。

“这是为何？”徐贞明问。

“孺东先生是以御史之衔领垦田使的，是吧？”伍袁萃反问。

“是，”徐贞明应道，“朝廷给我的正式名分，是以尚宝司少卿，兼监察御史，领垦田使。”

“都察院衙门，孺东先生去过吗？”伍袁萃问。

“去过一两次。”徐贞明说。

“有位王姓御史，孺东先生可曾交往？”伍袁萃问。

“据我所知，有好几位王姓的御史。”徐贞明说。

“我说的是王国材，王御史。”伍袁萃道。

徐贞明想不起这个人。他说：“别说交往，我连其名都不曾闻。”

“国材不是名，是字，其名为之栋。”伍袁萃道。

“似有其人，好像比圣起先生还晚一科，”徐贞明有点儿印象。他问，“圣起先生为何问我和他有无交往？”

“因为他大言水田必不可行，并欲与孺东先生辩于朝。”伍袁萃说。

“有这等事？”徐贞明这些日子一直在外忙于垦田，不知朝廷中竟有这样的变化。

“孺东先生没想到吧？”伍袁萃问。

“没想到，”徐贞明说。想了想，又说，“不过，也不足为怪，朝廷兴举任何一件事，都不会人人言善。”

“但对任何一件事持议相左，都欲辩于朝吗？”伍袁萃问。

“那却未必。”徐贞明道。

“该御史却是要和孺东先生辩于朝的，不可视之为一般的持议相左。故孺东先生不可不备。”伍袁萃说。

“圣起先生说的是，”徐贞明虽然回应，但仍问，“圣起先生的意思，是不是王某人来者不善呀？”

“不仅来者不善，且来势将会很汹涌。”伍袁萃说。

“怎讲？”徐贞明问。

“我只告诉孺东先生一事：他是宁晋人。”伍袁萃说。

“宁晋籍御史，和别地御史，有何不同？”徐贞明不明白。

“宁晋属真定府，亦即，他是真定人。”伍袁萃说。

“那又怎了？”徐贞明问。

“真定府属北直隶，亦即，他是北直隶人。”伍袁萃说。

“我还是不懂其中奥秘。”徐贞明道。

“孺东先生《潞水客谈》及苏廷献先生奏章，都多次提到畿辅吧？”伍袁萃边问边说，“北直隶者，畿辅也。”

“圣起先生是不是说，王某人出自畿辅，他反对京东垦田，畿辅垦田，即畿辅人反对京东垦田，畿辅垦田？”徐贞明终于被他点拨得明白。

“并非所有畿辅人都反对京东垦田，畿辅垦田；但反对京东垦田、反对畿辅垦田的，也绝不是某御史一人。许多畿辅人，包括出自畿辅的别的御史，或许还有出自畿辅的别的官员，或许还有出自畿辅的众多内臣，都会反对京东垦田，反对畿辅垦田。”伍袁萃说。

“利国利民之事，为何要反对？”徐贞明质问，好像是伍袁萃本人在反对京东垦田，反对畿辅垦田。

“拔一毛可利天下，而不为之，孺东先生不知世上有这样一等人吗！”伍袁萃嘲道。

“但我在京东垦田几万亩，都是闲田荒地，并没有要谁人拔下身上一根毛呀！”徐贞明说。

“当真没让人家拔下身上一根毛吗？”伍袁萃语气尖锐地问。

“圣起先生究竟何意？”徐贞明问。

“孺东先生想想，内臣在畿辅所占的田产有几多，勋戚在畿辅奏乞的庄田有几多，哪一次不是以闲田荒地为言！”伍袁萃道。

“名曰闲田荒地，实则为民田。”徐贞明说。

“不全是，”伍袁萃纠正道，“权势之家，勋戚之家，乃至藩府，以闲田荒地奏乞的田产，半是民田，半是闲田荒地。”

“圣起先生说的是。”徐贞明认同。

“畿辅的闲田荒地都垦为水田，权势之家、勋戚之家乃至藩府奏乞的闲田荒地若不再有，孺东先生就不是从他等身上拔下一根毛，而是拔下半身的毛！”伍袁萃道。

“这我却没想过。”徐贞明说。

“更要命的是，闲田荒地不再有，权势之家，勋戚之家，乃至藩府，如何以闲田荒地的名目向朝廷奏乞田产？孺东先生不仅等于把他等身上另半身毛也拔下来，而且把他等的皮也揭下来。”伍袁萃道。

“让圣起先生一说，此事怎似血淋淋的！”徐贞明说着，笑了笑，看来对伍袁萃的话有几分不信。

“本来就是血淋淋的，孺东先生以为不是吗！”伍袁萃道，“眼下声言欲与孺东先生廷辩的，只王国材一人；他背后等着和孺东先生拼命的，不知有几多人呢！”

“我不怕，”徐贞明道，“赞成畿辅垦田的，又不是我一人，如苏廷献先生欲在畿辅垦田的心愿，丝毫不亚于我。我不信他会改变！”

“我也相信他不会改变；但他敌得过王国材背后那些势要之家、勋戚之家以及藩府吗？”伍袁萃问。

“还有大司徒毕公呢，”徐贞明道，“毕公等议决，授我以权柄，我不信他会一股脑儿地收回去！”

“我也相信他不会收回去；但王国材背后那些势要之家，勋戚之间，乃至藩府，要把授与孺东先生的权柄收回，他阻止得了吗？”伍袁萃问。

“还有阁老们呢，”徐贞明道，“汝默先生等对京东垦田，畿辅垦田，北省垦田，都是很赞成的。我不信他等骤然间会改弦更张！”

“我也相信他等会继续维护你，他等的分量，和王国材背后那些势要之家、勋戚之家、乃至藩府的分量，正相匹敌；但也仅是相匹敌而已，孺东先生可有必胜的把握？”伍袁萃问。

“还有皇上呢，”徐贞明道，“皇上从一开始就关注我的刍议。垦田举措，利于社稷，利于国家。我不信皇上骤然之间就看不清！”

“我也相信皇上圣明；但赞成垦田的话，十日听不到一句，不赞成垦田的话，一日却听到百句，皇上再圣明，难道不会疑惑？”伍袁萃问。

“这么说，我再也找不到保护伞？”徐贞明作出悲哀的模样。

“我却还能找出孺东先生的对头。”伍袁萃说。

“圣起先生说说看。”徐贞明揖道。

“我方才说，并非所有的畿辅人都反对京东垦田，畿辅垦田，孺东先生一定以为我的意思是，势要之家，勋戚之家，乃至藩府会反对，而畿辅百姓都不会反对，是不是？”

“难道不是？”徐贞明反问。

“恰恰不是，”伍袁萃道，“并非所有的畿辅人都反对垦田，是说有一部分畿辅百姓不会反对，而相当多的畿辅百姓仍会反对。”

“这是为何？难道他等不知，京东垦田、畿辅垦田，会给他等带来许多实惠？”徐贞明问。

“也会带来许多负担，”伍袁萃道，“孺东先生的本意，是于京东垦田、畿辅垦田、北省垦田之后，漕储就不用派于江南。不派于南，则派于北。京东之民，畿辅之民，北省之民，几代人都见过江南如何受漕储之累，他等难道愿意承担这个重负？”

“这我却没想到，”徐贞明沉吟着说，他问，“圣起先生以为不能如我所愿，可是为此？”

“正是为此。”伍袁萃应道。

“圣起先生叹道可惜，可是为此？”徐贞明又问。

“正是为此。”伍袁萃应道。

“此事我须得再想想。”徐贞明说。

“此事孺东先生一定要好好想想！”伍袁萃强调。

“圣起先生最后说还好，不是说还好可以解馋，对吧？”徐贞明换个话题。

“对。”伍袁萃应道。

“那是何意？”徐贞明问。

“孺东先生先饮酒，我再告诉你。”伍袁萃道。

徐贞明又喝第三碗酒。

“孺东先生是以尚宝司少卿改御史，还是以尚宝司少卿兼御史？”伍袁萃问。

“圣起先生不饮吗？”徐贞明指着他面前的碗问。等伍袁萃喝完酒，他说，“是兼，不是改。”

“即孺东先生是以尚宝司少卿兼御史，领垦田使，是吧？”伍袁萃问。

“是。”徐贞明应道。

“我说还好，指的是此事，”伍袁萃道，“朝廷若放弃京东垦田、畿辅垦田、北省垦田，垦田使就会撤销；垦田使撤销，孺东先生就没必要兼御史；好在孺东先生还有本职，还可以回尚宝司办事。”

“圣起先生所言差矣。”徐贞明摇着头说。

“怎么？”伍袁萃问。“莫非孺东先生以为，朝廷若放弃垦田，不会只是撤销垦田使那么简单？”

他其实想得到，朝廷放弃某一举措，对倡议者往往会加以罪名。

“朝廷若放弃垦田，会不会治我的罪，不是我管得了的，也不是我应该管的。我是说，朝廷若放弃垦田，撤销垦田使，我无颜再回尚宝司任职。”徐贞明道。

兴水利、开水田在畿辅推行不久，果然停止。徐贞明恢复尚宝司少卿故职，旋即辞官。这是后话。

第一百五十三章

司礼掌印太监到内阁，首辅与他分宾主就坐，其他阁臣在下首陪坐。

“汝默先生知道我的来意吧？”张诚问。

“可是为我恳请建储之疏？”申时行揣测。

“正是。”张诚应道。

“可有圣谕？”申时行边问，边准备站起来。张诚若是来传圣谕，即便是口谕，传旨的人要站立传旨，聆听的人要站立聆听。

张诚做个手势，要他安坐勿起。

“皇上未命我传谕，只让我问老先生们几句话。”他说。

“是。”申时行和其他阁臣一起应道。

“汝默先生，该疏是你一人签署的吧？”张诚问。

“是。”申时行应道。

“皇上奇怪，该疏怎么只有汝默先生一人签署？”张诚代皇帝问道。

“该疏拟就之际，来不及和其他几位阁臣商榷，故而只签署臣一人之名。”申时行说。

“那就不得不问问，”张诚说着，问许国，“维桢先生读过该疏未？”

“汝默先生把疏草给我看过。”许国说。

“汝默先生若和维桢先生商榷，维桢先生会不会签署？”张诚问。

“汝默先生若邀我签署，我会签署。”许国说。

“亦即，维桢先生赞同其议？”张诚问。

“是，”许国应道，“汝默先生所奏请，即我所欲奏请。”

“元驭先生读过该疏未？”张诚问王锡爵。

“读过。”王锡爵说。

“读的也是疏草？”张诚问。

“是。”王锡爵应道。

“汝默先生若和元驭先生商榷，元驭先生会不会签署？”张诚问。

“汝默先生若邀我签署，我会签署。”王锡爵说。

“亦即，元驭先生赞同其议？”张诚问。

“是，”王锡爵应道，“奏请其事，我等皆责无旁贷。”

“忠伯先生读过该疏未？”张诚问王家屏。

“读过，读的也是疏草。”王家屏说。

“汝默先生若和忠伯先生商榷，忠伯先生会不会签署？”张诚问。

“汝默先生若邀我签署，我会签署。”王家屏说。

“亦即，忠伯先生赞同其议？”张诚问。

“是，”王家屏应道，“面临其事，我等都不会缄口不言。”

“老先生们莫怪，是皇上命我一一询问的。”张诚说着，环作一揖。

“既蒙皇上垂询，我等所言，望张公公代达圣聪。”许国等三人齐道。

“放心，老先生们的话，我会一字不落地带回宫里。”张诚说着，转问申时行，“汝默先生奏疏里，是不是有‘升储明震器之重，冲年端蒙养之功’这两句话？”

“有。”申时行应道。

“何谓震器？”张诚问。

“《易》曰：震，东方也。震宫，即东宫；震器，即太子之位。”申时行讲解说。

“汝默先生奏疏里，是不是还有‘正名定分，宜在今日’这两句话？”张诚又问。

“是。”申时行应道。

“汝默先生奏疏的宗旨，是要早立太子吧？”张诚问。

“是。”申时行应道。

“汝默先生莫怪我啰唆，这些话都是皇上命我问的。”张诚说。

“不敢。”申时行道。

“还有些事，皇上命我问先生们。”张诚又转对许国等说。

“是。”许国等应道。

“汝默先生奏疏的这一宗旨，老先生们都体会得到吧？”张诚明显的是在代皇帝问。

“臣等体会得到。”许国等齐道。

“维桢先生可记得，汝默先生议早立太子，在奏疏里举过本朝几个事例？”张诚问。

“三个。”许国说。

“元驭先生说呢？”张诚问王锡爵。

“三个。”王锡爵说。

“忠伯先生说呢，”张诚问王家屏。

“三个。”王家屏道。

“老先生们莫怪，这也是皇上命我一一询问的。”张诚仍是一揖。

“不敢。”许国等齐道。

“皇上还命我一一询问，是哪三个事例；我想，老先生恰好是三位，不如请每位老先生说一个事例。”张诚说。

“好。”许国等齐道。

“维桢先生请。”张诚让道。

“英庙立为皇太子，年仅二岁。”许国说。

“元驭先生请。”张诚让道。

“孝庙六岁册立为皇太子。”王锡爵说。

“忠伯先生请。”张诚让道。

“武庙册立为皇太子，尚未足岁。”王家屏说。

“是这三位皇爷吧？”张诚问申时行。

“是。”申时行应道。

“汝默先生说，以这三位皇爷为例，合适不合适？”张诚问。

“三位祖宗的诞日，皆载于实录，不会有错。”申时行说。

“我问的，不，皇上问的，不是错不错，而是合适不合适。”张诚道。

“臣愚鲁，不知有什么不合适。”申时行说。

“汝默先生稍候，”张诚说着，转问许国，“维桢先生看，汝默先生以英庙为例，合适不合适？”

“也是皇上问的吗？”许国反问一句。

“是。”张诚应道。

“臣以为，并无不合适。”许国说。

“忠伯先生看，汝默先生以武庙为例，合适不合适？”张诚问王家屏。

“臣以为，并无不合适。”王家屏说。

“英庙朝发生过重大变故，维桢先生，是不是？”张诚问回许国。

“是，”许国应道，“英庙朝有土木之变，英宗皇帝北狩。”

“武庙朝也发生过重大变故，忠伯先生，是不是？”张诚转问王家屏。

“是，”王家屏应道，“武庙朝有宁藩之变，武宗皇帝御驾亲征。”

“汝默先生，英庙北狩，应该算是凶兆吧？”张诚问申时行。

“英庙逢凶化吉。”申时行说。

“汝默先生只说，此事是不是凶兆。”张诚道。

“是凶兆。”申时行说。

“维桢先生说呢？”张诚问许国。

“是凶兆。”许国说。

“汝默先生，宁藩之变，应该算是凶兆吧？”张诚又问申时行。

“是凶兆。”申时行说。

“忠伯先生说呢？”张诚问王家屏。

“是凶兆。”王家屏说。

“英庙二岁立为太子，武庙不足岁立为太子，都不错；但二位皇爷在位时，都发生过凶险之事，以二位皇爷为先例，请皇上早册立太子，汝默先生说，合适吗？”张诚仍先问申时行。

申时行从张诚一系列的问话中，已理出皇帝在这件事情上的思路。他估计皇帝最终会问到这上面，也在琢磨自己该怎样回答，但没有找到适当的应对。如果是张诚本人在问，他可以举出许多反例。譬如，仁庙是成年以后才立为皇太子的，但他只做几个月皇帝就宾天，而且有很恐怖的传说。再譬如，世庙根本不曾立为皇太子，不也遭遇壬寅宫变？但张诚是代替皇上来问话的，他就不能用这些事例来反驳。他要先肯定皇帝的思路是正确的，再找机会分辩。

“以此而言，是不合适。”他说。

张诚不给他机会，又转过去问许国、王家屏：“维桢先生、忠伯先生说呢？”

“以此而言，是有些不合适。”许国、王家屏齐道。

没被问到的王锡爵觉得，该他出面说话。

“孝庙朝并未发生大的变故。”他说。

“我正要说此事呢，”张诚说着，问他，“孝庙是六岁册立的吧？”

“是。”王锡爵应道。

“皇长子还不足五岁，何不等到六岁，再议册立事！”张诚道。

四阁臣面面相觑，无言以对。张诚走后，他们合计着又上一疏。

刑部不是言事之司。刑部主事孙如法遇到进言之事，要找一个人聊聊。户科给事中姜应麟和他既是同省，又是同年，自然是首选。若开门见山地说请教，难免处于下风；他找到一个可以和姜应麟处于平等地位的切入话题。

“泰符兄，听说科、道官若附和大臣之议，尤其是符合阁老之议，皆为同官所鄙，可有其事？”他问。

“那也要看时候，”姜应麟道，“譬如十年之前，或五年之前，内阁每议一事，科、道有几人敢不附和？”

“今日呢？”孙如法问。

“今日也要看人，”姜应麟道，“有的人，是绝不肯附和的；有的人，是一定要附和的；有的人，游离于二者之间。”

“泰符兄是哪种人？”孙如法问。

“那要看事，”姜应麟道，“大臣所议者，我以为是，则附和之；至少，有人附和，我不会鄙之。我以为不是，则批驳之；至少不会附和。暂难分辩之事，我既不会附和，或因某同官附和而鄙之；也不会批驳，或因某同官批驳而附之。”

“听得出来，泰符兄的立场是绝不盲从，”孙如海说。

“绝不盲从四字，俟居兄说得好！”姜应麟道。

姜应麟字泰符，浙江慈溪人。孙如法字俟居，浙江余姚人。二人都是万历十一年进士。

“今日之事呢？”孙如法又问。

“今日何事？”姜应麟反问。

“今日还有别事吗？”孙如法又反问。

“我懂俟居兄之意矣，”姜应麟道，“俟居兄是说，除内阁两度议的那事之外，近日别无他事，是不是？”

“泰符兄以为呢？”孙如法问。

“我以为不然。若无他事，兵科有人荐海刚峰等君子当进，工科有人议召买当核，难道都是无事生事？”姜应麟道。

荐海瑞的，是兵科给事中李弘道；议召买的，是工科给事中曲迁乔。姜应麟举出这两件事，还有更深的含义：吏科荐人，是职分；兵科荐人，则越职。所以李弘道荐海瑞，被皇帝斥责。户科议召买，是职分；工科议召买，是越职。所以曲迁乔议召买，皇帝不当回事，轻描淡写地敷衍过去。姜应麟对这两件事的处置，大不以为然。

“泰符兄连我的话都没听清楚，居然说懂我之意！”孙如法哂道。

“我怎没听清俟居兄的话？”姜应麟不服气。

“我问的是近日大臣还有没别议，泰符兄说的却是科臣之议，岂不是风马牛不相及！”孙如法道。

姜应麟仔细回想一下，孙如法虽然不是直接问的近日大臣还有没别议，但把前后的话联系起来，的确是这个意思。他知错而改，绝不纠缠。

“除内阁两度议的那件事，近日大臣们果然没议别事。”他说。

“内阁议的这件事，泰符兄以为是，抑或以为不是，抑或以为暂难分辩？”孙如法问。

“我以为是。”姜应麟道。

“那么，对内阁之议，泰符兄打算附和？”孙如法进一步问。

“这却不然。”姜应麟道。

“怎会不然？”孙如法感到奇怪，“大臣所议者，以为是则附和之，这不是泰符兄说的吗？”

“这回，是俟居兄没听清我的话。”姜应麟回报一句。

“我怎没听清泰符兄的话？”孙如法问。

“以为是则附和之这句话后，我还说过一句：至少有人附和，我不会鄙之。”姜应麟道。

“泰符兄的意思是——”孙如法问。

“大臣所议者，我以为是，且以为议的深切，才会附和。”姜应麟说。

“若以为议的不深切呢？”孙如法问。

“我会深切议之。”姜应麟说。

“看来，泰符兄以为阁老们议的不够深切。”孙如法道。

“不是不够深切，是太不深切！”姜应麟说。

“怎的太不深切？”孙如法问。

“言其然，不言其所以然，怎能深切！”姜应麟道。

“何谓其然？”孙如法问。

“皇长子五岁，早可以册立为皇太子，皇上却迟迟不肯册立。此朝廷上下皆知，天下皆知，所谓其然者也。”姜应麟说。

“何谓其所以然？”孙如法问。

“皇上不肯册立皇长子，有其缘故，此其所以然也。”姜应麟说。

“泰符兄倒是说说，皇上为何不肯册立东宫。”孙如法揖道。

“俟居兄是在考问我呀，还是当真不知？”姜应麟问。

“我是想听泰符兄先说，然后我再说。”孙如法道。

“好，”姜应麟点点头，说道，“皇上不肯册立太子，在前是因为贵妃，在后是因为贵妃与皇次子。阁老们言册立事，但请册立皇长子为太子，不言皇上因贵妃与皇次子不肯册立太子，此即所谓言其然而不言其所以然也，故我不会简单地附和。”

“泰符兄欲奏言贵妃事？”孙如法问。

“是。”姜应麟应道。

“泰符兄欲明言，皇上迟迟不肯册立太子，是因贵妃与皇次子？”孙如法又问。“明言”二字，他不仅说得特别重，还拖的长音。

姜应麟当然听得出来，他问：“明言怎样，不明言又怎样？”

“明言，则我不能附和泰符兄。”孙如法说。

“且慢！”姜应麟道。他一直在爽快地回答孙如法的提问，现在需要清理一下头绪，“俟居兄也以为，册立一事，内阁议的是，是不是？”

“是。”孙如法应道。

“俟居兄也以为，内阁议此事，并不深切，是不是？”姜应麟问。

“是。”孙如法应道。

“俟居兄也欲上疏议此事，是不是？”姜应麟问。

“是。”孙如法应道。

“俟居兄也不会简单地附和内阁之议，是不是？”姜应麟问。

“是。”孙如法应道。

“俟居兄却不会以贵妃与皇次子为言，是不是？”姜应麟问。

“是。”孙如法应道。

“俟居兄为何不会以贵妃与皇次子为言？”姜应麟问。

“泰符兄居言路，可以风闻奏事；我为部属，却不可以。”孙如法说。

“错！”姜应麟喝一声。

“泰符兄的意思，我也可以风闻奏事？”孙如法问。

“不，”姜应麟摇摇头，说道，“风闻奏事，总得风闻。皇上因贵妃而不肯册立太子，俟居兄可曾风闻？皇上因皇次子而不肯册立太子，俟居兄可曾风闻？即便俟居兄有所风闻，我也不曾风闻。”

“皇上因贵妃与皇次子而不肯册立太子，为其所以然，不是泰符兄说的吗？”孙如法道。

“那是推断，并非风闻。”姜应麟说。

“如此说来，泰符兄也知道，皇上因贵妃与皇次子而不肯册立太子，是不能明言的？”孙如法问。

“是。”姜应麟应道。

“这岂不麻烦！”孙如法道，“内阁议的不深切，泰符兄以为是未言及贵妃及皇次子事；泰符兄又以为，皇上因贵妃及皇次子而不肯册立太子，此事不可明言。这岂不是两难！”

“是两难，却不是不可解之。”姜应麟说。

“泰符兄已有破解之策？”孙如法问。

“有。”姜应麟应道。

“请赐告。”孙如法说着，一揖。

“俟居兄有没听到风声，贵妃要晋皇贵妃？”姜应麟问。

“这却听到，”孙如法说，并反问，“泰符兄欲以贵妃晋皇贵妃为言？”

“对。”姜应麟应道。

“两件事隔得比较远吧？”孙如法说。

“说远，确有些远；说不远，也不远。”姜应麟道。

“怎讲？”孙如法问。

“册立太子是一回事，晋皇贵妃是另一回事，所以说隔得远；但晋皇贵妃的结果，将是子以母贵。正在廷议册立皇太子之际，此事一定会影响到皇太子的册立，所以说隔得并不远。”姜应麟说。

“但皇上因贵妃与皇次子而不肯册立太子是不能明言的，泰符兄怎能写明二事的关联？是谏止晋皇贵妃吗？”孙如法问。

“不是，”姜应麟道，“一则，没有理由。贵妃诞皇子，有功于社稷，晋为皇贵妃，顺理成章。二则，谏止不得。贵妃晋皇贵妃一事若实，一定是出自圣意。当年嫔妃晋贵妃，不是没人想谏止，但谏止不得；今贵妃晋皇贵妃，更加谏止不得。”

“那么，泰符兄策自何出？”孙如法问。

“不反对贵妃晋为皇贵妃。”姜应麟道。

“不反对贵妃晋为皇贵妃？”孙如法怀疑自己听错。

“是，”姜应麟应道，“不反对贵妃晋为皇贵妃，但请首晋恭妃，次及贵妃。”

“泰符兄的话有点儿意思，”孙如法说着，沉吟片刻。复问，“但怎样首晋恭妃、次及贵妃呢？”

“恭妃首晋皇贵妃，次及贵妃，亦可晋皇贵妃。”姜应麟说。

“首晋恭妃，是母以子贵，的确表明二事的关联。不过，”孙如法顿了顿，问道，“恭妃若不晋为皇贵妃呢？”

“我但议请首晋恭妃，不论其他。”姜应麟说。

“若不晋恭妃为皇贵妃，则贵妃亦不得晋为皇贵妃，是不是？如此议之，就不是反对贵妃晋为皇贵妃？”孙如法问。

“但我说过贵妃不可晋为皇贵妃吗？没有！”姜应麟分辩。

“迂回而进，果是一策。但贵妃晋为皇贵妃，亦属风闻奏事，我仍不能附和。”

孙如法说。

“能和俟居兄尽兴而议，我已很开心；俟居兄会不会奏言其事，以及如何奏言其事，非我所欲知。”姜应麟道。

姜应麟上疏。略曰：贵妃郑氏进封皇贵妃，臣窃谓贵妃虽贤，所生为次子，而恭妃诞育元子主鬯承祧，顾反令居下耶？乞收回成命；或首进恭妃，次及贵妃，两典并举，情理为协。

皇帝怒，降姜应麟为行人司正。

在进言与不进言之间犹豫的孙如法复上疏，请立东宫，及贵妃、恭妃并进封，并请复姜应麟原官。

皇帝更怒，谪孙如法为潮阳典史。

第一百五十四章

驸马都尉侯拱辰和朋友喝罢夜酒归府，不敢骑马，而坐一顶轿子。他担心被寿阳公主责怪，一路上不住地催促轿夫快走。其实，轿夫走得很快，只是他沉于酒乡之中，觉察不出快慢。

但轿子几乎停顿，他觉察得出来。

“已到咱家？”他问轿外。

“未到。”轿外有人回答。

“怎慢下来？”侯拱辰问。

“岂止慢下来，简直是一步一步在挪动。”轿外的人说。

“是轿夫们偷懒吗？拿鞭子抽打着走！”侯拱辰命道。

“不关他等的事。”轿外的人说。

“那是何事？”侯拱辰问。

“路被堵住。”轿外的人说。

“被何物堵住？”侯拱辰问。

“不是被物堵住，是被人堵住。”轿外的人说。

“被几多人堵住？”侯拱辰问。

“仅一人。”轿外的人说。

“偌宽的大街，何不叫他让一下！”侯拱辰酒虽未醒，但不想惹事。

“他不肯让。”轿外的人说。

“不肯让？”侯拱辰不信，“他不知这是谁家的轿子吗？”

“他开始不知，后来却知道。”轿外的人说。

“既知道，仍不肯让？”侯拱辰问。

“是，仍不肯让。”轿外的人说。

侯拱辰的酒意立刻减一分。他问：“你看他似何人？”

“小的看他是个下人。”轿外的人说。

“你怎看出来的？”侯拱辰问。

“小的看他的衣着。”轿外的人说。

“你看他的衣着似下人？”侯拱辰问。

“是。”轿外的人应道。

“你没看看他的神态？”侯拱辰问。

“驸马爷说过，人不可貌相，小的也看他的神态。”轿外的人说。

“看他的神态似何等人？”侯拱辰问。

“看他神态，小的更确定他是下人。”轿外的人说。

“我还对你说过一句话，你大概没记住。”侯拱辰道。

“驸马爷的哪句话，小的没记住？”轿外的人问。

“深藏不露。”侯拱辰道。

“他不可能深藏不露。”轿外的人说得十分肯定。

“为何不可能？”侯拱辰问。

“他已醉得不省人事。”轿外的人说。

“原来是个醉鬼！”侯拱辰想到自己，自嘲地说，“我也是个醉鬼。醉鬼撞醉鬼，不和他计较，绕过他去吧。”

“小的也想到绕过他去。”轿外的人说。

“既想到，为何不绕过去？”侯拱辰问。

“因为绕不过去。”轿外的人说。

“绕不过去？偌宽的大街，会绕不过去！”侯拱辰叱道。

“大街是宽，但轿夫们往右挪一步，那醉鬼也往右挪一步，轿夫们往左挪一步，他也往左挪一步，所以绕不过去。”轿外的人说。

“他是存心不让轿子过去？”侯拱辰问。

“看来是。”轿外的人说。

“好大的胆子！”侯拱辰终于发火，“我是当今皇上妹夫，他该给我让道的。我念他醉酒，本不想计较，谁知他竟是故意不肯让道！去，把他带过来，我倒要看看，他是仗着谁个的权势！”

他带的随从多，很快把前面拦路的人揪过来。侯拱辰看出，即使自己的酒不醒几分，也没办法和这个人醉酒的程度相比。

“你是何人？”他问。

“你管我是何人！”拦路的人出言不逊。

“我是何人？”侯拱辰改问。

“他们说，你是驸马爷。”拦路的人道。

“既知我是驸马爷，为何拦在轿前？”侯拱辰问。

“谁知你这个驸马爷是真是假！”拦路的人道。

“是真的。”侯拱辰说。

“是真的又怎的！”拦路的人道。

“驸马爷是真的，你须让路。”侯拱辰说。

“不让路又怎的！”拦路的人道。

“不让路，我把你送官。”侯拱辰说。

“你送个试试！”拦路的人道。

侯拱辰担心他在官府里有熟人，前门送进，后门放出，改口说：“不让路，我拿鞭子抽你。”

“你抽个试试！”拦路的人道。

侯拱辰再好的脾气，也按捺不住。他喝声“给我打”，看着随从们一鞭一鞭地抽向醉汉，自己又坐回到轿里。

回到府上，侯拱辰的酒已全醒。他只担心寿阳公主伫立门外等他还来，轻则埋怨，重则谩骂。还好，府门关闭，公主不在门外。

他又担心推门而入，公主双手叉腰，伫立院内。还好，前院、后院都是静悄悄的，公主不在院内。

他又担心进到书房，公主端坐椅上，一双哀怨的眼睛盯住他，那比埋怨、谩骂、甚至责打，都要命。还好，书房里的灯亮着，但公主不在。

只有一名倚靠着墙打瞌睡的小宦者，在等候他归来。门一响，小宦者睁开眼，又来精神。

“驸马爷回来了。”小宦者招呼。

“回来了。”侯拱辰应罢，问道，“公主呢？”

“已然就寝。”小宦者说。

“睡熟没有？”侯拱辰问。

“后院一直没动静，想必睡熟。”小宦者说。

“公主既睡熟，我就不去吵醒她，”侯拱辰伸个懒腰，命道，“把床铺好，我就在这里睡。”

“是。”小宦者应一声，进里间铺床。书房三间，当中一间是读书的地方，两边的房屋，一间用来临时休息，一间用来吃饭。

至少这一夜不会被寿阳公主打扰。侯拱辰只想睡一个安稳觉；但迷迷糊糊地才入睡，就被叫醒。不过，打扰他的不是寿阳公主，而是一位意想不到的访客。该访客叫开大门，擅入院内，直闯书房。试图阻拦他的门役、奴仆、宦者，无不遭他厉声詈骂。

侯拱辰就是被他的詈骂声吵醒的。闯进来的是名内使，他看着眼熟，但叫不出名字。

凡是内使，都不要得罪，这是他的信条。他坐起身来，揉揉眼睛，道："不知公公要来，未曾起迎，得罪，得罪！"

"好说！"闯进来的内使冷冷地回一句。

"容我起身、更衣，如何？"侯拱辰问。

"是我粗心。驸马爷坐在床上，身着睡袍，是不宜见客的。我来伺候侯爷。"闯进来的内使说着，走到床边。

看来只是搀扶，但在接触到侯拱辰的身体时，他暗中用力，一手推，一手拽，然后一起松开。侯拱辰一个趔趄，险些跌倒。闯进来的内使伸手去拉，顺势把侯拱辰的睡袍扯下，同时，把官袍给他披上。

府上的仆役、宦者，包括在书房伺候的小宦者，无不呆住。他们谁都看得出，来者不善；但驸马爷不发话，谁也不敢上前。

"公公好大气力，"侯拱辰苦笑着说。官袍披在身上，他不知把它穿整齐好，还是脱下换一身居家的便衣好，干脆就让它那么披着。他让道，"公公，请坐下叙话。"

"驸马爷府上，哪儿有奴才坐的位置。"闯进来的内使不肯坐。

"还不去给公公备茶！"侯拱辰又呵斥府上的人。

"奴才这就去。"小宦者应声而出。

"不用劳烦。"闯进来的内使不肯饮茶。

"公公不惯饮茶，饮酒如何？"侯拱辰问。

"酒也不饮，我说几句话就走。"闯进来的内使不肯饮酒。

"好，公公请说。"侯拱辰让道。

"奴才特来与驸马爷理论。"闯进来的内使毫不隐讳。

"等等！"侯拱辰努力回想这个人到底是谁，但怎么也想不起来。他只得问，"公公是自家要和我理论，还是——"

"还是奴才的主子命奴才来的？"他不好说，闯进来的内使替他说。

"我想问，公公是不是奉命而来。"侯拱辰说得婉转一些。

"我不是奉命而来，驸马爷就不和我理论吗？"闯进来的内使问。

"那也不是，"侯拱辰被他的气势所压，不能拒绝理论，"公公欲理论何事，请说吧。”

“驸马爷方才在街上是不是鞭挞一人？”闯进来的内使问。

“有这事，”侯拱辰方才没问出那人的来历，没想到这会儿可以问出来，“他是——”

“他是我家奴。”闯进来的内使说。

敢为家奴被鞭挞而闯入驸马府上理论的，一定大有来头。侯拱辰不想事情再闹大，所以，没有强调那个人该打，而是表示和解地说：“我问过他是何人，他不肯说；若知他是公公下人，何至于闹出不愉快的事来！”

“我人微言轻，会有那么大的面子？”闯进来的人冷笑道，又说，“我这个家奴时常酗酒，到处惹祸，我早就想教训教训他。驸马爷打得好！”

侯拱辰一愣，问道：“公公当真想教训他？”

“当然是真的，我为何要骗驸马爷！”闯进来的公公道。

“公公想教训他，我却替公公教训，也算是缘分吧。”侯拱辰说。

“驸马爷抽他几鞭？”闯进来的内使问。

“我一下没打，是下人们动的手。”侯拱辰说。

“府上的人打他几下？”闯进来的内使又问。

“既曰教训，随便打他几下，谁还会计数！”侯拱辰道。

“我不是怕驸马爷打得狠，我是怕驸马爷打得不够，没教训到他，所以才问。”闯进来的内使说。

“公公既然这么说，我下次再替公公教训他。”侯拱辰道。

“一次已不敢当，怎敢再烦劳驸马爷！我斗胆来找驸马爷，就是要把今晚的事作个了断。”闯进来的内使说。

“公公想怎生了断？”侯拱辰问。

“原以为驸马爷亲自动的手，还真不好了断，我只敢说理论一番；既然是下人们动的手，就好办得多。他等抽我家奴几多鞭，我也抽还他等几多鞭，算是还回驸马爷这个情。然后，该怎样教训我那个家奴，我自有分寸。”闯进来的内使说。

“是我命他等打的，公公只当是我打的，不成吗？”侯拱辰问。

“那可不成！”闯进来的内使道，“驸马爷动手，是理论；驸马爷下人动手，是打还。之间差着好几档呢！总不能下人们动手，让我打还驸马爷吧？纵然驸马爷不在乎，奴才也不敢呀！”

你打一个试试！侯拱辰很想回他一句。但看闯进来的内使蛮横的样子，他没说。你让他打，他说一句“恭敬不如从命”，真动起手来，你拿他一点儿办法也没有。

“这事有点儿难办，”侯拱辰说，“随行的人多，我哪儿说得出，哪个动过手，哪个没动过手？至于各打几下，别说我说不出来，他等自个儿恐怕也说不出来！”

“驸马爷觉着为难，不要紧呀；驸马爷把今晚随行的下人都交给奴才，让奴才去分辨。奴才保证，动手的下人，才会打还他；没动手的下人，奴才碰也不会碰他！奴才还保证，下人动手打几下，奴才也打还几下，一下也不多，一下也不少！”闯进来的内使说。

“公公手下只有一人被打呀！”侯拱辰道。

“是啊。”闯进来的内使应道。

“公公却要把我府上的人问个遍，打个遍！”侯拱辰道。

“不是问个遍，与今晚之事相关的人才问；不是打个遍，今晚动手的人才打。”闯进来的内使说。

“公公要维护下人，我也要维护下人，恕难从命。”侯拱臣忍不住说句比较强硬的话。

“驸马爷不答应，也不碍事，奴才还有个法子。”闯进来的内使说。

“又是何法？”侯拱辰问。

“驸马爷的下人打奴才的家奴几下，驸马爷再打奴才几下，也算两不相欠。”闯进来的人说着，跪倒在侯拱辰面前。

“这怎使得！”侯拱辰抽身要走，两条腿却被闯进来的人抱住。

府上的下人们不得不拥上前，一部分人脱开闯进来的内使，一部分护住主人。混乱中，闯进来的内使抓破侯拱辰的脸，还踢他几脚。被拖出书房、拖出院子、拖出大门的过程中，他又喊又骂，骂得不堪入耳。

渐渐静下来，侯拱辰问自己府上的下人：“谁认得这个奴才？”

本府一名宦者怯生生地说：“奴才记得他姓赵，叫赵祚。”

“是宫里的？”侯拱辰问。

“不是。”该宦者道。

“是司礼监的？”侯拱辰问。

“不是。”该宦者道。

“是御马监的？”侯拱辰问。

“不是。”该宦者道。

“是哪个衙门的？”侯拱辰问。

“哪个衙门的也不是。”该宦者道。

“莫非是个假货？”侯拱辰问到这里，精神一振。

“奴才想，杖六十，寿阳公主或可满意。”张鲸说。

“不能全依他等，”皇帝摇着头说，又问，“杖几，才合赵祚心意？”

“最好不受杖刑。”张鲸道。

“杖几，四妹不会太抱怨？”皇帝问。

“奴才想，杖二十，永宁公主或不会抱怨。”张鲸说。

“也不能全依他等，”皇帝说着，命道，“赵祚着杖四十，以儆效尤。”

“是。”张鲸应道。

“赵祚杖后，你再对老侯说：赵祚擅闯他府，虽则无礼，但他任意鞭打路人，也不应该。让他以后毋再生事。”皇帝说。

“奴才领旨。”张鲸应道。

第一百五十五章

户部尚书毕锵以年高辞官，总督仓场的左侍郎宋纁升掌户部。二人熟得很，交接时用不着多说客套话。

“廷鸣先生将去，有何赐教？”宋纁问。

“若言赐教，一个字也没有。”毕锵说。

“若问廷鸣先生留给我哪些难题，总可以说几句吧？”宋纁道。

“大难题两个，小难题无数。”毕锵说。

“廷鸣先生说的第一个大难题，是不是修寿宫？”宋纁问。

“那是第二个大难题。”毕锵说。

“还有比修寿宫更大的难题？”宋纁问。

“怎的没有！”毕锵道，“修寿宫事虽大，虽难，只是一事；一旦竣工，则渡过难关。有的事，却是数载、十数载、数十载也不得了结，一旦成为常规，朝廷会一直难下去。”

“廷鸣先生说的可是召买一事？”宋纁问。

“伯敬先生怎知我说的是召买？”毕锵反问。

毕锵字廷鸣，南直隶石埭人，嘉靖三十二年进士。宋纁字伯敬，河南商丘人，嘉靖三十八年进士。

“曲允升的那道奏疏，下户部议，廷鸣先生不止一次地念叨：此事非细。言犹在耳呀！”宋纁道。允升是曲迁乔的字。

“但伯敬先生有没想过，此事究竟有多大？”毕锵问。

“愿聆廷鸣先生高见。”宋纁道。

“若言高见，一个字也没有。”毕锵说。

“廷鸣先生怎看此事，总可以说几句吧？”宋纁道。

“两句话，四个字。”毕锵说。

“哪两句话？”宋纁问。

“第一句：忆往；第二句：思今。”毕锵说。

“何谓忆往？”宋缥问。

“伯敬先生，你我须回顾一下，何谓召买。”毕锵说。

“是，”宋缥应一声，说道，“内库需用之物，所贡不足，议定其价，使铺户置买，此谓召买。”

“伯敬先生想想，此前有无召买之事？”毕锵反问。

“嘉靖、隆庆朝，间或有之。”宋缥说。

“嘉靖以前呢？”毕锵问。

“未闻有之。”宋缥说。

“伯敬先生说，嘉靖、隆庆朝间或有之，是时不时有之，抑或偶尔有之？”毕锵问。

“应是偶尔有之。”宋缥说。

“嘉靖年距我大明建国，有一百五十年吧？”毕锵问。

“嘉靖元年距我大明建国已超过一百五十年，嘉靖末年距我大明建国，几二百年。”宋缥说。

“嘉靖前一百五十余年，为何不行召买？”毕锵问。

“想必是内库需用之物，未有不足。”宋缥说。

“为何嘉靖前一百五十余年，内库需用之物未有不足？”毕锵问。

“这可不是一两句话说得清楚的。”宋缥道。

“忆者，忆想之忆，非议论之议。说不清楚，可以不说它，”毕锵说着，又问，“嘉靖末年距我大明建国几二百年，今上登极距我大明建国，超过二百年吧？”

“应是二百又五年。”宋缥说。

“伯敬先生说，嘉靖、隆庆朝召买间或有之，其额若何？”毕锵问。

“据我所知，数额不大。”宋缥说。

“为何数额不大？”毕锵问。

“想必是内库所需之物，有所不足，但所缺不多。”宋缥说。

“为何嘉靖、隆庆间内库所需之物，所缺不多？”毕锵问。

“这也不是一两句话说得清楚的。”宋缥道。

“此事说不清楚，我把说得清楚的概括一下，如何？”毕锵问。

“好啊。”宋缥应道。

“今上登极，距我大明建国二百余余年，前一百五十余年，未闻内库召买，是因内库所用之物，未有不足；后五十年，即今上登极距嘉靖初年，内库间有召买，但数额不大，是因内库所用之物，有所不足，但所缺不多。”毕锵说着，问道，“我说清楚没有？”

“说得十分清楚。”宋缥说。

“此即我所谓忆往。”毕锵道。

“何谓思今？”宋缥转到下一句话。

“伯敬先生还记不记得，今上召买始于哪一年？”毕锵问。

“我记得，万历元年即有旨召买；直至去年，仍有旨召买。其间召买，几乎无年无之。”宋缥说。

“伯敬先生能说得出，今上登极以来，各库召买的数额吗？”毕锵问。

“按年来说吗？”宋缥问。

“不必按年，能说出总数即可。”毕锵道。

“总数我倒记得召买较多的几个内库。”宋缥说。

“譬如内供用库？”毕锵问。

“共计价银十三万八千又七十四金。”宋缥道。

“譬如甲字库？”毕锵又问。

“共计价银三万四千八百四十金。”宋缥道。

“譬如丁字库？”毕锵又问。

“二十五万五千二百五十七金。”宋缥道。

“譬如内承运库？”毕锵又问。

“二十八万二千八百二十二金。”宋缥道。

“譬如丙字库？”毕锵又问。

“三万九千八百九十二金。”宋缥道。

“譬如银作局？”毕锵又问。

“三万三千六百又二金。”宋缥道。

“此六库合计几多？”毕锵问。

“七十八万四千四百八十七金。”宋缥随口说出。

“伯敬先生记得又牢，算得又快，强我多矣！”毕锵道。

“但廷鸣先生说的既不是个‘记’字，也不是个‘算’字，而是个‘思’字。”宋缥说着，问道，“廷鸣先生是怎思的？”

“十三年间以七十八万余金召买，亦即每年以六万余金召买，伯敬先生以为多，还是不多？”毕锵反问。

“可说多，也可说不多。”宋缥道。

“怎讲？”毕锵问。

“以天下之大，贡赋之钜，每年以六万金召买，不能算多；但和我大明建国以来一百五十余年未闻召买比较，和嘉靖初年至今上登极以来五十余年间或召买、数额不多比较，又算多。”宋缥说。

“伯敬先生还应该做个比较。”毕锵道。

“还应该作何比较？”宋缥问。

“今上登极以来十三年，召买用金七十八万余，平均每年用金六万余；伯敬先生说，再过十三年，召买用金会不会仍是七十八万，平均每年会不会仍用六万？”毕锵说。

“我不敢说。”宋缥道。

“有没有可能倍之？”毕锵问。

“我也不敢说。”宋缥道。

“有没有可能十倍之？”毕锵问。

“我更不敢说。”宋缥道。

“在我看来，召买有如一个无底之洞，倍之可能，十倍之亦可能。所谓思今，其实是由今而思日后。”毕锵说。

“此一后果，当真须思之。”宋缥道。

“思今，此其一也。”毕锵说着，竖起一指。

“其二呢？”宋缥问。

“为何今上登极以来，召买日频，召买日多？”毕锵反问。

“我大明建国以来一百五十余年，为何不闻召买，我没说；嘉靖初年至今上登极以来五十余年，为何间有召买，数额不多，我没说；今上登极以来十三年间，为何召买日频、日多，我也不说吧。”宋缥推托。

“忆者，可以不议；思者，却不能不议。”毕锵道。

“那就请廷鸣先生议之。”宋缥揖道。

“真要说起来，其实很简单，”毕锵道，“我大明建国以来一百五十余年，为何未闻召买？伯敬先生称不好说。其实，并非不好说，无非是一个俭字，一个严字。嘉靖初年至今上登极以来五十余年，为何间有召买、数额不多？伯敬先生称不好说。其实，并非不好说，无非再加个字，一曰较俭，一曰较严。今上登极以来十三年，为何召买日频、日多？伯敬先生不欲说，我替伯敬先生说吧。无非一个奢字，一个滥字。奢者，用度奢也；滥者，用人滥也。我所以说召买是第一大难题，就是担心用度日奢，用人日滥。”

“廷鸣先生这一番议论，真可谓切肤，”宋缥称赏之后，流露出悲观的情绪，“不过，廷鸣先生以为，用度日奢、用人日滥阻止得了吗？”

“当然须用心思，下气力。”毕锵说。

“怎样用心思，下气力？”宋缥问。

“两句话：核召买之实数也，汰内府之冗员也，”毕锵道，“伯敬先生莫嫌我说的少，我只想到这两句话。而且，这两句话仅挂在嘴边，付诸实施，还得靠伯敬先生。”

宋缥知道，如何应付召买一事，无法从毕锵嘴里掏出更多的话；可以而且应该的，是谈另一件事。

“修寿宫在廷鸣先生眼里虽非第一大难题，但也是大难题，还望廷鸣先生指教。”他说。

“若言指教，一个字也没有。”毕锵说。

“修寿宫难在何处，廷鸣先生总可以说一说吧？”宋缥道。

“修寿宫首先难在择址。”毕锵说。

“然择址的责任，在内阁和礼部，不在户部；且择址风波再大，差不多已过去。请廷鸣先生说说其次难在何事吧，”宋缥道。

“其次难在筹金。”毕锵说。

“廷鸣先生说的是，”宋缥应道，“前者廷臣的心思都在寿宫择址上，今者廷臣的心思都在寿宫筹金上。如何筹金，还望廷鸣先生教之。”

“若言教之，一个字也没有。”毕锵说。

“修寿宫如何筹金，廷鸣先生总可以说一说吧？”宋缥道。

“伯敬先生可否听说，有提议捐俸助工者？”毕锵问。

“有所闻。”宋缥说。

“我但知捐俸助工不可为也；如何筹金，却说不上来。”毕锵道。

修寿宫的费用，宋缥接掌户部之前，已经在暗中琢磨，接掌户部之后，这更是他需要关注的大事。既然自己一直没想出什么好的法子来，他觉得，也不该再难为毕锵。

第一百五十六章

四阁臣都在值房，许国向申时行伸伸拇指，又向王锡爵伸伸拇指。

“维桢先生何意？”申时行问王锡爵。

“旁观者清，汝默兄该问忠伯先生。”王锡爵说。

“维桢先生何意？”申时行又问王家屏。

“我想，此事与汝默先生无关，与元驭先生也无关。”王家屏说。

“莫非反与忠伯先生有关？”申时行觉得他的说法很怪。

“与我更无关。”王家屏道。

“那与谁人有关？”申时行问。

“或与姑苏有关。”王家屏说。

许国又转向他伸伸拇指。

“姑苏何事，值得维桢先生向我二人伸出拇指？”申时行问王锡爵。

“汝默兄还得问忠伯先生。”王锡爵说。

“姑苏何事，值得维桢先生向我等伸出拇指？”申时行又问王家屏。

“这次是当局者清，汝默先生该问维桢先生。”王家屏说。

“姑苏何事，值得维桢先生向我等伸出拇指？”申时行最后问许国。

“姑苏人真是善谑。”许国说。

“姑苏人善谑，我怎不觉？”申时行说着，问王锡爵，“元驭兄说呢？”

“姑苏人善谑，应不输于别处人，”王锡爵说。见许国又要伸出拇指，他忙问，“维桢先生为的何事，说姑苏人善谑？”

“有人从姑苏来，告我姑苏近流传一联，上曰：阴府中罗刹夜叉，个个都愁熊鬼到；下曰：阳台上善男信女，人人尽贺恶人亡。”许国述罢，道，“做人，人人尽贺其亡；做鬼，鬼鬼皆愁其恶。且该联公然张贴于死者之家，忠伯先生，这算不算善谑？”

不问申时行、王锡爵，而问王家屏，是想让他先评论几句。

“作其对不难，难的是张贴于死者之家。”王家屏说。

“忠伯先生认可，二位不能不认可吧？”许国这才问申、王二人。

“虽可曰善谑，亦可曰疾恶如仇。”申时行说。

“维桢先生既闻其事，可闻其人？”王锡爵却问。

“据闻，该联是写给刘中允的。”许国说。

刘中允名瑊，隆庆二年进士，年纪不会太大，可以说不是善终。

“刘中允在朝，官声就不好；在乡，更有恶名。宜有此联送他。不过，维桢先生别以为姑苏才出恶人。就拿这个刘中允来说，虽称苏州卫人，原籍却在江西。”王锡爵说。

“何处无恶人！我说此事，但言姑苏善谑，并非说姑苏多恶人。”许国解释说。

“即以善谑而言，此亦小谑。”王锡爵说。

“元驭先生可否说一大谑？”许国问。

阁中难得营造出轻松的气氛，申时行、王家屏也都希望延续下去。

“我姑苏果有大谑之事？”申时行问。

“或有大谑之人？”王家屏问。

“小谑、大谑，不似小雪、大雪，”王锡爵说，“在一人眼中是小雪，差不多在所有人眼中也是小雪；在一人眼中是大雪，差不多在所有人眼中也是大雪。小谑、大谑则不然。在一人眼中是小谑，在他人眼中或是大谑；在一人眼中是大谑，在他人眼中或是小谑，甚至无谑可言。”

“元驭先生以何事定小谑、大谑？”许国问。

“以文之长短。”王锡爵说。

“以文之长短？”其他三阁臣齐问。

“不错，”王锡爵道，“维桢先生所言之事，一联，二句，二十八字，故我视为小谑；我所言者，一文，上百句，数百字，故我视为大谑。”

“元驭兄，姑苏又出奇文？”申时行问。

“说奇，也不甚奇。”王锡爵道。

“元驭先生，姑苏又出妙文？”许国问。

“说妙，也不甚妙。”王锡爵道。

“元驭先生，姑苏又出传世之作？”王家屏问。

“说传世，未必能传世。”王锡爵道。

“却是何等文章？”三人齐问。

“说的不是个谑字吗？堪称谑文。”王锡爵道。

“元驭先生背诵得出来吗？”许国问。

“背诵不出来。”王锡爵道。

“将上百句的文章背诵出来，未免难为元驭先生，能否择其要背诵几句？”王家屏降低要求。

“难以择其要。”王锡爵道。

“那么，元驭兄怎能让我等相信，该文确是大谑？”申时行问。

“背诵不出来，难以择其要，或可写出来。”王锡爵说。

“甚妙！”另三名阁臣齐道。

“元驭先生请写，我来诵之。”许国道。

王锡爵先大字写“倭房公赋”四个大字。

“应是模仿《阿房宫赋》写的吧？”许国估计。

“看它的开篇才知。”申时行说。

开篇的四句话是：沙汰毕，督学一；文运兀，倭房出。

“果是仿的《阿房宫赋》。”王家屏说。

“所谓沙汰，应是沙汰诸生吧？”许国又估计。

“既言督学，又曰文运，应该是沙汰诸生。”申时行说。

“写的是哪名督学？”许国问。

“倭房出，是不是姓倭的督学？”王家屏道。

“今日天下可有姓倭的督学？”许国驳道。

“或是与倭同音者。”王家屏道。

“今日天下可有与倭同音的督学？”许国又驳道。

“维桢先生说呢？”王家屏让他猜。

“或是名倭的督学。”许国道。

“今日天下可有名倭的督学？”王家屏驳道。

“或是字号中有倭字的督学。”许国道。

“今日天下可有字号中有倭字的督学？”王家屏又驳道。

“汝默先生怎想？”他二人齐问申时行。

“为何非得‘倭’出，不能是‘房’出吗？”申时行道。

一句话提醒许国、王家屏。

“不错，姓房的督学是有的。”许国说。

“此赋写的是他？”王家屏问。

“读下去，不就知道！”申时行指着王锡爵已经写好的一页纸说。

许国拿起纸来，从头读道：

沙汰毕，督学一；文运兀，倭房出。横行一十三府，扰乱天日；科举才罢而岁考，直抵丹阳。四海溶溶，祸入宫墙。起钱神楼，开铜臭阁；满载装回，狼吞乌啄。且逞威势，张牙露角。眈眈焉，逐逐焉，垂涎吐涡。真有似乎精魂失落！蓦起风波，暴若祖龙；厥腹虚空，昧若何虹；目无眸子，谁识西东？日长沉醉，酒色融融；倏然发怒，令人惨凄。一日之内，一人之身，而变诈不齐。

一页读罢，申时行等三人相互看一眼，微微点头，心里想的都是：写的果然是他！

另一页纸也写完，许国接着读道：

百金补廪，镇江李、孙；斗珠入泮，无锡周、秦。亲家乡友，为过财人。米麦荧荧，乱圈点也；枷锁扰扰，假公道也；湖流涨腻，苞苴行也；批挞横斜，门子醉也；雷霆乍惊，试案出也；人人骇忧，漫不知其所谓也。孔方先容，虽媸亦妍；十目所视，而莫掩焉。有不可闻者，遗臭万年。此倭之行藏，类市井之行藏，不畏天地之精英。故其隔年预托亲人，渡水涉山，访儒生之富贫，夤缘其间。不分玉石，真材销铄，怨气逦迤道路，闻之莫不叹息。

读完这一页，第三页也写满。许国拿来读道：

嗟乎！皇上之心，作养人才之心也。倭纵贪婪，亦当念国家。奈何取财尽锱铢，弃士如泥沙！使豪杰之士，一朝为失色之庸夫；云锦之章，霎时为吞声之哑哑。案首赃私，多于仓廪之粟粒；家书包票，等于官店之帛缕。德清光棍，遍于直隶之城郭；厥子受赂，出于公庭之招语。使旁观之人，深可鄙而可怒。倭房之心方益骄固，谤海公，陷徐举，日本烈炬，延烧南土。呜呼！戕士类者，倭房也，可杀也；护倭房者，何人也？亦可杀也。

“欲讥房督学，直接写房督学不好吗？我一直不明白，为何要号以‘倭房’？原来，他是把房督学和倭贼合而为一。”许国说。

“房督学谤刚峰先生，人人皆知；徐举却是何人？”王家屏问。

张居正死后，皇帝屡欲起用海瑞，海瑞屡辞。今年，他终于赴南京都察院右都御史任，而一到任，即与房督学打起笔墨官司。

房督学名寰，为南直隶督学御史。他曾数度上疏，参劾南京都察院右都御史海瑞。海瑞也因他的参劾，数度乞休。朝廷对他二人的纠葛不予理睬，即不准海瑞辞官，也不曾惩处房寰。想来南直隶士人，有为海瑞抱不平者，戏作该赋，痛斥房寰。

“我怎知！”许国道。

“维桢先生不知，在情理之中。”王家屏说。言外之意，徐举应该是江南之士，许国未必知道，别人却应该知道。

“我亦不知。”申时行说。

“汝默先生不知，也在情理之中。”王家屏说。

“看来，只有我不知，是在情理之外。”王锡爵笑道。

“元驭先生这么说，也在情理之中。”王家屏笑着回应。

“为何他等均可不知，我却不可不知？”王锡爵问。

“元驭先生既知此赋为姑苏士人所作，当然应该知道赋中涉及之人是谁个。”王家屏说。

“不无道理，”王锡爵竟点头认可。其实，这篇《倭房公赋》可能是姑苏的士人写的，也可能是南直隶别府、州、县的士人写的，甚至可能是某布政司某府、州、县的士人写的；当然，浙江德清的士人除外。因为房寰是浙江德清人，赋中又有“德清光棍”这等辱骂的字句。

“徐举却是何人？”申时行、许国齐问。

“让我说，他可能是某个姓徐的举子；诚然，是姑苏举子的可能性更大一些。”王锡爵说。

申时行、许国各自“咳”一声，原来王锡爵也不知道。

“元驭先生别光顾着说话，该赋还没抄写完呢。”许国说。

“不是我没抄写完，是维桢先生没读完，”王锡爵道。原来他一边和他们说着话，一边已把最后不多的几句话写完。

许国读道：

嗟夫！使朝廷听好人，则足以拒倭；倭不为督学之人，则自秀才士夫以及君，谁得而被祸也。科、道不能明言，而野史言之；野史言之而远播之，是使野史之言而强于国史也。

“原来是篇野史，所言之事不知有几分可信。”申时行说。

“尤其是房督学种种秽闻，不知有几分可信。”许国进一步说。

“尤其是赂选举子一事，不知有几分可信。”王家屏又说。

“三位是要我说吗？”王锡爵问。

“元驭先生当略知一二。”申时行等齐道。

“我为何当略知一二？”王锡爵问。

“元驭兄背写得出来，不会以为该赋是奇文吧？”申时行道。

“元驭先生背写得出来，不会以为该赋是妙文吧？”许国道。

“元驭先生背写得出来，不会以为该赋是传世之作吧？”王家屏道。

“公等还要我说几遍呀！”王锡爵甚是无奈，“我读该赋，我记住该赋，我把该赋介绍给公等，只因它是篇谑文！”

“好，不难为元驭先生，”许国安抚他一句，然后问申时行，“汝默先生看，房督学和刚峰先生争执偌久，朝廷是不是该作个了断？”

“怎的了断？”申时行反问，“是由吏部作个了断，都察院作个了断，还是由我等作个了断？”

“似皆不宜，但总得有个了断，”王家屏说，“眼下是房督学诘责刚峰先生，我看用不多久，不是有更多的人再诘责刚峰先生，就是有人诘责房督学。那可要有一场乱战。”

“即便如此，也只有等等看。”申时行不想深谈下去。

“汝默先生说的是。”其他阁臣也不想再深谈下去。

第一百五十七章

彭遵古、诸寿贤、顾允成在不同的衙门观政，散衙后，三人喜欢聚在一起闲谈。

“季时兄，令兄那边近来有没有什么动作？”彭遵古问。

“延之兄听，以道兄问的怪不怪？”顾允成转过去问诸寿贤。

彭遵古字以道，湖广黄安人。诸寿贤字延之，南直隶昆山人。顾允成字季时，南直隶无锡人。三人都是今年中第的进士。

“怪。”诸寿贤道。

“我问的怎怪？”彭遵古自己却不觉。

“家兄那边，是哪边呀？是家人那边，抑或友人那边？家兄若接家眷来，算不算是有所动作？家兄与友人聚会，算不算是有所动作？”顾允成一连提出好几个问题。

彭遵古要分辩，被诸寿贤拦住。

“以道兄，先听我说，如何？”诸寿贤道。

“延之兄是不是觉着季时兄责问不够犀利，欲火上浇油？”彭遵古问。

“非也，我欲为以道兄回答他的责问。”诸寿贤说。

“延之兄欲为我辩之？”彭遵古有点儿不信。

“差不多吧。”诸寿贤道。

“那倒要听一听。”彭遵古说。

“延之兄欲为以道兄辩之？”顾允成也有点儿不信。

“差不多吧。”诸寿贤道。

“那倒要听一听。”顾允成也说。

“我以为，以道兄问季时兄兄长那边有没有什么动作，既不是问季时兄兄长家眷那边，也不是问季时兄兄长友人那边。”诸寿贤说。

“却是哪一边？”彭遵古、顾允成齐问。

“问的是季时兄兄长衙门那边。”诸寿贤说。

“问的是家兄衙门那边？然否？”顾允成问彭遵古。

“然。”彭遵古应道。

“不对呀。”顾允成道。

“怎的不对？”彭遵古问。

“我不是说以道兄不对，是说延之兄不对。”顾允成道。

“我怎不对？”诸寿贤问。

“以道兄既不是问家兄家眷那边，又不是问家兄友人那边，我说怪，延之兄为何也说怪？”顾允成道。

“季时兄才不对呢。”诸寿贤反诘道。

“我怎不对？”顾允成问。

“以道兄没说他问的是季时兄兄长家眷那边，又没说问的是季时兄兄长友人那边，季时兄为何要说怪？”诸寿贤反问。

“因其问的泛泛。”顾允成说。

“着哇！”诸寿贤道，“以道兄欲问季时兄兄长家眷那边，却只问季时兄兄长那边，是问的泛泛；欲问季时兄兄长友人那边，却只问季时兄兄长那边，是问的泛泛；欲问季时兄兄长衙门那边，却只问季时兄兄长那边，难道就不是问的泛泛？”

说得太绕嘴，顾允成问彭遵古：“听上去有点儿乱吧？”

“不乱，确在为我辩之。”彭遵古说。

“可他为何也说怪，以道兄听懂没有？”顾允成又问。

“也听懂。”彭遵古说。

“他怎说的？”顾允成问。

“他说，我问季时兄兄长衙门那边有没有动作，也属于问的泛泛，所以他也说怪。”彭遵古道。

“仅此而已？”顾允成问。

“仅此而已。”彭遵古道。

“我不是问以道兄听出来的是不是仅此而已，是问延之兄要说的是不是仅此而已。”顾允成说。

“那要问延之兄本人才知。”彭遵古道。

“延之兄是不是还有话说？”顾允成问诸寿贤。

“是，”诸寿贤应道，“问季时兄兄长衙门那边有没有动作，也属于问的泛泛，也属于问的怪；但还有更怪者。”

“更怪者是何事？”顾允成问。

“一则，令兄官吏部，我等皆观政，前程掌于吏部，以道兄不该问吏部有何动作。不该问而问之，是怪也。二则，令兄虽官吏部，但人微言轻，既推动不了吏部的动作，又阻止不了吏部的动作，问也没用。问没用而问之，亦怪也。”诸寿贤说。

他们一直挂在嘴上的顾允成的兄长，名宪成，官吏部主事。

彭遵古再要分辩，又被顾允成拦住。

“以道兄，先听我说，可否？”顾允成道。

“季时兄是不是觉着延之兄责问的尽兴，自家的责问尚未尽兴？”彭遵古问。

“非也，我欲为以道兄回答他的责问。”顾允成说。

“季时兄欲为我辩之？”彭遵古更难以相信。

“差不多吧。”顾允成道。

“那倒要听一听。”彭遵古说。

“季时兄欲为以道兄辩之？”诸寿贤也不相信。

“差不多吧。”顾允成道。

“那倒要听一听，”诸寿贤也说。

“延之兄以为，以道兄为我等前程，才问吏部动作，而这是不该问的；所以延之兄才说问的怪。是吧？”顾允成问。

“是啊。”诸寿贤应道。

“延之兄以为，家兄虽官吏部，却是无足轻重的人物，决定不了我等前程，问也没用；所以延之兄才说问的怪。是吧？”顾允成问。

“是啊。”诸寿贤应道。

“总之，他问的是实授一事，延之兄才说问的怪，是吧？”顾允成问。

“是啊。”诸寿贤应道。

“以道兄问的若不是此事呢？”顾允成问。

“不是此事？”诸寿贤反问。

“是啊，”顾允成应道，“以道兄问的虽则泛泛，若不是此事呢？”

“不是此事，却是何事？”诸寿贤问。

“那要问以道兄本人。”顾允成道。

“以道兄——”诸寿贤当真要问。

彭遵古拦住他，道：“终于轮到我说话吧？”

“我二人之争，请以道兄裁之。”诸寿贤、顾允成齐道。

“我怎裁之？”彭遵古冷笑，“要我说，我问的着实怪。”

“以道兄怎也说起怪字！”诸寿贤、顾允成齐道。

“我问的泛泛，季时兄以为我问的是令兄家眷之事、友人之事。是不是？”彭遵古问。

“我是这么说的。”顾允成道。

“延之兄以为我问的是我等实授之事。是不是？”彭遵古问。

“我是这么说的。”诸寿贤道。

“我若问的不怪，二兄怎会以为我如此无聊！”彭遵古再次冷笑。

“以道兄有所误会。”顾允成忙说。

“我怎的误会季时兄？”彭遵古问。

“我虽这么说的，却非这么想的；我知以道兄问的不是家兄家眷之事、友人之事。”顾允成说。

“当真？”彭遵古问。

“当真！”顾允成用力点头。

“以道兄有所误会。”诸寿贤紧接着说。

“我怎的误会延之兄？”彭遵古问。

“我虽这么说的，也非这么想的；我知以道兄问的不是我等实授职官之事。”诸寿贤说。

“当真？”彭遵古问。

“当真！”诸寿贤也用力点头。

“那二兄说说，我问的是何事？”彭遵古问。

“肯定是与吏部有关的事。”顾允成说。

“肯定是与季时兄兄长无关的事。”诸寿贤说。

“请以道兄告之。”二人齐揖道。

“季时兄以为我问的肯定是与吏部有关的事，不全对；延之兄以为我问的肯定是与季时兄兄长无关的事，也不全对。”彭遵古说。

“到底是何事？”诸寿贤、顾允成齐问。

“我欲问，南院掌院海都堂与南直隶督学房御史之争，吏部议否，有无定论？”彭遵古道。

“此事确与吏部有关，以道兄为何说我不全对？”顾允成问。

“此事与吏部有关，与都察院亦有关；与外朝有关，与内廷亦有关。”彭遵古说。

“此事确与季时兄兄长无关，以道兄为何也说我不全对？”诸寿贤问。

“南院掌院都堂与南直隶督学之争，闹到朝廷之上，人人得以议其是非，遑论季时兄兄长官吏部！”彭遵古说。

“人人得以议其是非，说得好！”顾允成称赞一句，然后问，“但不知以道兄想不想议其是非？”

“不为议其是非，我为何来找二兄！”彭遵古道。

“欲议其是非，为何来找我二人？”诸寿贤问。

“因为二兄皆南直隶人，说起来，都是房督学门生呀！”彭遵古道。

“延之兄听的出来吗，以道兄是来将我二人军的？”顾允成问诸寿贤。

“听的出来。”诸寿贤应道。

“延之兄之意如何？”顾允成问。

“唯季时兄马首是瞻。”诸寿贤道。

顾允成“咦”一声，问道：“延之兄为何要听我的？”

“季时兄读过无名氏所撰《倭房公赋》吗？”诸寿贤反问。

“听人说过，但未读原文。”顾允成道。

“该赋有三句话：一曰镇江李、孙，二曰无锡周、秦，三曰德清光棍。所玷污者，无过此三处。季时兄若以为，尚可容忍，我和季时兄一起，且给这位督学留点儿面子；季时兄若以为忍无可忍，我自然也不会视他为师尊。”诸寿贤说。

“即便他曾巡视过无锡儒学、常州儒学，即便他曾批阅过顾某文章，我从不曾视如此龌龊之辈为师长！”顾允成道。

“二兄深明大义，令弟敬佩，”彭遵古向他二人揖了揖，又说，“但今日奏议此事，非同小可，不知二兄是不是真的想好？”

“延之兄，以道兄问你是不是真的想好。”顾允成说。

“季时兄说的不对吧？”诸寿贤道。

“我怎不对？”顾允成问。

“以道兄是问你我二人是不是真的想好，不是问我一人是不是真的想好。”诸寿贤道。

“别事是否说的不对，我不敢确定；但此事我没说错。”顾允成道。

“以道兄，难道是我说错？”诸寿贤问彭遵古。

“不是延之兄说错，是我问错，”彭遵古道，“不平则鸣，季时兄在策论中都无所顾忌，更不要说疏斥宵小！”

“以道兄确实不该问他。”诸寿贤点着头说。

顾允成在策论中无所顾忌，是说他在会试的策论中有一段让考官、让主考、让廷臣惊骇不已的话。其时，适有贵妃将晋皇贵妃的传闻，廷臣们正开始奏请册立皇太子。顾允成写道：陛下以郑妃勤于奉侍，册为皇贵妃，廷臣不胜私忧过计。请立东宫，请进封恭妃，非报罢，则竣逐。或不幸贵妃弄威福，其戚属左右窃而张之，内外之害，不可胜言。倾张居正罔上行私，陛下以为不足信，而付之二三匪人。恐居正之专，尚与陛下二；此属之专，遂与陛下一。二则易间，一则难图也。

今年会试，三甲计二百八十一名，顾允成列在第二百二十三名，可谓榜末。无论是了解顾允成的人，或是顾允成本人，都认为他列名榜末，是因为这篇策论。当然，他们也无不承认，写出这样一篇策论，能够榜上有名，已属万幸。

“恐居正之专，尚与陛下二；此属之专，遂与陛下一。此诚可传万世之论！”诸寿贤赞罢，对彭遵古说，“不过，以道兄问我，也问错。”

“怎也问错？”彭遵古问。

“我说过，唯季时兄马首是瞻；他真的想好，我也真的想好，何必再问！”诸寿贤道。

“不错，”彭遵古应道，“我问延之兄，也问错。”

三人你一言，我一语，很快拟就疏稿，略曰：寰妒贤丑正，不复知人间羞耻事。臣等自幼读书，即知慕瑞，以为当代伟人。寰大肆贪污，闻瑞之风，宜愧且死，反敢造言逞诬，臣等所为痛心。

该疏不仅引起皇帝不满，也引起一直关注房寰、海瑞之争的大臣不满。三人以出位妄奏，被夺冠带，还家反省。

第一百五十八章

李旺掌握一个规律：殿上太静时，别进去，娘娘不是在歇息，就是在念佛；太吵时，也别进去，多半是娘娘在发怒，没理由自触霉头。

太静时不进去，但可能的话，总得问一问。

“干吗呢？”他悄声问殿外当值的宦者。

一宦者做个双手合十的动作，一宦者做个数念珠的动作。

李旺点点头，又问：“已过多久？”

“小半个时辰。”一宦者说。

“大半个时辰。”另一宦者说。

取其中，只当娘娘颂经已颂半个时辰，应该差得不远。李旺自语：“时候应该差不多吧。”

慈圣皇太后耳朵灵，听到他的话；而且，颂经已久，可以结束。

“不是时候差不多，是时候已到。李旺，进来吧！”她命道。

“是。”李用应一声，上殿。

“有事啊？”慈圣皇太后问。

“是。”李旺应道。

“我刚送走佛祖，有坏事别来打扰我。”慈圣皇太后说。

“奴才给娘娘道喜，佛祖给娘娘留下信物。”李旺说。

慈圣皇太后说刚送走佛祖，是句玩笑话，意思是才颂完经文。李旺说佛祖留下信物，却不是句玩笑话。他没胆量开这个玩笑。

“佛祖留下信物？在哪里？”慈圣皇太后问。

“就在咱慈宁宫里。”李旺说。

“是何物？”慈圣皇太后又问。

“一朵花。”李旺说。

听说是一朵花，慈圣皇太后的脸立刻沉下来。

“李旺，我以为你办事得力，怎也这般没分寸！佛祖想留下信物的话，会只留下一朵花吗！”她斥道。

李旺并不惊慌。慈圣皇太后发火，正说明重视。

“娘娘，不是普通的花。”他说。

“是何花？”慈圣皇太后问。

“是一朵莲花。”李旺说。

“我喜爱莲花，宫里的莲花会少吗！”慈圣皇太后道。

“不是一朵普通的莲花。”李旺又说。

“是怎样的莲花？”慈圣皇太后问。

“红莲花。”李旺说。

“红莲花确不多见，”慈圣皇太后的口气虽改变，但还没有完全接受李旺的说法。“不过，仅凭一朵红色的莲花，就说是佛祖留下的信物，仍太鲁莽。”

“奴才鲁莽，娘娘责备的是，”李旺先认错，然后说，“奴才说是佛祖留下的信物，也不仅凭一朵红色的莲花；该莲花还有特别之处。”

“有何特别之处？”慈圣皇太后问。

“这朵红莲花，长于花盆内，而不是长于水池中。”李旺说。

“红莲生于花盆，算一个特别之处吧。”慈圣皇太后道。

“这朵红莲花，花中又有花。”李旺说。

“怎叫花中又有花？”慈圣皇太后问。

“花心中又生一朵花。”李旺说。

“也是红莲？”慈圣皇太后问。

“还看不出来，但估计应是红莲。”李旺说。

“你这话何意？”慈圣皇太后问。

“花中之花尚未绽开。”李旺说。

“花中有花，也算一特别之处吧。”慈圣皇太后道。

“花中之花，还有一特别之处。”李旺说。

“你不是说，还看不出花瓣的颜色吗？”慈圣皇太后道。

“虽看不出颜色，却看得出花中之花有九蕊。”李旺说。

“是九蕊莲花？”慈圣皇太后问。

“是。”李旺应道。

“九蕊莲花，只听说过，却未见过，应是祥瑞之物，”慈圣皇太后说着，命道，“走，带我去看看！”

花盆上覆盖黄锦，看不出是什么物件。花盆挺重，内文书房太监宋坤率领的两名长随，轮换着抱在怀里，从慈宁宫出来。他们走过一座座宫室，来到内阁前。

长随把花盆交给宋坤。宋坤双手捧住，清了清喉咙，喝声：“有旨！”

申时行等四阁臣齐拥出阁外，跪倒在地，道：“臣等接旨。”

“先生等起身。”宋坤忙说。

申时行等起身后，他捧着花盆，率先进到阁中，把花盆置于最高的一座台子上。等他揭去黄锦，申时行等才看出，他捧进来的，是一个花盆，花盆里一支红莲绽放。

“皇上谕曰：今者圣母皇太后宫中开放一奇葩，特赐内阁诸先生观赏。”宋坤宣谕。

“臣等谢恩。”申时行等道。

“好，老先生们观赏吧。”宋坤说着，让到一边。

申时行等上前，细细观看。

“汝默先生看到什么？”宋坤先问申时行。

“一朵莲花。”申时行说。

“维桢先生看到什么？”宋坤又问许国。

“一朵红莲。”许国说。

“元驭先生看到什么？”宋坤又问王锡爵。

“一朵红莲绽放。”王锡爵说。

“忠伯先生看到什么？”宋坤又问王家屏。

“一朵红莲独自绽放。”王家屏说。

“当真是一朵红莲独自绽放？”宋坤问众阁臣。

申时行等又更仔细地观看一遍。

“汝默先生看到什么？”宋坤还是先问申时行。

“莲花中还有一朵莲花。”申时行说。

“维桢先生看到什么？”宋坤又问许国。

“莲花中的莲花尚未绽放。”许国说。

“元驭先生看到什么？”宋坤又问王锡爵。

“红莲中似又一红莲。”王锡爵说。

“忠伯先生看到什么？”宋坤又问王家屏。

“红莲中红莲似为九蕊。”王家屏说。

“九蕊红莲是莲中极品吧？”宋坤问众阁臣。

“是。”申时行等应道。

“宫中出此极品，算不算得祥瑞？”宋坤问。

“算得祥瑞。”众阁臣道。

“当不当庆贺？”宋坤问。

“理当庆贺。”众阁臣道。

“老先生们该不该赋诗纪之？”宋坤问。

“理当赋诗。”众阁臣道。

“红莲开在慈宁宫，皇帝恭请懿旨，使内阁老先生们共赏奇葩。慈圣皇太后娘娘允之，但未降懿旨，着老先生们赋诗，纪此盛事。慈圣皇太后娘娘未降懿旨，皇上也不好降之。老先生们自请赋诗，再好不过。皇上一定欣慰，慈圣皇太后娘娘一定欣慰。”宋坤说。

“每逢盛事，则赋诗纪之，在本朝是惯例。请宋公公将我等心意，奏闻皇上并慈圣皇太后。”申时行说。

“一定，”宋坤道，并说，“此极品莲花，我要即刻奉还慈宁宫的。等我见过皇上和慈圣皇太后娘娘，再来向老先生们索诗。到那时，老先生们想必早已搁笔。”

“宋公公去忙吧，我等会抓紧赋诗。”申时行揖道。

“宋公公放心，我等都会抓紧赋诗。”其他三阁臣齐道。

送走宋坤后，许国从鼻孔往外哼一声：“这个老宋也忒小觑我等！赋一阕贺诗，哪用如此之久！”

“维桢先生既曰此事简单，我倒有个计较。”王锡爵说。

“元驭兄有何计较？”申时行问。

“以往赋祥瑞之诗，或五言，或七言，或长或短，皆无限制。今日是为慈宁宫祥瑞赋诗，皇上多半要呈与慈圣皇太后圣览的。为慈圣皇太后读起来方便，今次赋祥瑞之诗，不如格式一律。”王锡爵说。

“元驭兄言之有理，”申时行先表明自己的态度，然后问许国、王家屏，“二公意下如何？”

“甚好。”许国、王家屏都赞成。

“公等都同意，一起来把格式定一定吧。”申时行道。

“元驭先生倡议，一定早有成算。”许国说。

“不然，”王锡爵摇着头说，“我只想到格式最好一律；至于如何一律，则未细想。”

“既要一律，我倒是希望诸公就着我一点儿。”王家屏说。

“怎就着忠伯先生一点儿？”申时行问。

“我不善五言，愿作七言。”王家屏说。

“这怎叫就着忠伯先生！”王锡爵道，“今者为慈宁宫赋诗，五言显得太轻，当赋七言。”

“维桢先生说呢？”申时行问许国。

“我虽不善七言，但说到五言为轻，我只好勉为其难。”许国说。

“维桢先生真是得便宜卖乖，谁不知你七言诗冠于朝廷！”王家屏一句话，引得众人笑起来。

“好，确定赋七言，”申时行说着，又问，“公等看，是赋绝句好，还是律诗好，还是长篇好？”

“不宜长篇。”王锡爵说。

“我甚至以为，律诗也长。”王家屏说。

“五言轻，七绝似乎也轻。”许国说。

“我倒有个法子，”王家屏说，“不如每人赋七绝二，既不会显得过轻，也不会显得冗长。”

“好是好，不过，两阕七绝不能同韵。不然，会被人误作律诗，而且是不合格律的律诗。那可要贻笑大方！”王锡爵说。

“此事一定，我等可各写各的吧。”申时行道。

四阁臣或低头沉吟，或轻慢踱步，打着腹稿。一人提笔，其他人也都提起笔来，在宋坤返回之前，大家完成诗稿。

申时行写的是：

九嶷山下分奇种，百子房中吐瑞姿。
朵朵黄云团羽盖，为迎金母下瑶池。

美蓉为带菊为裳，商结重台教异香。
见说君王频问寝，多花长映御袍黄。

许国写的是：

烁烁盆莲瑞气浮，莲房中更起重楼。
花神似献慈闱寿，涌出金仙太乙舟。

金莲原自出仙家，况复葳蕤吐异葩。
共道今皇是虞舜，故将重蕊应重华。

王锡爵写的是：

华岳峰头十丈莲，玉池分得一枝鲜。
翠翘新染朝霞色，应共仙桃簇寿筵。

红衣香袅水芙蓉，自得天家雨露浓。
想见慈颜长乐里，日华花影晕重重。

王家屏写的是：

水殿氤氲紫气重，花神擎出秀芙蓉。
丹葩绛萼无人识，荐瑞疑从太华峰。

朱房灼灼出灵芽，周瓞尧芝未足夸。
自是皇情降一本，果培和气孕重华。

第一百五十九章

卢洪春和朱维京的不同，不在于卢洪春官礼部主事，朱维京官兵部主事，而在于经历：卢洪春初授外官，然后召入朝中；朱维京则初授官朝中，升至大理寺寺副后，以京察谪外，然后复召入朝中。

或许正因为经历的不同，对同一件事，会有不同的态度。

“大可兄，同行如何？”卢洪春邀道。

时在散朝之后，准确地说，是百官聚于皇极门外，听内臣传宣一句“今日免朝”的圣谕后，自动解散的。

“好啊。”朱维京应道。

“大可兄请。”卢洪春让道。

“思仁兄请。”朱维京让道。

相互谦让之后，二人并肩而行。

卢洪春字思仁，浙江东阳人。朱维京字大可，江西万安人。二人都是万历五年进士。

“大可兄记不记得，今次是第几次免朝？”卢洪春问罢，又加上一句，“我是说，自望日之后，是第几次免朝。”

“两三次吧。”朱维京没当作一个正式的问题，回答得很随意。

“是第五次！”卢洪春告诉他。

“有这多？”朱维京颇为惊讶。

今天是九月三十日，从十六日算起，把今天加上，正好是十五天。十五天里五次传谕免朝，实在是太多。

“次数多，还在其次。”卢洪春说。

“思仁兄看重的是何事？”朱维京问。

“在免朝的缘由。”卢洪春说。

“不是龙体欠安吗？思仁兄是没听清，还是根本没听见？”朱维京问。

“听见，也听清。”卢洪春道。

“圣谕怎说的？”朱维京好像不信他的话。

“圣谕曰：朕前御门，已于卯初起矣，一时头昏眼黑，力乏不兴。已谕卿等暂免朝讲数日，以为静摄服药。孰料近连服药饵，身体虚弱，头晕未止。兹当孟春，时享太庙，暂遣公徐文璧恭代，其陪祀官员，慎加敬肃。卿等可传示彼知，非朕敢偷逸，恐弗成礼。”卢洪春一字不差地背诵出皇帝今日的口谕。

“的确听见，也听清。”朱维京道。

“大可兄以为，今日口谕已把免朝的缘故概括无遗？”卢洪春问。

“难道有遗漏不成？”朱维京反问。

“当然有，”卢洪春不急于说出遗漏，而是问，“大可兄告诉我，暂免朝讲，可是在二十六日？”

“好似不是。”朱维京说。

“不是好似不是，是肯定不是。”卢洪春道。

“那又怎的？”朱维京不明白。

卢洪春不急于解答，而是又问：“遣徐爵爷代祭，可是在二十六日？”

“好似也不是，”朱维京说。见卢洪春嘴一动，他马上抢着问，“思仁兄是不是要告诉我，亦肯定不是？”

“是。”卢洪春应道。

“那又怎的？”朱维京又问。

“二十六日，司礼监官传谕免朝，大可兄不记得吗？”卢洪春道。

“似有其事，”朱维京说罢，马上改正，“是确有其事。”

“龙体欠安，故而暂免朝讲，今日圣谕中提到；龙体欠安，故而遣臣代祭，今日圣谕中提到；二十六日免朝，今日圣谕中却没提到，”卢洪春说着，问道，“大可兄说，这是为何？”

“思仁兄是说，二十六日免朝，是有别的缘故？”朱维京反问。

“是。”卢洪春应道。

“是何缘故？”朱维京问。

“大可兄是听而不闻，还是根本没听人说过？”卢洪春反问。

“是根本没听人说过。”朱维京道。

“怪事！”卢洪春看他一眼，道，“似乎人人都在说，大可兄竟会没听人说过！”

“怪吗？”朱维京似乎不觉得怪，“没听人说过，正好听思仁兄说。”

“那次免朝，是因皇上驰马伤额。”卢洪春告诉他。

“思仁兄以为，此事确否？”朱维京的表情及他的问话都透露出，他并非第一次听到这个说法。

卢洪春又看他一眼，道：“看来，大可兄不是根本没听人说过！”

“以前听的是传闻，从思仁兄这里，我算是正经听到。”朱维京说。

“既听过传闻，为何不早日求证，却留到今日求证？”卢洪春责怪道。

“传闻之事，我从不求证；思仁兄正经说的，我才求证。”朱维京道。

“我问大可兄是听而不闻，还是根本没听人说过，以为二者有所不同；原来在大可兄却以为，听而不闻，就是根本没听人说过！”卢洪春道。

“我是以为，思仁兄这一问多余。”朱维京并不否认。

“还有一问，大可兄可能也会以为多余。”卢洪春说。

“不知思仁兄又会怎问？”朱维京道。

“大可兄想知道我以为此事确否，是吧？”卢洪春问。

“是啊。”朱维京应道。

“大可兄确定？”卢洪春又问。

“确定，”朱维京回答之后，说道，“此问岂止多余，简直令人费解！”

“大可兄说费解，我无话可说；大可兄说多余，我却要分辩，”卢洪春道，“大可兄但问此事确否，我会给出一个答案；大可兄问我以为此事确否，我会给出另一个答案。所以，我是一定要问清楚的。”

“我问此事确否，是何答案？”朱维京问。

“我会告诉大可兄，我亦不知。”卢洪春说。

“我问思仁兄以为此事确否，是何答案？”朱维京问。

“我会告诉大可兄，我以为确。”卢洪春道。

“亦即，思仁兄确信，本月二十六日，传谕免朝，是因为皇上驰马伤额。”朱维京引申出另外一句话。

“是。”卢洪春应道。

“我想也是，思仁兄不确信其事，是不会正经对我说的；既然思仁兄这话是正经对我说的，我也正经对思仁兄说一句话，如何？”朱维京问。

“好啊，”卢洪春道。前面的话虚虚实实，很可能在正经谈论之前就结束；朱维京愿意正经谈论，在他是求之不得。

“皇上驰马伤额，思仁兄不仅正经地告诉我，也想正经地做点儿事吧？”朱维京问。

“大可兄说得对。”卢洪春应道。

“是进谏？”朱维京问。

“是。”卢洪春应道。

“思仁兄欲谏免朝，抑或欲谏驰马？”朱维京问。

“若进谏，二事皆须言之。”卢洪春说。

“却是为何？”朱维京问。

“皇上频频免朝，绝非幸事。但以‘头昏眼黑、力乏不兴’而免朝讲，以‘身体虚弱、头晕未止’而遣臣代祭，如何谏之？唯有驰马伤额免朝，可以畅快进言，”卢洪春说着，微责道，“大可兄不是要正经对我说一句话吗，怎问个不停！”

“问清楚，才好说，”朱维京道，“我要正经说的是，进言须慎！”

“是言免朝须慎，还是言驰马须慎？”卢洪春问。

“二者皆须慎。”朱维京说。

“大可兄先说说，进言免朝一事，为何须慎。”卢洪春揖道。

“思仁兄不是也说，以龙体欠安免朝，难进谏言！”朱维京道。

“进言驰马一事，为何须慎？”卢洪春又问。

“思仁兄不是也说，我若问此事确否，思仁兄亦不知！风闻奏事，乃我辈大忌。”朱维京道。

“多谢大可兄提醒，”卢洪春说着，又揖了揖，“难之，险之，我亦知之。但想到的事，我还是要做；想到的话，我还是要说！”

张诚进到文华殿，正赶上皇帝发火。

“你读读它！”皇帝说着，把一本奏章掷与张诚。

凡皇帝读的奏疏，司礼监太监，尤其是掌印太监，都是先读过的。张诚看该疏篇头一眼，奏道：“此疏奴才读过。”

“朕要你读给朕听！”皇帝喝道。

“是，”张诚应一声，读道，“慎起居、明诏旨、以重祭典、以光圣德事。伏睹陛下自九月十六日——”

“读正文！”皇帝打断。

“是，”张诚又应一声，读道，“夫礼莫重于祭，疾莫大于虚。孔子曰：吾不与祭，如不祭。此言祭之当亲也。”

“老张！”皇帝又喝住，“你说，遣臣代祭，是朕创行的吗？”

“奴才回话：不是。”张诚道。

“我皇祖行否？”皇帝问。

“世庙时行之。”张诚道。

“我成祖行否？”皇帝问。

“文庙时行之。”张诚应道。

“我太祖行否？”皇帝问。

“高庙时行之。”张诚应道。

“朕遣臣代祭如不祭，难道我皇祖遣臣代祭，我成祖遣臣代祭，我太祖遣臣代祭，都如不祭？卢洪春这厮不仅谤朕，且谤我皇祖，谤我成祖，谤我太祖！”皇帝怒道。

“爷说的是。”张诚应道。

“怎不读下去？”皇帝责道。

分明是皇帝中断读疏，分明是皇帝有许多话说，却责怪张诚不读，可见他心中盛怒。张诚当然不敢流露丝毫受委屈的情绪。

“是奴才走神，”张诚认个错，继续读道，“医家曰：气血虚弱，乃五劳七伤所致。肝虚则头晕目眩，肾虚则腰痛精泄。此言养之当慎也。”

窥视皇帝的表情，估计他又有话说，张诚顿住。

“老张有没听出，这厮的话有毛病？”皇帝问。

“奴才不谙医道。”张诚说。

“朕问的不是医家之言，而是卢洪春那厮之言！”皇帝道。

张诚仔细看看这句话，说：“卢洪春之言，只有‘医家曰’三字。”

“朕说的就是这三字！”皇帝道，“前者是‘孔子曰’，此处却是‘医家曰’。他也是个读圣贤书的人，难道不知‘孔子曰’和‘医家曰’，是不可相提并论的！”

“爷说的是。”张诚应道。

“老张，接读！”皇帝命道。发现该疏中一处不易被人发现的错误，皇帝心情略为好转，对张诚也不再叱责。

“臣且视陛下春秋鼎盛，精神强固，头晕眼黑等症，皆非今日所宜有。不宜有而有之，上伤圣母之心，下骇臣子之听，而又因以废宗庙之大典，臣不知陛下之心何安也！”张诚读到这里，又偷窥皇帝一眼。

卢洪春不说皇帝动辄免朝不宜，而说皇帝有头晕眼黑等症不宜，这是他聪明的地方，由此而联想前面的“医家曰”，就会觉得，那不是错误。

“老张以为这段写得很好吗？”皇帝皱着眉头问。

“奴才未觉写得很好。”张诚忙否认。

“那为何停顿下来，若有所思？”皇帝问。

“奴才在想：爷偶有疾，臣子之心应不安；他怎反来问爷之心何安？”张诚找一个容易蒙混过去的理由。

“问的好，你就代朕这般去问他！”皇帝道。

“奴才领旨。”张诚道。

“他下面是不是写的遣臣代祭一事？”皇帝问。

“是，”张诚应一声，读道，“陛下岂以遣官恭代为不废礼乎？臣以为，祖宗者，陛下之祖宗也。故王者必聚己之精神，然后可以聚祖宗之精神。今身之弗亲，而徒委之疏贱之臣子，则精神意气，不相统摄，即使陈边设豆，只为渎而已矣！”

皇帝做个手势，让张诚停下来。

“老张，你是疏贱之臣子吗？”皇帝问。

“奴才贱而不疏。”张诚说。

“定国公是疏贱之臣吗？”皇帝问。

“定国公疏而不贱。”张诚说。

“朕未使你代祭，而使定国公代祭；你让定国公亲去问卢洪春那厮，谁个是疏贱之臣！”皇帝命道。

“是，”张诚应道，并请旨，“奴才这就去吧？”

如果皇帝答应，卢疏下面的部分就可以不读，这是他所希望的。

但皇帝不答应。他说：“还有可读的呢，你急甚！”

“奴才再读，”张诚无奈地读下去，“九庙之神灵谓何？而又何以报本追远乎？然臣所闻，尚有异于此者。先二十六日传旨免朝，即闻人言籍籍，谓陛下以驰马伤额，恐为臣子所见，故因疾自讳。”

“老张，你知朕为何要听你读这一段？”皇帝厉声问。

“奴才该死，没把事情办好。”张诚惶恐地说。

“你怎没把事情办好？”皇帝问。

“爷再三谕曰：宫闱之事，不得外泄。此事若不外泄，外朝怎会知道，乃至于人言藉藉！”张诚道。

“此事你有责任，但朕追究的，不是你的责任。”皇帝安抚他说。

“爷就这么放过奴才？”张诚简直不敢相信。当然，在内臣中，也只有他和张鲸敢这么问。

“朕不会就这么放过你；除非你能说出来，朕不追究你，却该追究谁个。”皇帝道。

“爷该追究卢洪春那厮。”张诚说。

“朕当追究他何事？”皇帝问。

“身为部属，不尽心于部务，却风闻奏事。居然连科、道不曾风闻之事，他亦闻之；科、道不曾奏言之事，他亦奏之。”张诚说。

“此虽过错，但不宜追究。”皇帝道。

“为何不宜追究？”张诚问。

“你想啊，”皇帝道，“他身为部属，不得风闻奏事，但朝廷有可以风闻奏事的官员呀。朕为风闻奏事而追究卢洪春那厮，可以风闻奏事的官员中或有人出头，也进言此事，朕该怎说？你难道要朕和他等廷辩？他争曰有，朕辩曰无，那成何体统！此事提都提不得，更莫道追究。”

“奴才糊涂，分不出说得说不得。”张诚认错。

“其实，该疏有主题，有副题，你糊涂，就糊涂在放过主题，去抓副题，此所谓舍本求末。”皇帝说。

“爷，何为主题？”张诚问。

“礼莫重于祭。”皇帝道。

“何为副题？”张诚问。

“驰马伤额。”皇帝道。

“爷的意思，只追究卢洪春那厮祭礼之议？”张诚问。

“是，”皇帝点头应道，并说，“老张，你知该怎拟旨吧？”

张诚拟旨：庙享崇重，朕每次亲行。偶因动火调理，恐弗成礼，故遣官暂代。且念朕身为祖宗托委，圣母属依，若有疾不慎，或贻后忧，孝乎，否乎？卢洪春这厮，肆言惑众，沽名讪上，好生悖逆狂妄！着锦衣卫拿在午门前，着实打六十棍，革了职，为民当差，永不叙用。

皇帝亲批，曰批朱。所谓批朱，基本上是由司礼监臣代笔的。批朱长达百余字，是很少有的。

第一百六十章

京城聚居着不少的回回人，要吃牛羊肉。回回人吃的牛羊肉，一定要回回人杀。于是在回回人中，形成一个专门杀牛的行业。回回人称呼杀牛的回回人为满剌，久之，京城的别族人也称杀牛的回回人为满剌，官府也称杀牛的回回人为满剌。

满剌多居住在城外靠近城门的地方。住在城外，方便去乡村购牛，并方便屠宰；靠近城门，方便杀牛后送往城里的店铺。

除斋日，天天都会有人吃牛肉，因此天天都会有人卖牛肉，因此天天都要屠宰。满剌们得闲的日子不多，彼此串门的日子不多；要说有一天差不多所有的满剌会聚集在一起，更是谁也不会想到的。

但就是有一天，京城差不多所有的满剌聚集到一起。

德胜门的几个满剌往西走，然后转向南，在西直门外的一个路口，和西直门的几个满剌会合。

德胜门的一个满剌，和西直门的一个满剌是亲戚。两个城门的满剌会合一处，是他二人居中联络的。

“二叔，人齐没有？”德胜门的满剌问。

“你先说，你的人齐没有！”西直门的满剌道。

“一个也不少。”德胜门的满剌说。

“你能把你那里的人聚齐，我就不能把我这里的人聚齐！”西直门的满剌道。

“既聚齐，走吧！”德胜门的阿剌招呼所有西直门的满剌。

“好！”西直门的满剌们应道。

“等等，到这里，我等是主人，对客人不可怠慢。”居中联络的西直门满剌对所有德胜门的满剌说着，问道，“要不要喝口水？”

“不用！”德胜门所有的满剌应道。

德胜门、西直门的满剌们齐往南走，在阜成门外的一个路口，和阜成门的几个满剌会合。

西直门的一个满剌，和阜成门的一个满剌是连襟。和阜成门满剌的联络，是由这个西直门的满刺负责的。

“姐夫，人齐没有？”西直门的满刺问。

“你那里是两门的人，我这里是一门的人，两门的人聚齐，一门的人还能聚不齐！”阜成门的满刺说。

西直门的满刺招呼阜成门的满刺们一起走。阜成门的满刺向德胜门、西直门的满刺们表示，要尽地主之谊。德胜门、西直门的满刺们谢绝。

德胜门、西直门、阜成门的满刺们齐往南走，然后转向东，在宣武门外的一个路口，和宣武门的几个满刺会合。

阜成门的一个满刺，和宣武门的一个满刺是同乡，和宣武门满刺的联络，是由这个阜成门的满刺负责的。

“乡党，人齐没有？”阜成门的满刺问。

“此处有几人，我告诉你的明明白白；你自家数数，缺没缺人！”宣武门外的满刺道。

阜成门外的满刺招呼宣武门的满刺一起走。宣武门的满刺向德胜门、西直门、阜成门的满刺们表示，要尽地主之谊。德胜门、西直门、阜成门的满刺们谢绝。

四门的满刺们齐往东走，目标是正阳门外。

从东边来的满刺由安定门到东直门，再到朝阳门，再到崇文门，再到正阳门。东边四门的满刺和西边四门的满刺，人数差不多，出发的时辰差不多，两边的路程差不多，因此，到正阳门外的时辰也差不多。

正阳门的满刺们是要尽地主之谊的。他们挑选一个面积较大的屠宰场，搬来几张桌子，几条长凳，摆放一些干果、酒水等物。

一名年纪最长的满刺坐在当中。他不仅是正阳门满刺中年纪最长的，也是九门满刺中年纪最长的。正阳门的满刺把他奉为领袖，所以，才出面把其他八门的满刺邀来；其他八门的满刺也把他奉为领袖，所以，今天才会应邀而来。

“今日说好人要齐，哪门的人不齐，便请回去。”年长的满刺说，话语间自有一种威严。

“崇文门的人到齐。”崇文门的一名满刺说。

“宣武门的人到齐。”宣武门的一名满刺说。

“朝阳门的人到齐。”朝阳门的一名满刺说。

“阜成门的人到齐。”阜成门的一名满刺说。

“东直门的人到齐。”东直门的一名满刺说。

“西直门的人到齐。”西直门的一名满刺说。

“安定门的人到齐。”安定门的一名满剌说。

“德胜门的人到齐。”德胜门的一名满剌说。

其他八门的满剌井然有序地回答之后，年长的满剌说：“正阳门的人也到齐，早就在此恭候大家。”

“不敢当。”其他八门的满剌齐道。

“今日之聚，所为何事，大家都知道吧？”年长的满剌问。

“是。”众阿满齐应道。

“德胜门外有未张贴告示？”年长的满剌一门一门地问。

“有张贴。”德胜门的满剌们应道。

“安定门外有未张贴告示？”年长的满剌问。

“有张贴。”安定门的满剌们应道。

“西直门有未张贴告示？”年长的满剌问。

“有张贴。”西直门的满剌们应道。

“东直门有未张贴告示？”年长的满剌问。

“有张贴。”东直门的满剌们应道。

“阜城门有未张贴告示？”年长的满剌问。

“有张贴。”阜成门的满剌们应道。

“朝阳门有未张贴告示？”年长的满剌问。

“有张贴。”朝阳门的满剌们应道。

“宣武门有未张贴告示？”年长的满剌问。

“有张贴。”宣武门外的满剌们应道。

“崇文门有未张贴告示？”年长的满剌问。

“有张贴。”崇文门的满剌们应道。

“正阳门也张贴，我着人抄写一份，”年长的满剌说着，问道，“有没人未听人读过该告示，或听人读过该告示却没听明白的？有的话，我着人再读一遍。”

“不用。”众满剌齐道。

“告示张贴以来，你等日子还过不过得下去？”年长的满剌问崇文门的满剌们。

“除杀牛外，我等身无长技，怎过得下去！”一名崇文门的满剌道。

“你等日子还过不过得下去？”年长的满剌问宣武门的满剌们。

“除日收外，我等家无存粮，怎过得下去！”一名宣武门的满剌道。

“你等日子还过不过得下去？”年长的满剌问朝阳门的满剌们。

“家中婆娘有孕，须得补养，怎过得下去！”一名朝阳门的满剌道。

“你等日子还过不过得下去？”年长的满剌问阜成门的满剌们。

“家中儿多女多，等米下锅，怎过得下去！”一名阜成门的满剌道。

“你等日子还过不过得下去？”年长的满剌问东直门的满剌们。

“老母卧病在床，须买草药，怎过得下去！”一名东直门的满剌道。

“你等日子还过不过得下去？”年长的满剌问西直门的满剌们。

“老父来日无多，须置棺椁，怎过得下去！”一名西直门的满剌道。

“你等日子还过不过得下去？”年长的满剌问安定门的满剌们。

“小儿谈婚论娶，正筹礼金，怎过得下去！”一名安定门的满剌道。

“你等日子还过不过得下去？”年长的满剌问德胜门的满剌们。

“小女待字闺中，正备嫁妆，怎过得下去！”一名德胜门的满剌说。

“他等也是每日向我诉苦，”年长的满剌说的是正阳门的满剌们。说罢，他问，“大家都有难处，怎办？”

“求阿伯指一条路！”众满剌齐道。

“须得理论。”年长的满剌说。

“阿伯说的是。”众满剌齐应道。

“你等说，当与谁个理论？”年长的满剌问德胜门的满剌们。

“与朝廷！”一名德胜门的满剌道。

“不对，”年长的满剌摇着头，问安定门的满剌们，“你等说呢？”

“与官府！”一名安定门的满剌道。

“不全对，”年长的满剌摇着头，又问西直门的满剌们，“你等说呢？”

“与户部！”一名西直门的满剌道。

“不全对，”年长的满剌摇着头，又问东直门的满剌们：“你等说呢？”

“与工部！”一名东直门的阿剌道。

“不全对，”年长的满剌摇着头，又问阜成门的满剌们，“你等说呢？”

“与顺天府！”一名阜成门的满剌道。

“不全对，”年长的满剌摇着头，又问朝阳门的满剌们，“你等说呢？”

“与大兴县！”一名朝阳门的满剌道。

“不全对，”年长的满剌摇着头，又问宣武门的满剌们，“你等说呢？”

“与宛平县！”一名宣武门的满剌道。

“不全对！”年长的满剌摇着头，又问崇文门的满剌们，“你等说呢？”

“与兵马司！”一名崇文门的满剌道。

“差不多是对的，”年长的满剌也差不多不摇头。他对德胜门的那名满剌说，“告示不是朝廷张贴的，所以不该与朝廷理论。”

“阿伯说的是。”德胜门的那名满剌道。

“告示是官府张贴的，但不是所有的官府共同张贴的；所以不该笼统地与官府理论。”年长的满剌对安定门的那名满剌说。

“阿伯说的是。”安定门的那名满剌道。

“此事户部可以管，但告示不是户部张贴的；所以与户部理论无用。”年长的满剌对西直门那名满剌说。

“阿伯说的是。”西直门的那名满剌道。

“此事工部也可以管，但告示不是工部张贴的；所以与工部理论无用。”年长的满剌对东直门的那名满剌说。

“阿伯说的是。”东直门的那名满剌道。

“此事顺天府可以管，但告示不是顺天府张贴的；所以与顺天府理论无用。”年长的满剌对阜成门的那名满剌说。

“阿伯说的是。”阜成门的那名满剌道。

“此事大兴县可以管，但告示不是大兴县张贴的；所以与大兴县理论无用。”年长的满剌对朝阳门的满剌说。

“阿伯说的是。”朝阳门的那名满剌道。

“此事宛平县可以管，但告示不是宛平县张贴的；所以与宛平县理论无用。”年长的满剌对宣武门的那名满剌说。

“阿伯说的是。”宣武门的那名满剌道。

“此事兵马司可以管，而且，告示是兵马司官张贴的。不过，兵马司不止一官，所以不是与兵马司理论，而是与兵马司张贴告示的那官理论。”年长的满剌对崇文门的那名满剌说。

“阿伯说的是。”崇文门的那名满剌道。

“张贴告示的是谁个？”年长的阿剌问正阳门的满剌们。

“巡城御史杨老爷。”正阳门的满剌们齐道。

“杨老爷名何，你等知否？”年长的满剌问众阿满剌。

“杨四知！”众满剌齐呼道。

“巡城御史张贴告示，朝廷可以废之，户部、工部或许也可以废之。但朝廷不肯废之，户部、工部不肯废之，怎办？顺天府可以奏请朝廷废之，大兴县、宛平县或许也可以奏请朝廷废之。但顺天府不肯奏请，大兴县、宛平县不肯奏请，怎办？所以，最靠得住的法子，是直接与该巡城御史理论。”年长的满剌说。

“阿伯说的是。”众满剌齐应道。

“你等说，当怎样与他理论？”年长的满剌问崇文门的满剌们。

“我等祖祖辈辈，皆以牛肉裹腹。”一名崇文门的满剌说。

“是个理由，”年长的满剌点着头，问宣武门的满剌们，“你等说呢？”

“我等祖祖辈辈，皆以牛皮入饭。”一名宣武门的满剌说。

“也是理由，”年长的满剌点着头，问朝阳门的满剌们，“你等说呢？”

“我等祖祖辈辈，皆以牛皮缝袄。”一名朝阳门的满剌说。

“也是理由，”年长的满剌点着头，问阜成门的满剌们，“你等说呢？”

“我等祖祖辈辈，皆以牛头祭神。”一名阜成门的满剌说。

“也是理由，”年长的满剌点着头，问东直门的满剌们，“你等说呢？”

“六畜皆可宰杀；牛列六畜之一，也可宰杀。”一名东直门的满剌说。

“也是理由，”年长的满剌点着头，问西直门的满剌们，“你等说呢？”

“百业不可废；杀牛是百业之一，也不可废。”一名西直门的满剌说。

“也是理由，”年长的满剌点着头，问安定门的满剌们，“你等说呢？”

“禁杀牛，我等皆为废人。”一名安定门的满剌说。

“也是理由，”年长的满剌点着头，问德胜门的满剌们，“你等说呢？”

“禁杀牛，我等皆无生计。”一名德胜门的满剌说。

“也是理由，”年长的满剌点着头，最后问正阳门的满剌们，“你等说呢？”

“我等理由虽多，杨老爷不肯理论，怎办？”一名正阳门的满剌反问。

“对！”年长的满剌转问众满剌，“杨老爷不肯理论，怎办？”

“阿伯说怎办，就怎办！”众满剌齐道。

“我看，只有逼他理论。”年长的满剌说。

“阿伯说逼他理论，就逼他理论！”众满剌齐道。

“杨老爷每日在哪个衙门当值？”年长的满剌问正阳门的一名满剌。

“东城兵马司。”该满剌说。

“我等每日堵在东城兵马司衙门外，让他进去后，休想再出；出去后，休想再进！”一名东直门的满剌道。

“我等同往！”朝阳门、安定门的满剌齐道。

“杨老爷家住哪里？”年长的满剌问正阳门的另一名满剌。

“西直门内新开路。”该满剌说。

“我等每日堵在他家宅外，让他出去后，休想再回；回来后，休想再出！”一名西直门的满剌道。

“我等同往！”阜成门、德胜门的满剌齐道。

“回不得家，去不得衙门，他也是要上朝的。”年长的满剌说。

“阿伯放心，我等去堵他上朝的路！”一名正阳门的满剌道。

“我等同往！”崇文门、宣武门的满剌齐道。

“既禁杀牛，屠牛之刀没用，不如带在身上。”年长的满剌说。

“是。”众满剌应道。

见杨四知的模样，掌院都御史辛自修忍俊不禁。

“元述，怎如此狼狈？”他明知其故，仍然问道。

“正门被堵，只好翻墙而出。”杨四知苦笑着说。

“以病告假，本朝有之；以事告假，本朝也有之。告短假，本朝有之；告长假，本朝也有之。而以家门被堵告假——不，甚至连假都未告；不是一二日，不是三五日，而是十余日，却是你开的先河。你很了不起呀！”辛自修讥道。

“子吉先生别再挖苦下官，下官是来讨教的。”杨四知说。

辛自修字子吉，河南襄城人，嘉靖三十五年进士。杨四知字元述，河南祥符人，万历二年进士。

“元述讨教何事？”辛自修问。

“出路呀。”杨四知道。

“出路不在墙头吗？”辛自修开句玩笑。见杨四知脸拉长，他马上改换口气，“说到讨教，还是我先向元述讨教吧。”

“子吉先生要问则问，休言讨教！”杨四知道。

“元述家门口当真被堵住？”辛自修问。

“是。”杨四知应道。

“堵在元述家门口的，是些何人？”辛自修问。

“九门的满剌。”杨四知道。

“满剌，是回回人所谓屠牛者吧？”辛自修问。

“是。”杨四知应道。

“九门的满剌都堵在元述家门口？”辛自修问。

“那倒不是，”杨四知道，“下官虽被堵在家里出不去，却让家人出去看过，得知他们有的堵在去衙门的路上，有的堵在往宫城的路上。”

“也是为堵截元述？”辛自修问。

“是。”杨四知应道。

“满剌们堵得元述出家出不得，去衙门去不得，上朝上不得，却是为的何事？”辛自修问。

“为十余日前我张贴的一道告示。”杨四知说。

“告示？”辛自修并非不知他张贴告示一事，而是要让他自己说出来。

“十余日前，下官张贴严禁杀牛的告示。”杨四知说。

“严禁杀牛？如何严禁？”辛自修问。

“若违禁令，依律充军。”杨四知说。

“元述张贴这份告示，可是朝廷降旨？”辛自修问。

“不是。”杨四知道。

“可是都察院传檄？”辛自修问。

“不是。”杨四知道。

“既非奉旨，又非奉檄，元述怎敢擅自张贴告示！”辛自修责怪道。

“下官并非擅自张贴。”杨四知是一定要分辩的。

“你还有理由？”辛自修问。

“是。”杨四知应道。

“说来听听。”辛自修命道。

“一则，巡城御史，如别衙官员，是可以张贴告示的。”杨四知说。

“那要看何事！”辛自修本来要反驳，但想了想，还是让他先说，“既有其一，必有其二吧？”

“是，”杨四知应一声，说道，“违禁杀牛者充军，是太祖高皇帝定下的律条，下官非无凭据。”

“还有其三吗？”辛自修问。

“没有。”杨四知道。

“元述，我来与你辨析，”辛自修说，“巡城御史可以张贴告示，这不假。上自朝廷部、院，下至府、州、县，都可以张贴告示。譬如，有人犯罪，逃窜，须得缉拿。一县之内缉拿的，县衙可出告示；一州之内缉拿的，州衙可出告示；一府之内缉拿的，府衙可出告示；一省之内缉拿的，布、按二司可出告示；于天下缉拿的，刑部、都察院可出告示。”

“同理：一县之内禁杀牛，县衙可出告示；一州之内禁杀牛，州衙可出告示；一府之内禁杀牛，府衙可出告示；一省之内禁杀牛，布、按二司可出告示；天下禁杀牛，户部、工部可出告示。”杨四知说。

“二事不可等同。”辛自修道。

“为何不可等同？”杨四知问。

“一则，禁杀牛关系民生，任何一个衙门，不奉旨，是不可擅自张贴告示的；二则，元述不是在别省、别府、别州、别县张贴告示，禁本省、本府、本州、本县杀牛，而是在京师张贴告示，禁京师杀牛。京师乃首善之区。京师禁杀牛，顺天府或随而效之，北直隶或随而效之，天下或随而效之。是其告示虽非朝廷张贴，却如同朝廷张贴。”辛自修说。

“其效如此，我没想过。”杨四知好像准备放弃自己的主张。

“禁杀牛后，吃不到牛肉之民会如何，元述也没想过吧？”辛自修道，“违禁杀牛者充军是太祖高皇帝定下的律条，这不假。但今时与国初不同，元述想过没有？譬如，国初牛少，杀之，则无牛耕种；今时牛多，杀若干，仍有牛耕田。再譬如，国初养牛，只为耕田；今时养牛，有的为耕田，有的为取其乳，有的为取其肉。再譬如，国初，民逢大乱之后，裹腹即可，不求精食；今时物产丰沃，食之求精。牛肉，精食也。再譬如，国初定都南京，有几个回回人；今时改都北京，回回人渐多，于京师繁衍生息，离不开牛乳、牛肉。太祖高皇帝所定律条，有些已经更改，有些还会更改，如禁杀牛的律条，今时早不适宜。”

“子吉先生辩驳的是，”杨四知说。他已决心放弃自己的主张；不过，还有一点疑虑。“下官闻，朝令夕改是为官大忌。”

“早知朝令夕改是为官大忌，出令何不慎之！”辛自修道，“俗道：人无远虑，必有近忧。元述不必想别的，只想想日后进出是翻越墙头的好，还是堂而皇之地走门好！”

“下官受教。”杨四知躬身揖道。

杨四知在众目睽睽之下进东城兵马司衙门，倒也没被阻拦。他命逻卒往各门收回张贴的告示，一场风波很快平息。

第一百六十一章

十一月二十二日，三人自宣武门进京城。一人姓娄名佛显，看上去是为首的，另二人，一个叫吴讨，一个叫赵谨明，看上去是跟随的。

“逢人打听何事，能记住吗？”娄佛显问。

“能记住。”吴讨、赵谨明应道。

“说说看。”娄佛显命道。

“打听天子明天上不上朝。”吴讨说。

“要是不上朝呢？”娄佛显问。

“打听天子哪天上朝。”赵谨明说。

“你呢，”娄佛显先对吴讨说，“别光记着问天子明天上不上朝；人家告诉你天子明天不上朝，你还得问天子哪天上朝。”又对赵谨明说，“你呢，别一上来就问天子哪天上朝。你要先问，天子明天上不上朝。人家告诉你天子明天不上朝，你再问天子哪天上朝。”不厌其烦地叮嘱完，他问，“记清楚吗？”

“记清楚。”吴讨、赵谨明应道。

“再有，这个地方能记住吗？”娄佛显又问。

“能记住。”吴讨、赵谨明道。

“这叫什么地方？”娄佛显问。

“宣武门。”吴讨说。

“是宣武门里，还是宣武门外？”娄佛显问。

“方才在宣武门外，这会儿在宣武门里。”赵谨明说。

“找不到这个地方，怎么跟人打听？”娄佛显问。

“请问施主，宣武门怎走。”吴讨说。

“你也说一遍。”娄显命赵谨明。

“我要去宣武门，请施主指路。”赵谨明说。

“会问路，才不会迷路，记清楚吗？”娄佛显问。

“记清楚。”吴讨、赵谨明道。

“再有，几时回到这里，能记住吗？”娄佛显又问。

“能记住。”吴讨、赵谨明道。

“须得几时回来？”娄佛显问。

“天擦黑前。”吴讨说。

“要没问出天子明天上不上朝，或问出明天天子不上朝，但没问出天子哪天上朝呢？”娄佛显问。

“要是早早问出天子明天上不上朝，或早早问出天子明天不上朝，哪天才上朝，就早早回到这里，先到的等后到的；要是没问出天子明天上不上朝，或问出天子明天不上朝，但没问出天子哪天上朝，天擦黑前也要赶回这里来。”赵谨明说。

“天擦黑前赶回来，我会在这里等你们；天擦黑前不赶回来，我要去落脚处，不会在这里等你们。”娄佛显说着，问道，“记清楚吗？”

“记清楚。”吴讨、赵谨明道。

“好，各选一条路，去吧。”娄佛显命道。

娄佛显回到宣武门内时，吴讨、赵谨明已经在等他。二人要向他报告打听到的消息，他摆摆手，让他们别急。

“别开口，跟我走！”娄佛显道。

他把他们带到他找的落脚处。那是一所坐落在街巷深处的庙宇，已经破败，但房屋还在，床铺还在，炉灶还在。特别重要的是，后院的水井还在，可以打上水来洗一洗；可以把水烧滚，就着吃几口干粮。

“自离开金华以来，此处住宿最差吧？”娄佛显问。

“自弟子拜师以来，此处住宿最差。”吴讨说。

“自弟子出世以来，此处住宿最差。”赵谨明更进一步地说。

“此处住宿虽然最差，却也最难得。”娄佛显道。

“有何难得？”吴讨、赵谨明齐问。

“今日住处，可谓天子卧榻之侧。在别的地方，住宿再好，能说是天子卧榻之侧吗？”娄佛显道。

“天子卧榻之侧若是如此，弟子宁愿不住。”吴讨说。

“谨明，你说呢？”娄佛显问赵谨明。

“师尊知道，我家比吴师哥家富有；吴师哥不愿住，我更不愿住。”赵谨明说。

“你二人难道忘记我等的使命？”娄佛显责备。

“弟子等不敢忘！”吴讨、赵谨明齐道。

“不敢忘吗？你二人倒是说说，何为我等使命！”娄佛显命道。

“度得万历爷爷吃斋。”吴讨说。

“度得万历爷爷吃斋，就能成佛。”赵谨明说。

“不到得万历爷爷卧榻之侧，怎度得万历爷爷！”娄佛显道。

“师尊责备的是，弟子们存有贪图安逸之心。”吴讨、赵谨明齐道。

“为度万历爷爷，弟子视陋室为华厦。”吴讨又说。

“为度万历爷爷，弟子视土炕为锦床。”赵谨明又说。

“好，说说打听来的消息吧。”娄佛显命道。

“万历爷爷明日上朝，”吴讨说，又补充，“弟子又问定然否。告诉我万历爷爷明天上朝的人说，宫闱之事谁个能断定！阁老能断定吗？司礼监能断定吗？弟子无法再问下去。”

“万历爷爷明日上朝，”赵谨明也说，又补充，“弟子又问定然否？告诉我万历爷爷明天上朝的人说，除非万历爷爷患病，或不想上朝。弟子又问万历爷爷明天会不会患病，或不想上朝？告诉我万历爷爷明天上朝的人说，万历爷爷的事谁个能断定！首辅能断定吗？司礼掌印能断定吗？弟子无法再问下去。”

“你等无须再问，”娄佛显道，“我佛和师尊已经告诉我，明天万历爷爷一定会上朝，不会生病，也不会不想上朝。”

“当真？”吴讨、赵谨明齐问。又齐道，“我佛告诉师祖的话，师祖告诉师尊的话，师尊告诉弟子们的话，一定不会错。”

次日凌晨，娄佛显等三人在长安右门外找个避风的旮旯，先倾听，后观望，再后议论。

“是顶轿子。”吴讨说。

“不用看，听也听得出来。”赵谨明嘲笑道。

“是个大官，也听得出来吗？”吴讨问。

“你怎看出是个大官？”赵谨明反问。

“轿子挺高挺大，前有人引路，后有人跟随。”吴讨说。

“倒像是大官，”赵谨明说着，向娄佛显请示，“师尊，跟上吧？”

“不可。”娄佛显摇头。

轿子进长安右门，不多时又退出来。轿夫行走如飞，看来，轿子已是空的。大概轿子只能停在长安右门内不远处，轿里的大官下轿，后面的路须得步行。

吴讨、赵谨明暗中伸大拇指。师尊不让跟随这个大官进去，太英明。不然，这个大官一人往里走，跟在他身后，不一会儿就得被拦住。

“有马驰来。”这次是赵谨明观望到。

“不用看，听也听得出来。”这次是吴讨在嘲笑。

“是两位大将军，也听得出来吗？”赵谨明问。

“你怎知是大将军？”吴讨反问。

“气势轩昂，前有人牵马，后有人跟随。”赵谨明说。

“倒像是大将军，”吴讨说着，向娄佛显请示，“师尊，跟上吧？”

“不可。”娄佛显仍摇头。

马在长安右门外停下来，两个武臣相互揖让，一起入门。或是臣子的马匹不得入内，或是这两个武臣习惯于在门外下马，免得骑进去，和守门的公公、校尉们啰唆。

吴讨、赵谨明暗中又伸大拇指。二臣并肩而行，师尊仍不让跟随，太英明。别说会引人注目，就算二臣回头问上一句，也无法应付。

吴讨、赵谨明头挨着头，一起往街上观望。

“来五六个官人，皆步行。”吴讨说。

“不止，有七八个。”赵谨明说。

“有没人再凑上去？”娄佛显问。

“师尊料事如佛，又有人凑上，差不多有十人。”吴讨说。

“怎是差不多，分明超过十人！”赵谨明说。

“准备好，跟在他们后边进去！”娄佛显命道。

一群品秩不甚高的官员走过来。是一群，不是一排，或一列，因而显得杂乱。三人跟在后边，他们没留意；走进长安右门，守门的公公和校尉门也没留意。

从承天门到午门，长长的甬道两侧是墙垣，墙垣内有六科等值房，高墙外是道路。两侧的墙垣各开三座边门：首先是社稷街门对太庙街门，然后是社左门对庙右门，最后是阙右门对阙左门。

沿着高墙外走时，从任何一门都可以走进承天门到午门间的长长的甬道。但除六科等官员要去衙门，会从社左门进；其他官员上朝，都是沿着墙外走到阙右门，才走进去。

经过社稷街门时，娄佛显等没停下来；如果从这里进去，已在承天门之内，端门之外。经过社左门时，娄佛显等没停下来；如果从这里进去，已在端门之内，午门之外。经过阙右门时，再不停下来，再往前走，就到护城河。娄佛显先站下，吴讨、赵谨明也随着站下。

“就在这里吧。”娄佛显说。

“是。”吴讨、赵谨明应道。

娄佛显在门外一块空地上，先坐下来，吴讨、赵谨民一右一左也坐下来。佛显看他们一眼，用手指比画一下，让他们把位置调过来。二人起身，吴讨坐到他的左边，赵谨明坐到他的右边。

这个情景已经很不寻常，接下来，还有更不寻常的事情发生。

娄佛显从怀里掏出一块叠起来的白布，一层一层展开。吴讨、赵谨明也各从怀里掏出一块白布，各自一层一层展开。三人同时把手里的白布举起来，举的一般高，三块白布连成条幅。

娄佛显举的白布上写的是“乾坤”二字。吴讨举的白布上写的是“普度”二字。赵谨明举的白布上写的是“四部州”三字。从左往右看过去，连起来是“普度乾坤四部州”七个字。

这件事惊动东厂，惊动锦衣卫。三人被拿下，先关在东厂，然后解押锦衣卫狱。

锦衣卫官把顺序颠倒，先讯赵谨明。

“姓名？”锦衣卫官问。

“赵谨明。”赵谨明回答。

“何方人氏？”锦衣卫官问。

“浙江金华。”赵谨明回答。

“不老实在金华住着，为何闯入宫禁？”锦衣卫官问。

“小人不是闯入。”赵谨明分辩。

“不是闯入，难道是被请来的？”锦衣卫官叱道。

“请倒没人请，但也不是闯入。”赵谨明固执地说。

“不是闯入，却是怎进来的？”锦衣卫官问。

“是被一群官人引入。”赵谨明说。

“你认得那些官人？”锦衣卫官问。

“不认得。”赵谨明说。

“你央告官人们引入？”锦衣卫官问。

“不曾央告。”赵谨明说。

“官人们相邀你等跟随而入？”锦衣卫官问。

“不曾相邀。”赵谨明说。

“你等与官人们互不相识，你等没央告官人们，官人们也没邀你等，可不是闯入！”锦衣卫官道。

“大人说这算闯入，小人只好认账。”赵谨明说。

“你等闯入宫禁，为的何事？”锦衣卫官继续问。

“为度万历爷爷。”赵谨明说。

“你怎说？”锦衣卫官一拍醒目，喝问。

“为度万历爷爷。”赵谨明又说一遍。

锦衣卫官又吃惊又好笑，叱道：“就凭着你，能度当今天子！”

“我力度小，度不了万历爷爷；但我有师尊，我师尊还有师尊，就不一定度不了。”赵谨明说。

“来度当今天子，想必不是你的主意吧？”锦衣卫官问。

“这大的主意，我不敢拿，是师尊拿的。”赵谨明说。

“你师尊怎想到来度当今天子？”锦衣卫官问。

“师尊说：若能度得万历爷爷吃斋，便可成佛。”赵谨明道。

“是你可成佛？”锦衣卫官问。

“不是。”赵谨明道。

“是他可成佛？”锦衣卫官问。

“不是。”赵谨明道。

“究竟谁可成佛？”锦衣卫官问。

“师尊说：天下之人皆得成佛。”赵谨明道。

换吴讨，有用的，没用的，又问一遍。

“姓名？”锦衣卫官问。

“姓吴名讨。”吴讨回答。

“怎叫这么个怪名？”锦衣卫官问。

“小人祖上是讨饭的，到小人父亲一辈，讨出一份家业。他老人家说：吴、无同音，儿子不用再讨饭，就叫吴讨吧。”吴讨解释。

“何方人氏？”锦衣卫官问。

“金华。”吴讨回答。

“不老实在金华住着，据你所说，你老子还给你留下家业，却为何在京城流荡？”锦衣卫官问。

“小人不是流荡。”吴讨分辩。

“不是流荡，难道是来做客？”锦衣卫官斥道。

“无人做东，但也不是流荡。”吴讨说。

“不是流荡，难道是在访友？”锦衣卫官斥道。

“无友可访，但也不是流荡。”吴讨说。

“你说不是流荡，我问你，你等进城之后，居于何处？”锦衣卫官道。

“一所已废的小庙。”吴讨说。

“吃的何物？”锦衣卫官问。

“自带的干粮。”吴讨说。

“走过几条街？”锦衣卫官问。

“昨日走三五条街，今日一早直奔宫禁。”吴讨说。

“住已废的小庙，吃自带的干粮，走三五条街，又直奔宫禁，可不是流荡！”锦衣卫官道。

“大人说这算流荡，小人只好认账。”吴讨说。

“你等在京城流荡，为的何事？”锦衣卫官问。

“为寻机进入宫禁。”吴讨说。

“为何要进入宫禁？”锦衣卫官问。

“为度万历爷爷。”吴讨说。

“度当今天子，你的力度够吗？”锦衣卫官问。

“不够，”吴讨说，“但我还有师尊，我师尊还有师尊，凭他们的力度，一定度得了的。”

“来度当今天子，是你师尊的主意吧？”锦衣卫官问。

“是。”吴讨应道。

“他怎想到来度当今天子？”锦衣卫官问。

“师尊说：若能度得万历爷爷吃斋，便能成佛。”吴讨说。

“是天下之人皆得成佛？”锦衣卫官问。

“是。”吴讨应道。

最后才鞫讯娄佛显。

“姓名？”锦衣卫官问。

“姓娄名佛显。”娄佛显回答。

“何方人氏？”锦衣卫官问。

“浙江金华。”娄佛显回答。

“他二人仅知金华，你还知道浙江，难怪你是师尊，他二人是弟子！”锦衣卫官讽刺一句，又道，“你还有师尊，是不是所知又多于你？”

“不仅多于我，师尊所知，无人能及。”娄佛显说。

“能不能告诉我，你师尊姓名？”锦衣卫官道。

“姓潘，名讳上正下显。”娄佛显说。

“也是你金华人吗？”锦衣卫官问。

“不是。”娄佛显道。

“那是你浙江人？”锦衣卫官又问。

“是，”娄佛显应道，“师尊告我，他和国初伯温公同乡，是青田人。”

“浙江，处州，青田，潘正显。”锦衣卫官边重复，边准备写下来。

“大人不用记，师尊已驾鹤仙去。”娄佛显话中另一层含义：要不是师尊仙逝，我会把他老人家的姓名、籍贯告诉你吗？

“人已不在？”锦衣卫官半信半疑，“你是几时拜他为师的？”

“万历十一年三月。”娄佛显说。

“你与师尊相处，难道三年都不到？”锦衣卫官问。

“师尊说，与我只有两年零两个月的缘分。”娄佛显道。

算了算，果然已经不在。锦衣卫官不再追问这事。

“你的两个弟子都说，你等来到京师，为度当今天子，是真有其事，还是他等口出狂言？”他问。

“是真有其事。”娄佛显道。

“他二人说，度当今天子是你的主意，是的确如此，还是他二人诿罪于你？”锦衣卫官问。

“一则，度万历爷爷并非罪过；二则，此事确是我的主意；三则，他等若称是自家的主意，乃对师尊大不敬。”娄佛显说。

“你也不该对师尊大不敬吧？”锦衣卫官道。

“大人何意？”娄佛显问。

“度当今天子，应该是你师尊的主意吧？”锦衣卫官反问。

“确实是师尊的主意。”娄佛显说。

“他怎说的？”锦衣卫官问。

“师尊教我敬奉天、地、君、亲、师，普度众人；并说，若能度得万历爷爷吃斋，天下之人皆得成佛。”

三人所答相符，用不着再多问。

刑部拟罪：娄佛显监候处决；吴讨、赵谨明发口外为民。

第一百六十二章

许国去一趟诰敕房，去时心情松弛，回到内阁，则匆匆忙忙。

“汝默先生怎还坐着不动？”他问申时行。

“我也要去诰敕房吗？”申时行反问。

“不是去诰敕房。”许国边说，边连连摆手。

“别处又出事？”申时行问。

“汝默先生请移步，边走边说。”许国道。

“好。”申时行应道。应该说，许国是个很能沉得住气的人，他流露出来的紧张情绪，让人觉得一定有大事发生。

坐在另一边的王锡爵虽然低着头，看上去对他们的谈话不关心，实际上却一直在听；而且心里在想：事情和自己有没有关系？

很快有答案。许国拉申时行才迈出阁外，又回过头来，问他：“元驭先生，你怎还坐着不动？”

“有人让我动吗？”王锡爵反问。

许国愣了愣神。不错，自己方才问话的对象很明确，只是申时行一人，而不是申时行、王锡爵二人。

“对不起，是我没说清楚，”他说着，揖了揖，“请元驭先生移驾。”

“此事与我也有关？”王锡爵问。

“和人人都有关。”许国道。

“我和汝默兄不同：他不知你带他去哪里，也会去的；我不知去哪里，却是不肯去的。”王锡爵说。

“边走边说，去迟不好。”许国道。

王锡爵和申时行一样，也感觉有大事要发生。

几乎和内阁并排，东西各有一室，东边的是诰敕房，西边的则是制敕房。去诰敕房，出内阁后，应该往东走。但许国领着申时行、王锡爵没往东走，而是往西走。这至少说明，他说不去诰敕房，没说错。

诰敕房再往东，可出东华门。这也说明，他不是带他们出宫禁。

另一条路是往北，通往文华殿。这是他们经常要走的一条路；而且，申时行、王锡爵都在想：可能是皇上忽然宣召阁臣。

但走过制敕房后，许国没有北转，而是继续往西走。

再走下去，就要进会极门。

进会极门后，仍有几条路可走：一是径直往西，出和会极门相对的归极门。可归极门外是社稷坛，除非是奉旨代祭于社稷坛，阁臣们是不会到那里去的。二是南行，出午门。虽说这也是一条出入宫禁的通道，但阁臣们往内阁办事，或离内阁外出，都宁愿走东华门，而不会走午门。三是北行，到皇极门。进皇极门，就是皇极殿，这里是举行朝会的场所，阁臣们都熟悉。问题是，将近午时，不是朝会的时辰呀。

把所有的可能性都排除，申时行、王锡爵齐问："维桢先生这是要领我二人去哪里呀？"

"马上就到。"许国说。

"马上就到？"申时行、王锡爵大惑。

许国快走两步，申时行、王锡爵跟着快走两步。到会极门外，许国停下来，申时行、王锡爵也停下来。

"就是这里。"许国说。

"就是这里？"申时行、王锡爵更惑。

二人一脸的茫然不是装出来的。许国不得不问："今日举行午朝，二公一无所闻不成？"

申时行、王锡爵你看着我，我看着你。二人的确是一无所闻；但有一点是明确的：许国说和人人有关，并非是说和他两个人人有关，而是说和廷臣们人人有关。

"维桢先生说今日午朝？"申时行问一句。

"是啊。"许国应道。

"元驭兄，维桢先生说今日午朝。"申时行对王锡爵说。

"我听得甚是清晰；我也正想问他呢。"王锡爵说。

"元驭先生问吧。"申时行道。

"维桢先生可记得，有多久没举行午朝？"王锡爵问。

"许久。"许国回答得含糊，但不会错。

"许久是多久？"王锡爵问。

"我说不出来，"许国说着，把难题交给申时行，"汝默先生或许说得出来？"

"我也说不出来，"申时行虽然这么回答，但还是要说。因为这也是他怀疑今天会举行午朝的原因，“万历十年以后，似从未举行午朝。”

他明显是拿张居正掌阁来划线。王锡爵问：“万历十年之前呢？”

“似乎也极少。”申时行道。

“是极少，还是没有？”王锡爵追问。

“元驭兄要说万历朝并未举行过午朝，我也无法反驳。”申时行道。

“万历朝之前呢？”王锡爵又问。

“你我嘉靖四十一年入朝的，在我印象里，嘉靖末年，及隆庆年间，似乎亦未举行午朝。”申时行说。

“维桢先生，你听！”王锡爵转对许国说。

“元驭先生之意，许久不曾举行午朝，故今日也不会午朝？”许国问。

“不完全是这个意思，但主要是这个意思。”王锡爵说。

“元驭先生问我记不记得多久没举行午朝，我倒要问元驭先生，创午朝之制，迄今有多少年？”许国问。

“午朝始于永乐四年吧？”王锡爵问申时行。

“我记得也是。”申时行道。

“永乐四年迄今，应该是一百八十一年吧？”王锡爵问许国。

“是一百八十一年，”许国说罢，又问，“午朝定于左顺门举行，迄今有多少年？”

左顺门即会极门。王锡爵问申时行：“午朝定于左顺门举行，是景泰初年吧？”

“我记得也是。”申时行道。

“景泰初年迄今，应该是一百三十四年吧？”王锡爵问许国。

“是一百三十四年，”许国说罢，反问道，“定午朝之制的年头，比不举行午朝的年头要久远得多吧？”

“的确久远得多。”王锡爵说。

“元驭先生，你看！”许国学着他的口吻说。

“维桢先生之意，定午朝之制的年头，比不举行午朝的年头要久远得多，故今日午朝不足为怪？”王锡爵问。

“我就是这个意思。”许国道。

“但维桢先生当真以为不足为怪吗？”王锡爵问。

“这个——”许国顿了顿，说道，“或是今日有重大的事要议，或是皇上心有所动，决意恢复午朝。”

“但愿如此。”王锡爵道。

吏部尚书杨巍出衙门后，正好遇到步出衙门的礼部尚书沈鲤。

“仲化先生才离衙？”杨巍招呼道。

“和伯谦先生同时离衙，不能算晚吧？”沈鲤道。

“仲化先生和我不一样。”杨巍说。

“有何不一样？”沈鲤问。

“仲化先生还问呢，我正要怪你。”杨巍说。

“怪我？却是为何？”沈鲤惊问。

“今日午朝，仲化先生为何不知会一声？”杨巍问。

“原来为的此事。”沈鲤道。他的表情包含这样一层意思：为这事你可怪不着我。

“是啊，”杨巍应着，继续责问，“难道大家都到得晚，会极门内乱成一团，你礼部脸上就有光？”

“岂止无光！”沈鲤道，“皇上追究朝仪不整，首先要责怪的，不是吏部，而是礼部；不是伯谦先生，而是我。”

“所以，我才怪你嘛，”杨巍说，“为礼部计，为仲化先生本人计，也该把今日午朝的消息，早早通告各衙门。”

“且慢！”沈鲤边琢磨杨巍的话，边问，“伯谦先生认准，今日午朝一事，我是早知道的？”

“这一点，毋庸置疑。”杨巍道。

“我既然早知道的，就应该早告与各衙门知道？”沈鲤问。

“须得如此。”杨巍道。

“若是我告诉伯谦先生，今日午朝一事我一无所知呢？”沈鲤问。

“怎会！”杨巍既然说毋庸置疑，当然不会相信。

“还有，”沈鲤回过神来，问道，“伯谦先生，为何我早该知道此事？”

“这还用问，仲化先生掌礼部呀。”杨巍说。

“衙门排列，礼部在吏部之后；个人排列，我在伯谦先生之后。为何朝廷之事，我该比伯谦先生先知？”沈鲤问。

“并非朝廷所有的事，仲化先生都该先知。”杨巍纠正他的说法。

“为何午朝一事，我该比伯谦先生先知？”沈鲤又问。

杨巍奇怪地看他一眼，问道：“仲化先生当真不知？”

“当真不知。”沈鲤坦然地说。

“皇上决定今日午朝，该命礼部议上仪注呀。”杨巍道。

“拟上午朝仪注？”沈鲤不解其意，“譬如大朝、常朝，每次还要拟上仪注吗？”

“大朝、常朝，无须拟上仪注，午朝却该拟上仪注。”杨巍说。

“这是为何？”沈鲤问。

“前朝如何，姑且不论；万历朝以来，大朝、常朝都是如制举行的，免朝则是特例，故而不用每次拟上仪注。仲化先生想想，午朝有多久没举行？”杨巍道。

“有许久。”沈鲤道。

“许久是多久？”杨巍问。

“我记不清楚，”沈鲤说着，反问道，“伯谦先生可记得清楚？”

“我也记不清楚，”杨巍道，“仲化先生若是先问我，我也只能答以‘许久’。”

“伯谦先生的意思，午朝已经有太久不举行，故而须由礼部先拟上仪注？”沈鲤问。

“须得礼部拟上仪注有两个意思，太久不举行是其中一个。”杨巍说。

“另一个意思呢？”沈鲤问。

“午朝定制，在景泰之初，仲化先生想想，有多久？”杨巍反问。

“比午朝不举行更久。”沈鲤说。

“不仅更久，而且举行的地方不同：大朝、常朝在皇极殿举行，午朝则在会极门举行。举行的地方不同，朝仪也有许多不同。别说新近的廷臣不甚明，我这个老臣也记不清楚，怎可不拟上仪注！”杨巍道。

“论的是，”沈鲤点点头，问道，“伯谦先生是不是以为，今日午朝有可疑之处？”

“可疑？”杨巍觉得这两个字太尖锐，“我只能说，有所不解。”

“怎好？再差人去打探？”沈鲤征求他的意见。

“恐怕来不及，去了再说吧。”杨巍道。

“你怎说？”皇帝要张鲸再说一遍。

“外朝官员聚于会极门外。”张鲸又说一遍。

“来多少人？”皇帝关切地问。

“奴才没仔细数。”张鲸说。

“是没仔细数，还是不好数？”皇帝问。

“是不好数，”张鲸知道皇帝想听什么。当然，这么说太消极，他需要再加上一句，“爷要知道确切人数，奴才再去数。”

“不用，”皇帝道，“你只告诉我，廷臣聚于会极门，为的何事？”

“上朝。”张鲸说。

“上朝？什么时辰，却来上朝！”皇帝道。

“是午朝。”张鲸说。

“午朝？谁人说要午朝？”皇帝问。

“奴才不知。”张鲸道。

“朕对你说过今日午朝吗？”皇帝问。

“爷没说过。”张鲸道。

“虽没说过，朕对你表示过今日欲午朝吗？”皇帝又问。

“爷没表示过。”张鲸道。

“朕对张大伴说过今日午朝吗？”皇帝问。

“奴才问张大伴，他说爷没对他说过。”张鲸道。

“朕向他表示过今日欲午朝吗？”皇帝又问。

“奴才问他，他说爷没表示过。”张鲸道。

“那么，你二人都不知今日午朝之事？”皇帝问。

“奴才等不知。”张鲸道。

“你二人也不敢擅自传旨，今日午朝吧？”皇帝又问。

“奴才等不敢擅自传旨。”张鲸道。

“却是谁人擅自传旨的？”皇帝问。

“奴才尚未着手去查。”张鲸说。

“谁人擅自传旨，不忙着查；你先告诉朕，有人擅自传旨，外朝的官员就相信？”皇帝问。

“是。”张鲸应道。

“大小衙门都有人到？”皇帝问。

“该到的，差不多都到。”张鲸说。

“尊卑臣子都有人到？”皇帝又问。

“也是该到的，差不多都到。”张鲸说。

“内阁到几人？”皇帝问。

“三位，都到。”张鲸说。王家屏去年九月以继母去世，辞官守制，内阁中实有三人。

“尚书到几人？”皇帝问。

“除工部杨尚书因病未到，吏部杨尚书、户部宋尚书、礼部沈尚书、兵部严尚书、刑部舒尚书都到。都察院掌院辛都堂也到。”张鲸说。

“你是说，礼部沈尚书也到？”皇帝特别点到沈鲤。

“是，沈尚书也到。”张鲸应道。

“他为何也到？”皇帝很是奇怪。

“爷的意思，就他不该到？”张鲸问，并自己解答，“奴才想，别的尚书都到，他不会不到。”

“不对。”皇帝摇头。

“奴才说的不对？”张鲸问。

“不是，”皇帝不仅头摇得更厉害，而且皱起眉头，“朕只觉着，这件事不对；可哪里不对，朕想不出来。老张，你想得出来吗？”

“这事不对，是爷没降旨午朝，奴才也从未侍奉爷午朝。此外，奴才想不出还有何不对。”张鲸说。

“你从未侍奉朕午朝？”皇帝抓住他一句话，

“是。”张鲸应道。

“朕想明白，就是这件事不对！”皇帝道。

“爷想明白，奴才却更糊涂。”张鲸说。

“朕问你，你从未侍奉朕午朝，是朕不给你机会吗？”皇帝问。

“奴才想，不是。”张鲸说。

“当然不是，”皇帝道，“你从未侍奉朕午朝，不是朕不给你机会；而是午朝久废，根本没这个机会。”

“这有何不对？”张鲸问。

“朕没糊涂到，在午朝久废之后复举行午朝，让朕自家无所适从；更不会糊涂到，在午朝久废之后忽举行午朝，让臣子们无所适从。朕多半会先和阁臣们打个招呼；即便不和阁臣们打招呼，朕也一定会命礼部拟上仪注，使臣子们有所遵从。”皇帝说。

“爷虑事周全，一定会这么做的，”该听懂的，张鲸听懂；原来不懂的，还是没听懂。他问，“可是，这有何不对？”

“朕有否命礼部拟上仪注，阁臣们不知，别部尚书不知，礼部尚书却不应该不知！”皇帝说。

“奴才真是愚蠢，要爷翻来覆去的垂示，才听得明白，”张鲸道，“爷并未命礼部拟上仪注，别部尚书不知，糊里糊涂赶到还好说；礼部尚书是知道的，他也赶到，却不应该。”

皇帝点点头，又问：“鸿胪寺卿到没到？”

“奴才见他也到。”张鲸说。

“鸿胪寺官司朝仪，午朝既无仪注，他等如何司之？”皇帝道。

“鸿胪寺卿也是不该到的。”张鲸附和。

“你去和大伴合计合计，拟旨吧。”皇帝命道。

谕旨是针对礼部尚书和鸿胪寺卿的，曰：午朝自二祖以来，久不举行。你部既未具上仪注，岂有造次出朝之理？你们职掌礼仪，岂可轻信讹传，无故惊扰，职守何存！故各罚俸二个月。又该寺专职朝仪，既见百官无故奔趋入朝，如何不以理谕阻？这讹言是何衙门传起，还着查明奏来。

第一百六十三章

工部尚书杨兆病重，本部左侍郎何起鸣升尚书代之。

时逢京察，何起鸣才一升职，就被御史参劾。他愤愤不平，却又很是无奈。堂堂一部之长，总不能和一名御史对簿公堂吧！

他要找一个能帮着自己的人，找到吏科给事中陈与郊。二人不是同乡，也没有类似座主与门生的关系；如果说有一点相同之处，那就是何起鸣也曾官给谏。当然，他找陈与郊不会是因为这个原因。

“广野，怎么一回事？”何起鸣问。

陈与郊字广野，浙江海宁人，万历二年进士。

“应岐先生问的是张某的劾疏吗？”他反问。

他说的张某，名鸣冈，官御史。

“非也，”何起鸣摇头，“今次京察，都察院似专与吏部作对。广野，你说有没有这么一回事？”

“应岐先生也看出来？”陈与郊回应一句，说道，“实则非都察院专与吏部作对，而是子吉先生专与伯谦先生作对。”

“广野是说，子吉先生专与伯谦先生作对？”何起鸣问。

“是啊。”陈与郊应道。

“不是伯谦先生专与子吉先生作对？”何起鸣又问。

“不是。”陈与郊道。

“广野这么说，让我安心。”何起鸣说。

“应岐先生何意？”陈与郊却有些不安心。

“广野是专与吏部作对的，是不是？”何起鸣笑着问。

“不是我愿与吏部作对；职责在身，不得不然。”陈与郊道。

所谓职责使然，是指各科的职掌，在稽察对应的各部的章奏，从而补阙、拾遗，因此，部、科不可能没有矛盾。

何起鸣点点头，表示理解。又问：“职责使然，广野是要专与伯谦先生作对的，是不是？”

“看起来是，但我与伯谦先生并无私怨。”陈与郊道。

“都察院与吏部之争，广野说责任在子吉先生，不在伯谦先生，故我安心。”何起鸣说。

“原来是这层意思。”陈与郊也安下心来。

“广野的那句话，也让我放心。”何起鸣说。

“应岐先生指的是哪句话？”陈与郊问。

“以一眚而弃人，以一举而空国，有这话吧？”何起鸣反问。

“这话是我说的。”陈与郊道。

“以一眚而弃人，我看，首属广野。”何起鸣说。

“应岐先生亦知，子吉先生视我为异己？”陈与郊问。

“明摆着的事，谁个不知！”何起鸣道。

“应岐先生亦知，子吉先生必去我而后快？”陈与郊问。

“不是他的意思，怎会有那多御史矛头对着广野！”何起鸣道。

“其实，子吉先生视为异己的给谏，欲去之而后快的给谏，非我一人。不然，我也不会当头给他一棒。”陈与郊说。

“这一棒打出去虽有力，但我看，打得不准。”何起鸣说。

“请应岐先生赐教。”陈与郊揖道。

“应参劾的，不止子吉先生一人；但广野这一棒，只是向子吉先生头上打去。”何起鸣说。

“应岐先生之意，对御史们，譬如张治祯之流，也该棒打一顿？”陈与郊终于领会他的用意。治祯是张鸣冈的字。

“他等是子吉先生鹰犬，”何起鸣道，“一则，给谏棒打都御史，未必打得出结果，棒打御史，却会打得出结果；二则，鹰犬不除，不在子吉先生的卵翼下咬人，一样会在别个的卵翼下咬人。”

“应岐先生说的是，”陈与郊点点头，说道，“参劾张治祯辈，我有此意，科垣多人也有此意。”

“如此，朝廷幸甚，何某幸甚。”何起鸣觉得，说到这个程度，恰到好处，可以结束今次的谈话。

“应岐先生是说，对我说过的那句话放心，不是对我说过的那半句话放心？”陈与郊却不想马上结束今次的谈话。

“广野何意？”何起鸣问。

“以一眚而弃人，让应岐先生放心；以一举而空国，也让应岐先生放心吗？”陈与郊问。

“我本不想说的；广野既然提及，说一说也不妨，”何起鸣道，“以一举而空国，这半句话似乎说得有些重。”

“应岐先生以为说得重？”陈与郊问。

“是。”何起鸣应道。

“应岐先生不知，今次京察，宪台参劾的公卿有几人吧？”陈与郊问。

“除我之外，还有别人？”何起鸣问。

“还有多人。”陈与郊道。

“请广野告知几人，”何起鸣说着，一揖。

“譬如，兵部辛侍郎。”陈与郊举一例。

“是和子吉先生同年召任兵部右侍郎，又于同年改左侍郎的辛公？”何起鸣问。

兵部左侍郎辛应乾，和辛自修同在万历十一年召任兵部右侍郎，并于同一年改本部左侍郎。

“是他。”陈与郊应道。

“他倒不怕，朝廷把另一辛侍郎当作他论罢！”何起鸣道。

“论罢另一辛侍郎，才是朝廷之幸，天下之幸。”陈与郊说。

“广野说说，还有谁人？”何起鸣让他再举例。

“再譬如，礼部陈侍郎。”陈与郊又举一例。

“这位朝宗先生最与人无争，怎也得罪宪臣！”何起鸣道。陈朝宗即陈思育，万历九年任礼部侍郎。

“再譬如，兵部李侍郎。”陈与郊又举一例。

姓李的大臣多，何起鸣问：“哪位李侍郎？”

“节夫先生。”陈与郊说。节夫是兵部右侍郎李松的字。

“一尚书，三侍郎，已经不少，广野能再多举一位吗？”何起鸣问。

“南工部方侍郎。”陈与郊真能再举一例。

“是允治先生吗？”何起鸣问。

“是。”陈与郊应道。允治是南京工部右侍郎方九功的字。

“在朝的公卿之外，尚有差外的公卿否？”何起鸣又问。

“有，”陈与郊应道，“譬如，巡抚大同都御史胡都堂。”

“此事我有点儿印象，”何起鸣道，“胡都堂似是你吏科与河南道一起参劾的。”

“我既以为宪臣以一举而空国，是不会参与其事的。”陈与郊说。

“话虽这么说，总得另有事例，才让人放心。”何起鸣说。

“再譬如，巡抚陕西都御史韩都堂。”陈与郊又举一例。

“我记得，用晦先生是去年以丁忧还籍的。”何起鸣说。用晦是陕西巡抚韩必显的字。

“应岐先生是不是说，用晦先生是因丁忧还籍的，而不是被宪臣参罢的，也不能证明一举而空其国？”陈与郊问。

“有点儿这个意思。”何起鸣说。

“应岐先生就不能反过来想一想？”陈与郊道。

“怎反过来想？”何起鸣问。

“以丁忧还籍的大臣都不肯放过，宪臣空国的图谋，岂不更加昭然若揭！”陈与郊道。

“言之有理，”何起鸣点点头，说道，“差外的大臣有二例足矣。广野再说说，被参劾的廷臣，除七卿外，有无九卿？”

“譬如，太常寺池少卿。”陈与郊举一例。

“明洲先生也被参劾？”何起鸣问。明洲是池浴德的字。

“是。”陈与郊应道。

“再举一人，”何起鸣道。

“通政司陈通政。”陈与郊又举一例。

陈通政名学曾，何起鸣很熟悉。

“此公也遭受无妄之灾？”他首先表示同情，然后说，“宪臣所参，至少六部正堂、佐卿五人，巡抚都御史二人，寺卿二人，若言一举以空国，我看并非妄议。”说着，毫无必要地问一句，“广野，你说呢？”

“应岐先生既安心，我还有什么好说的！”陈与郊道。

“以一举而空国，广野举出许多具体的例子，不仅是让我放心，还应该有别意吧？”何起鸣问。

“应岐先生教导，给谏棒打掌院都堂，未必打得出附从子吉先生的御史；又教导，鹰犬不除，仍会咬人。我已认定，扫除羽翼，尤其是棒打张治祯之流，我等责无旁贷。那么，要想在掌院都堂头上打出结果，应岐先生是否也该加上一棒！”陈与郊道。

“广野是说，我这一棒直接加于子吉先生？”何起鸣问。

“是啊。”陈与郊应道。

“广野自家想想，此议妥否？”何起鸣道。

“有何不妥？”陈玉郊问。

“一则，参劾我的是张治祯，我却与子吉先生辨析。在广野面前，我可以说张治祯等是鹰犬，是附从子吉先生，但有无证据？恐怕只是猜测，连风闻都算不上。科、道可以风闻奏事，可以猜测，大臣却是不可以的。二则，广野曾参劾子吉先生，给他当头一棒，子吉先生有没辨析？他不与广野辨析，我却与张治祯辨析，谁个大气，谁个小气，谁个堪敬，谁个堪鄙，可以一目了然。”何起鸣不慌不忙地说完，还要问一句，“广野说，是不是这个道理？”

“有此二者，应岐先生就打算作壁上观？”陈与郊很不甘心。

“我不会作壁上观，肯定是要助广野一臂之力的。”何起鸣说。

“应岐先生打算怎助我？”陈与郊问。

“请辞。”何起鸣只说两个字。

但这两个字的妙处，陈与郊完全能够领会：其一，大臣被论劾，首先要做的是请辞，以表明大臣的气度。何起鸣这样做，可占得先机。其二，何起鸣请辞，显然是被宪臣所逼。这就给他参劾宪臣的口实，证明宪臣“一举以空国”的阴险图谋。其三，何起鸣被参劾请辞，辛自修被参劾，请辞不请辞？他不请辞，在人格上就输给何起鸣；他若请辞，何起鸣不用动手，已经给他当头一棒。

陈与郊要做的，是尽多联络同仁，与辛自修，与张鸣冈，大战一场。

张诚读罢御史高维崧、赵卿、张鸣冈、左之宜等人奏疏，皇帝沉默一会儿，忽然说：“看上去是陈与郊参劾辛卿，高维崧等参劾何卿，实则是辛卿、何卿之争。”

“爷圣明，一语中的。”张诚颂道。

“大伴，你看他二人之争，孰是孰非？”皇帝问。

“奴才恐怕不好说。”张诚道。

“你有何不好说的？莫非你也介入他二人之争？”皇帝问。

“奴才虽未介入他二人之争，他二人之争却说不定会把奴才牵连出来。”张诚道。

“怎么一回事？”皇帝问。

“辛都堂欲去何尚书，有许多缘由；其中一个缘由是，他以为何尚书与奴才交厚。”张诚说。

“何卿是否与大伴交厚？”皇帝问。

“何尚书官工侍时，奴才与他同督大工，难免有些交往。至于交厚——”张诚顿了顿，说道，“奴才交厚的不应该是他。”

“不是他，却是谁？”皇帝问。

“司礼监有事，则奉旨与内阁计议。奴才两三日要去一次内阁，与奴才交最厚的，应该是申先生。”张诚说。

“不错，与大伴交厚，当首属申先生，”皇帝说着，问道，“大伴因被牵连，故不好说；可知朕判定是非，亦有难处？”

“爷是不是说，辛都堂非由廷推，而是由爷特简？”张诚问。

辛自修原官南京都察院掌院右都御史，因劾罢本院贪渎御史数人，为皇上赏识，被特旨召入。

“可不！”皇帝点头道，“何尚书若不请辞，这桩公案朕还不好了断。若断何是而辛非，朕心里不自在；若断辛是而何非，人家会说辛都堂是朕特简，偏心于他。今者，何尚书自辞，朕不留他，但心里却有点儿偏于他。再者，宪臣欲去他的一个缘故，据大伴说，是以为他与大伴交厚；又据大伴说，并无其事，朕更有点儿偏于他。辛都堂欲去何尚书，其中或有些误会，朕且不追究；但高维崧等于何尚书辞官后，仍欲推波助澜，朕不能放过他等。”

“爷圣明。”张诚称颂。

“你传谕他等：何起鸣已着他去，你等见何人堪任，即推来说，不许推诿！”皇帝命道。

“奴才领旨。”张诚应道。

皇帝说的是气话，高维崧等只请罪，而无推举。皇帝命一律放外。

辛自修不安，以疾辞官。

第一百六十四章

三月十三日，在免朝数日后，皇帝终于再朝；并于朝会后，宣召三阁臣至皇极门暖阁议事。

“圣躬万福。臣等瞻睹天颜，不胜庆忭。”申时行等齐贺道。

“卿等知朕染恙？”虽然已传谕，皇帝还是不放心地问一句。

“臣等闻讯，不胜焦虑。”申时行道。

“不过是微疾，唯不便于出朝，倒让先生们挂念。”皇帝说。

气氛本来是十分和谐的。如果在接受阁臣们的慰问后，皇帝即谕退他等，这将是君臣间一次完美的会面。但申时行等都知道，皇帝宣召他等，不会只是接受他等的慰问。

果然，皇帝命申时行近前，从袖口里取出两本奏疏，亲手交给他。

“此二疏，卿等可用心读读。”皇帝说。

“是。”申时行应道。

两本奏疏，一本是吏部主事顾宪成所上，一本是刑部主事王德新所上。

申时行没立刻退后，也没马上读疏。他在请旨：两本奏疏，是臣等轮流阅读，还是一人读，众人听？

“申先生读吧，朕也要听。”皇帝命道。

“是，”申时行应一声，仍没退后，也没马上读疏。他再请旨：两本奏疏，臣先读哪一本？

“先读顾宪成那一本。”皇帝命道。

“是，”申时行又应一声，然后退回到原来的位置，开始读顾宪成的奏疏，“睹事激衷，恭陈当今第一切务。”

“卿等可知顾宪成所议当今第一要务为何事？”皇帝问。

“臣等不知。”许国、王锡爵齐道。

申时行正要读正文，被皇帝打断，来不及回答。而且，他也不应该回答不知，因为他已经看到奏疏的第一句话，也就知道顾宪成所谓的当今第一要务是什么。

“申先生，你该知道吧？”皇帝问他。

“是，”申时行应一声，说道，“顾宪成的奏疏称：原任工部尚书何起鸣，君子欤，小人欤？其讦都御史辛自修也，果有据欤？而御史高维崧之纠起鸣也，公欤，私欤？此皆不待辩而知者也。”

“卿等说，是辩明何尚书君子欤，小人欤，是当今第一要务，抑或辩明何尚书讦辛都堂有据无据，是当今第一要务，抑或辩明御史高维崧等纠劾何尚书公欤，私欤，是当今第一要务？”皇帝问。

阁臣们无言以答，只能在心里责怪顾宪成的立论太草率。

“再者，”皇帝又说，“此等之事，朕辩且不知，他却说不待辩而知者也。他当真那么高明？”

“出言狂妄，非臣子所宜，尤非司属所宜。”申时行说。

“申先生，再读！”皇帝命道。

“皇上为起鸣罢御史，何欤？以为用人出自朝廷。今者起鸣讦自修，则罢自修；讦维崧，则降维崧等，何谓出自朝廷欤！”申时行读道。

“一则，辛都堂之去，可是以何尚书之讦？”皇帝问。

“是以疾，非以臣起鸣之讦。”许国说。

“二则，降高维崧等，可是以何尚书之讦？”皇帝问。

“臣起鸣辞官在前，高维崧等奏言且降外于后。”王锡爵说。

“顾宪成大概要说，用人不出自朝廷，此为当今第一要务；然所言二事皆不实。如今用人，哪一个不是朕主张？顾宪成却说不是朕独断，好生狂妄！”皇帝说。

“诚如圣谕。”三阁臣齐道。

“皇上天纵聪明，乾纲独运。今朝廷政事，各衙门章奏，无一事不出自圣裁。司属小臣无知妄言，无损于皇上圣德。”申时行又说。

在皇帝示意下，申时行接着读道：“在起鸣，既疑以宿衅蒙构；在自修，又疑以忤时招尤。在起鸣，既以有援而巧为排；在自修，又疑以受屈而急于辩。皆过矣！”

“皆过矣，各打五十大板。卿等听，不偏不倚吧？”皇帝问。

“听似公允。”众阁臣应道。

“是否公允，且不论；卿等说说，在起鸣，以有援而巧为排，这个‘援’，说的是谁人？”皇帝问。

“在宪成，疑起鸣朝中有奥援。”申时行模仿奏疏中的句式说一句。

“起鸣官至工部尚书，为他奥援的，能有几人？”皇帝道。

“臣等或算一个。”申时行说。

“吏部尚书臣巍或算一个。”许国说。

“司礼掌印臣诚或算一个。”王锡爵说。

“朕曾问张诚是否与何尚书交厚，他说不如与申先生交厚；今日朕再问申先生，是否与何尚书交厚？”皇帝道。

“交言只在朝中，并无私交；若言交厚，臣与臣起鸣，不如与臣国、臣锡爵交厚。”申时行说。

“卿等呢？”皇帝问许国、王锡爵。

“臣与臣起鸣，不如与臣时行、臣锡爵交厚。”许国说。

“臣与臣起鸣，不如与臣时行、臣国交厚。”王锡爵说。

“卿等看，杨尚书是否与何尚书交厚？”皇帝问。

“臣以为，杨尚书即便与何尚书交厚，也不会在何、辛之争中，充当何尚书奥援。”申时行说。

“臣时行说的是。”许国、王锡爵附和道。

“是不是可以说，在起鸣，以有援而巧为排，亦为虚妄？”皇帝问。

“皇上说的是。”三阁臣齐应道。

“申先生，读吧。”皇帝命道。

“是，”申时行应一声，读道，“顾独坐维崧等成望耶！即如科臣陈与郊等，深诋自修，得非亦有所承望乎！何怪乎人言之啧啧也。”

“对辛都堂、何尚书各打五十大板，对参劾辛都堂的陈与郊等，与参劾何尚书的高维崧等，却不是各打五十大板。顾宪成的板子，只想打陈与郊等，”皇帝说着，问道，“卿等知是为何？”

“臣等不知。”三阁臣齐道。

“是因为朕只处分高维崧等，却未处分陈与郊等。”皇帝说。

言外之意，是存心与皇帝抗衡。这个罪名太重。顾宪成即便不亲近申时行等，申时行等即便不是很喜爱顾宪成，也不能不稍为之解。

“臣想，臣宪成持此议，或是与臣维崧等亲近，与臣与郊等疏远。”申时行说。

“臣宪成持此议，或是与臣自修亲近，与臣起鸣疏远。”许国说。

“臣宪成官吏部，臣巍管束部属甚严，宪成或是借辛、何之争，以泄其愤。”王锡爵说。

“卿等先别为他分辩，且听他是如何议论卿等的！”皇帝道。

“臣照读吗？”申时行一眼瞥到下面提到自己时，是一句很褒奖的话，所以要问。

“照读！”皇帝道。

申时行读道："故为当事者今日计，莫若务自反而已。首辅申时行，虚衷雅度，天下共推；次辅许国、王锡爵，一心一德，和衷弼理。偕臻斯道，正自不难，要在卓然以皋、夔、稷、契相量，不但如近时所称名相而已，庶几可以答天下耳。若乃以智角智，以力角力，释仁义道德之用，而竞巧拙于毫毛，假饶得济，终属杂霸、杂夷，非今日所宜用也。"

"一则虚衷雅度，一则和衷弼理，卿等听着很受用吧？"皇帝谑道，"臣等惭愧。"三阁臣齐道。

"卿等惭愧于不能以皋、夔、稷、契相量，还是惭愧于以智角智，以力角力？"皇帝问。

"臣愚，不敢言智；臣疲，不敢言力。臣愧，不能具皋、夔、稷、契等之德才，以辅尧、舜之君。"申时行说。

"臣等亦愧于此。"许国、王锡爵附声道。

"卿等用不着惭愧，他明言卿等非皋、愧、稷、契之臣，暗喻朕非尧、舜之君。"皇帝说着，命道，"申先生，接读！"

"先是御史甘士价建和衷之议，其指甚美。第不务拨本塞源，而徒欲调停于声色之间。其究非强上狗下，即强下狗上，虽外貌可观，病根终在。扁鹊、卢医，望而却走；而庸医方以为无阻忧。此臣之所以不容已于言也。"申时行读道。

"申先生，你是赞成和衷之议的。"皇帝说。

"是。"申时行应道。

"你是个庸医。"皇帝说。

"臣是庸医。"申时行附和道。

"卿等呢？"皇帝问许国、王锡爵。

"臣等亦赞成和衷之议。"许国、王锡爵道。

"卿等也是庸医。"皇帝说。

"臣等也是庸医。"许国、王锡爵附和道。

"且听不是庸医的顾某人怎说！"皇帝冷笑道。

"臣窃见今之时，凡非科、道而建言者，世必诟之，曰：是出位，是好名，是为进取之捷径；不然，则又曰：是多行不韪，计划无聊，借以盖丑而免考察也。斯四者，亦诚有之矣，而不可不求其故也。"申时行读道。

"哪四者，卿等可听得明白？"皇帝问许国、王锡爵。

"臣等不甚明白。"许国、王锡爵齐道。

"申先生，你应该看得明白吧？"皇帝又问申时行。

“是，”申时行应一声，照本说道，“一者，出位；二者，好名；三者，为进取之捷径；四者，盖丑而免考察。”

“斯四者，亦诚有之，他说的不错；不可不求其故，他说的也不错。朕想说的是：他若议非科、道亦可建言，大可不必从辛、何之争写起；他若议辛、何之争，大可不必引出非科、道亦可建言。因为介入辛、何之争的，无一不是科、道官，”皇帝说着，问道，“卿等说呢？”

“诚如圣谕。”三阁臣齐应道。

“朕看，这个顾宪成连庸医也算不上！”皇帝道，“面对伤寒症，他开的却是治疗热证的药物。申先生，看他下面能不能开出有用的处方。”

“臣尝妄谓，明兴二百余年，独言官之气稍不振，求吴、赵、邹、沈、王、艾之俦，何寥寥也！”申时行读道。

“吴、赵等数人，确实无一人居于言路吧？”皇帝问。

“是。”三阁臣齐应道。

“顾宪成不仅叹昔日科、道无人建言，更叹今日科、道无人建言。”皇帝说着，问申时行，“申先生，是吧？”

“是。”申时行应道。

“他是怎写的？”皇帝让他读下文。

“又如近日高维崧等，合究起鸣，本属公议。及皇上诘责，辄惶恐万状，唯有谢罪不暇已耳；无能自陈始末、开广圣心者，臣甚惜之。假令言官不为利诱，不为威惕，无事不琐屑以求厌，有事不依违以取容，牵杨折槛，时不乏人，他亦无由而夺其说矣。”申时行读道。

“司礼监臣告朕，牵杨折槛是个典故，然否？”皇帝问。

“然。”三阁臣应道。

“卿等给朕讲讲该典故。”皇帝命道。

不指定谁讲，本该申时行讲。但申时行在读疏，皇帝又是对着许国、王锡爵说的，因此，只能由许国讲。

“臣读《汉书》，见其典故，”许国说着，讲述道，“槛一般指牢狱，也指殿堂的栏杆。汉成帝时，朱云请诛安昌侯张禹。成帝怒，反欲斩朱云。朱云手攀殿上栏杆，栏杆折断。因另一臣子申救，朱云得不死。后来，成帝亦知，朱云请诛张禹，实为忠言，乃于修复殿槛时，命保存被折断的原样，以示表彰。”

“原来折槛即进忠言之意，总之，顾宪成是指责今日之言路不能进忠言。”皇帝说。

“是。”三阁臣应道。

“这一段里，有两句话倒似警言，卿等知是哪两句？”皇帝又问。

“可是：无事不琐屑以求厌，有事不依违以求容？”申时行道。无论是他，还是另外二人，都很容易想到这句。

“是，”皇帝点头，“两句里，朕又特别欣赏‘无事不琐屑以求厌’。于琐屑之事絮絮叨叨，朕很厌恶。”

这是阁臣们绝不能附和的一句议论。他们若是认同，以后无论有何建言，皇帝都可用事太琐屑这个理由加以否定。

皇帝大概也猜到阁臣们的心思，不非要他们表态。

“所余不多，申先生，朕不再打断你。”他说。

申时行一口气把余下的部分读完：“然则使人之得以出位而言者，录其长，不疵其短，褒其直，不嗔其狂，欣其诚，不虞其矫，审如是，人人能言也。何名可贾，何利可徼，而亦何丑可盖！至于建言者，其人大都有负气自喜，遇事故愤，往往过当。假令士能洁躬修行，入不愧妻子，出不愧朋辈，则其人重，其言亦重，夫安得而无听！然故臣以为，莫若自反而已。自反，则上何暇以言为罪，下何暇以言为高，惟尽其在我而已矣。”

“这一大段文字，顾宪成写起来津津有味，申先生读起来是不是也津津有味？”皇帝问。

申时行知道，皇帝不会无缘无故地这么问。他小心地回答：“臣心思都在读疏上，无暇细品。”

“卿等是不是听得津津有味？”皇帝又问许国、王锡爵。

“臣从此一段品出，臣宪成所谓当今第一要务，乃朝廷当广开言路。”许国说。

“此处自反，与前之自反相呼应，要在士当洁躬修行。”王锡爵说。

“卿等说的都对，但谓朝廷当广开言路，实谓朕当广开言路；谓士当洁躬修行，实谓朕当洁躬修行。”皇帝道。

“或是有这层含意。”三阁臣应道。

“朕当真是个不能广开言路之君？”皇帝问。

“皇上不是。”三个臣齐道。

“朕当真是个不能洁躬修行之君？”皇帝问。

“皇上不是。”三阁臣齐道。

“朕在幼冲之年，他谆谆给朕讲解广开言路，那是希望朕以后能够广开言路；他谆谆给朕讲解洁躬修行，那是希望朕以后能够洁躬修行。朕早已不是幼冲之君，他今日谆谆给朕讲解广开言路，说的就是朕不能广开言路；他今日谆谆给朕讲解洁躬修行，说的就是朕不能洁躬修行。以下事君，须得有以下事君的规矩。他今日这么说，还把朕放在眼里吗！”皇帝越说越气，问道，“卿等说，目无君上，该不该惩处？”

“理当惩处。”三阁臣应道。

“卿等说，当如何惩处？”皇帝问。

“此事当下吏部、都察院议之。”申时行说。

“若由王先生惩处呢？”皇帝先问王锡爵。

皇帝问该不该惩处，是在气头上，三阁臣不得不应一句；说到具体的惩处，就要谨慎。

“臣想，或可廷斥。”王锡爵说。

“许先生说呢？”皇帝问许国。

“臣想，或可罚俸。”许国说。

“申先生说呢？”皇帝最后问申时行。

“臣想，或可谪外。”申时行说。

“虽一位较一位略重，终归是太轻，”皇帝道，“先生们是朕股肱，与别的大臣不同。小臣谤朕，别的大臣脸上也无光，但卿等却不是脸上无光那么简单。卿等须得为朕任怨，若一味维护小臣的脸面，岂不让朕感到为难！”

“是。”皇帝说得恳切，三个阁臣又不得不齐应一声。

“臣等受主厚恩，虽犬马无知，也当尽责，敢不任怨！”申时行又说。

“他等建言，必有主使之人，朕欲严加追究，”皇帝换个新的话题，并问，“卿等之意如何？”

“建言者，各自不同，”申时行说，“有忠实的人，出自一己之见，不知忌讳；有愚昧的人，不谙事体，或道听途说，未必有人主使。”

“许先生看呢？”皇帝又问许国。

“臣时行所言是。”许国道。

“卿说，是忠实的人多，还是愚昧的人多？”皇帝问。

“一时或忠实的人多，愚昧的人少，一时又或忠实的人少，愚昧的人多；一事或忠实的人多，愚昧的人少，一事又或忠实的人少，愚昧的人多。”许国说。

“王先生看呢？”皇帝问王锡爵。

“臣时行、臣国所言皆是。”王锡爵道。

“卿说，有没有沽名卖直者？”皇帝问。

“臣不能说没有。”王锡爵道。

“卿说，是忠实的人多，还是愚昧的人多，还是沽名卖直的人多？”皇帝问。

“一时或忠实的人多，愚昧的人少，沽名卖直的人更少，一时又或愚昧的人多，忠实的人少，沽名卖直的人更少；一事或忠实的人多，愚昧的人少，沽名卖直的人更少，一事又或愚昧的人多，忠实的人少，沽名卖直的人更少。”王锡爵说。

“总之，沽名卖直的人少之又少。”皇帝总结一句。

“臣是这么想的。”王锡爵道。

“朕看不然，还是沽名卖直的人多。”皇帝摇着头说。

王锡爵默然。申时行、许国也不好为他分辩。

“对沽名卖直的人，须得重处；否则，沽名者仍旧沽名，卖直者仍旧卖直。如前者有旨，各衙门诫谕司属，何全不遵行！”皇帝道。

“是，”三阁臣应道。惩治沽名卖直者，他们没理由不应。当然，应过之后，还想再为顾宪成分辩几句。

“皇上，臣以为——”申时行代表三人开口。

“朕疾新愈，不耐久坐，先生们先去票拟吧。”皇帝不让他说。

对顾宪成的处置，阁臣们一一发表意见，而且是在皇帝询问下发表意见。皇帝不能不顾及他们的情面，在廷斥、罚俸、谪外三者中，他选择最重的，顾宪成谪为湖广桂阳州判官。

王德新则下狱拷问，革职为民。

第一百六十五章

三月二十七日晚，皇帝既没传谕前往坤宁宫，前往郑贵妃的宫室，或前往其他妃子的宫室，也没传宣某名后、妃前来侍寝，他只想这个晚上自己一个人度过。

已过就寝的时辰，仍没入睡，皇帝干脆起身，在院子里踱步。一两名近侍远远地跟在后边。乾清宫是宫禁中的宫禁，可以说是最安全的地方。近侍们跟在皇帝后边，不是出于安全的考虑，而是为应付皇帝可能会突然交代的差事。

从院子当中踱到西廊，一名太监手举宫灯，为皇帝照明。因宫灯举得太高，皇帝的脸照得很清晰，他本人的脸却模糊不清。

“照照自家！”皇帝命道。

手举宫灯的太监把宫灯稍微放低一点儿，把身子稍微挺直一点儿，光亮刚好照到他的脸上。

“是你？”皇帝问。

“是奴才。”手举宫灯的太监应道。

“张维，你本官的事是否完毕？”皇帝问。

内臣入宫，投在一名资深的太监门下，视为宗主，又称作本官。举宫灯的太监叫张维；张维的本官，是原司礼掌印太监张宏。皇帝问张宏的事是否完毕，是问张维给他守丧是不是已满三年。

“回爷话，宏叔的事已完毕。”张维道。这些年来，宫里张姓太监太多，其属下多以名字来称呼。

“宏老儿是卒于——”皇帝边说边想。

“宏叔逝于万历十二年。”张维接过去说。

“不错，是万历十二年，可不已满三年。”皇帝道。

“仰荷圣恩，奴才得为宏叔略尽孝心，不胜感戴。”张维说。

“朕也时常想起宏老儿，”皇帝说者，问道，“老张，你知是为何？”

“奴才见过无数内臣，与无数内臣相处过，没一人似宏叔恪尽职守。”张维说。

“恪尽职守确是宏老儿的长处；但朕想他，并非为此。”皇帝道。

“奴才见过无数内臣，与无数内臣相处过，没一个人似宏叔忠爱皇上。”张维说。

皇帝听成钟爱，道：“你这话里有毛病。”

“奴才说的是忠心的忠。”张维说。

“他的忠爱，朕时时体会得到；但朕想念他，并非为此。”皇帝道。

“莫非爷常想起和他下棋的时光？”张维问。

“宏老儿下棋，称得上是一流好手。你在他门下，有没有学到些皮毛？”皇帝反问。

“奴才后来和宏叔下棋，仅得先手之利，不用宏叔让子。”张维说。

“那也很了得，改日朕领教领教。”皇帝道。

“不敢，能向爷学习两招，奴才之幸。”张维说。

“可朕想念宏老儿，也不是为此。”皇帝道。

“不为宏叔恪尽职守，不为宏叔忠爱皇上，也不为宏叔过人的手谈功夫，奴才想不出来别的。”张维说。

“朕告诉你，朕想念他，是因他犯上。”皇帝说。

“因他犯上！”张维惊道。

“对，因他犯上！”皇帝点着头说。

“爷，奴才不懂。”张维道。

“譬如，每见朕谴罚一个谏官，即叩头流涕，善为宽解，也不管朕对该谏官恨入骨髓。在他宽解之后，朕亦往往息怒。”皇帝说。

“原来爷说的犯上，指的是这件事呀！”张维道。

“怎么，这不是犯上？”皇帝问。

“虽是犯上，和奴才说的忠爱是一个意思。”张维说。

“不错，是一个意思，”皇帝道，“宏老儿出于忠爱之心，朕是知道的。不过，他在世时，朕不觉着可贵；等他不在时，朕才愈发觉着，他敢于直言犯上，实在是难能可贵。”

“宏叔固然敢于犯上，也是因圣德纳谏。倘若圣怒不息，宏叔犯上，也不过是得罪，岂能成功！”张维说。

皇帝似乎已说够，但还没走够。他命道：“老张，随朕走走。”

“是。”张维应道。

皇帝从西廊走回院子当中，又走到东廊。张维在后面跟随。原来跟随皇帝的两名近侍，见皇帝身边有人，留在院中不再走。

“老张，朕记得你有个别号？”皇帝忽问。

“贱号不值得爷留意。”张维说。

“叫什么来着？”皇帝问。

“范吾。”张维道。

“是哪两个字？”皇帝问。

“范者，范金合土之范也；吾者，吾将上下而求索之吾也。”张维说。

他喜欢引用古文，前一句引自《礼记》，后一句引自屈原的《离骚》。

“是宏老儿给你取的别号？”皇帝问。

“不是宏叔取的，是奴才自个儿取的。”张维说。

“朕看，你的别号文人气息很浓；你给朕解释这两个字，引经据典，文人气息更浓。”皇帝道。

“奴才蒙皇家圣恩，曾就学内书堂。”张维说。

“难怪！”皇帝点点头，问道，“老张，喜欢读书吗？”

“喜欢，”张维道，“奴才闲时，大部分时候都在读书。”

“喜欢写字吗？”皇帝问。

“喜欢，”张维道，“奴才闲时，除读书，就是写字。”

“能做诗吗？”皇帝问。

“能作，”张维道，“奴才闲时，偶尔也会做诗。”

“背诵一首给朕听听。”皇帝命道。

“背诵奴才作的诗？”张维问。

“是啊。”皇帝应道。

“奴才粗俗之作，没得玷污圣听。”张维推辞。

“是否粗俗，朕听过才知。”皇帝坚持要他背诵。

“奴才曾作一首《叹鹦鹉诗》，请为爷背诵之。”张维在前推辞，是必须的；但他内心，很愿让皇帝领略一下他的诗才。

“好。”皇帝点头准允。

是首七律，张维背诵道：

憔悴君家历岁年，翠襟蒙宠自须怜。能言肯信争如凤，钩喙应知不类鸢。千里雪山迷陇树，几回魂梦绕秦川。稻粱未必虚朝夕，直为樊笼一惘然。

“老张是哪里人？”皇帝问。

“奴才就是京畿人。”张维说。

“你若是西北人，朕会疑你自怜。”皇帝道。

“奴才闻鹦鹉来自西北，有感而发，非为影射。”张维说。

“老张还作过何诗？”皇帝问。

“奴才还作过一首《斗促织诗》。”张维说。

“背诵给朕听听。”皇帝命道。

同样是七律，张维背诵道：

自离草莽得登堂，贤主恩优念不忘。饱食瓮城常养锐，怒临沙堑敢摧强。敌声夜振须仍奋，壮气秋高齿渐长。眼底孽余平翦后，功成谁复论青黄？

“老张能说此诗只是观斗促织而作，并未寄托自家报效皇恩的心情？”皇帝问。

“报效皇恩的心情，奴才是有的。”张维说。

“所以，朕以为前一诗是你早年所作。那时，离家未久，又不习惯在宫里，难免有思乡的念头。后一诗是你后来所作，已将宫禁当作己家，所想的只是报效皇恩，”皇帝说着，问道，“朕说的可是？”

“爷圣明。”张维见皇帝并无怪罪之意，不再否认。

“老张，今晚再作一诗。”皇帝命道。

“是。”张维应道。

“若要你自个儿命题，你会选择何题？”皇帝问。

“恭颂圣德、圣恩。”张维说。

“这等题目，阁臣们天天在作，翰林们天天在作，你老张就不要再作。”皇帝道。

“是，”张维又应道，并说，“乞爷赐题。”

“你想着宏老儿的好处，朕也想着宏老儿的好处；你为他服丧三年，方才除服。就用这个题目作一首诗吧。”皇帝道。

“是。”张维应道。

皇帝绕着乾清宫的院子走一圈。又走回院子当中时，皇帝问：“老张，诗作好没有？”

“奴才仓促间打好腹稿，回去抄录整齐，呈上御览。”张维说。

“不用，你即刻诵与朕听。”皇帝命道。

“是。”张维应一声，诵道：

薤露光阴何易稀，三年梦逐白云飞。哀吟风木人终别，怅望烟霄鹤未归。

墓草可怜滋圣泽，祠旌深感照春晖。仁皇夜半思耆旧，重奉恩纶下紫薇。

“别的朕都听得懂，最前却是哪两个字？”皇帝问。

“露者，露水之露；薤者——”张维不知该怎样解释这个字，遂就着宫灯的光亮，一笔一画地在灯壁上比画出来。

“此字何意？”皇帝问。

“奴才只知薤是一种草，中药中有一味薤白。”张维说。

“此字和露字连用，是何意？”皇帝问。

“薤露是乐府曲名，”张维说，“相传，王公贵人出殡，挽柩者歌《薤露曲》相送；士大夫、平民出殡，挽柩者以《蒿里曲》相送。”

“以挽歌应朕出的题目，再贴切不过，”皇帝称赞一句，又叹道，“好个忠爱于朕的宏老儿！好个有情有义的张维！”

皇帝感到疲倦，回到寝殿很快睡熟。

第一百六十六章

杨俊民、肖大亨是同年进士，又几乎前后脚任的兵部侍郎，杨俊民居左，肖大亨居右。

“伯章兄终归正途。”肖大亨开句玩笑。

“夏卿兄何意？”杨俊民不解。

杨俊民字伯章，山西蒲州人。肖大亨字夏卿，山东泰州人。二人都是嘉靖四十一年进士。

“令尊掌兵部几年？”肖大亨问。

“八年。”杨俊民边用手指比画，边说。

他的父亲杨博自嘉靖三十七年十月还朝掌兵部，至嘉靖四十五年十月调任，正好八年。

“伯章兄初授主事，是吧？”肖大亨问。

“是。”杨俊民应道。

“哪部？”肖大亨问。

“户部。”杨俊民说。

“后升至郎中，是吧？”肖大亨问。

“是。”杨俊民应道。

“哪部？”肖大亨问。

“礼部。”杨俊民说。

“伯章兄先官户部，再官礼部，然后放外，今日得为兵部佐贰，可不是归于正途吗！”肖大亨道。

“夏卿兄此论谬甚，”杨俊民驳道，“谁人说过，父任某官，或掌某部，子入其衙门任官，乃是正途？再者，家父亦曾掌吏部，朝廷若召我为吏部佐贰，算不算归于正途？”

“当然也算，我预为伯章兄贺之。”肖大亨说着，揖了揖。

二人正在说笑，本部尚书王一鹗进来。原兵部尚书张佳胤致仕，朝廷拟召前吏部尚书严清；严清以病未赴任，朝廷又召入蓟、辽总督王一鹗，接掌兵部。

“二公谈笑甚欢，为的何事？”王一鹗问。

“子荐先生来得正好，请为我二人裁之！”杨俊民、肖大亨齐道。

王一鹗是嘉靖三十二年进士，对他二人来说，是前辈。

“二公要我裁何事？”王一鹗问。

“夏卿兄称，家父曾掌兵部，我今入兵部，乃归于正途。”杨俊民说。

“伯章兄称，我所议谬甚。”肖大亨说。

“子荐先生以为，孰是孰非？”二人又齐问。

“夏卿先生称，襄毅公曾掌兵部，伯章先生今入兵部，乃归于正途？”王一鹗重复杨俊民的话。杨博死后，朝廷谥以襄毅。

“是。”杨俊民应道。

“此说不谬。”王一鹗应道。

“此说不谬？”杨俊民好不困惑。

“此说不谬。”王一鹗断然言道。

“愿闻其详，”杨俊民说着，揖了揖。

“令尊若是平庸之辈，虽曾掌兵部，哪怕掌兵部多年，伯章先生入兵部，也不能说归于正途；襄毅公掌兵部多年，其建树，其功业，近世难有可匹敌者，伯章先生入兵部，可谓归于正途。夏卿先生所言，是他对伯章先生的期许甚殷，也是朝廷对伯章先生期许甚殷。”王一鹗说。

“闻子荐先生一席话，在下汗颜。”杨俊民说着，又是一揖。

“我没说透之处，被子荐先生说透，多谢。”肖大亨说着，也是一揖。

“夏卿先生，我正要说，你的话也错。”王一鹗却说。

“我的话也错？”肖大亨同样困惑不已。

“你的话也错！”王一鹗断然言道。

“愿闻其详。”肖大亨说着，揖了揖。

“夏卿先生说伯章先生今入兵部，实则他早已入兵部，”王一鹗说，“伯章先生曾官太仆寺少卿。太仆寺，隶于兵部也。难道非得任官于兵部，才是入兵部；任官兵部属衙，就不算入兵部？难道非得官兵部侍郎才算入兵部，官太仆寺少卿，或兵部司官，或日后升任兵部尚书，统统不算入兵部？”

“闻子荐先生一席话，在下知错。”肖大亨说着，又是一揖。

“好，”王一鹗点着头，说道，“再者，伯章先生早就挂过兵部侍郎衔，夏卿先生难道不知？”

“我只记得，伯章兄是以大理寺少卿兼右佥都御史巡抚郧阳，以户部侍郎兼右佥都御史总督漕运的。所以他回部，也是回的户部。”肖大亨说。

“但伯章先生还曾巡抚山东呢？”王一鹗道，“我记得，他是万历九年巡抚山东，万历十一年加兵部右侍郎衔；然后丁忧去，然后起督漕运。”说着，问杨俊民，“伯章先生，我说的对不对？”

“子荐先生说得对。”杨俊民道。

“真没想到，对我这位仁兄的履历，子荐先生所知比我还多。”肖大亨不无感慨地说。

“要在一个衙门共事，总是多知些好，”王一鹗说着，问道，“二公皆以为，我裁定的还算公允吧？”

“甚是公允。”杨俊民、肖大亨齐道。

“那就议议正事吧。”王一鹗道。

“好。”杨俊民、肖大亨齐应道。说笑归说笑，有正事要议论，是谁也不会怠慢的。

“上月议撦力克袭封顺义王，也儿克兔哈屯再封顺义夫人。伯章先生，那时你已改兵部否？”王一鹗问。杨俊民是万历十四年回部的，在三人中，召还朝中最早。

“已改兵部。”杨俊民说。

“夏卿先生呢？”王一鹗又问肖大亨。

“也已还朝。”肖大亨说。他是今年二月从宣府巡抚任上召还的。

“那么，顺义王袭封一事是二公议决的？”王一鹗问。

从去年十二月到今年四月，兵部尚书一职空缺。尚书不在，兵部事务由侍郎议决。不过，番王袭封之事，理当由礼部、兵部合议。所以，杨俊民说：“我等是和仲化先生等一起议的。”

“子荐先生以为所议不妥？”肖大亨则问。

“不，不，”王一鹗连声否认，“此事我未与议，所以多问几句，二公切莫以为意。”

“多问也是应该的。”杨俊民、肖大亨齐道。

“由今顺义王袭封，我又想起前顺义王袭封。”王一鹗说。

“乞庆哈吗？”杨俊民、肖大亨齐问。

“是。”王一鹗应道。

“其事早，我等均未还朝，亦未与议。”杨俊民、肖大亨齐道。

“我知，”王一鹗道，“我想问一问，乞庆哈袭封顺义王，曾遇到一个麻烦，二公知是何事？”

“可是也儿克兔哈屯不愿嫁与乞庆哈？”杨俊民、肖大亨齐问。

“是，”王一鹗点头应道，“伯章有没觉着那件事有些怪？”

“子荐先生是说，也儿克兔哈屯不愿嫁与乞庆哈有些怪；还是说，她最终嫁与乞庆哈有些怪？”杨俊民反问。

“也儿克兔哈屯最终嫁与乞庆哈，是禹秀先生的话把她打动，不足为怪；子荐先生问的，应该是前者。”肖大亨说。其时他才升宣府巡抚，而郑洛为宣、大总督。郑洛如何说动也儿克兔哈屯，不一定和他商量，但他是很清楚的。

“夏卿先生说的是，”王一鹗道，“也儿克兔哈屯不愿改嫁乞庆哈，是嫌其衰老。而乞庆哈即黄台吉，是俺答之子。她不嫌父衰老，而嫌子衰老，这事不怪吗？”

“是有点儿怪。”杨俊民附和道。

“其实，说怪也不怪。”肖大亨却说。

“怎说？”杨俊民问。

“女人看中男人的，不仅是其是否衰老，还看他的气势，他的功业。俺答，一代枭雄，大丈夫也，黄台吉怎比得了！”肖大亨道。

“言之有理。”杨俊民赞同他的说法。

“但再嫁撦力克，也儿克兔哈屯却心甘情愿，这事是不是也有点儿怪？”王一鹗又问。

“是有点儿怪。”杨俊民仍附和。

“其实，说怪也不怪。”肖大亨仍说。

“又怎说？”杨俊民问。

“或是禹秀先生的话，令她终生难忘；或是撦力克不似乞庆哈衰老，甚或比起乞庆哈来多一些英雄气概，也未可知。”肖大亨说。

“言之有理，”杨俊民附和之后，问王一鹗，“子荐先生两次说怪，夏卿兄两次说也不怪，子荐先生仍以为怪吗？”

“或许不怪，但也儿克兔哈屯，相继嫁与祖孙三人，三度赐封顺义夫人，总是一件惊世骇俗的事吧？”王一鹗道。

“这倒不假。”杨俊民附和道。

“虽惊世骇俗，也在情理之中。”肖大亨不说也不怪，但对王一鹗的话仍不以为然。

“怎说？”杨俊民问。

“虏人习俗与我中华不同，夫死再嫁，并非不合伦理。再者，也儿克兔哈屯二嫁乞庆哈，三嫁撦力克，亦奉我边臣之意；而朝廷准之，为求一方宁静。”肖大亨说。

“言之有理。”杨俊民回应道。

“禹秀先生议也儿克兔哈屯再嫁乞庆哈，为的是一方宁静，且求得一方宁静，这是毋庸置疑的；但也儿克兔哈屯三嫁撦力克，三度赐封顺义夫人，能否求得一方宁静，我则惑之。”王一鹗说。

“子荐先生不会以为，我等议决，不是为的一方宁静吧？”肖大亨问。

“当然不会。”王一鹗道。

“那么，子荐先生是以为，撦力克又不如乞庆哈强悍？”杨俊民问。

“撦力克未必不如乞庆哈强悍，甚至未必不如俺答强悍。”王一鹗说。

“既如此，子荐先生所惑何事？”杨俊民问。

“顾给谏曾上一疏，议河西边事，伯章先生记得吗？”王一鹗反问。

顾给谏名九思，官兵科给事中。

“记得。”杨俊民道。

“他上该疏时，伯章先生已改兵部否？”王一鹗问。

“该疏上于本年二月，我仍官户部。”杨俊民说。

“但伯章先生会关注该疏，是吧？”王一鹗问。

“是。”杨俊民应道。

“夏卿先生，想不想听伯章先生略述该疏？”王一鹗转问肖大亨。

“想听。”肖大亨点头。

“伯章先生，如何？”王一鹗又问杨俊民。

“子荐先生若命我详述该疏，我不敢领命；略述该疏尚可，”杨俊民说着，述道，“今日河西驻虏数十种，窃据其中；又东虏数十万，环据其外。饷薄兵疲，虏日骄，我日挫。臣请各镇自抚，河西自战，亡论驻虏、流虏，但略内地，即使剿逐。其事在议将、议饷、议番族、议赏罚。”

简略够简略，但主要的内容并没遗漏。

“夏卿先生听所议如何？”王一鹗问肖大亨。

“颇为深切。”肖大亨说。

“俺答时，无驻虏数十种窃据河西之情势；即便有，也是窃居，而非窃据。乞庆哈时，无东虏数十万环据其外的情势；即便有，也是小股，而非大军。莫道撦力克强悍过乞庆哈，即便他强悍过俺答，今日能否保得一方宁静，也要两说。”王一鹗道。

“子荐先生说的是，”杨俊民附和之后，问道，“子荐先生是不是以为，撦力哈袭封与否，也儿克兔哈屯赐封与否，于事无补？”

“怎能说于事无补！”王一鹗道，“撦力克袭封顺义王，也儿克兔哈屯三嫁撦力克，三度赐封顺义夫人，也许是处置河西事的最好结果。”

“子荐先生今日欲议的，不是河西事？”肖大亨问。

“不是。”王一鹗道。

“却是何事？”杨俊民、肖大亨齐问。

“是海西事。”王一鹗道。

海西，指的是海西女真。王一鹗提到海西，杨俊民、肖大亨立刻明白，他要议的是什么事。

“是他的事？”杨俊民边说，边在桌案上比画一个“康”字。

“是他的事？”肖大亨边说，边在桌案上比画“古陆”二字。

看起来说的是两个人，王一鹗却点头道：“对，是他的事。”

“好，就议议他。”杨俊民、肖大亨边说，边看着王一鹗，等他把这个议题具体化。

康古陆是海西哈达部首领王台的孽子。所谓孽子，就是他的母亲不仅是个没有名分的女子，而且可能连该女子是谁也无法考究。王一鹗所以要议他，是因为他在辽东官军的一次打击中被擒获，成为阶下囚；杨俊民、肖大亨虽然也作出回应，但回应得很勉强，是因为在他们看来，他的地位太低，实在没有太大的兴趣去议。

他们的心思，王一鹗不会看不出来。

“其一,二公是否以为，康古陆不值得一议？”他问。

“是。”杨俊民、肖大亨应道。

“是他的事，不是猛骨孛罗的事，可惜！”杨俊民又说。

“是他的事，不是歹商的事，可惜！”肖大亨又说。

猛骨孛罗是王台次子，歹商是王台长子虎儿罕之子。在杨俊民、肖大亨看来，此二人在哈达部中的势力，远非康古陆可比。

“伯章先生是不是以为，康古陆成阶下囚，不如猛骨孛罗成阶下囚，更值得庆贺？”王一鹗问杨俊民。

“是。”杨俊民应道。

“却是为何？”王一鹗问。

“王台卒，猛骨孛罗势最强。猛骨孛罗为阶下囚，则海西哈达部或可不再为患。”杨俊民说。

“夏卿先生是不是以为，康古陆成阶下囚，不如歹商成阶下囚，更值得庆贺？”王一鹗又问肖大亨。

“是。”肖大亨应道。

“却是为何？”王一鹗问。

“王台卒，虎儿罕袭职；虎儿罕卒，歹商袭职，皆名正言顺。歹商为阶下囚，则海西哈达部或可不再为患。”肖大亨说。

见王一鹗沉吟，二人齐问：“我等所言谬甚？”

“二公所言，皆是，又皆非。”王一鹗道。

“怎讲？”杨俊民、肖大亨齐问。

“伯章先生以为，康古陆不如猛骨孛罗势强，此言是；不过，是昔日的康古陆不如猛骨孛罗势强，不是今日的康古陆不如猛骨孛罗势强。夏卿先生以为，康古陆不如歹商名正，此言是；不过，是昔日的康古陆不如歹商名正，不是今日的康古陆不如歹商名正。”王一鹗说。

“今昔康古陆，有何不同？”杨俊民、肖大亨齐问。

“昔日的康古陆，不过是王台一孽子，别说我边臣不把他放在眼里，就是哈达部诸首领，也不把他放在眼里；今日的康古陆，娶得王台爱妾温姐，温姐在哈达部中颇有威望，颇似鞑靼部的也儿克兔哈屯。王台卒，为虎儿罕所得，歹商即虎儿罕与温姐所生。今康古陆得温姐，说起来，是歹商继父，威望能不陡增，其部能不骤强！”王一鹗道。

他才从蓟、辽总督任上还朝，辽东事务自然比杨俊民、肖大亨熟悉；尤其是细节，杨俊民、肖大亨知之不详，他却知之甚详。

“子荐先生不说，我等怎知康古陆威望陡增！”杨俊民道。

“子荐先生不说，我等怎知康古陆其部骤强！”肖大亨道。

“其人可值得一议？”王一鹗问。

“确值得一议。”杨俊民、肖大亨齐道。

“好，”王一鹗点点头，又问，“其二，处置康古陆，从兵备之议，抑或从抚臣之议？”

辽东道兵备副使是王缄，辽东巡抚是顾养谦，二人先后上疏，对处置康古陆一事存有歧见。

“换言之，是杀康古陆，抑或不杀康古陆。”肖大亨说。

“换言之，是杀康古陆，抑或释康古陆。”杨俊民说得更准确。

“二公所言皆是。”王一鹗道。

“不能说皆是吧。”肖大亨说。

“怎么？”王一鹗问。

“我说的是不杀康古陆，伯章兄说的是释康古陆，二者不是同一个意思。”肖大亨道。

“要是换个角度去想呢？”王一鹗问。

“怎的换一个角度去想？”肖大亨反问。

“不杀康古陆，可以仍系于狱中，亦可以释之。”王一鹗说。

“如此一来，伯章兄和我皆是，子荐先生却不是。”肖大亨道。

“我怎不是？”王一鹗问。

“王兵备主张杀康古陆，所谓从兵备之议，即杀康古陆；顾都堂主张释康古陆，所谓从巡抚之议，即释康古陆；不杀康古陆既非王兵备之议，又非顾都堂之议，而是我杜撰的，子荐先生在问从兵备之议，抑或从巡抚之议后，又没有问是否从我之议。”肖大亨说。

“我问在前，夏卿先生杜撰在后，叫我怎问得出？”王一鹗笑道，“再者，从兵备之议，抑或从巡抚之议，本来也可以或从兵备之议，或从巡抚之议，或既不从兵备之议，也不从巡抚之议。夏卿先生既然杜撰一议，好啊，我就把题目改为：从兵备之议，抑或从巡抚之议，抑或从夏卿先生之议，如何？”

“从兵备之议，抑或从巡抚之议，我还没想好；是否从我杜撰之议，我却想好。”肖大亨说。

“夏卿先生怎想的？”王一鹗问。

“不可从之。”肖大亨道。

“为何不可从之？”王一鹗问。

“杀康古陆的好处，王兵备说不少；释康古陆的好处，顾都堂说不少；既不杀康古陆、又不释康古陆的好处，我还没想出来。”肖大亨道。

王一鹗、杨俊民均笑。杨俊民说：“恐怕夏卿兄不是没想出来，而是看出来，不杀康古陆，又不释康古陆，无好处可言。”

“伯章兄是不是说，我杜撰一议，无好处可言？”肖大亨问。

“那倒不是，”杨俊民摇头，“想得尽量周全，总是有好处的。”

“那就仍议从兵备之议，抑或从巡抚之议，如何？”王一鹗问。

“好。”杨俊民、肖大亨齐应道。

“此事夏卿先生没想好，伯章先生想好没有？”王一鹗问。

“我以为，王兵备所议好处，不如顾巡抚所议好处。”杨俊民说。

“伯章先生说来听听。”王一鹗道。

“猛骨孛罗与歹商相敌对，杀康古陆，是为猛骨孛罗而杀之；释康古陆，是为歹商而释之。”杨俊民说。

“为何杀康古陆，是为猛骨孛罗而杀之？”王一鹗问。

“猛骨孛罗为王台季子，温姐为王台爱妾，王台宠温姐，必疏猛骨孛罗生母。猛骨孛罗忌恨温姐，今温姐归康古陆，则猛骨孛罗欲借我手杀康古陆，并及温姐。”杨俊民说。

“为何释康古陆，是为歹商而释之？”王一鹗问。

“是啊，难道歹商还真认这个继父不成？”肖大亨也问。

“歹商未必认康古陆这个继父，但他明白一个道理：康古陆因其母而渐强，康古陆在，是可以与他结盟的；康古陆死，其属下四散，是削自家羽翼。”杨俊民说。

“为何宁为歹商释康古陆，不为猛骨孛罗杀康古陆？”王一鹗问。

“王台据南关，朝廷赐封龙虎将军，为哈达部正宗。王台几乎一并海西女真，亦海西女真正宗也。王台卒，虎儿罕据南关，虎儿罕为哈达部正宗也。虎儿罕卒，歹商据南关，歹商为哈达部正宗也。子荐先生称，歹商比康古陆名正，也是为此吧？朝廷当扶持名正者，此其一也。猛骨孛罗于歹商为叔辈，势亦较强。但以猛骨孛罗之势，不足以一并哈达部。而歹商与康古陆结盟，其势可与猛骨孛罗相匹；今歹商又与建夷联姻，其势当在猛骨孛罗之上。朝廷当扶持势强者，此其二也。”杨俊民说的理由有二。

“夏卿先生以为如何？”王一鹗问肖大亨。

“子荐先生以为如何？”肖大亨反问。

“我赞成伯章先生之议。”王一鹗道。

“我亦赞成伯章兄之议。”肖大亨道。

“那么，就从巡抚之议？”王一鹗觉得，今天的议事可以结束。

“子荐先生，还有一事，可以请教吗？”杨俊民问。

“是要问我？”王一鹗道。

“是。”杨俊民应道。

“有何不可！”王一鹗道。

“从一开始，子荐先生就要议康古陆一事，是吧？”杨俊民问。

“是。”王一鹗应道。

“意在议海西的事，子荐先生为何却从河西之事议起？”杨俊民问。

“是啊，”肖大亨附和道。“本来我没多想，伯章兄一问，还真觉得颇不寻常。”

“并无不寻常，”王一鹗说。“我不过是想，河西的事，驻虏数十种窃据其中，东虏数十万环据其外，不知会惹出怎样的麻烦；然与河西的麻烦比起来，海西日后的麻烦可能会更大。”

“子荐先生说的是。”杨俊民、肖大亨齐道。他们都在想：今天说了那么多的话，很可能都没什么用，而这句话值得深思。

第一百六十七章

夕阳挂在天边，飘忽不定的云层从它下面游荡而过。云层有薄有厚。夕阳被厚的云层遮住时，天空会忽然变得昏暗；被薄的云层遮住时，它的光芒虽然不再强烈，但也可以穿透过去。当几片薄云飘向夕阳时，柔和的阳光从薄云的缝隙中穿出，洒落在太液池，景色十分诱人。

郑贵妃侍奉圣驾，不出玄武门，而出西华门，沿着太液池和宫城西墙之间的道路北行，正是想让皇帝欣赏这样的景色。

这条路本来就十分宁静，由于皇帝携贵妃而行，前边远远的有人在赶逐行走其上的内臣、女官、宫女等，就显得更加宁静。

皇帝没乘御辇，也没骑马，这是应郑贵妃的要求。

走一会儿，皇帝说："朕的御马，片刻即可走完这一段路；爱妃不惯于骑乘，可以和朕共策一骑。"

"陛下若性急，可以乘马。"郑贵妃说。

"朕怎会性急！"皇帝道，"朕陪爱妃，最耐得住性子。朕是怕到那里时，天色已晚，祷神不便。"

"祷的是星君，天黑更佳。"郑贵妃说。

又走一会儿，皇帝说："这一段路，相当于从皇极殿到乾清宫吧？平日乘舆，没觉着有这远呀。"

"陛下若累，可以歇一歇。"郑贵妃说。

"朕怎会累！"皇帝道，"朕步行祷天，曾一气走到圜丘，爱妃不记得吗？朕是不想爱妃累着。"

"臣妾再累，这一程也须步行；不然，怎见虔诚！"郑贵妃说。

皇帝不再说骑马快，也不再说乘轿舒服，免得又被郑贵妃驳回。

"皇上不埋怨臣妾吧？"郑贵妃问。

"朕为何要埋怨爱妃？"皇帝反问。

"不是臣妾不情之请，陛下不用步行这远的路程。"郑贵妃说。

“这路远吗？”皇帝略显调皮地问。

“陛下才说的，从皇极殿到乾清宫，平日没觉着这远。”郑贵妃用皇帝自己的话来回答他。

“那是前面相当于从皇极殿到乾清宫的路，朕觉着比平日远；后来走的这段路，相当于从乾清宫到慈宁宫，朕反而觉着比平日乘辇，要近得多。”皇帝说。

“不是臣妾非要步行，也不会等到天黑才到。”郑贵妃又说。

“天已黑吗？”皇帝问。

“一会儿回宫时，走的一定是夜路。”郑贵妃说。

“今夜月明星繁，你我携手，踏着月色祷神，借着星光回宫，岂不是一大乐事！”皇帝道。

郑贵妃听皇帝专拣自己喜欢听的话说，莞尔一笑。

和宫城北墙并列的路口，不太规则。从路口往南的这条路，稍微偏西；从路口往北的那条路，稍微偏东。因此，路口东北角的北上西门和路口西南角的乾明门，也是斜着相对。

郑贵妃路熟，领着皇帝走。先到乾明门，他们没进去；如果进去，是西苑的北端。过路口时，他们也没进北上西门；如果进去，是俗称煤山的万岁山。在乾明门以北，在北上西门以西，即在路口西北角，耸立着一殿，是大高玄殿。

站在殿外，郑贵妃颇似为难地看着皇帝。

“为何不进？”皇帝问。

“陛下也进吗？”郑贵妃反问。

“为何不进！”皇帝道，“爱妃不是说过，当初许的愿，要朕陪同你还吗？朕既答应爱妃，今日到门前，怎能不进！”

“陛下陪臣妾步行到此，已算是陪同臣妾还愿。”郑贵妃说。

“听爱妃这话，好似不想让朕进去。”皇帝道。

“臣妾不是不想让陛下进去，是有所顾忌。”郑贵妃说。

“爱妃有何顾忌？”皇帝问。

“臣妾进殿，是要祷于星君的。”郑贵妃说。

“那又如何？”皇帝问。

“陛下进殿，也同臣妾一起祷于星君吗？”郑贵妃反问。

“当然，”皇帝道，“虽则爱妃说，朕不用进去，也算陪同爱妃还愿；但朕以为，一定要进殿，一定要和爱妃同祷，才算陪同爱妃还愿。”

“可臣妾是要跪拜而祷的。”郑贵妃说。

“爱妃怎说？”皇帝不是没听清楚，是没想到这个问题。

“臣妾是要跪拜而祷的，”郑贵妃重复一遍，并问，“陛下也同臣妾一起跪拜而祷吗？”

“当然，”皇帝道，“虽则爱妃说，朕不用进去，也算陪同爱妃还愿；但朕以为，一定要进殿，一定要和爱妃同祷，一定要和爱妃一起跪拜而祷，才算陪同爱妃还愿。”

“陛下自登极以来，除祭天时拜天，祭地时拜地，祭祖宗时拜祖宗，其他神圣一概不拜。”郑贵妃说。

“还应加上一项：除爱妃跪拜而祷的神圣。”皇帝道。

“臣妾不知所祷星君为何方神圣。”郑贵妃说。

“不管何方神圣，爱妃跪拜而祷，朕也跪拜而祷。”皇帝道。

“陛下还不知臣妾欲祷何事。”郑贵妃说。

“不管何事，爱妃祷之，朕则陪同祷之，”皇帝习惯性地说完，忽然发觉有问题。他随口问道，“爱妃不是来还愿的吗？”

“是来还愿的，又是来许愿的。”郑贵妃说。

“还愿，朕知是为的常洵，许愿又为的谁个？”皇帝问。

常洵即郑贵妃所生皇子的名字。按照太祖皇帝所定，皇子这一辈名字的前一个字用常，后一个字从水。皇长子名常洛，在常洵和常洛之间，还有个皇次子，取名常溆，已夭亡；而且，牒谱中不记此子所出，当然，其母亦不得册封。皇帝只当无此子，郑贵妃只当无此子，宫中所有的人只当无此子，而把常洵视作皇次子。

“仍是为的常洵。”郑贵妃说。

“还愿，朕知是为的得子，许愿又为的何事？”皇帝问。

“为的子以母贵。”郑贵妃说。

“身为皇子，还不算贵吗？”皇帝道。

“皇子虽贵，但后宫妃、嫔甚多，人人皆可为陛下生子；贵妃只有一个，贵妃生子，当贵过别个妃、嫔所生皇子。”郑贵妃说。

“朕已懂得爱妃的心思。”皇帝道。

“陛下既懂得，还肯不肯和臣妾同祷？”郑贵妃问。

“此事爱妃不必祷于星君，说与朕听即可。”皇帝道。

“陛下何出此言？”郑贵妃问。

“常洵出生在去岁正月，仅一月，阁臣即奏请册立皇太子，爱妃知否？”皇帝反问。

“臣妾有所闻。”郑贵妃道。

“朕可曾册立太子？”皇帝问。

“不曾。”郑贵妃道。

“阁臣之后，礼部复请册立太子，科臣复请册立太子，部臣复请册立太子，爱妃知否？”皇帝问。

“臣妾亦有所闻。”郑贵妃道。

“朕可曾册立太子？”皇帝问。

“不曾。”郑贵妃道。

“今春伊始，阁臣复请册立太子，爱妃知否？”皇帝问。

“臣妾虽未闻，却想得出来。”郑贵妃道。

“时至今日，朕可曾册立太子？”皇帝问。

“不曾。”郑贵妃道。

“朕的心思，爱妃难道还不懂？”皇帝问。

“陛下心思，臣妾是懂的。”郑贵妃说。

“所以，爱妃的心思不必祷于星君，说与朕听即可。”皇帝道。

“陛下真愿听臣妾诉说？”郑贵妃问。

“当然，”皇帝道，“朕不仅愿听爱妃诉说，而且，爱妃有所疑虑，朕愿为爱妃排解。”

“那臣妾就诉说与陛下听听，”郑贵妃说着，问道，“去岁常洵出生不足一月，阁臣即奏请册立太子；今岁伊始，阁臣又奏请册立太子。陛下说，明年之春，阁臣会不会再奏请册立太子？”

“多半会。”皇帝说。

“陛下如何应付？”郑贵妃问。

“还用说吗，朕仍不准！”皇帝道。

“只怕陛下届时不得不准。”郑贵妃说。

“朕为何不得不准？”皇帝问。

“他们奉有圣旨呀。”郑贵妃道。

“他们奉有圣旨，朕怎不知？”皇帝问。

“去岁阁臣奏请册立太子，陛下是怎批复的？”郑贵妃反问。

“朕说——”皇帝需要想一想。

“元子婴弱，稍候一二年举行。”郑贵妃替他说出，并问，“这是陛下的原话吧？”

“不是原话，是原意；司礼监臣是根据朕的意思拟的旨，”皇帝说着，皱起眉头。“此事爱妃怎知？”

“陛下对臣妾说的呀，”郑贵妃道，并说，“要不是圣旨中有‘稍候一二年’的字样，阁臣们也不会今岁又来催促。”

“那不过是为的应付阁臣，”皇帝辩道，“不写‘稍候一二年’，怎写？让他等稍候十年八年，那就不是稍候。再者，‘一’一定是今岁，‘二’一定是明岁？就算‘一’是今岁，‘二’是明岁，‘一’朕已经应付过去，‘二’还不是照样可以应付过去！”

“‘稍候一二年’，‘一’后还有‘二’。到明年，就不似今年这样容易应付；就算应付过去，再往后呢？”郑贵妃问。

“再往后，三年五年、十年八年，”皇帝道，“元子婴弱是句实话，朕挨得过去，常洛未必挨得过去。”

“所以嘛——”郑贵妃开个头，戛然而止。

“所以怎的？”皇帝问。

“臣妾仍须祷于星君，”郑贵妃说，“陛下与臣妾同心，臣妾丝毫也不怀疑；但臣妾所疑虑的，正是陛下的这个‘挨’字。一则，寄望于元子不寿，臣妾不敢负此罪名；二则，去岁、今岁，阁臣们言辞和缓，尚未强争。明岁阁臣若强争，陛下难道一概罢斥不成？就算将今之阁臣一概罢斥，新换的阁臣仍然强争，陛下怎办？臣妾想，与其让陛下为难，此事不如让星君作主。”

“爱妃欲新许的这个愿，倒是为朕想的多一些。”皇帝道。

“臣妾的心思已对陛下诉说，陛下是否进殿，是否与臣妾一同祷于星君，一起来许这个愿，臣妾不敢强求。”郑贵妃说。

“朕说爱妃之愿，即朕之愿；若不肯进殿祷之，不与爱妃一同许愿，怎能取信于爱妃！”皇帝道。

“陛下可想好？”郑贵妃问。

“朕已想好。”皇帝点头。

“陛下与臣妾一同祷于星君，其心可诚？”郑贵妃问。

“自是诚心。”皇帝道。

“二人同祷，须得一词，方才灵验。”郑贵妃说。

“我与爱妃所祷，必是一词。”皇帝道。

“祷于星君前，须得以心，不可以口；但于殿外，却不妨对照祷词。”郑贵妃说。

“爱妃想听朕的祷词？”皇帝问。

“是。”郑贵妃应道。

“朕也想听爱妃的祷词。”皇帝道。

“臣妾的祷词是，”郑贵妃知道皇帝是想学话，所以，一字一句地说，“我，大明皇贵妃郑氏，虔诚祷于星君座前。”

“我，大明天子朱某，虔诚祷于星君座前。”皇帝学道。

“愿皇儿常洵得册立为皇太子。”郑贵妃说。

“决意册立皇儿常洛为皇太子。”皇帝对其词略加改变。

“不管皇长子常洛寿与不寿。”郑贵妃说。

“不管皇长子常洛寿与不寿。”皇帝学道。

“不管宫闱之言若何。”郑贵妃说。

“不管宫闱之言若何。”皇帝学道。

“不管朝廷之言若何。”郑贵妃说。

“不管朝廷之言若何。”皇帝学道。

“不管天下之言若何。”郑贵妃说。

“不管天下之言若何。”皇帝学道。

“敬祷者，郑氏，讳某某。”郑贵妃说。

“敬祷者，朱氏，讳某某。”皇帝学道。

为使郑贵妃愉悦，皇帝学得一丝不苟。郑贵妃知道，皇帝可能根本没往心里去。譬如，不管宫闱之言若何，他可能就没想：慈圣皇太后之言，也可以不在乎吗？即便往心里去，也未必能付诸实施。譬如，慈圣皇太后若是反对，皇帝还坚持得下去吗？但她还是十分感激。

“陛下受臣妾一拜。”她说着，袅娜拜下。

“不拜，不拜，你我一起去拜星君。”皇帝拉起她说。

为表明自己的虔诚，祷拜后回到宫里，皇帝把祷词写下来，交与郑贵妃。郑贵妃视若珍宝，收藏在宝匣里。

第一百六十八章

宗人的一道奏章，下礼部议复。衙门里只有才升礼部右侍郎的徐显卿一人，他接过该疏读起来。读到一半，本部尚书沈鲤、左侍郎于慎行回来，他把该疏丢在于慎行面前，忿道："似这等奏章，如何议之！"

"公望兄发的哪门子邪火？"于慎行边说，边拿起奏疏看一眼。然后交给沈鲤，并告诉他，"是周府宗人的奏章。"

徐显卿字公望，南直隶长洲人，因和于慎行同是隆庆二年的进士，才会有方才那种激烈的行为。

沈鲤也看该疏一眼，问他："公望先生已读过？"

"只读个开头，实在读不下去。"徐显卿道。

"有何不妥？"沈鲤问。

"名字就不妥。"徐显卿说。

"奏章的名字吗？"沈鲤问。

"不是。"于慎行代徐显卿回答。

"无垢先生怎知不是？"沈鲤问他。

"奏章，公望兄会用题目，而不会用名字。"于慎行说。

"那么，是宗人的名字？"沈鲤问。

"是。"徐显卿应道。

"宗人名字有何不妥？"沈鲤问。

"仲化先生看呀！"徐显卿指着奏疏上填写姓名的地方，让沈鲤看。

"朝唯，"沈鲤把这两个字读出来，然后问，"此一宗人，在周府海阳王名下，公望先生，是吧？"

"是。"徐显卿应道。

"公望先生知无垢先生和我去的哪里？"沈鲤问。

"不知。"徐显卿道。

"我二人去查牒谱，"沈鲤告诉他，"我等查得，今海阳王名勤炵，长子名朝陞。

可见，周府这一辈人的名讳，前一字的确是用朝。朝唯应是朝陛弟辈。”

“我以为不妥的，不是前一字，是后一字。”徐显卿道。

“后一字怎不妥？”沈鲤问。

“今海阳王及该宗人辈，后一字从土，对吧？”徐显卿问。

“对呀，”沈鲤道，“朝陛之陛，土字虽遮掩在下，但确是从土。”

“朝陛之陛，土字还可以说是遮掩；朝唯之唯，却不是遮掩，而是要拆字。”徐显卿说。

沈鲤无奈地笑笑，既笑徐显卿的较真，又笑他的话难以辩驳。宗人的名字是礼部取的。翻阅玉牒时，他注意一下，勤烄是嘉靖三十五年袭封的，朝陛是隆庆六年册立为海阳郡王府长子的。就算他那年只有五岁，得名也应该在隆庆元年；那年他若十岁，得名应该在嘉靖四十一年。那时，别说于慎行、徐显卿还在家乡课读，他自己也不过才考中举人。朝唯这个名字取得妥当不妥当，和他们一点儿关系也没有。但接下来怎么说，难道真去追究当时礼部正卿和佐卿的责任。

“公望兄，朝唯的名字取得不妥，也不是他作得了主的。”于慎行笑着把这一节岔开。

“我也知不是他的不妥，”徐显卿道，“名字妥不妥，无所谓，我也不过说说而已。我要说的是，此疏写的不妥。”

“怎写的不妥？”沈鲤问。

“他竟奏言十事。”徐显卿说。

沈鲤、于慎行听罢一愣，都在想：莫道言十事，即便言二十事、三十事，又有什么不妥？看来，疏中确有不妥之处，但徐显卿被气糊涂，以致不妥在哪里，竟说不出来。

“宗人有的是闲工夫，想做些事情，给朝廷提些建议，一上来就议十事，不足为怪。”于慎行说。

“无垢兄怎听不懂我的意思！”徐显卿倒埋怨起他。

“公望兄莫怪，我是没听懂。”于慎行道。

“公望先生莫急，不妨先举一例，说说有何不妥。”沈鲤提议。

“若举一例，不用我说，二位便知有何不妥。”徐显卿道。

“我等洗耳恭听，”沈鲤、于慎行齐道。

徐显卿本想拿过朝唯的奏疏来读，然后指出其中的荒诞；又一想，读也是自己读，说也是自己说，他二人岂不是太悠闲！于是，他改换一种方式，问道：“第一事曰定门限，二位看是不是？”

沈鲤、于慎行看一眼，应道："是。"

"第一事所议，乃定房制也，二位看是不是？"徐显卿问。

沈鲤、于慎行花较多的工夫，把第一事的议论读完，应道："是。"

"其目是门限，其议则是房制，说得通说不通！"徐显卿道。

"似乎也可说得通。"于慎行半开玩笑半认真地说。

"怎说得通？"徐显卿问。

"有房才有门，有门才进得去房嘛。"于慎行说。

沈鲤见徐显卿脸色变得更难看，知道只要他一开口，准没好听的话，于是出面打圆场。

"所谓定门限，定宗人的门限也；所谓房制，定各等亲藩的制度也。这本来是件正经的事，我等之前的礼卿就议过，我等亦曾议过；却被他写得颠三倒四，不但必不可行，且行之，比没有制度更为混乱。公望先生称其不妥，用词真够客气的。"他说。

"那我就说句不客气的话，"徐显卿道，"仲化先生和无垢兄信不信，定房制是该宗人议的最有条理的一件事？"

"公望先生是说，后面九事比第一事还要混乱？"沈鲤问。

"不错。"徐显卿应道。

"公望兄是说，后面各事的其目和其议，更加格格不入？"于慎行问。

"正是。"徐显卿应道。

"可否再举一例？"沈鲤、于慎行齐道。

"我就依着次序举给二位听，"徐显卿说着，问道，"第二事曰除民行，二位看是不是？"

沈鲤、于慎行看一眼，应道："是。"

"第二事所议，乃欲废官价也，二位看是不是？"徐显卿问。

沈鲤、于慎行花较多工夫，把第二事的议论读完，应道："是。"

"无垢兄别告诉我，须除民行，才得废官价。"徐显卿对于慎行说。

"还是公望兄先告诉我，除民行何意也。"于慎行说。

"无垢兄不是才读过吗，怎的问我！"徐显卿道。

"一则，匆匆而读，印象不深；二则，所议为废止官价，公望兄概括得很好。文中并未涉及除民行，故而请教。"于慎行说。

"我以为，除亦是废。除民行，是要废止民间各行业，"徐显卿说罢，问道，"二位以为如何？"

“也只得如此理解。”沈鲤、于慎行齐应道。

“可定门限和定房制，多少还能联系起来；除民行和禁官价，完全是不相干的两件事。”沈鲤又说。

“比较一下，第二事的确比第一事更混乱。”于慎行又说。

“二位请再往下读，”徐显卿说着，问道，“第三事曰审正军，二位看是不是？”

沈鲤、于慎行看一眼，应道：“是。”

“第三事所议，乃欲革顶替也，二位看是不是？”徐显卿问。

沈鲤、于慎行花较多工夫，把第三事的议论读完，应道：“是。”

“审正军和革顶替，是一回事吗？”徐显卿问。

“是两件事，但应该是有联系的两件事。”于慎行说。

“怎讲？”徐显卿问。

“正军，即军户中的正丁，在卫、所服军役。军户中其余的丁口，为丁余。正军死亡或逃亡，则由余丁顶替。所以我说，这是有联系的两件事。”于慎行道。

“正军死亡或逃亡，可不可以不顶替？”徐显卿问。

“不顶替，官军岂不越来越少！”于慎行道。

“不妨，”徐显卿摆摆手，说，“譬如，可以招募。”

“招募只可间而行之，不可为主。本朝向来将军户、民户区别开来，为的是卫、所卒伍取自军户。所以才有正军之名，所以才有顶替之法。审正军而革顶替，无异于釜底抽薪。”

徐显卿见沈鲤在思忖，问道：“无垢兄和我争得不亦乐乎，仲化先生怎不出声？”

“你二人当真在争吗？”沈鲤道，“后面的事比第一事更为混乱，是你说的。你现在似乎又在说第三事说得不无道理，岂不是前后矛盾？我看，无垢先生说的话，正是你要说的，你不过诱他说出来。”

徐显卿得意地一笑，问道：“此事议得混乱，仲化先生不否认吧？”

“我倒是有个想法。”沈鲤说。

“仲化先生不会真被公望兄的一番反话说动吧？”于慎行问。

“两码事！”沈鲤道。“我在想，此事议兵，关乎兵制、户籍等，何不奏请下户部、兵部议之？”

“好主意！”徐显卿甚是赞赏，“凭什么一道莫名其妙的奏本，由我礼部一个衙门议之？奇文共欣赏嘛。”

“此事下户部、兵部议之，第二事我看可下户部、工部议之，以后各事，都可以照此办理。”于慎行说。

“举一反三，孺子可教也。”徐显卿开句玩笑。

“哪里来的孺子，是老朽可教也。”于慎行说。

三个人呵呵一乐，算是通过这个提议。

“公望先生，再说第四事吧。”沈鲤道。

“我只读到第三事，以后各事，大家轮流读，轮流议吧。”徐显卿说。

“也好。”沈鲤、于慎行齐道。

“仲化先生先请。”于慎行让道。

沈鲤觉得没必要推托，把朝唯对第四事的议论看一遍。徐显卿独创的议事方式，他以为不错，于是搬用。

“第四事曰清军地，二位看是不是？”他问。

于慎行、徐显卿看一眼，应道：“是。”

“第四事所议，乃欲防盗卖也，二位看是不是？”沈鲤问。

于慎行、徐显卿花和他差不多相同的工夫，把第四事的议论读完，应道：“是。”

“此事议的如何？”沈鲤问。

“其一，何谓军地？是军户之地，抑或军屯之地？太含糊；其二，何谓盗卖？是军官盗卖，抑或势要盗卖，抑或地痞盗卖？更加含糊。撇下这些不说，此事也可下户部、兵部议之。”徐显卿说。

“公望兄说的是。”于慎行附和道。

“无垢先生，下一事该你来。”沈鲤说。

于慎行读完第五事后，问道：“第五事曰治盐法，二位看是不是？”

沈鲤、徐显卿看一眼，应道：“是。”

“第五事所议，欲禁私贩也，二位看是不是？”于慎行问。

沈鲤、徐显卿花了和他差不多相同的工夫，把第五事的议论读完，应道：“是。”

“此事议的如何？”于慎行问。

“其目、其议倒是相扣，但言不及义，不知所云。撇下这一层不说，此事可下户部、工部议之。”徐显卿说。

“公望先生说的是。”沈鲤附和道。

又轮到徐显卿。他问：“第六事曰清仕路，二位看是不是？”

沈鲤、于慎行看一眼，应道：“是。”

“第六事所议，欲堵贿赂之径也，二位看是不是？”徐显卿问

沈鲤、于慎行花和他差不多相同的工夫，把第六事的议论读完，应道：“是。”

“此事议的如何？”徐显卿问。

“此事可下吏部、都察院议之。”沈鲤干脆把对奏议的批评都省去。

“仲化先生说的是。”于慎行附和道。

转回沈鲤，他阅罢，问道，“第七事曰添王官，二位看是不是？”

于慎行、徐显看一眼，应道：“是。”

“第七事所议，欲设科甲长史，二位看是不是？”沈鲤问。

于慎行、徐显卿花和他差不多相同的工夫，把第七事的议论读完，应道：“是。”

“此事议的如何？”沈鲤问。

“科甲即科甲，长史即长史，何谓科甲长史？”于慎行道。

“大约是长史用进士出身者。”徐显卿道。

“若是此意，可说是写的最明白的一事。”沈鲤说。

“管他何意！”徐显卿道，“让吏部堂官们去琢磨吧，用不着我等在这里煞费苦心！”

“说的是。”沈鲤、于慎行齐应道。

转到于慎行，他阅罢，问道：“第八事曰藏玄经，二位看是不是？”

沈鲤、徐显卿看一眼，应道：“是。”

“第八事所议，乃欲禁无为教也，二位看是不是？”于慎行问。

沈鲤、徐显卿花和他差不多相同的工夫，把第八事的议论读完，应道：“是。”

“此事议的如何？”于慎行问。

“莫怪我孤陋寡闻，不知天下竟有无为教！”沈鲤道。

“无为与玄经对应，不就是道教嘛。”徐显卿说。

“道教讲无为而治，道教便称无为教？佛教讲苦谛，岂不可以称苦教；讲慈悲，岂不可以称慈悲教！”沈鲤道。

“慈悲教还不太难听，一称苦教，谁个还敢入其门！”徐显卿道。

说笑几句，于慎行提醒道：“此事似乎正该礼部议。”

“亦可视为邪教，下刑部、都察院议之。”沈鲤说。

“仲化先生说的是。”于慎行、徐显卿齐应道。

转到徐显卿，他阅罢，问道：“第九事曰除限稿，二位看是不是？”

沈鲤、于慎行看一眼，应道：“是。”

“第九事所议，乃欲无减宗禄也，二位看是不是？”徐显卿问。

沈鲤、于慎行花和他差不多相同的工夫，把第九事的议论读完，应道：“是。”

“此事议的如何？”徐显卿问。

“由此名目，不能说该宗人不读书。”沈鲤说。

“仲化先生是不是说，‘稿’字是有出处的？”于慎行问。

“是，”沈鲤应罢，背诵两句，“已奉谷租，又出稿税。”

稿，古意还指麦、粟等秸秆。两句话的意思是：收获谷物，已经缴租，还要为谷物的秸秆缴税。

“此二句出自《汉书·禹贡传》吧？”徐显卿问。

“是。”沈鲤应道。

“但这个字用在此处最为不妥，”于慎行道，“奉谷租的是农，出稿税的也是农，除限稿，绝对除不到王禄。”

“说的是。”沈鲤、徐显卿齐应道。

“不过，王禄之事，好像该礼部议之。”徐显卿说。

“其一，禄米一事，户部也当议之；其二，既然不解他所谓限稿之意，大家都不议也罢。”沈鲤说。

“仲化先生说的是。”于慎行、徐显卿又齐应道。

“还有一议，谁先阅之？”沈鲤问。

“该着无垢兄。”徐显卿说。

“为何该着我？”于慎行问。

“一共十事，我先阅的是五事；余下五事，不是无垢兄三事，仲化先生二事，就是无垢兄二事，仲化先生三事。无垢兄好意思偏劳仲化先生吗？”徐显卿道。

“公望兄是说，今日偏劳你吧？”于慎行笑着说一句，还是应承下来。他问，“第十事曰取冤王，二位看是不是？”

沈鲤、徐显卿看一眼，应道：“是。”

“第十事所欲，乃欲脱宗人睦榓于无罪，二位看是不是？”于慎行问。

沈鲤、徐显卿花和他差不多相同的工夫，把第十事的议论读完，应道：“是。”

“此事倒是该议一议。”于慎行改变惯例，率先提出自己的看法。

“是该议一议。”徐显卿附和道。

“我记得，那桩案子出在万历十二年，轰动一时，却不知其详。仲化先生那时已掌礼部吧？清给我等讲一讲。”于慎行说着，揖了揖。

“该案动静挺大，说轰动一时，却有些过分，”沈鲤说着，问道，“睦字辈宗人，出自周府，二位都清楚吧？”

“都清楚。”于慎行、徐显卿应道。

“有子同安睦。”于慎行还念念有词。太祖皇帝二十六子，每子名下赐字二十，作为宗室取名字的依据。如燕王即后来的成祖皇帝名下的二十个字，前五个是：高瞻祁见祐。于慎行念叨的，则是周王名下二十个字中的前五个。

“睦字辈宗人中，有一位颇有名气，二位可知？”沈鲤问。

“仲化先生指的不会是睦榕吧？”徐显卿问。

“不会，”沈鲤道，“睦榕虽袭新会王，但并无名气。”

“可是周府宗正睦桔？”徐显卿问。

“对，是他！”沈鲤道，“周定王庶八子封镇平王，传四世，无子，除封。睦桔是镇平王后裔，封镇国将军；又举文学卓异，选任周府宗正。时巡抚都御史褚公议，稍减郡王以下岁禄，均给于贫宗。朝廷遣给事中某往周府计议此事。皇上之意，裁禄若在周府行得通，亦可在他府行之。孰料，周府大哗，倡乱者正是睦榕。他大言：裁禄之谋，起于睦桔。于是，聚宗室千余人围击睦桔，裂其衣裳，殴至出血。睦榕且倡言，上书抗拒朝廷诏书。皇上大怒，废睦榕为庶人。”

故事讲完，于慎行、徐显卿才知道，这件事和礼部无关，和沈鲤无关。

“睦榕是冤王？我看不是，”徐显卿道，“不管裁禄之议行得通行不通，不管裁禄之谋是否起于睦桔，其一，尚未行之，朝廷总可以计议吧？其二，即便决议行之，便可倡乱吗！”

“公望兄说的是，无辜的是睦桔，而非睦榕。”于慎行也说。

“二位的意思是驳回？”沈鲤问。

“断然驳回！”于慎行、徐显卿齐道。

“既有一事可议，我收回方才的话。”沈鲤说。

“仲化先生欲收回哪句话？”于慎行、徐显卿齐问。

“审正军和革顶替，我欲奏请下户部、兵部议之呀，”沈鲤道，“我原来担心无一事可议，想看其他衙门是不是议的出一些名堂；既有一事可议，我看，也不必以邻为壑，给别的衙门找麻烦。”

“仲化先生这话收回，我等相关的那些话也得收回。”于慎行、徐显卿一起回应道。

第一百六十九章

南京都察院掌院右都御史海瑞，年老体衰，在和房寰等人打过一场笔墨官司后，愈发觉得体力不济。将养一段日子，稍觉轻快，他又闲不住，晚饭后吩咐老仆："去，拿个算盘来。"

老仆不动，捂着嘴笑。

"拿个算盘，也好笑吗！"海瑞斥道。

"老爷只一把算盘，放在衙门里。"老仆说。

"算盘放在衙门里，好笑吗！"海瑞又斥。

"小老儿笑的，不是这事。"老仆说。

"那是何事？"海瑞问。

"老爷的家当合在一起，我掰着手指也算得出来，哪里用得着拨弄算盘珠子！"老仆道。

"我的家当都在你脑子里呢，也不用你掰着手指算。"海瑞说。

"老爷说的是，"老仆应着，问道，"老爷要算盘何用？"

"你别管我何用，既然你善于掰着手指算，你就掰着手指替我算一算。"海瑞说。

"是。"老仆应道。

"内守备厅，夫差一十名，中城拨送。"海瑞说。

老仆没想到，第一个数字就把十个手指用上。

"中军、左军、右军、前军、后军五都督府，各夫差五名，锦衣卫铺差拨。"海瑞又说。

"五军都督府各五名，计二十五名；加上内守备的十名，共计三十五名。"老仆说。

"谁个让你合计！"海瑞道。

"老爷不是让我算吗？不合计，难道还减去！"老仆反驳。

"你没听清吗，一是中城拨送的，一是锦衣卫铺差拨的，怎能糊里糊涂合在一起！"海瑞道。

"老爷到底要算何事？"老仆问。

“我要算算，南京城各衙门所需夫役，是不是均摊到各城。”海瑞说。

“如此算法，再有两只手，我也算不过来！我还是去邻家给老爷借一把算盘吧！”老爷说着，踉跄着往外走。

“莫扰邻，我用笔记吧。”海瑞说着，拿笔在纸上画出六个方格，在前五个方格上端分别写上：中城、东城、西城、南城、北城，在最后一个方格上端写上：其他。

“自家的账，从未见老爷这般认真地算过。”老仆嘟囔。

“你念，我记。”海瑞命道。

“是，”老仆应一声，接过名册，念道，“内守备厅，夫差一十名，中城拨送。”

海瑞在第一个方格内写两个正字。

“中军、左军、右军、前军、后军五军都督府，各夫差五名，锦衣卫铺差拨。”老仆念。

海瑞在最后一个格子里写五个正字。

“兵部夫差十五名，中城拨送。”老仆念。

海瑞在第一个格子里又写三个正字。

“吏部夫差五名，中城拨送。”老仆念。

海瑞在第一个格子里又写个正字。

“户部夫差十五名，中城拨送。”老仆念。

海瑞在第一个格子里又写三个正字。

“礼部夫差五名，东城拨送。”老仆念。

海瑞在第二个格子里写个正字。

“刑部夫差十五名，东城拨送。”老仆念。

海瑞在第二个格子里又写三个正字。

“工部夫差十五名，东城拨送十名，中城拨送五名。”老仆念。

海瑞在第二个格子里写两个正字，又转回去在第一个格子里写一个正字。

“都察院夫差五名，北城拨送。”老仆念。

海瑞在第五个格子里写一个正字。

“操江察院夫差五名，东城拨送。”老仆念。

海瑞在第二个格子里又写个正字。

“总督粮储衙门夫差二名，东城拨送。”老仆念。

海瑞在第二个格子里又写正字的前两笔。

“通政司五名，中城拨送。”老仆念。

海瑞在第一个格子里又写个正字。

“大理寺夫差五名，东城拨送。”老仆念。

海瑞在第二个格子里写个正字。

“前边那个字还缺胳膊少腿呢。”老仆提醒他。

“念你的，管我怎写！”海瑞道。

“太常寺夫差五名，西城拨送。”老仆念。

海瑞在第三个格子里写一个正字。

“原无拨送的，小老儿还念吗？”老仆问。太常寺下是光禄寺，写的就是这四个字。

“不必念。”海瑞道。

“鸿胪寺夫差五名，中城拨送。”老仆念下面一个衙门。

海瑞在第一个格子里又写个正字。

“翰林院夫差五名，东城拨送。”老仆念。

海瑞在第二个格子里又写个正字。

“国子监夫差十名，金吾后卫铺差拨；又看守琉球国子监生夫差五名，北城拨送。”老仆念。比别的衙门多一事，他问，“老爷听得清楚吗？”

“听得清楚，”海瑞应着，在最后一个格子里又写两个正字，并回手在第五个格子里写个正字。

“京畿道夫差二十人，北城拨送八名，东城拨送十二名。”老仆念。

海瑞在第五个格子里写了个正字，又写另一个正字的前三笔；回手在第二个格子里写两个正字，又在前边没写全的正字上添上两笔，并不忘回应老仆方才的提醒：“还差一条腿。”

“都察院经历司夫差五名，西城拨送。”老仆念。

海瑞在第三个格子里又写个正字。

“下江巡仓察院夫差五名，北城拨送。”老仆念。

海瑞在第五个格子里又写个正字。

“凤阳仓察院夫差五名，北城拨送。”老仆念。

海瑞在第五个格子里又写个正字。

“屯田察院夫差五名，十八卫差拨。”老仆念。

海瑞在最后一个格子里又写个正字。

“织造机房夫差十八名，中城拨送。”老仆念。

海瑞在第一个格子里写三个正字，以及第四个正字的前三笔。

“后湖巡湖夫差四十名，东城拨送十五名，北城拨送二十五名。”老仆念。

海瑞在第二个格子里写三个正字，在第五个格子里写五个正字。

“户部督税分司夫差二十名，西城拨送。”老仆念。

海瑞在第三个格子里写四个正字。

“礼部银库夫差五名，中城拨送。”老仆念。

海瑞在第一个格子里又写一个正字。

“工部铸铁夫差十名，五城轮流拨送。”老仆念。

海瑞在第一个、第五个格子写的两笔，正好把不完整的两个正字写完整；第二个格子里有个正字缺一笔，补齐，另一个正字又写第一笔；在第三个格子、第四个格子写两笔，其中，第四个格子是第一次填写。

“抽分竹木厂夫差五名，西城拨送。”老仆念。

海瑞在第三个格子里又写个正字。

“器皿厂夫差五名，西城拨送。”老仆念。

海瑞在第三个格子里又写个正字。

“军器局夫差五名，中城拨送。”老仆念。

海瑞在第一个格子里又写个正字。

“旗手等卫七仓，各夫差五名，中城拨送。”老仆念。

海瑞在第一个格子里写七个正字。

“养虎仓夫差五名，南城拨送。”老仆念。

海瑞在第四个格子里写一个完整的正字。

“水军仓夫差五名，西城拨送。”老仆念。

海瑞在第三个格子里写个正字。

“水兑粮米，中、西、北城各拨送夫差五名。”老仆念。

海瑞在第一、第三、第五个格子里各写一个正字。

“五城兵马司看监，每城拨送五名。”老仆念。

海瑞在前五个格子里各写一个正字。

下面是另一类的夫差。老仆说：“夜已深，明日再接着算吧。”

“好，”海瑞同意。他也确实觉得累，但不想把今天记下来的数字留到明天再算。他说，“不过，记下这多，总得有个说法吧？”

“老爷要怎样一个说法？若问是否均摊各城，不用计算，我也知道不是。”老仆说。

“仅凭着今晚所记，看不出来，”海瑞道。“我是想，今晚记的各城夫差，应该有个总数。”

“老爷最不善算，还是我来吧，”老仆说着，拿起海瑞记数的那张纸，计算起来。

“中城摊派夫差最多，计有一百三十名。”

“和我估摸的差不多。”海瑞点着头说。

“其次北城，计有六十五名。”老仆说。

“甚巧，恰好是中城摊派的一半。”海瑞道。

“其次是东城，计有六十四名。”老仆又说。

“比北城仅少一名，说得过去。”海瑞道。

“其次西城，计有五十七名。”老仆又说。

“比东城少七名，少得不算多。”海瑞道。

“其次军铺，计有四十名。”老仆又说。

“反正差拨的是正军，不用管它。”海瑞道。

“最少的是南城，仅七名。”老仆又说。

“南城地狭人少，拨送的夫役理当少于别城；但是不是应该少这么多，我也说不准，”海瑞说罢，伸了个懒腰，把这个疑惑且置于一旁。“走，睡觉去！”他说。

第二天晚上，海瑞觉着不舒服，没有接着计算。第三天白天，他觉着更不舒服，到衙门里坐一会儿，回家躺下。第四天早晨，他竟起不来床。海瑞病情危殆的消息，立即在南京城里传开。

南京都察院右副都御史王用汲闻讯，去海瑞家探望。

海瑞的老仆在扫院子，见他进来，说：“王大人来，我去禀报老爷。”

“别去，”王用汲摆摆手，问道，“你家老爷在睡吗？”

“方才在睡，这会儿不知。”老仆说。

“我这会儿进去看看。他若仍在睡，我不叫醒他；他若醒着，我陪他说说话，”王用汲合情合理地说。并问，“如何？”

“王大人真的不叫醒他？”老仆不太相信。

“真的不叫醒他。”王用汲恳切地说。

“王大人自便吧，我还扫我的地。”老仆道。

正二品的官，住的宅院有点儿小。王用汲边往后院走，边想。

在睡房前站一会儿，他又想：别说公卿大夫，一般四五品的官员，置下这样的宅院，也要把房子翻修翻修。

推门进屋。已是十月，屋门里的竹帘还没摘去。想必是由夏至冬，海瑞的身体时好时坏，顾不上这些琐事。

寝室里几乎没有任何装饰：一木床、一木桌、一木椅而已。四壁许久没刷白，有的地方已经剥落，衬托得屋里也很昏暗。墙壁上没挂条幅、字画，真可以说是家徒四壁。

王用汲往床边走去。可能是因为同样的原因，蚊帐还没有撤去。蚊帐原来是白色的，用的太久，变成暗黄。被面是拿粗布缝的，用的太久，几乎被一块一块的补丁覆盖，有的地方缝了不止一层补丁。枕头是用葛布作套，里面装的谷壳，用的太久，到处是小孔，谷壳随处被挤出，海瑞的头发上亦沾少许。

海瑞双目紧闭，眉头紧锁，额头的皱纹既密且深，看上去是一副很痛苦的神情，或者是在做着噩梦。

“寒士不堪，公何以堪之！”王用汲暗自叹息。

与海家老仆有约在先，王用汲在床边稍作停留，即往后退。生怕步履太重，会把海瑞吵醒，他退得小心翼翼。退到桌边时，见桌上有几页纸，他拿起来看了看。是用极小的楷书抄写的一篇文章，题目是《劝农文》。笔迹是海瑞的，再一看文章的第一句，文风也是海瑞的，他读下去：

劝农文

窃唯农桑耕织，衣食之源。四民首务，尔所当知。丈夫当年而不耕，天下有受其饥；妇人终岁而不织，天下有受其寒。假使尔民尽耕，尔妇尽织，则尔众之衣之食，当有取之无尽、用之不竭者矣。其为养老、慈幼、赡生、祭往之需，皆于此而取之。终岁之乐，亦又何如！倘尔耕或不劝，织或若懈，则无衣无食，未免求借于人，苦有不胜言者。尔民其念之哉！今特设立劝农老人，为尔农人之倡。尔于春耕、夏耕，务尽菑畲之力；于秋敛、冬藏，尤循节俭之风。相土之宜，悉植梨、枣、桑、麻之属。俾野无旷土，街无游民，粟多而不尽食，布多而不尽衣。则三年之间，可使足民。然后农隙之暇，立设以祭，以会父老，以乐终岁勤勤之劳。入以孝其父兄，出以尽尊其长，行道让路，耕获让畔。毋酗酒，毋斗争，毋作强贼，毋殴杀人，毋从白莲教自殒其生。子弟习学，各安其居，以成礼仪之俗。岂不汾穆淳美，为可嘉尚也哉！本职政事之暇，时一巡行郊外，察尔勤惰。并不多带人役，以扰尔耕尔织。有丧不能举，婚不能配，或家贫儿众不能并育，饥寒冻饿疾苦冤抑之情，宜为我言，当与令丞共保惠焉。呜呼！民吾同胞，物吾一体，群黎百姓尚毋惰耕惰织，下情不达也哉！

海瑞今为南京部堂、都堂，但这篇《劝农文》不应该是任南京部堂时所作；因为文中有“时一巡行郊外”的字样，这不是尚书和掌院都御史作得到的。他早年又任过县令，但这篇《劝农文》也不应该是任县令时所作；因为文中有“当与令丞共保惠焉”的字样，这不是县令应该有的口气。他曾以右佥都御史巡抚应天，这篇《劝农文》很可能是他巡抚应天的半年时间里所作；从文字到内容，它都适合巡抚的身份，而且特别适合江南巡抚的身份。

在王用汲的面前，好像出现一位勤力、爱民的巡抚大人：弯下腰，查看田间的稼穑；歪着头，倾听百姓的诉说。

这和那个对皇帝进谏时词句掷地有声的海瑞，是完全不一样的。试想，哪个臣子敢对圣天子的年号做出贬义的诠释？他就敢把“嘉靖者，家家皆净也”这样的话，写在奏章里！谁敢对皇帝的崇尚加以鞭挞？他就敢直言：陛下诚知斋醮无益，一旦幡然悔悟，日御正朝，与宰相、侍从、言官讲求天下利害，洗数十年之积误，置身于尧、舜、禹、汤、文、武之间；使诸臣亦得自洗数十年阿君之耻，置身于皋、夔、伊、傅之列，天下何忧不治，万事何忧不理！一句“幡然悔悟”，一句“洗数十年之积误”，一句“阿君之耻”，可是臣子对君王该用的语言！

这个巡抚都御史，和那个对同僚时而谦和的让人无法相信、时而固执的令人咬牙切齿的海瑞，也是完全不一样的。譬如，谁会把今日吏治不振，归咎于刑轻？他就能写道：陛下励精图治，而治化不臻者，贪吏之刑轻也。过去二百多年，谁个还会津津乐道于太祖高皇帝时所用的酷刑？

他就能对国初的一件刑罚大加赞扬，该刑罚是：剥皮囊草；对一条刑律大加赞扬，该刑律是：贪赃枉法八十贯论绞！

难怪那么多公卿大夫不喜欢海瑞！王用汲想。高拱不喜欢，张居正不喜欢，而今的阁老们不喜欢，部、院大臣们不喜欢。徐阶待人算是宽厚的，是他保住海瑞的性命；而海瑞巡抚应天后，却一点儿面子也不给他。这样一个官员，怎会有人喜欢他！

但是，这个和往常完全不一样的海瑞，忽然也离王用汲而去。王用汲觉得，这个身居高位、却过着连寒士也不如的日子的海瑞，其实并不是掌南院的都堂，而是一位尽心尽力的劝农老人。告诫完左邻，又告诫右舍；告诫完村前的农户，又告诫村后的农户；告诫完这村的农户，又告诫那村的农户。他要他们“于春耕、夏耕，务尽菑畲之力；于秋敛、冬藏，尤循节俭之风”。而受教的农夫、农妇们，唯唯诺诺以从。

劝农老人也渐渐远去。在王用汲的眼里，海瑞连劝农老人也不是。他成一名真正的老农，种梨、种枣、植桑、植麻，自已在尽菑畲之力，在循节俭之风。

再后来，立于田头的老农，成了卧于床榻的衰病老者。

十月十六日，海瑞卒于家中。

海瑞的灵柩在半山寺停两天，由老仆守护着，取水路南下。

车是官府支派的，把灵柩从半山寺运到大江边的码头。有官府支派的船等在那里。

一路上没有异常，老仆只是觉得，比平日肃静许多。本来应该开张的店铺、饭馆，都上着门板；南京街道上从来也不会缺少的行人，不管身着锦绣者，或身着褴褛者，不管高冠方巾者，或披头散发者，好像一下子都躲藏起来。老人家务实。店铺、饭馆没开张，就是没开张；行人稀少，就是稀少。至于为何店铺、饭馆不开张，行人们躲藏到哪里去，他是不会费心思多想的。

接近码头，如果说，还没弄明白店铺、饭馆为何不开张；那么，街道上的行人到那里去，他多少应该明白一点儿。码头外道路两旁，拥堵着成千上万的人。运送海瑞灵柩的马车来时，他们让开一条路，一条仅容灵车走过的小路；灵车前进一点儿，前面的路让出一点儿，而后面立刻又被人群封堵住。就这样，直到灵车停在码头。

成千上万的人里，看不出谁是身着锦绣的，谁是身着褴褛的，因为人人都身着白衣；看不出谁是高冠方巾的，谁是披头散发的，因为人人都头戴白帽；分不出谁是南京各衙门的官人，谁是各等儒学的生员，谁是城里城外的民人。因为他们都在号哭，或低泣；都在呼叫着海大人，或呼叫着海青天。这成千上万的人，是来给海瑞送行的。

役夫们把灵柩抬上船，老仆时而在前面引路，时而在一旁扶柩。船掉过头，他完全明白街道上的行人去了哪里，以及店铺、饭馆为何不开张。码头以下，夹江两岸，被数以十万计的人群遮蔽，一眼望不到尽头。随着运载灵柩的船只驶近，他们一点儿一点儿地拥向江边；如果不是被江水阻隔，他们会一直走到船边。

数以十万计的人里，看不出谁是身着锦绣的，谁是身着褴褛的，因为人人都身着白衣；看不出谁是高冠方巾的，谁是披头散发的，因为人人都头戴白帽；分不出谁是南京各衙门的官员，谁是各等儒学的生员，谁是城里城外的民人。因为他们都在号哭，或低泣；都在呼叫着海大人，或呼叫着海青天。这数以十万计的人，是来给海瑞送行的。

整个南京，都在为海瑞送行。

第一百七十章

参将米万春往郧阳赴任，在离城六十里的远河铺，和已经解任的前参将方印相会。二人未共过事，彼此不熟，才一相见，都很小心，很客气。

方印一抱拳，道："米将军，这厢有礼。"

米万春也一抱拳，道："见过方将军。"

远河铺没有衙门，没有驿递，没有像样的茶室、酒肆、饭铺，两个人是在河边的空地上相见的。方印在地上铺个床单，上面摆坛酒，摆些菜，看起来有备。

"方将军，怎的这巧？"米万春道。

"怎巧？"方印问。

米万春指指那些酒菜，道："看！"

"不是巧。"方印摇着头说。

"不是巧？"米万春问。

"我是专在此恭候大驾。"方印说。

"方将军在等我，有何见教？"米万春问。

"米将军和文人学士厮混太久吧，怎一开口就是见教！"方印笑道，"我等你到来，与你饮一杯薄酒，不可以吗？"

"有何不可！"米万春也笑道，"盛情难却，我陪方将军把这坛酒喝干，再进郧阳城不迟。"

二人席地而坐，方印带来的几名军士，斟酒的斟酒，布菜的布菜，忙活起来。

"米将军，他叫梅林。"方印指着斟酒的军士介绍。

"哪两个字？"米万春问。

叫梅林的军士不知问的是自己，没有回答。

"米将军问你呢，怎不答话！"方印道。

"回将军话：卑职姓梅，梅花的梅；名林，林木的林。"梅林说。

"谁给你取的名字？"米万春问。

"卑职的祖父请乡塾的一个先生取的。"梅林说。

“姓、名都普通，合在一起却有讲究。看来，给你取名字的先生颇知典故。”米万春道。

“是何典故？”方印替梅林问。

“曹操曹孟德率军出征，无水，将士们饥渴难忍。曹孟德见前方有一片梅树，心生一计，道：孩儿们，前面有梅，可以解渴！将士们想到梅子的酸味，忽觉不那么口渴。待到树下，见梅子仍青。一将士不管熟未熟，摘下就吃。一股奇酸激得他闭不上嘴。其他将士见状，也纷纷摘梅子，送进嘴里去嚼。和前面那军士一样，他们的嘴也难以合上。合不上嘴，哪里还顾得上口渴！”米万春讲述之后，对梅林说，“可惜曹孟德是个大奸臣，不然，这个名字算被你赚着。”

“米将军不喜欢，卑职可以改。”梅林说。

“别改，”米万春道，“曹孟德虽是奸臣，却也是一代枭雄。今世所缺，正是枭雄。”

“他叫王所。”方印指着另一军士介绍。

“可是卫、所的所？”米万春问。

“是。”王所应道。

“姓王而名所，你可以说是已得其所。”米万春道。

“米将军称你的名字好，也不谢一声！”方印责备王所。

“卑职谢过米将军。”王所道。

“他叫熊伯万。”方印指着第三名军士介绍。

“伯万不如百万。”米万春说。

“卑职若有百万，先给两位将军去捐个总兵官。”熊伯万乖巧地说。

“好一张巧嘴！”米万春说。

“不仅嘴巧，办事也很灵巧。”方印说。

“他等今居何官？”米万春问。

“梅林是镇抚，王所是总旗，熊伯万是小旗。”方印说。

“是你老方的左膀右臂吧？”米万春问。

“我是想带走他等；但他等都是本地人，故土难离。”方印说。

“不走最好，我担保一年之内，你等都可以官升一级。”米万春说。

“米将军郑重许诺，你等还不谢过！”方印道。

“卑职等叩谢米将军提携。”梅林等齐道。

“老米，我引见他等，也是因为眼下正是用人之际。”方印又对米万春说。几杯酒下肚，他们彼此之间的称呼在不知不觉中改变。

“老哥为我想得周到，多谢，”米万春说着，一抱拳。但随即又皱起眉，因为方印有句话耐人寻味。他问，“老哥，你怎说？”

“我是说，他等皆可用。”方印道。

“老哥原话怎说？”米万春问。

“眼下正是用人之际呀。”方印道。

“有山贼？”米万春问。

“暂无。”方印道。

“有水盗？”米万春问。

“暂无。”方印道。

郧阳地区多深山，多河流，向来是强人出没的地方，所以米万春要问。而方印不回答有或无，而说暂无，他也听得出话里有话。

“老哥，怎叫暂无？”他问。

“暂无，即眼下还没有。”方印说。

“老哥的意思，日后必有？”米万春问。

“我和你一见如故，若是必有，我会直言必有。我说暂无，不是日后必有；当然，也不是日后必无。”方印道。

“那么，是或有？”米万春又问。

“对，是日后或有。”方印道。

“老哥为何以为，日后或有盗贼？”米万春问。

“老米你想呀，郧阳是个易出匪患的地方，却许久没出匪患，这是何缘故？”方印反问。

“一设巡抚都御史，二设分守参将，以重兵弹压。”米万春说。

“老米说得太对！”方印道。“巡抚都御史，分守参将，如双木，才成得林。若是独木，如何支得起来！”

“老哥是说，巡抚都御史和分守参将，将缺一个？”米万春问。

“眼下或不会缺。”方印说。

“日后将革？”米万春问。

“朝廷或不会革。”方印说。

“朝廷不会革，谁人敢革？”米万春问。

方印笑笑，反问：“一方之民，怎知有个巡抚都御史？”

“有军门呀。”米万春道。

“一方之军，怎知有个参将？”方印又问。

“有参将公署呀。”米万春道。

“若是参将公署不复存在呢？”方印问。

“参将公署不复存在？怎么可能！”米万春道。

“老米不信，可问问他等。”方印指着梅林等说。

“米将军，参将公署确无，”梅林愁眉苦脸地说，“将军许诺我等一年之内升一级，卑职本该欢天喜地的；卑职没立刻叩谢，是因为正在为将军发愁呢。”

“是，我等正为将军发愁呢。”王所、熊伯万齐道。

“参将公署怎会没的？”米万春问。

“被李都堂征用。”梅林说。

“被李都堂强占。”王所说。

“被李都堂罚没。”熊伯万说。

李都堂即巡抚郧阳都御史李材，米万春是知道他的。

“老哥，参将公署是被李都堂征用，还是被李都堂强占，还是被李都堂罚没？”米万春问方印。

“怎说都可。”方印道。

“是从你手上征用的，强占的，或罚没的？”米万春问。

“可说是，也可说不是。”方印道。

“怎讲？”米万春问。

“李都堂征用、强占、罚没参将公署时，我还在郧阳，可说是从我手里征用、强占、或罚没的；李都堂征用、强占、罚没参将公署时，我已解任，正等待老米你来接任，可说不是从我手里征用、强占、罚没的。”方印说。

“我并无责怪老哥之意，”米万春道，“我只是不明白，李都堂征用、强占、罚没参将公署，要作何用？难道是改作巡抚衙门？”

“巡抚衙门比参将公署宏大得多，他才看不上呢！”方印说着，命梅林等，“告诉米将军，李都堂征用、强占、罚没参将公署，要作何用？”

“拆之。”梅林说。

“拆之？”米万春问。

“已拆。”梅林又说。

“改之。”王所说。

“改之？”米万春问。

“已改。”王所又说。

“用之。”熊伯万说。

“用之？”米万春问。

“即将用。”熊伯万又说。

“拆之，改之，为的是用之。却作何用？”米万春又问。

“用作书院。”梅林等齐道。

“用作书院？”米万春问。

“是。”梅林等齐应道。

“参将公署改作书院，老哥，太荒谬吧！”米万春对方印说。

“谁个说不是！”方印道。

“老哥没问问，参将公署改作书院，参将去何处坐衙？”米万春问。

“问过。”方印道。

“李都堂怎说？”米万春问。

“自设法。”方印道。

“老哥没问问，旧公署既无，可不可建新公署？”米万春问。

“问过。”方印道。

“李都堂怎说？”米万春问。

“自去筹。”方印道。

“看来，我真要自设法，自去筹！”米万春稍作思考之后，对梅林等三人说，“方将军带你等来见我，是为你等前程，还不谢过！”

“叩谢方将军引见。”梅林等齐道。

“免礼，”方印道，并叮嘱，“自今日始，你等要尽心为米将军办事。”

“是。”梅林等应道。

“老哥，一同进城吗？”米万春问方印。

“不去，就此别过。”方印抱拳道。

下荆南道分守参政丁惟宁到任后，马上去拜谒李材。

“伯静先生迟到好几天，我等的好不焦急！”李材说。

“孟诚先生急等的恐怕不是我吧？来的是我，孟诚先生说不定还会很失望。”丁惟宁笑着说。

李材字孟诚，江西丰城人，嘉靖四十一年进士。丁惟宁字伯静，山东诸城人，嘉靖四十四年进士。

丁惟宁的话有所指。下荆南分守道职缺，吏部原推山东按察司副使王倖。王倖和李材是同年进士，又曾同在朝任部郎，私交很好。他若能来，李材当然高兴；而且，李材也确实致函王倖，催促他来郧阳赴任。王倖是浙江人，他打算绕道浙江，回家看一看，再来郧阳。不巧的是，一回到家中，就病倒在床，且病情越来越重，他不得不上疏乞休。吏部重推，以丁惟宁取代王倖。

“别个来，我会急等；伯静先生来，我也会急等。我相信，伯静先生不会让我失望的。”李材说。

“有孟诚先生这句话，在下感激莫名，”丁惟宁揖了揖，道出心中的困惑，“又是迟到，又是急等，莫非郧阳真出大事？”

“事是有，但不是大事，”李材说着，问道，“郧阳建一新书院，伯静先生有没听说？”

“自进入豫南，一路上都有耳闻。”丁惟宁说。以兵备而言，郧阳巡抚管辖五处，其中湖广一处，河南一处，陕西两处，四川一处；以地方而言，郧阳巡抚管辖三府、三州、一县，其中，湖广二府，四川一府，河南两州，陕西一州一县。从山东来郧阳，应该是从河南进入湖广。

“都在怎说？”李材问。

“孟诚先生大兴文教，士民无不交口称赞。”丁惟宁说。

“都说是好事，却不知好事多磨。”李材叹道。

“不是选好院址，还有何难处？”丁惟宁边问，边自己猜测，“闻得书院为参将公署旧址，是不是参将等有怨言？”

“旧参将已去，新参将才到，未听他有何怨言。”李材说。

“公署旧房肯定不宜作书院，是不是须拆？”丁惟宁问。

“不是须拆，是已拆。”李材说。

“旧房已拆，是不是须建新房？”丁惟宁问。

“正在建，不日可竣。”李材说。

“孟诚先生是不是为讲学之人犯难？”丁惟宁问罢，说道，“孟诚先生文才武略，均属上乘，随便讲一讲，学子可受用无穷。在下虽无大才，也愿为诸生讲讲圣学，讲讲各项功课。”

“我是准备讲的，也准备请伯静先生讲；而且，郧阳城里的耆老，以及邻府的耆老，凡学问好的，我多已致函，也多有回音。”李材说。

“有讲者，还须有学者，孟诚先生是不是担心学子不至？”丁惟宁问。

李材摇摇头，说道：“这我不担心，我担心的是人满为患。”

“人多兴旺，孟诚先生大可不必担心。”丁惟宁道。

“要担心的事总还是有的。”李材说。

“譬如？”丁惟宁问。

“譬如，我去书院讲学，只是尽义务而已；伯静先生去书院讲学，也不一定非要酬谢；郧阳及邻府的耆老门去书院讲学，让哪个衙门派顶轿子，让驿递出个车、船，也足够，”李材说着，问道，“但书院总得有位德高望重的学者来主持，才能办得好，伯静先生说是不是？”

“是。”丁惟宁应道。

“主持书院，不能让人家尽义务，伯静先生说是不是？”李材问。

“是，”丁惟宁应道，并说，“孟诚先生担心何事，我有点儿听明白。”

“书院还得由两位博学之士主讲，才能办得好，伯静先生说是不是？”李材又问。

“是。”丁惟宁应道。

“驻院主讲，不能不取酬劳，伯静先生说是不是？”李材问。

“是，”丁惟宁应道，并反问一句，“书院主持须得一笔钱，书院主讲须得一笔钱，但孟诚先生拿不出这笔钱，是不是？”

李材点点头，又问：“凡办书院，都是希望培植优等人才，伯静先生说是不是？”

“是。”丁惟宁应道。

“一般学子，来书院就读，食宿皆可自付；但发现优等人才，因家贫不得自付而无法留住，伯静先生不觉得可惜？”李材问。

“觉得可惜，”丁惟宁应道，并说，“这又须支一笔钱。”

“一笔一笔的钱加起来，为数不少。”李材说。

“说少不少，说多也不太多，”丁惟宁道，“须钱太多的话，我也只能和孟诚先生一起发愁；这等小钱，倒不难筹出。”

“愿闻伯静先生高见。”李材揖道。

“有句话，叫作一客不烦二主，我以为说的极高明。”丁惟宁说。

“一客不烦二主？何意？”李材问。

“书院不是借用的参将公署吗？既然书院取之于军，我以为，所需费用，也不妨取之于军。”丁惟宁说。

“伯静先生的意思是——”李材还没完全理解。

“公署可借，饷银也是可借的。”丁惟宁说。

米万春在巡抚衙门前勒住马，熊伯万上前行礼。米万春拿马鞭一指衙门前的军士，问道：“都是自家人？”

“都是卑职们挑选出来的。”熊伯万说。

“王所呢？”米万春问。

“在院里守着呢。”熊伯万说。

“梅林呢？”米万春问。

“在堂上守着呢。”熊伯万说。

“好生守住大门。”米万春嘱咐一句后，下马，大步跨进院子。

王所迎上来行礼，指着各个角落的军士说：“都布置好，插翅难飞。”

“都靠得住？”米万春问。

“都是我等兄弟，靠得住。”王所说。

“梅林呢？”米万春问。

“在堂上守着呢。”王所说。

“好生守住院子，”米万春嘱咐一句后，大步跨进大堂。

堂上只有梅林一人守着。李材坐在角落的一把椅子上，椅背朝外，他是面壁而坐。堂上二人，一坐一立，互不说话，应该已对峙很久。

“是你让他这么坐的，还是他自家要这么坐的？”米万春低声问。

“是他自家要这么坐的。”梅林说。

“没给吃的？”米万春低声问。

“按照将军吩咐，没给吃的。”梅林说。

“他有没要吃的？”米万春低声问。

“他几次说肚饿，卑职没搭理。”梅林说。

“没给喝的？”米万春低声问。

“按照将军吩咐，没给喝的。”梅林说。

“他有没要喝的？”米万春低声问。

“他几次说口渴，卑职没搭理。”梅林说。

“没和他说话？”米万春低声问。

“按照将军吩咐，卑职没和他说话。”梅林道。

“他有没和你说话？”米万春低声问。

“他几次怒喝，几次询问，几次低声下气地恳求，卑职都没搭理。”梅林说。

“顺序呢？”米万春低声问。

“就是卑职所说的顺序。”梅林道。

“做得好！”米万春先称赞一句，然后吩咐，“你去吧，我来对付他。”

他朝李材走过去，走到伸手可触到椅背的地方站住，咳嗽一声。

李材回头瞥他一眼，怨恨，无奈，惊惧，都在这一瞥之中。

“末将参见都堂。”米万春道。

“是米将军不准他和我说话的吧？”李材问。

“是。”米万春应道。

“却是为何？”李材问。

“匹夫而已，不配和都堂说话。”米万春道。

“米将军配和我说话？”李材问。

“郧阳城里，配和都堂说话的武夫，末将一人而已。”米万春道。

“你有何话要说？”李材问。

“末将想知道，都堂饿不饿？”米万春说。

“饿。”李材道。

“都堂是要吃些普通食物，还是要吃鱼肉？”米万春问。

李材稍一迟疑，说：“普通食物即可。”

“有鱼肉更佳吧？”米万春问。

“是。”李材用低得不能再低的声音应道。

“末将还想知道，都堂渴不渴？”米万春又说。

“渴。”李材道。

“都堂是要喝清水，还是要饮佳酿，品上等茗茶？”米万春问。

李材稍一迟疑，说：“清水即可。”

“有佳酿，有上等茗茶，更佳吧？”米万春问。

“是。”李材又用低得不能再低的声音应道。

“烧鱼烧肉，煮茶煮酒，须得工夫，都堂且耐住性子等。”米万春说。

有鱼、肉吃，有美酒喝，有茗茶饮，无不刺激着李材的胃口，使他更饿更渴。听了米万春的话，他赌气地说：“耐不住性子怎样，不还得等！”

“末将知道，都堂责怪末将来迟；可末将也有苦衷。”米万春说。

“你有何苦衷？”李材问。

“营中出事，末将不得不去安抚。”米万春说。

“可安抚好？”李材问。

“稍稍平静，要说安抚好，还差得远呢。”米万春说。

“以米将军的手段，使之稍稍平静，不用这久吧！”李材道。

“安抚还在其次，”米万春说，“营中出事，朝廷肯定先要追究末将的责任。故而，末将还得查问一番。”

“查出原委否？”李材问。

“已查出。”米万春道。

“能说给我听听吗？”李材问。

“正要禀明都堂，”米万春道，“营卒不平，齐请朝廷处分两个人。”

“哪两个人？”李材问。

“一是道臣丁大人，一是知府沈大人。”米万春说。

“为何要朝廷处分丁大人？”李材问。

“克扣粮饷，盘剥卒伍。”米万春说。

“有这等事！”李材虚张声势地喝问。

“谅都堂不知此事，不然，不会让丁大人得逞，”米万春说着，故意反问一句，“都堂，是不是呀？”

“是，是，”李材不得不应。又问，“为何要处分沈大人？”

“拆毁参将公署，兴建书院。”米万春说。

“米将军——”李材想解释一下这件事。占用参将公署，和知府沈鈇一点儿关系也没有，让他来担这个责任，实在说不过去。但是，他也得注意措辞，免得引火烧身。

“都堂也不知此事吧？”米万春问。

“是，是。”李材勉强应道。

“在郧阳城里，参将是朝廷所差，参将公署也是堂堂衙署。今日拆毁参将公署，明日恐怕连巡抚衙门也要拆毁，”米万春说着，问道，“都堂一定也愤慨不已吧？”

“是，是。”李材更加勉强地应道。

“都堂方才问，营里安抚没有，是吧？”米万春问。

“米将军不是说已稍稍平静吗？”李材道。

“末将还要说一句：欲使营里彻底平静，也很容易。”米万春说。

“米将军怎能使得营里彻底平静？”李材问。

“都堂只要上疏纠劾这两个人，请朝廷治其罪，营里自然彻底平静。”米万春说。

“我若是不答应呢？”李材问。

“结果我可不敢说，”米万春道，顿了顿，又说，“至少鱼肉是烧不好，佳酿是没得饮，茗茶是没得品；能不能吃上普通的食物，喝上一两口清水，末将也无法保证。”

在米万春的胁迫下，李材按照他说的内容草拟奏疏。

朝廷在万历十五年底处置的最后一件大事，是郧变：沈鈇下狱论罪，丁惟宁降三级，李材还籍候勘。

廖心一 著

万历皇帝全传

全六册

③ 逞胸臆，争持国是

戊戌桂秋 王立锋题

金城出版社
GOLD WALL PRESS
· 北京
BEIJING

第三部

逞胸臆，争持国是

第一百七十一章

万历十六年初，刑部尚书李世达、掌院都御史吴时来、大理寺卿孙鑨，约好了在一起议议。三个衙门平日也是人来人往，现在正月还没出，更别想安静下来。所以，早朝后，三人齐去朝房。他们的本意，是想占一块地方，他三人在里议事，无关的人都不好意思再进去。

“惟修先生，”孙鑨对吴时来说，“我以为岁末都察院会对郧变做个了断，怎拖到今日，还没了断！”

“巡抚都御史、大参、郡守都处分，怎还没了断！”吴时来道。

“参将没处分吧？都说郧变是他一首策划的。”孙鑨道。

“这事文中先生别问我，问他。”吴时来说着，一指李世达。

孙鑨字文中，浙江余姚人，和李世达同年，是嘉靖三十五年进士，任大理寺卿已两三年。吴时来是去年二月接替辛自修掌院的。李世达则在去年六月掌刑部。

“子成兄，是你在阻挠？”孙鑨问。

“不是。”李世达摇头。

“惟修先生，他说不干他的事。”孙鑨对吴时来说。

“他是说不是他阻挠，不是说不干他的事。”吴时来纠正道。

“我问惟修先生为何不处分参将等，惟修先生让我问子成兄，亦即他在阻挠；子成兄说不是他阻挠，不就是不干他事？”孙鑨分辩。

“不是子成先生阻挠，就是有人阻挠；别人阻挠，却由子成先生转达。文中先生说，干不干他的事？”吴时来道。

孙鑨没办法反驳。他转问李世达：“子成兄替谁人传话？”

“相公。”李世达也不隐讳。

“汝默先生？”孙鑨问。

“是。”李世达点头。

“相公怎说？”孙鑨问。

“占用参将公署，克扣粮饷，错在抚臣。既然处分抚臣后，局面才安定，参将等的错，莫若暂不处分。”李世达转述申时行的话。

“他说的是不处分，还是暂不处分？”孙鑨问。

“是暂不处分。”李世达说。

“听起来，有以观后效的意思。”孙鑨道。

“是，”李世达应一声，说，“要不是有以观后效之意，文中兄以为我会对惟修先生转达？又以为惟修先生会不予处分？”

“倒是我理会错，”孙鑨除表达歉意，还要表达憾意，“本想今日议议郧变的，却又不须议。”

“文中兄莫担心无事可议，相公为我等出个题目。”李世达说。

“是何题目？”孙鑨问。

“律例未尽者，尚有何事？”李世达问。

“这等文章倒是许久不曾作过，”孙鑨说着，问吴时来，“惟修先生早知这个题目吗？”

“我也是听子成先生说后才知。”吴时来道。

“我见惟修先生神情漠然，还以为你早已知之。”孙鑨说。

“我不如文中先生敏捷嘛，”吴时来开个玩笑，“文中先生一听，即知是好题目；我却要想一想，才知是好题目。”

“不管一听即知是好题目，抑或想一想才知是好题目，惟修先生有没有觉着，今日我等占到便宜？”孙鑨问他。

“我等怎的占到便宜？”吴时来问。

“子成兄既然先知，今日议事，他该着先说。”孙鑨道。

“不管他是不是先知，总该着他先说。”吴时来道。

“这又是为何？”孙鑨问。

“三法司，以刑部为首嘛。”吴时来道。

“二位用不着找这些理由，”李世达说，“说我先知，不过是早朝之前，相公对我说过一句，早也不过早一个朝会。但朝会之时，我总不能把心思放在这上头吧？我总得把心思放在寻常部务上，以候皇上垂询吧？至于三法司以刑部为首，不过是排列的顺序。三法司议事从没掌部先说的规矩，而是谁人有话，谁人先说。若是都没话说，不议亦可。”

“大司寇说的是。”吴时来、孙鑨齐应道。

“那么，谁人先说？”李世达问。

“还是你先说！”吴时来、孙鑨齐道。

李世达无可奈何地笑了笑，说道：“我先说就我先说；不过，不是你二位说的理由，而是因为我有的可说。”

“但说就是，无须分解。”吴时来、孙鑨齐道。

“倩人身份，该有所规定。”李世达说。

“倩人身份？”孙鑨由惑而讥，“在皇家，为驸马；在亲藩，为仪宾；在士民，为女婿；在乡村，称姑爷，还要什么身份！”

“倩人不仅指女婿。”吴时来说。

“我知，还指雇来买入之人，”孙鑨说着，问李世达，“子成兄所谓倩人，指的哪一类人？”

“文中兄指的后一类人。”李世达道。

“雇来买入之人？子成兄以为，这一类人身份不明？”孙鑨问。

“文中兄以为他等身份已明？”李世达反问。

“倩人，奴婢也，身份有何不明！”孙鑨道。

“倩人是否即奴婢，还真得分辩分辩，”李世达说着，列举一事，“譬如，以童养之媳买来，后来确成儿媳，还能把她视为奴婢吗？”

“以童养之媳买来，是特例。”孙鑨说。

“好，”李世达点点头，问道，“以奴婢买来，后来却成主人之妾，或儿媳，还能把她视为奴婢吗？”

“既娶为妾，或养作儿媳，不会有人再把她视为奴婢。”孙鑨道。

“若是主人死，或其子死，一家人在文中兄面前争夺家产，打起官司，文中兄如何裁之？”李世达问。

“只有依事而裁。”孙鑨说。

“为何依事而裁，却不依律而裁？”李世达问。

“律令及事例中，似乎皆无现成条文，”孙鑨虽然这样说，但不能十分肯定。他问吴时来，“惟修先生，是否无条文？”

“确无条文，”吴时来道，又说，“我赞成把此事列入律例未尽者。”

“子成兄仅举一例，惟修先生能再举一例，我也赞成。”孙鑨将他一军。

“律例中不判定倩人身份，是因国初以来，一直将倩人视为奴婢。然时至今日，倩人，尤其是雇来之人，未必是奴婢。”吴时来说。

“怎讲？”孙鑨问。

“譬如，奴婢皆入住主人之家，文中先生同意不同意？”吴时来反问。

“惟修先生说的，亦不载于律例。”孙鑨说。

“是，”吴时来应一声，分辩说，“律例中不曾载入，倩人是否即奴婢；当然也不会载入，奴婢是否一定要入住主人家。但以常识而言，奴婢是否应入住主人家？”

“应是如此。”孙鑨承认。

“今之倩人则不然，”吴时来说，“有的雇入之人，吃在主人家，住在主人家；有的雇来之人，吃在主人家，却不住在主人家；有的雇来之人，一半吃在主人家，一半吃在家里；有的雇来之人，全不吃在主人家，只取佣金而已。情形有此不同，身份也该有所区别。”

“我看不仅雇来之人情形不同，雇人之人情形也不同。”李世达插话。

“子成兄此言何意？”孙鑨问。

“譬如文中兄身边的童儿，是新近雇来的吗？”李世达反问。

“不是，”孙鑨道，“这个童儿的祖父，就在我家为仆；他父又在我家为仆；他渐长大，也在我家为仆。”

“他的子孙，多半还会在文中兄家中为仆。”李世达说。

“除非孙家到哪一世败落。”孙鑨说。

“所以，缙绅之家中的奴婢多为世代相传；而一般世庶人家，则是须用一人，雇佣一人。”李世达说。

“那么，此一事是不是可以这般行文：世庶家以雇工论，缙绅家以奴婢论？”孙鑨很快想到行文。

“可以是可以，但说的不是一件事，而是半件事。”吴时来说。

“怎又成半件事？”孙鑨不解地问。

“文中先生这两句话，只适用于我所举的事例，不适用于子成先生所举的事例。”吴时来说。

“不错，子成兄所举的事例，是另一层意思，”孙鑨说着，问李世达，“子成兄，你所举事例如何行文才好？”

“文中兄有失公允吧？”李世达道。

“我怎又有失公允？”孙鑨不解地问。

“惟修先生所举事例，文中兄为他行好文；我所举事例，文中兄却不肯行文。这可不是有失公允！”李世达道。

一句话，把吴时来、孙鑨都说笑。

“子成兄不嫌我笨拙，为子成兄行文又有何妨！”孙鑨笑道。他想了想，也说两句话，“其买配年久者，同子孙论；其买入未久、且暂不配者，从雇工论。”说罢，问道，“子成兄，如何？”

“似拙实巧，”李世达评论一句后，问吴时来，“惟修先生看呢？”

“可照写。”吴时来应道。

孙鑨被一句“似拙实巧”说得高兴起来，帮着李世达动员吴时来：“惟修先生不打算说一事吗？”

“看来，文中先生有的可说？”吴时来反问道。

“别管我有没有的说，反正你说一事，我也说一事。”孙鑨道。

“我很想听文中先生怎说，只得勉为其难先说一事，”吴时来说着，问道，“子孙杀祖父母、父母，律例是否齐备？”

“此在大逆之条，怎会不齐备！”孙鑨道。

“有二事，我却觉着尚有未尽之意。”吴时来说。

“是哪二事？”孙鑨问。

“其一，子孙杀祖父母、父母，如何量刑？”吴时来反问。

“杀人者偿命，子孙杀祖父母、父母，又怎能例外！”孙鑨道。

“杀人者偿命，有无例外？”吴时来问。

杀人偿命是个基本的原则。但有些情况下，譬如被人逼迫、防卫过当而致人于死；又譬如父亲被人杀害、为报父仇而杀凶手，杀人者并未处分。他们掌法司，都可以举出不止一个案例。

“有，”孙鑨应罢，似有所悟，“惟修先生是不是说，子孙杀祖父母、父母，无论是何缘故，一律死刑，绝无例外？”

“这一条文无须加入，子孙杀祖父母、父母，是不会被当作例外，法外开恩的；我的意思是：一般杀人者偿命，均是秋决，这一条应该不适用于子孙杀祖父母、父母。”吴时来说。

“惟修先生是说，应斩立决？”孙鑨问。

“是，”吴时来应道，“凡子孙杀祖父母、父母，一经问实，填写审单后，应立即处决。”

“我记得，此等案例，许多都是斩立决的。”孙鑨说。

“律例中有条文吗？”吴时来问。

“这个——”孙鑨看看李世达，让他来证实。

“律例中无。”李世达说。

“好，此事未尽，可重新申明，”孙鑨说着，问道，“另一事呢？”

“子孙杀祖父母、父母者，若毙于狱，会怎处置？”吴时来反问。

“这得问狱吏呀。”孙鑨说。

“文中先生可曾问过？”吴时来问。

“不曾问过，”孙鑨道，并问李世达，“子成兄可曾问过？”

“此事不必问。”李世达说。

“为何不必问？”孙鑨问。

“狱吏报该犯毙于狱时，同时会报：尸检无误，已着家人领回；或报：家中无人，已着草席裹尸，弃置荒岗。”李世达说。

“对呀，”孙鑨得到启发，说道，“一般都是这么处置。”

“我也知，一般都是这么处置。”吴时来说。

“既知，为何还要问？”孙鑨责备道。

“我是想，这么处置不妥。”吴时来说。

“依惟修先生，当如何处置？”孙鑨问。

“不是依我当如何处置，是依律例当如何处置？”吴时来说。

“依律例，当如何处置？”孙鑨问。

“戮尸。”吴时来道。

“戮尸？”孙鑨仔细回想，怎么也想不出，律例中有没有相关的条文。他问李世达，“子成兄，律例中似无这款吧？”

“确实没有。”李世达道。

“没有，所以要补上。”吴时来说。

“子孙杀祖父母、父母，律条中申明二事：一曰具单即决，一曰毙狱戮尸，我看可以，”孙鑨说着，问李世达，“子成兄说呢？”

“我看也可以。”李世达道。

该着孙鑨说时，他预埋伏笔：“我要说的事，不知过不过得关。”

“文中先生若是想着卖关子，怕是真难以过关。”吴时来说笑话。

“不是我卖关子，实是我要说的事，和刑部没多大关系，和都察院没多大关系，只我大理寺复谳时才用得上。”

“文中兄的意思，此事大理寺单独议之？”李世达问。

“不，”孙鑨摆摆手，说，“我帮刑部、都察院议二事，二位也得帮我大理寺议一事。”

“申明奴婢、雇工、家人身份，怎成帮我刑部议之？”李世达责问。

“那事不是帮着刑部议的，是帮着都察院议的。”孙鑨说。

“怎是帮着都察院议的？”吴时来问。

“以缙绅、士庶区别，可不是都察院才在意！”孙鑨道。

“牵强，牵强！”吴时来连声道。“没有官司，刑部、大理寺不在意，都察院也不在意；打起官司来，则无不在意。”

“惟修先生也承认刑部、大理寺不在意在先，还有什么好争的！”孙鑨对他的话加以曲解。

吴时来亦知争之无益。他问：“申明子孙杀祖父母、父母未尽事例，是帮着刑部议的，还是帮着都察院议的？”

“是帮着刑部议的。”孙鑨说。

子孙杀祖父母、父母，不管申明多少未尽之意，始终是比较单纯的刑事，李世达、吴时来都觉得，他这个说法还比较靠谱。

“文中兄要我等帮着大理寺议的，是何事？”李世达问。

“盗窃之罪。”孙鑨道。

“盗窃之罪，哪个衙门都要管的。”李世达说。

“惯盗呢？”孙鑨问。

“惯盗更是都要管。”李世达说。

“何谓惯盗？”孙鑨忽问。

“何谓惯盗？”李世达显然对这个名称没有具体概念，需要想想，才说得出来。“似乎行窃三次，即为惯盗吧？”然后问吴时来，“惟修先生，是不是？”

“我也记得是三次。”吴时来说。

“三次为惯盗，不错；但二位可知，并非一概而论？”孙鑨问。

“并非一概而论？怎讲？”李世达、吴时来齐问。对他们来说，这个概念更为模糊。

“子成兄说，倩人身份，不仅根据雇来之人而定，还要根据雇人之人而定；惯盗之罪，则不仅根据盗窃次数而定，还要根据官府赦前次数赦后次数而定。”孙鑨道。

“文中兄这么一说，我有印象。似是盗窃三次，赦前一次赦后二次，则矜疑；赦前二次赦后一次，则以惯盗论，”李世达说着，问吴时来，“惟修先生，是不是？”

“应该是赦前一次赦后二次，则以惯盗论；赦前二次赦后一次，则矜疑。”吴时来说。

“对，我说颠倒。”李世达道。

“赦前一次赦后二次则为惯盗，赦前二次赦后一次则矜疑，二位以为如何？”孙鑨问。

“很合理呀，”李世达道。“赦后次数少于赦前次数，可见会悔改，是以矜疑；赦后次数反多过赦前次数，可见不知悔改，故为惯盗。”

“惟修先生也是这么想的吗？”孙鑨问吴时来。

“国初定此一款，肯定是这么想的。”吴时来没正面回答。

“文中兄是不是别有想法呀？”李世达反问孙鑨。

“是。”孙鑨应道。

“文中兄不会以为，赦前一次赦后二次当矜疑，赦前二次赦后一次反当为惯盗吧？”李世达问。

“不会。”孙鑨道。

“文中兄是以为，二者皆当矜疑，抑或皆当为惯盗？”李世达又问。

“皆当矜疑。”孙鑨道。

“这是为何？”李世达问。

“子成兄先说，矜疑如何，惯盗又如何？”孙鑨道。

“矜疑可赦，惯盗不可赦。”李世达说。

“子成兄再说，官府抓获时已盗窃三次，是赦还是不赦？”孙鑨又问。

“此为赦前三次，固当赦之。”李世达说。

“同是三次盗窃，两种情形下可赦，唯独一种情形下不可赦，作为律例，是不是有失公允？”孙鑨问。

“据子成先生说，这很合理。”吴时来道。

“对，这不是要害；要害在于：三次盗窃即定为惯盗，是重典。国初定此一款，是因为在乱世之后，须用重典；今承平日久，没必要再用此重典。”孙鑨说。

“我倒是觉着，”李世达稍一沉吟，说，“今之盗窃之徒，远多于国初。三次盗窃定为惯盗，遇赦不赦，怕要人满为患。”

“我须申明，赦前二次赦后一次，赦前一次赦后二次，均矜疑，这也是一个原因。”孙鑨道。

“均矜疑可，惟修先生意下如何？”李世达问吴时来。

“我亦以为可。”吴时来道。

三人又议几事，一并奏之。皇帝允行。

第一百七十二章

二月十二日重开经筵。讲官讲毕，经筵散。皇帝留文华殿暂歇，阁臣们回内阁，勋臣们各回本府，侍从经筵的大臣们各回本衙，讲官们基本上是回翰林院。

以远近而言，阁臣们应该最早回去歇着；但实际上，他们经常是最后才能回去喝一口水。因为经筵之后，皇帝经常会叫回他们，和他们谈论许久，直到皇帝自个儿觉累，才作罢。

今天也是如此。听到后边有人招呼“汝默先生”，三名阁臣都站住。

追上来的是一名近侍。他喘着气说：“爷宣汝默先生等回殿。”

许国、王锡爵都没听到他说的那个“等”字，接着往前走。经筵之后，单独留下申时行，也是常有的事。

“维桢先生等也回殿。”该近侍又说。

王锡爵没有听到那个“等”字，这回没停下来。

“元驭先生为何仍行？”该近侍在后边问。

“皇上不是宣召汝默先生、维桢先生吗？”王锡爵道。

“我一再说‘等’，是不是这个‘等’字用错？”该近侍问。

“‘等’字用得并不错，公公不呼维桢先生等，而呼维桢先生、元驭先生，就容易听得清。”许国说。

“不呼汝默先生等，而呼汝默先生、维桢先生、元驭先生，就不用再呼第二遍。”申时行也说。

“何必如此麻烦，我呼三位老先生，岂不更方便？”该近侍道。

“公公说的是。”申时行等笑着应道。

返回文华殿的路上，再无他言。除非是像张诚、张鲸这等大太监宣旨，他们不会询问皇帝召回他们为的何事。一来，皇帝身边的近侍，近则近矣，却未必知道皇帝为什么要召回他们；二来，即便知道，也不会轻言。

再度进殿后，皇帝命道：“已行过礼，不必再行。”

“臣等谢恩。”申时行等齐道。

“今讲官讲《贞观政要》，讲前申先生有未阅过讲稿？”皇帝先问申时行。

“依惯例，臣须先阅。”申时行说。

“许先生有未先阅讲稿？”皇帝问许国。

“臣亦阅过。”许国说。

“王先生呢？”皇帝最后问王锡爵。

“臣亦阅过。”王锡爵道。

“讲官讲稿，阁臣是可以修改的吧？”皇帝问诸阁臣。

“是。”申时行等齐应道。

“申先生有未修改？”皇帝又问回申时行。

“臣未修改。”申时行说。

“申先生因讲稿皆当，故而不修改，抑或碍于情面未修改。”皇帝问。

“臣因讲稿皆当，故而未修改。”申时行说。

“许先生呢？”皇帝问许国。

“臣亦未修改。”许国说。

“许先生因讲稿皆当，故而不修改，抑或碍于情面不修改？”皇帝问。

“臣亦因讲稿皆当故而未修改，”许国说。

“王先生也未修改吧？”皇帝问王锡爵。

“是，”王锡爵应道。

“王先生是因讲稿皆当故而不修改，抑或碍于情面不修改？”皇帝问。

“臣亦因讲稿皆当故而未修改。”王锡爵说。

“卿等所谓皆当，是否尽善尽美？”皇帝问。

“皆当即皆当，非尽善尽美。”三阁臣齐道。

“皆当已属不易，尽善尽美岂可望！近而言之，自文庙以来，列圣多听讲《贞观政要》；远而言之，宋、元天子，多听讲《贞观政要》。若有一至善至美讲稿，再讲之臣照前本宣科即可，不用再撰写讲稿。”申时行又说。

“再者，讲官们讲《贞观政要》，总要揉进自家体会，各人体会不同，讲稿总会有变化。”许国又说。

“再者，讲官们讲《贞观政要》，总要举出事例，时世不同，举出的事例也会不同。”王锡爵又说。

“申先生以为，尽善尽美不可望，是吧？”皇帝问申时行。

“是。”申时行应道。

“许先生以为，各人体会不同，故难尽善尽美，是吧？”皇帝问许国。

“是。”许国应道。

“王先生以为，时事不同，故难尽善尽美，是吧？”皇帝问王锡爵。

“是。”王锡爵应道。

“朕和卿等一样，也认为今日的讲稿未臻尽善尽美；不过，朕和卿等的想法都不相同。”皇帝说。

“臣等恭聆圣谕。”申时行等齐道。

“朕以为，今日讲官《贞观政要》的讲稿未臻尽善尽美，以及迄今为止没有一篇讲官的讲稿称得上尽善尽美，是因为《贞观之治》本身并非尽善尽美。”皇帝说。

申时行等无不怔住。《贞观政要》是一部传世经典，是一部讲求治理天下的传世经典。他们都以为，只要把《贞观政要》这部著作的内容写清楚，把相关的人物写清楚，把相关的史实写清楚，就是一篇好的讲稿；谁都不曾想过，《贞观政要》本身是不是尽善尽美。

“申先生以为如何？”皇帝又问申时行。

“恕臣愚钝，尚未领会圣意。”申时行说。

“许先生以为如何？”皇帝问许国。

“臣亦不能领会圣意。”许国说。

“王先生以为如何？”皇帝问王锡爵。

“臣亦不能领会圣意。”王锡爵说。

“好，”皇帝点点头，说道，“既如此，朕提问，卿等再为朕讲一讲《贞观政要》，如何？”

“是。”申时行等应道。

“申先生，《贞观政要》是谁人编撰？”皇帝仍先问申时行。

“唐史官吴兢。”申时行道。

“许先生，吴兢是哪里的人？”皇帝问许国。

“汴州，即今河南开封。”许国道。

“王先生，吴兢是何时的人？”皇帝问王锡爵。

“武后时入史馆，中宗时始修国史。”王锡爵道。

问的都是些常识性的问题，皇帝问得轻松，申时行等答得也轻松。

“申先生，《贞观政要》分几卷？”皇帝问申时行。

“十卷。”申时行道。

“许先生，《贞观政要》有几多篇目？”皇帝问许国。

“四十篇。”皇帝问许国。

“王先生，《贞观政要》共采摘唐太宗与几多位大臣的对答？”皇帝问。从撰者转到著作，前两个问的仍是些常识性的问题，但第三个问题较偏。所以，皇帝又说，“朕问此事，有点儿难为卿。”

“臣恰好曾留意此事。”王锡爵说。

“有几多位？”皇帝又问。

“《贞观政要》共载唐太宗与四十五位大臣的对答。”王锡爵说。

“四十五位大臣中，唐太宗召对多的有几位？”皇帝问。

“八九位。”王锡爵道。

“王先生为朕举几位。”皇帝命道。

“如房玄龄、杜如晦、魏徵等。”王锡爵举出三人。

“申先生再为朕举几位。”皇帝命申时行。

“如王珪、李靖、李勣等。”申时行也举出三人。

“许先生还能为朕举几位吗？”皇帝问许国。

“如戴胄、马周、长孙无忌等。”许国又举出三人。

“王先生说八九位，还真是准确，”皇帝称赞一句王锡爵，又问申时行，“申先生说，唐太宗召对最多的是谁人？”

“魏徵。”申时行道。

“许先生说，唐太宗召对最多的是谁人？”皇帝问许国。

“魏徵。”许国道。

“王先生说，唐太宗召对最多的是谁人？”皇帝问王锡爵。

“魏徵。”王锡爵道。

“卿等都道是魏徵，就为朕说说魏徵，”皇帝说着，问申时行，“申先生看，魏徵是何等之臣？”

“贤臣。”申时行道。

“许先生看，魏徵是何等之臣？”皇帝问许国。

“贤良之臣。”许国多加两个字。

“王先生看，魏徵是何等之臣？”皇帝问王锡爵。

“贤良及耿直之臣。”王锡爵又加几个字。

“卿等皆以魏徵为贤臣？”皇帝问。

“是。”阁臣们应道。

他们以为，接下来皇帝要发表自己的看法。皇帝没有。

“申先生给朕讲讲李密吧。”皇帝命申时行。

这是针对魏徵的！阁臣们都在想。但皇帝让讲李密，没让讲魏徵和李密的关系，他们都知道，不能随意联系上魏徵。

“李密是隋末人。隋炀帝无道，天下大乱。李密投瓦岗军，被推为主，称魏公，建年号，发檄文讨隋炀帝。后降唐，封邢国公。最后，起兵反唐，被杀。”申时行讲述得尽量简单。

“魏徵曾从李密，是不是？”皇帝问。

“是。”申时行应道。这个问题也有许多话可讲，同样，也得皇帝问过，才好讲。

“许先生给朕讲讲窦建德。”皇帝已在命许国。

“窦建德亦隋末人，以二百人长随征高丽，率部反。后拥兵十余万，先后称将军、长乐王、夏王。隋军主帅宇文化及，即为他擒杀。时唐太宗为秦王，率部攻王世充，窦建德援王世充，兵败被杀。”许国讲述。

“魏徵曾从窦建德，是不是？”皇帝问。

“是。”许国应道。

“王先生给朕讲讲李建成。”皇帝命王锡爵。

“李建成是唐高祖嫡长子，唐太宗长兄，立为太子。嫉唐太宗功高，惧位被夺，他于外交结山东英豪，于内豢养骁勇，并与四弟李元吉谋逆，于玄武门之变中被杀。”王锡爵讲述。

“魏徵曾从李建成，是不是？”皇帝问。

“是。”王锡爵应道。

“魏徵从李密，复从窦建德，能算得贤臣吗？”皇帝问申时行。

“其时天下大乱，群雄反隋。瓦岗军反隋，窦建德军亦反隋；且李密、窦建德均非真命天子。臣以为，从李密与从窦建德，并无多大区别。”申时行说。

“卿所言，不无道理，”皇帝轻描淡写地说一句，又问许国，“魏徵从窦建德，复从李建成，能算得贤臣吗？”

“天命在唐不在夏。窦建德既亡，魏徵从唐，乃弃暗投明。譬如刘诚意，曾仕元，后从我太祖高皇帝，屡建奇谋，居功甚伟，谁能说他不是贤臣！”许国道。

“卿所言，亦不无道理，”皇帝说着，问王锡爵，“魏徵从李建成，复从唐太宗，能算得贤臣吗？”

“天命在太宗不在建成。太宗即位，而用魏徵，是太宗能用人；魏徵弃建成，而从太宗，是魏徵能择主。譬如列国时，齐襄公有二弟，一为公子纠，一为小白，即后来的齐桓公。管仲辅公子纠，鲍叔辅齐桓公。襄公死，为阻止齐桓公即位，管仲曾射伤其坐骑。桓公即位，鲍叔劝他捐弃前嫌，重用管仲，遂成一代霸业。世以为管仲、鲍叔两贤之。再譬如，我成祖文皇帝登极，所用三杨及蹇、夏，都曾事建文，世皆以贤臣视之。”王锡爵说。

“卿所言，亦不无道理，”皇帝说着，问众阁臣，“然则，魏徵从李密，复从窦建德，复从李建成，复从唐太宗，能算得贤臣吗？”

该说的，阁臣们都已经说过，对皇帝最后这一问，再无话可说。

“朕所以说《贞观政要》并非尽善尽美，在于此。朕意，以后经筵、日讲，不可再讲此书。”皇帝说。

“皇上圣明。”阁臣们不情愿，又不得不应。

第一百七十三章

祭酒田一儁离开国子监前，总觉得监内还有人。他大声咳嗽一声，希望有人回应；但是没有。于是，他一间一间检查大成殿两庑的房间。第一间里没人，第二间里没人，推开第五间的门，终于见一人。虽是背影，但一眼可以看出，那是同僚、国子监司业王祖嫡。

一来，祭酒、司业只差一级；二来，两个人会试只相差一科，又都曾选庶吉士；三来，王祖嫡的父亲王诏是将领，虽非名将，虽非大帅，王祖嫡也算出身将门，将军子弟能登甲科，在田一儁看来，殊为难得。所以，他对王祖嫡一直很友善，很关切。

也许是室内昏暗，看不清，也许是椅背太高，看不清，王祖嫡看上去佝偻着身子，好像身体极不舒服。

“胤昌先生，怎不舒服？”田一儁边问，边快步走到王祖嫡面前。

王祖嫡字胤昌，河南信阳人，隆庆五年进士。

他抬头看田一儁一眼，道：“德万先生还没走呀。”

从正面，特别是从王祖嫡的表情，又看不出他有任何痛苦。

“胤昌先生没事吧？”田一儁还是问一句。

“没事呀，”王祖嫡道，并反问一句，“德万先生也没事吧？”

“也没事。”田一儁说。

“既没事，何不一起坐坐。”王祖嫡道。

田一儁顿悟：王祖嫡问有没事，其实是问有没工夫。他本来很想回家的，但既然说没事，不好拒绝。

“好，陪胤昌先生坐一会儿。”田一儁说着，在他对面坐下。

“既没事，何不一起聊聊。”王祖嫡又道。

“好，陪胤昌先生聊聊，”田一儁应承道，并说，“但不知胤昌先生欲聊何事，不知我是否能应对得上来。”

“是德万先生熟悉的事，一定应付得来。”王祖嫡道。

“何事？”天一儁问。

“正朔。”王祖嫡只说两个字。

“正朔？”田一儁想了想，以为懂得他的意思。“采用回回历，不过是一家之言，胤昌先生不会一年里都在苦思冥想吧？”

采用回回历，修订现行的大统历，是礼科给事中侯先春去年三月提出来的。他说：洪武迄今二百二十二年，年远数盈，天度渐差。钦天监有回回历，其推年月交食及五星淩犯，最精细，曩月食时刻，分秒不差。但以原非大统历法，遂置之不用。臣以为，授时历可采用，回回历亦可采用。取其能合天度，如果吻合，即采入大统历中，以成一代之制。

躔指日、月、星等运行的度次，离是卦语，指日，朓为月盈，朒为月亏，都是历法中常使用的词句。

“德万先生对历法很熟悉吗？”王祖嫡问。

“不熟悉呀。”田一儁道。

“可我说，是德万先生很熟悉的事。”王祖嫡提醒他。

“不错，胤昌先生是说过，”田一儁回应之后，问道，“不是历法之事，却是何事？”

“我再加个字吧，是奉正朔。”王祖嫡说。

奉正朔，一定是指纪年，田一儁不会再弄错。

“胤昌先生在想复建文年号？”他问。

“是。”王祖嫡应道。

“十几年来，此事议论过多次。”这次是田一儁在提醒。

“无益之事，议一次也嫌多；有益之事，不管议多少次，也不嫌多。”王祖嫡道。

“胤昌先生的话不错，但改个字更好。”田一儁说。

“改哪个字？”王祖嫡问。

“益字改成理字。”田一儁说。

“无理之事，议一次也嫌多；有理之事，不管议多少次，也不嫌多，”王祖嫡用他改的字又说一遍，不由连声称赞，“改得好，改得好！”

“此事议过多次，理由也列举许多。若是议不出些新的理由，或不能把已然被列举的理由议得更深刻，恐怕真的议之无益。”田一儁说。

“要是既能把已然被列举的理由议得更深刻，又能议出些新的理由呢？”王祖嫡问。

“当然再好不过，”田一儁说，并反问，“莫非胤昌先生断定，自家既能把已然被列举的理由议得更深刻，又能议出些新的理由？”

“我断定没用。”王祖嫡说。

“谁个断定有用？”田一儁问。

“譬如，德万先生，”王祖嫡说着，问道，“德万先生愿不愿帮着判断一下，在下究竟可不可一议？”

“判断未必判断得了，但愿听胤昌先生言之，”田一儁说，并问，“胤昌先生想到几个理由？”

“五个，”王祖嫡道，“建文纪年不可泯者，有五。”

“其一。”田一儁不仅听，还为他计数。

“自古以来，无道已极之君，天人共弃，亦仅革其命矣，不闻革其年也。”王祖嫡说。

“出口不凡，这个理由颇具新意。”田一儁说。

“德万先生喝彩的不是地方，我才说半句。”王祖嫡道。

“歉甚，胤昌先生再说。”田一儁揖道。

“况且，我成祖文皇帝起兵，为的是靖难，并非为的复仇，更不宜去海内外已奉之正朔。”王祖嫡道。

“道理是对，但所述不妥。”田一儁说。

“怎的不妥？”王祖嫡问。

“建文纪年废弃一百九十年，胤昌先生却以不宜言之，听上去，岂不成句笑话？”田一儁道。

“德万先生的意思，这句要改？”王祖嫡问。

“要改。”田一儁道。

“一定要改？”王祖嫡追问。

“胤昌先生若是随口说说，改不改无所谓；若是议于朝廷，则一定要改。”田一儁道。

王祖嫡略一沉吟，改成问句：“矧师曰靖难，明非复仇，胡为以海内外已奉之正朔而去之？”述罢，问道，“此句如何？”

“简明有力，”田一儁点头认可，然后数道，“其二。”

“靖难宣力诸臣，妄希茅土之功，故日构建文之过，本非我成祖文皇帝之心。事平，固已幡然感悟。”王祖嫡说。

“人皆曰幡然悔悟，胤昌先生却说幡然感悟。”田一儁道。

“不可如此用吗？”王祖嫡问。

“可固可；不过，幡然感悟不可以随便用于此。”田一儁道。

“我并非随便一说，”王祖嫡说着，问道，“德万先生以为，永乐时礼部尚书吕公震，为何等之臣？”

“有小才干，无大德行。”田一儁说。

“德万先生这两句话，至为中肯，”王祖嫡说着，又问，“成祖待他若何？”

“用其才，不亲近其人。”田一儁说。

“又是中肯之论，”王祖嫡说着，问道，“成祖曾为此公降一谕，德万先生知否？”

“成祖为他降一谕？”田一儁不由茫然。成祖皇帝的每一道谕旨，以及历代祖宗的谕旨，都可能是因为某臣的一句话而降；至于某道谕旨因某人而降，即便极熟悉国史者，也未必说得出来。他老老实实地说，“不知，请胤昌先生赐告。”

“此公向成祖皇帝邀功，曾言自家建文朝官北平按察司佥事，同僚皆密奏燕府异动，己独不曾封进一言。成祖鄙之，谕吏部：用人不得念旧恶，”王祖嫡说着，问道，“成祖此谕，算不算幡然感悟？”

田一儁觉得有点儿牵强。田一儁记得类似的一件事：某臣向成祖邀功，说自己在建文朝不曾进一言。成祖斥道：食人之禄，当忠人之事，立建文之朝，不言天下之事，朝廷养他何用！这个人应该不是吕震，王祖嫡说的那道成祖的圣谕，应该也不是为此事而颁。至于有没有吕震这件事，以及成祖的圣谕是不是因吕震而颁，他记不清。

既然记不清，他只能说：“圣天子幡然感悟，是多大的一件事！仅以孤例，恐怕是不够的。”

“怎会是孤例！”王祖嫡道，“革除建文年号之议，始于鼎革之年的六月庚午。成祖谕旨，仅曰‘建文条格悉复洪武旧制，以今年为洪武三十五年’而已，并未言及以建文元年为洪武三十二年，以建文二年为洪武三十三年，以建文三年为洪武三十四年。”说罢，问道，“有吗？”

“没有，”田一儁承认他的说法，同时又说，“但既然以当年，即建文四年为洪武三十五年，以建文元年为洪武三十二年，以建文二年为洪武三十三年，以建文三年为洪武三十四年，似是当然之义。”

“不是当然之义，”王祖嫡摇着头说，“我成祖文皇帝从不谕以洪武三十二年、三十三年、三十四年等，可见不是当然之义。”

这又是田一儁说不清的一件事。不但成祖有没有口称洪武三十二年、洪武三十三年、洪武三十四年他说不清，就是当年的谕旨中有没有洪武三十二年、三十三年、三十四年的字样，他也说不清。

“既非成祖本意，怎会传于后世？”他只能问。

“皆一时逢迎之臣谀奉，以洪武三十二年、洪武三十三年、洪武三十四年言事、记事。后世不察，以为是成祖独断，而把这一桩大事归过于成祖，而使成祖亲亲之心不得白于天下。”王祖嫡说。

把成祖文皇帝说成替当时的大臣们背黑锅，不管他的动机如何，都是很难置评的。田一儁干脆不评议。

“其三。”他数道。

“德万先生还没说，此议如何？”王祖嫡不肯放过他。

“着实有新意。”田一儁很吝啬地说出几个字。

“或谓——”王祖嫡在不该停顿的地方，停顿一下，表示他在说第三个理由。“——成祖定鼎，功同再造；不予革除，则疑师无名。”

“这恐怕是后世最讳言之事，胤昌先生拟如何议之？”田一儁问。

“德万先生先说，我太祖如何视我成祖？”王祖嫡反问。

“圣子也。”田一儁道。

“我太祖如何视建文？”王祖嫡问。

田一儁稍一犹豫，说：“圣孙也。”

“后世列圣如何视我太祖？”王祖嫡又问。

“圣祖也。”田一儁道。

“如何视我成祖？”王祖嫡问。

“亦圣祖也。”田一儁道。

“我成祖与建文，同一子孙也；我太祖、我成祖，同一祖宗也，难道一定要革除建文年号，才能仰体成祖之心？”王祖嫡问。

“有人恐怕就是这么想的。”田一儁说。

“不革除谓不能仰体成祖心，必革除则为仰体成祖心乎？”王祖嫡问。

“体成祖心，胤昌先生还有更好的法子吗？”田一儁反问。

“书靖难以彰再造之功，不革除以记在位之实。”王祖嫡道。

“胤昌先生再说一遍。”田一儁不是没听清楚，而是要斟酌字句。

“书靖难以彰再造之功，”王祖嫡重复前一句后，问道，“德万先生以为，这个‘彰’字用得如何？”

“极佳。”田一儁道。

“不革除以纪在位之实，”王祖嫡重复后半句后，问道，“德万先生以为，这个‘纪’字用得如何？”

“亦是极佳，”田一儁道，顿了顿，又说，“不过，有一疑惑。”

“德万先生有一疑惑？”王祖嫡问。

“我想，闻者皆有一疑惑。”田一儁道。

“德万先生及闻者疑惑的是何事？”王祖嫡问。

“以纪在位之实，除恢复建文纪年，是不是还要议上尊谥、庙号呀？”田一儁问。

“这个嘛——”王祖嫡有点儿犹豫。其实，恢复建文纪年，对建文帝这个人总得有个交代的。但不说“以记在位之实”，还可以含混过去；既曰“以记在位之实”，这一点就不容易含混过去。

“要不，这句改一改？”田一儁提议。

“容我再想想。”王祖嫡没马上答应，却示意田一儁再往下数。

“其四。”田一儁数道。

“国史、野史，上下并传。人皆信野史而疑国史，德万先生道是为何？”王祖嫡问。

“人皆信野史，皆疑国史？”田一儁挑剔字眼。

“我知德万先生就不会信野史而疑国史；应是多信野史，多疑国史。”王祖嫡纠正时，不忘讽刺田一儁一句。

“我也未必只信国史，只疑野史；不过，信国史而疑野史者，总是有的，不改个字，则予人口实，”田一儁分辩时也不忘教训王祖嫡一句。他不想让王祖嫡再问自己，而抢先问道，“人多信野史，多疑国史，胤昌先生道是为何？”

“国史多讳，不若求之野史。”王祖嫡道。

田一儁暗自点头。多有避讳，是从老祖宗那里继承下来的史笔，要为君者讳，要为尊者讳，要为亲者讳，讳来讳去，许多史实就被讳掉。王祖嫡无疑说到病根。

他又想：到此为止吧。泛泛地说一说国史多避讳，还不打紧。哪个朝代的国史没有避讳呢？要是具体说到建文时的国史多避讳，会有麻烦。建文没有独立的国史，建文事迹都记载于《太祖实录》。说建文时的国史多不实，岂不是说《太祖实录》多不实！要知道，永乐朝曾两度编纂《太祖实录》！

但王祖嫡既说开，哪里收得住。

“夫建文年既革除，事必散佚。今纪建文者，不下数十家。谬误相承，各逞雌黄，混淆朱紫，有令人不忍读者。”他说。

“胤昌先生不是说多信野史吗，怎又成不忍读者！”田一儁道。

“多信野史，群氓也；不忍读者，有识之士也。有识之士虽不忍读，却拿不出可信之史让人家读。”王祖嫡说。

田一儁知道，要说服王祖嫡很难，他数道：“其五。”

“革除建文纪年，所为何事？”王祖嫡问。

“使人不复知有建文。”田一儁说。

“使何人不复知有建文？”王祖嫡问。

“使天下之人不复知有建文。”田一儁说。

“还有呢？”王祖嫡问。

“使后世之人不复知有建文。”田一儁说。

“德万先生说，当时天下之人是否不复知有建文？”王祖嫡问。

“经历四年建文纪年，我想，当时之人不会不知。”田一儁说。

“后世之人是否不复知有建文？”王祖嫡问。

“你我皆后人，不是都知有建文吗！”田一儁道。

“你我都不读野史，怎会知有建文？”王祖嫡问。

“洪武三十二年至三十五年，用的是洪武年号，记的却是建文事迹。故读野史者知有建文，读正史者亦知有建文。”田一儁说。

“千万世之后，仍能以建文之实历，为洪武之虚年否？”王祖嫡把他的最后一个理由概括成两句话，并问，“德万先生以为这个理由如何？”

“不必千万世，而今不足十世，已经人言纷纭！”田一儁道。

“我想到的，都已对德万先生说；德万先生也对我说句实话，可赞成复建文纪年？”王祖嫡问。

“我赞成不赞成，有用吗？”田一儁反问。

“这话德万先生不便说，我换个问法，”王祖嫡道，“德万先生以为，此疏可上否？”

“我若言不可上，胤昌先生岂不要责我堵塞言路？”田一儁笑道。

“我再换个问法，”王祖嫡道，“若上此疏，朝廷会采纳吗？”

“难说。”田一儁道。

“以纪在位之实这句，德万先生以为不妥；若是加以修改，朝廷会不会采纳？”王祖嫡问。

“仍难说。”田一儁道。

“反正是难说，修改不修改，也无所谓。”王祖嫡说到这里，已经下决心要把今天说的这些话都写出来。

第一百七十四章

王祖嫡上疏言二事，其一，请复建文之纪年；其二，请正景皇帝之附录。皇帝命下礼部议复。二十几天后，皇帝召入阁臣，谈论起这件事。

“复建文纪年，正景皇帝附录，难易如何？”皇帝问。

“后者易而前者难。”申时行说。

“这是为何？”皇帝问。

“《英宗实录》成于成化初，时景皇帝未复位号，仍称郕戾王，而以景泰七年之事附于《英宗实录》；今景皇帝位号已复，不过于实录中改正其称谓而已。故其事甚易。建文年号，自成祖以来，并未有请；今日议之，乃是创举。故其事甚难。”申时行说。

“卿等也都这么看吧？”皇帝问许国、王锡爵。

“是。”许国、王锡爵应道。

“既如此，朕与卿等今日先议易者，”皇帝说着，问道，“王司业称，景皇帝实录不可附者亦有五，卿等为朕一一言之。”

“臣以为，臣祖嫡言五不可之前，有句话写的很是深切。”申时行说。

“是哪句话？”皇帝问。

“睿皇帝赫怒振旅，虽曰失计，然非游猎也；景皇帝监国正位，虽曰权益，然为社稷也。”申时行背诵道。睿皇帝是英宗的尊谥。

“他是两颂之呀。”皇帝道。

“诚如圣谕。”申时行应道。

“卿等也以为这两句写得深切吗？”皇帝问许国、王锡爵。

“是。”许国、王锡爵异口同声地应道，显然，三人曾在一起议过。

“朕想听听卿等对王司业五不可是怎看的，但又不愿偏劳申先生，”皇帝说着，命许国，“许先生，你先说。”

“是。”许国应道。

“许先生背诵得下来吗？”皇帝问。

“臣大意说得上来，然未必确切，不如诵读原疏。”许国这么说，既是减轻自己的负担，也是减轻申时行、王锡爵的负担。

“好，”皇帝点了点头，命近侍，“取疏来！”

许国接疏读道：“一不可，臣祖嫡写道：成化十一年十二月，宪宗敕廷臣曰：曩者朕叔郕王践祚，勘难定邦。寝疾之际，奸臣幸功，妄兴谗构，请去帝号。先帝寻知诬妄，身自悔恨，以此抵奸于法。不幸上宾，未即举行。朕嗣大统，间以复帝号一事质之圣母。圣母亦曰：此先帝本意，宜即举行。朕祗服懿训，用成先志，其仍复皇帝号，会议尊谥以闻。夫既加恭仁康定之尊谥，而不去废帝郕王之旧名，前后背拂。”

“朕想，宪庙所颁敕旨，王司业是不敢编造的。”皇帝说。

“诚如圣谕。”许国应道。

“许先生，宪庙谕旨说的几件事？”皇帝问。

“六件事，”许国道，“其一，宪庙赞景皇帝有功社稷；其二，去景皇帝帝号，是奸臣谗构；其三，去景皇帝帝号，英庙后亦悔之；其四，宪庙质之圣母，圣母称是先帝本意；其五，会议景皇帝尊谥以闻；其六，加景皇帝尊谥，而未去废帝郕王旧名。”

“听起来像是每句一事呀。”皇帝说。

“该敕严谨，确是每句一事。”许国道。

“宪庙赞景皇帝有功社稷，虚实如何？”皇帝问。

“成化十一年，宪庙既非冲龄，更非无定见，敕旨即便阁臣所拟，一定也是宪庙本意。”许国说。

“去景皇帝帝号是奸臣谗构，虚实如何？”皇帝问。

“英庙复辟，主张去景皇帝帝号的臣子甚众，然以阁臣徐有贞、忠国公石亨最力。此二人为奸臣，史有定论。”许国说。

“去景皇帝帝号，英庙后亦悔之，虚实如何？”皇帝问。

“英庙治徐有贞之罪，治石亨之罪，虽然还有别的缘故，但他二人既主张去景皇帝帝号最力，英庙悔恨去景皇帝帝号一事，一定会迁怒于他二人。”许国说。

“宪庙质之圣母一事，虚实如何？”皇帝问。

“宫闱之事，见诸敕旨，应该是实。”许国说。

“景皇帝尊谥恭仁康定，《英宗实录》未经修改，未去废帝郕王名号，这两件事不必多说。”皇帝道。

“是。”许国应道。

“王先生为朕说说二不可。”皇帝命王锡爵。

“是，”王锡爵应罢，先读原疏，“录中凡涉问安、奉迎之文，并为裁削。闻之耆旧，盖编摩者乘于谦、王文之狱，因曰：不如是，则事出无名。加人以恶，侈己之功，不可二。”

“附录中果无问安、奉迎之文？”皇帝问。

“果无。”王锡爵道。

“裁削问安、奉迎之文，与于谦、王文之狱，似是两件事，二事有牵连吗？”皇帝问。

“稍有牵连，”王锡爵道，“杀王文、于谦的最大罪名，是对太上皇不恭。朝廷若遣臣往也先营恭请太上皇圣安，也先送还太上皇，朝廷遣臣奉迎，则杀朝中主政的王文、于谦无名。”

太上皇即英宗皇帝，其北狩时，被景皇帝遥尊为太上皇。

“然则，问安之事果有乎？”皇帝问。

“据时人诗、文、笔记，有之。”王锡爵道。

“奉迎之事果有乎？”皇帝问。

“亦有之。”王锡爵道。

“申先生为朕说说三不可。”皇帝命申时行。

“是，”申时行应罢，读道，“诗于兄弟，戒勿相犹。犹谓弟薄而兄效之也，景皇帝不敢曲为之解。英皇始虽惑于谗构，终竟怀乎悔恨，在宪皇帝之敕具见。乃不知者谓英宗怨之而不敢改，没虞帝亲爱之意，启汉文粟布之讥，不可三。”

“这一节似乎共用三个典故。”皇帝说。

“诚如圣谕。”申时行应道。

“王司业首先引的是《诗》，申先生还记得该诗吗？”皇帝问。

“臣记得该诗为《小雅·斯干篇》，第一阕的前两句是：秩秩斯干，幽幽南山；最后三句是：兄及弟矣，式相好矣，无相犹矣。”申时行道。

“式相好矣，说的是兄弟要和睦吧？”皇帝问。

“是。”申时行道。

“无相犹矣呢？”皇帝问。

“犹同訧，意为诟。该诗告诫兄弟无相诟也。”申时行说。

“兄弟和睦为何要用‘秩秩斯干，幽幽南山’来衬托？”皇帝问。

“若言衬托，主要在第一句，”申时行说，“秩秩，即排列有序也；干，指山崖。亦即，山崖都是排列有序的，兄弟也应排列有序。”

“虞帝是指舜吧？”皇帝又问。

“是，”申时行应道，“远古有陶唐氏，尧为其首领，故尧称唐尧；远古有有虞氏，舜为其首领，故舜称虞舜。”

“舜友爱其弟的故事，朕不止听讲过一次，申先生给朕讲讲‘启汉文粟布之讥’。”皇帝命道。

“是，”申时行应一声，讲述道，“汉高祖诸子，惠帝为太子，吕氏所出；文帝次子，薄姬，即薄太后所出。惠帝崩，吕氏欲代刘，丞相陈平、太尉周勃等诛诸吕，而立文帝。文帝曾颁诏曰：不时使人存问长老，又无布帛酒肉之赐，将何以佐天下子孙孝养其亲；今闻吏禀当受鬻者，或以陈粟，岂称养老之意哉！是言，或讥前朝之政惠而不实；引此典故，或欲以惠帝、文帝兄弟，喻英宗、景皇帝兄弟。臣祖嫡或以为，无论以英宗为惠帝以景皇帝为文帝，或以英宗为文帝以景皇帝为惠帝，皆不妥。”

“申先生以为呢？”皇帝问。

“臣亦以为不妥。”申时行道。

皇帝点点头，命许国：“许先生为朕说说四不可。”

“是，”许国应一声，读道，“晋元、宋高，岂真勘定之绩！徒以皇皇之际，收拾人心，稍能立功，故史不得与之。景皇帝萃涣合离，外攘内修，北狩回銮，神州入故。七年之烈，曾不得如晋、宋之例，后世谓何？不可四。”

“何谓晋元、宋高？”皇帝问。

“晋元，指晋元帝、宋高，指宋高宗。”许国说。

“晋元事迹，朕不甚了然，许先生给朕讲讲。”皇帝命道。

“是，”许国应一声，讲述道，“晋元帝是晋朝第八帝。晋朝第五帝，即晋元帝之前第三帝为晋惠帝——”

“晋元帝之前第三帝？是元帝曾祖？”皇帝问。

“不是。”许国道。

“是元帝祖父？”皇帝问。

“不是。”许国道。

“是元帝之父？”皇帝问。

“不是。”许国道。

“非曾祖、非祖、非父，怎传到元帝？”皇帝问。

“晋朝世袭紊乱，不同于今日，臣一两句话说不清楚。”许国道。

“好，许先生再接着说。”皇帝命道。

“晋惠帝时，匈奴人刘渊建汉国。”许国说。

“然后呢？”皇帝问。

“晋惠帝之后为晋怀帝，汉主为刘聪。两国交战，汉军大胜，破洛阳，俘怀帝。因怀帝年号永嘉，故史称永嘉之乱。”许国说。

“晋怀帝与晋元帝之间，似还有一帝。”皇帝道。

“是，”许国应道，“晋怀帝与晋元帝之间，还有孝愍帝。他是由豫州刺史阎鼎、雍州刺史贾疋等奉迎至长安，在得知怀帝被害后即帝位的。后降汉，亦被害。”

“难怪王司业以晋元、宋高并言。晋惠、怀二帝与宋徽、钦二宗，还真是同样的遭遇。”皇帝说。

“诚如圣谕。”许国应道。

“宋高宗事迹，朕是知道的，许先生不用再讲。”皇帝说。

“是。”许国应道。

“王司业称，晋元、宋高的功业都不如景皇帝，然否？”皇帝问。

“然，”许国应道，“高宗即帝位，宋祚虽得延续，不过是半壁江山；晋元之后，又传十帝，然半壁江山都没保住。而本朝景皇帝受命于危难之际，仍一统江山，非前人可比。”

皇帝点点头，命王锡爵：“王先生为朕说说五不可。”

“是，”王锡爵应罢，读道，“编年之义，所以明岁时、严统系也；附僭伪、附偏闰、附夷狄、表大义也。以景皇帝之录而从附，谓之舛；以景泰之事参正统、天顺间，谓之淆，不可五。”

“这个理由最通俗易懂，”皇帝说着，问道，“上奉皇太后懿旨，下受臣民推戴，景皇帝不能算作僭伪，是吧？”

“是。”王锡爵应道。

“景皇帝登极，与偏闰不相干，是吧？”皇帝问。

“是。”王锡爵应道。

“景皇帝和英宗同为宣宗子嗣，不能算作夷狄，是吧？”皇帝问。

“是。”王锡爵应道。

“所以，王司业议，景皇帝不可附录于《英宗实录》。”皇帝道。

“诚如圣谕。”王锡爵应道。

“五不可议毕，申先生总起来为朕说说。”皇帝命申时行。

“是，”申时行应罢，说，“事体重大，年岁久远，如欲更定，须自上裁。”

“申先生说的是正景皇帝之附录吧？”皇帝问。

“是。”申时行应道。

“复建文纪年，卿是怎想的？”皇帝问。

“成祖靖难之日，诏令年仍以洪武三十五年为纪，其建文年号，相传以为革除。然考靖难事迹，亦称少主元年、二年、三年、四年，则未尝革除也，但不称建文耳。”申时行说。

“不宜复少主元年、二年、三年、四年等号吧？”皇帝问。

“不宜。”申时行道。

“然复建文年号，并无根据。”皇帝说。

“是。”申时行应道。

“难怪申先生说其事甚难，”皇帝道。沉吟片刻，他一言定夺，“景皇帝实录，候纂修改正；建文年号，仍已之。”

第一百七十五章

北直隶设二巡按御史，一东一西。除非回院述职，二人没机会见面；而东、西二巡按同时回院述职的机会，少之又少，故极难遇到。

巡按京东的御史乔璧星、巡按京西的御史任养心却凑在同一日回到京师，凑在同一个时辰回到都察院。如此凑巧，他们自己也忍不住想笑。

“文见兄来得好！”任养心说。

“子诚先生来得好！”乔璧星也说。

任养心字子诚，山西芮城人，万历二年进士。乔璧星字文见，山西乐平人，万历八年进士。

二人来自同省，笑谈时很随便，责问起对方来也很随便。

“文见兄为何这时回京？”任养心责问。

“回院述职，可以吗？”乔璧星答罢，反过来责问，“子诚先生为何这时回京？”

“文见兄可以回院述职，我为何不可以！”任养心答罢，又责问，“文见兄有何职可述，非得这时回京？”

“大事小事，皆利国利民之事，”乔璧星答罢，又反过来责问，“子诚先生有何职可述，非得这时回京？”

“文见兄，可以不学人家吗？”任养心责问。

“可以呀。”乔璧星说。

“问来听听。”任养心道。

“子诚先生这时回京，确是为述职？”乔璧星问。

“是啊，”任养心答罢，反过来问，“文见兄这时回京，确是为述职？”

“是啊，”乔璧星应罢，又问，“子诚先生这时回京，确是有职可述？”“是啊，”任养心答罢，又反过来问，“文见兄这时回京，确是有职可述？”

“是啊，”乔璧星应罢，忍不住又笑，“子诚先生，如此问来问去，何时能了？不如说些实在的吧？”

“怎叫实在的？”任养心问。

“譬如，子诚先生说说，回院述职，欲言何事？”乔璧星道。

“为何不是文见兄说说，欲言何事？”任养心问。

“子诚先生愿听，我当然会说。”乔璧星道。

“我愿听。”任养心马上说。

“好，子诚先生说完，我说。”乔璧星说着，做出洗耳恭听的样子。

“为何不是文见兄先说，我再说？”任养心问。

“子诚先生要我先说？”乔璧星反问。

“是啊。”任养心应道。

“好，子诚先生要我先说，我可以先说；不过，切勿笑我见识肤浅。”乔璧星说着，一揖。

“哪里的话！”任养心也揖了揖。

“我欲言治水。”乔璧星简言之。

“是北直水利吗？”任养心问。

“不止是北直水利，”乔璧星道，“我欲言者，其实是恢复河道总理。”

“河道总理？是十年前裁撤的吧？”任养心问。

“九年前，”乔璧星说，“万历五年以后，河道总理与漕运总督，议事每相左。我记得，万历八年六月前，漕运总督是江公，河道总理是潘公，到六月，即以凌公一人总理河槽。”

江公是江一麟，潘公是潘季驯，凌公是凌云翼。

“河、漕不可分，统于一人，避免摩擦，不是很好！”任养心道。

“河、漕不可分，可合否？”乔璧星问。

“这个——”任养心挠了挠头，道，“我却没想过。”

“一则贯于东西，一则贯于南北，此不可合者一也；一则以应付常规事务、保证每年的漕运安全运抵为主，以疏浚漕河为辅，一则以应付突发之事，或堵塞、或疏浚河道为主，以维护河道为辅，此不可合者二也。”乔璧星说。

“言之有理，”任养心道，又问，“漕运、河道合于一职，已然九年，文见兄说二者不可合，这九年来却是怎样应付的？”

“河漕总理只管漕运事，河道之事，由山东、河南、北直隶等巡抚兼领之。然往往有兼领之名，而无兼领之实。近年河道日坏，河患日深，这是一个重要的原因。”乔璧星说。

“事嘛，是件该议的事——”任养心说半句话留半句话。

“子诚先生有何见教？”乔璧星问。

"——似不宜由文见兄言之。"任养心说出另半句话。

"为何不宜由我言之？"乔璧星问。

"文见兄言之，也不宜今次言之。"任养心又说。

"为何不宜今次言之？"乔璧星又问。

"文见兄受命巡按北直，河道一事非职责所在。"任养心说。

"子诚先生此言差矣。"乔璧星道。

"言怎差矣？"任养心问。

"至少不全对。"乔璧星又说。

"怎的不全对？"任养心问。

"河道总理一职，始设于正德三年，除治理大河外，河南之开封、归德，山东之曹州、濮州、临沂，北直隶之大名、天津，南直隶之淮安、扬州、徐州、颍州，凡涉及治水之事，皆由河道总理节制。故河道总理恢复与否，并非与巡按北直隶一职毫无干系。"乔璧星说。

"如此说来，倒真的可以议一议。"任养心道。

"我欲言之事，已说完；子诚先生欲言之事，也可赐告吧？"乔璧星催促任养心说他的事。

"我欲言者，与文见兄所言者，大不一样。"任养心说。

"有何不一样？是不是一深一浅？"乔璧星问。

"和深浅无关，"任养心道，"文见兄欲论事，我欲论人。"

"子诚先生欲论哪一人？"乔璧星问。

"不是一人，是一家。"任养心道。

"论一家？可是父子同朝？"乔璧星猜测。

"又不仅是父子，还有兄弟。"任养心道。

父子是谁家，还好猜；再加上兄弟，可能与父是兄弟，也可能与子是兄弟，就不容易猜出来。

"无从猜起，还是子诚先生告诉我吧。"乔璧星说。

"今者宣府总兵官姓李，文见兄知否？"任养心问。

"知道，是辽东总兵官宁远伯之子。"乔璧星说。

"今者蓟镇三名副总兵官中，一名亦姓李，文见兄知否？"任养心问。

"知道，是宁远伯之子，宣府总兵官亲弟。"乔璧星说。

"今者昌平黄花镇参将，亦姓李，文见兄知否？"任养心问。

"知道，是宁远伯亲弟，宣府总兵官和蓟镇副总兵亲叔。"乔璧星说。

“文见兄，你有些怪呀。”任养心道。

“我怎怪？”乔璧星问。

“我问宣府总兵官，你怎一下子联想到宁远伯？”任养心反问。

“子诚先生才怪呢！若有人问你宣府总兵官，你会不联想到宁远伯？”乔璧星道。

“文见兄若是不怪，我问蓟镇副总兵官，你联想到宁远伯还好说，怎又联想到宣府总兵官？”任养心问。

“子诚先生才怪呢！若有人问你蓟镇副总兵官，你联想到宁远伯外，会不联想到宣府总兵官！”乔璧星道。

“文见兄若是不怪，我问黄花镇参将，你联想到宁远伯、宣府总兵官还说得过去，怎又联想到蓟镇副总兵官？”任养心问。

“子诚先生才怪呢！若有人问你黄花镇参将，你联想到宁远伯、宣府总兵官外，会不联想到蓟镇副总兵官！”乔璧星道。

“看来，在文见兄看来，有此联想都不为怪？”任养心问。

“都不为怪。”乔璧星道。

“那么，我论他一家，也不足为怪。”任养心说。

“原来子诚先生欲论宁远伯一家。”乔璧星点着头说。

“文见兄以为如何？”任养心问。

“是个大题目，是个好题目。”乔璧星说。

“其难易如何？”任养心问。

“说难也难，说不难也不难。”乔璧星道。

“怎讲？”任养心问。

“说难，是因为论此数人，都不得不牵连宁远伯。”乔璧星说。

“文见兄之意，宁远伯论不得？”任养心问。

“不是论不得，我是担心，会不会投鼠忌器。”乔璧星道。

“愿闻其详。”任养心揖道。

“一则，论其事，除宣府总兵官，宁远伯子也，蓟镇副总兵官，宁远伯子也，黄花镇参将，宁远伯弟也，还有无他词？”乔璧星道。

“有啊。”任养心应道。

“我是问，于宁远伯，还有无他词？”乔璧星改变问法。

“文见先生是问，宁远伯有没有骄横不法之事？”任养心把他的问题进一步明确。

“是。”乔璧星应道。

“这倒没有。”任养心说。

“我说有难处，此其一也，”乔璧星道，又问，“在子诚先生看来，在朝大将或在外大将，就镇守辽东而言，有没有比宁远伯更能胜任的？”

“应该没有。”任养心说。

“我说有难处，此其二也，”乔璧星道，“若是宁远伯因子诚先生之论，而上疏乞罢，子诚先生为朝廷计，当如何应对？”

“自不能准，”任养心说着，又特别强调，“但也不能因为宁远伯可能上疏乞罢，就不准论其家人呀！”

“这就是我所谓也不难。”乔璧星道。

“亦即，此事尚可论？”任养心引申道。

“是。”乔璧星应道。

“愿闻其详。”任养心说着，又揖了揖。

“子诚先生论其事，除宣府总兵官、蓟镇副总兵官为宁远伯子，黄花镇参将为宁远伯弟，还有他词，是吧？”乔璧星问。

“是。”乔璧星应道。

“所谓有他词，非于宁远伯本人有他词，是吧？”乔璧星问。

“是。”任养心应道。

“却于谁人？”乔璧星问。

“于宣府总兵官李如松、蓟镇副总兵官李如柏、黄花镇参将李成材，皆有他词。”任养心道。

“所谓他词，指骄横不法之事，是吧？”乔璧星又问。

“是。”任养心应道。

“于宣府总兵官李如松、蓟镇副总兵官李如柏、黄花镇参将李成材皆有他词，即他等皆有骄横不法之事，是吧？”乔璧星问。

“是。”任养心应道。

“譬如，宣府总兵官李如松，子诚先生怎论他？”乔璧星问。

“有二事可言，”任养心道，“其一,万历十一年，李如松以神机营副将，出为山西总兵官。兵科黄给谏道瞻屡次疏陈，父子不当并居重镇。为保全勋臣计，宜召还李如松。朝廷如议，召他佥书右军都督府。”

“此事我记得，除佥书右府，朝廷还命他提督京城巡捕。不过——”乔璧星欲言又止。

“文见兄要说，此事并不涉及骄横不法吧？”任养心问。

“不，”乔璧星摇摇头，道，“我想说，此事虽不涉及骄横不法，但论及李如松，是一定要提及的。”说着，问道，“子诚先生欲言的第二事，一定涉及骄横不法吧？”

“诚是，”任养心应一声，说道，“去岁，巡抚宣府许都堂阅操，李总兵陪同，与许都堂并坐。分守道王大参以不合规矩，要李总兵坐席稍后移。李总兵不肯。王大参坚持，李总兵亦坚持。二人言语不合，李总兵攘臂欲殴之，被许都堂拉开。”

他提到的许都堂名守谦，以兵部右侍郎兼都察院右副都御史巡抚宣府；王大参名学书，官山西布政司参政，分守宣府等处。

“文见兄看，此事算不算骄横不法？”任养心问。

“骄横则骄横矣，若言不法，远不及其弟。”乔璧星说。

“所以，言李氏昆仲骄横不法，我拟以如柏为主；于如松，只是附带言之。”任养心说。

“如柏骄横不法，我看言一事足矣。”乔璧星道。

“文见兄说的是不是他为大将之前，在京师胡作非为？”任养心问。

“是啊，”乔璧星点头应道，“在京师，敢放炮以助酒兴，以致震撼大内，还有什么事情是他不敢做的！”

“如柏为将，先任密云游击，又任黄花镇参将，又任蓟镇副总兵官。其骄横不法之事，每一次都能找出十数条，有的比在京师放炮以助酒兴，更为严重。”任养心说。

“如松、如柏皆有劣迹，李家的事尚可论，此其一也。”乔璧星道。

“其二又是何事？”任养心问。

“李如松，宁远伯亲子也，处置不能不慎；李如柏，宁远伯亲子也，处置不能不慎；李成材，宁远伯亲弟也，处置不能不慎。但我想，子诚先生所谓他词，还不仅此三人。”乔璧星说。

“这一层，文见兄也想到？”任养心笑着问。

“想到是想到，却不知其故旧任官各镇参将、游击者，会有几多。”乔璧星说。

“不下三五十名。”任养心告诉他。

“子诚先生能举几个例子吗？”乔璧星出个题目。

“如李平胡、李兴、李宁、王维藩等，比比皆是。”任养心随便说出几个名字来。

“李平胡，何许人也？”乔璧星问。

“宁远伯旧属。”任养心说。

“今为何官？”乔璧星问。

“大同参将。”任养心说。

“李兴、李宁，听上去像一对兄弟。”乔璧星道。

“不管是不是兄弟，皆宁远伯所豢养勇士。”任养心说。

“二人仍在宁远伯左右？”乔璧星问。

“不然，”任养心道，“李兴在如松麾下，今官参将；李宁在如柏麾下，今官游击。”

“王维藩应是宁远伯姻亲吧？”乔璧星问。

“不错。”任养心道。

“今为何官？”乔璧星问。

“密云游击，”任养心道。见乔璧星沉思不语，他说，“文见兄嫌四例不够，我可以再举几例。”

“很够，”乔璧星忙道，“我在想，宣府乃京师以西屏障，从总兵官到参将，都是李家的人；蓟镇乃京师以东屏障，从副总兵官到游击将军，都是李家的人；黄花镇、密云乃京师以北屏障，其参将、其游击将军，又是李家的人。这等情形，在我大明朝是从未有过的呀！”

“我欲论李家，正是为此。”任养心道。

任养心上疏，略曰：李氏兵权太重，姻亲、厮养分操兵柄，环神京数千里，纵横盘踞，不可动摇。如柏贪淫跋扈尤甚，不早为计，恐生他变。

皇帝命解李如柏副总兵官职。李成梁上疏乞罢，并请尽罢子弟官。皇帝不准，慰留之。

第一百七十六章

冯梦祯在浙江秀水家中赋闲多年，京师的生活：朝会时的庄重，散朝后的喧杂，在翰林院中的悠闲，渐渐都已淡忘；京师的人物：被奉为师尊的阁臣、翰林院学士，交往较多的同年、同官、同乡，以及诗会中、酒桌上认识的友好，渐渐也都淡忘。

但有一个人，他很难忘却；有一件事，他很难忘却。

那是一个风尘女子，姓刘，名凤台。

万历四年深秋，冯梦祯赴京，准备参加明年的会试。早到京师，一来是为适应京师的生活，京师的气氛，把该读的书再读一遍，把该做的准备再准备一下；二来家境宽裕，京师生计再昂贵，也能应付。

在那时，他结识和他前后脚到京的宣城学子沈懋学。两个人一起读书，一起拜访京师名流，一起喝上几盅解乏的老酒，当然，也会一起偶然出入风月场。

冯梦祯第一眼看到刘凤台，就因她的美艳而震惊；不，更准确地说，是震撼。他相信，沈懋学和他一样感到震撼。后来交游渐多，他发现，刘凤台不仅貌美，而且才艺出众。

但他现在也说不出，刘凤台是哪里的人，因为她既能说绵软吴语，又能学铿锵秦声；他也说不出，刘凤台实际的年岁，初见面时，曾猜测她是二八年华，又曾猜测她是二十来岁，又曾猜测她是二十多岁，她只是莞尔一笑，既不承认，也不否认。

冯梦祯考中进士，并且在会试中名列榜首，而沈懋学更在殿试中点状元，两个人兴冲冲地去刘凤台那里喝酒。他原以为，刘凤台会和他们一样高兴。没想到，她一晚上都打不起精神，流露出来的，是失落的神情。他悄悄问刘凤台，为何郁郁寡欢？刘凤台说，以后她的屋门不会对两位公子打开；她不想因为自己的缘故，而毁坏他们的名声和他们的前程。

冯梦祯忽然发觉，她不仅貌美，不仅才艺出众，而且聪明。因为她竟能从中状元、中进士、选庶吉士、入翰林院这些事情中看出，他们的交往已经走到尽头。同时，他也发觉，刘凤台对他们二人，实际上是对他，已经产生感情。不然，她才不会考虑交往下去，对他们有什么不利呢！

至于为什么刘凤台是对他产生感情，而不是对沈懋学产生感情，当时只能说是直觉。但他的直觉很快被证实。饮酒之后，刘凤台把他留下来，并和他发生肌肤之亲。

这就是让他难以忘怀的那件事。他似乎理会到，何谓肌体之柔腻；那天以后，不管再和什么样的女子亲热，他都会觉得，对方的肌体太粗糙。他似乎也理会到，何谓情致之婉媚；那天以后，不管再和什么样的女子交往，他都会觉得，对方的情致太粗俗。

也是从那天以后，刘凤台割断和他、和沈懋学的任何交往。冯梦祯、沈懋学，特别是冯梦祯，虽然惆怅，但不能不尊重她的决定。

后来听说刘凤台从良，嫁给一个福建籍的富商为妾，过上普通女人的平静生活。冯梦祯、沈懋学，特别是冯梦祯，更没理由再去打扰。

南归之后，连刘凤台的消息也很少听到。无法割断的，只是思念，只是回味。因此，忽然得知她于今岁病死在京师，他先是不信，然后是哀痛，然后是沉默。沉默一天之后，他吟诗四句，托人带去京师，替他在刘凤台灵前焚烧祭奠。

四句诗是：

昔年曾醉美人家，
却恨花开又落花。
司马青衫旧时泪，
因风吹不到琵琶。

福清商贾林尚炅在京城有一栋宅院，是专为刘凤台购买的。和其他富有的商人一样，林尚炅在别处会寻花宿柳；但到京师，他一定会规规矩矩住在家里，陪伴爱妾度过。

这次从杭州北上，日夜兼程。赶到京城之后，他立刻亲自张罗刘凤台的后事：购棺木，设灵牌，做法事，忙得昏头昏脑。

他进到后院，正要抽空打个盹儿，家仆闯进来。

“公子，有人远道来祭奠少奶奶。”家仆说。

“远道？不会是从闽中来吧？”林尚炅问。

“倒没那么远，是从浙江来的。”家仆说。

“也不近，”林尚炅顿了顿，问道，“少奶奶在浙江有亲属吗？”

“小人不知。”家仆道。

“有好友吗？”林尚炅问。

“小人不知。”家仆道。

“让你服侍少奶奶，你怎都不知！”林尚炅斥道。

“少奶奶想说的事，小的才知道；少奶奶不想说的事，小的怎好多问！”家仆道。

“你看，他是诚心来祭奠的吗？”林尚炅问。

“小人看是。”家仆说。

“你怎看出来的？”林尚炅问。

“他在少奶奶灵前，背诵一诗。”家仆说。

“是为少奶奶写的？”林尚炅问。

“听起来像是。”家仆说。

“你可背诵得出来？”既是为刘凤台写的诗，林尚炅自然关切。

“小的记性不好，只记得诗里有‘美人’‘琵琶’等。”家仆说。

美人和琵琶加在一起，几乎等于风月。看来，祭奠之人是知道刘凤台经历的；如果他是受人之托前来祭奠，那托他的人和写诗的人是知道刘凤台的经历的。林尚炅从风月场中把刘凤台赎身，在别人面前，他对此并不讳言；但和家仆，他一个字也不愿说。因此，也不能再问下去。

“来祭奠的，看得出是何等人吗？”他问。

“看他摸样，像是读书人。”家仆说。

“既是来祭奠少奶奶的，你等好生照看着。见他模样若是寒士，封包礼金给他。”林尚炅吩咐。

“是。”家仆应一声，却没挪动。

“怎还不去？”林尚炅问。

“有件事，小的不敢作主。”家仆说。

“又是何事？”林尚炅问。

“祭奠少奶奶的人说，受人之托，要把他背诵的诗焚于少奶奶的灵位前，小的不知能不能应允。”家仆道。

林尚炅也颇为踌躇。能为刘凤台的去世而吟诗的人，能不辞千里行程托人来祭奠刘凤台的人，能请求把送别之诗焚于刘凤台灵前的人，一定和她有着不同寻常的关系，甚至有过肌肤之亲。尽管林尚炅知道，刘凤台当年红遍京城，不会轻易以身相许；但他同样知道，和她有过肌肤之亲的人，一定是她所看重的人。得到过她身的人，多半也会得到她心。想到这里，林尚炅感到一阵阵心痛。

但他又想，既然是刘凤台看重的人，他为她写诗，她一定十分欣慰，他为她写的诗，她一定很想听到，很想读到。人已经不在，为什么不让她多有一份欣慰，多有一份快乐！

于是，他定下心来，说道："既是为少奶奶写的诗，为何不能焚于少奶奶灵前？你问他还有何要求，一并答应他！"

同时，他在想，用什么办法，可以让死去的爱妾，永远留在他身边，而不会飘荡到别处去。

正阳门外，林尚灵自己挎着一个不大但看上去很沉重的包袱，走进一家玉器店。他是熟客，店主迎上来，帮他取下包袱，揖道："多谢林公子，又有好货送来。"

"不是好货，是好生意。"林尚灵说。

"是何好生意？"店主问。

"打开看看！"林尚灵指着包袱说。

店主打开包袱，里面包着一块一尺长、半尺宽、半尺厚的玉石。"好玉！"店主赞道。

"玉好，我知贵店的工艺也好，这才找上门来。"林尚灵说。

"林公子打算拿它作何用？"店主问。

"雕像。"林尚灵道。

"雕个寿星送与老太爷？"店主猜道。

"不是。"林尚灵摇头。

"雕个菩萨送与老夫人？"店主又猜。

"不是。"林尚灵又摇头。

店主不能再猜第三次。他问："林公子欲雕何人之像？"

"美人。"林尚灵道。

"林公子知道，雕塑美人，是小店玉匠最擅长的。"店主笑着说。

"不是随心所欲雕出的美人。"林尚灵道。

"有摹本？"店主问。

"是。"林尚灵应道。

"请出来吧，让我看看。"店主说着，作出捧接状。

林尚灵从袖口抽出一卷纸，展开一看，是刘凤台的画像。

"这不是——"店主见过刘凤台，几乎要脱口而出。

"你是行家，看画得如何？"林尚灵问。

"惟妙惟肖。"店主道。

"你能否雕得惟妙惟肖？"林尚灵问。

“或许——”店主不可能马上应允。

“我请画工画的此像，给他的酬金是二十两纹银；你若能雕得惟妙惟肖，我奉上十倍的酬金。”林尚炅说。

这是个相当诱人的价钱。店主说：“林公子放心，小店一定尽心尽力，绝不让林公子失望，绝不会亵渎逝者。”

“但你说‘或许——’”林尚炅还真有点儿不放心。

“我是说，或许比此像更似。”店主巧妙地说。

“那么，二百两的酬金，是多，还是少？”林尚炅问。

“说句实在话，是多。”店主道。

“还有更多的呢。”林尚炅进一步诱惑他。

“林公子还要小店怎做？”店主问。

“雕像正面，雕刻三个大字。”林尚炅说。

“是少夫人的名讳吧？”店主不难猜到。

“对，”林尚炅点点头，说，“每个大字，另加十两酬金，你看够不够？”

“够，够！”店主连声应道。

“雕像背面，再雕刻上小字。”林尚炅又说。

“是哪些字？有几多？”店主问。

“来，你自家数数。”林尚炅说着，又从袖口抽出一卷纸，交给店主。

看上去不是文章，因为一行一行不是从上端写到下端；也不是诗，因为一行一行上端对得整齐，下端却参差不齐。那么，应该是按照某个词牌或曲牌填写的。店主数一遍，没数清楚。他不好意思再数，笼统地说：“有七八十字呢。”

“字多，才要你雕刻小字。”林尚炅道。

“再小，也未必包容得下。”店主说。

“要是每个小字另加二两酬金呢？”林尚炅诱惑道。

又是一百多两！和前面的两项加在一起，差不多有四百两，这一两年不用接别的活计，也可以维持下来。

“林公子，小店一定尽力。”店主说。

“不是尽力，是要保证！”林尚炅道。

“好，我向林公子保证。”店主应承道。

“雕刻一个小字，另加二两酬金；落下一个小字，我扣除一百两酬金，如何？”林尚炅问。

“成交！”店主道。

林尚炅写的是一篇长短句，其词曰：

入时倒郎怀，出时对郎面。
随郎南北复东西，芳草天涯空绕遍。
眷写丹青图，胜妆水月殿。
玉魄与香魂，都在这一片。
愿作巫山枕畔云，愿作卢家梁上燕。
莫作生前轻别离，教人看作班姬扇。

古有“巫山一段云”曲牌。林尚炅在他的长短句中改写成“巫山枕畔云”，还真有一番韵味。

（几年之后，梧州府推官林某，抓捕到猖獗于广西的大盗陈亚三，从他的行囊中搜得一尊玉像。看到玉像正面刘凤台三个字，他不由一愣；看到玉像背面的长短句，他又是一愣。

林推官和林尚炅同邑，对林尚炅娶刘凤台为妾的故事早有耳闻，对刘凤台死后，林尚炅为他雕刻玉像的故事早有耳闻，对玉像雕成后，林尚炅昼则供食、夕则附枕、携以贾于四方早有耳闻。看到玉像，他有不祥的预感。

在刑讯之下，陈亚三供认，林尚炅被他劫杀，抛尸于某江。

林推官从江中打捞起林尚炅的尸体，厚葬之。当然，刘凤台的玉像是主要一件陪葬的物品。

人们相传，刘凤台用这样的方式报答林尚炅。

这是后话。

第一百七十七章

皇帝在慈宁宫外下辇，见另一条路上，一人正匆匆走过来。虽看不清脸，但那人走路的姿态很熟悉，不难看出是谁。

“是张大伴吧？”皇帝问身边的内臣。

“是张叔。”侍驾的内臣说。

“是张叔。”慈宁宫的内臣也说。

“有何急事，追到这里来找朕！”皇帝自语。

“他不是来找爷的。”慈宁宫的内臣说。

“不找朕，为何来此？”皇帝问。

“圣母娘娘要他来的。”慈宁宫的内臣说。

“你弄错吧！”皇帝的意思，不在于慈圣皇太后会不会找张诚来，而在于她不会同时把自己和张诚找来。

“奴才没弄错，”慈宁宫的内臣说，“奴才奉懿旨去请爷时，听圣母娘娘又差人去找张叔。”

“母后找大伴来，为的何事？”皇帝问。

“奴才不知。”慈宁宫的内臣说。

“你知母后要张大伴来，却不知母后为何要张大伴来？”皇帝冷笑道。内臣们又要邀功、又怕言多语失的心态，他再熟悉不过。

“奴才奉懿旨即行，不敢怠慢，只听圣母娘娘呼人去司礼监，把掌印太监找来；此外只听到一句话，别的就不知。”慈宁宫的内臣说。

分明还能榨出点儿消息，皇帝当然不会放过。

“此外的一句话，母后怎说？”皇帝问。

“圣母娘娘吩咐，让张叔携一疏来。”慈宁宫的内臣说。

“何疏？”皇帝问。

“奴才听得含糊。”慈宁宫的内臣说的也含糊。

“含糊，也说得出一二吧？”皇帝追问。

“是。”慈宁宫的内臣应道。

“何为一？”皇帝问。

“似是一名御史的奏疏。”慈宁宫的内臣说。

“其二呢？”皇帝问。

“御史似姓陈。”慈宁宫的御史说。

不用再问，皇帝已知是谁人的奏疏，是何事的奏疏；同时，也知道母后把他叫来，把张诚叫来，为的何事。

“大伴来时，让他在外面候母后宣召。”皇帝命侍驾的内臣。

“是。”侍驾的内臣应道。

其实，不用皇帝吩咐，张诚知道皇帝在，绝不会贸然进去。侍驾的内臣理解皇帝的用意是，他不但别贸然进去，也别让慈宁宫的内臣禀报自己已到。姓陈的御史是陈登云，他才上一疏。和母后一起听张诚读他的奏疏，一定是很难堪的，最好母后只顾和自己说话，忘记宣召张诚一事。

进殿行礼后，皇帝说：“母后宣召，儿子马上赶过来。”

“皇上来的确实很快。”慈圣皇太后道。

“儿子正好有事禀明母后。”皇帝说。

“好，你先说。”慈圣皇太后道。

“儿子欲晋阁臣王先生官阶。”皇帝说。

“廷臣晋官阶，循规蹈矩即可，皇上用不着对我说。”慈圣皇太后道。

“王先生加官晋阶，与寻常加官进阶，有所不同。”皇帝说。

“有何不同？”慈圣皇太后问。

“通常是内阁数人同时加官进阶，今者是王先生一人加官进阶，儿子不知是不是恰当。”皇帝说。

“为何只王先生一人加官进阶？”慈圣行太后问。

“除尚书及殿、阁大学士，申先生今衔为左柱国、少师兼太子太师，许先生今衔为柱国、少傅兼太子太傅，王先生除礼部尚书兼武英殿大学士，尚无他衔。”皇帝说。

“那就不是王先生单独一人加官进阶，而是王先生加官进阶迟过另外两名阁臣。”慈圣皇太后说。

“母后说的是。”皇帝说。

“既如此，有何不可！”慈圣皇太后道。

“有母后这话，儿子才安心。”皇帝说。

“皇上说到内阁的事，倒叫我想起另一位王先生，”慈圣皇太后说着，问道，“那位王先生离朝的日子可不短，是否该召回？”

“似乎还没到日子。”皇帝道。

“我记得，他是为继母守制。”慈圣皇太后说。

“是。”皇帝应道。

“为继母守制，和为生母守制，年头一样多吗？”慈圣皇太后问。

“儿子问过礼卿；礼卿说，都是二十七个月。”皇帝道。

“那位王先生是好阁臣。到日子，皇上别忘降旨，召他入朝；不然，他还以为皇上不用他呢。”慈圣皇太后叮嘱。

“是，”皇帝应道，并趁机说，“儿子这就去查一查吧。”

“此事不急于一时，皇上还有别的事要说吗？”慈圣皇太后问。

“儿子还有件事要禀明母后，”皇帝道，“前者，山东、陕西、山西、河南、浙江、南直隶皆旱，告困之疏日上，母后告诫儿子须修省。儿子已谕礼部：今灾伤重大，民穷时艰，又上天警戒。尔部申饬内外官司，痛加修省。”

“为何由礼部申饬？”慈圣皇太后问。

“以前由吏部、都察院行文申饬，内外官司都习以为常。儿子想，这次改由礼部申饬，收效或许更大。”皇帝说。

“皇上的想法不无道理；但申饬之后，吏部、都察院等还须查访。”慈圣皇太后叮嘱。

“是。”皇帝应道。

“皇上还有事吗？”慈圣皇太后问。

“近日得报，山东灾，鲁王出粟赈济。”皇帝说。

“这是好事，皇上应该嘉勉。”慈圣皇太后说。

“儿子已敕旌之。”皇帝说。

“好，”慈圣皇太后点点头，说道，“皇上今日一连给我说三件事。第一件事，可称之为体臣；第二件事，可称之为恤民；第三件事，可称之为爱宗藩。”说着，问道，“皇上看如何？”

“诚如慈训。”皇帝道。

“三件事，都处置得当，我很欣慰，”慈圣皇太后说，顿了顿，又问，“皇上还有事要说吗？”

称赞后再问，等于堵住皇帝的嘴，他有话也不好说。

“儿子再无他事。”皇帝道。

"皇上没事，听听我要说的事，好不好？"慈圣皇太后问。

"是，"皇帝应道，"儿子恭聆慈训。"

"张诚呢？还没到吗？"慈圣皇太后边问，边责备，"我找皇上，皇上急匆匆地来；我找张诚，他却慢腾腾地来。而今的内使，比皇上谱大。"

"张大伴早已来到。"皇帝要张诚在外恭候懿旨，不能不为他开脱。

"皇上见到他？"慈圣皇太后问。

"是，"皇帝应道，"儿子进宫时，见他正往这里赶呢。"

"既然早来，为何不进来？"慈圣皇太后问。

"或是知道儿子在，他不敢擅入。"皇帝说。

"也是，咱娘儿两个说话，他是不便进来打搅，"慈圣皇太后说着，命本宫的内臣，"着他进来吧。"

张诚进殿行礼，先偷看皇帝一眼，看皇帝有没有暗示给他。但皇帝说那么多的话，本想躲避难堪的局面；现在看来，躲避不成，那么多的话等于白说。他只有回头再想怎样应付，哪里还顾得上暗示！

于是，张诚如常恭请皇帝圣体安康，恭请慈圣皇太后金体安康；然后，垂手恭立于于一旁。

"带来没有？"慈圣皇太后问。

"娘娘让奴才带的奏本，奴才带来。"张诚说。

"该奏本，你给皇上读过吧？"慈圣皇太后问。

"奴才给爷读过。"张诚说。

"要是让你再给我读一遍，你会不会厌烦？"慈圣皇太后问。

"奴才不敢厌烦。"张诚说。

"但会厌烦。"慈圣皇太后道。

"奴才不会厌烦。"张诚改口说。

"皇上听他读过该疏吧？"慈圣皇太后又问皇帝。

"儿子听他读过。"皇帝说。

"皇上自家也读过吧？"慈圣皇太后问。

"儿子自家也读过。"皇帝说。

"要是让皇上再和我一起听一遍，皇上会不会厌烦？"慈圣皇太后问。

"儿子不会厌烦。"皇帝说。

"说再读一遍不会厌烦，再听一遍不会厌烦，我看未必，"慈圣皇太后摇着头说，"不过，我又很想听张诚再读一遍，很想皇上和我一起听一遍。我看这样吧：张诚，你拣要紧的，说给皇上和我听听。”

“是。”张诚应道。

“你听好，我让你拣要紧的说，要是我觉着你说的不是要紧的，或皇上指出你说的不是要紧的，就算我不怪罪你，皇上也不会轻饶你，”慈圣皇太后说着，问皇帝，“是不是呀，皇上？”

“是。”皇帝应道。

“奴才不敢不拣要紧的说，”张诚边说，边又偷看皇帝一眼，好像希望皇帝告诉他，哪些是要紧的，哪些不是要紧的。

皇帝故意把头转向一遍，好像在告诉他：没见我自顾不暇吗？谁个有心思管你的事！

“御史陈登云是因灾异进言。”张诚只好自己斟酌内容及词句。

“我知。”慈圣皇太后道。

“所议之事，是请册立太子。”张诚说。

“我亦知。”慈圣皇太后道。

“近来，廷臣奏请建储者甚众。”张诚说。

“你是不是要说，陈云登的奏疏，与别人的奏疏，没什么不同？”慈圣皇太后问。

“不是。”张诚道。

“他的理由和别人的理由有何不同？”慈圣皇太后问。

“若言建储的理由，奴才以为，他和别人所议，并无不同。”张诚说。

“那他的奏疏和别人的奏疏，不同在哪里？”慈圣皇太后问。

“别人议的都是为何要急于建储，他议的却是为何至今仍未建储。”张诚话一出口就后悔。这话肯定是皇帝最不愿意听的，最不愿意他对圣母娘娘说的。

皇帝脸上没任何表情，既不鼓励，也不阻止。

“张诚，幸亏你说这句话，”慈圣皇太后却说，“要不是得知他议的和别人议的不同，我为何只让你带此疏来！”

“是。”张诚应道。

“这个陈御史以为，至今不建储，原因何在？”慈圣皇太后问。

“奴才还是读他的疏吧。”张诚道。

“不，”慈圣皇太后不准，“你说给皇上和我听，别读给皇上和我听。”

“是，”张诚应一声，说道，“陈御史以为，迟迟未建储，原因不在宫闱之中，而在宫闱之外。”

“在宫闱之外？宫闱之外，谁能左右建储之事？”慈圣皇太后问。

“他以为，是郑氏。”张诚说。

“郑氏？哪个郑氏？”一听就知，慈圣皇太后是明知故问。

张诚偷看皇帝一眼，低头不语。

“陈御史说的是郑贵妃之父。”皇帝说。

“原来说的是皇亲，怪不得你不好说，”慈圣皇太后对张诚的沉默表示理解。又问张诚，“陈御史是不是以为，郑皇亲在阻挠建储？”

“他是有这个意思。”张诚道。

“他为何以为，是郑皇亲阻挠建储？”慈圣皇太后问。

“他说——”张诚被难住。陈登云写得很尖刻，慈圣皇太后不让他读原疏，他又不知该用同样尖刻的话说，还是该用稍微缓和一点的话说。

“皇上，咱们退而求其次吧。”慈圣皇太后对皇帝说。

“乞母后明示。”皇帝道。

“这个陈御史，一定写有几句难听的话。张诚照着这话的意思说呢，是对贵妃不恭；不照着这话的意思说呢，又怕皇上和我责怪他不拣要紧的说。不如这几句，就让他读陈御史的原疏，”慈圣皇太后说着，问道，“皇上看使得使不得？”

“母后不让他为难，有何使不得！”皇帝道。

“奴才叩谢圣母娘娘，奴才叩谢万岁爷，”张诚谢罢，捧疏即读，好像生怕慈圣皇太后和皇帝改变主意，“承宪怀祸藏奸，窥觊储贰，日与貂珰往来，绸缪杯酌，且广结山人、术士、缁黄之流。”

只想着快些读完，听得清听不清，他却顾不上。

“皇上听清这几句话吗？”慈圣皇太后问。

“好似‘承宪怀祸藏奸’。”皇帝问。

“这句我也听清，我问的是下面一句。”慈圣皇太后道。

“下面一句，儿子也没听清。”皇帝不想说。

“读疏，得让人听清，”慈圣皇太后训示张诚，并命道，“你把后面那句再读一遍！”

“窥觊储贰。”张诚再读。

“陈御史的意思，郑贵妃之父窥觊储贰，所以阻挠朝中建储之议，是不是？”慈圣皇太后问。

“是。”张诚应道。

“我看，这句是要紧的，”慈圣皇太后说，并问皇帝，“皇上说呢？”

“母后说的是。”皇帝应道。

“张诚，”慈圣皇太后问他，“陈御史还写有哪些要紧的话？”

张诚本来想说，别的话都不如这一句要紧，说不定圣母娘娘会放过自己；又一想，自己这么一说，岂不是承认郑皇亲窥觊储贰？圣母娘娘放过自己，皇上多半放不过自己。于是，他说："陈御史还言及，承宪妻每借皇上圣政，宣扬己威。"

"她怎宣扬己威？"慈圣皇太后问。

"譬如，皇上重惩科场冒籍，承宪妻则扬言事由己发，用以恐吓勋贵，篁鼓朝绅。"

"恐吓勋贵，篁鼓朝绅，是疏中原话吧？"慈圣皇太后问。

"是。"张诚应道。

"你不如就说在公卿大夫间耀武扬威。"慈圣皇太后道。

"是。"张诚应道。

"皇上重惩科场冒籍，不会当真是由贵妃之母所发吧？"慈圣皇太后笑着问皇帝。

"不是，"皇帝道，"儿子早就想重惩科场冒籍。"

"恐吓勋贵，篁鼓朝绅，有没有具体的事例呀？"慈圣皇太后问。

"陈御史举例说，惠安遭其虐焰。"张诚道。

"惠安谁人，我没印象。"慈圣皇太后说。

"仁庙张皇后家封二爵：其一，张皇后之父张麒封彭城伯，张麒卒，张皇后长兄张昶袭；其二，张皇后二兄张升封惠安伯。"张诚说。

"今惠安伯是第几世？"慈圣皇太后问。

"第六世。"张诚说。

"虽贵戚，但离得久远，别人不说，我还真没记住，"慈圣皇太后说着，问道，"近世勋贵有谁个遭其恐吓？"

"陈御史又举例说，中宫与太后家亦谨避其锋。"张诚说。

"我家人也躲着他吗？我却不曾听说，"慈圣皇太后道，她对皇帝说，"那是皇上舅氏，皇上可有所闻？"

"儿子亦不曾闻。"皇帝说。

"不过，"慈圣皇太后话锋一转，道，"皇上不曾闻，我不曾闻，却未必是空穴来风。此事且存疑吧。"

"儿子亦是此意。"皇帝说。

"张诚，"慈圣皇太后又问，"承宪阻挠建储，总有他的理由吧？"

"是。"张诚应道。

"他有何理由？"慈圣皇太后问。

"陈御史说，皇上享国久长，自由敬德所致；而承宪每对人言，此乃不立东宫之效。"张诚说。

“这可真是滑天下之大稽！虽则世庙未立太子，享国久长，但我太祖高皇帝早立太子，亦享国三十余年，我成祖文皇帝早立太子，亦享国二十余年，算不算久长？”慈圣皇太后说着，问皇帝，“皇上，你说呢？”

“母后说的是。”皇帝道。

“我是问皇上，算不算久长。”慈圣皇太后道。

“算久长。”皇帝应道。

“再者，世庙虽享国更久长，但他是十几岁登极，而太祖、成祖都是四十多岁登极，不可同日而语，”慈圣皇太后说着，问道，“皇上，你说是不是？”

“是不可同日而语。”皇帝应道。

“再者，世庙也不是从来就不想册立太子。张诚，是吧？”慈圣皇太后问张诚。

“是。”张诚应道。

“你给皇上和我讲讲世庙立的太子。”慈圣皇太后命道。

“嘉靖十八年，世庙将南巡，立皇次子、庄敬太子为皇太子；二十八年，庄敬太子薨。以其不永，世庙未再立太子。”张诚说。

“所以，世庙不再立皇太子，为的并不是自身享国是否久长，而是恐立太子而不永。但立太子而不永，总不如立太子而享国的多，”慈圣皇太后说着，问皇帝，“皇上，你说呢？”

“母后说的是，”皇帝应道，又说，“承宪此句谬言，已被母后批驳得体无完肤。”

“真的吗？”慈圣皇太后笑着问。

“真的。”皇帝答得认真。

“张诚，”慈圣皇太后命道，“把此疏最后几句，读给皇上和我听吧。”

“是，”张诚巴不得有这话，他读道，“干挠盛典，蓄隐邪谋，他日何所不至！苟不振奋乾纲，断以大义，虽日避殿撤乐，素服停刑，恐天下未易格，天变未可弥也。”

“这话我不爱听。”慈圣皇太后道。

“儿子也不爱听。”皇上没过脑子，回应一句。

“皇上为何不爱听？”慈圣皇太后问。

皇帝一愣，说道：“听母后说不爱听，儿子也不爱听。”

“那我就给皇上讲讲，我为何不爱听吧。”慈圣皇太后道。

“是。”皇帝应道。没被母后追问，可说是幸事。

“素服停刑，乃是仁政，怎能说天变未可弥！”慈圣皇太后道。

“母后说的是，”皇帝应道，“有些臣子，就是不喜欢儿子行仁政。”

如果说到这里止住，母子二人虽然各有各的想法，但并未引发争论，可以说十分完美。但慈圣皇太后又说一句：“此其一也。”

“母后还有其二？”皇帝不情愿地问。

“有，”慈圣皇太后应罢，反问道，“御史动不动就要皇上振奋乾纲，断以大义，那是对着谁人去的呀？”

“是对着承宪去的。”皇帝说。

“用得着吗？”慈圣皇太后问。

“母后之意，是用不着？”皇帝不太自信地反问。

“当然用不着，”慈圣皇太后道，“承宪好歹是皇亲；他有没窥觊储贰，有没干挠盛典，蓄隐邪谋，乃陈御史一家之言。皇上不会辄信之，我也不能辄信之。为何要振奋乾纲，为何要剑拔弩张！”

“母后以为用不着，儿子也以为用不着。”皇帝轻松愉快地说。

“我倒有个计较，不用振奋乾纲，不用剑拔弩张，皇上只要从容地做一件事，就可以堵住所有御史的嘴，堵住所有心怀疑虑的臣子的嘴。这岂不更好！”慈圣皇太后又说。

皇帝又是一愣，小心地问：“母后说的是何事？”

“皇上只要今天册立皇太子，对郑皇亲的一切猜忌、谤议，我保证明天就不再有。”慈圣皇太后说。

“母后是说，册立皇太子，朝廷则无谤言？”皇帝问。

“是啊。”慈圣皇太后应道。

“母后说的是立谁个为皇太子？”皇帝问。

“自然是长哥，”慈圣皇太后道，长哥是宫中对皇长子的称呼，“廷臣请早定储君，难道不是说早定长哥？”

“有的是议早定长哥。”皇帝含糊其辞地说。

“也有主张不立长哥为皇太子的？”慈圣皇太后问。

“也有主张不立常洛为皇太子的。”皇帝说。

慈圣皇太后没想到，在请建储的强烈呼声中，还有相反的声音；更没想到，皇帝说到这一点时，会如此肯定。她愣了愣神，问道：“不立长哥为皇太子，有特别的理由吗？”

“有。”皇帝应道。

“怎说？”慈圣皇太后问。

“常洛为都人子。”皇帝说。都人，是宫里对宫女的称呼。

“都人子？”一直和颜悦色的慈圣皇太后，脸色突变，“皇上大概忘记，自家也是都人子吧！都人子不可立为皇太子，你是怎被立为皇太子的，又是怎登极做天子的！”

皇帝其实是可以分辩的。皇考四子，他是第三子，他被册立为皇太子时，皇长子、皇次子已不在世，而他和四弟都是圣母所出。既然都是都人子，难道不立其长，而立其幼?

但自幼以来，母后声高一点儿，他都听得心慌；母后怒容，让他看得心慌。十多年过去，情形有很多变化。母后和他说话，很少高声；在他面前，很少动怒。或许正因为少，偶一高声，偶一动怒，更让他心里发慌，哪儿有勇气争辩!

“母后息怒，是儿子失言。”皇帝说着，拜伏请罪。

“大概有人在不停地和皇上说子以母贵吧？我是都人出身，因生皇上，而册封贵妃；因皇上登极，而被尊为皇太后。皇上也该想想母以子贵！”慈圣皇太后说。

“儿子谨记母后慈训。”皇帝道。

慈圣皇太后做个手势，让张诚把皇帝搀扶起来。等皇帝情绪比较平稳，她问：“立储之事，皇上怎说？”

“常洛体弱，儿子还是想过两年，再行册立。”皇帝壮着胆子说。

“就两年吗？”慈圣皇太后问。

“就两年。”皇帝道。

“为社稷计，也为皇上计，我想早日册立太子，免得廷臣喋喋不休谈论此事，也免得有人生觊觎之心。既然皇上不怕，晚两年何妨！不过，两年以后，皇上得给我一个交代。”慈圣皇太后说。

“是。”皇帝应道。

第一百七十八章

巡城御史毛在带几名逻卒，从北城兵马司出来，沿大街南行。走过几条胡同口，一逻卒招呼道："毛大人看！"

毛在顺着他手指的方向看去，是从南往北走的一个普通行人。

"他怎的？"毛在问。

"大人看他的衣装。"该逻卒说。

"秀才的衣装，并无特别之处。"毛在说。

"大人看他的年纪。"该逻卒又说。

"应在三十多岁吧。"毛在说。

"大人看他的眼睛。"该逻卒又说。

"你的眼神真好，竟能看清他的眼睛！"毛在讥道。

"小人的意思是，他一直在左顾右盼。"该逻卒说。

好似要印证他的话，那人的目光正好扫到他们这边，而且看到他们一行，看到他们在对他指手画脚。于是，他再也不往这边扭头。

"你看，他不再左顾。"毛在说的是笑话，但那人往他们这边看，的确是左顾。

"在先，他左顾多于右盼，小人就觉着他有点儿可疑；这会儿他不左顾，小人更觉着他可疑。"该逻卒说。

"左顾多于右盼，有何可疑？"毛在问。

"他着秀才的衣装，大人看会不会是生员？"该逻卒问。

"有可能。"毛在说。

"会不会是顺天府学生员？"该逻卒又问。

"有可能。"毛在说。

"会不会是回顺天府学？"该逻卒又问。

"有可能。"毛在说。

"顺天府学在其右，他回学舍，应该右盼多于左顾才是。"该逻卒说。

"你的话听似有理，仔细一琢磨，似是而非。"毛在说。

“小人的话怎的似是而非？”该逻卒问。

“他可能是生员，也可能不是生员，是不是？”毛在反问。

“是。”该逻卒应道。

“他可能是顺天府生员，也可能不是顺天府生员，是不是？”毛在问。

“不是顺天府学生员，却是哪里的生员？”该逻卒反问。

“譬如，也可能是监生，是不是？”毛在道。

“是。”该逻卒应道。

“他可能回学舍，也可能不是回学舍，是不是？”毛在问。

“不回学舍，却去哪里？”该逻卒反问。

“譬如，也可能回监舍，是不是？”毛在道。

“是。”该逻卒应道。

“你自家说，你的话是不是似是而非！”毛在道。

“是似是而非；所以，小人觉着有点儿可疑。”该逻卒分辩。

“那你再说说，为何他不左顾，你更觉着可疑！”毛在命道。

“他前者频频左顾，大人看会不会在看咱衙门？”该逻卒问。

“有可能。”毛在说。

“会不会在看衙门外有没有巡城御史，有没有逻卒？”该逻卒问。

“有可能。”毛在说。

“后来不再左顾，会不会是看见毛大人和小人们？”该逻卒问。

“你说我等吧，不用那么啰唆。”毛在道。

“小人放肆，”该逻卒告罪后，又问一遍，“后来他不再左顾，会不会是看见我等？”

“有可能。”毛在说。

“不再左顾，会不会是因为惊惧？”该逻卒问。

“有可能。”毛在说。

“会不会是因为看见我等而惊惧？”该逻卒问。

“有可能。”毛在说。

“他没理由看见我等而惊惧，没理由看见我等而不再左顾；所以，小人更觉其可疑，”该逻卒说着，问道，“小人的话是不是又似是而非？”

“你自个儿知道就好。”毛在道。

“小人其实不知。”该逻卒说。

“他有可能在看兵马司，也可能没看兵马司，是不是？”毛在问。

“没看兵马司，却看何处？”该逻卒反问。

“譬如，在看兵马司旁边的房子，却没看兵马司。”毛在道。

“是有这可能。”该逻卒说。

“他有可能看见我等，也可能没有看见我等，是不是？”毛在问。

“是。”该逻卒应道。

“他有可能惊惧，也可能没惊惧，是不是？”毛在问。

“没惊惧为何不再左顾？”该逻卒反问。

“譬如，可能他想看的房子已经看过，不用再看；或者可能他左顾得疲惫，不想再左顾。”毛在道。

“是有这可能。”该逻卒说。

“你自家说，这次是不是又似是而非！”毛在道。

“是似是而非；总之，是小人多疑。”该逻卒沮丧地说。

“多疑并非坏事。”毛在不知在安慰他，还是自己又有别的想法。

“大人的意思是——”该逻卒又看到立功的机会。

“带回衙门一问，不就知他是不是真的可疑！”毛在道。

把身着秀才衣装的男子带回衙门一问，还真问出毛病。毛在把他关押在兵马司，自己去趟礼部，亲自查验此事。

今年是乡试之年，礼部主管顺天府试的，是主客司郎中高桂。

高桂听说毛在要找自己，开句玩笑：“我记得，君明先生是巡北城呀，莫非东华门也划到北城？”

“找汝芳先生，不是为巡城的事。”毛在说。

高桂字汝芳，山东潍县人，万历五年进士。毛在字君明，苏州太仓州人，万历二年进士。

“不为巡城，为的何事？”高桂问。

“为今次顺天府试。”毛在说。

“我记得，今次顺天府试，君明先生亦曾监试，对吧？”高桂说着，问道，“莫非君明先生监试，监出事情？”

“监试能监出啥事情，是巡城巡出的事情。”毛在说。

“君明先生看，不还是巡城的事！”高桂道。

“虽是巡城巡出的事，却是出在顺天试。”毛在说。

“可顺天试早就结束，连榜文都已张挂出去。”高桂道。

“所以，我才来请教汝芳先生。”毛在说。

“不敢当，不敢当！”高桂连声道，“试后来请教，多半是问罪吧？”

“此事应和汝芳先生无关，我不过是查个人。”毛在说。

“是应试的举子？”高桂问。

“是。”毛在应道。

“应试的举子以千计，我未必都说得上来。”高桂道。

“中式的举子呢？”毛在问。

“中式的举子以百计，我也不见得都说得上来。”高桂道。

“汝芳先生不是说已张榜吧？底簿应该还有吧？”毛在问。

“那倒是有，就在手边。”高桂说。

“麻烦汝芳先生查一查，有没有一个姓李名鼎的举子。”毛在揖道。

“我来查查，”高桂说着，找出今年顺天试的底簿翻看。翻到一页，他说，“在这里，是第三十二名。”

“我若说，此人有诈，汝芳先生会怎想？”毛在问。

“毫不奇怪，哪科顺天试没几个有诈的！再广而言之，哪省哪科乡试，没几个有诈的！”高桂道。

毛在不和他辩，只问：“他填的是哪里的人？”

“河间。”高桂告诉他。

“我若说，他并非河间人，汝芳先生会怎想？”毛在问。

“君明先生怎知他不是河间人？”高桂反问。

“诈出来的。”毛在说。

“怎诈出来的？”高桂问。

“我只对他说句，北方、南方，口音全然不同；他立刻承认，实际是南方人。”毛在说。

“南方哪省人？”高桂问。

“他先说是四川。”毛在道。

“怎还有先说、后说？莫非也不是四川人？”高桂问。

“对，他也不是四川人。”毛在说。

“君明先生也是诈出来的？”高桂人问。

“可不是，”毛在笑道，“我只对他说句，东方、西方，口音全然不同；他立刻承认，是东方人。”

“东方哪省人？”高桂问。

“经坐实，是江西人。”毛在道。

“虽则朝廷再三申明不准冒籍，但江西人冒籍他省的仍很多。冒籍四川，冒籍北直，都不在话下。”高桂说。

“我若说，他是江西新建人，汝芳先生会怎想？”毛在问。

“江西新建人与江西别的府、州、县人，有何不同？”高桂反问。

“对，这会儿说出江西新建，汝芳先生不会大惊小怪，”毛在说着，一指底簿，“汝芳先生查查，其父何名。”

“其父李谦。”高桂查出来了。

“作何营生？”毛在问。

“务农。”高桂说。

“我若说，其父不叫李谦，汝芳先生会怎想？”毛在问。

“我想，他不会无故更改其父名字。”高桂说。

“尤其不会无故更改其父履历！”毛在强调道。

“君明先生的意思是——”高桂问。

“我若说，其父并非务农，汝芳先生会怎想？”毛在问。

“并非务农，是士，还是工、商？”高桂反问。

“是士。”毛在说。

“有无功名？”高桂问。

“甲科出身，是我等前辈，官至按察副使。”毛在说。

“或是官声不好，他为摆脱干系，更改其父名字。”高桂猜测。

“其父并无劣迹。”毛再说。

“那我就说不上来，他为何要更改变其父履历。”高桂道。

“我若说，其父其实单名一个逊字，汝芳先生会怎想？”毛在问。

“李逊？实在是个普通的名字。”高桂说。

“我若说，此李逊乃江西新建人，汝芳先生会怎想？”毛在问。

“对呀，”高桂道，“其父是江西新建人，其子亦是江西新建人。”

“这会儿说出江西新建，还是有点儿早，”毛在说着，问道，“我若说，李鼎还有别名，汝芳先生会怎想？”

“莫道改名，改姓的都有。”高桂说。

“汝芳先生不想知道，他曾叫何名？”毛在问。

“对，他曾叫何名？”高桂顺着他的话问。

“他曾名一鹗。”毛在说。

“李一鹗？”高桂皱着眉头重复一遍。

“汝芳先生是不是觉着这个名字有点儿耳熟？”毛在问。

“是。”高桂应道。

“是不是耳熟却不能详？”毛在问。

“是。”高桂应道。

“要是加上江西新建人，汝芳先生能不能记起些旧事？”毛在提示。

“让我想想。”高桂眉头锁得更紧。但没用，还是想不起来。

“要是再加上应天试，汝芳先生能不能记起些旧事？”毛在又提示。

“当年喧闹于应天试、被考试官赶出贡院的，就是他？”高桂惊问。

“汝芳先生吃惊不小吧？”毛在问。

“是。”高桂应道。

“我再问汝芳先生怎想，汝芳先生可有的说？”毛在道。

“容我想想，”高桂其实早就想到两个字，但拖很长时间才说出来。“要我说的话，小巫也。”

“汝芳先生是说，曾大闹应天试的人，更改其名，更改其籍，混入太学，又与今次顺天试，且中式，不过是小巫？”这下轮到毛在吃惊。

“我是此意。”高桂道。

“也是，”毛在本想辩驳，但马上改为附和，“我听人说过，历科乡试，特别是顺天、应天试，骇人听闻之事不少。”

“我不说历科乡试。”高桂道。

“我还听说，今岁各地乡试，都出过古怪的事。”毛在又说。

“我也不说别处乡试。”高桂道。

“汝芳先生的意思，今次顺天试中，有比李鼎一事更离奇精怪的案子？”毛在问。

“说离奇精怪，可能有点儿刺耳，或许应该说非同小可。”高桂道。

“何事非同小可？”毛在问。

“君明先生知道，今次顺天试的考官为谁吧？”高桂反问。

“不是黄、盛二公吗？”毛在道。

黄公即黄洪宪，盛公即盛讷，二人均官右春坊右庶子兼翰林院侍读。

“黄、盛二公奉旨即上一疏，君明先生知否？”高桂问。

“似有此事，然知之不详，”毛在说着，问道，“二公所言何事？”

“惧之。”高桂道。

“惧之？尚未开考，他等便惧之？”毛在问。

高桂点点头，道：“所以我说，此事非同小可。”

“翰林官无不盼望差以乡试考官，更何况是堪称天下第一乡试的顺天试考官；二公为何受命之后，唯惧之而已？”毛在问。

“今士风薄恶，人心险危。或未试而惮主司之严明，先为浮言而计阻；或既试而念主司之摈斥，肆为诬揭以中伤考官。临期题请，甲乙未定也，而即为如鬼如蜮之计；场中糊名易书，鬼神莫测也，而先有避亲避仇之疑。”高桂念念有词。

“可是疏中原句？”毛在问。

“是。”高桂应道。

“他是在说，考官难当；也是在说，今次顺天试若有谤言，休得加于他等。”毛在道。

“不错，这两层意思都是有的。”高桂附和一句。

“今次顺天试第一谤言在举首，汝芳先生，是吧？”毛在问。

顺天试举首，即各省乡试解元，有天下第一举人之意。今年顺天试的第一名王衡，是阁臣王锡爵子。无论乡试，还是会试，出现这样的情况，都会引起轩然大波。

“也是，也不是。”高桂道。

“汝芳先生是何意？”毛在问。

“万历丙子年，张懋修中顺天试，吕兴周中广西试，张嘉征中山西试；壬午年，张甲征中山西试，申用懋中顺天试，申用嘉中浙江试，王之衡中湖广试，王之鼎中应天试，无不被谤。况且，这多大臣子弟中，解元只有王衡一人，从未有过顺天举首，”高桂列举万历四年以来乡试中第的大臣子弟后，说道，“今次顺天试以此而被谤，是绝逃不掉的。”

“汝芳先生为何又说不是？”毛在问。

“衡公子以才名于两京，以致有人言：其与顺天试，举首非他莫属；与任何一省试，解元非他莫属；与明年会试，状元亦非他莫属。”高桂说。

“怪不得当年有人以此赞懋修等。”毛在道。

张居正死后，朝廷开始追究他儿子们在乡试、会试中第有无弊情。称赞其子才情者确有今日阁臣。毛在的意思是，他们多半是在为已子后来参加乡试、会试做铺垫。

“这就叫后人哀之而不鉴之吧。”高桂也感慨一句。

“照此说来，李鼎之事果然算不得大巫，不追究也罢。”毛在道。

“这却不然，”高桂摆摆手，说道，“石子无论大小，投进水潭，则起波澜。君明先生手里既有块石子，何不投出！”

“汝芳先生说的是。”毛在应道。

第一百七十九章

九月十日，皇帝在巡视寿宫后，绕道西山还京。经石景山，皇帝命在浑河畔停銮舆，稍事休息。扈驾的阁臣申时行、许国、王锡爵，定国公徐文璧等，奉诏见驾。

“朕没想到，京师之侧竟有如此汹涌之水，卿等想到吗？”皇帝问。

“臣等亦不曾想到。”众臣说。皇帝没想到的景象，他等谁也不好说想到过。

深秋之际，河道高涨，水流迅急。河上没有正规的桥梁，只有几根长木搭起一座简单的小桥。水浅时还有人敢走，如今日这样的激流，站在桥上就会头晕，没人会试着过河。

“朕估摸着，这会儿要是站在木桥上，腿也会发抖；卿等书生，会不会呀？”皇帝问的是三位阁臣。

“臣等也会。”三阁臣齐道。

“定国公元勋之后，应该不会吧？”皇帝又问徐文璧。

“臣愿上去试试。”徐文璧说。

“千万别！”皇帝不让他去，“再早十年，朕说不定会让你去；眼下，朕可舍不得让你去冒险。”

说着，皇帝笑，众臣也笑。

“黄河屡屡决口，大概也是这般汹涌。”皇帝说。

“诚如圣谕。”众臣应道。

“申先生来往京师和家乡之间，要过黄河吧？”皇帝先问申时行。

“是。”申时行应道。

“过的是哪一段黄河？”皇帝问。

“臣籍苏州，来往均取漕河水路，过的是山东段黄河。”申时行说。

“过的可是黄河决口处？”皇帝问。

“臣闻，黄河、漕河交汇处附近，常会决口。”申时行说。

“卿可曾遇到过黄河冲决堤岸？”皇帝问。

“臣来往京师和家乡之间的次数有限，不曾遇到。”申时行说。

“许先生来往京师和家乡之间，也要过黄河吧？”皇帝又问许国。

“是。”许国应道。

“过的是哪一段黄河？”皇帝问。

“臣籍徽州歙县，渡江即安庆。臣于河南、北均取陆路，过的是河南段黄河。”许国说。

“过的可是黄河决口处？”皇帝问。

“臣闻，开封附近黄河，常会决口。臣有时取道开封。”许国说。

“卿可曾遇到过黄河冲决堤岸？”皇帝问。

“臣亦不曾遇到。”许国说。

“朕记得，王先生也是苏州人吧？”皇帝开始向王锡爵提的问题，和向前两人提的问题不一样。

“是，”王锡爵应道，“臣籍苏州太仓州。”

“卿和申先生走的，应该是同一条路。”皇帝道。

“路是一条路，然臣时行均取水路，臣则有时取水路，有时取陆路。”王锡爵说。

“过黄河应该也在同一处吧？”皇帝问。

“是。”王锡爵应道。

“卿可曾遇到过黄河冲决堤岸？”皇帝问。

“不曾。”王锡爵道。

“朕知定国公虽典军，但未曾征战于外；黄河的事，朕不问你。”皇帝最后对徐文璧说。

“臣惭愧。”徐文璧道。

“朝中须朕亲信之人典军，你无须惭愧，”皇帝说着，问申时行，“朕听他等说，此河名浑河。申先生可知，此河源于何处？”

“据臣所知，浑河即滹沱河正流，发源于桑干，从塞上流入内地，长达数百里。出琉璃桥后，或遇水涨，时有冲决。”申时行说。

“黄河呢？”皇帝问。

“臣不知黄河源头，但知其源更远，其流更长，其势更猛。一旦溃决，不唯居民受害，且每每导致漕运梗塞，故国家以治河为第一要务。”申时行说。

“治河之要，在于得人。”皇帝道。

“今河臣季驯，久感皇上拔擢之恩，不敢不尽心任事。”申时行说。

“他肯用心，卿等亦须督促。”皇帝道。

“是。”众臣应道。

千里之外，潘季驯把管理中河道郎中佘毅中、管理河道按察使张纯找来，计议上疏的事。他是今年四月起用的，在此之前，以漕督兼理河道，至此，复单独设置河道总理。在巡视数月之后，他觉得有必要找相关之人，议一议治河之事。

“我列出个条目，二位看还缺何事。”潘季驯道。

他书写五行，每行两句话、八个字，分别是：管河官员，作何交代；高堰石堤，作何甃砌；清江重河，作何挑浚；徐北堤防，作何修守；岁用钱粮，作何积贮。

“时良先生到任有五个月吗？”张纯问佘毅中。

“应该不到五个月。”佘毅中说。

“不到五个月，却把治河大事囊括于五事，郎中做得到吗？”张纯问。

“做不到。”佘毅中说。

“所以，郎中是郎中，总理是总理。”张纯道。

“看来，臬台做得到？”佘毅中反问他。

“我当然也做不到。”张纯说。

“所以，臬台是臬台，总理是总理。”佘毅中学着他的口吻说。

“说够没有？”潘季驯笑着打断他们的戏谑，“我请二位来，为的是求全，而不是听二位说已全。”

“若是已全呢？”张纯问。

“志中这么想，志弘未必这么想。”潘季驯道。

张纯字志中，福建漳浦人，嘉靖四十四年进士。佘毅中字志弘，南直隶铜陵人，万历二年进士。

“我也这么想。”佘毅中忙说。

“志弘也这么想，我等可以一一议之。”潘季驯说。

“时良先生之意，是一件一件事议，抑或随意而议？”佘毅中问。

“均可。”潘季驯道。

“不如一件一件事议，免得议过之后还要重新整理。”张纯提议。

“更好。”潘季驯道。

“管河官员，作何交代，似不甚明确。”佘毅中说。

“是这句话不甚明确，还是志弘先生不甚明确？”张纯问。

“是我不甚明确，”佘毅中说，“志中先生若是明确，请赐教。”

“老实说，我也不甚明确。”张纯道。

“那便请时良先生一并教之。”佘毅中说。

“并非二位不甚明确，而是这两句话本身不甚明确；但我用这两句话，也有个缘故。”潘季驯说。

“是何缘故？”张纯、佘毅中齐问。

“前者工部复尹给谏所奏，称道：河道关系最重，类非可以穿凿于聪明、勾干于仓促者，全在得人久任，乃可责成。及要大小官员，俱令久任，或考满加升，或积劳超叙，与夫就近遴补，交代亲承，最为治河先务，”潘季驯述罢，说，“交代二字，是借用工部文牍的。”

“工部的这一段文字，似议久任；时良先生借用这两个字，是不是也为议久任？”佘毅中问。

“不全是。”潘季驯道。

“怎叫不全是？”佘毅中问。

“这段文字有两层意思，一曰久任，一曰交代。工部议得多的是久任，如‘得人久任，乃可责成’，如‘大小官员，俱令久任’；交代只写一句：就近遴补，交代亲承。而我借用这两个字，只是就这两个字而言，并不想言及久任。”潘季驯说。

“时良先生莫非以为，交代比久任更紧要？”佘毅中问。

“久任与交代的差别，不再于紧要与否，而在切实与否。”潘季驯说。

“时良先生是说，交代比久任更切实？”张纯问。

“是，”潘季驯点点头，反问道，“譬如，几多年为久任，二位能不能明确说出来？”

张纯、佘毅中相互看一眼，齐问：“时良先生以为，几多年为久任？”

“我只能说，与数月解任比较，一年算是久任；与一年解任比较，三五年算是久任；与三五年解任比较，十年八年算是久任。至于哪一个久任适宜，我则不敢说。”潘季驯道。

“难道不是愈久愈好？”张纯问。

“是啊，”佘毅中附和道，“我理解久任，恰是愈久愈好。”

“对其事而言，自然是愈久愈好；但二位想想，能不能做得到？”潘季驯说着，指指自己。“我今以右都御史总理河道，难道就不想着再升职衔？”

“时良先生还可加尚书衔，仍总理河道。”张纯说。

“还可加公、孤衔，仍总理河道。”佘毅中说。

“我就不想掌部、掌院？”潘季驯道。

“时良先生与其说想再升职衔，不如说想回朝。”张纯纠正他的说法。

“不错，我的职任是可以再加衔的，”潘季驯说着，又指指张纯，“你呢？你难道不想升任副都御史、侍郎、都御史、尚书？”

“官既至按察使，怎会不想再高升！”张纯道。

“那么，你是可以尚书、都御史衔仍兼管理河道按察使，还是可以三公、三孤衔仍兼管理河道按察使？”潘季驯问。

“均无前例。”张纯道。

“那么，让你官十年管理河道按察使，再议升职之事，你将会如何？”潘季驯说。

“会生怨言。”张纯道。

“志弘，还有你。”潘季驯转向佘毅中。

“时良先生别说我，几时能升到志中先生的职位，我就很满足。”佘毅中道。

“所以，任官愈久愈好，不过是句空话。”潘季驯总结一句。

“时良先生以为，交代一定切实可行？”张纯改变话题。

“未必。”潘季驯说。

“既未必，时良先生为何称，交代比久任切实？”张纯问。

“是啊，”佘毅中附和。“既未必，交代和久任应该一样不切实。”

“不一样，”潘季驯道，“譬如，几多年为久任，是说不清楚的；但二位想想，何为交代，能不能说得清楚？”

“所谓交代，是前官与后官交接吧？”张纯道。

“志弘说呢？”潘季驯问佘毅中。

“我以为是。”佘毅中说。

“二位看，这不是说得清楚吗，不是没有疑义吗？”潘季驯道。

“但时良先生说，交代未必切实可行。”佘毅中提醒道。

“对，我说未必切实可行，有两层意思，”潘季驯说着，伸出一指，“其一，情形特殊，无法交代。”

“怎叫情形特殊？”佘毅中问。

“譬如，该官暴卒，怎和继任之官交代？再譬如，该官获罪，即刻下狱，甚或即刻就戮，怎和继任之官交代？”潘季驯道。

“这等特殊情形，太过特殊，可以不予考虑。”佘毅中说。

“时良先生之意，除去这等太过特殊的情形，皆须交代？”张纯问。

“又未必。”潘季驯道。

“怎又未必？”佘毅中道，“不是工部文称，此事最为治河要务吗？时良先生不是也把‘管河官员，作何交代’列为第一事吗？”

“首先，工部称久任和交代最为治河要务，抽出其中一事，工部未必会用‘最为治河要务’这样的字眼的。其次，工部称，河道关系最重，这话是不错的；但河道关系最重，未必其他职任不重。”潘季驯说。

“时良先生的话，我还是不甚懂。”佘毅中说。

“郎中不懂，臬台应该懂吧？”潘季驯问张纯。

张纯点点头，说道：“我可举个例子。通常情形，朝廷命我接任某省臬司，我早一日去，晚一日去，关系不大；但某省动荡，甚或用兵，而命我接任臬司，则是一日也不可耽搁的。”

“这也可以被视为特殊情形吧？”佘毅中道。

“特殊情形是特殊情形，却不是太过特殊的情形，是吧？”潘季驯问。

“和暴卒、论死等比较，不算太过特殊。”佘毅中承认。

“还有比这更不能算作太过特殊的情形，同样是早一日到任好过迟一天到任，不和继任之官交代而赴新任，好过和继任之官交代后再赴新任。”潘季驯说。

“所以时良先生说，未必其他职任不重要，”佘毅中道。他似乎已理解，但又问，“既然河道关系最重，未必其他职任不重，不交代则影响河道职任，交代则影响其他职任，如何方可兼顾？”

“这就是我要说的其二：斟酌情形，以定交代。”潘季驯说。

“时良先生之意，须得交代的，一定要和继任之官交代后，再赴新任；不一定要交代的，则不必和继任之官交代后再赴新任？”张纯问。

“是。”潘季驯应道。

“若自行斟酌的话，恐怕获美任者，都说自家用不着和继任之官交代；去处不佳者，则宁愿和接任之官交代后再赴新任。”佘毅中说。

“所以，须得交代否，不能自行斟酌。”潘季驯道。

“今日时良先生召我二人来，可是为的议定此事？”佘毅中问。

“不错。”潘季驯道。

“管河之官，哪个须交代，哪个不须交代，时良先生大概已经心里有数吧？”张纯问。

“并非完全有数，所谓求全，此其一也，”潘季驯说着，指指张纯，“譬如管理河道按察使，须否交代，我就没想好。”

“我倒是想，管理河道按察使，不须交代。”佘毅中说。

“为何不须交代？”潘季驯问。

“一则，管理河道按察使，以巡查为主，并不具体负责修筑、疏浚等工；二则，朝廷或命志中先生接任某省按察使，或命志中先生巡抚某地，谁知是不是特殊情形！”佘毅中道。

“议的是管理河道按察使，不是管理河道按察使张某。”张纯说。

“职任越具体，越须交代，我倒是觉着，志弘的这个立意是对的。”潘季驯却肯定佘毅中的说法。

“志弘先生的职任具体，就从他说起吧。”张纯道。

“不是从我说起，而是从管理中河道郎中说起。”佘毅中纠正。

“也不是从管理中河道郎中说起，”潘季驯又纠正，“朝廷设置管理中、南、北河道三郎中。三郎中官职相同，职任相同，每段长短也相差不多，须交代不须交代，可一并议之。”

“我接这桩差事时，深感前任交代一下，大有好处。”佘毅中说。

“既如此，三郎中均列为须交代。”潘季驯说。

“管中、南、北三河道郎中须得交代，巡河主事呢？”张纯问。

“巡河主事，仍是二名吧？”潘季驯问。

“是，”张纯应道，“一名巡夏镇，一名巡南旺。”

“郎中分工，各管中段、南段、北段；主事分工，各管夏镇、南旺。二位说，哪个更具体？”潘季驯问。

“自是主事更具体。”张纯、佘毅中齐道。

“自是主事更具体，自是主事更须交代。”潘季驯说。

“这样一来，工部差出的五名官员，皆须交代。”张纯道。

“志中先生两眼别只盯着工部差出的官员，”佘毅中也有话说。

“不是我两眼只盯着工部差出的官员，是郎中把时良先生和我的两眼拉到工部差出的官员身上的，”张纯道，“不是你深感交代一下大有好处，怎会先议工部差出的官员！”

“先议后议，有何要紧！要紧的是不能遗漏，”潘季驯说着，问佘毅中，“志弘以为，除工部差出的官员外，还有哪个衙门的官员须交代？”

“徐州道及青州海防道，为河湖吃紧之区；山东道及河南道，为黄河要害之地。我以为，此四道宪职，如遇升调去任等事，须守候交代。”佘毅中说。

徐州道本是南直隶的分巡道，因南直隶不设布、按二司，故寄衔于山东按察司。青州海防分巡道，驻青州。山东道可以指济南分守道，驻济南，也可以指济宁分巡道，驻济宁；河南道可以指河南分守道，驻洛阳，也可以指河南分巡道，驻汝州。佘毅中既言宪职，那么，应该指济宁分巡道和河南分巡道。四道均以按察副使或按察佥事为道长。

“志中先生以为如何？”潘季驯问张纯。

“四道道长须守候交代，我赞成；另外，我还有个补充。”张纯说。

“请讲。”潘季驯道。

“既是河湖吃紧之区，及黄河要害之地，我以为，不仅四道长遇升调、去任等事，须守候交代，即四道所辖府、州、县管河佐贰官，亦须守候交代。”张纯说。

“我怎觉着，四道所辖府、州、县管河佐贰官守候交代，比四道守候交代，更有必要？”潘季驯道。

“时良先生说的是。”佘毅中附和道。

“你二位一人开个头，好似把须守候交代的官员都已说尽，”潘季驯说着，问道，“是不是都已说尽？”

“没有吧，”佘毅中道，“方才说到徐州道及青州海防道须守候交代，还有徐州海防道，和二道相差不多，我以为，也该守候交代。”

“志弘先生说相差不多，一则均有徐州二字，地域相差不多，一则均有海防二字，职任相差不多。但说到河道，差别却不小：徐州道及青州海防道，管河是本职；徐州海防道则是兼管河道。”张纯说。

“志中先生之意，徐州海防道宪职，遇有升调去任，不必守候交代？”潘季驯说。

“我只以为差别不小，是否守候交代，须得时良先生裁定。”张纯说。

“既是兼管，的确不必守候交代。”潘季驯果断地裁定。

“若是徐州海防道不须守候交代，另有几道就更不须守候交代。”佘毅中说。

“志弘说的是哪几道？”潘季驯问。

“颍州兵备道，天津兵备道，霸州兵备道，大名兵备道，临清兵备道，”佘毅中一一数道，并说，“徐州海防道虽是兼管，徐州却是位于黄河畔；颍州、天津等五兵备道不但兼管，且一在河南，四在河北，均不止一日之程，天津、霸州二兵备道，路途尤远。所谓兼管，兼之而已，哪里管得到！守候交代，实无必要。”

“志中唱一，志弘和五，我看，把不须守候交代的管河官也说得差不多。”潘季驯笑道。

接下来，三人又议另外四事。潘季驯归纳拟疏，上于朝廷。

第一百八十章

刑部署员外郎马贯有股子韧劲儿，想到一件事，总要打破砂锅问到底。他首先去问的，是关系比较融洽的本部侍郎何源。

“仲深先生怎看张浚其人？”他问。

何源字仲深，江西广源人，嘉靖三十八年进士。

“是今人，还是古人？”何源问。大姓之一，名字又很普通，虽然想不出本朝叫这个名字的名人有谁，他还是要问一句。

“古人。”马贯说。

“是宋人？”何源问。

“是。”马贯应道。

“不会是南宋四大将之一，生加太师，封清河郡王，死后追封循王的张俊吧？”何源问。

“不是他，是从水的那个张浚。”马贯说。

“我说嘛！”何源道，“从水的张浚，还有的可议。从人的张俊，身为大将，议和有他的份儿，杀岳飞有他的份儿，有何可议！”

“从水的张浚，仲深先生有的可议？”马贯问。

“有的可议。”何源道。

“仲深先生请道其详。”马贯揖道。

“我还是简言之吧，”何源说着，把张浚的生平概括为六句，“一生主战，非相即帅；经营川、陕，部署北伐；屡遭挫折，不屈不挠。”

“仲深先生对他的评语很高呀。”马贯表情失望地说。

“看来，本道不以为然呀。”何源当然感觉得到。

马贯字本道，苏州吴江人，万历二年进士。

“不是不以为然，是深不以为然。”他说。

“仲深以为然，本道怎说深不以为然？”何源说句笑话，然后问，“我称他一生主战，不对吗？”

“他确力主抗金。”马贯道。

“我称他非相即帅，不对吗？”何源问。

“仲深先生以尚书仆射、同中书门下平章事为相，以枢密使为帅吧？这并不错。”马贯道。

“我赞他经营川、陕，不对吗？”何源问。

“他确以宣抚处置使经营川、陕。”马贯道。

“我赞他部署北伐，不对吗？”何源问。

“他确身兼相、帅，部署沿江、两淮各路大军北伐。”马贯道。

“既如此，本道为何深不以为然？”何源问。

“还有两句话呢。”马贯提醒他。

“屡遭挫折，不屈不挠，我没忘。”何源道。

“此公为何屡遭挫折？”马贯问。

“奸臣柄国，主和者当道。”何源说。

“仅仅为此吗？”马贯问。

“本道是何意？”何源不理解他的问题。

“屡遭挫折，没有他本人的缘故？”马贯又问。

“他本人的缘故？本道是指富平之役，抑或指郦琼之变？”何源问。

富平之役是北宋末年，宋、金之间的一次战役。张浚经营川、陕，收复西安后，与金军战于富平。战局本来对宋军有利，但因经略使赵哲擅离所部，不但该部溃败，而且导致诸部溃败。

郦琼原是宋将，先后隶于宗泽、刘光世。刘光世免职后，继任者吕祉欲夺郦琼兵权，为郦琼所杀。郦琼降金。张浚开始部署北伐在南宋绍兴五年，郦琼降金在绍兴七年。这件事对张浚的影响，可想而知。

“二事均可称作挫折——”马贯道。他后面还有话，何源没听进去。

“富平兵败，应该不是张浚的责任，”何源说，“一则，宋军败在赵哲身上；二则，张浚闻讯，即斩赵哲；三则，宋军败后，张浚并未惊恐。他率军退保秦州，又退保兴州，金军虽占关陕，大宋却保住四川。”

“仲深先生说的是。”马贯道。

“郦琼降金，亦非张浚处置不当，”何源又说，“追究其变，一则，郦琼其人靠不住，吕祉欲夺其兵权，也是因为他靠不住；二则，吕祉虽则密奏于朝，还是让郦琼得知消息，占得先机。张浚为其变而请辞，而放弃北伐大业，至多是无奈之举。”

“仲深先生说的是。”马贯道。

“既然我说的是，这笔账不应算在张浚头上。”何源说。

“仲深先生说的是。”马贯又说一遍。

“本道却说，此一挫折是张浚本人的缘故！”何源道。

“其一，责任虽然不在张浚，挫折终归是挫折；其二，我想说的是，二事均可称作挫折，但我要说的挫折，却不是此二事。”马贯又学起他的叙述方式。

“本道说的，却是何事？”何源问。

“张浚三次统军，三次败绩，不在赵哲擅离所部，不在郦琼变节降金；而在他量狭于自用，不能听谏，智黯于兵机，不善用材。”马贯说。

“本道这么说，有根据吗？”何源问。

“有，”马贯点点头，反问道，“仲深先生知曲端其人否？”

“他是张浚属下吧？”何源有点儿印象，但没太大把握。

“是，”马贯应道，“宋朝廷设川陕宣抚处置司，他官都统制。”说罢，又问，“仲深先生知王彦其人否？”

“好似也为都统制。”张浚说。

“是川陕宣抚处置司前军都统制。”马贯说。

“本道为何问此二人？”何源问。

“用兵之际，此二人均有谠言，”马贯说，“张浚集熙和六路大军，合计四十万人，七万匹马，与金军决战。曲端劝道：彼将士精锐，又粮于我，我反为客，未可胜也。若按兵据险，扰其耕获，使不得耕。彼必取粮河东，则我为主矣。如此一二年，彼必困敝，乃可图也。王彦亦曰：陕西兵将之情未相通，若不利，则五路俱失，不如且屯利阆、兴洋，以固根本。敌入境，则檄五路之兵来援。万一不捷，未大失也。”

“二人进谏，张浚都不听吗？”何源问。

“进谏者不止此二人，如吴玠、郭浩辈，都曾劝告过他；若听得进一人之言，则不会有富平兵败！”马贯道。

“我知宋时文武皆懦弱，进谏之人不会是怯于战吗？”何源质疑。

“仲深先生知八字军吧？”马贯反问。

“赤心报国，誓杀金贼。”何源随口把八个字说出来。

“八字军是王彦创建的，他不会怯于战吧？”马贯道。

“对，对，”何源连声应道，“创建八字军者，应该不会怯于战！”

“仲深先生怎看张浚？”马贯这是第三次问。

“我对张浚知之不深，对宋金两国交兵，知之不深。原以为张浚算得名臣，听本道一番话，才知他失误极大。至于在用兵上，他是否功不抵过，我仍难下结论，”何源说着，建议，“本道不如把自家的心得，说给大司马、少司马们听听。”

“我要和仲深先生说的，其实不是用兵。”马贯道。

“今日有事，改日吧！”何源说累，不想再说。

马贯走在街上，偶遇兵部右侍郎萧大亨时，想起何源的话。他边站到一旁，把路让开，边招呼道：“夏卿先生！”

“好，好。”萧大亨点点头，从他身边走过。

“夏卿先生！”马贯又招呼一声。

萧大亨停下，转身，上下打量着他。本部的属官，他都熟悉；其他各部的属官，他不见得叫得出名字，但总看着眼熟。而刑部和其他各部一东一西，不在一处，他和刑部的属官见面的机会极少，对马贯毫无印象。

“你是——”萧大亨问。

“下官是刑部署员外马贯。”马贯报上姓名。

“好，好。”萧大亨又点点头，打算转身。显然，他对这个名字也没有任何印象。

“有件事，可否请教夏卿先生？”马贯趁他转身之前说明己意。

萧大亨不转身，站定，准备回答问题。但在马贯发问之前，他有件事要先问，不然，不好交谈。

“马君表字是——”他问。

“本道。”马贯说。

“本道有何事要和我探讨？”萧大亨问。

“下官想知道，夏卿先生怎看张浚？”马贯道。

“是今人，还是古人？”萧大亨也要问个明白。

“古人。”马贯道。

“是近古之人，还是远古之人？”萧大亨多问一句。

远古之人，至少是隋唐以前之人，或秦汉以前之人，或更早之人。所以，马贯说：“近古之人。”

“是宋人？”萧大亨这才猜测。

“是。”马贯应道。

“是从水的张浚，还是从人的张俊？”萧大亨问。

“是从水的张浚。”马贯说。

“我想也是，”萧大亨道。“从水的张浚算个人物，从人的张俊又有什么好问的！”

“从水的张浚，夏卿先生怎看？”马贯问。

“有相、帅之名，有相、帅之业，为奸臣不容，为昏君不容。”萧大亨也先简言之。

“夏卿先生很看重他呀。”马贯道。

“本道不以为然？”萧大亨问。

“不是不以为然，是深不以为然。”马贯道。

“深不以为然？我倒要请教，”萧大亨说着，问道，“此公无相、帅之名吗？”

“以职位而言，确有相、帅之名。”马贯说。

“此公无相、帅之业吗？”萧大亨问。

“或主政于朝，或统兵于外，确有相、帅之业。”马贯说。

“此公未被奸臣排斥吗？”萧大亨问。

“秦桧大奸，张浚确为他排斥。”马贯说。

“此公未被昏君贬黜吗？”萧大亨问。

“高宗非明君，张浚确被他贬黜。”马贯说。

“既如此，本道为何深不以为然？”萧大亨问。

“我先请教夏卿先生，既有相、帅之名，相、帅之业，为何其业不得竟？”马贯问。

“时也，势也。”萧大亨以四字概括。

“就没他本人的缘故？”马贯问。

“运也，命也。”萧大亨又以四字概括。

“下官深不以为然，是以为，其人不得竟其业，时也，势也，此其一也；运也，命也，此其二也；作也，为也，此其三也。”马贯说。

“其一、其二，你我无歧见，说其三吧。”萧大亨道。

“好，”马贯应一声，问道，“夏卿先生可知郦琼其人？”

“可是那个先隶宗泽、后隶刘光世、又先降伪齐、后降于金、最后随金兀术南下的恶棍？”萧大亨道。

伪齐即刘豫所建朝廷。刘豫本宋臣，降金，被册立为帝，国号大齐。

“是他。”马贯应道。

“郦琼乃吕祉逼反，不关张浚事。”萧大亨说。

“说郦琼乃吕祉逼反，诚是；说郦琼反不关张浚事，未免失之武断。”马贯道。

“郦琼既为吕祉逼反，怎又会与张浚相关？”萧大亨质问。

“张浚虽不曾逼反郦琼，却可预防于先。”马贯道。

“怎讲？”萧大亨问。

“绍兴七年后，朝廷委岳飞以北伐大业，又命张浚视师淮西。二人相见，张浚问：王德，淮西军所服，以为都统；复命吕祉以都府参谋领之，如何？岳飞说：王德与郦琼素不相下，一旦压之在上，必起争端；吕尚书不习军旅，不足以服众。试想，张浚若采纳武穆之议，不使王德、郦琼在一军，不使吕祉领之，怎会有后来的郦琼之变！”马贯道。

“张浚完全没采纳武穆之议吗？”萧大亨饶有兴致地问。

“可不是！”马贯道，“张浚排陷岳飞之后，以吕祉为都督，以王德为淮西都统制，以郦琼为淮西副都统制。王、郦二人交讼于朝，吕祉欲庇王而去郦，终于逼得郦琼反叛。”

“张浚不采纳武穆之议，尚在其次，怎还排陷武穆？”萧大亨要马贯讲得再详细一些。

“岳飞提出异议后，张浚又问：张俊、张沂中为将如何？岳飞曰：张宣抚，我之旧帅也，我本不该说他的坏话；然其人暴而寡谋，不宜为主将；沂中治军，与王德辈等。张浚不悦，道：某固知军中之事，非太尉不可！夏卿先生想，张浚是钦差大臣，对武穆有如此偏见，武穆还能留在军中吗？可武穆上章，请终母丧服，且步归庐山。张浚又奏岳飞积虑，在于并兵，奏牍求去，意在要君。秦桧后来杀武穆，张浚为其帮凶，此时已见端倪。”马贯说。

“以并兵、要君为言，果然恶毒。”萧大亨不无感慨地说。

“夏卿先生怎看张浚？”马贯也是第三次问他。

“应该不是端人，”萧大亨道，又说，“我以为本道要和我议前朝战事，原来不是，本道是要议前朝人物。品藻人物，本道应该找礼卿，不应该找我呀。”

“我要和夏卿先生说的，其实不是品藻。”马贯道。

“天冷得很，本道要说别事，换个地方吧。”萧大亨说着，转身而去。

马贯自己也知道，他一直在琢磨的事，和礼部的关系最大。但他和礼部的堂官们都不熟悉，而且，老天爷不给机会，让他在某时某地出其不意地遇到大宗伯或少宗伯，这事耽搁下来。直到有一天，礼部左侍郎于慎行主动找到他。

“本道怎看张浚？”于慎行问。

马贯先是一愣，随即暗自苦想。来见于慎行时，他一路上都在琢磨，是仍然开门见山地问他怎看张浚，还是换个问法；不料，他的主意没拿定，却被于慎行率先问到这句话。

不过，由于慎行向马贯提出这个问题，比由马贯向于慎行提出这个问题，要少费很多口舌。因为不用再问是今人还是古人，不用问是近世的古人还是远古的古人，也不用问是从水、从人、说不定还有从别的什么偏旁的字。

“下官以为，是误国之臣。”马贯道。

“不是忠臣？”于慎行问。

“和岳飞等比起来，他算不得忠臣。”马贯说。

“不是奸臣？”于慎行问。

“和秦桧等比起来，他算不得奸臣。”马贯说。

“算不得忠臣，算不得奸臣，而是误国之臣，本道的这个评语可谓不同凡响。”于慎行笑道。

“实不相瞒，为误国之臣这四个字，下官思之良久。”马贯说。

“是吗？可否说与我听听？”于慎行问。

“无垢先生愿听，求之不得，”马贯道，“下官以为，张浚误国有三。”

“其一？”于慎行问。

“临战之际，不能采纳谠言，以致兵败。”马贯说。

“本道说的是富平之战吧？”于慎行问。

“是。”马贯应道。

“本道已对仲深先生阐述过，阐述得很好，”于慎行说着，问道，“其二呢？”

“临战之际，不能安抚部属，以致兵变。”马贯说。

“本道说的是郦琼之变吧？”于慎行问。

“是。”马贯应道。

“本道已对夏卿先生阐述过，阐述得很好，”于慎行说着，问道，“其三呢？”

“临战之际，杀戮忠良，以致国事大坏。”马贯说。

“本道说的是岳武穆之死吗？”于慎行问。

“武穆之死，张浚虽有份，但这笔账，应算在秦桧头上。”马贯说。

“不指武穆，却指谁人？”于慎行问。

“曲端。”马贯道。

“本道说的，可是征西夏有功、初知延安府、复经略泾原路的曲正甫？”于慎行问。

“是。”马贯应道。

“本道对仲深先生说富平之役，提到此人吧？”于慎行问。

“是顺便提到。”马贯道。

“今日是专门给我说此人？”于慎行问。

“是。”马贯应道。

“好，我洗耳恭听。”于慎行道。

“富平兵败后，张浚愧对曲正甫，远谪之。同时，又因曲正甫有声望，乃假张其旗号，以惑金兵。孰料事泄，反致兵溃。不得已，他欲起用曲正甫，却又以谗言将曲正甫下狱。曲正甫之死，极为惨烈。张浚命将他关于铁笼，四周以火烤炙，曲正甫一时九窍流血而死。”马贯讲述道。

“本道，我插句话，”于慎行道，“曲正甫死于张浚之手，我是知道的；但史册亦载，曲正甫性情刚愎，处处树敌，难以节制，本道难道不知？据此，他未必没有该杀之处；要杀他的，也不止张浚一人。”

“怎叫未必没有该杀之处？”马贯问，“譬如，性情刚愎，他是对大宋皇帝刚愎吗？”

“不是。”于慎行道。

“他是树岳武穆等抗金大将为敌吗？”马贯问。

“不是。”于慎行道。

“他是不受大宋朝廷节制吗？”马贯问。

“不是。”于慎行道。

“不对大宋皇帝刚愎，仅对张浚其人刚愎；不树抗金将领为敌，仅与张浚为敌，或反之，是张浚与他为敌；受大宋皇帝制约，仅不受张浚节制，或仅存异议。我以为，此人没有该杀之处。”马贯说。

“本道说的是，”于慎行承认自己语误，“未必没有该杀之处，我说得过于草率。”

“再者，要杀曲正甫的，或有他人；但能杀曲正甫的，只有张浚。故而，这笔账只能算在张浚头上。”马贯又说。

“这笔账要算在张浚头上，我也赞成。不过，”于慎行语气一转，说道，“这至多是心地狭隘，不该妄杀；说到误国，似为牵强。”

“牵强吗？”马贯当然不会同意，他问，“大宋国都南迁之后，若有心兴兵北伐，谁可为主帅？”

“非岳武穆莫属。”于慎行说。

“谁可为副帅？”马贯又问，

“这不好说，”于慎行道。见马贯不急于接过话去，他反问，“莫非本道以为，曲正甫可为副帅？”

“下官是这么看的，”马贯点头道，“以治军而言，以韬略而言，以坚韧而言，曲正甫仅亚于岳武穆。无垢先生不妨想一想，偏安朝廷若以岳武穆为正帅，以曲正甫为副帅，将会出现怎样的局面！可惜呀，二人却一为张浚排陷，一为张浚杀害；换言之，秦桧杀岳武穆，张浚杀曲正甫，一样误国，何异之有！”

“本道把张浚归为误国之臣，我未深究其事，不知该赞成，还是该反对。不过，我想问一句，本道以误国而论张浚，用意何在？”于慎行问。

“既为误国之臣，尚可陪祀于帝王庙乎！”马贯道。

帝王庙原建于南京。嘉靖九年，世宗皇帝命照南京帝王庙规制，建于京师。庙分五室，分置历代开国君主位。两庑四坛，分置历代名臣：东一坛九臣，从风后到傅说；东二坛十臣，从周公到周勃；西一坛八臣，从邓禹到郭子仪；西二坛五臣，从曹彬到张浚，共计三十二人。

“本道是想从帝王庙撤下张浚的牌位？”于慎行边问边说，“本道若有此意，不该对我说。”

“不是我要对无垢先生说的，是无垢先生把我找来说的。”马贯道。

“对，对，是我把本道找来说的，”于慎行承认，同时又说，“我以为本道只是随便品藻历史名臣，故把本道请来切磋。早知本道意在撤下帝王庙陪祀名臣，我会给本道指另一条路。”

“无垢先生的意思，我该去找大宗伯？”马贯问。

“此事找大宗伯不过多一道手续而已，大宗伯也不会轻置可否的；本道不如径上疏朝廷，以待廷议。”于慎行说。

于慎行不提醒，马贯最终也会奏议此事；而于慎行的提醒，促使他尽快上疏朝廷。他没想到的是，或许于慎行也没想到的是，他的奏疏呈进后，皇帝不仅不批复，也不下礼部议之。

第一百八十一章

御史马象乾和吏科给事中李沂，既非同乡，又非同年，就是合得来，坐在一起，无话不谈，无话不敢谈。

“景鲁兄，敢不敢说句狠话？”马象乾问。尽管年长十几岁，他仍和李沂称兄道弟。

“狠话敢说，却不知说谁，”李沂说着，问道，“体良兄是不是找准目标，打算说几句狠话？”

马象乾字体良，江西泰和人，万历五年进士。李沂字景鲁，湖广嘉鱼人，万历十四年进士。

“让你猜着。”马象乾道。

“体良兄要对谁个说几句狠话？”李沂问。

“姓张的。”马象乾道。

“姓张的事，礼部没当一回事，体良兄管他作甚！”李沂很不以为然。

马象乾听得牛头不对马嘴，问道：“景鲁兄说的是哪个姓张的？”

“不是张浚吗？”李沂仍不以为然。“本道先生上的那道奏本，洋洋洒洒，能说的都说到；但我看，是非难有定论，体良兄何必再插一嘴！”

“我不说宋朝姓张的，我说本朝姓张的。”马象乾道。

“体良兄说的本朝，是大明朝，还是万历朝？”李沂问。

“既是大明朝，又是万历朝。”马象乾道。

“那是今人。”李沂推测。

“是今人。”马象乾应道。

“今人姓张的，在内阁，则有江陵、有蒲州，在六部，则有仁和，有肥乡，体良兄选中哪一个？”李沂问。

“都没选中。”马象乾道。

“都没选中？”李沂没办法猜下去。万历以来姓张的大臣，除前后首辅张居正、张四维，吏部尚书张瀚，兵部尚书张学颜，还能有谁呢？

“景鲁兄所提及此数人，即便有在世的，也不在朝中；我不把他等当作今人。”马象乾说。

“可今日在朝中的，还有哪个姓张的，值得体良兄关注？”李沂问。

“怎的没有！”李沂道，“景鲁兄两眼只盯住外廷大臣，当然找不出来；往内朝看一看，就不难找出来。”

“体良兄说的是厂臣？”李沂果然一下就找出来。

厂臣即提督东厂太监，有人也会客气地称作厂公。马象乾点点头，理直气壮地问：“景鲁兄难道以为，此人不值得关注？”

“我不是此意，”李沂道，“内臣衙门，除司礼掌印，最值得关注的就是厂臣。我的意思是，数日之间，六科十三道已经有七八人上疏，纠劾厂臣。”

“七八人上疏，景鲁兄说得出几人？”马象乾问。

“和体良兄同道的何御史率先上疏纠劾，不知我记错没有。”李沂道。何御史名出光。

“记得不错，他是始发难者。”马象乾说。

“然后，各科有陈给谏、吴给谏、杨给谏、张给谏；各道有方御史、崔御史等。”李沂又数出几名科道官。陈给谏名尚象，吴给谏名文梓，杨给谏名文焕，张给谏名应登，方御史名万策，崔御史名景荣，都是敢于陈言的科、道官。

“甚好。”马象乾称赞一句。李沂以为他还有话说，却没听到下文。

“体良兄怎不说？”李沂问。

“不该我说。”马象乾道。

“不该体良兄说？”李沂没听懂。

“是啊，”马象乾道，“景鲁兄说六科十三道已经有七八人上疏，我问景鲁兄说得出几人，景鲁兄全部说出来，我除赞声‘很好’，还有可说的吗？”

“不错，是该我说，”李沂笑道，“我的意思是，已经有七八人上疏，体良兄有无必要再插上一嘴？”

“先别说我，景鲁兄也有意插上一嘴吧？”马象乾道。

“体良兄怎知我有意？”李沂问。

“七人上疏，景鲁兄说得出七人，能说不关注此事！七人上疏，而没结果，景鲁兄能无动于衷！”马象乾道。

“我没揣摸出体良兄心思，倒被体良兄揣摸出我心思。”李沂说。

“我的心思不好揣摸吗？”马象乾问。

“体良兄欲继言之，这心思不用揣摸也知；体良兄所谓说几句狠话，我再三揣摸，不解其意。”李沂说。

“景鲁兄不懂狠字？”马象乾问。

“狠字谁个不懂！”李沂道。

“景鲁兄不会说狠话？”马象乾问。

“狠话谁个不会说！”李沂道。

“该懂的懂，该会说的会说，还有何不解的？”马象乾问。

“我不解的是，七人上疏，说的不狠吗？譬如，何御史疏劾厂臣及其党羽、鸿胪寺序班邢尚智，其党羽、锦衣卫都督刘守有等，相倚为奸；其中罪当死者有六。体良兄以为，他的话还不够狠？”

“结果呢？”马象乾问。

“邢尚智、刘守有削职。”李沂道。

“厂臣呢？”马象乾问。

“皇上命其策励供事。”李沂道。

“这样的结果，景鲁兄满意吗？”马象乾问。

“翦其枝叶，而不动其根本，当然不能令人满意。不过，”李沂语气一转，说道，“何御史所言，不可谓不狠；其他科、道官所言，不可谓不狠。然厂臣岿然不动，你我再说几句狠话，又有何用！”

“狠话只用在厂臣身上，或许没用。”马象乾说。

“不用在厂臣身上，却用在谁人身上？”李沂听出他话里有话。

“譬如，用在阁老身上。”马象乾说。

“体良兄是要纠劾厂臣不法，却把狠话用在阁老身上，岂不是风马牛不相及！”李沂道。

“本是一回事，景鲁兄怎会以为风马牛不相及！”马象乾反驳。

“是一回事？怎是一回事？”李沂问。

“景鲁兄先说，阁老以何事为职责？”马象乾道。

“辅弼也，教导也。”李沂说。

“皇上身边有奸佞之徒，阁老是不是该言之？”马象乾问。

“是该言之。”李沂道。

“皇上任用奸佞之徒，阁老是不是该言之？”马象乾问。

“更该言之。”李沂道。

“厂臣奸佞，皇上任用之，阁老可曾进言？”马象乾问。

“不曾进言。”李沂道。

"我要针对阁老说几句狠话，此其一也。"马象乾说。

"其二呢？"李沂问。

"景鲁兄说，削尚智、守有职的圣旨，是谁个拟的？"马象乾问。

"听说是内阁拟的。"李沂道。

"内阁数臣，又是谁个拟的？"马象乾问。

"应该是首辅拟的。"李沂道。

"首辅拟旨，为何只处分邢尚智、刘守有；对厂臣，不仅不处分，反而策励之？"马象乾问。

"或是皇上宣谕内阁。"李沂道。

"景鲁兄确定是皇上宣谕？"马象乾问。

"推测而已，我无法确定。"李沂道。

"景鲁兄可以推测首辅是据圣谕拟的旨，我也可以确定首辅不是据圣谕拟的旨。"马象乾说。

"不是据圣谕拟的旨，首辅为何不处置厂臣？"李沂质疑。

"庇护，"马象乾道，"科、道纠劾厂臣，皇上命内阁拟旨，首辅存心庇护。故其拟处分，及于党羽，而不及于元凶。"说罢，问道，"我作此推测，景鲁兄以为牵强否？"

"牵强。"李沂老实回答。

"但景鲁兄能否确定，首辅拟旨，非因庇护厂臣？"马象乾问。

"我也不能确定，"李沂承认是承认，但并不赞同马象乾的提法。他说，"我还是以为，与其推测首辅非因圣谕拟的旨，不如推测首辅是因圣谕拟的旨。"

"我难道不知，推测首辅因圣谕拟的旨，比推测首辅非因圣谕拟的旨，其疏要好写得多！但要想说几句更狠的话，却须得推测首辅非因圣谕拟的旨。"马象乾说出他的理由。

"推测首辅因圣谕拟的旨，未必不能说更狠的话。"李沂却说。

"那该怎说？"马象乾问。

"譬如，指出厂臣行贿。"李沂举例。

"指出厂臣行贿首辅及司礼掌印吗？太平淡。"马象乾道。

"若不是厂臣行贿首辅及司礼掌印呢？"李沂问。

"不是厂臣行贿首辅及司礼掌印？还能说得出比行贿首辅及司礼掌印更狠的话？"马象乾问。

"怎说不出！"李沂道，"行贿皇上，难道不比行贿首辅及司礼掌印，更为严重？"

“景鲁兄是说，厂臣行贿皇上？”马象乾几乎要失声而笑。臣下行贿皇帝，真是从古到今没有的提法。

“是啊。”李沂坦然应道。

“厂臣行贿皇上，此疏不知该怎写。”马象乾说。

“那我就写给体良兄看看！”李沂道。

二人按照自己的思路，各上一疏。

张诚、张鲸同时宣至，皇帝指点着张鲸说：“老张可知朕被你牵累？”

“奴才该死。”张鲸叩道。

“你可不是一般的该死，你是万死难赎，”皇帝说着，命张诚，“张大伴，让那厮听听，科、道是怎论劾他的！”

“是，”张诚应一声，朗读李沂奏疏的题目，“恶党就擒，元凶未殄，乞赐重处，以绝祸本，以快公论事。”

“老张听清没有，人家说你是元凶呢，说你是祸本呢！”皇帝道。

“奴才有罪，乞爷饶恕。”张鲸道。

“该疏把老张比作英庙时的王振、武庙时的刘瑾，有点儿远；你从它把老张比作冯大伴等读起吧。”皇帝命张诚。

“是，”张诚应一声，读道，“往年冯保招权纳贿，宋坤挟诈骗财，皇上即出去之矣。张鲸之恶，百倍冯保，万倍宋坤。擢鲸之发，不足数其罪；食鲸之肉，不足振其冤。故京师为之语曰：宁逢虎狼，莫逢张鲸。言虎狼有时而不噬，张鲸无人而不害也。”

“老张，朕看你头发并不稀疏，难道真不足以数你罪？”皇帝谑道。

“奴才愿与科、道对质，他等历数奴才罪恶，奴才认可一条，拔下一根头发，看看究竟是奴才发多，还是罪多。”张鲸以谑还谑。从皇帝的戏谑之言，他感觉得到，皇帝并不真的要治自己罪。

“若是如此对质，你一根头发也拔不下来的，”皇帝这一点是看得准的，他命张诚，“该疏如何论其罪，大伴读给他听！”

“皇上英明，同符太祖，不难去冯保，不难去宋坤，何独难去一张鲸耶！受贿卖法，孰过于鲸！邢尚智、李登云等，冒领钞锭，供称张鲸主令是实。鲸侍奉多年，其弄权坏法，亦多年矣；皇上常深恨之，何复念其勤劳也！况在宫闱左右，安知不包藏祸心乎！”张诚读道。

“老张，他说的几件事，你服不服？”皇帝问。

"奴才不服。"张鲸说。

"为何不服，说给朕听听。"皇帝命道。

"这几件事，爷已有明旨处分，难道他比爷还高明！"张鲸道。

"张大伴，你说呢？"皇帝又问张诚。

"奴才听说，此辈或与张居正、冯保有私怨，每欲报复。"张诚说。他出自冯保门下，过去这么多年，李沂奏疏仍拿冯保说事，他很是不平。

"不遂其私，则捏污于朕。"皇帝补充一句。

"爷说的是。"张诚附和道。

"这厮怎牵累朕的，大伴再读给他听！"皇帝命道。

"前数日，京中流传：鲸广进金宝，多方请乞；皇上犹豫，不忍决断。中外传言，臣本不闻不信。切谓皇上富有四海，岂少金宝；明显日月，岂坠奸诈；威如雷霆，岂徇请乞！及见明旨，令鲸策励供事，外议纷纷，遂以此事为真，谓鲸之奸谋既遂，而国家之祸自此始矣。"张诚读道。

"老张听清没有？他以为朕不处分你，是因你广进金宝！"皇帝道。

"奴才听清，他是说爷受奴才贿赂，故不加奴才罪；却不知爷看重的，是奴才对爷的忠心。"张鲸说。

"张大伴，你说呢？"皇帝又问张诚。

"遵祖制，科、道可风闻奏事，却也不能臆断到圣上。该疏在前称，张鲸侍奉多年，爷常深恨之；在此又称皇上犹豫，不忍决断。奴才常听爷宣旨，尚且不知爷之深恨，爷之犹豫，他又如何得知！"张诚道。

"这话说得深刻，"皇帝称赞一句，命道，"就依大伴和老张话里的意思拟旨吧。"

"是否仍由内阁拟旨？"张诚请示。

"这回由你拟旨，不麻烦申先生等，"皇帝说着，转向张鲸，"老张，这多人论劾你，朕对你不加处分，合适吗？"

"不合适，"张鲸忙说，"奴才有过错，听凭爷处分。"

"你且在家思过吧。"皇帝道。

张诚拟旨，李沂下镇抚司狱。在此之前，马象乾已下镇抚司狱。

张鲸则归私宅闲住。

第一百八十二章

万历十七年的上元节一过，礼部衙门就忙乱起来。今年是会试之年，肯定有许多事情要未雨绸缪。比较起来，主客司与会试的关系最小，因此，高桂似乎也应该最清闲。但实际上，高桂不但把自己搞得很紧张，还把上司也搞得很紧张。

他拦住于慎行，问道："能否和无垢先生说两句话？"

"两句？"于慎行反问。他的意思好像是，如果两句，还可以听；如果超过两句，就得考虑考虑。

"也许会超过两句。"高桂实话实说。

"事若不急，等几天吧。汝芳也知道，今次春闱的许多事情，要在这一两天里定下来。"于慎行说。

"此事不解决，今次春闱会有大麻烦。"高桂这话很有些威胁的味道。

于慎行心中怦然一跳："何事如此之大，竟能影响春闱？"

"原本没资格与试的举子，忽然有资格与试。无垢先生倒是说说，此事是大，还是不大？"高桂反问。

"春闱的第一件大事，是确定与试的举子都有资格。无资格与试的举子与试，当然是大事。"于慎行说。

"我要与无垢先生说的，正是此事。"高桂道。

"好，好，你我找个安静的地方，汝芳有多少话，我都听你说，"于慎行说着，把高桂领到一间没人的小屋。关上门后，他问，"汝芳方才的话，不会是恐吓我吧？"

"我为何要恐吓无垢先生！"高桂道，并说，"谁人有资格与试，谁人没资格与试，无垢先生心里应该比别个更有数。"

"大家心里都有数，未必我比别个心里更有数，"于慎行说着，掰手指数道，"去岁顺天试中式举子，应天试中式举子，各省乡试中式举子，以及参加以前的会试而未中式的举人，或未参加以前的会试而准备参加今岁会试的举人。总之，各省及北、南二直隶的贡士，才有资格。"

"去岁乡试中式的举子，今春都可以与会试吗？"高桂问。

“按照制度，都可以的。”于慎行说。

“虽中式而其资格被质疑的举子，也可以与试吗？”高桂问。

于慎行心里本来压着一块大石头，不知他会说出什么骇人听闻的大事；听到“质疑”二字，那块大石头一下子被搬开。早知如此，答应听他说话就多余，把他带到没人的房间里来更多余。

“汝芳说的是去秋顺天试、应天试，及各省乡试中的种种怪闻吧？”于慎行问。

“无垢先生仅以为是怪闻？”高桂不满地反问。

“其中，或有怪事。”于慎行说。

“无垢先生说的怪事，是不是怪闻属实？”高桂问。

“应该是吧。”于慎行并不反对。

“那么，无垢先生也以为，即将举行的会试，与试举子中的某人，或某些人，原本是没资格的？”高桂问。

“汝芳的话，得两说着。”于慎行道。

“怎么个两说？”高桂问。

“怪闻中，一则可能有属实之事，一则也可能并无属实之事，”于慎行说罢，问道，“如何？”

“无垢先生这话，也得两说着。”高桂道。

“怎么个两说？”于慎行问。

“一则，在无垢先生，怪闻中可能有属实之事，也可能并无属实之事；一则，在下官，怪闻中定有属实之事，”高桂说着，学着他的口气问道，“如何？”

于慎行点点头，好像要问哪些怪闻是属实的；但他并没问，而是说：“汝芳的话，还得两说着。”

“又是怎么个两说？”高桂问。

“一则，春闱与秋闱仅隔数月，秋闱中有毛病，或会连及春闱；一则，哪科秋闱中没怪闻，哪科秋闱中的怪闻不是或有属实之事，哪次第二年的春闱不是照样举行？”于慎行说着，问道，“如何？”

“无垢先生这话，也还得两说着。”高桂道。

“又是怎么个两说？”于慎行问。

“一则，哪科秋闱有怪闻，哪科秋闱的怪闻中有属实之事，第二年的春闱都会如期举行；一则，哪科秋闱的怪闻都不如今科多，哪科秋闱怪闻的属实之事都不如今科多，”高桂说着，问道，“如何？”

于慎行摇摇头，好像不赞成这个说法，打算再用一个“两说”来批驳；但他没再说，而是问："汝芳确知去岁乡试的怪闻多过往科？"

"是，"高桂应道，"去岁顺天试的怪闻尤其多过往科。"

"汝芳确知去岁乡试怪闻中的属实之事多过往科？"于慎行又问。

"是，"高桂应道，"去岁顺天试怪闻中的属实之事尤其多过往科。"

"第一件怪闻，第一件怪闻中的属实之事，是关乎举首的吧？"于慎行问罢，哂笑着说，"若是此事，汝芳不必开口。"

"下官要说的，恰好不是此事。"高桂道。

"不是此事？"于慎行有点儿觉得奇怪，也有点儿感到兴趣。

"去岁顺天试后，最多的怪闻的确出在举首身上；但下官和无垢先生一样，以为那仅是怪闻而已。举首的试卷我仔细阅过，可以说是当之无愧。"高桂说。

"属实之事，不应在举首身上，却应在哪个人身上？"于慎行问。

"不是应在哪个人身上，是应在哪些人身上。"高桂道。

"好，"于慎行应一声，重问，"属实之事，不应在举首身上，却应在哪些人身上？"

"去岁顺天试第四名、第十一名、二十一名、二十二名、二十三名、二十八名、三十二名、七十名。"高桂一口气举出八名中式的举子。

"有这多？"于慎行感到事情的严重，"该等八名举子的试卷，汝芳都查对过？"

"是，下官都查对过。"高桂道。

"关乎他等的怪闻皆属实？"于慎行问。

"是，皆属实。"高桂道。

"汝芳为我试举一二人，一二事。"于慎行命道。

"是，"高桂应一声，说，"第四名，郑国望。"

"他的策、论有何不妥？"于慎行问。

"过短。"高桂说。

"短若能精，岂不是好文章！"于慎行道。

"下官说的是过短。"高桂分辩。

"怎样个过短？"于慎行问。

"仅五页。"高桂说。

"策题写五页，抑或论题写五页？"于慎行说。

"是总共五页，"高桂说着，问道，"以古人而言，纵有董仲舒、贾谊之才，可能在不足五页之内，阐明今次的策、论？"

"难。"于慎行点头道。

"以今人而言，首辅出身状元，次辅出身应天试举首，及进士、庶吉士，三辅出身榜眼，无垢先生出身进士、庶吉士，谁个能在不足五页之内，阐明今次的策、论？”高桂又问。

“难，”于慎行道，又说，“汝芳只问他三位已够，不必捎带我。”

“若是在三五十名之后，甚或在二十名之后，策、论仅五页，未必会有几多怪闻；但他却高中第四，不能不令人生疑。”高桂说。

“疑在何事？”于慎行问。

“据下官所知，郑国望乃富商之孙，正所谓，利厚者，非子则及其孙。”高桂道。

于慎行原来考虑，郑国望若是和郑贵妃家有关系，还要问得再仔细些；听说只不过是富商之孙，觉得用不着多问。

“第十一名是谁？”他问。

“李鸿，”高桂说。见于慎行皱眉，他问，“此人姓名不陌生吧？”

“是，”于慎行应道，“我知一李鸿，却不知是否此李鸿。”

“断然是同一人。”高桂道。

“汝芳是说，第十一名李鸿，是首辅之婿？”于慎行问。

“是，”高桂应道，并说，“势高者，无子则录其婿。”

“三辅之子为举首，汝芳不打算说；首辅之婿为第十一名，汝芳倒要说说？”于慎行问。

“说与不说，不在首辅之婿、三辅之子，也不在第一名、第十一名，而在文章作得如何。”高桂道。

“汝芳的意思，李鸿文章，不如王衡文章？”于慎行问。

“岂止不如！”高桂道，“下官后面还举出第二十一名、第二十二名、第二十三名、第二十八名、第三十二名、第七十名，无论把他置于哪一名之前，该名举子，都不会甘心。”

“事关辅臣，这话不好随便说。”于慎行警告他。

“无垢先生以为我是随便说的？好，我为无垢先生多说几事，”高桂说着，在空中比画出一个字，并问，“无垢先生识得此字吧？”

“没看清，汝芳再写一遍。”于慎行说。

“大口之中一女字。”高桂不写，而改为说。

“这不是囡字吗？”于慎行道。

“无垢先生与乡、会二试，会用此字否？广而言之，今日上疏，无垢先生会用此字否？再广而言之，今日作文章，无垢先生会用此字否？”高桂一连三问。

“此字江南人才会用，我却是北人。”于慎行道。

“那么，无垢先生做过考官，可曾见来自江南的举子用过此字？广而言之，无垢先生友人甚多，可曾有来自江南的友人在书函中用过此字？再广而言之，无垢先生博览群书，可曾见今、古之人在正经的文章中用过此字？”高桂又是一连三问。

“皆不曾见。”于慎行道。

“若见文中有此字，无垢先生作何想？”高桂问。

“要看他用得恰当不恰当。”于慎行道。

“若见试卷中有此字，无垢先生作何想？”高桂又问。

“也要看他用得恰当不恰当。”于慎行道。

“无垢先生听，此一句中，这个字用得恰当不恰当，”高桂说着，引用一句肯定是文章中的话，“呼伪而可以为囸，吾未知新莽之果不可为周公也。”

“此句饶舌，请汝芳再述一遍。”于慎行道。他要再听一遍，不仅为把每个字都听得更清楚，而且也想推测出这句话应该出在哪个题目里。

“呼伪而可以为囸，吾未知新莽之果不可为周公也。”高桂又述一遍。

“此句出自策、论？”于慎行问。

“是。”高桂应道。

“此句出自今次策、论？”于慎行问。

“是。”高桂应道。

“此句出自李鸿策、论？”于慎行问。

“是。”高桂应道。

“伪不同于囸，正如王莽不同于周公，是此意吧？”于慎行问。

“无垢先生以为是此意，多半是此意。”高桂说。

“此句出自李鸿哪一篇策、论？”于慎行又问。

“《孟子义大》。”高桂说。

“孟子论过伪字，以新莽为伪周公，或可取。”于慎行似有辩护之意。

“以囸对伪呢？”高桂问。

“是否可取，须问来自江南的考官，”于慎行说着，出个题目，“汝芳，你也出自齐鲁，若是让你写这句话，你会用哪个字？”

“正。”高桂道。

“呼伪而可以为正，吾未知新莽之果不可为周公也，”于慎行改过这句话后，说道，“这样读起来顺畅得多；但无庸讳言，也普通得多，十有八九的举子大概都会用这个‘正’字。江南人每自诩才子，李鸿偏用‘囸’字，或是为炫耀其才吧。”

“无垢先生以为李鸿用‘囸’字，为的是炫耀其才，下官不敢苟同。”高桂道。

"汝芳之意呢？"于慎行问。

"无垢先生不是说，须问来自江南的考官吗？"高桂道。

"汝芳是说，无论该篇策、论落在哪位考官手里，都不得不请出来自江南的考官评之？"于慎行问。

"这是第一层用意。"高桂道。

"第二层用意呢？"于慎行问。

"无论该篇策、论落在哪位考官手里，立刻就知，此篇策、论出自李鸿之手。"高桂道。

"汝芳是说，这个'囡'字，乃是关节！"于慎行惊道。

"除此之外，难得其解！"高桂道。

"这是汝芳的推断，不能作定论，"于慎行虽然摇着头说，但看得出来，他心里也在嘀咕：此字是否果为关节？为掩饰内心的想法，他说，"此一句除囡字外，似无别病，李鸿策、论中，还有其他词、义不当的吗？"

"无垢先生请听这一句，"高桂说者，又引述李鸿文中一句话，"傅岩之遇，方自以为不世之遭，即有贤者，岂能尽出其右？而曰吾姑待之，岂理也哉！"

句子中的语病，一遍就可听出。于慎行说："某某之遇，以为某某之遭，完全不会写文章的人，才造得出这样的句子。"

"无垢先生说的是。"高桂附和道。

"岂理也哉，也不合乎文法。"于慎行又说。

"一句话，两处不合文法，文义再高，也不能算佳作吧？"高桂道。

"不错，"于慎行应道，又问，"此句出自哪篇试卷？"

"是经书二篇的结束之句。"高桂说。

"经书的结束之语，用的是傅说之典，文义也不能算高。"于慎行说。

傅说，是上古名臣；傅岩，是地名。传说傅说在傅岩为奴，傅岩之遇，即傅说在傅岩的际遇。作经书的文章，和傅说的际遇，应该说，是很难扯上什么关系的。

"李鸿的试卷，无垢先生还要我再举几例吗？"高桂问。

"不用，"于慎行道。他发觉，听高桂转述李鸿的策、论，难免不和他产生共鸣，还是就此打住为好。他问，"汝芳还打算说说谁个的文章？"

"第二十三名，屠大壮。"高桂说。

"不是还有二十一名、二十二名吗，汝芳为何不说？"于慎行问。

"第二十一名，茅一桂，第二十二名，潘之惺，以及第二十八名，任家相，第三十二名李鼎，第七十名张毓塘，多是文字上的毛病，而屠大壮的文章，文义不通者甚多，故下官想说说他。”高桂道。

“好，你说。”于慎行点点头，表示愿意听。

“其首篇策、论有句曰：以后来之识见，合诸前此之图谋；以新生之意见，合诸初时之谋议。有以一夫奏言彻行者，”高桂述罢，问道，“无垢先生看，此句如何？”

“确是不通。”于慎行道。

“其中篇有句曰：道之端，由此造，其知乎；道之端，由此造，其能否？”高桂述罢，问道，“无垢先生看，此句如何？”

“端者，是始端，是终端，是争端？”于慎行问。

“不知。”高桂道。

“汝芳读过全文，怎会不知？”于慎行好不奇怪。

“我虽读全文，亦是不知；不然，我会引述前后的文句。”高桂说。

于慎行想想，确是此理。他问：“末篇也有不通之处吗？”

“之哙者流，与唐虞争烈，”高桂引述一句，问道，“无垢先生看，此句如何？”

“之哙是指樊哙吧？”于慎行反问。

“应该是吧。”高桂道。

“此即引典之误，”于慎行说，“韩信去看樊哙，樊哙知道他从心眼里看不起自己，送他出门时，笑道：生乃与哙等为伍。后即以哙伍为平庸之辈。一则，樊哙其实并非平庸之辈；二则，樊哙本人从来也没想过与唐尧、虞舜争烈；三则，讥平庸之辈不自量力，欲与唐尧、虞舜争辉，用哙伍为例，是不恰当的。总之，此句用典不当。”

“另外几人文词不当，要不要下官也举几个例子？”高桂问。

“不用，”于慎行道，“我倒是想问问，汝芳提及的几名中式举子，宜如何处置？”

“一急一缓。”高桂道。

“何谓急？”于慎行问。

“革其功名。”高桂道。

“汝芳的意思，是革郑国望等八人的功名？”于慎行问。

“是。”高桂应道。

“何谓缓？”于慎行又问。

“出题复试。”高桂道。

“汝芳的意思，是让郑国望等八人复试？”于慎行问。

“不，”高桂摇摇头，“下官的意思，复试者不是八人，是九人。”

“怎是九人？”于慎行问。

“举首怪闻既多，下官的意思，不如命王衡亦复试之。”高桂说。

“我问你是否让八人复试，是想问你，能不能不是八人复试，而是七人复试；孰料你不但不减一人，反而又加一人，”于慎行苦笑着说，并断言，“减一人，或有望；加一人，事难成。”

高桂知道减少的一人指的是谁，知道为什么减一人有望，加一人难成。但他不能接受这个暗示。

“不加一人，本科顺天试的举子，无论中试与否，十有四五怨谤；减一人，则本科顺天试举子，无论中试与否，十有八九怨谤。减一人而议其事，不如不议，还望无垢先生谅之。”他说。

“汝芳随意；我谅与不谅，于事无补。”于慎行道。

第一百八十三章

皇帝在御花园看几个小宦者翻筋斗，练拳脚。见张诚走过来，他命道:“大伴到，你等都停下吧。”等张诚走近，他问，“大伴可是找朕？”

“是。”张诚应道。

“为的何事，大伴找到这里来？”皇帝问。

“爷不是命奴才去内阁拟旨吗？奴才来复命。”张诚说。

“大伴不说，朕几乎忘个干净，”皇帝道，“朕是两个时辰前要你去内阁拟旨的，没多远的路，怎耗费这多工夫？”

“是奴才办事不力。”张诚躬身道。

“朕不是怪你，”皇帝摆摆手，让他不要介意。然后问道，“内阁是怎拟的旨？”

“内阁尚未拟旨。”张诚说。

“尚未拟旨？”皇帝原本只是觉得今日拟旨比往日拟旨慢，听张诚回话，才感到不是拟旨慢那么简单。

“是，尚未拟旨。”张诚重复道。

“莫非申先生等不解朕意？”皇帝问。

“不是。”张诚道。

“可是阁中几位先生对此事有歧见？”皇帝问。

“也不是。”张诚道。

“那为何尚未拟旨？”皇帝问。

“阁中无人。”张诚说。

“阁中无人？”皇帝一个一个地问，“申先生呢？”

“申先生上疏请辞，杜门不出。”张诚说。

“许先生呢？”皇帝问。

“钦命许先生为今科会试主考，他已不在阁中办事。”张诚说。

“王先生呢？”皇帝问。

“王先生亦上疏请辞，杜门不出。”张诚说。

“阁中竟空！”皇帝惊呼，“这等情景，从未有过吧？”

“是。”张诚应道。

“阁中既空，大伴一直等在那里不成？”皇帝问。

“奴才没在阁中等，而是去申先生家。”张诚说。

“你想请申先生在家中拟旨？”皇帝问。

“是，”张诚应道，并说，“此事本该先请旨的；但爷正在午歇，爷交代拟旨时又很急切。故奴才擅作主张，还望爷恕罪。”

“不碍事；但申先生并未拟旨，是不是？”皇帝问。

“是。”张诚应道。

“大伴又去王先生家？”皇帝问。

“奴才未去。”张诚说。

“为何不去？”皇帝问。

“奴才想，申先生将其封还，王先生多半也是将其封还。”张诚说。

“不错，同时请辞，杜门不出，不会一将其封还，一受命拟旨，”皇帝说着，问道，“申、王二先生请辞，还是为去岁顺天试？”

“是。”张诚应道。

“那件事，不是已有旨吗！”皇帝道，并问，“大伴还记得，旨意是怎写的吧？”

“奴才记得，”张诚应罢，看皇帝要听他复述，还是不要听他复述。皇帝的表情是要听他复述，他复述道，“这草稿不完，事在帘外；朱卷混失，事在场后；字句讹疵，或出一时造次。有无弊端，着礼部一并查明来说，不必复试。自后科场只照旧规，严加防范；毋滋纷纷议论，有伤国体。该部知道。”

草稿不完，指的是郑国望策、论过短，高桂以未完草稿议之；朱卷混失，指的是去年顺天试后，试卷有遗失者；字句讹疵，指的是其他中式举子试卷中的毛病。对李鸿的试卷，高桂明确指出，不仅文词不通，而且文义不通。对此，圣旨并未言及。

该部知道，是按照常规，此事要下礼部议复。

“该旨朕是让大伴与申先生、王先生商量着拟的，二位先生不应该不满意呀。”皇帝说。

“是，”张诚应道，“该旨很顾及申先生、王先生颜面，二位先生不应该不满意；奴才想，二位先生请辞，也不是因为该旨。”

“是不是因为高——”皇帝说不出高桂的名字，用眼光向张诚询问。

“高桂。”张诚提醒皇帝。

“是不是因为高桂未受严厉惩处，二位先生心中有怨？”皇帝问。

“也不会，”张诚道，“高桂疏列八人，其中一人是申先生婿，但高疏并未指明；八人之外，王衡是王先生子，高疏只说：今辅臣王锡爵子衡，素号多才，岂不能致身于青云之上？而人之疑信且半也。臣亦乞将榜首王衡与茅一桂等，一同复试，庶大臣之心益明，可以信今而传后矣。总之，奴才看，高疏也很顾及二位先生颜面。”

“那么，是因为朕后来准予复试，二位先生心中有怨气。”皇帝推测。

圣旨是“不必复试”，礼部尚书朱赓、掌院都御史吴时来、礼科都给事中苗朝阳等，也都赞成不必复试。后来举行复试，是因为言者日众，申时行主动奏请复试，皇帝才准允的。

“二位先生都识大体；况且，复试是申先生奏请的，二位先生对此应该心平气和。”张诚说。

“不为该疏，不为该旨，不为复试，却为何事？”皇帝问。

“奴才想，是因为部属复议此事，言辞激烈。”张诚说。

“部属又有疏？朕怎不知！”皇帝道。

“是才呈进的。”张诚说。

“谁人所进？”皇帝问。

“刑部主事饶伸。”张诚道。

“其疏取来否？”皇帝问。

“奴才已取来。”张诚道。

“可是你手里拿的？”皇帝问。

“是。”张诚应道。

“拿给朕阅，”皇帝不等把饶伸的奏疏呈上，又改变主意，“朕不亲阅，还是大伴读给朕听吧。”

“是，”张诚应一声，先读题目，“邪臣朋奸欺君、徇私灭法、恳乞圣断、以培公道、以快人心事。”

“所谓邪臣，是指申先生，抑或指王先生？”皇帝问。

“奴才路上匆匆看一眼，似首指王先生，其次指吴都堂，其次指黄侍读。”张诚说。

“指王先生为邪臣，而放过申先生，大概是因为申先生同意复试，而王先生力攻主张复试的高桂。”皇帝说。

“定是如此。”张诚附和道。

“好，大伴读吧。”皇帝命道。

“臣切唯权柄，皇上之所独驭也；主上，人臣之所共事也；而奸邪，人心之所共恶也。名器不可以假人，况贤科乎！犬马报主，神羊触邪，况臣子乎！今邪臣之所罔上欺君者，莫如科场之弊，臣有慨于中久矣。夫科目者，国家所以鼓舞天下之大权大柄也，君不得以私诸臣，父不得以私诸子，法至公也。故古之奸臣多矣，而鲜有坏此法者，畏人以三尺议其后也。”张诚读道。

“三尺可是指法？”皇帝问。

“是，”张诚先应一声，然后解释，“三尺有二意：一曰法，一曰剑。”

“出自何典？”皇帝问。

“前者出自《史记》，后者出自《汉书》，”张诚道，“《史记·酷吏列传》记述，客有让杜周者曰：君为天子决平，不循三尺法。奴才听法司官说，所以称三尺法，是因为上古之时，律令写在三尺长的竹简上。《汉书·高祖纪》则记述，汉高祖曰：吾以布衣提三尺，取天下。奴才听大司马说，古剑亦三尺长。”

“大伴说，古之奸臣果不敢坏科举否？”皇帝问。

“奴才以为不是，”张诚说，“奸臣果惧法，则不唯不敢坏科举，他法亦不敢坏。实则奸臣必借手中权柄，为已谋利，为子孙谋利，其中包括在科举中谋利。”

“朕看也是，”皇帝频频点头，对他的见解表示欣赏，“不然，读了此疏，人家会以为，所有的坏事，都是本朝才有的。”

“奴才还有一层意思。”张诚说。

“你说！”皇帝命道。

“未必其父握权柄，其子科举中式，定有弊端，定是奸臣。”张诚说。

“言之有理，”皇帝又点头，“若是父握权柄，子不能中式，大臣子弟只好都不读书、不应试。”

张诚见皇帝没什么再要说，往下读道：“唯唐达奚恂中杨国忠二子，宋汤思退中秦桧之子若孙，书之史册，以为丑诋，此亦旷世一见耳，未有人人冒滥如今日之甚者。”

“既名思退，为何不退？”皇帝谑道。

张诚微微一笑，道：“爷责怪的是。”

“达奚恂姓达？”皇帝问。

“是。”张诚应道。

“朕未见过此姓。”皇帝说。

“奴才也未见过。”张诚随声附和。

“唐之杨国忠，宋之秦桧，皆为子孙谋科举，可见，并非古之奸臣鲜有坏此法者；至于冒滥是否以今日为甚，朕亦疑之。”皇帝说。

“爷说的是，”张诚应道。皇帝示意他接着读，他读道，“自舒鳌、何洛文中张居正之子，辅臣乃遂成故事。然未有大通关节、肆无忌惮如黄洪宪之为者，以为一第之不足为重，则居然举首矣。势高者，无子则录其婿；利重者，非子则及其孙矣。”

“势高者，无子则录其婿；利重者，非子则及其孙，朕听这话，怎觉着很耳熟呀？”皇帝问。

“奴才曾对爷说过。”张诚道。

“大伴是听谁人说的？”皇帝问。

“衙门里许多人在说，或是闻于市井，或是闻于士夫，”张诚说着，请旨，“要不要东厂差出番子，探出根源？”

“探它作甚！”皇帝道，“这话事后即被淡忘，没得再去提醒。”

“洪宪之情状，”张诚接着读道，“已见于陛辞一疏。及拆卷对号之日，反复搜寻，尽中所私而后已。幸有礼臣高桂之发其奸也。据所知字眼关节，虽才有可录，犹当亟以徇私弃之；况文理讹谬，章章若是，而犹俱得保全？洪宪腆然在列，臣恐皇上有此等臣子，不复有国法矣。”

“大伴说此疏首指王先生，其次指吴都堂，再其次指黄侍读。朕听其指黄侍读，言辞已极为犀利，似是首指。”皇帝说。

“爷说的是，”张诚应后，解释道，“奴才说首指王先生，其次指吴都堂，再其次指黄侍读，乃就官职而言。若以排列之顺序而言，以文字之多寡而言，的确是首指黄侍读；以言辞之犀利而言，则指斥黄侍读与指斥王先生，不相上下。”

“于吴都堂，他是怎指斥的？”皇帝问。

“左都御史吴时来，不分可否，辄曰‘通得’。高桂面斥之，而时来忍耻力持，竟尔朦胧拟请。夫始犹掩耳盗铃，今则入市攫金；始犹一人为欺，今则朋党而欺矣。此何可令后世见也！”张诚读道。

“该疏对吴都堂的指斥，果然简单，”皇帝评论一句，问道，“指斥王先生与指斥黄侍读，不相上下，于王先生，他又是怎指斥的？”

“臣又见大学士王锡爵之辩疏内举祁奚为言。”张诚才读一句，便被皇帝打断。

“王先生疏里提到的那个‘内举不避亲，外举不避仇’的晋国大夫，是叫祁奚吗？”皇帝问。

“是。”张诚应道。

“好，大伴读下去。”皇帝命道。

“臣又见大学士王锡爵之辩疏内举祁奚为言，”张诚一定要重复这一句，才读得下去，“夫奚之举子，自举也，岂假手于人哉！即此一言，而为私弊亦不能自解矣。

且字字剑戟，而其中有曰‘突出一高桂’，尤非大臣之语。锡爵为相三年矣，不闻与人为善，而闻与人饰非。自锡爵趋邪，而忠臣贤士悉被斥远，佞夫憸人躐跻显要。今又巧护其私，以凌轹正直，欺诳皇上，其势又将为居正之续矣。”

“大伴看，王先生的辩疏是字字剑戟吗？”皇帝问。

“奴才以为不是。”张诚揣摩着皇帝的心思回答。

“朕看也不是，”皇帝道，“王先生不过诉诉委屈，怎就成字字剑戟！这个饶伸说，王先生凌轹正直，朕看，倒是他等小臣，今日敢于凌轹朝廷重臣！”

“诚如圣谕。”张诚应道。

“大伴想，朕若不严惩这个饶伸，申先生、王先生二位是不是不会赴内阁办事？”皇帝又问。

“奴才想，是的。”张诚道。

“为申、王二先生，朕须严惩饶伸，大伴以为如何？”皇帝问。

“爷圣明。”张诚附和道。

饶伸先下诏狱，复被削籍。高桂降三级，贬黜边方。

第一百八十四章

掌院都御史和兵部尚书会商，通常都是安排在朝房，因为两个衙门相距太远，在哪个衙门都不方便。因此，吴时来忽然在兵部衙门出现，让王一鹗感到很意外。

“惟修兄怎来敝衙？”他问。

“广西的事，下都察院议，我想听听子荐兄的见解，当然要登门求教。”吴时来说。

“照这么说，下兵部议的事，我想听听惟修兄的见解，就应该往西城走一遭？”王一鹗笑道。

“会有这等事吗？”吴时来也笑着问。

“有啊，”王一鹗应道，“广西的事，皇上命下都察院议之；云南的事，却是命下兵部议之。”

“早知如此，我应该在衙门里恭候子荐兄大驾。”吴时来说。

“还是惟修兄来这里的好，”王一鹗道，“一来，惟修兄可以顺便去别部，谈别事；二来，离内阁近，难决之事，可以请教阁老们。”

寒暄几句，二人分宾主就座。

“两件事，先谈哪一件？”吴时来问。

“惟修兄远道专来，先谈桂事。”王一鹗说。

“不妥。”吴时来不同意。

“有何不妥？”王一鹗问。

“子荐兄以逸待劳，还是先谈滇事。”吴时来说。

“不妥。”王一鹗也不同意。

“有何不妥？”吴时来问。

“桂事在前，理当先谈桂事。”王一鹗说。

“相互谦让，反倒不好办；要不，你我抓阄？”吴时来出个主意。

“抓阄不如兼顾。”王一鹗说。

“怎样兼顾？”吴时来问。

“先谈桂事，以我为主来谈，岂不既顾及敬客之道，又让我这个以逸待劳者先劳？”王一鹗道。

“就依子荐兄，”吴时来没理由再反对，“先以子荐兄为主，谈桂事；再以我为主，谈滇事。”

“桂事以东兰州土官废长立幼而起，是吧？”王一鹗问。

“是。”吴时来应道。

“东兰州隶于庆远府，是吧？”王一鹗问。

“是。”吴时来应道。

“东兰州以南、同隶庆远府，有南丹、那地二州，是吧？”王一鹗问。

“是。”吴时来应道。

“东兰州土官为韦氏，是吧？”王一鹗又转来问。

“是。”吴时来应道。

“今土官为韦应龙，是吧？”王一鹗问。

“是。”吴时来应道。

“正是这个韦应龙，欲废长立幼，是吧？”王一鹗问。

“是。”吴时来应道。

“韦应龙弟韦应虬遂走借南丹、那地二州兵叛之，是吧？”吴时来问。

“是。”吴时来应道。

“庆远土司陈星欲立韦应龙幼子韦文略，是吧？”王一鹗问。

“是。”吴时来应道。

“陈星起兵缚韦应龙，且盗取东兰土知州印，是吧？”王一鹗问。

“是。”吴时来应道。

“广西总兵官刘继文讯问得实，追回土知州印，而以韦文奎嗣东兰土知州，是吧？”王一鹗问。

“是。”吴时来应道。

“陈星据其寨叛，且以韦应龙妾女、珍宝献于田州土司岑太禄，请田州发兵助之，是吧？”王一鹗问。

“是。”吴时来应道。

“岑太禄发兵，劫东兰州，是吧？”王一鹗问。

“是。”吴时来应道。

“总兵官刘文继以泗城等州兵平之，缚陈星，是吧？”王一鹗问。

“是。”吴时来应道。

“广西巡按御史孙愈贤奏言，陈星等非当真就缚，乃参将熊文济纳其贿赂，留其妇女，槛回会城以邀功，是吧？”王一鹗问。

“是。”吴时来应道。

“好，我已说完。”王一鹗如释重负地说。

“子荐兄已说完？”轮到吴时来问。

“是啊。”王一鹗应道。

“子荐兄一句话也没说，就已说完？”吴时来颇有责问之意。

“我一句接一句地说，怎一句话也没说！”王一鹗道。

“子荐兄是一句接一句地问吧。”吴时来讥道。

“一句接一句地说也罢，一句接一句地问也罢，是不是把桂事交代清楚？”王一鹗问。

“此等之事，不用子荐兄交代，我也清楚。”吴时来说。

“好，我再问不清楚的，”王一鹗说着，问道，“韦应龙欲废长立幼，韦应虬为何走南丹、那地？”

“或是韦应虬不欲韦应龙废长立幼，或是韦应龙疑韦应虬不欲其废长立幼。此事桂抚奏章没交代清楚。”吴时来说。

“韦应龙欲废长立幼，陈星亦欲立幼，陈星为何要绑缚韦应龙？”王一鹗问。

“或陈星欲立之幼者，韦应龙幼子韦文略也；韦应龙欲立幼者，或非韦文略，而是长子以外的别子；或陈星欲借韦氏立嗣一事，谋取东兰州。此事桂抚奏章也没交代清楚。”吴时来说。

“官军两次平息东兰州之乱，其虚实如何？”王一鹗问。

“桂抚及广西总兵官合奏于朝，我以为是实。”吴时来说。

“参将熊文济俘陈星，其虚实如何？”王一鹗问。

“广西巡按御史奏其不实，我亦以为不实。”吴时来说。

“熊文济纳其赂金、槛其妇女以邀功，其虚实如何？”王一鹗问。

“虽巡按奏闻，我以为虚实尚难断定。”吴时来说。

“我又说完。”王一鹗表情再次变得轻松。

“子荐兄怎又说完？”吴时来怪道。

“朝廷下宪臣议者，广西将帅功过也。在刘，两次平息东兰州之乱，功不可没也。奏言缚得陈星，或是为熊文济所欺瞒，或是伙同熊文济欺瞒朝廷。若为熊文济欺瞒，则功大于过；若是伙同熊文济欺瞒朝廷，则过大于功。在熊，既以缚得陈星邀功，则两次平息东兰之乱，运筹在刘，临战在熊。此其功也。以缚得陈星邀功，而实未曾缚得，此其过也。有意欺瞒主将，有意欺瞒朝廷，肯定是过大于功。尚未断定者，唯纳金一事。若纳陈星赂金而纵之为实，则罪又当加一等，”王一鹗说着，问道，“惟修兄，我所言如何？”

“极是清晰。”吴时来赞道。

“然后呢？”王一鹗问。

“然后以我为主，来说滇事，”吴时来说着，朝王一鹗揖了揖，“我来一个东施效颦，子荐兄莫怪。”

王一鹗还以一揖：“惟修兄请便。”

“滇之兵变出在腾、姚，是吧？”吴时来问。

“是。”王一鹗应道。

“腾即腾越州，旧为腾冲府，是吧？”吴时来问。

“是。”王一鹗应道。

“姚即姚安军民府，是吧？”吴时来问。

“是。”王一鹗应道。

“两处旧不设官军，近世则设腾冲、姚安二营，是吧？”吴时来问。

“是。”王一鹗应道。

“腾冲官军以刘綎为将，姚安官军以邓子龙为将，是吧？”吴时来问。

“是。”王一鹗应道。

“二将不和，两支官军亦时起冲突，是吧？”吴时来问。

“是。”王一鹗应道。

“朝廷先夺刘綎俸禄，继则下狱问罪，而命邓子龙以副总兵官兼辖腾冲营，是吧？”吴时来问。

“是。”王一鹗应道。

“二营得相安无事，是吧？”吴时来问。

“是。”王一鹗应道。

“及半年之后，出师陇川，二营又生嫌隙，是吧？”吴时来问。

“是。”王一鹗应道。

“以椎牛享士，姚安营倍于腾冲营；又以姚安卒每凌辱腾冲卒；又以丰年本当给银，却仍给米，腾冲营先哗，是吧？”吴时来问。

“是。”王一鹗应道。

“以腾冲营哗，邓一龙不再兼领，是吧？”吴时来问。

“是。”王一鹗应道。

“邓一龙还姚安，姚安卒索饷不得，亦哗，是吧？”吴时来问。

“是。”王一鹗应道。

“腾冲营欲散，而为兵备副使姜忻抚定。邓一龙欲待腾冲营散后，再散姚安营，是吧？”吴时来问。

“是。”王一鹗应道。

“两营遂大哗，杀掠至永昌，是吧？”吴时来问。

“是。”王一鹗应道。

“好，我已说完。”吴时来如释重负地说。

“惟修兄，我也得告诉你，你所言，我亦知之。”王一鹗说。

“我一句接一句地说这么多，子荐兄皆知？”吴时来问。

“惟修兄是一句接一句地问这么多。”王一鹗说。

“一句接一句地说这么多也罢，一句接一句地问这么多也罢，滇事总算交代清楚吧？”吴时来问。

“惟修兄所言，即滇抚所奏，一句不交代，也是清楚的。”王一鹗说。

“好，我再问不清楚的，”吴时来说着，问道，“腾冲安在？”

“在昆明西南，相距约一千五百里。”王一鹗说。

“姚安安在？”吴时来问。

“在昆明西北，相距约七百里。”王一鹗说。

“腾冲、姚安相距几远？”吴时来问。

“约千里。”王一鹗说。

“相距千里，两营官军为何冲突？”吴时来问。

“或是两营官军共同操练时发生冲突，或是两营官军共同出战时发生冲突，滇抚言之不明。”王一鹗说。

“相距千里，以一将兼领，能否兼顾得到？”吴时来问。

“一将兼领，肯定是权宜之计。”王一鹗说。

“刘綎为将若何？”吴时来换个话题问。

“良将也。”王一鹗道。

“怎知是良将？”吴时来问。

“缅甸犯永昌，官军平之，刘綎一军建功最多。”王一鹗说。

“邓一龙为将若何？”吴时来问。

“良将也。”王一鹗道。

“怎知是良将？”吴时来问。

“木邦、陇川等部为缅甸内应，官军平之，邓一龙一军建功最多。”王一鹗说。

“二人都是良将，为何不和？”吴时来问。

“都道文人相轻；惟修兄难道不知，武人也会相轻？都是良将，非相惜，即相仇。此其一也。其二，参、游之用，在镇帅，在抚臣，二良将不能和衷共济，镇帅难辞其咎，抚臣难辞其咎。”王一鹗说。

“二将不和，过错在刘，抑或在邓？”吴时来问。

“既然滇抚请罢刘，而以邓兼领腾冲营，在滇抚看来，过错应在刘；至于是否果真在刘，滇抚言之不明，难以断定。”王一鹗说。

“我又说完。”吴时来表情再次变得轻松。

“惟修兄还有几句话呢。”王一鹗道。

“对，”吴时来点点头，说道，“朝廷下兵部议者，腾冲、姚安二营兵变也。地方兵变，镇帅有责，抚臣有责。首先要追究的，是云南总兵官沐爵爷，是滇抚。再者，朝廷用刘綎领腾冲营，用邓子龙领姚安营，以其良将也。孰料二将失和，由此而起祸端，二将之过，亦须追究。二将失和，过错在刘在邓，尚不明确；当日加罪于刘，而以邓兼领二营，处置当否，亦不明确。存疑，待查。再者，腾冲、姚安相距甚远，一将而领二营，难以应付，此事处置欠妥。再着，邓一龙欲待腾冲营散，再散姚安营，在他看来，二营皆可撤之。如何处置，由滇帅、滇抚议定。”说着，问道，“子荐兄，我所言如何？”

“极是周全。”王一鹗赞道。

“子荐兄，我要回去和佐贰们再议一议。”吴时来说。

“不留，我也要和少司马等再议一议。”王一鹗说。

其实，王一鹗关于云南兵变的议论，和吴时来的想法相差不多，吴时来关于广西夷乱的议论，和王一鹗的想法相差不多；但好像非得听对方谈论一番，他们才更有把握。

第一百八十五章

南京吏部侍郎赵志皋没头没脑地对本部尚书陆光祖说一句话：“与绳先生不会真把南京当作逍遥津吧？”

陆光祖不由一愣。他问：“汝迈在责备我？”

赵志皋字汝迈，浙江兰溪人，隆庆二年进士。一来资深，而且不是一般的资深；二来都是浙人，故赵志皋虽官至高位，陆光祖仍直呼其字。

“晚生不敢责备，只是提醒。”赵志皋说。

“你倒是说说，我是怎把南京当作逍遥津的？”陆光祖问。

“身居要津，对朝廷大事不闻不问，可不是把南京当作逍遥津！”赵志皋道。

“汝迈这般说，有点儿亏心吧？”陆光祖伸出一指，问道，“厂臣作恶多端，算不算朝廷大事？”

“算。”赵志皋道。

“率南京吏部官劾之，是我最先和汝迈计议的。这能说我对朝廷大事不闻不问否？”陆光祖问。

“不能说。”赵志皋道。

陆光祖又伸出一指，问：“科臣劾厂臣，下狱论罪，算不算朝廷大事？”

“算。”赵志皋道。

“李景鲁下狱，南京各衙门申救，是南京吏部牵的头，疏稿是我委托汝迈拟的。这能说我对朝廷大事不闻不问否？”陆光祖问。

“不能说，”赵志皋道。见陆光祖还要举例，他说，“不闻不问四个字我收回，另改四个字。”

“改哪四个字？”陆光祖问。

“有始无终。”赵志皋道。

“怎叫有始无终？”陆光祖问，“莫非朝廷不重惩厂臣，则再上疏论劾；朝廷仍不重惩，又再上疏论劾；直至朝廷处分，才算有始有终？”

“晚生并非此意。”赵志皋道。

“莫非朝廷不平反李景鲁，则再上疏申救；朝廷仍不平反，又再上疏申救；直至朝廷平反，才算有始有终？”陆光祖又问。

“晚生亦非此意。”赵志皋道。

“那是何意？”陆光祖问。

“若以论劾厂臣为始，当以何事为终？”赵志皋反问。

“厂臣闲住，可以算终吗？”陆光祖试答。

“可以，”赵志皋道，又说，“以厂臣其人而言，可以算终；但以论劾厂臣之事而言，还不能算终。”

“以论劾厂臣之事而言，当以何事为终？”陆光祖问。

赵志皋看他一眼，道：“晚生还有一问：若以李景鲁下狱为始，当以何事为终？”

“李景鲁削籍，可以算终吗？”陆光祖又试答。

“可以，”赵志皋道，又说，“以李景鲁其人而言，可以算终；但以论劾厂臣其事而言，还不能算终。”

“以论劾厂臣其事而言，当以何事为终？”陆光祖问。

赵志皋又看他一眼，道：“我说与绳先生对朝廷大事不闻不问，还真没说错！”

“汝迈不是改用四个字吗，怎又收回去！”陆光祖道。

“与绳先生且听我说，”赵志皋说着，问道，“李景鲁疏劾厂臣是哪天的事，与绳先生记得吗？”

“去岁十二月初。”陆光祖道。

“不错，是十二月初一日，”赵志皋说着，又问，“今日为何日，与绳先生说得出来吗？”

“汝迈把我当成老糊涂吧？”陆光祖笑道，“今日是六月八日，我怎会不知！”

“自李景陆上疏，迄今几久？”赵志皋问。

“半年余。”陆光祖道。

“余者，初一至今的八天也，是吧？”赵志皋问。

“这会错吗？”陆光祖反问。

“错是不会错，但我比与绳先生算得更仔细一些：自李景鲁上疏，迄今一百八十五日。”赵志皋说。

“汝迈为何要算得如此仔细？”陆光祖问。

“与绳先生难道不知，自李景鲁上疏，皇上久不上朝！”赵志皋道，“按照与绳先生的计算，皇上有半年余不朝；按照晚生的计算，皇上有一百八十五日不朝！”

“竟有这久？”陆光祖一时没办法算出来，但估计一百八十五日这个数字应该不差。他说，“这倒是应该算细致一些。”

“晚生以为，这是朝廷的一件大事。”赵志皋说。

“是头等大事！”陆光祖更进一步说。

“既是朝廷大事，与绳先生闻否？问否？”赵志皋问。

“闻则闻矣，却未曾问，”陆光祖说着，辩道，“不过，我不是不欲问，而是问此事有难处，汝迈不可不知。”

“愿闻其详。”赵志皋揖道。

“我也从日子说起，”陆光祖道，“李景鲁上疏是在十二月初一日，皇上旋即不朝。我等在南京闻皇上不朝，是在十二月中旬，但只知皇上有四五日不朝；并没想到，皇上会从此不朝。”说着，问道，“汝迈，你说是不是？”

“是。”赵志皋应道。

“转至今岁，我等在南京，闻得皇上久不朝，但并不知所谓久不朝，是一直不朝，抑或时常不朝，”陆光祖说着，问道，“汝迈，你能断定皇上是一直不朝，抑或时常不朝？”

“晚生无法断定。”赵志皋道。

“再者，我等在南京，闻皇上不朝，当时并不知皇上为何不朝，”陆光祖说着，问道，“汝迈，你说是不是？”

“是。”赵志皋应道。

“转至今岁，我等在南京，渐闻皇上是因李景鲁论劾厂臣而不朝；但并不知所谓久不朝，完全是因为李景鲁论劾厂臣，还是其中有别的缘故？譬如，龙体欠安，”陆光祖说着，问道，“汝迈，你能断定皇上久不朝，是因为李景鲁论劾厂臣，还是因为别有缘故？”

“晚生亦无法断定。”赵志皋道。

“此皆难处也。”陆光祖概括一句。

“此诚难处；但在晚生看来，也有便宜之处。”赵志皋却说。

“怎讲？”陆光祖问。

“譬如，知皇上有四五日不朝，难道不可言之？”赵志皋反问。

“并非不可言之。”陆光祖道

“不当言之？”赵志皋问。

“并非不当言之。”陆光祖道。

“但知皇上有四五日不朝，非知皇上从此久不朝，也不一定非得言之；尤其身在南京，也不一定非得言之，”赵志皋说着，问道，“与绳先生说是不是？”

“是。”陆光祖应道。

“再譬如，知皇上久不朝，乃常常不朝，非一直不朝，难道不可言之？”赵志皋问。

“并非不可言之。”陆光祖道。

“不当言之？”赵志皋问。

“并非不当言之。”陆光祖道。

“但知皇上久不朝，乃常常不朝，非一直不朝，也不一定非得言之；尤其身在南京，也不一定非得言之，”赵志皋说着，问道，“与绳先生说是不是？”

“是，”陆光祖应罢，不解地问，“汝迈不是要说也有便宜之处吗？”

“是啊。”赵志皋应道。

“但我没有听出丝毫便宜呀！”陆光祖道。

“晚生的意思是，若在去岁十二月中旬已知皇上会久不朝，当时就该上疏言之；若知皇上久不朝即一直不朝，当时就该上疏言之。而去岁十二月中旬不知皇上会久不朝，不知所谓久不朝是不是一直不朝，选择在去岁十二月中上疏言其事，抑或选择在一个月前、两个月前、或数月前得知皇上久不朝时上疏言其事，抑或选择在今日上疏言其事，都是适当的。”赵志皋说。

“汝迈是说，若是去岁十二月中已知皇上会久不朝，抑或早先得知所谓久不朝是皇上一直不朝，今日上疏则不适当？”陆光祖问。

“是。”赵志皋应道。

“汝迈的这个便宜，未免绕得太远。”陆光祖摇着头说。

“还有个便宜，用不着绕这远。”赵志皋马上回应一句。

“说说看。”陆光祖道。

“我等在南京，若知皇上果为论劾厂臣一事而久不朝，则不便言此事。”赵志皋说。

“这是为何？”陆光祖问。

“我等皆曾论劾厂臣；上疏言不朝事，是为论劾厂臣一事谢罪，还是坚持厂臣当论劾？若为论劾厂臣一事谢罪，岂不是承认我等皆错，凡论劾厂臣者皆错！若坚持厂臣当论劾，皇上是为此而不朝，岂不是更有口实不朝！”赵志皋道。

“我以为此事难议，这也是个原因。”陆光祖说。

“但不知皇上是否因厂臣被论劾而不朝，言及此事就容易得多。”赵志皋又说。

“汝迈是说，可拿别事作文章？”陆光祖听懂他的意思。

“好啊，与绳先生终于听明白！”赵志皋笑道。

“汝迈说说，可拿哪件事作文章？”陆光祖问。

“与绳先生不是才说，譬如，龙体欠安。”赵志皋道。

“汝迈可以龙体欠安为言，但也有两个难处。”陆光祖说。

“哪两个难处？”赵志皋道。

“其一，皇上不认可。”陆光祖道。

“皇上不会不认可。”赵志皋看来很有把握。

“汝迈怎知皇上不会不认可？”陆光祖问。

“今岁正旦免朝会，传谕是偶染风寒。”赵志皋说。

“正旦免朝会，需要一个廷臣可以接受的理由。皇帝可以说，仅正旦免朝会，是因龙体欠安；其他日子免朝，非因龙体欠安。”陆光祖说。

“但皇上会说，其他日子免朝，是因为厂臣被论劾吗？”赵志皋问。

“那倒不会说，”陆光祖道。“皇上免朝，从未传谕是因厂臣被论劾。”

“所以，比较而言，皇上宁愿选择不朝是因为龙体欠安。”赵志皋道。

“好，就算皇上不会不认可龙体欠安，”陆光祖说着，问道，“其二，皇上龙体欠安，汝迈还能言免朝之非吗？”

“晚生不会说，皇上龙体欠安，仍不应该免朝。”赵志皋道。

陆光祖听得皱起眉头，道：“臣子以为非，方才言之；既不以为非，为何要言之！”

“不以为非，亦有可言者。”赵志皋道。

“譬如？”陆光祖要他举例。

“譬如，皇上以龙体欠安而久不朝，不便言久不朝之非，难道也不便言龙体为何欠安？”赵志皋道。

“言龙体为何欠安？”陆光祖觉得这个思路可取，他问，“汝迈未睹龙颜，怎断圣疾？”

“先言龙体为何欠安。”赵志皋说。

“汝迈未睹龙颜，怎断圣疾？”陆光祖道。

“圣主高贵，本当百疾不侵，所以龙体欠安，无非有二：一曰衽席之爱不能割，一曰曲蘖之好不能免。”赵志皋说。

衽席可以一般地指铺在床上的席子，这里显然是指男女之欢。曲蘖是酿酒使用的曲母，这里指的是酒。简单地说，赵志皋明确指出，皇帝的病根在酒、色二字。难怪陆光祖要问：“汝迈就这么写吗？”

“就这么写；不过，”赵志皋犹豫一下，说，“语气可能会变一变。”

“怎变？”陆光祖问。

“譬如，变为询问之句。”赵志皋说。

“得非衽席之爱不能割，曲蘖之好不能免乎？”陆光祖试用问话的口吻说一遍，点头道，“似稍平和。”又说，“不能孤零零地只写这两句，总得有前言，有后语。”

“与绳先生说的是。”赵志皋道。

“汝迈拟怎写前言？”陆光祖问。

“臣近岁以少詹事侍朝讲，恭睹天颜稆睟，稍有不豫，一养旋复。何自冬相沿至今也。”赵志皋把前面的一段腹稿读出来。

“听起来更加平和，”陆光祖说着，又问，“汝迈拟怎写后语？”

“有一于此，足耗元气；皇上有节而不沉溺，则元气自充矣。”赵志皋把后面的一段腹稿也读出来。

“汝迈便宜出于培元气，此事可议。”陆光祖道。

“晚生拟于培元气之外，再写养心。”赵志皋说。

“怎写？”陆光祖问。

“人心必有所寄。宋儒真德秀曰：唯学可以养斯心，唯亲近君子可以维持此心。愿皇上日临讲幄，讲究义理；如常朝，召公卿商榷庶政，则圣心日清，宸躬强固矣。”赵志皋把最重要的一段腹稿读出来。

“是篇好文章！汝迈若作于日讲之际，则更佳。”陆光祖道。

言外之意，这一篇论述，离论劾张鲸那个始，离处分李沂那个始，都有些太远。

第一百八十六章

应天巡抚长驻苏州，近年虽移驻句容，距南京比苏州近许多，但应天巡抚和南京各衙门官员，尤其是和六部的堂上官，还是很少来往。

因此，现任应天巡抚周继走进都察院衙门时，掌院都御史耿定向一边表示欢迎，一边心中断定，他是有事而来。

“善卿先生是稀客，奉上佳茗，”他吩咐下人。

“不劳，不劳，”周继连连摆手，并说，“在伦先生不撵我出去，已是感激不尽。”

周继字善卿，山东人，嘉靖四十四年进士。

耿定向一边做个手势，让下人去煮茶送上，一边问周继：“我为何要撵善卿先生出去，有个说法吗？”

“有人仇我，”周继说。

“有人仇善卿先生？”耿定向颇为惊讶。被人仇是常有的事，但毫无顾忌地说有人仇，却不是常有的事。

“有御史仇我。”周继又说一句。

“有御史仇善卿先生？”耿定向更为惊讶。

“有南院御史仇我。”周继说第三句。

“有南院御史仇善卿先生？”同样是询问，耿定向已经不再惊讶。南京都察院有御史和周继结仇，他因而找上门来，比别个和周继结仇，他因而找上门来，合理得多。周继既然说得直白，耿定向也不必遮遮掩掩。他问，“原来善卿先生是来寻仇的。”

“不敢，在下只来讨个公道。”周继说着，揖了揖。

“我办事向来力求公道；不过，善卿先生先得告我，南院何人何事，对善卿先生而言不公道。”耿定向说。

“先说何人，还是先说何事？”周继问。

“先说何人吧。”耿定向说。他想先知道，究竟谁和这位巡抚都御史结的仇。

“王藩臣，南院可有此人？”周继问。

“有。”耿定向应道。南京都察院的几十名御史，他未必都很熟悉；但王藩臣年长，而且不是进士出身，所以他记得。

“仇我者，王藩臣也。”周继道。

“他仇善卿先生，为的何事？”耿定向问。

“他上疏参我。”周继说。

耿定向几乎要笑出声来。你周继并非初出茅庐的后生小子，被人参一本又怎了？数数朝廷内外的大臣，可有不被人参者！

“善卿先生以为，王御史参你，就是仇你？”他问。

“难道不是？”周继反问。

“他或是对事，不对人呢？”耿定向道。

“不对人，该事不值得一提。”周继说。

“他参的何事？”耿定向问。

“在伦先生不知？”周继用奇怪的眼神看他一眼，反问道。

“我怎会知，”耿定向话一出口，立刻发觉不对，也明白周继为什么会用奇怪的眼神看自己。御史上疏，须得具揭本院，即将奏疏的主要内容写成揭帖，呈与本院备案。北院御史上疏，具揭北院，南院御史上疏，具揭南院。这是祖宗制定的《宪纲》里明确规定的。王藩臣疏参周继，自己却说不知道，他能相信！

“我是问善卿先生，他是几时上疏的。”耿定向为掩饰，改口说道。

周继伸出三指。

“三日前？”耿定向问。

“三十日前。”周继说。

“三十日前！”耿定向惊呼。王藩臣三十日前上疏，自己至今未闻；要不是周继来说，说不定以后也不会知道。事关宪体，他一定要问实。“三十日前，不会是误传吧？”

“要不是怕误传，我早来找在伦先生。”周继道。

“怎讲？”耿定向问。

“十日前，我从南京方面得知，王藩臣上疏参我，因难断真伪，我没敢来惊动在伦先生；今日又从京师方面得到消息，我想不会错，这才来谒见在伦先生。”周继解释。

耿定向好不气恼。南京方面得到消息，多半是王藩臣自己说出去的，或者是和王藩臣关系密切的官员说出去的。不管谁说出去的，周继已听到，自己作为掌院都御史，却没听到！京师方面得到消息，肯定不是通过正常途径，而是通过私人途径。不管是通过怎样的途径传来的消息，周继已得到，自己作为掌院都御史，却没得到！

“王御史为何事参善卿先生，我不知道，也不必知道；南院御史参方面大员，我掌南院，时隔一月，却一无所知。此事我一定要追究，一定会给善卿先生一个交代。”他说。

周继目的达到，告辞而去。他到底没品尝耿定向的香茗；当然，他也不是被耿定向撵出去的。

今岁浙、直大旱，不仅两淮各水干涸，连水量极为丰富的太湖几乎也要干涸。苏州、常州、湖州、淮安等城，斗米卖到三钱。对以米为主粮的浙、直人来说，这是从未有过的高价，意味着成千上万的人家受到饥荒的威胁。

户科右给事中杨文举赈济南直隶和浙江。赈灾的款项共四十万两银，一半来自朝廷，是从太仆寺金中征得；一半来自南京，是南京户部提供的。四十万赈灾银中，以二十万两赈直，十万赈浙，另外十万便宜行事。

因为一半的赈灾银出自南京户部，杨文举先要赶赴南京。

南京与此事有关的官员，或者准备在衙门里和杨文举见面，或者准备在杨文举下榻的馆驿和他见面；周继却早早赶到大江边，等待杨文举渡江的船只到来。

杨文举虽是朝廷钦派，但至多算个小钦差。经巡抚衙门的人引荐后，他连连揖手道：“都堂，不敢当。”

“应该的，我虽年长，但说起来，和给谏应属昆仲。”周继说。

“都堂这是从何论起？”杨文举问。

“给谏字直卿吧？”周继问。

杨文举字直卿，四川内江人，万历五年进士。他应一声：“是呀。”

“我字善卿，不仅后一字同，且一直一善，正可以排序。”周继说。

说法牵强，纯属示好。别字中有一字相同，特别是后一字相同，实在是很普遍的。有人相差几十年，有人甚至相差上百年，难道都能以昆仲排序？不过，示好总强过交恶；况且，又是前辈。

“善卿先生以弟侄辈视我，我之幸也。”杨文举说。

“直卿认可，就好办，”周继说者，招招手。一名巡抚衙门里的心腹提一个小包袱，双手捧到杨文举面前。

“这是——”杨文举看着周继，没有马上伸手。

“里面有银币四十枚，”周继说，“直卿不认我这个老兄，我不好强求；直卿既认我这个老兄，总得有见面之礼，直卿拿着玩儿吧。”

“这怎好意思！”杨文举道。

"直卿不收，不可谓心诚。"周继说。

"善卿先生这么说，在下只好愧领。"杨文举说着，接过小包袱。

"来！"周继又招招手。

巡抚衙门里另一心腹又提一小包袱，双手捧在杨文举面前。

"这是——"杨文举心里明白，这应该是更值钱的礼物。

"一些碎银。"周继说。

说是一些碎银，但看上去，至少有二三百两。

"币为礼品，我收下；此银绝不可收。"杨文举说。

"直卿听我说，"周继道，"直卿可以两袖清风而来，两袖清风而去，但令师呢？令师是姑苏人，直卿来他家乡赈济，回去见他时，也可以两袖清风吗？一些碎银，直卿可以买些土特产品，带给令师。"

申时行是万历五年会试的主考官之一，而且，申时行和杨文举私下里的感情也不错，周继说的"令师"，肯定是指他。

"那我得代吾师谢过善卿先生。"杨文举说着，另一手接过装银子的包袱。一掂即知，里面的银子不止二百两，应该在三百两上下。

"不须谢，应该的。"周继道。

"在善卿先生地面，承蒙关照；善卿先生若在京师有事，但请吩咐，在下一定尽力。"杨文举说。

"我无事麻烦直卿，但南院掌院耿都堂有件事，还望直卿能禀明令师。"周继说。

"是在伦先生的事？"杨文举问。

耿定向是万历十五年任南京掌院都御史的，在此之前，曾任都察院副都御史和刑部侍郎。看来，杨文举对他有所知。

"也不是在伦先生私人的事，是南院的事。"周继说。

"南院何事？"杨文举问。

"御史上疏朝廷，须得具揭本院。然南院有御史上疏，一月之后仍不具揭，在伦先生很是愤慨。"周继说。

"只为此事？"杨文举问。

"只为此事。"周继道。

"善卿先生想我怎说？"杨文举问。

"请令师和掌院吴都堂计议，重申宪纲。"周继道。

"此事力所能及，在下照办。"杨文举应允。

“汝钦先生起家御史吧？”吴时来问本院左副都御史詹仰庇。

“确切而言，是知县起家，征为御史。”他说。

“御史有几名是径授的，还不都是从各官中征来！”吴时来道，又问，“是不是出身御史者，都会盛气凌人，受不得半点委屈？”

“惟修先生掌院，每日和御史打交道，怎会有此想法？”詹仰庇反问。

“我是想，御史以纠劾为任，大臣、下僚无不在纠劾之内，久而久之，难免会盛气凌人。”吴时来说。

“一则，御史未必人人久任；二则，纠劾凭的是事实，是道理，不是盛气。譬如，”詹仰庇指指自己，问道，“惟修先生看我盛气凌人吗？”

这一问，问得吴时来不能不笑。他说：“实在的汝钦先生，和我想象中的汝钦先生，差别还真是很大。”

“在惟修先生想象中，我是怎样的？”詹仰庇问。

“还用说，盛气凌人呗！”吴时来道。

“惟修先生为何以为，我会盛气凌人？”詹仰庇问。

“先帝时，出陈皇后别宫，外廷无不忧之，而不敢进言。汝钦先生乃上疏曰：近闻皇后移居别宫，已近一载，抑郁成疾。万一不讳，如圣德何！臣谓人臣之义，知而不言，当死；言而触讳，亦当死。臣今日死不足惜，愿陛下采听臣言，立复皇后中宫，时加慰问，臣虽死贤于生，”吴时来叙述一段往事后，说道，“汝钦先生上此疏时，何等意气风发，我以为，或会难以相处。”

“居官二十年，今日之詹某已非昔日之詹某，”詹仰庇感慨道，又说，“言及进言，我可不敢和惟修先生比肩。初入京师，未入贡院，我即读惟修先生参劾权相之疏。若言参劾，我是不敢和惟修先生比肩的；若言盛气凌人，有惟修先生掌院，我更不敢来宪台就任。”

“我也只能说，今日之吴某已非昔日之吴某，”吴时来也感慨一句，又道，“我说的出身御史者，其实不是指汝钦先生。”

“惟修先生是指谁人？”詹仰庇问。

“譬如，在伦先生。”吴时来道。

“照惟修先生的说法，他是起家御史。”詹仰庇说。

“他虽已掌院，但和今日之詹某不同，和今日之吴某不同，仍令人感觉得到其盛气。”吴时来道。

“惟修先生是说，他近日上疏，自劾不职，请予罢免？”詹仰庇问。

“是，”吴时来点点头，说道，“不过是南院一御史不懂规矩，疏上朝廷，而不具揭本院，何至于就以辞官进言！”

“辞官是不至于，但他所言之事，却非细事。”詹仰庇说。

“是吗？”吴时来让他接着说。

“御史上疏，须具揭本院，是祖宗时定下的制度。近来，不仅南院御史不具揭；本院御史上疏，亦有不具揭者，”詹仰庇说着，问道，“长此以往，惟修先生说，是不是干脆宣告具揭之制作废？”

“祖宗制度，不能说作废就作废。”吴时来道。

“所以，在伦先生所言，并非细事。”詹仰庇重复自己的看法。

“汝钦先生当真这么想？”吴时来问。

“我为何要欺骗惟修先生？”詹仰庇反问。

“汝钦先生当真这么想，就好办，”吴时来说，“实不相瞒，相公约我去，亦言及南院之事。一则称，南院御史有错，当惩；一则称，都察院当重申台规。我还担心汝钦先生会持异议。”

“相公说的不错，我为何要持异议！”詹仰庇道。

二人具体讨论这两件事：南院御史上疏论事，定于三日内具揭本院；上疏参劾，定于五日内具揭。

对王藩臣，则罚俸两个月。

第一百八十七章

新科进士授官，在各部，都是以观政的名义；在其他衙门，比如说行人，则是实授。比较而言，在各部的前景肯定好过行人，所以，许多新科进士宁愿在部观政；尽管在部观政的结果可能并不如意，可能在实授时被放外官。

今科进士薛敷教观政刑部，高攀龙授行人。对他们来说，并无优劣之分，因为他们对宦途看得都不那么重。

二人家境都比较富裕，虽一则初为官，一则尚未正式为官，但有能力合租一所小院子，一人住一屋。散衙回到住处，或是薛敷教走进高攀龙的房间，或是高攀龙走进薛敷教的房间，一坐就坐到夜里。

这天和往常一样回到住处，薛敷教没走进高攀龙的房间，高攀龙于是走进薛敷教的房间。

“带上门！”薛敷教头也不抬地说。

高攀龙回手把门带上。薛敷教仍不抬头，高攀龙在他对面坐下。

薛敷教忽然一拳捶在桌上，怒道：“好不龌龊！”

高攀龙一惊，站起来。他问：“以身兄在说我吗？”

“存之兄怎会龌龊！”薛敷教道。

高攀龙字存之，无锡人。薛敷教字以身，武进人。二县不仅同属南直隶，而且同属常州府。二人合住一处，这是个重要的原因。

高攀龙重又坐下，试探地问：“有冤狱？”

“无。”薛敷教道。

“有错案？”高攀龙退一步问。

“无。”薛敷教道。

“既无冤狱，又无错案，以身兄为何怒火中烧？”高攀龙问。

“存之兄为何以为，定有冤狱，或定有错案，我才会怒火中烧？”薛敷教反问。

“以身兄观政于刑部呀，关切的自然是刑部的事。”高攀龙说。

“按照存之兄的说法，衙门无事，就可无所用心？”薛敷教问。

“我非此意，”高攀龙道，“我是说，衙门之外的事，若值得关切，会有许多人关切；不似衙门之内的事，或许只有本衙门的人关切。关切的人多，不用动偌大的肝火。”

“此事存之兄若知道，一样会动肝火。”薛敷教说。

“以身兄究竟为的何事？”高攀龙问。

“掌院都堂重申南院台规。”薛敷教说。

“此事我知之。”高攀龙道。

“存之兄知之？”薛敷教似乎不相信。

“是。”高攀龙应道。

“存之兄怎看？”薛敷教问。

“重申南院台规，应属都察院职权。”高攀龙说。

“我是问，台规该不该重申？”薛敷教道。

“既曰祖宗制度，理当重申。”高攀龙说。

“我是问，台规该不该这时重申？”薛敷教道。

“祖宗制度，随时可以重申。”高攀龙说。

“存之兄还称知之，我看存之兄并不知之。”薛敷教冷笑道。

“以身兄这话怎讲？”高攀龙问。

“存之兄知都察院重申台规，可知都察院为何重申台规？”薛敷教问。

“总是有御史不遵台规，才要重申。”高攀龙说。

“存之兄可知，不遵台规的御史是谁？”薛敷教问。

“有御史不遵台规，则要重申；至于因何人不遵台规而重申之，有何要紧！”高攀龙道。

“说不定很要紧。”薛敷教说。

“我固不知何人不遵台规，以身兄知否？”高攀龙问。

“是南院御史王藩臣。”薛敷教告诉他。

“我不识此人。”高攀龙说。

“我亦不识此人。”薛敷教道。

“既不识，以身兄怎知要紧？”高攀龙问。

“我虽不识此人，却知他曾上一疏，参应天巡抚周都堂。”薛敷教说。

“有御史不遵台规，才要重申；至于因何事违反台规而重申之，有何要紧！”高攀龙道。

“说不定更要紧。”薛敷教说。

“我固不知此事有何要紧，以身兄知否？”高攀龙问。

“重申台规，实则出自周都堂之意。”薛敷教说。

“不对吧，”高攀龙对此事的缘起并非一无所知，他说，“我怎听说，是南院掌院在伦先生，因王御史不遵台规一事上疏，坚请辞官，都察院才议请重申台规的？”

“我若告诉存之兄，在伦先生原本并不知王御史参周都堂一事；是周都堂告诉他，他才知道的，是周都堂相激，他才动怒的，存之兄会怎想？”薛敷教问。

“原本极单纯的一件事，变得复杂。”高攀龙说。

“我若告诉存之兄，掌院惟修先生非只为在伦先生一怒而议请重申台规，还因周都堂以重礼结好前往江浙赈灾的杨给谏，杨给谏为之疏通于相公，相公又为之招呼于惟修先生，这才有重申台规之议，存之兄会怎想？”薛敷教问。

“原本有点儿复杂的一件事，变得更为复杂。”高攀龙说。

“我为何称之为龌龊，存之兄应该明白吧？”薛敷教问。

“似已明白。”高攀龙道。

“我为何以为此事要紧，存之兄应该明白吧？”薛敷教问。

“亦似明白。”高攀龙道。

“存之兄是否也以为此事龌龊？”薛敷教问。

“确有些龌龊。”高攀龙道。

“存之兄是否以为此事要紧？”薛敷教问。

“确有些要紧。”高攀龙道。

他说有些龌龊，意即还有更龌龊的事；说有些要紧，意即还有更要紧的事。对他话里的含义，薛敷教听得出来，也一定要再问。

“存之兄以为，还有更龌龊的事？”薛敷教问。

“见仁见智，尚不可以龌龊言之。”高攀龙说。

“存之兄以为还有更要紧的事？”薛敷教问。

“那是一定的。”高攀龙道。

“存之兄说的是何事？”薛敷教问。

“四川佥事张世则，以身兄识其人否？”高攀龙反问。

“不识。”薛敷教道。

“以身兄不识，我亦不识。”高攀龙说。

“既不识，其人有何要紧？”薛敷教不懂了。

“其人不要紧，其事却要紧。”高攀龙说。

“存之兄说的是何事？”薛敷教问。

“他新著一书，曰《大学初议》。”高攀龙说。

“人人皆可著书，此事有何要紧？”薛敷教不以为然。

“此书他已于近日进于朝廷，以身兄还以为不要紧吗？”高攀龙问。

“虽非人人可将著述进于朝廷，他为佥事，却是可以的。”薛敷教说。

“他请将该书颁行天下，以身兄还以为不要紧吗？”高攀龙问。

“那要看他所著，值不值得颁行天下，”薛敷教说，并补充一句，“自视甚高的士夫，也是有的。”

“他可不仅是自视甚高，”高攀龙道，又问，“他在该书中一味诋毁程、朱章句，以身兄还以为不要紧吗？”

“一味诋毁程、朱章句，还进于朝廷，还请颁行天下？”薛敷教把高攀龙提到的所有问题合在一起。

“是。”高攀龙应道。

“那可是件要紧的事，”薛敷教承认该事要紧，但不承认该事比自己说的事更重要。他问，“存之兄是不是以为，张佥事进书一事，比周都堂上下串连，引出重申台规，更为要紧？”

“难道以身兄不以为？”高攀龙看出他不以为然，辩道，“以身兄想想，令祖父方山公若在，会以为哪件事更要紧！”

薛敷教的祖父薛应旂，号方山，嘉靖年间的官员、学者。他所著的编年体国史《宪章录》，为他赢得许多赞誉；而常州府新一代的士人中，有不少人，如顾宪成、顾允成兄弟，都出自他门下。高攀龙把此公搬将出来，用意很明显，是要薛敷教更看重他提到的事情。

但薛敷教轻易不会改变自己的看法。

“我不是说诋毁程、朱章句不当批驳，但参论大臣处事不公，似更是迫在眉睫之事。”他说。

高攀龙回到自己的房间，二人各拟各的疏稿。

六科给事中难得有机会和掌院都御史面晤，因此，刑科给事中许弘纲在路上与吴时来偶遇，一定要把他拦下来。

“惟修先生，能否请教一事？”许弘纲虽然是问，但口吻分明在告诉吴时来，只有“能”，没有“否”。

吴时来已修炼到不会和晚辈们当面争吵。他微微一笑，道，“张之有事说事，请教则免。”

许弘纲字张之，浙江东阳人，万历八年进士。因为都是浙人，许弘纲以乡音发问，吴时来以乡音回应，倒是拉近彼此的距离。

“都察院近日重申台规，是否出于惟修先生本意？”许弘纲问。

“张之何意，以为我会屈从于人？”吴时来反问。

“不是晚生以为惟修先生会屈从于人，是听人说惟修先生在这件事上屈从于人。”许弘纲道。

“张之听谁人说的？”吴时来问。

“反正有人说，谁人说的，有何要紧！”许弘纲道。

“那么，张之信之？”吴时来问。

“不由得人不信。”许弘纲道。

“有人办事不遵台规，都察院不得不重申台规，这样一件再简单不过的事，还用得着屈从于人吗？”吴时来分辩。

“惟修先生说此事简单，晚生信；惟修先生说此事再简单不过，晚生难以置信。”许弘纲说。

“此事有何不简单？”吴时来问。

“此事再简单不过，在伦先生会请辞？”许弘纲道。

“在伦先生疏称，王藩臣不具揭本院，为易己。这等事放在别个身上，或不当回事；放在在伦先生身上，却当作天大的事。事情就是这么简单，我看不出有何不简单的。”吴时来说。

易者，轻慢之意也；易己者，轻视自己也。吴时来的意思，被下属轻慢而辞官，是自然而然的反应，不足为奇。

“此事再简单不过，相公会过问？”许弘纲又道。

“谁人告诉张之，相公过问此事？”吴时来问。

“反正有人告诉晚生，谁人告诉的，有何要紧！”许弘纲道。

“相公过问此事，是因为事关宪体台规。”吴时来说。

“再无别故？”许弘纲问。

“据我所知，再无别故。”吴时来说。

“既如此，晚生也再无可言。”许弘纲道。

他不想再说下去，吴时来却不答应。

“张之等等，”吴时来叫住他，问道，“张之以为此事不简单，不仅因为在伦先生愤然请辞吧？”

“当然。”许弘纲道。

“也不仅因为相公过问此事吧？”吴时来问。

“当然。”许弘纲又道。

“张之有何高见，能否告我？”吴时来虽然是问，但口吻分明是在告诉许弘纲，不说的话，他别想走。

“惟修先生愿听？”许弘纲问。

“愿听。”吴时来应道。

“惟修先生愿听，我略言一二，”许弘纲说着，问道，“在伦先生愤然请辞，与王御史藩臣参周都堂有关，惟修先生不否认吧？”

“在伦先生疏中有曰：藩臣之劾周继，与前御史方万山之劾江西巡抚陈有年，御史王麟趾之劾四川巡抚徐元太，咸公论不协。我要否认，也是否认不了的。”吴时来说。

“都察院重申台规，与藩臣参周都堂有关，维修先生不否认吧？”许弘纲又问。

“在引述在伦先生疏中该句后，本院疏中有曰：伏乞严谕南京十三道御史，恪守堂规，一照北院，凡旧有规，遵奉弗违。我要否认，也是否认不了的。”吴时来说。

“晚生倒要问，都察院重申台规，是因为有御史参劾巡抚都御史，抑或是因为有御史不遵台规？”许弘纲问。

“应该说，二者皆有。”吴时来道。

“二者中，何为根本？”许弘纲问。

“自是有御史不遵台规为根本。”吴时来说。

“若以有御史不遵台规为根本，为何在奏请重申台规之前，要先引述各御史劾各巡抚‘咸公论不协’，然后再‘伏乞严谕’？”许弘纲问。

“张之这是在和我打笔墨官司呀。”吴时来苦笑道。

“惟修先生怕打笔墨官司吗？”许弘纲嘲道。

“怕是不怕，但有的笔墨官司当真夹缠不清。”吴时来说。

“重申台规的笔墨官司，也夹缠不清吗？”许弘纲问。

“恐怕也会夹缠不清。”吴时来说。

“譬如——”许弘纲要他举例。

“譬如，在伦先生疏内以御史王藩臣不送揭帖为易己，请将王藩臣量行罚治，这是一件事；因而叙述藩臣之劾周继，前御史方万山之劾赣抚陈有年，御史王麟趾之劾川抚徐元太，这又是一件事。两件事都是在伦先生奏疏的内容，但在伦先生并未提及重申台规。都察院议复耿疏，不得不援引该疏的内容，再提出处置。处置亦有二：一则请重申台规，一则王藩臣罚俸两个月。我心里很清楚，重申台规是因为王藩臣参周继，违反台规。而张之非要说，重申台规是因为有御史参劾巡抚都御史，而且振振有辞，岂不是夹缠不清！”吴时来道。

“抱歉，我还真有些夹缠不清。”许弘纲说着，揖了揖。

“致歉不必，张之能体谅我就好。”吴时来道。

“致歉是致歉，我却并不能体谅惟修先生。”许弘纲却说。

“又为何事？”吴时来本来以为争论可以结束，没想到还要争论。

“王藩臣不送揭帖为易己，王藩臣之劾周继，方万山之劾陈有年，王麟趾之劾徐元太，皆在伦先生奏疏中所言，而非都察院议复中所言，是吧？”许弘纲问。

“还是没说清楚，”吴时来道，“此等话语，皆都察院在议复时援引，而非都察院自言。”

“对，都察院是援引，而非自言，”许弘纲按照他的说法重复一遍，然后说，“惟修先生是援引，而非批驳，是吧？”

“这一点，张之没说错。”吴时来道。

“惟修先生为何不批驳？”许弘纲问。

吴时来愣了愣神，反问：“我为何要批驳？”

“以王藩臣不送揭帖为易己，并引申为不遵台规，惟修先生说，是出于公心，抑或出于私心？”许弘纲道。

“总之是指出不遵台规，其出于公心，抑或出于私心，有何要紧！”吴时来道。

“对惟修先生而言，不可谓不要紧。”许弘纲说。

“那就请张之试为我言之。”吴时来道。

“在伦先生若出于公心，在前，不会因易己而怒，在后，不会将三御史劾三巡抚之事混同一谈，只须‘不遵台规’一句即可；都察院也只须据‘不遵台规’一句而议以‘重申台规’，会少多少麻烦，又会少多少非议！在伦先生既出于私心，不得不东拉西扯，把本不相干的两件事硬凑在一处，都察院也不得不东拉西扯，把本不相干的两件事硬凑在一处。本是在伦先生出于私心，到头来，在众人眼里，惟修先生也成出于私心！”许弘纲说着，问道，“牵连若此，惟修先生还能说不要紧吗？”

“此事在我心目中，原本是很清晰的，怎么让张之一说，又变得模糊不清？”吴时来显得很无奈。

“在晚生心目中，它却更为清晰。”许弘纲说。

半个月之后，南京浙江道御史王麟趾将搜集到的都察院重申台规前后的相关奏疏，集中起来阅读一遍。

首先读的是薛敷教奏疏的抄件。该疏题目是：大臣公肆党欺、恳乞圣明亟斥事。

王麟趾读罢第一句“臣身无言责，性恶权奸，触目激忠，情不容已”，忍不住叫声好。读到下面的一段，他更忍不住连叫两声好。

薛敷教写的是：

向犹为己鸱张，今乃代人狼噬；向犹假严威而示人以隙，今乃悬定制而逼人以谀。土偶台卿，椽曹柱史，抑何悖也！海瑞先朝遗直也，房寰丑诋，犹且包容；定向何人，敢妨言路！为时来者，不惟不能参驳，反而朋连。无论愧古名臣，即回想抗论严嵩一事，有腼面目矣。

读到最后“伏乞亟下明诏，严党邪之禁，开持正之门，更易两都台长，以清首宪”，则赞道：好个稚而不嫩的薛以身！

接着读詹仰庇奏疏的抄件，该疏题目是：新近小臣喜事妄言，摇惑人心，乞赐圣断昭示，以抑狂躁，以端士习事。

读到“今不知敷教所言何事，所论何人，第闻对人言曰：我欲去二三大臣耳”，王麟趾忍不住骂句无耻。读到下面一段，他在骂句无耻之后，又骂句荒唐。

詹仰庇写的是：

何敷教初入仕籍，乃怀沽名幸进之私，摇唇棹舌，以簧鼓人心，摇乱国是！况国家自有故事。若官不必台谏，言不问当否，而使人人皆持胸臆，兢为弛张，无风生浪，见影吠形，则当事者动有掣肘，将来一事不敢行，一人不敢用。是小臣得以制大臣之命，下士得以操朝廷之权。如纪纲何，如国体何！

读到最后“伏乞皇上将敷教所陈之疏，早赐抄发。若所言果当，即从处分；若其妄诞不经，径逞私议，乞明正敷教出位狂躁之罪”，忍不住骂句无耻之后，又骂荒唐，骂句荒唐之后，又骂无耻。

接着读许弘纲奏疏的抄本，该疏题目是：循职掌、详章奏、纠劾老悖大臣、以励世风，以开言路事。

读到“定向不尝为御史乎？十三道于都御史不法，各道得而纠劾之，祖宗良有深意者”，王麟趾就忍不住叫声痛快。读到下面一段，他更忍不住连叫两声痛快。

许弘纲写的是：

近日士风患不刚方，不患不柔巽；近日礼文患不简古，不患不周旋。所幸一二老成，挽回培植，而反欲破觚为圆，摧刚为脆。定向为人，雅负时望。当张居正营私植党时，独以同乡而嚼然不染。臣常想慕下风，自谓不可及。兹一疏也，中宵平旦，定气反观，果全天理乎？抑客气用事，暗昧行私，而心终怍也。

读到最后“乞敕谕定向刚正率人，勿以依阿损望，勿以老耄忘箴，庶十三道得以张胆论人；而都御史风裁自肃，其何弁髦之虞”，则赞道：好个许张之，愈发老辣！

他斟酌各疏短长，认为薛敷教、许弘纲的奏疏虽然写得好，但都有一个欠缺，那就是未言及南院和北院的不同。北院御史的奏疏，旋即呈入，所参之人，所论之事，朝廷旋即得知，旋即处分，没有作弊的机会；而南院御史的奏疏，少则半月，多则月余，方得呈入，所参之人，所论之事，都有可能预先设法弥合。所以，北院台规，三五日内具揭，是恰当的；而要求南院也三五日具揭，弊大于利。

他要作的，正是这样一篇文章。其略曰：

北台疏入即闻，故次日投揭，纵人知之，亦易为力。南台道远，一被人知，或受媒孽。故迩来告堂，延及一月，非自藩臣始也。许国、詹仰庇弹章相继，阁臣、宪臣不能植善除恶，反党同伐异，国故碌碌。仰庇则负时名，亦若此，他尚何望哉！

第一百八十八章

九月中旬虏部进扰，使得辽阳城里的气氛紧张起来。每当一快骑驰入城中，城门口，大街小巷，住户店铺，所有人的目光都会投向他。他知道，他们无非是希望他报个平安。但他不能报以平安，更无暇理会他们，因为总兵府里也在等待他的消息。

“禀报爵爷，来犯的有三部。”探军道。

“是哪三部？”李成梁问。

“一部，长昂；一部，土蛮；一部，白洪大。”探军道。

“你报错。”李成梁说。

“小人没报错。”探军道。

“你报错！”李成梁不容置疑地说。

“是，小人报错。”探军不敢再犟嘴。

“你知错在哪里？”李成梁问。

“小人不知。”探军道。

“应是：一部，土蛮；一部，白洪大；一部，长昂。”李成梁说。

土蛮，是徙居辽东的鞑靼部首领，明人俗称为东虏；白洪大，是仍活动在河套附近的鞑靼部首领，明人俗称为西虏；长昂则是朵颜部首领。一直以来，东虏的势力最强大，李成梁是根据以往经验纠正探军的禀报。

不料，一经纠正，探军又要犟嘴。

“爵爷容禀，今次却是：一部，长昂；一部，土蛮，一部，白洪大。”他说。

“你是怎排序的？”李成梁不高兴地问。

“今来犯三部，以长昂最强，且是长昂纠合土蛮、白洪大。”探军说。

“若是如此，你没报错。有赏！”李成梁道。

国初于辽东设置的兀良哈三卫，即朵颜卫、福余卫、泰宁卫，到后来皆成为骚扰边境的势力。但时至今日，还能与大明为敌的，只有朵颜卫。在俺答最强盛时，朵颜首领通罕和他结成亲家；今之朵颜首领长昂，也逐渐成为出没于辽东的各部中最强大的一支。这一情形，李成梁本人心里也是有数的。

“谢爵爷！”探军叩道。

“来犯虏部，有多少人？”李成梁问。

“共计三万余。”探军道。

“倒不算多，”李成梁心里踏实许多，他问，“虏部所向何处？”

“似往平虏堡。”探军道。

“距平虏堡多远？”李成梁问。

“大约二百里。”探军道。

“你是从那里来的吧？”李成梁问。

“小人是从平虏堡来的。”探军道。

“若以日行五十里计，虏部四日可到；若以日行七十里计，虏部三日可到；若以日行百里计，虏部二日可到。”李成梁念叨着。

他自己在想事，属下都不敢应声。

“我守将是——”李成梁沉吟着，看身边的心腹校卫一眼。

“守平虏堡者，备御李有年；距平虏堡不远，有把总冯文升。”他身边的心腹校尉告诉他。

“让李有年做好御敌的准备，让冯文升随时准备驰援。”李成梁命道。

“是。”他身边的心腹校尉应道。

“再探！”李成梁命探军。

“是。”探军应道。

第二天，探军带给李成梁一个不好的消息。

“禀报爵爷，平虏堡失守。”他说。

“胡说！”李成梁斥道。

“小人不敢胡说。”探军道。

“可你定是胡说！”李成梁不容置疑地说。

“是，小人胡说。”探军不敢再犟嘴。

“你知怎是胡说？”李成梁问。

“小人不知。”探军道。

“昨日探报，虏部在二百里外，今日平虏堡怎就失守！”李成梁说。

平虏堡与辽阳之间，疾行，是一日的路程，缓行，是两日的路程。军情紧急，估计谁也不敢缓行。也就是说，昨天的探军是前天离开平虏堡附近的，今天的探军是昨天离开平虏堡附近的。前天虏部在二百里外，昨天忽驰至平虏堡，李成梁很难相信。

不料，一听理由，探军又敢犟嘴。

“爵爷容禀，虏部在二百里外，是前日探报。”他说。

“你是从那里来的吧？”李成梁问。

“是。”探军应道。

“对你来说，是前日探报，对本爵来说，是昨日探报。”李成梁说。

“爵爷说的是，”探军应罢，不厌其烦地说，“对爵爷来说，是昨日探报，对小人来说，是前日探报，虏部确在二百里外。但一则，当时所探，未必精确，说是二百里，可能只有一百八十里、一百五十里，甚至更近。二则，虏部在二百里外，对爵爷来说，是昨日探报；对小人来说，是前日探报。故探军可能不曾兼程赶路，可能用一日又多一个时辰、两个时辰，甚至三个时辰；小人已知平虏堡失守，不敢有丝毫懈怠，一日即赶来，甚至一日还少一个时辰、少两个时辰赶来。一多一少，或差出半日。三则，虏部若不在途中耽搁，不遇战事，不行劫掠，不被阻隔，一日行一百五十里、一百八十里，甚至二百里，并不在话下。”

“你能不能说得简单些！”李成梁斥道。

“虏部在二百里外，对爵爷来说，是昨日探报，对小人来说，是前日探报；虏部忽至平虏堡，对爵爷来说，是今日探报，对小人来说，是昨日探报，这并非不可能。”探军的说辞简单许多，但仍显得啰唆。

“若是如此，你没说错。有赏！”李成梁道。

“谢爵爷。”探军叩谢。

“好，说说平虏堡战事。”李成梁命道。

“平虏堡不守。”探军再次禀报结果。

“这你已经说过。”李成梁不耐烦地说。

“双方各有伤亡。”探军说。

“怎么个各有伤亡？”李成梁问。

“虏死三十四人，官军死——”探军迟疑着，想等李成梁插话，避开这个题目；但李成梁不插话，他只得说，“官军死百余人。”

“能否说准确？”李成梁问。

“百二十余人。”探军道。

“亦即，虏死一人，我官军死三个半人。写在史书里，应该用败绩二字吧？”李成梁问身边的师爷。

“也不尽然。”师爷说。

“怎不尽然？”李成梁冷笑，“虏攻我守，理当虏死伤多过我。今城堡未守，且虏死一人，我死三个半人，还不算败绩！”

“易守难攻，则守方死得少，攻方死得多；易攻难守，则守方死得多，攻方死得少。此不可一概而论也。再者，兵力相当，则守方死得少，攻方死得多，且城守得住；寡众悬殊，则守方死得多，攻方死得少，且城难守。此亦不可一概而论也。”师爷说。

“先生的意思，未守住城堡，不算败绩？”李成梁问。

“是。”师爷应道。

“我死伤多过虏部，也不算败绩？”李成梁问。

“是。”师爷应道。

“那么，如何划定胜负？”李成梁问。

“士气，”师爷道。并说，“或者，换句话说：失一城，不足虑，损一军，不足虑；若是因士气丧而失城，士气丧而损军，才堪忧虑。”

“先生说的是，”李成梁点点头，问探军，“平虏堡之战，我官军士气如何？”

“李将军手刃数虏，被虏部骁骑围困后，不屈而战死；其他阵亡军士，也都是力战而死。”探军说。

“此足以慰爵爷。”师爷说。

“还有何事足慰？”李成梁问。

“容学生询问，”师爷说着，问探军，“官军可有援平虏堡者？”

“有。”探军应道。

“是哪一军？”师爷问。

“把总冯文升率所部援之。”探军道。

“又在胡说！”李成梁斥道。

“小人不敢胡说。”探军道。

“可你定是胡说！”李成梁不容置疑地说。

“是，小人胡说。”探军知道不能再犟嘴。

“你知怎是胡说？”李成梁问。

“小人不知。”探军道。

“昨日本爵才传令冯文升，要他随时驰援平虏堡，今日他才能得到军令，怎可能昨日即驰援！”李成梁说。

一听理由，探军的话又多。

“爵爷容禀，冯把总有可能昨日即驰援。”他说。

"怎讲？"李成梁问。

"一则，爵爷是昨日传令的，但虏部奔袭平虏堡，冯把总却不是昨日才获悉的。冯把总驻地近平虏堡。平虏堡在前日得知虏部将要奔袭，冯把总一定也在前日得知。二则，冯把总应在今日接获军令，但未接获军令，而得知虏部将奔袭平虏堡，他可能主动率部驰援。"探军说。

"这次没三则？"李成梁讥道。

"小人愚笨，这次没想出三则。"探军说。

"你能料到冯把总主动率部驰援，不算愚笨，"李成梁说着，问师爷，"先生还有话问他吗？"

"还有，"师爷应罢，问探军，"你说官军死百二十余人，也包括冯把总的部属吧？"

"是。"探军应道。

"冯把总本人呢？"师爷问。

"陷入敌围，亦力战而死。"探军道。

"学生以为，官军知主动驰援，且能力战，亦足以慰爵爷。"师爷说。

"先生说的是，"李成梁道，又对探军说，"你又没说错。再赏！"

"谢爵爷。"探军叩道。

"先生称，官军能力战，知驰援，足以慰我，我是赞同的；但今日之事，如何禀奏于朝呢？"李成梁转问师爷。

"学生以为，不妨等一二日，再禀奏于朝。"师爷说。

第三天，传来好消息：镇边堡守将吴大绩率部战敌，斩首五十五级。

"爵爷，今日可拟奏表。"师爷对李成梁说。

"为何要在今日拟奏表？"李成梁问。

"镇边堡之战，官军杀虏五十余人，自损寥寥无几，和前日平虏堡之战虏、我伤亡之数混同而言，约是虏死一人，我死一个半人。谁要再说官军败绩，得斟酌斟酌。"师爷说。

"照先生的说法，再迟几日，岂不更佳！"李成梁道。

"为何更佳？"师爷问。

"镇边堡之战，杀敌五十五人，官军自损，寥寥无几，使得虏死一人，我死一个半人；再有一次镇边堡之战，虏部所损就会超过官军所损。应该是——"李成梁估计到，但没有具体算出。

"大约是虏死七人，我死六人。"师爷说。

“对，虏部所损超过官军所损，官军败绩岂不更说不出口！”李成梁道，又说，“况且，再有两次镇边堡之战，就该我死一人，虏死一个半人吧？再有三次镇边堡之战，就该我死一人，虏死二人吧？”

“若是再有一两次平虏堡之战呢？”师爷问。

李成梁被问住。再有一次平虏堡之战，变成虏死一人，官军死三人；再有两次平虏堡之战，变成虏死一人，官军死四人。到那时，就更不好奏闻于朝。

“再者，虏部未退，”师爷又说，“受创于吴大绩，不过是小创，并未伤元气。据探报，虏部接下来会犯沈阳，是吧？”

“是，”李成梁应道，“据探报，虏部将分兵犯沈阳蒲河、榆林等镇。”

“沈阳乃辽阳之外的重镇，蒲河、榆林居民皆众；虏犯沈阳，劫掠必多，这又是不便奏闻于朝的。”师爷说。

“诚如先生所言，”李成梁点点头，问道，“先生看，要不要从沈阳出兵，分助蒲河、榆林？”

“依学生之见，以不出兵为上。”师爷说。

“请先生详细说说。”李成梁道。

“虏部分兵犯蒲河、榆林二镇，即无意犯沈阳。沈阳若出兵分助蒲河、榆林，虏部忽奔袭沈阳，怎好？须知，蒲河、榆林梢有差池，事小；沈阳若有差池，事大。”师爷说。

“那么，更不可从辽阳出兵，助守沈阳。”李成梁道。

“爵爷说的是，”师爷应道，“沈阳稍有差池，事大；辽阳若有差池，事更大。今虏部犯边，意在劫人掠物，不在得地。既无意得沈阳，亦无意得蒲河、榆林。我但严阵于辽阳，使其不敢觊觎辽阳；严阵于沈阳，使其不敢觊觎沈阳。待其饱掠而去，再出兵尾其后，是为上策。”

“先生说的是，就请先生草拟奏表。”李成梁道。

“是。”师爷应道。

长昂、土蛮、白洪大三部在沈阳周边杀掠七日，终于退去。李成梁和师爷终于可以心平气和地谈论得失。

“虏部数万犯辽东，为今岁深秋一件大事。一则，各镇官军严阵以待，二则，虏、我损失略当。在朝廷，这总可以交代得过去，这件大事也可以应付得过去，”李成梁说着，问道，“先生说呢？”

“此事算得今岁深秋一件大事，但非最大之事；此事在朝廷交代得过去，但朝廷最看重的并非此事。”师爷说。

“先生是说，今岁深秋，辽东还有更重大的事？”李成梁问。

“是。”师爷应道。

“朝廷于辽东，还有更关注的事？”李成梁又问。

“是。”师爷应道。

“却是何事？”李成梁问。

“爵爷还记不记得，就在虏部要退未退之际，朝廷有一道谕旨颁至辽东？”师爷反问。

“先生说的是——”李成梁不是不记得，而是这些日子，朝廷关于辽东的谕旨不止一道，他不知师爷指的是哪一道。

“是本月十日朝廷颁发的谕旨。”师爷说。

“本月十日，朝廷颁发过谕旨吗？”说到具体日子颁发的谕旨，李成梁反而记不清楚。

“是一道升授官职的谕旨。”师爷提醒他。

“先生说的是升授建夷努尔哈赤为都督佥事的谕旨？”李成梁顿悟。

“是。”师爷应道。

“先生是说，此事是今岁深秋辽东更大的一件事？”李成梁问。

“是。”师爷应道。

“是朝廷于辽东更关注的一件事？”李成梁问。

“是。”师爷应道。

“未必吧！”李成梁不以为然，“朝廷于建夷中赐封职官，不仅封过都督佥事，还封过都督同知、左右都督。这是很寻常之事。”

“事虽寻常，人却不大寻常。”师爷道。

“先生是说，努尔哈赤不是寻常之人？”李成梁问。

“他曾投在爵爷麾下，爵爷不觉着他与众不同？”师爷反问。

“我的印象里，此人颇能战。”李成梁说。

“仅此而已？”师爷问。

“少语寡言，但又似乎很有主见。”李成梁又说。

“有主见不怕，怕的是有主见而少语寡言，让人琢磨不透。”师爷说。

“先生是说，努尔哈赤让人琢磨不透？”李成梁问。

“是。”师爷应道。

“我倒想听听，他怎么让人琢磨不透。”李成梁道。

“喜欢与汉人交谈，爵爷说，在建夷中多不多？”师爷问。

“不多。”李成梁说。

“喜欢读汉人的书，爵爷说，在建夷中多不多？”师爷问。

“不多。”李成梁说。

“爵爷可知，他喜欢与哪一类汉人交谈？”师爷又问。

“不知。”李成梁说。

“爵爷可知，他喜欢读哪一类汉人的书？”师爷问。

“不知。”李成梁说。

“一个不多，一个不知，爵爷对他没琢磨透呀！”师爷道。

“我是没琢磨透，才请先生告我，”李成梁说着，问道，“努尔哈赤那厮喜欢和哪一类汉人交谈？”

“秀才。”师爷道。

“那厮喜欢读哪一类汉人的书？”李成梁问。

“《三国》。”师爷道。

“这倒对我的脾性，我也喜欢读《三国》，”李成梁说着，忽然想起一事，“那厮在我部时，先生也在吧？”

“也在。”师爷应道。

“先生是秀才，而且是博学多才的秀才，那厮喜欢不喜欢和先生交谈？”李成梁问。

“喜欢。”师爷道。

“《三国》之典，先生烂熟于胸，那厮喜欢不喜欢向先生请教《三国》？”李成梁又问。

“更是喜欢。”师爷道。

“他问些何事？”李成梁问。

“譬如，他问我，《三国》里谁最英雄。”师爷道。

“先生怎说？”李成梁问。

“我告诉他：一说关羽最英雄，因为五虎上将中，他排在首位；一说吕布最英雄，因为他一人可敌刘、关、张三位英雄。后人排名曰一吕、二关、三典韦。”师爷说。

“常山赵子龙不是英雄吗？”李成梁问。

“赵云排在第四，四赵、五马、六张飞。”师爷说。

“那厮一定听得津津有味吧？”李成梁问。

“不，”师爷摇头，“他说，吕布、关羽虽都算得上英雄，却不是他所仰慕的英雄。”

“他所仰慕的英雄是谁？”李成梁问。

“司马懿。”师爷道。

“司马懿？”李成梁大摇其头，“在那厮眼里，屡屡被诸葛孔明挫败和戏弄的司马懿，反倒成英雄？反倒被仰慕？”

“他说，不管司马懿几经挫败，最终一统天下的是司马氏。”师爷道。

“那厮有这等想法，着实让人难以琢磨，”李成梁认可师爷的用词，又问，“那厮还问何事？”

“又譬如，他问我，关羽是否当真闯过五关。”师爷道。

“先生怎说？”李成梁问。

“我告诉他，关羽过五关，斩六将，乃小说者言，《三国志》上并未记载。”师爷说。

“关羽事迹甚多，那厮为何单单关注过五关？”李成梁问。

“他说，他也有五关要过。”师爷道。

“他有五关要过？是不是镇北、广顺、新安、清河、山头这五关呀？”李成梁讥道。他说的五关，都在辽东都指挥使司所辖三万卫附近。

“他说的五关，那时对学生来说也是个谜。”师爷道。

“今时解开否？”李成梁问。

“似能解开。”师爷说。

“那好，说与本爵听听。”李成梁命道。

“建州女真是怎样划分的，爵爷清楚吧？”师爷问。

“建州卫、建州左卫、建州右卫，有何不清楚！”李成梁道。

“这是朝廷的划分，学生是问建州人自个儿的划分。”师爷说。

“那应是建州五部。”李成梁说。

“对，”师爷应道，“建州大部有五，即苏克素护部、浑河部、王甲部、董鄂部、哲陈部。苏克素护部在五部中最强，首领是尼堪外兰。努尔哈赤一举击败尼堪外兰时，我没多想，然后他将其他四部一一荡平，我忽然想到，这会不会就是他要过的五关呢？”

“以关羽过五关来比喻荡平五部，亏得先生琢磨得出！”李成梁称许，顿了顿，又问，“那厮和先生谈论过五关，是在几时？”

“大约在他离爵爷而去的前两三年。”师爷说。

“那厮是万历十一年离我而去的，在那之前两三年，即万历八九年。也就是说，差不多在万历八九年之前，那厮已经有一统建州各部的念头？”李成梁问。

“学生想是的，”师爷道，“当然，努尔哈赤当年说的要过五关，也可能是别的意思；而他打败五部，一统建州，只是个巧合而已。但我宁愿以为，他在那时已经有一统建州各部的念头。”

“先生是不是想说，那厮素有野心？”李成梁问。

“或者说，他素有雄心。”师爷说。

“野心也罢，雄心也罢，先生看，是好事，还是坏事？”李成梁问。

“努尔哈赤打败五部，一统建州在望。朝廷旋即授以都督佥事；至少在朝廷看来，这是件好事。”师爷说。

“在先生看来呢？”李成梁追问。

“好事也罢，坏事也罢，已然如此，不得不安抚。朝廷升授其官职，是顺其自然而已。”师爷说。

“先生之意，好坏无法预料？”李成梁问。

“也不是完全不可预料，”师爷说，“譬如，朝廷于建夷，原本要安抚五人，今日安抚一人即可，这是好处；但安抚的一人，肯定比原来五人中的任何一人，胃口要大得多，这是坏处。”

“亦即，利、害参半。”李成梁概括一句。

“是，”师爷先应，后说，“不过，利、害参半是对目前的局面而言；日后的局面如何，学生尤不敢预料。”

“先生不必预料日后的局面，只要说一说，那厮和先生还谈论过何事。”李成梁道。

“又譬如，他问我，赤壁之战，曹操共统大军几多。”师爷说。

“先生怎说？”李成梁问。

“我告诉他，曹操统八十三万大军南下，只是小说者言，可能不会有那么多人马。”师爷说。

“可孔明先生说，曹操大军，应不止此数。”李成梁道。

“一则，他用的是激将法，故意夸大曹军；二则，孔明先生舌战群儒及智激孙权，也是小说者言。”师爷说。

“先生说的是，”李成梁点点头，又问，“那厮怎说？”

“他说，一场大战，哪里用这多人马！我若有十万雄师，可得整个辽东，有五十万大军，可染指中原。”师爷复述道。

“他还有得整个辽东的野心？”李成梁惊呼。

“他说的是，他有十万雄师，可得整个辽东。”师爷重复前半句。

“他还有染指中原的野心？”李成梁又惊呼。

“他说的是，他有五十万大军，可染指中原。”师爷重复后半句。

“先生怎想？”李成梁问。

“学生想，野心也罢，雄心也罢，在努尔哈赤，绝不限于一统建州各部，”师爷说，“当然，有十万雄师则如何，有五十万大军则如何，可能只是他随口一言，他并不知得整个辽东是怎么一回事，染指中原又是怎么一回事。但从他用六年工夫一统建州各部来看，学生宁愿以为，他有这个野心；或者说，有这个雄心。”

“先生可知，听你这番话，本爵惊出一身冷汗！”李成梁说。

“学生知道，一则言及关羽过五关，一则言及曹操统帅八十三万大军，努尔哈赤的话确实令人瞠目。不过，还有件事，学生一定得对爵爷说一说。”师爷道。

“难道比这两件事更为惊人？”李成梁问。

“不一定更为惊人，”师爷说着，问道，“爵爷记不记得，努尔哈赤当年为何离爵爷而去？”

“怎不记得！”李成梁道，“万历十一年，建州右卫阿台反叛，官军征讨，那厮之祖觉昌安、之父塔失率部随往。本爵后来听尼堪外兰说二人有异志，将他们处死。”

“今日看来，尼堪外兰会不会别有所图？”师爷问。

“有可能。”李成梁道。

“那么，爵爷可曾悔之？”师爷问。

“处死二人时，本爵尚未悔。后来，努尔哈赤那厮指着本爵的鼻子问：我祖、我父何罪，而将他二人论死！我才感到，有可能杀错。我奏请朝廷赐给他敕书和马匹，让他袭其父官职，正可看出，本爵已有悔意。”李成梁说。

“爵爷还向他透露，杀二人，是因尼堪外兰谗言。”师爷补充。

“是。”李成梁应道。

“他离爵爷而去，为向尼堪外兰复仇，是吧？”师爷问。

“是。”李成梁应道。

“但杀二人的，却是爵爷！”师爷道，并问，“若言复仇，他会不会只仇恨尼堪外兰，而不仇恨爵爷？”

“这我说不上来。”李成梁道。

“他会不会由仇恨爵爷，进而仇恨朝廷？”师爷又问。

“这我更说不上来。”李成梁道。

“他从复仇开始，一统建州各部，从没说过，他同样仇恨爵爷，仇恨朝廷；也从没说过，他感恩爵爷，感恩朝廷。我说他让人琢磨不透。最为直接的是这件事。”师爷说。

“先生大概还想说，正因琢磨不透，故更须琢磨。”李成梁道。

“爵爷说的是。”师爷应道。

第一百八十九章

吏部文选司员外郎赵南星，学问好，人品端，薛敷教、高攀龙都拜在他门下求学。薛敷教被黜，他很是不平，又很是无奈。

“以身用力，所惜者，用力稍偏。”他对高攀龙说。

“弟子和梦白师同感。”高攀龙道。

赵南星字梦白，北直隶高邑人，万历二年进士。

“是吗？说来听听！”他命道。

“以身兄上疏前，弟子听他叙述对都察院重申台规一事之见，当时就对他说，人在刑部观政，当关注刑部之事。”高攀龙道。

“存之是说，他不当关注刑部以外之事？”赵南星问。

“也不完全是这个意思，”高攀龙道，“都察院重申台规一事，弟子也看出不妥，看出有钳制言路之嫌；但弟子以为，作为我辈新进之士，还有更须关注之事。”

“譬如——”赵南星问。

“譬如，适逢四川佥事某所著《大学初义》，一味诋毁程、朱。某进其书，并请颁行天下。弟子以为，作人为根本，立学为根本，故对该书痛加批驳，是件更要紧的事。”高攀龙说。

“该书终未颁行，存之有力焉。”赵南星说。

“此朝廷圣明，弟子不敢居功。”高攀龙谦道。

“存之的话不错，入仕之初，当以作人为根本，立学为根本；不过，以身以为辨明重申台规一事要紧，存之以为批驳谬学要紧，乃见仁见智。我说以身用力稍偏，不是指此。”赵南星说。

“梦白师所指何事，乞明示。”高攀龙道。

“存之以为，辩白都察院重审台规一事不如批驳谬学要紧，但不知有没有仔细读过以身的奏章？”赵南星以问作答。

“那是仔细读过的。”高攀龙说。

“以身怎斥吴都堂，存之尚记否？”赵南星问。

“以身兄写道：定向何人，敢妨言路！为时来者，不唯不能参驳，反尔朋连；无论愧古名臣，即回想抗论严嵩一事，有腼面目矣。”高攀龙复述道。

“在以身看来，吴都堂错在不能参驳，反尔朋连，是吧？”赵南星问。

“是。”高攀龙应道。

“以身未明斥詹都堂，但都察院重申台规一事，他和吴都堂应负同样的责任。因此，他也错在不能参驳，反尔朋连，是吧？”赵南星又问。

“是。”高攀龙应道。

“以身却未看到，此二都堂不仅错在不能参驳，反尔朋连，更错在各有所图。”赵南星说。

“梦白师所言各有所图，是泛泛而言，抑或是有所指？”高攀龙问。

“自然是有所指。”赵南星道。

“惟修先生已是掌院都御史，尚有何图？”高攀龙问。

“大冢宰伯谦先生以病乞休，存之有所闻吧？”赵南星反问。

“弟子有所闻。”高攀龙道。

“存之可知，伯谦先生若去，谁人最有望接掌吏部？”赵南星问。

“弟子听说，伯敬先生最有望。”高攀龙说。

虽然尚未获准，但自吏部尚书杨巍乞休奏疏一上，朝廷上下的目光都在盯着看，下一个吏部尚书会是谁。其中，户部尚书宋纁的呼声最高。

“吴都堂近来连续攻讦伯敬先生，不足为怪吧？”赵南星道。

“梦白师是说，吴都堂所图，吏部尚书也？”高攀龙问。

“不错。”赵南星点头。

“这一层，以身兄没想到，弟子也没想到，”高攀龙好像在表示，看事情不如老师看得深刻。随后问道，“吴都堂谋的是吏部尚书，詹都堂却谋何事？”

“都御史谋尚书，副都御史自然是谋侍郎。”赵南星说。

“在大人们眼里，尚书一定胜于都御史？”高攀龙问。

“在大人们眼里，尚书未必胜于都御史；但吏部尚书一定胜于都御史，故谋之者多。”赵南星说。

“那么，在大人们眼里，侍郎亦未必胜于副都御史，但吏部侍郎一定胜于副都御史。”高攀龙根据他的结论推断。

“这却不尽然。”赵南星说。

“梦白师是说，尚书虽不一定都胜于都御史，侍郎却都胜于副都御史？”高攀龙问。

“非也，”赵南星摇摇头，说，“侍郎未必都胜于副都御史，但在大人们眼里，除吏部侍郎外，兵部侍郎却一定胜于副都御史。”

“这又是为何？”高攀龙不解地问。

“所谓尚书未必胜于都御史，有一例外：都御史一般都非翰林出身，礼部尚书难求也。所谓侍郎未必胜于副都御史，同样有一例外：副都御史一般亦非翰林出身，礼部侍郎难求也。此外，户部、刑部事繁，仅清吏司有十三个之多，是他部数倍；工部修桥治水，以及各类大工，都是苦差事。所以，改户书、刑书、工书，未必是掌院都御史所求。至于兵部，大司马和掌院都御史差别不大，但兵部侍郎多署理戎政，外差总督，及升任尚书的机会，要多过副都御史。所以，兵部尚书未必是都御史所求，兵部侍郎却是副都御史所求。”赵南星说。他在吏部任职较久，又善于思考，对大臣们的心态了解得很透彻。

“梦白师不说，谁人能知，道貌岸然的大人们，原来也患得患失！”高攀龙叹道，又问，“詹都堂所图，亦吏部侍郎，或兵部侍郎？”

“是。”赵南星应道。

“吴都堂谋吏部尚书，有攻讦呼声最高的伯敬先生一事可证；詹都堂谋吏部侍郎，或兵部侍郎，有何事可证？”高攀龙问。

“此事不用证之。”赵南星道。

“为何此事不用证之？”高攀龙问。

“因为詹都堂本人并不讳言。”赵南星道。

“梦白师是说，詹都堂公然声称欲得吏侍、兵侍？”高攀龙问。

“是。”赵南星应道。

“看来，饶主事以科场事论阁老及吴都堂等，詹都堂则劾饶主事；以身兄以重申台规事论吴都堂及南京耿都堂，詹都堂则劾以身兄，原来都是为的谋吏侍、兵侍！”高攀龙道。

“对，”赵南星点点头，说道，“吴都堂谋吏书，而攻讦伯谦先生；詹都堂谋吏侍，或兵侍，而维护权贵。大臣干进如此，小臣能不效仿？上行下效，朝廷风气能好？干进之害，不可不亟除之！”

“梦白师说的是，”高攀龙回应一句，然后问，“梦白师准备作这样一篇文章，以弥补以身兄文章的不足？”

“一则，以身作以身的文章，我作我的文章，说不上弥补不足；二则，我要作的文章，也不限于此一事。”赵南星道。

“论干进，害也；论别事，也是害吧？”高攀龙问。

“是。”赵南星应道。

“梦白师欲论几害？”高攀龙问。

“干进在内，共论四害。”赵南星道。

“其他三害为何事？”高攀龙问。

“倾危，害之二也；州县，害之三也；乡官，害之四也。”赵南星道。

高攀龙本来只有点儿好奇，只想表达一下对老师写疏的关心，赵南星说出另外三害，他的好奇心大增，非得一一问个究竟不成。

“倾危之害，谁个倾，谁个危？”他问。

赵南星也有兴致阐明。他不慌不忙地反问：“大宗伯仲化先生几时去官的，存之知否？”

“弟子不知。”高攀龙道。

“在去岁九月，”赵南星告诉他，又道，“不知他几时去官的，更不知他为何要去官吧？”

“是。”高攀龙应道。

“那时，你和以身等都在最后用功，准备应对今岁的会试，难怪不知！”赵南星说，并告诉他，“仲化先生是以病辞官的。”

“到他这个职位，欲辞官，大都以病。”高攀龙道。

“他以病辞官，和一般的以病辞官不同。”赵南星说。

“有何不同？”高攀龙问。

“沈尚书好官，这话是皇上说的；被皇上称作好官，仍不得不以病辞，”赵南星说着，提问，“存之想想，这是为何？”

“被倾，而危之。”高攀龙想到老师说的第二害。

倾危可以有两种理解：一是指奸诈小人；一是分而诠释，倾者，倾轧也，危者，自危也。他采用的是后一种理解。

“位至大宗伯，存之说，谁人能倾之？”赵南星又问。他用倾危这个词，是取第一种理解，这样才能和前面提到的干进相对称。但高攀龙既然采用第二种理解，他也根据第二种理解来作解释。

“是相公吧？”高攀龙道，“我已大致能猜到，谁个倾，谁个危。”

譬如被科、道或别官参劾，也可以说倾之。但一般而言，倾人者和被倾者应该地位相当。特别是在礼部尚书的位置上，如果只是被科、道官参劾，赵南星应该不会用“倾”这个字的。

“所以仲化先生以病辞官，内阁拟旨放归，皇上会说：沈尚书好官，奈何使去！”赵南星道。

原来还有后半句话，更证明高攀龙估计的不错。

“若言倾轧而去，不止仲化先生一人。”他说。

“存之还能举出谁人？”赵南星问。

“南京太仆寺卿纯父先生，为龚御史倾轧，以病辞官。”高攀龙又以龚仲庆参劾沈思孝为言。

“龚御史为何倾轧？”赵南星问。

“弟子听南京官员议论：龚御史湖广人，和前首辅张居正同乡，又和张居正子懋修同年；而纯父先生以谏夺情闻名，故有宿怨。”高攀龙道。

“若为此宿怨，隔得未免太远，”赵南星说，“实则，科、道倾轧纯父先生，是因李、江二御史之公案而起。”

“是汝培先生、长信先生吗？”高攀龙问。

“是。”赵南星点头。

“弟子听说，二公得罪执政有二：一则以言科场事，一则以言寿宫事。不知然否？”高攀龙问。

“然也。”赵南星点头。

“梦白师说，科、道倾轧纯父先生是因李、江二公而起，莫非他也因此二事得罪执政？”高攀龙问。

“其实，科场之议，寿宫之议，纯父先生均未深陷其中，但执政疑其与汝培先生、长信先生同党，故遭倾轧。”赵南星说。

“他为同党，我乡子道先生、汝师先生更为同党。”高攀龙说。

“那还用说！”赵南星道，“子道先生为执政伙同科、道倾轧，不是已去官吗？唯汝师先生尚未去，仍官南京礼部侍郎；但存之可知，词臣如黄洪宪辈，言官如唐尧钦、孙愈贤、蔡系周辈，弹章丑诋，此息彼起，大有不逐不快之势。”

“众正不容，宵小得志，梦白师所谓倾危之害，正在于此。”高攀龙说。

“存之概括得很好。”赵南星称赞道。

“梦白师，州、县之害，何意也？”高攀龙问下一害。

“存之可知，以身祖父方山先生可是甲科出身？”赵南星仍以问作答。

“弟子记得，他老人家是嘉靖十四年进士。”高攀龙说。

“存之可知，方山先生初授何官？”赵南星又问。

“县令；哪县县令，弟子却不记得。”高攀龙说。

“浙江慈溪县令，”赵南星告诉他，又问，“我初授何官，存之知否？”

“似是推官。”高攀龙说。

“河南汝宁推官，”赵南星告诉他，又问，“存之授官，行人，是吧？”

“是。”高攀龙应道。

“存之说，此三者有无优劣之分？”赵南星问。

“皆为朝廷命官，有何优劣！一定要言优劣，则梦白师和方山老前辈授官，都是七品；弟子授官，则是八品。”高攀龙说。

赵南星不首肯，也不反驳，而问：“存之说，方山先生初授之官，和我初授之官，有无优劣之分？”

“一定要言优劣，知县为主官，推官为属官，方山老前辈初授官，优于梦白师初授官。”高攀龙说。

“存之都说颠倒。”赵南星道。

“应该是梦白师初授官，优于方山老前辈初授官？”高攀龙问。

“存之初授官则优于方山先生和我初授官。”赵南星补充道。

“官品低，反而为优？”高攀龙问。

“一在朝，一在外，是不可同日而语的，”赵南星道，“譬如资深御史，外放可四品，甚至三品，在朝在外之官，岂仅以官品而论！”

“可县令、推官都是外官，为何梦白师初授官优于方山老先生初授官？”高攀龙问。

“推官为府衙官，府衙为四品衙门，故推官优于县令，”赵南星道，“譬如朝廷衙门，六部佐卿是三品，寺卿亦有三品，也有等次之分吧？故同为廷臣，同为外官，岂仅以官品而论！”

“此皆世俗之见，吾师不会苟同吧？”高攀龙问。

“我眼中只有好官、坏官，当然不会苟同。”赵南星道。

“那么，梦白师言其优劣，是为说明州、县之害？”高攀龙推测。

“正是。”赵南星欣然应道。

“梦白师是说，依世俗之见，外官不如朝官，低品衙门的官不如高品衙门的官，而以州、县官最劣，此为州、县之害？”高攀龙进一步推测。

“此为州、县之害，但只是州、县之害中的一事。”赵南星道。

“其二为何事？”高攀龙问。

“考核地方官，当以何事为重？”赵南星反问。

“应是赃私吧。”高攀龙道。

“不错，”赵南星点头，“考核地方官，当以赃私为重。然今考核到州、县官，虽赃私有据，抚、按也往往以二言轻松带过。”说着，问道，“存之知是哪二言吗？”

“弟子不知。”高攀龙道。

“一则曰未甚，一则曰任浅。”赵南星告诉他。

“未甚即贪赃不多吧？”高攀龙问。

“是。”赵南星应道。

“任浅即任之未久吧？”高攀龙问。

“是。”赵南星应道。

“此二言亦可为赃私开脱？”高攀龙愤然言道，“未甚可以不处分，则何为已甚？贪赃至几多方得处分？任浅可以不处分，则何为任深？任官几久方得处分？”

“以未甚、任浅为言，不是不处分，而是从轻处分。”赵南星说。

“怎样从轻处分？”高攀龙问。

“降调而已，且有说词。”赵南星道。

“有何说词？”高攀龙问。

“惜才。”赵南星道。

“此为惜才？”高攀龙更气愤，“弟子看，此非惜才，实惜不才也，实纵容也。一官赃私而不惩，则十官效之；一方赃私而不惩，则十方效之。从轻处分不仅害民，且害官；不仅害赃私者，且害效仿者。”

“所以，我才提及州、县之害，”赵南星道，“州、县官日轻，不仅朝廷轻之，上官轻之，他人轻之，自视亦轻。方山先生入仕时，进士授县令，虽非美选，亦多有之。我入仕时，进士授县令，已甚少，但还有之；已有抱怨，但还不至于怨声载道。到存之、以身入仕时，我不知还有没有径授县令者，但一授县令，则以为陷入穷途末路，必欲改授，是可想而知的。故今之县令，多非甲科出身。非甲科出身，并非不能为县令，但非甲科出身而授县令，县令更轻矣。朝廷更轻之，上官更轻之，他人更轻之，自视亦更轻。朝廷轻之，上官轻之，他人轻之，故不爱之；自视亦轻，故不自爱。有赃私之事，上官不以为意，本人不以为意。吏治之坏，实自州、县始。”

“弟子极为赞成将州、县列为四害，”高攀龙说着，问道，“梦白师，乡官之害，何意也？”

“存之可知，今岁外察，以谁人治最？”赵南星仍以问作答。

“弟子不知。”高攀龙道。

“是渭南知县张栋。”赵南星告诉他。

“张知县亦非甲科出身？”高攀龙问。

“他倒是甲科出身，而且，是径授知县。进士出身，径授知县，而不抱怨，百无一二。我估计，他是其中之一，不然，不能治行无双。”赵南星说。

“梦白师举张知县的例子，不是为的把话说得更周全吧？”高攀龙问。

“不是，”赵南星道，“我想说的是，张知县以天下治最，却不能赴京受赏。”赵南星说。

“这是为何？”高攀龙问。

“因为他裁抑乡官，”赵南星道，“有的乡官可通府，西安府里有人作梗；有的乡官可通布政司，陕西布政司有人作梗；有的乡官可通抚、按，巡抚陕西都御史衙门、巡按陕西御史衙门有人作梗；有的乡官可通京师，最后朝中有人作梗。致使他本该赴京受赏，却不能成行；本该升调，却不能升调。”

“在弟子心目中，渭南并无了不得的乡官。渭南尚且如此，到那些出大乡官的地方，大概更是横行无忌，莫敢谁何。”高攀龙说。

“所以，我把乡官之害，列于四害之末。存之信我一句话：四害不除，天下不得治也！”赵南星道。

“弟子信之。”高攀龙忙附和。

赵南星上言干进、倾危、州县、乡官四害，为他喝彩的人不少，但因奏疏中包含着对执政大人的批评和讥讽，包含着对一些科、道官的批评和指责，也招致某些科、道官的回击。

第一百九十章

大理寺评事雒于仁常出奇言怪句。譬如，岁尾同年聚会时，他忽然对吏科给事中史孟麟说：“际明兄莫忘，我等出自首科。”

说罢，他倒背双手，迈步欲去。

“少泾兄等等，”史孟麟叫住他，“我等或曰出自万历十一年科，或曰出自万历癸未科，怎成出自首科？”

雒于仁字少泾，陕西泾阳人。

“我是说，我等出自权相不复之后的首科。”雒于仁说。

“原来是此意，”史孟麟说着，指了指雒于仁方才要去的方向，“少泾兄请吧。”

他叫雒于仁等等，雒于仁站住；他让雒于仁走，雒于仁却不急于走。

“际明兄，我说首科，没错吧？”雒于仁问。

“错是没错，唯稍费解而已。”史孟麟说。

“际明兄可知，我为何要用首科二字？”雒于仁问。

“这却不知。”史孟麟道。

“出自权相不复之首科，应更有朝气，际明兄说是不是？”雒于仁问。

“是。”史孟麟应道。

“出自权相不复之首科，应更负责任，际明兄说是不是？”雒于仁问。

“是。”史孟麟应道。

“出自权相不复之首科，应更敢言事，际明兄说是不是？”雒于仁问。

“是。”史孟麟应道。

“然则，我辈与前几科相比，并不见得更有朝气，并不见得更负责任，并不见得更敢言事，际明兄说是不是？”雒于仁问。

“少泾兄说是不是？”史孟麟显然并不认同他的说法，但又不好径直反驳，于是反问一句。

“我辈与后两科相比，并不见得更有朝气，并不见得更负责任，并不见得更敢言事，际明兄说是不是？”雒于仁自顾自地问。

“少泾兄说是不是？”史孟麟反问。

“我说是！”雒于仁道。

“少泾兄只是说我辈不见得比前几科更有朝气，更负责任，更敢言事，不见得比后两科更有朝气，更负责任，更敢言事，还是说除此之外，另有别的意思？”史孟麟问。

“实不相瞒，是另有别的意思。”雒于仁说。

“少泾兄是不是想说，比起前几科，比起后两科，我辈少些朝气，少些责任感，少些胆魄？”史孟麟问。

“然也。”雒于仁点头称是。

“少泾兄若有此意，未免妄自菲薄。”史孟麟道。

“我不是妄自菲薄，而是思前想后，不由得汗颜，”雒于仁说着，举例道，“乙酉年顺天试，戚畹子弟求举不成，遂诬陷考官。时甲戌科进士有台甫先生痛陈：宵人蜚语直达御前，其渐不可长；且疑大臣有私。我辈中却有谁人曾出一言？”

他举的是万历二年进士蔡时鼎的例子。所举之事，在朝廷并未引起太大反响；出自万历十一年的进士，无人议之，应该很正常。

“据我所知，我辈中无人出一言。不过，乙酉年，我辈入仕未久，尚少历练；该科顺天试一事，别科进士也少有与议者。”史孟麟说。

“寿宫择址一事，与议者不少吧？”雒于仁道，“万历丁丑科有汝培先生、长信先生、子喻先生并言：大宗伯以私意主其议，首辅以亲故赞其成。我辈中却有谁人曾出一言？”

万历五年进士，他以李植、江东之、羊可立三人为例。

“言寿宫择址之事者，还是有的。”史孟麟说。

“然则可曾有三人并言的气势？”雒于仁改变问法。

“那却没有。”史孟麟承认。

“十二年集宦者三千人内操，万历庚辰科有巢雄先生上疏直言：此以有用之才，縻之无用之地。十五年大计，有掌院辛都堂与工部何尚书之争，相公偏袒何尚书，唆给谏并论之，实则一攻一庇。庚辰科又有叔时先生，不平则鸣，直刺执政。二人均遭贬谪。此二事，我辈中却有谁人曾出一言？”雒于仁道。

万历八年进士，他以董基、顾宪成为例。顾宪成字叔时，南直隶无锡人，十五年大计时，官吏部验封主事。

“大臣互讦，我辈一定要插嘴吗？”史孟麟试图找借口。

“原本或是大臣互讦，相公既介入，则不是。”雒于仁道。

“好吧，就算我辈愧于叔时先生，”史孟麟没再强辩，他问，“以上数事说的都是愧于前辈；愧于晚辈，又有何事？”

“议册立东宫一事，万历丙戌科有顾季时慷慨而陈，其疏可列为各疏之冠，际明兄看呢？”雒于仁反问。

万历十四年进士，他以顾允成为例。

“是，”史孟麟应道，“不幸贵妃弄威福，其戚属左右窃而张之。恐居正之专，尚与陛下二；此属之专，遂与陛下一。这更是诤说之论。”

“我辈中可有人与其比肩而立？”雒于仁问。

“诚有愧也。”史孟麟道。

“都察院重申台规一事，今科有薛以身奋不顾身，其言辞犀利，如剑如匕，际明兄看呢？”雒于仁问。

今科进士，他以薛敷教为例。

“重申台规一事，弟也曾疏言。”史孟麟说。

“际明兄上疏，在薛以身之前，抑或之后？”雒于仁问。

“之后。”史孟麟道。

“际明兄之疏，可有壅遏言路、代人狼噬字句？”雒于仁问。

“无。”史孟麟道。

“际明兄还要我多言吗？”雒于仁问。

“不用；诚有愧也。”史孟麟道。

“仅此数事，际明兄还会说我妄自菲薄吗？”雒于仁问。

“歉甚，我还是要说，少泾兄莫要妄自菲薄。”史孟麟话说得客气，但立场丝毫未变。

“际明兄这么说，有点儿矫情吧？”雒于仁道。

“弟绝非矫情，”史孟麟摇摇头，说，“朝政阙失，各科皆有敢言之人争之，是不虚也。然我辈岂无敢言者！如去岁顺天试，与试辅臣子弟无不中式，其一且为举首。一举不足重，居然置之选首；子不与试，则录其婿。抑之兄所言，难道不得传世？”

于同年进士，他以饶申为例。

“抑之兄何官？”雒于仁问。

“工部主事。”史孟麟说。

“我辈中仅一工部主事敢言，际明兄还能说无愧！”雒于仁道。

“少泾兄这是在责怪我等，虽居言路，然不能尽职呀！”史孟麟自以为听懂他话里的含义。

“并非责怪际明兄，而是自责。”雒于仁却说。

“少泾兄休再言我辈是否应愧，我也休再言少泾兄是否妄自菲薄，我与少泾兄只把今日所言当作一个约定，如何？”史孟麟率先从二人的争辩之中跳将出来。

“际明兄何意？”雒于仁问。

“朝政有阙失，必争言之！”史孟麟道。

“好啊，”雒于仁应罢，问道，“际明兄是不是已经选好题目？”

“不用选，有个现成的题目，”史孟麟说着，问道，“今科进士，少泾兄极赞薛以身。然薛以身却以进言而被朝廷放归省过，少泾兄可知是拜谁人所赐？”

“重申台规一事，首辅、次辅皆维护北、南掌院都堂，薛以身放归，自然也是相公们的主意。”雒于仁说。

“少泾兄可知，为相公们冲锋陷阵的是谁人？”史孟麟又问。

“即十五年大计中攻辛都堂而庇何尚书之都给谏也。”雒于仁说。

陈与郊奉阁臣意旨，针对辛自修论十五年大计一事而上疏；复奉阁臣意旨，针对薛敷教论重申台规一事而上疏，朝中无人不知。

“不止是他，”史孟麟道，“少泾兄连说好几个愧字。该都给谏阿附，不足为我辈耻；另一给谏阿附，才是我辈耻。”

“是我辈中人？”雒于仁忙问。

“是。”史孟麟应道。

“是谁个？”雒于仁问。

“其人亦官吏垣。”史孟麟道。

万历十一年的进士里，官吏科给事中的只有李春开一人，雒于仁不会料错。他在空中比画一个“李”字，问：“是他？”

“是他。”史孟麟道。

“际明兄打算和他理论？”雒于仁问。

“是。”史孟麟应道。

“我辈之耻，我辈自雪，好！”雒于仁立表赞成。

“少泾兄有没有选好题目？”史孟麟这才有机会反问雒于仁。

“不用选，有现成的文章。”雒于仁说。

“现成的文章？”史孟麟问。现成的题目，容易理解；现成的文章，难道会是抄袭？其中含义，不解释很难懂得。

“我是说，前辈约半年前上一疏，用在今日，更为恰当。”雒于仁说。

“少泾兄说的前辈是——”史孟麟问。

“南京吏侍。”雒于仁道。

“原来少泾兄说的是汝迈先生那篇奏疏，我也以为，该疏写得很好；不过，少泾兄不会照本重拟吧？”史孟麟问。

“不是照本重拟，而是要补其不足。”雒于仁说。

“怎么个补其不足？”史孟麟问。

“际明兄以为该疏写得好，若以四字概述其疏，际明兄会用哪四个字？”雒于仁问。

“戒酒、戒色。”史孟麟毫不犹豫地说。

“际明兄概括得好，”雒于仁道，并说，“汝迈先生以为，圣主宜戒酒、戒色；我却以为，圣主宜戒者，不止此二事。”

“少泾兄以为，尚宜戒何事？”史孟麟问。

“尚宜戒财、戒气。”雒于仁道。

以尚酒、尚色、尚财、尚气为皇帝四失，草拟这样一篇奏疏，呈进这样一篇奏疏，是需要勇气的。难怪对同科进士，不管是否曾进言，不管进言是否深切，他都没看在眼里。史孟麟心想。

以戒酒、戒色、戒财、戒气为言，要从皇帝久不朝写起，这是雒于仁早就想好的。他写道：臣备官岁余，仅朝见陛下者三。此外唯闻圣体违和，一切传免。郊祀庙享遣官代行，政事不亲，讲筵久辍。

然后转入正题：臣知陛下之疾，所以致之者有由也。

关于尚酒，他写道：皇上八珍在御，宜思德埒无罪也。何醲味自耽，继以长夜；沉醉之后，持刀舞剑！此其病在嗜酒也。

关于尚色，他写道：皇上妃嫔在侧，宜思戒之在色也。何爱幸十俊，溺宠贵妃。即皇妃有育皇嗣之功，不得并封。储位当建而久不建。此病在恋色也。

关于尚财，他写道：皇上富有四海，宜思慎乃俭德也。夫何取银，动至数十万；索潞绸，动至数千匹？甚至拷索宦官，有银则喜，无银则加杖。如张鲸，以贿而见用，科臣李沂之言为不诬。此其病在贪财也。

关于尚气，他写道：皇上不怒而威，宜思有忿不惩也。夫何今日杖宫女，明日杖宦官，毙于杖下者，比比尔是。甚则宿怨藏怒于直臣范俊、姜应麟、孙如法，俾永锢于林泉。此病在尚气也。

四病之后，他写道：臣闻嗜酒则腐肠，恋色则伐性，贪财则丧志，尚气则戕生。陛下之溺此四者，不曰操生杀之权，人畏之而不敢言，则曰居邃密之地，人莫知而不能言。不知鼓钟于宫，声闻于外，幽独之中，指视所集。且保禄全躯之士可以威权惧之，若怀忠守义者，即鼎锯何避焉！臣今敢以四箴献，若陛下肯用臣言，即立诛臣身，臣虽死犹生也。

四箴是他最先打好腹稿的，前面的内容拟好，四箴挥笔立就：

酒箴曰：耽彼取蘖，昕夕不辍。心志内懵，威仪外缺。神禹疏狄，夏治兴隆。进药陛下，醲醑勿崇。

色箴曰：艳彼妖姬，寝兴在侧。启宠纳侮，争妍误国。成汤不迩，享有遐寿。进药陛下，内嬖勿厚。

财箴曰：兢彼镠镣，锱铢必尽。公帑称盈，私家悬磬。武散鹿台，八百归心。隋炀剥利，天命难谌。进药陛下，货贿勿侵。

气箴曰：逞彼忿怒，恣睢任情。法尚操切，政鳌公平。虞舜温恭，和以致祥。秦皇暴戾，群怨孔彰。进药陛下，旧怨无藏。

在严寒的岁末，雒于仁的这篇奏疏，使人心感到一阵激荡。

第一百九十一章

万历十八年的正旦日，恰好又是立春日，满朝文武都以为会举行大朝。但是没有。内臣在廷臣云集的左顺门传谕免朝。在廷臣门陆续散去之际，又有内臣传谕，着内阁四臣往毓德宫见驾。王家屏是去年四月还朝，晋礼部尚书入值内阁的。

皇帝在西偏殿，面东而坐。四臣进殿，行礼如仪。

“正旦、立春，合于一日，应该是个好日子吧？”皇帝道。

“是。”四臣齐应道。

申时行趋前一步，跪拜曰：“元旦、新春，仰唯皇上万寿、万福，臣等不胜欣贺。”

“申先生看，朕可是万寿、万福之相？”皇帝问。

“臣不识看相，但坚信皇上万寿、万福。”申时行说。

“许先生说呢？”皇帝问许国。

“臣亦坚信。”许国道。

“两位王先生说呢？”皇帝问王锡爵、王家屏。

“臣等亦坚信。”王锡爵、王家屏道。

“卿等这话，早一月对朕说，不，早十日对朕说，朕都深信；可这会儿说——”皇帝没把话说完，但意思很明确：这会儿说，他不信。

四阁臣不知皇帝何出此言，心一下子提到嗓子眼。

“去岁朕久不朝，外廷都在抱怨，卿等也在抱怨吧？”皇帝忽问。

关于这件事，阁臣们心里都有现成的回复。代众人说的，还是申时行。

“臣等久未瞻睹天颜，唯恭候起居万安，绝无抱怨之心。”他说。

“卿等呢？”皇帝问其他阁臣。

“臣等无不如是。”另外三阁臣齐道。

“还是先生们心疼朕，”皇帝说着，指了指自己，“卿等不知，朕之疾，已成痼疾。”

阁臣们本该惊吓，却并未惊吓，因为皇帝不是第一次自称患痼疾。

“皇上春秋鼎盛，神气充盈，偶患小恙，但能加意调摄，自然会勿药有喜。”申时行说。

“朕知卿等也都是这么想的。”皇帝对其他阁臣说。

“是。”其他三阁臣应道。

“朕本来也是这么想的，”皇帝道，“朕昨岁为心、肝二经之火时常举发，头目眩晕，胸膈胀满，故用心调理，久不能朝。本来调理之后，稍感舒畅，朕已拟今岁正旦，举行大朝。孰料有人和朕过不去，触动朕怒，以致肝火复发，不得不再免朝会。”说着，问道，“先生们可知，和朕过不去的是谁人？”

“臣等不知。”众阁臣齐道。

“率土之滨，莫非王臣。臣想，无人敢和皇上过不去。”申时行又说。

“这等人是有的，”皇帝道，“以前有，今时有，以后还会有。今时和朕过不去的，乃是小臣雒于仁。”

一名小小的大理寺评事，除上一道奏章，说几句刺激的话，皇帝连知道都不会知道，更不要说气得皇帝连大朝都不肯上。

“雒于仁的奏本，卿等阅否？”皇帝问。

“臣等未阅。”众阁臣齐道。

“卿等议否？”皇帝又问。众阁臣在回答“未阅”之后，还问“议否”，似乎多余，但不是没有可能。因为没阅过此疏，也可能知道有此疏。

“臣等稍议。”众阁臣果然齐道。

“肆口妄言，无过此疏！朕今日思之，仍止不住狂怒。”皇帝说。

阁臣们都知道，这时如果从纳言从谏的角度劝告皇帝，无异于火上浇油；要劝告，只能从圣躬关系重大的角度劝告。

“圣躬关系为重，”申时行说，“祖宗神灵，两宫圣母，皆凭借皇上得安，当百倍、千倍、万倍珍护。”顿了顿，又说，“无知小臣，狂憨轻率，不足以动圣怒。”

“申先生说得轻巧，若被无知小臣论劾，申先生会不会分辩，会不会辞官？”皇帝问。

“臣会。”申时行道。

“许先生会不会？”皇帝问许国。

“臣会。”许国道。

“两位王先生会不会？”皇帝问王锡爵、王家屏。

“臣等会。”王锡爵、王家屏道。

“小臣们论劾先生们的话，未必有说朕的话难听；先生们可以发怒，可以辞官，朕为何不得发怒！”皇帝说着，指了指御案，“雒于仁的奏本在此，先生们为朕评一评。”

近侍从御案上拿起雒于仁的奏本，递给申时行。

申时行，以及另外三名阁臣，都在考虑：雒于仁以酒、色、财、气四者加于皇帝，当如何评之？让他们略为宽心却更为担心的是，没等他们斟酌好词句，皇帝自己开始评论。

“雒于仁说朕好酒。朕不知，有哪个不好酒！”皇帝说着，问申时行，“申先生不好酒吗？”

“臣亦好酒。”申时行如实回答。同时在想，好酒和嗜酒是完全不一样的，只要皇帝给他机会，一定要说一说好酒与嗜酒的区别。

皇帝没给他机会，马上又问许国：“许先生不好酒吗？”

“臣亦好酒。”许国道。

“王先生不好酒吗？”皇帝问王锡爵。

王家屏还朝以后，在同时召入四阁臣时，凡提出问题，对申时行和许国是分开问，对王锡爵、王家屏则合在一起问，免得麻烦。但提出好不好酒的问题时，他却分开问。因为他觉得，两个王先生的回答可能会不一样。在王锡爵回答之前，他又问一句，“朕听说，王先生爱女已成仙，或者已成佛。不知她究竟是成仙，还是成佛？”

“臣不知，不敢妄言；民间传闻，不足采信。”王锡爵说。

“朕倒是想，佛是不饮酒的，仙却可饮酒。譬如王母娘娘办蟠桃会，难道能不备酒？王先生说呢？”皇帝问。

“臣也以为，仙可饮酒。”王锡爵道。

“那么，王先生好不好酒？”皇帝问。

“臣亦好酒。”王锡爵不得不说。否则，会让皇帝以为，他的女儿不是成仙，而是成佛。

“晋出好酒，卿不会不好酒吧？”皇帝最后问王家屏。

“臣亦好酒。”王家屏道。

“雒于仁又说朕酒后持刀舞剑，”皇帝说着，问申时行，“朕有事，要差内臣去内阁；内臣到内阁，要与申先生交涉。申先生接触内臣，比雒于仁多得多，是不是？”

“是。”申时行应道。

“朕持刀舞剑的话，申时行听过没有？”皇帝问。

“臣不曾闻。”申时行道。

“卿若闻得，会怎样？”皇帝问。

“宫闱中事，臣不敢轻信。”申时行道。

“许先生听过没有？”皇帝问许国。

“臣不曾闻。”许国道。

“卿若闻得，会怎样？”皇帝问。

“臣亦不敢轻信。”许国道。

“两位王先生听过没有？”皇帝问王锡爵、王家屏。

“臣等不曾闻。”王锡爵、王家屏道。

“卿等若闻得，会怎样？”皇帝问。

“臣等亦不敢轻信。”王锡爵、王家屏道。

“若得证实，臣会进言。”王家屏又说。

“卿会怎说？”皇帝问。

“刀、剑凶器，宜远之。”王家屏说。

“卿但知刀、剑为凶器，却不知刀、剑亦健身之器？”皇帝道，“朕今日可以告诉卿等，朕不唯酒后，或会持刀舞剑；未酒之际，有时也会持刀舞剑。朕无非为强身健体，有何不妥！”

众阁臣除应声“是”，无话可说。

“雒于仁还说朕好色。朕不知，有哪个不好色！”皇帝说着，问申时行，“申先生年届半百吧？”

“臣五十有六。”申时行道。

“美色陈于前，申先生会怎样？”皇帝问。

“爱美之心，人人皆有，臣会爱之。”申时行说。同时在想，好色与爱美之心，并非一个概念，皇帝如果给自己机会，一定要把这一点给皇帝解说清楚。

皇帝同样不给他机会，马上问许国：“许先生好像还要年长几岁吧？”

“臣六十有四。”许国道。

“美色陈于前，许先生会怎样？”皇帝问。

“臣亦会爱之。”许国说。

“两位王先生谁个年长？”皇帝问王锡爵、王家屏。

“臣年稍长，五十有七。”王锡爵道。

“臣五十有五。”王家屏道。

“美色陈于前，两位王先生会怎样？”皇帝问。

“臣等亦会爱之。”王锡爵、王家屏道。

“雒于仁又说朕偏爱贵妃郑氏，”皇帝说着，问申时行，“朕偏爱郑氏，申先生知否？”

“臣有所耳闻。”申时行道。

他希望皇帝别进一步问：有所耳闻，信否？因为皇帝若问，他只能说：不得不信。皇帝再问为何信之，他只能说：皇上久不册立太子，或因郑氏。到现在为止，君臣之间的对答还算融洽；如果把偏爱郑贵妃和册立皇太子的事联系起来，恐怕很难再融洽。

皇帝大概也想到这一层，没有进一步问。

“许先生知否？”皇帝问许国。

“臣亦有所耳闻。”许国道。

“两位王先生知否？”皇帝问王锡爵、王家屏。

“臣等亦有所闻。”王锡爵、王家屏道。

“申先生在家人中，能否做到不偏不倚？”从提的问题看，皇帝并非有所顾忌，而是根本不想否认对郑贵妃的偏爱。

“臣很难完全做到。”申时行说。

“许先生能做到吗？”皇帝问许国。

“臣也很难完全做到。”许国说。

“两位王先生能做到吗？”皇帝问王锡爵、王家屏。

“臣等也很难完全做到。”王锡爵、王家屏说。

“卿等家事，都很难做到完全不偏不倚，为何要朕宫里的事不偏不倚！”皇帝道，“再者，朕每到一宫，必以郑贵妃相随，因为只有她能小心侍奉，着实勤劳。譬如恭妃王氏，有皇长子常洛。常洛体弱，须得好生调护、照看。朕总不能让她既调护、照看常洛，又小心侍奉朕吧？朕不要她朝夕侍奉，是体恤她，体恤常洛，而不是偏爱。”

阁臣们不得不又应声“是”。

“雒于仁还说朕贪财。朕不知，有哪个不贪财！”皇帝说着，问申时行，“申先生爱不爱财？”

“君子爱财，取之有道；臣爱财。”申时行道。同时在想，爱财和贪财可不是一回事。取之有道，那是爱财；不择手段，却是贪财。皇帝如果给自己机会，一定要把二者分辨开来。

皇帝不给他机会，马上问许先生：“许先生爱不爱财？”

“臣亦爱财。”许国道。

“两位王先生爱不爱财？”皇帝问王锡爵、王家屏。

“臣等也爱财。”王锡爵、王家屏道。

“申先生有财，拿作何用？”皇帝又问申时行。

“譬如，臣爱书籍，购书是要钱的。”申时行说。

“许先生有财，拿作何用？”皇帝又问许国。

“譬如，臣爱古玩，猎奇是要钱的。”许国说。

“朕闻，王先生喜品字画，可是？”皇帝问王锡爵。

“是。”王锡爵应道。

“若无家财，见到再好的字画，卿也只得对之垂涎吧！”皇帝道。

“是。”王锡爵应道。

“朕闻，王卿喜用徽墨，可是？”皇帝问王家屏。

“是。”王家屏应道。

“若无家财，卿也只好对付着用劣等之墨吧！”皇帝道。

“是。”王家屏应道。

“卿等家财都能派上用场，朕的家财就派不上用场？”皇帝道，“恭贺母后圣诞，朕举行大婚，亲王就藩，公主下嫁，哪一样不得花费，卿等说是不是？”

“是。”众阁臣应道。

“雒于仁又说，朕因受张鲸贿赂，所以用他，”皇帝说着，问申时行，“申先生说，自古以来，可有以臣贿君之说？”

“臣未闻。”申时行道。

“许先生说呢？”皇帝问许国。

“臣亦未闻。”许国道。

“两位王先生说呢？”皇帝问王锡爵、王家屏。

“臣等亦未闻。”王锡爵、王家屏道。

“朕为天子，富有四海，天下之财，皆朕之财。贿赂云云，从何说起！再者，朕要取张鲸之财，罚没他家，岂不便当，何必等他一点儿一点儿挤出来孝敬朕！”皇帝说着，问众阁臣，“卿等说是不是？”

“是。”众阁臣应道。

“雒于仁还说朕尚气。朕不知，有谁个不尚气！”皇帝道。这次他仍从申时行开始，但换个问法，“申先生言道，被小臣论劾，会分辩，会辞官，是吧？”

“是。”申时行应道。

“申先生这算不算尚气？”皇帝问。

“或算尚气。”申时行道。

“许先生言道，被小臣论劾，会分辩，会辞官，是吧？”皇帝问许国。

“是。”许国应道。

“许先生这算不算尚气？”皇帝问。

“亦算尚气。”许国应道。

“两位王先生言道，被小臣论劾，会分辩，会辞官，也应该算尚气吧？”皇帝问王锡爵、王家屏。

“是。”王锡爵、王家屏应道。

“古人云：少时戒之在色，壮时戒勇戒斗。朕而今也算壮时，朕也知道该戒一戒勇。但卿等都是修养极好之人，且已是老年；卿等还会尚气，为何偏偏不准朕尚气！”皇帝道。

众阁臣除应一声“是”，再无话可说。

“雒于仁又说朕今日杖宫女，明日杖宦官，”皇帝说着，问申时行，“家中童仆犯错，申先生会不会罚？”

“会罚，”申时行道。同时在想：罚和杖可不是同义词。思过也是一种罚，下人犯有过错，应该以教育为主，而不该动辄体罚。皇帝如果给自己机会，一定要给他讲讲这个道理。

皇帝最后也没给他机会，马上问许国：“许先生会不会罚？”

“会罚。”许国道。

“两位王先生会不会罚？”皇帝问王锡爵、王家屏。

“会罚。”王锡爵、王家屏道。

“卿等都会罚，朕略加责罚，有何不可！再者，朕虽有时命杖之，但并不是要他等往死里打。被打死的或有之，但被打死的绝没有病死者多！”皇帝说着，问众阁臣，“卿等信不信？”

“此是实情，臣等信。”众阁臣道。

“他这一本里，全是诬君谤君之言，先生们不必再读，拟旨重处即可。”皇帝命道。

“是。”众阁臣应道。

皇帝要说的话，看来都说完；阁臣们要说的话，却一句也没说。他们都很清楚，这是最后的机会，一旦皇帝说出“卿等且退”这几个字，他们只有回到阁中拟旨。

阁臣们都在准备扭转这个局面。许国想的是：申时行若不出声，自己不能沉默；王锡爵想的是：申时行、许国若不出声，自己不能沉默；王家屏想的是：申时行、许国、王锡爵若不出声，自己不能沉默。

申时行想的则是：自己不能不出声。

“何以重处，还乞皇上垂示。”他说。

皇帝一怔，反问道：“申先生是问朕，何以重处？”

“是。”申时行应道。

“他诬朕谤朕，还不足以重处？”皇帝问。

“诬君谤君，此大逆也，皇上想杀他吗？”申时行反问。

此言一出，首先是其他三名阁臣大吃一惊。皇帝对雒于仁怨之极深，恨之极深，这是他们都听得出来的；但皇帝并没有杀雒于仁的意思，这也是他们都听得出来的。皇帝并没想杀雒于仁，申时行却问皇帝想不想杀，难道是想启以杀机？

皇帝也大吃一惊。在大吃一惊的同时，不由自主地动起杀人的念头。但这个念头只存在一瞬间。不能因臣子直言、强谏而杀人，这样的意识他是有的。他也很清楚，他如果说想杀雒于仁，不仅申时行，面前的每一位阁臣都会为他准备许多劝解、正告、训诫的话语。他甚至理解申时行的用意：如果不提出这样一个危言耸听的问题，任何劝解、正告、训诫，自己可能都不会听进去。

“申先生说，雒于仁可杀吗？”皇帝问。

“臣以为不可杀。”申时行说。

“申先生不是说，诬君谤君乃大逆吗？”皇帝问。

“臣以为，雒于仁并非诬君谤君。”申时行说。

“说朕尚酒、色、财、气，不是诬朕谤朕，却怎解释？”皇帝责问。

“臣以为，他是误听道路之言，轻率渎奏。”申时行说。

其他三名阁臣这才领悟到，申时行设计的这个转折，比他们自己设计出来的或正在设计的转折，都要高明。显然，他们唯一可以替雒于仁辩解的是：他非诬君谤君，而是误听人言，轻率渎奏。但误听人言，轻率渎奏并不是随时可以插入，随处可以插入的。试想，皇帝饱含怒气，述说雒于仁对自己的诬蔑和诽谤时，你说他是误听人言，轻率渎奏，皇帝能听得进去？皇帝命他等拟旨重处雒于仁时，你说他是误听人言，轻率渎奏，皇帝能听得进去？而在皇帝询问雒于仁可不可杀后，再说他是误听人言，轻率渎奏，实现转折的机会要大得多。

皇帝沉吟，看来是不甘心，但对自己说过的话又不能不认账。

“卿等也以为雒于仁不可杀？”皇帝又问其他阁臣。

“是。”其他三阁臣应道。

“卿等也以为雒于仁并非诬朕谤朕？”皇帝问。

“是。”三阁臣应道。

“卿等也以为雒于仁是误听道路之言，轻率渎奏？”皇帝问。

“是。”三阁臣应道。

“误听道路之言，轻率渎奏，也是过失吧？”皇帝问。

“是。”因为是接着问下来的，仍是申时行以外的三阁臣在应。

“申先生不以为是过失？”皇帝问。

“臣以为，误听道路之言，轻率渎奏，确是过失。”申时行道。

“既是过失，可否重处？”皇帝问。

“可。”申时行应道。

“申先生拟如何重处？”皇帝问。

“臣以为，重处不如轻处，轻处不如不处。”申时行说。

“亦即，最好是不处分？”皇帝问。

“是。”申时行应道。

“他误听道路之言，轻率渎奏，把朕说得一无是处，朕却最好不处分他，这是为何？”皇帝当然要问。

“臣一直在想，雒于仁任官大理寺，并无言责。他为何要误听道路之言，轻率渎奏？”申时行提出一个问题。

“不过是小臣沽名钓誉，还用得着想！”皇帝道。

“皇上当真以为他在沽名钓誉？”申时行立刻抓住这一说法。

“申先生不以为他在沽名钓誉？”皇帝反问他。

“臣亦以为他在沽名钓誉。”申时行说。

“卿等不以为他在沽名钓誉？”皇帝问其他阁臣。

“臣等亦以为他在沽名钓誉。”其他阁臣齐道。他们都估计得到，申时行接下来会怎么说。

“申先生看，朕与卿等所见略同。”皇帝说。

“是，是，”申时行连应两声，说道，“他既沽名钓誉，皇上若重处他，岂不适成其名，而损皇上圣德？皇上若宽容不较，对他不加处分，适可见皇上圣德，他亦无从得名。此臣愚见，望皇上三思。”

皇上听他这话，还真静下心来想了想。等想出头绪，他不直接回应申时行的话，而是又问其他阁臣。

“卿等以为如何？”皇帝问。

“臣等亦是此意。”其他阁臣齐道。

“申先生说的是。不过，无论怎样处分雒于仁，都无损朕德；倒是朕度，或会略损。”皇帝说。

“诚如圣谕。”众阁臣齐道。

“皇上圣度，如天地一般，何所不容！”申时行又道。

说着，他两手捧着雒于仁的奏本，向前一伸，好似欲将奏本缴回。

“不忙缴还，先生们自个儿再传阅一遍。”皇帝命道。

今天云厚蔽日，欲雪未雪。殿上昏暗，而且会越来越昏暗。奏疏中的字，用墨稍微淡一些，或字的笔画多一些，就难以辨认。申时行等只能阅读大意，尽快把它传给下一人。

“先生们都已读过？”皇帝问。

“是。”众阁臣应道。

“朕叙述该疏，没错处吧？”皇帝问。

“没错处。”众阁臣应道。

“朕实在是气他不过，才要重处。”皇帝嘴上仍说重处，但已经不是方才不容置辩的口气。

“臣以为重处不如轻处，轻处不如不处，还有一个缘故。”申时行说。

“是何缘故？”皇帝问。

“此本原是轻信讹传，若将此本票拟处分，传之四方，反被当作实话。臣妄言有损圣德，也是为此。”申时行说。

“卿等还有何议？”皇帝问其他阁臣。

“臣才读疏，臣锡爵曾指上面的日期，臣发觉，此疏是上月二十一日所上。”许国说。

“许先生何意？”皇帝问他。

“臣无意；但臣想，臣锡爵有意。”许国说。

“王先生何意？”皇帝又问王锡爵。

“臣在想，雒于仁此疏，留中已十日。”王锡爵说。

“留中十日怎的？”皇帝问。

“臣等前数日知有雒于仁此疏，并曾议之。”王锡爵说。

“卿等怎议的？”皇帝问。

“雒于仁此疏误听道路之言，轻率渎奏；皇上留中不发，实乃圣度宽容，超越千古。”王锡爵说。

“王先生的意思，朕留中不发，是圣度宽容；不留中不发，就不是圣度宽容？”皇帝问。

“臣不敢说，皇上不留中不发，就不是圣度宽容；但臣以为，该疏仍留中为是。”王锡爵说。

“王先生关注日期，许先生最先得知，许先生何意？”皇帝问许国。

“既能体现圣度宽容，何不为之？臣等将此事载于史书，传之万世，使万世皆知皇上是尧、舜之君，岂非盛事！”许国道。

“卿意如何？”皇帝问王家屏。

“以往奏疏留中，多为的事，颇遭非议；今者奏疏留中，是为的人，为爱护进言之人，定会传为美谈。”王家屏说。

“卿等皆是此意，朕不得不从；不过，朕这一肚子的怨气，卿等是不是也设个法子，让朕宣泄出来？”皇帝说着，转向申时行，“不处分是申先生率先提出来的，申先生也率先想个法子吧。”

“此本既不可发出，则以任何缘由处分雒于仁，皆名不正、言不顺。臣想，莫若由臣等传言大理寺堂官，使他自行辞官。”申时行说。

对皇帝来说，既不背负不容直言的名声，又可以平息心中的怒气；对雒于仁来说，既可免除更大的灾难，又为日后再起留有余地。这算得上是一个息事宁人的法子。

“卿等看呢？”皇帝问其他阁臣。

“臣等以为可行。”其他阁臣齐道。

“他若不肯自行辞官呢？”皇帝问申时行。

“臣以为不会。”申时行说。

“他若不肯自行辞官，朕不会就此罢休！”皇帝道。

第一百九十二章

礼部三堂官坐在衙门里闲谈。三人都是隆庆二年的进士，有趣的是，当年金榜题名，黄凤翔是一甲第二，即榜眼，李长春是二甲第一，即传胪，于慎行是二甲第六十一名，即名次的排序为：黄凤翔、李长春、于慎行；今日为官，则于慎行为尚书，李长春为左侍郎，黄凤翔为右侍郎，即官位的排序为：于慎行、李长春、黄凤翔。

因为是同年，又是闲谈，可以无话不说。

“二兄可知，正旦日皇上宣召四位阁老？”李长春问。

“满朝之人，彼此传告，谁个不知！”黄凤翔道。

“不必彼此传告，”于慎行却说，“正旦日免朝，已是大事；再不宣阁老们面圣，就更成大事。”

“然二兄可知，皇上当日赐四位阁老各酒、馔一桌？”李长春又问。

“满朝之人，彼此传告，都说酒、馔极为丰盛。”黄凤翔道。

“不必彼此传告，”于慎行又说，“正旦日宣召大臣议事，总是要赐筵的；所赐筵席，都会很丰盛。”

“然二兄可知，一桌酒、馔后来变成半桌？”李长春又问。

黄凤翔不再说彼此传告，于慎行也不再说不必彼此传告。

“二兄怎无话说？”李长春问。

“未听鸣周兄说彼此传告，我不知从何说起。”于慎行道。

“我则怕无垢兄又是一句‘不必彼此传告’，把我堵回。”黄凤翔说。

“不如一起听元甫兄传告。”于慎行、黄凤翔又齐道。

李长春字元甫，四川富顺人。黄凤翔字鸣周，福建晋江人。

“我可不是传告，除二兄，我未告他人；我也不是闻之传告，而是闻之光禄寺官。”李长春说。

“光禄寺官怎说？”于慎行、黄凤翔齐问。

“光禄寺官员奉旨，为四位阁老准备午饭。过午时，四位阁老未出宫，光禄寺官只好领着厨役，重新热过；过未时，四位阁老仍未出宫，光禄寺官只好又领着厨役，重新热过。热来热去，直到天色昏暗，一桌美馔可不只剩下半桌！”李长春说。

他肯定是在重复光禄寺官的话。光禄寺官告诉他这件事时，可能特别强调酒、馔的丰盛，也可能特别强调自己的辛苦；可引起于慎行、黄凤翔关注的，以及之前引起李长春关注的，却是别事。

“元甫兄可知，皇上是哪个时辰宣召四位阁老的？”黄凤翔问李长春。

“我不知，无垢兄或知。”李长春指着于慎行说。

“具体时辰，我说不上来，只知在巳、午之间。”于慎行道。

“看来，皇上宣召阁老们，本来只想说几句年、节时该说的话，然后赐宴以示宠眷，后来却不知言及何事，竟议两三个时辰，”黄凤翔关注时辰，其实是关注皇帝和阁臣之间谈论的话题。说罢，他问道，“二兄以为，议的是何事？”

“无垢兄是不是要说不必猜？”李长春开玩笑地问于慎行。

“我正要说不必猜。”于慎行笑道。

“不猜也罢，反正大家都知。”李长春道。

“元甫兄是说，此事你知吧？”黄凤翔想纠正他。

“不仅我知，鸣周兄也知道的呀！”李长春说。

“我知？我怎不知我知？”黄凤翔被他说糊涂，话也变得啰嗦。

“咦，不是鸣周兄对我说，雒少泾已奏请辞官吗？”李长春道。

“雒少泾奏请辞官，和君相议事，有何干系？”黄凤翔问。

“怎没干系！”李长春道，“鸣周兄不是知道，雒少泾疏陈四事，皇上甚是震怒！”

“元甫兄是说，阁老们面圣两三个时辰，议的都是雒少泾的奏疏？”黄凤翔问。

“鸣周兄以为不会吗？”李长春反问。

“不是不会；我是想，皇上有再大的怒气，阁老们有再多的申辩，此事也议不了两三个时辰。”黄凤翔说。

“议不了两三个时辰，可也不是两三句话可以议定的，”李长春说着，问于慎行，“无垢兄怎想？”

“元甫兄说，雒少泾的奏疏不是两三句话可以议定的，这话不错。”于慎行道。

“无垢兄可知其详？”黄凤翔问。

“不知其详，仅略知一二。”于慎行道。

“无垢兄说来听听。”黄凤翔揖道。

“皇上对雒少泾的奏疏不满，不用说吧？”于慎行问。

“那不用说。”黄凤翔道。

“皇上不满，欲从重处分，不用说吧？”于慎行问。

“也不用说。”黄凤翔道。

“阁老们附会圣意，结果会如何？”于慎行问。

“雒少泾将被从重处分。”黄凤翔说。

“阁老们若是附会圣意，倒真是两三句可以议定，阁老们也赶得上午时去品尝赐筵。”李长春插话。

“但阁老们不会附会圣意，不用说吧？”于慎行又问。

“这不用说。”黄凤翔道。

“阁老们不会附会圣意，则要申辩，不用说吧？”于慎行问。

“也不用说。”黄凤翔道。

“阁老们直率而言，结果如何？”于慎行问。

“多半会不欢而散。”黄凤翔说。

“阁老们若是直率而言，也真是两三句话可以议定的。阁老们赶不上午时去吃赐筵，也赶得上未时去吃赐筵。”李长春插话。

“然正旦日君相之议，雒少泾既未重处，君相也未不欢而散。鸣周兄道是为何？”于慎行问。

“无垢兄道是为何？”黄凤翔反问。

“首先，皇上想说的话，都要说出来。”于慎行道。

“这是必定的。”黄凤翔应道。

“皇上把想说的话都说出来，能不费工夫？”于慎行问。

“不能。”黄凤翔应道。

“其次，阁老们得设法，使皇上改变初衷。”于慎行道。

“这也是必定的。”黄凤翔应道。

“设法让皇上改变初衷，能不费工夫？”于慎行问。

“不能。”黄凤翔应道。

“所以元甫兄说，雒少泾的奏疏不是两三句话可以议定的，这话不错。”于慎行道。

“无垢兄的意思，雒少泾以疾辞官，是阁老们为让皇上改变初衷而想出的法子？”黄凤翔问。

“鸣周兄难道觉察不出，此乃阁老们的手笔？”于慎行反问。

“觉察得出来，”黄凤翔点头道，“不但觉察得出是阁老们的手笔，而且觉察得出是哪一位的创意。”说着，问道，“但此事如此了结，无垢兄以为是否适宜？”

“我等只说如此处分要不要费工夫，不说如此了结适宜不适宜。”于慎行好像不打算再说下去。

“不错，此事能够如此处分，已是煞费苦心。”黄凤翔表示理解。

“鸣周兄没听懂我的意思。”于慎行却说。

“无垢兄的意思是——”黄凤翔问。

“事情并未了结。”于慎行道。

“事情并未了结？”李长春、黄凤翔齐问。

“所以，鸣周兄说，雒少泾的奏疏议不了两三个时辰，说得也不错。”于慎行道。

“无垢兄是说，当日君相议的不仅是雒少泾的奏疏？”李长春问。

“不错。”于慎行点头。

“这不是传告吧？”李长春问。

“不是，”于慎行道，“除二兄，我未传告他人；此事亦非闻之传告，而是阁老们亲口对我述说的。”

“阁老们怎说？”李长春、黄凤翔忙问。

“皇上应允雒少泾自行辞官后，又说：人臣事君，该知礼数。如今没个尊卑上下，信口胡说。先年有个御史党杰，也曾数落朕，朕容忍了他；结果今日又出个雒于仁，数落朕更无忌惮。”于慎行述道。

“皇上仍耿耿于怀，果然事情尚未了结；不过，皇上既已应允，再多说几句，于事情并无大碍。”李长春说。

“我说的事情并未了结，不是说皇上对此事仍耿耿于怀。”于慎行道。

“无垢兄是说，阁老们还有下文？”李长春问。

“是。”于慎行应道。

“阁老们又怎说？”李长春问。

“阁老们说：人臣进言，固是忠君爱国，然须从容和婉。如臣等，常时不敢轻渎，唯事体有不得不言者，才敢陈奏。臣等岂敢不与皇上同心，于小臣等岂敢回护！臣等行事，只是以圣德圣躬为重。”于慎行述道。

“我看，阁老们是担心皇上悔之，故表白一番，好堵住皇上的口，”黄凤翔说着，问李长春，“元甫兄以为如何？”

“应是为此，”李长春道，又问于慎行，“无垢兄所谓了结，不会是了结在这一番表白上吧？”

“自然不是，皇上还有口谕，”于慎行说着，述道，“先生们皆知尊卑上下，他等小臣却往往放肆。近来更加议论纷纷，以正为邪，以邪为正。前一本论人的还来不及阅览，后一本申辩的又已呈上，令朕接应不暇。卿等也看到，一到这时，殿内看字不甚分明，朕如何能一一遍览！先生们皆为朕股肱，似这等目无朝纲的情境，也替朕拿个主意！”

“皇上从雒少泾奏疏而谕及小臣们放肆议论、目无朝纲，似乎完全跳出雒少泾奏疏一事。其事至此了结了吧？”李长春问。

“仍未。”于慎行道。

“仍未？”李长春问。

“对，仍未。”于慎行道。

“当然是仍未，”黄凤翔插话。“皇上对小臣们放肆议论、目无朝纲很无奈，要阁老们作主；我看，阁老们担当不起。”

“鸣周兄说的是，阁老们的确担当不起。”于慎行说。

“阁老们推诿不成？”李长春问。

“的确推诿。”于慎行道。

“怎推诿的？”李长春问。

“臣等荷蒙皇上任使，才薄望轻，不能镇压人情，以致章奏纷纭，烦渎圣听。臣等有罪；但臣等因鉴前人覆辙，一应事体，上则禀之皇上独断，下则付之外廷公论，不敢擅自主张。”于慎行述道。

“上则禀之皇上独断，下则付之外廷公论，阁老们似乎也完全从雒少泾奏疏跳出来。”李长春说。

“都跳出来，就不能再跳进去吗！”于慎行道。

“是皇上又跳进去，抑或阁老们又跳进去？”李长春问。

“抑或都跳进去。”于慎行道。

“那倒要听一听，”李长春说着，揖道，“请无垢兄再述。”

“皇上不容阁老们推托，谕曰：朕是心，先生们是股肱。心非股肱，安得运动？朕既委任先生们，先生们有何畏避？还要替朕主张，任劳任怨，不要推诿。”于慎行述道。

“皇上无比恳切，阁老们再要推诿，未免说不过去。”李长春评论。

“元甫兄说的是。”于慎行道。

“不过，圣谕再恳切，却并未跳回雒少泾的奏疏。”李长春说。

“我想，亲聆圣谕，阁老们不可能不被触动吧？”黄凤翔又插话。

“鸣周兄是说，阁老们先跳回雒少泾的奏疏？”李长春问。

“元甫兄再往下听，不就知道！”黄凤翔说。

“鸣周兄说的是，阁老们不能不被触动，”于慎行说着，复述阁老们的回复，“蒙皇上以股肱腹心优待臣等，犬马犹知报主，况臣等受皇上高厚之恩，敢不尽心图报！任劳任怨四字，臣等当书之座右，朝夕自省。”

“回复也很恳切，但同样没有跳回雒少泾的奏疏。”李长春说。

“元甫兄再听阁老们下面的话，”于慎行说着，叙述阁老们的一句问话，“皇上近来亦进药否？”

应该是某一位阁臣问的话，按常理分析，应该是申时行问的话，但于慎行说的是“阁老们”，想来阁臣们给他讲述时是含糊带过。

“皇上怎说？”李长春问。

“朕每日进药二次。”于慎行复述道。

“阁老们又怎说？”李长春问。

“皇上进药须慎重，拣选良药。”于慎行复述道。

“皇上又怎说？”李长春问。

“医书朕也常看，脉理朕都知道。”于慎行复述道。

“阁老们又怎说？”李长春问。

“皇上宜以保养圣躬为重，清心寡欲，戒怒平静，圣体自然康豫矣。”于慎行复述到这里，顿了顿。下面要复述的仍然是阁老们的话，但和前面这句话缺少一个听起来自然的连接。

“阁老们还有话吧？”李长春问。

“是，”于慎行应一声，继续复述，“臣等久不瞻睹天颜，虽有刍荛之见，不能一一陈之。今幸蒙宣召，臣等敢不倾吐！近来皇上朝讲稀疏，外廷日切悬望。今圣体常欲静摄，臣等亦不敢频频烦劳起居；但一月之间，或二三次，或三四次，间一临朝，亦足以慰群情之瞻仰。”

“皇上又怎说？”李长春问。

“朕疾愈，岂不欲出！即如祖宗庙祀大典，也要亲行；圣母生身大恩，也要时常定省。只是腰痛脚软，行立不便。”于慎行复述道。

“皇上和阁老们在一起，有如家人父子，真是令人感慨，令人羡慕呀！”黄凤翔听罢，啧啧赞叹。

“无垢兄的话，我大致听懂，”李长春则说，“雒少泾四箴，其实都着落在保养圣躬；阁老们说来说去，也着落在保养圣躬。难怪无垢兄说，事情并未了结；说跳出雒少泾的奏疏，还会跳进去。”

“元甫兄言之早矣。”于慎行笑着，微微摇头。

“无垢兄是说，事情并未了结，不是着落在保养圣躬上？”李长春问。

“是着落在保养圣躬上，但主要不是着落在保养圣躬上。”于慎行说。

“主要又着落在何事上？”李长春问。

“无垢兄应该马上就要述及，元甫兄何不听下去！”黄凤翔插话。

“鸣周兄说的是，下面一段话，才是主要着落之事，”于慎行说着，述道，“册立东宫，系宗社大计，伏望皇上圣赐裁定。”

“不错，保养圣躬是常年要办的事，册立东宫则是迅即要办的事。”李长春道，“雒少泾的四箴，虽不专议册立之事，但‘储位当建而不建’一句，已经足够。雒疏主要着落在此事，阁老们复言及此事，无垢兄说事情并未了结，是有依据的。”说着，问道，“阁老们已跳回到雒少泾的奏疏，皇上呢？”

“皇上谕曰，朕知之，”于慎行复述皇帝的话，“朕无嫡子，长幼自有定序。郑妃亦再三陈请，恐外间有疑。但长子犹弱，欲俟其壮健，使出就外，朕方才放得下心。”

黄凤翔较敏感，忙问：“使出就外，是何意？”

“应该指出阁就读吧，”于慎行说罢，又加上一句，“至少在阁老们的心目中，使出就外指的是出阁就读。”

“阁老们怎说？”李长春问。

“皇长子已九龄，蒙养豫教，正在今日。宜出阁读书。”于慎行述道。

“皇上准允否？”李长春问。

“未准允，”于慎行答后，复述皇帝的话，“人资性不同，或生而知之，或学而知之，或困而知之。九龄读书，也要生来聪明，安能人人教之！”

“阁老们又怎说？”李长春问。

“资禀赋于天，学问成于人。虽有睿哲之资，未有不教而能有成者。《语》云：少成若天性，习惯如自然。须及时豫教，乃能成德。”于慎行复述道。

“说到两岔，怕是说不下去。”李长春估计。

“元甫兄说的是，”于慎行道，“皇上应句‘朕知道了’，复谕曰：先生们回阁去吧，各赐酒、饭一桌。”

“阁老们难道就此回阁？”李长春、黄凤翔齐问。

黄凤翔算是插话，所以于慎行先问他：“鸣周兄有何疑问？”

“据我估算，君相之议就此了结，最多也就是未时，应该到不了天黑之时。”黄凤翔说。

“鸣周兄仍不忘光禄寺官的话呀，”于慎行笑着说，又问李长春，“元甫兄有何疑问？”

“我也在想时辰不对。”李长春说。

“二兄说的都对，事情并未就此了结。”于慎行道。

“可是皇上又留阁老们？”李长春问。

“不是当即留下阁老们，而是阁老们出宫后又被召回。”于慎行说。

“阁老们出宫几远又被召回？”李长春问。

“据阁老们说，已出宫数十丈。”于慎行道。

“阁老们一定奇怪，为何去而复召吧？”李长春问。

“他们来不及奇怪。”于慎行道。

“无垢兄此话怎解？”李长春问。

“追赶阁老们的司礼监臣告诉阁老们，皇上已命人宣长哥来，着阁老们一见。”于慎行道。

“着阁老们见皇长子！”李长春、黄凤翔一起呼道。

“是。”于慎行应道。

“阁老们一定喜出望外吧？”李长春问。

“那是毋庸置疑的，”于慎行道，“按照汝默先生所言，得见皇长子睿容，如睹景星庆云，喜之不胜。”

“皇长子居慈宁宫，一去一来，费时不少。”黄凤翔又算计起时辰。

“鸣周兄说的是。”于慎行应道。

“此间皇上和阁老们谈论何事？”李长春问。

“皇上就近先把厂臣找来。”于慎行道。

“找他来作甚？”李长春、黄凤翔齐问。

“皇上让阁老们责训他。”于慎行说。

“皇上让阁老们责训厂臣！”李长春、黄凤翔又一起呼道。

“是。”于慎行应道。

“阁老们是如何责训的？”李长春问。

“阁老们先辞曰：张鲸乃左右近臣，皇上既已责训，臣等何须责训！皇上不准，定要阁老们责训。阁老们遂责训曰：尔受上厚恩，宜尽心图报，奉公守法。”于慎行述道。

“厂臣可曾自辩？”李长春问。

“元甫兄想，他能不自辩！”于慎行道。

“他怎自辩？”李长春问。

“他自称以多言而得罪。”于慎行道。

“阁老们又如何责训？”李长春问。

“臣事君，犹子事父。儿不可不孝，臣不可不忠。”于慎行述道。

“虽是老生常谈，但说说总比不说好，”李长春说着，又问，“厂臣应该不会再自辩吧？”

“是，”于慎行应道，“厂臣向上三呼万岁，退下。”

“皇上对阁老们的责训满意不满意？”李长春问。

“皇上说，这才是不辱君命。”于慎行复述道。

“厂臣既退，皇长子该到吧？”黄凤翔根据时间估计。

“鸣周兄说的是，”于慎行道，“厂臣方退，司礼监臣禀奏，皇长子到；并禀奏，皇三子亦到。”

“皇三子亦到？”李长春、黄凤翔齐问。

“是，”于慎行应道，“皇三子尚离不开乳母，由乳母抱至。”

“司礼监臣不是说，让阁老们一见长哥吗，皇三子怎也抱来？难道是不宣而至？”李长春道。

“不管皇三子是宣至，还是不宣而至，皇帝待皇长子、皇三子，是有区别的。”于慎行说。

“有何区别？”李长春问。

“皇长子立于御榻之右，皇上手携之；皇三子则立于一旁，乳母在其后拥扶之。显而易见，皇上让阁老们见的，是皇长子。”于慎行说。

“这中间的区别，阁老们应该体会得出来吧？”李长春问。

“是，”于慎行应道，“所以，阁老们才称颂：皇长子龙资龙目，岐嶷非凡，仰见皇上昌厚之仁，齐天之福。”

其实，无论阁臣们在当日称颂，还是于慎行今日复述，都应该很清楚，这中间的区别，很可能是他们臆造出来的，而非皇帝的本意。但阁臣们既然能够坦然臆造，于慎行为何不坦然接受；于慎行既然能够坦然复述，李长春、黄凤翔又为何不坦然接受！

“皇上怎说？”李长春问。

“此祖宗德泽，圣母恩庇，朕何敢当！”于慎行复述道。

“阁老们何不趁此机会，再度进言？”李长春道。

“阁老们还不知这是进言的好时机！”于慎行说着，复述阁臣们的话，“皇长子春秋渐长，正当读书进学。”

“皇上怎说？”李长春问。

“皇上谕曰：已令内侍授书诵读矣。”于慎行述道。

“阁老们还应该争呀！”李长春道。

“怎的没争！”于慎行复述阁臣们的话，“皇上正位东宫，时方六岁，即已读书；皇长子读书已晚。”

“皇上又怎说？”李长春问。

“皇上顾左右而言他，手指皇三子说：是儿亦五岁，先生们看，还离不开乳母，且多病。”于慎行述道。

李长春、黄凤翔相互看一眼，心里都在想：皇上这是话里有话呀。皇三子幸亏也多病，皇上大概是担心他承受不了太多的福分，才没册立他为太子。稍念及此，马上打消。册立皇三子为太子一事，从未宣于皇上之口，他等想都不该想。

“阁老们还有说话的余地吗？”李长春问。

“只说一句，就不得不退下。”于慎行道。

“阁老们怎说？”李长春问。

“皇上有此美玉，何不早日琢磨，使之成器？愿皇上早定大计，宗社幸甚。”于慎行述道。

“可惜！”李长春、黄凤翔齐道。

“二兄以为，阁老们的话不得体？”于慎行问。

“得体又怎样，不得体又怎样！反正是至此了结。”李长春道。

“鸣周兄是怎想的？”于慎行问。

“我也以为，不该就此了结。”黄凤翔说。

“二兄可知，阁老们是怎想的？”于慎行问。

“我等怎知！”李长春、黄凤翔齐道。

“阁老们亲历之事，还会有想法吗？”李长春又道。他的语气里，不无讥讽之意。

“他等若无想法，会把那天亲历之事详详细细说给我听，而不说给别的尚书听，不说给别官听？”于慎行问。

话里有话，李长春、黄凤翔不会听不出来。

“阁老们可是暗示，他等嘴被封住，接下来该礼卿努力？”李长春问。

“该由无垢兄率我等努力。”黄凤翔补充道。

“阁老们是在暗示，册立一事仍受阻，但并非无望？”李长春又道。

“长幼自有定序，应该算作一种允诺吧？”黄凤翔补充道。

“二兄说的都是，元甫兄说‘并非无望’，是前此阁老们对我说的，也是我今日要对二兄说的。”于慎行道。

“皇上是不是还有允诺？”李长春、黄凤翔齐问。

“对，”于慎行点头，“皇上允诺，后年册立东宫。”

正月初八日，礼部上疏，请册立东宫。皇帝不准，并且批答之词十分严厉：尔等纷纷烦扰，意欲离间乎！若明岁廷臣不复渎扰，当以后年册立；否则俟皇长子十五岁举行。

第一百九十三章

宦途坎坷的邹元标以吏部验封司员外郎再度起用，最高兴的莫过于新掌吏部的宋缥。前吏部尚书杨巍去官，朝廷果然以宋缥接任，可见吴时来当年对他忌之，并非全无道理。

宋缥把邹元标邀到衙门里自己单独使用的小室谈话。

“听说尔瞻来京前，曾拟一本万言疏，亲自携来上之。有没有这回事？”宋缥问。

“谁人这般无聊！”邹元标摇着头说。

“没这回事？”宋缥问。

“奏疏下官是拟过一本，数千言而已，并非万言。”邹元标说。

“两三千是数千，八九千也是数千；八九千言的奏疏称作万言疏，并没多大的错。”宋缥道。

“有无八九千言，下官没计算过。”邹元标说。

“总之是长篇巨作，尔瞻能不能把大意说给我听听？”宋缥问。

“伯敬先生确定要听，而不是要读？”邹元标反问。

“尔瞻难道把疏草带来？”宋缥反问。

“下官议的是吏治、民瘼事，正要请伯敬先生教正。”邹元标说。

“教正不敢当。我来吏部才几日，尔瞻却是既在吏科任过职，又在吏部任过职的，于吏治一定有许多体会，”宋缥说着，接过邹元标递过来的疏稿。疏稿的题目是《敷陈吏治、民瘼恳乞及时修举疏》。他大声读出来，然后好像为印证邹元标的话，问道，“吏治写几事？”

“十事。”邹元标道。

“是哪十事？”宋缥问。

“定等则，洗佞习，便升转，议久任，重京考，慎抚臣，惜名器，搜遗逸，审边臣，恤远臣。”邹元标道。

“民瘼写几事？”宋缥又问。

“八事。”邹元标道。

“是哪八事？”宋缥问。

“秤头之苦，虚粮之苦，由票之苦，积荒之苦，科场之苦，积疫之苦，清军之苦，驿递之苦。”邹元标道。

“各事名目尔瞻都说得上来，大意也能说出一二吧？”宋缥问。

“是。”邹元标应道。

“有几件事，我甚是关切，先听听尔瞻高见，然后再细读大作，如何？”宋缥提议。

“伯敬先生想怎读就怎读，均无不可。”邹元标道。

“先说说定则例吧，”宋缥说着，问道，“考察官吏，本朝是有则例的，尔瞻为何还要定则例？”

“下官以为，则例宜细。”邹元标说。

“尔瞻是说，今之考察则例不细？”宋缥问。

“是，”邹元标应道，“如考满之目有三，曰称职，曰平常，曰不称职，并不细致。”

“尔瞻拟列几等？”宋缥问。

“九等。”邹元标说。

“九等？”宋缥不由一笑，道，“考满为三等，考察却有八目，尔瞻定九等则例，也不过多一，能细到哪里去？”

“下官列的是等则，非目则。”邹元标说。

“有何不同？”宋缥问。

“考察八目，曰贪，曰酷，曰浮躁，曰不及，曰老，曰病，曰疲，曰不谨。其中每一目，都可分出则例。如贪，有大贪，有小贪；如酷，有极酷，有寻常之酷；如老，有尚可任事之老，有不能任事之老。若贪则一概如何如何，酷则一概如何如何，老则一概如何如何，处置难免失当。”邹元标说。

“尔瞻说的则例，是与考满中的三目相当的等则？”宋缥问。

“是，”邹元标应道，“考满三目，曰称职，曰平常，曰不称职；下官拟定九等，曰上上，曰上中，曰上下，曰中上，曰中中，曰中下，曰下上，曰下中，曰下下。”

“大概上上至上下，相当于称职，中上至中下，相当于平常，下上至下下，相当于不称职吧？”宋缥问。

“是。”邹元标应道。

“那为何还要细分？”宋缥问。

“下官以为，细分有两个好处。”邹元标说。

“尔瞻先说第一个好处！”宋缥命道。

“更容易区别吏之优劣，尤其是更容易区别外吏之优劣，又尤其是更容易区别小吏之优劣。”邹元标说。

“在尔瞻看来，内吏与外吏不同，大吏与小吏不同？”宋缥问。

“人人皆知如此，非我一人看来如此，”邹元标道，“下官曾对人说过，辨大吏，譬如奏黄钟大镛，有耳者无不闻之；辨小吏譬如听蟋蟀之鸣，非甚聪者不能审其音。”

“为何细分更容易区别小吏之优劣？”宋缥问。

“《易》曰：云雷屯君子以经纶。释者曰：经者比其丝而合之，纶者析其类而分之；丝虽众多，千条万绪，各自不乱。下官以为，辨小吏，亦当类此。”邹元标说。

“尔瞻这两个比喻，倒是别出心裁，”宋缥对他说的第一个好处不置可否，却命道，“尔瞻再说第二个好处！”

“更容易论以升迁，尤其更容易论外吏升迁，又尤其更容易论小吏升迁。”邹元标说。

“何谓更容易论以升迁？”宋缥问。

“譬如某一品级官升迁，在某官至某官。前一某官之升，肯定优于后一某官之升。为何此官获前一某官之升，彼官获后一某官之升，无所据也。今细分之，考语上上者获上上之升，考语下下者获下下之升，无不得其所矣。”邹元标说。

“这样一来，吏部倒省事。”宋缥笑道。

“事是省不了的。”邹元标说。

“不是以考语定等则，以等则定升迁吗，还有何事？”宋缥问。

“至少，何为上上之升，及至何为下下之升，吏部须定。”邹元标说。

“上上之升至中中之升，我都能说得出几样来，尔瞻说说，何为中下之升。”宋缥出了个题目。

“譬如，升王府官。”邹元标道。

“何谓下上之升？”宋缥又问。

“譬如，升王府官。”邹元标道。

“何谓下中之升？”宋缥又问。

“譬如，升王府官。”邹元标道。

“何谓下下之升？”宋缥又问。

“譬如，升王府官。”邹元标道。

“怎都是升王府官？”宋缥问。

“伯敬先生想想，国初王府官里还出个周文襄公，近数十年来，王府官里哪还出过名臣？人人都以任王府官为畏途，为灾难，为万劫不复。说到劣等之升，可不首先都会想到王府官！”邹元标说。

“但中下之升，王府官也；下上之升，王府官也；下中之升，王府官也；下下之升，王府官也。等次不同，升官则同，岂不有悖尔瞻细分等次的初衷？”宋缥发现一个漏洞。

“不止升王府官，其他劣等之升，也有这等情形。”邹元标说。

“尔瞻打算怎样处置？”宋缥问。

“譬如同升王府者，以考语中下者升之，给凭，以考语下上、下中、下下者升之，不给凭。”邹元标说。

“给凭者，是给考语中下之凭？”宋缥问。

“是。”邹元标应道。

“也就是说，让别人记住，也让他本人记住，在升王府官者之中，他是优于他人的。”宋缥解说这一做法的目的。

“确有此意。”邹元标道。

“尔瞻想的还挺细致，”宋缥又不置可否地说一句后，转换题目，“久任议之久矣，尔瞻议久任，有何新意？”

“下官有几事欲问，不知可否？”邹元标反客为主。

“尔瞻要问，尽管问。”宋缥道。

“其一，伯敬先生说久任议之久矣，不知有几久？”邹元标问。

“久任非本朝始有其议，若要追根溯源，我还真说不上来。但就本朝而言，至迟在嘉靖三年，已有久任之议，且推行之。”宋缥说。

“亦即，有六十多年。”邹元标边说，边摇头。

“尔瞻以为不该从嘉靖三年算起？”宋缥问。

“我非此意。”邹元标道。

“那么，议及六十多年，推行六十多年，尔瞻以为不能算议之久矣？”宋缥又问。

“我亦非此意。”邹元标道。

“那么，”宋缥也摇着头，问他，“尔瞻却是何意？”

“下官要问的是，久任议之久矣，推行久矣，其效若何？”邹元标道。

“其效若何？尔瞻问得还是不清楚。”宋缥说。

“那下官换个问法，”邹元标说着，问道，“久任为的何事？”

“改良吏治。”宋缥简而言之。

“改良吏治为的何事？”邹元标问。

“天下太平，百姓富庶。”宋缥加上四个字，但仍是简而言之。

“伯敬先生看，议久任、行久任以来，天下有没太平，百姓有没富庶？”邹元标问到关键之处。

“尚有不足。”宋缥的回答很谨慎。

“是相差甚远吧！”邹元标道，“议久任、行久任之后，本宜乎宇内家给人足；实则萧条凄楚，反不如昔时。这难道不是相差甚远！”

“尔瞻这么以为，我无话可说。”宋缥不和他争辩。

“伯敬先生不批驳，则下官还有一个问题。”邹元标说。

“尔瞻说！”宋缥道。

“为何久任虽行，而不得久任之效？”邹元标问。

“尔瞻，这得你说！”宋缥道，“我说的是尚有不足。我若说不得久任之效，也只能说尚有不足的不得久任之效；尔瞻听后，不会满意的。”

“伯敬先生让下官说，下官就说，”邹元标并不推托，并随口打一个比方，“循良之吏，人与地相习，有如凤鸣高冈，有耳者闻之皆喜；鸷悍之吏，人与地相戾，有如鸱嚣于室，主人恨不得早逐之。”

“尔瞻这个比喻很生动。不过，只能说明民欲循良之吏久任，鸷悍之吏速去；并不能说明为何虽行久任，而不得久任之效。”宋缥指出。

“下官还有一议，”邹元标道，“凡欲用人之力，在得人之心，使之欣然趋事，鼓舞不倦；然后唯其所欲为，而罔有倦心。”

“尔瞻此议也很好。不过，也只能说明朝廷驭人之道；并不能说明为何虽行久任，而不得久任之效。”宋缥又指出。

“下官的前二议，是为后一议作的铺垫，”邹元标道，“我以为，今虽行久任，而不得久任之效者，在未能使天下之吏皆以久任为荣，以不久任为辱耳。”

“以久任为荣，以不久任为辱，”宋缥重复这两句话后，大加赞赏，“此真切实之论也。使天下之吏皆以久任为荣，以不久任为辱，则人与地相戾之吏，主人恨不得早逐之鸱，将无地自容！”

“下一事为重京考。”邹元标提醒他。

“尔瞻是不是想告诉我，重京考是用心思写的？”宋缥笑者问。

“吏治十事，下官都是用心思写的。”邹元标说。显然，不是宋缥没说准他的心思，而是被宋缥说出后，他不愿承认。

“但重京考是用更大的心思写的，对吧？”宋缥仍问。

“伯敬先生一定要说用更大的心思，那就是多写一些：全篇虽不足万言，此事却足有千言。”邹元标说。

“前次京考已过去几年，下次京考还要等几年，尔瞻为何重京考一事写得独多？”宋缥问。

“欲借议京考而举荐。”邹元标说。

“尔瞻欲荐何人？”宋缥问。

“前贤三人，今贤三人。”邹元标说。

“尔瞻荐前贤，以何为据？”宋缥问。

“虽载理学名臣录，或未得赐谥，或未得赠官。”邹元标说。

“是哪三人？”宋缥问。

“一则大学士解缙，一则左赞善罗洪先，一则以庶吉士降吏目邹智。”邹元标一一数道。

“尔瞻为何要荐解学士？”宋缥问。

“天挺人豪，国士无双，韵宇流布海内，丹衷简在列圣。开国元臣，至不得受易名之典，阐幽谓何？”邹元标道。

“为何要荐罗赞善？”宋缥问。

“少年巍科，终身退处，淡泊为百年楷模，沉修树来学章程。所赠非其所处，尊贤谓何？”邹元标道。

“为何要荐邹吏目？”宋缥问。

“冰霜励志，侮群奸而不辞；慷慨持身，丧岭表而不悔。一代名臣，仍其以吏目称，怎谓褒忠？”邹元标道。

“尔瞻还不承认多用心思，对此三人的品藻，哪一句不是用心写出来的！”宋缥说着，问道，“今之三贤却是谁人？”

“一则隆庆辛未科状元张元忭，一则同出隆庆辛未科的尚宝卿徐贞明，一则同出隆庆辛未科、又同官尚宝卿的孟秋。”邹元标说。

“我记得，张状元浙人也，是吧？”宋缥问。

“张状元是浙江山阴人，孟寺卿是山东东平人，只有徐寺卿出自赣省，是贵溪人。”邹元标说。

“这就好，这就好。”宋缥连声道。

“伯敬先生说好，是因为下官所荐逝者三人，二人赣产，仅一人出自他省；而所荐生者三人，二人非赣产，仅一人出自赣省吧？”邹元标问。

逝者三人，解缙、罗洪先都是江西吉水人，和他不仅同省，而且同郡、同县。只有邹智是四川合江人。

“是，”宋缥应一声，直率地指出，“举先贤，本省之人居多，难免会遭议论。”

“下官所荐只求其贤，绝无私心。”邹元标信誓旦旦。

“尔瞻无私，我自知之；但不给人口实，岂不更好！”宋缥道。

“伯敬先生说的是。”邹元标应道。

“尔瞻为何荐张状元？”宋缥又问今贤。

“不欲以一第自居，矫然以古人自期，宜赠以谥，以为不愧科名者劝。”邹元标道。

“为何荐徐寺卿？”宋缥问。

“政存口碑，风高锁闼，宜赠以官，以为许身国家者劝。”邹元标道。

“为何荐孟寺卿？”宋缥问。

“容貌、爵位，不能动人；栗栗真修，令人屈服。宜赠以官，以为安贫乐道者劝。”邹元标道。

“前贤三人：解学士，国士也，罗赞善，淡泊也，邹吏目，慷慨也；今贤三人：张状元，有德行，徐寺卿，有功劳，孟寺卿，有修养。人各不同，然均堪称表率。我看，此六人，尔瞻荐得好。”宋缥综括道。

“伯敬先生称许，立贤有望矣。”邹元标说着，一揖。

“尔瞻，为我说说民瘼，如何？”宋缥转换话题。

“好，”邹元标应罢，问道，“伯敬先生想听哪一事？”

“别事为民瘼，都好理会；科场之事，怎会也成民瘼？”宋缥问。

“下官说的是，皇上痛往年科场之弊，特差翰林及科臣、部属，往各地复核。”邹元标说。

“科场之弊即科场之弊，和民瘼扯不上关系。我问的也是差官复核，为何竟成民瘼？”宋缥道。

“今天下民力竭矣，民财尽矣。伯敬先生掌户部多年，不会不赞同此说吧？”邹元标问。

“虽为危言，非无根据。”宋缥说。

“上省一分，民受一分之赐；上不扰一分，民受一分之惠。伯敬先生掌户部多年，不会没有这等体会吧？”邹元标问。

“怎会没体会！是深有体会。”宋缥说。

“今遣近侍诸臣分道四出，驿递支应，有司奉承，经过各处，不知其几。本省之费不菲，难道不是民之膏脂！”邹元标道。

“尔瞻说得不错，朝廷差一次官，地方便被滋扰一次。不过，此事的账要算在不职官员的头上，不能算在朝廷头上。要不是各地乡试弊端丛生，朝廷何必差官复核！”宋缥驳道。

“下官若看不到这一层，怎敢言科场之害！”邹元标道。

“尔瞻尚有论者？”宋缥问。

“当然，”邹元标点头，“朝廷若以其弊当革，当时制裁一二始作俑者，其余无不可查；若以台臣难托，所遣翰林、科臣、部属有限，则天下之事，更有大于此者，遣官岂有穷尽！”

“何事更大于此？”宋缥问。

“譬如巡边，”邹元标道，“昔日巡边，止数科臣，人皆知不足，皇上以惜费省事谕之。今者如何？岁遣科臣已二十余人矣。今以科场之弊遣官有限，复以学校之弊而遣官，复以无穷之弊而遣官，伯敬先生说，是不是将遣官无穷？”

“朝廷遣官日多，是一个方面；地方有事，朝廷不得不遣官日多，又是一个方面，”宋缥说着，问道，“或者科场弊端日多，不必朝廷遣官复核，尔瞻更有良策？”

“算不得良策，但我以为科场弊端不难处置。”邹元标说。

“尔瞻说说看。”宋缥道。

“其一，仍命台臣复核。”邹元标说。

“亦即，仍命巡按御史就地复核。”宋缥把他的意思表达得更清楚。

“对，”邹元标点点头，又说，“其二，把师生之谊看得淡些，科场之弊自然会少许多。”

“怎叫把师生之谊看得淡些？”宋缥必然要问。

“譬如，世人以桃李满天下，以喻师门之盛，对吧？”邹元标反问。

“对呀！”宋缥应道。

“下官却以为，人贵自树，”邹元标道，“一切桃李，虽艳于目，却无不过而不留。座主身冒不韪，门生唯恐污其身而反詈之者，伯敬先生这些年还见得少吗？本身可为松为柏，又何必秾桃夭李！”

“尔瞻此论，又出人意表！”宋缥叹道。他看窗外一眼，说，“天色已晚，其他各事，我慢慢读过，再约尔瞻来深谈。”

“是。”邹元标应道。

第一百九十四章

户部尚书石星进来，见堂上只有本部右侍郎孙丕扬一人。他问："只叔孝先生一人在？"

"拱宸先生不是看到，只我一人在。"孙丕扬道。

孙丕扬字叔孝，陕西富平人，嘉靖三十五年进士，自大理寺卿升户部右侍郎。石星则在宋缥改吏部尚书后，自工部尚书改掌户部。

"伯章先生怎还不来？"石星问。

"伯章先生多数日子都在仓场那边，难得回部。"孙丕扬说。

杨俊民以兵侍升户部尚书，总督仓场。国无二主，一部也难容二主。如果以户部侍郎总督仓场，来户部衙门走走、坐坐，还无所谓；以户部尚书总督仓场，实在是不愿回部。

"可我下柬与他，约他来议事。"石星道。

"既是拱宸先生约他，他不会不来。"孙丕扬说。

说话间，杨俊民进来。他先看到孙丕扬，而没看到坐在另一边的石星。他也问："只叔孝先生一人在吗？"

"有人已经问过。"孙丕扬笑着说，并往石星站的那边指了指。

杨俊民这才看到石星，道："我说嘛，拱宸先生急着约我来，自家不会不来的。"并问，"何事让拱宸先生心急如焚？"

"还不是因你！"石星道。

"因我？"杨俊民惊问。

"拱宸先生心急如焚？"孙丕扬吃惊的是另一回事。

"有些心急而已，没到如焚的地步，"石星说着，问杨俊民，"昨日相公们是不是把伯章先生请去？"

"是传唤。"杨俊民说。

"请也罢，传唤也罢，谈论的事情肯定是一样的。"石星道。

"是，"杨俊民应一声，说道，"相公们命我去谈论赈灾一事。"

“赈灾一事，已着户部议，相公们为何又把伯章先生请去，单独谈论？”孙丕扬不知该问谁，只能看看这个，又看看那个。

“我今日约伯章先生来，不是为的议赈灾事。”石星说。

“可拱宸先生问的是，昨日相公们是不是把伯章先生请去；伯章先生说的是，相公们把他请去，为的谈论赈灾一事。”孙丕扬道。

“我问相公们是不是把伯章先生请去，一定是议相公们请他去谈论的事吗？”石星问。

“那倒未必，是我武断。”孙丕扬道。

“再者，相公们把伯章先生请去谈论赈灾一事，叔孝先生可知他是怎说的？”石星又问。

“我不知，拱宸先生可知？”孙丕扬反问。

“我若不知，却约伯章先生谈论何事！”石星道。

“伯章先生是怎说的？”孙丕扬问。

“还是让伯章先生自家说吧。”石星道。

“被相公们约去，伯章先生是怎说的？”孙丕扬转问杨俊民。

“其实，相公们说的比我说的多。”杨俊民道。

“相公们怎说的？”孙丕扬又问。

“相公们先告我，上一月，他等曾上疏言修省三事。”杨俊民说。

“是不是勤视朝以修圣政、教元子以重国本、恤刑狱以召和气三事？”孙丕扬问。

“是。”杨俊民应道。

“此事举朝皆知，相公们为何又对伯章先生言及？”孙丕扬问。

“相公们言及，有相公们的道理；相公们接下来说的事，知者就不见得很多。”石星插话。

“相公们接下来说的何事？”孙丕扬问。

“皇上阅相公们的奏疏后，亲写手谕给相公们。”杨俊民说。

“皇上手谕怎说？”孙丕扬问。

“朕实感恙，非偷佚也。行少疗，即晤卿等。狱情冤抑，百姓困苦，虽朕失理，亦诸司奉职乖戾。卿等传刑部、都察院，咨各省、直问刑官，虚心审理，勿干天和。”杨俊民复述道。

“难怪刑部、都察院忙着发文，原来是奉有圣谕。”孙丕扬说。

“谁说不是！”石星附和一句。

“但圣谕似与赈灾一事不相干呀！”孙丕扬又说。

“相公们说到这里，我也没往赈灾上想。”杨俊民道。

“相公们接下来怎说？”孙丕扬问。

“相公们又告我，本月前些日子，皇上忽然视朝，命速议蠲赈之事。”杨俊民说。

“此事亦举朝皆知，所以，户部才议赈灾一事。”孙丕扬说。

“不待奏报，先布德音，叔孝先生可知出处？”石星插话问道。

“下户部议，谕旨中有这两句。”孙丕扬说。

“实则是皇上视朝后，相公们的奏言。相公们奏道：旱灾甚广，自畿内、河南、山东、江北，夏麦俱枯，秋禾未种。小民望恩，甚于饥渴。若不待奏报，先布德音，尤足收拾人心。”杨俊民复述道。

“谕旨是相公们拟的。他等的话，皇上认可，夹杂在谕旨中。这并非可怪骇之事，亦非可炫耀之事。”孙丕扬道。

“相公们并非炫耀，只是让我知道，皇上久不视朝，视朝之后仅谕一事，可见对该事的重视。”杨俊民说。

“皇上重视，举朝皆知，还要相公们提醒伯章先生？”孙丕扬不解。

“相公们是担心我不知。”杨俊民说。

“相公们为何担心伯章先生不知？”孙丕扬愈发不解。

“因为我说过一句话。”杨俊民道。

“伯章先生怎说的？”孙丕扬问。

“我说，恐怕还得量入为出。”杨俊民道。

“量入为出，是居家过日子的常识，也是为国理财的常识，伯章先生不见得是针对赈灾一事说的吧？”孙丕扬问。

“我是针对赈灾一事说的。”杨俊民道。

“伯章先生，别事都可量入为出；唯独赈灾，急如星火，是顾不上思忖量入为出的。”孙丕扬表示异议。

“顾不上思忖，亦须思忖；别个可以不思忖，户部堂官却不可不思忖。譬如，一年入不敷出，须赈灾时，或有积年之存，还可以赈济；若多年入不敷出，积年之存已尽，须赈灾时，却以何赈济？”杨俊民道。

“伯章先生所言，不仅是量入为出，且是未雨绸缪。”孙丕扬说。

“不是我未雨绸缪，是相公们未雨绸缪。”杨俊民道。

“此话怎讲？”孙丕扬问。

“我不过说句量入为出；相公们传唤我去，正是问我：朝廷家底如何，我心里可有数？”杨俊民道。

“伯章先生怎说？”孙丕扬问。

“我说，大致的数有，实在的数却没有。”杨俊民说。

“叔孝先生看，相公们把伯章先生请去，不是简单地议赈灾一事吧？”石星插话。

“相公们是要户部把实在的数议出来？”孙丕扬问。

“是，”石星应道，并说，“相公们还特别交代，一定要和伯章先生一起议。”

“若只为求得实在的数，不但用不着把我唤来，拱宸先生、叔孝先生二位，也没必要在一起议。”杨俊民却说。

“这不是未雨绸缪的大事吗，怎又没必要议？”孙丕扬问。

“我是说，只为求得实在的数，没必要议，”杨俊民说着，问石星，“譬如，去岁因蠲免等故，朝廷实入几多金，拱宸先生不会不知吧？”

“不会不知。”石星点头。

“叔孝先生不会不知吧？”杨俊民问孙丕扬。

“不会不知。”孙丕扬点头。

“我虽不署部务，亦知去岁实入三百三十九万金，”杨俊民说着，问石星、孙丕扬，“此数字不错吧？”

“不错。”石星、孙丕扬齐道。

“再譬如，去岁因赈济等故，朝廷多出几多金，拱宸先生不会不知吧？”杨俊民又问石星。

“不会不知。”石星点头。

“叔孝先生不会不知吧？”杨俊民又问孙丕扬。

“不会不知。”孙丕扬点头。

“我虽不署部务，却知去岁多出百万余金，”杨俊民说着，问石星、孙丕扬，“此数字不错吧？”

“亦不错。”石星、孙丕扬齐道。

“若以岁入四百万金计，实入三百三十九万金，即少入六十余万金，又多出百余万金，合而计之，即一百六十余万金。此一百六十余万，须出自积年之存。”杨俊民说着，问道，“我算得不错吧？”

“不错。”石星、孙丕扬齐道。

“今岁入四百余万，除已发用外，现库尚存几多金，拱宸先生不会不知吧？”杨俊民又问石星。

“不会不知。”石星道。

“叔孝先生不会不知吧？”杨俊民问孙丕扬。

“不会不知。”孙丕扬道。

“我虽不署部务，亦知现库仅存四十余万金，”杨俊民说着，问石星、孙丕扬，“此数字不错吧？”

“不错。”石星、孙丕扬齐道。

“老库尚存几多金，拱宸先生不会不知吧？”杨俊民又问石星。

“不会不知。”石星道。

“叔孝先生不会不知吧？”杨俊民问孙丕扬。

“不会不知。”孙丕扬道。

“我虽不署部务，亦知老库仅存一百一十七万金，”杨俊民说着，问石星、孙丕扬，“此数不错吧？”

“不错。”石星、孙丕扬齐道。

“现库仅存四十余万金，老库仅存一百一十七万余金，合而计之，一百五十余万金，”杨俊民说着，问石星、孙丕扬，“我算得不错吧？”

“不错。”石星、孙丕扬齐道。

“亦即，今岁若再如去岁，多出少入合计一百七十万，则不知出自何处，”杨俊民说着，问石星、孙丕扬，“我说得不错吧？”

“不错。”石星、孙丕扬齐道。

“虽算得不错，说得不错，但伯章先生似乎多虑。”孙丕扬又说。

“我怎多虑？”杨俊民问。

“去岁少入六十余万，多出百余万，合而计之，得出一百六十余万之数；今岁并未少入六十余万，即便不得不多出百余万，以现库、老库之存数，也还应付得下来。”孙丕扬说。

“若今岁不是多出百余万，而是一百六十余万呢？”杨俊民问。

“迄今而言，多不出此数。”孙丕扬道。

“就算今岁多不出此数，来岁呢？”杨俊民问。

“来岁未必是灾年。”孙丕扬道。

“未必是灾年，可以不蠲免，可以不赈济，却未必没有其他用场；可以不少入，却未必不会多出。”杨俊民与他理论。

“此又是另一说：人无远虑，必有近忧。”孙丕扬道。

“我不信叔孝先生无此近忧。”杨俊民说。

“叔孝先生怎会无此近忧！”石星插话，“我等议赈灾时，他就说过，库存仅此数，用钱的地方还多，今年不知该怎样应付。他所以说伯章先生多虑，是代替那些既看不到远虑、又看不到近忧的人，在和伯章先生分辩呢。”

“我还听不出叔孝先生在代人言之！”杨俊民道，“叔孝先生却不知，他在为人代言，我也在为人代言。”

“伯章先生在为谁人代言？”孙丕扬问。

“为相公们呀，”杨俊民道，“叔孝先生说我多虑；殊不知，多虑的是相公们。他等若无虑，为何要传唤我去问话？为何又要拱宸先生一定要约我来谈论此事？”

“可伯章先生一言，却把相公们的良苦用心否定。”孙丕扬说。

“我这是说第三遍，”杨俊民说着，再次重复自己的话，“若只为求得实在的数，我等皆知之；相公们虽或不知，但很容易知之。所以，根本没必要把尚书、侍郎们召集到一起议之。”

“伯章先生是说，相公们还有别意？”孙丕扬问。

“肯定还有别意。”杨俊民道。

“却是何意？”孙丕扬问。

“让户部议一议，如今岁入弥缩、岁出弥浮的局面，当如何应对。”杨俊民道。

孙丕扬看石星一眼，好像要从他那里证实，阁臣们究竟有无此意。

“当然为议此事，不然为何要议！”石星道。

“我看，今日天下利孔已尽，不知二位尚书意下如何？”孙丕扬问。

所谓利孔已尽，即再也无财源可开。

“议者多是此意。”石星说。

“我也以为，须在裁汰上多下工夫。”杨俊民说。

“说到裁汰，我看，锦衣卫带俸官役太多，首当其冲。”孙丕扬先举一具体事例。

“礼部之译字生、通事，多可裁汰。”石星说出两类可裁革的对象。

“鸿胪寺之序班，光禄寺之厨役，各监、局之工匠，多可裁汰。”杨俊民说的是三类可裁汰的对象，其中，各监、局工匠，包括的人最多。

“在外添设之佐贰官、首领官，九边年例、各边主客市赏赍，多可裁革。”孙丕扬又说。

“二位等等，我来记下。”石星说着，找笔找纸。

列出各类可裁汰的人员后，户部议道：诸如此类，以及尚未列入者，或昔无今有，或昔设今增，酌其急缓，渐以裁汰。是谓以节之道，生之财也。

疏入，皇帝报闻。

第一百九十五章

“还是德万兄优哉游哉的好！”黄凤翔去衙门的路上。碰到掌翰林院事的本部左侍郎田一儁，没头没脑地发句牢骚。

他二人既是同年进士，又是福建同乡，关系自然密切。

“鸣周兄何出此言？”田一儁关切地问。

“今日礼卿，真是难作！”黄凤翔又发句牢骚。

“部里遇到难题？”田一儁问。

“两道相争，礼卿夹在当中，岂不为难！”黄凤翔道。

两道即两道御史。近来御史之间纷争，不是某道某御史纠劾某道某御史，就是某道某御史参论某道某御史。如果只说两道相争，很难猜出是哪两名御史之间的争执。但御史们争执之事，未必都和礼部有关；一说礼卿夹在当中，变得很容易猜到。

“鸣周兄是说存问董宗伯一事？”田一儁问。

“是。”黄凤翔应道。

存问，即朝廷对已休致的老臣进行慰问。有一定地位、一定声望的老臣，命地方官存问即可，地位极尊、声望极高的老臣，皇帝会特别差廷臣前往存问。董份是嘉靖二十年进士，官至礼部尚书，论资格，是可以得到这份荣耀的。

某老臣宜存问，谁都可以提出来，存问与否，则由礼部议定。

“存问董宗伯，是蔡御史奏请的吧？”田一儁边问边说，“我知鸣周兄对董宗伯是有看法的，无垢兄、元甫兄不是也有看法吗？驳回蔡御史所请，不是件难事。”

蔡御史即巡按浙江御史蔡系周。董份是浙江乌程人，巡按御史奏请存问本地老臣，没什么不对；所请不当，礼部可以驳回。但一来，礼部官员，一般不愿和御史发生争执；二来，礼部尚书、侍郎自重身份，也不屑和御史发生争执。

所以，黄凤翔会问：“我等径自驳回，合适吗？”

“确实不太合适。不过朝中，包括各道御史，对董宗伯有看法者大有人在；鸣周兄等不批驳，自会有人批驳，”田一儁说着，问道，“鸣周兄说两道相争，怕是已有人批驳吧？”

“不错，已有人批驳。”黄凤翔道。

“是哪位御史？”田一儁问。

“山西道万御史。”黄凤翔道。

“是万二愚吗？”田一儁问。

万二愚名国钦，江西新建人，万历十一年进士。

“是他。”黄凤翔应道。

“其言慷慨，伯谦先生就是不堪忍受他的论劾而辞官的。今论董宗伯不当存问，一定更加尖刻。”田一儁说。

“可不是！”黄凤翔道，“董宗伯劣迹，为人所知的，不为人所知的，无不被他翻将出来。”

“他写的有哪些事？”田一儁让他具体说说。

“譬如，严介溪当国时，曲意阿承。”黄凤翔说。

“此事人皆知之。”田一儁道。

“譬如，与严世蕃辈饮酒、博弈，屡受其辱。”黄凤翔说。

“此事人多知之。”田一儁道。

“譬如，吴天官女已许配别家，乃托严世蕃做媒，扼吭而夺之。”黄凤翔说。

“此事今人或不知。”田一儁道。

“譬如，田连三郡，甲第上干青云；出则画船楼橹百计，随从数千，声势过于王侯。”黄凤翔说。

“此事多有所闻。”田一儁道。

“譬如，金宝珠玉之藏，以万万计，多于内帑。”黄凤翔说。

“此事亦多有所闻。”田一儁道。

“譬如，舆夫厮隶，或纳级指挥，或侧名胶庠，爪牙日盛，羽翼日众。其舆轿之出，沈茂仁父子躲闪不及，衷甲之士，奋乎群拥而击之，几至毙命。”黄凤翔说。沈自邠是嘉善人，嘉善属嘉兴府，乌程属湖州府，两府相距甚近。

“乡绅之家，却养衷甲之事，令人闻之咋舌。”田一儁道。

“德万兄还要我再举几事吗？”黄凤翔问。

“不要。”田一儁道。

“万二愚疏中有两句话，写的煞是精彩。”黄凤翔又说。

“他怎写的？”田一儁问。

“一则曰：即治以汉法，如郭解、剧孟之诛，诚不为过；一则曰：且其衣冠既褫，犹然罪人也，今存问尚书乎，抑存问罪人乎？”黄凤翔述道。郭解、剧孟皆汉人，以“任侠”闻名。

“以董宗伯比之郭解、剧孟，我看不妥。郭解、剧孟有侠名，董宗伯也有吗？至于衣冠既褫，尚未平反，却是实情。存问尚书乎，存问罪人乎，问得犀利，”田一儁说着，忽生疑窦，“万御史批驳得蔡御史体无完肤，不正好遂鸣周兄意？鸣周兄为何高叫礼卿难当？”

“德万兄以为，请存问董宗伯，只是蔡御史之意？蔡御史请存问董宗伯，只是仰慕任官地方的乡贤？”黄凤翔反问。

“鸣周兄的意思是——”田一儁似有所悟。

“董宗伯还是嘉靖壬戌科的主试官。”黄凤翔进一步提醒他。

嘉靖壬戌年即嘉靖四十一年，今首辅申时行、三辅王锡爵都是该科进士。显然，存问董份，是他们对座主要尽的心意。

“原来鸣周兄叹礼卿难做，并不在于两道相争。”田一儁悟出。

“德万兄总算理会。”黄凤翔道。

“既不在两道相争，鸣周兄为何要说，两道相争，礼卿夹在当中，岂不为难！”田一儁责道。

“我若一开始就说，两道相争，及两道相争背后的争执，礼卿夹在当中，岂不为难，德万兄还愿听我说吗？”黄凤翔问。

“鸣周兄之意，我是怕事之徒？”田一儁反问。

“德万兄既不怕事，可愿随我回部，就此事拿个主意？”黄凤翔给他出个难题。

“不去。”田一儁后退一步，好似担心黄凤翔硬要拉自己去。

“我料到德万兄不愿去。”黄凤翔道。

“不愿去是不愿去，却并非怕事。”田一儁说。

“那是为何？”黄凤翔问。

“一则，朝廷既命我掌翰林院，翰林院有争执，我不能置之不顾，而去插手别事；二则，董宗伯存问一事，有人拿主意，根本用不着我出面拿主意。”田一儁说。

“德万兄是说，应由无垢兄拿主意？”黄凤翔先问他说的第二个理由。

“无垢兄拿主意，为何不可置喙？”田一儁却说。

“德万兄是说，皇上自有圣裁？”黄凤翔又问。

“鸣周兄猜，皇上圣裁，是从蔡御史，抑或从万御史？”田一儁反问。

“这不好说。”黄凤翔道。

“所以，皇上圣裁，未必如鸣周兄愿。”田一儁道。

“德万兄是说，不但有人拿主意，而且是从万御史之议？”黄凤翔再问，是觉得不可思议。

“然也。”田一儁却深信不疑。

“谁个的话，有这等分量？”黄凤翔问。

“真乃当事者迷，竟连谁个有这等分量也看不出！”田一儁道。

语中带刺，倒提醒黄凤翔。

“德万兄说的是相公？”他问。

田一儁点点头，说道：“不管蔡御史是衔相公之命，还是自家在揣摩相公的心思，万二愚之疏一出，相公们还能冒此大不韪吗？无垢兄若问起此事，鸣周兄只要说一句：此事最好由相公拿个主意，保证无垢兄不会再议下去。”

“德万兄言之有理，看来是我怀杞人之忧，”黄凤翔说着，转问前一个理由，“德万兄看出此事须得相公拿主意，不妨说此事须得相公拿主意，何必再借口翰林院有争执？”

“不是借口，是翰林院真的有争执。”田一儁说。

“翰林院是神仙洞府，会有何争执？”黄凤翔问。

“巧了！”二字一出，田一儁忍不住拍起手来，“鸣周兄愁的是一老臣，我愁的也是一老臣。”

“德万兄愁的是哪一位老臣？”黄凤翔问。

“王司寇。”田一儁道。

王崇古曾任刑部尚书，王国光曾任南京刑部尚书，但都是十多年前的事。提到二人，人们或会以王司马、王天官呼之，而不会以王司寇呼之。近十多年，除王世贞曾被朝廷任以南京刑部尚书，再没有第二个王司寇。所以，田一儁以王司寇言之，黄凤翔不会理解错。

“为凤洲先生，翰林院怎会起争执？”他问。

“凤洲先生几时辞官，鸣周兄还记得吧？”田一儁反问。

“本年三月吧。”黄凤翔道。

“凤洲先生为何辞官，鸣周兄还记得吧？”田一儁又问。

“为其考满荫子事，”黄凤翔道，并说，“该不该荫子，乃吏部之事，轮不到翰林们争执。”

“翰林院不是神仙洞府吗，翰林们连荫子一事都争不得？”田一儁用他的话来取笑他。“再者，翰林们的争执虽由荫子一事而起，却不限于荫子一事，不知鸣周兄有没有兴致听我说？”

“大有兴致。”黄凤翔道。

“我还得从荫子一事说起，”田一儁说着，问道，“鸣周兄可还记得，吏部为何拟荫凤洲先生一子？”

“似是三品考满。”黄凤翔说。

“凤洲先生官三品，始于何时？”田一儁问。

“我记得，万历二年九月，凤洲先生以右副都御史巡抚郧阳。在此之前，他官太仆寺少卿。官三品应从万历二年九月算起。”黄凤翔说。

“然后呢？”田一儁问。

“然后召为南京大理寺卿。”黄凤翔说。

“然后呢？”田一儁又问。

“然后改应天府尹。”黄凤翔说。

“不对。”田一儁摇头。

“怎不对？”黄凤翔问。

“凤洲先生是起为应天府尹，非改应天府尹。”田一儁说。

“不错，是起为应天府尹。”黄凤翔道。

“既起为应天府尹，在起之前，他应该是乡居。”田一儁说。

“我记起来！凤洲先生改南京大理寺卿，朝廷虽有旨，但未赴任而被劾罢。”黄凤翔道。

“此事鸣周兄且记在心里，”田一儁说着，又问，“然后呢？”

“然后改南京刑部侍郎，”黄凤翔说罢，自己更正，“是起刑部侍郎。”

“怎又是起？”田一儁问。

“应天府尹任上，凤洲先生也是被劾罢的。”黄凤翔说。

田一儁点点头，又问：“然后呢？”

“然后升南京刑部尚书。”黄凤翔说。

“右副都御史，正三品；南京大理寺卿，亦正三品；南京刑部侍郎，亦正三品。三品考满，鸣周先生说，应从那年算起？”田一儁问。

“不会是从巡抚郧阳之日算起；不然，早够考满的年头。”黄凤翔说。本朝考察制度，三年初考，六年再考，九年通考。三次考察都通过，则为考满。

“早够年头是一回事；另则，自南京大理寺卿至应天府尹，中间是割断的。”田一儁道。

“据此而言，也不能从任应天府尹之日算起，因为自应天府尹至南京刑部侍郎，中间也是割断的。”黄凤翔说。

“那么，只好从任刑部侍郎之日算起，是不是？”田一儁问。

“是。”黄凤翔应道。

“鸣周兄可还记得，凤洲先生是几时任南京刑部侍郎的？”田一儁问。

“是万历十一年吧？”黄凤翔没太大的把握。

“是万历十一年，”田一儁道，“从万历十一年算起，三品考满不够年头吧？”

“是不够。”黄凤翔应道。

“凤洲先生所以辞南京刑部尚书之任，就是因为有御史上一疏，狠批吏部拟以考满荫其一子之事。”田一儁说。

“德万兄所谓狠批，是何意？”黄凤翔问。

“譬如，郧阳巡抚与南京大理寺卿之间被劾，该御史说，科臣指摘其市恩滥举；南京大理寺卿与应天府尹之间被劾，该御史说，科臣劾其贪肆；应天府尹与南京刑部侍郎之间被劾，该御史说，科臣劾其旷肆。总而言之，是三被参劾，两经改调。”田一儁说。

“着实狠批；不过，他不是狠批驳吏部，而是狠狠地指斥凤洲先生一番，难怪凤洲先生要辞官，”黄凤翔道。想了想，又提出疑问，“不对呀，若有争执，也是翰林们和该御史之间有争执，德万兄为何说，是翰林院有争执？”

“这就是我说的，翰林们的争执由荫子一事而起，却不限于荫子一事，”田一儁说着，问道，“鸣周兄以为，凤洲先生的人品如何？”

“见仁见智，莫衷一是，”黄凤翔道。“譬如，德万兄提及的御史、科臣们——”他这才想起，田一儁根本没有说过他们的姓名。他问，“是哪几位呀？”

“劾凤洲先生市恩的科臣，御史疏中未载，我亦不记得。劾其贪肆的科臣，杨节也；劾其旷肆的科臣，王良心也；论其不该获恩典荫子的御史，黄仁荣也。”

“此三人都以为，凤洲先生之人品龌龊至极。”黄凤翔说。

“我问鸣周兄怎看？”田一儁道。

“我想，尚未到盖棺论定之日吧。”黄凤翔闪烁其词。

“那么，凤洲先生的学识如何？”田一儁又问。

“凤洲先生是嘉靖二十六年进士，该科进士中有两人，是无人能及的：张江陵相业，无人能及；王凤洲学识，无人能及。”黄凤翔知道无法隐瞒自己的看法。

“有人说，张江陵乃本朝第一相。”田一儁道。

“王凤洲亦当得起本朝第一博学之士。”黄凤翔说。

“鸣周兄大概想不到吧，翰林们喋喋不休、争执不下的，正在此二事：其人，仁德乎，抑或贪愉乎；其学，渊博乎，抑或偏狭乎？”田一儁道。

“翰林们以为凤洲先生贪愉，和科臣、台臣以为凤洲先生贪愉，有无不同之处？”黄凤翔问。

“翰林喜引诗文，故有引诗讽者。”田一儁说。

“引谁人之诗？”黄凤翔问。

“无名氏之诗，”田一儁说着，吟道，“丈夫垒石易，父祖积金难。未学终天恨，翻成动地欢。峻岭悲高位，深池痛九泉。燕魂来路杳，振作望云山。”

“听起来，似为雅士之作。”黄凤翔说。

“不知是雅士之作，抑或村夫之作，闻得此诗写在太仓王氏弃园墙外，后有人传抄。”田一儁说。

“作者讥讽凤洲先生之父冤死于严介溪相公，他却与严世蕃辈把酒寻欢，未免求全责备。凤洲先生与严世蕃辈应酬，是有不得已的苦衷的。”黄凤翔说。（事详见《嘉靖皇帝全传》第四部。）

“鸣周兄愿不愿去翰苑，与引此诗讽凤洲先生者辩？”田一儁笑问。

“翰林院不是有人与他辩吗，为何还要我去！”黄凤翔说着，问道，“翰林院官是怎辩的？”

“或言，凤洲先生遭人伦之变，虽索骨自殒，亦无以明志，不得不稍纵恣欲，不修行检。”田一儁说。

“讽者固牵强，辩者更牵强，”黄凤翔评道，“倒不如举科臣所谓市恩滥举的例子，反其意而言，则是提携后进。”

“举其事者有之；不过，这是纤细之议，还有综括之论。”田一儁道。

“怎作综括之论？”黄凤翔问。

“魏晋之际王祥，鸣周兄知道吧？”田一儁反问一句。

“可是事母极孝、卧冰求鲤的王太保？怎会不知！”黄凤翔道。王祥历官司农、司空、太尉，最后官拜太保。

“王祥有德而不善言，翰林院有人称他德掩其言。”田一儁说。

“古人已有此评语？”黄凤翔问。

“有，”田一儁点点头，说道，“翰林院有人，以古人的评语作衬托，称凤洲先生言掩其德。”

“王祥虽不善言，却不是不能言；与其交谈者，无不赞他理致清远。”黄凤翔说。

“今翰林院之论者，正是要借此表明，凤洲先生并非无德，而是德为言所掩。”田一儁道。

“他怎说的？”黄凤翔问。

“其文鞭挞千古，掊击当代，笔挟清霜，舌掉电光。天下士大夫读其文，想其风采，远听遥度，必以为轻俊薄夫。而不知其为人，殊称长者：识无所不综，而量无所不包，宽仁爱人，盛德之声满里闬。”田一儁复述某些翰林们的评说。

“我才说尚未到盖棺论定之日，德万兄看，已有人在论定。又是长者，又是宽仁，又是盛德，简直无与伦比！”黄凤翔道。

“一边在说贪说恔，一边在说仁说德。鸣周兄，你说我在其间，当如何裁之？”田一儁请教。

“为德万兄计，其实并不难裁。不过，”黄凤翔口气一转，道，“我先不说；还是德万兄说说，凤洲先生的学识，翰林们是怎争执的？”

“鸣周兄记不记得，大历是哪一帝年号？”田一儁问。

“唐代宗吧。”黄凤翔道。

“文必西汉，诗必盛唐；大历以后之书无读。鸣周兄可知凤洲先生此论？”田一儁问。

“文必秦、汉，诗必盛唐，是前七子倡导；凤洲先生等所谓后七子，秉承其意而已。”黄凤翔说。

前七子以李梦阳为首，提倡复古。文必秦、汉，诗必盛唐，是李梦阳提出来的。以李攀龙、王世贞为首的后七子，在复古方面走得更远，把文必秦、汉，提前到文必西汉。

“鸣周兄可知，翰林们怎驳斥凤洲先生此论的？”田一儁问。

“怎驳斥的？”黄凤翔反问。

“有翰林说，亲眼见凤洲先生手捧《苏子瞻集》，诵读不已，舍不得搁置。”田一儁道。

“我亦发觉，凤洲先生到晚年，很少再提文必西汉、诗必盛唐，”黄凤翔附和道，又问，“拥护文必西汉、诗必盛唐的翰林们又怎说？”

“为文必西汉、诗必盛唐辩者不多，但盛赞凤洲先生为一代宗师者，着实不少。譬如‘鞭挞千古，掊击当代，笔挟清霜，舌掉电光’之类的话，到处可以听得到。”田一儁说。

“此等句子，德万兄已然说过，不必再重复。”黄凤翔道。

“好，再言另一则，”田一儁说着，问道，“说到学识，我以为凤洲先生建树恢弘者不在文而在史，鸣周兄以为如何？”

“我赞同，”黄凤翔道，“譬如‘鞭挞千古，掊击当代’，与其说赞其文学，不如说赞其史学。”

“鸣周兄大概不会想到，轻蔑其史学的翰林也大有人在；且言辞尖刻，更甚于批驳其文学者。”田一儁说。

“他等怎说？”黄凤翔问。

“有翰林说，本朝大小记载，一出此公之手，无不使人疑其不真。”田一儁举出最尖刻的一句话。

“过甚，过甚！”黄凤翔连声道，“我不能说凤洲先生记载国朝故事，皆为信史，但其所撰《史乘考误》十一卷，所纠正的史误，肯定比以讹传讹者，要多得多。”

“翰林中的批驳者，也是这么说的。”田一儁道。

“疑其不真，到底是一句空洞的话，有无具体议者？”黄凤翔问。

“有，”田一儁应道，并举例，“譬如，用事内臣，凤洲先生文中多以大珰呼之。讥刺者以为是凤洲先生杜撰，欲另易一词。”

“易以何辞？”黄凤翔问。

“阉尹。”田一儁道。

“有无批驳者？”黄凤翔问。

“有，”田一儁应道，并举例，“阉尹虽是古语，然大珰亦非凤洲先生杜撰；唐、宋名公，往往用之。批驳者反讥讥刺者不读书。”

“我也记得，大珰之称，非本朝才有，更非近世才有。”黄凤翔说。

“鸣周兄愿不愿去翰苑，与引此词讽凤洲先生者辩？”田一儁又笑问。

“已有人辩过，我为何还去辩！”黄凤翔道。

“推崇其文论者有之，蔑视其文论者有之；推崇其史论者有之，蔑视其史论者有之。鸣周先生看，翰林院是不是够热闹的？”田一儁问。

“是够热闹的。”黄凤翔道。

“如何裁之，鸣周兄可以教我吗？”田一儁又请教。

“德万兄才是当事者迷呢！如何裁定，我早就说过，德万兄却仍未醒悟！”黄凤翔道。

“鸣周兄怎说的？”田一儁问。

“尚未到盖棺论定之日呀！”黄凤翔说罢，大踏步向礼部等衙门所在的方向走去，把田一儁一人留在那里琢磨。

第一百九十六章

工部侍郎褚鈇走进朝房，里面已坐着好几位。他环作一揖，自己也找个空位子坐下。他脸向右边一歪，想问今日要议何事，一看右边坐的都是户部的堂官；他忙把脸扭向左边，发现左边坐的都是礼部的堂官。再看正面，是几位阁臣。他忙起身，又环作一揖，拔腿就走，边走还边念叨："有扰，有扰；歉甚，歉甚！"

"民威先生，"申时行叫住他，问道，"是不是和拱宸先生无话可说？"

"不是。"褚鈇道。

"是和无垢先生无话可说？"申时行问。

"不是。"褚鈇道。

"是和伯章先生无话可说？"申时行问。

"不是。"褚鈇道。

"是和叔孝先生无话可说？"申时行问。

"不是。"褚鈇道。

"是和元甫先生无话可说？"申时行问。

"不是。"褚鈇道。

"是和鸣周先生无话可说？"申时行问。

"不是。"褚鈇道。

"那是和我等无话可说？"申时行指指自己左右，问道。

"也不是。"褚鈇道。

"既不是无话可说，为何扭身而去？"申时行问。

"因走错地方，"褚鈇觉得这样回答不妥当：走错地方，错岂不还在自己？于是，他又说，"不对，是他等传错话，把我叫来。"

"你没走错地方，也没人传错话，是我请你来议事的。"申时行道。

"可是——"褚鈇两边看看，还是不相信自己没走错地方，或者人家没传错话。

"民威先生，请先坐下吧！"许国招呼他。

"是。"褚鈇应一声，坐回方才坐的地方。

“拱宸先生已知今日要议的事吧？”申时行问石星。

“是。”石星应道。

“无垢先生已知今日要议的事吧？”申时行问于慎行。

“是。”于慎行应道。

“民威先生怕是还不知今日要议的事吧？”申时行问褚鈇。

“是。”褚鈇应道。

“但我敢说，此事的来龙去脉，拱宸先生不如民威先生清楚，拱宸先生信不信？”申时行又问石星。

“我信。”石星道。

“此事的来龙去脉，无垢先生也不如民威先生清楚，无垢先生信不信？”申时行又问于慎行。

“我信。”于慎行说。

“此事的来龙去脉，民威先生一定比在座的各位都清楚，民威先生信不信？”申时行又问褚鈇。

“不知何事，不敢乱应。”褚鈇说。

“秦王殿下日前上一疏，议递减宗禄，民威先生可知？”申时行问。

“略有所闻。”褚鈇道。

“今日把户、礼二部堂官，还有民威先生请来，为的是议一议此事，”申时行说着，问道，“此事来龙去脉，民威先生比别个都清楚吧？”

“此事脉络，在我的确较为清晰。”褚鈇说。

“怎是较为清晰，民威先生可是始作俑者呀！”许国道。

“我只是写过一疏，怎就成始作俑者！”褚鈇驳道。

大家都笑。始作俑者不是一个赞美的比喻，用在这里不很恰当。

“民威先生从自家那篇奏疏说起，为我等梳理梳理该事的来龙去脉，如何？”申时行提议。

“好，”褚鈇应一声，说道，“酌减郡王以下岁禄，以给贫宗，是我巡抚河南时议的。”

“民威先生是哪几年巡抚河南的？”孙丕扬问。

“万历八年至十一年。”褚鈇道。

“上该疏在那一年？”孙丕扬问。

“应在万历十年、十一年间。”褚鈇道。

“以万历十一年计，迄今也有七年。”孙丕扬说。

“叔孝先生说的是。”褚鈇应道。

“等候七年，终于等来一篇像样的回应，殊为难得。”孙丕扬道。

“谁说不是！”褚鈇道。

“民威先生巡抚河南时议减郡王以下岁禄，是不是因为亲藩建于河南者最多？”黄凤翔问。

“诚是，”褚鈇道，“河南今有周、唐、赵、郑、汝、潞六亲王府，另有伊、徽二府，虽已除藩，然存留郡王府亦多。就宗人总数而言，河南大概是天下最多的；就禄米总数而言，河南大概也是天下最多的。”

“支应禄米，很让巡抚都御史头疼吧？”黄凤翔问。

“岂止头疼，简直是穷于应付。”褚鈇说。

还有人要问，被申时行止住：“公等还要不要听民威先生讲述？”

褚鈇这才能继续往下讲述。他说：“朝廷看重此事，差礼科都给谏万仁甫往河南，与各藩府计议减禄米之事。”

但才说一句，又被打断。

“朝廷差仁甫往河南，是有道理的。我记得，大约和民威先生疏陈的同时，仁甫也上疏奏陈岁禄不继，请予以变通。”孙丕扬说。

“仁甫是汝默先生门生，疏言岁禄一事，应该是汝默先生授意吧？”石星试图把功劳记在申时行头上。所谓门生，指万象春是万历五年进士，申时行是该科的主考之一。

“怎又说到我！还是听民威先生说吧！”申时行道。

“仁甫一到河南，有逆宗煽惑，险些激变周府。幸亏皇上果断，将倡乱的新会王废为庶人，不然，酌减宗禄以给贫宗之议，怕是就此打住。”褚鈇说。

“废新会王一事，民威先生能不能多说几句？”李长春问。

“不能，”褚鈇道，“此事出自圣裁，元甫先生知多少，我亦知多少，一丝一毫也不会多知。若要多知，须得问相公们。”

“元甫先生为何欲多知？”申时行抢先问李长春。

“我记得新会王是睦㰘，是吧？”李长春问。

“是。”申时行应道。

“睦㰘倡宗人殴击者，乃周府睦桔，是吧？”李长春又问。

“是。”申时行应道。

“睦桔出自镇平王一支，是吧？”李长春问。

“是。”申时行应道。

“我久闻睦桔贤明，惜镇平郡王府在他祖父那一代已除封，而不得袭。”李长春说。

“莫离题，莫离题！”申时行连声道。

“不仅离题，而且与今日议题背道而驰。”石星道。

“汝默先生说元甫先生离题，还说得过去；拱宸先生为何说元甫先生背道而驰？”于慎行问。

“秦藩之议，不是递降其封吗？”石星道。

“拱宸先生言之差矣，”于慎行驳道，“秦藩之意，是递减其禄，而非递降其封；若是递降其封，礼部议之即可。”

“两位掌部这就开议吗？”申时行问。

“何时开议，听汝默先生吩咐。”石星、于慎行齐道。

“民威先生讲到皇上处置果断，即废新会王，后面还有几句是应该讲的。”申时行说。

“我等且听民威先生讲述。”石星、于慎行又齐道。

“我还要讲的只有一句：正因为皇上果断废新会王，仁甫遍历河南、山西、陕西诸王府，计议酌减禄米事，才得以顺利进行，没再出任何麻烦。”褚鈇说。

“其实还应该有一句。”于慎行说。

“是哪一句？”褚鈇问。

“我礼部亦曾差官往山东及其他设置王府之布政司，计议酌减禄米事，也得以顺利举行，没出任何麻烦。”于慎行说。

“还有此事？”褚鈇边问，边笑着说，“看来，我说此事脉络我较为清晰，太过自大。”

听他这话，其他人也笑。

“民威先生，应该知道我为何要请你来帮着回顾一下这件事的始末吧？”申时行问褚鈇。

“提醒诸公，此事甚是敏感，处置不当，或会激变。”褚鈇说。

“拱宸先生，无垢先生，应该知道我为何要请你二部的堂官一起来议此事吧？”申时行问石星、于慎行。

“事关禄米，户部当议。”石星道。

“事关名器，礼部当议。”于慎行道。

“还有吗？”申时行问。

“户部不可只为减省禄米叫好，还要看禄米减得减不得。”石星又说。

“礼部不可只盯住爵封，还要关心一下禄米裁省。”于慎行又说。

“好，我看可议矣！”申时行说着，问另几位阁臣，“公等看呢？”

“不错，此时始议，两部或会更加融洽。”许国说。

王锡爵、王家屏也都点头，表示可议。

“我知无垢先生和元甫先生、鸣周先生议过秦藩奏议，与其从秦藩奏议议起，不如从礼卿所议的结果议起。”石星提议。

“无垢先生以为如何？”申时行征求于慎行的意见。

“抛砖引玉，有何不可！”于慎行道。

“我已抛过一次砖，不会再有人抛砖吧？”褚鈇道。

众人又笑；并觉得，今天申时行特意把这位仁兄找来，对活跃气氛，还真能起不小的作用。

“无垢兄，我来说吧。”李长春自告奋勇。可以预期，对礼部所议的结果，一定会有人持异议。他觉得，让掌部尚书讲述部议，然后接受其他人的质疑，有损本部的体面。

“好。”于慎行不可能拒绝他的好意。

“为今日计，莫若计郡王子与亲王府服属远近，各以世次递减其禄。”李长春首先概括一句。

果然，立刻有人质疑，而且是阁臣质疑。

“这不是秦藩所议吧？”王家屏问。

“秦藩奏议里，包含这层意思，但不如我部所述明确。”李长春说。

“是计郡王子与亲王服属远近，抑或是计郡王子，及计与亲王服属远近？”王家屏又问。

“是前者。”李长春说。

“为何计郡王子与亲王服属远近，而不计郡王本身与亲王服属远近？”王家屏问。

“忠伯兄，我来解释一句，可否？”于慎行插进来说。

“无垢兄请。”王家屏让道。

“我等议时，都以为应设置一个上线。”于慎行说。

“这个上线即郡王？”王家屏问。

“是。”于慎行应道。

“无垢兄说的上线，是何意？”王家屏问。

“意即：郡王以上亲藩，不递减禄米。”于慎行说。

“换言之，亲王和郡王不减禄米。”申时行引申道。

“是。”于慎行应道。

“可惜。”石星在一旁插话。

“拱宸先生有何可惜的？”申时行问他。

“这个上线一设，郡王的禄米岂不减不成！”石星道。

“拱宸先生可是允诺，不仅为减省禄米叫好，还得看禄米减得减不得。”申时行提醒他。

“所以，我只说可惜，没说反对。”石星道。

“但无垢先生恐怕还得说说，为何郡王以上不减禄米。”孙丕扬说。

“没有特别的理由，”黄凤翔替于慎行回答，“亲王极尊，郡王次尊，所以，我等拟郡王以上无论是怎样的情形，都不减禄米。”

“鸣周先生搬出这个理由，我等不好再多说。”孙丕扬道。

“忠伯先生还有问题吗？”申时行问王家屏。

“礼部的理由是成立的，我没有问题。”王家屏说。

“具体议过哪些事，也由元甫先生说吗？”申时行既是问李长春，也是问于慎行。

“是。”于慎行、李长春齐道。

“元甫先生请吧。”申时行让道。

“我等议的第一个层面是始封郡王，”李长春说，“始封郡王之子，亲王孙也。始封郡王长子，即亲王长孙，袭封郡王，他子封镇国将军——”

许国打断他的话：“郡王子封镇国将军，这一则恐怕是不能改的。”

“维桢先生说的是，”李长春先应一句，然后说，“我后面还有半句话呢：始封郡王他子封镇国将军，且食镇国将军禄。”

“不是郡王以上不减禄米吗，为何镇国将军亦不减禄米？”杨俊民问。

“不是镇国将军都不减禄米，”于慎行说，“各位请留意，始封郡王子，一定是亲王亲孙。若是亲王亲孙都不得食镇国将军禄，镇国将军之设岂不完全没必要！”

“拱宸先生，我以为你还会说句可惜呢。”申时行和石星开个玩笑。

“若非叔孝先生提问，我会说的，”石星笑道，“不过，我若说的话，汝默先生一定又要告诫我。故不说为好。”

“第二代郡王子始减禄米，是吧？”申时行问李长春。

“是，”李长春应道，并加上一个字，把意思表述得更加完整，“自第二代郡王始，递减禄米。”

“怎样递减？”申时行问。

“维桢先生说，郡王子封镇国将军是不能改的；故第二代郡王子，仍封镇国将军，但食辅国将军禄米。”李长春说。

“亦即，得镇国将军之名，而享辅国将军之实？”石星问。

“是。”李长春说。

“拱宸先生以为不妥？”申时行问石星。

“妥，妥，甚妥！”石星道。

“无垢先生要我等留意，始封郡王子是亲王亲孙，第二代郡王子，难道就不是亲王亲孙？”孙丕扬问。

“不是。”李长春道。

“不是？”不但孙丕扬要问，其他人也都要问。

“不是，”李长春重复一遍，说，“以前亲王而言，第二代郡王子为其亲重孙；若是前亲王已薨，世子袭位，则第二代郡王子为其侄孙。侄孙且不论，其重孙不同于亲孙，叔孝先生不会不同意吧？”

“我同意。”孙丕扬道。

“我等都同意，元甫先生再说。”申时行道。

“第二代郡王子，封镇国将军，食辅国将军禄；孙封辅国将军，食奉国将军禄；曾孙封奉国将军，食镇国中尉禄。”李长春说。

“玄孙封镇国中尉，食奉国中尉禄吧？”许国道。

“不，”李长春摇头，“镇国中尉以下，不再递减。”

“为何镇国中尉以下不再递减？”许国问。

“维桢先生，我来解释一句，可否？”于慎行又插进来说。

“无垢先生请。”许国让道。

“我等议时，都以为须设一下线。”于慎行说。

“无垢先生说的这个下线，即镇国中尉？”许国问。

“是。”于慎行应道。

“可惜。”石星还是忍不住说一句。

众人以为申时行又要告诫他，但申时行一笑而已，没开口。

“以镇国中尉为下线，也有个说法吧？”孙丕扬问。

“有。”李长春应道。

“是怎样个说法？”孙丕扬问。

“叔孝兄先说，镇国将军的岁禄是几多？”李长春反问。

这当然难不倒孙丕扬。他说：“亲王岁禄万石，郡王岁禄两千石，镇国将军岁禄一千石，其次以二百石递减：辅国将军八百石，奉国将军六百石，镇国中尉四百石。”

“岁禄四百石，大致相当几品官？”李长春又问。

“正三品月俸三十五石，以十二月计，略多于四百石。”孙丕扬说。

“朝廷大七卿，正二品，月俸六十一石，以十二月计，为七百三十余石，亦即略少于辅国将军，而多于奉国将军；部、院佐卿，及朝廷九卿，皆正三品。我等以为，镇国中尉禄同九卿，较为适宜。”李长春说。

“可惜。”石星又说一遍。

“我知拱宸先生这次一定要说可惜。”申时行道。

“汝默先生怎知我这次一定要说？”石星问。

“上线定在郡王，人数尚少；下线定在镇国中尉，包括镇国中尉、辅国中尉、奉国中尉三等，人数极众。他等若是递减，省下的禄米断然不是一星半点。”申时行说。

“汝默先生真是摸透我的心思；不过，”石星口气一转，说道，“仔细一想，也只得如此。”

“为何只得如此？”申时行问。

石星说：“镇国中尉以下岁禄，各以百石递减，即辅国中尉岁禄三百石，奉国中尉岁禄二百石。若奉国将军以下仍递减，则镇国中尉食辅国中尉禄，三百石；辅国中尉食奉国中尉禄，二百石；奉国中尉再递减百石，仅余一百石。岁禄百石是何概念？从六品月俸八石，以十二月计，为九十六石。何官从六品？在朝中书也，在外州同知也。宗人食禄，同于中书，同于州同知，肯定是要列入贫宗的。”

“拱宸先生能为贫宗计，贫宗之福也。”申时行道。

“第二代郡王之子以下，包括第二代郡王之子，各递减一级食禄，至镇国中尉以下，包括镇国中尉，不再递减。我看，第二代郡王这一层面递减之意，已明白无误，”王锡爵说着，问道，“诸位看呢？”

“元驭先生说的是。”众人应道。

“第三代郡王之子这一层面，又如何递减？”王锡爵问李长春。

“第三代郡王之子，乃亲王玄孙，”李长春说，“第三代郡王之子，仍封镇国将军，而食奉国将军禄；孙封辅国将军，而食镇国中尉禄；曾孙封奉国将军，而亦食镇国中尉禄。同样，中尉以下，不复递减。”

“亦即，第二代郡王子孙，递减一级，第三代郡王子孙，递减两级。”申时行引申道。

“是。”李长春应道。

“除此之外，没有别的不同吧？”申时行问。

“没有。”李长春道。

“诸位有没有要议的？”申时行问众人。

"没有。"众人齐道。

"第三代郡王子孙没得议，第四代、乃至第五代郡王子孙，又当如何？"杨俊民问。

"第四代、第五代郡王子，于亲王已出五服，乃无服之孙。我等以为，皆可封镇国将军，食镇国中尉之禄，其余封辅国、奉国者，皆食原禄，而不递减。"李长春说。

"以镇国中尉为下线，是一直下到久远。"石星说。

"拱宸先生说的是。"李长春应道。

"礼部所议，无垢先生可否以一言述之？"申时行出个题目。

"一辈之内，爵有崇卑，禄无隆杀。"于慎行说。

"怎叫爵有崇卑，禄无隆杀？"申时行要他解释。

"譬如，以辈分论，第三代郡王子，第二代郡王孙也。第三代郡王子，封镇国将军，食奉国将军禄；第二代郡王孙，封辅国将军，食奉国将军禄。"于慎行举一例。

"拱宸先生以为，这个爵有崇卑，禄无隆杀如何？"申时行问石星。

"我倒宁愿禄有隆杀，爵无崇卑。"石星说。

"那你户部也可以拟复呀！"申时行道。

"比较起来，似乎爵有崇卑，禄无隆杀，更符合秦藩奏议；待别藩上禄有隆杀，爵无崇卑的奏议，我等再拟复吧！"石星说。

"无垢先生听出来吗，户部堂官们已然首肯礼部所议？"申时行问于慎行。

"多谢拱宸先生。"于慎行揖道。

"那么，礼部就照爵有崇卑，禄无隆杀这个准则拟复吧。"申时行说。

"是，"于慎行应道，又说，"我等还有几件与宗藩有关之事要议，待拟定，一起上之。"

"好。"申时行应道。

"正当如此。"其他阁臣说。

第一百九十七章

顺天府衙和一般的地方衙门，不管是高高在上的布、按二司，还是最底层的县衙，是有区别的；但从根本上说，它仍是地方的官府，而不是朝廷的衙门。顺天府丞不是品秩很低的官员，但和正二品的尚书相比，差距还是很大的。如果没有特别的原因，一名府丞不可能和一名尚书坐在一起议事。顺天府丞李祯被兵部尚书王一鹗请去，是因王一鹗听说，李祯对贡市持完全否定的态度。

“维卿，说说吧。”王一鹗自恃资格老，一句客套话也不说。

“大司马要我说何事？”李祯问。

“维卿先生不是对开贡市大不以为然吗？请一述高见。”王一鹗说。

“子荐先生怎知下官不以为然？”李祯问。

“偶闻。”王一鹗说。

“偶闻？”李祯惑道。

“是偶闻。”王一鹗道。

“大司马也可以偶闻奏事？”李祯略带讥刺地问。

“不可以偶闻奏事，但可以偶闻问事吧？”王一鹗笑道。

“好，”李祯也笑，并说，“请子荐先生问事。”

“我不是已问过？”王一鹗虽然这么说，但还是又问一遍，“维卿是不是对西部贡市大不以为然？”

“是。”李祯应道。

“是对今日西部贡市之开大不以为然，还是对昔日河套贡市之开大不以为然？”王一鹗进一步问。

“昔日河套贡市，乃开贡市之先河者。”李祯说。

“如此说来，维卿于河套贡事之开亦大不以为然？”王一鹗问。

“是。”李祯应道。

“昔日河套贡市之开，天下皆以为势在必行，维卿却独持异议，那可得好好说一说。”王一鹗道。

“天下皆以为势在必行，怕是未必；下官记得，当日极力反对贡市者，亦有多人。”李祯说。

“既对入贡开市大不以为然，俺答当日请和也，请贡也，请市也，维卿以为当如何处置？”王一鹗问。

“下官以为，效仿国初处置朵颜等夷之法，或效仿国初处置琉球、暹罗之法，均无不可。”李祯说。

“国初处置朵颜等夷，是建卫、所，使各夷头目自领其众。维卿的意思，当日在河套，亦可建卫、所？”王一鹗问。

“是。”李祯应道。

“然朵颜等夷日后各怀鬼胎，和我并非一心。”王一鹗道。

“应该说，朵颜等夷一开始就与我并非一心。”李祯不但不驳，反而把王一鹗的论点更加深入一步。

“但维卿仍以为，当日宜于河套建卫、所？”王一鹗问。

“是。”李祯应道。

“却是为何？”王一鹗问。

“国初在朵颜等地建卫、所，与不在朵颜等地建卫、所，两相比较，前者危害更大吗？”李祯反问。

“未见得。”王一鹗摇头。

“但下官敢断定，当初如在朵颜等地开贡市，与不在朵颜等地开贡市，两相比较，前者的危害一定更大。同样，当日在河套开贡市，一定比当日不在河套开贡市，日后危害更重；而当日在河套建卫、所，未见得比当日不在河套建卫、所，日后危害更重。两害相权取其轻，所以下官以为，当日在河套开贡市，不如当日在河套建卫、所。”李祯说。

“琉球、暹罗等国，国初，乃至今日，皆通贡，又怎说？”王一鹗问。

“琉球、暹罗等国虽通贡，但并未开市。”李祯说。

“维卿之意，通贡是可以的，但不得开市？”王一鹗问。

“是，”李祯应道，“子荐先生问，当日对河套之虏，请和也，请贡也，请市也，当如何处置；下官以为，可使之入贡，却不可与之言和，尤不可与之互市。”

“不可言和，是因为鞑靼等部，不可视为对等之国？”王一鹗问。

“是。”李祯应道。

“不可开市，却是为何？”王一鹗问。

“准予开市，即助其坐大，”李祯说，“年前春月，肃州遭掳，惨不可言；秋月则围扬旗堡矣，冬月则薄甘镇城矣。倏而红水堡，突而镇番堡，其西宁阵前杀边将李魁之众，借以恐吓各边将士。其狡幻百出，而更请建寺，以为久住之图。凡此，皆为开市之遗患。”

“维卿把一切扰边之事皆归咎为开市，怕是偏颇。”王一鹗道。

“下官当然不会把一切扰边之事归咎为开市。”李祯说。

“所以嘛，”王一鹗道，“在当日，开市不失为权宜之计。”

“我所谓不会把一切扰边之事归咎为开市，并非此意。”李祯说。

“却是何意？”王一鹗问。

“一切扰边之事固当归咎为开市，但尤当归咎为用事之臣以开市而废边事，”李祯说，“当事者非不蒿目腐心，以求无事。其尤畏启衅，倍惧败盟，但示赎偿罚治。稍及弱虏，间擒一二零骑，以了防堵之责，遂任其寇攘、内讧，而莫之敢撄。用事者之用心，可以四句话囊括。”

“是哪四句话？”王一鹗问。

“掣婴儿之乳，填豨突之口，吞赤子之注，息犬嗥之声。”李祯说。

王一鹗不禁苦笑。这四句话的意思，他并不能完全理解；但这四句话是对用事之臣的讽刺挖苦，完全可以体会得出来。

李祯说的用事之臣，不仅是指准贡准市之日的用事之臣，在中枢则张居正辈，在边则王崇古辈；而且指今日的用事之臣，在中枢则申时行辈，在边则郑洛辈。虽然郑洛已召为戎政尚书，但李祯提到的那些兵败之事，都是郑洛在宣、大总督任上发生的。他却忘记，说到边事，首当其冲的用事之臣是兵部尚书；而坐在他面前的，正是当今的兵部尚书。

他咳嗽一声，颇感窘迫地说：“子荐先生，我可不是指你。”

“我只当维卿不是指我，”王一鹗说。这是唯一可以使二人都摆脱窘迫的说法。等感觉自在一点儿，他说，“维卿，有件事要问你。”

“子荐先生请问。”李祯确实感觉自在一点儿。

“维卿想到的，只是贡市，还是整个边事？”王一鹗问。

“整个边事须得大司马想；但我想到的，也不仅是贡市。”李祯说。

“维卿于贡市是怎想的，我已知之；于边事还想到哪些，能不能也说给我听听？”王一鹗问。

他的态度很恳切，让人无法拒绝。

“遵命，”李祯应道，“下官以为，整肃今日边事，首先要祛四弊，而后须行六术，最终归结为二策。”

“四弊，六术，二策，是个连环套呀！”王一鹗边说，边先伸出右手比画出四数，然后用左手比画出六数，最后又用右手比画出二数。

“子荐先生担心钻入连环套中，我可不说。”李祯道。

“不，不，我很愿往维卿连环套中走一遭，”王一鹗说着，问道，“维卿，何为四弊？”

“一则忮弊，二则虚弊，三则徼弊，四则耗弊。”李祯说。

“忮者，是忮心之忮吧？”王一鹗问。忮心，即妒忌之心。

“是。”李祯应道。

“请维卿说说忮弊。”王一鹗道。

“好，”李祯应一声，说道，“凡事不以实闻者，罪无赦。计和虏二十年，后进者不知战为何事，日惟希贡市之成，媚虏招侮。上以套行，下以套应，此下官所言虚弊也。”

“徼者，是徼幸之徼吧？”王一鹗问。

“是。”李祯应道。

“请维卿说说徼弊。”王一鹗道。

“好，”李祯应一声，说道，“今承平既久，夤缘钻刺之徒，一味贪求，剥削逢迎，供馈叨腊，羡于迁转。而士卒之疾苦，边事之利害，若罔闻知。人无定品，政无实稽，纵有良将，将焉展之！此下官所言徼弊也。”

“耗者，是耗费之耗吧？”王一鹗问。

“是。”李祯应道。

“请维卿说说耗弊。”王一鹗道。

“好，”李祯应一声，说道，“大阅者所以贵，为其挟军实也，激将士也。乃有不肖边官借阅渔猎，营垒骚然。人有言曰：大阅者，耗边者也。不知委重权于督、抚者何事，而必内差阅之。未阅之先，兵反强，粮反足；今既大阅，反有不足。何故？查盘一事，京盘外盘，岁盘季盘，亦琐碎矣。盘查愈多，而弊孔愈多，何也？毋亦司查者，虚应了事，而靡费反多乎！不若俾之互相觉察，而挟实于巡、按。苟非昏肆，乃不畏三尺法乎！此下官所言耗弊。”

“四弊言罢，该说六术吧？”王一鹗道。

“子荐先生不评评四弊吗？”李祯问。

“暂无评语，等都听完，再看有没有。”王一鹗说。

“好，”李祯应一声，说道，“六术者，任将也，简兵也，足食也，肄练也，结番也，蕹虏也。”

“何谓任将？”王一鹗问。

“有所长者，皆可用之，”李祯道，“如王国柱、尤继光明烈，吴显、邓奉、黑金骁勇，鲁光祖世胄，善抚而用之，皆可当一面。”

“何谓简兵？”王一鹗问。

“有几个数目，我说与大司马听，”李祯道，“河西全镇官军，见在四万余而已。节次东套往西之虏，二十余万。此不待交锋，众寡已分。寡之胜众者，精与强也。宜不拘土著、外来，但弓马娴熟、勇敢出众者，多方招集，厚其养赡，重赏之下，勇夫出矣。”

“看来，简兵一事，维卿想的比较多。”王一鹗说。

“稍多而已，亦不深刻。”李祯道。

“三曰足食，是吧？”王一鹗问。

“是。”李祯应道。

“几时约户部拱宸先生等，一起听维卿说。”王一鹗道。

“好。”李祯应道。人家不听，他不会强说。

“四曰肄练吧？”王一鹗问。

“是。”李祯应道。

“维卿不说操练，不说演练，而说肄练，有何讲究吗？”王一鹗问。

“肄者，习也；操练、演练，都有学习之意，但不如肄练明确。下官不过想强调一下，招募之士，须得习而后练。”李祯说。

“习而后练，你倒有必要对五军都督府的将帅们说说。”王一鹗道。

“下官一点儿心得，不足道也。”李祯谦道。

“五曰结番，是吧？”王一鹗问。

“是。”李祯应道。

“请和，请贡，请市，都可以说是结番。总算涉入主体，我倒要听一听。”王一鹗道。

“好，”李祯应一声，说道，“西番乃我藩篱，抚之得法，则为我用。西番有生番、熟番之别。生番宜用离间，使之仇杀；熟番宜用抚慰，使之安插得所，毋致残害。故和虏不如结番，然结必思义，番方可结。近洮河番族愿来，并力款盟。督、抚以为不抢番，自无由掠渔，殊为有见。”

“何谓薙虏？”王一鹗问最后一术。

“亦在一个间字，”李祯道，“达酋素与瓦剌为仇，得通善说者，环而攻之，此一计也。倘果大势不敌，我兵贴堡以据，坚壁收敛，多询困虏、逐虏之略，用守为战，攻必以力。宁鏖战而守，毋逡巡而缩；宁糊口而食，毋赍粮与盗。如此，则异谋可息，他虏视为声援者，不敢妄动。大都初之和非计也，继之听其西行建寺，借路通番，尤失计也。”

“维卿的六术也已说完？”王一鹗问。

“是。”李祯应道。

“维卿最后要说的是何事？”王一鹗问。

“下官虽略去其一，也为子荐先生陈述其五，子荐先生还是不肯点评？”李祯反问。

“我不是说，最后再评吗？”王一鹗说着，再问，“维卿先生最后要说的是何事？”

“二策。”李祯道。

“何谓二策？”王一鹗问。

“上策也，次策也。”李祯道。

“何谓上策？”王一鹗问。

“当此人心激愤之时，骄虏恣横之际，黜虚怯之将，抚精锐之兵，厚谍间之谋，防泄露之失，借向导之力，筹必克之计，外以和市，内乘机便，合令各边如约，各捣巢穴，此为上策。”李祯说。

“何谓次策？”王一鹗问。

“以啖虏之肉啖士，何士不雄；以市马之费畜马，何马不壮！倘或人心不齐，兵力未奋，群丑未易尽除，一动兵，雌雄未可知也。则战和并用，此为次策。”李祯说。

“他人言策，则上、中、下三策，维卿为何仅言二策？”王一鹗好像没听够，想再多听一点儿。

“上策，战也，次策，战和并用，若言下策，当为和。下官以为，今日之虏不可单单言和。”李祯说。

“维卿说的是。”王一鹗道。

“子荐先生不会因为我少言一策，而不践诺吧？”李祯笑问。

“维卿说的是评语吧？不会。”王一鹗让他放心。

“下官恭听。”李祯揖道。

“好。”王一鹗道。

李祯等一会儿，不见他开口，追问道：“子荐先生为何不说？”

“我不说个‘好’字吗！”王一鹗道。

李祯恍悟，“好”字是评语。他失望地问：“仅一字？”

“周全。”王一鹗改说两个字。

“仅二字？”李祯又问。

“维卿用心。”王一鹗多加几字。

李祯知道问不出什么，不再问。

第一百九十八章

七月二十六日，皇帝召阁臣申时行、许国、王家屏于皇极门暖阁。王锡爵以病告假。

皇帝一脸肃穆，其中还夹带着少许惊慌。阁臣们见驾，没有不肃穆的，这时唯有比往日更加肃穆。

“陕抚奏本在此，先生们都看看吧。”皇帝命道。并示意近侍把陕西巡抚赵可怀的奏疏交给申时行。

申时行捧读后，传给许国；许国捧读后，传给王家屏。三阁臣很快读完奏疏。

“疏中所言虏王，是撦力克吧？”皇帝问。

“是。”众阁臣齐道。

“撦力克是哪一年袭封顺义王的？”皇帝问。

“万历十五年。”申时行回答。

“说来也有三年。”皇帝道。

“皇上说的是。”众阁臣齐道。

“疏中所言渡河，渡的是哪一河？”皇帝又问。

“疏称渡河而迫临洮，臣以为，渡的应是大河。”申时行回答。

“据陕抚称，虏部是六月十七日渡河的，二十七日渡尽，”皇帝说着，问道，“十日始渡尽，先生们说，得有多少人马呀？”

问的是众人，谁都不好率先回答。

“申先生先说吧。”皇帝按习惯先点申时行的名。

“据臣估算，得有三四万众。”申时行说。

“许先生说呢？”皇帝问许国。

“臣想，不会少于三四万众。”许国说。

“王先生说呢？”皇帝问王家屏。

“臣以为，或会多于三四万众。”王家屏说。

“朕估计的，也差不多是这个数，”皇帝说着，又问，“三四万虏众渡河，又扬言欲东寇保定、撒剌，又扬言欲西犯洮、岷、松、茂诸边，先生们看，他究竟要东寇，抑或西犯？”

此处提到的保定，不是北直隶的保定府，而是陕西的一个小边镇。西犯各地，洮州、岷州二卫隶属于陕西都司，松潘、茂州二卫，则隶属于四川都司。

阁臣们还是没人率先回答。

“王先生先说吧。”皇帝这回让王家屏先说。

“臣以为，西犯的可能性大。”王家屏说。

“许先生看呢？”皇帝问许国。

“臣以为，虏部意在寇东。”许国说。

“申先生怎看？”皇帝最后问申时行。

“臣以为，犯西是虚晃一枪。”申时行说。

“原来申先生是赞成许先生的见解。”皇帝道。

“同时，臣以为，寇东亦是虚晃一枪。”申时行又说。

“既非寇东，又非犯西，虏部意在何方？”皇帝问。

“臣以为，虏意或在抢番。”申时行说。

“申先生是说，虏部渡河，并非针对内地，而是针对西番？”皇帝问。

“是。”申时行应道。

“卿等看呢？”皇帝问许国、王家屏。

“意在抢番，也是可能的。”许国、王家屏齐道。

“卿等之意，陕抚急奏虏王渡河，是庸人自扰？”皇帝问。

前两次皇帝点名的次序相反，阁臣们估计，这次该先问许国。

“许先生怎看？”皇帝果然先问他。

“虏王渡河，是件大事，陕抚须得奏闻。”许国说。

“王先生怎看？”皇帝问王家屏。

“虏王渡河，且又声言寇东、犯西，陕抚不奏闻于朝，乃是旷职。”王家屏说。

“申先生怎看？”皇帝最后问申时行。

“虏王渡河，即便只为抢番，朝廷亦须应对。”申时行说。

“先生们说的都不错，但朕还有个想法，与先生们计较。”皇帝道。

“臣等恭聆圣谕。”三阁臣齐道。

“朕想，华人是朕赤子，番人也是朕赤子，卿等说是不是？”皇帝问。

“是。”三阁臣应道。他们即便坚定地认为华夷应该有别，也不能马上对皇帝解释。

“番人地方，也是祖宗开拓、封疆的，卿等说是不是？”皇帝问。

“是。”三阁臣应道。

“朕问个先生们也许答不上来的问题：陕西三边总督的职掌，”皇帝说着，问申时行，“申先生说得上来吗？”

既然估计阁臣们可能说不上来，而且，并不以为这有什么不妥，所以，申时行坦然回答：“臣怕是说不全。”

“许先生说得上来吗？”皇帝问许国。

“臣也说不全。”许国回答。

“王先生说得上来吗？”皇帝问王家屏。

“臣也说不全。”王家屏回答。

“陕西巡抚的职掌，申先生说得上来吗？”皇帝又问申时行。

“臣怕是说不全。”申时行仍回答。

“许先生说得上来吗？”皇帝又问许国。

“臣也说不全。”许国仍回答。

“王先生说得上来吗？”皇帝又问王家屏。

“臣也说不全。”王家屏仍回答。

“朕正巧让他等抄录下来。”皇帝说着，示意近侍念。

“陕西三边总督职掌：提督陕西三边军务，节制陕西、延绥、宁夏、甘肃四抚，固原、榆林、宁夏、甘肃、临洮五镇，专统固原、洮岷、鄜州、临巩、巩昌、靖虏六兵备道，陕西布政司之巩昌、临洮二府，及平凉府之平凉、固原、静宁等州、县，延安府之鄜州，陕西都司之固原、洮州、临洮、巩昌、兰州、秦州、岷州等卫，文县、礼店、归德、阶州等千户所。”近侍念道。

“卿等听着，有无遗漏？”皇帝问阁臣们。

“应无遗漏。”三阁臣齐道。

“再把陕抚的职掌念给众先生听。”皇帝命近侍。

“陕西巡抚职掌：巡抚陕西地方，赞理军务，统西安、泾邠、商洛、潼关、汉羌五兵备道，陕西布政司之西安、凤翔、汉中三府，平凉府之泾州，陕西都司之西安左卫等五卫。”近侍念道。

“卿等听着，有无遗漏？”皇帝问阁臣们。

“亦无遗漏。”三阁臣齐道。

“朕却觉着，稍有遗漏。”皇帝说。

“请皇上垂示。”三阁臣道。

皇帝没有马上说遗漏哪些，却把话岔开。

“朕记得，西番之地有哈密卫，”皇帝说着，命申时行，“申先生，你能不能也说出一个来？”

“有罕州卫。”申时行说。

“许先生也说一个。”皇帝命许国。

“有沙州卫。”许国说。

“王先生也说一个。”皇帝命王家屏。

“有曲先卫。”王家屏说。

“朕还记得，有安定卫，是不是？”皇帝问。

“是。”三阁臣应道。

“申先生再说一个。”皇帝命道。

“有赤斤蒙古卫。”申时行说。

“许先生再说一个。”皇帝命许国。

“有阿端卫。”许国说。

“王先生再说一个。”皇帝命王家屏。

“本朝在西番之地只设置七卫。”王家屏说。

“好，”皇帝点点头，道，“朕说的稍有遗漏，是指陕西三边总督和陕西巡抚的职掌中，均未涉及西番七卫。”

这不是遗漏。确切地说，陕西三边总督和陕西巡抚的职掌中如果把哈密等七卫写进去，反倒成大错。哈密七卫是羁縻卫，亦即，只在名义上是朝廷的设置，朝廷和官府都不会具体实施管理的。譬如奴尔干都司领数百卫，无论是奴尔干都司，还是隶属于它的任何一卫，都不会列在辽东巡抚的职掌之中。

但阁臣们不能直截了当地对皇帝说，他对督、抚的职掌理解有误。

幸好，皇帝没让他们难堪下去。

“朕知道，先生们会想，哈密等乃羁縻之卫，督、抚无辖治之责，”皇帝说。顿了顿，又说，“不过，朕要先生们换个角度再想想：既然番人是朕赤子，既然番人地方也是祖宗开拓、封疆，纵然督、抚无辖治之责，也有保护之责。”说着，问道，“卿等说是不是？”

“是。”三阁臣应道。

“陕西巡抚，朕知是赵可怀；陕西三边总督却是谁人？”皇帝问。

“是梅友松。”申时行回答。

“虏王渡河，梅友松可曾奏报？”皇帝问。

“不曾。”申时行道。

“他为何不奏报？”皇帝问。

“他或以为，虏王渡河并非大事，有陕抚奏闻即可。”申时行说。

“即便如此，也可坐实他旷职吧？”皇帝问。

“是。”三阁臣应道。

“再说赵可怀，”皇帝道，“他既知虏王渡河，既将其事奏闻于朝，可曾加以处置？可曾阻止虏部渡河后寇东、犯西或抢番？”

“该疏并未奏闻。”申时行说。

“他为何不奏闻？”皇帝问。

“或是仓促之际，不及处置。”申时行说。

“督、抚之设，是为应付突发之事，怎会不及处置？”皇帝问。

“西番之人有两类：一则中茶纳马，是为熟番；一则与我中华无茶马交易，是为生番。先年虏骑未至西番，地方要防的，只是不法番贼，故而武备单弱。今虏王渡河，声势远胜于前；督、抚或不及防备，须得知其所向后，再行举措。”申时行说。

“即便如此，也可坐实他旷职吧？”皇帝问。

“是。”三阁臣应道。

“朕要重责督、抚，先生们以为如何？”皇帝问。

这是一个难以回答的询问，三阁臣都不会抢着回答。

“王先生以为如何？”皇帝让王家屏先说。

“皇上说的是，边臣旷职，当重责。”王家屏说。

“许先生以为如何？”皇帝问许国。

“臣亦赞成责备旷职边臣。”许国说。

“申先生以为如何？”皇帝问申时行。

“皇上以不能修举边务，责备督、抚，仰见圣明英断。臣以为，该督、抚对皇上的责备，一定也会心悦诚服。但臣以为，除责备他等，还当责成他等。”申时行的话较多。

“如何责成？”皇帝问。

“选将练兵，及时整饬边事。”申时行说。

“申先生说到选将，朕倒想问一句：如今各边武将，是否拥戴督、抚？”皇帝道。

“臣想，有拥戴者，亦有不拥戴者，不能一概而论。”申时行说。

“那么，西北各将，是否拥戴梅友松？”皇帝问。

“臣不知。”申时行道。

“陕西各将，是否拥戴赵可怀？”皇帝问。

“臣不知。”申时行道。

“卿等知否？”皇帝问许国、王家屏。

“臣等亦不知。”许国、王家屏道。

“朕看，如今各边武将，少有拥戴督、抚的，”皇帝说，“近来督、抚等官，平日里把将官轻贱凌虐，牵制掣肘，使其难以展布；待到有事，才想到用他。一有胜绩，督、抚有升有赏，都当作自家的功劳；及至失事，则归咎于将官，或以小武官抵罪，搪塞朝廷。”说着，问道，“卿等看，有无这等情形？”

“有。”三阁臣应道。

“朕欲重责梅友松、赵可怀二人，正是为此。”皇帝道。

“督、抚旷职，固当重责；各官旷职，均当重责。”申时行说。

“申先生是不是想说，归咎于将官，也是应该？”皇帝听出弦外之音。

“臣想说，各官有各官的职守，功罪皆须核实，”申时行道，“如督、抚官，职在督率调度，督率调度不当，是督、抚之罪。至于亲临战阵，须用武将。武将自总兵官以下，有副总兵，有参将、游击、守备，各分信地。如有失事，自当以失信地而论罪。”

“申先生说督、抚不能亲临战阵，朕常羡慕古时文臣，”皇帝说着，问道，“卿等亦知，朕想的是谁吧？”

“臣等或知。”三阁臣道。

“申先生说是谁个？”皇帝问申时行。

“如尚父姜子牙，挂帅印，奠定周朝八百年。”申时行说。

“许先生说是谁个？”皇帝问许国。

“如卧龙先生诸葛孔明，纶巾羽扇，演成三分天下之势。”许国说。

“王先生说是谁个？”皇帝问王家屏。

“如镇南大将军杜元凯，身不跨鞍，射不穿札，却能统兵南下，一举灭吴。”王家屏说。杜元凯即晋国大将杜预。

“先生们说的都是，”皇帝道，“将兵立功疆场，又何必是武将！”是不是欲激他等巡边剿虏？三阁臣都没敢接皇帝这话。

“朕亦知，此三人皆旷世奇才，千古名臣，自是难得；朕亦不敢望今日得一姜尚父，得一卧龙先生，得一杜镇南。但能得一良将，为朕守边陲，朕心足矣。”皇帝慨然言道。

话说到这里，阁臣们不能再沉默。

“臣请传圣谕兵部，转谕督、抚诸臣，尽心经理，以纾皇上宵旰之忧。”申时行说。

“也要转谕将官们。”皇帝命道。

“是。”申时行应道。

“先生们告诫兵部，将军要拣选好的，一要谋勇兼全，一要曾经战阵。”皇帝又命道。

“是。”三阁臣齐应道。

“将才亦是难得，”申时行又说，“自套虏款贡以来，边将经历战阵的，可谓少之又少。”

“不是有句话叫‘重赏之下，必有勇夫’吗？朕不信这句话只在古时管用，到今日就不管用，”皇帝说着，问道，“朕记得，科、道官日前也曾举荐二将，都叫何名来着？”

“一个是王化熙，一个是尹秉衡。”申时行说。

“卿等见过此二人否？”皇帝问。

“兵部招见二将，臣等同去见过。”三阁臣齐道。

“申先生看他二人如何？”皇帝问申时行。

“差强人意。”申时行道。

“许先生看呢？”皇帝问许国。

“如臣时行所言。”许国道。

“王先生看呢？”皇帝问王家屏。

“如臣时行、臣国所言。”王家屏道。

“先生们都以为，此二人不堪用？”皇帝问。

“不是不堪用，是不堪重用。”申时行说。

“朕倒要听听，是怎么个差强人意！”皇帝要他说具体些。

“王化熙曾提督巡捕，臣看他只是中常之才，用为腹里总兵尚可；用为边镇总兵，恐难胜任。”申时行说。

“卿等也是这么看的吗？”皇帝问许国、王家屏。

“是，”许国、王家屏应道，“臣等曾与兵部堂官议过，都是此意。”

“那个尹秉衡又如何？”皇帝问申时行。

“尹秉衡先年是个好将官，可惜年迈。”申时行说。

“老能老过廉颇吗？赵元国不也是老将？”皇帝道，“不论年纪老不老，要看他有无谋略。”

“诚如圣谕。”三阁臣齐道。

“将在谋，不在勇，圣见高明，非臣等能及。”申时行又说。

皇帝摆摆手，说道："朕虽知用将须重谋略，然朕在九重之内，于边事不能悉知。卿等为朕股肱，宜常为朕用心分理。如今边备废弛，不止陕西，各处皆是。朕看，宜或差有风力的科、道官，或着九卿大臣，前去一一整顿。《书》云：事事有备无患。趁如今收拾，还来得及；以后大坏，愈发难以收拾。"

"臣等谨记圣谕。"三阁臣齐道。

"当初许虏款贡，原为内修守备，外示羁縻。然人情偷安，日渐废弛。各边又有三年阅视之规，或差科臣，或就近差巡按御史。"申时行又说。

"三年阅视，乃是常差，是吧？"皇帝问。

"是。"申时行应道。

"常差不够，还要有特差，不时阅视，"皇帝说着，又问，"申先生言及准虏款贡，那是出自皇考圣断吧？"

"是。"申时行应道。

"卿等亦详知款贡之事？"皇帝问许国、王家屏。

"臣等亦知。"许国、王家屏道。

"准虏款贡，迄今有二十年吗？"皇帝问。

"有。"三阁臣齐道。

"二十年来，各边保全生灵，不止百万。"申时行又说。

"保全生灵百万，是皇考圣德。但朕还有一事要问先生们，"皇帝说到这里，顿了顿，然后问道，"款贡一事，可否久恃？"

"皇上可是有感于虏王渡河而发？"申时行反问一句。

"虏王渡河，是一个缘故；朕还有鉴于宋事。"皇帝说。

"宋事与本朝事不同。"申时行道。

"有何不同？"皇帝问。

"宋时中国弱，夷狄强，原本是敌对之国；今则北虏称臣纳款，中国之体自尊。"申时行说。

"许先生也以为今事与宋事不同吗？"皇帝问许国。

"是，"许国应一声，补充说，"宋时是宋向夷狄纳款。"

"王先生也以为今事与宋事不同？"皇帝问王家屏。

"是，"王家屏应一声，又补充说，"今虽我朝强大，北虏弱小，但不可因此而不备。"

"卿等说的是，"皇帝道，"今事与宋事虽不同，然尤不可媚虏。虏酋心骄意大，岂有餍足之时！须得自家修整武备，保土封疆。"

“今日边事，既不可轻于决战，又不可专于主抚；唯保守疆土，据险守隘，坚壁清野，使虏不得肆意侵掠，才是万全之策。皇上庙谟弘远，边臣庶几有所持循。”申时行先说两句皇帝爱听的话，接下来又为边臣求情。

“至于失事有大小，罪情有轻重。若失事本小，而论罪过重，则边臣观望退缩，非所以激励人心。今日之事，尤望皇上宽文法，核功罪。”

“今日失事，朕看也不算小。”皇帝说。

“赖皇上圣恩，从宽处分；容臣等传示边臣，使之感恩图报。”申时行说着，向许国、王家屏示意，请他们也帮着说两句。

“臣等亦请皇上从宽处分。”许国、王家屏齐道。

“卿等皆要朕从宽，朕只得从宽；不过，陕西督、抚，朕看一定要换过。”皇帝说句活话。

第一百九十九章

在山西巡按衙门里当差的张三，从阳城赶回太原，顾不上回家，立刻去参见巡按御史乔璧星。两地相距大约五六百里，来回一千余里。为落实一件传闻，要他奔驰千里，可以看出此事对乔大人来说有多重要。

在衙门外，他向门役要碗水，一口喝下，润一润嗓子。今天要说的话一定很多，总不能说到一半，向大人讨水喝吧。

“老三办差回来？”乔璧星问。

“是，小的办差回来。”张三道。

“一路辛苦。”乔璧星这句话算是对他的慰勉。

“为大人办事，累一点儿是应该的。”张三说。

“事情查清楚没有？”乔璧星问。

“已查清楚。”张三说。

“我是问你，事情的始末都查清楚没有？”乔璧星道。

“事情始末，小的都查清楚。”张三说。

“那就从始说吧。”乔璧星命道。

张三分不清哪里是始，哪里是末，只能随口说一句：“大人命小的查的那人，当地人都称他老天官。”

“他是任过吏部尚书，”乔璧星道，又纠正，“不过，我要你查的是事，不是人。你要是只顾查人，这趟差事办的未必妥当。”

“小的查的是事。”张三说。

“好，说事！”乔璧星命道。

“老天官逼人致死之事，是有的。”张三说。

“是逼某寡妇致死之事？”乔璧星问。

“是。”张三应道。

“寡妇姓氏？”乔璧星问。

“这个——”张三迟疑着，没即刻说出来。

“死者姓氏都不知，这叫查清楚事情始末！”乔璧星责备道。

“死者姓氏小的虽知，却不敢说。”张三道。

“不敢说！”乔璧星好不奇怪，“老天官都敢说，死者却不敢说！”

“小的正因为开口说的老天官，才不敢说死者。”张三道。

“却是为何？”乔璧星问。

“小的说老天官，大人警告小的：查的是事，不是人，一味查人，差事必办不妥当；小的怕说出死者，大人更要责怪小的。”张三说。

“倒成我的不是，”乔璧星笑道，“那我再对你说一遍：本官要你查的是事，不是人。不过，本官还要再对你说一句：哪件事中无人？人没查清楚，事也不会查清楚。”

“有大人这句话，小的才敢说，”张三说着，告诉乔璧星，“小的查实，死者姓李。”

“李氏也是阳城县人？”乔璧星问。

“是。”张三应道。

“其人若何？”乔璧星问。

“小的想，她应是个刚烈女子，不然，不会寻死。”张三说。

“我是问你，她是否貌美？”乔璧星道。

“小的没见到她本人。”张三说。

“她早已下葬，你怎见得到！我是问你，当地人怎说？”乔璧星道。

“按照当地人的说法，她确实美貌，”张三回答，“有人说她貌若天仙，有人称她是国色。”说罢，不放心地问，“大人，小的说人是不是又说得太多？”

“你是说我问人问得太多吧！”乔璧星笑道，“告诉你，她是否美貌，关系重大，我才问的你。”

“是，是，”张三连声应道，“大人所问，一定关系重大。”

“李氏夫婿是谁个？”乔璧星问。

“她夫婿姓白，叫白好礼。”张三说。

“白好礼也是阳城县人？”乔璧星问。

“是。”张三应道。

“白好礼是怎死的？”乔璧星问。

“是病死的。”张三说。

“不是被人害死的？”乔璧星问。

“大人怎会想到他是被人害死的？”张三反问。

“你不是说李氏刚烈吗？说不定她和夫婿发生争执，一时失控杀害他。”乔璧星提出一个假设。

“不会，”张三拼命摇头，“小的查得，白好礼和李氏感情甚笃，脸都没红过，怎会争执得下手杀人！”

“那会不会是有人垂涎李氏美貌，而害死白好礼，以便取而获之？”乔璧星又提出第二个假设。

“大人说的这个人，是老天官吧？”张三问。

“他也不能排除。”乔璧星道。

“也不会，”张三道，“小的仔细询问过白好礼的家人、邻舍以及为他诊治的医者，都道他是病死的。”

“好，此事先放在一边，”乔璧星说着，问道，“阳城人皆知李氏貌美，白好礼一死，会不会有人打她的主意？”

“岂止是有人，多得很呢！”张三道，“阳城凡家境较为殷实的男子，无不欲将她娶回为妾；有人甚至愿意休妻娶她。”

“结果呢？”乔璧星问。

“结果都知难而退。”张三说。

“因她执意不从？”乔璧星多少料得到原委。

“她执意不从是一个原因，”张三道，“另外一个原因，是忽闻老天官欲娶她为妾。大人想，谁敢和老天官争夺！”

“如此说来，老天官欲娶李氏为妾，确有其事？”乔璧星问。

“是。”张三应道。

“你查询过谁人？”乔璧星还要更加落到实处。

“李氏家人，邻舍，白氏家人，邻舍，以及老天官的贴心家奴，小的一一询问过；况且，老天官让人去白、李两家说合，阳城县里几乎无人不知。”张三说。

“那应该不是讹传，”乔璧星说着，又问，“老天官可是让家人去白家说合的？”

“不是，”张三道，“他是托的本县一名生员。”

“你可查问过该生员名姓？”乔璧星问。

“查问过，”张三道，“该生员姓田，叫田大狩。”

“你可询问过田大狩本人？”乔璧星问。

“小的不曾询问过田大狩本人，”张三道，“为老天官说合寡妇，传出去不好听。小的担心该生员不会说实话，所以，只询问过他身边的亲朋好友，没询问他本人。”

“你做得很对，”乔璧星称赞一句，又问，“田大狩去白家，白家是谁个接待的他？”

“是白好礼之父。”张三说。

“知其名否？”乔璧星问。

张三点点头，说："单名一个书字。"

"父名书，子名好礼，应是个知书达理的人家，我料他不会答应。"乔璧星推断。

"大人说的是，"张三道，"一开始，白书说什么也不答应。"

"后来呢？"乔璧星问。

"后来在田大狩一再劝说之下，他才答应。"张三说。

"恐怕不仅是劝说吧！"乔璧星道。

"大人真是料事如神，"张三奉承一句，然后说，"劝说是当地有人说的；实则一是威胁，一是利诱。"

"白书既答应，一定会反转来劝说李氏。"乔璧星估计。

"也不仅是劝说，"张三道，"田大狩怎威胁白书的，白书就怎威胁李氏；田大狩怎利诱白书的，白书就怎利诱李氏。"

"李氏却比她公爹有志气。"乔璧星说。

"是，"张三应道，"无论公爹威胁或利诱，她宁死不从。"

"结果，她真的以死殉夫？"乔璧星问。

"是，"张三应道，"小的说她性子刚烈，是因为她并非吊死在家中，而是以刀自刎。"

"真乃一奇女，真乃一奇事！"乔璧星叹道。

他们说的老天官，是乡贯山西阳城、曾官吏部尚书的王国光。

京城里南来北往的轿子多，经过时，路人多半会避让。其他地方乘轿的人，或是有钱；京城乘轿的人，多半是权贵。即便不是权贵，避让一下也没害处，至少可省去许多麻烦。

吏部尚书宋缠乘坐的轿子，虽然没标上姓名，但看上去，要比一般官员的轿子气派些；轿夫和在前面开路的夫役，也比给别的官员抬轿子的轿夫和开路的夫役，要气派些。经过时，路人多半会更早、更快地避让。

一路人偏生不肯避让。

在前面开路的役夫，以为他不过是避让得晚一些，慢一些，也没在意。直到相距只有三五步，这个路人还没避让，他才着急。

"老哥，让让。"他口气还算平和。

这天风大，天气寒冷，对面的路人用一块厚布衣衫裹住脸，只露出两只眼睛，根本看不出实际年纪。开路的夫役想的是礼多人不怪，只要老大人顺利通过，哪怕叫一声老哥很委屈，也认。

谁知那路人只瞥一眼，眼睛抬起来望天，根本没避让的意思。好像前面的夫役，后面的轿子，轿子里坐的人，都不在他眼里。

“让让，行不行？”夫役把老哥的称呼省去。

“叫谁人让开呢？”前面的路人问。

“你看看，路上除你，还有没别人！”夫役道。

“你的意思，让我把让开的人都叫回到路上来？”前面的路人问。

不但不肯避让的态度越来越明确，而且寻衅的意味也越来越明确。“我的意思，要你也让开！”夫役说着，去揪前面路人的衣领，想一把将他揪开。前面的路人一闪，他没揪住对方的衣领，却把对方裹住脸的衣衫扯下来。这一下，他呆住。

前面的路人不是男子，而是老妇。镇住夫役的，以及镇住轿夫的，不是老妇目光中闪烁出凶狠，而是老妇目光中闪烁出淡定。

“是你老哥吗？是你老娘吧！”老妇讥道。

“老太太，让让。”夫役当然不会叫老娘。

“我为何要让让？”老妇问。

“你没见轿子要过。”夫役说。

“你以为我没见过轿子！”老妇道。

“轿子里坐的是官人。”夫役说。

“你以为我没见过官人！”老妇道，“我在京城里住五十多年，别说这蚁子官，再大的官我也见过！”

“告诉你啊，轿子里坐的可不是蚁子官。”夫役说。

“瞧你的龌龊样，他也就是个蚁子官！”老妇道。

宋缥听外面的人竟称他蚁子官，忍不住掀开轿帘，探出头来观望。

“原来还是个老蚁子官！”老妇又讥笑起他来。

宋缥吩咐一声“绕开走”，坐回去。

进了吏部衙门，见到本部左侍郎赵志皋，他呼一声“汝迈先生”，赵志皋同时也呼声“伯敬先生”，两个人都有话要说。

“汝迈先生先说。”宋缥让道。

“不，伯敬先生先说。”赵志皋也让。

“我说的是闲话。”宋缥道。

“我说的差不多也是闲话。”赵志皋道。

“那我就先说，”宋缥说着，指了指自己，“汝迈先生可知，我今日被人骂作蚁子官？”

“何谓蚁子官？”赵志皋是今年才由南吏部侍郎召任北吏部侍郎的，京城里一些俚语，没听说过。

“南京没这话吗？”宋缥问。

“未闻。”赵志皋道。

“蚁子何其细小！蚁子官，即小官也。”宋缥说。

“谁人如此大胆！”赵志皋惊问，“伯敬先生若是蚁子官，天下就没有不是蚁子官的！”

“一名老妇。”宋缥告诉他。

“一名老妇，是内臣妇？”赵志皋忙问。

本朝宦官不准婚姻。但宦官与宫人结好，则早已有之，近年来尤其盛行，几无不与宫人结好的宦官，亦无不与宦官结好的宫人。当然，宫人是不会被称作内臣妇的。内臣妇是在宦官外宅和他一起生活的妇人，因此，一定是地位很高的大太监，只有他们才拥有外宅，及在外宅生活的权利。内臣妇其实是没有为人妻的正式名分的，许多人都会蔑视她们；但她们凭借大太监的权势，同样可以蔑视任何人。

内臣妇遇轿不下马，不避让，是近年来形成的惯例，赵志皋去南京前多年在翰林院任官，不会不知。

“大冢宰遇到她等，只得自认晦气。”他说。

“谁说不是！”宋缥道，并问，“我的话说完，汝迈先生要说何事？”

“我要说的是伯敬先生的前任。”赵志皋道。

“伯谦先生？他怎了？”宋缥问。

“不对，是他的前任，”赵志皋一想，还是不对。杨巍不是他要说的人，而杨巍的前任严清，也不是他要说的人。既然说不清是第几位前任，他干脆换个说法，“其实，我要说的，是唯约先生的继任。”

“子文先生又怎了？”宋缥问。

“不是子文先生，”赵志皋道。杨博的继任是张瀚，同样不是他要说的人；至于张瀚的继任是不是自己要说的人，他已记不清。前任、继任都没说对，他只好直接说出该人，“我要说的，其实是汝观先生。”

“汝观先生怎了？”宋缥问。

“于御史参他逼娶寡妇为妾，致人死命。”赵志皋说。

“汝观先生弄出人命来，还是为的娶妾？”宋缥问。

“是。”赵志皋应道。

“娶回家否？”宋缥问。

“尚未，”赵志皋道，“据闻，他和寡妇姑丈已合计好，准备以强力将寡妇娶回。当晚，寡妇自刎身亡。”

“还好。”宋纁道。

似在自语，但被赵志皋听到。他问：“伯敬先生说还好？”

“我是说，若汝观先生把人娶回家去，在他家中自刎而死，他更脱不了干系。”宋纁道。

“我倒是觉着，人不管是不是在他家，他都脱不了干系。”赵志皋说。

“汝迈先生说的是，”宋纁点头，“知是寡妇而欲娶之，过之一也；知其不从而欲强力娶之，过之二也。他确实难脱干系。”

“我记得，汝观先生是在万历十年休致的，那时年纪已在七十二三岁。那么，他今年应该超过八十岁。年过八旬，仍思纳妾，真不知此老是怎想的！”赵志皋道。

“还不是贪色！”宋纁说，“传闻此老近年御女，仍如少壮，欲纳美貌之妾，不足为怪。”

“然此事传播开来，伯敬先生接他之任，虽不是直接接他之任，也是坐他曾坐过的位置，能不引以为羞？”赵志皋道。

“日后汝迈先生坐此位置，能不引以为羞？”宋纁亦道。

二人嗟叹良久。

第二百章

万历十九年新春，在王一鹗看来，自己是过得最不舒坦的。因为要处置的事务太多，而且多是不好处置的事务。他本来想挨一挨，等过完正月十五，再慢慢处置，没想到有比他更心急的。

申时行把他请去议事。

王一鹗本以为，阁臣们都会在，最多是王锡爵因病不能出席。没想到，朝房里只有申时行一人。

人只一个，茶却两杯，应该是申时行吩咐准备的。

王一鹗坐下，端起茶杯喝一口，然后放下，等申时行说话。

“子荐先生今日衙门里不忙吧？”申时行问。

“今日放假，怎会忙！”王一鹗道。

“这里呢？”申时行边问，边往自己怀里一指。

“汝默先生说呢？”王一鹗苦笑着反问。

“我知子荐先生这里是不会轻松的。”申时行说。

“我若累心，汝默先生一定舒心吧？”王一鹗问他。

“我怎会舒心？”申时行问。

“部务有部臣担着，汝默先生为何不舒心！”王一鹗道。

“我能舒心，才怪呢！”申时行亦苦笑，同时，把一纸推给王一鹗。

这是一篇南京官员奏本的抄件，略曰：陛下召对辅臣，咨以边事，臣时行不能抒诚谋国，事专蒙蔽。贼大举入犯，而时行犹曰‘掠番’，曰‘声言入寇’。辅臣先蒙蔽，何责庶僚！故近日敌情，有按臣疏而督、抚不以闻者，有督、辅闻而枢臣不以奏者，内外相蒙，恬不为怪。欺蔽之端，自辅臣始。说者谓嘉靖至今，士风三变：一变于严嵩之渎贿，而士化为贪；再变于张居正之专擅，而士竞于险。至于今，外逃贪渎之名，阳避专擅之迹，威福之权，潜移其向。爱憎之的，明示之趋，欲天下无靡，不可得也。

王一鹗想，怪不得申时行比自己还急，根本没想过一个轻松的年节；也怪不得，今日他一人约自己来议事，而不是会同其他阁臣一起来。

抄件未署撰者名，他问："谁个上的此疏？"

"南京呈进的，谁个上的，有何要紧！"申时行道。看不出他是也不知上疏之人，还是虽然知道，却不想说。

"当然要紧，"王一鹗道，"南京科、道上的，是一个说法；非南京科、道上的，又是一个说法。"

"子荐先生是说，科、道所上，有错处关系不大；非科、道所上，有错处，势必要究治？"申时行听出他话里的意思。

"是。"王一鹗应道。

"据我所知，非南京科、道所上。"申时行说。

"那么，不妨纠治。"王一鹗道。

"以何事纠治？"申时行问。

"譬如，汝默先生分明说'抢番'，怎变成'掠番'？"王一鹗道。

"'抢番''掠番'，有多大的差别？就算差别很大，以一字之差而究治言者，行得通否？"申时行问。

"我不过心中不平，说说而已，并不真想究治。"王一鹗亦知行不通。

"此疏要点，在于蒙蔽。辅臣指名说的是我，内阁其他几位当然也在其指责之中；至于枢臣，大约说的就是子荐先生。"申时行说。

"天知地知，汝默先生亦知，于军国大事，我是不会蒙蔽、也不敢蒙蔽的！"王一鹗道。

"我就会蒙蔽，就敢蒙蔽？"申时行亦道。

"汝默先生的意思，但以蒙蔽二字自辩？"王一鹗问。

"非也，"申时行摇头，"与其与小臣辩，不如用心议一议军国大事。"

"汝默先生说的是，"王一鹗立即表示赞同，并问，"此疏是从西虏写起的，汝默先生打算也从西虏议起？"

"不，"申时行摇头，"西虏事我等已在圣驾前议过，而今不过多几桩奏报；边军该受的挫败已受过，该做的防务已做过。此事无须再议，尤其不宜在新春之际议上。"

"那就从东虏之事议起？"王一鹗又问。

"东虏之事有可议者？"申时行反问。

"有。"王一鹗应道。

"子荐先生说说看。"申时行揖道。

"去冬，东虏深入海州。守城副将孙守廉不战弃城，李帅亦无一兵一卒赴援，虏众饱掠十三日，乃去。巡按御史胡克俭，疏劾孙守廉，并及李帅。”王一鹗说。

“这是前两日的事吧？”申时行问。

“是。”王一鹗应道。

“胡共之的意思，当如何处置？”申时行问。共之是胡克俭的字。

“弃地不同于战败，不杀不足以平愤。”王一鹗说。

“子荐先生看，杀得杀不得？”申时行问。

“杀得杀不得，一要听督、抚怎说，二要听李帅怎说，不能只听巡按怎说。”王一鹗道。

“蓟督、辽抚可曾言之？”申时行问。

“尚未言之。”王一鹗说。

“南京此疏说的，敌情有按臣言而督、抚不以闻者，大概指的就是这件事。”申时行道。

“是。”王一鹗应道。

“我看，孙守廉杀不得，”申时行说，“杀孙守廉，必连及李帅。一则，东虏深入海州，责任不在守海州的副将，而在守辽东的主帅；二则，虏入海州，李帅未曾驰援。然处分李帅，辽东必乱。”

“是这个道理。”王一鹗同意他的分析。

“再者，”申时行还有话说，“虏虽深入海州十三日始去，海州最终不是未失吗？若以虏入寇而加罪，别说李帅应予追究，辽东文、武之帅恐怕无一人不应追究。去冬虏入海州，掠十三日始去；前秋，虏反平虏堡，不也掠十余日始去？我看，守而不攻，守而不援，未必是失策。实不相瞒，我更怕的是将帅一味求功、求战，后患更大。”

“我可不可以把汝默先生的这一番高见，檄告蓟督、辽抚，以使他等和朝廷持议相同？”王一鹗问。

“子荐先生若以为我的话有道理，愿檄告蓟督、辽抚，我并不反对；不过，蓟督、辽抚持议若何，子荐先生无法左右，我也无法左右。子荐先生能和我持议相同，已是幸事。”申时行说。

“试言之，亦无妨，”王一鹗道，又说，“此事汝默先生决断得好，我肩上有一个包袱可以卸下来。”

“但我知道，让子荐先生觉着沉重的，并非东虏，”申时行说着，问道，“是不是？”

“是。”王一鹗应道。

“那就说说让子荐先生觉着沉重的事吧。”申时行道。

“能否先请汝默先生说说，我觉着沉重的究竟是何事？”王一鹗反过来问道。

“子荐先生觉沉重者，在西不在东，在西南不在西北。”申时行说。

“为何我觉沉重者，在西不在东，在西南不在西北？”王一鹗问。

“子荐先生问我？”申时行反问。

“是啊，”王一鹗应道，“汝默先生既断言，我自要问汝默先生。”

“若我告诉子荐先生，我只是猜测，并非断言呢？”申时行道。

“汝默先生为何猜测，我觉沉重者在西不在东，在西南不在西北？”王一鹗又问。

“我若告诉子荐先生，我只是猜测，并无根据呢？”申时行道。

“那我无话可说。”王一鹗无可奈何。

“所以，本来是该我问子荐先生的，”申时行说着，复问，“我猜测子荐先生觉着沉重之事，在西不在东，在西南不在西北，是不是？”

“是。”王一鹗应道。

“子荐先生为何觉着沉重之事，在西不在东，在西南不在西北？”申时行拿王一鹗方才提的问题又反过来问他。

“一则，虏事严重。西虏之事，东虏之事，晨达于朝，午必处置；晚达于朝，晨必处置。西南之事，或会拖延时日，去岁达于朝，今岁未必处置；积压既久，必难处置。二则，东虏之事，按臣疏奏，督臣、抚臣未奏，事体未见得大；西南之事，抚臣奏罢，按臣又奏，贵抚奏罢，川抚又奏，且贵州抚、按各执一词，必有难处置者。”王一鹗说。

“子荐先生分析得透彻，”申时行道，并问，“所谓西南之事，实则播州之事，是吧？”

“是。”王一鹗应道。

“所谓抚臣奏罢，按臣又奏，说的是四川，还是贵州？”申时行问。

“是贵州。”王一鹗说。

“播州不是属四川吗？难道是我记错？”申时行问。

“播州是属四川，汝默先生没记错。”王一鹗道。

“怎的播州地方不靖，贵州方面反比四川方面还要关注，还要痛恨？”申时行问。

“汝默先生大概没想过，前元之时，播州宣慰司是隶属于湖广的。”王一鹗说。

“当真？我还真没想过，”申时行道，并问，“如此说来，播州宣慰司是地跨四川、贵州、湖广三省？”

“地跨二字用得不妥，”王一鹗说，“今播州宣慰司既隶于四川，则播州全境皆归四川，不会是地跨三省。”

“换两个字：逼近，如何？”申时行问

“这才妥当，”王一鹗道，“播州逼近贵州、湖广，尤其逼近贵州。因播州宣慰司隶属四川布政司，播州土司越境往贵州临近滋事，比越境在四川邻近地方滋事，更合乎情理；贵州方面比四川方面更关注播州之事，更痛恨播州宣慰司不法，也更合乎情理。”

“听起来很能服人，至少能服我，”申时行近乎戏谑地说。接下来，他提的问题越来越具体，“贵州方面，是抚臣先上的奏疏，是吧？”

“是。”王一鹗应道。

“我记得贵州抚臣才换彭都堂，奏疏不应是他上的吧？”申时行问。彭都堂即新任贵州巡抚彭富。

“不是，彭都堂抚黔，是去岁十月才有旨的，此刻应还未到任。再者，他由四川左布政使升任贵州巡抚，应该附和川抚之议，还是应该附和前贵抚之议，恐怕还尚未拿定主意呢。”

“那么，是叶都堂议的？”申时行道。叶都堂即贵州前巡抚叶梦熊。

“他并未议。”王一鹗说。

“怎回事？”申时行大感奇怪，“黔抚上的疏，却既不是前任贵州巡抚上的，又不是现任巡抚上的！”

“我并未说前任贵州巡抚没上疏，只说他并未议。”王一鹗道。

“他上疏而不议，是怎么一回事？”申时行问。

“叶都堂只是列出播州宣慰使杨应龙凶恶诸事，并未就播州事过多议论。”王一鹗道。

“原来在子荐先生看来，疏陈罪状并非议事，”申时行道，又问，“贵州按臣呢？不会照猫画虎吧？”

“照猫画虎四字，用得十分精确。”王一鹗说。

“怎么？”申时行问。

“贵州按臣陈效，所列杨应龙罪状，竟达二十四条之多。”王一鹗说。

“十条罪状之猫，二十四条罪状之虎？”申时行笑道。

“是。”王一鹗笑着应道。

“猫、虎之状，子荐先生能绘出几多？”申时行问。

“贵州抚、按所奏，各说上个三五条，不在话下，”王一鹗说着，反问一句，“汝默先生要不要听我说说？”

“不用，”申时行道，“我要知详情，可以把贵州抚臣、按臣的奏疏找来，自家细读。”又问，“李都堂是主动上疏的，还是受命于朝廷而上疏议之？”李都堂即四川巡抚李尚思。

“有受命于朝廷上的，也有主动上的。”王一鹗说。

“怎讲？”申时行问。

“叶都堂先后上二疏，奏列杨应龙罪状的，是前一疏。说起来，这是半年之前的事。朝廷将其疏及陈御史之疏下兵部议，兵部以为，播州既隶四川，当听听川抚怎说。于是，朝廷降旨，命川抚议其事。李都堂的前一篇奏疏，是受命于朝廷而上的。”

“此事我记得；子荐先生等议复，当征询于川抚，我也是赞成的，”申时行说着，又问，“李都堂怎议的？”

“李都堂请暂免勘问。”王一鹗说。

“怪哉！”申时行道，“李都堂不说杨应龙无罪，也不说杨应龙虽有罪，但不足以惩治，却请暂免勘问！”

“说怪也不怪。”王一鹗却说。

“怎么？”申时行问。

“说起来，此事和虏酋渡河一事还有牵连，”王一鹗说，并解释，“虏酋渡河，或言欲西犯洮、岷、松、茂，四川方面不得不预防之。李都堂意欲调播州土兵协守，故有此请。”

“那么，叶都堂后一疏，是针对李都堂前一疏而上？”申时行问。

“是。”王一鹗应道。

“他怎议的？”申时行问。

“第一，谓蜀有私昵杨应龙之心；其二，播州所辖五司皆不安分，请改土归流。”王一鹗说。

“一宣慰司改土归流，不是件小事。”申时行说。

“汝默先生说的是。”王一鹗应道。

“不过还好，播州宣慰司下仅辖五司，”申时行说着，问道，“子荐先生记得是哪五司吗？”

“是黄平、凯里二安抚司及播州、真州、余庆三长官司。”王一鹗说。

“子荐先生说，川抚二疏，一是受命朝廷而上，一是主动而上；既然李都堂前疏是受命朝廷而上，后疏一定是他主动上的。”申时行说。

“对，”王一鹗应道，“叶都堂前疏劾杨应龙，李都堂前疏早上晚上都不要紧；而叶都堂后疏劾川抚，李都堂闻讯，不能不立即回应。”

“李都堂是怎议的？”申时行问。

“李都堂更进一步，以为杨应龙无罪可勘；且川蜀三面临播，即便杨应龙有所过失，抚之即可。”王一鹗说。

“四川抚臣主抚，按臣呢？”申时行又问。

“四川按臣未曾疏陈；不过据闻，不仅四川抚、按都主抚，而且蜀中士大夫无不主抚。”王一鹗说。

“两地抚、按一心，倒成势均力敌。”申时行说。

“我觉沉重，也在于此，”王一鹗道，并问，“汝默先生看，此事如何处置才好？”

“播州杨应龙之事，我时有所闻，今日与子荐先生一番交谈之后，才知此事的始末，才知此事的麻烦。我倒是想出两个字来，但不知适用不适用。”申时行说。

“是哪两个字？”王一鹗问。

“再勘。”申时行道。

“让贵州抚、按再勘？”王一鹗问。

“不，”申时行摇摇头，说道，“贵州抚、按所奏杨应龙各项罪状，让四川抚、按再勘之。”

“让四川抚、按再勘？”王一鹗稍微思索，不难体会申时行的用意。他回应道，“此法大妙！四川抚、按是主抚的，贵州抚、按所奏杨应龙罪状，他等不会再夸大；四川抚、按是主抚的，朝廷命再勘，谅他等也不敢隐瞒。待上元节过后，兵部可以据此拟复。”

第二百零一章

辽东参将郭梦征本来想对总兵衙门外的校尉点个头后，径直入内。但见李成梁的心腹师爷也在门外，他停下来。

“看来先生今日很闲呀。”他说。

“郭爷也闲吗？”师爷问。

“图闲，我才不来。”郭梦征说。

“郭爷找大帅说事？”师爷问。

“是。”郭梦征应道。

“我劝郭爷换个日子再说。”师爷道。

“怎么？”郭梦征问。

“我都远避，郭爷还不知是为何？”师爷道。

“大帅在发怒？”郭梦征问。

师爷不说话，只点一下头。

“为的何事？”郭梦征问。

“还不因虏众深入海州，被巡按御史胡大人参一本。”师爷说。

“又不是第一次被御史参奏，这次何必在意！”郭梦征道。

“这次的情形略有不同。”师爷说。

“有何不同，就因御史姓胡？”郭梦征道。

“和御史无关。”师爷说。

“大帅不是因被巡按御史参一本才发怒的吗，怎又和御史无关？”郭梦征想不明白。

“被巡按御史参，大帅当然不会在意；今闻都堂欲参，大帅心中顿生一股无名之火。”师爷说。

“掌院李都堂欲参大帅？”郭梦征问。

“不是他。”师爷摇头。

“蓟督蹇都堂欲参大帅？”郭梦征问。

“也不是他。”师爷又摇头。

“那么，一定是辽抚郝都堂。”郭梦征道。

师爷点点头，又不说话。

郭梦征从掌院都御史李世达猜到蓟、辽总督蹇达，最后坐落在辽东巡抚郝杰身上。他说：“大帅若为他事发火，我转身就走；为此事发火，我一定要进去见大帅。”

“郭爷是不是以为，自个儿要说的事，可以平息大帅的怒气？”师爷揣摩着他的心思。

“是。”郭梦征应道。

“郭爷欲和大帅说何事？”师爷问。

“先生休得多问，欲知我要说的事，何不同我一起进去！”郭梦征道。

师爷当然想听，可又怕郭梦征估计错误，说的事不仅不能平息李成梁的怒气，反而火上浇油，更加激怒李成梁。但两利相权取其重，他想了想，还是跟在郭梦征的后面。

初闻郝杰要上疏，直陈虏入海州一事，李成梁的确有些担心，也忍不住要发怒。这些年来，巡按御史，或巡视辽东的科臣，或有参他奏事不实、报功不实的，但督、抚却从不曾核实和参奏。虏入海州之事，由巡按御史说出来，和由巡抚都御史说出来，分量大不一样。

但在获知郝杰准备参劾的同时，也获知郝杰曾邀蹇都堂共奏该事，而被蹇都堂拒绝。这又让他的心情很快松弛下来。巡抚的地位低于总督，巡抚欲参，总督欲庇，结果多半是不会追究。况且，他心里有数：欲庇他的不仅有蹇都堂，还有掌院李都堂，还有兵部王尚书，还有内阁诸阁老。多一个巡抚都御史参劾，又有何妨！

郭梦征进来时，李成梁的心情已经平和下来，致使郭梦征不由得多看师爷一眼，像是在问：你怎谎报军情？师爷耸耸肩，像是在回答他：谁知军情有变！

“老郭是来安慰我的吧？”李成梁问。

“不然，”郭梦征摇着头说，“我是来激大帅的。”

“激我？以何事激我？”李成梁问。

“前者闻按臣胡某参大帅，可以按臣参大帅一事激大帅；今又闻抚臣欲参大帅，可以抚臣参大帅一事激大帅。”郭梦征说。

“郝抚欲参，你是不是听他说的？”李成梁问罢，指指师爷。

“是。”郭梦征应道。

“他闻此事，则慰我；你闻此事，却来激我！”李成梁道。

“末将知他慰之不成，心想，慰之或不如激之。”郭梦征说。

“你打算如何激之？”李成梁问。

“按臣不是参大帅吗？可给按臣当头一棒；抚臣不是参大帅吗？可给抚臣当头一棒！”郭梦征道。

“老郭不会是要我差派死士，前往辽抚驻地，伺计而行事吧？”李成梁开玩笑地问一句。

“匹夫之事，大帅怎会为之！”郭梦征道。

“那如何当头给他一棒？”李成梁说着，问师爷，“先生可知？”

“学生亦不知。”师爷说。

“先生亦不知，老郭，只得听你说！”李成梁道。

“大帅知道板升吧？”郭梦征献计，从提问开始。

“辽东之人，谁不知板升！”李成梁说着，问师爷，“先生不知吗？”

“我不仅知板升，还知板升之由来。”师爷说。

“老郭，你知板升之由来吗？”李成梁不等郭梦征回答，命师爷，“先生问问他，最好把他难住，别让他来难我等。”

“好，”师爷笑道。他问，“郭爷，何谓板升？”

“听说是鞑靼语，城池之意。”郭梦征说。

“错，我闻是房屋。”师爷说。

“城池包括房屋，我说的不能算错。”郭梦征道。

“城池虽不算错，但房屋更为确切，”师爷说着，又问，“郭爷，板升一词，源于何时？”

“这却不知。”郭梦征道。

“板升一词，源于何地？”师爷问。

“亦不知。”郭梦征道。

“板升一词，源于何人？”师爷问。

“更加不知。”郭梦征道。

“他既不知，先生为他说说。”李成梁命道。

“板升一词，约起于嘉靖二三十年间。时投依俺答的汉人赵全、丘富等，居于丰州，建以房屋，筑以城池，开垦荒地，疏浚水渠，城中甚至还构筑宫室。鞑靼人笼统地称作板升。学生以为，板升者，屋也，城也，田也，汉人也，无不包括在内。”师爷说。

“这下老郭知道了吧？”李成梁问郭梦征。

“末将知道了。”郭梦征应道。

“先生问四件事，一事勉强答上，三事却答不上，老郭还好意思拿板升一词来激我！”李成梁斥道。

不是真的呵斥，而是表示亲昵。没这几句话，郭梦征说不下去。

“末将非以板升激大帅。”郭梦征说。

“不以板升，却以何事？”李成梁问。

“大帅可知，辽东今者亦有板升？”郭梦征反问。

“辽东亦有板升？”李成梁问师爷，“先生可知？”

“有所闻。”师爷道。

“先生说板升者，有屋，有城，有田，有汉人，”李成梁说着，问郭梦征，“老郭，你说的板升有屋没有？”

“有。”郭梦征应道。

“有城没有？”李成梁问。

“有。”郭梦征应道。

“有田没有？”李成梁问。

“有。”郭梦征应道。

“有汉人没有？”李成梁问。

“有。”郭梦征应道。

不问也应该知道，辽东汉夷杂处，汉虏杂处。有建夷、有东虏的地方，有屋，有城，有田，有汉人；或有屋、有城、有田、有汉人的地方，有建夷，有东虏，都是很自然的。

“照你的说法，是完完整整的板升？”李成梁道。

“是。”郭梦征应道。

“在何处？”李成梁问。

“镇夷堡。”郭梦征道。

“非近在咫尺，亦非远在天边。”李成梁说。

“是。”郭梦征应道。

“老郭，你是何意？”李成梁问，“辽东有板升，镇夷堡有板升，和给抚臣、按臣当头一棒，有何关系？”

“怎没关系！”郭梦征道，“抚臣参大帅，按臣参大帅，都是说大帅任虏入海州。大帅一举荡平镇夷堡板升，不就是给抚臣当头一棒，给按臣当头一棒？不仅大帅建立功勋，末将看，督臣也会觉着脸上有关，掌院都堂、大司马、阁老们也无不觉着脸上有关。”

李成梁频频点头；看师爷一眼，师爷也在点头。他们一致认为，郭梦征言之有理。

“是个计较！你是要本帅亲征吗？”李成梁问。

“杀鸡焉用牛刀。”郭梦征道。

“老郭可愿往？”李成梁又问。

“大帅不嫌末将这把刀钝，末将愿往。”郭梦征道。

“学生看，不如使副将军去。”师爷提议。

郭梦征又出谋划策，又率军出征，未免偏劳。副将李宁是李成梁心腹将领，师爷相信，李成梁一定愿意让李宁去建立此功。

“好，就使他去！”李成梁果然同意。

镇夷堡附近的板升，并无虏部重兵防守。李宁率数千官军忽至，能战的稍微抵挡一阵，能跑的提前已跑；不能战、不能跑的只能做俘虏。俘虏中有鞑靼人，有建州人，也有汉人。

轻而易举地建立一功，李宁好不得意。

“获贼有几？”他问属下亲军头领。

“正在清点。”亲军头领说。

“你去督查，别让他等遗漏。”李宁命道。

“是。”亲军头领应声而去。

“差不多就来一趟，别到最后才告诉我！”李宁在他身后命道。

不多一会儿，亲军头领跑回来。

“这快就清点完结？”李宁问。

“将军不是命我差不多就来一趟吗？”亲军头领道。

“怎么个差不多？”李宁问。

“俘获已超百人。”亲军头领说。

“未清点者还有几多？”李宁问。

“据末将看，比已清点出来的还要多。”亲军头领说。

“这怎叫差不多！再去督查！”李宁命道。

“是。”亲军头领又要应声而去。

“等会儿！”李宁把他叫回来。

“将军有何吩咐？”亲军头领问。

“我军阵亡几多？”李宁这才想起另一件事。

“不知。”亲军头领道。

“你也去督查，别让他等多数。”李宁命道。

“是。”亲军头领又去。

他第二次回来时，有一个确切的数字。

“将军，我军阵亡二十七人。”亲军头领说。

“是伤亡吧？”李宁问。一仗打下来，死二十几人，绝对不多；但他希望再少几个。

“是阵亡，伤者之数也差不多。”亲军头领说。

“阵亡数须报，伤者数可报可不报；阵亡数须实报，伤者数可多报可少报。是吧？”李宁问。

“大帅是有此命。”亲军头领说。

“我阵亡二十七人，俘获超百人；即我死一人，而俘获虏众四人。禀报大帅，大帅一定说这一仗打得很合算！”李宁道。

“将军，不是我死一人，俘获四人。”亲军头领说。

“难道我算错？”李宁问。

“俘获百人，则我死一人，俘获四人；眼下俘获之数已超过二百，应是我死一人，俘获八人。”亲军头领说。

“以此数而计，大帅该说大有斩获！”李宁更加兴奋。

“据卑职看，至少是以一获十。”亲军头领说。

“怎么，俘获之数还没数完？”李宁问。

“是。”亲军头领应道。

“还有百人之多？”李宁问。

“卑职扫一眼，百人不足，七八十人总是有的。”亲军头领说。

“快去询问实数！”李宁命道。

官军在镇夷堡附近的板升共俘获二百八十余人。当然，多是老弱。李宁命凯旋回师。

不幸的是，在回程与一大股敌军遭遇。官军仓促应战，李宁率先奔逃，数千官军或是阵亡，或是逃散。本来是以一取十，十没取到，自家却失百。正应申时行那句话：将帅求功、求战，后患更大。

第二百零二章

每当有人提及开矿，皇帝心里都会痒痒的；无奈每次想要开矿，都被阻止。忍耐很久，难以再忍，一日和张诚谈论起来。

“有人对朕说，一旦开矿，财源会滚滚而来，大伴信不信？”皇帝问。

“奴才信之，又不敢全信。”张诚说。

“信之，又不敢全信，大伴心里难受不难受？”皇帝问。

“难受，”张诚道。其实，他对开矿一事并未多想，也说不上难受不难受；但他知道皇帝希望听到怎样的回答。

“朕看，信之，又不敢全信，这等心情，最让人难受。”皇帝说。

“为何这等心情最让人难受？”张诚问。

“你想啊！”皇帝给他解释，“朕若不信有这等好事，不会去想它；朕若全信有这等好事，可径自降谕开矿。唯有信之又不敢全信，朕不能不想，又不能贸然降谕，岂不是最为难受！”

“爷说的是。”张诚应道。

“再者，拖延愈久，愈让人难受，”皇帝说着，问道，“大伴可有这个体会？”

“奴才有。”张诚道。

“譬如，第一次有人言及开矿之事，朕尚无法深信，遑论全信！无法深信，虽也难受，但不会那么难受。若无人再言及，朕必会渐渐淡忘。但此后又有人言及开矿之事，朕信的更多一些；再有人言及开矿之事，朕信的又多一些。虽不全信，但已深信，朕也会愈来愈难受。”皇帝说。

“爷说的是。”张诚应道。

“大伴可记得，开矿一事，起于何时？”皇帝问。

“奴才记得，嘉靖中即有开矿之议，且行之。”张诚说。

“皇祖朝的事，不必说它；朕问的是朕登极以来的事。”皇帝道。

“是，”张诚应道。他也发觉，嘉靖年间的事，最好不要提，因为那是廷臣反对开矿时每每要提到的，“奴才记得，爷第一次命奴才过问开矿之事，是在万历十二年。”

“年头记得准，已是难得。”皇帝夸他一句。

“奴才记得准年头，是因为奴才那时才接司礼掌印。”张诚说。

不错，前司礼掌印太监张宏的确是万历十二年死的，皇帝心想。

“那年奏请开矿的是何人，大伴还记得吗？”皇帝问。

“是个姓史的，叫史锦。”张诚道。

“他是哪里的人？”皇帝问。

“是房山人。”张诚道。

“奏请在何处开矿？”皇帝问。

“就在他乡。”张诚道。

“朕记得，当时曾命抚、按查勘。”皇帝说。

“是。”张诚应道。

“抚、按怎复旨的？”皇帝问。

“恐伤龙脉。”张诚道。

“抚、按一言，其事遂寝？”皇帝问。

“是。”张诚应道。

“朝廷大员有无议论？”皇帝问。

“阁臣及部、院大臣并无议论。”张诚说。

“其时首揆为谁？”皇帝问。

“已是申先生。”张诚说。

“一则，抚、按查勘的结果，如申先生等辅臣及部、院大臣之愿，所以他等用不着再开口；二则，抚、按查勘之前，辅臣及部、院大臣多半已有授意，”皇帝说着，问道，“大伴信不信？”

“奴才信，不过——”张诚拖着长音，没把后半句话说出来。

“又不敢全信？”皇帝笑着问。

“爷圣明。”张诚称颂。

“朕不怪你，”皇帝道，“没有后半句话，你和张鲸那厮有何区别；没有前半句话，你和前大伴有何区别！”

皇帝把他和张鲸、张宏都区别开来，应该说是很准确的。虽然话里有强过张鲸、不如张宏的意思，仍让他感激不已。

“奴才受知于爷，何其幸哉！”张诚叩道。

“史锦其人，今在何处？”皇帝问。

“奴才不知。”张诚道。

“身为司礼掌印，你不知此人去向，朕不怪你；既兼督东厂，你若不知，恐怕说不过去。”皇帝说。

“爷训饬的是。”张诚应道。

“找到他，以后或用得着。”皇帝命道。

“奴才遵旨。”张诚道。

“再言开矿之事，是在几年之后？”皇帝开始问后来的事。

“四年之后。”张诚说。

“即万历十六年？”皇帝问。

“是。”张诚应道。

“那次言开矿之事，似因祀五台山而起。”皇帝说。

“爷说的是，”张诚应道，“那年，爷遣内臣祀五台山。该内臣回到宫中，奏言途经之处，曾见矿砂，可作银冶。”

“大伴还记得他的名字吗？”皇帝问。

“姓王，叫王成。”张诚道。

“想不到还和大伴同名。”皇帝说。

“他的成比奴才的诚少了个言者。”张诚道。

“少言寡语，想不到去趟五台山，却一鸣惊人。”皇帝说。

“爷说的是。”张诚笑着应道。

“此人今在哪个衙门当差？”皇帝问。

“已故。”张诚道。

“可惜，不然倒可以用一用他，”皇帝说着，问道，“这个王成说的途经有矿砂之处，是哪里？”

“他说，过紫荆关外，有矿砂之处甚多。最多之处，一在广昌，一在灵丘。”张诚道。

“紫荆关外，已到山西吧？”皇帝问。

“是。”张诚应道。

“广昌、灵丘都是县吗？”皇帝问。

“是县。”张诚应道。

“隶于哪府哪州？”皇帝问。

“皆隶大同府蔚州。”张诚道。

“朕记得，那次不曾遣臣查勘。”皇帝说。

“是，”张诚应道，“那次确不曾遣臣查勘。”

“为何不遣臣查勘？”皇帝问。

“奴才想，是王成多嘴，”张诚道，“爷尚未遣臣前往查勘，他到处宣扬，闹得宫里宫外沸沸扬扬，都知爷欲开矿紫荆关外。结果，申先生等预先进言谏之，寝其事。”张诚说。

“王成该易名王败才是！”皇帝道。

张诚知道皇帝用的是“成也萧何，败也萧何”之典，不管恰当不恰当，听上去都觉得很俏皮。他笑着应道：“爷说的是。”

“前面说到紫荆关外，大伴有没觉着很凑巧？”皇帝又问。

“爷是指今次言开矿之事？”张诚反问。

“是啊，”皇帝应道，并问，“易州在紫荆关内，是吧？”

“是。”张诚应道。

“今次言开矿，是在去秋，还是在去冬？”皇帝问。

“应在深秋。”张诚说。

“那是在九月。”皇帝道。

“是。”张诚应道。

“言开矿者，一个姓周，是吧？”皇帝问。

“是，叫周言。”张诚道。

“另一个似乎和大伴同姓。”皇帝说。

“是，”张诚应道，“另一个姓张，叫张世才。”

“和大伴可是同宗？”皇帝问。

“别说不是同宗，连同乡都不是。”张诚说。

“可惜。”皇帝轻声说一句。

“爷，有何可惜？”张诚问。

“他若是大伴同宗，可径委以重任。”皇帝说。

“爷是不是说，可委以开矿重任？”张诚问。

“是。”皇帝应道。

“奴才以为，他既倡议开矿，开矿时用他是可以的；但他不过是小民，不可委以重任。开矿是朝廷的事，是官府的事，须得以内外官人主管。”张诚说。

“朕心里有数，”皇帝道，“大伴说的官人，大概是朝廷内外的官人；但朕以为，更要用内使，不然，难以成事。”

“爷说的是。”张诚应道。

“周言、张世才二人，都是易州民吧？”皇帝又问。

“是。”张诚应道。

“易州，可是北直隶的易州？”皇帝问。

“是。”张诚应道。

“易州隶于——”皇帝的语速放慢。

张诚知道，皇帝要说易州隶于哪府，而且估计皇帝说不上来，他抢着说：“隶于保定府。”

“保定府距京城有多远？”皇帝问。

“约三百五十里。”张诚说。

“易州距京城，应该更远吧？”皇帝问。

“并非如此，”张诚道，“保定在京城以南，而易州在保定以北百余里，亦即，易州距京城，比保定距京城近百余里。”

“不好！”皇帝忽然冒出一句。

“怎不好？”张诚惊问。

“太近，”皇帝说着，变得认真起来，“大伴，咱还得仔细算算。”

“是。”张诚不知何意，胡乱应道。

“大伴说易州在保定以北百余里，到不到百五十里？”皇帝问。

“绝对不到。”张诚道。

“亦即，易州到京城，不会少于二百里，对吧？”皇帝问。

“对。”张诚应道。

“房山离京城有多远？”皇帝又问。

“一百余里。”张诚说。

“到不到二百里？”皇帝问。

“绝对不到，”张诚道，“房山隶于涿州。涿州在京城西南，距京城一百四十里。房山在涿州西北，两地距离京城应该相差不多；纵然房山稍远，也不到二百里。”

“一个距京城在二百里以内，一个距京城在二百里以外，大伴说，能不能算是一个区别？”皇帝问。

张诚这才明白，皇帝为何要算仔细些。他进一步帮着细算：“若言二地区别，还不止一个在二百里以内，一个在二百里以外。”

“怎么？”皇帝问。

“房山在京西，距京城和距天寿山相差不多。易州则不然。天寿山在京城以北百余里，也就是说，易州距天寿山比距京城远百余里。再者，张世才所言产矿砂的孤山，又在易州以西百余里，也就是说，孤山距天寿山又比易州距天寿山远百余里。

合而计之，不是二百里以内和二百里以外的区别，而是四百里以外和二百里以内的区别，至多是四百里以外和二百里以外的区别。”张诚说。

“大伴算得好！”皇帝赞道。

“还有一个区别，也不可忽略，”张诚得到鼓励，继续说道，“易州在紫荆关以内，而孤山已在紫荆关以外。孤山到天寿山，其间为紫荆、倒马、居庸三关阻隔，这是和房山大不一样的。”

“可惜今次廷臣议论开矿，不以恐伤龙脉为言；不然，朕可以痛痛快快批驳一番！”皇帝道。

“申先生等皆知，相距既远，其间又有诸关阻隔，是不可能伤得到龙脉的。”张诚说。

“申先生今次但言贻害军民，大伴看，此一层可否批驳？”皇帝又问。

“这个——”张诚沉吟。

“有何难言之处吗？”皇帝问。

“言及此一层，不得不从皇祖朝说起。”张诚道。

“那就说说皇祖朝的事例吧。”皇帝好像忘记，自己曾阻止张诚说嘉靖年间的事。

“是，”张诚应一声，说道，“皇祖朝时，蓟州民李升，河南嵩县民刁滕，各言本邑有矿可开。皇祖爷乃命内使及户部官员往两处开采。奴才听宫里的老人说，蓟州开矿，朝廷给赀二十万金；嵩县开矿，朝廷给赀三十万金。”

“结果如何？”皇帝问。

“得不偿付。”张诚说。

“小不足，抑或大不足？”皇帝问。

“是大不足。”张诚说。

“于是停开？”皇帝问。

“是。”张诚应道。

“大伴说此事，是不是要告诉朕，申先生等所言‘贻害军民’，不可批驳？”皇帝问。

“奴才只是以为，若与辅臣争辩开矿，辅臣以皇祖朝事为言，奴才就不好开口。”张诚说。

“大伴说句实话，在易州开矿，以及在房山开矿，在山西广昌、灵丘开矿，会不会和在蓟州、嵩县开矿，结果相同？”皇帝问。

“未曾试之，奴才不敢妄言。”张诚道。

“你不敢妄言，廷臣却敢妄言！”皇帝发句牢骚，并说，“主开矿者，不敢妄言；

阻开矿者，一味妄言。照这样下去，岂不是永不得开矿！”

“也不见得。”张诚道。

“大伴有何见地？”皇帝问。

“议开矿者日多，或有一日，廷臣无力阻止。”张诚说。

“廷臣无力阻止？大伴何意？”皇帝问。

“奴才只是这么想，究竟怎的无力阻止，奴才也无法预料。”张诚说。

“大伴既这么说，朕且拭目以待。”皇帝暂把开矿之事搁置一边。

第二百零三章

睡在外屋的书童听到里屋一声惊叫，知道老爷又在做梦。推门进去，只见老爷已坐起来，满头是汗，两眼直勾勾地盯住门口。

书童的老爷姓汤，名显祖，官南京礼部主事。

“老爷，何事？”书童问。

“你有没见一女子进来？”汤显祖反问。

“未见。”书童道。

“那么，有没见一女子出外？”汤显祖又问。

“未见其入，怎见其出！”书童道。

“可能是我又做梦。”汤显祖喃喃言道。

“不是可能，是肯定，”书童道，又说，“不过，老爷今夜的梦，比前两夜的梦，合乎情理。”

“你这话荒唐，梦还有合乎情理、不合乎情理的？”汤显祖斥道。

“怎没有！”书童道，并问，“老爷前两夜梦见何人？”

“我告诉过你，是一公子。”汤显祖说。

“今夜梦见何人？”书童问。

“我才说，是一女子。”汤显祖说。

“所以小的说，今夜的梦合乎情理。”书童道。

“为何梦见女子，比梦见公子，合乎情理？”汤显祖问。

“小的常听人说，日有所思，夜有所梦。老爷梦见一女子，一定是在想大奶奶。”书童说。

“你断定我在想大奶奶？”汤显祖问。

“即便不是在想大奶奶，也一定是在想二奶奶；总之，老爷一定是在想奶奶们。”书童说。

“你不能断定我是在想大奶奶，还是在想二奶奶，我却可以断定我既不是在想大奶奶，也不是在想二奶奶。”汤显祖说。

“老爷怎可断定？”书童问。

“梦里的女子曾开口说话。”汤显祖说。

“对老爷说话吗？”书童问。

“是啊。”汤显祖应道。

“梦里大奶奶、二奶奶也会对老爷说话。”书童否定老爷的结论。

“称谓不对。”汤显祖仍要证明自己的结论。

“称谓怎不对？”书童问。

“她称我公子，”汤显祖道，“你是知道的，大奶奶才进门时叫我公子，但早已改口；二奶奶自打一过门，就叫我老爷。”

“也许老爷梦见的是才进门的大奶奶呢？也许二奶奶当面称呼老爷，心里却叫着公子呢？”书童争辩。

“强辩！”汤显祖斥道。

“老爷不信我的话，不妨把大奶奶接来南京，或者把二奶奶接来南京，看看还会不会做梦。”书童的劝说有理有节。

“接大奶奶或二奶奶来，不是不可以，但和我的梦无关，”汤显祖意犹未尽，仍要驳斥书童的说法，“你说我想大奶奶或二奶奶，所以会梦见女子；我若想好友，就不能梦见公子吗？”

“小的说得出老爷在想大奶奶或二奶奶，老爷说得出在想哪一位好友吗？”书童刁难道。梦里的人物本来是模糊的，说成大奶奶或二奶奶，不过是他的推测，汤显祖也推测得出来吗？

“怎说不出！”汤显祖道。

“却是哪一位好友？”书童问。

“譬如，右武先生。”汤显祖举例。

“老爷是说丁老爷？”书童问。

“譬如，二愚兄。”汤显祖又举例。

“老爷是说万老爷？”书童问。

“譬如，抑之兄。”汤显祖又举例。

“老爷是说饶老爷？”书童问。

汤显祖所举丁此吕、万国钦、饶伸，都是江西人，都以敢言而遭挫折。他一一举出这三人时，本来不过信口一说，但随着书童一一道出三人的姓氏，他忽然有一个明确的说法：自己梦到的公子，或许正是这三个人中的一个；或者，是这三个人合为一人。

觉睡不成，汤显祖已明确自己想做什么。他起身下床，边往外走，边对书童说："你睡这床，我去外间办事。"

书童跟着他走到外间，问："老爷要办何事？"

"把梦写下来。"汤显祖道。

"老爷作文章，离得开小人？"书童说着，往洗笔的碗里倒点儿水，往砚台里倒点儿水，开始洗笔、研墨。

"瞧你说的！"汤显祖取笑道，"我在县学就读，还没你呢，难道我就不作文章！"

"没小的时，老爷怎作文章，小的不知；既有小的，老爷作文章，一定得小的伺候。"书童说。

笔洗好，墨研好，他站到一旁，看老爷作文章。

"老爷是写大奶奶，还是写二奶奶？"他问。

"你想我写大奶奶，还想我写二奶奶？"汤显祖反问。

"写哪一个都行；老爷写哪一个，小的去把哪一个接来。"书童说。

"大奶奶、二奶奶我都不写，我写右武先生。"汤显祖说。

"老爷不是写梦吗，怎变成写丁老爷？"书童问。

"我说写梦，又没说写今夜之梦；写前几夜的梦，不正该写右武先生！"汤显祖道。

"这个梦，老爷是怎写的？"书童问。

"你听好！"汤显祖说着，给书童读他写的第一句话，"首发科场欺蔽者，非御史丁此吕乎？辅臣申时行使吏书杨巍劾去之。"

"申时行是申阁老吗？"书童问。

"是他。"汤显祖说。

"老爷好大一个梦，把阁老也做进去！"书童道。

"我没想把他做进梦里，谁个知道他怎的跑进梦里去的！"汤显祖说。

"杨巍是吏部杨尚书吗？"书童又问。

"是前吏部尚书。"汤显祖更正道。

"他也是自个儿跑进老爷梦里去的？"书童问。

"或许应该说，是申阁老把他带进去的。"汤显祖道。

"有阁老，有尚书，有御史，此梦够老爷写的。"书童说。

"此第一梦也。"汤显祖道。

"老爷还有第二梦？"书童问。

"当然有。"汤显祖道。

“老爷的第二梦里，不会真有万老爷吧？”书童问。

“为何不会有二愚兄！”汤显祖道。

“老爷是怎写的？”书童问。

“重言边镇欺蔽者，非御史万国钦乎？申时行唆许国拟窜之。”汤显祖给书童读他写的第二句话。

“许国即许阁老吧？”书童问。

“是他。”汤显祖道。

“第二梦更了不得，是两位阁老，一位御史，”书童说着，问道，“老爷不会还有第三梦吧？”

“为何不会！”汤显祖道。

“不会是饶老爷吧？”书童问。

“为何不会是抑之兄！”汤显祖道。

“老爷是怎写的？”书童问。

“礼科都给事中胡汝宁，除论主事饶伸外，一虾蟆给事而已。”汤显祖给书童读他写的第三句话。

“胡汝宁何许人，未听老爷提起过。”书童说。

“一虾蟆给事，提他作甚！”汤显祖道。

“老爷为何称他虾蟆给事？”书童问。

“这里面是有故事的，”汤显祖给他讲起故事，“某年亢旱，朝廷祷雨，命禁屠宰。他竟上疏，请禁捕鼋，以感召上苍。”

“是鳖吗？”书童问。

“是。”汤显祖应道。

“是龟吗？”书童问。

“是。”汤显祖应道。

“是王八吗？”书童问。

“可不就是王八！”汤显祖道。

“老爷何不径呼他王八给事？”书童问。

“王八加于给事，太亵渎朝廷官职。”汤显祖说。

“虾蟆又好听到哪里去！”书童道，“老爷盛赞某人，小的没听过几次；老爷加恶语于某人，小的也没听过几次。”

“别人我不愿轻易加以恶语，对胡某却忍不住要加恶语。”汤显祖说。

"这是为何？"书童问。

"他是南昌人。"汤显祖说。

"原来老爷因他是我江西同乡而深恶痛绝，"书童道，又说，"前两梦，都有三人入来，这一梦怎的只有一给事，一主事？"

"你说错，这次是四人入梦。"汤显祖说。

"另二人是谁个？"书童问。

"还不是朝中权贵！"汤显祖说着，问道，"你知虾蟆给事为何要论劾抑之兄？"

"小的怎知！"书童道。

"因抑之兄抗疏论科场弊端，有言曰：一举不足重，居然置之选首；子不与试，则录其婿。阁臣被论，恼羞成怒。"汤显祖说。

"论的是申阁老？"书童问。

"子不与试，则录其婿，论的是申阁老；置之选首，论的则是和申阁老同出江南的王阁老。"汤显祖道。

"老爷是说，虾蟆给事论劾饶老爷，是受命于二阁老？"书童问。

"无论二阁老在幕后有无动作，是一定要入梦的。"汤显祖说。

"前梦是申、许二阁老径自对付一御史，此梦却是二阁老用一鹰犬来对付一主事。"书童说。

"虾蟆变鹰犬，是抬举他；不过，你说得甚是贴切。"汤显祖道。

"小的还有一个更贴切的说法呢，"书童道。他脑海里忽然涌出不知从哪里学来的词句，得意地说，"丁老爷、万老爷、饶老爷均已款款入梦，老爷不会再有别梦吧？"

"款款入梦，未免太正式，"汤显祖嘲笑一句，说道，"最后还有一梦，却是一片混沌。"

"梦本来就是混沌的，老爷为何单单用于最后一梦？"书童问。

"右武先生，二愚兄，抑之兄，皆君子也。"汤显祖道。

"老爷最后一梦里没有君子？"书童乖巧，听出老爷话里的意思。

"说得对！没有君子，奸佞充斥！"汤显祖道。

"小的想，阁老们是少不了的。"书童说。

"岂止少不了，简直是来我梦里会合！"汤显祖数道，"有申阁老，有许阁老，有王阁老。此外，还有一人入梦。"

"是谁？"书童问。

"你可知，谏垣以何官为首？"汤显祖反问。

“小的不知。”书童说。

“谏垣即六科，”汤显祖讲给他听，“各科，以都给事中为首，吏、户、礼、兵、刑、工六科，以吏科为首，故谏垣以吏科都给事中为首。”

“另一入梦者可是吏科都给事中？”书童问。

“不仅入梦，乃是主要角色。”汤显祖应道。

“吏科都给事中又是谁？”书童问。

“川人杨直卿也。”汤显祖道。直卿是杨文举的字。

“老爷是怎写的？”书童问。

“给事中杨文举奉诏理荒政，有吴吏检其归装，金花币、古玩等约可八千余金。三辅臣皆家苏、徽二郡，杨文举贪，二郡人士皆能言之，辅臣独不知耶？今居然首谏垣矣！”汤显祖给书童读他写的第四句话。

“老爷哪里是说梦，分明是在论政！”书童道，并问，“所论四事，事事都牵涉申阁老，老爷难道不怕他报复？”

“你听出事事都牵涉申阁老？”汤显祖问。

“老爷写得明白无误，怕人听不出来！”书童道。

“我还真怕申阁老听不出来，”汤显祖说罢，稍一沉吟，“这样吧，梦前、梦后，再各写上一句。”

“梦前老爷怎写？”书童问。

“去岁星变，皇上责言官欺蔽，各停俸一年。这件事宜写在梦前，你道如何？”汤显祖反问。

“言官停俸，关老爷何事，老爷要去写它！”书童说。

“右武先生，言官也；二愚兄，言官也；虾蟆给事，言官也；杨直卿，言官也。这多言官入梦来寻，怎说和我无关！”汤显祖道。

“老爷要写就写，小的是拦不住的。”书童表情无奈。

“言官岂尽不肖，盖陛下威福之柄潜为辅臣所窃，故言官向背之情，亦为默移。”汤显祖给书童读他写的前言。

“还好，是万岁爷丢威福；有人想替他找回来，他或许不会怪罪。”书童说。

“但愿如你所言。”汤显祖道。

“梦后老爷怎写？”书童问。

“臣谓陛下可惜者四：朝廷以爵禄植善类，今直为私门蔓桃李，是爵禄可惜也；群臣风靡，罔识廉耻，是人才可惜也；辅臣不越例予人富贵，不见为恩，是成宪可惜也；陛下御天下二十年，前十年之政，张居正刚而多欲，以群私人嚣然坏之；后十年之政，时行柔而多欲，以群私人靡然坏之，是圣政可惜也。”汤显祖给书童读他写的后语。

把张居正柄政的十年和申时行柄政的十年作一比较，汤显祖这篇文章实在作得够大！

“老爷这句太长，小的听来，更像一梦。”书童说。

疏上，皇帝怒，将汤显祖贬为徐闻典史。徐闻是广东雷州府所辖之县。

第二百零四章

求见者备的礼厚，福建巡抚赵参鲁看过之后，不见二字怎么也说不出口。他把求见者约进后堂，问道："阁下是——"

"小民陈甲，叩见都堂大人。"求见者道。

"陈甲？"赵参鲁敲着脑门，努力回忆。虽然陈氏在福建是大姓，但取这么一个简易的名字，如果曾有交往，应该不会忘记的。

"小民不曾拜见过大人。"陈甲说。

"我说嘛！别说曾经见过，即便是有人提到过，我也会记得。"赵参鲁说着，指了指陈甲送的礼品，"陈君自谓小民，我看来头不小。"

"些许薄礼，不值一哂。"陈甲说。

"口气也不小嘛，"赵参鲁又挖苦一句，然后问道，"陈君是闽人，还是粤人？"

"是闽人。"陈甲道。

"福建官话和广东官话，我是分得清的；但你的口音里，福建官话多一些，还是广东官话多一些，我还真听不出来。"赵参鲁说。

"小民经商，常来往福建、广东两地。别说大人听不出来，就是小民自个儿也说不出来，究竟是在福建住过的年头多一些，还是在广东住过的年头多一些；是福建口音多一些，还是广东口音多一些。"陈甲道。

"原来如此，"赵参鲁又点点头，问道，"陈君出自哪一郡？"

"泉州。"陈甲道。

"哪一县？"赵参鲁问。

"同安。"陈甲应道。

"同安漂泊出海、行商贸易的人很多。"赵参鲁随口说道。

"是，"陈甲应道，"小民也是漂泊出海、行商贸易的，后来被困于琉球，干脆在那里娶妻生子，安顿下来。"

"如此说来，陈君不是我大明子民。"赵参鲁道。

"不管别的琉球人怎想，也不管别的漂泊出海的人怎想，小民从不敢忘祖宗是大明子民，小民也是大明子民。”陈甲说。

“好，好！”赵参鲁连声赞道，并问，“陈君定居琉球，有多少年？”

“十几二十年吧。”陈甲说。

“可曾返国？”赵参鲁问。

“回来过一两次。”陈甲说。

“是为生意而返吧？”赵参鲁问。

“是，”陈甲应道，“回来一趟不易，总要带回些海外土产，售与乡亲；再带去些中国丝、茶等，售与海外之人。”

“能有赢利吗？”赵参鲁问。

“多少有些赢利。”陈甲说。

“恐怕不是多少有些赢利。”赵参鲁笑道。

“大人怎知？”陈甲问。

赵参鲁指着他送的礼品说：“陈君回来一次，都要备这样一份厚礼吧？仅多少有些赢利，能备得起？值得不值得？”

“大人有所误会，”陈甲说，“小民若是每回乡一次，都备这等厚礼，着实备不起，小民也从未备过。”

“那么，陈君是对本抚另眼看待？”赵参鲁话中稍带讥刺。

“不是对大人另眼看待，是对今日福建巡抚另眼看待。”陈甲说。

“陈君为何对今日福建巡抚另眼看待？”赵参鲁提出这个问题，不是要陈甲回答。他说，“我试为陈君言之。陈君以前回来过一两次，或是以为，来中国做点儿生意，用不着见福建巡抚；或是以为，来中国做点儿生意，即便见巡抚，也帮不上多大的忙。所以，不如不见；所以，不用备礼。姑且不论备得起备不起，至少是不值得。陈君今次回来，或是以为，来中国做点儿小生意，应该见一见福建巡抚；或是以为，见巡抚，会有所收获。所以，备了厚礼；所以，来了巡抚衙门。不管备得起备不起，总之是值得的。”说罢，问道，“我说的可是？”

“大人明鉴，此事的确要着落在‘值得’二字上。”陈甲说。

“可是我要告诉陈君，今日福建巡抚，会让你失望的，”赵参鲁说，“他赴任两年，只做过两件事：第一，申严海禁；第二，坚决杀戮通倭奸商。我不可能为你解除海禁，也不可能为你放过通倭奸商。”

“我不要大人为我解除海禁，为我放过通倭奸商。”陈甲道。

“我同样不可能为你疏通福建各官。”赵参鲁补充一句。

“我也不要大人为我疏通福建各官。”陈甲道。

“那么，陈君无求于我？”赵参鲁问。

“不，”陈甲摇头，“我有求于大人。”

“除解除海禁，除放过通倭奸商，除疏通福建各官，我还有何事能帮到你？”赵参鲁问。

“大人可以直接上疏朝廷。”陈甲说。

“哈，”赵参鲁冷笑，他手指礼品问，“陈君方才说，不过是些许薄礼，是吧？”

“是。”陈甲应道。

“疏通朝廷，恐怕不是些许薄礼可以办到的。”赵参鲁说

“小民亦知，若是为利，些许薄礼是不够的。”陈甲说。

“不是为利，却是为何？”赵参鲁问。

“为小民拳拳赤子之心。”陈甲说。

赵参鲁似乎被这句严正的话震慑，改换成郑重的口吻。

“陈君要我上疏朝廷？”他问。

“不是，”陈甲道，“小民怎敢要大人上疏朝廷！小民是恭请大人上疏朝廷，唯愿大人上疏朝廷。”

“陈君要我上疏朝廷，”赵参鲁随即改口，“不，是恭请我上疏朝廷，唯愿我上疏朝廷，为的何事？”

“为一件朝廷或知之事。”陈甲说。

“朝廷既知，陈君为何还备下厚礼，不远万里而来，恭请我上疏朝廷，唯愿我上疏朝廷？”赵参鲁问。

“朝廷虽知其事，却未必重其事。”陈甲说。。

“陈君希望我上疏后，朝廷能重其事？”赵参鲁问。

“是。”陈甲应道。

“陈君不妨先告诉我：怎认定朝廷已知其事。”赵参鲁说。

“那要从今岁琉球进贡、请封使臣说起。”陈甲道。

“为何要从贡使说起？”赵参鲁问。

“我想告诉大人，他是负有使命的。”陈甲说。

“身为使臣，怎会没有使命！”赵参鲁道，“如你所言，他的使命，一是进贡，二是请封。”

“所谓使命，非此使命。”陈甲说。

“那是何使命？”赵参鲁问。

“密奏朝廷一事。”陈甲说。

"陈君怎知该贡使会密奏朝廷一事？"赵参鲁问。

"因为是琉球长史郑迵郑大人，命贡使密奏朝廷一事的。"陈甲说。

"郑迵？听他姓名，应该也是华人吧？"赵参鲁问。

"是，"陈甲应道，"他也是漂泊出海、行商贸易、最后定居琉球的。和小民不同的是，他定居琉球更早，早的不是一两年，而是一两世；和小民相同的是，他亦不曾忘怀祖宗国度。"

"所以，他有秘事，还记得密奏朝廷；所以，他密奏朝廷之事，会告诉你陈君。"赵参鲁说。

"大人这话不全对，"陈甲道，"实则，其事虽然是郑大人命贡使密奏朝廷，却是我向郑大人恳请的。"

"亦即，是你想密奏朝廷一事。"赵参鲁说。

"是。"陈甲应道。

"此事似解释清楚，"赵参鲁说着，转到下一个话题，"接下来请陈君告诉我：此事既然已由贡使密奏朝廷，为何还要我密奏朝廷，或曰，恭请我密奏朝廷，唯愿我密奏朝廷？"

"番邦贡使有事，可否密奏朝廷？"陈甲问。

"怎的不可？"赵参鲁反问。

"番邦密奏，可否直达通政司？"陈甲又问。

"应该是不可以的。"赵参鲁道。

"可否直送兵部？"陈甲问。

"也不可以。"赵参鲁道。

"可否径呈御览？"陈甲问。

"更不可以，"赵参鲁道，又说，"番邦国书，由四夷馆报送礼部，再由礼部呈入。贡使密奏，应该也是如此报送、呈入。"

"四夷馆报送之事，礼部是否重之？"陈甲问。

"不一定。"赵参鲁道。

"贡使密奏之事，也不一定吗？"陈甲问。

"是，"赵参鲁应道，"一则，贡使虽称密奏，提督四夷馆者未必当一回事；二则，提督四夷馆者虽当一回事，礼卿未必当一回事。"

"礼部呈入之事，朝廷是否重之？"陈甲又问。

"也不一定。"赵参鲁说。

"一则，礼卿当一回事，阁臣未必当一回事；二则，阁臣当一回事，大明天子未必当一回事，”陈甲说着，问道，“是吧？”

“是。”赵参鲁应道。

“那么，小民密报大人，并恭请大人密奏朝廷，唯愿大人密奏朝廷，朝廷会不会当一回事？”陈甲问。

“同样不一定，”赵参鲁道，“一则，我密奏之事，廷臣未必当一回事；二则，廷臣当一回事，皇上未必当一回事。”

“但总比番邦贡使的密奏，能使朝廷看重，是吧？”陈甲问。

“一般来说，是的。”赵参鲁道。

“所以，我想由大人密奏朝廷；或曰，恭请大人密奏朝廷，唯愿大人密奏朝廷。”陈甲说。

“此事似也解释清楚，”赵参鲁说着，又转到下一个话题，“接下来请陈君告诉我：要我密奏朝廷的，或者说，恭请我密奏朝廷的，唯愿我密奏朝廷的，究竟是何事？”

“小民方才特意提到兵部，大人可曾留意？”陈甲问。

“曾留意；并想：你要我密奏朝廷之事，应该关系用兵。”赵参鲁说。

“大人明察，”陈甲道，“小民要密报的，是倭事；是更须兵部关切的倭事，而不是更须礼部关切的倭事。”

“陈君这话多余，”赵参鲁说，“在朝廷，兵部一直比礼部更关切倭事；在地方，倭寇一直比倭国贡使更令人关注。”

“那我只好说，今后恐怕要愈发关切。”陈甲道。

“陈君，稍等，”赵参鲁又产生疑惑，他问，“这些年来，陈君是否也在和倭人做生意？”

“是。”陈甲应道。

“陈君是否在做生意中发现倭国有所异动？”赵参鲁问。

“是。”陈甲应道。

“若是陈君发现倭国欲犯琉球，欲向我大明朝廷乞援，我是不会将此事密奏朝廷的。”赵参鲁警告说。

“我若为琉球向大明借兵，好意思说拳拳赤子之心吗！”陈甲道。

“好，请陈君告诉我，倭国有何异动。”赵参鲁说着，一揖。

“大人可曾闻得关白一词？”陈甲讲述前先问。

“有所闻。”赵参鲁道。

“大人可解二字之义？”陈甲问。

“是指大臣吧。”赵参鲁道。

“指大臣不错，但非一般大臣。”陈甲说。

“巡抚亦非一般大臣。”赵参鲁说。

“大人说的是，”陈甲附和后，说道，“巡抚代朝廷抚治地方，确非一般大臣；不过，还不是最不一般的大臣。”

“古之宰相，今之阁臣，可算最不一般的大臣吧？”赵参鲁问。

“也不能算。”陈甲道。

“还有摄政，”赵参鲁说，“自古以来，最不一般的大臣是摄政。”

“对，关白即有摄政之义。”陈甲道。

“陈君为何对我细说关白？”赵参鲁问。

“其实，小民要对大人细说的，并非关白。”陈甲道。

“不细说关白，却细说何事？”赵参鲁问。

“小民要对大人细说的，是最不一般的关白，”陈甲说着，问道，“大人可知，眼下倭国关白是谁人？”

“似知，又似不知。”赵参鲁道。

“大人应记住这个人，他叫平秀吉。”陈甲说。

“平秀吉，”赵参鲁重复一遍这个名字，好像真是为把它记住。然后问道，“平秀吉是才为关白吗？”

“不然，他为关白，大约有五年。”陈甲说。

“怎未闻之？”赵参鲁问。

“近年来，可有倭寇来犯闽疆？”陈甲反问。

“小股有之，大股则无。”赵参鲁说。

“这就难怪大人不知平秀吉之名。”陈甲道。

“或是如此，”赵参鲁点点头，问道，“陈君说他是最不一般的关白，他怎不一般？”

“首先，他出处即不一般。”陈甲说。

“他出处有何不一般？”赵参鲁问。

“他自称是萨摩州人，甚至是萨摩州人之奴。”陈甲说。

“我也听人说过萨摩州，不就是倭国一地吗？有如陈君自称是同安人，这有何不一般？”赵参鲁道。

“小民自称同安人，因小民确是同安人。”陈甲说。

“陈君是说，平秀吉并非萨摩州人？”赵参鲁问。

“不是小民说他并非萨摩州人，是有人说他非萨摩州人。”陈甲道。

“他等说他是哪里的人？”赵参鲁问。

“是我中国人。”陈甲道。

“是我中国人？”赵参鲁开始警觉。

“是。”陈甲加重语气应道。

“不是倭国萨摩州人，却是我中国哪里人？”赵参鲁问。

“说法不一，”陈甲道，“有人说他是广西全州人，也有人说他是浙江慈溪人。”

“不会是把福建的泉州误作广西的全州吧？”赵参鲁惑道。福建人出海，较为寻常；而广西人出海，听到的却少。

“不会，”陈甲道，“言者凿凿，说全州是州，不是郡。”

“若是慈溪人，和我倒是近邻，我应有所闻。”赵参鲁又说。他是浙江鄞县人，鄞县、慈溪均属宁波府。

“大人之意，他是广西全州人的可能性要大些？”陈甲问。

“绝无此意，”赵参鲁摇头，并告诫他，“陈君切莫到处去说，我以为这个平秀吉是广西全州人。”

“小民不会。”陈甲道。

“其实，他即便出自中国，也不足为怪。前者倭寇大酋汪直、徐海辈，不都出自中国！”赵参鲁道。

“但王直仍叫王直，徐海仍叫徐海。”陈甲说。

“陈君是说，平秀吉却改取倭人名字？”赵参鲁问。

“小民是说，他若出自中国，而改取倭人名字，或有深意。”陈甲道。

“陈君是提醒我，平秀吉若出自中国，而改取倭人名字，是不再以中国为祖宗国度，是立志以中国为敌国？”赵参鲁问。

“小民愚驽，让大人见笑。”陈甲道。

“所言不无道理，这确是一个不一般的地方，”赵参鲁说着，问道，“平秀吉还有何不一般之处？”

“他崛起更不一般。”陈甲说。

“怎不一般？”赵参鲁问。

“他有个绰号，叫木下人。”陈甲说。

“木下人？有何寓意？”赵参鲁问。

“大人有没听人说过，前一关白叫信长？”陈甲反问。

“似闻，又似未闻。”赵参鲁说。

“信长是山城州大酋，被选为关白，”陈甲讲述道，“一日，信长率部属出猎，遇一人卧于树下。那人见过来一支军队，惊而跃起，与信长部属交起手来。他虽勇猛，但寡不敌众，终被擒拿。信长部属要杀他，信长说：且慢杀，我有话问那木下人。后来，信长以木下人称呼他；信长的家人、亲信，也都以木下人称呼他。”

“你还没说，信长为何问过之后，决定不杀他。”赵参鲁道。

“是，”陈甲应一声，说道，“一来，爱惜他勇猛；二来，他口才很好，对答如流。所以，信长没杀他，而命他牧马。”

“牧马，仍是家奴勾当。”赵参鲁说。

“牧马之日短暂，信长很快把平秀吉召回身边，担任要职。”陈甲说。

“担任何等要职？”赵参鲁问。

“为他出谋划策。”陈甲说。

“相当于谋主，是吧？”赵参鲁问。

“是。”陈甲应道。

“他的谋划有成效否？”赵参鲁问。

“有，”陈甲应道，“为时不久，在平秀吉谋划下，信长夺取、兼并二十余州。”

“多少州？”赵参鲁惊问。

“二十余州。”陈甲道。

“倭国之州比之我中华之州若何？”赵参鲁问。

“想必相差不多。”陈甲说。

“譬如就福建而言，仅福宁一州，下辖宁德、福安二县；就天下而言，福宁非特大之州，亦非特小之州。亦即，一州之境，约合三县。福建总计五十七县，二十余州应该和福建不相上下，”赵参鲁作了个比较，然后问，“作此比较，陈君以为恰当不恰当？”

“小民也不知恰当不恰当，不妨先这样比较着。”陈甲道。

“好，”赵参鲁点点头，问道，“然后呢？”

“平秀吉被封为摄津镇守大将。”陈甲说。

“平秀吉就此崛起？”赵参鲁问。

“是。”陈甲应道。

“我看，信长要养虎遗患。”赵参鲁说。

“诚如大人所料。”陈甲道。

“怎么？信长当真死在平秀吉手上？”赵参鲁问。

“那却没有，”陈甲道，“时信长属下阿奇支得罪，平秀吉奉命讨之。几乎在剿灭阿奇支同时，信长为另一属下明智所杀。平秀吉闻讯，回师讨明智，诛之。信长既死，叛信长者、杀信长者又都是平秀吉所灭，他自然会取代信长的位置。”

“倭国关白不是世代相袭？”赵参鲁问。

“小民也是最近才闻关白事，不知是否世代相袭，然平秀吉取代信长，肯定不是世代相袭。闻信长有三子，皆为平秀吉所废。”陈甲说。

“于是，信长的二十余州，皆归平秀吉所有，是吧？”赵参鲁问。

“信长的二十余州是否皆归平秀吉所有，小民不知；小民知道的是，今日之平秀吉非止拥有二十余州。”陈甲说。

“那有几多州？”赵参鲁问。

“六十六州。”陈甲道。

“六十六州！”赵参鲁不知道日本共分多少州，因此不知道六十六州占日本国土的几成。但按他方才的比较，应该相当于三个福建。如果真是这样，绝不能小觑。他问，“你是不是说，平秀吉做关白已五年？”

“是，”陈甲应道，“他僭称关白，约在大明万历十四年。”

“你说他僭称关白？”赵参鲁问。

“是，”陈甲应道，“倭国有倭王，关白虽是选出，却须倭王授封。据小民所知，平秀吉称王，至今未获准于倭王。”

“僭称关白五年，平添四十州，了不得呀！照此下去，早晚有一天，他会一统倭国。”赵参鲁道。

“大人说的是。”陈甲应道。

“出处不一般，崛起不一般，这个平秀吉还有何不一般？”赵参鲁问。

“治军不一般。”陈甲说。

“在信长手下，得二十余州；僭称关白后，又得四十州。其善于治军，由此可见。”赵参鲁道。

“平秀吉治军，全在一个严字。”陈甲说。

“能严过古时之孙、吴，今世之胡、戚吗？”赵参鲁问。

胡即胡宗宪，戚即戚继光，均在嘉靖朝以来御倭成名。

“还要严，”陈甲道，“平秀吉治军，可做到军行有进无退。违者，虽是子婿，必诛之。”

不讲情面，可能正是目前明军所缺的，赵参鲁想。

“陈君，平秀吉还有第四个不一般吗？”他问。

“有，”陈甲应道，“他眼光不一般。”

“他眼光怎不一般？”赵参鲁问。

“日本，小国寡民也，欲强壮，须向海外拓展，”陈甲说，“有此见解的，不止平秀吉一人；但真正能做到的，却只有他。”

“他怎做到的？”赵参鲁边问，边指指他，“琉球应近倭吧？”

“是。”陈甲应道。

“平秀吉可有吞并琉球之意？”赵参鲁问。

“尚无。”陈甲道。

“一个琉球尚无力吞并，他眼光能不一般到哪里！”赵参鲁不屑地说。

“尚未吞并琉球，并非无力，而是不屑。”陈甲说。

“不屑？”赵参鲁问，“不屑于琉球，他的眼光却盯在哪里？”

“中国。”陈甲道。

“中国？”赵参鲁摇着头，说道，“几十年来，倭寇从粤、闽到浙、直，不是一直想寇我中国吗？狼子野心，岂是平秀吉才有的！结果如何，不是一次一次被我挫败！”

“今次不大一样。”陈甲说。

“有何不一样的？”赵参鲁问。

“平秀吉不仅知道，自粤、闽到浙、直可入中国；而且知道，从朝鲜亦可入中国。”

“你是说，他要犯朝鲜？”赵参鲁问。

“是。”陈甲应道。

“有根据吗？”赵参鲁问。

“有。”陈甲应道。

“来，来，具体对我说说。”赵参鲁对他的拜见，始有足够的重视。

第二百零五章

皇帝宣张诚来见，并命他取日前之疏来看。他估计皇帝要看的是工部营缮司主事张有德的奏疏，只携该疏进宫。

“大伴来了。”皇帝如常招呼一声。

“奴才来了。”张诚照常回应一声。

“辅臣又上疏吧？”皇帝问。

张诚心想要坏。只顾到皇帝命取小臣的奏疏，没顾到张有德的奏疏和阁臣们的奏疏是前后呼应的，皇帝在读张有德奏疏的时候，很可能问及阁臣们的奏疏。

“是。”他硬着头皮应道。

“又是奏请立储吧？”皇帝问。

“是。”张诚应道。

“怎说的？”皇帝问。

“请于明春册立。”张诚说。他努力回想，在阁臣们的奏疏里能记住哪些句子，等皇帝让他细说时，不至于一句也说不上来。

好在皇帝并不关心奏疏的具体内容。

“该疏仍是申先生领衔的吧？”皇帝问。

“是。”张诚应道。

“许先生、王先生均签署，是吧？”皇帝问。王锡爵以母老乞归，终获恩准，已于六月离朝，皇帝问的王先生是王家屏。

“是，许先生、王先生均签署。”张诚说。

皇帝点点头，又问：“朕让大伴取来之疏，取来未？”

“奴才取来。”张诚道。

“是谁人的奏疏？”皇帝问。

“是主事张有德前几日所上。”张诚说。

“朕不要读他的奏疏。”皇帝道。

“爷不要读他的奏疏？”张诚虽然在问，却分明在说：爷怎么可能不要读他的奏疏！

“朕为何要读他的奏疏！”皇帝道，并换一种更准确的方式问，“或者，大伴为何以为，朕要读张有德的奏疏？”

“张疏言及册立一事。”张诚说。

“张疏言及册立，朕为何就要读？”皇帝问。

“爷去岁曾谕：廷臣不复渎扰，当以后年册立；否则俟皇长子十五岁举行，”张诚复述皇帝去年初的谕旨后，说道，“张疏即渎扰。”

“既有廷臣渎扰，明年册立一事是不是可以免议？”皇帝问。

“爷决断之事，奴才不敢妄言。”张诚道。

“大伴是不是以为，张有德既上此疏，明年可以不行册立，朕应该感激他上疏上得及时？”皇帝又问。

“奴才不敢胡乱揣测圣意。”张诚道。

“说起来，没有张有德的奏疏，朕还真不知道有没有别的理由，可以帮助朕把这件事再拖一年。”皇帝说。

张有德疏上后，皇帝一方面责其渎扰，命夺俸三月，一方面传谕：册立一事，延期一年举行。皇帝今日对张诚说的话等于承认，他的确感激张有德上这一道奏疏。

张诚难以回应，也知道不需要他回应，所以不吱声。

“但张有德既已处分，他的奏疏朕没必要再读。”皇帝又说。

“爷说的是。”张诚应道。

“朕要读的，是叫李琯的那个外官所上奏疏。”皇帝说。

“是，奴才去取。”张诚道。

“是福建按察佥事李琯。”皇帝强调说。

“是。”张诚应道。

“是论申先生十大罪状的那篇奏疏。”皇帝又强调。

“是，奴才不会再拿错。”张诚道。

李琯的奏疏是半个多月前呈入的，在司礼监内衙找该疏花些时间；司礼监内衙没找到，又去内中书房找，走来走去，又花些时间。张诚携疏而来时，皇帝好像已把这件事全忘。

“大伴怎又来？”皇帝问。

“爷不是要读此疏吗？”张诚说着，把李琯的奏疏放在皇帝面前。

皇帝挥挥手，意思很明确，他不看疏。张诚正在想着该以什么样的方式告退，皇帝已开口。

“大伴，你有没觉着，申先生很冤枉？”皇帝问。

“爷是说被李琯参劾一事？”张诚问。

“是啊。”皇帝应道。

“申先生不是第一次被参劾，爷为何单单以为这一次被参劾很冤枉？”张诚问。

“一则，为科、道参劾还好说，甚至为其他廷臣参劾也好说，却为李琯参劾！李琯在万里外，朝廷的事，知道几多！”皇帝道。

“爷说的是。”张诚应道。其实，在他印象里，李琯曾官御史，然后外放福建按察佥事。但一来不知道是否记错，二来觉得没必要提醒皇帝这一点，所以不说。

“二则——”皇帝忽然停下来。因为他想到的第二个理由，不是一两句话可以说清楚的。于是，他命道，“大伴，你先给朕读李琯的奏疏，朕再告诉你申先生为何冤枉。”

“是。”张诚应一声，捧疏欲读。

“别读疏文，给朕说说十大罪状的名目。”皇帝改变主意。

“是，”张诚又应一声，述道，“第一罪：盐城训导庞尚鸿奏寿宫有水，寝之不奏。”

“此事无聊之极，”皇帝评论，“朝廷之上，议论寿宫事的科、道官和其他各衙门官，不知有几，为何偏偏压下一训导之疏！”

“的确无聊之极。”张诚附和道。

“李琯不说别个奏疏被寝之，单说训导庞尚鸿奏疏被寝之，大伴说，会不会是他二人有私？”皇帝问。

“要不要奴才查查？”张诚反问。

“不必，李琯不是已罢官？”皇帝道。

张诚心想，正因为李琯已经削籍为民，皇帝却忽然想起他的奏疏，才让人琢磨不透。

“第二大罪是立储吧？”皇帝问。

“是。”张诚应道。

“对，他是以易储事论劾申先生的。”皇帝说着，示意他具体说说。

“第二罪：倡上欲易储之说，示已拥立之功。”张诚述道。

“大伴不觉这话说得绕口？”皇帝问。

“是绕口。但他是这么写的，奴才只好这么说，”张诚道，又说，“要不，奴才换个说法，说给爷听。”

“不用换，”皇帝道，“他的意思是：朕本来并无易储的意思，申先生却倡言，才使朕有易储的意思；然后他又反对易储，以显示他拥立太子之功。”说罢，问道，“他是这意思吧？”

“爷圣明，他是这意思。”张诚说。

“他会知朕是怎想的？”皇帝道，“万里之外，不仅参劾辅臣，还揣摩朕的心思。将他削籍，一点儿也不过分！”

“诚如圣谕。”张诚应道。同时心里在想：皇帝在阁臣上疏请立东宫之际，想到李琯的奏疏，大概是要在这“罪之二”上作作文章。

但皇帝没作文章，至少没马上作文章。

“第三罪是何事？”皇帝问。

“第三罪：请上敕谕，以禁言路。”张诚述道。

“提及禁廷臣妄言，则说是辅臣之意。申先生确实冤枉吧？”皇帝问。

“是，”张诚应道，“廷臣妄言，有渎爷清修，是该禁之。”

虽然皇帝说到阁臣冤枉，但张诚相信，皇帝说申先生冤枉，绝不是为这件事。

“大伴，再往下说。”皇帝命道。

“第四罪：司业刘应秋、御史章守诚、主事蔡时鼎陈奏时行罪状，留中不下。”张诚应道。

“蔡时鼎的奏疏朕有印象，是去冬上的吧？”皇帝问。

“是。”张诚应道。

“好似议的也是十罪。”皇帝说。

“他用的是‘失’字，没用‘罪’字，但意思是一样的。”张诚道。

“朕当时说过，他笔锋犀利，但过于尖刻。大伴还记得吧？”皇帝问。

“奴才记得。”张诚道。

“可还记得，朕指的是那几句话？”皇帝问。

“奴才记得。爷读到‘貌退让而心贪竞，外包容而中忮刻；私伪萌生，欲盖弥著’时，说他太尖刻。”张诚道。

“对，是这几句，”皇帝点头，又问，“蔡时鼎、刘应秋、章守诚三疏皆留中不下，是真的吧？”

“是真的，”张诚应道，“爷说过，须顾及阁老们体面。”

“但此三人，朕一个也没处分。是吧？”皇帝问。

“是。”张诚应道。

“李琯以他等所议之事论罪申先生，是有人议之在先，不能算他冤枉申先生。”皇帝说。

“爷说的是。”张诚道。

“接下来是不是第五罪？”皇帝问。

“是，”张诚应一声，述道，“第五罪：子申用嘉冒籍浙江，乡试中第；婿李鸿冒籍纳监，中顺天试。”

“此事早已处分，何必再言！”皇帝道。

“爷说的是，”张诚应罢，又述道，“第六罪：舍人宋九通贿，纳京卫经历。”

“宋九没有正式的名字吗？”皇帝问。

“应该有的。”张诚道。

“你知否？”皇帝问。

“奴才不知。”张诚道。

“看来，他没张居正舍人游七那么大的名气。”皇帝说。

“爷说的是。”张诚道。

“由此可见，申先生和张居正到底是不一样的。”皇帝说。

“居正以悍，时行以柔，议者多有言之。”张诚说。

“朕是说，写在疏里，不以正名，而以宋九，不成体统！”皇帝道。

“诚如圣谕。”张诚应道。

“第七罪怎说？”皇帝问。

“第七罪：郜光先引寇西去，时行私之而不罪。”张诚述道。

郜光先两度总督陕西三边军务。第一次在万历六年至九年，是右都御史兼兵部右侍郎衔；第二次在万历十一年至十七年，是兵部尚书兼右副都御史衔，进太子太保，卒于任。

“郜光先是梅友松的前任吧？”皇帝问。

“是。”张诚应道。

“大伴说，西事究竟是坏于郜光先，还是坏于梅友松？”皇帝问。

“奴才说不好，”张诚道，“不过，虏王渡河是在梅友松任上，他的责任终归应该大些吧？”

“可是，按照李琯的说法，虏王欲西，却是郜光先所引。”皇帝说。

“他是这个意思。”张诚说。

“郜光先是哪一年督陕的？”皇帝问。

“自万历六年。”张诚说。

“那李琯又在冤枉申先生，”皇帝道，“万历六年，张居正主内阁，陕西三边总督岂是申先生想安插就安插得了的！”

“奴才想，他说的是郜光先再任陕西三边总督一事。”张诚说。

“郜光先曾去官？”皇帝问。

“是。”张诚应道，“万历九年，郜光先曾去官。”

“哪一年再任？”皇帝问。

“万历十一年。”张诚道。

“哪一月？”皇帝问。

“十一月。”张诚道。

“十一年十一月，申先生已成首辅吧？”皇帝问。

“是。”张诚应道。

“那么，李琯称申先生私郜光先，不能说没有理由。”皇帝说。

“爷说的是。”张诚应道。

“申先生接下来又私谁人？”皇帝问。

“第八罪：李成梁掩败，时行私之而不罪。”张诚述道。

“宁远伯岂止申先生私之，大司马、掌院都堂乃至蓟、辽总督，谁个不私之！不必说他。”皇帝道。

“是，”张诚应一声，述道，“第九罪：与吏部尚书宋纁失和，乃以邹元标事拟旨切责，以序班升职事刁难，致使宋纁五疏求去。”

“不用邹元标，乃朕意，非申先生意。”皇帝说。

“奴才知道。”张诚应道。

“至于劾序班盛名昭抄写有误，刘文润当升迁而阻之，朕倒是想过。这不是首辅应该过问的事呀！”皇帝又说。

“爷说的是，”张诚应罢，补充一句，“序班几乎无不以捐赀而授，以捐赀为由不允其升职，有点儿说不过去。”

序班和中书都是内阁属官，序班列于中书之后。刘文润官序班久，吏部拟升詹事府录事。詹事府录事，正九品，是最低一级的官品。申时行却说，他是输粟捐官，不当任清秩。这显然是针对吏部的。

“朕觉察其中有私人恩怨，故不准宋尚书去任。”皇帝说。

“爷圣明。”张诚颂道。

“说说最后一罪吧。”皇帝命道。

“第十罪：受胡维新珠宝，起用之；纳李时孝宝玉，免勘之。”张诚述道。

“以这等细事参劾首辅，无谓之极，”皇帝不想就此事多说一句，他问，“朕说申先生被李琯参劾很冤枉，大伴可知，指的是哪件事？”

“奴才不知，”张诚道，并说，“奴才早就想问爷，又不敢问。”

“朕指的是第二罪，”皇帝说着，问道，“申先生倡言朕欲易储，然后奏请立常洛为东宫，以示拥立之功，大伴以为可能吗？”

“奴才以为太过无稽。”张诚道。

“把这样一笔账算在申先生头上，朕都为他委屈。早知如此，他不如遂朕的心愿，何必和别臣一起，催促朕立储！”皇帝道。

“可不是！”张诚附和一句。

“大伴，你去问问申先生，记不记得朕去岁之初对他和许先生、王先生说的话，记不记得朕随后颁下的谕旨？若是记得，怎学着小臣的样子，也来渎扰！”皇帝命道。

第二百零六章

刘文润随遇而安，不得迁转就不得迁转，仍为序班就仍为序班。和他同在诰敕房任事的中书黄正宾也是捐赀授官，却比他有志向得多。

出诰敕房后，黄正宾拉着刘文润一起走。出东华门，本该分手，他仍然拉着刘文润不放；出东安门，再不分手，就要绕个大圈子，他好像浑然不觉。

“黄兄又馋酒吧？”刘文润问。

“只当是吧。”黄正宾不理会他的取笑。

“我身无分文。”刘文润说。

“我知几间酒铺，刘兄都可以赊酒的。”黄正宾说。

“欠人家的钱，我才还上，又让我去赊？”刘文润说着，指向另一条路，“就此别过，黄兄请吧。”

“我不走。”黄正宾道。

“你不走，我走。”刘文润准备自己绕道走。

“我也不让刘兄走。”黄正宾道。

“黄兄呀，”刘文润无奈地说，“今日真不能请你小酌，为何还要缠着我不放！”

“我请刘兄小酌。”黄正宾说。

“黄兄请我小酌？”刘文润问。

既然能以赀捐官，家境都应该比较富裕，彼此请客饮酒，不会是什么了不得的大事。刘文润流露出不敢相信的神态，大概是平日里，他请饮酒的次数较多，而黄正宾请饮酒的次数较少。

“是啊，我请刘兄小酌；而且，让刘兄饮个痛快。”黄正宾说。

刘文润四处看看，指着一个方向说：“既如此，去那边的酒铺。”

“去那边，刘兄要绕路。”黄正宾说。

“我宁愿绕路，也不去可以赊酒的地方。”刘文润道。

“这又何苦。”黄正宾虽则觉得没必要，但也不反对。

进一间小酒铺，找张空桌子，二人不分宾主，随便坐下。黄正宾让小二送来一壶酒，两碟下酒的小菜。

“黄兄不是要让我饮个痛快吗？”刘文润边说，边手指桌上的酒、菜，示意这也太过寒酸。

“饮得痛快不痛快，并不在酒。”黄正宾说。

“我知不全在酒。”刘文润道。

“也不在菜。”黄正宾又说。

“并不在酒，也不在菜，却在何事？”刘文润问。

“在心情。”黄正宾道。

“黄兄知我今日有好心情？”刘文润问。

“我要给刘兄出气，刘兄怎会心情不好！”黄正宾道。

“黄兄给我出气？”刘文润大惑。

“是啊！”黄正宾应道。

“我有何气，要黄兄给我出？”刘文润又问。

“来，先饮一盅！”黄正宾为他斟酒。

刘文润不肯喝，道：“黄兄说我有气，我就这么饮，岂不成闷酒？”

“我若陪饮呢？”黄正宾又给自己斟酒。

“黄兄说给我出气，饮的是壮行酒。”刘文润道。

“我先陪刘兄饮口闷酒，再点拨你闷在哪里。”黄正宾说。

“不是诓我喝酒？”刘文润问。

“怎会！”黄正宾道。

二人举杯示意，喝第一口酒。

刘文润把酒盅调转过来，晃了晃，证明里面已没酒。他随即问道：“黄兄说，我心里有何气？”

“刘兄本当转官詹事府，却没转成，会没气！”黄正宾道。

“我会气这事！”刘文润否认，“黄兄倒是说说，诰敕房何等舒服的差事，我为何愿去詹事府？”

“詹事府是正三品的衙门，转任之后，才有升迁的机会。”黄正宾说。

“还有吗？”刘文润问。

“录事像个正经的官员，比序班亦升半秩。”黄正宾说。

“黄兄在诰敕房不也熬到中书？我若熬到中书，岂不升两秩？中书才更像个正经的官员。”刘文润道。

“刘兄一定要假装不在乎，我也没法子。”黄正宾说。

“我本就没在乎，何必假装！”刘文润道。

“好，好，”黄正宾看似退让，实则以守为攻，“就算本不在乎转官，刘兄今日这酒也不想饮个痛快？”

“加一壶酒，加几个菜，我自然饮得痛快。”刘文润说。

“以物媚兄，庸人之举，君子耻之，”黄正宾说着，又问，“就算本来没气，刘兄也不想知道我怎为你出气？”

刘文润想，不知他做的何事，却说在替我出气，这倒要听一听。于是问：“黄兄怎替我出气？”

“没气，怎替你出气！”黄正宾转守为攻。

“我既问黄兄，自是有气。”刘文润说。

“可是因转官不得而有气？”黄正宾进一步问。

“是。”刘文润应道。

“刘兄可知，为何转官不得？”黄正宾问。

“略知一二，”刘文润说，“相公厌我；为我转官之事，几乎牵累宋太宰，我心不安。”

“错不在你，你何必不安！”黄正宾道。

“错在太宰，也是因我。”刘文润说。

“要是错在相公呢？”黄正宾问。

“错在相公，怎会，怎会！”刘文润连连摇头。

“错在相公，怎不会！”黄正宾道，“你我在诰敕房办事多少年，所见相公犯的错还少吗！”

“黄兄噤言，莫忘为尊者讳的古训。”刘文润说。

“错就是错，为何要为他讳！再者，我若讳言，怎为刘兄出气！”黄正宾道。

“黄兄为我出气，是说相公的错？”刘文润惊问。

“正是。”黄正宾应道。

“黄兄打算对谁人说？”刘文润问。

“对别个说，不如直接对皇上说。”黄正宾道。

“黄兄欲上疏？”刘文润问。

“是。”黄正宾应道。

“这个——”刘文润想劝黄正宾作罢，“黄兄看啊，序班转官录事，芝麻大小的一件事，用不着惊动圣驾的。”

“此事已有人惊动圣驾，我要参劾的，是别事。”黄正宾说。

“黄兄欲参劾的，又是何事？”刘文润问。

“众阁老奏请立储，刘兄记得这件事吧？”黄正宾反问。

“哪一年的奏请？”刘文润又问。

“今岁。”黄正宾说。

“阁老们今岁奏请，不过几日前的事，怎会不记得！”刘文润道。

“那么，几日前，相公患病告假，刘兄记不记得？”黄正宾问。

“记得，”刘文润道，“听太医们说，相公怕要多歇几日。”

“刘兄没把这两件事联系在一起想想？”黄正宾问。

“把这两件事联系在一起想想？”刘文润不解，“这两件事风马牛不相及，为何要联系在一起想想？”

“这两件事联系紧密，怎会风马牛不相及！”黄正宾道。

“有何联系，黄兄倒是说说看！”刘文润揖道。

“譬如，相公既告病在家，该疏不会是他所拟。”黄正宾说。

“那也未必，”刘文润反驳，“或是他拟稿，请次辅、三辅签署。”

“他既可以拟稿，为何不可入值？”黄正宾又反过来说。

“就算不是他拟稿，次辅、三辅拟就疏稿，请他签署，有何不可！”刘文润也反过来说。。

“他是领衔，不是一般签署。”黄正宾说。

“次辅、三辅拟就疏稿，请他领衔，有何不可！”刘文润又说。

“是啊，我也在想：次辅、三辅拟就疏稿，请他签署，请他领衔，有何不可？”黄正宾道。

“黄兄可想出结果？”刘文润问。

“当然想出。”黄正宾说。

“有何不可？”刘文润问。

“似无不可。”黄正宾说。

“既无不可，黄兄为何要为领衔奏请册立一事参劾相公？”刘文润问。

“谁个说我要为此事参劾相公？”黄正宾诘问。

刘文润“咦”一声，反诘道：“要给我出气的，难道不是黄兄吗？要参劾相公给我出气的，难道不是黄兄吗？对相公和其他阁臣一起奏请册立储君提出质疑的，难道不是黄兄吗？”

“但我有没有说，参劾相公是因为他和其他阁臣一起奏请册立储君？”黄正宾问。

“这个——”刘文润对他的质问无话可说，因为黄正宾的确没说过这话。他唯一能说的是，“不过，这很容易推断出来呀。”

“很容易推断出来吗？”黄正宾给他另一种推断，“我要刘兄把相公告病在家和阁臣们奏请册立东宫两件事联系在一起想想，难道就不会是，相公在这件事上可以游刃有余？”

“相公可以游刃有余？黄兄此言何意？”刘文润听不懂。

“皇上从阁臣们奏请，则可获拥立功业；皇上虽不从阁臣们奏请，置之不理而已，则可获诤臣美誉；若因此疏受责于皇上，则可声称告病在家，不知上疏一事。”黄正宾说。

“誉为诤臣，恐怕相公自个儿也没这个奢望；声称告病在家，不知上疏一事，我想，相公还不至于如此卑劣。”刘文润道。

“刘兄怎说？”黄正宾问。

“我说，相公还不至于如此卑劣。”刘文润道。

“卑劣二字既出口，刘兄莫再收回。”黄正宾说。

“我为何要收回！”刘文润道，“他若确不知上疏之事，就不要想获诤臣美誉；径告皇上，径告天下，是其他阁臣上疏奏请，与他无关。等到被皇上责怪，再声称告病在家，阁臣奏请与自家无关，不用卑劣二字，又该怎说！”

“好，我这就告诉刘兄，”黄正宾说着，故作神秘地问，“刘兄还不知，阁臣们疏进后，皇上确差内臣责问相公吧？”

“黄兄怎知？”刘文润反问。

“别管我怎知的，但确有其事，”黄正宾说着，又问，“刘兄还不知，相公被责怪后，确有密疏呈进吧？”

“声称告病在家，不知上疏一事？”刘文润问。

“对，”黄正宾有力地点着头，重复道，“声称告病在家，不知上疏一事。”

“简直令人难以置信！”刘文润道。

“若到此为止，我未必就会参劾他。”黄正宾却说。

“还有别事？”刘文润惊问。

“可不还有别事！”黄正宾说着，问道，“签署内阁所上奏疏，可以说是不知情，揭帖上签署其名，也可以说不知情吗？”

官员上疏，附有揭帖。揭帖上开列上疏之人、官职、奏疏缘由、奏疏主要内容等。奏疏呈进后，根据其内容，揭帖分发相关部、院，或六科。比如，阁臣们议册立事，揭帖应发礼科。

“本疏签署由人代笔，揭帖签署也可能由人代笔。”刘文润说。

他的话不错，但黄正宾既然问起此事，自然有问的道理。

“着人追回揭帖，也可以说不知情？”黄正宾问。

“黄兄是说，相公着人将揭帖追回？”刘文润忙问。

“是，”黄正宾应道，“揭帖本已发下礼科，相公匆匆着人追回。”

“如此说来，相公确是心里有鬼！”刘文润道。

“刘兄总算悟出，”黄正宾说着，端起酒盅，并示意刘文润也端起酒盅。他问，“刘兄说，今日的酒饮得痛快不痛快？”

“这酒已凉，若换热的来，更加痛快！”刘文润说着，命小二烫两壶热酒来。酒上来后，他说，“黄兄，一人一壶，一口而尽！”饮罢，他抹一抹嘴，说道，“如此行径，莫说黄兄要参劾他，我都要参劾他！”

第二百零七章

礼科给事中罗大纮回家，要经过翰林院。真是越怕遇到谁，定会遇到谁！他怕遇到翰林编修袁宗道，经过翰林院时，袁宗道正往外走。

他装作没看见，快走几步，想把袁宗道甩下，但被叫住。

“公廓兄，何事匆匆？”袁宗道问。

“是伯修兄呀，”罗大纮只好停下来，等他走近，“伯修兄前次布置的功课，我还没完成，怕伯修兄今日再布置新的功课。”

袁宗道字伯修，湖广公安人。罗大纮字公廓，江西吉水人。二人都是万历十四年进士。袁宗道是该科会试的第一名，后来的进士排名，他列二甲第一名，选庶吉士，他也名列第一。

“我给公廓兄布置功课，我怎不知？再者，我怎有资格给公廓兄布置功课？”袁宗道矢口否认。

“伯修兄名动京师，名动天下，资格是有的。”罗大纮说。

“我给公廓兄布置的是哪一门功课？”袁宗道又问。

“读诗呀，”罗大纮道，“伯修兄不是要我读白乐天的诗吗？”

“读白乐天的诗，不过是个倡议，并非功课。”袁宗道说。

“但伯修兄偏爱白乐天的诗，是不是？”罗大纮问。

“我不仅喜爱白乐天的诗，也喜爱李太白、杜工部的诗。”袁宗道说。

“但尤其喜爱白乐天的诗。”罗大纮道。

“那倒是。”袁宗道不否认。

“既然伯修兄尤其喜爱白诗，而命我读之，我自然要当作功课来做。”罗大纮说。

“那么，这个功课做没做？”袁宗道问。

“没做。”罗大纮道。

“为何不做？”袁宗道问。

“因为伯修兄再前一次布置的功课我还没完成。”罗大纮说。

“再前一次我给公廓兄布置的又是哪一门功课？”袁宗道问。

“读文呀，”罗大纮道，“伯修兄不是要我读苏东坡的文章吗？”

“读苏东坡的文章，也是个倡议。”袁宗道说。

“但伯修兄偏爱苏东坡的文章，是不是？”罗大纮问。

“我不仅喜爱苏东坡的文章，也喜欢韩昌黎、柳河东、欧阳醉翁诸大家文章。”袁宗道说。

“但尤其喜爱苏东坡的文章。”罗大纮道。

“这倒是真的。”袁宗道也不否认。

“既然伯修兄尤其喜爱苏文，而命我读之，我自然要当作功课来做。”罗大纮说。

“可这门功课，公廓兄同样也没做。”袁宗道说。

“是。”罗大纮应道。

“又是为何？”袁宗道问。

罗大纮这次不正面回答，而是把话题岔开。

“伯修兄，令弟可有消息？”他问。

“公廓是问宏道，还是问中道？”袁宗道反问。

“小修虽有惊世大作，终归年轻几岁，我先问中郎吧。”罗大纮说。

中郎是宏道的字，小修是中道的字。袁中道在十几岁时作《雪赋》《黄山赋》，洋洋洒洒五千言，在公安传诵，在荆州传诵，在湖广传诵，在京师传诵，诵者无不惊叹。

“公廓兄问宏道何事？”袁宗道问。

“我是想问伯修兄，中郎是否也喜爱白诗？”罗大纮道。

“比我更甚。”袁宗道说。

“是否也喜爱苏文？”罗大纮问。

“比我更甚。”袁宗道说。

“惨也！”罗大纮道。

“我喜爱白诗，公廓兄可以不喜爱白诗，甚或厌之；宏道喜爱白诗，公廓兄也可以不喜爱白诗，甚或厌之。我喜爱苏文，公廓兄可以不喜爱苏文，甚或厌之；宏道喜爱苏文，公廓兄也可以不喜爱苏文，甚或厌之，”袁宗道说着，做了个不可理解的动作，“公廓兄为何叫惨？”

“我问的不止是中郎喜爱白诗否，喜爱苏文否。”罗大纮道。

“还问何事？”袁宗道问。

“我还想问伯修兄，中郎明年是不是要来京参加会试？”罗大纮道。

“是，”袁宗道应道，并说，“宏道心分两处：一则准备明年的会试，一则热心于他的城南诗社。我几次劝他把心收回，毫无效果。故我不再劝。公廓兄要说惨也，倒可于此事说声惨也。”

“以中郎之才，别说心分两处，即便心分七处八处，明年春闱，一样会名列前茅的。”罗大纮道。

“果真如此，他更要不知天高地厚，”袁宗道说着，问道，“宏道侥幸得中，公廓兄不想贺可以不贺，却有何惨的？”

“伯修兄想呀！”罗大纮道，“今岁伯修兄给我布置的功课还没完成；明年中郎再考进翰林院里，又要给我布置功课。我欠下的功课债，岂不是越来越多！”

“就算宏道考个状元，公廓兄于他也是兄辈，他怎敢给公廓兄布置功课！”袁宗道笑道，又说，“倒是我要请教公廓兄，一厌白诗，二厌苏文，究竟为何？”

“我厌白诗，我厌苏文，谁人说的？”罗大纮问。

袁宗道一愣，反问：“不是公廓兄说的吗？”

“我几时说过？”罗大纮又问。

“方才公廓兄不是叫一声‘惨也’！”袁宗道说。

“因这一声叫，伯修兄就说我不喜爱，甚或厌之？”罗大纮道，“那是伯修兄加于我的，并非我自家说的。”

“但公廓兄终归是不读白诗，不读苏文，是不是？”袁宗道问。

“不是不读，是未尝全读，未尝花很多工夫读。”罗大纮辩解。

“公廓兄为何不肯全读？为何不肯花很多工夫读？”袁宗道问。

“这个，我却说不清楚。”罗大纮道。他没认真想过这个问题，是真的说不清楚。

“公廓兄说不清楚，我却说得清楚。”袁宗道说。

“伯修兄说得清楚？”罗大纮很难相信。

“是。”袁宗道应道。

“伯修兄试为我言之。”罗大纮揖道。

“公廓兄不肯花工夫读白诗，读苏文，只为两句话。”袁宗道说。

“为哪两句话？”罗大纮问。

“文必西汉，诗必盛唐。”袁宗道说。

“此乃凤洲先生所倡，我并未附和。”罗大纮开始不想承认。

“并未附和，也并未受其束缚？”袁宗道问。

“这叫我怎说！”罗大纮不知从何说起。

“譬如文章，公廓兄是愿读秦、汉人的文章，还是愿读后人的文章？”袁宗道问。

“那也要看怎样的文章。”罗大纮说。

“譬如，治安策，历代都有人上之；公廓兄是愿读贾谊的《治安策》，还是愿读唐、宋及今人的治安策？”袁宗道具体问道。

“似乎贾谊《治安策》更有味道。”罗大纮说。

“譬如贵粟，历代都有人论之；公廓兄是愿读晁错的《贵粟疏》，还是愿读唐、宋及今人的贵粟疏？”袁宗道又具体问道。

“似乎晁错《贵粟疏》更深刻。”罗大纮说。

“譬如与友人书，历代都有人写之；公廓兄是愿读司马迁《报任安书》，还是愿读唐、宋及今人的与友人书？”袁宗道又具体问道。

“似乎司马迁《报任安书》更真挚。”罗大纮道。

“至于诗，白乐天的诗，是不是不如李太白的诗更有韵味？”袁宗道又具体地问。

“就个人喜爱而言，我更喜爱李诗。”罗大纮道。

“读陆放翁的诗，是不是味同嚼蜡？”袁宗道又具体地问。

“宋人的诗确少几分豪迈。”罗大纮道。

“李、何、李、王的诗句又如何？”袁宗道问到本朝文人。

“读得少，不好说。”罗大纮道。

“总之，秦、汉以后的文章，不如秦、汉文章；盛唐以后的诗不如盛唐的诗。是不是？”袁宗道问。

“经伯修兄一句一句问下来，好像还真有这一层意思。”罗大纮说。

“所以，公廓兄虽未附和复古之说；品评诗、文，却是深受复古之说的束缚。”袁宗道总结一句。

“伯修兄说的是，”罗大纮也不再否认，“几十年来，复古之说充斥。从认字起，即听人说，除秦、汉之文，再无可读之文；除盛唐之诗，再无可读之诗。直到金榜题名，仍听人说，除秦、汉之文，再无可读之文；除盛唐之诗，再无可读之诗。不受其说束缚，才怪呢！”

“但文必西汉，诗必盛唐，是不对的。”袁宗道说。

“怎见得不对？”罗大纮问。

“譬如，唐魏徵的《十思疏》，真不如贾谊的《治安策》有味道？”袁宗道问。

“各有各的味道。”罗大纮道。

“譬如，唐柳宗元的《捕蛇者说》，宋苏轼的《范增论》《留侯论》《贾谊论》《晁错论》，真不如晁错的《贵粟疏》深刻？”袁宗道问。

“各有各的深刻。”罗大纮道。

“譬如，我大明王阳明先生的《瘗旅文》，真不如司马迁的《报任安书》真挚？”

袁宗道问。

“各有各的真挚。”罗大纮道。

《瘗旅文》是王守仁贬谪贵州期间写的一篇文章，记述一吏率一子一仆赴任途中，路过贵州龙场驿时，相继死去。很难说这件事有几分可信，也很难说该吏是不是在影射王守仁本人，但这篇文章写得哀而动人，表现出来的真挚，和司马迁《报任安书》里体现出来的真挚，全然不同。罗大纮说各有各的味道，各有各的深刻，都是不错的；而各有各的真挚，说得尤其中肯。

“上穷碧落下黄泉，两处茫茫皆不见。”袁宗道吟诵两句白居易的诗后问道，“此等诗句真无韵味吗？”

“这是传世之作，怎会无韵味！”罗大纮道。

“生当作人杰，死亦为鬼雄。至今思项羽，不肯过江东。”袁宗道吟诵李清照的一首五绝后，问道，“此诗不豪迈吗？”

“李清照词以婉戚为主，此诗却完全是另一种风格，我只能说是巾帼不让须眉。”罗大纮道。

“死去原知万事空，但悲不见九州同。王师北定中原日，家祭无忘告乃翁。”袁宗道吟诵一首陆游的七绝后，问道，“此诗无真情吗？”

“吟之令人泣下。”罗大纮道。

“公鼐兄愿听我吟诵否？”袁宗道问。

“伯修兄不是一直在吟诵吗？”罗大纮道。

“我意，吟一长诗。”袁宗道说。

“好啊。”罗大纮道。

他对听人吟诗没有太大兴趣，说好，无非是想随口又能吟出多长的诗呢？谁知，袁宗道随口吟出一首不短的诗篇：

本自吴越冶游郎，结交燕蓟少年场。长裾不曳朱门里，樗蒲大叫青楼旁。被酒目摄羽林骑，拥金作使邯郸倡。弟畜灌夫，师事田光。

得意一言，失意一言；相怨一方，相慕一方。男儿过逢好惊座，世事龌龊宁陆梁。

姓名何须借轻薄，出处未须论侯王。亲知犹向隅，有钱徒充囊。

仇家犹戴天，有客徒满堂。猛虎可值，俗子莫当。平生片心照秋水，明日报恩还故乡。

与其说是长诗，不如说是长短句更恰当。

“如何？”袁宗道问。

“吟得好，我就喜欢听楚人以湘楚之音吟诗。”罗大纮道。

“我问公廓兄，诗写得如何。”袁宗道说。

“写得也好！得意一言，失意一言；相怨一方，相羡一方。侠客心境，尽显眼前。”罗大纮道。

“公廓兄听出来，此诗是写侠客的？”袁宗道似感意外。

“弟畜灌夫，师事田光。怎会听不出来！”罗大纮虽然这么说，心里还是没底，他问，“伯修兄，我说的对否？”

“公廓兄说得对，此诗题目是《侠客行，为子与赠吴生》。”袁宗道告诉他。

“子与，是天目山人？”罗大纮问。

徐中行字子与，号天目山人，是后七子之一。

“是他。”袁宗道点头。

“子与先生以诗名，却求诗于他人，这个他人定非俗辈。”罗大纮说。

“这个他人，白雪楼主也。”袁宗道又告诉他。李攀龙归乡，筑白雪楼，大概是取阳春白雪之意。

“原来是后七子中的领袖人物，难怪！”罗大纮道。

“李、王主复古，公廓兄看，此诗是古意，还是今意？”袁宗道问。

“我看，古意有，今意亦有。”罗大纮说。

“古意谓何？”袁宗道问。

“听伯修兄吟来，颇似李太白《侠客行》。”罗大纮说。

“今意谓何？”袁宗道又问。

“得意一言，失意一言；相怨一方，相羡一方，怎么听，怎么像是今人的语言。”罗大纮说。

“公廓兄看，复古大师之诗，也不会少今人语言，”袁宗道说着，问道，“我再谓文必西汉、诗必盛唐不对，公廓兄还有何话说？”

“无话可说。”罗大纮这时只想脱身，有话也不想说。

“白乐天的诗，苏东坡的文章，公廓兄是不是该多读一些呀？”袁宗道前话再提。

“是。”罗大纮应道。

“是不是该多花些工夫读？”袁宗道问。

“是。”罗大纮应道。

“通阅一遍，也值得吧？”袁宗道问。

“值得。”罗大纮应道。

“公鼐兄打算几多日内通阅一遍？”袁宗道问。

罗大纮不能再敷衍，他随便说个天数，说不定袁宗道真会克期检查。

“伯修兄和中郎、小修，在公安是不是被称作三袁？”他把话岔开。

“不止公安，别处也有这样称呼的。”袁宗道说。

“我敢断言，不日之后，天下均知公安有三袁。”罗大纮道。

“我虽难成大气候，使宏道、中道扬名，此固我之愿。”袁宗道说。

“伯修兄可知，我有何愿？”罗大纮问。

“这却不知。”袁宗道摇头。

“我愿天下均知公安有三袁时，亦知吉水有三罗。”罗大纮道。

“公鼐兄亦有仲、叔二弟？”袁宗道有些意外地问。

“无，”罗大纮道，“即便有，也无成名之望。”

“那么，公鼐兄说的三罗是指——”袁宗道问。

“第一个，罗公一峰先生。”罗大纮说着，伸出一指。

“哎呀，一峰先生可是百年前的名翰林。”袁宗道说。

“第二个，罗公念庵先生。”罗大纮说着，又伸出一指。

“念庵先生也是五十年前的名翰林。”袁宗道说。

“在下所愿，能成为第三人。”罗大纮说着，指指自己。

“公鼐兄志向远大。”袁宗道竖起拇指赞道。

罗大纮说的前二罗：罗伦是成化二年的状元，罗洪先是嘉靖八年的状元。他欲跻身他二人之列，为第三罗，所以袁宗道称他志向远大；同时，又有所惑：彼二人皆状元，你难道想再赴一次会试？

罗大纮觉察出他的困惑，说道：“伯修兄应该知道，他二位虽则都是翰林出身，却非以文名。尤其是一峰先生，非以文名。”

“这我当然知道，”袁宗道点头，“一峰先生是以极论大学士李南阳夺情之非，而名扬天下的。”（李南阳即李贤，罗伦论劾李贤，详见《成化皇帝全传》第一部。）

“论劾大臣，本该是科、道的职责；百余年来，却是一峰先生独秀。”罗大纮终于说出他的本意。

袁宗道不再劝说他读白乐天的诗，不再劝说他读苏东坡的文，不再和他探讨诗、文复古之是非，而是只说一句：“公鼐兄既用心于兹，定当成功于兹。”

罗大纮和袁宗道别过，匆匆而去。他觉得，有更要紧的事等他去做。

第二百零八章

申时行坐卧不安，每隔喝一盏茶的工夫，就问一遍：用懋还没回来吗？可见他等待的心情有多迫切。等家仆禀报申用懋已回家，他又吩咐：让他先去更衣吧；然后吩咐：让他先去洗脸吧；然后吩咐：让他先去饮杯茶吧。

正好申用懋也需要让自己安静下来，再见父亲。

等到父子两人真面对面地坐着，一时又找不出话说。

“刑部没事吧？”申时行竟用一句毫不相干的话打破沉默。

“没事。”申用懋说。他中第之后在刑部试职，先是观政，然后实授主事，现在升至员外郎。

“抄来否？”申时行问得虽含糊，但已转到正题。

“抄来。”申用懋道。

“拿给我看。”申时行说着，伸出手来。

“是。”申用懋应着，从袖口取出一摞纸来，递给父亲。

申时行看一眼，责道：“怎抄得如此混乱！”

申用懋抄来的是礼科给事中罗大纮的奏疏，按照他的本意，的确不想让父亲看。但他不能明着说；明着说，父亲一定更急着要看，而且，心情一定会变得更坏。

“疏写得混乱，只好抄得混乱。”他说。

“你是不想让我看吧？你是怕我看过后，承受不了吧？用懋，你也不想想，在朝廷修炼这么多年，在阁中修炼这么多年，怎样的风浪没经历过，还怕读一两篇参本！”申时行道。

“是儿子多虑，”申用懋认错，“儿子明天再去工工整整抄写一份，拿回来给父亲看。”

“那倒不必，”申时行道，“我看不清楚，写字的人就在面前，也看不清楚吗？你读给我听吧。”

“好。”申用懋应一声，读道，“臣于本月——”

“用懋，”申时行叫住他，问道，“是罗公廓的奏疏吗？”

“是。”申用懋说。

“你不是从头抄来的吗？”申用懋问。

“儿子是从头抄来的。”申用懋说。

“既从头抄来，为何不从头读起？”申时行责备。

“儿子是——”申用懋想说是从头读的，但马上醒悟，父亲问的是篇头。他说，“污秽之词，聚于一句，读它作甚！”

“不为听污秽之词，我何必让用懋抄来！”申时行道。

申用懋知道躲不过去，吸一口长气，只想在一口气内把篇头读完。

申时行好像看穿他的心思，问道：“是四六句，还是四四句？”

一般奏疏，都采用四六句式，或四四句式来开篇。

“是四四句。”申用懋说。

“四字一顿，慢慢读。”申时行吩咐。

“憸佞病臣，依违固宠，私揭欺君，匿旨玩法，踪迹潜危，蓄心叵测。”申用懋不仅读得慢，而且，一字一字吐得极为清晰。读罢停下，看父亲有没话说。

“难得他还承认我是病臣。”申时行既是讽刺罗大纮又是自嘲地说。

“他用病臣二字，未必是好意。”申用懋道。

“怎讲？”申时行问。

“即便非依违固宠，非私揭欺君，非匿旨玩法，非踪迹潜危，非蓄心叵测，仅凭病臣二字，父亲也不宜再居其位。”申用懋说。

“不错，你可以这样理解。”申时行道。

“莫非父亲还有别的理解？”申用懋问。

“当然，”申时行道，“我既有病，他参劾我的事，就不是依违固宠，不是私揭欺君，不是匿旨玩法，不是踪迹潜违，不是蓄心叵测，而仅仅是因为我有病。”

“他会蠢到用一句病臣，否定所有的污秽之词？”申用懋表示怀疑。

“他当然不会蠢到这等地步，”申时行道，“所以，病臣前面他又加憸佞二字。即便我不是依违固宠，不是私揭欺君，不是匿旨玩法，不是踪迹潜危，不是蓄心叵测，也是不容于朝中的憸佞之徒。”

“绕个圈子，不还是说父亲不宜再居其位。”申用懋道。

“不错，是殊途同归。”申时行说。

“但他心里应该有数。父亲贵为首辅，不是他一两句话、一两篇疏可以去之。”申用懋道。

“他心里当然有数，”申时行回应一句，又忽问，“用懋，篇首共二十四字，是吧？”

申用懋默算后，应道："是二十四字。"

"除病臣二字，其他二十二个字用来参劾首辅，皆无意义，"申时行道，"说首辅依违固宠，等于说皇上对首辅宠信有加；说首辅私揭欺君，等于说皇上准首辅私揭奏事；说首辅匿旨玩法，等于说皇上会降密旨给首辅；说首辅踪迹潜危，等于说首辅受命于危难；说首辅蓄心叵测，等于说首辅治国有良策。用懋看，是不是皆无意义。"

"还有憸佞二字，父亲不是说有意义吗？"申用懋问。

"在他眼里有意义，在皇上眼里，却毫无意义，"申时行说，"他说阁臣憸佞，皇上反而会觉着他憸佞。打个比方，他手里举个无比硕大的帽子，戴在此人头上也可以，戴在彼人头上也可以；但要戴在此人头上，此人一低头，滑过去，要戴在彼人头上，彼人一低头，滑过去。结果，谁也没戴上。"

"父亲的意思，罗公廓上的是一篇无用的奏疏？"听罢申时行的分析，申用懋不再那么紧张。

"我非此意。"申时行却摇起头来。

"可父亲说——"申用懋又不懂父亲是怎想的。

"我是说，篇首的二十二个字皆无意义，"申时行道，"他后面的疏文，若是论证我如何固宠，如何欺君，如何玩法，如何潜危，如何叵测，亦无意义。但我知道，他的疏本只落在一件小事上。"说着，问道，"用懋，是不是？"

"是。"申用懋应道。

"我一定要拜读其疏，正是为此。"申时行说着，示意申用懋读下去。

"臣于本月二十二日值科，"申用懋读道，"见内阁所下久病大学士某，辨明阁臣奏牍不宜列名，词甚详细。"

"他不是写的久病大学士某吧？"申时行打断他。

"是，"申用懋应道，"他写的是父亲名讳。"

"后面一定还会提到我的名字，你照读就是。"申时行命道。

"是，"申用懋应一声，接着读道，"至于近事，漫无可否；但云社稷至计，裁自圣衷，毋惑群言。奉圣旨：览卿所奏，朕已悉知。建储之事，已有旨了。卿可安心调摄，即出赞襄，以解朕望想至意。钦此。"

读到这里，他觉着应该稍顿，自己好喘口气，看父亲有没有话说。申时行还真有话说。

"此一段文字中有两个至，用懋可曾留意？"申时行问。

"是有两个至，儿子未特别留意。"申用懋说。

"社稷至计，是我说的，即建储一事，是社稷至计；想望至意，是皇上说的，是要我入阁办事。”申时行道。

“是，”申用懋应一声，说道，“两个意思，儿子都是明白的；只是不明白，父亲为何要儿子留意？”

“既称社稷至计，则我并不以为，建储一事不该从速议处；既谕想望至意，则皇上并不以为，我于建储一事的处置，有何不当。皇上和我在建储一事上是心意相通的，此事不会没有结果。”申时行说。

“两个至字有此深意，儿子始料不及，”申用懋说着，往下读道，“未几，时行遣吏取回揭帖，臣任事不久，未谙故事，狐疑许之，终不自安。乃至逾日稽留，科臣造门索之，斥拒弗授，臣始仓皇无据，甚悔其执之之为是，许之之为非也。”

“用懋可知，罗公廓是哪一科进士？”申时行忽问。

“丙戌科，比儿子晚一科。”申用懋说。

“是几时官礼科给事中的？”申时行问。

“儿子问了问，是上月。”申用懋说。

“任事不久，还真让他找到个好借口！”申时行道。

申用懋还有话要问，但申时行指指他抄来的疏文，让他继续读。

“时行少登巍科，骤历台辅，淹至九载，其受国家之恩，隆天厚地，不足以喻也。而庸臣贱吏，顾忌不为者，而时行甘心焉。此不可解也。时行平生罪状，有不忍言者矣，有不敢言者矣，又有不屑言者矣。”

“不忍言，不敢言，不屑言，我看，这也是一个过渡，他还是要说回揭帖一事。”申时行道。

“父亲说的是，”申用懋应罢，接着读道，“时行身虽在告，而殿、阁之籍未除也。凡翰林改除之奏，时行职名俨然首列，彼固以为未尝弗之是也。何独建储一牍深避如此！人臣事君，同功则让，同过则分。况陛下未尝震怒，无不测之威，有转圜之意；而时行数语，反以阻塞睿听，别异寅恭。苟自献其乞怜之术，而实以遏主上悔悟之萌，此臣之所大恨也。”

申时行做个手势，让申用懋停下来。

“你说，奏请建储，是功是过？”他问。

“是功。”申用懋说。

“不是同功则让吗？我既让，怎又错！”申时行道，并问，“用懋，你说维桢先生、忠伯先生会不会也以为我支遁其词？”

“二位老先生与父亲同阁多年，非小臣所能间之；再者，阁疏之事，他等应比局外之人看得清楚。”申用懋说。

“皇上未尝震怒，无不测之威，罗公廓怎知？”申时行问。

“或是自家揣测，或是道听途说。”申用懋说。

“言官准风闻奏事，真是成也在兹，败也在兹呀。”申时行叹道。

“父亲一连三问，罗公廓的奏疏的确是经不起推敲。儿子看，不必再往下读。”申用懋想就此结束。

“那怎成！”申时行肯定不同意，“如何应对他，我还没盘算好呢。”

“假令阁臣得请，将行庆典而恩泽加焉，时行又曲为之说，以解于人曰：恐上见已之名，有妨册立。是陛下有腹心之托，而时行怀仇雠之疑。使请之而得，则其阳之说行，而明居荣于羽翼；请之而不得，则其阴之说行，而暗收功于侥幸。该时行之窥陛下甚微，而所以取之者甚巧也。”申用懋又读一段。

“用懋可知，听罢这段我是怎想的？”申时行问。

“一派胡言，可憎，可厌！”申用懋说。

“错！”申时行道。

“错？”申用懋不解。

“是错，”申时行道，“他说我有阳、阴之二说，比起说我只有阴之一说，已是给我留足面子。我为何要憎之，厌之？”

“有人说父亲只有阴之一说？”申用懋问。

“是啊！”申时行应道。

“却是谁人？”申用懋想不出父亲所指。

“有人说我倡言上欲易储之说，那不是只有阴之一说吗！”申时行道。

申用懋顿悟：“李邦和无耻，不念师恩，父亲不值得为他寒心。”

李琯字邦和，万历五年进士。

“自江陵柄政之后，门生、座主形同水火，我早已见怪不怪，”申时行说着，转回罗大纮的奏疏，“不过，比较起来，罗公廓说我持阳、阴二说，更让人不堪忍受。”

“我知父亲说他给父亲留足面子，是句气话。”申用懋道。

“后边应该还有让人不堪忍受的话吧？”申时行问。

“是。”申用懋应道。

“怎说的？”申时行问。

“竟将父亲比之卢杞、秦桧。”申用懋有意不把两人的名字说清楚。

“比作谁人？”申时行问。

“比作卢杞、秦桧。”申用懋不得不把字咬清。

卢杞是唐朝奸相，秦桧是宋朝奸相，申用懋以为，罗大纮把父亲比成这两个人，父亲一定会恼怒。他没想到，父亲只是微微一笑。

“父亲为何而笑？”申用懋问。

“笑他又是胡乱一比，”申时行说，“他要证明我卢杞、秦桧也，首先要证明今乱世也。他敢吗！”

“今非乱世也，他断然不敢证明今为乱世。”申用懋说。

“这两句不用读，读后面的吧。”申时行命道。

“是，”申用懋应一声，读道，“本朝辅臣之专且久者，有三人：宣、正间无如杨士奇，嘉靖间无如严嵩，近日无如张居正。夫士奇之度至远也，有功于当时至巨也，其奉公至清且慎也；嵩之宠至优渥也；居正之自任至无所让也。然皆不免于难，何则？势盈者亡，机深者危，能薄而宠禄浮者倾。时行权宠方比二臣，然计功度德，不能百二于士奇；而富倍于严嵩，过深于居正，恐其祸不溢于三相不止也。”

“用懋看，此一段要点何在？”申时行问。

“是不是在个久字？”申用懋反问。

“不错，正在个久字。”申时行道。

“儿子看，罗公廓是黔驴技穷。”申用懋说。

“怎讲？”申时行问。

“杨、严、张三相绝非同类：一则贤，一则奸、一则悍。为言久字，把三相放在一起来说，岂不是黔驴技穷？”申用懋道。

“杨相贤，严氏奸，张相悍，品藻甚是贴切。”申时行称赞一句。

“还有，”申用懋得到鼓励，又说，“以三人之久，来对照父亲；却不知，父亲为相，其实并不久。”

“用懋是随口一说，还是查过？”申时行问。

“儿子阅该疏后，特意查过。”申用懋说。

“杨氏为相几久？”申时行问。

“杨相洪武三十五年入阁，永乐二十二年为首辅，正统九年卒于任，入阁计四十二年，为首辅计二十年。”申用懋说。

“严氏呢？”申时行问。

“严相嘉靖二十一年入阁，嘉靖二十七年为首辅，四十一年罢职，入阁计二十一年，为首辅计十四年。”申用懋说。

“张氏呢？”申时行问。

“张相隆庆元年入阁，隆庆六年为首辅，万历十年卒于任，入阁计十六年，为首辅十年。”申用懋说。

“我呢？”申时行问。

“父亲万历六年入阁，万历十一年为首辅，迄今入阁方十三年，为首辅方八年。”申用懋说。

“用懋有没想过，杨相入阁四十二年，为首辅二十年，严相入阁二十一年，为首辅十四年，已大减；张相入阁十六年，为首辅十年，又大减；我之减于张相，远不如张相之减于严相，更不如严相之减于杨相。这么一比较，为何不可言久！”申时行道。

“这一层儿子却没想过。”申用懋道。

“此疏怎结尾的？”申时行问。

“他说，父亲有四宜罢。”申用懋说。

“是哪四宜罢？”申时行问。

“误国宜罢，欺君宜罢，过盈宜罢，无功宜罢。”申用懋述道。

“此处四宜罢，和前者不忍言、不敢言、不屑言，正好相呼应，”申时行道，又说，“分明是五宜罢，他为何只说四宜罢！”申时行道。

“还有何事宜罢？”申用懋问。

“不是才说，久相宜罢！”申时行道。

“他或许以为，久相亦是过盈。”申用懋说。

“久相亦是过盈，然过盈未必久相，”申时行道，“过盈乃言天子宠信，得天子宠信，哪怕一年，也会让人觉着过盈。”

“父亲说的是。”申用懋应道。

“误国宜罢，欺君宜罢，无功宜罢，我是想都不会想的；但过盈宜罢，久相宜罢，我却会想一想。”申时行说。

“父亲怎想的？”申用懋问。

“宜改一字。”申时行说。

“改哪一字？”申用懋问。

“改用去字。”申时行说。

“父亲是说，过盈宜去，久相宜去？”申用懋问。

“对。”申时行点头应道。

“父亲是说，已盘算好怎样应对？”申用懋问。

“是。”申时行应道。

“父亲是想一去了之？”申用懋又问。

“是。”申时行应道。

“儿子听父亲批驳此疏，纵横捭阖，游刃有余；为何却着落在去官上？”申用懋不解地问。

“这不是我忽然想到的。”申时行说。

“却是几时想到的？”申用懋问。

“远者不说，近者，你元驭叔南归时，我就想过：为何去官的又是他，而不是我？”申时行道。

“但父亲那时并未去。”申用懋说。

“内阁总共四人，总不能二人同时而去。”申时行道。

“然后呢？”申用懋问。

“再近者，被李邦和上疏参劾，我又在想：上不见谅于朝廷，外不见谅于门生，或许我真该去官。”申时行道。

“但父亲仍未去。”申用懋说。

“一日既为师，总不能真和他怄气吧？再者，我那时若去，岂不是认可自家倡言上欲易储之说，以示拥立之功？”申时行道。

“然后呢？”申用懋问。

“再近者，则是闻得罗公廓此疏。”申时行道。

“父亲闻得罗公廓此疏，即生去意？”这是申用懋没想到的。

“是。”申时行应道。

“但儿子读到一半时，父亲不是还没盘算好如何应对？”申用懋问。

“是，”申时行应道，“用懋读篇首的二十四个字之后，我改变主意，不想借着他这篇奏疏去官。”

“因为他捧着一顶硕大无比的帽子？”申用懋问。

“是，”申时行应道，“我不想被他这顶帽子砸倒。”

“可父亲最终还是因为这篇奏疏，决意去官。”申用懋说。

“是。”申时行应道。

“又是为何？”申用懋问。

“我忽有所悟。”申时行说。

“父亲悟到何事？”申用懋问。

“我才说，我于此疏在意的是它言及一件小事。”申时行道。

“父亲是说过。”申用懋应道。

“用懋应知，所谓小事，即取回揭帖，是吧？”申时行问。

“是。”申用懋应道。

“用懋说我批驳此疏纵横捭阖、游刃有余；然用懋读罢疏中关乎取回揭帖那一段时，我有没有批驳？”申时行问。

申用懋想了想，说道：“父亲曾言，科臣既非神物，亦非巨兽。”

“那算得上批驳吗？”申时行问。

“应该算不上批驳。”申用懋承认。

“我在意此事，为何却不批驳？”申时行问。

“儿子不知。”申用懋道。他不是一无所知，而是不知该怎么说；既然说不好，不如让父亲说。

“此疏基本上是空话，只有这件小事，是件实事。”申时行说。

“再实，仍是小事，能决定父亲去留？”申用懋问。

“并非决定，而是悟到：不甘被罗公廓手举的硕大帽子砸倒，但为这桩小事而退，是不是可以呢？”申时行道。

“我还是不懂，父亲为何要为这桩小事而退？”申用懋说。

“第一，我才说，这是件实事。”申时行道。

“亦即，取回揭帖，并不肯退还揭帖，是件实事？”申用懋补充道。

“是。”申时行应道。

“那又怎的？”申用懋问。

“第二，这是件错事。”申时行道。

“何谓错事？罗公廓不是也说，他未谙故事，才让父亲取回的？既曰未谙故事，纵然父亲不当取回揭帖，也仅是不合故事而已，并非不合制度。”申用懋辩道。

“但终归是件错事，”申时行说，又说，“第三，既做错事，只得任人揣测。”

“使请之而得，则其阳之说行；请之而不得，则其阴之说行，”申用懋找到这两句话读出来，然后问，“也任他作此揣测？”

“也任他揣测，”申时行道，“虽令人不堪忍受，终归是揣测。”

“父亲之意，宁愿有人揣测？”申用懋问。

“用懋这么说，亦无不可。”申时行道。

揭帖有两种：一是官员上疏时附写的文牍，列有官员姓名、职位、奏疏的简述等；一是内阁大臣不通过通政司径自呈入的奏疏，即所谓密揭。阁臣准上密揭，非祖宗制度，而是皇帝给予的特权。一般奏疏也需要本人签署，但由别人代为签署，也是经常会有的事；而阁臣密揭，则必须由本人签署。也就是说，阁臣们通过通政司呈入的奏疏，某阁臣可以声称并不知情，而径自呈入的密揭，则没有理由说不知情。

罗大纮参劾申时行，以及黄正宾参劾申时行，都是抓住他取回揭帖一事不放。

九月十二日，申时行乞罢，许驰驿归。五天之前，许国已致仕。

九月十五日，赵志皋以礼部尚书兼东阁大学士，张位以吏部侍郎兼东阁大学士，入阁办事。

第二百零九章

工部尚书曾同亨每日出家门上朝，或去衙门，以及散衙后回家，都要走一段长安街。最方便的一条路线是进出长安左门；也就是说，上朝或上衙时进长安左门，回家时出长安左门。他的轿子每天都在门外候他。

这条路走惯，从没出过差错。但十月初一日，当他从神宫监旁的小路穿过，从东侧的小桥经过金水河时，发现情形有些不对。在承天门前、长安左门和长安右门之间的原本空旷的场地，聚集着不下百余名的军士。这让他怀疑自己今天是不是走错路。

他只有往前走，不能再从桥上走回去。这个时辰，往宫禁的方向走去，肯定会遭遇守卫宫城的官校和内臣的盘查。

几名聚集的军士，向着他这个方向指指点点，明显的是在议论他。他只当没看见，低头往军士们聚集处走过去。他的脚步不能加快，让他们看出他有奔逃的意图；也不能放得太慢，让他们看出他的迟疑。他们为什么会聚集在这里，对他来说，已经不重要；他只盼着他们不要阻拦，让他从容通过。

很幸运，他从军士们聚集的边缘地带经过，没有受到阻拦。他真恨不得吐出一口长气。

“曾大人吗？”身后忽然有人问。

他稍一迟疑，放慢脚步。不用看，他也估计得出，问他话的，一定是方才对他指指点点的那几名军士中的一个。

“是曾大人吗？”后面的人又问。

他不得不停下来，转过身去。

“果然是曾大人。”方才在他身后，现在与他面对面的军士说。

“这是——”曾同亨问。

“在等曾大人。”该军士说着，从几名军士站的地方往前走两步。那几名军士站的位置，在所有的军士中已经很突出；而他站的位置，更加突出。

“你在等我？”曾同亨问。

“我等都在等你。”该军士说。

话一出口，所有的军士都开始挪动。已经穿越过军士们的曾同亨，重新又被军士们挡在里面。

“你等找我何事？”曾同亨问。

“问曾大人个事。”该军士说。

“问吧。”反正走不掉，曾同亨干脆大大方方和他对话。

“曾大人官工部尚书吧？”该军士问。

“是。”曾同亨应道。

“曾大人兼署兵部？”该军士问。

“不兼。”曾同亨道，又说，“大司马已得其人。”

前兵部尚书王一鹗八月致仕，廷推石星接掌兵部。

“曾大人兼署户部？”该军士又问。

“不兼。”曾同亨道，又说，“大司徒亦得人。”

石星接掌兵部后，空缺的户部尚书一职，由杨俊民接任。

“原来曾大人只掌工部，不兼署兵部、户部。”该军士略带讥讽地说。

“是。”曾同亨应道。

“那么，曾大人仅支工部尚书的月俸。”该军士道。

“兼署兵部尚书、户部尚书，也仅支一尚书月俸。”曾同亨告诉他。

“尚书月俸，不知是几多？”该军士问。

“尚书正二品，月俸六十一石。”曾同亨说。

“大人的月俸以石计呀！”该军士呼道。

他一呼，别的军士此起彼伏，也都呼叫起来。

“粮不都以石计吗？”曾同亨不理解他们为什么大呼小叫。

“曾大人不知，粮还以斗计吧？”该军士问。

“十斗一石，怎会不知！”曾同亨道。

“曾大人也知，粮还以升计？”该军士问。

“十升一斗，怎会不知！”曾同亨道。

“曾大人可知，我等月粮，以何而计？”该军士问。

“也是以石计吧？”曾同亨道。

“大人说的是，也是以石计，”该军士说着，问道，“曾大人可知，我等到手的月粮，其实是以升、斗计的？”

“是吗？”曾同亨不是不信，而是习惯性地问一句。

“以斗计是好的，往往是以升计。”旁边有军士说。

“别说往往，以后可能都要以升计。”又有军士说。

然后，说话的军士越来越多，已经听不清他们在说什么。

一直和曾同亨对话的军士，威望很高。他手一挥，军士们都闭上嘴。

“曾大人月俸六十一石，家中很充裕吧？”该军士问。

“才不是！”曾同亨道，“拿我来说，仅在京中要养活的，大小十几口；除了吃饭，还要穿衣，还要吃盐、吃油，还要铺褥、盖被。我家江西，又是个穷地方，闹起饥荒，还得接济。你说，怎会充裕！”

“我是四口之家，倒没十几口要养活。”该军士说。

“六十一石月俸要是给大哥，过的是啥日子？”旁边有人打趣地问。

“别说六十一石月俸，若有六石一斗月俸，不美死！”另一军士说。

“也就你这薄福之人会美死，拿六石一斗的月俸，我还要好好享受享受呢。”又一军士说。

“六十一石月俸，六石一斗月俸，都是梦话！不如想想，如何保住一斗或六升的月粮吧。”又一军士说。

和曾同亨对话的军士抓住这句话，又和曾同亨说起来。

“曾大人听到他们的话吧？”他问。

曾同亨点点头，反问：“你等不会一斗、六升月粮都拿不到吧？”

“本来是可以拿到的。”该军士说。

“而今却拿不到吗？这是为何？”曾同亨问。

该军士像听到一句无法理解的话，或不可理喻的话，瞪大眼睛看着他。其他军士也像听到一句无法理解的话，或不可理喻的话，一起瞪大眼睛看着他。他被看得心里发虚，心里发毛。

“我不该问吧？”曾同亨问。

“大人是不该问。”该军士道。

“好，我不再问。”曾同亨说着，小心翼翼地问，“诸位还有事吗？”

“我等没事，大人也没事吗？”该军士反问。

曾同亨看着他，像听到一句无法理解的话。

“大人不再问吗？”该军士又问。

“不是不该问吗？”曾同亨道。

“大人不该问，本该拿到的月粮，为何拿不到；却不妨问一问，本该拿到的月粮，怎样才可以拿到。”该军士说。

“好，我就问问：本该拿到的月粮，怎样才可以拿到？”曾同亨重复他的话。

“曾大人收回所奏，我等就可以拿到本该拿到的月粮。”该军士说。

“我收回所奏，你就可以拿到本该拿到的月粮？”曾同亨并不怀疑自己听错，只是想问一遍。

但他的确听错。该军士说：“不是我可以拿到，是我等都可以拿到。”

说着，他随便指指几名军士。

“是，大人收回所奏，我等都可以拿到本该拿到的月粮。”被他指到的军士齐声说。

“大人收回所奏，我等都可以拿到本该拿到的月粮。”众军士齐道。

“诸位让我想想。”曾同亨做个手势，让军士们安静下来。

但众军士吵嚷得更厉害。和曾同亨对话的军士做个手势，他们才安静下来。

“你的意思，他等的意思，我曾上一疏，朝廷于是削减你等的月粮，”曾同亨说着，问他，“是吧？”

“是。”该军士应道。

“可军中削减月粮，是该户部议的，该兵部议的呀。”曾同亨道。

“我知是该兵部议的，该户部议的。”该军士冷冷地说。

“可我并未署户部事，并未署兵部事呀！”曾同亨道。

“大人的意思，未兼署户部，就不会言户部事；未兼署兵部，就不会言兵部事？”该军士冷冷地问。

“那却未必，”曾同亨道，“未兼署户部，亦可言户部事；未兼署兵部，亦可言兵部事。但削减你等月粮之事，非我所奏；老实说，朝廷要削减你等月粮，在我是闻所未闻。”

“真不是大人奏请于朝？”该军士问。

“真不是。”曾同亨态度诚恳地说。

“大人真是闻所未闻？”该军士又问。

“真是闻所未闻。”曾同亨态度更加诚恳地说。

“你等信否？”该军士问众军士。

“难以置信。”一部分军士道。

“难以置信怎办？”该军士问。

“求证之。”这一部分军士道。

“向谁人求证？”该军士问。

“向兵部求证。”有军士说。

“向户部求证。”又有军士说。

“向阁老求证。”又有军士说。

“你等信否？”该军士问刚才没开口的军士。

“全然不信。”另一部分军士说。

“全然不信怎办？”该军士问。

“让他去兵部讨个证明。”有军士说。

“让他去户部讨个证明。”又有军士说。

“让他去内阁讨个说法。”又有军士说。

“是你等去兵部、去户部、去内阁求证好，还是让他自家去兵部、去户部、去内阁求证好？”该军士问前一部分军士。

“让他自家去好！”前一部分军士齐道。

“让他自家去兵部、去户部、去内阁求证，你等去不去？”该军士又问后一部分军士。

“我等同去！”后一部分军士道。

“你等不信，可以去问，我不会去的。”曾同亨喃喃地说。

“曾大人的话，你等听清楚没有？”该军士问。

“已听清楚。”众军士齐应道。

“他不肯去，怎办？”该军士问。

“恭请！”一部分军士道。

“仍不去呢？”该军士问。

“再恭请！”这一部分军士道。

“你等说呢？”该军士问另一部分军士。

“大人轿子在外，抬他去！”另一部分军士道。

“大人不肯上轿呢？”该军士问。

“拉他上！”这一部分军士道。

“你等说，恭请他去好，还是抬他去好？”该军士问前一部分军士。

“抬他去好。”前一部分军士说。

“你等谁愿去抬大人的轿子？”该军士问后一部分军士。

“我等皆愿去抬轿子！”后一部分军士纷纷应道。

眼看着有两名军士出长安左门外，把接曾同亨的轿子抬进来。眼看着几名军士步步逼近曾同亨，只等和他对话的军士一个手势，一个眼神，就会把他拉进轿里。眼看着众军士一等他进轿，就会簇拥他而去。忽然，喧闹的场面静下来。和曾同亨对话的军士手臂停留在空中，抬轿子的军士放下轿子，步步逼近的军士改进为退，众军士放弃任何举动。

曾同亨的第一个念头是：偌多军士聚集在这里，守卫宫城的官校和内臣，可能要干预。他往承天门那个方向看看，但那边没有任何动静。

他发现，军士们的目光游移不定，但最终都锁定在东侧的金水桥上。他也向那里瞥一眼。这一瞥让他明白，众军士为何都静下来。

兵部尚书石星正从最东侧金水桥的高处往下走。作为朝廷主管军政的最高长官，兵部尚书在军士们面前自有别官所不具备的威严。

“拱宸兄！”曾同亨高呼一声，快步向他走去。

这次，没人阻拦，也没人恶语相加。

“让于野兄受惊，”石星远远地就安抚道。从话语里听得出，曾同亨被阻一事，他已得知，多半是守卫宫城的官校告诉的。但等曾同亨走到面前，他还是问句，“于野兄，怎么一回事？”

曾同亨字于野，江西吉水人，和石星同是嘉靖三十八年进士。

“他等要送我去受讯。”他说。

“受讯？去哪里受讯？”石星问。

“去拱宸兄处。”曾同亨说。

“去我处受讯？”石星忍不住想笑，“兵书讯工书，谁个想得出来！”

“是这位好汉。”曾同亨在人群里找出和他对话的军士。

“你过来。”石星向该军士招手。

“卑职不能往前走。”该军士说。

“为何不能往前走？”石星问。

“守门的公公说过，”该军士说着，往承天门的方向一指，“我等有事，只准在这里说，再往前走一步，他等就要干涉。”

原来是和守宫城的官校、太监打过招呼，怪不得曾同亨被困偌久，不见一人过来解围。

“真乃怪事！”石星道，“你等不是要送曾大人去兵部吗？不往前走，怎到兵部衙门！”

“卑职们打算绕宫城外走的。”该军士说。

“碰巧我来，倒省去你等不少气力！”石星冷笑道，又对曾同亨说，“于野兄若不在意，一同走过去吧。”

“和拱宸兄同去，我不在意。”曾同亨说。

二人走到众军士面前，众军士无不收敛。石星看看这名军士，这名军士报以一笑；看看那名军士，那名军士低下头。

“送曾大人去兵部受讯，是你的主意？”石星问领头的军士。

“是众人的主意。”该军士说。

“众人的主意，却是你在发号施令，是吧？”石星问。

“卑职顺应军心而已，不敢发号施令。”该军士说。

“于野兄，你听他的口气大不大！”石星冷笑道，“我不敢，我看我的前任们也不敢，以顺应军心自诩，他却敢！”

“卑职不学，话说得不对，大人见谅。”该军士躬身道。

“拱宸兄何不问问，要我去兵部受讯何事？”曾同亨提议。

“是啊，你等为何事要送曾大人去兵部受讯？”石星问。

“曾大人奏减卑职们的月粮。”该军士说。

“于野兄，可有此事？”石星问曾同亨。

“有无此事，拱宸兄还不知！”曾同亨道。

“我记得，并无此事，”石星说，“我想，于野兄若要奏减武臣月粮，无论如何会和我打个招呼。”

“岂止是打招呼！”曾同亨道，“我若以为武臣月粮当减，首先会请拱臣兄疏陈；拱宸兄不肯，我也要斟酌再三，才会上疏。”

“你听到吗？”石星问先和曾同亨对话、又和他对话的军士。

“卑职听到。”该军士应道。

“你还有何话可说？”石星问。

“曾大人的话，卑职等原本该信的；但卑职等得到的消息，连曾大人上疏的日子都说得一清二楚，卑职等不得不信。”该军士说。

“说的是哪一日？”曾同亨忙问。

“两日之前。”该军士说。

“确定吗？”曾同亨问。

“确定。”该军士应道。

“可见是谬传，”曾同亨道，“我最近上疏，是在五日之前，而不是在两日之前。”

“此事我可以作证，”石星马上说，“我也记得，于野兄这两日并未上疏；我还记得，于野兄五日之前上疏，是请汰滥增内臣。”说着，问曾同亨，“于野兄，是吧？”

“是，”曾同亨应一声，说道，“再早，我曾奏请清理内府工匠，朝廷如言，汰二千五百余人。我以为，这次朝廷也会如言汰滥增内臣。可惜，同一个汰字，结果全然不同；汰内臣一事，毫无消息。”

“你听到吗？”石星问和他对话的军士。

“卑职听到。”该军士应道。

“你等听到吗？”石星问其他军士。

“卑职等听到。”其他军士齐应道。

“请汰工匠，和你有关吗？”石星问该军士。

“和卑职无关。”该军士道。

“和你等有关吗？”石星问其他军士。

“和卑职等无关。”其他军士齐道。

“请汰内臣，和你有关吗？”石星又问该军士。

“和卑职无关。”该军士道。

“和你等有关吗？”石星又问其他军士。

“和卑职等无关。”其他军士齐道。

“请汰工匠，请汰内臣，和你等无关；曾大人并未奏减武臣月粮，我可以作证。我的证言，你等不会不信吧？”石星问。

“大人的话，卑职不敢不信。”该军士说。

“大人的话，卑职等不敢不信。”其他军士齐道。

“既如此，你等向曾大人道个歉，散去吧。”石星息事宁人地说。

“向曾大人道歉可以，卑职等却不能散去。”该军士说。

“还有何事？”石星问。

“曾大人未曾奏减卑职等月粮，卑职等可以信；但有位曾大人，曾奏减卑职等月粮，却是不争之事，还请大人为卑职等作主，”该军士说着，问道，“大人，朝中是不是还有一位曾大人？”

“有哇，”石星道，“曾大人的胞弟就在朝中为官。”

“拱宸兄提到乾亨，我倒是想起，两天前他曾呈进一疏。”曾同亨说。

曾乾亨字于建，万历五年进士，官光禄少卿，受命兼监察御史，巡视大同边务。说起他的奏疏，石星应该比曾同亨更清楚。

“于野兄是说，于建从大同呈进的奏疏？”石星问。

“是。”曾同亨应道。

“你听到吗？”石星问和他对话的军士。

“卑职听到。”该军士应道。

“你等听到吗？”石星问其他军士。

“卑职等听到。”其他军士齐应道。

“大同的事，和你有关吗？”石星又问该军士。

“和卑职无关，不过——”该军士虽然说无关，但还有话说。

石星没让他说，又问其他军士：“和你等有关吗？”

“和卑职等无关。”其他军士齐道。

“你还有何话说？”石星问回和他对话的军士。

“不知另一位曾大人奏于朝的是何事？”该军士问。

“和你有关吗？”石星反问，并说，“和兵部无关的奏请，我都不敢过问，你倒来过问！”

“是卑职妄言，大人息怒，”该军士话说得不卑不亢，但并不等于他放弃询问。他问，“另一位曾大人的奏请，是不是和兵部无关？”

“巡视大同所奏之事，肯定和兵部有关。”石星说。

“大人是知道的？”该军士问。

“是。”石星应道。

“卑职只是在想，另一位曾大人所奏请的事，或会连带着削减卑职们的月粮。”该军士说。

“另一位曾大人奏劾大同总兵官以下十余人，不职当斥，及大同土兵量留二百，余者尽汰，”石星说着，问道，“此事和你有关吗？”

“和卑职无关。”该军士道。

“和你等有关吗？”石星问其他军士。

“和卑职等无关。”其他军士道。

“曾大人贤昆仲都未损害你等，你却如此冒犯曾大人，该当何罪！”石星对该军士喝道。

“卑职知罪，但乞曾大人宽恕。”该军士道。

“你等该当何罪！”石星对其他军士喝道。

“卑职等知罪，但乞曾大人宽恕。”其他军士齐道。

“卑职向曾大人请罪，并即刻离开。”该军士又说。

“卑职等向曾大人请罪，并即刻散去。”其他军士齐道。

他们让开一条路，恭送两名尚书出长安左门。曾同亨乘坐的那顶轿子，再由两名军士抬出去。

第二百一十章

万历二十年的上元节一过，朝廷忽然热闹起来。

先是礼科都给事中李献可上疏，请豫教皇长子。他写道：元子年十有一矣。豫教之典当及首春举行。倘谓内庭足可诵读，近侍亦堪辅导，则禁闼幽闲，岂若外朝之清肃；内臣忠敬，何如师保之尊严？

皇帝怒，命贬一秩调外。

皇帝的御批被首辅王家屏封还，皇帝益怒，痛责王家屏：径驳御批，故激朕怒。王家屏以疾请辞，不入值内阁。

接着，吏科都给事中锺羽正上疏，竟说：献可之疏，臣实赞成之，请与献可同谪。

该科给事中舒弘绪亦言：言官可罪，豫教必不可不行。

皇帝命出舒弘绪南京，锺羽正和李献可一起谪远方杂职。锺羽正既然提出愿与李献可同谪，皇帝没理由不成全他。

次辅赵志皋申救。皇帝谕曰：家屏希名托疾，卿无效尤。

接着，吏科右给事中陈尚象争言其事，被斥为民。

接着，户科左给事中孟养浩、礼科左给事中叶初春、御史邹德泳，及户科都给事中丁懋逊、兵科都给事中张栋、刑科都给事中吴之佳、工科都给事中杨其休，各上疏申救。

皇帝愤怒已极，命廷杖孟养浩百，除名；其他六人各贬一秩，出外。

接着，礼部员外郎董嗣成、御史贾名儒疏争，御史陈禹谟、吏科左给事中李周策诤谏。

皇帝命夺董嗣成官职，谪贾名儒边方，停陈禹谟、李周策俸。同时，前已处分的邹德泳、丁懋逊等加重处罚，一概削籍。

内阁只有一个张位没被诘责，礼部尚书李长春希望内阁还有一人“清白”，抢先上疏为众臣辩解。他是去秋于慎行致仕后接掌礼部的。

诘责王家屏、赵志皋，皇帝都是命张诚去的；诘责李长春可以不让张诚去，但皇帝为表示对礼部的重视，还是决定差他去。

“你问他，朕处分一二言官，他非要出面说话吗！”皇帝命道。

“是。”张诚应道。

“大伴猜，他会怎说？”皇帝问。

“奴才想，他会说：科、道妄议，固当罪，唯愿皇上恕之。”张诚说。

“大伴猜，他会怎想？”皇帝又问。

“奴才猜不到。”张诚说。

“他会不会想，朕说处分一二言官，说得不对？”皇帝倒猜到李长春的一个想法。

“爷的话，怎会不对！”张诚道。

“你还别说，朕都在想，那句话是不是说得不对，”皇帝说着，举一例，“譬如，被处分的分明有一礼部官，朕却只说处分言官。”

“被处分的官员计十五人，其中十四人是科、道官；礼部属官一人，可忽略不计。”张诚说。

“大伴算是十五人？”皇帝问。

“奴才没算过，”张诚道，“是前次去内阁，赵先生说，才一开年，即处分言官十一人，恐阻言路。这次又处分四官，奴才才说是十五人。”

“那李尚书会不会想：处分十五人，却说处分一二言官，说得未免太轻巧？”皇帝又问。

“爷虑的是，”张诚说着，提议，“要不，奴才传谕，不说处分一二言官，改说处分数人？”

“朕才不虑呢，你仍说处分一二言官！”皇帝道。

“是。”张诚应道。

“但朕不会让他有工夫想，朕说处分一二言官有没有说错，”皇帝说着，指指御案，“朕手写几件事，你拿去问他；你对他说，大臣有许多正经事做，礼卿有许多正经事做，别和科、道官一起来烦渎。”

“奴才领旨。”张诚应道。

张诚再回到文华殿时，皇帝才睡醒午觉，精神正好。

“问过李尚书没有？”皇帝问。

“奴才已照爷的手谕问过。”张诚说。

“三件事，他说上来几件？”皇帝问。

“爷垂询今朝鲜国王是谁人，他说上来。”张诚道。

“他说是谁人？”皇帝问。

“是李昖。”张诚道。

“李昖报倭将犯朝鲜，是在几时？”皇帝问。

“他说，是去岁十一月。”张诚道。

“是几日？”皇帝问。

“他没说上来。”张诚道。

“亦即，此事他只说上来一半。”皇帝说。

“爷说的是。”张诚应道。

“第三事呢？他说上来几多？”皇帝问。

“一句未说。”张诚道。

“身为大宗伯，倭国之事他竟一无所知？”皇帝颇为吃惊。

“他是不是一无所知，奴才也说不好。”张诚道。

“你不是说他一句未说吗！”皇帝责怪他前后矛盾。

“他是一句未说，但他推荐给奴才一篇文章读。”张诚说。

“是何文章？”皇帝问。

“《倭志》。”张诚道。

“谁个写的？”皇帝问。

“前南京刑部尚书王世贞。”张诚道。

“闻得此人学识渊博，他的文章倒可以一读。”皇帝说。

“爷说的是，奴才也听说此人学问好。”张诚道。

接下来，是不是读王世贞的文章，皇帝不开金口，张诚不敢擅作主张。过了一会儿，皇帝才问：“文章找到没有？”

“奴才已找到，”张诚说着，从袖口里取出几页纸，“礼部恰好有手抄的该文，奴才向李尚书讨来。”

“看来，朝鲜国王报来倭情，礼卿并非全不在意。”皇帝道。

“爷说的是。”张诚应着，欲将文章呈与皇帝御览。

“别给朕看，你读给朕听。”皇帝命道。

“是，”张诚应一声，读道，“日本，古倭奴国，在大海中。于闽、浙为东北隅。其国主以王为姓，世世不易。文武官僚亦然。有五畿、七道，统郡五百七十三。”

“有几多郡？”皇帝问。

“五百七十三郡。”张诚道。

“那不比我中华还多好几倍！”皇帝惊呼。

张诚知道，皇帝是把倭国的郡当成我朝的府。说起来，皇帝的理解没错，今人常以古时的郡喻今日的府。但倭国的郡并不同于我中华古时的郡，以大小而言，甚至把它译成县都不合适。

“倭国的郡甚小，大者不过我中国一村落而已。”张诚说。

“郡小如此，其州、其县，岂不更小！”皇帝道。

“倭国和我中华的建置不同，”张诚说，“我中华建置，州、县在府之下；倭国建置，郡在州之下。说起来，倭国建制似更合古意。”

“怎见得更合古意？”皇帝问。

“我中国远古，天下分为九州，设郡应在州下。”张诚说。

“言之有理，”皇帝道，“怪不得琉球贡使、我闽抚及朝鲜李王皆称，倭人平秀吉兼并六十余州，似乎是很了不得的事。原来在倭国，州比郡大得多。”说罢，命道，“大伴再读！”

“户可七万余，课丁八十八万三千有奇。”张诚读道。

“朕登极以来，以哪年的户数、丁口最为准确？”皇帝问。

“万历六年。”张诚道。

“户数几多？”皇帝问。

“一千又六十二万余。”张诚道。

“丁口几多？”皇帝问。

“六千又六十九万余。”张诚道。

“亦即，我之户数，百余倍于倭国；我之丁口，七十倍于倭国。”皇帝很快计算出来。

“爷算得真快，”张诚回应一句后，接着读道，“自元师讨日本者没于水，不得志，日本亦绝不复来贡。高帝初，遣使臣赵秩谕降之，僧祖朝来贡方物。十三年，丞相胡唯庸谋叛，令伏精兵贡艘中，计以表里胁上；既不遂，掠库物乘风而遁。会事露，悉诛其卒，而发僧使于陕西、四川各寺中；并着训示后世，绝不与通。于是，遣信国公汤和等沿海规划，自南直隶、山东、浙江、福建、广东、广西，咸置行都司。以备倭为名，犬羊盘错矣。”

“伏精兵贡艘中，欲里应外合，胁迫我太祖高皇帝，是否真有其事？”皇帝问。

“奴才少时，曾闻故老言胡唯庸谋叛事；至于是否勾结日本贡使，奴才不敢断言。”张诚道。

“王世贞却写得很肯定。”皇帝说。

“是，”张诚应道，并说，“所以，称赞王世贞学问的人固有；称其记述本朝史多不可信者，亦多。”

“但信国公规划沿海备倭，应该是实。”皇帝又说。

“爷说的是，”张诚应道，“闽抚初报倭情时，奴才曾问过兵部官员。他们说，汤和当年在浙西、浙东共建卫所、城镇五十九处。”

皇帝点点头，问道：“洪武中绝倭贡，再贡是在永乐年间吧？”

“是，”张诚应道。他知道，皇帝是在示意他，可以继续往下读，于是读道，“永乐初，太监郑和等赍赏谕诸海国，日本首先归附，诏厚赍之，封其镇山，赐勘合百道。与之期，期十年一贡。亡何，三千人犯辽东，为都督刘江所破，杀无噍类。自是敛迹，不敢大为寇。而小小抄盗亦不绝，或其主不知也。其贡则恒多先期而至，要以利中国给赍，与互市为利耳。”

“北边套虏不敢大寇，小小抄盗不绝，没有影响鞑靼人入贡；倭人不敢大寇，小小抄道不绝，应该也不影响倭人入贡。”皇帝插话。

“爷说的是。”张诚应道。

“但不敢大寇，小小抄盗不绝，至皇祖考时而终，是吧？”皇帝问。

“是，”张诚应道。并读王世贞下一段文章，来回答皇帝的问题，“嘉靖初，其主幼冲，不能治群臣。右京兆大夫高贡，使宋素卿贡；亡何，左京兆大夫内艺兴遣宗社贡。咸强请勘合，后先至宁波，争长不相下。宗社众盛于宋素卿，遂攻败之。追北至绍兴，躏诸郡县，杀掠以千计。”

“倭贡使二，在我中国仇杀？”皇帝问。

“是。”张诚应道。

“官府未加干预？”皇帝问。

“事后曾干预。”张诚道。

“怎干预的？”皇帝问。

“宋素卿及宗社党羽中林、望古多罗等论死，瘐死狱中。”张诚说。

“宗社呢？”皇帝问。

“已还国，”张诚道，“时有琉球使臣回国，朝廷命传谕日本，擒拿宗社以献，还我海滨被掠之人；否则，闭关绝贡，且议征讨。”

“倭王有没有擒献宗社？”皇帝问。

“没有，”张诚道，“不知是琉球贡使并未禀明琉球主，抑或琉球主并未转谕倭王，抑或倭王不以为意，此事杳无音讯。”

“然后倭寇大犯？”皇帝问。

“是。”张诚应道。

“倭寇大犯，及我官军战倭之事，你不必再述，你只告诉朕，王世贞是怎评述倭战一事的。”皇帝命道。

“是，”张诚应一声，说，“以四字而言，是雅不相当。”

“具体怎说？”皇帝问。

“寇犯淮扬不利，连犯吴、越，巢闽中，首尾七八岁间，所破城十余，掠子女、财物数百千万，官军、吏民战及俘死者不下数十万。虽时有胜负，雅不相当。”张诚读道。

“王世贞以雅不相当作一了断，大伴以为如何？”皇帝问。

“是耶，非耶，奴才不敢妄言；不过，他并不是以此四字了结《倭志》，了断倭事。”张诚说。

“并未了断？还有何事好写？”皇帝不解。

“引前人著作，写日本四外开洋。”张诚说。

“前人著作？谁人著作？”皇帝问。

“胡松所著《海图说》。”张诚道。

“胡松却是何许人？”皇帝问。

“奴才不知，”张诚道，“嘉靖以来大臣，有二胡松，一累官至工部尚书，一累官至吏部尚书，《海图说》应是此二人中的一人所作。”

“若一人官至礼部尚书或兵部尚书，或可断定谁是作者；一官至吏部尚书，一官至工部尚书，还真不好断定。”皇帝说。

“爷说的是。”张诚应道。

“胡松怎写的？”皇帝让他读下文。

“始倭之通中国也，”张诚读道，“实自辽东；今乃从南道浮海，率自温州、宁波以入。风东北汛，自彼来此，约可四五日程。盖其去辽东甚远，而去闽、浙甚迩。若尽其国界，则东西也长，行可四五月；南北也短，行三月而皆尽于海。其西北至高丽也，必由对马岛开洋，顺风仅一日二日。南至琉球也，必由萨摩州开洋，顺风七日。其贡使之来，必由博多开洋，历五岛而入中国。以造舟水手，俱在博多故也。”

“前者曰，来我温州、宁波，约可四五日程，是从博多算起的吧？”皇帝问。

“应该是的。”张诚应道。

“也就是说，日本到我中国，远于朝鲜，而近于琉球。”皇帝说。

“爷说的是。”张诚应道。

“也就是说，倭人若犯琉球，于我尚无大碍；若犯朝鲜，则随时可入我中国。”皇帝又说。

“诚如圣谕。”张诚应道。

“下文有没有写，为何多年以来，唯闻倭寇闽、浙，不闻倭寇朝鲜？”皇帝问。

“有写。”张诚道。

“是怎写的？”皇帝问。

“若其入寇，则随风所之。”张诚读一句。

“仅此一句？”皇帝以为，不应该只有一句。

“下面具体写道：东北风猛烈，则由萨摩或五岛至大小琉球。迨至琉球，仍视风之变迁。北风多则犯广东，东风多则犯福建。若正东风猛，则必由五岛，历天堂官渡水，而视之变迁。东北风多，则至乌沙门分航：或过韭山海闸而犯温州，或由丹山之南而犯定海，犯象山，犯昌国，犯台州；正东风多，则至李西岙，下陈钱分航：或由洋山之南，而犯临观，犯钱塘；或由洋山之北，而犯青村、南汇，犯太仓；或过南沙而入大江。若在大洋，风飚东南也，则犯淮、扬、登、莱。若在五岛开洋，而南风方猛烈，则趋辽阳，趋天津。”

“趋辽阳者，亦可趋朝鲜，是不是？”皇帝问。

“是。”张诚应道。

“朕知为何倭寇闽、浙多，而寇朝鲜少了，”皇帝说，“在五岛开洋，须得南风猛烈，方可趋辽阳。朕想，在五岛开洋，定是少遇南风，更少遇南风猛烈，故少寇辽阳，亦少寇朝鲜。”

“爷圣明，”张诚颂道，并说，“除爷所谕缘故之外，还有一个缘故：风自南来，则不利于行。”

“大伴怎知？”皇帝问。

“后面写着呢，”张诚说着，读道，“大抵倭舶之来，恒在清明之后。前乎此风候不常。难有准定。清明后多东北风，且积久不变。过五月，风自南来，不利于行矣。重阳后风亦有东北者。过十月风自西北来，亦非所利。故防海者，以三、四、五月为大汛，九、十月为小汛。其停桡之处，焚劫之权，虽曰在倭；而其帆樯所向，一视乎风，实有天意。”

“倭人寇我，竟曰天意，大伴读起来别扭不别扭？”皇帝问。

“着实有些别扭。”张诚说。

“朕听起来，却极是别扭！”皇帝道。

“是，”张诚回应道，“奴才应该说，读起来极是别扭。”

“但不知这一段文字，是王世贞引自胡松的，抑或他自个儿写的？”皇帝有个疑惑。

“奴才亦不知，”张诚道。他没有读过胡松《海图说》，所以很难判断，王世贞引《海图说》是到哪里结束的，“后面一段叙述日本各部态势，奴才也不知是引自《海图说》，抑或王世贞自个儿写的。”

“他怎写的？”皇帝问。

“前次入寇者，多萨摩、肥后、长门三州之人；其次，则大隅、竺前、竺后、博多、日向、摄摩、津州、纪伊、种岛；而丰前、丰后、和泉之人，亦间有之。”张诚读道。

“如萨摩，如竺前、竺后，如丰前、丰后，是郡，是州？”皇帝问。

“奴才想，应该是岛。”张诚说。

“怎见得是岛？”皇帝问。

“后文言及，”张诚说着，读一句，“今惟丰后强，颇并肥前等六岛而有之。”读罢说，“肥前等为岛，奴才想，此文提到的别处，也是岛。”

“有道理，”皇帝点头，并问，“后面还有多少？”

“后面一段是结束语，没多少。”张诚说。

“是《海图说》的结束语，还是《倭志》的结束语？”皇帝问。

“不管是否《海图说》结束语，可肯定是《倭志》结束语。”张诚说。

“朕正想听听，他是怎样结束的！”皇帝让他读。

“北虏不易胜者也，倭能胜而不得所以胜之者也。练士卒，固险要，明赏罚，此书生谈耳。夫虏与倭，乱我者也，非欲有我者也。忧不在南北而在中土，机不在将帅而在朝廷，失不在地利而在人心。呜呼，亦末如之何已！”张诚读道。

“王世贞不算书生吗？”皇帝问。

“他应该也算书生。”张诚道。

“本人即书生，却把他轻蔑的谈论归为书生谈，他可不是一般的自得、自信呀！”皇帝道。

“爷说的是。”张诚应道。

“除《倭志》，他还作《虏志》？”皇帝问。

“是，”张诚应道，“他作虏志，篇名曰《北虏始末志》。此外，他还作《哈密志》《安南志》等。”

“朕不知他另几篇写得如何，仅以此篇《倭志》而言，有朕不欲闻者，亦有朕觉有见地者。如：忧不在南北而在中土，机不在将帅而在朝廷，失不在地利而在人心，真可振聋发聩也，”皇帝说着，问道，“大伴以为如何？”

“诚如圣谕。”张诚应道。

“你也去对内阁诸臣说说，有工夫的话，议一议倭事，别总纠缠储事不放。”皇帝命道。

“是。”张诚应道。

第二百一十一章

宁夏巡抚衙门斜对面的一间酒肆里，父子二人面对面地饮酒。他们身着民服，但一脸彪悍之气，一看知是军伍出身。

“老爹一连三日带我来这里喝酒，为的何事？”儿子问。

“想看看热闹。”父亲说。

“军门外，会有热闹看？”儿子惑道。

“我不敢说定有之，只能说或有之，”父亲手擎一大碗酒，不慌不忙地说，“你把碗里的酒喝完，若是仍没热闹看，仍如昨日、前日般，回营去吧。”

“就这碗酒吗？”儿子看着自己面前的酒问。

“就这碗酒。”父亲点头道。

儿子性情豪爽，酒量极大，两手端起碗来，正要豪饮，但一犹豫，又把碗放回桌上。

“为何不饮？”父亲问。

“我在想，老爹想看热闹，今日若是仍没热闹，不如我去闹出些事来给老爹看。”儿子说。

“我早晚要让你闹出些事来，但不是今日，”父亲说着，朝一边努努嘴，“看此二人，像不像是闹事的！”

那边走过来两名军官。一名军官膀大腰圆，走起路来一步一颠，好像每一步都想把地砸出一个坑来；另一名军官和别人走在一起，也许并不算弱小，但和前一名男子走在一起，弱小得像个男孩。

“老爹说的是他俩？”儿子指着两名军官问。

“不陌生吧？”父亲反问。

“同在一城，怎会不知！”儿子道，又说，“他二人闹出些事来，我倒愿意看；我闹出事来，却不想让他二人看。”

“这是为何？”父亲问。

“前者都堂抽打我二十鞭，他二人都在军门，看在眼里；当着他二人的面闹事，还不够他二人取笑的呢。”儿子说。

“要说取笑，也是我被取笑，轮不到你。”父亲说。

“老爹怎会被取笑？”儿子问。

“都堂参我冒领军饷，他二人会不知吗？”父亲道。

“既如此，他二人即便闹出事来，也不如不看。”儿子说。

“一连三日，为的看热闹，好歹也要看出个结果来再走；要是连热闹都不敢看，传出去，岂不更要被人取笑！”父亲却说。

父子二人说话之间，两名军官已走到巡抚衙门前。

宁夏是边镇，巡抚衙门前，戒备森严，除门外、门内都有卫士，院外、院内都有逻卒，大门外还安置鹿角。

膀大腰圆的军官经过鹿角，伸手一拔，拔下一根木栅，顺手递给显得弱小的军官。显得弱小的军官还没回过味来，膀打腰圆的军官又拔下一根木栅，并顺手向巡抚衙门的大门掷去。显得弱小的军官立刻把自己手中的木栅也投掷过去。他看上去弱小，臂力却一点儿也不比膀大腰圆的军官小，两根木栅先后击中大门，发出很大声响。

门外的卫士和附近的逻卒被飞来的木栅和发出的响声惊动，举刀的举刀，拔剑的拔剑。他们的目光先是集中在木栅上，然后开始四下里搜寻。当他们注意到两名军官时，这两个人已离鹿角十步开外，并且若无其事地继续向前走着。卫士和逻卒即便怀疑是他们所为，但自忖，生生拔下木栅，非己力可以办到；把木栅从鹿角投掷到大门，更非己力可以办到。慑于两名军官的神力，没人愿意叫住他们盘问。

酒肆里的父子二人看罢，又聊起来。

“如何？”父亲问。

“老爹是不是觉着有趣？”儿子反问。

“你不觉着有趣？”父亲又反问。

“再有趣，也不过是儿戏。”儿子说。

“虽是儿戏，但可见真情。”父亲说。

“是何真情？”儿子问。

“怨愤之真情。”父亲说。

“怨愤于何人？”儿子问。

“你说呢？”父亲反问。

“是都堂吗？”儿子又反问。

父亲点头：“我想看的，正是有人会有这一举动；我要你看的，也是有人会有这一举动。今日终于如愿以偿。”

“见到人家有这一举动，老爹又待如何？”儿子问。

“既见到，绝不可放过，我要请他二人喝酒，”父亲说着，命道，“没见他二人已经走过去，还不快快叫住！”

父子二人姓哱，鞑靼人。父亲单名一个拜字，儿子名承恩。哱拜受本部酋长迫害，愤而降于官府，以功升至副总兵官。几年前，在他致仕之后，由哱承恩袭职。

哱承恩一声“刘大哥”，一声“许大哥”，把在巡抚衙门前恶作剧的两名军官呼唤回来。刘大哥名东暘，是膀大腰圆的军官；许大哥名朝，是显得弱小的军官。

酒肆里人不多，刘东旸、许朝不会找错人，径向哱氏父子的桌子走来。

哱承恩站定，先向他二人一抱拳，然后对父亲介绍：“老爹，这位是刘大哥。”

“党都堂麾下正选军锋，我认得。”哱拜说。

“这位是许大哥。”哱承恩又介绍许朝。

“党都堂麾下从选军锋，我也认得。”哱拜说。

“老将军认得，实我等之荣幸。”刘东旸、许朝齐道。

“两位好汉认得老夫？”哱拜问。

“我等认得少将军，自然也认得老将军。”刘东旸、许朝又齐道。

“我和承恩在此喝酒，承恩忽道：过来两个好兄弟，老爹在意不在意邀来同饮？我对他说，真是好兄弟，同饮不妨；若是你把人家当作好兄弟，人家并不把你当作好兄弟，那就不如不邀，”哱拜说着，问道，“不知刘老弟，许老弟是否把承恩当作好兄弟？”

“把我等当作好兄弟，是少将军抬举。”刘东旸、许朝齐道。

“少将军把我等当作好兄弟，却不知老将军是否把我等当作少将军的好兄弟？”许朝则反问。

“承恩既把你等当作自己的好兄弟，我怎会不把你等当作他的好兄弟！”哱拜道。

“老将军既把我等当作少将军的好兄弟，我等是子侄辈，老将军切不可以老弟称呼。”许朝说。

“是我叫错，”哱拜道。他手一挥，尽量作出很随意的样子，“两位贤侄坐下，小酌一番，如何？”

“多谢老将军。”刘东旸、许朝齐道。

“你等只是嘴上承认和承恩是好兄弟吧？”哱拜问。

“老将军何出此言？”刘东旸、许朝齐问。

“若打心里承认和承恩是好兄弟，怎还称呼老将军？”哼拜道。

“是小侄等称呼错，世伯见谅。”刘东旸、许朝齐道。

“谁坐上座？”哼拜问。

“世伯不坐，谁个敢坐！”刘东旸、许朝齐道。

哼拜知道，他不仅要坐上座，而且，另外几人的座次也要他来安排。他让刘东旸坐在自己左侧，许朝坐在自己右侧，哼承恩坐在自己对面。

店家按照他的吩咐，换上好酒、好菜。当然，所谓好酒，也不过是一坛稍醇更烈的老窖；所谓好菜，也不过是切成厚片的牛、羊肉。

“老爹请我喝酒，酒是村醪，菜是几粒豆子。今日有肉，还不止一盘，我真是沾两位大哥的光。”哼承恩说。

“让老将军破费。”刘东旸、许朝齐道。

“应该的，”哼拜道，“为两位贤侄的壮举，值得——”他想说一句成语表明心情，但话到嘴边却说不出来。他问，“汉人有句话，怎说的？”

“世伯是不是要说，值得浮一大白？”许朝懂得些文雅的句子。

“这是穷酸秀才的话，老将军说的一定不是这句。”刘东旸道。

“刘贤侄还知哪句？”哼拜问他。

“开怀畅饮。”刘东旸道。

“两句话都很好，”哼拜说着，邀刘东旸，“来，你我开怀畅饮！”又邀许朝，“来，你我浮一大白！”

二人抱起碗来，一饮而尽。

“老爹，我呢？”哼承恩也要喝，但不知该浮一大白，还是开怀畅饮。

“你给大家斟酒呀。”哼拜笑道。

“不劳少将军，我等自斟。”刘东旸、许朝齐道。

“世伯说为我等壮举痛饮，我等有何壮举？”许朝问。

“敢拔辕门鹿角，还不是壮举！”哼拜道。

“儿戏而已，不想被世伯看在眼里。”刘东旸说。

“刘贤侄说儿戏，倒是和承恩不谋而合；不过，我可不以为是儿戏。二位贤侄一定于党都堂有大怨愤，才会有这一举动，”哼拜说着，问道，“二位贤侄看，我和承恩，谁个的话对？”

“少将军的话对，世伯的话更对。”许朝说。

“你倒是两不得罪。”哼拜道。

“虽则两不得罪，但一个更字，可见是对老爹的话肯定得更多一些，”哼承恩说着，问道，“不知两位大哥于党都堂有何怨愤？”

“我等所部，既无米下炊，又无衣可换；从去秋讨到去冬，从去冬讨到今春，都堂无粒米寸布发下，谁人心中没有怨愤！”刘东旸道。

许朝觉得，他们的心思一下子被哱拜看出，刘东旸又一下子承认，而哱拜父子的心思，他二人却不知，这样不妥。于是，他把话岔开：“小侄记得，世伯是万历十七年致仕的，不知记得对不对？”

“对。”哱拜应道。

“但去年，世伯又披挂上阵，却不知为何？”许朝问。

“是啊，”刘东旸应一声，从另一个角度问，“少将军袭职两三年，骁勇善战，世伯难道对少将军出征还不放心？”

“此事和承恩无关，”哱拜道，顿了顿，他问，“二贤侄既认得承恩，可认得土文秀和哱云？”

“小侄知土文秀是世伯爱将。”刘东旸说。

“小侄知哱云是世伯义子，”许朝说罢，又补充一句，“文秀、哱云，和我等也是好兄弟。”

“贤侄真把他二人当作好兄弟吗？”哱拜问。

“是否我等未历大战，不配和两位将军做好兄弟？”许朝反问。

“是啊，”刘东旸也问，“少将军不嫌弃我等，难道土文秀、哱云二将军反倒嫌弃我等？”

“我非此意，”哱拜道，“贤侄等既把文秀、云儿当作好兄弟，应该不难理会，我当时为何要重披战袍。”

“原来老将军重披战袍是为文秀、哱云两位老哥，”许朝说着，抱一抱拳，“其情若何，还望赐告。”

“去岁洮河告警，朝廷差人巡视九边，你等还记得吧？”哱拜问。

“记得呀。”刘东旸、许朝齐道。

“来宁夏的是谁人？”哱拜问。

“周御史。”刘东旸、许朝齐道。周御史名弘禴，官尚宝司丞，朝廷命兼御史，巡视宁夏。

“周御史回朝，举荐人才，你等还记得吧？”哱拜问。

“记得呀。”刘东旸、许朝齐道。

“举荐的是谁人？”哱拜问。

“有文秀老哥。”刘东旸说。

“有哱云老哥。”许朝说。

“还有少将军。”刘东旸、许朝一起说。

“后来，郑督檄征各镇兵马，你等还记得吧？”哱拜问。郑督即郑洛。皇帝当初让阁臣议处西事，申时行举荐戎政尚书郑洛，以兵部尚书兼右都御史，总督陕西三边军务，统筹经略。

“记得呀。”刘东旸、许朝齐道。

“都堂点谁个的将？”哱拜问。

“是文秀。”刘东旸、许朝齐道。

“党都堂命文秀率几多人马随征，你等却未必知道。”哱拜说。

“小侄等的确不知。”刘东旸、许朝齐道。

哱拜伸出一根手指，晃来晃去，让他们看清楚。

“一万人马？”刘东旸明知不可能，还是忍不住说出来。所谓不可能，一来是因为宁夏镇须防虏部内窜，不可能调出这多人马；二来是因为土文秀不过是名指挥，都堂不可能把这多人马交与他统辖。

“贤侄明知不可能，是不是？”哱拜问。

“是。”刘东旸应道。

“实则是一千人马。”哱拜说。

“以一千人马随征，不是开玩笑吧？”许朝道。

“是真事，不是开玩笑。”哱拜说。

“命一千人马随征，不是视郑督之命为儿戏，就是存心捉弄文秀老哥。”许朝指出两种可能。

“贤侄以为，他是视郑督之命为儿戏，还是存心捉弄文秀？”哱拜问。

“小侄不知。”许朝道。

“他存心捉弄文秀老哥，总得有缘故吧？”刘东旸在一旁说。

“刘贤侄说得好！”哱拜赞道。

“世伯之意，是有缘故？”许朝问。

“是。”哱拜应道。

“有何缘故？”许朝问。

“党都堂心眼小，文秀是周御史荐于朝，而非他荐于朝，他故而猜忌。”哱拜说。

“世伯说的是，党都堂的心眼的确很小。”刘东旸说。

“世伯愤愤不平，所以自请从征？”许朝问。

“说愤愤不平也可，说无可奈何也可。”哱拜道。

“小侄记得，世伯是请于郑督的。”许朝说。

“不错，”哼拜点头应道，“我径往辕门，对郑大人说，文秀虽略经战阵，恐不能独当一面，愿以所部三千人从征。郑大人壮而许之。”

“世伯自请于郑督，心眼极小的党都堂肯定不悦。”许朝说。

“岂止不悦，简直是处处刁难，”哱拜道，“譬如，我军中老马多，而党都堂属下多有余马；我恳请易之，他却一匹也不给。”

“他还欲加害于世伯吧？”许朝问。

“是啊，”哱拜应道，“他说我冒支粮饷，我以三千人从征，请支三千人军饷，怎叫冒支？”

“他欲加害世伯，亏得朝廷贤明，并未上当；但少将军却在他手下大吃苦头。”刘东旸说。

“那更是莫须有的罪名，”哱承恩道，“他说我强娶民女为妾，试问，哪一个文官武将不娶妾？哪一个娶妾娶的不是民女？莫非我非他同族，就只能娶盗女、匪女？”

“少将军被责打，我等都看在眼里，疼在心上。”刘东旸、许朝齐道。

“来，”哱承恩举起碗来，邀道，“为二位大哥情义，我也和刘大哥开怀畅饮，和许大哥浮一大白。”

三人喝酒、吃菜。

“世伯，小侄妄言一句，”许朝道。岔开话题以来，已说这么多，他觉得可以回到方才哱拜所说的话题，“若言于党都堂有大怨愤，世伯与少将军，比我二人更甚。”

“此非妄言，”哱拜并不隐讳，“贤侄不说这话，再喝一两口酒，我也会说的；即便我不说，承恩也会说的。”

“我也斗胆问少将军一句：这口气隐忍不成？”许朝问哱承恩。

“我听老爹号令，”哱承恩道，又说，“即便我想忍下这口气，老爹也不会答应。”

“我等亦听世伯号令。”刘东旸、许朝齐道。

“我并无甚号令，”哱拜摇着头说，“我只是想，二位贤侄自以为，承恩也以为，方才在巡抚衙门前的举动，不过是儿戏；那么，能不能把儿戏变成大戏呢？”

“把儿戏变成大戏，怎变？”刘东旸、许朝齐问。

因为哱承恩没问，所以，刘东旸问他：“老将军怎想的，少将军是不是心里已经有数？”

“二位大哥不知，我亦不知。”哱承恩说。

“既不知，为何不问？”刘东旸问。

“二位大哥问，老爹一定会讲的；我若也问，老爹怪我多嘴，说不定反而不讲。”

哱承恩说。

“承恩这话不错。”哱拜道。

“世伯的意思，这出戏，只有我等可唱，少将军不可唱？”许朝问。

“是。”哱拜应道。

“小侄不懂，为何于都堂同样有大怨愤，我等可儿戏，可将儿戏变成大戏，少将军却不可？”刘东旸也发现这个问题。

“道理很简单，二贤侄皆汉人，承恩却是异族，”哱拜说，“二贤侄唱这出戏，在朝廷看来，不过是卒伍之乱。这些年来，卒伍之乱还少吗？故朝廷不会看得太重。而承恩同去唱这出戏，或者，我也登台去唱这出戏，边臣会说，虏贼如何如何；廷臣会说，虏贼如何如何；皇上也会以为，虏贼如何如何。这样一来，从朝廷到边镇，都会如临大敌。”

“是这个道理，”许朝点点头，问刘东旸，“刘哥，你说呢？”

“道理是不错，但世伯和少将军若不登台，老许看，这出戏唱得唱不得？”刘东旸反问。

“唱是唱得，但唱成多大的戏，却不好说。”许朝道。

“老许说的是，”刘东旸应着，转问哱拜，“世伯想把这出戏唱多大？”

“能唱多大，则唱多大。”哱拜说。

“世伯不妨先划下个框框。”许朝道。

“第一，今日的戏在衙门外唱，日后的戏改到衙门里唱。”哱拜说。

“世伯再说。”刘东旸、许朝齐道。

“第二，今日的戏背着党都堂唱，日后的戏当着党都堂的面唱。”哱拜说。

“还有吗？”刘东旸、许朝齐问。

“第三，今日的戏里，二位贤侄演的是军锋，日后的戏里，二位贤侄演的是别的角色。”哱拜说。

“是何角色？”刘东旸、许朝齐问。

“譬如，总兵官。”哱拜道。

“我等演总兵官，张爷呢？”刘东旸问。张爷指宁夏总兵官张维忠。

“世伯之意，日后演戏时已经没有张爷。”许朝说。

“张爷怎能说没就没？”刘东旸问。

“我怎知？须问世伯。”许朝道。

“世伯，张爷怎能说没就没？”刘东旸真去问哱拜。

“刘哥先要问，世伯是否此意。”许朝告诉他。

“世伯是否此意？”刘东旸又问。

“是。”哱拜道。

“许哥，我可以问张爷怎会没吗？”刘东旸又问许朝。

“可以，”许朝应是应了，但又说，“不过，世伯是否告诉刘哥，我却说不准。”

“世伯为何不告诉我？”刘东旸问。

“世伯说三事，张爷没了，是第三件事，世伯难道愿意倒过来为刘哥说？”许朝道。

“许贤侄头脑甚是清晰。”哱拜赞道。

“许哥说，世伯会先说何事？”刘东旸问。

“自是先说衙门外的戏进衙门，唱得唱不得？”许朝道。

“世伯是打算先说此事吗？”刘东旸问哱拜。

“事是此事；不过，不是我说与二位贤侄听，而是二位贤侄说与我听。”哱拜道。

“着哇，”刘东旸附和道，“世伯说，第一，今日的戏在衙门外唱，日后的戏改到衙门里唱。能不能改到衙门里唱，该由你我来说。”

“刘哥说，能不能改到衙门里唱？”许朝问。

“我看过巡抚衙门外的守军，不过十数人；衙门里的守军，不过数十人。而许哥和我指挥得动的弟兄，有数百人。不必借用他人之力，也可把衙门外的戏改到衙门里唱。”刘东旸说。

“世伯听见吧，第一出戏唱得！”许朝对哱拜说。

“第二出戏又如何？”哱拜问。

“刘哥，第二出戏怎说？”许朝转问刘东旸。

“今日的戏，背着党都堂唱；日后的戏，当着党都堂的面唱。”刘东旸复述道。

“刘哥说，能不能当着党都堂的面唱？”许朝问。

“都堂终归是都堂，他的气焰你我是压不住的。我看，须得向世伯借个人来，压一压场子。”刘东旸说。

“刘贤侄打算借谁？”哱拜问。

“少将军。”刘东旸手指哱承恩说。

“承恩，你怎想？”哱拜问哱承恩。

“老爹才说，我等不宜露面。”哱承恩说。

“少将军不须露面，只要站在我等背后，我等底气就足。”刘东旸说。

“好，让承恩随你等去。”哱拜道。

“世伯应允，刘哥，第二出戏可唱吧？”许朝问。

“可唱。”刘东旸道。

“世伯说的第三出戏，刘哥还记得吗？”许朝又问。

“今日的戏里，我等扮的是军锋，日后的戏里，我等要扮别的角色，譬如总兵官。”刘东旸复述。

“刘哥能不能扮别的角色，譬如总兵官的角色？”许朝问。

“不是我能不能扮，是我等能不能扮！”刘东旸纠正说。

“军锋的角色可以有许多人扮，总兵官的角色也可以吗？”许朝道。

“说的也是。”刘东旸承认他的话对。

“刘哥敢不敢扮总兵官的角色？”许朝换个字又问。

“敢是敢，但更须向世伯借个人来，才扮得下去。”刘东旸说。

“刘贤侄这次打算借谁？”哱拜问。

“世伯本人。”刘东旸道。

“我老矣，不能再冲锋陷阵。”哱拜说。

“世伯出出主意即可，冲锋陷阵有我等后生。”刘东旸说。

“对，”许朝附和道。“世伯为谋主，日后的戏一定唱得有声有色。”

党都堂即巡抚宁夏都御史党馨。几天后，宁夏卒乱，杀党馨及分巡宁夏的陕西按察司副使石继芳。宁夏总兵官张维忠被逼迫，自缢死。游击将军梁琦、守备马承光等被杀。

刘东旸被推为总兵官，他以哱拜为谋主，以哱承恩、许朝为左、右副总兵官，以哱云、土文秀为左、右参将，占据宁夏，并向河西扩展。

第二百一十二章

首辅王家屏以疾乞罢，获准。离京前，另外两名阁臣赵志皋、张位，及礼部尚书李长春，共同举宴为他送行。除为同僚，他们还都是隆庆戊辰科，即隆庆二年的进士。

“忠伯兄终得如愿，我等共贺一盅。”赵志皋等三人举起酒盅说。

“且慢！”王家屏摆摆手，拦住他们，“容我先表示一下心意，再饮兄等的贺酒，如何？”

“忠伯兄若欲表示谢意，可免。”张位说。

“是啊，”李长春附和道，“以薄酒为忠伯兄饯行，此一心意非别的心意可比。所以，还是应该先饮这一盅。”

“但总得有因才有果吧？”王家屏道。

“忠伯兄何意？”赵志皋等三人齐问。

“没有汝迈兄助言，今日能否全身而退，还得两说着。我不得退，兄等还有机会饯行吗？所以，今日我先谢过汝迈兄，再接受兄等的祝贺，不为过吧？”王家屏道。

“原来忠伯兄谢的是汝迈兄，倒是你我多嘴。”李长春对张位说。

“可不是，”张位道，“你我都主张先为忠伯兄贺，汝迈兄独不张嘴。起初我不在意；看来，他二位是有默契的。”

“我也看出来。”李长春道。

“我不过嘴拙，让明成兄、元甫兄把话先说，二兄怎倒说起我来！今日到底是我三人共为忠伯兄饯行，还是明成兄、元甫兄要出我的丑？”赵志皋道。

“我三人共为忠伯兄饯行，是不会错的；不过，凡事都要讲究个公道。忠伯兄说，先敬汝迈兄酒，为的是有因才有果；汝迈兄若以为还是应该先贺忠伯兄，也得说出理由来。”李长春道。

“元甫兄事不关己，当然可以不偏不倚，”赵志皋说着，转问张位，“明成兄说，果真是这等因果吗？”

“应该不是。”张位说。

“明成兄是说，皇上准忠伯兄辞官，非因汝迈兄助言？”李长春问。

“对。”张位应道。

“那是为何？”李长春问。

“是因忠伯兄辞疏写得恳切，使皇上动心，”张位说着，背诵一段疏文，“名，非臣所敢弃。顾臣所希者，陛下为尧、舜之主，臣为尧、舜之臣，则名垂千载有余荣。若徒犯颜触忌，抗争偾事，被谴罢归，何名之有！使臣弃名不顾，逢迎为悦，阿谀取容，许敬宗、李林甫之奸佞，无不可为，九庙神灵必阴殛臣，岂特得罪于李献可诸臣已哉！”

这是李献可等奏请豫教皇长子、皇上命处分、内阁封还御批、皇上责以希名托疾之后，王家屏疏辩“名”的一段话。赵志皋所以为他陈情，也是因为这一段文字着实恳切，着实无奈，不忍心让他再受煎熬。

张位当初读这一段文字，深有感触；李长春今日听他背诵这一段文字，也深有感触。

“汝迈兄说的是，忠伯兄获准辞官，在于自家努力。”李长春说。

“元甫兄是不是也以为，这一段文字有故激主怒之嫌？”王家屏问。故激主怒，是皇帝读疏后谴责的话。

“非也，”李长春道，“忠伯兄方才说到全身而退，若不是这一段文字，忠伯兄能否全身而退，还真不好说。”

“忠伯兄，不必再推辞吧？”赵志皋劝道。

“是啊，”张位、李长春齐声附和，“忠伯兄还要让我等等到几时？”

王家屏饮酒。赵志皋等三人陪饮。

“兄等贺酒已饮，我可向汝迈兄略表谢意吧？”王家屏问。

“不可。”张位边斟酒，边说。

“明成兄还有酒要先饮？”王家屏问。

“是。”张位应道。

“是何酒？”王家屏问。

“谢酒。”张位道。

“明成兄的谢酒，却敬谁人？”王家屏问。

“忠伯兄。”张位道。

“敬我？”王家屏连连摆手，说道，“明成兄若是为入阁之事，别谢我；明成兄和汝迈兄入阁，都是汝默先生去官前力荐的。”

“明成兄的谢酒，可是为此事？”李长春问。

“其实，江西到浙江，说远也远，说近也近，是吧？”张位问。

“是。”李长春应道。

“我是新建人，即南昌；汝迈兄是兰溪人，近金华，”张位说着，问道，“元甫兄可知，南昌到金华有多远？”

“有千里？”李长春试说一数。

“或不止。”张位道。

“有两千里？”李长春又试说一数。

“或不足。”张位道。

“那么，是在一千里至两千里之间。”李长春说。

“一两千里，汝迈兄、元甫兄以为算他乡；得遇故知，以为是大喜之事。是吧？”张位问。

“是。”赵志皋、李长春齐应道。

“忠伯兄却以为，万里他乡遇故知，才算得上大喜。”张位说。

“忠伯兄，非要到万里之外吗？”李长春问王家屏。

“元甫兄别急着问；你问，忠伯兄也不会说的。”赵志皋道。

“对，忠伯兄要听听，明成兄还会怎说。”李长春亦道。

“洞房花烛夜，二兄以为是大喜之事；请教二兄，无论怎样的洞房花烛夜，都算得大喜之事吗？”张位又问。

“也不尽然。”赵志皋、李长春齐道。

“譬如，青梅竹马有情人，未成眷属。”赵志皋又说。

“又譬如，新娘仅常人之貌，不无小憾。”李长春又说。

“汝迈兄之意，有情人终成眷属，是大喜之事？”张位问赵志皋。

“是。”赵志皋应道。

“元甫兄之意，新娘子貌若天仙，是大喜之事？”张位问李长春。

“是。”李长春应道。

“但在忠伯兄看来，有情人终成眷属，新娘子貌若天仙，也算不得大喜。”张位说。

“在忠伯兄看来，怎样才算大喜之事？”赵志皋、李长春齐问。

“忠伯兄以为，和尚洞房花烛夜，才算得上大喜。”张位说。

赵志皋、李长春先是一愣，随即大笑不止。

“和尚娶妻，亏忠伯兄想得出来！”李长春道。

赵志皋则想到另外一句。他问：“和尚娶妻，比普通人娶妻更难，因而更喜，这是说得通的；但考得举人、进士，也有人比普通人更难，因而更喜吗？”

“有啊。”李长春马上应道。

“元甫兄试言之。”赵志皋揖道。

“譬如纨绔子弟。”李长春举一例。

“那还不如说无知愚氓。”赵志皋道。

“元甫兄，纨绔子弟一定没才学吗？”张位问李长春。

“那却不见得。”李长春说。

“汝迈兄，无知愚氓有可能与试吗？”张位问赵志皋。

“应该没可能。”赵志皋说。

“一则或有才华，一则与科第无缘，所以，说不上比普通人更难，因而更喜。”张位道。

“明成兄是说，还有更不可思议的？”赵志皋、李长春齐问。

“是。”张位点头应道。

“却是何等之人？”赵志皋、李长春齐问。

“忠伯兄以为，教官金榜题名，才算得上大喜。”张位说。

赵志皋、李长春听罢，又忍不住大笑。教官中第显得特别，一是因为教官多是乙榜出身，或是虽无功名但有文名的饱学之士，他们参加会试的机会很小；二是因为纵然有参加会试的教官，但很少有中第者。这是实情，同时也是讽刺：教官们把自己的学生送进考场，他们自己却进不去考场；他们学生的名字题写在金榜，他们自己却榜上无名。

“忠伯兄，可否问问你？”李长春转向王家屏。

“元甫兄要问，十年、万里、和尚、教官八个字，可是我加上的吧？”王家屏替他问道。

“是啊，”李长春应道，“十年、万里，是最常规的对法，和尚、教官相对，却别有一番风味。忠伯兄是怎么想出来的？”

“第一，这八个字是我加上的；第二，我是中第之后，和一二同试举子饮酒，随口而言，别的并未多想，也算是喜极而狂吧。不想，几句无聊之极的话，却被大雅之士明成兄听去。”王家屏说。

“明成兄大雅不错，但忠伯兄加的八个字，绝不是无聊之极；不然，明成兄也不会今日讲给我等听。”赵志皋说。

“可不！”李长春忽然想起，话岔开得太远，太久，“明成兄不是请忠伯兄饮谢酒吗？就算忠伯兄这八个字加得绝妙，无与伦比，也说不上一个谢字呀！”

“说得上的。”张位的口气十分肯定。

“那倒要听听明成兄的高论。”李长春道。

“是啊，”赵志皋附和道，“我也体会不出谢字从何说起，也要听听。”

“所谓四喜诗，其实算不得诗，二兄以为如何？”张位问。

“诚是。”赵志皋道。

“算不得诗，又怎算？”李长春问。

“俚语。”张位道。

“的确也只算得俚语，”赵志皋附和一句后，问道，“明成兄不会说，忠伯兄每句加上二字，就不是俚语吧？”

“我正想说，忠伯兄每句加上二字，就不是俚语。”张位道。

“五言算不得诗，七言算得诗吗？”李长春不以为然。

“七言也算不得诗。”张位道。

“算不得诗，又怎算？”李长春问。

“谶语。”张位道。

“谶语？一语成谶的谶语？”不仅李长春问，赵志皋也问；不仅他二人问，一直只听不开口的王家屏也问。

“对。”张位应道。

“说到谶语，明成兄可得好好解说解说。”李长春说着，一揖。

“好，”张位应着，指指王家屏、赵志皋，又指指自己，问道，“内阁之臣，同出一科，前此有否？”

“有吗？”李长春边想，边问赵志皋。

“有吗？”赵志皋也边想，边反问；并想到他们初入仕时的情景，“我记得，隆庆四年正甫师入阁后，和首辅子实师、次辅叔大先生，都是嘉靖二十六年进士。”

“阁中仅他三位？”张位问。

“是，”赵志皋应道，“那一年，陈公于七月致仕，赵公于十一月致仕，赵公致仕后，正甫先生入阁。”

他说的陈公，即内阁大学士陈以勤，赵公，即内阁大学士赵贞吉。前面说到的子实师，则是内阁大学士李春芳；正甫先生，则是内阁大学士殷士儋。李春芳、殷士儋都是隆庆二年的主考官。

“可我记得，肃卿先生也是那年复入阁的。”张位提起高拱。

“肃卿先生是十二月复入阁的。”赵志皋说。

“亦即，那一次的内阁三臣同出一科，只有一个月。”张位道。

“是。”赵志皋应道。

“今次内阁三臣同出一科，自汝默先生、维桢先生先后致仕，迄今有半年之久。”张位道。

“那又怎的？”李长春问。

“凤洲先生喜欢写皇明盛世，此事应该算是一件盛事吧？”张位道。

“那是当之无愧的，可——”李长春还有话问，却来不及问。

“再者，无垢兄掌礼部时，元甫兄、鸣周兄为佐卿，加上掌詹事府的礼部尚书一甫兄，四礼卿同出一科，前此有否？”张位又问。除于慎行、李长春、黄凤翔三人，他还想到了同科的状元罗万化。

“此等情形，应该是没有过的。”赵志皋说。

“也能算一件盛事。”李长春补充说。

“一科中有这两件盛事，本科能不能称独盛？”张位问。

“亦无不可。”赵志皋、李长春齐道。

“不过，某科独盛，一般都归功于主试者，从未闻归功于与试者的，”李长春说着，向王家屏道歉，“忠伯兄，我这般说，可不是针对你。”

“元甫兄说得很对，”王家屏道，“某科独盛，不该归功于与试者，尤其不该归功于在俚语上胡乱加几字的与试者。”

“明成兄的意思，我终于有几分懂得。”赵志皋却说。

“他是何意？”李长春问。

“一则，四喜诗是诗也罢，是俚语也罢，元甫兄看，其中有无戏谑之意？”赵志皋反问。

“并无戏谑之意。”李长春道。

“忠伯兄每句加上两个字之后呢？”赵志皋问。

“却成戏谑之言，”李长春道，又说，“明成兄说，忠伯兄加字后，即成谶语；汝迈兄却说，忠伯兄加字后，即成戏谑之言。谶语也罢，戏谑之言也罢，和本科之盛有关吗？”

“有关呀，”赵志皋道，“四喜者，无不是人生大事，忠伯兄却敢于游戏之，这是何等博大胸怀？本科独盛，首先得益于此一胸怀。”

“若是这般解说，我倒还可以接受，”李长春说着，问道，“汝迈兄，第二呢？”

“二则，忠伯兄是万历十二年入阁的，去入仕仅十有六载，我朝发达，从未有如此之迅者，”赵志皋说到这里，觉得有必要说明一下，“当然，如张文忠中第六年即入阁办事，是不世机遇，不在此例。”

张文忠即张璁，后更名孚敬。因力主世宗皇帝考生父兴献帝而得宠眷，他正德十六年中进士，到嘉靖六年入阁，其间仅隔六年。（张璁事迹，详见《嘉靖皇帝全传》第一部。）

“汝迈兄放心，我等不会拿他来和忠伯兄比较的。”李长春道。

“仅以忠伯兄入阁之速而言，可算得本朝一大盛事，”赵志皋接着说，“五年之后，无垢兄遂掌礼部矣，元甫兄、鸣周兄遂佐卿矣；又二年，明成兄与弟入阁矣。可见，本科大盛，实自忠伯兄始。”

“如此说来，请忠伯兄饮一盅谢酒，并不为过。”李长春道。

“绝不为过。”赵志皋、张位齐道。

王家屏难却众人心意，又饮一盅。饮罢，看着另三人各饮一盅，然后问：“如何，可请汝迈兄饮一盅谢酒吧？”

“不可！”李长春道。

“元甫兄何意？”王家屏问。

“我也要请忠伯兄饮一盅谢酒。”李长春说。

“明成兄已把我高高捧起，莫非元甫兄还有抬举我之处？”王家屏开玩笑地问。

“我不为自家谢忠伯兄，也不为在座的诸兄谢忠伯兄。”李长春说。

“那是为谁人？”赵志皋、张位齐问。

“为今科状元。”李长春说。

“今科会试、殿试，我告病在家，并未入阁阅卷。要谢，他也该谢兄等，不该谢我。”王家屏说。

“不然。”李长春摇着头说，“他正该谢忠伯兄。”

“他为何该谢我？”王家屏说。

“忠伯兄可知，今科谁人抡魁？”李长春反问。

“闻是翁君。”王家屏说。

“正是翁君。”李长春道。

“翁君为何正该谢我？”王家屏问。

“忠伯兄可知，翁君以何身份与试？”李长春反问。

“我一心养病，这却不知。”王家平说。

“教官。”李长春告诉他。

“当真？”王家屏说不清，自己是惊是喜。

“我还能骗忠伯兄不成！”李长春道。

“元甫兄所言是实。”赵志皋、张位证明。

他们谈论的今科状元翁正春，是福建侯官人，曾官浙江龙溪教谕。

“随口一言，谁知真成谶语！”王家屏叹道。

“岂止是一语成谶！”李长春说，“金榜题名，不过是在数百人的行列中，占得一席之地，翁君却是今科殿试第一人，恐怕也是本朝开科以来，唯一一名抡魁的教习！”

“元甫兄说的是。”王家屏应道。

“所以，我以为，四喜诗还要再增字数。”李长春说。

“是五言的四喜诗增字数，还是七言的四喜诗增字数？”张位问。

“七言的四喜诗是忠伯兄修订的，怎可改回五言！”李长春道。

“是最后一句增字数，还是四句均增字数？”赵志皋问。

“既然要增字数，自然四句均增。”李长春道。

“元甫兄之意，每句各增几字？”王家屏问。

“增五字如何？”李长春道。

“好，我来说原诗。”张位说着，背诵第一句，“十年久旱逢甘雨。”

他停下来，等李长春的下文。但李长春迟迟不开口。

“元甫兄为何不增字？”张位问。

“为何要我增字？”李长春反问。

“咦！”张位怪道，“提议四喜诗还要再增字的是元甫兄，提议每句再增五字的也是元甫兄，怎不该元甫兄增字？”

“是该元甫兄增字。”王家屏、赵志皋附和道。

“兄等没听懂我的话，”李长春说，“四喜诗恰好四句，若是今日我不来，只有三位阁老饮酒，不免为难；我既来，恰好四人，每人为一句增字，不好吗？”

另三人相互看一眼，齐道：“也使得！”

“就从忠伯兄开始，”李长春说着，也不管别人同意不同意，重又背诵第一句，“十年久旱逢甘雨。”

王家屏略一思忖，道：“甘雨又带珠。”

“万里他乡遇故知。”李长春对着赵志皋背诵第二句。

“故知为所欢。”赵志皋道。

“和尚洞房花烛夜。”李长春对着张位背诵第三句。

“和尚赘豪门。”张位道。

这五个字说得俏皮，另三人哄然一笑。

“教官金榜题名时。”王家屏、赵志皋、张位一起对着李长春背诵。

李长春才要增字，三人又齐道：“教官得状元。”

“知我者，三位仁兄也。”李长春说着，向三人一揖。

王家屏心里有数，三位同年一次一次地把话岔开，是为了不让他提及辞官的事，是为了让他离开朝廷、离开京师时心情轻松一些。他不忍违拂他们的美意，不再提、也不再想辞官的事。

第二百一十三章

三月末，新上任的河道总理舒应龙，与漕运总督兼凤阳巡抚陈于陛、奉旨巡视淮河灾情的工科右给事中张贞观，会商治淮之事。

淮河大水发生在去岁九月。大水之前，原河道总理潘季驯因病，三次上疏乞去，朝廷不准。大水之后，廷臣、外臣议论纷纷，多与潘季驯之议不合。朝廷再三斟酌之后，做出两个决定：一是准潘季驯致仕，以南京兵部尚书舒应龙改工部尚书，总理河道；二是命张贞观巡视水灾。

命张贞观巡视水灾，是在正月，他奉旨即行。命舒应龙总理河道是在二月，圣旨抵达南京，须得一些时日；他再从南京赶来，又须一些时日。所以，他比张贞观晚到一个多月。

大水殃及凤阳、淮安、扬州及徐州，都是凤阳巡抚管辖之地。因此，陈于陛暂时也要把精力从督漕转到治淮上来。而且，他可以说是东道主，他主张三人会于水灾最严重的泗州，舒应龙、张贞观都同意。

泗州城里积水，浅处没膝，深处齐腰。房屋十有八九倒坍，一半是被水冲倒的，一半是被水泡塌的。居民十有七八逃出，有的是希望在城外找到一处高岗逃生，有的干脆外出逃荒。

陈于陛、张贞观进出泗州城多次，已看得习惯；舒应龙第一次看到一座城池被摧毁，唏嘘不已。

“惟诚来时，城中即这等情景？”舒应龙问张贞观。

“是。”张贞观应道。

“水即有这深？”舒应龙问。

“时深时浅，均而言之，不下三尺。”张贞观道。

“我进城时已留意，水不外泄。”舒应龙说。

“中阳先生好眼力。”张贞观道。

“这是为何？”舒应龙问。

“此事须问玉磊先生。”张贞观道。

陈于陛字玉磊，北直隶曲州人，嘉靖三十八年进士。舒应龙字中阳，广西全州人，嘉靖四十一年进士。张贞观字惟诚，南直隶沛县人，万历十一年进士。时有二陈于陛，在朝的陈于陛方改吏部侍郎，教习庶吉士。

舒应龙转向陈于陛，等他回答。

"淮水初涨，高过泗州城壕。其时时良先生尚未去官。为防淮水内灌，我和时良先生合计，将水关堵塞。这样一来，城外的水进不来，但城里的水同样也出不去。"陈于陛说。

"防水内灌，也是应该的。不过，"舒应龙有话要问，仍是问张贞观，"我见城外洪水的水面已低过城壕，是不是？"

"是。"张贞观应道。

"洪水既已低过城壕，为何不开启水关，以泄城里的水？"舒应龙问。

"此事仍须问玉磊先生。"张贞观道。

舒应龙又转向陈于陛，等他回答。

"中阳先生今见洪水低过城壕，却不知两月之前，洪水已低过城壕。"陈于陛说。

"那岂不是两月之前，就该开启水关，以泄城中之水？"舒应龙道。

"我曾向时良先生提及，开启水关；但时良先生以为，暂不开启为宜。"陈于陛说。

"这是为何？"舒应龙问。

"时良先生说，今春雨水仍大，不知洪水是不是还会高过城壕，不如看看再说。"陈于陛道。

"结果呢？"舒应龙问。

"结果，一个月前，洪水又高过城壕。"陈于陛说。

"这一个月来，洪水都高过城壕吗？"舒应龙问张贞观。

"不是，"张贞观道，"半个月前，洪水再次低过城壕。"

"这一回，再无人提及开启水关？"舒应龙问。

"我曾向玉磊先生提及开启水关；但玉磊先生以为，暂不开启为宜。"张贞观说。

"基于同样的原因？"舒应龙问。

"是。"张贞观应道。

"结果呢？"舒应龙问。

"五天前，洪水又高过城壕。"张贞观说。

"而今日洪水又低过城壕。"舒应龙道。

"准确地说，是昨日。"张贞观更正。

"那么，该我向二位提及开启水关。"舒应龙道。

“中阳先生打算提及吗？”陈于陛问。

“我看还是不提吧，反正二位不会同意，”舒应龙道，又说，“其实，玉磊先生从一开始就知，泗州城水关是否开启，是无所谓的事。”说罢，问道，“玉磊先生，是吧？”

“是。”陈于陛应道。

“其实，惟诚从一个月前就知，泗州城水关是否开启，是无所谓的事，”舒应龙说罢，问道，“惟诚，是吧？”

“是。”张贞观应道。

应罢，他和陈于陛相互看一眼，一起问舒应龙：“其实，中阳先生从入城时就知，泗州城水关是否开启，是无所谓的事，是吧？”

“是。”舒应龙应道。

三人会意地微微一笑，陈于陛说，“淮若不治，泗焉得保！我等还是来议一议如何治淮吧。”

“在此处议吗？”舒应龙看看四处的积水和倒坍的房屋，问道，“无立足之处，怎议？”

“不在这里议，”陈于陛说着，往城外走，“中阳先生，我等走吧。”

“却去哪里？”舒应龙问。

“谒陵。”陈于陛道。

“祖陵吗？”舒应龙边跟着走，边问。

祖陵坐落在泗州城以北，是大明立国后，太祖皇帝为祖父所建的陵寝。

出泗州北门，一片汪洋，水的深浅，和城中不相上下。陈于陛、舒应龙、张贞观等一行不能乘轿，不能坐车，当然，也不能步行，只能骑马。官道本来是很宽的，但非笔直，马也不可能走一条笔直的路，走着走着，不定谁的坐骑就会踏入路边的田里，往下一陷；骑在马上的人也会随着下颠。接着，马一惊后跃起；骑在马上的人又被带着往上一颠。他们都不是好的骑手，一路的辛苦可想而知。

祖陵区位置略高于四周，但进入祖陵区，他们遇到更大的难题：不能再骑马。通往陵寝的神道本来应该是平坦的，但在洪水的浸泡下，变得坑坑洼洼。他们深一脚浅一脚，小心地往前走着。

环绕陵寝的小溪上，建有几座石桥，在洪水中若隐若现。他们在过桥时，更要加倍小心。因为跌下去的话，等待他们的不是没膝或齐腰的水，很可能是没顶之灾。

陵寝正面的丹墀，基本上也淹没在洪水里，只有最上边的一两阶浮现在水面之上。他们相互搀扶着往上走，后脚站实，前脚才迈出去；前脚踩实，后脚才抬起来。在这里滑一跤，或不至于被淹没，但比在路上跌一跤，更要狼狈。

终于登上最后一阶，三人都松口气。

谒陵毕，张贞观对舒应龙说："中阳先生回头看看。"

舒应龙先是回头，然后整个身子转过来。几十里外的泗州城被洪水包围，好像漂浮在水中。

"中阳先生看，泗州城似何物？"张贞观问。

"似何物？"舒应龙没看出来，转问陈于陛，"玉磊先生看似何物？"

"我等看似何物没用，惟诚已有一喻。"陈于陛说。

"他将泗州喻为何物？"舒应龙问。

"惟诚，你自家告诉中阳先生。"陈于陛对张贞观说。

"水上浮盂。"张贞观道。

"水上浮盂？"舒应龙又多看几眼，点头道，"还真有些像。"

城池是方形，但被洪水浸泡，这里坍塌一角，那里坍塌一段，看上去，方形不方，反而更似圆形。

"若是不像，谅惟诚也不敢写在疏里。"陈于陛说。

"惟诚已然上疏？"舒应龙问。

"是，"张贞观应道，"在下已来一个多月，若无一言，朝廷岂不要责我失职！"

"惟诚是怎写的？"舒应龙问。

"臣谒祖陵，见泗城如水上浮盂，盂中之水复满。祖陵自神路至三桥、丹墀，无一不被水。"张贞观述道。

"形象则形象矣，但惟诚不会只向朝廷描述一下泗城吧？"舒应龙问。

"是，"张贞观应道，"除描述灾后景象，我亦略述拙见。"

"惟诚是怎述的？"舒应龙问。

"在下共写三层意思。"张贞观说。

"第一层意思？"舒应龙为他数道。

"泄淮，以辟海口积沙为第一要义。"张贞观说。

"第二层意思？"舒应龙问。

"泄淮不如杀黄。"张贞观说。

"第三层意思？"舒应龙问。

"杀黄于淮流之既合，不如杀于未合。"张贞观说。

"惟诚想到的三事，可谓一环扣一环呀，"舒应龙称赞一句，又问，"惟诚既已上

“二是东导，”张贞观说着，反问道，“中阳先生在南京，应知江北哪一地湖泊最多吧？”

“淮安、扬州皆多湖。”舒应龙道。

“淮水经淮安，入淮安之湖，无须导之。”张贞观说。

“那么，第二径是导淮入扬州各湖？”舒应龙说罢，数道，“高邮有樊梁、双社、新开等湖，及白马塘；宝应有汜光、白马、射阳等湖。莫非是导淮入高、宝诸湖？”

“中阳先生说得对，”张贞观点头道，“议者正是打算疏浚周家桥，导淮入高、宝诸湖。”

舒应龙点点头，问道：“第三径呢？”

“三是北导，”张贞观说着，反问，“寿州有瓦埠河，中阳先生知否？”

“不知，”舒应龙道，并问陈于陛，“玉磊先生知否？”

“我亦不知。”陈于陛道。

“此河久已废弃，难怪二公不知。”张贞观说。

“但我知泗州在凤阳以东，寿州在凤阳以西，”舒应龙说着，问道，“议者欲疏浚瓦埠河，在泗州以上分淮？”

“是。”张贞观应道。

“在上游分淮，会不会殃及寿州？”陈于陛问。

“这一点，玉磊先生毋庸担心。”舒应龙摆着手说。

“怎么？”陈于陛问。

“惟诚一言已将导淮否之，怎会在寿州分淮！”舒应龙道。

“我怎一言已否导淮？”张贞观问。

“泄淮，以辟海口积沙为第一要义。海口既畅通，再把淮水导向别处，岂不是只有痴人才会去做！”舒应龙道。

陈于陛、张贞观都笑。

“导淮之议，确有人否之；不过，这个人不是我。”张贞观说。

“不是惟诚，却是谁人？”舒应龙问。

“是时良先生，”张贞观道，“导淮议起，时良先生以为必不可行。”

“为何必不可行？”舒应龙问。

“一则，祖陵王气不宜轻泄；二则，祖陵被水当自消。”张贞观说。

“首先，自消之说，我看是靠不住的，”舒应龙道，“迄今已数月，淹没祖陵的洪水仍未消去，淹没泗州的洪水仍未消去。若言自消，不知还要等几月才能消去！”

“泄气之说亦不可取，”陈于陛接着说，“议者提出的泄淮三径，别处不说，单以疏浚周家桥导淮入高、宝诸湖而言，周家桥距祖陵百余里，其疏浚，怎会泄出祖陵王气！”

“二公说的是，”张贞观应道，又说，“时良先生二十七年间，四掌河道，于治水颇有见地，我对他是很敬重的。不过，今次淮水之灾，其议近乎谬。朝廷准他致仕，另选大臣主持治淮，是很恰当的。”

“惟诚应该说，朝廷选中阳先生主持治淮，是很恰当的。”陈于陛开玩笑地说。

“不，”舒应龙摆摆手，说道，“惟诚应该说，舒某人若不言祖陵王气不宜轻泄，不言祖陵被水当自消，选来主持治淮，是很恰当的。”

“中阳先生已明确表示不会言，因而朝廷选中阳先生主持治淮，是很恰当的。”张贞观说。

三人说笑几句，重新议起正题。

“惟诚，现在可以说说你的前一篇奏疏。”舒应龙道。

“是。”张贞观应道。

“玉磊先生，我们来把惟诚的前一篇奏疏重新捋一遍，好不好？”舒应龙问陈于陛。

“好啊。”陈于陛应道。

“惟诚的奏疏有三层意思，玉磊先生能复述出来吗？”舒应龙问。

“第一层意思——”陈于陛想直接复述，马上被舒应龙打断。

“不，”舒应龙摆着手说，“我不是请玉磊先生复述，而是由我复述，玉磊先生判定对与不对。”

“更好。”陈于陛道。

“第一层意思：泄淮，当以辟海口积沙为第一要义。”舒应龙复述道。

“复述得对。”陈于陛道。

“第二层意思：泄淮，不如杀黄。”舒应龙复述道。

“复述的也对。”陈于陛道。

“第三层意思：杀黄于淮流之既合，不如杀于未合。”舒应龙复述道。

“中阳先生都复述得对。”陈于陛道。

“玉磊先生觉着，惟诚的奏议有无缺憾？”舒应龙问。

“有无缺憾？”陈于陛似乎觉得，这两个字说得太重。

“那或者说，有无不足？”舒应龙道。

“意思是一样的，”陈于陛并不觉得，改用两个字，分量就减轻。他反问，“中阳先生觉着，惟诚的奏议有何缺憾？”

“虚，”舒应龙说只说一个字，解释却是一大篇，“我说的可不是虚假之虚，虚伪之虚，虚情假意之虚，而是务虚之虚。惟诚该疏是一个多月之前上的，奉差视灾，不过十日。”说到这里，他问张贞观，“惟诚，有没十日？”

“不足十日，只有七八日。”张贞观道。

“七八日即看出症结所在，即有所奏议，着实难得。”舒应龙说。

“中阳先生的意思，今日要议实？”张贞观问。

“是啊，”舒应龙应一声，说道，“如今又过一个多月，不是惟诚一人，而是我等三人，巡视相关之地。再不议出些实的，说不过去。”

“若要议实，我最关切的仍是于何处杀黄。”陈于陛说。

“议杀黄，不如先议个‘杀’字。”舒应龙道。

“中阳先生何意？”陈于陛问。

“杀黄者，分黄也，是不是？”舒应龙问的是张贞观。

“是，”张贞观应道，“言治水者，惯以杀黄言分黄，在下从其俗。”

“我等再上疏，将杀黄一律改为分黄，如何？”舒应龙问。

“这没问题。”张贞观道。

“玉磊先生看呢？”舒应龙又征求陈于陛的意见。

“改字，有改字的好处。”陈于陛也不反对。

“玉磊先生关切的是于何处分黄，亦即，是于黄、淮既合后分黄，抑或于黄、淮未合前分黄，是吧？”舒应龙问。

“是。”陈于陛应道。

“那么，黄、淮合于何处？”舒应龙问。

“不是清口吗？”陈于陛道。

清口旧称泗口，在淮安府清河县境内。淮河从清口以南流来，往东北与黄河汇合。

“玉磊先生是希望分黄于清口以下，是吧？”舒应龙问他。

“是。”陈于陛应道。

“惟诚是希望分黄于清口以上，是吧？”舒应龙又问张贞观。

“是。”张贞观应道。

“那么，究竟是分黄于清口之上，抑或分黄于清口之下？”舒应龙问。

陈于陛、张贞观二人一直都在考虑这个问题，现在要重新再考虑一遍。

“分黄于清口以下，恐无助于治淮。”张贞观终于下决心把话说出来。

“分黄于清口以上，不是不可以；但对漕运的不利影响，须得相机应对。”陈于陛说。

“若于清口以上分黄，但相距清口稍近呢？”舒应龙问。

“多近？”陈于陛想的是，分黄处距清口越近越好。

“多远？”张贞观想的是，分黄处距清口越远越好。

“譬如，十里，”舒应龙设想的则是个不远不近的距离。他估计，陈于陛、张贞观二人可能都会接受。

果然，二人都点头，道：“十里可。”

“玉磊先生，若是你来说服朝廷赞同于清口上流十里处分黄，你会怎说？”舒应龙先问陈于陛。

“去口不远，不致为运道梗。”陈于陛道。

“惟诚，若是你来说服朝廷赞同于清口上流十里处分黄，你会怎说？”舒应龙又问张贞观。

“分于上，易辟清口沙。”张贞观道。

“那么，清口上流十里处这个位置，是否可确定下来？”舒应龙问。

“可确定下来。”陈于陛、张贞观齐道。

“再有一事：分黄之水，是独自入海，抑或复合于黄？”舒应龙提出一个新的问题。

对这个问题，张贞观比陈于陛要关注，要想得多。他说：“独自入海，工程太大；宜于清口以下，复合于黄。”

“清口以下，就不是复合于黄，而是复合于黄、淮。”陈于陛说。

“玉磊先生说的是。”张贞观应道。

“清口以下合于黄、淮，惟诚有没有想好确定的位置？”舒应龙问。

“在下看，可在草湾以下。”张贞观说。

“为何选在草湾以下？”舒应龙问。

“复合于草湾以上，易冲击正河，为淮域患；复合于草湾以下，则无此患。”张贞观说。

“那就定在草湾以下，玉磊先生意下如何？”舒应龙问陈于陛。

“很好。”陈于陛道。

“有这两个实在的地方，惟诚所议的三层意思就可落在实处。”舒应龙最后总结一句。

“中阳先生说的是。”陈于陛、张贞观齐应道。

三人又议几件具体的事，然后备好纸笔，草拟疏稿。

第二百一十四章

辛自修乡居数年之后复起，任南京刑部尚书。他到南京没几天，有人投来名刺及请柬。一看名刺，不是自己熟悉的南京部、院大臣，而是自己并不熟悉的应天巡抚朱鸿谟。所以，二人在一间僻静而又高雅的酒楼相见之后，他开玩笑地问："文甫先生说句实话，你是真心请我饮酒，还是来打我的秋风？"

朱鸿谟字文甫，山东益都人，隆庆五年进士。

"子吉先生何出此言？"朱鸿谟反问。

"我才到南京，刑部衙门里的板凳还没坐热，文甫先生就不远数百里找来，能说没有打秋风之嫌？"辛自修道。

"子吉先生不熟悉南京，更不熟悉应天巡抚。"朱鸿谟说。

"怎么？"辛自修问。

"应天巡抚移驻句容，子吉先生不知吧？"朱鸿谟反问。

"不知。"辛自修道。

"句容距南京不足百里，子吉先生也不知吧？"朱鸿谟又问。

"也不知。"辛自修道。

"所以我说，子吉先生不熟悉南京，更不熟悉应天巡抚。"朱鸿谟道。

"那么，文甫先生是真心请我饮酒？"辛自修问。

"这又不然。"朱鸿谟道。

"这又不然？"辛自修懵然。

"又有句话，叫作宴无好宴，子吉先生不会忘吧？"朱鸿谟问。

"不会忘，"辛自修道，"所以，我要做好准备，提防文甫先生设下圈套。"

"那就好。"朱鸿谟竟不否认他设下圈套。

酒和菜是早在酒楼预订的。二人就座后，酒保拎来两壶好酒，放在桌上现烫，菜则一样一样地端上来。

等着温酒的工夫，辛自修说："没有名目的酒，我是不饮的。"

"既请子吉先生饮酒，自有名目。"朱鸿谟说。

“文甫先生若以后辈的名义敬酒，我是不饮的。”辛自修具体地说。

“我不以后辈的名义敬酒。”朱鸿谟道。

“文甫先生以仰慕已久的名义敬酒，我是不饮的。”辛自修又说。

“我不以仰慕已久的名义敬酒。”朱鸿谟道。

“文甫先生以贺我复出的名义敬酒，我是不饮的。”辛自修又说。

“我不以贺子吉先生复出的名义敬酒。”朱鸿谟道。

“文甫先生若为求字敬酒，我是不饮的。”辛自修又说。

“我不为求字敬酒。”朱鸿谟道。

“文甫先生若为引介敬酒，我是不饮的。”辛自修又说。

“我不为引介敬酒。”朱鸿谟道。

敬酒者泰然自若，被敬酒者却一次比一次心里发虚。等到再也说不出什么拒饮的事项，辛自修终于问：“文甫先生欲为何事敬酒？”

“为此处酒好，可否？”朱鸿谟反问。

“有何不可！”辛自修道。

“为此处菜好，可否？”朱鸿谟问。

“有何不可！”辛自修道。

“子吉先生看，酒温好，品一口，如何？”朱鸿谟边问，边斟酒。

“有何不可！”辛自修道。饮酒后，他赞道，“果是好酒！”

“子吉先生看，肉炖得烂，尝一口，如何？”朱鸿谟边问，边从才端上来的钵里夹起一块肉，布给辛自修。

“有何不可！”辛自修道。尝肉后，他赞道，“果是美味！”

他本来可以不那么随便饮酒、不那么随便吃肉的，但他想，反正那么多不饮说在前面，朱鸿谟违反其中一条，他可以加以责备。

“我说酒好不算数，子吉先生既赞好酒，连饮三盅，如何？”朱鸿谟又接着劝酒。

“已饮的一盅算不算？”辛自修问。

“那是试饮，不算。”朱鸿谟说。

“好，连饮三盅就连饮三盅。”辛自修爽快地答应。

等他连饮三盅，朱鸿谟又接着劝菜：“我说菜好不算数，子吉先生既赞美味，连吃三块肉，如何？”

“文甫先生没别的菜吗？”辛自修问。

“还有几样本店拿手的菜。”朱鸿谟说。

“文甫先生让我吃肉吃饱，还怎吃别的菜？”辛自修道。

“虽有别的拿手菜，这钵炖肉却是驰名南京的招牌菜；别的菜可多吃一口，可少吃一口，这肉一定要多吃几口。”朱鸿谟说。

“好，连吃三块就连吃三块。”辛自修又答应下来。

朱鸿谟还没动酒盅，辛自修已经连饮三盅，外带先品一盅；朱鸿谟还没动筷子，辛自修已经连吃三块肉，外带先尝一块。

饮过，吃过，他问：“文甫先生不饮吗？”

“我不知该不该饮。”朱鸿谟说。

“请人饮酒，焉有主人不该饮的道理！”辛自修道。

“请人饮酒，客人饮得不畅快，主人则不该饮。”朱鸿谟说。

“原来文甫先生怕我饮得不畅快，我再陪文甫先生饮一盅，不能疑我饮得不畅快吧？”辛自修道。

“多谢子吉先生。”朱鸿谟揖道。

二人算是正式地饮一回酒。

“文甫先生不吃吗？”辛自修又问。

“我不知该不该吃。”朱鸿谟说。

“请人吃饭，焉有主人不该吃的道理！”辛自修道。

“请人吃饭，客人吃得不畅快，主人就不该吃。”朱鸿谟说。

“原来文甫先生怕我吃得不畅快，我再陪文甫先生吃一块肉，不能疑我吃得不畅快吧？”辛自修道。

“多谢子吉先生。”朱鸿谟又揖道。

二人各自吃一口肉。

朱鸿谟终于动筷子，终于端起酒盅，辛自修却有点儿不好意思。

“文甫先生，我是不是喧宾夺主？”他问。

“没有的事，这样很好。”朱鸿谟说。

“反正开始饮酒，要不，不必再讲求名目？”辛自修道。

“子吉先生的意思，我可以后辈的名义敬酒？”朱鸿谟问。

“是。”辛自修应道。

“我也可以仰慕已久的名义敬酒？”朱鸿谟问。

“是。”辛自修应道。

“我也可以贺子吉先生复出的名义敬酒？”朱鸿谟问。

“是。”辛自修应道。

“我也可为求字敬酒？”朱鸿谟问。

“是。”辛自修应道。

“我也可为引介敬酒？”朱鸿谟问。

“是。”辛自修应道。

“但我应允子吉先生，不以后辈的名义敬酒，不以仰慕已久的名义敬酒，不以贺子吉先生复出的名义敬酒，不为求字敬酒，不为引介敬酒，我就不会为此等事敬酒。”朱鸿谟说。

“文甫先生究竟欲为何事敬酒？”辛自修再一次问。

“我不说过，为此处酒好，为此处菜好！”朱鸿谟道。

“酒好，菜好，算不得敬酒的理由。”辛自修说。

“我并不欲敬酒。”朱鸿谟道。

“文甫先生请我来饮酒，却不欲敬酒？”辛自修问。

“是啊，”朱鸿谟应道，“我未敬酒，子吉先生不是饮得很畅快吗？不是吃得很畅快吗？我为何要扫子吉先生的兴！”

“文甫先生的意思，随意就好？”辛自修问。

“诚如子吉先生所言，随意就好。”朱鸿谟点头道。

“为随意二字，我愿连饮三盅。”辛自修说。

“愿奉陪。”朱鸿谟道。

二人自饮自酌，各饮三盅。

“子吉先生和孟中先生熟吗？”朱鸿谟忽问。

“是闽抚孟中先生？”辛自修问。

“是。”朱鸿谟应道。

他提到的，是今福建巡抚许孚远。

“不很熟。”辛自修说着，露出笑容。

“子吉先生为何窃笑？”朱鸿谟问。

“我终于明白，我说这不饮那不饮时，文甫先生为何泰然自若：原来文甫先生不是要引介人给我，而是要我引介人给你！”辛自修道。

“我和孟中先生很熟。”朱鸿谟一句话，几乎在指他自作聪明。

辛自修不无小窘。他干咳两声，问道：“那么，文甫先生还是要把他引介给我，或是，”顿了顿，接着说，“孟中先生请文甫先生把他引介给我？”

“孟中先生致函我时，还不知子吉先生要来南京履新。”朱鸿谟说。

“文甫先生是因该函而想起他的？”辛自修问。

“是。”朱鸿谟应道。

“孟中先生该函说的是公事？”辛自修问。

“若是公事，孟中先生不会致函于我。”朱鸿谟道。

“是私事？”辛自修又问。

“若是私事，我不会对子吉先生说。”朱鸿谟道。

“看来，是介于公事、私事之间。”辛自修判断。

“子吉先生说的是。”朱鸿谟应道。

“文甫先生今日这顿酒、饭，也是为该函而设吧？”辛自修问。

“我若道不是，子吉先生多半不信。”朱鸿谟说。

“文甫先生请我饮酒，我想到为的是公事，想到为的是私事，唯独没想到为的是介于公、私之间的事。真是百密一疏呀！”辛自修叹道。

“我能不能说说该疏？”朱鸿谟问。

“既未拒之于前，只好任你说。”辛自修道。

“孟中先生来函，为的是询问一姑苏籍世家贵公子。”朱鸿谟说。

“是谁个？”辛自修问。

“子吉先生想不出来吗？”朱鸿谟问。

“苏州一府，世家贵公子太多，我想不出来。”辛自修道。

“说起来，和子吉先生还有点儿瓜葛。”朱鸿隆又给他一个提示。

“和我有点儿瓜葛？”辛自修更想不出来，“我虽任过应天府官，但从未涉足姑苏，更不要说有何亲故。”

“我是说，其父是子吉先生前任。”朱鸿谟说。

“是朝中前任，还是南京前任？”辛自修马上问。

他希望朱鸿谟说是南京前任。因为他在朝中任过司卿，任过侍郎，任过掌院都御史，若是朝中前任，未必一下子想得出来；而在南京，他只任过今职，而今职的前任，只有一人是苏州籍，想起来简单得多。

“是南京前任。”朱鸿谟如他所愿。

“是元美先生公子？”辛自修问。

“是。”朱鸿谟应道。

“孟中先生和元美先生有深交否？”辛自修问。

“不知。”朱鸿谟道。

“孟中先生为何询问元美先生公子，文甫先生也不知吗？”辛自修问。

“这却在函中言及。”朱鸿谟道。

“为的何事？”辛自修问。

“不法。”朱鸿谟道。

“不法？”辛自修不由吃惊，“是哪位公子？”

“士骐一心向学，子吉先生无所闻吗？”朱鸿谟反问。

“那是士骕了。”辛自修道。他不能断定，王世贞是不是只有二子，但为他所知的，只有士骐、士骕二子。

“是他。”朱鸿谟点头。

辛自修大致明白，朱鸿谟为什么要请自己饮酒；或者说得更明白，朱鸿谟为什么要和自己说起许孚远的私函。奏请朝廷处置一不法世家贵公子，南京刑部尚书的话，比应天巡抚的话，分量要重得多。

只是还有一点想不明白：太仓人王士骕不法，怎么是福建巡抚发现并转告应天巡抚，而不是应天巡抚直接发现的？

“孟中先生与文甫先生函中，具体言及士骕不法事否？”辛自修问。

“未具体言及。”朱鸿谟回答。

“未具体言及？”这个回答大大出乎辛自修所料，“说孟中先生因士骕不法事而询问的是文甫先生，说孟中先生没具体言及士骕不法事的也是文甫先生，今日不把我彻底搞糊涂，文甫先生是不甘心呀！”

“恕我直言，不是我要把子吉先生搞糊涂，是子吉先生自个儿糊涂。”朱鸿谟说。

“怎讲？”辛自修问。

“孟中先生因士骕不法事而来函询问，就一定会具体言及其不法事吗？”朱鸿谟反问。

“既询问不法事，总得有一二证据吧？”辛自修道。

“证据是有的。”朱鸿谟说。

“那不还是具体言及不法！”辛自修道。

“孟中先生函中所言及的，不是士骕的一两桩罪状，而是别人的一句话。”朱鸿谟说。

“别人的一句话？怎说？”辛自修问。

“小则保障一方，大则勤王千里。”朱鸿谟道。

“此二句，可谓盛誉呀！”辛自修说。

“是。”朱鸿谟应道。

“孟中先生言及此二句，文甫先生为何反而说，他是为不法事询问士骕？”辛自修问。

“因为孟中先生由此二言，而见士骕不法。”朱鸿谟说。

“是他的猜测？”辛自修问。

“是。”朱鸿谟应道。

“孟中先生为何作此猜测？”辛自修问。

“因盛誉士骕者，张三也。”朱鸿谟道。

“张三是何人？”辛自修问。

“闽中一跅弛之士。”朱鸿谟道。

“想必此人多有不法。”辛自修说。

“想必是的。”朱鸿谟附和道。

“闽中一放荡不羁者，盛誉士骕，此人多有不法；故孟中先生推断，士骕亦多不法，”辛自修说着，问道，“文甫先生，是这样吧？”

“若是这样，推断士骕多有不法，证据足够否？”朱鸿谟反问。

“尚不足够。”辛自修说。

“所以，不完全是这样。”朱鸿谟道。

“还有何情节？”辛自修问。

“闽中跅弛之士为何盛誉吴中士骕？”朱鸿谟反问。

“对呀，闽中之士，为何盛誉吴中之士？”辛自修重复他的话，是为给出一个答案，“或是闽士曾到吴地，或是士骕曾到闽地。然否？”

“不然，”朱鸿谟道，“孟中先生函中言及，士骕不曾到闽，该闽士亦不曾来吴。”

“二人未曾谋面，为何惺惺相惜？”辛自修问。

“张三知士骕，是听李四说的。”朱鸿谟道。

“李四又是何人？”辛自修问。

“娄江一跅弛之士。”朱鸿谟道。

太仓境内有娄江，故太仓俗称娄江。

“李四是直接告诉张三的吗？”辛自修问。

“是。”朱鸿谟应道。

“那么，李四是到过闽地的，”辛自修推断，又问，“却不知，此娄江跅弛之士，是不是多有不法？”

“肯定是多有不法。”朱鸿谟道。

“文甫先生怎知？或——”辛自修顿了顿，又问，“——孟中先生怎知？”

“此娄江跅弛之士，驰往闽地，竟有十数健儿护卫相随。”朱鸿谟道。

“十数健儿？”辛自修想了想，辩道，“或是友好同游，非护卫也。”

“挎刀负剑，鲜衣骏马，低三下四，群相簇拥。不是护卫，却是何等之人！”朱

“由闽士多有不法，及娄江之士之招摇，孟中先生断定他也多有不法，”辛自修说着，问道，“对吧？”

“对。”朱鸿谟应道。

“由闽士多有不法，及娄江之士多有不法，孟中先生断定士骕也多有不法，”辛自修说着，问道，“对吧？”

“对。”朱鸿谟应道。

“闽士在闽，游闽的娄江之士在闽，孟中先生可以轻而易举处置；士骕在吴，对他来说，却鞭长莫及，”辛自修说着，问道，“对吧？”

“对。”朱鸿谟应道。

“孟中先生想到与他相熟悉的文甫先生，遂来函询问士骕的情形，”辛自修说着，问道，“对吧？”

“对。”朱鸿谟应道。

“询问情形是虚，实则欲文甫先生处置士骕，及与他相似的贵公子们，”辛自修说着，问道，“对吧？”

“对。”朱鸿谟应道。再耐心，也有忍不住的时候，他说，“‘对吧’二字，子吉先生已经问十次以上。”

“是吗？文甫先生容我再问一次，”辛自修道，“文甫先生以为，应天巡抚处置此事，不如交与南刑部处置。”说着，问道，“对吧？”

“对，”朱鸿谟应一声，说道，“子吉先生果然有所悟，掉过来一理，头绪完全清晰。”然后邀道，“子吉先生当再饮三盅吧？”

“此酒有何讲头？”辛自修问。

“我给子吉先生讲述许多，该不该饮一盅？”朱鸿谟反问。

“该饮一盅。”辛自修应着，饮酒。

“子吉先生把事情原委重理一遍，该不该饮一盅？”朱鸿谟又问。

“该饮一盅。”辛自修应着，饮酒。

“子吉先生慨允，接手此事，该不该饮一盅？”朱鸿谟又问。

“该——”辛自修把酒盅拿起来，又放下，“文甫先生，我几时答应你接手处置此事？”

“应天巡抚处置此事，不如交与南刑部处置，这话不是子吉先生说的吗？”朱鸿谟道。

“这话是我说的，但这话后面，还有三句话呢。”辛自修道。

“第一句？”朱鸿谟伸出一指。

“苏州的事，还是应天巡抚处置为好。”辛自修说。

“第二句？”朱鸿谟伸出二指。

“士骕等贵公子豢养甲士、健儿，乃至建立水师等事，须得查实。”辛自修说。

“第三句？”朱鸿谟伸出三指。

“文甫先生莫把此事当作介于公、私之间的事，而要把它当作完完全全的一件公事。”辛自修说。

“为子吉先生这三句话，我也饮三盅。”朱鸿谟道。

朱鸿谟去苏州，特别去太仓，查访此事。除建立水师一事被夸大，其他情形基本属实。他果断地把王士骕及其他几名贵公子下狱。

第二百一十五章

张杰被放进城里，被人带到宁夏总兵衙门的大堂上。这是他再熟悉不过的地方，因为他早年曾任宁夏总兵官。

见哱拜不在堂上，他心里一沉。他任总兵官时，哱拜任副总兵官，二人相处甚友善。代党馨巡抚宁夏的朱正色所以想到请张杰进城，张杰所以答应进城，都是为此。

坐在堂上的，是一名他不认识的将领。见他进来，该将领起身相迎。

“末将参拜张帅。”该将领说。

“你是——”张杰问。

“末将许朝。”该将领介绍自己。

张杰点点头，道：“原来是许将军。”

虽不相识，但他知道，今次宁夏之乱，许朝是个重要人物。

“张帅要见哱老将军？”许朝问。

“是，”张杰应罢，一抱拳，“还望许将军通报。”

许朝又是摇头，又是摆手。

“许将军不肯通报？”张杰问。

“不是不肯通报，是无须通报。”许朝说。

“无须通报？”张杰不解。

“老将军已知张帅到来。”许朝说。

“哱兄已知我到来？”张杰不相信地问。

“是啊，”许朝应道，“张帅要进城，我和老将军、少将军，还有刘大帅，是一起得知的。放张帅进城，还是老将军提出的。”

“哱兄放我进城，却不肯见我！”张杰既气恼，又失望。

“是，”许朝应道，“老将军说，今日情状，见之无益。”

“就这么一句话？”张杰问。

“还有一句：张帅见他，不如另见一人。”许朝说。

“却是谁人？不会是许将军吧？”张杰讥问。

“不是，”许朝说着，喝道，“带上来！”

两名健卒拖上来一人；到大堂中央，一松手，把他扔在地上。

“抬起头来！”许朝命道。

那人抬起头，头发散飘在前，遮住脸。

“撩开其发！”许朝命道。

那人把头发撩到脑后，露出脸来。他的脸上没有伤痕，没有血迹，两只眼睛还很有神。看来，刑是用过的，但只伤腿，没伤别的地方。

“张帅认得他吗？”许朝问张杰。

“不认得。”张杰摇头。

“他姓叶，叫叶得新。”许朝说。

“这个叶得新是何许人？”张杰问。

“和我，和刘大帅，同在一军，且是同乡。”许朝道。

“我看他身上有伤。”张杰说。

“被打断一条腿。”许朝道。

“谁人打的？”张杰问。

“人在我这里，会是谁打的！”许朝道。

“他怎冒犯许将军，许将军要打断他一条腿？”张杰问。

“张帅不知吗？”张杰好像很奇怪。他反问道，“张帅今日入城，是谁人的主意？”

“是朱都堂和我计议后，定下来的。”张杰说。

“朱都堂没给张帅讲一讲叶得新一条腿被打断的事？”许朝问。

“他没讲。”张杰道。

“难怪，”许朝似在自语，“他若告与张帅知，张帅未必会答应进城。”

“此话怎讲？”张杰只当是说给自己听的。

“叶得新虽和我等同在一军，却未和我等同时举义。”许朝说。

“始未相从，是被许将军等擒来的？”张杰问罢，发一句议论，“纵然未从于始，也没必要下此毒手！”

“他是自个儿来的，非被擒来。”许朝只回答他提的问题，对他的议论暂不予置评。

“那就更没必要打断他的腿。”张杰又发一句议论。

“打断他一条腿，不是因为他始未相随，也不是因为他后又径自闯来。”许朝说。

“那是为何？”张杰问。

“他是受总督魏都堂之命，进城来劝降的。”许朝说。

魏都堂即魏学曾。去年二月，经略郑洛力辞总督一职，朝廷起用魏学曾，以兵部尚书兼右副都御史总督陕西三边军务。

“劝降也是来使，”张杰较为婉转地指出他的错误，“许将军应知，自古有两国交兵，不斩来使之说。”

“我并没斩他呀。”许朝并不认错。

“两国交兵，也不应打断来使的腿。”张杰换个说法。

“打断他的腿，不是因为他劝降。”许朝说。

“他还做何事，为许将军不容？”张杰问。

“离间，”许朝道，“他依仗与我、与刘大帅有故交，游说我等杀老将军、少将军父子，以赎己罪。”

“他为两位将军指明出路，未必不是好心。”张杰说。在他看来，这是一个机会，只要许朝稍一松口，原本准备对哱拜说的话，现在对许朝说说，未尝不可。

许朝似乎看透他的心思，冷笑两声，问道：“张帅也打算给老将军指明这条出路吧？”

“对哱氏父子，对许将军，对刘将军，这都是一条出路。”张杰说。

“张帅会不会劝说老将军杀我和刘大帅，以赎其罪？”许朝问。

“不会，”张杰连忙摆手，“我仅劝降，绝不离间。”

“好，”许朝点点头，说道，“张帅别怪老将军不见你，他若答应见张帅，张帅就要有麻烦。”

“我和哱兄见个面，会有何麻烦？”张杰问。

“张帅不见此人吗？”许朝指着叶得新说，“他是来向刘大帅和我劝降的，却不知，我二人与老将军、少将军义结生死。所以，我要打断他一条腿，向老将军、少将军表白忠诚。张帅是来向老将军劝降的，他若见你，又怎样向我、向刘大帅表白忠诚？”

“如此说来，哱兄拒不相见，倒是为我好；既如此，不见也罢！”张杰道。他这时只想，怎样才能安全出到城外。

“我、刘大帅，和老将军、少将军，互相之间有个约定，凡来劝降老将军、少将军的，他二人不见，由我或刘大帅见；凡来劝降我和刘大帅的，我和刘大帅不见，由老将军、少将军见。处置呢，则是一样的：一律打断一条腿！”许朝说。

“许将军也要打断我一条腿？”张杰惊问。

“老将军倒是为你求过请，”许朝说，“老将军说，和张帅有故人之情，他愿替张帅受体罚。他这么一说，张帅的两条腿都可以保住。”

“请许将军代我谢过哱兄，”张杰抱拳一揖，小心地问，“既然将军等定下规矩，我与哱兄不得相见，那我可以出城吗？”

许朝没答复。张杰一扭脸，却见叶得新坐在地上冷笑。

“你在笑谁？”他问。

“笑你。”叶得新道。

“笑我何事？”张杰问。

“笑你有辱使命。”叶得新道。

“我怎的有辱使命？”张杰问。

“你不认得我，我却认得你，你是原宁夏总镇。”叶得新说。

“我是原宁夏总镇，又怎的？”张杰问。

“总镇大人知我是何职？”叶得新问。

“不知。”张杰道。

“我是一副千户而已。”叶得新说。

“你是副千户，又怎的？”张杰问。

“你知我怎么称呼他？”叶得新手指许朝反问。

“不知。”张杰道。

“我呼他老许。”叶得新道。

“以前吧？”张杰问。

“这一次进得城来，我仍呼他老许，”叶得新说着，手指许朝。“不信，你问他。”

张杰观察许朝的反应。许朝只觉得他二人的对话有趣，并无干涉之意。

“你与他同在一军，且同乡，呼一声老许，不足为怪。”张杰说。

“可你却呼他许将军！”叶得新道，“一个副千户呼作老许的人，却被原总镇大人呼作许将军，不好笑吗？”

“还有何事好笑？”张杰问。

“你来劝降谁人？”叶得新问。

“你以为呢？”张杰反问。

“哱老将军。”叶得新说。

“何以见得？”张杰问。

“劝降，都是劝降身份相当之人。我来，是劝降老刘、老许等；你来，自然是劝降哱老将军。”叶得新说。

“你说得不错，朱都堂着我来，的确是劝降哱兄；但见不到哱兄，我转而劝降别将，”张杰说着，问道，“这事也可笑吗？”

“可笑。”叶得新道。

“换成你，会怎做？”张杰问。

“换成我，会大叫：哱兄，不敢见故人否！”叶得新道。

“你以为一叫，就可相见？”张杰问。

“不可相见，也不可不叫！”叶得新道。

张杰稍觉理亏，不再争辩。他问：“还有何事好笑？”

“转而劝降老许，老许动心没？”叶得新反问。

“看来，并未动心。”张杰说。

“既未见到正主，又未劝动别人，乃欲仓皇求退！我说你有辱使命，说的不对吗？”叶得新问。

“换成你，会怎做？”张杰问。

“有死而已！”叶得新道。

“二位聊得很投机呀，”许朝在一旁插话，他先对张杰说，“老叶冒犯张帅，我代他向张帅赔罪。”

“不敢！”张杰忙说。

“我还要代张帅惩处他。”许朝又说。

“不必！”张杰忙说。

“一定要的！”许朝说罢，转向叶得新，“老叶，我成全你。”

“何事成全我？”叶得新问。

“你不是有死而已吗？我让你死在城里。”许朝道。

“好。”叶得新面不改色地应道。

“但我也不让你孤孤单单一人留在城里，”许朝又说，“你是因张帅而死的，我把他留在城里陪你。”

城中叛军杀叶得新，而将张杰系狱。

宁夏城里派出的探军在总兵衙门前跳下马来，把缰绳扔给一名叛卒，把马鞭扔给另一名叛卒，自己匆匆而入。

刘东旸、哱拜、许朝等，齐集堂上，等候他带回来的消息。不过，他们都是坐等；还有一人，却怎么也坐不住。他是宁夏叛军实际的谋主隋府。隋府原官陕西河西道分巡佥事，党馨、石继芳被杀时，他奔逃出衙门，跳下城楼欲逃，被叛卒捉拿回来。刘东旸等没杀他，而是请他作军师。

隋府有智谋。曾任首辅的张四维，曾任吏部尚书的陆光祖，对他都十分赏识。他因在家乡夺取老师的家产而被弹劾，张四维先把他保全下来，陆光祖后使他渐复原职。他所以会从乱，固然是为活命；但曾有过被论劾、被勘处的经历，也是原因之一。

探军给众人叩过头，禀道："官军齐集灵州。"

刘东旸、哱拜、许朝等一听，都坐不住，隋府反而稳稳当当地坐下去。

"隋先生，他说官军齐集灵州。"刘东旸重复探军的禀报。

"是。"隋府道。

"隋先生并不意外？"刘东旸问。

"刘将军意外不意外？"隋府反问。

"我——"刘东旸稍一思忖，说道，"似意外，又似不意外。"

"哱老将军意外不意外？"隋府又问哱拜。

"我也似意外，又似不意外。"哱拜说。

"许将军意外不意外？"隋府又问许朝。

"我也似意外，又似不意外。"许朝说。

"将军们为何似意外，又似不意外？"隋府问三人。

三人都说不上来。许朝嘿嘿一笑，道："还请隋先生说与我等听。"

"好，"隋府点点头，说道，"将军们既在宁夏举事，官军必齐集而来；这一点，将军们从第一天就应该想到，故而不意外。"

"隋先生说的是。"三人齐应道。

"但官军未径来宁夏，而是先集于灵州；这一点，却是将军们不会想到的，故而又意外。"隋府又说。

"隋先生说的是。"三人又齐应道。

"官军齐集灵州，隋先生是不是也意外？"许朝问。

"我不意外。"隋府道。

"隋先生早已料到？"哱拜问。

"是。"隋府应道。

"隋先生怎会料到？"刘东旸问。

"一则，总督魏都堂来，即驻于灵州；二则，官军若齐集，就当齐集于灵州。"隋府说。灵州在黄河以南，直隶陕西布政司，距西安约千里，是西安和宁夏之间的要冲。以归属而言，灵州辖于宁夏巡抚。

刘东旸等或许还是不明白，官军齐集为什么就当齐集于灵州；但他们相信隋府的话，谁也不再问。

"官军齐集灵州，隋先生看如何应付？"刘东旸问到下一个问题。

“还是先听听，都有哪些路官军吧。”隋府却说。

“对，”许朝附和道。“知己知彼，方能百战不殆。”

“说吧，都有哪些路官军！”刘东旸命探军。

“报大帅，第一路是榆林兵。”探军说。

“别报我，要知己知彼的是许将军。”刘东旸说。

“报许将军，第一路是榆林兵。”探军又对许朝说一遍。

“别报我，报给老将军。”许朝说。

“报老将军，第一路是榆林兵。”探军又对哱说一遍。

“别报我，报隋先生。”哱拜说。

“报隋先生——”探军还要再对隋府说一遍，被隋府摆摆手止住。

“一句话居然重复四遍，你说起来不烦死，我等听起来也要烦死。”隋府说。

“小的该怎报？”探军问。

“你谁也不报，不就谁都报到！”隋府说。

“是，”探军应道。从第二句话开始，他就不对某个具体的人禀报，“第二路，延绥兵。”

“隋先生，延绥治于榆林吧？”许朝问隋府。

“是。”隋府应道。

“那为何还分延绥兵、榆林兵？”许朝问。

“延绥巡抚所辖，除榆林兵外，还有延安兵、绥德兵等。仅言榆林兵，不知他处兵可曾调动；仅言延绥兵，亦不知榆林兵是否调动。故而分两处而言之。我想，他说的延绥兵，不是延安兵，就是绥德兵，或是合二处兵为一路。”隋府道。

“原来如此。”许朝虽然回应一句，但不知究竟听懂没有。

“第三路，庄浪兵。”探军接着说。

“庄浪一军，属甘肃镇。”隋府说。

他这是给刘东旸等讲解，刘东旸等点头。

“第四路，兰州兵。”探军道。

“兰州一军，亦属甘肃。”隋府讲解说。

“第五路，靖虏卫兵。”探军道。

“靖虏卫一军，属陕西镇。”隋府讲解道。

“记得隋先生说，陕西三边总督辖四镇，今陕西、甘肃、延绥三镇兵都调集，只有一镇兵马未动。”许朝说。

“是啊，”哱拜应一声，问道，“三镇兵马齐集，是不是等另一镇人马亦到，就要攻城？”

“是啊，”刘东旸应一声，责备探军，“分明还有一镇兵马未到，你怎说官军齐集灵州！”

“刘将军别责怪他，另一镇兵马早已到。”隋府说。

“早已到？”刘东旸等三人都感到困惑。

“是早已到，”隋府说。“另一镇即宁夏。魏都堂驻灵州，做的第一件事，是招集散于各处的宁夏官军。”

“可不是！”刘东旸等齐道。

“看来，四镇人马齐集灵州，隋先生当真不觉意外。”许朝又说。

“隋先生运筹帷幄，任何事都不觉意外。”哱拜又说。

“隋先生说说看，以我宁夏一城之力，抗衡四镇人马，胜算如何？”刘东旸又道。

“我首先要纠正许将军话里的一个错误。”隋府说。

“我话里有何错误？”许朝问。

“四镇人马齐集灵州，这话不对。”隋府说。

“这是他的话，我照说而已。”许朝手指探军说。

“他说的是官军齐集灵州，即有数路官军集于灵州；许将军说的是四镇人马齐集灵州，即陕西、宁夏、延绥、甘肃四镇官军，全部集于灵州。这两句话的差别是很大的。”隋府道。

“是我说错，隋先生纠正得好。”许朝承认。

“我再纠正老将军话里的一个错误。”隋府又说。

“我话里有何错误？”哱拜问。

“运筹帷幄是运筹帷幄，不能说运筹帷幄，任何事情都不觉意外。”隋府道。

“这是隋先生自个儿的话，我照说而已。”哱拜说。

“我说的是官军齐集灵州，我不意外；若再有别的事，我也会感到意外的。”隋府说。

“隋先生能否举例，对何事感到意外？”哱拜进一步问。

“老将军容我稍迟再说。”隋府说。

“好。”哱拜应道。

“隋先生，我话里也有错误吧？”刘东旸问。

“刘将军话里的错误最大。”隋府说。

“请隋先生指正。”刘东旸说着，抱拳。

“宁夏乃四镇之一。各将军麾下人马，几乎占据宁夏镇官军的半数。所以，不可能是以一城之力，抗衡四镇之人马。此其一也。”隋府说。

“其二呢？”刘东旸问。

“所谓官军齐集灵州，榆林一路，延绥一路，庄浪一路，兰州一路，靖虏卫一路。在四镇官军中，不过十之一耳，说不上是以一城之力，抗衡四镇之人马。”隋府说。

“还有其三吗？”刘东旸问。

“有，”隋府应一声，说道，“当真以一城之力，抗衡四镇之人马，绝无胜算可言。”隋府说。

“老将军，老许，如何？”刘东旸问哱拜、许朝。

“隋先生言之有理。”哱拜、许朝道。

“我是问你二人，是否很沮丧。”刘东旸说。

“确有些沮丧。”哱拜、许朝道。

“绝无胜算可言，谁个听了不沮丧！”哱拜又说。

“好在如今要面对的，并非四镇人马。”许朝又说。

“许哥说得好！”刘东旸道，“今日面对的并非四镇人马，非无胜算可言，为何要沮丧！”说着，问隋府，“隋先生可是此意？”

“是。”隋府应道。

“隋先生快说，当如何取胜！”刘东旸催促道。

“即刻说如何取胜，还有些早；老将军方才提出的问题，我还没回答呢。”隋府说。

“老将军方才提的是什么问题？”刘东旸问。

“我记得，老将军问隋先生，对何事感到意外；隋先生表示，稍后些再说。”许朝插话。

“对，就是这个问题。”隋府道。

“隋先生打算这会儿说？”刘东旸问。

“是。”隋府应道。

“那么，隋先生对何事感到意外？”刘东旸问。

“譬如，朝廷会不会从四镇以外调兵来宁夏。”隋府说。

“是朝廷从四镇以外调兵让隋先生意外，还是朝廷不从四镇以外调兵让隋先生意外？”刘东旸问。

“首先是朝廷不从四镇以外调兵让我感到意外。”隋府说。

“这是为何？难道隋先生希望朝廷从四镇以外调兵？”刘东旸问。

“我不希望；但宁夏发生的不是小事，陕西三边又有外忧，朝廷不会不迅作处置的。”隋府说。

“迅即处置，即从四镇以外调兵？”刘东旸问。

“这是最基本的处置。”隋府说。

“刘大帅，小的能不能说一句？”探军壮着胆子插话。

“你说！”刘东旸道。

“隋先生料事如神，四镇之军外，果然还有他处官军。”探军说。

“还有他军，你怎不报！”刘东旸斥道。

“我等不住开口说话，他怎报得出来！”隋府替探军分辩一句，然后命他，“说吧，还有哪处官军！”

“有山西一路。”探军说。

“在我意料之中。”隋府忍不住又插话。

“有大同一路。”探军说。

“我亦想到。”隋府道。

“有宣府一路。”探军说。

“我也想到。”隋府道。

“有辽东一路。”探军说。

“我——”隋府后面的话没说出来。他问，“居然还有辽东一路？”

“是。”探军应道。

“老将军，此事让我感到意外。”隋府专门对哱拜说。

哱拜点点头，没说什么。许朝替他问道：“朝廷既从四镇以外调兵，就有可能从辽东调兵，隋先生为何感到意外？”

“一则，辽东来宁夏，路途遥远；二则，辽东连年有战事。宁夏有事，调来辽东兵，有如辽东有事，调去宁夏兵，皆不寻常。”隋府说。

“喂，”刘东旸招呼一声探军，问，“还有没有别军？”

“再无。”探军道。

“再出个别军，我唯你是问！”刘东旸威胁道。

“小人打探之时，只探到这些军；以后再增加别军，非小人可知。”探军说。

刘东旸不再理会他，转问隋府：“隋先生，把山西兵、大同兵、宣府兵，还有辽东兵，统统加上，我等有没有胜算？”

“比没有山西、大同、宣府、辽东等处援军，我胜算要小些，但也不是没有胜算。”隋府说。

“外面的官军，已被一路一路数出来，有几成胜算，隋先生心里该有数吧？”刘东旸问。

“仍无数。”隋府道。

“为何仍无数？”刘东旸问。

“他有援军，我也有援军；他的援军已一路一路数出来，我的援军却没数出来，怎料定胜算几成！”隋府道。

“隋先生说的是。”刘东旸等三人齐声附和。

“不是隋先生提醒，几乎忘个干净：老将军约族人援手我等，怎仍无音讯？快着人去打探！”刘东旸又说。

鞑靼卜失兔、庄秃赖等部为声援宁夏，以三万人犯定边、小盐池；宰僧部以万人入花马池。魏学曾闻讯，檄甘肃总兵官董一元、副将麻贵、游击将军龚子敬迎战。右沟一战，麻贵稍挫鞑靼部。土昧铁雷一战，董一元杀敌一百三十余人。沙湃口一战，龚子敬陷入敌围，战死。说起来，都是些小胜小负。但卜失兔等知官军有备，引兵退。

宁夏仍是一座孤城。

第二百一十六章

从显灵宫里出来二老丈，一年在望七，一年近半百。年在望七的老丈眼不花，背不驼，走起路来，两脚落地有声。年近半百的老丈，和同龄人比起来，体格并不算差，但和年在望七的老丈走在一起，倒显得比对方还要年长几岁。

年在望七的老丈姓沈，年近半百的老丈姓黄。二人都是浙江人，都喜出入道观，见过几面之后，成为至交。

姓沈的老丈把手里的小匣子交给姓黄的老丈，郑重地说："每日两丸，早晚各一，切记。"

姓黄的老丈接过，感激地说："又让沈老费心。"

"举手之劳，不费心，"姓沈的老丈道，又说，"这是专为黄兄配制的丹丸。令婿服用的丹丸，容我再盘算盘算，过两日拟一个方子，也请此宫的道长烧炼出来。"

"多谢，多谢，"姓黄的老丈连连揖道，又不解地问，"沈老赠我的丹丸，我服用之后，感觉很好。让我家官人照服不就成吗，沈老为何还要另为他配制？"

"黄兄饱食终日，无所用心，是个有福气的人；令婿没有你这样的福气，不可照服。"姓沈的老丈说。

"我家官人已官至大司马，不能说没福气吧？"姓黄的老丈愈发不解。

"官运亨通，固是福气；但也要看在何时任何官。"姓沈的老丈说。

"今时官大司马，不是福气吗？"姓黄的老丈问。

"我给你说件事，"姓沈的老丈道，"昨日，我在东华门外站一会儿，恰好碰见令婿出来。你猜怎么着，我看他满头银丝，满脸愁云，竟似比黄兄的年纪还要大。"

"他本来就比我年长几岁。"姓黄的老丈说。

"何止几岁，他比黄兄年长十岁也不止。"姓沈的老丈道。

"或因两地战事，我家官人近日确较憔悴。"姓黄的老丈承认。

"黄兄想不想帮令婿一个忙？"姓沈的老丈问。

"我帮他一个忙？"姓黄的老丈摆手道，"我乃一布衣，既不懂兵事，更不懂朝廷上的事，怎帮得到他！"

“正要不懂兵事的人，不懂朝廷之事的人，才帮得到大司马。”姓沈的老丈说。

“沈老此话怎讲？”姓黄的老丈忙问。

“懂兵事的人，一心想着拼杀于疆场；懂朝廷之事的人，一心想着争斗于朝廷。然两地战事，胜负非决于疆场的拼杀，亦非决于朝廷的争斗。”姓沈的老丈说。

“却决于何事？”姓黄的老丈问。

“天机不可泄露，”姓沈的老丈道，“黄兄再见令婿愁眉不展时，让他见我一面，听我一言，我保证他愁云尽扫。黄兄只要这样做，就算帮令婿一个大忙。”

“此话当真？”姓黄的老丈问。

“黄兄以为我在吹牛，以后不用搭理我。”姓沈的老丈说。

“好，我试试。”姓黄的老丈虽半信半疑，还是答应下来。

他是兵部尚书石星爱妾的父亲。女儿有宠于石星，他相信，他的话石星也听得进几句。

姓沈的老丈被兵部的吏员接到衙门里。看在姓黄的老丈面子上，石星对他很是客气，请他坐下，椅旁的小几上放杯清茶，两碟干果。

“老丈姓沈？”石星问。

“是。”姓沈的老丈应道。

“可否示以大名？”石星问。

“贱名上惟下敬。”姓沈的老丈道。

“沈惟敬，沈先生，”石星重复一遍，又问，“沈老丈可有字、号？”

“小老儿从不出入官场，故从没用过字、号；到而今这把年纪，更用不着。”沈惟敬说。

“胜负非决于疆场的拼杀，亦非决于朝廷的争斗，如此而言战事，沈老丈的见识不凡呀。”石星赞道。显然，姓黄的老丈在介绍沈惟敬的时候，该说的话，一句也没落下。

“小老儿妄言，让大司马见笑。”沈惟敬谦道。

“两地胜负决于何事，前者不肯说，今日可以说吧？”石星问。

“小老儿是浙人，从未涉足西北，不敢妄言宁夏之事。”沈惟敬说。

“沈老丈欲专谈倭事？”石星问。

“是。”沈惟敬应道。

“也好，今之倭事，尤重于宁夏事。”石星说着，转身向沈惟敬看去，等他侃侃而谈。

“我想先听大司马说说。”沈惟敬却说。

“听我说说？”石星不知该怒，还是该笑。一毫不相干的老儿——或许不应该说毫不相干的老儿，他终究是爱妾父亲的老友；但不管怎说，对自己来说，他就是一个毫不相干的老儿——被接来兵部衙门，不说献何良策，而要听大司马说说！他控制好情绪，不怒，也不笑，只是淡淡地说，“我所知道的事，不是都能说给老丈听的。”

“不妨，大司马只拣能说的说给小老儿听。”沈惟敬好像并没觉察，他的要求有多无礼。

“好吧，我先说个事与老丈听，”石星拣选的当然是能说的事，他问，“倭犯朝鲜，老丈想必是知道的？”

“小老儿已知。”沈惟敬应道。

“倭人几时兵犯朝鲜，老丈可知？”石星问。

“是近日。”沈惟敬道。

“答得好！”石星微笑，“本部很想知道，几日之内，老丈会言近日？”

“不是几日之内，是几月之内。”沈惟敬不当是句笑话，认真地回答。

“是几月之内呢？”石星又问。

“小老儿记不清。”沈惟敬说。

“是记不清，还是不知？”石星刨根问底。

“是不知。”沈惟敬道。

“这我可以告诉你：是本年四月十三日。”石星说。

“亦即，小老儿说的近日，是在四月之内，”沈惟敬说着，问道，“敢问大司马，这个日子准不准？”

“是辽东巡抚据朝鲜国王咨文呈奏于朝的，老丈说准不准！”石星道。

“那一定是准的，”沈惟敬回应一句，又问，“倭犯朝鲜，动用多少人马？”

“具体多少人马，朝鲜国王咨文中不曾言及，我辽东巡抚奏章中不曾言及；仅知倭船四百余只，从大洋挂蓬，直犯朝鲜，”石星说着，问道，“仅知船数，够不够？”

“够，”沈惟敬应道，他计算一下，说，“倭人船只不大，以一船乘载七八十人而计，应有三四万人。”

“老丈熟悉倭船？”石星对他开始感兴趣。

“我不熟悉。”沈惟敬摇头。

“老丈却知，倭船可乘载七八十人。”石星道。

“我有一仆，是温州人，曾被倭寇掠去，返回后投靠于我。他告诉我，倭人犯朝鲜的船只，应能乘载七八十人。”沈惟敬说。

“老丈身边有这等人，几时带来，让我见见。”石星道。

“谨遵台命。”沈惟敬揖道。

“接下来，老丈为我说说，还是仍要听我说说？”石星问。

“小老儿仍想听大司马说说。”沈惟敬回答。

“老丈欲听何事？”石星问。

“倭船初犯朝鲜，迄今已数月，小老儿欲知战事如何。”沈惟敬道。

“倭船由对马岛渡海，登陆朝鲜，当月即陷釜山。”石星说。

“然后呢？”沈惟敬问。

“五月，渡临津江，掠开城，陷丰德，逼王京。”石星说。

“倭寇逼王京，朝鲜李王无力抵御吧？”沈惟敬问。

“是，”石星点点头，反问，“老丈知朝鲜王姓氏，可知今王之名？”

“这却不知。”沈惟敬道。

“单名一个昖字，”石星估计他不认得这个字，边比画，边说，“左半是个日字，右半是个公字，此字读沿。”

“多谢大司马教诲，”沈惟敬揖揖，问道，“李王昖无力抵御，只得弃城而逃吧？”

“是，”石星应一声，说道，“李王昖命次子李珲守王京，摄国事，自家奔往平壤，随后又奔往义州。”

“义州已近我辽东吧？”沈惟敬问。

“是。”石星应道。

“李王昖既弃王京，王京想必不守。”沈惟敬肯定早就得知这个消息，这会儿却宁愿以判断的口吻说。

“是，”石星应道，“七月，倭入王京，毁王陵，劫王子、陪臣，掠府库，朝鲜八道几尽没于倭。”

“然后呢？”沈惟敬问。

“朝廷数议其事，无不以为，朝鲜为我藩篱，在所必争。”石星说。

“无不以为？”沈惟敬问。

“无不以为。”石星重复道。

“大司马也以为？”沈惟敬问。

“我也以为，”石星道。沈惟敬这样反复地问，让他觉得很不自在。他反问，“老丈是不是以为，不必争之。”

“朝政士大夫谋之，小老儿岂敢置喙！小老儿只想说，在所必争是不错的，但要看怎么争。”沈惟敬说。

“老丈以为，当怎么争？”石星马上追问。

“朝鲜战事，大司马还没有说完呢。”沈惟敬把话岔开。

“朝廷既以为在所必争，遂遣使赴朝鲜，见李王昖，谕以兴复大义，告以我十万大军旦夕将至。”石星说。

“朝廷当真欲遣十万大军往朝鲜？”沈惟敬问。

“此乃朝廷机密，我不能告诉老丈；但我可以告诉老丈，辽东已两次出兵，一次由游击将军史儒统领，一次由副总兵祖承训统领。”石星说。

“结果呢？”沈惟敬问。

“初战不利。”石星说。

“怕是大不利吧。”沈惟敬道。

的确是大不利：史儒兵至平壤，解围不成，自身战死；祖承训兵过鸭绿江，与倭军遭遇，激战之后，只身逃回。这些，当然是石星不能更不愿对沈惟敬说的。

“朝廷遣大军讨伐，是早晚的事，”他含糊其辞地说一句，把话打住，“朝鲜战事，只能说到这里。老丈还想听我说吗？”

“最后还想听一事。”沈惟敬说

“何事？”石星问。

“小老儿听说，倭犯朝鲜以来，不少人献策于朝廷。”沈惟敬说。

“老丈欲听献于朝廷之策？”石星问。

“是。”沈惟敬应道。

“除献于廷之策，有无议于野之策？”石星问。

“亦有之。”沈惟敬道。

“议于野之策，老丈有所闻否？”石星问。

“有所闻。”沈惟敬道。

“献于朝廷之策，我不能随便说给老丈听；既闻议于野之策，不如老丈说给我听听。”石星提议。

“也好，”沈惟敬应道，“或曰：倭大酋平秀吉，非人，亦非妖。”

“那是何物？”石星问。

“蛟也，”沈惟敬道，“昔传上仙于旌阳斩百蛟，实则斩九十九蛟，一蛟漏网，即平秀吉。”

“既然为蛟，当拜请龙王收拾，”石星只当在听一段笑话，只当在聊一段笑话。

“不必，”沈惟敬道，“此蛟所嗜者无他，唯鹅。若投一万只鹅于海，倭酋心满意足，无心他掠。”

石星听罢大笑：“此计可谓以鹅退敌。”

“大司马说的是。”沈惟敬应道。

“还有何等奇策？”石星问。

“或曰：应对倭寇，当御之于国门之外。”沈惟敬又说。

“这倒像是一句谋国的话，”石星道，又问，“御之于国门之外，只能以海战吧？”

“小老儿也是这么想的。”沈惟敬说。

“海战，可必胜否？”石星问。

“可必胜。”沈惟敬道。

“有何良策？”石星问。

“备十万鸡卵、鸭卵，两军舟师相遇，投掷于敌舟。卵被击碎，液流船板，倭贼轻者东倒西歪，重者跌伤跌死，我欲杀欲擒，岂不如探囊取物一般！”沈惟敬道。

“为何仅以鸡卵、鸭卵，不以鹅卵？”石星忍住笑问。

“鹅卵不是要拿去喂蛟吗！”沈惟敬道。

石星大笑。除事情本身可笑，他忽然发觉，沈惟敬这个人很机敏。

“此计可谓以卵退敌。”他说。

“大司马说的是。”沈惟敬应道。

石星伸出三指，意思是让他再说第三策。

“大司马还要听呀？”沈惟敬问。

“老丈听我说，是一而再再而三；我听老丈说，怎可只有一而再，没有再而三呢！”石星道。

“那小老儿就再引大司马一笑，”沈惟敬说，“或曰：倭敢于大举进犯朝鲜，是无后顾之忧。”

“这话有道理，”石星点头，又问，“议者是否打算我整饬水师，自浙，或自闽，或自粤，突出一师，袭击倭人盘踞之岛？”

“不必我出师。”沈惟敬说。

“有人会替我出师吗？”石星问。

“有。”沈惟敬肯定地回答。

“谁人？”石星问。

“琉球人。”沈惟敬道。

“老丈欲借琉球之力牵制倭人？”石星问。

“不是我，是议者。”沈惟敬道。

“老丈以为呢？”石星问。

“琉球贡使屡言日本事于朝廷，小老儿看，是琉球欲借我朝廷之力以牵制日本。”沈惟敬说。

“老丈说的不错，”石星道，“以琉球之军袭击日本，无异于以卵击石，纯属无稽之谈。”说罢，问道，“老丈之策，不会像此等之策一样，不着边际吧？”

“小老儿不养鸡、鸭，不养鹅，想不出以鹅退敌，以鸡卵、鸭卵退敌的招数。”沈惟敬说。

“那么，老丈退敌，欲以何物？”石星问。

“大司马一言，小老儿一身，足矣。”沈惟敬道。

“这等简单？”石星问，“老丈先说本部一言，还是先说老丈一身？”

“小老儿一身怎敢僭越大司马一言！”沈惟敬道。

“那好，就请老丈说说本部一言。”石星揖道。

“大司马只要奏言准倭人封贡，一场灾难自然化解。”沈惟敬说。

“老丈有把握？”石星问。

“在大司马面前，小老儿不敢胡言乱语。”沈惟敬道。

“老丈哪里来的把握？”石星不敢轻信。

“小老儿知倭犯朝鲜，只是为求朝廷赐封、准贡。”沈惟敬说。

“老丈怎知倭犯朝鲜，为求朝廷赐封、准贡？”石星追问。

“小老儿才告诉大司马，小老儿有一家仆还自倭岛。”沈惟敬说。

“那又怎样？”石星问。

“他在倭岛日久，告诉我说，日本平秀吉并无野心，不过欲求贡中国；此事为朝鲜阻遏，故举兵犯之。朝廷只要降旨，赐封他关白，准他入贡，即可化干戈为玉帛。”沈惟敬说。

“老丈以为其言可信？”石星问。

“是，可信。”沈惟敬应道。

“我只问老丈：倭国得不得入贡，事权在于朝廷，怎会为朝鲜阻遏？况且，只要朝廷准贡，倭使可自粤入，可自闽入，可自浙入，甚至可自南直入，与朝鲜何干？”石星提出一个所有人都会问的问题。

“小老儿想，以往倭使可从粤入，可从闽入，可从浙入，甚至可从南直入；然今之关白，势力在北，从辽东而入最为方便。欲从辽东入，则须借道朝鲜。”沈惟敬说。

他的辩解很牵强，但石星听来，也不是全不可信。

“照此说来，我若奏言于朝，是不是须准倭使从辽东入？”石星道。

“那却未必，”沈惟敬不难辩之，“只要朝廷准倭使入贡，可命他仍自粤入，自闽入，自浙入，甚至自南直入，而不得自辽东入。”

“所谓一言，我已解其意；所谓一身，却是何意？”石星转问下一句。

“小老儿愿以身许国，谕退倭军。”沈惟敬说。

“老丈只身前往？”石星问。

“小老儿只身前往，能谕退倭军？”沈惟敬反问。

“咦！”石星怪道，“大司马一人，小老儿一身，足矣！这话不是老丈说的吗？”

“小老儿的意思，愿以一身去担大任，”沈惟敬说，“若是小老儿去对倭将说，尔等听真，某愿以一己之身，劝谕尔等退兵。倭将果然退兵，小老儿死不足惜！但大司马想一想，小老儿这样去说，有用没用？”

“大概不会有用。”石星道。

“所以，即便小老儿只身前往，也得有个名分。”沈惟敬说。

“不错，是得有个名分，”石星想了想，说道，“我也不会让你只身前往。倭犯朝鲜一日，朝廷遣大军往征，便势在必行。待我大军入朝时，老丈可随军而往。至于名分，我为老丈请太高的官职，朝中必多议论，反而误事。我为老丈奏请游击将军一职，如何？”

“得大司马信用，小老儿复有何求！”沈惟敬道。

第二百一十七章

有旨免朝，廷臣散去。都察院掌院都御史李世达和吏部尚书孙鑨本该各奔东西，但孙鑨说句“子成兄随我来”，李世达边问“文中兄唤我何事”，边随孙鑨走去。出会极门，孙鑨把几页纸交与李世达，说句“子成兄自家看吧”，然后袖手站立一旁。

孙鑨和李世达同是嘉靖三十五年进士。

纸上写的都是人名。一页纸的上端写一个“科”字，又写一个“文”字；一页纸的上端写一个“道”字，也写一个“文”字；再一页纸的上端写个“科”字，又写一个“武”字；再一页纸的上端写个“道”字，也写个“武”字。

李世达可以断定，这不是推举的科臣、道臣，因为所列的人员中大都是资深者，不可能被推为给事中和御史，哪怕是都给事中和掌道御史。

“文中兄何意？”他问。

“一顿大餐。”孙鑨说。

“谁个的大餐？”李世达问。

“你我的大餐。”孙鑨道。

“此皆人中龙凤，怎成你我的大餐？”李世达驳道。

“朝廷正是缺少人才之际，子成兄欲外差大臣，怕捉襟见肘吧？不是子成兄的大餐，还会是谁个的大餐！”孙鑨道。

“若言大餐，也是文中兄的大餐。”李世达说。

“若言我的大餐，也是由子成兄享用。”孙鑨说。

李世达似乎放弃争辩，指着写有“科”字的两页纸，问道：“此科臣所荐吧？”

“是。”孙鑨应道。

“此道臣所荐吧？”李世达又指着写有“道”字的两页纸问。

“是。”孙鑨应道。

‘此荐文臣吧？”李世达变换组合，指着写有“文”字的两页纸问。

“是。”孙鑨问道。

“此荐武臣吧？”李世达又指着写有“武”字的两页纸问。

“是。”孙鑨应道。

李世达数数第一页纸，说：“科荐文臣十九名。”

“是此数。”孙鑨道。

“文中兄是不是要我念出来？”李世达问。

“再好不过。”孙鑨道。

“李汶、孙旬、王璇、魏允贞、王绍光、王谦、董基、张主敬、陈用宾、田畴、韩取善、周光镐、张世烈、王国、李化龙、李鋕、荆州俊、杨镐、白栋。”李世达念道。

“此科臣所荐文臣边材。”孙鑨说。

李世达又数数第二页纸，说：“道荐文臣二十九名。”

“不，”孙鑨摇着头说，“应是二十五名。”

“怎会是二十五名？”李世达边念，边数，“王遴、张学颜、郑洛、顾养谦、孙旬、吴定、李汶、张养蒙、魏允贞、董基、陈用宾、郑汝璧、韩取善、高尚忠、蔡廷臣、刘葵、赵耀、周光镐、曾如春、于达真、夏良心、高时、李化龙、王国、梁云龙、江铎、李鋕、张主敬、张国玺。”念完，也数好，他说，“文中兄看，不正好二十九名！”

“子成兄不见，王遴、张学颜、郑洛、顾养谦四位，是和后面二十五名分开的？”孙鑨道。

“分开是何意？”李世达问。

“分开即谓，前边的四位是特别举荐，后边的二十五名是一般举荐。”孙鑨说。

“子愚先生等官至尚书，可不该特别举荐！”李世达回应一句，又数第三页纸上的人数，“科荐武职二十四人，没错吧？”

“没错。”孙鑨道。

“文中兄听我念一念？”李世达问。

“好啊。”孙鑨应道。

“杨浚、刘缙国、祁光祖、陈汝忠、姜河、赵梦麟、徐龙、鲁光祖、黄明臣、杨元、熊世锦、韦邦臣、马孔英、王承业，”李世达念到这里，见下面空一行，于是稍稍停顿。然后接着念，“朱文达、邓子龙、骆尚志、宋大斌、吴广、刘綎、杨文、陈蚕、陈九霄、陈禄。”

“子成兄为何分成两段来念？”孙鑨问。

“不是我要分成两段念，是文中兄分成两段写的。”李世达说。

“不错，”孙鑨拍了拍脑门，说道，“忘和子成兄交代：科荐武职一分为二，前十四名堪为北将，后十名堪为南将。”

“宜北宜南，分而列之，值得称道。”李世达说。

“科荐武职若值得称道，道荐武职更值得称道。”孙鑨却说。

“道荐武职是怎分的？”李世达问。

“还是请子成兄自个儿先看看。”孙鑨道。

第四页纸上列的人名，明显分成三部分：第一部分四人，第二部分六人，第三部分十四人。

“道荐武职亦二十四名；或者，应该算作二十名。”李世达说。

“为何算作二十名？”孙鑨问。

“李成梁、李如松、萧如勋、侯之曾四位，同样应该属于特别举荐的。”李世达说。

“举一反三，诚是，”孙鑨道，又问，“子成兄有没有看出来，另外两部分是怎么分的？”

李世达还是先念。念完前面的六人，顿了顿，再念后面的十人。

“朱文达、杨文、骆尚志、沈思孝、邓子龙、吴广；鲁光祖、黄明臣、杨元、祁光祖、刘缙国、杨浚、陈汝忠、郭维孤、王通、褚东山、赵梦麟、姚国忠、马孔英、徐龙，”他念完后，说，“道臣所荐这两部分，似乎不以宜北、宜南而分。”

“子成兄高明！”孙鑨竖起拇指赞道。

“文中兄且莫谬赞，我虽看得出不以宜北、宜南而分，却看不出是以何而分。”李世达说。

“子成兄想一想当前两件大事。”孙鑨提示。

李世达立刻有所悟，道：“莫非一则备倭，一则备虏？”

“正是，”孙鑨应道，“前六名堪备倭，后十名堪备虏。”

“科臣以宜北宜南而分，道臣以堪备倭、堪备虏而分，可谓各有千秋，”李世达又称赞一句，然后说，“不过，我有所不解。”

“有何不解？”孙鑨问。

“仍以大餐言之，今日饕餮之士应该是大司马，而不是我呀，文中兄为何不陈于拱宸先生面前，而陈于我面前？”李世达道。

“大司马忙于定策，分派用人只得和子成兄计议。”孙鑨说。

“只是为此？”李世达问。

“子成兄非得说我有私不成？”孙鑨说着，摆了摆手，“我承认有私，这样总可以吧？我承认有事求子成兄，这样总可以吧？”

“言重！”李世达忙说，“文中兄有事，命之便是，何必言求！”说着，问道，“文中兄所言何事？”

“唯贯先生之事。”孙鑨告诉他。

“原来为的是此事！”李世达道，“唯贯先生虽下狱，所幸下的是都察院狱，不是诏狱，文中兄还怕他吃苦头不成！”

“我不是怕他吃苦头，我是想：今者廷臣多方推荐边材，现职的边材却置于狱中，大为不宜。”孙鑨说。

“文中兄说的是，”李世达先附和一句，然后问，“文中兄想我怎做？”

“鸣其冤。”孙鑨回答的三个字言简意赅。

“应该的，”李世达的想法和他一样，“唯贯先生既系都察院狱，理当由都察院纠核其事，我会如实禀奏。”

“如实禀奏，恐怕起不了多大作用。”孙鑨摇着头说。

“文中兄的意思呢？”李世达问。

“须得面奏。”孙鑨说。

“面奏？”李世达摇头，“皇上不朝，我等如何面奏？文中兄是不是觉着我面奏的机会比你大？”

“子成兄面奏的机会不会比我大。”孙鑨说。

“既如此，文中兄为何来求我？”李世达问。

“有人面奏的机会比你我都大。”孙鑨说。

“文中兄说的是谁人？”李世达问。

“子成兄想呢？”孙鑨反问。

“文中兄不会指司礼监臣吧？”李世达明知不会，也要说一说。

“不会，”孙鑨道，“司礼监臣面奏的机会虽然比任何人都大，但不可以唯贯先生之事相托。”

“那么，是阁老？”李世达问。

孙鑨点头。

“不错，阁老是可以唯贯先生之事相托的，”李世达说着，问道，“托于阁老，你我的机会是一样的呀，文中兄为何自家不去相托，而要我去相托？”

“原本我可以径对两位相公说的，可是，唉！”孙鑨欲言又止。

“文中兄有何难言之处？”李世达关切地问。

“今内阁与吏部关系有点儿僵，子成兄没发觉吗？”孙鑨反问。

“不是今内阁与吏部关系有点儿僵，是近年以来内阁与吏部的关系有点儿僵。”李世达更正。

“又有何区别！”孙鑨道。

“区别是有的，”李世达说，“今内阁与吏部的关系有点儿僵，是文中兄和汝迈先生、明成先生的关系有点儿僵；近年以来内阁与吏部的关系有点儿僵，是内阁前相公和吏部前尚书的关系有点儿僵。延至今日，若是仍有点儿僵，责任肯定不在文中兄。”

“这么说，子成兄深知其由来？”孙鑨问。

“深知不敢说，看在眼里罢了，”李世达说，“大冢宰听命于相公，不知始于何时，但张江陵主政，吏部唯唯诺诺尤甚。伯敬先生接任大冢宰，权始归部。与绳先生继任，亦与内阁颉颃。二公之去，都因和内阁不相协。接下来，就轮到文中兄。”说到这里，他问，“文中兄接掌吏部不到半年，是不是就和相公们相持不下？”

“岂止相持不下，比起伯敬先生、与绳先生在任时更甚。”孙鑨说。

“究竟为的何事？”李世达问。

“一件小事，”孙鑨道，“子成兄亦知，吏部尚书与阁臣在外相遇，依照旧例，是不用避道的。”

“旧例二字，文中兄用得好。”李世达笑道。

“子成兄的意思，旧例太旧，是吧？”孙鑨问。

“文中兄知道就好，”李世达道，“吏部尚书遇阁臣避道，没有百年，也有好几十年！要不，伯敬先生为大冢宰，事权归部，他争过许多的事，为何独不争此事？”

“伯敬先生未争，与绳先生却争过呀！”孙鑨说。

“是，”李世达应一声，说，“与绳先生是争过；但我听说一件与绳先生的故事，也不知是真是假。”

“何事？”孙鑨问。

“与绳先生再三叮嘱舆夫、马夫，若见阁臣的轿子从对面过来，则改道而行。”李世达说。

陆光祖任吏部尚书时，孙鑨任吏部侍郎，知道这件是真的。他说：“无论如何，与绳先生争复旧例，功不可没。至于他没能堂而皇之地遵行旧例，我除说声可惜，也决意身体力行之。”

“所以，文中兄遇阁臣，既不明着避道，也不暗中避道？”李世达问。

“是。”孙鑨应道。

“所以，碰到须与内阁协调之事，文中兄不便出面？”李世达问。

“是。”孙鑨应道。

“所以，文中兄就找到我？”李世达问。

“是，”孙鑨应罢，反问，“子成兄是应允，抑或推托？”

“一则，职责所在，岂敢推托！二则，惟贯先生之事，呼声甚高，汝迈先生、明成先生想必也不会置若罔闻。文中兄大可放心。”李世达道。

他们言及的“惟贯先生”，即陕西三边总督魏学曾。宁夏变乱，科、道参劾他处置不力，先被罢免，接着又被逮系狱。

皇帝终于召入赵志皋、张位议事，先称赞张位一句。

“张先生所上戎器要略八事、攻城要略二十事很好，朕已命下督、抚议行之。”皇帝说。

张位相信，皇帝对他的奏议根本不曾看过，与其说在称赞自己，不如说在安抚自己。他说：“臣偶于闲暇读过几本兵书，有所心得，本不敢呈上。但知皇上因宁夏之变、朝鲜之变，宵旰不安，故斗胆上之。若有一二堪为督、抚采用之言，实臣之幸。”

“赵先生，”皇帝转问赵志皋，“宋应昌以工侍改兵侍，经略辽东等地备倭，是你推举的吧？”

“是兵部推举的，臣亦赞同。”赵志皋说。

“宋经略近上阵法一疏，赵先生知否？”皇帝问。

“臣有所闻。”赵志皋道。

“朕记得，他写的阵法是：用兵一万，造车三百六十辆，各带火炮、弓弩若干，遮牌若干，及轰雷、地雷、石子等炮，火龙、火枪、火箭等若干，”皇帝说着，问道，“赵先生以为如何？”

“与倭战多用火器，应该是不错的。”赵志皋说。

“张先生以为如何？”皇帝又问张位。

“臣担心，臣应昌所需过多，一时难以筹备。”张位说。

“卿知他所需几多？”皇帝问。

“臣闻兵部言，臣应昌欲筹集火炮七万二千台，弩箭数百万，火药、铅子，难以数计。”张位说。

“赵先生，你看兵部筹备得齐否？”皇帝又问赵志皋。

“臣想，火炮七万二千台，不过是臣应昌希望得到的数目。临战之际，只能是有几多炮，用几多炮。未必少几台炮，我天朝之兵就不能取胜。”赵志皋说。

“赵先生这么说，朕可放心，”皇帝道，又说，“宋侍郎经略成功，兵部石尚书有一份举荐之功，赵先生也有一份举荐之功。”

“社稷齐天之福，皇上运筹之功，臣何功之有！”赵志皋道。

“一是朝鲜事，一是宁夏事，瞬息有变；待有新的讯息，再与卿等议吧。”谈论几句后，皇帝竟准备结束这次面议。

“臣等有事要奏。”赵志皋抢在皇帝谕退前说。

“是赵先生说，抑或张先生说？”皇帝问。

“臣说吧，”赵志皋道，“近日陕西三边总督魏学曾被逮系狱，朝中议论纷纭，乞皇上明察。”

“议论纷纭是何意？”皇帝问。

“多有为臣学曾鸣冤者。”赵志皋说。

“为学曾鸣冤？是说朕冤枉他？”皇帝不悦。

“皇上圣明，自不会冤枉他。”赵志皋说。

“但学曾被逮下狱，是传朕的旨意；他若有冤情，怎不是朕冤枉他的！”皇帝道。

“此一时也，彼一时也。”赵志皋说。

“何谓彼一时？”皇帝问。

“彼一时，皇上命将他下狱，是因他被参劾。”赵志皋说。

“着哇！”皇帝道，“参劾他的，有同在宁夏的监军御史，有虽不同在宁夏但同在陕西的巡按御史。下兵部议，亦以为他难辞其咎，故朕将他下狱。”

“彼一时，确是此等情形。”赵志皋说。

“朕看，彼一时，不止于这些，”皇帝说着，转问张位，“张先生可知，监军御史是谁人？”

“是梅国桢。”张位说。

“赵先生也记得他吧？”皇帝又问赵志皋。

“臣记得。”赵志皋应道。

“赵先生看，此御史若何？”皇帝问。

“有其过人之处。”赵志皋说。

“赵先生说说看。”皇帝命道。

“彼一时，朝廷欲以宁远伯李成梁为大将，往宁夏灭贼。时臣成梁方被参劾，举朝未敢决，独臣国桢上疏保荐。故臣以为，臣国桢有其过人之处。”赵志皋说。

“张先生怎看？”皇帝问张位。

“臣志皋说的是，”张位应罢，又补充道，“朝廷后命臣成梁子臣如松提督辽东、宣府、山西、大同军赴宁夏，依据的正是臣国桢此疏。”

“既有过人之处，朝廷命他监如松之军，应该不错吧？”皇帝问。

“是。”赵志皋、张位齐应道。

“用臣国桢监其军，决于圣裁。”赵志皋又说。

“梅国桢奏议，张先生还记得吗？”皇帝又专问张位。

“臣尚记得一二。”张位说。

“你告诉朕，隋府一事，他是怎写的。”皇帝命道。

张位静下心来想了想，述道：“七月某日，原任河西道佥事隋府，从南门悬楼跳下，总兵董一奎遣人往救，无肯听令。一奎亲射三箭，弓折而止。贼于数丈高城下，取隋府如拾地芥；我军咫尺干濠，不肯前渡。彼此军令，可以概见。”

他因记不得具体日子，而述以七月某日，这给皇帝一个炫耀的机会。

“是七月初二日。”皇帝说。

“臣惭愧，比皇上记性，不及万一。”张位道。

“你告诉朕，招抚一事，他是怎写的。”皇帝又命。

“初七日，贼又诡求招安。或云军民尽已绝粮，贼马饥死过半，慌惧欲逃。因数日不攻，方始安心。攻城军士反叫贼从城上烧楼。似此人心，皆诸将素无恩结，不能鼓舞所致。”张位述道。

“数日不攻，赵先生可知是几日？”皇帝转问赵志皋。

“据臣所知，有十余日。”赵志皋道。

“后官军屡次失利，和延迟攻城有无干系？”皇帝问。

“据兵部等言，有干系。”赵志皋道。

“朕闻讯，即责其玩寇，有错没错？”皇帝问。

“皇上责备的是，”赵志皋应道。并说，“时有科、道纠劾，亦称其惑于招抚，误国事。”

“张先生，”皇帝转命张位，“你告诉朕，我军中状态，他是怎写的。”

“自古旌旗以教目，今军中无旌旗矣；金鼓以教耳，今军中无金鼓矣；号令以教心，今军中无号令矣；编之行伍，以知行伍，今军中无行伍矣；军之命在食，今绝粮矣；军之力在马，今病死饿死者过半矣；长技在弓矢，臣到时军已缺箭，昨取之督臣，发到万枝，以四万人计之，是四人而共一箭也。三军之众，百物俱备。今制攻具，则无木；造火器，则无铁；且无工匠矣。”张位述道。

“治军如此，是朝廷之过，是将帅之过；是朕之过，是督臣之过？”皇帝忿道。

赵志皋很想说一句，治军如此，非督臣一人之过；但那就等于说，朝廷亦有过，皇上亦有过。他只能说：“治军如此，诚督臣之过。”

“赵先生，朕要张先生复述梅国桢疏，不仅是提醒朕，也是提醒你。彼一时的情形，须得把这些都加上，才算完整。”

“皇上说的是，”赵志皋应道，“臣国桢所奏，臣亦不敢忘记。”

“接下来可以说说此一时。”皇帝命道。

“是，”赵志皋应一声，说，“廷臣议宁夏功过，似宜释臣学曾。”

“朕让张先生费那么多口舌，以证实学曾下狱不冤；要为他鸣冤，总也得有些实在的议论吧！”皇帝说。

“确有实在的议论，臣请试举一二。”赵志皋躬身道。

“赵先生说！”皇帝命道。

“譬如，宁夏传来的消息，今督臣叶梦熊，决意掘黄河大坝，以水灌宁夏城，以速灭叛贼。”赵志皋说。

“朕知此事；朕亦以为，水攻乃良策。”皇帝说。

“以水攻城之策，是臣学曾在任时议定。此策行之若效，臣学曾不无定策之功。”赵志皋说。

“不妨算他一功，然功能补过否？”皇帝问。

“臣再说一事，”赵志皋道，“官军遏制套虏于沙湃口，是臣学曾设下的伏兵；总兵董一元捣土昧铁雷虏巢，是臣学曾传檄。宁夏叛军不得与套虏合，臣学曾实有策划之功。”

“二功并有，能补其罪否？”皇帝边问，边指出，“况且，就算他二功并有，也是彼一时的事，此一时来说而已。”

“诚如圣谕。”赵志皋应道。

“此一时又有何事？”皇帝问。

“彼一时的事，以臣国桢的前一奏疏为根本；此一时的事，臣请以臣国桢的今一奏疏为言。”赵志皋说。

“梅国桢今又上疏？”皇帝问。

“是。”赵志皋应道。

“朕怎不知？”皇帝问当值的司礼监臣。

“回爷话，昨日呈进的奏疏里，确有梅国桢一本。”司礼监臣说。

皇帝想起，昨日和郑贵妃厮混一整天，呈进来的奏疏问都不曾问过；也没交代，梅国桢若有奏疏，一定要禀奏。

“张先生也知梅国桢新上之疏？”皇帝转问张位。

“是。”张位应道。

“张先生记得该疏是怎说的吗？”皇帝问。

“臣略记一二。”张位道。

“说与朕听听。”皇帝命道。

“是，”张位应一声，述道，“学曾应变稍缓，臣请责诸将以振士气；而逮学曾之命，发自臣疏，窃自悔恨。学曾不早雪，臣将受万世讥。”

“赵先生，他是这么写的吗？”皇帝问赵志皋。

“是这么写的。”赵志皋应道。

“他这是尽反前说呀！”皇帝道。

“臣以为，他是想表明，朝廷命逮臣学曾下狱，在他是始料不及。”赵志皋说。

“向谁人表明？”皇帝问。

“向皇上表明，向朝廷表明，也向天下表明。”赵志皋说。

“赵先生，朕要问你一句：因他一疏，学曾下狱，为此事当真会遭万世讥吗？”皇帝问。

“臣以为，此言有夸张之嫌，”赵志皋不仅直言己见，而且趁机说，“由此疏可知，臣国桢写疏，善以夸张。臣想，他前疏写边镇官军之状，未必就没有夸张。”

“梅国桢且不去说他，赵先生所谓此一时，还有别事吗？”皇帝不想纠缠在梅国桢一人身上，把话岔开。

“有，”赵志皋应道，“提督李如松亦上一疏。”

“有此疏否？”皇帝问当值的司礼监臣。

“有。”司礼监臣应道。

“张先生亦读过该疏吧？”皇帝又问张位。

“是。”张位应道。

“武职的奏疏，朕知先生们读起来味同嚼蜡。李如松此疏，是否稍有滋味？”皇帝问。

“有一句话读过后难忘。”张位说。

“有难忘的句子？说给朕听听！”皇帝命道。

“学曾被逮时，三军雨泣。”张位述道。

“有这等事！”皇帝不无惊诧，他问赵志皋，“逮一人而三军雨泣，赵先生看，会不会是李如松夸张？”

“臣想，李如松没必要夸张。”赵志皋说。

“他为何没必要夸张？”皇帝问。

“一则，臣学曾总督陕西三边军务，臣如松提督辽东、宣府、大同、山西等军，二人并非辖制。二则，学曾虽曾巡抚辽东，但在隆庆年间；时成梁、如松父子未显，学曾说不上于他父子有恩。三则，学曾因臣国桢疏而被逮，国桢可说对学曾心怀愧疚，如松却说不上。”赵志皋说。

“赵先生言之有理，看来，对学曾被逮、系狱一事，朕还真得好生想一想。”皇帝道。

皇帝决定释魏学曾之时，叶梦熊、梅国桢、李如松等正掘黄河大堤，并在水淹宁夏城之后，追剿散逃的叛军。叛军首领刘东旸、许朝等，及哱氏父子，或死于交战之际，或降后被杀。

第二百一十八章

兵科都给事中许弘纲走在回家的路上，听见身后有人招呼自己，回头一看，是礼部主事诸寿贤。

“张之先生走得好快！”诸寿贤追上来说。

“难道是我超越延之先生而不觉？”许弘纲奇怪地问。

“那倒不是，我是追上来的。”诸寿贤说。

“延之先生岂不追得更快！”许弘纲道。

二人皆笑。诸寿贤所以追赶许弘纲，只因住的是近邻，并无别的原因。二人一路上说些闲话，很快到住处。

先到的是许弘纲家。诸寿贤打算告辞时，许弘纲忽道：“我手头有一份抄件，延之先生想必是愿看的。”

“是何抄件？”诸寿贤问。

“延之先生进去坐坐，一读便知。”许弘纲说。

“好，”诸寿贤反正回家也无事，爽快地答应下来。进院时，他提个要求。“张之先生只把抄件给我读，别事皆免，可好？”

“省我这个主人的事，有何不好！”许弘纲道。

进屋后，他果然不张罗茶水等事，径从袖里抽出几页纸，递给诸寿贤。

“是奏本？”诸寿贤一看格式便知。

“是。”许弘纲应道。

“谁人的奏本？”诸寿贤问。

“相公的。”许弘纲道。

“首辅的。次辅的？”诸寿贤又问。

“首辅的。”许弘纲道。

“首辅为何事上疏？”诸寿贤问。

“延之先生是自家读呀，还是听我讲？”许弘纲嗔道。

“自家读，自家读！”诸寿贤说罢，捧纸而读。但只读一句话，目光又离开抄件。他问，“是首辅求退之疏？”

“是。”许弘纲应道。

“首辅为何求退？”诸寿贤问。

“延之先生再多读一句可知。”许弘纲说。

诸寿贤又读一句，道：“原来是为前辅被论劾！张之先生说，此事与他有何相干？”

被论劾的是原阁臣王锡爵。王家屏致仕后，内阁只有赵志皋、张位两名阁臣，按照惯例，是要增补的。但朝中实在找不出合适的人选，有人提议，起用前阁臣王锡爵。此议亦合皇帝心意，于是有征召王锡爵的旨意。但王锡爵会不会奉旨，以及几时可以还朝，还都是未知之数；工部主事乐元声却上一疏，评点王锡爵以前在内阁任职的表现。不用说，对他的评价是很低的。

奏疏言辞间，略涉及赵志皋。赵志皋因此上疏乞去。

“不能说全不相干；况且，有兔死狐悲之感。”许弘纲说。

“不管怎说，首辅此际不宜求退。”诸寿贤坚持自己的看法。

“求退宜否，且搁置一边；求退之际，首辅夹有议论，延之先生不想读一读吗？”许弘纲道。

“我正要读，”诸寿贤说着，又看一眼抄件，“首辅言称，他有五难。”

“是，”许弘纲点头称是。这正是他要诸寿贤留意的，他说，“首辅所言五难，颇耐人寻味。”

“我来体会体会，”诸寿贤说着，读道，“臣以初进，遂当国事，一难也；皇上深居九重，天颜未睹，孚信未能上达，二难也；国家多事，羽檄交驰，筹策素未谙历，三难也；往时部、院之事，先与阁臣拟议而后行，近因有言臣等不欲侵越事权，各有所归，四难也；人心叵测，议论横生，摇惑其言，倒持国是，五难也。”读罢，他问，“张之先生以为，哪一难耐人寻味。”

“皆耐人寻味，第四、第五两难，尤耐人寻味。”许弘纲说。

“部、院之事，各有所归，怎耐人寻味？”诸寿贤问。

“部、院之事，各有所归，本不耐人寻味；但把部、院之事各有所归列为一难，就耐人寻味。譬如国初废丞相后，未设内阁，部、院之事难道不是各有所归？”许弘纲道。

“张之先生说的是。”诸寿贤附和道。

“再有，部、院与内阁争事权，是部、院的事；内阁不欲还部、院事权，是内阁的事。却与言路何干？他却说，近因言臣不欲侵越事权。这还不耐人寻味吗？”许弘纲又道。

“诚是，诚是，”诸寿贤频频点头，“前面三难都是虚的，此一难却是实的。实就实在，是指向言臣的。”

“第五难就更明显，”许弘纲说着，问道，“人心叵测，议论横生，摇惑其言，倒持国是。延之先生看，这几句又指向谁人？”

“张之先生看呢？”诸寿贤反问。

“仍是指向言臣。”许弘纲说。

“我看，不仅是指向言臣，亦是指向我等小臣。”诸寿贤道。

“不错，亦是指向延之先生等小臣。部属言事，无如今日之活跃者；相公们看不惯，也在情理之中。”许弘纲表达得更为明确。

“前阁臣起用，即遭论劾；首辅随即求去，照张之先生的说法，二事并非全不相干。相干就相干吧，为何又加罪于我等小臣、张之先生等言臣？张之先生，我看此疏不可不加理论。”诸寿贤说。

“后文尚多，延之先生不读完，怎生理论！”许弘纲要他再往下读。

“还有何耐人寻味之处？”诸寿贤问。

“还有两端，一则表白自身，二则严斥我辈，均可一读。”许弘纲说。

诸寿贤多看几行，读道：“臣于朝房置二铭以备观者。一曰：积诚以事主上，洁己以风庶官，折节以下忠贤，黜私以杜憸佞；一曰：以威福归朝廷，以事权还六部，以公论付台谏，以请托谢亲友。”读罢，问道，“此即表白之辞吧？”

“是，”许弘纲应一声，反问，“延之先生以为此二铭如何？”

“虚情假意，矫揉造作，令人作呕，”诸寿贤道，并举例说，“第二铭是抄袭徐文贞公的。然文贞公所题还事权与有司，是出于真心；今首辅以事权还六部，却是假意。不然，他为何又以事权各有所归为难？”

“延之先生再看他如何严斥我辈的。”许弘纲道。

诸寿贤看过几行，指着一处说：“这几句值得一读。”他读道，“今天下之治与乱，不在于他，而在于人心之憸躁浮薄，敢于议论而无忌惮。以致一人倡之，众人从而和之。甚者妒嫉一生，谗谤交至，以僚属而害堂官，以偏裨而戕主帅，阳肆挤排，巧为陷阱，而国是皆倒置矣。事势至此，而不一禁之，恐举朝之人，将化为鬼魅而不可测识。天意人心，纪纲风俗，关系甚大。今再不言，则病世误国，而臣何所逃罪！”

“以僚属而害堂官，说的是延之先生吧？”许弘纲道。

“化为鬼魅而不可测识，说的是张之先生吧？”诸寿贤道。

“此疏可不辩乎？”许弘纲问。

“此疏可不驳乎？”诸寿贤也问。

“须辩！须驳！”二人齐道。

张位走进内阁值房，见赵志皋静坐养神。他咳嗽一声。等赵志皋睁开眼睛，他说：“汝迈兄真沉得住气，这会儿还坐得住。”

“是天塌？是地陷？我为何要坐不住！”赵志皋问。

“天未踏，地未陷，但有人又在火烧内阁，”张位说着，问道，“没人告诉汝迈兄吗？”

“没人告诉我。”赵志皋道。

“难怪。”张位表示不但嘴上说的是难怪，心里想的也是难怪。

“可有人给我送来这个，”赵志皋道。他抓起书案上的几页纸，摇了摇；然后递给张位，并问，“明成兄说的火烧内阁的火，一把是诸记的，一把是许记的吧？”

张位接过，看一眼，道：“原来汝迈兄早知此事。”

“中书房才送来的，并非早知。”赵志皋说。

“有人告诉我此事，语焉不详；汝迈兄得到抄本，再好不过。我正可以拜读。”张位道。

诸寿贤奏疏的抄本一份，许弘纲奏疏的抄本一份，他先选诸疏看。看着看着，念出声来。

> 大学士赵志皋，以书生而为辅臣；兵书石星，以书生而为枢臣。如借郭实以钳制言官之口，即所用甚非其人。工部主事乐元声疏论王锡爵，中云当事者类以蚤而负山。此言所指当事，不止一志皋也。乃志皋不胜忿忿，力为辩词。即倡为五难，而迁怒郭实，其无量可知。

读到这里，张位说：“诸记这把火烧得很旺呀。”

“可不！”赵志皋道。

“汝迈兄不欲申辩？”张位问。

“明成兄想我申辩何事？”赵志皋问。

“此事倒可以说上几句，”赵志皋点点头，反问道，“御史选自何官，有无限制？”

“并无限制。”张位道。

“中书选御史，可是今日才有？”赵志皋又问。

“不是，早已有之。”张位道。

“中书乃内阁属官，留意中书迁转，有何不对？”赵志皋又问。

“并无不对，”张位道，并补充说，“倒是汝默先生在阁时，因阻挠中书官迁转，颇遭非议。”

“阻挠也不是，提携也不是，在内阁要做好人，真是难呀！”赵志皋叹道。

“我有同感。”张位附和道。

“明成兄还要我申辩何事？”赵志皋问。

“譬如诸延之，官部属，风闻奏事，不合规矩。”张位说。

“倾危之士，指的正是他这等人。”赵志皋道。

“可惜的是积重难返，部属等官欲言则言，比言官还随意。”张位说。

“接下来，我是不是要为郭实之事申辩？”赵志皋把话岔开。

“此事似与汝迈兄并无牵连。”张位道。

他的意思是，赵志皋愿说则说，不愿说则不说。这样一来，赵志皋一定要说。

“牵连还是有的，”赵志皋说，“经略之任，确是兵部所荐，但我也曾力荐宋经略之才。所以，郭伯华称宋经略不堪用，是针对拱宸先生的，也是针对我的。”

郭实字伯华，官御史。朝廷始命宋应昌改兵部侍郎，经略辽东备倭事，他即上疏参劾，以为宋应昌不堪委用。

“但汝迈兄五难之慨，是为郭伯华而发吗？”张位问。

“那却不是，”赵志皋摇头，“所谓五难之说，我平日也常和明成兄提及，皆是由衷之言。”

“所以我说，此事汝迈兄用不着申辩；诸延之把郭伯华参劾经略一事，及汝迈兄倡五难之说一事，生拉硬拽在一起，无聊之极；而且，”张位说到这里，又看一眼诸寿贤的奏疏，“他后面所言之事，和汝迈兄更无牵连，和五难之说更无牵连。”

“他后面写的，是不是宋经略和户部争饷？”赵志皋问。

“是。”张位应一声，读道：

经略遣之后，日与司农讲饷。经略曰十万，司农曰五万；经略曰二十万，司农曰十万，任其与司农相乞，而不为一决。其无为可知。

“明成兄说，任其与司农相乞，说的是我，还是大司马，还是司农本人？”赵志皋问。

“或许还有我。”张位道。

“和明成兄才是绝不相干呢，”赵志皋摇着头说，“诸延之此疏，无一字涉明成兄；

倒是许张之疏，没将我二人分个彼此，明成兄可留意之。”

“好，我来读一遍。”张位应道。

趁着张位埋头看疏的工夫，赵志皋道：“张之其实还是挺抬举你我的，明成兄大概不会想到吧？”

“他怎抬举你我的？”张位问。

“他以司马文正、苏东坡的故事讽谕你我。我想，无论把你我喻为文正公，或是把你我喻为东坡先生，都应该算作高抬吧？”赵志皋道。

“当然算作高抬。”张位说着，迫不及待地读起下文：

> 宋司马光为宰相，苏轼为谏官，争论役法。光色愤然，轼曰：昔韩魏公刺陕西义勇，公时为谏官，争之甚力；韩公不乐，公亦不顾。今日为相，乃不容轼尽言耶？光谢之。使轼不规光，光不谢轼，则谏官、宰相两失之，何以异于蔡京、鲁子固哉！

韩魏公即宋时宰相韩琦，死后追封魏国公。蔡京则是稍晚时宰相，鲁子固则是稍晚时谏官。

“故事里又有故事，是该文吸引人之处；但司马文正即司马文正，苏东坡即苏东坡，即便没有谏官、宰相这一段交往，也不会成为蔡京、鲁子固的。”张位评议道。

“明成兄说得好！”赵志皋赞道，又说，“今之言臣会不会成为鲁子固，我不敢说；但明成兄和我绝不会成为蔡京，我却可以断言。”

“有汝迈兄此言，我定要和许张之好好理论理论！”张位道。

“张之又引用子产及程颢的故事，也很吸引人。”赵志皋说。

“以喻何事？”张位问。

“喻不必与小臣计较，亦不可与小臣计较。”赵志皋说。

“小臣是指乐某吧？”张位问。

“是。”赵志皋应道。

“那是专门针对汝迈兄的。”张位道。

“明成兄不觉得，喻为子产，及喻为程颢，也是抬举吗？”赵志皋问。

“应该也是的。”张位点头。

“明成兄就不想一起被抬举？”赵志皋问。

“那就看看，这次他是怎抬举的。”张位说着，读道：

夫乐元声越职而言，辅臣或者病其轻躁。然以臣愚计之，不必较，亦不可较。郑人游于乡校以讥执政，或请毁之，子产曰：何伤！吾闻而药之也。吕诲以所荐常秩或改节，每对程颢有悔意。颢曰：愿侍郎宁受百人欺，不可使好贤之心少替。故以子产之心受善，则苦言皆药矣；以程颢之心好贤，则诈作不惮矣。大抵为大臣者，忠信骄泰之间，所关于理乱不小矣。

读到这里，张位道：“一则听得进苦言，一则好贤之心不可改，这话也是针对我说的。”

“明成兄亦欲申辩乎？”赵志皋问。

“当然。”张位毫不犹豫地应道。

朝廷上的大臣和小臣，以更激烈的互讦声，迎来万历二十一年。

第二百一十九章

正旦日，王锡爵是在北上途中过的，过得很冷清。元宵节，他是在京师过的，过得也很冷清。因为进城时，天色已晚，没人想到他会在这一日赶到，都回家去过节。即便有人知道他在这一日赶到京师，并愿意牺牲阖家团圆，来陪他过节，他也会拒绝。旅途鞍马劳顿，舟车劳顿，他只想睡个安稳觉，好在第二天上朝、入值。

皇帝没马上召见他，也没因为他的到来而举行朝会。皇帝的旨意是免朝，所以，王锡爵径往内阁，和赵志皋、张位会面。

“元驭先生一路辛苦。”赵志皋、张位齐声问候。

“还好。”王锡爵道。

“元驭先生奉召，实乃朝廷之幸，亦我等之幸。”赵志皋说。

“汝迈先生此言可是认真的？”王锡爵问。

“元驭先生何意？”赵志皋反问。

“我是问，我奉召还朝，汝迈先生是否由衷高兴？”王锡爵道。

“元驭先生为何生疑？”赵志皋问。

“元驭先生还朝，汝迈兄则退居次辅之席，当然要问一句。”张位说。

王锡爵以原职衔入阁，即以太子太保、礼部尚书兼武英殿大学士入阁办事。而赵志皋的职衔是礼部尚书兼东阁大学士，张位的职衔是吏部侍郎兼东阁大学士，都比王锡爵差很多。王锡爵回阁，必为首辅，赵志皋必退为次辅，张位必退为三辅。

“元驭先生若为此而生疑，也应该问你我二人，而不该问我一人。”赵志皋不认可张位的说法。

“元驭先生不为此而生疑，却为何而生疑？”张位问。

“元驭先生问一句，未必是生疑。”赵志皋说。

“汝迈先生说得对，”王锡爵马上插话，“我想说，汝迈先生若是由衷高兴，请应承我一件事。”

“元驭先生要我应承何事？”赵志皋已经感觉到，王锡爵的要求会让自己为难，但也不能问都不问就回绝。

“莫再言去，”王锡爵道。年前，赵志皋、张位等与小臣间的争执，他显然有所耳闻。

“这个嘛——”赵志皋迟疑着，难以应承。

“元驭先生还朝是大喜之事，他有所命，汝迈兄不可不应承。”张位在一旁敲着边鼓。

“我暂不乞去，成吗？”赵志皋说句活话。

“这就好，”王锡爵说着，把话岔开，“今日早朝既免，会不会忽要举行午朝？”

“应该不会。”赵志皋道。

“会不会忽而宣召我等？”王锡爵又问。

“应该不会。”赵志皋道。

“忽而宣召元驭先生，也说不定。”张位补充一句。

“不会忽要举行午朝，不会忽而宣召我等，正好坐下来说一会儿话。二位意下如何？”王锡爵问。

“甚好。”赵志皋、张位齐道。

“朝中情形，明成兄和我也正好说与元驭先生听。”赵志皋又说。

“元驭先生远来，必对朝政深思熟虑，也正好为汝迈兄和我指点迷津。”张位却说。

三人彼此让了让，各就各位。

“汝迈先生打算为我说说朝廷的情形，明成先生打算听我说说对朝政的看法，依哪一位好？”王锡爵问。

“依元驭先生。”赵志皋、张位齐道。

“我先请教明成先生一事，可否？”王锡爵问。

“不管元驭先生问几件事，我均知无不言。”张位道。

“明成先生方才说，皇上忽而宣召我，也说不定。我想请教明成先生，皇上忽而宣召我，会为何事？”王锡爵问。

“这不好说。”张位道。

“譬如？”王锡爵一定要他举例。

“垂询元驭先生在太仓老家的起居，及今次北上的见闻。”张位说。

“再譬如？”王锡爵又问。

“元驭先生奉召入朝，皇上会表达欣慰和嘉勉之情。”张位说。

“再譬如？”王锡爵又问。

“咨以朝政。”张位说。

“明成先生以为，皇上会咨以何事？”王锡爵问。

“这不好说。”张位仍道。

“譬如？”王锡爵还是要他举例。

“皇上可能会垂询元驭先生对宁夏变乱的看法。”张位说。

“再譬如？”王锡爵又问。

“皇上可能垂询元驭先生对倭事的看法。”张位说。

“朝廷应对的变乱，似以此二事最为重大。”王锡爵说。

“是。”张位应道。

“汝迈先生，皇上若是宣召我，你看会不会咨以宁夏变乱？”王锡爵问赵志皋。

“多半不会。”赵志皋说。

“为何不会？”王锡爵问。

“宁夏变乱已平息；连善后之事，譬如旌恤殉难宗室、官民，亦已处置完毕。皇上不会把心思放在此事上。”赵志皋说。

“皇上会不会咨以倭事？”王锡爵问。

“或会，或不会。”赵志皋说。

“为何或会？”王锡爵问。

“倭寇仍在朝鲜，事尚未了。”赵志皋说。

“为何或不会？”王锡爵问。

“官军已赴朝，据报，指日可收复平壤。平壤收复之后，朝鲜可半定，收复王京是早晚的事。再者，拱宸先生荐用沈某为特使，与倭将洽谈封贡事宜。其人已抵朝鲜，并尝试与倭将接洽。”赵志皋说。

“沈某，是沈惟敬吧？”王锡爵问。

“是。”赵志皋应道。

“其人之事，元驭先生亦有所闻？”张位问。

“略有所闻。”王锡爵说。

“元驭先生以为，封贡之事可成否？”张位问。

“不好说，”王锡爵道，“眼下尚无迹象表明，此事可成；亦无迹象表明，此事不可成。”说着，问道，“我离朝日久，明成先生却在朝中，看得出吗？”

“在朝中，也看不出蛛丝马迹。”张位说。

“那只有看看再说。”王锡爵道。

“是，只有看看再说。”张位附和道。

“汝迈先生说，倭事皇上或会咨之，或不会咨之；那么，是会咨之的机会多些，还是不会咨之的机会多些？”王锡爵又问赵志皋。

“各占一半吧。”赵志皋说。

“在汝迈先生看来，皇上咨以何事的机会更多些？”王锡爵问。

“宁夏事，内忧也；倭寇事，外患也。内忧外患的大事都让明成兄说出，我说件小事吧。皇上或会咨以廷争。”赵志皋说。

“譬如？”王锡爵问。

“属僚动辄参劾部、院大臣，参劾阁臣；其议事乖张，言辞荒诞，更甚于科、道。”赵志皋说。

“此事关系纪纲，关系风俗，亦非小事。”张位说。

“二位均介入其中吧？”王锡爵问罢，背诵两句赵志皋的奏疏，“又有一等倾危之士，弄雌黄之口，乱是非之真。鼓唇摇舌，而莫测其端；捕风捉影，而莫知其自。”背诵之后，问道，“汝迈先生，此文出自你的大疏吧？”

“是。”赵志皋应道。

“且宦成者多犯患得患失之戒，初进者即有嚣然不安其志之心。文法牵制于前，议论淆乱于后，猝有缓急，孰堪倚任！”王锡爵又背诵两句张位的奏疏，然后问，“明成先生，此文出自你的大疏吧？”

“是。”张位应道。

“真可谓文笔犀利，意气风发呀！”王锡爵道。

虽是称赏，但在赵志皋、张位听来，都觉得是反意。

“我等介入其中，元驭先生很不以为然吧？”赵志皋问。

“可元驭先生亦曾身在其中，应该能体会我等的心情呀。”张位则说。

“并非不以为然，我只是羡慕二位的锐气，”王锡爵说着，问张位，“明成先生以为，皇上会咨以此事吗？”

“或会，或不会。”张位道。

“为何或会？”王锡爵问。

“小臣妄议，有渎圣听，皇上不胜其烦。”张位说。

“为何或不会？”王锡爵问。

“我等持议之事，年年陈之，皇上同样不胜其烦。”张位说。

“明成先生所言持议之事，是议储吧？”王锡爵问。

“是，”张位应道，“此事内阁年年议之，礼部年年议之，皇上早已厌烦。大宗伯元甫兄去岁十一月中奏请册立，有人计算过，这是他第十四次疏言建储。”

“亦即，汝迈先生、明成先生等是每年一议，元甫先生则是一年数议。”王锡爵说。

“是，”张位应道，“议之最频，也最不为皇上所容。去岁十一月疏上后不过数日，皇上即准元甫兄致仕。”

“去岁许张之疏上，皇上亲批复：这本持论平正，有关时务。可见，皇上厌我辈，甚于厌小臣。”赵志皋补充一句。

王锡爵对这句话不予置评，却向张位提出最后一个问题：“在明成先生看来，是或会的机会多些，还是或不会的机会多些？”

“也是各占一半吧。”张位说着，看赵志皋一眼。

二人有默契。赵志皋点点头，二人齐问：“元驭先生以为，皇上若宣召，会咨以何事？”

“我没想过。”王锡爵道。

“元驭先生没想过，却一再追问我二人！”赵志皋不理解。

“追问二公，不过想借此熟悉熟悉朝廷政事，”王锡爵道，又说，“明成先生以为皇上会咨询的事，汝迈先生以为咨询的机会不超过一半；汝迈先生以为皇上会咨询的事，明成先生以为咨询的机会不会超过一半。这倒促使我想想他事。”

“元驭先生在想何事？”赵志皋、张位问。

“我在想，若蒙皇上宣召，皇上又不特别咨以具体事宜，我该进言何事。”王锡爵说。

“元驭先生想出来没有？”赵志皋、张位问。

“略有眉目。”王锡爵道。

“何事？”赵志皋、张位问。

“立储。”王锡爵道。

“立储！”赵志皋、张位齐声呼道。

“我方才特意给元驭先生讲述元甫兄之事，元驭先生没听进去吗！”张位又说。

“明成先生的话，我句句都听进去。”王锡爵说。

“元驭先生欲议之事，仍是建储？”张位问。

“是。”王锡爵应道。

“这是为何？”张位问。

“建储一事，阁臣每年须得一议，是吧？”王锡爵反问。

“是。”赵志皋、张位齐应。

“每年一议，都在岁首，是吧？”王锡爵又问。

“不见得都在岁首，但多在岁首。”赵志皋说。

“我岁首还朝，却不议建储，朝廷上下会怎看我，会怎看内阁！”王锡爵道。

“欲议建储，这确是个理由。”赵志皋说。

“元驭先生是不是还有别的理由？”张位问。

“只是个想法，未必是理由。”王锡爵说。

“是何想法？”赵志皋、张位齐问。

“建储一事，朝廷议过多年，争过多年，是吧？”王锡爵反问。

“是。”赵志皋、张位应道。

“自皇三子诞，朝廷一直在议此事，争此事，已有十年。”张位又说。

“我在想，一件事，朝廷议十年，争十年，尚未议出结果，争出结果。旷日持久，总不是个事呀。”王锡爵说。

“元驭先生想怎样？”赵志皋问。

“不会放弃此事，不议、不争吧？”张位问。

“建储乃社稷根本，怎能放弃！我想，能不能稍作变通，使此事尽快议出结果，争出结果？”王锡爵道。

“怎稍作变通？”赵志皋、张位齐问。

“我还在想；等想好，再和二位商议。”王锡爵说。

王锡爵并没再和赵志皋、张位商议。几天之后，他上一密揭，议及此事。由此而在朝中引起一场颇大风波，是他没料到的。

第二百二十章

皇帝读王锡爵密揭后，马上把张诚找来。

“大伴近前。”皇帝命道。

张诚往皇帝身边又走两步，二人之间，近似密语。

“王先生还朝，即上一密揭，有些古怪。”皇帝说。

“不知所言何事？”张诚问。

“密揭在此，大伴自个儿读吧。”皇帝手指御案说。

张诚拿起王锡爵的密揭读一遍，又放回原处。

“大伴看，是不是有些古怪？”皇帝问。

“古怪确有些古怪；不过，身居首辅，还朝即陈言建储之事，应该也在情理之中。”张诚婉转地说。

“朕不是说他陈言建储之事古怪，是说他措辞古怪。”皇帝道。

“奴才愚驽，乞爷明示。”张诚躬身道。

“大伴说他还朝即言建储之事；然他在密揭中，可称誉元子一句，可有一句言及册立元子为储君？”皇帝问。

“那倒没有。不过——”张诚想说，王锡爵的密揭虽然不似以往阁、部请册立太子的奏疏那样，先对皇长子大加称颂，虽然没有明确提出册立皇长子为太子，但他也不可能有别的意思。这话显然不合皇帝心意，话已到嘴边，他又咽回去。

“大伴想怎说？”皇帝却想听他没说出来的话。

“奴才想，王先生或许和其他大臣有不同的想法。”张诚说。

“朕也是这么想的！”皇帝表现得很兴奋，随即命道，“大伴再说说，王先生和其他大臣不同在哪里？”

“奴才只觉着有所不同，至于不同在哪里，奴才愚笨，尚未看出。”张诚说。

“那你说说，王先生密揭有无宗旨？”皇帝提示他。

“奴才看，有宗旨。”张诚说。

“大伴看得出，王先生密揭以何事为宗旨吗？”皇帝问。

“似是早决大计。”张诚道。这是密揭里现成的四个字。

“对，此即王先生和其他大臣不同之处。”皇帝告诉他。

“奴才还是不太明白。”张诚说。

“何事不明白？”皇帝问。

“其他大臣上疏，也是有宗旨的。”张诚说。

“其他大臣上疏，以何事为宗旨？”皇帝问。

“也以早决大计为宗旨。”张诚说。

“是以早决大计为宗旨吗？”皇帝问。

张诚感到皇帝问得有点儿奇怪；但皇帝既然问，他就得设法回答，而且不能以过于肯定的口吻回答。

“或曰，以册立为宗旨。”他说。

“要朕说的话，朕也会说，其他大臣上疏，以册立为宗旨。”皇帝道。

“但奴才以为，早册立太子，即早决大计。”张诚说。

“大伴让朕说什么好！”皇帝指点着他道。

“奴才说错？”张诚忙问。

“你说得没错，”皇帝道，“早册立太子，即早决大计；但反过来说呢？早决大计，一定是早册立太子吗？”

“大事多，不止册立一事。”张诚说。

“你再读一遍密揭，看王先生有没有提到册立太子。”皇帝命道。

张诚拿起密揭又读一遍，然后说：“没有。”

在前，皇帝也问他，王锡爵的密揭里有没有言及册立事，他也是说没有。但这次说没有，和前次说没有，表达的意思完全不同。前次说没有，是说虽无册立之言，却有册立之实；这次说没有，就是没有，既没有言，也没有实。

“大伴开始一定以为，早决大计，即早册立太子，这会儿知道自己理会有误吧？”皇帝问。

“是，”张诚应道，“奴才开始的理会有误。”

“早决大计，却不是早册立太子，大伴可有所悟？”皇帝又问。

“奴才似有所悟。”张诚道。

“说来听听！”皇帝命道。

“奴才说不出来。”张诚道。

“早决大计，却非册立太子，和似有所悟，然说不出所以，倒是一幅绝对。”皇帝开玩笑地说。

“爷出口成章，一下子把奴才也写进对子里，奴才何其幸哉！”张诚奉承道。

“早决大计，却不是早册立太子，朕读王先生的密揭，也有所悟。还是朕来说给你听吧。”皇帝道。

“是，”张诚应道，“奴才恭聆圣谕。”

“早决大计，却不是早册立太子，亦即：决定册立太子，是早决大计；决定不册立太子，同样是早决大计。”皇帝说。

“爷圣明，”张诚颂道，“奴才也是这么想的，可就是说不出来。”

“这是朕悟出的第一层意思。”皇帝说。

“爷还悟出第二层意思？”张诚问。

“是，”皇帝点点头，说道，“早决大计，却不是早册立太子，亦即：太子可以不早册立，册封却不可以不早进行。”

“爷说的册封，是封王？”张诚问。

“是。”皇帝应道。

“爷想以封王代替建储？”张诚问。

“是。”皇帝应道。

“爷想先封长哥亲藩，以缓建储之事？”张诚问。

“不是封常洛一人，”皇帝说，“朕今有常洵、常洛、常浩三皇子，都到册封之年。朕欲三子并封。”好像担心张诚反对，皇帝又说，“朕记得，皇祖考时即有三王并封之事，是不是？”

皇二子、皇四子皆殇，现在宫中的有皇长子、皇三子、皇五子。三王并封，即皇长子、皇三子、皇五子并封为王。

张诚很想告诉皇帝，世庙时的三王并封，和皇帝想要进行的三王并封，不是一回事。世庙时的三王并封，是庄敬太子、裕王、景王同日册封，亦即，册封的是一太子、二亲王，裕王即后来的隆庆皇帝。因庄敬太子薨，世宗皇帝未再立太子，他逝后，按伦序，裕王即帝位。

当然，他不会这样说。这样说的话，等于顶撞皇帝。不过，他也不能不说，因为皇帝在问他；他也不能不如实说，随便应一声，日后追究起来，那可是欺君之罪！好在他很快想好怎么回答。

“世庙时，庄敬太子和老皇爷、景王并封，是有的。”他说。

“朕知大伴是怎想的，”皇帝道，“你在想：庄敬太子是以太子封，非以亲王封，是不是？”

“奴才并没这么想；奴才是担心，有人会这么想。”张诚说。

“朕才不担心有人会这么想呢！”皇帝道，“庄敬太子以太子封，结果怎样？他福薄，承受不了太子这么大的富贵。朕倒是担心，常洛看来也福薄，太子这么大的福分加于他身，对他来说，是福呀，还是祸呀？”说着，问道，“大伴说，是朕的担心有道理，还是有人的担心有道理？”

“当然是爷的担心有道理。”张诚说。

“朕还有一个担心：朕从王先生的密揭里悟出两层意思，是不是王先生的本意呢？”皇帝问。

“奴才想，是不是王先生的本意，并不要紧；要紧的是，此乃圣意。”张诚说。他由始至终只说了这么一句有分量的话，正是这句话，使得皇帝下定决心。

“朕写道手谕给王先生，大伴亲自为朕送去。”皇帝命道。

“奴才领旨。”张诚应道。

王锡爵送走张诚后，在书房呆坐很久，一动不动，没有声音，没有表情，甚至没有呼吸。直到儿子王衡为他换上一杯新茶，他才吐出一口长气。他现在唯一能面对面地说上几句心里话的，除王衡之外，可能再没有第二个人。

“衡儿，陪我坐一会儿。”他说。

王衡坐下后，说道：“父亲好似很震惊。”

“在张公公面前，我有失态吗？”王锡爵问。

“孩儿见父亲接旨后，直至送张公公出门，一言不发，未见有失态。”王衡说。

“送走张公公后，我有失态吗？”王锡爵又问。

“送走张公公后，父亲径入书房，一直很平静。”王衡说。

“那就是说，还好。”王锡爵道。

“孩儿以为不然，”王衡却说，“张公公在时，父亲若是问他一两句话，甚至和他争吵一两句；张公公走后，父亲若是马上命童儿研墨，提笔写疏，甚至边写疏，边责骂童儿纸拿得不对，笔洗得不净，墨研得不好。凡此，都可以说一句还好。唯独似今晚这般长坐不语，孩儿以为不是还好，而是震惊。”

“衡儿说得对，我是震惊。”王锡爵承认。

“为的何事？”王衡问。

“日前我进密揭，衡儿记得吧？”王锡爵反问。

“记得，”王衡应道，“父亲还叮嘱孩儿，进密揭之事，不可外泄。”

“但密揭写的何事，衡儿可知？”王锡爵问。

“应该是建储之事。”王衡说。

王锡爵有些意外，问道：“衡儿怎知？”

“父亲对我说过一句：奏乞皇上大计早决。孩儿想：父亲所言大事，一定是建储。”王衡说。

“衡儿那么有把握？”王锡爵问。

“孩儿是有把握的，除非——”王衡话说半句，戛然而止。

“有何例外？”王锡爵问。

“除非，父亲另有盘算。”王衡说。

“另有盘算是何意？”王锡爵问。

“大计早决，父亲的本意是建储，但因为某些不愿为人道的缘故，父亲没把建储明白写出。”王衡说。

“衡儿又说对。真是知子莫若父，知父亦莫若子！”王锡爵说到这里，稍稍停顿，然后接着说，“不愿为人道，这句话却有偏差。不是不愿为人道，是不便为人道。”

“亦即，其中缘故，父亲还是愿对人说的？”王衡问。

“是。”王锡爵应道。

“父亲愿意对孩儿说一说吗？”王衡问。

“我可以对你说，但是，我要再叮嘱一遍，不得——”王锡爵话没说完，被王衡打断。

“不得外泄。”王衡抢着说。

“对。”王锡爵应道。

“孩儿跟随父亲多年，何事能说，何事不能说，还把握不住？父亲放心，此事孩儿一个字也不会对人说，半个字也不会对人说！”王衡道。

“好，”王锡爵点点头，问道，“建储一事，我唯愿早日有个了结。衡儿说，这个想法错不错？”

“不错。”王衡道。

“建储一事议过多年，争过多年，是因为臣下欲册立皇长子为太子，皇上不欲册立皇长子为太子。衡儿说，这个结论错不错？”王锡爵问。

“不错。”王衡道。

“再议下去，再争下去，一年两年，甚至十年八年，未必能了结。衡儿说，这个判断错不错？”王锡爵问。

“不错。”王衡道。

“故而，我写密揭时，只恭请皇上大计早决；并未明确指出，大计即建储。”王锡爵说。

“父亲的良苦用心，孩儿体会得到，”王衡道，又说，“孩儿想，密揭本身，不足以让父亲震惊；足以让父亲震惊的，是皇上的回复。”

“正是。”王锡爵应道。

“孩儿知道，皇上多次因廷臣奏请册立，而降谕斥责，莫非父亲虽未明言建储，皇上仍以涉及建储，而加以斥责？”王衡揣测。

“皇上若真以密揭涉及建储，而加以斥责，我反而不会震惊；不仅不会震惊，说不定我反而会感到轻松。”王锡爵否定。

“总不会因父亲密揭写得委婉，皇上加以表彰吧？”王衡又揣测。

“何谓委婉？事涉建储，而不着痕迹，才说得上委婉。事涉建储而言之委婉，皇上会加以表彰？再者，表彰何以使人震惊！”王锡爵又否定。

“父亲震惊，却为的何事？”王衡问。

“我可以这么告诉衡儿，可能建储之事很快会了结。”王锡爵说。

“这难道不是天大的好事！”王衡道，“父亲奏请皇上大计早决，父亲密揭一上，建储之事即了结，不正可以看出，父亲在皇上心目中举足轻重，一言可定国是！”

“可你知大计是怎决的吗？”王锡爵问。

“是怎决的？”王衡反问。

“一则，皇上虽然一直不愿册立皇长子为太子，却从未明确表示，不册立皇长子为太子，这次则明确表示，不册立皇长子为太子；二则，皇上意欲皇长子、皇三子、皇五子同时封王。”王锡爵说。

“皇上欲封皇长子为王，而不册立为太子？”王衡从父亲的话里提炼出要点。

“是。”王锡爵应道。

王衡对这个结果同样感到震惊，说起话来，全不顾及措辞。

“不册立皇太子为太子，总得有托词吧？”他问。

“皇上有理由。”王锡爵只改个词，顾不上责备他。

“皇上把理由写在手谕里？”王衡问。

“对，写在手谕里。”王锡爵道。

“写得很明确？”王衡问。

“对，写得很明确。”王锡爵道。

“皇上怎写的？”王衡问。

“欲待嫡子。”王锡爵道。

“孩儿记得，皇上以前也说过这个理由，”王衡说着，又问，“大臣们再奏请建储，是怎样反驳这个理由的？”

“衡儿应该知道，有嫡立嫡，无嫡立长，是祖宗定制，这个理由是很难反驳的。”王锡爵说。

“那只好各说各的。”王衡道。

“差不多是这个样子，”王锡爵说，“大臣们但以储君须早立为言，皇上但以欲待嫡子为言，各执一词而已。”

“今日之事，父亲欲再进言，也可以储君须早立为言。”王衡道。

王锡爵摇摇头，说道：“今再言储君须早立，和前此言储君须早立，大不一样。”

“有何不一样？”王衡问。

“三王并封，有一个前提，衡儿想到没有？”王锡爵反问。

“有何前提？”王衡又问。

“三王并封的前提，是虚太子之位，以待嫡子；没有这个前提，皇长子凭甚与皇三子、皇五子一样封王？但既认同虚太子之位，以待嫡子，再言储君须早立，还有意义吗？”王锡爵道。

“还真是个天大的麻烦，”王衡点头。这回，他算是彻底明白父亲为何震惊；他绞尽脑汁，为父亲分析，“看来，父亲只有两条路可走。”

“哪两条路？”王锡爵问。

“其一，”王衡伸出一指，说，“奉皇上手谕，今后不再言建储事。”

“这肯定是行不通的，”王锡爵道，“我不言之，汝迈先生、明成先生必言之，我还怎立于内阁？我不言之，汝迈先生不言之，明成先生不言之，礼部必言之，内阁怎立于朝廷？内阁不言之，礼部不言之，部、院皆不言之，科、道必言之，天下臣民必言之，大臣怎立于天下？”说着，命道，“衡儿还是说说第二条路吧？”

“其二，”王衡又伸出一指，说道，“孩儿听说，忠伯先生曾封还皇上手谕，前朝也曾有过封还谕旨的事，父亲可效之。”

“我一直在想的，正是皇上手谕能不能封还。”王锡爵说。

“有结论吗？”王衡问。

“有。”王锡爵道。

“父亲以为，可封还圣谕，抑或不可封还圣谕？”王衡问。

“要点不在于可不可封还圣谕，”王锡爵道，并说，“封还圣谕，在我有何不可？无非是被皇上斥责，至多是免官了事。”

“那在于何事？”王衡问。

“在于封还圣谕，有无裨益。”王锡爵道。

“父亲以为，封还圣谕，有无裨益？”王衡问。

“并无裨益，”王锡爵道，“一则，我封还圣谕，皇上仍可以圣谕颁于朝中；二则，即便皇上不以圣谕颁于朝中，也可对我的密揭不再理睬。于是，一切照旧，大臣们仍以储君须早立为言，皇上仍以待嫡子为言，各说各的，不会有结果。衡儿说，有何裨益？”

“虽无大的裨益，但比起三王并封、难以再言建储的局面，总要好一些。”王衡权衡之后说。

“好一些，也好得有限，”王锡爵说着，退一步，“当然，果如衡儿所言，只有两条路可走，我宁愿走后一条路。”

“父亲的意思，两条路之外，还有别的路？”王衡问。

“对。”王锡爵应道。

“是怎样一条路？”王衡问。

“既不奉圣谕，也不封还圣谕，我再上一密揭。”王锡爵说。

“父亲以何为言？”王衡问。

“汉明帝皇后何姓，衡儿知否？”王锡爵反问。

“姓马，是伏波将军马援幼女。”王衡说。

“马皇后有无诞子？”王锡爵问。

“未诞，马皇后以贾贵人子为己子，即汉章帝。”王衡说。

“唐明皇皇后何姓，衡儿知否？”王锡爵又问。

“唐明皇有好几位皇后。”王衡说。

“我问的是他的第一位皇后。”王锡爵道。

“即被废黜的那位皇后？”王衡问。

“是。”王锡爵应道。

“姓王，其父封邠国公。”王衡说。

“王皇后有无诞子？”王锡爵问。

“未诞，王皇后以才人杨氏子为己子，即唐肃宗。”王衡说。

“宋真宗皇后何姓，衡儿知否？”王锡爵又问。

“宋真宗有三后，独刘皇后曾以他妃子为己子，父亲问的应该是刘皇后。”王衡道。

“衡而既知是刘皇后，当知刘皇后以何妃之子为子吧？”王锡爵问。

“以宸妃李氏子为己子，即宋仁宗。”王衡说。

“衡儿读史书，下过不少工夫呀！”王锡爵称赞道。

“孩儿只读些皮毛；但就读的这些皮毛，让孩儿懂得父亲的心思。”王衡说。

"我有何心思？"王锡爵问。

"皇后以他妃之子为己子，终即帝位者，迄今有三例，父亲欲倡第四例，以解今日纠结之局。"王衡说。

"衡儿以为行得通行不通？"王锡爵问。

"今皇后抚育皇长子，皇长子即为嫡子，此子以母贵；他日登极，不失母以子贵，倒是个两全其美的法子。至于行得通行不通——"王衡沉吟着说，"不在父亲，不在大臣，不在科、道，而在皇上。"

"既行得通，我欲为皇上新拟一谕旨。"王锡爵说。

"事体重大，父亲为何不与阁中同僚计议之？"王衡提议。

王锡爵摇摇头，说道："前者进密揭，我未与汝迈先生、明成先生计议，是想无论结果如何，独自承担；今者倡议此事，我也须独自承担。"

王锡爵在朝房独坐，差役送进一张名刺及一纸书函。名刺上写的是庶吉士李腾芳，字子实。书函写的是三王并封事，略曰：公欲暂承上意，巧借封王，转作册立。然恐王封既定，大典愈迟。他日公去而事坏，罪公始谋，何辞以解？此不独宗社忧，亦公子孙祸也。

呈入所拟新谕后，王锡爵心情才平静下来；但一读此书，骤然又紧。

"人去否？"他问。

"尚未，"差役回答，"小人怕老相公找他有事，叮嘱他先别走。"

"叮嘱得好！"王锡爵夸奖他一句，命道，"请他进来。"

李腾芳进入朝房，王锡爵起身相迎。对一名新进士而言，这可谓莫大的礼数。他忙跨前两步，躬身而揖道："晚生叩见相公。"

"子实，坐下说话，"王锡爵让道。当然，他要先坐，李腾芳才会坐。等李腾芳坐下后，他问，"子实是楚人，还是川人？"

"晚生是湖广湘潭人。"李腾芳说。

"子实来得好，有件事我正想问问，"王锡爵顿了顿，问道，"今科庶吉士，为何仍未散馆？"

去年春闱，距今整整一年。一般来说，选庶吉士后，入馆就学，不到一年，就要正式授官。而李腾芳所投名次，仍写庶吉士。

"晚生这科开馆迟，故散馆晚。"李腾芳说。

"是几月开的馆？"王锡爵问。

"去岁六月。"李腾芳道。

“难怪，”王锡爵点点头，话入正题。他手指李腾芳的书函，问道，“子实怎想到写这样一书投来？”

“晚生崇敬相公，故贸然作书投刺，还望相公勿罪。”李腾芳说。

“我不怪你，只是想知道，所谓巧借封王，转作册立，是有所闻而言之，抑或是揣度而言之？”王锡爵问。

“是揣度而言之。”李腾芳说。

“既曰揣度，应有对有错。”王锡爵道。

“相公说的是。”李腾芳应道。

“巧借封王是揣度而言之，是吧？”王锡爵把话拆开来问。

“是。”李腾芳应道。

“我若告诉子实，这句揣度是错的，子实信也不信？”王锡爵问。

“相公既言之，晚生怎可能不信！”李腾芳道。

“转作册立亦是揣度而言之？”王锡爵又问

“是。”李腾芳应道。

“我若告诉子实，这是句实在话，子实信也不信？”王锡爵问。

“相公既言之，晚生怎可能不信！”李腾芳仍道。

“子实虽称信之，听上去却有些勉强，”王锡爵说着，问道，“我若使子实不再揣度，如何？”

“相公欲告以实情？”李腾芳反问。

“既曰密揭，既为未颁之谕旨，我不可能和盘托出。但众人皆詈我，独子实知我，自当有以回报。”王锡爵说。

“回报当不起，然诚晚生之愿也。”李腾芳揖道。

“我还朝后所上密揭，但请皇上早决大计，无只言片语涉及封王，更不要说三王并封，”王锡爵说着，问道，“子实说，把巧借封王加于我，错不错？”

“依相公所言，实错。”李腾芳道。

“皇上颁谕旨与我，我另拟一谕旨，列举古时三位皇后，皆养他妃之子为己子；并请令皇后抚育元子，则元子即嫡子，”王锡爵说着，又问，“子实说，把转作册立加于我，对不对？”

“依相公所言，实对。”李腾芳道。

“听起来，仍有些勉强。”王锡爵说。

“相公莫怪，晚生无法说得再确定。”李腾芳道。

“不怪，”王锡爵笑笑，笑得同样勉强，甚至有些凄楚。他说，“我告诉子实个大概，是想他日我去而事坏，或罪我始谋，子实可以为我解之；看来，子实不会。”

“是，”李腾芳应道，“恕晚生不能为相公解之。”

“为何不能说得更确定，可以告诉我吗？”王锡爵问。

“很简单，”李腾芳道，“相公前进密揭无只言片语涉及封王，更不要说三王并封，我信之，诸人未必信之；相公另拟谕旨，请令皇后抚育元子，则元子即嫡子，我信之，诸人未必信之。口说无凭，诸人皆詈相公，是确信皇上颁三王并封之谕旨，罪在相公，怎会因相公空口一言而改变？”

“我有实据，并非空口一言。”王锡爵说。

“相公有何实据？”李腾芳问。

“前进密揭，后拟谕旨，皆我亲自书写，一对笔迹，不就知我所言之事是真是伪？”王锡爵道。

“笔迹固是的证，但密揭、谕旨原件仍在相公手上否？”李腾芳问。

王锡爵一愣，道：“不在。”

“在宫里，是吧？”李腾芳说着，问道，“相公会请皇上把前之密揭、后之谕旨示于群臣吗？”

王锡爵稍一犹豫，随后承认：“不会。”

“就算相公出于无奈，请皇上把前之密揭、后之谕旨示于群臣，”李腾芳说着，问道，“相公确定皇帝会示于群臣？”

王锡爵想都不用想，答道：“不确定。”

“多半，皇上不会把前之密揭、后之谕旨示于群臣。”李腾芳道。

“是。”王锡爵应道。

“那么，所谓的证，不也成空口一言？”李腾芳道。

王锡爵愣了愣神，实在想不出还能拿得出什么的证，可以解脱诸人欲加于他之罪。

“再者，”李腾芳又加上一句很尖刻的话，“相公之言，却须的证，相公不觉悲哀吗？”

亦即，身为首辅而得不到廷臣们的信任，是件悲哀的事。王锡爵彻底打消再寻找的证的念头，他转问李腾芳的书函带给他的最后一个疑惑。

“就算空口一言，无法取信诸人，也是我本人的罪过。子实为何以为，会遗祸子孙？”他问。

“今人以三王并封归罪于相公，相公无以白之；此事既成定论，带给相公子孙的不是祸，还是福不成！”李腾芳道。

王锡爵默然无语。自从三王并封之谕兴起风波，他满耳是詈骂之声，而没听到一句能够体谅他的话，没听到一句为他分辩的话，他没有理由不更多地听取李腾芳的劝告。

“子实以为，怎才可以避祸求福？”他问。

“晚生以为无他，唯有表明心迹而已。”李腾芳说。

“怎样才能表明心迹？”王锡爵问。

“既不能以前之密揭、后之谕旨取信于诸人，莫若坦言三王并封之非，以使天下人皆知，三王并封非相公所倡。”李腾芳说。

这个选择王锡爵不是没想过。它的好处，是比任何表白都起作用；它的害处，是让皇帝失望，甚至激怒皇帝。其结果，不知会把建储一事引向哪里。在心存侥幸，希望以新拟谕旨取代旧谕、颁于朝廷的情况下，他不会做这个选择；而以新拟谕旨取代旧谕的希望已经不存在，他不得不重新加以考虑。

“事体重大，子实容我再想想。”他对李腾芳说。

第二百二十一章

吏科都给事中史孟麟闯进礼部衙门，拉住主事顾允成往外走。

“际明兄拉我去哪里？”顾允成边挣脱边问。

“去朝房。”史孟麟说时，仍不松手。

“为何要去朝房？”顾允成问。

“相公在彼处。”史孟麟说。

顾允成终于挣脱。他理了一理官袍，说：“我可没际明兄那么洒脱，要去的话，也得和掌部大宗伯打个招呼。”

“用不着！”史孟麟摆了摆手，道，“前日我去相公府上理论，你知遇到哪一位？正是一甫先生！”

李长春致仕后，由罗万化接掌礼部。

“一甫先生也是去理论？”顾允成问。

“可不！”史孟麟道，“一甫先生力斥三王并封之非，言辞比我还严厉。季时兄今去理论，一甫先生绝不会不准。”

说着，又要拉顾允成。顾允成一闪，躲开。

“我随际明兄去就是，千万别再拉拉扯扯，”他说着，提议，“约上元时先生，伯符先生及以登同去如何？”

于孔兼字元时，南直隶金坛人，万历八年进士，官礼部郎中。陈泰来字伯符，浙江平湖人，官礼部员外郎。张纳陛字以登，南直隶宜兴人，万历十七年进士，官礼部主事。在礼部，顾允成引三人皆为同志。

“再好不过。”史孟麟道。

谁知于孔兼、陈泰来、张纳陛都不在，史孟麟、顾允成不再耽搁，出礼部，向朝房的方向走去。

“相公称，皇上颁发的谕旨，非他本意，此事可核实否？”顾允成问。

“可核实。”史孟麟道。

“已核实否？”顾允成问。

"已核实。"史孟麟道。

"三王并封究竟是不是相公所议？"顾允成问。

"相公曾上密揭，应该是真的；相公所上密揭不曾言及三王并封，应该是真的；皇上手谕首先颁与相公，应该也是真的。"史孟麟说。

"那么，还要与相公理论何事？"顾允成问。

"至少有二。"史孟麟说。

"其一？"顾允成问。

"相公密揭未上，皇上不颁三王并封谕旨；相公密揭一上，皇上即颁三王并封谕旨，这是为何？"史孟麟道。

"际明兄之意，相公密揭虽未倡议三王并封，然启发皇上可以三王并封，来压制廷臣建储的呼声？"顾允成问。

"至少应该请相公自家解释一下此二事中的巧合吧？"史孟麟道。

"言之有理，"顾允成点点头，又问，"其二呢？"

"季时兄还记不记得，去春忠伯先生为首辅，有给谏疏请皇长子豫教，皇上御批黜之，忠伯先生封还御批？"史孟麟问。

"将将一年的事，自然记得。"顾允成道。

"彼时，我等都没特别留意此事，参劾忠伯先生者，照旧参劾不误。现在看来，忠伯先生所为，诚难能可贵。"史孟麟说。

"际明兄是说，相公不封还圣谕，也要理论一番？"顾允成问。

"不封还圣谕，可不可以理解为不予反对？"史孟麟反问。

"可以理解为不予反对；但我听说，相公为皇上新拟一谕旨，说的却不是三王并封，"顾允成说着，问道，"际明兄，有无此事？"

"若有此事，又怎的？"史孟麟问。

"若有此事，或可说明，三王并封非相公本意。"顾允成说。

"三王并封非相公本意，又如何？"史孟麟又问。

"际明兄是何意？"顾允成反问。

"相公未封还圣谕，而另拟一圣谕，则有两道圣谕摆在那里任皇上选择。皇上选择此谕，相公无话可说；皇上选择彼谕，相公亦无话可说。季时兄倒是说说，相公另拟一谕，有何实用！"史孟麟道。

"际明兄此说，倒是一家之言。"顾允成说。

"季时兄是另一家之言吗？"史孟麟问。

"我和际明兄当然是同一家之言。另一家之言，相公之言也，我等须得用心听听。”顾允成道。

和史孟麟、顾允成出礼部几乎同时，于孔兼和行人司正锺化民也出行人司，去往朝房。锺化民字维新，浙江仁和人，和于孔兼是同年进士。

二人走得比较从容，边走，边谈论。

“礼部上下是否皆以为，皇上忽谕三王并封，过在相公？”锺化民问。

“是。”于孔兼应道。

“所谓上下，是不能乱说的。”锺化民道。

“绝非乱说，”于孔兼说着，问道，“上至大宗伯，算不算上？”

“当然算。”锺化民道。

“下至于某，算不算下？”于孔兼问。

“元时兄已居司官，算不得下。”锺化民道。

“伯符先生呢？以登主事呢？算不算下？”于孔兼问。

“他等皆以为，三王并封，过在相公？”锺化民反问。

“不然，我怎会说上下！”于孔兼说。

“兄等为何皆以为，过在相公？”锺化民又问。

“一则，相公未上密揭，皇上不谕三王并封；相公一上密揭，皇上即谕三王并封。”于孔兼说。

“此一节，我亦觉蹊跷。”锺化民道。

“二则，三王并封之圣谕，先颁与相公，相公未封还。”于孔兼说。

“以此事而归过相公，是不是有些牵强？”锺化民似乎稍有异议。

“那维新兄说，皇上手谕为何先颁与相公？”于孔兼问。

“大概欲以可否咨于相公。”锺化民说。

“那么，相公置可否乎？”于孔兼问。

“未闻相公言之。”锺化民说。

“未置可否，皇上岂不以为可！”于孔兼道。

“我觉有些牵强，正在于此，”锺化民说，“皇上以为是可，相公未必真的说是可。元时兄难道没听说，相公虽未封还圣谕，却为皇上另拟一道谕旨？”

“朝廷上下皆传，我怎会不知！”于孔兼说着，问道，“纵然另拟一道谕旨，相公就无过错？”

“我非此意，”锺化民道，“我是想说，既然相公另拟一道谕旨，皇帝面前就有两道谕旨，对吧？”

"这个道理再简单不过，无须问。"于孔兼说。

"既有两道谕旨，皇上颁于朝廷的，是哪一道呢？"锺化民问。

"是前一道。"于孔兼道。

"两道谕旨不会相同，对吧？"锺化民问。

"那还用说！"于孔兼道，"若是相同，相公何必再拟一谕旨！"

"也不会相近，对吧？"锺化民又问。

"应是如此，"于孔兼道，"两道谕旨若相近，相公拟的谕旨在后，皇上何不以该谕旨颁于朝中？"

"两道谕旨差别甚大，则三王并封不是相公本意；相公不封还圣谕，而另拟一道谕旨，是欲以此谕旨取代前谕旨。"锺化民说。

"相公相信，他拟的谕旨可以取代前谕吗？"于孔兼问。

"未必相信，"锺化民道，"我看，相公不过是尽人事而已。"

"所以，相公若坚执以为三王并封不可，仍应封还圣谕，明确表示不可奉行，而不是另拟一道谕旨。"于孔兼说。

"元时兄以此而论相公之过，不无道理。"锺化民被他说服。

陈泰来、张纳陛先到朝房外。

"闯进去吧？"张纳陛道。

"不可。"陈泰来摇头。

"为何不可？"张纳陛问。

"朝房是大臣们日常议事的地方，以登可知，这会儿里面有谁？"陈泰来反问。

"这却不知。"张纳陛说。

"你我就这样擅自闯入，不是对相公一人不恭，而是对所有议事大臣不恭。"陈泰来说。

张纳陛点点头，表示理解。

"再者，以登可知，今日有多少同僚要来？"陈泰来又问。

"应该不少。"张纳陛说。

"同僚相约而来，你我先闯进去和相公理论，等一会儿大家都来，只为收拾残局吗？"陈泰来道。

"伯符先生说的是，"张纳陛应道，"你我等在朝房外，等大家都来，再作计较。"

一动不动地等在外边，会更心焦，二人边踱步，边谈论。

"伯符先生是前辈，晚生请教一事。"张纳陛说。

“何事？”陈泰来问。

“皇上传谕，阁臣以为不当，是封还圣批为好，还是另拟一谕好？”张纳陛问。

“不可一概而论，”陈泰来说，“前者如皇上欲贬黜言官，阁臣不便多议，忠伯先生遂封还圣批；至于事关朝廷大政，另拟一谕，也不失为一个好的方式。”

“那么，相公今另拟一谕，是一个好的方式？”张纳陛进一步问。

“也不尽然，”陈泰来道，“另拟一谕，要看怎拟。”

“伯符先生知相公是怎拟的吗？”张纳陛问。

“相公秘而不宣，我怎会知！”陈泰来道。

“伯符先生不知，晚生却略知一二。”张纳陛说。

“当真？”陈泰来很难相信。

“晚生会拿这事开玩笑？会哄骗伯符先生？”张纳陛道。

陈泰来相信他不会拿这事开玩笑，不会哄骗自己，于是问：“相公另一道谕旨是怎拟的？”

“相公列举古时三位皇后，一是汉明帝马皇后，一是唐明皇王皇后，一是宋真宗刘皇后。”张纳陛说。

“相公为何列举这三位皇后？”陈泰来想不明白。

“因为这三位皇后皆无子，且皆养他妃之子为己子。”张纳陛告诉他。

“是吗？”陈泰来亦通晓史实，略想之后，确定张纳陛的话不错；同时也就理解，王锡爵列举这三位皇后的用意。他问，“相公之意，古时这三位皇后事迹，今日可效之？”

“是，”张纳陛应道，“相公拟曰，请令皇后抚育元子，则元子即嫡子，而生母不必崇位号以上压皇贵妃。”

“相公倡此议，可谓用心良苦！”陈泰来叹道。

“伯符先生是说，相公此议可取？”张纳陛问。

“乍一听，似可取。”陈泰来说。

“深究之呢？”张纳陛问。

“深究之，完全行不通。”陈泰来说。

“是不是皇上根本不会采纳？”张纳陛问。

“皇上不会采纳，还好办些；皇上若是采纳，或许更糟。”陈泰来说。

“怎会！”张纳陛想不通。

“以登记不记得，马皇后所养他妃之子，可是明帝元子？”陈泰来问。

“不是。”张纳陛道。

“是第几子？”陈泰来问。

“似是第五子。”张纳陛不很确定。

“是第五子，”陈泰来加以确定又问，“以登记不记得，王皇后所养他妃之子，可是明皇长子？”

“不是。”张纳陛道。

“是第几子？”陈泰来问。

“似是第三子。”张纳陛道。

“是第三子，”陈泰来说着，又问，“以登记不记得，刘皇后所养他妃之子，可是真宗长子？”

“不是。”张纳陛道。

“是第几子？”陈泰来问。

“似是第六子。”张纳陛道。

“是第六子，”陈泰来说着，问道，“以登懂我的意思吧？”

“伯符先生的意思是，相公所列举的古时三位皇后，抚育的都不是皇长子。”张纳陛说。

“还有呢？”陈泰来问。

“相公倡议皇后抚育元子，然依据古时三位皇后的事例，是可以抚育元子，也可以抚育他子的。”张纳陛说。

“特别是，古时三位皇后中，还有一位皇后抚育的是皇三子。”陈泰来话里有话地说。

“是。”张纳陛应道。

“我说皇上采纳相公之议，或许更糟，没错吧？”陈泰来问。

“没错。”张纳陛应道。

王锡爵、赵志皋、张位从朝房出来，被十几二十名官员迎面堵住。其实，并不是三人都被堵住。堵截的官员们从一侧留出一条通道，是让赵志皋通过的，从另一侧留出一条通道，是让张位通过的。只不过，三人同行，赵志皋、张位都觉得，不该把王锡爵一人留下。既然他们不肯离开，两条通道又合上。

各官你一句我一句地指责王锡爵。有人责问他为何上密揭，导致皇上生出三王并封的念头；有人责问他为何不封还圣谕，导致皇上毫无顾忌地颁下谕旨；有人甚至指责他本人是三王并封的倡议者。指责一多，恰如声讨一般，使得王锡爵根本没机会分辩。

王锡爵沉得住气，没机会分辩，就不开口。倒是赵志皋看不下去，又是挥臂，又是顿足，又是示意这人住口，又是示意那人住口，好不容易让声讨的浪潮渐渐平息。

“你等听元驭先生说一句，成不成？”他问。

“好，我等都听他说！”众官齐道，好似另一种示威。

“我只想问一句：君等欲我怎做？”王锡爵道。

“应奏请追还前谕！”有人说。

“君等可问问汝迈先生、明成先生，有无奏请？”王锡爵道。

“我等已奏请，奈何未获准。”赵志皋说。

“圣谕虽先颁与元驭先生一人，奏请追还，却是我等一起署名奏上的。”张位说。

“应下廷议！”又有人说。

“君等可问问汝迈先生、明成先生，有无奏请？”王锡爵道。

“我等已奏请，奈何亦未获准。”赵志皋说。

“除我等奏请，礼卿亦奏请。”张位说。

“应请面奏！”又有人说。

“君等可问问汝迈先生、明成先生，有无奏请？”王锡爵道。

“我等已奏请，奈何亦未获准。”赵志皋说。

“我等还会再奏请。”张位说。

“皆奏请，皆不准，相公是否无计可施？”有人问。

“我还有一事可做。”王锡爵道。

“何事？”众官齐问。

“自劾所误，乞罢斥。”王锡爵道。

三王并封的谕旨颁下后，在朝廷引起的纷乱，让皇帝感受到压力。王锡爵上疏乞罢，皇帝给他个顺水人情，批复：朕耻为臣下挟制。卿引咎，置朕何地？三子俱不必封，少俟一二年，中宫无出，再行册立。

于是，这一件朝廷的根本大事，又回到原点。

第二百二十二章

朝会散后，大理寺少卿曾乾亨习惯地走到东华门内。大理寺在城西，应该往西走，出西华门，或出长安右门，走西长安街。绕道东华门，是绕个不小的圈子。

绕道东华门，为的是路过位于东华门内的光禄寺。

“于建先生又来偷腥？”已升都察院左佥都御史，但正在等待新光禄寺卿到任交接的原光禄寺卿王汝训取笑他。

“古师先生不能问得文雅些吗？”曾乾亨反讥。

王汝训字古师，山东聊城人，隆庆五年进士。

“我该怎问？”他问。

“问：于建先生又来逞口腹之欲？”曾乾亨道。

“好，我就问得文雅些，”王汝训说罢，笑着重复，“于建先生又来逞口腹之欲？”

“非也。”曾乾亨一本正经地否认。

“不为逞口腹之欲，不西而东，却是为何？”王汝训问。

“故衙重游，可以吗？”曾乾亨曾官光禄寺少卿，所以这样说。

“不仅可以，且欢迎之至。”王汝训说。

“当真欢迎？”曾乾亨不信似的问一句，并补充，“不仅为故衙重游，且为看望故衙正堂，可以吗？”

“不仅可以，且感激之至。”王汝训说。

“当真感激？”曾乾亨又不信似的问一句，并补充，“不仅为看望故衙正堂，且欲与故衙正堂谈天说地，可以吗？”

“就是不食人间烟火？”王汝训笑道。

“说来说去，古师先生还是以为我为逞口腹之欲。”曾乾亨道。

“不和于建先生说笑，”王汝训摆一摆手，说道，“往常于建先生来此，有现成的佳肴，定请品尝；今日于建先生来，却连清茶也不奉上。”

“我来虽不为逞口腹之欲，也忍不住要问一句：可是因我得罪古师先生？”曾乾亨问。

“不是。”王汝训道。

“可是因巡视光禄寺科、道官参劾？”曾乾亨问。

“不是。”王汝训道。

“那却为的何事？”曾乾亨问。

“因我才上一疏。”王汝训道。

“古师先生才上一疏？”曾乾亨奇怪的当然不是这件事本身，他问，“古师先生上的何疏，竟连一杯清茶待客都不可以？”

“不是不可以，是不得不避嫌。”王汝训说。

“不得不避的是何嫌？”曾乾亨进一步问。

“光禄寺掌膳羞之事，凡进口之物，谁人说得清，是私人所有，抑或官府所有？”王汝训道。

“古师先生上疏说的，可是不得以光禄寺之物飨私人？”曾乾亨问。

“怎么，这个议题议不得？”王汝训反问。

“不，不，”曾乾亨连连摆手，“我只是以为，以古师先生的眼光，这个议题未免太小。”

“议题小吗？”王汝训冷笑一声，问道，“于建先生可知，光禄寺岁入几何？”

“我不当家，不曾留意。”曾乾亨道。

“是二十三万有奇。”王汝训告诉他。

“二十三万虽是大数目，却非大议题。”曾乾亨不在意地说。

“其实，我想让于建先生告诉我的是，万历十八、十九年，光禄寺岁费几何？”王汝训问。

“万历十八年，我即离开光禄寺，阅视大同边务，这两年光禄寺所费几何，我更说不上来。”曾乾亨道。

“恰有十八、十九两年的供应簿，于建先生要不要一阅？”王汝训问。

“不在其位，不便阅之。还是古师先生告与我知吧。”曾乾亨道。

“都超过二十四万。”王汝训告诉他。

“古师先生是说，这两年每年都超用万金？”曾乾亨问。

“是啊。”王汝训道。

“竟达万金！”曾乾亨感慨道。听他的话语，超用万金让他很惊讶；但听他的口气，则是不以为然：堂堂朝廷的一个虽不是很大、但很需要花钱的衙门，一年多用万金，实在算不得什么。

“于建先生别看不上万金，”王汝训说，“朝廷如光禄寺这样的衙门，不下十几个，几十个，一个衙门多用万金，合而计之，即数十万金，甚至上百万金！”

“是，是。”曾乾亨敷衍般地连声应道。

“再者，就光禄寺而言，也不止是多用万金的事。”王汝训又说。

“怎么？”曾乾亨问。

“我官光禄寺少卿在几年前，于建先生知否？”王汝训反问。

“不知。”曾乾亨道。

“在五年前。”王汝训用手比画着说。

“古师先生五年前官少卿，又怎的？”曾乾亨问。

王汝训不理会，又反问：“我官光禄寺丞在几年前，于建先生知否？”

“肯定先于五年前。”曾乾亨说。

“在七年前。”王汝训仍用手比画着说。

“古师先生七年前官寺丞，又怎的？”曾乾亨问。

“于建先生可知，我官少卿时，光禄寺年费几何？”王汝训好像拿定主意，只问不答。

“不知。”曾乾亨道。

“不过二十万。”王汝训告诉他。

“古师先生是不是说，五年前，光禄寺年费二十万金？”曾乾亨问。

“是。”王汝训应道。

“那么，七年前，光禄寺年费几何？”曾乾亨问。

“十九万余。”王汝训道。

“亦即，与五年前比，十八、十九年增加四万；与七年前比，十八、十九年增加约五万。”曾乾亨说。

“正是，”王汝训应道，“若是如光禄寺这样的衙门岁用都增加四五万，合而计之，朝廷则多费百万，甚至数百万。”

“古师先生说得是，此事不可小觑。”曾乾亨被他说的数字震慑。

“减少开支，在光禄寺，须从我做起。所以，我不请于建先生品尝光禄寺美味，不为于建先生奉上清茶。”王汝训说。

“应该的，应该的，”曾乾亨应两声后，发觉不对，“咦，我已说过不为逞口腹之欲而来，古师先生难道不信？”

“我信，”王汝训连道，“于建先生说，是来看望我的。”

“不仅来看望，还来和古师先生谈天说地。”曾乾亨提醒他。

“对，还来和我谈天说地，”王汝训回应道，又说，“不过，和我谈天说地，也得有个大题目。不然，引不起我的兴趣。”

“今岁大计，这个题目师古先生有兴趣吗？”曾乾亨问。

“好题目！”王汝训赞后，问道，“但不知是否谈天？”

“今岁京察，主于吏部；吏部尚书俗称天官。师古先生说，是不是谈天？”曾乾亨道。

“又不知是否说地？”王汝训问。

“今岁京察，吏部上自尚书，下止员外、主事，都被弄得灰溜溜的，天官跌落在地。师古先生说，是不是说地？”曾乾亨道。

“倒真是谈天说地，”王汝训点点头，又问，“题目是好题目，不知当从何处谈起说起？”

“还是先谈天吧。”曾乾亨道。

“所谓谈天，是不是指吏部持正？”王汝训问。

“知我者，古师先生也。”曾乾亨道。

“只举一事，可见今次京察持正。”王汝训说。

“所举之事，是不是指吕员外被斥？”曾乾亨问。

“知我者，于建先生也。”王汝训回敬一句。

吏部文选司员外郎吕胤昌，在今年的京察中第一个被斥。王汝训、曾乾亨都觉得吕胤昌被斥，可以证明今年京察公正。一来，因为吏部先拿本部官员开刀，而且是拿主持考察的文选司的副职开刀；二来，吕胤昌是现任吏部尚书孙鑨的外甥。

“还有一事，亦可见今次京察持正？”曾乾亨问。

“何事？”王汝训问。

“第二名议黜的，是兵科王都谏。”曾乾亨道。

“他与文中先生非亲非故。”王汝训说。

“不错，他与文中先生非亲非故；但他与梦白先生，却是姻亲。”曾乾亨道。

兵科都给事中王三余，和吏部考功郎中赵南星是姻亲，这是王汝训不知道的；或者，虽然知道，却没放在心上。

“是吗？”王汝训叹道，“尚书议贬黜，自所亲始；考功议贬黜，亦自所亲始。难得，难得！”

“其他官员贬黜，古师先生看持正否？”曾乾亨问。

“于建先生指的是另几位部僚被黜？”王汝训问。

“不，”曾乾亨摇头，“这几位官员被黜在后，我指的是在前被贬黜的官员。其中有某阁老所亲，有某阁老所庇。”

某阁老所亲，是指赵志皋亲弟被贬黜；某阁老所庇，是指王锡爵欲加庇护的官员被贬黜。

“阁老所亲、所庇，一视同仁，其持正自不必说，其勇气也令人敬佩，”王汝训说着，口气一转，“不过，于建先生说的吏部被弄得灰溜溜的，天官跌落到地，也是为此吧？”

“可不！”曾乾亨道，“贬黜官员一定，立即有科、道纠劾部属，纠劾司官，纠劾员外，纠劾主事。”

“司官是兵部职方郎中杨于廷，员外是吏部稽勋司员外郎虞淳熙，主事是兵部主事袁黄。”王汝训具体说出吏部以及兵部被纠劾官员的名字。

“古师先生也知道呀！”曾乾亨道。

“光禄寺在东华门内，各部在东华门外。相隔一门，那边有事，怎会传不过来！”王汝训说着，问道，“于建先生远离部衙，怎也都知道？”

“大理寺离吏部远，离都察院却近，”曾乾亨道，“都察院和吏部同主京察，吏部有何动静，自然很快传到大理寺。”王汝训说。

“此事大冢宰拟如何处置，古师先生也知吗？”曾乾亨又问。

“听说，文中先生拟谪主事于外，留司官、员外于部。”王汝训说。

“古师先生说的不错；不过，主事亦未谪外。”曾乾亨道。

“是因他正赞划朝鲜军事吧？”王汝训问。

“是。”曾乾亨应道。

“听说是出于圣谕，不知确否？”王汝训问。

“确有圣谕。”曾乾亨应道。

“吏部拟出一留二，皇上把拟出一人也留下，这不挺给吏部面子的吗！”王汝训道。

“不管留主事是出于圣意，还是出于阁老之意，主事被留，对文中先生来说，并非好事。”曾乾亨说。

“于建先生是说，因主事未谪外，科臣又纠缠此事？”王汝训不赞成他的看法，“主事未谪外，科臣会纠缠此事；主事谪外，科臣同样会纠缠此事。科臣写的明明白白，司官、员外不当议留，于建先生忘记不成？”

他们说的科臣，是刑科给事中刘道隆。刘道隆写道：吏部稽勋司员外郎虞淳熙、兵部职方司郎中杨于廷，台省交摘，而吏部曲为解，仅议一职方主事袁黄，非体。

“话虽这么说，但科臣此疏一上，批复马上变调，责部臣专权结党。我怀疑，各臣拟诏书留用主事，是给科臣设一台阶，好让科臣顺台阶而上。”曾乾亨推测。

"那也是给阁老自个儿设一台阶，好借科臣纠劾，把矛头对准吏部，对准文中先生。"王汝训亦推测。

"说的是。"曾乾亨应道。

"文中先生复旨刚烈，却是我没料到的。"王汝训又说。

"这正是其禀性。"曾乾亨道。

"于建先生背诵得出大冢宰的疏文吗？"王汝训问。

"背诵得出几句，"曾乾亨应罢，背诵道，"淳熙，臣乡人，安贫好学。于廷力任西事，尚书石星极言其才。臣不忍以功为罪。且既命议复，自有异同；唯各原其心，求归于当。若知其无罪，忽以科、道之言而去之，昧心欺君，臣不能为，亦非皇上敕臣议复之意。"

"皇上以文中先生既被参劾，而不引罪，命夺俸三月，还有说得出口的理由；而将司官、员外罢免，将梦白先生贬三级，却全无道理可言。"王汝训说。

"故不唯文中先生要为梦白先生辩白，子成先生也要讼梦白先生及司官、员外之冤。"曾乾亨道。

"可惜，子成先生不讼冤还好，他一讼冤，梦白先生反而被彻底罢官。"王汝训似在抱怨掌院都御史李世达。

"子成先生同主京察，在其位，不可能不讼之。"曾乾亨为李世达辩。

"于建先生说的是。"王汝训本来也不是真在抱怨。

"文中先生、子成先生并请罢退，恰遂相公们心意。"曾乾亨又说。

"这就是于建先生所谓说地吧？"王汝训做个总结。

"是，"曾乾亨应一声，说道，"谈天罢，说地罢，某告辞，古师先生继续过你的神仙日子吧。"

光禄寺是个与人无争的清静衙门，所以他这么说。

"于建先生错矣，我马上要去和于建先生做伴。"王汝训道。

"不错，古师先生高升，已经发布，"曾乾亨说着，问道，"难道古师先生不耐寂寞，也要议一议这件事？"

"当然！"王汝训应道，"此等局面，谁能坐视！"

夫尚书孙鑨，割渭阳之功于吕胤昌；赵南星，忘秦晋之好于王三余。张纳陛读罢陈泰来奏疏中的这两句，赞叹不已："我怎就写不出这等精妙绝伦的句子来！"

陈泰来本想听他较为正式的评论，听到这句赞叹，随口说道："一要读书。"

"渭阳之恩的典故，我是知道的呀。"张纳陛说。

“以登说说看！”陈泰来道。

“我送舅氏，曰至渭阳，”张纳陛背诵两句诗，解释说，“此《诗·秦风》里的两句诗。说的是晋重耳逃亡至秦，回国时，秦太子，即后来的秦康公送他到渭水之阳。秦康公母，重耳姊妹也，时已亡。秦康公对重耳说：念母之不见也，我见舅氏，如母存焉。或曰，重耳即晋王位后，作《渭阳》诗以纪之。后人遂以渭阳喻舅、甥之情。”

“以登果然饱读经诗，所以，我还有其二。”陈泰来道。

“请伯符先生示教。”张纳陛揖道。

“二要历练。”陈泰来说。

“诚是，”张纳陛应道，“言及历练，我无法与伯符先生相比。”

他比陈泰来晚登四科，经历的事情当然要少得多。

“即以察典而言，以登这是第一次经历吧？”陈泰来问。

“伯符先生是问京察？”张纳陛问。

陈泰来点点头，说道：“我等为廷臣，而不在吏部，所关切者唯京察。”

“确是第一次经历。”张纳陛道。

陈泰来伸出四指，说：“对我来说，是第四次。”

“第四次？”张纳陛惊问。

他吃惊是可以理解的。陈泰来是万历五年进士，头、尾两年都算上，是十七个年头。而即便是登第之初碰到京察，也要在第十九个年头上才是第四次京察。况且，京察定于巳、亥之年举行，而万历五年是丁丑年，不可能举行京察。

辰、戌、丑、未之年考察外官，莫非陈泰来把第一次碰到的外察误记作京察？或者自己把陈泰来的科次记错，他不是万历五年的进士，而是万历二年的进士？这都不可能呀！

“以登是不是不信我经历过四次京察？”陈泰来问。

“不是不信，是不解。”张纳陛道。

“以登想不想听我说说，本不可能经历四次京察，却偏偏经历过四次京察？”陈泰来又问。

“当然想。”张纳陛欣然应道。

“其实，以登不解的，只是我登第那年的京察。”陈泰来说。

“那年是丁丑年，不当举行京察。”张纳陛说。

“不当举行京察，却偏偏举行；不但举行，而且与历次京察都不相同。”陈泰来说。

以特旨在所定各年之外举行京察或外察，都是有可能的。所以，张纳陛不再对丁丑年举行京察表示怀疑；要怪，只能怪自己对以前朝中故事了解得太少。他问：

“有何不同？”

“一般京察，都是在岁首举行，对吧？”陈泰来反问。

“这没错。”张纳陛道。譬如今岁的京察，是在二三月间闹得沸沸扬扬的。

“丁丑年的京察，却是在秋、冬之际举行。”陈泰来说。

“这又是为何？”张纳陛问。

“以登记得丁丑年出过什么大事吗？”陈泰来又反问。

“不记得；不，”张纳陛更正道，“不应该说不记得，是不知。”

“那年秋，相公张江陵家翁过世。”陈泰来说。

“这也算作大事？”张纳陛问。

“在那时，算得头等大事。”陈泰来说。

“我虽未经历，但伯符先生既然这么说，我也能理解。”张纳陛道。

“随之，有倡言夺情者。”陈泰来说。

“此事我有些印象。”张纳陛道。

“随之，有守制之议。”陈泰来说。

“我等前辈吴、赵等公皆因主守制而被黜免。”张纳陛道。

“随之，发生另一件大事。”陈泰来说。

“又是何事？”张纳陛问。

“星变。”陈泰来道。

“这倒是一件大事。”张纳陛说。

“随之，有人向江陵相公献策：借星变大计。”陈泰来道。

“是梁司马，还是李司空，还是曾司空？”张纳陛很自然地想到梁梦龙、李幼滋、曾省吾这几个张居正的心腹。

“都不是，”陈泰来道，“是江陵相公一名并不知名的幕客，姓朱，单名一个琏字。江陵相公深以其倡议为然，于是有丁丑年的大计。”

“原来是一次特旨大计，怪不得伯符先生在十七年间经历过四次京察，”张纳陛说着，揖道，“请伯符先生为晚生略述丁丑大计。”

“好，”陈泰来应一声，述道，“其时吏部无尚书，由大司马方公兼署，”陈泰来说着，忽问，“以登可知，方公是哪里人？”

方公即方逢时，他是知道的；方逢时籍贯是哪里，他还真不知道。

“晚生不知。”他回答。

“方公是湖广嘉鱼人，”陈泰来告诉他，“记得我初授官时，吏部尚书是张公。大概在京察前几日，张公致仕，由方公兼署吏部。应该说，一去一署，恰是时机。”张公即张瀚，是前一任吏部尚书。

“伯符先生是说，若张公仍掌吏部，大计未必得行？”张纳陛问。

“非也，”陈泰来摇头，“江陵相公决意大计，张公怎拦得住！只不过，张公若是仍掌吏部，那年的京察未必得心应手。”

“京察是否得心应手，不仅在大冢宰，还在考功郎，”张纳陛说着，问道，“其时考功郎是谁人？”

“考功司郎中是刘以进先生。”陈泰来说。以进是刘世亨的字。

“以进先生是江陵相公乡人？”张纳陛问。

“不是，”陈泰来道，“他是江西临川人。”

“是江陵先生门生？”张纳陛问。

“不是，”陈泰来道，“他是嘉靖四十年进士，江陵相公非其座主。”

“既非乡人，又非门生，用起来不会那么得心应手吧？”张纳陛推测。

“恰恰相反，”陈泰来道，“说起得心应手，以进先生胜方公多矣。”

“这是为何？”张纳陛问。

“以登想啊，方公是何身份，以进先生是何身份！”陈泰来道，“江陵相公欲罢黜一人，方公给予方便还好；方公若有非议，江陵相公还真能和他撕破脸皮不成？而用起以进先生，就方便得多。”

“伯符先生说的是。”张纳陛应道。

“所以，江陵相公欲罢黜之人，都是通过以进先生罢黜的，而不是通过方公罢黜的。”陈泰来又说。

“伯符先生还记得，丁丑大计查处廷臣几多？”张纳陛问。

“五十一人。”陈泰来道。

“吴、赵诸公都在其中？”张纳陛问。

“不，”陈泰来摇摇头，说道，“反对夺情言辞最激烈的廷臣，在此之前，已经被处分。”

“若是如此，晚生又不解，”张纳陛道，“照伯符先生的说法，丁丑大计因夺情、守制之争而举行，主守制者既已处分，为何还举行京察？”

“以登问得好！”陈泰来赞道，“丁丑大计因夺情、守制之争而举行；然举行京察时，主守制者已被处分。这听起来荒唐，却是有因果关系的。丧父之前，江陵相公满耳颂扬之声，有以魏徵、姚崇喻之者，甚至有以伊尹、周公喻之者。江陵相公亦以不世之才自负。待父丧，江陵相公欲以夺情留朝，而反对、讥讽之声如潮涌，他始知人心未服。而处家变之中，他心智恍惚，遂纳幕客议。幕客曰，可借星变大计；江陵相公想，可借大计以树威权。”

“江陵相公的心思，伯符先生揣摩得甚是透彻，”张纳陛说着，转换谈论的题目，“丁丑大计虽是伯符先生第一次碰到的京察，实则伯符先生经历的第一次正式的京察，是辛巳大计，对吧？”

“对。”陈泰来应道。

“请伯符先生为晚生略述辛巳大计。”张纳陛又揖道。

“好，”陈泰来应一声，述道，“辛巳大计者，万历九年之京察也。其时，江陵相公威福已成。大冢宰王公懦弱，唯江陵相公之命是从；考功郎孙某，无耻小人也，唯以禁锢建言之臣为念。以登方才言及吴公、赵公，还有沈公、艾公、邹公，时称五贤，或五君子，在丁丑大计之前先后被处分，而被除名削籍，是在辛巳大计之后。”

“除他等外，还有没有声望卓著的官员被贬黜？”张纳陛问。

“有啊，”陈泰来应罢，举例说，“如今辅臣汝迈先生，时官翰林侍读，以不及论，外放广东副使；再如今辅臣明成先生，时亦官侍读，先以申救吴、赵等公，左迁南京国子监司业，复以京察，谪徐州同知。”

“此二相公，也曾遭遇坎坷？”张纳陛不留情面地说一句，“己所不欲，勿施于人，他二位应该懂得这个道理呀！”

“以登扯远。”陈泰来提醒他。

“对，对，接下来是丁亥大计，而非癸巳大计，”张纳陛说着，揖道，“请伯符先生为晚生略述丁亥大计。”

“好，”陈泰来应一声，述道，“万历十五年，汝默相公为首辅，杨公为吏部尚书。汝默相公非江陵相公，大冢宰杨公非大冢宰王公，故该年大计，不是吏部依附相公，而是台省依附相公。如兵垣杨某，御史马某，皆窥伺当道，诬陷善类。然亦有不阿附者，如我同年之桢兄，即面斥杨、马辈。”

申时行不似张居正大权在握，杨巍的名声比王国光好，张纳陛都是知道的；杨某即杨廷相，马某即马允登，王国曾和他等争执于朝廷，张纳陛也隐约听说过。所以，他回应一句：“这样一来，丁亥大计岂不成台省之争？”然后又问，“丁亥大计，当真不是吏部主之？”

“也不能这么说，”陈泰来道，“时考功郎为汝村先生。虽杨公模棱不定，汝村先生专主调停，但大计程序，还是要吏部主持。故该次京察薰莸并容，泾渭失辨，吏部各官难辞其咎。”

“伯符先生之论，可谓公允。”张纳陛赞道。

“己所不欲，勿施于人，以登说的也很深刻呀，”陈泰来回敬一句，然后说，“今癸巳大计，以登亲自经历，不用我再多说吧？”

“我仍想听听伯符先生评议，”张纳陛说着，揖道，“请伯符先生为我略述癸巳大计。”

“好，”陈泰来应一声，说道，“今次大计，怪异之事甚多。”

“譬如？”张纳陛问。

“虞员外素擅才名，杨司官西功未叙，袁主事方赞东师，吏部酌量评品，取自上裁，未尝概拟留用。科臣刘某据形纠摘，致令吏部蒙严旨诘问，”陈泰来说着，反问，“此何故也？”

“伯符先生道是何故？”张纳陛即便有自己的看法，也要听他说。

“要我说，是阁老借刘某之言，以激圣怒。”陈泰来说。

“此议我附之，”张纳陛道。又问，“再譬如？”

“梦白先生为考功郎，遇事不白朝房，不谒私第，其所议黜，至公也。科臣刘某疏上，梦白先生反遭贬黜，”陈泰来说着，问道，“此何故也？”

“伯符先生道是何故？”张纳陛还是要他说。

“要我说，是刘某之疏上，而专权结党之旨下。”陈泰来说。

“我亦附议。”张纳陛说着，还要他举例。

“四次大计，我欲深论之；待拟疏完毕，再请以登指教。好不好？”陈泰来止住他。

“好。”张纳陛不情愿地应道。

“以登自家没打算吗？”陈泰来问。

“与其临渊羡鱼，不若退而结网；与其受教、赞叹于伯符先生之论，不若回去写自己的奏章。”张纳陛道。

王汝训、曾乾亨、陈泰来、张纳陛等上疏讼赵南星之冤，通政司右通政魏允贞、郎中于孔兼、主事顾允成、主事贾岩、助教薛敷教等亦上疏。皇帝大怒，上疏官员多被贬谪。

第二百二十三章

福建巡抚许孚远，携二幕僚、二军士，一人一骑，出福州南门，往东南方向行去。两名幕僚，一姓林，是福建当地人；一姓周，是浙江人。姓周的幕僚，是许孚远官显后，从家乡请来的。

一路上走走停停，说说看看，不知不觉到五虎门。福州四周之水，皆由五虎门入海。

濒海浅滩荒地，有一大片被开垦成农田，而更多的荒地正在开垦之中。

他们在较高处下马，正好见数骑沿着海滨由南向北行去。

“孟公，似是成之先生。”姓林的幕僚说。

成之是陈子贞的别字。他是江西南昌人，万历八年进士，官福建巡按御史。

“是他。”许孚远已看清楚。

“要不要叫住他？”姓林的幕僚问。

他虽然说的是福建官话，许孚远也要费些心思才听出来。

“谁个叫？你叫？”许孚远问。

“已去远，谁个叫也听不到，”姓林的幕僚说着，指指随行的两名军士，“但可以让他等追回来。”

“恐怕叫是叫不回来，追也未必追得回来。”姓周的幕僚插话。

“不会吧？”姓林的幕僚似乎不信。

“为何不会？”姓周的幕僚问。

“若是我叫，我会告诉他，不是我请他回来，是孟公请他回来；他等去追，自然也是告诉他，是都堂大人有请。”姓林的幕僚说。

“你叫他，告诉他孟公请他回来，他一定置若罔闻；他等追去，告诉他都堂大人有请，他也会借故不来。”姓周的幕僚说。

“这是为何？”姓林的幕僚问。

“林兄难道没发觉，他对孟公，是能避之则避之？”姓周的幕僚道。

“这又是为何？”姓林的幕僚问。

“话不投机呗。”姓周的幕僚道。

陈子贞和许孚远不合，在福州的大小官员都看得出来，姓林的幕僚自然也看得出来。他所以问姓周的幕僚，一来是不想猜测两位大人的关系，二来是想听听别人对这件事是怎么说的。所以，问过姓周的幕僚之后，他又问许孚远本人。

“孟公与他，果然话不投机？”他问。

“林先生为何要追他回来？”许孚远顾左右而言他。

“募民垦浅滩荒地，是孟公所议；我见开垦之地，他常去走走，以为他很推崇孟公之议呢。”姓林的幕僚说。

“推崇？”许孚远冷笑，“他是在挑我的毛病！”

“原来是不怀好意，”姓林的幕僚道，“多谢孟公赐教，不然，学生还真不知该和他如何相处。”

“还是不说他吧，”许孚远挥挥手，问道，“林先生看，这一片已垦之田有几多亩？”

“似有千余亩。”姓林的幕僚说。

“周先生看呢？”许孚远问姓周的幕僚。

“千亩又数亩、数十亩，也是千余亩；学生看，应有一千八九百亩。”姓周的幕僚说。

“若是将正在开垦的荒地连起呢？”许孚远又问。

“没有万亩，也有八千亩。”姓周的幕僚说。

“林先生看呢？”许孚远又转回去问姓林的幕僚。

“不止万亩，更不止八千亩。”姓林的幕僚说。

垦田越多，成绩越大。二人不是在较量谁的目测更准，而是一人说出一个数字，另一个人肯定会说出一个更大的数字。许孚远了解这两个幕僚的心思，所以，不会总让一个人先说。

“除福州外，兴化、泉州、漳州三府及福宁州，皆可开垦海滨荒地，三四年之内，我欲开垦荒地十万亩，”许孚远说着，问道，“二位看，这是不是痴人说梦？”

“不是。”二幕僚齐道。

“孟公有此宏愿，垦田十万，不在话下。”姓周的幕僚又说。

“二三年间，宏愿或可完成。”姓林的幕僚这次没往多说，而是往少说；往少说，也是为夸大功德。

“其实，多寡还在其次，重要的是下一步要做的事。”许孚远却说。

“孟公下一步欲筹划何事？”二幕僚齐问。

“勘察地势。”许孚远说。

“勘察何处地势？”二幕僚又问。

许孚远手一挥，说：“左近。”

“孟公为何勘察左近地势？”二幕僚又问。

“孟公不会勘察有无矿脉吧？”姓林的幕僚自己想到一种可能。

“孟公为何要勘察有无矿脉？”姓周的幕僚问。

“听说皇上关注开矿，若有矿脉，则开不得荒。”姓林的幕僚道。

“那应在开荒之前勘察，不该在开荒之后勘察。”姓周的幕僚说。

“事事考虑在先，当然是最好的；可亡羊补牢之事，时常有之。”姓林的幕僚说。

“二位莫争，我勘察左近地势，非为开矿；我要看看，左近之地，哪里可以筑房，哪里可以凿井，哪里可以平整场地，哪里可以修砌围墙。”许孚远说。

“孟公是要兴建城镇？”二幕僚齐问。

“不是兴建城镇，是兴建营舍，”许孚远说，“二位或许以为，我忽议开垦滩涂荒地，为的是募民耕作，天下少一些无地流民，朝廷多一些田赋收入。对吧？”

“孟公难道不是为此？”二幕僚问。

“不全是为此，”许孚远道，“沿海滩涂多垦荒地，固然于国计民生不无裨益；但我首先想到的，是守海疆。沿海滩涂之处变荒地为良田，并筑城建营，聚兵以守，不远胜于倭贼来时，发兵抵御？”

“孟公深谋远虑，非我等可料。”二幕僚齐道。

“不过，这已是我前些日子想的事。”许孚远说。

“孟公近日又在想别的事？”二幕僚齐问。

许孚远点点头，说道：“沿海滩涂可垦为良田，我在想，海中岛屿是不是也可以垦荒？”

“孟公欲于岛上垦荒？”二幕僚齐呼道。

“是啊，”许孚远应一声，问姓林的幕僚，“林先生看可否？”

姓林的幕僚想了想，说：“小岛不值得开垦，大岛应该可以。”

“闽省近海有哪些大岛？”许孚远问。

“据学生所知，南日岛就很大。”姓林的幕僚道。

“其次呢？”许孚远又问。

“澎湖岛也很大。”姓林的幕僚道。

“那先试行于二岛，如何？”许孚远询问二幕僚。

“学生以为，有一件事须得先做。”姓周的幕僚说。

“何事？”许孚远问。

“须得先勘察岛上有无水源。”姓周的幕僚说。

“周兄是指淡水吧？”姓林的幕僚问。

“这还用问！”姓周的幕僚道，“咸水岛四周都是，何须勘察！”

“有水才可居人，才可耕种，确是第一件要勘察的事，”许孚远说着，问姓林的幕僚，“林先生有何高见？”

“学生想，岛上居民稀少，须得募民前往开垦。”姓林的幕僚说。

“周先生再说。”许孚远命道。

“仅有水不够，还得勘察有无土。”姓周的幕僚说。

“林先生再说。”许孚远命道。

“耕牛、农具，也得筹集一些。”姓林的幕僚说。

“周先生再说。”许孚远命道。

“还须勘察有无木伐，能否烧砖。”姓周的幕僚说。

“林先生再说。”许孚远命道。

“还须筹集粮种。”姓林的幕僚说。

二幕僚的思路完全不同，又正好互补：姓周的幕僚想的，都是岛内须具备的；姓林的幕僚想的，都是须求之于岛外的。这也使得许孚远可以轻而易举地做出一个决定。

“周先生，岛上勘察之事，请你来做。”他对姓周的幕僚说。

“学生愿往岛上勘察。”姓周的幕僚道。

“林先生，募民及筹集之事，请你来做。”许孚远对姓林的幕僚说。

“学生领命。”姓林的幕僚道。

“周先生，我再来考考你，”许孚远转向姓周的幕僚，提出一个新的问题，“闽省近海之岛，林先生熟悉；浙省近海之岛，你熟悉不熟悉？”

“学生说得上来几个。”姓周的幕僚道。

“在你看来，浙省近海之岛，可有适合开荒耕种的？”许孚远问。

“有，”姓周的幕僚应一声，举出几个岛屿，“如陈钱、金塘、玉环、南麂诸岛，皆可开荒耕种。”

“林先生放心，”许孚远安抚姓林的幕僚，“我说说而已，并非要你远离故土，去那边垦荒。”

“孟公若着学生去，是看得起学生。得办此等利国利民之事，学生何怨之有！”姓林的幕僚道。

“周先生也别高兴，”许孚远又开玩笑地对姓周的幕僚说，“我抚闽，不抚浙，议论浙事，难免有越俎代庖之嫌。”

“此事利国利民，孟公若奏，朝廷定然准允。”姓周的幕僚道。

“好，近日想的事，就说到这里吧。”许孚远又终止这个话题。

听话听音，姓周的幕僚机敏地问：“孟公今日又有新的想法？”

“不是今日的想法。”许孚远道。

“是近日的想法？”姓林的幕僚问。

“也不是近日的想法。”许孚远道。

“是前些日子的想法？”姓周的幕僚又问。

“也不是前些日子的想法。”许孚远道。

“是比前些日子还要早些时的想法？”姓林的幕僚又问。

“林先生如此一问，我没办法说不是，”许孚远笑道，并反问，“那么，林先生告诉我，早多久呢？”

“学生不知。”姓林的幕僚道。

“周先生呢？”许孚远又问姓周的幕僚。

“学生亦不知，”姓周的幕僚回答之后，责备姓林的幕僚，“我就知道，林兄要惹火烧身。”

“不是他引火烧身，是我引火烧身。”许孚远说。

“怎么？”二幕僚齐问。

“我自家也说不出来是几时的想法呀。”许孚远道。

“孟公自家的想法，自家却说不出来是几时的想法？”二幕僚你看看我，我看看你，都感到奇怪。

“自家的想法，自家说不清楚，二位就没有过吗？”许孚远问。

“也有过。”二幕僚承认。

“二位知道，我曾官南京工部主事；我问自己，这个想法可是那时有的？我无法肯定是，也无法肯定不是。我又曾官兵部司官；我问自己，这个想法可是那时有的？我无法肯定是，也不能肯定不是。我又曾官广东佥事；我问自己，这个想法可是那时有的？我无法肯定是，也无法肯定不是。”这几句话，他似在喃喃自语。说罢，他转对二幕僚，“所以，我只好请教二位。”

“孟公无法肯定，学生等又怎能肯定！”二幕僚齐道。他们可以肯定的是，许孚远做这么多的铺垫，这个想法一定很不寻常，于是又齐道，“孟公不妨告诉我等，究竟是何想法！”

“简单之极，四字而已。”许孚远说。

“是哪四个字？”二幕僚齐问。

“疏通海禁。”许孚远道。

“疏通海禁？”二幕僚惊呼。

“孟公一面想的是垦荒滩涂，筑城建营，聚兵以守，一面想的是疏通海禁？”姓周的幕僚又问。

“孟公垦荒滩涂，筑城建营，聚兵以守，难道不是为的抵御倭贼，而是为的疏通海禁？”姓林的幕僚又问。

“二位问的都很好，”许孚远道，“首先，垦荒滩涂，筑城建营，聚兵以守，为的是抵御倭贼，也是为的疏通海禁。其次，不垦荒滩涂，筑城建营，聚兵以守，可否疏通海禁，我心里没底；既垦荒滩涂，筑城建营，聚兵以守，我心里有了底，遂断定可以疏通海禁。这个想法在我脑际转过很久，我一直不曾言之，而待今日言之，也是为此。”

“愿闻孟公详议。”二幕僚齐道。

“此事我当上奏朝廷，请二位抄录疏草时，二位自知。”许孚远不想在荒郊野地里和他二人谈论这件他心目中的大事。

第二百二十四章

李如松巡视各道后，赶回王京。在离王京还有几十里处，见天色已晚，他命就地宿营，明日再进城。就地宿营，肯定没有回到自己的宅第休息得好，即便只是临时的宅第。但进城也有麻烦的地方：前两次巡视回来，都要和经略大臣打个招呼，这次也不能例外。经略大臣才不管你赶路赶得累不累，会询问各地的情形，可能还要说说朝廷那边的消息。所以，比较起来，在城外宿营，可能会睡得更踏实一些。

他万万没想到，没过一个时辰，初则经略辽东军务、现在又经略朝鲜军务的宋应昌来到营地。

李如松正打算就寝，听罢校尉的禀报，顾不上穿靴更衣，忙迎出来。二人相见，他紧张地问："时祥先生，城里没出事吧？"

宋应昌字时祥，浙江仁和人，嘉靖四十四年进士。

"没出事，"宋应昌的表情却很轻松，"子茂将军巡视辛苦，特备薄酒，来军前慰劳。"

说罢击掌，两名军士进来，一人抱着酒坛，一人提着食盒。

子茂是李如松的字。一般地位相当高的文臣，称呼同僚武臣，只在将军前加上姓氏；加以字号，足见敬重。而夜晚带酒带菜，来军中慰劳，又显得关系亲密。

入朝作战，这对第一次合作的文帅武帅，在开始时并不融洽。按照惯例，提督武将初见督师文帅，应甲胄庭谒，但李如松初见宋应昌，以监司谒督、抚仪，素服侧坐。如果宋应昌计较的话，当时就会翻脸。好在他没计较，这才有日后的逐渐磨合，彼此适应。

但也只是适应而已。宋应昌今晚的表现，是李如松不曾料到的。

"有劳时祥先生，不敢当。"李如松打起精神说。

二人面对面，席地而坐，当中铺上一领席，摆上酒、菜。连碗筷、酒盅，宋应昌都是从城里带来的。

李如松拿起酒盅时，又问一遍："城里真没出事？"

"真没出事。"宋应昌道。

“那我可放心饮酒。”李如松说着，饮酒。

宋应昌陪着饮一口，然后问：“子茂将军去过开城？”

“去过。”李如松应道。

“李将军可好？”宋应昌问。

“还好。”李如松应道。

“祖将军可好？”宋应昌问。

“还好。”李如松应道。

李将军是游击将军李宁。宋应昌因为称李如松子茂将军，所以可以简单地称他李将军。祖将军则是副将祖承训，他和李宁受命驻守开城。

“为二将饮一盅，如何？”宋应昌邀道。

“好。”李如松应邀。

二人饮酒后，宋应昌又问：“子茂将军去过临津？”

“去过。”李如松应道。

“查将军可好？”宋应昌问。

“还好。”李如松应道。

查将军是参将查大受，受命驻守临津。

“为查将军饮一盅，如何？”宋应昌邀道。

“好。”李如松应邀。

二人饮酒后，宋应昌又问：“子茂将军去过宝山？”

“去过。”李如松应道。

“二将军可好？”宋应昌问。

“还好。”李如松应道。

二将军即李如松的二弟李如柏，受命驻守宝山。

“为二将军饮个双盅，如何？”宋应昌邀道。

“在下代舍弟谢过时祥先生厚爱。”李如松说着，一揖。

二人饮酒后，宋应昌又问：“子茂将军去过平壤？”

“去过。”李如松应道。

“杨将军可好？”宋应昌问。

“还好。”李如松应道。

杨将军是副将杨元，受命驻守平壤。

“为杨将军饮一盅，如何？”宋应昌邀道。

“好。”李如松应邀。

问过几处主要城镇的守将，酒饮不少。

“子茂将军回答时惯用‘还好’二字，为这两个字饮一盅，如何？”宋应昌接着想到一个饮酒的名目。

“时祥先生想听的，难道不是这两个字？既如时祥先生所愿，也该饮一盅。”李如松说。

“那就再饮个双盅，如何？”宋应昌邀道。

“好。”李如松应邀。

二人饮酒后，宋应昌道：“子茂将军说我想听的是‘还好’这两个字；其实，不是我想听的是这两个字，而是我估计，子茂将军会说的是这两个字。”

“时祥先生为何以为我会说这两个字？”李如松问。

“驻守各地的将领们都是随子茂将军自辽东往宁夏灭贼，又自宁夏径赴朝鲜剿倭的吧？”宋应昌反问。

“自舍弟外，都是。”李如松道。

“子茂将军是几时率众离开辽东的？”宋应昌问。

“去岁四月。”李如松道。

宋应昌算了算，说：“已有十六个月。”

“可不是！”李如松应道。

“这十六个月，可以说马不停蹄吧？”宋应昌问。

“岂止马不停蹄，还须快马加鞭。”李如松道。

“十六个月马不停蹄，快马加鞭，一定身心疲惫吧？”宋应昌问。

“确感疲惫。”李如松点头。

“子茂将军对沈老丈其人，初则斥其憸邪，直欲诛之；转而以为可用，置于营中；继而遣沈老丈行，期待其成。一变再变，也是因疲惫吧？”宋应昌问。

说到一变再变，李如松心中苦笑。用个“变”字，应该说是很客气，他对沈惟敬态度的改变，实则和朝鲜的战局是分不开的。

李如松奉诏，提督蓟、辽、保定、山东诸军，东征入朝，是在去年四五月间；十二月，他赶到军中。时沈惟敬恰从倭营返回，说倭将行长愿意罢兵受封，条件是：官军退至平壤西，以大同江为界。李如松新建宁夏之功，志得意满，脑子里根本不曾有议和的念头。他痛斥沈惟敬憸邪，命拖出大帐斩之。

要不是参谋李应试伏在他耳边说句“借惟敬以封事绐倭，而阴袭之，奇计也”，沈惟敬命已休矣。

这一计果然起到作用。今年正月初，官军进至平壤附近的肃宁关，驻守平壤的行长以为来的是朝廷封使，毫不为备，只遣牙将二十人出迎。牙将到得官军大营，李如松命缚之。倭牙将拔刀格斗，三人被擒，十七人逃回城中。行长大惊，遣心腹小西飞拜谒李如松，以查官军此来用意。李如松好言慰之。两天后，官军进至平壤城下。行长仍以为来的是封使，登风月楼以待；倭众着鲜艳花衣，夹道以迎。直到发现官军上下全副装备，行迹大露，意在攻城，倭军将士才登城拒守。李如松部署：副将祖承训伏于西南，游击将军吴唯忠率部攻平壤以北牡丹峰，另以一部官军自东南攻城。

这一天是正月初六日。初七日，官军攻城。城上炮矢如雨落下，官军稍退。李如松手刃先退者，募死士，援钩梯而上。祖承训伏兵忽出，自西南攻城，倭军分兵守之。时李如松已从小西门登城，而李如柏率部自大西门攻入。官军攻克平壤，斩敌一千二百余人。

随后，开城及黄海、平安、京畿、江源等道一一被收复。

战事照这样进行下去，沈惟敬就会成为一个废物。但正应骄兵必败这句古训。在连胜之下，官军中倭军一个很小儿科的计谋：有朝鲜人报，倭军弃王京而去。李如松自将轻骑，日夜进发，在距王京还有三十里的碧蹄馆，猝遇倭伏兵，被围数重。若不是他久经沙场，官军早就溃败。李如松苦战待援。援兵到达，又几经鏖战，倭军始退，而官军损失亦重。

李如松这才动起封贡的心思。另一方面，他曾密令查大受率部，自小路偷袭倭军据守的龙山仓，焚烧积粟数十万石。倭军粮草断绝，又在平壤战败之后，乃生归意。于是，通过沈惟敬来往奔走，开始议和。

四月中，倭军弃王京。宋应昌、李如松进城后，命官军渡汉江，尾随其后。在议和的过程中，倭军弃一地，官军收复一地，直到倭军集中到朝鲜南部的釜山，结营扎寨，为久留计，双方形成僵持的局面。

宋应昌不去打扰李如松的静默沉思，而且，能料到他在想什么。见李如松又伸手去拿酒盅，他才开口：“子茂将军身心疲惫，众将亦身心疲惫。所以我想，我问众将情形时，子茂将军会应以‘还好’，而不会应以‘好’。子茂将军看，我想的对不对？”

“时祥先生想的对。”李如松应道。

“你我二人接下来不再为‘还好’饮酒，而为‘好’或‘甚好’饮酒，子茂将军看如何？”宋应昌问。

“那就是为时祥先生而饮吧？”李如松道。

“怎是为我而饮？”宋应昌不解。

“因为众将，包括我在内，是‘还好’，只有时祥先生才能‘好’，或者‘甚好’呀。”李如松说着，自己忍不住先笑。

宋应昌也笑。他说：“于我如何，还不好说，于子茂将军而言，确是‘好’，乃至‘甚好’。”

“究是何事？”李如松问。

“子茂将军奔走各地之际，发生两件事，子茂将军想不想听听？”宋应昌反问。

“果是‘甚好’之事，谁不想听！”李如松道。

“子茂将军先听第一事，”宋应昌道，“朝中议朝鲜善后，退兵呼声甚高。”说着，问道，“子茂将军看，此事是否‘好’，或者‘甚好’？”

“不知谁人议之，我还不能说。”李如松道。

“譬如，兵科给事中侯庆远议之。”宋应昌举一例。

“时祥先生怎知？”李如松问。

“据邸抄。”宋应昌道。

“不知他怎议，我还不能说。”李如松又道。

“走得匆忙，我没把邸抄带在身上；不过，子茂将军明日进城，即可亲阅。”宋应昌说。

“时祥先生不能略述一二？”李如松出个小难题。

“我尽量吧，”宋应昌说着，述道，“勤属国数道之师，以力争平壤，以权收王京，以两都授之，存亡兴灭，义声赫然海内矣。全师而退，所获实多。”

“全师而退，写得好！”李如松击掌叫好。

“子茂将军这下可以说吧？”宋应昌问。

“要我说，只能算‘好’，还不能算‘甚好’。”李如松道。

“这是为何？”宋应昌问。

“区区一给谏，虽在兵垣，怎左右得了朝政！”李如松道。

“依子茂将军说，谁个能左右朝政？”宋应昌问。

“阁老；至少，也得大司马。”李如松说。

“朝廷虽出兵，但从出兵之日起，大司马就在盘算封贡事。这事我再清楚不过。至于相公，在别事上或许自有见解；在东事上，则完全听从兵部之议。”宋应昌说。

“时祥先生的意思，大司马其实是主张撤兵的？”李如松问。

“没错，”宋应昌肯定地说，“我不敢说，侯给谏上此疏是大司马授意，或相公授意；但我可以肯定，大司马正等着这样一个契机。”

“那就有望，”李如松道。想了想，又说，“不过，大司马议回师，也只能算

‘好’，不能算‘甚好’。”

“这又是为何？”宋应昌问。

“朝廷定计，还得经略大臣言之。”李如松道。

“子茂将军是说，我会阻挠还师？”宋应昌问。

“至少，我从未闻时祥先生议还师。”李如松道。

“我迄今不言还师，并非我不欲还师，而是我有所虑。”宋应昌分辩。

“时祥先生所虑何事？”李如松问。

宋应昌往南方指一指，没有说话。

“时祥先生是虑釜山之倭？”李如松问。

宋应昌点点头，说道：“釜山虽濒南海，犹朝鲜境。倭于该地结营，或正瞰我去留。我骤然罢兵，彼突入再犯，以朝鲜一国之力，难以支应。倭贼得手，我前功尽弃矣。”

“时祥先生所虑，亦我之所虑；时祥先生以此议上朝廷，则还师遥遥无期。我说声‘好’，已是强作欢颜。”李如松道。

“子茂将军言之差矣。”宋应昌摆着手说。

“原闻时祥先生高见。”李如松揖道。

“子茂将军可知，出师以来，军饷所费几多？”宋应昌问。

“似过百万。”李如松说。

“用兵半年余，军饷已过百万，子茂将军想想，还师是不是大势所趋，怎可能遥遥无期？此其一也。”宋应昌道。

“其二呢？”李如松问。

“我并非以为不该还师，”宋应昌说，“我只是以为，还师须缓；纵撤，亦不能不少留官军协守。侯给谏希望的是全师而退，我与他不同，以为还师可以，但不能全师而退。”

“时祥先生在和我做文字游戏吧？”李如松道，“侯给谏所言全师而退，保全之全也，非全部之全也。”

“一句玩笑，子茂将军休得在意。不过，少留官军协守，我知子茂将军也有这个考虑。”宋应昌说。

“时祥先生说的是，此事我确实想过。”李如松承认。

“那么——”宋应昌不往下说，而是手指酒盅。

“愿与时祥先生共饮。”李如松道。

“只饮一盅，还是饮个双盅？”宋应昌问。

“且饮一盅吧，”李如松道。他务实，到底不会把朝廷提到议事日程上的事，简单看作“甚好”。饮罢，他问道，“时祥先生要告诉我的第二件事，又是何事？”

“沈老丈自釜山归，同行者，倭使一人。”宋应昌说。

“倭使之来，为求封贡？”李如松问。

“是。”宋应昌应道。

“怎知其有诚意？”李如松问。

“其一，倭从釜山移驻西生浦，有归去之势；其二，倭使到不数日，倭将送回朝鲜王子及陪臣。”宋应昌说。

“看来，沈惟敬的确带来好消息。”李如松自语。

“为子茂将军欲杀他而未杀他，该饮个双盅吧？”宋应昌邀道。

“好。”李如松应邀。

第二百二十五章

王锡爵和掌院都御史李世达约好在朝房里谈事。二人叙几句闲话，还没说到正题，赵志皋走进来。见二人是谈事的样子，赵志皋点点头，算是招呼，然后打算离开。

“汝迈先生，一起坐坐吧。”王锡爵邀道。

“好。”赵志皋应一声，在他身边坐下。

没等赵志皋问他二人谈论何事，兵部尚书石星又进。

“拱宸先生别走，此事与你相干。”李世达招呼道。

石星没马上答应，他要看两位阁臣有什么表示。

“拱宸先生来得正好，请坐。”王锡爵邀道。

李世达往外挪挪，把靠近王锡爵的位子让给石星。

随后进来的是工部尚书温纯。不等别人招呼，他自己说：“我找拱宸先生有点儿事，听说他在这里。”

“景文先生，坐下说。”石星招呼道。

温纯字景文，陕西三原人，嘉靖四十四年进士。

“可以吗？”他问的是王锡爵。

“有何不可！”王锡爵道。

李世达又往外挪挪，让温纯坐在他和石星之间。

人多好几位，反而沉默下来。众人不知该由谁开口。这时张位进来。

“人不少嘛。”他不等人招呼，不等人让，自己在赵志皋一边坐下。

待发现众人的目光都在注视自己，他才觉得莽撞，边起身，边说，“诸位在谈事？有扰，有扰！”

赵志皋拉他一把：“明成兄坐下吧，都在等你呢。”

“当真？”张位虽不信，仍然坐下。

刑部尚书孙丕扬每日朝会后都要先来朝房看看。因为刑部衙门和都察院衙门在一起，都离得远，他在证实无事后，才能踏踏实实回衙门去。

“果然有事！”他庆幸自己遵循着这个好习惯。但随即又问，“事关刑部否？事关本人否？”

“叔孝兄不坐下，怎知有关无关？”李世达道。

孙丕扬和石星一样，知道该不该留要王锡爵决定。

“衙门里有急事吗？没急事，等一会儿和子成先生同行，不好吗？”王锡爵道。

“也好。”孙丕扬应道。

李世达往外挪挪，孙丕扬想坐在他和温纯之间；但温纯也往外挪挪，让孙丕扬坐在自己和石星之间。

随后进来的是礼部尚书罗万化。他向众人环作一揖，连声道：“来迟，来迟！歉甚，歉甚！”

“一甫兄为何事而来，就说来迟？”赵志皋问。

“有人告诉我大臣廷议，难道不是？”罗万化反问他。

“是，是，”赵志皋连应两声，说道，“既是廷议，一甫兄请坐吧。”

石星四人一个挨一个地往外挪动，让罗万化坐在最靠近王锡爵的位子。年初因三王并封一事，二人小有冲突；这会儿坐在临近的两把椅子上，都没什么话要说。

“一甫先生道是大臣廷议，还真是差不多。”石星没话找话。

“可惜天官、地官未到。”李世达说。

“我看他二位不会来。”温纯说。

“谁说我二人不会来？”外面马上有人与之呼应。话音未落，吏部尚书陈有年、户部尚书杨俊民并肩走进来。

“登之兄！伯章兄！”王锡爵起身相迎。

陈有年字登之，浙江余姚人，嘉靖四十一年进士。

王锡爵既动，赵志皋、张位不好不动；他们也站起来。阁臣们都站起来，另一边的部、院大臣们不好不动；他们也站起来。这样也好，再坐下时，部、院大臣们依次挪一挪，把最前边的两个位子空出来。

王锡爵无疑是把握局面的人。他环视众人之后，忽然发笑。

“相公因何而笑？”坐在近旁的陈有年问。

“登之兄被告知大臣廷议吧？”王锡爵问。

“是啊，”陈有年应道，“我还奇怪，大臣廷议，我怎不知？莫非所议之事与别部都有关，独与吏部无关？”

“还有户部，亦无关。”杨俊民插话。

“伯章兄也被告以大臣廷议？”王锡爵又问他。

“是，”杨俊民应道，“我出衙门，见登之兄正在衙门外逡巡，我二人遂一同赶来。”

“伯章兄看，像是大臣廷议吗？”王锡爵问。

“怎不像！”杨俊民说着，依次指着自己坐的那一边，“元驭兄看，连座次都未改变。”

“那是习惯而然；我看，不甚像大臣廷议。”王锡爵说。

“元驭兄看，像是何事？”杨俊民问。

“更像迎新。”王锡爵说。

“更像迎新？”众人似理解非理解。

“这是在说我呢，”陈有年以为比别人理解得多一些，“我掌吏部仅数日，完全是个新人。”

“新人不止登之先生一个，”温纯马上说，“登之先生掌吏部数日，我掌工部不过数月而已。”

“还有我一个，我年初到京，也只有数月。”王锡爵接着说。

“元驭兄不能算。”陈有年说。

“我为何不能算？”王锡爵问。

“元驭兄是重返内阁，并非履新。”陈有年说。

“朝廷今次召我，是所谓首揆者，以前我可曾居其位？”王锡爵道。他万历十三年入阁，至十九年归省，首辅一直是同年申时行。他又说，“这和子登兄以吏部侍郎升本部尚书，是同样的情形。我若不算，子登兄也不能算。倒是景文先生以南京吏部尚书改工部尚书，是全新之任。”

“迎新之会若是为我，可不敢当。”温纯忙说。

“就算迎新吧，”杨俊民说着，问道，“两位新人，一则首辅，一则吏书，却是谁个倡议的？”

“只好由伯章先生来倡议。”石星开玩笑地说。

“我倡议，我却最后一个到，岂不得罪诸公！”杨俊民道。

“汝迈先生，由你倡议，如何？”石星又开玩笑地对赵志皋说。

“我到时，元驭先生已在，前后倒置，我看不妥。”赵志皋说。

“不如查查，今日谁人第一个到。”温纯提议。

“是我第一个到。”李世达举手。

“那算作子成先生倡议吧。”温纯说。

“但我是奉相公之命而来呀！”李世达道。

“说来说去，始作俑者还是元驭兄。”杨俊民用个不中听的词，但绝对没有恶意。

“元驭先生约子成先生来谈事，我等走吧。”赵志皋提议。

“好，我等都走。”众人纷纷应道。

李世达心想：众人已来，且已就座，不该让他们走；但他不好挽留。他并不知王锡爵约他来谈什么事，也许，真是不便让别人与闻的事呢？

“别走！”王锡爵发话，“我请子成先生来，是因为朝中有件事，我把握不定，并非有何私事。诸公除非衙门里有重大之事要处分，既来，正好一起议议。”

他这么说，谁也不好走。一来，要说有什么重大的事情处分，眼下只兵部有，而石星稳稳坐在那里，并没要走的意思；二来，王锡爵说他有把握不定之事，相公把握不定之事，总不能不当一回事吧？

“元驭兄欲谈何事？”陈有年问。

“闽抚近上一疏，登之兄知否？”王锡爵问他，

“有所耳闻。”陈有年说。

“诸公知否？”王锡爵问众人。

有知道的，有不知道的，回答不一；但总的来说，知道的多。

“公等有未读过该疏？”王锡爵又问。

有读过的，有没读过的，回答不一；但总的来说，没读过的多。

“多未读过，我恰拿到抄本，一起读读如何？”王锡爵问。

“此疏元驭兄读否？”杨俊民反问。

“肯定读过；不然，怎会把握不定？”罗万化道。

“元驭兄既读过，不如先告诉我等，该疏议的是何事，我等听起来，也好抓住要点。”杨俊民说。

“甚是。”多数人附和。

“他议的是疏通海禁。”王锡爵说。

“议海禁？”石星听差，“战事已起，再议海禁，未免过迟！”

“不是议海禁，是议疏通海禁。”李世达纠正道。

“疏通海禁？”石星问的是王锡爵。

“是，”王锡爵点点头，重复一遍，“孟中先生议的是疏通海禁。”

“有意思！”石星说不上是冷笑，还是哂笑，“战事已开，一定要议的话，也该议海禁，他却议疏通海禁！”

“大司马看，此事值得一议吧？”王锡爵问他。

“当然值得一议。”石星道。

“拱宸先生愿不愿先睹为快？”王锡爵说着，拿出许孚远奏疏的抄本。

“不合适吧？”石星要越过几个人去接，觉得不妥。

“怎不合适！”陈有年接过，递给他，“拱宸先生先睹，我等且听，再合适不过。”

石星这才悟出，王锡爵并非让他一人先睹，而是要他读给大家听。

“相公分派，敢不从！”他笑着说。看一眼抄本，他说句“我照本宣科啊”，然后读起来：

案照先准兵部咨为申严海禁、并御倭未尽事宜、以弥隐患事。该臣入境以来，节据沿海商民纷纷告通海禁。随据福建按察司巡海佥事余懋中呈，据海澄县番商李福等联名呈称，本县僻处海滨，田受咸水，多荒少熟，民业全在舟贩，服役俯仰是资。往年海禁严绝，人民倡乱。幸蒙院、道题请建县通商，数十年来，饷足民安。近因倭寇朝鲜，朝堂防奸人接济硝磺，通行各省禁绝商贩，遗祸澄商。引船百余只，货物亿万计，生路阻塞。臣将商者倾家荡产、佣者束手断餐、阖地呻嗟、坐以待毙等情，批据漳州府海防同知王应乾，呈称查得漳属龙溪、海澄二县，地临滨海，半系斥卤之地，多赖海市为业。先前官司虑其勾引，曾一禁之。民靡所措，渐生邪谋，遂致煽乱，贻祸地方。

“拱宸先生，可暂停否？”杨俊民打断他。

其实，他不打断，石星也要喘一口气。

“谁个呈进，谁个批与，能否交代一下？”杨俊民问。

没人回应。他看石星，石星也看他。

“伯章先生想让谁人交代？”石星问。

“拱宸先生在读，当然是拱宸先生交代。”杨俊民说。

“我在读，伯章先生却在听，应该读者把握得住脉络，还是应该听者把握得住脉络？”石星问。

“照理说，应该听者记得清楚。不过，拱宸先生莫怪伯章先生；我等都在听，亦未把握住脉络。”温纯说。

“我试言之，如何？”李世达自告奋勇。

“请！”众人齐道。

“是番商李福等报呈巡视海道佥事余懋中，余佥事报呈闽抚，闽抚批与海防同知王应乾，王应乾又报呈闽抚。”李世达说。

“子成先生敏锐，胜过我等，只听一遍，就捋出头绪。”张位道。

“此疏我曾阅过，不是只听一遍。”李世达说。

“原来如此。”许多人点头。并非比别人愚钝，对他们来说是个安慰。

“我为何请子成先生来为我解读，诸公这下明白了吧？”王锡爵问。

“请得好！”有人赞道，“不仅是为相公解读，也是为我等解读。”

石星又读下去：

迨隆庆年间，奉军门涂右佥都御史议开海禁例，题准通行，许贩东西诸番。惟日本倭奴，素为中国患者，仍旧禁绝。二十余载，民生安乐，岁征税饷二万有奇，漳南兵食，借以充裕。

石星主动停下来，问李世达：“涂公事迹，子成先生说得出一二吗？”

奏疏里写的“军门涂”，他说的“涂公”，名泽民，四川汉州人，嘉靖二十三年进士，隆庆初官福建巡抚。

“名讳上泽下民。”李世达说。

“还有呢？”石星问，

“似是川人。”李世达说。

“还有呢？”石星问。

“似是嘉靖二十三年进士。”李世达说。

“还有呢？”石星问。

“拱宸先生怎问我一人？”李世达显然再说不出什么。

“子成先生最资深呀。”石星说。

“再资深，我也比涂公迟好几科，且与此公素无交往，我倒想听拱宸先生，或别公，说说他的事迹。”李世达道。

石星摇头，表示自己也不知道，应后问温纯，“景文先生可知？”

“我亦不知。”温纯倒。

“那么——”石星拖个长音。

温纯知道他要自己接着读，忙说：“请拱宸先生接读。”

石星笑笑，接着读一段长文：

近奉文禁绝番商，民心汹汹告扰，本职目击时事，窃计其为地方隐患者有四。夫沿海居民，凭借海滨，易与为乱。往者商舶之开，正以安反侧、杜乱萌也。乃今一禁，彼强悍之徒，俯仰无望，势必私通。继以追捕，急则聚党遁海，据险流突，如昔日之吴、曾、林、何，变且中起。此其患一也。东西二洋，商人有因风涛不齐、压冬未回者，其在吕宋尤多。漳人以彼为市，父兄久住，子弟往返，现留吕宋者盖不下数千人。一旦舟楫不通，归身无所，无论弃众庶以资外夷，即如怀土之思既切，又焉保其不勾引而入寇也！此其患二。迩者关白隐蓄异谋，幸有商人陈甲、朱均旺在番，探知预报，盛为之防，不至失事。今既绝通商之路，非惟商船不敢下水，即如宣谕、哨探之船，亦无由得达。设或夷酋有图不轨如关白者，胡由得而知之！此其患三。漳南沿海一带，守汛兵众数千，年费、粮赏五万八千有奇，内二万则取足于商税，若奉禁无征，军需缺乏，势必重敛于民。民穷财尽，势难取给。此其患四。

“拱宸先生，怎不一患一患地读？”温纯问。

“还不是怕景文先生怪我取巧。”石星道。

众人又笑。笑罢，陈有年说：“孟中先生所言四事，是本疏精髓，倒是该好生议一议。”

“余姚濒海，登之兄乡人中，有没有贩海者？”杨俊民问陈有年。

“有是有，不多。”陈有年道。

“姑苏濒海，元驭兄乡人呢？”杨俊民又问王锡爵。

“应比登之兄乡人还要少。”王锡爵说。

“同是濒海，为何闽人贩海的多，浙、直之人贩海的少？”杨俊民问。

“番商李福等报呈，本县僻处海滨，田受咸水，多荒少熟。这段文字伯章兄没忘吧！”王锡爵道。

“忘是没忘，我只是想说，孟中先生所议，我甚有同感。”杨俊民说。

“伯章先生是怕孟中先生找户部要那原本取于税收的二万兵食之银吧？”张位开玩笑地问。

“向户部讨要二万兵食之银还在其次，别事也在其次。”杨俊民说。

“要紧的是何事？”张位问。

“海禁隐患，莫过于夺民生机。”杨俊民道。

“以民生为本，伯章先生这个大司徒当得好！”张位赞道。

“夺民生机固然要紧，别的也不可不虑，”李世达却说，“强悍之徒聚党遁海，据险流突，以及勾引而入寇，皆是有先例的。”

“由通商而得知日本国情，实是利大于弊。”石星又说。

“听诸公的口气，都赞成孟中先生所议？”赵志皋问。

“汝迈先生是不是不赞成？”石星反问。

“我也是赞成的，”赵志皋说，“通海有通海的隐患，禁海有禁海的隐患；比较而言，似乎禁海的隐患大过通海的隐患。”

“此论公允，我亦赞成。”张位道。

“似乎听不到反对的声音呀。”王锡爵道。

“我来发点儿反对的声音，”石星说，“虽曰疏通海禁，我以为可收知己知彼之效；但我知己知彼，倭或也知己知彼，正相抵消。再有，前者申严海禁，为的是防硝磺外运。我记得，嘉靖时，还未闻倭寇用火器；今朝鲜战事，倭贼也在使用火器。此事不可不虑。”

“拱宸先生反对的声音不小，我以为有道理。”温纯附和道。

“子成先生不想说两句吗？”王锡爵点李世达的名。

“与其我说，不如听孟中先生说。”李世达说。

“对，还有下文，公等要不要听？”王锡爵问众人。

“既听，没有只听一半的道理。”有人响应。

“那么——”王锡爵也对着温纯拖个长音，示意该换到他读。

“拱宸先生辛苦，给我吧。”温纯伸手要奏疏抄本。

“辛苦二字，景文先生用得好。”罗万化道。

“怎好？”孙丕扬问。

“先是代表我等众人慰劳拱宸先生，然后提醒我等众人，别忘一会儿慰劳他。”罗万化说。

“果然用得好。”众人笑道。

温纯笑笑，读道：

> 睹兹四患，职以为禁不便，复之便，急复之为尤便。原禁绝之意，不过以硝磺之故。今欲革此弊端，必须严申禁约：每周商舶将开，责取里邻保结，委官盘验；如有作奸犯科，置之重刑。其民间亦不许私相买卖。若缘此而禁绝商路，不几于因噎废食乎！

读到这里，他停下来，道：“都写到‘因噎废食’，公等就没人想议一议吗？”

“景文先生读的，还没我读的开场白多呢，就急于议论？”石星讥道。

“我不是急，这一段里有的可议。”温纯说。

“有何可议？”石星问。

“拱宸先生虑的不是硝磺外运吗？一则重刑，二则保结，拱宸先生看，能不能杜绝此患？”温纯问。

“言此虑，不过为发一些反对的声音。我这会儿已经不虑，”石星说着，指指其他人，“我想，他等也不会再虑。”

“我知拱宸先生的意思，是要我快读。”温纯笑着说。

许孚远写道：

> 乞念东南滨海之地，以贩海为生，其来已久，而闽为甚。闽之福、兴、泉、漳，襟山带海，田不足耕，非市舶无以助衣食。其民恬波涛而轻生死，亦其性使然，而漳为甚。先是海禁未通，民业私贩，吴、越之豪，渊薮卵翼，横行诸夷，积有岁月，海波渐动。

“景文先生，我有话说，”杨俊民叫温纯停下来。他对王锡爵、陈有年说，“看来，乡人情形，二兄未必都清楚呀。”

“伯章兄是指渊薮卵翼四字吧？”陈有年说。

“是。”杨俊民应道。

“孟中先生疏中所言吴、越之豪，其实以吴之豪为多，”陈有年说着，问王锡爵，“元驭兄，是吧？”

王锡爵点点头，补充一句：“我还得说，以太仓之豪为多。”

“那么，伯章兄的质疑，该由你作答。”陈有年说。

“伯章兄质疑何事？”王锡爵转问杨俊民。

“泛海之人，浙不如闽多，直乂不如浙多；然吴、越之豪，渊薮卵翼。若不是人数众多，能成为渊薮？”杨俊民道。

“伯章兄不妨再琢磨琢磨疏中的话，”王锡爵说，“他说的是吴、越之豪为渊薮卵翼，而不是吴、越为渊薮卵翼。”

“此二言区别何在？”杨俊民问。

“吴、越为贩海之渊薮卵翼，则贩海者产于吴、越，无论豪与不豪；吴、越之豪为贩海之渊薮卵翼，则贩海者产于他省，而与吴、越之豪联手。贩海所携回之物，散之于吴、越之豪；所需携去之物，取之于吴、越之豪。据闽抚所言，则贩海者产于闽，产于漳、产于海澄，”王锡爵说着，问道，“诸公还记得太仓贵公子王士骕下狱一事吧？”

“记得。”众人应道。

“和士骕同时下狱的贵公子，有不少来往于太仓与福建之间。二地联手，作奸犯科，由此可见一斑。”王锡爵说。

“元驭先生说的是，此事刑部、都察院皆有备案。”孙丕扬插话。

“伯章兄看，这能解释得通吗？”王锡爵问杨俊民。

“解释得通，”杨俊民应道。他随即转向温纯，“那么——”

这次是他打断的，所以，他要请温纯接着读。

温纯点点头，接着读道：

当事者尝为厉禁。然急之，而盗兴；盗兴，而倭入。于是隆庆初年，前任督抚涂泽民，用鉴前辙，请开市舶，易私贩而为公贩。议止通东、西二洋，不得往日本倭国；亦禁不得以硝磺、铜、铁违禁之物，夹带出海。奉旨允行，几三十载。幸大盗不作，而海宇宴如。迩日倭犯朝鲜，声言内犯。部臣用言者议，题请申言海禁。

读到这里，他对石星说：“大司马，终于涉及到你。”

“申言海禁，是廷议之后，由兵部下发的，景文先生难道不知？若言涉及，这里的每一位都涉及到，岂止我一人！”石星道。

“景文先生所谓涉及，不是指责吧？”李世达插话。

“我肯定不是指责；孟中先生是否指责，我却不知。”温纯说。

“孟中先生亦非指责。”李世达道。

“子成先生怎知？”温纯问。

“景文先生再多读一句亦知。”李世达道。

下一句是：禁之诚是也。温纯才要读下去，忽然意识到，自己也读过三次，该由石星再接读。于是，他学着石星的样子，吐出二字，拖个长音：“那么——”

“自家停的，也能算一段？”石星道。

“我又没把疏抄交给拱宸先生。”温纯说。

“没把疏抄交给我，‘那么’是何意？”石星问。

“那么，我再读就是。”温纯道。

众人报以哄笑。温纯接着读道：

禁之诚是也。然民情趋利，如水赴壑，决之甚易，塞之甚难。一旦内外勾连，煽乱海上，萧墙之忧，真有不可胜言者！故臣等以为通之便；无已，则于通之之中，申禁之之法。日本例不得往；凡走东、西二洋者，制其船只之多寡，严其往来之程限，定其贸易之货物，峻其夹带之典刑，重官兵之督责，行保甲之连坐，慎出海之盘诘，禁番夷之留止，厚举首之赏格，蠲反诬之罪类——

读到这里，他忍不住说："这位孟中先生，还真有点儿意思！"

"我等这位年兄，怎么有意思？"陈有年问。

"从制其船只之多寡，到蠲反诬之罪类，孟中先生一共列举十策，是不是？"温纯问。

奏疏抄本拿在他手里，别人没办法数。所以有人说："景文先生说是，自然就是。"

"此十策，那一策不是个大题目，不可作篇大文章？他却一笔带过。登之先生说，是不是有点儿意思？"温纯道。

"或是前面星星点点都议到，孟中兄以为无须再议。"陈有年说。

"或是孟中兄以为，此等事项朝廷都清楚，无须多议。"杨俊民说。

"或是孟中先生只是想出题目，文章由我等去作。"石星说。

"拱宸先生会作文章吗？"温纯专问石星。

"我也以为，此等事项无须再议，无须多议。"石星说。

"拱宸先生也无须躲闪，这一次又是我自家停的，我再接着读。"温纯说着，又读下去：

臣又访得其中同安、海澄、龙溪、漳浦、诏安等处奸徒，每年于四五月间，告给文引，驾使鸟船，称往福宁卸载，北港捕鱼，及贩鸡笼、淡水者，往往私装铅、硝等货，潜去倭国。亦有借言潮、惠、广、高等处，籴买粮食，径从大洋入倭，无贩番之名，有通倭之实。此皆所应严禁。然禁之当有法，绝之则难行，不可因刖而废履者也。不若明开市舶之禁，收其权而归之上，有所予而有所夺，则民之冒死越贩者，固将不禁而自止。臣闻诸先民有言：市通，则寇转而为商；市禁，则商转而为寇。禁商犹易，禁寇实难。此诚不可不亟为之虑。

温纯读累，停下来，不再开口。

李世达笑笑，说道："市通，则寇转而为商；市禁，则商转而为寇。此二句，实可警示今人及后人。"

"我则留意另一句：有私贩铅、硝等去倭国者，有籴买粮食入倭者，此皆助纣者也。"孙丕扬说。

"孟中先生不是说，此皆当严禁吗！"陈有年说。

"但是否禁得了？"孙丕扬问，并说，"固将不禁而自止，我很怀疑。"

“我也怀疑，”赵志皋听似同意他的说法，实则不然，“禁之当有法，绝之则难行，我很赞成这个说法。”

“同样，禁商犹易，禁寇实难，也是实情。”罗万化说。

“多数人赞同闽抚之议，是不是这样？”王锡爵问。

“是。”有人应道。

“不是多数人赞同，是基本上都赞同。”孙丕扬说。他曾有过怀疑，觉得需要说明一下。

“该疏所剩不多，是景文先生把它读完，还是拱宸先生把它读完？”王锡爵问石星、温纯二人。

“景文先生可一鼓作气。”石星说。

“拱宸先生善始，亦当善终。”温纯则说。

“二位不必彼此成全，我来读吧。”李世达道。

许孚远最后写的是：

> 且使中国商货通于暹罗、吕宋诸国，日本动静虚实亦因吾民往来诸国，侦得其情，可为先事之备。又商船坚固，数倍兵船，临事可资调遣之用。商税二万不烦督责，军需亦免搜括之劳。市舶一通，有此数利。不然，防一日本，而并弃诸国，绝商贾之利，启寇盗之端，臣窃以为计之过矣。臣又访得铅、硝等货，接济倭夷，其途非一，此又非禁令之所能及。或者谓沿海商民，假之利权，往来番国，异日将有尾大不掉之患。夫使处置得宜，制御有术，虽番夷不足虑，而况吾民！

八月中，朝廷颁旨，疏通海禁。

第二百二十六章

朝会之后，李世达把吏部左侍郎赵用贤拉到一边去，问道："和汝师先生单独说几句话，方便不方便？"

"有何不方便！"赵用贤道，并问，"子成先生欲言何事？"

"向汝师先生打听个人。"李世达说。

"谁人？我识否？"赵用贤问。

"汝师先生应该识之，"李世达说着，报出这个人的名字，"吴镇。"

这是个太普通的名字。赵用贤一听，马上可以断定识或不识。但为保险起见，他还是多问一句："有字号否？"

"不知。"李世达摇头。

"我并不识此人。"赵用贤道。

"可他是汝师先生乡邻。"李世达说。

"是常熟人？"赵用贤问。

"不是，"李世达道，"他是太仓人。两地相距很近吧？"

"再近，也是邻乡，而不是乡邻。"赵用贤说。

"是我说得不恰当。"李世达笑道。

"我不识此人。"赵用贤又说一遍。

"可他识汝师先生，"李世达道，"他还说，要不是汝师先生无端悔婚，他早就成为汝师先生的乘龙快婿。"

"是他呀！"赵用贤顿悟。

那是差不多二十年前的事。赵用贤得一女，甫三月，同年吴之彦托人，以二币见赠，约以婚姻。对，吴之彦子确单名一个镇字。数年后，赵用贤因论劾张居正被逐；吴之彦害怕受牵连，设法悔婚。这么多年过去，赵用贤的女儿已经嫁人。

"汝师先生想起此人？"李世达问。

"想起。"赵用贤道。

"这些年来，汝师先生没再见他？"李世达问。

“其实，我几乎从未见过他。”赵用贤说。

“也不知他在国子监就学？”李世达问。

“不知。”赵用贤道。

“汝师先生若仍记不起此人，我就不问；但汝师先生既记起此人，我还要多问一句。”李世达说。

“子成先生是不是要问，有无婚约之事？”赵用贤问。

“是。”李世达应道。

“那我告诉子成先生，有婚约之事。”赵用贤说。

“既有婚约之事，悔婚之事也有吧？”李世达问。

“当然。”赵用贤应道。

“悔婚又是怎么一回事？”李世达问。

“一言难尽。”赵用贤道。

“是不是吴世美先生悔的婚？”李世达问。世美是吴之彦的字。

“不，”赵用贤微微摇头，道，“悔婚的是我。”

“是汝师先生？”李世达颇感意外，“那么，吴镇说的是实情？”

“是我悔的婚，我却不是无端悔的婚；而且我敢说，其父早有悔婚之意。”赵用贤道。

“汝师先生说的是你那位贵同年吧？”李世达问。

“是他。”赵用贤应道。

“汝师先生怎知他早有悔婚之意？”李世达问。

“我因直谏江陵相公夺情，而被廷杖，而被罢黜，子成先生是知道的吧？”赵用贤反问。

“我知之。”李世达应道。

“我因创伤几死于南归途中，子成先生也是知道的吧？”赵用贤问。

“我亦知之。”李世达应道。

“我那位年兄，却因结好江陵相公，而官运亨通，子成先生就未必知道。”赵用贤说。

“据吴镇言，其时世美先生似官御史。”李世达说。

“是官御史。”赵用贤应道。

“汝师先生说他官运亨通，不知升为何官？”李世达问。

“仍是御史，但摊上巡按福建美差。”赵用贤说。

“官福建，途经姑苏，汝师先生和他见过面？”李世达问。

“见过面；而且，因这一面而悔婚。”赵用贤说。

“却是为何？”李世达问。

“其太仓人，我常熟人；其家北，我家南；其男家，我女家；其现官，我被罢黜，”赵用贤说着，反问一句，“无论如何，都应该他去看我吧？”

“这是应该的。”李世达认同。

“他却绝无表示！连他新派的差事，以及他将要途经姑苏的消息，我也是从别人嘴里得知的！”赵用贤道，又说，“他不来看我，也罢；我去看他，总成吧？”

“他难道闭门不见？”李世达问。

“那倒没有，”赵用贤说，“他不但放我进门，还把二子唤出，与我相见。我说几乎从未见过吴镇，是因为那次匆匆与他见过一面。”

“这是示好呀，汝师先生又怎看出他的悔婚之意？”李世达问。

“二子中，吴镇居长，他却命吴镇坐于另一子之下。”赵用贤说。

“是因为汝师先生的缘故？”李世达问。

“他没这么说。”赵用贤道。

“他怎说的？”李世达问。

“他说，另一子是正房所出，而吴镇是婢子所出。”赵用贤道。

真是一个极好的表示轻蔑的办法！李世达心想。首先，同年之间联姻，应以嫡子，而不应以侧室所出，更不应以婢子所出；其次，即便吴镇是婢子所出，订婚约时正夫人又无子，让吴镇出见未来的岳父，也没必要让正室所出之子相陪；再其次，即便出于好意，让正室所出之子相陪，长幼有序，就坐时也不该让兄位在弟位之下；最后，即便为辨嫡庶，让兄坐于弟之下，也没必要把话挑明。

“于是，汝师先生看出他悔婚之意？”李世达问。

“子成先生还能找出别的缘故吗？”赵用贤反问。

“我也找不出别的缘故，”李世达说，并问，“汝师先生因此而断然返币绝婚？”

“子成先生还能有别的处置吗？”赵用贤问。

李世达摇摇头，说道：“换是我，也会返币绝婚。”

“子成先生想知道的，是否都已知之？”赵用贤问。

“都已知之。”李世达应道。

“我能不能问问子成先生？”赵用贤问。

“请。”李世达没理由不让他问。

“吴镇说我无端悔婚，果真无端？”赵用贤问。

“其实，照他的说法，也不能算无端。”李世达道。

“他怎说的？”赵用贤问。

“他说，汝师先生嫌贫，以两家贫富不等，故而悔婚。”李世达道。

“子成先生相信我是嫌贫爱富之人吗？”赵用贤问。

“我自是不信。”李世达道。

“有子成先生这句话，足矣！”赵用贤说着，又问，“子成先生向我问起此事，不是因为偶闻监生一言吧？”

“不是。”李世达道。

“却是为何？”赵用贤问。

“监生一言，我不是偶闻得知，而是阅疏得知。”李世达说。

“子成先生是说，监生上疏参我？”赵用贤惊问。

“是。”李世达点头应道。

“他参我嫌贫爱富？”赵用贤问。

“比这四个字严重得多，”李世达道，“他写的是汝师先生论财逐婿，蔑法弃伦。”

“天哪！”赵用贤道，“我遂他父之愿，他却如此诬我！”叫屈之后，他问，“子成先生问得仔细，是奉旨查访此事吧？”

“不是奉旨，是相公之意。”李世达说。

“那就该三堂会审呀，怎子成先生一人来问？”赵用贤道。

“我若应承，或许真要三堂会审。”李世达说。

“子成先生没应承相公？”赵用贤问。

“是。”李世达应道。

“子成先生为何不应承？”赵用贤问。

“我以为由法司查访，不妥，”李世达道，“监生参劾部臣，且是吏部佐卿，即下法司查访，成何体统！我对相公提议，国子监掌于礼部，不若交礼卿查访、评议。”

“相公应允？”赵用贤问。

“是，”李世达应道，“相公还是讲得通道理的。”

“是吗？”赵用贤哂道，“我倒是希望，此事下法司查访。”

“汝师先生是说笑吧？”李世达不以为意。

“绝非说笑，”赵用贤摇摇头，问道，“自阅吴镇奏疏，到相公命子成先生查访，子成先生不曾心生疑窦？”

“但觉不可轻信，未想其他。”李世达道。

“我能不能再问问子成先生？”赵用贤问。

“汝师先生请。”李世达虽感觉他会提出一些或许难以回答的问题，仍不会不让他问。

“吴镇才入太学否？”赵用贤问。

“不是，”李世达道，“我询问过，他前年入的国子监。”

“前年既到京，他为何不参劾我？”赵用贤问。

“我记得，其时汝师先生官礼侍。”李世达说。

“那有何妨碍？”赵用贤问。

“他是监生，汝师先生是礼侍，国子监掌于礼部，他或有顾忌。”李世达说。

“监生不求官吗？他参劾礼侍有顾忌，参劾吏侍反而无顾忌？”赵用贤认为他的理由说不通。

“汝师先生的意思，和官职无关？”李世达问。

“肯定与官职有关，却不是子成先生说的关系。”赵用贤说。

“那是怎样的关系？”李世达问。

“他要参劾的是吏侍，不是礼侍。”赵用贤说。

“他为何要参劾吏侍？”李世达问。

“今年是京察之年。”赵用贤说。

“京察之年，就要参劾吏侍？”李世达同样认为他的理由说不通。

“今年京察，上有文中先生，下有梦白先生，中间又有个赵汝师，让有些人不痛快。所以，要一一去之。今梦白先生已贬去，文中先生已自去，还留一赵汝师怎去？最好是劾去。”赵用贤说。

不用说，不痛快的人是王锡爵，也许还有赵志皋。今年的京察，主事者一点儿不买他们的账，不仅他们所亲之人、欲庇之人贬黜，他们本人也大失颜面。李世达心里很清楚，赵用贤的推测不是空穴来风。

“汝师先生有些多心吧？”他说的却是另一句话。

“是我多心吗？”赵用贤摇摇头，说道，“我再为子成先生举一事。三王并封，牵涉到相公，我直斥其非。科、道直言，他可以容忍；大臣直言，他却未必能容忍。总之，此事天知、地知，我亦知之！”

“汝师先生有再多的理由，也不必再说；有一件事，我却要告诉汝师先生。”李世达道。

“何事？”赵用贤问。

“据闻，吴镇尚未婚娶，追究起来，于汝师先生不利。”李世达说。

赵用贤体会出他的好意，真的不再说。

吏部尚书陈有年想和赵用贤议一议山西巡抚吕坤所上奏本，但很快发现赵用贤心不在焉，因为他每一句话至少要说两遍，赵用贤才有反应。

“在叔简先生眼中，山西几无良吏。”这是他第一次说。

吕坤字叔简，河南宁陵人，万历二年进士，以右佥都御史巡抚山西。

“登之先生说的何事？”赵用贤问。

“我说，在吕都堂眼里，山西找不到好官。”陈有年道。

“登之先生说的好似另一人。”赵用贤说。

“不错，”陈有年点了点头，“我前一次说的是叔简先生。”

“原来是一人，歉甚，我没听清，”赵用贤说着，连揖两次。然后问，“叔简先生怎得罪山西官的？”

“不是他得罪山西官，是山西官得罪他。”陈有年说。

“登之先生不是说，在山西官眼里，叔简先生非良吏吗？”赵用贤居然把对方的话完全听反。

“汝师先生可还记得，叔简先生为何官？”陈有年问。

“是巡抚山西都御史吧？”赵用贤好似不太肯定。

“亏得汝师先生还记得，”陈有年道，“他巡抚山西，有几个山西官敢说他非良吏？即便敢说，又能奈何他？我不是说，在山西官眼里，叔简先生非良吏；是说，在叔简先生眼里，山西无好官。”

“他是不是参劾多名山西官员？”赵用贤问。

“是啊，”陈有年应道，“我今日约汝师先生，不就为的一起议议叔简先生的这道奏本吗？”

“是，是，”赵用贤连声应道，“登之先生说过，要议该疏。”

“汝师先生，该疏是何名目？”陈有年本不应该这样提问，但发现赵用贤精神恍惚后，他不得不作进一步的试探。

“不是参劾吗？”赵用贤还记得才说过的话。

“我是问，他以何名目参劾？”陈有年道。

“好似有四五个名目。”赵用贤说。

“没那么多，”陈有年道，并伸出二指说，“只有两个名目。”

“仅两个名目？”赵用贤开始苦思冥想。

“其一，严荐举连坐之法。”陈有年提示。

“是有这个名目。”赵用贤有印象。

“另一个名目呢？”陈有年问。

“另一个名目——”赵用贤想不起来。

“其二，严考察。”陈有年只得自己说。

“不错，”赵用贤也有印象，并说，“严考察，是劾平阳任知府吧？”

“不然，”陈有年摇头，“平阳知府任甲第，叔简先生是在严荐举连坐的名目下参劾的。”

“登之先生记错！”赵用贤好像这次很有把握，“叔简先生是参劾任知府考察失当！”

“是任知府考察别个失当，抑或别个考察任知府失当？”陈有年问。

“是别个考察任知府失当。”赵用贤这件事没说错。

“别个考察任知府怎的失当？”陈有年又问。

赵用贤怔住，实在想不出来在考察任甲第时，有何失当。

“是不是指其当出巡，而未出巡？”陈有年提示。

“对，考察失当，就是指的出巡一事！”赵用贤又有印象。

“知府往属州、属县勘察，也称出巡？”陈有年问。

“这个——”赵用贤被问住。无论如何，他不可能不知道，既曰属州、属县，就没出府境，出字从何说起？但他也有辩词，“知府往属州、属县不称出巡；布、按二司往属府、属州、属县，也不能称出巡。”

“着哇！”陈有年道，“所以，叔简先生以当出巡未出巡名目参劾的，不是知府，也不是布、按二使。”

“那么，应该是掌分守道参政、参议，或掌分巡道副使、佥事。”赵用贤道。看来，陈有年的话对他多少有些启发。

“是分守道，抑或分巡道？”陈有年问。

分守道是布政司差出的官员，分巡道是按察司差出的官员，都分管数府。但知府辖于布、按二司，而不辖于分守道、分巡道。故参政、参议摊上分守道的差事，副使、佥事摊上分巡道的差事，称为出巡。

赵用贤模模糊糊记得，吕坤的奏疏所参劾，有分守道，也有分巡道；但实在记不清，列在当出巡不出巡名目下的，是分守道，还是分巡道，还是分守道、分巡道都有。

“请登之先生告我。”他揖道。

“各一。”陈有年告诉他。

“难怪我印象里，似有分守道，又似有分巡道。”赵用贤说。

“汝师先生可记得，被参分守道是何人？”陈有年问。

“不记得。”赵用贤干脆爽快地承认。

“是参政李琦。”陈有年说。

“对，是他。”赵用贤回应道。

“汝师先生可记得，被参分巡道是何人？”陈有年问。

“不记得。”赵用贤也爽快地承认。

“是佥事周应中。”陈有年说。

“对，是他。”赵用贤回应道。

“山西一省，当出巡而未出巡的官员，我以为不止此二人，汝师先生说呢？”陈有年问。

“是，应该不止此二人。”赵用贤道。

“不止此二人，叔简先生为何偏参劾此二人？”陈有年问。

“是啊，他为何偏参劾此二人？”赵用贤也问。

“本司考察，他二人的评语是循良，汝师先生还记得吗？”陈有年问。

“对，叔简先生疏中说过这件事。”赵用贤终于记起来。

“汝师先生，说说严荐举连坐法吧。”陈有年转个话题。

“好。”赵用贤应道。

“在此名目下，叔简先生参劾的是谁人？”陈有年问。

“不是任知府吗？”才说过的人，赵用贤记得。

“还有呢？”陈有年问。

“还有吗？”赵用贤反问。

“还有一参议，一副使。”陈有年说。

“参议是谁个？”赵用贤这次干脆以问为答。

“和震。”陈有年道。

“副使是谁个？”赵用贤问。

“陈九畴。”陈有年道。

“一参议，一副使，一知府，我觉着在此名目下参劾的官员，比在严考察名目下参劾的官员多，果然！”赵用贤道。

陈有年笑笑，问道：“叔简先生为何参劾此三人？”

“既曰严荐举连坐，自是他等荐举不当。”赵用贤说。

“山西一省，荐举不当的官员，我以为不止三人，汝师先生说呢？”陈有年问。

“是，应该不止此三人。”赵用贤道。

“不止此三人，叔简先生为何要参劾此三人？”陈有年问。

“是啊，他为何偏参劾此三人？”赵用贤也问。

“他等属官多不肖，他等每加庇护，并荐举升职，汝师先生还记得吗？”陈有年问。

“对，叔简先生疏中说过这件事。”赵用贤也想起来。

陈有年感到没法再议下去。他叹口气：“汝师先生，明日再议吧。”

“好。”赵用贤应道。

朝房里，王锡爵和陈有年在密谈。

“一甫先生那里有消息吗？”陈有年问。

“已有。”王锡爵道。

“赵、吴之争，他拟如何议处？”陈有年问。

“奏请回避。”王锡爵道。

“奏请回避？他为何要回避？”陈有年问。

“他说，吴世美是他门生，他不宜查访此事。”王锡爵说。

“他的奏请，皇上会准吗？”陈有年问。

“没理由不准。”王锡爵道。

“他若奏请回避，了断这一桩公案，岂不是遥遥无期！”陈有年不无失望地说。

“登之兄好似很焦虑呀。”王锡爵道。

“我怎能不焦虑！”陈有年掰着手指数着用上的词汇，为自己辩解，“心不在焉，精神恍惚，听而不闻，言不达意，南辕北辙，欲东反西，顾此失彼，丢三落四，你让我怎与他共同处置吏部事务！”

“无法共事，朝廷给登之兄换个佐卿，如何？”王锡爵问。

“吏部佐卿易人，总得举朝都以为须易。”陈有年说。

“监生吴镇那篇参劾的文字还不够吗？论财逐婿，蔑法弃伦这八个字还不够吗？”王锡爵道。

“此八字再犀利，也只是一面之词。”陈有年说。

“登之兄是不是还听到另一面之词？”王锡爵问。

“是。”陈有年应道。

“怎说的？”王锡爵问。

“其一，当面羞辱，意在悔婚，即悔婚的不是他，而是吴世美；其二，事在十余年之前，其女已嫁人，为何延至今日言之？”陈有年复述。

“这也是一面之词。”王锡爵开口已有否定之意。

“是。”陈有年应道。

“前一事我也听说过，登之兄以为可信否？”王锡爵问。

“以吴世美的为人，及事后江陵相公对他的态度而言，悔婚之事，他是做得出来的。”陈有年说。

“当面羞辱，意在悔婚，我也以为吴世美做得出来。”王锡爵附和道。

“这样一来，此一面之词岂不压倒彼一面之词？”陈有年道。

“那却未必。”王锡爵摇头。

“元驭兄有何高论？”陈有年问。

“当面羞辱之事肯定是有的。但我是推测吴世美意在悔婚；登之兄是推测他意在悔婚，还是断定他意在悔婚？”王锡爵反问。

“我并未查访，也只能是推测。”陈有年说。

“此其一也，”王锡爵说着，伸出一指。又问，“二则，即便吴世美意在悔婚，他向汝师先生当面言及否？”

“并未言及。”陈有年道。

“他当面讨回二币否？”王锡爵问。

“并未讨回，”陈有年道，“汝师先生主动退返二币，应该是肯定的。”

“因此，即便吴世美意在悔婚，悔婚者也不是他，而是汝师先生，”王锡爵说罢，好像不太放心，又问，“登之兄以为，这说得通吗？”

“倒也说得通。”陈有年没坚决附和，也没坚决反对。

“若说得通，悔婚这件事本身，对汝师先生是很不利的，”王锡爵说着，问道，“登之兄以为如何？”

“是。”陈有年应道。

“所以——”王锡爵想得出结论。

“还有一件事。”陈有年提醒他。

“登之兄是说吴家延迟参劾吧？”王锡爵问。

“是。”陈有年应道。

“延迟参劾，错在吴家。”王锡爵毫不犹豫地说。

“吴家此错，不足以挽留汝师先生吗？”陈有年问。

“我看，不足以挽留汝师先生。”王锡爵同样毫不犹豫地说。

“这又是为何？”陈有年问。

“一则，悔婚若错在汝师先生，早参劾是他的错，迟参劾也是他的错；二则，赵女已嫁，吴子至今未娶，若言受害，受害的是吴镇，而不是汝师先生，”王锡爵说着，又问，“登之兄以为如何？”

“元驭兄说的是，”陈有年点点头，附带着说一句，“无论错在谁家，为监生参劾，汝师先生也不能不请辞。”

“登之兄也有此意，那好，”王锡爵说着，拿出一页写满字的纸，让陈有年看，“我拟的几句话，想以内阁数臣之名奏上；登之兄看看，能不能以阁、部的名义合上。”

他写的是：用贤之失，在绝婚轻易，使人难堪；之彦之失，在声言不早，使人难处，俱无可行勘者。今赵女既嫁，无复归前夫之理，是被告之体面当惜也；吴男未婚，无反坐告诬之律，是原告之情法当平也。若从臣等折衷至公之言，将用贤准令病痊叙用；之彦免其降处，庶两造俱得其平。

皇帝准奏，赵用贤免官。吴之彦在今年的考察中被降职使用，因大臣之论得复原职。一部分官员为赵用贤抱不平，一部分官员趁机落井下石，已初具规模的朝中朋党之争，此后愈发炽烈。

第二百二十七章

慈圣皇太后诞辰日，皇帝驾临皇极门外，受群臣拜贺。礼毕，皇帝单独宣召王锡爵入宫见驾。

“今日是圣母诞辰，朕不由想到卿之老母。”皇帝说。

“皇上宠眷，臣感激涕零。”王锡爵道。

“王先生年至花甲否？”皇帝问。

“臣生于嘉靖十三年，今年恰好一个甲子。”王锡爵说。

“卿之老母，已届八旬吧？”皇帝又问。

“是。”王锡爵应道。皇帝没问他的母亲有多少岁，他不便径奏。

“王先生年初回朝，闻是奉母而来，朕心甚慰。此行可谓尽忠于国，尽孝于亲，诚忠孝两全。”皇帝说。

“古人多谓忠孝不得两全，臣也只能勉力而为。”王锡爵说。

“朝中若无大事，爱卿可多留家中，以娱老母。”皇帝给他一个便利。

“臣领旨，谢恩。”王锡爵道。

“王先生还有话对朕说吗？”皇帝问。

“年初所议，臣请再议。”王锡爵应道。

“年初卿一句‘早决大计’，朕遂谕三王并封，结果举朝大哗。王先生想在年底再大哗一次？”皇帝半是认真半是玩笑地问。

“皇上此谕，乃臣误之，臣已领罪。今臣请改言四字。”王锡爵说。

“王先生说给朕听听。”皇帝命道。

“臣请早定国本。”王锡爵道。

“早定国本，”皇帝边重复，边思量。他问道，“早定与早决，并无区别，王先生说是不是？”

“是。”王锡爵应道。

“国本与大计，却是有些区别的，是吧？”皇帝又问。

“是。”王锡爵应道。

“区别在哪里？”皇帝问。

“言大计，未必是国本；言国本，必定是大计，且是最根本之大计。”王锡爵说。

“王先生以为，早定国本，不会误朕吗？”皇帝问。

问得很尖锐，王锡爵不由一怔。

“臣愚钝，未解圣谕。”他说。

“譬如，朕即谕，册常洛为皇太子，算不算早定国本？”皇帝假设。

“此诚天下臣民所企望者。”王锡爵道。

“朕若即谕，册常洵为皇太子，算不算早定国本？”皇帝又假设。

王锡爵又是一怔，这才明白皇帝和他开个天大的玩笑。他苦笑着说：“皇上若降此谕，年底就不是再大哗一次，而是天崩地裂之哗。”

“所以，王先生放心，朕是不会降此谕的。”皇帝说。

“皇上圣明。”王锡爵颂道。

“王先生不觉，国本其实已定？”皇帝问。

问得突然，王锡爵不得不怀疑，皇帝是不是又在和自己开玩笑。

“长幼有序，皇上指的可是这句圣谕？”他问。

“此是一谕；朕还有一谕：以待嫡子之出。有此二谕，还不能说国本已定？”皇帝道。

“前一谕，圣心已明，臣请为皇上敷陈后一谕。”王锡爵奏道。

“王先生的意思，以待嫡子，仍有的可说？”皇帝问。

“是。”王锡爵应道。

“好，你说，朕听！”皇帝道。

“臣先为皇上说英庙：英宗皇帝诞于宣德二年，宣德三年册为皇太子，仅二龄！”王锡爵从英宗说起，有他的道理：成祖从未被立为太子，自然没的可说；成祖登极时，仁宗皇帝被册立为皇太子，已经快三十岁；而宣宗皇帝即便以册立为皇太孙而言，也十几岁。接下来是英宗皇帝，属于正常情况下册立太子。

皇帝知道他要说什么，反驳道：“常洛不能和英庙相提并论。英庙是嫡子，常洛不是。”

“皇上说的是，”王锡爵应一声，说道，“臣再为皇上说宪庙：宪宗皇帝诞于正统十二年，正统十四年册为皇太子，仅三龄。”顿了顿，补充一句，“宪庙乃皇长子，非皇嫡子。英庙皇后无所出。”

“正统十四年，是英庙北狩那一年吧？”皇帝问。

“是。”王锡爵应道。

“是英庙北狩在先，抑或宪庙册为皇太子在先？”皇帝问。

“英庙北狩在先。”王锡爵说。

“王先生看！”皇帝大有可辩驳之言，“英庙北狩，储君未定，宪庙是一定要册立的。宪庙册立之时，和今时更不能相提并论！”

“皇上说的是，”王锡爵虽随声附和，但绝不为皇帝的批驳所动，“臣再为皇上说孝庙：孝宗皇帝诞于成化六年，成化十一年册为皇太子，仅六岁。孝庙非嫡，亦非长，乃宪庙皇三子。时有万贵妃，宪庙所宠，所诞为皇长子。”

“万贵妃既诞皇长子，为何不册立？”皇帝问。

“生而殇；皇次子曾册为皇太子，亦早薨。”王锡爵道。

“万贵妃后又诞子否？”皇帝问。

“未再诞。”王锡爵道。

“故万贵妃诞子，等于未诞，此又与今日情形大为不同。”皇帝说。

“皇上说的是，”王锡爵应一声，道，“臣再为皇上说武庙：武宗皇帝诞于弘治四年，弘治五年册为皇太子，仅二龄。武庙为孝庙嫡长子。”

“既为嫡长子，别的都不用说。”皇帝封住他口。

“是，”王锡爵并不强辩，接着说，“臣再说皇上——”

“皇祖考、皇考，为何不说？”皇帝打断他。

“世庙因武庙无嗣，且无弟，自旁系入继大统；至于穆庙，因先后立二储君，皆薨，故世庙未再册立，穆庙是以伦序当立。此二圣与列圣情形皆不相同，故臣不言之。”王锡爵说。

“朕诞于嘉靖四十二年，隆庆二年册为皇太子，时六岁。朕非皇考嫡子，亦非长子。朕替王先生说，王先生不用再说。”皇帝道。

“是。”王锡爵应道。

“王先生不厌其烦地举出列祖列宗事例，是想告诉朕，祖宗们都不曾虚储君之位，以待嫡子，是吧？”皇帝问。

“臣是此意。”王锡爵道。

“但朕已一一批驳，王先生也一一回应，还能用来批驳朕以待嫡子的谕旨吗？”皇帝问。

“臣万死，不敢批驳圣谕；臣只是想说，列祖列宗都不曾久虚储位，以待嫡子。列祖列宗立储的情形各不相同，但有一事相同，即早立储君，早定国本。”王锡爵道。

“王先生这么说，朕倒还能听得进去；不过，朕还是那句话：中宫一旦有所出，奈何？”皇帝问。

“此说在十年前犹可，其时皇上大婚未久，皇后娘娘孕子，并非不可能；然延至今日，皇长子已一十三岁，尚言以待嫡子，却待到几时？再者，自古至今，岂有宗室子弟十三岁犹不读书者！”

“等等！”皇帝似乎从他的话里得到启发，“王先生方才言及‘早定国本’，这会儿又言及宗室子弟读书。莫非宗室子弟读书，亦是国本？”

“其他宗室子弟出阁读书，不是国本；皇长子年已十三，出阁读书，乃是国本的一部分。”王锡爵说。

“此事倒可以先做，”皇帝沉吟着，道，“王先生，容朕再想一想。”

以国舅自居的郑国泰，听说叔父郑承恩来，考虑着要不要见。他是郑贵妃的兄长，其父郑承宪病故时官授都督同知；他请袭职，皇帝没有答应，而是授以都指挥使的官衔。

郑承宪的亲弟、郑国泰的亲叔父郑承恩，是顺天府学生员。郑国泰不太愿意见他，是因为觉得他读书读成呆子，太迂腐；但郑家读书的人不多，出个贵妃娘娘，才体会到读书的重要，读书人的重要，因此，许多事又离不开郑承恩。

一个决定得太慢，一个走得太快，郑国泰还没想好见与不见，郑承恩已倒背双手，走进屋里。

“四叔请坐，看茶！”郑国泰一边招呼，一边吩咐。

“茶不喝，说句话就走。”郑承恩道。

“茶总是要喝的，”郑国泰挥挥手，让家仆去准备，然后问道，“四叔有何等要紧的事，还亲自走一趟？”

“我要写疏。”郑承恩说。

“四叔不是一直在写书吗？”郑国泰把“疏”当成“书”。

“我要写奏章。”郑承恩换个说法。

“四叔写奏章，是不是要小侄帮着递进去？”郑国泰问。

“不用，”郑承恩摇着头说，“我自个儿递得进去。”

“小侄可帮点儿什么忙？四叔不会只来知会一声吧？”郑国泰问。

“帮忙不必，我是来劝告国泰，最好也进一疏。”郑承恩道。

“我也进一疏？”郑国泰只当是个笑话，笑几声后，说道，“四叔不是一直告诫小侄莫言国事吗，今日怎又劝我进疏？”

“不是我要国泰进疏。”郑承恩道。

“不是四叔，却是谁个？”郑国泰问。

“是相公。”郑承恩道。

“相公？是阁老吗？”郑国泰问。阁臣要自己写疏呈进，这可不是一件小事，他得问实。

“是。”郑承恩应道。

“是哪一位阁老？”郑国泰又问。

“首辅。”郑承恩道。

“老先生为何要我进疏？”郑国泰想不明白。

“他并没点名要国泰进疏。”郑承恩又说。

“我有点儿糊涂，他究竟要我进疏，还是不要我进疏？”郑国泰问。

“那就先不说他要不要国泰进疏，先说他近日连上两疏。国泰听一听，不难明白。”郑承恩道。

“相公近日连上两疏？”郑国泰看来未闻。

“国泰不知？”郑承恩问。

“不知。”郑国泰道。

“人家说读书人两耳不闻窗外事，原来国泰这等贵戚也是两耳不闻窗外事。”郑承恩讥道。

“这不是快到年关吗，事多，顾不上窗外事，”郑国泰说着，问道，“相公前一疏怎说？”

“他说，外廷以固宠阴谋归之郑贵妃，恐郑氏举族不得安。”郑承恩略述该疏大意。

“固宠阴谋，这是何意？”郑国泰问。

“意即，皇上不肯册立太子，是你家出的贵妃娘娘为固其宠而使用的阴谋。”郑承恩说。

“怎是我家出的，难道不是四叔家出的？”郑国泰道，“在四叔眼里，或许更像是四叔家出的吧？不然，相公一说郑氏举族不得安，四叔怎么看上去比我更加不安？”

“这话科、道说说，倒是关系不大；他等胡言乱语，是朝廷准的嘛。今次相公写出来，可就非同小可。我郑氏族人，人人都当惶惶不安。而国泰与贵妃一母同胞，更当惶惶不安。”郑承恩说。

“四叔惶惶不安可以，要我更惶惶不安也可以；但四叔进疏与相公辩驳，还要我进疏与相公辩驳，实不可取。”郑国泰道。

“进疏与相公辩驳？”郑承恩不解，“谁说我要进疏与相公辩驳？”

“不是四叔自家说的，要写疏吗？”郑国泰更不解。

“是啊，是我说的。”郑承恩道。

“四叔写疏，难道不是为与相公辩驳？”郑国泰问。

“当然不是。”郑承恩道。

“那是为何？”郑国泰问。

“奏言储位不可久虚，奏请皇上早立太子。”郑承恩道。

“四叔莫忘，相公上疏，以及各大臣上疏，都是要立皇长子为太子！”郑国泰郑重地提醒他。

“我知他等上疏，是要立皇长子为太子；我上疏，也是要立皇长子为太子；国泰上疏，也该请立皇长子为太子；凡我郑氏族人上疏，都该请立皇长子为太子。”郑承恩说。

“别人要进疏请之，尽管进疏请之，我却不会进疏请之。我看，四叔也不必进疏请之。”郑国泰却说。

“这是为何？”郑承恩问。

“四叔倒是说说，相公连上两疏，相隔几日？”郑国泰道。

“一日。”郑承恩说。

“即昨日上一疏，今日又上一疏；或今日上一疏，明日又上一疏。是吧？”郑国泰这话，听上去毫无意义。

“是又怎的？”郑承恩道。

“相公为何要连上两疏？”郑国泰又问。

“情急。”郑承恩道。

“仅是情急？难道不会是前一疏被皇上驳回？”郑国泰问。

“你这一说，我倒想起来，”郑承恩道，“相公前一疏呈进后，皇上并未驳回，而是亲写手谕与相公。”

“皇上手谕怎写的？”郑国泰问。

“皇上写道：卿每奏必及皇贵妃，何也？彼数劝朕，朕以祖训后妃不得与外事，安敢辄从！”郑承恩述道。

“四叔看，我家贵妃亦曾请之；四叔再看，皇上以为此事后妃不得言之。后妃不得言之，我辈却可言之？我劝四叔不必进疏言之，有错吗？”郑国泰道。

“国泰这么一说，似乎也有道理。”郑承恩说。

“四叔不再劝我写疏？”郑国泰不无得意地问。

“国泰写不写疏自定，我为何要翻来覆去地劝告！”郑承恩道。

“四叔自家也不写疏？”郑国泰又问。

“我却是一定要写疏的！”郑承恩道。

“这又是为何？”郑国泰问。

“但有相公前一疏，没有相公后一疏，我或许可以不写疏；然有相公后一疏，此疏我却不可不写。”郑承恩道。

“相公后一疏又是怎写的？”郑国泰问。

“今与皇长子相形者，唯皇贵妃子，天下不疑皇贵妃而谁疑！皇贵妃不引为己责而谁责？祖训不与外事者，不与外廷用人行政之事也。若册立，乃陛下家事，而皇三子又皇贵妃亲子，陛下得不与皇贵妃谋乎？且皇贵妃久侍圣躬，至亲且贤，外廷纷纷，莫不归怨，臣所不忍闻。臣六十老人，力捍天下之口，归功皇贵妃，陛下尚以为疑；然则必如群少年盛气以攻皇贵妃，而陛下反快于心乎？”郑承恩述罢，道，“国泰听到吧？我郑氏再无人进疏，难道听任群少年盛气以攻我家贵妃！”

“四叔别再说，我写疏就是。”郑国泰也感到不安。

郑氏叔侄各上疏，请皇帝册立皇太子。

皇帝谕王锡爵：册立少候旨，明春行皇长子豫教出阁礼。

第二百二十八章

万历二十二年二月初四日，皇长子常洛第一次出阁讲学。宫里心情最不平常的三个女人，一个是慈圣皇太后，一个是常洛生母王恭妃，一个是郑贵妃。心情不平常，又各自不同：慈圣皇太后是兴奋，不由自主地回想起二十年前，皇帝初登极，他是如何敦促皇帝上朝、日讲、读书的；王恭妃是庆幸，常洛一直混迹在其他皇子当中，现在总算有所区别；郑贵妃是忧虑，尽管皇帝一再对她说，出阁读书和册立东宫是完全不同的两回事，但皇帝既然在皇长子出阁读书一事上向大臣们让步，谁能保证他在其他事情上不向大臣们让步？

皇三子与皇长子的年岁，相差有限，她曾经希望，皇帝能和大臣们讨价还价，让常洵和常洛一起出阁读书；皇帝也曾经希望，王锡爵能接受二皇子一起出阁读书。但在三王并封一事上饱受非议的王锡爵，这次更加谨慎、委婉地拒绝。

慈圣皇太后的兴奋从清晨持续到午前，持续到午后，持续到傍晚。她让前来请安的王恭妃留下侍膳；用膳后，又把她留下说话。

“常洛出阁第一天，讲学进行得如何？”慈圣皇太后问。

“臣媳说不上来。”王恭妃道。

“你没问问常洛？”慈圣皇太后问。

“臣媳问过，但臣妾问得多，常洛答得少。”王恭妃说。

“举例听听。”慈圣皇太后命道。

“譬如，臣媳问他：讲官讲得好不好？他答一个字：好。臣媳问他：讲官讲的，能懂不？他答两个字：能懂。臣妾问他：讲官给你布置的什么作业？他答四个字：习字、背书。”王恭妃举例。

“恭妃问三句话，他一共答七个字。”慈圣皇太后笑着说。

“是。”王恭妃应道。

“你没问问他，今日是哪一位讲官讲课？”慈圣皇太后问。

“臣媳没问。”王恭妃道。

“为何不问？”慈圣皇太后问。

“臣媳对讲官一无所知，纵知讲官谁人，也无话可说。”王恭妃道。

“但他是常洛的讲官呀，谁人第一次为常洛讲习，怎可不知！”慈圣皇太后稍带责备地说。

“母后责备的是，臣媳回去后问他。”王恭妃道。

“干吗回去再问？我已让人问过，你正好和我一起听听，”慈圣皇太后说者，招呼一声，“来呀！”

慈宁宫里的一名小宦者应声而出，给慈圣皇太后叩头。

“见过恭妃。”慈圣皇太后命道。

“是。”小宦者应一声，给王恭妃叩头。

“你在殿外走过来走过去，早就想说给我听吧？”慈圣皇太后问。

“圣母娘娘难得差遣奴才一次，奴才又办得顺当，可不想在圣母娘娘面前显摆显摆。”小宦者有点儿油嘴滑舌。

“知道我为何一直没唤你进来？”慈圣皇太后问。

小宦者本来说不上来；见慈圣皇太后问时，向王恭妃那边瞥一眼，他灵机一动，说：“圣母娘娘要和恭妃娘娘一起听。”

“算你小猴子乖巧，”慈圣皇太后亲昵地骂一句，然后说，“还有一层，你恐怕不知。你说事情办得顺当，要是不合我意，打个马虎眼，也就过去；要是不合恭妃意，那可得听凭她处置。”

“奴才预先向恭妃娘娘讨饶。”小宦者又乖巧地说。

“母后既然差遣你，自是看你能办得好。”王恭妃说。

“恭妃娘娘信得过，奴才之幸也。”小宦者道。

“好，说正事吧！”慈圣皇太后命道。

“圣母娘娘命奴才探听今日给长哥讲习的官人，奴才探听出来：此人是翰林院修撰焦竑。”小宦者说。

慈圣皇太后稍等一会儿，见他没下文，斥道：“若是只想知道他的名字和他的官职，何不随便差一人去，却差你去！”

“奴才还探听到一些，正等圣母娘娘问呢。”小宦者说。

“焦先生是哪里人？”慈圣皇太后问。

“江宁。”小宦者道。

“恭妃知道江宁是哪里吗？”慈圣皇太后问。

“臣媳不知。”王恭妃道。

“江宁县属应天府，县治就在南京城里。”慈圣皇太后告诉她。

“原来焦先生是南京人。”王恭妃道。

“是，”慈圣皇太后应一声，接着问，“恭妃知道我为何要问焦先生的来处吗？”

“臣媳不知。”王恭妃道。

“知道他是哪里人，就可知他的口音重不重，常洛是不是听得清楚。”慈圣皇太后说。

“此事果然要紧，”王恭妃应道，“南京人说官话，应该容易听清楚。”

“对，”慈圣皇太后点点头，说道，“常洛出阁，第一位讲官是他，选得不错。”说罢，又问小宦者，“焦先生是哪年的进士？”

“万历十七年。”小宦者道。

“你不是听错，就是记错！”慈圣皇太后断然指出。

“奴才绝对没听错，也没记错。”小宦者保证。

“那就是朝廷上出的怪事。”慈圣皇太后说。

“母后为何这么说？”王恭妃问。

“翰林院官初授检讨，而后编修，而后才修撰。检讨至修撰，少说也得十年；编修至修撰，往往也须七八年。焦先生中第至今，只有五年；若以授官而言，还不到五年。他已官修撰，岂非怪事？”慈圣皇太后说着，想起什么，沉吟道，“除非——”

“也有例外吗？”王恭妃问。

“除非他是状元，径授修撰。”慈圣皇太后说。

“圣母娘娘明鉴，焦讲官正是那一科的状元。”小宦者插话。

“他是状元，你为何不早说！”慈圣皇太后斥道。

“奴才想说来着，可奴才才一说他是万历十七年的进士，圣母娘娘就说奴才错，奴才哪儿有工夫说！”小宦者分辩。

慈圣皇太后想了想，确是如此。她说：“以后再碰到这等情形，你多加几个字，直接说他是某年的状元，还用我费后边那些口舌吗？”

“奴才受教。”小宦者道。

“你有没有顺便探听到，除焦先生外，还有哪几位翰林将充讲官？”慈圣皇太后又问。

“圣母娘娘怎知充讲官的都是翰林？”小宦者问的时候表情夸张，似乎表示，知道这个常识，很了不起。

“皇上经筵、日讲，皇太子出阁，讲官都用翰林，谁个不知！”慈圣皇太后道。

“是，是，”小宦者连应两声，说道，“奴才探听到，还有一位姓唐的翰林，一位姓郭的翰林，一位姓袁的翰林，一位姓肖的翰林，一位姓全的翰林，加上焦状元，共是六名。”

“唐翰林的名字，知否？”慈圣皇太后问。

“唐翰林名文献。”小宦者说。

“哪里的人？”慈圣皇太后问。

“华亭。”小宦者道。

“是南直隶的华亭吗？”慈圣皇太后问。

“通晓地理的公公告诉奴才，华亭隶于松江。”小宦者说。

“那不会错，”慈圣皇太后道，“松江和苏州、常州等府，是南直隶最富庶的府份，可能也是天下最富庶的府份。那里多出文士，亦多出富商，都是走南闯北的，官话应该说得很好。”

“是。”王恭妃应道。

“唐翰林是哪年的进士？”慈圣皇太后问小宦者。

“是万历十一年进士，”小宦者说者，补充一句，“也是该科状元。”

“又是一名状元，好啊！”慈圣皇太后高兴地说，又问，“他应该不止官修撰吧？”

“奴才听说，已升侍读。”小宦者说。

“修撰升侍读，可是个大关。”慈圣皇太后对王恭妃说。

“母后说朝廷的事，有板有眼，臣媳好生敬佩。”王恭妃道。

“知道郭翰林的名字吗？”慈圣皇太后又问小宦者。

“郭翰林名正域。”小宦者道。

“哪里人？”慈圣皇太后问。

“江夏。”小宦者道。

“隶于哪一省？”慈圣皇太后问。

“奴才问过通晓地理的公公，说是隶于湖广，武昌。奴才也没闹清楚，究竟隶于湖广，还是隶于武昌。”小宦者说。

“傻瓜！湖广是布政司，武昌是府，应该是江夏隶于武昌府，武昌府隶于湖广布政司。”慈圣皇太后讲解道。

“奴才是小傻瓜，他是大傻瓜，”小宦者说的是他问过的内臣，“他若说得和圣母娘娘一样清楚，奴才也不至于在恭妃娘娘面前丢人。”

王恭妃笑笑，问慈圣皇太后：“母后，江夏人口音重不重？”

“别人不知，我听过前首辅张先生说话，字正腔圆，容易听得很。江夏又隶武昌，我想，郭翰林的话应该不难懂。”慈圣皇太后说。

“是。”王恭妃应道。

“郭翰林是哪年的进士？”慈圣皇太后又问小宦者。

“万历十一年的进士，”小宦者说，并加上一句，“非状元。”

“一科只有一个状元，这句话可以免去，”慈圣皇太后说着，问道，“郭翰林现官何职？”

“才升的修撰。”小宦者说。

“你看，万历十一年的进士，才升修撰，须十年吧。”慈圣皇太后对王恭妃说。

“果如母后所言。”王恭妃道。

“袁翰林名何？”慈圣皇太后又问小宦者。

“袁翰林名宏道。”小宦者道。

“哪里的人？”慈圣皇太后问。

“公安人。”小宦者道。

“公安我知，隶于荆州，原来他和张先生出自同郡，”慈圣皇太后这么说，是想告诉王恭妃：既和张居正同郡，口音应该不是问题。王恭妃会意，不再问。慈圣皇太后问小宦者，“袁翰林是哪一年的进士？”

“万历十四年，”小宦者道，并说，“奴才问过通晓典章的公公，他说，袁翰林会试考个第一，却并非状元，奴才也不知是怎么一回事。”

“会试第一名是传胪，殿试第一名才是状元。”慈圣皇太后说。

“这多讲究，小傻瓜不懂，大傻瓜也未必懂。”小宦者调皮地说。

“袁翰林官何职？”慈圣皇太后笑着问。

“仍官编修。”小宦者道。

“肖翰林名何？”慈圣皇太后又问。

“肖翰林名云举。”小宦者道。

“哪里的人？”慈圣皇太后问。

“宣化人。”小宦者道。

“宣化在哪省？”慈圣皇太后问。

“有人告诉奴才宣化在广西，奴才却不知广西在哪里。”小宦者说。

“广西、广东，人称鸟语之乡，只怕话很难懂。”慈圣皇太后说。

“母后要不和皇上说说，换一讲官？”王恭妃也很担心。

“讲官是内阁和礼部议定的，皇上也不能说换就换，看看再说吧。”慈圣皇太后道。

“是。”王恭妃应道。

“肖翰林是哪一年的进士？”慈圣皇太后问小宦者。

“也是万历十四年。”小宦者道。

“亦官编修吧？”慈圣皇太后问。

“是。”小宦者应道。

“最后一名翰林的姓氏，我不记得。”慈圣皇太后说。

“姓全。”王恭妃提醒道。

“对，是姓全，”慈圣皇太后点点头，问小宦者，“全翰林名何？”

“全翰林名天叙。”小宦者道。

“天叙？”慈圣皇太后笑出声，“全天而叙，他做讲官合适。”

王恭妃和小宦者也笑。

“全翰林是哪里人？”慈圣皇太后问。

“浙江，奴才忘记，是金县，还是银县。”小宦者说。

“是鄞县吧？”慈圣皇太后问。

“圣母娘娘说的是，是银县。”小宦者说。

“是鄞县，不是你说的金银的银。”慈圣皇太后说。

“是。”小宦者虽应一声，但仍分辨不出鄞、银有何不同。

“全翰林是哪一年的进士？”慈圣皇太后问。

“和袁翰林、肖翰林同年。”小宦者说。

“同官编修？”慈圣皇太后问。

“是。”小宦者应道。

“亦即，六名讲官，万历十一年二人，万历十四年三人，万历十七年一人；或曰，六名讲官，以状元入翰林二人，以庶吉士入翰林四人；或曰，六名讲官，侍读一人，修撰二人，编修三人。”慈圣皇太后总结道。

“圣母娘娘一览无遗。”小宦者用句不恰当的成语称颂。

“我览何物一览无遗？”慈圣皇太后问。

“奴才的意思，圣母娘娘听一遍，就记得一清二楚，好生了得。”小宦者解释说。

“文不对题，要多向学问好的公公请教。”慈圣皇太后命道。

“是。”小宦者应道。

“今儿个探听出六位讲官的底细，煞是难为你；以后再把所有的讲官都探听出来，告与我和恭妃娘娘。”慈圣皇太后半句嘉勉，半句吩咐。

“奴才也算不辱使命吧？”小宦者与其说想讨赏，不如说想讨慈圣皇太后高兴。

“若能说说焦先生讲课的情形，就算你不辱使命。”慈圣皇太后却说。

这可难住小宦者。他嘴张几次，才说：“焦先生讲的，奴才听不懂，学不上来。”

“不要你学难懂的，简单的也学不上来吗？”慈圣皇太后问。

“先生的话，哪里有简单的！”小宦者道。

“说的也是，”慈圣皇太后想了想，说道，“先生的话你一句学不上来，长哥的话没那么难懂吧，总可以学上几句。”

“长哥没说话。”小宦者道。

“没说话？”慈圣皇太后好像不信。

“是。”小宦者应道。

“一句话也没说？”慈圣皇太后又问。

“一句话也没说。”小宦者道。

“是焦先生不让他说吗？”慈圣皇太后问。

“那倒不是，”小宦者道，“焦先生最后说的一句是：唯殿下赐明问。似是鼓励长哥，有话尽管说。”

“先生的话，你不是学不上来吗，这句怎学上来？”慈圣皇太后问。

“先生的话，奴才听过后句，忘记前句；这句是最后一句，所以奴才勉强记住。”小宦者说。

“这个焦先生，不简单。”慈圣皇太后对王恭妃说。

“怎么？”王恭妃问。

“皇上出阁听讲，我曾问过伴行的内臣，皇上有没有提问？伴行的内臣回答说没有，并告诉我，本朝太子出阁，讲官进讲之际，鲜有问者。焦先生能鼓励常洛提问，很是难得。”慈圣皇太后说。

“原来还有这等规矩，臣媳闻所未闻。”王恭妃道。

“对先生这句话，长哥有没表示？”慈圣皇太后问。

“有。”小宦者应道。

“那你怎说长哥一句话也没有？”慈圣皇太后责问。

“长哥点头而已，并未说话。”小宦者道。

第二百二十九章

四夷馆隶于太常寺，更隶于礼部。礼部随便一名官员到四夷馆，都被视为上官，四夷馆的官员都会竭力巴结。

但四夷馆里，只有一名太常寺少卿提督，是正式的官员，其他译字生、通事，哪怕是总译字生，总通事，也不过是吏员，遇事做不了主。仪制司郎中何乔远来到馆舍时，提督少卿恰好不在，但见姓张的译字生找姓李的译字生，资浅的通事找资深的通事，众译字生找总译字生，众通事找总通事，四夷馆里顿时乱成一团。

“你等作甚？”何乔远拦住一人问。

“看看谁知道提督大人去往哪里。”那人说。

“找他作甚？”何乔远又问。

“大人来，须得提督大人接待。”那人说。

他们说话的工夫，身边聚集好几个人。

“他若不在呢？”何乔远问。

“提督大人若不在，大人有事就麻烦。”那人说。

“你接待不成？”何乔远问。

“小人哪儿有资格接待！”那人说着，往回缩。

“你接待不成？”何乔远又指着另一个年龄较大的人问。

“大人为何要小人接待？”年龄较大的人反问。

“我看你老成。”何乔远道。

“小人老成，更不敢擅自接待。”年龄较大的人说。

“你接待不成？”何乔远手指衣着较为华丽的人问。

“大人为何要小人接待？”衣着较华丽的人反问。

“我看你来头不小。”何乔远说。

“小人金玉其外，败絮其中。”衣着较华丽的人不惜自贬。

“你等不知我是谁吧？”何乔远问众人。

有认得他的，有不认得他的。认得他的人，见不认得他的人没有任何表示，自已也不做任何表示。这样一来，变成没人认得他。

“拿纸拿笔来！”何乔远吩咐。

有人拿来纸和笔，还有人捧着砚台。何乔远在纸上写“礼部仪制司郎中何乔远”十个大字，举起来给众人看。

“你等职事，是和番夷打交道，但不会连中国字都不认得吧？”他问。

“中国字，我等都认得。”众人说。

“已知我是谁吗？”何乔远问。

“已知。”众人应道。

“仍无人愿接待我？”何乔远问。

众人谁也不吱声；而且，他注视到谁，谁就把头低垂。于是，他又在纸上写“奉本部尚书差派前来办事”十一个大字，举起来给众人看。

“这回总该有人愿接待吧？”他问。

还是没人吱声；还是他注视到谁，谁就把头低垂。他不知还能写些什么。还好，终于有人开口。

“大人别误会。”那人说。

“误会何事？”何乔远问。

“我等并非大人官职不高，不愿接待；而是大人来自礼部，官职又高，不配接待。”那人说。

“那我自个儿去办事，如何？”何乔远问。

“大人请便。”众人道。

“你等不接待，我问话可以不？”何乔远又问。

“大人请问。”众人道。

“大人问过的话还少吗？”不知谁藏在人群里说。

何乔远一笑，问道：“朝鲜使臣住哪间屋？”

“那间。”众人手指一屋回答。

“是否姓金？”何乔远问。

“是。”众人应道。

话说得稍多，众人变得不那么拘束。有人竟调皮地问：“大人不想知道朝鲜使臣的名字吗？”

“想知道呀。”何乔远道。

“他名字一个字，日字偏旁，右边是个卒，小人不识怎读。”那人说。

“读醉，小儿百日，曰晬。”何乔远告诉他。

“还是大人学问好。”那人赞道。

“你等再告我，该使臣汉话说得如何？”何乔远道。

“极好。”众人齐道。

“他还会吟诗作赋。”又有人说。

“既如此，我自家去见他，不劳烦各位。”何乔远道。

众人指的房间里，传出箫声。何乔远伫立门外，静静地听着。待箫声停止，余音散尽，他轻叩门环。

“哪一位？请进。”随着话音，门被打开。

门里站立一名中年男子，着朝鲜装，看上去很精干，也很儒雅。

“金先生吧？”何乔远边问，边把早已准备好的名刺递过去。

“在下是金晬，”门里的人回应一句，接过名刺。看罢，躬身一揖，“原来是礼部郎何大人，在下见过。”

“金先生不必多礼，”何乔远还一揖，道，“可否进去说话？”

“何大人请，”金晬肃让。等何乔远进屋，他一转身，搬把椅子正面摆好，挥挥衣袖，象征性地拭去灰尘。然后让道，“何大人请坐。”

何乔远说句“金先生也坐”，自己先坐下。金晬在侧面的椅子坐下。

“金先生箫吹得很好。”何乔远又说句闲话。

“在下更喜爱的乐器是琵琶，”金晬说，“但路途既远，情势又急，琵琶携带不便，我只带把箫，聊解寂寞。”

“我不解音律，但从箫声里，似乎听出悲戚。”何乔远说。

“何大人可谓知音，”金晬道，“四夷馆里的人常听我吹箫，都道好听，但很少有人说箫声悲戚。”

“实不相瞒，我正是为金先生的悲声而来，”何乔远说着，问道，“四夷馆的人禀于礼部，说常听金先生晚间哭泣，可有其事？”

“有。”金晬应道。

“大宗伯命我来看看，究竟出了何事？”何乔远说明来意。

“多谢大宗伯关切，多谢何大人垂询。”金晬揖道。

“金先生有何伤心之事，可以说与我听听吗？”何乔远问。

金晬叹口气，没开口说话，眼圈先红。何乔远知道不能再催促，但注视着他，等他自己说。

“在下有一事，请教何大人。”金晬说的，却不是自己的伤心之事。

“金先生有事尽管说，不必客气。”何乔远道。

“在下闻得，天朝不欲科、道以外廷臣进言，可有其事？”金晬问。

这是何乔远绝没想到的问题。他想了想，说道：“科、道进言，没有限制；他臣进言，略有限制，却不是不准进言。”

“可在下听说，他臣进言，多被处分，却是为何？”金晬问。

“或是进言有不当之处。”何乔远只能含糊其辞。

“可惜在下无缘与科、道官交谈。”金晬道。

“金先生何出此言？”何乔远问。

“若得与科、道官交谈，在下定要一诉衷肠，请他纠劾奸人，为我朝鲜国人平抑冤情。”金晬说。

“金先生也可诉与我听呀。”何乔远道。

“诉与何大人听？”金晬犹豫之后，摇着头说，“我不欲牵累何大人。”

“何谓直臣？不平则鸣也。难道只科、道有直臣，部衙之中出不来直臣？何某恳请金先生诉之。”何乔远说着，一揖。

金晬忙还礼，并说：“在下诉之可以，但可不可进言，大人须得斟酌。”

“放心，我自有分寸。”何乔远道。

“我先给何大人说个不会招惹太大麻烦的人物，如何？”金晬问。

“好啊，”何乔远无所谓地应道，并反问，“此人是不是沈惟敬？”

“何大人也知道他呀！”金晬说着，问道，“在下说纠劾他不会招惹太大麻烦，这话对不对？”

“也对，也不对。”何乔远道。

“请何大人明示。”金晬揖道。

“沈惟敬是个小人物。朝廷所授官职，游击将军而已。纠劾他，的确不会招惹太大麻烦。但朝中议论他的人固多，庇护他的人也不少，且不乏大人物。纠劾他会不会招惹麻烦，难说得很。”何乔远道。

“这就是盘根错节吧？”金晬想到汉话里的一句成语。

“差不多是这个意思。”何乔远点头。

“看来，沈惟敬也不是轻易可论的。”金晬道。

“这又不然，要看论他何事。”何乔远说。

“媚倭之事可论否？”金晬问。

“媚倭？怎讲？”何乔远反问。

“何大人，沈某人欲与倭媾和，对朝廷是怎说的？”金晬反问。

“封贡二字而已。”何乔远道。

“何大人可知，他对倭人怎说？”金晬问。

“这却不知。”何乔远道。

“他对倭人说，朝廷愿与倭酋和亲。”金晬道。

“和亲？”何乔远惊呼。

“天朝不会有此意吧？”金晬问。

“绝无此意！”何乔远道，“我中华自汉、唐以来，曾与匈奴和亲，曾与吐蕃和亲，却从未与海外之邦和亲，今日更不会与倭和亲！”

“以此而言，沈惟敬可算媚倭吧？”金晬问。

“岂止媚倭，他还假传圣旨！”何乔远道，“倭酋真信他言，前来迎亲，我大明朝脸面何在，尊严何在！”

“再者，何大人可知，他对我朝鲜陪臣怎说？”金晬又问。

“是私下里说的吧？”何乔远反问。

“是。”金晬应道。

“那我更加不知。”何乔远道。

“他要我国王向倭酋悔罪、乞降。”金晬说。

“悔罪、乞降！”何乔远又惊呼。

“天朝也不会有此意吧？”金晬问。

“绝无此意！”何乔远道，“朝鲜乃我大明属国，朝鲜向倭酋悔罪、乞降，即我大明向倭酋悔罪、乞降。是可为，孰不可为！”

“一则曰和亲，一则曰悔罪、乞降，何大人看，可以纠劾沈惟敬其人否？”金晬问。

“不是可不可纠劾，而是一定要纠劾！”何乔远道。

“我再为何大人诉一个招惹大麻烦的人物，可以吗？”金晬又问。

“好啊，”何乔远打起精神，反问一句，“是文帅，还是武帅？”

“何大人料定是此二人？”金晬又反问。

“金先生所涉及、而又会招惹大麻烦的，一定是此二人。”何乔远说。

“何大人说的是，”金晬道，“文、武二帅，皆欲封贡，在这一点上并无区别，但我更欲诉于大人的，是武帅欠我国人的一笔血债！”

“血债，怎讲？”何乔远惊问。

“倭寇南退之际，围困我军民六万人。武帅率部尾随，本是有可能救出的。然武帅一心与倭议和，且迫我君臣与倭议和，竟视而不见，听任倭寇将我六万军民悉数屠杀。”金晬述道。

“有这等事？”何乔远更惊。

“何大人想，这等大事，我敢编造吗？就算我敢编造，是我编造得出来的吗？”金晬道。

“照金先生这么说，朝鲜六万军民既是死在倭寇屠刀之下，也是死在武帅手里。朝鲜为我大明属国，朝鲜军民亦我大明赤子，今则听任外寇宰割，是可忍，孰不可忍！”何乔远道。

“仅此一事，可纠劾武帅否？”金晬问。

“不是可不可纠劾，而是一定要纠劾！”何乔远道。

“天朝有何大人这等大义凛然之臣，实天朝之福，亦我朝鲜之福，”金晬说着，深作一揖，道，“拜托！”

户科都给事中王德完叫住何乔远，压低话音，显得很神秘地问：“稚孝兄去过四夷馆？”

“子醇兄怎知？”何乔远反问。

何乔远字稚孝，福建晋江人。王德完字子醇，四川广安人。二人都是万历十四年进士。

“稚孝兄别管我怎知，但说去过没去过。”王德完道。

“去过。”何乔远承认。

“是去见朝鲜陪臣？”王德完问。

“是。”何乔远应道。

“稚孝兄是奉大宗伯之命而去的？”王德完问。

“是。”何乔远应道。

“朝鲜陪臣向稚孝兄泣诉倭寇罪恶？”王德完问。

“是。”何乔远应道。

“并诉我文帅、武帅不救之罪？”王德完问。

“是，”何乔远应一声，说道，“他诉的是武帅不救之罪；但我想，经略大人也有责任。”

“稚孝兄承诺纠劾武帅？”王德完问。

“是，”何乔远应一声，又说，“除武帅外，他还言及公卿所呼为‘沈老丈’者，我也承诺一并纠劾。”

“稚孝兄真是得天独厚呀！”王德完似羡似叹。

“子醇兄是何意？”何乔远问。

“别个谁也接触不到朝鲜陪臣，稚孝兄却接触得到呀。”王德完说。

“子醇兄既已知情，又不厌其烦地询问，究是何意？”何乔远又问。

“我想看看，稚孝兄会不会践诺。”王德完说。

“大丈夫一言既出，怎能不践诺！况且应承的又是外臣，若言而无信，岂不是给我天朝抹黑！”何乔远道。

“稚孝兄肯上疏纠劾，再好不过！”王德完击掌叫好。

“子醇兄，没必要吧？”他的兴奋让何乔远不解。

“何事没必要？”王德完问。

“倭事举朝关注，人人得言之，多人欲言之。我决意上疏，并非了不得的大事，没必要击掌欢呼。”何乔远说。

“他人上疏，未必能言出新意；稚孝兄才晤朝鲜陪臣，所知彼国实情，比别个都多，一定能写出新意来，且一定能与我相呼应。”王德完说。

“子醇兄也要上疏？”何乔远问。

“是，”王德完应道，“疏稿我已拟就一半，别过稚孝兄，我再回去拟另一半。”

“子醇兄不会是来我这里把朝鲜陪臣之话套实，再写另一半吧？”何乔远笑着问。

“稚孝兄莫忘我身居何官！”王德完道，“朝鲜陪臣之话，我不用向稚孝兄求证，也可以写在疏里。况且，我的写法，与稚孝兄的写法，绝不会雷同。稚孝兄大可放心。”

“子醇兄有把握？”何乔远问。

“当然。”王德完道。

“子醇兄欲怎参劾？”何乔远问。

“我先说稚孝兄会怎参劾，”王德完道，“稚孝兄欲参劾二人，一则沈惟敬沈老丈，一则提督武臣李如松，是吧？”

“依朝鲜陪臣所言，我应力参此二人。”何乔远说。

“稚孝兄如何力参？”王德完问。

“惟敬对倭，以和亲为言；对朝，以悔罪、乞降为劝。伪传朝旨，大损国体。如松则奉旨入朝逐倭，却一味议和，置朝鲜军民生死于不顾，”何乔远说着，问道，“子醇兄看力度够不够？”

“足够。”王德完道。

“子醇兄还有更大力度？”何乔远问。

“力度未必更大，角度却不相同。”王德完道。

“子醇兄从哪个角度论之？”何乔远问。

“我有四句话。”王德完说着，伸出四指。

“第一句？”何乔远边问，边按下他一指。

“倭欲无厌。”王德完道。

“第二句？”何乔远又按下他一指。

“倭信难终。”王德完道。

“第三句？”何乔远按下他第三指。

“封则必贡。”王德完道。

“第四句？”何乔远按下他最后一指。

“贡则必市。”王德完道。

“封贡这一角度，已有人论过。”何乔远说。

“封贡如何误朝廷，却未必有人论过。”王德完道。

“子醇兄拟怎论？”何乔远问。

“我还有四句话。”王德完说着，又伸出四指。

“第一句？”何乔远按下他一指。

“沈惟敬误经略。”王德完道。

“第二句？”何乔远又按下他一指。

“经略误总督。”王德完道。

“第三句？”何乔远按下他第三指。

“总督误本兵。”王德完道。

“第四句？”何乔远按下他最后一指。

“本兵误皇上。”王德完道。

“一层一层相误，果然有新意；不过，”何乔远口气一变，问道，“沈老丈是本兵所荐，朝廷授职，怎知不是沈老丈径误本兵，而本兵又误经略，又误总督？”

“我这般排列，自有我的道理，”王德完说，“若是沈老丈径误本兵，朝廷为何还要委任经略，动用大军？朝廷既委任经略，动用大军，可见荐用沈老丈之际，本兵尚非力主封贡。再者，官军抵达朝鲜，一鼓而收复平壤，再鼓而收复王京。可见大军抵达朝鲜之际，文帅、武帅并非力主封贡。再者，官军征战于前，总督筹措于后，相得益彰。可见官军收复平壤、收复王京之际，总督并非力主封贡。文帅、武帅力主封贡，是惑于沈老丈；总督力主封贡，是惑于经略；本兵力主封贡，是惑于总督。”

“子醇兄还忘说，皇上力主封贡，是惑于本兵。”何乔远道。

“皇上是否力主封贡，还不好说；但我看，若无人痛陈利害，离皇上力主封贡的一天也不远。”王德完说。

“痛陈于朝，是子醇兄等科、道官的责任，也是我等部属官的责任，”何乔远说着，朝王德完一揖，“子醇兄，你我共勉。”

“好！”王德完还揖道。

二三月间，除王德完、何乔远外，给事中逯中立、徐观澜、赵完璧等，御史顾龙祯、陈维芝等，亦各上述。反对封贡的呼声甚为高涨。

第二百三十章

焦竑专心致志地准备讲章，右肩被人拍一下。他回头一看，是同年董其昌。焦竑正要问他怎会来此，左肩又被人拍一下。他扭头一看，是同年黄辉。正好，两个人一起问。

“二兄怎来？”他问。

“来和弱侯兄做伴呀！”二人也一同回答。

“闻得朝廷又给皇长子增添讲官，谁知竟是平倩、元宰二兄！”焦竑高兴地说。

董其昌字元宰，南直隶华亭人。黄辉字平倩，四川南充人。二人都是万历十四年进士，并选庶吉士。

“新讲官向老讲官稽首。”董其昌道。

“新讲官向老讲官鞠躬。”黄辉道。

“一个稽首，一个鞠躬，礼有点儿轻吧？”焦竑知道他们在和自己开玩笑，也和他们开起玩笑。

“依着弱侯兄呢？”董其昌、黄辉齐问。

“当叩拜。”焦竑道。

“是。”二人应一声，作出跪拜下去的姿势。

“罪过，罪过！”焦竑忙去搀扶二人。一个趔趄，自己差点跪拜下去。

董其昌、黄辉又忙拉他。三个人相互扶持，呵呵大笑。

“稽首是说笑，取经倒是真的。”董其昌道。

“鞠躬是说笑，求教倒是真的。”黄辉道。

“二兄言重，相互切磋吧！”焦竑道。

“好。”董其昌、黄辉齐应道。

“弱侯兄任讲官，有两月吧？”董其昌先问。

“只差几日，就足两月。”焦竑说。

“弱侯兄为皇长子讲读几次？”黄辉接着问。

“三四次。”焦竑说。

“以弱侯兄之见，讲得深些好，还是讲得浅些好？”董其昌问。

这几乎是个没法回答的问题。焦竑只能说：“别太深，也别太浅。”

“以弱侯兄之见，讲得繁些好，还是讲得简些好？”黄辉问。

“别太繁，也别太简。”焦竑说。

“以弱侯兄之见，语音高些好，还是语音低些好？”董其昌又问。

不等焦竑回答，黄辉抢着说：“别太高，也别太低。”说罢，问道，“以弱侯兄之见，语速快些好，还是语速慢些好？”

不等焦竑回答，董其昌抢着说：“别太快，也别太慢。”说罢，指点着焦竑道，“别太深，也别太浅；别太高，也别太低。弱侯兄念的好经！”

“别太繁，也别太简；别太快，也别太慢。弱侯兄传的好法！”黄辉也指点着焦竑道。

“二兄莫怪，”焦竑不慌不忙地说，他问董其昌，“元宰兄，何谓深？”

“不浅即深。”董其昌道。

“何谓浅？”焦竑问。

“不深即浅。”董其昌道。

“何谓高？”焦竑问。

“不低即高。”董其昌道。

“何谓低？”焦竑问。

“不高即低。”董其昌道。

“平倩兄，何谓繁？”焦竑又问黄辉。

“不简即繁。”黄辉道。

“何谓简？”焦竑问。

“不繁即简。”黄辉道。

“何谓快？”焦竑问。

“不慢即快。”黄辉道。

“何谓慢？”焦竑问。

“不快即慢。”黄辉道。

“二兄既答以不浅即深，不深即浅，不简即繁，不繁即简，不低即高，不高即低，不慢即快，不快即慢；我告以别太深，也别太浅，别太繁，也别太简，别太高，也别太低，别太快，也别太慢，有错吗？”焦竑问。

“弱侯兄没错。”董其昌、黄辉齐道。

“其实，我二人只是想听弱侯兄说说，为讲官二月，为皇长子授课三四次，弱侯兄有何心得。”董其昌又说。

“或者，有何得意之处，有何失意之处。”黄辉又说。

“心得题目太大，得意、失意之处，我倒愿对二兄说说。”焦竑道。

“元宰兄，如何？”黄辉问董其昌。董其昌的书画在同辈人中极为出众，黄辉对他很是推崇。

“得意、失意，也是心得，我等当洗耳恭听。”董其昌说。

“弱侯兄，何事得意？”黄辉又问焦竑。

“言人所不能言。”焦竑道。

“言人所不能言，是何意？”黄辉问。

“平倩兄亦知，前人进讲，照本宣科而已，多余的话，一句也不会说的。”焦竑道。

“弱侯兄讲过几句多余的话？”董其昌问。

“一句而已。”焦竑道。

“是哪一句？”董其昌问。

“元宰兄猜我会说哪一句？”焦竑反问。

“这与不浅即深、不深即浅一样，无从说起。”董其昌道。

“我说的是：博学审问，功用维均，敷陈或未尽，唯殿下赐明问。”焦竑复述自己的话。

“既可查验皇长子是否听进去，又可启沃皇长子之智，弱侯兄多言一句，确可得意。”董其昌说。

“所谓教学相长，弱侯兄可谓做到，确可得意，”黄辉也说，又问，“弱侯兄，何事失意？”

“言人所不能言。”焦竑道。

“这次言人所不能言，又是何意？”黄辉问。

“虽言之，未收其效，故失意。”焦竑道。

“也是一句话吗？”董其昌问。

“是。”焦竑应道。

“这次是哪一句？”董其昌问。

“亦是请殿下赐问。”焦竑说。

“此乃弱侯兄得意之笔，怎又转而失意？”黄辉问。

“弱侯兄之意，是皇长子并未赐问？”董其昌则问。

“正是。”焦竑应道。

“弱侯兄每次都陈请皇长子赐问吗？”黄辉问。

“每次都陈请。”焦竑道。

“皇长子一次也没赐问？”黄辉问。

“一次也没赐问。”焦竑道。

“每次满怀热忱而言之，每次未有反应，难怪弱侯兄失意。”黄辉说。

“弱侯兄欲知难而退，抑或继续陈请？”董其昌问。

“既曰切磋，还望二兄给我出出主意。”焦竑道。

“我看无他，弱侯兄持之以恒，总能感动皇长子。”黄辉说。

“这我做得到，”焦竑道，“只要留为讲官，我会讲一次，陈请一次。”

“陈请之际，弱侯兄不妨再恳切些。”董其昌说。

“如何再恳切些，望元宰兄教我。”焦竑揖道。

“譬如——”董其昌想换个说法；又一想，换个说法，也未必更恳切，于是说，“我意，语气不妨更恳切些。”

“语气怎样才会更恳切些？”焦竑问。

“平倩兄，弱侯兄的话，你说一遍，须得恳切。”董其昌对黄辉说。

“博学审问，功用维均，敷陈或未尽，唯殿下赐明问，”黄辉重复之后，问道，“恳切否？”

董其昌摇头。的确，除口音不同，无法判断谁说得更恳切。

“那就请元宰兄说一遍，弱侯兄效之。”黄辉道。

“博学审问，功用维均，敷陈或未尽，唯殿下赐明问，”董其昌也一字不差地重复一遍，然后问，“如何？”

焦竑不好说什么，黄辉却说：“未见其佳。”

“二兄还有何高明之策？”焦竑问。

“不如——”董其昌、黄辉齐道，又齐止。

“平倩兄先说。”董其昌让道。

“元宰兄先说。”黄辉也让道。

“二兄可一人对我一只耳朵说。”焦竑开起玩笑。

不料，董其昌、黄辉真的一人对他的一只耳朵说，而且说的话完全一样。他们说的是：不如问教。

这句话给焦竑很大的启发。

焦竑宣读讲章快要结束时，一群鸟儿在殿前飞绕、鸣叫。监讲的大臣、御史们，置若罔闻，一动也不动。侍讲的老太监视为平常事，也能做到不为所动。小宦者玩心重，好奇心重，至多只往外偷瞥一眼。常洛却坐不住。他先抬起头来，仰视窗外；仰视仍不满足，身子稍稍欠起，想看得更高些，更远些。这样的姿势很累人，坚持不多久，但常洛欠起又坐落，坐落又欠起，起起落落，如在针毡。

大臣和御史的责任是监讲，不能开口说话。

焦竑也不能像一般的先生训斥一般的学生那样，对常洛加以训斥；他能做的，是咳嗽一声，借以提醒常洛：此时不宜躁动。但他连咳嗽也没咳嗽，只是停止宣讲，肃然而立。

终于等到群鸟飞去，常洛的心又回到听讲，焦竑把最后几句读完。

换别人宣讲，监讲的大臣、御史们就可以准备拜辞，殿内外的内臣们就可以准备侍奉皇长子还宫。但因为是焦竑宣讲，众人都知道他有一句多余的话，都等着他说出那句多余的话。

他们没有想到，今天等到的，不是一句多余的话。

“今日臣为殿下讲的是《舜典》。”焦竑说。

常洛不吭声，只是点点头，表示听清焦竑的话；同时也表示，他记得方才焦竑的宣讲。

“臣重点讲的是：稽于众，舍己从人。”焦竑又说。

常洛仍是点头，不吭声。

“臣敢问殿下，此一句何意？”焦竑道。

虽然是受董其昌、黄辉的启发，也是他下定极大的决心，才会发问。试想，常洛若仍不吭声，而且，连头也不点，他怎么下台？发问之后，别说他担着心，连监讲的大臣、御史们，以及侍从的大小内臣，也都在替他担着心。

好在，常洛没让他下不来台，也没让其他人担心太久。

“先述稽字，可否？”常洛问。

“前半句，要讲的只是个稽字。”焦竑说。

“稽者，考也。稽于众，即考集众思。舍己从人，即舍己之短，从人之长。”常洛述道。

不仅口齿清晰，而且条理分明。在场的人，或从未见他开口，或很少听他说话，听罢他这两句解说，无不惊喜。

“殿下解说得体，臣欣喜万分。”焦竑道。

众人多在想：你这风头出得够大的，快见好就收吧！

焦竑却没尽兴。他顾不上观察常洛的表情，顾不上观察在场别人的表情，兴致勃勃地说：“子曰：学而时习之，不亦乐乎？臣请与殿下复习前几日所讲文章。”

“好。”常洛好像受到前面顺利解说的鼓舞，爽快地答应。

“臣曾讲解过‘巧言乱德’四字，殿下记得吗？”焦竑问。

“记得。”常洛应道。

“臣曾以两句话解之，殿下记得吗？”焦竑问。

“先生说的是：巧言得以乱德，以是为非，以非为是也。”常洛道。

“若请殿下解之，殿下欲用几句话？”焦竑问。

“一句话。”常洛道。

焦竑一愣。自己讲解说是两句话，严格地说是三句话，皇长子竟能以一言解说吗？

其他人都在期待。皇长子真能用一句话来解说“巧言乱德”这样说易懂则易懂、说不易懂则不易懂的词句，应该说是很难得的。

“一言有长有短。”焦竑提醒常洛。

“四字是长是短？”常洛问。

“最为适中。”焦竑予以肯定。

“那就以四字解说：巧言乱德者，颠倒是非也。”常洛道。

“殿下惜字如金，解说恰如其分，臣甚是欣慰。”焦竑躬身贺道。

这是一个圆满的结局，众人都松一口气。

第二百三十一章

石星为避免干扰，躲在兵部一间小室内，整理廷议文件。他吩咐守在小室外的差役，除非有特别重大的事务，任何人不得入。因此，当有人叩门时，而且听得出，不是守门的差役叩门，他断定，来的一定是差役阻挡不住的人。

屋门是向外开的。他走到门口，把门一推，打算不管来的是谁，先把差役训斥一顿再说。然而，站在门外的是工部尚书衷贞吉，差役被拦在远处，想越过衷贞吉痛斥他，根本不可能。

况且，见是衷贞吉，他心里的懊恼已消除大半。

“孔安兄，我料定多半是你！”石星道。

衷贞吉字孔安，江西南昌人，嘉靖三十八年进士。去年九月，前工部尚书温纯致仕，衷贞吉接掌工部。

“为何多半是我？”衷贞吉问。

“非孔安兄，谁会在这时来兵部趟浑水！”石星说。

“拱宸兄以为，我就愿来兵部趟浑水？”衷贞吉问。

“孔安兄不愿来，为何还来？”石星问。

“一则，相公问我：大司马怎样？并说：闻得孔安先生和大司马是同年好友，举朝都在关注他，你也该关注关注他。”衷贞吉道。

“看来，相公比我还急。”石星叹道。

“二则，大冢宰问我：大司马怎样？并说：闻得孔安先生和大司马素来不和，故对他的事不闻不问，不会是真的吧？”衷贞吉又道。

“一则曰同年友好，一则曰素来不和，不知都是从哪里闻得！”石星连连摇头，一脸苦笑。

“不管从哪里闻得，我总得来一趟。”衷贞吉说。

“孔安兄本人，就一点儿也不想来吗？”石星问。

“拱宸兄要我说实话，还是要我虚与委蛇？”衷贞吉反问。

“虚与委蛇，孔安兄好意思吗！”石星道。

“我还真不好意思，不如说实话吧，”衷贞吉笑道，“实话是：我纵有心来，却没理由搅扰拱宸兄；今相公既发话，大冢宰既发话，我何乐而不为呀！”

“我想，孔安兄也不会对我漠不关心的，”石星说着，往里让道，“孔安兄，请里面来坐。”

“不进去，”衷贞吉摇着头，说道，“相公又有叮嘱：关心是关心，切莫久扰，让大司马分神。”

“孔安兄纯属多虑，相公也纯属多虑；若是早一刻来，我连门也不会给孔安兄开的。”石星说。

“如此说来，拱宸兄已理出头绪？”衷贞吉问。

“略有头绪。”石星留有余地，没把话说满。

“那倒要先闻为快。”衷贞吉道。

他随石星走进室内，二人各自拣把椅子坐下。

“在孔安兄想来，最让我烦心的是何事？”石星问。

“小臣们的议论。”衷贞吉说。

“最让相公烦心的呢？”石星又问。

“也是小臣们的议论。”衷贞吉说。

“那就先把小臣们的议论搁置一旁，如何？”石星道。

衷贞吉最想知道的，也是阁老们最想知道的，其实正是如何处置小臣们的议论。一来，小臣们多反对封贡；二来，小臣们的议论比大臣们的议论，要尖锐得多。但主人先把这头堵住，他这个客人不能硬行撬开。再说，先易后难，也是一般议事的规律。

心里想着，嘴上不由说出来。

“先易后难，也好。”他说。

“孔安兄的意思，把小臣们的议论搁置一旁，是先易后难？”石星问。

“难道不是？”衷贞吉反问。

“这要看怎说，”石星道，“以前若言小臣的议论难以处置，我无话可说；今日再言小臣的议论难以处置，则不然。”

“所谓以前，是多久之前？”衷贞吉问。

“譬如，二三月之前。”石星道。

“拱宸兄是说，二三月之前难处置之事，今日已成易处置之事？”衷贞吉问。

“是。”石星应道。

“这二三月之内发生何事，让拱宸兄变难为易？”衷贞吉问。

“一件小事，”石星打算最后再说这件事，当然不会被衷贞吉轻易盘问出来，“咦，孔安兄不是同意先把小臣的议论搁置一旁的吗？”

“好，好，我不问；拱宸兄想怎说，就怎说！”衷贞吉道。

“孔安兄分出难、易，分明是把处置小臣的议论当作难，把处置大臣的议论当作易，”石星说着，问道，“是吧？”

“是。”衷贞吉应道。

“实则，且不论处置小臣的议论是不是难，处置大臣的议论绝非易事，”石星道，“大臣之议，有大同而小异者，有小同而大异者；有貌同而实异者，有貌异而实同者；有言简而意赅者，有言繁而意泛者；有词不达意者，有不知所云者。而大臣之议，可有一个是可以忽略不顾的？孔安兄，要理出头绪，是件容易的事吗！”

“确实不易，那么，拱宸兄又是怎么理出头绪的？”衷贞吉问。

“无非删繁就简，由表及里，理出几条主要线索。”石星说。

“有几条？”衷贞吉问。

“三条。”石星道。

“拱宸兄可否一一言之？”衷贞吉问。

“把孔安兄请进来，正是要一一言之。”石星道。

“那就请拱宸兄先说第一条主要线索。”衷贞吉揖道。

“有一倭将叫小西飞，孔安兄听说过吗？”石星反问。

“可是身往王京，谒见经略、提督的倭将？”衷贞吉看来有所闻。

“对，是他。”石星点头。

“拱宸兄说的不是大臣议论的第一条线索吗，为何提他？”衷贞吉问。

“二事有关联，”石星道，“小西飞往王京，谒见经略，提督，经略、提督禀于总督，总督疏曰：若不与封，则小西飞无词以复行长，行长无词以复关白。”

“仅是与封，不是封贡？”衷贞吉很敏感。

“仅是与封，不是封贡。”石星肯定地答复他。

“行长是倭大将吧？”衷贞吉又问。

“是，”石星应道，“他在朝鲜倭军中的地位，大概相当于我经略、提督二者合一吧。”

“拱宸兄要说的第一条线索，是回复总督之疏吧？”衷贞吉问。

“是。”石星问。

“议者为谁？”衷贞吉问。

“礼卿。”石星道。

“一甫先生怎说？”衷贞吉问。

“一言以蔽之：不患无词。”石星道。

“亦即：不封，也有的回复小西飞？”衷贞吉欲加以引申。

“并非此意，”石星却予以否定。“一甫先生的意思，封不是不可以，但朝廷要提出一些条件。”

“是怎样的条件？”衷贞吉问。

“我抄下来几句，读给孔安兄听吧，”石星说着，拿起一张纸，读道，“宜降敕一道，就令小西飞带回，大略谓：封已许定，断不再疑。但釜山非封命所出之途，留兵非叩关乞封之礼。宜简差正副使，用红船一只，从人若干，赍表及天朝所赐敕书，从宁波旧道，附关乞款。果能听命受约，则其诚立见；如犹迟回推拒，则其诈亦立见。”

“所谓条件，一是撤回釜山之倭，二是从旧道、依惯例奏请，”衷贞吉概括之后，问道，“是吧？”

“是。”石星应道。

“我方才奇怪，为何一甫先生只言封，不言封贡，原来他是防着倭酋分外要求贡市。”衷贞吉说。

“对，这也是一甫先生所议的一个特色。”石星道。

“拱宸兄以为，其议若何？”衷贞吉问。

“有理有节，称得上佳议。”石星说。

“听拱宸兄口气，似不很赞成？”衷贞吉道。

“非不赞成，果能如其所议，我恨不得去五台山烧香礼佛。”石星说。

“拱宸兄的意思，一甫先生所议，不可能实现？”衷贞吉问。

“是，”石星应道，“我先举个例子：倭酋写表，誓为天朝不侵不叛之臣，孔安兄以为可信否？”

“倭夷善变，自不可信。”衷贞吉说。

“我再举个例子：倭寇不从釜山撤回，而依惯例，差正副使臣从宁波而请封贡，朝廷是准还是不准？”石星道。

“拱宸兄之见呢？”衷贞吉问。

“我看，当酌情而定，”石星说着，又举一事，“我再举一例：倭寇从釜山尽数撤回，然使臣亦从辽东而入，朝廷是准还是不准？”

“拱宸兄之见，仍是酌情而定？”衷贞吉道。

“是，”石星应道，并说，“要倭酋按照一甫先生提出的条件，奏请封贡，绝无可能；朝廷采纳一甫先生所议，封贡一事可以作罢。”

“今朝廷仍议封贡，是按照拱宸兄所言，酌情而定？”衷贞吉问。

“我是此意；我想，相公等也是此意。”石星道。

“实不相瞒，我也是此意，”衷贞吉说着，揖道，“再请拱宸兄说第二条主要线索。”

“第一条线索说清楚，后面两条线索说起来则简单，”石星做个铺垫，然后说，“第二条线索，以少司寇所言为主。”

“哪位少司寇？”衷贞吉问。

刑部有二侍郎，所以他要问。

“就是一门三代、代代有公卿出的那位少司寇。”石星说。

“是文融先生呀。”衷贞吉点头道。

孙鑛字文融，浙江余姚人，万历二年进士。其兄孙鑨，官至吏部尚书，其父孙升，官至南京礼部尚书，都是名副其实的公卿；其祖父孙燧，在正德年间因宁藩之乱死难，其时官江西巡抚，平乱后朝廷追赠礼部尚书。

“文融先生之议，可以分为两部分：第一部分，可封；第二部分，宜备。”石星简而言之。

“既有宜备之说，可封一定也是有条件的。”衷贞吉推定。

“诚是。”石星道。

“文融先生怎说？”衷贞吉问。

“遣使往谕，倭酋请封，必如天朝约。”石星说。

“此议与一甫先生议同。”衷贞吉道。

“不，”石星摇摇头，说道，“此乃我所言大同而小异者。”

“恕我愚驽，竟未听出异处。”衷贞吉道。

“孔安兄再想想，一甫先生请降敕一道，可是遣使往谕？”石星问。

衷贞吉受到启发，说：“不错，他是要小西飞带回。”说罢，问道，“此即拱宸兄所言小异？”

“此其一也，”石星道，“其二，天朝如何约，一甫先生写的很具体，而文融先生仅有‘必如天朝约’一句。”

“他大概料定，此事礼卿会详议。”衷贞吉说。

“或是他以为，此事他不该详议。”石星道。

衷贞吉点点头，表示孙鑛为何不详议此事，用不着再讨论。他问：“宜备，文融先生是怎写的？”

“守鸭绿江以西，责于督臣。”石星也概括为两句话。

“听起来，可封是虚的，宜备才是实的。”衷贞吉说。

“但好歹他还说句‘可封’。”石星道。

“莫非第三条线索连‘可封’也不认可？”衷贞吉问。

“诚是。”石星道。

“持议者谁人？”衷贞吉问。

“孔安兄料想不到的。”石星说。

“我何必料想！”衷贞吉道，“朝中大臣只有这么多，一位一位地数过去，很快也会数到。”

“但一定是最后才数到。”石星说。

“既如此，我不数，且听拱宸兄说吧。”衷贞吉道。

“一位是登之先生，一位是宗传先生。”石星说。

“是吏书与吏侍呀！”从衷贞吉这一声呼应，还真听不出他料到，还是没料到；所以，他下面的话并不多余。“宗传先生不认可封贡，我料到；登之先生不认可封贡，我却没料到。”

赵参鲁曾以右副都御史巡抚福建，后以大理寺卿召还，历官刑、兵、吏三部侍郎。衷贞吉料到赵参鲁可能会不认可封贡，是因为他曾巡抚福建，对日本国的国情比较了解。

“所以，登之先生说孔安兄和我素来不和，应有深意。”石星道。

“不错，”衷贞吉也领悟，“他是想我来和拱宸兄争辩封贡一事的。”说着，问道，“他二位是怎写的？”

“封贡并绝，自修内备，令朝鲜淬砺图存，而我遥为声援。”石星把吏部堂官的奏章概括成四句话。

“拱宸兄以为其意若何？”衷贞吉问。

“倭犯朝鲜以来，兵部做过两件事，或者说，朝廷做过两件事：一是出兵援朝，收复失地；一是遣使就倭，计议封贡。而吏部堂官主张，一不封贡，二仅声援。兵部所为，或者说，朝廷所为，岂不是一无是处！”石星道。

“故吏部堂官的奏议，拱宸兄一定要力驳，是不是？”衷贞吉问。

“兵部议复，要把各位大臣的议论一并呈上，不可把自己置于某一议论的对立面。”石星稳重地说。

“但拱宸兄也不会无所表示吧？”衷贞吉又问。

“我欲拟三句话，可说主要是针对登之先生、宗传先生的。”石星说。

“第一句？”衷贞吉问。

“一意罢款。”石星道。

“这一句的确是针对他二位的，”衷贞吉说着，问道，“第二句？”

“两言可决。”石星道。

“其奏议，拱宸兄分明说四句，怎成两言可决？”衷贞吉问。

“封贡并绝，自修内备，言之尚可；令朝鲜淬砺图存，而我遥为声援，孔安兄以为有意义吗？”石星反问。

“我不出兵援之，仅以声援，淬砺图存确是句空话，”衷贞吉说着，问道，“第三句？”

“然三明旨许封，岂宜失信？”石星道。

“开战以来，朝廷已降三旨许封？”衷贞吉问。

“不错，已降三旨许封。”石星道。

“好，”衷贞吉点头称道，“拱宸兄以三言驳之，足矣。”

“大臣之议，大略如此，要不要我再为孔安兄总述一遍？”石星问。

“还是我为拱宸兄总述一遍吧，”衷贞吉道，“一则，礼部尚书罗公议之：请封可，须从旧制而请；二则，刑部侍郎孙公议之：请封按天朝约，严备于鸭绿江；三则，吏部尚书陈公、侍郎赵公议之：封贡并绝，自修内备。”说罢，问道，“我总述的还可及格吧？”

“岂止及格，当列优等。”石星说着，竖起拇指。

“拱宸兄，是不是也该说说先搁置一旁的那件事？”衷贞吉问。

“我知孔安兄早等得不耐烦，”石星说着，问道，“孔安兄亦知，小臣议论，泰半反对封贡，是吧？”

“是啊。”衷贞吉应道。

“唐御史一鹏、乔给谏胤二人的奏疏，孔安兄读过没有？”石星问。

“二人奏疏与别人奏疏有何不同？”衷贞吉反问。

“二人皆参劾沈老丈。”石星说。

“小臣奏疏，一多半都是参劾沈老丈的；即便参劾别人，也会捎带着参劾沈老丈。”衷贞吉道。

“二人参劾沈老丈，起因却是提督的一位僚属。”石星说。

“闻宁远伯府上网罗许多奇人异士，子茂将军也有此好？”衷贞吉问。

“此人是否奇人异士，不好说；但背弃其主，却是肯定的。”石星道。

“此人是谁，为何背弃其主？”衷贞吉问。

“此人姓诸，名龙光，浙江余姚人。背弃其主，据说是子茂将军傲慢，曾让他受辱。”石星说。

“我还是不懂。”衷贞吉道。

“这有何不好懂的！”石星道，“此人心气很高，受辱于其主，必将报之。”

“诸龙光欲报复其主，我是懂的；但他不过武臣一僚属，怎能游说台臣、科臣为他上疏？”衷贞吉问。

“他离子茂将军而去时，窃得若干私札。他以此等私札投于台臣，投于科臣，他等自然视为珍奇，据以上疏。”石星说。

“所谓此等私札，是何等私札？”衷贞吉问。

“譬如，某戚姓文士，投书子茂将军，言和亲事甚详。”石星举例说。

“拱宸兄之意，和亲之说由此而散播？”衷贞吉问。

“是。”石星应道。

“但礼部何秩孝的奏疏，已提及和亲。”衷贞吉说。

“何秩孝如何得知？”石星问。

“据闻，是朝鲜陪臣金晬说与他知。”衷贞吉道。

“金晬又如何得知？”石星问。

“那就无从得知。”衷贞吉道。

“所以，诸龙光先于朝鲜散布和亲之说，金晬由此而得知，是个合理的解释，”石星说着，问道，“孔安兄以为如何？”

“既然没有别的解释，这个解释是可以采纳的，”衷贞吉道，又说，“不管金晬是否得知于诸龙光，有两件事仍须辨明。”

“哪两件事？”石星问。

“其一，戚姓文士投书子茂将军，言和亲事甚详，是否属实；其二，沈老丈是否与倭酋言及和亲。”衷贞吉说。

“孔安兄说的两件事，其实可并为一事。”石星道。

“并为何事？”衷贞吉问。

“和亲一说的由来。”石星道。

“那就请拱宸兄说说此事吧。”衷贞吉揖道。

“总督一疏，亦言及和亲。他的说法是：倭军于朝鲜败退，而求封贡，对沈老丈言道：彼国有天皇女，欲献当今，”石星说到这里，问道，“此一和亲，与孔安兄听到的彼一和亲，有所不同吧？”

“大为不同。”衷贞吉道。

“孔安兄信哪一说法？”石星问。

“总督不会风闻奏事，我更信他的说法。”衷贞吉道。

“若总督的说法可信，则第一，和亲并非沈老丈提出来的；第二，所谓和亲，是倭酋女献入宫中侍驾，而非选我公主，嫁去倭国。”石星说。

“拱宸兄说的是。”衷贞吉应道。

“科、道诸臣所言非实，则诸龙光所散布和亲之言非实。诸龙光怨恨其主，故以虚假之文投递，以虚假之言散布，使皇上以为和亲之议出自子茂将军，朝廷以为和亲之议出自子茂将军，天下以为和亲之议出自子茂将军。科、道不满朝廷定策，嫉恨沈老丈，故据虚假之文、虚假之言参劾，使皇上以为和亲之议出自沈老丈，朝廷以为和亲之议出自沈老丈，天下以为和亲之议出自沈老丈，”石星发通议论，然后问，“孔安兄倒是说说，一市井无赖妄持大将之短，以报其怨；若干小臣妄持朝使之言，以逞其能。这值不值得深虑？”

“若将科、道诸臣陈奏，与诸龙光之事联系在一起，小臣之议的确于大局无碍。”衷贞吉道。

诸龙光被逮。皇帝命法司严鞫，查明他受何人指使。结果什么也没问出来。皇帝又命将他械于市，直至他身亡。

第二百三十二章

在广宁城里，若问本城最好的房子，人人都会说，是辽东巡抚的衙门；若问本城次好的房子，人人都会说，是馆舍。这一天，巡抚衙门的主人和馆驿的主人，都大为狼狈。

辽东巡抚韩取善欲入馆舍，被守在馆舍外的两名官校拦住。

“大人请止步。”官校道。他的话还算客气，但他们的气势分明在说，有他二人在，韩取善是断然进不去的。

“大胆！”韩取善身后的官校喝道，“你等不知来的大人是谁吧！”

“你等不知里面住的大人是谁吧！”守门的官校回敬道。

“都堂大人到此，阻拦者死！”韩取善身后的官校，手按在佩剑上。

“钦差大人在此，闯入者死！”守门的官校，手也按在佩剑上。

要不是韩取善拦在当中，一场格斗在所难免。

“二位是随钦差到此的吧？”韩取善和颜悦色地问守门的官校。

“是。”二官校应道。

“钦差每到一地，分派随员守卫，是谁人新定的规矩？”韩取善问。

“并非每到一地，即分派随员守卫。”一官校道。

“是到广宁，钦差大人才命我等守卫。”另一官校道。

“也不是到广宁，钦差大人即命我等守卫；而是一个时辰前，才命我等守卫。”前一官校又说。

“哪里有一个时辰，也就是前一刻。”后一官校说。

“这是为何？”韩取善问。

“不知。”二官校道。

“大概是听说广宁城里有刺客吧？”韩取善身后一官校取笑道。

“刺客大概是专来行刺钦差大人的。”另一官校取笑道。

“钦差大人大概还不知广宁刺客的厉害。”第三名官校取笑道。

“钦差大人的卫士手段高明，自不怕任何刺客。”第四名官校取笑道。

说罢，众官校大笑。他们人多，放肆地笑起来，把守门官校的气势打压下去。韩取善咳嗽一声，笑声才止住。

“二位已知本官是谁吧？”韩取善问守门的官校。

“他等才说，是都堂大人。”守门的官校道。

“都堂是何官，你等可知？”韩取善问。

“是大官。”一守门官校说。

“是高官。”另一官校说。

“在京城，也算大官、高官吗？”韩取善问。

“也算大官。”一官校说。

“也算高官。”另一官校说。

“广宁是多大的地方，你等看出来没有？”韩取善问。

“不及京城一区。”一官校说。

“不及京城一铺。”另一官校说。

“我也是到过京城的，你等信吧？”韩取善问。

“当然！”二官校齐道。

“大人没到过京城，怎成为大人。”一官校又说。

“大人没到过京城，怎做得都堂。”另一官校又说。

“在京城，似我这等官品，太多太多；可在广宁，似我这等官品，只有本官一人。你等信吗？”韩取善问。

“当然！”二官校齐道。

“据卑职所知，似大人这等官品，在辽东也仅一人。”一官校又说。

“据卑职所知，辽东封爵的将军，也听从大人之命。”另一官校又说。

“那么，我可以进去吗？”韩取善问。

“不可以！”二官校齐道。

“这是为何？”韩取善问。

“钦差大人有命，他要歇息。”一官校说。

“钦差大人有命，今晚歇息不好，耽搁明日行程，唯我二人是问。”另一官校说。

“麻烦二位进去禀报一声，不成吗？”韩取善问。

“不成！”二官校齐道。

“又是为何？”韩取善问。

“钦差大人有命，谁来都不见。”一官校说。

“特别是——”另一官校话说半句而止。

“特别是——”韩取善诱导他说。

“特别是——”后一官校也只说半句。

“特别是不见我，是吧？”韩取善道。

“这话不是卑职说的。”该官校道。

心平气和，能说的都说，唯一有用的只有该官校的半句话。韩取善失去耐心，甩手走到一旁。

他身后的官校们会意，一起涌上。

“都堂大人的账都不买，究竟是在谁个的地盘！”一官校道。

“这里是金銮殿不成，竟不准都堂大人进！”又一官校道。

“哥哥们闪开，我闯一个试试，看是怎样个死法！”第三名官校道。

“好兄弟，我来和你做伴！”第四名官校道。

两边的官校厮扭在一起。剑是拔不出来的，也没人敢先拔出剑，因此只能靠拳脚。韩取善带来的官校多，守门的两名官校眼看招架不住，急得直叫。正在房间里休息的官校闻声而出，加入到厮打中。原本留在韩取善身边护卫他的官校也冲上来，加入到厮打中。

早已听到门外争执的驿丞，眼看要出人命，不得不出面。

“各位罢手，听我一言。”他对双方的军士说。

还没打够的官校们谁肯听他的！他拉这个人，这个人给他一拳；他拉那个人，那个人给他一脚。有人举拳向他脸上击来，他一躲闪，帽子掉地。有人揪住他袖子，他一挣扎，袖口撕裂。

最后，他被人揪住衣领，拉出人群。回头一看，是韩取善。

“谢都堂救命之恩。”他连连打躬作揖。

“失地丧权，你死在这里都不多！”韩取善敲打着他的脑袋说。

“怪不得卑职，他是钦差。”驿丞哭丧着脸说。

“听说，他是前一刻才差人守住馆舍的，是吗？”韩取善向他求证。

“这话不假，”驿丞道，“一刻之前，馆舍外还是车水马龙，广宁城里的大小官员，都来拜见钦差大人。”

“为何突然守住馆舍，不让人进？”韩取善问。

“卑职不知。”驿丞道。

“不是为的我吗？”韩取善问。

驿丞一愣，道：“原来都堂大人已经知道！”

“果然是为我！”韩取善得到证实，进一步问道，“钦差是谁人，你知道不知道？”

“都堂不知吗？”驿丞反问。

“我外出巡视，今日才返回广宁。只听说来一名钦差，怎知钦差是谁个！”韩取善道。

“我也是这么告诉钦差大人的，可他——”驿丞想了想，后面的话还是不说为好。

“他怎的？”韩取善既听出眉目，就不会放过。

“没怎的，”驿丞想掩饰过去，说道，“都堂不是问钦差是谁个吗？他是司宪。”

他说的是“司宪”两个字，韩取善听成“司宪官”三个字。都察院司宪，都察院官差出，都可以称宪臣，司宪官虽然太俗，但也不是不可以说。当然，都察院官有都御史、副都御史、佥都御史和普通御史之分，等级的差别是很大的。

“是都堂，还是道长？”韩取善问。居然能挡巡抚都御史的驾，在他想来，至少也应该是资深的掌道御史。

驿丞知道他误解，道：“卑职是说，钦差大人姓司名宪。”

原来是叫作司宪，而不是司宪职。韩取善想不起朝廷有这样一号人物，他问：“居何官？”

“行人。”驿丞道。

韩取善看着那边还在你推我攘、打打闹闹的官校们，真觉得哭笑不得。行人常奉差传旨，称作钦差，是没问题的。但行人官品极低，与其称钦差大人，还不如称钦差小人。而就是这样一个小钦差，到广宁城里，竟摆起这么大的谱：连巡抚都御史来，都拒之不见；而且，显然是特别交代不见！

“你告诉他本官外出巡视去，他怎说？”驿丞想掩饰的话题，韩取善又提起。

驿丞不能再回避。他说：“似乎不信。”

“他的意思呢？”韩取善问。

“他或以为，都堂嫌他官品低，没把他放在眼里。”驿丞说。

“所以，他也要表示，没把我放在眼里！”韩取善道。

“卑职想，钦差大人是这个意思。”驿丞附会。

“哼！”韩取善沉着脸说，“他不见我，我还不见他呢！我告诉你，他要食，给他；他要酒，一滴不许给！”

“是，是，”驿丞连声应道。如果钦差大人不肯见，都堂大人却一定要见，他真不知该如何收场。现在，都堂大人也不想见，一场冲突可以化解，他发自内心地回应道，“卑职听都堂大人的。”

十天以后，两名探子，一个绰号叫草上飞，一个绰号叫翻江龙，急匆匆地冲进辽东巡抚衙门。

“草上飞，你的名号该改一改。”韩取善说。

“小的改啥名号？”草上飞问。

“改叫地上爬吧，”韩取善道，“鸭绿江不过千里，来回一趟，竟用十日，比爬来爬去能快多少！”

“小的不是一直跟随那厮吗？他像爬一样慢，小的也只好耐着性子慢慢爬。”草上飞说。

“翻江龙，你的名号也该改一改。”韩取善又说。

“小的早想改个名号，请大人赐之。”翻江龙道。

“改叫缩头龟吧，”韩取善道，“由此至鸭绿江，途中不知有几多江河，没听说你在哪条江河上兴风作浪。”

“大人没让小的兴风作浪呀；不然，那厮的船不知会翻多少次。”翻江龙道。

“说正经的，你二人一直跟随那厮吗？”韩取善问。

“寸步未离。”草上飞保证。

“寸步未离？”韩取善表示怀疑。

“草上飞说的寸步未离，是说我二人和那厮一行，相隔的距离总是恰到好处；我二人看得到那厮的一举一动，他却看不到我二人。”翻江龙替草上飞解释。

“你二人看见那厮有何动静？”韩取善问。

“小的见他每过一江，多一个楮皮席囊。”草上飞说。

“多一楮皮席囊？”韩取善表示不解。

“草上飞说的楮皮席囊，是说他每过一个衙门，出来时多一个瘪瘪的楮皮席囊，每过一江，楮皮席囊就成鼓鼓的。”翻江龙替草上飞解释。

“里面装的何物？”韩取善问。

“重物。”草上飞说。

“重物？”韩取善表示不解。

“草上飞说的重物，是说瘪的时候，楮皮席囊很轻，一手可以拎起；鼓起之后，要两个人才能抬动。”翻江龙替草上飞解释。

“我想知道，席囊里装的，会不会不仅是重物，而且是贵重之物？”韩取善道。

“会。”草上飞、翻江龙齐道。

“何以见得？”韩取善问。

“装车、装船时，那厮必亲临。”草上飞说。

“稍被碰撞，便被他斥骂。”翻江龙说。

“如此珍爱，应该是贵重之物。”韩取善得出结论。

“大人说的是。”二探子应道。

“贵重之物，装满几席囊？”韩取善又问。

“不是几席囊。”草上飞说。

“不是？”韩取善怪道，“不是你等说的，每过一衙门，多一楮皮席囊；每过一江，原来瘪瘪的席囊就成鼓鼓的！”

“草上飞说不是几席囊，是说不止几席囊。我二人清楚数过，从鸭绿江那边过到这边，共计二十五席囊。”翻江龙替草上飞解释。

“二十五席囊！”这个数字让韩取善大为吃惊。一席囊须二人抬，里面得装多少东西；二十五席囊，又得装多少东西！但由此，他也产生疑问，“二十五席囊，不得五十人抬？”

“是五十人抬。”草上飞说。

“是五十人抬？”韩取善指出，“我查过，那厮出京，带三十随从。这已超过额定之数，他却从哪里去找五十人！”

“草上飞说五十人，是说，那厮每到一衙门，先要借人，凑够五十人才罢休；不然，就不离开。”翻江龙替草上飞解释。

“好个无赖，丢朝廷的脸，丢国人的脸！”韩取善怒道。

那厮自然是指司宪。韩取善这样叫他，他手下的人也肆无忌惮地这么叫他。司宪奉旨出使朝鲜，途经广宁时，怪韩取善看望得晚，不肯相见。韩取善大怒，差人跟随他往朝鲜，想挑他些毛病出来，参他一本。没想到，查出的却是这样一桩严重的受贿案。

一个月之后的一天，刑部尚书赵焕在本部衙门前下轿，却没走进去，而是又往前走几步，进到都察院。

“哪阵风把文光先生吹来？”掌院都御史孙丕扬笑着问。

赵焕字文光，山东掖县人，嘉靖四十四年进士。

“叔孝先生看，外面有一丝风吗？”他反问。

时值暑天，堂前两棵大树，枝叶一动不动，真是一丝风也没有。

“文光先生来敝衙，不会为的寻凉吧？”孙丕扬仍开着玩笑。

“寻凉？都察院里有凉可寻吗！”赵焕道。

不像是来寻凉的，倒像是来寻错的；再说得严重一点儿，倒像是来寻衅的。孙丕扬不能不认真对待。

“文光先生究竟为何事而来？”他问。

“来看个人。”赵焕说。

“看谁人？我让人去叫。”孙丕扬道。

“叫是叫不来的，他不在衙门里。”赵焕说。

“不在衙门里，却在何处？”孙丕扬问。

“在都察院狱。”赵焕说。

“文光先生的意思，让我与你同去？”孙丕扬问。

“怎敢劳动大驾！叔孝先生肯打个招呼，已感激不尽。”赵焕揖道。

“好说，”孙丕扬马上就要招呼人，但还是先问一句，“文光先生去都察院狱看人，是为公，还是为私？”

“为公。”赵焕道。

“都察院里关押的何人，须移刑部鞫讯？”孙丕扬又问。

“不须移之，但问一两句话而已。”赵焕说。

“谁个？”孙丕扬问。

“行人司宪。”赵焕道。

果然是为此人而来！孙丕扬心想。其实，自打赵焕说过那句“都察院里有凉可寻吗”之后，他就在想，一定是听到风声，为司宪其人而来。因为在诸龙光及其党羽陈仲登案发、二人械于市时，赵焕就以盛暑戴枷赤日中，必死无疑；而二人罪不当死，两次上疏争于朝。结果，未争得二人缓刑，他自己反而被皇帝诘责。这次，同样是盛暑，司宪下都察院狱追赃；结果，赃未追出，司宪死于狱中。

赵焕简直就像是来兴师问罪的。

“文光先生已闻他死讯？”孙丕扬问。

“他果真已死？”赵焕反问。

“果真已死。”孙丕扬点头。

“我想问叔孝先生一句，该行人之罪，当得死罪乎？”赵焕问。

“依辽抚参劾，死有余辜。”孙丕扬道。

“叔孝先生说‘依辽抚参劾’，是不是也对其参劾有所疑？”赵焕问。

“文光先生问‘也对其参劾有所疑’，是不是也疑之？”孙丕扬反问。

“是。”赵焕应道。

“所疑何事？”孙丕扬问。

“辽抚称，司宪使朝，所勒赂金五十肩；并说，赂金皆藏于楮皮席囊。试问，可有将赂金藏于楮皮席囊中的？所谓五十肩，听说是二十五席囊，五十人抬之，那得是多少赂金！”赵焕道。

“我所疑者，也在此。”孙丕扬说。

“可叔孝先生仍让他死在狱中！”赵焕话里责备的味道很强烈。

“我能怎办！”孙丕扬不能不忿辩，“有人参劾，且是巡抚都御史参劾，总得查吧？未查出结果，他却死狱，责任在都察院吗？”

“他是怎死的？”赵焕问。

“此人心气极高，人又傲慢。他欲官吏垣，未能如愿，却在行人司挨过七八年，心里是何滋味？好不容易出使朝鲜，回来后却被参一本，下狱追赃，心里又是何滋味？我看，他是因郁结而死。”孙丕扬道。

赵焕很清楚，司宪的死，责任不在都察院，不在孙丕扬。他又说几句闲话，辞去。

后来查明，司宪装在席囊中带回来的，不过是些石头。原来他酷爱怪石，每到一处，都要在江边、河边拣些石头带回。因不好运载，所以向途经的衙门讨要楮皮席囊，并借人搬运。要说错处，这也是错处。但恰应赵焕那句话：罪不当死。真相大白后，许多人为司宪叫屈。

第二百三十三章

王锡爵以病乞休获准，使得同样以病告假的陈有年不能安心养病。

吏部左侍郎赵参鲁、右侍郎盛讷、文选郎中顾宪成以探病为由，一起找上门来。陈有年心里有数：他们不是来探病，而是来议事。

“叔时，有事说事。”他对顾宪成说。

陈有年撇开二侍郎，单要顾宪成说，他自然推托：“宗传先生、敏叔先生都在，我怎好说。”

盛讷字敏叔，陕西潼关人，和赵参鲁同是隆庆五年进士。

“他二人看我身体虚弱，面元血色，一定会扭捏作态，欲言不言；最后还是要让叔时来说，不如我径让你说。”陈有年道。

来的三人笑了笑，顾宪成说：“皇上传谕，命推补阁员。”

会推阁臣，是吏部头等大事，难怪陈有年虽然告假，他三人还是要硬着头皮过来，与他计议。

“可曾廷议？”陈有年问。

“已经集议，是宗传先生主持的。”顾宪成说。

“可曾推出？”陈有年这次直接问赵参鲁。

“推出数人。”赵参鲁回答。

“既经廷议，又有推出，不就可以呈进吗？”陈有年道。

“本来是可以呈进；但有二事，我三人议之良久，难以把握，不得不来请登之先生示下。”赵参鲁说。

“我是个病人，如何示下？”陈有年虽然有回避之意，但还是问，“宗传先生，是哪两件事？”

“第一件事：忠伯先生可不可推。”赵参鲁说。

“集议之时，有无人推？”陈有年问。

“有。”赵参鲁应道。

“你等以为可不可推？”陈有年问。

“我等以为可推。”赵参鲁说。

“忠伯先生曾为大学士，且居首揆。既有人推，你等又以为可推，为何把握不定？”陈有年问。

“有人提出，忠伯先生以争国本而去位，皇上厌之。”赵参鲁说。

“叔时，你看呢？”陈有年问顾宪成。

“忠伯先生可推，我和宗传先生、敏叔先生所见则同；然推与不推，尚须登之先生定夺。”顾宪成说。

“忠伯先生可推，叔时能给我举出个理由来吗？”陈有年问。

“忠伯先生以争国本而去位，迄今国本未定，忠伯先生复出，或于此有助焉。”顾宪成道。

“以叔时这个理由，不是可推，而是必推。”陈有年说。

“还是请登之先生说说可推吧。”赵参鲁道。

“其一，前大学士可否再推？”陈有年问。

“可，”赵参鲁应道，并补充说，“至少，《大明会典》中未有文字申明，前大学士不可再推入阁。”

“其二，忠伯先生不得再推，有圣谕否？”陈有年又问。

“无，”赵参鲁应道，并补充说，“至多，忠伯先生去位，皇上并未挽留；就连皇上厌之，也不过是推测。”

“以此二事为据，忠伯先生可推，尚有疑虑乎？”陈有年问。

“应无。”赵参鲁道。

“敏叔先生意下如何？”陈有年问盛讷。

“可推无疑；且推补阁员，忠伯先生应列首席。”盛讷道。

“叔时看呢？”陈有年问顾宪成。

“皇上不仅当用忠伯先生，且当以忠伯先生为首辅。”顾宪成道。

“这是下一步的事，”陈有年说着，又问赵参鲁，“宗传先生，第二件是何事？”

“今次廷推阁臣，有圣谕。”赵参鲁说。

“既有圣谕，宜先告之。”陈有年略有责备之意。譬如，皇上若传谕，不得用王家屏，他们前面说这个理由，那个理由，又有何用！

赵参鲁好似看出他的心思，说道：“登之先生放心，圣谕与用不用忠伯先生无关。”

“圣谕关乎何事？”陈有年问。

“无拘资品。”赵参鲁道。

“廷推阁臣，无拘资品？”陈有年明知不会有错，还是问一句。

“是。”赵参鲁应道。

“资者，资历；品者，官品。今次廷推阁臣，不论资历与官品？”陈有年又问。

“是。”赵参鲁应道。

“无拘资品，应该推之更易，公等有何疑虑？”陈有年问。

“敏叔先生疑虑较多。”赵参鲁说。

“那就请敏叔先生说来听听。”陈有年道。

“登之先生以为无拘资品，推之更易，我看不然。”盛讷说。

“为何不是推之更易？”陈有年问。

“廷推阁臣，本是论资品的事，今奉圣谕，无拘资品，倒让人无所措手足。”盛讷说。

“敏叔先生这么说，倒也不是没有道理。不过，我以为所谓无拘资品，也不是完全不顾资品。譬如，新科进士，山野村夫，全无资历，总不能推吧？在朝中书、行人，在外知州、知县，官品极低，总不能推吧？因此，无拘资品，是在一个范围里，而不是漫无边际。”陈有年道。

“永乐年间，以检讨、编修、修撰，至多是侍读、侍讲，入阁办事，当真是无拘资品。皇上会不会想恢复到那时的情景？”盛讷问。

“那是在鼎革之际，内阁又是初设，可以无拘资品，也不得不无拘资品；今欲恢复到那时的情景，万无可能。”陈有年说。

“登之先生说无拘资品，是在一个范围里；今次除忠伯先生外，尚有六人被推及，是否可划在那个范围里，请登之先生裁之。”盛讷道。

“亦即，今次所推，共计七人？”陈有年问赵参鲁。

“是，”赵参鲁应道，“尚有一人推及者，可忽略不计。此七人，至少有三四人推及。”

“第二位是谁人？”陈有年问回盛讷。

“前礼部尚书仲化先生。”盛讷道。

“第三位是谁人？”陈有年问。

“前吏部尚书文中先生。”盛讷道。

“第四位是谁人？”陈有年问。

“前吏部侍郎肩吾先生。”盛讷道。

“第五位是谁人？”陈有年问。

“在任掌院都御史叔孝先生。”盛讷道。

“第六位是谁人？”陈有年问。

“在任吏部侍郎汝德先生。”盛讷道。

“第七位是谁人？”陈有年问。

“在任詹事府少詹事用韫先生。”盛讷道。

沈一贯字肩吾，浙江鄞县人，隆庆二年进士；冯琦字用韫，山东临朐人，万历五年进士；所推七人，依次是：王家屏、沈鲤、孙鑨、沈一贯、孙丕扬、邓以赞、冯琦。

陈有年本来可以让盛讷一气说出其他六人的名字，他选择一个一个地问，是想在听到每一个名字后，自己有个初步的评估。

“七位中，四位与资品无关，三位与资品有关；或除忠伯先生外，其他六位中，与资品有关者和与资品无关者，各占半数。”陈有年似在自语，又似在对三人说。

“与资品无关者，是仲化先生、肩吾先生、如德先生，”顾宪成说着，问道，“登之先生，可是？”

“是，”陈有年应道，“近者，以礼部尚书及以吏部侍郎入阁者，已成常规，前者如体乾先生，后者如汝默先生。”

礼部尚书入阁，他举马自强为例；吏部侍郎入阁，他举申时行为例。

“那么，文中先生、叔孝先生被推，是不是不合常规？”盛讷问。

“确切地说，以吏部尚书、掌院都御史的经历，会推入阁，并无先例。故文中先生、叔孝先生被推，是无拘资。”陈有年道。

“用韫先生被推，则是无拘品。”赵参鲁说。

“对，”陈有年应道，“近来入阁，无低于正三品者；少詹事正四品，用韫先生被推，可谓无拘品。”

“以文中先生、叔孝先生被推，为无拘资，以用韫先生被推，为无拘品，我等都想到。但登之先生也说，所谓无拘资品，不是完全不顾资品，而是有一个范围。文中先生、叔孝先生、用韫先生被推，会不会跳出这个范围？”盛讷问。

看来，陈有年的话并没完全打消他的疑虑。

“首先，有一个范围，是我的说法，并非圣谕中的说法。”陈有年说。

“登之先生的这个说法，我等都是赞成的。”赵参鲁插话。

“但因为是我的说法，不是圣谕中的说法，这个范围究竟有多大，我不知，公等大概也不知。”陈有年说。

“诚是。”赵参鲁等三人颔首。

“因此，文中先生、叔孝先生、用韫先生等被推，是否跳出这个范围，我等亦不知。”陈有年又说。

“诚是。”赵参鲁等三人应道。

“因此，我等以为，他三位被推跳出这个范围，或并没跳出这个范围，都不能算错。”陈有年又说。

“登之先生的意思，我等可以以为，他三位被推没跳出这个圈圈？”赵参鲁问。

“我确是这样以为的；公等怎样以为，是公等自家的事。”陈有年说。

“我其实也是这样以为的，”盛讷先表明自己的立场，然后说，“不过，正因为我等皆不知这个范围有多大，把他三位划到这个范围里，是我等的推论。因此，也很容易被认定，我等的推论是错的。”

“敏叔先生说的是，”陈有年点头称道，“若是仅有这一个理由，我是不敢坚持把他三位置于被推之列的。”

“登之先生的‘其次’怎说？”赵参鲁问。

“似他三位这等情形被推，都有先例。”陈有年说。

“都有先例？”赵参鲁等三人齐问。

“是。”陈有年应道。

“请登之先生为我等详述。”赵参鲁说着，一揖。

“我先说无拘资吧，”陈有年道，“推吏部尚书、掌院都御史入阁不合常规，并非他等资历不够，而是因为吏部尚书、掌院都御史多非翰林出身。是吧？”因为是赵参鲁请他详述，他问的也是赵参鲁。

“是。”赵参鲁应道。

“即以吏部尚书、掌院都御史入阁而言，其实是有先例的；不过，说起来有些尴尬。”陈有年道。

“怎的尴尬？”赵参鲁问。

“这是景泰年间的事，”陈有年述道，“景泰元年，束鹿王公掌都察院；景泰三年，以太子太保、左都御史入阁办事。”

他说的王公，即王文，北直隶束鹿人。赵参鲁等三人都理解陈有年为什么会说尴尬：英宗皇帝北狩，景泰帝登极；英宗皇帝复辟，景泰帝废为王。虽然成化年间恢复他的帝号，但景泰帝和其他的皇帝是有所不同的，景泰年间的故事应该不适宜用作例。

“除此之外，有无别例？”赵参鲁问。

“没有。”陈有年道。

“那么，登之先生怎好说无拘资呢？”赵参鲁问。

“景泰之事不可为例，权当没有吏部尚书、掌院都御史入阁的先例；然以吏部尚书、掌院都御史会推阁臣的先例，却是有的，”陈有年说到这里，顿了顿，然后举例。“譬如，弘治年间会推阁臣，以吏部尚书耿文恪公列于首位；嘉靖年间会推阁臣，以闻庄简公列于首位。”

耿裕谥文恪，弘治初官吏部尚书。闻渊谥庄简，嘉靖中官吏部尚书。

“这倒是两个实实在在的例子。”盛讷道。

“无拘品，则是我浙人故事，”陈有年又举另外一个方面的事例，“弘治八年会推，二人入阁：一则李文正公，以礼部侍郎兼翰林院侍读学士入；一则谢文正公，以詹事府少詹事兼侍读学士入。谢文正公，我乡人也。嘉靖二十八年会推，二人入阁：一则张文毅公，以吏部尚书兼文渊阁大学士入；一则李文安公，以少詹事兼学士入。李文安公，我乡人也。”

他提到的谢文正公，名迁，李文安公，名本，二人都是浙江余姚人，和陈有年同县，并都以少詹事入阁。

“弘治八年，可是耿文恪公掌吏部？”赵参鲁问。

“是。”陈有年应道。

“嘉靖二十八年，可是闻庄简公掌吏部？”赵参鲁问。

“是。”陈有年应道。

“耿、闻二公被推，均不得入阁；他二人所主会推，却都发生无拘品而推入之事，推入之人又都是登之先生乡人，真可谓奇事。”赵参鲁道。

“正因我乡人被推，我才联想起耿、闻二公亦曾被推。”陈有年说。

“敏叔先生还有疑虑吗？”赵参鲁问盛讷。

“无有。”盛讷应道。

“叔时还有疑虑吗？”赵参鲁问顾宪成。

“无有。”顾宪成应道。

“吏部以此七位之名上之，如何？”赵参鲁问。

“好。”二人应道。

陈有年进吏部衙门，没去大堂和赵参鲁、盛讷会合，而是满衙门里找顾宪成。直到确认顾宪成真的没来，他才去到大堂。

“我害叔时！”他对赵参鲁、盛讷说。

“登之先生不能这么说。”赵参鲁、盛讷齐道。

“登之先生是特地来看望叔时的吧？”赵参鲁又问。

“是。”陈有年应道。

“可惜他不在。”赵参鲁说。

“不在？那我去他家里探望。”陈有年说。

“登之先生去过他家？”赵参鲁问。

“未曾去过。”陈有年道。

“知道他家在何处？”赵参鲁问。

“不知。”陈有年道。

“既未去过，又不知何处，登之先生怎去！”赵参鲁道。

“这有何难，一问即知，”陈有年说着，问道，“你二位知他住处吧？”

“我等亦不知。”赵参鲁、盛讷齐道。

“即便知之，登之先生也不必去。”盛讷又说。

“却是为何？”陈有年问。

“叔时已定今日离京，这时，怕已出城。”盛讷说。

“唉！”陈有年叹口气，又道，“是我害的叔时！”

廷推名单呈进后，皇帝因为其中有王家屏，甚怒，将顾宪成以及文选司员外郎黄缙、王同休，主事章嘉祯、黄正色，一并贬为杂职。陈有年闻讯，以为他等被贬，责任在自己，心中大为不忍。

“登之先生不能这么说。”赵参鲁、盛讷仍这样安慰他。

“有一事，登之先生或许还不知，”赵参鲁又说，“推忠伯先生，是叔时力主的；他昨日还说，此事未连累堂上诸公，已是万幸。”

“然会推何人，终归是我最后敲定的。”陈有年固执地说。

“即便是登之先生最终敲定，宗传先生和我理部务，更加责无旁贷；再者，员外、主事贬谪，又该怪谁人？难道让叔时自叹，他害众人不成？”盛讷道。

在二人劝慰下，陈有年心情稍微平静一些，至少肯坐下来说话。但才坐一会儿，他又站起来。

“我得为叔时讨个公道！”他说。

“登之先生打算怎样为叔时讨来公道？”赵参鲁问。

“上疏为他辩之。”陈有年道。

“此事我二人也曾议过。”赵参鲁说着，指指自己，指指盛讷。

“二位意下如何？”陈有年问。

“敏叔先生以为，为叔时辩之，适或害之。”赵参鲁说。

“敏叔先生此言何意？”陈有年问盛讷。

“登之先生不见，皇上刻意要处分的官员，有申救者，惩治倍加严厉？”盛讷道。

这种例子实在太多，陈有年怎会不见！但他既然产生为顾宪成申辩的念头，就不会轻易被别人说服。

“叔敏先生说的是申救，我却不是申救叔时。”他说。

“不为申救叔时，登之先生为何要上疏？”赵参鲁问。

“为的自救。”陈有年说。

“自救？”赵参鲁、盛讷惊问。

“是，”陈有年应道，“我官吏书，犹如吏部家长。吏部议事不合圣意，究其根本，乃吏书不称职也。夫雨露霜雪，皆为天德。朝廷深罪叔时，我不为其惜，然可腼然而坐视乎？”

赵参鲁、盛讷知道劝不住他，不再劝。

陈有年上疏，为吏部推举阁臣的名单申辩，为顾宪成申辩，同时自请罢官。皇帝没罢他的官，但和盛讷预料的一样，对顾宪成的处置更重一层，由贬为杂职，改为削籍为民。

第二百三十四章

皇帝严斥之后，吏部复上所推名单，包括：沈鲤、李世达、罗万化、陈于陛、赵用贤、朱赓、于慎行、石星、曾同亨、邓以赞等。其中，亦有非翰林起家者，如李世达、石星、曾同亨等。皇帝一面再次斥责吏部，一面点用陈于陛、沈一贯入阁。陈于陛原以礼部尚书掌詹事府；沈一贯原官吏部侍郎，告假归。他起为南京礼部尚书，尚未赴任，又得入阁之命。

掌院都御史孙丕扬被请到内阁值房，值房里只有赵志皋、张位二人。他先问陈于陛："元忠先生不在？"

"詹事府有些未了之事，须他过去处置。"赵志皋说。

"肩吾先生还没到京？"孙丕扬又问。

"不会那么快，肩吾兄能在今年内来京，就不错，"赵志皋说着，直入主题，"赵姓御史上疏，叔孝先生是知道的吧？"

"知道。"孙丕扬应道。

"其人文笔华丽，怎授御史，未充翰林？"赵志皋问。

未闻文笔华丽不能授御史。这话孙丕扬只能在心里想，不能说出口。在这间朝房，赵志皋是主，他是客，说话要有分寸。

"其人万无可能入翰苑。"他说。

"这是为何？"赵志皋问。

"赵御史乃乙科出身。"孙丕扬说。

"不是进士？"赵志皋开始奇怪，想一想，就不奇怪，"难怪肆无忌惮，把奏章写成四六骈文，原来不是进士出身。"说到这里，不由得要问，"非进士出身的御史不多，他有何长处，被选为御史？"

"他曾官知县，以治绩选御史。"孙丕扬说。

"从下工夫于虚文来看，此人不会有什么治绩。"赵志皋断然言道。

他可不是在我任上选来的，如果说选人不当，应该追究吏部的过失。孙丕扬心里这么说，嘴上却应道："汝迈先生说的是。"

张位似乎看出他言不由衷，在一旁说："文体之事尚小；他在一篇奏疏里，把满朝大臣写得一无是处，这可不是小事。"

"明成先生说的是。"孙丕扬又应道。

"叔孝先生读他疏稿时，没觉着不舒服？"赵志皋问。

"把满朝大臣写得一无是处，而我之一无是处，又倍于满朝大臣；我读后，自然不舒服。"孙丕扬说。

"叔孝先生怎又倍之？"赵志皋问。

"言辅臣九卿，不能表率，其一也；言五城御史，各地抚、按，不能监督，其二也。这两件事我都脱不掉干系。"孙丕扬说。

"就文体而言呢？"赵志皋摆脱不掉对骈体文字的厌恶。

"读之也不舒服。"孙丕扬说。

"我读几句，叔孝先生听听，"赵志皋说着，拿起疏抄读起来，"今日风俗，奢侈相高。数日之粮，不足一席之费；百亩之入，不易一身之衣。嫁女则玄黄耀目，送死则幡幢蔽天。室庐饰以雕画，车马鋈以金锡。披缁削发，多于南亩之夫；梵宫玄观，拟于北阙之盛。至缀珠玉于娼优，曳朝履于仆隶。风俗若此，欲民之不穷也，得乎？"读到这里，他问，"叔孝先生说，这算不算骈文？"

"标准的骈文。"孙丕扬道。

"言风俗之坏，一定要这样写吗？"赵志皋问。

"其实，写奏疏，尤其写风俗之坏，切忌这样写。"孙丕扬说。

"我看，把奏疏写成骈文，亦可见风俗之坏。"赵志皋似乎不欲张位太沉寂，问他，"明成兄，可以这样说吗？"

"可以。"张位应道。

"我再读几句，叔孝先生听听，"赵志皋又转向孙丕扬，"京师四方之极，大臣百官之望。大臣不行，何以表率百官；京师不行，何以昭示天下！辅臣、九卿，尤宜身先节约，以为众倡。京师不行，则责五城御史；直、省不行，则责各地抚、按。"读到这里，他问，"叔孝先生说，这算不算骈文？"

"也是标准的骈文。"孙丕扬说。

"纠劾大臣，一定要这样写吗？"赵志皋问。

"其实，写奏疏，尤其纠劾大臣，切忌这样写。"孙丕扬说。

"我一再告诫自家，身为大臣要得体，小臣纠劾，无须辩白。然此御史之疏，说纠劾大臣，并未指明一人；说未纠劾大臣，分明却是纠劾所有大臣。凡为大臣者，焉得不怒，焉得不言！"赵志皋说着，问道，"叔孝先生以为如何？"

“理当怒之，理当言之。”孙丕扬应道。

“明成兄说呢？”赵志皋又问张位。

“汝迈兄这是为全体大臣辩白，非为己辩白，”张位说着，口气一变，“不过，我有一疑处。”

“有何疑处？”赵志皋问。

“其以风俗之坏责大臣，大臣以文体而辩白，是否恰当？”张位道。

“以文体辩白，是翰林的事，非辅弼的事。我若以文体辩白，坐下写疏就是，用不着把叔孝先生请来。”赵志皋说。

“汝迈兄请叔孝先生来，是要和他计议，批驳御史之疏宜从何处着手？”张位问。

“是。”赵志皋应道。

“如此甚好。”张位道。

“明成兄都说如此甚好，叔孝先生有何见教？”赵志皋问孙丕扬。

“容我想想，”孙丕扬道。他自己也在被纠劾的大臣中，如何有针对性地批驳赵御史的奏疏，他早有想法。他现在考虑的是：要不要把自己的想法告诉赵志皋。拿定主意后，他说，“赵御史初选入京，对朝中之事知之甚少，甚或一无所知。却以不稽之言詈人，捏无影虚词，谋害善类，会不会是经人授意？”

“经谁人授意？”张位马上问。

“这不好说。”孙丕扬道。

“叔孝先生的意思，不在于谁人授意，而在于以经人授意为言，驳回该御史诘责，”赵志皋说着，问孙丕扬，“叔孝先生，是吧？”

“是。”孙丕扬应道。

“我看可以，明成兄说呢？”赵志皋问张位。

“比起以文体辩白，这么辩白要正当得多。”张位说。

工科左给事中张问达经过吏科值房，见门开着，里面只有该科都给事中林材一人，正伏案疾书。他放轻脚步，想走过时不惊动林材。但恰好林材放下笔，抬起头，一眼看到他。

“德允兄，何不进来坐坐？”林材招呼道。

“不打搅谨任兄吗？”张问达话音未落，人已进屋。

林材字谨任，福建闽县人。张问达字德允，陕西泾阳人。二人都是万历十一年进士。

“不打搅谨任兄吗？”张问达又问一遍。

“才写完一篇疏稿，正想找人说说话。”林材道。

桌上摊着几页纸，其他各页都写满，当中的一页只写半页，证明他的疏稿的确写完。

“不是要和新冢宰作对吧？”张问达问。

“我为何要难为你那位乡长？”林材反问。

孙丕扬是富平人，富平和泾阳同隶西安府，所以他这么说。

“叔孝先生新掌吏部，给他个下马威呗。”张问达道。

“德允兄放心，我这次不是要难为你那位乡长。”林材说。

“那是为的何事？”张问达问。

“德允兄可知，新授御史中有个赵文炳？”林材问。

“不仅知之，且见过面。”张问达说。

“德允兄可知其别字？”林材问。

“还没来得及问，不知。”张问达说。

“他字为先，这个别字好啊！”林材道。

“有何好处？”张问达问。

“敢为人先嘛，”林材说着，问道，“这位为先御史，甫至京，即上一疏，德允兄知否？”

“不是因灾异进言吗，怎不知！”张问达道。

“德允兄以为其疏如何？”林材问。

“赞其文辞犀利者有之，贬其文体华丽者有之；我则以为，其疏进之迟矣。”张问达说。

“怎进之迟矣？”林材问。

“所谓灾异，是何处灾异？”张问达反问。

“西华门遭雷击起火。”林材道。

“哪一日的灾异？”张问达问。

“六月初二日。”林材道。

“六月初二日灾异，今则七月底。近两个月工夫，疏才呈进，岂不是进之太迟！”张问达说。

“德允兄这么说，未免强人所难。”林材道。

“我怎强人所难？”张问达问。

“灾异之事，德允兄几时知之？”林材问。

“次日。”张问达道。

“六月初二日，西华门灾异，德允兄在京师，次日可知之；为先御史在数千里之外，也能次日知之吗？我看，二十日后他能知之，已经算是快的。”林材说。

“倒是。”张问达点头。

“德允兄欲以灾异陈言，几时可进之？”林材又问。

“亦在次日。”张问达道。

“六月初二日，西华门灾异，德允兄在京师，次日可进言，为先御史在数千里之外，或应召入京，正在途中，也能次日进言吗？我看，再有二十日后他的奏章能呈入，已经算是快的。”林材说。

“亦是。”张问达又点头。

“二十日复二十日，六月初灾异，他七月底进言，德允兄还能责他进言太迟吗？”林材问。

“谨任兄逼得我无话可说，”张问达这么说，等于认错。他然后反问，“谨任兄又以为其疏若何？”

“我不愿为先御史独擅其美。”林材道。

“原来谨任兄是在续该御史之疏。”张问达恍悟。

“我要和德允兄理论理论这个‘续’字，不然，德允兄更要责我疏写得过迟。”林材说。

“我本无责备之意，谨任兄既然这么说，我倒要问问，我错在哪里？”张问达道。

“我本来并无写疏之意，因相公太不讲道理，竟指责为先御史初次入朝，进言乃受人指使，乃捏无影虚词，谋害善类，我才愤而进言。再者，为先御史言风俗之坏，言大臣之失，都是泛泛之言，我则无不指明其人，无不指明其事，”林材说着，问道，“德允兄说，我此一疏，可以一个‘续’字而言之否？”

“那是不可，”张问达附和一句，然后说，“谨任兄说，无不指明其人，无不指明其事，能不能举几例来听听？”

“有何不可！”林材道，他举的第一例是，“午门之朝，向尝宵衣决事也，今则辍矣。”

“此事指的是朝廷，应该说，也是泛泛之言。”张问达说。

“我若指皇上呢？”林材问。

张问达吐吐舌头，说：“那确是指明其人。”

“宗庙郊社，向尝必躬必亲也，今则遣官代矣。”林材又举一事。

“这也是指皇上。”张问达说。

“不错。”林材应道。

“谨任兄说，是因相公不讲理才进言的，此疏不会专陈皇上之失吧？”张问达问。

“相公乃辅导之臣，至尊之失，即相公之事。”林材说。

“这话不错，谨任兄随心而议吧。”张问达道。

“下面就要指向内外臣子，”林材却说，他叙述道，“内臣之专横，孰有如太监田义？而弹章十数上，辄从中格，且恐其渐之不可长也。”

“此第三失。”张问达帮他数道。

“武臣之盘踞，孰有如李成梁父子？乃劾疏十数上，竟为旁落，诚恐其尾之不掉也。”林材叙述。

“此第四失。”张问达数道。

“东倭之经略，宋应昌罪浮于功，则欲张其功而蔽其罪；西事之勛剿，魏学曾功浮于罪，则欲治其罪而弃其功。赏罚失当，如何使劳臣之不解体也！”林材叙述。

“此第五失。”张问达数道。

“辽左向日以冒功闻，则李成梁受世勋，郝杰应上赏矣；迨今以失事报，则总兵杨绍勋反遭诛，道臣冯时泰且逮诏狱矣。劝惩失实，如何使边吏之肯用命也！”林材叙述。

“此第六失。”张问达数道。

“绝婚固非羡事，然赵用贤之用心，独不可原乎？反波及善类，尽为斥逐、陆沉，而吴镇反以风化脱罪。”林材叙述。

“此第七失。”张问达数道。

“和亲实为大辱，而李如松之罪，独不当问乎？乃竟使苞羞忍耻，而诸龙光反以讦奏蒙辜。”林材叙述。

“此第八失。”张问达数道。

“中州之饥，不爱宫帑以赈贫人；而云南之矿金，顾令民析骸增解。是固当弘一视之仁。”林材叙述。

“此第九失。”张问达数道。

“西华之火，所贮瓷器，尽付烈焰；而江西之烧造，又遣官发样增置，是固当捐不急之费。”林材叙述。

“此第十失。”张问达数道。

“礼部郎中何乔远，本内不署名，信为有罪；然视《祖训》之不抬头者，其失不为小乎？乃一则免究，一则降调。而重轻于是失其伦矣。”林材叙述。

后一事说的是有官员在写疏时，言及《祖训》，本当提到次行行首，而没有提。但该官员是辅臣亲信，处分从轻。

“此第十一失。”张问达数道。

“吏部郎中顾宪成等，起用诸废臣，纵非无干，然有堂官为之张主，其过不可宥乎？乃堂官免究，司属编氓，而喜怒于是失其节矣。”林材叙述。

“此第十二失。”张问达数道。

“大臣以道事君，不可则止者也。今吏书陈有年，杜门已数月矣，既不用其言，又不听其去。是异日之为冢宰，必如张瀚、杨巍之洪涊具臣，然后可安其位也。”林材叙述。

“此第十三失。”张问达数罢，提出异议，“谨任兄以洪涊具臣视子文先生、伯谦先生，是不是太过偏颇？”

“一点儿也不偏颇！”林材道，“张、杨二公掌吏部，贤否混淆，群情失望，已是公论。”

对大臣们的评价，人自不同，张问达不想争辩出个是非。他问：“谨任兄还有事要说吗？”

“还有一事，”林材道，“谏官者，知无不言、言无不尽者也，今给事中逯中立等一鸣辄斥去。既授之言官，又怒其言事，是异日之居台谏者，必如陈三谟、朱琏等之依附阁臣，而后可善其官也。”林材叙述。

“此第十四失。”张问达数道。

“欲言之事，我都说与德允兄听，德允兄有何见教？”林材问。

“一则，无不指明其人，指明其事，这一点谨任兄的确做到；二则，所言之事，确为失政。此可谓二得。”张问达说。

“有得则有失，德允兄还是说说二失吧。”林材道。

“说不上二失，二惑而已，”张问达说着，伸出一指，“其一，谨任兄此疏为相公不讲理而上，前二失直指皇上，未指相公，谨任兄辩曰：相公乃辅导之臣，主尊之失，即相公之失；后十二失分指内外文武各臣，亦无一失直指相公，谨任兄又怎说？”

“相公乃辅弼之臣，各臣之失，即相公之失。”林材说。

张问达点点头，似是同意他的这个解释；然后他伸出第二指，道：“据闻，相公以该御史文体近骈而哂之，谨任兄所述，皆一一对仗，就不怕有人哂之？”

“此事我亦有所闻，我就是要让他看看，他不喜欢的文体，也能写得出像模像样的奏疏来！”林材说。

“好啊，谨任兄原来是和相公较劲。”张问达道。

疏上，林材降三级，调外任用。

第二百三十五章

散朝后，刑部尚书赵焕特意和孙丕扬走在一起。他说：“叔孝先生掌吏部后，想说句话，好难。”

陈有年、罗万化先后致仕，朝廷人事有一系列的变动：掌院都御史孙丕扬改吏部尚书，领詹事府事吏部左侍郎范谦升礼部尚书，工部尚书衷贞吉改掌院都御史，左侍郎沈节甫署理本部事。

“文光先生有话对我说？”孙丕扬问罢，开起玩笑，“两衙门相邻，文光先生从来也不找我；待分手，怎却有话说？”

“叔孝先生才走，西边就有事。”赵焕说。

孙丕扬一愣，问道：“何事？”

他语气急切，让赵焕也感到意外。但仔细一想，又没什么奇怪的。西边的衙门不少，但最主要的是刑部、都察院、大理寺三法司。自己对他说西边有事，多半是都察院有事。孙丕扬离开都察院没多久，都察院今日的事，说不定和他有牵连。再者，自己用“有事”二字，是很容易让人感到不安的，也并没有表明自己想表达的意思。

“出桩大案。”他改口说。

听到这话，孙丕扬反而踏实。他问：“是何大案？”

“伯祯先生，叔孝先生有印象吗？”赵焕反问。

范应期字伯祯，浙江乌程人，登嘉靖四十四年春闱榜首。

“状元公伯祯先生？”孙丕扬又反问。

“对，是他。”赵焕应道。

“他是文光先生那科的状元，我怎会没印象！”孙丕扬道。

“伯祯先生已逝，叔孝先生知否？”赵焕又问。

“已知，”孙丕扬应道，“以安先生与伯祯先生同邑，得知此事自然比别人都早。伯祯先生死讯，是以安先生告诉我的；他还说，伯祯先生死得不明不白。”说着，问道，“怎么，伯祯先生的死因已查出来？”

沈节甫字以安，浙江乌程人，嘉靖四十四年进士。

“还不能说查出，但有人来京为他喊冤。”赵焕道。

“从乌程来？”孙丕扬问。

“是。”赵焕应道。

“来的是何人？”孙丕扬问。

“范夫人。”赵焕道。

“是大夫人？”孙丕扬问。

“是。”赵焕应道。

这其实不用问，如果不是正室，不会称范夫人的。

“文光先生，此问并非无聊，”孙丕扬说，“我记得，伯祯先生大约是十年前辞官而归的，那时，他已年近花甲。”

“我懂叔孝先生的意思，”赵焕道，“伯祯先生正好是十年前去官的，那年他五十八岁。”孙丕扬点头，证实他推断的不错。他接着说，“范夫人小伯祯先生五岁，今年六十有三。”

“六旬以上老妇，不顾数千里之遥来喊冤，伯祯先生这个冤情一定不小！”孙丕扬说。

“冤情之大且不说，有一事甚是奇特。”赵焕道。

“奇特？”孙丕扬一定会问。这两个字出自刑部堂官，和出自别人之口，含义是不一样的。他得知道，赵焕说奇特，是否和案情有关。

“我说的奇特，与案子本身无关。”赵焕果然说。

“那是何意？”孙丕扬问。

“范夫人证实，伯祯先生是自经而死。”赵焕说。

“文光先生是不是断定他乃被杀？”孙丕扬问。

“不，”赵焕摇摇头，道，“我并非说他自杀古怪。其实，他所以自缢而死，也是因为不堪二三恶少凌辱。”

“一个南直，一个浙江，恶少是出了名的，”孙丕扬说着，问道，“凌辱伯祯先生的恶少为谁，范夫人是否指证？”

“已指证。”赵焕应道。

“那就不必急，差人去查一查，即知真假；更不必视为古怪。”孙丕扬说。

“范夫人指认，我深信不疑；我也不以为，恶少凌辱伯祯先生致死，有何古怪。”赵焕道。

“文光先生是说，恶少身后，有些古怪？”孙丕扬问。

“叔孝先生果然高明，料到恶少身后的古怪。”赵焕赞道。

“我不是料到的，是听出来的，”孙丕扬说着，问道，“恶少身后，是不是有官府撑腰？”

“是。”赵焕应道。

“是嘉兴府，还是湖州府？”孙丕扬问。

“是乌程县。”赵焕道。

“范夫人是否指证？”孙丕扬问。

“业已指证，”赵焕道，并说，“今乌程知县，姓张，名应望。”

“这样一来，案子就简单：乌程知县唆使刁民，凌辱乡绅；乡绅不堪，自缢身亡。”孙丕扬三言两语，似乎在宣读供状。

“恐怕不是那么简单。”赵焕道。

“还有何古怪？”孙丕扬问。

“乌程县和伯祯先生并无宿怨。”赵焕说。

“文光先生是说，这个张县令是受人嘱托？”孙丕扬问。

“是。”赵焕应道。

“是受别的乡绅嘱托，还是受别的衙门嘱托？”孙丕扬料定，这两种可能性最大，一般乡民是很难嘱托县太爷办事的。

“是受别的衙门嘱托。”赵焕说。

“不是受湖州府嘱托吗？”孙丕扬问。

“不是。”赵焕道。

“却是哪个衙门？”孙丕扬问。

“今之巡按御史。”赵焕道。

“范夫人是否指证？”孙丕扬问。

“业已指证。”赵焕道。

“案子也不复杂：浙江巡按唆使乌程知县，又唆使刁民，凌辱乡绅；乡绅不堪，自缢身亡。”孙丕扬仍似宣读供状。

“比叔孝先生所言，还要略微复杂一些。”赵焕说。

“文光先生是说，彭巡按也受人嘱托？”孙丕扬问。

“那倒不是，彭巡按可说是与伯祯先生结怨的源头。”赵焕说。

“二人为何结怨？”孙丕扬问。

“不知。”赵焕道。

应该说，这是了断此案最根本的地方。已经接手的刑部堂官竟然回答“不知”，孙丕扬不能不诧异。

“范夫人是去刑部喊的冤吗？”他问。

“是。”赵焕应道。

“文光先生与范夫人尚未见过？”孙丕扬问。

“已然见过。”赵焕道。

“文光先生与范夫人尚未言及案情？”孙丕扬问。

“范夫人是来喊冤的，不言及案情，却言及何事！”赵焕似在暗示孙丕扬：别再提这些无聊的问题。

“可文光先生却说，不知范、彭二人如何结怨！”孙丕扬似在回敬对方：他提的问题并非无聊。

“范夫人确实言及伯祯先生与浙按怨恨的缘由，无非是浙按来访，伯祯先生招待不周；或浙按回院述职，伯祯先生所送礼金不够丰厚。如此等等。我说不知，乃不知二人是否由此结怨也。”赵焕说。

“看来，文光先生对范夫人的诉状颇为失望。”孙丕扬道。

“是。”赵焕应道。

“别说文光先生颇为失望，我也很失望，”孙丕扬道，“我本以为，从二人何以结怨中，可以看出些古怪，谁知却是出奇的平淡。”

“我说古怪，与二人结怨无关。”赵焕说。

“文光先生说，此案比浙按唆使乌程县、乌程县又唆使刁民要复杂一些，又说浙按是与伯祯先生结怨的源头，我可有些听不懂。”孙丕扬回到方才的话题。

“浙按虽非受人唆使，但范夫人来京前，却去过杭州。”赵焕说。

“也是去喊冤？”孙丕扬问。

“是。”孙丕扬应道。

“去的那个衙门？”孙丕扬问。

“范夫人随伯祯先生在京师居住多年，有见识，知道该去哪个衙门。”赵焕说。

“去的是巡抚衙门？”孙丕扬问。

“是。”赵焕应道。

“衙门去得对，”孙丕扬分析，“一则，巡抚衙门是最大的衙门；二则，抚、按素来不相得，浙按若有麻烦，浙抚一定会落井下石。”

“叔孝先生只说对一半。”赵焕道。

“哪一半说对？”孙丕扬问。

“巡抚衙门是最大的衙门。”赵焕道。

“后一半没说对？”孙丕扬问。

“是。”赵焕应道。

“浙抚没落井下石，是说他没借机参劾浙按，还是说他并未借机参劾浙按，却告诉范夫人可赴阙告御状？”孙丕扬问得更细致。

“范夫人来京，绝非浙抚明以告之，或暗以示之。”赵焕说。

“怎见得？”孙丕扬问。

“浙抚不但没明告或暗示范夫人来京告状，还明里暗里为浙按、乌程县粉饰。”赵焕说。

“让我想想，”孙丕扬皱着眉头，想得很认真。想了一会儿，他说，“今浙抚是王师古。”

原来他在想浙江巡抚是谁，赵焕不觉好笑。名字是现成的，今浙江巡抚王汝训是去年外放的，在京时，大家彼此熟悉。孙丕扬只要问一句，赵焕早就告诉他。

“是师古先生。”赵焕回应一句。

“我知文光先生说的古怪是何事。”孙丕扬道。

“是何事？”赵焕问。

“抚、按联手，与一乡绅为敌，实不多见。”孙丕扬道。

“此事虽有些古怪，但尤其古怪的，却非此事。”赵焕说。

“还有尤其古怪之事？”孙丕扬问。

“是。”赵焕应道。

“我江郎才尽，无从推测，还是文光先生告诉我吧。”孙丕扬道。

“叔孝先生再想想此数人名字。”赵焕提示。

“名字？”孙丕扬按照他的提示，琢磨起提到的几个人的名字。“范状元字伯祯，我等皆知。”

“此事和伯祯先生的别字无关。”赵焕道。

“乌程县的别字，孔安兄知否？”孙丕扬问。

“不知，”赵焕道，“此事和乌程县的别字无关。”

“乌程县名中的圣，是圣贤的圣吗？”孙丕扬问。

“是圣的异体字，上明下玉，”赵焕道。并说，“此事和此字无关。”

“浙按的别字，文光先生知否？”孙丕扬问。

“不知，”赵焕道，并说，“此事和浙按的别字无关。”

孙丕扬没的再问，他说：“浙抚的名、字中并无特别的地方呀。”

“此事和浙抚的名、字更无关。”赵焕道。

“相关之人的名字都在这里，还有何好想的？”孙丕杨问。

“叔孝先生既问到乌程县名中的一个字，为何不再问他名中的另一个字？”赵焕道。

乌程县名应塱，既问过塱字，另一个字自然是应字。想到这里，孙丕扬马上明白，赵焕说的奇特或古怪究竟是什么意思。

“文光先生是说，伯祯先生、浙按、乌程县三人名中的前一个字相同，都是应字，是吧？”他问。

“是，”赵焕应道，“若仅二人名中有同一字，可以说是巧合；今三人名中皆有同一字，就应该说是古怪。”

“文光先生所言，不无道理；不过，”孙丕扬口气一转，道，“文光先生要和我说话，不只是告诉我这个古怪吧？”

“诚然。”赵焕应道。

“还有何事？”孙丕扬问。

“拜托叔孝先生给我拿个主意。”赵焕说。

“如何了断此案，文光先生拿不定主意？”孙丕扬问。

“是。”赵焕应道。

“是担心伯祯先生多行不义之事，多行不法之事，被浙抚、浙按、乌程县抓住把柄？”孙丕扬问。

“是，”赵焕应道，“我等虽知伯祯先生其人，但他在乡行事若何，为人若何，还真是说不清楚。”

“文光先生不用想那么多，”孙丕扬摆一摆手，说道，“只要认定伯祯先生在乡若何，为人若何，和浙抚、浙按、乌程县等联手与他作对无关，此案就好断。”

“可怎能认定无关？”赵焕问。

“即便伯祯先生在乡多行不义之事，多行不法之事，浙抚、浙按、乌程县也只能上章参劾，而不能唆使恶少凌辱，致其自缢。况且，就你我对伯祯先生的了解，他在乡行事、为人，不应太过不堪。”孙丕扬说。

“多谢叔孝先生点拨，我顿觉轻松。”赵焕应道。

皇帝闻此案，大怒，命罢免王汝训，逮彭应参、张应塱下狱。

第二百三十六章

皇帝单独召入兵部尚书，很不寻常。石星明白，这是因为有不寻常之事；而眼下最不寻常之事，是倭酋封贡。一方面，两三年以来，此事一直萦绕在心；一方面，近来此事脉络很清晰。他自信，在回奏时，不至于出什么差错。

然而，皇帝先询问的是别事。

“闽抚疏称，吕宋酋长子入境，诉我奸民隶其部，杀其父，掠其宝，身逃逸。石卿知否？”皇帝问。

还好，这是兵部才处分的事。

“闽抚奏疏，已下臣部议处。”石星道。

“石卿看，会不会有其事？”皇帝问。

“我东南贩海之人，入居吕宋者甚多，难保无其事。”石星道。

“吕宋酋长子请朝廷惩治奸民，卿意如何？”皇帝问。

“臣请先陈其事。”石星道。

“好。”皇帝准允。

“一则，今之所谓吕宋酋长，非吕宋人。”石星说。

“吕宋酋长却非吕宋人，怎会？”皇帝问。

“吕宋自永乐之后，久不奉贡。万历四年，海寇林道乾为官军所败，逃往其国。官军追至，吕宋人助讨有功，始复入贡。”石星述道。

“其时朕幼，不甚记事。”皇帝插话。

“事微，不足劳皇上记之，”石星说句安慰皇帝的话，然后接着叙述，“不久，远夷弗郎机与吕宋互市。其酋以厚赂赠吕宋王，吕宋王受之。弗郎机酋复乞地建屋，吕宋王不好一口回绝。”

“有句话怎说？”皇帝想了想，想出这句话，“欲将取之，必先予之。”

“皇上说的是，”石星先应，后道，“不过，弗郎机酋若非使用计谋，吕宋王还是有机会回绝的。”

“他使用何计谋？”皇帝问。

“他乞地时，只乞如牛皮大的一块地。”石星说。

“如牛皮大的一块地，怎得建屋？”皇帝感到奇怪。

“吕宋王若似皇上这般想，就会再思其事。但他只是想，牛皮大的一块地，能有多大？于是应承弗郎机酋的请求。”石星说。

“他怕要上当。”皇帝道。

“皇上圣明，”石星颂道，“弗郎机酋说的是如牛皮大的一块地，而不是如一张牛皮大的一块地。吕宋王应承之后，弗郎机使人将无数张牛皮缝在一起，持之向吕宋王要地。”

“无数张是几多张？”皇帝问。

“臣亦不知几多张，但知足够大。”石星说。

“足够大是多大？”皇帝又问。

“闻得有数千丈，足以覆盖其国。”石星道。

“吕宋王大约是悔之晚矣。”皇帝说。

“诚如圣谕，”石星应道，“吕宋王虽悔，然应承在先，且弗郎机强到他无力毁约，不得不予之，而征其税如国人。弗郎机人于是营室筑城，陈列火器，安设守具，作久居计。不久，更乘吕宋王无备，奔袭入城，杀吕宋王，逐吕宋民，据有其国，仍名吕宋。然此吕宋非彼吕宋，实为弗郎机属地也。”

“懵懂许之在先，不思备之在后，吕宋亡，非无故也。”皇帝评论道。

“诚如圣谕。”石星应道。

“今之吕宋酋长非吕宋人，朕已明了，石卿再讲。”皇帝命道。

“二则，吕宋酋长被杀，在去岁八九月间。”石星说。

“亦即，是一年前的事。”皇帝插话。

“是，”石星应一声，述道，“吕宋酋长名郎雷敝里系劳，其子名郎雷猫吝。吕宋之外有美洛居，亦一岛国。郎雷敝里系劳率部攻美洛居，役吕宋华裔二百五十人助战。”

“他为何要攻美洛居？”皇帝问。

“美洛居盛产丁香，东洋其他各国皆不产。弗郎机攻取美洛居，或为得其丁香。”石星说。

“然所役助攻者，确是华裔？”皇帝问。

“从后事来看，确是华裔。”石星坐实。

“卿再接着讲。”皇帝命道。

“是，”石星应一声，述道，“弗郎机人于海上，但知酣睡，而以华人操舟楫。行稍缓，则鞭挞之；舟晃动，亦鞭挞之。下手狠毒，多有鞭死者。郎雷敝里系劳所乘舟上，有华人潘和五，为哨长。其谋于众华人曰：叛死，鞭死，皆为死；不叛死、鞭死，亦将战死。何如刺杀此酋以自救，胜则扬帆归，或免于一死；不胜而缚，死未晚也。众华人皆响应，夜间闯入舱房，刺杀该酋而割其首，持之大呼。弗郎机人惊起，茫然无措，或被杀，或落水而死。”

“有句话怎说？”皇帝仍自己把这句话想出来，“置之死地而后生。”

“皇上说的是。”石星应道。

“石卿再说。”皇帝命道。

“是，”石星应一声，述道，“潘和五等既胜，尽得其金宝、甲仗等，乃驾舟以归。”

“石卿是说，归我中国？”皇帝问。

“他等本意，是要归我中国。”石星道。

“结果未能如愿？”皇帝从他话里听出来。

“是。”石星应道。

“却去何处？”皇帝问。

“舟行海上，迷失方向，漂泊至安南，为安南人劫掠。其中，郭唯太等三十二人附他舟归我中国，潘和五等仍羁留安南。”石星说。

“华裔去向已明，接下来，是酋长子讼冤吧？”皇帝问。

“是，”石星应一声，述道，“郎雷猫吝闻父被华人所杀，而华人归国，遂驾舟而来，泊于近海。并遣僧人登岸，拜谒福建巡抚，乞我朝廷归还其战舰、金宝，戮凶顽以偿其父命。”

“事之始末，朕已尽知。卿看，当怎复闽抚？”皇帝问。

“此事宜由礼、兵、都察院等衙门会议，然后请之圣裁。”石星说。

“朕问你是怎想的。”皇帝道。

“臣以为：其一，其战舰、金宝，朝廷未得，无以归还；其二，倡事者潘和五，未归中国，无以议罪；其三，郭唯太等既已归国，可由我法司，据我大明律议处。”石星说出几条。

“好，”皇帝点点头，把话题转向朝鲜的最新动态，“朝鲜国王上表，请封关白，石卿知否？”

“臣知之。”石星应道。

“卿意如何？”皇帝问。

“事体重大，朝鲜国王奏表，宜下廷议。”石星道。

“此事肯定要下廷议，但朕想先问问卿意。”皇帝说。

“臣以为，今者应付倭事有三策，封者其一也。”石星道。

“卿就给朕说说三策吧。”皇帝命道。

“三策者，一曰封，二曰贡，三曰市。”石星道。

“卿所谓市者，开市之市吧？”皇帝问。

“是。”石星应道。

“好，卿接着说。”皇帝命道。

“臣以为，封与贡，密不可分，”石星道，“关白不封，入贡无从谈起；既封之后，方可从容议贡。”

“既密不可分，卿为何言为二策，不并为一策？”皇帝问。

“廷臣议倭事，多以封、贡分而言之，或言封而不言贡，或言贡而不言封，故臣列为二策。”石星说。

“今与朕言，卿不妨并为一策。”皇帝道。

“是。”石星应道。

“虽有臣言封而不言贡，有臣言贡而不言封，但朕留意到，绝封贡之议较多，”皇帝说着，强调一句，“朕说的是回绝之绝，非决意之决。”

“皇上说的是。”石星应道。

“但石卿仍主张封贡？”皇帝问。

“臣并非一味主张封贡，但以为，力斥封贡者，其言不足以服人。”石星说。

“卿说说看。”皇帝命道。

“议封贡当绝者，多以和亲辱国为言。今已查实，所谓和亲，非我使提出，乃倭将提出；非正式提出，乃随口一言；非欲以我公主下嫁倭酋，乃欲以倭王之女献入天朝。故所谓和亲辱国，纯系子虚乌有。此其一也。”石星说。

“其二？”皇帝问。

“议封贡当绝者，或主张开市。我准西虏、东虏开市，皆以封贡为由；非以贡入而开市者，未有也。再者，西虏、东虏皆与我接壤，好定开市之地；准倭开市，却定在何处？开市辽东，则须借道朝鲜，仍是隐患；开市东南，则不知于直、浙、闽等地利害若何。故不封贡，开市乃无稽之谈。”石星说。

“还有其三否？”皇帝问。

“有，”石星应一声，说道，“议封贡当绝者，又以不行兵备为言。实则封贡之议虽起，朝廷无一人忽略兵备。如大军虽自朝鲜撤回，但仍留刘綎一军，驻于庆尚之大丘。再如宋应昌虽免，御倭经略一职未除，而以蓟、辽总督兼之，在先为臣顾养谦，今则为臣孙鑛。此外，臣还有二议，乞皇上恩准。”

“你说！”皇帝道。

“其一，于宽奠设副总兵，增兵万人；其二，行山东、直、浙、闽、粤沿海将士，严加训练，以备倭变。”石星说。

“此事不待廷议，朕即可准之。”皇帝道。

数名大臣在朝房闲谈，户部尚书杨俊民把石星拉到一边。

“伯章先生有何话，不能当着众人的面讲呀？”石星问。

“不是不能当着众人的面讲，是我问拱宸先生的事，他们没兴趣听。”杨俊民说。

“不一定吧，”石星虽否认，但还是问，“伯章先生欲问何事？”

“文融先生、于田先生进疏，有这事吧？”杨俊民问。

李化龙字于田，北直隶长垣人，万历二年进士。今年五月，以右佥都御史巡抚辽东。

“有。”石星应道。

“是不是议的二事？”杨俊民问。

“是。”石星应道。

“是哪二事？”杨俊民问。

“咦！”石星怪道，“邸抄发至各部，他等议的哪二事，伯章先生自家应该知道呀。”

“邸抄发至各部，疏本却在兵部。”杨俊民说。

“伯章先生此话是认真的？”石星问。

“相当认真。”杨俊民道。

“这么说，伯章先生是疑邸抄有误？”石星摇着头说，“怎会！一二错字，或许难免；大小题目，却是不会错的。”

“从拱臣先生这里求证，岂不是更放心！”杨俊民道。

“伯章先生哪里是求证，分明是考校！”石星说着，伸出二指。另一手指着其中的一指说，“督、抚所言二事，一曰遣还。”又指着另一指说，“二曰许市。”

“不对吧。”杨俊民道。

“难道发至户部的邸抄，写的不是此二事？”石星不由一惊。

“是不是此二事，待会儿再说；我是说，督、抚所言二事，拱宸先生说得不对。”杨俊民到。

“怎不对？”石星问。

“文融先生以蓟、辽总督兼御倭经略，应该是，蓟督兼御倭经略，与辽抚所言二事。”杨俊民说。

“那是我言之有误，非邸抄写之有误，”石星道。杨俊民是说笑，他能领会，所以一笑了之。然后又问，“伯章先生说说，是邸抄写错遣还、许市二事，还是伯章先生对此二事有异议。”

“都不是。”杨俊民道。

“都不是，为何还要求证？”石星问。

“欲知拱宸先生有无异议。”杨俊民道。

“许市，我是有异议的。”石星说。

“这我知道，拱宸先生在廷议时已经阐明；我想问的是：拱宸先生于遣还一事有无异议？”杨俊民道。

“伯章先生不会以为，他二人议的，是遣还在朝鲜官军吧？”石星也玩笑般地问一句。

“我知，文融先生、于田先生是议，宜遣还倭使小西飞。”杨俊民说。

“既已明确，伯章先生仍关心遣还一事？”石星问。

“我不当关心吗？”杨俊民反问。

“我的意思是，遣还在朝鲜官军，一月可为伯章先生省下数万军饷，一年即数十万军饷。伯章先生关心，我可以理解。但是否遣还一倭使，似与户部会计，没多大关系。”石星说。

“怎没多大关系！”杨俊民道，“封事无期，留驻朝鲜的官军就不能撤还，一月数万、一年数十万的军饷就会找户部要。再者，封事无期，谁知哪一天战事再起！战事再起，就不是一月数万、一年数十万的军饷。拱宸先生不是不知，前者战仅数月，所费已逾百万！”

“等等！”石星被驳，不仅不气，反而显得很高兴，“伯章先生这两句话是怎说的？”

“这两句话是怎说的？哪两句话是怎说的？”杨俊民被他问懵。

“封事不定，则如何如何。”石星道。

“封事不定，一月数万、一年数十万的军饷会找户部要；封事不定，战事再起，数月耗费逾百万。”杨俊民简略重复。

“对，就是这两句，”石星道，并问，“这么说，伯章先生也以为，今若遣还小西飞，则封事遥遥无期？”

“这不明摆着的嘛，”杨俊民说，“官军差一沈惟敬往倭，倭军差一小西飞来朝，一来一往，谈的都是封事。今将小西飞遣还，沈惟敬也势必不会再差，封事由谁人去谈？那可不是遥遥无期！”

“故而，小西飞不当遣还。”石星接着他的话说。

“拱宸先生早告诉我一句有异议，有什么不好，非要费这多口舌！”杨俊民道。

“多费口舌，有什么不好！”石星以他的方式说，“对我来说，多费口舌，知伯章先生也以为不当遣还小西飞；对伯章先生来说，多费口舌，可省数十百万军饷。再者，对遣还一事，我并非有异议。”

“拱宸先生并非有异议？”话说许多，好似又转回来，杨俊民不能不感到奇怪。

“我并非有异议，而是以为，封事督、抚不当议！”石星道，“督臣之职何在？在守土，在封疆！封事决于朝廷，无须督臣赘言！”

封事乃朝政之重大者，总督身为封疆大吏，却不得与议！杨俊民觉得，石星这话有些过分。不过，这和他想要问的事无关，他不再多言。

石星就督、抚的奏疏陈言，略曰：

> 事惟决断乃成，人惟专责乃效。今督臣职在封疆，惟以战守为急。臣既力担封事，遑恤其他，自当吃紧决策，以收完局。为今之计，宜选将二员：一则令持檄文，驰赴辽阳地方，即将小西飞伴入山海关前来；一则令直抵釜山。宣谕行长等，作速率众起行，以表恭顺之心，以候封使之至。

第二百三十七章

沈思孝巡抚陕西时，恰逢宁夏之变。他和总督魏学曾意见不和。临战之际，督、抚不和是大忌，朝廷不得不命沈思孝改抚河南。陕西、河南都是大省，两处巡抚都是大差。要是因为别的原因改任，他不会有一句抱怨；但因反对总督的用兵方略而改任，他心里委屈，所以辞不赴任。后来，朝廷又召他入朝，任大理寺卿。

由河道总理召任的吏部右侍郎刘东星请他吃饭，他如期而至。刘东星字子明，山西沁水人，和他同是隆庆二年进士。

互揖后，二人入座。等候上菜的工夫，刘东星问："中官郝金诈传圣母懿旨一案，听说被纯父兄驳回？"

沈思孝很敏感，马上反问："子明兄欲为郝某作说客，抑或欲为文光先生等做说客？"

"纯父兄总说我是山西人，会做生意；自家请客，为别人做说客，有这等会做生意的吗？"刘东星道。

"子明兄不做说客，我则放心。"沈思孝说。

刘东星要是立即转移话题，倒显得心里有鬼。所以他仍问："文光先生等是怎拟郝某罪的？"

"谪往孝陵司香。"沈思孝说。

"纯父兄以为拟罪太轻？"刘东星问。

"是，"沈思孝应道，"司香孝陵，不过是赶出京师而已；他犯的，可是诈传懿旨的重罪！"

"依纯父兄，当拟何罪？"刘东星问。

"论死；至少，也要打入天牢。"沈思孝道。

"论死？"刘东星吐吐舌头，说道，"谪往孝陵司香，固然太轻；但遽然论死，是不是太重？"

"怎的太重？"沈思孝问。

"诈传懿旨，和诈传圣旨，还应该有所区别吧；完完全全地诈传，和半是懿旨、半是诈传，还应该有所区别吧？”刘东星道，“若完完全地诈传当论死，半是懿旨、半是诈传，论罪当略轻；若诈传圣旨当论死，诈传懿旨当略轻。”

“子明兄还是为文光先生等做说客！”沈思孝责道。

“谪往孝陵司香太轻，我和纯父兄所见相同，怎会为他做说客！我不过是就事论事。”刘东星辩道。

“就事论事，诈传懿旨，诈传圣旨，都是律例所不容。至于另外一个区别，我也说，至少当打入天牢，亦即，在传宣懿旨时掺杂有假，牢狱之灾也是免不了的。”沈思孝说。说话之间，店家送上酒，送上菜。

“哪个衙门的事都不说，轻松饮酒，如何？”刘东星边斟酒，边说。

由于前面的谈论，沈思孝却放心不下。他又问一遍：“子明兄真的不为别人做说客？”

“纯父兄既问，我还真有事游说纯父兄。”刘东星道。

沈思孝本来准备端起酒盅，听他这话，手又缩回去。

“那还是请子明兄先游说吧；不然，酒饮下去，味道也不对。”他说。

“我以饮酒请来纯父兄，纯父兄不饮，我是一句话也不会说的。”刘东星却摇着头说。

不是不说，而是不饮酒不说，沈思孝不能再坚持。

他端起酒盅，一饮而尽，然后问：“子明兄可说否？”

“不可以。”刘东星说着，又斟上酒。

沈思孝又饮尽，问都不问，把酒盅往桌上一放。

刘东星给他斟第三盅酒。他这次饮罢，酒盅放在桌上的同时，手也遮过去。而刘东星也没有再给他斟酒的意思。

“子明兄终于肯于游说？”沈思孝道。

“纯父兄饮过几盅？”刘东星问。

“连饮三盅。”沈思孝道。

“待我饮回三盅。”刘东星说着，自斟自饮。

不似沈思孝，他是一盅分成几口饮的。饮一口，品咂一番；再饮一口，再品咂一番。沈思孝等他饮完第二盅酒，已经不耐烦。

“这一盅，我替子明兄饮吧。”沈思孝说着，去抢酒。

“不劳。”刘东星闪开，仍不紧不慢地饮。

等他饮罢，沈思孝问：“子明兄何意？”

“不好开口，借以掩饰。”刘东星一点儿也不掩饰。

沈思孝更加好奇："子明兄还要我饮几盅才说得出口，不妨直言。"

"纯父兄肯边饮边说就好，不必当作罚酒。"刘东星说。

"好。"沈思孝应一声，饮食自若。

刘东星也想好自己的"游说"从何处切入。他问："纯父兄与我，谁个年长？"

"子明兄长我两岁，是名符其实的仁兄。"沈思孝说。

"汝迈兄与我，谁个年长？"刘东星忽然问到赵志皋。

"肯定是汝迈兄年长。"沈思孝说。

"汝迈兄年长我几多？"刘东星问。

"总有三五岁吧，肯定不止年长两岁。"沈思孝说。

"还要多。"刘东星道。

"七八岁？"沈思孝试着说。

"还要多。"刘东星又道。

"难道会年长十岁？"沈思孝问。

刘东星比画个十，又比画个四。他说："汝迈兄生于嘉靖三年，我生于嘉靖十七年，他比我年长十四岁！"

"亦即，一轮还要多。"沈思孝道。

"是。"刘东星应道。

"子明兄把年岁问得如此仔细，有何用意？"沈思孝问。

"此事且搁置一边，我再问个年岁。"刘东星说。

"凡是我知者，子明兄随便问。"沈思孝道。

"元驭先生与汝迈兄，谁个年长？"刘东星问。

"元驭先生科第在前，然汝迈兄似乎年长。"沈思孝说。

"元驭先生生于嘉靖十三年，确是汝迈兄年长。"刘东星道。

"汝迈兄竟比元驭先生年长十岁！"沈思孝惊呼。

"是。"刘东星应道。

"子明兄比较比较我等同科间的年岁，没什么好说的；为何还要拿他二位的年岁比较？"沈思孝问。

"元驭先生已休致，再度南归。"刘东星说。

"此事举朝皆知，无庸赘言。"沈思孝道。

"元驭先生为何乞休？"刘东星问。

"以衰老多病。"沈思孝道。

"元驭先生才过一个甲子，已衰老多病；汝迈兄年过古稀，又当如何？"刘东星问。

听这话，沈思孝不由一愣。他反问道："子明兄何意？"

"我想，汝迈兄留朝，至多不过二三月。"刘东星说。

"那又怎的？"沈思孝问。

"汝迈兄，善人也，又在高龄，幸纯父兄宽容，使其再留朝二三月，又有何妨？"刘东星道。

沈思孝的脸色本来微红，饮过几盅酒，再听这话，一下变成赤红。

"子明兄的意思，我不容汝迈兄留朝？"他厉声问道。

"有所耳闻，不知虚实。"刘东星说。

"真乃天大的笑话！"沈思孝道，"我辞官数年，今者见召，也不过叨陪九卿末席。汝迈兄，首揆也，他之去留，我焉得知之！又安得主之！"

说着，愤然起身，向刘东星一揖，拂袖而去。

廷臣有大小九卿之称。六部尚书、掌院都御史、通政使、大理寺卿，合称大九卿，大理寺卿排列在最后。

第二天，见到另一位阁臣张位，沈思孝的怒气还没消。

"明成兄，你说有没有这等道理？"他问。

"纯父兄问的是何事呀？"张位被问得一头雾水。

"朝中有人谋逐汝迈兄，明成兄知否？"沈思孝问。

"不知。"张位道。

"谋主便是这个人，"沈思孝指着自己，问道，"明成兄可知？"

"纯父兄欲逐汝迈兄？"张位想了想，说道，"不对呀，纯父兄欲逐汝迈兄，应该谋于我的。"

"为何要谋于明成兄！"沈思孝道，"同在内阁，明成兄若知其事，不尴尬吗？我是故秘其事的。"

"有道理，"张位点点头，问道，"纯父兄果欲逐汝迈兄。"

"我冤枉呀！"沈思孝道，"一来，我与汝迈兄并未结怨，为何要倡议逐他？二来，汝迈兄虽则年迈，然身体康健，我为何要逐他？所以我说，这是没有道理的嘛！"

"的确没有道理，纯父兄的确是冤枉；可纯父兄有没有查查，此话是怎传出来的？"张位问。

"这却不用查。"沈思孝道。

"为何不用查？"张位问。

“有人当面对我说的，还用去查吗！”沈思孝道。

“谁个当面对纯父兄说的？”张位问。

“子明兄，”沈思孝道，并说，“若是别个对我说，我不过觉得冤枉；子明兄对我有此成见，我不仅冤枉，还觉着委屈。”

“如此才对。”张位频频点头。

“何事才对？”沈思孝问，“我觉着冤枉，抑或我觉着委屈？”

“我是说，此事不用再查，是对的。”张位道。

“明成兄为何也以为不用再查？”这下轮到沈思孝发问。

“纯父兄与子明兄相处得如何？”张位反问。

“我授官，子明兄在馆；我出外，子明兄在朝；我入朝，子明兄出外。在今次入朝之前，我二人几乎不曾有相处的机会。”沈思孝说。

“子明兄与汝迈兄相处得如何？”张位又问。

“不知，”沈思孝道，又说，“不过，从他劝我莫逐汝迈兄来看，二人应该相处得融洽。”

“岂止融洽，二人交情甚笃！”张位说着，问道，“纯父兄可知，子明兄与我相处得如何？”

沈思孝不语，等着张位给他答案。

“我只能告诉纯父兄，不冷不热，”张位说着，又问，“纯父兄与汝迈兄相处得如何？”

“借用明成兄的话，也是不冷不热吧。”沈思孝道。

“纯父兄与我相处得如何？”张位问。

“明成兄说呢？”沈思孝反问。

“能不能借用纯父兄‘融洽’二字？”张位问。

“不如仍借用明成兄的话：交情甚笃。”沈思孝说。

“所以，我说此事不用再查。”张位道。

他的意思很明确：沈思孝和他相善，刘东星和赵志皋相善。沈思孝欲逐赵志皋，好让他晋为首揆。刘东星不欲赵志皋被逐，所以，才有那天在酒席上的一番话。

但还有一个环节，张位没问到，也不会问到，需要沈思孝替他问。

“明成兄问这多，我也问一句：明成兄与汝迈兄相处得如何？”沈思孝道。

“同填金榜，同在翰苑，同入内阁，我对其一直兄视之。”张位说。

“有明成兄这句话，真的不用再查。”沈思孝道。

沈思孝再次去刘东星家，是在数日之后。

刘东星请户部右侍郎李祯吃饭。听家人禀报，沈老爷来访，二人起身，想迎出去。沈思孝走得快，没等二人挪步，已进屋。

“有搅二位饭局，抱歉！”沈思孝道。

刘东星笑笑而已，没邀他共饭的意思。

李祯却想：他二人是同年，刘东星可能担心三人一起吃饭，他二人话多，反而冷落自己。于是邀道：“不碍，纯父先生若未进餐，一起用吧。”

他倒不是喧宾夺主。沈思孝官光禄寺少卿时，他官光禄寺丞，二人有同僚之谊，关系不错。刘东星没有表示，他再不表示表示，三人都会感到难堪。

沈思孝往桌上看一眼，说：“维卿先生自用，我已吃过。”

李祯相邀，沈思孝婉拒，和刘东星无关。他如果沉默不语，这事也就过去。但他由沈思孝今天的拒绝联想到日前的拂袖而去，不可能不开口，不可能不发泄自己心中的不满。

“纯父兄素来豪放、奢靡，咽不下此等粗粝。维卿先生邀他，未免多此一举。”他边说，边哂笑不已。

李祯听得出来，看得出来，感悟得出来，他二人之间芥蒂甚深，很是后悔自己多嘴。

“子明兄是说我豪放，还是说我奢靡？”沈思孝问。

“往好里说是豪放，往坏里说是奢靡。”刘东星道。

“子明兄想往好里说，还是想往坏里说？”沈思孝又问。

“好、坏兼之。”刘东星道。

“好，好，”沈思孝也哂笑几声，走到桌边。桌上的酒、菜不必说，主食确是粗粮制作的，制作的也颇为粗糙。刘东星自言粗粝，一点儿也不夸张。沈思孝指着它问，“子明兄说我咽不下，维卿先生咽得下否？”

两边都不好得罪，李祯只能说：“还好。”

“还好是何意？”沈思孝问。

“还好就是：我等北士，粗茶淡饭吃惯，还吃得下去；不似纯父兄等江南士，吃得精细。”刘东星说。

“维卿先生，是此意否？”沈思孝问本人。

李祯笑笑，干脆不说。

“子明兄这是以北士、南士区分。既以北士、南士区分，北士豪放远胜南士。以此待客，可算得豪放？”沈思孝质问。

“既以北士、南士区分，不仅在豪放，还在贫富。北地之贫瘠，和江南之富庶，无法相比。”刘东星说。

“这话更不对，”沈思孝道，“我等都是支月俸、吃皇粮的，且忝居大九卿之位，月俸例得上好白粮，即便不可日日使用，偶尔以之享客，总可以做得到吧？”

“大九卿仅及正卿，不及佐卿，纯父兄在大九卿之列，我等却不在大九卿之列。”刘东星反驳。

“但子明兄之佐卿，和我这个正卿，均正三品，朝廷支给的月俸，会有不同吗？”沈思孝问。

刘东星无话可说，把脸扭转过去，只当没听见。

“子明兄知之不详，维卿先生为户部佐卿，不会也知之不详吧？”沈思孝正好要和李祯说话。

“均为正三品，月俸应相同。”李祯说。

“大九卿月俸例得上好白粮，我说得不错吧？”沈思孝问。

“不错。”李祯道。

“六部佐卿亦有吧？”沈思孝问。

“亦有。”李祯道。

“我说大九卿偶以精细白粮享客，总可以做得到，这话不错吧？”沈思孝又问。

“不错。”李祯道。

“维卿先生偶以白粮享客，也做得到吧？”沈思孝问。

“也做得到，”李祯答罢，觉得这话过于偏向一边，又说，“但子明先生为人节俭，举朝皆见。他既日食此物，以之待客，并不为过。”

“维卿先生这话不对，”沈思孝说，“节俭度日与以何物待客，是两回事。若小臣，月俸不支白粮，又家无余赀，以此物待客，谁会责备他！若月支白粮，而藏匿不出，却以操军所食漕粟请客，这等主人的饭，不吃也罢！”说着，向李祯一揖，“维卿先生慢用，告辞！”李祯哪里还吃得下去。他对沈思孝说声“纯父先生稍等”，又对刘东星说：“我已吃好，多谢子明先生赐饭。”

李祯和沈思孝结伴而去，刘东星在原地呆立许久，气得几乎昏死过去。从此，沈、刘二人，以及沈思孝和赵志皋之间，结下深怨。

第二百三十八章

“是朕读给大伴听，还是大伴读给朕听？”皇帝拿张诚开心。

“奴才读给爷听。”张诚忙说。

“如此甚好，”皇帝道，“朕从未读过倭人写的文书，还真不知能不能把它读下来。”

“其文粗俗，不值得爷亲览，”张诚说着，请旨，“爷，我读了。”

“你读。”皇帝无可无不可地应道。

“日本差来小西飞，谨禀天朝兵部尚书石老爷台下。”张成读个抬头，停下来，看皇帝有没话说。

皇帝还真有话说。

“倭人下人对上人，也是这么称呼吗？”皇帝问。

“奴才不知。”张诚道。

“陛下、殿下、阁下等听惯，一听台下，感觉好不怪也。”皇帝说。

“奴才念着也很怪，”张诚附和道，又说，“或是他听汉人说，爷须称陛下，亲王千岁须称殿下，阁老须称阁下，这都不适用于大司马；又想，大司马检阅军马于台上，故称其为台下。”

“你倒挺会为他琢磨的。”皇帝笑道。

“小的日本求封，蒙老爷天高地厚之恩，担当如此。昨见四位阁下老爷、礼部范老爷。俱同老爷盛心，大事已就。”张诚读道。

“原来大伴不是自个儿琢磨的，阁老称阁下，他写的有。”皇帝说。

“爷说的是，我那两句话就是因他这句话而起。”张诚道。

“他这几句话写得真够乱的，”皇帝说着，伸出一指，“譬如，‘小的日本’，是何意？”

“奴才想，即敝国之意，”张诚说，“奴才听说，这个小西飞不懂我中华语言，这篇文字不知是谁人为他译好，呈与石尚书的。或是为他译文之人，不知敝国的说法，写成‘小的日本’；或是译成敝国，他不同意，一定要译成‘小的日本’，以示恭顺。”

“有道理，”皇帝说着，又伸出一指，“再譬如，‘担当如此’，是何意？”

“奴才想，即关照之意。”张诚说。

“在他日本，求封这等大事，兵部尚书可以担当吗？”皇帝问。

“日本蛮夷之国，不似我中华文明，以尊卑为纲。”张诚说。

“这话说得对，”皇帝说着，又伸出一指，“再譬如，‘俱同老爷盛心’，是何意？”

“奴才想，应该是盛情，或美意，而不是盛心。”张诚说。

“亦即，你也说不清楚。”皇帝道。

“是。”张诚应道。

“所谓‘俱同老爷盛心’，不知他是如何体味出来的，”皇帝说着，问道，“大伴还记得，小西飞是几时来京的？”

“岁末。”张诚笼统地说。

“具体的日子呢？”皇帝进一步问。

张诚想了想，说：“大约是十二月十八日。”

“朕命廷臣于左阙门见他，是在哪一日？”皇帝问。

“大约是十二月二十三日。”张诚说。

“廷臣诘他以何事？”皇帝问。

“廷臣诘问，兵端缘何而起。”张诚说。

“他是怎说的？”皇帝问。

“他说，日本曾托朝鲜求封，未果，且有日本人被杀，故出兵。今运粮、筑室，为待天使之至，得封即去。”张诚略述道。

“廷臣信其言否？”皇帝问。

“有信者，有不信者。”张诚说。

“阁老信其言否？”皇帝问。

“非全信，非全不信。”张诚说。

“礼书信其言否？”皇帝问。

“亦非全信，非全不信。”张诚说。

“今日距小西飞来京，不过十四日；距廷臣于左阙门诘问小西飞，不过九日。是吧？”皇帝问。

“是。”张诚应道。

“四阁下及礼部范老爷便‘俱同老爷盛心’，一心一意为他‘小的日本’请封？”皇帝问。

“爷问得好！”张诚称颂一句，说道，“四阁下及礼部范老爷‘俱同老爷盛心’，乃小西飞一厢情愿。”

“不过，由此亦可见其求封心切。”皇帝话又转回。

“诚如圣谕。”张诚应道。

“还有个‘大事已就’！”皇帝道，“日本封事，难道议决？”

“尚在议中，有待圣裁。”张诚说。前一句是顺着皇帝的口气说的，大臣们已经议出若干款，只等皇帝裁定。

“看看小西飞后面怎写的。”皇帝道。

“今在议封之时，特将本国应封人员开报，伏乞老爷照依后开缘由施行，举国得安，万代顶德。谨禀。”张诚读道。

“一句‘伏乞’，一句‘举国得安，万代顶德’，一句‘谨禀’，倒像是出自文士之笔。”皇帝这次没挑剔。

“爷说的是。”张诚应道。

“下面是所开请封人员吧？”皇帝问。

“是，”张诚应道，并说，“其所请封之人有六种：其一，封王；其二，封禅师；其三，封大都督；其四，封都督；其五，封指挥；其六，封爵。”

“请封王者可是关白？”皇帝问。

“是，”张诚应道，“据小西飞称，日本原国王已逝，未立新王，举国臣民乞封关白为王。再有，朝廷及官府只知关白叫平秀吉，小西飞又称，关白已得日本王赐姓，日本上下都称他丰臣秀吉。”

“日本王姓丰臣？”皇帝问。

“是。”张诚应道。

“这倒得让礼部知道，别把赐封的诏书写错。”皇帝说。

“礼部已知。”张诚道。

“请封禅师的是谁人？”皇帝问。

“玄苏和尚。”张诚道。

“在日本很有名望吗？”皇帝问。

“在日本人人崇敬，奴才想，或如乌斯藏的活佛。”张诚说。

“要是把他请将来，母后一定开心。”皇帝道。

“是。”张诚应道。

“请封大都督的，都是何人？”皇帝问。

“都是丰臣家族的人。”张诚说。

“亦即都是王室。”皇帝道。

“是，”张诚应一声，数道，“计有：丰臣行长、丰臣家秀、丰臣长盛、丰臣王盛、丰臣吉继五名。小西飞称，乞封各大都督，领日本各道，永为天朝藩篱。”

“朕原来只闻行长其名，原来他也出身王室，比那个平秀吉，对，该叫丰臣秀吉，还要尊贵。”皇帝说。

“是。”张诚应道。

“请封都督的，都是何人？”皇帝又问。

“计有丰臣家康、丰臣利家、丰臣秀保、丰臣秀俊、丰臣氏乡、丰臣辉元、平国宝、丰臣隆景、丰臣晴信、丰臣义智十名。”张诚说。

“大伴说，是秀保、秀俊等丰臣氏为关白族人，还是平国宝为关白族人？”皇帝问。

“奴才不知，”张诚被问住，他提议，“要不着礼卿去问问？”

“不用，”皇帝摇摇头，又问，“请封指挥的，都是何人？”

“计有丰臣玄以、丰臣长吉、丰臣正家、丰臣正成、丰臣全宗、丰臣调信、丰臣吉隆、丰臣正信、源家次平、行亲平末乡十名。”张诚说。

“多数也是王室。”皇帝道。

请封都督的人员基本上都姓丰臣，但皇帝留意的是他们和关白的关系；对请封指挥的人员，皇帝留意的却是他们的姓氏。

“奴才不知是否都是王室。丰臣者，或如我中华李、王等姓，在日本是大姓。”张诚说。

“可能是这样，”皇帝说着，又问，“请封爵的都是何人？”

“计有平山五卫门、早田四郎、兵卫宅甚藏、西山久助、吉田善吉、下甲石卫门、西川与郎、松井久大夫、小昌久次、大濑少吉十名。小西飞称，此十人劳苦三年，乞封爵。”张诚说。

“是在朝鲜劳苦三年吗？”皇帝问。

“未特别指明，但想必是。”张诚说。

“我天朝东功勘报尚未完结，他却来为犯朝鲜的凶酋请封，岂不荒唐！”皇帝道。

“爷是说，这一款不可准？”张诚问。

“其他各款，朕也没说全准，”皇帝道，又说，“朕是有不明之处，大伴为朕解之。”

“爷何事不明？奴才解之不得，再代爷去问礼卿。”张诚道。

“丰田既为王姓，亦即国姓，自当比他姓尊贵，是吧？”皇帝问。

“爷说的是。”张诚应道。

“既请封于我大明，自当为王姓者请之高，为他姓者请之低，是吧？”皇帝又问。

“爷说的是。”张诚应道。

“难道在日本，请官反而高，请爵反而低？”皇帝问。

“奴才懂得爷在问何事；奴才想，爷说得对，今之日本，确是官高于爵。”张诚道。

“有根据吗？”皇帝问。

“有。”张诚应道。

“说一个给朕听听。”皇帝命道。

“小西飞所列请封人员的顺序是：大都督，都督，都督佥事，指挥，爵。大都督高于都督，都督高于都督佥事，都督佥事高于指挥，皆确定无疑；故以上各官，皆应高于爵。”张诚说。

“听上去是那么回事，”皇帝认可他的这个根据，但又问，“大伴还有别的根据吗？”

“如日本王，爵也；关白，官也。日本之人，尊崇关白，甚于尊崇日本王。”张诚又举一事为例。

“既如此，关白为何请封王？”皇帝问。

“爷问得好，奴才说不上来。”张诚道。

“好，”张诚说不上来，皇帝却感到满足。他命道，“小西飞此函是写给石老爷的，仍退还石老爷，命与廷臣集议。”

“奴才领旨。”张诚应道。

这一天是万历二十三年正月初七日。

第二百三十九章

廷议封事，主要是听礼部尚书范谦读所拟赐封关白的诏书及赐封细节，听兵部尚书石星讲述请封人员的名册。

第一道诏书是关于赐封本身的。范谦读道："惟尔日本，远隔鲸波，昔尝受爵于先朝，中乃自脱于声教。尔平秀吉能统其重，慕义承风。恭顺如此，朕心嘉之。兹特遣后军都督府佥书、署都督佥事李宗城充正使，五军营右副将、署都督佥事杨方亨充副使，持节封尔为日本国王，锡以冠服、金银、诰命。凡尔大小臣民悉听教令，共图绥宁。长为中国之藩维，永奠海邦之黎庶，恪遵朕命，恪祚天休。故兹昭示，俾咸知悉。"

"写得好，不知出自哪位大手笔？"杨俊民边赞边问。

"有汝益兄在，还劳别人动笔！"在内阁居于末席的沈一贯道。他和范谦是同年进士，对这位同年的文字功夫很是称赏。

范谦字汝益，江西丰城人，和内阁四人同是隆庆二年进士。

"惭愧！"他回应一声，不知是因为诏书拟得不好而惭愧，还是因为诏书是别人拟的而惭愧。

"在朝鲜僵持好几年，今既封王，是不是该作篇大文章？"沈节甫嫌诏书写得有点儿短。

"长短不是问题，但有一事要请教汝益先生。"孙丕扬说。

"不敢，大冢宰请。"范谦揖让。

"我于闲谈中，闻得日本关白蒙赐王姓，曰丰臣。礼部难道未闻？"孙丕扬道。

"叔孝先生是说，诏书当称丰臣秀吉，不当称平秀吉吧？"范谦问。

"我不是说，诏书当称丰臣秀吉，不当称平秀吉；是问，诏书为何不称丰臣秀吉，而称平秀吉？"孙丕扬道。

"关白蒙赐王姓，我不但闻之，诏书称丰臣氏，抑或称平氏，我还与诸相公议过。我等都以为，宜称平氏，不宜称丰臣氏。"范谦说。

"这是为何？"孙丕扬问。

“一则，日本乞封之奏表，及朝鲜李王代乞封之奏表，皆以平秀吉为言；二则，以丰臣秀吉为言，则承认日本有王，日本既有王，我天朝赐封日本王，何以置原日本王族？”范谦道。

“果然宜称平秀吉。”孙丕扬被说服。

“正副使皆用武臣，妥否？”衷贞吉提出另一个问题。

“此事承相公们指教，且已请旨。”范谦说。

“不知是哪位相公指教的？”衷贞吉问。

“是首辅。”范谦觉得，没什么不能说的。

“汝迈先生，为何正、副使皆用武臣？”衷贞吉问赵志皋。

“本来应该迟些说的，孔安先生既问到，就提前说吧，”赵志皋说着，转向石星，“拱宸先生能否告诉我等，小西飞请封者，有何官？”

“封王算不算？”石星问。

“不算。”赵志皋道。

“禅师算不算？”石星又问。

“也不算。”赵志皋道。

“二者不算，有大都督、都督、指挥及封爵四种。”石星说。

“有没有请封尚书、都御史？”赵志皋问。

“没有。”石星道。

“有没有请封寺卿？”赵志皋问。

“没有。”石星道。

“有没有请封给事中、御史？”赵志皋问。

“没有。”石星道。

“孔安先生看出来吧？”赵志皋说着，转向衷贞吉，“倭国只有武臣，没有文臣；或者说，只重武臣，不重文臣。天朝遣武臣去，除王外，有众多相应的武臣接待。若遣文臣去，别说遣侍郎、寺卿之类官员，纵遣行人，有没有对应的文臣接待，也未可知。”

“果然宜遣武臣。”衷贞吉道。

再无人质疑。范谦问：“我读下一道诏书，如何？”

“好。”众大臣应道。

第二道诏书是关于日本侵犯朝鲜的。范谦读道：“尔日本平秀吉，比称兵于朝鲜。朕是以赫然震怒，出偏师以救之。杀伐用张，原非朕意。乃尔将丰臣行长，遣将藤原如安，具陈称兵之由。本为乞封于天朝，求朝鲜转达，而朝鲜隔远声教，不肯为通。辄尔触冒，以烦大兵，既悔祸矣。朕是以推心不疑，嘉与为善。因敕原差游击将军沈惟敬，前去釜山，宣谕尔众尽数归国。特遣正使持节，诏封平秀吉为日本国王，锡以金印，加以冠服。陪臣以下亦各量授官职，用溥恩赍。仍诏告尔国人，俾奉尔号令，毋得违越，世居尔土，世统尔民。该自我祖文皇帝锡封尔国，迄今再封，可谓旷世之庆典矣！自封以后，尔其恪奉三约，永肩一心，以忠诚报天朝，以信义睦诸国。是尔之所以仰体朕意，而上答天心者也。至于贡献，固尔恭诚，但我沿海将吏，惟知战守，风涛出没，玉石难分。效顺既坚，朕岂责报；一切免行，俾绝后衅。遵守朕命，毋得有违，天鉴孔殷，王章有赫。”

这一道诏书比上一道诏书长一倍还多，听了之后，所有的人都要花些工夫去品味。

“封其王而绝其贡，大计已定？”沈节甫问。刑部的事务繁杂，他好像对这件事并不十分了然。

“已定。”范谦回答。

“拱宸先生曾言，封、贡二事密不可分吧？”沈节甫转问石星。

“是。”石星应道。

“今却行一而废一，怎解？”沈节甫问。

“所谓密不可分，是说不封，则贡无从谈起；至于封后是否准贡，则须相机行事，此其一也。今之不准贡，乃因倭军尚未从朝鲜撤还，若从辽东入贡，不免多事；但并不是说，永绝日本之贡。待倭军还国，再议贡事不迟。”石星说。

“听拱宸先生一言，令某顿去疑窦。”沈节甫道。

除他小有质疑，其他大臣多是称赞。

“世居尔土，世统尔民，这两句写得好。”衷贞吉道。

“孔安先生的意思，是世居尔土写得好吧？”陈于陛问。

“是，”衷贞吉道，“世居尔土，莫作移居他土之想！”

“效顺既坚，朕岂责报；一切免行，俾绝后衅。此四句可谓既有温情，又颇严厉。”孙丕扬道。

“依拱宸先生的想法，似当留些余地。”沈一贯说。

“不能留余地！一留余地，日本君臣会有非分之想。”孙丕扬反对。

“也是。”沈一贯点头。

“诸公看看，有没有要改的？”赵志皋问。

“我看没有。”孙丕扬带头说。

“确是没有。”其他人均道。

“冠服究是何物，请汝益兄报个流水账吧。”赵志皋道。

“好，”范谦应一声，问道，“很琐碎的，不知公等要不要听？”

“要听。”众大臣齐道。

宣读这些物件，会觉得很沉闷；听读这些物件，会更觉得沉闷。范谦想个法子：量词以件字为多，由别字改为件字，或由件字改为别字，都顿一顿，让大家的注意力一直能集中在他这里。因此，读起来成为：

> 纱帽一顶、金镶犀带一条、常服罗装一套；大红织金胸背麒麟圆领一件、青褡褛一件、绿贴里一件、皮弁冠服一件；七旒绉纱皮弁冠一顶、玉桂一枝、五间绢地纱皮弁服一套；大红素皮服一件、素白中单一件、薰色妆花锦绶一件、薰色素蔽膝一件、薰色素前后裳一件；红白素大袋一围、大红素纻丝舄一双、丹攀红罗销金夹包袱四条、纻丝二匹、黑绿花二匹、深青素一匹、罗二匹、黑丝一匹、青素一匹、白毯绿布十匹。

即便这样，在他读完之后，赵志皋仍忍不住问一句：“公等如听天书，是否已昏昏然？”

“还好。”别人都不出声，只有沈节甫回应一句。

“以安先生的意思，是听得进去？”赵志皋问。

“是。”沈节甫应道。

“那以安先生能否告我，所赐冠服，计有几多件？”赵志皋出道难题。

“二十五件。”不料，沈节甫竟脱口而出。

赵志皋简直无法相信，对范谦说：“汝益兄数数，看对不对。”

“不用数，一定是对的。”范谦说。

“汝益兄怎知？”赵志皋问。

“件件都要以安先生过手，他能心中无数！”范谦道。

众人听罢，皆笑。

“其实，这一份清单，我是读给以安先生一人听的。”范谦又说。

“汝益先生不说这话还好，既说这话，我得问一句：汝益先生是不是有媚众之嫌？”沈节甫道。

“媚众？这话从何说起？”范谦问。

“汝益先生知众人无心听下去，故有所节略。”沈节甫说。

范谦微微一笑，未作分辩。

“以安兄，当真有所节略？”衷贞吉问。

“你问汝益先生。”沈节甫道。

衷贞吉要问范谦，范谦摆摆手，说道：“孔安先生别问，确有节略。”

“那么，所赐冠服不止二十五件？”衷贞吉问。

“件数并未节略，是有些件数之后有注，我没读。”范谦道。

“有些件数之后有注？这倒想听一听，”衷贞吉说着，问其他大臣，“公等意下如何？”

“好啊，一起听听！”有大臣响应。

原本沉闷的气氛，因此而活跃起来。

“计五件有注，”范谦道，“其一，七旒绉纱皮弁冠一顶，后注曰：旒珠、金事件全；其二，玉桂一枝，后注曰：袋全；其三，薰色素蔽膝一件，后注曰：玉钩全；其四，薰色妆花锦绶一件，后注曰：金钩玉叮珰全；其五，大红素纻丝舄一双，后注曰：袜全。”补充之后，问沈节甫，“以安先生看，还有无节略？”

“已全述，再无节略。”沈节甫道。

就在大家都以为，该礼部说的事到这里可以结束时，有人提出新问题。

“汝益先生，问个没读到的事，可以吗？”赵焕问。

“文光先生请。”范谦道。

“今次仍赐金印，是吧？”赵焕问。

“是。”范谦应道。

“我太宗文皇帝赐封日本国王时，赐有金印，为何又赐之？”赵焕问。

“据关白奏表称，旧赐金印已失。”范谦说。

“当真已失？”赵焕问。

“这却无法查证。”范谦道。

“文光先生有心查实？”石星插问。

“日本国之事，如何查实？我是担心，他日有人持前印寻事，免不了会有麻烦。”赵焕说。

“这是文光先生多虑，”石星道，“他日有麻烦，也是关白的麻烦，不会把官司打到文光先生衙门里的。”

“我不是怕我的衙门有麻烦，是怕拱宸先生的衙门有麻烦。”赵焕说。

“或是朝廷有麻烦。”孙丕扬说。

“麻烦早已有之；不然，为何集议！”陈于陛道。

“今日有麻烦，今日议之；他日有麻烦，他日再议之，”赵志皋说着，问道，“如何？”

“只得如此。”有人附和。

“拱宸先生，官员请封一事，你来说说吧。”赵志皋招呼石星。

“汝迈先生说道，日本请封的都是武臣，没有文臣；我也说过，除封王及封禅师之外，所请封者，有大都督、都督、指挥、封爵四种。此外，只有些人名，诸公听起来，怕更要昏昏然。”石星说。

“为何更要昏昏然？”杨俊民问。

“冠服之类，听起来虽无味，好歹都是国人之用，日本人的名字，和我中华之人不同，更难听下去。”石星说。

“也不见得，”杨俊民反驳，“正因为和我中华之人的名字不同，说不定反而听得进去。”

“再者，所赐冠服之类，汝益先生既一件一件地读，所授官员之类，拱宸先生也要一人一人地读。”衷贞吉道。

“再者，若某人名下有注，也不可节略。”赵焕说。

“好，我读。”石星笑道。

等他读完之后，赵志皋开始提问。

“文光先生要听，可听出来，请授官者计有几多？”他先问赵焕。

“三十五人。”赵焕说。

“孔安先生要听，可听出来，请授四种官员各有几人？”赵志皋又问衷贞吉。

“大都督五人，都督、指挥、封爵各十人。”衷贞吉说。

“伯章先生要听，可听出来，请授官员有几多姓氏？”赵志皋最后对杨俊民提出的，是最刁钻的问题。

“大姓为丰臣，其他有平国、源家、行亲、平山、兵卫、西山、吉田、下甲、西川、松井、小昌、大濑等。”杨俊民说。

他不知道日本人的姓是不是都两个字，但许多人的名字前都是丰臣，他想，用两个字作姓氏，总比用一个字或三个字，对的机会要高。

“果听的仔细，拱宸先生没白念。”赵志皋说。

有人觉得他像问下僚一般问大臣，有些过分。不过，他这样问也许起到作用，因为朝房里的气氛更加活跃。

“诏书可拟？”孙丕扬不点名地问，意即石星回答可以，赵志皋或其他阁臣回答也可以。

石星等阁臣们回答，但阁臣们都没回答的意思。他答道：“尚未。”

“却是为何？”孙丕扬这次直接问他。

“有些为难之处。”石星说。

“是不是难在大都督上？”孙丕扬问。

“叔孝先生也想到这一层？”石星反问。

孙丕扬点点头，说：“除国初，我天朝未设大都督一职。我朝未设之职，如何赐封倭酋！”

“既不便赐封，不封就是。”衷贞吉说。

“不封，也有难处。”石星说。

“不封又有何难处？”衷贞吉问。

“请封四种武职，有高下之分。大都督以下是都督，都督在我朝已是最高武职，其上不赐封大都督，又封何职？”石星道。

众大臣都在琢磨他的话之际，赵志皋对孙丕扬说：“叔孝先生既想到这个难处，也想到如何解决这个难题吧？”

“想法倒是有一个，却不知合用不合用。”孙丕扬说。

“叔孝先生的想法定是好的，说来听听。”陈于陛道，

“是啊，赐授官职，本是吏部职责所在。”沈一贯也说。

“好，”孙丕扬点点头，说，“既不可赐封大都督，不妨降之。”

本以为他的想法会很高明，一开口，却是衷贞吉才提到的话头。

“拱宸先生说，乞封大都督者，封以都督，也有难处。”衷贞吉说。

“仅大都督降封，当然不合适，我是说不妨递降。”孙丕扬道。

“叔孝先生是说，其他各官亦降授？”石星问。

“对。”孙丕扬应道。

“乞大都督者，封都督，乞封都督者，封都督同知吗？”石星问。

“不，”孙丕扬摇头，“大都督与都督的差别，应略似我朝侯、伯与都督的差别，中间相差一级是不够的。请封都督者，宜封都督佥事。”

“请封指挥者呢？也降为指挥佥事吗？”石星问。

“那倒不必，”孙丕扬道，“乞封指挥者，封指挥同知即可，指挥佥事还要留给最后一干人呢。”

“最后一干人，是乞封爵。”衷贞吉提醒他。

“有一事，不知孔安先生留意没有？”孙丕扬反问。

“何事？”衷贞吉问。

“乞封大都督五人，皆姓丰臣。”孙丕扬道。

“丰臣为日本王姓，此五人应该都是王族显贵。”衷贞吉说。

“乞封都督十人中，九人姓丰臣。”孙丕扬又道。

“有这多？”衷贞吉问。

“孔安先生不信，可问拱宸先生。”孙丕扬道。

“确如叔孝先生所言。”石星证实。

“乞封指挥十人中，八人姓丰臣。”孙丕扬又道。

衷贞吉不再怀疑，但问：“叔孝先生何意？”

“故乞封官者，以贵乞封也。”孙丕扬说。

“此说可以理会。”衷贞吉道。

“乞封爵十人，则无一人姓丰臣。”孙丕扬又说。

“这一层，我亦留意。”衷贞吉道。

“为之乞封，是因他等劳苦三年。”孙丕扬说。

“倭犯朝鲜，刚好是三个年头。”衷贞吉道。

“故乞封爵者，以功乞封也。”孙丕扬说。

“此说理会得。”衷贞吉道。

“汝迈先生说，倭人重武臣，轻文臣；我看，彼亦重封官，轻封爵。所以，才为尊贵者乞官，而为常人乞爵；所以，才把乞官放在前面，而把乞爵放在后面。乞爵者封以下僚，未拂其意也。再者，乞封爵者，以朝鲜之功也。交战者，我大明官军也。乞爵者仅封以下僚，恰如其分也。”孙丕扬侃侃而言。

“合情合理，我看可行。”赵志皋说。

“我等亦以为可行。”一些大臣附和道。

“那么，只剩下最后一件事。”衷贞吉说。

“孔安兄，还有何事？”沈节甫问。

“小西飞往返奔走，亦当赐封。”衷贞吉说。

这件事许多人忽略，连主持封事的石星也忽略。他向孙丕扬一揖，道：“一客不烦二主，小西飞如何赐封，也请叔孝先生拿个主意。”

“亦封指挥，如何？”孙丕扬问。

“不拔高至都督，也不沦落到封爵，合乎中庸之道。”石星说。

诸事议定，拟文呈上。

第二百四十章

朝中几名万历十一年进士出身的官员小聚，公推该科状元、翰林院修撰兼詹事府谕德朱国祚坐于首席。

“为何是我？”朱国祚问。

“元者，首也。不是兆隆兄坐，还能谁个坐！”另一修撰李廷机说。

“若言元，我不过一元，尔张兄却居二元，当尔张兄坐此席。”朱国祚说。李廷机举顺天试第一，又是万历十一年会试第一，所以，朱国祚说他居二元。

“几时有人说解元、会元加在一起，抵得上状元，兆隆兄再让与我坐不迟。”李廷机说。

“那就请伯纯兄坐，”朱国祚又让与户科都给事中杨恂，“今之科、道，一言而朝廷震动，无论几元，都不在话下。”

“兆隆兄亦惧科、道之言乎？”杨恂问。

“相公惧科、道之言，我何惧之有！”朱国祚道。

“那就等兆隆兄日后作到相公，再把此位让给我坐，也好显示兆隆兄礼贤下士之风范。”杨恂说。

“那时伯纯兄或是大司徒，哪里还有下士。”太仆司少卿梅国桢说。他以监李如松军讨宁夏叛军之功，超擢太仆寺少卿，在座的官员中，以他的官品最高。

“对！”朱国祚又发现新的目标，“今日相聚，为贺克生兄建功荣升，克生兄当坐此席。”

“兆隆兄不实在。”梅国桢说。

“我怎不实在？”朱国祚问。

“少卿于兆隆兄，乃可望而不堪下之；翰林于我，乃可望而不及即之。让我坐在那里，不是让我难堪吗！”梅国桢道。

朱国祚字兆隆，浙江秀水人。李廷机字尔张，福建晋江人。陈恂字伯纯，山西代州人。梅国桢字克生，湖广麻城人。

“兆隆兄还要一个一个推让下去吗？”李廷机问罢，指着朱国祚尚未推让到的数人说，“我看，不如请他等自告奋勇，看谁个愿坐此席位。”

“也好。”朱国祚居然不反对。

“兆隆兄坐吧，谁个愿找不自在！”那几人笑着说。

“如此，承让，”朱国祚就座。等其他人随意坐好，他问，“兄等推我坐此，我可行令否？”

“推兆隆兄坐在那里，就是要兆隆兄行令。”众人说。

“今日之聚，但饮酒，但吃菜，但叙情，但谈天说地，而不言及朝政，定这么个酒令好不好？”朱国祚提出要求。

“好。”有人附和。

“政不准议，事准言乎？”杨恂却问。

“事准言乎？”朱国祚难以作答。他所以约定“不言及朝政”，是因为知道，对朝廷大政，譬如近日之封事，大家的见解不尽相同。若是对此事发生争执，这顿酒肯定喝不痛快。至于言事，放在一起说，和议政没多大区别。但杨恂是分开来说的，政，大者也；事，则可大可小。议，正式议论也；言，则可正式议论，也可随口一说。既然自己拿不定主意，他问其他人，“兄等看呢？”

“开口即事，总不能让大家闭上嘴饮酒吧？”有人说。

“不如定个细则。”也有人说。

“如何定细则？”别人说。

“譬如，东封之事莫言。”前者说。

“我赞成，”有人附和，“东封之事，肉食者谋之，我等难以置喙。”

哪怕只有这个限制也好，朱国祚心想。他问杨恂：“伯纯兄看如何？”

“此事兆隆兄别问我，问克生兄。”杨恂道。

“为何问我？”梅国桢问。

“在座诸位，带过兵的只有克生兄，与朝鲜战事的主将相熟悉的只有克生兄，欲发议论者，恐怕也只有克生兄。不问你，却问谁！”杨恂道。

“若有人言及东封一事，我或许会搭个话；无人言及东封一事，我才不会发议论呢。”梅国桢道。

“克生兄既应允，伯纯兄呢？”李廷机问杨恂。

“我不仅不言东封，而且，三巡之内不言事。”陈恂道。

“伯纯兄真乃爽快之人，”朱国祚说着，邀众人，“来，兄等都来为伯纯兄的爽快饮一杯。”

众人举杯，有一饮而尽的，有小抿一口的；众人执筷，有尝荤的，有尝素的；

然后，有赞酒好的，有赞菜好的，果然，谁都不言事，更不议政。

但饮第一次还好，饮第二次也还可以，真的酒过三巡，有人发觉不是滋味。第一次你赞酒好，他赞菜好；第二次你赞菜好，他赞酒好；第三次再赞，就显得做作。于是，有人想到陈恂的应承。

“伯纯兄，酒过三巡，是不是打算言事？”有人问。

“有心言事，不知诸兄愿听否。”陈恂说。

有人希望气氛热烈些，口称愿听；有人担心他说的事会把大家置于尴尬境地，则不出声。但无人明确表示不愿听，这正是陈恂期待的。

“那我说件事，给大家助助兴，”陈恂说着，问道，“许茂橓者，兄等知否？”

“我曾见一锦衣卫官，自称许茂橓，不知是不是他。”梅国桢说。

“锦衣卫官中没有第二个许茂橓，一定是他。”陈恂道。

“听说此人被罢，看起来不像。”梅国桢说。

“克生兄见他，是何模样？”陈恂问。

“优哉游哉。”梅国桢道。

“不仅克生兄见他优哉游哉，我见他也是优哉游哉。”有人附和道。

“好，且把优哉游哉的许茂橓放在一边，”陈恂说着，又问，“兄等可知，前些日子，他曾被某衙门缉拿？”

“这却不知。”有人说。

“被哪个衙门缉拿？”有人问。

“东城兵马司。”陈恂告诉众人。

“他为何被缉拿？”有人问。

“腰缠重金，走街穿巷。”陈恂说。

“腰缠重金，走街穿巷，不成罪状呀。”有人说。

“腰缠穿巷，是不成罪状，可他去的不是地方。”陈恂说。

“他去的何处？”有人问。

“莫非混入禁苑？”有人又猜测。

“尚未到如此凶险地步，只是他被缉拿之处，距某大人物宅上，仅数步之遥。”陈恂说。

“是哪位大人物？”有人问。

陈恂看他一眼，那眼神看上去不准备回答。

“伯纯兄，不便言吗？”那人追问。

“兆隆兄，便不便言？”陈恂却问朱国祚。

“不言也罢。”朱国祚好像猜到是哪个大人物。

“虽不知是哪位大人物，但知道是大人物已够，”另一人说着，问道，“许茂橓走到距某大人物宅上数步之处，和他被缉拿，有关系吗？”

“有关系。”陈恂道。

“有何关系？”那人问。

“许茂橓说，他再往前走几步，就到他要去的地方。”陈恂道。

“亦即，他要去的是那大人物宅上。”有人把话说得更明确。

“对。”陈恂道。

“那又怎的？”问有何关系的人又问。

“许茂橓说，腰缠重金，是送到前面去的。”陈恂道。

“亦即，腰缠重金，是送到某人宅上去的。”又有人把话说得更明白。

“对。”陈恂道。

“然后呢？”有人问。

“然后，许茂橓堂而皇之地从东城兵马司出来，如克生兄所见，优哉游哉；而发觉他可疑、将他缉拿的官校，反被重责。”陈恂说。

“这是为何？”那人问。

“不言也罢。”有人模仿朱国祚的口吻说。

“那就饮酒吧，”梅国桢道，“伯纯兄所言此事，有点儿味道；不饮一回，对不起他。”

“对，饮酒！”众人附和。

重新又赞酒好，赞菜好，你给我盛羹，我给你布菜，其乐融融。

但在陈恂言过第一件事之后，这样的轻松持续不了很久。

“伯纯兄不打算再言一事吗？”有人问。

“还有人愿听，我再言之。”陈恂说。

“我等愿听。”不少人说。

“徐中达其人，兄等知否？”陈恂问。

众人你看着我，我看着你，无不在询问对方：此人是谁？结果，所有的人都摇起头来。

“难怪兄等不知，我亦不知。”陈恂道。

“伯纯兄不知，说他作甚！”有人责备道。

“我虽不知其人，却知其事。”陈恂道。

“其事？何事？”有人问。

“这个徐中达，日前在綦江县被缉拿。”陈恂说。

“克生兄，綦江县在哪里？”有人缺乏地理常识。

“在四川，隶重庆府。”梅国桢告诉他。

“伯纯兄一下跃至四川，岂不离——”那人本来想说离题万里，又一想不对，本来也没题。于是，他改口说，“——离我万里！”

“兄台不愿听，我可不言。”陈恂道。

“不，要听。”那人说。

“小小綦江县缉拿一无名之辈，怎会惊动谏垣？”又有人惑道。

“此人亦腰缠重金。”陈恂说。

“与许茂橓腰缠者，比起来如何？”有人问。

“许茂橓腰缠者，虽曰重金，并不知其数；徐中达腰缠者，却是有数的。”陈恂说。

“为数几多？”有人问。

“黄金五百，白金一千。”陈恂道。

“说多不多，说少不少。”有人说。

“在京师说多不多，在綦江却是说少不少。”又有人说。

“从他身上检出黄金五百，白金一千，算不得大事吧？”第三人说。

“从他身上检出的，不止黄金五百，白金一千。”陈恂说。

“还有何物？”有人问。

“虎豹之皮。”陈恂道。

“虎皮，抑或豹皮？”有人问。

“都有，共计数十张。”陈恂说。

“说多不多，说少不少。”前面说这话的人又说。

“在我江南，见到一张虎皮、豹皮都难，别说几十张。”朱国祚说。

“北、南二都，天下之货辐辏，也难得一见。”李廷机说。

“难得一见不假，但黄金五百，白金一千，加上几十张虎、豹之皮，有违法度吗？”梅国桢不是问他二人，而是问陈恂。

“倍之，十倍之，也不违法度；不过，”陈恂口气一转，说道，“他包袱里另有一物，却是有违法度的。”

“他包袱里另有何物？”有人问。

“六套空印文书。”陈恂道。

众人点头，表示理解事情的严重性。国初有空印案，株连者不计其数。现在执法没国初那么严厉，但持空印文书行走仍是件大事。特别是携带为数不少的金银及皮货，总不能说是路资吧！

“文书是给哪个衙门的？”有人问。

“一套投提督巡捕，一套投兵部正堂。”陈恂说。

“另四套投哪个衙门？”有人问。

“徐中达宁死不说。”陈恂道。

“宁死不说，此事蹊跷。”有人说。

“呈兵部正堂的都查出，还有别的衙门不可说！”又有人说。

“有四套不知投何衙门，是吗？”忽有人问。

问题很简单，但也太有暗示性。有人不由得会想，另有四套空印文书，而今之阁臣恰好四位，是巧合，还是确有关联？

更有人觉得，这个话题快些岔开为妙。

“六套空印文书，是哪个衙门的？”他问。

“杨应龙其人，兄等不会不知吧？”陈恂反问。

“播州的杨应龙吗？”马上有人反应过来。

“除他，还会是谁！”又有人道。

“天下叫杨应龙的，不知有几；但除播州的杨应龙，伯纯兄不会拿来问我等，”第三人说着，问陈恂，“伯纯兄，是吧？”

“是。”陈恂应道。

“六套空印文书，皆出自播州宣慰司？”有人问。

“伯纯兄已明确告知，怎还问！”有人道。

“他可没明确告知，只是问我等是否知道杨应龙。”问的人辩道。

有人不理会他二人的争吵，说道：“川、贵抚、按参劾杨应龙不法，应该有三年。”

“岂止三年，五年都不止！”又有人说。

“我记得，他因献大木有功，乞赐蟒服，被朝廷峻拒。若从那时算起，将近十年。”第三个人说。

“其狼子野心，十年前已见端倪，近四五年又参劾不断，为何至今朝廷不予处置？”有人问。

“还不是——”有人想给他一个答案，忽然发觉不那么好说，于是转问陈恂，“伯纯兄有何高见？”

“我应承兆隆兄只言事，若言高见，难免要议朝政。”陈恂巧妙回避。

“免谈，免谈。”那人趁机掩饰自己。

“此事没个结果？”有人问。

“兄台想要怎样的结果？”有人反问他。

“譬如，优哉游哉不也是结果？”前者道。

“徐中达还在狱里呢，无法优哉游哉。”陈恂说。

“别的结果呢？”又有人问。

“不知真伪之事，可言否？”陈恂转问朱国祚。

“伯纯兄想言则言，不想言则不言。”朱国祚道。

“不是我想言，是他想知。”陈恂指着问他的人说。

“兆隆兄难道不想知？”那人问朱国祚。

朱国祚无言以对，只好示意陈恂快说。

“徐中达曾对綦江人说，奉命往京师，不过求一票拟。”陈恂说，

票拟乃内阁职掌，进而言之，是首辅职掌。话说到这里，没办法再说下去，也无须再说下去。

“伯纯兄是否说够？”李廷机问他。

“已说够。”陈恂应道。

“既说够，来，饮酒。”李廷机邀道。

回宅后，陈恂拟疏。除对众人讲述的二事，又加上滥觞、朋党二事。

前者谓：推升者，吏部之职掌，何通创为专擅之说，以蛊惑圣听！及皇上信其言，而有疑于吏部，然后内托上意，外诿廷推，或正或陪，任意点用。甚至两者俱无当也，则驳以另拟；少不如意，谴责加焉。若谓简在帝心，我无与焉，何其间用者非梓里之姻亲，则门阑之契托也！

后者谓：言官者，朝廷之耳目，何迩来进为朋党之说，以激怒圣心！及皇上行其谮，而怒移于言官，然后假托天威，肆行胸臆，非显斥于正言直指之时，则必阴中于迁除建白之际。若谓断自宸衷，无可奈何，其摈斥者非夙昔之积怨，则近日之深仇也。如是而谓党在言官乎！言官不党，而辄指之曰党，一网打尽之谋也。

所言之事，无不直指赵志皋，他称之为大可忧者四事。

他最后恳请皇帝议罢赵志皋，谨防张位，严谕沈一贯、陈于陛二辅，及部、院大臣，各秉公心，无存私意。

第二百四十一章

蓟、辽总督辖辽东、顺天、保定三巡抚。以数量而言，辽东一巡抚，腹里二巡抚；以要冲而言，辽东是边鄙，顺天是京畿。因此，在一般情况下，蓟、辽总督的精力应该放在关内多；而且，其开府亦在密云。这两年，朝鲜事棘手，蓟督孙鑛不得不常驻辽东，以协调朝鲜战事与辽东备御。待朝廷东封事决，局面相对平稳，孙鑛理应入关。他心里明白，这一入关，再出关的机会不多。

所以入关前，他一定得和李化龙见上一面。在辽东的日子里，孙鑛和李化龙见过数面，但只要开口，说的都是倭事、朝鲜事。尽管他知道，这一两年，辽东本身的事情也很多，也有过危机，但从未过问。现在，哪怕是略表示一下歉意，也是好的。

“本该我去送文融兄的，怎还让文融兄来看我！”李化龙道。

“于田兄，你我之间不必客套。”孙鑛道。

“能多住两日吗？”李化龙问。

“不能，今晚住一夜，明日一早走。”孙鑛说。

“再畅饮一回？”李化龙征求他的意见。

“吃个便饭吧，”孙鑛说，“今次来，一为道别，二为说话。拿起酒杯，忘乎所以，恐怕说不成话。”

“好，”李化龙应道，“主随客便，我听文融兄的。”

打发人去准备饭后，两个人静下心来说话。

“文融兄所谓说话，是不是还想和我说说朝鲜之事？”李化龙问。

“不是。”孙鑛道。

“是想说说辽东之事？”李化龙问。

“也不是。”孙鑛道。

“纯欲闲谈？”李化龙问。

“更不是。”孙鑛道。

“这也不是，那也不是，却是何题目？”李化龙问。

“辽东之事。”孙鑛道。

“文融兄不是说不是吗？”李化龙奇怪他的出尔反尔。

“不是者，不是我想和于田兄说辽东之事；是者，是想听于田兄说辽东之事。”孙鑛道。

“听我说辽东之事？”李化龙重复他的话。

“是啊，”孙鑛应道，“几次面晤，见于田兄嘴张开，又闭上。我知于田兄欲言辽东事，而又不忍以辽东事分散我的精力。于田兄美意，不可不领，亦不可不补。故今日来，是听于田兄说说辽东事。”

“文融兄当真要听？”李化龙问。

“当真要听。”孙鑛道。

“事很繁琐，文融兄也要听？”李化龙问。

“也要听。”孙鑛道。

“妙极！”李化龙击掌叫好。

“妙极？”孙鑛重复他的话，但语气不同。

“是，”李化龙应道，“繁琐之事，本欲自奏；文融兄要听，只当是面议。与文融兄面议之后再奏，分量大不一样。”

“我可是只听，不署名的。”孙鑛表明他的原则。

“文融兄先听听，这段话赞成不赞成，”李化龙说着，述道，“辽左地方，在各边为最重，其残破亦视各边为最甚。故今日整理，众以为难。然天下无不可为之时，亦无不可为之事；况辽地虽小，然内控京畿，外通属国，岂宜任其破坏！”

“赞成，也不署名。”孙鑛道。

“不要署名，只要文融兄容我在此前加上一句话。”李化龙说。

“加上哪句话？”孙鑛问。

“该臣会同经略御倭兵部右侍郎孙鑛、巡按山东监察御史宋兴祖，议照云云。”李化龙述道。

和前面的话一样，这句话也是奏疏中的正式行文。孙鑛推测，或是李化龙已打好腹稿，甚或是已拟好疏稿，而临时加上这句话。

“我可以应允于田兄，却不能替宋御史应允。”他说。

“他不用文融兄代为应允。”李化龙道。

“于田兄和他议过？”孙鑛问。

“欲言之事，和他捋过一遍。”李化龙说。

“那好，于田兄再和我捋一遍。”孙鑛道。

“遵命，”李化龙应道，并说，“辽东之事繁琐，总括起来，六事而已：一曰家丁，

“既优以待之，又严以处之，我看可行。”孙鐄道。

“文融兄若无补充，我再说第二事吧？”李化龙也觉得这件事说得差不多。

“好。”孙鐄应道。

“所谓优恤，有二意，一则赏功，一则阵亡。先年不论时月，银两即行给发，以故人心鼓舞，勇于杀贼。”李化龙说。

“今则如何？”孙鐄问。

“近年因严查冒滥功绩，及欺隐杀掠人民，每遇查勘，必多方驳勘。其获功军丁、降夷，及阵亡之家，孤儿寡妇，日日拥门告讨，无以应之。死者含冤，生者解体，军威不振，良有所自。”李化龙述道。

“于田兄不会以为，并无杀掠人民，冒滥首功之事吧？”孙鐄问。

“此事肯定是有的。”李化龙道。

“于田兄不会以为，此事不当严查吧？”孙鐄问。

“此事定须严查。”李化龙道。

“于田兄不会以为，既查出，不当驳勘吧？”孙鐄问。

“若不驳勘，查他作甚！”李化龙道。

“至于孤儿寡妇，拥门告讨，死者含冤，生者解体，我深信有之，”孙鐄说着，问道，“既不使冒滥者得逞，又不使死者含冤，生者解体，于田兄有何良策？”

“未必是良策，但使赏之有据，赏之有银，可矣。”李化龙说。

“何谓赏之有据？”孙鐄问。

“阵亡之人，既已报明首级，一见自知真伪，切莫以别故耽延不给。”李化龙说。

“别故，有所指吧？”孙鐄问。

“说有则有，说无则无。”李化龙道。

“于田兄能不能具体说说？”孙鐄揖道。

“譬如，其将私自扣留。”李化龙说。

“还有呢？”孙鐄问。

“譬如，官府拒不拨给。”李化龙说。

“我怎觉着，于田兄所谓别故，非指此等之事？”孙鐄道。

“当然，还有验功御史、勘事给谏，有其私心。”李化龙说。

“这才像是于田兄的本意，”孙鐄说着，又问，“何谓赏之有银？”

“文融兄可知，辽东优恤，出自哪一项银？”李化龙反问。

“难道不是专项之银？”孙鐄感到奇怪。

“哪里有专项之银！”李化龙道，“所以二三年尚未支给，还不是因为没有专项之银！前抚臣无奈，咨请于兵部；兵部亦无奈，移咨户部，令借子银预发。”

“原来是借的子银，还好，总算有着落。”孙鑛说。

“但文融兄可知，子银不是已买过货物，就是各项紧急之用，借出应付，现银寥寥无几。”李化龙说。

“亦即，借于子银，靠不住。”孙鑛道。

“是。”李化龙应道。

“于田兄是不是欲借于别项？”孙鑛问。

“文融兄想，而今哪项银两不是东挪西借，能靠得住？”李化龙道。

“除非是专项之银。”孙鑛说。

“文融兄也以为，须得专项之银？”李化龙故作惊喜。

“于田兄不就逼着我说这话吗！”孙鑛笑道，又警告说，“不过，于田兄别把嘴张得太大，吓坏朝中大老。”

“二三万，所求不多吧？”李化龙问。

“那不算多。”孙鑛道。

“请兵部再加查议，颁发赏功银二三万两，行巡按衙门将以前验过首级，及查过阵亡人数，通行该道查出应得银两，未给者全给，借给者补还。以后遇有虏贼入犯，容臣等先将斩敌首级及阵亡人数，并虏出入日期查明，行巡按御史勘明，即先给与，”李化龙述罢，问道，“文融兄以为如何？”

“巡按御史有无异议？”孙鑛反问。

“并无异议。”李化龙说。

“他无异议，我怎会有异议！”孙鑛道。

李化龙知道，可接说第三事。他问：“文融兄还记得，后为何事？”

“不是甲器吗？”孙鑛道。

“看来，文融兄是真心来听我说辽东之事的，”李化龙笑道，又问，“辽东甲器失之甚多，文融兄知是为何？”

“天气严寒，打造不易。”孙鑛说。

“此固为原因之一，然非主要原因。”李化龙说。

“何为主要原因？”孙鑛问。

“先年宁夏之变，辽东差五百军士往征。去时全副盔甲，回时不带一件。”李化龙说。

“这怪不得西征将士，因回师之命急促，只得弃之不顾。”孙鑛说。

李化龙点点头，又说：“后又调数千军士征倭，往返二年，适逢暑日，盔甲蒸湿浥烂，十件中不存一件。”

“总之，两次征战，耗费盔甲数千副。”孙鑛说。

“是，”李化龙应一声，述道，“今倭事已了，于宽奠招兵。兵马纠集不难，盔甲、器械，不易猝就。本镇虽有额设局造，然全镇一年打造，尚不能完新募标兵之用，其余无从取给。”

“新募标兵计有几多？”孙鑛问。

“二千。”李化龙道。

“亦即，辽东本地打造盔甲、器械等，一年不足二千副？”孙鑛推论。

“是。”李化龙应道。

“看来，靠辽东本地补足数千副盔甲、器械，确有难处。”孙鑛说。

“不是有难处，是断无可能！”李化龙道。

“于田兄打算向朝廷要多少？”孙鑛问。

“当然是多多益善，”李化龙开玩笑般地说一句。然后述道，“于内府戊字库所贮盔甲、弓箭等项中，择其新者，请发五千副，或八千副，给散新募及无甲军士。再者，于京库所贮三眼枪，及快枪，各发五千杆，庶济急用。”

“于田兄太贪心，”孙鑛说，“盔甲五千、八千副，火器万杆，你是要把朝廷的贮藏掏空呀！”

“文融兄是担心蓟镇须补，拿不出来吧？实则，辽东将士御敌于关外，蓟镇有无盔甲、器械补充，又有何妨！”李化龙又开句玩笑。

“但愿如此，”孙鑛应一句，等于明确表示不反对李化龙开这个口，“于田先生说第四事吧。”

“第四事乃补军，我特别要说的是，补充宁前一带卒伍。”李化龙道。

“宁前指的是广宁前屯卫吧？”孙鑛问。

“是。”李化龙应道。

“为何要特别补充广宁前屯卫卒伍？”孙鑛问。

“广宁前屯卫位置，北则有虏，南则有海，其间仅有一路。虏骑出没无时，每过官道劫人掠物。居者心悸，行者销魂，城堡空虚，军丁非死即徙。荒草弥望，似断人烟。”李化龙述道。

“我记得，先年曾有填实之议。”孙鑛插话。

“虽有填实之议，行之却如移山填海，茫无实效，”李化龙回应一句，继续述道，“须敕下兵部，再为申明，通行十三省两直隶，凡有应问边远充军人犯，并三犯逃军，俱解发边镇，听臣等充实宁前卫、所，以补逃故。军伍照例给月粮、房、田。

如有各省军犯，问发别镇，赴部挂号，或年终造册到部，亦行改发辽镇。”

“此例既行，不曾废除；兵部重申，应该没问题。”孙镛给予支持。

“五曰马政，”李化龙接着叙述，“本镇事例，阵失之马，官给价银，买补槽下。久之，奸弊百出，委官点闸，多属该卫经历，彼此扶同作奸，以致营马虚耗。”

“除赔偿事例，我记得还有买马事例。”孙镛说。

“是，”李化龙应道，“买马事例，部岁发价银十一万七千八百两，委官往苏、杭等处收买缎、布货物，市换夷马。”

“买马事例有无弊端？”孙镛问。

“委官多方侵渔，互相蒙蔽，置买赝货以欺夷，彼亦以病马以欺我。又有各营领去马价，或收买老马以充数，或借他马以应点。弊孔多端，难以尽举。”李化龙述道。

“弊端为何如此之多？”孙镛问。

“无专官稽查。”李化龙道。

“一向无专官稽查？”孙镛问。

“不，”李化龙摇摇头，说道，“先年设有行太仆寺少卿，专管马政，点闸比较。至万历八年，将本寺裁革，分责各道兼理。”

“终归有人理之呀！”孙镛道。

“可文融兄是否知道，一道马匹有几多？”李化龙问。

“不知。”孙镛道。

“以辽东兵备道言之，该道所辖九卫四十五营堡，边长五百余里，计有马匹一万七千余。巡道参议别说还有许多事务要处置，单是稽查马匹，也够他忙好一阵子的。”李化龙说。

“所以，于田兄的意思，宜复设行太仆寺少卿？”孙镛问。

“错！”李化龙道，“复行太仆寺少卿，则须复设太仆寺衙门。革而复行，岂不给朝廷出个难题！”

“于田兄之意呢？”孙镛问。

“宜添设管马通判一员，令驻广宁，专营马政。如遇各营领价银买马，夷市换马，俱要查验。营马倒死，每月查考确数，不得虚侵料银。现在军马，每年印烙二次，不致老瘦抵换。领养之年限久近必籍，死伤于阵中、槽下必稽。子银买货，查其侵欺，毋使奸宄得计。马市交易，亲为抚处，毋令外夷离心。一切马政所关，皆当毕力从事。”李化龙述道。

“于田兄此事想得够细致的！”孙镛表示，没有什么可挑剔的，也没有什么可补充的。

“最后一事曰——”李化龙说着，顿了顿，想让孙鑛说出来。

孙鑛会意，道：“车营。”并问，“辽东车营之设，应不久吧？”

“是万历二年添设的，不太久，也不太近。”李化龙说。

“车营，于田兄欲言何事？”孙鑛问。

“亦是缺员。”李化龙道。

“辽东车营额定若干？”孙鑛问。

“马步军兵一千五百人。”李化龙道。

“实有几人？”孙鑛问。

“近日核实，止有三百四十四人。”李化龙道。

“亦即，十余二三。”孙鑛粗略算出。

“差不多吧。”李化龙道。

“宁前等卫缺员，以发边人犯补充；车营缺员，于田兄打算怎补充？”孙鑛问。

“不补。”李化龙道。

“不补？”这是今天最令孙鑛吃惊的一句话。

“对。”李化龙应道。

“于田兄任其残缺不成？”孙鑛问。

“员缺则只有补员不成！”李化龙说着，述道，“车营之立，并未添兵。顾有一营，则有一营之差拨；多一官，则多一官之侵占。所以，愈累愈逃，愈久愈弱。可将车营兵马、火器、车辆，照旧归并副将统领，照常操练，不得废弛。”

“于田兄言六事，此事最为大刀阔斧。”孙鑛道。

“没吓到文融兄吧？”李化龙问。

“怎会！”孙鑛道，“我最为赞同的，亦是于田兄此议！”

第二百四十二章

在吏部，文选郎中蒋时馨、考功郎中唐伯元，可谓尚书孙丕扬的左膀右臂。二人品性不同，对同一个问题，可能会有不同的看法；有时，即便看法相同，表达出来时，也会不同。

“掣签之法，行之有日。”孙丕扬对唐伯元说。

“是，行之有日。”唐伯元道。

他能说出，该法已推行几个月；甚至能说出，该法已推行几月又几日。但孙丕扬只笼统地说一句，他为什么要说得那么精确?

“仁卿，掣签之法，是耶，非耶？”孙丕扬问。

唐伯元字仁卿，广东澄海人，万历二年进士。

“叔孝先生定掣签法，初衷是好的。”他说。

所谓掣签法，是在选官时，特别是在急选、大选时，把每一缺官写在签上，令候选者自掣，掣到哪官，就是哪官。孙丕扬立此法，为的是杜绝托请。说透点儿，为的是阻止阁臣托请；因为别官的托请，他本来就可以不顾及情面。所以唐伯元说，他的初衷是好的。

但既说初衷是好的，听上去总有弦外之音。那就是推行起来，效果并不见得好。

“实效呢？是否不好？”孙丕扬问。

“也不能说不好，”唐伯元说，“今选官，吏部门庭清静，由此可见，掣签之法着实把人堵在门外。”

“这仍是初衷，我想听你说说初衷之外的话。”孙丕扬道。

“有人对——”唐伯元才说三个字，被打断。

“选官时想进吏部、却被堵在门外的人，一定大为不满。他们会怎说，想也想得出来，仁卿不必重复。”孙丕扬道。

“好，”唐伯元应道，“下官不重复他等的话；再者，他等有话，也不会对一名吏部的司官说。”

“再者，仁卿若是听到相公们的评议，也不必重复。谁知你听到的传闻是真是假！”孙丕扬又说。

“好，”唐伯元应道，“下官不重复相公们的评议；实则，相公们有何评议，下官一句也没听到。”

“仁卿说吧。”孙丕扬这才放心。

“下官想说说叔孝先生的一位乡人。”唐伯元道。

“我的乡人？”孙丕扬警觉地问。

“是，”唐伯元应一声，说，“是位老明经。”

本朝入仕，大致有两种途径：一则参加科举考试，由秀才而举人，而进士，只要中进士，肯定是有官作的，此谓甲科出身；一则在举人以下的士人中通过举荐，通过考核，直接授官，此谓非甲科出身。通过举荐、通过考核直接授官，有众多科目，明经科即其一。

“仁卿说的是那名掣到上上签的陕籍明经呀！”孙丕扬对这件事有印象，他问，“该官叫什么来着？”

“叔孝先生不知吗？”唐伯元反问。

“不是不知，是不记得。”孙丕扬说。

“下官却是不知。”唐伯元道。

“你竟不知！”孙丕扬伸手指向他，半是责怪半是取笑地说，“仁卿可留下一个话柄。几月前的选官，文选郎知其为明经，却不知其姓名！”

“若留下话柄，也不是下官留下的。”唐伯元说。

“不是仁卿留下的，难道是我留下的？”孙丕扬问。

“正是叔孝先生留下的。”唐伯元道。

“怎成我留下的？”孙丕扬没回过味来。

“叔孝先生没忘该明经掣签前的情形吧？”唐伯元问。

孙丕扬没全忘记，也不会全记得。他只模模糊糊记得，那是个很老实的乡间塾师，以明经被举；只迷迷糊糊记得，那张走向桌案时的诚惶诚恐的面孔，那种看向签筒的充满畏惧、又充满期待的眼神，还有那只去取签时的颤颤巍巍的手。至于他是否开口说话，自己是否听到他说话的声音，真的记不住。

“他掣签之前，有何特别之处？”孙丕扬反问。

“掣签之前，他欲言之。”唐伯元说。

“掣签之前，人人皆欲言之。”孙丕扬道。

“他所欲言，不同于别个所欲言。”唐伯元说。

“有何不同？”孙丕扬问。

“一般选官掣签之际，都不自报姓名，他却欲报上姓名。”唐伯元说。

他这一提醒，孙丕扬想起来。

“不错，他欲报姓名，被我拦住。”他说。

“叔孝先生说，你不必知授以何官，我也不必知你姓甚名谁。”唐伯元重复他当时说过的话。

“我是这么说的，”孙丕扬点点头，问道，“这话会留下话柄？”

“下官不是说叔孝的话会留下话柄，是说叔孝先生这一阻拦，下官再无机会查问他的姓名。”唐伯元说。

“怎会再无机会查问他的姓名？”孙丕扬反对他的说法。

“是下官表达的不准确，”唐伯元道，“下官不是再无机会查问；而是想，大人既无心知道他的姓名，下官为何留意他的姓名？”

“我听得有点儿明白，”孙丕扬道，“仁卿的意思是，掣签选官，吏部可能连其姓名都不知，遑论其他。”说着，问道，“仁卿，然否？”

“这一层意思，尚在其次。”唐伯元不否认有这层意思，但表示另有更重要的意思。

“仁卿更看重的，又是何事？”孙丕扬问。

“下官还要说说该老明经。”唐伯元道。

“该老明经身上，还有别的话柄？”孙丕扬问。

“有，”唐伯元应一声后，反问道，“叔孝先生可还记得，他掣签之后，欲言之？”

“掣签之后，人人皆欲言之。”孙丕扬道。

“他所欲言，不同于别个所欲言。”唐伯元说。

“有何不同？”孙丕扬问。

“他战战兢兢，恳请另掣一签。”唐伯元道。

他这一提醒，孙丕扬也想起来。

“不错，他欲另掣一签，被我斥退。”他说。

“叔孝先生说的是，若敢以乡曲私情，挠吾新规，吾必叱送法司治罪！”唐伯元重复他当时说过的话。

“我是这么说的，”孙丕扬点点头，问道，“这话会留下话柄？”

“下官不是说这话会留下话柄，而是想问叔孝先生可知，他为何恳请另掣一签？”唐伯元道。

“凡掣签不如意者，无不欲另掣一签；凡恳请另掣一签者，我无不严词斥退。”孙丕扬说。

“可他掣到的，是杭州府推官！”唐伯元提醒道。

“那又怎的？”孙丕扬一时没转过弯来。

“叔孝先生也说，那是上上签！”唐伯元道。

“那又——”孙丕扬话没说完，忽然醒悟，“仁卿是说，掣到上上签，他不该不如意？”

“是。”唐伯元应道。

“那他为何恳请另掣一签？”孙丕扬问。

“杭州府是美差，也是繁差。下官以为，他非甲科出身，唯恐不能胜任。”唐伯元分析原因。

“不欲就繁差，也是不如意。”孙丕扬强辩道。

“叔孝先生说的是，”唐伯元当然不会和他争辩，“下官的意思是，他本人以为不能胜任，吏部据掣签之法，却不能更易。”

“故仁卿以为，此事或会留下话柄？”孙丕扬问。

“是。”唐伯元应道。

“掣到官职，本人以为不能胜任者，固有之；托请求得官职，吏部以为不能胜任者，亦有之。两者相权，何轻何重？得取其轻者，即是善法。”孙丕扬说。

“叔孝先生说的也是。”唐伯元应道。

“掣签之法，行之有日。”孙丕扬对蒋时馨说。

“是，行之有日。”蒋时馨应道。

“子芳，掣签之法，是耶非耶？”孙丕扬问。

蒋时馨字子芳，福建漳平人，万历五年进士。

“下官满耳颂扬之声。”他说。

“当真都是颂扬之声？”孙丕扬知道他的话里有水分。

“有人对——”蒋时馨也是才说三个字，就被打断。

“你是吏部考功郎，有求于你的人非常之多。他等若有所言，子芳不必重复。”孙丕扬道。

“好，”蒋时馨应道，“下官不重复他等的话；但相公们无求于下官吧？他等的话总是可信的吧？”

“他等亲口对子芳说的话？”孙丕扬问。

“那却不是。”蒋时馨道。

“既是传闻，你知是真是假？也不必说！”孙丕扬道。

“好，”蒋时馨虽应一声，却感到为难，“有求于下官的话，不必重复；传闻相公们的话，不必重复。叔孝先生却要听谁个的话？”

“不说别个，只说你自家觉着如何？”孙丕扬道。

“下官若不在吏部为官，早去四处颂扬。”蒋时馨说。

孙丕扬微微一笑，问他：“此话没纰漏吗？”

“十全十美，下官看不出有何纰漏。”蒋时馨说。

“问个事啊，”孙丕扬道，“前数月，有名陕籍老明经到部选官，掣到的是杭州府推官，子芳记得吗？”

“下官记得。”蒋时馨道。

“子芳还记得他掣签之际的情形吗？”孙丕扬问。

“下官记得。”蒋时馨道。

“子芳记得他姓名否？”孙丕扬问。

“叔孝先生欲查找他姓名？好办之极，下官这就去查。”蒋时馨说。

“我只问你记不记得他姓名，并不要你去查。”孙丕扬道。

“下官不记得。”蒋时馨说。

“是不记得，还是不知？”孙丕扬又问。

“确切地说，是不知；还望叔孝先生见谅。”蒋时馨道。

“我并无怪罪之意，只问你是否知其姓名。”孙丕扬说。

“下官不知。”蒋时馨道。

“他来吏部选官，子芳怎会不知其姓名？”孙丕扬问。

“下官是遵叔孝先生之命。”蒋时馨说。

“遵我之命？我有何命？”孙丕扬问。

“该老明经欲报姓名，不是被叔孝先生喝止吗？”蒋时馨道。

“对，”孙丕扬应道，“我是不让他通报姓名。”

“叔孝先生斥道：你不必知授以何官，我也不必知你姓甚名谁！”蒋时馨重复他当时说的话。

“我是这么说的，”孙丕扬点点头，问道，“子芳说遵我之命，是因这句话？”

“是，”蒋时馨应道，“叔孝先生不必知其姓甚名谁，我等属官，就更不必知其姓甚名谁。”

“如此说来，还真是遵我之命。”孙丕扬说着，大摇其头。

“难道下官领会错叔孝先生意思？”蒋时馨担心起来。

“当时究是何意，我自家也说不出个子午卯酉，”孙丕扬说着，问道，“但子芳想过没有，选官到部，掣签授官，考功郎竟不知其姓名，不会留下话柄吗？”

“下官以为，留下话柄，也不外乎另一种颂扬之声。”蒋时馨道。

孙丕扬一愣，问他：“此话怎讲？”

“选官者但知报国，不必知授以何官；吏部但知为朝廷选官，不必知官职授予何人，”蒋时馨把孙丕扬说过的两句话改了改，然后归纳成一句话，“以成就叔孝先生一秉至公之初衷。”

“听子芳这话，真令人欣慰呀，”孙丕扬不知是真欣慰，还是假欣慰；但不想就此结束这个话题，是显而易见的。他说，“我提起该老明经，记不记得他姓名，尚在其次。”

“不知叔孝先生有何更重要的训示？”蒋时馨问。

“子芳还记得吧，他掣签之后，作何表示？”孙丕扬反问。

“惊喜之极。”蒋时馨道。

“是惊喜吗？”孙丕扬问，并说，“我怎觉着是惊慌？”

“惊喜至不知所措，反成惊慌。”蒋时馨说。

“恳请另掣一签，也是因惊喜之极吗？”孙丕扬问。

“惊喜至难以置信，或会恳请另掣一签。”蒋时馨说。

“即便是被我严词斥退，他仍惊喜之极？”孙丕扬问。

“严词斥退？下官怎不知？”蒋时馨道。

“咦！”孙丕扬好不奇怪，“他恳请另掣一签后，我曾说两句话，子芳不在场吗？”

“下官在场。”蒋时馨道。

“我怎说的，子芳忘记吗？”孙丕扬又问。

“下官没忘，”蒋时馨说着，重复他当时说过的话，“叔孝先生说：若敢以乡曲私情，挠吾新规，吾必斥送法司治罪！”

“他惶然而出，难道不是被我斥退？”孙丕扬问。

“下官以为，叔孝先生这两句话，听似叱责，实为呵护。该老明经乃心领神会而退，非被叱退。”蒋时馨说。

“听子芳这话，真让人懊恼呀。”孙丕扬道。

“叔孝先生为何懊恼？”蒋时馨问。

“你说他恳请另掣一签，是惊喜之极，但不会是他自忖不能胜任吗？”孙丕扬问。

“自忖不能胜任？亦或有之。”蒋时馨道。

“早知他不能胜任，不如准他另掣一签，而将杭州府的美差让与能够胜任的选官。”孙丕扬说。

“叔孝先生这话，下官不能苟同。”蒋时馨郑重其事地说。

“子芳怎说？”孙丕扬问。

“掣到官职，本人以为不能胜任，固有之；托请求得官职，吏部以为不能胜任，亦有之。两害相权取其轻，与其使托请求得官职者不能胜任，不如使掣得官职者不能胜任。”蒋时馨说。

“这话听上去耳熟呀。”孙丕扬道。

“此乃叔孝先生教诲，下官深然之。”蒋时馨说。

“这话我确曾说过，然今日颇惑之。”孙丕扬道。

“叔孝先生因何惑之？”蒋时馨问。

“浙江抚、按联名上疏，请将该老明经调往一小府，而以他府一进士出身推官改杭州府，”孙丕扬说着，问道，“此事子芳知否？”

“有所耳闻。”蒋时馨说。

“这不明摆着，是指吏部选官不当吗！”孙丕扬道。

“下官所见，与叔孝先生不同。”蒋时馨说。

“子芳有何高见？”孙丕扬问。

“浙江抚、按，并未明言该老明经不能胜任杭州府推官一职；故二推官互调，可视为酌情调任，与掣签法无关。即便果真是该老明经不能胜任杭州府推官一职，浙江抚、按奏请对调，亦可见该法纵然小有不足，也是很容易弥补的。”蒋时馨说。

“子芳的辩驳，似有些牵强；不过，能辩驳到这一地步，可见子芳对掣签一法颇有心得。”孙丕扬最后褒奖一句。

第二百四十三章

司礼秉笔太监陈矩是灯市口一间书肆的常客，每当他来，书肆的店主必亲自接待，并拿出最新、最精致的刊本，让他挑选。但陈矩往往边翻阅他推荐的新书，边左顾右盼，忽然从哪个犄角旮旯拿出一本书来。

他这天拿出的一本书，名曰《闺鉴图说》。

“哪儿来的？”陈矩问。

“前两天来个客人，丢在这里的。”店主说。

“你是说，他买新书，忘拿走这本旧书？”陈矩问。

“不，”店主摇摇头，说道，“他带来此书问我，若是重刊，好不好卖？我对他说，未必好卖。他听完我的话，把书一丢，走人。”

“原来是个刻书、印书的。”陈矩道。

“是。”店主应道。

“京城里的同行，十有八九你老兄都认得，认得他吗？”陈矩问。

店主摇摇头，说：“他不是京城人。”

“不是京城人，却是哪里人？”陈矩问。

“听口音，是山西人。”店主说。

“山西人真是精打细算，一本书也想榨出油来。”陈矩道。

“谁说不是。”店主附和一句。

陈矩翻到第一页，以为会有篇序文，但没有；翻到最后一页，以为会有篇跋，也没有。从第一页到最后一页，平铺直叙，都是一段一段讲述妇道的小故事，文字亦很平淡。

“你说未必好卖，是不愿得罪主顾；我看，根本卖不出去。”他说。

“公公说的是。”店主应道。

把书合上，再看封面，闺鉴图说四个大字的下边，有两个小字：上边一个是口，下边一个是申。

“口申？这不会是撰者的姓名吧？”陈矩问。

“哪有这等姓名，我从未听说过有姓口的！”店主道。

“即便有姓口的，这两个字也不是姓名。”陈矩说。

“公公怎知？”店主问。

“你看，”陈矩指着这两个字说，“上一个字比下一个字矮一半，可见，它的上半截或下半截被磨掉。”

“是上半截，还是下半截？”店主问。

“应该是下半截。”陈矩说。

“为何？”店主问。

“如果是上半截，这两个字间的距离就太大。”陈矩说。

“照此推测，下一个字比上一个字瘦一圈，应该是左边的半个字或右边的半个字被磨掉。”店主说。

“不必或然，”陈矩摇了摇头，说，“是左边的半个字被磨去。”

“怎见得？”店主问。

“下边的申字和上边口字的右边比齐，瘦在左边，所以，被磨去的应该是左边半个字。”陈矩说。

“公公心思缜密，令人不得不服。”店主道。

“拿来！”陈矩忽然伸手索要。

二人交往已久，达成默契。店主拿出一支笔，蘸饱墨，递给他。

“看我来把这两个字，矮者增高，瘦者增肥！”陈矩道。

“好啊。”店主当然不会阻止。

陈矩在口字下加一撇，一撇下加个口，于是，口字变成吕字。然后，在申的左边加个提土旁，于是，申字变成坤字。

“吕坤，”店主读出之后，道，“这个名字有点儿熟。”

“是十年前熟，还是近来熟？”吕坤问。

“说不上来，”店主道，并问，“二者有何区别？”

“若是十年前熟，你认识的，是户部的一名郎中或主事；若是近来熟，你认识的，是都察院的一名佥都御史。”陈矩说。

“果然是一位官人！”店主道，“我只是听着名字熟，并不认识。”说罢又问，“公公确定此书乃吕大人编撰？”

“游戏而已，并非确定。”陈矩说。

“何谓游戏？”店主问。

“你也看到，把原来两个字补足为这两个字，最为简便。”陈矩说。

“但公公作此游戏，不会一点儿依据也没有吧？”店主道。

“若言依据，也是你老兄告诉我的。”陈矩说。

“我告诉你的？”店主大为困惑。

“你不是说，持此书来的是个山西人吗？前两年，这位吕大人曾以佥都御史巡抚山西。”陈矩说。

“公公的意思，吕大人巡抚山西时，刊布该书？”店主问。

“闲谈而已，切莫当真。”陈矩说着，把笔递还给他。

店主的习惯，笔用过之后，马上用水清洗。他正要把笔毫浸到水里时，陈矩一声呼叫，惊得他险些把笔扔掉。

“等等！”陈矩喝道，同时，伸出手。再次接过笔后，他说，“有个字，要改一改。”

“公公要改哪个字？”店主问。

“此字须改！”陈矩说着，在鉴字上画个圈，在它的下边写个范字。

“闺范图说，”店主读罢，赞道，“此字改得好！闻得皇上年幼时，相公曾上《帝鉴图说》。帝既曰鉴，闺则不可曰鉴。”

“你猜怎的？”陈矩道，“杜撰个著者，再改一字，真可以变废为宝。”

“公公的意思是——”店主问。

陈矩不答，却把该书往袖口里一塞，道：“这本书我买，你老兄开个价吧。”

“一本旧书，还值得开价？别说卖，送字我都说不出口。”店主道。

“总是本书，你是卖书的，不能白拿。”陈矩说。

“公公一定要给，三文五文的，随便给几个吧。”店主道。

“那还成生意！我给你纹银十两，如何？”陈矩说着，向怀里取银子。

“若是如此，我欠公公的人情忒大！”店主道。

十两纹银，对陈矩来说，不算一回事，可他也不是白花的。

出书肆，他径奔郑国泰家而去。

“国舅爷，赏口水喝！”他进院后大叫。

郑国泰见他大喜，边往屋里让，边用更大的声音叫道：“陈叔驾到，快杀鸡，快买鱼，快打酒！”

他这声“陈叔”有两层意思：一是他父亲郑承宪和陈矩有交情，论下来，他该叫叔；二是宫里的规矩，资浅年轻的宦者，对资深年长的宦者，通以叔称之，他这样叫，更显得亲切。

“国舅爷不知，我从不吃鸡！”陈矩道。

“你等听好，改杀鹅！”郑国泰叫道。

“小的听好。”有人应道。

“国舅爷不知，我最怕鱼刺！”陈矩道。

“你等记住，须买无刺的鱼！”郑国泰叫道。

“小的记住。”有人应道。

“国舅爷不知，我从不饮浊酒！”陈矩道。

“你等谁跑一趟光禄寺，借坛子御酿回来！”郑国泰叫道。

“小的跑一趟。”有人应道。

在院里闹腾一番，二人才进屋。

坐下后，陈矩说：“今天没工夫饮酒，国舅爷把他等叫回来吧。”

“叔放心，他等都是凑趣，谁也不会出门的。”郑国泰说。

“如此说来，国舅爷领着一干人在糊弄我？”陈矩嗔道。

“不敢，鸡、鸭、鱼、肉和好酒，家中都有现成的。叔想吃什么，我让他等去做。”郑国泰说。

“我说过，今日没工夫饮酒。”陈矩道。

“叔是奉公差而来？”郑国泰说着，站起来。司礼监的公差，除皇帝，谁能差派！皇帝差来的人，他可不能面对面地坐着。

“国舅爷坐吧，”陈矩道，“爷虽差我办事，可不是来府上宣旨。”

郑国泰又坐下，并问：“皇上差叔去内阁办事？”

“不是。”陈矩摇头。

“去部、院办事？”郑国泰问。

“也不是。”陈矩仍摇头。

“再小的衙门，用不着叔亲去吧？”郑国泰道。

“不是去衙门。”陈矩说。

“不去衙门，却去哪里办事？”郑国泰问。

“城里城外，大街小巷。”陈矩说。

“那不是番子才办的差事吗，怎派司礼秉笔去办？”郑国泰道。

“国舅爷说的是怎样的差事？”陈矩问。

“扒个墙头，听个闲话，跟踪盗贼，缉拿要犯。”郑国泰说。

“爷要我办的，当然不是这等差事。”陈矩道。

“那要叔作甚？只是到处走走？”郑国泰问。

“对，就是到处走走。”陈矩道。

“这等差事，倒是省心。”郑国泰说。

“看似省心，换成别个，却办不成。”陈矩道。

“怎么？”郑国泰问。

“譬如，面前有一间书肆，国舅爷可知，该进不该进？”陈矩反问。

“换上我，大约进的都是不该进的书肆。”郑国泰说。

“譬如，进一间书肆，见到一本书，国舅爷可知，该买不该买？”陈矩又问。

“换上我，大约买的都是不该买的书。”郑国泰说。

“譬如，进一间书肆，要买一本书，店主开个价钱，国舅爷可知，买的是贵还是贱？”陈矩又问。

“换上我，大约花的都是不该花的钱。”郑国泰说。

“所以，这等差事，爷要差我去。”陈矩道。

“叔说的是，”郑国泰应道，又问，“叔是不是走遍城里城外、大街小巷的书肆之后，来我这里坐坐？”

“走遍城里城外、大街小巷的书肆，谈何容易！”陈矩道。

“那是去逛城里城外、大街小巷的书肆之前，先来我这里坐坐？”郑国泰又问。

“爷交代的差事一点儿没办，我敢来国舅爷这里偷懒！”陈矩道。

“叔是办差当中，来我这里坐坐？”郑国泰又问。

“差不多是这个意思。”陈矩道。

“差不多是何意？”郑国泰问。

“我不仅来国舅爷这里坐坐，还要向国舅爷炫耀炫耀。”陈矩说。

“叔有所获？”郑国泰这下听懂。

“是，”陈矩点头，“我以高价购得一书，特来请国舅爷过过目。”

“能入叔法眼，一定非同小可，但不知被叔置于何处？”郑国泰问。

“在这里。”陈矩指着自己的袖口说。

袖口再宽绰，又能放进几本书？在郑国泰心目中，高价购得的书，应该摆满一书柜，甚至半间屋；区区衣袖，怎容得下！

“是书目？”他猜测。

“不，是全书。”陈矩道。

“叔给皇上买的书，不便示人吧？”郑国泰问。

“不便示人，怎请国舅爷过目？”陈矩说着，从袖口里抖出一本卷起来的小书，很仔细地把它展开，抚平，送到郑国泰面前。

郑国泰只敢看，不敢动手拿。他虽不喜读书，也没读过多少书，该认的字却是认得的。闺鉴图说，鉴字被圈去，改为闺范图说。不管用哪个名字，这一类的书应该是很多的；比它更宽大、更厚实、印得更精致的同一类的书，应该也是有的。它有何特别之处，值得高价购回？

“叔说的高价，是几吊铜钱？”想不出来，他问陈矩。

“我是用纹银买的。”陈矩道。

“一块碎银，有找头吧？”郑国泰问。

“一块碎银，怎叫高价！我是用一锭纹银买的。”陈矩道。

“可是五两一锭？”郑国泰问。

“我从未听说，有五两一锭的纹银。”陈矩道。

“十两？”郑国泰问。

陈矩摇头。

“二十两？”郑国泰问。

陈矩又摇头。

郑国泰还想五两、十两地往上加，陈矩拦住他，说：“国舅爷别小家子气，是百金！”

“百两纹银！”郑国泰不由倒吸口凉气，他怎么看，这也不像值一百两银子的一本书。

除非——

郑国泰为陈矩想到一个理由，没话找话地问：“图说，应该有图吧？”

“每页都有。”陈矩边说，边把书翻几页，让郑国泰看。

“勾勒精巧，有古人笔法，此书有年头。”郑国泰不懂装懂地说。

“国舅爷看看，有几多年？”陈矩考问道。

“有这多年吧。”郑国泰说着，平伸一掌，在空中晃晃。

“这是几多年？”陈矩问着，也平伸一掌，在空中晃晃。

“五百年。”郑国泰说。

“亦即，是大宋刊印。”陈矩道。

“再早些，大唐刊印，也是有可能的。”郑国泰说。

“没那么早，国舅爷怕是看走眼。”陈矩笑道。

“不是大唐刊印，或不是大宋刊印？”郑国泰问。

“都不是。”陈矩道。

“非五百年前刊印，也是三百年前刊印。”郑国泰说。

“三百年前为前元，也没那么早。”陈矩说。

“二百年前是国初吧？叔何不直接说是我大明刊印。是国初刊印的？”郑国泰又往后推一百年。

“我对国舅爷说句实话，国舅爷听后别沮丧。”陈矩道。

“也没那么久，是这句话吧？”郑国泰问。

“别说没二百年，实则连二十年也没有。”陈矩道。

“原来是近年刊印，我——”郑国泰不知该说什么。但他的心思很明确地表露出来：我在为你那高价找个说法，你怎一点儿也不领情呀！

“国舅爷一定以为，以百金购得此书，划不来吧？”陈矩问。

“我不懂行情，划得来划不来，说了不算数；怕的是，皇上会以为买得贵，划不来。”郑国泰说。

“我若送进宫里，除非爷不问，若是问，一定说划不来。”陈矩道。

“叔的意思，该书不往宫里送？”郑国泰问。

“不，”陈矩摇头，“宫里是一定要送的；不过，不是我送。”

“却让谁个送？”郑国泰问。

“国舅爷送。”陈矩指着他说。

“叔让我送？我送呈皇上，皇上一定会问价钱；我答以高价购得，皇上一定会问高价是几多；我答以百金，皇上一定会说，以百金购进这样一本小书，你是疯是傻！”郑国泰设想着可能出现的情形，一脸苦相。

“国舅爷是说，爷会骂我疯骂我傻？”陈矩问。

“不是骂叔，是骂我，”郑国泰道，又说，“被皇上骂几句，倒也没什么；只是那百两纹银，怕是要不回来。”

“国舅爷只想要回百两纹银？”陈矩问。

“怎么？”郑国泰惊道，“要回百两纹银，叔还嫌少？”

“当然少！”陈矩道，“只要回百两纹银，我买书辛苦一遭，好处在哪里！国舅爷进书辛苦一遭，好处在哪里！”

好处就是被皇上骂，这好处还小吗！郑国泰心里说。

“叔想的好处有几多？”他问。

“譬如，得千金之赏，除去百两本金，你我还有个分头。”陈矩说。

天哪！郑国泰心想：我为你把这本书送进宫里，讨回百两纹银，还可以说是碍于情面；你想的却是得到千金之赏，才真是非疯即傻！

“只怕皇上不会这么大方。”他说。

“谁让国舅爷向皇上讨赏！”陈矩道。

“呈书与皇上，不向皇上讨赏，却向谁个讨赏？”郑国泰问。

“谁让国舅爷呈书与皇上！”陈矩道。

“书呈进宫中，不呈与皇上，却呈与谁个？”郑国泰问。

“我将书呈进宫中，当然只能呈与皇上；国舅爷将书呈进宫中，也只能呈与皇上吗？”陈矩反问。

“叔的意思是——”郑国泰半懂半懵。

“此书可呈与贵妃娘娘。”陈矩道。

从郑贵妃那里讨赏，肯定比从皇帝那里讨赏，要容易得多。但讨赏是一回事，该不该赏是另一回事。既然是亲妹子，郑国泰不愿她糊里糊涂地拿出一大笔钱来；何况，此事非他而起。

“把书呈与娘娘，肯定会给赏。不过，给几多赏，我说了不算，得看值得不值得。”他说。

“以此书易千金，肯定物有所值。”陈矩道。

“叔能给我讲讲吗？”郑国泰是真的琢磨不透。

“此书可再刊。”陈矩说。

“尊贵如娘娘，能从重刊一书中得到多少好处？”郑国泰不以为然。

“那要看国舅爷是怎想的，”陈矩说着，问道，“近二百年前，成祖文皇后刊定《内训》一书，国舅爷知否？”

“此事不知。”郑国泰道。

“近二十年前，圣母皇太后娘娘勘定《女鉴》一书，国舅爷知否？”陈矩又问。

“此事却知。”郑国泰道。

“今贵妃娘娘若勘定《闺范》一书，则可与《内训》《女鉴》并之，合而为三。”陈矩说。

“叔是说，贵妃娘娘勘定此书，可与文皇后、圣母娘娘齐名？”郑国泰更上心的，不是三书，而是三人的名分。

“也可以这么说。”陈矩道。

“果真如此——”郑国泰沉吟起来。

一则皇后，一则皇太后，一则贵妃，代表不同的身份。作为贵妃，已经很尊贵。要想再尊贵，无非是两种方式：一是今帝在世时晋为皇后，一是己子登极后晋为皇太后。郑贵妃是怎想的，他自己是怎想的，且不去说；皇帝的心思，一定也想让郑贵妃更尊贵。后、妃名分已定，难作变动，只有在皇子身上作文章。廷臣一再奏请册立皇长子为太子，皇帝一再不准，一再表达册立皇三子为太子的意愿，说到底，是为的郑贵妃的身份。现在有比册立皇三子为太子更简单的办法：勘定一本书，就可以使郑贵妃的身份得到提升，可以和皇后、皇太后并驾齐驱。别说用去千金，就算用上万金，也是值得的！

“此事的好处，国舅爷参透没有？”陈矩问。

“此书真可与《内训》《女鉴》并之，合而为三？”郑国泰总算想到这本书本身。

“若是照原本刊行，当然不能和《内训》《女鉴》并之，对贵妃娘娘也没任何好处。但国舅爷知道，重刊一书，一定会有增删，绝不会照原本刊行的。”陈矩说。

“须增，或须删？”郑国泰问。

“须增。”陈矩道。

“叔是说，须增一序？”郑国泰问。

“对，”陈矩应道，并说，“贵妃娘娘亲作序文一篇，则可点石为金，使得该书与《内训》《女鉴》并之，使得贵妃娘娘与文皇后、圣母娘娘齐名。再者——”他让郑国泰看封面，问道，“国舅爷知此人否？”

“可是都察院那位堂官？”郑国泰问。

“是他。”陈矩应道。

“叔是说，此书是他撰写？”郑国泰问。

“国舅爷不妨当作是他撰写，”陈矩说得留有余地，“吕大人进士出身，官至都堂。国舅爷想想，《内训》《女鉴》，哪一本是进士所撰！就此而言，此书又胜于前书矣。”

“叔不用再说，我这就送书进宫！”郑国泰迫不及待地说。

第二百四十四章

吏部左侍郎刘元震被点为今科庶吉士教习后，很少回吏部衙门。他偶尔回去一次，正赶上孙丕扬想找人说话，又找不到合适的人。

“元东先生是闻讯而来吧？”孙丕扬问。

刘元震字元东，北直隶任丘人，隆庆五年进士。

“闻讯？闻何讯？”他不知所云。

“今岁大计，颇遭攻讦呀。”孙丕扬说。

“此事确有所闻；不过，我可不是为此事而来。”刘元震说。

“不是为的证实此事？”孙丕扬问。

“不是。”刘元震道。

“也不是为的议论此事？”孙丕扬问。

“也不是。”刘元震道。

“那是为的何事？”孙丕扬问。看起来，他不无失望。

“为取一些私人物件。”刘元震说。

“仅此而已？”孙丕扬不甘心地又问一句。

“仅此而已。”刘元震道。

“若是我邀议此事，元东先生不会回绝吧？”孙丕扬问。他本希望刘元震主动来议这件事，现在不得不退而邀之。

“怎会！”刘元震道。

“元东先生先看看此疏。”孙丕扬说着，把一份奏疏的抄件推给他。

刘元震草草看一遍后，道：“都是些数字呀！”

所谓数字，是蒋时馨收取贿赂的数目，包括：

周前以二百五十金托嘱沈昌期，谋升两浙运司经历；

孔调元以一千二百金经冯养志过付，贿买知州；

窦学孔以一千二百金经冯养志过付，贿买知州；

张师厚以四百五十金，贿买知县；

朱应龙以人参三十金、银一百两，贿买九江府通判；

曹上吉以八百金经医官范洋过付，贿买知县，并指明，其中五百金送与蒋本人，三百金作他用。

“虽只是些数字，却都是有故事的。”孙丕扬道。

“有何故事？”刘元震问。

“譬如，周前贿买经历，是蒋子芳官考功郎时，其余则是其官文选郎后，可见文选郎的身价高过考功郎。”孙丕扬说。

“考课虽掌于考功，升迁、改调却掌于文选，文选身价宜高过考功，”刘元震说着，伸出一指，道，“此其一也。”并问，“还有呢？”

“元东先生看，周前、孔调元、窦学孔、张师厚、朱应龙、曹上吉等人，是何出身？”孙丕扬反问。

“这不能看，须查。”刘元震说。

“我查过，他等均非甲科出身。”孙丕扬道。

“均非甲科出身？”刘元震问。

问，即有怀疑。孙丕扬说：“元东先生不信，可再查。”

“我信！”刘元震忙应道。

“难道以贿赂求官者，都出自他途；而甲科出身者，则无一不清白？”孙丕扬问。

“或是参劾者只举出身他途的事例，”刘元震给出另外一种解释。他伸出第二指，道，“此其二也。”并问，“还有呢？”

“此数人皆辗转托人行贿，可见蒋子芳与他等都不熟悉。”孙丕扬说。

“这毋庸置疑。”刘元震道。

“为何他熟悉之人，却不走他的门径？是他熟悉之人都洁身自好，还是都知他洁身自好？”孙丕扬问。

“这还真不好说，”刘元震说着，伸出三指，道，“此其三也。”并问，“还有呢？”

“曹上吉贿买一事，最有故事可说。”孙丕扬道。

“叔孝先生是说，其事外泄，蒋子芳使兵马司将范洋拿问，以掩人耳目？”刘元震问。

“蒋子芳此举，固有掩耳盗铃之嫌；然更有可言者。”孙丕杨道。

“愿闻其详。”刘元震说着，一揖。

“三百金外用，用到谁人身上？”孙丕扬一指刘元震，又问，“可是用到元东先生身上？”

“一文钱也没用在我身上。”刘元震坦然言道。

“也没用在我身上，”孙丕扬说着，问道，“莫非用到别衙门？”

“那不是舍近求远吗？”刘元震道，并赞，“此事叔孝先生问得好。”

“此事还有许多疑问。”孙丕扬说。

“叔孝先生问，我来数。”刘元震道。

“所举诸官，难道只有曹上吉贿买一事外泄？”孙丕扬道。

“这是一问。”刘元震数道。

“其他各官贿买之事若未外泄，参劾者怎知？”孙丕扬道。

“这是二问。”刘元震数道。

“其他各官贿买之事若外泄，为何独曹上吉贿买一事言之甚详，其他各官贿买之事语焉不详？”孙丕扬道。

“这是三问。”刘元震数道。

“其他各官贿买之事若外泄，为何仅处置范洋一人，其他经手之人则不处置？”孙丕扬道。

“此事还有得问吗？”刘元震问。

“再无。”孙丕扬道。

“足矣，”刘元震说着，伸出四指，道，“此其四也。”然后，看着自己的手掌说句笑话。“一手五指，是否让我用尽？”

“好，”孙丕扬应一声，说道，“元东先生不将一军，最后一事也是要说的。参劾者只知说贿买，难道不知今者吏部选官，改行掣签法？”

“或是他的确不知；或是他以为，行掣签法，同样可以作弊。”刘元震不反驳，但指出，还有别的可能。

“钻掣签法的空子就那么容易，而且，是屡屡钻空子！”孙丕扬则明确表示，这一可能性极小。

刘元震不想谈论掣签法。他换个话题，问道：“叔孝先生有没有询问过蒋子芳本人？”

“询问过。”孙丕扬道。

“他怎说？”刘元震问。

“他说，今岁大计，多有得罪。”孙丕扬道。

“都得罪谁人？”刘元震问。

“譬如九江知府沈某、江西按察司提学副使马某，浙江布政司右参政丁某。”孙丕扬道。

刘元震知道，沈某即沈鈇，马某即马犹龙，丁某即丁此吕，都是今年大计外吏时罢黜的官员。

“蒋子芳为何以为，得罪他等，会被人参劾？”他问。

“譬如，沈某曾官衡州同知，元东先生知否？”孙丕扬反问。

“这却不知，”刘元震道，并问，“曾官衡州同知，又怎的？”

“他官衡州，曾参劾楚抚秦道明。”孙丕扬说。

秦燿以右副都御史巡抚湖广，在万历十七年至十八年。

“这是五六年前的事吧？”刘元震问。

“是。”孙丕扬应道。

“我还是没懂，”刘元震道，“沈某官衡州同知，参劾该省巡抚，和沈某今大计罢黜，文选郎被人攻讦，有何关连？”

“秦都堂巡抚湖广时，众多科、道官都要参劾他。”孙丕扬说。

“蒋子芳的意思，是科、道官与沈某同仇敌忾？”刘元震问。

“说得好听，是同仇敌忾；说得不好听，是结党营私。”孙丕扬道。

“马某又是怎么一回事？”刘元震问。

“他曾官刑部主事，元东先生知否？”孙丕扬反问。

“此亦不知，”刘元震道，并问，“他曾官刑部主事，又怎的？”

“他官刑部主事，审定巡按御史祝大舟赃罪。”孙丕扬说。

“这我更加不懂，”刘元震道，“审定御史赃罪，直接得罪科、道；马某今被罢黜，应该大快人心才对呀！”

“元东先生难道不知，科、道中亦有党争？审定祝大舟赃罪，有人耿耿于怀，也有人大快于心。”孙丕扬说。

“于是，对审定祝大舟赃罪大快于心者，对马某罢黜耿耿于怀，是吧？”刘元震引申一层。

“是。”孙丕扬应道。

“丁某又曾任何官？”刘元震问。

“丁某罢黜，与他曾任何官、曾参何人无关，只是据其访单而论处，”孙丕扬道，“贪纵殊甚，酷虐异常，苦毒百姓，几乎成变。评语若此，罢黜之外，难道还能有别的处分！”

访单是考察时，吏部根据被考察官员所在衙门的主官的评语，并汇总从各方面了解的情况所写。丁此吕官至布政司参政，按说，左、右布政使，不会给他这样四句评语；因此，吏部的访单应该是来自别的途径。

“传闻丁某赃至十万，宫室之美，妻妾之奉，甲于江右，也不知有几分可信。”刘元震补充一句。

“我是宁信其有的。”孙丕扬道。

“沈某、马某在朝中都有同仇敌忾者，或结党营私者，丁某有没有？”刘元震问。

“有。”孙丕扬应道。

“谁人？”刘元震问。

“有一怪事，元东先生或许还不知道。”孙丕扬说

听起来像答非所问，但刘元震知道，不会是答非所问。

“何事？”他问。

“丁某现系狱中。”孙丕扬说。

“此事举朝皆知，我怎会不知！”刘元震道。

“大计外吏，吏部定的是丁某罢黜，皇上却命将其逮系解京鞫讯。”孙丕扬又说。

“此事吏部人人皆知，我怎会不知！”刘元震道。

“丁某系狱后，有人在左阙门对孔安先生扬言，誓参孙某人；又在朝房对明成先生扬言，誓参孙某人，”孙丕扬说着，问道，“此事元东先生亦知否？”

“果然是不知，”刘元震道，并问，“此人是谁？”

“协理戎政都御史纯父先生。”孙丕扬道。

“叔孝先生确定是他？”刘元震问。

“不是他这等身份，怎能向内阁相公及掌院都堂扬言！”孙丕扬道。

“不错，”刘元震点头，又问，“叔孝先生确定，纯父先生所称孙某人，是叔孝先生？”

“不是我，怎会在内阁相公及掌院都堂前扬言！”孙丕扬道。

“不错，”刘元震点头，又问，“叔孝先生确定，纯父先生扬言誓参孙某人，是因为丁某被罢黜，及被下狱？”

“纯父先生与你那位贵同年，情同手足，谁人不知！”孙丕扬道。

“此可谓其五矣，”刘元震终于可以把手掌完全展开，他最后问，“诸事皆已确定，叔孝先生作何打算？”

“我得感谢纯父先生。”孙丕扬说。

“感谢纯父先生？这从何说起？”刘元震不解。

“蒋子芳是因吏部事务而遭攻讦，进而言之，是因吏部行掣签法而遭攻讦。身为堂官，并力倡掣签法之人，我是应该站出来说话的。然而，仅以科、道有人参劾蒋子芳，仅以有人为沈某人鸣不平，为马某人鸣不平，乃至为丁某人鸣不平，我又不便站出来说话。现在不必再有顾虑，协理戎政的都堂先我而出，卷入其中，我也可以大大方方地站出来为蒋子芳辩，为吏部辩！”孙丕扬道。

第二百四十五章

一名中年隐士，居住在京郊西山下的一所农家小院里。院中只有一颗枣树，两畦菊花，显得幽静。正屋三间，一间作书房，没有书柜，只有一块一块的木板，书随意地堆放在木板上；一间作卧室，一床而已；一间作餐室，一桌二凳而已。

平日陪伴他的，只有一小童。隐士自己做饭，自己洗衣，自己扫除，小童给他作个帮手。

“今日有朋自远方来。”隐士忽然对小童说。

“先生别事都说不准，唯有此事说得准。”小童道。

“有酒乎？”隐士问。

“有村醪半瓶。”小童说。

“有肉乎？”隐士问。

“有腊肉半斤。”小童说。

“有蔬果乎？”隐士问。

“鲜菜无，有腌菜半坛；鲜果无，有干果半袋。”小童说。

“足矣，”隐士心满意足，开始纠正小童的说法。“凡物皆言半，你这个习惯不好。”

“我说的是实情呀。”小童道。

“纵然是实情，也可以换个说法。”隐士道。

“怎样换个说法？”小童问。

“来，你问我。”隐士命道。

“有酒乎？”小童学着他问。

“有浊酒数盅。”隐士说。

“有肉乎？”小童问。

“有束脩数条。”隐士说。

“有果蔬乎？”小童问。

“有存蔬数碟，干果数十枚。”隐士说。

“先生把半改成数，就能多喝一口酒，多吃一口肉？”小童讥道。

“不在多吃多饮，而在心情舒畅。”隐士说。

炊烟生起，渐飘出清香。好像被香气吸引，一中年儒者飘然而至。

“我料到贤弟今日要来。”隐士说。

“兄台怎料到的？”儒者问。

“贤弟与我相约：有奇书，定共赏。昨着人来报，新得一书颇奇，我想，贤弟今日该来。”隐士说。

“兄台虽曰隐居，心却未全静，还肯赏奇书。”儒者道。

“不是我心未静，是世事未静，我亦知贤弟之心未静。”隐士辩说。

儒者一笑，问道：“进屋去看？”

“好，进屋去看。”隐士回应。

进到书房，儒者把挎着的蓝布包袱取下，放在桌上。他把包袱打开，里面是一书函，书函上印着“闺范图说”四个大字，下面是较小字体印的两个字：吕坤。

“是从山西回朝的那人？”隐士问。

“多说是。”儒者应道。

“闻他颇敢言事，怎作起这等文章！”隐士道。

“或曰，此书非他编撰。”儒者说。

“那么，是盗名欺世！”隐士道。

“是否盗名，难以断言。”儒者说。

“不知撰者真伪，此第一奇吧？”隐士问。

“此未足奇。”儒者说着，把书函打开。里面是四册图书，在闺范图说四字下，用较小的字体分别印着第一册、第二册、第三册、第四册。随便翻开一页，半边是图，半边是文。

“好大的字！”隐士道。

“原本一册，重刊成四册，不仅字大，图也大。”儒者说。

“原来是重刊之书，重刊者图的是其大吗？”隐士说着，问道，“图、文并丰，此第二奇吧？”

“此亦未足奇。”儒者说着，把书翻到首页。这一页只有文，没有图，文字的标题是：重刊闺范序。

“贤弟是说，序文奇？”隐士问。

“兄台一读即知。”儒者道。

隐士正要读，小童在外面说：“先生，酒温好。”

“肉蒸烂未？”隐士问。

“尚未。”小童道。

“等肉蒸烂，再来唤我等。”隐士吩咐。

小童依言，去往灶里添柴火。

“贤弟还不饿吧？”隐士问儒者。

儒者即便饥饿难耐，也只能摇一摇头。

“肉要蒸烂，才能品出滋味。贤弟稍待，”隐士说着，拿起书来读。才读第一句“尝闻闺门者，万化之原，自古圣帝明皇，咸慎重之”，他马上说，“我知奇在哪里，此书由宫闱重刊。”

“宫闱重刊，序文是谁人写的？”儒者问。

“不会是天子御撰吧？”隐士反问。

“兄台读下去即知。”儒者道。

下一句是：予赋性不敏，幼承母、师之训，时诵诗、书之言。

“原来不是天子御撰，却仍不知是谁人所撰。”隐士说

如果是皇帝作序，他一定会写作“朕赋性不敏”。

“这是半句，兄台再读下半句。”儒者道。

下面半句也好，一句也好，写得是：及其十有五年，躬逢圣母广嗣之恩，遂备九嫔之选。

“却不知当初九嫔，今还有几人？”隐士问。

“九嫔中谁人敢作此序，猜也猜得出！”儒者道。

“贤弟又不是不知，我一生中从不胡乱猜事。”隐士针锋相对地说。

读到下面一句，再不能说不知：恪执巾栉，倚蒙帝眷，诞育三王，暨诸公主，惭叨皇号，愧无图报微功。

“贤弟，我要一气读下去。”隐士说。

“兄台读！”儒者道。

隐士读罢，沉思片刻，道：“确是篇奇文！”

“请兄台说说，奇在何处。”儒者揖道。

“勉修厥德，以肃宫闱，这话只皇后说得，贵妃说不得吧？”隐士指出第一个不当之处。

“是，这话只皇后说得，妃嫔，包括贵妃，说不得。”儒者附和道。

“扶持纲常，砥砺名节，羽翼王化，这话也只皇后说得，贵妃说不得吧？”隐士指出第二个不当之处。

“是，这话也只皇后说得，妃嫔，包括贵妃，说不得。”儒者又附和。

“与文皇后《内训》、慈圣皇太后《女鉴》并传，可是贵妃所宜冀望？”隐士指出第三个不当之处。

“与皇后、与皇太后并传，非贵妃所宜冀望。”儒者又附和。

“疑义相与析，是你儒家老祖宗的训示。此文有如此之多的疑义，贤弟就不想写出来？”隐士问。

“一则，疑义相与析，是句诗；写诗的是否正宗儒家，我说不上来，但至少算不得儒家的老祖宗。二则——”儒者正要说第二，小童在外面又叫起来。

“先生，肉已蒸烂。”小童说。

“酒呢？”隐士问。

“已凉。”小童说。

“再温！”隐士命道。

“是。”小童应声而去。

“温酒很快，贤弟，再等等。”隐士对儒者说。

“不碍事。”儒者道。

“贤弟方才话说一半，另一半是何事？”隐士问。

“兄台不妨看看书后，”儒者道。见隐士把手上的书翻到最后一页，他说，“不是这本。”同时，把第四册递过去。

第四册的最后两三页，纸张比其他各页的稍小，上面写满字，显然是裁剪后粘上去的。

“这是——”隐士问。

“兄台不是要疑义相与析吗？此即我所析也。”儒者说。

第一行的字比其他的字稍大，写的是：闺鉴图说跋。隐士看后说：“贤弟写错一个字。”

“兄台是说‘鉴’字吧？闻得这是此书的原名，后被人改动一字，成《闺范图说》。”儒者解释说。

“若用鉴字，和《女鉴》重复；稍作改动，一个训字，一个鉴字，一个范字，各有千秋。改动此字，可以说用心良苦；贤弟改回原字，也可以说用心良苦。”隐士道。

“既有所闻，随手写上，并未用心。”儒者道。

正文第一行比其他各行低起两个字，肯定不是疏忽的。隐士指着该处问：“贤弟为何留个抬头？”

“兄台且读该句。”儒者道。

该句写的是：得《闺鉴图说》，读之叹曰。

“兄台觉着少何字？”儒者问。

“少个‘予’字或‘某’字，”隐士说着，自己加以否定，“不会的。贤弟留的是两个字的空当，不是一个字的空当。”

“兄台可知，我为何要留两个字的空当？”儒者问。

“贤弟是想写上名字吧？”隐士猜测。

“兄台差不多说对。”儒者道。

“我还没说完呢，”隐士让他别急，“贤弟若准备写真名实姓，不必留下空当；贤弟既留下两个字的空当，可见虽准备写上名字，但又不欲写上真实的名字。”

“知我者，兄台也，”儒者揖了揖，说道，“不过，还有一层意思，兄台没说出来。”

“是不是要我取个名字？”隐士问。

“这才表述无遗。”儒者道。

小童适时地在外面叫道：“先生，酒又温过一遍。”

“贤弟，先吃饭，还是先取名？”隐士问儒者。

“取名重要，先取名。”儒者道。

“可我得先读此跋，才好取名。”隐士说。

“那就读完此跋，再取名；取过名，再吃饭。”儒者说。

“好，”隐士点点头，吩咐外面的小童，“肉一定已凉，重蒸一蒸。”

“肉并未凉。”小童说。

“没凉，也再蒸一蒸。”隐士道。

小童不知何故，只得再去给灶里添柴。

隐士认真读跋。

《闺鉴图说·跋》以对话的方式写成，对话的一方是“曰”，一方是“或曰”。在前有“或曰”的一段话，在后有“曰”的一段话，隐士颇为关注。

“或曰”说的是：吕之为此，本谋铨部行道，今铨部不可得，司寇不能安，不终付浩叹乎？

“曰”说的是：子真井蛙见矣！当此世名人，皆称吕所见极高，所举极当，咸举春秋大义、子以母贵之说，共建社稷奇勋。夫唐阉执命，天子门生；宋奸弄权，神器宵易。今盟约既定，羽翼已成，子韦布之士，岂知国家大计，宜从此三缄，无自取祸可也。余故曰：吕先生为此书，特其一念之差，情固可原也。

文章的结尾是：或人不能难，唯唯而退，因援笔记之。燕山 ××× 顿首跋。

“这里是三字空当。”隐士指着最后处说。

“是。”儒者应道。

“贤弟除让我想个名字，还要我想个姓氏吧？”隐士问。

“是。”儒者应道。

“贤弟是要我先说说此文，还是先吃饭？”隐士问。

“说文比吃饭要紧，兄台先为我说说此文。”儒者道。

“好，”隐士应一声，说道，“若以一言蔽之，在我拜读过的贤弟文章中，这是写得最好的一篇。”

“兄台过誉。”儒者揖道。

“不过，有几事须得请教。”隐士又说。

“不敢；若有不当，请直言。”儒者道。

“记得贤弟方才说，此书或非吕氏编撰；此文却无不以吕氏为言，贤弟是不是确信《闺范》一说，出自他手？”隐士提出第一个问题。

“一则确信；二则，《闺范》一说，须得着落在一人身上。不然，如何行文？”儒者道。

“也是，”隐士应一声，提出第二个问题，“文中有‘曰’，有‘或曰’，贤弟的立场，在‘曰’，或在‘或曰’？”

“‘曰’与‘或曰’，立场有何不同？”儒者反问。

“‘或曰’者，皆指责吕氏；‘曰’者，似为吕氏辩。”隐士说。

“兄台以为，我的立场在‘曰’，或在‘或曰？’”儒者问。

“一般行文，提问者客，作答者主。文中‘或曰’为客，‘曰’为主，贤弟立场似在‘曰’。”隐士说。

“兄台所言甚是。”儒者道。

“那么，贤弟是在为吕氏辩？”隐士问。

“看上去在为吕氏辩，实则寓讽其中，这也是一种写法。”儒者道。

“我可以品出来，”隐士回应一句，提出第三个问题，“吕氏求铨部，求刑部，故而编撰是书，贤弟有无实证？”

“但有传闻，未得实证。”儒者道。

“没有实证，为何还这样写？”隐士问。

“兄台以为不妥？”儒者反问。

“并无不妥，”隐士道，“贤弟意既在讽，谋官乃讽之大者，没理由不可写。”说着，提出第四个问题，“盟约既订，当世名人都有谁个？”

“数得出的，不下八九人，”儒者说，并认真数道，“譬如，张公养蒙，刘公道亨，魏公允贞、郑公承恩、邓公光祚、洪公其道、程公绍、白公所见、薛公亨。”

"已够，已够！"隐士连声道，并问，"郑公承恩，是贵妃族人吧？"

"是其兄。"儒者应道。

"他既在内，订立盟约之事，我信之。"隐士说。

"既信之，兄台可赐名否？"儒者问。

"还有最后一事须问，"隐士说着，问道，"记得贤弟说过：宜三缄其口，无自取祸；今又撰此文，大有纵横捭阖之意。究竟何者为实，何者为虚？"

"二者皆实。"儒者道。

"怎讲？"隐士问。

"但撰此文，从此对此事不闻不问；且一己之议，不必示人，祸自可避。"儒者道。

"既不示人，要名何用？不如待贤弟想好它用途之时，再来取名。"隐士提议。

"也好。"儒者无可无不可地应道。

酒一温再温，肉一蒸再蒸，二人这顿饭吃的，毫无味道。

第二百四十六章

“今日宣卿来，咨以二事。”皇帝对礼部尚书范谦说。宣召阁臣，皇帝或许会寒暄几句，单独宣召部臣、院臣，一则很少，二则不用寒暄，皇帝会直接切入主题。

“是。”范谦应道。

“范尚书知朕要咨以何事吧？”皇帝问。

“去礼部宣臣的公公，已对臣说。”范谦道。

“那是朕命他说的；朕还让他告诉卿，过一个时辰再来。这都是为卿有所准备。”皇帝说。

“臣叩谢皇上体恤。”范谦道。

“卿做过准备吗？”皇帝问。

“做过。”范谦应道。

“那么，两件事，卿欲先说哪一件？”皇帝问。

“臣欲先禀复建文年号一事。”范谦道。

“为何？是因此事比另一事重大？”皇帝问。

“不是，”范谦道，“臣部议处二事，此事在前，另一事在后。臣是按照礼部议处的次序禀奏。”

“好，依卿。”皇帝准允。

“日前，礼科给事中、臣杨天民，御史、臣牛应元，各上疏，乞复建文年号；奉圣谕，下礼部议之。”范谦略述事由。

“问句题外的话，这个杨天民是哪里人？”皇帝插问。

“山西太平人。”范谦道。

“卿说，他和杨尚书会不会同宗？”皇帝问。

范谦被问住。他准备得再充分，也没想到要查实这样一件事。但皇帝问的不是没道理：杨天民是山西人，杨俊民也是山西人；而且，名中都有一个民字，好像是特意排下来的。

“杨尚书是蒲州人，臣天民是太平人。蒲州、太平均属平阳府，且均在府城西南，应相去不远。二人同出一宗，不无可能，”范谦先顺着皇帝的思路说，然后又说，“不过，杨尚书是嘉靖四十一年进士，臣天民是万历十七年进士，相差几三十年，二人若是同辈堂兄弟，亦当是远枝。”

“卿说的是，”皇帝点头。他是忽然间想到此事的，得到这样的回答，应该满意。他问，“杨、牛等奏言，礼部是怎议的？”

“臣等以为，宜准。”范谦说。

“为何宜准？”皇帝问。

“复建文年号，及加庙谥，自正德以来，屡有奏议；自皇上登极以来，奏议尤多。臣等以为是其时矣。”范谦说。

“复建文年号，有何依据？”皇帝问。

“一言以蔽之，史实宜存。”范谦道。

“具体而言呢？”皇帝问。

“有四事。”范谦道。

“其一？”皇帝问。

“年号宜存。”范谦道。

“怎讲？”皇帝问。

“建文年号曾行之天下四载，史之实也。我太祖高皇帝创立大明，前元为敌国，乃修《元史》。”范谦道。

“修前朝之史，与复建文年号，有何关连？”皇帝问。

“修敌国史，为存其实也；奈何却失其实于本朝，失其实于当代？”范谦道。

“其二？”皇帝数道。他没有反驳，也没有继续提出问题，可见对范谦的说辞是认可的。

“庙号宜存。”范谦道。

“怎讲？”皇帝问。

“建文曾君临天下四载，史之实也。我太祖高皇帝创立大明，前元末帝为敌国皇帝，仍加以庙号。”范谦道。

“是加以顺帝吧？”皇帝问。

“是。”范谦应道。

“顺者，知天命而顺之也，我太祖高皇帝因其顺天命而加以庙号，这和加建文以庙谥，有何关连？”皇帝问。

“庙号可用顺字，亦可用别字；可以顺天命而用顺字，亦可以别故而用别字。然为庙号，则一也。顺帝为前元天子，加以庙号，为存其实也；奈何削庙号于本朝，削庙号于当代？”范谦道。

“其三？”皇帝数道。

“谥号宜存。”范谦道。

“怎讲？”皇帝问。

“本朝景泰帝变更可鉴，”范谦道，“英庙复辟，废景泰帝为郕王；宪宗皇帝成化十一年，复其皇帝之号，加尊谥曰恭仁康定。”

“景泰帝复帝号，加尊谥，是怎宣示天下的？”皇帝问。

“以制书宣示天下。”范谦道。

“卿还记得，制书是怎写的吗？”皇帝问。

“臣记得，”范谦记性极好，背诵道，“朕叔郕王践祚，勘难保邦，殆将八载。弥留之际，奸臣贪功，妄兴谗构，请削帝号。先帝旋知其枉，每用后悔，以次抵诸奸于法。不幸上宾，未及举正。朕敦念亲亲，用成先志，可仍皇帝之号，其议谥以闻。”

“要点有三：一则景泰帝有勘难保邦之功，二则削帝号乃奸臣谗构，三则我英宗皇帝已知其枉，有举正之意，”皇帝说着，问道，“范尚书说是不是？”

“诚如圣谕。”范谦应道。

“建文可有勘难保邦之功？”皇帝问。

“其时邦国无难。”范谦道。

“削建文帝号，可是奸臣谗构？”皇帝问。

“未闻。”范谦道。

“我成祖皇帝可有举正之意？”皇帝问。

“更加未闻。”范谦道。

“既如此，景泰帝复皇帝号，并加以尊谥，和复建文年号有何关连？”皇帝问。

“成祖皇帝取代建文，曰靖难；英宗皇帝取代景泰，曰复辟。由此可见，二事有所不同，故复景泰帝位之制书，不适用于复建文年号。然皆曾为帝，天下皆奉其纪元，则一也。景泰可复帝号，建文亦可复帝号；景泰帝可加谥号，建文帝亦可加谥号。”范谦说。

“其四？”皇帝数道。

“帝号宜存。”范谦道。

“怎讲？”皇帝问。

“鼎革之际，建文诸臣多被诛杀，其家属则被流戍。仁宗皇帝登极，已加宽宥；皇上改元之十三年，坐建文死事诸臣谪戍者后裔，悉数释还。仅方孝孺案谪戍者后裔，达一千三百余人。”范谦道。

“我仁宗皇帝宽宥建文诸臣眷属，是怎宣示天下的？”皇帝问。

“以谕旨宣示天下。”范谦道。

“卿还记得，谕旨是怎写的吗？”皇帝问。

“臣记得，”范谦道，并背诵，“建文诸臣，已蒙显戮，家属籍在官者，悉宥为民，还其田土。其外亲戍边者，留一人戍所，余放还。”

“我仁宗皇帝谕旨，可曾宥建文死事诸臣之罪？”皇帝问。

“不曾。”范谦道。

“可曾复建文死事诸臣官职？”皇帝问。

“亦不曾。”范谦道。

“既如此，为何建文宜复帝号？”皇帝问。

“仁宗皇帝登极时，距靖难未久，故对建文死事诸臣不便评论功过。皇上登极，距靖难已一百七八十年，距仁宗皇帝登极，约一百五十年，堪称久远，可以评论其功过矣。故万历之初，皇上颁下诏书，褒录建文忠臣，并于南京建表忠祠，其首为故魏国公徐辉祖，其次为故学士方孝孺。今则距靖难二百年，距仁宗皇帝登极，约一百七八十年，更为久远，可以述及建文矣。不有其君，何以见其忠？一时死事诸臣，尚可褒锡，奈何遗弃其君，而令湮没于百世之后！”范谦道。

“此一事，卿说得最为振振有词，然朕以为，所谓帝号宜存，是虚的，不似年号宜存，庙号宜存，谥号宜存，都是实实在在的。年号宜存，则洪武三十二年改为建文元年；庙号宜存，则须议庙号；谥号宜存，则须上尊谥。帝号宜存，有何事须做吗？”皇帝评论道。

“皇上说的是，”范谦附和一声，然后说，“议庙号，上尊谥，帝号自已复之。臣特别陈述复帝号，不过欲以君臣之义为言。”

“卿道议庙号，上尊谥，帝号自已复之；那么，复年号呢？帝号是否亦自复之？”皇帝问。

“年号是原有的，复年号，即恢复那几年的纪年，帝号未必复之。譬如，景泰帝虽废为郕王，景泰年号却未废。”范谦说。

“朕倒是觉着，年号既是原有的，不如且复建文年号，更符合史实宜存之说。至于庙号、尊谥等，不妨等日后缓议之。”皇帝说。

“臣领旨。”范谦欣然应道。对他来说，对朝中诸多史臣来说，皇帝开此金口，已是大喜过望。

“范尚书，说说第二事吧。”皇帝转换话题。

“是，”范谦应一声，略述事由，“日前，郑世子载堉上疏，称今所用大统历及授时历，误差渐大，请改用万年历。”

“卿先给朕说说这位郑世子吧。”皇帝命道。

“是，”范谦应道，“郑世子载堉，郑恭王嫡一子，嘉靖二十五年封世子。”

“抛开郑藩，单说郑世子载堉，怕是说不清楚。”皇帝道。

范谦不知皇帝要听哪些，只能笼统地说：“郑府第一位亲王为郑靖王，仁宗皇帝第二子，与仁宗皇帝第四子蕲献王、第七子淮靖王，俱贤妃李氏所出。”

“卿说得太远。”皇帝道。

“是，”范谦应一声，说到最近的事，“郑恭王薨于万历十九年。”

“郑府世袭，及诸王名讳，总得交代一下。”皇帝又嫌他说得太略。

“是，”范谦应一声，说道，“郑靖王瞻埈薨，传嫡一子祁锳，为简王；简王祁锳薨，世子见滋先薨，传见滋嫡一子祐柃，为康王，见滋追谥僖王；康王薨，无子，传简王第四子东垣端惠王见灢嫡一子祐檡，为懿王；懿王薨，传嫡四子、恭王厚烷。”

“卿方才说，郑恭王薨于哪一年？”皇帝问。

“万历十九年。”范谦道。

“亦即，是四年前。”皇帝道。

“是。”范谦应道。

“为何载堉仍未袭封？”皇帝问。

“郑简王薨于弘治八年，郑康王弘治十四年袭封；郑懿王正德十六年薨，郑恭王嘉靖六年袭封，其间相隔，都不止四年。”范谦说。

“恭王是哪一年袭封？”皇帝问。

“嘉靖六年。”范谦重复一遍。

“嘉靖六年袭封，万历十九年薨，岂不是，岂不是——”皇帝边说，边在心中计算，“岂不是在王位六十四年！”

“其实没那么长。”范谦说。

“朕算得不对？”皇帝有点儿含糊。

“皇上算得对。臣是说，嘉靖二十九年至四十五年，恭王获罪，被革去王位，禁锢凤阳。”范谦道。

“也就是说，有十六年被禁锢凤阳。”皇帝算出。

“是。”范谦应道。

“然后呢？”皇帝问。

“然后于隆庆元年复爵。”范谦道。

“六十四年中，十六年禁锢凤阳，仍有四十八年在王位，也算是很长的吧？”皇帝道。

"是。"范谦应道。

看来，皇帝不打算问郑恭王为何被禁锢凤阳高墙，范谦不由松口气。因为厚烷是进谏而惹怒世宗皇帝的，说起来，他被禁锢，应该是世宗皇帝的失德。如何叙述其事，还真要费些脑筋。或者，他在世宗皇帝时被禁锢，在穆宗皇帝时复位，皇帝也觉得有点儿不太好问。

皇帝问的是："他王呢？"

"郑靖王薨于成化二年，郑简王成化四年袭封；郑康王薨于正德二年，郑懿王正德四年袭封。"范谦说。

"亦即，后王袭封，不一定要在四年之后，或更多年之后。"皇帝道。

"皇上说的是。"范谦应道。

"载堉仍未袭封，有无别的缘故？"皇帝问。

"有，"范谦应道，"简王庶子中，盟津王见滚为庶三子，东垣王见瀩为庶四子。见滚母有宠于简王，见滚有夺嫡之志。不成，他窃世子金册而去。简王言于朝，见滚革为庶人。待郑康王无子，遂以祐檡袭封。栽堉以盟津王长于东垣王，欲以郑王之位让与盟津王之后。"

"盟津王名——"皇帝没记住他的名字。

"见滚。"范谦奏告。

"见滚有后吗？"皇帝问。

"有，"范谦道，"见滚三传至载壐。"

"载堉欲让位与载壐？"皇帝问。

"是。"范谦应道。

"载壐亦为庶人？"皇帝问。

"不是，"范谦道，"见滚逝后，朝廷赐以谥号，复以爵位。其后人虽未袭爵，但皆以嫡一子、庶某子载入玉牒。"

"既为宗人，袭封王位倒不是不可以。不过，"皇帝口气一转，说，"朕看，载堉欲让位与载壐，不在孟津王为庶三子，东垣王为庶四子。"

"皇上的意思是——"范谦问。

"载堉的心思在学术，不在权位。"皇帝说。

"皇上说的是，"范谦应道，"郑世子专注于学，无论河南籍官员，抑或任职河南的官员，有口皆碑。"

"其所造万年历，礼部怎议？"皇帝问。

“臣等以为，不宜准。”范谦道。

“载堉的学问不是很好吗，为何不宜准？”皇帝问。

“郑世子疏中，涉及三历，臣请为皇上一一略述。”范谦道。

“是哪三历？”皇帝问。

“一则授时历，一则大统历，一则万年历。”范谦道。

皇帝点点头，命道，“卿先说授时历吧。”

“是，”范谦应一声，说道，“授时历行于前元至元十八年。该历为郭守敬、许衡等制定，以三百六十五又约四分之一日为一年，以二十九又约二分之一日为一月，一年的二十四分之一为一气，以没有中气的一月为闰月。”

“朕听这些数字，如听天书。”皇帝道。

“臣读到这些数字，亦如读天书。臣为禀于皇上，不得不硬记下来。皇上听之即可，不必记它。”范谦说。

“说的是，”皇帝应道，又问，“气即节气吧？”

“是。”范谦应道。

“朕只要记得，一年十二月，一月三十日，一年二十四节气，就足够。”皇帝道。

“皇上圣明。”范谦颂道。

“大统历即本朝使用之历吧？”皇帝又问。

“皇上说的是。”范谦应道。

“可是制定于国初？”皇帝问。

“是，”范谦应一声，说道，“大统历乃钦天监于洪武年间制定，与授时历之不同，主要有二：其一，授时历不定历元，大统历则以洪武十七年，即甲子年为历元；其二，授时历有消长之法，大统历乃上考下推，无消长之法。”

“洪武十七年迄今有二百年吧？”皇帝问。

“迄今已二百一十余年。”范谦道。

“行之二百一十余年，有何不妥？”皇帝问。

“郑世子称，因大统历无消长之法，授时历有消长之法，以二历相校，考古则气差三日，推今则时差九刻。”范谦说。

“相差如此之大，是大统历不准，还是授时历不准？”皇帝问。

“据郑世子的说法，授时历减之太峻，失在先天；大统历不减，失在后天。”范谦说。

“所以，他要造万年历。”皇帝道。

“是，”范谦应一声，说道，“郑世子合二家历书，曰《律历会通》，与其所造万年历，并上之。”

“万年历由来，朕已知之，礼部以为其不宜准，又是为何？”皇帝问。

“其一，万年历早已有之。”范谦说。

“早已有之？”皇帝不免吃惊。

“也不是太早，”范谦更正道，“约在二百五十年前，即前元至正四年，西域扎马鲁丁进新历，即名万年历。”

“范尚书是说，载堉所造万年历，实为扎马鲁丁所造？”皇帝问。

“不，”范谦摇摇头，说道，“郑世子所造万年历，与扎马鲁丁所进万年历比较，有许多改进。臣的意思是，二历的立意基本相同。授时历创于万年历之后，前元选用授时历而不选用万年历，我大明据授时历创大统历，而不据万年历创大统历，必有缘故。”

“其二呢？”皇帝问。

“郑世子称，大统历无消长之法，虽言之不差，然大统历所用岁差之法，更为精密。”范谦说。

“何谓岁差之法？”皇帝问。

“岁差之法，上古无闻，始于晋人洛下闳；其后，唐人虞喜，元人许衡、郭守敬相沿用之。其法，以六十六年差一度。考古，则每百年减一；推来，则每百年加一。大统历所用，即此法。”范谦说。

“范尚书是说，岁差法比消长法更为精密？”皇帝问。

“臣是这么看的，礼部同僚及钦天监官也是这么看的。”范谦说。

“既然今法更为精密，为何要改！”皇帝也否决载堉所造万年历。

九月中，皇帝颁诏，复建文年号，即洪武三十二年复为建文元年，洪武三十三年复为建文二年，洪武三十四年复为建文三年，洪武三十五年复为建文四年，并于《永乐实录》中辑建文本纪。

第二百四十七章

十月二十八日晚，陕西道御史赵文炳赶到理戎政都御史沈思孝家中，在书房中见到的，只有沈思孝一人。

“乐先生尚未到？”他问。

“尚未到。”沈思孝说。

“他催我快来，他却不急，”赵文炳埋怨一句，然后问道，“他说老先生约我来，有要事相商，不知是何事？”

“等乐先生来了再说，如何？”沈思孝道。

“好。”赵文炳应道。

他不是进士出身，因此，和所有进士出身的官员都保持一定的距离。对职位相当的官员，他都称姓氏而不称字；对资深大臣，则一律称老先生。大家知道他的这个习惯，对他也只以姓氏称之。

沈思孝还知道，赵文炳不苟言笑，想和他轻松地聊天，是件极难的事，还不如彼此沉默，等另一人到来。

他们等的乐先生，名元声，浙江桐乡人，万历十一年进士，官工部虞衡司员外郎。

他一进门，沈思孝指点着他说：“乐老弟，赵先生对你大为不满呀。”

从称呼和话语可知，他二人的关系很亲密。

“并非大为不满，我只是觉着，乐先生约的我，应该在我之前来到沈府。”赵文炳态度平和地说。

“迟到一步，得罪，”乐元声说着，朝他揖了揖。并解释道，“我家离沈府，比赵先生家远呀！这会儿赶到，已很不易。”

“但乐先生可以早出门的呀，”赵文炳说，“乐先生如果在差家人去告知我时出门，我不相信，从岳先生家到沈府，比从乐先生家到我家，再到沈府，还要远。”

乐元声知道此人较真，认准的事，再解释也没用，还不如不解释。

“那事，纯父先生对赵先生说否？”他问沈思孝。

“等你到呢。”沈思孝说。

“我已到，纯父先生说吧。”乐元声道。

“我的意思，是让你说。”沈思孝把自己的意思表达得更清楚。

“好，”乐元声应一声，问赵文炳，“右武先生事，赵先生知否？”

“丁先生逮系狱中，难道还有人不知！”赵文炳道。

“我不是问逮系之事，是问鞫讯之事。”乐元声说。

“这却不知。”赵文炳道。

“法司鞫讯时，曾用刑。”乐元声说。

“此事虽不知，却想得出来，”赵文炳道，“皇上降旨，命打着问，法司不可能平心静气地问。”

“但打问之下，右武先生赃事一件未作实，赵先生却未必知道。”乐元声说。

“我的确不知。”赵文炳道。

乐元声看沈思孝一眼，似在询问：事情原委是否说清楚？沈思孝点点头，似在表示：已然说清楚。

“乐先生怎不说下去？”赵文炳问。

“请赵先生来，是为告知此事。”乐元声道。

“多谢乐先生以某未知之事告知。”赵文炳说着起身，准备告辞。

“赵先生稍等！”沈思孝忙叫住他。

“老先生还有事？”赵文炳问。

“乐先生的话，不很确切。”沈思孝说。

“是法司用刑，说得不确切；还是赃事未坐实，说得不确切？”赵文炳明知他并非此意，还是这么问。

“都不是，”沈思孝道，“我的意思，是他最后一句话，说得不确切。”

“最后一句话？”赵文炳好像不记得乐元声最后一句话说的是什么。

“他说，请赵先生来，是为告知此事。”沈思孝道。

“对，他是这么说的，”赵文炳应罢，感到奇怪，“何谓不确切？可是老先生并不想让他告知下官此事？”

“告知是不错的，但不仅是告知。”沈思孝说。

“老先生是何意？”赵文炳问。

“请赵先生来，为的是计议此事。”沈思孝道。

“计议此事？”赵文炳挠着头，说道，“老先生，我还是没听懂。”

“且请安坐，”沈思孝作个手势，请赵文炳再坐下。等赵文炳就座后，他不慌不忙地问，“丁先生为何逮系狱中，赵先生知道吧？”

“知道，是因大计。”赵文炳说。

“这是赵先生的误会。”沈思孝说。

“是我的误会？”赵文炳不解。

“今次大计，不及者以千计，下狱者有几人？”沈思孝反问。

“他可不是一般的不及，他是贪渎。”赵文炳道。

“贪渎者以百计，下狱者有几人？”沈思孝顿了顿，又问，“譬如文选郎，赵先生参劾他贪渎，他可曾下狱？”

蒋时馨被劾，仅是罢官，并未下狱。

“老先生是说，他非因大计下狱？”赵文炳反问。

“是。”沈思孝应道。

“不因大计下狱，却因何下狱？”赵文炳问。

“是遭人构陷。”沈思孝道。

“遭谁人构陷？”赵文炳问。

“大计中遭人构陷，赵先生说遭谁人构陷！”沈思孝道。

“老先生是说，他遭吏部构陷？”赵文炳问。

“此事再明显不过，何必说破。”沈思孝道。

“老先生一再问，怎又怪我说破！”赵文炳不悦。

“我只是说此事明显，不是怪赵先生。”沈思孝解释。

“老先生说此事再明显不过，我怎觉着，并不那么明显？”赵文炳道。

“赵先生非要我也说破呀。”沈思孝好像不愿说。

“没事，我来替纯父先生说破，”乐元声道，他对赵文炳说，“吏部为何构陷右武先生，说起来，还是因赵先生而起。”

“因我而起？怎讲？”赵文炳问。

“纯父先生方才说，赵先生参劾文选郎贪渎，是吧？”乐元声反问。

“老先生说过，乐先生又说，难道是我参错？”赵文炳道。

“谁说赵先生参错！赵先生此疏一上，大快人心。”乐元声说。

“既大快人心，乐先生怎又说吏部构陷丁先生因我而起？”赵文炳问。

“大快人心者，大快正人之心也，有人则惶惶不安。”乐元声说。

“惶惶不安者，唯有文选本人。”赵文炳道。

“是否唯有文选本人惶惶不安，且不去说；单只说文选本人惶惶不安，必设法自救。”乐元声说。

“乐先生是说，他构陷丁大人以自救？”赵文炳问。

“此事再明显不过，赵先生何必说破。”乐元声道。

“乐先生也怪我不该说破？”赵文炳更加不悦。

“我只是说此事明显，绝无怪罪之意。”乐元声解释。

“乐先生说此事再明显不过，我怎觉着，并不那么明显？”赵文炳说罢，又更正道，“不是此事不那么明显，而是乐先生此说颇有漏洞。”

“有何漏洞？”乐元声问。

“大计在前，处分丁先生在前，我参劾文选贪渎在后，怎能说，构陷丁大人是文选为自救？”赵文炳反问。

“这又是赵先生的误会。”沈思孝插话。

“怎又是我的误会？”赵文炳问。

“大计在前，这不假，但处分丁先生也在前吗？”沈思孝自问自答，“处分丁先生在前，是罢黜在前；而逮系下狱，断然是在赵先生参劾文选之后。”

首先是大计，丁此吕在罢黜之列；然后，是赵文炳参劾蒋时馨；然后，是有旨将丁此吕下狱。这个顺序是不错的。

“就算文选被参劾、欲自救在前，丁先生逮系下狱在后，然文选罢去；此事已了，还有何事须计议？”赵文炳又想结束他们之间的谈话。

“乐先生方才有半句话，赵先生没留意吗？”沈思孝不会就此作罢。

“乐先生哪半句话我没留意？”赵文炳问。

“是否唯有文选本人惶惶不安，且不去说。”沈思孝重复乐元声的话。

“他是说过这话。”赵文炳点头道。

“赵先生不想知道，他是且不去说，还是根本不想说？”沈思孝问。

“是啊，”赵文炳按着他的话问，“乐先生是且不去说，还是根本不想说？”

“纯父先生，我为何不想说？”乐元声问。

“你或以为，再明显不过，何必说破。”沈思孝道。

赵文炳、乐元声忍不住都笑出声。

“不得不说破时，须得说破，”乐元声说着，转向赵文炳，“赵先生疏上后，惶惶不安的，不仅是文选。”

“还有谁人？”赵文炳问。

“大冢宰对文选极为倚重，不仅吏部人知之，吏部以外人也都看得出来；文选既被参劾，大冢宰能安心！”乐元声道。

“乐先生之意，丁先生逮系下狱，大冢宰也有一份责任？”赵文炳问。

“不仅是有一份，”乐元声道，“右武先生，大参也，从三品大僚也，仅凭一文选之力，前者想罢黜，就可以罢黜？后者想逮系下狱，就可以逮系下狱？”

“乐先生之意，丁先生逮系下狱，文选凭借的是大冢宰之力？”赵文炳问。

“不仅是文选凭借大冢宰之力，”乐元声道，“大冢宰既然对文选极为倚重，可谓一荣俱荣，一损俱损。”

“乐先生之意，大冢宰为救文选，亦欲构陷丁先生？”赵文炳问。

“不仅是为救文选，”乐元声道，“大冢宰既然和文选一荣俱荣，一损俱损，救文选，亦是自救。”

“乐先生层层剥之，终于让我看到内中果实，”赵文炳说着，转问沈思孝，“老先生也是此意吧？”

“是何意？”沈思孝故作糊涂。

“陷构丁先生者，不仅有文选，还有大冢宰。”赵文炳说。

“不止于此。”沈思孝道。

“文选虽被罢官，但欲为丁先生申冤，参罢文选不够，还得参罢大冢宰。”赵文炳说。

“不止于此。”沈思孝道。

“老先生、乐先生均与丁先生交好，故欲参劾大冢宰，申救丁先生。”赵文炳说。

“不止于此。”沈思孝道。

“老先生、乐先生欲我加入，参劾大冢宰，申救丁先生。”赵文炳说。

“不止于此。”沈思孝道。

“还有？”赵文炳再想不出什么。他看看沈思孝，看看乐元声，希望他们给一点儿提示。

“还有更要紧的一事，”乐元声道，“台省已有多人欲参劾大冢宰，申救丁先生；然纯父先生以为，由赵先生出面，乃众望所归。”

“老先生是此意？”赵文炳问沈思孝。

“是。”沈思孝应道。

“老先生为何以为，由我出面，乃众望所归？”赵文炳问。

“丁先生逮系下狱，因赵先生而起，亦当因赵先生而终。”沈思孝说。

“老先生抬爱，下官感激不尽；不过，”赵文炳说着，口气一转，“老先生、乐先生有所误会。”

“我等怎误会？”沈思孝、乐元声齐问。

“我所疏者，仅参劾文选，非参劾今次大计；文选既罢，我别无他求。此其一也。丁先生大计罢黜，以其贪渎。吏部说有，老先生、乐先生说无，我既未勘查，

“该疏最后并未特别归结到权在铨部。”田义说。

“却以何事煞尾？”皇帝问。

“议以二事：一则曰廷臣相攻，有伤体统；一则曰介入攻讦之臣，皆宜去之。”田义说。

“前一事他怎写的？”皇帝问。

“丕扬攻思孝；思孝反唇以攻丕扬；吕坤攻江东之，东之亦攻吕坤；黄运泰攻文炳，文炳亦攻运泰。以言官攻言官，言官之体伤；以大臣攻大臣，大臣之体伤；言官、大臣更相攻击，朝廷之体伤。”田义改回叙述。

“后一事他怎写的？”皇帝问。

“江东之偏心直胆，原非容世之人，臣为东之计，宜去也。吕坤曾有道学之望，而蹈两舌之讥，臣为吕坤计，宜去也。沈思孝凛凛以气节自负，乃志大才疏，臣为思孝计，宜去也。孙丕扬高自标持，以澄清天下为己任；即今时馨一斥，而丕扬不胜其溺爱庇护之私，驱台省诸臣蜂起而从之。臣为朝廷计，丕扬宜去也。”田义叙述。

“虽说这个宜去，那个宜去，其实在他心里，只有一人宜去。此人即孙尚书。”皇帝评论道。

“爷为何这么说？”田义问。

“别个都是为自家计宜去，唯独孙尚书是为朝廷计宜去。为自家，可计，可不计；为朝廷，却不得不计。”皇帝说。

“乐主事所言各事，都是针对吏部的；奴才不懂，他为何最后却说攻讦吏部各官宜去？恭聆圣谕，奴才才懂。”田义奉承道。

“乐元声此疏，老田说得不错，”皇帝也还给他一句褒奖。然后命道，“接下来，再说说赵文炳的奏疏。”

“是，”田义应一声，说道，“赵文炳此疏，奴才怎么也读不懂。”

“是用词难懂，还是用典难懂？”皇帝问。

“都不是，”田义道，“赵文炳前疏参劾蒋时馨，今疏参劾另三人，而此三人亦参劾蒋时馨。”

“他今次参劾的是哪三人？”皇帝问。

“其一沈思孝，其二江东之，其三乐元声。”田义道。

“他怎写的？”皇帝问。

“兵部戎政侍郎沈思孝、大理寺少卿江东之，工部员外郎乐元声，此三奸者，俱以建言，欺世盗名，一时贤者雅量其气节。乃臣素以名节自砥，亦闻其虚名而慕之、信之。今幸天夺其魄，社稷有灵，奸谋尽露，臣得执而为皇上言之。”田义读道。

“朕记得，沈卿不是以兵部侍郎理戎政的。”皇帝说。

“爷说的是，臣思孝以右都御史理戎政。”田义道。

“御史言事，总是不严谨，”皇帝评论道。“依惯例，或以兵部尚书理戎政，或以兵部侍郎理戎政。他也理所当然地写上兵部戎政侍郎，却不知，沈卿理戎政是个例外。”

“爷说的是。”田义应道。

“再回过头想想乐元声的奏疏，挺有意思。”皇帝说。

“爷是说——”田义不懂皇帝的意思。

“他说，以言官攻言官，而言官之体伤；以大臣攻大臣，而大臣之体伤。他是部属，以为可置身事外地谈论此事；却未料到，还有一个以御史攻部属呢。”皇帝说。

“是，”田义应道。“奴才也没料到。”

“赵文炳以沈、江、乐三人奸谋尽露，是何奸谋？”皇帝问。

“数次邀其上疏，为丁此吕申辩。”田义道。

“第一次是谁人邀的？”皇帝问。

“沈、乐二人。”田义道。

“二人怎邀的？”皇帝问。

“称丁此吕遭冢宰、文选陷害；又称丁此吕逮系下狱，法司打着问得无赃；又称省中有欲上疏救者，赵文炳若先发，则名益重。”田义述道。

“第二次是谁人邀的？”皇帝又问。

“江一人。”田义道。

“他怎邀的？”皇帝问。

“称蒋时馨挟私报复丁此吕，他有确凿证据。”田义说。

“有何确凿证据？”皇帝问。

“蒋时馨有亲戚，官千户，被丁此吕拿问革职。蒋时馨曾致函丁此吕，为该千户求情。时馨手书现在丁此吕处。”田义述道。

“江东之仅以此一事游说赵文炳？”皇帝问。

“还有别的话，”田义道。“他又称刑部迎合冢宰，欲从重拟；又称赵文炳若抗疏以言，此事可解；又激道：公素称不畏强梁，今亦为权贵阻难乎？”

“还有第三次吧？”皇帝又问。

“是，”田义应一声，说道，“第三次邀者，乐一人也。”

“他怎邀的？”皇帝问。

“乐元声以己疏稿与赵文炳看，文炳约元声同年进士、御史唐一鹏同看。元声称进此疏为赵文炳出气；又称公当置酒谢我。”田义述道。

“还有第四次吗？”皇帝又问。

“有，”田义应一声，说，“第四次邀者，江、乐二人也。”

“他二人怎邀的？”皇帝问。

“相继请赵文炳申救此吕。”田义道。

“看来，也只邀四次。”皇帝说。

“爷怎知？”田义不无惊诧地问。

“第四次已没什么好说，何必再邀第五次！”皇帝道。

“爷圣明，言无不中。”田义颂道。

“事虽四件，朕看他的感慨不会少。”皇帝又判断。

“爷说的是，”田义应道。“赵文炳的感慨有两层意思：一则表白自身，一则指斥三臣。”

“他怎表白的？”皇帝问。

“元声极口誉臣，彼将谓此举必得臣之欢心，而不发其奸矣。岂知臣一念赤忠为国之心，遂贲育亦不能夺乎！”田义述道。

他记得，贲育指的是战国时的两名勇士孟贲、夏育，并准备在皇帝询问时仔细讲解。但皇帝对赵文炳是否有赤忠为国之心，及谁要夺其赤忠为国之心并不关心，他问的是：“指斥三臣，他怎说的？”

“参照沈思孝、江东之、乐元声，毒如两头之蛇，而蒙以虎皮；狡似九尾之狐，而假以凤鸣。沈思孝运奸于帷幄之中，江东之、乐元声交驰于昏夜之时，欲以排挤大臣，而不思国家之危为可虞；思以救获奸贪，而罔知朝廷之法为可畏！”田义述道。

“还有吗？”皇帝问。

“再无。”田义应道。

“赵文炳为何要参劾三臣，老田还能说不懂？”皇帝问。

“奴才来的路上，把该疏草草阅读一遍，没读懂；这会儿为爷说疏，在爷启迪之下，奴才似已懂得。”田义道。

“说来听听。”皇帝命道。

“其一，赵文炳意在参劾蒋时馨，而认定三臣意在摇动冢宰；他意在参劾贪渎，而认定丁此吕亦为贪渎。其二，沈思孝、江东之、乐元声意在救护丁此吕，赵文炳不肯与之为伍。”田义说。

“看来，老田也颇有感慨。”皇帝开句玩笑。

“爷命说，奴才不得不说；奴才就事论事，不敢说是感慨。”田义道。

“既是就事论事，老田再给朕说说，此二疏当如何处置？”皇帝命道。

“朝中之争，奴才不敢妄议。”田义忙说。

“既是你不敢妄议，就听朕说说。”皇帝道。

“是。”田义应道。

“文选先为赵文炳参劾，复为乐元声参劾，朕看贪赃是实；将他罢官，没有丁点不对。”皇帝说。

“爷说的是。”田义应道。

“丁此吕大计罢黜，复逮系下狱，主者非文选也，冢宰也。朕看贪赃亦是实，将他逮系下狱，也没丁点不对。”皇帝说。

“爷说的是。”田义应道。

“丁此吕下狱既久，可谪戍边方。”皇帝又说。

“是。”田义知道，皇帝是让他把这个处分记下来。

“孙尚书屡疏，以病辞官，至贻书阁臣张先生，恳其拟旨放归。朕为此事，已加以责让；然蒋时馨贪渎之事，与他无关，宜慰留之。”皇帝说。

孙丕扬辞官的直接原因，不是蒋时馨案。蒋时馨罢免后，考功郎中唐伯元接任文选。时首辅赵志皋族弟赵学仕官主事，因事议调，唐伯元注以饶州通判。不久，赵学仕因前事复被讦，科、道遂劾吏部附势。孙丕扬这时遇到两方面的压力：一则处分赵学仕重，有来自首辅的压力；二则处分赵学仕轻，有来自科、道的压力。因掣签法颇遭非议和蒋时馨被罢免而感到身心疲惫的孙丕扬更加坚定去意。

“是。”田义应道。

“沈思孝、江东之虽申救丁此吕，然丁此吕贪渎，与他等无关，宜慰留之。”皇帝又说。

“是。”田义应道。

“老田，你看还有吗？”皇帝问。

“该处分的，爷都处分，并无其他。”田义说。

“好，着内阁照此拟旨吧。”皇帝命道。

“可是着本监掌印太监往内阁宣示？”田义请旨。

“不用他去，你去！”皇帝道。

“是。”田义应一声，欲退。

“老田，和武清侯熟吗？”皇帝忽问。

田义又是一愣，然后回答：“不熟。”

“他嫁女儿，老田去喝过喜酒吧？”皇帝又问。

“他女儿嫁与本监掌印太监的侄儿，奴才是因这一层关系去的；本监上下都是因这一层关系去的。”田义说。

“武清侯何人，老田知道吧？”皇帝问。

“奴才知道。”田义应道。

“这个大伴，找谁做亲家不好，偏要找朕的阿舅做亲家！”皇帝沉下脸叱道。

老武清侯李伟是慈圣皇太后的父亲，今武清侯李文全是慈圣皇太后的兄长，是皇帝的大舅。看得出，皇帝对张诚胆敢和武清侯结姻，是真的大动肝火。

田义揣摩不透，对他来说，这究竟是福，还是祸?

廖心一 著

万历皇帝全传

全六册

④ 论失德，矿、税成祸

戊戌桂秋王之鍏题

金城出版社
GOLD WALL PRESS
· 北京
BEIJING

第四部

论失德，矿、税成疴

第二百四十九章

万历二十四年正旦节期间，除各衙门聚会，各科进士也有聚会。

万历十七年进士聚会时，御史马经纶把吏科给事中戴士衡拉到一旁说话。他二人都是以知县起家，然后入朝，在一起有许多话说。

“章尹兄，朝中何事可虞？”马经纶问。

“十日八日前的事即可虞。”戴士衡说。

“是十日前，还是八日前？”马经纶问。

“算上当日及今日，是十日，不算今日及当日，是八日。”戴士衡说。

“章尹兄说的是正旦日那天？”马经纶问。

“是。”戴士衡应道。

“正旦日朝中最大的事，莫过于大朝会。”马经纶说。

“主一兄说得不对。”戴士衡摇头道。

马经纶字主一，顺天府通州人。戴士衡字章尹，福建莆田人。

“不对？”马经纶不认为自己的说法有错。

“是，”戴士衡应一声，说道，“举行大朝会，算不得朝中最大的事；免大朝会，才是朝中最大的事。”

“章尹兄之意，今岁正旦大朝又免，是朝中可虞之事？”戴士衡问。

“此事不可虞吗？”戴士衡反问。

马经纶不答，只是点点头，又摇摇头。然后他问：“还有吗？”

“言路相攻，此事可虞。”戴士衡说。

马经纶又点点头，摇摇头，然后问：“还有吗？”

“大臣相攻，此事可虞。”戴士衡说。

马经纶又点点头，摇摇头，然后问：“还有吗？”

“倭封而不归，此事可虞。”戴士衡说。

马经纶又点点头，摇摇头，探后问：“还有吗？”

“播州杨应龙，四川、贵州抚、按均参之，此事可虞。”戴士衡说。

马经纶又点点头，摇摇头，然后问："还有吗？"

戴士衡不再一一说下去，他反问："主一兄主意当一，又是点头，又是摇头，却是何意？"

"点头者，章尹兄所言各事，均可虞也；摇头者，章尹兄所言各事，均非最可虞者。"马经纶说。

"主一兄却以为，朝中何事最可虞？"戴士衡问。

"章尹兄附耳过来。"马经纶道。

"这是为何？"戴士衡问。

"不可让他等听去。"马经纶说。

戴士衡于是把头凑过去，听他的悄悄话。

"圣上厌恶言官。"马经纶轻声说道。

"皇上不喜言官进言，朝野尽知，有何不可闻于诸兄！"戴士衡道。

"按照章尹兄的说法，当然不怕诸兄听去。"马经纶说。

"我的说法，和主一兄的说法，有何不同？"戴士衡问。

"其一，我说的是圣上厌恶言官，章尹兄说的却是，皇上不喜言官进言。"马经纶道。

"这也算不同！"戴士衡道，并问，"其二呢？"

"章尹兄说的是皇上不喜言官进言，朝野皆知；我说的却是皇上厌恶言官，是朝中最可虞之事，"马经纶说着，指了指其他同年，"他等诸兄，或为各部属官，或为寺、司属官，听我把圣上厌恶言官列为朝中最可虞之事，还不得群起而攻之！"

"主一兄此言，确有只重科、道，贬抑其他衙门之意。不过，"戴士衡顿了顿，说，"皇上处分其他衙门官，也未见得比处分言官轻。"

"章尹兄是指蒋子芳辈吧？"马经纶问。

"不止他一人。"戴士衡说。

"我知章尹兄不是指他一人，才说蒋子芳辈。"马经纶道。

"我说不指他一人，是说其他衙门官员被处分，并不见得都和蒋子芳一案有牵连，因进言而被处分者，亦大有人在。"戴士衡则说。

"章尹兄说大有人在，究竟有几人？"马经纶问。

"我未曾计数。"戴士衡说。

"章尹兄可知，科、道因进言而被谪者，有几人？"马经纶又问。

"亦未曾计数，"戴士衡说者，不太相信似的问道，"莫非主一兄计得其数？"

"不信是吧，我说给章尹兄听！"马经纶道，"自去冬以来，朝廷共谪科、道官三十有四名。”

“会有这多？”戴士衡惊问。

“就有这多。”马经纶很自信。

“主一兄若言三十名左右，甚或言三十名有余，我还信之；主一兄径言三十有四名，我倒要主一兄数数看，”戴士衡说着，问道，“主一兄所言三十有四名，是从哪一位算起的？”

“兵垣都给谏吴公、给谏刘公。”马经纶数道。

“我记得其事，”戴士衡道，“去冬，兵部考选武臣，有副千户某署四品职，不合例。吴公降杂职，刘公降三秩，调极边。同时降调的，还有兵部郎中韩公，及员外、主事多人。”

吴公即吴文梓，刘公名仕瞻，韩公名范。

副千户从五品，四品职如指挥佥事。在文职衙门，以从五品署四品职，好像还没有什么，但以副千户署指挥佥事，确不合惯例。

“章尹兄说的副千户，即原司礼掌印太监张诚苍头霍文焕也。”马经纶特别指出。张诚案发于去年岁尾，他本人被贬为南苑净军，他的亲眷、属下、家奴等，皆被究治。

“其后呢？”戴士衡问。

“御史区公、俞公、强公，给谏张公，计四人谪外。”马经纶数道。

区公名大伦，俞公名价，强公名思，张公名同德。

“此四位被谪外，和吴公、刘公同时，主一兄为何把他等分开来说？”戴士衡问。

“吴、刘二公被谪外，可以说和署职不当有关；区、俞、强、张四公被谪外，和署职不当却无关。当时处分，可以含糊其辞；今者回顾，却是不能含糊其辞的。”马经纶说。

“也不能说含糊其辞，”戴士衡说着，忽然想起什么，“我记得，四公被谪外，似与霍文炳一案有牵连。”

“不是似与霍文炳一案有牵连，而是确与霍文炳一案有牵连，”马经纶道，“他等的罪责是，与霍文炳素有交往，对霍文炳不加参劾。”

“对，是这么说的。”戴士衡点头道。

“我说的含糊其辞，不仅指把他等谪外归结于署职不当，是含糊其辞；更指把他等谪外归结于霍文炳一案，是含糊其辞！他等四人与霍文炳素有交往，是哪一位与霍文炳素有交往，怎么交往；他等四人，不曾参劾霍文炳，举朝官员，在张诚论罪前，有几人参劾霍文炳？”马经纶道。

“主一兄别质问我呀，”戴士衡笑着把话岔开，他问，“其后呢？”

“五城巡城御史，无一得免。”马经纶道。

“五城巡城御史是夏公、朱公、涂公、时公、杨公吧？”戴士衡问。

夏公名之臣，朱公名凤翔，涂公名乔迁，时公名偕行，杨公名述中。

“是。”马经纶应道。

“此事我亦记得，”戴士衡说，“时籍没内臣客用家，五人以不称旨，并谪为边远地方典史，同时惩治的，还有刑部官员。”

“章尹兄说的是。”马经纶道。

“其后呢？”戴士衡问。

“给谏耿公、邹公、黎公、孙公、黄公、毛公，御史顾公、袁公、綦公、吴公、王公、两位李公，及南垣给谏伍公、费公、卢公，南院御史柳公、聂公、李公，计十有九名。”马经纶数道。

给事中耿公名随龙，邹公名廷彦，黎公名道昭，孙公名羽侯，黄公名运泰，毛公名一公；御史顾公名际明，袁公名可立，綦公名才，吴公名礼嘉，王公名有功，两位李公，一名宗延，一名固本；南京给事中伍公名文焕，费公名必兴，卢公名大中；南京御史柳公名佐，聂公名应科，李公名文熙。

“他等也都是因张诚案被谪外的？”戴士衡说。

“这话不全对。”马经纶道。

“怎么？”戴士衡问。

“以上十九名科、道官以张诚案被谪外，是有明谕的。以此而言，章尹兄的话不错。”马经纶说。

“却错在哪里？”戴士衡问。

“所谓因张诚案被谪外，说得出来的，仍是署职不当。以此将都给谏吴公、给谏刘公等谪外，无话可说；以此事将区公等谪外，虽说不过去，但仍是紧随吴公、刘公被谪外之后；耿公、顾公等，不仅与霍文炳事无关，而且，追究署职不当也过去些日子，再说他等以张诚案被谪外，无论如何也不能让人信服。”马经纶说。

“我说他等因张诚案被谪外，只是就明谕而言，至于以张诚案谪外他等能否让人信服，谁个心里都是有数的，”戴士衡分辩之后，计算道，“一次二人，一次四人，一次五人，一次十九人，加到一起，已经是三十人，另外还有四人。”

“御史冯公、薛公、王公、姚公也。”马经纶数道。

冯公名从吾，薛公名继茂，王公名慎德，姚公名三让。

“他等可谓前一处分的漏网之鱼，然处分更重。前面十九人均谪外，他等四人却是被罢职。我得说一句，对他四位的处分，更难让人信服。”戴士衡道。

“章尹兄说的是。”马经纶应道。

“主一兄是要进言吧？”戴士衡问。以他的了解，马经纶决不会统计个数字就作罢。

“不仅我要进言，也望章尹兄继之。”马经纶道。

马经纶拟疏时，颇费些心思，希望在同类的奏疏中别出心裁。

关于事由，他只简单地写上几句：台省诸臣，为皇上耳目之用。何为一旦涂其耳目？旬日之间，共谪言官三十有四人。以泥沙视贤才，以草芥待台省，辱国伤体，莫此为甚。

关于此事的危害，他也只简单地写几句：迩来言者每切隼获，动遭沙射，南北科、道几虚无人。从此清议不闻于上，邪谋得肆于下，社稷守祸，宁有底极！他自感得意的，是找到一个通过检讨言官的罪责，来指出皇帝过失的途径。他写道：皇上年来厌恶言官，言官何辞！臣切观皇上所谓无言者，犹浅之乎罪言官也；乃言官今日之钳口不言，有五大罪。

他列的第一大罪是：皇上不郊天有年，曾不能排闼牵裾，诤如故典。是陷皇上之大不敬天者。

他列的第二大罪是：皇上不享庙有年，曾不能排闼牵裾，诤如故典。是陷皇上之大不敬祖者。

他列的第三大罪是：皇上辍朝不御，停讲不举，言官第言之耳，而竟不能强持之。是陷皇上不能如祖宗朝之勤政矣。

他列的第四大罪是：皇上任贤不笃，去邪不决，言官第言之耳，而竟不能强得之。是陷皇上不能如祖宗朝之用人矣。

他列的第五大罪是：皇上好货有癖，而御下少恩，肘腋之间，从怨蓄变。言官共虑之，而卒不能批鳞谏正。是陷皇上甘弃万历美政，而不之克终矣。

他最后写道：言官负此五罪，人人俱知惭愧。皇上肯奋然励精，而以五罪罪言官之不言，岂不当哉！奈何所为钳口不言者，不于此而于彼也。夫人君受命于天，与人臣受命于君，其理一也。今言官本无大罪，皇上一旦震怒，坐以失职，降则降，逐则逐，无一敢抗命者。似此大拂人心，便是上拂天意。万一上天震怒，以皇上之不郊、不禘、不朝、不讲、不惜才、不贱货为失人君之职，而赫然降以异常灾异，不但如近年北旱南涝之萧条；加以异常祸异，不但如近年西哼、东倭之扰攘。其所以示儆我皇上，而使之震悚不自宁者，亦犹我皇上之示儆诸臣也，皇上自度能抗天命否乎！臣不能抗君，君不能抗天，此理甚明，皇上独不知自为社稷计乎！

让皇帝自度能抗天命否乎，这等句子在臣子的奏疏中是极难见到的，难怪皇帝责他“讪君无上”，并将他贬三级，逐之外。

第二百五十章

二月初二日，御花园里，两个小宦者摆起擂台。

他们各持一根长短相仿佛的木棒，并排站着，相距有四五尺。他们前方的地上，约距他们的脚面一臂远，各仿制一枚木核。所谓木核，用木块制作，约二寸长；其中段圆，两头尖，状如枣核。

比赛的方法，是用手中的木棒击打木核两次。第一次，击打木核的一端，使木核跳起；第二次，击打空中的木核，使木核飞出。比赛的胜负，由木核落地的远近判定：远者胜，近者负。

这本来是市井里的游戏，叫打桄桄。有好事的内臣把他带进宫里，小宦者在闲着无事的时候，都喜欢玩。不过，一般是随便找块空地进行。今天在御花园里进行，是因为皇帝要观看。

一旁站立一年长的公公。他即是号令者，又是裁判者。他在号令之前，先大声说："爷看着呢，谁个得胜，爷有重赏！"

"好啊！"看热闹的内臣纷纷叫道。

"赛三局，胜二局者胜，"年长的公公说着，举起右臂宣布，"第一局开始，击！"

小宦者的第一下击打，都尽量把木核击高，这样，在击打第二下时，才有可能击得更远。

木核落地，一宦者前去观查。他和两个参赛的小宦者面对面，左边的小宦者胜，他举右臂；右边的小宦者胜，他举左臂。为示公正，他举臂时，有几名观看的内臣会拥上去复查，要是他们认为该宦者判定有误，会拉下他举起的胳臂，而把他另一只胳臂举起。

第一局，该宦者举起右臂；第二次，他举起左臂。复查的内臣都没表示异议，下面要进行决定胜负的一局。

就在这时，新近提督东厂的司礼太监孙暹匆匆赶来。比赛也因此而停下来。

"老孙，你来的真是时候！"皇帝嗔道。

"不是爷命奴才尽快赶来的吗？"孙暹忙回一句，表示并不是他自己想这时赶来，扫皇帝的兴。

“朕让你尽快赶来不假，但你可以早一刻来，陪朕一同看他等戏耍；也可晚一刻来，等朕看完他等戏耍。朕并没让你正好在这时赶来呀！”皇帝欲加之错，总是有话说的。

“是奴才来的不是时候，”孙暹道。为弥补自己的过失，他又说，“奴才陪爷看完他等的戏耍吧。”

“不看，朕好省下一笔赏钱！”皇帝说着，对进行比赛的两个小宦者喝道，“你二人接着打，谁打赢，找你们孙叔讨赏！”

“好啊！”看热闹的内臣们又纷纷叫道。

“奴才等领旨。”两个小宦者应道。

“老孙，你我走着说话。”皇帝又对孙暹说。

“是。”孙暹应道。

“老孙，可知他等玩的，是何游戏？”皇帝边走边问。

“市井小儿都呼为打枝枝。”孙暹说。

“市井小儿怎说它，老孙知否？”皇帝又问。

“爷是指那首童谣吧？”孙暹说着，背诵童谣，“杨柳儿活，打陀螺；杨柳儿青，放空钟；杨柳儿死，踢毽子；杨柳儿发芽，打枝。”

空钟也是用木块制作，当中剖空，旁有口，立于地，状似仰放之钟。空钟平整之处，安一木柄，以绳绕于柄上，以一竹尺别住空钟。勒绳，则空钟右转；勒竹尺，则空钟左转。每勒，则空钟轰响而疾转，声如钟鸣。空钟径可八九寸，其实就是大的陀螺，须三人放之。童谣中提到的几种东西，都是市井小儿开春后寻常的玩具。

“老孙幼时玩过打枝枝吗？”皇帝问。

“奴才玩过。”孙暹道。

“几岁时玩的？”皇帝问。

“三四岁。”孙暹道。

“你知朕是多大时才玩的？”皇帝问。

“奴才不知。”孙暹道。

“不是不知，是不想说吧？”皇帝问。

孙暹不回答，也不用点头、摇头来表示可否。

“如老孙所知，朕是二十岁后才知道有这种玩意。”皇帝说。

孙暹当然知道，这是因为什么。皇帝幼时，外有张居正，内有冯保，再内还有慈圣皇太后，对他管束甚严。一般的玩具，他都是接触不到的，也没内臣敢把市井小儿的玩意引进宫中。

他还知道，皇帝早对这些小儿的玩意没有兴趣。

他不知道的是，皇帝为什么今天又出来观看小宦者们打柭柭，并且把他叫来。是今天的天气格外好吗？显然不是。正旦之后，天气一直很好，晴空万里，微风徐吹。是皇帝今天的心情格外好吗？也许是。但不管怎样仔细观察，也看不出来。

“老孙背诵的歌谣是哪天唱的？”皇帝问。

“二月二，龙抬头，万物复苏，小儿们皆诵此谣。”孙暹说。

“所以，朕今日想看他等打柭柭。”皇帝说。

“是。”孙暹应道。

“所以，朕今日想到也曾玩过打柭柭。”皇帝说。

“是。”孙暹应道。

“所以，朕想到张宏、张诚二老儿，曾陪朕玩过这玩意儿。”皇帝说。

“是。”孙暹应道。

张宏已死多年，张诚却还在，被贬去南苑为净军。不用说，皇帝在想张诚。想到这一层，孙暹不必有什么担心。他在正旦节后，曾去过一次南苑看望张诚；当然，也不完全是看望。张诚以司礼掌印太监兼督东厂，孙暹提督东厂的大印，是从他手上接过来的。但他走得匆忙，东厂的一些事务，还没交代清楚。让他回一趟城是不可能的，孙暹只有出城找他。

“朕听说，你去看过他？”皇帝果然问起这件事。

“是，”孙暹先应一声，然后说，“奴才不是去看，是有事去问他。”

“你曾是他属下，去看他也是应该的，”皇帝说，又问，“他还好吧？”

“还好。”孙暹道。

“没人难为他？”皇帝又问。

“没人难为他，”孙暹道，并说，“奴才交代南苑净军的管事内臣：他年纪大了，别难为他。”

“好。”皇帝点点头。

孙暹知道皇帝不会为此事责备自己，彻底放下心来。

“张宏、张诚都是好大伴。但张诚不如张宏，能善其始，且善其终。他被手下那干内臣、苍头教唆坏。”皇帝说。

“爷说的是。”孙暹应道。

张诚案发于去年的年底，当皇帝得知张诚的侄子娶了武清侯之女后。孙暹心里很清楚，伴君如伴虎，张诚掌司礼监十余年，不可能没有让皇帝不高兴的地方，也不可能没有人觊觎司礼掌印的位置，时不时地在皇帝面前说他几句坏话。冯保做十几年大伴，下场如此；张诚做十几年大伴，下场也好不到哪里去。

皇帝当时确实动雷霆之怒。譬如，六科都给事中、十三道掌道御史，都以不参劾霍文炳，而降三级，调外任。其中，兵科都给事中吴文梓谪崇善县典史，河南道掌道御史俞价谪两淮运司知事，四川道御史强思谪长芦运司知事。另外，兵部多官被贬谪：武选司主事江中信谪葭州判官，主事程僖谪雅州判官，主事陈楚产谪郁林州判官，司务钱铣谪慈利训导，司务胡士奇谪仙游训导。

再譬如，凡是张诚家眷，及属下为其私人者，都被逮拿下狱。如张诚弟张勋，绰号张五老，即与武清侯结为姻亲者；如他另一个弟弟张桢及其侄张绍宁；如霍文炳，及霍文炳弟霍文灿、侄霍朝等；如张诚属下王玉、钱恩、李承德、李辅、耿进、马义、王用、马彰、萧玉、王忠、段秉忠、张懋中、王诏、乔进、马钦、金忠等。

孙暹甚至想过，张诚这条命，怕是也保不住。

没想到，一个月后，皇帝又念起张诚的好处。

“霍者，祸也。朕听说，张诚党羽中，霍氏兄弟是最坏的。”皇帝说。

“爷说的是。”孙暹应道。

“霍文炳仍在逃？”皇帝问。

“是。”孙暹应道。

“有无线索？”皇帝问。

“已有线索。”孙暹道。

“你东厂须将他速拿归案！”皇帝命道。

“是，”孙暹应一声，说，“奴才估摸着，不出本月可将其拿获。”

“好，”皇帝点点头，问道，“朕听说，张诚挑选党羽，在姓名上有许多讲究，是不是？”

“或是凑巧，未必是他讲究。”孙暹说。

“有哪些凑巧？”皇帝问。

“譬如有二进：一则耿进，一则乔进。”孙暹说。

“还有呢？”皇帝问。

“譬如三忠：一则王忠、一则段秉忠，一则金忠。”孙暹说。

“是哪个字？”皇帝问。

“精忠报国的忠，”孙暹说，并补充一句，“有个张懋中，是中庸的中，未列入其中。”

“他等是精忠报主，不是精忠报国。”皇帝道。

“爷说的是。”孙暹应道。

“还有呢？”皇帝又问。

“譬如二李：一则李辅，一则李承德。”孙暹说。

“还有呢？”皇帝问。

“譬如三马：一则马义，一则马彰，一则马钦。”孙暹说。

“还有呢？”皇帝问。

“譬如四王：一则王玉，一则王用，一则王忠，一则王诏。”孙暹说。

“姓氏有什么好讲究的！”皇帝道，“要说某姓氏人数最多，应该是张姓，朕看，十数人都不止。”

“爷说的是，”孙暹应道，并请旨，“奴才这就去传圣谕，让他等不可再以姓氏编排。”

“他等是谁呀？”皇帝问。

孙暹眨着眼睛，说不出来。

“他等愿以姓氏编排，就以姓氏编排，何必去管！”皇帝道。

“是奴才多事。”孙暹忙认错。

“你要办的正事，除速将霍文炳归案，还要清查张诚党羽在京城的房宅，及在京城以外的庄房、田产，不得隐漏。”皇帝说。

“奴才遵旨。”孙暹应道。

第二百五十一章

霸州和文安之间，有个火烧淀，颇为荒僻，是强人出没之处。

强人的头目是一妇人，年在三四十岁之间，没人知道她的姓氏，更不要说名字。她属下的喽啰，不管地位高下，对她敬畏之极，一律称她奶奶，别说不敢有非分之想，连分内之想也没有。该妇人中等之貌，但两腿纤细，行走起来，有飘飘欲仙之态。她说起话来，不紧不慢，眼眸里也似有一种柔情。不过，山寨外的哪个不晓事的男子要是因此而对她动情，他的死期即到。从来是她找男人，没哪个男人敢主动找上她。没人知道她到底给自己挑选过多少丈夫，只知她现在的丈夫姓王；多一点，知道她现在的丈夫名了尘；再多一点，知道王了尘是安徽人。

奶奶吩咐，凡是她挑选的男人，喽啰们都呼爷爷。

奶奶工夫了得，挑选的男人，也无不工夫了得。奶奶善使长枪，挑选的男人，有的善使刀，有的善使斧。王了尘善使鞭。

奶奶常和爷爷比试，不过，不是比试武功，比试技艺。比试武功容易伤人，奶奶可不愿意她选中的男人受伤。

黄昏时分，平日习武的场地显得空旷、沉寂。在一棵白果树下，摆一张桌子，两把椅子，奶奶、爷爷就着牛肉喝酒。

“取枚铜钱来。”奶奶忽然吩咐。

一喽啰取来一枚大个儿的铜钱，双手呈上。

“换枚小的。”奶奶又吩咐。

喽啰遵命，换枚小个儿的铜钱。

“再换枚小的。”奶奶又吩咐。

“奶奶，这枚已经很小。”该喽啰说。

“没有再小的吗？”奶奶问。

“有是有，但奶奶平日练射，都是用的这两号铜钱。”该喽啰说。

“我说今日练射吗？”奶奶问。

“奶奶没说；但奶奶、爷爷饮酒，小的想，奶奶又要表演绝技，给爷爷助兴。”

喽啰说。

“射箭射弩，爷爷看得太多，还能助他酒兴！”奶奶道。

“奶奶箭法，在下自愧弗如。奶奶若能射穿此钱，我愿连喝三大碗！”王了尘说。

“我却想让爷爷喝六大碗。”奶奶道。

“好，就喝六大碗。”王了尘应承。

“我是说，你得心甘情愿喝六大碗。”奶奶道。

“我心甘情愿喝六大碗。”王了尘说。

“不是，”奶奶摇着头说，“你开始是说愿喝三大碗；我现在以别技为你助兴，你再说愿喝几大碗。”

“奶奶展示何技？”王了尘问。

“你来多日，尚未见识我的枪技吧？”奶奶问。

“怎未见识！”王了尘道，“那日初到宝地，奶奶即以一套绝妙枪法令我折服。”

他说的是第一次路过火烧淀时，被奶奶截住厮杀。一个使鞭，一个使枪，大战半日，数百余合，不分胜负。后来彼此气力都有所不支，奶奶问他愿不愿意留下，他说愿意；奶奶问他愿不愿意与自己结百年之好，他说愿意。这样，他才成此地新的爷爷。

“你说的那是交战时的枪法。”奶奶道。

“奶奶说的不是交战时的枪法？”王了尘问。

“交战时只顾保命，哪儿能将技法用到极致！”奶奶道。

“奶奶交战之外的枪技，我未曾见识。”王了尘说。

“也未听人说过？”奶奶又问。

“以前没听说过；被奶奶收留后，倒是听许多弟兄说过。”王了尘道。

“你怎又胡乱叫！”奶奶斥道，“他等呼你爷爷，你却叫他等弟兄，辈分不全搅乱！”

“是，”王了尘更正道，“是小的们对我说的。他等都说，奶奶的枪技举世无双，好生了得！”

“不管是不是举世无双，反正和你的鞭法不同。”奶奶说。

“那是当然，”王了尘道，“在下的鞭，只能将人天灵盖打碎，奶奶的枪，却可将人当胸刺透。”

“枪之刺法，寻常之极！”奶奶说着，连连摆手。

“奶奶让我看的，不是刺法？”王了尘问。

“当然不是。”奶奶道。

“那是何技？”王了尘问。

“看了才知，”奶奶道。说话间，喽啰取来一枚更小的铜钱。奶奶命道，“交给爷爷检查。”

王了尘接过铜钱，不知怎看。他问：“奶奶要我检查何事？”

“铜钱是否完好无损。”奶奶道。

王了尘掰了掰，咬了咬，说：“确是完好无损。”

奶奶从他手里取过铜钱，随手一掷，落在一二十步开外。

“牵马来！”奶奶命一喽啰。

该喽啰应一声，去牵马。

“拿枪来！”奶奶命另一喽啰。

该喽啰应一声，去拿枪。

马牵过来，枪扛过来。她一手接过缰绳，飞身上马，一手拎过枪去。马是她惯骑的，脚一踢马肚，手一松缰绳，马疾驰而去。

马驰过钱落之处时，她一甩臂，枪在空中划个弧线，经过地面时，听到轻微的声响，应该是和铜钱相碰，但铜钱并未飞起。然后，她勒转马头，驰回钱落之处时，她又一甩臂，枪又在空中划了个弧线，经过地面时，又听到轻微的一声响，铜钱仍未飞起。

她下马、扔枪，有喽啰牵走马，扛走枪。她回到桌边，脸不变，气不喘，往椅子上一坐，端起碗来喝酒。

一碗酒喝干，她命道：“拿来给爷爷看！”

刚才跑两个来回换铜钱的喽啰，跑去一二十步外，弯腰捡起铜钱，捧将回来，交给王了尘。

“爷爷查看，是否还是原先那枚铜钱？”奶奶问。

“不是。”王了尘道。

“不是？”奶奶问。

“在下说不是，是说原先那枚铜钱是完好无损的一枚，这会儿却成四枚，”王了尘说。他手里的铜钱果然被整齐、均等地划成四瓣。他把四瓣铜钱按照断痕摆好，又成一枚。从大小、形状、纹路、文字等来看，特别是从崭新的断痕来看，这一枚铜钱应该就是原先那一枚铜钱。王了尘深作一揖，头几乎着地。他说，“这样看，又是一枚。奶奶枪尖一划而断钱，此等技法，见所未见，闻所未闻。”

“你愿喝几碗？”奶奶问。

“十碗如何？”王了尘反问。

“不可！”奶奶道，“你只喝六碗吧。喝完后，再舞一通鞭，我看得高兴，也喝它六碗。”

奶奶午觉醒来，不会马上睁眼，而是身子习惯地往左边挪挪。在平日，会有一支胳臂把她身子接住，然后温存一阵子。但这天没碰到那只有力的胳臂。她又往左边挪挪，还是空的。一是性急，二是恼怒，第三次挪动的动作过大，险些从床上掉下。

睁眼一看，才发现本该睡在左边的人不在。

“来人！”她喝道。

两名贴身女喽啰应声而入，齐问：“奶奶有何吩咐？”

“爷爷呢？”奶奶问。

“出外。”一女喽啰说。

“告诉他多少回，小解在屋里即可，他偏要跑出去！”奶奶道。

“婢子看，爷爷不似出去小解。”一女喽啰说。

“你怎知？”奶奶问。

“出去小解一趟，不会这久。”该女喽啰说。

“他出去很久吗？”奶奶问。

“远不止小解的工夫。”该女喽啰说。

“你说他去作甚？”奶奶问。

“或是出去大解。”该女喽啰说。

“你怎说？”奶奶问另一女喽啰。

“爷爷肯定不是出去大解。”该女喽啰说。

“你怎知？”奶奶问。

“出去大解，用不着穿戴整齐。”该女喽啰说。

“他穿戴得整齐？”奶奶问。

“比平日穿戴得还要整齐。”该女喽啰说。

“你说他去作甚？”奶奶问。

“或是去跑跑马，打打鞭。”该女喽啰说。

“不对，”奶奶道，“跑马、打鞭也不用穿戴得比平日更整齐。”

“奶奶说的是。”二女喽啰齐应道。

“去营里找找，不在的话，把巡逻的小子们找来。”奶奶命道。

不多时，两名贴身女喽啰带两名在营地巡逻的喽啰来。

“没找着？”奶奶问。

“是。”男女喽啰们齐应道。

“你见到他没有？”奶奶问一名巡逻的喽啰。

“小的见到他。”该喽啰说。

“是在营里闲逛吗？”奶奶问。

“不似闲逛。”该喽啰说。

“怎见得？”奶奶问。

“小的见他走得很急。”该喽啰说。

“你见他走出营地？”奶奶问。

“小的却没见。”该喽啰说。

“你见到他没有？”奶奶问另一巡逻的喽啰。

“小的见到他。”该喽啰说。

“可是见他出营？”奶奶问。

“是。”该喽啰应道。

“他可是出营闲逛？”奶奶问。

“出营闲逛，也是去的远处。”该喽啰说。

“怎见得？”奶奶问。

“他牵马出营的。”该喽啰说。

“你亲眼见他牵马出营？”奶奶问。

“是。”该喽啰应道。

“你没问他要去哪里？”奶奶问。

“小的没问。”该喽啰说。

“为何不问？”奶奶问。

“他是爷爷，小的没敢问。”该喽啰说。

“哼！”奶奶瞪他一眼，道，“原来你眼里只有爷爷，没有奶奶！”

“小的不敢，”该喽啰道，“小的是因为眼里有奶奶，才有爷爷的。”

“你等去营外再找找，不在的话，把二爷、三爷叫来。”奶奶命道。

两名贴身的女喽啰和两名巡营的喽啰这次出去较久，然后，带二头目、三头目回来。

“仍没找着？”奶奶问。

“是。”男女喽啰齐应道。

“二爷、三爷知道出了何事吧？”奶奶问二头目三头目。

“听他等说过。”二头目、三头目齐道。

“二爷怎看？”奶奶先问二头目。

“溜之乎也。”二头目直率地说。

“溜之乎也？”奶奶似不信，又问三头目，“三爷怎看？”

“奶奶先听二爷说，他为何断定爷爷溜之乎也。”三头目道。

“徽州商人多。商人者，伤人也。打一开始，我就看出这个姓王的爷爷，不是实心实意地和奶奶结为夫妻。”二头目说。

听他这话，奶奶摇头，三头目也摇头。

“二爷的话，三爷也不信吧？”奶奶问。

“是，我也不信。”三头目道。

“爷爷不是溜之乎也，却去作甚？”奶奶问。

“我不是不信爷爷溜之乎也。”三头目说。

“那二爷说的何事，三爷不信？”奶奶问。

“二爷说，打一开始，这个姓王的爷爷就不是实心实意地和奶奶结为夫妻，这话我不信。”三头目说。

“你之意呢？”奶奶问。

“我以为，开始时，他是实心实意和奶奶结为夫妻的；他所以溜之乎也，是后来变心。”三头目说。

“三爷说后来，是几时？”奶奶问。

“十来日前。”三头目说。

“三爷怎知是十来日前？”奶奶问。

“十来日前，我陪爷爷饮酒，他说过一句话。这话我当时不懂，这会儿想起来，有点儿懂得。”三头目说。

“他怎说的？”奶奶问。

“他说，梁园虽好，非久留之地。”三头目重复王了尘的话。

“三爷有没问他，何谓梁园？”奶奶问。

“问过。”三头目道。

“他怎说的？”奶奶问。

“他说是个地方。”三头目道。

“我这里只有火烧淀子，哪里有梁园！”奶奶道。

“我当时也在想，咱这里只有火烧淀子，哪里有梁园！所以说，没听懂。这会儿，我忽然想到，他可能是以梁园比喻火烧淀子；此地不可久留，意思则明白无误。”三头目说。

听他这话，奶奶摇头，二头目也摇头。

“三爷的话，二爷也不信吧？”奶奶问。

“是，我也不信。”二头目道。

“他后来没变心，却为何要溜之乎也？”奶奶问。

“我不是不信爷爷变心。”二头目说。

“那三爷说的何事，二爷不信？”奶奶问。

“三爷说，十来日前爷爷变的心，这话我不信；他说的梁园是指咱火烧淀子，这话我不信。”二头目说。

“不指咱火烧淀子，却指哪里？”三头目辩道。

“怎就不能指他老家？他或是在老家杀人，待不下去，这才跑到咱火烧淀子。”二头目说。

“二爷看，他是几时变的心？”奶奶则问。

“两三日前。”二头目说。

“二爷怎知是两三日前？”三头目问。

“两天前，我陪爷爷饮酒，他说过一句话。这话我当时没听懂，这会儿想起来，有点儿懂得。”二头目说。

“他怎说的？”奶奶问。

“他说，夫妻本是同林鸟，大难临头各自飞。”二头目说。

“二爷有没问他，何谓大难？”奶奶问。

“问过。”二头目道。

“他怎说的？”奶奶问。

“他说，惊动官府，就是大难。”二头目重复王了尘的话。

“我等多次惊动官府，几时有过大难！”奶奶道。

“我当时也在想，我等多次惊动官府，几时有过大难！所以说，没听懂。昨日，我等在霸州、文安的眼线几乎同时来报，官军调动，似是冲着火烧淀子来的；在他看来，这无疑是大难临头。”二头目说。

这次奶奶没摇头，而且，也不让三头目摇头。

“三爷别摇头！我宁愿相信，梁园指的是火烧淀子，大难指的是我等将大难临头；我宁愿相信，爷爷约十来日前，已有离去之意，两三日前，去意已决，”奶奶说着，问道，“三爷说，他会去哪儿呢？”

“京师。”三头目直率地说。

“京师？”奶奶更难以相信。她问二头目，“二爷怎看？”

“奶奶先听三爷说，为何断定他会去京师。”二头目道。

“徽州多商人，商人多来往于北、南二京，爷爷的亲朋好友一定也多在京城。二爷不是说他在老家杀人，呆不下去，才跑出来的吗？这里离京城近，离南京远，他应该不会舍近求远。他本来就是要投奔京城，只是路过此地，偶遇奶奶，为奶奶折服，才留下来。”三头目说。

听他这话，奶奶摇头，二头目也摇头。

“三爷的话，二爷也不信吧？”奶奶问。

“是，我也不信。”二头目道。

“他告我，徽州属南直隶，自然离南京近。他若去南京，怎会路过我这里？”奶奶问。

“我不是不信爷爷要去京城。”二头目说。

“那三爷说的何事，二爷不信？”奶奶问。

“三爷说，爷爷是路过此地，偶遇奶奶，这话我不信。”二头目道。

“不是偶遇，却是怎遇？”三头目问。

“他是慕名而来，”二头目说，“他经过火烧淀时，奶奶并未出营，小的们见他似会武之人，原来也没想截住他。是他询问，火烧淀是不是有位使银枪的奶奶，小的们才飞报奶奶，奶奶才出营去会他的。比试之后，他说一句‘果然是盖世无双的枪法’，这才留下。”

听他这话，奶奶摇头，三头目也摇头。

“二爷的话，三爷也不信吧？”奶奶问。

“是，我也不信。”三头目道。

“不是仰慕我而留下，却是为何而留下？”奶奶问。

“我不是不信他仰慕奶奶而留下。”三头目说。

“那二爷说的何事，三爷不信？”奶奶问。

“二爷说，仰慕奶奶的枪法，故而留下，这话我不信。”三头目说。

“不为仰慕奶奶枪法而留下，却为何而留下？”二头目问。

“他是仰慕奶奶这个人而留下，”三头目说，“我观察过，他一见奶奶之面，就心神不定，马也驾驭不住，使鞭也无章法。留下后，他还说：牡丹花下死，做鬼也风流。”

这次奶奶没摇头，而且，也不让二头目摇头。

“二爷别摇头！我宁愿相信，他是慕名而来，是仰慕我而留下；宁愿相信，他自徽州而来，是往京城，他今离火烧淀子而去，也是往京城，”奶奶说着，问道，“二爷即断定他要跑，怎不早告我？”

“我是得知他今日出营，才断定的，早时未敢断定。”二头目说。

“三爷既断定他去京师，怎不早告我？”奶奶又问三头目。

“我是得知他今日出营，才断定的，早时未敢断定。”三头目也说。

“他既已跑，既去京师，你二人带些喽啰，陪我也去一趟，把他找回来。”奶奶命道。

她既下定决心，就没商量的余地。二头目、三头目齐应道：“是！”

霸州、文安离京师近，霸州人、文安人常有人去京师，霸州人、文安人又多有识得火烧淀强人的，奶奶一行到京师，爷爷没找到，却被人认出来。奶奶被逮，其他人作鸟兽散。

第二百五十二章

三月初八日深夜，就宿于戎政府的沈思孝睡得正香，忽被推醒。推他的动作急促而无力，据此可以断定，是在戎政府服侍他的童儿。沈思孝眼也不睁，斥声“放肆”，转过身又睡。

“老爷，有事。”童儿说。

“有事，也要睡到五鼓。”沈思孝嘟囔着。

“老爷以为我不想睡到五鼓！是有人找过来。”童儿也嘟囔。

“昨晚让你回去告知太太，你偷懒没去？”沈思孝责问。

“不是太太找来。”童儿说。

“是你不晓事，只告知太太，没告知管家？”沈思孝又责问。

“不是管家找来。”童儿说。

“还不快说，让我一个一个猜下去吗！”沈思孝嗔道。

“是老爷自个儿要猜的，又不是我要老爷猜的，”童儿分辩一句，禀道，“老爷，宫里可能出事。”

“胡说！深更半夜的，宫里会出何事！”沈思孝斥道。

“宫里好像，好像——”童儿要说又不敢说。

“你不说，我再睡。”沈思孝道。

“宫里好像走水。”童儿终于把这句话挤出来。

“你说宫里起火？”沈思孝情急之下，不顾忌讳。宫里最忌讳火字，所以，发生火灾都说走水。

“小的觉着是走水，也不知究竟是不是。”童儿不敢十分肯定。

“你怎觉着是走水？”沈思孝问。

“小的起夜，见西边红光一片。”童儿说。

“不会是霞光吗？”沈思孝问罢，自己也觉着好笑，“应该不会。深更半夜的，怎见得到霞光！”

他遇事有决断，立即吩咐：“更衣，备马！”

“是。”童儿应一声，却站在原处不动。

“你怎还站着？”沈思孝问。

“小的不知该服侍老爷更衣，还是去为老爷备马。”童儿说。

“你不用服侍我更衣，也不用备马，你只要出去招呼一声，自会有人为我备马。”沈思孝说。

“老爷早这么说，小的少费多少口舌！”童儿说着，出去招呼人备马。

他还真会办事，沈思孝更衣后走出朝房，不但马有人牵来，还过来好几个在戎政府当值的官校。

戎政府位于东安门外东南。在门口一站，宫里的火光清晰可见；甚至可以断定，起火处在宫城的北半部。如果在中央的话，不是乾清宫，就是坤宁宫，或是二宫合在一起。

“你叫何名？”沈思孝问一名官校。

“小的王二。”该官校说。

“本堂给你改个名，你今日叫王朝。”沈思孝道。

“是今日叫，还是以后都叫？”该官校问。

“先今日叫；以后愿叫，也可以叫。”沈思孝说。

“好。”改名王朝的官校应道。

“王朝，你速去长安门，叩开该门！本堂随后就到。”沈思孝命道。

“遵大人命。”王朝叩个头，疾速驰马而去。

“你叫什么？”沈思孝问另一官校。

“小的马五。”该官校说。

“本堂给你改个名，你今日叫马汉。”沈思孝道。

“也是今日先叫着；以后愿叫，也可以叫？”该官校问。

“你既说全，本堂不再多说。”沈思孝道。

“好。”改名马汉的官校应道。

“你速往各营，召集留宿外朝的官军，赶往长安左门！”沈思孝命道。

“遵大人命。”马汉叩个头，也疾速驰马而去。

沈思孝把另两名官校招呼到跟前，问：“你二人何名？”

“小的张三。”一官校说。

“小的赵八。”另一官校说。

“真是巧得不能再巧！”沈思孝道，他问二官校，“你等可知，本堂为何要给他二人改名？”

“着他等前去救驾。”二官校说。

“你二人不该前去救驾吗？”沈思孝问。

“卑职拼死也要前去救驾！”二官校道。

“那你知道你该改何名？”沈思孝问叫张三的官校。

“卑职不知。”该官校说。

“本堂给你改名，你今日叫张龙。”沈思孝道。

“是，卑职今日叫张龙，日后也叫张龙。”改名张龙的官校说。

“你可知该改何名？”沈思孝问叫赵八的官校。

“他既名龙，卑职当名虎。”该官校说。

“你比他等都强，名字是自个儿取的。”沈思孝道。

“是大人取的，卑职不过说出来。”改名赵虎的官校说。

“你二人随本堂即刻驰往长安左门！”沈思孝命道。

“遵大人命。”张龙、赵虎应道。

沈思孝一行转到长安街上，可以看出，他想象的第一个情景没出现：长安左门仍然关闭。王朝在和守门的太监交涉。他气急败坏，话一句快过一句；守门太监面无表情，话一句慢过一句。

他想象的第二个情景也没出现：没有一队一队、一营一营的官军超越过他，赶到长安左门。在他到达之后，第一队官军仍不知在哪里。

他得亲自和守门的太监交涉。

“怎么一回事？”他先问王朝。

“卑职传大人钧令叩门，公公不肯开启。”王朝说。

“你没说请吗？”沈思孝问。

“卑职说的是恳请。”王朝道。

对他没话可问，沈思孝问守门的太监：“公公怎称呼？”

“大人怎称呼？”守门的太监反问。他想，这里是他的地盘，无论来的何官，总不能喧宾夺主。

“姓沈。”沈思孝道。

“他是沈大人差来叩开宫门的？”守门的太监手指王朝问。

“是。”沈思孝应道。

“他说，奉大人钧令叩门，大人地位崇高呀。”守门太监话里的嘲讽之意远远超过敬重之意。

“不敢言崇高，负有一点儿责任而已。”沈思孝说。

“沈大人地位崇高，负有责任，难道会不知道，宫门之开启、闭合，皆有时？”守门的太监问。

“这我知道；可今日情形紧急。”沈思孝说。

“本朝可有规定，情形紧急，宫门开启可不以时？”守门的太监问。

“这项制度是没有的；可今日情形之紧急，非一般情形之紧急。据今日情形之紧急，公公是可不以时开启宫门的。”沈思孝说。

“退一步，我可不以时开启宫门，却不知沈大人意欲何为？”守门的太监问。

“进宫弥灾。”沈思孝道。

“再退一步，我可以让沈大人进去，沈大人就一人进去弥灾吗？”守门的太监问。

“这个——”沈思孝被问住，四下里张望，寻找援手。

援手真被他找见。在他和守门太监你一句、我一句地对话时，宿于附近的营军一队队、一营营赶到，马汉正等着向他禀报。

“马汉，你过来。”沈思孝招呼他。

“是。”马汉应道。

“营军召集到几多？”沈思孝问。

“已到营军近五千人。”马汉说。

“少！”沈思孝道。

“是少，”马汉回应道，并说，“卑职怕大人等得心焦，只召集附近营军赶过来；稍远处营军，卑职已着人去召集。”

“办得好！”沈思孝赞他一句，转过身对守门的太监说，“公公看见吧，不是我一人进去弥灾。”

“再退一步，就算我开启宫门，就算沈大人敢进入宫去，他等敢进去吗？”守门的太监问。

“为弥宫中之灾，为何不敢进！”沈思孝反问。

“为弥宫中之灾，就可以不守制度？”守门的太监道。

听他这话，沈思孝心里也有点儿含糊。

“王朝！”他呼道。

“卑职在。”王朝应道。

“本堂命你率营军进宫弥灾，你敢不敢进？”沈思孝问。

王朝挠挠头，说道：“公公言及制度，卑职还真不敢进。”

“马汉！”沈思孝呼道。

“卑职在。”马汉应道。

“本堂命你率营军进宫弥灾，你敢不敢进？”沈思孝问。

马汉挠挠头，说道：“大人没说无此制度，卑职还真不敢进。”

“张龙！”沈思孝呼道。

“卑职在。”张龙应道。

“本堂命你率营军进宫弥灾，你敢不敢进？”沈思孝问。

张龙挠挠头，说道：“大人没说此制度可不遵奉，卑职还真不敢进。”

“赵虎！”沈思孝呼道。

“卑职在。”赵虎应道。

“本堂命你率营军进宫弥灾，你敢不敢进？”沈思孝问。

“宫门不开，卑职敢进，也进不去呀。”赵虎说。

“如此说来，你敢进？”沈思孝问。

“他三位不敢进，卑职也不敢进。”赵虎说。

“既不敢进，还管他开不开宫门！”沈思孝好不恼火。

“沈大人，如何？”守门的太监不无得意。

“其实，制度他等不敢违，我也不敢违；但公公就让我等坐视宫中危殆，无所作为？”沈思孝深感无奈。

“看来，沈大人真是急糊涂，”守门的太监道，“既知宫中危殆，还不赶紧请旨！”

沈思孝不由瞪大眼睛：这么简单的道理，自己怎么就没想到！请旨进宫救火，皇帝怎会不准；奉有圣旨，看谁还敢阻拦！

“公公，借纸、笔一用。”他说着，向守门的太监一揖。

“好说，”守门太监道。他的目光依次扫过王、马、张、赵等来自戎政府的军官，好像要再一次审定，他们说不敢擅自进宫，是不是真的。找到答案后，他拍两下城门，喝道，“开启宫门！”

随着一声轰响，长安左门打开一道缝。两个人探出头来，其中一人是另一名内臣，另一名是禁军指挥。守门太监的身份显然高过他二人，他一挥手，两扇门开大。

“取纸、笔来。”守门太监吩咐。

纸、笔取来，沈思孝已打好腹稿：臣沈思孝奏，宫中走水，臣率营军来救，乞旨放入。在这种情况下，不能按照常规写疏，又要读得明白，他认为，这十九个字已经拟到最好。

接笔要写，却作难。长安左门外空空荡荡，没一样东西可当桌子。进门里写，守门太监肯定不允，没必要和他费口舌；当着数千军士的面，伏地而写，未免有失大臣的体面。

王朝看出大人的难处，上前道："大人，放在卑职的背上写吧。"

说着，转身，弯下腰来。

沈思孝把纸放在他背上，提笔写了个"臣"字。他觉得王朝背有棱角，看着写出的这个歪歪扭扭的字，道："王朝背不平，马汉，你替他！"

王朝退下，马汉学他的样子，撅起屁股，把后背给沈思孝。

第二个"沈"字，沈思孝仍写得歪歪扭扭，又用张龙替换马汉。

最后替换到赵虎，赵虎说："后背都不平，大人将就着用吧。"

看着已经写上的字，沈思孝也觉得不是后背的问题。一来，自己非在壮年之日，驰马后握笔不稳；二来，写奏章须以楷书，自己的楷书本来就写得不好。在衙门里写疏，是拟好疏稿，由书吏代为誊写；今日却是直接写疏，写得歪歪扭扭，在所难免。

他又为难：把书吏找来，根本没可能；把写得歪歪扭扭的奏稿呈入，皇上看后，会给皇帝留下一个什么印象？

他忽然想一句话：重赏之下，必有勇夫。虽然从军士中寻求善书之人，犹如缘木求鱼，但也不能说绝无可能。

"你等善楷书否？"他先问王、马、张、赵。

他们都面带愧色地摇头。

"问问他等，有无善楷书者。"沈思孝指着众人命道。

四人各去一角，向军士们传达沈思孝的询问。

没一人站出来，甚至连低声的议论都没有。他们是来救火的，要在宫阙之外书写，这可离他们的本职太远。

沈思孝并不意外。他从怀里掏出两块碎银子，向众人示意。

王朝等会意，对军士们说："能楷书者，大人有重赏。"

一名年纪稍长的军士走出队伍，准备向沈思孝走过去。

张龙离该军士最近。大人要找的人出自他这一片，他感到脸上有光；同时，又有点儿担心。

"大人要找个能写字的。"他说。

"小的知道。"该军士道。

"大人要找个能写楷书的。"张龙说。

"小的知道。"该军士道。

"你能写字？"张龙说。

"不能写字，小的敢过去！"该军士道。

"你能写楷书？"张龙问。

"不能写楷书，小的敢过去！"该军士道。

事实证明，沈思孝的想法不错，该军士的确写得一手好楷书。十九个字很快写完，他交给张龙，张龙交给沈思孝，沈思孝交给守门太监，守门太监找名跑得最快的内臣，送去宫里，并命他得旨再回。

往宫里跑一趟，再跑回来，需要多少时间，沈思孝等完全没概念。守门太监虽有概念，但候旨需要多少时间，他也说不上来。所以，沈思孝等得焦急，王、马、张、赵等得焦急，数千军士等得焦急，就连守门太监也等得焦急起来。

一个多时辰以后，夜半差不多变成凌晨，去宫里禀奏的内臣才持沈思孝呈进的奏疏出来，上面有皇帝亲笔写的一个"准"字。

沈思孝在最前，然后是王、马、张、赵等官校，然后是列队整齐的营军，终于进入长安左门，经过长长的甬道，到得午门前的左阙门。

王朝虽没叩开长安左门，但把守门太监唤出来；沈思孝一到，就可与他交涉，也算起到作用。左阙门前，却是静悄悄的，一个人也没有。

站立左阙门前，沈思孝呼道："王朝！"

"卑职在。"王朝边应，边走上前。

"你到长安左门时，门外也无人吗？"沈思孝问。

"是。"王朝应道。

"你怎叩门的？"沈思孝问。

"卑职以拳头勒击之。"王朝说。

"再勒击之！"沈思孝手指左阙门，命道。

王朝勒击，由轻至重。本来以为要勒击一二十下，守门的内臣、禁卫才能有反应；没想到，大门是虚掩，里面并未压上门拴，王朝拳头碰到门上，门吱扭一声，竟然开道缝。

王朝不敢僭越，往后退一步，恭让沈思孝先入。

沈思孝一抖衣袖，迈腿跨入。

门洞里的一名内臣，一名禁军校尉，各蹲在一侧墙下，靠着基石打盹。听到动静，二人同时睁开眼。他们看到的是，两扇门被推开，而且门缝渐推大，一条腿伸进，悬在空中，马上就要落地。

二人心思相同，飞身跃起，一人一边，把两扇门同时往外推。

他们动作奇快，沈思孝来不及有任何反应，迈进来的那条腿已被夹住。那么重的大门，那么快的动作，那么大的气力，他疼得惨叫一声，几乎要昏厥过去。

“谁敢擅闯宫阙？”该内臣喝问。

“不是闯宫，是奉旨进宫。”沈思孝忍着疼痛说。

“奉旨进宫，也得等宫门开启之后；我等不知别旨，但知昏夜不得纵入官员的祖训。”该内臣道。

“公公不见宫里火光冲天吗？”沈思孝问。

“怎会不见？守门的内臣、禁军都进去担水，此门只留下我等数人，”该内臣似乎觉察泄露的是一个天大的秘密，用手把嘴捂上。过一会儿，他放下手，说道，“别说还有数人，即便只留下我一人，你等也休想闯入宫禁，除非踩着我进去！”

“公公恪尽职守，令人敬佩；不过，我真是奉旨进宫的。”沈思孝说。

“有何凭据？”该内臣问。

“公公请看。”沈思孝说着，把写有皇帝手谕的奏疏递进去。

门洞里黑，根本看不清纸上写的字。另一边的禁军官校举着火烛。内臣命道：“拿火烛来！”

该校尉把火烛递给他，他伸手去接，两个人离得较远，火烛无法易手。

“你不能挪过来点儿吗？”该内臣嗔道。

“在下怕门被撞开。”该校尉说。

他二人都在用身体顶住大门，身体挪动，力道一消，外边稍一用力，的确很容易把门撞开。

该内臣愣一下，有了主意。他对沈思孝说：“我要检查你的凭据，你不得乱动！”

“公公快看，我不乱动就是。”沈思孝说。

他说到做到。在该校尉过去递交火烛、两扇门有点儿松动时，他不仅身体不动，连夹在两扇门间的那条腿也没趁机拔出。

该内臣读罢有皇帝手谕的奏疏后，问道：“是沈大人？”

“是。”沈思孝应道。

“我怎相信你是沈大人？”该内问。

“有牙牌在。”沈思孝说着，取下挂在腰间的牙牌，递进去。

牙牌是官员出入宫禁的凭据，一面写有“官”字多少号的字样，另一面写有他的官职及简单的履历。以前，牙牌编号按照不同的类别：勋爵写以“勋”字某号，驸马都尉写以“亲”字某号，文官写以“文”字某号，武官写以“武”字某号，教坊司写以“乐”字某号。自嘉靖中期以后，改为一律以“官”字编号。

确定无疑，左阙门打开，放沈思孝及营军入内。

起火的果然是乾清、坤宁二宫。营军赶到之前，宫里的内臣及禁军已经开始救火，但收效甚微。营军赶到时，二宫已烧成一片废墟。

所幸那几日，皇帝居于养心殿，为病中的慈圣皇太后祷祝，没受惊吓。皇后等也被及时救出，没受伤害。

在危难时刻批阅沈思孝那篇简单的奏疏，皇帝是不会忘记的，第二天，命内臣赐予他鲜果十二盒。

第二百五十三章

天色已晚，司礼监里没有第二个人。田义坐在院子里，仰天观看星象。凳子是他自己搬的，搬出来两个。他坐一个，另一个摆在面前，是想在坐累的时候搁脚。另外，他还搬出个矮几，上面放着刚煮好的一壶茶。有趣的是，他本想拿一个茶盅，拿出来一看，却是叠在一起得两个茶盅。

恐怕还有人要来，他想。

果不其然，他还没来得及把脚搁在第二个凳子上，也还没来得及斟茶，院子里又进来一人，是提督东厂太监陈矩。

对他的到来，田义似乎并不意外，只淡淡地招呼："陈哥坐。"

陈矩弯腰把空着的凳子挪开一点儿，坐上去。他往一个茶盅里斟上茶，往另一个茶盅里看看，是空的，于是，也斟上茶。

"摆好凳子，备好茶水，是在等我吧？"陈矩道。

"我不知谁个要来；来的是陈哥，甚好，"田义说着，问道，"宫里无事，陈哥为何不回私宅歇一歇？"

"田哥为何坐在外面？"陈矩问。

"屋里太闷。"田义说。

"宫里无事，田哥为何不回去歇着？"陈矩又问。

"日日从两宫过，见一片瓦砾，心里甚是凄切，不忍离去。"田义说。

"听说田哥这几日沉默寡言，也是为此吧？"陈矩问。

田义点点头，反问一句："陈哥这几日话很多吗？"

"我亦不忍多言。"陈矩道。

"不忍多言，就一起默坐观天吧。"田义说。

"好。"陈矩应道。

二人沉默无语，忽而抬头观天，忽而低头看地。目光平视时，他们端起自己的茶盅，饮一口茶。

陈矩以为，耐不住的会是自己，因为他来找田义，是有话要说的。没想到，田义却比他先开口。

“陈哥这么晚来，有事吧？”田义问。

“今日过朝房，听到有人发句议论，心里很不舒服，特来和田哥说说。”陈矩道。

“是大臣在议吗？”田义问。

“不是，”陈矩道，“议者有翰林，有科、道，有部属，有寺丞，却无一名大臣。”

“所议与今次灾异有关吗？”田义又问。

“有关。”陈矩道。

“眼下外廷的议论，多会和今次灾异有关。”田义说。

“田哥说的是。”陈矩应道。

“与修省有关吗？”田义又问。

“无关。”陈矩道。

“无关？”田义很是诧异，他说，“眼下和今次灾异有关的议论，却和修省无关，可有点儿让人琢磨不透。”

“田哥说的是。”陈矩应道。

“与修省无关，却与何事有关？”田义问。

“换个字即可。”陈矩说。

“换个字？换前一字，还是换后一字？”田义问。

“换后一字。”陈矩说。

“也是，前一个字可换的，寥寥无几。譬如，把修字换成反字，仍是修省之意。后一个字可换的，则太多，我猜不出来。”田义道。

“他等议的是修葺。”陈矩说。

“是两宫之修葺？”田义问。

“是。”陈矩应道。

“朝廷尚未议，下面已有人提倡？不过，今次两宫几等于重建，可不是一般的修葺。”田义说。

“我听出来，他等心里都有数。”陈矩道。

“他等是怎议的？”田义问。

“有人言及捐俸助工。”陈矩说。

“捐俸助工，不正可见廷臣忠爱之心？”田义说着，问道，“陈哥为何心里反而不舒服？”

“并非有人言及倡捐俸助工，我心里不舒服。”陈矩说。

“他等还有何议论？”田义问。

“有人以为不可倡议捐俸助工。”陈矩说。

“为何不可捐俸助工？”田义问。

“有人说，前者兴建寿陵，内阁议令百官捐俸，皇上即未准允；今次倡议，皇上仍不会准允。”陈矩说。

“不准捐俸，不正可见皇上仁慈之心？”田义说着，问道，“皇上体恤臣子，流传国史，亦是一段佳话。陈哥为何心里反而不舒服？”

“并非皇上不准捐俸，我心里不舒服。”陈矩说。

“还有别种议论？”田义问。

“是。”陈矩应道。

“是捐俸之外的议论？”田义问。

“不，”陈矩摇头，“仍是关乎捐俸的议论。”

“捐俸助工，无外乎一则倡之，一则否之，难道除此之外，还有第三种议论？”田义不解。

“确切地说，第三种议论也是否之，但话很难听。”陈矩说。

“是怎说的？”田义问。

“有人说，主上好货，公等议捐俸；若是主上好色，公等何以议之？”陈矩重复他听到的话。

这话岂止难听，简直可以归为妖言！田义听后，也难免怒形于色。

“田哥心里也不舒服吧？”陈矩问。

“无耻之徒，才能说出如此无耻的话！”田义恨恨地说。

“田哥，我就是来问问你，如此无耻之徒，要不要逮系狱中。”陈矩马上顺着他的话说。

“知道此人是谁？”田义问。

“是名御史。”陈矩说。他知道，田义手下的几名掌班太监，虽然喜欢和缙绅交往，但他本人和外廷大小臣工，都保持一定距离，既没有特别交好之人，也没有特别交恶之人。告诉他这话是某人说的，不如告诉他这话是某官说的。

“陈哥，你知我怎想？”田义问。

“田哥怎想？”陈矩反问。

“陈哥不是说朝房有翰林吗？我想，这话若是翰林说的，我一定告与爷知，把他逐出翰苑。”田义说。

“田哥是说，翰林不必下狱，他官却须下狱？”陈矩明知道田义的本意绝非如此，但还是这样问。

“不，”田义果然摇头，“我之意，若是翰林，宜即逐出翰苑；若是他官，不妨且记下一笔，留待京察时再处置。”

“御史也留待京察时处置？”陈矩问。

“近年以来，科、道无人能驾驭，他在私下里怎议，陈哥更没必要理会。”田义说。

“我懂田哥的意思。”陈矩道。

二人又默默地抬头观天，低头观地，找到自己茶盅，饮一口茶水。

“我其实也想和陈哥说件事。”田义忽道。

“田哥要说何事？”陈矩问。

“我也从两宫之灾说起吧。两宫之灾，皇上必命修省，此为君之义；臣下必议朝政得失，此为臣之义。所谓捐俸助工，只可称之为偏议，”田义说着，问道，“陈哥说是不是？”

“是。”陈矩应道。

“至于该御史好货、好色之言，更得称之为邪议，陈哥说是不是？”田义又问。

“是。”陈矩应道。

“既曰偏议、邪议，皆可置之不理，而归之于正。”田义说。

“归之于正，既归之于修省吧？”陈矩道。

“是，”田义点点头，问道，“陈哥记不记得，自来圣上命修省，司礼掌印有无进言者？”

“田哥把我问住，我从未留意。”陈矩道。

“东厂提督有无进言者？”田义问。

“亦不曾留意。”陈矩道。

“司礼掌印与东厂提督有无合而进言者？”田义问。

“这我敢说，不曾有过。”陈矩道。

等着田义的下文，田义却一句也不多说；只一边斟茶，一边让道：“来，陈哥再饮口茶，也该回去歇着。”

“田哥请。”陈矩回让道。尽管田义没把话说得再明白，他已经懂得田义的心思。

第二天一早，陈矩又来到司礼监。

“陈叔落下东西吧？”一名年轻的司礼监内臣问。

“你怎知我落下东西？”陈矩反问。

“听说陈叔昨夜来过，坐到好晚；今一早又来，肯定是把东西忘在这里。”年轻的司礼监内臣说。

"我空手而来，会忘何物！顺手把这里的物件捎走，倒是有可能的。"陈矩和他开起玩笑。

"陈叔顺手捎走何物？"年轻的司礼监内臣问。

"譬如，你掌印田叔的几句话。"陈矩道。

"原来陈叔是来还话的。"年轻的司礼监内臣也开起玩笑。

"真让你说着，"陈矩点点头，问道，"掌印田叔在不在？"

"在，"年轻的司礼监内臣应道，并献起殷勤，"我陪陈叔去见他。"

"我去见他，还用你陪！"陈矩呵斥一句，自己进去找田义。

司礼掌印在司礼监里单独有一室，不是掌印召唤，或有重大事情禀报，任何内臣都不得擅入。

陈矩到门外，门是开的，倒省得他叩门。他站在门外，琢磨要不要咳嗽一声，权当招呼，却见田义正站在门里。二人不由相视一笑。

"田哥在等人吗？"陈矩问。

"是啊！"田义应道。

"那我来得不巧。"陈矩说。

"我等的是你，怎说来得不巧！"田义道。

"田哥怎知我要来？"陈矩问。

"你不是把这里的东西捎走了吗？不是来还的吗？"田义反问。

"田哥真有顺风耳呀！"陈矩道。

"已届耳顺之年，焉用顺风！"田义笑道，并告以实情，"陈哥只顾与人说话，没见前面还走着一小子吧？他是来找我说事的，刚好把陈哥的话听去；又刚好转述完陈哥的话，被我撵走。"

"撵得好！不然，碍着田哥和我的事。"陈矩说。

"陈哥要来还话，却是何意？"田义问。

"田哥昨夜不是问我，朝廷修省，司礼掌印有无进言者吗？"陈矩说着，从袖口抽出一篇疏稿，递给田义，"此疏拟来，是为还这句话的，请田哥审阅。"

"此疏进言何事？"田义问。

"乞爷览批外廷章疏。"陈矩道。

"看样子，陈哥还拟有别疏。"田义推测。

"田哥昨夜不是问我，朝廷修省，东厂提督有无进言者吗？"陈矩说着，从袖口又抽出一篇疏稿，递给田义，"此疏拟来，是为还这句话的，请田哥审阅。"

"此疏进言何事？"田义问。

“乞爷慎动刑罚。”陈矩道。

“陈哥不会是为外廷请命吧？”田义问。

“不会，”陈矩应道，“我是乞爷对御前宫人、内官，慎动刑罚。”

“我还问朝廷修省，司礼掌印、东厂提督有无合而进言者。陈哥是拟有第三疏，来还这句话；还是把此二疏合在一起，来还这句话？”田义问。

“田哥若觉着已够，我欲以此二疏合在一起，来还这句话；田哥若觉着尚有不足，我则拟第三疏，来还这句话。”陈矩道。

“我觉着议此二事，已够。”田义说。

“那就请田哥斟酌、推敲。”陈矩道。

“陈哥所拟，岂有我来斟酌、推敲之理！”田义道。

“我给田哥念一句，”陈矩说着，读道，“臣义等窃见近日以来，外廷章疏留中不报者多。”这是前一道奏疏的开篇之句。“我再给田哥念一句，”陈矩说着，读道，“臣义等窃见御前执事宫人、内官，或干圣怒，责处发遣，络绎不绝。”这是第二道奏疏的开篇之句。他问，“除非以为，和我联署进言有失身份，田哥还能说没有斟酌、推敲之理吗？”

“陈哥一定要我斟酌、推敲，我就斟酌、推敲一番，”田义就陈矩才读过的文字，提出，“臣义等窃见近日以来，外廷章疏留中不报者多，是否改作臣义、矩等窃见近日以来，外廷章疏留中不报者多；臣义等窃见御前执事宫人、内官，或干圣怒，责处发遣，络绎不绝，是否改作臣义、矩等窃见御前宫人、内臣，或干圣怒，责处发遣，络绎不绝？”

“既曰‘等’，义等足矣，无须赘以义、矩等。”陈矩不同意。

“那就把‘等’字去掉。”田义坚持。

“田哥，先斟酌、推敲别事，如何？”陈矩不想纠缠此事。

“也好，”田义说着，问道，“乞爷览批外廷章疏，陈哥以何为言？”

“外廷章疏留中不报者多呀！”陈矩道。他实在想不出来，这一点还有什么好斟酌、推敲的。

“陈哥没理会我的意思，”田义说，“譬如，廷臣仅因外廷章疏留中不报者多，而上疏言之，爷至多仍留中不报；而我辈仅因外廷章疏留中不报，而上疏言之，爷或会责曰：外廷之事，与尔等何干！”

“外廷之事，与我辈何干，我倒是写上几句。”陈矩说。

“陈哥怎写的？”田义问。

“外廷章疏留中不报者多，部、院屡行催发，间有疑惑，或议论左右朦胧隐蔽，不行进奏。”陈矩述道。

“人家把责任推到了你我头上，我等不得不言之，这还说得过去，”田义说着，又问，“乞爷慎动刑罚，陈哥以何为言？”

“田哥问的不是御前执事宫人、内官，或干圣怒，责处发遣，络绎不绝等因吧？”陈矩问。

“我问的正是御前执事宫人、内官，或干圣怒，责处发遣，络绎不绝等因；但我以为，仅以此等之因为言，有所不足。”田义说。

“田哥说的极是！”陈矩道，“仅因责处发遣，我等乞爷慎动刑罚，确是可言可不言的。但责处发遣之辈，每致重伤，兼患时疾，死亡者殆无虚日，这就不是小事。”

“为何每致重伤？”田义问。

“因奉圣谕，执其事者虑罪及于己，即刻命动刑；动刑者虑罪及于己，倍加用力；押解者虑罪及于己，日夜严加枷锁。有此数者，被责处发遣者得以生存，十无一二。”陈矩说。

“非伤即死，致伤天和，岂盛世所宜有！”田义既是感慨，又像是给本疏议题作个总结。

“田哥说得好，此句我要加上。”陈矩道。

“陈哥，我忽然想起一件事。”田义说。

“何事？”陈矩问。

“近年以来宫里的规矩，宫女逃失或病死，内官则被责罚，”田义说着，问道，“有无此事？”

“有。”陈矩应道。

“逃失或病死一宫人，会责罚几多内官？”田义问。

“难说，”陈矩道，“相关内臣，均被责罚。”

“责罚有多重？”田义问。

“难说，”陈矩道，“或打一百二十，或打一百五十，其数不等。”

“有被打致死的吗？”田义问。

“不在少数，”陈矩道，“如日前宫中逃失一宫人，叫杨山女——”

“杨山女未必是她真实姓名，”田义纠正。“或是其父姓杨名山，又不知其女名，姑且以杨山女称呼。”

“田哥说的是，”陈矩应罢，继续讲述，“此事不知怎么惊动爷；又以两宫回禄，或言杨山女纵之，知罪不容诛，逃出宫去。爷命将本宫守门内官，乾清宫守门内官、坤宁宫守门内官，及禁城各宫门守门内官，一并责罚，打死多名。”

“杨山女纵火一事，确凿否？”田义问。

“传言而已，全无实据。”陈矩道。

“如此说来，该等内官都是死于传言。”田义说。

“谁说不是！”陈矩道。

“那日在宫里，耳闻目见，哭声载道，怨气冲天。我当时就想，景象如此，若不披沥上奏，则是我等贪禄恋位，畏死偷生，真犬马之不如也！”田义叹道。

“触景生情，我和田哥同心；不过——”陈矩欲言又止。

“斟酌、推敲到这一步，陈哥还有什么话不好说！”田义道。

“杨山女之事，可不可言之？”陈矩问。

“此事陈哥写上没有？”田义反问。

“写是写上，心中却忐忑。”陈矩说。

“该写，无须忐忑，”田义道，“别说杨山女纵火一说根本无法坐实，即便坐实，守门内官又不知她是如何逃失的，罪不当死。陈哥此事只作重用刑罚写，不作回禄一事写；多写守门内官，少写杨山女，定不会错。”

“田哥这么说，我就放心。”陈矩道。

二人联合署名，呈进二疏。

第二百五十四章

礼部尚书范谦在朝房之外，听到署理戎政都御史沈思孝在里面恨恨地说：“姑息养奸，焉得不偾事！”

他以为沈思孝在和谁人议论，并没在意。进到朝房，却见只有沈思孝一人，他不由奇怪地问：“纯父兄说谁人姑息养奸，谁人偾事？”

“别人若在，说别人；既无别人，就说汝益兄。”沈思孝道。

二人是同年进士，话说轻说重，是常有的事，范谦仍未在意。

“我怎偾事？”他问。

“今日廷议何事？”沈思孝反问。

“东事。”范谦说。

“在汝益兄看来，东事还没大坏吗？”沈思孝问。

东事主要指倭事，但也可同时指朝鲜事。范谦故意扯到朝鲜事上。

“纯父兄是说，朝鲜储君事，礼部持议有误？”他问。

“我说的是东事，与朝鲜储君事何干！”沈思孝道。

“朝鲜不是东海之国，朝鲜之事不是东事！”范谦驳道。

“好，好！”沈思孝连叫两声好，意在不纠缠朝鲜之事是否属于东事。他问，“朝鲜储君之事，与倭事有无牵连？”

范谦稍一犹豫，说：“多少有些牵连。”

“怎叫多少有些牵连？”沈思孝问。

“朝鲜李王二子，长子珒封临海君，次子珲封光海君。倭犯王京，临海君陷于贼，惊忧成疾；光海君则收集散兵，功绩颇著。李王欲舍临海君，而立光海君为储君，已三次奏请于朝矣。”范谦略述其事。

“汝益兄直言舍长子而立次子，不好吗！”沈思孝道。

“诚是，”范谦应道，“礼部觉此事不妥，亦已三次驳之。纯父兄若以为此事错在礼部，我倒要听听纯父兄高见。”

“一则，我并不以为此事错在礼部。”沈思孝说。

“二则呢？”范谦问。

“汝益兄等为何以为此事不妥，我心里也有数；但我以为，与其担心朝鲜册立一事会影响我天朝，不若力争我天朝立储之事。两宫灾，我已疏请行皇长子冠礼，以回天意；礼部亦可争之。”沈思孝说。

“多谢提醒，”范谦揖了揖，又问，“还有三则吗？”

“三则才是最要紧的，”沈思孝道，“汝益兄说朝鲜立储一事，和倭事多少有些牵连，在我看来，却根本没有牵连。朝鲜固是东海之国，朝鲜之事固是东事；然今日所议之东事，我所言东事，只是倭事。朝鲜立储一事，汝议兄无须议矣。”

“好，好！”范谦也连叫两声好，然后说，“东事怎的大坏，请纯父兄明示。”

“汝益兄说说，东事要旨是哪两个字？”沈思孝问。

“纯父兄指的是封、贡吧？”范谦道。

沈思孝点点头，又问：“封、贡之事哪个衙门主之？”

“纯父兄想说，是礼部吧？”范谦道。

“今封、贡一事，谁者主之？”沈思孝又问。

“朝廷主之。”范谦巧妙地说。

“哪件大事不是朝廷主之！我是问你，今之封、贡一事，究竟由谁人主导之。”沈思孝说。

“纯父兄想说，拱宸先生主导之吧？”范谦道。

“难道不是？”沈思孝问。

“一则，”范谦模仿沈思孝的口吻说，“封、贡一事，拱宸先生是倡议者，非主导者。”

“二者有何区别？”沈思孝问。

“倡议者不一定是主导者，区别总是有的。”范谦说。

“好，就算有区别，”沈思孝也不想纠缠于此。他问，“二则呢？”

“封、贡一事，几经廷议，你我皆与其事，且各有主张，非由拱宸先生一手遮天。”范谦说。

“汝益兄随声附和而已，那也叫主张！”沈思孝讥道。

“附和拱宸先生之议，不叫主张；难道非得附和纯父兄之议，才叫主张？”范谦反唇相讥。

“好，就算汝益兄自有主张，”沈思孝说着，问道，“还有三则吗？”

“有，”范谦应一声，说，“就算拱宸先生倡言封、贡全错，就算我附和拱宸先生全错，但纯父兄说姑息养奸，也太过分吧？”

“怎么，汝益兄还以为，拱宸先生没全错？”沈思孝责问。

“好，”范谦去掉“就算”两个字，又说一遍，“拱宸先生倡言封、贡全错，我附和拱宸先生全错；但纯父兄说姑息养奸，也太过分吧？”

“既然全错，我说姑息养奸，有何过分！”沈思孝道。

范谦本想息事宁人，不料退一步，把自己绕进去，无言以辩。

亏得赵志皋进来，他才摆脱窘境。

“汝迈兄来得正好，听听纯父兄的高论。”范谦说着，走到一旁，把和沈思孝面对面的位置让给赵志皋。

沈思孝当初敢直斥首辅张居正之非，现在又敢和吏部尚书孙丕扬叫板，还有什么话是不敢说的！赵志皋对他也有几分忌惮，但范谦把话头丢给他，他又不能不接过去。

“纯父兄有何高见？”他问。

“他大叹姑息养奸，焉得不偾事。”范谦重复沈思孝的话。

“纯父兄说谁人姑息养奸，谁人偾事？”赵志皋问。

他若是换个问法，范谦不好代言；他的问法竟和自己完全相同，范谦乐得替沈思孝回答：“别人若在，说别人；既无别人，就说汝迈兄。”

“咦，”赵志皋怪道，“汝益兄不是已在这里吗？”

“我是已在这里，纯父兄也已说过我；故而再说，该说汝迈兄，”范谦说着，问沈思孝，“纯父兄，是吧？”

“是。”沈思孝应道。若言不是，就不是他。

“我怎偾事？”赵志皋问。

“今日廷议何事？”沈思孝问。

“东事。”赵志皋道。

“在汝迈兄看来，东事还没大坏吗？”沈思孝问。

赵志皋看范谦一眼，想从他的表情看出，沈思孝这一问是什么意思。

“纯父兄所言东事，即倭事。”范谦说。

“纯父兄的意思，倭事大坏？”赵志皋问他。

“是。”范谦应道。

“倭事怎的大坏，请纯父兄明示。”赵志皋说着，向沈思孝揖了揖。

“汝迈兄说说，倭事要旨是哪两个字？”沈思孝问。

“应是封、贡二字吧。”赵志皋道。

“封、贡之事哪个衙门主之？”沈思孝问。

“应由礼部主之吧。”赵志皋道。

沈思孝摇了摇头，道：“不全对。”

“怎不全对？”赵志皋问。

“封、贡之事，当由礼部主议；拟旨、拟谕，却在内阁。故而，是礼部与内阁合主其事。”沈思孝说。

“好，就算是礼部和内阁合主其事，”赵志皋不在这一点上纠缠。他问，“纯父兄说倭事大坏，不会是指礼部和内阁主其事吧？”

“我正要问汝迈兄，今封、贡之事，谁者主之？”沈思孝道。

“谁者主之？”赵志皋一时没反应过来。

“纯父兄的意思，实际是由拱宸先生主导之。”范谦插言道。

“拱宸先生是倡议者，非主导者。”赵志皋说。

“二者有何区别？”沈思孝问。

“倡议者不一定是主导者，区别总是有的。”赵志皋说。

“好，就算有区别，”沈思孝也不纠缠。他问，“但汝迈兄想一想，在封、贡一事上，你究竟自家有主张，还是附和拱宸先生？”

“就算我是附和拱宸先生，就算汝益兄和我都是附和拱宸先生，但纯父兄说姑息养奸，也过分吧？”赵志皋道。

“怎么，汝迈兄还以为，你和汝益兄不是附和？”沈思孝问。

“好，”赵志皋去掉两个字，又说一遍，“我是附和拱宸先生，汝益兄是附和拱宸先生；但纯父先生说姑息养奸，也过分吧？”

“汝益兄附和拱宸先生，不过是尚书附和尚书，且不去说它；汝迈兄身为首辅，却附和一尚书之议，还不是姑息养奸！”沈思孝道。

他的推论其实没多少道理，但他说得流畅，说得理直气壮。赵志皋退一步，把自己绕进去，无言以辩。

亏得石星进来，他和范谦才摆脱窘境。

“拱宸先生来得正好，听听纯父兄的高论吧。”赵志皋说着，和范谦走到一起，把和沈思孝面对面的位置让给石星。

“纯父先生有何高见？”石星问。

“他大谈姑息养奸，焉得不偾事。”赵志皋重复沈思孝的话。

“姑息养奸，当然要偾事。”石星说。他和赵志皋、范谦等翰林起家的官员，思路不一样，对这句话的反应也不一样。

“拱宸先生可知，纯父先生在说谁个姑息养奸？”赵志皋问。

“这却不知。”石星道。

“先是说汝益兄，后是说我。”赵志皋道。

“先是说汝益先生，后是说汝迈先生？”石星看看范谦，看看他，忽有所悟。“接下来，是不是该说我？”

赵志皋说是，范谦说不是。

“汝迈先生为何以为该说我？”石星问赵志皋。

“纯父兄大概以为，世上所有的人都在姑息养奸；拱宸先生也是世人，所以在他眼里，你也在姑息养奸。”赵志皋说。

“汝益先生为何以为不会说我？”石星问范谦。

“拱宸先生不想知道，纯父兄说汝迈兄和我姑息养奸，姑息的是何人；说偾事，是偾的何事？”范谦反问。

“不会是说姑息我吧？”石星道。

“原来拱宸先生已经料到。”范谦说。

“真的是姑息我呀！”石星道。他语调有些夸张，但内心一点儿也不惊诧，也许是真的料到。他问沈思孝，“他二位谁个的话对？”

“都对。”沈思孝道。

“亦即，我被人所姑息，亦姑息他奸？”石星问。

“是。”沈思孝应道。

“汝迈先生、汝益先生是否姑息养我这个奸，是他二位的事；要问，该他二位问，我就不问。我只想问纯父先生，我姑息的是谁，养的是哪个奸，坏了哪件事？”石星道。

“今日廷议何事？”沈思孝问。

“东事。”石星道。

“拱宸先生以为，东事还没大坏？东事之坏，不是由于拱宸先生姑息养奸？拱宸先生得以姑息养奸，不是由于内阁相公们和大宗伯姑息养奸？”沈思孝问。

“纯父先生言及之事太多，不如一事一事议之。”石星道。

“好。”沈思孝应道。

“纯父先生所言第一事是东事大坏，不知东事怎的大坏？”石星问。

“拱宸先生须知，纯父兄所言东事，即倭事也。”赵志皋提醒他。

“这我知道，”石星说着，又问沈思孝，“不知倭事怎的大坏？”

“拱宸先生说，倭事要旨是哪两个字？”沈思孝反问。

“是封、贡二字。”石星说。

“当真是封、贡二字？”沈思孝问。。

“每次廷议，大臣们议论的都是此二事。”石星说。

“当真都是此二事？”沈思孝问。

“多是此二事。”石星改个字。

“多是此二事之意，是不是还议论别事？”沈思孝问。

“是。”石星应道。

“但拱宸先生却说，大臣们于廷议时只议论封、贡二字！”沈思孝道。

“是我的疏忽，我更正。”石星说。

“不管拱宸有无更正，廷议渐限于封、贡二字，是无庸讳言的。修战、守备都不要，东事还不大坏！”沈思孝道。

“一则，修战、守备，亦是大事，纯父先生议过，别位大臣议过；兵部也多次议过，而且，比纯父先生、比别位大臣，议得还要具体，还要详尽。”石星说。

“二则呢？”沈思孝问。

“若是以封、贡二事可处置东事，何乐而不为！”石星道。

“有三则吗？”沈思孝问。

“无。”石星道。

“此言可知，兵部的确只盯着封、贡二字，大司马的确只盯着封、贡二字。”沈思孝指出。

“纯父先生不能说，兵部只盯着封、贡二字，我只盯着封、贡二字，就一定坏朝廷的事。”石星说。

“好，”沈思孝应一声，说道，“我就来说一说，拱宸先生是怎坏朝廷事的。”对石星说罢，又转对赵志皋、范谦说，“二兄也该听听。”

“纯父兄不必叮嘱，我洗耳恭听。”赵志皋说。

“兵部怎坏朝廷的事，礼部也怎坏朝廷的事；拱宸先生怎坏朝廷的事，我也怎坏朝廷的事。焉敢不听！”范谦道。

“封在贡前，无封，贡无从说起，我先说封字，如何？”沈思孝问。

“好。”石星应道。

“好。”赵志皋、范谦也应道。

“汝益兄，朝廷何时议定封事的？”沈思孝问范谦。

“要说出具体日子吗？”范谦怕答后他再问，所以先反问。

“不用，说出年份、月份即可。”沈思孝不难为他。

“在万历二十二年十二月。”范谦说。

“朝廷何时差出封使的？”沈思孝问。

“亦在万历二十二年十二月。”范谦说。

“拱宸先生，贡使为何人？”沈思孝问石星。

“纯父先生问正使，问副使？”石星反问。

“能都说出来，最好。”沈思孝道。

“正使为临淮侯李宗城李爵爷，副使为都指挥使杨方亨。”石星说。

“万历二十二年十二月，迄今已几月？”沈思孝这次不点名地问。

“纯父兄是问我吧？”赵志皋问。

“汝迈兄肯屈尊计算，有劳。”沈思孝揖道。

“二十三年一年，加上今岁五月，共计十七个月。”赵志皋说。

“十七个月，封事有无消息？”沈思孝问。

“尚无消息。”赵志皋道。

“离京师十七个月，封事尚无消息，是不是太迟？”沈思孝问。

“是有点儿迟。”赵志皋承认。

“虽迟，却事出有因。”石星说。

“何故？”沈思孝问。

“封使绕道朝鲜，先见过驻于釜山倭将，再由他等陪同，前往日本。故而万历二十二年十二月离京师，二十三年九月方至日本。”石星说。

“拱宸先生的意思，是耽搁在路上？”沈思孝问。

“这至少是个原因。”石星说。

“好，”沈思孝应一声，又问赵志皋，“汝迈兄，二十三年九月，迄今几月？”

“八个月。”赵志皋说。

“八个月，封事有无消息？”沈思孝问。

“尚无消息。”赵志皋道。

“抵倭八个月，封事尚无消息，是不是太迟？”沈思孝问。

“是有点儿迟。”赵志皋承认。

“虽迟，却可推算。”石星说。

“拱宸先生怎生推算？”沈思孝问。

“去程九个月，回程亦九个月，还差着一个月呢。”石星说。

“拱宸先生这么推算，恐怕不合情理。”沈思孝摇头。

“怎不合情理？”石星问。

“一则，由釜山往日本，是逆风，由日本返釜山，是顺风。逆风行船，须得几月，顺风行船，也须得几月吗？”沈思孝道。

“由釜山往日本，是去春。即便抵日本即见关白，见关白即行封事，封事毕即返回，由日本往釜山也在去秋。风向可能会变的。”石星说。

“好，就算回来亦是逆风，”沈思孝道，又说，“二则，去程九个月，是京师至辽东的行程，加以辽东至釜山的行程，加以釜山至日本的行程。回程九个月，亦是日本至釜山的行程，加以釜山至辽东的行程，加以辽东至京师的行程。其中，最费时日的是京师至辽东的行程。”说着，问道，“自辽东还京师，三月够不够？”

“用不了。”石星道。

“我知用不了，我是拼命往多里说，”沈思孝说着，问道，“使臣一到辽东，辽抚、辽帅就该奏告于朝吧？”

“那是一定的。”石星道。

“辽抚、辽帅所差驿递，也须三月抵达京师？”沈思孝问。

“断然不用。”石星道。

“两个月？”沈思孝问。

“也不用。”石星道。

“一个月？”沈思孝问。

“还可再少。”石星道。

“拱宸先生说，须几日？”沈思孝让他说。

“快则十日之内，慢则半月。”石星说。

“拱宸先生，我可没让他等跑这么快。”沈思孝讽道。

“实情如此，不是谁让他跑多快，就能跑多快的。不过，石星说着，口气一转，“并非封使一到辽东，辽抚、辽帅即知。”

“一个月够不够？”沈思孝问。

“何事一个月够不够？”石星反问。

“从封使至辽东，到辽抚、辽帅得知，一个月够不够？”沈思孝道。

“足够。”石星说。

“那么，自封使至辽东，到朝廷得报，不会超过两个月，是不是？”沈思孝问。

“是。”石星应道。

“亦即，封使下月还京，朝廷此时就该得知，是不是？”沈思孝问。

“是。”石星应道。

“兵部是否得知？”沈思孝问。

“兵部尚未得知。”石星道。

“礼部是否得知？”沈思孝问范谦。

“礼部尚未得知。”范谦道。

“内阁是否得知？”沈思孝问赵志皋。

“内阁尚未得知。”赵志皋道。

“不知公等还有何话好说！”沈思孝一副大获全胜的神情。

“纯父兄无须得意，‘迟’字我早认可。”赵志皋说。

“我此际认可迟，可不可以？”范谦道。

“纯父先生还有三则吗？”石星则问。

“拱宸先生只说二则，我不能只说二则。”沈思孝道。

“愿闻其三。”石星揖道。

“拱宸先生欺我不读书呀！”沈思孝道。

“我怎欺纯父先生不读书？”石星问。

“《倭志》分明写道：倭国东北越海至朝鲜，顺风一两日便可。顺风一两日可到，逆风再难，须行走几日？”沈思孝道。

“有此三则，我也不得不认可迟。不过，”石星口气一转，说道，“借用汝迈先生一句话，纯父先生无须得意：说到这会儿，才说到封事尚无消息，离东事大坏，倭事大坏，封事大坏，还远着呢！”

“我看，并没多远，”沈思孝说着，问三人，“封事迄今尚无回音，公等想过没有，究竟是何缘故？”

“不曾想过。”赵志皋、范谦齐道。

“想过。”石星则说。

“是何缘故？”沈思孝问。

“去岁九月到日本，既有确切消息，或寻觅关白遇到麻烦。”石星说。

“二兄以为可能吗？”沈思孝问赵志皋、范谦。

“可能性不大。”赵志皋说。

“封使在釜山由倭将陪同往日本，而且抵达日本；与关白相见，应该不是难事。”范谦说得更具体。

“拱宸先生还想到别的可能吗？”沈思孝问。

“或倭国内部发生变故。”石星又设想一种可能。

“二兄以为可能吗？”沈思孝问赵志皋、范谦。

“倭奴无长性，有此可能。”赵志皋说。

“但从各地来的奏报，并未看出苗头。”范谦则说。

“拱宸先生能不能想出第三种可能？”沈思孝问石星。

“或发生其他变故。”石星说。

“所谓其他变故，是封使出事吧？”沈思孝问。

“可以这么说。”石星道。

“会不会是降倭？”沈思孝问。

“这不会！”石星道。“堂堂天朝使臣，又贵为爵爷，为何要降倭！”

“会不会是翻船？”沈思孝问。

“也不会！”石星道，“去程途中翻船，他等到不了日本；回程途中翻船，封事已毕，日本也会遣使来进谢表。不会他等的船和倭使的船都翻吧？即便都翻，关白一定也早获消息，另遣使臣。”

“会不会是被杀？”沈思孝问。

“若发生其他变故，封使被杀的可能性或是最大的。”石星说。

“好，”沈思孝不再问，而是得出结论，“即以拱宸先生所言三种可能而言之：第一，寻觅关白。我天朝使臣是去赐封的，却要到处找关白，岂不是滑天下之大稽！可不可以说封事大坏？第二，倭国内部变故。我封关白，倭却内讧，连关白也找不到，岂不又是滑天下之大稽！可不可以说封事大坏？第三，其他变故，即我封使被杀。倭酋乞封，我封之，倭酋却杀我封使，岂不是滑天下之大稽！可不可以说封事大坏？”说着，问赵志皋，“汝迈兄以为如何？”

“且听汝益兄怎说。”赵志皋道。

“汝益兄以为如何？”沈思孝又问范谦。

“且听拱宸先生怎说。”范谦道。

“拱宸先生以为如何？”沈思孝又问石星。

石星无人可让。他说：“纯父先生说滑天下之大稽，是句戏言，我不与纯父先生计较；至于由此而断言封事大坏，则失之草率。”

“怎的草率？”沈思孝问。

“我所言三种可能，仅是可能而已。你我都不知封事拖延至今，尚无结果，究竟何故。”石星说。

“拱宸先生是往好处想，往好处说。我看，实情比拱宸先生想的、说的，要糟糕得多，”沈思孝说着，问道，“公等信不信？”三个人都没回答，他说，“公等不信，我信！”

廷议开始时，四个重要的人物都已甚觉疲惫。和他们没争出个结果一样，廷议也没议出个结果。

第二百五十五章

田义进殿时，皇帝等他正等得百无聊赖。

“老田，怎才来？”皇帝责道。

“奴才走出司礼监，忽想到忘件东西，不得不回去取，故而来迟，”田义解释之后，躬身道，“乞爷恕罪。”

“可是你手里所持之物？”皇帝问。

“是。”田义应道。

“你回转去取的，是何物？”皇帝问。

“一篇文稿。”田义说。

“可是篇奏疏？”皇帝问。

“不是一般奏疏，是朝鲜国王写给石尚书的私函。”田义说。

“朕今日要问你何事，你可知之？”皇帝又问。

“奴才知之。”田义道。

“该函和朕要问你的事有关？”皇帝问。

“是。”田义道。

“既有关，石尚书读没读？”皇帝问。

“尚未读。”田义道。

“他为何不读？”皇帝问。

“外国国主来函，他不敢私自拆看。”田义说。

“你看过没？”皇帝问。

“奴才也不敢私自拆看。”田义说。

“朕也不愿私自拆看，怎好？”皇帝笑道。

“奴才读给爷听吧。”田义请旨。

“好。”皇帝点头。

田义拆封取函，读道：“朝鲜国王李昖，书奉天朝石太师阁下：吾闻天朝之大恩，封日本国王关白，实太师之独力担当运筹。”

“该王真是不知轻重，朝廷之事，一尚书便可担当运筹？他朝鲜的事，怕也不是一臣子可以担当运筹的。”皇帝不高兴地说。

“爷说的是。”田义应道。

“再读吧。”皇帝命道。

“是，”田义应一声，读道，“日本岂不愿封？不料海上风霾渐盛，或风或雨，或晴或阴；又兼山水相冲，舟不能渡。日本至釜山顺水，釜山至日本逆水，一朝狂风大作，浪过于天，故此迟延月日。”

“石尚书说，封事久无音讯，或是隔海难渡，看来被他说中。”皇帝插言道。

“爷说的是。”田义应罢，一口气读完：

> 吾已于四月十三日差陪臣哈金锁探听日本情形，至二十日方回。日本国王关白求朝廷之封甚要，行长恭顺之心亦有，故将倭分作三班，已渡二班。止有清正之倭，屯于釜山。关白亦言，天使一渡海后，倭众尽数撤归，不许迟延有违。故于正月十五日差行长来请沈惟敬过海，讲说礼义，以迎天使往封。沈惟敬已至相马岛地方，去日本止隔二百余里，关白将行长、清正之倭尽数撤回。其清正不肯，关白大恼，将粮米尽不发去。清正向小国要地图，要谷种，思屯田积草。吾将谷种三十石、地图一张，差陪臣永正赍至马岭地方。清正见见地图中鸟岭有伏兵之处，扼塞有养马之场。其釜山至登、莱乃深山大岭，虎穴之处，兵不能进，马不能行，止有一条小路，长三百余里，有七十二湾，士兵能进不能出，故惧吾不敢犯。又闻天使于四月初三日夜逃至釜山，不知何意。

读到这里，被皇帝打断。

“老田说此件和朕要问的事有关，是指这一句吧？”皇帝问。

“是。”田义应道。

“老田，你说错。”皇帝道。

“奴才说错？”田义忙问。

“朕要问的是，封事如何。”皇帝说。

“天使于四月初三夜逃至釜山，可知封事未行；不然，李、杨二臣不至于逃至釜山。”田义分辩。

“二臣逃至釜山，一定是封事未行吗？”皇帝问。

“奴才是这么想的。”田义说。

“就不会是行封事后，倭人忽然反目？”皇帝问。

“不会。”田义道。

“就不会是关白受封后，别的倭酋不服？”皇帝又问。

“不会。”田义道。

“就不会是行封事后，行至海上，遇有别难？”皇帝又问。

“不会。”田义道。

“朝鲜李王声称不知何意，老田你怎能断定封事未行？”皇帝问。

“朝鲜李王声称不知何意，是因为他写该函时，尚不知临淮侯等为何逃至釜山；今接辽抚奏疏，已知他等为何逃至釜山。”田义说。

“辽抚已有奏疏？”皇帝问。

“是，”田义应道，“才接辽抚疏，专禀封使事。”

“该疏呢？”皇帝问。

“遵圣谕，已下兵部。”田义说。

“朕先前没问该疏说的何事，不然，总得看看他是怎说的，”皇帝说着，问道，“辽抚怎写的？”田义才要禀奏，他又摆摆手，说道，“还是了却一事，再言一事吧。”

田义知道皇帝是要先听完朝鲜李王致石星的私函，他读道：

但日本且有恭顺之心于天朝，而天朝反无抚恤之心于日本？我已遗书与关白，关白亦答云：封我甚要，只待风息，馆舍有备，不日即迎请矣。日本情形如此，特差小卒尤禹赍览，以便施行，伏祈照鉴不宣。

“读完没？”皇帝问。

“还没读完。”田义道。

“老田，你怎想的？”皇帝问。

田义不知皇帝所指，不得不反问一句：“爷问何事？”

“李王该书可信不可信。”皇帝说。

“奴才想，大致可信。”田义说。

“为何大致可信？”皇帝问。

“譬如，朝鲜至日本，顺水行船与逆水行船大不相同。奴才记得，四夷馆通事曾问过朝鲜使臣，的确如此。”田义说。

“还有呢？”皇帝问。

“譬如，釜山倭众有回归者。朝廷从其他方面也得到消息。”田义说。

“还有呢？”皇帝问。

“譬如，倭将清正所部，不甚服从关白号令。朝廷从其他方面也得到消息。”田义说。

“还有呢？”皇帝问。

“譬如，给清正谷种三十石、地图一张，有通倭之嫌，他并未刻意隐瞒。”田义说。

“朕正想说此事，”皇帝说着，问道，“要谷种，意在屯田积草，他书里也是这么写的，为何还要与之？”

“他或许想，倭众于釜山附近屯田，自得其食，就不会四下里掠夺其民。”田义说。

“他难道不知，倭众尽数回国，才可不受其害！”皇帝道，又说，“老田说有通倭之嫌，或是言重；但姑息之嫌，总是有的。”

“爷说的是。”田义应道。

“然朕最想知道的，不是清正，而是关白，”皇帝说，并问，“据朝鲜李王所言，关白是诚心就封的，老田说可信不可信？”

“奴才仍以为，大致可信。”田义说。

“又是为何？”皇帝问。

“关白昔日应允撤回倭众，行长等倭将果率部回归。”田义说。

“还有呢？”皇帝问。

“关白差行长接沈惟敬过海，讲说礼仪，此事已坐实。”田义说。

“还有呢？”皇帝问。

“关白言曰：封我甚要，更不似李王编造。可见，他是诚心受封于天朝。”田义说。

“所言甚是，”皇帝顿了顿，命道，“老田，现在该说辽抚奏疏。”

“是，”田义应一声，说道，“据辽抚称，临淮侯是为日本守臣所逐，乃弃檄书夜遁，狼狈逃至釜山。”

“为日本守臣所逐？何处守臣？”皇帝问。

“不知。”田义道。

“辽抚奏疏未言之？”皇帝问。

“是，未言之。”田义应道。

“日本守臣逐临淮侯，关白知否？”皇帝又问。

“不知。”田义道。

“是关白不知日本守臣逐封使，还是你不知关白是否知日本守臣逐封使？”皇帝问。

“首先，是奴才不知关白是否知日本守臣逐封使；其次，日本守臣逐封使，关白或是不知。”田义说。

“辽抚奏疏都不曾言及？”皇帝问。

“是，都不曾言及。”田义应道。

“日本守臣为何要逐临淮侯？”皇帝问罢，命道，“这次不许说不知。”

“是。”田义应道。

皇帝本来想看看田义闻命后的窘迫，没想到，田义却应得坦然。这让他既感到奇怪，又感到有趣。

“看来，老田是知之。”他说。

“是，奴才略知。”田义应道。

“日本何处守臣逐临淮侯，老田不知；日本守臣逐临淮侯，关白是否知之，老田亦不知；日本守臣为何要逐临淮侯，怎却知之？”田义问。

“前二事奴才不知，是因为辽抚奏疏未言及；后一事奴才知之，是因为辽抚奏疏言及。”田义说。

“只是这么简单？”皇帝问。

“是，”田义应道，“只是这么简单。”

“日本守臣为何要逐临淮侯？”皇帝问。

“日本守臣逐临淮侯，只为二事：一曰淫，二曰贪。”田义说。

“他怎淫的？是否涉足青楼？”皇帝问。

“是，”田义应一声，说道，“据称，他夜夜宿于青楼。”

“是否欺男霸女？”皇帝问。

“是，”田义应一声，说道，“据称，他日日挑逗民女；连倭臣家的女婢及眷属，也曾挑逗。”

“他怎贪的？是索要贿赂，还是掠人钱财？”皇帝问。

“在异国他乡，掠人钱财未必得逞，他是索要贿赂。”田义说。

“向受封倭酋索要贿赂吗？”皇帝问。

“是，”田义应一声，说道，“据辽抚奏疏所称，受封倭酋若无奉献，他则百般刁难。”

“关白亦受封，难道他也向关白索要贿赂？”皇帝问。

“这却不知。”田义道。

“辽抚奏疏里没写吗？”皇帝问。

“是，没写。”田义应道。

“向接待倭臣索要贿赂吗？”皇帝又问。

“是，”田义应一声，说道，“据称，接待倭臣若无见面之礼，他则百般凌辱。”

“他还向谁人索要贿赂？”皇帝问。

“据称，凡可伸手之处，他无不伸手；凡可张嘴之时，他无不张嘴。”田义说。

“好个李宗城，丢人丢到外国！”皇帝怒道。

“奴才也觉着，是可忍，孰不可忍。”田义随声附和。

“他不是在釜山吗？老田，传朕谕旨，着人去釜山，将他捆绑来京；他若已返国，着辽抚即刻将他押解来京！”皇帝命道。

“奴才遵旨。”田义应道。

第二百五十六章

御史曹学程督畿辅屯田。说是廷臣，他往往十天半月才能回一次京城；说是外差，又与别的外差不同，可以偶尔回家睡一个晚上。

因为长期不在家住，又不知哪一日得闲回来，或有事须回院禀报，回家以后，发觉缺油少盐，是常有的事。自己还好对付，若有同年好友来访，他会感到难为情。

吏科左给事中叶继美来访，先问他："希明兄，有粮否？"

"有，"曹学程应道，想了想，又说，"似有粮无炭。"

"有菜否？"叶继美问。

"有，"曹学程应道，想了想，又说，"似有菜无盐。"

"有酒否？"叶继美问。

"有。"曹学程应道。

"怕是有瓶无酒吧？"叶继美抢着说。

"怕是让章含兄说着。"曹学程道。

几句话说罢，二人拊掌而笑。

曹学程字希明，广西全州人。叶继美字章含，浙江嘉善人。二人都是万历十一年进士。

"本来也没指望在希明兄这里尝到美味佳肴。"叶继美说着，两手举到空中，三击掌。

掌音未落，他的家仆提一食盒进来。食盒分好几层，每层或碟或碗，放两种菜；最下面一层，是一盘饼，薄薄的，散发着香气，色相亦诱人。家仆一一取出，放在桌上。放好之后，瞥桌面一眼，又看看叶继美，似在问他，去哪里取筷子？

叶继美没理会，又三击掌。

掌音未落，他的童儿进来，一手提一酒坛，坛上扣放两个酒盅；另一手端一钵，钵里放一酒壶。钵子看来是温酒用的。童儿把钵子放在桌上，把酒坛放在地上，取两个酒盅，一人面前放上一个。动作娴熟，有条不紊。放好之后，瞥钵子一眼，又看看叶继美，似在问他，去哪里取热水？

直看得曹学程眼花缭乱，张口结舌。

“希明兄，有筷子吧？”叶继美问。

“有，须洗。”曹学程道。

叶继美手一指，家仆去洗筷子。

“希明兄，有热水吗？”他又问。

“有，须烧。”曹学程道。

叶继美手一指，童儿去烧水。

“希明兄这个主人不称职，我只好暂篡其权。”他说。

“篡得好，但愿章含兄常篡之。”曹学程道。

茶水是现成的，他先给叶继美斟杯茶，算是略近地主之谊。此外，他还得先找个话题。

“朝中近日谈论何事？”他问。

“封贡之事。”叶继美说。

“听说临淮侯险些被倭人所杀，可是真的？”曹学程问。

“是否险些被杀，我不知道，大概也没人知道；但他被逐出倭岛，逃至釜山，却是尽人皆知。”叶继美说。

“是因贪、淫？”曹学程问。

“蓟督、辽抚皆持此说。”叶继美道。

“看来，还有别的说法？”曹学程听出他话外之音。

“临淮侯本人近上一秘揭，希明兄不知吗？”叶继美问。

“不知，”曹学程摇着头，问道，“章含兄是只知临淮侯上一密揭，还是连密揭怎写的也都知道？”

“不知他怎写的，怎知还有别的说法！”叶继美道。

“章含兄是略闻其密揭是怎写的，还是已经阅读过其密揭抄件？”曹学程又问。

“实不相瞒，我阅读过密揭抄件。”叶继美说。

“记得登科之初，章含兄记性奇佳；十余年过去，不知是不是仍过目不忘，过耳不忘？”曹学程又问。

叶继美一笑，说道：“希明兄不就是想听我多说几句该密揭吗，不出言相激，我也会说的。”顿了顿，又说，“其实，临淮侯密揭不过三五句话，任谁读一遍，都能记得住。”

“不过三五句话吗？第一句怎说？”曹学程问。

“辽镇督、抚略言，关白所要七事，不止一封；彼若望封若渴，何无一人相迎？”叶继美述道。

“此为原文？”曹学程问。

“我一字未改。”叶继美道。

“这个‘要’字用得很不寻常呀。”曹学程若有所思。

“希明兄也品出来？”叶继美道，“前者，无论督、抚，或兵部、礼部，或内阁，言及封事，无不用个‘请’字，或‘求’字，到临淮侯笔下，却成‘要’字。”

“再者，”曹学程又说，“我记得，前几日兵科上疏还称，关白是请五事，而非要七事。”

“是。”叶继美应道。

“章含兄还记得是哪五事吗？”曹学程问。

“一则贡使借路朝鲜；一则沈惟敬初与倭约分朝鲜，以大同江为界；一则沈惟敬与行长谕令倭众作速归巢，许尔封贡；一则前经略宋应昌题称，大航三年一贡，小航年年进贡；一则前督顾养谦题称，倭与我民为市，不费公帑。”叶继美述道。

“所请五事，怎又成所要七事？”曹学程问。

“所谓关白请五事，是经略、督、抚等各自得到的信息，并非关白自行上表奏请。兵科既可汇总为所请五事，封使为何不可汇总为所要七事！”叶继美道。

“有道理。”曹学程点头。他本来想问，李宗城说的关白所要七事，和兵科所言关白所请五事，有没有相同的内容，以及除这五事之外，还有哪二事。又一想，李宗城如果详细奏言关白所要七事，叶继美一定记得住，自己不问，他也一定会说；如果李宗城没写，问他也说不出来，还不如不问呢。

“第一句话里，有半句却不知是真是伪。”叶继美说。

“章含兄是说后半句吧？”曹学程问。

“是，”叶继美应道，“已知临淮侯等于去岁九月到的日本，三月逃至釜山，其间计有六个月。六个月里为何未行封事，廷说纷纭。临淮侯密揭所言若属实，即六个月里他等并未与关白相见，此事倒有说法。”

“章含兄说的是，”曹学程应罢，问道，“第二句话怎说？”

“陡于三月二十八日，有被掳福建人郭续禹，假以卖药为名，私相求见。职招之卧内，伊谓关白虎狼蛇蝎，使臣去，必至羁留，且将质以要索；少有不遂，定行杀害。”叶继美述道。

“第二句与第一句自相矛盾。”曹学程说。

“希明兄说来听听。”叶继美道。

“按照第一句话，临淮侯应该是想见关白而见不到；按照第二句话，他却是以为关白不可相见。”曹学程说。

“或者并非自相矛盾。”叶继美说。

“章含兄说来听听。”曹学程道。

“没与关白相见，可能是想见而没见到，也可能是以为不可相见。二者都占到，临淮侯没与关白相见，就更合理。”叶继美说。

“亦即，他逃至釜山，更合理。”曹学程引申出另一层意思。

“是。”叶继美应道。

“亦即，密揭第一句话和第二句话，听上去毫不相干，实则都在为他逃至釜山分辩。”曹学程又引申出一层意思。

“是。”叶继美应道。

“既没见到，又不可相见，两个方面都说到，后面还有何话好说？”曹学程问。

“虽则既没见到，又不可相见，两个方面都说到，但终归以不可相见为主；所以，不可相见要多说一句。”叶继美道。

“第三句怎说？”曹学程问。

“又传沈惟敬被关白捆缚，关白云：予所要者七事，原不为封。又见近日关防甚严，情形渐异。”叶继美述道。

“沈惟敬非封使，为关白羁留为质，还不要紧；他乃朝廷正使，断不可以为关白羁留为质。他是这个意思吧？”曹学程问。

“是这个意思。”叶继美道。

“第四句该交代他如何逃离虎穴蛇窟的吧？”曹学程问。

“是，”叶继美应一声，述道，“随于本夜捧节西还，仿古大夫出疆之义。”

“这一句他写的真是大义凛然！”曹学程讥道。

“不如说写的真是恬不知耻。”叶继美则说得直白。

“章含兄说的是，”曹学程道。又说，“章含兄说临淮侯密揭写三五句，我知是何意：如第二句、第三句，合则为一句，分则为两句。”说着，问道，“章含兄，可是？”

“是。”叶继美应道。

“据此推断，还应该有第五句，与第四句合则为一句，分则为两句，”曹学程说着，问道，“章含兄，可是？”

“亦是。”叶继美应道。

“第五句话怎说？”曹学程问。

“本拟自前途飞报，讵意迷失道路，不食者六日，初八日始至庆州，理合揭报。”

叶继美述道。

“不仅多日不报可以解脱，且令人闻之生怜。”曹学程复讯道。

“希明兄怜之乎？”叶继美问。

“怜否先不说，我以为，临淮侯所言，当勘之；且整个封事、倭事、东事，正可借勘临淮侯密揭而重勘之。”曹学程说。

“希明兄之意，当怎勘之？”叶继美问。

曹学程还没想好；而且，即便想好，也不是一两句话说得清楚。他摸摸肚子，问道：“章含兄还不饿吗？”

“希明兄是主人，希明兄不说饿，我怎敢说饿！”叶继美说着，问他的家仆，“两双筷子，还没洗干净？”

“洗了又洗，不知洗过几多遍，但见曹老爷不停下来，不敢言之。”他的家仆说。

“希明兄，责任在你。”叶继美对曹学程说。

“我没停下来，你家老爷难道停下来？为何你只说我，不说他？”曹学程问叶仆。

“我家老爷没停下来，我想打断，随时可以打断；曹老爷没停下来，我不敢打断。”叶仆说。

叶继美得意地瞥曹学程一眼，又问童儿：“一锅水，还没烧热？”

“热后凉，凉后热，不知烧几多次，但见老爷不停下来，不敢言之。”他的童儿说。

“章含兄，责任在你。”曹学程对叶继美说。

“我没停下来，曹老爷难道停下来？为何你只说我，不说他？”叶继美问道。

“我二人是老爷带来的，老爷想问我等，随时可问；曹老爷不知我等办事快慢，却不好问。”童儿说。

“章含兄，如何？”曹学程笑问。

“吃里扒外！”叶继美道。

二人同时命开饭。

第二天午时，曹学程出朝阳门。行不多远，叶继美追上来。

“章含兄，何往？”曹学程问。

“特来追赶希明兄。”叶继美说。

“昨夜才饮接风酒，今日又要饮送行酒？”曹学程说着，揖了揖，“章含兄未免太客气。”

“谁个还有心思饮酒！”叶继美的话一点儿也不客气。

“章含兄追赶我，是有别事？”曹学程问。

“是，”叶继美点点头，说，“有件事，不问个明白，寝食难安。”

“何事如此严重？”曹学程忙问。

“希明兄昨晚睡的可安稳？”叶继美问的事，却一点儿也不严重。

“安稳呀，”曹学程应道，“享受好酒好菜，怎会睡不安稳！”

“那就好，”叶继美似乎放心，但马上又问，“希明兄睡得安稳，却不知一觉睡到几时？”

“差不多天明吧。”曹学程说。

“那就好，”叶继美似乎更加放心。但马上又说，“夏日夜短，我问的是，希明兄几鼓起床。”

“三鼓。”曹学程道。

“希明兄三鼓起床的？”叶继美惊问。

曹学程不知他为何会惊，又说一句：“或许还不到三鼓。”

“三鼓不到，可不能说天明。”叶继美道。

“所以我才说差不多天明呀。”曹学程分辩。

“希明兄起床后，怎挨到天明？”叶继美又问。

“差不多坐等吧。”曹学程说。

“那就好，”叶继美这回只是说说而已，并未露出放心的神情。他说，“差不多坐等，还是找些事儿做？”

“章含兄以为，我会做何事？”曹学程问。

“多半会写疏。”叶继美说。

“知我者，章含兄也，”曹学程道，“昨晚承蒙章含兄告知近日朝中谈论之事，我若不建一言，心中有愧。”

“希明兄已拟疏？”叶继美问。无论从语气，还是从表情，都可以感觉他内心的忧虑，那种证实他心中本来就存在着忧虑的忧虑。

“是呀。”曹学程应道。

“三鼓到天明，没多久呀，”叶继美道。他才嫌那段时间不短，现在又希望那段时间不长，“片刻时光，希明兄不会已拟好疏稿吧？”

“章含兄是笑我笔钝吧？”曹学程道，“对我辈而言，这段时光拟就一篇疏稿，足够长。”

“希明兄已拟就疏草？”叶继美又多一分忧虑，“希明兄拟就疏草，打算几时誊录？”

“不瞒章含兄，当时手边正好有奏本纸，已誊录完毕。”曹学程说。

“希明兄手头好快呀，”叶继美又多一分忧虑。他问，“希明兄午前可曾去衙门？”

“去过。”曹学程道。

“是去辞行的？”叶继美问。

“是。”曹学程应道。

“辞行之后就出城？”叶继美问。

“是。”曹学程应道。

“那就好，”叶继美虽又如前说一句，但积虑已多，很难放心。他问，“希明兄把誊录的奏本带在身上没有？”

“没有。”曹学程道。

“那么，是放在家里？”叶继美问。

“也没有。”曹学程道。

“希明兄不会焚之吧？”叶继美问得很没底气。

“当然不会。”曹学程道。

只剩一种可能，叶继美不情愿地问：“莫非已交与掌院都堂？”

“诚如章含兄所料，”曹学程道，“我离院时，奏本已交与掌院都堂。这会儿，想必他已代我呈进。”

叶继美长吁一口气，呼道：“糟糕！”

“章含兄担心掌院都堂扣下我的奏本不呈？我想不会。”曹学程说。

“他若扣下不呈，倒好！”叶继美道。

听他这话，曹学程一愣。他问：“章含兄不欲我上此疏？”

“不是不欲希明兄上此疏，是此疏必不可上！”叶继美道。

“必不可上？却是为何？”曹学程惊问。

“希明兄此疏，欲借勘临淮侯密揭，重勘封事、倭事、东事，是吧？”叶继美反问。

“是。”曹学程应道。

“希明兄怎写的呢？”叶继美问。

“倭酋狡甚，得封不已，必求贡，必求市，必求婚，必使朝鲜纳贡，必使朝鲜割地，必席卷朝鲜，必东渡以危蓟、辽。”曹学程背诵一段自己奏疏里的文字。

“透彻。”叶继美赞道。

“为今之计，遣科臣往勘则可，往封则不可。石星刚愎自用，赵志皋碌碌依违，东事之溃裂，元辅、枢臣俱不得辞其责。”曹学程又背诵一段自己奏疏里的文字。

“犀利。”叶继美赞道。

“章含兄仍以为，此疏必不可上？”曹学程问。

“是。”叶继美应道。

“却是为何？”曹学程问。

“我来问问希明兄，”叶继美道，“临淮侯被倭人所逐，逃至釜山，希明兄是知道的，是吧？”

“是。”曹学程应道。

“但皇上已传谕，速逮临淮侯来京，希明兄可知？”叶继美问。

“亦已知之。”曹学程道。

“希明兄既知皇上已有此谕，还用得着差臣往勘吗？”叶继明问。

“看来，请差臣往勘，有点儿多余。”曹学程不得不承认。

“岂止是多余！”叶继美道，又问，“临淮侯已上密揭。希明兄知密揭称，关白非止请封。是吧？”

“是。”曹学程应道。

“但正使有密揭，副使亦有密揭，希明兄可知？”叶继美问。

“亦已知之。”曹学程道。

“希明兄可知，副使的密揭是怎写的？”叶继美问。

“副使密揭称，正使虽逃，倭情未改。”曹学程说。

“倭情未改，不会是本性未改吧？”叶继美问。

“不会，”曹学程道，“杨副使称倭情未改，是指其请封之情未改。所以，我疏中亦提及，迩来封事大坏，而方亨之揭，谓封事有绪。石星、杨方亨表里应和，不足倚信。”

“希明兄奏本若有麻烦，正在‘不足倚信’四字上！”叶继美说。

“这是为何？”曹学程不解。

“希明兄议遣科臣往勘，是吧？”叶继美反问。

“是啊。”曹学程应道。

“朝廷议改遣封使，皇上曾有意用科臣，希明兄可知？”叶继美问。

“有所闻，”曹学程应罢，问道，“皇上曾有意用科臣，我又议遣科臣，有何不妥？”

“当然不妥！”叶继美道。

“请章含兄教示。”曹学程应道。

“皇上有意用科臣，是用科臣为册使；希明兄议用科臣，是用科臣往勘。说句不好听的话，希明兄这是偷梁换柱呀。”叶继美道。

"竟如此严重？"曹学程也有点儿慌。

"再者，阁老及部臣都不赞成以科臣为册使，皇上是后来改变初衷的，希明兄可知？"叶继美又问。

"亦有所闻。"曹学程应道。

"皇上已决意不用科臣为册使，希明兄又议用科臣，却是何意？"叶继美道。

"只为勘事宜用科臣，别无他意。"曹学程说。

"希明兄说别无他意，但要因此而给希明兄加一罪名，是很容易的，"叶继美说着，又问，"朝廷已委任新册使，希明兄可知？"

"这却不知，"曹学程道，并问，"新册使是谁个？"

"以杨方亨为正使，以沈惟敬为副使。"叶继美说。

"天哪，似沈惟敬这等人，也可为朝廷正式使臣！"曹学程惊呼。

"这是廷议的结果，我辈只能徒唤奈何，"叶继美道，又说，"我后悔不已者，是昨晚没将此事告诉希明兄。若是得知朝廷已议决册使，希明兄或许不会上此疏。"

"也不见得，"曹学程硬着头皮说，"至少由临淮侯密揭，可知封事大坏；身为谏臣，总不能置若罔闻。至于进退荣辱，顾不了那么许多。"

"事已至此，希明兄且宽心，或许没那么糟糕。"叶继美也只能说。

事实上，比叶继美估计的还要糟糕。皇上命下曹学程诏狱。给他定的罪名是暗嘱关节，即为科臣谋其差。叶继美等续议其事，被革职。就连为曹学程求情的礼、兵二部堂上官，也被罚俸。

第二百五十七章

府军前卫副千户仲春挂个虚职，不用当差，不用操练，甚至连点卯也不用，看上去自在得很。但他那点儿家底都用来谋取现在这个虚职，靠着时有时无的饷银，日子好过不到哪里去。在左邻右舍的眼里，他就是个大混混。

还有比他更不如的小混混。此人是被某衙门除名的吏员，读过几天书。有的人读过几天书，是一瓶子不满，半瓶子咣当；他则半瓶子没有，晃一晃瓶子，得竖起耳朵听，才能听出里面的一点儿响动。

就这点儿响动，常是晃给仲春听的。他记得最清楚的，是仲春支饷的日子，每到这一天，仲春总能在某个角落里遇见他，想避也避不开。

“给哥哥道喜。”小混混和往常一样地说。

“些许碎银，你让我多吃几顿饱饭吧。”仲春道。

“哥哥放心，今儿个喝酒，不用你的银子。”小混混说。

仲春好不意外，问道：“你打算请我？”

“哥哥肯赏光，我请哥哥。”小混混说。

“你有闲钱？”仲春不信有这等好事。

“没有。”小混混道。

“没钱，你怎请我？”仲春问。

“我先在酒店老王那儿赊着。”小混混说。

“你赊着，还不得我还！”仲春道。

“哥哥脸皮薄，老王一开口，你就掏钱；其实，再晚一两天，我自会把赊的钱还上。不过这次——”小混混拖着长音，卖个关子。

“这次你是决心要自家还账？”仲春问。

“非也。”小混混摇头。

“你是决心要赖老王的账？”仲春问。

“非也。”小混混又摇头。

“你还是决心要我来替你还账？”仲春问。

“尤其非也。”小混混仍摇头。

“那你是何意？”仲春问。

“今儿个我是诚心来给哥哥道喜的，”小混混说，“哥哥大喜临门，谁个去还账，还用得着计较！哥哥大喜临门，老王巴结都来不及，还会要哥哥还账！连我沾哥哥的光，也不用还账。”

“我大喜临门？我怎不知？”仲春问。

“我送给哥哥的大喜，我没说呢，哥哥怎知！”小混混道。

“算了吧，你送的大喜，不知也罢。”仲春摆摆手，但并不走开。一方面，既然遇到，他知道是甩不开的；另一方面，小混混今天显得比往常更认真，更恳切，使得他心中也不由得升起希望。

“哥哥，走吧。”小混混道。

他抬手一让，仲春随他走去。

小酒店简陋之极，又没到喝酒的时候，店主老王坐在个角落里打盹。

“老王，有客！”小混混叫道。

老王睁开眼，见是他，懒洋洋地说：“不是我的客人，是我的克星。”

“我不是客，仲爷不是客吗？”小混混道。

老王这才看见仲春，起身道：“仲爷自个儿来不好，非得带着他！”

“不是我带着他，是他带着我；而且，是他请我喝酒。”仲春说。

小混混拿一只袖子掸了掸凳子，对仲春说：“哥哥坐。”又拿另一只袖子抹了抹桌子，问老王：“懂规矩吗？”

“你请客，仲爷付银，我懂。”老王说。

“不是这规矩。”小混混道。

“今儿个又有新规矩？”老王问。

“你以为呢！”小混混道。“没大事，我会请哥哥来你这里喝酒？图的是你这里清静，我二人说话，你不许偷听！”

“放心吧，”老王说。“你说话，还没人放屁好听呢；请我听，我也不会听的。”

他说话算数，送来一壶浊酒，两碟味道不正的小菜后，坐到外面去。

“何苦呢！”仲春责备小混混，“烈日当头，把人家打发出去。”

“哥哥，这话他真不能听。”小混混认真地说。

“好，他这会儿听不到，你说吧！”仲春道。

“哥哥能上疏皇上吧？”小混混问。

“能呀！就这件事，我比你强。”仲春道。

“哥哥上一道疏。”小混混说。

“你要害我吧！”仲春斥道，“而今上疏的，非贬即罚；再重，连命都要搭上。你却要我上一道疏！”

“哥哥上一道疏。”小混混不为所动，重复道。

“你要我上疏说何事？”仲春问。

“请皇上开矿。”小混混道。

“请皇上开矿？”仲春也认真起来。他问，“我上疏请皇上开矿，怎就大喜临门？”

“哥哥想啊，”小混混替他分析，“哥哥上疏请皇上开矿，皇上一定要问左右，此事做得做不得？左右谁不想捞个美差！一定会说此事做得。皇上又会问左右，除了内使，差谁个去好？哥哥有个副千户的官职在身，和宫里的几位公公颇有交往，他等一定会说，既是哥哥奏请，可差哥哥前去。这还不是大喜临门？”

捞到这样一个差使，用的是朝廷的钱，使的是矿夫的力，从两个方面都可以得到好处。这当然是极大的好事。不过，上疏朝廷不能草率，仲春不会轻易下决心。

“奏请开矿，一耳朵进，一耳朵出，我可听过不少。”仲春说。

“我也听过不少。”小混混说。

“万历十二年有过一次，你记得吧？”仲春问。

“十多年前的事，怎不记得！”小混混道。

“奏请者谁？”仲春问。

“一位姓史的前辈，名字说不上来。”小混混道。

“万历十六年又有过一次，你记得吗？”仲春问。

“八年前的事，怎不记得！”小混混道。

“奏请者谁？”仲春问。

“一位姓成的公公，名字也说不上来。”小混混说。

“万历十八年又有过一次，你记得吗？”仲春问。

“六年前的事，记得更清楚！”小混混道。

“奏请者谁？”仲春问。

“一位姓周的大哥，名字好像叫世才。”小混混说。

“你说的姓史的前辈，叫史锦。”仲春告诉他。

“哥哥提醒得对。”小混混应道。

“姓成的公公，实则姓张，叫张成。”仲春又告诉他。

“哥哥更正得对。”小混混应道。

“姓周的大哥，叫周言，另外还有一位姓张的大哥，叫张世才。”仲春最后告诉他。

“原来我把二人合成一人。”小混混笑着说。

“不记得史锦的名字，这无关紧要；把张成的名字当成姓氏，这无关紧要；把周言、张世才二人合成一人，这也无关紧要。但你可知，姓史的这位前辈，姓张的这位公公，姓周、姓张的这两位大哥，奏请之后如何？”仲春问。

“不知。”小混混道。

“他等可得到宝马豪宅？”仲春问。

“似未。”小混混道。

“他等可拥有三妻四妾？”仲春问。

“似无。”小混混道。

“他等可大喜临门？”仲春问。

“未闻。”小混混道。

“他等或十余年前，或八年、六年前，奏请开矿，迄今杳无音讯，未立尺寸之功，未获分毫之利；怎到我，就成大喜临门？”仲春问。

“今非昔比。”小混混很自信地引一句成语。

“怎的今非昔比？”仲春问。

“哥哥三次问我记得不记得，我也问哥哥三次，可否？”小混混反问。

“好，你尽管问！”仲春道。

“宁夏用兵，可是在万历十二年之前？”小混混问。

“不是。”仲春道。

“可是在万历十六年之前？”仲春问。

“不是。”仲春道。

“可是在万历十八年之前？”小混混问。

“不是。”仲春道。

“哥哥记得是在哪一年吗？”小混混问。

“你这是第四次问。”仲春说。

“我说哥哥问三次，问的是三件事；我也问哥哥三件事。只不过，哥哥问得简便，我问得啰唆。”小混混分辩。

“那么，第一件事你问完没有？”仲春问。

“我问完，哥哥没答完。”小混混说。

“宁夏用兵，在万历二十年春。”仲春说。

“朝鲜用兵，可是在万历十二年之前？”小混混又问。

“不是。”仲春道。

“可是在万历十六年之前？”小混混问。

“不是。”仲春道。

“可是在万历十八年之前？”小混混问。

“不是。”仲春道。

“哥哥记得是在哪一年吗？”小混混问。

“朝鲜用兵，在万历二十年冬。”仲春说。

“两宫灾，可是在万历十二年之前？”小混混问。

“今年的事，就别这么问吧。”仲春道。

“善始善终嘛。”小混混却说。

“好，”仲春应一声，回答，“不是。”

“可是在万历十六年之前？”小混混问。

“不是。”仲春道。

“可是在万历十八年之前？”小混混问。

“不是。”仲春道。

“哥哥记得是在今年的几月吗？”小混混最后换个问法。

“今年的三月，距今约三个月前。”仲春说。

“换言之，史前辈奏请开矿之时，无宁夏用兵，无朝鲜用兵，无两宫灾，”小混混说着，问道，“是吧？”

“你说问三次是问三件事，我让你蒙混过去。怎还问！”仲春叱道。

“我不是问哥哥，是在阐述，哥哥只要应声‘是’或‘否’就可以，不用说别的。”小混混分辩。

“是。”仲春应道。

“张公公奏请开矿之时，无宁夏用兵，无朝鲜用兵，无两宫灾，”小混混说着，问道，“是吧？”

“是。”仲春应道。

“即便周、张两位大哥奏请开矿之时，亦无宁夏用兵，无朝鲜用兵，无两宫灾，”小混混说着，问道，“是吧？”

“是。”仲春应道。

“哥哥可知，宁夏用兵，耗费多少银子？”小混混问。

“我不能再应声‘是’或‘否’吧？”仲春取笑他。

“这次哥哥应的不是‘是’或‘否’，而是‘知’或‘不知’。”小混混说。

“不知。”仲春道。

“哥哥可知，朝鲜用兵，耗费多少银子？”小混混问。

“不知。”仲春道。

“哥哥可知，修复两宫，须得多少银子？”小混混问。

“更加不知，”仲春道，又道，“我不知，难道你知！”

“宁夏用兵，耗费多少银子，我恰好知之。”小混混说。

“耗费多少？”仲春问。

“二百余万。”小混混道。

“说得多吧？”仲春似不信。

“我一个兄弟在户部，是拨拉算盘珠子的。宁夏用的银子，一笔一笔拨拉下来，绝不少于二百万。”小混混说。

“这么说，朝鲜用兵，用多少银子，你也知？”仲春道。

“恰好亦知。”小混混道。

“耗费多少？”仲春问。

“几三百万。”小混混道。

“说得少吧？”仲春也不信。

“哥哥是说，东事尚未彻底了结吧？我是说，到现在为止，耗费几三百万。”小混混说。

“修复两宫，须得耗费多少，户部也拨拉过算盘珠子？”仲春问。

“这次应该是工部拨拉算盘珠子，但在户部拨拉算盘珠子的兄弟私下告诉我，修复两宫所须费用，说不定比宁夏用兵和朝鲜用兵合在一起还多。”小混混说。

“三事合计，可就超过千万！”仲春惊呼。

“谁说不是！”小混混道，“史前辈奏请开矿时，没用兵宁夏，没用兵朝鲜，即没耗费五百万帑金；没两宫灾，即不须再耗费至少五百万帑金。其时奏请开矿，皇上可准，也可不准。张公公奏请开矿时，没用兵宁夏，没用兵朝鲜，即没耗费五百万帑金；没两宫灾，即不须再耗费至少五百万帑金。其时奏请开矿，皇上可准，也可不准。周、张两位大哥奏请开矿时，没用兵宁夏，没用兵朝鲜，即没耗费五百万帑金；没两宫灾，即不须再耗费至少五百万帑金。其时奏请开矿，皇上可准，也可不准。今则不同。宁夏用过兵，朝鲜用过兵，五百万帑金已用去；两宫又灾，没五百万帑金修复不成。户部拨拉算盘珠子的兄弟告诉我，不多些进账，再怎么拨拉算盘珠子，怕也拨拉不出五百万。”说一大通后，他问,“哥哥看，是不是今非昔比？”

“是。”仲春应道。

“今时奏请开矿，皇上还是可准可不准吗？”小混混问。

“不是。”仲春应道。

“哥哥意下如何？”小混混问。

“我这就找人写疏去，当真大喜临门，我天天请你喝酒。”仲春道。

第二百五十八章

慈圣皇太后早已日无所思，夜无所念。她唯一挂念的，是长孙常洛的学业，时不时会差人去听听讲官给常洛讲课。今天，她甚至把慈宁宫总管太监李旺派去。

她等得有点儿不耐烦，把殿外当值的小宦者叫进去，问道：“你李叔还没回来？”

“奴才也着急呢。李叔已去一个多时辰，怎还不回来！”小宦者说。

“你为何急？”慈圣皇太后问。

“圣母娘娘急，奴才不能不急。”小宦者说。

“我这慈宁宫里，就你这张嘴能说会道。”慈圣皇太后被他逗笑。

一笑，精神好许多。和小宦者又说几句闲话，正好李旺赶回来。

“你可算赶回来了。”慈圣皇太后招呼他。

“是，”李旺应道，“老奴紧赶慢赶，总算赶回来。”

“他才告诉我，”慈圣皇太后指着和她说话的小宦者道，“你去有一个多时辰。”

“是有一个多时辰。”李旺道。

“去一趟文华殿，得要大半个时辰。这样算下来，你听讲课差不多听半个时辰，正好是听一位先生讲课吧？”慈圣皇太后问。

“是。”李旺应道。

“听的是哪位先生讲的课？”慈圣皇太后问。

“是焦先生。”李旺说。

“又是焦先生！记得长哥出阁讲学，我差人去听，就是焦先生讲的功课。”慈圣皇太后说。

“娘娘记性真好，两年多以前的事还记得一清二楚。”李旺说。

“有两年多吗？”慈圣皇太后问。

“长哥出阁是万历二十二年二月，迄今两年又五个月。”李旺说。

“这么说的话，差不多快三十个月。”慈圣皇太后道。

“娘娘说的是。”李旺应道。

“我印象里，差人去听长哥讲学，好几次都是焦先生在讲。我在想，慈宁宫是不是该再支给焦先生一份薪俸。”慈圣皇太后说。

“咱慈宁宫为何要再支给焦先生一份薪俸？”李旺问。

“慈宁宫的人在殿外听他讲学，不也是受教？”慈圣皇太后道。

“奴才倒是觉着，乾清宫该再支给慈宁宫一份禄米。”李旺说。

“这又是为何？”慈圣皇太后问。

“圣母娘娘差人听长哥讲学，这是亲自监讲呀。”李旺说。

“也是个理，”慈圣皇太后点点头，问道，“皇上多支给慈宁宫一份禄米，你敢去领吗？”

“奴才不敢。”李旺道。

“所以，多支给慈宁宫一份禄米，你想都别去想。”慈圣皇太后说。

“是。”李旺应道。

“今日焦先生讲的是哪一门功课？”慈圣皇太后问到正题。

“《舜典》。”李旺道。

“又是巧事。”慈圣皇太后道。

“怎的又是巧事？”李旺问。

“老李，你还记得，众多先生中，最先引导长哥回答问题的，是哪位讲官？”慈圣皇太后问。

“对，也是焦先生，”李旺说着，点点头，“如圣母娘娘所谕，今日听焦先生讲课，又是巧事。”

“我说巧事，不止于此，”慈圣皇太后道，又问，“老李还记得吗，焦先生最先引导长哥回答问题的，是哪一门功课？”

“莫非是《舜典》？”李旺料到，但不敢十分肯定。

“就是《舜典》，”慈圣皇太后道，“我还记得，长哥回答焦先生，有‘舍己之短，从人之长’两句。”

“娘娘一说，奴才想起来。焦先生那次让他解答的是‘稽于众，舍己从人’。”李旺说。

“是不是这两句，我不记得；你既说得出，想必就是这两句，”慈圣皇太后说着，问道，“焦先生今日讲的又是何题目？”

“上帝降衷，若有恒性。”李旺道。

“仅此八字？”慈圣皇太后问。

“是。”李旺应道。

其实，讲官讲学，多是以所讲典籍的第一句话作为当日讲课的题目。如“稽于众，舍己从人”“上帝降衷，若有恒性”等，都是不会作为题目的。但焦竑既以这两句向常洛提问，内臣便以这两句作为题目。他们知道，慈圣皇太后对讲官讲课的内容是不关心的；她关心的，是常洛听得如何，答得如何。因此，只要把焦竑提问的句子当作这天讲官讲课的题目，绝不会错。

“这个题目，能讲半个时辰？”慈圣皇太后又问。

“奴才看，还不止半个时辰。”李旺说。

“可不是！上次的题目只有七字，也讲半个时辰。”慈圣皇太后道。

“是。”李旺应道。

“今日讲毕，焦先生有没提问？”慈圣皇太后问。

“有提问。”李旺道。

“是以此八字为问？”慈圣皇太后问。

“是。”李旺应道。

“长哥怎回答的？”慈圣皇太后问。

“长哥以十字作答。”李旺说。

“是哪十个字？”慈圣皇太后问。

“此无他，即天命之谓性也。”李旺知道慈圣皇太后不要听他润色过的语句，所以，复述得一字不差。

慈圣皇太后静默回味，她不是在琢磨常洛解答得如何，而是在一字一字地数着，看是不是刚好十个字。

验证不差，她说：“老李，你是进过内书堂就读的，你看，长哥这十个字说得如何？”

“鞭辟入里，细致入微，”李旺担心慈圣皇太后听不懂，说罢，又加以解释，“鞭辟入里，是言其深刻；细致入微，是言其周到。”

“总之，是很好。”慈圣皇太后概括道。

“圣母娘娘说的是。”李旺应道。

他知道，重复常洛对讲官提问的解答，还不算完，慈圣皇太后一定还要问一些细节。

果然，慈圣皇太后问：“长哥神态如何？”

“在奴才看来，已泰然自若。”李旺说。

“全不紧张？”慈圣皇太后问。

“全不紧张。”李旺应道。

“全无惧色？”慈圣皇太后问。

“全无惧色。”李旺应道。

“我看，长哥出阁两年多，即便没学到什么学问，但有了解答问题时的泰然自若，讲官们就功不可没。”慈圣皇太后说。

“娘娘说的是。今日之长哥和出阁之前的长哥，真是大不相同，”李旺说着，请示道，“奴才要不要把圣母娘娘懿旨禀于皇上？”

“为何要禀于皇上？”慈圣皇太后问。

“讲官有功，请皇上褒奖。”李旺说。

“你真是在我身边呆得太久，人变糊涂。”慈圣皇太后说。

“奴才怎的糊涂？”李旺问。

“我以为讲官们功不可没，乃一己之见；你能保证，皇上也这么想吗？”慈圣皇太后反问。

“奴才不能保证。”李旺道。

“再者，今日你我谈论多的，是焦先生；要皇上褒奖，是不是主要褒奖焦先生？”慈圣皇太后又问。

“理当如此。”李旺道。

“主要褒奖焦先生，其他讲官不会有想法吗？不会妒忌吗？”慈圣皇太后问。

“娘娘虑的是，一定会有人妒忌。”李旺说。他本来还有话要说，但慈圣皇太后没让他再说。

“也可以不分彼此，对讲官一概褒奖，是吧？”慈圣皇太后又问。

“是，”李旺应道，“一概褒奖，其他讲官就不会妒忌。”

“讲官彼此不妒忌，别官呢？他们不妒忌讲官？”慈圣皇太后问。

“是，”李旺应道，“一概褒奖讲官，别官一定会妒忌。”

“所以，讲官功不可没，我知道就可以，我对你说说就可以，没必要在皇上面前替他等请功。”慈圣皇太后说。

“是，奴才所以不当。”李旺道。

“老李，才说主要褒奖焦先生时，你似乎还有话说？”慈圣皇太后其实注意到他当时的表情，只是话已问出，只得问下去；问完下面的话，再回过头来说前事。

“是。”李旺应道。

“是不是你已经知道有人妒忌焦先生？”慈圣皇太后问。

“是，奴才有所闻。”李旺应道。

“说给我听听。”慈圣皇太后命道。

“奴才听说，焦先生侍讲以来，尝采集古储君事中可为法戒者，集为一册，名之曰《养正图说》。”李旺说。

“这是好事呀！”慈圣皇太后道，并问，“该书完成没有？”

“完成没有，奴才不知；然该书从未呈进，奴才却是可以肯定的。”李旺说。

“为何不呈进，你也是知道的？”慈圣皇太后问。

“是。”李旺应道。

“却是为何？”慈圣皇太后问。

“同官因其独自编纂，讥以沽名钓誉。”李旺应道。

“你说的同官，即别的讲官吧？”慈圣皇太后问。

“是。”李旺应道。

“知其人否？”慈圣皇太后又问。

“奴才听说，出言最激烈的，是郭先生。”李旺说。

“即功名比焦先生要早的郭先生？”慈圣皇太后还记得这个人。

“是，”李旺应道，“郭先生名正域，比焦先生早两科。”

“所以，文人相轻，古人早已看透。我从昔日高先生、张先生之争，也看得出来。其口舌之争、笔墨之争的激烈，丝毫不亚于武夫之以死力相争。”慈圣皇太后说。

“娘娘圣明。”李旺颂道。

眼看着话题越来越远，忽听殿外传来嘈杂之声。

“怎么有人吵架吵到慈宁宫来？”慈圣皇太后道。

“奴才看没人敢。”李旺忙说。

“老李，你去看看！”慈圣皇太后命道。

“是。”李旺应着，快步出殿。

不多时，他带进来一人，慈圣皇太后看是慈庆宫总管太监李用，不由一愣，一种不祥的征兆涌上心头。

“娘娘——”李旺显然已知李用为何而来，想替他禀明。

慈圣皇太后摆摆手，止住他。她要让李用自己说。

可李用哪里说得出来！他张了几次嘴，只说出两个字：“奴才——”下面的话怎么也说不下去。

慈圣皇太后已解其意，问：“有未请太医？”

李用点点头，表示请过。

“太医怎说？”慈圣皇太后问。

“太医——”李用仍然只说得出两个字。

“李旺，备辇！”慈圣皇太后果断地命道。

但赶到慈庆宫时，也只是在仁圣皇太后还睁着眼时见她一面；仁圣皇太后有何遗愿，却听不到。

第二百五十九章

皇帝见田义捧疏而入，问道："老田，如何？"

"如爷所料，张先生在回击。"田义说。

"这么说，官司已打起来？"皇帝道。

"是，"田义应道，"本朝最大一桩笔墨官司已打起来。"

"应该说是本朝极大一桩笔墨官司，如果官司是冢宰和首辅打的，才是本朝最大一桩笔墨官司。"皇帝纠正他。

"爷说的是。"田义应道。

"仅冢宰疏攻阁臣，是讦奏，虽则是不同寻常的讦奏；阁臣再回击冢宰，才成一桩官司。既成一桩官司，今日做个了断吧。"皇帝说。

"是，"田义应道，并请旨，"奴才给爷读张先生的奏疏吧？"

"不，"皇帝摇了摇头，命道，"先说孙尚书的奏疏。"

"孙尚书的疏，昨日已说过；爷还亲拟谕旨，命奴才前去宣示。"田义提醒道。

"朕谕旨怎写的？"皇帝问。

"爷谕曰：览奏内事情，多涉鄙亵影响，非朕倚重之意。今后宜惕恭和衷，毋得自相抵牾，以伤国体。着照旧供职，不准辞。"田义述道。

"你说，此谕张先生不会不知吧？"皇帝问。

"不会不知。"田义道。

"朕责备孙尚书鄙亵影响，有负朕望；责备他自相抵牾，有伤国体。张先生仍要回击，你说是何意？"皇帝问。

"他是何意，奴才不知。"田义说不出来。

"他的意思是，他二人不能再同朝为官。"皇帝说。

"或是此意。"田义附和得有点儿勉强。

"你再说说，朕说今日做个了断，是何意？"皇帝又问。

"爷的意思，他二人不能同留朝中？"田义试言之。

皇帝不置可否，却说："昨日读的，是孙尚书攻讦张先生的奏疏；今日再读的，是挑起一桩极大笔墨官司的奏疏。”

“是，孙尚书的疏该再读。”田义道。

“你先说说他二人奏疏的名目。”皇帝命道。

“是，”田义应一声，述道，“孙尚书奏疏篇目是：权臣主谋、鹰犬效力、义难再留、乞恩速放、以避毒手事；张先生奏疏篇目是：拟票招怨、平白受诬、恳乞圣明洞察并祈罢免以安愚分事。”

“孙尚书拟的篇目，毛病太多，朕昨日已经说过，”皇帝说着，问道，“老田，你还记得吗？”

“爷明谕，孙尚书此疏篇首有四处用字不妥。”田义说。

“首先是哪处？”皇帝问。

“权臣，”田义道，“爷谕曰：小臣以权臣二字攻讦大臣，还可不计较；大臣以权臣二字攻讦同侪，何以自处！”

“其次是哪处？”皇帝问。

“鹰犬，”田义道，“小臣互讦，以对方为某大臣鹰犬，还可不计较；大臣以鹰犬攻讦附和某大臣之小臣，何以处附和自家之小臣！”

“再其次是哪处？”皇帝问。

“是个义字，”田义道，“大臣互讦，是公义，是私义？他要走，是义；朕留他，反而是不义？”

“最后是哪处？”皇帝问。

“毒手，”田义道，“大臣互讦，至多是口吐恶言，谁个能下毒手？最后裁决的是朕，难道下毒手的是朕？”

“你说，朕下那么一道谕旨，不过分吧？”皇帝问。

“奴才看，一点儿也不过分。”田义道。

“孙尚书的奏疏却道出一个实情，”皇帝说，“他以病乞休，实患的是心病：实见大学士张位结党弄权，畏而疑避之耳。”说罢，问道，“老田，他是这么写的吧？”

“是这么写的，爷一个字也没说错。”田义道。

“他是不是说，曾有一段日子，和张先生相处的还不错？”皇帝问。

“是，”田义应道，“孙尚书官户部侍郎时，张先生官礼部侍郎，二人颇以道义相交。”

“二人交恶是在一人入阁、一人掌吏部之后，是吧？”皇帝问。

“是，”田义应道，“照孙尚书的说法，其时，通国正人，多訾张位。他开始以为论人宜恕，未敢置信；待至乙未考察，始知张先生甚邪。”

“此事须分两段来说，”皇帝说着，问道，“其一，通国正人訾张先生，都有哪些事？”

“孙尚书举四例，”田义道，“一则，借张居正之名而骗钱；二则，为游七写条幅，以求宠幸；三则，乃前元辅申先生所荐，却欲借故抄其家；四则，不择手段，为幼子谋官。”

“此四事，应该都为士人所不齿。”皇帝说。

“爷说的是。”田义应道。

“其二，乙亥考察，都有哪些事？”皇帝问。

“孙尚书说，张先生恨他有三，”田义道，“一则，帮沈都堂救贪官丁此吕，使其甘为己爪牙。二则，吏部侍郎缺出，已有吏部资深之官补之，张先生面恳孙尚书以沈都堂补；江西某官缺出，已有赴京朝觐官补之，张先生面恳孙尚书以亲信熊尚文补。孙尚书自称坚执不从。三则，王时文乃一年浅典簿，欲超擢都察院都事；朱益光乃一有争议署正，欲超擢善地通判。孙尚书又称坚执不从。”

“他是不是还写句诚于中、怒于色之类的话？”皇帝问。

“是，”田义应一句，重复孙丕扬原话，“臣诚于中，而位怒形于色。”然后述道，“孙尚书为这句话列举二事：一则曰，他至张先生之室，稍一拂意，张先生出词鄙悖，如近日文选司郎中不与白所知是也；二则曰，他与张先生偶遇于途，走一对面，张先生顾左右而言他，如往日双马立于西长安街是也。”

“孙尚书最后把张先生喻为故元辅严嵩，是吧？”皇帝问。

“是。”田义应道。

“他怎写的，你给朕读读。”皇帝命道。

“是，”田义应了一声，读道，“位思首揆，志先辅、臣严嵩之所志，将欲尽收部权，一时士论争相非矣。有入幕争宠之宾，有甘言夸人之辈，有假怨报事之流。总之，八狗三羊之一类耳。”田义读道。

“好了，孙尚书之疏，朕与你回顾一番。接下来，可以说说张先生之疏。”皇帝道。

“是。”田义应道。

“张先生奏疏篇首有一句‘拟票招怨’吧？”皇帝问。

“是，”田义应道，“篇首第一句就是拟票招怨四字。”

“朕记得有这么一回事。”皇帝说。

“是有这么一回事，”田义回应道，“张先生拟过一道准孙尚书放归的谕旨，但爷未允颁发。”

“按照张先生的说法，孙尚书因此旨而对他生怨，是吧？”皇帝问。

“是。”田义应道。

“实际上是不是呢？”皇帝问。

“一人一个说法，奴才不知孰是孰非。”田义道。

“那就读疏吧。”皇帝命道。

“是，”田义应一声，问道，“奴才读原文，抑或说其大意？”

“辅臣的疏，读原文即可。”皇帝说。

“臣昨日出阁，”田义读道，“回至私寓，接吏部尚书孙丕扬揭帖，为权臣主谋、鹰犬效力，大略谓臣于丕扬，惟恐其去不决。前孙丕扬辞本上时，先一日托侍郎孙继皋诣朝房，对臣述孙丕扬求归真切，嘱臣等具揭代请，以成其志。次日，孙丕扬复遗臣手柬，述久病残喘，请臣等赞助玉成甚切。臣不觉遂信之，拟票回籍调理，痊可起用。从来阁票甚密，不知孙丕扬从何处探得此音，遂深怀怨恨于臣。臣平日与人皆诚心直道相处，万不知其口虽言去，心实欲留。臣之愚昧甚矣，何敢复相天下人，复谈天下事！”

“若论事由，张先生写得清楚，且件件都可查核。”皇帝说。

“爷说的是，”田义应道，“若论事由，孙尚书输给张先生。”

“但张先生也没全赢，”皇帝又说，“臣之愚昧甚矣，读之似为蛇足；因此而有辞相之意，更显得小家子气。”

“可不可以说张先生略胜一筹？”田义问。

“这四个字用得好！”皇帝赞道，“孙尚书也很乖巧，避开此件事由不说；张先生要是也避开孙尚书疏中所言各事，二人则又打个平手。”

“下面有一小段过渡，才说孙尚书疏中所言各事。”田义说。

“他怎过渡的？”皇帝问。

“臣素寡交，每日出朝归寓，杜门不干外事。至于吏部权要热闹之地，非公事来见，未尝轻出一言。”田义读道。

“老田错矣。”皇帝道。

“奴才读错？”田义边看疏中文字，边回忆自己方才怎读。

“你不是读错，是理会错。张先生这可不是过渡，他是在做铺垫。”皇帝说。

“诚是铺垫。”田义回应一句，接着读下去。

张位分辩其他事，皇帝没太在意，当听到白所知的名字时，他做个手势，要田义停下来。

“老田，查没查白所知其人？”皇帝问。

“奴才读张先生疏文后，恰去查过。”田义说。

“他乡贯何处？”皇帝问。

“山西阳城。”田义道。

“孙尚书谓张先生屡荐乡人，至少已知，即便张先生举荐白所知是实，也不是举荐乡人。”皇帝说。

“爷说的是。”田义应道。

“白所知是哪一科的进士？”皇帝又问。

“万历癸未科。”田义说。

“张先生是否该科主考官？”皇帝问。

“不是，”田义道，“该科是前阁臣余有丁余阁老、许国许阁老二位主试。”田义说。

“又知，张先生非白所知座主。”皇帝说。

“爷说的是。”田义应道。

“今年是丙申，乙未即去年。万历十一年至万历二十三年，其间十二年。官升郎中，算不算超擢？”皇帝最后问。

“应该不算。”田义道。

“那么，即便张先生举荐白所知是实，也算不得特别面恳。”皇帝说。

“爷说的是。”田义应道。

“下面再辩，无非也是此类，听不听两可。老田，你把张先生奏疏的最后一段读给朕听听吧。”皇帝命道。

“是，”田义应一声，读道，“臣荷皇上拔置密勿，一片心思，尽忠报主，誓不敢附和为欺。但念臣暗昧无周身之防，拙直无谐世之术。春开患疾委顿，欲为乞骸计；寻勉强复出，唯愧主恩未报，不忍遽去耳。伏望皇上洞加详察，如果丕扬原系托疾，实非归志，亟留照旧供职，以解其平昔之疑；并将臣速赐罢免，为拟票不当者之戒，益坚丕扬效用之志。庶臣稍得获安，而朝政从此永清肃矣。”

“一则慰留，一则必去，老田看出来吧？”皇帝问。

“形同水火，如爷所谕。”田义附和道。

“二人中留一人，朕只能留张先生，老田知是为何？”皇帝问。

“奴才不知。”田义道。他心里很清楚，这是不能胡乱猜测的。

“一则，孙尚书攻讦张先生，包括乞休，皆意气用事，甚不可取；二则，孙尚书与张先生之衅，实则为孙尚书与内阁之衅，”皇帝说着，问道，“孙尚书攻讦张先生后，赵先生等是不是也有疏呀？”

“是，”田义应道，“中书房正在整理揭帖，奴才未能一起持来。”

“该等疏不必读，朕也知是怎写的。所以，朕留孙尚书，而放归张先生，赵先生等必接踵乞休，”皇帝说罢，问道，“有这两条理由够不够？”

“奴才以为足够。”田义说。

“阁臣们的奏疏，不好让阁臣批复。老田，你代朕拟两道谕旨吧，一道给张先生，一道给全体阁臣。”皇帝命道。

“奴才领旨。”田义应道。

给张位的谕旨略曰：卿辅弼重任，忠诚清慎，朕所鉴知。奏辩诬情，朕知道了。卿不必以此介意，宜即出，安心辅政，用付眷怀。不允辞。

给众阁臣的谕旨略曰：览卿等所奏，朕已洞知。昨见丕扬之本，因疑使气，逞忿诬蔑，无大臣风度，而效憸夫之术耳。今丕扬以琐琐小事，形于楮札，其余小臣憸邪之畜，徇私逞臆，不言而可知矣。卿等可传示二辅，方今国家多事之秋，正赖匡襄赞理，及朕屡留之意。不必以诬抵浮言，疑畏介意；可即遵旨入阁，同寅协恭，效古大臣休容之美，共保太平之业。

八月底，孙丕扬罢。

第二百六十章

司礼太监孙举、锦衣卫指挥佥事庄德福晚上到的武昌，住进馆驿。第二天一早，驿丞把二人送去楚王府，巡抚湖广都御史李得阳、巡按湖广御史赵文炳，湖广左布政使陈洙、右参政陈璧、参议丁继嗣，按察司副使张季思，武昌知府刘以焕、江夏知县叶凤翔，及楚府长史董学礼等多人，早已在王府外迎候多时。

赵文炳先得罪孙丕扬，又得罪沈思孝，能摊到湖广巡按这样一个美差，连他自己也想不到；或许他的率直为大人们所不喜，才派他外差。

“孙公公，庄将军，休息得好吗？”李得阳问。

“好。”孙举、庄德福齐应道。

“昨晚驿丞来报，即欲拜望。但驿丞传公公的话，天晚要歇，明早去王府见。故而我一早约众人在此恭候。”李得阳说。

“连日赶路，是真累得慌，上床便睡死过去。老庄鼾声如雷，也没能把我吵醒。”孙举调侃庄德福。

“公公的鼾声倒不是很响，我从东头的房间调到西头的房间，却一直听得见。我还以为，公公跟着我一起在调房子呢。”庄德福回敬道。

众人笑笑。孙举忽喝道：“李得阳、赵文炳、董学礼接旨！”

三人上前拜倒，其他人则退至一旁。

圣旨很简单，孙举宣读道：“这本内事情，着司礼监选差公正内官一员，带领原奏官王守仁，即便前去，会同该抚、按官，令长史逐一对查明白，从实回奏。钦此，钦尊。”

“臣等领旨。”李得阳等三人应道。

三人起身后，孙举问董学礼：“董长史能否找个地方，让我等坐坐？”

“去长史司小坐，如何？”董学礼说着，让道，“孙公公请，庄将军请，诸位大人请。”

长史司虽设在王府，但狭小、简陋，这么多人都去，连椅子也不够。好不容易从别处借来几把椅子，眼看着大家都坐下，他却发现自己没有坐的地方。

"要不，董长史坐我这里。"孙举说。

"公公坐，诸位大人坐，我站着，好照应。"董学礼忙说。

"今次之事，借重的地方还很多，你怎可不坐！"孙举道。

坐在最边上的叶凤翔领会了他的意思，站起来让道："董长史请。"

"惭愧。"董学礼向他揖了揖，准备坐下。

"董长史坐那里不合适。"孙举说。

刘以焕站起来，说："董长史，换个位子。"

"惭愧。"董学礼挪了挪身子，让他过来坐方才叶凤翔坐的椅子，自己再去坐他的椅子。

刘以焕坐下后，孙举又说："董长史坐那里也不合适。"

最后董学礼坐到陈洙的椅子上，孙举才不说话。于是，李得阳、孙举坐在当中，孙举另一侧坐的是庄德福，李得阳的另一侧坐的是赵文炳，赵文炳的另一侧又坐的是董学礼。董学礼在本不属于他的显赫的位置上，自然如坐针毡。

"李都堂，是否已接部檄？"孙举问李得阳。

"已接。"李得阳应道。

"未接部檄之前，李都堂已牌行布、按、都三司，及分守、分巡二道，遣官军于楚府各门，昼夜严加防守，出府员役搜检后始得放行。"赵文炳补充说。

"是否先阅邸报？"孙举问。

"是。"李得阳、赵文炳齐应道。

"是赵先生提醒我的，"李得阳又说，"既涉及楚府赀财，须提防夹带出府，转移他处。"

"二位大人处置甚是得当，"孙举称赞一句，又问，"诸位大人既见邸报，又接部檄，应该知道圣旨所言本内事情，是怎么一回事吧？"

"是。"李得阳应道。

"尚知之不详。"赵文炳却说。

"赵大人还有何疑惑？"孙举问。

赵文炳绷起脸，没答话。

"不错，"孙举笑着说，"我倒忘记，都察院里有一位只愿听人呼他先生、不愿听人呼他大人的御史。"他改换称呼，再问一遍，"赵先生还有何疑惑？"

"王守仁何许人也？王锦袭何许人也？"赵文炳提出他的疑问。

"怎么，李都堂等所阅邸报及部檄，难道未提及王守仁、王锦袭是何许人也？"孙举问李得阳。

“有提及。”李得阳道。

“王守仁是何许人呀？”孙举问。

“是留守后卫掌印百户。”李得阳说。

“王锦袭是何许人呀？”孙举问。

“是王守仁堂弟。”李得阳说。

“赵先生也阅过邸报和部檄，怎不知二人身份？”孙举转问赵文炳。

“我问的不是他等现在的身份。”赵文炳道。

“不错，他二人还有别的身份，”孙举说着，又问李得阳，“李都堂等所阅邸报及部檄，难道未提及他二人别的身份？”

“亦提及。”李得阳应道。

“王守仁还有何身份？”孙举问。

“是定远侯王弼侄重孙。”李得阳说。

“王锦袭还有何身份？”孙举问。

“是定远侯王弼嫡重孙。”李得阳说。

“赵先生还要问吗？”孙举转问赵文炳。

“还要问。”赵文炳道。

“已知他二人别的身份，为何还要问？”孙举不解。

“二人自称侄重孙、嫡孙，却不知坐实否？”赵文炳道。

“这倒是该问一问，”孙举说着，转问庄德福，“王守仁上疏后，一直羁押在锦衣卫吧？”

“是。”庄德福应道。

“兵部、刑部会讯，老庄也都在场吧？”孙举问。

“在。”庄德福应道。

“王守仁的身份，我是指他别的身份，即定远侯王弼侄重孙的身份，能不能坐实？”孙举问。

“尚不能坐实。”庄德福道。

“却是为何？”孙举问。

“定远侯以罪除爵，已死二百余年，其后人情形不载于籍，却如何证实！”庄德福道。

“定远侯以罪除爵，赵先生知否？”孙举问赵文炳。

“知之，”赵文炳道，“定远侯洪武十二年封爵，二十七年以蓝玉案赐死。迄今二百又二年，庄大人说他已死二百余年，很是。”

“老庄说的难以证实，可以服人否？”孙举问。

“可以服人。”赵文炳道。

“那么，赵先生还要问吗？”孙举问。

“还要问。”赵文炳道。

“既然难以证实，为何还要问？”孙举更加不解。

“难以证实其身份，难道还不能问出破绽？”赵文炳道。

“好啊，”孙举趁势将他一军，“皇上命把王守仁、王锦袭带来，一是为指认定远侯托寄于楚王府的器物，一是为问实他二人身份。赵先生若能问出破绽，也不辜负皇上用的心思。”

讯问王守仁，赵文炳唱主角，孙举、李得阳一边一个，成配角。

“下面候勘之人，报上姓名、籍贯，官职。”赵文炳命道。

“卑职王守仁，祖籍定远，官留守后卫掌印百户。”王守仁一一道来。

“定远隶哪一府？”赵文炳问。

“凤阳府。”王守仁道。

“定远在凤阳哪一方？”赵文炳问。

王守仁眨眨眼睛，说：“卑职从未还乡，不知。”

“地理不熟悉，这不怪你，”赵文炳道，并耐心地告诉他，“定远在凤阳以南，是距凤阳最近的一县。”

“谢大人。”王守仁道。

“他是先生，不是大人。”孙举在一旁说。

“是，”王守仁应道，“谢先生。”

“凤阳府东北有一县，名曰临淮，你知否？”赵文炳又问。

“卑职不知。”王守仁道。

“定远侯成年后，徙至临淮，你知否？”赵文炳问。

“卑职亦不知。”王守仁道。

“祖上的事所知不多，这也不怪你，”赵文炳仍然很有耐心，仍然给他讲解，“定远侯是在临淮起事，并投奔我太祖高皇帝的。”

“谢先生。”王守仁道。

“本官问点儿你知道的，”赵文炳说着，问道，“你是定远侯侄重孙？”

“是。”王守仁应道。

“王锦袭是你弟？”赵文炳问。

“是堂弟。”王守仁道。

“他是定远侯嫡重孙？”赵文炳问。

“是。”王守仁应道。

“你是定远侯侄重孙，王锦袭是定远侯嫡重孙，为何上疏的是你，而不是王锦袭？”赵文炳问。

“锦袭弟是一介草民，卑职好歹是名武职，卑职上疏比锦袭弟方便。这是其一。锦袭弟不识字，卑职好歹读过几天书；卑职可以自家写疏，锦袭弟只能求人写疏。这是其二。锦袭弟从未在外做事，卑职好歹见过世面；卑职看得出此疏可以写，锦袭弟却看不出来。这是其三。”王守仁说得头头是道。

“听得出，你比王锦袭有见识。”赵文炳道。

“赵先生问得差不多吧？”孙举在一旁插话。

“还差些，再问几件小事，”赵文炳说，他问王守仁，“你说定远侯寄存在楚府的器物各造文册一本，共计几本呀？”

“四本，”王守仁数道，“诰敕符券一本，甲胄器仗一本，金银珍宝一本，衣饰器皿一本。”

“还有陕西庄田场厂文册，有多少本呀？”赵文炳问。

“八十六本。”王守仁说。

“不是八十四五本？”赵文炳问。

“不是。”王守仁道。

“不是八十七八本？”赵文炳问。

“不是。”王守仁道。

“赵先生，哪儿有你这么问的！”孙举在一旁责备。

“孙公公不让我这么问，我就不这么问，”赵文炳说着，又问王守仁，“一应器物是由谁人解往楚府的？”

“楚府承奉钱保。”王守仁道。

“怎知是钱保，不是金宝，不是朱宝？”赵文炳问。

“赵先生，又来！”孙举打断他。

“孙公公别拦着我问，此事很要紧。”赵文炳一本正经地说。

“钱保解先叔祖家财往楚府，是有兵部勘合的。”王守仁说。

“勘合都有字、号。”赵文炳道。

“是凤字一千八百三十八号。”王守仁说。

“难得，连这样的数字，王百户也烂熟于胸。”赵文炳夸他一句。

“谢先生。”王守仁道。

“你方才说造册四本，那是定远侯府上所造，既入楚府，楚府有没造册？”赵文炳问。

“亦有造册，”王守仁应道，“楚府造总册，一式三本，一本进览，一本凤阳府收藏，一本给王珺，现在锦袭弟手中。”

“顺便问一句，定远侯为何把偌多家财寄存在楚府？”赵文炳问。

“定远侯与楚府是至亲。”王守仁说。

“是何至亲？”赵文炳问。

“定远侯长女，是桢王妃。”王守仁说。

问的都是邸报和部檄里写到的内容，孙举好不厌烦。

“李都堂，还有兴趣听下去吗？”他问李得阳。

“或许，赵先生已问完；他方才不是说，再问几件小事吗？”李得阳模棱两可地说。

“还有几件小事，”赵文炳这是在回复李得阳。然后，他对孙举说，“孙公公不愿听，可以不听；但我保证，孙公公不听的话，一定后悔。”

“赵先生既然这么说，那就再听听。”孙举道。

“王百户方才言及桢王，他是谁呀？”赵文炳又问王守仁。

“桢王即老楚王。”王守仁道。

“今楚王之前的楚王，都可说老楚王，你说的是第几代？”赵文炳问。

“应是第一代。”王守仁道。

“第一代楚王，我等都知是昭王，”赵文炳说着，问孙举，“孙公公，是不是？”

“是。”孙举应道。

“怎到你这里，第一代楚王却成桢王？”赵文炳问王守仁。

“或是第二代楚王。”王守仁不自信地说。

“第二代楚王是庄王。”赵文炳道。

“卑职记得是第一代楚王，先生说不是；卑职也说不清楚是第几代楚王。只是说到我叔祖和楚府的事，我家世世代代都称桢王，想必楚府是有一位桢王的。”王守仁说。

“好，先不说桢王的事，”赵文炳说着，问起另一件事，“你奏疏里说，王珺由楚王妃抚养，王珺是谁呀？”

“是王钥嫡子。”王守仁道。

“王钥是谁呀？”赵文炳问。

“是定远侯嫡子。”王守仁道。

“亦即，王钥是楚王妃亲兄或亲弟，王琩是楚王妃亲侄。”赵文炳说。

“是。”王守仁应道。

“虽是至亲，也没有抚养于王府的道理，王琩为何由楚王妃抚养？”赵文炳问。

“王钥死时，王琩尚年幼，又别无亲人。”王守仁说问。

“那就难怪，”赵文炳回应一句，又问道，“王钥死于哪一年？”

“永乐十四年。”王守仁说。

“永乐十四年，王琩确应年幼，”赵文炳顿了顿，然后说，“王百户，我最后有件事问你。”

“大人请问，卑职知无不言。”王守仁道。

“定远侯器物，有兵部勘合及所造总册为证；陕西庄田是运不进楚府的，却以何为证？”赵文炳问。

“不是有八十六本文册吗？”王守仁道。

“八十六本文册，只是说楚府每年从陕西庄田所入，并不能证实该庄田曾为定远侯所有，及定远侯将该庄田转让给楚府。”赵文炳说。

“除老一辈口耳相传，卑职也找不出别的证物。”王守仁道。

“我来帮你找找证物，如何？”赵文炳问。

“先生肯帮这个忙，卑职及锦袭弟等，感激不尽。”王守仁道。

锦衣卫官校把王守仁带走后，孙举问庄德福：“老庄那里讯问王守仁等，也是这么个问法吗？”

“各衙门讯问的方法不同，各人讯问的方法也不同。别说我锦衣卫讯问王守仁和赵先生不同，我看，三法司讯问王守仁，也和赵先生不同。”庄德福说。

“我真不懂赵先生的问法！”孙举转对赵文炳说，“谁个不知，桢乃楚昭王名讳？他等言桢王，指楚昭王无疑，赵先生何必问个没完没了！”

“孙公公不是要找破绽吗？我在给孙公公找破绽呢。”赵文炳说。

“把人说懵，也算得破绽！”孙举道。

“这可不是一般的发懵，”赵文炳说着，问李得阳，“我等都知桢乃楚昭王名讳，李都堂可知，我等谁个会以桢王称之？本朝何人以何文记之，楚昭王曾称桢王，秦愍王曾称樉王，晋恭王曾称棡王？”

朱桢是朱元璋第六子，封楚王，谥昭。朱元璋次子名樉，封秦王，谥愍。朱元璋第三子名棡，封晋王，谥恭。

“我不记得有此记载。”李得阳说。

“军中或有人如此称呼？”赵文炳问庄德福。

“军中亦无此称呼；或有，我未曾闻之。”庄德福说。

“宫中或有人如此称呼？”赵文炳问孙举。

“宫中亦无此称呼；或有，我未曾闻之。”孙举说。

“孙公公说，此事算不算个破绽？”赵文炳进一步问。

“且算个破绽吧。”孙举道。

“再者，”赵文炳接着说第二个破绽，“我问他楚王妃抚养王琩之事，孙公公是不是也觉着很啰唆？”

“是很啰唆。”孙举道。

“不啰唆，就问不出破绽。”赵文炳说。

“我知王妃抚养侄儿于王府，不合情理；但所谓楚王妃抚养王琩，不一定是领入宫中抚养呀，楚王妃可以出银、找人，抚养于宫外，而使身边心腹不时前去看望呀。”

“我说破绽，非指楚王妃是否将王琩抚养于宫中。”赵文炳说。

“那指何事？”孙举问。

“我问守仁，为何由楚王妃抚养王琩，孙公公记得吧？”赵文炳反问。

“记得，”孙举道。“他说，王钥死时，王琩年幼无助。”

“我问守仁，王钥死于哪一年，孙公公记得吧？”赵文炳问。

“记得，”孙举道，“他说，王钥死于永乐十一年。”

“可我查过牒谱，昭王妃先其兄而薨，亦即，王钥死时，昭王妃已薨二十余年。”赵文炳说。

“当真？”不仅孙举在问，李得阳、庄德福也瞪大眼睛。

“这等事，若不查实，我敢乱说！”赵文炳道。

“这算个破绽，算个大破绽。”孙举认可。

“还有个更大的破绽呢。”赵文炳道。

“可是陕西庄田事？”李得阳问。这是赵文炳最后讯问王守仁的事；而且，也是他当时便指出无法证实的事。

“正是。”赵文炳点头。

“对！”孙举也想起这件事，他问，“赵先生说王守仁手里的证物没用，是唬他呢，还是真的？”

“是真的。”赵文炳说。

“你可以证实他手里的物证没用？”孙举问。

“我可以证实。”赵文炳说

“你又说要帮他找到物证，是哄他呢，还是真的？”孙举又问。

“也是真的。”赵文炳说。

“你确信可以找到物证？”孙举问。

“我可以找到。”赵文炳说。

“赵先生，你这不是给自个儿找不自在吗！”孙举道。

“我怎给自个儿找不自在？”赵文炳问。

“你手里有物证，证实他手里的物证没用；又要帮他找物证，来证实自个儿手里的物证无用。你还自在得了！”孙举道。

赵文炳看不出有什么不自在，只是微微一笑。

“我说得不对吗？”孙举诘问，“莫非赵先生证实自个儿手里的证物没用，反而开心？”

“我手里的证物，没有任何证物可以证实它无用。”赵文炳说。

“那为何还要答应王守仁？”孙举问。

“我答应帮他找证物，却没答应帮他找对他有利的证物。”赵文炳说。

“赵先生的意思，你要帮他找的，是对他不利的证物；亦即，是你手里的证物？”孙举听明白了。

“是。”赵文炳应道。

“那为何不直接对他说？”孙举问。

“我得先对李都堂、孙公公、庄将军说，再对他说。”赵文炳道。

“既如此，还不快说！”孙举迫不及待。

“王守仁说，他手里有陕西庄田文册八十六本，我手里，却有十五道敕旨。”赵文炳道。

“十五道敕旨！”三人一齐惊呼。

“对，”赵文炳点点头，说道，“十五道敕旨虽不如八十六本文册多，但应该比八十六本文册更可信吧！”

“十五道敕旨，赵先生在哪里找到的？”孙举问。

“藏于楚府，被我查到。”赵文炳说。

“赵先生说说这十五道敕旨吧。”李得阳催促。

“好，”赵文炳应一声，说道，“最要紧的是第一道敕旨，乃太祖高皇帝所颁。其文曰：你征云南阿鲁秃等处建大功，特赐秦马三十匹、黄牛二千头、犁牛一千头、羊九千只，并陕西西安州喇都草场一处，牧羊世守。钦此。”

“我记得西安是府呀，怎又成州？”孙举问。

“我想，敕旨里写的是陕西西安，州剌都草场，不是陕西西安州，喇都草场。”赵文炳说。

“也只得如此断开。”李得阳插话。

“这么说，楚府在陕西确有一处庄田，不过，是太祖高皇帝赐予楚昭王的，并非赐予定远侯的，”孙举说着，问道，“不是还有十四道敕旨吗，又可证实何事？”

“另十四道敕旨，是永乐、宣德、正统、景泰、天顺、成化历朝所颁，都是向楚府在陕西的草场，借用骆驼、马匹等事。诸位试想，若草场是定远侯产业，早就没官，还用得着借用吗？”赵文炳道。

“说的是。”其他三人都应道。

“总之，王守仁所疏，破绽甚多。”李得阳又总结一句。

“不过，既奉圣旨，我等还是要比照王守仁所持文册，来查一查楚府财物，看有没有相符合的。”孙举说。

查访多日，王守仁提交文册上提到的东西，无论是诰敕符券，是甲胄器仗，是金银珍宝，是衣饰器皿，一件也没有。各官如实奏上。赵文炳另上一疏，指出王守仁奏疏中的种种破绽，此事不了了之。

第二百六十一章

户、工二部虽离得近，但户部尚书特意到工部来看望工部尚书，却是少有的事；况且，今之工部尚书李戴辞官，徐作是以本部侍郎署部务。如果一定要说出个理由，或许因为杨俊民和徐作是同年进士。

可杨俊民来找徐作，却不是为的叙旧。

“以述兄，年关将至，为辞旧迎新，你我来做件事，如何？”他问。

徐作字以述，江西南昌人，嘉靖四十一年进士。

“伯章兄欲做何事？”徐作问。

“以述兄先告诉我，署工部以来，最烦心的是何事？”杨俊民道。

“无疑是两宫灾。”徐作说。

“没有更让以述兄烦心的事？”杨俊民问。

“似乎没有，”徐作道。见杨俊民皱眉，他问，“伯章兄是不是以为，两宫灾不足以令人烦心？”

“两宫灾肯定足以令人烦心；不过，说此事最让户部烦心则可，说此事最让工部烦心则不可。”杨俊民说。

“这是为何？”徐作问。

“大工之兴，以述兄是花钱的，我是筹钱的。钱筹够，两宫修复不会被耽搁；总不会钱筹够，以述兄故意拖延修复事吧？所以，两宫灾对以述兄来说，不过是忙些而已，对我才是最烦心的。”杨俊民说。

“伯章兄的话，不无道理，”徐作说着，问道，“伯章兄说一起做事，不会是要我和你一起去筹钱吧？”

“不会。”杨俊民道。

“却是何事？”徐作问。

“当然是最让以述兄烦心之事。”杨俊民说。

“最让我烦心的又是何事？”徐作问。

“我提醒以述兄一句，”杨俊民说着，问道，“遍地开矿一事，不让以述兄烦心吗？”

徐作想了想，承认："此事确让我烦心。"

"遍地开矿一事，不让以述兄最烦心吗？"杨俊民再问。

徐作又想了想，承认："此事确让我最烦心。"

"我欲和以述兄一起，把今年开矿的事捋一遍。"杨俊民说。

"好是好，却有一事不明。"徐作道。

"是不是让以述兄最烦心的事，我为何关注？"杨俊民问。

"是啊。"徐作应道。

"我可不是来为以述兄排忧解难的；实言相告，让以述兄最烦心的事，也是让我最烦心的事。"杨俊民说。

"伯章兄此言，我听不明白，"徐作说着，问道，"伯章兄说开矿之事让我最烦心，是因为开矿之事归工部来管，是吧？"

"是。"杨俊民应道。

"此事既归工部管，工部又管不了，所以我烦心；此事既不归户部管，伯章兄大可眼不见心不烦，为何也烦心？"徐作问。

"我是可以眼不见心不烦，但库里的银子也可以眼不见心不烦吗？"杨俊民反问。

"伯章兄此言何意？"徐作道，"人家可是说，开矿是有进项的；奏请开矿，正可补朝廷会计之不足。"

"这话以述兄信吗？"杨俊民问。

"开矿会有进项，我信。"徐作说。

"正可补朝廷会计之不足呢？"杨俊民问。

"那就不好说。"徐作道。

"现成事例摆在哪里，有何不好说！"杨俊民道。

"伯章兄所言现成的事例，即给谏疏章中所举事例吧？"徐作问。

杨俊民先点头，复摇头。

"怎么？"徐作问。

"又是，又不是。"杨俊民道。

"伯章兄为何说是？"徐作问。

"嘉靖二十五年七月命采矿，自十月至该年底，先后委官四十余人，派军一千一百八十余人，用铅、炭计三万余金，才得二万八千五百余金。以述兄难道以为，此事例还不能成为前车之鉴？"杨俊民道。

"此事确为前车之鉴，"徐作说着，问道，"伯章兄是不是怕，今次开矿，仍如嘉靖年间？"

“仍如嘉靖年间，我不怕。”杨俊民却说。

“伯章兄不怕？”徐作大惑。

“今次开矿，仍如嘉靖年间，用去三万余金，才得二万八千余金，我不怕。我怕的是，用去三十万，才得二十八万；甚或用去三十万，才得二万八千。对朝廷来说，那才是雪上加霜呢。”杨俊民说。

“会吗？”徐作也开始关注。

“我不知会不会。但我想，用去三十万，才得二十八万，或是最好的结果；用去三十万，才得二万八千，或是最坏的结果。在这之间，什么结果都有可能。况且，今次开矿，来势凶猛，三十万开销未必打得住。”杨俊民应道。

“伯章兄这么说，会不会太绝对？”徐作质疑。

“怎么？”杨俊民问。

“最好的结果，未必是用去三十万，才得二十八万。”徐作又说。

“以述兄的意思，用去三十万，或可收回三十万？”杨俊民问。

“或多过三十万。”徐作道。

“这就是我为何又摇头。”杨俊民说。

“伯章兄的意思，不是只有给谏疏章所举此一事例？”徐作问。

“是，”杨俊民应道。“不仅嘉靖年间开过矿，国初以来，朝廷曾多次开矿，但旋即又有严禁开矿的旨意。可见，开矿不仅不能给朝廷带来实惠，且矿盗作乱，每每给朝廷带来麻烦。”

“矿盗作乱，倒是不可忽视。”徐作点头附和。

“那么，以述兄同意，户部须为开矿事烦心？”杨俊民问。

“烦心不烦心，全在自家；我同意不同意，又有何用！”徐作笑了笑，说道，“说起矿盗事，大司马恐怕比你我更要心烦。”

“又拉扯出一位，要不你我再去找他？”杨俊民问。

“以后再说吧，还是你我先捋一捋，”徐作说着，问道，“要录吗？”

“纪录在案，以备后用，再好不过。”杨俊民说。

“好，”徐作应一声，取出纸笔，把笔交给杨俊民，把纸放在杨俊民面前。

“再备一份。”杨俊民说。

“不会有那么多要记吧？”徐作道。

“我说时，以述兄记，以述兄说时，我记，方可均劳。”杨俊民说明自己的用意。

“这个法子可取。”徐作说着，又拿一份纸笔。

“今次开矿，始自府军前卫副千户仲春之议，旋即命其与户部郎中戴绍、锦衣卫佥书杨金吾往河南开矿，此六月事。”杨俊民先说。

徐作记录下来，并等了等，看杨俊民有没有说下去的意思。杨俊民不再说，不是没的说，而是让他说。

“我说几个附和仲春之议、奏请开矿的人吧，”徐作数道，“锦衣卫百户陆松是一个，鸿胪寺随堂许龙是一个，顺天府教授冯时行是一个，都察院经历赵华凤是一个。”

“随堂、教授、经历虽都是末流官，但也是文职。以前倡言开矿者，非内臣，即武职，今次文职也来凑热闹。”杨俊民说。

“可不是！”徐作道，“本来是没什么前程的，此事一倡，似见曙光，他等能不趋之若鹜！”

“该谁个再说？”杨俊民问。

“反正均劳，伯章兄说，我记，我说，伯章兄记。”徐作重复他的话。

“那我来说，”杨俊民道，“七月，差承运库太监王彪、锦衣卫官校张懋忠往真定、保定、蓟州、易州、永平等地开矿；并从詹事府录事曾长庆奏请，开夏县矿。”

“八月，锦衣卫百户吴应麒请开山西夏县矿，府军后卫指挥王允中请开山东青州矿。”徐作数道。

“以述兄说的是八月初，八月中，指挥佥事陈永寿请开河南唐县矿。”杨俊民补充。

“八月中，还有一事，”徐作又补充，“太监王彪奏请，编富民为矿头，招矿盗开采。”

“以述兄看重矿盗作乱一事，原来是有所指的。”杨俊民道。

“八月似无别事。”徐作说。

“不见得，”杨俊民道，“很难分辨，究竟是八月底，还是闰八月初，太监陈增、府军卫指挥曾守约开山东青州沂县、栖霞、招远等矿。”

“我记得，他二人是闰八月初一日接的旨。”徐作说。

“好吧，就算是闰八月的事。”杨俊民说。

“闰八月下旬，又有锦衣卫千户郑一麟请开昌平横岭洞梁园山矿；太监王忠往涞水、房山开矿。”徐作数道。

“开他处矿，议者或谓离龙脉尚远；若是准开昌平矿，看谁人还敢说尚远！”杨俊民说。

“还好，其请迄今未准。”徐作道。

“承运库太监王彪奏请编富民为矿头，招矿盗开采，是他开矿以来所奏第一事。到九月，他又奏一事，以述兄还记得吗？”杨俊民问。

“是论劾保定巡抚李都堂阻挠开采吧？”徐作反问。

“是，”杨俊民应道，“李都堂资深位重，开矿太监论劾，皇上不过切责而已；小官撞上，不会那么便宜。”

“看来，开矿之事又会让吏部和都察院心烦，”徐作说。见杨俊民停笔未动，他问，“伯章兄为何不记？”

“非实事，记它作甚！”杨俊民道。

“那就请伯章兄记上以下实事，”徐作说，“九月，锦衣卫百户仝时雍奏言，昌黎县有金矿，又产石青；迁安县荆家峪有银矿。遂命太监田进会同该地方官作速前去开采。”

“十月、十一月，朝廷似乎消停下来，或是因为北方天寒地冻，不宜开采。但有一件事，比多开几处矿，更令人心烦：最早差出开矿的户部郎中戴绍回部述职，进矿沙银。”杨俊民说。

“这是好事，还是坏事？”徐作问。

“我看，是弊大于利。”杨俊民说。

“伯章兄是担心有所获，开矿的势头会更猛吧？”徐作问。

“是。”杨俊民应道。

“实则，本月初，又差太监曹金，同原奏把总韩太极，往浙江孝丰、诸暨等地采矿；差太监赵钦，同原奏百户段大金，往陕西西安、临潼等地采矿；差太监张忠，往山西采矿。如伯章兄所言，寒冬季节本来是不宜采矿的，差人往陕西、山西，大概就是因戴绍进矿沙银，朝廷受到鼓舞。”徐作说。

“最后一事，是日前命差往陕西、河南开矿太监，一并开采陕西蓝田县湘子山、黑龙峪、香子台、白羊岔、龙家口，及河南禹州、信阳等地矿，”杨俊民说着，伸手要徐作所录，并把自己所录交给徐作，“彼此看看，署个名吧。”

他在徐作所录文字后写上：徐作录，杨俊民述；徐作在他所录文字后写上：杨俊民录，徐作述。

“把心烦的事留在纸上，你我回去过个轻松的年节吧。”杨俊民说。

“好。”徐作应道。

第二百六十二章

万历二十五年正月的一天，皇帝闲得无聊，把提督东厂太监陈矩找来，问他有没有特别的案子。

“爷要听已下狱的案子，还是笔墨官司？”陈矩问。

“笔墨官司你也知？朕以为你只知已下狱的案子呢。”皇帝说。

“奴才也是去司礼监办事时听说的，”陈矩道，“年节之际，北边安静下来，南边却热闹起来。”

“怎叫北边，怎叫南边？”皇帝问。

“奴才的意思是，京师这边不打笔墨官司，南京那边却打起笔墨官司。”陈矩说。

“是南京科、道在打笔墨官司？”皇帝问。

“也不是，”陈矩道，“打笔墨官司的是堂兄弟二人，一文一武，一是现官，一已休致。”

“休致的是堂兄吧？”皇帝问。

“爷怎料到？”陈矩反问。

“显而易见呀，”皇帝道，“堂兄的年纪大，有人休致，自然是他。”

“爷圣明，”陈矩称颂，又说，“不过，该堂兄休致，却不为年纪。”

“那是为何？”皇帝问。

“他是故相张居正门下客，张相死，他在朝中难以立身。”陈矩说。

“你说一文一武，堂兄是文是武？”皇帝问。

“是武。”陈矩说。

“武臣依附居正，前有戚继光，后有李成梁，都能打仗。”皇帝说。

“他和戚继光、李成梁又不一样。”陈矩说。

“怎不一样？”皇帝问。

“他不是出自武将世家。”陈矩说。

“应该不是出自武将世家；不然，他堂弟怎成文臣！”皇帝道。

“诚如圣谕。”陈矩道。

“给朕说说这兄弟二人吧。”皇帝命道。

“是，”陈矩应一声，说，“兄弟二人姓史，应天溧阳人。堂兄名继书，多年前，以锦衣卫管卫事都指挥休致；堂弟名继辰，是万历二年的进士，去岁末，以四川按察司副使，升任江西按察使。”

“取名继书，应是要他习文。”皇帝说。

“可不。”陈矩附和道。

“继书非出自武将世家，他的武职却是怎来的？”皇帝问。

“嘉靖末年，继书以乡绅，集合乡勇御倭，朝廷恩授锦衣卫千户，后官至都指挥，管卫事。”陈矩说。

“曾管锦衣卫事，朕怎不记得！”皇帝道。

“那时官员升迁，凡张居正举荐，爷无有不准的，所以不会太在意。”陈矩说。

“或许是吧，”皇帝道，又说，“继辰朕有点儿印象，应该任过科臣。”

“曾历户、礼二科，后放外。”陈矩说。

“老陈，你说四川离南京近，还是江西离南京近？”皇帝问。

“成都距南京七八千里，南昌距南京仅一千五百余里，江西离南京近。”陈矩说。

“这兄弟二人也有意思，”皇帝道，“离得远时，他二人相安无事；离得近时，却打起笔墨官司。”

“奴才看，离得远时，是眼不见心不烦。”陈矩说。

“继书有何事，让继辰眼见心烦？”皇帝问。

“继辰纠劾继书，主要二事：一曰豪贵，一曰张扬。”陈矩说。

“继书怎的豪贵？”皇帝问。

“据继辰说，继书自奉如王宫。”陈矩说。

“朕听人说，江南集乡勇御倭者，皆以豪贵。那么，继书豪贵，应该不是虚言。”皇帝道。

“爷说的是。”陈矩应道。

“继书怎的张扬？”皇帝又问。

“据继辰说，继书集乡勇御倭时，维护军纪之卒，有数千人；且说其部伍军法，严过禁军。”陈矩道。

“是禁军，不是官军？”皇帝问。

“是禁军。”陈矩应道。

“这也有可能；不若此，居正未必看得上他。”皇帝说。

“爷说的是。”陈矩应道。

“继辰以豪贵、张扬纠劾继书，继书却以何事反讦？”皇帝问。

“无非是些琐碎之事。”陈矩说。

“老陈觉着说起来毫无趣致？”皇帝问。

“是。”陈矩应道。

“这可说不上是特别的案子，你让朕很失望。”皇帝道。

“二人相讦，确无趣致，但奴才听个故事，却绕有味道。”陈矩说。

“史氏兄弟的故事？”皇帝问。

“是。”陈矩应道。

“继书的故事，抑或继辰的故事？”皇帝问。

“继书的故事。”陈矩说。

“说给朕听听。”皇帝命道。

“是，”陈矩应了一声，道，“继书的故事和戚继光有点儿关系。”

“不会是二人惺惺相惜吧？”皇帝想到一句成语，在两名武夫之间，应该最为合用。

“不是，”陈矩道，“奴才是说继书的故事和戚继光有点儿关系，并非他二人真有点儿关系。”

“既非真有关系，你为何要说有点儿关系？”皇帝问。

“因为爷方才提到戚继光，奴才故而说起他。”陈矩解释一句。

“荒诞之极！”皇帝斥道，“朕方才还提到李成梁，你为何不说和李成梁有点儿关系？”

“因为爷虽提到李成梁，但继书的故事和李成梁绝无关系。”陈矩又解释一句。

“那么，和戚继光还是有点儿关系？”皇帝问。

“实则，继书的故事和戚继光弟戚继美有点儿关系。”陈矩说。

“朕记得，戚继美曾官贵州总兵官。”皇帝说。

“继书的故事和戚继美镇黔有点儿关系。”陈矩道。

“朕记得，戚继美和其兄先后病卒。”皇帝又说。

“继书的故事和戚继美病卒有点儿关系。”陈矩又道。

“朕说一句，你接一句，这叫讲故事吗！”皇帝又斥。

“奴才这就讲史继书的故事，”陈矩忙道，“戚继美镇黔时，曾娶一妾。据传甚是美艳，嫁妆极为丰厚；且武艺高强，又能治军。这着实让不少将军艳羡不已，也让不少文士艳羡不已。”

“继书既是将军，又是文士，一定倍加艳羡。”皇帝说。

“爷说的是，”陈矩应一声，接着讲述，“但艳羡是艳羡，谁也不存非分之想。打个不恰当的比喻，到贵州去横刀夺爱，或虎口夺食，那不真成黔之驴！唯独此继书，不但倍加艳羡，还存非分之想。一日忽闻戚继美病卒，立即差人前往贵州提亲。”

“等等！”皇帝喝住他，“差人去贵州，还能见着人吗？”

“为何去贵州见不着人？”陈矩没明白。

“朕记得，戚继光不是贵州人。”皇帝道。

“他确不是贵州人。”陈矩说。

“戚继美虽镇黔，亦非贵州人。”皇帝道。

“戚继美也不是贵州人。”陈矩说。

“戚继美病卒，其在贵州眷属不回山东吗？”皇帝问。

“理应回山东。”陈矩说。

“那继书差人去贵州，怎见得着戚继美妾？”皇帝问。

“是奴才没说清楚，”陈矩又回过头说，“戚继美所娶小妾，是贵州一土官之女，故戚继美病卒，她不曾扶柩回山东。”陈矩说。

“这是你想的，还是你听说的？”皇帝问。

“是奴才听说的。”陈矩道。

“是给你讲这个故事的人想的，还是他听说的？”皇帝又问。

“奴才不知。”陈矩道。

“朕想，一定是他自个儿想的。”皇帝说。

“爷所料，一定不会错的。不过——”陈矩欲言又止。

“不过，你不知朕为何如此料定，是吧？”皇帝问。

“是。”陈矩应道。

“戚继美小妾若不是贵州人，没有留在贵州的道理，史继书就不会差人去贵州，这是一；戚继美妾若是贵州人，却不是贵州土官之女，没人拦得住戚继美家人把她带回山东老家，这是二；戚继美也算得显赫人家，其小妾若回到山东，家里怎容人来为她提亲？这是三。”皇帝说。

“爷所谕，合情合理，奴才对此也没有疑义。”陈矩说。

“那么，史家去贵州提亲，成没成？”皇帝问。

“第一次是试探，仅备薄礼。”陈矩说。

“那肯定谈不成。”皇帝道。

“爷说的是，”陈矩应道，“戚继美是以重金聘的该少妇，两下里比较，当土官的爹爹当然不会答应；不过，他是婉拒，并非坚拒。”

"第二次提亲呢？"皇帝问。

"礼金倍之，但土官仍没答应。"陈矩道。

"一般都是这样，第一次谈不拢，第二次谈不拢，第三次才能谈拢。"皇帝说。

"正是第三次谈成，"不管中间还要谈多少来回，陈矩只能这样说，"贵州荒蛮之地，土著并不遵嫁一而终之礼，史家第三次去提亲的人带去的厚礼，超过戚继美当初的聘金，土官于是答应。戚继美小妾亦知江南是好地方，又近南京，爹爹答应，她自然也答应。"

"然后该迎娶，是吧？"皇帝问。

"是，"陈矩应一声，说，"土官那边派人送，史家这边派人迎。土官派人送的远，送出几千里；史家派人迎的近，只迎一二百里。虽迎得近，派何人去迎，继书却是煞费苦心。"

"他派何人去迎娶的？"皇帝问。

"一队健妇。"陈矩道。

"一队健妇？"皇帝好奇地问。

"是。"陈矩应道。

"他是为的炫耀吧？"皇帝推测。

"爷说的是，"陈矩应道，"他是想让新妇看看，他史继书训练有方，府上女佣经他训练，不但不比贵州的土兵差，也不比贵州的官军差。"

"结果如何？"皇帝问。

"健妇们遭一顿暴打。"陈矩说。

"被谁个暴打？新妇吗？"皇帝问。

"是。"陈矩应道。

"她是怎样暴打的？"皇帝问。

"捆绑起来，鞭棍交集，各打数十。"陈矩说。

"新妇为何暴打健妇们？"皇帝问。

"从贵州来的家丁，堪具军容，整齐肃穆；从溧阳来的健妇，东歪西倒，不成队伍。"陈矩说。

"难怪新妇要大打出手，"皇帝道，"她嫁到史家，就是史家的人。两下里的比较，家丁们回到贵州如实说起来，不但丢史继书的人，也丢她自个儿的人。"

"爷说的是。"陈矩应道。

"史继书自诩训练有方，东歪西倒，岂不是全无调教？"皇帝道。

"说起来，也不怪史继书。"陈矩却说。

“那却怪谁人？”皇帝问。

“东歪西倒，是新妇责打健妇们说的理由；其实，她等只是露齿窃笑，并未笑到东歪西倒。”陈矩说。

“她等为何窃笑？”皇帝问。

“人人都知新妇貌若天仙，家中老爷更是对新妇向往不已，夸赞不已；她等看到的，却是个连中等姿色也没有的妇人。”陈矩说。

“她暴打健妇们，大概是因为看出健妇们在讥笑她吧？”皇帝道。

“爷说的是。”陈矩应道。

“也就是说，传闻不实，史继书上当？”皇帝问。

“是，”陈矩应道，“史继书上当，上个大当。”

“对了，”皇帝想起件事，“你说过，戚继美迎娶她时，嫁妆甚为丰厚；她再嫁史家，不会空着两只手来的吧？”

“嫁妆是有，而且不少，但皆粗俗不堪。譬如，衣物被褥，是粗布制作；簪花饰物，是兽骨制作。”陈矩说。

“人不如意，嫁妆不如意，健妇们被责打，又丢面，史继书正可以借此休新妇呀。”皇帝说。

“打看新妇第一眼，史继书肯定就想休之。但有句话说得好，请神容易送神难；况且他请到的不是神，是恶鬼。”陈矩道。

“新妇不肯走？”皇帝问。

“并非绝不肯走，”陈矩道，“她说，她从贵州来趟南京，不容易，除非逞其所欲，她是不会走的。”

“她何所欲？”皇帝问。

“她要金银珠宝。”陈矩说。

“史继书给她不给？”皇帝问。

“给；但她还要丝绸锦缎。”陈矩说。

“史继书给她不给？”皇帝问。

“给；但她还要古玩字画。”陈矩说。

“史继书给她不给？”皇帝问。

“也给。”陈矩说。

“她没再要别的？”皇帝问。

“她还想要房屋、田产，但搬不动，只好都折算在金银珠宝、丝绸锦缎、古玩字画上。”陈矩说。

“难得天下的好东西，她都知道，”皇帝哂道，又问，“她要的东西，史继书都给，她走吗？”

“仍不肯走。”陈矩说。

“这是为何？”皇帝问。

“给的不够。”陈矩说。

“史继书还会继续给她吗？”皇帝问。

“不得不给。”陈矩说。

“这又是为何？”皇帝问。

“她在史家，恣睢骂詈，为所欲为。不仅对下人驭之严酷，对史继书及其子女，也不假以颜色。史家上下，无一人不幸其速去。”陈矩说。

“结果呢？”皇帝问。

“今日给一点儿，明日给一点儿，直到家中大伤元气，才把新妇打发走。此事在溧阳，乃至在南京，成为笑柄。”陈矩说。

“难怪史继辰到江西，要纠劾史继书！离得稍近，他丢不起这个人，”皇帝评论一句，又说，“但到底是家事，朕才懒得去管他呢！日后再有这兄弟二人的奏疏，一概置之不理，你不但不用读给朕听，连提都不必对朕提起！”

“是。”陈矩应道。

“倒是史继书，由御倭授的武职，提醒了朕。老陈，”皇帝呼叫一声，命道，“你去听听，大臣们又有何议论。”

“奴才领旨。”陈矩应道。

第二百六十三章

南京刑部尚书赵参鲁要进衙门时，本部右侍郎谢杰正好从另一个方向走来。他等谢杰走近，让到："谢郑公请。"

谢杰不由一愣神，本来应该回让，也全忘记；当然，他也不会贸然在赵参鲁前面步入衙门。

"宗传先生何意？"他问。

"汉甫先生不是要做本朝的魏郑公吗？"赵参鲁道。

谢杰字汉甫，福建长乐人，万历二年进士。魏郑公则是唐代名臣魏徵，封郑国公。

"谁说我要作本朝的魏郑公？"谢杰不高兴地问道。

"魏郑公上《十思》《十渐》等疏，汉甫先生上《十规》疏，不是在步魏郑公后尘吗？"赵参鲁道。

"宗传先生责备我不该上该疏？"谢杰问。

"不，"赵参鲁摆摆手，说道，"我以为，今时正需要《十思》《十渐》这等直言之疏，也正需要魏郑公这等直言之臣。"

"你不知我《十规》写的何事，怎知是直言之疏？"谢杰问。

"汉甫先生既敢仿《十思》《十渐》之名，是一定不会辜负前贤的。"赵参鲁说。

"宗传先生这么说，我倒要把该疏要旨做一禀报。"谢杰道。

"好啊，进去说，"赵参鲁再让，没有玩笑之意，"汉甫先生请。"

南京各部不似京师六部事务繁多；况是年初，南京刑部更没多少事议处。堂官们坐在一起，闲议几句，就是正事。

"疏虽名之曰《十规》，却是写的不克如初十事。"谢杰说。

"你看，果是以《十渐》为表率吧。"赵参鲁道。

听来似乎在责备疏名不好，谢杰分辩："但我不能直接以《十渐》为疏名，宗传先生说是不是？"

"汉甫先生别误会，十规亦是好名目。"赵参鲁道。

“我是先报十事之名目，还是报一名目，接述该事？”谢杰问。

“述之足矣，汉甫先生用这个报字，我可不敢听。”赵参鲁道。

“那我就一事一事述之，如何？”谢杰问。

“好。”赵参鲁应道。

“第一事，孝亲之美，鲜克如初。”谢杰说。

“汉甫先生举不举例？”赵参鲁问。

“当然要举例。”谢杰道。

“我以为，至少有二例要举。”赵参鲁说。

“是哪二例？”谢杰问。

“其一，皇上前者两宫同欢，今则问寝久旷，庆贺亦疏；其二，孝安太后发引，皇上并未亲送。”赵参鲁说。

他说的孝安太后，其实是孝安皇后，即仁圣皇太后。仁圣是她在世时的尊号，孝安则是她去世后的尊谥。尊谥全文是：孝安贞懿恭纯温惠佐天弘圣皇后。

“宗传先生读过我疏草吧？”谢杰问。

“汉甫先生未给我读，我怎会读过？”赵参鲁道。

“那怎知我举的是此二事？”谢杰用问话的方式告诉他，自己疏中举的正是这两个例子。

“只能说所见略同吧。”赵参鲁笑道。

“第二事，尊祖之美，鲜克如初。”谢杰又说。

“汉甫先生举不举例？”赵参鲁仍问。

“当然要举例。”谢杰道。

“我以为，太庙时享是否躬亲，是第一件要写的事。”赵参鲁说。

“既写前次太庙时享皆躬亲，今则皆遣臣代，宗传先生以为，还有别事须写吗？”谢杰问。

赵参鲁想想，说道：“真找不出第二事，与此事同等重要。”

“这也是所见略同吧？”谢杰问。

“是。”赵参鲁应道。

“第三事，好学之美，鲜克如初。”谢杰又说。

“汉甫先生举不举例？”赵参鲁问。

“当然要举例。”谢杰道。

“我以为，此事以经筵为例最佳。”赵参鲁说。

“宗传先生说的是，既以经筵为例，连日讲都不必另提。”谢杰说。

“汉甫先生怎写的？”赵参鲁问。

“前此经筵临御，圣学日勤；今则讲官徒设，讲习久虚。”谢杰述道。

“我若拟稿，不如汉甫先生。”赵参鲁说。

“宗传先生会怎写？”谢杰问。

“前此研究文学，扬榷古今。”赵参鲁说。

“这两句生动、具体，也很好呀。”谢杰道。

“终不如以圣学日勤概括为好。”赵参鲁说。

“虽小有不同，也不妨碍所见略同。”谢杰道。

“那倒也是。”赵参鲁应道。

“第四事，勤政之美，鲜克如初。”谢杰又说。

“汉甫先生举不举例？”赵参鲁仍问。

“当然要举例。”谢杰道。

“是举一例，还是举二例？”赵参鲁问。

“举一例。”谢杰道。

“是言视朝吧？”赵参鲁问。

“是。”谢杰应道。

“汉甫先生怎写的？”赵参鲁问。

“前此披星视朝，今则高拱深居，累年不出，”谢杰简述两句后，反问道，“宗传先生是不是以为，应该举二例？”

“不一定要举二例，但能举二例更好。”赵参鲁说。

“另一例是面议吧？”谢杰问。

“是。”赵参鲁应道。

“此例我也想到，但是没写。”谢杰说。

“汉甫先生必有缘故。”赵参鲁道。

“面议者，召大臣进宫而议也，尤其是召辅臣进宫而议也。以今之辅臣而言——”谢杰顿了顿，说，“不面议也罢。”

“汉甫先生官至佐卿，持议仍如此率直，令人敬佩。”赵参鲁道。

“宗传先生称赏，受之有愧。”谢杰说着，一揖。

“下面是何事？”赵参鲁问。

“第五事，畏天之美，鲜克如初。”谢杰又说。

“汉甫先生举不举例？”赵参鲁仍问。

“当然要举例。”谢杰道。

“可是言久不郊祷？”赵参鲁问。

“是。”谢杰应道。

“汉甫先生怎写的？”赵参鲁问。

“前此岁旱，步祷郊坛；今则圜丘大报，久缺斋居。”谢杰简述道。

“第六为何事？”赵参鲁问。

“宗传先生以为，畏天不克如初，举一例足够？”谢杰反问。

“汉甫先生不止举一例？”赵参鲁又反问。

“是。”谢杰应道。

“还有别例，可与郊祷相提并论？”赵参鲁问。

“两宫灾，难道不能与水、旱灾相提并论？”谢杰反问。

“两宫灾，当然是大事，却不知置于畏天名目下，汉甫先生打算怎写？”赵参鲁道。

“宸宫告灾，亦忘修省，”谢杰简述罢，问道，“以此行文，可否？”

“恐遭诘问。”赵参鲁道。

“遭谁人诘问？”谢杰问。

“皇上可诘问，辅臣亦可诘问，”赵参鲁道，“两宫灾后三天，即告灾郊庙，并谕廷臣修省，汉甫先生难道不知？”

“谕旨是有，然朝廷上下，可曾认真修省？”谢杰问。

“这却不好说，”赵参鲁道。“参之者可说不曾认真修省，辩之者可说一直在认真修省。”

“有辩之者，我就不能参之？”谢杰问。

“能，能！”赵参鲁连声道。“汉甫先生大可参之。”

“第六事，爱民之美，鲜克如初。”谢杰又说。

“汉甫先生举不举例？”赵参鲁仍问。

“当然要举例。”谢杰道。

“汉甫先生说，爱民以何事为最？”赵参鲁问。

“莫若赈济。”谢杰道。

“前此四方旱涝，竭帑远赈；今则遇有灾情，不发帑金。汉甫先生是打算这样比较吗？”赵参鲁问。

“遇有灾情，朝廷不会不发帑金。”谢杰说。

“遇有灾情，朝廷不会不发帑金，和两宫灾，朝廷不会不令修省，不是同样的道理吗？”赵参鲁指出。

“那是不能比的，”谢杰道，“帑金一发，就能救人，不管有无救人之心；虽有修省之谕旨，却无修省之诚心，有用吗？”

“既说得过去，汉甫先生不妨就做这样的比较。”赵参鲁说。

“一则，我听得出来，宗传先生不赞成这样比较；二则，我也以为，有更好的比较。”谢杰说。

“汉甫先生打算怎比较？”赵参鲁问。

“害民以何事为最？”谢杰反问。

“莫若采矿。”赵参鲁道。

“所以，我不以昨之爱民与今之不爱民比较，而以昨之爱民与今之害民比较。”谢杰说。

“可是写成：前次四方旱涝，竭帑远赈，今则开矿四榷？”赵参鲁问。

“我是这么写的。”谢杰道。

“朝廷差使往四方开矿，且差使于各处征税，祸害不知会到何种地步，此事确须亟言于朝。”赵参鲁附和道。

“第七事，节用之美，不克如初。”谢杰又说。

“汉甫先生举不举例？”赵参鲁仍问。

“当然要举例。”谢杰道。

“节用，指宫用有节吧？”赵参鲁问。

“是。”谢杰应道。

“今之不节，汉甫先生欲举几事？”赵参鲁问。

“多征江右之瓷，算得一事吧？”谢杰道。

“算得。”赵参鲁应道。

“多征江南之纻，算得一事吧？”谢杰道。

“算得。”赵参鲁应道。

“多征西蜀之扇，算得一事吧？”谢杰道。

“算得。”赵参鲁应道。

“多征关中之绒，算得一事吧？”谢杰道。

“算得。”赵参鲁应道。

“以此四事为例，不知够不够？”谢杰问。

“够。”赵参鲁应道。

“前此宫费有节，今则江右之瓷，江南之纻，西蜀之扇，关中之绒，往往逾额，”谢杰简述之后，问道，“如此行文，不知可否？”

“有何不可！”赵参鲁道。

“第八事，听言之美，鲜克如初。”谢杰又说。

“汉甫先生举不举例？”赵参鲁仍问。

“当然要举例。”谢杰道。

“我以为，此事一定要分两层意思写。”赵参鲁说。

“哪两层意思？”谢杰问。

“一则，奏疏留中；一则，言者多逐。”赵参鲁说。

“前此乐闻谠言，今则连章留中；封事甫陈，严纶随降，但经废弃，永不赐用，”谢杰简述之后，问道，“宗传先生说的两层意思，是不是都在里面？”

“不仅都在里面，而且，重在言者被逐，甚合我意。”赵参鲁说。

“宗传先生已有好几次没说所见略同。”谢杰道。

“那我就再说一次所见略同。”赵参鲁笑道。

“第九事，亲亲之美，鲜克如初。”谢杰又说。

“汉甫先生举不举例？”赵参鲁仍问。

“当然要举例。”谢杰道。

“我以为，今日不恤亲藩，以楚府为最。”赵参鲁说。

“宗传先生可以确定，百户王守仁所奏不实吗？”谢杰问。

“今巡按御史赵文炳奏章抄出，完全可以确定，”赵参鲁说着，反问一句，“汉甫先生对此尚存疑问？”

“没有疑问；我只是在想，事隔差不多一年，法司为何仍不议决王守仁之罪？”谢杰道。

“王守仁定罪，只须一道谕旨，用不着往法司上想；譬如南京刑部亦法司，此等事朝廷不决，我部能议决吗？”赵参鲁道。

“宗传先生说的是。”谢杰应道。

“此事汉甫先生怎行文？”赵参鲁问。

“前此抚恤宗室，恩义有加；今则楚藩见诬，中珰旋出，以市井奸宄间骨肉懿亲。”谢杰简述。

“要我写，也是如此。”赵参鲁道。

“第十事，贤贤之美，鲜克如初。”谢杰又说。

“汉甫先生举不举例？”赵参鲁仍问。

“当然要举例。”谢杰道。

“贤贤事例甚多，譬如，言者多被逐，也可以说是鲜克如初，”赵参鲁说着，问道，“汉甫先生欲举何例？”

“我前面说，大臣，尤其是辅臣，颇令人失望；在这里，我却要为大臣们说句公道话。”谢杰道。

“为大臣们说句公道话，怎说？”赵参鲁问。

“以部、院而言，南京各衙门设官情形，不必说；朝廷之上，情形若何，宗传先生应该是知道的呀。”谢杰说。

“汉甫先生是指职位空缺？”赵参鲁问。

“是。”谢杰应道。

“这我知道，”赵参鲁说着，数道，“去岁闰八月，吏书叔孝先生以病免，迄今几半载，仍未推出；礼书汝益先生告病多时，既不准其休致，又不命其带病供职；兵书拱宸先生屡遭弹劾，不议其是非；工部无尚书，以侍郎以述先生署之，以述先生升掌院都御史，仍署工部事。”

“七卿中，四卿或旷缺或纠劾，宗传先生不以为很严重？”谢杰问。

“严重是严重，但似乎和贤贤不是一回事。”赵参鲁说。

“廷推的目的，是贤贤，至于未必推贤，则是另一回事；今缺官而不推，贤者又怎出！”谢杰道。

“如此说来，倒也不是全无联系。”赵参鲁勉强同意。

谢杰疏上，留中不报。

第二百六十四章

阁臣陈于陛于去年十二月病逝，赵志皋又不时以病告假，内阁经常只有张位、沈一贯二人当值。

“谢汉甫先生疏中言及贤贤，但以部、院虚其位而言，为何不说说阁臣亦不齐备！”张位道。

“明成兄不觉着，你我二人议事，较易融洽？”沈一贯问。

“肩吾兄此言何意？”张位反问。

“元忠兄在阁日，在值庐常于日出日落之际，望日影而长吁短叹，明成兄领教过没有？”沈一贯又反问。

“曾领教过。”张位说。

“明成兄知是为何？”沈一贯问。

“以无补时政。”张位说。

“忧虑若此，议事能不激烈？”沈一贯道。

“汝迈兄呢？为何亦不宜议事？”张位问。

“今者所议，以何事为重？”沈一贯反问。

“以东事、倭事、封事。”张位道。

“封事，明成兄和我也不反对；但不似汝迈兄与大司马，一味言封，明成兄说是不是？”沈一贯问。

“那倒是。”张位点头。

“今议封事之坏者越来越多，议封事之非者越来越多，明成兄说是不是？”沈一贯问。

“是。”张位应道。

“内阁诸人在一起，不能不议封事，明成兄说是不是？”沈一贯问。

“是。”张位应道。

“议封事，不能不言及议封事之坏者，议封事之非者，明成兄说是不是？”沈一贯问。

“是。”张位应道。

“言及议封事之坏者，议封事之非者，汝迈兄脸色即变，明成兄说是不是？”沈一贯问。

“是。”张位应道。

“所以，我有些怕与汝迈兄一起议事。”沈一贯说。

“肩吾兄是不是欲趁汝迈兄不在，一议封事？”好不容易轮到张位发问。

“是。”换成沈一贯回应。

“肩吾兄是不是打算趁着汝迈兄今日不在，一议封事之坏、封事之非？”张位问。

“明成兄没听懂我的意思吗？”沈一贯重复道，“我是说，议封事之坏者越来越多，议封事之非者越来越多；而言及议封事之坏者，议封事之非者，汝迈兄脸色会大变。”

张位揣摩着，问道：“肩吾兄是不是说，你我并非一味言封，言及议封事之坏者、议封事之非者，可以从容一些？”

“是。”沈一贯应道。

“那么，肩吾兄是不是以为，封事实坏，封事实非？”张位问。

“不可一概而论。”沈一贯说。

“愿闻肩吾兄详析。”张位说着，一揖。

“封事实坏，已见端倪。”沈一贯说。

“此言何所据？”张位问。

“其一，据封使杨方亨奏言，去年从釜山渡海至日本，倭酋将于大阪受封，然迄今倭酋谢表未呈；其二，据朝鲜王奏表，其往日本议和使臣，为倭逐回，且倭将清正领骑兵船二百余只，又倭将丰茂领骑兵船六十余只，至西生浦等处，另有倭船百余只，络绎行于海上；其三，册封副使沈惟敬所投倭酋表文，用的是丰臣印鉴，而非朝廷所赐印鉴，且不奉我大明正朔，”沈一贯说者，反问一句，“以此三事断言封事实坏，明成兄以为如何？”

“理由很充分，”张位道，又说，“不过，倭酋受封之事究竟如何，须待杨方亨还朝后，才知底细。”

“明成兄说的是，”沈一贯点点头，说道，“封事实坏，还不是那么实。好在据报，杨方亨已过鸭绿江，不日可返，结论要到那时再作。”

“封事实非呢，肩吾兄又怎说？”张位问。

“封事乃朝廷议定，不可轻易非之；况且，以一封事，平息华、倭两国战事，解朝鲜之厄，有何不可！”沈一贯道。

“封事实坏，可言之；封事实非，不可言之。此诚的论。”张位说。

“我知明成兄亦持此论。”沈一贯道。

“肩吾兄看，封事若坏，还可挽回否？”张位问。

“尚未作实，且不知坏到何等程度，不好说。”沈一贯道。

“那么，封事尚可议否？”张位问。

“本来无甚可议，但忽闻一事，似可议一议。”沈一贯说。

“肩吾兄指的何事？”张位问。

“拱宸先生欲亲往朝鲜，明成先生有否听说？”沈一贯反问。

“有听说，”张位道，“他是在和汝迈兄议事时冒出这个念头的，汝迈兄私下里又告诉我。”

“汝迈兄以为可否？”沈一贯问。

“唯觉诧异，未置可否。”张位道。

“明成兄以为可否？”沈一贯又问。

“我以为不可，”张位说，“拱宸先生往朝鲜之意，欲使朝、倭定盟息兵。封事至此，他一言纵可使朝鲜定盟息兵，然能否使倭酋定盟息兵？纵倭酋亦可定盟息兵，遣一使臣可矣。我大明立国以来，从未以大司马出使者；若定盟息兵一事不成，蒙羞的不是大司马，而是我中华天朝。”

“明成兄把话说尽，此事也可以不议。”沈一贯道。

“我固知肩吾兄今所谓议封事，实欲议封事以外之事。”张位说。

“此事亦非我一人欲议，有人已议之。”沈一贯道。

“谁人已议之？”张位问。

“兵垣徐给谏。”沈一贯说。

他说的徐给谏，名成楚，以兵科左给事中署兵科事。去年底至今年初，他数次上疏言倭情。

“肩吾兄看重的，可是‘所有防御事宜，极当图之’一言？”张位问。

徐成楚的奏疏，计算了倭船载往朝鲜的兵力：海船一只，小亦可载百人，清正率领二百余船，已在朝鲜原驻地附近安营扎寨，兵力应有二万余众。接下来议道：所有防御事宜，极当图之。

“知我者，明成兄也，”沈一贯道，又说，“不过，徐给谏所言防御事宜，是指在朝鲜的防御，抑或在我辽东的防御，极不明晰。”

“肩吾兄以为，当议在朝鲜的防御，抑或在我辽东的防御？”张位问。

“辽东陈兵，纵然以备倭为名，主要也是对付东虏、建夷的；要对付倭军，须议在朝鲜的防御。”沈一贯说。

“欲议在朝鲜的防御，须知朝鲜形势。”张位提醒他说。

“近日读些书，也找人小叙，对朝鲜形势略有所知。”沈一贯说。

“这一步肩吾兄走在前面，愿闻教。”张位揖道。

“不敢，”沈一贯还一揖，说道，“我以为，我朝增强在朝鲜的防御，莫过于建牙立镇。”

“建牙立镇？”张位重复。牙即牙旗，指军前大旗。建牙，即建军。这四个字的内容，张位不会不懂，他所以要问，是要加以确认。

“对。”沈一贯确认。

“在何处建牙立镇？”张位问。

“在要地。”沈一贯道。

“朝鲜要地，莫过于王京。”张位说。

“明成兄说的不错，王京乃朝鲜第一要地；不过，”沈一贯口气一变，说道，“正因王京是朝鲜第一要地，我不能在王京附近建牙立镇。”

“这一层我也想到，”张位说着，问道，“既不能在王京附近建牙立镇，所谓要地，肩吾兄又是怎想的？”

“我在朝鲜的防御，首先当然要能够与我边地相连接，同时又要和王京相连接。”沈一贯说。

“哪一处既可与我边地相连接，又可与王京相连接？”张位问。

“有两处：一则平壤，一则开城。”沈一贯说。

“这两处怎与我边地相连接？”张位问。

“两处往西，直达鸭绿江、旅顺。”沈一贯说。

“怎与王京相连接？”张位问。

“两处往东，可驰援王京乌岭。”沈一贯说。

“如此说来，真是可进可退的要地。”张位道。

“是，”沈一贯应道，“屯兵二处，便则轻兵趋利，不便则练兵屯田，虎踞要塞，以汉法教其人，通商、通工以佐其费。”

“简便可行，我愿与肩吾兄一同进言。”张位表态。

石星去看望赵志皋，问完病情之后，说起张位、沈一贯的奏疏。

“两位贵同年议于朝鲜建牙立镇，汝迈先生知否？”他问。

“我已知之。”赵志皋道。

“他二位上疏前，可曾与汝迈先生计议？”石星问。

“不曾计议。”赵志皋道。

“汝迈先生以为其议如何？”石星问。

“我正想问拱宸先生怎看。”赵志皋道。

“明成先生、肩吾先生或因封事遇到麻烦，欲以防备弥补之，本意是好的；不过——”石星转折之后，颇为踌躇。

“拱宸先生怎想的，不妨直言。”赵志皋道。

“在我看来，他二位未免杞人忧天。”石星的话很不好听。

“怎么？”赵志皋问。

“朝中无见识小臣，以为日本调兵入海，即临危局，一触即发；明成先生、肩吾先生大言防御，也是以为即临危局，一触即发。我却以为，日本调兵入海，虽宜防之，然不必过于张皇。”石星说。

“拱宸先生仍然成竹在胸呀。”赵志皋道。

“我只是以为，封事并非大坏，并非不可收拾。”石星说。

“但愿如拱宸先生所言。”赵志皋道。

“再者，在我看来，他二位所言，未免痴人说梦。”石星下面一句话更加难听。

“你是说，根本行不通？”赵志皋问。

“是。”石星应道。

“拱宸先生是担心军饷？通商、通工以佐其费，明成兄、肩吾兄不是出个好主意吗？”赵志皋道。

“不关费用的事。”石星说。

“我朝还有别的麻烦，难以处置？”赵志皋问。

“不关我朝的事。”石星说。

“拱宸先生的意思，是朝鲜一方有麻烦？”赵志皋问。

“是，”石星应道，“卧榻之侧，岂容他人鼾睡！平壤是朝鲜第二重要的城镇，我若在彼建牙立镇，朝鲜君臣心里还能踏实得下来？到那时，只怕他等防我之心，更甚于防倭。”

“拱宸先生是说，朝鲜担心为我吞并？”赵志皋问。

“汝迈先生说到要害。”石星道。

“可我是助他御倭呀！”赵志皋说，“前者朝廷出兵，驱逐倭贼，不也是应朝鲜李王之请；驱逐倭贼之后，我官军不也曾驻于平壤，甚至也曾驻于王京？”

“那是暂短留驻，”石星道，“国破之际，我为他驱逐强敌，暂驻其境任何地方，他都无话可说；一旦强敌已去，或虽未尽去，但已无亡国之虞，他就不愿你驻兵于王京、平壤这等要地。”

“拱宸先生所言甚是，”赵志皋同意他的分析，但认为还没说透，“但不愿是不愿，总不能直截了当地说不准吧？”

“李王当然不会直言不准，他可以辩言，不宜驻平壤。”石星说。

“拱宸先生料他会怎辩？”赵志皋问。

“汝迈先生还记得，我大军撤还，留川兵、南兵及蓟、辽兵一万六千人，驻于何处？”石星反问。

“似驻庆尚。”赵志皋说。

“是庆尚之大丘，”石星道，庆尚是朝鲜各道中一道，大丘是庆尚各城中一城，“李王可以说，庆尚乃朝鲜之门户，全罗乃朝鲜之府库，乃倭贼之所必争，我之所必守。全罗若失，倭船一二日内，扬帆可达鸭绿江。其时，平壤、开城不足为固也。倭军若从陆路抵平壤，从水路犯全罗，以舟师扼闲山岛，则对马、釜山间数百里海洋，皆为其饷道。庆尚险要，屯兵积饷，方可掌控斧山、全罗。于平壤、开城建牙立镇，不如在庆尚择地建牙立镇。”

“庆尚在朝鲜南方，更入腹里，李王就不担心？”赵志皋问。

“我一军孤立于其腹里，总比我一军一边连接我辽东，一边连接其王京，威胁要小吧！”石星道。

“以用兵而言，果是如此。”赵志皋道。

朝廷命兵部与朝鲜接洽在平壤、开城建牙立镇之事。如石星所料，朝鲜上奏表，请改平壤、开城建牙立镇为庆尚择地建牙立镇。其事遂寝。这是后话。

第二百六十五章

张位、沈一贯疏上数日后，册封使臣杨方亨回到京师。

当日，皇帝问田义，杨方亨复旨时，有无奏疏。田义回答没有。他看出皇帝对此事的关切，所以，到第二天，杨方亨奏疏刚一呈进，他马上携往文华殿。

“杨方亨有疏进？”皇帝问。

“是。”田义应道。

“你读没读？”皇帝问。

“奴才知爷等得焦急，接疏后，即来见驾，尚未读。”田义说。

“正好，你第一个读，朕第一个听。”皇帝道。

“是，”田义应一声，先读篇目，“直言封事始末、正欺罔、绝祸源等事。”

“他是这么写的？”皇帝打断他，问道。

田义又看一遍，说：“奴才没读错。”

“朕知你不会读错，”皇帝道，“朕是在想，会不会是他写错；朕亦知，他不会写错。”

“爷说的是，”田义应道，“这几个字，想写错，也不容易。”

“看来，封事已坏，并非虚妄。”皇帝说。

田义这次没敢回应。他知道，皇帝对封事是抱有很大希望的。皇帝急切地等待杨方亨回来，急切地等待杨方亨上疏，正是因为抱有很大希望；对新近的种种议论，则很难接受。

“老田，你接着读！”皇帝命道。

杨方亨似乎猜测到皇帝急于了解封事是否已坏的心情，在具体禀奏封事始末前，先有一段简单的评述。

“臣衔命一入釜山，已见倭情大概。以惟敬密迩，若有一言，惟敬必知；惟敬一知，倭奴必觉。臣死不足惜，辱命之罪，万死何赎！反次朝鲜，将渡鸭绿，又接兵部札付止臣。臣思所司者封，一封之外，别无干预。乃冒死而西，捧即还朝，敢备细直言。”田义读道。

“老田，你记好：惟敬一知，倭奴必觉，这是杨方亨告沈惟敬的第一状！”皇帝道。

“是，”田义应道，“奴才记好。”

“你再记好：又接兵部札付止臣，这是杨方亨告大司马的第一状！”皇帝又道。

“是，”田义应道，“奴才也记好。”

“朕想，下面他该述封事始末，”皇帝说着，问道，“他是从充副使时写起的吧？”

“是，”田义看奏本一眼，说，“他是从充副使写起的。”

“读来听听！”皇帝命道。

田义读道：“臣于万历二十三年十二月，蒙以臣充副使册封日本。随有沈惟敬，屡差中军，络绎请臣前进。乃云一入釜山，倭即撤还。臣遂发密阳，进釜山。未几，而正使李宗城逃。比时，倭情帖然。”

而正使李宗城又蓦然。

“老田记好：一入釜山，倭即撤还，这是杨方亨告沈惟敬的第二状！”皇帝道。

“是，”田义应道，“奴才记好。”

“你再记好：比时，倭情帖然，这是杨方亨告李宗城的第一状！”皇帝又道。

“是，”田义应道，“奴才也记好。”

“再读！”皇帝命道。

“是，”田义应一声，接着读道：“去年正月，沈惟敬忽有预行教礼之说；十五日即同行长渡海去矣。潜出。臣即揭报兵部，请遣风力台省诸臣，前来釜山查勘，相机而行，可封即封，可罢即罢。当事者以文臣颇阻封事，故不请遣。臣虽武臣，敢不以死报国，而甘心为本兵鹰犬，以欺皇上！臣再三请遣，终不能遂意，乃以臣改正使，又以沈惟敬副之。万不得已，勉承新命。”

“请遣风力台省诸臣之议，朕记得是有的。”皇帝说。

“爷说的是。”田义应道。

“此议为阁、部驳回，朕记得也是有的。”皇帝说。

“爷说的是。”田义应道。

“以杨方亨为正使、沈惟敬为副使一事，更不必说。”皇帝说。

“爷说的是。”田义应道。

“老田，你记好：忽有预行教礼之说，这是杨方亨告沈惟敬的第三状！”皇帝道。

“是，”田义应道，“奴才记好。”

“你再记好：当事者故不请遣，这是杨方亨告辅臣的第一状！”皇帝又道。

“是，”田义应道，“奴才也记好。”

“也可作杨方亨告赵先生的第一状！”皇帝又说。

“是。”田义应道。

“你再记好：本兵竟收鹰犬，以欺皇上，这是杨方亨告大司马的第二状！”皇帝又道。

“是，”田义应道，“奴才也记好。”

“接着读吧。”皇帝命道。

“是，”田义应罢，读道，“初谕釜山一倭不留，然后往封。又接兵部札付，釜山倭户，务安插得所，然后致书行长。并令臣或驻对马岛，或驻南戈崖，候钦补物件。行长乃日本之奴隶，本兵之与通书，用护封，称先锋。内有亲笔副启，日夜催臣。因于六月十五日渡海，沿途馆舍委有新创，供亿亦为丰足。”

“老田，你记好：又接兵部札付，这是杨方亨告大司马的第三状！”皇帝道。

“是，”田义应道，“奴才记好。”

“你再记好：本兵之与行长通书，这是杨方亨告大司马的第四状！”皇帝又道。

“是，”田义应道，“奴才也记好。”

“内有亲笔副启，日夜催杨方亨行，这是杨方亨告大司马的第五状！”皇帝又道。

“是，”田义应道，“奴才也记好。”

不用皇帝降谕，田义接着读道：“闰八月十八日，行长驰奏秀吉，即择九月初二日，迎于大阪地方受封。沈惟敬次日至臣寓所，称说感戴天恩，及言谢恩礼物，俱被地震伤损。”

“老田，你记好：称说谢恩礼物，俱被地震伤损，这是杨方亨告沈惟敬的第——”皇帝自己也忘记是第几状。

“是第四状。”田义提醒道。

“对，是第四状。”皇帝点头。

“奴才记好。”田义道。

田义接着读道：“及臣行，秀吉差倭僧向惟敬责备朝鲜礼文。惟敬即斥其非，备言于臣。倭奴狡诈奸诡，远交近攻，蚕食之心，于此可见。当事者尚执迷不悟，以倭奴小酋行长为可恃，复责臣以谢表完事。”

“这不像是杨方亨写的呀。”皇帝道。

“爷为何说不像杨方亨写的？”田义问。

“朕的意思是，里面的话不像是沈惟敬说的。”皇帝道。

“爷圣明，这一段里没有沈惟敬的话。”田义说。

“备言于臣后面的话，难道不是他说的？”皇帝问。

“奴才以为，不是他说的。”田义道。

“怎见得？”皇帝问。

“沈惟敬不会说倭奴狡诈奸诡，也不会说当事者执迷不悟，也不会说小酋行长不可恃。”田义说。

“你以为，沈惟敬即斥其非，是斥朝鲜礼文，而不是斥倭僧，并对杨方亨备言朝鲜礼文当责备；而后面一段，是杨方亨的评说？”皇帝问。

“是。”田义应道。

“这才说得通，”皇帝道，“若是沈惟敬即斥倭奴狡诈奸诡，又称当事者执迷不悟，足以抵消杨方亨告他的那些状。”

“诚如圣谕。”田义应道。

“老田，你记好：惟敬即斥其非，备言于臣，这是杨方亨告沈惟敬的第五状。”皇帝道。

“是，”田义应道，“奴才记好。”

“你再记好，当事者执迷不悟，这是杨方亨告大司马的第——”皇帝稍稍迟疑。

“是第六状。”田义提醒道。

“对，”皇帝点点头，又说，“你再记好：这也是杨方亨告辅臣，或曰告首辅的第二状。”

“是，”田义应道。“奴才都记好。”

“谢表事，杨方亨又怎写的？”皇帝问。

“臣思受封之后，倭众果退，惟谢恩表文，迟迟不为通。其称臣表文，臣亲见其字迹欠恭，上书丙申纪年，而不奉正朔。又闻日本国王天正为文禄之父，一旦秀吉废其父而立其子，擅作威福，震慑国人，其篡逆之心，又于此可见。”田义读到这里，停下来。

“这一段主要说的秀吉，可不置评。”皇帝道。

“是，”田义应一声，接着读道，“大都封事之误，误于沈惟敬一人。臣窃睹本兵之初心，实忠于为国，但偏于所听，不能知人。始则以惟敬之欺罔，认为忠言，犹不失其本心之忠；继则以误就误，乃至掩耳偷铃，以惟敬之误己也，乃误国家。此本兵忠赤之心，变而为昏昧也。”

“这一段听起来似为大司马辩，实则仍告大司马的状。”皇帝插言道。

“爷说的是。”田义应道。

“老田记好：偏于所听，不能知人，这是杨方亨告大司马的第七状！”皇帝说罢，不放心地问了一句，“是第七状吧？”

“是第七状，奴才记好。”田义道。

“你再记好，以误就误，掩耳偷铃，这是杨方亨告大司马的第八状！”皇帝又道。

“是，”田义应道，“奴才也记好。”

“朕听着，该疏已近尾声了，是不是？”皇帝问。

“是近尾声，”田义应一句，接着读道，“夫国家之御外夷，顺抚逆剿，自古为然。倭奴云集海隅，正宜长驱尽扫，何偏听独见，坚执许封！本兵家人，尚不可履武弁之门，况可以出外国，驷马高盖，博带峨冠，居诸从员之上，是何体也！曾示以皇上喜金珠天鹅绒，是以惟敬今日所进猩猩毯、天鹅绒，有自来矣。此物出自南番，秀吉铺地皆是此物，何足为重！亦天朝常有之物。惟敬巧立名色，为猩猩毯、天鹅绒，乃广东剪绒。惟敬自买二物，罔称秀吉所送。又以正成围帡，为秀吉所送。小事之欺如此，大事无所不欺可知。”

“最后一段，可是告不少的状。”皇帝说。

“爷说的是。”田义应道。

“大司马告到第几状？”皇帝问。

“第八状。”田义说。

“沈惟敬告到第几状？”皇帝问。

“第五状。”田义说。

“老田，你记好：偏听独见，坚执许封，这是杨方亨告大司马的第九状！”皇帝道。

“是，”田义应道，“奴才记好。”

“你再记好：本兵家人，可出国外，居诸从员之上，这是杨方亨告大司马的第十状！”皇帝又道。

“是，”田义应道，“奴才也记好。”

“你再记好：曾示以皇上喜金珠天鹅绒，这是杨方亨告大司马的第十一状！”皇帝又道。

“是，”田义应道，“奴才也记好。”

“你再记好：自买剪绒，巧立名色，充倭酋所送，这是杨方亨告沈惟敬的第六状。”皇帝又道。

“是。”田义应道。

“杨方亨告沈惟敬六状，沈惟敬断不能用；告大司马竟达十一状之多，也须得大臣们议一议。”皇帝最后说。

数日后，石星革职候勘。持续两年多的封事，亦告寝。

第二百六十六章

刑部左侍郎吕坤趁本部尚书萧大亨闲着的工夫，问道："夏卿先生，可以说几句话吗？"

"叔简先生要和我说话，无时不可。"萧大亨道。

"我欲效汉甫兄，还望夏卿先生玉成。"吕坤说。

"我看，应该是汉甫先生欲效叔简先生，怎成叔简先生欲效汉甫先生！"萧大亨道。

"为何是汉甫兄欲效我？"吕坤问。

"从来都是听人说，上行下效嘛。"萧大亨道。

"为何我是上，汉甫兄是下？"吕坤问。

"北、南二京，当然是以朝廷为上，以南京为下。"萧大亨说。

"夏卿先生是说，我这个刑部侍郎，要高过汉甫兄的南京刑部侍郎？"吕坤问。

"不是我这么说，人人都会这么说。"萧大亨道。

"但我欲效之事，和官职高低无关。"吕坤说。

"叔简先生欲效何事？"萧大亨问。

"陈言。"吕坤道。

"此事确与官职高低无关，"萧大亨点点头，问道，"叔简先生是指汉甫先生年初上'十规'疏吗？"

"是。"吕坤应道。

"叔简先生欲效汉甫先生，是也要上'十规'疏，或类似之'十某'疏？"萧大亨问。

"是。"吕坤应道。

"原来叔简先生志作本朝吕郑公，失敬。"萧大亨道。

"夏卿先生为何讥我？"吕坤有点儿不满。

"叔简先生不是欲效汉甫先生吗？我也效一回宗传先生。闻得宗传先生曾呼汉甫先生谢郑公，我呼叔简先生吕郑公，有何不对？"萧大亨道。

“一则，汉甫兄所谓‘十规’疏，言十事也，我未必会凑十数；二则，汉甫兄‘十规’疏，冠以‘十规’之名，我则无其名目。故呼汉甫兄谢郑公则可，呼我吕郑公则不可。”吕坤一本正经地说。

“但欲效汉甫先生，不是叔简先生自家说的吗？”萧大亨怪道。

“我所言效之，不是说效其以‘十规’之名目，以对照魏郑公‘十渐’‘十思’之名目。”吕坤说。

“那是欲效何事？”萧大亨问。

“汉甫兄上该疏，是与宗传先生字斟句酌过的。”吕坤说。

“叔简先生之意，也想和我字斟句酌？”萧大亨问。

“是，”吕坤应道，并说，“我开始心情忐忑，这会儿方踏实。”

“这是为何？”萧大亨好奇地问。

“因为夏卿先生允诺，要效宗传先生。”吕坤说。

“我说过这话？”萧大亨不欲承认。

“才说过，夏卿先生就不认账！”吕坤道。

萧大亨是呼吕坤“吕郑公”时说的这话，他怎会不记得！没想到，吕坤却用在别的事上。他现在若坚持他说欲效赵参鲁，和斟酌疏稿无关，就显得太矫情，太不知趣，好在他有别的话要说。

“叔简先生，我不是不愿和你字斟句酌你的疏稿；但南京的事，我听到的，和你听到的不同。”他说。

“有何不同？”吕坤问。

“汉甫先生是进疏之后，才和宗传先生谈论其疏的。”萧大亨道。

“不会吧？”吕坤不相信，“疏章既进，还有必要斟酌字句吗？”

“是有点儿不可思议；但我听到的，确是如此。”萧大亨道。

“夏卿先生的意思，也等我进疏之后，再来斟酌字句？”吕坤问。

“不，不，”萧大亨连连摆手，“陈言和官职高低无关，叔简先生欲效汉甫先生，我也很愿从叔简先生的陈言中受教。”

“受教云云，实不敢当，”吕坤揖道，“我不过见今日天下之人乱心已萌，所幸者乱人未倡，故欲进言，以救时务。”

“乱心已萌，这话有点儿过吧？”萧大亨道。

“丝毫不过，”吕坤道，并问，“在夏卿先生看来，天下幸乱之民，计有几等？”

“叔简先生说有几等？”萧大亨反问。

“我以为有四等。”吕坤道。

“第一等？”萧大亨边问，边伸出一指。

“无聊之民。”吕坤道。

“怎讲？”萧大亨问。

“温饱无由，身家俱困，因怀逞乱之心，冀缓须臾之死。”吕坤道。

“此等之民，世代皆有，”萧大亨说着，伸出第二指，“第二等？”

“无行之民。”吕坤道。

“怎讲？”萧大亨问。

“气高性悍，玩法轻生，居常爱玉帛子女而不得；及有变，则淫掠是图。”吕坤道。

“此等之民，亦世代有之，”萧大亨说着，伸出第三指，“第三等？”

“邪说之民。”吕坤道。

“怎讲？”萧大亨问。

“如白莲结社，遍及四方，教主传头，所在成聚，倘有招呼之人，此皆归附之辈。”吕坤道。

“白莲结社，由来已久，”萧大亨说着，伸出第四指，“第四等？”

“不轨之民。”吕坤道。

“怎讲？”萧大亨问。

“乘衅蹈机，妄思雄长，唯冀目前有变，不乐天下太平。”吕坤道。

“此等之民，亦世代有之，”萧大亨说着，问道，“非由来已久之事，则世代皆有之人，叔简先生为何断言，今者乱心已萌？”

“虽由来已久之事，世代皆有之人，但有多寡之别，有轻重之分。如妄思雄长之心轻，未必会起而倡乱；如所在成聚者寡，未必会起而响应。”吕坤道。

“叔简先生是说，今之妄思雄长之心已重，所在成聚之辈已众？”萧大亨问。

“是，”吕坤点点头，道，“故而，我以为乱心已萌。”

“四等幸乱之民，虽则深刻，但听起来，还是有点儿空洞。叔简先生能不能再说说具体的？”萧大亨问。

“具体而言，有三可知。”吕坤道。

“一可知？”萧大亨又边问，边伸出一指。

“苍生贫困可知。”吕坤道。

“怎讲？”萧大亨问。

“自万历十年以来，无岁不灾，而催科如故。某久为外吏，见百姓冻骨无重衣，饥肠不再食。垣舍弗蔽，苫藁未完；流移日众，弃地日多。留者输去者之粮，生者承死者之役。君门万里，孰能仰诉！”吕坤道。

“好一幅凄凉景象！”萧大亨回应一句，伸出第二指，“二可知？”

“国家耗竭可知。”吕坤道。

“怎讲？”萧大亨问。

“以数年以来所费而言，”吕坤说着，问道，“寿宫之费几多，夏卿先生可知？”

“将近百万。”萧大亨道。

“织造之费几多？”吕坤问。

“亦将近百万。”萧大亨道。织造有常数，有特增，他们说的，是指潞王完婚、就藩而特别增加的织造等。

“宁夏之变费几多？”吕坤问。

“二百万不止。”萧大亨道。

“朝鲜之战费几多？”吕坤问。

“亦不下二百万。”萧大亨道。

“黄河之溃费几多？”吕坤问。

“亦将近百万。”萧大亨道。

“大工之费几多？”吕坤问。

“亦将近百万。”萧大亨道。

“数年以来，我大明土地加广否？”吕坤问。

“未曾加广。”萧大亨道。

“民加多否？”吕坤问。

“未曾加多。”萧大亨道。

“稻菽有如雨降否？”吕坤问。

“不可能如雨降。”萧大亨道。

“金银有如泉涌否？”吕坤问。

“亦不可能如泉涌。”萧大亨道。

“国家耗竭，还需多言否？”吕坤问。

“不需多言，”萧大亨应着，伸出第三指，“三可知？”

“防御疏略可知。”吕坤道。

“怎讲？”萧大亨问。

“三大营情形如何，夏卿先生知否？”吕坤反问。

“是我问叔简先生，不该叔简先生问我。”萧大亨不愿再次被动。

“好，”吕坤应一声，说道，“三大营之兵义卫京师也，乃马半羸敝，人半老弱；

九边之兵以御外寇也，皆勇于挟上，怯于临戎；外卫之兵以备征调、资守御也。伍缺于役占，家累于需求，皮骨仅存，折冲奚赖！”

“叔简先生，我说句实话，你说的三可知，比起四等幸乱之民，要切实可信。”萧大亨评论道。

“多谢夏卿先生认可。”吕坤应道。

“四等思乱之民，加之三可知，以数而计，七也，比起十来，还差着几呢？”萧大亨又提起“十”这个数，与其说他料到吕坤还有下文，不如说他自己尚未议够。

“夏卿先生放心，我所议事，不会少于十数的。”吕坤道。

“不足之数，叔简先生何以补足？”萧大亨问。

“收拾人心。”吕坤道。

“收拾人心，亦有三乎？”萧大亨问。

“岂止有三！”吕坤道。并反问一句，“夏卿先生愿为我计数否？”

“愿意之至，叔简先生请说，”萧大亨说着，伸出一指。“其一？”

“收江南、陕西人心。”吕坤道。

“怎讲？”萧大亨问。

“关、陇气寒土薄，民生实艰，自造花绒，户困于催逼。其他若山西之绸，苏、松之锦绮，岁额既盈，加造不已。至饶州磁漆，西域回青，不急之需，徒累小民。诚一切停罢，而江南、陕西之人心收亦。”吕坤述道。

“不止江南、陕西，还有山西呢，还有江西呢？我看，可收半天下之人心，”萧大亨说着，伸出第二指，“其二？”

“收川、贵、湖广人心。”吕坤道。

“怎讲？”萧大亨问。

“以采木而言，丈八之围，非百年之物。一木初卧，千夫难移，倘遇阻艰，必成伤殒。蜀民语曰：入山一千，出山五百。其哀可知矣！楚、蜀之人，谈及采木，莫不哽咽。若损其数目，增其价值，延其岁月，减其尺寸，而川、贵、湖广之人心收矣。”吕坤述道。

“我记得，汉甫先生疏中有节用之议，叔简先生此议正可与之呼应，”萧大亨说着，伸出三指，“其三？”

“收四方之人心。”吕坤道。

“怎讲？”萧大亨问。

“以采矿而言，今矿沙无利，责民纳银。而奸人仲春复为攘夺侵渔之计。朝廷得一金，郡县费千倍。诚敕戒使者，毋得散沙责银，有侵夺小民若仲春者，诛无赦，而四方之人心收矣。”吕坤述道。

“四方之人心收矣，不甚明确。我看，若停开矿，亦可收半天下之人心。”萧大亨说。

“前之事收半天下之人心，此之事又收半天下之人心，岂不是不必再有其他举措，全天下人心尽收矣！”吕坤道。

“一则，一举措收人心，不仅得其实惠者之心可收，未得其实惠然见其政者之心亦可收；二则，人心须反复收之。所以，别的举措还是要有的，”萧大亨说着，伸出四指，“其四？”

“收畿甸之人心。”吕坤道。

“怎讲？”萧大亨问。

“以官店租银收解言之，”吕坤才说一句，忽然顿住。他问，“夏卿先生记得四千金之说，谁人所造？”

“锦衣千户赵承勋。”萧大亨道。

“四千金之说为何而造？”吕坤问。

“籍没大珰冯保，赵承勋言，其有八店，可收四千金。”萧大亨说。

“朝廷如何处置的？”吕坤问。

“将冯珰私店改皇店，差派内臣，岁责四千金，”萧大亨说罢，发觉自己又在被吕坤摆布，“叔简先生，该你说的！”

“我说，”吕坤笑着应道，“自赵承勋造四千金之说，而皇店开；自朝廷有内官之遣，而事权重。且冯保八店，为屋几何，而岁有四千金之课？不夺之于民，何以取之？撤还内臣，责有司输课，而畿甸之人心收矣。”

“其五？”萧大亨伸出一只手上的最后一指。

“收天下宗藩之心。”吕坤道。

“怎讲？”萧大亨习惯性地问过之后，又问一句，“叔简先生所举，可是巨奸王守仁、王锦袭诬告楚府之事？”

“是。”吕坤应道。

“叔简先生是请诛二贼以收天下宗藩之心？”萧大亨问。

“是，”吕坤应道，并说，“夏卿先生既为我言之，我不必再重复。”

“好，”萧大亨应一声，准备停下来。但见吕坤意犹未尽，他问，“还有其六？”

“还有甚多。”吕坤道。

“其六？”萧大亨边问，另一手边伸出一指。

“收勋戚之心。”吕坤道。

“宗藩以楚府为例，勋戚以何人为例？”萧大亨问。

“崇信伯费甲金。”吕坤道。

“叔简先生以为，崇信伯被禁锢，乃冤案？”萧大亨问。

“是，”吕坤应一声，反问道，“崇信伯案缘何而起，夏卿先生还有印象吗？”

“有，”萧大亨应道，“据传，崇信伯府上藏有十箱珠宝，来路不明。皇上乃命官追究；追究不得，遂禁锢于家。”

“崇信伯费甲金之贫，十箱珠宝之诬，皆通国所知。若还甲金革去之禄，并降斥五城厂、卫之官，而勋戚之心收矣。”吕坤述道。

“其七？”萧大亨边问，另一手边伸出二指。

“收囹圄之人心。”吕坤道。

“怎讲？”萧大亨问。

“我任刑部佐卿三载，每见诏狱一下，持平者多拂上意，从重者皆当圣心。若能俯从司寇之平，勉就祖宗之法，而囹圄之人心收矣。”吕坤述道。

“其八？”萧大亨边问，另一手边伸出三指。

“收士大夫之心。”吕坤道。

“若言伤心，士大夫甚于宗藩、勋戚多矣，叔简先生欲以何事为言？”萧大亨问。

“进言，”吕坤以二字概括，然后述道，“天下兴亡，系于言路通塞。而比来驱逐既多，选补皆罢。一人孤立万乘之上，举朝无犯颜逆耳之人，快在一时，忧贻他日。凡建言得罪者，分别召用，而士大夫之心收矣。”

“快在一时，忧贻他日，说得好！”萧大亨称赞一句，另一手伸出第四指，“其九？”

“收属国之心。”吕坤道。

“是说朝鲜事吧？”萧大亨问。

“是。”吕坤应道。

“朝鲜事众说纷纭，叔简先生持何意？”萧大亨问。

“东征。”吕坤道。

“大军出动，所费不知几何，叔简先生不虑乎？”萧大亨问。

“虑是虑，然不东征，不足以平朝鲜之事。”吕坤道。

“此事重大，叔简先生不必对我一人说，”萧大亨说着，另一手五指齐伸出，“其十？”

“收输解之人心。”吕坤道。

“怎讲？”萧大亨问。

“四方输解之物，营办既苦，转运尤艰。倘岁一稽核，严监收之刑，重典守之罪，一整顿间，一年可备三年之用，而输解之人心收矣。”吕坤述道。

“还有吗？”萧大亨问。

“还有二事。”吕坤说。

“其十一？”箫大亨只问，不再伸手指。

“收都下之人心。”吕坤道。

“怎讲？”萧大亨问。

“自抄没法重，株连数多。宅一封，而鸡豚大半饿死；人一出，则亲戚不敢藏留。加以官吏法严，兵番搜苦，少年妇女，亦令解衣——”吕坤述到此处，被萧大亨打断。

“叔简先生亲见否？”萧大亨问。

“我曾亲见，不由掩目酸鼻，”吕坤说着，接述道，“此等岂皆正犯之家、重罪之人？若慎抄没之举，而都下之人心收矣。”

“其十二？”萧大亨问。

“收左右之人心。”吕坤道。

“怎讲？”萧大亨问。

“今广廷之中，狼藉血肉；宫禁之内，惨戚啼号。圣上卧榻之侧，同心者几人；暮夜之际，防患者几人？若少霁威严，慎用鞭扑，而左右之人心收矣。”吕坤述道。

“思乱之民者四，可知者三，收人心者十二，合计一十有九，若形诸文字，堪称一篇大作。”萧大亨说。

“我还想议几句贫富，不知会不会成蛇足。”吕坤道。

“叔简先生怎议？”萧大亨问。

“天下之财，止有此数，君欲富则天下贫，天下贫而君岂能独富！使六合一家，千年如故，即宫中虚无所有，谁忍使天子独贫！今禁城之内，不乐有君；天下之民，不乐有生。怨讟愁叹，难堪入听。皇上闻之，必食不能咽、寝不能安矣。”吕坤述道。

“此一议，字字珠玑，怎会是蛇足！我看，其乃点睛之笔，”萧大亨赞罢，不无忧心地问，“此疏一上，叔简先生想过后果没有？”

“想过。”吕坤道。

“会是怎样的后果？”萧大亨问。

“无非有三：一则，采纳；二则，降罪；三则，不报。”吕坤说。

“采纳则如何？”萧大亨问。

“皆大欢喜。”吕坤道。

“降罪则如何？”萧大亨问。

“甘之若饴。”吕坤道。

“不报则如何？”萧大亨问。

“必以去就相争。”吕坤道。

“看来，叔简先生上此疏，心意已定，”萧大亨顿了顿，说道，“我不能劝叔简先生不上此疏，也不能劝叔简先生不以去就相争，只能祈愿皇上尽纳叔简先生之议。”

吕坤疏上，皇帝果然不报。吕坤乞休，皇帝准之。

第二百六十七章

皇帝在慈宁宫前走几个来回，下不了决心进去，也下不了决心回去。直到李旺从宫里探出头，见皇帝踱步，忙快跑两步，跪拜在皇帝面前，口称：“奴才给爷请安。”

“起来吧。”皇帝命道。

“奴才叩谢。”李旺磕个头，爬起来。

“母后还好吧？”皇帝问。

“圣母娘娘安好。”李旺回答。

“母后没受惊吓吧？”皇帝问。

“圣母娘娘坚如磐石，奴才们都吓得半死，娘娘只是叹息两声，并未慌乱。”李旺说。

“那就好，”皇帝大慰，这才下决心回去。

这一天是六月十八日。前一夜，宫中又起一场大火，比一年前的那场火还要大。皇帝担心慈圣皇太后惊出个好歹，所以赶来请安；但他又实在担心因这一场大火引出母后的责备，所以，在进去与回去之间犹豫。

但在他要回驾时，被李旺止住。

“爷！”李旺呼道。

“何事？”皇帝问。

“奴才奉圣母娘娘懿旨，特来接驾。”李旺说。

“母后知道朕来？”皇帝问。

“爷銮驾还老远呢，宫外当值的小宦者就禀奏进去；娘娘等一会儿，估摸着爷该到，爷却一直未进宫，故命奴才出来看看。”李旺说。

“真是多嘴！”皇帝责怪的是方才在宫门外当值的小宦者。但他也知道，无论换谁，见皇帝的銮驾往这边来，都会进去禀奏的，“母后既知朕来，朕只得进去叩安。”

“娘娘还有懿旨。”李旺说。

“怎说？”皇帝问。

“皇上若累，就早点儿回去歇着，不进来亦可。”李旺述道。

“走，进宫！”皇帝道。如果说，方才进宫是迫于无奈；现在，慈圣皇太后的体恤让他深受感动，他一定要进宫叩安。

皇帝请过安后，慈圣皇太后先开口。她问皇帝的话，竟和皇帝问李旺的话，一般无二。

“皇上还好吧？”慈圣皇太后问。

“儿子还好。”皇帝道。

“皇上没受惊吓吧？”慈圣皇太后又问。

“儿子没受惊吓。”皇帝道。

“那就好。”慈圣皇太后点点头，示意皇帝坐到她身边来。皇帝坐下后，她以皇极殿为中心，一直问下去。

“听说皇极殿被灾？”慈圣皇太后问。

“是。”皇帝应道。

“皇极门呢？”慈圣皇太后问到皇极殿的正前方。

“亦被灾。”皇帝道。

“中极殿也被灾？”慈圣皇太后从皇极殿的正前方问到正后方。

“是。”皇帝应道。

“建极殿也被灾？”慈圣皇太后问到更后方。

“是。”皇帝应道。

“我还听说，文昭阁也被灾？”慈圣皇太后从皇极殿的正后方问到左前方。文昭阁即文楼。

“是。”皇帝应道。

“弘政门也难逃厄运吧？”慈圣皇太后问。

弘政门在文昭阁以北，即东角门，是皇极门的东侧门。

“是。”皇帝应道。

“武成阁也被灾吧？”慈圣皇太后从皇极殿的左前方问到右前方。武成阁即武楼。

“是。”皇帝应道。

“宣治门也难逃厄运吧？”慈圣皇太后问。

宣治门在武成阁以北，即西角门，是皇极门的西侧门。

“是。”皇帝应道。

“还有没问到的吗？”慈圣皇太后问。

“该问的，母后都问到；另外就是，三殿内外、周围廊庑屋舍，均一同被灾。”

皇帝说。

“难怪他们都对我说，今次三殿灾比前次两宫灾，更为惨烈。”慈圣皇太后道。

“他们也是这么对儿子说的。”皇帝附和一句。

“皇上有没有去前面看看？”慈圣皇太后又问。

“祖宗基业毁于一旦，儿子对不起祖宗，不忍去看。”皇帝道。

“断壁残垣，不看也罢，”慈圣皇太后说着，口气一变，“不过，祖宗基业毁于一旦，皇上这话不对。”

“乞母后垂训。”皇帝道。

“祖宗基业，并非一座宫城，两宫三殿，而是大明天下。宫城毁，两宫三殿烧，只要我大明天下好好的，祖宗基业就没毁。譬如，前朝宫里也焚过，我大明社稷不是仍稳若泰山吗？”慈圣皇太后道。

“是。”皇帝应道。

“此其一也，”慈圣皇太后道，“再者，即便天下有事，哪怕天下有难，只要皇上安好，我大明就有希望；只要皇上着意修补，就不算对不起列祖列宗。”

“是。”皇帝应道。

“如何修补呢？修省而已，”慈圣皇太后又说，“天既降灾异，一定要修省；况灾异就在眼前，就在身边。皇上一定要令廷臣修省，令天下官员们修省，皇上自个儿也要修省。上上下下都修省，都实心实意地修省，不怕不能挽回天意。”

“儿子谨记母后慈训。”皇帝道。

田义到养心殿外，悄声问当值的内臣，爷在做什么。

当值的内臣告诉他，爷在踱步。

踱步即想事，田义不敢贸然进殿。

在殿外站一会儿，忽听皇帝在里面问：“老田怎还没来？”他马上应道：“奴才已来！”

他进殿后，皇帝问：“你来有一会儿吧？”

“是。”田义应道。

“为何不进来？”皇帝问。

“奴才听说爷在踱步，唯恐打搅爷的清思。”田义说。

“你真是自作聪明！不知朕踱步，是因为等你等的急吗？”皇帝道。

“奴才该死，让爷等急。”田义忙认错。

“朕找你来，是问你个事。”皇帝说。

“是。”田义应道。

“昨日朕去慈宁宫，母后对朕说，前朝宫里也焚过。你说，母后是在宽慰朕，还是确有其事？”皇帝问。

“奴才想，圣母娘娘肯定是为宽慰爷；但前朝宫里被灾，也确实发生过好几次。”田义说。

“好几次？你都记得吗？”皇帝问。

“奴才读过实录，还有一些笔记，都还记得。”田义道。

“来，说给朕听听！”皇帝命道。

“是，”田义应一声，请旨，“奴才按照前后的顺序说吗？”

“按照顺序说即可。”皇帝道。

“宫里第一次灾变，在永乐十九年四月初八日。”田义说。

“何处焚毁？”皇帝问。

“三大殿。”田义道。

“和今之灾颇似？”皇帝问。

“是。”田义应道。

“那次宫灾，有什么可说的吗？”皇帝问。

“国初，京师在南京。”田义说。

“朕知。”皇帝道。

“成祖爷爷决意京师北迁，并修建北京宫殿。”田义说。

“朕亦知。”皇帝道。

“北京宫殿成，是在永乐十八年十二月底。”田义说。

“永乐十八年、永乐十九年，十二月底，四月初八日，”皇帝把这几个日子念叨一遍，道，“也就是说，北京宫殿建成没四个月，三大殿即毁于灾。”

“是。”田义应道。

“我成祖一定痛彻心肺吧？”皇帝问。

“成祖爷爷伤心与否，奴才不知；但永乐十八年九月，即北京宫殿将成之际，成祖爷爷颁诏，以明年元旦改北京为京师，永乐十九年正旦，成祖爷爷在北京奉天殿受群臣朝贺。而因三大殿灾，直到英宗爷爷正统六年，即二十年之后，北京才正式定为京师。”田义说。

“宫里第二次灾变，在哪年？”皇帝又问。

“英宗爷爷正统十四年。”田义道。

“在几月？”皇帝问。

“六月。”田义道。

“亦即，距北京正式定为京师仅八年？”皇帝问。

“是。”田义应道。

“北京仍为京师吗？”皇帝问。

“是。”田义应道。

“这是为何？”皇帝问。

“奴才没说清楚，正统十四年六月，是南京三大殿灾。”田义说。

“朕说呢！”皇帝道，“南京三殿灾，不仅不会妨碍北京为京师，反而会坚定北京为京师。”

“爷说的是。”田义应道。

“宫里第三次灾变，在哪年？”皇帝又问。

“孝宗爷爷弘治十一年。”田义道。

“在几月？”皇帝问。

“在十月。”田义道。

“距宫里前一次灾变几多年？”皇帝问。

田义暗自计算之后，道：“四十九年。”

“不对吧。”皇帝质疑。

田义不相信皇帝也在计算，但又不得不在心里重算一遍。算过之后，他说：“爷，是四十九年。”

“你是按弘治十一年算的吗？”皇帝问。

“是啊，”田义应道，“爷不是问距前一次灾变几多年吗，奴才是按弘治十一年算的。”

“朕问的是距宫里前一次灾变几多年，正统十四年却是南京宫里的灾变。”皇帝说。

“是奴才算错，”田义道，“前一次宫里灾变在永乐十九年，弘治十一年距永乐十九年，是七十七年。”

“此次灾变，焚毁的也是三大殿吗？”皇帝问。

“不是，”田义道，“此次是乾清、坤宁两宫灾。”

皇帝点点头，又问：“宫里第四次灾变，在哪年？”

“武宗爷爷正德九年。”田义道。

“在几月？”皇帝问。

“在正月。”田义道。

“朕记得，弘治之后即正德。”皇帝说。

“爷说的是，弘治之后是正德。”田义道。

“朕记得，孝宗皇帝在位，非如我皇祖长久。”皇帝又说。

“爷说的是，弘治凡十八年，”田义说罢，明白皇帝的意思。他计算后说，“此次灾变距前一次灾变只有一十六年。”

“此次灾变，焚毁的是何处？”皇帝问。

“乾清宫。”田义道。

“仅是乾清宫？”皇帝问。

“是，”田义应道，“仅是乾清宫。”

“正月里，烧的又是乾清宫，武宗皇帝一定很懊丧。”皇帝推测。

“爷说的是。”田义应道。

其实，宫里口耳相传，都说那场大火是因放焰火引起的。武宗皇帝不仅不懊丧，反而大乐，道：好一棚大焰火！田义对这个传说是很熟悉的，但觉得不应该纠正皇帝的说法。否则，不成天变不足畏！

“宫里第五次灾变，在哪年？”皇帝又问。

“皇祖世宗爷爷嘉靖二十年。”田义道。

“在几月？”皇帝问。

“在四月。”田义道。

“和前一次灾变相距亦近，是吧？”皇帝问。

“正德凡十六年，嘉靖二十年距正德九年，计二十七年。”田义说。

“此次宫变，焚毁的是何处？”皇帝问。

“九庙。”田义道。

“还好，没焚及两宫、三大殿。”皇帝说。

“是。”田义应道。

“今距嘉靖二十年，有五十多年。和前几次灾变比较，这次应该算隔得最久。”皇帝说。

“爷，不能这么算。”田义小心翼翼地反驳。

“你是说，正统十四年那次的灾变不计算在内，弘治年间的灾变距永乐年间的灾变相距七十余年？”皇帝边问边驳，“既然你把正统十四年的灾变计算在内，朕为何不能也计算在内？”

“奴才不是这个意思。”田义道。

“不是这个意思，却是何意？”皇帝问。

“嘉靖年间，宫里灾变计有三次。”田义说。

“你是说，嘉靖二十年后，还有两次灾变？”皇帝问。

“是，”田义应道，“一次在嘉靖三十六年，一次在嘉靖四十年。”

“嘉靖三十六年的灾变在几月？”皇帝问。

“在四月。”田义道。

“该次灾变，焚毁的是何处？”皇帝问。

“三大殿，延及午门，俱灾。”田义说。

“嘉靖四十年的灾变在几月？”皇帝问。

“在十一月。”田义道。

“该次灾变，焚毁的是何处？”皇帝问。

“西苑万寿宫。”田义道。

“这是实实在在的宫城以外，”皇帝说着，计算道，“去岁距嘉靖四十年，是二十五年，距嘉靖三十六年，是二十九年。与前次灾变比较，相隔的年头不算短。”

言外之意，宫里该着发生灾变。对此，田义不敢回应，也不好回应。

“不过，”皇帝又说，“去岁两宫灾在三月，以前是没有过的；今岁三殿灾在六月，虽有过一次，却是在南京，京师也是没有过的。这算是一个不同吧。再者，相隔一年，两宫、三殿俱灾，以前也是没有过的。母后叮嘱，要实心实意地修省，说得还真对。”

“爷圣明，圣母娘娘圣明。”田义终于有机会称颂。

第二百六十八章

南京吏部尚书蔡国珍奉旨改北，到京师没几天，遇到三殿灾。惊恐之余，他找到掌院右都御史徐作家中。

徐作闻知，忙迎出来。因颇感意外，他有一阵没开口。

“老弟不会把我这个不速之客拒之于门外吧？”蔡国珍问。

“汝聘先生驾到，怎敢拒之门外！”徐作道。

蔡国珍字汝聘，江西奉新人，嘉靖三十五年进士。他称徐作为“老弟”，固然是因为他比徐作年长，又比徐作资深；但更重要的是，奉新属南昌府，二人不仅是江西的同乡，而且是南昌的同乡。

“以述兄，我可确实是不速之客呀。”蔡国珍再次强调。

“纵是不速之客，也请进去叙话。”徐作说着，往里恭让。

二人坐定、家仆奉茶后，徐作说：“汝聘先生一再声称是不速之客，似乎颇为不安呀。”

“让以述兄说着，我还真是颇为不安。”蔡国珍道。

“何事令汝聘先生不安？”徐作问。

“以述先生猜猜看。”蔡国珍道。

“不会是以南京吏部尚书改掌北部吧？”徐作道。

“我是夺别个的位置吗？”蔡国珍问。

“不是，”徐作摇摇头，说道，“冢宰的位子空缺八九个月，似乎专为留给汝聘先生的。”

“且不说南京吏部尚书改北部，不过是个改字而已；我曾任吏部侍郎数载，今掌吏部，应该也是顺理成章吧。”蔡国珍道。

“不过是胡乱一猜而已，我并不当真以为，汝聘先生会为此事而颇感不安。”徐作说。

“那我为何事颇感不安？”蔡国珍问。

“汝聘先生别让我再猜，若能猜中，我又何必胡乱一猜！”徐作说着，反问道，

"汝聘先生为何而颇为不安？"

"方入朝中，即逢灾异。"蔡国珍说。

"若言此事，人人皆感不安；但汝聘先生不会以为，这一场灾异是因你而生吧？换言之，汝聘先生不会以为，这一场灾异是因你改掌吏部而生吧？"徐作道。

"我乃一寻常之人，上苍不值得为我而生灾异。"蔡国珍否认。

"我知汝聘先生不会以异人自视。"徐作道。

"既如此，以述兄为何问我，是不是以为这一场灾异因我而生，是不是以为这一场灾异因我改掌吏部而生？"蔡国珍加重语气，似在质问。

"方入朝中，即逢灾异，不是汝聘先生自个儿说的吗？"徐作道。

"方入朝中，即逢灾异，故而不安，就是以为灾异因我而生，因我改掌吏部而生？"蔡国珍继续质问。

"胡乱一言而已，我并不当真以为，汝聘先生是为此而不安，"徐作说。他担心蔡国珍再让自己猜，反问道，"方入朝中，即逢灾异，汝聘先生是不是比别个更感不安？"

"若言灾异，人人皆感不安，以述兄说得对；若言灾异，我比别个更感不安，也让以述兄说对。"蔡国珍道。

"却是为何？"徐作问。

"在南京时，我见到一个人。"蔡国珍说。

"见到一个人，是他使得汝聘先生比别个更感不安？"徐作问。

"是。"蔡国珍应道。

"此人是谁？"徐作问。

"诚意伯府上的人。"蔡国珍说。

"诚意伯不在南京狱里吗？汝聘先生去狱里看过他？"徐作问。

开国勋臣刘基封诚意伯，世袭。今诚意伯刘世延，是刘基第十代孙，以事被劾，系于狱中。

"我说的是诚意伯府上的人，并非诚意伯本人，"蔡国珍道，并问，"此人叫刘世学，以述兄听说过他没有？"

"应该是诚意伯之弟吧？"听口气，徐作应该没听说过。

"是诚意伯堂弟，在南京大有名气。"蔡国珍道。

"比诚意伯名气还大？"徐作虚问一句。他根本不相信，诚意伯的一个兄弟，而且是堂兄弟，会比诚意伯名气更大。

"可能真比诚意伯名气还大。"蔡国珍的回答却很认真。

“不知此人有何事迹，竟比诚意伯名气还大？”徐作又虚问一句。

“无任何事迹。”蔡国珍道。

“既非显贵，又无事迹，怎来的名气？”徐作以为抓住破绽。

“他有一长处，今诚意伯所无。”蔡国珍说。

“有何长处？”徐作问。

“精于象纬。”蔡国珍道。他特别强调，刘世学的长处今诚意伯所无，是因为刘基乃象纬大师。

“汝聘先生说来京之前见到一个人，是你去见的他，还是他去见的你？”徐作又问。

“不是我去见的他，也不是他去见的我。”蔡国珍说。

“莫非是梦中相见？”徐作开句玩笑。

“更非梦中相见。”蔡国珍说。

“汝聘先生，你是否打算彻底把我说糊涂？”徐作道。

“其实很简单，”蔡国珍道，“去岁末时，我和几位同僚在酒楼吃饭，他也和几位同辈在同一酒楼吃饭。我等——”他手指一处说，“——坐在这边。他等——”又手指另一处说，“——坐在那边。离得不算近，也不算远。忽听他说句话，我不由一惊。”

“他怎说的？”徐作问。

“他说，火氛殊未已也。”蔡国珍道。

“莫非南京去岁也有火警？”徐作问。

“小的火警，哪年无之，何处无之！大的火警，南京去岁却没有，此其一也；他说这话时，手指向一方，此其二也。”蔡国珍道。

“是指向北方？”徐作问。

“是。”蔡国珍应道。

“所以，汝聘先生断定，他说的是京师火氛殊未已也？”徐作问。

“是。”蔡国珍应道。

“难怪汝聘先生比别个更感不安，原来在来京之前，已听人预言今次三大殿灾。”徐作说。

“其实，光有这句话，我当时或许还不甚惊；入朝即逢灾异，或许也不会比别个更不安。”蔡国珍却说。

“汝聘先生是说，还有别事？”徐作问。

“是。”蔡国珍应道。

“又是何事？”徐作问。

“刘世学说这话时，与彼同席之辈，似乎置若罔闻，绝无惊惧之色；而与我同席之人，更似一无所闻，仍谈笑自若。我私下里问一同席之人，据他所言，并未听到刘世学的那句话。”蔡国珍述道。

“汝聘先生的意思，他这句话是专门说给你听的？”徐作问。

“我不知他是否专门说给我听；但听到的，而且听进心里去的，似乎只有我一人。”蔡国珍道。

“亦即，朝廷尚未召汝聘先生改掌北部，他已测出？”徐作又问。

“让以述兄一说，就更加神奇。”蔡国珍道。

“汝聘先生遭遇之事，本来就甚为神奇，怎是让我说的！不过，”徐作口气一转，说道，“我仍不大懂，纵然遭遇此事，为何会更加不安？”

“这有何不好懂的！”蔡国珍道，“不知火氛殊未已也而逢灾异，与已知火氛殊未已也而逢灾异，与已疑火氛殊未已也而逢灾异，虽皆不安，程度能一样吗？”

“不知火氛殊未已也，而逢灾异，是众人；已知火氛殊未已也，而逢灾异，是刘世学；已疑火氛殊未已也，而逢灾异，是汝聘先生，”徐作说着，问道，“是吧？”

“是。”蔡国珍应道。

“众人不知火氛殊未已也而逢灾异，不会有那种特别的不安；刘世学既知火氛殊未已也，应该知道此乃天意，且他身不在京师，也不会有那种特别的不安；唯独汝聘先生已疑火氛殊未已也，且身在北京，才会有那种特别的不安，”徐作说着，又问，“是吧？”

“是。”蔡国珍应道。

“汝聘先生是不是还有负罪之感呀？”徐作问。

“又让你说着，我确有负罪之感。”蔡国珍道。

“汝聘先生是不是以为，既疑火氛殊未已也，就当早奏于朝廷，或可避免今次三殿之灾？”徐作又问。

“是。”蔡国珍应道。

“我看，汝聘先生大可消除你的负罪之感。”徐作道。

“怎么？”蔡国珍问。

“汝聘先生是重臣，非科、道，怎可以风闻奏事！就算汝聘先生不顾一切，以风闻奏事，朝廷会相信吗？就算朝廷相信，亦疑火氛殊未已也，上天欲惩戒，又怎避免得了今次灾异！”徐作一连说出三层意思。

“以述兄说的，我都懂，可就是忍不住要这么想。”蔡国珍道。

“我倒有个法子，让汝聘先生不这么想。”徐作说。

“以述兄有何法子？”蔡国珍问。

“想别的事呀。”徐作道。

“想别的事？”蔡国珍没听懂。

“我说的不确切，应该是想本分的事。”徐作自己更正。

“以述兄能否再说具体些？”蔡国珍揖道。

“汝聘先生是吏书呀！吏书的本分是掌天下选授、考课之事呀！因吏书久缺，去岁末的大选废止；三殿灾后，皇上特降诏书，中有‘降斥、罢斥官员，吏部访择可用，分别等第，查开职、名，拟议具奏’之条，又有‘罢闲等官，不系考察被劾，贪酷在逃，但因事诖误，原为民者，许复冠带闲住，原闲住者，许复原官致仕’之条。汝聘先生何不把心思放在此事上，也算是恪尽职守！”徐作说。

“以述兄怎知我没把心思放在此事上？”蔡国珍问。

“汝聘先生想过？”徐作反问。

“岂止我想过！”蔡国珍道。

“吏部议过？”徐作问。

“岂止吏部议过！”蔡国珍道。

“汝聘先生是说，已经拟议具奏？”徐作问。

“是。”蔡国珍应道。

“汝聘先生行事，很果断呀，”徐作说着，问道，“如何拟议的，汝聘先生可以说说吗？”

“很快可见邸抄，有何不可说的！”蔡国珍道，又说，“不过，以述兄要我背诵全文，我是背不下来的。”

“不用背诵全文，”徐作道。“诏书不是有‘分别等第’一句吗，汝聘先生告诉我如何分别等第即可。”

“吏部拟分别三等。”蔡国珍道。

“第一等怎定的？”徐作问。

“其人品正大、心事光明、急宜起用者。”蔡国珍道。

“计有几名？”徐作问。

“一十四名。”蔡国珍道。

“谁个为首？”徐作问。

“王子修。”蔡国珍道。

王子修名教，曾官吏部文选司郎中。万历二十年，吏部推用前遭贬谪官员万国钦、饶伸等，尚书陆光祖被切责，王教等斥为民。

“第二等怎定的？”徐作又问。

“才有足录、过无可弃、亦宜起用者。”蔡国珍道。

“计有几名？”徐作问。

“一十七名。”蔡国珍道。

“谁个为首？”徐作问。

“乔长孺。”蔡国珍道。

乔长孺名胤，曾官御史，以言事被黜。

“第三等怎定的？”徐作又问。

“服官未久、无咎无誉，且事不在己、孽非自作、相应酌量人缺、陆续起补者。”蔡国珍道。

“计有几名？”徐作问。

“二十三名。”蔡国珍道。

“谁个为首？”徐作问。

“耿云起。”蔡国珍道。

耿云起名随龙，曾官知县，以被参劾罢官。

“我问汝聘先生的问完，汝聘先生要不要问我？”徐作问。

“不问，岂不便宜以述兄？”蔡国珍笑道。他按照徐作提的问题，一一问回去，“分别三等，是否恰当？”

“恰当。”徐作道。

“第一等以德，第二等以才，第三等以平常，是否恰当？”蔡国珍问。

“恰当。”徐作道。

“以王子修列第一等，乔长孺列第二等，耿云起列第三等，是否恰当？”蔡国珍问。

“恰当。”徐作道。

“何事不恰当？”蔡国珍问。

“第一等十四名，第二等十七名，第三等二十三名，合计五十四名，以之补充已废之大选，似乎——”徐作说到关键的地方，忽然止住。

“以述兄是不是觉着少？”蔡国珍问。

“多少还在其次；诏书中不是还有‘不系考察被劾、贪酷在逃，但因事诖误’之条吗？”徐作道。

“在第二等与第三等之间，有几句话。”蔡国珍说。

“汝聘先生怎写的？”徐作问。

“至于钦勾科、道，及因事因人诖误官员，内贤声表者，收入前款，浮议烦兴者，再候论定。”蔡国珍道。

“有这一伏笔，则不觉少，”徐作道，并不无困惑地说，“看来，汝聘先生的确把心思放在此事上，且议处此事，凿凿在理，井井有条，怎还会因为听句‘火氛殊未已也’，而更感不安？”

“我就是更感不安，奈何？”蔡国珍道。

“汝聘先生无可奈何，我亦无可奈何。”徐作说。

第二百六十九章

“老田，拿来谁个的奏本？”皇帝问。

“吏部蔡尚书的，刑部萧尚书的，刑部侍郎朱鸿谟的，都察院副都御史张养蒙、郭唯贤的，署詹事府事侍郎刘元震的，理京营都御史李春先的，顺天府丞刘士忠的。”田义数道。

“你不会都想读给朕听吧？”皇帝问。

“奴才听爷的。”田义道。

这事他本来也作不了主。皇帝高兴时，可能十几本奏书都会让他读；不高兴时，可能一个字也不听他读。

“今日朕只听一本。”皇帝说。

“是。”田义应道。

“老田，你拟读哪一本？”皇帝又问。

“奴才听爷的？”田义仍道。

“朕是问，要你选择，你愿读哪一本？”皇帝道。

“奴才愿读吏部蔡尚书的。”田义说。

“为何愿读他的？”皇帝问。

“蔡尚书的奏本写得平和。”田义说。

“你不愿读哪一本？”皇帝问。

“爷仍然是问，要奴才选择不愿读哪一本？”田义要坐实皇帝问话的意思。

“是啊。”皇帝应道。

“奴才不愿读都察院副都御史张养蒙的。”田义说。

“为何不愿读他的？”皇帝问。

“张都堂的奏本写得尖刻。”田义说。

“既然你说听朕的，朕就作主，”皇帝说着，命道，“读张养蒙疏！”

“是，”田义应罢，先读名目，“张养蒙上的是‘重灾不可再玩，实政不可再虚，更乞圣上明正己心，以回天心’疏。”

“从疏名，倒听不出有多尖刻。”皇帝道。

“爷说的是，”田义应一声，说道，“从该疏前面的一大段，都听不出有多尖刻。”

“你是说，最后才有几句尖刻的话？”皇帝问。

“不止几句，后半部分都很尖刻；尖刻也不在字句上。”田义说。

“不在字句上，却在何事上？”皇帝问。

“在立意上。”田义说。

“朕本来只想听几句尖刻的话，没想到还能听到尖刻的立意。朕越来越有兴趣听，”皇帝自言自语两句，然后对田义说，“老田，但愿你没让朕失望。”

“让不让爷失望，不在奴才，在张养蒙。”田义说。

“好，”皇帝停止闲话，道，“朕就耐着性子，先听一大段不甚尖刻的议论，再听后面尖刻的议论。”

“臣等切唯，”田义读道，“昨岁两宫告灾，今年三殿又毁，午门之内，极目成灰。历考前代史书，与本朝实录，上天垂戒，未有若是之著且烈者也。”

“的确不尖刻，且有抄袭之嫌。”皇帝插话。

“爷指他抄袭的谁人？”田义问。

“抄袭朕呀，”皇帝道，“老田没忘吧，前些日子，朕对你说，相隔一年，两宫、三殿俱灾，也是以前没有过的？他说‘未有若是之著且烈者’，不是抄袭的朕吗？”

“爷私下里对奴才说的话，奴才可没敢去外间说。”田义忙分辩。

“朕不是怪你去外间说；朕是想说，大臣们即便有所见识，终归是在朕之后。”皇帝道。

“爷说的是。”田义应道。

“接着读吧。”皇帝命道。

“自非君臣交儆，痛革弊风，恐虚文相谩，大祸必至。臣等职专风纪，朝政缺失，皆所当言，况遇大灾，宁容默默！臣姑举其重且大者，复言之。”田义读道。

“自非君臣交儆，痛革弊风，恐虚文相谩，大祸必至，”皇帝重复这两句后，说道，“这两句写得不错，却又是抄袭母后慈训。”

“爷是说，三殿灾那天，爷去给圣母娘娘请安。圣母娘娘谕曰：要实心实意地修省吧？”田义记得此事。

“对，”皇帝应道，“君臣交儆，不得虚文相谩，不正是从实心实意地修省演变来的？”

“爷说的是。”田义应道。

“前面是引文，后面是正文。照他的说法，欲从诸臣开列的条款中，举其重且大者言之，应该尖刻不到哪里去。”皇帝推测。

“诚如圣谕，”田义应道，“该疏正文，可概括为三‘必’、二‘亟’、四‘戒’。三‘必’、二‘亟’乃复述诸臣开列之条款，照他的说法，是言实事，并不尖刻；四‘戒’才是他真正的陈言，照他的说法，是言实心，才是该疏中尖刻的部分。”

“一步一步来，何谓三‘必’？”皇帝问。

“一则，郊庙必躬诣。”田义道。

“为何郊庙必躬诣？”皇帝问。

“以谢严谴。”田义道。

“不则如何？”皇帝问。

“不则天地、祖宗之怒，恐未解也。”田义道。

“其次呢？”皇帝又问。

“二则，便殿必早御。”田义道。

“为何便殿必早御？”皇帝问。

“以通物情。”田义道。

“不则如何？”皇帝问。

“不则中外壅蔽之患，恐未撤也。”田义道。

“最后呢？”皇帝又问。

“三则，国本必早建。”田义道。

“为何国本必早建？”皇帝问。

“以定人心。”田义道。

“不则如何？”皇帝问。

“不则道路揣摩之谤，恐未释也。”田义道。

“在张养蒙看来，此三者是重者，抑或大者？”皇帝问。

“或是重且大者。”田义想不出别的话回答。

“那后面还有二‘亟’呢？”皇帝问。

“或是重且急者。”田义说。

皇帝笑了笑，道：“倒也说的通。必行之事，可不是重且大者；亟行之事，可不是重且急者！”

“爷圣明。”田义颂道。颇为无奈的答话，皇帝竟然首肯，他真要在心里叫一声阿弥陀佛。

“何谓二‘亟’？”皇帝问。

“一则，亟罢采矿、开店之便。”田义道。

“为何须亟罢？”皇帝问。

“以杜直、省之乱阶。”田义道。

“不则如何？”皇帝问。

“他没写，想必是直、省将乱。”田义道。

“还有呢？”皇帝又问。

“二则，亟减左右宫妾之刑。”田义道。

“为何须亟减？”皇帝问。

“以弥萧墙之隐患。”田义道。

“不则如何？”皇帝问。

“他没写，想必是宫禁生变。”田义道。

“他敢！”皇帝怒喝一声，但随即想到，并无明确的发泄目标：田义是复述张养蒙的说法，不该对他发火；张养蒙是说左右宫妾或会生变，不该对他发火；而左右宫妾谁会生变，那却是不可预料的。

“萧墙的本意，是指宫廷吧？”皇帝问。

“是，”田义应一声，说，“萧墙二字，出于《论语》，曰：吾恐季孙之忧，不在颛臾，而在萧墙之内。后人解释说：萧者，肃也；墙者，屏也。君臣相见，至屏而肃敬也。”

“以弥萧墙之隐患，张养蒙这话虽说并不尖刻，却未免太直言不讳。”皇帝说。

“爷说的是。”田义应道。

“下面该听尖刻的，”皇帝说着，问道，“何谓四‘戒’？”

“三‘必’二‘亟’之后，四‘戒’之前，有一小段叙述，爷要不要听听？”田义反问。

“当然要听，你念！”皇帝命道。

“重且大者既举，而轻且小者不难行矣。然此皆应天之实事，而应天之实心，尚未及也。臣等思君之心，与天之心相为感通，朝政之淑慝，由君心之偏正。倘不先正其心，而强求之于事，内有牵恋，外有掣肘，收拾于此，决裂于彼，几乍觉而复迷，令方传而忽止，虽有罪己空言，塞人细事，亦终于矫诬耳。故罪己不如正己，格事不如格心。”田义读道。

“三‘必’、二‘亟’虽是重且大之事，但在张养蒙看来，四‘戒’才是更重且大之事。”皇帝评论一句。

“爷说的是，”田义应一句，说道，“张养蒙说，爷平日成心有四，当格之。”

“有诚心，不好吗？”皇帝问。

田义愣了愣，琢磨皇帝可能理会有误，把业已形成的成心，听成诚挚、真诚的诚心。

“爷，是成就的成。”他提示道。

“是成心呀，”皇帝道，“成见是贬义，成心应该也是贬义。”

“爷说的是。”田义应道。

“他说朕成心有四，是哪四个？”皇帝问。

“一曰好逸，二曰好疑，三曰好胜，四月好货。”田义数道。

“亦即，在他看来，朕有好逸之成心，有好疑之成心，有好胜之成心，有好货之成心。”皇帝说。

“是。”田义应道。

“朕这才品出张养蒙立意的尖刻，”皇帝道，“前些年，大理寺评事雒于仁上四箴疏，说朕有酒、色、财、气四病；今张养蒙说朕有好逸、好疑、好胜、好货四成心，可谓和他前后呼应，异曲同工。”

“奴才确是这么想的。”田义道。

“好逸，他怎写的？”皇帝问。

“夫君德主于勤，一有好逸之心，则庙祀倦于时享，朝堂倦于时御，章奏倦于批览，卧起倦于晦明。恶烦恶劳，任情任性；斋居何作，静摄何功！乾健不息，似不如此。陛下以此思勤，则逸心当知戒矣。”田义读道。

“老田，你知他为何说斋居无用？”皇帝问。

“奴才不知。”田义道。

“他为何说静摄无用？”皇帝问。

“奴才不知。”田义道。

“还是在酒、色二字，”皇帝说，“他是把好酒、好色两项，放在好逸一项里。”

“想必如此。”田义道。

“好疑，他怎写的？”皇帝问。

“夫君道主于诚，一有好疑之心，则逢人疑人，遇事疑事。疑及于近侍，则左右莫必其生；疑及于外庭，则寮寀莫举其职。究且谋以疑败，奸以疑容。陛下以此思诚，则疑心当知戒矣。”田义读道。

“寮寀是哪两个字？”皇帝问。

“二字皆家字头，”田义说的家字头，指的是家字的上部。古字里，这是独立的一个字，音绵，但现在已经很少有人认得，所以，他也不提这一节，“寮字，下边是同僚的僚的右半边；寀字，下边是色彩的彩的左半边。寮寀，指官舍，引申为做官。”

皇帝点点头，又问：“好胜，他怎写的？”

“夫君道先于虚己，一有好胜之心，则属威严，而笼愚智；喜谄佞，而恶耿直；厌封驳，而乐传宣。陛下以此思虚，则胜心当知戒矣。”田义读道。

“好疑、好胜，实则都是个气字。好逸，他是把好酒、好色两项，合为一项；好疑、好胜，则是把好气一项，分为两项。”皇帝说。

“爷说的是。”田义应道。

“好货，他怎写的？”皇帝又问。

“夫君道在乎富民，一有好货之心，则以聚敛为奉公，以投献为尽节。琼林大盈，竟为谁积！造物忌满，似不如此。陛下以此思富，则利心当知戒矣。”田义读道。

“该疏还有结语吗？”皇帝问。

“有几句。”田义说。

“一并读完，将疏留中。”皇帝命道。

“是，”田义应一声，读完最后几句，“四心既戒，则百志惟熙。以此光于祖宗，以此对于臣民，以此回天心，以此凝天福。今日之灾，岂止无损圣德，将天下后世，永颂尧、汤之令主矣！”

第二百七十章

江西安福籍大学者，东廓先生邹守益，孙辈中有三人中进士，其中，邹德涵中第于隆庆五年，邹德溥中第于万历十一年，是邹守益一子所出；邹德泳中第于万历十四年，是他另一子所出。

邹德涵在万历十年前，为张居正爪牙排挤去官，邹德泳在万历二十年因疏救李献可去官，只有邹德溥仍在朝中，官司经局洗马。

七月的一天，邹德溥在门生王良材陪同下，走到中城明照坊的一个宅院前。按照王良材的意思，马上要敲门，叫出宅院的主人。邹德溥摆摆手，表示不忙。他二人前前后后走一大圈，院子的大小，除正门外有无边门、后门，都看在眼里。

“好处宅子！”邹德溥赞道。

“先生该相信，弟子所言不虚吧？”被老师称赞，王良材颇为得意。

“院子不会错吧？”邹德溥问。

“不会。”王良材道。

“租金是怎说的？”邹德溥问。

“租一月，五十金；租三月，一百二十金；租半年，一百八十金；租一年，二百四十金。”王良材说。

“亦即：一个月，租金五十；三个月，每月租金四十；半年，每月租金三十；一年，每月租金二十。”邹德溥道。

王良材开始不相信他说的，但自己算一遍，果真如此。他对老师不由得大为敬佩。

“先生精于算，弟子不如。”他说。

“租房越久，每月租金越低，这是常情，”邹德溥说着，问道，“良材，你看租几个月？”

“先生定夺。”王良材道。

“以我这等身份，租赁房屋没有只租一个月的道理；但租得太久——”邹德溥顿了顿，问道，“良才，你知洗马是几品官？”

“先生说过，是从五品。”王良材道。

“你知从五品官月俸是多少？”邹德溥问。

“弟子知之不详。”王良材道。

“月俸米十四石，即以一石俸米折一两纹银，也只有十四两纹银，”邹德溥告诉他，并问，“良材，知这笔账怎算？”

“若租一年，除用俸米，每月还须贴补纹银六两，一年贴补七十二两；若租半年，除用俸米，每月还须贴补纹银十六两，半年贴补九十六两；若租三个月，除用俸米，每月还得贴补纹银二十六两，三月贴补七十八两，”王良材算罢，说道，“租一年贴补的反而最少，不如租一年。”

“账不能这么算，”邹德溥摇头，“租一年，贴补的看似最少，却把一年的俸米都已用尽；租半年，贴补的看起来最多，但至少还留下半年的俸米；租三月的贴补，和租一年的贴补，相差无几，却留下九个月的俸米。再者，租一年或半年，一年的俸米都不够，租三月，则一年的俸米还能有剩余。”

“先生的意思，且租三月？”王良材问。

“是。”邹德溥应道。

“然租一年，则此宅院可住一年；租半年，则此宅院可住半年。这一层先生就不计吗？”王良材还有疑问。

“良材亦知，租赁此宅院，非为居住。”邹德溥道。

“先生说的是，”王良材被老师算的那笔账说服，他说，“弟子再去和主人说说租价，看能不能减少些。”

“不忙，”邹德溥道。他拉着王良材又绕着宅院走一圈，边走边问，“良材怎知有这么好一座宅院的？”

王良材好不奇怪，这件事已经说得很清楚，怎么还问？但老师既问，他又不能不若无其事地回答。

“有人告诉弟子的。”他说。

“谁人告诉良材的？”邹德溥问。

从王良材的表情看，这句也问得多余，但他仍然得回答；邹德溥后面的问题，无不多余，王良才不知他是何用意，不得不一一回答。

“此人姓赵。”王良材说。

“名字呢？”邹德溥问。

“微贱之名，有渎清听，先生但知人呼他赵三儿即可。”王良材说。

“赵三儿做何营生？”邹德溥问。

“是个瓦匠。”王良材说。

“他知道这个宅院？”邹德溥问。

“是。”王良材应道。

“他进过这个宅院？”邹德溥问。

“是。”王良材应道。

“他为何进得这个宅院？”邹德溥问。

“宅院的主人找他来的。”王良材说。

“宅院的主人请他来修房基？”邹德溥问。

“不是。”王良材道。

“请他来修房顶？”邹德溥问。

“不是。”王良材道。

“请他来修院墙？”邹德溥问。

“不是。”王良材道。

“莫非找他来饮酒？”邹德溥问。

“更不是。”王良材道。

“那找他来作甚？”邹德溥问。

“找他来修窖。”王良材说。

“来修酒窖？”邹德溥问。

“不像。”王良材道。

“来修菜窖？”邹德溥问。

“不像。”王良材道。

“来修冰窖？”邹德溥问。

“更不像。”王良材道。

“那是修何窖？”邹德溥问。

“银窖。”王良材道。

“良材怎知修的是银窖？”邹德溥发觉问得不对，又改问，“赵三儿怎知修的是银窖？”

“窖虽小，却深邃，且坚固，且隐秘。”王良材说。

“光是这些，我还不能信。”邹德溥道。

“宅院的主人非寻常之人。”王良材说。

“怎不寻常？”邹德溥问。

“他姓史。”王良材说。

“史不是很寻常的姓吗？”邹德溥道。

“姓史的不过是个奴仆而已。”王良材说。

“他主人何姓？”邹德溥问。

“姓霍。”王良材说。

“姓霍，怎不寻常？”邹德溥问。

“姓霍，名文炳。”王良材把名字也说出来。

“是前司礼掌印张诚的苍头霍文炳？”邹德溥问。

“是。”王良材应道。

“那应该有点儿不寻常，”邹德溥说着，问道，“霍文炳既被治罪，他这个姓史的家仆没被逮系在官？”

“没被逮，”王良材道，“霍文炳早就让史某人单立门户，故而霍文炳出事后，他未被官府追究。”

邹德溥点点头，又问：“赵三儿可曾告你，银窖里能放多少银两？”

“不会少于二三万两。”王良材说。

“为何不会少于二三万两？”邹德溥问。

“不足二三万两，不值得修此银窖。”王良材说。

“多呢？”邹德溥又问。

“十万八万都不在话下。”王良材说。

“这个宅院既是以史某人之名置购的，银窖若藏有巨银，他不会不知吧？”邹德溥问。

“他恰恰不知。”王良材问。

“却是为何？”邹德溥问。

“这个宅院，从购买到修缮，都是霍文炳亲自操办的，史某人未参与其事。先生不妨想想，他若知宅院里有银窖，银窖藏有巨银，还会把他租给别人住吗？”王良材道。

“或是他已取出窖银；租给别人住，也就无所谓。”邹德溥假设。

“弟子知道他现住之处，低湿狭小，若是取出窖银，他何必舍此而取彼？”王良材道。

“他不知有无银窖，有无窖银，赵三儿应该知道吧？”邹德溥又问。

“他或许知之。”王良材道。

“他既知之，为何不取之？”邹德溥问。

“弟子的意思，他或许知之，却未必一定知之。”王良材说。

“他可以告诉史某人，二人一起去查看呀。”邹德溥道。

“赵三儿深知史某之为人，若告诉他这个秘密，不但不能获利，说不定反而为此送命。”王良材说。

“姓史的既然出租此宅院，他也可以自家租下，自家查找呀。”邹德溥又道。

“一则，至少数十两纹银，对他来说，想都不敢想；二则，他出面租下宅院，姓史的必会生疑。”王良材说。

“看来，他办事很小心，”邹德溥说着，问道，“他为何会告与你知？”

“他并非存心告与弟子知的，”王良材道，“赵三儿嗜酒，弟子日前买坛子酒与他喝，他喝多后告知我此事。等他酒醒后，我试探地问他，醉酒后说过的话，做过的事，他竟一点儿也不记得。”

邹德溥点点头，目光集中在院门上，好像在示意自己已经问完，王良材可以去办事。但王良材知道，恐怕他还有不曾问过的事要问。

“良材，有没有嫌我啰唆？”邹德溥又开口。

“弟子不敢。”王良材道。

“第一步，须得花费银子，把宅院租下来。虽则不多，却也差不多是我一年的俸米，故不得不慎重。”邹德溥说。

“先生虑的是。”王良材应道。

“我今次问的，和前次问的，完全相同；良材今次答的，和前次答的，也完全相同。这我就可以放心地走第一步。”邹德溥说。

“弟子也以为，第一步可以走。”王良材附和道。

“还有件事，是上次不曾问过的，我很想问，但不知能不能问。”邹德溥说。他的表情和他的话语一致，都显得犹豫。

“先生欲知之事，没有不可问的。”王良材说。

“良材也没有不可答的吗？”邹德溥问。

“是，”王良材坦然应道，“先生但问，弟子没有不可答的。”

“好，我问，”邹德溥顿了顿，问道，“良材和赵三儿熟吗？”

“熟。”王良材应道。

“不是一般的熟吧？”邹德溥又问。

“先生说得对，不是一般的熟。”王良材道。

“能告诉我，你二人是何关系吗？”邹德溥问。

“弟子正等先生问呢。”王良材好像憋着一口气，现在终于可以吐出。

“良材这话怎讲？”邹德溥不解地问。

“赵三儿和弟子是何关系，本来一开始就该告与先生知；但弟子难以启齿。先生既问，弟子不得不说，”王良材解释之后，说出个邹德溥大感意外的情况，“赵三实是弟子继父。”

“他是你继父！”邹德溥惊呼。发现自己失态，他又故作平淡地说，“女子再醮，必有不得已的缘故。”

“老师体谅，弟子感铭。不过，不管家母为何再醮，弟子还是心存感激：家母若不走这一步的话，弟子必无机会读书。”王良材说。

“良材，不说令母，只说你继父。”邹德溥道。

“是。”王良材应道。

“他以前婚否？”邹德溥问。

“曾婚。”王良材道。

“其妻呢？”邹德溥问。

“早已病亡。”王良材道。

“有子女否？”邹德溥问。

“无子女；兄弟姐妹，侄儿外甥，一概皆无。”王良材说。

“良材说他酒后失言，我看，他是有心告与你知，”邹德溥道，“别无亲人，此事他不告与你知，却告与谁知！”

“先生所言，似有道理。”王良材随声附和。

“不管他是酒后失言，或是存心告与你知，我倒有个计较：你探到的消息，我租下的宅院，真有窖银，你我二八分成；既然消息是从你继父那里得到的，你应多得一成，改为三七分成吧。”邹德溥说。

“此事全由先生作主。”王良材道。

“再者，不管怎么说，他是你继父，又给你一个天大的好处，你得对得起他。”邹德溥嘱咐。

“是。”王良材应道。

邹德溥、王良材等真从霍文炳的旧宅中找到银窖，找到大宗纹银。数目有多少，他们讳莫如深，没人知道。但他们忽然得到一大笔钱财的消息还是不胫而走，这个宅院是霍文炳的私宅的消息还是不胫而走，东厂的番子从市井得知，报与管事的太监；管事的太监奏闻于朝。霍文炳既被抄没，其所有的产业皆为官有，邹德溥、王良材所得须全部交官。

邹德溥出身世家，他本人也以讲学而闻名。出这件事以后，他以假道学为科、道参劾。朝廷本来定他主今次应天试，也因此而作罢；不久，他更被朝廷免官。

第二百七十一章

嫔妃去世，其宫中的内臣，无论是管事的太监，还是打杂的小宦者，难得再捞到好差事。运气好的，在宫里当个闲差；运气不好的，不是打发去南京、凤阳当差，就是打发去天寿山司香。贵妃李氏薨，管事太监刘用不甘寂寞，依仗和陈矩有交情，总想打破这个惯例。

陈矩一般是敷衍了事。但半年之后，再说起这事，他的语气有所不同。

“老刘，有个南京的差事，我对你说过吧？”陈矩问。

“陈哥说过。”刘用应道。

“那可是个管事的差事。”陈矩说。

“再管事，不也不在京里吗！”刘用说。

“老刘想留在京里？”陈矩问。

“是，”刘用应道，“只要留在京里，派何差事都成。”

“南苑不在京师吗，怎也不肯去！”陈矩道。

“陈哥，我可是贵妃娘娘宫里出来的，若发去南苑，再大的差事，也难免遭人嗤笑。”刘用说。

“老刘是怕人嗤笑？”陈矩问。

“外人定会说咱是没面子的；可陈哥知道，在宫里当差久，谁不好个面子！”刘用道。

“好哇，正好有个机会！”陈矩冷笑，“你的面子也有，也不怕派个外差，也不怕被人嗤笑！”

听起来，像是有个好差事；或者说，刘用希望有个好差事。但陈矩的冷笑，让他竟不自禁地打个冷战。他问：“陈哥是说——”

“老刘，你倒是说说，你与别宫管事的，有何不同！”陈矩道。

“乾清、坤宁二宫管事的，我不敢比。”刘用说。

“你是不是想去二宫管事？”陈矩讥道。

“我有自知之明，没那造化，”刘用道，又说，“慈庆、慈宁二宫管事的，我也不能比。”

“慈庆宫早用不着管事的，你是不是想去慈宁宫管事？”陈矩又讥道。

“李叔跟圣母娘娘几十年，能让我替代！”刘用道，又说，“别说这几宫，郑贵妃娘娘宫里管事的，也轮不到我。”

“也轮不到你？我看，哪宫管事的，你都可以比比；唯独郑贵妃娘娘宫里管事的，你别去比。”陈矩说。

“陈哥说的是。”刘用应道。

“你这说的都是你比不了的；我问你的，却有何事可以和别妃宫里管事的比？”陈矩道。

“我家娘娘追封皇贵妃。”刘用说。

并非所有的妃子死后都会追封为皇贵妃。李敬妃薨，追封皇贵妃。这是个与别的妃子不同之处。

“还有呢？”陈矩问。

“我家娘娘赐葬天寿山。”刘用说。

并非所有的妃子死后都会赐葬天寿山。李敬妃薨，赐葬天寿山。这又是个与别的妃子不同之处。

“应该还有更要紧的吧？”陈矩问。

“陈哥说的是，”刘用应道，“我家娘娘接连为爷诞育二子。”

李敬妃先后生下皇六子常润、皇七子常瀛。在郑贵妃有异宠的情况下，这几乎是不可思议的。可以说，后宫粉黛，除郑贵妃外，李敬妃是最被宠眷的妃子。

“所以，你就看不上去南京的差事！”陈矩又说回来。

刘用觉得不用再解释，嘻嘻一笑。

“更看不上南苑的差事！”陈矩道。

刘用又是嘻嘻一笑。

“老刘，实话对你说吧，南京那等差事，你再也不用想。”陈矩说。

“好，我不想。”刘用道。

“南苑那等差事，你也不用想。”陈矩说。

“好，我也不想，”刘用道，并表示亲昵地开句玩笑，“陈哥让我想哪样差事，我就想哪样差事。”

“我不会让你想任何差事！”陈矩板着脸说。

“陈哥不让我想，我就自个儿想样差事。”刘用仍然开着玩笑。

“我劝你也不用想任何差事！”陈矩仍然板着脸。

“陈哥，不会让我赋闲吧？”刘用轻松地问。

“我劝你也别想着赋闲！”陈矩道。

刘用终于发觉，不是可以开玩笑的事。

“陈哥，我该想何事？”他问。

“想想你宫里的珍宝。”陈矩道。

“我宫里的珍宝？”刘用不知其所指。

“应该说是李贵妃娘娘宫里的珍宝。”陈矩又说。

“我家娘娘的珍宝都是爷所赐，由娘娘自个儿管着；不经我手，叫我从何想起！”刘用道。

“当真都是爷赐的？”陈矩问。

刘用有点儿心虚。他说：“基本是爷赐的，也有少许来自宫外。”

“那你就给我说说来自宫外的珍宝。”陈矩道。

“来自宫外的珍宝，都是娘娘家人进献的，也由娘娘自个儿管着；不经我手，叫我从何想起！”刘用道。

“当真都是娘娘家人进献？”陈矩问。

刘用心更虚。他说：“基本是娘娘家人进献的，也有少许来自别处？”

“那你给我说说来自别处的珍宝。”陈矩道。

“别处不止一处，叫我从何想起！”刘用道。

“你且说说，别处里有没有你处？”陈矩问。

刘用稍一犹豫，点头道：“有。”

“有一块得自海外的宝石，奇特无比，娘娘甚是钟爱，可是你进献的？”陈矩问。

“是。”刘用应道。

“你怎有此异宝？”陈矩问。

“不是我的，是别人托我进献给娘娘的。”刘用说。

“谁个托你进献？”陈矩追问。

“这个——”刘用没想明白该不该说，能不能说。

“老刘别多想了，是石尚书吧？”陈矩问。

刘用一惊，反问：“陈哥知道？”

“我知道，有何要紧！”陈矩道。

“还有谁人知道？”刘用问。

“爷！”陈矩一字有千钧之重，任谁听后，都不能不惊悚。

“陈哥，爷怎知道的？”刘用问。

“李贵妃的遗物，已经封存，你是知道的。爷今日忽要查视，见到这块宝石。爷记得该宝石不是钦赐的，问起由来。有知道出处的宫人向爷禀奏，是你进献的；有更知道细节的宫人向爷禀奏，是石尚书托你进献的。”陈矩说。

“喜欢多嘴的人，怎如此之多！”刘用忿道。

“换是你，敢不禀奏？”陈矩问。

刘用无话可说。他承认，不仅皇帝问到，他会禀奏；即便皇帝没问到，他也会设法禀奏。

“陈哥，事大吗？”他问。

“你说事大不大？”陈矩反问。

“我知为大臣通款后宫，其事不小；我是想问陈哥，此事有无转圜的余地。”刘用道。

“我告诉你件事，别把你吓住。”陈矩说。

“陈哥说！”刘用又想听，又怕听。

“已传圣谕，将石尚书下狱。”陈矩说。

“仅为进献奇珍异宝一事？”刘用忙问。

“没明言为的此事，”陈矩道，“不过，老刘可以想一想，石尚书三月已解职待勘，一直未做进一步处分；他早不下狱，晚不下狱，偏偏在爷获知他进献宝石于李贵妃娘娘后下狱，你说是为的何事！”

“多谢陈哥告知此事，陈哥还有没有别的叮嘱？”刘用问。

“我还能有何叮嘱！老刘好自为之吧。”陈矩道。

当晚，刘用在他的住所上吊身亡。

这笔账，无疑也要算在石星的头上。

石星是天黑后入狱。狱卒把他放进牢室，把门一锁，不再管他。他摸着黑，睁着眼睛，在草席上躺一夜，直到天色微明，才朦胧睡着。

似在睡梦中，有人唤道：“拱宸先生，拱宸先生！”

他迷迷糊糊睁开眼，判断出声音是从牢室对面发出的。于是，他迷迷糊糊地爬起来，走到木栅前。

牢室三面是土墙，背后的墙外是什么，无从得知；但左右两边肯定也是一间一间的牢室。因为正面是木栅，隔着甬道，和另外一排牢室相望，对面的牢室就是这样一间一间被土墙隔开的。

隔着两层木栅，石星看见正对面的牢室露出一张熟悉的脸。

“曹御史唤我？”他问。

站于对面牢室木栅后唤他的，正是监察御史曹学程。

“待死之臣，哪里还敢称官职，即如拱宸先生到此处，我也只称先生，不敢以大司马称呼。”曹学程说。

他去年因言封事，激皇上怒，下狱论死；只是因为刑部尚书萧大亨陈请宽宥，还有阁臣及科、道官申救，才躲过去年的秋决。今年能不能躲过去，谁也不知道。

“希明唤我，是欲加羞辱吧？”石星问。

“怪事，我为何要羞辱拱宸先生？”曹学程反问。

“希明因论封事下狱；封事乃我主持，希明自然迁怒于我。”石星说。

“拱宸先生说得不对，”曹学程道，“封事乃朝廷大政，我与拱宸先生争的，是朝政是非，并无个人恩怨。我唤拱宸先生，是因为天已大亮，拱宸先生却躺在那里一动不动，我担心你醒不过来。”

“是我误会，希明莫要计较。”石星道歉。

“拱宸先生是昨晚被请进来的？”曹学程问。

“被请进来的？”石星听这个“请”字很别扭。

“此处诏狱，关进来的都不是普通人，所以，从卫使，到狱卒，常把‘请’字挂在嘴边。”曹学程解释。

“那好，”石星不再计较这个字，他说，“我是昨晚被请进来的。”

“为的何事？”曹学程问。

“就算为的封事吧。”石星说。

“封事果然大坏？”曹学程惊问。问罢，又发觉问得不对，“不，不，封事大坏，应该早就能看出来；我是问，封事是不是更坏？”

“我不好说封事是不是更坏，宁愿说封事大变。”石星道。

“封事大变，是何意？”曹学程问。

“希明，你——”“下狱”二字要吐出口，石星改变说法，“——被请进来，有一年多吧？”

“多的可不止一天两天，我系狱，已十五六个月。”曹学程说。

“封事之变，可有所知？”石星问。

“一无所知。”曹学程道。

“十五六个月，前十个月，封事并无大变，变在后六个月。”石星说。

“亦即，自今岁三月后，始大变。”曹学程道。

“是，”石星点点头，说道，“封使杨将军，是三月还朝的。”

“他奏于朝的，一定是封事大坏；不然，拱宸先生不会说大变。”曹学程推测。

“希明说的，也对，也不对。”石星道。

“也对，怎说？”曹学程问。

“他奏于朝的，确是封事大坏。”石星说。

“也不对，怎说？”曹学程问。

“仅以他的奏言，未必会大变。”石星说。

“封使还朝之后，又有何事？”曹学程问。

“我被解职候勘。”石星说。

“拱宸先生三月解职？”曹学程问。

“是。”石星点头应道。

“拱宸先生解职，封事确是要大变，”曹学程话里有话地说，并问，“接替拱宸先生掌兵部的，是哪一位大人？”

“到我昨日下狱，尚未廷推。”石星说。

“拱宸先生大概在想，朝廷会把这个位子给你留着吧？”曹学程不无讥刺地问。

“我不会这么想，也不愿这么想。”石星道。

“那就只好由左侍郎式如先生署部。”曹学程说。

邢玠字式如，山东益都人，隆庆五年进士。

“他署不了部，”石星说，“蓟督文融先生亦以通书倭将清正被免，式如先生已升兵部尚书，总督蓟、辽军务，经略朝鲜。”

“式如先生有何举措？”曹学程问。

“天大的举措！”石星道，“他三月受命，五月至辽，即决议用兵。先则使备倭大将军麻总兵率万七千军马渡鸭绿江而东，继则奏请募川、浙兵，合蓟、辽、宣、大、山西兵入朝，并以福建、吴淞水师济之。”

“我与倭竟又重新开战！”曹学程惊呼。

“这不正是希明先生希望的吗？”石星道。

“我虽以为封事不可期，却也并非希望与倭再开战。”曹学程说。

“封事既不可期，战事又不欲开，那就只有放弃朝鲜。”石星说。

“朝鲜尤不可放弃。”曹学程道。

“三事之中，希明如何抉择？”石星问。

“我宁愿选择与倭重新开战，”曹学程说着，问道，“拱宸先生是说，我官军五月入朝？”

“是。”石星应道。

“两军战事如何？”曹学程问。

“六月，倭舰数以千计泊釜山。”石星说。

“满载倭众？”曹学程问。

“那还用说！”石星道。

“以舟载百人，千舟则载军马十万，麻总兵所率官军不足两万，不可轻率往釜山迎敌。”曹学程说。

“麻总兵身经百战，不会轻出。”石星说。

“六月就这么过去？”曹学程问。

“两军虽未交战，但官军有一大收获，沈惟敬被偏将杨元所擒，押解至麻总兵营中。”石星说。

“看来，拱宸先生为沈惟敬所误，自家亦有所悟。”曹学程说。

“非也，”石星摇头，“封使还奏封事后，朝廷有旨，逮沈惟敬鞫问。沈惟敬被逮，朝旨总算有着落。”

“要我说，沈惟敬被逮，还有个好处。”曹学程说。

“还有何好处？”石星问。

“我早就听说，沈惟敬来往辽东、朝鲜、倭国之间，熟悉道路。两国开战，他若为倭军向导，祸患不小。”曹学程说。

“真打起来，这倒是个隐患。”石星作为昔日兵部尚书，不会看不出这一点。

“拱宸先生之意，不会真打起来？”曹学程感到意外。

“打是一定会打的，但迄今尚未大打。”石星道。

“小打的战况如何？”曹学程问。

“去岁七月，倭军攻占梁山、熊川、庆州、闲山等。”石星说。

“记得科臣曾言，闲山岛在朝鲜西海口，是全罗外藩；闲山失，则沿海无险可守。”曹学程道。

“是。”石星应道。

“我官军之势如何？”曹学程问。

“除麻总兵所部，仅有水师三千抵达旅顺。”石星说。

“兵力不足，只能守吧？”曹学程问。

“是，”石星应一声，说道，“经略檄我官军守王京以西之汉江、大同江，以阻遏倭军西下，且防护运道。”

“如此部署，应该是不错的，”曹学程说着，又问，“这是七月，八月战况如何？”

“倭将清正取南原，全州守军弃城而走，与我官军前部合兵，屯于公州，倭军进犯全庆。”石星说。

“全庆似乎近王京。”曹学程道。

“是，”石星应道，并说，“南原、全庆，在王京以西。二地在，王京仅东面临敌；二地失，则王京东西皆临敌。”

“我官军如何应对？”曹学程问。

“麻总兵欲弃王京，退守鸭绿江。”石星说。

“弃王京！恐非上策。”曹学程道。

“希明说的是，”石星应道，“式如先生亟驰王京，以定人心。”

“看来，式如先生尚识大体。”曹学程评论一句。

“有段式如先生的小故事，希明想不想听？”石星问。

“和拱宸先生同在兵部的小故事吗？”曹学程反问。

“不是，是这次在王京的小故事。”石星说。

“日前之事，自然要听！”曹学程道。

“式如先生到王京，问计于参军李应试。李应试反问式如先生，庙堂之上，指划如何？”石星述道。

“李应试是陪臣吧？”曹学程插问。

“是。”石星应道。

“我若是朝鲜陪臣，也会先问一句。”曹学程道。

“你知式如先生怎回答的？”石星问。

“这却不知。”曹学程道。

“阳战阴和，阳剿阴抚，”石星不明确这是邢玠说的，但无论谁都能听出来，这是邢玠的原话，而且是准确地阐述朝廷的本意。说完这八个字之后，他才说，“式如先生叮嘱李应试：政府八字密划，切勿外泄。”

“作为朝鲜陪臣，李应试闻此言，岂不失望！”曹学程道。

“他倒没失望，反而很知趣地献策曰：使人谕倭将以沈惟敬不死，则倭退矣。”石星述道。

“式如先生采纳他策否？”曹学程问。

“既曰可使倭退，为何不试一试？”石星道。

“见效否？”曹学程问。

“果真见效，”石星道，“式如先生遣使李大谏往行长军，遣使冯仲缨往清正军。九月，清正部仍进至汉江，式如先生又遣张贞明持沈惟敬手书往责，而行长亦差人阻止清正进兵。局势得稍缓和。”

“看来，拱宸先生说迄今尚未大打，是说不会大打。”曹学程推测。

“希明错！打是一定要大打的。”石星道。

“拱宸先生怎知一定要大打？”曹学程问。

“有二事，”石星道，“一则，去岁十一月，蓟、辽等兵已大集于朝鲜，皇上发帑金犒军，并赐式如先生尚方宝剑。不大战，怎向皇上交代！二则，今岁二月，陈璘率广东军，刘綎率四川军，邓子龙率浙江及南直军，先后入朝鲜。趋万里而来，难道就这样返回不成！”

“看来，拱宸先生也在企盼一场大战。”曹学程说。

“不是我企盼，而是箭在弦上，不能不发。”石星道。

第二百七十二章

今年被钦点主顺天、应天试的官员，注定要交霉运：先是主应天试的洗马邹德溥，在试前被免官；然后，顺天试考官、修撰焦竑，在事后又面临被参劾的厄运。

礼科两名给事中，资历较深的项应祥，资历较浅的曹大咸，不约而同地留在值房草拟疏稿，几乎同时拟就，又不约而同地扬起疏稿给对方看，发现二人竟写的是同一件事。

“顺之先生参的是今次顺天试考官？”曹大咸问。

“子铨先生参的是后辈状元？”项应祥问。

项应祥字顺之，浙江遂昌人，万历八年进士。曹大咸字子铨，湖广江陵人，万历十四年进士。

两个人几乎是同时发问，都来不及回答对方，也用不着回答对方。

“今次顺天试，物论喧腾。身在礼垣，若不深论，心实有愧。”曹大咸对自己向项应祥提的问题作出回答。

“前有黄懋中，今有焦弱侯，都在主试顺天时出毛病，岂偶然哉！”项应项对自己向曹大咸提的问题作出回答。

黄懋中，即侍读学士黄洪宪，主万历十六年顺天试，颇遭物议。

“顺之先生打算追究主顺天试者为何屡屡出事吗？”曹大咸问。

“我没兴致虚议，宁举实例。”项应祥说。

“能说给我听听吗？”曹大咸问。

“子铨兄有兴致听？”项应祥反问。

“大有兴致。”曹大咸道。

“那我就随便举几例，”项应祥说着，伸出一指，“第一例涉及之人，和子铨先生同姓，却不知是否同宗。”

“我族人都居住湖广，并无流落至北直隶者。”曹大祥说。

“此人未必是北直隶人。”项应祥道。

“顺之先生不会一定要把此曹列入我曹吧？”曹大咸笑着问。

“子铨兄放心，我并无此意，”项应祥回以一笑，说道，“此曹名蕃，今次顺天试列于第四。”

“其试文有何欠妥之处？”曹大咸问。

“不是一般的欠妥，是匪夷所思，”项应祥说着，反问道，“如《中庸》文内，竟见‘人乎人乎’句，子铨兄说，还算得篇文章吗？”

“的确算不得文章。”曹大咸道。

“其《孟子》文内，竟见‘乍穷乍达’，子铨兄说，这还算得上儒家子弟的话吗？”项应祥问。

“此乃市井村夫俚语，非儒家子弟之言。”曹大咸道。

“子铨兄，以这等文字名列第四，有无可疑？”项应项问。

“大有可疑。”曹大咸道。

“再如第十三名吴应鸿，卷内多险怪不经之语。”项应祥又举例。

“顺之先生何不列举一二。”曹大咸道。

“比比皆是，难以枚举；不过，”项应祥转折之后，说道，“我只要告诉子铨兄一事，就足够。”

“是不是冒籍之事？”曹大咸问。

“子铨兄亦知？”项应祥反问。

“据顺之先生所知，他是哪里人？”曹大咸又反问。

“以徽州人冒房山籍。”项应祥告诉他。

“徽州人多经商。他卷中语句，在顺之先生看来是险怪不经，在我看来是险怪不经；在商贾们看来，却是再正经不过的话。”曹大咸说。

“完全可能，”项应祥附和一句，又说，“再如第二十六名张蔚然，语言看似深奥，实则蹇涩，初读称绝，再读茫然，三读嗤之以鼻。”

“有何例句？”曹大咸生怕项应祥又以比比皆是打发过去，加上一句，“再不成话的句子，也请顺之先生说一两句听听。”

“譬如，化肝胆于空，子铨兄乍闻，会不会称绝？”项应祥问。

“难说；不过，最后肯定是嗤之以鼻的。”曹大咸说。

“指其形以游幻境，此句如何？”项应祥问。

“茫然而已。”曹大咸说。

“恶俗之句我不再举，举句文雅些的吧。”项应祥道。

“以他的笔法，还能写出文雅的句子？”曹大咸不信。

“子铨兄且听这句，”项应祥说着，如同背诵名篇，把两句话说得津津有味，“泛肌彻髓，无一渗漏。”

“这是顺之先生说的文雅之句？”曹大咸问。

“是啊，”项应祥应道，“他几篇试卷中，这是最文雅的八个字。”

“他这个第二十六名，肯定是作弊而得。”曹大咸断言。

“子铨兄，最后我来考考你吧。”项应祥道。

“顺之先生怎考我？”曹大咸问。

“我读一句话，子铨兄把它改得让人能听懂。”项应祥道。

“顺之先生的意思，这句话是听不懂的？”曹大咸问。

“子铨兄博学多才，或许能听懂。”项应祥挖苦道。

“顺之先生这么说，是让我听，还是不让我听？”曹大咸道。

“妙语连珠，子铨兄一定要听！”项应祥说着，背诵道，“世儒好惨切，而右非公子，及后世蕴言弃行，至如崩登，则望五难矣。”

“没有难解的字呀！”曹大咸道。

“是吗？”项应祥冷笑一声，问道，“怎叫右非公子？”

“不知。”曹大咸道。

“怎叫至如崩登？”项应祥问。

“不知。”曹大咸道。

“子铨兄还敢说没难解的字吗？”项应祥问。

“顺之先生问的不是字，是词。”曹大咸辩道。

“子铨兄的意思，没有难解的字，却有难解的词？”项应祥问。

“是。”曹大咸应道。

“若总合成一句呢？”项应祥问。

“但觉其似在感慨。”曹大咸说。

“为何感慨？”项应祥问。

“不知。”曹大咸道。

“如何感慨？”项应祥问。

“不知。”曹大咸道。

“不知为何，不知如何，子铨兄能解否？”项应祥问。

“不能。”曹大咸道。

“子铨兄阅卷，会把他列在第几名？”项应祥问。

“若在试卷中见到这等字句，试中即逐出考房；试后见到这等字句，落第而已。”曹大咸说。

"是。"张位、沈一贯应道。

"世用先生方才说，汝益兄怎交代的？"赵志皋重复问一遍，为的是让余继登再重复一遍。

"当革者革，当罚者罚，当议者议。"余继登重复道。

"当重罚者重罚，当轻罚者轻罚。"张位补充。

"是。"余继登应道。

"当革者有几？"赵志皋问。

"有二，"余继登道，"一为第十二名吴应鸿，一为第三十二名郑棻。"

"记得项疏中说，他是第十三名。"沈一贯记性好，先发现不符。

"那是项顺之未查实，把名次写错。"余继登说。

"名次都写错，别的会不会写错？"赵志皋问。

"别的倒没写错。"余继登道。

"项疏称吴应鸿是徽州人，曹疏称吴应鸿是南京人，不是项顺之写错的吗？"张位问。

"吴氏确为徽州人，但在南京住过，亦曾冒江宁籍。"余继登说。

"先后冒籍于两直隶，以前也有过。"沈一贯说。

"不是也有过，是多次发生。"赵志皋说。

"汝迈兄说的是。"沈一贯应道。

"世用先生，吴应鸿当革，不止因为他冒籍吧？"赵志皋问。

"是，"余继登应道。"吴氏试卷，实不堪入目。"

"项疏中未曾举例，世用先生能否举例言之？"赵志皋问。

"我举二例，一出《中庸》卷，一出《孟子》卷。"余继登说。

"今次顺天试，《中庸》怎出的试题？"赵志皋问。

"止，止而不再治意也。"余继登道。

"题目出的有些偏。"张位评论一句。

"这位仁兄的破题更偏。"余继登道。

"他怎写的？"张位问。

"改而止，为得所止，"余继登述罢，向三阁臣环作一揖，"三位都是治学大家，看他此题破得如何？"

"我是不知所云，不知明成兄、肩吾兄知否？"赵志皋道。

"礼部哪位不是大家，他等既以为不经，肯定是不经。"张位说。

"世用先生，再说《孟子》卷吧。"沈一贯对余继登说。

“《孟子》的题目是：几希，谓与野人相异不远意也。”余继登说。

“吴应鸿怎破的题？”赵志皋问。

“危微者，几希是也。耳所不得闻而闻，目所不得见而见。敛之居于深山而不加减，决之善于唐虞而非加增。”余继登述道。

“世用先生，这等怪诞的句子，你居然也记得住！”张位道。

“我有一毛病，越是怪诞的句子，越容易记住，”余继登说着，两手一摊，“不然，我就不会空手来见相公们。”

“吴应鸿当革，我看不必再议。”赵志皋对张位、沈一贯说。

“确不必议。”张位、沈一贯道。

“我记得，项疏言及郑棻，列举出几句话；世用先生以为他当革，可是因为那几句话？”赵志皋问余继登。

“是为那几句话，又不全为那几句话。”余继登说。

“怎讲？”赵志皋问。

“那几句话固然荒诞不经，但断断续续而出，还看不出其行文之乖张，究竟到何地步。”余继登说。

“世用先生是说，须得有全篇或整段荒诞不经的文字，才可见其行文之乖张？”沈一贯问。

“是。”余继登应道。

“那么，有无全篇或整段荒诞不经的文字？”沈一贯问。

“有，”余继登应道，“肩吾先生愿听，我背诵一两段给你听。”“不是背诵给我听，是背诵给众人听。”沈一贯道。

“好，我先为相公们背诵他首篇试卷中的一段，”余继登说着，背诵道，“除间我之已，还故我之已，联天下之已，修在我之已。及已自我夫而天下者，不令我之已，扩之大已；同分天下之已，以为已。”背诵之后，问道，“诸公听后，有何感悟？”

“如听天书，哪里来的感悟！”赵志皋道。

“世用先生，我有个疑惑。”张位说。

“明成先生是否疑我背诵有错？”余继登反问。

赵志皋、沈一贯都以为张位会摇头，谁知他却点头。

“世用先生勿怪，我只是想问问，文中的那个‘已’字，会不会是‘己’字？”张位道。

“明成先生疑得好！”余继登先称赞一句，然后说，“一则，试卷上写的，确是个‘已’字，若言错，先是他写错。二则，以‘己’代‘已’，全篇是否就很通顺？”说着，问道，“要不要我以‘己’字复述一遍？”

“不必吧？”赵志皋问另两名阁臣。

“不必。”张位、沈一贯齐道。

他们各自用“己”字代替“已”字，把该段文字默念一遍，都感到，意思是明确一些，但何谓“间我之己”，何谓“故我之己”，何谓“天下之己”，何谓“大己”，仍是不知所云。

“世用先生，”赵志皋转问余继登，“当重罚者有几？”

“有二，”余继登道，“一为第二十六名张蔚然，一为第四十五名丘梦周。”

“张蔚然有何奇文可赏？”赵志皋问。

“三代此已，异端亦此已。”余继登随便复述一句。

“还有吗？”赵志皋问。

“谁言之而谁闻之，谁行之而谁见之？”余继登又复述一句。

“丘梦周有何怪论？”赵志皋问。

“若护家珍，而精不敢外受；若孕神理，而意无敢坐驰。”余继登又随便复述一句。

“还有吗？”赵志皋问。

“及情灵关府，酌量施行，比者循顶至踵，从肌彻髓。”余继登又复述一句。

“兄等看，此等言语，有无可取之处？”赵志皋问另两名阁臣。

“皆不足取。”张位、沈一贯应道。

“世用先生，我有件事要请教。”张位又对余继登说。

“不敢，请说。”余继登道。

“所谓重罚，怎罚？”张位问。

“姑免斥革，然终身不许对制。”余继登说。

“亦即仍保存举人功名，然不准参加会试？”张位把意思说得更明确。

“是。”余继登应道。

“一则革去功名，但没有终身不准对制的限制；一则保存功名，但终身不准对制，”张位说着，问道，“世用先生说，哪个处罚更重？”

“当然是径革功名为重。”余继登说。

“我看未必，”张位道，“径革功名，虽失举人功名，但可以再考呀；不仅可以再参加乡试，还可以再参加会试。”

“明成先生看，以他等被革的经历，以他等的文章，再参加乡、会试，有可能中式吗？”余继登问。

“正常的阅卷，当然不可能中式。”张位说。

“明成先生的意思，买通关节则难说？”余继登问。

“是。”张位应道。

“既革于前，再为他等作弊，不可能没顾虑吧？”余继登道，“所以，两相比较，仍以即革功名的处分为重。”

“世用先生这么说，也有道理。”张位不再争辩。

“当轻罚者有几？”赵志皋问。

“有二，”余继登道，“一为第一百三十七名赵士麒，一为第一百三十八名郑宏才。”

“他二人试卷，毛病何在？”赵志皋问。

“所学原本庸浅，临文妄意高齐。”余继登概括道。

“此实为初学者通病，”赵志皋道，并说，“赵士麒怎妄议高齐，世用先生试举一言。”

“精神不欲外泄，一泄于外，则已滑；志虑不欲中离，一离于中，则已坏。”余继登背诵一句。

“这不是把精神之精外泄，与生育之精外泄，相比拟吗？”沈一贯道。

“正是。”余继登应道。

“郑宏才怎妄议高齐的，也请世用先生试举一言。”赵志皋道。

“神思梦想，无垢无坏，世事灭丑内鞬。”余继登背诵一句。

“思想者，怎谓垢？”沈一贯问。

“不知。”余继登道。

“我在想，最后一句该怎断。”赵志皋说。

“不知该怎断，故囫囵读下。”余继登道。

“轻罚，怎罚？”张位仍问。

“许对制，但须六年部考合格，再行定夺。”余继登说。

“此二人文字虽亦怪诞，却不似吴应鸿妄言唐虞，张蔚然妄言三代，处罚不妨稍轻。”张位说。

“明成兄说的是。”赵志皋、沈一贯应道。

“当议者有几？”赵志皋又问。

“有二，”余继登道，“一为第四名曹蕃，一为第六十四名赵名言。”

“我正奇怪，曹蕃遭议论最多，怎未言及？原来是把他放在当议者之列，”沈一贯说着，问道，“人乎人乎，乍穷乍达，果写于文中？”

“是。”余继登应道。

“以这等文字居然取于前茅，确实过分。”沈一贯说。

“世用先生将其列为当议，而非列于当罚，却是何意？”赵志皋问。

“我等以为，前引之句，属于险怪，而‘人乎人乎’‘乍穷乍达’等句，属于庸谬。错轻一等，故罚轻一等。”余继登说。

“赵名言文章也错在庸谬？”赵志皋问。

“是，”余继登应道，并举例，“譬如他写道：非不可以有真己，非不可以为真为，反以无心空实理，有心坠妄缘。”

“当议者怎罚？”张位问。

“如曹蕃、赵名言等卷中，亦有可取文字，待根究明白，再议其罚。果不出名言，则限以三年部考，再行定夺。”余继登说。

“文章果然可取，倒也不怕三年部考。”张位对这一处罚似乎还满意。

“明成先生说的是。”余继登应道。

“礼部议及举子，大致如此吧？”赵志皋问。

“是。”余继登应道。

“科臣弹章，主要是针对焦弱侯的，世用先生等有没有议过对他的处分？”赵志皋问。

“初步议过。”余继登道。

“是怎议的？”赵志皋问。

“一则，取士若此，焦弱侯身为考官，罪不可逭；二则，取士若此，非他一人之过；三则，考官躬承简命，如何处分，须会部、院各臣议之，并请旨定夺。”余继登说。

“世用先生为何说，取士若此，非他一人之过？”赵志皋问。

“焦弱侯辩曰：科场旧规，主考阅易、书二经，副考阅诗、春秋、礼记三经。如吴应鸿、汪泗论、郑棻等，皆非其所取，”余继登叙述过焦竑的辩护之词后，说，“故我等以为，今次顺天试之弊端，非焦弱侯一人所致。”

“兄等看呢？”赵志皋问张位、沈一贯。

“须会部、院诸臣议之，并请旨定夺，世用先生说的是。”张位道。

赵志皋看看沈一贯，沈一贯点头。他对余继登说：“世用先生，那就抓紧吧。”

“是。”余继登应道。

经部、院议，皇帝降谕，焦竑贬为福宁州同知。

第二百七十三章

朝廷在命蓟、辽总督邢玠经略御倭事务后不久，又命杨镐以右佥都御史经略朝鲜军务。万历二十五年九月，杨镐抵达王京，立刻成为实际主持大计的人物。

将官军分为三协，以副将高策将中军，备倭副总兵官李如梅将左军，副将李芳春、解生将右军，是邢玠、杨镐、麻贵会合后确定的。时倭将清正屯于蔚山。三人又确定，官军左、右二协合攻蔚山。中军驻宜宁为援，杨镐、麻贵随左、右二协督战。

十二月初，李如梅设伏海滨，而命游击将军摆赛以轻敌挑逗于城下，诱出行长部交战。官军且战且退，将倭军引入官军埋伏之中。倭军大败，被杀四百余人，余部退守岛山。

倭军在岛山建筑坚固的防御工事，中央是石城，外围有三层木栅。倭军一半守于城中，一半守于城外。

追击至岛山的官军，凭借蔚山之胜的余勇，在游击将军陈寅、茅国器率领下，攻敌营栅，很快拔其二，余下的一栅眼看也将不守。

清正心急如焚，准备悉数撤回城外的守军，坚守孤城；虽然他知道，被官军围在城中，困也要困死。

然而，他没想到，任谁也不会想到，还有一人，和他同样焦急。这个人就是文帅杨镐。他不是急于攻下敌阵，而是唯恐岛山城外的最后一层营栅也被攻破。

“京甫先生，可击鼓。”有幕僚建议。

杨镐字京甫，河南商丘人，万历八年进士。

“为何击鼓？”他问。

“以激励士气呀。”该幕僚说。

“我军士气不高吗？”杨镐问。

“不是，我军士气甚高。”该幕僚说。

“士气既高，又何须击鼓？岂不闻古人一鼓作气，再而衰，三而竭的训示！”杨镐道。

该幕僚还想分辩，被另一名幕僚拉开。

“你信不信，但一击鼓，另一营栅必下？”建议击鼓的幕僚不服气地对拉他出来的幕僚说。

“我信。”另一幕僚说。

“兄台既知，为何不助我言之？”建议击鼓的幕僚把对杨镐的不满转移到拉他出来的幕僚身上。

“助兄台言之？我傻呀！”另一幕僚道。

“以击鼓言之，很傻吗？”建议击鼓的幕僚问。

“以击鼓言之，并不傻；这个时候以击鼓言之，却是很傻。”另一幕僚说。

“为何此时不能以击鼓言之？”建议击鼓的幕僚问。

“你没见都堂的脸色吗？”另一幕僚反问。

“我见到都堂的脸色；正因见都堂的脸色，我才以击鼓言之。”建议击鼓的幕僚说。

“你见都堂是何脸色？”另一幕僚问。

“焦虑，”建议击鼓的幕僚道，并问，“难道我看错？”

“你没看错。”另一幕僚说。

“我没看错，请都堂击鼓怎会错？”建议击鼓的幕僚质问。

“正因你没看错，我才说以击鼓言之是傻。”另一幕僚道。

“兄台这话——”建议击鼓的幕僚想出个比方，“——像是自个儿和自个儿较劲，自个儿打自个儿的嘴巴。”说着，一揖，“话不投机，告辞。”

“兄台慢走一步，”另一幕僚止住他，“我向你证明，我不是自个儿和自个儿较劲，如何？”

“好，你说！”建议击鼓的幕僚道。他也知道，另一幕僚比他的思路要清晰，应该不会自个儿和自个儿较劲。

“兄台见都堂焦虑，以为都堂急于拔下第三道营栅，急于攻取岛山城；而我官军本就气盛，击鼓励之，定能一举而下，都堂自然不会再焦虑，”另一幕僚说着，问道，“兄台是这么想的吧？”

“十个人里，十个会这么想。”建议击鼓的幕僚道。

“兄台错矣！十个人里，至少有一个不这么想。”另一幕僚说。

“那个人无疑是兄台。”建议击鼓的幕僚道。

“是。”另一幕僚应道。

“兄台是怎想的？”建议击鼓的幕僚问。

“兄台先说说，这会儿第三道营栅未拔，一个时辰之后即能拔之，都堂会焦虑吗？”另一幕僚反问。

“既知一个时辰之后能拔之，为何焦虑！”建议击鼓的幕僚道。

“以我气势，一个时辰之后能不能拔下第三栅？”另一幕僚问。

“或能拔之，或不能拔之。”建议击鼓的幕僚道。

“这会儿第三道营栅未拔，两个时辰之后即能拔之，都堂会焦虑吗？”另一幕僚又问。

“两个时辰拔一栅，费时不算多，都堂不会这么沉不住气。”建议击鼓的幕僚说。

“以我气势，两个时辰之后能不能拔下第三栅？”另一幕僚问。

“多半能拔之。”建议击鼓的幕僚问。

“这会儿第三道营栅未拔，三个时辰之后即能拔之，都堂会焦虑吗？”另一幕僚问。

“都堂可能会着急，但不会焦虑。”建议击鼓的幕僚说。

“以我气势，三个时辰之后能不能拔下第三栅？”另一幕僚问。

“定能下之。”建议击鼓的幕僚说。

“兄台懂得我的意思吧？”另一幕僚最后问。

“你是说，都堂焦虑，并非急于拔栅？”建议击鼓的幕僚并不比他愚笨，听他说这么多，怎么也该懂得。

“不错。”另一幕僚说。

“前面交战正酣，都堂不为拔栅焦虑，却为何事焦虑？”建议击鼓的幕僚想不通，只得说，“不过，他若为家事，或为战事以外的别事焦虑，倒真是不容你我置喙。”

“兄台两句话都错。”另一幕僚说。

“怎又错？”建议击鼓的幕僚问。

“都堂不为拔栅焦虑，乃兄台所言，非我所言。”另一幕僚道。

“兄台先问一个时辰、两个时辰、三个时辰之后拔下第三栅，都堂会不会焦虑；又问一个时辰、两个时辰、三个时辰之后，我军能不能拔栅，难道不是说都堂并不为拔栅事焦虑？”建议击鼓的幕僚问。

“不是。”另一幕僚道。

“难道还有别事？”建议击鼓的幕僚又问。

“还有。”另一幕僚道。

“何事？”建议击鼓的幕僚问。

“都堂是为拔栅焦虑，却又不是急于拔栅，兄台道该怎说？”另一幕僚反问。

“我说不出来，还是请兄台赐教吧。”建议击鼓的幕僚道。

“唯恐第三道栅在一个时辰、两个时辰、三个时辰之内拔下，故而焦虑，算不算一个说法？”另一幕僚问。

“这——”建议击鼓的幕僚想了想，说道，“——算个说法，却不合情理。”

“怎不合情理？”另一幕僚问。

“两军交战，一攻一守。攻方主事之人，只怕攻不下；或虽攻下，但耗时太久。哪有怕攻得下，而且可以尽快攻下的！”建议击鼓的幕僚道。

“一定攻得下，已经说过。所以，攻得下，攻不下，应该不成问题；成问题的，只是早攻下，晚攻下。”另一幕僚说。

“早攻下，晚攻下，应该也不成问题，”建议击鼓的幕僚道，“一个时辰可以攻下，谁个愿意拖到两个时辰；两个时辰可以攻下，谁个愿意拖到三个时辰；今日能攻下，谁个愿意拖到明日？”

“一般而言，当然是这样。”另一幕僚说。

“今日之事，有何不一般？”建议击鼓的幕僚问。

“今日攻敌，阵上缺个人，兄台没发觉吗？”另一幕僚反问。

“缺个人？缺个谁人？”建议击鼓的幕僚一时想不起来。

“陈将军是何身份？”另一幕僚问。

“游击将军。”建议击鼓的幕僚道。

“茅将军是何身份？”另一幕僚问。

“也是游击将军。”建议击鼓的幕僚道。

“兄台不觉着，缺一主将吗？”另一幕僚问。

“拔一栅而已，兄台为何一定要用主将？”建议击鼓的幕僚道。

“不是我一定要用主将，是都堂一定要用主将。”另一幕僚说。

“都堂为何一定要用主将？”建议击鼓的幕僚问。

“不用主将，功记在谁个头上？”另一幕僚道。

“这还用问吗，两员偏裨，谁个拔栅，功记在谁个头上，”建议击鼓的幕僚说罢，自己也觉得不能说得太肯定。于是又说，“除非——”

“除非——”另一幕僚马上问。

“人皆有亲疏，除非两员偏裨，都堂亲一疏一，他自然愿意功记在所亲者头上。”建议击鼓的幕僚说。

“两员偏裨，都堂有亲疏否？”另一幕僚问。

“我不知，兄台知否？”建议击鼓的幕僚反问。见另一幕僚点头，他问，“亲于谁个，疏于谁个？”

“都堂对此二将不分亲疏。”另一幕僚道。

“我也不觉都堂有亲疏之分！”建议击鼓的幕僚以为得理，说道，“既如此，功记在二将谁个的头上，不都一样？”

“于二将之间不分亲疏，却不见得于主将和偏裨之间也不分亲疏。”另一幕僚却说。

“兄台之意，都堂亲主将，疏偏裨？”建议击鼓的幕僚有所领悟。

“都堂也不是对主将都一视同仁。”另一幕僚又说。

“兄台之意，都堂亲某主将，疏其他将领？”建议击鼓的幕僚有进一步的领悟。

“兄台跟随都堂比我久，应该知道此人是谁吧？”另一幕僚问。

“知道。”建议击鼓的幕僚点头。

“兄台既知此人，不妨想想，此人可在阵前？”另一幕僚问。

“不在，”建议击鼓的幕僚道，“陈、茅二将率前部，昨晚到的岛山；都堂率中军，今日到的岛山；他率后部，须得明日赶到。”

“所以，兄台方才说：一个时辰可以攻下，谁个愿意拖到两个时辰；两个时辰可以攻下，谁个愿意拖到三个时辰？然后又说一句：今日可以攻下，谁个愿意拖到明日？我还以为，兄台已经看出其中的奥妙呢。”另一幕僚说。

“我随口一说，没想这么多。”建议击鼓的幕僚道。

“兄台这会儿应该知道，以击鼓言之是错的吧？”另一幕僚问。

“确是错的，”建议击鼓的幕僚承认，“幸亏兄台及时止住，我才未大得罪都堂，在此谢过。”

“兄台别急着谢，说不定我献一策，兄台不仅不会大得罪都堂，还能大得都堂欢心。”另一幕僚说。

“有此可能吗？”建议击鼓的幕僚表示怀疑。

“有，”另一幕僚十分肯定，“我方才说，兄台两句话都错。一句是：都堂不为拔栅焦虑。其错处，业已阐明。”说着，他问，“另一句怎说的，兄台还记得吗？”

“是不是‘不容置喙’那句？”建议击鼓的幕僚问。

“是那句，”另一幕僚应道，“都堂确为拔栅一事焦虑，已说明兄台前一句话是错的。再者，我等被召至都堂麾下，为的是参议军事。都堂既为拔栅一事焦虑，就不是战事以外的别事；兄台以为不容我等置喙，同样是错的。”

“此等之事，怎容我等置喙？”建议击鼓的幕僚问，“难道我等能告诫都堂，勿在各将中分亲疏；或径向都堂建议，暂偃旗息鼓，待某将到时再重新开战？”

“兄台若以为置喙即告诫，确不容我等置喙；若以为置喙即建议，则大可置喙。”另一幕僚道。

“兄台真要我建议偃旗息鼓？”建议击鼓的幕僚问。

“有个更好的说法。”另一幕僚道。

“请兄台赐教。”建议击鼓的幕僚揖道。

“请击鼓，为都堂所叱，何不改请鸣金？”另一幕僚道。

“这不还是偃旗息鼓？”建议击鼓的幕僚犹豫。

“兄台言之差矣。”另一幕僚摇头。

“差在哪里？”建议击鼓的幕僚问。

“差在一则易辩，一则难辩，”另一幕僚说，“请击鼓在前，请息鼓在后，兄台无论怎辩，都是在抽打自家。请击鼓在前，请鸣金在后，兄台说得出无数堂而皇之的理由。譬如，天色已晚，不是个堂而皇之的理由吗？鏖战已久，不是个堂而皇之的理由吗？将士已疲，不是个堂而皇之的理由吗？”随便举出几个理由后，他说，“兄台是明白人，无须我再多言。”

事实是，没等他们提议，杨镐已传令，鸣金收兵。

两名幕僚说的主将，是左军主将李如梅。杨镐曾以山东布政司参议，分守辽海道。其时，李如梅官辽东副总兵。二人联手，率军出塞，一起报过捷，一起吃过败仗，一起得到朝廷宽贷，一起出征朝鲜，因而情谊深厚。杨镐希望攻占岛山的战功，由李如梅获取。

第二天，李如梅到达岛山，率部攻城。按说，他部比陈寅部、茅国器部强悍能战。陈寅部、茅国器部能拔栅，他部更能拔之；陈寅部、茅国器部能陷城，他部更能陷之。但是，他率部攻打一天，既没拔栅，也没陷城。前一天倭军几乎没有斗志，这天好像又恢复斗志。

很快，官军获悉，行长率部来援，不日将至。不知倭军斗志复盛，是不是因为这个消息，但官军确是为此而军心不稳。

万历二十六年正月初二日，行长部至。双方并未正式交手，杨镐闻讯，狼狈奔逃。众将见状，随之奔逃。整个官军不战而溃，辎重多丧失。

第二百七十四章

居住在京郊西山脚下的隐士，进城看望他的儒者老友。这是一件颇不寻常的事，让儒者又是兴奋，又是不安。

儒者是个直性子的人，开口竟问：“兄台怎的进城？”

“贤弟不欲我来？”隐士问。

“不是我不欲兄台来，是兄台曾立下誓言，再不进城；而且，兄台的确有几年不曾进城。”儒者说。

“我并没想进城；今日也不知怎的，一早起来，前面好像被人拉着，后面好像被人撵着，就进了城。”隐士说。

“连童儿都不知吧？”儒者问。

“他不知。”隐士说。

“那还不把他急坏！”儒者道。

“他急？他恨不得有一天见不到我，好图一天清静。”隐士说。

“好啊，今日可在我这里住一夜吧。”儒者道。

“不住！”隐士说。

“兄台没立过不在城里过夜的誓呀。”儒者道。

“不进城誓既毁，只好再立一个不在城里过夜的誓。”隐者道。

“好，不住就不住，”儒者也不勉强，“但饭总要吃吧，我去张罗。”

“不吃！”隐士道。

“兄台没立过不在城里吃饭的誓呀，为何饭也不吃？”儒者问。

“不进城誓既毁，只好多立一个不在城里吃饭的誓。”隐士道。

“我看，兄台还应再多立一誓。”儒者说。

“再多立何誓？”隐士问。

“不在城里喝水。”儒者说。

“一日不饭尚可，一日不饮怕是不行。”隐士道。

“若在城里喝水，会很麻烦。”儒者说。

“有何麻烦？”隐士问。

“会内急呀，”儒者笑道，“常听人说，肥水不流外人田，兄台把肥水留在城里，岂不麻烦！”

隐士也笑了笑，说道：“就依贤弟，今日水也不饮。”

“一句笑话，兄台切莫在意，”儒者说着，送上一杯茶，让道，“茶不好，兄台请用。”

隐士品尝一口，赞道：“好茶！”

“兄台这会儿半饥半饱吧？饭饱之后，更能觉出此茶好处。”儒者说。

“贤弟何意？”隐士问。

“不如把不在城里吃饭之誓废除。”儒者说。

“为品好茶，不是不可。”隐士道。

“兄台这会儿走的累吧？一觉之后，尤能觉察此茶好处。”儒者说。

“贤弟是劝我把不在城里过夜之誓亦毁？”隐士问。

“我是想劝，但不敢劝。”儒者说。

“为满足贤弟心意，亦不是不可。”隐士道。

“我说嘛！”儒者心满意足，“兄台一早出门，奔走几个时辰进城，不会只和我见上一面，马上就要走。”

“原本打算如此。”隐士道。

“当真只为见一面？”儒者问。

“那却不是，”隐士道，“除见一面，还要说上两句话。”

“岂止两句！从兄台进来，二十句话也说了。”儒者说。

“那都是闲话，我有正经话要对贤弟说。”隐士道。

“这我猜到，兄台请讲。”儒者揖道。

“有一年贤弟出城看我，提及一人，贤弟还记得吗？”隐士问。

“兄台说有一年，肯定不是今年。”儒者推论。

“不是。”隐士道。

“应该也不是去年。”儒者又推论。

“也不是。”隐士道。

“却是哪一年？”儒者问。

“大约是三年前吧。”隐士说。

“亦即，是万历二十三年？”儒者推算。

“对，是万历二十三年。”隐士道。

“那年我出城不多。记得有一次，我拿篇文章出城，兄台说的是不是那一次？”儒者问。

“对，是那一次。”隐士道。

“那一次似乎提到吕都堂。”儒者说。

“对，我要和贤弟正经说的，正是吕都堂。”隐者道。

“吕都堂早已去官，兄台不知吗？”儒者问。

“我不关心他去没去官。”隐士道。

“他去官差不多一年。”儒者说。

“我不关心他去官有没一年。”隐士道。

“那么，兄台关心他何事？”儒者问。

“我关心他是否上过一疏。”隐士说。

“官至都堂，怎会只上一疏！”儒者道。

“我关心他去官前上的一疏。”隐士说。

“有此一疏，”儒者道，“很多人说，他是因该疏留中不报，才称疾乞休的。”见隐士皱起眉头，他问，“兄台也不关心他是不是为此疏而称疾乞休吧？”

“是，”隐士应道，并说，“我关心的，只有一事。”

“何事？”儒者问。

“此疏以忧危名之，然否？”隐士反问。

“有此一说。”儒者道。

“为何以忧危名之？”隐士问。

“危者，朝廷面临危局也；忧者，忧朝廷面临危局也。”儒者道。

“他怎样写朝廷面临的危局，贤弟记得吗？”隐士问。

“该疏一出，称赏者甚多，传诵者甚众，所以，我大致能记得，”儒者说着，问道，“兄台可曾闻之？”

“亦闻之，所以来向贤弟求证。”隐士说。

“求证？求证何事？”儒者不解。

“求证我听到的传诵，有无遗漏。”隐士说。

“很好。”儒者忽然说出这两个字，让人不知所云。

“很好？何事很好？”隐士也不解。

“兄台问我记不记得该疏怎样写朝廷面临的危局，我还以为得一桩一桩说给兄台听；兄台既是求证所听传诵有无遗漏，岂不是该兄台一桩一桩说给我听？”儒者道。

“很不好。”隐士不同意。

“为何很不好？”儒者问。

“你我谁个在求证？”隐士反问。

“兄台在求证。”儒者道。

“贤弟可知，我为何要求证？”隐士问。

“不知。”儒者道。

“贤弟可知，我疑哪一事遗漏？”隐士问。

“不知。”儒者道。

“贤弟可知，有遗漏我是怎想，无遗漏我会怎想？”隐士问。

“不知。”儒者道。

“贤弟皆不知，听我复述，怎知该留意何事？很可能我复述一遍后，贤弟并没听出有无遗漏；而贤弟复述，我肯定能听出，我所关心的那一事是否真的遗漏。”隐士说。

“兄台所言，不无道理，我也有个计较。”儒者道。

“有何计较？”隐士问。

“兄台所闻传诵，有目否？”儒者反问。

“有。”隐士应道。

“不如兄台先报以目，若兄台所闻传诵之目，与我所闻传诵之目相同，则无遗漏；若兄台所闻传诵之目，少于我所闻传诵之目，则兄台所闻有遗漏；若兄台所闻传诵之目，反多于我所闻传诵之目，则我所闻有遗漏。”儒者说。

“贤弟此议，无非想偷个懒，”隐士说着，摇了摇头，“但这个懒，贤弟是偷不成的。”

“兄台先说，怎是我想偷个懒？”儒者道。

“贤弟是想，若传诵之目相同，就不必复述，是吧？”隐士问。

“是啊，”儒者应道，“既无遗漏，为何还要复述？”

“若我所闻传诵之目，反多于贤弟所闻传诵之目，则是贤弟所闻有遗漏，应该由我来复述，是吧？”隐士又问。

“是啊，”儒者应道，“按照兄台的道理，这样才听得出遗漏的那事。”

“只有我所闻传诵之目，少于贤弟所闻传诵之目，才是我所闻有所遗漏，才应该由贤弟来复述，是吧？”隐士又问。

“是啊。”儒者应道。

“三种情形，一种不必复述，一种由我复述，只有一种由贤弟复述，这还不是想偷个懒吗！”隐士道。

“即便是想偷懒，为何又偷不成呢？”儒者问。

“拿第一种情形来说：虽所闻传诵之目数相同，所言却未必尽同，还是要一事一事比较的。”隐士说。

“所以，还要我来复述？”儒者问。

“对，”隐士应罢，又说，“拿第三种情形来说：虽我所闻传诵之目，多过贤弟所闻传诵之目，贤弟所闻有遗漏是肯定的；但并不能说，我所闻就没有遗漏。很可能是我所闻遗漏一事，而贤弟所闻遗漏二事；我所闻遗漏之事，贤弟恰有所闻。再者，贤弟并未疑及有所遗漏；即便贤弟有所遗漏，即便由我来复述，贤弟也未必听得出来。”

“所以，还要由我复述？”儒者问。

“又对。”隐士者。

“总之由我复述是铁定的，”儒者很是无奈，他问，“那么，可否先请兄台述其大目呢？”

“可，”隐士应一声，说，“我所闻，该疏有思乱之民者四。”

“此同。”儒者道。

“有可知者三。”隐士说。

“此亦同。”儒者道。

“有收拾人心者十二。”隐士说。

“此亦同，”儒者道，并说，“大目者三，此同；三大目之名目，此又同。小目者一十九，此同；各大目下小目之数，此又同。不是我要偷懒，我看兄台所闻，不会有遗漏。”

“贤弟只管复述小目，有无遗漏，我来判定。”隐士不为所动。

“好，”儒者应一声，说，“我所闻，思乱之民有无聊之民。”

“此同。”隐士道。

“有无行之民。”儒者说。

“此亦同。”隐士道。

“有邪说之民。”儒者说。

“此亦同。”隐士道。

“有不轨之民。”儒者说。

“此亦同。”隐士道。

“思乱之四民既同，再看三可知，”儒者说着，数道，“有今天下之苍生贫困可知。”

“此同。”隐士道。

“有今国家之财用耗竭可知。”儒者说。

“此亦同。”隐士道。

“有今国家之防御疏略可知。”儒者说。

“此亦同。”隐士道。

“可知者三既同，最后看收拾人心者十二，”儒者说着，数道，“有收拾江南、陕西之人心。”

“此同。”隐士道。

“有收拾四方人心。”儒者说。

“此亦同。”隐士道。

“有收拾畿内人心。”儒者说。

“此亦同。”隐士道。

“有收拾天下宗藩之心。”儒者说。

“此亦同。”隐士道。

“有收拾勋戚之心。”儒者说。

“此亦同。”隐士道。

“有收拾囹圄之人心。”儒者说。

“此亦同。”隐士道。

“有收士大夫之心。”儒者说。

“此亦同。”隐士道。

“有收属国之心。”儒者说。

“此亦同。”隐士道。

“有收输解之人心。”儒者说。

“此亦同。”隐士道。

“有收都下之人心。”儒者说。

“此亦同。”隐士道。

“有收左右之人心。”儒者说。

“此亦同。”隐士道。

“兄台一连说了十九个‘此亦同’。”儒者提醒道。

“没那么多，还有三个‘此同’呢。”隐士道。

“非此同，即此亦同，总之没有不同。兄台是不是可以说你我二人皆无遗漏？”儒者问。

“那要看贤弟怎说。”隐士道。

“兄台不是要我只管复述，有无遗漏，由兄台判定吗？”儒者指出他前后所言不一。

“我是说，要看贤弟所闻有没说漏。”隐士道。

“绝没说漏！”儒者道。

“还要看，贤弟所闻有没说错。”隐士又道。

“绝没说错！”儒者道。

“贤弟既未说漏，既未说错，是否可以断言，不是贤弟听漏一件事，不是我听漏一件事，而是此疏少写一件事？”隐士问。

“兄台说的是哪件事？”儒者反问。

“即那一年贤弟出城去看我，示以宏论之后，一直萦绕于我胸的那件事。”隐士道。

“兄台是说，建储之事？”儒者问。

“是。”隐士应道。

“此事朝中亦有争论，”儒者说，“有人责备吕氏列出将近二十事，建储却不出一言；也有人为其辩解，说他癸巳年曾上疏，专陈建储事；还有人说，他担心今次列上建储事，所陈别事亦将搁置。”

“癸巳年是哪年？”隐士问。

“万历二十一年。”儒者说。

“五年前曾言建储事，今次就可以不议？不见年年都在议，而且不止一次地议！要知道，他既以‘忧危’为言，别事都可以不列，唯独建储之事，是不可以不言的！”隐士道。

“兄台说的是。”儒者应道。

“再者，他担心列上建储事，所陈别事被搁置，然他未列上建储事，所陈别事就没被搁置吗？”隐士问。

“同样被搁置。”儒者说。

“所以，为他辩解之词，绝不可取！”隐士道。

“兄台说的是，”儒者应过之后，往深一层考虑，“兄台闻吕氏该疏而匆匆进城，不只为说说吕氏该疏吧？”

“诚是，”隐士道，“我特来问问贤弟，三年前贤弟那篇大作，是否准备示人？”

“兄台以为呢？”儒者问。

“我以为此其时矣。”隐士道。

“为何此其时矣？”儒者问。

“前者，议及《闺范图说》，尚不知该书与吕氏有无干系；更不知该书果为吕氏编纂，是否别有图谋。今者，吕氏议国家忧危，却不及建储，真相应该大白。”隐士说。

“我和兄台同感，”儒者道，并说，“不过，兄台莫忘，你还欠我一个名字呢？”

“已拟好，贤弟斟酌。”隐士说着，从袖口抽出两张纸。一张上面写着三个大字，一张上面写着几行小字。他先把写有大字的纸递给儒者，上面写的是：朱东吉。

“以国姓为姓，姓氏取得好；以东宫吉祥为言，名字取得好。”儒者赞道。

“另则，”隐士又把写有几行小字的纸递过去，说，“贤弟拟文时，吕氏尚未上疏，此一节宜增补几句。”

几行小字写的是：

或曰：人谓吕氏因败露难容，乃上《忧危》一疏，号泣朝门，无乃欲盖弥彰？

曰:《忧危》一疏，人称忠肝义胆，况此一副急泪，何可遽得，安得而少诸！

或曰：国本安危，宁逾太子？窃见《忧危》疏中，列天下事备矣，胡独缺此！

曰：公何见之晚耶？夫人意有所专，则语有所忌。倘明奏册立，将属之谁！若归此，则前功尽弃；若归彼，则后患自招。何若不言之愈也！

或曰：固矣，闻吕氏所进金龙命书，称在长之命，不过清淡藩王；称在三之命，异日太平天子。今西廷咸睹缩舌，是亦不可以已乎？

曰：管仲、魏徵，天下才也；子纠、建成，均号国裔。人各有见，子何责备太苛！

“这几句加在哪句之后？”儒者问。

“或曰：吕氏之为此，本谋铨部行道，今铨部不可得，司寇不能安，不终付浩叹乎？”隐士又背诵一句，问道，“有这一句吧？”

“有。”儒者应道。

“这几句话，”隐士指着写有几行小字的纸说，“可置于此句之前。”

“好，我将全文重新抄写一遍，看看如何。”儒者道。

第二百七十五章

皇帝把田义叫来，问他："礼科有个叫曹大咸的给事中？"

"有，"田义应道，"去岁顺天试颇遭非议，参劾修撰焦竑的几篇奏疏，以他的奏疏最为尖刻。"

"他没改官吧？"皇帝问。

"没改官。"田义道。

"也没改别科？"皇帝又问。

"也没改别科。"田义说。

"怪哉！"皇帝道。

"爷为何以为他已改官，或已改科？"田义问。

"朕听说，他最近又大谈起掣签法，还以为他改官吏部，或改官吏科了呢。"皇帝道。

"他未改官，未改科，但议掣签法，却是有的。"田义说。

"掣签法亦颇遭非议，他也是反对掣签法的吗？"皇帝问。

"这却不是。"田义摇头。

"他竟赞成掣签法？"皇帝感到奇怪。

"也没完全赞成。"田义说。

"既不反对，也不完全赞成，他是何意？"皇帝问。

"该疏还在司礼监，奴才取来，给爷读吧？"田义请旨。

"不必，你给朕说说即可。"皇帝道。

"是，"田义应一声，说道，"曹大咸该疏属于拾遗、补缺，他是为行会推掣选法，出个主意。"

"是何主意？"皇帝问。

"仿会试之例，分南、北、中三等。"田义说。

"会试分南、北、中，定的不是员额吗？"皇帝道。

"爷说的是。"田义应道。

“也叫南、北、中三等吗？”皇帝问。

“不叫南、北、中三等，叫南、北、中三卷。”田义说。

“对，分进士及第、进士出身、同进士出身三甲取士，才是三等，怎可又分南、北、中三等！”皇帝道。

“爷说的是。”田义应道。

“三卷是怎定的，朕的记忆有点儿模糊。”皇帝道。

“以取士百名为率——”田义刚一开口，被皇帝打断。

“老田，你先给朕说说，南卷有哪几处。”皇帝命道。

“是，”田义应一声，说道，“南卷之地有浙江、江西、福建、湖广、广东五布政司，及南直隶应天、苏州、松江等府。”

“北卷呢？”皇帝问。

“有北直隶及山东、山西、陕西、河南四布政司。”田义说。

“中卷呢？”皇帝问。

“有四川、广西、云南、贵州四布政司，及南直隶凤阳、庐州二府、滁州、徐州、和州三州。”田义说。

“南卷言及应天、苏州、松江，用个等字，中卷言及南直隶二府三州，没用等字，没有提到的南直隶各府，应该都属南卷吧？”皇帝问。

“爷说的是。”田义应道。

“北直隶既在北卷，朕看，应该称北、南、中卷，不该称南、北、中卷。”皇帝又说。

“诚如圣谕，不过，称南、北、中卷，除习惯使然，还有一个原因：南卷取士员额多于北卷取士员额，故而南、北、中卷排列的次序，是由取士员额的多少而定。”田义说。

皇帝点点头，道：“老田，你接下来可以说各卷员额。”

“是，”田义应一声，说，“以取士百名为率，南卷五十五名，北卷三十五名，中卷十名。”

“此员额定于何时？”皇帝问。

“最初定于正统丙辰科。”田义说。

“是正统几年？”皇帝问。

“正统元年。”田义道。

“英庙之前，应该是宣庙吧？”皇帝问。

“是。”田义应道。

“那就是说，在宣德年间，就在酝酿其事。”皇帝推测。

“诚如圣谕，”田义应道，并说，“再前，于仁庙时，曾定南、北取士员额，南人十六，北人十四。至宣德末年，开始酝酿分南、北、中卷。”

“五十五、三十五、十，后来有没变化？”皇帝问。

“宪庙成化二十二年，首辅万阁老是川人，礼部周尚书也是川人，曾议南卷、北卷各减两名，以益中卷。”田义说。万阁老名安，是四川眉州人；周尚书名洪谟，是四川长宁人。

“那不成五十三名、三十三名、十四名？”皇帝道。

“是。”田义应道。

“数字不完整，不好。”皇帝议论一句。

“爷圣明，”田义称颂，“祖宗也知改得不好，所以，只行一科，弘治二年仍复其旧。”

“后来没再改变过？”皇帝问。

“武庙正德三年，太监刘瑾柄政，乃陕西人；吏部尚书焦芳，乃河南人。以南、北、中卷取士不均，议以四川并入南卷，其余中卷并入北卷，南、北二卷各取一百五十名。”田义说。

“此举大概也不会长。”皇帝估计。

“爷说的是。此一改变也只一科，刘瑾、焦芳败，复旧额。”田义说。

“好，”皇帝挥挥手，命道，“会试三卷，朕已了然，再说回会推掣选法吧。”

“是。”田义应罢，等皇帝发话，或发问，好知道从哪里说起。

“会试分南、北、中三卷，会推掣选，不能说分南、北、中三卷，但说分南、北、中三等，听起来不顺耳。”皇帝说。

“曹大咸还有个说法。”田义道。

“怎说？”皇帝问。

“分南、北、中三签。”田义道。

“三签？这倒是可以和三卷对应，”皇帝说着，问道，“三签可是按照划分三卷的地域划分？”

“不尽相同。”田义道。

“南签有哪几省？”皇帝问。

“福建、广东、广西、云南、贵州。”田义道。

“仅从南签看，和南卷相去甚远。”皇帝说。

“是。”田义应道。

"北签有哪几省？"皇帝问。

"北直隶、山东、山西、河南、陕西。"田义道。

"北签、北卷地域，倒是完全一致。"皇帝说。

"是。"田义应道。

"南直隶、浙江、江西、湖广、四川，"皇帝掰着手指数完余下的几处，道，"皆属中签吧？"

"爷说的是。"田义应道。

"朕看，三签比三卷分得好。"皇帝说。

"爷为何这么说？"田义问。

"一则，南直隶就是南直隶，不被分割开来；二则，十三布政司，外加二直隶，共十五处，南、北、中三签各五处，哪签也不多，哪签也不少。"皇帝说。

"诚如圣谕。"田义应道。

"还有，"皇帝想起一件事，说道，"南卷、北卷、中卷，按照取士多少排列，三签则不必按照掣签多少来排列，即便按照掣签多少来排列，南签也未必最多，不如改变顺序，称北、中、南三签。"

"这样一改，名至实归。"田义奉承道。

"三签既定，如何掣之？"皇帝问。

"简而言之，北人掣北签，中人掣中签，南人掣南签。"田义说。

"譬如北直隶人，肯定掣北签。"皇帝举例。

"是。"田义应道。

"譬如南直隶人，肯定掣中签。"皇帝又举例。

"是。"田义应道。

"譬如闽人，肯定掣南签。"皇帝又举例。

"是。"田义应道。

"老田，这里有无不妥？"皇帝问。

"爷说的是——"田义反问。皇帝既问他有无不妥，一定是自己看出不妥，当然要让皇帝自己说。

"譬如闽人，掣到的恰好是闽省缺官的签，甚至福州人，掣到的恰好是福州府缺官的签，怎办？"皇帝问。

"祖宗定立的回避制度，还得遵从吧。"田义道。

"你是说，闽人不掣闽省缺官的签，福州人不掣福州府缺官的签？"皇帝问。

"是。"田义应道。

“曹大咸疏中有未言及？”皇帝问。

“未具体言及。”田义含糊其辞。

“这是个不妥吧？”皇帝问。

“爷说的是。”田义应道。

“还有，”皇帝又指出另一个问题，“差有繁差，有简差，有优差，有劣差。不能说北签都是繁差，都是优差，中签都是繁差，都是优差，而南签都是简差，都是劣差。但比较起来，北签、中签的繁差、优差，肯定多过南签。对于南签各处的士人来说，岂不是不公平？难道划归南签的士人，一定不如划归北签、中签的士人？”

“爷虑的是，”田义应道，“按北、中、南签掣选，划归南签的士人，掣选繁差、优差的机会，肯定会少于划归北签、中签的士人。”

“曹大咸疏中有未言及？”皇帝问。

“未具体言及？”田义又含糊其辞。

“这也是个不妥吧？”皇帝问。

“爷说的是。”田义应道。

“老田，你能不能给他想个理由？”皇帝出个难题。

“爷让我为哪样不妥想个理由？”田义边问，边想哪件事比较容易想出理由来。

“随你。”皇帝很宽容。

“那奴才为繁差、简差，优差、劣差想个理由吧。”田义道。

“好。”皇帝点头应允。

“南签繁差、优差不如北签、中签多，这是实情；但北签、中签本身，也有繁差、简差之分，优差、劣差之分。掣着繁差、优差的士人，难道都强过掣着简差、劣差的士人？”田义说。

“你的意思，既是掣选，掣着繁差、优差，抑或掣着简差、劣差，只好听天由命？”皇帝问。

“奴才斗胆妄言，爷恕罪。”田义道。

“你的话不错，”皇帝说，“若一定要优者得优差，庸者得劣差，就只好停止掣选。”说着，问道，“设北、中、南三签掣选，有何好处，曹大咸写没写？”

“他简单写一个好处。”田义道。

“是何好处？”皇帝问。

“土俗民情俱习。”田义道。

“这也是个好处，但这个好处值不值得为之分北、中、南三签，还须吏部议一议，”皇帝着，命道，“老田，你去传谕吏部吧。”

“奴才领旨。”田义应道。

第二百七十六章

宫人和宦者结好，虽无夫妇之名，而有夫妇之实，名曰菜户。当然，夫妇之实也要看怎么说。宦者净过身，是不可能真正行房事的；但从二人同桌而食、同床而眠、双进双出、相亲相爱的情形来看，说有夫妇之实，一点儿也不过分。

宫人和宦者定情，和世俗的男人、女人一样真挚，甚至更加真挚；他们受到的世俗诱惑，可能比世俗的男人、女人要少得多。

因此，郑贵妃宫里的宫女吴赞女，与前交好的宦者分手，而与另一宦者交好，在翼坤宫引起许多议论，把郑贵妃也惊动。

她把宦者刘成唤来，盘根问底。

“刘成，你和吴赞女相处得不错吧？”郑贵妃问。

“奴才叫她姐。”刘成说。

“是真心实意地认她这个姐姐，还是别有所图？”郑贵妃问。

刘成嘿嘿一笑，看上去有些傻乎乎的。

“看来让我说中！”郑贵妃道。

“娘娘说奴才有所图，的确说中；但娘娘说奴才别有所图，奴才不敢苟同。奴才若对吴姐有所图，还不是和别的奴才所图一样，怎会别有所图？”刘成抠起字眼。

“刘成，你这张嘴很了得呀，把我驳得无话可说。”郑贵妃道。

“奴才该死，”刘成忙请罪，“奴才没想驳娘娘；奴才只想说，奴才对吴姐的心意，和别个奴才对吴姐的心意，是一样的。但吴姐看不上我。”

“她为何看不上你？”郑贵妃问。

“她比奴才大两岁，嫌奴才毛手毛脚。”刘成说。

“她看得很准，我看你也毛手毛脚，”郑贵妃说着，问道，“刘成，你可知，前者与她结好的，是谁呀？”

“是宋保。”刘成说。

“我没听过这个名字，不是咱宫的吧？”郑贵妃问。

“不是，”刘成道，“宋保在尚膳监当差。吴姐哪样都好，就是嘴馋，被尚膳监的人勾搭去。”

“既得其所，为何又弃之？”郑贵妃问。

“吴姐新欢张进朝，在银作监当差。”刘成说。

“那又怎的？”郑贵妃问。

“银作监打造金银器饰。”刘成说。

“你吴姐不是哪样都好，就是嘴馋吗？”郑贵妃道。

“奴才听过一句话，饱暖思淫欲。这话用在吴姐身上很恰当，”刘成说，“吴姐结好宋保，常能吃到一些别人吃不到的美味。但久而久之，习以为常，吃进嘴里不再那么香甜可口。吴姐又喜欢上各种器饰。宋保送她器饰，总不如张进朝送得多，送得好，送得顺当。”

“这个吴赞女，我看她很老实的，没想到也有许多贪欲。”郑贵妃不无感慨地说。

“在娘娘面前，谁个敢不老老实实的。”刘成这句话恰到好处，既点明郑贵妃的尊贵，又表明自己说的都是实话。

“刘成，你告诉我，咱宫里的果子，还是让你垂涎的果子，被别衙门的人摘走两次，你就甘心？”郑贵妃问。

“以奴才的身份，不甘心又能怎的？”刘成无可奈何地说。

“你的身份很轻贱吗？”郑贵妃嗔道，又问，“我听说，你在司礼监有几个好友，有没有这回事？”

“好友说不上，说得上话而已。”刘成很有分寸。

“不是和掌印说得上话吧？”郑贵妃问。

“不是。”刘成道。

“不是和秉笔说得上话吧？”郑贵妃问。

“不是，”刘成道。郑贵妃还要问，他说，“娘娘再问，奴才肯定无地自容。奴才说得上话的，不过是几个长随、奉御。”

“长随、奉御怎的？很轻贱吗？”郑贵妃说着，又问，“你说得上话的长随、奉御，有没有和掌印、秉笔说得上话的？”

“有一两个。”刘成说。

“有一两个就够，”郑贵妃道，“你和这一两个长随、奉御说得上话，这一两个长随、奉御和司礼掌印、秉笔说得上话，不就等于你和司礼掌印、秉笔说得上话！”

“娘娘抬举奴才，”刘成不知娘娘是何意，不敢随便附和，“奴才是和司礼监里一些长随、奉御说得上话；奴才说得上话的长随、奉御，有一两个是和司礼掌印、秉笔说得上话。但他等敢不敢让奴才和司礼掌印、秉笔说得上话，能不能让奴才和司礼掌印、秉笔说得上话，奴才心里一点儿底也没有。”

“你自个儿的话，人家当然不一定给你面子。”郑贵妃道。

刘成机灵，立刻听出郑贵妃话里的意思。他问：“娘娘是说，让奴才去司礼监传个话，问个话？”

“这事儿你办不办得到？”郑贵妃问。

“奴才办得到。”刘成悟到，这可能是自己的机会。

“这事儿你办得到，你就有机会。”郑贵妃果然说。

“奴才叩谢娘娘，给奴才这个机会，”刘成很正式地磕头。然后自作聪明地说，“司礼监掌印、秉笔出面，宫里的事无不好办。”

“宫里的事？”郑贵妃奇怪地问，“宫里的何事好办？”

“把张进朝那厮吓走，不让他来摘咱宫里的果子呀。”刘成说。

郑贵妃知道和刘成说岔，但又不能马上把他的嘴堵上。她说：“你吴姐的事，一会儿再说。我要你去司礼监问的，说的，不是宫里的事。”

“不是宫里的事？”刘成没想到自己会理解错。

“不是！”郑贵妃语气更加肯定。

“娘娘要问司礼监的，是何事？”刘成问。

“近日有篇文章，叫《忧危竑议》，你听人说过吗？”郑贵妃反问。

“奴才没听人说过。”刘成道。

“我叔为我编纂《闺范图说》一书，你听人说过吧？”郑贵妃又问。

“奴才岂止听说过！”刘成道，“娘娘请爷阅过后，书稿还是奴才给国舅老爷送去的呢。”

“有人为该书写篇跋，到处散发，你听说过吗？”郑贵妃又问。

“此事奴才听说过。”刘成道。

“《忧危竑议》就是那篇跋。”郑贵妃告诉他。

“娘娘是不是让奴才去问问司礼监管事的叔们，有没有找到写那篇文章的人？”刘成自以为猜测的不错，说道，“其实，要知此事，不用去司礼监问，去东厂问就可以。”

“我才不管那篇文章是谁个写的，才不管有没有找到写那篇文章的人呢！说不定，找不出那个人更好。”郑贵妃说。

刘成好不容易听明白一点儿，又被说懵。

“娘娘要奴才去司礼监，不问这事，却问何事？”他问。

郑贵妃仍不直接告诉他，仍按自己的思路问他。

“朝中有名侍郎，已去官，叫吕坤，你知道吗？”郑贵妃问。

“奴才不知。”刘成道。

“有人说，《闺范图说》的原书是他编纂的，我叔是根据他那本书，重新编纂《闺范图说》的。这回你该知道吧？”郑贵妃问。

“娘娘这么一说，奴才有点儿印象。”刘成说。

“朝中有名科臣，叫戴士衡，你知道吗？”郑贵妃问。

“奴才不知。”刘成道。

“就是上疏参劾吕坤潜进《闺范图说》，结交宫闱的那名给事中。我叔说他与吕坤、刘道亨、白所知等有隙，故借《闺范图说》言事。这回该知道了吧？”郑贵妃问。

“娘娘这么一说，奴才又有点儿印象，”刘成道，并问，“娘娘是不是要奴才去问司礼监，此科臣好生可恶，为何不处分他？”

“为何不处分他，不用你去问。”郑贵妃道。

“不用奴才去问？”刘成问。

“皇上已有旨处分他，还用你问吗？”郑贵妃道。

“那娘娘是要奴才去司礼监问——”刘成还要往别的事上猜。

“有个全椒县，你知道吗？”郑贵妃忽又问别的事。

“是在北直吗？”刘成反问。

“我问过，不在北直，在南直。”郑贵妃说。

“奴才没出过京城。在北直，奴才也不一定知道，更别说在南直。”刘成说。

“无妨，此事用不着你知道，”郑贵妃说着，又问，“今全椒知县叫樊玉衡，你知道吗？”

“朝中官员奴才认识不到几个，更别说外官。”刘成说。

“无妨，此事也用不着你知道。不过，”郑贵妃说着，口气一转，“樊玉衡这个名字，你得记住。”

“是，奴才记得住，”刘成道，又说，“他名中也有个衡字，这就好记一半。”

“你既不知樊玉衡其人，自然也不会知道，我为何要你记住他。”郑贵妃道。

“奴才是不知。”刘成回应得很坦然，既然话是由郑贵妃说出来的，他不知道，不能算是过错。

“他最近上一疏。”郑贵妃说。

“也和《闺范图说》有关系吗？”刘成问。

“那要看怎说，”郑贵妃道，“说有关系，他疏中一次也没提《闺范图说》；说没关系，该疏分明是冲着《闺范图说》来的，也是冲着我来的。”说着，背诵几句她记住的话。“陛下爱贵妃，当图所以善处之。今天下无不以册立之稽迟归过贵妃者，而陛下又故依违，以成其过。陛下将何以托贵妃于天下哉！由元子而观，则不慈；由贵妃而观，则不智。无一可者。愿早定大计，册立、冠婚诸典次第举行，使天下以元子之安为贵妃功，岂不并受其福，享令名无穷哉！”

“奴才知道娘娘为何说该疏是冲着《闺范图说》来的。”刘成插话。

郑贵妃随口一说，没想到他却听出名堂。

“你说说看。”郑贵妃命道。

“他说，陛下爱贵妃，当图所以善处之，而不说当思所以善处之，这是在影射《图说》。”刘成说。

理由荒唐之极，但郑贵妃并不想指出来。她问：“臣子们的奏疏我向来是不闻不问的，你知道我为何记住这几句？”

“奴才不知。”刘成道。

“是皇上背诵给我听的。”郑贵妃说。

“爷背诵给娘娘听的，娘娘一定能记住；即如娘娘背诵给奴才听的，奴才一定能记住。”刘成讨好地说。

“我倒希望你别记住。”郑贵妃道。

“娘娘为何希望我别记住？”刘成问。

“免得你又背诵给别人听。”郑贵妃道。

“奴才不敢，奴才只记在心里，不会背诵给别人听，”刘成说着，又有新的想法，“娘娘是不是要奴才去问司礼监，此知县好生可恶，为何不处分他？”

“你又说晚。”郑贵妃道。

“娘娘是说，爷也有旨处分他？”刘成问。

“对。”郑贵妃应道。

“原来是这么回事！”刘成好似又懂，“娘娘是要奴才去问司礼监，一名科臣，一名知县，处分的旨意是否已拟好吧？”

“这也不用你问，”郑贵妃仍摇头，“无论是拟中旨，还是由内阁拟旨，一定已经拟好。你只去问司礼监，处分二臣的旨意是怎拟的。”

“只问这一句？”刘成似乎觉得差事太容易。

“对，只问这一句。”郑贵妃道。

“只问这一句，司礼监会告诉奴才吗？”转眼间，刘成又觉为难。

“你别忘，不是你问，是替我问。”郑贵妃道。

“是，奴才是替娘娘问，一定问得出来，”刘成说着，又问，“然后呢？奴才回宫复娘娘懿旨？”

“回宫稍晚一步，你自个儿先掂量掂量。”郑贵妃说。

“娘娘要奴才掂量何事？”刘成问。

“对二臣的处分是轻是重。”郑贵妃说。

“这件事让奴才有点儿为难。”刘成实话实说。

“有何为难？”郑贵妃问。

“奴才死心眼儿，分不出个轻重。”刘成说。

“你是怕，你觉着够重，我却觉着轻吧？”郑贵妃问。

“也可能奴才觉着太轻，娘娘却觉着够重。”刘成说。

“不会！无论怎样处分二臣，我都不会觉着太重，”郑贵妃断然否定他的假设。并问，“有我这句话，你能分得出轻重吧？”

“奴才大致分得出。”刘成道。

“我再告诉你个分寸：除非论死，别的处分，你都让司礼监请旨后，再行颁下。”郑贵妃说。

“田叔稳重，拟好旨，不会贸然颁下的。”刘成说。

“我知田司礼稳重，但提醒他一句，也没坏处。”郑贵妃道。

“是，”刘成应一声，又假设，“万一田叔当真疏忽，奴才提醒他，他听得进吗？”

“你又忘记，不是你提醒他，是你替我提醒他。”郑贵妃说。

“是，奴才是替娘娘提醒，田叔一定听得进，”刘成说着，又问，“然后呢？奴才在那里坐等田叔等重拟吗？”

“你等不来他等重拟的，他等还要去请旨呢。你呢，可以回宫，把二人的处分告诉我。我呢，也可以琢磨琢磨，怎么对皇上说。皇上既然当着我的面背诵樊玉衡的奏疏，我也要表明个态度，才能对得起皇上。”郑贵妃说。

“是，奴才一定快去快回。”刘成虽然说个“快”字，但转身、迈步，无不磨磨蹭蹭的，一点儿没快去的意思。

“刘成，你还想说什么吧？”郑贵妃问。

刘成转回身倒是挺快的，他说：“娘娘有句话，奴才还没想明白。”

“哪句话你没想明白？”郑贵妃问。

“娘娘说，这事办得到，奴才就有机会；眼看这事奴才是办得到的，可机会奴才却一丁点儿也没看出来。”刘成说。

“你真糊涂！”郑贵妃斥道，“办到这事，就和司礼掌印、秉笔说得上话。这对你不是一个机会吗！和司礼掌印、秉笔说得上话，吴赞女能不另眼相看？这对你不是一个机会吗！”

刘成二话不说，快步而去。

这一天，他奔走于翼坤宫和司礼监值房之间，几乎没驻足。

田义则奔走于文华殿、内阁和司礼监值房之间。

随着他们的每一次奔走，对戴士衡、樊玉衡的处分也在不断加重，从贬官、谪外，直至远戍边方：戴士衡戍廉州，樊玉衡戍雷州。

第二百七十七章

吏部尚书蔡国珍以病休致，廷推数人，皇帝命起用李戴接任。李戴曾官南京户部尚书，并任过短期工部尚书，以继母忧去官。

他第一天到衙，本部左侍郎裴应章冲着他连连作揖：“阿弥陀佛，仁夫兄总算到任！”

“元闇兄是盼我呢，还是盼佛呢？”李戴笑着问。

李戴字仁夫，河南延津人。裴应章字元闇，福建清流人。二人都是隆庆二年的进士。

“仁夫兄即佛，这又何必问！”裴应章笑道。

“几年不见，在元闇兄眼里，我怎成佛？”李戴问。

“佛是救苦救难，仁夫兄能救苦救难，自然是佛。”裴应章说。

“我能救谁个的苦，救谁个的难？”李戴问。

“自是能救吏部之苦、吏部之难；当然，能救我之苦、我之难，也不必讳言。”裴应章说。

“原本以为是句笑话，看来元闇兄是当真的？”李戴不能不表示关切。

“可不是当真！”裴应章道。

“吏部出何事，竟使元闇兄以为有苦有难？”李戴问。

“仁夫兄看看这个。”裴应章说着，把一本奏疏的原件交给他。

李戴扫一眼，道：“不就是科臣一疏嘛！”

“仁夫兄看看他写的何事！”裴应章道。

李戴草草读几句，道：“不就是议的掣选嘛！”

“仁夫兄说得好不轻巧！”裴应章嗔道。

“恕我麻木，没看出此事有多沉重。”李戴说。

“此疏已下吏部议。”裴应章道。

“选官一事，本就改下吏部议呀。”李戴说。他还是不理解，裴应章为什么把曹大咸此疏看得如此严重。

“田公公几乎隔日来吏部催促，仁夫兄说严重不严重！”裴应章道。

“元闇兄为何一直不议复？”李戴问。

“不是在等仁夫兄嘛。”裴应章说。

“等我？该疏既已下吏部议，元闇兄为何还要等我？”李戴问。

“一来，汝聘先生去官后，我仅由右侍郎改左侍郎，朝廷并未命我署部务。二来，尚书之位若空缺，我只得勉为其难；然起仁夫兄掌吏部，朝廷已有旨，待仁夫兄来处分，应该不算旷职。”裴应章说。

“元闇兄还是如此善辩。”李戴道。

“仁夫兄要不要先熟悉一下本部各司官？”裴应章问。

“不要。”李戴摇头。

“莫非仁夫兄打算即复曹子铨此疏？”裴应章又问。

“没打算。”李戴仍摇头。

“那么，仁夫兄今日安排何事？”裴应章问。

“元闇兄有没急着要办的事？”李戴反问。

“若说急着要办的事，就是它。”裴应章指着曹大咸的奏疏说。

“把它放一放，元闇兄先陪我说说话吧。”李戴道。

“好，”裴应章点点头，问道，“仁夫兄想说话，有题目吗？”

“就说说汝聘先生吧。”李戴道。

“仁夫兄要和我说说汝聘先生？”裴应章好不困惑。大臣就职，说前任好有顾虑，说前任不好也有顾虑，一般都会避开这个话题。李戴为什么偏挑这个话题呢？

“不是我和元闇兄说说汝聘先生，是想请元闇兄为我说说汝聘先生。”李戴道。

“三殿灾，有诏起用废黜大臣。吏部以三等拟之，竟报寝，举朝皆为之惋惜。”裴应章说。

“欲举而未成之事，不说也罢。”李戴道。

“去岁三月廷臣齐聚文华门，请册立皇太子，并举行冠、婚礼。此事是汝聘先生倡议的。”裴应章说。

“临大是大非，我相信，汝聘先生是把握得住的。”李戴道。对此事，他似乎也没太大的兴趣听。

“仁夫兄是不是想听些小是小非？”裴应章问。

“朝廷上的事，有小是小非吗？”李戴反问。

“仁夫兄很快便知，吏部的掌部尚书，是离不开文选、考功二司官的。为文选郎辩，是大是大非，还是小是小非？”裴应章又反问。

“这还真不好说，”李戴道，“说是小事，我知汝聘先生是为司官申辩，而被参劾，愤而请辞的；我还知叔孝先生也是为蒋司官申辩，而被参劾，愤而请辞的。说是大事，一个衙门的堂官为本衙门属官申辩，真可以闹得满朝风雨吗？”

“所以，仁夫兄以为，这不算小是小非？”裴应章问。

“不，”李戴摇头，“我只是说，我也不知此事是小是小非，还是大是大非。”

“仁夫兄既不欲判定，就由弟判定之，如何？”裴应章问。

“好啊。”李戴应道。

“要我说，仁夫兄欲听我说说，此事肯定是大是大非；仁夫兄不欲听我说说，此事或是小是小非。”裴应章道。

“因人而异，只有元闇兄想得出来！”李戴笑道。

“那么，仁夫兄欲听我说说，还是不欲听我说说？”裴应章仍问。

“实不相瞒，我不是欲听元闇兄说说——”李戴拖个长音，留半句话。

彼此了解，裴应章当然知道他的想法。

“仁夫兄把后面的话也说出来。”裴应章道。

“我是亟欲听元闇兄说说。”李戴又笑。

“果如我所料，”裴应章道，“而且我想，无论谁个接掌吏部，都会问一问此事的。”

“那就有劳元闇兄。”李戴说着，揖了揖。

“初参劾白司官的，是戴给谏；续参劾汝聘先生的，是况御史。”裴应章先说个大概情况。吏科给事中戴士衡参劾吏部文选司郎中白所知贪渎，是在今年大计进行当中；接下来，蔡国珍为白所知辩，又被御史况上进参劾。这都是二月间的事。

“我知是此二人所为。”李戴道。

“戴给谏参劾白司官之事有没有，纵为吏部佐贰，我也说不清楚。既然说不清楚，就不说它，如何？”裴应章问。

“汝聘先生为白司官申辩，其实不过是尽人事而已，元闇兄可以不去说它。”李戴道。

“这样一来，可说的只有况御史参劾汝聘先生一事；我知道，仁夫兄留意的，亦是此事。”裴应章说。

“元闇兄想说的，难道不是此事？”李戴问。

二人相视一笑，把注意力都集中在这件事上。

“我于来京途中闻，况御史以八事参劾汝聘先生，可是？”李戴问。

“是，”裴应章应一声，反问，“八事不假，但况御史以哪两个字命此八事，仁夫兄可知？”

“不知。”李戴摇头。

“可鄙！”裴应章道。

“那就是说，况御史根本不拿正眼瞥汝聘先生。”李戴道。

“仁夫兄的这个说法颇具神采。”裴应章予以肯定。

“他二人之间有无宿仇？”李戴问。

“未闻。”裴应章道。

“可结新怨？”李戴问。

“未闻。”裴应章道。

“既无宿仇，又无新怨，只能说是今之科、道鄙薄今之大臣，已成风尚。”李戴说。

“我不知他二人是否有宿仇，是否结新怨；但今之科、道鄙薄今之大臣，我以为仁夫兄一语中的。”裴应章道。

“元闇兄，说说汝聘先生有哪八可鄙吧。”李戴又一揖。

“不是我说汝聘先生有哪八可鄙，是况御史说汝聘先生有哪八可鄙，我今复述之。”裴应章好像生怕与参劾蔡国珍沾上边。

“对，请元闇兄复述之。”李戴道。

“汝聘先生曾官浙江布政使，仁夫兄记得吧？”裴应章问。

“记得，是左布政使。”李戴道。

“其时，浙江巡抚谁人，仁夫兄记得吗？”裴应章问。

“记得，是汝一先生。”李戴道。

常居敬字汝一，湖广江夏人，万历二年进士，万历十八年至二十一年，以右副都御史巡抚浙江。

“况御史说，汝聘先生官浙江布政使时，汝一先生上疏，参劾其不职。汝聘先生时赴京朝觐，已在途中，闻讯即逃回浙境，差人星驰进京，求救于京中奥援，致令汝一先生疏为之阻留。汝聘先生未遭处分，反升操江总督。”裴应章述道。

“京中奥援为谁人？”李戴问。

“其时吏部尚书与绳先生。”裴应章道。

他说的是陆光祖，万历十九年至二十一年掌吏部。

“元闇兄信与绳先生会滥用不职之臣吗？”李戴问。

“我亦疑之。”裴应章道。

“但在况御史眼里，此事却是汝聘先生可鄙之处。”李戴说。

“是，”裴应章应罢，述疏中原文，“接纳权要，可鄙者一。”

“可鄙者二是何事？”李戴又问。

“此事连及泰亨先生。”裴应章提到今户部侍郎张养蒙。

“汝聘先生操江时，泰亨先生已入朝，怎与他有牵连？”李戴问。

“仁夫兄可记得，泰亨先生入朝为何官？”裴应章反问。

“是太仆少卿吧？”李戴道。

裴应章点点头，又问：“仁夫兄可记得，汝聘先生操江时，泰亨先生为何官？”

“这却不记得。”李戴道。

“升至佥都御史。”裴应章告诉他。

“元闇兄是说——”李戴模模糊糊觉得想明白二人为什么会有牵连，但仍不能确切地表达出来。

“况御史不知从何处得知，汝聘先生操江时，滥取赎银，”裴应章说着，述道，“汝聘先生操江时，滥取赎银三千两，以润私囊。今为户部侍郎张养蒙恐吓挟制，一切大小斥陟，拱手听从。颠倒是非，举朝侧目。”

“这么说，吏部用人若有不公，罪魁祸首应该是泰亨先生？”李戴道。

“照疏文，应是如此。”裴应章说。

“但况御史确定，此事又是汝聘先生可鄙之处。”李戴说。

“是，”裴应章应罢，述疏中原文，“贪懦畏人，可鄙者二。”

“可鄙者三是何事？”李戴又问。

“此事关系数人，乃言官相互诘责。”裴应章说。

“第一个是谁人？”李戴问。

“巡按御史赵文炳。”裴应章说。

“此人虽非甲科出身，在十三道里名气可是不小。”李戴道。

“可不，”裴应章附和一句，又说，“还有御史冯上知。”

“难道是二御史之争！”李戴问。

“再有一名科臣游朋孚。”裴应章说。

“我记得，冯御史和游给谏是同年进士。”李戴道。

裴应章点点头，说：“他二人都是万历十七年进士。”

“不用说，赵御史是一方，冯御史、游给谏是一方。”李戴道。

“仁夫兄估计得不错。”裴应章说。

“他等相互诘责，关汝聘先生何事？”李戴问。

“我还是用况御史的话来回答仁夫兄吧，”裴应章说着，述道，“湖广按臣赵文炳，参论冯上知，后又科、道交弹。奉有明旨，游朋孚、冯上知俱着革职严勘；原无有赵文炳并勘字样，乃敢背旨擅拟，移咨都察院，欲与并勘。”

“据况御史所陈，此事颇有疑窦。”李戴说。

“仁夫兄听出破绽？”裴应章问。

“是，”李戴应道，“所谓背旨擅拟，不会是说汝聘先生拟旨吧？”

“应该不会。”裴应章道。

“若言拟的是咨文，吏部既觉赵文炳参论不确，移请都察院一并查勘，难道不可以？”李戴问。

“按照惯例，是可以的。”裴应章说。

“但况御史仍以为，此事是汝聘先生可鄙之处。”李戴说。

“是，”裴应章应一声，述疏中原文，“专恣无忌，可鄙者三。”

“可鄙者四是何事？”李戴又问。

“此事仅为一人而倡议。”裴应章说。

“谁人偌大的面子，值得冢宰为他一人倡议？”李戴问。

“仁夫兄可知冯嶷其人？”裴应章反问。

“不知。”李戴实在没半点印象。

“我也是近查才知，”裴应章说，“他是万历二十年进士，约四年前官奉新知县。”

“那么，是汝聘先生父母官。”李戴道。

“是汝聘先生父母官，更是蔡府公子父母官。”裴应章说。

“元闇兄此言何意？”李戴问。

“仁夫兄，我先问你，行取之典若何？”李戴问。

“是重典。”李戴说。

行取即选取知县、推官等外官入朝任职。入朝后授实职，最优者给事中，其次御史，再其次部属官，这些都是清要、尊贵的职位。所以，行取不但对外官，而且对廷臣，都是重要的事典。

“仁夫兄可知，行取的期限是多久？”裴应章问。

“元闇兄说的期限是——”李戴没太听明白。

“知县、推官等任职若干年月，才有资格选取？”裴应章问。

问题虽然提得通俗一些，但不知仍是不知。

“我未在吏部任过职，还真说不上来。”李戴道。

“依旧制，是四年又八月。”裴应章说。

“汝聘先生是不是议改年月？”李戴听出他话外之音。

“是。”裴应章应道。

“改为几年几月？”李戴问。

“四年又一月。”裴应章说。

“为何要减少七个月？”李戴问。

“行取初时并不定期举行，朝廷缺官则举之；后来定为三年一举。今次举行取之日，冯知县在奉新知县任上仅四年又二月，按照旧制，是不在行取之列的。”裴应章说。

“元闇兄是说，汝聘先生议改行取期限，仅为冯知县一人？”李戴问。

“不是我说的，是况御史说的。”裴应章道。

“对，是况御史说的，”李戴点点头，问道，“他是怎说的？”

“行取至重也。前此推、知之俸，有取至四年八月者。去岁蔡国珍倡为四年一月之举，此何故哉？为奉新知县冯嶷仅俸四年两月，故后退一月以愚人耳。国珍长子在家，依势嘱托；县官曲意奉承，无所不至，故以行取酬之。为一人而累众多有司，后无措望，人心怨恨入骨。”裴应章述道。

“元闇兄说冯知县更是蔡府公子的父母官，果然是有所指的，”李戴道，“冯知县对蔡府很关照，尤其对蔡公子很关照，故汝聘先生投桃报李，送他一个行取的资格。”

“应是此意。”裴应章道。

“该次行取，冯知县召入朝否？”李戴问。

“并未召入。”裴应章道。

“但况御史仍以为，此事是汝聘先生可鄙之处。”李戴说。

“是，”裴应章应一声，述疏中原文，“假公济私，可鄙者四。”

“可鄙者五是何事？”李戴又问。

“前者说到蔡府公子，仁夫先生知其名否？”裴应章反问。

“他曾来过京里，我记得名辅。”李戴说。

“这位蔡公子有个长处，仁夫兄可知？”裴应章问。

“是长于学识，抑或长于诗赋？”李戴显然不知。

“可以说是学识，不过却是特别的学识。”裴应章说。

“是何学识？”李戴问。

“说郑重些，是易学；说俗套些，是风鉴。”裴应章道。

“风鉴与其说是易学，不如说是玄学。不过，”李戴口气一转，问道，“元闇兄为何要和我说这件事呢？”

“仁夫兄一听便知，”裴应章说着，述道，“又闻其子蔡辅，自负精于风鉴，旧岁来京，纳各省进表官一二，为之相面，潜受书帕无算。及闻外议沸腾，方遣回家；

沿途滥受馈遗，不可胜计。”

“闻外议即遣送回家，蔡辅为人相面，及受馈之事，汝聘先生应该是并不知晓。”李戴推断。

“仁夫兄说的是。”裴应章应道。

“蔡辅有没有借相面为人牟利？”李戴问。

“这却不知，疏中亦未言及。”裴应章说。

“但况御史仍以为，此事是汝聘先生可鄙之处。”李戴说。

“是，”裴应章应一声，述疏中原文，“纵子纳贿，可鄙者五。”

“可鄙者六是何事？”李戴又问。

“旧日良乡有名知县，叫魏之干，仁夫兄知否？”裴应章反问。

“不知，”李戴摇摇头，问道，“哪里人？可是甲科出身？”

“是山西人，不是甲科出身，”裴应章道，又说，“仁夫兄既不知其人，更不会知其绰号。”

“他还有绰号？是何绰号？”李戴问。

“响马。”裴应章道。

“响马？那应该是强盗一类人物呀。”李戴说。

“都是抢，响马是行而抢，他却是坐而抢，”裴应章说着，述道，“魏之干以千金入京营求，得升比部，山西发访者十六人，见取者八人，不取即升者五人。虽是白所知受贿行取，而国珍如聋如瞽，任其愚弄。”

“其人果升比部？”李戴惊问。

比部指刑部司官，即郎中。知县、推官等行取入朝，得授主事，已属不易，升员外郎，可谓凤毛麟角，哪里会想到径升司官！这就难怪李戴会大吃一惊。

“果升比部。”裴应章应道。

“魏之升，与白果有牵连？”李戴问。

“果有牵连。”裴应章应道。

“千金易一郎中，若谓是桩买卖，也未免卖得太便宜。”李戴道。

“不光是钱的事，白所知也是山西人。”裴应章说

“二人或是乡邻，甚或沾亲带故。”李戴道。

“仁夫兄说的是。”裴应章应道。

“汝聘先生是否也从中得到好处？”李戴问。

“汝聘先生若得到好处，况御史还不大书特书！他却只说汝聘先生如聋如瞽。”裴应章道。

“但况御史仍以为，此事是汝聘先生可鄙之处。”李戴说。

“是，”裴应章应一声，述疏中原文，“昏聩潦倒，可鄙者六。”

“可鄙者七是何事？”李戴又问。

“又有一官行取，怕仁夫兄亦不知也。”裴应章道。

“却是谁人？”李戴问。

“五河知县伍唯善。”裴应章道。

“他是一般行取，抑或超擢？”李戴问。

“升太仆寺丞，不算超擢吧。”裴应章道。

“既非超擢，况御史为何要言此事？”李戴问。

“魏之干是于行取时升职，伍唯善是于大计时升职，二事有所不同。”裴应章说。

李戴点点头，问道：“况御史是怎写的？”

“大计推升，京官尤不可轻授。五河知县伍惟善，乃以乡曲故，推升太仆寺寺丞，幸命未下。他如俸深者不升，而俸浅者间升，历俸四五年不得，而二年半者反得。正明旨所谓‘公道安在’也。”裴应章述道。

“伍唯善升太仆寺丞，为何命未下？”李戴问。

“不知。”裴应章道。

“是不是元闇兄对汝聘先生说过，此一升职不妥？”李戴问。

“我并未对汝聘先生说过。”裴应章道。

“是不是汝聘先生自觉，此一升职不妥？”李戴问。

“这倒有可能。”裴应章道。

“但况御史仍以为，此事是汝聘先生可鄙之处。”李戴说。

“是，”裴应章应一声，述疏中原文，“灭法徇私，可鄙者七。”

“可鄙者八是何事？”李戴又问。

“此事关系参劾汝聘先生根本。”裴应章说。

“是和戴给谏参劾白司官有关？”李戴问。

“恰如仁夫兄所料。”裴应章应道。

“他是怎写的？”李戴问。

“白所知卖官鬻爵，国珍且夸其慕尚名节，又自夸其与属官扫绝奸党。夫属官贪墨而不知办，疏诿于属官而不知认，又安在其位正己率属耶！明旨所谓：司属贪恣，堂官焉能尽知。何得偏护代办，洞见国珍之肺肝矣。”裴应章述道。

“何得偏护代办，洞见国珍之肺肝矣，”李戴重复最后两句，问道，“元闇兄是在朝的，这两句可是出自明旨？”

“不是，”裴应章摇头，“前两句确是明旨，这两句却是况御史自拟。这两句若出自明旨，汝聘先生有死而已。”

“扫绝奸党，确出自白司官之笔否？”李戴问。

“确出自白司官之笔，我可以作证；不然，况御史不会以‘疏诿于属官而不知认’一言罢休的。”裴应章说。

“白司官所谓‘奸党’，指的何人？”李戴问。

“不但我不知之，汝聘先生也未必知之。但以‘扫绝奸党’为吏部职责所在，故而未去之。”裴应章明显有为蔡国珍辩解之意。

“但况御史以为，此事是汝聘先生可鄙之处。”李戴说。

“是，”裴应章应一声，述疏中原文，“曲庇朋奸，可鄙者八。”

况上进参劾蔡国珍的八事说完，二人同时出口长气。

“元闇兄这是给我上一课呀！”李戴深有感触地说。

“此话怎讲？”裴应章问。

“自万历十年以来，我恰是第十任吏书。前九任吏书，有哪一位是善始善终的？我早该知道，吏书这个位子是不好坐的。今听元闇兄详述，我更体会到，坐上这个位子，犹如被置于火上烤炙。”李戴说。

“这话仁夫兄幸亏是和我说，换别个听到，一定以为仁夫兄言不由衷呢。”裴应章道。

“元闇兄相信我是由衷之言，对吧？”李戴问。

“我虽相信仁夫兄是由衷之言，但还要劝仁夫兄一句。”裴应章道。

“元闇兄请讲。”李戴揖道。

“既来之，则安之。得行之事，从容行之；不得行之事，勉力而为。总之，问心无愧就好。”裴应章说。

“此乃金玉良言，我定记住，”李戴道，顿了顿，他说，“如曹给谏所言掣选之法，或是可行之事，或当议行之。”

“我亦同感。”裴应章道。

“此疏上于朝廷有日，朝廷下于吏部有日，元闇兄虽未议处其事，但不会不思量其事吧？”李戴问。

“仁夫兄说的是，此事我确曾思量过。”裴应章道。

“元闇兄以为，其议若何？”李戴问。

“我以为，分三签，不如分四筒。”裴应章说。

“分四筒？怎个分法？”李戴问。

“以东北、东南、西北、西南分之。”裴应章说。

“不以北、东、南、西分之，而以东北、东南、西北、西南分之，元闇兄的这个分法有意思，”李戴道，又说，“河南号称中原，照此分法，最难确定归属的，应该就是河南。”

“既难确定，不如拆散。”裴应章道。

“元闇兄的意思，是以河南各府分属东北、西北？”李戴问。

“是。”裴应章应道。

“南直隶应当属东南，但有些府份要像河南一样分割。”李戴说。

“不错。南直隶有些府份，要分属东北。”裴应章道。

“那么，还有一个难分的布政司是湖广，也应该分属东南、西南。”李戴顺推道。

“湖广虽地处中央，但除个别之府，仍可属东南；倒是广西不好盖属某一筒，以分属为好。”裴应章说。

“元闇兄说的湖广个别之府，是郧阳吧？”李戴问。

“是。”裴应章应道。

“不错，除郧阳府，湖广别府均可属东南，”李戴认可之后，道，“四筒如何具体划分，就请元闇兄说说吧。”

“好，”裴应章点点头，说，“东北以北直隶、山东为主，以河南之汝宁、彰德、归德、卫辉，南直隶之庐州、凤阳、淮安、扬州附之；东南以南直隶、浙江、福建、广东为主，以广西之梧州、平乐、桂林附之；西北以陕西、山西为主，以河南之怀庆、开封、河南、南阳，湖广之郧阳附之；西南以湖广、四川、云南、贵州为主，以广西之柳州、南宁、庆远、浔州、太平附之。”

“四筒之分，我已大致有个印象；不过，如何掣选，我还是一点儿印象也没有。”李戴说。

“我为仁夫兄举些具体的例子吧，”裴应章道，“譬如，各科进士授官，可依照四筒之分：东北士子，掣东北签；东南士子，掣东南签；西北士子，掣西北签；西南士子，掣西南签。”

“以后是不是不再从新科进士中授廷臣？”李戴问。

“不是绝对不授，”裴应章说，“譬如，一甲三名，仍径授翰林；庶吉士散馆，仍授翰林，或授六科给谏；各衙门有急缺，仍可于新科进士中掣选。分四筒掣选，指的是外官之选。”

“除进士，还有部考士子，元闇兄打算如何处置？”李戴问。

各地贡举士子，由吏部统一考试，然后授官。虽然在许多读书人的眼里，这不算正途，但无疑也是一条出路。

“科贡考选前三名，可与进士一同掣选。”裴应章说。

“三名之后呢？”李戴问。

“三名之后，及举人、监生，可与进士概选。”裴应章说。

有一些职位，当然是差一些的职位，是无须按照三签或四筒的方式来掣选的，裴应章称之为概选。但李戴恰恰注意到这些举人、监生们或盼望得到、而进士们根本不屑一顾的职位。

“概选官中包括首领官、佐贰官吧？”他问。

“是。”裴应章应道。

“该等官员虽轻，然掌管钱谷、词讼，我看，不宜在本邑、本郡，乃至本省任职。”李戴说。

“我也想到，”裴应章道，“选用该等官员时，仍宜回避。”

“好，”李戴想听的听到，认为可以结束这次谈话，“元闇兄再想想，我也再想想，看看有无补充。然后，找几名司官来，一起议议。”

裴应章点点头，至少眼下没有要补充的。

第二百七十八章

御马监监丞高寀找到尚膳监监丞高淮，说："淮哥做个东吧。"

"何事要我做东？"高淮问。

"李哥要去湖口，鲁哥要去两淮，淮哥不知吗？"高寀道。

他说的李哥名道，鲁哥名保，各在不同的衙门当差。

"众人都知道呀，为何该我做东？"高淮问。

"淮哥和他二位有交情呀。"高寀道。

"若论交情，我和他二位的交情，比不上寀哥和他二位的交情，为何寀哥不做东？"高淮问。

"淮哥在尚膳监当差，随便划拉一点儿爷和娘娘们吃剩下的，也比我费尽心机安排的酒席好。"高寀说。

"好，这事且放在一边；寀哥先告诉我，想为李哥、鲁哥送行的，都有谁个？"高淮道。

"陈哥。"高寀掰着手指，一一数道。

"陈哥已从山东返回？"高淮问。

"此陈哥非彼陈哥，和我是一个衙门的。"高寀道。

高淮说的陈哥名增，万历二十四年即差往山东青州开矿；高寀说的陈哥名奉，官御马监奉御。

高淮点点头，又问："还有呢？"

"梁哥。"高寀道。

梁姓内臣不多，高淮不难猜到，他说的是梁永，亦官御马监监丞。

"莫不是御马监想公请李哥、鲁哥，寀哥却要我来当这个冤大头？"高淮说句笑话。

"若是仅此三人，淮哥不妨这么说。"高寀道。

"还有谁个？"高淮问。

"御用监的杨哥、李哥，内官监的孙哥，都知监的潘哥，司设监的张哥，宝钞司的王哥，正好凑个整数。”高宷说。

除他一气说出的六人。前边说的御马监三人，加上高淮和自己，再加上被请的李道、鲁保，又是六人。合在一起，正好一打。

“说起来，还是你御马监的人多。”高淮道。

“淮哥还是想让我御马监的几个做东吧？”高宷自话自说，“实不相瞒，梁哥也有这个意思。但陈哥说，别让人家说，我等餐桌上有股子马料味，还是麻烦淮哥吧。”

“这个陈老二，求人时不惜自轻自贱。”高淮哂道。

“淮哥骂他一句，算是答应吧？”高宷问。

“我答应也是看宷哥的面子。不过，丑话说在前面，能划拉几样菜，是几样菜，谁要嫌少，自个儿掏腰包买。”高淮说。

“淮哥放心，即便只取一样菜来，也是御膳，谁个敢挑剔半个字！”高宷当即保证。

高淮出入御膳房几次，一次腋下夹两条鱼出来，一次身上藏一块肉出来，凡是他带出来的，都是半成品，回到宅中，稍一加工即可食用。为保证美味，他请名御膳房的大厨来帮忙，对他提的要求是：千万别超过平日里烹饪的水准，但也别差得太多。

高宷、梁永、陈奉三个在御马监当差的先到。他们免不了称赞一桌子的菜肴两句，奉承高淮两句。

随后来的杨荣、潘相、李凤、孙朝也是高淮熟悉的。他们也免不了称赞一桌子菜肴两句，奉承高淮两句。

再后来的两个人，高淮不太熟悉。不熟悉，也免不了称赞一桌子菜两句，奉承高淮两句。

美差到手、春风得意的李道、鲁保二人，最后携手而来，没有称赞一桌子的菜肴，也没有奉承高淮。他们说的是别样的话。

“今天是淮哥做东？”李道问。

“说不上做东，只不过借这个由头，请众位哥哥来聚一聚。”高淮客气一句。

“虽是借这个由头，鲁哥和我也欠下人情，”李道说着，问鲁保，“鲁哥，你说是不是？”

“是，”鲁保应一声，说道，“李哥在路上和我说这话时，我就在想：淮哥的这个人情，咱不能欠着。”

“鲁哥这么说，太见外。”高淮道。

“不是见外，”鲁保摇着手说，“这个人情，今日还上，算是还上个大人情；等到明天再还，就一个子儿也不值。”说着，问李道，“李哥，你说是不是？”

“是，”李道应一声，说，“鲁哥在路上和我合计时，我就觉着他的主意实在是妙。我二人今日迟到，也是在琢磨人情怎还。”

听他二人你一句，我一句，说得煞有介事，高淮不知该说什么好。他打心眼里希望二人真能有贵重的礼品馈赠，也不枉他辛苦一回；但二人真把贵重的礼品拿出来，他又为难，当着这么多人的面接受这些礼品，会遭致怎样的议论，不用想也是知道的。与其日后淹没在人言的唾沫里，还是今日什么也不拿的好。

幸亏高寀出面替他解围。

“淮哥，李哥、鲁哥如此心诚，不如就请他二位说说，究竟拿什么来还淮哥的人情。”高寀说。

“寀哥说的是。”其他人纷纷附和。

“那好，就听李哥、鲁哥说说。”高淮道。

“我多带一张嘴来，还淮哥的人情。”李道说着，往后一指站在自己身后的那个人。

“不仅还淮哥的人情；各位哥哥来送行，也是人情，让他一并还上。”鲁保说着，也手指站在自己身后的那个人。

二人身后各跟进一人，众内臣都看到。他们本来以为是二人带的随从，谁也没在意；若有在意的，也不过在想：才得美差，就不知东南西北，兄弟们相聚，也带着个伺候的人。是何心思，摆谱吗？

二人一说，他们才知道，不是拿来摆谱的，而是拿来还人情的。再多看一眼，又发现，那两个人绝不是内臣。

“李哥，鲁哥，带外人来，怎不先打个招呼！”高寀挑理。他见桌上只有十二个很讲究的酒盅，又说，“我和淮哥说过，来为两位哥哥送行的，连同两位哥哥，共计十二人。多出两个人来，淮哥预备的吃的够不够且不说，要多找出两个酒盅来，怕是也不容易。”

“那有何妨！”李道把自己身后的人拉到身前，说道，“找不出多余的酒盅，我和他共用一个。”

“公公自饮，小可怎敢共用一盅。”被他拉到身前的人赔着笑说。

看上去，不像是个有身份的人，大家议论起来。

“李哥，这可不像你啊。”杨荣说。

“杨哥说谁呢？”李凤马上插问。

“凤哥莫怪，是我忘记规矩，”杨荣说着，改个称呼，重复自己方才的话，“道哥，这可不像你啊。”

内臣同姓的很多，在称呼上逐渐形成习惯：有两个，或两个以上同姓的内臣在场，不以姓氏相称，而以名字相称。

“这怎不像我？”李道问。

“相识这多年，在吃喝上谁个最讲究？几时见你道哥和我等共用过一个酒盅！”杨荣道。

“少个酒盅，奈何？他是我带来的，总不能让他和别个共用一酒盅吧？”李道辩道。

话里似乎有很多含义，难怪有人会往歪处想。

“他该不会是道哥——”孙朝本想说，他该不会是道哥豢养的男色吧？但一来，此人很粗俗，怎么看也不像；二来，这话一说出来，不但太伤那人的面子，李道脸上也会挂不住。所以，说到这里，他只“啊”一声，来代替其他的话。

“说什么呢！”陈奉出头，替李道反驳，“孙哥没听道哥说，携带此人来，为的是还淮哥的人情。”

“这人情，我看淮哥也不敢要。”孙朝道。

“还是先问问另一个人情是怎么回事吧。”高寀把话岔开。

“对，鲁哥也和多带的那张嘴共用一盅吗？”潘相问。

“不会。”鲁保道。

“我却不知，原来鲁哥比道哥还要讲究。”李凤说。

“不是我讲究，是人家讲究。”鲁保说着，把自己身后的人拉到身前。

“都是多带来的一张嘴，鲁哥带来的，当真比道哥带来的讲究？”陈奉问。他看这个人也不像是有身份的。

“你问道哥。”鲁保说。

“没法子，撞上的。”李道居然承认。

“道哥，何事撞上的？”高寀问。

“我撞上一个武夫，鲁哥撞上一名文士。”李道说。

众人看去，李道带来的人身板挺直，两手攥拳；鲁保带来的人双手背后，身子微躬。看得出此二人一武一文。

“鲁哥，不能共用一盅，怎好？”高淮问。

“给他用，我不用。”鲁保道。

“鲁哥，这可不像你啊。”陈奉说。

“这怎不像我？”鲁保问。

“古往今来之人，鲁哥最敬佩的是曹阿瞒；古往今来之言，鲁哥最信服曹阿瞒那句‘宁我负人，毋人负我’。今日却为一不相干的人亏待自家，哪有半点儿昔日鲁哥的影子！”陈奉道。

“不相干的人？”鲁保手指自己带来的人，连声道，“大谬，大谬！”

“他与鲁哥有何相干？”潘相问。

“一直先问道哥，此事也先问道哥吧。”鲁保把李道推到前面。

“鲁哥带来的那张嘴，还有道哥带来的这张嘴，究竟什么来头，听起来似乎比我等还要亲？”潘相转问李道。

“亲未必比潘哥等亲，重却一定比潘哥等重。”李道说。

“怎讲？”众人齐问。

“尔等于我，兄弟也；他于我，衣食父母也。”李道说。

“他是道哥衣食父母？”众人怎么看眼前这人，也不像。

“众位哥哥知他是谁？”李道问。

多数人摇头。有一两个觉得有点儿眼熟，想点头；但看了又看，始终只是有点儿眼熟，谁也没把头点下来。

“让鲁哥告诉众位哥哥。”李道卖个关子。

“他是神武卫千户朱仁，老朱。”鲁保正式向众人介绍。

是他呀！看他眼熟的人这才把头点下来；而更多的人却想：几时区区一个千户，也可作我辈的衣食父母？你就不怕冻馁而死吗？

“道哥，老朱怎成你的衣食父母？”高寀把大家想的问出来。

“诸位哥哥今日相聚，为的何事？”李道反问。

“为道哥和鲁哥饯行。”高寀道。

“鲁哥一会儿再说，先说我，”李道说着，问道，“我要去哪里，有劳诸位饯行呀？”

“湖口。”高寀道。

“我去湖口，为的何事？”李道问。

“征收船税。”高寀道。

“这个差事如何？”李道问。

“美差呀。”高寀道。

“当真是美差？”李道不满足于听他一人的回答。

“可不是美差！”众人齐道。

“谁给我的美差？”李道问。

“爷呗。”高宲道。

“爷为何差我去湖口？”李道问。

“谁知哪位叔为你说的好话！”高宲道。

“我是问，爷为何差我去湖口！”李道把重音落在“湖口”二字上。

“谁知哪名官儿多事，请差内使往湖口。”高宲道。

“好叫宲哥知道，诸位哥哥知道，奏言湖口可收船税万金的，正是老朱！”李道说着，问道，“我说他是我衣食父母，过分吗？”

“不过分。”众人齐道。

“鲁哥，这位秀才不会也是你的衣食父母吧？”潘相开始盘问鲁保。

“为何不会，他就是呀。”鲁保道。

“鲁哥被差往两淮，是托他的福？”潘相问。

“你看人宲哥和道哥，一问一答，层层深入，不慌不忙，有滋有味。潘哥怎问一句就托底！”鲁保责怪道。

“我问的和宲哥问的一样，鲁哥答的和道哥答的一样；然后鲁哥问的和道哥问的一样，我答的和宲哥答的一样。这些不过都是重复而已，有何滋味！”潘相道。

“不会一样，至少不会完全一样。”鲁保说。

“我对鲁哥，一定也从他等是否比我等还亲问起的。”潘相道。

“这我知道。”鲁保说。

“鲁哥难道不答：亲未必比潘哥等亲，重一定比潘哥等重？”潘相问。

“我一定也这样答。”鲁保说。

“众位哥哥一定也要问‘怎讲’，”潘相说着，问道，“鲁哥难道不答：尔等于我兄弟也；他于我衣食父母也？”

“我一定也这样答。”鲁保道。

“你看，”潘相得出结论，“有什么不一样！”

“然后呢？”鲁保问。

“众位哥哥会问：他是鲁哥的衣食父母？鲁哥会反问：众位哥哥知他是谁？众位哥哥会摇头。”潘相道。

“这些都不错，然后呢？”鲁保问。

“鲁哥会说：让道哥告诉众位哥哥。”潘相道。

“潘哥看，这就开始不同，”鲁保说，“道哥说的是：让鲁哥告诉众位哥哥；我说的是：让道哥告诉众位哥哥。道哥麻烦我一回，我不麻烦他一回，岂不太亏！”

“鲁哥说的是。”众人笑道。

“鲁哥还是鲁哥，还是不使天下人负己。”陈奉又说。

李道笑笑，正式向众人介绍：“他是鸿胪寺主簿田应璧，田先生。”

“鲁哥，田先生怎成你的衣食父母？”高宷问。

“朱千户是怎成道哥的衣食父母的，田主簿就是怎成我的衣食父母的。”鲁保说。

“以下的问答，倒真是不一样。”高宷说。

“怎不一样？”潘相问。

“道哥得的是哪处的美差？”高宷反问。

“不是湖口吗？”潘相道。

“鲁哥得的是哪处的美差？”高宷问。

“是两淮。”潘相道。

“是不是不一样？”高宷说着，又问，“道哥去湖口做何营生？”

“不是征收船税吗？”潘相道。

“鲁哥去两淮做何应营？”高宷问。

“去卖余盐。”潘相道。

“是不是又不一样？”高宷说着，转向鲁保，调侃道，“鲁哥，我在为你辩，你可别负我。”

“是啊，宷哥为鲁哥辩，鲁哥别负他。”众人起哄。

“这次我怕真要负宷哥。”鲁保说。

“怎讲？”众人问。

“我才说不一样，至少不会完全一样，宷哥为我辩的是这句；可我现在要说一样，完完全全的一样。”鲁保道。

“鲁哥是说，和道哥完完全全的一样？”潘相问。

“是。”鲁保应道。

“两位哥哥何事完完全全的一样？”潘相问。

“道哥带老朱来，我带田先生来，心思完完全全的一样，”鲁保道，“我等是来还淮哥饯别之情的，来还众位哥哥饯别之情的，盼着众位哥哥日后也能遇到这样一位衣食父母，也捞到一个美差。”说着，问李道，“道哥，我说的对吧？”

“对，”李道点头应道，“我要说的话，由鲁哥替我说，在此谢过。”

“两位哥哥用心良苦，在下谢过。”高淮揖道。

“两位哥哥用心良苦，我等谢过。”众人齐道。

第二百七十九章

山东矿使陈增，眼光瞄准青州、登州二府。在青州，有蒙阴、沂水等县；在登州，有栖霞、招远等县。这些地方据说都是出矿的地方，甚至是出金矿的地方。而栖霞境内有座岠嵎山，因曾产金，俗名即金山。

所以，陈增先去的登州。和他先发生冲突的，也是登州所辖州、县的官员；当然，还有山东省里的官员。结果，福山知县韦国贤参劾陈增，韦国贤以阻挠矿务被逮；山东巡抚万象春参劾陈增，万象春以阻挠矿务罚俸一年，并且很快被免官。

这样的结果，足以使陈增到青州后，青州府、州、县的官员参见，竟长跪不起，如属吏一般；足以使他在三天之后，闻得还有一名知县未来参见时，大动肝火。

“老程，才得冠带，办事就不认真呀！”他训斥随员程守训。

督、抚衙门都有幕僚，内臣奉旨外差，也会找一些秀才帮着自己办事。陈增所找的程有训，是山东当地人。陈增觉得他办事还算得力，不久前在进矿金时，顺便为他奏请冠带。当然一请就准，朝廷给他一个内阁中书的名义。

“卑职不敢。”程守训道。

“你不会不知，青州府辖几州吧？”陈增问。

“辖一莒州。”程守训道。

“辖几县呢？”陈增问。

“青州辖十一县，莒州辖二县，共十三县。”程守训道。

“青州府官来过没有？”陈增问。

“来过。”程守训道。

“莒州官来过没有？”陈增问。

“来过。”程守训道。

“知县来过几人？”陈增问。

“来过十二人。”程守训道。

“怎少一人？”陈增问。

“益都令不曾来。”程守训道。

“别个都来，唯独他不曾来，岂不是本使的文移，你没送到他手里！”陈增道。

“恩公错怪卑职，”程守训辩道，“恩公命卑职传檄各县，没传达到其他知县，或有可能；没传达到益都知县，却是万万不能。”

“这是为何？”陈增问。

“益都县治与青州府治在同一城中，卑职绝无只传檄青州府不传檄益都县的道理。”程守训说。

“这么说，他是奉我文移，却故意不来？”陈增问。

“是。”程守训应道。

“差几个人去县衙，把他拴上，看他敢不敢不来！”陈增道。

“恩公要拴他来，也得再等几天。”程守训说。

“这是为何？”陈增问。

“其人去登州。”程守训说。

“一个益都令，去登州作甚？”陈增问。

“说是拜谒海防道。”程守训说。

“是海防道传他去见？”陈增问。

“未闻海防道传召。”程守训说。

“你的意思，他是以这个借口躲开？”陈增问。

“卑职以为，他是以这个借口躲开。”程守训说。

“有何证据？”陈增问。

“他去登州前，留下一句狠话。”程守训说。

“狠话？怎说的？”陈增问。

“须眉男子，乃为阉宦屈膝耶！”程守训复述道。

“好个须眉男子，我倒要看他会不会屈膝！”陈增也发句狠话。

二人正说得热闹，门役来报，有人求见。

“不会是益都令赶回来吧？”陈增往好里想。

程守训明知不会，但心想，最好别由自己说破，扫陈增的兴；而且，他相信，也用不着他来说破。

果然，门役说：“不是益都令，是位公公。”

“公公，从何处来？”陈增问。

“小的不知。”门役道。

“你不会问问？”陈增责怪。

“小的当然要问！那位公公说，不便相告。”门役道。

“是不便相告于你，还是不便相告于我？”陈增问。

“是不便相告于小的。”门役说。

“那是不肯示下；对你，还用得着相告吗！”陈增道。

“是，”门役应道，“那位公公说，不便示下。”

“老程，此人来得有点儿名堂。”陈增对程守训说。

“用不用卑职去看个究竟？”程守训请示。

“不用，”陈增摇头，“在山东，我还用不着怕谁个，让他进来！”

来的果然是名宦者，是有品级的宦者。从服饰看，应该是正六品。

“参见尊使。”来人说着，几乎一揖到地。

来人客气，陈增也客气。他问：“阁下是——”

来人看门役一眼，意思是：他在这里，仍不便说。

陈增会意，挥手让门役退下。

来人又看程守训一眼，问：“这位是——”

“程先生，同来山东办事的。”陈增说。

“程先生，久仰。”来人客气一句，没让他也退下的意思。大概，对程守训在陈增这里的地位和作用，他早有所闻。

“阁下只管和陈公说话，别管我。”程守训道。

“在下在衡王府里当差，微名不足报之。”来人说。

青州只有衡王一府。第一代衡王是宪宗皇帝皇第七子，今传至第五代、第六位衡王。

王府品秩最高的内臣正六品，但一府里正六品的内臣有好几名，譬如承奉正，典宝所、典膳所、典服所所正，都是正六品。陈增以太监差出，正四品。来人或者因为品秩相差较大，羞于报上姓名，及在王府的职位；或者是衡王交代过，不准他报上姓名，及在王府的职位。

想到可能是衡王交代过，也就是说，此人是奉衡王之命来的，陈增觉得，应该撇开官品的差别，而对他再热情些，再客气些。

“早知是千岁殿下身边的人，我就该迎出去。失礼勿怪！”他抱拳揖道，“不过，也怪不得我，谁让老兄不肯投刺，又不肯报上名头。”

“尊使言重，”来人忙还礼，“殿下特别交代，在下只是来传个话，求个情。尊使答应，是殿下的面子，和在下无关。在下想，殿下既然这么说，肯定也不愿人知道，我曾来过尊使这里；所以，在下未对门下说明，还望尊使担待。”

“好说，”陈增道，并说，“你的话，删去一句，再改一字，才恰当。”

“尊使要删哪一句，要改哪一字？”来人问。

“删去求个情一句；传个话，改为传个命。”陈增道。

“殿下还有交代。”来人说。

“又有何交代？”陈增问。

“尊使若改这个字，命我一个字也不要说，立即回府。”来人说。

“怎么，千岁料到我会改？”陈增问。

“并未料到，只是担心。”来人说。

“老程，你看这事怎办？”陈增问程守训。

“恭敬不如从命。”程守训说。

“你的意思，不删，不改？”陈增问。

“是。”程守训应道。

“那岂不是太不知轻重！”陈增话虽这么说，还是坦然地问，“千岁殿下让你传何话，求何情？”

“殿下得知，尊使来青州后，郡守至各县令都来参见过，唯益都令未至。殿下命我来问问，是不是这么个情形？”来人道。

“是这么个情形。”陈增说着，瞥程守训一眼，意思是：此事和千岁何干，他差人来打听？

程守训微微点头，意思是：且听他说，恐怕不止来打听。

“殿下命我来问问，尊使是否一定要他来参见？”来人道。

“老程，你说呢？”陈增不答，转问程守训。

“本来见不见他无所谓，但昨日有一人来参见恩公；此人既来，怕是非得他来参见不可。”程守训说。

“老哥，如此回禀千岁，可否？”陈增问来人。

“是，在下就如此回禀，”来人说着，稍顿。然后反问道，“昨日有一人来参见尊使，故尊使一定要益都令来参见，在下是这么回禀吗？”

“是啊！”陈增道。

“我若这么回禀，殿下一定会问，此人是谁？”来人说。

他的问话很巧妙，陈增笑了笑，告诉他：“老兄可回禀千岁，此人姓金名子登，是益都县境内金陵驿驿丞。”

“殿下或许还会问，为何金陵驿驿丞参见过尊使，益都令也须得参见尊使？”来人说。

“金子登是来报矿的。据他所报，益都县境内有孟丘山，产铅；开之，可鬻金若干。此事须得与益都令合计。”陈增说。

“殿下或许会问，金子登之言，尊使信否？”来人说。

“他姓金，官于金陵驿，报的产铅鬻金，三句话都不离个金字，我当然信之。”陈增道。

“诚如尊使所言，”来人说着，又稍顿。然后问道，“殿下知益都令外出公干，他若回县，尊使会去县衙看他吗？”

“我去县衙看他？老程，你看如何？”陈增不想直接回答来人的问题，所以问程守训。

“恩公奉差以来，见过大小官员无数，都是他等来恩公办事之处相见；即便巡抚衙门，恩公也是不去的。”程守训说。

“程先生告诉我尊使不会去即可，”来人不卑不亢地说。又道，“殿下想知道，益都令回县，是不是一定会来参见尊使？”

“他来也得来，不来也得来。”陈增说。

“殿下或许会问，怎个叫不来也得来？”来人说。

“老程，你说怎个叫不来也得来？”陈增转问程守训。

“首先，好言去请；请不来，软磨硬泡；磨不来，一根绳子拴来。”程守训说。

“老兄，如此回禀千岁，可否？”陈增问来人。

“是，在下便如此回禀，”来人说着，顿了顿。然后问，“殿下命我传的话，我现在向尊使传达，如何？”

“说好一阵子话，老兄还没开始传话？”陈增不觉又可气又可笑。

“在下不是一直在请教尊使嘛，”来人道，“这也是殿下的意思。若是尊使不一定要益都令来参见，要是尊使有法子和他心平气和地相见，殿下命我传的话，就不必传；命我求的情，也不必求。”

“没想到千岁如此精细，现在请阁下传话吧。”陈增道。

“殿下请尊使给个面子，让他来安排尊使与益都令相见。”来人说。

陈增看程守训一眼。程守训使个眼色，意思是：不妨问问。陈增知道他想让自己问什么。

“老兄的意思，千岁要我和益都令心平气和地相见？”陈增问。

“是希望。”来人应道。

“千岁有法子让益都令心平气和地来见？”陈增问。

“有法子。”来人应道。

“这是千岁在帮我呀，怎敢不从！”陈增道，又问，“千岁还要老兄来求个情，却是求何情？”

“千岁希望益都令和尊使心平气和地相见，有法子让益都令心平气和地来见；但你二位能否心平气和地相见，还要看尊使。”来人说。

“千岁的意思是，益都令来，让我别刁难他？”陈增问。

“殿下知尊使有气度，不会刁难区区一县令，只是想，只是想——”这一层意思，来人不知怎样表达才好。

“是不是要我应承，千岁才放心？”陈增问。

“‘应承’二字，尊使言重。”来人虽说言重，但无疑正是此意。

“我倒愿向千岁应承，”陈增道，“千岁帮我，让益都令心平气和地来见，我一定心平气和地接待他。”说着，问程守训，“老程呀，我做此应承，不过分吧？”

“不过分。”程守训道。

“我没得再问，老程，你还有问的吗？”陈增问。

“卑职想问公公，殿下对益都令的事，为何如此关切？”程守训道。

“对呀，”陈增发觉，这才问到根本上。他又加问一句，“这位益都令，是千岁的姻亲？”

“不是。”来人道。

“这位益都令，于王府有恩？”陈增问。

“没有。”来人道。

“既非姻亲，又非有恩，千岁为何对益都令的事，如此关切？”陈增把程守训的问题又问一遍。

“尊使可知益都令其人？”来人反问。

“益都令其人？”陈增不禁想笑，衡王府的公公来之前，他和程守训正在谈论益都知县；衡王府的公公来之后，他们三人又在谈论益都知县。而关于益都知县，他竟什么也说不出来。他问程守训，“益都令何姓，老程告我未？”

“未告。”程守训道。

“益都令名字，老程告我未？”陈增问。

“未告。”程守训道。

“益都令乡贯，老程告我未？”陈增问。

“未告。”程守训道。

“益都令出身，老程告我未？”陈增问。

“未告。”程守训道。

“为何一概不告与我知？”陈增责问。

“这位公公有句话，卑职以为，用在益都令身上正合适。”程守训道。

“是哪一句话？”陈增问。

“公公说：微名不足报之。”程守训道。

“你是说，益都令才是微名不足报之？”陈增问。

“是。”程守训应道。

“可这会儿人家问起来，我却一个字也说不出来！”陈增道。

“卑职这就禀与恩公知：益都令姓吴，名宗尧，南直隶歙县人，万历二十三年进士。”程守训按照陈增问的顺序，一一报出。

“老兄说的益都令其人，就这些吧？”陈增问来人。

“此其表也。”来人说。

“何为其里？”陈增问。

“殿下说，益都难得遇到这样一位好县令。”来人道。

“千岁怎知他是位好县令？”陈增问。

“他名宗尧，益都有座尧山，二尧相合。尊使看，能不能说他是名好县令？”来人效仿“三句话都不离开金字”而言，当然是有讽意。

亲藩辩得出县令好坏，而且，愿为他心目中的好县令出头，大大出乎陈增的意料；也让他在对待吴宗尧这件上，不得不加些小心。

数日后，程守训匆匆走进陈增内室，语调都显得紧张。

“恩公，他来了！”他说。

“谁来了？”陈增看程守训一眼，问道，“是他来了吗？”

两个人说的“他”，当然都是指吴宗尧。

“是。”程守训应道。

“比别个迟来好几日，老程，你看他有没心虚？”陈增问。

“看不出。”程守训说。

“那你看，要不要煞煞他的气势？”陈增又问。

“卑职觉着，有点儿难。”程守训说。

“为何有点儿难？”陈增问。

“恩公应承过，不刁难吴某。”程守训说。

“老程是不是怪我应承得太草率？”陈增问。

“卑职怎敢！”程守训道，“那日情形，恩公愿应承得应承，不愿应承也得应承。”

“说出去真成笑话！开始说的是他来也得来，不来也得来；结果却成我愿应承得应承，不愿应承也得应承，”陈增先发两句牢骚，然后问，“老程说有点儿难，究竟是何意？”

“卑职再也没想到，吴某人是乘衡府轿子来的。”程守训说。

“你是说，是千岁差人送他来？”陈增也很吃惊。

“是，”程守训应一声，说道，“那日来见恩公的公公，另外还有一两个衡府的人，和轿夫一起等在外面。看来，是等着送吴某回衙呢。”

“亲藩如此行事，还真少见！”陈增道，又问，“老程看，这个吴宗尧，吴知县，我见不见？”

“已应承王府，不见，恩公言而无信。”程守训说。

“既然一定要见，我该怎见他？”陈增问。

“看他怎样见恩公，再说吧。”程守训道。

“好。”陈增应道。

他心里有数，想吴宗尧和其他守令一样长跪不起，是不可能的。但他还是希望吴宗尧能够跪拜行礼；哪怕跪拜之际，由他拦住也好。出手阻拦的话，他都想好。他应该说：贤令不必多礼。阻拦的动作他也想好：他应该伸出双手去搀扶，不让吴宗尧跪拜下去。

但吴宗尧的见面礼，让他的设计落空。吴宗尧只是一揖，只是说句：“下官参见陈公公。”

陈增觉得舌头有些发僵，手臂有些发硬。他抿抿嘴，似在湿润舌头，然后才问出话来：“吴大人表字怎称呼？”

“仁叔。”吴宗尧告诉他。

“仁叔先生才去登州？”陈增问。

“是。”吴宗尧应道。

“登州出件事，仁叔先生有所闻吧？”陈增问。

“不知公公说的是何事？”吴宗尧反问。

“福山知县易人。”陈增道。

“此事下官去登州前，即已知之。”吴宗尧说。

“一件小事，仁叔先生不必忐忑。”陈增道。

“陈公公是以为，我迟迟不来参谒，是忐忑；还是我今日参谒，见我忐忑？”吴宗尧问。

陈增干笑两声：“我的意思是，在青州，望与仁叔先生和睦相处。”

“此亦下官之愿。”吴宗尧说。

虽有衡王从中斡旋，终是难以交谈，难以交心，难以交好。吴宗尧茶没喝一口，告辞而去。陈增也不留他。

第二百八十章

“圭叔，有气魄！”总督蓟、辽军务，兼经略御倭都御史邢玠，在监军参政王士琦赶来谒见时，对他大加称赏。

“省帅能战，我不过激他一下。”王士琦谦道。

王士琦字圭叔，浙江临海人，万历十一年进士，以山东布政司参政，监军于朝鲜。刘綎字省吾，军中以省帅称之。

“圭叔，给我详细说说西路的战况吧。”邢玠提出要求。

“是。”王士琦应一声，才要讲，邢玠又改主意。

“圭叔，还是先简单讲讲其他几路的情形吧。”邢玠道。

“朝令夕改可是兵家大忌呀。”王士琦说句笑话。

“一则，不是令你讲，是请你讲；二则，先简后详，详述时，才可以心无旁骛。”邢玠辩道。

“式如先生言之有理，”王士琦道。他也发现，邢玠方才要他讲述西线的战况，他真拿不准从哪里讲起；现在要他先讲述其他各路的情形，正好有一个现成的切入点。“杨都堂兵败而罢，子茂帅兵败而亡，子清帅代镇辽东，式如先生乃重新部署官军。”

邢玠一边听一边点头。这些情形他都是熟知的。杨镐兵败，反报捷于朝廷，他有责任，因为报捷的奏表是他和杨镐一起上的。这个谎言被监军主事丁应泰戳穿，皇帝大为震怒，差点儿处死杨镐。杨镐保住性命，多亏阁老们相救；而他保住职位，想必阁老们也说过不少好话。

王士琦说的另一件事，则和邢玠、杨镐无关。镇守辽东总兵官李如松率官军出塞，征土蛮部，中伏战死，朝廷命李如梅代之。

“董帅替代子清帅，应该说是上选吧？”邢玠问。

朝鲜重开战前，回籍养病的董一元被起用，隶于邢玠麾下，参赞军事。李如梅被召还辽东，以他充御倭总兵官，并领中军；而以麻贵当东路，刘綎当西路，陈璘统水师。

“董帅父、兄皆能战，其兄尤以勇将称。董帅之勇不亚于其兄，而智谋过之，足堪大用。”王士琦说。

董一元之父名旸，以游击将军战死于宣府滴水岩；之兄名一奎，历官山西、延绥、宁夏总兵；而董一元本人，也历官昌平、宣府、蓟镇总兵。

“我中路是与倭将石曼子对阵吧？”邢玠问。

“是。”王士琦应道。

“有人说，石曼子与我董帅是棋逢对手，圭叔怎看？”邢玠问。

“石曼子不是董帅对手。”王士琦说。

“何以见得？”邢玠问。

“我中路与倭战，先拔晋州，再下望晋，三渡汉江，四摧永春、昆阳二寨，五下泗州，六逼新寨。几仗打下来，石曼子只有招架之功，没有还手之力。”王士琦说。

“然攻新寨，我却损兵折将。”邢玠说。

“那只能说是天意，”王士琦道，“新寨三面临江，一面通陆，且于其侧筑金海、固城两寨，为左、右翼。石曼子于寨前引海水、建壕沟，布海船以千计，易守难攻。董帅命游击将军彭信古用巨石轰击新寨，已在数处打开缺口；我官军已进逼壕沟，破其栅栏，眼看就要下之。孰料我军营中大炮断裂，刹那间烟焰冲天。倭贼乘势冲击，董帅才不得不收兵，暂还晋州。”

“所谓天意，是说天不灭倭吗？”邢玠问。

“不，”王士琦摇摇头，说道，“我意是，上苍欲以我军暂挫，而待今日倭国之突变。”

“这样说，让人比较容易接受，”邢玠说着，换个话题，“圭叔，东路之战如何？”

“麻帅领东路，与倭将清正对阵，呈拉锯之势。比较起来，战绩没董帅突出，但亦未遭遇新寨之役那等挫折。”王士琦说。

“只这些？”邢玠问。

“式如先生不是要我简单述说吗？式如先生若有所问，我自当言之；式如先生无所问，我以为正符合式如先生所命。”王士琦道。

“我看，你是急着述说西路的战况，”邢玠笑道。顿了顿，又笑着说，“毋庸讳言，我也急着听西路的战况。”

“省帅前者率川军入朝，征战及戍守两年，回师后擢四川总兵官。今次以御倭总兵官，再度入朝，仍帅川军，包括官军及土兵。其领西路，与倭将行长对阵。”王士琦述道。

“省帅营于水源吧？”邢玠问。

“是。”王士琦应道。

“行长据守顺天吧？”邢玠又问。

“是。”王士琦应道。

“许多人告诉我，顺天壕寨深固，不易下之。”邢玠说。

“所以，省帅才急切诱出倭军。”王士琦说。

“他所设计，圭叔是否也参与？”邢玠问。

“说不上参与，”王士琦道，“省帅设计，事先对我说过；我以为虽是步险棋，但可以一试。”

“怎谓险棋？”邢玠问。

“省帅欲以自身为饵，诱捕行长。此计虽成功的机会甚大，也置己于险地。一己之身不足惜，然一帅身死，一军必乱。”王士琦说。

“看来，圭叔对省帅之计，不甚赞同。为何不加阻止？”邢玠问。

“如我所言，此计成功的机会甚大；且以身冒险，勇气可嘉。我以为多做防范则可，阻止则不可。”王士琦说。

“若是我在，大概也不会阻止，”邢玠说着，命道，“圭叔给我讲讲省帅的诱捕之计吧。”

“是，”王士琦应一声，说道，“简而言之，诱捕之计是以期会结盟以诱出行长。”

“倭贼狡诈，恐不易诱出。”邢玠道。

“所以，省帅以自身为饵，才值得一试；而且，费时一月，省帅险些就要得手。”王士琦说。

“我知最终是不曾得手；却不知，圭叔所谓险些得手，是走到哪一步？”邢玠问。

“已确定签约之期。”王士琦说。

“定在哪一日？”邢玠问。

“八月之朔日。”王士琦道。

“省帅是怎样使行长信其结盟之诚心的？”邢玠问。

“省帅先后三次遣心腹往顺天倭巢接洽。”王士琦说。

“遣心腹往返十次，行长亦未必信之。”邢玠插言道。

“每次遣心腹往顺天接洽，省帅必于心腹返回之时，单骑等候于途中，详细询问接洽情形。”王士琦说。

“当真是单骑？”邢玠问。

“是，”王士琦应道，“绝不令亲兵跟随，绝不于左近设伏。”

“所谓途中，怎解？”邢玠问。

“第一次等候心腹，稍近我营；第二次等候心腹，在我、敌两营之中；第三次等候心腹，稍近敌营。”王士琦说。

“竟是一步一步近敌！”邢玠道。

“是。”王士琦应道。

“难怪圭叔说这是一步险棋，”邢玠道，并问，“一则，省帅断定，他单骑等候于途中，会被行长侦知？”

“这个，下官也料到，”王士琦说，“除非行长无意于定约，否则，他一定要差人跟随省帅所遣使者，观察其回营的情形。”

“二则，省帅断定，他单骑等候于途中，不会被行长暗中派出一队人马，劫持而去？”邢玠又问。

“这个，下官心里没数，曾问过省帅。”王士琦道。

“他怎说？”邢玠问。

“他说，除非行长无意于定约，否则，不会出此下策；而他也做好准备，不会活生生被倭贼劫持去，作为人质。”王士琦道。

“对我官军而言，这是一步险棋；对省帅本人而言，这更是一步险而又险的棋！”邢玠不由感叹。

“式如先生说的是。”王士琦应道。

“双方既约定八月朔日定约，应该是省帅三次单骑等候心腹归来起的作用，是吧？”邢玠问。

“是。”王士琦应道。

“双方约定在何处相会？”邢玠问。

“在我、敌两营之中。”王士琦说。

“亦即，在省帅第二次单骑等候心腹之处。”邢玠道。

“是。”王士琦应道。

“届时，行长为何没来赴会？”邢玠问。

“式如先生怎知，行长没来赴会？”王士琦反问。

“难道他曾来赴会？”邢玠又反问。

“不错，他曾来赴会。”王士琦道。

“既来赴会，为何没将他擒拿？”邢玠问。

“在行长前来期会之处时，省帅所伏部卒先期而动，泄露天机。”王士琦说。

“其时，行长已到何处？”邢玠问。

“已到省帅第三次单骑等候心腹之处，距伏兵之处，不过百步而已。”王士琦说。

“可惜！”邢玠叹息，又问，“该部卒是无意中泄露天机，还是故意给行长通风报信？”

“省帅盛怒之下，挥剑斩之，已无法查证。”王士琦说。

“运筹月余，毁于一卒妄动；当时不杀他，交与法司讯之，也要杀他！此事不足惜。”邢玠评论一句。

“式如先生说的是。”王士琦应道。

“然后，省帅挥师而进？”邢玠接下来问。

“是。”王士琦应道。

“行长是逃窜而归，照理说，顺天应该不难下之；但我知，攻顺天并不顺利。这又是为何？”邢玠问。

“下官想，这个行长也有过人之处，”王士琦说，“他虽信省帅诚心议和，防务却未懈怠。故而，官军屡攻之而不利。”

“有句话，圭叔怎说的？”邢玠拍着脑门想了想，然后重复王士琦说过的话，“上苍欲以我军之暂挫，而待今日倭国之突变。”然后说，“圭叔这话不妨改为：上苍欲以我军之暂挫，而待其后圭叔之施展。”

“式如先生言过其实。下官一书生而已，有何能为，可以在大战之中施展！”王士琦道。

“但圭叔只做一件事，即扭转战局，这是实情呀。”邢玠说。

“那也是情急之下，胡乱为之。实不相瞒，将省帅中军绑缚于阵前时，我心里直打鼓，生怕激变川军。”王士琦说。

“圭叔，我想问你，怎想到绑缚其中军的？”邢玠道。

“这还用说吗！绑缚省帅本人，我没这胆量，也没这权柄；绑缚省帅所辖川军诸将及土兵酋长，我自忖权柄是有的，但胆量却没有，”王士琦说到这里，笑了笑，做个怪样，“所以，只能绑缚其中军。”

“军中还有众多总旗、把总呀，还有众多千户、百户呀，我想，圭叔是有胆量也有权柄绑缚的。”邢玠说。

“众多总旗、把总，众多千户、百户，我的确有胆量、也有权柄绑缚；但我以为，绑缚他等，不足以刺痛省帅，不足以震慑众将。”王士琦说。

“可见圭叔不是情急之下，胡乱为之的。圭叔这一处置，分寸拿捏得正好，故而才收奇效，”邢玠说着，问道，“省帅果被刺痛？”

“是。”王士琦应道。

“众将果被震慑？”邢玠问。

“是。”王士琦应道。

“官军再战，遂攻而破之？”邢玠问。

“不能说攻而破之，但确曾攻下顺天周围三道栅寨，逼迫行长部龟缩于大营。”王士琦说。

“若道行长部苟延残喘，不为过吧？”邢玠问。

“不为过。”王士琦同意。

“圭叔，现在要说说你那句话的另一层意思。”邢玠道。

“是倭国之突变吗？”王士琦问。

“是，”邢玠点点头，反问道，“却不知圭叔所谓倭国之突变，指的是何事？”

“倭大酋平秀吉已死，”王士琦道，又不放心地问，“除此事之外，难道倭国还有其他突变？”

“没有。”邢玠道。

“既没有，式如先生为何要问？”王士琦觉得难以理解。

“我想知道，圭叔是否确知其事。”邢玠说。

“知之不确，”王士琦道，“平秀吉已死，在我只是传闻，尚未证实。不过，从各路倭军已无心恋战来看，应该不是谣传。”

“圭叔果有见地，”邢玠又点点头，说道，“我约你来，就是告诉你，平秀吉之死，已坐实。”

“怎坐实的？”王士琦问。

“闽抚奏闻于朝：今已查实，倭酋平秀吉死于本年七月初九日。其子平秀赖幼，外舅家康摄政，仅以利泉、河内二岛归之。”邢玠述道。

“平秀吉死，家康摄政，平秀赖流放外岛，”王士琦边重复福建巡抚奏疏里的内容，边得出结论。“果如闽抚所奏，倭国必大乱。”

“圭叔说说看。”邢玠命道。

“行长、清正、石曼子等，无不是平秀吉属臣。平秀吉在，他等归顺平秀吉；平秀吉不在，他等未必归顺家康。同理，倭国内各将多为平秀吉属臣。平秀吉在，他等归顺平秀吉；平秀吉不在，他等未必归顺家康。此其一也。平秀吉死，若政归其子平秀赖，行长、清正、石曼子等，以及倭国内主将，不再为其属臣尚有顾忌，因为要背上叛臣之名；今政归家康，诸将完全可以拥戴平秀赖为名，叛离家康。此其二也，”王士琦分析日本国内的形势。

“圭叔所言，正是我所想，”邢玠道。稍稍停顿，他又说，“另则，我在想，上苍既然把今日倭国之突变赐予我等，我等须有所作为，才不负上苍眷顾。”说着，问道，“圭叔，你说呢？”

“式如先生说的是，”王士琦附和道，“借此天赐良机，一举驱逐倭贼，亦我之大愿。要我怎做，式如先生尽管吩咐。”

“从圭叔讲述的三路战况来看，我以为西路倭军最接近崩溃，”邢玠说着，问道，“圭叔说是不是？”

“是。”王士琦应道。

“我西路官军有望最早收复顺天，将行长逐出朝鲜，”邢玠说着，问道，“圭叔说是不是？”

“是。”王士琦应道。

“此事我寄望于省帅，也寄望于圭叔。”邢玠说。

“下官明白式如先生的心思，只是——”王士琦欲言又止。

“圭叔还有顾虑？”邢玠问。

“西路官军先动，别路倭军会不会来援？”王士琦说出他的顾虑。

“我希望西路官军先逐行长，并不是说，西路一军先动，”邢玠道，“省帅攻行长大营时，中路董帅、东路麻帅会同时而动。”

“倭东路固守岛山，清正无暇西顾，我不担心他；但倭中路之设，本就为接应东、西二路，石曼子或会弃其守地，来和行长会合。届时省帅这里，就要腹背受敌。”王士琦说。

“圭叔大可放心，”邢玠不是空洞地安慰他，而是给他讲述自己的部署。“石曼子守新寨，其陆路已被董帅扼控，他要援顺天，只能以舟师取道海上。我已命爵帅水师，邀截于海上。新寨敌舰千艘，爵帅不见得能一举歼之，阻其西来却是有把握的。”

陈璘字朝爵，军中多以爵帅称之。

“式如先生部署周密，我再无顾虑。”王士琦道。

第二百八十一章

陈璘把邓子龙叫到自己营帐里来。邓子龙没看见陈璘，先看见几上有菜，虽不丰盛，却有几碟；有酒，虽不甚香，却是一大坛。

“爵帅，请我饮酒吗？”他叫道。

“请你二人饮酒。”陈璘说。

邓子龙这才发现，除陈璘和他，营帐里还有一人，从相貌可以看出是朝鲜人，从装束可以看出是朝鲜武将。

“爵帅来，”邓子龙把陈璘拉到一旁，说道，“爵帅只请我二人饮酒，怕是不行。”

“为何不行？”陈璘问。

“我的话，他不懂；他的话，我不懂。我不信爵帅能居中译之。所以，爵帅请我二人饮酒，还得请个通事坐在当中。”邓子龙道。

“我能不能居中译之，听过便知，”陈璘说着，回到邓子龙和那名朝鲜武将之间的位置，先向那名朝鲜武将引介，“李将军，此位是我大明水师副总兵官邓子龙，邓将军。”

那名朝鲜武将朝邓子龙一揖，道：“见过邓老将军。”

他一口京腔，比邓子龙说得还要地道，使邓子龙不由多看他一眼。

“李将军，是吧？”邓子龙道。

“是。”那名朝鲜武将应道。

“李将军稍等，”邓子龙转向陈璘，怪道，“爵帅，这就是你的不是！他懂汉话，怎不告我？”

“不是我不告你，是你不容我告你。”陈璘道。

邓子龙一想，确是自己话太快。他于是说：“爵帅只向他引介我，不向我引介他，是不是有失礼数？”

“对谁个有失礼数？对老邓有失礼数。还是对他有失礼数？”陈璘问。

“无不有失礼数。”邓子龙道。

“怎讲？”陈璘问。

“不向我引介他，好像我是个外人，不必向我引介，此乃对我有失礼数；不向我引介他，又好像他是个外人，不值得向我引介，此乃对他有失礼数。”邓子龙说。

“李将军，他在挑我的刺呢。”陈璘对那名朝鲜武将说。

“在下听得出来。”那名朝鲜武将道。

“你知老邓为何喜欢挑人的刺？”陈璘问。

“在下不知。”那名朝鲜武将道。

“他是南昌人。”陈璘道。

“爵帅说错，我是丰城人。”邓子龙道。

“丰城不属南昌吗？”陈璘问。

“丰城县属南昌府，这不假；可我这个丰城人只说自家是丰城人，从不说自家是南昌人。”邓子龙道。

“你看，”陈璘转对那名朝鲜武将说，“又被他挑一次刺。”

“在下不明，为何南昌人，或丰城人，喜欢挑刺？”那名朝鲜武将请教。话说出口，他觉得可能会得罪邓子龙，又转过来说，“挑刺云云，我是学陈帅的话，并非我也以为邓老将军喜欢挑刺。”

“不碍，”邓子龙道，“为何南昌人喜欢挑刺，我也想听爵帅解释。”

“江西多俊才呀！不从人话里挑刺，怎称得上俊才！”陈璘说。

“照爵帅的说法，似我这等蠢材，更是只能称丰城人，不能称南昌人，免得和俊才搅合在一起。”邓子龙道。

陈璘和那位朝鲜武臣都笑。

“李大人，你方才幸亏补充一句；不然，他不挑你的刺，才怪呢！”陈璘对那名朝鲜武将说。

“邓老将军挑我话里的刺，总是我话里有毛病；但他方才挑陈帅话里的刺，有一半似是为我，我要向他道谢。”那名朝鲜武将说着，又是一揖。

“好啊，尚未推杯换盏，你二人倒联手对付我！”陈璘笑了笑，对邓子龙说，“人家两揖，你未还一揖，老邓，你才有失礼数呢！”

“你不引介，我如何揖还？”邓子龙分辩。

“老邓，我还真得把他引介给你，”陈璘说着，手指那名朝鲜武将，引介道，“此位是朝鲜统制使李舜臣，李将军。”

“统制使，相当我朝何职？”邓子龙问。

“官制不同，不必类比吧。”陈璘道。他这么说，一来是对朝鲜官制也不了然，二来是觉得没必要分个高下。

“那我以同侪还礼，”邓子龙说着，揖道，“见过李将军。”

“不敢当，邓老将军是前辈，没有还礼的道理。”李舜臣忙揖道。

“李将军，我要挑你的刺。”邓子龙说。

李舜臣一愣，问他：“邓老将军，在下哪句话说错？”

“这句话就有错。”邓子龙道。

“这句话有错吗？”李舜臣拼命回想，也想不出是哪个字说错，还是整句话出毛病。

“你这是第三次称我邓老将军！”邓子龙道，“第一次称我邓老将军，我权当是你对我的敬重，故隐忍不发；第二次称我邓老将军，我权当是你叫顺口，亦隐忍不发；这第三次称我邓老将军，怎么听，怎么像是讥讽，我再也不能隐忍不发。”

“在下只知称老将军是敬重，并不知还有别的讲究。若以此冒犯邓——”李舜臣生生把“老”字吞了回去，说，“——将军忌讳，在下领罪。”

邓子龙不理会他的解释和致歉，问道：“你三番两次地称我邓老将军，你看我有几老？”

“一个甲子上下吧。”李舜臣以为他怕说“老”字，故意往少说。

“是上，还是下？”邓子龙咬住不放。

“更似上。”李舜臣不得不说。

“这是句实话，”邓子龙说着，用手比画个数字，“李将军，识得这个数吗？”

“是七，”李舜臣道，并问，“邓将军是说，年近七旬？”

“是已逾七旬。”邓子龙道。

“若言年近七旬，我信；若言年逾七旬，我不信，”李舜臣这话至少有几分是真诚的。说罢，他问，“无论年近七旬，或年逾七旬，称一声老将军，都不为过。邓将军为何说我讥讽？”

“我中华古有一位名将，叫廉颇，李将军知否？”邓子龙反问。

“廉颇老矣，尚能食否？”李舜臣随口说出一句成语。

“李将军可知，称‘老矣’时，廉颇是多大年岁？”邓子龙问。

“这却不知。”李舜臣道。

“年过八旬，”邓子龙也是随口一说。他并未从书上读到称“老矣”时廉颇年过八旬，或者听人说过称“老矣”时廉颇年过八旬，只是他想当然地以为，既称“老矣”，就应该是年过八旬。他说，“我七十出头，离‘老矣’还差着一大截呢。”

“如此说来，我三次称邓老将军，还真是唐突，”李舜臣说着，向邓子龙一揖，“方才领罪云云，并非心声；此时谢罪，却是真心实意。”

“好说，不知者不怪。”邓子龙立刻表现出他性情爽朗的一面。

“老邓，挑完刺了吗？”陈璘问。

“已挑完。”邓子龙道。

“保证不再挑？”陈璘问。

“保证不再挑。”邓子龙道。

“那就请二位入座吧。”陈璘让道。

邓子龙回让过陈璘，又让了让李舜臣；李舜臣回让过陈璘，又让了让邓子龙。三人同时向摆放酒、菜的桌子走去。

“不对！”邓子龙走到一半，忽然站住。

陈璘、李舜臣也随着站下来。

“老邓，何事不对？”陈璘问。

“爵帅这顿酒请得不明不白，不能饮。”邓子龙说。

陈璘无奈地摇摇头，对李舜臣说：“李将军，你看！”

“我倒觉着，邓将军的话有道理，”李舜臣却说，“不如陈帅先告以此次饮酒的意图，邓将军和我也好开怀畅饮。”

“好啊，二位又联手对付我！”陈璘想了想，说道，“倭贼欲遁，为此事饮回酒，说得过去吧？”

“倭贼欲遁？确否？”邓子龙问。

“确定无疑，”陈璘道，“新宅倭贼，水师欲动，扬言西援顺天倭贼。但我看，西援是虚，遁去是实；或者说，可援则援，不可援则遁。至于顺天倭贼、岛山倭贼，无时不在伺机逃遁。”说着，转向李舜臣，“朝鲜全境光复在即，此酒也算是为李将军预贺。”

“在下谢过陈帅。”李舜臣揖道。

“我既说明白，可以吗？”陈璘指着酒、菜问。

“陈帅只说明白一半。”李舜臣道。

“还有哪一半没说明白？”陈璘问。

“倭贼欲遁，陈帅欲邓将军和我作甚？”李舜臣问。

“对，爵帅请我二人来饮的，是壮行酒吧？”邓子龙附和。

“李将军问得好，老邓说得好！”陈璘道，“倭贼欲遁，我欲请二位将军巡海。石曼子欲西援顺天，则阻击之；欲遁，则拦击之。”

“是。”邓子龙、李舜臣应道。

“爵帅给我多少人马，与李将军一同巡海？”邓子龙又问。

“三舰。”陈璘说。

“仅以三舰！”邓子龙惊呼，显然是以为少。

“我有巨舰三只，每舰可载七十人，老邓，你率二百军士，分乘三舰，为前部，我率全体水师随后接应。”陈璘命道。

邓子龙既明确自己的差事，应道：“是。”

“李将军部与邓将军部最近，你能率多少水师出海？”陈璘问李舜臣。

“八百。”李舜臣说。

“你率你的八百人马，与邓将军同时出海巡之。”陈璘命道。

“是。”李舜臣领命。

“望你二人戮力同心，痛击倭贼。”陈璘最后说。

“是。”邓子龙、李舜臣齐声应道。

大明官军的三只战舰巡弋在釜山以南的海面上。

邓子龙坐在船舱里，一手抚着长髯，一手伸出来。

贴身家丁邓三倒杯茶，递给他。他摇摇头，不接。

邓三换杯酒，递给他。他摇摇头，还是不接。

“老爷，你才吃过饭，不会又饿吧？”邓三问。

“谁说我饿！”邓子龙道。

“那老爷伸着手，向小的要何物？”邓三问。

“我要何物，你不知吗？”邓子龙反问。

“小的不知。”邓三道。

“除要我自个儿，我还会要别的吗！”邓子龙道。

“老爷早说呀！”邓三说着，跑进卧舱，抱出一段沉香木来。他边递给邓子龙，边说，“这个宝贝，老爷平日只在晚上睡觉时才拿出来抚摸几下，今日怎一大早就要它！”

“我也不知怎的，今日就是不想让他离身，”邓子龙道。他抚摸几下沉香木，问道，“阿三，还记得在哪里得到的它吗？”

“怎不记得！”邓三道，“老爷率水师渡鸭绿江时，才离岸，有物触船，老爷没在意，小的们也没在意；船行至江中，又有物触船，老爷仍没在意，小的们也仍没在意；将至朝鲜这边江岸，又有物触船，老爷命小的们打捞起来，却是此物。老爷说，它从彼岸跟随老爷到此岸，该是缘分不浅；因此，一直留在身边。”

“你记得，当时我还说它似何物？”邓子龙问。

“老爷将其握于手中，把玩良久，然后说：宛似人头。”邓三说。

“阿三，你看像不像？”邓子龙问。

“形状有点儿像，却无眼、耳、嘴、鼻。”邓三说。

“若有眼、耳、嘴、鼻，我就不会说似，而要说是。”邓子龙说着，改为喃喃低语，让人看到他在说话，却听不到他在说什么。

“老爷，又有何事？”邓三问。

“我说宛似人头后，还说过两个字，你大概没听到吧？”邓子龙问。

“老爷还说哪两个字？小的确未听到。”邓三说。

“似我。”邓子龙告诉他这两个字。

“似老爷？”邓三本想说不像，但再看一眼邓子龙手里的沉香后，他忽然心动，“老爷别说，数月以来，老爷每晚与之同眠，这会儿一看，还真有点儿像老爷。难怪老爷说，它已与老爷合为一体，时不时的让小的把老爷自个儿取来。”

主仆二人正说着闲话，舱外有人呼道：“将军，前有倭舰！”

官军舰上配置的火器，优于倭舰。邓子龙指挥所率三舰上的官兵，向倭舰投掷火器，意欲烧毁倭舰。但激战正酣时，忽有一支火器误掷上邓子龙的战舰，舰上火起。倭将看出明军的主将在这条舰上，顿时有数只舰船围拢过来。倭众跃上该船，与船上官军近身肉搏。敌众我寡，邓子龙战死。

在不远处的李舜臣，指挥所部前来救援，亦奋战身亡。

几乎与此同时，倭石曼子率船队在往顺天与行长会合途中，遭陈璘所率明水师主力的截击，损失惨重，退守锦山。陈璘指挥官军攻之，石曼子部无一得脱。

经此一战，倭军全面遁去。

战后，邓子龙的遗体被找到，首级已无存。被运回丰城后，有人在他身上发现那段沉香木，仿邓子龙生前模样雕之，与尸体一同安葬。

第二百八十二章

司礼掌印太监田义进入内阁值房，不无感慨地说："今日内阁，可真是有些冷清。"

他当然是有感而发。

首辅赵志皋从十月起，正式养病。所以说正式养病，是因为近些年来，他时常告病，三天两头不能入阁当值；但那不是皇帝有旨，准他在家养病，所以，歇息两天，还得赴阁办事。这次是奉旨养病，也就是说，皇帝不另降一旨，命他赴阁办事，或干脆命他致仕，他可以一直在家养病。

次辅张位则在六月，夺职闲住。起因是杨镐丧师朝鲜，丁应泰在参奏杨镐罪状时，连及张位，说张位与杨镐密书往来，朋党欺罔，杨镐重用，实由贿张位得之。皇帝本来没想处分张位，但张位有点儿不知趣，争辩说：群言交攻，孤忠可悯，臣心无纤毫愧。皇帝大怒，道：杨镐由卿密揭屡荐，夺哀授任，今辱国损威，犹云无愧！

留阁办事的，只有三辅沈一贯一人。按照丁应泰参奏，他也和杨镐密书往来；杨镐获罪，他也难脱干系。但他比张位乖巧，被参后但上疏引咎，因而皇帝慰留。

一臣在阁，是名副其实的缺员；即便加上一个养病的赵志皋，有两名阁臣，仍可谓缺员。廷臣多次奏请补推阁臣，沈一贯本人也奏请补推阁臣，皇帝均未理会。

因此，在阁中迎接田义的，只有沈一贯一人。

"连田公都很少来，内阁能不冷清！"沈一贯笑着回应一句。然后问，"公今日驾临，可是有谕旨？"

"无谕旨与内阁，却要肩吾先生拟一道谕旨。"田义说。

"何事？颁与哪个衙门？"沈一贯问。

"肩吾先生想，是颁与哪个衙门？"田义反问。

"不知事由，不好想。"沈一贯道。

"要是反过来呢？"田义问。

"反过来？怎反过来？"沈一贯又反问。

"若知颁与哪个衙门，肩吾先生能否想出是何事由？"田义道。

"也未必好想，但总知往何处想。"沈一贯说。

“那我告诉肩吾先生，是颁与礼部的；肩吾先生告我，是何事由？”田义道。

“颁与礼部？”确如沈一贯所言，不那么好想。他念叨着，“颁与户部，多半是为筹饷事；颁与兵部，或为朝鲜事，或为播州事；颁与工部，必是为大工事。颁与礼部，还真不容易想出来。封事早已绝口不提，不会逐倭在即，反而又想起封事吧？”

播州土官杨应龙不安分，四川、贵州抚、按早有奏言，近来愈演愈烈，已到非解决不可的地步。

“绝非封事。”田义说。

“请田公提示一二。”沈一贯说着，一揖。

“绝非封事，还不算提示？”田义道。

“田公别从不是何事上提示，要从是何事上提示。”沈一贯道。

“是廷臣议论最多之事。”田义提示。

“廷臣议论最多，无疑是建储一事呀！”沈一贯道。

田义看他一眼，不语。

“莫非真是建储之事？”沈一贯又惊又喜。

他以为可以确定，田义却摇头。

“我知不会是。”沈一贯道。他的表情看上去显得失落；同时又在显示，这在意料之中。

田义好像要给他一些希望，说：“虽非建储，却不无关系。”

“田公是说——”沈一贯问。

“肩吾先生还记得长哥年龄吗？”田义反问。

“怎不记得！”沈一贯道，“皇长子诞于万历十年，已一十七岁。”

“皇上今日说句话：长哥年已过期，”田义说着，问道，“肩吾先生知道，皇上为何事颁谕礼部吧？”

“为选婚？”沈一贯反问一句。

“是。”田义点头应道。

“唉！”沈一贯发出一声叹息。

“无缘无故，肩吾先生为何叹息？”田义问罢，又从另外一个角度问，“或许，肩吾先生是有缘有故地叹息？”

“年已过期的，岂止选婚！”沈一贯确是有缘有故地叹息。

他话里的意思很明确：皇长子十七岁，已过选婚的年龄，但更过册立为皇太子的年龄。如果说，选婚的年龄过得还不算多的话，册立为皇太子的年龄就过得太多。本朝虽未确定册立皇太子的年龄，虽有十岁以上被册立者，但十岁前被册立更普遍，甚至有逾岁即被册立为皇太子者。就算现在册立皇长子为皇太子，年龄也过得太多。

“肩吾先生知足吧，”田义道，“皇上既留意皇长子选婚之事，也会留意别事，包括廷臣议之不休的那件事。再者，皇上若对长哥选婚一事置若罔闻，肩吾先生又能怎的？”

“公所言极是，我辈理当知足，”沈一贯说着，又是一揖，“皇上欲谕旨怎拟，还望公垂示。”

“其一，册立之事为何迟稽；其二，选婚之事为何宜行；其三，别位皇子之事如何处置。”田义一连说出三层意思。

署礼部事的该部侍郎余继登从文华门接奉圣谕后回部，才出东华门，遇到吏部右侍郎冯琦。

“世用兄这是从哪里来？”冯琦问。

余继登往文华门的方向指了指。因为文华门距内阁很近，冯琦误会。

“肩吾相公见召？”他问。

“不是，”余继登道，“是皇上宣召。”

“世用先生是去面圣？”冯琦的声调提高几度。皇帝已经很久不曾宣召大臣面议，难怪余继登说皇帝宣召，他的反应会很强烈。

“用韫兄面圣，也轮不到我。是有圣谕。”余继登说。

冯琦知道规矩，也知道这位同年的性情。若是能说的，不用问，他也会说；若是不能说的，问也没用。所以，他只点点头。

“今日之圣谕，足以令廷臣欢呼雀跃，令天下欢呼雀跃；又足以令廷臣唏嘘不已，令天下唏嘘不已。”余继登说。

这完全是两种不同的情感表达，放在一起来说，让人听起来感觉怪怪的。不过，冯琦倒是从他的话里领会到：今日圣谕是可以在廷臣中议论的；也说不定，礼部接奉的圣谕，就是要会廷臣集议的。那么，多问几句，多说几句，就没什么不可以。

“世用兄是欢呼雀跃，还是唏嘘不已？”冯琦问得巧妙。

“实不相瞒，唏嘘不已更多一些。”余继登说。

“换言之，欢呼雀跃虽少一些，却不是没有。”冯琦道。

“然也。”余继登应道。

“世用兄为何而欢呼雀跃，可言否？”冯琦问。

“用韫兄也要与议的，有何不可。”余继登道。

果然是要集议。冯琦问：“世用兄欢呼雀跃，所为何事？”

“为一句话。”余继登道。

“圣谕里的一句话？”冯琦问实。

“当然。”余继登道。

“怎样一句话？”冯琦问。

“皇长子年已过期，体已克充。”余继登告诉他这句话。

“单是这一句话，不明就里，我既不会欢呼雀跃，也不会唏嘘不已。世用兄还是把前面的话多说一句吧。”冯琦道。

“前面的话多说一句，未必能明就里。”余继登说。

“是吗？何不一试！”冯琦不相信。

“其二宫不日落成。”余继登告诉他该话前面的一句话。

乾清、坤宁二宫不日落成，和皇长子年龄已过期，体已克充，的确挨不上边。

“前言不行，加句后语呢？”冯琦道。

“后一句却是点睛之笔。”余继登不太爱开玩笑，但这话明显是在调侃。后面一句话是：尔该部便具选婚旧仪来看。无所谓画龙点睛，直言其事而已。

“原来圣谕是说，皇长子选婚的年龄已过期。”冯琦道。

“是。”余继登应道。

“我来算算，”冯琦掰着手指数道，“皇长子诞于万历十年八月，今者万历二十六年十一月，年逾一十七岁，可不是已过选婚年龄！”

“用韫兄看，当不当欢呼雀跃？”余继登问。

“皇上对皇长子的事如此上心，确当欢呼雀跃，”冯琦说着，口气一转，“不过，皇长子选婚年龄已过期，怎说在‘其二宫不日落成’之后，我还是不明就里。”

“皇长子选婚年龄既已过期，总得做个交代吧。”余继登说。

“世用兄是说，前言‘其二宫不日落成’，是解释皇长子选婚为何一直未举行？”冯琦问。

“是。”余继登应道。

“那么，再前还应该有一句话。”冯琦说。

“用韫兄说说看。”余继登道。

“三殿、两宫相继灾。”冯琦说。

“为皇长子选婚而拟之谕旨，加上这一句，合适吗？”余继登问。

冯琦想了想，道：“喜庆之事，确实不宜有此句。”

“我不知今日谕旨，是内阁拟的，还是司礼监拟的；但前一句所拟，比用韫兄所拟，要高明得多。”余继登说。

“是怎拟的？”冯琦问。

“虽无三殿。”余继登告诉他。

“虽无三殿，其二宫不日落成，”冯琦把两句话合在一起说一遍，也很佩服拟者的心思，“不用一个灾字，而把来龙去脉交代清楚，的确比我打算加上的那句话，要高明得多。”又问，“圣谕是把皇长子年已过期，而选婚未举，归之于天灾？”

“除天灾，还有人祸。”余继登说。

“人祸？何事？”冯琦没想起来。

“孝安皇后崩于几时，用韫兄没忘吧？”余继登道。

孝安皇后，即仁圣皇太后，崩于万历二十四年七月，皇帝为皇妣守丧二十七个月，皇长子为皇太后守丧二十七个月，在这段日子里，是不能选婚的。冯琦点点头，说道：“一则大丧，一则大灾，故不宜选婚；今服丧已满，二宫将成，皇长子选婚，恰其时矣。”

“我看，用韫兄已在欢呼雀跃。”余继登说。

“是，”冯琦应道，又说，“不过，我还是有点儿不明就里：圣意以为可以为皇长子选婚，命礼部具旧仪来看，礼部只要上皇长子选婚仪注即可，又何必集廷臣议之？”

“用韵兄想过没有，仅为此事，我为何说唏嘘不已；还说，唏嘘不已更多一些？”余继登问道。

“世用兄是说，今日圣谕，除皇长子选婚，还有别事？”冯琦当然不会连这一点也领会不到。

“是。”余继登应道。

“令世用兄唏嘘不已的，却是何事？”冯琦问。

“也是一句话。”余继登道。

“圣谕里的一句话？”冯琦问。

“当然。”余继登道。

“是怎样一句话？”冯琦问。

“皇长子年已过期，体已克充。”余继登道。

冯琦再也不会想到，余继登告诉他的是同一句话。

“这句话不是令世用兄欢呼雀跃吗？”他问。

“是令我欢呼雀跃，但更令我唏嘘不已。”余继登说。

“世用先生的心境，我也能理会：皇长子已过选婚的年龄，却未曾选婚，身为臣子，谁个不感慨！不过，”冯琦说到这里，口气一转，“亡羊补牢，为时未晚；况且，皇长子已过选婚的年龄，却未曾选婚，也是事出有因。我看，虽不妨唏嘘，还是应该欢呼雀跃更多一些。”

“用韫兄又妄加议论！”余继登道，“我才说过，仅为此事，我不会唏嘘不已，不会说唏嘘不已更多一些。”

“可世用兄分明也说，令世用兄唏嘘不已的，正是皇长子年龄已过期这句话。”冯琦辩道。

“不错，我是这么说的，”余继登承认后，紧接着说，“可我说的是为皇长子年龄已过期这句话唏嘘不已，并未说为皇长子已过选婚的年龄而唏嘘不已。”

“世用兄是说，皇长子除已过选婚的年龄，而未曾选婚，还有其他的事年已过期，而尚未举行？”冯琦也领会他这句话的含义。

“其他的事，皇长子年龄已过期，而尚未举行，用韫兄思之，会不会唏嘘不已；而且比较起来，唏嘘不已会不会更多一些？”余继登问。

“世用兄不如直截了当地说册立之事。”冯琦道。

“我说的正是册立之事。”余继登并不讳言。

“若为此事，我辈真该唏嘘不已，”冯琦说着，边扳下手指，边言道，“一则，本朝并未定册立储君的年龄。说起来，宪庙、孝庙立为储君，是经过一些坎坷的。但孝庙也是在六龄时册为皇太子；宪庙更晚，也是在十一岁时册立，而且是第二次册立。今皇长子言年已过期，若指选婚，应该说过期尚未久，而册立之年龄已过期，已不知其几久矣。二则，自言册立以来，相公不知已历几人，宗伯不知已历几人，而迄今尚无结果，何以慰前辈们！”

“用韫兄也要唏嘘不已吧？”余继登问。

“是，”冯琦应一声，又问，“由选婚年龄已过，而及册立年龄已过，仅是世用兄的联想，还是别有缘故？”

“自是别有缘故。”余继登道。

“是何缘故？”冯琦问。

“今日圣谕，亦谕及册立事。”余继登说。

“莫非言辞间有所松动？”冯琦抱着一线希望问。

“若是有所松动，仍可唏嘘不已；但用韫兄说，是欢呼雀跃更多一些，还是唏嘘不已更多一些？”余继登道。

“选婚年龄已过，有所解释；册立年龄已大过，更应该有所解释吧。”冯琦不甘心地说。

“解释是有的，不过是陈词，”余继登说着，也边扳下手指，边言道，“嫡庶长幼，自有次序，一也；皇长子禀质清弱，气体未克，二也；皇后年在妙冲，三也；屡遭不讳大难，四也。”

“气体未克，已经过去，圣谕亦道：皇长子体已克充；不讳大难，也已经过去，圣谕亦曰：二宫不日落成。唯有其一、其三，每有廷臣言册立，则以此二事搪塞。”冯琦说。

“每一理由，都足以令人唏嘘不已。四个理由合在一起，用韫兄说，是不是唏嘘不已更多一些？”余继登问。

“这一层不言自明，”冯琦说着，摆摆手，“在我听来，世用兄所述，应该还有遗漏。”

“怎讲？”余继登问。

“一上来，即摆明不册立的四个理由；然后一转，却说皇长子可以选婚。任谁个拟谕旨，都不会拟成这样。”冯琦说。

“一则，并非一上来，即摆明不册立的四个理由，前面还有一句：朕唯册立、分封东宫及诸亲王，此乃祖宗宝谕大典；二则，并非由不册立的四个理由一转，却说皇长子可以选婚，二者之间还有一句：故不得已迟缓少俟耳，非有别意，危乱国家。”余继登更正他的说法。

“这样才似一篇文章，”冯琦说着，不由愣神。过一会儿，他猛然又道，“世用兄，还是不对呀！”

“又怎不对？”余继登问。

“圣谕开篇是：唯册立、分封东宫及诸亲王，此乃祖宗宝谕大典，最后仍须归至册立、分封东宫及诸亲王上呀。”冯琦说。

“用韫兄怎知圣谕未归至册立、分封东宫及诸亲王上？”余继登道。

“世用兄是说：尔该部便具选婚旧仪来看，并非结束之语？”冯琦问。

“当然不是。”余继登道。

“令世用兄唏嘘不已更多一些，也是因其后所言之事吧？”冯琦又问。

“用韫兄说得对。”余继登问。

“世用兄说说，圣谕如何归至册立、分封东宫及诸亲王上。”冯琦道。

“其册立并加冠礼，少俟二宫落成之日行——”余继登本来想把最后几句一起说完的，但才说一句，冯琦一声断喝，吓他一跳。

“世用兄，稍住！”冯琦喝道，“其册立并加冠礼，少俟二宫落成之日行，世用兄没说错吗？”

“断然不会错。”余继登保证。这句话也是他默读很多遍的。

“此句果真无错，岂不比‘皇长子年已过期’一句，更令人欢呼雀跃！”冯琦道。

“我读到这句，着实欢呼雀跃来着。”余继登说。

“然后呢？”冯琦问。

“转而唏嘘不已更多一些。”余继登说。

“世用兄为何有此转变，好生令人不解！”冯琦道。

“我打个比方，”余继登说着，问道，“用韫兄知药引否？”

“怎会不知！”冯琦道，“药引本身不能治病，但用药时缺之不可。”

“其册立并加冠礼，少俟二宫落成之日行，有如药引。”余继登说。

“怎讲？”冯琦问。

“今日圣谕，缺这句不可；然实际欲行者，却在后面。”余继登说。

“后面是说分封？”冯琦问。

“是。”余继登应道。

“分封之事，圣谕是怎写的？”冯琦问。

“朕又思皇三子、皇五子、皇六子、皇七子，俱已长成，若再少待，恐又费一番事，不若亦于二宫完日，一并加冠、分封，庶免烦扰。内皇三子、皇五子年岁稍长，待分封之日，可着出阁讲书，亲近儒臣，朝夕诲训，以开蒙塞。”余继登背诵道。

“这下再无后文吧？”冯琦问。

“再无。”余继登道。

“我再为世用兄多说几个令人唏嘘不已的理由，”冯琦说着，又边扳下手指，边言道，“圣谕言册立、分封东宫及诸亲王，而不言册立东宫，分封诸亲王。足以令人唏嘘不已，此其一也。原以为皇上用于皇长子的心思或会多一些，孰料皇上用于皇三子，以及皇五子、皇六子、皇七子的心思，仍一样多。这足以令人唏嘘不已，此其二也。即便东宫册立及加冠礼如期举行，仍与诸亲王分封及加冠礼同时。足以令人唏嘘不已，此其三也。”说罢，问道，“世用兄以为我说的如何？”

“没想到，用韫兄唏嘘不已，更多过我。”余继登说。

“人同此心，何足为怪！”冯琦道。

第二百八十三章

离正旦日只有几天，皇帝把田义叫到养心殿。

“关上门只有朕和你，图个清静。”皇帝说。

“是。”田义应一声，不知是表示应该图个清静，还是表示自己和皇帝独处一室，荣幸之至。

“朕让你带的几样东西，你带来没有？”皇帝问。

“奴才带来。”田义说。

“拿出来，给朕看看。”皇帝命道。

田义一样一样取出来。首先取出来的是几页宫里使用的纸，及笔、砚。砚台里有研好的墨。

“来，放到朕这边。”皇帝命道。

田义把纸摆放在御案靠近皇帝的地方，笔、砚放在稍前，让皇帝拿起笔，蘸上墨，即可写字。

“老田也知道，朕喜欢写字。但既曰养心堂，朕特意不置一书，不置一纸，不置一笔，所以，要你带来。”皇帝说。

“是。”田义应一声，又取出第二样东西，是个算盘。

“老田可知，朕为何要你带此物？”皇帝问。

“要奴才计数。”田义说。

“是你要用的，放在你那边。”皇帝命道。

田义把算盘放在御案上自己用起来方便的地方，然后取出第三样东西，也是几页纸，不同的是，上面写着许多数字。

“可以开始吗？”皇帝问。

“可以。”田义应道。

“好。”皇帝点点头，示意他读纸上记的数字。

“今岁矿银之进，始自三月，山西矿监张忠进八千又四十两，解入内库。”田义读道。

“张忠，八千又四十两，”皇帝边重复，边写下来。写好后，问道，“朕记得，当时曾下一道圣旨吧？”

“是，”田义应道，“爷命以后凡进金三五千者，即解进应用。”

“后来是照此办理的吗？”皇帝问。

“是，”田义应一声，说道，“实则进矿银千两以上，即解进应用。”

“你接着读！”皇帝命道。

“本月，保定矿监王虎进矿银一千五百两，解入内库。”田义读道。

“王虎，一千五百两。”皇帝在另一张纸上写下来。

“本月，山东矿监陈增进矿银一千两，解入内库。”田义读道。

“陈增，一千两，”皇帝边在第三张纸上写下来，边说，“收下老陈一千两矿银，朕亏得很。”

“爷是说，赏给他一个内阁中书的冠带吧？”田义问。

“还为他罢斥两名知县，许多人说是贤令；另外，又两次降谕，斥责巡抚，”皇帝说。顿了顿，又说，“好在他日后陆续进献，也不妄朕花费在他身上的心思。”

“爷说的是，”田义随便应一句后，又读道，“五月，真定、保定、蓟州、永平矿监王虎进矿银三千五百两，金五十六两又一钱，解入内库。”

“金一钱亦列入，真可谓锱铢必计，”皇帝说着，问道，“老田，你是因此而用个‘又’字吧？”

“爷说的是。”田义笑着应道。

“前者称他保定矿监，这里又称他真定、保定、蓟州、永平矿监，是不是前面的一千五百两是保定一府开矿所进，此处银三千五百两及金五十六两一钱是四府开矿所进？”皇帝问。

“爷圣明。正是为此。”田义道。

皇帝在第二页纸上把数字写下来，然后命道：“你再读！”

“河南矿监鲁坤进矿银五千两，解入内库。”田义读道。

“鲁坤，五千两，”皇帝边重复，边写在第四张纸上。然后问，“自颁圣旨，这是第一次进银五千，朕是如何褒奖他的？”

“爷命优诏答之。”田义说。

“这优诏答之，好比一课梧桐树，栽下之后，是不是引来许多凤凰？”皇帝不无得意。

“是，”田义应道，“大宗矿银解入，是在爷优诏答之以后。”

“快读！”皇帝急切命道，“让朕知道，都有哪些大宗的进项！”

“山东矿监陈增进矿银二千一百七十馀两，进矿金二百一十八两，解入内库。”田义读道。

“金一银十，是这样吗？”皇帝问。

“差不多吧。”田义道。

“金二百一十八两，即银二千一百八十两，加上银二千一百七十两，即四千三百五十两，”皇帝算罢，问道，“是吧？”

“是。”田义应道。

皇帝把这个数字写在第三张纸上。同时，挪过第二张纸，把第二笔金数、银数划去，另写个并折为银的数字四千又六十两。

“真定、保定矿监王虎进矿银五千两，矿金二十两，又样金十七两，一并解入内库。”田义读道。

“王虎，五千三百七十两。”皇帝把矿金、矿银、样金并折为银，写在第二张纸上。

“六月，山西矿监张忠进矿金三十八两八钱，矿银一万又五百九十九两，解入内库。”田义读道。

“进献上万，这是第一宗。”皇帝说。

“是。”田义应道。

“朕将八钱略去，将五百九十九两略为六百两，可以吧？”皇帝问。

“如此简化，甚好。”田义道。

“张忠，一万又九百八十两。”皇帝边念叨这个数字，边写在第一张纸上。

“七月，通州张家湾税监王朝，进税银四千二百两，解入内库。”田义读道。

“今岁第一宗税金。”皇帝道。

“是。”田义应道。

“王朝，四千二百两。”皇帝边重复，边写在第五张纸上。

“山东矿监陈增进矿银四千七百五十两，解入内库。”田义读道。

“陈增，四千七百五十两，”皇帝边重复，边写在第三张纸上。写罢，他问道，“陈增有没有说是何处的矿银？”

“胶州。”田义道。

“山东地大物博，一州征得这多矿银；若是可开矿之处都开矿，该进多少矿银！”皇帝想到美好的前景，泛出笑容。

“爷说的是，”田义没理由、也没胆子扫皇帝的兴。他接着读道，“八月，横岭矿监王忠进矿银五千七百一十八两九钱，解入内库。”

“矿银他也计到钱了？”皇帝道。

“是，”田义应道，“他计，爷可以不计。”

“王忠，五千七百一十八两。”皇帝边念叨这个数字，边写在第六张纸上。

“河南矿监鲁坤进矿银三千又七十九两，解入内库。”田义读道。

“因这宗矿银，朕为他升一官吧？”皇帝问。

“是，”田义应道，“河南叶县典史，加衔河南府都事。”

他没记住那名典史的姓名，只得不说；好在皇帝也不关心。其实，典史、都事都是杂役，无所谓升迁，只是因为府衙是正四品衙门，县衙是正七品衙门，皇帝才用个升字。

皇帝把这个数字写在第四张纸上，并命道：“再读！”

“河南开矿指挥使杨宗吾进矿银三千六百五十八两，解入内库。”田义读道。

皇帝想另外拿一张纸，但旋即改变主意。

“即是河南所进，也记在老鲁头上。”皇帝说着，把这个数字仍写在第四张纸上，不过，在数字后用小字写上杨宗吾的名字。

“山西矿监张忠进矿银七千五百两，解入内库。”田义读道。

“张忠，七千五百两。”皇帝边重复，边写在第一张纸上。

“真定、保定矿监王虎进矿金三十五两，矿银三千五百两，解入内库。”田义读道。

“王虎，三千八百五十两。”皇帝按照前例并折为银。

“山东矿监陈增进矿金二百六十八两，矿银二千五百四十六两，解入内库。”田义读道。

从千位到个位都有数字，皇帝多花些工夫才算出来。

“陈增，五千二百二十六两。”皇帝边念叨着这个数字，边写在第三张纸上。

“蓟州、永平矿监王虎进窖银五千两，解入内库。”田义读道。

“怎是窖银？”皇帝问。

“有人举告，某处掘出窖银五千两，不知是谁人所藏赃银，王虎乃进于朝廷。”田义说。

“此亦可算入矿银。”皇帝道。

“爷说的是。”田义应道。

“王虎，五千两。”皇帝边重复这个数字，边写在第二张纸上。

“十一月，江西湖口税监李道进税银三百又七两七钱，解入内库。”田义读道。

“有人说，李道捞到一个肥差，朕看是个苦差。不仅税银只有几百两，为几百两税银，还得和人打官司。”皇帝说。

“爷说的是。”田义应道。

“好在官司打赢，是吧？”皇帝应道。

“是，”田义应一声，述其事。“九江府经历樊圃，参劾李道肆意妄为；李道亦参劾樊圃阻挠商税，樊圃降杂职调用。”

“区区三百两，还得为他另立一档。”皇帝说着，把三百零七两这个数字写在第五张纸上，并写上李道的名字。

“两淮盐监鲁保进羡银二万又二百两，解入内库。”田义读道。

“老鲁夺得头彩，这才是肥差呢！”皇帝说着，写在第七张纸上。

田义笑笑，读道：“十二月，山东矿监陈增进矿金三百又一两七钱，矿银四千又四十六两，解入内库。”

“陈增，七千又六十三两。”皇帝并折为银，写在第三张纸上。

“天津税监马堂进税银八千一百两，又进已故王朝房屋、地土卖过银三千七百八十两。”田义读道。

“二项合一，计一万一千八百八十两，”皇帝算出来之后，说道，“于公于私，都可以和王朝那笔税金记在一起。”

他把这个数字写在第五张纸上，并写上马堂的名字。

“横岭矿监王忠进矿银三千四百两，又公费余银五百两，解入内库。”田义读道。

“王忠，三千九百两。”皇帝边念叨这个数字，边写在第六张纸上。

“两淮盐使鲁保进羡银三万又二百两，解入内库。”田义读道。

“老鲁两番出手，别个望尘莫及。”皇帝道。

“爷，一共就这么多。”田义奏道。

“好，”皇帝指指算盘，命道，“接下来，朕读，你算。”

“是。”田义应道。

皇帝拿起第一张纸，读道：“张忠，八千又四十两，一万又九百八十两，七千五百两。”

“张忠进银三宗，计两万六千五百二十两。”田义算后报数。

皇帝拿起第二张纸，读道：“王虎，一千五百两，四千又六十两，五千三百七十两，三千八百五十两，五千两。”

“王虎进银五宗，计一万八千七百八十两。”田义报数。

皇帝拿起第三张纸，读道：“陈增，一千两，四千三百五十两，四千七百五十两，四千二百二十六两，七千又六十三两。”

“陈增进银五宗，计两万一千三百八十九两。”田义报数。

皇帝拿起第四张纸，读道：“鲁坤，五千两，三千又七十九两，三千六百五十八两。”

“鲁坤进银三项，计一万一千七百三十七两。”田义报数。

皇帝拿起第五张纸，看一眼，说道：“此处记载三人，各一宗，一宗万两稍过，两宗不足万两，老田不用再算。”

“是。”田义应道。

皇帝拿起第六张纸，读道：“王忠，五千七百一十八两，三千九百两。”

“王忠进银两宗，计九千六百一十八两。”田义报道。

“老田，排个次序吧。”皇帝命道。

“是从多往少排，还是从少往多排？”田义问。

“当然从多往少排，朕还能奖懒罚勤不成！”皇帝道。

“第一名，山西矿监张忠；第二名，山东矿监陈增；第三名，真定、保定、蓟州、永平矿监王虎；第四名河南矿监鲁坤；第五名，横岭矿监王忠。”田义很快排好名次。

“错。”皇帝道。

田义以为，皇帝说他遗漏掉税使，辩解道：“爷谕曰：税使三人，各进银一次，不足万两，不必再算。”

“不必算是不必算，并非不必排名。”皇帝说。

“是，”田义应一声，排出他们的名次，“第四名应是马堂，一万一千八百八十；第五名，鲁坤，第六名，王忠；第七名，王朝，四千二百两；第八名，李道，三百又七两。”

“老田，你还是排错。”皇帝道。

田义核对一遍，说：“奴才是从多到少排列的呀。”

“从多到少，张忠可以排列第一名吗？”皇帝问。

“爷请赏阅，张忠共进矿银两万六千五百二十两，紧随其后的陈增共进矿银两万一千三百八十九两，张忠比陈增多进五千余两，不把张忠排在第一名，难道把陈增排在第一名？”田义道。

“张忠排不到第一名，陈增更排不到第一名。”皇帝说。

“当以谁个排在第一名，乞爷明示。”田义道。

“朕才说过的呀，谁个遥遥领先？”皇帝问。

“排在第一名的应是两淮盐监鲁保！”田义顿悟。

皇帝拿起第七张纸，读道：“鲁保，二万又二百两，三万又二百两。”

“鲁保进银两宗，计五万又四百两，”田义说着，重新排列，“第一名，两淮盐监鲁保；第二名，山西矿监张忠，第三名，山东矿监陈增；第四名，真定、保定、蓟州、永平矿监王虎；第五名，天津税监马堂；第六名，河南矿监鲁坤；第七名，横岭矿监王忠；第八名，张家湾税监王朝；第九名，湖口税监李道。”

“朕不能颁明旨，予以公布。老田，你可写私函，告知他等，以激励他等来年再加努力。”皇帝命道。

“奴才领旨。”田义应道。

第二百八十四章

万历二十七年正旦期间，兵部尚书田乐去探望养病的首辅赵志皋，原本只想说两句闲话，喜庆的话，安慰的话，但见赵志皋精神不错，忍不住说起正事，大事。

“汝迈兄，有七年吧？”他问。

“有。”赵志皋道。

“退一步说，也有三年。”田乐说。

“应该是进一步说吧？”赵志皋道，并说，“不止，有五年。”

田乐不知他是怎么算的，但仍按照自己的思路往下说。

“是否该做个交代？”他问。

“是该做个交代。”赵志皋也说。

好像又殊途同归，田乐等着赵志皋说，赵志皋等着田乐说，结果谁也不说。

“汝迈兄不是说，该做个交代吗？”田乐打破沉默。

“是希智兄说的吧？”赵志皋道。

田乐字希智，北直隶任丘人，隆庆二年进士。他是去年六月，即石星下狱九个月后，从甘肃巡抚任上召回掌部的。近年来，由巡抚直接召任兵部尚书的事例，不说绝对没有，也越来越少。田乐是个特例。

“是我说的吗？”田乐问一句，不过为带出后面的话，“就算是我说的，这个交代也得由汝迈兄来做呀。”

“已经做过交代，希智兄不知吗！”赵志皋道。

“汝迈兄已然做过交代？”田乐很意外。

“是啊，”赵志皋应道，“希智兄尚未入朝，我已经多次做过交代。”

“不会呀，”田乐连连摇头，“去年六月之前，汝迈兄应该不会做任何交代呀。”

“换句话说，希智兄到任之前，我不会做任何交代；再换句话说，希智兄不在朝，我不会做任何交代。”赵志皋道。

“我非此意，”田乐摆摆手，说道，“我的意思是，六月之前，尚未见端倪，汝迈兄不可能做任何交代的。”

“未见端倪？”赵志皋问，“此事端倪，是希智兄看得清楚，还是我看的清楚？”

“肯定是汝迈兄比我看得清楚。”田乐说。

“既然如此，为何希智兄未见此事端倪，就断言我也未见此事端倪？”赵志皋问。

“我说的不是我未见此事端倪，而是所有的人，包括汝迈兄，均未见此事端倪。”田乐说。

“不会吧？”赵志皋也连连摇头，“若谓去岁六月之前我已见端倪，还是凭借感知，有一个人却确定无疑已见端倪。”

“汝迈兄说的是谁人？”田乐问。

“王太医。”赵志皋说。

“王太医？”田乐彻底被说糊涂，“去岁六月之前，他见此事端倪？”

“是啊，”赵志皋见他眼睛瞪得那么大，不能不问，“有何不妥？”

“久闻有一门悬空诊脉的工夫，却不知远隔千山万水，亦可诊之。”田乐说。

“悬空诊脉？千山万水？和你我所言之事有何相干？”赵志皋也彻底被他说糊涂。

“怎不相干？”田乐道，“王太医不得诊脉之后，才知病之轻重？”

“这不错呀。”赵志皋应道。

“虽曰一衣带水，总是一个在海这边，一个在海那边，难道不是远隔千山万水？难道不是悬空诊脉？”田乐道。

“谁个在海这边，谁个在海那边？”赵志皋问。

“在海这边的是王太医，在海那边的自然是他，”田乐道。顿了顿，又说，“除非王太医也去过海那边，不然，总是远隔千山万水。”

“希智兄说的他是谁个？”赵志皋问。

“平秀吉呀，又曰丰臣秀吉。”田乐道。

“希智兄怎扯出他来！”赵志皋愈发糊涂。

“不是我愿扯出他来，是我不扯出他来，汝迈兄听不明白。”田乐说。

“希智兄扯出他来，我更听不明白。”赵志皋道。

“那就从头再说，”田乐不厌其烦，“我对汝迈兄说的是两个年头，一个七年，一个三年，是吧？”

“是。”赵志皋应道。

“七年，汝迈兄应句‘有’；三年，我意是退一步说，汝迈兄意是进一步说，汝迈兄还说句‘不止’，是吧？”田乐问。

“是。”赵志皋应道。

“然后，我问是否该做个交代，汝迈兄也说该做个交代，是吧？”田乐问。

“是。”赵志皋应道。

“然后，汝迈兄说做过交代；我则断定，去岁六月之前，汝迈兄不可能做任何交代，是吧？”田乐问。

“是，”赵志皋应道，并问，“然后，扯出倭酋平秀吉。希智兄倒是说说看，为何去岁六月之前，我不可能做任何交代？”

“不对，我扯出平秀吉之前，汝迈兄还扯出王太医呢。”田乐说。

“对，我是扯出王太医。”赵志皋道。

“听汝迈兄的口气，似因有王太医，才能做出交代。”田乐说。

“的确如此，没有他，有些话我是不好说的。”赵志皋道。

“没有平秀吉，汝迈兄有些话就好说？”田乐问。

“希智兄怎又说到平秀吉！王太医，平秀吉，风马牛不相及嘛！”赵志皋摇着头说。

“二人可不是风马牛不相及！”田乐道，“汝迈兄不知我为何三番两次言及平秀吉，我就说与汝迈兄听听。”说着，问道，“平秀吉死于去岁七月，是吧？”

“是。”赵志皋应道。

“去岁六月之前，汝迈兄不可能做任何交代，正是为此。”田乐说。

“希智兄的意思，平秀吉不死，我不能做任何交代？”赵志皋问。

“是。”田乐应道。

“即便是我死，也不成吗？”赵志皋问。

“过年呢，汝迈兄不可口出凶言。”田乐告诫他。

“好，”赵志皋点点头，道，“希智兄再说！”

“为何平秀吉不死，汝迈兄不能做任何交代？”田乐自问自答，“平秀吉不死，谁敢断言东事以我全胜收官？”

“希智兄的意思，东事不胜，我不能做任何交代？”赵志皋问。

“是。”田乐应道。

“我——”赵志皋本想再说一遍“即便我死，也不成吗”，但想起田乐的劝告，忍住不说。他改口说的是，“希智兄再说说，为何没王太医，去岁六月之前我不可能做任何交代！”

“王太医是汝迈兄先提出来的，”田乐先强调一点，然后说，“王太医医术精湛，或此前曾见过平秀吉一面，知他活不过去岁七月；或询问过自倭而来京之人，料定他活不过去岁七月。他以此情告知汝迈兄，汝迈兄才敢说，去岁六月之前，已做交代。”

“希智兄说来说去，说这么久，原来是说对东事该做个交代呀！”赵志皋忍不住要笑。

“汝迈兄难道说的不是东事？”田乐问。

“当然不是。”赵志皋道。

“汝迈兄说的却是何事？”田乐问。

“老朽休致之事。”赵志皋说。

“你我说这么多，没一句是涉及汝迈兄休致之事的呀。”田乐说。

“不见得。”赵志皋道。

“譬如，我说有七年，是指自万历十九年、二十年始，东事之发有七年，”田乐举例后，问道，“汝迈兄却是何意？”

“我自万历十九年九月入阁，迄今已逾七年。”赵志皋说。

“我说，退一步说，也有三年，是指万历二十四年，遣封使赴倭；封事不成，战端又起，朝廷正式处置其事有三年，”田乐又举例后，问道，“汝迈兄却是何意？”

“我自万历二十二年五月晋首辅，迄今近五年。”赵志皋说。

“汝迈兄为何又说，王太医去岁六月之前，无疑已见端倪？”田乐问。

“那还用问吗！”赵志皋道，“去岁六月之前，王太医就说过，我已不耐重劳；不然，怎么到十月，皇上会准我养病？”

“但休致而用交代二字，汝迈兄觉着恰当吗？”田乐问。

“恰当呀，”赵志皋道，“不能胜任首辅，对皇上，对朝廷，对群臣，也对自家，还有比休致更好的交代吗？”

田乐愣了愣，仰头大笑。赵志皋也笑。他和田乐说来说去，你一句我一句，互说这么久，说的竟然完全不是一回事；而且，彼此问来问去，谁也没问过对方，说的究竟是何事。

“皇上既然已降纶音，准汝迈兄养病，我看休致之事不必再提吧！”田乐道。

“皇上既然已准养病，东事作何交代，希智兄该和在值的阁臣合计。”赵志皋回敬一句。

“我和肩吾兄合计过。”田乐道。

“他怎说？”赵志皋问。

“他说，要听汝迈兄的。”田乐道。

“肩吾兄是句客套话，希智先生听不出来吗？”赵志皋虽然这么说，但还是按照田乐的本意谈论起“交代”这个话题，“若对东事有个交代，希智兄今日的开场白，正好可以起个头。”

“汝迈兄说的是这个数，和这个数吧？”田乐先比画个七字，又比画个三字。

“有这个数够。”赵志皋比画个七字。

“汝迈兄欲怎拟？”田乐问。

“东倭发难七年，今已荡平。”赵志皋述道。

“这个头起得好！”田乐赞道。又问，“然后呢？”

“还有两个数字。”赵志皋道。

“是哪两个数字？”田乐问。

“希智兄可知，东征一事，朝廷先后发兵几许？”赵志皋反问。

“听说有十万。”田乐道。

“统兵将领几多？”赵志皋又问。

“听说主将、副将、裨将有数十员。”田乐道。

“我说的就是这两个数字。”赵志皋说。

“汝迈兄欲怎拟？”田乐问。

“东倭发难七年，今已荡平。十万吏卒，数十员将裨，执坚披锐，万里远征，劳不可泯。”赵志皋述道。

“听汝迈兄前一句，已觉有深意；再听后一句，更觉有深意。请汝迈兄解说一二。”田乐说着，揖了揖。

“东倭发难七年，朝廷处置倭事亦七年。不是有人一路指责，把朝廷大计说得一无是处吗？朝廷大计当真一无是处，怎会封事、战事应付自裕！朝鲜开战三年，十万吏卒亦征战三年。不是有人一路贬低，把朝鲜战事说得一无是处吗？朝鲜战事当真一无是处，怎会今日终将倭贼逐出朝鲜！”赵志皋阐明他的深意。

“汝迈兄说得好！”田乐又称赞一句，然后说，“不过，我要斗胆说一句，汝迈兄说得虽好，听起来仍有点儿不过瘾。”

“希智兄还想怎过瘾？”赵志皋问。

“譬如，有人一路指责，能不能改为某官指责？”田乐道。

“不如改为某丁姓官员指责。”赵志皋又说。

“不如改为某丁姓主事指责。”田乐又说。

“不如直言丁应泰指责。”赵志皋又说。

“汝迈兄欲怎拟？”田乐问。

“我接着劳不可泯说，”赵志皋铺垫一句，述道，“而丁应泰云：赂倭卖国。则吏卒皆当罪，不得言功。恐人心忿怨，万一激变，损国威重，亦未可知。”

“这比说有人云‘赂倭卖国’，更为有力。”田乐道。

“也比说有人云‘赂倭卖国’，更容易招致反击。”赵志皋却说。

“他能怎反击？”田乐问。

“譬如，赂倭卖国，果无其事否？”赵志皋举一例。

“汝迈兄欲怎驳？”田乐问。

“我拟不驳。”赵志皋说。

“不驳，岂不是承认确有其事？”田乐道。

“那不一定。”赵志皋摇头。

“汝迈兄欲怎拟？”田乐又问。

“赂倭之情，岂敢悬断，”赵志皋问，“希智兄看，用这八字如何？”

“不与纠缠，诚然高明；不过，”田乐口气一转，问道，“八字之后，一定还有别的话吧？”

“希智兄知我。”赵志皋笑着说。

“汝迈兄怎拟？”田乐问。

“古者称，功宜从重，罪疑宜从轻。”赵志皋述道。

“罪疑二字，意味深长，恰与前面八字相呼应。”田乐说着，问道，“我欲改一字，不知可否？”

“希智兄欲改哪字？”赵志皋反问。

“不言从轻，言从无。”田乐说。

“不可，”赵志皋道，“若言从无，怕要成众矢之的。”

“汝迈兄说的是，”田乐应道，又问，“既曰从轻，当如何从轻？”

“今日之事，宜溥加恩泽。若因小争致淹功赏，不唯有事难以用人，即今日十万之众，亦未易收拾。”赵志皋述道。

“此诚臣之忧也，加上这一句，便可以密揭上之；便可对皇上有个交代，对朝廷有个交代，对群臣有个交代，对汝迈兄自家也有个交代。”田乐说。

“我正此意。”赵志皋道。

第二百八十五章

监察御史于永清走在街上，听到身后有人招呼“士纯先生”。他站下来，但不想马上转过身去。因为招呼的声音听上去有点儿陌生，应该不是自己熟悉的人。

后面的人快走两步，赶上他。

“士纯先生，晚辈有礼。”那人说着，一揖。

不仅声音听上去有点儿陌生，面孔看上去也有点儿陌生。但那人自称“晚辈”，倒是给他提供些许线索。

于永清字士纯，山东青城人，万历十一年进士。在他面前以晚辈自居，比他要晚上一科以上；而且，晚上一科，一般都不会自称“晚生”，因此，万历十四年的进士也不必考虑。再者，此人尽管有点儿陌生，但绝不是不曾谋面，因此，最近的万历二十六年的进士，乃至万历二十三年的进士，也不必考虑。在他之后，本来有五科，经过排除，他可以集中精力考虑万历十七年和万历二十年的进士。两科进士留在朝廷的有限，而在六科任职的就更有限。

因为对方的朝服已说明，他是一名给事中。

这样一想，还真想出眉目。

“是桂君，桂伯深先生吧？”他问。

桂有根字伯深，河南汝阳人，万历十七年进士，官工科给事中。

“是晚辈。”桂有根应道。

“兄台不是住在这边吧？”于永清问。他住的地方较偏僻，附近住着哪些官员，他心里是有数的，其中不包括桂有根。

“以前不是，如今却是。”桂有根说。

“兄台搬过来？”于永清问。

“是。”桂有根应道。

“好啊，以后是近邻，彼此可多关照。”于永清说。附近多一名官员，而且是科臣，总比附近多一名无赖，让人感到高兴。

“士纯先生未必想有我这么个近邻。”桂有根却说。

“怎么？”于永清不解。

“晚辈遇事直言，这等秉性没几人喜欢。”桂有根说。

“这话不对，”于永清道，“遇事直言，此乃美德，况居言路；在我，从来是闻过则喜。”

“士纯先生真不烦人直言？”桂有根似乎不太相信。

“不烦！”于永清道，“若有欲言之事，兄台不妨直言。”

“实不相瞒，对士纯先生，我还真有欲言之事。”桂有根说。

“是吗？”于永清有点儿含糊。但既然声称直言是美德，直言闻过则喜，又不能不鼓励对方说，“我也在想，兄台招呼于街上，并追赶上来，一定有欲言之事。”

“是。”桂有根应道。

“兄台请说，某洗耳恭听。”于永清道。

“士纯先生不该和相公沆瀣一气。”桂有根的话确实很难听。

“兄台是说，我和相公沆瀣一气？”于永清很是吃惊。

“士纯先生是不是觉着刺耳？”桂有根问。

“是。”于永清无法否认。

“还有更刺耳的话呢。”桂有根说。

“兄台说说看。”于永清道。

“士纯先生不该助纣为虐。”桂有根说。

虽说更难听，于永清却不像听到上一句话那么吃惊。他问：“沆瀣一气也罢，助纣为虐也罢，却是从何说起？”

“士纯先生曾参嘉禾先生一本，是吧？”桂有根说到正题上。

嘉禾是丁应泰的字。他是湖广武昌人，和于永清同是万历十一年进士。

“是。”于永清应道。

“士纯先生为何参他？”桂有根问。

“为他张狂一疏。”于永清说。

“是参劾杨京甫之疏吧？”桂有根问。

“该疏不止参劾杨京甫。”于永清道。

“对，他还连带参劾清帅、麻帅。”桂有根说。

“该疏不止连带参劾清帅、麻帅。”于永清道。

“对，该疏还牵连出明成相公、肩吾相公。”桂有根说。

“该疏不止牵连出明成相公、肩吾相公。”于永清道。

“无论连带参劾几多人，无论牵连出几多人，总得一个一个地理论吧。”桂有根说。

“理论二字，兄台用得好。”于永清愿和他理论。

“嘉禾先生该疏主旨是参劾杨京甫，这不会错吧？”桂有根问。

“不会错。”于永清点头。

“士纯先生以为，杨京甫不该参劾？”桂有根问。

“不是。”于永清摇头。

“嘉禾先生该疏的主旨，是参劾杨京甫；士纯先生也以为，杨京甫并非不该参劾。那么，士纯先生因该疏而参劾嘉禾先生，是不是值得商榷？”桂有根道。

“已确定是沆瀣一气，是助纣为虐，还用得着商榷吗？兄台不如直接指责我参错。”于永清半认真半开玩笑地说。

“我的确以为士纯先生参错，”桂有根不留情面地说，又稍留情面地说，“不过，我还想听听士纯先生的分辩。”

“我的分辩很简单，”于永清道，“嘉禾兄的奏疏若仅参劾杨京甫，我并不以为杨京甫不该参劾，却反过来参嘉禾兄，是我错。但该疏并非仅参劾杨京甫；尽管主旨是参劾杨京甫，也并非仅参劾杨京甫。”

“那便顺着士纯先生的话说，他还连带参劾清帅、麻帅，”桂有根说着，问道，“士纯先生是因为嘉禾先生连带参劾清帅、麻帅，而反过来参劾嘉禾先生吗？”

“也是，也不是。”于永清道。

“何谓也是？”桂有根问。

“前者官军溃败，罪责主要在杨京甫，而清帅、麻帅等统兵之将，亦难辞其咎。”于永清说。

“何谓也不是？”桂有根问。

“今者官军大胜，如麻帅等挥师而进，尽逐倭贼，皆功不可没；清帅已回镇辽东，但若留驻朝鲜，一样也会建立功勋。”于永清说。

“士纯先生不可求全责备，须知，嘉禾先生上该疏时，朝鲜绝无大捷之兆。”桂有根替丁应泰辩道。

“兄台说的是，嘉禾兄上疏时，未见朝鲜大捷气象，亦难料朝鲜大捷；不过，”于永清口气一转，问道，“朝廷若依嘉禾兄参劾，重治清帅、麻帅等罪，朝鲜战事会是怎样景象，兄台想过没有？”

“这我还真不曾想过。”桂有根承认。

“所以，我非为昨事反参嘉禾兄，是为今事反参嘉禾兄。”于永清道。

“再顺着士纯先生的话说，他还牵连出明成相公、肩吾相公，”桂有根说着，问道，“士纯先生是不是因为嘉禾先生牵连出明成先生、肩吾先生，而反过来参劾嘉禾先生？”

“也是，也不是。”于永清仍道。

“何谓也是？”桂有根问。

“明成相公、肩吾相公密揭力荐杨京甫；前者朝鲜战事之坏，坏于杨京甫，明成相公、肩吾相公难辞其咎。”于永清说。

“何谓也不是？”桂有根问。

“嘉禾兄以明成相公曾语杨京甫‘祸福利害与君共之’而参劾之；然既密揭力荐，祸福利害共之，又有何错？嘉禾兄又以肩吾相公曾语杨京甫‘以后大疏须先投揭而后上之’而参劾之；然既密揭力荐，其疏得失自然关切，又有何错？”于永清道。

“士纯先生以此而辩，似稍牵强。”桂有根说。

“那么，力荐杨京甫，乃荐人不当；由封事转为战事，乃扭转国策，二事一轻一重。我这样说，兄台以为牵强否？”于永清问。

“士纯先生是说，荐人不当为轻，扭转国策为重？”桂有根反问。

“对。”于永清应道。

“扭转国策重于荐人不当，这话并不牵强。”桂有根说。

“那么，朝廷力主封事，谁个责任最大？”于永清又问。

“自是前大司马石拱宸。”桂有根说。

“我问的是内阁诸臣。”于永清道。

“内阁主封事，汝迈相公责任大过明成相公、肩吾相公，尤其大过肩吾相公。”桂有根道。沈一贯是万历二十二年底入阁，时议封贡已是朝中主流，且沈一贯在五名阁臣中排名最后，所以，桂有根要加上一句。

“朝廷大计由封转而为战，谁个作用更大？”于永清又问。

“士纯先生指的也是内阁诸臣吧？”桂有根反问。

“是。”于永清应道。

“石拱宸下狱，汝迈相公亦卧病在床，甚少入阁办事，明成相公、肩吾相公的作用都大过汝迈相公，肩吾相公的作用尤其大过汝迈相公，”桂有根道。张位在去年六月被罢，阁中只有沈一贯一人在勉力维持，所以，他也要加上一句。

“今对内阁相公皆有非议，就东事而言，尤当非议的是汝迈相公。我这样说，兄台以为牵强否？”于永清问。

“牵强是不牵强，不过——”桂有根还有话说。

“兄台容我把话说完，”于永清打断他，“嘉禾兄奏疏牵连出明成相公，牵连出肩吾相公，唯独放过汝迈相公。所以，我非为嘉禾兄参劾明成相公、肩吾相公反参他，是为他不参劾汝迈相公反参他。”于永清说。

“这一层意思，我已听出来。”桂有根道。

“兄台欲如何理论？”于永清这才问他。

“士纯先生是因嘉禾先生不参劾汝迈相公反参他，却不知，我也因汝迈相公才说士纯先生沆瀣一气，才说士纯先生助纣为虐。”桂有根道。

“兄台是说，我和汝迈相公沆瀣一气，我助汝迈相公为虐？”这还真是于永清没想到的。

桂有根用力地点了点头。

“怎讲？”于永清前思后想，怎么也得不出这个结论。

“参嘉禾先生，士纯先生最得意的是哪两句？”桂有根问。

“倭强，曰我军有罪；倭退，曰我军无功。”于永清随口背诵两句。

“我也以为，这两句甚是精辟，”桂有根说着，也随口背诵两句，“古称功宜从重，罪疑从轻。”背诵之后，问道，“这两句话，士纯先生又以为如何？”

“兄台问的是——”于永清不知他是从哪个角度问的。

“与士纯先生的两句话，是否异曲同工？”桂有根道。

“怎讲？”于永清问。

“倭强，曰我军有罪；倭退，曰我军无功。士纯先生这两句话的意思，是功从轻，罪从重。古称功宜从重，罪疑从轻。这两句话的意思，也是今者功从轻，罪从重。此不谓异曲同工，何谓异曲同工！”桂有根道。

“兄台这般解说，亦无不可。”于永清未予反驳。

“那么，我称士纯先生与汝迈相公沆瀣一气，就没错。”桂有根道。

“看来，这两句话是汝迈相公说的。”于永清不难断定。

“更准确地说，是写出来的。”桂有根道。

“我怎未闻汝迈相公有此疏？”于永清还有所疑。

“汝迈先生进的是密揭。”桂有根告诉他。

“那就难怪。”于永清道。科垣在午门内，科臣是所谓近臣。别臣不知之事，甚至御史亦不知之事，科臣知之，没什么好奇怪的。

“士纯先生是不是开始后悔？”桂有根打算见好就收。

“兄台说的是我参嘉禾兄吗？”于永清问。

“是啊。”桂有根应道。

“我为何要后悔？”于永清并无后悔之意。

“参嘉禾先生，是与明成相公、肩吾相公沆瀣一气；参本言词，是与汝迈相公沆瀣一气。士纯先生不为之汗颜，不为之后悔？”桂有根道。

“若谓汗颜，汗颜的当是嘉禾兄；若谓后悔，后悔的当是汝迈相公。”于永清却说。

“嘉禾先生为何汗颜？”桂有根问。

“兄台知我是哪一科出身？”于永清反问。

“万历癸未科。”桂有根道。

“嘉禾兄与我同一科，兄台亦知吧？”于永清问。

“亦知。”桂有根道。

“癸未科，迄今十五年，我常自叹无能，仍是一名普通御史，连掌道御史都没熬到。”于永清说。

“士纯先生说得不对，”桂有根驳道，“二三十年的御史亦有，遑论十五年！况且，今入仕途，不可能出道便官御史，我猜士纯先生入宪台，不会超过十年。十年御史，再普遍不过。”

“十五年的御史，或十年的御史，的确普遍。兄台开导，在此谢过！”于永清揖了揖，然后说，“兄台应知，嘉禾兄亲去过朝鲜。”

“我知。”桂有根应道。

“兄台应知，嘉禾兄亲历过战事。”于永清说。

“我知。”桂有根应道。

“他以何身份亲去朝鲜，亲历战事？”于永清问。

“东征赞划主事。”桂有根道。

“赞划二字虽可抬高身份，主事终归是主事，”于永清说。顿了顿，他问，“十年的主事，甚或十五年的主事，也很普遍吗？”

“士纯先生是说——”桂有根听出他的话外之音，但还是要他亲口说出。

“嘉禾兄上此张狂之疏，是有所图的，”于永清道，“别事我不敢说，急于升作司官，我是听他亲口说过的。”

其疏张狂，于永清定性；上其疏乃有所图，于永清定性，而且，说得出根据。同年京官，每年都会有机会相聚，几杯酒下肚，什么话都会说。对于永清的说法，桂有根没法子矢口否认。

“汝迈相公又为何后悔？”他问。

“依兄台所言，古称功宜从重，罪疑从轻，是他密揭中的得意之笔，是吧？”于永清问。

“是。”桂有根应道。

“依兄台所言，他写的‘古称功宜从重，罪疑从轻’，和我写的‘倭强，曰我军有罪；倭退，曰我军无功’，异曲同工，是吧？”于永清问。

“是。”桂有根应道。

“汝迈相公很快就要后悔写过和我异曲同工的句子。”于永清说。

“却是为何？”桂有根问。

“因为我马上就要参他。”于永清道。

“士纯先生打算怎参他？”桂有根问。

“倭强，曰我军有罪；倭退，曰我军无功。以此看待朝鲜战事，无疑是错的。但倭强，曰汝迈相公有罪；倭退，曰汝迈相公无功，这话却一点儿错也没有。”于永清说。

“士纯先生所言极是！”桂有根的立场马上发生根本变化，从指责转为附和，“士纯先生若上此疏，晚辈当附骥。”

几天之后，于永清、桂有根各上疏，参劾赵志皋。

第二百八十六章

田义进殿时，皇帝正在纸上计算着数字。他不敢打扰，拱手站立一侧。

皇帝计算完，把笔放下，招呼道："老田，近前。"

"是。"田义应着，向前一步。

"朕今日找你说三件事。"皇帝道。

"是。"田义应道。

"第一件事，是内臣之争；说得更确切，是矿监、税使之争，"皇帝说着，问道，"老田知是何事吧？"

"奴才知道，"田义应道，"爷说的是陈增、马堂之争。"

"此二人闹得不可开交，老田，你听说没有？"皇帝问。

"奴才有所耳闻，"田义道，"其实，同为一税，两人去征，各不相让，不用说也知，一定会闹得不可开交。"

"此事朕有责任，"皇帝说，"既已差马堂往山东征收各种税项，又命陈增征收店税，致使二人冲突。"

"怪不得爷，"田义替皇帝开脱，"一则，征收山东店税是陈增奏请的；二则，二人之争，有其缘故。"

"有何缘故？"皇帝问。

"去岁末，爷给他等排列名次，陈增在第三，马堂在第四。陈增最大的担心，是被马堂超过；马堂最大的愿望，是超过陈增。前者，马堂征税天津，二人但暗中较劲，还不会争执。今岁马堂兼征税临清，二人分的是一张饼，此消彼长，一定会争执不下。"田义说。

"这也是朕担心的，"皇帝说，"朕把山东店税判给陈增，陈增保得住他的第三，马堂一定会说，是朕帮陈增；朕把山东店税判给马堂，马堂得以跃居第三，陈增一定会说，是朕帮马堂。谁个第三，谁个第四，朕不在乎；朕只担心，会伤其中一人的士气。"

"爷担心的是。"田义应道。

“老田，你看如何处置？”皇帝问。

“平息二人之争，最好是把饼掰开。”田义说。

“你的意思是，把山东的店税一分而二，一半交与陈增，一半交与马堂？”皇帝问。

“是。”田义应道。

“这张饼怎样掰开，方才均之？”皇帝又问。

“临清州隶东昌府，南北而言，东昌在山东居中。若两处征税，一设于临清，一设于别府，都会失衡。不如一设于临清，征山东北半部店税；一设于东昌，征山东南半部店税。”

“老田说公允，一定公允，就这样定吧。”皇帝道。

“是。”田义应道。

“第二件事关乎阁臣，其实也关乎矿监、税使，”皇帝说着，问道，“内阁沈先生近上一疏，老田知道吧？”

“奴才知道。”田义应道。

“去岁末，朕和你算笔账；今年春，沈先生也算笔账。老田，你看，两笔账如何比较？”皇帝问。

“奴才以为，无法比较。”田义说。

“为何无法比较？”皇帝问。

“一则，爷和奴才算的那笔账，是实在的，甚至可以精确到钱；沈先生算的那笔账，则是虚拟的。二则，两笔账的数目相差太大，不可以毫厘而计。”田义说。

“朕若要勉强比较呢？”皇帝道。

“奴才以为，爷一定要比较，则沈先生算的那笔账，可起到警醒的作用，他的奏疏没白写。”田义说。

“看来，你也是赞成朕把这两笔账做个比较的。”皇帝道。

“奴才并无定见；是爷说勉强比较，使奴才意识到，爷对沈先生的奏疏，还是很看重的。”田义说。

“辅臣的奏疏，朕总要比别臣的奏疏看重，”皇帝道，又说，“要不是沈先生这次上疏，朕还没留意，去岁末和老田算的那笔账，并没算完。”说罢，问道，“老田，你说是吧。”

“是，”田义应道，“当时主要是为他等排列名次，没把总数算出来。”

“朕今日算了算，是——”皇帝正要说出个总算，忽然改变主意，“老田，你有没个总数？”

“奴才也没有。”田义说。

“朕不是说全部，是说朕上次和你算过的前九名的总数。”皇帝缩小范围。

“前九名的总数，奴才也没计算。”田义说。

“既如此，你来算算！”皇帝命道。

“奴才没带来算盘。”田义说。

“这里是文华殿，不是养心殿，备着呢，”皇帝说着，命近侍，“快去给老田取个算盘来！”

一名近侍取来个算盘，放在田义面前，讨好地说：“田叔看看合手不合手，不合手，我去换一个。”

“很好，就是它，”田义说。在皇帝面前，当然不容他挑东捡西。但无能为力的事，他又不能不提，“爷，那多数字，奴才没记下来。”

“都在朕这里呢。”皇帝道。

他按照从第一名到第九名的顺序，把数字读出来。他读一个，田义在算盘上加一个，九个数字读完，加在一起，算出来总数。

田义反而担心。他看着皇帝也在计算，并计算出结果，要是他算出的数字和皇帝算出来的数字不一样，会有麻烦。他最多可以说一句：奴才算错，奴才再算一次。要是再算出来的数字，仍和皇帝算出来的数字不一样，可怎么办？尽管他知道，这个数字算得多点儿，或算得少点儿，根本无碍大局。

“老田算的是几多？”皇帝问。

“十五万多。”田义道。

“是十五万多，”皇帝点点头，问道，“十五万几千？”

“四千。”田义道。

“几百？”皇帝问。

“七百。”田义道。

“至此，和朕算的都一样，再后面就不用比对，”皇帝说到这里，顿了顿，好像让田义有个准备。然后才说，“老田，朕考考你。”

“是。”田义应道。

“沈先生那笔账，总数是几多？”皇帝问。

“据沈先生所言，岁糜将至八百万。”田义说。

“他是怎算出来的？”皇帝问。

“以万人日给千金，岁约四十万金，计算出来的。”田义说。

“万人日给千金，是多，还是少？”皇帝问。

“人日一钱，有点儿多。”田义说。

“怎见得多？”皇帝问。

“知县正七品，月俸七石五。以一石米折一两银计，知县以月俸养四口之家，每人每日摊不到一钱。”田义说。

“好，此事且存疑，”皇帝说着，又算起来，“以万人计，岁约四十万，岁糜八百万，则须二十万人。”算罢，问道，“老田，朕算得对否？”

“爷算得对。”田义道。

“二十万人又是怎算出来的？”皇帝问。

“二十处，每处万人，则二十万人。”田义说。

“二十处，说的是分遣矿监、税使之处吧？”皇帝问。

“是。”田义应道。

“老田，今分遣矿监、税使，有二十处吗？”皇帝问。

“读沈先生疏时，奴才回想过，似不足。”田义说。

“好，此事仍存疑，”皇帝说着，问道，“每处万人，是怎算出来的？”

“以千人计，每家十口，则万人。”田义说。

“你方才说，知县养四口之口，沈先生却以每家十口计，是不是有点儿多？”皇帝问。

“是有点儿多。”田义应道。

“好，这是第三个存疑，”皇帝说着，问道，“千人是怎算出来的？”

“以分遣官十人计，各须百人，则千人。”田义说。

“分遣官，是矿监、税使所分遣吧？”皇帝说着，问道，“一矿监、税使，设十员分遣官，是多，还是少？”

“一矿监设十员分遣官，则须开十座矿；一税使设十员分遣官，则须于十处征税。有点儿多。”田义说。

“每分遣官须百人，是多，还是少？”皇帝又问。

“某一分遣官养士百名，是有可能的；每一分遣官都养士百名，奴才以为，似乎不太可能。”田义说。

“亦即是多。”皇帝道。

“是。”田义应道。

“好，此处又有两个存疑，”皇帝说着，命道，“老田，沈先生的八百万如何算出，你从头给朕捋一遍吧。”

“是，”田义应一声，说道，“以遣出二十名矿监、税使计，每名矿监、税使各设十名分遣官，每分遣官各率百员随从，每随从各养十口家人，须养之人，计二十万；每养一人，日用一钱，年用约四十两，以养二十万人计，须费八百万。”

“八百万与十五万相比，果如老田所说，相差太大。但十五万是实实在在的十五万，没一点儿水分，而八百万却至少有五处存疑，每一处存疑都可以让沈先生的计算打个对折。打一次对折，八百万变成四百万；打两次对折，四百万变成二百万；打三次对折，二百万变成一百万；打四次对折，一百万变成五十万；打五次对折，五十万变成二十五万。朕若因为肯定虚妄的八百万，因为很有可能虚妄的二十五万，放弃实实在在的十五万，朕就太不明智，”皇帝说着，问道，“老田，你说呢？”

“爷圣明。”田义颂道。在他看来，沈一贯说天下矿监、税使之费达八百万，未免太夸张；而皇帝这样大刀阔斧地对折，也有点儿不合情理。但皇帝既然说出口，他是绝不能反驳的。

“对沈先生该疏，老田是怎说的？”皇帝忽问。

“奴才说，爷很看重。”田义道。

“还有一句。”皇帝提醒他。

“奴才还说，该疏可起到警醒作用。”田义道。

“那就把此疏留中，让它去起警醒作用吧。”皇帝借用他的话，结束这个话题。

“是。”田义应道。

“第三事关乎王官，其实也关乎阁臣，”皇帝说着，问道，“沈先生在端门外遭王官凌辱，老田听说没有？”

“奴才已听说。”田义应道。

“朕才听说时，以为某王府官胆大妄为，凌辱辅臣；后来才知道，他是义勇右卫百户，姓王，叫王官。”皇帝说。

“奴才开始也很奇怪，王府官怎敢在宫阙之下撒野，”田义附和道，并说，“看来，姓王，而以官名之，实不适宜。”

“你知这个王官为何凌辱沈先生吧？”皇帝问。

“进金求实职不遂，故有此举。”田义说。

“听说他曾进万金，是吗？”皇帝问。

“是一万二千金；不过，不是他一人所进，除他外，还有把总徐希昌、贡士林章。”田义说。

“进一万二千金，由哪一衙门办理？”皇帝问。

“不知。”田义道。

“由哪一人办理？”皇帝问。

“亦不知。”田义道。

“没询问过此三人？”皇帝问。

“询问过，他三人也说不清楚。”田义道。

“这可是一万二千金呀！”皇帝惊呼，“在哪个衙门交割，他三人竟说不清楚！”

“是。”田义应道。

“交与谁人，他三人竟说不清楚！”皇帝惊呼。

“是。”田义应道。

“竟有这等糊涂之人，哪个差事让他等去办，朕可以放心！”皇帝道。

“他等所请，爷未准，实是圣明。”田义颂道。

“他等请的何职，朕记不太清楚。”皇帝让田义提醒自己。

“请于南京附近黄天荡、天宁洲各建一营，以防盗。”田义说。

“他等怎知黄天荡、天宁洲有盗？”皇帝问。

“他等是听说的。”田义道。

“他等怎知黄天荡、天宁洲可建营？”皇帝问。

“他等也是听说的。”田义道。

“听人一言，就拿出一万二千金，奏请于朝？”皇帝问。

“是。”田义应道。

“荒唐，实在荒唐！”皇帝道，又问，“朕记得，他等所请，是下兵部议的吧？”

“是，”田义应道，“兵部议复不许，爷亦批复不许。”

“朕想说的是，这个王官，既有胆量跑到端门外骂沈先生，为何不干脆跑到东华门外去骂大司马！”

“奴才想，或是有人告诉他，该批复是内阁票拟；而没告诉他，是兵部议复的。”田义说。

“你是说，有人与沈先生有仇，故唆使王官凌辱沈先生，为他等出口恶气？”皇帝听出他的意思。

“奴才是这么想的。”田义道。

“不用说，一定是与矿监、税使们交好的内臣！”皇帝判断，“沈先生为朕算那笔账，意在断矿监、税使们的财路；宫阙之中，自然有人要和他过不去。”

“爷要查明此事吗？”田义问。

“那倒不必，”皇帝道，“把这个不知轻重的王官下狱，朕也算是给沈先生出一口恶气。”

“是。”田义应道。

第二百八十七章

杨俊民以病，一再疏乞休致，而未获准。户部侍郎陈蕖去看他，不无抱怨地说：“户部一大摊子事，伯章先生真忍心甩手而去呀！”

杨俊民笑笑，道：“大伯虽走，还有二伯，我有何忍心不忍心的！”

陈蕖字伯含，湖广应城人，隆庆二年进士。他和杨俊民的别字里都有个伯字，有人以大伯、二伯呼之。

听杨俊民这话，他也笑；当然，笑的有些苦涩。

“伯含先生可知，而今何事最时尚？”杨俊民继续选择轻快的词句，以淡化陈蕖引出的沉重话题。

“何事？”陈蕖说不上来。

“算账。”杨俊民道。

“算账？”陈蕖揣摩道，“伯章先生是说，而今懂得算账的人多，我户部的日子可以好过些？”

“不管懂得算账的人是多是少，而今户部的日子都不会好过，”杨俊民摇着头说，“我的意思，有两笔账要和伯含先生算算。”

“是交代户部事务吗？”陈蕖问。

“不是，”杨俊民摇摇头，说道，“这两笔账，和户部事务全不相干。”

“愿闻其详。”陈蕖揖道。

“第一笔账，”杨俊民伸出一指，问道，“伯含先生知道我是哪年官户部尚书的吧？”

“知道，是万历十九年。”陈蕖说。

“亦即，我掌户部八年。”杨俊民道。

“不足，”陈蕖算得很认真，“伯章先生是万历十九年八月掌部的，今才四月。”

“好吧，”杨俊民道，“我说将近八年，总可以吧？”

“那倒不用改，伯章先生说八年，亦无不可。”陈蕖却又说回去。

“伯含先生算一算，万历朝以来，官拜尚书，而至八年者，有无其人？”杨俊民道。

“有啊，”陈蕖在回应的同时，已想到一人，“大冢宰杨公，掌吏部有八年吧？”

杨俊民摇摇头，说：“他是将近七年，不是将近八年。”

“是吗？”陈蕖在心里算了算，发觉杨俊民说得对。杨巍万历十一年七月任吏部尚书，万历十八年二月致仕，七年还差五个月。他又想起一个人，“陈都堂掌院，有八年吧？”

“他更是将近六年。”杨俊民说。

“是吗？”陈蕖又在心里算了算，可不，陈炌万历五年十一月掌院，万历十一年七月免官，六年还差四个月。他不由嘀咕起来，“万历朝以来，部、院大臣当真无人做过八年正卿？”

“有是有，不过，不容易想到。”杨俊民说。

“譬如？”陈蕖问。

“譬如，汝观先生。”杨俊民以王国光为例。

“他不够八年。”陈蕖马上予以否定。

“伯含先生为何说他不够？”杨俊民问。

“明摆着的嘛，”陈蕖计算时间，“汝观先生是隆庆六年七月掌部的，至万历四年二月请告，四年还差五个月呢。”

“伯含先生说的掌部，是掌户部吧？”杨俊民给他一个提示。

“是啊，”陈蕖应罢，猛然理会他这话里的意思，“伯章先生是说，汝观先生还掌过别部？”

“是，”杨俊民为他再计时间，“汝观先生请告之次年十月，以吏部尚书起，至万历十年十月免官，刚好是五年。加之任户部尚书的三年又七个月，共计八年又八、七个月。伯含先生大概没想到，万历朝以来，实在掌部八年的，仅他一人。”

“不对吧？”陈蕖又想到一人。

“怎不对？”杨俊民问。

“若累计的话，子愚先生差不多也有八年。”陈蕖想到的是张学颜。

“伯含先生计算有误，”杨俊民道，“他不是差不多八年，而是差不多七年。”

“是吗？”陈蕖心里边算，边说出口，“子愚先生是万历六年七月掌部的，万历十一年四月改兵部，五年差三个月；再至万历十三年三月以病免，两年仅差一月。合而计之，是——”他不好意思直言自己计算的错误，改口问道，“伯章先生拉着我算这样一笔账，却是何意？”

“不过是告诉伯含先生：我力求休致，此其时矣；皇上宜准我休致，此其时矣。”杨俊民道。

“国初蹇天官掌吏部二十七年，夏司徒掌户部二十八年，不必说；即以嘉靖朝而言：许天官掌吏部八年，其后尚入阁一年；伯章先生先大人掌兵部八年，其后尚掌吏部三年。伯章先生掌部不过将近八年，却自言此其时矣，此其时矣。今之久任，何其难哉！”陈蕖感慨道。

“正好，这是我要和伯含先生算的第二笔账。”杨俊民说。

“伯章先生是说久任？”陈蕖问。

“不，我只说个久字，”杨俊民说着，问道，“我出身于哪科，伯含先生还记得吗？”

“嘉靖壬戌科，怎不记得！”陈蕖道。

“嘉靖四十一年至四十五年，凡四年；加隆庆六年，计十年；加万历二十七年，计三十七年。亦即，我入宦途，已三十七春秋。”杨俊民说。

“那又怎的？在宦途上度过三十七春秋者，难道少吗！”陈蕖道。

“度过三十七春秋者不少，然未度过三十七春秋者更多。”杨俊民说。

“这话我相信，”陈蕖道，“即入宦途，不数年而亡故者有之，不数年得罪朝廷、得罪上官而罢免者有之，不数年厌倦官场而请辞者有之，熬至三十七春秋者，实属造化。”

“我不是一概而论，而是指名臣。”杨俊民说。

“名臣，那应该是久而弥珍呀。”陈蕖道。

“称名臣，或不贴切，不如称重臣。”杨俊民改口。

“重臣，同样是久而弥珍。”陈蕖道。

“我就和伯含先生说说重臣吧，”杨俊民说着，问道，“今之阁臣，堪称重臣吧？”

“当然是重臣。”陈蕖道。

“汝默兄是我那一科的状元，为首辅，伯含先生记得他是哪一年致仕的吗？”杨俊民问。

“万历十九年。”陈蕖道。

“离三十七年，还差着八年，”杨俊民计算后，又问，“元驭兄为我那一科的榜眼，两度入阁，伯含先生记得他是哪一年致仕的吗？”

“万历二十二年。”陈蕖道。

“离三十七年，还差五年，”杨俊民计罢，又问，“明成先生是伯含先生同年吧？”

“是。”陈蕖应道。

“他是去年去官的。隆庆二年至六年，是四年；加万历二十六年，仅三十年。”杨俊民说。

“但汝迈兄、肩吾兄也是我同年，他二位仍为阁臣。”陈蕖道。

“那也只有三十一年。”杨俊民说。

“伯章先生断定，他二位必于——”陈蕖心里算了算，问道，“——万历三十三年，或万历三十三年前致仕。”

“我只能说，不妨拭目以待，”杨俊民说着，又问，“今之七卿，堪称重臣吧？”

“当然是重臣。”陈蕖道。

“伯谦先生出自哪一科，伯含先生记得吗？”杨俊民问。

“他应该和张太岳同年。”陈蕖说。

“亦即嘉靖二十六年，对吧？”杨俊民问。

“对。”陈蕖应道。

“他是万历十八年致仕的，算起来，在宦途上度过了四十三年，对吧？”杨俊民问。

“对。”陈蕖应道。

“文晦先生出自哪一科，伯含先生记得吗？”杨俊民又问。

“他应该和高新郑同年。”陈蕖说。

“亦即嘉靖二十年，对吧？”杨俊民问。

“对。”陈蕖应道。

“他是万历十一年去官的，算起来，在宦途上度过了四十二年，对吧？”杨俊民问。

“对。”陈蕖应道。

“汝观先生出自哪一科，伯含先生记得吗？”杨俊民又问。

“应该是张太岳、高新郑之间那一科。”陈蕖说。

“亦即嘉靖二十三年，对吧？”杨俊民问。

“对。”陈蕖应道。

“他刚好是万历十年去官的，算起来，在宦途上度过了三十八年，对吧？”杨俊民问。

“对。”陈蕖应道。

“子愚先生出自哪一科，伯含先生记得吗？”杨俊民问。

“嘉靖癸丑科。”陈蕖说。

“亦即嘉靖三十二年，对吧？”杨俊民问。

“对。”陈蕖应道。

“他是万历十三年去官的，算起来，在宦途上度过了三十二年，对吧？”杨俊民问。

“对。”陈蕖应道。

杨俊民停下来，没有连着问下去。杨巍、陈炌、王国光、张学颜四人，二人在谈论任尚书的年头时，都提到过，杨俊民这次重提他们，显然是有意的。

“伯章先生没觉着文不对题？”陈蕖问。

“怎文不对题？”杨俊民问。

“伯章先生算这一笔账，是不是要告诉我，在宦途上度过三十七年，该着休致？”陈蕖反问一句。

“是啊！”杨俊民应道。

“但伯章先生看，伯谦先生、文晦先生、汝观先生、子愚先生四位中，有三位，在宦途上度过的岁月，都超过三十七年。”陈蕖说。

“伯含先生留意到？我还以为，伯含先生不会留意呢。”杨俊民道。

“年头是伯章先生一个一个报上来的，让人不得不留意，”陈蕖说着，重复他的结论，“这岂不是文不对题！”

“此乃前文，是用来和后文比较，不是用来说明主题。”杨俊民说。

“和后文比较？怎比较？”陈蕖问。

“杨、陈、王、张四位，科第先者，比我早二十年，科第后者，也比我早九年，我当以前辈视之，”杨俊民说着，反问道，“对吧？”

“对。”陈蕖应道。

“他四位中，有三位，在宦途上度过的岁月，是超过三十七年的，即前辈在宦途上度过的岁月，并不以三十七年为限，”杨俊民说着，问道，“对吧？”

“对。”陈蕖应道。

“由此可见，我辈在宦途上度过的岁月，不若前辈之久。”杨俊民说。

“伯章先生所言我辈，包括伯章先生嘉靖四十一年那一科，及我隆庆二年那一科，是吗？”陈蕖问。

“还应该包括嘉靖四十四年那一科。”杨俊民补充说。

“但伯章先生只举这两科出身的阁臣，在宦途上都没超过三十七年；并没举这两科出身的七卿，在宦途上未有度过三十七年者。”陈蕖说。

“我这不正要列举吗，”杨俊民说着，举例道，“登之兄是我同年，官吏部尚书，伯含先生记得他是哪一年致仕的吗？”

“万历二十二年，和元驭先生同一年。”陈蕖说。

“亦即，和三十七年，还差着五年，对吧？”杨俊民问。

“对。”陈蕖应道。

“公望先生是嘉靖四十四年进士，官礼部尚书，伯含先生记得他是哪一年致仕的吗？”杨俊民问。

“万历十二年。”陈蕖说。

“他在宦途上只度过一十九年，对吧？”杨俊民问。

“对。”陈蕖应道。

“亦即，和三十七年，竟差着一十八年，对吧？”杨俊民问。

“对。”陈蕖应道。

“元甫先生和伯含先生是同年吧？”杨俊民最后举的是李长春。

“是。”陈蕖应道。

“伯含先生记得他是哪一年致仕的吗？”杨俊民问。

“万历二十年。”陈蕖说。

“他在宦途上只度过二十四年，对吧？”杨俊民问。

“对。”陈蕖应道。

“亦即，和三十七年，还差着一十三年，对吧？”杨俊民问。

“对。”陈蕖应道。

三科各举一例，杨俊民觉得已够。他说：“我辈与前辈这样比较，可以一目了然吧？”

“在元甫兄之前，有无垢兄，在元甫兄之后，有一甫兄、汝益兄，都掌过礼部，今或已致仕，或已仙逝，算起来，都和三十七年差着一截，”陈蕖又举于慎行、罗万化、范谦三人为例，来证实杨俊民的论点。但举这三例后，他马上又以黄凤翔和自己为例，“然则，鸣周兄今仍官南京礼部尚书，伯章先生断定，他在宦途上一定不会超过三十七年？我今仍官户部侍郎，伯章先生断定，我一定不会升至尚书，在宦途上一定也不会超过三十七年？”

“伯含先生掌部，是早晚的事，至于能不能超过三十七年，”杨俊民顿了顿，说，“也只有拭目以待。”

“伯章先生这两笔账，算得有点儿意思；不过，”陈蕖口气一转，道，“更应该由吏部堂官们去算，伯章先生说是不是？”

“吏部不能算。”杨俊民摇着头说。

“为何不能算？”陈蕖问。

“今虽以算账为时尚，但算来算去，算的都是无用的账。这两笔章若由吏部算，岂不成有用的账！”杨俊民道。

他如果同意陈蕖的说法，陈蕖马上就会要求他算一笔户部面临的大账。他洞察陈蕖的心思，所以说，该吏部算的账，吏部不能算；同样，该户部算的账，他也不想和陈蕖算。

对于他的回绝，陈蕖只有苦笑。

第二百八十八章

陈蕖和沈一贯在朝房里见面时，沈一贯不无歉意地说：“伯含兄的事，拖得有些久。”

“我的事拖得久？何事拖得久？”陈蕖不解地问。

“掌部的事呀，”沈一贯道，“伯含兄以侍郎署理部事，已过一个多月，早该升尚书，掌部。”

“肩吾兄以为我是来求升的？”陈蕖问。

“伯含兄不是来找我吗？”沈一贯反问。

“说得对，我是来找肩吾兄的。”陈蕖道。

“伯含兄找我，不是为求升？”沈一贯又问。

“仍说得对，我来找肩吾兄，不是为的求升。”陈蕖道。

因为是同年，一问一答，都很随意。

“那是为的何事？”沈一贯问。

“算账。”陈蕖道。

“算账？”沈一贯怪道，“我和伯含兄并无账目往来呀！”

“肩吾兄与谁个有账目往来？”陈蕖马上问。

沈一贯愣了愣神，道：“我和谁个都无帐目往来。”

“所以我才要来和肩吾兄算账。”陈蕖说。

“这话怎讲？”沈一贯更加不解。

“伯章先生终获准休致，两天后即逝于京邸，肩吾兄不会不知吧？”陈蕖反问。

“举朝皆知之事，我怎会不知！”沈一贯道。

“伯章兄可以说是卒于任上吧？”陈蕖问。

“可以说。”沈一贯道。

“可以说是以身殉职吧？”陈蕖问。

“可以说。”沈一贯道。

“可以说是心力交瘁吧？”陈蕖问。

“可以说。”沈一贯道。

一连三问之后，陈蕖归于正问：“这笔账，不和肩吾兄算，却和谁人去算！”

“伯含兄是说，朝廷应体恤伯章先生？”沈一贯问。

“朝廷应体恤伯章先生，肩吾兄亦应体恤伯章先生。”陈蕖说。

“朝廷应早准伯章先生休养？”沈一贯问。

“朝廷应早准伯章先生休养，肩吾兄亦应代为奏请。”陈蕖应道。

“朝廷应早准伯章先生致仕？”沈一贯问。

“朝廷应早准伯章先生致仕，肩吾兄亦应代为奏请。”陈蕖应道。

也是一连三问之后，沈一贯归于正问：“这笔账，伯含兄欲怎和朝廷算，怎和我算？”

“和朝廷算账我不敢，我只和肩吾兄算，”陈蕖说着，伸出两指，“譬如，两月是一笔账。”

“怎讲？”沈一贯问。

“伯章先生若早两月休致，或可在其乡安度晚年。”陈蕖说。

“这个可能是有的。”沈一贯不否认。

“肩吾兄问心有愧否？”陈蕖问。

“我为何问心有愧！”沈一贯道，“两月前，别说我不知伯章先生病重至此，伯含兄不知伯章先生病重至此，恐怕太医也不知伯章先生病重至此，伯章先生本人也不知自家病重至此。这笔账怎能算在我一人头上！”

陈蕖不与他争辩，又伸出一指，道：“一月也是一笔账。”

“怎讲？”沈一贯问。

“伯章先生若早一月休致，或可回老家调养、休憩，延长三五年阳寿。”陈蕖说。

“这个可能是有的。”沈一贯并不否认。

“肩吾先生问心有愧否？”陈蕖问。

“不能说全然无愧，”沈一贯道，“一月前，伯章先生病容、病态，已然彰显。事后想想，我有些后悔，当时我为何不将伯章先生病情，及乞休至诚之意，代为禀奏！”

“十日又是一笔账。”陈蕖两手张开说。

“怎讲？”沈一贯问。

“若早十日准伯章先生休致，伯章先生或可挣扎着还乡，逝于山西，逝于蒲州。”陈蕖说。

“这个可能也是有的。”沈一贯道。

“肩吾兄问心有愧否？”陈蕖问。

“若言十日前之事，我颇为愧疚，”沈一贯道，“十日前，太医已告知伯章先生痼疾，岌岌可危。事后想想，我甚是懊悔，当时为何不先拟出旨意，再奉请圣裁！”

“肩吾先生有这份心意，也可告慰伯章先生。”陈蕖反过来安慰他。

“伯含兄要和我算的账，是否算完？”沈一贯似乎不相信，陈蕖会这么轻易地放过自己。

“还有笔账要算。”陈蕖果然说。

“这回是五日，还是三日？”沈一贯问。

“这次算病情，不算日子。”陈蕖道。

“病情也可算？”沈一贯问。

“医者断定病人病情，是望出来的，闻出来的，问出来的，切出来的；我不懂医，只能算出来。”陈蕖说。

“这倒有趣，愿闻其详。”沈一贯道。

“肩吾兄可知，伯章先生之逝，几分因病？”陈蕖问。

“几分因病？难道不是十分？”沈一贯道。

“不是，”陈蕖摇摇头，说，“其实，人之亡也，十分因病的情形，是很少有的。”

“伯含兄此言，很有哲理，”沈一贯赞道，又说，“据太医所言，伯章先生八九分是因病而逝。”

“太医只会看身体的病，不会看心病。”陈蕖又予否定。

“伯含兄是说，没有八九分？”沈一贯问。

“肯定没有。”陈蕖道。

“七分呢？”沈一贯边问，边说，“应该不会再少。”

“肩吾兄颠倒过来，或较接近真相。”陈蕖说。

“颠倒过来，怎的颠倒？”沈一贯问。

“七分非病，而非七分因病。”陈蕖道。

“你是说，伯章先生主要不是因病而逝？”沈一贯问。

“对。”陈蕖应道。

“那是因何而逝？”沈一贯问。

“因惊惧而逝。”陈蕖道。

“因惊惧而逝！”沈一贯吃惊地重复。

“因惊慌失措而逝。”陈蕖又道。

“因惊慌失措而逝！”沈一贯又吃惊地重复。

“因心事沉重而逝。”陈蕖又道。

"因心事沉重而逝！"沈一贯又吃惊地重复。觉得陈蕖说不出更严重的词句，他问，"惊惧，惊慌失措，心事沉重，却从何说起？"

"从去岁末一道谕旨说起。"陈蕖道。

"是关乎册立、分封的那道谕旨吗？"沈一贯问。年底的谕旨本来不多，去年年底的谕旨也不多；而这道谕旨又极为廷臣们关注，所以沈一贯不难猜出。

"是。"陈蕖应道。

"一则，该谕旨称，皇长子册立并加冠礼，俟二宫落成之日行。总算定下具体的日子，吾侪无不翘首以待，怎却令得伯章先生惊惧、惊慌失措、心事沉重？二则，该谕旨即便有未尽之意，有不妥之处，也该礼部议，轮不到伯章先生惊惧、惊慌失措、心事沉重呀。"沈一贯说。

"所以，我说要从去岁末一道谕旨说起，没说伯章先生的惊惧、惊慌失措、心事沉重，是因去岁末的那道谕旨而起。"陈蕖道。

"那么，是因何而起呢？"沈一贯问。

"是今岁初的另一道谕旨。"陈蕖说。

"是与去岁末那道谕旨相关的今岁初的另一道谕旨？"沈一贯问。他的话听起来有些饶舌。

"是。"陈蕖应道。

"那应该不至于吧。"沈一贯说。

"肩吾兄是说，不足以令人惊惧？"陈蕖问。

"不是。"沈一贯摇头。

"是说不足以令人惊慌失措？"陈蕖问。

"不是。"沈一贯摇头。

"是说不足以令人心事沉重？"陈蕖问。

"不是。"沈一贯摇头。

"那肩吾兄说的不至于，是何意？"陈蕖问。

"我的意思是，今岁初的那道谕旨，足以令人惊惧，足以令人惊慌失措，足以令人心事沉重，但不至于令人惊惧至死，不至于令人惊慌失措至死，不至于令人心事沉重至死。"沈一贯说。

"肩吾兄言之差矣。"陈蕖道。

"伯含兄是说至于？"沈一贯问。

"是。"陈蕖应道。

"伯含兄说说看。"沈一贯道。

"如肩吾兄所言，去岁末的那道谕旨是下与礼部的，有未尽之意，有不妥之处，也该礼部议；再引申一句，其事成败，在于礼部。朝廷上下都盯着礼部，普天之下都盯着礼部。今岁初那道谕旨一下，忽而之间，其事成败，不在礼部，而在户部。朝廷上下都转而盯着户部，普天之下都转而盯着户部，"陈蕖说着，问道，"肩吾兄，你说至于不至于？"

"照此说法，倒是不能简单地说不至于。"沈一贯承认。

"再者，今岁初那道谕旨言及的那笔数目，肩吾兄不可能过目即忘吧？"陈蕖又问。

"天大一笔数目，怎会忘！"沈一贯道。

"在肩吾兄眼里，那也是一笔大数目？"陈蕖问。

"天哪！"沈一贯呼道，"两千四百万，伯含兄倒是说说，在谁人眼里不是一笔大数目！"

"两千四百万，可是为皇长子册立及冠礼、完婚准备的。"陈蕖说。

"从未闻皇长子册立及冠礼、完婚要用这多费用；即至尊登极及大婚，亦从未闻要用这多费用！"沈一贯道。

"两千四百万，不仅是为皇长子册立及冠礼、完婚准备的，还是为皇三子、皇五子加冠、分封及出阁讲学准备的。"陈蕖又说。

"从未闻皇长子册立及冠礼、完婚，诸皇子加冠、分封及出阁讲学，合而计之，要用这多费用！"沈一贯道。

"肩吾兄说句实话，可曾听说过一次拿出这多银两？"陈蕖问。

"未曾听说。"沈一贯道。

"我不是问万历朝，而是问我大明立国以来。"陈蕖强调一句。

"也从未听说。"沈一贯道。

"前朝呢？譬如汉、唐等朝盛时？"陈蕖问。

"前朝会计，我知之不多；但据我想来，恐怕也不会一次用去这多银两。"沈一贯道。

"可不可以说，这个数目前无古人？"陈蕖问。

"可以。"沈一贯认同这个说法。

"这是一个算法。"陈蕖道。

"还有别的算法吗？"沈一贯问。

"有，"陈蕖应一声，反问道，"朝廷经户部会计，每岁税、赋所入，肩吾兄知是几多？"

“应不足四百万。”沈一贯道。

“今各边年例银所出，肩吾兄知是几多？”陈蕖问。

“应不止四百万。”沈一贯道。

“亦即，朝廷每岁所入，不够年例银一项所出，是吧？”陈蕖问。

“是。”沈一贯应道。

“肩吾兄算算，这两千四百万是户部几年会计所入？”陈蕖问。

“不用算，是六年。”沈一贯道。

“亦即，朝廷常年一文不用，也要六年之久，才能筹足两千四百万，是吧？”陈蕖问。

“是。”沈一贯应道。

“可不可以说，这个数目是根本无法筹集的？”陈蕖问。

“可以，”沈一贯也认同这个说法，不过有所保留。他说，“伯含兄算的是每岁户部会计所入，太仓银库不是还有存银吗？”

“太仓银库？”陈蕖冷笑一声，问道，“肩吾兄可知，今存银几多？”

“不知。”沈一贯道。

“是这个数目？”陈蕖说着，比画一个七字。

“七百万？”沈一贯问。

“原以为只有痴人说梦，谁知智者也会说梦！”陈蕖讥道。

“至少有七十万吧。”沈一贯说。

“没有，”陈蕖摇摇头，道，“太仓银库，仅存银七万七千余两！”

“连个零头也不够，无法指望。”沈一贯说。

“可不是！”陈蕖道。

“除太仓银库存银，内库亦有所入。”沈一贯又说。

“譬如，矿监、税使所入？”陈蕖问。

“是啊，”沈一贯应道，“此事闹得沸沸扬扬，究竟如何？”

“我听说个数字。”陈蕖说着，比画了个二字。

“我知不会是二百万。”沈一贯说。

“当然不会是！”陈蕖道，“去岁全年，矿监、税使解入内库的银项，不足二十万。”

“亦即，解入内库的银项，一文不用，要等一百二十年，才积攒得出两千四百万，”沈一贯说着，叹道，“看来，也指望不上。”

陈蕖点点头，道：“这是第二个算法。”

“第三个算法，怎说？”沈一贯问。

“第三个算法，又和日子有牵连，”陈蕖说着，问道，“两千四百万，一时拿不出来，则如何？”

“皇长子恐怕一时不能行册立、加冠、完婚之礼。”沈一贯说。

“一年拿不出，则如何？”陈蕖问。

“皇长子恐怕一年不能行册立、加冠、完婚之礼。”沈一贯说。

“三、五年拿不出，便如何？”陈蕖问。

“皇长子恐怕三、五年不能行册立、加冠、完婚之礼。”沈一贯说。

“建储乃国家根本，因户部拿不出足数的银两，而不能册立皇太子，岂不要廷臣共讨之，天下共讨之！”陈蕖道。

“二千四百万这笔数目一发布，足以令伯章先生惊惧至死，足以令伯章先生惊慌失措至死，足以令伯章先生心事沉重至死，这话我不得不信。现在想想，我很后悔，若于二千四百万这笔数目发布之际，我能及时言于朝中，或能减缓伯章先生的惊惧、惊慌失措、心事沉重。”沈一贯说。

“肩吾兄有这份悔悟，也可告慰伯章先生，”陈蕖口气一转，说道，“对我来说，更望肩吾兄亡羊补牢。”

“伯含兄要我此时言之？”沈一贯问。

陈蕖点头：“肩吾兄不忍心见我，或见新任之掌部尚书，再死于惊惧，死于惊慌失措，死于心事沉重吧？”

“好，”沈一贯应道，“我应允伯含兄，即上疏陈言，也不枉伯含兄来和我算这一回账！”

沈一贯上疏，略曰：一礼之费，至二千四百万，自古所无。尚书杨俊民日夜焦劳，忧闷致死，则计臣迁补之难，实为可怜。而军国关系之重，尤宜轸念。

皇帝未予理睬。而皇长子完婚及册立、冠礼等事，又被搁置。

第二百八十九章

不几天之后，另一名和沈一贯单独相见的大臣，是署理礼部事的该部侍郎余继登。不过，不是余继登主动找来，而是沈一贯约的他来。

“世用先生听说没有？”沈一贯问。

“肩吾先生问的何事？”余继登反问。

“不日举行献倭俘礼。”沈一贯道。

“有所闻，”余继登应罢，又问，“哪一日举行，已定否？”

“已定。”沈一贯道。

“在哪一日？”余继登问。

“四月二十四日。”沈一贯告诉他。

“岂不就在两日之后？”余继登没想到会这么快。

“是，”沈一贯应道，并说，“献倭俘礼之后，朝廷须以东事始末诏告天下。”

“是，”余继登也应道，并说，“亦即，诏告天下也只有两日。”

“那倒不一定。”沈一贯说。

“肩吾先生的意思是——”余继登问。

“以东事始末诏告天下，和献倭俘礼，不需要紧密相连；晚上三五日，或十天半月，都是可以的。”沈一贯说。

“不能超过半月？”余继登又问。

“除非万不得已，以不超过半月为好。”沈一贯说。

“那么，肩吾先生是为此把我唤来？”余继登问。

“不是唤来，是请来，”沈一贯道，“此类诏书，按照惯例是由礼部草拟的。无论是比献倭俘礼晚上三五日，或是晚上十天半月，眼下都该准备着。”沈一贯说。

“肩吾先生说的是，”余继登应道，“近日，我和用蕴先生也议过，觉着该准备这样一篇诏书。”

“你二位是详议，还是一句话带过？”沈一贯问。

“不是甚详，也不是一句话带过。”余继登说。

“详简适中，一定是世用先生主议。”沈一贯判断。

“为何是我主议，而且一定是我主议？”余继登问。

“一则，二位均侍郎，但署理部务的是世用先生；二则，皇上才命用蕴先生纂修玉牒，他不会以太多精力和世用先生议论此事。”沈一贯说。

“肩吾先生言之有理。不过，用蕴兄和我议论，从无主次之分；如果说这次有所区别，就是我的话多一些。”余继登道。

“话多一些，还不是主议！莫非用蕴先生的只言片语，有画龙点睛之效？”沈一贯道。余继登要接这话，他摆摆手，又说，“纵然用蕴先生只言片语真有画龙点睛之效，我也要先看看世用先生画的这条龙。”说着，揖道，“就请世用先生把自家说得多一些的话，连带用蕴先生画龙点睛之语，一并告知。”

“此事正欲和肩吾先生斟酌，”余继登道，“肩吾先生既把此篇诏书喻为一条龙，则有龙首、龙身、龙尾。肩吾先生是想神龙见首不见尾，还是首、尾都不见，只见见龙身？”

“最好是见一条完整的龙。”沈一贯说。

“那就先从龙首说起，”余继登道。“此类诏书，是有套路的，起篇都要写明事由。我以为，这应该包含三层意思。”

“哪三层意思？”沈一贯问。

“其一，包荒。”余继登说。

“世用先生欲怎拟？”沈一贯问。

“朕缵承鸿绪，统理兆人，海澨山陬，皆吾赤子，苟非元恶，普欲包荒。”余继登念念有词。

包荒，用冯河，不遐遗。这句话出自《易·泰》。余继登背诵之后，沈一贯赞道，“此典用得好！”

“包荒二字，是用蕴兄议用的。”余继登说。

“可谓点睛之笔。”沈一贯道。

“其二，难端。”余继登接着说。

“世用先生欲怎拟？”沈一贯问。

“东夷小丑平秀吉，猥以下隶，敢发难端，窃据裔封，夷属诸岛。遂兴荐食之志，窥我内附之邦。”余继登述其所打腹稿。

“中规中矩。”沈一贯道。

“其三，告急。”余继登说。

“世用先生欲怎拟？”沈一贯问。

“伊岐、对马之间，鲸鲵四起；乐浪、玄菟之境，群镝交加。君臣逋亡，人民离散，驰章告急，请兵往援。”余继登继续述道。

“对马是海峡名吧？”沈一贯问。

“对马是海峡名，也是岛名，”余继登说，“日本有对马岛，还有伊岐岛。二岛之间的海峡，即对马海峡。船只驶过对马海峡，可直驱朝鲜。”

沈一贯点点头，表示他讲解得很清楚；然后又说：“我记得，乐浪、玄菟二郡，设于汉武帝时。”

“是，”余继登应一声，说得更具体，“二郡设于汉武帝元丰三年。”

“三层意思，二十来句话，不足百字，把事由交代得一清二楚。我想挑点儿毛病，居然挑不出来。”沈一贯一半真诚一半讨好地说。

“肩吾先生这是客气，好在还有时日，不妨慢慢地挑。”余继登说。

“好，”沈一贯应道，并说，“龙身，主干也，不会也以百字言之吧？”“在肩吾先生看来，龙身宜有几个龙首长？”余继登问。

“至少倍之吧。”沈一贯说。

“龙身是写正事，倍之不在话下。”余继登附和道。

“世用先生先说，龙身有几层意思。”沈一贯道。

“也是三层意思。”余继登说。

“哪三层意思？”沈一贯问。

“其一，第加簿伐。”余继登说。

“簿伐二字似有来头。”沈一贯道。

“是，”余继登应道，“《史记·周勃世家》有曰：吏簿责条侯。我与用蕴兄议，可仿其意而用之。”

“世用先生与用蕴先生议，当是世用先生的主张。”沈一贯推测。

“是。”余继登应道。

“此亦点睛之笔，可惜点于龙身。”沈一贯道。

是句玩笑，二人一笑了之。

“既曰簿伐，应该有簿伐的理由。”沈一贯说。

“理由有二。”余继登说。

“第一个理由？”沈一贯边问，边伸出一指。

“念朝鲜称臣世顺，适遭困厄，岂宜坐观！若使弱者不扶，谁其怀德；强者逃罚，谁其畏威！”余继登述道。

“弱者不扶，谁其怀德；强者逃罚，谁其畏威！”沈一贯重复这一句后，赞道，

"此一联写得有力！"赞罢，又伸出一指，问道，"第二层意思？"

"况东方乃肩背之藩，则此贼亦门庭之寇。"余继登述道。

"似稍单薄。"沈一贯评论一句。

"因为后面接述簿伐之意，似不宜过长。"余继登解释。

"世用先生欲怎接簿伐之意？"沈一贯问。

"遏徂定乱，在予一人！于是少命偏师，第加簿伐。"余继登述道。

"有意思！"沈一贯又评论，"汉时以吏簿责条侯，今以偏师簿伐倭贼，轻蔑之意，无不尽现矣！"

"肩吾先生评得好！"余继登道。

"世用先生拟得好！"沈一贯道。

二人相互客气一句，接着往下说。

"第一层意思用两个极是贴切的字，第二层意思应该也有两个极是贴切的字吧？"沈一贯道。

"是否贴切，须得肩吾先生评议，用蕴兄和我拟用'氛祲'二字。"余继登说。

"以哪两个字搭配？"沈一贯问。

"氛祲尽扫。"余继登道。

"祲者，妖氛也，妖氛尽扫，应该写到倭贼悉数被逐吧？"沈一贯问。

"是。"余继登应道。

"那就甚是贴切，"沈一贯这次说的是"甚是"，而不是"极是"，显然是这次加的小标题没有前次加的小标题那么吸引他。不过，他也知道，似"簿伐"这等字样，是神来之笔，不可能每次都遇到的。所以，他没让余继登再加斟酌，而是问，"氛祲尽扫，也要分几个层次吧？"

"是。"余继登应道。

"第一个层次。"沈一贯边说，边伸出一指。

"平壤一战，已褫骄魂。而贼负固多端，故作乞怜，朕洞知狡状，独断于心。乃发郡国羽林之材，无吝金钱勇爵之赏，必尽卉服，用澄海波。"余继登述道。

"此言大军之发。"沈一贯概括一句。

"肩吾先生说的是。"余继登应道。

"第二个层次。"沈一贯边说，边伸出二指。

"仰赖天神降之罚，贼殒其魁。而王师爰分四路，并协一心。于是同恶就歼，群酋宵遁，虽百年穷居之寇，举一旦荡涤无遗。鸿雁来归，箕子之提封如故；熊罴振旅，汉家之威德播闻。"余继登述道。

“此言鏖战之急。”沈一贯又概括一句。

“肩吾先生说的是。”余继登应道。

“还有第三个层次吗？”沈一贯推测。

“肩吾先生不是说，氛祲尽扫，应写到倭贼悉数被逐吗？”余继登道。

“才说过的话，我倒忘记，”沈一贯说着，推测道，“我想，第三层意思应该是献倭俘礼。”

“除此之外，还有何事可写！”余继登道。

“世用先生欲怎写？”沈一贯问。

“除所获首功，封为京观；乃槛致平秀政等六十一人，弃尸藁街，传首天下。永垂凶逆之鉴戒，大泄神人之忿心。”余继登述道。

“弃尸藁街，传首天下，好不解气！”沈一贯为之喝彩。

“此二句是用蕴兄拟的。”余继登说。

“用蕴先生点过睛，世用先生也点过睛，就不必计较谁个点的睛多吧。”沈一贯笑道。

“但龙首只点一睛，是用蕴兄的手笔；其他数睛，都是胡乱点的。”余继登说。

“未必，龙尾若点一睛，说不定更能传神。”沈一贯却说。对余继登的自我贬低，他当然不能苟同。

“龙尾且置一旁，肩吾先生先说，龙身够不够长。”余继登道。

“龙身三层意思，有没有五十句？”沈一贯问。

“不一定够。”余继登没太大把握。

“但倍之龙首总是有的，”沈一贯说，又问，“有没有二百字？”

“那应该有。”余继登说。

“我看，三百字都不止，”沈一贯道，“亦即，以句而言，倍之；以字而言，三倍之。世用先生诚践诺。”

“我是问肩吾先生，正事分为第加簿伐、氛祲尽扫、献倭俘礼三节，是否恰当？”余继登道。

“很恰当，”沈一贯应道，并说，“若再加上不长不短的龙尾，正好成为一条完整的龙。”

“我尽量使龙尾不长不短。”余继登应承。

“龙首有三层意思，龙身有三层意思，龙尾呢？”沈一贯问。

“同样是三层意思。”于继承说。

“是哪三层意思？”沈一贯问。

“其一，仁恩浩荡。”余继登说。

“世用先生欲怎拟？”沈一贯问。

“我国家仁恩浩荡，恭顺者无困不援；义武奋扬，跳梁者虽强必戮。”余继登述道。

“第二层意思？”沈一贯问。

“其二，昭示四夷。”余继登说。

“世用先生欲怎拟？”沈一贯问。

“兹用布告天下，昭示四夷，明余非得已之心，识余不敢赦之意。毋越厥志而干显罚，各守分义以享太平。”余继登述道。

“明余，识余，为何不用朕？”沈一贯问。

“此二句似自语，故用余，不用朕。”余继登说。

沈一贯点点头，问道：“第三层意思呢？”

“其三，与民休息。”余继登说。

“世用先生欲怎拟？”沈一贯问。

“凡我文武大小臣工，尚宜洁己爱民，奉公体国，以销萌衅，以导祯祥。更念凋力殚财，为日已久，加以休息，正唯此时。驻因东征加派钱粮，一切尽令所司除豁。务为存恤，勿事繁苛，咨尔多方，宜悉朕意。”余继登道。

“我粗略一算，首、身、尾之比，为一为三为一，可谓适中，”沈一贯顿了顿，说道，“这样吧，我再加二字。”

“肩吾先生欲加哪两个字？”余继登问。

“於戏！”沈一贯笑道。

“是加于身与尾之间吧？”余继登问。

“是。”沈一贯应道。

“须加！”余继登道。

四月二十四日，于午门外举行献倭俘礼。

闰四月初八日，颁平息倭事诏书。

第二百九十章

李化龙辞官在万历二十五年四月，起用在万历二十七年三月。辞官前，他以兵部右侍郎兼右佥都御史巡抚辽东；起用后，他以原官总督湖广、四川、贵州军务，兼巡抚四川。

职衔没变，地位却显赫得多，责任也重大得多。

他被起用，是因为播州杨应龙之乱。这个说法并不完全准确。因为杨应龙图谋不轨，已经好几年；四川抚、按，贵州抚、按不断参之，朝廷也不断有议论。更准确的说法，李化龙被起用，是为因播州之乱愈演愈烈，官府征剿，屡遭败绩。

李化龙入川后，即接获杨应龙攻陷綦江的消息。綦江县隶于重庆。重庆、播州都在成都东南，重庆距成都五百五十余里，播州距成都一千七百余里。綦江在重庆南，相距不足百里。如果说，播州尚属羁縻之地，綦江已是腹地。事态的严重，从这几个路程可以看出。

比他先到任的巡按四川御史赵标，到巡抚衙门拜谒。

“于田先生，可知川人怎说？”赵标问。

“怎说？”李化龙不知道。

“有人说，二龙相斗，有好戏看。”赵标道。

这是说，李化龙、杨应龙的名字里都有个龙字。

李化龙微微一笑，没说什么。这样的传言，实在不值得一哂。

“还有人说，不是两条龙，是一蛇一龙。”赵标又告诉他。

“接下来是不是该说，强龙未必压得住地头蛇？”李化龙问。

“于田先生也听说过？”赵标反问。

“还用听说，猜也猜得出来！”李化龙道，又说，“他是杨应龙，我是李化龙，是个巧合。贞甫给我讲个巧合，我也给贞甫讲个巧合吧。”

赵标字贞甫，山西解州人，万历十四年进士。

“谁个的巧合？”他问。

“贞甫讲的是我的巧合，我讲的自然也是贞甫的巧合。”李化龙说。

“我也有巧合，值得于田先生记住？”赵标道。

“有啊，”李化龙应一声，问，“贞甫是晋人吧？”

“是，”赵标应道，“下官是山西解州人。”

“是今年初放川，还是去年末放川？”李化龙问。

“是去年末。”赵标道。

“贞甫的前任是王魁宇吧？”李化龙问。

王魁宇，名明，也是山西解州人，万历八年进士。

“是，”赵标应道，“他和下官同邑，比下官早两科。”

“先后巡按四川，皆解州人，是巧合吧？”李化龙道。

“确是巧合。”赵标应道。

“再有一事，”李化龙顿了顿，问道，“贞甫可知，魁宇离任之前上一道奏本，说的是何事？”

“不曾太留意。”赵标说。

“那么，贞甫到任之后，上本言的何事？”李化龙又问。

“即綦江失陷一事。”赵标说。

“魁宇离任之前所上奏本，说的也是綦江事，贞甫没想到吧？”李化龙问。

“这等巧事，确没想到。”赵标说。

“魁宇该疏，是去年十月上的。其时，贞甫想必已离京，不知其疏，不足为怪，”李化龙说着，问道，“綦江境内，是不是有个李汉坝？”

“有。”赵标应道。

“贞甫有没去过？”李化龙问。

“去过。”赵标说。

“几时去的？”李化龙问。

“綦江失陷之前。”赵标说。

“据魁宇疏言，李汉坝被劫掠，是在去年七月；贞甫入川，是在去年末；綦江失陷，是在今年六月。亦即，贞甫是在去年末至今年六月之间的某日去的李汉坝，距李汉坝被劫掠，至少四五个月，至多十一个月。”说罢，问道，“是吧？”

“于田先生说的是。”赵标应道。

“贞甫看到的，是幅怎样的景象？”李化龙问。

“除偶见血迹，看不出别的。”赵标道。

“还见尸首否？”李化龙问。

“未见，据闻已被清理。”赵标说。

“然据魁宇疏中所言，却是一幅惨不忍言的景象。”李化龙道。

“他怎写的？”赵标问。

“杨应龙叛军在李汉坝劫掠七百家，被掠去男妇计一千三百余人，被杀者计二千七百余命。”李化龙说。

“此数我知。”赵标道。

“然贞甫可知，我来重庆前，最想做的是何事？”李化龙问。

“莫不是要去李汉坝？”赵标猜测。

“贞甫愿不愿陪我再去一趟？”李化龙问。

“眼下被杨应龙叛军掌控，去不得。”赵标说。

“此际去不得，确是无奈；剿灭杨应龙之后，你我都该去那里祭奠一番。”李化龙道。

“是。”赵标应道。

“魁宇疏中还言及合江县被劫掠一事，贞甫知否？”李化龙又问。

“不知，”赵标回答之后，觉得不准确。他解释说，“杨氏曾劫掠合江，我是知道的；魁宇先生疏中曾言及此事，我却不知。”

“贞甫有没去过？”李化龙问。

“还没来得及去。”赵标说。

“一则有綦江县申报，一则有合江县申报，魁宇当其事，二事皆申奏之。贞甫到任后，去过李汉坝，并续奏綦江事；而没去合江，亦未奏合江事。看来，合江被劫掠，不如綦江被劫掠，给成都造成的震动大。”李化龙说。

“合江县被劫掠及被屠戮之人，有几多？”赵标问。

“该等数目，魁宇疏中不曾言及。”李化龙说。

“疏中有何数目？”赵标问。

“譬如，合江县民蔡恺等被劫粮百石。”李化龙说。

“还有呢？”赵标问。

“譬如，木商田有才等被劫银五百两、布六百件、粮三百石，运木坊东南十厂，尽行烧毁。”李化龙又说。

“还有呢？”赵标问。

“李文通等一万余家，所过残虐，噍类无遗。”李化龙又说。

“被劫银、布、粮，和被劫男、妇，是不能比拟的。被劫一万余家，噍类无遗，和被杀害二千七百余口，本来是可以比较的；但死伤又无具体数目，变得也没法比较，”赵标说着，问道，“下官说得对吗？”

“对。”李化龙应道。

“所以，合江被劫掠，不如綦江被劫掠，给成都造成的震动大，也在情理之中，”赵标说到这里，喘口气，然后继续说，“再者，合江近播州，而远成都；綦江远播州，而近成都。所以，合江被劫掠，也不如綦江被劫掠，给成都造成的震动大。我须先核查綦江被劫掠一事，再核查合江被劫掠一事，也在情理之中。”

“贞甫说的也是，”李化龙点点头，又问，“贞甫既言查核，魁宇疏中言及一事，不知有无查证？”

“何事？”赵标问。

“据魁宇疏称，重庆府安边同知蒲林，受杨应龙贿银三千两，故纵叛军劫掠李汉坝，”李化龙说罢其事，问道，“确否？”

“此事下官亦有所闻，然未能查实。”赵标说。

“此事若实，真是罪该万死！”李化龙恨恨地说。

“于田先生说的是，”赵标附和道。又说，“闻得于田先生是捧皇上赐剑来的。此事若实，不必奏闻于朝，即可斩之。”

“我问你有无查证，正是为此！”李化龙道。

“魁宇先生疏中还写何事？”赵标问。

“别的都是小事，只此二事为大。”李化龙说。

“下官再问于田先生一事，可否？”赵标忽问。

“一直想问便问，怎变得小心起来！”李化龙道。

“问起这事，或对于田先生不敬。”赵标说。

“不妨，你问！”李化龙问。

“魁宇先生的奏本呈进，我已离京；我的奏本呈进，于田先生是不是也已离京？”赵标问。

“是啊，”李化龙应道，并说，“贞甫这么问，很正常呀，我听不出有丝毫的不敬。”

“我想回敬一句：于田先生不知我疏，不足为怪，”赵标说着，问道，“这话于田先生也不觉有丝毫的不敬吗？”

“不错，我也不觉这话有丝毫不敬；除非——”李化龙话说一半，戛然而止。他已悟到，“除非”后面的话，正是赵标要对他说的。

“不错，我正是以为，于田先生不知我疏，难怪会大惊小怪。”赵标果然说。

“我曾大惊小怪？”李化龙问。

“是。”赵标应道。

“我才说过的话里，大概只有惨不忍言一句说得上大惊小怪。”李化龙说着，问道，“贞甫是指这一句吗？”

“是指这一句。”赵标道。

“男妇一千三百余人被劫持，二千七百余命被杀害，为句‘惨不忍言’，贞甫竟说我大惊小怪！”李化龙颇有责怪之意。

“于田先生终于责怪我不敬。”赵标有先见之明似的说。

“非涉敬与不敬，而是对吾民有无恻隐之心。”李化龙说。

“于田先生且听我解说，再下定论，”赵标揖道，“一千三百余人被劫持，二千七百余命被杀害，发生在任何地方，都可以说是惨不忍言；发生在綦江，若没有后来的綦江失陷，也可以说是惨不忍言。”

“贞甫的意思，既有后来的綦江失陷，血洗李汉坝就算不得惨不忍言？”李化龙问。

“是。”赵标应道。

“也就是说，綦江失陷，更加惨不忍言？”李化龙又问。

“是。”赵标应道。

“贞甫能说得具体些吗？譬如，”李化龙举例，“李汉坝男妇一千三百余人被劫持，二千七百余命被杀害，綦江失陷，却有几多人被劫持，几多人被杀害？”

“无一人被劫持。”赵标说。

“贞甫的意思是——”李化龙听得出，赵标说无一人被劫持，绝不意味着没有人员的损失。

“城中人全部被杀。”赵标道。

“应不止二千七百人吧？”李化龙问。

“李汉坝一镇而已，一千三百人被劫持，二千七百人被杀害，合计四千人；綦江一县耳，城中人当以万计。”赵标道。

“以居民遭屠戮而言，綦江失陷的确惨烈过李汉坝，这也在我意料之中。”李化龙说。

“李汉坝遭劫掠，魁宇先生述其景象，我想无非两句话。”赵标还想再多说两句。

“哪两句？”李化龙问。

“尸陈村寨，血染坝上。”赵标道。

“差不多是此意吧，”李化龙说着，问道，“贞甫述綦江被屠景象，会用哪两句话？”

“投尸蔽江，水流成赤。”赵标道。

“綦江失陷之惨烈，我知之矣；我想说的是，若无贵州官军之败，不至于有綦江失陷。贞甫，是不是这样？”李化龙问。

贵州官军出剿杨应龙及败绩，在今年初。贵抚江东之被罢，是为此；起用李化龙，总督三省军务，兼抚四川，也是为此。

“于田先生说的是。”赵标应道。

“在贞甫看来，贵州官军败在何事？”李化龙问。

“一败在寡众悬殊，二败在谋不如人。”赵标道。

“寡众悬殊怎讲？”李化龙问。

“黔抚江都堂命都司杨国柱剿叛军，所部三千人；杨应龙挟败贵州官军之余勇攻綦江，所部八万人。三千对八万，于田先生说，可以用‘悬殊’二字吧？”赵标道。

“纵然三千对八千，也可以用这两个字，”李化龙说着，又问，“谋不如人怎讲？”

“杨国柱部和叛军首战于三百落，我众而敌寡。叛军不支，北遁，杨都司率部追击。当他意识到这可能是叛军的诱兵之计，为时已晚。杨应龙伏兵四起，全歼官军，杨都司亦战死。为将者稍慎，应看得出叛军之败非真败，应看得出前面地势宜设伏，应知败寇不可穷追。杨都司既不知，又看不出，有何谋略可言！”赵标道。

“杨都司已殉职，不要再指责他吧。我倒是想，朝廷因此败而同时撤换川、贵二抚，处置得当。”李化龙说。

“于田先生说的是。”赵标应道。

“贞甫，还有一事：叛军既下綦江，与重庆仅数步之遥，难道就没有挥师而北取我重庆之意？”李化龙问。

“不仅有取我重庆之议，还有捣我成都之议。”赵标说。

“为何不见动静？”李化龙问。

“于田先生说的是意向之意吧？我说的却是议论之议。”赵标道。

“亦即，杨应龙之属议论过取我重庆，捣我成都，杨应龙不欲采纳？”李化龙引申道。

“不是不欲采纳，而是有所迟疑。”赵标说。

“议者谁人？”李化龙问。

“杨应龙的汉人军师孙时泰，”赵标道，“甫下綦江，孙时泰即献策：直取重庆，继捣成都，劫去蜀王为质，以胁迫朝廷。”

“在贞甫看来，孙时泰所议，有几成胜算？”李化龙问。

“以八万人马取重庆，大概有七成胜算。”赵标说。

“所谓捣成都呢？”李化龙问。

“胜负各半。”赵标说。

“在我看来，杨应龙以八万人马取重庆，有八成胜算，捣成都，只有两成胜算。

但无论如何，杨应龙之迟疑，乃天佑我大明，使得朝廷来得及下决心灭此逆酋，来得及调动各路人马。”李化龙说。

“于田先生说的是。”赵标应道。

“今我军尚未大集，杨应龙前既迟疑，不妨略施小计，让他再迟疑下去。”李化龙又说。

“于田先生是说，先以好语安抚之？”赵标问。

“是。”李化龙点头应道。

第二百九十一章

临清是水陆大码头，大小商贩，在城里随处可见。所谓商贩，不仅有来自外省的，来自外府的，还有来自本地的。外省来的，外府来的，多是大宗的买卖，因而需要雇用贩夫，替他们赶车、牵驴、挑担。本地人中当然有大商户，但也有许多做小宗生意的。他们不会找店住，不会找饭馆吃饭，不会找酒肆喝酒，不会找茶楼喝茶。带来的少许货色卖掉，买些要用的东西，马上走人。

集市内外，常有这样的小贩聚在一起，说会儿闲话。

“老哥家中有余粮？”一个卖布的小贩问卖粮的小贩。

“哪有余粮，还不都是从牙缝里抠出来的！”卖粮的小贩说。

“老哥带多少粮来？”卖布的小贩问。

“斗升而已。”卖粮的小贩说。

“你这点儿粮，缠在腰间，看都看不出来，很容易蒙混过去吧？”卖布的小贩问。

“你说我带的粮不多，我看你带的布也不多。”卖粮的小贩说。

“尺丈而已。”卖布的小贩说。

“你这点儿布，掖在怀里，才不容易看出来呢。”卖粮的小贩说。

“你太小觑那干鸟人，别说掖在怀里，就是藏在裤裆里，也会被他等摸出来。”卖布的小贩说。

“你既知他等的本事，我又怎能蒙混过去！”卖粮的小贩道。

“老哥说的是，”卖布的小贩点点头，问道，“老哥这回带的粮，被抽头抽去几多？”

“那是抽吗？那是夺！”卖粮的小贩忿道。

“是夺，”卖布的小贩附和，又问，“老哥带的粮，被夺去几多？”

“我带来两斗粮，本想多卖几个钱，买油买盐的。但被夺去一半，看来又是买油则不能买盐，买盐则不能买油。”卖粮的小贩说。

“给你留下一半，已然大发慈悲，”卖布的小贩道，“我带一丈布来，抽头说三抽一，结果抽过之后，我再一量，只剩下三尺。这哪里是三抽一，分明是三退一！要不是家里有个病人，谁愿来受他的鸟气！”

“你老哥知足吧！”卖粮的小贩说，“你我原本家贫，不过被夺去升斗之粮，尺丈之布。听说城里城外的殷实人家，只要他等到，家财立刻被夺去一半，你稍一开口，另一半也被夺去。”

“如此肆无忌惮，怎没人管管！”卖布的小贩忿道。

“皇上直接派下来的，谁个不要命，敢去管他！”卖粮的小贩道。

“真没人敢管吗？”卖布的小贩问。

卖粮的小贩本来只当是句没用的问话，根本用不着回答。但看卖布的小贩一眼，觉得他的眼神不对，于是问道：“你老哥是何意？”

“老哥没听说吗，有人要出头管那鸟人。”卖布的小贩神秘地说。

“有人出头管他，谁呀？”卖粮的小贩问。

“老哥识字不识？”卖布的小贩回答之前，先问一句。

“识得几字，《百家姓》读得下来。”卖粮的小贩说。

“那就成，”卖布的小贩说着，在他手心里比画了个王字，问道，“这个字识得吧？”

“识得。”卖粮的小贩应道。

“就是此爷要管他。”卖布的小贩说。

“别说临清这个水陆码头，咱东昌府都没一个王府，哪里来的王爷！”卖粮的小贩哂道。

“谁说王爷！”卖布的小贩反驳。

“你不是比画的这个字吗？”卖粮的小贩也在他手心比画个王字。

“我是说，这个人姓王，并没说这个人是王爷。”卖布的小贩说。

“姓王？我村没姓王的。”卖粮的小贩说。

“我村也没有姓王的。”卖布的小贩道。

“却是哪村的？”卖粮的小贩问。

“哪村的都不是。”卖布的小贩道。

“哪村的都不是，却是何意？”卖粮的小贩问。

“哪村的都不是，意即，不是咱临清人。”卖布的小贩说。

“是咱东边高唐州的？”卖粮的小贩问。

“不是。”卖布的小贩道。

“是咱南边濮州的？”卖粮的小贩问。

“不是。”卖布的小贩道。

“聊、堂、博、茌，却是哪一县的？”卖粮的小贩问。

“哪县的都不是。”卖布的小贩道。

“哪县的都不是，却是何意？”卖粮的小贩问。

“哪县的都不是，意即，不是咱东昌人。”卖布的小贩说。

东昌府辖三州，分别是临清、高唐、濮州；聊城、堂邑、博平、茌平，则都是东昌府属县。卖粮的小贩一州一县地说，自有炫耀见多识广之意。一一被否定之后，他继续炫耀。

“是咱南边兖州府的？”他问。

“不是。”卖布的小贩道。

“是咱东边青州府的？”卖粮的小贩问。

“不是。”卖布的小贩道。

“是咱更东边莱州府的？”卖粮的小贩问。

“不是。”卖布的小贩道。

“莫非是济南府的？”卖粮的小贩问。

“更不是。”卖布的小贩道。

“更不是，却是何意？”卖粮的小贩问。

“更不是，意即，他不是咱山东人。”卖布的小贩说。

“原来不是咱山东人，却来咱山东充好汉！”卖粮的小贩道。

“一则，他虽不是咱山东人，但自他父辈始，即来咱山东谋生；二则，他不是充好汉，而是实实在在的好汉。”卖布的小贩说。

“他父辈即来咱山东谋生，咱就算他半个山东人；至于他是不是实实在在的好汉，却不是你老哥嘴一张，说了算数的。”卖粮的小贩道。

“我怎说，才算数？”卖布的小贩问。

“他不是咱山东人，你能说出他是哪里人吗？”卖粮的小贩反问。

“山西太原府。”卖布的小贩道。

“太原倒也是个出好汉的地方；但太原府太大，譬如，你老哥能自称东昌府人吗？”卖粮的小贩问。

“他是太原府清源县人。”卖布的小贩说。

“此事算你说上来，”卖粮的小贩说着，又问，“你说出其姓可能说出其名？”

“上朝下佐。”卖布的小贩说。

“王朝佐？”卖粮的小贩问。

“是他。”卖布的小贩应道。

“在市上以编筐为生计的王朝佐？”卖粮的小贩问。

“是他。”卖布的小贩应道。

“你呀！”卖粮的小贩用手指点着他，说道，“早知是王大哥，你一个字的废话不用说，我也信！”

“何事老哥就信？”卖布的小贩问。

“首先，他祖籍非山东，非临清，但在我心目中，早就把他看作土生土长的山东人，早就把他看作土生土长的临清人！其次，你老哥说别个要出头管那鸟人，我或不信；说王大哥要出头管那鸟人，我一百个相信，一千个相信，深信不疑！”

“深信不疑，这话可是你说的。”卖布的小贩将他一军。

“是我说的，怎的？”卖粮的小贩道。

“你知王大哥要怎么去管那鸟人？”卖布的小贩问。

“不知，”卖粮的小贩摇摇头，反问，“他要怎管？”

“聚众理论。”卖布的小贩道。

“好，有胆气！”卖粮的小贩先赞一句；想了想，又说一句，“不好，少谋略！”

“老哥不是对王大哥深信不疑吗？怎又说少谋略？”卖布的小贩问。

“若一对一地理论，我敢说，那鸟人一定不是王大哥的对手；但聚众理论——”卖粮的小贩说到这里，顿了顿。他反问一句，“王大哥难道不知，那鸟人手下亡命无赖，有多少吗？”

“怎会不知？王大哥说，不就区区四五百人吗！”卖布的小贩道。

“区区四五百人！”卖粮的小贩咋舌，“王大哥只身一人，怎与那四五百亡命无赖理论？”

“老哥可能想到岔道上去。聚众理论，聚众是聚众，理论是理论。王大哥只是去和那鸟人理论；只因他有四五百亡命无赖，所以，王大哥才要聚众而去。换句话说，那奸人有四五百亡命无赖也罢，有更多的亡命无赖也罢，王大哥能聚四五百人也罢，聚不到四五百人也罢，最后张嘴的都只有两个人。”卖布的小贩说。

“等等！”卖粮的小贩喝道，“能聚四五百人也罢，是你老哥说的，还是王大哥说的？”

“是王大哥说的。”卖布的小贩说。

“王大哥相信他能聚四五百人？”卖粮的小贩问。

“王大哥也在担心呢。”卖布的小贩说。

“是嘛，四五百人是那么好聚的！”卖粮的小贩道。

“老哥又听岔，”卖布的小贩说，“王大哥担心的不是聚不到四五百人，而是担心聚到的人太多。”

“太多是几多？上千吗？”卖粮的小贩问。

“不止。”卖布的小贩摇头。

“还能聚到四五千？”卖粮的小贩问。

“王大哥担心的太多，是上万。”卖布的小贩说。

“上万？有可能吗！”卖粮的小贩不信。

“群情激愤，天怒人怨，振臂一呼，谁不上前！”卖布的小贩看卖粮的小贩一眼，又说，“当然，似老哥这般，提起四五百亡命无赖而变色者，是不敢去的。”

“谁说我不敢去！”卖粮的小贩怒道，“告诉你吧，王大哥去理论，哪怕身后跟着一个人，这个人一定是我！”

凌晨时分，临清税使马堂拥搂爱姬，睡得正酣，忽被一阵连续不断的声响搅扰美梦。他睡在后院，声响来自远处，应该是大门外。

他还没睁眼，又听到柔和而熟悉的声音。这是长随在敲他卧房的窗格。

“不知我最享受晨觉吗？”马堂很是气恼。

“小的知道。”长随在门外说。

“既知，还来吵我！”马堂叱道。

“小的是想，叔大概已然被吵醒。”长随说。

“我正要问你，谁个在外面吵我！”马堂道。

“一条好汉。”长随说。

“好汉？”马堂不能容忍这个称号。

“一条汉子。”长随改口。

“汉子？”马堂仍不高兴。

“一名男子。”长随又改口。

“他在作甚？”马堂这才平和下来。

“他策马来至辕门前。”长随说。大帅驻地才有辕门之称，马堂手下养四五百人，他以为也可以称辕门，至少在临清这个地方可以称作辕门。

“策马来自辕门前？辕门外不是设有木栅吗？”马堂道。

“被他一跃而过，没能阻挡。”长随说。

“怪不得你称他好汉！”马堂道，又问，“然后呢？”

“他跃身而下，以马鞭击打辕门。”长随说。

“以马鞭击打辕门？辕门不是每晚有二十名健卒守护于外吗，莫非昨晚都在偷懒！”马堂道。

“昨晚一名健卒也没少。”长随说。

“为何不阻止？”马堂叱问。

“想阻止来着。”长随说。

“你这是何意？”马堂有些吃惊，“一人冲上来击打辕门，二十名健卒难道阻止不住！”

“还要糟。”长随说。

“还要糟，还能糟到哪里去？”马堂问。

“一人冲上来击打辕门，二十名健卒未敢阻止。”长随说。

“未敢阻止？”马堂更惊，“来的此人，难道真有三头六臂不成？”

“并无三头六臂。”长随说。

“那有何不寻常之处？”马堂问。

“亦无任何不寻常之处。”长随说。

“既如此，为何不敢阻止？”马堂问。

“虽冲上来击打辕门的只有一人，后面跟随者着实不少。”长随说。

“着实不少，有几多？”马堂问。

“起初有二百多人。”长随说。

“以一当十，难怪二十名健卒不敢阻止，”马堂表示理解。又说，“不妨，他有二百人助威，我有四百健卒，看看谁的势头更旺！”说罢，命道，“即刻召集我麾下铁骑！”

他又用两个用于正规官军的名称。

“小的已召集。”长随说。

“是否赶到？”马堂问。

“尚未赶到；不过，小的以为，即便赶到，也无济于事。”长随说。

“怎会无济于事？”马堂问。

“农、工、商者，还有士人，不绝于途，正从四方赶来。”长随说。

“不绝于途，又有多少？”马堂问。

“开始是十倍于辕门外守护的健卒，这会儿已十倍于叔麾下的铁骑。”长随说。

“你是说，有四五千人？”马堂惊道。

“小的亲眼所见，只多不少。”长随说。

“临清城里哪儿来的这么多人！”马堂不理解。

“不光是城里的人，还有许多是四乡的。”长随说。

“城门夜晚关闭，这早就开启？”马堂问。

“城门没开，他等都是昨晚未归，留在城里。”长随说。

“难道他等昨日便知，今日有事？”马堂问。

“多半是。”长随说。

“这么说，是有预谋，”马堂自语道，又问，“他等今日拥来辕门，意欲何为？”

“那人说，要和叔理论。”长随说。

“理论？何事轮得到他来理论？”马堂问。

“他说，为的抽税之事，要和叔理论。”长随说。

“于临清抽税，本使奉有万岁爷圣旨；要理论，让他去和朝廷理论！”马堂喝罢，又问，“敢和朝廷理论之人，即为乱民，你说是不是？”

“叔说的是。”长随应道。

“所有健卒，登墙守卫，可用强弩，可用火器，总之，务必驱散乱民。”马堂命道。

“是。”长随应道。

他匆匆去传命，马堂仍坐在床上不动。一来，在他想来，门外聚集的不过是乌合之众，自己的下属一动真格的，他们会作鸟兽散，不足为虑；二来，长随来禀报时，他就想下床，坐起来后，发现两条腿被爱姬压住，看着爱姬熟睡的面孔，他不忍将其推醒。

但无论如何，焦虑是免不了的。他急于知道，所有的健卒是不是已经赶来，是不是已经到位；他急于知道，在强弩、火器的驱赶下，乱民是不是已经散去，大门外是不是已经平静下来。

很快可以断定，为首的乱民不再以马鞭击打辕门；同时也可以断定，乱民并未散去。因为搅扰他美梦的击打辕门的声音虽然没有，取而代之的是人群的呼喊和器物的碰撞。

终于门外又有脚步声，又有叩打窗格的声音。

“是你吗？”马堂问。

“是卑职。”外面的人应道。

声音改变，对自己的称呼也改变。不是方才那个长随，也不是从京师带出来的其他伴当，马堂听出来，是临清守备王炀。

“老王，你可赶来！”马堂高叫。

“卑职救主来迟，恩公恕罪。”王炀道。他称马堂恩公，是因为他眼下的职位，是马堂帮他谋取的。

“你带多少人马前来？”马堂问。

“卑职未带一兵一卒。”王炀说。

“未带一兵一卒，你怎救主！”马堂恼道。

“卑职救主心切，匆匆而来，故不及纠集部伍。恩公恕罪，”王炀道。稍稍一顿，他又说，“待卑职到得恩公府邸外，却发现，即便率部而来，亦无济于事。”

“怎么？”马堂问。

“卑职部卒仅千余，恩公府邸外之民，十倍于此。”王炀说。

“你是说，乱民有万余？”马堂惊问。

“是。”王炀应道。

“才说四五千人，怎一下增至万余！是不是老王眼花？”马堂道。

“卑职正经数过，只多不少；而且，仍有乱民从四面拥来，还不知会增加到几多。”王炀说。

“人多不怕，动手没有？”马堂问。

“已动手；卑职趁乱，才窜将进来。”王炀说。

“死人没有？”马堂问。

“已死人；卑职进来前数了数，死者大约数十人。”王炀说。

“都是乱民？”马堂问。

“有乱民，也有恩公属下。”王炀说。

“我的属下？我从京师带来的人？”马堂问。

“有恩公从京师带来的随员，也有恩公在本地招募的健勇。”王炀说。

“我的属下，死有几人？”马堂问。

“约三十余人。”王炀说。

“三十余人！”马堂惊呼。他从京师带出数十人，在本地招募数百人，合计四五百人。一个凌晨，死三十余人，岂不是十几个人里就死一人！方才进来禀报的长随，一去不返，想必也死于非命。想到这里，不由他不惊惧，“老王，你从远处看去，看不清死者面孔吧？”

“卑职用不着看清面孔。”王炀说。

“这话何意？”马堂质问。

“一则，从衣着上，大约分得出恩公的属下和乱民；二则，死的乱民，有人抬出，放在一处，恩公的属下没人抬，但见有人把他等衣袖卷起，对他等胳臂指指点点，似在议论。”王炀说。

“乱民看到他等胳臂？”马堂问。

“是。”王炀应道。

“乱民在议论他等胳臂？”马堂又问。

“是。”王炀应道。

“坏了，坏了！”马堂更加心慌意乱。

“怎的坏了？”王炀问。

马堂为何心慌意乱，他的属下胳臂上藏有什么秘密，可能王炀也不知道。为他充作护卫和打手的健勇，许多是从州、县牢狱里挑选的，他们胳臂上都有清晰的烙印。被外人知道他的属下多是囚犯，尤其是传到抚、按官的耳朵里，以后的日子一定更加不好过。

但眼下顾不得和王炀细说此事。他问：“老王，为今之计，如何是好？”

“不如暂避。”王炀说。

马堂也是此意。他问：“且去你那里避一避，如何？”

“卑职愿护主而行。”王炀说。

“前门肯定出不去，须走后门，”马堂边说，边思考，“老王，这样：你先去后门，看看有无乱民，我随后就到。”

“卑职谨遵钧令。”王炀应罢，往后门走去。

但他才走两步，马堂在屋里叫道：“老王，你回来！”

王炀忙转回马堂的卧房，也不管内外有别，一头撞进去。

看到的情形，让他很是难堪。马堂的爱姬躺在地上，睡眼惺忪，对外面的情形，及她为何躺在地上，全然不知。马堂仍坐在床上，揉着两条腿。原来他意识到目前的危难，顾不上体恤爱姬，两手揪住爱姬，把她扳开。由于用力过猛，爱姬打个滚，跌下床去。他要下床时，发现两腿被压得太久，动弹不得。

“腿麻，无法行走。”马堂对王炀说。

“卑职背恩公出去。”王炀道。

马堂点点头，既是首肯，也是感激。

第二百九十二章

冯琦在史馆编纂玉牒，且已改吏部侍郎，很少有机会再来礼部。他一来，已升任礼部尚书的余继登必然要问他：“用韫兄今日怎么得闲？”

“得闲我才不来呢，”冯琦说。

“难道用韫兄是为忙而来？”余继登问。

“不错，为忙而来。”冯琦说。

“忙于何事？”余继登问。

“忙于约世用兄。”冯琦说。

“约我何事？”余继登问。

“约世用兄出门。”冯琦说。

“出门为的何事？”余继登问。

“为的进门。”冯琦说。

“进哪处门？”余继登问。

“进朝房。”冯琦说。

“进朝房何事？”余继登问。

“见一人。”冯琦说。

“见谁人？”余继登问。

“一见便知。”冯琦说。

“不知见谁，为何要去？”余继登道。

“不见是谁，怎知为何要去？”冯琦道。

二人一人一句，问话答话都极短促，像孩提之间的对话。到最后，问者不知问话是何意，答者不知答话是何意，二人忍不住笑起来。

“用韫兄，究竟谁人在朝房，还是明说吧。”余继登道。

“大司寇。”冯琦告诉他。

“夏卿先生？”余继登问。

“是。”冯琦应道。

"用韫兄说不宜加罪，恐怕也以为，希望极微吧？"余继登问。

"我是不敢抱太大的希望。"冯琦说。

"可以和夏卿先生议的，只有是否处以极刑。"余继登说。

"不错，"冯琦点头，"可议的，唯有此事。"

"用韫兄以为此事可议？"余继登问。

"怎么，世用兄以为此事亦不可议？"冯琦反问。

"而今之计，不在可不可议，而在议之有用无用。"余继登说。

"世用兄以为议之无用？"冯琦问。

"至少和夏卿先生议之无用。"余继登说。

"怎知和夏卿先生议之无用？"冯琦问。

"用韫兄倒是说说，"余继登反问，"矿监、税使肆虐四方，夏卿先生会不知吗？"

"不会不知。"冯琦说。

"王朝佐冲击税司，乃顺应民意，夏卿先生会不知吗？"余继登问。

"不会不知。"冯琦说。

"王朝佐挺身而出，代众人领罪，乃高节义举，夏卿先生会不知吗，会不敬吗？"余继登问。

"不会不知，不会不敬。"冯琦说。

"李郡守、傅副使先后力辩，夏卿先生会不知吗？"余继登问。他说的李郡守，是东昌知府李士登；傅副使，是山东按察司副使傅光宅。

"不会不知。"冯琦说。

"然法司仍以死罪论，这是为何？"余继登问。

"圣意难违。"冯琦说。

"所以我说，和夏卿先生议之无用。"余继登道。

"议之无用，只得坐视吗？"冯琦不甘心地问。

"我倒是想，与其和夏卿先生议，不如和伯含先生议。"余继登说。

"和伯含先生议？"冯琦先似不解，但随即又说，"是因为世用兄和伯含先生同日转正，所以，对他情有独钟吧？"

陈蕖升户部尚书，和余继登升礼部尚书，在同一天。

"用韫兄为何这么说？"余继登问。

"司法者，刑部也，都察院也，大理寺也。你哪个衙门都不找，单单找毫不相干的大司徒，还不是情有独钟！"冯琦道。

"用韫兄真以为毫不相干？"余继登问。

“我倒想问世用兄，为何以为临清之事与伯含先生相干？”冯琦道。

“用韫兄先告诉我，王朝佐此举，针对的是谁人？”余继登问。

“税使马堂。”冯琦道。

“对王朝佐恨之入骨的是谁人？”余继登问。

“是马堂。”冯琦道。

“必欲杀王朝佐的是谁人？”余继登问。

“还是马堂。”冯琦道。

“我记得，用韫兄才说句‘圣意难违’。”余继登举起其人之矛。

“皇上是为马某所蒙蔽。”冯琦说。

“故而，欲打消圣上诛杀王朝佐之意，必先使圣上明马某人之非，”余继登说着，问道，“用韫兄以为如何？”

“是这个道理。”冯琦同意。

“那么，是夏卿先生进言，容易使皇上明马某人之非；还是伯含先生进言，容易使皇上明马某人之非？”余继登问。

“那要看怎说。”冯琦道。

“不错，要看怎说，”余继登点点头，问道，“税衙被烧，税使属下有人丧命，夏卿先生若进言，此事能否回避？”

“杀人者偿命，是条铁律，夏卿先生无法回避。”冯琦说。

“既不得不言死人之事，夏卿先生的说辞还能不能有力？”余继登问。

“凡事皆有因果吧。”冯琦道。

“不错，凡事皆有因果；但用韫兄有没有想过，既涉及命案，大司寇须以几分精力说因，以几分精力说果？”余继登问。

“这却没想过。”冯琦道。

“我看，须以七分精力说果，至多以三分精力说因，用韫兄以为如何？”余继登问。

“或许吧。”冯琦道。

“以三分精力说因，其说词还能有力吗？”余继登问。

“世用先生的意思，既涉及命案，伯含先生须以几分精力说因，以几分精力说果？”冯琦反问一句。

“可以八分精力说因，只须以两分精力说果。”余继登道。

“八与二之比，岂不是可以不计其果？”冯琦计算。

“不是不可以完全不计；但完全不计，是另一种说法，而不是说临清变故。”余继登道。

“好，就依世用兄所言，伯含先生以八分精力说因，仅以两分精力说果；不过，”冯琦说着，口气一转，“世用兄想过没有，伯含先生即便拿出十分的精力来说因，皇上未必会为之所动，现在你要他拿出八分的精力来说因，进言有用吗？”

“所以我才说，二分果是一定要说的。”余继登道。

“世用兄此言何意？”冯琦问。

“拿出十分精力来说因，即泛泛而谈矿监、税使之害；此事说得还少吗？拿出八分精力来说因，而以两分精力说果，是以临清之变而说矿监、税使之害，有用无用我不敢说，但说辞一定有力。”余继登道。

“既如此，就请回夏卿先生，另约伯含先生议之。”冯琦道。

“不好。”余继登摇头。

“世用先生是担心我对夏卿先生不好交代吗？”冯琦自问自答，“不碍事，夏卿先生不是特意来应我之约的；随便找个借口，他不会见怪。”

“我是担心对伯含先生不好交代。”余继登说。

“对伯含先生有何不好交代？”冯琦问。

“一则，矿监、税使之害，伯含先生已进言，而且不止一次进言；二则，临清变故，你知他是怎想的？”余继登道。

“我以为世用兄是另有作为，谁知是无所作为！”冯琦大为不满。

“不与夏卿先生议，不与伯含先生议，就是无所作为？用韫兄，你我不能议而进言？”余继登道。

冯琦看他一言，说：“看来，世用兄拿定的是自家进言的主意。”

“想法确实有，不过，大概会让用韫兄失望。”余继登道。

“进言即好事，怎会让我失望？”冯琦问。

“因为果，我肯定要说到矿监、税使之害；因，我却不打算说临清变故之因。”余继登道。

“世用兄欲说何因？”冯琦问。

“近邸报抄出，四川巡按赵标报称，杨应龙提兵八万，攻陷綦江，用蕴兄是否知之？”余继登反问。

“知之。”冯琦道。

“据邸报言，叛贼攻屠城邑，杀戮将士，川中小民为之向导，为之内应，世用先生是否留意？”余继登问。

“似有此言，但未特别留意。”冯琦说。

“用韫兄说，川民为何甘为之向导，为之内应？”余继登问。

“那还用说，因其苦呗。”冯琦道。

“不能以苦言之。”余继登说。

“那该怎言？”冯琦问。

“川民苦之极矣！”余继登道。

“世用兄，苦还可以随便说说，苦之极矣却不是可以随便说的。”冯琦警告他。

“我当然是有根据的。”余继登道。

“请世用兄试举一二。”冯琦揖道。

“譬如采木，则有砍伐之苦，拽运之苦。”余继登说。

“这可以说是苦之极矣。”冯琦论道。

“譬如采矿，则有供给之苦，赔累之苦。”余继登又说。

“好，说到正题上。”冯琦道。

“譬如榷税，则有搜括之苦，攘夺之苦。”余继登又说。

“采木、采矿、榷税，皆朝廷之命；换言之，皆皇上之命。世用兄难道想说，川民之苦，在于朝廷之政？”冯琦问。

“凡言矿监、税使之害，都会遇到这样一个坎。”余继登说。

“世用兄打算怎样迈过这个坎？”冯琦问。

“皇上之初衷，是在爱民。”余继登说。

“怎讲？”冯琦问。

“朝廷入不敷出，皇上不忍加派于民，而姑取之于地，始有开矿之举。”余继登说。

“照此说来，开矿乃皇上仁心，无可非议！”冯琦道。

“这却不然。”余继登摇头。

“世用兄拟如何非议？”冯琦问。

“人固爱财，地亦爱宝，矿砂不足，仍不得不求足于民；岁进之矿银，什七皆小民之脂膏，而差官之私囊尚不计在其中。”余继登说。

“别个进言，无不直言于此；世用兄却是绕个圈子，才言于此。”冯琦道。

“有何不妥吗？”余继登问。

“并无不妥，且这个圈子绕得有意思，”冯琦说着，问道，“言矿监之害，绕这么个圈子；言税使之害，也可以绕这么个圈子吧？”

“是。”余继登应道。

“皇上不忍加派于民，而姑取之于商贾，始有榷税之举，”冯琦说着，问道，“是这么说吗？”

“我还没想好，能不能这么说；但听用韫兄说得极其顺畅，我相信可以这么说。”余继登道。

“我不是说得顺畅，是学得顺畅，”冯琦说，“实则我有疑惑：商贾亦民也，取于商贾，难道不是取于民？”

“商贾亦民，然商贾不同于农、工；取于商贾，而不取于农、工，这可以说是一种选择。”余继登道。

“那么，取于商贾，最终仍不得不取于民，这个圈子，世用兄拟怎绕过去？”冯琦问。

“商贾不通，则财货不流；物价沸腾，则百姓困敝矣。京师且如此，何况遐方！”余继登说。

冯琦一边琢磨着余继登的这些话，一边忽问：“世用兄，乐意听我句实话吗？”

“乐意之极。”余继登道。

“世用兄从皇上爱民出发，而绕至害民，此等立论，可谓别出心裁；不过，却是远水不解近渴。”冯琦说。

“用韫兄是说，无法解救王朝佐？”余继登问。

“是。”冯琦应道。

“用韫兄，乐意听我实话吗？”余继登也问。

“乐意之极。”冯琦也道。

“以播州事而言矿监、税使之害，固然无法解救王朝佐；而且，我敢说，无论怎样言事，都无法解救王朝佐。此为其一。退一万步说，皇上肯放过王朝佐，马某人也肯放过王朝佐，矿监、税使仍不会召回；反而言之，王朝佐虽不得救，矿监、税使之恶暴露无遗，举朝共讨之，天下共讨之，朝佐虽死犹生矣。此为其二。”余继登说。

“世用先生是说，矿监、税使之害才是根本。议矿监、税使之害，可有多种途径，不必拘泥于临清之变？”冯琦问。

“不过是几句实话，用蕴兄怎样理解都成。”余继登说。

如余继登所言，无论是萧大亨进言，还是陈蕖进言，或是他和冯琦进言，都无法改变朝廷对临清之变的处置。七月二十六日，王朝佐被处死，据记载，这一天天地尽晦，数千人围观，无不叹息泣下。

第二百九十三章

荆州府推官华钰正在府衙里看当日的状纸，隶役来报，有人找他。

“是告状的吗？”华钰问。

“不是。”隶役道。

“是访友的吗？”华钰问。

“不是。”隶役道。

“还会是何人？”华钰问。

隶役没来得及张口，外面有人说：“权当是路过的吧。”

话音未落，一人走进来。他一身民服，但看气度，不似普通百姓。

华钰见是他，忙起身应上去，问道：“正夫先生，当真是路过？”

“我若不说路过，德夫不要吃惊吗！”闯进来的人道。

华钰字德夫，南直隶丹徒人，万历二十三年进士。正夫则是曹楷的字。他是山东临清州人，万历十一年进士，现官巡按湖广御史。

“有人说，荆州府衙难进，我看也不难嘛，”曹楷说着，一甩袖子，“我这一身行头，不是想进来，就可以进来。”

“荆州府衙难进这话，是谁人说的？”华钰问。

“谁人说的，德夫应该比我清楚呀。”曹楷道。

“是正夫先生听人说的，又不是我听人说的，我怎会比正夫先生清楚？”华钰不理解。

“是我听说的，却是德夫做的，德夫合该比我清楚！”曹楷道。

“下官做的？何事？”华钰问。

“把人拒之门外，这事德夫做过吧？”曹楷反问。

“把人拒之门外？”华钰重复一遍，手指进来通报的隶役说，“须得拒之门外，他等会拒之门外，轮不到下官。”

“有一人，他等想拦，没能拦住。”曹楷说。

“于是，下官去拦？”华钰问。

"你没去拦。"曹楷说。

"可不，下官实在想不起来，曾把谁人拦在府衙之外。"华钰道。

"可你命把那人棒打一顿。"曹楷说。

"原来正夫先生说的是那件事呀！"华钰笑道，他问，"正夫先生既知我把那人棒打一顿，可知我为何要棒打他？"

"我知他是咎由自取；可咎由何来，我却不知，"曹楷说到这里，加上一句，"所以，才有荆州府衙难进之说。"

"咎者有二：其一，门役请他稍候，待通报后再进，他却一把推倒门役，径自闯入。其二，他上堂后，声称要见太守。我告诉他太守不在，有事不妨对我说。他不屑一顾地撇了撇嘴，竟一屁股坐在太守的座椅上，拎起惊堂木一拍，说道：我就在这里等他！我忍无可忍，命左右将他拿下，责打后逐出衙门。"华钰叙述道。

"他竟不说是何人？"曹楷问。

"当然要说，"华钰道，"他若不说是谁，我或许把他当作一个疯癫之徒，撵出去了事。"

"如此说来，你因为知道他的来头，才打的他？"曹楷问。

"正夫先生要这么说，也未尝不可。"华钰道。

"好个敢作敢当的华德夫！"曹楷竖起拇指赞道，随即又问，"德夫就不怕其主子来报复你？"

"我倒是想领略领略其主子的报复。"华钰说。

"主子竟没来！"曹楷惊道。

他们说的主子，是荆州税使陈奉。在曹楷看来，别说属下被个推官欺辱，就是被知府欺辱，被布、按二使欺辱，被巡抚欺辱，他也不会听之任之，而不报复的。

"当然要来。"华钰道。

"他来，有没对德夫大打出手？"曹楷问。

"没有。"华钰道。

"他来，有没对德夫破口大骂？"曹楷问。

"没有。"华钰道。

"那他来作甚？"曹楷问。

"笑脸致谢。"华钰道。

"笑脸致谢？他向你致谢？"曹楷惊问。

"是。"华钰应道。

"他谢你何事？"曹楷问。

"他说，下官替他管教放肆的属下，让他免受言路参劾，故而特来致谢。"华钰说。

"好个食人不吐骨头的笑面虎！"曹楷道。

"正夫先生的意思，这个主子是笑面虎？"华钰问。

"此人凶残似虎，德夫无所闻？"曹楷反问。

"有所闻。"华钰道。

"无所察觉？"曹楷又问。

"有所察觉。"华钰道。

"凶残似虎，而笑脸致谢，不就是只笑面虎吗！"曹楷道。

"正夫先生说的是。"华钰附和道。

"德夫不怕它扑上来，猛咬一口？"曹楷问。

"怕就不被咬吗？"华钰道，又说，"它若真要扑上来，恐怕不仅咬我，还会咬许多人。"

"譬如？"曹楷问。

"譬如正夫先生。"华钰道。

"你是说，我曾抓过他的人吧？"曹楷问。

"是。"华钰应道。

"抓他的人有错吗？"曹楷道。

"没错，"华钰道，"一来，他所奉敕旨，是征收江税，他的人却跑到荆州城里来征收；二来，江税旧有额数，他的人不仅跑到荆州城里来征税，而且税额增加一倍。如此胆大妄为，该抓！"

荆州多水：南濒大江，又有灵溪，流入大江；东南有夏水、沔水；东北有三海子，是沮水、漳水汇流处；北有柞溪。荆州于东北龙湾市、东南沙市头、正南都穴口、西南虎渡口分设四巡检司，都在水畔，可见水路对荆州来说，有多么重要。近期于荆州设税司，也是为的征收江中行船、贩运之税。

"尽管抓他的人没错，他会不会记恨？"曹楷问。

"定会记恨。"华钰道。

"他会记恨谁个？"曹楷问。

"正夫先生抓的人，自然记恨正夫先生。"华钰道。

"可他的人在荆州有违敕旨，我在武昌怎知？"曹楷问。

"是我禀报正夫先生的。"华钰道。

"是谁要我抓他的人的？"曹楷问。

“也是我。”华钰道。

“所以，人虽是被我抓的；说起记恨，他更会记恨德夫。”曹楷说。

“他若为此扑上来咬我，我认。”华钰道。

“不止于此。”曹楷摇着头说。

“还有何事？”华钰问。

“近日沙头市之民奋起，将他差去榷税之徒驱逐，德夫不会不知吧？”曹楷反问。

“正夫先生远在武昌已知，我怎会不知！”华钰道。

“榷税沙头市受挫，他会不会记恨？”曹楷问。

“定会记恨。”华钰道。

“他会记恨谁人？”曹楷问。

“沙头市之民驱逐他的人，自然记恨沙头市之民。”华钰道。

“那么，此事与德夫有无牵连？”曹楷问。

“并无牵连。”华钰道。

“不是德夫公然号召的？”曹楷问。

“不是。”华钰否认。

“不是德夫暗中怂恿的？”曹楷问。

“不是。”华钰道。

“此案是否德夫所断？”曹楷又问。

“双方均未来报案，无所谓断与不断。”华钰说。

“他的人被驱逐后，他是不是要德夫抓人？”曹楷问。

“是。”华钰应道。

“德夫抓没抓？”曹楷问。

“没抓，”华钰道，“不仅没抓，他派人去沙头市抓首倡之民，也被我阻止。”

“所以，人虽是被沙头市之民驱逐的；说起记恨，他更会记恨德夫。”曹楷说。

“他若为此扑上来咬我，我也认。”华钰道。

“既遇恶虎，是我辈不幸，人人都有可能被咬；但德夫首当其冲，须得格外留意。”曹楷语重心长地说。

“多谢正夫先生提醒。”华钰道。

陈奉把四个属下叫进屋里，指着其中一人，问其他三人：“你等许久不见他吧？”

“是许久不见。”三人应道。

“想他吗？”陈奉问。

“想他。”三人应道。

“没说实话吧！”陈奉冷笑道，“我总夸奖他比你等能干，你等心里不定有多恨他呢，还会想他！”

“小的们痛定思痛，他确比小的们能干；小的们牢记公公的嘱咐，诚心诚意以他为表率，怎会恨他！”三人道。

“想知道他去的哪儿吗？”陈奉又问。

三人怕说想知道又被陈奉指责，齐道：“不想知道。”

“又没说实话吧！”陈奉道，“我让他去某处办差，而没让你等去，你等心里不定有多嫉妒呢，会不想知道！”

“公公既差他去办某差事，定是他比小的们适合；小的们纵然心里嫉妒，对此也不敢有任何怀疑。”三人道。

“好，不管你等是想他，是恨他，是想知道他去哪里，是不想知道他去哪里，都该对你等有个交代，”陈奉说着，命另一个属下，“告诉他等，你去的哪里！”

“众位兄弟，公公命我去的黄州。”另一个属下说。

“知道黄州吗？”陈奉问那三个属下。

“似是一府。”其中一人说。

“似在湖广。”另一人说。

“似近武昌。”第三人说。

“你等的三个似，似都说对。”陈奉说句笑话。

三个属下争先恐后地笑着，笑的有些谄媚。

“告诉他等，你去的具体地方。”陈奉命另一个属下。

“黄州以北有个团风镇，公公差我去的那里。”另一个属下说。

“团风镇，谅你等无一人知道。”陈奉对那三个属下说。

“小的们确是不知。”三人道。

“荆州有四巡检司，黄州有三巡检司，其中之一是团风镇巡检司。”陈奉简要地告诉他们。

“原来是那里！”三人忙应道。

“告诉他等，你去办何差事。”陈奉又命另一个属下。

“众位兄弟，公公差我去团风镇榷税。”另一个属下说。

“呀！”那三个属下这一声呼叫，既有惊讶，又有羡慕；其中，羡慕的成分更多。独当一面榷税，是件美差；况且，黄州距荆州，在千里之外，税使公公鞭长莫及，还不是他想做什么，就做什么！

“你等别急着称羡，他的差事，你等又不是没办过，”陈奉说着，命另一个属下，“告诉他等，你的差事办得如何？”

“有负公公重托，羞愧难当。”另一个属下说。

“怎有负重托？”陈奉问。

“未能在团风镇立足。”另一个属下说。

“可是被逐出团风镇？”陈奉问。

“是。”另一个属下应道。

“你是在荆州府衙被乱棒打跑的吧？”陈奉问那三个属下中的一个。

“是。”该属下应道。

“你心里一定更不服气吧？”陈奉道，“你去办差，被打出来；他去办差，被赶出来。都是一样结果，他怎就比你能干！”

“小的把差事办砸，公公并未加罪，还让小的继续办差；小的但知羞愧，怎敢胡思乱想！”该属下说。

“你是在荆州城被下狱的吧？”陈奉问那三个属下中的第二个。

“是。”该属下应道。

“你心里一定更不服气吧？”陈奉道，“你去办差，被下狱；他去办差，要不是跑得快，也会下狱。都是一样结果，他怎就比你能干！”

“小的给公公惹麻烦，公公不但不加罪，还把小的救出来；小的心存感激，怎敢胡思乱想！”该属下说。

“你是从沙头市被赶回来的吧？”陈奉问那三个属下中的第三个。

“是。”该属下说。

“你心里一定最不服气吧？”陈奉道，“你去榷税，被逐出；他去榷税，也被逐出。你二人如出一辙，他怎就比你能干！”

“小的给公公丢脸，公公不但不责罚小的，还对小的勉励有加；小的但思报效，怎敢胡思乱想！”该属下说。

“你等服气也罢，不服气也罢，我还是要再说一句：你等都不如他能干！”陈奉说着，问道，“知是为何吗？”

“小的们不知。”三人道。

“你从荆州府衙被乱棒打回，是怎对我说的？”陈奉问第一个属下。

“小的发狠，一定要打还棒打小的之差役。”该属下说。

“你从牢中出来，是怎对我说的？”陈奉问第二个属下。

“小的发狠，一定要把抓小的之差役，关进牢里。”该属下说。

“你从沙头市被驱逐，是怎对我说的？”陈奉问第三个属下。

“小的发狠，一定把倡逐小的之民，逐出沙头市。”该属下说。

“你等知他回来后怎对我说的？”陈奉指着另一个属下问他们。

“小的们不知。”三人道。

“他说，操纵乱民的，是黄州经历车任重；操纵车任重的，是黄州知府赵文焕。其用心，乃阻挠征税。”陈奉道。

“公公的意思是——”三人还没完全理解他的意思。

“一个知府，一个经历，我才好告到朝廷嘛！几个差役，几个乱民，我告御状，告的却是他等，岂不有失身份！”陈奉道。

“小的恍然大悟，”在荆州府衙被棒打的属下说，“操纵打小的之差役的，是荆州府姓华的推官。其用心，是阻挠征税。”

“小的恍然大悟，”在荆州城里榷税被逮的属下说，“操纵抓小的之差役的，是姓曹的御史。其用心，是阻挠征税。”

“小的恍然大悟。”在沙头市榷税被逐的属下说，“操纵驱逐小的之乱民的，又是荆州府姓华的推官。其用心，是阻挠征税。”

“还有姓高的知州，小的为榷税之事和他打过交道，他一门心思地反对。”第一个属下又说。

“还有姓李的知府，小的为榷税之事与他交涉，被他一句话给堵回来。”第二个属下又说。

姓高的知州，是承天府荆门州知州高则巽；姓李的知府，是襄阳府知府李商耕。从他们的话里听得出来，陈奉拟于各处设点征税，大都受到当地官员的抵制。

“他等都指控第二名官员，你没得再指控？”陈奉问第三个属下。

“怎没有，小的一气可以指控十数名官员。”第三个属下说。

“好啊，今日可指控的官员越多，日后的事越好办。”陈奉道。

陈奉一疏既上，华钰、车任重被逮下狱，曹楷被切责，李商耕、赵文焕、高则巽三人贬一级调用。

第二百九十四章

在陕西，渭南算是比较富裕的县份，原隶于华州，嘉靖中，改为直隶西安府。前任们都没体会到，这一改变是利是弊；现任知县徐斗牛却感受到这一改变带来的麻烦。

麻烦首先是一名趾高气扬的千户带来的。千户进县衙后，一言不发地递给他一张名刺，好像这张名刺能说明一切。

当然，名刺也能说明一些事情，因为如千户这等武职，是不用名刺的。

他看一眼，问道："原来是乐大人，有何贵干？"

来者是千户乐纲。徐斗牛既看过名刺，既知他的名姓，还问有何贵干，多少让他感到失望。

他又拿出另一张名刺，仍是一言不发地递过去。

徐斗牛看过第二张名刺，不能无动于衷。

"徐大人是梁公公差来的？"他问。

梁公公即陕西税使梁永。提到他，乐纲的神气又增加几分。

"奉梁公差使，特来拜见贵县。"他说。

"拜见不敢当，是有事吧？"徐斗牛问。

"确有事。"乐纲道。

"是大事吧？"徐斗牛又问。

"事不大，但须得有人来和贵县面谈；梁公命我来谈。"乐纲说。

"想必乐大人办事得力，为梁公公赏识。"徐斗牛说。

"得力说不上，只是梁公交代的事，好歹也要办成。"乐纲说。

"今次来渭南，为的何事？"徐斗牛问。

"来讨要份银。"乐纲说。

"讨要份银？向谁人讨要份银？"徐斗牛问。

"谁是一县之主，向谁讨要。"乐纲说。

"看来是向我讨要。"徐斗牛道。

“徐大人是一县之主，自是向徐大人讨要。”乐纲说。

“本官在渭南作两年县令，从不知有份银。乐大人来讨的份银，是几时定的？”徐斗牛问。

“徐大人不知是几时定的？”乐纲反问。

“着实不知。”徐斗牛道。

“别说徐大人不知，西安所属州、县，即便比徐大人早三两年任职的，也都不知。”乐纲道。

“今时才有，对吧？”徐斗牛问。

“这话徐大人说对。”乐纲道。

“那么，是谁人定的？”徐斗牛又问。

“徐大人不知是谁人定的？”乐纲反问。

“着实不知。”徐斗牛道。

“别说徐大人不知，我亦不知。”乐纲道。

“反正是乐大人来讨要，对吧？”徐斗牛问。

“这话徐大人又说对。”乐纲道。

“乐大人能告诉我，份银的额数是几多吗？”徐斗牛又问。

“有的县纹银一百两，有的县纹银二百两。”乐纲说。

“如敝县呢？”徐斗牛问。

“纹银二百两。”乐纲说。

“为何敝县的份银是二百两？”徐斗牛问。

“府属之县，纹银二百两；州属之县，纹银一百两。渭南是西安府属县，故份银二百两。”乐纲说。

“乐大人有所不知，渭南是隶于华州的。”徐斗牛说。

“徐大人这是欺我不读书呀！”乐纲冷笑一声，说，“渭南曾隶于华州不假，但在嘉靖三十八年已改属西安府。”

有备而来，徐斗牛只能苦笑。

“乐大人，没得商量吗？”他调侃般地问一句。

“既成制度，没得商量。”乐纲说。

“请教乐大人，此项份银从哪里出？”徐斗牛又问。

“徐大人真不知从哪里出？”乐纲反问。

“着实不知。”徐斗牛道。

“出自公帑，出自私囊，均无不可。让我说的话，不如出自公帑。”乐纲给他出主意。

“出自公帑，须得一级一级申报，未必批得下来；即便批得下来，乐大人也得等些日子。”徐斗牛说。

“用二百两公帑，还要申报？”乐纲像听件奇闻。

“本官胆小，哪怕用一两公帑，也要申报。”徐斗牛说。

“既如此，只好取自私囊。”乐纲道。

“乐大人说的是，公费中似无份银一项；还是取自私囊，心里踏实一些。”徐斗牛说。

“徐大人几时去取？”乐纲问。

“乐大人先得告诉我，是有几多取几多，还是一次取走？”徐斗牛道。

“渭南离西安虽不甚远，也不是一两步走得到的，总不能让我今日取三两，明日取五两吧？那我得连着跑多少趟！”乐纲道。

“跑的次数多，肯定是不成的。”徐斗牛说。

“所以，徐大人还是让我一次取走吧。”乐纲道。

“一次取走，更不成。”徐斗牛说。

“徐大人是何意？”乐纲问。

“请乐大人每月尾来一次，我有几多剩余，乐大人取走几多。据我估算，再省着用，月俸折银，也只能剩余三五两，一年三五十两，四五年下来，或可凑足二百两。”徐斗牛说。

“徐大人，拿我开心吗？”乐纲说变脸就变脸。

“不敢，”徐斗牛双拳一抱，说道，“这是实情。本官两袖清风，几无隔夜之米，每月剩余三五两，不知要饿上几顿肚子，才做得到。”

“我不信除月俸外，别无进项。”乐纲说。

“本官除月俸，确实别无进项。乐大人不信，可以询之隶役，询之县民。有人指证我月俸外收取一文钱，一合粮，我当即摘下这顶乌纱帽！”徐斗牛指天发誓。

说得如此果决，乐纲不能不为之动容。但他马上想起自己的差事，也很果决地说：“我不管徐大人有无别的进项，我只告诉徐大人一句实话：今日不取得二百两份银，我绝不会离开渭南！”

“好，我也对乐大人说句实话：无论如何，乐大人绝无可能从我这里取走二百两纹银！”徐斗牛则说。

“告辞！”乐纲恶狠狠地说。

“不送！”徐斗牛冷冰冰地说。

徐斗牛就着一碗菜汤，在啃冷馍，县衙的一名吏员匆匆跑进来。

“大人，大事不好！”他慌慌张张地禀报。

“出何大事，你如此惊慌？”徐斗牛问。

“老王眼看要断气。”吏员道。

“哪个老王？”徐斗牛问。

“在县衙守门的。”吏员说。

“有病去求医呀，找我有何用！”徐斗牛道。

“他不是有病。”吏员说。

“不是有病？”徐斗牛感到奇怪。

“是，不是有病。”吏员道。

“那怎会断气？”徐斗牛问。

“是被打的。”吏员说。

“被打的？”徐斗牛无法相信。

“是，是被打的。”吏员道。

“回家被打的吗？”徐斗牛猜测。

“不是。”吏员道。

“上街被打的吗？”徐斗牛又猜测。

“不是。”吏员道。

“出城被打的吗？”徐斗牛又猜测。

“更不是。”吏员道。

“却是在哪里被打的？”徐斗牛问。

“在衙门里被打的。”吏员道。

“在衙门里被打的？”徐斗牛不由大惊。

“是。”吏员应道。

“是皂隶们在彼此斗殴？”徐斗牛猜测。

“不是。”吏员道。

“是豪室奴仆打上门来？”徐斗牛又猜测。

“不是。”吏员道。

“是市井泼皮前来寻衅？”徐斗牛又猜测。

“也不是。”吏员道。

“却是被谁人打的？”徐斗牛问。

“西安来的贵人。”吏员道。

“巡抚衙门，布、按二司，府衙，皆未闻来渭南呀，”徐斗牛念叨着，猛然想起才不久在外堂接待的那个人，想起和那个人之间的对话。他忙问，“可是一千户？”

“是。”吏员应道。

“可是姓乐？”徐斗牛问。

“是。”吏员应道。

“可是奉税使差派而来？”徐斗牛问。

“是。”吏员应道。

“老王怎得罪的他？”徐斗牛问。

“老王并未得罪他。”吏员说。

“并未得罪他，为何下此毒手，殴打至将死？”徐斗牛问。

“老王没得罪他，却有人得罪他。”吏员说。

“谁人得罪的他？”徐斗牛问。

“是——”吏员不敢说。

“不用说，是我得罪的他，”徐斗牛说着，伸手去怀里掏出两块碎银，合在一起，不会超过五两，“我身上只有这些，拿去吧。老王若还有救，你去请个好点儿的医者，给他开副疗伤的药；若是没救，送去他家里，聊表心意。”

“是。”吏员应道。他没有马上走，而是掂了掂两块碎银，拿出一块递还给徐斗牛。

“你是何意？”徐斗牛问。

“留一块吧。”吏员说。

“两块我都嫌少，一块怎够！”徐斗牛道。

“卑职的意思，大人留一块，或许还有别的用处。”吏员说。

“再有别用，也不如救人事急。”徐斗牛道。

“若是还有别人要救呢？”吏员问。

“还有别人要救？谁呀？”徐斗牛更惊。

“或是老陈，或是老周，或是老郭，”吏员随便说出几个姓氏，并说，“卑职也不知会是谁。”

“你说的老陈，是在县衙当差的老陈？”徐斗牛问。

“是。”吏员应道。

“他也有难？”徐斗牛问。

“卑职只说或是，未说必是。”吏员道。

“你说的老周，是在县衙当差的老周？”徐斗牛问。

“是。”吏员应道。

“他也有难？”徐斗牛问。

“卑职也说或是。”吏员道。

“你说的老郭，是在县衙当差的老郭？”徐斗牛问。

“是。”吏员应道。

“他也有难？”徐斗牛问。

“卑职也没说必是。”吏员道。

“但你知道还有别人要救！”徐斗牛道。

“卑职是说若是还有别人要救。”吏员分辩一句。

“但平白无故，你不会说这话的，是不是？”徐斗牛问。

“这倒是。”吏员应道。

“那么，你说这话，是何缘故？”徐斗牛问。

“贵人留下句话。”吏员道。

“留下何话？”徐斗牛问。

“他说，明日还来。”吏员道。

“明日还来打人？”徐斗牛问。

“是，”吏员应道，“他说，明日大人不给个交代，明日再来打残个衙门的人；后日大人不给个交代，后日再来打残个衙门的人。一日大人不给个交代，一日来打残个衙门的人，直到大人给交代为止。”

“他何不干脆打残我！”徐斗牛悲怆地说。

“他还说，大人是朝廷命官，他一个手指也不会碰大人，”吏员道。随即问道，“他要大人交代何事，竟以衙门里的隶役为质？”

“他没说吗？”徐斗牛反问。

“没说。”吏员道。

“那是他说不出口！”徐斗牛忿道。

“他说不出口，还是大人说吧。”吏员道。

“我——”徐斗牛拖个长音，说，“我也说不出口。况且，究竟何事，你还是不知道为好。”

“是，”吏员应道，并说，“大人没别的事，卑职这就去照看老王。”

“你去吧，”徐斗牛点头应允。吏员才转身抬腿，他又叫住，“且慢！”

“大人还有吩咐？”吏员问。

“处理过老王的事，你再来一趟。”徐斗牛说。

“大人是说今晚？”吏员问。

“自然是今晚，明日不用我吩咐，你也是要来的。”徐斗牛说。

“事很急吗？”吏员又问。

“不急，但关乎老陈、老周、老郭的生死，所以，你今晚务必要来一趟。”徐斗牛说。

“是。”吏员甚感疑惑，但还是先应下。

在县衙当差的老王已死，该吏员去他家里帮着料理后事，然后回到县衙。衙门外静静的，让他预感到不祥。

衙门的前院一个人没有。他问打扫的吏役，老爷外出没有；吏役告诉他，老爷没出去。

他快步走向后院。后院也一个人没有。他走进徐斗牛用作卧房的侧室，发现徐斗牛吊死在室内。他这才明白，徐斗牛是用自己这条命，来避免更多的人受难。

知县职位不高，但知县自尽身亡，却是件不小的事。陕西巡抚贾待问奏闻时，说到徐知县的死和陕西税使梁永有关。朝廷降旨，却命梁永和贾待问等一同勘查此事。

第二百九十五章

万历二十八年正旦节后，李化龙开府重庆，总兵官、副总兵官等主要将领，陆续赶来谒见。

“川军总兵官马孔英请谒。”中军官校禀报。

“好言慰问，请他今晚来赴宴。”李化龙命道。

“是。”中军官校应罢，出去传令。

不多时，中军官校又来禀报：“川军副将曹希彬请谒。”

“好言慰问，请他今晚来赴宴。”李化龙命道。

“是。”中军官校应罢，出去传令。

不多时，中军官校又来禀报：“黔军参将朱鹤龄请谒。”

“好言慰问，请他今晚来赴宴。”李化龙命道。

“是。”中军官校应罢，出去传令。

不多时，中军官校又来禀报：“川军总兵官吴广请谒。”

“好言慰问，请他今晚来赴宴。”李化龙命道。

“是。”中军官校应罢，出去传令。

不多时，中军官校又来禀报：“黔军总兵官李应祥请谒。”

“好言慰问，请他今晚来赴宴。”李化龙命道。

“是。”中军官校应罢，出去传令。

不多时，中军官校又来禀报：“楚军总兵官陈璘请谒。”

“好言慰问，请他今晚来赴宴。”李化龙命道。

“是。”中军官校应罢，出去传令。

不多时，中军官校又来禀报：“楚军副总兵官陈良玭请谒。”

“是第几位？”李化龙问。

“是，”中军官校以为他还会说那句话，所以早预备好吐出那个“是”字；等听到李化龙说的不是那句话，这个“是”字竟来不及收回。

“怎不听清楚我的问话！”李化龙责道。

总算中军官校乖巧，回话：“卑职想说，陈将军是第七位。”

“刘帅尚未到？”李化龙问。

“尚未到。”中军官校应道。

“他若到，直接引他进来，不必禀报。”李化龙命道。

“是。”中军官校应道。

又过一会儿，中军官引四川总兵官刘綎入内，李化龙起身相迎。

“参谒于田先生。”刘綎揖道。

“不必多礼，我等候省帅多时，”李化龙说着，拉刘綎就座。仆役奉上茶水，他看着刘綎喝一口，才说，“急切与省帅相见，有二事。”

“请于田先生示下。”刘綎道。

“一事：我拟部署官军以八路并进，宜否，请省帅酌定。”李化龙说。

“川军几路？”刘綎问。

“川军当其半，分四路进。”李化龙说。

“于田先生得让我领一路吧？”刘綎问。

“省帅领第一路。”李化龙道。

“自何地进？”刘綎问。

“省帅所部可是近綦江？”李化龙反问。

“是。”刘綎应道。

“省帅由綦江进，如何？”李化龙和他商量。

“好，”刘綎应一声，问道，“谁个领第二路？”

“马帅。”李化龙道。

“自何地进？”刘綎问。

“南川。”李化龙道。

“此一路正好和綦江一路并进。”刘綎说。南川、綦江均属重庆府，綦江在重庆南，南川在重庆东南，二地相距不远。

“谁个领第三路？”刘綎又问。

“吴帅。”李化龙道。

“自何地进？”刘綎问。

“合江。”李化龙道。

“谁个领第四路？”刘綎又问。

“副将军曹希彬。”李化龙道。

“自何地进？”刘綎问。

"永宁。"李化龙道。

"川有永宁宣抚司，黔有永宁州，是哪个永宁？"刘綎问。

"川之永宁。"李化龙说。

"这一路可谓长途跋涉。"刘綎道。

"距布政司及重庆虽远，距合江却不远。"李化龙说。

"不错，理应如此。"刘綎点头道。

"何事理应如此？"李化龙听得莫名其妙。

"于田先生说，川军分四路，我听着只有三路半——"刘綎话没说完，被李化龙打断。

"为何是三路半？"李化龙问。

"三路皆总兵官领之，另一路却由副将领之，应该只算半路，"刘綎先解释这句话，然后说，"我原来以为，于田先生不知永宁宣抚司与合江相距不远，所以，把永宁那一路也算作独立的一路；于田先生既知两地相距不远，永宁一路可附于合江一路。"

"省帅的意思，曹将军可受吴帅节制？"李化龙问。

"是。"刘綎应道。

"好，就这么安排。"李化龙拍板。

他对川军是四路，或三路半，避而不谈，却接受曹副将军受吴总兵节制的提议，有避重就轻之嫌。但刘綎称川军是三路半，而不是四路，不过是一句谑言而已，他也不会追问下去。

"黔军几路？"刘綎问。

"三路。"李化龙道。

"谁个领第一路？"刘綎问。

"李帅。"李化龙道。

"不是老童？"刘綎问。

贵州另一位总兵官童元镇，名声大过李应祥。贵州的第一路官军，李化龙点的是李应祥，而不是童元镇，刘綎有点儿奇怪。

"不是童帅。"李化龙只是简单地回答，未作解释。

"自何地进？"刘綎问。

"兴隆。"李化龙道。

"隶于贵州都司的兴隆卫？"刘綎问。

"是。"李化龙应道。

“谁个领第二路？”刘綎又问。

“参将朱鹤龄。”李化龙道。

“自何地进？”刘綎问。

“沙溪。”李化龙道。

“即自贵阳以西？”刘綎估摸着这个地名的方位。

“是。”李化龙应道。

“谁个领第三路？”刘綎问。

“是你一直惦念的老童。”李化龙说。

“我以为于田先生怎么也会用老童作黔军的招牌，谁知于田先生却拿他殿后。”刘綎说。

“要紧的不是排在第几，而是其师所出之地。譬如省帅出綦江，直当叛军之冲；而老童所出，直断叛军之后。”李化龙说。

“他自何地进？”刘綎问。

“乌江。”李化龙道。

“即自贵阳以北？”刘綎又估摸着这个地名的方位。

“是。”李化龙应道。

“川军副将须一大帅节制，黔军参将亦须一大帅节制吧？”刘綎议道。

“省帅说的是，朱鹤龄不仅是参将的身份，而且统辖一支土兵，更须受一大帅节制。”李化龙说。

“统辖哪一路土兵？”刘綎问。

“贵阳宣慰使安疆臣部。”李化龙道。

“即贵州最强悍的一支土兵。”刘綎评价。

“是，”李化龙应一声，问道，“省帅看，朱鹤龄一路当由李帅节制，还是当由老童节制？”

“恐怕于田先生早有打算。”刘綎道。

“一自贵阳西进，一自贵阳北进，我意，当由老童节制。”李化龙说。

“于田先生英明，”刘綎奉承一句，又问，“最后一路应是楚军吧？”

“是楚军。”李化龙道。

“谁个领这一路？”刘綎问。

“陈帅。”李化龙道。

“自何地进？”刘綎问。

“偏桥、龙泉。”李化龙道。

“这不成两路？”刘綎问。

“我忘说，陈帅还有一副将。”李化龙道。

“谁个？”刘綎问。

“副总兵陈良玭。”李化龙道。

“陈帅自偏桥进，陈良玭自龙泉进？”刘綎推测。

“对，”李化龙应道，并说，“按照省帅的计算，黔军不是三路，而是两路半；楚军不是一路，而是一路半。”

“或者川军四路，黔军安疆臣算作一路，也是四路，楚军则以两路计，合起来是十路。我以十路大军并进。”刘綎说。

“八路也罢，十路也罢，省帅看，还有没有遗漏？”李化龙问。

“于田先生告以官军部署时，我其实在想一事。”刘綎道。

“省帅在想何事？”李化龙问。

“杨应龙那厮联络贵州诸苗，欲引为援手，不可不防。”刘綎说。

“这是件大事，”李化龙道，“齐集八路大军之前，对，说齐集十路大军之前亦可，我先走一步，檄水西兵三万守贵州，防止苗部入川，与叛军连手。”说着，问道，“此一举措，省帅看够不够？”

“足矣，”刘綎应罢，转变话题，“于田先生开始说，急切见我有二事，不知第二件是何事？”

“向省帅讨教治军方略。”李化龙说。

“于田先生言重，我乃一武夫，懂得什么治军方略！”刘綎道。

“省帅出自名将世家，功业超过先人，不必过谦。”李化龙说。

所谓世家，其实二世而已。刘綎父刘显，冒籍从军，以平宜宾苗乱，升副千户。这是嘉靖三十四年的事。此后二十年里，他主要功绩在两个方面：其一，御倭，以功升副总兵、总兵；其二，平四川都掌蛮，官进都督同知。

在平都掌蛮之役中，年轻的刘綎随征，并崭露头角。

“除征战之外，我当初曾在南京小校场坐营，掌操练。若言治军，那时确有些体会，说起来，两个字而已。”刘綎说。

“哪两个字？”李化龙问。

“从严。”刘綎道。

“仅此二字？”李化龙问。

“是，”刘綎点着头，说道，“我领兵征战，若言有功，得益在这两个字；若言有过，也吃亏在这两个字。”

"省帅说的吃亏，是指腾冲那件事吧？"李化龙问。

"那件事于田先生也听说？"刘綎反问。

李化龙点点头，说道："算是省帅走次麦城吧。"

万历十年，缅甸犯永昌、腾越等地。刘綎以游击将军，署腾冲守备事。事平，刘綎以功升副总兵，署参将，移镇蛮莫。其部，仍驻守腾冲。刘綎所部，相当一部分是从父亲刘显那里承继下来的健卒，能战，而军纪不振。加之刘綎远去赴任，留驻腾冲所部鼓噪焚掠。刘綎在蛮莫闻讯，驰至腾冲，散以金钱，平息事端。云南有司奏闻于朝，朝廷有旨，将他革任，仍以游击候调。

"那次的处分，实在有些冤枉。"刘綎叹道。

"我看并没什么大不了的，"李化龙却说，"虽是革任，不是也没妨碍朝廷重用省帅吗？"

"说的也是。"刘綎点头应道。

"今讨播州，还要借重省帅一物。"李化龙说。

"于田先生欲借何物？"刘綎问罢，笑道，"只要不是借我项上人头，别物都好说。"

"省帅说的哪里话！八路官军并进，省帅居第一路，除杨应龙，谁会取省帅项上人头！朝廷是不会取的，我更不会取。不过，"李化龙说到这里，口气一转，"终究是省帅看重之物，还望勿吝。"

"究竟要借何物，请于田先生快说，免得我心中惴惴。"刘綎道。

"要借省帅威名。"李化龙说。

"借我威名？于田先生何意？"刘綎大感疑惑；不仅疑惑，而且实实在在地不安。

"省帅治军的体会在从严二字；今朝廷大举用兵，省帅给我的建议也是从严二字，"李化龙说着，问道，"是吧？"

"是。"刘綎响亮地应道。

"所谓从严，即闻令不进，逗留迟疑者，皆当重罚，"李化龙说着，问道，"是吧？"

"是。"刘綎这次应的，不那么响亮。

"省帅可知，黔军三路，我为何把老童排在最后？"李化龙问。

"莫非他逗留迟疑？"刘綎猜出几分。

"不仅逗留迟疑；我赴川途中，即参他一本，朝廷的处分今已颁布。"李化龙说。

"是何处分？"刘綎问。

"革充为事官。"李化龙道。

革充为事官，比一般戴罪立功的处分还要重，意即：还担负原来的差事，但职衔被革除。如童元镇，原官镇守贵州总兵官，率部征伐；革充为事官后，仍率部征伐，却不具有总兵官的职衔。

“于田先生是不是也参我一本？”刘綎问。

“是，”李化龙点点头，说道，“我在入川后，也参省帅一本。”

“我听说，朝廷早有科、道官在参我；兵部也有调我去南京任闲职之意。是于田先生力言，平播非綎不可，”刘綎说着，问道，“有无此事？”

“有，”李化龙应道，“我确力荐省帅于朝。”

“可入川后，于田先生却参我一本！”刘綎道。

“是。”李化龙应道。

“却是为何？”刘綎问。

“初，科、道官以省帅于征播一事逗留迟疑，加以参劾。我不知实情如何，但以为省帅既能征善战，且熟悉川情，故力荐于朝。到川后，省帅于征播一事逗留迟疑，得到证实。为肃军纪，我不得不言于朝；朝廷为整肃纲纪，也不得不对省帅加以处分。”李化龙说。

“前以老童当参，故参之，故将他排在黔军最后；今以我当参，故参之，为何却将我排在川军第一？”刘綎问。

“朝廷处分尚未颁下，省帅仍以总兵官统军。”李化龙说。

“朝廷处分若颁下呢？”刘綎问。

“也要看是何处分。”李化龙道。

“也革充为事官呢？”刘綎问。

“我仍会言于朝廷，平播非省帅不可；我仍会让省帅统率川军第一路。”李化龙道。

“于田先生知遇若此，平播一役，敢不用命！”刘綎说着，深作一揖。

第二百九十六章

广东新会县曾任通判的乡官吴应鸿，约同乡贡士劳养魁、锺声朝、梁斗辉，同去广州。经过新会县城时，遇到县民李芸易。

“吴老爷，去哪里呀？”李芸易问。

“广州。”吴应鸿告诉他。

“去广州做何事？”李芸易问。

“是啊，”吴应鸿转问劳养魁，“劳兄，我等去广州做何事？”

这一转问，可以理解为不愿告诉李芸易，也可以理解为不知该如何告诉李芸易。劳养魁理解为前者。

“随便走走，不做何事，”他说着，转问锺声朝，“锺兄，是吧？”

“不是，”锺声朝道。对吴应鸿的转问，他显然理解为后者，而且觉得可以如实告诉李芸易，“我等去广州，为的是拜晤巡按御史李大人。”

劳养魁颇为难堪，又问梁斗辉：“拜晤李大人，我等约定的吗？”

“我等说的是，能见到李大人最好；见不到李大人，试着找找别官，”梁斗辉说着，问回吴应鸿，“吴先生，是吧？”

“是这么说的，”吴应鸿应罢，对李芸易说，“只想找个人，不知算不算做事，所以不好言之。老李勿怪。”

“理会得，”李芸易道，“吴老爷等去找巡按李大人，只是品品茶，饮饮酒，赋赋诗，论论文，那不算做事；我看，吴老爷等不像是去品品茶，饮饮酒，赋赋诗，论论文的。”

“老李，你说得对，我等真不是去品品茶，饮饮酒，赋赋诗，论论文的。”吴应鸿道。

“那就是去做事，”李芸易说着，问道，“吴老爷等去广州找李大人，要做何事？”

“是啊，”吴应鸿又转问劳养魁，“劳兄，我等去广州找李大人，要做何事？”

“不是去品品茶，饮饮酒，赋赋诗，论论文，也可以随便谈谈天，”劳养魁说着，转问锺声朝，“锺兄，是吧？”

“不是，”锺声朝注定要和他作对，“我等去广州找李大人，为的是谈论一件正事。”

“和李大人谈论正事，我等约定的吗？”劳养魁问梁斗辉。

“我等说的是，李大人愿意和我等谈论正事最好；李大人拒不相见，或虽相见但不愿谈论正事，我等也拿他没有办法，”梁斗辉说着，问回吴应鸿，“吴先生，是吧？”

“是这么说的，”吴应鸿应罢，对李芸易说，“是想谈论正事，却不知谈论得成谈论不成，所以不好言之。老李勿怪。”

“理会得，”李芸易道，“吴老爷等若是抱定无所谓的宗旨，自是谈论得成则谈论、谈论不成则不谈论；我看，吴老爷不像是无所谓的。”

“老李，你说得对，这件正事，我等真是打算和李大人好好谈论谈论的。”吴应鸿道。

“吴老爷等要谈论的，是何大事？”李芸易问罢，立刻堵住他转问别人的后路。“这件正事，方便和我说，吴老爷就说；不方便和我说，吴老爷不必说。”

“方便说，方便说，”吴应鸿连应两声，对同行的三人说，“老李是个正派人，疾恶如仇，我看不妨告诉他。兄等说呢？”

“好。”三人应道。

“老李，有句话听过否？”吴应鸿问李芸易。

“哪句话？”李芸易反问。

“一丘之貉。”吴应鸿道。

“听过，”李芸易道，又说，“虽听过其话，却未见过其物，故不知一丘之貉是何等模样。”

“这回你大约就会知道，”吴应鸿说着，问道，“广东税监某，老李见没见过？”

“吴老爷是说李公公吧？见过。”李芸易道。

“池监某，老李见没见过？”吴应鸿又问。

池监是主管养珠池的太监。广东有养蚌取珠的传统。朝廷设池监，管理其事，每年进珠若干，供大内之用。

“另一位李公公，我也见过。”李芸易道。

“老李，你和他二人同宗吧？”劳养魁取笑道。

“他等是北李，我是南李，怎会同宗！”李芸易道。

“我看，你和他二人不仅同宗，而且，他二人是你长辈。”劳养魁说。

“何以见得？”李芸易问。

“若非同宗，若非长辈，为何讳言其名！”劳养魁道。

“税监名凤，池监名敬，何讳之有！只是先生们皆读书人，先生们不言其名，我也不好言其名。”李芸易说。

“老李一看就是实诚人，劳兄何必取笑他！巡按御史亦姓李，莫非和阉宦们也是同宗！”锺声朝责备劳养魁。

“锺兄说的是，还是听吴先生解说一丘之貉吧。”梁斗辉附和道。

“我意还不明白？还需要解说？”吴应鸿问。

“我等自听得明白，却不知老李听得明白听不明白。”梁斗辉说。

“我还真是有点儿不太明白。”李芸易马上插话。

“李凤、李敬，一丘之貉也，怎会听不明白！”劳养魁道。

“吴老爷说李凤、李敬是一丘之貉，这我听得明白。”李芸易说。

“莫非吴先生说他二人是一丘之貉，老李有异议？”锺声朝问。

“我知两个丑类在一起，才说一丘之貉；两个贤者在一起，是不会说一丘之貉的。我怎会有异议！”李芸易道。

“那么，老李有何不明白？”梁斗辉问。

“我就是奇怪，李凤、李敬是一丘之貉，愚昧如小民我亦知，李大人难道会不知？”李芸易道。

“谁人说李大人不知？”劳养魁问。

这话他不问，锺声朝也会问；但他既问，锺声朝则改口说：“不错，我等是说过。”

“我等说过？你说的，还是我说的？”劳养魁问。

“吴先生说的。”锺声朝道。

“吴先生说的？我怎没听到！”劳养魁说着，问梁斗辉，“梁兄听没听到？”

“我也没听到；不过我想，锺兄必有锺兄的道理。”梁斗辉说。

“锺兄，是何道理？”劳养魁问。

“吴先生告诉老李，我等要和巡按李大人谈论正事，这话劳兄听没听到？”锺声朝反问。

“听到。”劳养魁应道。

“然后，吴先生问老李有没有听过一句话：一丘之貉。这话劳兄听没听到？”锺声朝问。

“听到。”劳养魁应道。

“然后，吴先生告诉老李，这回你大约会知道。这话劳兄听没听到？”锺声朝问。

“听到。”劳养魁应道。

“然后，吴先生问老李，有没见过税监，有没见过池监。这话劳兄听没听到？”锺声朝问。

"听到。"劳养魁应道。

"然后，吴先生告诉老李，李凤、李敬是一丘之貉。这话劳兄听没听到？"锺声朝问。

"这话是我说的，不是吴先生说的。"劳养魁驳道。

"但是不是吴先生的意思？"锺声朝问。

"是吴先生的意思。"劳养魁同意。

"先说明和李大人谈论正事，最后说明李凤、李敬是一丘之貉，谈论的正事即李凤、李敬是一丘之貉，劳兄说是不是？"锺声朝问。

"是。"劳养魁应道。

"如果吴先生以为，李大人知道李凤、李敬是一丘之貉，还用得着当作一件正事和他谈论吗？"锺声朝问。

"是用不着，"劳养魁应罢，问吴应鸿，"吴先生当真以为，李大人竟不知李凤、李敬是一丘之貉？"

"对，"吴应鸿点点头，反问道，"劳兄等不以为他竟不知李凤、李敬不是一丘之貉，为何同我一起去见他？"

"我原以为，去见李大人，只是说服他狠参李凤一本。"劳养魁说。

"说服李大人参劾李凤，确是去见他的目的；但要说服他参劾李凤，须得从李凤、李敬是一丘之貉说起。"吴应鸿道。

"吴先生说的是。"同行三贡士应道。

"吴老爷可否带我同去？"李芸易问。

"你去作甚？"吴应鸿问。

"吴老爷和几位先生去作别事，我帮不上忙；去谈论李凤、李敬是一丘之貉，我可以帮帮腔。"李芸易说。

"多一个人，多一张嘴，有何不可！"吴应鸿道。

广东巡按御史李时华不是甲科出身，因此，对吴应鸿这样的乡官，及几名贡士，比较客气；甚至连普通乡民李芸易，都设座位。

耐心地听吴应鸿说过李凤、李敬是一丘之貉的道理后，他问："诸位从新会来广州，就是为和我说这句话？"

"李大人以为不值得吗？"吴应鸿反问。

"不是不值得，是断定前辈还有别的话说。"李时华道。

"别的话是有，"吴应鸿先肯定这一点，然后说，"不过，要视李大人是否赞同李凤、李敬是一丘之貉，才决定说与不说。”

“好似没理由不赞同吧。”李时华模棱两可地说。

“应坤先生话里有话呀。”梁斗辉道。应坤是李时华的别字。

“是话里有话，”李时华并不否认，同时学起吴应鸿的说法，“不过，要视吴前辈及君等能否以别的话说服我，才决定说与不说。”

“看来，我等只有把要说的话都说出来，才可以知道李大人是否赞二阉是否一丘之貉。”吴应鸿说。

“理当如此，前辈请。”李时华道。

“闻得李大人与池监李过从甚密，不知有无此事？”吴应鸿问。

“前辈是听谁人说的？”李时华反问。

“不止一两个人说。”吴应鸿道。

“不是听梁君说的吧？”李时华问。

“不是。”吴应鸿道。

“不是听锺君说的吧？”李时华问。

“不是。”吴应鸿道。

“不是听劳君说的吧？”李时华问。

“不是。”吴应鸿道。

“也不是听我这位本家说的吧？”李时华问。

“更不是。”吴应鸿道。

“不仅吴先生不是听我等说的，我等也不是听吴先生说的，吴先生和我等是听不同的人说的。”锺声朝补充。

“锺君无非是要说明说的人甚多，这话吴前辈已然说过。”李时华道。

“反正都是听人说的，应坤先生是否要一口否认？”劳养魁问得尖锐。

“我没想否认。”李时华说。

“应坤先生既不否认，那是承认？”梁斗辉问。

“前辈就当我是承认，请接着说吧。”李时华对吴应鸿说。

“李大人以为李凤、李敬是一丘之貉，却与李敬过从甚密，让人不得不困惑呀。”吴应鸿道。

“前辈愿听我分辩否？”李时华问。

“愿听。”吴应鸿道。

“君等愿听我分辩否？”李时华问三贡士。

“愿听。”三贡士道。

“本家愿听我分辩否？”李时华问李芸易。

“愿听。”李芸易道。

“我等来广州，就是为听李大人分辩。”吴应鸿又说。

“好，”李时华应一声，说道，“所谓我和池监李公公过从甚密，要看和谁个比。我不否认和池监李公公过从甚密，是和税监李公公比。我与税监李公公素不来往，和池监李公公来往一两次，也可以说过从甚密。即如我和在座的各位都不曾来往过，和在座的各位比起来，我也可以说，和池监李公公过从甚密。”说着，伸出一指，“此其一也。”

“其一说得过去。”吴应鸿道。

“对，说得过去。”其他人附和。

“税监李公公来岭南之前，我也不曾和池监李公公有过来往；我和池监李公公有过几次来往，或如人言，过从甚密，是在税监李公公来岭南之后，”李时华说着，伸出二指，“此其二也。”

“其一是为和池监李公公来往其实并不密切而辩，其二为何事而辩，我怎听不出来？”吴应鸿道。

“我等也听不出来。”其他人附和。

“听过其三，前辈及诸君或可听出来其二是为何事而辩，”李时华说着，忽问吴应鸿，“二李监乃一丘之貉，是前辈的评议吗？”

“我等都以为，使用这四个字，再恰当不过。”吴应鸿说。

“有寓意接近的四个字，前辈没想过用在二监身上吗？”李时鸿问。

“哪四个字？”吴应鸿问。

“狼狈为奸。”李时华道。

“没想过，”吴应鸿摇头，随即问同行诸人，“以这四个字评议二监，兄等看恰当不恰当？”

“我看不甚恰当。”劳养魁说。

“不是不甚恰当，是甚不恰当。”锺声朝说。

“总之，不如一丘之貉恰当。”梁斗辉说。

“劳君，为何不甚恰当？”李时华问劳养魁。

“狼狈为奸，须联手作恶，未闻二监联手为恶。”劳养魁说。

“锺君，为何甚不恰当？”李时华问锺声朝。

“不仅未闻二人联手作恶，且闻二人彼此恶斗。”锺声朝说。

“梁君，为何不如一丘之貉恰当？”李时华问梁斗辉。

“皆为恶人，即可称一丘之貉；联手作恶，才可称狼狈为奸。二监皆为恶人，却未联手作恶，且彼此恶斗。故只可称一丘之貉，不可称狼狈为奸。”梁斗辉说。

“诸君之意，亦即前辈之意吧？”李时华问吴应鸿。

“各自作恶，而未联手，此其三也。”李时华说着，伸出三指。

“吴老爷，大人的意思你听懂没？”李芸易问吴应鸿。

“大致听懂。”吴应鸿说。

“我一个字也听不懂，吴老爷给我讲讲吧。”李芸易道。

“李大人说的其二，是何事？”吴应鸿问。

“李大人和池监李来往，是在税监李来岭南之后。”李芸易说。

“我没听出李大人欲辩何事，老李，你听没听出来？”吴应鸿问。

“吴老爷没听出来，我更听不出来。”李芸易道。

“李大人说，听了其三，或可知其二欲辩何事，是不是？”吴应鸿问。

“是。”李芸易应道。

“其三，李大人说的是二监各自作恶而未联手？”吴应鸿问。

“李大人这句话，我倒是听懂。”李芸易说。

“所以，其三是说明，李大人和池监来往别有深意。”吴应鸿道。

“别有深意，我却还没听懂。”李芸易说。

“这有何不好懂！”劳养魁给他解释，“二监各自作恶而未联手，李大人亲近一监，疏远一监，为的是助一监之力，弹击另一监。”

“也就是说，李大人用计，借恶人之力打恶人。”李芸易说得直白。

“老李这话虽俗，却很贴切。”吴应鸿等均笑道。

“不过，这是劳先生的意思；当然，也是吴老爷的意思。可是不是李大人的意思？”李芸易又问出一句让众人刮目相看的话来。

“是我的意思，但不完全。”李时华说。

“李大人是说，这不完全是你的意思；还是说，你的意思没完全表达出来？”吴应鸿问。

“如果我的意思完全被表达出来，就不会有其四。”李时华道。

“李大人的其四怎说？”吴应鸿问。

“即如一丘之貉，其实也有大貉、小貉之分；同是恶人，也有大恶、小恶之分。”李时华说。

“李大人的意思，税监是大恶，池监是小恶？”吴应鸿问。

“是，”李时华应一声，反问，“前辈以为如何？”

“比较起来，税监为恶更甚。”吴应鸿说。

“君等以为如何？”李时华问三贡士。

“税监来前，岭南之人尚可度日。”劳养魁说。

“税监招揽恶棍无赖，十倍于池监。”锺声朝说。

“池监仅收珠，税监无所不收。”梁斗辉说。

“本家以为如何？”李时华最后问李芸易。

“草民得说，李大人是借小恶之力打大恶。”李芸易说。

“前辈，为何与池监来往，甚或如人所言，过从甚密，我是否已说清楚？”李时华又问吴应鸿。

“已说清楚。”吴应鸿应道。

“前辈及诸君还感困惑吗？”李时华问。

“困惑是不困惑，不过，我仍有句别的话。”吴应鸿说。

“我知，前辈仍不赞同。”李时华道。

“李大人谋略行之有效，我为何不赞同！我以为，欲借池监之力，而使税监收敛，甚或使税监仓惶而去，绝无可能。”吴应鸿说。

“以前辈之见，怎样才可能？”李时华问。

“恶阉已犯众怒，可借助民力。”吴应鸿说。

“我想问一句，”李时华道，“前辈居官时，也会这么想吗？”

“我早已乡居。”吴应鸿道。

“可我仍居官。”李时华道。

“但我等倡议，声讨恶阉，李大人不会和我等成为对头，是吧？”吴应鸿问。

“不会。”李时华道。

“李大人有此承诺，老朽在此谢过。”吴应鸿揖道。

“我等在此谢过。”其他人一齐揖道。

但吴应鸿等倡议，并无结果。李凤听到风声，参奏他们作乱，抗拒征税。吴应鸿等被收系狱中。

第二百九十七章

吏部尚书李戴和都察院掌院都御史温纯在朝房相见。吏部前尚书蔡国珍罢免后，廷推七人以进，李戴排名最后，皇帝却点用他。

李戴把一篇文稿交给温纯，道："景文先生看看，可用否。"

温纯边拿起文稿，边问："是参看懋中先生的复文？"

"是。"李戴应道。

"两家一起议的，又是用韫先生主动请缨拟文，我放心，用不着看。"温纯道。

"正因是用韫先生主动请缨，景文先生还是过过目吧。"李戴说。

"怎么，仁夫先生也担心用韫先生有私？"温纯问。

他这么问，是因为冯琦和魏允贞是同年进士。魏允贞任山西巡抚多年，皇帝把山西税监参劾他的奏章下吏部、都察院参看，部、院议过之后，冯琦主动要求草拟议复的文字，如果写得不妥，很容易被人看作有私。

"我不疑用韫先生有私，然行文妥否，还须景文先生裁之。"李戴说。

"好，我来看看。"温纯看着看着，忍不住从头读起。冯琦写的是：魏允贞禀性太刚，任事太执，待人太甚，人或不能堪。然自抚晋以来，事事节省，公费廪给，尽充修边、赈荒之用。士民不谓巡抚，但谓山西水。

"仁夫先生，何为山西水？"温纯问。

"山西少雨，山西水略似及时雨之意。"李戴说。

"仁夫先生是不是以为，用此俚语不妥？"温纯问。

"景文先生看呢？"李戴不答反问。

"用韫先生用山西水，而不用及时雨，可谓用心良苦。"温纯道。

"怎讲？"李戴问。

"这才是'犹抱琵琶半遮面'呀。"温纯笑道，"若直接用及时雨，难免有歌功颂德之嫌。"

李戴也笑。他用商量的口吻说："景文先生以为这句用得好，我也不以为这句用得不好。但前面一连用三个'太'，是不是有点儿多？"

“太刚、太执、太甚，仁夫先生欲去掉哪一个‘太’？”温纯问。

“太甚。”李戴道。

“仁夫先生为何要去掉这个‘太’？”温纯问。

“太甚之意，不甚明确。”李戴说。

“我看，恰是此‘太’去不得。”温纯说。

“这是为何？”李戴问。

“待人太甚，与后面的‘人或不能堪’，不正好呼应？”温纯道。

“这倒也是，”李戴点点头，问道，“景文先生是否以为，三个‘太’字并不多，不必去之？”

“不必去之。”温纯道。

“使得议复读起来强硬亦无妨？”李戴问。

“亦无妨，”温纯道，并说，“仁夫先生别光虑及议复是否强硬，还得看看议复的是怎样的奏章。譬如山西税使参劾懋中先生，用的是哪些字句，仁夫先生不会不记得吧？”

“为枭獍恶臣大蠹国计、首倡阻挠、抗违钦命等事。”李戴道。这样一个醒目的篇名，他不会记不住。

“枭獍之恶，仁夫先生不会不知吧？”温纯问。

“枭者食母，獍者食父。”李戴道。

“懋中先生于君上不忠吗？”温纯问。

“实是忠臣。”李戴道。

“于父母不孝吗？”温纯问。

“实是孝子。”李戴道。

“人家连枭獍这等恶禽都喻上，部、院议复，不强硬一些，不用类似三‘太’之类的写法，不足以抵消。”温纯说。

“景文先生以为三‘太’可用，我就放心。”李戴说。

“仁夫先生，再往下读，是朗读出声，还是默读？”温纯和他商量。

“景文先生随意。”李戴说。

“还是朗读吧，”温纯道，“仁夫先生欲议哪一句，可随时叫停；我欲议哪一句，也不用现读给仁夫先生听。”

“好。”李戴应道。

“臣等细考允贞平日之事，参以孙朝疏中之言，允贞独行孤立，多执少与，即阁、部大臣，时有争论，其不能屈意奉承内臣可知。孙朝之疏至欲食肉寝皮，在皇上面前尚如此骂詈，在彼中盛意加抚臣可知。抚臣既参内臣，内臣亦参抚臣，此乃二臣两相抗而两相讦，非敢抗明旨也，”温纯读到这里，连声叫道，“好，好，好！”

“景文先生叫三声好。”李戴提醒他。

“懋中先生与阁、部大臣时有争议，我等均可证实。其性情如此，并非刻意对待内臣，这写得不好吗？”温纯问。

“确好。”李戴道。

“孙朝连食肉寝皮这等句子都写得出来，对懋中先生的仇视可知。同在一处为官，不仅抚臣容不得内臣，内臣更容不得抚臣，这写得不好吗？”温纯问。

“确好。”李戴道。

“两臣相抗而相讦，就是两臣相抗而相讦，无论如何不能和抗违钦命牵涉在一起，这写得不好吗？”温纯问。

“确好。”李戴道。

“所以，我要连叫三声好！”温纯说。

“这一段乃是全篇议复的主旨，景文先生既称好，本文应该通得过。”李戴说。

“仁夫先生的意思，后面的文字可以不读？”温纯问。

“不，还是读一遍，议一议，大家都放心。景文先生不欲仍朗读，默读亦可。”李戴说。

温纯按照他的建议，默读完后文，说：“我再无可议者。”

皇帝读罢吏部、都察院的议复奏疏，对田义说：“朕让他等参看魏允贞罪状，他等却为他歌功颂德。”

“奴才也看出来一点儿。”田义附和道。

“老田可知，疏中哪一句话朕最反感？”皇帝问。

“是不是‘士民不谓巡抚，但谓山西水耳’这句？”田义推测。“何谓山西水？”皇帝问。

“山西以水为贵，山西水即可贵之意；或直谓及时雨也。”田义说。

“他等一味推崇魏允朕，朕倒可以忍受；朕最不能忍受的是这一句，”皇帝把疏本要过去，指着一处读道，“允贞独行孤立，多执少与，即阁、部大臣，时有争论。”

“爷为何不能忍受这一句？”田义想不明白。

“魏允贞与阁、部大臣时有争论，部、院大臣仍为之辩；与内臣有争论，内臣欲食肉寝皮；与朕有争论，朕命参看来说。这样一比较，朕虽不似内臣偏狭，但也不如部、院大臣有胸怀。”皇帝道。

"一则，奴才以为，魏允贞可与阁、部大臣时有争论，可与内臣时有争论，却不可与爷时有争论；二则，魏允贞若与爷时有争论，爷命参看来说，已是宽大为怀；三则，部、院大臣若知爷作此番比较，议复中绝不会写上这一句。"田义说。

"你倒是说得头头是道，不过，你说魏允贞不可与朕时有争论，却没说对，"皇帝说着，问道，"魏允贞论时政缺失疏是在何时上的，老田还记得吗？"

"今春。"田义道。

"其疏要领，老田还说得上来吗？"皇帝又问。

"还说得上大意。"田义道。

"说来听听。"皇帝命道。

"奴才记得，魏允贞该疏写了几层意思：第一层意思，是用人之别；第二层意思，是议事之别；第三层意思，是不知恤人；第四层意思，是不知惜物；第五层意思，是轻人重物。"田义说。

"用人之别，他是怎写的？"皇帝问。

"行取诸臣陛下不轻予一官，彼鲁坤、马堂、高淮、孙朝辈乃令其衔命横行，生杀予夺，恣出其口。"田义尽可能准确、完整地回忆，背诵。

"议事之别，他是怎写的？"皇帝问。

"廷臣所陈皆寝搁，甚者严谴随之；彼报税之徒乃朝奏夕报，如响应声。"田义述道。

"不知恤人，他是怎写的？"皇帝问。

"胥徒入乡，民间犹扰，况缇骑四出，如虎若狼，室家立破，而陛下曾不一念及。"田义述道。

"不知惜物，他是怎写的？"皇帝问。

"钱谷出入，敕使动逾数万。有司不敢问，抚、按不敢闻，陛下曾不一察及！"田义述道。

"轻人重物，他是怎写的？"皇帝问。

"金取于滇，不足不止；珠取于海，不罄不止；锦绮取于吴、越，不极奇巧不止。乃元老听其投闲，直臣几于永锢，是陛下之爱贤士，曾不如爱珠玉、锦绮也。"田义述道。

"他不是说朕轻人重物，是说朕轻贤士，而重珠玉、锦绮。"皇帝说。

"诚如圣谕。"田义应道。

"魏允贞写有几个'陛下'？"皇帝问。

"奴才不记得。"田义说。

“你不记得，朕却数来着，”皇帝道，“从‘陛下犹不轻予一官’，到‘是陛下之爱贤士’，前后共写四个‘陛下’。五层意思，四个‘陛下’，老田，你还能说他不可与朕不时争论吗？”

“以此疏而言，他确是在和爷争论。”田义说。

“他不仅是在和朕争论，而且，是用词最毒辣、最尖刻的争论，”皇帝说着，问道，“老田，你说是不是？”

“爷是指该疏中最后一句吗？”田义反问。

“是怎样，不是怎样？”皇帝又反问。

“是陛下之贤士，曾不如爱珠玉、锦绮也，”田义重复这一句后，说道，“初读该疏时，奴才的确觉着这一句够毒辣，够尖刻；然今日读之，却觉着这一句算不得最毒辣，最尖刻。”

“你是说，今日有比这一句更毒辣、更尖刻的话？”皇帝问。

“是。”田义应道。

“今日又有谁个来和朕争论？”皇帝问。

“漕督李三才。”田义道。

“你把他的奏疏带来？”皇帝这才注意到，他还带来一疏。

“是。”田义应道。

“是才呈进的？”皇帝问。

“是昨日呈进，今晨和吏部、都察院的议复一并送司礼监。”田义说。

“也是论矿监、税使？”皇帝问。

“是，”田义应道。“该疏曰：请停矿、税疏。”

“比魏允贞疏更加毒辣、尖刻？”皇帝问。

“可以这么说。”田义道。

“你为何不先读此疏？”皇帝问。

“比较轻重，奴才以为，还是该先读部、院议复。”田义道。

“朕看，你是怕一上来就读更毒辣、更尖刻的奏疏，朕难以听得下去，”皇帝说着，命道，“部、院议复已读，魏允贞的奏疏也已回顾，老田可以放心地给朕读李三才的奏疏。”

“是，”田义应一声，读道，“自矿、税繁兴，万民失业，朝野嚣然，莫知为计。皇上为斯民主，不唯不衣之，且并其衣而夺之；不唯不食之，且并其食而夺之。”

“夺民衣，夺民食，这是魏允贞没写到的，由李三才补上。”皇帝插言一句。

“是，”田义应道。见皇帝不再说什么，他接着往下读，“征榷之使，急于星火；

搜括之令，密如牛毛。今日某矿得银若干，明日又加银若干；今日某处税若干，明日又加税若干；今日某官阻挠矿、税拿解，明日某官怠玩矿、税罢职。上下相争，唯利是闻。如臣境内，抽税徐州则陈增，仪真则暨禄；理盐扬州则鲁保，芦政延江则邢隆。”

“徐州抽税，也划拨老陈？”皇帝问。

“是，”田义应道，“陈增以路途较近请榷税徐州，爷准之。”

“能者多劳，亦无不可。”皇帝轻描淡写地带过。

“千里之区，中使四布；加以无赖亡命，附翼虎狼。昨同知陶允明自楚来，云：彼中内使，沿途掘坟，得财方止。圣心安乎，不安乎？”田义读道。

“掘坟之事，也要算到朕的头上吗！”皇帝岔道，又说，“一则夺民衣，夺民食，一则沿途掘坟，虽皆毒辣、尖刻，但朕并未觉着更毒辣，更尖刻。老田，你说是怎么回事？”皇帝问。

“夺民衣，夺民食，是句空洞的话。譬如，有田则有赋，难道不是夺民衣，夺民食？难道会因人言夺民衣、夺民食而废？至于沿途掘坟，稍有头脑的人都会知道，或是内臣开矿心切，但绝非圣意。”田义说。

“你说李三才写得更毒辣，更尖刻，说的不是此二处？”皇帝问。

“奴才说的，其实是后面的一段。”田义道。

“快读！”皇帝命道。

“陛下爱珠玉，民亦慕温饱；陛下爱子孙，民亦恋妻孥。奈何陛下欲崇聚财贿，而不使小民有享升斗之需；欲绵祚万年，而不使小民适朝夕之乐！自古未有朝廷之政令、天下之情形一至于斯，而可幸无乱者。今阙政猥多，而陛下病源则在溺志货财。”田义读道。

“此非陈言毒辣、尖刻，倒更似一篇讨伐朕的檄文。”皇帝说。

田义不出声。什么时候可以应声，什么时候不能应声，他是有分寸的。他这时若应一声，接下来，皇帝可能会立刻宣布对李三才的处置。以后说起来，他应的那一声，很可能被人说成浇在火上的油。

皇帝听不到回应，自己平静下来。

“老田说，此疏是请停矿、税疏？”皇帝问。

“是。”田义应道。

“最后还要回到请停矿、税上吧？”皇帝问。

“是。”田义应道。

“他怎写的？”皇帝问。

"臣请焕发德音，罢除天下矿、税。欲心既去，然后政事可理。"田义读道。

"李三才疏比魏允贞疏更毒辣，更尖刻，毋庸置疑。朕要将该疏下部、院参看，老田，你猜部、院会怎议复？"皇帝问。

"奴才猜，爷不会将该疏下部、院参看。"田义道。

"为何不会？"皇帝问。

"魏允贞的奏疏是今春上的，三四个月后，才将其下部、院参看；是因为孙朝参劾魏允贞的奏疏，才有的参看。否则，仅凭魏允贞本人的奏疏，让部、院参看他何事！"田义道。

"你说得不错，"皇帝点头，又问，"那么，几个月后，江淮矿监、税使，譬如李三才提到的陈增、暨禄、鲁保、邢隆等，参劾李三才；朕将他等奏疏下吏部、都察院参看，吏部、都察院会怎议复？"

"奴才猜，与今之议复不会相差很多。"田义说。

"所以，你记住，此乃前车之鉴。与其命吏部、都察院参看，自取其辱，不如找个理由，将其罢免了事。"皇帝道。

"是。"田义应道。

罢免魏允贞有个现成的理由：他屡次上疏称，老父年逾九旬，乞回乡侍养。皇帝每次的批复都是不准，这次却准其归。

第二百九十八章

刘綎坐镇娄山关老营，忽传报部将周以德求见，不由一惊。

今年二月，官军分八路并进。刘綎一路出綦江，连战连捷。自二月迄今，最艰难的一役，是攻娄山关。娄山关位于播州宣慰司以东大娄山上，又名太平关。其势险要，可以一言以蔽之：万峰插天。杨应龙部于娄山关前设十三道木栅，将排栅置于深坑之中，极为坚固。刘綎分左右两路为奇兵，并派一军趋关后，而亲自督大军从正面攻关。夺关后，又趋兵追敌至永安庄。

这时，刘綎显示出他老成持重的一面：以娄山关为老营，自己坐镇；以白石口为腰营，由部将周以德坐镇；以永安庄为前营，由部将周敦吉坐镇。另以都指挥王芬为前锋，营于松门垭。

周以德未奉军令，而从腰营返回老营，应该有不好的消息带来。

“以德，不会是白石口有失吧？”刘綎担心地说。

“禀大帅，白石口安然无恙。”周以德知道，先要让刘綎安心。

腰营无失，刘綎果然安心。他轻松地问：“以德是不是来讨酒喝的？”

“末将虽馋酒，还不敢为喝口酒而擅自离营。”周以德说。

“那是为的何事而来？”刘綎问。

“穆照出事。”周以德简练地说。

“让他跑脱？”刘綎惊问。

穆照是杨应龙的主要战将之一。刘綎在攻克娄山关之前，与杨应龙部经历数次大战。首先是在李汉坝克敌，其次是捣楠木、山羊、筒台三峒。守三峒的敌部，以穆照为首，凭借地势险要安营设寨，连成一片。刘綎乘李汉坝大捷之威，突破外围，进逼峒前，并纵火焚峒。敌多烧死，敌将穆照、吴尚华等被擒。

攻克三峒时，刘綎亲自督战。他一手持金，一手持剑，高呼：“用命者赏与金，不用命者死于剑！”此举极大鼓舞士气。

穆照被羁押在后方，严加看管，怎会逃脱？

“跑是没跑，但可能联络上敌酋。”周以德说。

“怎么回事？”刘綎问。

“看押穆照的一名官校忽然不见。”周以德说。

“是川军的官校吗？”刘綎问。

“是。”周以德应道。

“看押他的官校不见，怎见得是为他联络敌酋？”刘綎问。一名官校不见，特别是川籍官校不见，有多种可能。譬如，家中出事，私自回家处置；譬如，吃不了军中的苦，逃遁而去；譬如，遇见熟人，一同去厮混；譬如，遇见仇人，被捆去虐待，甚至杀害。投向敌营，只是众多可能性中的一种。

“该官校原本就有许多可疑之处，大家都没在意；这次他忽然不见，大家一一说出来，才有所悟。”周以德道。

“有何可疑之处？”刘綎问。

“该官校一直在成都当差，”周以德说，“多年前，播州有人去成都办事，都会找他喝酒，一喝就是半天，嘀嘀咕咕地不知在说些什么；甚至播州有人去重庆办事，他也会请假去重庆，与播州去的人小聚。”

“多年前，杨应龙乃一宣慰使耳，该官校与他的人有来往，不足为凭；我旧日在川中为将，与他也多有来往。”刘綎说。

“但这次看押穆照，他屡次进入监房，与之密谈。”周以德说。

“屡次进入监房，怎没人管？”刘綎问。

“他是看管监房的，谁会想到别的！”周以德道。

“那么，他不见后，有没有讯问过穆照？”刘綎问。

“末将听说，讯问过。”周以德道。

“有无结果？”刘綎问。

“穆照只是冷笑，一个字也不说。”周以德道。

“由此倒可见，确有些名堂，”刘綎不由沉吟。他问周以德，“以德，你知此事后即来见我，是在担心吧？”

“是。”周以德应道。

“别说一名官校投敌，还只是可能；即便穆照本人逃脱，我大军围剿之势已成，以德担心何事？”刘綎问。

“别的我都不担心，只担心我军前锋。”周以德说。

“老王？以德担心他何事？”刘綎问。

“一则王芬勇而寡谋，二则王芬独自驻扎松门垭。贼酋若知其情，或有所举措。”周以德说。

“你是说，贼酋会突袭松门垭？”刘绥问。

“是。”周以德应道。

“松门垭距永安庄大营几远？”刘绥问。

“数里。”周以德道。

“贼酋突袭松门垭，老王只要坚守一个时辰，援军可到，似不足为虑。”刘绥说。

“只怕他经受不住贼酋诱惑，草率出营迎敌，后果难料。”周以德道。

“这倒是个麻烦事，”刘绥其实对王芬也不是十分放心。他想了想，说，“这样，我即着人去前方打探，你不必急着赶回，且陪我一两日。”

“是。”周以德应道。

刘绥差出的探军尚未返回，坐镇永安庄前营的周敦吉先带来消息。

刘绥见他即问：“敦吉，是否松门垭出事？”

“大帅已知？”周敦吉反问。

“不知，”刘绥摇摇头，说道，“你未奉军令而来，我料必有大事；你未率部而来，我料不会是永安庄出事。故而断定，是松门垭出事。”

“大帅明察。”周敦吉道。

“非我明察，你不见以德也在这里。”刘绥指着周以德说。

“原来德哥先一步来报的信。”周敦吉道。

“我不是先来一步，大帅作证，我来娄山关已两三日。”周以德说。

“两三日？两三日前，松门垭尚未出事！”周敦吉说。

“所以，是以德明察，”刘绥说，“两三日前，他已料定松门垭可能会出事，老王可能会出事。”

“是吗？”周敦吉瞥周以德一眼，有刮目相看之意。

“敦吉，说说情形吧。”刘绥命道。

“是，”周敦吉应一声，述道，“据闻，贼酋是得知我前锋独处松门垭，并知王芬性急，故率军突袭的。”

“果是突袭，”刘绥对周以德说，并问周敦吉，“这一次，老王有没有按捺住性子，固守待援？”

“没有；据闻，他即仓促应战。”周敦吉述道。

“果是仓促应战，”刘绥又对周以德说，并问周敦吉，“敦吉可知，老王出战，胜负若何？”

“不知；但败多胜少，是可以断定的。”周敦吉道。

“可知老王生死？”刘绖问。

“不知；但凶多吉少，是可以断定的。”周敦吉道。

“敦吉何以断定？”刘绖问。

“一则，闻贼酋倾巢而来。敌众我寡，固守尚可，出战则不利。二则，闻贼酋沿途设伏。仓促出战，必仓促追击；仓促追击，必中敌埋伏。末将在先既来不及阻止王芬出战，在后亦不敢仓促援之，只得赶来禀报大帅。”周敦吉说。

“彼既倾巢而出，我亦当倾巢而出！”刘绖道。

“大帅之意是驰援？”周以德问。

“对，刻不容缓，立即驰援！”刘绖道。

“据吉哥所言，欲救王芬一军于危难，恐怕来不及。”周以德说。

“来不及，更须驰援。”刘绖说。

“大帅这话，我等听不懂。”周以德、周敦吉齐道。

“不可以老王为前锋，以德，你对我说过吧？”刘绖问周以德。

“末将说过。”周以德道。

“不可使老王孤军于外，敦吉，你对我说过吧？”刘绖问周敦吉。

“末将说过。”周敦吉道。

“我并未采纳，你等知是为何？”刘绖问。

“大帅深意，末将等不知。”周以德、周敦吉齐道。

“以德，你说老王勇而寡谋，是吧？”刘绖又问周以德。

“是。”周以德应道。

“你看，勇而寡谋是不是也可用？”刘绖问。这个问题不好回答，他让周以德去想，又问周敦吉，“敦吉，你说老王性急，是吧？”

“是。”周敦吉应道。

“你看，性急是不是也可用？”刘绖问。

周敦吉也得想想再说，而周以德已经想出点儿眉目。

“看管穆照的官校，不会是大帅安插在他身边的吧？”周以德问。

“不是，”刘绖摇头，“若是我安插的，我会干脆让他放走穆照。但我和杨应龙曾关系密切，不仅朝廷疑之，即于田先生亦疑之，我可不想给自家引来更多的麻烦。”

“王芬仓促应战，不会是大帅授意的吧？”周敦吉问。

“不是，”刘绖又摇头，“我欲诱敌，大可用别的法子。老王一人虽不足惜，他手下有数千军士，怎忍心一并弃之！”

“既如此，大帅称勇而寡谋可用，究竟何意？”周以德问。

“大帅称性急可用，又是何意？”周敦吉问。

“我用老王，是用其勇。老王恃勇请战，请为前锋，我不忍挫其锐气，故许之，”刘綎先肯定这一点，然后说，“至于寡谋，至于性急，是贼酋欲用之。但贼酋用之，而不思之。他可突袭我，我亦可突袭他。我现在出兵，名为驰援，实为歼贼，必出其不意。”

“大帅说的是。”周以德、周敦吉应道。

“以德速回营，率部出左；敦吉速回营，率部出右；我率骑卒，直当其锋。三路夹击，务歼贼酋！”刘綎命道。

“末将得令。”周以德、周敦吉应道。

杨应龙亲率大军，突袭松门垭得手。除王芬被杀，守备陈大刚、天全招讨使杨愈亦阵亡。官军损折两千余人。对杨应龙来说，李汉坝之役后，屡遭败绩，松门垭这个胜仗，是值得好好庆祝一番的。但他还没来得及庆祝，刘綎大军忽至。才一交手，杨应龙军狂奔，刘綎军狂追，直至养马城，方才回师。这次追击，险些擒获杨应龙。

十余日后，刘綎部攻克后水囤，扎营冠子山。再过十余日，刘綎部与马孔英、吴广、陈璘、安疆臣等部会合于杨应龙老巢海龙囤下。

李化龙亦赶至前哨，指挥各部更番迭攻，海龙囤危在旦夕。

杨应龙有二小妾，一名小白，一名小青，从不离他身边。无论遇到多少烦心的事，面临多么危难的局面，一见二女舞姿，一闻二女歌声，一经二女轻抚按摩，顿时可以化解。

这次却不行。因为他从来没在海龙囤下遇到烦心的事，面临危难的局面。在别处遇到烦心的事，面临危难的局面，他可以退到海龙囤来应对；在海龙囤遇到烦心的事，面临危难的局面，他无处可退。

杨应龙闭着眼睛想心思，好不容易睁开眼，小白忙欲长袖起舞，小青忙欲拿起芦笙。杨应龙罢罢手，让他们坐到自己身边。

“你知小白为何物？”他先问小白。

“将军告诉过婢子，是条蛇。”小白说。

“小青呢？”杨应龙又问小青。

“也是条蛇，和小白结为姐妹。”小青说。

“那是汉人口笔相传的故事，”杨应龙说着，问她二人，“你二人看我为何物？”

“大将军，大英雄。”小白、小青齐道。

“再看！”杨应龙命道。

“还是大将军，大英雄。”小白、小青道。

“你二人看到的，应该是一堆枯骨才是。”杨应龙道。

二女子禁不住打个冷战，呼道：“大将军！”

“为何你二人看我，应该是一堆枯骨呢？”杨应龙自问自答，“因为我看你二人，已是两堆枯骨。”

二女子禁不住又打个冷战。不过，这次没有呼叫“大将军”，而是彼此望着，好像在看对方是不是真变成一堆枯骨。

“被吓着吧？”杨应龙问。

“是，被吓着。”二女子道。

“大将军何苦恐吓婢子们。”小青又娇嗔。

“我不是恐吓你两个，”杨应龙说着，问道，“你两个可知，大明朝建国者是谁个？”

“大将军告诉过婢子，是太祖皇帝。”小白说。

“自太祖皇帝建国，迄今多少年？”杨应龙问。

“婢子们不知。”小白、小青齐道。

“二百三十二年。”杨应龙告诉他们。

“这么久呀！”二女子呼道。

“二百多年，很久吗？”杨应龙嘲笑她们的大惊小怪。然后问，“你两个可知，从太祖皇帝，至今皇帝，共历几世？”

“婢子们不知。”小白、小青齐道。

“太祖皇帝之后，成祖皇帝之前，有个建文帝，在位四年，是不为成祖皇帝之后的历代皇帝承认的。但他是个实实在在的皇帝，把他计算在内的话，共计十三位皇帝。”杨应龙说。

“这么多位皇帝呀！”二女子又惊呼。

“十三位皇帝，很多位吗？”杨应龙又嘲笑她们的大惊小怪，然后问，“你两个可知，大明朝眼下是何等景象？”

“大将军告诉过婢子，有末世之感。”小青说。

“这话不是我说的，是我听人说的，”杨应龙道。他指点着二女子说，“你两个给我记好，大明朝经历二百三十二年，十三位皇帝，已经有末世之感。”

“婢子们记好。”小白、小青道。

“大将军为何要婢子们记好此事？”小白又问。

“我还有事问你两个，”杨应龙道，“你两个可知，播州得名于何时？”

“婢子们不知。”小白、小青齐道。

“自唐贞观年间，始有播州之名。”杨应龙告诉她们。

“贞观年间为何时，婢子们也不知。”二女子齐道。

“贞观是唐太宗年号。”杨应龙说。

“是那时呀！”二女子呼道，好像听说过唐太宗其人，就知道贞观年间是何时。

“你两个可知，播州归于我杨氏，是在何时？”杨应龙又问。

“婢子们不知。”小白、小青齐道。

“在乾符年间。”杨应龙说。

“乾符年间为何时，婢子们也不知。”二女子齐道。

“乾符是唐僖宗的年号，距唐太宗在位，约二百三十年。”杨应龙说。

“这么晚呀！”二女子呼道。

“不是和今大明皇帝距太祖皇帝的年头差不多吗？”小青又道。

“你说得很对，”杨应龙称赞道。“唐僖宗已到唐末，有末世气象，和今日大明的情形差不多。”

“自唐僖宗乾符年间以来，播州一直归于杨氏吗？”小白问。

“是。”杨应龙应道。

“如此说来，我播州不是比大明朝还要久远？”小青问。

“岂止比大明久远！”杨应龙道，“唐僖宗距唐朝灭亡，还有几十年；唐后，还有后梁、后唐、后晋、后汉、后周，还有大宋，还有大元。”数罢，他问，“你两个可知，播州归于我杨氏，有几多年？”

“婢子们不知。”小白、小青齐道。

“我粗略算过，不少于七百五十年。”杨应龙告诉她们。

“这么久呀！”二女子又呼道。

“七百五十年，的确很久，”杨应龙说着，又问，“你两个可知，自我太原公接掌播州，到我为止，共传几世？”

他说的太原公，即杨端。唐末，播州为南诏侵陷，来自山西太原的杨端应招募，收复其城。自此以后，杨氏世代为播州主。

“婢子们不知。”小白、小青齐道。

“计二十九世。”杨应龙告诉她们。

“这么多世呀！”二女子又呼道。

“二十九世，的确很多，”杨应龙说着，总结道，“大唐历二百多年，有末世之象；大明历二百多年，十三世，有末世之感。我播州历七百五十年，二十九世，是不是更该有末世之象、末世之感？”

“播州既有末世之象，末世之感，大将军不如弃之而去。”小白说。

“播州既有末世之象，末世之感，不如不做大将军。”小青说。

“你两个愿随我浪迹天涯，远走他方？”杨应龙问。

“婢子们愿意。”二女子齐道。

“你两个愿意，可惜刘綎不愿意，李化龙不愿意，大明朝廷不愿意。不如你两个随我上天入地，寻找祖宗庇护吧。”杨应龙道。

六月中，刘綎部攻破海龙囤外围的土、月二城，杨应龙与二妾自缢，其七子悉数被擒。掌控播州七百五十年的杨氏至此灭绝，建置近千年的播州也不复存在。朝廷将播州一分为二：一部归四川，曰遵义军民府；一部归贵州，曰平越军民府。

第二百九十九章

礼部尚书余继登病重的消息传出后，大臣们纷纷去他家中探望。别人来，安慰一两句即起身告别，余继登不加挽留。只有户部尚书陈蕖来，好久也没出来。余府的仆人一个劲儿地瞪着陈府的仆人，好像是责怪陈蕖赖在里面不走；陈府的仆人也一个劲儿地瞪回余府的仆人，好像是责怪余继登硬要把他们老爷留在里面。

当然，他们谁也不敢进去打扰。

实际上，不是陈蕖故意赖在里面不走，或余继登硬把他留下，而是二人谈得投入，陈蕖忘记余继登是个病人，余继登也忘记陈蕖是个忙人。

他们二人的谈论是从余继登的一句问话开始的。

“王子醇新上一疏，是吗？”余继登问。

“是。”陈蕖应道。

“是陈国计匮乏？”余继登又问。

“是。”陈蕖又应道。

“子醇陈国家会计，总有惊人之语呀！”余继登叹道。

“世用先生是不是想起他另一篇奏章？”陈蕖问。

“伯含先生以为是哪篇奏章？”余继登反问。

“救荒无奇、及时讲求、以延民命疏，”陈蕖说出王德完一篇奏疏的名目，并问，“是吗？”

余继登点点头，背诵起该疏起篇之句：“臣闻古者三年耕，则有一年之食；九年耕，则有三年之食。国无九年之蓄，曰不足；无六年之蓄，曰急；无三年之蓄，曰国非其国。今天下之内外蓄藏，可指而数也：京师漕粟，仅支四年之食；各省仓庾，竟无卒岁之储；强家大户，旧不接新；细氓窭夫，朝不谋夕。”背诵之后，感慨道，“何等振聋发聩！”

“有此之议，果然难得；但我以为，难得还不在此。”陈蕖说。

“那在何事？”余继登问。

“子醇上救荒疏时，任官户科，论救荒，是其职掌；今论国计匮乏，他是官工科，仍念念不忘会计，尤为可贵。”陈蕖说。

王德完是万历十四年的进士，早已官至户科都给事中，后以疾归养，今年初以工科给事中召入。

“伯含先生是不是更看重他今次的奏章？”余继登问。

“可以这么说吧。”陈蕖道。

“却是为何？”余继登问。

“今时国计匮乏，较之子醇上救荒疏时，更为严峻；而子醇今疏理财节用，较之前一疏，更为具体。”陈蕖说。

“节用一事，近年以来，屡有奏议；子醇此疏，有何特别之处吗？”余继登问。

“正因屡有奏议，才觉此疏更为全面。”陈蕖说。

“他言几事？”余继登问。

“六事。”陈蕖道。

“六事就会更为全面？”余继登疑道。

“是。”陈蕖点头。

“难得，倒要认真听一听，”余继登道，并问，“伯含先生说得出节用六事的大概吗？”

“户部才议过，应该说得出。”陈蕖道。

“妙极！”余继登高兴之余，忽问，“伯含先生不急着走吧？”

“还可以再坐会儿。”陈蕖说。

“请伯含先生略述六事。”余继登揖道。

“好，”陈蕖应一声，问道，“为何要节用，因财匮也。子醇此疏前部述财匮情形，世用先生想必都是熟知的，要不要重复？”

“财匮、节用连述，才可见全豹，我当然愿听。”余继登道。

“除岁入仅四百万，而岁出辄至四百五十万有奇，其他因事旋加，旧额未有者，子醇疏称：宁夏用兵，约费饷银一百八十七万八千余两；朝鲜用兵，约费饷银五百八十二万二千余两；又地亩、米豆、援兵等饷，约费银二百余万两；平播之师，约费饷银一百二十一万六千余两，连川中筹办，二百万三千余两；婚礼珠宝等项，约估银九百三十四万三千余两；婚礼传造袍服约工料银八十余万两，坐派改造约工料银一百四十余万两，山西潞绸共约费十万余两；磁器约费银二十万两；挑三山口、赵家圈等处，约费银二十四万余两；各省、直灾伤拖欠缎价银一百二十四万五千余两；又欠厨料银九万六千余两。夫此数十万，彼数百万，积而算之，则二千六百余万矣。”陈蕖述道。

“伯含先生好生了得，多少笔数字，一口气说出！”余继登叹道。

“户部整日面对的是数字，已然习惯，”陈蕖说着，又开句玩笑，“实不相瞒，这些笔数字，整日在脑海里翻腾，头痛欲裂，一口气吐出，顿觉轻松许多。”

“伯含先生要是能把这些数字吐得无影无踪，举朝之人，乃至举国之人，则无不轻松。”余继登不由得遐想起来。

“就是神仙，怕也不能吐得无影无踪。”陈蕖苦笑。

“是啊，”余继登应一声，回到王德完的奏疏上，“子醇若能把这些数字化为乌有，他也是神仙。”

“他所言六事，即便全部实施，也不能化为乌有；但反过来说，他所言六事，若能量加实施，却于国计大有裨益。”陈蕖说。

“莫再空叹，且听他的节用之计吧。”余继登道。

“好，”陈蕖应一声，说道，“六事分别是：减织造，止营建，趣大工，停珠宝，审采办，发内帑。我按这个顺序，一一为世用先生述之。”

“等等！”余继登重复道，“减织造，止营建，趣大工，停珠宝，审采办，发内帑，是这六事吗？”

“世用先生过耳不忘，更是好生了得！”陈蕖道。

“近年来言节用，甚是繁杂，但细想一想，其大者无非是这几项，难怪伯含先生称其更为全面，”余继登说着，问道，“减织造，子醇是怎写的？”

“其一，减织造以拯民命，”陈蕖把他说的题目补充完整，然后述道，“浙江袍服二万六千余疋，该工料银六十余万两，该省应二十万两，其余四十万两，户四工六，户部应十六万两，工部应二十四万两。夫太仓之积储悬磬，浙西之杼柚俱空。袂蒙之人，岂能有百斤；力竭之马，胡能驰千里？束手坐视，莫可为划。痌瘝均悯，故织造不可不裁也。”

“子醇是川人吧？”余继登问。

“是，”陈蕖应道，“他是广安人。”

“他大概习用川人惯用的字词。”余继登说。

“世用先生是不是说最后病字旁的几个字？”陈蕖问。

“那还在其次，”余继登说着，反问，“袂蒙之人，是何等之人，伯含兄知道吗？”

“大宗伯不知，我更不知。”陈蕖道。

“这大概要请教川人，或询问他本人。”余继登说。

“好，我找机会问他。”陈蕖道。

“但瑕不掩瑜。减织造以拯民命，减织造方可拯民命，他还是写得很有力的。”

余继登说。

“世用先生说的是。”陈蕖应道。

“止营建，子醇是怎写的？”余继登问。

“其二，止营建以赡边储，”陈蕖补充完整，然后述道，“各边年例，二十七、八年春、夏已题无可发者。若使到处虚糜，则波流何极。方今仁智之殿未毕，南城之役未终，玄殿之藻如云，龙舟之急如火。而犹欲效长夜之燕游，构冲天之楼阁，不惟材木耗蠹，且致储蓄匮空。倘有脱巾，其何以应？昔太祖谓：宫兴作，必度量再四而后为；又谓隙地营建，忽恐劳民伤财而即止。玉音如在，俭德宜遵，此营建不可不止也。”

“子醇用典，过于生涩，如脱巾，伯含先生知其出处否？”余继登问。

“不知，正要请教世用先生。”陈蕖说。

“我亦不知，”余继登道，又说，“他问倘有脱巾，其何以应；我却要问，皇上垂询，其何以应？”

“那倒不怕，解铃还须系铃人，”陈蕖笑着说，并问，“止营建以赡边储，世用先生看他写得够不够力度？”

“够力度；‘虚糜’二字用得尤有力度。”余继登道。

“世用先生喜欢，皇上却未必喜欢。”陈蕖说。

“不是这两个字不喜欢，恐怕全篇皇上都不会喜欢，”余继登说着，转到下一节，“涉及大工。或言停之，子醇却用‘趣’字，与众不同。他是怎写的？”

“趣大工以省烦费，”陈蕖补充完整，然后述道，“工之未完也，即费数百万而不为多；工之既成也，即费数百金而亦可惜。查工匠常至三四千人，夫役常至六七百人。工匠一日七分，则一月几千余金矣；役一日五分，则一月七百余金矣。臣随阁、部诸臣纵观两宫并美，已极壮丽辉煌。而令坐视销金，暴殄天物，糜烂民膏，故大工宜速也。”

“他说的趣大工，不是要大工从速进行，而是要大工从速结束。”余继登道。

“是。”陈蕖应道。

“这个提法倒特别，”余继登说着，问道，“停珠宝，子醇是怎写的？”

“停珠宝以垂燕翼，”陈蕖补充完整，然后述道，“据户部揭称，进过珠宝约价一百三十九万六千三百余两，未曾召买尚该价银七百九十四万五千余两。皇祖谓珠玉非宝，节俭是宝。今贫商如履陷阱，部、府如坐针毡，人命悬丝，国储若洗，翘首皇帝，亟霈德音，大赐蠲免；否则减十分之五，或乃减三分之一。近可援珠行铺户，远可训圣子神孙，此珠宝所当停也。”

“古人云：燕者安也，翼者敬也。子醇言珠宝当停，着眼点不在俭省，而在为子孙训，可谓另辟蹊径。”余继登说。

“世用先生说的是。”陈蕖应道。

“审采办，子醇是怎写的？”余继登问。

“审采办以济国用，”陈蕖补充完整，然后述道，“盖四川采木，原派楠、杉木枋五千六百根块，计银可三百五十万两；湖广原派五千五百六十根块，计银可二百一十万三千两；贵州原派二千七百九十余根块，计银可九十六万八百余两。”

“伯含先生，”余继登叫住他，问道，“都是五千多，相差仅数十，怎差一百多万？是采伐的难易有别，根块的大小有别，或运费有别？”

“其事掌于工部，我也不甚了然；但据我想，主要应该是运费有别。”陈蕖说。

余继登点点头，道：“伯含先生接着说吧。”

“四川两运，库发银止三十六万四千四百两，余皆索之蜀民也。湖广头运得，库发银止一万八千五百两，余皆索之楚民也。今三运未完之木，必须早为计处，岂可重困疲民，则采办当审也。”陈蕖述道。

“采办项目甚多，如珠宝，亦是其一。这里只言采木，不如改为审采木以济国用。”余继登说。

“子醇上疏前若请世用先生斧正，世用先生可向他提议；这时提议，晚矣。”陈蕖道。

余继登也不是真要改这个题目，他问：“发内帑，子醇是怎写的？”

“发内帑以救燃眉，”陈蕖补充完整，然后述道，“今各监进矿银四十八万五千余两，矿金二千三百余两，各项税课并加罚等银，共二百五十六万二千六百余两，积诚多矣。又万历六年，奉旨取金花银，每年加二十万两，迄今二十二年，纳四百四十万，蓄诚厚矣。昔唐德宗置琼林、大盈二库，以为天子私藏。臣陆贽力谏，谓宜散小储而为大储，舍小宝而成大宝。乞皇上陋德宗之鄙见，采陆贽之谠言，则泉流而泽通，财散而民聚，故内帑不可不发也。”

“皇上重财，子醇所言六事，此一事怕是最无可能的。”余继登说。

“世用先生说的是。”陈蕖应道。

“虽无可能，亦须言之；不仅科、道当言之，大臣亦当言之。我虽为礼卿，一旦精神好些，也要来议一议会计。”余继登说。

“既有此言，就请世用先生快些把精神养好。”陈蕖道。

余继登没有把精神养好，不到一个月后，病重而逝。

第三百章

承天府的纯德山，是世宗皇帝皇考睿宗显皇帝陵寝所在，故设守备内臣一员。陈奉一到承天府，首先找守备内臣衙门。找到后，左顾右盼，说句：“不气派嘛！”

“恩公，强龙压不过地头蛇。”一名心腹悄声说道。

这话他爱听，也不爱听。说他是强龙，他爱听；说守备少监杜茂是地头蛇，他不爱听。好歹杜茂是自家兄弟。

他瞪说话的心腹一眼，冲着衙门里叫道：“老杜，在不在？在的话，快出来接你大哥；不在的话，我点火把你的狗窝烧掉！”

听这话，没人敢出来惹他。甚至杜茂迎出来时，衙门里的属下也都离得远远的。

“陈哥不在兴国忙，来承天作甚！”杜茂边作揖，边道。

陈奉一愣，问：“兴国的事，老杜也知道？”

“知道当然。”杜茂道。

“你怎知道的？”陈奉问。

“圣旨颁下，我能不知！”杜茂道。

“那可是密旨。”陈奉说。

“对别个是密旨，对陈哥不是密旨吧？对陈哥不是密旨，对我怎会是密旨！”杜茂道。

“杜哥，我没别的意思，”陈奉说着，一抱拳，“我是说，这么大一件事，告诉老杜稍晚，合该请罪。”

“好说，”杜茂说着，也抱一抱拳，“说到请罪，不该陈哥向我请罪，合该我向陈哥请罪。”

“你为何事请罪？”陈奉问。

“这么大一件事，告诉陈哥稍晚。”杜茂道。

“老杜，你是何意？”陈奉被他说糊涂。

“陈哥先告诉我，兴国的事，是不是徐鼎的事。”杜茂道。

“是。”陈奉应道。

“圣旨颁下之前，陈哥知其人否？”杜茂问。

“不知。”陈奉道。

“圣旨颁下之前，我已知徐鼎其人。”杜茂说。

“他是兴国人呀！我在兴国州采矿，都不知他；你的承天府离兴国千里之遥，你怎会知他？”陈奉怪道。

兴国州属武昌府，在武昌东南，相距三百八十里。承天府在武昌西北，相距五百七十里。陈奉直接把这两个距离加起来，得出近千里的结论。

杜茂笑笑，没回答，却道：“陈哥再告诉我，兴国的事，是不是漆有光举告徐鼎的事？”

“是。”陈奉应道。

“圣旨颁下之前，陈哥知其人否？”杜茂问。

“不知。”陈奉道。

“圣旨颁下之前，我已知漆有光其人。”杜茂说。

“他也是兴国人呀，你怎会知他？”陈奉怪道。

杜茂又笑笑，仍没回答，却道：“陈哥再告诉我，兴国的事，是不是漆有光举告徐鼎掘得唐李林甫妻墓，得黄金以万计？”

“是。”陈奉应道。

“圣旨颁下之前，陈哥知其事否？”杜茂问。

“不知。”陈奉道。

“圣旨颁下之前，我已知其事。”杜茂说。

同样的说法重复三遍，陈奉不会再问杜茂怎知。

“我知在前，没早告诉陈哥，合该我向陈哥请罪。”杜茂总结道。

“老杜，你容我想想，”陈奉从他说的三件事中听出眉目，现在需要把其中的线索捋清。他问，“老杜，你知徐鼎其人在前，还是知漆有光其人在前？”

“知漆有光其人在前。”杜茂道。

“你知漆有光其人在前，还是知掘得李林甫妻墓其事在前？”陈奉问。

“仍是知漆有光其人在前。”杜茂道。

“你知掘得李林甫妻墓其事在前，还是知徐鼎其人在前？”陈奉问。

“同时而知。”杜茂道。

“老杜，你还忘个人。”陈奉忽然说。

“谁呀？”杜茂问。

“腾骧卫百户仇世亨。”陈奉道。

“是将徐鼎掘得李林甫妻墓之事奏闻于朝的那个人吧？”杜茂问。

“是。”陈奉应道。

“陈哥说的是，不该忘他。”杜茂道。

“你可是很早就知仇世亨其人？”陈奉问。

“不，”杜茂道，“原来不知，后来才知。”

“我料你原来也不会知！”陈奉冷笑道。腾骧卫是二十二亲军卫之一。既在京师，和内臣就有可能相识；但百户职别太低，没有特别的门道，是巴结不上少监、太监等地位高的内臣的。陈奉又问，“老杜知仇世亨其人在前，还是知漆有光其人在前？”

“知漆有光其人在前。”杜茂道。

“老杜知仇世亨其人在前，还是知徐鼎其人在前？”陈奉问。

“知徐鼎其人在前。”杜茂道。

“老杜知仇世亨其人在前，还是漆有光知其人在前？”陈奉问。

“却是漆有光知其人在前。”杜茂道。

“漆有光知徐鼎掘得李林甫妻墓在前，还是知仇世亨其人在前？”陈奉问。

“却是知仇世亨其人在前。”杜茂道。

三句话问完，轮廓勾划出来。陈奉说：“人、事中，老杜最早知道的是漆有光，然后是徐鼎，及徐鼎掘出李林甫妻墓，然后是仇视亨。因此，事情的经过应该是这样的：漆有光来见老杜，告诉你徐鼎掘得李林甫妻墓之事。你问他，京师有无交好之人？官、民皆可，以官人为好。他说，认得腾骧卫百户仇世亨。你告诉他，可把此事告知仇世亨，让他奏闻于朝廷。于是，漆有光将徐鼎掘得李林甫妻墓一事告知仇世亨，仇世亨奏闻于朝廷，爷颁密旨于我，命我严加勘查。”说罢，问杜茂，“是这样的吧？”

“大致是这样的。”杜茂道。

“看来，这趟承天来得值。”陈奉道。

“陈哥是何意？”杜茂问。

“老杜，你我兄弟一场，有这大一件功劳，你不成全我，却给那个原来并不认得的仇世亨！”陈奉责道。

“陈哥错怪我，我是一片好心。”杜茂说。

“我怎错怪你？”陈奉问。

“陈哥以为，奏闻此事，是件大功劳，是吧？”杜茂反问。

“老杜以为不是？”陈奉又反问。

“既是件大功劳，我为何不奏闻于朝？”杜茂又反问。

“看来，老杜真以为不是。”陈奉自语。

“当然不是，”杜茂道，“不但不是大功劳，弄不好，可能是个大麻烦。恰如一句俗话说的：逮不着狐狸，惹一身骚。”

“怎会成大麻烦？”陈奉问。

“徐鼎掘李林甫妻墓，得黄金以万计，是仇世亨奏闻的；仇世亨得到多大的好处吗？”杜茂反问。

“未闻。”陈奉道。

“由此可知，这不是一件大功劳，”杜茂说着，又问，“仇世亨奏闻，徐鼎掘李林甫妻墓，得黄金以万计；得到这笔黄金，朝廷会怎办？”

“论功行赏。”陈奉道。

“论谁个的功，赏与谁个？”杜茂问。

“仇世亨有功得赏，漆有光有功得赏；我最后查得，也会论功，也能得赏。”陈奉说。

“最大的功归谁个，最重的赏给谁个？”杜茂问。

“老杜说呢？”陈奉让他说。

“非陈哥莫属。”杜茂说。

“或许吧。”陈奉含糊地应道。

“反而言之，得不到这笔黄金，朝廷会怎办？”杜茂又问。

“朝廷有严讯之旨，除非徐鼎死，不会停止严讯。”陈奉说。

“这是不用说的；我是问陈哥，朝廷会不会追究仇世亨？”杜茂道。

“会追究。”陈奉说。

“会不会追究漆有光？”杜茂问。

“会追究。”陈奉说。

“会不会追究陈哥？”杜茂问。

“我奉旨办事而已，为何追究我！”陈奉说。

“论功，则以陈哥功最大；追究，则不干陈哥事。这有何不好！”杜茂道。

“听你这么一说，我还真的是错怪你，”陈奉认可他的解释，并抱拳一揖，“我给老杜赔个不是吧。”

“不敢，”杜茂还揖，问道，“陈哥看来确实不知此事原委，来承天，不会是向我兴师问罪的。却为的何事？”

“老杜才说，得不到这笔黄金，朝廷会怎办；这个结果，我已然想到，不能没有顾虑，不知此事接得接不得。湖广一省，能合计的只有你老杜一人，所以我来找你。”陈奉说。

“陈哥不也说，得不到这笔黄金，朝廷不会追究陈哥吗？况且，是爷交代的，还容陈哥顾虑接不接吗？我看，陈哥大可放手去办。徐鼎那里问不出来，可问其家人；其家人那里问不出来，可问其邻舍；其邻舍那里问不出来，可问其亲友；其亲友那里问不出，可随便问谁。反正问一个人，总少不了陈哥一份好处，何乐而不为！”杜茂道。

“我的好处，即老杜的好处。”陈奉说。

“这我心里有数，陈哥不必郑重承诺。”杜茂道。

“但问的人多，也难免问出麻烦。”陈奉说。

“这我心里也有数，我会和陈哥一同担当。”杜茂道。

据说，前巡按曹楷离任之际，长啸一声，从脸上笑到心里。王立贤接任湖广巡按御史之后，越来越理解他前任当时的心情。你看着你巡地的士民受苦受难，而又无能为力，离任真是一种解脱。

他觉得，曹楷做错一件事，或者说，有一件事没做好，那就是没联合更有力量的人，一起来应付当前的局面。

在巡按湖广御史眼里更有力量的人，只有巡抚湖广都御史。

巡抚、巡按是一对冤家，王立贤权衡利害后，主动去拜会巡抚支可大，共商应付当前湖广乱局的良策。

支可大对他的来访颇感意外，但还是客气地接待。

“有功先生有没去过荆州？”王立贤问。

“几乎年年要去。”支可大说。

“去年乱时也去过？”王立贤问。

“也去过。”支可大应道。

“有何印象？”王立贤问。

“的确够乱的。”支可大说。

“怎够乱的？”王立贤问。

“税监往荆州收店税，沿途数千人聚合鼓噪、投石掷瓦。”支可大叙述得很简略。

“有功先生只见这一种乱象？”王立贤问。

支可大很清楚别的乱象指的是什么。他不愿意正面回答，于是说：“聘卿当时还没到任，不然，可以亲自查勘乱象。”

支可大字有功，南直隶昆山人，万历二年进士。王立贤字聘卿，山西仪卫司人，万历十四年进士。

“有功先生有没去兴国看看？”王立贤问。

“聘卿说的是武昌的兴国？”支可大装糊涂。

“别处若有兴国，与我等何干！”王立贤道。

“兴国有日子没去。”支可大说。

“那么，兴国的乱象也不曾见到？”王立贤问。

“是。”支可大应道。

“有没听说？”王立贤问。

“倒是听说一两句。”支可大道。

“不会又是士民对矿监不恭吧？”王立贤问。

“这次不是，”支可大道，并问，“听说颇有些诸生的妻、女为矿监属下逼辱，不知属实否？”

“绝对属实，”王立贤道，“如王生之女，沈生之妻，皆遭不幸。”

“不是鞫讯徐鼎吗，和姓王的诸生、姓沈的诸生何干？”支可大问。

“想要的东西，从徐鼎嘴里问不出来；于是，左邻右舍、亲朋好友，以至非亲非故，无不被连累。”王立贤说。

支可大跟着对方的腔调说两句后，忽觉懊恼：王聘卿来者不善，我何必跟着一起发牢骚！他口气一变，说道：“皇上要的东西，问不出来，谁人遇到此等差事，都难免着急。”

“看来，皇上颁密旨的事，有功先生是知道的。”王立贤道。

“既曰密旨，本该不知；但动静偌大，已无人不知。”支可大说。

“此事有功先生信不信？”王立贤问。

“很难说信不信，只能说并非空穴来风。”支可大道。

“并非空穴来风，应该是有影子的事？”王立贤问。

“是。”支可大应道。

“有功先生见到怎样的影子？”王立贤问。

“李林甫忠奸且不论，但据《唐书》本传，他是宗室，又不曾在楚地做官，因而怎会娶个楚女？这是个谜。同据本传，李林甫的舅父封楚国公，和楚地联系应该很密切。舅父对林甫喜爱有加，在楚地，譬如在兴国，说个名门望族的亲事，不是不可能的。”支可大说。

“有功先生据此断定，徐鼎掘到李林甫妻墓？”王立贤虽然是问，但显然以为这个结论可笑，可笑之极。

“并非空穴来风，是说有此可能，而不是断定。”支可大分辩。

“有功先生想不想听听我的断定？”王立贤问。

“想听，聘卿请说。”支可大道。

“徐鼎掘得李林甫妻墓，绝无可能！”王立贤说得肯定、果决。

“聘卿是说，徐鼎不曾掘出墓穴？”支可大问。

“不是，”王立贤摇头，“徐鼎曾掘墓穴，许多人可以作证。”

“徐鼎既掘墓穴，聘卿怎能证实他掘的不是李林甫妻墓？”支可大问。

“我无法证实。”王立贤说。

“那就是说，是李林甫妻墓，不是李林甫妻墓，几率各占一半。”支可大道。

“不，”王立贤摇头，“是李林甫妻墓，几率是零。”

“聘卿怎有这等把握？”支可大问。

“我虽不能证实徐鼎所掘之墓，不是李林甫妻墓，却可证实它是谁人之墓。”王立贤说。

“聘卿已查明，它是谁人墓？”支可大有点儿意外，也有点儿吃惊。

“不错，已查明。”王立贤道。

“是谁人之墓？”支可大问。

“是元人吕文德之墓。”王立贤道。

“元人吕文德？”支可大对这个人没印象。他问，“《元史》中有此人本传？”

“没有，”王立贤道，又说，“《元史》中虽无传，但元人笔记和武昌志书中，都可查到他；且能证实，徐鼎所掘墓穴，即吕文德墓。”

“聘卿认真，既考据过，必无可疑。可笑矿监一干人还在那里忙活。”支可大道。

“有功先生只觉着可笑？”王立贤问。

“聘卿何意？”支可大问。

“有功先生不觉着，该制止他等？”王立贤问。

“怎的制止？”支可大反问。

“奏明朝廷，所谓掘出李林甫妻墓，纯属谬传。”王立贤道。

“聘卿以为上此疏，朝廷就会制止他等？再者，无此事之前，湖广不也到处有乱象？”支可大显然认为，王立贤的想法太幼稚。他的结论是，“今有兴国掘墓一事，乱在一地，别处说不定会安静一些，岂不是件好事！”

王立贤没想到支可大竟会把这看作好事！可以断定，曹楷当时未必不愿和支可大联手，共同对付陈奉；但支可大对陈奉的态度，让他望而却步。王立贤已决心借考据一事，请朝廷制止陈奉在兴国州的作为；邀支可大一起上疏，是为增加奏疏的分量。现在他完全打消这个念头。

“有功先生只想能否制止，不想应否制止，总有一日，局面完全无法控制！”他说着，起身揖道，“告辞！”

第三百零一章

皇帝把司礼掌印太监和东厂提督太监同时找来，一定是为大事。田义、陈矩都猜不出，事出在宫中，还是出在宫外；出在京师，还是出在外地。因此，上殿时，他们的表情都很拘谨。

“怕朕和你两个算账吧？”皇帝问。

“奴才不怕。”田义说。

“奴才有点儿怕。”陈矩说。

“掌印为何不怕？”皇帝先问田义。

“有笔账，爷年年要和奴才算，奴才习以为常；再者，那笔账总在岁末才算，这会儿离岁末还有段日子呢。”田义说。

“提督为何要怕？”皇帝再问陈矩。

“爷没怎么和奴才算过账，奴才心中不免忐忑。”陈矩说。

“朕确有账要算，但不是你等的账，你二人还怕吗？”皇帝又问。

“奴才有点儿怕。”田义说。

“奴才却不怕。”陈矩说。

“老田这回怎么有点儿怕？”皇帝仍先问田义。

“爷要和奴才算的账，奴才驾轻就熟，说得上来，故不怕；不要和奴才算的账，奴才怕答不上来。”田义说。

“老陈怎么却不怕？”皇帝再问陈矩。

“爷不怎么和奴才算账，一说算账，奴才以为自家有过错，爷要追究，故而有点儿怕；爷既谕曰，不是和奴才等算账，奴才于是不怕。”陈矩说。

“所以，朕说算账，你二人的理解是不一样的。老田的理解是，朕要和他算的是岁尾经常要算的那笔账；老陈的理解是，有把柄被朕抓住，朕要究治，”皇帝说着，问二人，“是不是？”

“爷说的是。”田义、陈矩应道。

“朕今日要和你二人算的账，和每年岁尾朕和你算的账不无关系；以此而言，老田，你的理解不错。”皇帝对田义说。

“爷说的不无关系是指——”田义不解。

“既和内库岁入不无关系。”皇帝说。

“奴才懂了。”田义应道。

“朕今日要和你二人算的账，和每年岁尾朕和老田算的账不尽相同，以此而言，老陈，你的理解不错。”皇帝又对陈矩说。

“爷说的不尽相同是指——”陈矩也不解。

“一则实入，一则虚拟。”皇帝说。

“奴才懂了。”陈矩应道。

“老田，你也懂吧？”皇帝又转问田义。

“各地矿使、税监所进，都是实在的金数、银数；爷称虚拟，应该是指陈奉在湖广查核的掘墓所得。”田义说。

“你说得对，”皇帝点点头，说道，“朕要和你两个算账，实则是要你两个替彼一老陈来算这笔账。朕有三个问题，要你两个分别来回答。听好，朕是说你两个分别回答，不是说你老田回答一个问题，你老陈回答一个问题；而是每个问题你两个都要回答，只不过一个先说、一个后说而已。”说罢，问道，“可听明白？”

“奴才等听明白。”田义、陈矩应道。

“朕的第一个问题是：告发者说，兴国民徐鼎掘唐相李林甫妻墓，得黄金以万计，你两个说，会不会有这多？”皇帝既然要二人都回答，必须指定一人先说。他指着田义命道，“老田，你先说！”

“李林甫史称奸相，以贪闻，以巨万黄金葬妻，应该是可信的。不过，”田义说到这里，口气一转，“徐氏所掘若不是李林甫妻墓，有无巨万黄金，则很难说。”

“说徐氏所掘非李林甫妻墓的，是该省巡按吧？”皇帝问。

“是。”田义应道。

“科、道官，历来只会扫朕的兴！”皇帝抱怨一句，又问，“所掘非李林甫妻墓，该省巡抚有未附议？”

“未附议。”田义回答。

“可见，该省巡按连巡抚都没能说服，就想来说服朕。你两个说，是不是很可笑？”皇帝问。

“是。”田义、陈矩应道。

“其实，即便该省巡按说服该省巡抚，抚、按一起上疏，也未必说服得了朕；除非他还能说服在湖广的彼一老陈。”皇帝又说。

“爷说的是。”田义、陈矩齐道。

“老陈，你说该墓中会不会有巨万黄金？”皇帝又问陈矩。

“首先，奴才同意田哥说的：李林甫以巨万黄金葬妻，应该是可信的。”陈矩先重复田义的说法。

“你也以为，若非李林甫妻墓，却很难说？”皇帝问。

“未必。”陈矩道。

“怎说？”皇帝兴致忽然高涨。

“该省巡按考证，徐鼎所掘，乃元人墓穴。奴才询问过精通前朝典故的人，得知吕文德者，亦一代名人。”陈矩说。

“老田，是这么回事吗？”皇帝问田义。

“是，”田义应一声，又说，“不过，一代名人，不一定以富有而闻名。据奴才所知，吕文德是以学问而闻名。”

“他是寒士吗？”皇帝问。

“却也不是。”田义道。

“譬如吕文德有相当家财，死后以全部家财厚葬自身，”皇帝说着，问田义，“这个假设是不是很荒唐？”

“并不荒唐。”田义道。

“又譬如吕文德安葬，黄金虽不能以万计，却可以千计，”皇帝说着，又问，“老田，有没有这个可能？”

“有。”田义应道。

“矿使、税监每岁所进黄金，有以千计的吗？”皇帝问。

“极少。”田义道。

“可见，兴国掘墓一事，值得下大工夫。”皇帝得出结论。

“诚如圣谕。”田义、陈矩齐道。

“陈奉一定也是这么想的，所以仍在努力。”陈矩又说。

“朕的第二个问题就要说到彼一老陈，”皇帝道，“追查掘墓所得黄金，陈奉很努力，朕一点儿也不怀疑；但为何追查到今日，却一无所获？”说着，命陈矩，“老陈，这次你先说。”

“是，”陈矩应一声，说道，“奴才想，要钱不要命的人，也是有的。”

“你是说，徐鼎掘墓，不管是李林甫妻墓，或是吕文德墓，黄金肯定掘得不少；但他豁出去不要命，也要保住黄金？”皇帝问。

“奴才是这个意思。”陈矩道。

“老田，你怎看？”皇帝又问田义。

“果真如此，倒好办。”田义说。

“怎的好办？”皇帝问。

“他是要钱不要命，咱也要钱不要命，看谁熬得过谁。”田义说。

“你是说，用酷刑，让他受尽折磨，但不让他死？”皇帝问。

“奴才是这个意思。”田义道。

“这可是门工夫，陈奉未必拿捏得准。”皇帝说。

“他拿捏不准，有人却拿捏得准。”田义道。

“你是说，此一陈？”皇帝看陈矩一眼，问道，“你看，是把徐鼎解来诏狱鞫讯的好，还是让此一老陈去兴国鞫讯的好？”

“奴才看，既不用把他解来诏狱，也不用劳动此一老陈。”田义说。

“老田还有更便捷的法子？”皇帝问。

“是，”田义应一声，说道，“从东厂或镇抚司找一两个善于用刑的人去兴国，帮帮陈奉即可。”

“差名东厂或镇抚司的行刑手，确比劳动此一陈便捷；不过——”皇帝顿了顿，命道，“朕听出你话里有话，说说吧。”

“奴才哪句话里有话？”田义问。

“你不是说，若是徐鼎要钱不要命，就好办吗？”皇帝说着，问道，“你的意思是不是，陈奉追查一无所获，还有别的缘故？”

“奴才是这个意思。”田义道。

“老陈，你说在老田看来，不好办的是何事？”皇帝转问陈矩。

“不好办的，莫过墓中黄金既非以万计，亦非以千计。”陈矩说。

“不对。”皇帝摇头。

“爷的意思，还有比这更不好办的？”陈矩问。

“若是墓中黄金既非以万计，亦非以千计，当然是最难办的。可是老田已然认可，安葬吕文德，黄金以千计，是有可能的；那么，在他看来，不好办的不会是此事。”皇帝说。

“爷说是何事？”陈矩反问一句。

“老田的心思，朕怎猜得到！”皇帝不肯说。

“老陈在湖广一无所获，我说是因为徐鼎那厮要钱不要命，田哥却说不是；既不在于此事，却在于何事？”陈矩又问田义。

被皇帝将一军，又被陈矩将一军，田义真有些为难。陈奉没追查出巨万黄金，他只是以为并非因为徐鼎要钱不要命，至于是什么原因，他没有深想；或者说，在他内心深处，仍然隐隐以为，徐鼎掘出的既非李林甫妻墓，而是吕文德墓，根本不会有巨万黄金，甚至有千两黄金的可能性也很小。但他既然在皇帝问及这一点时，糊里糊涂地认可，皇帝又特别强调他的认可，他显然没办法再说回去。早知如此，他不如糊里糊涂地认可陈矩的回答呢。

现在皇帝逼问，他又不能不给个答案。

“奴才想，或有别事阻碍陈奉追查。”他含含糊糊地说一句。

“是别事阻碍，抑或别人阻碍？”皇帝马上问。

“或是别人阻碍。”田义又含含糊糊地说一句。

“能阻碍彼一老陈追查的，必是官，不会是民。”皇帝道。

“爷说的是。”田义应道。

朝廷正在议处杜茂参劾的几个湖广官员，他们的罪名无非是纵容乱民，阻挠开矿、收税，包括阻挠陈奉追查掘墓一案。对此，朝中多数文臣都是有看法的。站在陈奉、杜茂一边，必和众多文臣为敌，这是田义不愿意的；但在皇帝的逼问下，他却不知不觉把话题引到这个方面。

皇帝抓住机会，问道：“你是说，杜茂参劾的几个官员，有意包庇徐鼎，不让陈奉追查出偌大一笔黄金的下落？”

“奴才是这个意思。”田义不能不顺势而答。

“徐鼎敢于顽抗，说不定也是因为他知道有人在包庇他，”皇帝说着，问陈矩，“老陈，你说是不是？”

“必如圣谕。”陈矩应道。

“所以，朕看，老田比你有见地。”皇帝说。

“爷说的是，奴才一直也是这么以为的。”陈矩道。

“朕的第三个问题是，地方官员纵容兴乱之民，包庇盗墓之贼，当如何处治？”皇帝说着，命田义，“老田，你先说。”

“杜茂参劾诸官，吏部已拟定处置。”田义说。

“吏部怎拟的？”皇帝问。

“初拟降用。”田义简略回答。

“怎的降用？”皇帝问。

“湖广按察司副使万振声，降广东布政司参议；承天府知府王禹声，降福建运司同知；锺祥县知县邹尧弼，降广东连州判官。”田义说。

“老田，你以为这一处分是轻，还是重？”皇帝问。不等田义回答，他又具体问道，“老田，你能不能告诉朕，副使是几品官？”

“是正四品。”田义说。

“参议是几品官？”皇帝问。

“是从四品。”田义说。

“知府是几品官？”皇帝问。

“也是正四品。”田义说。

“同知是几品官？”同知好几个衙门都有，所以皇帝补充道，“朕问的是都转运盐使司的同知。”

“也是从四品。”田义说。

“知县是几品官？”皇帝问。

“是正七品。”田义说。

“州判官是几品官？”皇帝问。

“是从七品。”田义说。

“前两个都是正四品降从四品用，后一个则是正七品降从七品用。与其罪过比较，你以为处分是轻，还是重？”皇帝再一次问。

“显见是轻。”田义说。

“所以，吏部初拟，朕不能准允。”皇帝道。

“爷圣明。”田义、陈矩齐颂。

“今者吏部复拟，老陈，你知道吗？”皇帝又问陈矩。

“奴才已知。”陈矩道。

“万振声怎降？”皇帝问。

“仍降参议。”陈矩说。

“同降参议，怎叫复拟！”皇帝道。

“原降广东参议，今降广西参议。”陈矩说。

“广西参议不如广东参议吗？”皇帝问。

“同为参议，然地有繁、简之别，富、贫之别。”陈矩说。

“王禹声怎降？”皇帝问。

“仍降运司同知。”陈矩说。

“改换别运司否？”皇帝问。

“未改，仍是福建运司。”陈矩说。

“邹尧弼复拟怎降？”皇帝问。

“仍降判官。”陈矩说。

“改别州否？”皇帝问。

“改降贵州普安州判官。”皇帝说。

“同为判官，地亦有繁、简之别，富、贫之别？”皇帝问。

“爷说的是。”陈矩应道。

“亦即，吏部复拟，一则广东改广西同官，一则广东改贵州同官，一则原官不变，”皇帝说着，问陈矩，“是吧？”

“是。”陈矩应道。

“以吏部复拟而言，处分是轻，还是重？”皇帝问。

“虽有繁、简之别，富、贫之别，参议仍是参议，判官仍是判官，”陈矩又反其意而言之。并说，“奴才以为，处分仍轻。”

“老田，你说呢？”皇帝又问田义。

“是轻。”田义说。

“如何处分，方为适宜？”皇帝问。

“降一秩过轻，可降二至三秩。”陈矩说。

“副使、知府降二三秩犹可，知县降二三秩，岂不成杂职？”田义略质疑。

“降为杂职，不如干脆免官！”皇帝略一沉吟，做出决定，“传旨，万振声、王禹声、邹尧弼三人一并削籍。”

“是。”田义、陈矩齐应道。

第三百零二章

各布政司乡试，朝廷所差主试官，翰林则检讨，科垣则左右给事中，各部则主事。今年广东乡试，二主试一老一少，一南一北，都是主事。所谓老、少，是相互比较而言。兵部主事杨麟祥非进士出身，不知熬多少个年头，才熬到部衙，升为主事，故显得老迈；工部主事张嗣诚是万历二十三年进士，他中进士较为年轻，又没过多少年，所以意气风发。至于籍贯，杨麟祥在南，是福建龙岩人；张嗣诚在北，是山东莱阳人。

二人同行一路，无话不谈。到了广州，在馆驿住下。待到要进科场的前一晚，二人在馆驿的院子里散步时，张嗣诚又特别问一句："符圣先生当真没有特别要留意的举子？"

符圣是杨麟祥的别字。他呼着张嗣诚的字，反问一句："伯启先生为何以为我有特别要留意的举子？"

"谁没个三亲六故！闽、粤毗邻，难免有人会求到。"张嗣诚说。

"我是客家人，南下八闽没几世，并非枝繁叶茂，更没把根远扎到岭南。故而无人求到我。"杨麟祥说。

"若无，则好办。"张嗣诚道。

"别好办呀，"杨麟祥却不想就此打住，他反问道，"伯启先生今次有无特别要留意的举子？"

"符圣先生莫非忘记，我是齐鲁人。"张嗣诚道。

"齐鲁人在广东就没个三亲六故？"杨麟祥借用他的说法。

"倒是未必，可我在广东确无三亲六故。"张嗣诚说。

"若无，则好办。"杨麟祥也说。

二人互揖作别，各向各的房间走去，打算好好睡一觉，明天好进科场。

张嗣诚将要拉开房门，忽然松手，回头招呼一声："符圣先生！"

他又向院子里走去。杨麟祥边向他走来，嘴里边嘟囔着。

"看来，纵非三亲六故，也有特别要留意的人。"杨麟祥说。

张嗣诚笑笑，未置可否。

“说吧！”杨麟祥道。

“可以算作一个特别要留意的人吧，”张嗣诚说着，问道，“骧宇先生，符圣先生熟不熟？”

“你问的是顾骧宇先生？”杨麟祥加上姓。

顾龙祯字骧宇，南直隶无锡人，万历十四年进士，现官巡按广东御史。所以张嗣诚提到骧宇二字，杨麟祥立刻想到他。因为在广州，比较容易想到在广东的官员。

“是。”张嗣诚应道。

“在广州这两日，已见过骧宇先生？”杨麟祥问罢，觉着问得多余。他说，“不对呀！这两日你我未曾分开，怎会你见过他，我却没见？”

“符圣先生说的是，我并未见他。”张嗣诚道。

“他差人送柬与你？”杨麟祥问罢，又说，“不对呀！比邻而居，他差人送柬与伯启先生，我应该听得到动静呀。”

“他若送柬来，符圣先生听不到，我也会告知。”张嗣诚道。

“那就更加不对。”杨麟祥说。

“怎更加不对？”张嗣诚问。

“我本要进屋，伯启先生又把我叫出来，为的何事？”杨麟祥反问。

“为的何事？”张嗣诚竟然也问。

“该我问伯启先生的，伯启先生怎反问起我！”杨麟祥虽然这么说，还是提示他，“伯启先生不是忽然想起一个特别要留意的人吗？”

“不错，我是忽然想起一个特别要留意的人。”张嗣诚回应。

“我问及是谁人时，伯启先生马上问我和骧宇先生熟不熟。”杨麟祥接着提示。

“不错，我是问符圣先生和骧宇先生熟不熟。”张嗣诚说。

“伯启先生已断言，自家今次并无特别要留意的人；可见，忽然想起的特别要留意的人，应该和骧宇先生有关。”杨麟祥说。

“可以这么说吧。”张嗣诚承认的有点儿勉强。

“伯启先生并未去见过骧宇先生，骧宇先生又没差人送柬来，伯启先生怎知他叮嘱特别要留意的是谁人？”杨麟祥问。

“我没说，他叮嘱特别要留意谁人呀。”张嗣诚道。

“伯启先生不是承认，特别要留意的人和骧宇先生有关吗？不错，”杨麟祥发现自己忽略一个环节，他说，“除非伯启先生在京之日，骧宇先生已致函叮嘱。”

“除非两个月前知道我获此差，他怎会想到致函与我！”张嗣诚驳道。

“或是他致函朝中某大臣，某大臣又交代伯启先生。”杨麟祥又说。

“交代与我二人，岂不比交代我一人更有保障！”张嗣诚驳道。

想到的环节被张嗣诚一一驳倒，杨麟祥确定并非自己有所忽略。

“那么，的确是更不对。”他有十足把握地说。

“符圣先生因为我忽然想起一个特别要留意的人，因为我在说到这个人时忽然问符圣先生和骧宇先生熟不熟，因为我说这个特别要留意的人和骧宇先生有关，因为骧宇先生没有任何机会叮嘱于我，所以认定更不对的，”张嗣诚囊括几个环节后，问道，“对吧？”

“对，”杨麟祥点点头，反问一句，“这有何不对？”

张嗣诚不答却问：“符圣先生有没想过，此留意非彼留意？”

“伯启先生是何意？”杨麟祥不仅没想过，也不解其意。

“符圣先生所言特别要留意之举子，指的是应该中式之举子，甚或必须中式之举子，对吧？”张嗣诚问。

“彼此心照不宣，何必说破！”杨麟祥道。

“我所言特别要留意之人，全不关中式与否的事，甚或全不关举子的事。”张嗣诚说。

“全不关中式与否的事，全不关举子的事，说他作甚！”杨麟祥嗔道。

“虽则全不关中式与否，全不关举子，但此人可能会把一场乡试搅得天翻地覆。”张嗣诚说。

“谁人有这大的本事？难道就因他和骧宇先生有关？”杨麟祥问。

“为何一定是他和骧宇先生有关？”张嗣诚反问。

“伯启先生才说的，怎就不认账！”杨麟祥道。

“这话是我说的吗？”张嗣诚问。

“不，这话是我说的；但伯启先生认可。”杨麟祥回想起来。

“我是怎说的？”张嗣诚让他再回想。

“伯启先生说，可以这样说吧。”杨麟祥道。

“可以这样说吧，即可以这样说，也可以不这样说；更准确的说法：不是特别要留意的人和骧宇先生有关，而是特别要留意的事和骧宇先生有关。”张嗣诚更正他们两个人的说法。

话外之音，杨麟祥是听得出来的。他惊道：“伯启先生是说，骧宇先生会把一场乡试搅得翻天覆地？”

张嗣诚不答话，但郑重地点点头。

“伯启先生为何有此担心？”杨麟祥问。

“骧宇先生性刚戾，自尊大，在十三道御史中甚是出名，符圣先生竟无所闻？”张嗣诚也很吃惊。

“御史不同于部僚，性刚戾、自尊大者，大有人在。”杨麟祥说。

“符圣先生说的也是，”张嗣诚先附和一句，然后说，“骧宇先生在院时，或不是性情最刚戾、自视最尊大者；然到广东巡按任上，其性刚戾、自尊大，怕是无人能及。”

“有无具体事例？”杨麟祥问。

“州、县之长无不是朝廷命官，骧宇先生所按之地，竟有半数州、县之长，遭其辱骂。”张嗣诚举例。

“半数遭其辱骂？是夸张吧。”杨麟祥不信。

“我也曾疑过；但私下里问广东朝觐官员，据他等说，半数被辱骂，只多不少。而半数被辱骂的官员中，又有半数被他责打。”张嗣诚道。

“亦即，有两三成州、县之长被他责打。”杨麟祥说。

“是。”张嗣诚应道。

“半数州、县之长遭辱骂，两三成州、县之长被责打，可谓性刚戾；但要说自尊大，似尚有不足。”杨麟祥和他抠起字眼。

“符圣先生是说，州、县之长职位太低？太守如何？”张嗣诚问。

“太守自非州、县之长可比。”杨麟祥道。

“广州太守如何？”张嗣诚又问。

“会城太守自非其他太守可比。”杨麟祥道。

“方太守去官一事，符圣先生还有印象吗？”张嗣诚问。

方太守名遂，以兵部郎中外放广州知府，曾是杨麟祥的上司。他说：“方公外放，走得兴高采烈，意欲有所作为。所以，他自罢其官，兵部上自大司马，下至我等属僚，皆感诧异。”

“符圣先生知他为何自罢？”张嗣诚问。

“莫非亦受辱于按臣？”杨麟祥即便此前一无所知，这会儿猜也猜得出几分来。

张嗣诚点点头，问道：“此可谓自尊大吗？”

“按臣按治各府，太守虽尊，也多有被辱者。”杨麟祥这么说，当然不是为顾龙祯辩护，而是希望得到更多的信息。

“骧宇先生对方太守，可不是一般辱之，他是在府衙之中，当众破口大骂。”张嗣诚道。

仍停留在巡按和知府冲突的层次，是无法让杨麟祥满意的。他说：“骧宇先生打上门去，确实过分；不过，他能骂得太守自罢其官，也能骂得布、按二司官坐不住官位吗？”

“这正是我所担心的。”张嗣诚道。

“怎么？”杨麟祥问。

“于布政司，则参政、参议，于按察司，则副使、佥事，三人中有二人，与他生隙；他近日更放出话，要把方伯拉下马来。”张嗣诚说。

“哪位方伯？”杨麟祥问。

“王文渊先生。”张嗣诚说。

王泮字文渊，浙江山阴人，万历二年进士。二十余年来，他基本上任外官，今升至广东布政司左布政使，也算升到顶。

“是左方伯？”杨麟祥问。

“是。”张嗣诚点头应道。

“他怎得罪骧宇先生？”杨麟祥问。

“鬼才知道！”张嗣诚道，“据闻，有人问文渊先生，和按臣有何过节，文渊先生说的也是这句话。”

“鬼才知道？”杨麟祥问。

“对。”张嗣诚应道。

“这事还真麻烦，”杨麟祥边思索边说，“巡按御史监试，方伯提调，二人若是在科场打闹起来，不天翻地覆才怪呢。”

“所以我说，确有一个特别要留意的人。”张嗣诚道。

杨麟祥伸出二指，在张嗣诚眼前摇摇，说：“不是一人，是二人。”

“文渊先生是不会主动寻衅的，要防备的，只有一人。”张嗣诚说。

“也是，”杨麟祥同意他的分析。并问，“可如何防备呢？”

“符圣先生不知，我又怎知！”张嗣诚道。

他说的是实话。他和杨麟祥虽是朝廷差派的主考，但他们既不能不让顾龙祯进考场，或不让王泮进考场；又不能在事情没发生之前，对王泮、顾龙祯当中的一个加以规劝。要知道，他二人都是前辈，至少对张嗣诚来说是前辈。所以，他的目的，只是把可能出现的情况预先告诉杨麟祥。如何防备，他没想过；老实说，也想不出什么防备的法子来。他能说的只有一句不关痛痒的话：静观其变吧。

提调官的责任是点名、散卷。两项事务完成，王泮正准备离开考场，站在他身旁的顾龙祯甩下一句话，让他不能不站下。

顾龙祯说的是："点个名也点不清爽，怎生提调！"

"谁个点名也点不清爽？"王泮问。

"我不知方才是谁个在点名，反正在我听来，点得不清爽，"顾龙祯自顾自地说着。说罢，问身边的官员，"你听得清爽否？"

该官员点头不好，摇头也不好；说"是"不好，说"不是"也不好。他朝顾龙祯揖了揖，又朝王泮揖了揖，抽身而去。

"你听得清爽否？"顾龙祯又问王泮身边的官员。

该官员同样朝王泮揖了揖，又朝顾龙祯揖了揖，抽身而去。

"怕不是别个点名不清爽，是有人耳聋吧。"王泮反诘。

"你说谁个耳聋？"顾龙祯问。

"我不知谁个耳聋，反正我点名再清爽不过；听得不清爽，定是耳聋，"王泮说着，问身边另一个官员，"我点名是否清爽？"

该官员点头不好，摇头也不好；说"是"不好，说"不是"也不好。他向二人揖了揖，追赶方才离开的官员，进入考房。

"我点名是否清爽？"王泮又问顾龙祯身边另一个官员。

该官员只当没听见，同样向二人揖了揖，往考房疾去。

"老奴才蛊惑，谁个会响应！"顾龙祯冷笑。

"小牲口发问，就有人响应吗！"王泮也冷笑。

"你骂谁个小牲口！"顾龙祯喝道。

"谁个骂我老奴才，谁个是小牲口！"王泮也喝道。

随着声调的提高，二人怒容相向，一人握起拳头，一人挽起袖子。由于站得近的官员逐渐离开，二人周围空出一块地方，只要顾龙祯向王泮那边走一步，或者王泮向顾龙祯那边走一步，挥拳便可打到对方，抬腿便会踢到对方。

没有离开的官员们不自觉地退后两步，腾出更大的空地。

顾龙祯先踢出一脚，王泮侧身，闪开。王泮打出一拳，顾龙祯矮身，躲过。然后，二人相互扑去，厮打在一起。

顾龙祯虽年轻，人却笨拙。王泮虽年迈，但身手灵活。斗不多时，王泮占到上风，顾龙祯头上的官帽被他击落，系在吉服外的革带被他揪断。王泮想干脆扯下顾龙祯的吉服，顾龙祯不能让他扯下自己的吉服，只见王泮向各个方向用力，顾龙祯随着他用力的方向打转。

正打得不可开交，众官眼前一花，只见二人当中插进一个人来，一手把王泮推开，一手把顾龙祯推开。倒不见得此人气力有多大，而是王、顾二人的耐力有限，拳打脚踢一阵，都已筋疲力尽。

拉架之人，有认得的，有不认得的，以不认得的居多；认得之人，有知他为何官的，有不知他为何官的，以不知他为何官的居多；知他为何官之人，有说得出他姓氏的，有说不出他姓氏的，以说不出他姓氏的居多；而能说出他姓氏且能说出他名讳的，几乎没有。

“他怎进来？”一官的语气很惊诧。

“他不该进来？”不止一个官员马上问。

“他在外帘当值，兄台说该不该进来！”前一官员道。

乡试中值于外帘的，都是州、县官。有人问：“是州官，还是县令？”

“是县令。”对该官略有所知的官员说。

“是哪一县的县令？”有人问。

“这却不知。”对该官略有所知的官员说不上来。

“兄台知他何姓？”又有人问。

“似姓倪。”对该官略有所知的官员说。

“可知其名？”又有人问。

“这却不知。”对该官略有所知的官员说。

“我看，这位倪老兄要倒霉。”一官员发表议论。

“他是劝架的，怎会倒霉？”一官员反对。

“斗殴双方，一是方伯，一是按臣。要劝架的话，有臬台大人，有大参、贰参，有副使、佥事，有郡侯。在贡院，更有两位钦差主考，轮得上他一个人微言轻的县令吗？”发表议论的官员道。

好像在回应他的议论，姓倪的知县惨叫起来。

原来被隔开的顾龙祯喘息片刻，又恢复气力。他记得王泮是长髯，而站在他面前的这个人也是长髯。他伸出手去，一把揪住在面前晃悠的长须。姓倪的知县猝不及防，疼痛难当，大叫起来。

“骧宇先生，是下官！”姓倪的知县道。

下官二字提醒顾龙祯，他揪错人。但要收手，已来不及。他手上一用力，姓倪的知县一挣扎，胡须被揪下来一大半。顾龙祯对州、县官惯于打骂，怎会在意！他一不做，二不休，趁势又揪住姓倪的知县头发，边说“谁要你来管闲事”，边用力一扯，姓倪的知县头发也被扯下一大半。

“好端端一个美髯公，却变成秃尾巴猴子。”有人说起风凉话。

王泮回到布政司，草疏，陈述考场里的这场风波，并自请罢免。朝廷没罢免他，而是罢免口碑很差的顾龙祯。

第三百零三章

四川顺庆府有个南充县，有个广安州。在朝中，有名南充籍的臣子黄辉，官右中允，官阶虽不高，却是皇长子讲官；有名广安籍的臣子王德完，官工科给事中，运程坎坷，以都给事中去官，而以给事中复召入朝中，却一如既往地敢言。二人虽不同科，但交情深厚，常聚在一起，吃辛辣的食物，饮烈性的酒。

几口酒下肚，黄辉问："子醇兄可知，有一事，弟深以为恨？"

"何事？"王德完问。

"官翰林，而不官科垣。"黄辉说。

"平倩兄是说，颇为羡慕在下？"王德完问。

"是。"黄辉点头。

"该着我羡慕平倩兄，还是该着平倩兄羡慕我，平倩兄不妨到众官中去问一问。"王德完说。

"我知十有八九会说，该着羡慕我；我也不是事事都羡慕子醇兄。只是遇到今日之事，我不由羡慕起子醇兄。"黄辉解释。

"平倩兄今日遇到何事？"王德完问。

"今日我进宫给皇长子讲课。"黄辉说。

"这不正是该着我羡慕平倩兄的地方，该着十有八九的臣子都羡慕平倩兄的地方！"王德完道。

"子醇兄罚酒！"黄辉斟酒，要王德完喝。

"我为何罚酒？"王德完问。

"你打断我的话。"黄辉说。

"好，好，罚酒，罚酒。"王德完应着，饮酒。

"讲罢出宫，有两个小公公走在前面，你一句我一句地说着闲话。他二人声音很低，以为不会被人听到，却不料被我听个真切。"黄辉说到这里，看王德完一眼。

王德完冲他笑笑，没说话。

"子醇兄不想知他二人说的何话？"黄辉问。

“想知呀。”王德完说。

“既想知，为何不问？”黄辉责道。

“我怕罚酒。”王德完说。

“无论是谁人讲述，总得有人发问，才有兴致讲下去；不然，只他一人在讲，有何滋味！”黄辉道。

“平倩兄说的是，”王德完回应一句，然后问道，“两个小公公说的何话？”

“他二人争论，谁个去太医院的次数多。”黄辉道。

“比较谁个去太医院的次数多？看来是两个小病秧子。”王德完推测。

“才不是呢！看上去，他二人结实得很。”黄辉道。

“既然结实，为何总去太医院？”王德完问。

“是为各自的主子。”黄辉说。

听到这句话，王德完心头一震。为各自的主子去太医院，肯定不包括皇帝。如果为皇帝去太医院，黄辉不会是这种说法；再者，近来也没听说皇帝患病。因此，为各自的主子去太医院，应该都是为的后宫的娘娘及嫔、妃。慈圣皇太后年事渐高，不时闻其不适，但都不是什么大病。那么，让各自宫里的小宦者去太医院求医求药的，又是谁呢？

“两个小公公有没说侍奉哪位娘娘？”王德完问。

“他等怎会说！”黄辉道。

“看来，平倩兄并不知。”王德完推测。

“那却未必。”黄辉道。

“怎么？”王德完问。

“两个小公公虽不会说自家是侍奉哪位娘娘的，但一个小公公对另一个小公公说过几次，你家娘娘千岁如何如何；另一个小公公也对他说过几次，你家恭妃娘娘如何如何。”黄辉述道。

王德完心头又是一震。称娘娘千岁者，必是正宫，无庸赘言；恭妃则是皇长子的生母。可以断定，两个小公公不会为普通宫人，一次一次往太医院跑。因为宫人偶一患疾，找太医看看，开两副药，还是可能的；若是久病，早就送去安乐堂。况且，黄辉已说，两个小公公一次一次去太医院，为的是各自的主子。

“太医们怎说？”王德完问。

“太医们怎说，我不曾查询，不敢妄言；但从小公公的话里，或可略知一二。”黄辉说。

“小公公又是怎说的？”王德完问。

“侍奉皇后娘娘的小公公对侍奉恭妃娘娘的小公公说：你家娘娘，不如我家娘娘病多；侍奉恭妃娘娘的小公公对侍奉皇后娘娘的小公公说：你家娘娘，不如我家娘娘病重。”皇后述道。

“主子病重病多也拿来比较，岂不荒唐！”王德完斥道。

“若不是他二人这一比，外人怎知皇后娘娘病多，恭妃娘娘病重？”黄辉为两个小宦者开解。

“平倩兄说的也是，”王德完说着，问道，“两个小公公就没比比，两位娘娘病多病重，皇上却是对哪位娘娘更为关切？”

“照理说，宦者多有打肿脸充胖子的。”黄辉似乎答非所问。

但王德完听出这话里的意思，或者说，自以为听出这话里的意思。

“平倩兄是说，他等纵然比过，也未必可信？”他问。

“不，”黄辉摇着头说，“他等的确比过，我也以为他等比得可信。”

王德完不解：“平倩兄为何要说，宦者多有打肿脸充胖子的？”

“因为这两个小公公没打肿脸充胖子。”黄辉说。

“没打肿脸充胖子，他二人又怎比？”王德完问。

“恭妃娘娘宫里的小公公问坤宁宫的小公公，皇上几次去坤宁宫里探病？坤宁宫的小公公摆摆手。恭妃娘娘宫的小公公问，可是不计其数？坤宁宫的小公公说：不记其数。恭妃娘娘宫的小公公说：果如我料；坤宁宫的小公公说：果不如你料。”黄辉述道。

“二人不是说的同一句话吗？”王德完怪道。

“恭妃娘娘宫里的小公公也这么问；坤宁宫的小公公说：你说的是计算的计，我说的是记得的记。”黄辉述道。

“不记其数，亦即不记得其数，亦即不记得皇上探病。”王德完引申小公公的话。

“应该是这个意思。”黄辉道。

“唉，”王德完叹息，“皇上对两位娘娘真可谓寡恩！”又问，“平倩兄还听两个小公公说别的吗？”

“子醇兄想，听罢这等话，别的话还听得进去吗？”黄辉反问。

“也是，”王德完完全明白他的心思。皇帝对皇后和恭妃寡恩，而专宠贵妃，虽不正常，但说到底，是皇帝的家事，作为臣子不便妄议。但对皇后和宫妃寡恩，而专宠贵妃；加上至今储君未立，无嫡立长的祖训不得实施，就不是简单的家事，而是朝廷的头等大事，国家的头等大事，天下的头等大事。不过，他还不想把这一层点穿，于是问，“两个小公公的话，我等绝不易听到。说起来，我等为此该羡慕平倩兄才是，平倩兄怎却为此反而羡慕起我？”

“子醇兄说，道听途说，虽则说者知情，算不算风闻？”黄辉反问。

“应该算风闻。”王德完道。

“科、道官准风闻奏事，翰林却不准风闻奏事。”黄辉说。

“平倩兄今晚话多，是因身为翰林，不得奏言其事而恨？”王德完问。

“是。”黄辉应道。

“我看不是。”王德完摇头。

“子醇兄以为不是？”黄辉问。

“是，”王德完应的这个“是”太不明确，所以又说，“平倩兄身为翰林，不得奏言其事，固当恨之；但今日话多，却不是因身为翰林，不得奏言其事而恨。”

“子醇兄倒是说说看，我为何话多。”黄辉揖道。

“身为翰林，不得奏言其事。而朝中科、道官众多，人人可风闻奏事，难道就没有愿意奏言其事者？”王德完道。

“子醇兄是说，我欲说动你奏言此事？”黄辉问。

“是。”王德完应道。

“我却不是。”黄辉问。

“平倩兄说不是？”王德完问。

“是，”黄辉也需要对他应的这个“是”加以说明，“子醇兄以为应该奏言其事，必定挺身而出，用不着由别人说动；子醇兄以为不该奏言其事，别说我说不动，满朝上下都来，也说不动。”

“平倩兄倒是说说看，我是以为应该奏言，还是以为不该奏言？”王德完问。

“子醇兄当然是以为应该奏言。”黄辉说。

“为何我以为应该奏言？”王德完问。

“身为翰林，我虽不能风闻奏事，但我一定会如实写史。”黄辉说。

“平倩兄能把话说得再明确些吗？”王德完揖道。

“两个小公公所言，听似皇上家事，实则国家大事。若有不测，书之史册，我只有四个字可写。”黄辉说。

“哪四个字？”王德完问。

“朝廷无人。”黄辉说。

“平倩兄知道，我不会让你写这四个字的！”王德完道。

“所以我说，子醇兄当然以为应该奏言。”黄辉重复自己的话。

“好，”王德完稍一沉吟，说，“奏言的事，就算平倩兄交代与我，我也有一事交代与平倩兄。”

“子醇兄请讲。”黄辉道。

“两个小公公怎说，我听平倩兄叙述后，诚已了然；不过，对他两个话的体会，总不如平倩兄直接听到，更为深切。我的意思，请平倩兄拟疏，然后我签署呈进，”王德完述罢自己的想法后，问道，“如何？”

“子醇兄若不嫌弃，有何不可！”黄辉道。

皇帝眼看着田义手捧疏本，渐走渐近，问道：“又是王德完的疏本？”

“是。”田义应道。

他本来是把王德完的奏疏放在一摞奏本的最下边，估计读到它时，皇帝已经完全没耐心听。没想到，不等他启奏，皇帝主动问到该疏，他在走近御案、放下一摞奏疏后，把王德完的奏本移至最上边。

“他每道奏本，朕听起来都觉刺耳，此本也不例外吧？”皇帝问。

“着实有些刺耳。”田义如实言道。

“可是要朕笃厚中宫？”皇帝问。

“是，”田义知道皇帝要他说出王德完奏疏的名目，应一声后，读道，“披露赤心、恭请笃厚中宫、以光盛德事。”

“他怎知朕未笃厚中宫？即便科、道可以风闻奏事，宫闱之事也是他可以随意议论的吗！”皇帝沉下脸斥道。

“今日疏多，爷已知此本一如既往地刺耳，就不用读吧？”田义想让皇帝消消气。

“不，先读此本！”皇帝却赌气地说，“朕今日哪怕只听一道奏本，也要听此本！”

“王德完此本，略有三层意思——”田义想先述说奏疏的内容。

“老田今日怎这等迷茫！”皇帝打断他，“朕要你说它吗？朕要听你读它！”

“是奴才迷茫，爷恕罪，”田义静下心来，从头读王德完的奏疏，“臣惟大学论治国、平天下，必始于齐家。班固以夫妇之际，为人道之大端；匡衡以配匹为民之始、万福之原，皆至论也。故天子之与后，犹天之与地，日之与月，阳之与阴，父之与母也。”

“老田说该疏有三层意思，这是第一层意思吧？”皇帝问。

“爷说的是。”田义应道。

“班固著《汉书》，朕知道他。老田，你有没查过，这个匡衡却是何许人？”皇帝问。

“奴才查过。”田义说。

“说与朕听听。”皇帝命道。

“匡衡早于班固，班固是东汉时人，匡衡却是西汉时人。匡衡官至丞相，封乐安侯，喜引经义，议论时政得失。”田义述道。

“朕看，王德完在效法匡衡；却不知他看重的是匡衡喜引的经义，还是匡衡的封侯拜相。”皇帝说。

皇帝这是自己和自己调侃，用不着别人捧场，所以，田义不出声。

“朕看，他是拜不了相的。老田，你说呢？”皇帝问。

田义知道，皇帝是问自己，本朝有没有给事中入阁的事例。他回答：“皇祖嘉靖年间，有个夏言，曾官兵科给事中，后为首辅。”

“结局如何？”皇帝问。

“为皇祖所杀。”田义说。

“王德完若入阁，一定是同样结局。”皇帝断言。

那还用说！田义心中暗道：皇上若是心血来潮，刻意重复先朝故事，先命王德完入阁，然后再借故杀他，自己可就成为始作俑者。

“老田可知，你方才读那一段文字时，朕是怎想的？”皇帝又问。

“奴才不知。”田义道。

“朕觉着，好似回到三十年前，朕规规矩矩坐在文华殿上，听讲官讲解书中经义。”皇帝说。

“可爷早已成年。”田义道。

“老田这话太对！”皇帝赞赏道，“所以，朕不可能再规规矩矩坐着，听他来讲解这等浅显的经义。”

“后文一样浅显，爷还听吗？”田义关心的却是另一回事。

“听！”皇帝毫不犹豫地应道，“朕总得善始善终，不然，老田说此本有三层意思，岂不是白说！”

田义接着读道；“皇上聪明天纵，仁爱性生。其眷礼中宫，夙称优渥。乃臣自入京数月以来，道路喧传，咸谓中宫忧郁，数亲药饵，且阽危不自保，臣窃知其不然。第台谏之官职，得以风闻言事；矧中宫为万国母，安得隐忍不言，以伤斁彝伦！果皇上之眷顾中宫，俱得昭雪辨明；矧皇上为万国父，安得蒙蔽不言，以亏损圣德！”

“这是第二层意思吧？”皇帝问。

“是。”田义应道。

“此一段文字，朕有四个字给他。”皇帝说。

“爷赐他哪四个字？”田义问。

“言不由衷。”皇帝说。

“奴才尚未悟出来，乞爷明示。”田义道。

“他说朕聪明天纵，聪明和眷礼中宫可有联系？”皇帝问。

“似无联系。”田义道。

“这是第一个言不由衷，”皇帝说着，又问，“他先说一句朕眷礼中宫，实则要说朕未眷顾中宫，是不是？”

“是。”田义应道。

“这是第二个言不由衷，”皇帝说着，又问，“他先说一句道路喧传不然，实则要说道路喧传皆然，是不是？”

“是。”田义应道。

“这是第三个言不由衷，”皇帝说着，又问，“他先说一句安得隐忍不言，以伤斁彝伦，实则要说朕已伤斁彝伦，是不是？”

“似有此意。”田义道。

“这是第四个言不由衷，”皇帝说着，又问，“他先说一句安得蒙蔽不言，以亏损圣德，实则要说朕已亏损圣德，是不是？”

“似有此意。”田义道。

“这是第五个言不由衷，”皇帝说着，概括起来问道，“一小段文字，竟有五个言不由衷，老田说，是不是言不由衷？”

“经爷剖析，奴才有所领悟，”田义道，并借机而问，“第二层意思是言不由衷，第三层意思也是言不由衷，爷还听吗？”

“听！”皇帝仍然毫不犹豫，“第二层意思写的是请笃厚中宫，第三层意思该写披露赤心。朕要看看，他是怎样披露赤心的！”

“天地阴阳之大变，而无一人敢言，盖以全躯自保。臣尪羸之骨，不足以尝捶楚；枯朽之株，不足以当雷霆。然所持者，高皇帝在天之灵，且羡汉史袁盎却坐事耳。太祖高皇帝册立皇后曰：君以仁政，慎于治外，抚黎庶而统万邦；后以懿德，慎于治内，表六宫而母天下，长久之道也。臣以长久之道为皇上披陈，即罹鈇钺之诛，亦可见太祖高皇帝于地下矣。汉史载汉文帝幸上林，袁盎引却慎夫人，夫人怒，文帝亦怒，盎因前说曰：今已立后，夫人岂可与同席哉，且陛下独不见人彘乎？文帝悦，语慎夫人，赐盎金五十斤。臣疏贱，不得出入禁中，何敢比袁盎之却坐！然得致皇上眷顾中宫，止辇虚受，媲美汉文，即死且不朽。”田义读道。

“再无下文？”皇帝问。

“是，”田义应道，“再无下文。”

“比起他以前各疏，此疏算是短的。”皇帝说。

“是，”田义应道，“是篇短疏。”

“朕记得讲官说史，曾言人彘，是指汉高祖宠姬戚夫人吧？”皇帝问。

“是，”田义应道，“是戚夫人。”

“再给朕讲一遍人彘的典故。”皇帝命道。

“是，”田义应一声，述道，“汉高祖宠爱戚夫人，高祖崩，吕后对戚夫人百般折磨，断其手足，剜其双目，烟熏以致其聋，服药以致其哑。且置于厕中，以人彘呼之。”

“真是惨不忍言。”皇帝说。

“确惨不忍言。”田义道。

他以为，皇帝会怒火冲天，大发雷霆。但皇帝没有。

“人彘，”皇帝不动声色地重复这两个字之后，忽然问道，“老田，你方才是怎说的？”

“奴才只是述说人彘的典故，并没说别的。”田义道。

“朕是问，读最后一段之前，你怎说的。”皇帝提示他。

“读最后一段之前？奴才好似问爷，还要不要听。”田义说。

“问之前，你怎说的？”皇帝问。

“奴才说，第二层意思是言不由衷，第三层意思也是言不由衷。”田义逐渐想起。

“错！”皇帝道。

“奴才不是这么说的？”田义很意外。

“你是这么说的，但你说错；该疏第三层意思不是言不由衷，要换四个字。”皇帝说。

“爷打算换哪四个字？”田义问。

“以退为进。”皇帝道。

“以退为进？”田义不解其意。

“尪羸之骨，不足以尝捶楚；枯朽之株，不足以当雷霆，”皇帝引述王德完奏疏里的两句话，问道，“这是在退吧？”

“似在退。”田义道。

“紧接着他说，然所持者，高皇帝在天之灵，且羡汉史袁盎却坐事耳。这是改为进吧？”皇帝问。

“确似进。”田义道。

“即罹鈇钺之诛，这是退吧？”皇帝问。

“似在退。”田义道。

“紧接着他说，亦可见高皇帝于地下矣，这是改为进吧？”皇帝问。

“确似进。”田义道。

“臣疏贱，这是退吧？”皇帝问。

“似在退。”田义道。

“紧接着他说，即死且不朽，这是改为进吧？”皇帝问。

“确似进。”田义道。

“老田，你说他真见我太祖于地下，我太祖会表彰他吗？”皇帝问。

“爷是太祖高皇帝和列祖列宗的孝子贤孙，太祖高皇帝一定是向着爷的，列祖列宗都会佑爷。”田义说。

“朕想也是！”皇帝发了发狠，命道，“他不是想死且不朽吗？朕成全他！老田，传旨，将王德完下诏狱！”

“奴才领旨。”田义应道。

第三百零四章

云南税监杨荣手下的三名亲信，一长随，一指挥，一秀才，都姓杨，杨荣分别把他们唤作老大、老二、老三。这样的叫法，不是因为年龄，也不是因为其他原因，只是习惯而已。这天他把三人召集到一起议事，同一个问题，他逐一问过三人。

“今日离开昆明，老三，你几时可以到达京师？”他问秀才。

“正旦前后应该可以到达。”秀才说。

“老大呢？”杨荣接着问长随。

“年内可以到达。”长随说。

“老二能再快些吗？”杨荣最后问指挥。

“老大说的年内，若是指年底，我可以在十二月中到达。”指挥说。

“快些，慢些，其实都来得及。”杨荣自语道。

“二叔有奏表要送吗？”指挥问。三个人都称杨荣“叔”，有趣的是，长随只称“叔”，指挥却称二叔，秀才却称三叔。这也不是因为真的对指挥来说是二叔，对秀才来说是三叔，同样是习惯而已。

“你问老三。”杨荣指着秀才说。他的奏表无不出自秀才之手，有无奏表，秀才比他本人还清楚。

“我已一月未动笔。”秀才说。

“二叔要往宫里送礼？”指挥又问。

“你问老大。”杨荣指着长随说。他的财物，无论是收进的，还是送出的，都由长随掌管。

“给各叔的年礼，一个月前就送出。”长随说。

“是个闲差，卑职不争。”指挥说。

“你怎知是个闲差？”长随说。

“不是闲差？”指挥挠着头皮想了想，问道，“不是送奏表，不是送年礼，还有别的正差吗？”

“你心里太没爷吧，竟不记得咱还差着爷的贡金呢！”杨荣说。

“不差呀，”指挥道，“今年当贡奉的金、银，上半年就送进宫里，是卑职解押的。”

“你心里不也清楚，那是当供奉的金、银。”杨荣说。

“二叔的意思，还有不当供奉的金、银？”指挥问。

“和你说话真费劲！”杨荣嗔道，他命长随，“老大，说给他听！”

“二哥，你有所不知，你不在时，出点儿事情。”长随说。

三人相互之间，按照宫里的规矩，以“哥”相称，彼此呼作大哥、二哥、三哥，实际上没有兄弟之别。

“二叔这里会出何事，难道有人敢找他麻烦不成！”指挥道。

“老二麻烦二字用得好！”杨荣称赏一句，说道，“不过，是咱自个儿在找麻烦，怨不得别人。”

“自个儿在找麻烦？三哥，是你吗？”指挥问秀才。

“怪不得三叔觉着和你说话费劲，要是我找的麻烦，三叔为何不直接让我告诉你！”秀才道。

“排列有序，我总得先问过你，再问大哥，”指挥说着，问长随，“大哥，你给二叔找的麻烦？”

“一则，说到底，麻烦不是我找的，是几个羁縻头人找的；二则，我几经权衡，又和三哥商议之后，才禀明叔。”长随说。

“羁縻头人？是哪几个？”指挥问。

“有好几个呢，”长随道，“其中最献殷勤的两个，一个是阿瓦的头人，一个是猛密的头人。”

“羁縻头人，大哥惹他等作甚！”指挥埋怨。

“不是我惹的他等，是他等来找的我。”长随说。

“他等为何要找大哥？”指挥问。

“他等皆言，欲内附。”长随说。

“内附，即如内地郡、县吧？”指挥问。

“是啊。”长随应道。

“开疆拓土，是好事呀！”指挥道，他问杨荣，“羁縻头人欲内附，二叔不以为是好事吗？”

“羁縻头人内附，有如天上掉下来的馅饼，老二，你能接得住，能尝出滋味？不过，”杨荣口气一转，说，“仅是羁縻头人对老大说欲内附，老大告诉我羁縻头人欲内附，我告诉朝廷羁縻头人欲内附，惹不来麻烦。”

“二叔是说，还有别事？”指挥问。

“听老大说。”杨荣懒得说下去。

“除内附之外，羁縻头人还提及一事：他等居住之地，有宝井，可资开采。”长随说。

“何谓宝井？”指挥问。

“即金矿、银矿。”长随解释。

“广开财源，更是好事呀！”指挥道，他问杨荣，“开采宝井，二叔不以为是好事吗？”

“那得看谁人开采。”杨荣说。

“二叔是云南税监，宝井是云南边外土夷报呈，除二叔，还能由谁个开采！”指挥道。

“你以为，必由我开采？”杨荣说。

“是啊。”指挥应道。

“老三却以为，未必该我开采。”杨荣说。

“三哥，你怎说这话！”指挥责备秀才。

“我说这话怎的？”秀才问。

“矿、税二事一人兼之，别省并非没有，二叔怎就不能以一身而兼之？”指挥道。

“一省分差矿、税使各一名，乃至数名，别省并非没有，三叔为何一定会以一身兼之？”秀才针锋相对地说。

“那得看二叔自家愿不愿以一身而兼之。”指挥说。

“对呀，那得看二叔自家愿不愿以一身而兼之。”秀才附和。

指挥知道辩论起来，自己不是秀才的对手；但没想到，秀才会附和。他愣了愣，问杨荣：“二叔，你不会不愿意吧？”

“我倒真希望当初不愿意来着。”杨荣道。

“利于皇上，利于二叔，二叔为何反要放弃？”指挥无法理解。

“开采宝井，自然是利于爷，利于我自个儿；可也得看，开采宝井，能采出几多金，几多银。”杨荣说。

“二叔说的是。若是蝇头小利，不揽也罢，”指挥说着，问长随，“大哥，能采出几多金，几多银？”

“数十万。”长随说。

“数十万——”指挥顿了顿，把话问完，“——枚铜钱？”

“不，”长随摇了摇头，说，“是数十万金。”

不可能是数十万斤黄金，但即便数十万两白银，也很可观。

“二叔不会看不上数十万金吧？”指挥问杨荣。

“数十万不是小数目，不但我不会小觑，爷也不会小觑。”杨荣说。

“二叔不小觑，为何说真希望当初不愿意来着？”指挥问。

“这回问老三吧。”杨荣道。

“三哥，偌大一件功劳，二叔为何弃之？”指挥问秀才。

“三叔没想弃之。”秀才说。

“没想弃之？真希望当初不愿意来着，这话三哥听不见？”指挥问。

“听得见。”秀才道。

“既听得见，三哥怎能说二叔没想弃之！”指挥责道。

“我没说三叔当初想弃之。”秀才道。

“羁縻头人欲内附，又可献数十万金，这等好事，任谁个碰上，也不会弃之。”指挥说。

“我是说，三叔这会儿才追悔莫及。”秀才道。

“这等好事，为何要追悔？”这也正是指挥想问的。

“数十万金，拿到手里，才是件好事。”秀才说。

“三哥是说，到手之后，转解入宫中，就不是好事？”指挥问。

“不，”秀才否认，“拿在手里，固是好事；拿到手，再解入宫中，也是好事。”

“那你说这话，却是何意？”指挥问。

“老二还没想明白吗，数十万金根本到不了手！”杨荣道。

“或者，往其地开采宝井，只是句空话。”秀才补充。

“怎会！”指挥更想不明白，“开采宝井可得数十万金，是阿瓦、猛密等头人说的，他等既欲内附，敢阻止二叔不成！”

“他等不是对我说的，是对老大说的。”杨荣道。

“那就让大哥去和他等交涉，”指挥说着，又表明自己的态度，“大哥一人交涉不了，卑职愿帮他忙。”

“你让老大怎去交涉？你又怎帮他忙？”杨荣问。

指挥静下心来一想，长随还真没办法去交涉，自己也真没法去帮他忙。开采宝井，得数十万金，和愿意内附一样，可能只是阿瓦、猛密等头人随便说的一句诱惑人的话。其用意，或为便于和边内居民贸易；或是骗取大明官方的支持，在其他各部头人中炫耀。不管为的什么，可能只是说说而已，并不准备兑现。你能怎办？径去其地开采宝井？人家不让你开采，你去了还得回来；再者，人家让你开采，也可能是一无所获。径向阿瓦、猛密头人讨要数十万金？谁会愿意拿自己的巨额家财送人？再说，就算他愿送，多半也拿不出来。率大军去征服其地？路途遥远，没有必胜的把握；再者，他的二叔再有神通，也调动不了大军。

“交涉不了，只当大哥听人吹通牛，不用理他。”指挥说。

“可老大没有不理他，又对我说。”杨荣道。

“那二叔只当听大哥吹通牛，不用理他。”指挥说。

“爷能当听我吹通牛吗？能不理我吗！”杨荣道。

“二叔是说，此事已禀奏朝廷？”指挥问。

“当然要禀奏，老二不会要我对爷欺瞒吧！”杨荣道。

“我不是要二叔对皇上欺瞒；我是说，二叔不妨禀奏得含糊一点儿，让皇上先别当一回事。”指挥说。

“爷不当一回事，能让我总领开采宝井一事吗！”杨荣道。

“也是。”指挥不能不先应一声。

事情总算理清：阿瓦、猛密等头人欲内附，并称，境内有宝井，开采可得数十万金；他等是对长随说的，长随报与杨荣，杨荣又报与朝廷；皇上多半降旨，命杨荣领阿瓦、猛密等地开采一事，并以数十万金进之；杨荣接旨后，或是派人去勘察，或是并未派人去勘察，却发现该地并没什么宝井，有也无法开采，甚至阿瓦、猛密的头人再也不提内附及开采宝井之事，甚至再也找不到他们。

是否禀奏朝廷，只有杨荣可以决断；但指挥不敢对杨荣说三道四。杨荣决心禀奏朝廷，肯定是相信长随的话；但指挥觉得，抱怨长随没用，他选择秀才来说这件事。

“大哥懵懂，三哥怎也懵懂！”他说。

“我怎懵懂？”秀才不可能买账。

“你是知晓利害的，怎不劝劝二叔！”指挥道。

“二哥怎知我没劝？”秀才问。

“二叔最听你的，你若劝，二叔能不听！”指挥道。

“阿瓦、猛密纵有宝井，未必该三叔开采，这算不算劝说？”秀才问。

“三哥这么说，与其说在劝说，不如说在激将。”指挥道。

“三叔何必以一身而兼矿、税二事，这算不算劝说？”秀才问。

“这话虽有点儿劝说的味道，但三哥存心劝说二叔别惹麻烦，保证不止说这一句话。”指挥道。

“真让二哥说对，我并未存心劝说。”秀才竟坦然承认。

“二叔听到三哥的话吧？我就知麻烦虽是大哥惹出的，责任却在三哥！”指挥道。

“我就知麻烦是老大惹出的，解决麻烦则须老三。”杨荣说。

“三哥有负二叔厚恩，二叔为何还维护他？”指挥有点儿不高兴。

“老大若不但能惹出麻烦，还能解决麻烦，我也维护他，”杨荣说着，问长随，“这个麻烦，你解决得了吗？”

“小的解决不了。”长随道。

“老二没有惹出麻烦，若能解决麻烦，我也维护你，”杨荣说着，问指挥，“这个麻烦，你解决得了吗？”

“卑职解决不了。”指挥道。

“所以，我只好维护老三。”杨荣道。

“二叔确定，三哥解决得了麻烦？”指挥问。

“老二何不问问他，为何不存心劝说我别惹麻烦！”杨荣道。

指挥不得不承认，杨荣比他高明。秀才承认并未存心劝说，他没当回事；而杨荣却断定，不存心劝说，一定是不怕这件事可能会惹出的麻烦，而且有解决麻烦的办法。

“看来，三哥不怕惹出麻烦。”他说。

“是，不怕。”秀才道。

“在皇上那里挂上号，等于欠着皇上数十万金，那可是个挺大的麻烦。”指挥说。

“麻烦虽大，却不难解决；再者，麻烦虽大，好处也多。”秀才说。

“三哥说说，打算怎样解决这个麻烦？”指挥说着，抱了抱拳。

“二哥，我先问你，自设矿监、税使以来，哪处的贡金、贡银最多？”秀才以问作答。

“一个山西，一个山东，而今加上湖广。”指挥说。

“山西所进额数，皇上满足不满足？”秀才问。

“未必满足。”指挥道。

“山东所进额数，皇上满足不满足？”秀才问。

“亦未见得满足。”指挥道。

“湖广所进额数，皇上满足不满足？”秀才问。

“听说湖广有一地名兴国，有人掘得唐相李林甫妻之墓，黄金以万计；但迄今未进寸金，皇上更不会满足。”指挥说。

“皇上不满足，不知山西的张叔，山东、湖广的两位陈叔，都是何以自解的？”秀才问。

“嫁祸于人呀，”指挥道，“山西、山东都有地方官以阻挠开矿、收税被治罪，今湖广官员更有上自布、按二司，下至知县，多名被免官。”

“二哥不是问我怎样解决麻烦？我看，亦步亦趋即可。”秀才说。

“三哥是说，把拿不出数十万金，归咎于云南官员？”指挥问。

“是。”秀才应道。

指挥脑子一转，肯定这是个好办法。他对杨荣说：“二叔，我看可行。”

“打老三问，爷对山西、山东、湖广的矿监、税使所进额数满足不满足，我就知道其法可行。不过，”杨荣口气一转，问道，“以为他的法子可行，老二不想再听下去？”

“二叔的意思，让三哥对此法再细说说？”指挥问。

“亦步亦趋，已然说到家，还怎细说？”杨荣说着，转问长随，“老大，你说呢？”

“围着亦步亦趋作文章就是，不必再细说。”长随附会道。

“你没听懂我的意思，”杨荣道，“老三说话有个习惯，再者后面的话，比再者前面的话更有分量。你二人不想再听？”

长随、指挥抢着回应。长随说“叔说的是”，指挥说“二叔说的是”。

“三哥再者后面说的是，麻烦虽大，好处也多。”长随又说。

“三哥，都有哪些好处？”指挥又问秀才。

“至少有两个好处，”秀才说着，伸出一指，“其一，阿瓦、锰密开采宝井，皇上交给三叔办，日后云南无论哪处开矿，都顺理成章地应该由三叔来办。”说着，问杨荣，“三叔，是不是这个道理？”

“让他二人说。”杨荣指指长随，又指指指挥。

随着杨荣指向自己，长随说：“是这个道理，这叫投石问路。”

随着杨荣指向自己，指挥说：“是这个道理，这叫占山为王。”

“我猜，老三并未存心劝我，就是不愿放弃这个机会。”杨荣则说。

“三叔说的是。”秀才道。

“还有个好处怎说？”杨荣问。

“三叔来云南的日子不短，此地官员仍不太买账，正可借机整治整治他等，”秀才说着，问杨荣，“三叔，是不是这个道理？”

“让他二人说。”杨荣仍要先听长随、指挥的。

“我有句话不中听，说出来，三哥莫闹。”长随给秀才打预防针。

“大哥但说不妨。”秀才道。

“一事二用。”长随说四个字。

“我有句话更不中听，说出来，三哥别怪。”指挥也给秀才打预防针。

“二哥但说不妨。”秀才道。

“投机取巧。”指挥也说四个字。

“三叔是不是也有四个字要说？”秀才问杨荣。

“与其我说，不如老三自个儿说。”杨荣道。

“大哥、二哥的意思，都是说同一件事，被我说在两件事里，”秀才说着，问道，“对吧？”

“对。”长随、秀才齐道。

“其实，不如用我邻省的一个典故，更为贴切。”秀才说。

“三哥邻省，是贵州吗？”长随问。

“是。”秀才应道。

“三哥说的典故，可是黔驴技穷？”指挥问。

“是。”秀才应道。

“本欲用之，怕三哥脸上挂不住。”长随、指挥齐道。

“二叔怎说？”指挥又问杨荣。

“老三毒如蝎，狠如獒，狡如狐，岂止黔驴之技！”杨荣道。

三人听这话，无不大笑，长随、指挥更称妙。

“老三还有说法吧？”杨荣问秀才。

“是，”秀才应一声，说道，“归在亦步亦趋，为解决麻烦，是被动的，无奈的，无可如何的，碰到谁人是谁人，而不是想整谁人是谁人；归在好处，想整谁人是谁人，而不必管他是谁人。”

“你二人听得懂吗？”杨荣问长随、指挥。

“听时似懂；听完之后，只记得谁人两个字。”长随说。

“还有个整字。”指挥说。

“整字很要紧，”杨荣肯定指挥的补充，并问秀才，“老三整这个整那个，到底要整谁人？”

“三叔想整谁人，就整谁人；谁人碍三叔的事，就整谁人！”秀才道。

“这下该懂吧？”杨荣问长随、指挥。

“是，该懂。”长随、指挥齐道。

“真的是想整谁人，就可整谁人吗？”长随又问秀才。

“真的。”秀才道。

“太守也可整吗？”长随问。

“也可整。”秀才道。

“老大想整哪个太守呀？”杨荣插问长随。

“叔，小的想整太守熊铎。”长随回答。

“哪里出个姓熊的太守？”杨荣问。

“熊铎是景东太守。”长随说。

“哪里出个景东府？”杨荣又问。

“挺远的，离昆明一千多里。”长随说。

“你在昆明，他在景东，相距辽远，你干吗琢磨着整人家？”杨荣问。

“叔可能没想到，云南布政司所辖各府，差不多都在昆明西北，景东却在昆明西南。”长随说。

“我着实没想到；我若想到，不就知道你为何要整熊太守吗？”杨荣说着，问指挥，“老二，你解其奥秘否？”

“卑职不解。”指挥道。

“老三，你解其奥秘否？”杨荣又问秀才。

“大哥说景东在昆明西南之前，学生亦不解；大哥说景东在昆明西南之后，学生忽有所悟。”秀才说。

“说说看。”杨荣命道。

“阿瓦、猛密等部，也在昆明西南；只不过景东距昆明千余里，阿瓦、猛密更远。”秀才说。

“羁縻之地，肯定比府治更远，”杨荣说着，问道，“那又怎的？”

“自阿瓦、猛密等地来昆明，须路过景东。”秀才说。

“路程既更远，要来昆明，一定要路过路程近处，”杨荣说着，问道，“那又怎的？”

“自阿瓦、猛密等地，空手来昆明，须路过景东；携数十万金来昆明，亦须路过景东。”秀才说。

杨荣领悟，问道：“数十万金，是从宝井中开采的吗？”

“三叔说是从宝井中开采的，就是从宝井中开采的。”秀才道。

“宝井中确实有宝物，只是在解来昆明途中，被人扣压，是吧？”杨荣进一步设想。

“是。”秀才应道。

“好，”杨荣赞道，“你这个想法不错！”

“不是学生的想法，是大哥的想法。”秀才说。

“这个想法不错。不过，是你的想法，给你记全功；是他的想法，给他记半功。”

杨荣说。

“为何小的只记半功？”长随觉着委屈。

“整熊铎，你想到；可参熊铎的奏本，你写得出来吗？”杨荣问。

“小的写不出来。”长随说。

“所以，那半功要记给老三。”杨荣道。

“学生不贪此功，但此事学生记住。”秀才说。

“老二想整谁人呀？”杨荣又问指挥。

“真的是想整谁人，就可整谁人吗？”指挥也问秀才。

“真的。”秀才道。

“太守也可整吗？”指挥也问。

“也可整。”秀才道。

“老大问过，并整过，老二何必又问！”杨荣插话，并问，“老二也想弄个太守来整整吗？”

“是。”指挥应道。

“老二想整哪个太守呀？”杨荣问。

“二叔，卑职想整太守蔡如川。”指挥回答。

“哪里出个姓蔡的太守？”杨荣问。

“蔡如川是寻甸太守。”指挥说。

“哪里出个寻甸府？”杨荣又问。

“挺近的，离昆明不过二百余里。”指挥说。

“相距很近，你就琢磨着整人家？”杨荣问。

“大哥整远的，二叔诘问他为何要整；所以，卑职找个近的来整。不过，卑职想整他，不光是因为近。”指挥说。

“还有别的缘故？”杨荣问。

“是。”指挥应道。

“我懒得猜，老三，你猜猜看。”杨荣吩咐道。

“学生记得，寻甸是在昆明东北。”秀才说。

“老大要整个远的，被我诘问，老二就找个近的来整；莫非老大要整个西南的，被我诘问，老二就找个东北的来整？”杨荣问。

“学生是这么想的。”秀才道。

“反其道而用之，你这个想法不错。”杨荣赞道。

“不是学生的想法，是二哥的想法。”秀才说。

“他这个想法不错，不过——”杨荣话没说完，被指挥打断。

“二叔给我记半功，我知足。”指挥说。

“半功也不能给你记！”杨荣却说。

“为何半功也不能给卑职记？”指挥更觉得委屈。

“老大要整景东太守，好歹有个说法；你要整寻甸知府，除和老大远近相反，方向相反，却没有任何说法。”杨荣道。

“卑职也有说法。”指挥忙说。

“说说看。”杨荣命道。

“二叔不让三哥再猜吗？”指挥问。

“他愿猜，亦可。”杨荣道。

“三哥，可别告诉二叔你不愿猜。”指挥对秀才说。

“二哥逼我猜，我只好胡乱一猜，”秀才说着，顿了顿，然后接着说，“寻甸府有两个特点，一是近昆明，二和景东一样，是个小府，未辖一州、县。然正是这个寻甸，抗税甚为激烈。二哥拿寻甸太守开刀，一则较易，二则正应那句话：杀鸡儆猴。”

“老二是这么想的吗？”杨荣问指挥。

“是。”指挥应道。

“这个想法不错，老二，也可以给你记半功。”杨荣说。

“谢二叔恩典，”指挥谢罢，对秀才说，“三哥莫忘，给寻甸蔡太守准备一份参本。”

“谢二哥提醒。”秀才揖道。

“你还得谢他让功。”杨荣说。

“谢二哥让功。”秀才又是一揖。

说来说去，总是秀才占据上风，长随、指挥颇不甘心。二人对视一眼，齐道：“接下来，该三哥说说，要整谁人。”

“你二人想听老三说要整谁人？”杨荣问。

“是。”长随、指挥齐应。

“他若说出要整谁人，你二人猜得出他为何要整该人吗？”杨荣问。

“未必猜得出。”长随、指挥说。

“难道让我猜不成？”杨荣问。

“叔也不必猜。”长随说。

“让三哥自个儿说就是。”指挥说。

“你二人要整谁人，是他说出缘故的；他要整谁人，却让他自个儿说，你二人觉着公道吗？”杨荣问。

长随、指挥面面相觑，无言以答，反是秀才替他两个解围。

“本是笑谈，三叔无须计较。”他说。

“我不是与他二人计较，我是与你计较。”杨荣道。

“与我计较？三叔与我计较何事？”秀才有些吃惊。

“老大议一事，老大立半功，你立半功；老二议一事，老二立半功，你立半功；再让你议一事，议的是你，说的是你，拟疏的是你，别人分不到一丝一毫的功，我怎能不计较！”杨荣道。

“学生的功，都是三叔给的；学生的功，即三叔的功。”秀才说。

“别，”杨荣摇头，不领他的情，“与其你把功都立去，再划到我的名下，不如我自个儿先立半功。”

他是在说，要告诉他们自己要整的是谁人。

“三叔垂示，我等恭聆。”秀才率先捧场。

指挥叫“二叔”，长随叫“叔”，接着捧场：“整的人一定更有来头。”

“真的是想整谁人，就可整谁人吗？”杨荣问秀才。

“真的。”秀才道。

“太守也可整吗？”杨荣问。

“也可以整。”秀才道。

“叔要整的，也是太守？”长随有点儿失望。

“真能和二叔对抗的，其实是抚、按及三司官。”指挥也想把杨荣要整治的对象抬高规格。

“老三，你怎说？”杨荣问。

“此太守非彼太守。”秀才道。

“你猜得出，我要整的太守是谁个吗？”杨荣问。

“应是周铎。”秀才说。

“周太守？”长随问。

“云南太守？”指挥问。

云南府是云南布政司首府，昆明为其首县，府、县同治一城。

“是他。”秀才道。

“是他吗？”长随、指挥又一起问杨荣。

杨荣不回答他二人，却问秀才：“老三为何以为，我要整周太守？”

“他是云南知府第一人。”秀才说。

“你二人听懂没有？”杨荣问长随、指挥。

“似未听懂。”长随说。

“似懂非懂。”指挥说。

“老三，你得想法儿让大家听懂呀！”杨荣道。

“二哥说能和三叔对抗的，是抚、按及三司官，这话也对也不对。说对呢，因为他等比太守官职高，权位重；说不对呢，因为除抚、按及三司官，云南还有黔国公府呢，那可是镇守云南二百年的世爵！但三叔在云南是收税，或许日后还会开矿，抚、按、三司官也罢，黔国公也罢，都不会碍三叔的事。真正会出面阻挠的，真正会和三叔对抗的，是府、州、县官；能够成为三叔大敌的，是太守。三叔和两位哥哥都要整个太守，足见和学生心有灵犀。”秀才侃侃而谈。

“你二人听得懂吗？”杨荣又问长随、指挥。

“听得懂。”长随、指挥齐道。

“可他有句话是错的。”长随又说。

“他哪句话是错的？”杨荣问。

“他说，叔，二哥，还有我，和他心有灵犀，这话不对。”长随说。

“应该怎说呢？”杨荣问。

“我没想明白。”长随说。

“我已想明白，”指挥帮腔，“应该说，我等三人，和二叔心有灵犀。”

“大哥、二哥指正的是，应该我三人和三叔心有灵犀。”秀才道。

“这话或对，或不对，却不是我所问你二人的，”杨荣对长随、指挥说，“我问的是，我为何要整周太守，你二人可是真的听懂？”

“我等没听懂。”长随、指挥齐道。

“老三，看来你还得多说两句。”杨荣道。

“是，”秀才应一声，说道，“大哥、二哥虽有眼光，但比起三叔来，还是差一大截。大哥整景东太守，只是为的给数十万金的消失找个说法；二哥整寻甸太守，也只是为的杀鸡给猴看；而三叔整云南太守第一人，却可杀一儆百。”

“老三说我比你二人高一截，你二人信服吗？”杨荣问长随、指挥。

“打心眼里信服。”长随、指挥齐道。

“那就分别去明察暗访吧，看哪个太守先被扳倒。”杨荣命道。

“是。”他的三个属下应道。

第三百零五章

万历二十九年正旦节期间，兵部尚书田乐约礼部右侍郎朱国祚，同去看望病中的首辅赵志皋。朱国祚在本部尚书余继登逝后，一直署礼部事，到这时差不多有半年。

“我陪希智先生去，不合适吧？”朱国祚有所顾虑。

“怎的不合适？”田乐问。

“以公而言，希智先生是尚书，我却是侍郎；以私而言，希智先生和汝迈先生有同年之谊，我却是个晚辈。”朱国祚说。

“到底是礼部堂官，不同于常人，”田乐不知发自真心还是夹嘲带讽地说一句。然后说，“照此说法，兆隆先生陪我去，确实不合适。”

“那么——”朱国祚以为他会放过自己。

不料，田乐却说：“我陪兆隆先生去，如何？”

“这怎么敢当！”朱国祚连连作揖。

“实不相瞒，今日就是我陪兆隆先生去。”田乐说。

“是汝迈先生要见我？”朱国祚猜测他话里的意思。

“对，”田乐点点头，说道，“汝迈兄掷柬，要我给他说说朝廷关于播州之变的诏书。我复柬曰，诏书是兆隆先生草拟的。汝迈兄又掷柬，问我能不能约上兆隆先生，一起去聊聊。”

“应该的。”朱国祚忙道。

别说赵志皋仍是首辅，即便他已不在其位，作为一个前辈，一个长者，提出这样的要求，朱国祚也不能拒绝。

赵志皋养病多年，有意思的是，每到正旦节前后，精神都不错，好像特意把一年的精力都集中在这几天，以接待宾客。

“别官都在度假，汝迈先生心里仍惦记国事，令人敬佩，”朱国祚奉承一句，算是拜年。

“别官都在操劳国事，我却在家中静养，兆隆先生是不是也很羡慕呀？”赵志皋开句玩笑。

田乐、朱国祚听他这话，都笑。

“我得更正一句：请兆隆先生来，可不是惦记国事，”赵志皋又说，“不是为的国事？”朱国祚看田乐一眼，似在问他：汝迈先生说的，怎么和你说的不一样？

田乐仍然笑着撇一撇嘴，意思是：你直接问他呀。

“汝迈先生不是要问诏书的事吗？”朱国祚问。

“我是想问希智兄的。”赵志皋说。

“把我召来，不是为问诏书？”朱国祚问。

“也是为问诏书。”赵志皋承认。

“那不还是惦记国事！”朱国祚以为自己占到理。

“同是问诏书，用心却不同。”赵志皋说。

“有何不同？”朱国祚问。

“一则用心在国事，一则用心在私事。”赵志皋说。

“汝迈先生这么说，我仍不解其意。”朱国祚道。

“譬如，希智兄告诉我，朝廷已准备好诏书，择日颁发；我找他来问，关心的只是朝廷对播州事的处置。希智兄又告诉我，诏书是兆隆先生拟的；我找兆隆先生来问，关心的却不只是朝廷对播州事的处置，或者说，主要不是朝廷对播州事的处置。”赵志皋说。

“是因为战事已结束，播州已平定吧？”朱国祚道。

“那也是次要的原因；主要的原因是，我对兆隆先生本人很感兴趣。”赵志皋说。

“对我本人感兴趣？”朱国祚更加不得其解。

“同是浙人，同是状元出身，汝迈兄当然对兆隆先生感兴趣。”田乐想替赵志皋解释。

“这也在其次。”赵志皋说。

“那是为的何事？”田乐也不得其解。

“久闻兆隆先生自幼聪颖异常，过目不忘；尤其本人所撰文字，无论过去多少年，无不牢记于胸，背诵下来，一字也不会差。我早有心探究虚实，却一直不得机会。”赵志皋说。

“汝迈兄想今日以诏书探究？”田乐问。

“是啊，”赵志皋应罢，转向朱国祚，“但不知兆隆先生愿不愿让我等一览风采？”

“过目不忘，我从来不信，汝迈先生也大可不信。这是其一。汝迈先生所闻，所撰文字无论过去多少年，都牢记于胸；诏书却是日前所拟，我即使背诵下来，也不能证实汝迈先生所闻。这是其二。我是匆匆被希智先生拉来的，未携诏书原草，这会儿即使背诵下来，怎知是不是一字不差？这是其三。”朱国祚说。

他一连举三个理由婉拒，但除过目不忘，他并没说对他的传闻不实。看来，只要有人再邀一次，他就会展示他的聪颖。

“不妨，我带来诏书抄件。”田乐说着，从袖口取出两张纸来。

“希智兄知我要探究兆隆先生吗，怎的有备而来？”赵志皋笑道。

“我是怕约不到兆隆先生，我又没过目不忘的本事，只好把诏书抄件找来；我可不是拿它来将兆隆先生军的。”田乐说。

二人一唱一和，朱国祚不能再拒绝。

“汝迈先生虽说用心在私事，但只要听的是诏书，用心即在国事。晚辈未必能把诏书一字不差地背诵下来，好在希智先生带有抄件，背诵错误，可由他来纠正。”他说。

田乐想把诏书的抄件交给赵志皋。赵志皋说：“兆隆先生是说由希智先生纠正。”说罢，揖让朱国祚，“兆隆先生请。”

“是，”朱国祚应一声，背诵道，“朕嗣成历服，式奉先猷，欲人并生，庶几不扰。八年以来，俄烦兵甲，赖天地庙社之灵，将相臣民之力，内攘外却，无损国威。然彼皆文告不来，自投炊镬，朕甚悯之，非为快也。”

背诵到这里，见赵志皋示意，他停下来。

田乐也看见赵志皋示意，说：“汝迈兄，并无一字不对。”

“我知不会有错，只是听这几句话，有所感慨而已。”赵志皋道。

“汝迈兄可是为八年以来这四字感慨？”田乐问。

“希智兄以为，这四个字令人感慨？”赵志皋反问。

“是啊，”田乐点头。“先是用兵宁夏，再者用兵朝鲜，再者用兵播州，算下来可不是八年！旷日持久，我大明建国以来，实属罕有。”

“希智兄说的是，八年以来四字，足以令人感慨；但还有四个字，更令人感慨。”赵志皋说。

“汝迈兄说的是哪四个字？”田乐问。

“内攘外却，”赵志皋说，“八年以来，司马易人，经略易人，督、抚易人，总兵易人，几经周折，终渐次平定。想一想，真乃不易。”

“汝迈兄说的是。”田乐道。

“汝迈先生说的是。”朱国祚亦道。

“打断兆隆先生的背诵，歉甚，”赵志皋揖了揖，又加上一句，“但愿没搅乱兆隆先生的思绪。”

“不会的，”朱国祚回应一句，继续背诵，“唯此播州，故有杨氏，为夷长率，受我冠裳。子孙之仍籍有年，朝廷之覆露良厚。夫何其末胄应龙者，安忍无亲，大逆不道！当其嬖宠戕嫡，淫刑祸民，毒痡万方，凶残七姓。”

“兆隆先生！”赵志皋这次是出声打断。

“汝迈兄又为哪几个字感慨？”田乐问。

“并无感慨，是有四个字想请教兆隆先生。”赵志皋说。

“不敢当，”朱国祚忙说，并问，“汝迈先生看哪四个字用得不妥？”

“未必是不妥，只是听起来不太舒服，”赵志皋摇着头说。略一沉吟，他说，“这样吧，兆隆先生还是先告诉我，所拟诏书已呈进否。”

“已呈进。”朱国祚告诉他。

“既已呈进，不说也罢。”赵志皋道。

“听起来不舒服，定是大错，还望赐告。”朱国祚说着，一揖。

“我说的是毒痡万方四字，”赵志皋道，“毒痡万方，是要有相当威力的；播州杨氏不过西南一酋，能有这等威力？”

“哎呀，我只想到和凶残七姓呼应，却没想到，无意之中却是抬举杨应龙。我去把诏书原草索回，另拟四字吧。”朱国祚说。

“我看无须改。”田乐却说。

“希智兄有何高见？”赵志皋问。

“播州小酋，固不足以荼毒万方；然为平定播州，调动各地精兵，征集各地粮饷，说万方皆感其毒痡，并不过分。”田乐道。

“有道理，”赵志皋点点头，说道，“我本来想，也不是大不了的事，既已呈进，不用再说；还是希智兄说得对，不是不用再说，而是四个字用得恰到好处，根本不能改动。”

“那就请兆隆先生再背诵下去？”田乐提议。

“好。”赵志皋点头。

下面一段写杨应龙悍然作乱，虽然不长，朱国祚背诵之后，还是习惯地停下来。

“因抚成骄，因骄蔑叛，这两句写得好。”赵志皋赞道。

“是，”田乐应道，“这两句着实写得好，不仅在检讨杨氏变恶的过程，也在检讨朝廷一味安抚之策。”

二人的赞词让朱国祚不好意思，他只当没听见，接着背诵。再次停下来，是被打断；打断他的不是赵志皋，而是田乐。

“兆隆先生，”田乐呼叫一声，道，“突士尽而鼓声哀，骓歌悲而艳妻绝，把杨氏喻为项王，一则似有同情之心，二则未免也太抬举他！”

“看来，希智兄是把项王看作一个大英雄。”赵志皋说。

“不是大英雄，至少也是奸雄吧，”田乐说着，问道，“汝迈兄怎看？”

“我怎看无关紧要；但兆隆先生一定没把项王看作大英雄，不然他也不会拟出这样两句。”赵志皋说。

“在我看来，项王一匹夫而已。”朱国祚说。

“杨氏亦一匹夫，所以，你以项王喻杨氏，是吧？”赵志皋问。

“是，”朱国祚应道，又说，“不过，既有人把他看作大英雄，或如希智先生所言，把他看作奸雄，这两句不如改写。”

“不用，”田乐摇头，“项王何许人，以汝迈兄说的为准。”

“平播州之战，概括在几句话里，余文应该不太多，兆隆先生把他背诵完吧。”赵志皋道。

余文的确不多，都是一些常规的内容，比如命对杨应龙剉尸传首，命将其妻孥、党与槛至阙下，比如对蛮夷君长的警告，比如对加派钱粮地方酌量蠲宥，等等。

“听罢全文，汝迈兄可有感慨？”田乐问。

“没有，”赵志皋道。他复述诏书中的两句话，一句是：唯虔刘无度，予一人实不忍于赤子；另一句是：救乏振滞，荡涤繁苛，咸与维新，安生乐业。然后说，“兆隆先生拟得平和，我听得也平和。”

“皇上明日御午门，颁布此诏书，汝迈兄知否？”田乐问。

“前日田公公来探望病情，对我说起；不然，我也不会先邀你来，再邀兆隆先生来。”赵志皋道。

“皇上大概还要汝迈兄审定诏书吧？”田乐问。

“据田公公说，皇上确有此意。”赵志皋说。

“我想也是，”田乐笑道，“汝迈兄向来慎重，若无皇上旨意，怎会把兆隆先生唤来背诵诏书！”又对朱国祚说，“兆隆先生此前若有困惑，此际可以尽释。”

“是件很自然的事，我并无困惑。”朱国祚道。

“如此说来，我三人皆可复旨？”田乐说着，邀朱国祚，“汝迈兄难得陪坐这久，兆隆先生，我二人告辞吧。”

“好。”朱国祚缓缓起身，似乎没有即刻就走的意思。

“兆隆先生还有话说？”赵志皋问。

“诏书是奉旨拟的，晚生还有篇疏稿，不是奉旨拟的，甚或是违拂圣意拟的，汝迈先生精神若可，亦望审定。”朱国祚说。

“言重，不敢当，”赵志皋说着，伸出手来，“兆隆先生把疏稿放在这里吧。我少事歇息，再拜读大作。”

朱国祚留下的，是代礼部写的一篇每年初例行要上的奏疏：请皇帝早定三礼。所谓三礼，即册立典礼、完婚典礼、出阁讲学典礼。赵志皋读罢，深知上之无用，亦知朱国祚留下疏稿，是在提醒他，此事礼部不能不言，内阁也不能不言，首辅尤其不能不言。三事中，有可能最早解决的是出阁讲学。他和另一名阁臣沈一贯商议后，决定上疏只言一事，确定皇长子出阁讲学的日期。

二月初有旨，命皇长子本月十四日出讲。

第三百零六章

天津近海，虽已立春多日，海风刮来，仍让人感到寒意。马堂畏寒，回到天津后，躲在屋里，守个火盆，足不出户。

门忽被推开，一随员匆匆进屋。

“快关门，快关门！”马堂连声叫道。

该随员转身要带上门，但看到屋里还有别人，又转回身去，低声禀报：“叔，有密报。”

“快出去，快出去！”马堂又对屋里的其他人叫道。

屋里伺候的人都出去后，闯进来的随员才关上门，并走到马堂近前。

“有何密报？”马堂问。

“有人捎来徐某人的奏疏抄件。”随员说。

“哪个徐某人？”马堂问。

“前两日叔还要噬其肉、饮其血呢，怎就忘记！”随员道。

“你是说，江西道御史徐缙芳？”马堂问。

“是。”随员应道。

“捎来的，是参劾我的奏章抄件？”马堂问。

“是。”随员应罢，从袖口甩出几页纸，递上。

“不看，你给我读！”马堂道。

“是，”随员应一声，读道，“马堂原驻天津——”

“等等！”马堂大喝一声，问道，“这就开始读？”

“叔不是让我读吗？”随员怯道。

“我是让你读，可就这么读吗？”马堂责问。

“叔的意思，不必从头读起？”随员问。

“我是让你从头读，可你是从头读吗？”马堂问。

“小的是从第一句读的呀。”随员委屈地说。

“抄者难道不抄该疏的名目吗？”马堂问。

“抄了，”随员明白自己错在哪儿，转读该疏的名目，“税监蔑旨欺君、擅离职守、惊扰地方疏。”

“我知你为何不读，”马堂道，“蔑旨欺君，惊扰地方，不管搁在哪个税监身上，都合用。”

“小的就是这么想的。”随员就势表白。

“可擅离职守，还没有第二个吧？”马堂道。

“那是。”听随员的口气，似乎这是件可以自豪的事。

“所以，你还是该读。”马堂道。

“小的知道叔是这么想的，所以马上就读。”随员马上说。

“你猜，爷读过这句话，会怎说？”马堂问。

“小的猜不着。”随员不敢随意窥测皇帝的心思。

“你胡乱猜猜。”马堂好像个孩子，专注于某个游戏，不肯打住。

“爷一定说：一派胡言！”随员当然往有利于马堂的方面猜测。

“不对。”马堂摇头。

“不对？难道爷会震惊，道：竟有此事？”随员又往另一个方面猜测。

“爷会震惊吗？更不对。”马堂道。

“小的再也猜不出来。”随员说。

“告诉你吧，”马堂不再难为他，“爷会说：擅离职守，惊扰地方，马堂做得出来；蔑旨欺君，他却万万不会！”

“对，爷一定是这么说的，”随员附和道，“爷可能还会说：只要不蔑旨欺君，擅离职守、惊扰地方算得什么！”

“孺子可教也，”马堂笑笑，命道，“好，接着那句‘马堂原驻天津’读吧。”

“马堂原驻天津，今公然扬帆，逾淮、扬而南，蔑视明例，无复畏惮，大罪之一也。”随员读道。

“共有几大罪？”马堂问。

“九大罪。”随员道。

“大罪之一也，乃至大罪之九也，非读不可吗？”马堂不高兴地问。

“不是小的愿读，更不是小的以为，这是叔的大罪之一；但叔命小的读该疏，该疏是这么写的，小的怕不读出来，和别事混在一起，听不明白。”随员分辩。

“你不会每读一事，停一停？”马堂道。

“是小的糊涂，小的这就照叔教的读，”随员说着，读两句，“不闻题请，越疆恣行。”

“怎不读下去？”马堂问。

“没的再读。”随员说。

“仅此二句？”马堂问。

“还有一句，叔不让读。”随员说。

“那句读与不读，有关系吗？我是问你，大罪之二一款，只抄这两句吗？”马堂道。

“只抄这两句，”随员回答，又说，“还有几事，也只抄两句。”“既如此，遇到只有两句时，另外那一句你也读出来吧。”马堂纠正自己前一道指令。

“若不止两句呢？”随员问。

“你自个儿定吧。”马堂道。

“是，”随员应一声，读道，“天津税务，系马堂专管，既往扬州，托付何人？此非委君命于草莽耶！”

“这是大罪之三吧？”马堂问。

“是。”随员应道。

“大罪之一，是逾淮、扬而南；大罪之二，越疆恣行；大罪之三，是既往扬州。你知爷读后会怎说？”马堂问。

“爷大概要说，这不是一件事吗？”随员猜测。

“意思差不多，语气却不对。”马堂说。

“爷会是怎样的语气？”随员问。

“朕看他是没的写！”马堂学着皇帝的语气说。

“叔说的是，”随员道，“非如此，不足以显露爷的霸气。”

“他后面还能写出何等花样？”马堂让他往下读。

“势必重坏盐政，大罪之四。”只一句，随员一定要把另一句话带出。

“怎坏盐政，他未加说明？”马堂问。

“徐某人想必加以说明，抄件中却没有。”随员说。

“谁个抄录的，也忒懒点儿！”马堂责备道。

“或是懒，或是话难听，怕惹叔不高兴。”随员说。

“照你这么说，我倒该谢他？可我读他疏抄，为的是有所戒备；仅抄录一句话，我知爷会怎问，我该怎答！”马堂道。

“拿人钱财，却不能与人消灾，叔责备的是。”随员附和道。

“记住，下次遇到此类奏章，再多使些银子，让他抄录得详细些。”马堂命道。

“小的记住。”随员应道。

“再读！”马堂命道。

“贻误边输，大罪之五。”随员读道。

“大罪之四虽仅一句，尚有六字，大罪之五更减之四字。是不是大罪之六，要减到两个字？”马堂发着牢骚。

“那倒不是，大罪之六又增到两句。”随员说。

“他是怎写的？”马堂问。

“近来不唯无课，抑且无商，”随员读罢，想到马堂的吩咐，把已经说过的话再重复一遍，“大罪之六。”

“下面也是两句吗？”马堂问。

“不仅两句，且字数有所增加，”随员说到这里，顿了顿，又加上一句，“增加几个字，好歹也对得起咱使的银子。”

“是我使的银子，不是咱使的银子！”马堂更正。

“是，”随员随声附和，“是叔使的银子，不是咱使的银子。”

“让我数数，这次多几个字。”马堂让他读。

“异时临清激变，今且必致地方鼎沸，大罪之七。”随员读道。

马堂掰着手指数过，问：“多四个字，对吧？”

“对，”随员应一声，看着下文，不无惊喜地说，“叔，下一事，在本抄件中应是字数最多的。”

“是吗？读来听听。”马堂道。

“逋逃之众，倚堂为渊薮；喜乱之徒，借堂为口实。中都一摇，陵寝震惊。”随员读道。

“原以为抄录的字多些，容易读明白；谁知这一段字虽多，却没一句可以读明白。逋逃之众，怎倚我为渊薮？喜乱之徒，怎借我为口实？中都怎因我而动摇？陵寝怎因我而震惊？”马堂道。

“爷读到此，一定也会这么问。”随员说。

“那却不见得，”马堂摇着头说，“呈进的是原疏，一定写着许多逋逃之众是怎倚我为渊薮的，喜乱之徒是怎借我为口实的，中都怎因我而动摇的，陵寝怎因我而震惊的。爷读到，我却没读到，爷问起来，我该怎答？这才是我担心的事。”

“叔担心的事，小的也担心。”随员附和道。

“还有一大罪吧？赶快读完，走人！”马堂挥挥手，作撵人状，

“一路动，则诸路动；谁是首恶，启此厉阶？”随员读道。

“怎叫一路动，诸路动？又是莫名其妙的句子！”马堂道。

“小的想，他或是把叔当作一路，把陈叔呀，张叔呀，孙叔呀，李叔呀，潘叔呀，杨叔呀，都当作一路。”随员小心翼翼地说。

“难得你记住这多个叔！”马堂冷笑，“他等哪一个不是比我胆子还大？哪一个会看我眼色行事？我随他等而动还差不多！”

“是，”随员附和道，“在这多个叔里，叔是最守规矩的。”

说马堂挑头滋事，他不乐意；说他守规矩，他也不乐意。

“胡说！他等不守规矩，我为何要守规矩！”他说。

说东也不是，说西也不是，随员只好不说。

马堂闭目养神，睁眼看时，随员仍站在前面。

“你怎还不走？”他问。

“叔没让小的走，小的不敢走。”随员说。

“我没让你走吗？”马堂斥道，“还有一大罪，赶快读完，走人！这话不是我说的吗？”

可我读完，你不是又有话说？随员心想。他不敢公然顶撞，改个说法：“小的还想陪叔说说话。”

“陪我说说话？”马堂讥道，“读个抄件，都是前言不搭后语的；空口无凭，你还能说出有味道的话来！”

“人家抄的前言不搭后语，叔不能怪在我头上，”随员委屈地说，又说，“再者，小的也不是空口无凭。”

“不是空口无凭？你还能说出个眉眼高低不成？”马堂问。

“不只是说出个眉眼高低，说不定，小的还能描出个龙眉凤眼来。”随员不知哪儿来的胆量，竟在马堂面前吹起牛来。

“好啊，我还真没见过龙眉凤眼是何模样！”马堂说着，问道，“不是空口无凭，你要就哪个题目说话？”

“小的想就徐某人此疏说上几句。”随员道。

“仍说此疏？莫非你还有所闻？”马堂问。

“小的并无所闻，但有所见。”随员说。

“有何所见？”马堂问。

“小的看出，叔有点儿担心。”随员说。

“怎叫有点儿担心，我才不是有点儿担心！”马堂道。

“是，是，”随员连声应道。“叔心宽得很，为区区御史的一道奏本，叔一点儿也不会担心。”

第三百零七章

马堂陪同利玛窦到京师，在馆驿等候多日，终蒙皇上召见。当然，像利玛窦这样一个来历不明的外国人进不了宫，他所携带的贡物是由马堂带进宫里去的。

“老马识途，知道来宫里看朕。”皇帝说句笑话。

“奴才无日不在挂念爷，无时无刻不在挂念爷。”马堂说。

“废话少说，给朕说说那个人吧。”皇帝道。

“是。”马堂应一声，等皇帝发问。

“听说是你把他接来的？”皇帝问。

“差不多是吧。”马堂含糊地回答。

“怎叫差不多是？”皇帝问。

“他打老远的地方来，不知是怎么来到我大明的；奴才南下接他，只是接他一小段。”马堂说。

“前面的路不说它，是你把他接进京来的，对吧？”皇帝又说。

“对，”马堂应罢，又作小小的改正，“是奴才把他迎至天津，又把他送来京师的。”

“即便仅迎一小段，并送来京师，也应该知根知底。”皇帝道。

“奴才不敢说知根知底，只能说知道个大概。”马堂话说得很有分寸。

“那人的名字，老马总知道吧？”皇帝问。

“是，”马堂应一声，说道，“他叫利玛窦。”

“是真名，抑或假名？”皇帝问。

“奴才听他的熟人引介他时，都说他叫利玛窦；奴才想，这应该是他的真名。”马堂回答。

“是取的汉人的名字，还是从原名译成汉人的名字？”皇帝问。

“奴才不知。”马堂道。

“知之为知之，不知为不知，很好，”皇帝夸奖他一句，又问，“他是从何处来的？”

“利玛窦来自西洋国，”马堂习惯性地回答后，想起自己随员的纠正，又说，“是来自大西洋。”

“不错，这个大字是一定要有的；不然，礼部要挑你的毛病，”皇帝说着，问道，“老马，西洋、大西洋，你知礼部是怎说的？”

“奴才不知。”马堂说。

“礼部称:《会典》止有西洋国、西洋琐里国。而无大西洋，其真伪不可知；又寄住二十年方贡，则与远方慕义献琛者不同。”皇帝述道。

“奴才知道，”马堂道，又说，“此事怪奴才。”

“怎的怪你？”皇帝奇怪地问。

“奴才以前不知有大西洋，更不知有利玛窦这个人自大西洋来，致使他寄住我中华二十年方贡。”马堂说。

“你倒敢把责任都揽到自家身上！”皇帝笑道，“礼部质疑此事，不光是不知大西洋真伪，也不光是利玛窦寄住我中华二十年方贡，还有别的事，你也敢揽到自家身上吗？”

“奴才不知礼部还质疑何事，不敢乱揽。”马堂说。

“先看看利玛窦的贡物，再说礼部的质疑吧。”皇帝命道。

“是。”马堂应一声，几步奔到殿外。殿外有他带来的两名长随，每人守着一物，一是木版制作的舆图，一是被玻璃四面罩住的人像。他想一个人把木制版图先抱进去，但只搬起寸许，再也无法抬高。守着版图的长随想帮助他，他摆摆手，又奔回殿上。没有皇帝旨意，他带来的两名长随不可能被允许登殿。

“爷，借个人用用。”他指着皇帝身后的近侍说。在皇帝面前，只有少数几名太监敢如此放肆。

皇帝做个手势，让一名近侍随他去。

“爷，再借个人用用。”马堂又说。

“你这是得陇望蜀呀。”皇帝虽然取笑他，还是再给他派名近侍。

马堂让两名近侍把木制版图抬上殿去，自己抱着玻璃罩住的人像，轻松地跟在后面。

“马叔找的是两个便宜的苦力呀。”一近侍悄声说。

“放心，你马叔不会亏待你两个。”马堂爽快地说。

“一串珠子。”该近侍说。

“好说。”马堂应道。

“一块玛瑙。”另一名近侍说。

“可以。”马堂应道。

“珠子的个儿要大。”前一近侍又说。

“玛瑙的色泽要亮。”后一近侍说。

“由你两个自家挑选，如何？”马堂道。

“马叔明知我二人去不成，却故作姿态。”一近侍说。

“也未必去不成，马叔到时可别反悔。”另一近侍说。

三人有说有笑，在要进殿的一瞬间，都不出声。

皇帝见两个近侍吃力的样子，说句：“很重呀。”

“回爷话，的确很重。”一近侍说。

“差一点儿，就是我二人力所不能及。”另一近侍说。

“你两个可以开口向老马索要馈赠呀！他不给，就放在殿门口，不抬进来。”皇帝说。

一近侍机灵，马上说：“奴才等遵旨，已向马叔索要。”

“索要何物？”皇帝问他。

“奴才索要一串珠子。”该近侍道。

“串珠太普通。”皇帝说。

“奴才要个儿大的。”该近侍道。

“那还差不多，”皇帝说着，问另一近侍，“你索要何物？”

“一块玛瑙。”该近侍道。

“玛瑙色泽要紧。”皇帝说。

“奴才要色泽好的。”该近侍道。

“这就好，”皇帝说着，问马堂，“老马，认账吗？”

“奴才认账。”马堂道。

“他两个可是朕差去帮你的。”皇帝说。

“奴才心里有数，”马堂道。他指着索要珠子的近侍说，“奴才送他一串珠子，也给爷准备一串同样大小的。”指着索要玛瑙的近侍说，“奴才送他一块玛瑙，也给爷准备一块同样色泽的。”

“一串同样大小的，一块同样色泽的，就可以应付过去？”皇帝问。

“奴才说错，”马堂道，他又指着索要珠子的近侍说，“奴才送他一串珠子，给爷准备一串更大的，”又指着索要玛瑙的近侍说，“奴才送他一块玛瑙，给爷准备一块更好的。”

“好，”皇帝对两名近侍说，“这笔账给他记着。”

“奴才等忘不了。”两名近侍齐道。

“呈上来吧，看看那个利玛窦带给朕何等贡物！”皇帝命道。

“利玛窦所贡土物不少，奴才带来两样，请爷观览，其他的且存在库里，”马堂说明之后，请旨，“不知爷先观览哪一件？”

“你真不知心疼朕的人！”皇帝嗔道，“没见他两个累得直喘气吗？难道要朕边听他两个的喘息声，边观览你手里那件贡物！”

“是奴才不懂事，爷请先观览他等抬进的贡物。”马堂说着，指挥两名近侍把木制版图举放到御案上。

“此为何物？”皇帝问。

“图。”马堂回答一个字。

“朕还看不出是图？朕问你是何图！”皇帝道。

“利玛窦告诉奴才，此为万国全图。”马堂说。

“朕常听臣子们说天下万国、万邦；天下当真有万国、万邦吗？”皇帝表示怀疑。

“奴才原也不信天下有万国、万邦；但听利玛窦给奴才讲说万国全图，不由得有些信。”马堂说。

“你给朕说说，为何不由得有些信！”皇帝命道。

“他告诉奴才，天下有五洲。”马堂说。

“大禹时天下已有九州，怎到他这里，只有五州？”皇帝质疑。

“他说的洲，和大禹王时的州不同，是大洲。”马堂说。

“有多大？”皇帝问。

“奴才只知很大，具体有多大，奴才不知。”马堂说。

“那你说说，天下五洲，我大明据其几。”皇帝又出个题目。

“据利玛窦说，我大明在亚细亚洲。”马堂道。

“你的意思，五大洲中，我大明只得其一？”皇帝问。

“这不是奴才的意思。”马堂说。

“对，是利玛窦的意思。”皇帝道。

“更不是利玛窦的意思。”马堂说。

“怎么，他也觉着，我大明不止据其一？”皇帝问。

“是奴才觉着，我大明不仅据其一；但据利玛窦所言，亚细亚洲除我大明外，还有许多国、许多邦。”马堂说。

“还有许多国、许多邦？”皇帝吃惊。

“是，”马堂应一声，说道，“譬如日本、朝鲜、安南等国，都在亚细亚洲；再譬如唐朝大和尚去取经的西天，也在亚细亚洲，共计百余国。”

“这多国家，得有多大！”皇帝半信半疑。

“爷看，有这么大。”马堂比画着版图上的一块地方说。

“这么一小块儿地！那我大明岂不是更小！”皇帝惊道。

“爷看，我大明有这么大。”马堂还要比画。

“朕已看到，”皇帝说着，自己比画出那一块儿地，“这歪歪扭扭的中华帝国之内，就是我大明朝的疆域吧？”

“是。”马堂应道。

“天下这么大，我大明王朝却这么小，朕不信。”皇帝道。

“奴才也不信，”马堂先附和一句，然后说，“可我大明虽小，却有一个巴掌大，奴才一看日本、朝鲜等国，只有一个指甲盖那么大，又不由得有些信。”

皇帝在版图上找到朝鲜，确实只有指甲盖大，而且是小拇指的指甲盖；找到日本，其国长而窄，折合起来，或比指甲盖略大，但大得有限。

“你说利玛窦来自大西洋？”皇帝换个话题。

“是。”马堂应道。

“大西洋是个国名？”皇帝问。

“不是，”马堂应道，“大西洋其实是沿用我汉人语言。前辈三保太监所到之处，不是叫作西洋吗？比西洋更远之处，称之为大西洋。”

“所谓更远之处，即隔着更辽阔大海之处，是吧？”皇帝换个说法。

“是。”马堂应道。

“所以，辽阔的大海是西洋，更辽阔的大海才是大西洋。”皇帝说。

“爷说的是。”马堂应道。

“所以，利玛窦应该是来自大西洋中的某一国，是吧？”皇帝又问。

“是。”马堂应道。

“那么，他来自哪一国？”皇帝问。

“利玛窦说，其国称意大里亚。”马堂道。

“意大里亚？在哪里？”皇帝问。

“爷看，在这里。”马堂在版图上比画出一块地方。

“其疆域看上去不比我大明小多少呀，应该算个大国，怎从未听人说过？”皇帝问。

“一则，路程遥远，鲜有人知；二则，这一块并非都属意大里亚。”马堂边说，边在方才比画的那块地方上比画出一小块地方。

“朕说呢！原来也不过是弹丸之地，”皇帝说着，问道，“它周围一块一块的，都是一个国家吗？”皇帝问。

“是。”马堂应道。

“朕看，有不少国家。”皇帝说。

“要不是利玛窦说，奴才根本看不出来，有七十多国呢，”马堂道，“许多更小的国度，在舆图中无法勾画出来。”

“意大里亚等国据我大明甚远，应该不在亚细亚洲。”皇帝推测。

“爷说的是，”马堂应道，“意大里亚，及其周围七十余国，皆属另一洲，名曰欧罗巴洲。”

“欧罗巴洲？好怪的名字！”皇帝摇着头说，“亚细亚洲，朕已觉着很怪，没想到还有比它更怪的名字。”

“其他各大洲名字，没有不怪的，”马堂掰着手指说道，“第三是利未亚洲，爷看，在这里。欧罗巴洲和亚细亚洲还有相连接的地方，利未亚洲却与亚细亚洲、欧罗巴洲，均不相连。第四是亚墨利加洲，地域不仅比欧罗巴洲大，似乎比亚细亚洲也大。其当中似连不连，所以，又分为南亚墨利加洲和北亚墨利加洲。第五是墨瓦腊泥加洲。爷看，亚墨利加洲在这里，墨瓦腊泥加洲在这里。利未亚洲，据说也有百余国，亚墨利加洲和墨瓦腊泥加洲各有几国，则利玛窦也说不上来。”

“他只是那二洲有几国说不上来吗？”皇帝问。

“爷的意思是——”马堂没听明白。

“拿亚细亚洲来说，他倒是说上来有百余国；可真有百余国吗？百余国真如此舆图排列吗？”皇帝问。

“爷疑的是。”马堂应道。

“欧罗巴洲七十余国，利未亚洲亦百余国，他倒是说上来；可欧罗巴洲真有七十余国、利未亚洲真有百余国吗？各国真如此舆图排列吗？”皇帝问。

“爷疑的是。”马堂应道。

“天下是只有五大洲吗？五大洲是叫亚细亚、欧罗巴、利未亚、亚墨利加、墨瓦腊泥加吗？”皇帝问。

“爷疑的是。”马堂应道。

“欧罗巴真有个意大里亚吗？”皇帝

“爷疑的——”是字没说出来，马堂改口道，“奴才听说，距我大明极远，确有大西洋；大西洋中，确有意大里亚。”

“你听今人说的，听古人说的？”皇帝问。

“奴才只能听今人说。”马堂道。

“他等是怎说的？”皇帝问。

“据他等说，今者自意大里亚来我大明者人数不少。”马堂道。

“他等是不是听那些自称来自意大里亚的人说的？”皇帝问罢，加上一句，“利玛窦亦在其中。”

“他等或是，或不是，但归根结底，是听那些自称来自意大里亚的人说的，”马堂说罢，也加上一句，“利玛窦亦在其中。”

“老马，你信国人，抑或信外人？”皇帝问。

“奴才信国人。”马堂说。

“你信古人，抑或信今人？”皇帝问。

“奴才信古人。”马堂说。

他未必真的信国人，信古人，但他觉得皇帝是要他信国人，信古人，所以这么回答。

“其实，国人对外人的说法，有信的，有不信的。朕问的是公卿大夫，他等似皆不信五大洲之说。”皇帝道。

“奴才在想，国人皆不信外人之说，怎会传来传去，传到奴才耳朵里？听爷这么一说，奴才才懂。”马堂既附和皇帝，又表明自己的怀疑。

“至于古人，别朝不说，本朝《大明会典》，就没言及大西洋及意大里亚，故朕疑之。”皇帝说。

“爷疑的是，”马堂终于把没说完的话说完，并问，“爷既疑其人、其说，多半是不会宣召他吧？”

“大臣们皆以为不可宣召，朕也无意宣召。”皇帝说。

“爷是不是要把他逐出京师？”马堂问。

“不忙，”皇帝道，“你不是带来两件贡物让朕观览吗？朕才观览其中一件，另一件还没观览呢。”

“是。”马堂似乎一下子感到玻璃罩起的肖像很重要，应罢，忙把它放在御案上，并往皇帝那边推一推。

“此为何物？”皇帝问。

“像。”马堂又回答一个字。

“朕还看不出是像！朕问你是何像。”皇帝道。

“利玛窦告诉奴才，此为耶稣神像。”马堂说。

“耶稣神像？耶稣是哪路神圣？”皇帝问。

“利玛窦告诉奴才，耶稣是天子。意大里亚人，乃至欧罗巴人，无不把耶稣视为最高神圣，而敬仰之，而崇拜之。”马堂说。

“朕才是天子，他怎也是天子！莫非他和朕一样，也是万邦之主，故被尊为天子？天下到底有几个天子？”皇帝产生一系列的疑问。

“他这个天子，和爷这个天子，有点儿不一样。”马堂说。

“有何不一样？”皇帝问。

“譬如爷在位时，爷是天子；皇考爷在位时，皇考爷是天子；皇祖考爷在位时，皇祖考爷是天子。而意大里亚，乃至欧罗巴，从古到今，只有一个天子，即耶稣。故他不似爷这个天子，倒更似佛祖。”马堂说。

“那他何不叫耶祖，却来和朕争天子的名头！”皇帝道。

“奴才这就传旨，让国人、意大里亚人，欧罗巴人，以后只可叫他耶祖，不可说他是天子。”马堂献殷勤。

“不必多此一举，”皇帝道，“利玛窦不说他是耶稣吗？就让他叫耶稣吧，就让意大里亚人叫耶稣吧，就让欧罗巴人叫耶稣吧，用不着再尊为耶祖。倒是圣母心里只有佛祖，若是知道宫里还有个耶稣神像，非把它砸烂不可。你等不可不留意！”

“是，”马堂应道，“奴才一定留意，也让看到它的别的奴才们留意。”

“利玛窦的贡物还有点儿意思。至于他本人，愿意住在京师，就住下来。朕不宣召他，也不驱逐他。”皇帝说。

“奴才领旨。”马堂应道。

第三百零八章

缇骑进武昌城的消息一传十，十传百，很快传遍全城。士民一邀十，十邀百，围观的人群很快由数千人增至数万人。

有人满嘴酒气，迷迷糊糊跟出来，并不知出了什么事。

“何事？”他问身旁的人。

被他问的人，最厌恶饮酒，捂着鼻子走开。

满嘴酒气的人却不知趣，周围有那么多人——其中多数不讨厌饮酒——不问，偏要追着厌恶饮酒的人问。二人边走，边问答。

“何事？”这回是厌恶饮酒的人问。

“是我问你何事，你怎反问起我来！”满嘴酒气的人道。

“我问你，为何缠着我不放！”厌恶饮酒的人道。

“我缠着你？我是跟着众人。你不也跟着众人！”满嘴酒气的人辩道，

“那你去问众人呀。”厌恶饮酒的人道。

“我是可以去问众人；只要你马上离开众人回家，我绝不缠着你。”满嘴酒气的人说。

“你不还是承认缠着我！”厌恶饮酒的人道。他虽厌恶饮酒，厌恶和满嘴酒气的人说话，但要他离开街上的人群，独自回家，却是万万不能的。两相比较，他宁愿暂且应付满嘴酒气的人。他说，“你问我何事，是吧？告诉你，是大事！”

“我知是大事，不然，怎会有这多人在街上！我是问你，是何大事？”满嘴酒气的人道。

“缇骑进城，算不算大事？”厌恶饮酒的人道，并深表轻蔑地问一句，“缇骑从哪里来的，你知不知道？”

“从朝廷来的，我怎会不知！”满嘴酒气的人说。

“朝廷派来缇骑，为的何事，你知不知道？”厌恶饮酒的人又问。

“为抓人，我怎不知！”满嘴酒气的人道。

“朝廷派缇骑来我武昌，为抓何人，你知不知道？”厌恶饮酒的人第三问。

“这却不知，”满嘴酒气的人说着，反问三句。第一句是，“朝廷当真派来缇骑？”

“除非他等冒充缇骑，怎会有假！”厌恶饮酒的人道。

满嘴酒气的人问的第二句是：“缇骑当真进城？”

“我亲眼所见，怎会有假！”厌恶饮酒的人道。

满嘴酒气的人问的第三句是：“他等要抓何人？”

“你该问的只有这一句，”厌恶饮酒的人说着，一招手，让满嘴酒气的人把耳朵贴过来。他俯在对方的耳边说，“冯大人。”

满嘴酒气的人愣了愣神，忽然一把揪住厌恶饮酒的人衣领，喝道：“你说是谁个？”

厌恶饮酒的人吓一跳，拼命挣扎着摆脱。他往一旁挪几步，道：“只动口，不动手，成不成？”

他做好准备，只要对方说“不成”，马上跑开。

满嘴酒气的人没有蛮横地拒绝，而是应道：“好，动口，不动手。”然后问，“你说缇骑来抓冯大人？”

“是。”厌恶饮酒的人说。

“哪个冯大人？”满嘴酒气的人又问。

“武昌城里有几位冯大人？”厌恶饮酒的人反问。

“大大小小的官员都算上，有两三个。”满嘴酒气的人说。

“值得出动缇骑来抓的呢？”厌恶饮酒的人问。

“那只有一位，”满嘴酒气的人说着，喝道，“你是说，按察司的冯大人吗？”

厌恶饮酒的人又往旁边挪了挪，才说：“是他。”

“怎会是他！”满嘴酒气的人喝道。

“怎不会是他？”厌恶饮酒的人道。

“武昌城里就这么一个好官，朝廷忍心抓他！”满嘴酒气的人道。

“武昌城里就这么一个好官，有人能容他！”厌恶饮酒的人道。

“有人？谁个？”满嘴酒气的人问。

“武昌城里容不得好官的，能有几人？”厌恶饮酒的人反问。

“你是说他？”满嘴酒气的人又问。

虽只用个代词，厌恶饮酒的人足以心领神会。

“可不是他！”他点头道。

“错！”满嘴饮酒的人道。

“错？”厌恶饮酒的人以为，两个人说岔，再特别强调一句，“我说的是他！”

“我知你说的是他。”满嘴酒气的人道。

“那怎会错？”厌恶饮酒的人问。

“那人虽然可恶，对冯大人却是礼敬有加。”满嘴酒气的人说。

“礼敬有加？老哥，你说的是他吗？”厌恶酒气的人顿生疑窦。

“是他呀。”满嘴酒气的人应道。

“他竟对冯大人礼敬有加？”厌恶酒气的人问。

“对呀。”满嘴酒气的人应道。

“老哥这么说，是信口道来，还是握有实据？”厌恶酒气的人问。

“当然是握有实据。”满嘴酒气的人道。

“能否说来听听？”厌恶酒气的人说着，抱拳一揖。

“老哥可曾听说，武昌城里大大小小的官员，他给谁人送过吃食？”满嘴酒气的人问。

“不曾听说。”厌恶饮酒的人道。

“可他曾给冯大人送过吃食。”满嘴酒气的人说。

“彼此赠送吃食，未必就礼敬有加。”厌恶饮酒的人道。

“吃食是装在食盒里送去的。”满嘴酒气的人说。

“送去食盒就是礼敬有加？太牵强吧！”厌恶饮酒的人道。

“我的意思是，食盒里不仅装有吃食。”满嘴酒气的人说。

“是不是还有银锭？”厌恶饮酒的人问。

“咦！”满嘴酒气的人惊叹一声，“老哥不是知道吗？”

“此事武昌城里城外无人不知，我怎会不知！”厌恶饮酒的人说。

“既如此，为何要我举例？”满嘴酒气的人问。

“我倒要问问老哥，”厌恶饮酒的人反问，“老哥知他给冯大人送过食盒，其中夹带银锭，可知他为何要馈赠冯大人？”

“冯大人捕治他在武昌、汉阳、黄州等地的爪牙。”满嘴酒气的人说。

“冯大人捕治他在三府的爪牙，他反而对冯大人礼敬有加？他是这等有肚量的人吗！”厌恶饮酒的人道。

“老哥说，那人为何馈赠冯大人？”满嘴酒气的人反问。

“当面赔笑脸，暗地使绊子，在馈赠冯大人的同时，心里想的是加害冯大人。缇骑之来，正因他参劾冯大人。”厌恶饮酒的人说。

“这个说法也是有的。”满嘴酒气的人说。

“老哥还能说，他对冯大人礼敬有加吗？”厌恶饮酒的人道。

“既有此说，我不好再说他对冯大人礼敬有加；但老哥据此而说他加害冯大人，我也不能信服。”满嘴酒气的人说。

“要怎样，老哥才会信服？”厌恶饮酒的人问。

“总得多个理由吧。”满嘴酒气的人说。

“那我就再给你个理由，”厌恶饮酒的人道，“老哥才说，武昌城里大大小小的官员，他给谁也没送过吃食，更何况食盒里夹带银锭；我再问一句：武昌城里大大小小的官员，有谁个曾在他馈赠时，竟公然把他的馈赠之物公之于大庭广众之下？”

“既然无人受过他馈赠，怎将他馈赠之物公之于大庭广众之下？”满嘴酒气的人道。

“若受其馈赠，有几个人敢这么做？”厌恶饮酒的人问。

“应该是绝无仅有。”满嘴酒气的人说。

“所谓仅有，是冯大人吧？”厌恶饮酒的人道。

“是，”满嘴酒气的人应道，“武昌城里如果有一人敢于将他的馈赠公之于众，此人必是冯大人。”

“如果我告诉老哥，不是如果，是确有其事，老哥以为这个理由够不够？”厌恶饮酒的人问。

“理由是多一个，但还不够。”满嘴酒气的人说。

“还不够？你不是说，多个理由会信服吗？”厌恶饮酒的人道。

“一则，我说的是，总得多个理由，并不是说，多个理由我一定会信服；二则，你说的不是一个理由，而是半个理由。”满嘴酒气的人说。

“怎又成半个理由？”厌恶饮酒的人问。

“你看啊，前一个理由，你说的是冯大人抓捕他在武昌、汉阳、黄州等地的爪牙，所以，他才明里馈赠，暗里加害；后一理由，你说的是，冯大人不接受那人馈赠，将其公之于众。这两个理由，一脉相承，合起来，才成一个完整的理由。”满嘴酒气的人说。

“那好，我再给你看个完整的理由。”厌恶饮酒的人不管满嘴酒气的人还有多少酒气，拉着他就走。

“老哥，去哪儿？”满嘴酒气的人问。

“有篇文字给你看！”厌恶饮酒的人道。

他把满嘴酒气的人拉到一个路口，路口不知几时立起一个木牌，木牌上贴着一张大纸，纸上写满字。

“你怎知我识字？”满嘴酒气的人嘻嘻笑道。

“你不识字，我读给你听。”厌恶饮酒的人说。

“不必，不必，这几个字难不倒我，”满嘴酒气的人边说，边指着开头的三个大字，“第一个字是冯，第二个字是应，第三个字是京，是吧？”

“是。”厌恶饮酒的人应道。

“好大的胆，敢在大街上直书大人名讳！”满嘴酒气的人说着，手又指向最后几个大字，“前两个字是提督，然后两个字是湖广，然后两个字是征税，然后两个字是并开，然后两个字是矿太，然后两个字是监陈。”

读罢，连连摇头。“谁个写的，狗屁不通！”

“错。”厌恶饮酒的人道。

“你是说，狗屁能通？”满嘴酒气的人说得愈发粗俗。

“我是说，你两字两字读，方法不对。”厌恶饮酒的人说。

“那该几字连在一起读？”满嘴酒气的人问。

“你或一气读下来，或这样来读，”厌恶饮酒的人说着，给他示范，“提督、湖广、征税、并开矿、太监、陈。”

“虽然读错，我也猜到。你说，上面写冯大人名讳，下面由他签署，却是何意？”满嘴酒气的人问。

“把当中的文字读下来，不就知道！”厌恶饮酒的人道。

“当中的字太小，我眼神不好，读起来吃力。”满嘴酒气的人说。

“你的意思，要我读给你听？”厌恶饮酒的人问。

“有劳，”满嘴酒气的抱拳一揖后，又改变主意。“不必一句一句读，你告诉我个大意即可。”

“大意即罗列罪状。”厌恶饮酒的人说。

“是他罗列冯大人罪状？”满嘴酒气的人问。

“当然，”厌恶饮酒的人道。“若是冯大人罗列他罪状，会用这等下作手段。岂不闻冯大人日前上疏，直陈他十大罪状！”

“老哥，告示仅张贴此一处吗？”满嘴酒气的人问。

“谁说的！”厌恶饮酒的人指指这边，指指那边，说道，“城中各路口都张贴，城外各乡镇也都张贴。”

“看来，他加害冯大人，是真的。”满嘴酒气的人自语道。

“老哥终于信服？”厌恶饮酒的人长吁一口气，好像办成件大事。

“众人这是去哪里？”满嘴酒气的人问。

“去他的公署呀！”厌恶饮酒的人道，“朝廷派来缇骑抓冯大人，是受蒙蔽而已，这笔账一定要算在他头上！”

“既如此，我二人为何不去？”满嘴酒气的人问。

“我说得口干舌燥，不就为的让老哥明白其中原委吗？老哥既已明白，快去，快去！”厌恶饮酒的人道。

当日，有数万人拥至税使公廨。陈奉逃脱，躲匿在楚王府。士民没找到陈奉，执其爪牙六人，投掷江中。

当然，武昌的变乱未能阻止锦衣卫官校把冯应京解去京师。

第三百零九章

户科给事中田大益下定决心拜谒名为次辅，实则每日唯一入值内阁的沈一贯。所以须下决心，是因为他料到，拜谒沈一贯，不会有多大效果；所以最终要去，是因为他估计，沈一贯不会连他最起码的要求也拒绝。

沈一贯倒很爽快，笑着问："博真，为可大而来吧？"

田大益字博真，四川定远人，万历十四年进士。可大则是冯应京的字。他是南直隶盱眙人，万历二十年进士。

"肩吾先生是说哪位可大呀？"田大益故作懵懂。

冯应京字可大，武昌还有一可大，即巡抚支可大，那是本名。

"自是冯可大。"沈一贯道。

"肩吾先生怎能断定是冯可大？"田大益问。

"二可大之事，一则参之，一则救之。欲参之之可大，博真大可径上疏参之，不会来和我打招呼；欲救之之可大，自是出面救之者越多越好，我怎么也能在越多越好里充个数。"沈一贯说。

"肩吾先生所言，不无道理，但有所纰漏。"田大益不客气地说。

"是吗？"沈一贯饶有兴致地问，"有何纰漏？"

"欲参之之可大，难道不是出面参之者越多越好？"田大益指出。

"确是个纰漏，"沈一贯点点头，又问，"博真今日来，莫非是二可大之事一并言之？"

"这却不然，"田大益摇头，"若二可大之事一并言之，我为何要问肩吾先生是说哪一可大？"

"看来，我猜博真为冯可大而来，猜得对。"沈一贯说。

"是。"田大益应道。

"博真未免顾此失彼。"沈一贯说。

"此话怎讲？"田大益问。

"二可大之事，休戚相关，救一可大则须参一可大，参一可大则须救一可大。"

沈一贯说。

“肩吾先生所言，不无道理，但有所疏忽。”田大益又不客气地说。

“怎有所疏忽？”沈一贯问。

“二可大之事，一则参之，一则救之，”田大益前面两句话和沈一贯的话一样，后面的话却不一样，“欲参之之可大，武昌闹起来，无论多几个人参他，抑或少几个人参他，朝廷都要处分；欲救之之可大，武昌闹起来，朝廷也要处分，多几个人救他，少几个人救他，特别是多个肩吾先生救他，少个肩吾先生救他，结果可能会大不一样。”

“博真真是把武昌的事参详到家，”沈一贯赞道，又说，“不过，我看博真在武昌的事上也有所疏忽。”

“晚生有何疏忽？”田大益问。

“一则，欲参之之可大，出面参之者越多越好，难道不是博真说的？”沈一贯反问。

“这话是晚生说的。”田大益道。

“转眼之间，多几个人参他，少几个人参他，怎又不在话下？”沈一贯问。

“晚生说的是多几个人参他，少几个人参他，朝廷都要处分，并未说不在话下。晚生的意思，以另一可大的作为，出面参他的人越多越好；以二可大之事比较而言，对另一可大多几个人参他，少几个人参他，远不如对此可大多几个人救他，少几个人救他，关系重大。”田大益辩道。

“还算说得过去，再说别事，”沈一贯道，“二则，在博真的地位，可以把救此可大看得比参彼可大重大；在我的地位，却不能小觑对彼可大的处分。因为武昌变乱，他毕竟难脱干系。”说罢，问道，“博真说，是不是这个道理？”

“是这个道理，”田大益回应之后，反问道，“在肩吾先生的地位，以为应该如何处分彼可大？”

“我与兵部、都察院的堂官们议过。至少，须易楚抚。”沈一贯道。

“该楚抚不胜其任，询问廷臣，十个中有八个都是此意；若不为专意对付猖獗阉宦，我宁愿朝廷对彼可大的处分更加严厉。”田大益说。

“博真欲专意对付税使，就不必多说彼可大吧。”沈一贯道。

“好，”田大益点点头，又问，“老先生们有人选吗？”

“有，是博真同乡长者。”沈一贯道。

“我同乡长者？哪一位？”田大益问。

“德仲先生。”沈一贯告诉他。

“少司马德仲先生？”田大益坐实。

他说的德仲先生，姓赵，名可怀，四川巴县人，嘉靖四十四年进士，官兵部侍郎。

“是，”沈一贯应一声，问道，“博真看，以德仲先生代彼可大抚楚，如何？”

“别事不好说，但应不会对阉宦唯唯诺诺。”田大益道。

“那就可以，是不是？”沈一贯问。

“是。”田大益应道。

“此事的处分，博真尚认可，是不是？”沈一贯问。

“我是否认可，无关紧要，要在——”田大益话说一半，被沈一贯打断。

“要在博真欲言之事，我还没认可，是不是？”沈一贯问。

“是。”田大益应道。

沈一贯点点头，表示他就要说这件事。

“三则，欲救之之可大，出面救之者越多越好，我是认可的。”他说。

“如此说来，肩吾先生愿意出面救之？”田大益的目的达到，语气显得兴奋。

“是。”沈一贯应道。

“肩吾先生可要想清楚，既救冯可大，免不了要得罪阉宦的！”田大益提醒他。

“我清楚得很！”沈一贯道，“武昌变乱，乃税使激之，这层意思我是一定会写上的。”

“肩吾先生肯如此伸张正义，实朝廷之幸，亦可大先生之幸。”田大益说着，深作一揖。

“博真，揖得过早，”沈一贯说着，作避开之状，“我虽认可救可大，但还有句话，要对你说。”

“肩吾先生还有何话？”田大益问。

“尽人事而已，博真别抱太大希望。”沈一贯说。

“怎么？”田大益颇感惊诧，“我辈出面救可大先生，我是没抱太大希望的；难道相公出面救可大先生，皇上也不为所动？”

“说起来惭愧，科、道官疏救某人，疏陈某事，虽未必成功，至少还能激怒皇上；我身为辅臣，疏救某人，疏陈某事，不但同样不能成功，而且，连激怒皇上的机会都很渺茫。”沈一贯道。

“听起来，仍不可思议。”田大益说。

“拿博真来说吧，”沈一贯以他本人为例，来解释自己的意思，“去冬博真曾上过一疏，对吧？”

“是陈述矿、税六害的奏本吗？”田大益问。

“是。”沈一贯应道。

“该疏有所纰漏，或有所疏忽？”田大益问。

“并无纰漏、疏忽；我要说的，也不是有无纰漏、疏忽。我想问问博真，还记不记得是哪六害。”沈一贯道。

“没隔多久，当然记得。”田大益说。

“那么，第一害所言何事？”沈一贯问。

“敛巧必蹶。”田大益道。

“博真大致是怎写的？”沈一贯不让他背诵全文。

“内臣务为劫夺，以应上求。矿不必穴，而税不必商。民间丘垄阡陌，皆矿也；官吏农工，皆入税之人也。”田大益简述第一害。

“第二害所言何事？”沈一贯问。

“名伪必败。”田大益道。

“博真大致是怎写的？”沈一贯问。

“陛下尝以矿、税之役为裕国爱民，然内库日进不已，未尝少佐军国之需。”田大益简述第二害。

“第三害所言何事？”沈一贯问。

“贿聚必散。”田大益道。

“博真大致是怎写的？”沈一贯问。

“财积而不用，祟将随之。脱巾不已，至于揭竿，适为奸雄睥睨之资。”田大益简述第三害。

“第四害所言何事？”沈一贯问。

“怨极必乱。”田大益道。

“博真大致是怎写的？”沈一贯问。

“众心不可伤也。一旦土崩势成，家为仇，人为敌，众心齐倡，而海内因以大溃。”田大益简述第四害。

“第五害所言何事？”沈一贯问。

“祸迟必大。”田大益道。

“博真大致是怎写的？”沈一贯问。

“国家全盛二百三十余年，而东征西讨，以求快意，上荡主心，下耗国脉。”田大益简述第五害。

“第六害所言何事？”沈一贯问。

“意迷难救。”田大益道。

“博真大致是怎写的？”沈一贯问。

“陛下以豪珰奸弁为腹心，以金钱珠玉为命脉，即令逢、干剖心，皋、夔进谏，亦安能解其惑哉！”田大益简述第六害。

沈一贯重复一遍田大益用的六个标题，问道，“言矿、税之害，此六题是不是最为重大？”

“至少在我看来，最为重大。”田大益道。

“言矿、税之害，此六题是不是最为醒目？”沈一贯问。

“至少在我看来，都很醒目。”田大益道。

“言矿税之害，此六题是不是最发人深省？”沈一贯问。

“至少在我看来，皆可发人深省。”田大益道。

“那么，我若疏陈矿、税之害，宜用此等名目否？”沈一贯问。

田大益没立刻回答。他想了想，说：“以辅臣身份，似不宜用。”

“我再问一句：博真游说我之前，大概已决心申救冯可大吧？”沈一贯又问。

“是。”田大益没必要隐瞒。

“且已打好腹稿吧？”沈一贯问。

“是。”田大益应道。

“大致会怎写，能见告否？”沈一贯问。

“有何不能！”田大益应罢，略述他新近准备上的一疏，“陛下驱率狼虎，飞面食人，以致天灾地坼，山崩川竭。衅自上开，愤由怨积。今楚人以陈奉故，沉使者不返矣；且欲甘心巡抚大臣矣。四方观听，惟在楚人。臣意陛下必且旷然易虑，立罢矿、税，以靖四方，奈何犹恋恋不能自割也！夫积金玉珠宝若泰山，不可市天下尺寸地，而失天下，又何用金玉珠宝为哉！今四方万姓，见陛下遇楚事而无变志，知祸必不解，必且群起为变。此时即尽戮诸珰以谢天下，宁有济耶！”

“岂止腹稿，分明已成文嘛。”沈一贯说。

“肩吾先生以为晚生所述尚可，我就照此书之。”田大益道。

“照此书之，或斟酌书之，是博真自家的事；我只想知道：陛下驱率狼虎，飞面食人，这等语句，读起来是不是很犀利呀？”沈一贯问。

“是。”田大益应道。

“衅自上开，愤由怨积，这等语句，读起来是不是很尖刻呀？”沈一贯问。

“是。”田大益应道。

“奈何犹恋恋不能自割，这等语句，读起来是不是能刺到痛处呀？”沈一贯问。

“是。”田大益应道。

“我若疏陈矿、税之害，宜用此等语句否？”沈一贯问。

田大益又想了想，说：“以辅臣身份，似不宜用。”

“博真去冬上一疏，对朝廷可有触动？”沈一贯又问。

“似无。”田大益道。

“博真估摸，今再上一疏，对朝廷会不会有触动？”沈一贯问。

“若料定必无触动，何必言之！言矿、税之害者非我一人，人人都希望自己奏议为朝廷采纳；然朝廷会否采纳，实难估摸。”田大益说。

“博真看啊！”沈一贯这才解释他提出一系列问题的用意，“你分六事而言，题目无不重大，无不醒目，无不发人深省；合一事而言，语句无不犀利，无不尖刻，无不刺到痛处。然二疏并未触动皇上。而博真用的题目，我不宜用之，即不能那么重大，那么醒目，那么发人深省；博真用的语句，我不宜用之，即不能那么犀利，那么尖刻，那么刺到痛处。我疏陈矿、税之害，又怎能触动皇上？”

“如肩吾先生所言，我等上疏力谏，岂不都是无用之举？”田大益不无愤懑地问。

“所以，我还要说句话：尽人事而已，”沈一贯道，“我等上疏，或不能触动皇上，但我等为国家、为朝廷、为皇上之心，说不定感动上苍，致令奇迹出现。”

还真的有奇迹发生，陈奉被皇帝召回。不过，这个奇迹不是田大益的陈奏引发的，不是沈一贯的陈奏引发的，不是别臣的陈奏引发的；当然，也不是上苍降下的，而是因为另外的两本奏疏。

一本奏疏是陈奉自己上的。他在楚王府里躲匿多日，后来在支可大派去的官军护送下，逃离武昌，并一路逃出湖广境外。他自忖无法在楚地立足，上疏请还。

另一本奏疏是湖口税监李道上的。他说陈奉仇视楚人，征多解少，侵夺国课达数十万之多。仇视楚人，皇帝并不在意；但征多解少，却一定要查一查。

陈奉被召回后，未被处分，倒是继续参劾他的官员，仍被降黜。

第三百一十章

宣府巡抚王象乾接替李化龙巡抚四川，并总督四川、湖广、贵州军务。他在巡视新近设置的遵义军民府时，邀贵州巡抚郭子章过境一叙，郭子章欣然从命。

王象乾在遵义军民府所属州、县转一圈，回到遵义城，郭子章已经在馆驿里等他。

“没想到相奎兄来得如此之快，我真应该早一日回到这里，烹茶扫榻以候之。”王象乾说。

“几百里路，走七八日，算快吗？督帅见召，今日才到，我还担心子廓兄要责怪我怠慢呢。”郭子章说。

王象乾字子廓，山东新城人。郭子章字相奎，江西泰和人。二人都是隆庆五年进士。

“何谓见召？怎会责怪？相奎兄言重，”王象乾说着，忽问，“相奎兄说走七八日？”

“是啊。”郭子章应道。

“相奎兄是从贵阳来，走七八日？”王象乾又问。

“是啊，”郭子章应道，并说，“若从平越军民府来，四五天足够。”

“唉，”王象乾似有感慨地说，“先人有大智慧，到我辈，怎就不能再聪明一点儿！”

郭子章猜不出他在感慨什么，问道：“子廓兄这话是针对我说的？”

“相奎兄以为这话是针对你说的，亦无不可；不过，这话说的绝对不是你。”王象乾道。

“亦即，子廓兄不是说我不够聪明？”郭子章问。

“当然不是。”王象乾道。

“那却说的谁人？”郭子章问。

“可以是张三，可以是李四，可以是许多人，”王象乾不作正面回答。含糊说过后，他反问一句，“相奎兄可知，我来这里，走几多日？”

“不会少于半月吧。”郭子章说。

“十七八日。”王象乾道。

“子廓兄说回原题，休要言他。”郭子章要他回到方才的话题。

“我并未言他呀。”王象乾却说。

“我说的不是从贵阳来走七八日的原题。”郭子章道。

“我知你说的是我那句感慨；但相奎兄不觉着，你走七八日，我走十七八日，和我那句感慨都有关？”王象乾问。

“等等！”这话有点儿绕人，郭子章需要仔细想一想。“子廓兄是说，子廓兄走十七八日，我走七八日，都和今人不够聪明有关？”

“对。”王象乾应道。

“但子廓兄说的不够聪明，并不是说我不够聪明，或子廓兄不够聪明？”郭子章又问。

“对。”王象乾应道。

“可我仍想不出来，子廓兄说今人不够聪明，是指谁人。”郭子章道。

王象乾本打算对他说明自己这话的意思，但见驿丞带人送来一桌酒饭，又改变主意。

“想不出来，不如不想，”他说着，指指已摆上桌的酒、饭，让道，“请相奎兄去成都，几无可能，我在这里略尽地主之谊吧。”

郭子章皱着眉头，不肯往那边去。

“相奎兄是不是觉着你我二人小酌，太冷清？”王象乾边问，边解释，“闻得相奎兄要来，城里大小官员都说要来敬酒。我知相奎兄喜欢清静，没让他等来。是不是多年不见，相奎兄的性情有所改变？那也不要紧，我随身有几位幕员，相奎兄想必也会带几位幕员来，凑在一起，也能唱一出好戏。”

郭子章左手摆摆，表示自己性情没变；右手摆摆，表示不用把各自的幕僚招呼来。但摆手是摆手，他身子仍不动。

“相奎兄——”王象乾做个手势，又要让，被郭子章拦住。

“子廓兄让我不想谁人不够聪明，我就不想；我请教子廓兄另外一句话。”他说。

“哪一句话？”王象乾问。

“子廓兄说先人有大智慧，指的谁人？”郭子章问。

王象乾摆摆手，不欲作答。

“也不欲告知？”郭子章问。

“不是不欲告知，是我亦不知谁人有大智慧。”王象乾道。

“子廓兄既不知，怎会感慨先人有大智慧？”郭子章问。

“我想起一件事。”王象乾道。

“子廓兄想起哪一件事？”郭子章问。

“杨氏族灭，播州一析为二，在黔者曰平越军民府，在川者曰遵义军民府。遵义军民府辖真安一州，及遵义、铜梓、绥阳、仁怀四县，”王象乾说着，呼问，“相奎兄来遵义，有没经过铜梓？”

铜梓在遵义以东，自贵州来遵义，应该经过。

“途经而未入。”郭子章道。

“未入很是。”王象乾说。

“怎么？该城不可入？”郭子章问。

“铜梓即古夜郎国。相奎兄进去，稍不留意，变得自大起来，那是无药可医的。”王象乾说。

郭子章知道他在说笑；同时也知道，他的思维是跳跃式的。这个玩笑和他要说的主题，应该没关系。

“子廓兄是不是要我说说平越军民府的设置？”他问。

“若得见告，再好不过。”王象乾道。

“平越军民府辖卫二、州一、县三、长官司二，”郭子章先笼统地说，再说具体名称，“卫二，曰清平，曰兴隆；州一，曰黄平；县三，曰余庆，曰瓮安，曰湄潭；二长官司，曰凯里，曰杨义。”

“遵义军民府，其实曰府即可，因为所辖皆州、县；平越军民府若称府，则不可。因为不管是内地的府，还是土府，其下都不辖卫，”王象乾说着，问道，“相奎兄说是不是？”

“是，”郭子章应道，并说，“卫之规格，相当于府，军民府既辖卫，规格应高于府。所以，府改军民府，皆曰升。”

“四川除遵义军民府乃近设，还有乌蒙军民府、乌撒军民府、东川军民府等。”王象乾说。

“贵州除平越军民府，也有贵阳军民府。”郭子章说。

“贵阳军民府是哪一年设置的？”王象乾问。

“和平越军民府同时，”郭子章道，“不过，平越军民府是新设，贵阳军民府则是以贵阳府升。”

“乌蒙、乌撒、东川等军民府，却是洪武中设置；另外，云南有姚安、鹤庆、丽江等军民府，是洪武末年设置。”王象乾说。

似有意，似无意，他把“洪武”两个字咬得特别清楚，不会不引起郭子章的注意。

“子廓兄说的大智慧，可是指设置军民府一事？”郭子章问。

“相奎兄亦有大智慧。”王象乾这句赞赏，无疑是肯定他的问话。

“子廓兄先别夸我，”郭子章摆摆手，说道，“设置军民府需要大智慧，太祖高皇帝及所用辅佐之臣，皆有大智慧，我都赞成；可我还是不懂，近日将播州一分为二，设置的仍是军民府，怎就不够聪明？”

“我没说播州析为遵义、平越二军民府不够聪明。”王象乾道。

“子廓兄却是何意？”郭子章问。

“我说过，相奎兄自贵阳来，走七八日，我自成都来，须走十七八日，和我那句感慨都是有关的。”王象乾道。

“子廓兄是说——”郭子章再稍一沉吟，不难理解王象乾后句话的意思，“播州，近贵阳而远成都；播州所析二军民府，不但平越军民府近贵阳而远成都，遵义军民府亦近贵阳而远成都。与其二军民府一隶川，一隶黔，不如均隶黔。”

“哈，”王象乾笑一声，问道，“相奎兄亦赞同今人不够聪明？”

“是今之秉政者不够聪明。”郭子章更正道。

“是，”王象乾应道，再问，“相奎兄赞同否？”

“子廓兄不尽地主之谊吗？”郭子章看着一桌酒、饭问。那里本来是热气腾腾的，这会儿看上去，已经没多少热气。

对于他的顾左右而言他，王象乾甚是无奈。客人可以不客气地拒食，主人难道也可以不客气地拒请？

就座后，郭子章抢过酒壶说：“我先自罚一盅，再敬子廓兄酒。”

“相奎兄为何自罚？”王象乾问。

“一桌上等佳肴，因我耽搁而变凉，甚至变味，还不该罚！”郭子章话音未落，酒盅已干。

“当真变凉？”王象乾问。

“当真变凉。”郭子章道。

“当真无味？”王象乾问。

“味道差很多。”郭子章道。

“不妨，”王象乾边说，边向站立门口的驿丞招手，“酒变凉，可以再温；食变凉，可以再热。”

“子廓兄的意思，干脆晚些再吃？”郭子章问。

“如何？”王象乾反问。

“子廓兄不就是要问出个答案吗，有何不可！”郭子章道。

驿丞等的就是这句话，立刻招呼驿卒们把酒、饭撤下。他自己则端来两盏茶，在每位大人面前放上一盏。

“撤了吧。肚里空空，谁人敢饮！”王象乾说。

“别！”郭子章不让驿丞端走。“说得口干舌燥，正好润润喉咙。”

王象乾挥挥手，驿丞退下。

“相奎兄，你我谁说得多？”王象乾问。

“应该是子廓兄说得稍多。”郭子章道。

“我还以为，相奎兄一直在说，我一直在听呢。”王象乾说着，揭开盏盖，抿一大口，在口里漱几下，然后吞咽下去。

郭子章看着自己面前的茶盏，想揭开盏盖，但没揭。

“相奎兄为何不饮？”王象乾问。

“我没子廓兄说得多，不好意思饮。”郭子章说。

“好啊！”王象乾笑道，“相奎兄多说几句，也好品一品我川中佳茗。”

“子廓兄欲知，我是否以为今之秉政者不够聪明，是吧？”郭子章问。

“是。”王象乾应道。

“若以别事而言，我会毫不犹豫地赞同；若以播州析为二军民府、一则隶川，一则隶黔而言，或许有个好处。”郭子章说。

“有何好处？”王象乾问。

“分而治之呀，”郭子章道，“播州析为二军民府，为的是分而治之；二军民府一则隶川，一则隶黔，更是为的分而治之。”

“分、合之利弊，不可概言之，”王象乾驳道，“譬如贵州，原无布政司，后析四川、湖广、云南等布政司地而设置。对川、楚、滇而言，是分而治之；而对黔而言，则是合川、楚、黔地而治之。”

“那不一样，”郭子章又驳，“布政司隶于朝廷，当然宜合；如播州宣慰司，实在是分之为宜。”

“这个理由，算相奎兄说对一半，如何？”王象乾道。一来，郭子章是客，二来，是他在追问郭子章的答案，他不应该纠缠此事不放。

“算我全错也没关系，我还有许多理由呢。”郭子章不在乎。

“请相奎兄说第二个理由。”王象乾揖道。

“子廓兄的意思，播州析为二军民府，是不错的；错的是不该一则隶川，一则隶黔，而该一并隶黔。对吧？”郭子章问。

“对。”王象乾应道。

“为何不该一并隶川？”郭子章问。

“相奎兄不才说，不仅平越军民府近贵阳而远成都，遵义军民府亦近贵阳而远成都？”王象乾道。

“我那是在揣摩子廓兄的心思。”郭子章说。

“但这一点，相奎兄也是承认的，是不是？”王象乾问。

“是。”郭子章应道。

“所以——”王象乾要下结论，被郭子章抢先一步。

“所以，不见得二军民府应一并隶黔。”郭子章说。

“总得有个说法吧？”王象乾道。

“播州未灭之前，隶于四川布政司。”郭子章说。

“这倒是个像样的理由。”王象乾点头道。

“这么说，子廓兄认同？”郭子章问。

“并不完全认同，”王象乾道，“播州未灭之前，诚隶四川布政司；但隶于四川布政司之前，亦曾隶贵州都司。”

“好啊，我来给子廓兄算笔账：播州宣慰使司，国初隶湖广行省；洪武五年，改隶四川行省；洪武十五年，改隶贵州都司，其时，贵州尚未建省，有都司，而无布政司；洪武二十七年，改隶四川布政司。亦即，二百余年间，只有五年隶于湖广，十二年隶于贵州，”郭子章叙述之后，问道，“子廓兄说说看，其地基本上隶于四川，还是隶于贵州？”

“是隶于四川。”王象乾不能不承认。

郭子章得理饶人：“这个理由，也算我说对一半，如何？”

他讲道理，王象乾也有风度。他说：“是一大半。”

“一半就好。”郭子章道。

“相奎兄还有没有第三个理由？”王象乾问。

“正好还有第三个理由。”郭子章道。

“说来听听。”王象乾揖道。

“子廓兄命函送达，我恰好从东边回来。不然，子廓兄恐怕要多等许多日；或者，子廓兄等不及，扬长而去。”郭子章说。

扯得似乎有点儿远。但王象乾知道，郭子章扯远，一定有他的道理，于是问：“东边相奎兄去的哪里？”

“永从和镇远。”郭子章说。

“永从是县，镇远是府，怎被相奎兄并列？”王象乾以为听出漏洞。

“镇远是府，也是县，一府一县，同在一城。”郭子章说。

“这么说，相奎兄去的是两县？”王象乾直摇头，“堂堂巡抚都御史，但巡边陲小县，不知何意！”

“去看两个人。”郭子章说。

“却是何人，值得相奎兄专程去看？”王象乾问。

“朝廷贬谪的二臣，”郭子章说，“一是礼科右给事中杨天民，谪永从典史；一是礼科给事中王士昌，谪镇远典史。”

“二人为何被谪？”王象乾问。

“疏言立储。”郭子章道。

“因建言立储被贬谪的官员太多，这次又多两个，”王象乾感叹一句，然后问道，“不过，二廷臣谪来黔地，相奎去看望他二人，和相奎兄说的第三个理由，有关系吗？”

“有，”郭子章应道，“贵州向为恶地，虽有土司，有流府，然所辖多土司。平越军民府来属之前，不过八州八县。流官建制既少，罪臣、逐臣足迹至者亦少。平越军民府以卫二、州一、县三、长官司二来属，平添许多流官设置。况且，平越军民府以外的州、县，设置既久，渐已开化；而平越军民府所辖州、县，皆更恶之地。杨、王二给谏今仍贬旧县，只怕日后廷臣被贬谪，则以新设置州、县为其渊薮矣。”

“相奎兄是心疼被贬谪的廷臣呀！”王象乾道。

“他等不该心疼吗？”郭子章问。

“心疼是该心疼；不过，平越军民府隶黔，为恶地，隶川，不同样为恶地？”王象乾反驳之后，再说自己的看法，“不如仍为土司，不设郡、县，被贬谪之臣，反而到不了此等恶地。”

“我正是此意。”郭子章道。

“那更是该朝廷议决之事！所以，我说今人不够聪明，不是没道理。本来以为，第三个理由会全算相奎兄对，谁知只能算对一小半；一大半，倒是我说得对，”王象乾说着，问驿丞，“温个酒，热个菜，要这久吗？”

“早已热好，见两位大人说得投机，没敢打扰。”驿丞道。

王象乾做个手势，驿丞指挥驿卒又把酒饭一样一样摆上。

第三百一十一章

驸马都尉万炜一行来到西苑西门，总管张太监已等候在那里。

换别个驸马都尉来游，甚至比驸马都尉爵封更高的勋戚来游，张太监未必会亲自出迎，或亲自陪同。万炜则不同。他是瑞安公主下嫁的驸马，瑞安公主是圣母皇太后所出，和皇帝是真正的一奶同胞；而皇帝对万炜另眼看待，不但让他管着宗人府事，而且让他以亲臣侍经筵。听说，他侍经筵，可是佩刀入值的！

再者，正好是圣诞日的前一天，皇帝命万炜入游西苑，又是怎样不同寻常的恩典！

张太监迎上前，抱拳揖道："万爷驾临，某恭候多时。"

万炜也抱一抱拳，连声道："有劳，有劳；惶恐，惶恐。"

"公主可好？"张太监问候。

"好。"万炜应道。

"嬷嬷可好？"张太监接着问候。公主下嫁，都会有嬷嬷相随。嬷嬷或是公主的奶娘，或不是公主的奶娘，反正是皇帝信得过的人。与其说她是陪嫁，不如说她是皇帝派去管理驸马府的人，权势极大，不但驸马惧怕，就连公主本人也要让她几分。

"好。"万炜应道。

"大公子可好。"张太监问。

"好。"万炜应道。

"二公子可好？"张太监问。

"好。"万炜应道。

"三公子也快有吧？"张太监问。

"谁知得着得不着。"万炜说。

"怎会得不着！万爷肯定多子多福。"张太监道。

"借公公吉言。"万炜说。

驸马府里所有的人都问过，张太监才觉得尽到礼数。万炜知道他做人精细，急也没用，只能他问一句，自己答一句。和他同来的那些人却不耐烦，低声议论起来。

也多亏他们叽叽喳喳的话音，使得张太监关注起他们，停止问候。

“此皆我同里亲戚，公主的意思，他等好不容易来趟京城，就和我一同游游西苑吧。公公别为难，此事公主已奏明皇上。”万炜说。

“别说公主已奏明，就算公主没奏明，咱也能设法变通，”张太监大献殷勤，又招呼与万炜同行众人，“爷准诸位一游，诸位都是贵宾。招待不周，还望担待。”

众人学万炜的动作，抱一抱拳；学万炜的话，齐道：“有劳，有劳；惶恐，惶恐。”

“有没内急的？”张太监又问，并解释，“真内急也罢，假内急也罢，我劝诸位先行方便。不然，等进去之后再内急，可就真要急坏。”

众人哄笑。一人调皮地问：“公公整日在里面，内急怎办？”

“我等自有可以方便的地方，但你若进去，只怕一出来，就和我辈一样。”张太监说。

“如此甚好。”旁边一人说。

“为何甚好？”张太监以为他没听明白自己的意思。

“公公有所不知，他对人家媳妇垂涎已久，恨不得人家和公公一样，好把人家媳妇抢回自家去。”另一人说明白。

“放肆！”万炜喝道，“你以为，老张家里就没娘子吗？他的娘子，只怕比你家的女人加在一起还要多。”

众人原本以为他要训斥说话犯忌讳的人，等听完他的话，才知他是调侃张公公。于是，又都哄笑。

内急的去方便，不内急的，也去看看设于宫门的茅厕是什么样。等人又聚齐，张太监问道：“万爷先饮盏茶，还是先入游？”

“我知公公这里有好茶；不过，我得先问问他等，”万炜说着，问同行的众人，“张公公的茶可不是随便哪个人都有幸品尝的，他请你等品茶，你等是去，还是不去？”

“那是该去的。”有人说。

“你不怕再内急吗？”立刻有人抢白。

众人第三次哄笑，连张太监也忍不住笑起来。

“不如等恭游皇苑之后，再叨扰公公。”有人想给张太监个台阶下。

“如此甚好。”又有人说。

“为何甚好？”这回不是张太监问，而是同行的人问。

“恭游之后，不仅可以品茶，连正装御酿也可以品。”那人说。

“放肆！”万炜喝道，“我给你等饮的御酿，你等说是假货，我不计较；公主给你等饮的御酿，也是假的吗？你等难道不知，我家里的御酿正是张公公送去的，他还糊弄公主不成！”

“四叔误会他等之意。”一子侄辈的亲戚说。

“我怎误会？”万炜问。

“反正四叔和张叔是至交，张叔的酒，不饮白不饮。他等在想，此时不给四叔省点儿御酿，更待何时！”子侄辈的亲戚说。

“老张，听到没有？”万炜问张太监。

“万爷调教出来的，我还能指望他向着我不成？”张太监笑着说，并让道，“万爷请。”

“公公请，”万炜回让。他好像这才注意到张太监对自己的称呼，“老张，商量件事。”

“万爷要商量何事？”张太监问。

“就是为万爷二字，”万炜道，“你这么一叫，耳根好的，知你在叫我，耳根不好的，听得呜呜噜噜，还不知你在叫谁呢。说不定有人多听出一个字来，岂不要我的命！我都叫你老张，不如你也叫我老万。”

“我叫老万，被公主听到，岂不要我的命！”张太监不敢答应。至于万炜说的事，他有太多的法子来弥补，“称呼万爷，为的是亲切；既会惹麻烦，我还是叫驸马爷吧。”

“随你。”万炜不再争。

万炜已游过多次西苑，只顾往里走，倒变成张太监紧随着他。其他人都是第一次进西苑，一亭一阁、一草一木，看上去都觉得神奇，都感到兴奋，都会驻足翘首以观之。直到有人招呼，或自觉落下太远，才跑步追将上去。

“万——，”张太监改口，问道，“驸马爷，去哪一处？”

“你应该知道的呀。”万炜说。

“须去哪一处，我是知道的；但该处之外，驸马爷还想去哪处，以及先去那处，后去哪处，我却不知道。”张太监说。

“你既知须去哪一处，就先去那一处吧；至于还去哪处，等去过该处之后再说。”万炜道。

“驸马爷是奉旨而来，我自当唯驸马爷之命是从，”张太监说着，自己走在前边，并说，“驸马爷请随我来，诸位请随我来。”

须去的一处，是在西苑新建的一座高台。西苑以水域为主，在水中的岛上，以及水边的陆地，多有亭台楼阁，但没有很高的建筑。而新建之台，被内臣称作北台，又被内臣称作高台。其高不但在西苑突出，即便把大内的大殿算上，也很突出。

没走多久，万炜等一行已见到高台。其实，一进入西苑，他们便见到高台。只是从远处看去，并没感觉高到哪里去；等到高台近处，抬头仰望，稍远处的云朵似乎和它比肩，这才感觉到它的高度。

不但极高，而且极华丽。造型端庄大方，材料精致上乘。一砖一瓦，无不打磨得平滑；一梁一柱，无不勾画得光艳。西苑的其他建筑，因年代久远，已陈旧不堪，更衬托出这座高台的雍容富态。

“可竣工？”万炜问。

“已竣工。”张太监回答。

“可赐名？”万炜问。

“爷已赐名，曰乾德。”张太监道。

“仅赐一名？”万炜问。

“乾德是台名，台顶之阁也赐名，曰乾佑。”张太监说。

“乾德，乾佑，相互呼应，好名！”万炜道。

“驸马爷说的是。”张太监应道。

众人绕着高台走一圈。每走几步，万炜就要抬头看看台顶，以致根本没在意这一圈究竟有多长的路。

“真乃高入云表！”万炜由衷地叹息一句。然后说，“皇上命我一定要来此处看看，并一定要登上高台，我总算领会圣意。”

“爷是何意？”张太监问。

“皇上想知道，登上高台顶部，究竟要耗费多少气力，好确定是拾阶而上，还是乘软舆而上。”万炜说。

“驸马爷恐怕只说对一半。”张太监道。

“怎么？”万炜问。

“驸马爷——”一口一个驸马爷地叫着，不仅累得慌，而且显得生分，张太监决心改变称呼。他说，“我还是遵驸马爷之命吧。”

“别介！”万炜不知他说的是何事，“老张既然说我只说对一半，我没说对的那一半，你总得相告吧。”

“是，是，”张太监应道，“那一半有欠缺，我是一定要说的；我的意思是，我要斗胆以老万相称呼。”

“早该如此。”万炜道。

“老万的意思，爷要你来登高台，是要看看爷徒步登上高台，是否太辛苦？不太辛苦，则徒步；太辛苦，则乘软舆。是吧？”张太监问。

“是啊。”万炜应道。

“徒步也罢，乘软舆也罢，总之是要登上，是吧？”张太监又问。

“不错。”万炜应道。

“爷为何一定要登上高台？”张太监问。

这是一个最简单的问题，万炜居然答不上来。他眨眨眼，反问道：“你说，皇上为何一定要建此高台？”

“这就是我说的有欠缺的另一半。”张太监道。

万炜又眨眨眼，问：“老张这话何意？”

“如果爷不一定要登上高台，老万领会的圣意，是有欠缺的。老万告诉爷徒步登上高台，并不费力，爷同样可以乘软舆上之；老万告诉爷徒步登上高台，十分吃力，爷可以乘软舆上之，也可以干脆不上。只有爷定要亲登高台，老万领会的圣意，才是完整的，”张太监说着，问道，“老万说，是不是这个道理？”

“我知老张做人精细，但没想到这等精细！”万炜不由得称赞，又说，“我不能完整地领会圣意，固然是因为我不如老张精细；但还有一个原因：我并不知道皇上是不是一定要亲登高台。”说着，问道，“看来，老张是知道的？”

“是。”张太监应道。

“是皇上亲口告诉你的？”万炜问。

“不是。”张太监摇头。

“是老田、老陈等转告你的？”万炜问。

“也不是。”张太监又摇头。

“那你怎知皇上定要亲登高台？”万炜问。

“老万你想呀，”张太监道，“爷登极三十年，宫中，包括西苑，不是这里要修补，就是那里要修补，尤其是两宫三殿灾后，大工不断。但老万知道不知道，万历朝所创建者有几座？”

“这却不知。”万炜说。

“说来你也许不信，”张太监手指高台，说道，“只有它！”

“你是说，皇上亲建，仅此一台？”万炜问。

“是。”张太监应道。

“难怪老张断言，皇上定要亲登高台！”万炜道。

“还不止于此，”张太监又说，“土木之事，爷向来不甚过问，但筑此台，爷召我进宫问过好几次，又差老田、老陈来看过好几次。”

“皇上问你，你是怎说的？”万炜问。

“我告诉爷，华贵无比。”张太监说。

“老田、老陈又会怎说？”万炜问。

“亦告诉爷，华贵无比。”张太监说。

“我要知有这么一档子事，也敢断言皇上定要亲登高台。”万炜道。

见他二人谈论的差不多，万炜带来的一个子侄辈的亲戚才敢插话。

“四叔，可以上吗？”他问。

“可以呀。”万炜道。

“小侄儿是问，我等也可以上吗，”该亲戚说。

“你张叔说可以就可以，说不可以就不可以。”万炜道。

“爷恩准你等游西苑，高台在西苑内，爷又没说不准登高台，当然可以上。”张太监说。

“原来四叔是奉旨探路的，我等若是登上，是不是也算奉旨探路？”另一个子侄辈的亲戚进一步问。

“你张叔说算就算，说不算就不算。”万炜道。

“你四叔奉旨探路，又奉旨领你等来西苑，你等登上，当然也算奉旨探路。”张太监说。

“来吧！”该亲戚一声呼叫，众亲戚蜂拥而上。

“让他等先上，老万，我陪你慢慢走。”张太监对万炜说。

“你也要上？”万炜问。

“爷若问我能不能徒步而上，我得有个说法呀。”张太监道。

“好，你我慢慢走。”万炜说着，和张太监相互一让，并肩而上。

高台有多层，每一层筑一小殿。从外面看，每一层似不甚高，小殿也似不甚大。但真往上走时，才发觉不是那么回事。在迈出第一步的时候，或许有人想计算每一层有多少个台阶；可才走上半层，就腿也不愿迈，气也喘得粗，才记的数目已记不清，只想快点儿把余下的一半走完。因为走到一半时，好似人悬在空中，心也悬在空中，不容你停下来；只有到达上面一层，才感到踏实。

到达上面一层，进到殿内，有卧榻，有座椅，有茶几，其他殿内摆设的物件，几乎无所不有。你会感到，这才是歇脚的地方；尽管万炜和张太监说过，并不能在座椅上坐一坐，在卧榻上躺一躺。

二人登上第四层时，绕着走一圈，歇息比较长的工夫。

走到西侧时，万炜指着前方问道：“那是何处？”

“灵济宫呀！怎么，竟认不出来？”张太监道。

“不对吧？”万炜直摇头，“灵济宫虽在西城，和西苑也不是近在眉睫呀。记得前人咏灵济宫，有‘匹马春行困驱逐，巍然仙宫惊在目’句。若这等近，还用驱逐吗？”

“我也感到近许多，或因平视则远，俯视则近吧。”张太监说。

再登两三层，二人又绕着走一圈，歇息比较长的工夫。

走到东侧时，万炜手指前方，问道：“那是皇极殿吗？”

“是啊。”张太监应道。

“登高别处，譬如登万岁山，至多能看到皇极等殿的瓦檐房脊，这里却可以看到全景，连皇极等门都看得清清楚楚，难道它比万岁山还要高？”万炜道。

“是否比万岁山高，我说不上来，但万岁山上只看得殿顶，此台才登一半，却可看出全景，可见位置极佳。”张太监说。

“说的是，”万炜应道，又惊问，“老张说，此台才登一半？”

“或不到一半。”张太监说。

“我等是不是太慢？他等想必已登台顶。”万炜道。

“未必。”张太监仍不慌不忙。

再登两层，证明他的判断是对的。万炜两个子侄辈的亲戚连殿都没进，背靠殿基而坐。他们喘着粗气，两腿摊开，两手捶打着腿部，看来累得不轻。这里要是有张床，两个人一定会争着躺上去。

“你二人怎停下来？”万炜问。

“四叔，喘不上气。”其中一人说。

“腿抽筋。”另一人说。

“你二人方才是不是跑在最前面？”万炜问。

“是，”二人应罢，沮丧地说，“小侄们这才懂得，何谓欲速则不达。”

“如何？”张太监边笑，边拉着万炜再往上走。

上面每到一层，都可见一两个、两三个人停在那里不走。万炜知道他们实在无力上进，懒得再问他们，也懒得再告诫他们；或者多说几句，他自己也要停下来。最后，登到顶层的只有他和张太监。

“不会从上面落下个云梯吧？”万炜这才有心思开句玩笑。

“怎么，还真要一步登天？”张太监也开句玩笑。

顶层是乾佑阁。阁大概占平台一半的面积，另一半面积则是环绕阁外的丹墀，最外层则有一圈栏杆。往东、南、北三个方面看去，看到的都是房屋，大如宫殿，小如民居；而往西看去，可以看到远处的西山。

“真乃风景如画。”万炜叹道。

“看到那座山没有？”张太监指着一处山峰问。

万炜顺着他指的方向看去，并问：“可是兔儿山？”

“是。”万炜应道。

兔儿山不是西山群峰中最高的一座山峰，但也是相当高的一座山峰。

“我登过该山，甚高。”万炜说。

“从这里看去呢？”张太监问。

“与我一般高。”万炜说。

“不会比我等站的地方还要低一点儿吗？”张太监问。

“不错，似乎还要低一点儿。”万炜说。

“若以高台与兔儿山等高奏上，爷一定不会徒步登之。”张太监说。

“多谢指教，这句回复归我。”万炜说着，揖了揖。

第三百一十二章

皇帝乘软舆登乾德台，由二十名最健壮的内臣轮流换抬。他等筋疲力尽，只恨自己为什么要生得如此健壮。这且不说，皇帝从高台下来后，闷声不语，好似有心思，这就难免让人不解。

“爷累吧？”后赶来的田义问。

“他等累的是腿，朕累的是心。”皇帝莫名其妙地说道。

“累心更累，请爷登辇，早些回宫歇息。”田义说着，打算招呼内臣们抬过御辇。

“朕先不乘辇，老田，陪朕走走。”皇帝命道。

“爷还是——”田义想继续劝皇帝乘辇，皇帝已抬腿。他只好跟上。

“老田，给朕讲讲灵济宫吧。”皇帝又命道。

“灵济宫建于永乐十五年，”田义述道，“时文庙患疾，梦二仙授药，服之即愈，乃命建宫以祀之。二仙初封真人，一曰玉阙真人，一曰金阙真人。第二年改封真君，至宪庙成化二十二年，更改封上帝。”

“是北京的灵济宫建于永乐十五年吧？”皇帝问。

“爷说的是，”田义应道，“北京建灵济宫之前，福州先有灵济宫，相传供奉的是五代时二真人，一曰徐知证，一曰徐知谔。北京灵济宫建成后，文庙命每岁元旦、冬至及真君诞辰，遣太常寺堂上官，往宫中行礼；每月朔、望日，本宫道士于宫中行礼。福州灵济宫，则每六年遣博士前往祭告。”

“朕记得，张居正秉政时，替朕把后者废除。”皇帝说。

“是。”田义应道。

“路途太遥远，六年又间隔太久，博士又官职太低，废之不能算错。”皇帝又说。

“诚如圣谕。”田义应道。

“但朕久知，求医求药于灵济宫，最为灵验。”皇帝说。

“是，”田义应道，“如前几年，阁臣王锡爵有病，闭门休养。爷命灵济宫道官建醮三日夜，王先生很快病愈。”

“此事朕也记得，”皇帝道，并说，“王先生是好辅臣，朕还想用他。”

“爷要拟旨吗？”田义问。

皇帝摇头：“朕今日要说的是灵济宫，王先生的事以后再说。”

“是。”田义应道。

“你从高处俯视过灵济宫吗？”皇帝问。

“奴才没有。”田义说。

“朕以前也没有，”皇帝道，“今日登高台，四处观望；到西侧，一眼看到灵济宫。那可是不折不扣地俯视！朕心里忽觉不安。灵济宫是我成祖文皇帝赐建，两位真君是我成祖文皇帝赐封，我宪宗纯皇帝又加封上帝，朕却从上方俯视，岂非不敬？不仅是对两位真君不敬，也是对祖宗不敬。”说把，问道，“老田，你说是不是？”

“爷说的是。”田义应道。

“所以，朕一边下来，一边在想，这个高台，以后不能随便让人登上，”皇帝说。田义才要应声，皇帝又说，“还有，你替朕记着，朕以后若登台，也只看东、北、南三面，绝不再看西面。”

“是。”田义应道。

皇帝吐露出自己的心思，交代过有关事宜，正准备登辇，忽然问道：“老田，你怎的赶来？”

“爷有过谕旨，内阁若有疏，一定要尽早禀奏。”田义说。

“阁臣有疏？”皇帝多余地问一句。

“是。”田义应道。

“朕听说，赵先生时常昏迷不醒，不会是他上疏吧？”皇帝又问。

“不是赵先生上疏，是沈先生上疏。”田义说。

“是不是又请增补阁臣呀？”皇帝有点儿不耐烦，“何谓独木不成林，赵先生不是还在吗，他何必心急！”

“沈先生不是奏请增补阁臣。”田义说。

“那是为的何事？”皇帝问。

“给爷宣讲《诗》。”田义说。

“不是唐、宋之诗吧？”皇帝揣测。

“不是，”田义点头，“是风、雅、颂的那个《诗》。”

“沈先生多久没当讲官？今重操旧业，是借《诗》进言吧？”皇帝说着，命道，“老田，再陪朕走走，边走边说。”

“是。”田义应道。

“他欲言何事？”皇帝问。田义才要说话，他却摆摆手，“不用你告诉朕，朕自家来琢磨吧。”

“是。”田义应道。

“沈先生疏里讲几篇《诗》呀？”皇帝问。

“两篇。”田义说。

“是哪两篇？”皇帝问。

“一篇名《既醉》，一篇名《斯干》。《既醉》取自大雅，《斯干》取自小雅。”田义说。

“朕记得，讲官们讲《诗》，以风居多；沈先生讲大、小雅，可谓与众不同，”皇帝说着，问道，“他是怎讲的？”

“先引诗句，再讲其意。”田义说。

《诗经》的篇名不那么容易记住。皇帝问：“第一篇叫什么来着？”

“《既醉》。”田义道。

“名曰既醉，实则不欲人醉吧？”皇帝有他的理解。

“此篇乃周王祭祀祖先仪式上祝官读的祝词，并非以劝人饮酒为宗旨，或以劝人不要饮酒为宗旨。”田义说。

“朕倒要听听，周王祭祀祖先，用怎样的祝词。”皇帝道。

“祭祀祖先，用的是祭文，而不是祝词。”田义说。

“祝官不是读给周王祖先听的，却是读给谁人听的？”皇帝问。

“是读给周王听的。”田义说。

“读给周王听的？”皇帝简直无法理解，“周王祭祀祖先的仪式上，祝官却读祝词给周王听？”

“是，”田义应一声，说道，“祭官代周王读祭文毕，祝官代祖先，即所祀神主，读给周王听的是祝词。《既醉》就是一篇祝词。”

“原来如此，”皇帝点点头，问道，“这篇祝词长不长？”

“是四言，每阕四句，凡八阕。”田义说。

“亦即，计三十二句，一百二十八字。”皇帝算出。

“是。”田义应道。

“他不会把三十二句、一百二十八字都引述吧？”皇帝问。

“没引那么多，他只引六句，二十四字。”田义说。

“朕想，六句不可能是这阕引一句，那阕引一句，毫不相干；至少有两句应该是出自同一阕，亦即，最多出自三阕，”皇帝说着，问道，“老田，是不是这样？”

“诚如圣谕，”田义应道，“确是两句相连，出自三阕。”

“沈先生首引哪一阕？”皇帝问。

“第一阕。”田义道。

“引的哪两句？”皇帝问。

“君子万年，介尔景福。”田义吟道。

“朕记得讲官讲过，景者，高也，大也。景福，即洪福吧？”皇帝问。

“爷说的是，”田义应道，“《诗》里还有一篇，中有‘景山’二字，后人注曰：高山也。”

“一阕四句，沈先生引的是前两句，还是后两句？”皇帝问。

“是后两句。”田义道。

“前两句怎写的，老田也记得吗？”皇帝好奇地问。虽然田义在吟沈一贯引的两句，是背诵，而不是朗诵，但到底田义才读过该疏，记住那两句应该不太困难。皇帝很想知道，他是不是能把另外两句也背诵出来。

“前两句是：既醉以酒，既饱以德。”田义还真背诵出来。

皇帝点点头，以示嘉许。然后说：“朕记得，《诗》多以开头的二字为篇名，但此篇以‘既醉’二字为篇名，似乎欠妥。况且，醉以酒和饱以德相对应，朕觉着很怪。”

“醉以酒，或是虚的，只是借以形容祭祀的场面。试想，别人可以醉以酒，祝官难道也可以醉以酒吗？饱以德才是实在的祝词。”田义说。

“这是你的体会，沈先生怎讲？”皇帝问。

“他说，此祝其君也。”田义说。

“就这么简单？”皇帝问。

“奴才想，这两句意思浅显，沈先生一定以为，用不着多作讲解；而且，对后面所引诗文的讲解也都很简单。”田义说。

“是吗？”皇帝倒不是不相信田义的话，而是在别人的回奏未被证实之前，都会这样问一句。他真正要提的问题是，“沈先生随后引的是哪一阕？”

“第六阕。”田义道。

“引的哪两句？”皇帝问。

“君子万年，永赐祚胤。”田义吟道。

“这应该也是后两句吧？”皇帝把这两句和前面引的两句对比后，不难得出结论。

“是。”田义应道。

“前两句怎写的，老田也记得吗？”皇帝又问。

“前两句是：其类维何？室家之壶。”田义道。

“朕无法将此四句连在一起。”皇帝的意思，是要田义讲解。

“其类，是指其子孙，即周王子孙。”田义才解释两个字，皇帝就有疑问。

“老田怎知是其子孙？”皇帝问。

“前一阕，即第五阕的后两句是：孝子不匮，永锡尔类。尔类指的是子孙，故其类也是指的子孙。”田义说。

“有道理，”皇帝点点头，命道，“老田，接着说。”

“室家之壶，泛指家中盛物的器皿，又引申为家中盛物的器皿无不满满。这两句的意思是，周王子孙如何？他们都很富裕。”田义解说。

“后两句又是何意？”皇帝问。

“君子应指周王。祚者，福分也；胤者，子孙也。这两句的意思是：周王有万年之寿，上天永赐他福分和子孙。”田义解说。

“说起来，这两句也是祝其君的。”皇帝道。

“爷说的是。”田义应道。

“沈先生的解说和你的解说一样吗？”皇帝问。

“他解说得比奴才简单。”田义回答。

“还要简单？朕以为，老田你已经相当吝啬词句，他的解说竟能够比你还简单！”皇帝难以置信，肯定要议论一句。议论之后，他又问，“沈先生是怎讲解的？”

“引该两句后，沈先生说：则愿其子孙之多也。”田义述道。

“富裕没有，福分没有，周王那里，只剩下子孙之多多！”皇帝看来对沈一贯的讲解大为不满。

“奴才想，沈先生省略其他，仅言子孙之多，有其用意。”田义说。

“不用你说，朕也知道他必有用意！”皇帝道。

“奴才多嘴，爷恕罪。”田义不敢再多说。

“《既醉》篇所引，还有两句没说吧？”皇帝问。

“是。”田义应道。

“最后两句出自哪一阕？”皇帝问。

“第八阕，即最后一阕。”田义说。

“引的哪两句？”皇帝问。

“釐尔女士，从以孙子。”田义吟道。

“是该阕前两句，还是后两句？”皇帝问。

“是后两句。”田义道。

“那就是说，是《既醉》篇的最后两句？”皇帝问。

“爷说的是。”田义应道。

“朕觉着，这两句又是子孙之多的意思。”皇帝说。

“是，”田义应一声，解释说，“不过，这里的子孙之多，和前面的子孙之多，有所区别。”

“有何区别？”皇帝问。

“前面的子孙之多，是言周王子孙之多；这里的子孙之多，则言奴仆为他生下的子孙之多。”田义说。

“奴仆为他生下的子孙？”皇帝深感意外，问道，“老田怎知？”

“前面一阕，即第七阕，后两句是：君子万年，景命有仆；而第八阕的前两句是：其仆维何？釐尔女士，”田义引述了前面的诗句后，解说道，“两处说到的仆，家臣之谓也。景命有仆，是说君子的福分中，包括有众多的家臣。釐者，生育也。女士，男儿、女儿也。君子的家臣生下男儿、女儿，也是君子的家臣。所以写作釐尔女士。从以孙子，是说男儿、女儿之后，又有无穷无尽的孙子。”

“多子多孙是福，老田，你和福可不沾边。”皇帝道。

“奴才有奴才的福，侍奉爷是奴才的福。”田义巧妙地说。

“说得好！”皇帝称赞一句，问道，“沈先生是怎讲解的？”

“沈先生说：愿配淑媛而生贤子孙也。”田义述道。

“老田帮我回顾一下，”皇帝说让田义帮他回顾，实则自己在回顾，“《既醉》篇，沈先生引六句。前两句，他的讲解是：祝其君也；中间两句，他的讲解是：愿其子孙之多也；最后两句，他的讲解是：愿配淑媛而生贤子孙也。”说罢，问道，“是吧？”

“爷说的一个字也不差。”田义道。

“还不是因为沈先生精益求精，简而又简，朕才能一个字也不差！”皇帝说着，问道，“《斯干》篇，却引几句？”

“八句。”田义道。

“《斯干》的篇幅是不是比《即醉》要长？”皇帝问。

“长得多，”田义道，“《即醉》八阕，《斯干》九阕；《既醉》每阕四句，《斯干》每阕或五句，或七句；《既醉》每句四字，《斯干》虽亦四字，最后两句，却是五字。”

“所引八句，是出自四阕？”皇帝问。

“不是，”田义道，“沈先生引的八句，出自三阕。”

“八句引自三阕，如何分得均？”皇帝感到奇怪。

“他没有均分，是四句引自一阕，又于两阕中各引两句。”田义说。

“原来如此，”皇帝道。虽然在和田义谈论这些细节，但皇帝关心的却是主题。他问，“《斯干》也是某一仪式上的祝词吗？”

“不是，”田义道，“此篇是周王宫室落成时的贺诗。”

“那么，两宫三大殿竣工，应该吟唱《斯干》？”皇帝说着，调侃道，“但朕料定，沈先生引《斯干》诗句，不会是为恭贺两宫三大殿竣工。”

“诚如爷所料。”田义道。

“他议论的，大概仍是多子多福吧？”皇帝这次虽没说料定，而是说大概，但也有很大的把握。

“是。”田义应道。

“一阕七句，沈先生引其中四句，可见在他心目中，该阕是重点。”皇帝判断。

“爷，不是。”田义道。

“你说，在他心目中不是重点？”皇帝问。

“不，”田义道，“奴才是说，该阕不是七句，是五句。”

“五句中，他引四句！”皇帝甚感欣喜。五句中引四句，当然比七句中引四句，更能证明他的判断。

“是。”田义应道。

“所引四句，出自哪一阕？”皇帝问。

“第二阕。”田义道。

“是哪四句？”皇帝问。

“是第二句至第五句，”田义说着，吟道，“筑室百堵，西南其户。爰居爰处，爰笑爰语。”

“起头一句，老田也记得吗？”皇帝问。

“起头一句是：似续妣祖。”田义道。

“可是后嗣之嗣？”皇帝问。

“《诗》中用的是似乎之似，但后人注《诗》，都以为，此似彼嗣，上古时为同一字。”田义说。

“此一阕的意思，朕能懂得，是说继承祖业，筑起宫室，生活起居在其中，欢声笑语在其中，”皇帝说着，问道，“老田，朕说的对不对？”

“甚是贴切。”田义说。

“这确实是贺宫室竣工呀！”皇帝道，又问，“沈先生是怎讲解的？”

“沈先生的讲解是四个字：赞美新宫。”田义说。

“并非如朕所料，是说多子多福，”皇帝说着，责备道，“不是朕一人所料，老田，你不也说是吗？”

“后面所引两处，才是多子多福。”田义说。

“是吗？”皇帝习惯性地说出这两个字之后，问道，“第五、六句，出自哪一阕？”

“第六阕。”田义道。

“是哪两句？”皇帝问。

“吉梦维何？维熊维罴。”田义吟道。

“该阕几句？”皇帝问。

“七句。”田义道。

“所引两句，是第几句？”皇帝问。

“第五、第六句。”田义道。

“其他各句，老田也记得吗？”皇帝问。

“前面四句是：下莞上簟，乃安斯寝。乃寝乃兴，乃占我梦；后面一句是：维虺维蛇。”田义道。

“何为莞？何为簟？”皇帝记住其音，却不解其意。

“莞者，为草字头，是草席；簟者，为竹字头，是竹席。”田义说。

“古人真不讲究，宫里也只铺个席子。”皇帝道。

“爷说的是。”田义应道。

“梦熊梦罴是生男，梦虺梦蛇是生女，对吧？”皇帝问。

“诚如圣谕。”田义应道。

“老田，你说为何生男则梦熊梦罴，生女则梦虺梦蛇？”皇帝问。

“熊、罴雄武，故喻生男；虺、蛇居阴，故喻生女。”田义说。

“想必是如此，”皇帝想不出别的解释，他问，“沈先生怎讲解？”

“沈先生未作讲解。”田义道。

“未作讲解？怎会！”皇帝不信。

“奴才说的不准确，”田义改换说法，“沈先生不是未作讲解，而是把此二句与另外两句合在一起，加以讲解的。”

“另外两句出自哪一阕？”皇帝问。

“下一阕。”田义道。

“是哪两句？”皇帝问。

“维熊维罴，男子之祥。”田义吟道。

“该阕几句？”皇帝问。

“五句。”田义道。

“沈先生引的，是哪两句？”皇帝问。

“第二、第三句。”田义道。

“其他三句，老田也记得吗？”皇帝问。

“前一句是：大人占之；后两句——”田义说一半，被皇帝打断。

“应是‘维虺维蛇，女子之祥’吧？”皇帝道。

“爷圣明，确是这两句。”田义点头应道。

“合此四句，沈先生亦以一言讲解吗？”皇帝问。

“差不多也是一言。”田义道。

“怎叫差不多也是？”皇帝问。

“沈先生说的是：言吉祥善事，当生圣子神孙于无穷也，”田义先述沈一贯奏疏里的话，然后解释，“此句一气读下来也成，当中断开，读成两句也成，故奴才说，差不多是一句。”

“朕看，根本就是一句！”皇帝道。

“确是一句。”田义附和道。

“老田帮我回顾一下，”皇帝说开头，又自己回顾起来。“《斯干》篇，沈先生引八句，佐以两句讲解。对前四句讲解曰：美新居也；对后四句讲解曰：言吉祥善事，当生圣子神孙于无穷也。”说罢，问道，“有无缺漏？”

“并无缺漏。”田义道。

“好，老田代沈先生讲解一回《诗》，想必讲累，回去吧。”皇帝让田义回衙门，自己准备登舆。

“奴才不累。”田义却不知趣。

“你不累，朕可累！朕要乘辇回宫。”皇帝说。

“是，”田义应道，“奴才伺候爷登辇。”

皇帝以为他是小献殷勤，没在意。待御辇走一阵，他总觉得有什么地方不对头，看看拉辇推辇的内臣，没什么不对；估摸一下辇行的速度，也没什么不对。正在为想不出不对头的地方烦躁时，一扭头，发现田义还跟在辇后。

“老田，你回司礼监办事去，不用送朕。”皇帝道。

其实，出西苑回司礼监，和皇帝回宫，完全可以走同一路线。皇帝的意思，是不让田义再跟着自己。这或者是因为，看到田义，会觉得他有没说完的话，自己却不想听；或者是因为体恤田义，他毕竟年纪已大，和拉辇推辇的年轻人用同样的步伐走，可能吃不消。

“是，”田义应是应，可着实有没说完的话。他问，“奴才几时再去给爷读沈先生的奏疏？”

“再读沈先生的奏疏？”皇帝没听懂他的意思，“该疏你不是已说完，为何还要读？”

“奴才说的是前半部分，后半部分，奴才还没来得及说。”田义道。

“这可不对，”皇帝想起田义开始说的话，诘道，“朕问沈先生疏言何事，你说给朕宣讲《诗》。老田你说这多，既背诵所引诗文，又复述沈先生的讲解，怎还有后一部分？”

“前一部分，是边引诗文，边简述其意；后一部分，才真正阐明宣讲所引诗句之大义。”田义说。

“朕想也是，”皇帝点头，“沈先生引两篇十四句诗，写五句话，前后加起来，不过三四十个字。向来辅臣，有如此上疏的吗？所以，一定还有后半部分。”说罢，问道，“后半部分，他是怎写的？”

“奴才读给爷听吧？”田义请旨。

“你走着路，怎读？还是朕亲阅吧。”皇帝说着，伸出手去。

沈一贯写道：今万寿称觞，两宫美成，在廷同祝，而迎禧导瑞，启天之祥，实从圣心始。皇上大婚及时，故得圣子早。今皇长子大礼，必备其仪。推念真情，不如早谐伉俪之为适。皇上孝奉圣母，朝夕起居，不如早遂含饴弄曾孙之为欢。乞今年先举皇长子大礼，明春后递举诸皇子各礼。子复生子，孙复生孙，坐见本支之盛，享令名、集完福矣。

第三百一十三章

沈一贯年纪大，睡不踏实，所以，既不和老夫人同床，也不和小妾同床，而是在书房里铺个床，单独就寝。照顾他起居的童儿睡在书房一侧的小屋，夜间有事，随时可以唤起。

在京城，深秋的夜晚，可以感到很深的凉意。

九月十八日深夜，或者应该说是九月十九日的凌晨，一名家仆慌慌张张跑进院子，嘴里还“老爷，老爷”地不停叫着。

沈一贯被惊醒。回过神来，他嘴里不停地呼唤童儿。

童儿也被惊醒，他知道老爷没他服侍，连床也下不来，连忙穿上衣服，走出小屋。只见慌慌张张跑来的家仆已到书房外，伸手要开门。童儿三两步赶过去，把他拦住。

“是不是天塌下来？”童儿问。

“没有呀。”家仆道。

“是不是地陷下去？”童儿问。

“没有呀。”家仆道。

“天没塌，地没陷，你为何乱叫！”童儿叱道。

“天虽没塌，地虽没陷，却出大事。”家仆说。

“再大的事，也不能惊着老爷呀，”童儿说着，自己开门，并在进屋前，留下一句话，“等着，我去禀告！”

童儿进到书房，见沈一贯已坐起来。童儿忙过去，给他披上一件厚袍，并要搀扶他下床。

沈一贯摆了摆手，命道：“让他进来。”

家仆进来，沈一贯看他一眼，注意到他是家仆里最沉得住气的一个；除非有大事发生，他不会如此惊慌失措，以致声调都改变。

“出了何事？”沈一贯问。

“有人来。”家仆说。

"有人来？"沈一贯看看窗外。这是个乌云遮月的夜晚，外面黑乎乎的，什么也看不见。他问，"几鼓？"

"将近三鼓。"家仆说。

"没到三鼓，就有人来？"沈一贯问。

"是。"家仆应道。

"人从哪里来的！"沈一贯道。

"从宫里。"该仆道。

沈一贯一惊，猛的坐起来。不知该往哪里靠，他身子晃晃，又要躺倒。童儿忙从后面扶住他。

"来的是谁人？"沈一贯问。

"田公公。"该仆说。

"胡说！"沈一贯终于呵斥，"他若来，该从司礼监来！"

"老爷怪不得小的，田公公自个儿说从宫里来。"该仆辩道。

应该从司礼监来，并不意味着，不能从宫里来。皇帝有重要的旨意传宣外廷，很有可能宣召司礼掌印太监或东厂提督太监或一名普通的司礼太监，交代他等往内阁宣旨，或其他衙门宣旨。

今晚田义特别说明，他是从宫里来。

今晚不是往内阁，或其他衙门，而是径来内阁大学士家中。

田义奉旨而来是显而易见的；旨意的非同小可也是显而易见的。

沈一贯示意童儿搀扶他下床。接下来就该更衣，童儿才拎来沈一贯的官袍，田义已经到屋外，并高声道："肩吾先生，有圣谕。"

"田公公，容我更衣，出来迎旨。"沈一贯在屋里说。

"是皇上口谕，皇上交代，不必行礼。"田义在屋外说。

"那也请公公去书房坐，我即刻就到。"沈一贯在屋里说。

"我知肩吾先生宅邸，此屋最密，不如就在这里向肩吾先生宣示圣谕。"田义说着，人已进屋。

沈一贯忙把童儿推开，揖道："不知公公会来，失礼，得罪！"

"肩吾先生有何失礼，有何得罪？"田义笑着问。

"未曾远迎，失礼之一，得罪之一；亵服相见，失礼之二，得罪之二。"沈一贯说。

"不知我来，如何远迎？倒是硬闯进来，是我失礼，是我得罪；至于亵服相见——"田义说到这里顿住。

两件事，一件他轻描淡写地化解，一件他却欲言不言。或许在他看来，第二件事比第一件事要严重，要麻烦。

“公公但言不妨。”沈一贯道。

“恐怕肩吾先生还是更衣的好，”田义说，又道，“肩吾先生边更衣，我边向肩吾先生传宣圣谕，如何？”

“好。”沈一贯应道。

童儿要帮他脱衣，他从童儿手里拿过官袍，挥挥手，让他出去。田义先已说明要找密室，显然，圣谕是不能入下人之耳的。

童儿出屋，顺手把门带上。田义把门推开，看着他走到一定的范围之外，才又把门关好。他回头对沈一贯说句：“肩吾先生，大喜！”

沈一贯愣愣神，问道：“谁人之喜？是公公，还是我？”

“是朝廷之喜，社稷之喜，天下之喜，也是肩吾先生之喜，我之喜；而尤其是肩吾先生大喜。”田义说。

沈一贯预感到他说的是何事，不由脸色红润，两手颤抖，气息不匀。他眼巴巴地看着田义，问道：“公公是说——”

“皇上命我传谕内阁，即举皇长子三礼。”田义说。

“当真？”沈一贯知不该问，但还是忍不住问。

“我敢拿这事和肩吾先生开玩笑吗！”田义道。

“是，是，”沈一贯虽应两声，似未全信，不由得重复一遍田义的话，“果是朝廷之喜，社稷之喜，天下之喜，公公之喜，我之喜！”并问，“公公为何又说，尤其是我之喜？”

“肩吾先生一疏，令得皇上动心，实有大功于朝廷，有大功于社稷，怎不尤其是肩吾先生之喜？”田义道。

“公公说，是我一疏，令得皇上动心？”沈一贯更难相信。

“是。”田义应道。

“是我上月末上的奏疏？”沈一贯问。

“是。”田义应道。

“公公言过其实吧。”沈一贯不相信该疏有这么大的说服力。

“我亲眼所见，还能不实！”田义道，“肩吾先生该疏，皇上是乘于御辇，亲阅的；皇上阅过之后，一路上若有所思，没再开金口。半个多月以来，再无大臣进言皇长子册立等事；半个多月以来，皇上常静坐于养心殿，沉思默想。今夜则呼传我进宫，命我传谕内阁，即举皇长子三礼。肩吾先生说，皇上是不是为你该疏所动？”

“皇上圣明，早有决断，不过是借我一言，以定其事。”沈一贯说。

“皇上早有决断，我是知道的；举礼之事为诸事阻隔，我也是知道的。每遇阻隔，肩吾先生都力争之，今借肩吾先生之言以定其事，也可谓顺理成章。”田义仍归功于他。

沈一贯再说功不在自己，至少不完全在自己，就显得虚伪；而坦然接受田义的奉承，心中又忐忑。他忽然想到，田义方才留下的一个话题，或许可以让自己摆脱两难的处境。

“公公为何一定要我更衣，我这才领悟。”他说。

“我为何一定要肩吾先生更衣？”田义问。

“我须即往朝房，并即请礼部堂官，共商草拟仪注之事，”沈一贯说着，指指身上。“我总不能以此亵服出门，与同僚相见吧？”

“此事赶早不赶晚，还真耽搁不得。”田义附和道。

皇帝几天没见郑贵妃，当重新和郑贵妃面对面而坐时，竟有种不自在的感觉。他本人说不出是为什么，郑贵妃却知道是为什么：皇帝不是因为命别的嫔妃侍寝而愧对她，他是做过别的愧对于她的事。

“陛下这几日都宿于养心殿吧？”郑贵妃问。

“是啊，”皇帝命道，并解释，“朕这两天有点儿烦躁，躲到养心殿里图个清静。”

“养心殿真的那么清静？”郑贵妃问。

“爱妃不信，哪天随朕去看看。”皇帝说。

“臣妾不去，”郑贵妃似在表白，又似在赌气，“不该臣妾去的地方，臣妾绝不迈进。”

“有何该不该的，朕去得的地方，爱妃都可去。”皇帝说。

“臣妾虽不会去养心殿，可臣妾很想知道，养心殿是否真的那么清静？”郑贵妃又问。

同样的问题问两次，皇帝知道，绝不会是无缘无故的。他问：“爱妃是不是听到些传闻？”

“一件小事，算不得传闻。”郑贵妃说。

“是何小事？”皇帝问。

“皇上在养心殿睡得也不安稳。”郑贵妃说。

“谁个说的！朕这两天睡得很安稳。”皇帝一口否认。

“睡得安稳，用得着在深更半夜，把司礼掌印太监从床上揪去？”郑贵妃捅破他们之间的一层窗户纸。

皇帝深更半夜传宣田义进宫，的确是因为心事太多，睡不着觉；而在二鼓时把他叫去，有个重要的原因，就是不想让郑贵妃知道。看来，还是被郑贵妃知道；不仅知道，而且要理论一番。

也好，免得藏着掖着，彼此都不自在。

“爱妃亦知此事？”皇帝问。

“陛下不如问问，宫里还有哪个不知！”郑贵妃道，“宫里人人皆知，就算最后轮到臣妾，臣妾也该知道。”

“朕说的不是二鼓时传宣老田进宫。”皇帝还想说明一二。

“臣妾也不是说陛下二鼓时传宣田太监进宫。”郑贵妃把他堵回去。

“好！”皇帝点头道。

“陛下是说，此事办得好？”郑贵妃问。

“非也。”皇帝忙又摇头。

“那么，陛下是说，此事办得不好？”郑贵妃又问。

“亦非也，”皇帝道，“此事不得不办，无所谓办得好，办得不好；朕的意思是，此事说开也好。”

“好！”郑贵妃也叫一声好。

“爱妃为何叫好？”皇帝问。

“陛下以为说开也好，臣妾以为听个明白才好，”郑贵妃说着，举例，“譬如，此事不得不办，臣妾就没听太明白。”

“朕登极三十年，爱妃与朕相濡以沫，也二十多年。爱妃倒是说说，这些年来，臣下奏言最多的，是何事？”皇帝问。

“正是陛下说的此事。”郑贵妃道。

“那爱妃还有何听不明白的？”皇帝当然没指望一句话就让郑贵妃心平气和，他只是想借此争取到主动。

“这正是臣妾不明白的地方，”郑贵妃却说，“陛下登极三十年，臣妾进宫二十多年，臣下奏言最多的是此事。陛下一直可以不办，今日为何不得不办？”

“朕一直不办，爱妃知朕是如何应付过来的？”皇帝问。

“陛下总有不办的理由。”郑贵妃说。

“总有理由，却没有哪个理由总可以拿来应付，”皇帝说着，问道，“譬如，朕曾以常洛年幼为理由。爱妃说说，这个理由可以总拿来应付吗？”

“不可以，”郑贵妃道，“他总要长大成人；而且，已经长大成人。”

“譬如，朕曾以常洛体弱为理由。爱妃说说，这个理由可以总拿来应付吗？”皇帝问。

“不可以，”郑贵妃道，“他的身体总是要改变的，不是一弱再弱，直到不治，就是逐渐变好；现在看来，他已不似幼时孱弱。”

“譬如，朕曾以虚储位以待嫡子为理由。爱妃说说，这个理由可以总拿来应付吗？”皇帝问。

“不可以，”郑贵妃道，“皇后二十多年不育，而今更不可能诞子。还有子以母贵一条。但贵妃不足以贵到其子必册为太子；而进为皇后，我连想都不敢想。圣母娘娘在一日，陛下一日不可能改立皇后。”

“那爱妃还有何听不明白的！”皇帝又说。

“陛下不是还有别的理由吗？”郑贵妃道。

“不错，朕还命户部筹备二千四百万两白银，以充册立、分封诸礼之费。朕清楚得很，户部是筹不到这笔巨款的。果然，朝廷之上沉寂好些日子。不过，”皇帝口气一转，问道，“爱妃说说，这个理由可以总拿来应付廷臣们吗？”

“不可以，”郑贵妃道，“一则，本朝从未有过筹备偌大一笔白银以充册立、分封诸礼之费的先例；二则，户部永远筹不出这笔白银，诸皇子难道永远不婚？即便常洛可以不婚，常洵也不可不婚。”

“所以，拖过两年之后，我只好再换个理由。”皇帝说。

“陛下说的可是修缮慈庆宫以居常洛？”郑贵妃问。

“是。”皇帝应道。

“慈庆宫本是仁圣皇太后居所，今修缮以居常洛，是作为东宫吧？”郑贵妃说。

“朕是这样许诺的。”皇帝道。

“臣妾记得，皇上曾降谕旨，着内阁沈先生草拟敕书，着礼部拟上皇长子册立、冠婚仪注，及诸王分封仪注。”郑贵妃说。

“有这事。”皇帝点头。

“沈先生可曾草拟敕书？”郑贵妃问。

“已草拟。”皇帝说。

“礼部可曾拟上仪注？”郑贵妃问。

“已拟上。”皇帝说。。

“后来为何不了了之？”郑贵妃问。

“还不是朕硬着头皮，留中不下。”皇帝说。

“早知如此，何必草率许诺！”郑贵妃道。

“谁说不是！”皇帝应道，“朕的本意，是以这个理由再拖个两三年，谁知修缮工程不大，当年即竣工，让朕追悔莫及。”

“陛下留中不下，大臣们不争吗？”郑贵妃问。

“怎会不争！”皇帝道，“沈先生就接连上疏，请颁敕书，及诸仪注。”

“陛下怎样应付的？”郑贵妃问。

“恰刑部主事谢廷赞上疏，言册立、冠婚当速；朕谕沈先生：朕因小臣谢廷赞乘机邀功，故中辍，可俟皇长子移居后行之。”皇帝述道。

“陛下这个借口好，皇长子一日不移居慈庆宫，一日可以不册立。”郑贵妃说。

“但爱妃说说，这个借口可以总拿来应付吗？”皇帝问。

“不可以，”郑贵妃道，“修缮慈庆宫，为的是皇长子移居；既已竣工，拖个三五日可，拖个三五月亦可，却不能总拖着。陛下从去年拖到今年，实属不易。”

她几乎一直是顺着皇帝在说。皇帝松口气，问道：“说这么多，爱妃总该听明白吧？”

“只有一件事还不明白。”郑贵妃说。

“何事？”皇帝问。

“俟皇长子移居后行之，是个最靠不住的借口。既然这个借口能拖上好几个月，陛下何不随便再找个理由拖拖，非得着急行之？”郑贵妃道。

“朕本想再拖拖，但有人不让。”皇帝说。

“陛下至尊，不愿行之事，谁人能迫之？”郑贵妃问。

皇帝看她一眼，好像觉得这个问题很可笑。

“臣妾不该问吗？”郑贵妃问。

“爱妃当真不知谁人迫朕？”皇帝反问。

“当真不知。”郑贵妃道。

“是爱妃的兄弟呀！”皇帝说。

“是国泰？”郑贵妃惊问。

“是啊，”皇帝应道，并反问一句，“怎么，国泰上疏前，没和爱妃打过招呼？”

“国泰是陛下的臣子，又不是臣妾的臣子，上疏怎会和臣妾打招呼！”郑贵妃道。她与其说是因为皇帝提个不该提的问题而委屈，不如说是因为郑国泰这一次的行为而震惊。

不管为的什么，皇帝都不会计较。他笑了笑，说道：“不错，他是朕的臣子，上疏不会和爱妃打招呼。不过，他不是不想和爱妃打招呼，是不敢和爱妃打招呼。”

郑贵妃顾不得品味皇帝说的不想打招呼、不敢打招呼有什么含义，她问：“国泰上疏，是怎迫陛下的？”

“他请册立、冠婚等礼并行之，”皇帝说着，向郑贵妃重重地点一下头，“别臣请册立、冠婚等礼并行之，朕可以设法应付、拖延；国泰请册立、冠婚等礼并行之，朕却怎么应付、拖延！”

“陛下难道觉察不出，国泰是迫于廷臣之议，不得已而请之，并非其本意？”郑贵妃道。

“爱妃既能觉察出，国泰是迫于廷臣之议，不得已而请之，并非其本意；为何不能觉察出，朕亦迫于国泰之请，不得已而准之，并非朕本意？”皇帝用同样的语调、同样的语句回敬。

“但陛下不是国泰，”郑贵妃说，“国泰迫于廷臣之议，可以请之；陛下纵然迫于廷臣之议，及迫于国泰之请，亦不可准之。”

“这是为何？”皇帝问。

“国泰请之，未必行之；陛下准之，则必行之。此其一。”郑贵妃说。

“朕所准之事，亦可改变，不见得必行之。”皇帝说。

“陛下此话当真？”郑贵妃问。

“爱妃是问亦可改变这句话吗？”皇帝自问自答，“那要看爱妃的其二能不能打动朕。”

“其二，郑国泰从未向臣妾许诺；老实说，他若许诺，臣妾也不当回事。陛下是向臣妾许诺过的；在臣妾心目中，陛下一诺，何止千万金！”郑贵妃说到这里，顿了顿；然后又补充一句，“况且，陛下是在神灵前向臣妾许诺的；臣妾想，陛下决不会不当回事。”

不能说皇帝没被打动，因为他当即谕内阁，册立、冠婚诸礼改期行之；也不能说皇帝被深深打动，因为沈一贯封还改期的诏书，并声言“万死不敢奉诏”，皇帝没再坚持。

十月初五日，颁册立常洛为皇太子诏书。同时封皇三子常洵为福王，皇五子常浩为瑞王，皇六子常润为惠王，皇七子常瀛为桂王。

第三百一十四章

河南巡抚曾如春便服，率童子一人，衙役一人，天未明离开封，一路疾驰，在天黑后赶到归德城。两地相距三百余里，对年富力强的军士来说，这算不得什么，可曾如春已年过花甲。

拼老命赶这一程，在他看来是必须的。要怪，就怪他得到朝廷的消息太晚：九月十三日，首辅赵志皋病逝。十天后，召沈鲤、朱赓入阁。二人皆休致在家。朱赓是浙江人，和曾如春没什么关系；而沈鲤是归德人，曾如春希望在他进京前和他见上一面。

当然，除拿得到台面上的理由，还有一番私谊：他二人都是嘉靖四十四年进士。

钦差是先往归德传旨，再经开封返京的。曾如春得到这个消息时，沈鲤已经得到这个消息。他只能希望，沈鲤别那么性急，别接旨即行。至于还可能有另外一种情形，他想都不曾想过。

“怎是仁祥兄？”沈鲤为人质朴，想到什么问什么，没有客套话。

曾如春字仁祥，江西临川人。对于面前这位年兄的率直，他是知道的，可沈鲤问的话还是让他有点儿难堪。

“特来为仲化兄送行。”他说。

“为我送行？送我去哪里？”沈鲤问。

这样的问话更让曾如春难堪。他不由得想：在开封见到的不会是个假钦差吧？或钦差是真的，但和他开个玩笑，告诉他个假的消息？

“朝廷不是有旨吗？”即使是假的消息，曾如春也只能以假为真。

“是钦使告诉仁祥兄的吧？”沈鲤问。

“是，”曾如春应道。他的心情渐渐平静。沈鲤这么问，可见钦差是真的钦差，告诉他的消息是真的消息。

“很怪呀。”沈鲤道。

“很怪？何事很怪？”曾如春问。

“仁祥兄是封疆大吏，钦使告诉你此事，亦属正常。可是——”沈鲤沉吟着，话只说一半。

“可是，也有不正常之处？”曾如春问。

“不，不，”沈鲤连声否认，“他告诉仁祥兄此事，没有任何不正常之处；可是，他没告诉仁祥兄点儿别事吗？”

“怎么，朝廷还有别事？”曾如春问。沈鲤曾官礼部尚书，门生故吏甚多，朝廷之上有什么消息他先听到，不足为奇。

“朝廷没别事，我是说归德的别事。”沈鲤道。

“归德还有别事？重大否？”曾如春忙问。

“至少和朝廷有旨召我同等重大。”沈鲤说。

“却是何事？”曾如春关切地问。

“我已拜疏恳辞，是不是和朝廷有旨召我同等重大呀？”沈鲤道，并问，“钦使当真没告诉仁祥兄？”

千真万确不曾告诉！但曾如春顾不上回答沈鲤的询问，也顾不上琢磨钦差为什么不把这件事告诉自己。他问：“仲化兄当真决定不奉召？”

“当真决定。”沈鲤肯定地说。

“这是为何？”曾如春问。

“是啊，”沈鲤应道，“我也在奇怪，这是为何？”

“仲化兄也不知是为何？”曾如春肯定更奇怪。

“可不！”沈鲤道，“仁祥兄，你说，钦使若是把我拜疏恳辞的事告诉你，你不就用不着驰驱三百余里吗？”

曾如春哭笑不得。一个说东，一个说西，一个说天上，一个说地下，得费多少口舌，才能说到一块儿去呀！

“仲化兄，我是问你，为何不奉召？”他说。

“为何不奉召，仁祥兄不知吗？”沈鲤问。本来是曾如春在质疑，现在他却理直气壮地质疑。

“不知。”曾如春道。

“那么，当初我为何辞官，仁祥兄不会不知吧？”沈鲤问。

“有所闻。”曾如春道。

“却是为何？”沈鲤问。

“据闻，藩府往往赂中贵请封，仲化兄掌礼部，每每格之。皇上听于中贵，每每许之。加之中贵生怨，每每于皇上耳边说仲化兄的坏话，皇上将信将疑，致令仲化兄萌生去意。”曾如春略述道。

“不止是中贵。”沈鲤说。

“我知道，为此事，仲化兄也得罪相公。”曾如春补充一句。

“既如此，仁祥兄说，我能还朝吗？”沈鲤问。

曾如春摇摇头，说：“仲化兄想得太多。”

“我怎想得太多？”沈鲤问。

“仲化兄是哪一年辞官的？”曾如春反问。

“万历十六年。”沈鲤道。

“彼时相公是谁？”曾如春问。

“仁祥兄问的是——”沈鲤坐实他的问题。

“首揆。”曾如春道。

“申公汝默先生呀。”沈鲤说。

“十三年过去，今者相公是谁？”曾如春问。

“沈公肩吾先生呀。”沈鲤说。

“此一相公，彼一相公。仲化兄和彼一相公有芥蒂，就料定和此一相公相处也不融洽？”曾如春道。

“不错，我可以料定！”沈鲤竟一口咬定，让曾如春大感意外。

“愿闻其详。”曾如春揖道。

“万历十二年，我升礼部尚书；差不多同时，沈公升吏部侍郎。虽不在一个衙门办事，但无日不见。其为人，颇似申公。故我料定，和他相处，亦难以融洽。”沈鲤说。

“这是仲化兄的想法，人家可不这么想。”曾如春道。

“仁祥兄怎知他不这么想？”沈鲤问。

“仲化兄当真不知？”曾如春反问。

“当真不知。”沈鲤说。

“好不奇哉怪也！”曾如春道。

“我不知此公如何想的，有何奇哉怪也？”沈鲤不解。

“我不是说，仲化兄不知肩吾相公如何想的奇哉怪也；我是说，钦使竟没告诉仲化兄点儿别事。”曾如春道。

“别事？有何别事？”沈鲤问。

“不是归德的事，是朝廷的事，”曾如春学着沈鲤方才的口气说一句，然后告诉他，“汝迈先生过世，推补阁员，廷臣推举九人，皇帝起初点用的，并非仲化兄，而是冯公用蕴先生、朱公兆隆先生。肩吾相公乃进一密揭，言冯、朱二公年未及艾，何不待以时日，先爰立老成者？皇上这才改用仲化兄。”

艾色白，古人以喻长者。

“仁祥兄此说，恐不实。”沈鲤道。

“怎么，仲化兄还听到别的说法？”曾如春问。

“没有别的说法，只是要补充仁祥兄的说法。”沈鲤道。

“我是简述，若有遗缺，亦属正常。”曾如春分辩说。

“要是遗缺的是要点呢？”沈鲤问。

“那不会，”曾如春保证，“要点我是绝不会有遗缺的。”

“竟会这样问仁祥兄，我也觉奇哉怪也。”沈鲤道。

“无妨，权当仲化兄没问过。”曾如春想把他的打岔带过。

“好，”沈鲤应一声，却说，“我记得，仁祥兄遇事最能抓住要点，今日怎么有点儿恍惚？”

“仲化兄还是说我有遗缺，那就说说吧！”曾如春道。

“仁祥兄说，廷推阁员，本是冯、朱二公，因相公进密揭，才改用我的，”沈鲤简要叙述之后，问道，“是吧？”

“是啊。”曾如春应道。

“可皇上最后点用的，是二人，而不是一人。”沈鲤道。

“对，还有一位是朱公少钦先生。”曾如春说。

朱赓字少钦，浙江山阴人，隆庆二年进士。

“仁祥兄说皇上这才改用仲化兄，而不说皇上这才改用少钦先生和仲化兄，难道不是遗缺？”沈鲤问。

“仲化兄一定要说没提到少钦先生是遗缺，我不能否认。但我说过，要点决不会有遗缺。皇上这才改用仲化兄，或皇上这才改用少钦先生和仲化兄，在这件事上并非要点，”曾如春辩罢，加上一句，“此其一也。”

“还有其二？”沈鲤问。

“有，”曾如春应一声，说道，“即便提到少钦先生，我也会说，皇上这才改用仲化兄和少钦先生，而不会说皇上这才改用少钦先生和仲化兄。”

“这是为何？”沈鲤问。

“仲化兄和少钦先生均以礼部尚书兼东阁大学士召，只能以年资为序；况皇上点用，也是仲化兄在前，少钦先生在后。”曾如春说。

“仁祥兄是听钦使说的吧？”沈鲤问。

“是。”曾如春应道。

“钦使没再告诉仁祥兄点儿别事？”沈鲤问。

“仲化兄以为，钦使还会告诉点儿别事？”曾如春反问。

“譬如，在相公密揭里，少钦先生和我是如何排名的？”沈鲤举例。

“钦使未言，恐怕亦未知。”曾如春说。

“那么，在相公心目中，少钦先生和我是如何排名的？”沈鲤又问。

“钦使更不可知。”曾如春说。

“那么，我来告诉仁祥兄：不管在相公密揭里怎样排名，在他的心目中，少钦先生一定排在前面，我一定排在后面。或者，他完全是为少钦先生而上此密揭。皇上点用我，只是因为廷推九人中，恰好有我，恰好我年资最深。所以，仁祥兄不仅应该说皇上这才改用少钦先生和仲化兄，或者干脆说皇上这才改用少钦先生，仲化兄只是捎带上。”沈鲤道。

“是因为少钦先生与相公同年？”曾如春问。

“不仅同出一科，还同是浙人。”沈鲤道。

“恕我直言，仲化兄或是意气用事。”曾如春说。

“愿聆仁祥兄教诲。”沈鲤说着，揖了揖。

“相公完全是为少钦先生而上此密揭，实则完全是仲化兄的推测，是不是？”曾如春问。

“确无实据。”沈鲤并不否认。

“此其一也，”曾如春道，又问，“无论相公有没有推用仲化兄之意，仲化兄且说，先爰立老成者之议，有没有错？”

“没有错。”沈鲤承认。

“此其二也，”曾如春道，又问，“点用仲化兄和少钦先生，出自圣裁，仲化兄对此没有疑义吧？”

“没有疑义。”沈鲤说。

“此其三也，”曾如春道，又问，“阁员者，朝廷之员也；辅臣者，社稷之臣也。且是皇上点用，相公有无推用之意，以及入阁后能否与相公相处得融洽，就那么要紧吗？”

“仁祥兄问得好！”沈鲤这句话可以认为是褒，也可以认为是贬。如果是褒，接下来，应该说说自己对曾如春这几问的体会；如果是贬，接下来，应该对曾如春的说法加以反驳。但他既没有说自己的体会，也没有加以反驳，而是问，“仁祥兄是三问吧？”

“是。”曾如春应道。

“我也有三问，”沈鲤说着，问道，“道不同，不相为谋，我记得是夫子的训词。这话有没有错？”

“没有错。”曾如春附和道。

沈鲤指出是孔子的话，谁还敢说有错！曾如春只有希望，他别句句都引孔夫子的话。

“此其一也，”沈鲤道。又问，“内阁诸臣不协，利于国，不利于国？”

“这恐怕不能一概而论。”曾如春说。

“仁祥兄有何高见？”沈鲤问。

“首先，阁臣之间不可能总是很协调。譬如，文庙及洪、宣之际的三杨，孝宗时的刘、李、谢，最被称道。然三杨之间，一样会不协；刘、李、谢后来的经历，更是大相径庭，”曾如春说着，问道，“仲化兄，我没篡改本朝之史吧？”

三杨即杨士奇、杨荣、杨溥，是设置内阁以来最早的一批阁臣。刘、李、谢即刘健、李东阳、谢迁，是弘治年间至正德初年的阁臣。高拱在世时，曾创天道六十年一转之说，以刘、李、谢比喻当时的高拱、张居正、高仪三阁臣，广为传播。故在历来阁臣中，人们对此三人的典故最熟。

“没篡改。”沈鲤道。

“其次，阁臣之间不协，要看有没有大的是非。譬如，彭文宪有贤相之称，万文康被目为奸佞。贤、奸并在阁中，总要争执，就不能简单地说利于国、不利于国。贤胜，则利于国；奸胜，则不利于国。”曾如春说。

彭时谥文宪，万安谥文康，成化年间，二人同在内阁。

“若无大的是非呢？”沈鲤问。

“那当然是尽可能协调为好。”曾如春说。

“此其二也，”沈鲤道，又问，“若今者拜疏恳辞为非，则前者坚请辞官，是不是也不对？”

“这更不能一概而论，”曾如春说，“或因遭遇排陷，或为独善其身，而坚请辞官，都不能说不对。反之，清者辞官，无不心地坦然；浊者辞官，可以说没有一个是心甘情愿的。”

“此其三也，”沈鲤道，并问，“有此三者，任祥兄倒是说说，我该不该拜疏恳辞？”

“仲化兄拜疏恳辞，我不能说不对，却可以说不该。”曾如何道。

“这是为何？”沈鲤问。

“去岁黄河决于萧家口，仲化兄还记得吧？”曾如春反问。

“怎不记得！”沈鲤道，“而今走在街上，仍可见水淹的痕迹。”

“不错，此次决口，受灾最重者，一为开封，二为归德，”曾如春说着，把沈鲤和黄河泛滥联系在一起，“此事我已奏闻于朝，但朝廷对我奏请的赈灾之事，迟迟不报。仲化兄若是还朝，在内阁办事，对乡梓大灾，不会无动于衷吧？”

“仁祥兄，你乃大错！”沈鲤道。

“怎么？”曾如春问。

“蜗居归德，身为一介草民，家乡蒙灾，我倒可以上疏，请朝廷体恤赈之；我若以阁臣还朝，反倒不便为乡梓请命。”沈鲤说。

“仲化兄义正词严，我无话可说。”曾如春道。

皇帝点用的两名阁臣，不仅沈鲤辞不奉召，朱赓也辞不奉召。皇帝一概不准，钦使来往数遭，二臣不得不上路还朝。待入值内阁办事，已是来年的事。

第三百一十五章

兵部和都察院两个衙门离得很远，兵部尚书田乐和掌院都御史温纯两家却住得很近。故晚饭之后，或田乐到温纯家坐坐，或温纯到田乐家坐坐，或备一壶茶，或温一壶酒，彼此款待，是常有的事。他们都是北方人，北人饮酒不讲究菜肴，有点儿干果之类就行。

田乐到温纯家，常说的一句话是：取西凤酒来。温纯则常回道：竹叶青成不？他虽是陕西人，但最常喝的也是最喜欢喝的，不是西凤酒，而是竹叶青酒。

“取西凤酒来！”田乐一如往常地说。

“竹叶青成不？”温纯也一如往常地回道。

二人一笑。温纯家人送上的，却是一瓶宫酿。新年快到，大臣们家里，都会有些宫中佳酿。

二人慢慢品着酒，说着闲话。

“今日回家，遇到件怪事。”田乐说。

“在何处遇到的怪事？”温纯问。

“巷口。”田乐说。

“就在我等这个巷口？”温纯问。

“是。”田乐应道。

“此巷口会有怪事？希智先生倒是说说看。”温纯好像料定他们住的这个巷口不会有怪事，根本没打算认真听。

“两个不大的孩童对詈，彼此说出许多京城人骂人的话。”田乐道。

“许多是几多？”温纯问。

“未计其数，可我一直在一旁听着。”田乐说。

“听孩童相詈，希智兄不觉无聊！”温纯道。

“开始听一孩童詈罢，我在想，不知另一孩童骂得出来骂不出来？就这样听下去，并不觉无聊。”田乐说。

“后来呢？”温纯问。

“后来以为骂尽，我又在想，这回再骂不出来吧？就这样听下去，也不觉无聊。”田乐说。

“哈，”温纯取笑道，“希智先生都说骂不出来，还有何好听！若是还骂得出来，可见希智先生懂得的骂人的话，还不如街巷的孩童多，应惭愧才是。”说着，问道，“他等究竟还骂得出来不？”

“确实骂不出来。”田乐说。

“希智先生于是回家？”温纯问。

“我正要回来，二孩童忽重又对詈。”田乐说。

“是把方才骂过的话又重复一遍吧？”温纯问。

“不，”田乐摇头，“重又对詈，是并未骂过的话；而且，二孩童重又对詈。骂的是同一句话。”

“是哪句话？”温纯问。

“你个倭贼！”田乐道。

“你个倭贼？”温纯问。

“是，”田乐应道，“一孩童以‘你个倭贼’骂对方，对方也以‘你个倭贼’骂回他。”

“这就是希智先生所谓怪事？”温纯问。

不仅这么问让田乐奇怪，温纯毫无表情更让田乐奇怪。他问：“京师孩童皆以‘你个倭贼’为骂人，景文先生不觉奇怪？”

“何足怪哉！”温纯道，“一则，孩童以‘你个倭贼’相詈，不是今日才有；不仅孩童以此句相詈，即便成年之人，往往也以此句相詈。二则，此事若怪，我还遇到过更怪的事呢。”

“景文先生在何处遇到的怪事？”田乐问。

“也在巷口。”温纯道。

“此巷口会有更怪的事？景文先生倒是说说看。”田乐道。

“暑夜，希智先生会不会在树下乘凉？”温纯问。

“有时会。”田乐道。

“希智先生有没见过邻人抱着孩子在外乘凉？”温纯又问。

“有时见过。”田乐道。

“希智先生有没听过他等哄孩子时，嘴里念念有词？”温纯又问。

“有时听过。”田乐道。

“念的何词？”温纯问。

“念的何词？”田乐想了想，答道，“无词。”

“无词？”温纯怪道，“希智先生不也听过他等嘴里念念有词吗？”

“念念有词不过是个说法，实则无词。”田乐辩解。

“错。”温纯道。

“景文先生的意思，是有词？”田乐问。

温纯点点头，说：“不仅有词，且很清晰。”

“念的却是何词？”田乐问。

“常听到的有两句，”温纯道。“一曰：倭贼要来，看你还哭！一则曰：倭贼要来，看你还不睡！”

“当真是这么两句？”田乐很难相信。

“希智先生不信吗？”温纯拿出证据，“一妇人哄其子：倭贼要来，看你还哭！我问妇人：念叨这话，管不管用？妇人说：老爷请看。我果然听不到啼哭之声；看过去，那孩子睁着大眼，只是抽泣，而不出声。又一老叟哄其孙：倭贼要来，你还不睡！我问老叟：念叨这话，管不管用？老叟说：大人请看。我看那孩子，只见不多时，他闭上眼睛入睡。”

“景文先生好似在说天书呀。”田乐笑道。

“希智先生为何以为我说的是天书？”温纯问。

“居所相邻，景文先生说巷间孩童早就以‘你个倭贼’对詈，我在今日之前，为何从未听到？景文先生说，听到他等哄孩子时，嘴里念念有词，并听出其词是：倭贼要来，看你还哭；是：倭贼要来，看你还不睡！我听的却是念念无词，可不要以为景文先生的讲述为天书！”田乐道。

“我听到时，希智先生听不到；我听清时，希智先生听不清。说起来，一点儿也不怪。”温纯却说。

“一点儿也不怪吗？景文先生说说看。”田乐揖道。

“以前希智先生见孩童对詈，掩耳而过，故不知孩童以何词句詈骂；见邻人哄孩儿，掩耳而过，故不知邻人念念有词。”温纯说。

“今日为何不掩耳而过？”田乐问。

“今日希智先生有心思呀，”温纯道，“希智先生今日回家，边走边想心思，被二孩童对詈打断思绪，心中想道：不如听听他等如何詈骂。开始听一孩童詈罢，希智先生想：不知另一孩童骂得出骂不出；后来以为骂尽，希智先生又想：这回再骂不出来吧？不想才要回家，忽听二孩童重又对詈，有两个字使得希智先生重又竖起耳朵去听。”

他几乎是把田乐叙述的经过重复一遍。田乐极有耐心地听他说下去，听到关键处，问一句："是哪两个字？"

"倭贼。"温纯道。

"按照景文先生的说法，孩童对詈，以及成年之人对詈，早就用上'倭贼'，为何今日这两个字才吸引住我？"田乐问。

"恰好今日朝鲜李王进奏表，恰好李王奏表言及倭事，恰好皇上将李王奏表下兵部议处。"温纯一连说三个"恰好"。

"恰好景文先生亦知此事，帮我参酌参酌，如何？"田乐道。

"希智先生是来闲谈的，怎把朝事抬出来议！"温纯说着，连声道，"不妥，不妥！"

"不是我要议，是景文先生要议。"田乐道。

"怎成我要议？"温纯当然不会承认。

"好端端的，景文先生为何说我边走边想心思？"田乐问。

"难道我说错？"温纯反问。

"没错，"田乐道，"我回家的路上，的确边走边想心思；想的的确是倭事。景文先生捅破这件事，不就是想和我议它吗？"

"我绝无此意，"温纯否认，并说，"就算我想和希智先生议此事，也无从议起。我但知李王上表，言及倭事；具体如何议的，我却一无所知。"

"可日本国的大事，景文先生是知道的，对吧？"田乐问。

"是略知。"温纯道。

"平秀吉之死，景文先生知否？"田乐问。

"知之。是两年前的事。"温纯说。

"是两年前死的；李王奏表，即从平秀吉说起，"田乐道，又问，"平秀吉死，以谁人继其位，景文先生知否？"

"知之。似其幼子平秀赖。"温纯说。

"是他；李王奏表提及，"田乐道，又问，"平秀吉遗命，以谁人辅佐平秀赖，景文先生知否？"

"知之。似有二人，一曰丰臣家康，一曰丰臣辉元。"温纯说。

"是他二人；李王奏表亦提及，"田乐道，又问，"他二人势力如何划分，景文先生知否？"

"知之。似家康领东北三十三州，辉元领西南三十三州。"温纯说。

"是如此划分；李王奏表亦提及，"田乐道，又问，"日本国内近有变乱，景文先生知否？”

“知之。似是倭将景胜叛据关东。”温纯说。

“这是第一次变乱；李王奏表提及。”田乐道。

“还有第二次变乱？”温纯问。

“是，”田乐应道，“家康以全力攻景胜，辉元、行长等趁机出兵，进入大阪城，合力以拒家康。家康回师，辉元、行长等兵败，行长被诛，而内乱愈演愈烈。”

“此事我却不知；但倭内乱愈烈，愈是我福。”温纯说。

“家康与辉元、行长等交战，李王奏表提到，”田乐道，又问，“对马岛岛主谁人，景文先生知否？”

“似叫平义智。”温纯说。

“是叫平义智；李王奏表提及，”田乐道，又问，“对马岛大将谁人，景文先生知否？”

“似叫调信。”温纯说。

“是叫调信；李王奏表提及，”田乐道，又说，“李王奏表，言平秀吉死，言家康、辉元佐平秀赖，言倭国内乱，皆叙事；他要请旨的，只是平义智、调信乞和一事。”说着，问道，“景文先生知否？”

“这却不知，”温纯说着，反问一句，“对马岛倭酋乞和？”

“是。”田乐应道。

“孤悬海外，加之内战不断，难以为援，不得不找出路。”温纯说。

“想必是如此。”田乐道。

“凡与倭国相关之事，朝鲜必请旨于中朝；况对马岛倭酋乞和，又非家康、辉元辈乞和，并非了不得的大事，何劳希智先生心事重重，边走边想？”温纯问。

“景文先生不知，平义智、调信之乞和，颇为乖张。”田乐说。

“有何乖张？”温纯问。

“乞和之函竟称，家康将转饷十八万石，助其守岛。”田乐说。

“是虚张声势吧？”温纯道。

“有可能。”田乐说。

“或欲胁迫朝鲜？”温纯又道。

“也有可能。”田乐道。

“或是以退为进？”温纯又道。

“究竟为何者？”田乐问。

“究竟为何者，有区别吗？”温纯反问。

"怎会没有！"田乐道，"虚张声势，可笑也。已濒临绝境，还以大话骗人，岂不可笑之极！但可笑是可笑，却于大局无碍；他既乞和，不妨准之。胁迫朝鲜，可气也。已走投无路，还以大话欺人，岂不可气之极！但可气是可气，亦于大局无碍；他既乞和，不妨拒之。以退为进，可虞也。已穷途末路，还有恃无恐，岂不可虞之极！既可虞之，准不准其乞和，不得不加参酌。"

"酒没饮够吧？希智先生很清醒呀！我不过随意说几种可能，经希智先生剖析，居然头头是道。"温纯笑着说。

"但究竟是哪一种可能，我心里却没底。"田乐说。

"所以，要我帮着参酌，是吧？"温纯问。

"是。"田乐应道。

"希智先生若是闲话说到这里，无所谓；若是刻意来说这件事，却找错人。"温纯道。

"此话怎讲？"田乐问。

"我所知者，希智先生亦知；希智先生所知者，我未必知。希智先生难以断定，我怎能断定？难道我比希智先生高明？"温纯道。

"景文先生比我高明，断无可疑；再者，不是旁观者清吗？拿这个理由，景文先生说服不了我。"田乐说。

"希智先生想听我的第二个理由？"温纯问。

"景文先生有吗？"田乐反问。

"有是有，却不好说。"温纯不想说。

"那就更要听。"田乐岂肯放过。

"这么说吧：希智先生命我参酌，是希望兵部的议处，朝廷能顺利通过，而不是不能通过，"温纯说着，问道，"是吧？"

"当然。"田乐应道。

"可无论我怎样参酌，只要是我给希智先生出的主意，只要是传出去，朝廷都不会通过。"温纯说。

"怎会！"田乐不信。

"阁、院结怨已深，希智先生难道不知！"温纯道。

所谓阁、院结怨，只能是温纯和沈一贯结怨。

"景文先生怎和相公结怨？"田乐问。他不称肩吾兄，而称相公，显然是避免卷入他们二人的怨愤中去。

"还不是为两名巡按的公案。"温纯道。

“两名巡按的案子？”田乐似乎不知所指。

“是。”温纯点头应道。

“哪两名巡按的案子？”田乐问。

“一则粤案，一则秦案。”温纯道。

“这我更加不懂。”田乐说。

“希智先生不会对这两个案子一无所知？”温纯问。

“所谓粤案，可是王方伯、顾御史大闹科场一事？”田乐反问。

“是。”温纯应道。

“我是说，相公和王方伯、顾御史都不熟，可以说是素无来往，怎会卷入广东的案子里？”田乐道。

“仅广东科场之案，相公的确不会卷入，不是还有别案嘛。”温纯说。

“广东还有别案？”田乐问。

“怎是广东还有别案，”温纯嗔道，“不是才说广东一个案子，陕西一个案子吗！”

“是，是，”田乐连声应道。也不知道是不是因为牵涉沈一贯，自己的反应有些迟钝，他问道，“景文先生是说，秦案和粤按实际上是纠结在一起的两个案子？”

“不是。”温纯摇头。

“那么，秦案和王方伯、顾御史有牵连？”田乐问。

“认真说起来，也没有。”温纯道。

“那么，陕西的案子怎使相公卷入广东科场案？”田乐问。

“广东大闹科场一事怎结的案，希智先生记得吗？”温纯反问。

“王方伯弃官而去，顾御史罢免。”田乐说。

“不错，是被都察院劾罢的；说得更准确些，是被我劾罢的，”温纯道，又问，“秦按是谁人，希智先生知否？”

“不是于御史永清吗？”田乐道。

“是他，”温纯点点头，问道，“其中关节，希智先生是否懂得？”

“抱歉，我还是不懂。”田乐道。

“还是不懂？”温纯觉得奇怪，“他在都察院首倡救助顾龙桢，闹出那么大动静，希智先生会不知道？”

“于某倡同列救助顾龙桢，我是知道的；我不懂的是，于御史救助顾御史，乃同列相救，相公却怎卷入？”田乐问。

“希智先生大概不知，秦按为何要救助粤按吧？”温纯道。

“诚然不知。”田乐道。

“于某贪鄙有据，劾罢顾某之后，接下来我就要劾罢于某。他惧我举奏，故以救顾某为幌子，以示与我相左，以图自救。”温纯说。

“不会吧。”田乐仍摇头。

“希智先生不信于某图谋？”温纯问。

“于某贪鄙，我亦有所闻；我是说，他虽贪鄙，他虽有所图谋，却和相公何干！”田乐道。

“希智先生难道不知，他在朝中的奥援正是相公？”温纯问。

“相公是于某奥援？”田乐连连摇头，“不会，不会！我从未听说，相公和于某有过交往。”

“正大的交往，不怕人知；龌龊的交往，才怕人知。”温纯说。

“景文先生的意思是——”后面的话，田乐说不出来。温纯显然是指沈一贯和于永清的交往，有不可告人之处。这话，还是让温纯自己说出来吧。

“已扯太远，”温纯也不愿说出来。他回到原来的话题，说道，“总之，下兵部议处之事，希智先生要我参酌，是一定会被相公驳回的。不过——”

他留下个尾巴，让田乐存有一线希望。

“不过怎的？”田乐问。

“不知希智先生想过没有，议处朝鲜李王奏表，不在如何处分平义智、调信之乞和，而在如何看待平义智、调信之乞和。”温纯说。

“怎说？”田乐没转过弯来。

“我不甚知平义智、调信其人，希智先生不甚知平义智、调信其人，可有人比你我更知平义智、调信其人呀。”温纯说。

田乐顿然醒悟，道：“景文先生说的是蓟督或辽抚？”

“以蓟督为好。”温纯说。

“却是为何？”田乐问。

“一则，蓟督地位比辽抚高，资历比辽抚深；二则，今之蓟督和希智先生是同年，应该容易沟通。”温纯说。

“景文先生还不如说，他和相公是同年，他所议，相公易于接受呢！”田乐打断他。

“我还不如说，他和希智先生均为相公同年，二公所议，相公易于接受。”温纯道。

蓟、辽总督万世德，和沈一贯、田乐同为隆庆二年进士。

田乐接受温纯的建议，请下朝鲜王李昖奏表于蓟、辽总督议之。

第三百一十六章

万历三十年的上元节过后，各衙门又恢复往日的忙碌。

工部尚书杨一魁面对着一张舆图，看得入神，本部右侍郎姚继可进来，他丝毫没有觉察。

“子选兄听闻否？”姚继可问。

“嗯，嗯。”杨一魁胡乱应着。其实，他既没留意谁在和他说话，也没留意人家说的是什么。

“子选兄说，要不要再去打探打探？”姚继可又问。

“好啊。”杨一魁仍在胡乱应着。

换成别人，肯定离开。但姚继可对杨一魁的心不在焉早领教过，不但不走，反而走到杨一魁身后，和他一起看图。

杨一魁终于发现身后有人，边回头边问：“怎还不去打探？”见是姚继可，他又问一句，“光父兄，人呢？”

杨一魁字子选，山西安邑人。姚继可字光父，河南襄城人。二人都是嘉靖四十四年进士。

“谁人？”姚继可问。

“不知。”杨一魁道。

“不知谁人，为何找他？”姚继可问。

“方才有人对我说，要去打探打探，我以为他还没去呢。”杨一魁道。

“他是没去呢。”姚继可说。

“在哪里？”杨一魁四处张望。堂上空空荡荡，不可能藏人。他若有所悟，道，“莫非是光父兄在说？”又连声道，“不能，不能！”

“为何不能？”姚继可问。

“打探二字，不是光父兄说得出口的。”杨一魁道。

“若事关重大，也不能吗？”姚继可问。

“事关重大？”杨一魁的精神这才从舆图中绕出来，他说，“年节前后，未闻有重大之事呀。”

“看来，子选兄并未听闻。”姚继可道。

“听闻何事？”杨一魁问。

“是件大事，皇上龙体欠安。”姚继可说。

“又是因为正旦日皇上不视朝？”杨一魁边摇头，边问，“光父兄还记不记得，皇上有多少年未受廷臣朝贺？”

“十多年吧，”姚继可回答之后，仍有话说。“可是——”

“自万历十七年免朝贺，今岁是第十四个年头。”杨一魁没让他说。

“不能从万历十七年算起。”姚继可却说。

“那该从哪年算起？”杨一魁问。

“万历十七年免朝贺，十八年亦免朝贺，但召相公们于毓德宫见驾；十九年免朝贺，却命相公们往会极门行礼；万历二十年之后，才既不受廷臣朝贺，又不召见相公们。”姚继可说。

“光父兄的意思，是从万历二十年算起？”杨一魁问罢，自己分辩，“好，就从万历二十年算起。我记得，除二十一年正旦传谕‘朕不豫’，每年正旦但传谕免朝，今岁正旦亦但传谕免朝。难道每年正旦传谕免朝，都是因为皇上龙体欠安？”

“我才要说，并非是为正旦日皇上不视朝。”姚继可道。

“光父兄是听人说的？”杨一魁问。

“是。”姚继可应道。

“是听内臣说的吧？”杨一魁问。

“是。”姚继可应道。

“是听哪位内臣说的？”杨一魁问。

“司礼监的一位秉笔。”姚继可说。

三句话问下来，杨一魁不能不信。首先，消息是从司礼监传出来的，而不是从内府别的衙门传出来的，总应该可靠一些；其次，秉笔太监都是多年熬出来的，应该比较稳重，不会听风就是雨。

“内阁没传出话来吗？”他问。

“尚未。”姚继可道。

“此事若属实，内阁早晚会有消息。我看，光父兄不必特别去打探。”杨一魁提议。

“好。”姚继可应道。

“光父兄。”杨一魁又呼一声，是有别的话对他说。

“子选兄，还有件大事。”姚继可抢在前边说。

“又是何事？”杨一魁问。

“听说朝廷要追究祖陵被浸一事。”姚继可说。

祖陵在凤阳泗州，淮河发水，会直接威胁祖陵；而祖陵被浸，身为工部尚书，难逭其责。最近祖陵被浸一事，指的是淮河冲决黄堌口，淹及祖陵，而工部未能有所防范。这虽然不能和龙体欠安的大事相提并论，但发生在杨一魁任工部尚书期间，至少对他来说，是件大事。姚继可想去探实此事，也是表示关切。

谁知，杨一魁并不太在意。

“此事早晚要追究的，更不用打探。”他说。

“可是——”姚继可想再争一争。

“倒是有件事，”杨一魁打断他的话，说道，“本想过两日再和光父兄计议，看来不能拖延。”

“子选兄说的何事？”姚继可问。

“有篇好疏，我琢磨多日。”杨一魁道。

“可是潜夫先生的奏议？”姚继可问。

汪应蛟字潜夫，南直隶婺源人，万历二年进士，以右副都御史，先抚天津，再移抚保定。

“光父兄也以为是篇好疏？”杨一魁问。

“我是否以为该疏是篇好疏，还在其次；子选兄却不止一次对我说过，它是篇好疏。”姚继可说。

“是吗？”杨一魁好像不记得。

“子选兄是不是说，已琢磨该疏多日？”姚继可问。

“是，我是说过。”杨一魁道。

“我看不对。”姚继可摇着头说。

“光父兄不信，此图可以为证。”杨一魁手指舆图说。

汪应蛟所陈，是京畿水利；而杨一魁铺开的，是京畿舆图。这个证据应该说很充分。

“我不是说子选兄没琢磨多日，我是说子选兄琢磨的不止多日，”姚继可道，“潜夫先生该疏是去岁十月所上；疏下工部后，这张舆图就被铺开。子选兄琢磨此疏该有多月。”

“两个月不算多月，便如二日不算多日；再者，年前应酬甚多，静不下心来。真正用心琢磨该疏，是从正旦后开始。”杨一魁说。

“言之有理，就算子选兄是琢磨多日吧，”姚继可说着，问道，“子选兄好几次说该疏好，它究竟好在哪里？”

“敢拿北方沿海之地与南方沿海之地比较。”杨一魁说。

“子选兄是说‘若以闽、浙濒海治地之法行之’一句吧？”姚继可问。

“好啊，”杨一魁指指他，说道，“原来光父兄早看到这个好处，却要我说！”

“我留意这一句，是因为对孟中先生在福建沿海开垦荒地，记忆犹新。”姚继可提及许孚远在福建开垦海滩地一事。

“天下之大，南，北多有差异，南方能做到的事，北方往往连想都不敢想。潜夫先生想到以闽、浙之法行之，此疏可取者一也。”杨一魁对他认为的第一个好处加以说明。

“子选兄说的是，”姚继可道，又问，“其二呢？”

“垦荒与水利并行。”杨一魁道。

“子选兄说的是‘地无水则碱，得水则润，穿渠溉水，未必不可为稻田’一句吧？”姚继可问。

“这句光父兄也记得？”杨一魁问。

“地无水则碱，得水则润，实为的论，故印象很深。”姚继可说。

“此一说与前一说是有关连的。种稻收获，多于麦、粟。然种稻须水；南方多水，故稻种于南方。今于北直沿海垦荒，使之有水，即可种稻，此疏可取者二也。”杨一魁对他认为的第二个好处加以说明。

“子选兄说的是，”姚继可道。又问，“其三呢？”

“不仅言之，且已行之。”杨一魁说。

“子选兄说的是‘今春始买牛制器，开渠筑堤，计葛沽、白塘耕种共五千余亩，内稻二千余亩’一句吧？”姚继可问。

“其所种稻，亩收几许？”杨一魁问。

“一二石。”姚继可说。

“这等具体之数，光父兄也记住？”杨一魁道。

“正因其具体，才记得住。”姚继可说。

“天津葛沽一带，原为斥卤，不可耕种，间有近河之地，得水滋润，勉强耕种，闻所获不过二三斗。今筑堤种稻，所获五倍十倍之，此疏可取者三也。”杨一魁对他认为的第三个好处加以说明。

“子选兄说的是，”姚继可道，又问，“其四呢？”

“豪气冲天。”杨一魁道。

“豪气冲天？怎讲？”姚继可问。

“光父兄方才是不是说过，对孟中先生开垦福建海滩荒地一事，记忆犹新？”杨一魁反问。

“说过。”姚继可点头。

“既然记忆犹新，光父兄还记得，他在福建沿海开垦荒地多少亩吗？”杨一魁问。

“孟中先生抚闽两年，开垦海滩地八万三千亩。据说，他曾立下志愿，要在福建垦荒十万亩；被召任南京大理寺卿时还感叹，为何不多予一年，使之如愿以偿！”姚继可述道。

“福建沿海能垦荒十万亩，浙江沿海应不止此数。”杨一魁说。

“加至十五万亩，亦不为多。”姚继可道。

“浙江沿海能垦荒十五万亩，南直沿海应不止此数。”杨一魁说。

“譬如，可加至二十万亩。”姚继可道。

“南直沿海能垦荒二十万亩，山东沿海应不止此数。”杨一魁说。

“譬如，可加至三十万亩。”姚继可道。

“山东沿海能垦荒三十万亩，北直——”杨一魁顿了顿，问道，“照潜夫先生的说法，北直濒海之地，可垦荒多少？”

“他说的是六七千顷。”姚继可道。

“六七千顷，可是六七十万亩呀！”杨一魁怕自己算错，问道，“光父兄，是吧？”

“是。”姚继可应道。

“潜夫先生后面写的话，光父兄记得吗？”杨一魁说。

“若悉如今法，每千顷各致谷三十万石，七千顷可得谷二百余万石，非独天津六万金之饷可给，即充近镇之年例，省司农之转饷，无不可者。”姚继可述道。

“光父兄不觉其豪气冲天吗？”杨一魁问。

“豪气确可充天，但话说得太大。”姚继可道。

“光父兄为何以为他话说得太大？”杨一魁问。

“天津葛沽，耕种五千亩，种稻不过两千亩，潜夫先生却想到六七千顷悉如今法。两千亩与六七千顷，相差数百倍也；即便五千亩皆开渠种稻，与六七顷也相差百余倍。葛沽种稻，亩收一二石，合计充其量两三千石，潜夫先生却想到了二百余万石。两三千石与二百余万石，相差千倍也；即便今葛沽五千亩皆亩收一二石，合计七八千石，与二百余万石也相差数百倍，”姚继可算罢，问道，“子选兄看，话是不是说得太大？”

“话是说大，但在光父兄看来，是不是可能呢？”杨一魁反问。

“子选兄是指两千亩或五千亩，增至六七十万亩；两三千石或七八千石，增至二百余万石？”姚继可问。

“是。”杨一魁应道。

“遥远之事，不好说。”姚继可道。

“在我看来，是可能的。”杨一魁说。

姚继可不好说他的口气也太大，只好问：“子选兄怎能做到？”

“天下濒海之荒地能否开垦，实际上只在有无水灌溉，光父兄说是不是？”杨一魁反问。

“须江河湖泊的水灌溉，不能以海水灌溉。”姚继可说。

“当然是以江河湖泊的水灌溉，”杨一魁同意，又问，“京畿濒海之荒地能否开垦，以及能开垦几多，实际上只在京畿有无水灌溉，有无江河湖泊的水灌溉，光父兄说是不是？”

“是。”姚继可应道。

“光父兄请看图，”杨一魁指着舆图上的一处，问道，“此为何处，光父兄知否？”

“图上未标出，不知。”姚继可说。

“其地曰金台，”杨一魁告诉他。又指着流经金台的一条河，问道，“此为何水，光父兄知否？”

“图上标出，是易水。”姚继可说。

“此即‘风萧萧兮易水寒’的易水，”杨一魁告诉他。又指着舆图上的另一处，问道，“此为何地，光父兄知否？”

“图上标出，是恒山。”姚继可说。

“此为何水，光父兄知否？”杨一魁指着一条流经恒山的河，问道。

“图上未标出，不知。”姚继可说。

“其水曰滹水，是滹沱河支流，”杨一魁告诉他。又指着舆图上的另一处，问道，“此为何地，光父兄知否？”

“图上未标出，不知。”姚继可说。

“此为中山。”杨一魁告诉他。

“可是子系中山狼的那个中山？”姚继可笑着问。

“名中山者不止一座，谁知中山狼出自哪座中山！”杨一魁道。又指着流经中山的河，问道，“此为何水，光父兄知否？”

“图上未标出，不知。”姚继可说。

“其水曰浐水，”杨一魁告诉他。又手指舆图上的另一点，问道，“此为何地，光父兄知否？”

“图上未标出，不知。”姚继可说。

“其地曰襄国。”杨一魁告诉他。

“是哪两个字？”姚继可问。

“襄者，襄阳的襄；国者，国家的国。”杨一魁说。

“从未闻京畿有这个地方。”姚继可自叹孤陋寡闻。

“此为何水，光父兄知否？”杨一魁手指流经襄国的河，问道。

“图上未标出，不知。”姚继可说。

“其水曰滏水。”杨一魁告诉他。

“子选兄，我有个困惑。”姚继可终于摆脱一直被考问的被动局面。

“四地：金台、恒山、中山、襄国；四水：易水、滹水、浐水、滏水。严格说起来，都不算作濒海之地，是吧？”杨一魁知道他的困惑是什么。

“是，”姚继可应一声，反问道，“怎么，子选兄也有此困惑？”

“这确是个困惑；不过，这个困惑不是潜夫先生加与我的，更不是潜夫先生加与光父兄的，而是我加与光父兄的。”杨一魁说。

“此话怎讲？”姚继可问。

“我从孟中先生在福建濒海之地垦的亩数，问及浙江濒海之地可垦的亩数，问及南直濒海之地可垦的亩数，问及山东濒海之地可垦的亩数，问及京畿濒海之地可垦的亩数，着落在濒海之地这四个字上；潜夫先生奏言买牛制器，开渠筑堤，着落在治地之法这四个字上。治地之法，即垦为稻田，开垦濒海之地为稻田，开垦非濒海之地亦为稻田。所以，是我误导的光父兄。”杨一魁说。

“子选兄解我惑矣，”姚继可说着，揖道，“还有件事，请教子选兄。”

“光复兄又有何困惑？”杨一魁问。

“和子选兄算笔账而已，并非困惑，”姚继可说着，问道，“以易水开渠筑堤，灌溉金台，可得稻田几多？”

“约千顷。”杨一魁说。

“以滹水开渠筑堤，灌溉恒山，可得稻田几多？”姚继可问。

“亦约千顷。”杨一魁说。

“以浐水开渠筑堤，灌溉中山，可得稻田几多？”姚继可问。

“亦约千顷。”杨一魁说。

“以滏水开渠筑堤，灌溉襄国，可得稻田几多？”姚继可问。

“亦约千顷。”杨一魁说。

“四个约千顷，应该是约四千顷，而不会是六七千顷吧？”姚继可道。

“对，”杨一魁应一声后，又指向舆图，“此为何水，光父兄知否？”

“京畿西南，离京城很远，不知远到真定府，还是远到大名府？”姚继可反问。

“我问的是水。”杨一魁道。

“是啊，知道是哪府，才知是何水。”姚继可说。

“远到大名府。”杨一魁告诉他。

“大名府有二水从南来，此水不是漳河，就是卫河。”姚继可说。

“是漳河。”杨一魁告诉他。

“前贤西门豹投掷恶巫于河，即在此处？”姚继可问。

“差不多吧。”杨一魁道。

“子选兄是说，漳河亦可开渠筑堤，是吧？”姚继可又问。

“是。”杨一魁应道。

“可得稻田几多？”姚继可问。

“亦约千顷。”杨一魁说。

“还有呢？”姚继可问。

“光父兄看，”杨一魁手指一片，问道，“此为何淀，光父兄知否？”

“图上未标出，不知。”姚继可说。

“其淀曰瀛海。”杨一魁告诉他。

“畿南水淀甚多，子选兄为何独问此淀？”姚继可问。

“瀛海处诸水下游，颇似江南泽国。”杨一魁说。

“子选兄是说，瀛海亦可开渠筑堤，是吧？”姚继可又问。

“是。”杨一魁应道。

“可得稻田几多？”姚继可问。

“亦约千顷。”杨一魁说。

“增至六个约千顷，合计约六千顷，是吧？”姚继可问。

“是。”杨一魁应道。

“子选兄似乎更倾向于七千顷？”姚继可抛出最后一个难题。

“得稻田七千顷，何足道哉！”杨一魁边拿手掌在舆图上比画，边说，“山下之地，地中之水，比比皆是，还凑不出一千顷稻田来吗？”

他的议论，比汪应蛟的奏言还要随意；换句话说，还有豪气。

“但愿子选兄所议，皆能付诸实施。”姚继可回应道。

第三百一十七章

赵南星以考功郎中被斥退，里居九年，心态日渐平和。每日里，除自己读读书，写写字，还会把儿子赵清衡叫来，说说闲话。

既然是闲话，肯定不牵涉时政，但有时会评论评论今人。当然，所谓今人，一定不是仍在其位的大臣。

“若有一日回到吏部，我会为乾吉先生请封赠。”赵南星说。

“父亲说谁？”赵清衡问。

“乾吉先生，”赵南星重复一遍，并说，“清衡没听说乾吉先生病逝吧？可以盖棺论定矣。”

赵清衡怎么也没想到，父亲会说这话。如果只说乾吉先生，还不能断定他说的是谁，而说病逝的乾吉先生，那就一定是梁梦龙。自古忠奸不两立，一向看重名节的父亲，为何要为名声不好的梁梦龙请封赠？

“不会因为他曾为父亲的上官吧？”他开玩笑地问。

赵南星不恼，平和地反问：“清衡可知，你父初为何官？”

“据孩儿所知，父亲初官汝宁府推官。”赵清衡说。

“其时，汝宁知府、同知，都是我上官吧？”赵南星问。

“是。”赵清衡应道。

“我还任何官？”赵清衡问。

“任过户部主事。”赵清衡说。

“其时，户部尚书、侍郎，都是我上官吧？”赵南星问。

“别说尚书、侍郎，司官、员外，亦是上官。”赵清衡说。

“之后，我从户部调吏部，”赵南星说着，问道，“到吏部比乾吉先生早，离职比乾吉先生晚，乾吉先生之前的尚书、侍郎，之后的尚书、侍郎，也都是我上官吧？”

“同样，其时的司官、员外，之前的司官、员外，之后的司官、员外，无不是上官。”赵清衡说。

“清衡听我说过，要为哪位上官请封赠吗？”赵南星问。

“父亲确不曾说过，”赵清衡回答之后，又开句玩笑，“要不，因为他是父亲同乡的前辈？”

梁梦龙是真定人，赵南星是高邑人，均隶真定府。

“清衡可知，天下哪府最大？”赵南星仍很平和地问。

“首推顺天府，次则应天府。”赵清衡说。

“我是问，哪府州、县最多？”赵南星说。

“我真定府领五州、二十七县，应是第一大府。”赵清衡道。

“不是最大，却在前五名之内。”赵南星说。

“还有比真定府领州、县多的？不会是顺天府吧？”赵清衡问。

“顺天府领五州、二十二县，领州数相同，领县数少于真定府，”赵南星说到这里，顿了顿，然后接着说，“以所领州、县合计，排在前五名的，依次是：陕西西安、山西平阳、河南开封、北直真定，四川成都。西安领六州、三十一县，合计三十有七；平阳领六州、二十八县，合计三十有四；开封领四州三十县，合计也是三十有四，但以州少于平阳，只能屈居第三；真定领五州、二十七县，合计三十有二；成都领六州、二十五县，合计三十有一。”

“每听人说济南是大府，还排不到前五名内？”赵清衡颇为吃惊。

“济南领四州、二十六县，要排，只能排在第六。”赵南星说。

“父亲对各省建制，可谓烂熟于胸。”赵清衡不得不敬佩。

“我不是和你说过，曾任官户部吗？户部掌天下会计，就要熟悉天下建制，”赵南星说着，问道，“真定这等大府，历科顺天乡试，中式者应该不在少数吧？”

“肯定不在少数。”赵清衡说。

“历科会试，中式者应该不在少数吧？”赵南星问。

“肯定不在少数。”赵清衡说。

“为官者既多，列入名宦者应该不在少数吧？”赵南星问。

“肯定不在少数。”赵清衡说。

“清衡听我说过，要为哪位乡贤请封赠吗？”赵南星问。

“父亲确不曾说过。”赵清衡回答之后，开不出新的玩笑。

“我为何偏生要为乾吉先生请封赠呢？”赵南星问。

“想是该得封赠的上官、乡贤都已得到封赠，唯独乾吉先生该得封赠而未得，所以父亲要为他请封赠。”赵清衡说。

“虽不中，不远矣。”赵南星道。

“可乾吉先生颇遭非议，算不得乡贤呀！”赵清衡说。听父亲说要为梁梦龙请封赠，他最想说的就是这句话，现在终于有机会说出来。

“所以，我才说虽不中呀。”赵南星道。

“父亲的意思是——”赵清衡问。

“乾吉先生颇遭非议，正可见是非自在人心。”赵南星说。

“父亲是说，乾吉先生颇遭非议，是有道理的？”赵清衡问。

“大有道理。”赵南星道。

“那父亲为何还要为他请封赠？”赵清衡问。

“颇遭非议，是说他的人品有亏欠。看他当年党附张太岳，冯太监，为谋吏部尚书之职，竟以孙女婚配于冯太监之侄，以及种种牟取私利之言、之行，他人品的亏欠还不小呢，”赵南星说着，问道，“清衡以为我不该为他请封赠，是为此吧？”

“父亲说他人品有亏欠，即便说他亏欠还不小呢，也未免说得太轻。”赵清衡道。

“依着清衡，当怎说？”赵南星问。

“人品卑劣。”赵清衡道。

“人品卑劣和人品有亏欠，差别的确很大，”赵南星说着，问道，“清衡能不能告诉我，差别在哪里？”

“人品卑劣，其人绝无可取之处；人品有亏欠，则其人虽非完人，然尚有可取之处。”赵清衡说。

“这个说明很好，”赵南星道，又问，“在清衡看来，乾吉先生绝无可取之处，是不是？”

“是。”赵清衡应道。

“好，”赵南星点点头，问道，“那你说说，乾吉先生初任何官？”

“孩儿不知。”赵清衡道。

“乾吉先生以庶吉士授兵科给事中。”赵南星告诉他。

“给谏职在进言，他恐怕难有作为。”赵清衡说。

“你是有所知呀，还是凭空猜测？”赵南星问。

“孩儿虽是猜测，却并非凭空猜测。以他的人品，宁阿谀奉承，而不会进谠言；宁攀附权贵，而不会纠劾大臣。”赵清衡说。

“清衡说，参劾吏部尚书，是攀附权贵，还是纠劾大臣？”赵南星问。

“他参劾过吏部尚书？”赵清衡反问。

“对，”赵南星应道，“乾吉先生授兵科给谏，第一疏即参劾吏部尚书李默，李时言先生。”时言是李默的字。

“其时，是严介溪当国吧？”赵清衡问。

“是。”赵南星应道。

“李尚书与严介溪相处得如何？”赵清衡问。

“时言先生不附介溪。”赵南星说。

“这不正可见乾吉先生攀附权贵！”赵清衡得出相反的结论。

“非也，”赵南星摇头，“时言先生虽不附介溪，然性情偏执，以恩威自归，较之介溪，更不得人心；再者，乾吉先生参劾时言先生，乃少年意气，绝非受命于严介溪。”

“看来，此事不应归入攀附权贵；不过，这也不过是个孤证，并不就能说明他胜任给谏一职。”赵清衡辩道。

“那我再给清衡举一事，”赵南星说着，问道，“巡抚都御史、督粮郎中一并参劾，是攀附权贵，还是纠劾大臣？”

“他派的是哪里的外差？”赵清衡问。

“陕西，”赵南星道，“乾吉先生出核军储，劾罢王都堂，陈司官。”

王都堂是延绥巡抚王轮，陈司官是督粮郎中陈灿。

“督粮虽是钦差，但郎中职位太低；巡抚都御史却是封疆大吏。”赵清衡把二人加以区分。

“在朝则参劾吏部尚书，外差则参劾巡抚都御史，清衡还能说他宁攀附权贵，不会参劾大臣吗？”赵南星问。

“不能。”赵清衡道。

“乾吉先生升都给谏，清衡能说是攀附权贵而致吗？”赵南星问。

“乾吉先生又任都给谏，是吗？”赵清衡反问。

“是，”赵南星应道，“乾吉先生后任吏科都给谏。”

“吏科都给谏，六科第一人，天下第一谏臣，更不知他能否胜任。”赵清衡再一次表示怀疑。

“如果清衡仍以攀附权贵或参劾大臣为标准，应该说，他是很胜任的。”赵南星道。

“他又参劾哪名尚书？”赵清衡问。

“两位吴尚书。”赵南星说。

“其时，朝中有两位吴尚书？”赵清衡问。

“对，”赵南星点点头，说道，“嘉靖三十五年至四十年间朝中有两位吴尚书，一是吏部尚书吴公鹏，一是礼部尚书吴公山。他二人几乎同时任尚书，又同时免官。同时任尚书，原因各异；同时免官，却是因为乾吉先生的参劾。至少，乾吉先生的参劾是个重要原因。”

“父亲，孩儿还是那个疑惑。”赵清衡道。

“两位吴尚书与严介溪相处得如何，是吧？”赵南星问。

“是。”赵清衡应道。

“严介溪子世蕃欲与礼部吴公结姻，被拒，因而得罪；吏部吴公则与严介溪并无冲突。”赵南星说。

“父亲的意思，乾吉先生参劾两位吴尚书，非为讨好严介溪？”赵清衡听出一层意思。

“更非受命于严介溪。”赵南星还有另一层意思。

“据孩儿所知，升至都给谏，多放外任。”赵清衡说。

“乾吉先生先升顺天府丞，然后外放河南按察司副使。”赵南星说。

“任外官，有无业绩？”赵清衡问。

“我记得有这么件事，”赵南星说着，述道，“其时，大河决于沛县，工部议定，开邳州至徐州新河，乾吉先生督其役。”

“孩儿记得，徐州直隶南京，邳州却隶于哪府？”赵清衡问。

“淮安。”赵南星告诉他。

“那也属南直隶，”赵清衡念叨一句后，问道，“二州乃南直隶州，其间开河，为何由河南副使督工？”

“北、南直隶，不设布、按二司，若有工程，或由朝廷派员督之，或委邻近各省官督之。以副使督工，再平常不过。”赵南星说。

“原来如此，”赵清衡点点头，又问，“开邳、徐新河，可是大事？”

“黄河水不东侵，漕道通而沛流断；竣工之日，先帝赋诗四章以志喜。”赵南星述道。

“那么，乾吉先生督工，也功不可没？”赵清衡问。

“是，”赵南星应道，“乾吉先生三迁至河南布政使，但我看，有督工一事，即可以方伯酬之。”

“父亲，孩儿又有个疑惑。”赵清衡说。

“又有个疑惑，其实还是那个疑惑，”赵南星猜出他的心思，“严介溪已去，清衡是想，他会不会攀附别的权贵吧？”

“父亲说的是，”赵清衡应道，“孩儿未闻乾吉先生党附严介溪，而其党附张太岳，却是父亲也认同的。”

“乾吉先生督开邳、徐新河，在嘉靖末年、隆庆初年，那时柄政权臣乃高新郑，而非张太岳，此其一也；其二，以乾吉先生在朝、在外任官事迹，选为封疆，还用张太岳特别提携吗？”赵南星道。

“父亲的意思，张太岳特别提携乾吉先生，是在他封疆之后；他党附张太岳，也在封疆之后？”赵清衡考虑和引申问题的角度，总有些古怪。

“我是说，乾吉先生升为督、抚，并不需要张太岳特别提携，并非说他封疆之后，得张太岳特别提携。实则，乾吉先生总督蓟、辽军务，其事迹尤其值得称道。”赵南星说。

“比劾罢吏部尚书、督开邳、徐新河，还值得称道？”赵清衡问。

“不可同日而语。”赵南星道。

“怎么个不可同日而语？”赵清衡问。

“劾罢吏部尚书，清衡会问：被劾罢的尚书，与严介溪相处得如何；开邳、徐新河，清衡会问：开邳、徐新河是不是大事？而说到乾吉先生总督蓟、辽军务的事迹，清衡不会有任何疑惑。”赵南星说。

“不一定吧？”赵清衡似要和父亲较劲。

“剿虏之功，清衡会不会有疑惑？”赵南星问。

“父亲所谓虏，却是何人？”赵清衡反问。

“土蛮。”赵南星道。

“那是大虏，”赵清衡承认是承认，但又问，“乾吉先生总督蓟、辽军务，剿虏有功否？”

“官军大破土蛮于长定堡，算是剿虏有功吧？”赵南星举例。

“听父亲说过该役，算是御虏有功。”赵清衡说。

“官军于东昌堡击败土蛮三万骑，算是剿虏有功吧？”赵南星又举例。

“击败土蛮数万骑，肯定有功。”赵清衡说。

“此二役皆在乾吉先生总督任上。”赵南星说。

“可我记得，父亲以前提及此等战事，都是说宁远伯如何如何。”赵清衡发现父亲叙述时的一个漏洞。

“辽东战事论功的话，武臣则以宁远伯为首，文臣则以乾吉先生居多。”赵南星说。

“父亲是说，冲锋陷阵有宁远伯，运筹帷幄有乾吉先生？”赵清衡问。

“武臣冲锋陷阵，文臣运筹帷幄，各司其职，这是不错的；但乾吉先生并非没有亲临战事，”赵南星说。对于儿子引申出来的问题，他没有一次是不加反驳的。

“乾吉先生曾亲临战事？”赵清衡惊问。

“是。”赵南星应道。

“是长定堡之役，抑或东昌堡之役？”赵清衡问。

“在此二役之后，”赵南星道，“时宁前告警，乾吉先生亲率劲卒三千，出山海关，为宁远伯声援，而使二参将从两侧遮击。同时，乾吉先生又命戚帅继光移驻一片石邀战。敌师引退，乃有永奠堡、丁字泊、马兰峪、养善木、红土城、宽奠、广宁右屯、锦州、义州、大宁堡等捷报驰飞朝廷。”

“此役他不仅亲临战阵，更是运筹帷幄。”赵清衡说。

“清衡也承认？”赵南星问，并说，“我欲为乾吉先生请封赠，主要即为他辽东边功。”

“纵然他党附张太岳，也不在话下？”赵清衡问。这大概是他最后的一个疑惑。

“党附张太岳，本来就是不在话下的罪名，”赵南星说，“不错，张太岳卒后，确有旨尽削其官秩，尽夺所赐玺书及四代诰命，并籍没其家，以罪状示天下。然张太岳柄政之日，纲纪肃然，国家富强，朝野有识之士，谁会把他和严介溪之流并列！张太岳重人才，尤重边才，宁远伯、元美帅，谁不是因为他的扶持而得展才华？若称乾吉先生党附张太岳，宁远伯、元敬帅何尝不是党附张太岳！”

“听父亲述说，孩儿对乾吉先生在边功业略知一二；不过，”赵清衡口气一转，问道，“乾吉先生建边功，正是张太岳主政之日，朝廷对他没有酬劳吗？”

“召掌部务，加太子太保。”赵南星说。

“这还不足以酬其功？”赵清衡问。

“足矣。”赵南星道。

“父亲既以为足矣，为何还要为他请封赠？”赵清衡问。

“他官吏部尚书两个月后致仕。他的致仕若属正常，卒后朝廷必有封赠；此亦朝廷对其边功的认可。今距其卒已半月，朝廷毫无动静，显然是不准备给予封赠。换言之，他当初的致仕不是正常的致仕；再换言之，朝廷对其边功亦一笔勾销。此乃功过不明，所以，我要为他奏请封赠。”赵南星说。

“有功于朝廷，有功于社稷，即当封赠，这层意思孩儿懂得；孩儿还有最后一个问题。”赵清衡说。

“你说！”赵南星道。

“乾吉先生既有功于朝廷，有功于社稷，父亲会不会为他作传，或撰写墓志铭？”赵清衡问。

“不会。”赵南星斩钉截铁地回答。

“这又是为何？”赵清衡问。

“乾吉先生有功归有功，人品有亏欠归人品有亏欠。是能臣，而非贤良；可为请封赠，不可树为楷模。这等人物，我是不会为他立传，为他撰铭的。”赵南星说。

（明熹宗天启初，赵南星召入朝，屡升至掌院左都御史。他力言梁梦龙边功，请加封赠，梁梦龙得赠少保之衔。这是后话。）

第三百一十八章

乾清门外西侧的隆宗门，本来是个安静的地方，很少有人来；即便有人来，也是不得不从这里走过的内臣、女官和宫人，而不会是宫外的什么人。他们习惯于静走，不会带来多大的响动，更不会带来什么气氛，譬如，不祥的气氛。

二月十六日，外廷大臣陆续来到隆宗门外。他们不管习惯不习惯，在这里也要静走，尽量不带来响动。但每一名大臣的到来，似乎都带来一种气氛，一种琢磨不透的气氛。随着大臣的增加，这种气氛也在加重。当大臣增加到二三十人时，有人感觉出来，其实首先是他们自己感觉出来，这种气氛不是别的，就是不祥。

他们有这样的感觉，不是没有原因的。二三十个人，人人非同小可：文臣，是内阁首辅带着六部尚书和掌院都御史；武臣，是五军都督府的掌印都督们；勋臣，是几位领衔的公爵。皇帝很久不与大臣们谋面，会突然把这些大臣们都召来相见？如果皇帝没面召他们的旨意，内臣把他们一个一个找来，会为何事？他们都不能不这么想，可又不敢往深里想。他们各怀不同的心思，有人一心一意地希望面圣；有人在想，被皇帝宣召固然很好，不被宣召也无所谓；有人在可能宣召、可能不宣召之间熬得难受，心想还不如早些散去。

有一点，大臣们的想法是一致的：进入隆宗门，不远就是养心殿。既然把他们召到这里，不管是皇帝降旨把他们召来的，还是内臣自作主张把他们叫来的，皇帝一定在养心殿。

还有一点，大臣们的想法也是一致的：皇帝如果只宣召一个人的话，这个人一定是沈一贯。

沈一贯也是这么以为的；不，应该说，对此，他是深信不疑的。而且，即便皇上宣召的不止他一人，他也肯定是在宣召之列，即便皇上也向别的大臣垂询，主要应对的肯定是他；而且，如果皇上不宣召他，也不宣召任何一名大臣，最后，大家一定都会问他，到底出了什么事；而且，如果不用猜测，内臣宣旨公开宫里的情形，如何应对可能会出现的危重局面，大家一定要他拿主意。

有这么多的“而且”，除和别的大臣一样，感觉到不祥的气氛，沈一贯有着别人没有，或虽然有，也比他轻得多的紧张情绪。

为加以掩饰，他干脆闭目养神，把众人投向他的目光一一挡回去。甚至隆宗门内传出急促的脚步声，并在隆宗门内外引起一阵忙乱及嘈杂的议论，他也没把眼睛睁开。

皇上宣沈先生。他是听到这话才睁开眼睛的。

传旨的是司礼掌印太监田义。沈一贯躬身道："臣领旨。"

他正要随田义进隆德门，门里又传来急促的脚步声。又引起隆宗门内外一阵忙乱及嘈杂的议论。

这次出来的是提督东厂太监陈矩。

田义在说过"皇上宣沈先生"后，再无下文，显然，他奉的旨意，只宣召沈一贯一人。陈矩又赶出来，沈一贯想，多半是皇帝还要宣召别的大臣。他想等陈矩宣旨之后，和皇帝宣召的别的大臣一同进去。

陈矩宣旨，仍是：皇上宣沈先生。

没有第二个沈先生，皇帝要见的，只是沈一贯。

"田哥，没宣旨吗？"陈矩问田义。

"已宣。"田义说。

"既已宣旨，还不快进！"陈矩道。

"这不才要催肩吾先生，你又赶来。"田义说。

"爷怕你延迟，故命我来催催，"陈矩说着，转向沈一贯，"肩吾先生，皇上等得急，快请吧！"

"是，是。"沈一贯连声应道。

他和田义、陈矩齐进隆宗门。其他大臣看到的最后一个景象是：沈一贯走在当中，田义、陈矩各在他一旁，挨得很近。他走得急，他们走得更急，使得沈一贯不得不更加快脚步。于是有人想：皇上真是等得急不可耐，要是沈阁老支持不住，大概二人会架住他走。

要是他们知道皇帝并不在养心殿，更会为沈一贯多担一份心。

隆宗门和东边的景运门相对，是东西走向的门。进隆宗门后，是一片空旷的场地。正北是乾清门。乾清门两侧，各有一旁门，在东曰内左门，在西曰内右门。

沈一贯知道，既然进的是隆宗门，一定是经内右门，进入后宫区域。所以，他左转北行。他没走错，田义、陈矩也是左转北行。

进入内右门，在乾清宫、坤宁宫和西部的宫室之间，有一条长长的甬道。甬道两旁，都有多座宫门。东侧的第一座宫门月华门，是乾清宫的西门；西侧的第一座宫门遵义门，是通往养心殿的宫门。

离遵义门还有几步时，沈一贯提前把身子转过去，准备进遵义门。这次他却走错。走在他左边的田义没有转身的动作，所以，两个人几乎撞上。走在他右边的陈矩拉他一下，使他的身子又正过来。

他看一眼田义，看一眼陈矩，手指遵义门，似问：不进去吗？

田义摇摇头，陈矩摆摆手，似答：不从此门进。

二人的表情似乎都在说：还有段路，能再快些吗？

他们加快脚步，沈一贯也加快脚步，紧紧跟上。

再往前走，东侧的第二座宫门凤彩门，是通往乾清宫西后殿弘德殿的宫门。西侧的第二座宫门咸和右门，是进入西六宫的最南边的宫门。

要进入西六宫确定无疑；但往前还有几座宫门，都可以进入西六宫，沈一贯不知道，是不是应该进咸和右门。他稍稍放缓脚步，看田义一眼，看陈矩一眼，似问：进去吗？

田义点点头，陈矩指指咸和右门，似答：转过去。

二人的表情似乎都在说：还有段路，能再快些吗？

他们加快脚步，沈一贯也加快脚步，免得被落下。

进咸和右门，南北两侧都有宫门，但不是一一对应。

首先是南侧有座宫门，曰吉祥门。从这里可以绕回养心殿。但去养心殿，舍遵义门，而走咸和右门，毫无道理。所以，沈一贯根本不必考虑。

往前再走一会儿，北侧有座宫门，曰永寿门，是永寿宫的宫门。由于田义、陈矩二人方才“还有段路”的表情，沈一贯觉得皇帝不会在永寿宫，所以径往前走，田义、陈矩没叫住他。

往前再走一会儿，南侧有座宫门，曰螽斯门。进去后，同样可以绕回养心殿。但既然不会从吉祥门绕去养心殿，应该也不会从螽斯门绕回养心殿。所以，沈一贯根本没往左看一眼。

往前再走一会儿，北侧有座宫门，曰启祥门，是启祥殿的宫门。自进咸和右门，到这里可以算是“还有段路”。沈一贯放慢脚步，看田义一眼，看陈矩一眼。不料，他第一次猜测就对。田义点点头，陈矩指指启祥门，二人似道：请吧。

启祥宫原名未央宫，是世宗皇帝生父兴献帝出生的地方。嘉靖十四年，世宗皇帝更其名为启祥宫。皇帝人在启祥宫，而且在启祥宫召见自己，是沈一贯绝没想到的。要知道，不仅当今皇帝，而且列祖列宗，都不曾在这里召见过大臣。

沈一贯被引至启祥宫的西暖阁外。他以为，田义会先进暖阁复旨。但田义到门前，不再往里走。他又以为，陈矩后奉旨宣召自己，或会先进暖阁复旨。但陈矩到门前，也不再往里走。田义、陈矩都向他示意，让他自己进去禀奏。

他躬身进入暖阁，跪拜如仪，奏道："臣沈一贯奉旨见驾，恭请圣安。"

皇帝席地而坐。他不像往常一样，命沈一贯免礼，而是说："沈先生，母后也在呢。"

沈一贯这才看到，皇帝位于稍东，面南而坐，慈圣皇太后位于稍北，即在皇帝稍后，面南而立。皇太子常洛、福王常洵、瑞王常浩、桂王常瀛，依序跪在南侧。皇后不在，贵妃不在，其他嫔妃也不在；或因沈一贯的到来而回避。一二近侍，远远地站在角落里，田义、陈矩没进来，乾清宫及启祥宫的总管太监也不在。

沈一贯挪动身子，向慈圣皇太后行礼，道："臣恭请慈圣皇太后金安。"

"免礼，沈先生和皇上说话吧。"慈圣皇太后道。

"是。"沈一贯应一声，又把身子转过去。

"沈先生，近前。"皇帝命道。

沈一贯往前挪了挪，不但稍近皇帝，也稍近皇长子及诸皇子。

"沈先生可知，朕为何移居启祥宫？"皇帝问。

"臣不知。"沈一贯应道。

"朕思念皇祖考。"皇帝说。

"启祥宫乃睿宗兴献帝龙飞之地，世庙命以启祥二字名之，再贴切不过。皇上在此追思祖宗功德，亦是好去处。"沈一贯说。

"朕今年特别思念皇祖考。"皇帝强调。

沈一贯不知皇帝是何用意，轻轻应一声，没敢回话。

"我劝皇上不要多想，皇上怎还多想！"慈圣皇太后在一旁插话。

"儿臣只想告诉沈先生，儿臣是怎想的。"皇帝道。

"好，皇上说吧！"慈圣皇太后看起来很是无奈。她又命沈一贯，"我劝不住皇上，沈先生也劝劝吧！"

沈一贯不知让他劝何事，轻轻应一声，更不敢开口。

"世事六十年一轮回，沈先生说这话对不对？"皇帝问。

"皇上登极之初，臣、内阁大学士高拱与臣、内阁大学士张居正不和。臣拱去官后，撰《病榻遗言》，以六十年一轮回讽臣居正，此言始盛行。"沈一贯说。

"高拱是怎讽张居正的？"皇帝问。

“武庙正德初，值阁三臣：首辅刘健，次辅李东阳，三辅谢迁。时司礼太监刘瑾权重，罢刘健、谢迁，而李东阳仍留任。或言李东阳与刘瑾暗通款曲。皇上登极之初，值阁亦三臣，首辅高拱，次辅张居正，三辅高仪。巧的是，高拱和刘健都是河南人，张居正和李东阳都是湖广人，高仪和谢迁都是浙江人。于是，臣拱以李东阳喻张居正，以谢迁喻高仪，以刘健自喻，谓张居正和司礼太监冯保合计，驱除他和高仪。”沈一贯讲述道。

“一派胡言！”慈圣皇太后斥道。见沈一贯被惊吓，她缓和一下语气，“我是说高拱，不是说沈先生。高拱被驱除，是我做的主，是我和冯保合计的；高仪则是病卒于任上，并没人驱除他。”

“慈圣皇太后说的是。”沈一贯附和道。

“但首辅皆河南人，次辅皆湖广人，三辅皆浙江人。仅此一项吻合，朕看，六十年一轮回也很有道理。”皇帝却说。

沈一贯附和过慈圣皇太后，不能再附和皇帝，只好不应声。

“沈先生，记得今年是何年吗？”皇帝忽问。

“是万历三十年。”沈一贯道。

“以干支纪呢？”皇帝问。

“是壬寅年。”沈一贯道。

“我皇祖考时，也有壬寅年吧？”皇帝问。

“是，”沈一贯应罢，心往下一沉。世宗皇帝在位四十五年，当今皇帝在位三十年，其间早超过六十年。虽然中间隔着个隆庆，但嘉靖年间和万历年间一定有干支重合的年份，而且不止一年。现在，皇帝不提别的重合年份，单提壬寅年，只有一个缘故：嘉靖壬寅年，即嘉靖二十一年，发生宫变，世宗皇帝险些死在一些犯上作乱的宫女手上。皇上以嘉靖壬寅年喻今之壬寅年，显然是要说，他也有危厄。（壬寅宫变，详见《嘉靖皇帝全传》第二部。）

“朕病笃不治，已数日。”皇帝果然说道。

慈圣皇太后叹口气，咳嗽一声。

沈一贯听出，她不是因为皇帝真的病重不治而叹息，而是因为自己没能劝住皇帝的胡思乱想而叹息。她的咳嗽分明是在告诫沈一贯：我方才为何怒斥，你该懂得吧？

沈一贯记得，慈圣皇太后让他也劝劝皇帝。他不知慈圣皇太后是怎么劝皇帝的，但他知道，自己不可能一上来就告诉皇帝不要胡思乱想。

“皇上召太医否？”他问。

“三日宣召五名太医，每人开个方子，朕照方服药，病却不见轻。要不，朕也不会轻易地说病重不治；也不会轻易地相信六十年一个轮回的说法。”皇帝说。

“臣请略言六十年一轮回。”沈一贯道。皇帝两句话一起说，正合他意：他可以把病重不治这句话暂且放到一边，而说另一句话。

“好啊，”皇帝答应，“朕也想听听，沈先生怎理会这句话。”

“首先，六十年一轮回，简单地说，是指六十年一个甲子，干支纪年六十年周而复始。”沈一贯说。

“这话不错，”皇帝点点头，问道，“然后呢？”

“其次，干支纪年周而复始，世事却不会周而复始。譬如，世事之大，无过朝代之更替。汉建国在乙未年，唐建国在戊寅年，宋建国在庚申年，而我大明，建国在戊申年，何尝有一个是重复干支纪年的！”沈一贯道。

“这话也有些道理，”皇帝点点头，又问，“然后呢？”

“再次，即以臣拱所称六十年一轮回之事而言，刘健、谢迁去官，在正德元年，为丙寅年；下一个丙寅年应是嘉靖四十五年。而高拱去官在隆庆六年，为壬申年。刘健、谢迁是否相当于高拱、高仪，李东阳是否相当于张居正，刘瑾是否相当于冯保，都且不论；但以年份而言，其间相差整整六年。臣拱当言六十六年一轮回才是。”沈一贯道。

“沈先生说得好！”慈圣皇太后在一旁喝彩。她方才因为沈一贯提到高拱、张居正之争而沉下的脸，这会儿终于绽露笑意。

“母后说好，的确是好，”皇帝当然不会和慈圣皇太后争辩。他又问，“然后呢？”

“再次，臣想说说皇上偶染微恙。”沈一贯道。

“不是微恙，是沉疴，”皇帝却不会不和臣子争辩，“三天之前，朕即昏昏沉沉；三天之后，朕仍昏昏沉沉。沈先生说是微恙，有何依据！”

“一则，几位太医为皇上诊脉，无不记录在案，他等皆言微恙，没有一个写的是重症；其次，臣今日万幸，得瞻龙颜，见皇上虽略显清瘦，但精神很好。其实，即便皇上偶染微恙，臣亦惶恐不安。唯愿皇上服药之外，能用心调剂，静心休养，不数日定康健如昔。此实臣之幸，社稷之幸，天下之幸。”沈一贯说罢，连连叩首。

“沈先生把我心里的话也说出来，皇上可以宽宽心吧？”慈圣皇太后在一旁插话。

“是，”皇帝先应付过母后，然后对沈一贯说，“偶染微恙，固母后之愿，亦沈先生之愿。然世事即便不是六十年一轮回，朕也自知病情轻重。有几件事，朕要当着母后的面，交代与沈先生，你可据之以拟诏书，颁示天下。”

沈一贯听得出来，这是在交代后事。但皇帝说以拟诏书，而没说以拟遗诏，一来是怕引得慈圣皇太后伤心，二来是不愿他再说许多分辩的话，他怎好再说！况且，皇帝要交代后事，一定是先向慈圣皇太后交代；慈圣皇太后都没能劝止，他又怎劝止得住！

“臣领旨。”沈一贯应道。

“朕享国已久，亦无所憾。”皇帝开口已是遗诏的口气。

暖阁内立刻充斥啜泣声。慈圣皇太后在哭泣，皇太子在哭泣，福王在哭泣，他们都懂得这话的意思。瑞王、桂王少不更事，见皇祖母、皇兄在哭泣，也哭泣起来，而且声音更大。

沈一贯不能哭出声来，只有暗中悲戚。

“洛儿莫泣，朕要把你托付给沈先生，”皇帝对常洛说，又对沈一贯说，“佳儿佳妇，今以付先生，辅之为好皇帝，劝其讲学勤政。”说罢，问道，“沈先生听清否？”

“臣听清了。”沈一贯哀声应道。

“再有，臣下议论最多的是矿、税事，朕也得有个交代，”皇帝道，“矿、税事，朕因殿工未峻，权宜采取；今与江南织造、江西陶器俱止勿行，所遣内监皆令还京，”皇帝说着，问沈一贯，“沈先生听清否？”

“臣听清。”沈一贯哀声应道。

“再有，”皇帝这次未加说明，直述其意，“镇抚司及刑部罪人释之，官者各还其秩；建言降谪诸臣，俱复官；行取科、道，俱准补用。”说罢，问道，“沈先生听清否？”

“臣听清。”沈一贯应道。

“朕见沈先生止此矣。”皇帝对沈一贯说的最后一句话，又引起一片啜泣，沈一贯也忍不住老泪纵流。

“皇上交代之事，臣牢记在心。皇上洪福齐天，天必予寿。唯望静摄圣躬，从速痊愈，以慰圣母之心，以遂天下臣民之愿。”沈一贯泣道。

“沈先生且退，照朕所谕拟诏。朕复昏沉，又要入睡。”皇帝对沈一贯说。

“是，”沈一贯应道。近侍上前服侍皇帝起身时，他忽然想到一事，是必须禀奏的，忙伏下上身，说道，“尚有一事，乞皇上定夺。”

“何事？”皇帝问。

“今尚书求去者三人，须定其去留。”沈一贯说。

“是哪三人？”皇帝问。

“户部尚书陈蕖、兵部尚书田乐、工部尚书杨一魁。”沈一贯报上三人姓名。

“户书、兵书无大错，可留之；今者祖陵冲决，杨一魁罪不可恕，罢职为民。”皇帝命道。

“是。”沈一贯应道。

第三百一十九章

皇帝一觉醒来，以为天已亮。睁开眼看，四周仍是漆黑。

“来人！”他高声呼道。

在暖阁内当值的近侍和在暖阁外当值的大小内臣，都听到皇帝的呼叫，不由得且惊且喜。皇帝入睡前呼叫，他等须赶到皇帝近前，才能听得到；而现在的呼叫，才真正可以说是呼叫。

“奴才在。”离得最近的近侍应道。

“怎不开窗？”皇帝问。

“爷命开窗！”该近侍呼道。

暖阁内当值的近侍和暖阁外当值的大小内臣一起忙活，把暖阁的窗户一扇一扇打开。

皇帝听得到响动，却没见到光亮。他命道：“拉起帷帐！”

离得近的近侍们一阵忙乱，把罩在床上的帷帐拉开。

皇帝仍没见到光亮，心里发急，喝道：“怎还是漆黑！”

“爷嫌黑，奴才掌灯吧。”一近侍说。

“谁要你掌灯！”皇帝斥道，“朕是说，天已该亮，朕却见不到亮光，是不是朕的眼睛出毛病？”

“回爷话，天还不该亮呢。”一近侍说。

“是几鼓，还不该亮？”皇帝问。

“才二鼓。”该近侍说。

“才二鼓呀，原来朕没睡多久，”皇帝说着，问道，“朕记得，睡前许多人在这里，是不是？”

“是。”近侍们抢着应道。

“母后在吧？”皇帝问。

“在。”近侍们应道。

“母后人呢？”皇帝问。

“爷睡得安稳，娘娘圣驾已还慈宁宫。”一近侍说。

“常洛、常洵等在吧？”皇帝又问。

“都在。”近侍们应道。

“他等人呢？”皇帝问。

“爷睡得安稳，太子爷和千岁爷们各回各宫。”一近侍说。

“沈先生在吧？”皇帝又问。

“在。”近侍们应道。

“他人呢？”皇帝问。

“爷睡得安稳，沈先生暂退。”一近侍说。

“是回家吗？”皇帝问。

“不是，”该近侍道，“他留宿朝房，大臣们也都留宿朝房。”

该问的都问到，可见入睡前的事情，皇帝记得很清楚。

“朕还要睡。”皇帝说。

“奴才等放下帷帐。”近侍们忙道。

皇帝再醒来，天已大亮。虽暖阁的门窗未开，虽躺在帷帐里，也感觉得出来。他的头钻出帷帐，把附近的近侍吓一跳。

“爷睡醒？”他们边问，边凑过来。

等拉开帷帐，发现皇帝已坐起来，又让他们且惊且喜。至少三天以来，没他们的帮忙，皇帝自己动一动都很难。

“奴才去开窗吧？”一近侍请旨。

“好。”皇帝点头。

“奴才打开门吧？”一近侍请旨。

“好。”皇帝点头。

第三名近侍想不出还有什么事是立刻要做的，他问：“爷有何旨意？”

“你不知该做何事？”皇帝问。

“奴才去唤太医。”该近侍慌乱中想起一件正经事。

“唤太医作甚！朕醒来，该用早膳呀！”皇帝道。

“呀！”该近侍惊喜地呼道。

“怎么，朕不该用早膳？”皇帝问。

其实，不仅那名近侍且惊且喜，别的近侍也且惊且喜。三天以来，皇帝虽然有时会进几勺汤，吃几口食物，但从来没主动说过要用膳。

“是该用膳。”该近侍道。

另一名近侍较顽皮，胆子也大。他说：“爷是不该用早膳。”

皇帝一愣，道：“你说说，朕为何不该用早膳。”

“奴才是说，时已近午，爷该用午膳。”胆大调皮的近侍说。

“时已近午？”皇帝问。

“是。”近侍们应道。

“管它是不是近午，管它早膳、午膳，反正朕要吃粥！”皇帝道。

“奴才这就去传膳。”一近侍忙说。

粥、菜送过来。有的近侍担心，粥煮得太稠，说不定皇帝一见就没胃口；有的近侍担心，小菜太油腻，说不定皇帝一见就让拿走。皇帝却似视而不见，等着近侍把粥盛到小碗里。

盛粥的近侍盛小半碗，跪着呈进。皇帝看见，指指盛粥的钵子，让他再盛。该近侍起身，加一调羹，小半碗变成半碗。这次他没急着跪呈，而是看皇帝一眼。皇帝示意他再多盛。于是，半碗变成大半碗。直到变成一碗，皇帝才点头。

一口粥入口，觉得很香；一口菜入口，觉得更香。皇帝一口粥、一口菜地吃着，不但和这两天的吃相不同，而且比病前吃得更快、更多。

“朕吃饱。”皇帝道。

一近侍忙呈上一块湿巾，恭请皇帝擦嘴。皇帝不接，而是和幼时一样，用手背抹嘴。

“朕还要睡。”皇帝道。

近侍们又忙着安置帷帐。

皇帝再次醒来，是因口渴，这次他真的睡够。

开始似牛饮，一盏接一盏。两三盏后，才有心情品茗。啜一小口，在嘴里漱了漱，一近侍忙端来一盂，准备接皇帝吐出的茶水，皇帝却咽下。

“昨日朕说过许多话吧？”皇帝问。

“是。”一近侍应道。

“沈先生说过更多的话。”另一近侍却说。

“沈先生说的何事？”皇帝问。

“沈先生给爷讲六十年一轮回。”该近侍道。

“朕记得。他其实是说，世事并非六十年一轮回，”皇帝说着，又问，“朕说的何事？”

“爷说的也是六十年一轮回。”一近侍说。

“不对，”另一近侍反驳他，“爷不过问沈先生是不是六十年一轮回，听他讲过之后，爷转言别事。”

“朕转言何事？”皇帝问。

该近侍本来想在皇帝面前显示自己最记得事，但皇帝问后，他却卡壳。皇帝分明在交代后事，他总不能说是谕拟遗诏。他支吾几声，一句完整的话也没说出来。

“你不记得吧？”皇帝给他个台阶下。

“是，”该近侍忙应道，“奴才不记得。”

“你呢？”皇帝问别一近侍。

该近侍自以为比前一近侍聪明，所以，他不会抢着说皇帝转言别事；既然自以为比前一近侍聪明，所以，他不愿皇帝嗤笑他不记得。

“爷交代沈先生两件事。”该近侍几乎没过脑子就说。原来重复皇帝的原话，就是既简便又得体的回答！

“哪两件事？”皇帝问。

“第一件事，爷对沈先生说，佳儿佳妇，今付与沈先生，辅之为好皇帝，劝其讲学勤政。”该近侍道。

“佳儿是说的常洛吧？”皇帝问。

“是。”该近侍应道。

“你还记不记得，常洛完婚几日？”皇帝问。

“爷问的是到哪天几日？”该近侍反问。

“佳儿佳妇，朕不是昨天才说？朕问的是，到昨天几日。”皇帝道。

“三日。”该近侍告诉皇帝。

“怪哉！”皇帝道，“常洛完婚三日，朕就称其妃佳妇！”

“爷主要是称太子爷佳儿，顺便把太子妃带出。”该近侍说。

“更是怪哉！”皇帝道，“朕为何把常洛托付与沈先生？”

真是弄巧成拙，该近侍暗道。本想为皇帝找个解释出来，谁知皇帝的下一句话却是讳不可言的，让他如何接过来！

“你也不记得吧？”皇帝心情好，也给他个台阶下。

“是，”该近侍应道，“奴才也不记得。”

“你呢？”皇帝问别一近侍。

该近侍自以为比前二近侍都聪明，所以，他不会抢着说皇帝转言别事，也不会懵懵懂懂地说皇帝把佳儿佳妇托付与沈先生；既然自以为比前两个近侍都聪明，所以，他更不愿皇帝嗤笑他也不记得。

“爷希望太子爷以后成为好皇帝，正如圣母娘娘当初希望爷成为好皇帝。”该近侍也几乎没过脑子地说。原来对皇帝的话略加发挥，就是更简便更得体的回答。

“沈先生应辅导常洛先做个好太子。”皇帝不再难为他。

“爷说的是。”该近侍庆幸过关。

“他说朕昨日说两件事，还有一件是何事？”皇帝问。

“矿、税事。”该近侍道。

“朕说过矿、税事？”皇帝不仅似乎忘记，而且似乎很吃惊。

“爷说过。”该近侍道。

“爷是说过。”其他近侍亦道。

“朕怎说的？”皇帝问。

“爷谕曰：矿、税事，朕因殿工未峻，权宜采取；今与江南织造、江西陶器俱止勿行，所遣内臣皆令还京。”该近侍述道。

“朕说矿税事权宜采取？”皇帝似不信。

“是。”该近侍应道。

“爷是这么说的。”其他近侍亦道。

“即便说过矿、税事权宜采取，朕会说与江南织造、江西陶器俱止勿行？”皇帝又似不信。

“是。”该近侍道。

“爷也是这么说的。”其他近侍亦道。

“即便说俱止勿行，朕会说所遣内臣皆令还京？”皇帝又似不信。

“是。”该近侍道。

“爷是说过。”其他近侍亦道。

“朕为何要和沈先生说矿、税事？”皇帝问。

自以为比别人聪明的近侍作难。皇帝为什么要说矿、税之事？他总不能说是糊涂吧，总不能说是向臣下屈服吧，更不能说是人之将死，其言也善吧！皇帝问话里含有自责之意，你也不能说皇帝自责的对吧！

“好在空口无凭。”皇帝给他个台阶下，也给自己个台阶下。

“爷，并非空口无凭。”另一近侍却忽视了这个台阶。

“怎么？”皇帝问。

“圣谕已备录。”该近侍说。

“朕之口谕已备录？”皇帝似不信。

"是。"该近侍道。

"是已备录。"其他近侍亦道。

"为何要备录？"皇帝又似不信。

"爷之口谕，无不记录在案。"该近侍说。

这是个最简单的规则，皇帝不会不知道，不会记不住。他要说的，其实并不是他昨天的话有否备录。

"朕是说，即便备录，也收在内府，不在沈先生手里。"皇帝道。

"可沈先生要照圣谕拟诏，圣谕已交与他。"该近侍说。

"朕命沈先生拟诏？"皇帝似不信。

"是。"该近侍道。

"爷是命沈先生拟诏。"其他近侍亦道。

"朕为何命他拟诏！"皇帝完全是在自责。

该近侍答不出来，或不敢回答。皇帝刚才给别人的台阶，被他忽视了，现在还能指望皇帝再给他个台阶吗！

该近侍自己找个台阶。他说："要使沈先生空口无凭，也不是件难事。"

皇帝本来对他已没兴趣，听这话，又注意起他。

"你怎使沈先生空口无凭？"皇帝问。

"取回圣谕。"该近侍道。

这是个最简单的办法，也是个最有效的办法。内阁草拟诏书，都是恭奉圣谕，不管是皇帝的手谕，还是皇帝的口谕。如果没有圣谕，内阁就无法拟出诏书；如果内阁已依照圣谕拟就诏书，事后查无圣谕，阁臣们就真的空口无凭。

"你能取回谕旨？"皇帝问。

"奴才能取回圣谕。"该近侍很有信心。

"好，"皇帝挥挥手，说道，"你去取回谕旨，朕有重赏。"

皇帝的耐心，带给近侍们更大的惊奇。他边饮茶，边暗自计数，计数到一定的时候，他问："他该到朝房吧？"

近侍们知道皇帝说的是谁，齐道："该到。"

"该见着沈先生吧？"皇帝问。

"还见不着沈先生。"一近侍说。

"他见沈先生很难吗？"皇帝问。

"那倒不是，"该近侍解释，"沈先生仍在朝房，他该见着沈先生；可沈先生已经不在朝房。”

“他为何不在朝房？”皇帝问。

“爷大愈，已命大臣们各自回衙。”该近侍说。

启祥宫在西，内阁在东，须得横穿大内，跑着去，也得等一会儿才到。

“早知有这么一档子事，朕就不急着让他等回衙，”皇帝嘟囔一句，接着暗自计数。计数到一定的时候，他问，“他该到内阁吧？”

“该到。”近侍们齐道。

“该见着沈先生吧？”皇帝问。

“该见着。”近侍们齐道。

“该和沈先生交涉吧？”皇帝问。

“该交涉。”近侍们齐道。

“你等说，他能不能取回谕旨？”皇帝问。

近侍们两难：说取不回来，皇帝失望；而且，万一他取回来，不等于自己掌嘴？说取得回来，皇帝高兴；但万一他取不回来，皇帝会更失望，甚至会迁怒自己。两害相权取其轻，自己掌嘴总比皇帝迁怒要好。

“奴才看，他取不回来。”一近侍说。

“你为何以为他取不回来？”皇帝问。

“他只知生硬索取，不懂以柔克刚。”该近侍说。

“你懂不懂以柔克刚？”皇帝问。

“奴才懂。”该近侍道。

“你去！”皇帝命道，“取回谕旨，朕有重赏！”

“奴才找一二人同去，可否？”该近侍请旨。

“有何不可！”皇帝道。

该近侍走后，其他近侍以为，他到没到内阁，见没见着沈一贯，该没该与沈一贯交涉，皇帝不会再问；于是，纷纷在心里算计着。谁知，才算计到一半，皇帝又开口。

“他走了好一会儿。”皇帝说。

“是有好一会儿。”近侍们齐应。

“可还不到内阁。”一近侍自作聪明地说。

“朕问他到没到内阁吗？”皇帝叱道。

“爷没问。”该近侍灰溜溜地说。

“你等说，他能不能取回谕旨？”皇帝问。

“奴才看，他取不回来。”该近侍为争回面子，抢着说。

“你为何以为他取不回来？”皇帝问，并说一句，“他可是懂得以柔克刚的。”

“他虽懂以柔克刚，却不懂刚柔并济。”该近侍说。

“你懂不懂刚柔并济？”皇帝问。

“奴才懂。”该近侍道。

“你去！”皇帝命道，“取回谕旨，朕有重赏！”

“奴才找二三人同去，可否？”该近侍请旨。

“有何不可！”皇帝道。

就这样，皇帝差出好几拨近侍。

“爷，田叔在外候旨。”忽有近侍禀奏。

“他来作甚？”皇帝问。

“他来请旨，是否以内阁所拟诏书颁示。”该近侍说。

“他不知朕要取回谕旨吗！”皇帝道。一想，田义应该还不知道。他问该近侍，“你没告诉他吧？”

“奴才已告诉田叔。”该近侍以为办件好事。

“真是多嘴！”皇帝却斥道。

第三百二十章

太仆寺卿南企仲和吏部尚书李戴在朝房外相见，揖了揖，说道："仁夫先生，下官有一事请教。"

李戴犹豫一下，问他："伯墀先生问的事急吗？"

南企仲字伯墀，陕西渭南人，万历八年进士。

听李戴问后，他反问："仁夫先生有急事？"

"是。"李戴点头。

"我要问的事也很急。"南企仲说。

"既急，先说伯墀先生的事。"李戴道。

"闻得皇上新降谕旨，确否？"南企仲问。

"确有其事。"李戴道。

"新谕涉及吏部者，有二事，一则建言得罪诸臣，咸复其官，一则行取科、道，俱准补用，"南企仲说着，问道，"是不是？"

"是。"李戴应道。

"此二事，仁夫先生怎看？"南企仲问。

"圣天子无疆之恩典。"李戴说。

"仁夫先生是说，宜行之？"南企仲问。

"当然。"李戴应道。

"仁夫先生是说，须行之？"南企仲又问。

"正是。"李戴应道。

"仁夫先生是说，宜亟行之，须亟行之？"南企仲又问。

"不错。"李戴应道。

"那么，得罪诸臣复其官，吏部行否？"南企仲问。

"尚未。"李戴道。

"开具名册否？"南企仲又问。

"亦未。"李戴道。

“行取科、道，吏部行否？”南企仲问。

“尚未。”李戴道。

“开具名册否？”南企仲又问。

“亦未。”李戴道。

“这是为何？”南企仲问，“既以为二事乃圣天子无疆之恩典，仁夫先生难道欲淹之于吏部？”

“伯墀先生言重，”李戴道。“我方才对伯墀先生说有急事，正是要找人计议此事。”

“仁夫先生要找谁人计议此事？”南企仲问。

“夏卿先生。”李戴道。

“起用罪臣，行取科、道，皆吏部职责，仁夫先生为何要找夏卿先生计议？”南企仲问。

“伯墀先生既闻皇上谕旨有涉及吏部之款，难道未闻皇上谕旨亦有涉及刑部之款？”李戴终于有机会反问。

“亦有所闻。”南企仲道。

“既出同一谕旨，与夏卿先生计议其事，有何不可？”李戴问。

“并无不可，”南企仲承认。他稍一沉吟，道，“仁夫先生在朝房安坐，我为你把夏卿先生找来。”

“这如何使得！”李戴以为不妥。刑部尚书肖大亨，年纪比他大，资格比他老。他去找肖大亨，合情合理；让肖大亨来找他，说不过去。

“我比仁夫先生年轻几岁，有何不可！”南企仲却说。并且不管李戴还有没话说，拔腿就走。但才走几步，又退回来。

“伯墀先生终于悟到，该我去找夏卿先生？”李戴问。

“非也，”南企仲摇头，“我要告诉仁夫先生，吏部若不亟行，我必以不奉圣谕纠劾之。”

李戴听他这句话后，哭笑不得。

肖大亨是在回衙门的路上，被南企仲赶上的。

“夏卿先生回衙有急事呀？”南企仲气喘吁吁地问。

“伯墀先生走得比我急，怎反问我！”肖大亨笑道。

“我确有急事。”南企仲说。

“伯墀先生有急事，尽可快走，不必顾及我。”肖大亨挥着手让他快走，甚至往路旁挪挪，好像怕挡住他的路。

“赶上夏卿先生，我不再急。”南企仲说。

“伯墀先生急着找我？”肖大亨问。

“不仅我急着找夏卿先生。”南企仲说。

“还有哪位？”肖大亨问。

“大冢宰。”南企仲道。

“仁夫先生？”肖大亨一愣神，问道，“仁夫先生急着找我何事？”

“皇上新降谕旨，夏卿先生知否？”南企仲问。

“此事怕是举朝皆知。”肖大亨说。

“新谕涉及吏部有二事，夏卿知否？”南企仲问。

“一则建言得罪诸臣，咸复其官；一则行取科、道，俱准补用，”肖大亨说罢，反问一句，“是吧？”

“是，”南企仲应一声，说道，“仁夫先生要和夏卿先生计议此事。”

“二事吏部自定即可，仁夫先生为何要和我计议？”肖大亨惑道。

“新谕还有一事，涉及刑部，是不是？”南企仲问。

“是。”肖大亨应道。

“事皆缘于一谕，故仁夫先生欲与夏卿先生计议。”南企仲说。

“倒是应该议一议，”肖大亨改变最初的想法，他问，“仁夫先生这会儿在何处？”

“在朝房恭候。”南企仲告诉他。

“好在还没走远，我即刻返回。”肖大亨道。

“夏卿先生，不急。”南企仲却拦住他。

“伯墀先生说是急事，怎又不急？”肖大亨怪道。

“这是仁夫先生的急事。”南企仲说。

“伯墀先生不就是要告诉我，仁夫先生在急着找我吗！”肖大亨道。

“我是说，不仅我急着找夏卿先生；并没说，我不急着找夏卿先生。”南企仲重释自己的原话。

“那么，伯墀先生急着找我，为的何事？”肖大亨问。

“下官闻得皇上新降谕旨。”南企仲说。

“这已经说过，没必要重复。”肖大亨道。

“方才是替仁夫先生说的，现在是为自家说。”南企仲加以区别。

“那我也重复一遍：此事怕是举朝皆知。”肖大亨道。

“新谕有一事，涉及刑部。”南企仲又重复。

“一事，两项内容。”肖大亨说。

“两项内容，一则镇抚司及刑部久系罪人释之，二则久系官者各还其秩，是不是？”南企仲问。

“是。”肖大亨应道。

“此一事，两项内容，夏卿先生怎看？”南企仲问。

“皇恩浩荡。”肖大亨道。

“夏卿先生说，宜行之？”南企仲问。

“当然。”肖大亨道。

“夏卿先生是说，须行之？”南企仲问。

“须字不太好说。”肖大亨道。

“夏卿先生是说，宜亟行之？”南企仲问。

“亟字不太好说。”肖大亨道。

“那么，镇抚司及刑部久系罪人释之，刑部行否？”南企仲问。

“尚未。”肖大亨道。

“开具名册否？”南企仲问。

“亦未。”肖大亨道。

“久系官者各复其秩，刑部行否？”南企仲问。

“此辈释之，是刑部职责；复其秩，非刑部职责。”肖大亨说。

“此辈开具名册，是刑部职责吧？”南企仲问。

“是。”肖大亨应道。

“那么，刑部开具名册否？”南企仲问。

“亦未。”肖大亨道。

“这是为何？”南企仲问，“既以为皇恩浩荡，夏卿先生难道欲淹之于刑部？”

“伯墀先生言重，”肖大亨道，“其一，虽有谕旨，但并未下部；其二，依惯例，弛狱须再请。须字、亟字不好说，在于此。”

“刑部有未再请？”南企仲问。

“我不正要回部，与同僚计议。”肖大亨说。

“夏卿先生还是先与仁夫先生计议吧。”南企仲道。

“好，”肖大亨应道，“伯墀先生若无别事，我即回朝房。”

“还有一事，”南企仲说着，停顿一下，为的是引起肖大亨的注意。他说，“我要告诉夏卿先生，刑部若不亟行，我必以不奉圣谕纠劾之。”

沈一贯见田义迎面走来，正要打招呼，田义却转弯。

没看见我？沈一贯先想。

不可能呀！田义走路时，既没低头看地，也没仰头看天，而是直视前方。自己这么一个大活人，他不可能看不见呀！

有急事去办？沈一贯又想。

也不能呀！不错，前方的确是个路口，田义的确刚好走到路口，他转过去，没什么特别的。可转过去后，笔直一条路，没有房屋，没有衙门，连一个茅厕也没有，他能办什么急事？

在躲避自己？沈一贯又想。

这可能最能解释得通。他不会没看见自己，不可能转弯去办急事，剩下只有一种可能，就是不愿和自己相见。可为什么？自己和他一直相处得不错，最近更没得罪他，他为何不愿相见？换个角度考虑，一个内阁首辅，一个司礼掌印太监，二人若是不和，对朝廷来说绝不是件小事！

沈一贯正在左思右想，田义又冒出来。他转回到这条路上，走的不是回头路，而是径向沈一贯走过来。

二人互揖。沈一贯指着田义方才转过去的路，笑道："田公，这是——"

"我说没看见肩吾先生，肩吾先生信吗？"田义问。

"田公若说，我怎会不信；但不是田公说的，我不会信。"沈一贯道。

"总之，肩吾先生是不会信的，"田义说着，又问，"我说去办急事，肩吾先生信吗？"

"田公不说，我不会信；田公若说，我一笑了之。"沈一贯道。

"那是根本不信，"田义说着，给他一个答案，这个答案和他想的一样，"所以，我只能说，此刻不欲与肩吾先生相见。"

"却是为何？莫非我得罪田公？"沈一贯问。

"肩吾先生怎会得罪我？我是为大臣们不值。"田义说。

"为大臣们不值？"沈一贯听得糊涂，问道，"是为哪位大臣不值？"

"大冢宰仁夫先生被纠劾，肩吾先生知否？"田义反问。

"已知。"沈一贯道。

"我为他不值，"田义说着，又问，"大司寇夏卿先生被纠劾，肩吾先生知否？"

"已知。"沈一贯道。

"我为他不值，"田义说着，又问，"太仆卿伯墀先生因纠劾大冢宰、大司寇，而被降职，肩吾先生知否？"

"已知。"沈一贯道。

“我也为他不值。”田义说。

“仁夫先生、夏卿先生被纠劾，伯墀先生被降职，确都不值；但大臣被纠劾，大臣、小臣因纠劾而降黜，是常有的事呀！若为此而责怪，田公早该与我划地绝交。”沈一贯道。

“别事不敢怪罪肩吾先生，此事却不得不怪罪。”田义说。

“这是为何？”沈一贯问。

“仁夫先生、夏卿先生本不该被纠劾的，伯墀先生本不该被降职的；他等被纠劾、被降职，皆拜肩吾先生所赐！”田义道。

“怎是拜我所赐？”沈一贯不能不问。

“仁夫先生、夏卿先生以不奉圣谕而被纠劾，然圣谕下之该部，他二位怎会不行之？肩吾先生说，他二位被纠劾，是不是拜你所赐？伯墀先生以不奉圣谕纠劾大冢宰、大司寇，然圣谕下吏部、刑部，他等怎会不奉行；他等奉行，伯墀先生怎会纠劾之？肩吾先生说，他被降职，是不是拜你所赐？”田义道。

“原来田公怪我缴还谕旨，”沈一贯边说，边叹息着摇头，表示自己实在冤枉，他说，“别人为此事怪罪我可以，田公不该为此事怪罪我。”

“我为何不该为此事怪罪肩吾先生？”田义问。

“当日情景，别人见不到，田公——”沈一贯才说半句，被田义打断。

“我亦不曾见。”田义道。

“但田公想象得出来，是不是？”沈一贯问。

“我不去想，还是肩吾先生讲吧。”田义道。

“好，”沈一贯应一声，讲述道，“先是来一名近侍，然后来两三名近侍，然后来三四名近侍，后来的到来，前来的不走，内阁中聚集的近侍越来越多。”

“最多时有几人？”田义问。

“不下二十人。”沈一贯道。

“那是不少，”田义回应一句，问道，“他等都是去索取圣谕的？”

“可不！”沈一贯道。

“他等怎索取？”田义问。

“最先去的公公，态度极为蛮横。第二次去的公公，竟和我谈论起为臣之道，谈论起君为臣纲。第三次去的公公，一半拍桌子，一半好言相劝。以后再去的公公，有的拍桌子，有的好言相劝。”沈一贯述道。

“于是，肩吾先生缴还圣谕？”田义问。

“僵持到最后，对我呵之詈之，推之攘之，抓之挠之，我再不缴还圣谕，别说内阁值房被捣毁，我性命也将不保。”沈一贯说。

“内阁值房被捣毁，又如何！”田义道。

沈一贯以为自己没听清，问道：“田公怎说？”

“我是说，内阁何地，他等真敢捣毁值房；再者，他等即便真捣毁值房，天会塌下来？”田义说着，又道，“肩吾先生性命不保，又如何？”

“田公怎说？”沈一贯问。

“我是说，肩吾先生何人，他等真敢坏肩吾先生性命；再者，他等即便真敢坏肩吾先生性命，就可不顾大义？”田义道。

“田公身在事外，难以体会我当时的心情。”沈一贯说着，叹口气。

“谁说我身在事外！肩吾先生可知，第一起近侍到内阁时，我在何处？”田义问。

“田公在何处？”沈一贯反问。

“我正在赶往启祥宫，”田义道，又问，“肩吾先生可知，第二起、第三起近侍到内阁时，我在何处？”

“田公在何处？”沈一贯反问。

“我已在启祥宫门外，”田义道，又问，“肩吾先生可知，之后诸近侍到内阁时，我在何处？”

“田公在何处？”沈一贯反问。

“我已到皇上面前。”田义道。

“田公就在皇上面前？”沈一贯感到意外；同时，又有辩词，“田公既在皇上面前，为何不为取回圣谕一事争之？”

“肩吾先生怎知我不争之？”田义问。

“田公争过？”沈一贯反问。

“不仅争过，而且是力争。”田义道。

“田公既争，怎还有近侍陆续去到内阁？”沈一贯问。

“虽力争，皇上不从，奈何？”田义道。

“是啊！”沈一贯仍有说词，“田公进言不从，尚可从容而退；哪儿像我在内阁，任近侍们蹂躏！”

“肩吾先生怎知我是从容而退？”田义问。

“田公不是从容而退？”沈一贯反问。

“肩吾先生被近侍呵之詈之时，可知皇上剑已出鞘！”田义道。

“皇上拔剑？”沈一贯惊呼。

“肩吾先生被近侍推之攘之时，可知皇上正要挥剑杀我！”田义道。

“皇上挥剑？”沈一贯又惊呼。

“说起来我要感激肩吾先生，要不是肩吾先生缴回圣谕，我这条命可能会保不住。”田义说。

“惭愧，侥幸。”沈一贯道。前两个字，是为缴回圣谕而说的；后两个字，是为救得田义性命而说的。

“可我不会感激肩吾先生，”田义又说，“朝廷上下，连篇累牍，皇上不为所动；今以偶恙而稍回心转意，日后还会不会有这等机会？肩吾先生再坚持片刻，矿、税可尽撤矣。肩吾先生为何怯懦若此，将大好时机顷刻丧失！”

对于这一番指责，沈一贯羞愧难当。这会儿，他自己恨不得找条岔路转过去，避开田义。

第三百二十一章

李贽北游至京畿，被罢官的御史马经纶把他迎到自己在通州的老宅，安顿下来。

二人从未谋面，首先要把自己介绍一番。当然，不是相互介绍，马经纶对李贽的了解太多，根本不用再介绍。

“卓吾老肯驾临敝舍，幸甚！”马经纶客套一句。

李贽原姓林，名载贽。后改姓李，去载，单名一个贽字，字宏甫，号卓吾。他是福建晋江人，以举人授官，官至云南姚安军民府流知府而退。

“是我幸甚，还是——”李贽叫不出他的名字。

不知主人姓名，就跟着主人到家，听起来不可思议。但发生在李贽身上不可思议的事情太多，马经纶一点儿也不奇怪。他介绍自己说：“晚生马经纶，别字主一。”

“是我幸甚，还是主一幸甚？”李贽问。

“是晚生幸甚。”马经纶道。

“主一有何幸甚？”李贽问。

“卓吾老，一代宗师也。得与相见，面聆教诲，已是大幸；何况能将卓吾老请来家中盘桓。”马经纶说。

“主一，我要驳你。”李贽道。

“是，”马经纶应道，“晚生说错话，卓吾老尽管批驳。”

“你给我戴的帽子，不合适。”李贽说。

“晚生给卓吾老戴的帽子？”马经纶不解。

“宗师二字，不是顶帽子吗？”李贽道。

“一定要说是顶帽子，也是‘一代宗师’的帽子。”马经纶说。

“人活一代，可不是一代宗师！一代这两个字，实是赘字。”李贽不客气地说。

“晚生请换一字。”马经纶说。

“换哪个字？”李贽问。

“去一代两个赘字，换为大字；大是个实在的字。”马经纶说。

“主一欲换成大宗师的帽子？”李贽问罢，又批驳几句，“大字是个实在的字，这不假。但比大还大者，有更大；比更大还大者，有极大；比极大还大者，有最大。攀比到哪里，才是个头！”

“好吧，还是回到‘宗师’这顶帽子，卓吾老不会辞吧？”马经纶问。

“这两个字，我可以不辞；不过，我宁愿把别人看我的两个字挂在嘴边。”李贽说。

“别人用的是哪两个字？”马经纶问。

“憨老。”李贽道。

“憨老？”马经纶好不奇怪，他问，“卓吾老宁取憨老二字，不取宗师二字？”

“对。”李贽点头。

“这是为何？”马经纶问。

“始皇帝明令以吏为师，我等皆师也。宗师与一般的师比起来，不过是多个家，有何了不起！老者尊称也，憨老与一般的老比起来，多股勇气，又多颗心，才弥足珍贵。”李贽说。

所谓多个家，是指宗字的部首。马经纶说：“卓吾老此一解说，实在是透彻，晚生以后就以憨老称卓吾老。”

“主一还可以有更好的称呼。”李贽却说。

“憨老也不是卓吾老最喜欢的？”马经纶问。

“不是，”李贽道，“我自个儿取个绰号，才是我最喜欢的。”

“卓吾老怎自称？”马经纶问。

“流寓客子。”李贽道。

“流寓二字，晚生以为很传神。”马经纶说。

“怎的传神？”李贽问。

“据晚生所知，卓吾老致仕后，未还晋江，而是在黄安住过很久，是吧？”马经纶问。

“是耿都堂在伦请我去的。”李贽说。

“后又居于沁水，是吧？”马经纶又问。

“是刘司空子明请我去的。”李贽说。

“后又居于云中，是吧？”马经纶又问。

“是梅中丞克生请我去的。”李贽说。

“后又居于秣陵，是吧？”马经纶又问。

“是太子师焦修撰弱侯请我去的。”李贽说。

他提到四个人。耿定向是湖广黄安人，官至南京都察院掌院都御史。另外三人，则是河道总理刘东星，加衔至工部尚书兼副都御史，已卒；大同巡抚梅国桢，今升宣、大总督；翰林院修撰焦竑，侍皇长子日讲，已去官。李贽直呼其字，连先生二字也不加，一则表明，他和他们的关系都很亲密；二则表明，他也没把他们太放在眼里。

“卓吾老居无定所，所以我说流寓二字很传神。”马经纶说。

“那客子二字呢？”李贽问，并说，“客子者，才是我的身份。至于是流于寓，或流于野，或流于山间，或流于水滨，皆无不可。”

“卓吾老既爱客子二字，以后我就以客子称卓吾老。”马经纶说。

“以何字相称是小事；我要告诉主一的是，老夫一客子，世人皆可迎之，万物皆可迎之，你把我接来，并非幸事。”李贽说。

“但迎卓吾师去做客的诸人，皆尊贵，晚生不过一被罢官的御史，能把卓吾老请来做客，晚生仍要说，是件大幸事。”马经纶道。

礼科都给事中张问达知道，禁止邪说，光靠说教不行，还得有更强硬的举措。而更强硬的举措，不是由礼科来实施的，也不是由礼部来实施的，而是由刑部和都察院来实施的。他是陕西人，掌院都御史温纯也是陕西人，所以，让他深感不安的这件事，他更愿求助于温纯，或者说，他更愿给温纯施加压力。

“日前下官曾上一疏，至今未得批复，景文先生知是何故？”他问。

“可是参劾李卓吾传播邪说、惑乱人心，请敕礼部，着解其回籍治罪一疏？”温纯问。

“是。”张问达应道。

“妄言之罪，德允就那么急着治罪？”温纯问。

“邪说如星火，一旦燃烧，可不得了！”张问达道。

“德允说他传播邪说，是以口传播，抑或以文传播？”温纯问。

“兼而有之。”张问达说。

“以口传播，请德允举一事。”温纯道。

“李卓吾曾侨居麻城，景文先生是知道的。”张问达说。

“不是说他曾寄居黄安吗？”温纯问。

“黄安、麻城皆属黄州府，”张文达说，“在伦先生籍黄安，李卓吾第一次往黄州，受在伦先生之邀，是寄居黄安；他第二次往黄州，却非在伦先生所邀，则寄居麻城。”

“寄居麻城又怎的？”温纯问。

“麻城有一庵，李卓吾引士人妻、女，入庵讲法。”张问达说。

“为何只引士人妻、女？”温纯问。

“他讲的是观音问，士人妻、女乐于听讲，趋之若鹜。”张问达说。

“德允不会暗示，其中有何暧昧之事吧？”温纯问。

“这却未闻，我不能信口言之。”张问达道。

“以文传播，请德允举一事。”温纯道。

“景文先生知《藏书》否？”张问达问。

“哪里的藏书？”温纯反问。

“不是说哪里的藏书，是李卓吾著有一书，名《藏书》。”张问达说。

“这却不知。”温纯道。

“景文先生知《焚书》否？”张问达又问。

“也是李卓吾所著书名，而不是说秦始皇焚书，是吧？”温纯反问。

“是。”张问达应道。

“此亦不知。”温纯道。

“景文先生知《卓吾大德》否？”张问达又问。

“《卓吾大德》？此亦书名？”温纯反问。

“此亦书名。”张问达点头。

“自讼其德，且曰大德，此人狂妄得可以。”温纯说。

“此等书，在各处刊印，无不传播其邪说。”张问达道。

“观音问，听起来荒诞，不必说它；《藏书》《焚书》等，尤其《藏书》，听起来似有寓意，李卓吾却是怎传播邪说的？”温纯问。

“《藏书》述史言今，恰能证其说之邪。”张问达说。

“也请德允举几个事例。”温纯道。

“譬如，景文先生提及焚书的秦始皇帝。不知在景文先生眼里，秦始皇帝是怎样的皇帝？”张问达举第一例；在他看来，这也是必举的一例。

“毋庸置疑，乃第一暴君。”温纯道。

“景文先生可知，在李卓吾眼里，秦始皇帝是怎样的皇帝？”张问达又问。

“是怎样的皇帝？”温纯反问。

“千古一帝！”张问达道。

“千古一帝？可是流芳千古的千古？”温纯问。

“难道还有遗臭千古的千古？”张问达又反问。

“那也说不定，”温纯道，“闻得此老言行多与众不同，人皆曰流芳千古，他偏要说遗臭千古，也是有的。”

“遗臭千古之词，他确实会用；不过，他称秦始皇帝千古一帝，则仍是流芳千古之千古。”张问达说。

“伏羲、神农，称千古一帝可也；尧、舜、禹，称千古一帝可也；商汤，周文、武，称千古一帝可也。汉高祖、唐太宗称千古一帝，仍觉有所不足；他竟以为，秦始皇帝可称千古一帝！”温纯道。

“景文先生说的是，其所传播邪说，以此为甚。”张问达附和道。

“读书人以读书为先，”温纯意犹未尽，又说，“他难道不知，秦始皇帝曾焚天下之书？”

“不仅知之，而且赞之，故其所著，以《焚书》名之。”张问达说。

“实不可理喻，实不可理喻！”温纯连声道，又问，“论帝王如此，论臣子又如何？”

“景文先生欲听他论哪一位古人？”张问达反问。

“吕不韦。”温纯道。由秦始皇最容易联想到的，是此人。

“在景文先生眼里，吕不韦是怎样的臣子？”张问达问。

“诡道。”温纯道。

“景文先生可知，在李卓吾眼里，吕不韦是怎样的臣子？”张问达问。

“总不应该是智慧吧。”温纯道。

“虽非智慧，却也是相差不多的两个字。”张问达说。

“哪两个字？”温纯问。

“智谋。”张问达道。

“他也论李斯吗？”温纯又问。

“是，”张问达应一声，反问道，“在景文先生眼里，李斯是怎样的臣子？”

“霸道。”温纯道。

“景文先生可知，在李卓吾眼里，李斯是怎样的臣子？”张问达问。

“总不应该是王道吧？”温纯道。

“王道在李卓吾的眼里，根本一钱不值；他许给李斯的，是另外两个字。”张问达说。

“哪两个字？”温纯问。

“才力。”张问达道。

“远古之人，任其妄言，近古之人，他也妄议吗？”温纯又问。

“景文先生欲听他论哪一位近古之人？”张问达反问。

“冯道。”温纯举个有争议的人物。

“在景文先生眼里，冯道是怎样的人物？”张问达问。

“还真不好下个结论，姑以其自家戏称为言吧。”温纯道。

“景文先生是说‘长乐老’这三字？”张问达问。

“是，”温纯应道，“唐朝末世之臣，复仕后唐、后晋、后汉、后周，复仕契丹，皆在三公高位。他本人亦知，一生不足为后人训，遂聊以‘长乐老’之号解嘲。”

“景文先生可知，在李卓吾眼里，冯道是怎样的人物？”张问达问。

“总不应该是忧国忧民之士吧？”温纯道。

“不是，”张问达道，“他的评语，与长乐无关，与长忧亦无关。”

“却与何事有关？”温纯问。

“景文先生不妨自家来品其味，”张问达说着，告诉他，“他许与冯道的二字是：吏隐。”

“隐者，自是隐藏之隐；吏者，可是官吏之吏？”温纯问。

“是。”张问达应道。

“二字何意？”温纯并不要张问达回答，因为他自己已有一个答案，“大隐隐于朝，莫非李卓吾以为，冯道每官一新朝，都是为旧朝而隐，为旧朝而守节？”

“究竟何意，天晓得！”张问达道。

“文士，李卓吾怎论？”温纯又问。

“景文先生欲听他论哪一位文士？”张问达反问。

“卓文君。”温纯举一女子。

“在景文先生眼里，卓文君是怎样的人物？”张问达问。

“奇女子。”温纯道。

“景文先生可知，在李卓吾眼里，卓文君是怎样的人物？”张问达问。

“总不应该是平庸女子吧？”温纯道。

“他使用二字，虽不是平庸，却比平庸强不了多少。”张问达说。

“是哪二字？”温纯问。

“善偶。”张问达道。

“二字何意？”温纯问。他这次不是有一个答案，而是两个答案，所以，还得问，“是善为人妇，还是善为偶句？”

“究竟何意，天晓得！”张问达仍道。

“学者，李卓吾怎论？”温纯又问。

“景文先生欲听他论哪一位学者？”张问达反问。

“司马光。”温纯举一近代人物。

“在景文先生眼里，司马光是怎样的人物？”张问达问。

“史笔。”温纯道。

“景文先生可知，在李卓吾眼里，司马光是怎样的人物？”张问达问。

“总不应该是篡史之辈吧？”温纯道。

“他并未称司马光篡史；但他使用二字，司马光地下有知，比被讥为篡史还要伤心。”张问达说。

“是哪二字？”温纯问。

“可笑。”张问达道。

“可笑？堂堂正正一部《资治通鉴》，仅可笑而已？”温纯问。

“李卓吾聪明，评书不会评一部《资治通鉴》，他只说该书中的一些细节。”张问达道。

“譬如？”温纯问。

“譬如，司马光论桑弘羊于汉武帝，有欺君之嫌，他以为可笑。”张问达举一例。

“桑弘羊于汉武帝有欺君之嫌？可是见于《资治通鉴》？”温纯问。

“想必是的。”张问达也没太大把握。

“我怎不记得有此论？”温纯道。

“别人读不出来的细节，最好是人人读不出来的细节，他能读出来，正可显示他与众不同。”张问达说。

“德允有问必答，看来，对李氏著述颇有研究呀。”温纯称赞一句。

“不是晚生颇有研究，是景文先生记性好。”张问达说。

“怎么？”温纯问。

“景文先生所问之人，皆晚生疏中举例。”张问达说。

“当真？”温纯微笑，“那只好说是所见略同。”

“所见略同，不知所为亦同否？”张问达问。

“德允是要迫我附议呀。”温纯道。

“晚生怎敢迫景文先生附议！晚生只是想，杜绝邪说，人人有责。景文先生向来厌恶邪说，且厘正世风，制裁邪恶，都察院更是责无旁贷；故请景文先生对李卓吾其人其事，严正关注。”张问达说。

“德允若只是想我严正关注，目的已经达到；但我想，德允并非只想我严正关注。”温纯道。

“景文先生说的是，我还想景文先生敦促朝廷早日处置。”张问达说。

“朝廷能否早日处置，不在我是否严正关注，而在皇上是否严正关注。”温纯说。

“所以，我才来找景文先生呀，”张问达说，“我言之，皇上未必严正关注；景文先生言之，皇帝定然严正关注。”

“德允这么想，大错而特错。”温纯道。

“怎么？”张问达问。

“以皇上之圣明，须得严正关注，一人言之，足够使皇上严正关注；不须严正关注，举朝皆言之，亦不能使皇上严正关注。况且，”温纯顿了顿，忽然问，“德允记得圣谕之事吗？”

“景文先生问哪道圣谕？”张问达反问。

“就是那道来不及颁发又被追回的圣谕。”温纯道。

“为何而颁，为何而追，以及如何被追回，我至今没搞懂，景文先生可以告与我知吗？”张问达问。

“圣谕既被追回，为何而颁，为何而追，以及如何被追回，已经无关紧要；我要告诉德允的是：圣谕中一款，镇抚司及刑部久系罪人释之，官各还其秩；一款，建言降谪诸臣俱复官，行取科、道，俱准补用。前者当下刑部议处，后者当下吏部议处。然事未下部，二部不知所措。太仆寺卿伯墀先生，遂劾仁夫先生、夏卿先生不奉圣谕，”温纯述罢，问道，“德允，你知皇上是怎样处置的？”

“寝之不行。”张问达说。

“对，”温纯道，“皇上本是为矿、税事追回圣谕，因伯墀先生之言，遂一并寝之。所以，多一人言，未必是好事。”

“照景文先生的说法，我辈岂不无所作为！”张问达不甘心。

“德允也不必心急，”温纯安抚道，“我看，皇上对李卓吾所言所行，不会漠不关心；对他的处置，说不定还会超过德允所议。”

“会吗？”张问达将信将疑。

果如温纯所言，皇帝很快降旨，以乱世惑民，将李贽逮下镇抚司狱。

第三百二十二章

马经纶每天去锦衣卫狱，少则一次，多则两三次。有一狱吏，也姓马，也是通州人，和他很熟。每次他进出锦衣卫狱，该狱吏都在门口等候。在该狱吏斡旋之下，他从未遇到什么麻烦。

但回通州看一次父亲，马经纶返回京师，再去锦衣卫狱，却被姓马的狱吏拦在外边。

“主一先生，怎又返来？”姓马的狱吏问。

马经纶愣了愣，赔着笑说：“二哥让我捎的东西，我捎到，全家老小都问二哥好呢。”

“主一先生办事，我还不放心吗？再者，请主一先生捎的，都是普通之物，我就是奉上，主一先生也看不上。”姓马的狱吏不咸不淡地说。

“二哥孝敬老人，体恤小儿，物件再小，情义也很重，”马经纶奉承两句，见姓马的狱吏仍不似前日的模样，不得不把本来不想说的事说出来，“我知老人家喜好六必居的酱菜，捎去两坛子，也说是二哥买的。”

“多谢，多谢。”姓马的狱吏谢两声，仍在狱外转来转去，好像根本不记得马经纶为何而来。

“二哥，我进去吧。”马经纶不得不直言。

“主一先生匆匆回通州，为的何事？”姓马的狱吏把话岔开。

“家中报信，说父亲病重，我回去看看。”马经纶道。

“老先生病重，主一先生为何不在家中服侍？”姓马的狱吏问。

“其实，家父并无大碍，只是因为不放心我，故以病重为言，将我召回。”马经纶说。

“老先生为何不放心主一先生。”姓马的狱吏问。

“家父听说卓吾先生是重犯，我又每日来狱里照料他，生怕我被卷入案中，故而不放心。”马经纶道。

“老先生既不放心，主一先生不该再来。”姓马的狱吏说。

“卓吾先生既是从我家里被带走的，二哥说，我能不随他同来京师吗？卓吾先生进京即下狱，我既随来京师，二哥说，我能不来狱里照料吗？”马经纶道。

“主一先生再来，老先生不是还会不放心？”姓马的狱吏问。

“我告诉家父，卓吾先生的案子渐趋缓和，应无大碍，家父已不太紧张。不然，重返京师，我还真有顾虑。”马经纶说。

“这回则好，老先生可以更放宽心。”姓马的狱吏道。

“怎么，朝廷要放卓吾先生出狱？”马经纶忙问。

“早晚的事。”姓马的狱吏含糊应道。

“二哥，我得进去给卓吾先生道喜。”马经纶又转到正事上来。

“道喜？用不着吧。”姓马的狱吏摇着头说。

“二哥这是何意？”马经纶问。

“我是说，主一先生道喜，他也不可能听见。”姓马的狱吏道。

“怎么，卓吾先生被打聋？”马经纶不由得气愤起来，“阁老们进揭，称卓吾先生年迈，不宜刑讯，难道不算数！皇上准阁老的奏请，难道也不算数！”

“主一先生压压火气，没人对他刑讯。”姓马的狱吏说。

“那他怎会耳聋？”马经纶问。

“谁个说他耳聋？”姓马的狱吏反问。

“不是你说的，他不可能听见吗？”马经纶道。

“不可能听见，一定是耳聋？”姓马的狱吏问。

“还能是为何？”马经纶反问。

“人若没气，能听得见吗？”姓马的狱吏道。

“没气？”马经纶倒吸口凉气，问道，“你是说，卓吾先生已没气？”

“是。”姓马的狱吏应道。

“几时的事？”马经纶问。

“昨晚，”姓马的狱吏告诉他，“仵作才验过尸，这会儿尸体还躺在牢室里呢。我拖延着不带主一先生进去，是怕主一先生见到难受。”

“他——”马经纶顿了顿，问道，“——是怎没气的？”

“自刎。”姓马的狱吏道。

“自刎？人在诏狱，怎能自刎？”马经纶质疑。

“还不是因主一先生一时之善心。”姓马的狱吏道。

“因我一时之善心？怎讲？”马经纶问。

“主一先生回乡探父，另找一人来照料他，对吧？”姓马的狱吏反问。

“对呀，”马经纶应道，“此人绝对可靠，不会对卓吾先生不利。”

“主一先生嘱咐他，他照料的人但有所请，一概顺从，对吧？”姓马的狱吏又问。

“对呀，”马经纶应道，“我想，无论他怎样顺从，也不能帮着卓吾先生自刎吧？即便他肯帮着卓吾先生自刎，又怎帮得成？”

姓马的狱吏不理会他，仍问：“他照料的人要剃头，他该不该顺从？”

“该顺从。”马经纶道。

“剃头须备器具，”姓马的狱吏说，“器具者，一剃刀，一铜盆也。主一先生委托之人，把剃刀放在牢室，拿着铜盆去打热水。待他端盆热水回来，找他剃头的人已用他带去的剃刀割断喉咙。”

叙述简明扼要，马经纶不会听不明白；也许是太简要，他问：“竟如此简单？”

“就是这么简单。”姓马的狱吏说。

“唉！”马经纶仰天长叹，“是我害死卓吾先生！”

福建路途遥远，他又不知怎样联系李贽的家人，只得把李贽的遗体运回通州，择地安葬。

吏部考功司员外郎袁宏道回到家中，竟见到袁中道，不由大喜。

“三弟几时到的？”他问。

“我到京师，还能不先来二哥这里，二哥说我几时到的！”袁中道说。

“三弟好辩的性子怎还没改变！”袁宏道笑道，“我自然知道三弟是今日到的，我不是问三弟几时到的吗！”

“刚好到一个时辰。”袁中道说。

“怎不着家人去告诉我一声，我也好早些回来。”袁宏道说。

“二哥以为，从家里到衙门只有几步路远吗？”袁中道又辩，“一个时辰工夫，能不能走个来回都难说；即便走个来回不用一个时辰，二哥又能早回来多久？”

“怪我说句多余的话，行吗？”袁宏道又笑了笑，问起别事，“三弟这些年游遍天下，累不累呀？”

“没游遍天下，只能说足迹半天下；二哥要问的，大约也不是我累不累。”袁中道说。

“哪我问的是何事？”袁宏道问。

“二哥问我，是不是该收收心？”袁中道说。

“我曾劝阻过三弟多方交游吗？”袁宏道问。

“没有。”这一点，袁中道是承认的。

“那我为何要三弟收心？”袁宏道问。

“因为明年又是乡试之年，二哥虽未劝阻我交游，可也不能不关心我的仕进呀。”袁中道说。

“三弟说我该问你是不是收心，别是你自家已有打算吧？”袁宏道问。

“是，”袁中道又承认，“我是该收收心。今次来京师看过二哥，就该回去用功，准备应付明年的乡试。”

袁中道比袁宏道小两岁。袁宏道十年前已中进士，他到现在连举人还没考中；他就是再洒脱，也不能不加努力。

“三弟有此打算甚好。且在京师会会诗友文友，看看名胜古迹，然后回去，来年必有佳音。”袁宏道说。

他关心过袁中道，接着该袁中道关心他。

“二哥在忙何事？”袁中道问。

“在其位，不得不谋其政，还不是衙门里的那些琐事，”袁宏道说，又道，“譬如，我最近上一道奏疏，事虽小，却不得不议之。”

“是何事？”袁中道问。

“考察之法，外官三年，京官六年，武官五年，而群吏则免于考察，甚是不妥。”袁宏道说。

“群吏怎加考察？三年一察好，还是六年一察好？”袁中道问。

“最好是每年于年终时考察。”袁宏道说。

“果是琐事，”袁中道只说两句，就没兴趣。他又问，“除衙门里的琐事，二哥还忙何事？”

“这两年最大之事，是为大哥编辑诗文集。”袁宏道说。

他们的兄长袁宗道两年前病逝，官至詹事府右春坊右庶子。作为有着同好的兄弟，为他编选诗文集，确是头等大事。

“已可刊印？”袁中道问。

“已可。”袁宏道说。

“已确定用何名？”袁中道问。

“已确定，”袁宏道应道，“大哥一生酷爱白乐天、苏东坡，以至以白苏名其斋，除《白苏斋集》，不能作他想。”

袁氏兄弟都爱白居易的诗、苏东坡的文。袁宏道说袁宗道酷爱白、苏，他自己对白诗、苏文的喜爱，一点儿也不亚于兄长。

“提起此事，我愧对大哥，亦愧对二哥，”袁中道说，“我是个闲人，为大哥编辑诗文集，本来应该是我的事；但我实在担心不能胜任，只好偏劳二哥。”

“三弟别这么说，”袁宏道劝慰道，“大哥仙逝时，人在京师，所遗诗文也在京师；编辑大哥诗文集，在我是顺便之事。再者，编辑大哥诗文集，我虽然能一人来作；光大公安派，却是离不开三弟的。”

袁宗道等酷爱白诗、苏文，听起来只是个人对诗、文的爱好，但在他们之前，前有李梦阳、何景明等，后有王世贞、李攀龙等，主张文学复古，称文不过秦、汉，诗不过盛唐。因此，喜爱白诗、苏文，倡读白诗、苏文，是和文学复古的主张针锋相对的，是在文坛、诗坛树起的另一面旗帜。袁氏兄弟是湖广公安人，世渐有公安派之名。

“中道定和二哥一起努力。”袁中道向袁宏道保证。

“《白苏斋集》编辑一事，我和三弟细说说吧。”袁宏道想就这个话题深入下去。

“二哥，不忙。”袁中道却说。

“三弟若累，先歇着；饭好，我来叫三弟。”袁宏道很是体贴。

“二哥，别走。”袁中道又不让他走。

“三弟，有事呀？”袁宏道终于醒悟，袁中道有话对自己说；说不定他匆匆赶来京师，也是因为有事。

“有件事想问问二哥。”袁中道说。

“何事？”袁宏道问。

“进出诏狱，很难吗？”袁中道提的问题，让袁宏道大吃一惊。

“谁人要去诏狱？”袁宏道问。

“我。”袁中道指着自己说。

“三弟去诏狱作甚？”袁宏道问。

“想去看个熟人。”袁中道说。

“诏狱中有三弟熟人，我怎不知？”袁宏道问。

“近十年来，聚少离多，我的事二哥怎会尽知！”袁中道说。

“三弟欲去探望何人，告诉我，我去帮你问问。”袁宏道说。

“李卓吾先生。”袁中道说出其人。

“李卓吾先生？他是三弟熟人？”袁宏道颇为意外。

“不仅是熟人，他还是我半师。”袁中道说。

“他是三弟半师？怎么一回事？”袁宏道问。

“卓吾先生侨居麻城时，我曾去听他讲学。”袁中道说。

“是一般地听听，还是入为弟子？”袁宏道问。

“虽是一般地听听，但颇有教益。”袁中道说。

“这话我问得多余，其实，无论一般地听其讲学，或入为弟子，三弟都无需去诏狱探望他。”袁宏道说。

“二哥是怕受其牵累？”袁中道问。

“非也。”袁宏道摇头。

“是怕影响我前程？”袁中道又问。

“亦非也。”袁宏道仍摇头。

“这也不是，那也不是，却为何事？”袁中道问。

“他人已不在。”袁宏道说。

“人已不在诏狱？朝廷已释之？”袁中道问。

“不是，”袁宏道摇摇头，告诉他，“是不在人世。”

“不在人世，怎会！”袁中道惊呼。但他知道，袁宏道是不会欺骗他的。稍稍镇定后，他问，“二哥，几时的事？”

“前数日。”袁宏道说。

“是逝于病？”袁中道问。

“不是。”袁宏道摇头。

“是逝于刑？”袁中道又问。

“也不是，”袁宏道又摇头，并说，“李卓吾之逝，或谓其入狱后，不食而亡；或谓其以剃刀自刎。究竟怎死，我亦不知。”

袁中道不语，看不出，他是在悲恸，还是在思考。

“三弟还有要问的吗？”袁宏道不无担心地问。

“二哥，卓吾先生为何下狱？”袁中道问。

“为科、道纠劾。”袁宏道说。

“可是相公之意？”袁中道问。

“三弟是问，科、道纠劾是否相公之意？三弟既问，可是有所闻？”袁宏道反问。

“确有所闻，”袁中道并不隐瞒，“途中听人言道，卓吾先生口无遮拦，言语之中对相公大不敬；相公记恨，故招致杀身之祸。”

“这恐怕是传言，”袁宏道说，“一则，我知张御史德允先生正派，不是依附权势之辈；二则，李卓吾下狱后，相公进密揭，言其年事已高，宜免拷讯，他才免受皮肉之苦。”

“二哥知张御史为人，我不知张御史为人，他是否受命于相公，我不和二哥争；至于相公密揭，我不知有无，也不和二哥争。我只想问一句，闻得少钦相公已还朝，密揭不会是他进的吗？”袁中道问。

“不会，”袁宏道立即否定，“少钦先生今日固已还朝，卓吾先生下狱之日，他尚未还朝。”

“那我无话可说。”袁中道彻底不争。

“三弟，我有话说。”袁宏道回敬一句。

“还是卓吾先生的事吗？”袁中道问。

“是。”袁宏道应道。

“是不是怪我不该有探监的念头？”袁中道问。

“那倒不是，”袁宏道说，“我只想问三弟，是否愿学他？”

“学谁？卓吾先生？”袁中道问。

“对。”袁宏道。

袁中道和二哥说话，一直是毫不犹豫，随口道来。这回却认真地想了想，才说：“不愿学，也学不了。”

“三弟说听他讲学，颇有教益，又要入锦衣卫狱探他；现在却说不愿学他，不是真心话吧？”袁宏道似不信。

“是真心话。”袁中道保证。

“为何不愿学他？”袁宏道问。

“有三。”袁中道说着，竖起三指。

“其一？”袁宏道边问，边竖起第一指。

“卓吾先生好刚使气，快意恩仇；意所不可，动笔书之。此我不愿学者一也。”袁中道说。

“其二？”袁宏道边问，边竖起第二指。

“既已离仕而隐，即宜遁迹山中；而乃徘徊人世，祸逐名起。此我不愿学者二也。”袁中道说。

“其三？”袁宏道边问，边竖起第三指。

“乘之则急，戒之则缓，细行不休，任情适口。此我不愿学者三也。”袁中道说着，总结道，“有此三者，故我虽敬其人，却不愿学之也。”

如果说，自称不愿学，可能不是真心；自称学不了，却应该是真心的。所以，袁宏道问：“三弟说学不了他，又是有几？”

“有五。”袁中道说着，把五指摊开。

“其一？”袁宏道边问，边竖起第一指。

“卓吾先生为士居官，清节凛然；吾辈随来辄受，操行同于中人。此我不能学者一也。”袁中道说。

“其二？”袁宏道边问，边竖起第二指。

“卓吾先生不入季女之室，不登冶童之床；吾辈不断情欲，未绝嬖宠。此我不能学者二也。”袁中道说。

“其三？”袁宏道边问，边竖起第三指。

“卓吾先生深入至道，见其大者；吾辈株守文字，不得玄旨。此我不能学者三也。”袁中道说。

“其四？”袁宏道边问，边竖起第四指。

“卓吾先生自少至老，唯知读书；吾辈汩没尘缘，不亲韦编。此我不能学者四也。”袁中道说。

“吾辈虽手不释卷，然韦编特指《易》，吾辈兄弟的确不曾深入涉足，”袁宏道加上一句，并竖起第五指，问道，“其五？”

“卓吾先生直气劲节，不为人屈；吾辈胆力怯懦，随人俯仰。此我不能学者五也。”袁中道说。

“一言以蔽之，非一类人也。”袁宏道进一步总结。

“二哥说的是。”袁中道点头应道。

“三弟有见于此，足以让我放心。”袁宏道说。

第三百二十三章

江西上饶县知县李鸿，听说矿监潘相来到本县，心知不妙。他把亲信书吏找来商量对策。该书吏也正要向他禀事。

该书吏姓高，李鸿呼声“老高”，该书吏同时在呼“大人”。

“你说。”李鸿道。

“大人吩咐。”姓高的书吏亦让。

“让你说，你就说；待我吩咐起来，你再没机会说。”李鸿道。

“大人怕来的人，还是来我县。”姓高的书吏说。

二人心照不宣，根本不用问此人是谁。

“确实否？”李鸿问。

“千真万确。”姓高的书吏说。

“也好，”李鸿道，“方才听人说他来到，我还在想，会不会是捕风捉影？老高既已探实，省得我瞎琢磨。”

“大人一直在提防此事，今又说‘也好’，想必早有应对之策。”姓高的书吏说。

“你以为我说也好，是真觉着也好呀？这不是无奈吗！”李鸿说着，问道，“你说，他会不会是去别处，途经本县？”

“大人不让卑职自欺欺人的话，卑职只能说不会。”姓高的书吏道。

“为何不会，你总得有个理由吧！”李鸿说。

“有个最简单的理由：他不会舍近求远。”姓高的书吏说。

“何谓舍近求远？”李鸿问。

“或出西门，或出北门，会见到西北方向有一山，大人知是何山？”姓高的书吏问。

“是灵山。”李鸿道。

“大人可知，灵山有何物产？”姓高的书吏问。

“产水晶。”李鸿道。

“出南门，会见到南边有一山，大人知是何山？”姓高的书吏问。

“是丁溪山。”李鸿道。

“大人可知，丁溪山有何物产？”姓高的书吏问。

“产铁。”李鸿道。

“丁溪山再南又有一山，大人知是何山？”姓高的书吏问。

“是铜山。”李鸿道。

“大人可知，铜山有何物产？”姓高的书吏问。

“铜山以其物产名。”李鸿道。

“上饶有灵山，产水晶；有丁溪山，产铁；有铜山，产铜。人家到上饶，放着水晶矿、铁矿、铜矿不开采，却绕到别处去探矿、采矿，这还不是舍近求远！”姓高的书吏论证完毕。

“好，我也不自欺欺人，先断定那人就是来上饶探矿、采矿的，”李鸿说着，又问，“老高想想，有没法子不让他等在上饶探矿、采矿？”

“通常的法子恐怕不行。”姓高的书吏说。

“何谓通常的法子？”李鸿问。

“譬如，大人写一篇奏章，大谈开矿之害。”姓高的书吏说。

“这个法子是不行，”李鸿道，“矿监遍行天下，言开矿之害者，不知有多少；没听说皇帝为哪篇奏章，就命停止开该地之矿。”

“又譬如，好言劝退。”姓高的书吏说。

“这个法子也不行，”李鸿道，“好言，须言于听得进好言者；于听不进好言者，好言相劝，无异于对牛弹琴。再者，以好言相劝，须得言于当面；他连见都不见，怎的将他劝退！”

“又譬如，硬性阻拦。”姓高的书吏说。

“这个法子不妨试试；但我估计，最后是阻拦不住的。”李鸿道。

“大人是担心他属下悍徒吗？”姓高的书吏问。

“是啊，”李鸿应道，“他属下悍徒，以千百计；我手里衙役，不过数十人。他属下悍徒，皆亡命之辈；我手里衙役，不过是混口饭吃的良民。两下里相遇，胜负早可判定。”

“又譬如——”姓高的书吏要继续举例，李鸿咳嗽一声，他知道大人的意思，马上闭嘴。

“老高，通常的法子不必再说，说说不通常的法子吧。”李鸿道。

“不通常的法子，其实比通常的法子，还要简单。”姓高的书吏说。

“是吗？怎么个简单法？”李鸿问。

“封住他嘴即可。”姓高的书吏道。

“封住他嘴，简单吗？我可听说，没有数千乃至万金，他是不会松口的。似上饶这等多矿产的地方，我想，万金也不足以让他松口。你应该知道，我却是数十百金也拿不出来的。”李鸿说。

“大人说的是买封。”姓高的书吏道。

“你说的是怎封？”李鸿问。

“卖封。”姓高的书吏道。

“怎么个卖封？”李鸿问。

“大人使银子，封住他嘴，此为买封；他自个儿使银子，封住自个儿的嘴，此为卖封。”姓高的书吏说。

“老高，你说昏话呢吧！”李鸿嗔道，“他一个只进银子、不出银子的人，会自个儿使银子，来封自个儿的嘴？”

“大人别不信，他有时就得拿银子，封自个儿的嘴。”姓高的书吏说。

“老高说得云山雾罩，我听不懂。说点儿实在的吧！”李鸿道。

“好，”姓高的书吏点点头，问道，“大人说，他来上饶探矿、采矿，会不会亲自上山？”

“听说有人报矿，他都亲自去看。”李鸿道。

“大人说，他亲自上山，会带多少人？”姓高的书吏问。

“少则数十人，多则上千人。”李鸿道。

“口粮都是自个儿备吗？”姓高的书吏问。

“那不可能，”李鸿道，“他自备口粮，不会超过一日，在山上不止一日的话，或是命官府供给，或是自家筹集。”

“大人看，咱上饶的几处矿，他一日看得下来吗？”姓高的书吏问。

“矿在深山，恐怕三五日也下不来。”李鸿道。

“那就得或是官府供给，或是自家筹集，是吧？”姓高的书吏问。

“不错。”李鸿应道。

“大人会供给他口粮吗？”姓高的书吏问。

“一口吃的，他也休想从本县得到！”李鸿道。

“那就得自家筹集，是吧？”姓高的书吏问。

“不错。”李鸿应道。

“大人说，所谓筹集，是抢呀，还是使银子买呀？”姓高的书吏问。

“或抢，或使银子买。”李鸿道。

“若是无的可抢呢？”姓高的书吏问。

“囤里有粟米，园里有鸡犬，圈里有猪羊，怎会无的可抢！”李鸿想不明白。

“都藏起来，不就无的可抢！”姓高的书吏道。

“怎会都藏起来？”李鸿又问。

“大人颁令，不就都藏起来！”姓高的书吏道。

“我颁令，他等都会藏起来？”李鸿问。

“大人颁令，凡有可食之物被抢，以资盗贼治罪。农家既不愿被抢，又有县衙明令，还不争先恐后地藏起来！”姓高的书吏道。

“不妨一试。”李鸿模棱两可地说。

“既抢不到，只有使银子买，是吧？”姓高的书吏问。

“是。”李鸿应道。

“也就是说，他必须要使银子，是吧？”姓高的书吏问。

“是，”李鸿应道，并问，“接下来呢？”

“接下来，他使银子也买不到东西。”姓高的书吏说。

“银子在任何地方，都可以买到东西，可以买到任何东西；怎到上饶，就买不到？”李鸿问。

“因大人颁令呀。”姓高的书吏说。

“我颁令，不是命农家把可食之物都藏起来吗？”李鸿问。

“大人可以再颁一令，任何可食之物都不得售卖，否则，以通盗贼治罪。农家与此等之人交易，本就有忌惮，又有县衙命令，谁还敢卖与他一口吃食！”姓高的书吏道。

“亦不妨一试。”李鸿模棱两可地说。

“大人，我再总起来说说吧？”姓高的书吏担心李鸿仍没理解他的意思。

“不用，”李鸿不让姓高的书吏说，他自己总起来说，“一则，此人率众进山，只会备一日口粮；他不相信，进山之后，得不到后续的口粮。二则，本县不会供给他任何口粮；而且，不让邻近的巡检司等供给他任何口粮。三则，颁令乡民，尤其是灵山、丁溪山、铜山周边乡民，不得让他等抢去丁点儿粮物，不得卖售丁点儿粮物与他等。有此三者，他等饥饿难忍，不得不仓惶而退。”说罢，问道，“老高，你的卖封之策是这样吧？”

“大人说的，比卑职想的，更仔细，更全面。”姓高的书吏说。

“那还不快去颁令！”李鸿道。

潘相率领数十个属下，在丁溪山上整整转一天，才看两个矿洞。据说，山上被开过的矿洞有十来个，没有三五天，根本转不过来。

山上有溪水，可以饮用，可以洗洗涮涮。吃过晚饭，溪边矿洞里点上烟火，熏走蚊虫，准备睡在里面。劳累一天，大家都想早睡，没心思去想明天的事。

潘相睡得正香，被人摇醒。换上别人搅自己的好梦，他一定会破口大骂；但见是心腹随员，他只发句牢骚："安生觉也不让人睡一个！"然后问，"何事？"

"叔，兵马未动，粮草先行。"该随员说。

"这还用你给我讲！"潘相道，"我是备好粮草出来的。"

"叔只备一日口粮。"该随员说。

"一日口粮不够？昨日有谁没吃饱吗？"潘相道。

"今日呢？"该随员问。

"今日？难道已到今日？"潘相仍在半醒半睡之中，分辨不出现在应该算昨日，还是应该算今日。

"再有个时辰，天就会亮。"该随员说。

"那就再睡个时辰，天亮再说。"潘相道。

"天亮后，再过个时辰，众人要吃早饭。"该随员说。

"一个时辰点火做饭，还不够吗？"潘相道。

"有粮则够，无粮则不够。"该随员说。

"没粮的话也够，"潘相道，"你随我去这多地方，到哪里不是第二天找粮、做饭，一个时辰之内大伙儿都可以吃上早饭？"

"小的觉着，这里不太一样。"该随员说。

"怎不一样？"潘相问。

"昨日经过几个村庄，叔可听到鸡鸣？"该随员反问。

"似未听到。"潘相道。

"可听到狗叫？"该随员问。

"似未听到。"潘相道。

"可见到炊烟？"该随员问。

"似未见到。"潘相道。

"此间之人，难道都不食人间烟火？"该随员问。

"说明白点儿，你是何意？"潘相虽然也觉得奇怪，但没明白该随员这么问的用意何在。

"小的是想，在这里筹集口粮，恐怕不那么容易。"该随员说。

“你是说，这里无口粮筹集；还是虽有口粮，却筹集不到？”潘相问。

“不管这里有没有口粮筹集，都不容易筹集。”该随员说。

“依你怎办？”潘相问。

“即刻差人去筹。”该随员说。

“好。”潘相应道。

他大喝一声，把属下们叫醒，随意分派两个人一拨，带上些碎银，往不同的方向去找口粮；并命他等找到口粮，马上回来，不得耽搁。

被差出的属下以为和往常一样，是个美差。在城镇村庄里找到吃的，并不是很难的事；而且十有八九，银子根本不用往外掏。不使银子，而带回食物，银子不就可以留在自己口袋里？

谁知，掏出银子来，也没能换得食物！

潘相又没交代，弄不到食物该怎么办，所以，挨到午后，才有人哭丧着脸，回到他们留宿的地方。潘相等人饿一天，灰溜溜地下山。

他不难查出这件事的始末，于是上疏参劾李鸿。李鸿被除名。

第三百二十四章

乾清宫里一长一少二宦者，闲来无事，坐在阴凉处聊天。

年少的宦者较胖，不停地用袖子擦拭额头的汗珠，嘴里念叨着："今夏怎这么热呢？"

"热有何好抱怨的！你以为，立了秋，天就会凉吗？七月流火，《诗》里都是这么写的。"年长的宦者说。

"七月流火，快流过去吧。"年少的宦者说着，做祷告状。

"你说这话，我倒想起一事。"年长的宦者道。

"老哥想起何事？"年少的宦者问。以年纪论，他完全可以称年长的宦者叔。但年长的宦者职位低，所以，他宁唤老哥，而不唤叔。

"这可不是一件小事，是一件极不寻常的事。"年长的宦者说。

"究竟是何事？"年少的宦者更想听。

"七月之后是几月？"年长的宦者问。

年少的宦者站起身，看年长的宦者一眼，好像在看一头怪物。

"这就是老哥说的极不寻常的事？"他问。

"是啊。"年长的宦者应道。

"七月之后是八月，既不会回到六月，也不会跃至九月。这是件再简单不过的事。"年少的宦者说。

"你说这是再简单不过的事，未尝不可；但我说过这是件不简单的事吗？"年长的宦者问。

"老哥没说过吗？"年少的宦者想了想，年长的宦者确实没说。他说，"老哥是说极不寻常，没说极不简单；但极不寻常难道不是极不简单？"

"当然不是，"年长的宦者道，"所谓极不寻常，是说事情重大与否，而不是说事情简单与否。"

"老哥的意思，七月之后是八月，此事极为重大？"年少的宦者问。

"不错。"年长的宦者应道。

“我却看不出此事有何重大，”年少的宦者说着，又啰唆一句，“我既看不出此事有何不简单，也看不出此事有何不寻常。”

年长的宦者不理会他的啰唆，却问：“到八月，你有何打算？”

“大睡，”年少的宦者道，“只要得闲，就呼呼大睡，把整个夏天缺的觉都补回来。”

“只是睡觉？”年长的宦者问。

“还要大吃，”年少的宦者道，“老哥不是常说要补秋膘吗？一个夏天熬下来，我觉着自个儿瘦好几圈。”

“你那体格，不补也罢，”年长的宦者讥道，“除睡和吃，你就不盼点儿别的正经事吗？”

“有件事，说它是吃也成，说它不是吃也成，我一直在盼着呢。”年少的宦者说。

“何事？”年长的宦者问。

“八月有个中秋节。”年少的宦者说。

“既有好吃的，又可以赏月，确是件正经的事，”年长的宦者道，又问，“可还有件更正经的事，你想过没有？”

“更正经的事？”年少的宦者摇头，“不仅没想过，而且根本不知道还有更正经的事。”

“总管咱宫的叔要是听到，一定把你拉去打板子！”年长的宦者道，“爷的圣诞日在八月，你敢说不是更正经的事！”

“哎呀！”年少的宦者一声惊呼，把脖子往下缩，“岂止是打板子，闹不好要砍头的！不过，我并不是说爷的圣诞日不是更正经的事，我的意思是，爷的圣诞日，自有该想的人在想着呢。”

“有句话，你大概没听过。”年长的宦者说。

“哪句话？”年少的宦者问。

“肉食者鄙。”年长的宦者道。

“有件事，叔大概忘记。”年少的宦者学着他的腔调说。

“哪件事？”年长的宦者问。

“肉食者鄙，未能远谋，这句话是老哥讲给我听的。”年少的宦者说。

“你既记得，就该知道，该想的人，未必能想出好点子，让爷过个不同凡响的圣诞。”年长的宦者说。

“听这话，老哥能想出好点子似的！”年少的宦者道。

“你别不服气，我还真想出个好点子。”年长的宦者说。

“不信，不信！”年少的宦者连连摇头。

“你不信我能想出好点子？”年长的宦者问。

“我信老哥能想出好点子；可我不信，老哥想出好点子，能憋这么久不找人说说。”年少的宦者与其说不信，不如说在诓他自己抖搂出来。

年长的宦者岂不知他的伎俩，道：“非得和你说，才叫找人说说吗？你怎知我没找人说说！”

“老哥找人说过？”年少的宦者问。

“不止找一人说过！”年长的宦者道。

“老哥找谁个说过？”年少的宦者问。

“找司礼掌印田叔说过，算不算数？”年长的宦者反问。

“那比找一百个人说过都算数，”年少的宦者说着，又问，“老哥还找谁个说过？”

“找东厂提督陈叔说过，算不算数？”年长的宦者问。

“那比找九十九个人说过都算数。”年少的宦者道。

“找田叔，比找一百个人算数；找陈叔，比找九十九人算数。在陈叔那里不算数的人，就是你吧？”年长的宦者拿他打趣。

“我可不敢！”年少的宦者矢口否认，“就算一百个人里九十九个不买陈叔的账，买陈叔账的那个也是我。”

“还要不要我再举一二人？”年长的宦者问。

“既举过田叔、陈叔，何须再举别个！”年少的宦者道。他关心的是田义、陈矩的态度，反问道，“我知老哥想出的点子一定好，却不知田叔、陈叔意下如何？”

“你都说好，他两个能说不好？”年长的宦者又拿他打趣。

“田叔可说个好字？”年少的宦者干脆把二人分开问。

“岂止一个！他说的是两个好字。”年长的宦者道。

“陈叔也说两个好字？”年少的宦者又问。

“不，”年长的宦者道，“他只说一个好字，但拖得很长，听上去像是把三四个好字连在一起。”

“我还从未听田叔一连说两个好字，更未听陈叔把三四个好字连在一起说，想必老哥想出的是个绝妙的点子，”年少的宦者奉承一通，然后问道，“却不知老哥想出的究竟是怎样的点子，能见告否？”

“碰巧，你正好是我打算找来说说的人之一；换成别人，我是不会告知的。”年长的宦者道。

“幸甚，幸甚。”年少的宦者连声道，他的神情也变得格外专注。

“我的点子，只着落在一个大字上。”年长的宦者则是不苟言笑的神情，表明他说的是正经的话。

“大？老哥，何意？”年少的宦者当然听不懂。

“首先，把今年圣诞变作爷的大寿。”年长的宦者说。

“把今年圣诞变作爷的大寿？怎变？”年少的宦者问。

“你想想，爷圣寿几何？”年长的宦者反问。

“爷隆庆六年登极，恰好十龄，今年是万历二十九年，”年少的宦者心、口一起在算，口里算清楚，心里也想清楚，“老哥，你是想让爷提前过四十大寿！”

“你的意思，四十即大寿？”年长的宦者问。

“不是我一人的意思，”年少的宦者道，“逢十大寿，谁人不知！”

“那你有没听人说过，给其父、其母或其他长辈过四十大寿的？”年长的宦者问。

在年少的宦者记忆中，确实没听人这样说过。他说：“父母四十，其子或未成年，不知给父母过大寿。”

“十年前，你是否进宫？”年长的宦者问。

“尚未。”年少的宦者道。

“十年前，我早来宫里，未听有人说给爷过三十大寿；二十年前，我和你差不多的年纪，已在宫里当差，更未听有人说给爷过二十大寿，这又是为何？”年长的宦者问罢，加上两句，“你总不能说，我当时尚未成年吧？更不能说，当时宫里无成年之人吧？”

“或是圣母娘娘健在，爷不敢称大寿。”年少的宦者说。

“你既说或是，我要说或不是。”年长的宦者道。

“那是为何？”年少的宦者问。

“十龄、二十、三十、四十，整寿而已，非大寿。”年长的宦者说。

“叔的意思，须五十，方可称大寿？”年少的宦者问。

“五十，或五十以上的整寿，方可称大寿。”年长的宦者道。

“这可有意思！今年最多给爷过四十整寿，老哥还打算把爷的四十整寿变作五十大寿不成？”年少的宦者讥道。

“怎变？中间差着十年呢，你变得出来！”听年长的宦者口气，好像把皇帝今年生日变作大寿，是年少的宦者出的点子。

“首先，把今年圣诞变作爷的大寿，”年少的宦者一字不差地重复一遍年长的宦者才说不久的话，指出，“这话是老哥说的。”

“是我说的，怎的？”年长的宦者问。

“老哥说的，不能让我变呀！”年少的宦者道。

“谁让你变？我说让你变吗？”年长的宦者不认账。

“可不是老哥说的。”年少的宦者道。

“我怎说的？”年长的宦者问。

“老哥说，中间差着十年呢，你变得出来？”年少的宦者述道。

“这是让你变吗？”年长的宦者解释道，“说好听点儿，我在问你变不变得出来；说不好听点儿，我知道你变不出来。”

“老哥说好听点儿，说不好听点儿，我都变不出来，”年少的宦者说着，问道，“老哥倒是说说，你怎把爷的四十整寿变作五十大寿？”

“我也无法把四十整寿变作五十大寿。”年长的宦者坦然地说。

“老哥也无法变？”年少的宦者被他绕来绕去的话绕懵，“老哥无法变，莫非指望田叔、陈叔变？”

“他二人也无法变。”年长的宦者说。

“谁个都无法变，把今年爷圣诞变作爷的大寿，不成句废话！”年少的宦者说。

“才不是句废话呢，”年长的宦者道，“我既说把今年圣诞变作爷的大寿，就能把今年圣诞变作爷的大寿。”

“可老哥说无法变呀。”年少的宦者道。

“我说过吗？”年长的宦者问。

“才说，隔没十句话，怎就不认账！”年少的宦者责备道。

“我怎说的？”年长的宦者问。

“老哥说，自家也没法把四十整寿变作五十大寿。”年少的宦者复述。

“没法把四十整寿变作五十大寿，就是无法把四十整寿变作大寿？难道只有五十才是大寿？”年长的宦者道。

“原来老哥没想把今年圣诞变作爷的五十大寿，那是变作几十大寿？”年少的宦者问。

年长的宦者用手指比画个数字，伸到年少的宦者眼前，让他看清。

“七十大寿？”年少的宦者问。

“是。”年长的宦者应道。

“老哥要把今年圣诞变作爷的七十大寿？”年少的宦者又问。

“是。”年长的宦者应道。

“四十整寿和七十大寿，中间差着三十年呢！”年少的宦者提醒他，“中间隔着十年，老哥无法把今年圣诞变作爷的五十大寿；中间隔着三十年，老哥反而能把今年圣诞变作爷的七十大寿？”

“说的是，我就是能把今年圣诞变作爷的七十大寿！”年长的宦者道。

“老哥怎么个变法？”年少的宦者道。

“爷今年四十整寿，是吧？”年长的宦者又问回。

“老哥再怎么问，也不会错。”年少的宦者道。

“爷登极几多年？”年长的宦者问。

“今万历三十年，老哥说爷登极几多年！”年少的宦者不耐烦地说。

“是三十周年，对吧？”年长的宦者则不厌其烦地问。

“闻得爷是六月登极的，三十周年已过。”年少的宦者说。

“四十加三十，是不是七十？”年长的宦者问。

“四十加三十，可不七十！”年少的宦者应罢，恍然大悟，“老哥是说，把爷的寿数和在位年数，合在一起过？”

年长的宦者不无得意地点着头，问：“你看我这个主意如何？”

“爷整寿，恰好登极也是整年数，合在一起过，当然好；可那也是庆贺爷四十整寿，和庆贺爷登极三十周年，没有合计为爷寿数的道理。”年少的宦者说。

“这你不懂，”年长的宦者道，“天上方一日，世上已千年，这话你听过没有？爷十龄之前为太子，一年且作一年；十龄至今为天子，那不胜过神仙？一年相当两年，算多吗？”

“老哥为何不相当三年？”年少的宦者讥道，“照老哥的说法，爷为天子后，一年当作三年，今年圣诞，岂不是百岁大寿？”

“也不是不可以，但说起来较为麻烦，”年长的宦者道，“爷为天子，一年相当两年、三年，乃至十年、百年，我等只能念于心里，不能宣于口中。所以，今年贺爷七十寿辰，问是何故，只要说是爷的寿数和在位年数合而计之就可以，而不必言及其他。田叔、陈叔都赞同我的主意，并未提出百岁寿辰等，也是因为这个原因。”

“老哥抬出田叔、陈叔，我不好再说什么，”年少的宦者说着，问道，“此事老哥是一定要说与田叔、陈叔听的；可老哥为何抬举，把我也列在要找来说说的人之中？”

“你脑子灵活呀，”年长的宦者道，“我的这个主意，让田叔、陈叔认可，让你认可，我都有把握；让爷认可，我却没把握。”

“老哥真要听我说？”年少的宦者问。

“不仅我要听你说，我还要把你说的禀于田叔、陈叔，等于田叔、陈叔也要听你说。”年长的宦者道。

少年禁不住奉承，两句奉承的话，让他飘飘然。

“那我就给老哥说两句，”年少的宦者道，“老哥的这个主意，虽说得出口，但只可在内廷言之，若言于外朝，必有人说三道四，本想博爷天颜一启，反让爷生一肚子闷气，那就不合算。”说着，问道，“老哥说，是不是这个道理？”

“这个道理，田叔说过，叮嘱过；陈叔说过，叮嘱过。为爷贺大寿，只限于大内，绝不使传至宫外。”年长的宦者说。

“博爷天颜一启，在个奇字，”年少的宦者接着说，“内衙各监各司各局，有的是银子，何不让它等竞奢斗侈，罄其所有，以备进奉？内衙向无考核，正可借此时机作一考核：进奉博爷一笑者，为优；进奉尚中爷意者，为平平；所进不入爷法眼者，为劣。”

“此事尚须参酌。”年长的宦者说。

“有何不妥？”年少的宦者问。

“司礼监进奉之物，尚中爷意，田叔是定为优，还是定为平平？东厂进奉，不入爷法眼，陈叔是定为优，还是定为劣？”年长的宦者反问。

“田叔、陈叔乃定优劣者，不在考核之列。”年少的宦者说。

“大家心里有数就行，不必明言考核。”年长的宦者主张。

“随你怎想，”年少的宦者道，又接着说，“博爷天颜一启，仅以宫内进奉之奇，是不够的，还须加以天下进奉之奇。”

“你这是出尔反尔。”年长的宦者插话。

“我怎出尔反尔？”年少的宦者问。

“限于大内，不使传至宫外，不是你说的吗！”年长的宦者道。

“限于大内，指限于大内之地，非指限于身在大内之人；不使传至宫外，指不使传至宫外之人，非指不使传至宫外之地。”年少的宦者说。

“绕来绕去，不如说大内之人，不尽在宫里。”年长的宦者说。

“我就是这个意思。”年少的宦者道。

“大内之人，常年在外者，无非矿监、税使，你是要他等也进奉奇珍异宝，以贺爷七十大寿，是吧？”年长的宦者问。

“是。”年少的宦者应道。

“这个主意好。”年长的宦者说。

“怎见得这个主意好？”年少的宦者反问。

“爷向沈阁老宣谕，我是听到的。谕旨虽取回，大臣们仍以圣谕为言，请爷召回矿监、税使。万一哪天爷顶不住，各位矿监、税使的好日子就算过到头。我想，他等这会儿都在惶惶不安呢。忽得旨，让他等进奉奇珍异宝，还不人人踊跃！爷一见他等进奉之物，固然喜气洋洋，天颜顿开；念及矿监、税使们的好处，又怎舍得把他等召回！爷和矿监、税使们各得其所，可谓一箭双雕。”年长的宦者说得头头是道，最后却用个极不恰当的成语。

“不，”年少的宦者也用个极不恰当的成语，“是一石三鸟。”

“还有何好处？”年长的宦者问。

“老哥想出为爷贺七十寿的绝妙主意，爷知道后，少不了老哥的好处；我想出让矿监、税使进奉的绝妙主意，各位叔知道后，少不了我的好处，也少不了老哥的好处。老哥和我岂不是第三鸟！”年少的宦者道。

“你我是小鸟，不会被打下来吧？”年长的宦者这才琢磨出，自己和年少的宦者使用的比喻，都有问题。

内衙各监、各局、各司为皇帝贺寿，进行得轰轰烈烈，而外廷一无所知。矿监、税使们进奉之物，争奇斗艳，如年长的宦者所言，皇帝彻底打消召回矿监、税使的念头。

第三百二十五章

巡漕御史免不了要和漕运总督打交道，也免不了会生芥蒂。像巡漕御史李思孝和漕运总督李三才这样，相见时能说说心里话，实属不易。

“来，帮我想想，此事如何处置好。”李三才招呼李思孝。

他手里拿着一纸信函。显然，让他感觉不好处置的，是信函里写的事。但他并不把信函递给李思孝，李思孝也不好主动索要。

“何事使得道甫先生为难？”李思孝问。

“还不是——”李三才发觉自己想听人家的看法，却没让人家读信，是个疏忽。他把信函递过去，道，“纯之读过再说。”

李思孝字纯之，北直隶东明人，万历十七年进士。同姓李，以及同为北直隶人，是他二人关系不错的一个原因。

“是信函吧？”李思孝边接，边问。

“是。”李三才应道。

“谁人的信函？”李思孝又问。

“四明相公的。”李三才说。

李思孝本来要读，听他这话，忙交还给他。沈一贯是浙江鄞县，鄞县有四明山，是其标志性的地方，士大夫或以四明相公称呼他。

李三才把手背到身后，道：“私函，不碍事。”

私函是私函，却不是普通的私函。李思孝读罢，开始后悔。

“这等之事，道甫先生不该问我。”他说。

“私下里说说，不碍事。”李三才道。

“此函真是四明相公写的？”李思孝问。

“纯之没见过四明相公手迹？”李三才反问。

“未曾拜识。”李思孝道。

“难怪，”李三才说，“若是见过，不会认不出来。此函确是四明相公亲书。”

“我也要说声怪。”李思孝道。

“何事怪？”李三才问。

“此函不似四明相公所书。”李思孝说。

“纯之不是没见过四明相公手迹吗，怎能判断其真伪？”李三才问。

“我不是从手迹判断的，是从所言之事判断的。”李思孝说。

“从所言之事如何判断？”李三才问。

“或曰，归德公入阁，是四明相公所荐，道甫先生有没听过这个说法？”李思孝反问。

“听过。”李三才应道。

“此函却是希望道甫先生劝说归德公，切莫奉召北上，”李思孝说着，问道，“不知我有没理解错？”

“纯之没理解错。”李三才道。

“既荐归德公于前，为何又劝阻其北上于后？既不欲其还朝，为何又荐用于朝？”李思孝指出自相矛盾的地方。

“纯之问得好！”李三才赞道。

“道甫先生须得先知四明相公的心迹，才好回复他。”李思孝希望，这个提议能让李三才不再问下去。

“在纯之看来，四明相公是何心迹？”李三才却不会轻易放过他。

“一般来说，前后矛盾时，我宁信后言者发自真心。”李思孝不得不表达自己的看法，虽然表达的有点儿含糊。

“纯之说说看。”李三才要他说下去。

“一则，或曰四明相公欲用者，是少钦先生，而非归德公；点用归德公，实为皇上之意。”李思孝说。

“这个说法我也听过。”李三才道。

“此其一也，”李思孝说着，问道，“归德公、少钦先生同上奏表辞，但道甫先生记不记得，少钦先生几时入朝？”

“三月。”李三才道。

“归德公呢？”李思孝问。

“才闻仲化先生已离归德。”李三才说。

“一河南，一浙江；一归德、一山阴。距京师，一近一远；远者却比近者早数月抵京，这是为何？”李思孝问。

“远者早奉召，近者迟奉召；除此之外，别无他故。”李三才说。

“二人同时宣召，同时表辞，结果一早奉召，一迟奉召，又是何故？”李思孝问。

"纯之是不是想说，四明先生游说少钦先生还朝，而未游说归德公还朝？"李三才反问。

李思孝点点头，说道："此其二也。"又问，"召二公入阁是去岁九月，今已七月，过去十个月。十个月里，四明相公有否致函道甫先生？"

"纯之是问，他有没有要我劝阻归德公奉召吧？"李三才道。

"是。"李思孝应道。

"归德公一直上表请辞，要我劝阻他，岂不多余！"李三才道。

"可见，先是归德公有奉召之举，四明相公接下来才有此函，"李思孝边做个他论述已毕的手势，边道，"此其三也。"

"纯之剖析得很透彻，我也是这么想的。不过，纯之说须得先知四明相公的心迹，才好回复他，却未见其然。我正是已知四明相公的心迹，才不知该如何回复。"李三才说。

"怎么？"李思孝问。

"还是纯之先说说，我和四明相公有无深交吧！"李三才道。

"据在下所知，道甫先生对四明相公礼敬而已；若言深交，却不是那么一回事。"李思孝说。

"既无深交，为何却掷下此函？"李三才问。

"我也想不通，"李思孝道，"按理说，所书之意，皆为私情，非有深交，不当言之；欲行之事，颇为隐秘，非为心腹，不当托之。"

"纯之不妨胡乱想个理由。"李三才说。

"或是四明相公以为，道甫先生和归德公交深。"李思孝遵命，胡乱说个理由。

"好，就算我和归德公交深；或者，四明相公以为，我和归德公交深，"李三才却认可，"明知深交不在己，却诉以私情，托以重事；以为深交必在彼，托之，期其必成。纯之说，我之处境是否很尴尬？"

"在我看来，道甫先生之处境，说尴尬则尴尬，说不尴尬则不尴尬。"李思孝道。

"仍望纯之为我析之。"李三才说着，一揖。

"道甫先生若劝阻归德公奉召，于圣心何？"李思孝问。

"纯之宁愿相信，点用归德公，是皇上之意；归德公不奉召，皇上必然失望。"李三才说。

"我说的是或曰。"李思孝道。

"我却知皇上欲用归德公，非自今日始。"对此事，李三才很有把握。

"愿闻其详。"李思孝揖道。

“昔日，归德公掌礼部，首揆某忌之。归德公请辞官，某拟旨放归。皇上谕曰：沈尚书好官，奈何使去？不准。后归德公屡疏请去，皇上又谕曰：沈尚书为何不晓人意？”李三才述道，并得出结论，“有此二言可知，皇上今次点用归德公，非无前因也。”

“好，此其一也，”李思孝说着，又问，“道甫先生若劝阻归德公奉召，于天下士心何？”

“归德公入阁，众望所归；归德公不奉召，天下士人难免失望。”李三才道。

“道甫先生怎知，天下士人难免失望？”李思孝问。

“我不说别个，只说纯之，”李三才说着，反问道，“初闻朝廷起用归德公，纯之心意如何？”

“为朝廷庆幸。”李思孝道。

“后闻归德公不奉召，纯之心意如何？”李三才问。

“甚感失落。”李思孝道。

“及闻归德公终奉召北上，纯之心意如何？”李三才问。

“欢欣鼓舞。”李思孝道。

“若有人阻归德公于途，纯之心意如何？”李三才问。

“必诅咒之。”李思孝道。

“我可不想遭纯之诅咒。”李三才笑着说。

“好，此其二也，”李思孝说着，问道，“道甫先生若劝阻归德公奉召，于本人之意何？”

“于本人之意，是我本人之意，抑或归德公本人之意？”李三才反问。

“我问的是道甫先生本人之意。”李思孝说。

“好，你问！”李三才道。

“初闻朝廷起用归德公，道甫先生心意如何？”李思孝问。

“为天下庆幸。”李三才道。

“后闻归德公不奉召，道甫先生心意如何？”李思孝问。

“极感失落。”李三才道。

“及闻归德公终奉召北上，道甫先生心意如何？”李思孝问。

“欢呼雀跃。”李三才道。

“若有人阻归德公于途，道甫先生心意如何？”李思孝问。

“必面詈之。”李三才道。

“为天下庆幸，比之为朝廷庆幸，是不是更为庆幸？”李思孝问。

“比较不出吧。”李三才道。

“极感失落，比之甚感失落，是不是更为失落？”李思孝问。

“也比较不出。”李三才道。

“欢呼雀跃，比之欢欣鼓舞，是不是更为欣喜？”李思孝问。

“仍比较不出。”李三才道。

“面詈之，比之诅咒之，是不是更为激愤？”李思孝问。

“还是比较不出。”李三才道。

“如此说来，道甫先生所答，比之我所答，高明不了多少。”李思孝语气里加多几分嘲讽。

“一点儿也不高明，”李三才并不讳言，“我只是为和纯之所答不同，才略作改变。”

“那么，道甫先生是不是该答些实际的？”李思孝道。

“那么，纯之是不是该说些实际的？”李三才亦道。

“好，”李思孝应一声，说道，“劝阻归德公奉召，遂一人心愿，而令皇上失望，令天下士人失望，令道甫先生本人失望。此等之事，无论智愚，皆知不可为也。”

“不可为也，我无异议；我想问纯之，四明相公之函，当如何复之。”李三才说到根本上。

“为道甫先生计，可有三法。”李思孝道。

“其一？”李三才问。

“四明相公之函，有实有虚，道甫先生可避实就虚，作一篇虚渺渺的文章，绝不落在实处。”李思孝说。

“其二？”李三才问。

“四明相公之函，有重有轻，道甫先生可避重就轻，作一篇轻飘飘的文章，绝不涉及重点。”李思孝说。

“其三？”李三才问。

“直奔实际，切入重点。”李思孝说。

“其一、其二，纯之不用想，再帮我想想其三，”李三才说着，问道，“在纯之看来，此函哪句话是实际，哪句话是重点？”

“归德公来必夺吾位，将何以避之？”李思孝引述信函里的一句话。

“别段、别句，纯之都不用想，再帮我想想这一句，”李三才说着，问道，“在纯之看来，此句我当如何复之？”

“亦有三法。”李思孝道。

“其一？”李三才问。

“道甫先生若曾遇此等之事，是如何避之的，则告四明相公如何避之。”李思孝说。

“其二？”李三才问。

“道甫先生读史，见前人如何避之的，则告四明相公如何避之。”李思孝说。

“其三？”李三才问。

“直告四明相公，无须避之。”李思孝说。

“其一、其二，纯之不用想，再帮我想想其三，”李三才说着，问道，“在纯之看来，为何无须避之？”

“可以率直言之，可以婉转言之。”李思孝道。

“既曰直告，不如率直言之。”李三才说。

“我也是这么想的，”李思孝道，“道甫先生可率直言道：归德公，正人君子也，唯思报效，别无他肠。与其猜忌，不如同心。”

这也是李三才想的，他说：“好，我就用这句话来回复四明相公！”

第三百二十六章

十一月初一，两名御史一起赶去参加会极门的朝会，路上闲聊起来。

“应举兄，敢不敢闹一下？”一御史问另一御史。

“仲雅先生说去哪里闹？”另一御史反问。

前一御史姓何，名淳之，字仲雅，南直隶无锡人，万历十四年进士。后一御史姓胡，名鹗，字应举，北直隶获鹿人，万历十七年进士。

“就去那里闹。”何淳之手指前方说。前方是路，没有明确的地点。但他们要去的地方既是会极门，他指的是何处，一猜就可猜到。他是要去会极门闹，换言之，是要在朝班上闹。

“仲雅先生为何要闹朝班？”胡鹗问。

“朝班出差错，不闹怎成！”何淳之道。

“朝班出差错？哪一人出的差错？”胡鹗问。

“不是一人，是一竿子人。”何淳之说。

“哪一竿子人出的差错？”胡鹗又问。

“司官们。”何淳之道。

“六部的司官们都出差错？”胡鹗问。

“是。”何淳之应道。

“他等出何差错？”胡鹗问。

“站错地方。”何淳之说。

“站错地方？怎会站错地方？”胡鹗问。

“应举兄想想，前次朝班之际，他等是在你我前头，还是在你我后头？”何淳之反问。

胡鹗想不出来，摇头道：“不记得。”

“应举兄和我挨着吧？”何淳之问。

“是。”胡鹗应道。

“他等在我前头。”何淳之说。

“仲雅先生比我稍前，部郎们既在仲雅先生前头，更在我前头。”胡鹗说。

“这还用说吗！”何淳之道。

没有这句话，胡鹗还不能确定，司官们上次排班是否在他们前头；何淳之既然说“还用说吗”，他只好自己去想。这一想，还真把上次排班的前后次序想出来。

“不错，他等是在你我前头。”胡鹗说。

“再前次呢？”何淳之问。

“似乎又在你我之后。”胡鹗说。

“再前次的前一次呢？”何淳之问。

“也是如此吧？”胡鹗道。

“再前一次的再前一次呢？”何淳之问。

“仲雅先生要问到哪一次为止？多年前的事，我怎记得！”胡鹗道。

“好，我不问远事，仍问近事，”何淳之说着，问道，“应举兄还记不记得，前次站班，司官们一开始就在你我前头吗？”

“好像不是，”胡鹗说，“一开始，过来几名司官，站在你我后头；然后过来更多名司官，仍站在你我后头；这时过来名吏部司官，拉着另一名司官，我不记得是吏部的，还是别部的，站到你我前头。在他之后来的司官们，见你我后头有司官，前头也有司官，犹豫之后，无不选择站在你我前头。最后，已经站在你我后头的司官见状，也纷纷效仿，站到你我前头去。”

“应举兄应该懂得我的意思吧？”何淳之问。

“仲雅先生是说，前次司官们争得我等前头的位置，今次，我等应该把前头的位置再争回来。”胡鹗不能装作不懂。

“应举兄有没有勇气争？”何淳之问。

这么大件事，胡鹗不会随便答应下来。但何淳之问的是有没有勇气，不答应的话，很可能被看成没有勇气。他不愿被视为懦夫，于是说：“不干勇气的事。”

“不干勇气的事，却干何事？”何淳之问。

“我在想，司官们凭空会和你我争前后的位置吗？”胡鹗道。

“应举兄还不如以为，司官们就该在你我前头呢。”何淳之说。

“我不是以为，他等就该在你我前头；是不能确定，他等该不该在你我前头。”胡鹗分辩。

“好，我来帮应举兄确定，”何淳之说着，问道，“前次朝会之前，应举兄能记得的，司官们的朝班都在你我后头，是吧？”

“是。”胡鹗应道。

“能记得的之前，不能勉强应举兄记得；可初入朝时，第一次站朝班，应举兄总该记得吧？”何淳之问。

“记得。”胡鹗道。

“谁个在前头，谁个在后头？”何淳之问。

“却是你我在前头，司官们在后头。”胡鹗说。

“我比应举兄早入朝几年吧？”何淳之又问。

“仲雅先生是前辈，又何必问！”胡鹗道。

“我第一次站朝班，也是我和各道前辈们在前头，司官们在后头，”何淳之说着，问道，“这差不多是十年前的事。十年皆如此，还不能使应举兄确定，他等该不该在你我前头吗？”

“此事可以确定；还有一事，仍不能确定。”胡鹗说。

“又是何事？”何淳之问。

“一司官一呼，众司官响应，故轻易争得；你我一呼，不知众御史会不会响应？”胡鹗道。

“你是怕你我在御史中的分量，不如该名司官在司官中的分量吧？”何淳之问。

“我说的是不确定，不是怕。”胡鹗道。

“好，我帮应举兄确定，”何淳之说着，问道，“应举兄还记得，吏部那名司官是谁个？”

“当时没认出，更别说记不记得他。”胡鹗说。

“应举兄记住他，他是吏部文选司署郎中倪斯蕙。”何淳之告诉他。

“仲雅先生说，他是署郎中？”胡鹗问。

“不错。”何淳之道。

“是以文选司员外郎署该司事？”胡鹗问。

“当然。”何淳之道。

“没想到，一名署郎中竟能带动众多实授的郎中。”胡鹗不由感慨。

“应举兄还会说不确定，你我在御史中的分量，不如他在司官中的分量吗？”何淳之问。

“不会再说！再说，我真成怯懦之徒！”胡鹗道。

吏部尚书李戴优哉游哉地走到礼部门外，向门役招招手。

门役认得他，三步并作两步跑过来。

“老大人找小的？”门役问。

“我不是你的老大人，”李戴说着，指指衙门里，“里边的老大人才是你的老大人呢。”

“里边的老大人是小的老大人，你老也是小的老大人。”门役说。

“在不在？”李戴问。

“你问小的老大人？”门役问罢，说句既俏皮又讨好的话，“只要你老来，小的老大人总会在里面候着。”

李戴笑笑，走进衙门。

礼部尚书冯琦闻得李戴过来，迎至院中。二人见面，冯琦出其不意地说道：“仁夫先生来晚。”

李戴一愣，道：“用蕴先生知我为何而来，就说我来晚？”

“仁夫先生难道不是为早晨会极门外的那场喧闹而来？”冯琦问。

“用蕴先生为何说我来晚？”李戴反问。

“此事下礼部议，礼部已议罢。仁夫先生这会儿才来指点，可不是来晚！”冯琦道。

“我若是随便过来走走，有何早晚？”李戴问。

“仁夫先生不会是随便过来走走。”冯琦很有把握地说。

“我若是随便过来说说，又有何早晚？”李戴问。

“那要看说的是何事。”冯琦说。

“就算我是来说早晨那场喧闹的，我来请教一下礼部诸公是怎么议定的，”李戴说着，问道，“岂不来的恰到好处？”

“别！”冯琦一摆手，说道，“还是仁夫先生说说，在仁夫先生看来，此事如何议复为宜。”

“伯含兄没来找用蕴先生说说吗？”李戴问户部尚书陈蕖来过没有。

“没来。”冯琦道。

“夏卿先生没来找用蕴先生说说吗？”李戴问萧大亨来过没有。今年三月，原兵部尚书田乐致仕，萧大亨以刑部尚书兼署兵部事。

“没来。”冯琦道。

“光父先生没来找用蕴先生说说吗？”李戴问姚继可来过没有。今年二月，原工部尚书杨一魁被罢，本部右侍郎姚继可升尚书。

“没来。”冯琦道。

“景文先生应该更不会来。”李戴断定都察院掌院都御史温纯不会来，是因为衙门离得太远。

“仁夫先生与其问这个来没来，那个来没来，不如说说没倪司官的话，自家会不会来。”冯琦道。

“说句实话，此事若非倪司官挑起，我也不会来，”李戴承认，但又说，“不来是不来；但我敢断言，伯含兄，夏卿先生，光夫先生，景文先生，还有用蕴先生，有一个算一个，无不关心此事。”

“司官与御史争班，牵涉各部，掌部者关切，在情理之中。”冯琦通情达理地说。

“那就当我是代各部掌印者来问问吧。”李戴道。

“仁夫先生要知道，是司官排班在前对，还是御史排班在前对，是不是？”冯琦问。

“掌部者都欲知此事。”李戴真把自己当成各部尚书的代言人。

“那我告诉仁夫先生，也告诉各位掌部吧：司官排班在前不对，御史排班在前也不对。”冯琦说。

“怎么？”李戴听不明白。

“换言之，司官排班在前对，御史排班在前也对。”冯琦又说。

“用蕴先生的意思，此一争执，并无是非可言？”李戴问。

“非也，”冯琦摇摇头，说道，“排班之事，肯定有是非；不过，这个是非不是司官说了算，也不是御史说了算。”

“礼卿说了才算，是吧？”李戴以为听明白。

“亦非也，”冯琦却道，“礼卿说了也不算。”

“那么，谁个说了才算？”李戴问。

“皇上说了才算。”冯琦道。

“用蕴先生不欲言之，不言就是，”李戴不悦，“下部议之事，哪一件议复之后，不得由皇上裁定！”

“我不是指平常的皇上说了才算的事。”冯琦道。

“何谓平常的皇上说了才算的事？”这话费解，李戴必然要问。

“一事或曰甲对，或曰乙对。下部议，则以甲对或乙对议复。皇上批复，或准部议，或不准部议。此为平常的皇上说了才算的事。”冯琦解释。

“何谓不平常的皇上说了才算的事？”李戴问。

“一事或曰甲对，或曰乙对。下部议，无法以甲对或乙对复之，只能奏明甲为何言甲对，乙为何言乙对，奏请皇上裁定。此为不平常的皇上说了才算的事。”冯琦继续解释。

“不平常的皇上说了才算的事，吏部也常遇到，”李戴回应一句，然后问，“用蕴先生的意思，今次争排班，大闹朝会，司官有司官的道理，御史有御史的道理？”

“是。”冯琦应道。

“御史有何道理？”李戴问。

“隆庆初，定科、道自为一班，列部曹前。”冯琦说。

“司官有何道理？”李戴问。

“皇上登极以来，定班次：常朝第四班，先科臣，次吏曹；第五班，先御史，次各部曹。”冯琦说。

“那也只有吏曹当与御史争，不关其他部曹的事。”李戴指出。

“可国初定班次以品，别说司官们在御史前，就是员外、主事，亦在御史前。”冯琦说。

“幸亏员外、主事们未介入，要不更加热闹，”李戴议论一句。又说，“凡有例令，以后者为准。万历例在隆庆例后，倪司官与御史争，倪司官是而众御史非；隆庆例在国初例后，众司官与众御史争，众御史是而众司官非。”说着，问道，“本是件很简单的事，是不是被用蕴先生说得复杂？”

“事情本来就复杂，不是被我说得复杂，”冯琦道，“譬如，隆庆改国初例，仁夫先生分辨得出国初例、隆庆例孰是孰非？万历改隆庆例，仁夫先生分辨得出隆庆例、万历例孰是孰非？再者，隆庆例取代国初例，其间几二百年，万历例取代隆庆礼，其间不过数年。仁夫先生敢说，该例到今日，就不会再改？所以，是维持万历例，还是恢复隆庆例，还是恢复国初例，须得取自圣裁。”

“用蕴先生要交与皇上裁决，我不反对；但我想知道，三例中，用蕴先生主张采用哪一例？”李戴问。

“我以为，国初例，一律以品排班，是重司官而抑御史；万历例，部曹分出吏部曹与他部曹，一则重御史而抑司官，二则重吏曹而抑他曹。不如恢复隆庆例，科、道自为一班。御史虽在部曹之前，但班次不同，彼此不会冲突。”冯琦说。

“我也赞成息事宁人，”李戴道，“况且，眼看就到年终，千万别吵吵闹闹地迎新春。”

第三百二十七章

礼部右侍郎郭正域约吏部左侍郎杨时乔，一同去给沈鲤贺岁。他先到，见杨时乔的轿子落地，忙迎上去。

“美命先生啊，我紧赶慢赶，还是到晚。”杨时乔道歉。

“宜迁先生没到晚，是我到得早。”郭正域说。

杨时乔字宜迁，江西上饶人，嘉靖四十四年进士。

“不对，”杨时乔不看别处，只看郭正域的手，“是我来得晚，而且，来晚太久。”

“宜迁先生为何一定要这么说？”郭正域奇怪地问。

“不是我来晚太久，你不会先进去的。”杨时乔道。

“宜迁先生说得不对，我并未先进去。”郭正域说。

“你并未先进去？”杨时乔问时，两眼仍盯着郭正域的手看。

郭正域被引导得先看看杨时乔的手，再看看自己的手。这一看，不由得也困惑。

“我是未先进去吗？”他自语道。

因为杨时乔手里提着个礼盒，他却两手空空。说是贺岁，没有空手而来的道理呀。郭正域猛然想起，年礼是备好的，但出门时忘拿。

“宜迁先生说反。”他说。

“怎的说反？”杨时乔问。

“宜乔先生说我先进去过，实则宜乔先生才要先进去。”郭正域道。

“美命先生是说，既已进去过，不再进去吗？”杨时乔问。

“不是，”郭正域道，“我并未进去过，但我不能空着两手，随宜迁先生去见沈相公呀。只好请宜乔先生先进去，我回家去提个盒子再来。”

杨时乔这才相信，郭正域真的没先进去递过礼盒，再出来迎自己。他问：“莫非美命先生把年礼落在家里？”

“是。”郭正域应道。

“怎会有这等荒唐事？”杨时乔问。

郭正域心里也觉得这事很荒唐，但嘴上却不愿意承认。他笑了笑。说道：“还不是因为宜迁先生！”

“因为我？”杨时乔觉得他这么说，比把礼盒落在家里更荒唐，“同来仲化兄家，是美命先生约的我，不是我约的美命先生；况且，日子是美命先生定的，时辰也是美命先生定的。我既没提出改个时辰，又没差人去催促，怎怪到我头上？”

“不管谁个约的，不管谁个定的日子，定的时辰，总是宜迁先生答应同来吧？”郭正域道。

“是我答应的，我有错吗？”杨时乔问。

“那不怪宜迁先生，却怪谁人！”郭正域的推论，让人觉得莫名其妙。

“美命先生把我说糊涂，”杨时乔道，“我答应美命先生同来，怎就使得美命先生把给仲化兄的年礼落在家里？”

“因为我只想着给宜迁先生的年礼呀。”郭正域说。

“给我的年礼？”杨时迁仍不解。

“是啊，”郭正域应道，“新年相见，总得给宜迁先生准备一份年礼。”

“好吧，就算给我准备年礼，让美命先生费心；可给我的年礼，张冠李戴，谅送与仲化兄也无妨，”杨时迁边说，边看着郭正域的手。“美命先生带来没有？”

“宜迁先生别往手上看，往这里看。”郭正域指着自己的头说。

“美命先生何意？”杨时乔问。

“在这里呀，还能有别的意思？”郭正域道。

“何物，藏于冠中？”杨时乔问。

“不在冠中，在冠下。”郭正域又指着自己的额头说。

“是贺岁诗吗？”杨时乔不无雅致地说，“那也是份好礼呀。”

“不是诗。”郭正域道。

“是贺岁文？”杨时乔问。

“也不是贺岁文。”郭正域道。

诗是彻底否定的，文却不是彻底否定。杨时乔问：“却是何文？”

“一篇奏章。”郭正域道。

“奏言何事？”杨时乔问。

“矿、税事。”郭正域道。

“此乃天下第一大事。大而言之，可谓送给朝廷的年礼；小而言之，可谓送给任何一名同僚的年礼，”杨时乔说着，问道，“美命先生为何偏说是给我准备的年礼？”

“宜迁先生不是上饶人吗？”郭正域道。

“上饶人又怎的？”杨时乔问。

“矿监潘相把上饶闹个鸡飞狗跳，好不容易出个不怕事的县令李鸿，又被他一句话罢官。我的奏疏，确是请召还天下矿监、税使，确是为天下人而进言；但我说为上饶人而进言，要比为别地人而进言多一点儿，宜迁先生不会反对吧？我以此为年礼，送给宜迁先生，宜迁先生不会不接受吧？”郭正域问。

“接受，接受！”杨时乔连声道，“我想，美命先生把此疏作为年礼送给仲化兄，仲化兄也会欣然接受的。所以，美命先生根本用不着回家去取什么礼盒。”

“二位不打算把吏、礼二部的事议透再进来吗？”沈鲤道。

“谁个说我二人在议部里的事？”杨时乔问。

“还用谁个说吗！”沈鲤道，“美命先生先到。到了却不进来，显然是约人同来。宜迁兄一到，他径迎上去，显然约的是宜迁兄。然后二位在外面谈论不休，除部务，随便应酬的话哪儿会有这么多！”

“仲化兄在门外安置下几个探子呀？”杨时乔开句玩笑。

“别人来与不来，我可以不上心；你二人说好要来，我却一大早就开始问，他等见到你二位，还能不告诉我！”沈鲤道。

“仲化兄别事都料得对，唯料我二人议部事，却错。”杨时乔说。

“不在议部事，却在议何事？”沈鲤问。

“在议年礼，”杨时乔道，“美命先生说，他只顾给我准备年礼，却把给仲化兄的年礼落在家里。”

“彼此贺一声新春就够，要何年礼！美命先生把年礼落在家里，正合我意，”沈鲤虽然这么说，也不能对此事过于冷淡。他见杨时乔手里提着个礼盒，问道，“不知美命先生给宜迁兄准备的是何年礼？”

“这是我送给仲化兄的，不是他送给我的。”杨时乔说着，招呼在门外的沈家仆人一声，把礼盒交给他。

“美命先生送给你的呢？”沈鲤问。

“在这里。”杨时乔指着自己的头说。

“是何年礼，被美命先生放在冠中？”沈鲤觉得很可笑。

“不在我这里，在他那里；不在冠中，在冠下。”杨时乔又指着郭正域的头说。

“是贺岁诗？”沈鲤也想到。

“不是诗。”杨时乔道。

“是贺岁文？”沈鲤又问。

“是文，却不是贺岁文。”杨时乔道。

“却是何文？”沈鲤问。

“一篇奏疏，言矿、税的奏疏。”杨时乔说。

“倒是件别出心裁的年礼，”沈鲤赞道，又问，“宜迁兄可接受美命先生这件年礼？”

“接受是接受，但我对他说，该年礼也可一并送给仲化兄；所以，美命先生尚未取出。”杨时乔道。

“那好，我和宜迁兄一起，就着这件特别的年礼来贺岁，”沈鲤对他说。又对郭正域说，“近来廷臣进言矿、税事者甚多，不瞒美命先生说，我入朝后上的第一篇奏疏，也是进言矿、税事。然皇上对众人之疏，不是不加理会，就是严斥。美命先生欲以何言，让皇上动心？”

“我想到两个字，成与不成，请二公参酌。”郭正域道。

“哪两个字？”沈鲤、杨时乔齐问。

“法祖。”郭正域道。

“美命先生的意思是，法祖，就当撤回矿监、税使？”沈鲤问。

“这还用说！”杨时乔道，“他总不会说，遍布矿监、税使于天下，是法祖吧？”

“我是说，可以法祖纠正许多不当之事；而如何以法祖纠正矿、税一事，我觉着颇有难处。”沈鲤说。

“是啊，美命先生打算怎样以祖宗法纠正矿、税事？”杨时乔附和道。

“仲化先生说，可以祖法纠正许多不当之事；我想问一句：为何可以祖法纠正许多不当之事？”郭正域反问道。

“无他，祖宗之法为良法也。”杨时乔代沈鲤回答。

“祖宗之法为良法，皇上难道不知？”郭正域又问。

“皇上虽知之，然年代久远，祖宗所行之事，往往忘却；故祖宗之法为良法，往往成句空话。”杨时乔说。

“所以，我言祖宗之法为良法，无他，举祖宗之事而已。”郭正域道。

“美命先生的想法很好；不过，有二事不可忽略。”沈鲤插话。

“请仲化先生赐教。”郭正域揖道。

“今廷臣言矿、税一事，极少涉及祖宗之事，美命先生有没想过，这是为何？”沈鲤问。

“我是这么想的：皇上之天下，祖宗艰难获取之天下；皇上之百姓，祖宗休养生息之百姓。若皇上未肯推己之心以及天下，则大小臣工未有以祖宗之事告皇上者。”郭正域道。

“美命先生不仅可以这么想，而且可以这么写，”沈鲤予以肯定，又问，“既然大小臣工未有以祖宗之事告皇上者，美命先生为何却以祖宗之事告皇上？”

“某忝为史官之长，”郭正域道，“昔人有言：史以事谏。某不以祖宗时事告皇上，则溺其职矣。”

“我差点儿忘记，美命先生还兼着翰林院学士呢。”杨时乔又插话。

“美命先生别多心啊，”沈鲤说着，解释自己的用意，“别官未以祖宗之事言之，美命先生独以祖宗之事言之，此乃美命先生比别官高明之处。我并非不欲美命先生显示出比别官高明，而是担心美命先生为此而遭人妒忌。申明以职言事，就不会得罪众人。”

“仲化先生是为我好，我岂不知！”郭正域道。

“美命先生言祖宗之事，是从太祖高皇帝说起，还是从成祖文皇帝说起？”杨时乔问到一个实际的问题。

“不从太祖高皇帝说起，也不从成祖文皇帝说起，我打算从世宗肃皇帝说起。”郭正域道。

“为何是从世宗肃皇帝说起？”杨时乔问。

“一则，列圣享国长久，无过世宗肃皇帝；皇上聪明英武，亦当法世宗肃皇帝。”郭正域说。

“这个理由，皇上乐于听进。”杨时乔道。

“二则，世宗肃皇帝距今世近，世宗肃皇帝时可行之事，今日亦可行之。”郭正域又说。

“仲化兄以为如何？”杨时乔问沈鲤。

“主要是世宗肃皇帝谕开矿事尤多吧？”沈鲤道。

“仲化先生说的是。”郭正域应道。

“但既曰法祖，最后还是要归到太祖高皇帝，至少也要归到成祖文皇帝。”沈鲤提议。

“这一节，我也想到。”郭正域道。

“美命先生想到哪些事，说给我等听听吧。”杨时乔催促道。

“宜迁先生真要一一听来？”郭正域问。

“怎么，美命先生不便一一道来？”杨时乔反问。

“那倒不是，我是怕宜迁先生听得不耐烦。”郭正域说。

“美命先生太小觑我等，”杨时乔道，“我不但耐得下性子听，还耐得下性子为美命先生计数。”说着，招呼道，“来，美命先生说吧！”

“嘉靖初年，御史陈实言，广东珠池宜罢；御史卢琼言，各处镇守内臣宜罢。疏入，俱报闻。”郭正域举例。

“此第一事。”杨时乔当真为他计数。

“陕西镇守内臣廖堂，诬奏华州知州刘锦。御史喻茂贤辩白其事，得旨：刘锦复职。”郭正域举例。

“此第二事。”杨时乔计道。

“二事皆小，然珠池有利，一言即罢；刘锦一有司，一言即复。此世宗肃皇帝初政，行二事而天下改观。”郭正域论道。

“我本来正要说二事皆小，听美命先生一言，我不得不说，其事非小，”杨时乔说着，问沈鲤，“仲化兄说呢？”

“美命先生议论的是，宜迁兄称赞的是。”沈鲤道。

“美命先生再说！”杨时乔催促。

“嘉靖八年三月，”郭正域接着举例，“御史毛凤韶疏言，内臣外差太冗，世宗肃皇帝命议之。兵部上所当裁者，得旨尽革。”

“此第三事。”杨时乔计道。

“凤韶一言，所罢不下数十处，不下数十人，美命先生无感慨吗？”沈鲤问。

“凡此，皆太祖时所无，景庙、武庙之所增。因一言而革百年之弊政，真乃大圣人之作为！”郭正域论道。

“论得好！”杨时乔赞道。

“嘉靖九年五月，”郭正域接着举例，“镇守云南右少监刘福安赴任，请以家人十五人自随。兵科都给事中张润身以非例劾奏，诏降福安三级，家人皆下法司逮问。后又诏革云南镇守官。”

“此第四事。”杨时乔计道。

“嘉靖九年七月，”郭正域接着举例，“南京高升进贡鱼、笋，睃索舟夫不遂，置笋不进。兵部言升等骚扰抗旨，诏下南京询问。”

“此第五事。”杨时乔计道。

“美命先生，我就此事议论几句，可否？”沈鲤插问。

“求之不得。”郭正域道。

“世庙不罪有司之怠缓，而罪高升之害民，诚知所进御品等物，经过州、县，孰敢不奔命！彼假言怠玩者，故以此耸上听、激上怒耳。驿递之苦，真不可不知；供亿之难，真不可不念；需索之端，真不可轻开也。”沈鲤说。

“仲化先生三个真不可，说得真好！”郭正域赞道。

“美命先生请接着说。”沈鲤道。

“嘉靖十三年四月，”郭正域接着举例，“南京织造太监李政，奏请增官，下法司逮问。”

“此第五事。”杨时乔计道。

“嘉靖十七年，”郭正域接着举例，“武定侯郭勋欲复各巡、镇臣，并令开采。世庙曰：各处镇守内臣，不系太祖定制。乃止其事。”

“此第六事。”杨时乔计道。

“嘉靖二十年六月，”郭正域接着举例，“或言浙江观海卫等处银场可采，或奏大理开采。上曰：各处银场，既有损无补，即如故封闭，其领敕官回京。”

“此第七事，”杨时乔计道。并问，“美命先生，我就此事议论几句，可否？”

“我等宜迁先生议论，已等多时。”郭正域道。

“世庙此举，如雷如霆，上顺天心，下顺民心，载于国史，昭如日星。今内外官员，稍有志气者，宜思砥砺名节，传名后世；皇上贵为天子，万万而计不出此，何也？遗子孙以财，不如遗子孙以安也。自古乱亡之祸，不起于四夷，而起于小民。元之天下，灭金灭宋，一统四海，卒之扰乱天下者，非金非宋也，乃韩山童、刘福通一二小民也。由此观之，人主之威可以鞭挞四夷，不可以塞小民之口；可以驾驭臣工，不可以结小民之心。”杨时乔滔滔不绝地说一大通。

“精彩之极！宜迁先生一番议论，真可以独成一篇。”郭正域赞道。

“可我觉着意犹未尽。”杨时乔说。

“我可不可以补充两句？”沈鲤问。

“好啊，”杨时乔应道，“仲化兄与我心意相通，且看作出文章，能否连成一气！”

“昔麦丘邑人谓齐桓公曰：愿君无得罪于群臣、百姓。何也？失百姓之心，则失天下矣；失群臣之心，则失百姓矣！管子曰：今于流水之源者，顺民心也。人君能顺民心，民之所好好之，民之所恶恶之，则令无不行，如水之流矣。孟子曰民为贵，此之谓也。”沈鲤引经据典，也发通议论。

“仲化先生所引麦丘邑人之言、管子之言，孟子之言，无不贴切，”郭正域赞罢，也接着发通议论，“若不能与民同好恶，民之所好者，反加逮系，民之所恶者，反为庇佑，诚恐人心一逆，则号令必有壅而不行。号令不行，无如小民何矣！”

“本要听美命先生说事，怎一起发起议论！”杨时乔笑道。

“美命先生已举嘉靖时几件事？”沈鲤问。

“七件。”杨时乔道。

“举七件已够，”沈鲤说着，问郭正域，“美命先生以为如何？”

“嘉靖事例，我也以为说够；但仲化先生不是说，还得归到太祖高皇帝吗？”郭正域道。

“美命先生打算回过头举洪武事例？”杨时乔问。

“是。”郭正域应道。

“再举几事？”杨时乔问。

“不会多过嘉靖之事吧，”郭正域说，并举例，“洪武初，有言山东银场可兴者。高皇帝曰：银场之利，我深知之，利官者少，损民者多。况今生民病瘵，岂可重劳！言者惭退。”

“此第一事。”杨时乔计道。

“洪武七年，”郭正域接着举例，“彰德府税臣欲税民间瓜菜、柿枣、畜牧。高皇帝曰：聚敛之臣，甚于盗臣。命执而罪之。”

“此第二事。”杨时乔计道。

“灭元之日，输其宝货至京，高皇后曰：货财非宝，帝王自有宝也。高皇帝曰：皇后之意，朕知之矣，谓得贤为宝耳。”

“此第三事。”杨时乔计道。

“一日，”郭正域接着举例，“高皇帝览《宋史》，见太宗改封椿库为内藏室，谓侍臣曰：人君以四海为家，贻谋如此，不足为训。”

“此已是第四事。”杨时乔既在计数，也在提醒。

“好。”郭正域点点头，不再举例。

“仲化兄说够不够？”杨时乔问沈鲤。

“说事已够，议论的还不够。”沈鲤说。

“仲化兄还要议论？”杨时乔问。

“不是我还要议论，是美命先生还要议论，”沈鲤道，“既以法祖为言，怎能只举祖宗之事，而不在法祖上议论几句！”

“对呀，美命先生欲怎议法祖？”杨时乔转问郭正域。

“愿皇上与天下更始，使天下人晓知皇上之心，未尝不在百姓也。愿皇上以太祖、世宗为法，以百姓为本。勿吝改过，如日月之明；采择群言，如江海之量；保全社稷，如泰山之安；收拾人心，招徕和气，如天地之寿，”郭正域说到这里，顿了顿，然后加上一定要写在奏疏里的书面语，“臣愚，得效涓埃，且以不朽，不胜大愿。”

“四个‘如’字，说得好，闻之如饮甘饴。”杨时乔赞道。

“我也十分享受美命先生的年礼。最后还想给美命先生一个提议，不敢望美命先生纳之，但愿美命先生思之。”沈鲤说。

“仲化先生请说。”郭正域揖道。

“此年礼不妨也送与肩吾先生。”沈鲤说。

“你是要我去问问他的见解？不去！”郭正域的回答很干脆。

“道不同，不相为谋，为何要去！”杨时乔支持他。

沈鲤知道这事勉强不得，不再多说。

第三百二十八章

沈鲤出内阁值房后，沈一贯对朱赓说："该走的人已走，敢请少钦兄再坐一会儿。"

朱赓知道，这是要和他议事。内阁三人，有事本该同议，但二沈形同水火，很难说到一起。沈一贯单独留下他议事，已经好几次。他本想提醒沈一贯，这样不妥；又一想，与其勉强撮合到一起，不如顺其自然；只要自己别分亲疏，无论谁单独和自己议事，都不拒绝。

"用蕴先生逝后，该补礼部正卿。"沈一贯对他说。

"是。"朱赓应道。

"少钦兄看，是本部佐卿升任好，还是他部尚书改任好？"沈一贯问。

"多少年，都是本部侍郎升补。我记得，范公逝，我也是以本部侍郎升补的。"朱赓说。他说的范公，是他的前任范谦。

"那就奏请以本部佐卿升补。"沈一贯说。

"好。"朱赓应道。

"礼部二侍郎，以哪位升补为好？"沈一贯又问。

"肩吾兄有没问仲化先生？"朱赓反问。他觉得，前一事不成问题，因为是惯例；后一事最好内阁三人的意见一致。

"问过他。"沈一贯道。

"他意下如何？"朱赓问。

"以他本意，当然愿以美命先生升补。"沈一贯说。

"肩吾兄说他本意，是不是他并未明确表示？"朱赓问。

"是。"沈一贯应道。

"肩吾兄意下如何？"朱赓问。

"以科第而言，二佐卿同科，尔张先生是榜眼，美命先生是二甲第二十七名；以官职而言，尔张先生是左侍，美命先生是右侍。"沈一贯说。他更明显地倾向以另一侍郎李廷机升补。

"肩吾兄之意，当以尔张先生升补？"朱赓问。

“是。”沈一贯应道。

“肩吾兄说的两条，我也赞同。肩吾兄不妨以己意告与仲化先生。”朱赓向他建议。

“好吧。”沈一贯勉强允诺。

“还有事吗？”朱赓以为可以回家。

“少卿兄急着回府吗？”沈一贯问。

“不急。”朱赓听出他还有事要说，不由得心想：有事为何不直说，非要绕个圈子？仲化先生是个直性子，难怪与这位仁兄合不到一起。

“既提及美命先生，我就和少钦兄说说他。”沈一贯这才说。

“他有何事？”朱赓问。

“没事。我就想问问少钦兄，对他印象如何？”沈一贯说。

朱赓不知他为什么品评起郭正域来，觉得说深不好，说浅也不好，所以只说四个字：“后生不错。”

“他早已不是后生。”沈一贯说。

“在我眼里，他仍是后生，”朱赓道，“万历十七年，我奔丧还乡时，他还是新翰林，官编修，年纪只有三十几岁，不正是个后生！”

“不错二字，大有文章呀。”沈一贯又说。

“不是全无依据，但不成文章。”朱赓道。

“少钦兄有何依据？”沈一贯问。

“其一，美命先生入馆时，肩吾兄为教习。肩吾先生的弟子，错得了吗？”朱赓道。万历十一年选庶吉士，郭正域在其中，沈一贯是该科庶吉士的教习，所以朱赓说郭正域是沈一贯的门生。

“其二呢？”沈一贯问。

“今春美命先生进言矿、税事，多官称赞该疏写得好。”朱赓说。

“还有其三吗？”沈一贯问。

“有是有，但我看肩吾兄听得不耐烦，不如不说。”朱赓道。

“好，那就说此二事，”沈一贯说着，问道，“我是其师，少钦兄岂不是他师伯？”

“是师叔。”朱赓谦道。

“他把你当师叔看待吗？”沈一贯问。

“这却不曾留意。”朱赓道。

“少钦兄称他论矿、税事的奏疏写得好，不知他进疏前有没和你谈论过该疏？”沈一贯问。

“不曾谈论。”朱赓道。

“看来，在他眼里，没你这个师叔。”沈一贯得出结论。

“上疏朝廷，不一定要和师叔谈论。”朱赓分辩。

“好吧，就算不一定要和师叔谈论，”沈一贯说着，问道，“其师呢？”

“他曾禀过肩吾兄吗？”朱赓反问。

“亦不曾禀过，”沈一贯道，并问，“在他眼里，有我这个座主吗？”

“上疏朝廷，也不一定要禀过座主。”朱赓又辩道。

“好吧，就算不一定要禀过座主，”沈一贯说着，又问，“少钦兄可知，他曾禀过谁人？”

“不曾禀过肩吾兄，却禀过谁人？”朱赓反问。

“当然也是尊贵之臣。”沈一贯道。

“是仲化先生？”朱赓听出眉目。

沈一贯点点头，说道：“不禀于我，就不禀于我吧，却禀于他人；不以我为师，就不以我为师吧，却以别人为师！”

朱赓很想对他说，郭正域和沈鲤在一起谈论他的奏疏，可能只是凑巧，不一定是刻意禀白，更不一定是以沈鲤为师。但他知道，沈一贯对沈鲤的成见已深，对郭正域的成见已深，听到这话，只会更加恼怒；还不如先顺着沈一贯的话说，再加以劝导。

“而今座主、门生的情分，日渐淡薄，肩吾兄不必太在意。”他说。

“我并未在意；而且，我压根也没想和少钦兄说他的那篇奏疏，是少钦兄提及的。”沈一贯道。

“是我不好，在此谢罪。”朱赓说着，深作一揖。

“不干少钦兄的事，”沈一贯摆摆手，又道，“虽则说说他的那篇奏疏非我之意，但说说他本人，却是我提及的。”

“肩吾兄欲说他何事？”朱赓问。

“礼部在清理历朝大臣的谥号，你知他有何议？”沈一贯反问。

“不知。”朱赓道。

“议夺黄、许、吕三人之谥。”沈一贯说。

“黄者为谁？”朱赓问。

“南大司寇明举先生。”沈一贯说。

“许者为谁？”朱赓问。

“大司马廷议先生。”沈一贯说。

“吕者为谁？”朱赓问。

“大学士汝立先生。”沈一贯说。

黄光升官至南京兵部尚书，卒谥恭肃。许论官至兵部尚书，卒谥恭襄。吕本入阁，卒谥文安。三人都是嘉靖年间大臣，而且，都在严嵩柄政时为重臣。

“黄恭肃、许恭襄皆遭物议，夺谥还有的可说；汝立先生为何也被牵连进去？”朱赓道。

这话脱口而出，沈一贯，以及朱赓本人，都知道并非公允之论。不管吕本入阁，是不是严嵩提携，但他入阁之后，阿附严嵩，比黄光升、许论更甚。譬如，他曾以阁臣署吏部事，竟提出考察大臣，列为三等，凡不依附严嵩者，一概摈弃不用。这等谄佞，别说黄光升、许论，即便赵文华、鄢懋卿等严嵩心腹，也望尘莫及。三人中，朱赓单单为吕本叫屈，不过因为黄光升是福建晋江人，许论是河南灵宝人，而吕本是浙江余姚人，是他们的浙江同乡，在他们心目中，是乡贤。

“少钦兄以为，汝立先生的谥夺不得？”沈一贯问。

“当然夺不得，”朱赓道，并反问一句，“肩吾兄难道以为，汝立先生之谥可夺，当夺？”

“我不仅以为不可夺，不当夺；而且，我曾托人带句话给郭美命。我的话相当不客气。”沈一贯说。

“肩吾兄怎说的？”朱赓问。

“吾辈在，谁敢夺之！”沈一贯重复自己的话。

“肩吾兄说得好！”朱赓道，并说，“吾辈者，我也算一个。”

若换别事，他的立场不会和沈一贯如此一致；但维护乡贤，即维护家乡的荣誉，在他是义不容辞的。

“少钦兄可知，他传回来的话，是怎说的？”沈一贯问。

“不知。”朱赓道。

“黄光升当谥，是海瑞当杀也；许论当谥，是沈鍊当杀也；吕本当谥，是鄢懋卿、赵文华皆名臣，不当削夺也。”沈一贯复述道。

“他竟把汝立先生与鄢、赵辈并列！”朱赓愤愤地说。

“可不！”沈一贯应道。

“肩吾兄，此事绝不可退让。”朱赓说。

“少钦兄不退让，我也不退让。”沈一贯说。

“好，一言为定！”朱赓说着，伸出手来。

沈一贯也伸出手，与他击掌。

"少钦兄，闲事说完，说正事吧。"沈一贯道。

"夺谥与否，在肩吾兄看来，也是闲事？"朱赓问。

"本是正事，但针对郭美命而言，却成闲事。"沈一贯说。

"那么，在肩吾兄眼里，何为正事？"朱赓问。

"自是朝廷大政。"沈一贯道。

"朝廷大政，未免空泛。"朱赓说。

"矿、税一事，空泛不空泛？"沈一贯问。

"不空泛，且为朝政之大者，"朱赓顿了顿，不无讥讽地说，"矿、税一事，美命先生才论过，会不会也成闲事？"

"所以，我再论，绝不以矿、税事的名目。"沈一贯说。

"不以矿、税事的名目，却以何名目？"朱赓问。

"郭美命以何名目？"沈一贯问。

"法祖。"朱赓道。

"我不能言法祖，言守成吧，"沈一贯说，"守成这一名目，或比法祖更恰当。列祖列宗，如太祖高皇帝，如世宗肃皇帝，虽有禁止开矿之言之事，可也有开矿之言之事。禁止开矿是法祖，开矿就不是法祖？不如以守成为言，不易被钻空子。"说着，问道，"少钦兄说呢？"

"肩吾兄说的是，"朱赓应道，并反问，"肩吾兄亦欲进言矿、税事？"

"欲与少钦兄一起进言矿、税事。"沈一贯说。

"此时即议？"朱赓问。

"对，此时即议。"沈一贯道。

"好，我去拿笔。"朱赓说着准备起身。

"少钦兄稍候，"沈一贯作个手势，让他别急，"还有二事，少钦兄看，可不可一并议之。"

"还有哪二事？"朱赓问。

"内臣之遣，不止于矿监、税使。"沈一贯道。

"肩吾兄欲一并言之？"朱赓问。

"对。"沈一贯应道。

"以何名目？"朱赓问。

"可暂定为遣使。"沈一贯道。

"第三事为何？"朱赓又问。

"议一议权宜二字。"沈一贯说。

“许多事借权宜而行之，这两个字还真该议一议。”朱赓道。

“少钦兄，”沈一贯先起身，郑重而满怀期待地说，“我希望，我等也作出一篇好文章来。别总让人说，大江后浪推前浪；或者说，青出于蓝而胜于蓝。”

“一定尽力。”朱赓回应道。

三月上旬，沈一贯、朱赓上疏论三事：

其论守成，略曰：矿、税名为收自然之利，实强搜小民，横剽额外。皇上但见微利，不知大害。汉文帝云：百金者，中民十家之产。妄索天下万金，是伤天下千家；妄索天下百万金，是伤天下十万家。凭怒惩忿，何所不极！

其论遣使，略曰：本朝立法，莫详于理财。今以中使而操利权，古今所甚忌，祖宗所甚禁；且非徒操利权也，又觊典兵。如陕西、辽东、广东，皆私募徒卒，公请于朝廷，明开跋扈之端。此岂可假借哉！

其论权宜，略曰：皇上旨下，则曰权宜，明知其不当为不可为而姑试之耳。始暂而即久，始借而即真，日复一日，得毋托权宜以钳天下之口乎？若是，则先之以不信，而谁委心者也！

第三百二十九章

杨应文、钱梦皋都说，他们是一对同命相连的兄弟。杨应文字成儒，南直隶无锡人。钱梦皋字元极，四川富顺人。二人都是万历十七年进士，排名都在三甲中后，杨应文更比钱梦皋靠后三十多名。但二人官运都不错，同在刑垣任职，杨应文是都给事中，钱梦皋是给事中。

按说，同科不同品，有点儿难处，他们却相得甚欢。按说，同科而品低者会觉得有点儿难堪，实际上，如果二人中有一人有点儿难堪，却不是钱梦皋，而是杨应文。因为他常常是看钱梦皋的脸色行事。

去见过相公？这是常挂在他嘴边的话。

“去见过相公？”杨应文问。

“是。”钱梦皋应道。

“相公有何交代？”杨应文又问。

“有篇奏章，让你我读读。”钱梦皋道。

“相公关注哪篇奏章？”杨应文问。

“礼部郭某人的。”钱梦皋说。

“他的奏章，你我仔细读过呀。”杨应文道。

“不是年初那一篇，是新近上的那篇。”钱梦皋说。

“新近上的那篇？议的何事？”杨应文问。

钱梦皋哼一声，没回答。

“就算我不知，元极兄也不该不理不睬呀。”杨应文道。

“我不是不理不睬，我是在学呢。”钱梦皋说。

“学相公吗？”杨应文忙问。

“可不！”钱梦皋道，“相公命你我读读郭某人新近上的奏章，我也问句议的何事，相公哼一声。”

“相公莫非怪罪？”杨应文问。

“是，相公怪罪。”钱梦皋道。

“不应该呀，”杨应文说，“元极兄和我都供职刑垣，刑部的章奏是必读的，礼部的章奏却不会送与你我来读。”

“可相公交代过，此人奏章必读，你没忘吧？”钱梦皋道。

“不敢忘，”杨应文不再分辩，他问，“郭某人新近上的奏章，有没有抄本带来？”

“有。”钱梦皋应着，把一份郭正域奏疏的抄本给他。

杨应文看一眼。奏章的名目是：直陈楚藩行勘始末疏。他说：“此疏我知，但以为和相公无关，故不曾读。”

“成儒兄如果读开头，就会读下去。”钱梦皋说。

“是吗？”杨应文不仅读，而且读出声，“今年二月间，臣尚在翰林院掌院事，通政司沈子木至臣寓邸，谓臣曰：楚府仪宾袁焕等，持宗室华越疏，来奏楚王。”

读到这里，他放下疏抄，说：“我知汝楠先生和相公走得颇近，但他去对郭某人说楚府事，或因郭某人产于楚地。这和相公还是没关系呀。”

沈子木字汝楠，浙江归安人，嘉靖三十八年进士。

“汝楠先生的话还没完呢。”钱梦皋道。

“是吗？”杨应文边问，边读下一句，“首相沈老先生坚不欲上，而焕等苦告不去。”读罢，问道，“汝楠先生的话到此终结吧？”

“是。”钱梦皋道。

“这是疏抄？”杨应文问。

“是疏抄。”钱梦皋应道。

“疏已上之？”杨应文问。

“不上疏，哪儿来的疏抄！”钱梦皋道。

“姓郭的怎可把此事写进疏里！扣住大臣奏章不上，岂不是要把相公置于死地！”杨应文愤愤地说。

“他写进疏里的，还不止此事。”钱梦皋道。

“他还有别事指控相公？”杨应文不等钱梦皋应答，往下读道，“臣应以不知。子木谓取原疏来看，臣对以不愿与闻。又月余，而臣始奉旨署部事，楚王来奏华越矣。奉圣旨：览王奏恶宗罪状多端，各部、院参看来说。”读罢，又问，“他在表白吧？向皇上表白，抑或向相公表白？”

“他会向相公表白？”钱梦皋冷笑。

“是表白也罢，不是表白也罢，都不关相公的事呀。”杨应文说。

“下面一段，成儒兄看关不关相公的事。”钱梦皋道。

“值四月初一日，日食。阁臣赴部救护。首相沈一贯问臣楚事，臣应之曰：闻宗室先有疏至矣，通政未之上也，唯当行抚、按勘问。时三辅臣皆然。临别时，一贯复私向臣耳语曰：贵部复本，请勿言通政拟疏事，”杨应文读罢，呼道：“姓郭的好不歹毒，此事怎可写在疏里！”

“相公为何要我等读读此疏，成儒兄该体会出来吧？”钱梦皋问。

“全然体会出来，”杨应文点头应道，“郭某不除，相公不安！”

“成儒兄这八个字说得好，和相公的话差不多。”钱梦皋道。

“相公怎说的？”杨应文问。

“此辈不去，朝廷不安，尔辈皆不得安。”钱梦皋复述沈一贯的话。

“相公决心既下，元极兄，你我当冲锋陷阵。”杨应文说。

“成儒兄也下决心？”钱梦皋问。他知道，杨应文决心下得快，反悔起来也快，因为他的疑虑太多。

果然，杨应文说：“不能说全无疑虑。”

“有何疑虑，说说看。”钱梦皋道。

“咱们从头说吧，”这也是杨应文常挂在嘴边的话，一有疑虑，不惜从头说起。他问，“仪宾袁焕代宗人华越进疏，奏的何事？”

“举告假王。”钱梦皋道。

“华越为何敢拟疏，袁焕为何敢进疏？”杨应文问。

“其必以假王事为实。”钱梦皋道。

“相公使汝楠先生扣下该疏，为的何事？”杨应文又问。

“欲掩盖假王事。”钱梦皋道。

“相公为何欲掩盖假王事？”杨应文问。

“其必以假王事为不实。”钱梦皋道。

“姓郭的上今疏，为的何事？”杨应文又问。

“欲勘明假王事。”钱梦皋道。

“姓郭的为何欲勘明假王事？”杨应文问。

“其必以假王事为实。”钱梦皋道。

“简而言之，华越、袁焕及姓郭的，以假王事为实，相公以假王事为不实，”杨应文说着，问道，“元极兄，是吧？”

“是。”钱梦皋应道。

“那么，元极兄以为，假王事实与不实？”杨应文问。

钱梦皋愣了愣神，反问道：“成儒兄是问我，可知假王事实与不实？”

“是呀！”杨应文应道。

“我为何要知假王事实与不实？”钱梦皋问。

“不知实与不实，怎批驳姓郭的？”杨应文道。

“成儒兄啊，让我怎说你好！”钱梦皋大有哭笑不得之意。

“怎么？”杨应文愕然。

“成儒兄欲为相公冲锋陷阵时，可曾想过，假王事实与不实？”钱梦皋问。

“不曾想过。”杨应文道。

“为何不想？”钱梦皋问。

“相公之事，即我辈之事；相公所急，即我辈所急；相公以为是者，我辈亦以为是；相公以为非者，我辈亦以为非。”杨应文说。

“成儒兄能这么想，固然很好，但是非还是要分辨的。”钱梦皋道。

“是啊，”杨应文觉得两个人这才说到一块儿去，“所以，我要问元极兄，可曾想过假王事实与不实。”

“我说的是非，并非假王事实与不实。”钱梦皋当即指出。

“不是假王事实与不实？却是何事？”杨应文问。

“成儒兄须得明确，相公为何要掩盖假王事。”钱梦皋说。

“已经明确呀，”杨应文道，“元极兄不是说，相公必以假王事为不实吗？”

“必以假王事为不实，只是一个方面；另一个方面，更须我辈好生体会。”钱梦皋说。

“还有另一方面？”杨应文没体会出来。

“当然有，”钱梦皋点点头，反问道：“成儒兄有没想过，行勘假王案，一旦坐实，是要死人的？”

“不错，是要死人的。”杨应文同意。

“成儒兄估摸着，会死几人？”钱梦皋问。

“应不止几人。”杨应文说。

“几十人？”钱梦皋问。

“也许还要多。”杨应文说。

“几百人？”钱梦皋问。

“或许会死几百人。”杨应文说。

“肯定要死几百人！”钱梦皋道，“成儒兄看啊，今楚王殿下与楚府宣化王，皆恭王遗腹子，宫人胡氏所产。若是假王，二人皆假，胡氏假充今王母妃，当杀吧？”

据玉牒，今楚王华奎、宣化王华壁，是孪生子，母为宫人胡氏。

“当杀，”杨应文回应一句，然后问，“说到此事，我顺便问一下：遗腹子一说，可立得住？”

“成儒兄又来！”钱梦皋甩个脸色给他看，“既无论假王事实与不实，又何必在乎遗腹子事实与不实！”

“纯是好奇，元极兄莫要多心。”杨应文赔礼似的揖了揖。

“成儒兄纯是好奇，我就满足成儒兄的好奇，”钱梦皋说着，举出两个日子，“楚恭王薨于隆庆五年八月，今楚王殿下诞于隆庆六年二月，成儒兄说，遗腹子之说立得住立不住？”

“从日子来看，是立得住的。”杨应文说得留有余地。

“从何事看，立不住呢？”钱梦皋问。

“也不是立不住，只是容易给人留下口实。”杨应文说。

“成儒兄是说，恭王殿下薨前，重疾在身吧？”钱梦皋问。

“是。”杨应文应道。

“恭王殿下重疾在身不假，可有没人站出来说，他患的是不能生育的重疾？”钱梦皋问。

“这却没有。”杨应文道。

“所以，恭王殿下薨前重疾在身，并不能证实今楚王及楚府宣化王不是恭王殿下遗腹子。”钱梦皋得出结论。

“很是，”杨应文应道。并说，“题外的话，元极兄不必多说。”

“方才说到哪里？”钱梦皋问。

“胡氏当杀。”杨应文提醒他。

“胡氏当杀，胡氏身边的承奉、宫人，隐瞒其情不报，是不是也当杀？”钱梦皋问。

“也当杀。”杨应文回应道。

“又曰，今楚王非恭王子，乃恭王妃王氏兄长王如言之子；宣化王非恭王子，乃王氏族人王如綍之子，”钱梦皋说着，问道，“是吧？”

“是。”杨应文应道。

“王如言以己子嗣王位，当不当杀？”钱梦皋问。

“当杀。”杨应文应道。

“其家人知情不报，当不当杀？”钱梦皋问。

“当杀。”杨应文应道。

“王如綍以己子封郡王，当不当杀？其家人知情不报，当不当杀？”钱梦皋又问。

“当杀。”杨应文回应道。

“恭王妃以兄子充恭王子，当不当杀？”钱梦皋问。

“涉及王妃，我不敢乱讲。”杨应文道。

“王妃身边的承奉、宫人，当不当杀？”钱梦皋问罢，加上一句，“成儒兄不敢议王妃生死，也不敢议此辈生死吗？”

“当杀。”杨应文道。

“成儒兄算算，合在一起，有没有几百人？”钱梦皋问。

“应该有，”杨应文说。围绕杀人一事，说了许多，再不开窍，也该理会。他问，“元极兄是说，相公掩盖假王事，是不想这多人被杀？”

“成儒兄明鉴，”钱梦皋道，“相公并非不知，楚府事难以一言断之。然则，今楚王万历八年嗣位，迄今已二十余年，今一旦查实乃假王，会有几百人被杀。他不使汝楠先生上华越奏疏，一则是慈悲心肠，二则是老成谋国。成儒兄于此，不可不深加体会。”

“是，是，”杨应文连声应道，“我辈对相公的慈悲心肠、老成谋国，不但要深加体会，而且要广为传布。”

“我说的是非，此其一也。”钱梦皋告一段落。

“其二何谓也？”杨应文问。

“华越、袁焕等必以假王事为实，相公必以假王事为不实，郭某又必以假王事为实，”钱梦皋回顾之后，问道，“成儒兄，是吧？”

“这是我说的，元极兄也认可的。”杨应文道。

“那么，必以假王事为不实，才能介入楚府事之争吗？才能批驳郭某吗？”钱梦皋问。

“元极兄此言何意？人家都在谈论假王之事，你我介入，却大谈别事，岂不让人嗤笑？”杨应文道。

“只要转得恰当，不定谁嗤笑谁呢。”钱梦皋道。

“元极兄打算怎样转到别事上？”杨应文问。

“有个说法，成儒兄听过没有？”钱梦皋反问。

“何事？”杨应文又反问。

“或曰：相公右楚王，因得其赂金。”钱梦皋道。

“略有所闻，元极兄不言，我亦不敢言，”杨应文说着，问道，“元极兄不是要转到这件事上吧？”

“转到这件事上？成儒兄是怎么想的！”钱梦皋不知是嗔，还是叱。

“有何不可！”杨应文道。“恰巧追查出，姓郭的在诬陷相公，不正可以究治其罪？”

“不管是否姓郭的在诬陷相公，都不可追查，”钱梦皋说。“此言闻之者甚少，掩之都来不及呢，你一追查，不就让许多人得知！你难道希望相公被人指指点点？”

“我也知此事不能追查，但不转到这件事上，元极兄想转到哪件事上？”杨应文问。

“既然有人散布，相公欲维护楚王，背后有文章；你我为何不能散布，郭某欲不利于楚王，背后也有文章！”钱梦皋道。

“元极兄的意思，姓郭的欲不利于楚王，其后若有文章的话，就不用管假王事实与不实？”杨应文问。

“成儒兄想，是不是这么个道理？”钱梦皋反问。

“道理是这么个道理，我却不知，姓郭的背后有何文章？”杨应文道。

“郭某是江夏人，成儒兄不会不知吧？”钱梦皋问。

“那又怎的？”杨应文反问。

“楚府在武昌，成儒兄不会不知吧？”钱梦皋又问。

“那又怎的？”杨应文仍反问。

“武昌、江夏同治一城，成儒兄不会不知吧？”钱梦皋又反问。

江夏县是武昌府首县，府治、县治同在一城。

“那又怎的？”杨应文仍反问。

“郭某之父曾被楚恭王鞭笞，成儒兄不会不知吧？”钱梦皋又问。

“那——”杨应文重复的话已到嘴边，又咽回去。“元极兄见谅，此事我确不知。”

“当真不知？”钱梦皋逼问。

“当——”杨应文本要说当真不知，但听出钱梦皋不容分辩的语气，看出钱梦皋若有所待的表情，改口说，“又似有所闻。”

“成儒兄可信之？”钱梦皋问。

“这个——”杨应文稍稍犹豫之后，果断地说，“似可信之。”

“成儒兄信之，我信之，定可使半数科、道信之；半数科、道信之，定可使半数廷臣信之，”钱梦皋说着，问道，“成儒兄，你信不信？”

“我信；我还信，相公信之，另一半的科、道，另一半的廷臣也会信之，”杨应文说着，也问道，“元极兄，你信不信？”

“信是信，但得有个说法。”钱梦皋道。

“有何说法？”杨应文问。

“相公信之，必使皇上信之；皇上信之，必逐郭某；郭某既逐，廷臣无不信之；廷臣无不信之，则无人再议假王事实与不实矣。”钱梦皋说。

“元极兄料事如见，这篇文章由我来作吧。”杨应文的疑虑烟消云散，态度一下子变得积极。

第三百三十章

陈矩走得急，急出一头的汗。他在殿外才抹去额头上的汗水，进殿后，皇帝一句话让他又出一头的汗。

“老陈，你旷职呀。”皇帝说。

“是，奴才旷职。”陈矩战战兢兢地应道。

“你知不知道，有多少疏章参劾高淮？”皇帝责问。高淮是辽东矿监，近日成为廷臣参劾的焦点人物。皇帝责问陈矩，好像高淮被参劾，都是陈矩的不是。

“奴才但知有多疏。”陈矩说。

“你说不出来，是吧？朕来给你数！”皇帝道，“给事中田大益一疏，御史袁九皋一疏，辽东巡抚赵楫一疏，吏部尚书李戴一疏，给事中孙善继一疏，刑部尚书肖大亨一疏，给事中姚文蔚一疏，御史刘四科一疏，给事中梁有年一疏，御史孔贞一一疏。”

皇帝边翻奏章边说，而没把尚书归为一类，给事中归为一类，御史归为一类。说罢最后一名御史，他化怒为笑，而且笑出声。

陈矩本应该放松一些，但他不知皇帝为何而笑，反而更加紧张。

“孔贞一，刘四科，孙九皋，一、四、九。是御史多以数字为名，或是他三个约好一同上疏？”皇帝道。

三名御史的名字里都有个数字，只能说是太巧，陈矩也微微一笑。

“朕说过几疏？”皇帝问。

“巡抚一疏，尚书二疏，御史三疏，给事中四疏，正好十疏。”陈矩却归类计数。

“在朕手边的十疏，不在朕手边的，还不知有多少疏呢！”皇帝说。

“爷说的是。”陈矩应道。

“朕命你去侦伺的事，结果如何？”皇帝问。

“奴才就是来回禀的。”陈矩道。

“高淮确曾进关？”皇帝问。

“确曾进关。”陈矩应道。

“确入京畿？”皇帝又问。

“确入京畿。”陈矩应道。

“确到城外？”皇帝又问。

“确到城外。”陈矩应道。

“奉派采矿辽东，未奉旨意，擅自进关，擅自入京畿，擅自来到城外，这个高淮，胆子也忒大！”皇帝说。

“爷说的是，高淮胆子忒大。”陈矩附和道。

“他从哪边来的？”皇帝问。

“东边。”陈矩说。

“他这会儿在东直门外吗？”皇帝问。

“他曾接近东直门，但未停留。”陈矩说。

“在朝阳门外？”皇帝问。

“他曾接近朝阳门，亦未停留。”陈矩说。

“莫非他转去北边，或转去南边？”皇帝问。

“爷说的是，他转去南边。”陈矩说。

“可是转去崇文门？”皇帝问。

“他没转去崇文门，而是转去广渠门。”陈矩说。

“过失要小一些，”皇帝自语。东直门、朝阳门都是京城的城门，广渠门则是京师重城的东门。皇帝的意思，擅自来京如果是过错的话，高淮擅自来到广渠门外，比擅自来到东直门、朝阳门外，过错要小。这句话是不需要陈矩表态的，皇帝又问，“科、道皆曰，高淮率数百家丁进关、入京畿、驻扎城下。究竟有没这多人？”

“有。”陈矩应道。

皇帝看来希望这个数目被夸大。他说：“老陈，你可得知道，数百人不是数十人，更不是数人！”

“奴才知道。”陈矩说。他听出来皇帝的心思，但他的职责是侦伺并如实禀奏，所以，他不会把数目减下来。

“数百人，肯定不是一百人，对吧？”皇帝问。

“对。”陈矩应道。

“有二百人？”皇帝问。

“要多。”陈矩道。

“有三百人？”皇帝又问。

“三百余人。”陈矩道。

“老陈，你可得知道，三百余人差不多可以独成一军！”皇帝想再给他一个把数目减下来的机会。

“奴才知道。”陈矩还是不肯抓住这个机会。

“高淮离宫时，带走几多人？”皇帝转问别事。

“一二长随而已。”陈矩道。

“出城时，带走几多人？”皇帝又问。

“奴才听说，有十余人。”陈矩道。

“出关时，带走几多人？”皇帝又问。

“奴才听说，有三五十人。”陈矩道。

“其他三百人，都是在辽东招募的？”皇帝问。

“应该是吧。”陈矩道。

“他挺有本事嘛，”皇帝夸奖高淮一句，“他又不是辽东人，人生地不熟的，去了就能招募三百人。”

“辽东到底人烟稀少，别处矿监、税使，有招募至千人的。”陈矩说。

“但别处矿监、税使，都没高淮胆子大。山东、山西，河南，哪处不比辽东更近？却没人敢率数百人乃至千人来京。”皇帝又提到高淮的胆子大。

“爷说的是。”陈矩应道。

“老陈，你再给朕说说，高淮属下三百余人，有没向朝廷要过钱、粮？”皇帝命道。

“那却没有。”陈矩道。

“不曾向户部要过？”皇帝问。

“不曾。”陈矩道。

“不曾向工部要过？”皇帝问。

“不曾。”陈矩道。

“不曾向太仆寺要过？”皇帝问。

“不曾。”陈矩道。

“不曾向内库要过？”皇帝问。

“不曾。”陈矩道。

皇帝问过有库存的衙门，又问：“一金也不曾要过？”

“除高淮俸银，一金也不曾要过。”陈矩说。

“一粟也不曾要过？”皇帝问。

“除高淮俸粮，一粟也不曾要过。”陈矩说。

“不须朝廷支一金一粟，却得许多人之用，不是很好吗，为何屡屡遭科、道参劾！”皇帝不无袒护地说。

“有二事，科、道所言可能是对的。”陈矩却替科、道申辩。

“哪二事？”皇帝问。

“其一，爷赞高淮胆子大，此辈做起事来，比他胆子还要大，他等唯矿监、税使之命是从，绝不服从官府之命，不知官府乃代朝廷布政，代爷布政。”陈矩说。

“其二呢？”皇帝问。

“此辈不怕官府，更不怕百姓。”陈矩说。

“你是说，或会殃民？”皇帝问。

“科、道所陈，多在于此。”陈矩道。

“那也在矿监、税使们约束；约束得当，不足为害。”皇帝说。

“爷说的是。”陈矩应道。

“老陈，高淮此来，为的何事？”皇帝又转到别的方面。

“据他所言，要进宫见爷。”陈矩说。

“那他怎不进宫来？”皇帝问。

“城都没进，怎进得宫！”陈矩道。

“他怎不进城来，却在城外游荡？”皇帝问。

“奴才想，他在城外游荡，是在寻机进城。”陈矩说。

“你的意思是，他进不了城？”皇帝问。

“是。”陈矩应道。

“他怎会进不了城呢？”皇帝想不明白。

“他一个人蒙混进城，并不难。但他要以辽东矿监的身份，堂而皇之地进城，则难；他要率三百余家丁堂而皇之地进城，则完全没有可能。”陈矩说。

“可不，”对后一点，皇帝也想得很明白，“他率三百余人，堂而皇之地进城，又堂而皇之地进宫，岂不要出乱子！”

“爷圣明。”陈矩颂道。

“老陈，你看朕要不要宣他进城？”皇帝忽问。

这句话问的和前边说的，相互矛盾，陈矩不得不反问一句：“爷不是担心他率三百人进城，要出乱子吗？”

“朕是说，宣他一人进城。”皇帝道。

皇帝不问而宣高淮进城，陈矩不用负任何责任；皇帝既问，他就得好好想一想。同意宣高淮进城，别说出什么乱子，即便井然有序，不出任何乱子，自己也会成为众矢之的；弹章一定会从高淮身上，转到自己身上。不同意宣高淮进城，一来，皇帝既有这个想法，可能会失望；二来，高淮肯定会对自己不满意。

想来想去，还是决定要尽到责任。

“奴才想，爷不宜宣他进城。”他说。

“为何不宜？”皇帝问。

“高淮所率家丁，驻于广渠门外，虽未进城，亦是辇毂下。宣高淮一人进城，万一此辈无人约束，闯进城来，或在城外惹出乱子，都不是小事。不如防患于未然。”陈矩说。

“还有别的理由吗？”皇帝问。

“奴才想，高淮率众而来，无非是要在众人面前炫耀。爷宣高淮一人进城，于他固是洪恩浩荡，但他的属下难免会想：他所谓恩宠，也不过是这么一回事。这对他以后管束此辈家丁，反而不利。奴才想，宣高淮一人进城，可能亦非他所愿。”陈矩说。

“老陈之意，既不能宣其众一同觐见，索性连高淮也不宣，”皇帝说着，问道，“是吧？”

“奴才是这个意思。”陈矩道。

“不宣也罢，可高淮率三百余众，几千里路赶来，至少他惦念朕、欲见朕的心思不会是假的，朕总得奖励他才是。”皇帝说。

“爷要奖励他，十分容易。”陈矩道。

“老陈说来听听。”皇帝命道。

“譬如，赏他一两件器物。”陈矩说。

“老陈，别看你以司礼秉笔提督东厂，他的宝贝比你要多，你不必为他请赏。”皇帝道。

“再譬如，升他为太监。”陈矩又说。高淮采矿辽东前，是尚膳监丞，外差后，虽然风光八面，职位却未提升。监丞而太监，可以说是超擢。

“他等早晚要升太监的，不急于一时。”皇帝道。

“再譬如，给予某个名分。”陈矩又说。

“等等，这话有点儿意思！”皇帝叫停，他问，“老陈，肖尚书仍署兵部事吗？”

“仍署。”陈矩回答。

“你方才说到给予高淮某个名分，朕忽然想起来，肖尚书疏中，除刑部尚书当举劾之事外，还有一桩兵部尚书当举劾之事，”皇帝说着，问道，“老陈，还记得是何事吗？”

“可是说，高淮上疏，自称镇守协同关务？”陈矩问。

“对，就是此事！”皇帝道。并问，“老陈，你看这个名分如何？”

“爷是说镇守协同关务？”陈矩问。

“是啊，”皇帝应道。因为这个名分是他想起来的，所以显得很兴奋，“老陈看，这个名分是不是很气派？”

“气派是气派，但从未使用过。今骤然给予高淮，奴才担心会招致众多内臣的妒忌。”陈矩说。

“你领会错，朕不是要把镇守协同关务的名分给予他。”皇帝道。

“爷是何意？”陈矩问。

“肖尚书不是奏高淮这一自称之妄吗？朕可以批复一句：朕固命之。看他还怎说！”皇帝道。

“奴才料他无话可说；但爷既有此言，还是把镇守协同关务的名分给予高淮。”陈矩说。

“所以，还须老陈你来转圜。”皇帝道。

“奴才来转圜？奴才如何转圜？”陈矩问。

“你说，高淮怕不怕你？”皇帝反问。

“他对奴才，尚有几分忌惮。”陈矩说。

“你的话，他会不会听？”皇帝问。

“奴才的话，他还听得进去几句。”陈矩说。

“你去对他说，朕说这话，是给他找个台阶下，让他别顺竿爬上去，他不就不会来争这个名分！”皇帝道。

迹似儿戏，陈矩很想就此事说几句。又一想，迹似儿戏，也比高淮真得到这个名分强。于是应道：“奴才领旨。”

第三百三十一章

工科给事中锺兆斗进酒楼后发现，他可能赴的是鸿门宴。

出面邀请他小酌的，是汤兆京。此外，在座的还有温如璋、金忠士、史学迁三人。四个人不仅都是御史，而且，听说也很谈得来。

按说，汤兆京出面邀请，他应该坐主位；或者，温如璋科第较早，他应该坐主位。但是不，一张桌子，汤兆京、史学迁坐在一侧，温如璋、金忠士坐在另一侧，把上座和下座空出来。

也许还请个别人。锺兆斗想到这里，拣下座坐，并解嘲地说："我迟到，理应叨陪末座。"

"梦庚兄，错！"汤兆京说着，指指上座。

那是个掏钱的位子，锺兆斗可不愿做冤大头。

在他犹豫之际，汤兆京又说："酒资已付，梦庚兄安心坐吧。"

锺兆斗脸一红，说道："请众兄饮酒，对，还有请纯甫先生饮酒，我会舍不得吗？只是，今日似乎伯闳兄是主家，我怎好僭越！"

"若言主家，是我约的元卿兄，元卿兄又约的纯甫先生，纯甫先生又约的伯闳兄，伯闳兄又约的梦庚兄，"史学迁说着，问道，"梦庚兄说，谁个是主家？"

"推算上去，维良兄该是主家。"锺兆斗说。

锺兆斗字梦庚，浙江海盐人。汤兆京字伯闳，南直隶宜兴人。温如璋字纯甫，福建海澄人。金忠士字元卿，南直隶休宁人。史学迁字维良，山西翼城人。除温如璋是万历十七年进士，另四人都是万历二十年进士。

"最后约的梦庚兄，实因今日之聚，乃我等谈论一件与御史有关之事而起，并非有意怠慢，还望梦庚兄见谅。"汤兆京说。

"兄等是想在酒席上继续谈论？"锺兆斗问。

"正是。"四人齐应道。

"议论与御史有关之事，为何找我来旁听？"锺兆斗问。

"不是旁听，是裁之，"史学迁道，"我等争执不下，故须请一评判之人。请梦庚兄来，是请梦庚兄裁之。所以，主位留给梦庚兄。”

“如此说来，主位坐得？”锺兆斗问。

“不是坐得，是须坐。”四人齐道。

锺兆斗不再推托，绕到主位坐下。

“兄等议论的是何事？”他问。

“饮盅酒再说。”金忠士提议。

“就着酒，趁热吃几口菜。”温如璋也说。

彼此布菜、劝酒。三盅之后，都把酒盅放下，把筷子放下。

“兄等议论的是何事？”锺兆斗又问。

“身为御史，当以何者为重？”汤兆京介绍他们的议题。

“兄等召任御史，少则四五年，多则七八年，怎议起这等小儿科的事？”锺兆斗觉得很奇怪。

“不知谁人先提出的，你一句我一句地争起来。”汤兆京说。

“纯甫先生是何高见？”锺兆斗先问温如璋。

“我以为，御史须得刚直不阿。”温如璋说。

“元卿兄是何高见？”锺兆斗接着问坐在温如璋身边的金忠士。

“我以为，御史须得机敏干练。”金忠士说。

“维良兄有何高见？”锺兆斗接着问金忠士对面的史学迁。

“我以为，御史须得——”史学迁似乎有些难以启齿，他问，“梦庚兄，我可不可以不说？”

“纯甫先生和元卿兄都说，维良兄为何不能说？”锺兆斗反问。

“维良兄不是不能说，是有点儿难为情。”金忠士插话。

“难为情，是对你等说也难为情，还是只对我说难为情？”锺兆斗问。

“对我等说也难为情。”金忠士道。

“维良兄是很洒脱的人，何话说不出口？”锺兆斗又问。

“维良兄以为，这话由兆震兄或他那位本家说，才恰当。”汤兆京道。

翁正春字兆震，是万历二十年壬辰科的状元。他说的史学迁的本家，则是该科榜眼史继偕。其实，他二人一南一北，十有八九不是同宗。

“亦即，是史官当说的，是吗？”锺兆斗问。

“对，”汤兆京点头，“他以为，御史亦当贯通古今。”

“这么说，我不服气，”锺兆斗道，“贯通古今，翰林说得，御史为何说不得！”

“不是御史说不得，是维良兄不便说。”汤兆京间。

“维良兄为何不便说？”锺兆斗仍未领悟。

“梦庚兄不见，他姓名中有史学二字！”金忠士道。

“原来如此，”汤兆京点点头，对史学迁说，“虽不便说，终得说一句。维良兄是不是认准这四个字？”

“就是它吧。”史学迁道。

“伯闳兄有何高见？”锺兆斗问汤兆京。

“众人都是四个字，独我只有两个字。”汤兆京说。

“哪两个字？”锺兆斗问。

“公允。”汤兆京道。

“好，”锺兆斗端起酒盅，说，“兄等都已说过，纯甫先生也说过，大家饮酒吃菜吧。”

说罢，在向两边示意的同时，自己先喝酒。

“梦庚兄，请你来，不是听我等说的。”金忠士道。

锺兆斗不理会他的责备，却说：“我敬诸位酒，怎无人敬我酒！”

“我敬梦庚先生。”温如璋先敬酒。

二人举盅饮罢，金忠士觉得该轮到自己。他勉强压制住自己的不满，准备敬酒。

锺兆斗对他作个不忙的手势，然后问温如璋：“纯甫先生说的是哪四个字来者？”

“刚直不阿。”温如璋重复。

“如海刚峰？”锺兆斗问。

“是。”温如璋应道。

“御史干的是得罪人的事，确须刚直不阿。”锺兆斗道。

“我敬梦庚兄。”金忠士也敬酒。

二人举盅饮罢，锺兆斗问：“元卿兄说的是哪四个字来着？”

“机敏干练。”金忠士重复。

“如周文襄公？”锺兆斗问。

“是。”金忠士应道。

“御史外差，非巡按，则监军，确须机敏干练。”锺兆斗道。

“我敬梦庚兄。”史学迁也敬酒。

二人举盅饮罢，锺兆斗问：“维良兄说的是哪四个字来着？”

“贯通古今。”史学迁重复。

“如王凤洲？”锺兆斗问。

“是。”史学迁应道。

“御史奏事，贯通古今，则其文有力。”锺兆斗道。

“我敬梦庚兄。”汤兆京道。

二人举盅饮罢，锺兆斗问：“伯闳兄说的是公允二字，是吧？”

“是。”汤兆京应道。

“如獬豸？”锺兆斗笑着问。

“是。”汤兆京笑着回答。

“御史纠察百官，确须公允，”锺兆斗说着，又举起酒盅邀道，“诸位都说得很好，我自以为也解说得很好。来，大家饮酒吃菜。”

说着，向两边示意，自己先动手。

“梦庚兄，请你来，不是听你解说的。”史学迁道。

“我知诸位是要我来裁定的。”锺兆斗说。

“既知，为何不裁定？”史学迁问。

“我已裁定过。”锺兆斗说。

“梦庚兄已裁定！”他的三位同年呼道。

“梦庚先生已裁定！”温如璋呼道。

“是啊。”锺兆斗应道。

“怎裁定的？”四人齐问。

“我可是敬过诸位酒的。”锺兆斗看着手里的酒盅说。

“我敬梦庚先生。”又是温如璋第一个敬酒。

二人举盅对饮。饮罢，锺兆斗问：“听我解说之后，或曰听我裁之之后，纯甫先生的想法有无改变？”

“无改变，”温如璋说，“虽则元卿先生说御史须得机敏干练，维良先生说御史须得贯通古今，伯闳先生说御史须得公允，都有道理；我还是以为，御史当以刚正不阿为重。”

“我敬梦庚兄。”金忠士接着敬酒。

二人举盅对饮。饮罢，锺兆斗问：“听我解说之后，或曰听我裁之之后，元卿兄的想法有无改变？”

“无改变，”金忠士说，“虽则纯甫先生说御史须得刚正不阿，维良兄说御史须得贯通古今，伯闳兄说御史须得公允，都有道理；我还是以为，御史当以机敏干练为重。”

“我敬梦庚兄。”史学迁接着敬酒。

二人举盅对饮。饮罢，锺兆斗问：“听我解说之后，或曰听我裁之之后，维良兄的想法有无改变？”

“无改变，”史学迁说，“虽则纯甫先生说御史须得刚正不阿，元卿兄说御史须得机敏干练，伯闳兄说御史须得公允，都有道理；我还是以为，御史当以贯通古今为重。”

“我敬梦庚兄。”汤兆京又是最后敬酒。

二人举盅对饮。饮罢，锺兆斗问：“听我解说之后，或曰听我裁之之后，伯闳兄的想法有无改变？”

“无改变，”汤兆京说，“虽则纯甫先生说御史须得刚直不阿，元卿兄说御史须得机敏干练，维良兄说御史须得贯通古今，都有道理；我还是以为，御史当以公允为重。”

“诸位都很执着呀。”锺兆斗开句玩笑。

“梦庚兄以为，御史当以何者为重？”他的三位同年问。

“梦庚先生以为，御史当以何者为重？”温如璋问。

“若问以何为重，诸位所言无不重；若问以何为最重，则我以为，公允二字为最重。”锺兆斗说。

“为何公允二字最重？”温如璋、史学迁问。

“梦庚兄所裁，恐怕就不公允。”金忠士则说。

“怎不公允？”锺兆斗问。

“你和伯闳兄皆兆字辈，所以你裁定他胜出。”金忠士说。

众人听出他在开玩笑，而且这个玩笑确实有些可笑，都笑起来。

“我可是有道理的，”锺兆斗说着，转向温如璋、史学迁，“纯甫先生、维良兄不也问我，为何公允二字最重吗？我这就来回答。”说着，先问温如璋，“纯甫先生说御史须得刚直不阿，我问是否如海刚峰，纯甫先生是怎说的？”

“我说是。”温如璋道。

“海刚峰不曾官御史，”锺兆斗说着，问金忠士，“元卿兄说御史须得机敏干练，我问是否如周文襄，元卿兄是怎说的？”

“我也说是。”金忠士道。

“周文襄亦不曾官御史，”锺兆斗说着，问史学迁，“维良兄说御史须得贯通古今，我问是否如王凤洲，维良兄是怎说的？”

“我也说是。”史学迁道。

“王凤洲亦不曾官御史，”锺兆斗说着，总结道，“海刚峰刚直不阿，却不曾官御史；可见，并非御史才须刚直不阿。周文襄机敏干练，却不曾官御史；可见，并非御史才须机敏干练。王凤洲贯通古今，却不曾官御史；可见，并非御史才须贯通古今。”说着，问道，“以此裁定，诸位以为如何？”

他举的海瑞、周忱、王世贞，都称得上名臣，并在他们提到的方面都很突出，所以，温如璋、金忠士、史学迁都毫不犹豫地加以肯定；没想到，锺兆斗提到这三个人时，还有别的用意。

“梦庚兄言之有理。”金忠士、史学迁道。

“梦庚先生言之有理，”温如璋道。他又问，“伯闳先生说，御史须得公允，梦庚先生问是否如獬豸，不是句笑话？”

“当然不是句笑话，”锺兆斗道，“獬豸辨是非曲直，御史即以獬豸为其图形；所以我以为，公允对御史来说最重。”

“好，”温如璋拍着手说，“伯闳先生，交给你。”

“是啊，”金忠士、史学迁也拍着手说，“伯闳兄，交给你。”

汤兆京还没做出反应，锺兆斗先感到不安。

“三位何意？”他问。

“是这样，”汤兆京道，“有件事，我等都觉着，应该和梦庚兄说一说，但又不好你一句我一句地说，于是商定，梦庚兄赞同谁个所言。就由谁个和梦庚兄说；而且，要用梦庚兄赞同的说法来说。”

“不知谁个提出的，颇有些以子之矛攻子之盾的意思。”锺兆斗苦笑道。他相信，汤兆京虽然说得轻松，实际上却是讨伐。

“不是以子之矛攻子之盾，是以梦庚兄认定之矛，攻梦庚兄所执之盾。”金忠士更正。

“不知我所执者，何盾也？”锺兆斗问他。

“让伯闳兄告诉你。”金忠士道。

汤兆京在锺兆斗转向自己时，很快道出原委：“梦庚兄日前上疏，参劾景文先生，是不是？”

“是啊，”锺兆斗既知他们要说的是何事，决定采取主动，“我没想到，兄等竟如此爱戴温都堂，为我参他一本而兴师问罪。”为加以分化，他又对温如璋说，“我说的是他等，纯甫先生不在其中。”

“幸甚，”温如璋道，“幸亏梦庚先生选伯闳先生来说，选我的话，我还真有点儿踌躇。”

所以踌躇，当然是因为他和锺兆斗不是同年，而不是别的缘故。

碰个不大不小的钉子，锺兆斗转对汤兆京说：“伯闳兄，我参劾景文先生有何不妥，请指教。”

“首先，爱戴二字不妥，我等找梦庚兄来说此事，与爱戴无关。”汤兆京道。

“只与公允有关？”锺兆斗问。

“却也不是，”汤兆京道，“换纯甫先生，他会说和刚直不阿有关；但他是说景文先生刚直不阿，或说其他刚直不阿之事，反正不是说梦庚兄刚直不阿。换元卿兄，会说和机敏干练有关；但他是说景文先生机敏干练，或说其他机敏干练之事，反正不是说梦庚兄机敏干练。换维良兄，会说和贯通古今有关；但他是说景文先生贯通古今，或说其他贯通古今之事，反正不是说梦庚兄贯通古今。今既由我来说，我要说的就和公允有关。”

“伯闳兄是说景文先生公允，或说其他公允之事，反正不是说我公允。”后面的话，锺兆斗替他说。

“对，”汤兆京应道，“梦庚兄不妨自家说说，上疏参劾景文先生，是否公允？”

“有何不公允！难道他是都察院掌院，是兄等上官，就不可参劾？我参劾他，就不公允？”锺兆斗问。

“我等议的是公允，和景文先生居何职，全不相干！”汤兆京道。

“那就请伯闳兄说说，我参劾景文先生，怎的不公允？”锺兆斗说着，揖了揖。

“不公允有三。”汤兆京道。

“其一何事？”锺兆斗问。

“景文先生乃当世名臣，梦庚兄辄贸然攻之。”汤兆京说。

“我可辩否？”锺兆斗问。

“当然。”汤兆京应道。

“且不说名臣可否攻之，当世名臣，也不是伯闳兄一人可封的，也不是在座诸位可封的。”锺兆斗说。

“不是我等封的，是举朝公认的。”汤兆京道。

“举朝公认，我怎不知？”锺兆斗退一步说，“就算我孤陋寡闻，伯闳兄说他是当世名臣，应该有所依据吧？”

“当然有依据，”汤兆京道，“仍以公允言之，景文先生掌院以来，曾五次主持南北考察，梦庚兄说，哪一次考察不公允？哪一次考察不是为的肃士风、振风纪？”

“被罢黜官员，恐怕没一人会说公允。”锺兆斗随口说一句。

“想被罢黜官员口服心服，圣人也做不到；再者，被罢黜官员若口服心服，他离圣人也不甚远。”汤兆京道。

“言及圣人，题目太大，不是一两句可以辩清楚的。”锺兆斗也觉得自己的辩词没有力量，干脆回避。

“题目大，还不是梦庚兄引出的！”汤兆京道。

“我来说句公允的话，”温如璋插言道，“梦庚先生既然不再反驳伯闳先生所持之议，伯闳先生不妨再说其二。”

“如何？”汤兆京问锺兆斗。

“愿闻其二。”锺兆斗道。

“景文先生连罢广东巡按顾龙桢、陕西巡按于永清，梦庚兄辄为二巡按辩之。”汤兆京说。

“仍可辩否？”锺兆斗问。

“当然。”汤兆京道。

“为二人辩之，非我一个，伯闳兄许多同僚也为其辩之。”锺兆斗说。

“梦庚兄说的，是为粤按辩吧？”汤兆京自问自答，“粤按监试，与方伯大闹科场，错不在他一人。故有御史为他辩之。但方伯已弃官而去，景文先生不劾罢巡按，还能有别的处置吗？至于陕按贪渎，陕人无不言之，陕西官员无不言之。谁不知道，他倡议同僚论救粤按，又联合某都给谏参劾景文先生，是为自家摆脱困境。梦庚兄不妨问问，有几名御史以为，劾罢他不公允；不妨问问，有几名廷臣以为，劾罢他不公允！”

“至少有一名御史以为不公允吧？譬如，陕按以为劾罢粤按不公允；至少有一名廷臣以为不公允吧？譬如，我以为劾罢陕按不公允。总之是见仁见智之事，伯闳兄及诸位兄台犯不上因此而兴师问罪。”锺兆斗说。

“仅为此事，别说兴师问罪，我等提都不会提。更不会把梦庚兄约来小酌。”汤兆京道。

锺兆斗一愣，问道：“伯闳兄此言何意？”

“伯闳兄是说，还有其三呢。”金忠士替汤兆京说。

看来，第三件事比前两件事都要严重。锺兆斗虽有所警觉，但明白，这事在汤兆京是非说不可的，在众人是非说不可的。

“愿闻其三。”他说。

“景文先生因劾罢粤按、陕按，而与相公发生争执，梦庚兄辄附相公而攻景文先生。”汤兆京说。

“仍可辩否？”锺兆斗问。

“当然。”汤兆京道。

“梦庚兄千万别说，你不附相公。”金忠士插话。

“好，就依元卿兄，”锺兆斗道，“我可以承认附相公，但景文先生与相公发生争执，兄等此举，就不是附景文先生？兄等可以说景文先生是名臣，我就不可以说相公是名相？若言阿附大臣，岂不是半斤八两？故伯闳兄所言三事，于第三事我最不服气。”

他以为自己的批驳很高明，甚至有点儿沾沾自喜。谁知汤兆京回敬一句更尖锐的话，犹如给他当头一棒。

“附孔、附跖，能一样吗？”汤兆京道。

不但锺兆斗愣住，其他人也都愣住。他们虽然在温纯和沈一贯的争执中倾向于温纯，可谁也没把温纯看作圣人，把沈一贯看作盗跖。

“在伯闳兄看来，景文先生堪比圣人？”锺兆斗问。

汤兆京也发觉说得过分，需要转圜。他说：“景文先生非圣人，相公亦非盗跖。”

“附孔、附跖，却是何意？”锺兆斗问。

“我只想告诉梦庚兄，附大臣和附大臣，不可同日而语。这是我要说的第一层意思。”汤兆京说。

“伯闳兄还有第二层意思？”锺兆斗问。

“有，”汤兆京点点头，说道，“我信奉君子不党，不会阿附景文先生，也不会阿附其他大臣；不会和梦庚兄结党，也不会和在座的任何一人结党。如果有一天，梦庚兄发现我阿附某一大臣，或发现我和某人结党，尽管疾声呼吁，对我群起而攻之。”

锺兆斗不好再说什么，其他人也不好再说什么，大家不欢而散。

汤兆京上疏，论温纯和沈一贯的争执，略曰：初，左都御史温纯劾御史于永清、给事中姚文蔚，刺及沈一贯，一贯冒嫌相击。皇上虽再留纯，旨尚未温，而首相故示羁縻，待其委顿，拜印以去，而令天下谓皇上实弃之。

温纯连上二十道辞官之疏，杜门不出九个月，皇上始终不准。

第三百三十二章

大臣们会于东阁，议论楚府事。

“内阁议过多次，说过许多的话，今日我等就不再说吧？”沈一贯问沈鲤、朱赓。

“好。”沈鲤只回答一个字。

“是肩吾兄说过许多的话；肩吾兄无话可说，我等也无话可说。”朱赓则说。

“礼部也议过多次，也说过许多的话，今日公等也不再说吧？”沈一贯问礼部署部的左侍郎李廷机和右侍郎郭正域。

“好。”李廷机也只回答一个字。

“都不说，今日岂不是可以免议！”郭正域则说。

“我意，有实有见地、然而没机会议论者，今日可以多说一说。”沈一贯解释他的目的何在。

“肩吾兄这话是泛泛而言，还是有所指？”朱赓问。

“既是有所指，又是泛泛而言。”沈一贯说。

“泛泛而言，我不问；有所指，却是指哪一位？”朱赓问。

“譬如，大司徒，”沈一贯指着户部尚书赵世卿说，“象贤先生私下里曾对我议论过，听起来入情入理。”

“好啊，我等一起听听象贤先生的高论。”李廷机道。

“高论说不上；在内阁及礼部诸公面前谈论，更是班门弄斧。”赵世卿谦道。

“象贤先生能不能在自家门前先弄斧呀？”姚继可开句玩笑。

“光父先生何意？”赵世卿问。

“事关矿、税，象贤先生说起来，难道不似在自家门前弄斧？”姚继可道。

“事关矿、税，那是到光父先生门前，我更不敢去弄斧。”赵世卿说。矿、税之事，更多应归在工部。听赵世卿这句话，众大臣都报以一笑。

姚继可却不笑。他说：“我问之事，却只有象贤先生说得清楚。”

“光父先生欲问何事？”赵世卿问。

“据闻，象贤先生曾言，关税为税使所夺，数年间，已锐减三分之一，不知有此言否？”姚继可向他求证。

“我说过这话。”赵世卿道。

“象贤先生说这话，不知有依据否？”姚继可问。

“有，”赵世卿道，“锐减三分之一，是去年所计；今年若计，恐怕又不止此数。”

“公等听到吧，这难道不是剜肉补疮！”姚继可对众大臣说。

“光父先生，今日议楚府事。”沈一贯提醒他。

“相公真是小气，我请象贤先生在自家门前弄一次斧，相公就不高兴？”姚继可又开句玩笑。等大家笑起来，他又说，“在哪里弄斧，相公说了算，我不再打岔。”

“象贤先生，请吧。”沈一贯让道。

“我不过想到几句话，肩吾先生要我说，也是抛砖引玉之意，公等莫笑肤浅。”赵世卿仍然先说两句客套话。

“象贤先生想到几句话？”总督仓场的户部尚书谢杰问。他原官刑部侍郎，赵世卿回部后，他接替仓场总督一职。

“五六句吧。”赵世卿说。

“我为象贤先生计其数，”谢杰说着，数道，“第一句？”

“事理可思。”赵世卿道。

“第二句？”谢杰数道。

“汉甫先生，不是这么个数法。”李廷机说。

“有何不对？”谢杰问。

“何谓事理可思？”李廷机反问。

“凡事皆有事理可循，楚府之事亦有事理可循。”谢杰解释字面。

“象贤先生为何首先提出事理可思？”李廷机又问。

“这得问象贤先生本人。”谢杰说。

“所以，汉甫先生得让象贤先生讲解其意。”李廷机道。

“我还以为，由象贤先生先说其目，然后一一讲解。”谢杰说。

“先列其目，后有释文，也是作文章的一种方式；但廷议时，还是边说其目，边讲解为好。”李戴说。

“既如此，何谓事理可思，请象贤先生讲解。”谢杰道。

廷议本来就该你一言我一语，如沈一贯所倡议，让赵世卿一人来说，肯定会很沉闷。所以，对谢杰的打岔，赵世卿不但不反感，反而很领情。

“凡事皆有事理可循，楚府之事亦有事理可循，正如汉甫先生所讲解呀。”他说。

“象贤先生为何首先提出事理可思？”谢杰问。

“事理可思，首先是其事可思；楚府之事，未必人人知其始末。故议其事，先得思其事之始末。”赵世卿说。

“象贤先生此议甚是，哪位给大家略述楚府一事的始末？”沈一贯问罢，对李廷机说，“尔张先生，要不你来述之？”

“我到礼部晚，楚事已张大，还是请别位述吧。”李廷机推托。

“美命先生，要不你来述之？”沈一贯又让郭正域。

“我有偏见，不宜述其事。”郭正域也推托；而且推托之词强硬，让沈一贯大为难堪。

“象贤先生既倡议事理可思，一定是有备而来，何不就请他述之？”朱赓为沈一贯解围。

“好啊，”沈一贯点点头，对赵世卿说，“象贤先生，有劳。”

“楚府宗人华越拟疏，指今楚王殿下为假王，该疏由楚府仪宾袁焕代为上之。此事公等想必皆知。”赵世卿从头说起。

众大臣有的点头，有的应声。

“该疏内容，我不用复述吧？”赵世卿问沈一贯。

“既曰述之，该疏当略述，”沈一贯说着，问沈鲤，“仲化先生说呢？”

“略述也好。”沈鲤无可无不可地说。

“华越疏略曰：今楚王殿下华奎、楚府宣化王华壁皆非楚恭王子，华奎乃恭王王妃之兄王如言子，华壁乃恭王妃族兄王如綍子，而冒为宫人胡氏所出孪生兄弟，”赵世卿叙述时很平静，但接下来的一句话，则说得很郑重，“华越后面写的一句话，值得推敲。”

“他怎写的？”不但别的大臣询问，连李廷机、郭正域也询问。

“臣妻，即如言女，知之悉。”赵世卿述道。

“象贤先生，这句话为何值得推敲？”谢杰问。

“汉甫先生不妨问问礼卿。”赵世卿道。

“尔张先生，美命先生，哪位给我说说？”谢杰问。

“确值得推敲。”李廷机道。

“尔张先生，为何确值得推敲？”谢杰问。

“汉甫先生不妨问问相公。”李廷机道。

“哪位相公给我说说？”谢杰问。

“着实值得推敲。”沈一贯说。

“肩吾先生，为何着实值得推敲？”谢杰问。

“汉甫先生还是问问象贤先生吧。”沈一贯道。

“象贤先生看——”谢杰无奈地转回到赵世卿。

“稍迟再说，可否？”赵世卿道。

“第二句？”谢杰想起自己揽下的差事，数道。

“汉甫先生，楚事始末我还没述完呢。”赵世卿说。

“我又数早？”谢杰赧然一笑，引得众大臣也笑起来。他说，“象贤先生请再述之。”

“今年四月，今楚王殿下华奎上疏，反奏辅国中尉华越篡宗。随后，楚府东安王英燧、武冈王华增、江夏王华埴各上疏，言今楚王殿下华奎伪迹昭著。”赵世卿述道。

“还有句话，象贤先生不该遗漏。”郭正域说。

“哪句话？”赵世卿问。

“行贿有据。”郭正域道。

行贿有据，是说华奎行贿沈一贯。赵世卿自己说出这话，感到为难；但郭正域既说出来，他也没必要遮掩。

“是有这话。”他说。

“象贤先生，可以说第二句吧？”正所谓事不过三，谢杰这次问的恰到好处。

“国论可采。”赵世卿道。

“尔张先生，我替你问吧。”谢杰对李廷机说。

“好啊。”李廷机应道。

“象贤先生，何谓国论可采？”谢杰问罢赵世卿，又问李廷机，“尔张先生，是问此事吧？”

“这次我想具体问问。”李廷机说。

“具体问问？怎问？”谢杰问道。

“我想问象贤先生何谓国。”李廷机道。

“象贤先生，何谓国？”谢杰问赵世卿。

“汉甫先生，不如让尔张先生本人问吧！”朱赓插话。

“该尔张先生本人问呀，我怎替他问起来！”谢杰道。

不管他是真不知，还是假作不知，其憨态可掬，引得众大臣都笑。

“国者，楚王殿下吧？”李廷机问赵世卿。

“是。”赵世卿应道。

“国论者，楚王殿下今次所上之疏吧？”李廷机问。

“是。”赵世卿应道。

“象贤先生以为，楚王殿下今次所上之疏可采？”李廷机问。

“是。”赵世卿应道。

“这是为何？”李廷机问。

“我知眼下胶着者，在于华越之疏和华奎之疏，哪个可信。我以为华奎之疏更可信，有四个理由。”赵世卿说。

“四个理由不少，是尔张先生来数，还是我来数？”谢杰不甘寂寞。

“汉甫先生数吧。”李廷机道。

“第一个理由？”谢杰问。

“今楚王殿下为宫人子，载于玉牒。”赵世卿说。

“第二个理由？”谢杰问。

“今楚王殿下嗣位，已二十三年。”赵世卿说。

“第三个理由？”谢杰问。

“国有长史，奏事当由长史。楚府长史未言其伪。”赵世卿说。

“第四个理由？”谢杰问。

“楚府宗人讦奏之风，愍王、恭王时皆有，不可轻信。”赵世卿说。

“四个理由，尔张先生以为如何？”谢杰问李廷机。

“汉甫先生可问美命先生。”李廷机推托道。

“美命先生以为四个理由如何？”谢杰转问郭正域。

“相公有命，不准我等言之，汉甫先生还是问他吧。”郭正域也推托。

“我的意思，以前说的多的，今日少说些；并不是说，对别位的议论不可置评。”沈一贯分辩道。

“相公和美命先生，不如一人说一句。”谢杰道。

“好。”沈一贯、郭正域不约而同地应道。

“肩吾先生以为四个理由如何？”谢杰先先问沈一贯。

“言之无不成理。”沈一贯道。

“美命先生以为四个理由如何？”谢杰再问郭正域。

“象贤先生说，眼下胶着者，在华越之疏和华奎之疏哪个可信，尤其言之成理。”郭正域道。

“尔张先生也说一句？”谢杰又问李廷机。在他看来，当然是置评的人越多越好。

“还是请象贤先生说下一事吧。”李廷机道。

“下面是第三句，”谢杰说罢，问道，“象贤先生，第三句怎说？”

“彼此之事词可参。”赵世卿道。

“彼为华越、英燧、华增、华埴，则此为华奎；彼为华奎，则此为华越、英燧、华增、华埴，”谢杰说罢，问赵世卿，“是吧？”

“是。”赵世卿应道。

“尔张先生可是问，为何彼此事词可参？”谢杰问李廷机。

“这次我想问得复杂些。”李廷机说。

“问得复杂些？怎问？”谢杰问道。

“我想问象贤先生——”李廷机说一半，被谢杰打断。

“尔张先生直接问象贤先生吧，我不代问。”谢杰说。

“象贤先生既以为国论可采，怎又说彼此之事理可参？”李廷机问。

“我以为国论可采，未必人人以为国论可采。我以为，无论赞成国论可采，或反对国论可采，都可以华越、英燧、华增、华埴之疏，与华奎之疏，相互参照，以辨真伪。”赵世卿说。

李廷机一个劲儿地点头，没再问的意思；别人也没再问或再议的意思。谢杰数道：“第四句？”

“华越之初揭可查。”赵世卿道。

“尔张先生欲问得简单些，抑或欲问得复杂些？”谢杰问李廷机。

“既不欲简单些，亦不欲复杂些。”李廷机说。

“这是为何？”谢杰问。

“似没的可问。”李廷机道。

“再简单也可问之，怎会没的可问？”谢杰不理解。

李廷机摇摇头，好像在表示，自己真是没的可问；又好像在表示，没的可问是有道理的，但自己不想说。

“象贤先生犯忌，尔张先生不能再犯忌。”郭正域在一旁说。

话里有话。众大臣不管有没听出话里的话，都可以断定，所谓犯忌，是针对沈一贯说的；所以，谁也没去接他的话。唯独谢杰，已然把自己放在有事必问的位置上，不能不接他的话。

“象贤先生怎的犯忌？”谢杰问。

“汉甫先生说，何谓查？”郭正域反问。

“查者，勘也。”谢杰道。

“谁个去查，谁个去勘？”郭正域问。

“公案既到朝廷，自是朝廷去查，朝廷去勘，”谢杰说者，问赵世卿，“象贤先生，是吧？”

“是。”赵世卿应道。

“美命先生看，我说得不错。”谢杰对郭正域说。

“某公有楚府事三不可勘之论，汉甫先生是否已忘？”郭正域道。

“近日未在朝房走动，不知此论。”谢杰说。

“不是近日之论，是两个月前之论。”郭正域说。

“两个月前之论？”谢杰想了想，仍无印象，“是哪三论，还望美命先生告知。”

“汉甫先生心甘情愿为象贤先生计数，也愿为我计数吗？”不等郭正域告知，沈一贯已开口。

“为肩吾先生计数？”谢杰还没转过弯来。

“楚府事三不可勘，是我提出来的。”沈一贯道。

“肩吾先生提出来的，我怎毫无印象！”谢杰边念叨，边计数，“何为一不可勘？”

“宫闱暧昧也。”沈一贯道。

“何为二不可勘？”谢杰问。

“年月久远也。”沈一贯道。

“何为三不可勘？”谢杰问。

“事体重大也。”沈一贯道。

“我记起来，三不可勘之论，确有之；但未闻是相公之论，”谢杰说。他不但想起这件事，还想起来别事，“相公论以三不可勘，但后来还是拟旨命勘，是不是？”

“是仲化先生拟的旨。”沈一贯说。

“礼部持议宜勘，肩吾先生那些日子又杜门不出，我只好照此拟旨。”沈鲤给谢杰解释，也是给众人解释。

“是我持议，”郭正域把这件事担当起来，“肩吾先生三不可勘之论既然公之于众，我为何以为宜勘，也该公之于众。”说着，问谢杰，“汉甫先生说呢？”

“应该的，应该的。”谢杰道。

“汉甫先生也愿为我计数？”郭正域又问。

“美命先生可是三宜勘？”谢杰问。

“是。”郭正域应道。

“一宜勘者，何也？”谢杰问。

“不勘，楚王真伪之迹不白。”郭正域道。

“二宜勘者，何也？”谢杰问。

“不勘，各宗人之罪不定。”郭正域道。

“三宜勘者，何也？”谢杰问。

“不勘，天下人心不服。”郭正域道。

“我记起来，三宜勘之论，亦有之；但未闻是美命先生之论，”谢杰说着，为难起来。“一则三不可勘，一则三宜勘，怪不得尔张先生不欲问此事。”

“其实，回顾一下也好，大臣们未必人人眼睛盯着楚府之事，未必人人皆知其事始末。”李廷机却加以鼓励。

“尔张先生的意思，在不可勘和宜勘之间，作一定论？”谢杰问。

“不然，”李廷机道，“肩吾先生一开始即有命，以前说得多的，今日不说。汉甫先生不妨把肩吾先生、美命先生的陈述当作插曲，回过头来，还是听象贤先生的。”

“对，还是听象贤先生的。”谢杰道。

“象贤先生已说到第几句？”李戴打趣地问。

“第五句，是吧？”岔开太久，谢杰有点儿含糊。

“是。”赵世卿应道。

“第五句怎说？”谢杰问。

“武冈王之卷宗可复按。”赵世卿道。

“尔张先生，我先替你问两句啊，”谢杰和李廷机打个招呼，然后问赵世卿，“象贤先生，何谓复？”

“复者，复核也。”赵世卿道。

“何谓按？”谢杰问。

“按者，按察也。”赵世卿道。

“谁个去复，谁个去按？”谢杰问。

“抚、按及三司去复，去按。”赵世卿道。

“抚、按及三司去复，去按，应该不犯忌吧？”谢杰转问李廷机。

“不但不犯忌，且正合相公之议。”李廷机说。

“那好，尔张先生接着问。”谢杰道。

李廷机又摇头。郭正域在一旁说：“象贤先生这是各打五十大板呀。”

“怎是各打五十大板？”谢杰问。

“华越之初揭可查，这是打肩吾先生的板子；因为他以为，楚府事不可查，不可勘。武冈王之卷宗可复按，这是打我的板子，因为我以为，楚府之事当由朝廷查勘，而不是由抚、按及三司查勘。不过，”郭正域顿了顿，又说，“我说各打五十大板，也不确切。”

“怎又不确切？”谢杰问。

“有国论可采一事，应该是打肩吾先生三十大板，打我七十大板。”郭正域说。

“象贤先生的板子是这么打的吗？”谢杰转问赵世卿。

“一则，汉甫先生和我都掌户部，应该知道你我手里都没板子，我也没想过打谁的板子；二则——”赵世卿说到这里，反问道，“我告诉汉甫先生，想到几句话？”

“五六句。”谢杰道。

“我已说几句？”赵世卿又问。

“五句。”谢杰道。

“我再告诉汉甫先生，我想到的是六句话。”赵世卿说。

“亦即，象贤先生还有句话没说？”谢杰问。

“不错。”赵世卿应道。

“须得象贤先生说过第六句话，美命先生才可以断定，是不是各打五十大板？”谢杰又问。

“正是。”赵世卿应道。

“第六句怎说？”谢杰问。

“妇人之言绝不可听。”赵世卿道。

“这句话好似对我说的。”谢杰道。

“怎好似对汉甫先生说的？”一直没开口的肖大亨问。

“是啊，为何好似对我说的？”谢杰也说不清楚。

“臣妻，即如言女，知之悉，”李廷机重复赵世卿述过的一句话，问道，“汉甫先生还记得吗？”

“有此言，有此言！”谢杰连声道，他问赵世卿，“象贤先生说这句话值得推敲，是因为妇人之言绝不可听；又说迟些再说，是打算这会儿再说？”

“是。”赵世卿应道。

“尔张先生，我先对美命先生说句话，如何？”谢杰问李廷机。

“汉甫先生尽管说，我没的问。”李廷机道。

“美命先生，我为你算笔账，”谢杰数道，“象贤先生共说六句话，两句不偏不倚，两句似偏袒肩吾先生，两句似偏袒美命先生，当真可以说是各打五十大板。”说罢，问道，“美命先生以为如何？”

“汉甫先生说的是。”郭正域应道。

廷议散后，沈一贯、郭正域二人主动和谢杰揖别。沈鲤、朱赓、李廷机和他说笑几句。没怎么介入关于楚府一事争执的李戴、肖大亨，先后对他说：亏得汉甫先生在。的确，没有这样一个能左右支应的人，今日的廷议，一定闹得不可开交；或者谁也不开口，草草了之。

李廷机议上其事，基本上采用赵世卿所言。

第三百三十三章

福建巡抚朱运昌听说海澄县丞王时和、百户阎应隆已到福州，在馆驿歇息，立刻奔出衙门。待亲信官校张罗好轿子，他一个人已策马去远。

王时和、阎应隆正在吃饭，桌上不乏高档酒宴上才有的鱼翅海鲜。见朱运昌进来，二人马上站起身来。

朱运昌往桌上瞥一眼，讥道："看来，你二人当真找到金豆。"

他以为，二人会诚惶诚恐地向他请罪；因为到福州后，他们应该首先去巡抚衙门点卯，而不是在这里大吃大喝。孰知，二人竟不约而同地号啕大哭起来。

"这是怎的？"朱运昌惊问。

"再见恩公，恍若隔世！"王时和说着，哭声更大。

"他说的是何话？"朱运昌问阎应隆。

"他是说，再见到都堂大人，好像是下一辈子的事。"阎应隆说。

"这话我还不懂吗！我是问你，他为何这么说？"朱运昌道。

"不但他这么说，卑职也是这么说。"阎应隆说着，哭声也更大。

"好了，好了，究竟出何事，快说与我听！"朱运昌喝道。

"回恩公话，下官险些命丧他乡。"王时和说。

"回都堂大人话，卑职险些死在异邦。"阎应隆说。

"怎会！莫非本官给你等备的船只不坚？"朱运昌问。

"船是好船。"王时和、阎应隆齐道。

"莫非你等携带食物、食水不足？"朱运昌问。

"食物、食水倒不曾缺。"王时和、阎应隆齐道。

"莫非一路上风浪险恶？"朱运昌问。

"虽有风浪，但不至于颠覆。"王时和、阎应隆齐道。

"莫非同行的向导不识途，水手不识船，医者不识病？"朱运昌连说三件足以置远行之人于死地的事。

"同行之人无不称职。"王时和、阎应隆齐道。

“那你等怎会丢命？”朱运昌问。

“恩公，下官说的是险些命丧他乡。”王时和道。

“都堂大人，卑职说的是险些死在异邦。”阎应隆道。

“莫非你等当真到达佛郎机？”朱运昌惊问。

“是。”王时和、阎应隆齐应道。

“快给本官讲讲！”朱运昌迫不及待地命道。

王时和看看阎应隆，阎应隆看看王时和，都不出声。

“怎不说话？”朱运昌问。

“不知恩公问的何事。”王时和道。

“不知都堂大人要卑职等说何事。”阎应隆道。

“说何事都可，”朱运昌估计这样说，他们还不会开口，于是出个最简单的题目，“譬如，你等在海上航行几日，方才抵达佛郎机。”

除王时和仍以“下官”自称，阎应隆仍以“卑职”自称，“不知”二字，两个人回答得十分整齐。

“怎会不知？”朱运昌怪道，“难道你等航行海上，不记日志？”

“下官晕船，根本辨不出白天黑夜。”王时和说。

“卑职认字不多，有时倒是想写，可写不出来。”阎应隆说。

两个人都不记日志，朱运昌想到另一个人。

“同去的不是有三人吗？那个张嶷不会晕船吧？”他问。

“他惯于漂泊，不晕船。”王时和说。

“我记得，他曾应过童子试，不会不识字吧？”朱运昌又问。

“他写得一手漂亮文章，没有不识的字。”阎应隆说。

“他也不记日志吗？”朱运昌问。

“是，”王时和、阎应隆齐应道，“他也不记日志。”

“他为何不记日志？”朱运昌问。

“惯于漂泊，或是没把这次出海当回事。”王时和说。

“文章写得漂亮，或是不屑记日志。”阎应隆说。

朱运昌不能说他们回答得不对。他问：“张嶷人呢？”

“到澄海，他要回乡看看，下官等不好阻拦。”王时和说。

张嶷是澄海乡民，他三人这次往佛郎机，和他关系极大。

“本官给赏，他也不要？”朱运昌道。

“他倒是说过，恩公给赏，或朝廷赏赉，让下官代领。”王时和说。

“好大的胃口，还惦记朝廷的赏赉！”朱运昌不由得冷笑两声。看来行船日子说不出个眉目，他又问其他事，“既到佛郎机，应该见到货真价实的佛郎机人吧？”

“下官到佛郎机，最惊奇遍地都是佛郎机人。”王时和说。

“佛郎机可不遍地都是佛郎机人，这有何好惊奇的！”朱运昌道。

“王大人从未见过佛郎机人，故而惊奇。”阎应隆想替王时和分辩。

“看来，你见过？”朱运昌问。

“卑职也没见过。”阎应隆说。

“既没见过，骤见遍地都是佛郎机人，为何不惊奇？”朱运昌问。

“卑职虽未见过，从广东来的军士却多有在香山壕镜见过的，卑职在佛郎机见过的佛郎机人，和他等所述在香山壕镜见过的佛郎机人颇似，故而不感惊奇。”阎应隆说。

“本官也问过许多在香山壕镜见过佛郎机人的军士和乡民，听他等叙述过佛郎机人体态相貌，却不知和你等在佛郎机所见弗郎机人，是否相似。”朱运昌道。

“恩公听他等怎说的？”王时和问。

“一则，身材长大。”朱运昌一条一条地说。

“下官所见同。”王时和道。

“卑职所闻亦同。”阎应隆道。

“有多长大？”朱运昌问。

“下官身材矮小，不必说；恩公身材算是够高大的，可下官所见佛郎机人，一般都比恩公高出一头。”王时和说。

“应该不止一头。”阎应隆边说，边比量。

“也许要高出两头。”王时和又说。

“应该不到两头。”阎应隆边说，边又比量。

“也就是说，高出一头半左右，是吧？”朱运昌问。

“恩公说的是。”王时和应道。

“都堂大人说的是。”阎应隆应道。

“比我高出一头半，可谓极高之人。”朱运昌道。

“恩公听他等还怎说？”王时和又问。

“其二，其眼似猫。”朱运昌说。

“下官所见同。”王时和道。

“卑职所闻亦同。”阎应隆道。

“我中华之人，眼珠是黑色，猫眼却不是黑色。”朱运昌说。

"其人，眼珠确不是黑色。"王时和道。

"是绿色。"阎应隆说。

"不，是蓝色。"王时和纠正道。

"介于绿、蓝两色之间。"阎应隆折中地说。

"那可真够吓人的。"朱运昌说。

"谁说不是，"王时和道，"下官初见其人时，不敢与之对视，后来见的渐多，方敢对视，却也不见异常。"

"岂止不见异常，有时还觉着美艳。"阎应隆说。

"阎百户说的是佛郎机女子吧？"朱运昌笑道。

"回都堂大人话，男子也有很美艳的。"阎应隆说。

"恩公听他等还怎说？"王时和又问。

"其三，其嘴似鹰。"朱运昌说。

"下官所见同。"王时和道。

"卑职所闻亦同。"阎应隆道。

"何谓似鹰，是突出如喙？"朱运昌问。

"差不多是这个意思吧。"王时和说。

"但不似鹰喙尖锐。"阎应隆纠正道。

"我还真见过其嘴尖锐如鹰喙的佛郎机人，"王时和说着，问道，"老阎，你没见到吗？"

"见是见到，但身边没鹰，无法比较。"阎应隆道。

"既似鹰喙，不知是否啄食？"朱运昌说句笑话。

"恩公一说，我想起来，他等进食时不用筷子。"王时和说。

"不用筷子，用手抓吗？"朱运昌问。

"用刀、叉。"王时和说。

"还用勺子。"阎应隆补充。

"木刀、木叉、木勺吗？"朱运昌问。

"不，是铜制的。"王时和道。

"也有金制的、银制的。"阎应隆补充。

"我中华亦有金筷、银筷等，但一套食具皆以金、银制作，却很罕见。"朱运昌说。

"恩公听他等还怎说？"王时和又问。

"其发则卷。"朱运昌说。

“下官所见同。”王时和道。

“卑职所闻亦同。”阎应隆道。

见朱运昌没话要说，王时和又问：“恩公听他等还怎说？”

“其须则赤。”朱运昌说。

“下官所见同。”王时和道。

“卑职所闻亦同。”阎应隆道。

“恩公听他等还怎说？”王时和又问。

“大致如此。”朱运昌说。

“长身，猫睛，鹰嘴，卷发，赤须，恩公知此五者，如见其人。”王时和概括地说。

“你二人都说，险些死在佛郎机，是佛郎机人要杀你等吗？”朱运昌提出下一个问题。并说，“佛郎机人到我中华，虽为异类，我并非见而诛之，佛郎机人怎容不得我中华之人！”

“并非一般佛郎机人要杀下官等。”王时和道。

“要杀卑职等的，是佛郎机大酋。”阎应隆道。

“你等当真见到佛郎机大酋？”朱运昌惊问。

“是。”王时和、阎应隆齐应道。

“他见你等即欲杀之，莫非当真要和我中华为敌？”朱运昌问。

“大酋并非见我等即欲杀之。”王时和说。

“闻得我等去到彼国，他还设宴款待。”阎应隆说。

“设宴款待？是鸿门宴吧！”朱运昌道。

“下官看不像。”王时和说。

“卑职看也不像。”阎应隆说。

“不是鸿门宴，他为何又要杀你等？”朱运昌问。

“因下官等不忘使命。”王时和说。

“他要杀你等，和你等不忘使命，这两件事怎能联系到一起？”朱运昌想不明白。

“恩公没忘，差我等去吕宋，为的何事吧？”王时和问。

“不是都堂大人差我等去，是朝廷差我等去的。”阎应隆纠正道。

“是朝廷之命，可传檄我等去的，是恩公。”王时和辩道。

“不管谁个差你等去的，所为何事，我记得清清楚楚，”朱运昌说，“张嶷那厮称，吕宋有机易山，富产金豆，朝廷欲开采之。然吕宋已为佛郎机人所据，在吕宋采矿，须佛郎机大酋准之。故差你等绕过吕宋，径往佛郎机。”

“下官说的不忘使命，是没忘这一使命。”王时和道。

“那大酋至多不准采金豆，为何又要杀你等？”朱运昌问。

“说来也好笑，通事把我等去意告诉大酋后，他竟问我等，金豆产于何等树上。”王时和说。

“金豆产于树上？张嶷那厮从未说过呀！”朱运昌道。

“他确不曾说过。可能是通事为省事，只译个豆字，大酋以为必生长于树上。”王时和说。

“卑职后来问过通事，他告诉卑职，译成佛郎机语，是金豆；但大酋仍以为是可食之豆。”阎应隆补充。

“这却难怪，”朱运昌道，又问，“你是怎答复他的？”

“吕宋机易山采金豆，是张嶷禀于恩公，奏闻于朝廷的；所以，下官没答复，而是示意张嶷答复。”王时和说。

“他又怎样答复？”朱运昌问。

“他说，机易山遍地是金，何必问树！”王时和道。

“佛郎机大酋听罢，有何表示？”朱运昌问。

“大笑不已。”王时和道。

“大笑不已？是不是通事译得不确，他竟没听出来张嶷是在讥讽？”朱运昌问。

“下官以为不会。”王时和道。

“卑职也以为不会。”阎应隆道。

“怎见得不会？”朱运昌问。

“通事译前曾问张嶷，遍地是金的金，是否即金豆之金；张嶷说即是。”王时和道。

“你又怎见得？”朱运昌问阎应隆。

“卑职说的，也是此事。”阎应隆道。

“大酋大笑，怎又要杀你等？”朱运昌问。

“下官后来才知，大酋是因遍地金豆，太过荒唐，故而嘲笑；他以为遍地金豆，是张嶷行骗，故而要杀我等。”朱运昌说。

“他都看出张嶷在行骗？”朱运昌很惊讶。

“是。”王时和、阎应隆齐应道。

“那他应该杀张嶷，不该连及你二人。”朱运昌说。

“在恩公眼里，我等和张嶷不是同类；在佛郎机大酋眼里，我等和他一伙，共同行骗。”王时和说。

“在他眼里，或是我等指使张嶷出面行骗，比他还要坏。”阎应隆说。

“后来怎没杀你等？”朱运昌问。

“是下官灵机一动，从怀里掏出一块碎金，连说带比画，告诉大酋，我等要在吕宋采的金豆，是此金，是不能吃的。他这才若有所悟，命将我等松绑。”王时和说。

“不对。”阎应隆第一次公然反对他的说法。

“怎不对？”朱运昌问。

“王大人连说带比画之后，大酋仍然一脸茫然。是卑职灵机一动，让通事把王大人的话译与大酋听，他才若有所悟。”阎应隆说。

“不管怎说，你二人是捡回一条命来。”朱运昌道。

“恩公说的是。”王时和应道。

“都堂大人说的是。”阎应隆应道。

“不对。”朱运昌忽学起阎应隆。

“怎又不对？”王时和、阎应隆齐道。

“是你三人捡回一条命来，”朱运昌道。又说，“你二人的命，是真的捡回来；张嶷那厮的命能否捡回来，还两说着。”

“是。”王时和、阎应隆齐应道。

第三百三十四章

兼管福建矿、税二事的太监高寀，正在和几名随员边喝酒，边闲聊，另一名随员匆匆赶回来。

“叔，赏属下一口酒喝。”该随员道。

“要喝酒，自个儿去取杯子，没看大家伙都在自斟自酌，为何要我赏你口酒！”高寀道。

“属下要喝的这口酒，和他等所饮，都不一样。”该随员说。

“怎不一样？”高寀问。

“属下是为叔庆幸。”该随员道。

“为我庆幸？你是说，我躲过一劫？”高寀问。

“属下是这个意思。”该随员道。

“真是信口雌黄！”一随员本来准备把自己的酒杯给他用的，听这话，把杯子又放到自己面前。

“叔这等大富大贵之人，会有何劫难！”另一随员本来准备把自己的筷子给他用的，听这话，夹起块肉，自己吃进嘴里。

“别吵！”高寀喝道。

他把前一随员放下的酒杯拿过来，斟上酒，递给为他庆幸的随员，命道：“你喝！”又把后一随员手里的筷子夺过来，递给为他庆幸的随员，命道：“你吃！”

为他庆幸的随员喝口酒，吃块肉。

“何事你为我庆幸？”高寀问。

“王县丞死。”该随员说。

“福建八府五十七县，哪个县丞的死，值得为我庆幸？”高寀问。

“海澄县的王县丞。”该随员说。

“就是那个出趟洋的王县丞？”高寀问。

“是他。”该随员应道。

“他死他的，我有什么可庆幸？”高寀问。

“叔没忘吧，原先叔打算抢过这个差事来着。”该随员说。

“你是说，若把这个差事抢到手，本监就有难？”高寀问。

“属下是这个意思。”该随员道。

“又在胡说！”被高寀拿去自己酒杯的随员，正不知如何发泄心中对该随员的不满，听他这话，责备道，“他是什么命，咱叔是什么命，能够相提并论吗！”

“真无见识！”被高寀夺去自己筷子的随员也要发泄不满，“叔要是真把这个差事抢到手了，就是本朝第二个三保太监；没把这个差事抢到手，有什么好庆幸的！”

“别吵！”高寀喝道。

他又给为自己庆幸的随员斟酒、夹菜，看着该随员喝口，吃口，然后问：“王县丞是怎死的？”

“有人说是惊吓而死，有人说是醉酒而死；在属下看来，他是因惊吓加上醉酒，才死的。”该随员说。

“究竟怎么一回事？”高寀要他说具体些。

“他等一行到佛郎机后，激怒佛郎机大酋，几乎被杀；回到福建，他惊魂未定，借酒压惊，又饮得过量，不治而亡。”该随员说。

“所谓有难，是说本监把这个差事抢到手，本监也会死？”高寀问。

“那却不是。”该随员道。

“不是此意，又是何意？”高寀问。

“在我大明境内采矿，会遇到两种情形：一种情形，有人阻拦；一种情形，无人阻拦，”该随员说着，反问一句，“叔说是不是？”

“还有两种情形，你怎不说！”高寀道，“一种情形，采得到矿；一种情形，采不到矿。”

“这两种情形，属下稍后再说；属下先说，有人阻拦和无人阻拦这两种情形。”该随员道。

“好，你说！”高寀道。

“有人阻拦，叔可奏明朝廷，重治其罪；无人阻拦，叔径自开采就是，”该随员说着，问道，“叔说是不是？”

“是，”高寀应道，并问，“然后呢？”

“无论哪种情形，叔都是赢家，”该随员说，“阻拦采矿，朝廷治其罪，是叔赢；叔径自采矿，无论采得到矿，采不到矿，叔都不会输。”

‘为何都不会输？“高寀问。

“因为叔是径自采矿呀，”该随员道，“采得到矿，皆大欢喜，是叔赢；采不到矿，谁也不知叔在那里采矿，叔也没输。”

“采得到矿和采不到矿这两种情形，这样算说过去？”高寀问。

“是。”该随员应道。

“那好，你说算说过去，就算说过去。我只要你再说：本监有难不会死，却和这些情形有何关系？”高寀问。

“关系很简单呀，”该随员道，“叔在境内采矿，无论哪种情形，都是赢家；可到境外采矿，无论哪种情形，叔都是输家。”

“怎会都是输家？”高寀问。

“譬如，在境外采矿，须得和其大酋磋商。大酋不准，固是输家；大酋若准，也未必是赢家。”该随员说。

“大酋既准，证明磋商成功，为何也不是赢家？”高寀问。

“因为可能采得出矿，也可能采不出矿呀，”该随员道，“在境内采不出矿，无人知晓，到境外，采不出矿，人人皆知，固是输家；纵然采得出矿，也未必是赢家。”

“采得出矿，怎也不是赢家？”高寀问。

“因为采出的矿，可能守得住，也可能守不住呀。”该随员道，“欲在吕宋开采的，是金豆吧？金豆谁不爱之！据有吕宋的，是佛郎机人吧？

佛郎机人会让叔把金豆运回来？金豆被吕宋人夺走，被佛郎机人夺走，固是输家；纵然守得住，也未必是赢家。”

“守得住，怎也不是赢家？”高寀问。

“因为守住的金豆，可能运得回来，也可能运不回来呀，”该随员道，“吕宋距我中华，虽不甚远，但天有不测风云，海上谲波恶浪，谁能预测！万一满船金豆沉于海底，不用说是个输家；纵然侥幸，一路顺风地把金豆运回来，也未必是赢家。”

“运的回来，怎也不是赢家？”高寀问。

“因为金豆不仅让人喜爱，也让人嫉妒呀，”该随员道，“一船金豆运到福州，叔兴致勃勃；运进京师，爷兴致勃勃。可有的人，就不那么兴兴致勃勃。叔想啊，遍布天下的矿监、税使，年进白银以万计，叔一次进金豆，以十万计，还不得人人看红眼呀！他等谁个的话，爷听不进几句？他等谁个在宫里没个靠山？他等的靠山，谁个的话爷听不进去？谤言满天飞，叔怎成得了赢家！”

“总之，一旦抢到那个差事，注定要输。”高寀替他总结一句。

“叔说的是。”该随员应道。

“你庆幸我没把这件差事抢到手，也是为此吧？”高寀问。

“却也不是。”该随员道。

“还有别故？”高寀问。

“有。”该随员应道。

高寀第三次为他斟酒、布菜，看着他喝口，吃口，然后命道：“不准再打岔，告诉我，究竟何事值得庆幸！”

“属下还想问句话，可以不可以？”该随员问。

“你问的事，和我问的事，有关连吗？”高寀反问。

“有。”该随员应道。

“好，你问！”高寀答应了。

“叔可愿与众不同？”该随员问。

“怎会不愿！”高寀道，并说，“你问问他等，谁个不愿与众不同？”

“我等都愿与众不同。”众随员齐道。

“叔想在谁人眼里与众不同？”该随员又问。

“在爷眼里呗，”高寀道，并说，“你问问他等，想在谁人眼里与众不同？”

“在叔眼里呗。”众随员齐道。

“王县丞一死，给叔一个显示自家与众不同的机会，而且是在爷面前显示自家与众不同的机会。”该随员说。

“怎会！”高寀肯定不会轻易相信。

“王县丞不管死于惊吓，或死于醉酒，或死于惊吓加上醉酒，都是因为海澄县民张嶷吕宋机易山产金豆之说。叔何不上一本，参奏其说之妄！”该随员道。

“你是说，我参奏张嶷一本，即可与众不同？”高寀问。

“是。”该随员应道。

“这是为何？”高寀问。

“所有当上矿监、税使的叔们，只有在开某处矿时、收某处税时才上奏本，只有在开矿、收税被阻时才上奏本；叔反其道而行之，上奏本参采金豆之妄。此举在爷眼里，可不是与众不同；在世人眼里，可不是与众不同！”该随员道。

“不能说没道理——”高寀稍一沉吟，问其他随员，“你等以为如何？”

“属下以为不可。”一随员说。

“属下也以为不可。”另一随员说。

“你为何以为不可？”高寀问前一随员。

“他方才说到遭人嫉妒，属下以为，还有比遭人嫉妒更糟糕的。”前一随员说。

“那是何事？”高寀问。

“被所有当上矿监、税使的叔们视为异类。”该随员说。

“你为何以为不可？”高寀问后一随员。

“参奏张嶷，无异于自断后路。”后一随员说。

“怎叫自断后路？”高寀问。

“他方才说到，吕宋机易山产金，是张嶷之说；叔参奏他，日后谁还会给叔提供矿洞的消息！”该随员道。

“你怎说？”高寀问为他庆幸的随员。

“被视为异类，要看怎说。当上矿监、税使的叔们，有的可能把叔视为异类，有的不仅不把叔视为异类，说不定还要感谢叔。”该随员先驳斥第一个反对自己的随员。

“感谢我？这是为何？”高寀问。

“他等或被报矿的人纠缠，正没办法摆脱，叔参奏张嶷一本，岂不是给他等指出一条明路！”该随员道。

“参奏张嶷，也不会吓跑打算向我报矿的人吗？”高寀又问另一事。

“属下断定不会。”该随员道。

“却是为何？”高寀问。

“张嶷报矿，并非报与叔的，”该随员道，“他先报与海澄县，又报与漳州府，最后由福建巡抚奏闻于朝。叔参奏他一本，正好杀鸡儆猴，让那些报矿的人，除叔外，再不敢报与他人。”

高寀被他说服，命众人：“来，你等都敬他杯酒。”

“是。”众随员应着，纷纷敬酒。

“参本由你草拟。”高寀又命为他庆幸的随员。

“属下领命。”该随员应道。

高寀上疏后，朝廷降旨，命杀张嶷，传首海外。

第三百三十五章

朱赓回家，在大门外，家仆交给他一本几页纸装订成的小册子。他拿过来看一眼。纸是官府用的好纸，封面上几个大字，是刊印的。可以断定，里面的内容也是刊印的；没有只刊印个封面，其余手写的道理。

“谁人送来的？”他问。

文人将诗、文刊印，到处送人，是时尚。朱赓随口一问，没当成大事。如果说有些奇怪，只是想不通，谁会把自己的诗、文印成薄薄几页，正式装订之后，拿来送人？

“没人送来。”家仆回答。

“没人送来？”朱赓更有点儿奇怪，“没人送来，还能是你刊印、装订的不成？”

“小人哪儿有这等雅兴！就算有雅兴，也没工夫！”家仆道。

“不是有人送来，不是你自个儿整出来，却是哪儿来的？”朱赓问。

“小人捡的。”家仆说。

“捡的？”朱赓笑着说，“有银子掉在地上，你捡我信；肯于弯腰捡它，我才不信呢。”

“真是小人捡的，”家仆说着，往一边走两步。他叙述道，“小的估摸老爷差不多该回来，出门相迎，见它扔在此处，顺手捡起来。”

“写的何事？”朱赓问罢，又自我解嘲，“我也糊涂，别说你认不出这么多的字，就算你认得出，也未必说得清楚。”

“是，”家仆应道，“它在老爷手上，老爷自个儿看吧。”

封面字体虽大，但天色昏暗，朱赓眼神又不太好，初时一瞥，并未看清是几个字，更没看出是何字。

再看一眼，他不由站定。

“你真是在那里拾到的？”他问家仆。

“又不是宝物，小人为何要骗老爷！”家仆道。

“宝物？”朱赓摇了摇手里的小册子，说，“果是你拾的还罢，不然，有你受的！”

封面上印的四个大字“国本攸关”，赫然入目。

朱赓翻开封面，扉页上是同样大小的五个字：续忧危竑议。

正文数页，字体小得多。朱赓需要凑得更近，才勉强辨认得出字来。看过第一句话，他问：“郑福成是谁人？”

“老爷之友，我怎知！”家仆道。

“他是我友？”朱赓问。

“不是友人，老爷问他作甚！”家仆道。

朱赓摆摆手，意思是：我不问你，你也别来烦我。

他读文章是很快的，但现在却要一字一字地读，一句一句地读。这不仅是因为光线不好，更因为文章的内容太让人吃惊。

再读过几句之后，他忍不住又问：“我何姓？”

“老爷姓朱呀。”家仆说。

“我名何？”朱赓又问。

“老爷单名一个赓字。”家仆说。

从这两问，已看得出朱赓方寸已乱；而随后的两问，更让家仆怀疑，他是不是患严重的昏热病。

“我为何要姓朱？”朱赓问。

“老爷的祖上姓朱，老爷怎能不姓朱？”家仆道。

“我为何要名赓？”朱赓又问。

“老爷给小人讲过，赓者，接续之意。老老爷替老爷取这个名字，是要老爷续朱氏的香火。”家仆说。

“谁要你说！”朱赓斥道。他方寸已乱是真，却没患昏热病。他把小册子塞到家仆手里，像是甩掉一个烫手的山芋。他命道，“去东厂，找到提督陈公公，把此册交给他。无论多晚，这件事都要办成。”

家仆去很久才回来，想必是找到陈矩不那么容易。陈矩让他带回一句话：小册子已从别处得到，请少钦先生放宽心。

朱赓哪儿能放宽心！他连夜草拟一疏，详述其事，并请避位以谢天下。

陈矩到得文华殿时，皇帝已然自己看过朱赓的奏疏。

“朱先生辞官，老陈听说没有？”皇帝问。

“奴才已听说。”陈矩道。

“他为何辞官，你也知道？”皇帝又问。

“奴才也知道。”陈矩道。

“为的何事？”皇帝问。

“为的一本小册子；他连夜着人把小册子送去奴才处。”陈矩说。

“小册子带来没有？”皇帝问。

“奴才带来。”陈矩道。

“据你看，为此册朱先生该不该辞官？”皇帝问道。

“奴才以为，此册和朱先生绝无任何牵连；但既遭遇此事，朱先生辞官，也是必然之举。”陈矩说，

“还是读过再说吧。”皇帝道。

“是。”陈矩应一声，准备把小册子呈上。

皇帝摆了摆手，道：“你读，朕听。”

“此册以缸连纸印，皮面，上有国本攸关四字；次页，有续忧危竑议五字，其后文字，以对话形式撰写。”陈矩先作一概述。

“朕记得，《闺鉴图说·跋》也以对话形式撰写。”皇帝说。

“爷说的是。”陈矩应道。

“该书的落款写的是谁人？”皇帝问。

“朱东吉。”陈矩道。

“查访到此人没有？”皇帝问。

“奴才无能，一直没查访到。”陈矩说。

“不是你无能，朕知你是不欲惊动太多的人，故未大张旗鼓地查访，”皇帝说着，又问，“此册有无落款？”

“有。”陈矩应道。

“也是朱东吉吗？”皇帝问。

“不是，”陈矩道，“此册落款是：吏科都给事中项应祥撰，四川道御史乔应甲书。”

“朝中有无此二臣？”皇帝问。

“有，”陈矩应道，又说，“朝中虽有此二臣，但奴才以为，此册之撰写、刊印，应不关二臣的事。”

“何以见得？”皇帝问。

“二臣皆甲科出身，不会造此无稽之言；再者，廷臣撰文，一般都不会冠以官职。”陈矩说。

“不关二臣的事，为何以撰、书加在二人头上？”皇帝问。

“这奴才也说不好。”陈矩道。

“此事且存疑，老陈，你读吧。”皇帝命道。

“或有问于郑福成曰，”陈矩读道，“今天下太平，国本已固，无复可忧，无复可虑矣。而先生常不豫，何也？”

“这个郑福成是何人？”皇帝问。

“奴才还来不及查访。”陈矩说。

“廷臣中有无此人？”皇帝问。

“无有。”陈矩道。

“文臣、武臣中都没有吗？”皇帝多问了一句。

“文臣、武臣、内臣中都没有。”陈矩说得更全面。

“说不定和《闺范图说·跋》里的朱东吉一样，是个虚拟的名字。”皇帝推测道。

“爷圣明，”陈矩颂道，“昨夜奴才找几个秀才去，议一整夜，断定郑福成是个虚拟的名字；而且，此一虚拟名字，有特别含义。”

“有何特别含义？”皇帝问。

“郑者，指贵妃娘娘；福者，指福王殿下；成者，是说心想事成。”陈矩对三字一一解释。

“前者朱东吉三字，全是反意，今次郑福成三字，也是反意吧？”皇帝又推测道。

“诚如圣谕。”陈矩应道。

“真是反意？”皇帝随口一说，没想到却是真的。他本来还在想，如果郑福成三字真是为爱妃、爱子造势，自己该如何应对。现在不用考虑这种可能，只要想想这本小册子能把自己激怒到什么程度。

“是。”陈矩应道。

“老陈，再读吧，”皇帝命道，“朕倒要看看，今次的反意，和前者的反意，是怎样呼应的！”

“郑福成曰：是何言哉！今之事势，正贾生所说厝火积薪之时也。”陈矩读完这一句，估计皇帝一定有话要问。

“贾生是贾谊吧？”皇帝果然问。

“是。”陈矩应道。

“他说的厝火积薪之时，是怎样之时？”皇帝问。

“奴才复述贾谊原文吧？”陈矩请旨。

“好。”皇帝应道。

“贾谊曰：夫抱火厝之积薪之下，而寝其上，火未及燃，因谓之安。方今之势，何以异此！”陈矩复述道。

"他是在比喻处于危急之中而不知，是吧？"皇帝问。

"是。"陈矩应道。

"他说的麻木之人是谁个？是朕，还是太子，还是福王？"皇帝叱问。

"奴才想，他说的应该是太子。"陈矩道。

"取郑福成这么个名字，却为太子担忧，岂不是南辕北辙！"皇帝冷笑，并示意陈矩接着读。

"或曰：亦太甚矣，先生之言也。得毋谓储宫有未安乎？"陈矩读道。

"问得好！"皇帝称赞一句，并问，"郑福成怎说？"

"曰：然。夫东宫有东宫之官，一官不备，何以称乎？皇上迫于沈相公之请，不得已立之，而从官不备，正所以寓他日改易之意也。"陈矩接着读道。

"东宫之官既备，朕就不能改易吗？"皇帝索性不避讳易储之说。

"妄言储事，正其大罪。"陈矩指出小册子的关键所在，同时暗示皇帝，别顺着他的意思来议储事。

"他撰文的用意全在储君一事，你这会儿就可以定其罪。但朕除定其罪，还要议其非，所以朕才让你读。"皇帝说。

"是，"陈矩应一声，接着读道，"曰：改立谁其当之？曰：福王矣。大率母爱者子抱，郑贵妃之专权，回天转日何难哉！"

"老陈，你觉着贵妃专权吗？"皇帝插问。

"奴才没觉着，"陈矩说，"国事，爷裁之；宫事，亦爷裁之。若谓贵妃娘娘专权，又谓册立东宫非其意，怎至今未改易？"

"老陈问得好！"皇帝赞道。

"曰：何以知之？曰：以用朱相公知之。夫在朝在野，固不乏人，而必用朱相公者，盖名赓也。赓者，更也，所以寓他日更易之意也。"陈矩接着读道。

"朱相公辞官，大概为的是这一句。"皇帝说。

"爷说的是。"陈矩应道。

"他怎不说朕早就在用沈先生？"皇帝边问，边模仿小册子的句子说，"夫在朝在野，固不乏人，必用沈先生者。该名一贯也。一贯者，一以贯之也。"

"爷批驳得真好！"陈矩忍住笑称颂。

"老陈，你说，朱先生若真主更易，廷臣会响应吗？"皇帝问。

"下面正写此事，奴才读给爷听吧。"陈矩说。

"好。"皇帝应道。

"曰：是固然矣！然朱相公一人，安能尽得众心而变乱乎？曰：陋哉，子之言矣。夫蚁集膻，蝇逐臭，今之仕宦者皆是。岂有相公倡之，而众不附者乎！且均是子也，长可立，而次未必不可立也。侯之门，仁义存，谁肯舍富贵而趋死亡乎！”陈矩接着读道。

“他写的乱，还是朕听的乱？”皇帝问。

“是他写的乱。”陈矩说。

“他怎写的乱？”皇帝问。

“既曰蚁集膻，蝇逐臭，焉有仁义？既存仁义，谁不肯舍富贵而趋死亡！”陈矩道。

“朕倒希望，朱先生或沈先生倡之，众臣皆附。可朕知道，沈、朱相公既不会倡之，众臣也不会皆附之。”皇帝不无感慨地说。

“爷说的是。”陈矩应道。

“下面写的何事？”皇帝问。

“列附之者名。”陈矩说。

“还真有附之者，都是何人？”皇帝催促他快读。

“或曰：众附姓名，可得数否？曰：余数之熟矣。文则有王公世扬、孙公玮、李公汶、张公养志；武则有王公之桢、陈公汝忠、王公名世、王公承恩、郑公国贤。而又有郑贵妃主之于内，此之谓十乱。鲁论世谓有妇人焉，九人而已。正合文王舍伯邑考而立武王之意也。”

“除贵妃无可怀疑，其他九人在朕听来，似有似无。”皇帝说。

“其人应该是有的，但从未闻其更易东宫之议，亦不知其结交畹戚，奴才以为，也和吏科都给事中项应祥撰、四川道御史乔应甲书一样，是胡乱加与众人的。”陈矩说。

“朕知画出来的饼，是充不了饥的，”皇帝说着，问道，“伯邑考是文王长子，是吧？”

“是。”陈矩应道。

“他是被文王舍弃的吗？”皇帝问。

“周史遥远，奴才不能详知。在奴才印象里，伯邑考似为商纣王所杀，非文王有意舍弃。”陈矩说。

“朱东吉可以反其意，郑福成可以反其意，文王是否舍弃伯邑考，而立武王，也可以反其意吗？”皇帝提出一个尖锐的问题。

“戏言圣王，诚不可。”陈矩说。

“即以此事，撰文者当重治其罪。”皇帝说。

“诚如圣谕。”陈矩应道。

“再后又写何事？”皇帝问。

“评论此数人。”陈矩说。

“亦即，继续为朕画饼？”皇帝笑着问。

“爷说的是。”陈矩笑道。

“虽荒诞，也不妨读来听听。”皇帝道。

“曰：然则何以知此数人之所为乎？曰：数公皆人杰，无不望分茅胙土，如姚广孝，岂其富贵终其身而已乎！故有王世扬、陈汝忠，则靖难之兵取诸京营而自足矣；有李汶，则三边险要有人控之矣；有孙玮于保定，则扼天下之咽喉，四方勤王之兵无由至矣；有王之桢，则宿卫禁城有人，谁能斩关而入乎！”陈矩读道。

“他等或是人才，但能否称栋梁之才？”皇帝问。

“奴才不敢妄议。”陈矩道。

“王之桢是锦衣卫使吧？”皇帝又问。

“他是缇帅。”陈矩道。

“别臣朕印象不深，王之桢朕熟。不管你怎想，说他宿卫禁城，无人能斩关而入，朕反正不信。”皇帝说。

“知臣莫若君；爷不信，奴才也不信。”陈矩附和道。

“对其他人，此册怎评论？”皇帝问。

“曰：是固然矣。若张养志、王承恩、王名世者何欤？曰：养志，朱公私人也；而二王者，则朱公之乡人也。无不欲借相公之余光者，况有以招徕之乎？”陈矩读道。

“九人中，五人以才，三人以私，还剩一个郑国贤吧？”皇帝问。

“是。”陈矩应道。

“他应该也属于以私，”皇帝说，“郑国贤虽非朱先生私人，却是贵妃私人。”说罢，又解释一句，“朕只是顺着此册的口气说，并非以为张养志和二王真是朱先生私人。”

“奴才懂得。”陈矩回应一句。

“朕想，撰文者是不会放过贵妃的。”皇帝推测道。

“爷料的不错，下面就写郑贵妃，”陈矩说着，读道，“曰：然则事可济乎？曰：必济。庸人倡议，人尚影从，而此数公皆人杰也。且复有郑贵妃与陈矩朝夕比周于帝前，以为之主，共举大事，何谓无成！”

“怎么，老陈也被牵连进去？”皇帝问。

“禁城邃密，郑贵妃怎能和朱先生内外串连？怎能和另九臣内外串连？以及怎能和国舅府内外串连？在撰者想来，总得有个人物在其中穿针引线，奴才于是被派上用场。”陈矩说。

“想必如此，”皇帝笑道。复命，“老陈，再读！”

“曰：蛟门公独无言乎？曰：蛟门为人阴贼，常用于人。故有福已自成之，有祸则规避而不染。何以见其然也？夫锦衣卫西司房类奏有名，祖宗以来无不升者。而皇亲王道化，本内有名，竟不升，岂其财力出诸菜庸下者哉！盖沈相公欲右郑左王，故核实之时，令亲家史起钦抑其功而不录，王之桢有以默授之也。”陈矩接着读道。

“蛟门是谁人？”皇帝问。

“沈相公号蛟门。”陈矩说。

“王道化又是哪一门皇亲？”皇帝问。

“是中宫娘娘族人。”陈矩说。

“可是封锦衣卫官？”皇帝问。

“是。”陈矩应道。

“不是国舅嫡传吧？”皇帝问。

王皇后父王伟封永年伯，已逝，子王栋袭爵，所以皇帝问是不是国舅的直系子孙。

“不是。”陈矩道。

“不过以后族得封锦衣卫官，能立何功！非国舅嫡传，但求保住他现在的官职，还能求升！别说王道化不升，未必是沈先生所为；即便是沈先生所为，也不能说右郑左王。”皇帝说。

“爷说的是。”陈矩应道。

“余者还多不多？”皇帝问。

“不多。”陈矩回答。

“读完它吧。”皇帝命道。

“曰：然则子何以处此？曰：天之所兴，不可废也；天之所废，不可兴也。余止听天耳，安能反天乎！或人唯唯。”陈矩读道。

“没了？”皇帝问。

“以下是万历三十一年，及项应祥、乔应甲署名。”陈矩说。

“通篇似是而非，似真而伪。如起朱先生入阁，说是因他名赓，则同时起另一沈先生，却是为何？莫非因他名鲤，朕要借他鲤鱼跃龙门之吉？如列九臣，合贵妃为十乱，怎没一人曾力主册立常洵为东宫，又没一人力主更易？说沈先生右郑左王，可真冤枉死他！谁不知他入阁以来，乃至晋为首揆以来，一直为册立常洛而呼吁？再者，他右郑左王不对，右王左郑难道就对？大臣不可与外戚交结，我看，沈先生很懂得这个道理。”皇帝对该册作一个总的评述。

“诚如圣谕。”陈矩应道。

“老陈，你说此册该谓之何书？”皇帝忽问。

“奴才以为，可称作伪书。”陈矩说。

“你太客气，朕看，不如直呼为妖书。”皇帝道。

“爷对此册的称呼，比奴才想到的更贴切。”陈矩奉承一句。

“老陈，朱东吉其人，你没找出来，不找也罢；这个郑福成，你可不能再找不出来！”皇帝叮嘱道。

“奴才领旨。”陈矩应道。

第三百三十六章

黄昏时分，巡城御史康丕扬率一队逻卒，来到寺院外。

“是这里吗？”康丕扬问。

“回大人话，是这里。”一逻卒应道。

“围起来！”康丕扬命道。

一队逻卒不过十余人，整个寺院是围不住的，但把大门封住不难。

“敲门！”康丕扬又命。

一逻卒上前，把寺门勒得震天地响。

很快，一小和尚把门打开一道缝。应该正吃晚饭，他嘴里还在嚼着，嘴边挂着食屑，多半是大和尚让他来开门的。晚饭被打断，他满肚子不高兴，对敲门的逻卒说句“明日再来进香吧”，就要关门。

该逻卒不和他啰唆，一手抵住寺门，一手指指身后。

小和尚这才看出，来的不是一人，而是多人，还有个官老爷。他不敢再关门，不敢再不高兴。

康丕扬向他招手，他顺从地走出来。

“小师傅，不愿给自个儿找麻烦吧？”康丕扬问。

“不愿。”小和尚应道。

“不愿给你师兄、师弟找麻烦吧？”康丕扬问。

“不愿。”小和尚应道。

“不愿给你师傅、师叔找麻烦吧？”康丕扬问。

“更不愿。”小和尚道。

“出家人不打诳语，我问啥，你说啥，好不好？”康丕扬先加以威胁，然后晓之以理。

“好。”小和尚应道。

“本寺有没有个法号达观的师傅？”康丕扬问。

“没有。”小和尚回答。

“当真没有？”康丕扬再问一遍。

“当真没有。”小和尚回答。

康丕扬相信他没说谎，转而盯住一名逻卒，看他怎说。

“大人，是云游僧。”该逻卒说。

“对，本寺有没有云游僧？”康丕扬又问小和尚。

“有。”小和尚应道。

“他是何法号？”康丕扬问。

“达观。”小和尚道。

“你不是说没有其人吗？”康丕扬责道。

“大人问的是本寺，他不是本寺的师傅。”小和尚说。

“倒是我问的有毛病，”康丕扬说着，换成商量的口吻，“我不愿打扰诸位师傅的清修，你去把他唤出来，好不好？”

“好。”小和尚应一声，回到寺院。他不敢把门关死，但不关上，似又不妥，于是，把寺门虚掩。

被他唤出来的和尚身材高大，浓眉大眼，一看就是半路出家。

“大人找达观？”出来的大和尚问。

“你是吗？”康丕扬反问。

“贫僧是。”大和尚应道。

“你既是达观，问你两个人。”康丕扬说。

“大人请问。”大和尚道。

“吏科都给事中项大人，识否？”康丕扬问。

“可是名讳上应下祥的项大人？”大和尚问。

“是。”康丕扬应道。

“贫僧识得项大人。”大和尚道。

“一个出家，一个尘世，怎会相识？”康丕扬问。

“出家之人身在尘世，尘世之人心有我佛，不知不觉会走到一起。”大和尚说。

“不知不觉会走到一起，这话说得好，”康丕扬虽是称赞，但听上去，有点儿阴阳怪气。他又问，“御史乔大人，识否？”

“可是名讳上应下甲的乔大人？”大和尚问。

“是。”康丕扬应道。

“贫僧识得乔大人。”大和尚说。

“你与他怎会相识？”康丕扬问，并警告说，“别说是不知不觉走到一起去的；

据我所知，乔大人心中无佛。”

“我和乔大人还真不是不知不觉走到一起去的，”大和尚说，“我去五台拜山，途经平阳，曾在乔大人家中住过一夜。他家人知我要来京师，托我捎封信给乔大人。我和他这样相识，也是一种缘分吧。”

“也是一种缘分，这话也说得好，”康丕扬又阴阳怪气地说，“一则不知不觉地走到一起，一则因一种缘分走到一起，为这两句话，请大和尚随我等走一趟吧。”

“大人带我去哪里？”大和尚问。

“无须多问，一到便知。”康丕扬道。

差不多同时，刑科给事中钱梦皋率一队逻卒，到一处宅院外。

他眼神不好，手指门上的匾额，问逻卒头目：“看得清那字吧？”

“回大人话，看不清。”逻卒头目道。

“我是问三个大字。”钱梦皋说。逻卒头目也看不清，让他感到自己的眼神没那么糟糕，心情不由得好转。

“大人，是四个大字。”逻卒头目道。

“是吗？”钱梦皋定睛看过去，仍分辨不出是三字，还是四字，但想逻卒头目说得应该不错，于是问道：“四个大字，看得清吗？”

“悬，壶，沈，宅。”逻卒头目一字一顿地读道。

“不错，就是这家。”钱梦皋说着，下马。

“大人怎知就是这家？”逻卒头目问。

“沈宅，不是你说的吗？”钱梦皋道。

“京城姓沈的，不知有几多家。”逻卒头目说。

“悬壶二字，你不懂吗？”钱梦皋问。

“似指行医之人。”逻卒头目不很有把握地说。

“着哇！”钱梦皋道，“京城姓沈的人家不少，可姓沈的医者有几人？敢把悬壶二字书于匾额的姓沈的医者又有几人？”说着，命道，“敲门！”

两名逻卒上前，你一下我一下地拍响门环。

应门的童儿把门打开一道缝，说句“先生已歇息”，就要把门关上。

两个逻卒一人伸出一条腿，把门别住。他们也不说什么，一人伸出一手，指指自己身后。

童儿看出，来的不是两人，而是多人，还有位官老爷。他撒腿往里跑。

再出来的是名四五十岁的男子，边走边嘟囔：“天黑不出诊，是多少年的规矩。

捆绑去，我不诊视，不开方，有何用？”

“谁人定的规矩呀？”钱梦皋问。

“当然是本人定的规矩。”该男子道。

“不是朝廷定的规矩，就不碍事。”钱梦皋说。

该男子看他一眼，问道：“大人是谁？”

逻卒头目马上介绍：“这位大人是巡城大御钱大人。”

“久仰。”该男子揖道。

“先生是沈令誉沈医生？”钱梦皋问。

“我是。”该男子应道。

“我不捆绑，沈先生自个儿随我去，好不好？”钱梦皋问。

“随大人去何处？”承认自己是沈令誉的男子反问。

“我带人来，当然是去你该去之处。”钱梦皋道。

“听起来像是狱中。”沈令誉说。

“正是狱中。”钱梦皋道。

“为何将我下狱？”沈令誉问。

“问你个人。”钱梦皋说。

“问我何人？”沈令誉问。

“你是行医之人，当然问的是患者。”钱梦皋道。

“就在此处问，不行吗？”沈令誉请求。

“可以呀，但只怕在此处问完，你还得随我去，”钱梦皋说着，问道，“沈先生想想，你的患者中有没有个叫郑福成的？”

“不用想，有。”沈令誉道。

回答如此干脆，是钱梦皋没想到的。他愣了愣，问道：“沈先生确定？”

“确定，”沈令誉肯定地说，“多年之前，我有个患者，叫这个名字。”

“多年之前，是多少年之前？”钱梦皋问。见沈令誉伸出三根手指，他问，“三年之前？”

“不，”沈令誉摇着头说，“是三十年之前。”

“三十年之前的一个患者，沈先生怎还记得他的名字？”钱梦皋问。

“一来，他的病很怪，为他医治，我曾下不少的工夫；二来，他感激我下的工夫，把几函祖传的医书送给我。”沈令誉说。

“他送书给你？”钱梦皋问。

“是。”沈令誉应道。

“送的恐怕不只是医书吧。”钱梦皋道。

“只是医书，一本别的书也没有。”沈令誉说。

“有没别的书，沈先生说了不算，还得问问送书的。”钱梦皋道。

“大人要问郑福成，绝无可能。”沈令誉问。

“怎么？”钱梦皋问。

“我给郑福成治病时，他已七十多岁，要是活到今日，该有一百多岁。”沈令誉说。

“你是说，他已死？”钱梦皋问。

“二十年前，他已入土。”沈令誉说。

“怎会！他难道先知先觉，能料到十年、二十年后的事？”钱梦皋自语。他对沈令誉说，“你既给他治过病，他既送过你书，你还得随我去。”

领锦衣卫事的左都督王之桢，把千户王承恩、王名世找来，问他们：“被列为人杰，你两个是高兴，还是害怕？”

“卑职高兴。”王承恩说。

“卑职害怕。”王名世说。

“你为何高兴？”王之桢先问王承恩。

“之帅也被列为人杰；卑职再也想不到，能与之帅并列，真是死也值得。”王承恩说。

“你为何害怕？”王之桢再问王名世。

“之帅也被列为人杰；卑职再也想不明白，怎能与之帅并列，只怕死也不得安心。”王名世说。

“王五，我告诉你，先别高兴。”王之桢对王承恩说。

锦衣卫官校王姓多，有人私下里按照职位和年纪把他们排序。王之桢肯定排在第一，不过没人敢这样称呼，因此王大是空缺的。王承恩排在第五，王名世排在第七。王之桢觉得王五、王七叫着亲切，在非正式的场合，总这样叫他们。

“卑职是不该高兴。”王承恩说。

“咦，怎瞬间就变？”王之桢奇怪地问。

“名哥说的有道理，卑职怎敢和之帅并列。”王承恩说。

“我让你先别高兴，不是为此。”王之桢道。

“那是为的何事？”王承恩问。

“你那个人杰，是以朱相公私人而论；接下来该被科、道官们口诛笔伐，还顾得上高兴！”王之桢道。他又对王名世说，“王七，我也告诉你，先别害怕。”

“卑职是不该害怕。”王名世说。

“你怎的也变？”王之桢也奇怪地问。

“承哥说的有道理，和之帅并列，是何等荣耀。”王名世说。

“你是说，科、道要口诛笔伐，也是先口诛笔伐我？”王之桢问道。并说，“我让你先别害怕，不是为此。”

“那是为的何事？”王名世问。

“皇上钦定妖书案，不过是文臣与文臣之争，和我等武臣能有多大干系？”王之桢道。

“之帅的意思，我等可以置身事外？”王名世问。

“那也不是，”王之桢道。“朝廷出这么大的事，我等置身事外，皇上还要我等作甚！”

“之帅的意思是，我等也去抓人？”王承恩问。

“人肯定是要去抓的，”王之桢说，“东厂知会锦衣卫抓人，锦衣卫则派人去抓人；东厂知会锦衣卫配合抓人，锦衣卫则派人去配合。五城兵马司知会锦衣卫抓人，锦衣卫则派人去抓人；五城兵马司知会锦衣卫配合抓人，锦衣卫则派人去配合。顺天府知会锦衣卫抓人，锦衣卫则派人去抓人；顺天府知会锦衣卫配合抓人，锦衣卫则派人去配合。”

“之帅，卑职不懂。”王承恩说道。

“之帅，卑职也不懂。”王名世说。

“王五，你说！”王之桢命王承恩。

“抓人应以锦衣卫为主，之帅这次为何强调配合？”王承恩问。

“看来，你真的不懂，”王之桢道，并命王名世，“王七，你说！”

“锦衣卫向来不受制于人，之帅这次为何听命于人？”王名世问。

“看来，你也真的不懂。”王之桢道。

“乞之帅明示。”王承恩、王名世躬身道。

“妖书案乃朝廷大案，所以，东厂、五城兵马司、顺天府等说要抓人，锦衣卫不得不派人去抓；说要锦衣卫配合抓人，锦衣卫不得不派人配合；但它等要锦衣卫抓的人，要锦衣卫配合抓的人，未必是我要抓的人，未必是首要之犯。所以，无须和东厂争，无须和五城兵马司争，无须和顺天府争。”王之桢向他们解释。

“听这话，之帅已知首要之犯是谁人？”王承恩问。

“王五，你有点儿开窍。”王之桢说。

“听这话，之帅已有所部署？”王名世问。

“王七，你也有点儿开窍。”王之桢说。

“再乞之帅明示。”王承恩、王名世齐躬身道。

“事要你等去做，自当告诉你等，”王之桢说着，做个手势，要二人凑近，“礼卿之中，有人或与妖书案有牵连。”

“之帅是说尔张先生吗？”王承恩问。

“不是。”王之桢道。

“今署礼部的是尔张先生。”王承恩说。

“不是还有一名堂上官吗？”王之桢道。

“之帅说的是郭侍郎吧？”王名世问。

“就是他。”王之桢道。

“他已被罢斥。”王名世说。

“我知。”王之桢道。

“他已出京。”王名世又说。

“我亦知，”王之桢道，并问，“王七，你是何意？”

“卑职在想，已罢斥，已出京，还能不能再追究？”王名世道。

“王五，你说呢？”王之桢转问王承恩。

“卑职以为，仍可追究。”王承恩说。

“为何仍可追究？”王之桢问。

“郭侍郎是因楚府事被罢斥的，非因妖书案被罢斥的；妖书案既与他有牵连，宜再追究。”王承恩说。

“此事你说得对，”王之桢说着，又问，“王五，你拟怎行事？”

“卑职率人，把他请回京师。”王承恩说。

“这个请字，有点儿意思，”王之桢说着，又问王名世，“王七，你看可不可以把他请回京师？”

“卑职以为，请字虽然客气；但请回郭侍郎，似有不妥。”王名世说。

“有何不妥？”王之桢问。

“朝廷有旨罢之，却无旨逮之。”王名世说。

“此事你说得对，”王之桢说着，命道，“你两个听好，郭侍郎不可不追，亦不可带回；可率一队军士，赶去拦住他船，围而不逮。”

“是，”王承恩、王名世齐应道，又齐问，“卑职二人同去吗？”

“去一人即可，另一人还有差事，”王之桢说着，问道，“谁个去？”

“卑职等愿听完另一差事，再分别行事。”王承恩、王名世齐道。

“我知你二人嫌这桩差事有点儿麻烦，但我告诉你另一桩差事后，你二人说不定要抢这一桩差事。”王之桢道。

“之帅，这是为何？”王承恩、王名世齐问。

“阁老之中，有人或与妖书案有牵连。”王之桢说。

他说话的声音虽低，但在王承恩、王名世听来，无异于晴天霹雳。

“是哪一位相公？”二人齐问。

“妖书中不提哪一位相公，哪一位相公则有嫌疑。”王之桢说。

“妖书竭力攻讦者，是朱相公。”王承恩说。

“妖书言及四明相公，称其阴贼。”王名世说。

“妖书未提归德相公！”二人又齐道。

“低声！”王之桢喝道。

“如之帅所言，卑职更愿担当前一桩差事。”王承恩说。

“是因为后一桩差事麻烦更大吗？”王之桢问。

“是，”王承恩应一声，说道，“归德相公是次辅，总不能说把他抓来，就把他抓来。”

“王七，你说呢？”王之桢转问王名世。

“卑职以为，后一桩差事未必麻烦更大。”王名世说。

“对付阁老，难道不比对付侍郎麻烦？”王之桢问。

“逮阁老，逮侍郎，皆须有旨；今郭侍郎已出城，归德相公在城里；一旦有旨，逮归德相公反而比逮郭侍郎容易。”王之桢说。

“此事你说得对，”王之桢说着，问王承恩，“王五，你说呢？”

“对郭侍郎，可围而不逮；卑职不知，对归德相公可否？”王承恩问。

“有何不可！”王名世道。

“对归德相公亦可围而不逮吗？”王之桢念叨着，问王承恩，“王五，我看你以为不可吧？”

“是。”王承恩应道。

“为何不可？”王之桢问。

“郭侍郎在回乡途中，可以围之；他知道下不了船，多半也不会下船。归德相公在朝，他要上朝，能不让他去吗？他要赴朝会，能不让他去吗？”王承恩道。

“此事你说得对，”王之桢说着，命道，“你两个听好，对归德相公，不是围而不逮，是搜而不逮。你等可率一队官校，径入归德相公宅邸搜索，不得我命，不可撤出。”

“是。”王承恩、王名世齐应道。

“之帅说可径入归德相公宅邸搜索，是不分青红皂白地径入搜索吗？”王名世不放心地问。

“怎叫不分青红皂白！”王之桢道，“康御史逮达观和尚，你知道吧？钱给谏逮沈医生，你知道吧？这两个人都和归德相公有深交，或有私物藏于归德相公宅邸。皇上命彻查这两个人和妖书的关联，凡和他们有私交的人家，都需要搜索。”

“既有旨，亦无不可。”王承恩、王名世齐道。

“两件差事，一件动腿，一件动手。谁个爱动腿，谁个爱动手，你两个合计着办吧。不过，接办该差事之前，先替本督办件事。”王之桢说。

“是。”王承恩、王名世齐声应道。

“我等拦截郭侍郎，搜索归德相公家，不是替之帅办事吗？”王承恩心眼多，听出弦外之音。

“不是。”王之桢回答得很肯定。

“不是？”王承恩、王名世惊问。

“不是！”王之桢再次肯定，“给你等讲两件事。第一件事：我拜谒四明相公，对他说，外面盛传，妖书乃郭侍郎所为。四明相公沉默良久，不语。我问要不要预谋之。四明相公又沉默良久，道：潞河近，楚水远。”说到这里，问道，“你两个说，截郭侍郎船，是不是四明相公之意？”

“是。”王承恩、王名世应道。

“第二件事，”王之桢接着述道，“我对四明相公说，所逮各人，多与归德相公有旧。四明相公沉默良久，道：不加排除，怎为其洗刷？”说到这里，问道，“你两个说，搜归德相公家，是不是四明相公之意？”

“是。”王承恩、王名世应道。

“既曰妖书案是文人与文人之争，离我等远得很，郭侍郎、归德相公之事办得再好，也没我等多少好处。我要你两个替我办件事，办的却是离我等很近的事，与我等利益攸关的事，”王之桢说着，问道，“你两个官锦衣千户多年，为何至今未升佥事？是我不关照吗？”

“不是。”王承恩、王名世齐道。

“之帅对我两个很是关照。”王承恩又说。

“有恶鬼当道，故我等进阶艰难。”王名世又说。

“恶鬼不仅恶，还很小心，轻易抓不到他的把柄。你两个不觉着吗，妖书一案，倒让你等进阶有望？”王之桢问。

“之帅是说，把恶鬼和妖书案牵扯到一块儿？”王承恩问。

“这太容易，我和承哥各上一疏，他则无处可遁。”王名世说。

他们说的恶鬼，是佐领锦衣卫事的都督佥事周嘉庆。周嘉庆与王之桢不和，故对王之桢亲信之人，处处刁难。王承恩、王名世疏参周嘉庆与妖书案有连，周嘉庆及家小被下狱，东厂与法司会鞫。

第三百三十七章

皇帝给慈圣皇太后请过安，出慈宁宫后问道：“老田来没来？”

田义上前应道：“奴才来了。”

“母后才问朕，外面动静是不是闹得太大，朕真不知道该怎样回复母后。”皇帝说。

“此事怎把圣母娘娘也惊动？”田义问。

“谁说不是！”皇帝道，“到处都有人多嘴，朕就忘叮嘱一句：不得向慈宁宫传言此事。可话说回来，母后稍听到一些风声，问起来，谁个敢不回禀？”

“爷说的是。”田义应道。

“老田，你告诉朕实话，此事是不是闹得动静太大？”皇帝问。

“动静确大。”田义道。

“怎见得大？”皇帝问。

“譬如，缇帅王之桢、御史康丕扬率上百军士，封锁次辅沈先生宅第，入内搜索三日。”田义举例。

“此事我知，”皇帝道，并问，“此事动静大吗？”

“此事闹得京师人心惶惶。”田义说。

“还有何事？”皇帝让他再说。

“譬如，锦衣卫官围截解职礼部侍郎郭正域舟于潞河，使之进不能进，退不能退。”田义又举例。

“此事我亦知，”皇帝道，并问，“此事动静大吗？”

“此事闹得京畿人心惶惶。”田义说。潞河流经通县的运河北端，也就是说，郭正域一出京门，即被锦衣卫官校拦截。

“还有何事？”皇帝问。

“刑垣钱梦皋上疏，参奏多人。”田义又举例。

“此事动静大吗？”皇帝问。

“满朝文臣人心惶惶。”田义说。

“你说他参奏多人，参奏的是谁个？”皇帝问。

“第一个是郭侍郎。”田义说。

“于郭侍郎，已有多疏参奏，此疏有何不同？”皇帝问。

“疏称：郭侍郎与达观和尚交深，于达观和尚处，搜得其答郭侍郎书。书中有曰：慈圣欲建招提于现处，主上断不与，安得言孝？由此可见，郭侍郎侦伺宫中事。郭侍郎与沈令誉交深，于沈令誉处，搜得楚王华奎所上密揭，及华越疏副封。由此可见，妖书案与楚府案，密切相关，实为一案。”田义说。

“还参奏谁个？”皇帝又问。

“次辅沈先生。”田义说。

“参奏他何事？”皇帝问。

“参其屡为奸人缓颊。举朝曰大变，彼曰小事；举朝曰当补，彼曰可容。”田义述道。

“还参奏谁个？”皇帝问。

“刑部主事于玉立。”田义说。

“参奏他何事？”皇帝问。

“沈令誉家搜得文书，皆其所致。”田义说。

“还参奏谁个？”皇帝问。

“吏部郎中王士骐。”田义说。

“参奏他何事？”皇帝问。

“于玉立起官，乃郭正域及王士骐力荐。”田义说。

“还参奏谁个？”皇帝问。

“荆门同知胡化。”田义说。

“参奏他何事？”皇帝问。

“诬陷国子监祭酒阮明卿撰妖书，无据。”田义说。

“某人指某人撰妖书，有一个有据的吗？钱梦皋参胡化，应不是为此。”皇帝判断。

“爷圣明，”田义颂道，“胡化乃郭正域同乡，阮明卿则是钱梦皋姻亲，明参胡化，实参郭正域。”

“还有何事？”皇帝问。

“掌锦衣卫事都督王之桢，千户王承恩、王名世等，参奏同僚都督佥事周嘉庆。”田义又举例。

“此事动静大吗？”皇帝问。

“满朝武臣人心惶惶。”田义说。

“武臣彼此讦奏亦多，何至于人心惶惶？”皇帝问。

“周嘉庆妻妾及舍人袁鲲等均被施以酷刑，甚是凄惨，多有为之鸣冤者。”田义说。

“看来，确须尽快了结此事。”皇帝道。

“诚如圣谕。”田义称颂。

“京师人心惶惶，京畿人心惶惶，满朝文臣人心惶惶，满朝武臣人心惶惶，其实另有一处人心惶惶，你还没说。”皇帝道。

“爷说的是哪处？”田义问。

“宫中，”皇帝道，“宫中若不是人心惶惶，母后怎会问朕？这且不说；朕闻，洛儿这些天也是惶惶不可终日。”

“爷说的是。”田义应道。

“老田，你亲去把洛儿领来，朕在启祥宫里等他。”皇帝命道。

“奴才领旨。”田义应道。

常洛进宫，行礼之后，皇帝问他：“长哥，这两日寝食安否？”

“尚可。”常洛小心斟酌字句。

“何谓尚可？”皇帝问。

“还咽得下饭，还睡得着觉。”常洛说。

“听讲安否？”皇帝问。

“尚可。”常洛道。

“读书安否？”皇帝问。

“尚可。”常洛道。

“写字安否？”皇帝问。

“尚可。”常洛道。

“按照你的说法，尚可即不好。这些日子，你寝食不安，听讲不安，读书不安，写字不安，”皇帝说着，问道，“长哥，是不是？”

“诚如父皇所谕。”常洛道。

“可是为的妖书一案？”皇帝问。

“是。”常洛应道。

“妖书所言何事，长哥儿知否？”皇帝问。

“儿臣略知一二。”常洛道。

“把你所知一二说与朕听。”皇帝命道。

“妖书说，阁臣朱先生名赓，父皇用他，有更易太子之意。”常洛说。

“你信不信？”皇帝问。

“儿臣不信。”常洛道。

“为何不信？”皇帝问。

“儿臣只知不信，不知为何不信。”常洛说。

“你知不信，已然足够；朕再给你说两个不可信的理由，”皇帝道，“其一，赓者，延续也。若有人对你说，朕用朱赓入阁，有更易太子之意；你可以告诉他，父皇用朱赓入阁，有命我承嗣大统之意。”说着，问道，“长哥会说吗？”

“儿臣会说。”常洛应道。

“其二，长哥可知，朱先生是哪年进士？”皇帝问。

“儿臣不知。”常洛道。

“他是隆庆二年进士，”皇帝告诉他后，说道，“若有人对你说，朕用朱赓入阁，有更易太子之意；你可以问他，隆庆二年，朱赓登进士，以及选庶吉士，莫非皇祖也有更易太子之意。皇祖若有更易太子之意，父皇怎能登极？”说着，问道，“长哥会问吗？”

“儿臣会问。”常洛应道。

“好，”皇帝点点头，说道，“长哥知妖书之言不可信，又知妖书之言为何不可信，大可不必恐慌。妖书不干你事，朕震怒不干你事，严厉追究妖书出处不干你事。该吃饭时，你安心吃饭。”

说到这里，皇帝停顿一下。

“是。”常洛应道。

“该就寝时，你安心就寝。”皇帝又叮嘱。

“是。”常洛应道。

“该读书时，你专心读书。”皇帝又叮嘱。

“是。”常洛应道。

“该写字时，你专心写字。”皇帝又叮嘱。

“是。”常洛应道。

“朕年轻时酷爱写字，深知不专心，是写不好字的。”皇帝多说一句。

“儿臣谨记圣训。”常洛道。

“该开启宫门时，却不妨晚些开启。”皇帝又叮嘱。

“是。”常洛应道。

“该关闭宫门时，却不妨早些关闭。”皇帝又叮嘱。

“是。”常洛应道。

“朕还有几句话，要亲自写出来，长哥自个儿去读；并着老田拿去晓谕内阁。”皇帝命道。

“儿臣领旨。”常洛应道。

皇帝拿起笔来，不知是可怜起常洛的境况，还是想到自己的心愿终究难以实现，爱妃、爱子的心愿终究难以实现，竟潸然泪下。

太子从未见父皇当面啼哭，又是感动，又是惊吓，挥泪如雨。

皇帝有感，手谕写得特别通畅。略曰：我今日亲朝圣母回宫，就宣皇太子在启祥宫，赐皇太子慰言。乃戒谕皇太子云：我的恩爱教训，天性之心，你是知道。你是纯诚孝友好善的，我平日尽知。近有逆恶捏造奸书，离间我父子兄弟天性亲亲，动摇天下。已有严旨缉拿，以正国法。我思念你必有惊惧动心，着阁臣拟写慰旨，安慰教训你。又有戒谕内外执事人等旨意，今日宣你来，面赐予你。我还有许多言语，因忿怒动火，难以尽言。我亲笔写的面谕一本，赐你细加看诵，则知我之心也。到宫安心调养，毋听小人引诱。

田义至内阁，宣读圣谕，内阁三臣听罢，无不感动。

“田公可稍坐否？”沈一贯问。

“肩吾先生可谓和皇上想到一块儿！皇上也命我宣谕之后，听听相公们的高论。”田义说。

四人就座，沈一贯先说：“皇上与太子父慈子孝，父子情笃，臣等无不欢欣鼓舞。”

“仲化先生、少钦先生也有同感吧？”田义问。

“是。”沈鲤、朱赓应道。

“那就别重复，说些实际的吧。”田义道。

“田公的意思——”三阁臣齐问。

“皇上心迹，公等知否？”田义问。

沈一贯欲言又止。沈鲤欲言又止。朱赓知道他们有何难言之处，知道自己不能也欲言又止。他再不开口，势必冷场。

“我以为，皇上想尽早了结妖书一案。”他说。

“何以见得？”沈一贯问。

“是啊，少钦先生怎看出来的？”田义也问。

“皇上圣明，既料定太子会为妖书案惊惧动心，既心存慈爱，安慰太子，定知尽早了结妖书一案，太子才能定下心来。”朱赓说。

“少钦先生看得透彻。”田义道。

“田公也以为，皇上想尽早了结妖书一案？”沈一贯问。

“是。”田义应道。

“也和少钦兄的想法一样？”沈一贯问。

“那却不是，”田义道，“少钦先生从此篇谕旨看出，皇上想尽早了结妖书一案，可谓真知灼见。我没他这么高的见识。”

“那田公是怎看出来的？”沈一贯问。

“我不是看出来的，是听出来的，”田义道，“皇上在宣召太子之前，谕曰：看来，确须尽快了结此事。皇上所谕此事，即妖书案。”

“皇上为何突然想了结此案？”沈一贯不解地问。

“因牵涉太广，连慈圣娘娘都惊动。”田义说。

“不欲牵涉太广，真乃圣人之心，”沈一贯称颂一句，然后问朱赓，“少钦兄既看出皇上想尽早了结妖书案，我等是不是当依顺圣意？”

“依顺圣意，即依顺天意。”朱赓说。

“当如何依顺圣意？”沈一贯问。

“进言，请宽妖书之狱。”朱赓说。

“仲化先生意下如何？”沈一贯又问沈鲤。

“不欲牵涉太广，真乃圣人之心，肩吾先生说得好；依顺圣意，即依顺天意，少钦先生说得好。”沈鲤说。

“我是问进言之事。”沈一贯说。

“当进言。”沈鲤说。

“就请仲化先生拟疏，如何？”沈一贯道。

“此疏不可由我拟之。”沈鲤拒绝。

“我等三人，久未同上一疏；此疏正当由仲化先生拟之，为何仲化先生却称不可？”朱赓问。

“此疏我不仅不可拟之，且不可与二公同上。”沈鲤又说。

“却是为何？”朱赓问。

“进言，是请宽妖书之狱。科、道说我和妖书一事有牵连，我若签署，是以当事之人，自请宽之，岂不贻笑大方！”沈鲤道。

“宽狱不便议，可想个其他名目。”朱赓还是希望三人同上一疏。

“宽狱是最要紧的事，内阁不可不言之；但仲化先生所言，也有道理。不如肩吾先生、少钦先生进言宽狱，仲化先生另上一疏。”田义说。

“也好。”三阁臣齐应道。

赶在年底之前，三阁臣匆匆上疏。沈一贯、朱赓合疏，请宽妖书之狱；沈鲤则引咎乞罢。

廖心一 著

万历皇帝全传

全六册

⑤门户立，东林突起

金城出版社
GOLD WALL PRESS
·北京
BEIJING

第五部

门户立，东林突起

第三百三十八章

万历三十二年的正旦节，廷臣都没过好，因为正旦之后，马上要廷鞫妖书一案的主要嫌犯。皇上想尽快了结此案，阁臣上疏，请宽妖书之狱，去岁年底的这两件事，使得朝廷的风向大变。在追查妖书一案中呼风唤雨的官员们开始收敛，希望化解此案的言论渐多。但无论站在哪一个立场，从哪一个角度看，谁都知道，他们的话不算数；今次廷鞫的结果，是了结此案的关键。

主要嫌犯姓皦名光生，是顺天府学生员。有人说不但姓氏是假的，名字也是假的，他的真实姓名是杨本，原为文安县生员。尽管说法不同，有一点却是相同的，即此人因行为不端而被黜。

和以往的廷鞫一样，今次的廷鞫也在午门外廊庑举行。

陈矩奉旨监审，在廊庑外，被王之桢叫住。

“督公，留步。”王之桢道。

陈矩站下，问道：“之帅有事？”

“还早，想和督公在外边说几句话。”王之桢道。

“好。”陈矩应道。

“今日会审，我想多带个人进去，还望督公准允。”王之桢说。

“没问题呀。”陈矩道。

“当真没问题？”王之桢没想到他答应得这么痛快。

“之帅为何不信！”陈矩道，“我知在锦衣卫挂职的都督同知多，之帅想带几个进去，都没问题。”

“不是同知。”王之桢说。

“佥事亦可。”陈矩道。

“亦非佥事。”王之桢说。

“官职再低，却不好办，”陈矩说，“锦衣卫官校，不知有几，总不能都参与会审吧？若是与案情有关，会审时须得唤来作证，之帅不妨让他在外边候着。”

“不多，只一人；但会审开始，他就要在场。”王之桢说。

“为何非要他一开始就在场？”陈矩问。

“我希望会审时，由他听记。”王之桢说。

“这怎成！”陈矩一口回绝，“廷鞫有成例，记录有法司官，之帅怎能另带一人入内听记！况且——”说到这里，他想起一件事，“我想起来，之帅欲专人听记，曾奏请过，是吧？”

“有此事。”王之桢应道。

“皇上怎批复的？”陈矩问。

“未准。”王之桢说。

“皇上未准，是皇上圣明；亏得我记起此事，若懵懂答应，之帅岂不是害我获罪！”陈矩道。

“我绝无害督公之意，只为案情重大，我才想由专人听记，好给锦衣卫留下招揭。”王之桢说。

“案情不重大，为何廷鞫！廷鞫之际，你想给锦衣卫留个招揭，带个专人入内听记；我想给东厂留个招揭，带个专人入内听记；各部想给本部留个招揭，都带专人入内听记；各科想给本科留个招揭，都带专人入内廷记；各道想给本道留个招揭，都带专人入内听记，岂不乱套！”陈矩说着，连连摆手，“之帅所请，恕难从命。”

“督公守的是制度，我无话可说。”王之桢很是无奈。

会审之后，廷臣商量着如何上奏。

“皦生光供认的事不少，重大者，我看只有两件：一是勒索宁远伯金，一是勒索郑国舅金。”刑部尚书肖大亨说。

“勒索宁远伯金，皦生光供认得最为详细，但我疑此事能否详奏。”掌院都御史温纯说。

两位最重要的法司官各执一词。但他们对对方的说法都很清楚，所以并不需要相互询问。比如，肖大亨就不会问温纯，为何不得详奏。

提出这个问题的，是兼署吏部的户部尚书赵世卿。

“为何不得详奏？”赵世卿问。

不是肖大亨询问，温纯似乎也不需要回答。

要回答这个问题的，是工部尚书姚继可。

“象贤先生无须问景文兄。”姚继可说。

“景文先生所议，不问他却问谁？难道问光父先生？”赵世卿问。

“可以呀，”姚继可道，“象贤先生所问，说不定我碰巧能说上来。”

“那就请问光父先生，皦光生勒索宁远伯一事，为何不得详奏？”赵世卿当真转问他。

“景文兄用的两个字，象贤先生可曾留意？”姚继可反问。

“哪两个字？”赵世卿又反问。

“详细，”姚继可道，并问，“换我，会用翔实二字；换象贤先生，会不会也用这两个字？”

“可能吧。”赵世卿不置可否。

“但景文兄用的是详细二字，象贤先生可解其意？”姚继可问。

“详则详矣，却未必实？”赵世卿即便开始没留意，在姚继可追问之下，也能说出个大概。

“然也。”姚继可道。

“光父先生不能越俎代庖呀，是否其意，还得景文先生说的才算数。”李廷机插言道。

“有这层意思，但不止这层意思。”温纯说。

“景文先生还有何意？”李廷机问。

“尔张先生，为何只问其二，不问其一？”姚继可道。

这话说得有趣，众人皆笑。李廷机笑着问：“我怎的只问其二，不问其一？”

“景文兄是怎说的？”姚继可自问自答，“有这层意思，但不止这层意思。尔张先生但问还有何意，对这层意思却全然不顾。”

“光父先生责备的是，”李廷机笑道，“这层意思是光父先生代景文先生说的，我却全然不顾。多有得罪，多有得罪！”

“这层意思不在于谁人说的，在于诸公想通没有。”姚继可道。

“光父先生是否想得通？”李廷机问他。

“我想得通，才敢代景文兄说。”姚继可道。

“我是没想通，光父先生可否启迪之？”李廷机说着，揖了揖。

“尔张先生一人的话，不妨诸公议罢，再单独说。尔张先生，你现在不妨问景文兄还有何意？”姚继可反倒不往深说。

“不忙！”李廷机道，他问赵世卿，“象贤先生是否需要启迪？”

“需要。”赵世卿笑着回答。

“夏卿先生是否需要启迪？”李廷机又问肖大亨。

“需要。”肖大亨也笑着回答。

“其他人有无异议，”李廷机问。参加廷鞫的，除法司官、各部堂官之外，还有六科给事中和相关的御史，人数很是不少。大臣们的谈论，听似闲话，实际上和廷鞫之事相关。所以李廷机问时，给事中、御史们以不同的方式表示，没有异议。李廷机遂转向姚继可说，“光父先生看，大家都是需要启迪的。”

“启迪可是要提问的。”姚继可说。

“光父先生只当我是弟子，先生问，弟子答。”李廷机道。

“好，那就先分辨皦生光的供认是详细，还是翔实，”姚继可说着，问道，“皦生光勒索宁远伯，可曾交代起因？”

“曾交代。”李廷机道。

“是何起因？”姚继可问。

“皦生光曾从李氏游。”李廷机说。

“从李氏游，为何就可勒索？”姚继可问。

“曾从李氏游，宁远伯长子如松战死辽左，皦生光会前往祭奠。”李廷机说。

“前往祭奠，为何就可勒索？”姚继可问。

“前往祭奠，才有机会见宁远伯。”李廷机说。

“有机会见宁远伯，为何就可勒索？”姚继可问。

“有机会见宁远伯，可施展其手段。”李廷机说。

“他施展的是何等手段？”姚继可问。

“简而言之，一哭，二诈，三无赖。”李廷机说。

这话有趣，众人皆笑。姚继可笑着问：“何谓一哭？”

“在如松灵位前，痛哭竟日。”李廷机说。

“何谓二诈？”姚继可问。

“宁远伯亲出劝慰，并说：子意良厚，然吾儿与子交情，似不至此，请止哭吧。皦生光说：我非哭如松将军，哭我命薄也。宁远伯问其故。皦生光说：如松将军许我，得天下日，爵我以通侯。今如松将军已逝，是以悲不自制。宁远伯大为惊惧，馈赠千金，以封其口。”李廷机述道。

“何谓三无赖？”姚继可问。

“既曾从李氏游，又号哭于灵位前，却坦然而受千金，非无赖，谁个做得出来！”李廷机道。

“尔张先生的叙述，生动之极。”众人纷纷赞道。

“不是我叙述得好，是光父先生拆解开来，提问得好。若是由我一人叙述，听起来肯定毫无滋味。”李廷机谦道。

“诸公看啊，起因有，过程有，宁远伯的话有，皦生光的话有，最后，勒索的金额也有，应该算是很详细吧？”姚继可问。

“确很详细。”众人皆道。

“作为供状，也很详细。”肖大亨则说。

“但实不实呢？”姚继可说罢，连连摇头。

“先生显然是以为不实，敢请言其故？”李廷机仍扮演弟子的角色。

“其一，疑犯一面之词，未可尽信。”姚继可说。

“其二呢？”李廷机问。

“如松故去多年，大逆之言如何证实？”姚继可道。

“其三？”李廷机问。

“宁远伯虽在，可会承认封口之说？”姚继可说着，总结道，“有此三者，故皦生光于勒索宁远伯一事，供认得虽详细，却非翔实；进而言之，此事不宜详奏。”

“听光父先生一席话，大受启迪，”李廷机说着，问道，“弟子可否问景文先生其二？”

“你把弟子二字去掉，随便问。”姚继可道。

“所谓其二，光父兄其实也提到，”温纯说，“譬如他的其二指出，如松故去多年，大逆之言无法证实；我的其二则进一步：如松将军是战死疆场，为国捐躯，今若追勘他是否有大逆之言，岂不使握兵之将人人寒心！譬如他的其三指出，宁远伯断然不会承认封口之说；我的其三则进一步：宁远伯复镇辽东有年矣，辽东多事之秋，赖其得以稍靖。今若追勘他是否有封口之事，岂不是自毁干城？”

“景文先生言之有理。”肖大亨率先附和。

“景文先生言之有理。”其他大臣亦附和。

“夏卿先生，”陈矩问肖大亨，“此事可否不奏？”

“审谳之词，不可不奏。”肖大亨说。

“可否不详奏？”陈矩又问。

“这却是可以的。”肖大亨道。

“怎的可以？”陈矩问。

“皦生光所供认勒索之事，有多起，可一一列之；但别事无须详奏，此事亦无须详奏。”肖大亨说。

“廷鞫皦生光，要定的是妖书案，非宁远伯案。勒索宁远伯一事，与妖书案无关，不详奏亦可，”陈矩说着，问几位阁臣，“公等以为如何？”

“将此事与其他诈骗勒索之事，一一并列之，我以为是个好主意。”沈一贯道。

沈鲤、朱赓点头，表示赞同。

“夏卿先生所言重大之事有二：一是勒索宁远伯，一是勒索郑国舅。勒索宁远伯一事，与妖书案无关；勒索郑国舅一事，不会也与妖书案无关吧？”陈矩问。

“督公说的是，”肖大亨应道，“皦生光勒索郑国舅多次，最后一次，即以妖书为言，从郑国舅处索得重金。”

“他是怎以妖书为言的？”陈矩问。

“他说，妖书是他所撰。”肖大亨道。

这是廷鞫时不会接触到的隐情，无怪乎在场的多人惊呼：“怎么，他竟言妖书是他所撰！”

呼罢，都转向王之桢。皦生光是锦衣卫白虎、崔德所缉拿，一直关押在锦衣卫狱，好像只有王之桢回答，才更为可信。

“不错，他确有此言。”王之桢说。

“夏卿先生，皦生光自认撰妖书，怎能勒索到郑国舅头上？”陈矩问。

“郑国舅若不以重金封口，他就要说，所以撰妖书，是受郑国舅指使。”肖大亨说。

“无耻！”一部分人怒斥。

“恶毒！”另一部分人怒斥。

“之帅，所谓重金，是几多？”陈矩问王之桢。

“亦不下千金。”王之桢说。

“景文先生的意思，勒索宁远伯一事不宜详奏，勒索郑国舅一事却可以详奏，”陈矩说着，问温纯，“是吧？”

“是。”温纯应道。

“光父先生亦是此意，是吧？”陈矩又问姚继可。

“是。”姚继可应道。

“详奏勒索宁远伯一事，有追勘之虞；详奏勒索郑国舅一事，公等就不担心有追勘之虞？”陈矩问。

“追勘郑国舅，追勘宁远伯，二者有所不同，”温纯说，“追勘宁远伯，牵连出如松有大逆之言，而如松已死，难勘其事真伪。追勘郑国舅，当事之人都在，不难勘出实情。”

“但详奏勒索宁远伯一事，会牵连出如松有大逆之言；详奏勒索郑国舅一事，难免会牵连出贵妃娘娘，公等想过没有？”陈矩问。

“所以，虽可详奏，也须掌握好分寸。”温纯说。

大臣们多在窃窃私议，因为这虽是个细枝末节，却很容易惹出麻烦。

较远处，有人说："这一层无须多虑。"

众人循声看去。人人都能看出，声音是从御史们坐的位置发出的；而温纯不但看出，还认得开口的是御史沈裕。

"以宁，有何高见？"他问。

沈裕字以宁，浙江余姚人，万历二十年进士。

"据皦所供认，以勒索宁远伯及勒索郑国舅之事，最为重大；别事可不详奏，此二事宜详奏。勒索宁远伯，与妖书之事无关；勒索郑国舅，与妖书之事相关。勒索宁远伯，可不详奏；勒索郑国舅，宜详奏。勒索郑国舅，皦生光称撰妖书，又以此勒索；勒索郑国舅，可不详奏，称撰妖书，可详奏。但以撰妖书治皦生光罪，妖书一案可结，而牵连之事俱可免除。"沈裕说。

"此议极是，此议极是！"陈矩连声赞道，并问众大臣，"但以皦生光自认撰妖书结案，公等以为如何？"

有人当即表示同意，有人在稍稍犹豫之后，也表示同意。

狱卒搬一桌酒菜到单独关押皦生光的牢室。

"是断头酒吧？"皦生光问。

"有人来陪你喝，你怕什么！"狱卒道。

来陪饮酒的是狱丞。若是别的狱囚，早慌得不知说什么好；皦生光却仍是一副满不在乎的样子。

"老爷陪着喝断头酒，可是件稀奇事。"他说。

"断头酒有你喝的日子。"御丞道。

"如此说来，今天喝的真不是断头酒？"皦生光问。

"断头酒是官家准备的，用的是库银；这桌酒菜是我掏私人腰包买的，你别不领情。"御丞道。

"那我得看看，老爷这银子花得冤不冤。"皦生光说着，给自个儿斟上酒，先啜一小口，然后喝一大口。

"兑水没？"狱丞问。

"没兑，酒家还算有良心。"皦生光说。

"什么有良心，他是有畏惧之心！我买酒他也兑水，日后还想不想开他的酒铺！"狱丞道。

"除非到各位权贵家里讨酒喝，我自个儿买酒，还从未买到不兑水的，今儿个是沾老爷光，"皦生光说着，又喝口酒。并问，"自讨腰包买的酒，老爷喝不喝？"

“干吗不喝！”狱丞说着，也给自己斟碗酒。

二人边自斟自酌，边说着闲话。

“老爷为何要自掏腰包请我喝酒？”皦生光问。

“有两个缘故，”狱丞说，“一则，你这个人一辈子干坏事。”

“一辈子干坏事，你就请喝酒，不知有多少人喝过你买的不兑水的酒！这个情，我不领。”皦生光说。

“你错，”狱丞驳道，“关在这里的人，一辈子干坏事的，还真不多。你算是一个。”

“不同于众，这酒我愿喝。”皦生光说着，喝酒。

“关在这里的人，有打家劫舍的，但打到劫到爵爷府上的，皇亲府上的，我还当真没碰到过。”狱丞又说。

“更加不同于众，这酒我更得喝。”皦生光说着，喝酒。

“二则，你一辈子干坏事，临死前却做件好事。”狱丞说。

“老爷是说我自认撰妖书吧？”皦生光问。

“是啊，”狱丞说着，端起碗来，“你一辈子干坏事，我不能敬你酒；你做的这件好事，我却要敬你酒。”

“老爷且慢敬酒，”皦生光却不端酒，“我还不知，做这件事，好在哪里呢。”

“你当真不知？”狱丞问。

“不管知与不知，愿听老爷说说。”皦生光道。

“沈阁老，识否？”狱丞问。

“哪个沈阁老？”皦生光反问。

“人称归德相公的沈阁老。”狱丞说。

“未去他府上拜访，不识。”皦生光道。

“沈阁老是个好阁老。为妖书事，他府邸被搜索三日。后锦衣卫官校仍守在门外，其家人出入，多被刁难。自从你自认撰妖书后，他府邸外的锦衣卫官校撤走，他阖家得以安宁。”狱丞问。

“还有吗？”皦生光问。

“郭侍郎，识否？”狱丞反问。

“哪个郭侍郎？”皦光生又反问。

“已免官的礼部郭侍郎。”狱丞说。

“也没去他府上拜访，不识。”皦生光道。

“郭侍郎是个好侍郎。为妖书事，他南下之舟被围于潞河多日。同僚不敢言于朝中，亲朋好友不敢访于河畔。自从你自认撰妖书之后，围于潞河的缇骑悉数撤回，他阖家得以南归。”狱丞说。

“还有吗？”皦生光问。

“周都督，识否？”狱丞反问。

“哪个周都督？”皦生光又反问。

“锦衣卫都督佥事周都督。”狱丞说。

“也没去他府上拜访，不识。”皦生光道。

“周都督是个好都督。为妖书事，他本人下狱，妻、妾严刑拷问。我辈耳闻目睹，皆感悲戚。自从你自认撰妖书后，他本人被释，妻、妾被释，阖家得以生还。”狱丞说。

“老爷言及三位老大人，我欲以他三人问问老爷，可否？”皦生光问。

“你问！”狱丞点头。

“老爷和沈阁老有交情？”皦生光问。

“无交情。”狱丞道。

“那为何他得以安宁，老爷愿自掏腰包，请我喝酒？”皦生光问。

“尊崇而已。”狱丞道。

“老爷和郭侍郎有交情？”皦生光问。

“无交情。”狱丞道。

“那为何他得以南归，老爷愿自掏腰包，请我喝酒？”皦生光问。

“仰慕而已。”狱丞道。

“老爷和周都督有交情？”皦生光问。

“无交情。”狱丞道。

“那为何他得以释狱，老爷愿自掏腰包，请我喝酒？”皦生光问。

“敬爱而已。”狱丞道。

“我不说老爷对沈阁老尊崇，不说老爷对郭侍郎仰慕，不说老爷对周都督敬爱，一概说成老爷和他等有交情，则如何？”皦生光问。

狱丞一愣，道：“怎么，你竟勒索到我头上！”

“说句笑话，”皦生光笑道，“我今只剩下一碗断头酒没喝，还能勒索谁个！”

第三百三十九章

河道总理李化龙和漕运总督李三才约在山东峄县境内的抱犊山会面。

抱犊山下有水，名泇河，是西泇河。西泇河自西北流向东南，和东泇河汇于三河村。汇合后的泇河又和武河、彭河、承河等水汇于泇口。改泇为运的工程，自夏镇至直河口，其实是始于抱犊山下。

开通泇河，改泇为运，二人书函来往多次，都以为已议成熟，可以上疏朝廷。今次会面，为的就是此事。

唯一的问题是，谁是东道主？

“于田兄请我饮何佳酿？”李三才问。

“怎是我请饮酒？”李化龙反问。

“于田兄是主人呀。”李三才说。

“我开府济宁，若在济宁相会，我自当尽地主之谊；可道甫兄偏选在此处相见。”李化龙道。

河道总理大臣可以说居无定所，开府济宁，为的是开泇河的工程。济宁州和峄县均属兖州府，济宁在府西，峄县在府东南，相距百余里。

李三才正要接他的话茬，见同行的幕僚中有一人捂着嘴窃笑。他招呼道，“你过来。”

“道公叫我吗？”该幕僚边问，边走过来。

“为何讪笑？”李三才问。

“学生不敢讪笑。”该幕僚说。

“你这会儿还笑意盎然，敢说不敢讪笑！”李三才道。

“学生笑笑而已，不是讪笑。”该幕僚说。

“那你为何而笑？”李三才问。

“学生想起去年一件事。”该幕僚说。

“去年一件事？何事？”李三才问。

“去秋，道公曾命学生携书、币，往济宁拜谒于田大人，”该幕僚说着，问道，

“此事道公还记得吧？”

“岂止书、币，还附以百金呢！”李三才道。

“是，除书、币，还有百金。”该幕僚随声附和。

“好，此事别再说！”李三才命道。

“别呀！”李化龙不答应，他问该幕僚，“我记性不好，此事已记不清。道甫兄命你携百金造访，不是馈赠吧？”

“不是。”该幕府道。

“为的何事？”李化龙问。

“道公知济宁所产油胭脂有名，托于田大人代买。”该幕府说。

“他是怎说的？”李化龙问。

“这个——”该幕府发现自己多嘴，李三才的原话，他不便重复。

“看来，你的记性也不好，”李化龙说着，问李三才，“道甫兄，你当时是怎命他的？”

李三才为人豪爽，放浪形骸。他和李化龙同是北直人，同年进士，官职也相同，关系一直很好。而李化龙生性节俭，在他开府济宁日，李三才和他开个玩笑，就是该幕僚说的买油胭脂的事。李三才让该幕僚传的话，颇为放浪，换成别人，或会支支吾吾，他却不在乎。

“我托于田兄买胭脂，以供媵妾之用，怎么？”李三才大大方方地说。

“没怎么呀，”李化龙道，“我只是记不清，可曾为道甫兄买之。”

“不仅买之，且是双份。”李三才说。

“怎会双份？”李化龙问。

“于田兄又为我垫付百金。”李三才说。

“道甫兄怎知？这位仁兄告诉道甫兄的吗？”李化龙指着该幕僚问。

“是。”李三才应道。

“他还说别的吗？”李化龙问。

“于田兄还托他带别话？”李三才这次不知是忘记，还是不想说。

“看来，不是道甫兄的记性也出毛病，就是他没把我的话带到。”李化龙说。

“大人命带的话，我怎敢不带到！”该幕僚分辩。

“我怎说的？”李化龙问。

“于田大人说——”该幕僚边说，边偷窥李三才。

“不妨，你如实说。”李三才道。

“于田大人说，我知你主人后房音声甚盛，些许脂泽不足供用，我命麾下更买百金携去。”该幕僚述道。

“道甫兄，我是这么说的吗？”李化龙又问李三才。

“是，”李三才应道。他当初想嘲笑李化龙，结果反被李化龙嘲笑。今日回顾此事，在场者无不想笑。他自我解嘲道，“舍得百金，却计较百余里的路，于田兄不肯做这个主人，莫非让我来做？”

“道甫兄频繁往来此处，至少算得半个主人。”李化龙说。

“半个主人，我还当得起。”李三才说。

“此话怎讲？”李化龙问。

“我自南来，刚好带一坛好酒，可与于田兄买得一醉。”李三才说。

“如此说来，半个客人，我也可当得潇洒。”李化龙说。

“此话又怎讲？”李三才问。

“我自西来，刚好有人送两条黄河鲤鱼，可以佐酒。”李化龙说。

“好，我二人边等煮鱼，边游君山。”李三才道。

二人约会，不是游山的，也不是饮酒的。登上山头，有一株大树，树下有两块大石，李化龙、李三才各拣一石坐下来，言及正题。

“于田兄，开通泇河、改泇为运的好处，应该不是五事。”李三才说。

“不是五事。”李化龙应道。

“也不是七事。”李三才说。

“也不是七事。”李化龙应道。

“第一个好处，是于田兄提出的，可避黄河之险，是吧？”李三才问。

“不然，”李化龙道。“那是第二个好处；第一个好处是道甫兄提出的，运不借河，河水有无听之。”

运不借河，即运河水降时，不必借用黄河水。

“不是说好，以避黄河之险为第一事吗？”李三才问。

“我思之良久，趋利避害，还是以趋利在前。”李化龙说。

“一旦议定，必以于田兄主其事；何者在前，当然以于田兄为准，”李三才说着，问道，“改泇为运，则水不再缺，我坚信不疑；但不知于田兄是否实地考证过？”

“道甫兄放心，这是一定要实地考证的。”李化龙道。

“可以确定？”李三才问。

“可以确定。”李化龙道。

“记得于田兄函中写道，改泇为运可避黄河数百里之险，是吧？”李三才转到第二个好处。

“是。”李化龙应道。

“今者仍持此议否？”李三才问。

“稍有改变。”李化龙说。

“有何改变？”李三才问。

“经实地勘查，可避黄河之险具体为三百三十里。”李化龙说。

“于田兄已详细勘查过？”李三才问。

“是。”李化龙应道。

“改泇为运一段，却有几多里？”李三才问。

“这也详细勘查过，是二百六十里。”李化龙说。

“始于何处？”李三才问。

“夏镇。”李化龙道。

“止于何处？”李三才问。

“直河口。”李化龙道。

“亦即，变三百三十里天险为二百六十里通途。”李三才说。

“可以这么说。”李化龙道。

“于田兄，如此之大的利，我还是以为，应列为第一个好处。”李三才旧话重提。

“不是以我为准？此事不必再议。”李化龙说。

“于田兄真是固执，”李三才嘟囔一句，说道，“我记得，第三个好处仍是言运不借河。”

“是，”李化龙应道，“运不借河，则我为政，得以熟查机宜而治之。”

“于田兄看，此一事是否可与第一事合而为一？”李三才问。

“还是分开写好，”李化龙说，“虽则我为政，是因运不借河；但运不借河的好处，并非这一个。反过来说，运不借河的好处，虽有多个，却以则我为政最为显著。合而为一，或是则我为政的好处无法突出，或是太突出此一事，其他的好处被掩盖。”

“于田兄说的是，”李三才被他说服。稍一岔开，他竟忘后面一项，于是问，“四为何事？”

“事半而功倍。”李化龙提醒道。

“对，”李三才想起来，“你我算来算去，估算约费二十万金，可开河数百里。现在应改成：约费二十万金，可开河二百六十里。”

“是这样。”李化龙应道。

“较之三四十年前朱公开通新河，真可谓事半而功倍。”李三才道。

他说的朱公，即朱衡。嘉靖末年，黄河决于沛县，运道淤塞。朱衡以工部尚书兼右副都御史总督漕运，议开新河，与河道总理潘季驯意见相左。朝廷采用他的提议开新河。新河不到二百里，花费远不止二十万。

“不过我担心，二十万的预算有些低。”李化龙说句实话。

“不妨先以二十万奏之，届时稍有不足，再行奏请。再者，朝廷也许二十万也拿不出，此事只好搁置；或于田兄会过日子，二十万或有盈余，也说不定。”李三才道。

李化龙被他后一句话逗笑，说道：“好，先以二十万奏之。”

“第五个好处，可招募济贫，是吧？”李三才转到下一件事。

“是，”李化龙应一声，说道，“开河必行招募，或春荒役兴，或麦熟人散，富民不扰，而贫民得以养。”

“光父先生大概会第一个站出来叫好。”李三才道。

“叫好不叫好，我不在意，关键是他得拿出二十万金来。”李化龙说。

“改泇为运的好处，他应懂得；筹措之事，当尽心而为。”李三才说。

“但愿如此。”李化龙道。

“第六个好处，是我漕船北来，再不必择日。”李三才转到最后一个好处。

“可不，”李化龙道，“今之漕河，漕船过洪，畏惧河涨，相约于春尽。改泇为运后，道甫兄可朝暮无碍。”

好处说完，二人不约而同地停下来，运一运神。

“于田兄，我在想一事。”李三才忽道。

“何事？”李化龙问。

“上奏朝廷，于田兄不能说改泇为运有六个好处吧？”李三才反问。

“当然不能用此口语。”李化龙道。

“于田兄拟用哪两个字，或哪一个字？”李三才问。

李化龙想了想，道：“六宜如何？”

“宜者，适宜也，不足以表明其好处。”李三才说。

“道甫兄拟用哪一个字，或哪两个字？”李化龙转过来问他。

“六善如何？”李三才道。

“我以为可以，”李化龙不愿意在字眼上纠缠，他说，“我记得，还有二事，不可以‘宜’或‘善’言之。”

“是，”李三才应一声，说道，“第一事是于田兄提出的：为陵捍患，为民御灾。”

捍陵，即捍祖陵。黄、淮或漕河有灾，往往会殃及位于泗州的祖陵。

“若言须开泇河，这个理由应当排在前面，”李化龙道，并说，“第二事也很要紧，是道甫兄提出的。”

“于田兄还记得我是怎说的吗？”李三才问。

“徐州向苦洪水，泇河既开，则徐州之民得安。”李化龙述道。

“于田兄提到须开，这个须字恐怕还要斟酌。”李三才说。

“愿闻道甫兄高见。”李化龙道。

“对你我而言，是须开；对朝廷而言，眼下此等事务未必用得上须字。”李三才说。

“道甫兄之意，是换两个字？”李化龙稍一思忖，道，“改无疑二字，道甫兄看如何？”

“改泇为运，则为陵捍患、为民御灾无疑；改泇为运，则徐州之民得安无疑，”李三才说罢，赞道，“此二字甚是贴切。”

“那么，就以六善、二无疑拟疏？”李化龙问。

“好。”李三才应道。

皇帝听田义读罢工部的议复，问道：“这么说，工部以为泇河可开？”

“是。”田义应道。

“姚尚书以为泇河可开？”皇帝又问。

“是。”田义应道。

“朕记得，开泇河，非今日始议。”皇帝道。

“爷说的是。两年之前，工科给事中张问达、御史张养志已有开泇河之议，张养志之议尤详。”田义说。

“老田还记得张养志怎议的吗？”皇帝问。

“奴才只记得，他似议四事。具体怎议的，印象已很模糊。爷要详知，奴才去把他奏疏找来。”田义说。

“不必，”皇帝道，又说，“朕记得，泇河之工是工部议罢的吧？”

“是。”田义应道。

“是姚尚书议罢的吧？”皇帝问。

“是。”田义应道。

“今日他却赞同重开泇河。”皇帝说。

“是。”田义应道。

“老田，你说他为何出尔反尔？”皇帝问。

"或是有感于李化龙、李三才二人的六善、二不疑。"田义说。

"是啊，六善、二不疑，确足以诱人。"皇帝说着，沉思起来。

"爷，要不要我把六善、二不疑，再读一遍？"田义问。

"不用，"皇帝道。并说，"工部议复中所言黄河其路有三，朕倒想再听听。"

"此事李化龙、李三才奏章亦曾言及，是黄河归德以下，合运入海，其路有三。"田义说。

"是中、南、北三路吧？"皇帝问。

"是。"田义应道。

"中路怎行？"皇帝问。

"由兰阳，道考城，至李吉口，过坚城集，入陆庄楼，出茶城，而向徐、邳，名浊河，是为中路。"田义说。

"北路怎行？"皇帝问。

"由曹、单、丰、沛出飞云桥，入龙塘，出徐沟而向徐、邳，名银河，是为北路。"田义说。

"南路怎行？"皇帝问。

"由潘家口，过司家道，至何家堤，经符离，道睢宁，入宿迁，出小河口入运，名符离河，是为南路。"田义说。

"北路为何不可取？"皇帝问。

"北路近运；运堵，北路亦堵。"田义说。

"南路为何不可取？"皇帝问。

"南路近陵；有洪，则殃及祖陵。"田义说。

"中路为何可取？"皇帝问。

"中路既远于陵，又可济运。"田义说。

"所谓浊河，意为此段河水淤浊吧？"皇帝问。

"是。"田义应道。

"宜取中路，而中路又浊，故而须得开泇河，"皇帝说着，问道，"老田，是这个意思吧？"

"诚如圣谕。"田义道。

"那就传谕工部，准吧。"皇帝说。

"奴才领旨。"田义应道。

第三百四十章

尚衣监在皇城北，过万岁山还要走一段。所以，皇帝常要穿的袍服都放在宫里，只有皇帝很少穿而又比较珍贵的袍服才存放在尚衣监的库房里。其利是便于保管，其弊是皇帝忽然想起某件袍服而命取来，因路远，奉旨去取的内臣得跑去跑回。

还有一弊，从尚衣监盗出一件龙袍，比从禁城盗出一件龙袍，要容易。

二弊同时出现的情况不多，只要出现，一定是大案。

四月初的一天，一名内臣喘着粗气跑到尚衣监，嘴里边叫着“田叔”，两眼边左顾右盼。

尚衣监太监田进从屋里出来，迎上去。田进认得这个内臣，知他在皇帝身边办事，估计是来取袍服的，于是说：“小哥稍歇，我去取龙袍来。”

“快去，快去！”从宫里跑来的内臣挥着手道。

他不说要取哪件龙袍，田进也不问，好像是心照不宣。但当田进根据自己的想法，从库里取来一件袍服时，来自宫里的内臣老远就看着不对，使劲地向他挥手。

田进已经在疾走。他以为来自宫里的内臣还在催自己，更加快步伐，疾走变成快跑。

“田叔，别跑！”来自宫里的内臣道。

“小哥在催，不敢不快。”田进赔着笑脸说。

“谁个催你，我是说，田叔拿错龙袍！”来自宫里的内臣道。

“拿错？”田进看着捧着的龙袍，不得其解，“年年初夏，爷都要换这件龙袍穿的。”

“爷今次偏生不要穿年年初夏都要换的龙袍。”来自宫里的内臣说。

“那是我自作聪明，我去换过，”田进说着，去库房取另一件。临走前嘱咐，“小哥这次看着不对，摇摇头。”

他去时已是快跑，回来时变成狂奔，以致来自宫里的内臣还没有来得及摇头，龙袍已呈现在他眼前。

“磨刀不误砍柴工，这话田叔听过吧？”来自宫里的内臣问。

“听过。”田进心里一凉，知道又拿错。

“田叔若肯多问一句，也不会一错再错。”来自宫里的内臣说。

“可这件龙袍爷只穿过几次，并非年年初夏都要换的。”田进强辩。

“田叔今日脑子真木，”来自宫里的内臣说，“不错，我是说过，爷今次偏生不要穿年年初夏都要换的龙袍，那就是要穿这件不是年年初夏都要换的龙袍？”

“爷不要穿年年初夏都要换的龙袍，又不要穿不是年年初夏都要换的龙袍，我真不知要的是哪一件龙袍，”田进委屈地说，并道，“我这次舍得工夫磨刀，小哥说说，爷究竟要的是哪一件龙袍？”

“就是那件镶嵌一百零八颗珍珠的龙袍。”来自宫里的内臣告诉他。

“小哥，没听错吧？”田进问。

“怎么？”来自宫里的内臣反问。

“那件龙袍，爷只在呈进时试过一次，后来再没穿过。”田进说。

“有这事？”来自宫里的内臣似乎觉得不可思议。

“小哥年轻，不知此事；我那时虽未掌库，却已在尚衣监当差，我是知道的。”田进说。

来自宫里的内臣一变脸：“可我没听错，爷就是要那件珍珠袍。田叔觉着爷错，要不和我一起回话去？”

“不敢，我这就去取来。”田进道。

这回却是去的快，回的慢。来自宫里的内臣本来很得意：从宫里来的跑腿差事，是别人指使他；到这里，他却可以安坐，指使别人。可左等也等不到田进回来，右等也等不到田进回来，或者说，左等也等不来爷要的龙袍，右等也等不来爷要的龙袍，他开始坐不住，来回踱着步子。再等下去，他的步子越来越急，最后干脆向库房走去。

在库房门口，没等他叫“田叔”，田进在里面先开口。

“是小哥吧？”田进问。

“是我。”来自宫里的内臣应道。

“请进来吧。”田进在库房里说。

“我可以进吗？”来自宫里的内臣问。这一问有讽刺的意味，因为田进宁肯自己多跑几趟，也没说让他跟着进去。显然，尚衣监的库房不是随便一个内臣可以进去的，哪怕他从宫里来。

“平日不敢让进，今日却不得不有劳小哥。”田进在库房里说。

来自宫里的内臣不知他是什么意思。但平日进不去，今天有机会进去开开眼，何乐而不为呢！

如果田进告诉他，因为太乱，所以不让他进去，显然是说谎，因为里面很整齐；如果田进告诉他，因为太脏，所以不让他进去，显然也是说谎，因为里面很干净。

不正常的只是田进。他在一排排挂着的袍服间穿梭行走，有时看一眼，有时竟然头也不抬，如同热锅上的蚂蚁。

“田叔，何事？”来自宫里的内臣问。

“可能是我老眼昏花。”田进说。

“田叔要说老眼，还得等几年，”来自宫里的内臣说着，又问一遍，“田叔，究竟是何事？”

“我没找到爷的珍珠袍。”田进说。

来自宫里的内臣也大吃一惊。但到底不是职责所在，他还能镇定地问：“田叔说没找到是何意？”

“我一件一件地看过，没有爷要的珍珠袍。”田进说。

“田叔是说，每一件都看过？”来自宫里的内臣问。

“是，”田进手指挂着的袍服说，“都在明处，不会错过的。要不，小哥再帮我看一遍。”

“我可从未见过爷的珍珠袍。”来自宫里的内臣说。

“不同凡响，小哥一见即知。”田进说。

来自宫里的内臣一排排走过，一件件去选，果然没有皇帝要的珍珠袍。

“会不会放在别处？”他问。

“不会，”田进道，“龙袍都放在此库，除非它长腿，去不到别处。”

“说不定它真长条腿，”来自宫里的内臣嘟囔着。他忽看见库房的每个角落有一排雕龙雕凤的木箱，便问，“会不会放到那里？”

“箱里只放些小物件，龙袍要是放进去，小哥想还能穿吗！”田进道。

来自宫里的内臣打开一个箱子看，里面只是些饰品，袍服叠起来，不是不可以放进去，但宫里不会这么做的。

“田叔，你有大难。”来自宫里的内臣甩下一句话，匆匆回宫。

陈矩在东厂的日子多，在司礼监的日子少，他来司礼监，必有大事。

“田哥，总算有眉目。”他进门后对田义说。

“陈哥等等，”田义说着，使个眼色，屋里的其他太监和陈矩打个招呼，纷纷离去。他问道，“是珍珠袍的事吗？”

“是。”陈矩应道。

“到底是不是田进那厮盗的？”田义问。

“应该不是。”陈矩说。

“怎叫应该不是？”田义问，并说，“陈哥，我告诉过你，我和田进虽同姓、同村，但我原籍就是顺天，他却是从河南迁来的，我和他不是本家，陈哥不须顾及我的面子。”

“我并非顾及田哥的面子，珍珠袍确非田进所盗。”陈矩说。

“已查实？”田义问。

“已查实。”陈矩道。

“不对，陈哥开始说的是有眉目，”田义说着，又问，“珍珠袍确非田进所盗？”

“确非田进所盗。”陈矩道。

“不对，陈哥开始说的是应该不是，”田义说着，又问，“陈哥究竟哪句话是实在的？”

“都是实在的。”陈矩说。

“怎会！”田义道，“确非田进所盗这句话是实在的，应该不是田进所盗这句话就应该打着埋伏。”说着，问道，“陈哥说是不是？”

“从道理上说是。”陈矩应道。

“难道还有不从道理上说的？”田义奇怪地问。

“田哥说得对，有些事还真不能只从道理上说。”陈矩竟承认。

“好吧，此事且存疑，”田义道，“已查实这句话是实在的，有些眉目这句话就应该是打着埋伏。”说着，问道，“陈哥说是不是？”

“从道理上说是。”陈矩应道。

“此事也不能只从道理上说？”田义问。

“是。”陈矩应道。

“这倒要请教。”田义说着，揖了揖。

“我先来说前一事，”陈矩道。“确非田进所为，这句话是实在的；但我只能说应该不是田进所为。这是为何？一则，尚衣监仍有人咬住田进不放——”

“陈哥，等等！”田义打断他，“尚衣监确有人咬住田进不放；同时，田进也咬住尚衣监某些人不放。”

“所以，不但确非田义所为，只能说应该不是田进所为；而且，确非尚衣监别人所为，也只能说应该不是别人所为。不但田进系狱，暂不能释之；而且，尚衣监别人系狱，也暂不能释之。”陈矩道。

“陈哥今日的话，听起来都有些怪。”田义说。

“听到最后，田哥就不会觉着怪。”陈矩道。

“其二怎说？”田义问。

“查实珍珠袍是谁个盗去的，我才可以放心地说，确非田进所为，而不用说应该不是田进所为。”陈矩道。

“咦，不是已查实吗？”田义问。

“那是后一事，”陈矩道，“已查实这句话是实在的，但我只能说有些眉目。这是为何？一则，人虽查实，但物呢——”

“陈哥，等等！”田义打断他，问道，“查实珍珠袍是某人所盗，你东厂打着问，还能追查不出来？”

“有时可能真是追查不出来。”陈矩道。

“陈哥有所顾忌，可以告诉我，我去打问。”田义说。

“是他。”陈矩说着，用手指在桌面上写出两个字，是某内臣的姓名。

“他？”田义直摇头，“他在外面打杂，连尚衣监也进不去，不可能吧？再者，果真是他盗，怎会追查不出？”

“田哥问的是两件事，我一件一件来说，”陈矩道，“首先说可能不可能。我东厂番子打探出，爷的珍珠袍确是经他手卖出去的，此一事，田哥毋庸置疑。”

“那怎会追查不出呢？”田义问。

“这是第二件事，”陈矩道，“为何追查不出？一则，买下他珍珠袍的那人，举家迁离京师，不知去到何处。”

“是他说的？”田义手指桌面上写着张五的地方问。

“不是，是番子们打探出来的。”陈矩说。

“他也不知那人去向？”田义问。

“是。”陈矩应道。

“他本人说的？”田义问。

“不，”陈矩摇头，“也是番子们打探出来的。”

“为何不问他本人？”田义问，并说，“番子们的打探，难免有误。”

“其二，不便问。”陈矩说。

“不便问？”田义大惑。

“我是不便问；我看，田哥也不便问，”陈矩说着，问道，“田哥可知，他从谁人那里拿到珍珠袍的？”

“这却不知。”田义道。

陈矩又用手指在桌面上写了两个字，第一个字是姓氏，第二个字是太字。宫里对资深位重而又深受皇帝宠信或深受慈圣皇太后宠信至少是深受郑贵妃宠信的宫人，才被称太。陈矩写在桌面上的某太，正是在皇帝身边当差、最受皇帝宠信的一名宫人。

“这才靠谱。”田义沉吟道。

“田哥说这才靠谱，却是何意？”陈矩问。

“他取不到珍珠袍，她却可以取到珍珠袍。”田义说。

“田哥该懂得，为何不便问吧？”陈矩问。

田义点点头，说道：“一问，珍珠袍去的何处他供不出来，来自何处却会很轻易地供出来。提他过堂后，要不要提她过堂？提她过堂后，要不要如实禀奏？不如实禀奏，有欺君之罪；如实禀奏，岂不让爷为难！”

“田哥说的是，”陈矩附和道，“珍珠袍在爷心中的位置，她在爷心中的位置，两相比较，她会更重些。”

“既如此，陈哥看如何处置？”田义问。

“委屈田进及尚衣监各位牵连之人，在狱里多住几日吧。我再让东厂的大小番子们竭尽全力，查找买去珍珠袍的那人。查找得到，是他等的福气；查找不到——”陈矩不用说出后面的话，田义已理解他的意思。

“只得如此。”田义道。

第三百四十一章

李之藻在徐光启暂居的旅舍找到他，拉起他往外走。

“振之兄，去哪儿呀？”徐光启问。

“到地方就知。”李之藻说。

李之藻字振之，浙江仁和人，万历二十六年进士。徐光启字子先，南直上海人，今年的新科进士。二人虽然不是同年，但一个上海人，一个杭州人，都可称作江南人；再者，虽然科第差两届，但年纪相差只有两三岁；更主要的是，二人情投意合，所以一见之下，彼此都感到亲切。

“远否？”徐光启问。

“较远。”李之藻说。

“久否？”徐光启问。

“总得尽兴再回。”李之藻说。

“振之兄，对不起，今日恐怕不能去。”徐光启说。

“为何不能去？”李之藻问。

“闻得庶吉士之选，这一两日有结果，我得等消息。”徐光启说。

“一个庶吉士的虚名，就害得子先兄不敢出门？”李之藻讥道。

“振之兄，你早授官，是个饱汉，不知我饿汉饥呀。”徐光启说。

“何谓饱汉，何谓饿汉！子先兄若知我要约你去何处，见何人，饿汉也成饱汉！”李之藻道。

“振之兄要约我去何处？”徐光启问。

“去子先兄欲去之处。”李之藻说。

“见何人？”徐光启问。

“见子先兄欲见之人。”李之藻说。

“振之兄这话，不等于没说吗！”徐光启道。

“难道子先兄有许多欲去之处，欲见之人？”李之藻问。

“莫非是——”徐光启希望李之藻接着他的话说，但李之藻不说，他只得自己说，“——去利先生寓处，见利先生其人。”

“子先兄，我对你说过好几次，怎还不改！”李之藻责备道。

“对，对，振之兄说过，不能呼利先生，”徐光启说着，问道，“可既无别字，又无别号，不呼利先生，难道还呼玛窦先生，或玛公、窦公？”

“都不妥，”李之藻道，“子先兄可以把别的字都省去，但呼师，或先生；若为礼貌，也可以呼利玛窦先生。譬如我中华有复姓，姓司马，子先兄不可呼以司先生，姓宇文，子先兄不可呼以宇先生吧？”

“振之兄别讲那么多，我只问你，真让我陪你去利先生寓处，见利先生其人？”徐光启不是固执，而是问得急，来不及改正。

“去吾师寓处，见吾师其人。”李之藻不厌其烦地更正。

“走，走，我随振之兄去！”徐光启道。

利玛窦寓所，最显眼的，是挂在墙上的圣母画像，和供在龛里的耶稣雕像。徐光启在上海，见过圣母画像和耶稣雕像，但都粗糙，在利玛窦这里见到精致的画像和雕像，不觉肃穆而立，不出声地念念有词。

“振之，你这位朋友从哪里来？”利玛窦问。在中国生活多年，士人之间如何称呼，他已很熟悉。对于年轻而且以弟子自居的文士，他是可以直呼其字，而不必加上别的表示礼貌的字词。

“上海。”李之藻答道。

“是你的朋友？”利玛窦问。

“是。”李之藻应道。

“怎么称呼？”利玛窦问。

“姓徐，名光启。”李之藻介绍。

“就是你对我说过的徐子先，徐先生？”利玛窦问。

“是。”李之藻应道。

“我看他的相貌，是个聪明的人，”利玛窦说着，问道，“振之，在你中华，聪明的人是怎样说法？”

“有慧根。”李之藻说。

“不，”利玛窦摇摇头，说，“慧根是佛家的说法，不是儒家的说法。”

“或可曰智慧。”徐光启插话。

“对，”利玛窦应道，“我看，子先先生是有智慧的人。”

“先生叫我子先即可。”徐光启说。

"可以吗？"利玛窦问。

"振之兄无论在科考中，还是在先生这里，都是我学长；先生呼他振之，自可呼我子先。"徐光启说。

"可以吗？"利玛窦又问李之藻。

"子先兄是诚心来拜谒先生，欲以先生为师的，先生可直呼他子先。"李之藻说。

"好，"利玛窦点头，"你二位都这么说，我就改变称呼。"说着，问徐光启，"子先欲以我为师，可知我所信奉的是何事？"

"是天主。"徐光启说。

"天主非佛释迦牟尼。"利玛窦说。

"弟子知之。"徐光启道。

"非圣人孔子。"利玛窦说。

"弟子亦知之。"徐光启道。

"你愿舍弃佛，舍弃圣人，而信奉天主？"利玛窦问。

"弟子尊崇孔子，然以为天主比圣人更高一层；弟子自幼习儒学，今者更愿习西学。"徐光启说。

"子先知西学否？"利玛窦问。

"尚未入门，然深为向往。"徐光启说。

"好，今日我就为你二人说说西学入门，"利玛窦道，并问徐光启，"子先，你大明朝是否有六科？"

"是吏、户、礼、兵、刑、工六科。"徐光启说。

"你说的六科，是六种官职；我说的六科，是六门学问。"利玛窦道。

"我中华的学问，大约有四门，曰诗、书、礼、乐。"徐光启说。

"对，"利玛窦点头称道，"我说的六科，应该是和你说的诗、书、礼、乐相对应。"

"先生说的六科，是哪些科？"徐光启问。

"振之，我曾对你说过，还记得吗？"利玛窦转问李之藻。

"一曰文科。"李之藻道。

"文科应该是我中华语，在西学中怎说？"徐光启问。

"子先问得好！"利玛窦赞道，并说，"在我西学中，文科称作勒铎理加。"

"先生能与我纸笔一用吗？"徐光启请求。

利玛窦取来纸笔，徐光启写下勒铎理加四个字，然后问："先生，是这四个字吗？"

"振之，你说呢？"利玛窦转问李之藻。

"四字与先生所言者音相同。"李之藻说。

“音同即可，待日后若有机会，你等学我西语，再斟酌怎译成你中华语适当，”利玛窦说着，命道，“说说，二为何科？”

“二曰理科。”李之藻说。

“先生，西语怎说？”徐光启问利玛窦。

“斐录所费亚。”利玛窦告诉他。

徐光启在纸上写下这五个字。

“三曰医科。”李之藻说。

“先生，西语怎说？”徐光启问利玛窦。

“默第济纳。”利玛窦告诉他。

徐光启在纸上写下这四个字。

“四曰法科。”李之藻说。

“先生，西语怎说？”徐光启问。

“勒义斯。”利玛窦告诉他。

徐光启在纸上写下这三个字。

“五曰教科。”李之藻说。

“先生，何谓教科？”徐光启问利玛窦。

“你中华的圣人孔子，不是有三千弟子吗？”利玛窦反问。

“是。”徐光启应道。

“教科，是教人为师的。”利玛窦说。

“原来是育师之学，”徐光启道，又问，“先生，教科西语怎说？”

“加诺搦斯。”利玛窦告诉他。

徐光启在纸上写下两个字后，问李之藻：“我不欲重，振之兄看下面用哪个字好？”

“搦战之搦，如何？”李之藻道。

“好。”徐光启应罢，又写上后两个字。

“六曰道科。”李之藻说。

“先生，何谓道科？”徐光启问利玛窦。

“你中华大宋不是有程、朱，大明不是有王阳明，讲的都是理学吗？”利玛窦反问。

“是。”徐光启应道。

“道科，是西学中的伦理。”利玛窦说。

“原来道学即理学，”徐光启道，又问，“先生，道科西语怎说？”

“陡禄日亚。”利玛窦告诉他。

“我中华前有孙子，后有留侯张良、武乡侯诸葛孔明，皆留下兵法。善用兵者，代代有之。西学可有兵科？”徐光启问。

“西学不专设兵科。”利玛窦说。

“先生国度难道从无战事？”徐光启问。

“我所在之洲，曰欧罗巴，分众多国度。各国之内，各国之间，战事亦频繁。”利玛窦说。

“既有战事，难道不须人领兵？”徐光启问。

“子先说的是将军、大帅之属吧？无将军、大帅领兵，难道人自为战？”利玛窦道。

“可没有兵科，怎习战法，怎知进退？”徐光启问。

“我之国度，将之下者，取自材官智勇；将之上者，取自世胄贤豪。”利玛窦说。

“先生说的世胄贤豪，大约相当于我中华公、侯、伯等爵吧？”徐光启打个比方。

“还有亲、郡王。”利玛窦又加上一类人。

“可我大明亲、郡王早已不习战事，各爵中也没有一两个可以统兵作战的。”徐光启说。

“那是因为朝廷不让他等统兵，对吧？在我欧罗巴各国，国王是准许世胄贤豪统兵交战的。”利玛窦说。

“原来如此，”徐光启点头，并请道，“愿先生多讲讲文科。”

“文科无非文字、文艺，子先想先听哪一个？”利玛窦问。

“先生既以文字在前，请先讲文字。”徐光启道。

“文字与语言不同，”利玛窦说，“盖语言止可睹面相接，而文字则包古今，接圣贤，通意胎于达方，遗心产于后世。故必先以文字辟诸学之大路。”

“文艺却是何意？”徐光启问。

“西学里的文艺有四种：一曰古贤明训，二曰各国史实，三曰各种诗、文，四曰文章、议论。又附有交接、进退之规，拊奏之乐，合节之舞，书数之奥，赞经之咏。”利玛窦说。

“古贤明训，在我为经。”徐光启说。

“对，我知你中华最重经学。”利玛窦道。

“我中华亦重史学，每一新朝都会为旧朝修史。”徐光启说。

“所以，你大明朝，翰林院又常称史馆。”利玛窦说。

“至于诗文、文章，在我似为一种。先生看我中华历朝历代，善诗者亦善文，善文者亦善诗。”徐光启道。

“子先理解有误，”利玛窦说，“诗、文者，是习前人之诗、文；文章者，是习自作文章。”

“原来是将读书和作文分开，”徐光启回应一句，然后又问，“先生言及习，不知西学中的诗、文和文章，是怎样习之？”

“四种文艺各设公堂，自幼习文艺之学者，先于一堂试其文笔，后于公所试其议论。”利玛窦说。

“亦即，无论习那一种文艺，皆须习议论。”徐光启道。

“对，议论是人人皆须具备的一种本领。”利玛窦说。

“然议论有端可循否？”徐光启问。

“子先问得好！”利玛窦赞道，“议论之端有五：一曰先睹，二曰布置，三曰撷华，四曰默诵，五曰终辩。”

“先生，何谓先睹？”徐光启问。

“须睹者，物也，事也，人也，时势也。睹之，而习觅道理以相参照。此所谓植种议论之资料也。”利玛窦说。

“先生，何谓布置？”徐光启问。

“议论之物、之事、之人、之时势，孰先孰后，布置有序，而不紊乱。”利玛窦说。

“先生，何谓撷华？”徐光启问。

“择古语中之精华，以润色议论。”利玛窦说。

“先生，何谓默诵？”徐光启问。

“将所成议论，娴习成诵，默识心胸。其人灵悟善记，则有温养之法；其人善忘难记，则有习记之法。”利玛窦说。

“先生，何谓终辩？”徐光启问。

“至公所主试者之前，诵所记之议论；或登于高座，与诸习者辩论。盖议论本欲破人之疑，而发其志，以善处其事。不能通人之心，感人之情，无益也。故言语之轻重、快慢，以及容貌、顾盼、手势、眼神，皆有其法，使听之者爱、恶、悲、喜，言下即触，不徒使浮言散于空中而已。”利玛窦说。

“辩之法，先生言之可谓详尽。”徐光启道。

“还有更要紧者，”利玛窦说，“五者之中，应以实理为主，以致用为决，可见诸行事。”

“先生，何谓实理？”徐光启问。

“譬如缙绅偶有大事难决者，或民习于陋习、沉于邪俗者，或当诵说圣贤之功德者，或当讥弹不肖之恶行者，或防国家之灾而杜将来之乱者，皆须有识能文之士，立论匡扶，众前剖析。”利玛窦说。

“先生，何谓致用？”徐光启问。

“既经有识能文之士，立论匡扶，众前剖析，则使情事调畅，群疑尽释，枉者伸，诈者服，凶顽者罪。及以修道设教，使弱者见易而立志，狂者见难而加谨也。”利玛窦说。

“今听先生一席话，顿使某有枉读十年书之感。某愿拜在先生门下，身为弟子，笃传西学。”徐光启说着，行礼。

“子先愿传播西学，亦我之幸。”利玛窦道。

“先生，弟子有一请求。”徐光启说。

“你说！”利玛窦道。

“先生今日所传讲授，弟子欲记录成文，于同志间传播，不知先生允否？”徐光启问。

“此乃大好之事，为何不允！”利玛窦道。又问，“却不知作何篇名？”

“听先生讲授，令人于西学之大观顿似了然，弟子欲名以《西学凡》。”徐光启说。

“振之，你看篇名如何？”利玛窦问李之藻。

“甚好。”李之藻应道。

“那就名曰《西学凡》，”利玛窦说着，嘱咐徐光启，“不过，子先的文章写好，不可冠我之名。”

“弟子不敢掠先生之美。”徐光启以为利玛窦要他签署自己的名字。

“我也不是要你冠以徐光启三字，”利玛窦道，“今日我与你讲述的这些，实已有人以西语撰写出来。”

“不知撰者为谁？”徐光启问。

“我国之人艾儒略。”利玛窦说。

“艾儒略先生以何为职业？”徐光启问。

“和我一样，传教，劝人信奉天主。”利玛窦说。

“他可在北京？”徐光启问。

“不在。”利玛窦道。

“那么，在南京？”徐光启问。

“也不在。”利玛窦道。

“在广东？”徐光启问。他知道，来中国传教的许多西人，从广东沿海登陆后，就留在那里。

“他不在广东任何一处。”利玛窦说。

“先生之意，他不在我中华？”徐光启问。

“是。”利玛窦应道。

“可惜。”徐光启失望地说。

“有何可惜？”利玛窦问。

“似艾儒略先生这等耆儒，却不曾来我中华传教，殊为可惜；在弟子，实为憾事。”徐光启说。

“我知耆者指老者，振之，是不是？”利玛窦问李之藻。

“先生说的是。”李之藻应道。

“年纪多大的老者，可称耆？”利玛窦问。

“一般在六十岁以上。”李之藻说。

“六十岁，是一个甲子吧？”利玛窦问。

“是。”李之藻应道。

“子先，你看我有一个甲子吗？”利玛窦问徐光启。

“先生长髯遮面，弟子看不出先生的实际年龄。”徐光启说。

“我虽不足一个甲子，却已五十开外；以我为耆，还说得过去，”利玛窦说着，顿了顿，然后说，“以艾儒略为耆，则大谬。”

“他年未半百？”徐光启问。

“差得远呢。”利玛窦道。

“才四十几岁吗？”徐光启问。

“这么说吧，”利玛窦说着，反问一句，“三十岁，你等怎说？”

“而立之年，”徐光启道，并问，“艾儒略先生才至而立之年？”

“还没到呢，”利玛窦说。“按照你中华习惯，他是二十三岁，按照我国人的习俗，他只有二十二岁。”

“他只有二十二三岁！”徐光启惊呼，并进一步表示遗憾，“如此神童，却不得一见，憾甚，憾甚！”

“为此而憾，大可不必。”利玛窦说。

“怎么？”徐光启问。

“他今虽未来，我料定，迟早会来，或许很快会来。”利玛窦说。

“当真？”徐光启问。

“我为何骗你！”利玛窦道，“子先盼他来，我也盼他来。他来之后，我和他有许多事要做；振之，子先，你等和他也会有许多事要做。”

“是。”李之藻、徐光启齐应道。

“子先，你这篇文章写好，可签署为西海耶稣会士艾儒略答述。”利玛窦又叮嘱徐光启。

“是。”徐光启应道。

第三百四十二章

大泥国原属爪哇，名浡泥，后属暹罗，改今名。

华人出海后，流寓大泥国者甚众；不过，多是经商，和王族或官府有交往的不多。因此，福建海澄人李锦凭着和该国姓张的那督有交情，在华裔商人中很受敬重。

那督在大泥是地位很尊贵的高官，姓张的那督也是来自漳州。

和华商潘秀、郭震喝酒时，李锦带一个西洋人来，介绍说，他叫麻韦郎，是名和兰的首领。

和兰，华人更多地称之为红毛番。国内的华人，知道和兰的不多；在大泥的华人差不多都知道，它是个和佛郎机相邻的国度。

李锦介绍潘秀、郭震后，麻韦郎鞠个躬，潘秀、郭震二人则作揖。

“你们好。”麻韦郎说。

“久仰。”潘秀、郭震则说。

“潘先生，郭先生，真的久仰我吗？”麻韦郎问。

潘秀、郭震哭笑不得。潘秀报怨李锦：“连久仰二字都不懂，李哥把他拉来作甚！”

“或是李哥今日要请客，他想拉谁人来，就拉谁人来，潘哥何必抱怨！”郭震在一旁劝道。

听这话，潘秀很是意外。因为是华商们巴结李锦，所以从来都是他们请他，而不是他请他们。

“李哥，今日真是你请客？”潘秀问。

“不是我请客，也不用你等请客，是他请客。”李锦手指麻韦郎说。

和兰人是被拉来付酒钱的，潘秀没的可说。

“麻兄，是请一杯酒，还是畅饮？”郭震问麻韦郎。

“各位可畅饮，不过，”麻韦郎口气一转，道，“你们华人有句话，叫宴无好宴，是不是？”

“是有这话。”郭震应道。

“你们华人最不好的宴，是什么宴？”麻韦郎问。

“是鸿门宴，为杀人而设。”郭震说。

“我这个宴，叫黄门宴，比鸿门宴更厉害。”麻韦郎说。

“从没听说过黄门宴，麻兄是何意？”郭震问。

“你们华人以黄为贵，是不是？”麻韦郎问。

“或有此说。黄者，皇也，即皇帝老子也。”郭震道。

“老麻，你是想让我等去做皇帝老子，还是你自个儿想去做皇帝老子？”潘秀问。

“我是做不成你们中国的皇帝的，我看你等也做不成你们中国的皇帝。”麻韦郎说。

“既如此，哪里来的黄门宴？”潘秀问。

“我想见见你们的皇帝，总可以吧？”麻韦郎道。

“郭哥听见吗，他说想见见我大明的皇帝！”潘秀对郭震说。

“岂止想见，人家还总可以呢。”郭震道。

“二兄且莫讥笑，麻大人并非妄自尊大。”李锦对二人说。

“李兄是说，他有可能见到我大明皇帝？”潘秀问。

“是。”李锦应道。

“他凭着什么，可以见到我大明皇帝？”潘秀问。

“他凭着什么，可以见到我大明皇帝，还总可以吧？”郭震也问。

“麻大人，你告诉他两个，你去过何处！”李锦对麻韦郎说。

“麻兄，你去过何处？”郭震问。

“老麻，你去过何处？”潘秀问。

“广东、香山澳。”麻韦郎说。

“咳，我还以为你去过广州呢。”潘秀说。

“咳，我还以为你去过南直隶呢。”郭震说。

“咳，我还以为你去过南京呢。”潘秀又说。

“咳，我还以为你去过北直隶呢。”郭震又说。

“咳，我还以为你去过京师呢。”潘秀又说。

“咳，我还以为你进过紫禁城呢。”郭震又说。

“原来只去过香山澳！”潘秀、郭震又一齐说。

两个人一人一句，不仅在嘲笑麻韦郎，连李锦也一起嘲笑。李锦不动声色，对麻韦郎说：“麻大人告诉他两个，你见到谁个！”

“麻兄，你见到谁个？”潘秀问。

“老麻，你见到谁个？”郭震问。

“税使，李公公。”麻韦郎说的是广东税监李道。

“咳，我还以为你见到广东方伯呢。”潘秀说。

“咳，我还以为你见到广东抚、按呢。”郭震说。

“咳，我还以为你见到两广总督呢。”潘秀又说。

“咳，我还以为你见到朝中某尚书呢。”郭震又说。

“咳，我还以为你见到内阁某阁老呢。”潘秀又说。

“咳，我还以为你见到内府某掌印呢。”郭震又说。

“总之，你不可能见到大明皇帝！”潘秀、郭震又一齐说。

又是一人一句地嘲笑，终于让麻韦郎不耐烦。

“李先生，他二人不停地咳、咳，是何意？”他问。

“他二位没想到，你居然见到税使李公公。”李锦说。

“李公公很客气的，请我吃饭，请我喝酒，请我游览，让我在他的官衙住上一个月。”麻韦郎说。

“老麻，我知大明朝的矿监、税使，都有宠于大明皇帝；但见到李公公，和见到大明皇帝，还差着十万八千里呢。”潘秀说。

“麻兄，是不是李公公允诺带你去见大明皇帝？”郭震问。

“他没允诺，”麻韦郎道，“这个李公公很谨慎，说他胆小也可以。后来我得知，他不但没致函请大明皇帝召见我；连他接待我一事，他也没报告大明皇帝。”

“太监报告大明皇帝，叫上疏，不叫致函。”潘秀纠正他的说法。

“李公公没上疏报告大明皇帝，他曾接待我。”麻韦郎又说。

“李哥，老麻去过广东香山澳，见到税使李公公，和他想见大明皇帝，完全不相干呀。”潘秀对李锦说。

“和今天的黄门宴，似乎也不相干。”郭震道。

“二兄别急嘛，”李锦好像对这件事很有把握，“李公公虽然没请大明皇帝召见，也没把接待他的事禀奏大明皇帝，但给他指出一条路来。”

“是见到大明皇帝的路吗？”潘秀、郭震齐问。

“是。”李锦应道。

“既有路，为何还要来找我等？”潘秀问。

“既能见到大明皇帝，为何还要设黄门宴？”郭震问。

“虽有路，尚须有人铺设，”李锦对潘秀说。又对郭震说，“虽能见大明皇帝，尚须有人帮衬。”

“李哥要我等铺路？”潘秀问。

“李哥要我等帮衬？”郭震问。

“是。”李锦应道。

“多谢老潘铺路。”麻韦郎给潘秀鞠个躬。

“多谢郭哥帮衬。”麻韦郎又给郭震鞠个躬。

“老麻，我等还没答应你呢，就分出亲疏！”潘秀责怪。

“我怎分出亲疏？”麻韦郎问。

“你管郭哥叫郭哥，却管我叫老潘。”潘秀说。

“你管我叫老麻，所以我管你叫老潘；他管我叫麻哥，所以我管他叫郭哥。在我国度，最讲究对等。”麻韦郎道。

“真亏，初时我应叫你麻爷。”潘秀说。

“那我一定叫你潘爷。”麻韦郎道。

四人一笑，感觉亲近很多。再有几杯酒下肚，更不分彼此。

“老麻要我等做何事，李哥交代吧。”潘秀道。

“两件事。”李锦伸出二指说。

“李哥知道我的脾性，要做，就做第一件事。”潘秀说。

“好，”李锦应道，“第一件事，就由潘兄去做。”

“却不知是何事？”潘秀问。

“请大泥国王修书，述彼欲通贡市之诚意。”李锦说。

“原来李哥说的那条路，就是请通贡市呀。”潘秀、郭震齐道。

“不错，”李锦点点头，说道，“二位不妨想想，除请通贡市，麻老兄要见到大明皇帝，还有别的路没有？”

不用想也有答案。潘秀、郭震齐道：“没有。”

“李哥说的彼，是老麻吧？”潘秀又问。

“是他。”李锦应道。

“他是红毛番，欲和大明朝廷通贡市，为何要请大泥国王修书？”潘秀这回问到关键之处。

“有两个原因，”李锦说，“第一个原因：和兰国路途遥远，去程一年半载，或者更久；来程一年半载，或者更久；让和兰国王修书一年半载，或者更久。”说着，问道，“潘哥算算，得等到哪一天？”

“三个一年半载，或者更久，合在一起，究竟到哪一天，我算不出来。总之，答以‘很久’二字，是不会错的。”潘秀说。

“我等故国，有句话是怎说的？”李锦问郭震。

“是不是猴年马月？”郭震反问。

“对，”李锦应道。又问潘秀，“到猴年马月，潘兄等得及吗？”

“等不及。”潘秀道。

“第二个原因：和兰国从未与中华通贡市，和兰国王修书，大明朝廷翻遍所有文本，不知是从哪里冒出来这么一个国度，”李锦说着，问道，“潘哥想想，大明朝廷会不会理会？”

“多半不会理会。”潘秀说。

“所以，此书须得由大泥国王修。”李锦道。

“请大泥国王修书，我这件事做不来，还是做第二件事吧。”潘秀说。

“可潘哥才说，要做就做第一件事。”郭震和他开玩笑。

“那是前半句，还有后半句呢。”潘秀说。

“后半句怎说？”郭震问。

“第一件事做不来，只好退而求其次。”潘秀说。

“在我印象里，十次有九次，潘哥是做不来第一件事的，”郭震把玩笑开完。然后对李锦说，“李哥，既然都想着帮衬麻哥，第一件事非你做不可。”

“郭哥放心，李先生已经答应我做这件事。”麻韦郎插话。

“好啊，你既早知，却不告诉我，害得我丢人！”潘秀责怪道。

“我为何要告诉你？”麻韦郎道，“我不在乎谁来做这件事，他李先生做也好，你老潘做也好，总之得有人做。”

“潘哥，别再纠缠第一件事，”郭震在一旁说，“先看看第二件事做得来做不来吧。你才应允做第二件事；要是第二件事也做不来，你丢人可算丢到家。”

“李哥，第二件是何事？”潘秀不无担心地问。

“携大泥国王所修之书，回我等故国。”李锦说。

“这事我还真做不来；郭哥，我看你也做不来。”潘秀道。

“我为何做不来？”郭震问。

“别的不说，故国你回得去吗？”潘秀反问。

“怎会不去？我等贸易，哪年不得回故国一两次！”郭震道。

“郭哥去的故国是哪里？”潘秀问。

“或广东，或福建。”郭震道。

“那是故乡，不能算故国。”潘秀说。

“潘哥说的故国是哪里？”郭震反问他一句。

“或北京，或南京。”潘秀说。

“为何须去北京，或南京？”郭震问。

“你没听李哥说的吗？携大泥国王所修之书，不送去朝廷，却送去哪里！”潘秀道。

“潘哥说的似有道理，”郭震说着，问李锦，“携大泥国王所修之书，去北京呀，还是去南京？”

“既不去北京，也不去南京。”李锦道。

“潘哥，你听！”郭震不无得意。

“怎会！”潘秀不服气，“携大泥国王所修之书，不送去北京，或南京，难道送去广东或福建不成！”

“潘兄说的是，送去广东或福建都成，但以送去福建更佳。”李锦说。

“这是为何？”不仅潘秀不解，郭震也不解，所以二人齐问。

“二位辛辛苦苦去到北京，或南京，为的何事？”李锦反问。

“送大泥国王所修之书呀。”潘秀道。

“送去何处？”李锦问。

“送去朝廷呀。”潘秀道。

“潘兄怎送去朝廷？”李锦问。

“就这样送去呀。”潘秀做个双手呈递的动作。

“谁来接呢？”李锦问，“潘兄总不能见到一人，随便递给吧？”

“当然不能随便递给，总得递给有身份的人。”潘秀说。

“潘兄见得到有身份的人吗？”李锦问。

“这不好说，”潘秀说着，解嘲般地对麻韦郎说，“老麻，这得看你运气的好坏。”

“我的运气时好时坏，如老潘说的，不好说。”麻韦郎道。

“潘兄别说去大明朝廷送书，你就在这里，送书给大泥国王，看你送得进去送不进去。”李锦又说。

“这有点儿像是第一件事，我送不进去。”潘秀道。

“第一件事你做不来，我还做得来；这件事，你做不来，郭兄做不来，我也做不来。”李锦说。

“大家都做不来，还说他何用！这件事做不来，我看，第一件事也用不着做。”潘秀道。

“这却未必，”李锦说，“大泥国王所修之书，我等都送不去大明朝廷，有人送的去呀。我等只要把大泥国王所修之书，送去能把它送到大明朝廷的人那里，就行。”

“能把它送到大明朝廷的人，李哥选好没有？”潘秀问。

“已选好。”李锦道。

“选的谁个？”潘秀问。

“税使。”李锦道。

“老麻不是在税使那里碰过壁吗，怎还找税使？”潘秀问。

“那是广东税使，我说的是福建税使。”李锦说。

“福建税使似姓高。”郭震插话。

“对，姓高名寀。”李锦说。

“广东姓李的税使不肯做的事，福建姓高的税使肯做吗？”潘秀问。

“肯做。”李锦道。

“李哥有几分把握？”潘秀问。

“八分。”李锦道。

“那是很有把握，”潘秀说着，问道，“李哥为何有这大的把握？”

“一来，福建姓高的税使比广东姓李的税使胆子大；二来，福建姓高的税使比广东姓李的税使贪财，”李锦说着，问郭震，“郭兄，我等故国有句话是怎说的？”

“是不是人为财死？”郭震反问。

“我是问前一事。”李锦道。

“是不是胆大包天？”郭震问。

“对，”李锦应道，又对潘秀说，“他做这事，要有胆量；我等做这事，也要有胆量。潘兄没胆量的话，不必勉强。”

“谁说我没胆量！李哥，第二件事就交给我来办！”潘秀道。

“第二件事不是你一个人办得了的，我等要一起办，”李锦说，“我会请大泥国王修书三本，一本送福建税使，一本送漳州兵备副使，一本送漳州守将。潘兄，你可选一人送去。”

“送给谁人最难？”潘秀问。

“应该是守将。”李锦说。

“好，我就送书与守将！”潘秀道。

第三百四十三章

冯应京下诏狱之初，不时会被提去过堂。几个月后，掌诏狱的锦衣卫官们好像不记得还有这么一个人在狱中，不再提他去问话。常来看他的，是一名姓马的锦衣卫官校。在该官校的周旋下，他的处境越来越宽松。有人送酒食，不会有人出来刁难；他要读书，可以托好友找到送来；他要写作，可以要到纸、笔。

这天，冯应京正在给朋友写信，姓马的官校提一壶酒进来。

“收起，收起。”他一边吆喝，一边把矮几上的纸、笔归拢起来，放到一旁，然后把酒壶重重地放到矮几上。

“离过年还早呢，马兄怎么今日想起请我饮酒？”冯应京问。

“谁个规定我过年才能请冯大人饮酒！若是过年才请冯大人饮酒，我应该请冯大人饮过几次酒？”姓马的官校问。

“三次，”冯应京道，“万历三十年正旦节一次，万历三十一年正旦节一次，万历三十二年正旦节一次。”

“可我实际上请冯大人饮过几次酒？”姓马的官校又问。

“十几二十次吧！”冯应京道。

“除三个正旦节，其他各次请冯大人饮酒，都不是过年。冯大人从来也不问，今日为何要问？”姓马的官校问道。

“那些次正好碰上我想饮酒，所以顾不上问。”冯应京说。

“如此说来，今天冯大人不想饮酒？这好办，我拿走就是。”姓马的官校说着，伸手去拿酒壶。

“不可！”冯应京当然不会让他拿走。且不说自己爱酒，人家每次拿酒来喝，都是一片心意，怎能不领情！

“冯大人今天既然不想饮酒，为何又不让我拿走？”姓马的官校问。

“马兄每次拿酒来，都碰上我想饮酒；今日是马兄想饮酒，我焉有不奉陪的道理！”冯应京道。

“让你说对，”姓马的官校说着，放开手，“今天不管冯大人想不想，我都要饮酒。”

“马兄有喜事？”冯应京问。

“是有喜事，”姓马的官校应道，“不过，不是我的喜事，是冯大人的喜事。”

“马兄说笑，我会有何喜事！”冯应京道。

“当真是冯大人的喜事。”姓马的官校说。

“是何喜事？”冯应京问。

“前晚星变。”姓马的官校道。

“前晚星变？”冯应京问。

“是，”姓马的官校点点头，说道，“别说冯大人坐于斗室，看不见天空，纵然看得见天空，冯大人大概也无心去看。”

“可星变乃灾异，怎成我的喜事？”冯应京问。

“前晚星变，昨天皇上传谕，命百官修省。今天多官上疏，其中一款乃请释狱囚，冯大人有望出狱。”姓马的官校说。

“若得释狱，果是幸事。”冯应京道。

“因祸而得福，冯大人也开心吧？”姓马的官校问。

“开心；不过，不是为我本人，”冯应京说着，问道，“朝廷若释狱囚，邸大人、何大人也可出狱，马兄说是不是？”

邸大人名宅，官襄阳府通判；何大人名栋如，官襄阳府推官。二人均和冯应京一同被逮下狱。

“冯大人是为邸大人、何大人得释而开心？”姓马的官校问。

“是。”冯应京应道。

“冯大人只在乎别官是否得释，全不在意自家是否得释，着实令人敬佩。”姓马的官校叹道。

喝几口酒后，趁着停杯之际，姓马的官校问道：“有位西洋人，是冯大人的挚友吧？”

“马兄说的是谁个？”冯应京反问。

“其人来京的日子，比冯大人下狱稍早，这几年一直在京城传教。”姓马的官校说。

“是利玛窦先生？”冯应京问。

“是。”姓马的官校应道。

“马兄怎知他是我挚友？”冯应京问。

“冯大人在狱中读的，不都是他写的书吗？”姓马的官校道。

“还有呢？”冯应京问。

“冯大人还打算重新刊印他的书。”姓马的官校说。

“还有呢？”冯应京问。

“冯大人还为重新刊印他的书写序。”姓马的官校说。

“还有呢？”冯应京问。

“冯大人还送与他儒学博士的称号。”姓马的官校说。

“马兄所知，大约只有这多吧？”冯应京问。

“这还少吗？”姓马的官校反问。

“少是不少；但还有一事，马兄更应该知道。”冯应京说。

“何事？”姓马的官校问。

“我和他只见过一面，相处不超过半个时辰。”冯应京说。

“只见过一面？”姓马的官校不相信地问。

“只见过一面。”冯应京道。

“相处不超过半个时辰？”姓马的官校问。

“不超过半个时辰。”冯应京道。

“这和我听到的传闻，却是大相径庭，”姓马的官校说着，问道，“冯大人说的和他见过一面，可是下狱前和他见的那一面？”

“是。”冯应京应道。

冯应京逮入京师，并没立即下狱，所以，已在京师居住一些日子的利玛窦，有可能去看望他，并和他交谈半个时辰。

“此前完全是陌生人？”姓马的官校又问。

“那却不是，”冯应京摇头，“我和利玛窦先生虽然只见过一面，相处不超过半个时辰，但我对他心仪已久。他在南京时，我曾差我的一名弟子前去拜谒。”

“他们可曾相见？”姓马的官校问。

“曾相见，却未交谈。”冯应京说。

“这是为何？”姓马的官校问。

“利玛窦先生刚好准备来京师，正在收拾行装，无法与我差去的那名弟子交谈。”冯应京说。

“那么，他去趟南京，一无所获。”姓马的官校道。

“却又不是，”冯应京摇头，“至少是见过一面。缇骑逮我来京，我首先想到的一件事，是要去过南京的弟子陪我同来。到京后，闻得利玛窦先生和其他一二西洋人已离开四夷馆，活动不受约束，我让该弟子去拜望，并拜利玛窦先生为师。我和利玛窦先生得见一面，也是该弟子从中牵的线；或者说，是他南京之行植下的缘分。”

“冯大人说对利玛窦心仪已久，果非虚妄；却不知冯大人为何对他心仪？”姓马的官校又问。

“一言以蔽之，其所言所行，无不是为众生谋福祉。”冯应京说。

“所谓物以类聚，人以群分，由冯大人心仪其人可知，冯大人也是一心一意为众生谋福祉，难怪他对冯大人也是念念不忘。”姓马的官校说。

“马兄是说，利玛窦先生也在想着我？”冯应京问。

“是啊。”姓马的官校应道。

“马兄怎知？”冯应京问。

“因为我也是他的弟子。”姓马的官校说。

“马兄是利玛窦先生的弟子？”冯应京惊问。再一想，也无需惊诧，他善待自己，关照自己，或许正是受利玛窦的托付。

“还举行过拜师的仪式呢。”姓马的官校说。

“是叩过头的？”冯应京问。

“不是叩头，”姓马的官校说，“按照西语的说法，是洗礼，即师傅手指沾水，洒在受洗人的头上、身上；按照我汉语，却不知该怎说。”

“就称洗礼，不是很好吗？”冯应京道。

“冯大人说的是。”姓马的官校应道。

“马兄能否帮我个忙？”冯应京问。

“请冯大人吩咐。”姓马的官校道。

“果如马兄所言，我有释狱之日，可否请马兄为我联络利玛窦先生，让我二人再见上一面？”冯应京问。

“此亦师傅之愿，”姓马的官校爽快地答应下来，随即又不解地问，“冯大人为何只想和吾师见上一面？”

“狱可释，罪臣之身却不可改变，皇上是不会准我在京师逗留太久的。”冯应京说。

“冯大人既有此虑，我一定妥为安排。”姓马的官校道。

九月二十六日，冯应京在城外的一所宅院里和利玛窦相见。他是前一天被释出狱的，如他所料，皇帝只准他在京城停留三日。昨日一天，有太多的廷臣去他临时的住处看望他，向他道贺。明日一天，仍须接待许多来看望和道贺的廷臣，还得打点行装。和利玛窦相见并交谈，只能安排在今日。而估计今日也会有许多友人来看望、道贺，为避开这些干扰，姓马的官校把他们两个人约到郊外他一个亲戚的住所。

“慕冈先生，这两天我又学会一句汉话，用在你我之间很恰当。”利玛窦拉着冯应京的手说。

冯应京字可大，号慕冈，南直隶盱眙人，万历二十年进士。

“利玛窦先生学会哪句话？”他问。

“咫尺天涯。”利玛窦道。

“这句话的确很恰当。”冯应京说。

“我一直想去狱中探望，但马教友对我说，除非我乔装打扮，而且没被人认出，否则，不但会对我不利，也会对慕冈先生不利。于是，我打消探监的念头。”利玛窦说。

“诏狱那等地方，利玛窦先生千万不要去，”冯应京说，并问，“利玛窦先生称呼马兄教友，你我彼此之间也可以教友相称呼吗？”

“可以呀，”利玛窦道，“凡入天主教会的人，都可以教友相称呼。我读过慕冈先生早年写的一本书，慕冈先生论证，宇宙间只有一个神，即天地之主。这和我们的教义是一样的。慕冈先生要是肯入我教会，对我来说，是件再高兴不过的事。我不用再称你慕冈先生，慕冈先生也不用再称我利玛窦先生，我们互称教友就可以。”

“入教，是不是要受洗礼？”冯应京问。

“是，”利玛窦应道，“入天主教会，受洗礼是个必要的程序。”

“我在狱中，的确曾经想过，出狱后要找到利玛窦先生，接受洗礼。”冯应京说。

“慕冈先生为何说曾经？”利玛窦抓住他话里的重点，“莫非慕冈先生在狱中想过接受洗礼，出狱后又不想接受洗礼？”

“不是不想接受洗礼，是势有所难，不准我接受洗礼。”冯应京说。

“势有所难，难在哪里？”利玛窦问。

“利玛窦先生在京师数载，对我皇上应该有所知吧？”冯应京反问。

“有所知。”利玛窦应道。

“应该知道东厂吧？”冯应京问。

“知道。”利玛窦应道。

“应该知道锦衣卫吧？”冯应京问。

“知道。”利玛窦应道。

“今上多疑，京师厂、卫探子多如牛毛。我若在这里接受洗礼，皇上很快会得知。皇上本来并不想放我出狱，一旦得知我接受洗礼，不但会重新治我罪，说不定也会治利玛窦先生的罪。”冯应京说。

姓马的锦衣卫官校恰好送茶水进来，插话说：“你二位真有意思。利玛窦师不探狱，是因为知道，探狱不但会对他不利，也会对冯大人不利；冯大人不接受洗礼，是因为知道，接受洗礼朝廷不但会治他罪，也会治利玛窦师罪。可见，你二位不仅爱惜自家，更爱惜对方。”

“此即所谓惺惺相惜。”冯应京说。

“何谓惺惺相惜？”利玛窦问。

“惺惺相惜，即彼此敬重。”冯应京说。

“这句话很好，我要记住，”利玛窦道，又说，“慕冈先生不想在京师接受洗礼，虽说是出于彼此敬重，可我还是有些失望。”

姓马的官校觉得自己不该听。他说：“我去给二位准备午饭。”

“你别走，我给你讲个故事，”利玛窦叫住他，并讲述一个故事，“从前有个人，身患痼疾，衰弱不堪。另有一人，自称懂医，许诺治好他的病。他一会儿说曾经治好过多少这样的朋友，一会儿说治好他的病不在话下。患者和他的朋友们只听他夸夸其谈，不见他有任何行动。患者的一个朋友听得不耐烦，对他说：病人危殆，需要你立刻给他治病，而不是给他许诺。自称懂医的人说：诸位还不知我能写一手漂亮的字吧？我现在回家，用秀丽的字体给他开出一个药方。患者的朋友说：我等只关心你的药方，根本不在乎你的字是否秀丽。”

“然后呢？”姓马的官校问。

“故事已讲完，没有然后。”利玛窦说。

“可我没听懂，利玛窦师讲这个故事是何用意。”姓马的官校说。

“你可以问慕冈先生。”利玛窦道。

“冯大人听懂没有？”姓马的官校问冯应京。

“马兄不该问我听懂没有，该说利玛窦先生已听懂，”冯应京道，“这是为何？”姓马的官校更听不懂。

“因为这个故事是我说给利玛窦先生听的；看来，他是听懂我这个故事的意思。”冯应京道。

“利玛窦师听懂，我却还是不懂。”姓马的官校对利玛窦说。

“慕冈先生说的患者，指你中国。中国有病，需要懂医的人来医治。在慕冈先生看来，中国的病，是昧于我教的教义问答之事，所以千百年来受尽苦难；因而要医治中国的病，也要以我教的教义为药方。但我有起死回生的良方，却仅限于修饰文辞，而不去救当务之急。”利玛窦说。

“原来冯大人是讥刺利玛窦师只说教，不行动。”姓马的官校道。

“讽喻而已，并非讥刺。”冯应京说。

“利玛窦师今日重复这个故事，也是讽喻冯大人吧？”姓马的官校道。

“马兄说的是，”冯应京应道，“利玛窦先生重复这个故事，是讽喻我只在修饰文辞上下功夫，连接受洗礼这样一个行动也不肯做。”说到这里，他转向利玛窦，“我虽不打算在京师接受洗礼，但我可以去南京接受洗礼。再者，我虽不打算在京师接受洗礼，但我的弟子，我的家仆，愿在京师接受洗礼者，我一概不加阻拦。利玛窦先生看，我还像那个妄称懂医的家伙吗？”

“不像，”利玛窦道，“我一直以为，慕冈先生是可以治疗国家痼疾的良医。”

第三百四十四章

湖广分巡武昌道副使周应治马不停蹄驰至巡抚衙门，跳下马问道："都堂大人在不在？"

"大人在，我去为周大人禀报吧！"门前当值的官校说。

"事急，等不及。"周应治边说，边闯进衙门。

这几年，湖广接连出大事。先是税使陈奉暴虐，激起民变；接着，真假楚王之争惊动朝廷。今抚赵可怀是在武昌民变后取代前抚支可大的，他知道等待自己的，不会是好日子，每天过得战战兢兢。外边的脚步声稍急，说话声稍大，都会让他心头一颤。

周应治走过院里，脚步声不是一般的急，而是甚急。赵可怀忍不住问道："来者何人？"

"分巡副使周大人。"在堂外当值的官校禀报。

"良臣，有事呀？"赵可怀不等周应治进来就问。

周应治字良臣，浙江鄞县人，万历八年进士。

"德仲先生，出的是大事。"周应治不等进去就说。

"良臣，进来说。"赵可怀招呼道。

他不招呼，周应治已经快步走来；他一招呼，周应治几乎是撞进屋里。进屋后，他随手把门带上。这个无意中的举动，使得气氛更加紧张。

"良臣，出的何事？"赵可怀急迫地问。

"楚王助工万金被劫。"周应治说。

"被劫，"赵可怀惊呼，"不是昨日才装船起程的吗！"

"是，"周应治应一声，说道，"昨日起程，停泊汉阳，当晚即被劫。"

华奎献二万金助三大殿工，是在王守仁讦告楚府私匿定远侯王弼数十万金之后许下的。事过多年，该金一直拖着未解，近因假王风波，华奎才匆匆凑足万金，解去京师。不料，还没过江，被人劫去。

"良臣听说江上有大盗吗？"赵可怀问。

周应治知道他为什么要这样问，说道："德仲先生，非大盗所劫。"

"非大盗所劫？小小蟊贼也敢劫船！"赵可怀道。

"亦非蟊贼所劫。"周应治说。

"却是何人所为？"赵可怀问。

"是宗人。"周应治说。

"是宗人？"赵可怀一方面感到意外，一方面又感到如释重负；即便不是全释，至少也是稍释。因为宗人作乱，不是他这个巡抚都御史完全可以防治的。随即一想，又觉得有问题，"不是说好由官军解押吗，难道不曾分派官军？"

"已分派。"周应治道。

"分派多少官军？"赵可怀问。

"二十名。"周应治道。

以二十名官军押解万金，不能说少。其他方面解金赴京，肯定达不到这样的人数。此举说明，无论朝廷，还是湖广官府，对楚王献金助工一事，是相当重视的。

"二十名官军解押，竟被劫去，那得有多少人行劫呀！"赵可怀道。

"据闻，有数百人。"周应治说。

"数百人！"赵可怀惊呼。数百名宗人作乱，差不多相当于上万百姓作乱，赵可怀体会到事态的严重。

"下官核查过，确有数百人。"周应治说。

"他等难道不知，此万金是献于朝廷的？"赵可怀问。

"此事天下皆知，他等怎会不知！"周应治道。

"献于朝廷之金，即朝廷之金，他等也敢劫，难道想作劫持生辰纲的反贼！"赵可怀道。

"下官想，宗人此举，或不是针对朝廷的。"周应治说。

"不针对朝廷，却针对谁人？"赵可怀问。

周应治用手指在空中比画个王字。

"良臣的意思，他等是冲着楚王去的？"赵可怀问。

"是，"周应治点点头，说道，"德仲先生请想，数百人劫得万金，分到一人头上，能有几多？宗人虽有贫富之分，但为区区数十两银子而锒铛入狱，值得不值得？"

"他等是希望楚王失信于皇上，然后由皇上来治他的罪？"赵可怀似乎也品出其中的意味。

"是，"周应治又点点头，说道，"楚府假王之争，众多郡王和宗人是站在华越一边，认定今楚王非先楚王所出，不当承袭王位。只因宗人们赴京投揭，分别得到切责、罚禄、削爵的处分，华越又以诬告降为庶人，禁锢凤阳高墙，此事才被压下来。但宗人们心中未服，一直在窥探楚王动向，伺机报复。下官前些日子就听到有人散布，楚王解去京师万金，并非献于皇上，而是贿赂朝廷重臣的。”

“此言离奇，既已声言献于皇上，哪个朝廷重臣敢收取！”赵可怀道。

“下官以为，其言虽不可信，但宗人们若坚持，献于皇上助工万金中夹带给朝廷重臣们的赂金，还是挺麻烦的。”周应治说。

“果然如此，良臣的判断则有误。”赵可怀道。

“请德仲先生指教。”周应治说着，揖了揖。

“劫楚王献于皇上助工万金，使楚王失信于皇上，可以说是冲着楚王去的；劫楚王送与朝廷重臣的赂金，使暴露于天下，就不完全是冲着楚王去的，而且是冲着朝廷重臣去的。”赵可怀说。

“大人说的是，下官未顾及这一层。”周应治道。

“再者，”赵可怀顿了顿，又说，“不知良臣想过没有，宗人们今次劫金，也是冲着你我来的？”

“冲着你我来的？德仲先生为何这么说？”周应治惊问。

“辨楚王真伪一事，我等均涉其中，良臣难道忘记！”赵可怀道。

廷议楚王真伪之事，郭正域力主朝廷遣臣勘问，沈一贯请命湖广官员体访，皇帝从沈一贯之议。所谓体访，不过是一般的询问，而不是追查，当然不会有结果。参与询问的，主要是湖广抚、按，另外，还有布、按二司的官员。布政使、按察使能躲则躲，周应治身为分巡武昌道副使，是躲不过去的。赵可怀等奏，详审无左验，即楚王为假王一说无法验证。朝廷对楚府争执的处分，主要是根据赵可怀等的这一结论作出的。

“照此说来，还真是冲着我等来的，”周应治回应道，并问，“德仲先生看，此事当如何处置？”

“其一，置之不理，肯定不行。别说劫的是楚王献于皇上助工之金，即便劫的是楚王本府之金，也是要追查勘问的。”赵可怀说。

“其二呢？”周应治问。

“张大其事，亦不可取。”赵可怀说。

“德仲先生所言张大其事，是何意？”周应治问。

“有两个意思，”赵可怀说，“第一个意思，宗人所劫，就是楚王献于皇上助工之银，和别事无关；第二个意思，劫银宗人虽有数百，必有首恶，要抓，只抓一二首恶。”说着，问道，“良臣以为如何？”

“张大其事，是给自家找麻烦，下官理会得；不过，首恶若是不止一两个，怎办？”周应治问。

“凡是首恶，有几个，抓几个。”赵可怀道。

“下官谨奉钧令。”周应治道。

赵可怀率一支官军赶到按察司狱，拥在门外闹事的宗人四散而去。

“守在门外，再有闹事者，押入狱中！”赵可怀命领队的军官。

“末将遵令。”领队的军官应道。

“周大人呢？”赵可怀问出外迎候的狱吏。

“走才不久。”狱吏说。

“才走不久？”赵可怀大为不满，“外面乱哄哄的，他竟走掉！”

“回老大人话，周大人是迫不得已才走的。”狱吏说。

“怎叫迫不得已？”赵可怀问。

“周大人带的人少，面对数以百计的宗人，若不是走得快，只怕想走也走不成，”狱吏道，又说，“小人想，他或是去禀报老大人，或是去衙门叫人。”

“幸亏本官来得及时，要不，他等还不得劫狱！”赵可怀道。

“老大人说的是。”狱吏应道。

“周大人抓捕的人呢？”赵可怀问。

“在狱里。”狱吏说。

“有几人？”赵可怀问。

“回老大人话，不止几人。”狱吏说。

“不止几人，难道还有几十人？”赵可怀问。

“是，”狱吏应道。“周大人共抓捕三十六人，都在里面。”

“怎抓捕这多？”赵可怀有点儿吃惊。

“周大人说，老大人交代，凡是首恶，有几个，抓几个。”狱吏道。

“我交代的是有几个，抓几个；却不是有几十，抓几十！”赵可怀说。他后悔没交代清楚，早知首恶不是几人，而是几十人，他应该交代，从首恶中再甄别首恶中的首恶而抓捕。

人既已抓来，后悔已晚。他说：“我去看看这些胆大妄为的恶宗，周大人回来，告诉他我在里面。”

“老大人最好晚些再进去。”狱吏说。

“这是为何？”赵可怀问。

“周大人还没来得及将恶宗分别关入牢室，外面就闹将起来。这会儿，他等还集中在院子里呢。”狱吏说。

“有未加镣铐？”赵可怀问。

“因还得走动，故只加手铐，未加脚镣。”狱吏说。

“在狱中，且加手铐，本官还怕他不成！”赵可怀说着，迈步进狱。

院子里三个一堆、五个一伙，或站、或蹲、或坐的宗人们，见有人进来，一下子围过来。

“不是姓周的。”有人说。

“他姓赵。”又有人说。

“按照百家姓，他排在姓周的前面。”有人说。

“按照官阶，他是都堂，也比姓周的高。”又有人说。

“不对。”又有人说。

“怎不对？”前一宗人问。

“从来官阶越高，越不会置身险地。此地姓周的都不敢来，他怎么会来！”后一宗人道。

“你但知以官阶区分此辈，却不知还有别法区分。”前一宗人说。

“还有何法？”后一宗人问。

“愚蠢，”前一宗人道，“不太愚蠢的人，知险则不入；十分愚蠢的人，不知险而入。姓赵的显然比姓周的愚蠢。”

宗人们哄然大笑，再有人说话，无法听清。

赵可怀不理睬他们的讥笑，只是从左到右地看一遍，又从右到左地看一遍，从前到后地看一遍，又从后到前地看一遍。他的镇定，使得院子里渐渐安静下来。

“都堂在看啥？”一名年纪较大、说话较稳重的宗人问。

“清点人数，”赵可怀道，“狱吏告诉我里面应该有三十六人，可我数来数去，怎么数都少一人。”

“都堂大人在找我吧？”随着话音，从院子当中的一棵大树后走出来一人。他刚才可能坐在地上，现身后，还拍拍下半身的土。

“这才对上数，”赵可怀说着，点点头，问道，“你老兄怎称呼？”

“宗人蕴钐。”该宗人说。

“原来是阁下。”赵可怀道。

“都堂大人见过我？”蕴钐问。

“未见过。”赵可怀道。

“都堂大人知道我？”蕴鈖又问。

“可不！”赵可怀道。

楚府宗人，谁也说不清到底有多少。劫楚王献金的宗人有数百，宗人总数或许不止一千。赵可怀不会每个人都记得，特别是郡王以下的将军、中尉们，能记得的更少。这个蕴鈖应该不是郡王。如果是将军的话，应该不是镇国将军；如果是中尉的话，应该不是镇国中尉。也就是说，他应该是身份比较低的将军或中尉。但赵可怀听说过这个名字；可见，在宗人中，他是个可以呼风唤雨的人物。

果然，他一出现，一开口，别的宗人都不出声。

“都堂大人数够三十六人，是嫌多，还是嫌少？”蕴鈖问。

“无所谓多少，”赵可怀说，“倡乱者多，则多逮；倡乱者少，则少逮。倡乱者三十六人，则逮三十六人。”

“无所谓多少，都堂大人不觉着太不负责任吗？”蕴鈖问，并说，“我要是都堂大人的话，命官府只逮一人就够。”

“逮谁人？”赵可怀问。

蕴鈖指了指自己，笑道：“我呀！”

“想一想，阁下这话不无道理。”赵可怀道。

“还有句更有道理的话呢。”蕴鈖说。

“说来听听。”赵可怀道。

“都堂大人要是我的话，也命官府逮一人就够。”蕴鈖说。

“这次又逮谁人？”赵可怀问。

蕴鈖指了指他，笑道：“都堂大人呀！”

宗人们又是一阵哄然大笑。看到蕴鈖的手势，他们收住笑声。

“都堂大人有话，听他怎说。”蕴鈖道。

“阁下要是我的话，只逮阁下一人，道理在个乱字；我要是阁下的话，也只逮我一人，却是为的何事？”赵可怀问。

“也为个乱字。”蕴鈖道。

“武昌之乱，汉阳之乱，湖广之乱，是阁下闹出来的，是他等闹出来的，与我何干？”赵可怀问。

“都堂大人错！”蕴鈖道，“武昌之乱，汉阳之乱，湖广之乱，不是我闹出来的，不是我等闹出来的，是都堂大人闹出来的。”

“怎是我闹出来的？”赵可怀问。

“武昌之乱，汉阳之乱，湖广之乱，都因伪王而起，你承认不承认？”蕴鈖反问。

“我只能承认，楚王真伪之争，造成混乱局面；不能承认，武昌之乱，汉阳之乱，湖广之乱，都因伪王而起。”赵可怀说。

“那华奎为伪王，楚府各支已有定论，你承认不承认？”蕴钤又问。

“我只能承认，各支都有人认定；不能承认，各支已有定论。”赵可怀说。

“这还不够吗！”蕴钤道，并问，“各支都有人认定华奎为假王，却没人认定，华奎为恭王骨肉，你承认不承认？”

“我只能承认，各支认定的人少；不能承认，各支没人认定。”赵可怀说。

“朝廷命都堂大人体访，都堂大人却宁从寡，而不从众！”蕴钤道。

“首先，不是我一人体访，而是众多官员体访；其次，虽则认定今楚王殿下为恭王骨肉的人少，但除郡王、将军、中尉外，我等还询问过众多郡主、县主。她等无一例外地回答‘罔知真伪’。合郡主、县主而计，认定今楚王为伪王者，未必多过不认定今楚王为伪王者。”赵可怀说。

“罔知真伪，并非认定他是恭王骨肉。”蕴钤指出。

“亦非认定他是伪王，”赵可怀也指出，并说，“二者皆非，故我等奏请朝廷，乞遣官再问。”

“正因你等乞遣官再问，朝廷的裁定才偏袒伪王，你承认不承认？”蕴钤问。

“我只能承认，朝廷的裁定或和我等奏请不无关系；不能承认，朝廷的裁定偏袒楚王殿下。”赵可怀说。

“事已至此，他还在为朝廷的荒诞裁定辩解；亦即，还在为他等的荒诞奏请辩解。你等听到没有？”蕴钤撇开赵可怀，问宗人们。

“我等听到！”宗人们齐道。他们都在尽力呼喊，声音在院子里回荡，散发不出去，震得人耳朵嗡嗡作响。

“还有人愿用嘴来批驳他吗？”蕴钤问。

“没人！”宗人们齐道。

“大家说，该用何物来批驳他？”蕴钤问。

“用拳！”一部分宗人喊道。

“用脚！”又一部分宗人喊道。

“用拳，用脚，不如用此物。”蕴钤说着，抬起胳臂，向赵可怀的头上击去。击在赵可怀头部的，果然不是拳头，而是戴在手上的镣铐。

赵可怀根本没想到会有这突然一击，睁大眼睛看着他，身体摇摇晃晃，眼看要站立不住。他无力用手捂住被击打的地方，任由血水涌出。

宗人们也因这骤然之变惊呆，不由自主地退后一步或两步。

“他在出血。”有人说。

“他会不会死？”有人问。

“死就死，有什么了不起！”蕴鈴道，“杀他如同杀一家吏，皇上纵怒，不过赐下一帛，令我自经，还能砍下我的头颅不成！”

“哥哥不惧死，我亦不惧！”有几个宗人不甘落后，也举起手铐，向正要倒下的赵可怀头部击去。

赵可怀当即毙命。

第三百四十五章

和兰人七月抵达澎湖岛。沿海汛兵尽撤，两艘和兰大船如入无人之境，登岛后伐木筑舍，为久居之计。几个月下来，已颇具规模。

在岛上，和兰人不止一次与官府差派的人谈判过，其中，包括李锦、潘秀等。他们遣回大陆，本欲为和兰人做说客，但被下狱，又奉官府差派，来劝说和兰人回国。李锦、潘秀都是很要面子的人，他们不说自己的游说失败，却说大明朝廷尚依违未定。以这样的说辞，当然是不可能劝走和兰人的。

十月下旬的一天，两条从不同码头起程的官船，殊途同归，几乎同时靠泊在澎湖岛。两船上各下来一名官员，身后各跟着几个随从。二人迎面相遇，连个招呼也不打，却向着同一地方走去。

站在那里迎接他们的，正是麻韦郎。

麻韦郎看到两船靠泊时的情景，虽说几乎同时靠泊，但仍有一船稍前，一船稍后。他先和从稍前靠泊的船上走下来的官员打招呼。

“大人贵姓？”麻韦郎问。

“我们大人姓周。”该官员的一名随从代答。

“可否告以名讳？”麻韦郎问。

“大人名讳，上之下范。”该随从说。

“周大人可是从大明朝廷来的？”麻韦郎问。

“不是。”该随从道。

“却是从哪个衙门来的？”麻韦郎问。

“福建税使衙门。”该随从道。

“大人贵姓？”麻韦郎转问从另一船上走下来的官员。

“我们大人姓沈。”该官员也由一名随从代答。

“可否告以名讳？”麻韦郎问。

“大人名讳，上有下容。”该随从说。

“沈大人可是从朝廷来的？”麻韦郎问。

“不是。”该随从道。

“却是从哪个衙门来的？”麻韦郎问。

“福建总兵衙门。”该随从道。

“两位大人同时到来，又都不是奉大明朝廷差遣，可否在一起议事？”麻韦郎问。

“不可！”周之范、沈有容齐道。

“周大人，为何不可？”麻韦郎问周之范。

“税事高公公命我与阁下密议，不欲使他人闻之。”周之范说。

“高公公命议何事，周大人可低声告我。”麻韦郎说。

周之范走近，伏在他耳边轻声说出两个字：“贡市。”

“沈大人也是奉命密议吗？”麻韦郎问沈有容。

“那倒不是，”沈有容道，“总兵施将军命我与阁下所议之事，上可坦荡奏于朝廷，下可坦荡公之于世。”

“那为何不可共议？”麻韦郎问。

“施将军知高公公差使来彭湖与阁下计议，料定必为密议，命我不得与闻。”沈有容说。不知总兵官施德政真对他有所交代，还是他借周之范密议之说，加以讥讽，反正他说的挺像那么回事。

“施将军命议之事，也可以让周大人知道吗？”麻韦郎问。

“可以。”沈有容道。

“却是何事？”麻韦郎问。

“劝退。”沈有容也说两个字。

“不是劝退周大人吧？”麻韦郎明知故问。

“不是，”沈有容道，“是劝阁下离开澎湖，退还本国。”

“二位大人请随我来。”麻韦郎说着，把周之范、沈有容等领到离海边不远的屋舍，安顿周之范及随从在一处休息，沈有容及随从在一处休息。他有意把两处隔得较远，免得分别和二使商谈时被干扰。

麻韦郎选择先和周之范商谈，有两个原因。一个原因是，李锦、潘秀、郭震等潜回福建，主要是联络高寀；向朝廷奏请贡市的希望，主要寄托在高寀身上。第二个原因是，合他心意的是“贡市”二字，而不是“劝退”二字。

“周大人说贡市二字，究竟何意？”麻韦郎问。

“高公公愿为和兰通贡市奏请于朝廷。”周之范说。

“周大人的话，令人难以理解。”麻韦郎说。

“阁下汉话说得很好，如此简单的话，怎会难以理解？”周之范问。

“不是周大人的话难以理解，是周大人说的事难以理解。”麻韦郎道。

“我说的事，怎的难以理解？”周之范问。

“周大人说，高公公愿为我和兰通贡市奏请于朝廷，亦即，高公公还不曾以此事奏请于朝廷，是吧？”麻韦郎问。

“不错，是这个意思。”周之范道。

“李先生、老潘却不是这样告诉我的。”麻韦郎说。

“李先生是谁人？老潘又是谁人？”周之范问。

“李先生是李锦，老潘是潘秀，”麻韦郎说着，问道，“周大人难道不曾见过此二人？”

“见虽不曾见过，但我知道，李锦曾被漳州府关押，潘秀曾被漳州守将关押。”周之范说。

“他二人曾被关押？”麻韦郎大吃一惊。

“是，”周之范应一声，问道，“难道阁下不知？”

“不知，”麻韦郎道，“我还以为，他等是你福建官府的座上宾呢。”

“官府座上宾，是他等自诩的吧？”周之范问。

“自诩是何意？”麻韦郎反问。

“自诩即夸夸其谈，用村夫的话来说，就是吹牛。”周之范道。

“吹牛我懂，”麻韦郎说着，自忖道，“说自己得官府座上宾礼遇，是吹牛；说大明朝廷尚依违未定，一定也是吹牛。”

“看来，阁下是真已懂得。”周之范道。

“如此说来，大明朝廷尚不知我国意欲通贡，是吧？”麻韦郎问。

“那也不见得。”周之范道。

“怎么？”麻韦郎问。

“大洋之外有个和兰国，和兰国欲与我大明通贡市，朝廷应该已经知道。”周之范说。

“那么，大明朝廷尚依违未定，不是吹牛？”麻韦郎好不容易琢磨出真相，听他一说，又开始糊涂。

“说朝廷尚依违未定，是吹牛；但说朝廷尚依违未定是吹牛，并不见得朝廷不知其事，”周之范道，“郭震以大泥国王书投高公公，高公公必奏于朝廷；潘秀以大泥国王书投守将，守将必禀于总兵大人，总兵大人必奏于朝廷；李锦潜入漳州探听，被漳州府下狱，漳州府必禀于巡抚大人，巡抚大人必奏于朝廷。至少有三条途径将此事奏于朝廷，阁下说，朝廷怎会不知？”

“既已奏于朝廷，高公公为何又说，愿为和兰通贡市奏请于朝廷，并让周大人来商谈？”麻韦郎问。

“奏于朝廷，和奏请于朝廷，是有区别的。”周之范说。

“奏于朝廷，奏请于朝廷，只一字之差，有多大区别？”麻韦郎问。

“奏于朝廷，是奏其事于朝廷，让朝廷知道有个和兰国，通过大泥国表示，愿与我大明通贡市；奏请于朝廷，除奏其事于朝廷外，还表示赞成和兰贡市之请，甚至愿意为和兰的贡市之请做担保。”周之范解释道。

“表示赞同，有用吗？”麻韦郎问。

“得看谁表示赞同，”周之范道，“如漳州守将表示赞同，不会有用；福建总兵表示赞同，多半也没用。再如漳州知府表示赞同，不会有用；福建巡抚表示赞同，多半也没用。可我高公公表示赞同，就不一样。高公公表示赞同，我大明皇帝多半会准之。”

“难怪漳州守将、漳州知府都不愿将这件事奏请于朝廷，今福建总兵大人也不愿将这件事奏请于朝廷，只有高公公愿将这件事奏请于朝廷！原来只有高公公赞同，才有用，”麻韦郎说着，起身鞠一躬，“周大人回去，请代我向高公公深表谢意。”

“一定。”周之范允诺。

“请周大人告诉我，该如何向高公公致谢。”麻韦郎说着，又鞠一躬。

“我方才还有句话，不知阁下留意否？”周之范道。

“是哪句话？”麻韦郎问。

“高公公奏请于朝廷，是要作担保的。”周之范说。

“周大人是说过这句话。”麻韦郎道。

“阁下应该知道，做担保是有风险的。”周之范说。

“有何风险？”麻韦郎表示不知道。

“他要告诉朝廷，你和兰国是诚心诚意要通贡市的；还要告诉朝廷，为何不是你和兰国王修书，而由大泥国王代为修书。这样说，朝廷才有可能相信。万一你和兰国并非诚心诚意和我大明通贡市，万一日后你和兰人说，并未委托大泥国王修书，”麻韦郎说着，问道，“阁下想，他背负的是怎样的罪名？这个风险大不大？”

“周大人说的事情，是绝不会发生的；不过，我得说，作担保这件事，的确风险很大。”麻韦郎道。

“风险大，所望回报也大。”周之范切入主题。

"回报我早就想好，"麻韦郎道，"我给高公公的回报，一定是高公公所爱之物，周大人不妨先说个数出来。"

周之范没把数说出来，而是比画出来。他把一手的食指压在另一手的食指上，这是个十字，谁都认得出。

"这不是高公公要的数目吧？"麻韦郎问。

"是高公公要的数目。"周之范道。

"我听说，高公公是深爱白银的。"麻韦郎说。

"阁下听说的不错。"周之范道。

"高公公既深爱白银，怎会只要——"麻韦郎也把一只手的食指压在另一手的食指上，比画出一个十字，并说，"在我看来，这不过是个象征性的数目。"

"阁下以为是多少？"周之范觉得他可能误会。

"不是十两吗？"麻韦郎不知真糊涂，还是装糊涂，不但以为是这个数目，而且说出来。

"阁下是拿我们高公公取笑吧！"周之范斥道。

"我怎拿高公公取笑？"麻韦郎问。

"十两白银，高公公会命我飘洋过海，来和阁下要！"周之范道。

"不是十两？"麻韦郎问。

"不是。"周之范道。

"那是多少？"麻韦郎问。

"十万两。"周之范说。

"这是十万两？"麻韦郎看看自己的两只手，一根食指仍压在另一根食指上。他说，"这就是十两嘛。"

"阁下以为多吧？"周之范问。

"十万两白银，周大人说多不多！"麻韦郎道。

"阁下想想我说的风险，或者不会以为多。"周之范没有马上退让。

"为我担保，确有风险，如周大人所说；我如果拿得出十万白银，或者也会答应。但要告诉周大人的是，我拿不出十万白银。"麻韦郎说。

"拿不出好办，我家高公公还有句话：此事可以商量，"周之范说着，问道，"降到多少万两白银，阁下拿得出来？"

麻韦郎伸出一根食指，在周之范眼前晃晃。

"不会是一两吧？"周之范和他开个玩笑。

"不是一两，是一万两。"麻韦郎认真地说。

“高公公应允商量，阁下看来却无意商量。”周之范立刻回绝。

“我怎无意商量？”麻韦郎问。

“商量，着重在商字，阁下几时见过出价为十、还价为一的生意？”周之范问。

“周大人之意，可还价到几？”麻韦郎问。

“譬如这个数。”周之范说着，伸出拇指、食指，比画出八。

“八万，我还是拿不出来。”麻韦郎道。

“这次阁下拿得出多少？”周之范问。

“譬如这个数。”麻韦郎说着，伸出食指、中指，比画出二。

“实话相告，这个数我回去没办法向高公公交代。”周之范说。

“要多少，周大人才能向高公公交代？”麻韦郎问。

“至少这个数吧。”周之范说着，伸出手掌，比画出五。

“既然低于这个数回去无法交代，周大人请回吧。”麻韦郎说。

“阁下究竟拿得出多少来？”周之范问。

“至多这个数，”麻韦郎说着，伸出食指、中指、无名指，比画出三。并说，“实话相告，再多一两，我也拿不出。”

周之范估计榨不出更多的油水，遂道：“一言为定！”

麻韦郎没想到他如此痛快地答应，愣了愣神，敲定说：“是三万两，不是七万两。”

“是三万两，高公公愿交阁下这个朋友。”周之范问。

“我给高公公三万两的回报，不是为交朋友。”麻韦郎说。

“当然，不止是交朋友；但交为朋友，高公公会尽心竭力地帮阁下的忙，”周之范说着，问道，“三万两白银，阁下几时可付与我？”

“既已说定，周大人随时可取。”麻韦郎道。

见麻韦郎进来，沈有容讥道：“阁下公务很忙呀！”

“不忙，今日只与二位大人商谈。”麻韦郎实话实说。

“和周大人商谈过？”沈有容问。

“你们中华有句话怎说的？”麻韦郎问罢，自己说出来，“明人面前不做暗事，是这么说的吧？”

“对，有这么句话。”沈有容点头。

“实不相瞒，我和周大人商谈过，”麻韦郎道，又说，“但既是密议，议的何事，我不能告诉沈大人；沈大人不也说，不愿与闻吗？”

“不用阁下告诉我，我来告诉阁下如何？”沈有容笑道。

“沈大人来告诉我？告诉我何事？”麻韦郎问。

“周大人和阁下是怎样密议的呀？”沈有容道。

“沈大人能告诉我，周大人和我是怎密议的？”麻韦郎惊问。

“能，”沈有容应道，“我不能保证其言必实，但可以保证其事必实。”

“那我倒要听听。”麻韦郎道。

“周大人和阁下议的是‘贡市’之事，对不对？”沈有容问。

“周大人事先告诉过你吗？”麻韦郎反问。

“就是说，议的确是贡市，”沈有容道，又接着说，“周大人对阁下说，高公公愿为和兰国通贡市奏请于朝。”说罢，问道，“对不对？”

“他连这也告诉你，为何还要密议！”麻韦郎道。

“就是说，他确是这么说的，”沈有容道，又接着说，“周大人对阁下说，别个大臣为和兰奏请，未必有用；高公公为和兰奏请，我大明皇上一定会准之。”说罢，问道，“对不对？”

“说来说去才说到这一层的，沈大人也知道！”麻韦郎道。

“就是说，我说的没错，”沈有容道，又接着说，“周大人对阁下说，为和兰通贡市奏请，是要冒很大风险的；既冒风险，要有回报。”说罢，问道，“对不对？”

“沈大人说得出，他要多少回报吗？”麻韦郎反问。

“高公公贪，为一二万金，他不会甘冒风险。”沈有容说。

“十万如何？”麻韦郎问。

“他张得开这个口。”沈有容说。

“三万如何？”麻韦郎又问。

“应该是最低限度。”沈有容说。

“看来，我还赚个便宜。”麻韦郎道。

“阁下真应许他三万？”沈有容问。

“不是应许，而是他已搬运装船。”麻韦郎说。

“就是说，确以三万成交；但阁下并未赚到便宜。”沈有容道。

“三万是最低限度的回报，这可是沈大人才说的呀。我以三万两银子，换得高公公为我奏请于朝廷，怎不是赚到便宜？”麻韦郎问。

“阁下是不知高公公的为人呀。”沈有容道。

“沈大人此言何意？莫非高公公拿去我的银子，会不为我奏请？”麻韦郎问。

“我不能断定，他拿去阁下的银子，一定不为阁下奏请。但我可以断定，情势有利，他才会为阁下奏请；情势不利，他绝不会为阁下奏请。这叫见机行事。”沈有容说。

“见机行事，不讲公义？”麻韦郎问。

“阁下也知公义？和他讲公义，阁下算是找错人，”沈有容说到这里，顿了顿，再加上一句，“这还不是最糟糕的。”

“更糟糕的是何事？”麻韦郎问。

“我不能断定，他拿去阁下的银子，一定会对阁下不利。但我可以断定，情势有利，即无人议论阁下的是非，和兰国的是非，他和阁下可以相安无事；情势不利，即有人议论阁下的是非，和兰国的是非，他的声调肯定比别人都高。这叫翻云覆雨。”沈有容说。

“翻云覆雨，不讲道义？”麻韦郎问。

“除公义，阁下也知道义？和他讲道义，阁下讲不出个结果，”沈有容说到这里，顿了顿，又加上一句。“这也不是最糟糕的。”

“最糟糕的是何事？”麻韦郎问。

“我不能断定，他拿去阁下的银子，一定会杀阁下。但我可以断定，情势有利，即朝廷未颁驱除阁下的旨意，他不会和阁下兵戎相见；情势不利，即朝廷颁旨驱逐阁下，他一定会率先出兵，率先和阁下交战，并伺机杀害阁下。这叫杀人灭口。”沈有容说。

“杀人灭口，不讲情义？”麻韦郎问。

“阁下也知情义？和他讲情义，阁下无异于与虎谋皮。”沈有容说。

他没再加上一句，谁都知道，这是最糟糕的情况。

“沈大人深知高公公为人嘛。”麻韦郎说。

“不仅我知，八闽谁人不知！”沈有容道。

“见机行事，翻云覆雨，杀人灭口，如果高公公都做得出来，沈大人看我该怎办？”麻韦郎请教。

“首先，阁下最好把三万两银子先追回来，免得偷鸡不成反蚀把米。”沈有容说。

“沈大人以为我是来偷鸡的？”麻韦郎不高兴地问。

“我这是为阁下着想，”沈有容说，“不管阁下为何事而来，拿几万两银子来画饼，都是划不来的。”

“拿银子画饼，这是何意？”麻韦郎问。

“水中捞月，阁下懂吗？”沈有容反问。

“这句话的意思，我懂。”麻韦郎道。

“两句话的意思差不多，”沈有容说，“阁下给高公公三万两银子，想让他为你奏请于朝廷，相当于水中捞月，也相当于画饼充饥。”

“沈大人说的极是，”麻韦郎道，“三万两银子虽不是天上之月，总强过水中之月。”随即命属下将佐，“你多带些人去！周大人尚未搬走银子，扣住不给；若已搬上船，你再搬回来；若船已离岸，用我大船前去拦截。总之，数万白银不能让他拿走。”

“是，”将佐应一声，问道，“将军是让周大人空手回去吗？”

“我有别物给他，”麻韦郎说着，命另一属下，“拿几套玻璃餐具、饰品给他，再给他几把番刀，几瓶番酒。”

二属下各自去办事，麻韦郎又回过头和沈有容说话。

“拿回银子是首先，其次是何事？”他问。

“劝退。”沈有容说。

“对，”麻韦郎点头，“沈大人说过，此来目的，是劝退。所以，首先应是劝退，其次才是劝告。”

“诚如阁下所言。”沈有容道。

“沈大人之意，我该退出哪里？”麻韦郎问。

“至少退出澎湖。”沈有容道。

“这位沈大人是来劝我等退出本岛的。”麻韦郎对屋里的属下们说。

属下多是和兰人，也有一二人身材不甚高，眼窝不甚凹进，鼻子不甚高挺，或是大泥国人，或是寄居大泥国的华裔。大泥国人或华裔知道大明国的强大，大明皇帝的尊崇，以及大明官员话的分量，没有很强烈的反应，而和兰人无不对沈有容怒目相视。

“他说退出，就退出吗！”一和兰属下道。

“我等若想着退出，干吗要盖起屋舍！”又一和兰属下说。

“要我退出澎湖也可，拿钱来！”又一和兰属下说着，伸手作接钱状。

“你要多少银子？”别的和兰属下问他。

“方才周大人开口要十万，我要百万！”该和兰属下说。

“对，他给百万，我方退出！”其他和兰属下附和道。

沈有容听不懂他们的话，但从表情上可以看出他们的愤慨。他不予理会，只听麻韦郎怎说。

“沈大人为何要我退出澎湖？”麻韦郎问。

“阁下还记得方才说的翻云覆雨吗？”沈有容反问。

“记得呀，”麻韦郎应道，“沈大人说的是，无人议论是非，高公公如何如何；有人议论是非，高公公又如何如何。”

“这话是我方才说的，这会儿要改。”沈有容道。

“怎改？”麻韦郎问。

“一定会有人站出来议论是非！”沈有容道。

“沈大人倒是说说，有何是非可议论？”麻韦郎问。

“澎湖是我大明属岛，阁下此来，可是奉我朝廷之旨？”沈有容问。

“未奉。”麻韦郎道。

“可是奉我官府之命？”沈有容问。

“未奉。”麻韦郎道。

“可是应岛上我居民之约？”沈有容问。

“非应。”麻韦郎道。

“一不是奉我朝廷之旨，二不是奉我官府之命，三不是应我居民之约，公然登我属岛，构建屋舍，为久居计，这个是非还小吗！”沈有容义正词严地说。

“沈大人之意，我等不是请来的，所以应该退出。”麻韦郎对属下说。

“天大的笑话！”一和兰属下道。

“是啊，我等去哪里，是被人请去！”又一和兰属下道。

“非请不去，岂不哪里也去不成！”又一和兰属下道。

沈有容仍不理会，只听麻韦郎怎说。

“我若不退出澎湖呢？”麻韦郎问。

“阁下还记得方才说的杀人灭口吗？”沈有容反问。

“记得呀，”麻韦郎应道，“沈大人说的是，朝廷颁旨驱逐，高公公如何如何；朝廷不颁旨驱逐，高公公又如何如何。”

“这话也要改。”沈有容道。

“怎改？”麻韦郎问。

“朝廷一定会颁旨驱逐！”沈有容道。

“沈大人倒是说说，朝廷为何一定会颁旨驱逐？”麻韦郎问。

“一则澎湖既为我属岛，阁下非奉旨而入，是侵犯我大明；既有侵犯者，我朝廷能不颁旨驱逐！二则阁下之来，为的是请通贡市，我朝廷未准，阁下自入，是威胁我大明；既有威胁者，我朝廷能不颁旨驱逐！三则澎湖居民是我大明赤子，阁下自行在澎湖构建屋舍，是滋扰我居民；既有滋扰者，我朝廷能不颁旨驱逐！”沈有容更加义正词严地说。

“沈先生之意，我若不退出，其国必以武力驱逐。”麻韦郎对属下说。

“好啊，我等正要看看，他大明国有多大力量！”一和兰属下道。

“佛郎机国在他香山澳、壕镜久居，也未闻他国驱逐之！”又一和兰属下道。

“不如先让他尝尝我和兰番刀锋利不锋利！”又一和兰属下道。

这次不但声音高，而且有和兰人已经出手拔刀。

沈有容气定神闲，静候麻韦郎开口。

“大明朝廷颁旨驱逐，大明军队定能将我驱逐吗？”麻韦郎问。

“不在话下，”沈有容说着，问道，“阁下知卵否？”

“卵不是蛋吗？是鸟蛋，还是兽蛋？”麻韦郎问。

“不管是鸟蛋，还是兽蛋！”沈有容说，“我中华有句话，叫作以卵击石，阁下听说过没有？”

“蛋可以击打石头？你中华真多怪事。”麻韦郎道。

“我中华造出这句话来，并非鼓励人拿蛋击打石头，而是嘲笑有些人不自量力。”沈有容说。

“是不是我为卵，你大明国为石？”麻韦郎问。

“阁下为卵，毋庸置疑；我大明国却不是石。”沈有容道。

“不是石，是何物？”麻韦郎问。

“我中华还有句话，叫泰山石敢当，阁下听说过没有？”沈有容问。

“我知泰山为你中华名山，这句话的意思是不是泰山非一般的石头可比？”麻韦郎反问。

“差不多是这个意思，但又不是以二者作简单的比较。”沈有容说。

“沈大人是说，我为卵，你大明国为泰山，是吧？”麻韦郎问。

“阁下这回说得对。”沈有容道。

“我为卵，你中华为泰山，是个简单的比较吗？”麻韦郎寻衅般地问。

“是个简单的比较，也是个具体的比较，”沈有容说，“阁下泊在岸边的船，我看不过两只，虽说大，也大得有限；阁下所率之众，我看不过二三百人。阁下说，此船此众，可否喻之为蛋，且喻之为小鸟小兽之蛋？而我大明朝军制为卫为所。一卫军士五千，一千户所军士千人。仅福建一地，有十六卫，二十一千户所，计有官军十万人。且福建乃我大明最小一省，以我大明全境而言，有近五百卫，计有官军二百余万。至于战船，何止千万！阁下说，此船此众，可否喻之为石，且喻之为泰山？一旦朝廷颁旨驱逐，尔等只怕是不堪一击！”

“沈先生之意，我等若抗拒他大明官军，如以卵击石，即以小鸟小兽之蛋，击打如泰山之石。”麻韦郎对属下说。

“我等怎会是蛋！”一和兰属下道。

“我等为虎、为狼，生的是崽，而不是蛋！”又一和兰属下道。

“即为狗，也会咬人；为猫，也会挠人。我这就让他看看，猫、狗是怎挠人咬人的！”又一和兰属下说着，把刀完全拔出。

“阁下欲纵属下杀人灭口，亦无不可；但于事无补。”沈有容平静地对麻韦郎说。

麻韦郎走过去，把该和兰属下的刀按回刀鞘。

“沈大人，容我再想想。”他对沈有容说。

两天之后，两艘和兰大船离开澎湖岛，扬帆而去。

第三百四十六章

南畿巡按御史刘曰梧出巡，在往安庆的途中，遇到一队人马。

“大人看。”一名随行的官校指给刘曰梧看。

前方正好是个转弯处，看不见人，只见烟尘滚滚。另外还听得见鼓乐之声、喇叭之声。刘曰梧回头看看自己的随行人员，有十几二十人，那股烟尘滚过来，足以把他们和自己一起淹没。

民间迎娶新人，不会有这么大的声势；王府能造出这么大的声势，但方圆数百里之内，并无王府。所以，应该是官家出行。

但官家出行，别说府、州、县弄不出，或者不敢弄出这么大的声势，布、按二使也弄不出，或者不敢弄出这么大的声势。督、抚，尤其有统兵之权的总督，或弄得出，也敢弄出大的声势；但和眼前的声势比较一下，恐怕还是要小一些。莫非是钦点的督帅或大将率兵出征？怎的自己一点儿风声也没听到？

“大人，迎上去吗？”一随员请示。

“等等看，”刘曰梧道。他见路旁有一棵大树，问道，“你等谁个是属猴子的，善于上树？”

“小人不属猴子，但善于爬树。”一差役自告奋勇。

“上去看看，怎么个情形。”刘曰梧命道。

该差役三下两下，爬到树上，手遮眉梢，向前方张望。

“见得到人吗？”刘曰梧问。

“见得到人，但看不清相貌。”该差役说。

“谁要你看相貌！且看有几多人。”刘曰梧道。

“一百，四五十，一百，”该差役数罢，禀道，“大人，前方队伍约在二百五十人左右。”

“你是怎数的？”刘曰梧担心他听不懂自己的问题，又问，“前一个一百，是何意？”

“彼前队约百人。”该差役道。

“前队百人骑马，或步行？”刘曰梧问。
“步行。”该差役道。
“他等持何物？”刘曰梧问。
“有持旌旗者，有持刀枪者，有持鼓号者。”该差役说。
“此所谓前导，”刘曰梧说，又问，“四五十，是何意？”
“中队约四五十。”该差役说。
“此四五十人骑马，或步行？”刘曰梧问。
“有骑马者，有乘轿者。”该差役说。
“还有轿子？”刘曰梧问。
“有两顶轿子。”该差役说。
“军中夹轿，应该不是大军出征。”刘曰梧先把这一可能性排除。
“依小人之见，不夹轿子，也不会是大军出征。”该差役说。
“此所谓中营，”刘曰梧说，又问，“后一个一百，是何意？”
“后队约百人。”该差役说。
“此百人骑马，或步行？”刘曰梧问。
“半数骑马。半数步行。”该差役说。
“骑马者在前，或步行者在前？”刘曰梧问。
“杂处而行。”该差役说。
“杂处而行，应该不是督、抚出巡。”刘曰梧又进一步把这一可能性排除。
“依小人之见，不杂处而行，也不会是督、抚大人出巡。”该差役说。
“你再多看两眼前队。”刘曰梧命道。
“前队愈发走近，小人已看得清一些人眉眼。”该差役说。
“用不着看眉眼，你只看旗上有无字样。”刘曰梧道。
该差役看了看，禀道：“有。”
“何字？”刘曰梧问。
“字有大小，大字是个陈字，小字是个程字。”该差役说。
“以此二字，应该不是亲藩。”刘曰梧进一步把这一可能性排除。
“以小人之见，无此二字，也不会是亲藩。”该差役说。
“但陈、程，程、陈，却是何意？”刘曰梧问。
随员们知道，他与其说在问他们，不如说在问自己，所以谁也不答。
“你等谁个是属虎的，胆子大？”刘曰梧问。
“小人不属虎，但胆子够大。”一官校说。

“你迎上去，喝令他等停下。”刘曰梧命道。

“他等不肯停下呢？”该官校问。

“他等不肯停下，你速回告本官。”刘曰梧道。

“他等停下呢？”该官校问。

“他等停下，你问他等是何方神圣？”刘曰梧道。

“卑职使用神圣二字吗？”该官校问。

“此二字怎可随便使用！”刘曰梧道，“我只要你问出他等是何来路，使用什么字，你自家斟酌。”

“是。”该官校应一声，策马而去。

很快，前方的鼓号声停止，前去探问的官校没回来，看来他不仅有胆，还颇有威仪，把这支队伍阻拦下来。

刘曰梧率众人跟上去，和前方的队伍相距不足百步，他差去的官校折回，向他禀报。

“卑职问出他等来路。”该官校道。

“陈者何人？”刘曰梧问。

“陈者是陈增。”该官校道。

“程者何人？”刘曰梧问。

“程者是程守训。”该官校道。

“你可知此二人？”刘曰梧问。

“卑职不知陈增，却知程守训。”该官校说。

“你这可是本末倒置，”刘曰梧道，“陈增是山东税监，天下皆知，你却不知；程守训不过是他手下一名参随，知者不多，你却知之。”

“卑职知程守训，不无缘故。”该官校说。

“是他自称勘究江淮不法大户，出巡徽、安诸府吧？”刘曰梧问。

“是。”该官校应道。

“好，我这就去会会这个勘究江淮、出巡诸府的程守训！”刘曰梧道。

他走到前方的队伍前，前方的队伍列阵以待。一将身材魁梧，铠甲光鲜，左手叉腰，右手扶剑，站立阵前。

“来的是哪一位大人？”他问。

“怎么，你没告诉他？”刘曰梧问官校。

“卑职要说来着，他没容卑职说。”该官校道。

“这是为何？”刘曰梧感到奇怪。

“他要大人自报家门。”该官校说。

“谁个定的规矩！”刘曰梧沉下脸来，并道，“他却是谁人？莫非也要本官亲自来问？”

“他是谁人，却告与卑职。”该官校道。

“应该是中军官之类吧？”刘曰梧推测。

“大人明鉴，他正是说，他是勘究江淮、出巡诸府程大人属下中军官，姓仝名治。”该官校道。

“狗屁程大人，也设中军官！”刘曰梧冷笑。他向对面喝道，“仝治，为何不参见本官！”

他本来不甚张扬，但这一声怒喝，以及随员们的随声应和，显示出巡按御史的威仪，以致昂然挺立的仝治，也不由躬下身子。

“参见大人。”仝治道。

“加上二字！”刘曰梧道。

“大人要我加上哪两个字？”仝治问。

“告诉他！”刘曰梧命身后的官校。

“卑职。”该官校提醒道。

“你一个来路不明的中军官，自呼卑职，已是便宜你。”刘曰梧说。

“卑职参见大人。”仝治加上二字，重说一遍。

“程先生呢？”刘曰梧问。

“在轿里小憩。”仝治说。

“告诉他，本官来会他。”刘曰梧道。

“卑职怎禀报？”仝治问。

“不用你禀报，他当识得本官。”刘曰梧道。

仝治退回军中，对着一顶轿子说一两句话。

程守训从轿中下来，打个哈欠，看看天，看看地，左看看，右看看，连身后都看看，这才正视前方，看到刘曰梧。

他抬腿太急，一个趔趄，险些跌倒。仝治伸手去搀扶，被他甩脱。

“挡住刘大人的路，得罪。”他老远就抱拳作揖。

“大人，是哪位刘大人？”仝治跟在他后面问。

“你不见刘大人衣补上的兽吗？此兽为獬豸，专辨是非曲直。他是南畿巡按刘大人，对你我来说，可谓父母官的父母官，”程守训说着，问道，“参见过刘大人没有？”

“参见过。”仝治道。

“你怎说的？”程守训问。

“卑职说，参见大人。”仝治道。

“呦，总算会说卑职，”程守训先是奇怪，然后问，“谁人教的？”

“刘大人。”仝治指着刘曰梧说。

说话间，二人已和刘曰梧面对面。

“还不谢过刘大人！”程守训命道。

“谢刘大人教诲。”仝治说着，深作一揖。

“这么说，你已认得本官？”刘曰梧问。

“卑职有眼不识泰山，刘大人恕罪。”仝治道。

“他乃一介匹夫，刘大人别与他一般见识。”程守训为他说情。

“一介匹夫，程先生会用他做中军官？”刘曰梧话中带刺。

“惭愧，”程守训面不改色地回应道，“不过用他带带操，放放炮，他就以中军官自居。”

“仝中军还会放炮？”刘曰梧问。

“会放。”程守训应道。

“还懂操练？”刘曰梧问。

“略懂。”程守训道。

“这我倒要另眼相看。”刘曰梧道。

“刘大人客气，”程守训说着，转向仝治，“刘大人对你另眼相看，还不再谢！”

仝治还没作出反应，刘曰梧对程守训说：“别让他谢呀，我是说，对程先生要另眼相看。”

“对我另眼相看？我可不会放炮，不懂操练。”程守训道。

“可他是为程先生放炮，为程先生操练，是不是？”刘曰梧问。

“刘大人说的是，”程守训道，“若不是为我放炮，为我操练，他岂不要被视为犯禁作乱！”

“所以我要对程先生另眼相看呀，”刘曰梧冷笑着说，“这位仝中军怕被视为犯禁作乱，程先生却不怕被视为犯禁作乱！”

程守训听他这话，脸色一变：“刘大人言重，我着人放放炮，出出操，怎就犯禁作乱？”

“怎犯禁作乱？”刘曰梧仍冷笑不止，“请问程先生，不在山东忙你的差事，却来南畿作甚？”

“勘究不法大户，出巡南畿诸府，刘大人是知道的呀。”程守训道。

“程先生是奉谁个差遣？”刘曰梧问。

“怎叫奉谁个差遣，是奉旨。”程守训道。

“圣旨呢？”刘曰梧问。

“在我陈公处。”程守训说。

“是山东税使陈公公吧？”刘曰梧问。

“是。”程守训应道。

“如此说来，朝廷是颁旨与陈公公？”刘曰梧问。

“当然，朝廷又没我这号人物，怎会直接颁旨与我？”程守训道。

“故程先生来南畿，还是奉陈公公差遣，而不是奉旨！”刘曰梧说。

“朝廷命我陈公办事，我陈公又命我办事，此即奉旨办事；我奉旨办事的身份，刘大人用不着怀疑。”程守训道。

“好吧，我不怀疑程先生奉旨办事的身份，”刘曰梧退一步，又问，“就算程先生奉旨勘究不法大户，出巡诸府，就可以放炮、操练吗？”

“为何不可？”程守训问。

“朝廷命你勘究不法大户，可曾命你率军勘究；朝廷命你出巡南畿诸府，可曾命你鸣炮出巡？”刘曰梧反问。

“既曰不法大户，刘大人倒是说说，不率军，怎生勘究？既曰出巡，刘大人倒是说说，不鸣炮，怎生出巡？”程守训理直气壮地辩道。

“不率军不能勘究，不鸣炮不能出巡，我还是第一次听说。是我孤陋寡闻，还是程先生刻意矫情？”刘曰梧问。

“刘大人绝非孤陋寡闻，我也不是刻意矫情。”程守训说。

“怎说？”刘曰梧要听他的解释。

“朝中有不同的臣子；不同的臣子办事，规则不同，方式不同。如科、道不同于部、院，部臣不同于宪臣，文臣不同于武臣，武臣不同于内臣，”程守训说着，问道，“刘大人说，有没有这个不同？”

“程先生再说。”刘曰梧不急于评论。

“此为其一，”程守训伸出一指，并接着说，“天下事不能都由文臣来办。适合文臣办之事，遣文臣，按照文臣的规则、文臣的方式办；适合武臣办之事，遣武臣，按照武臣的规则、武臣的方式办；适合内臣办之事，遣内臣，按照内臣的规则、内臣的方式办。”说着，问道，“刘大人说，应该这样吧？”

“程大人再说。”刘曰梧仍不评论。

“此为其二，”程守训伸出二指，又接着说，“刘大人说，奉旨办事的不是我，是我陈公，好，就算奉旨办事的是我陈公。陈公奉旨办事，不会按照文臣的规则，文臣的方式，不会按照武臣的规则、武臣的方式，而须按照内臣的规则、内臣的方式。譬如，文臣、武臣奉旨勘究，可能无须率军，内臣却须率军；文臣、武臣奉旨出巡，可能无须鸣炮，内臣却须鸣炮。我承我陈公之命，须按内臣的规则、内臣的方式办事；即如我承文臣之命，须按文臣的规则、文臣的方式办事一样。”说着，问道，“刘大人说，是不是这个道理？”

“程先生还有别的话说吗？”刘曰梧反问。

“还有一句，”程守训道，“刘大人和我都是奉差办事，谁也不要难为谁，刘大人说好不好？”

刘曰梧本来以为，程守训不过一税使参随，大概会有些泼皮、无赖的伎俩，正经辩论起来，绝不是自己的对手。谁知他口若悬河，说出这么大一番道理，自己倒无言以答。

“程先生，我要往那边去。”刘曰梧指着自己的前方说。

“让路，列队，恭送刘大人。”程守训命仝治。

第三百四十七章

常州知府欧阳东凤和无锡知县林宰从东林书院出来，正好和顾宪成、顾允成兄弟打个照面，四人相互行礼。

“叔时先生、季时先生今日怎会来？”林宰问。

“兄长心急，要来看看，并把我拉来。”顾允成说。

“季时，说话得凭良心。”顾宪成道。

“我怎不凭良心？”顾允成问。

“今早是我拉你来的，可昨晚谁说要来的？”顾宪成反问。

顾允成不好意思地笑几声。欧阳东凤、林宰也笑几声。

“太守三天两日地来无锡视察，显见比我兄弟还急。太守既急，我二人自无不急的道理。”顾宪成又说。

“我是奉命而作，不得不急。”欧阳东凤说。

“奉命？千仞先生是奉朝廷之旨吗？”顾宪成问。

欧阳东凤字千仞，湖广潜江人，万历十七年进士。

“那却不是。”他说。

“是奉朝廷诸公或南京诸公之命吗？”顾宪成问。

“那也不是。”欧阳东凤说。

“是奉督、抚之命吗？”顾宪成问。

“更不是。”欧阳东凤说。

“一问三不是，还能奉谁人之命？”顾宪成问。

“奉贤昆仲之命呀。”欧阳东凤道。

“那不是奉命，是从请。”顾宪成说。

“千仞先生非奉命，我则奉命，奉太守之命，这不假吧？”林宰道。

“我不好说。”顾宪成道。

“为何不好说？”林宰问。

“千仞先生或是与德衡商办呀。”顾允成替兄长说。

林宰字德衡，福建漳浦人，万历二十九年进士。

“就算是我命督建，德衡何意？莫非甚不情愿？”欧阳东凤则问。

“幸莫大焉，怎会不情愿！”林宰道，稍顿，又说，“再者，晚生有个不情之请。”

对顾氏兄弟，他可以自称晚生，对欧阳东凤，他应该自称下官。但他宁愿把自己看作是他们兴办东林书院的同志，所以概以晚生称。

“何事？”另三人齐问。

“修复东林书院，叔时先生、季事先生是倡议者，千仞先生是主持者，难得今日都在，敢请三位到县衙一坐，容晚生略尽地主之谊。”林宰说。

“你是地主吗？他二位才是地主！”欧阳东凤道。

“不然，德衡是地主，我等是地民。”顾宪成说。

地民的说法很奇特。欧阳东凤问：“二位都是名副其实的乡绅，怎一下变成地民？”

“地民总比草民好听，千仞先生愿去舍下，我等亦当尽地民之谊，”顾允成说着，问顾宪成，“兄长说呢？”

“我看既不必去县衙叨扰地主，也不必去府上叨扰地民，不如就在这里找个地方坐坐，说会儿话。”欧阳东凤说。

“但从尊意。”另三人齐道。

往东林书院里面走时，欧阳东凤指着门上的匾额问顾宪成：“叔时先生看，书院之名要不要改动？”

“无须改动，”顾宪成道，“一则，以其地段而言，名东林再合适不过；二则，龟山先生讲学时，即以东林书院名，承其名，亦承其志。”

东林书院在无锡城的东部，所以建起后即名东林。龟山先生是宋代大儒杨时的别号，他是二程的传人，和游酢、吕大临、李侗合称程门四先生，他本人更被奉为程门正宗。

“好，那就稍加刷新，维持原样。”欧阳东凤道。

进书院门，迎面是一堂，已修缮完毕。

“此堂为书院门面，请叔时先生、季时先生查视。”林宰边说，边把三人让进堂内。

书橱、书案、椅子都搬进来，但还没摆放好，四个人各随意拣把椅子，坐下来。

“里面或许更乱，不如就在这里说说话。”顾宪成道。

“好，”欧阳东凤应一声，说道，“书院要用来讲学；讲学首要之务，在于讲学之人。还须叔时先生统筹安排。”

“有他二位在，千仞先生还担心没人来？”林宰道。

“他二位自不在话下。不过，独木不成林，他二位可以成林，却是小林；我知叔时先生之志，在成一片大林。”欧阳东凤道。

“再加二人，能否成大林？”顾宪成问。

“那要看是哪二人。”欧阳东凤说。

“一则坐我左侧，一则坐我右侧，哪个不是讲学的高手？”顾宪成道。并预先堵住他们的退路，“兴办书院，千仞先生和德衡责无旁贷，可不能推辞。”

“叔时先生以为我可以讲，我一定会讲；我相信，叔时先生以为德衡可以讲，他也一定会讲。问题是，我二人皆为客。要讲，也只能居于客位；维持书院，不能靠我等。”欧阳东凤说。

“龟山先生也不是无锡人。”顾允成说。

“我等身在官场，身不由己，一旨调令，就得走人；不似龟山先生，可以专注于书院。”林宰说。

“那不要紧，”顾宪成道，“千仞先生和德衡先生在无锡一日，讲学一日；做一天和尚，撞一天钟。”

“我这个和尚是可以把钟撞响的。”欧阳东凤笑着说。

“纵然撞不响钟，经还是能念的。”林宰也笑着说。

“千仞先生所言之事，实为根本，”顾宪成不再说笑，认真地说，“除我和季时外，我还想到几人，请千仞先生和德衡帮我参酌参酌。”

“叔时先生请说。”欧阳东凤、林宰齐道。

“第一个，存之先生，如何？”顾宪成首先想到的是高攀龙。

“好！”欧阳东凤叫好，“无锡若无贤昆仲，倡复东林者，一定是存之兄。”

“我倒忘记，他和千仞先生是同年。”顾宪成说。

“存之先生来书院讲学，还有个好处。”林宰说。

“有何好处？”欧阳东凤问。

“存之先生出于赵梦白先生门下，他来讲学，说不定能把梦白先生也请来。”林宰说。

“看来，德衡对梦白先生很景仰。”顾允成说。

“诚是。”林宰应道。

“家兄对我讲过一事：当年张太岳病重，百官踊跃为之祷祝，唯梦白先生与家兄相约不往，”顾允成述罢，说道，“以重气节而言，为家兄敬重者不多，梦白先生算一个。”

“有一事你没说对，”顾宪成说着，予以纠正，“时同在户部，梦白先生是员外，我是主事。他是我上司；不是我二人相约不往，而是梦白先生诫我勿往。梦白先生不诫，我可能也不会去；但梦白先生诫之，更坚定我志。”

“不管怎说，梦白先生若能来讲学，定是兄长大愿。”顾允成说。

“大愿归大愿，我知道，不是梧桐树，引不来凤凰。”顾宪成说。

“梦白先生不妨慢引，且看还能引来哪些人。”欧阳东凤道。

“第二个，小范先生，如何？”顾宪成又问。

“小范先生？”林宰一个劲地往范姓的文人中想，怎么也想不出会是谁。他问，“叔时先生，小范先生可是锡山人？”

“当然是。”顾宪成道。

“德衡，又犯迷糊吧？”欧阳东凤问林宰。

“是有点儿迷糊。”林宰承认。

“德衡这个父母官当得不够尽职，”欧阳东凤说着，提醒他说，“小范者，别字也，非姓氏也。”

“原来是以范文公为表率的小范呀，”林宰顿悟，“他来东林书院讲学，可谓相得益彰。”

安希范字小范，亦无锡人，万历十四年进士，以争高攀龙等去留被斥。

“再有谁人？”欧阳东凤问。

“还想到二人，眼下却求之不得。”顾宪成说。

“是哪二人？”欧阳东凤问。

“一个是参之先生。”顾宪成说。

“可是那位课税芜湖，课登则纵民舟去，课羡则请以饷边卒的叶主事？”林宰这次没迷糊。

“是。”顾宪成应道。

叶茂才字参之，也是无锡人，万历十七年进士。林宰说的，是他任南京工部主事时的事迹；顾宪成说求之不得，是他仍在南京任官。

“参之先生为官有声，却不知学问如何。”林宰说。

“德衡可问千仞先生。”顾允成说。

“为何要问千仞先生？”林宰问。

“参之先生是他同年呀！”顾允成道。

不等林宰问，欧阳东凤说：“参之兄学问，在我辈中是不错的。”

“千仞先生说不错，一定是出乎其类、拔乎其萃，”林宰说着，问顾宪成，“叔时先生说的另一人是谁？”

“是伯先先生。”顾宪成说。刘元珍字伯先，无锡人，万历二十三年进士。

“德衡知其人否？”欧阳东凤问林宰。

“晚生知他，”林宰道，“伯先先生一直在南京任官，初为礼部主事，后升郎中，以亲老归养，复召为南京兵部职方郎中。”

“他一直有志于讲学，你却未必知道。”欧阳东凤说。

“难怪叔时先生惦记着他，”林宰说着，计道，“除叔时先生、季时先生，又有存之先生、小范先生、参之先生、伯先先生四位，千仞先生看，维持书院应该够吧？”

“够是够，但德衡莫忘一句话。”欧阳东凤说。

“哪句话？”林宰问。

“一定是多多益善。”顾允成插言。

“知我者，季时先生也。”欧阳东凤道。

“那么，千仞先生以为不够？”林宰问。

“并非不够，只是从提及的某人，又想起一人。”欧阳东凤道。

“千仞先生今日尽和我打哑谜，某人是谁？”林宰问。

“千仞先生是在考较我呢。”顾允成说。

“季时先生知某人是谁？”林宰转问他。

“应该是存之先生。”顾允成道。

林宰看看欧阳东凤，意在求证。欧阳东凤点头。

“那么，千仞先生想起的一人是谁？”林宰问。

“自是以身兄。”顾允成说。他猜测，欧阳东凤说的是薛敷教。

“为何从存之先生，会想起以身先生？”林宰问。

“德衡来无锡之日短，大约不知，以身兄和存之先生皆出自梦白先生门下。德衡不是希望梦白先生来东林书院讲学吗？他两名弟子在此，请他来的机会岂不更大！”顾允成道。

“季时先生说的是，”林宰应道，又说，“叔时先生似没想到此人。”

“以身先生学问，家兄是很看重的。他所以未言及以身先生，应该是东林书院在无锡，故不曾往无锡以外的士人身上想。”顾允成说。

“人家是有问必答，季时今日是有问必代答。”顾宪成道。

欧阳东凤、林宰被他说得笑起来。

“我说得不对吗？”顾允成问。

“季时如此辛苦，谁好意思说你不对！”顾宪成道。

不但欧阳东凤、林宰继续笑，顾允成也忍不住要笑。等众人都不笑，顾宪成说：

“说到以身先生，我又想到一人。”

“叔时先生想到谁人？”林宰问。

“国瑞先生，如何？”顾宪成反问。

“可是学者称为启新先生的钱一本，钱先生？”林宰说着，问顾允成，“季时先生，他似与你同年吧？”

钱一本字国瑞，和薛敷教同是武进人，万历十一年进士。

“只是半个同年。”顾允成说。

“怎会是半个同年？”林宰不解地问。

“德衡不知吧？”欧阳东凤给他解释，“季时先生虽万历十一年与会试，却在万历十四年方与殿试。”

“这好啊，”林宰说句笑话，“别人都是三百余同年，季时先生却有六七百半个同年。”

“都拿我当同年当然好，怕只怕都不拿我当同年。”顾允成回句玩笑。

“我听说，你这位半个同年被斥回籍后，潜心研究六经，大有收获。东林书院里应该有他的坐席。”林宰说。

“让季时去请他，请不来受罚。”顾宪成道。

“千仞先生又从武进请来两位讲席，要不要再从江阴、宜兴请几位来？”林宰问欧阳东凤。江阴、宜兴、武进也都是常州府的属县，武进县与常州府治于同城。

“八数不好吗？如果此八位可以定下来，我看，别位不妨看缘分。”欧阳东凤道。

顾宪成、顾允成、高攀龙、安希范、刘元珍、叶茂才、钱一本、薛敷教八人，后来都因在东林书院讲学，名声大振，有“东林八君”之称。

第三百四十八章

泰州城里新起一所大宅，成为泰州人近日的话题。

根据院落的大小估计，屋舍应该很高大，很壮观，但因为围墙更高，所以，看不出它们有多高大，多壮观。这也使整栋大宅更为神秘。

大门的匾额，谁都看得出，比知州衙门的匾额大。去过扬州的人说，它比府衙的匾额还要大；去过南京的人说，它比南京各衙门的匾额都要大；去过京师的人说，他不比六部衙门外或三法司衙门外的匾额小。

大门外挂着四盏灯笼，天黑后掌灯，把大门外这一片照得通亮。在泰州城里，没人见过这么大的灯笼；去过扬州的人说，在扬州也没见过这么大的灯笼；去过南京的人说，在南京也没见过这么大的灯笼；去过京师的人说，这是宫灯。

匾额上的四个大字，中规中矩，而又不失飘逸。泰州人都说，比州衙的匾额要神气得多；去过扬州的人说，比府衙的匾额神气得多；去过南京的人说，比南京各衙门的匾额神气得多；去过京师的人说，至少有几分皇城城门上题字的神韵。

大宅正门外建一座大牌坊，比大宅的屋舍还要高，比大宅的围墙还要高。所有的泰州人都承认，它是泰州最气派的牌坊；去过扬州的人说，在扬州也没见过这么气派的牌坊；去过南京的人说，南京以前可能有这么气派的牌坊，现在却没有；去过京师的人说，京师的牌坊可能比它更气派，它放在京师的话，可能不那么显眼。

牌坊前立一旗杆，比牌坊还要高。旗杆上一面大旗，迎风招展。泰州人都说，从没见过哪个衙门立黄色旗杆，用黄色旗帜；去过扬州的人说，扬州也没哪个衙门立黄色旗杆，用黄色旗帜；去过南京的人说，南京也没哪个衙门立黄色旗杆，用黄色旗帜；去过京师的人说，京师也没哪个衙门立黄色旗杆，用黄色旗帜，然后补充一句：听说宫里采用。

黄旗上也有四个大字。因为挂得高，旗帜经常被风吹卷起来，很少有人看到是哪四个字；或者，也很少有人关心是哪四个字；或者，有人想看清是哪四个字，但很少有人敢停住脚步，长时间地仰望，等着旗帜展开。这等大宅，这等牌坊，这等旗杆、旗帜，往这里一站，谁知会给自己惹多大的麻烦！

有人不怕麻烦。一个老者，未过花甲，也近花甲；一个小厮，不是十四五，就是十七八。他们不仅走到旗杆下站住，老者还用手摸摸旗杆；他们不仅抬头仰望，直到旗帜展开，看清旗帜上的字，老者还用手指在空中把这四个字比画出来。

马上有几个汉子向这一老一少靠拢过来。远处有人担心地向他们招手，让他们赶快离开。但他们只顾摸，只顾看，并不在意有人向他们走过来，更不在意别人的提醒。

再走进一步，几个汉子就会干涉。轻者可能斥骂，重者可能推搡，再重可能要拳打脚踢。就在这时，大门那边有人叫喊他们，并挥挥手，让他们不要靠近这一老一少。

一老一少看够旗帜，再往前走，走到牌坊前。他们仔细比量着牌坊的长度、高度，仔细观看牌坊上的花纹、图案，连牌坊的边沿、基石，也无不仔细看过。

走过牌坊，再走几步，离宅门不远。老者要凑到门前去看匾额上的字，少者拉住不让他去。老者指指自己的眼睛，意思是离得远，看不清；少者指指自己的嘴巴，意思是可以读给他听。老者摇头，表示一定要自己看；少者拗不过他，只得搀他走过去。

大门紧闭，但门廊里站着几个汉子，不用说是看家护院的。要不是刚才有人打算驱赶这一老一少被阻止，他们早就会出来发威；即便如此，他们也准备在这一老一少再接近大门时加以驱赶。

一老一少仍往前走，已经走到汉子们不能容忍的范围。但在他们正要行动时，大门里发出声响。他们快步走下门廊，站立两旁；一老一少二人也停下来，不再往前走。

大门开启，一伙人走出来。当中一人面色白净，不生一须，一看就是净过身。很难说出他的准确年龄，但应该在四五十岁之间。

“果然是李都堂。”出来的主要人物道。

“陈公公怎在？”门外的老者说。

“既来泰州，我为李都堂接风。”出来的主要人物说。

“酒免，讨杯清茶可矣。”门外的老者说。

老者是漕运总督李三才，大宅的主人是山东矿监陈增。

侍从奉上茶水，李三才一手端起茶杯，一手轻拂，把香气送进鼻孔，并赞道：“好茶！”

“道甫先生尝尝看。”陈增说。

李三才抿一小口，让茶水在嘴里停留一会儿，才咽下。他又赞一句："好茶！"

"是专为道甫先生准备的。"陈增说。

李三才放下茶杯，问道："陈公公怎知我来？"

"有两件事，恐怕是道甫先生想不到的。"陈增说。

"何事我想不到？"李三才问。

"第一件事，我手上有道甫先生的画像。"陈增说。

"陈公公手上有我的画像？"李三才无法相信。

"是，"陈增应道，"我找善绘之人，一路观察道甫先生，回来后绘出画像。别说，该画像不仅形似，还有几分神似。"

"陈公公为何下此工夫绘我画像？"李三才问。

"让我属下都能辨认尊容呀！"陈增道。

"为何要他等认得我？"李三才问。

"淮、扬一带，是道甫先生的天下呀。他等不知轻重，万一冲撞道甫先生，我在此地还如何立足！"陈增道。

"如此说来，陈公公对我还有一两分忌惮？"李三才问。

"岂止一两分，足足有八九分！"陈增道。

"还有件我想不到的，却是何事？"李三才又问。

"道甫先生，我来江、淮办事，为何安家在泰州？"陈增反问。

"不知。"李三才道。

"第二件事，我遣属下查访过，漕河沿线，江、淮郡县，道甫先生留驻最少的，是泰州。"陈增说。

"如此说来，仍是为躲避我？"李三才问。

"可不！"陈增道，"扬州何等热闹繁华之处，不为躲避道甫先生，何不安家在彼！"

"我有两件事，恐怕也是陈公公想不到的。"李三才说。

"何事我想不到？"陈增问。

"陈公公可知，我为何今日来？"李三才反问。

"不知。"陈增道。

"第一件事，我遣人探听过，陈公公不在，我才来的。"李三才说。

"为何趁我不在才来？"陈增问。

"陈公公对我有几分忌惮，我对陈公公也有几分忌惮，还是不在此地见面的好。"李三才说。

“此话当真？”陈增问。

“当真。”李三才道。

陈增说对李三才心存几分忌惮，是实话；听李三才说对他也心存几分忌惮，大感宽慰。他再邀道：“我有好酒，与道甫先生共博一醉，如何？”

“我说过，清茶足矣。”李三才仍不肯。

“还有件我想不到的，是何事？”陈增问。

“第二件事，我不是来烧香的，是来拆庙的。”李三才说。

“拆庙？拆哪座庙？”陈增问。

“陈公公说呢？”李三才反问。

“拆我新建的宅子？”陈增不难料到。

“对。”李三才点头。

“我知躲不过去的；果不其然，安家泰州，道甫先生也找来。”陈增不无抱怨地说。

“我知陈公公有怨；但为陈公公计，不得不来。”李三才则说。

“为我计？道甫先生来我这里拆庙，还道为我计！”陈增道。

“待我陈说利害，陈公公或会自家拆之！”李三才道。

“不过建一宅而已，有何利害可言？”陈增问。

“有个官称，我先请教陈公公。”李三才道。

“道甫先生问何官称？”陈增问。

“钦差总理山东、直隶矿、税事务，兼查工饷，这个官称陈公公听到过没有？”李三才反问。

“道甫先生算问对人，此官即我。”陈增说。

“此官即陈公公？”李三才似乎不信。

“是我，”陈增应道。为证实，他反问道，“皇上命我开矿山东，道甫先生不知？”

“知之。”李三才道。

“命我督税山东，道甫先生不知？”陈增又问。

“知之。”李三才道。

“命我开矿直隶，道甫先生不知？”陈增又问。

“知之。”李三才道。

“命我督税直隶，道甫先生不知？”陈增又问。

“知之。”李三才道。

“命我查核工饷，道甫先生不知？”陈增又问。

“此人可杀！”李三才道。

“我有一惑，还望道甫先生解之。”陈增说着，揖了揖。

“陈公公何事不解？”李三才问。

“此人所为，能否置我于死地，且不论；此人是否当杀，亦且不论；我甚不明，他为何要置我于死地？”陈增问。

“陈公公能否告知，此人为谁？”李三才反问。

“程守训。”陈增道。

“原来是他！”李三才连连点头，好似自己也才想通。

“道甫先生认得他？”陈增问。

“不认得。”李三才摇头。

“那为何说到是他，道甫先生频频点头？”陈增问。

“陈公公说的若是他人，我一时也难以弄懂他为何要置陈公公于死地；既然此人是程守训，则不难理解。”李三才说。

“程守训要置我于死地？没有道理呀！”陈增道，“我不说对他有再造之恩，但他今日一切，无不得益于我呀！”

“有两句话，陈公公没听过吗？”李三才问。

“哪两句话？”陈增问。

“一句叫恩将仇报，一句叫反目为仇。”李三才说。

“那也得有理由。”陈增道。

“理由怎会没有！”李三才说着，从头问起，“陈公公在山东总理矿、税事务好好的，为何要来南直隶？”

“是从属下之议。”陈增说。

“也是程守训之议吧？”李三才问。

“是他。”陈增道。

“他是怎说动陈公公的？”李三才问。

“山东益都原来有个县令，叫吴宗尧，道甫先生知否？”陈增反问。

“听说过，”李三才道，“他和陈公公作对，被陈公公劾罢。”

“老程对我说，吴宗尧是徽人，在徽州老家亲友众多；他在外面做官，捞到的钱财都转运回老家。有个吴朝俸，家中窝藏其赃银不下数万。道甫先生想啊，吴宗尧是我对头，又可追出上万赃银，我何乐而不为！所以，我奏准朝廷，往徽州追缴吴氏赃银。”陈增述道。

“陈公公可不是追缴吴氏一家赃银，而是勘究所有不法大户；不是往徽州一地，而是出巡江、淮各府。”李三才微讽。

“捎带的事，亦是一奏即准。”陈增并不分辩。

“有一事，陈公公可能不知。”李三才说。

“何事？”陈增问。

“徽州有一巨商，也姓吴，名养晦，和程守训是姻亲。”李三才说。

“有这事？”陈增果然不知，但还是为程守训分辩，“不过，其姻亲之事，我从未留意，不曾问过他。”说罢，问道，“道甫先生说，这个吴养晦是徽州巨商？”

“是，”李三才应一声，说道，“把陈公公和程秀才请到江、淮来勘究不法大户，其实是吴养晦的主意。”

“这说不通呀！”陈增质疑，“吴养晦本人是徽州大户，请我等来勘究不法大户，对他有何好处？他就不怕勘究到他头上吗？”

“不怕。”李三才道。

“就因他是程秀才姻亲？”陈增问。

“这还在其次；主要的是，他经营不善，家已破败，”李三才说，“他对程守训则说，有家财百万，分存于叔家、兄家，愿献出，以助大工。”

“对，对，”陈增连声应道，“老程是对我说过，有人愿献百万以助大工，我却不记得此人叫吴养晦。但后来老程对我叫苦，说轻信人言，上个大当，根本勘究不出百万。”

“恐怕上当的是陈公公，不是他程秀才。”李三才说。

“怎么？”陈增问。

“陈公公先告诉我，勘究所谓不法大户，出巡江、淮诸府，有半年没有？”李三才反问。

“已大半年。”陈增说。

“他有没报告陈公公，勘究得银几多？”李三才问。

“一两万而已。”陈增道。

“怎会如此之少！”李三才边摇头，边伸出四指，“据我所知，他拷讯大户所得，应该不少于这个数。”

“四万？”陈增问。

“陈公公太小家子气了吧？十倍之！”李三才道。

“四十万！”陈增惊呼，“实得四十万，虚报一二万，胆子也恁大！”

“实得四十万，虚报一二万，陈公公，你说瞒得住吗？”李三才问。

“瞒不住，”陈增道，“就算道甫先生你这个局外人知道，不也跑来告诉我！”

“我的话不足为信，”李三才说着，给陈增戴顶高帽子，“我是说，以陈公公之精明，他能瞒得几时？”

“速则一月之内，迟则两三个月，我必然会知。”陈增道。

“陈公公若知，会怎样处置他？”李三才问。

“不要他的命，也会剥他一层皮。”陈增道。

“陈公公说，这位程秀才怕不怕死？”李三才问。

“道甫先生是不是想说，他若怕死，就不该欺瞒？”陈增反问。

“不然，”李三才摇头，“人为财死。眼看着数十万金，是个火坑也会往里跳的。我是问陈公公，这个程秀才命危之际，敢不敢拼死一搏？”

“命危之际，谁不欲保命！”陈增道。

“这才对嘛。”李三才连连点头。

“何事才对？”陈增问。

“勘究的大户皆在徽州，程秀才却劝陈公公留驻泰州。我原本以为，他只是欺瞒赃银一事，得瞒一时，且瞒一时；现在看来，他的用心更为险恶。”李三才说。

“他还有何险恶用心？”陈增问。

“我督漕运，徽州非我须经之地，泰州却是我必经之地。他不仅劝陈公公留驻泰州，还为陈公公建造大宅，拟定简在帝心、咸有一德等招人猜忌的字句，选用黄色旗杆、黄色旗帜，凡此等等只有一个用意：让我置陈公公于死地。”李三才说。

“亦即，他想借道甫先生之手除去我？”陈增问。

“对，”李三才点点头，说道，“他知道，于泰州所见，我是不会置若罔闻的，是一定要奏闻于朝廷的。”

“亦即，道甫先生愿为他而置我于死地？”陈增问。

“这却不然。”李三才道。

“怎么？”陈增问，“道甫先生不是不会置若罔闻，不是一定要奏闻于朝廷吗？”

“不错，我不会置若罔闻，我一定要奏闻于朝廷。换言之，我是不会替陈公公遮掩的。再换言之，我是救不了陈公公的。但我救不了陈公公，陈公公可以自救呀！”李三才道。

“我当如何自救？”陈增问。

“一则，程秀才勘究，多欺瞒不报，陈公公奏闻于朝廷，圣上必命严加追缴；二则，据我所知，程秀才不仅私募部属，私备枪炮，且私造龙凤之衣，陈公公奏闻于朝廷，圣上必重治其罪。此所谓先发制人，后发制于人也。”李三才说。

“我若参奏他，道甫先生就不言泰州所见之事吗？”陈增问。

“不，”李三才摇头，“我还是要以泰州所见奏闻。”

“既如此，我参奏老程，岂不等于自参！”陈增道。

“那不一样，”李三才说，“陈公公参奏程秀才，足以证实，程秀才所为，和陈公公无关。再者，我可以应允陈公公，待陈公公参奏程秀才之疏上后，我再上疏，且以参奏程秀才为主。若陈公公不肯参奏程秀才，我则陈公公、程秀才一并参奏。”

在李三才半是劝诱、半是威胁之下，陈增上疏参劾程守训。他很快醒悟，自己钻进李三才设置的圈套。试想一下，程守训做的哪一件事，他可以完全摆脱干系？皇帝不是命他而是命李三才逮拿程守训，送京师治罪，可见对他已经不信任。在鞫讯程守训的日子里，他惶惶不可终日。一日听说缇骑出京，他怀疑是来捉拿自己的，在绝望中自杀身亡。

"应该是没有。"沈鲤说。

"肯定是没有，"沈一贯道，"国初制度始定，难免有些例外的情形。永乐以后，尚书暂缺，或以本部侍郎署，或以他部尚书、侍郎署。以吏部而言，间有以该部侍郎及他部尚书、侍郎署者，但有一事，我可以向少钦兄担保没有过。"

"何事没有过？"朱赓问。

"巳、亥之年，都是正式的吏部尚书主事，而非署理者。"沈一贯说。

"当真？"朱赓的惊诧，倒不是因为这件事本身，而是因为这么小的一件事，沈一贯竟然也考证过。

"我有把握，不会错的。"沈一贯道。

"肩吾兄是说，今岁京察若以吏侍主其事，则开一先河？"朱赓问。

"这是显而易见的。"沈一贯道。

"此先河还是别由我而开，"朱赓念叨一句，又说，"不过，京察由吏部、都察院两个衙门主持，非单由吏部主持。吏部虽由侍郎署，都察院却是正卿，这也说得过去吧？"

"京察由吏部、都察院两个衙门主持，这话不错；可少钦兄知否，这里还是有讲究的？"沈一贯问。

"有何讲究？"朱赓问。

"吏部、都察院两个衙门主持，是吏部会都察院主持，而不是反之。今吏部是侍郎署部，都察院却是正卿，少钦兄倒是说说，哪个衙门的分量重一些？"沈一贯道。

"听肩吾兄一说，倒是有些不妥，"朱赓说着，转向沈鲤，"我黔驴技穷，仲化先生拿个主意吧。"

"少钦先生不是黔驴技穷，是杞人忧天。"沈鲤道。

"仲化先生此言何意？"朱赓问。

"肩吾先生早已胸有成竹，少钦先生没看出来吗？"沈鲤道。

"我没看出来，仲化先生是怎看出来的？"朱赓问。

"少钦先生每说出一个想法，肩吾先生不假思索，迅即驳回，可见早有定见。"沈鲤道。

"肩吾兄，然否？"朱赓问沈一贯，并责怪道，"肩吾兄早有定见，就该早说；何必让我先说，然后一一驳之！"

"我并非早有定见，更说不上胸有成竹，只不过有个想法而已。再者，少钦兄的想法都是不错的，不一一说出，怎能比较出哪个想法更切实可行！"沈一贯道。

"自是肩吾兄的想法可行，"朱赓回应一句，然后问沈鲤，"仲化先生说呢？"

“还是先听听肩吾先生的高明想法吧。”沈鲤道。

“少钦兄议，借京察之机，廷推吏部尚书，这无疑是最好的局面；怕就怕来不及，反而误事。我想，既然不能推出吏书主持京察一事，能不能以一正卿兼署吏部事？”沈一贯说出他的想法。

“以别部尚书署吏部事，以提高吏部分量？”他的想法朱赓不难理解。

“对。”沈一贯点头应道。

“此事不似廷推吏部尚书难有结果，倒是个两全其美的办法，”朱赓说者，问沈鲤，“仲化先生意下如何？”

“办法是不错，但不知可以哪位尚书署之？”沈鲤提出一个问题。

朱赓被问住。眼下的六部尚书，吏部不必说；户部尚书赵世卿才辞去兼署吏部的差事；礼部亦无尚书，由侍郎李廷机署部；兵部无尚书，由刑部尚书肖大亨兼署；唯有工部尚书姚继可，是正卿，且无兼署。

“看来，只有光父先生可兼署。”朱赓说。

“他未必是肩吾先生心目中的适当人选。”沈鲤说。

“以光父先生兼署吏部，可否？”朱赓问沈一贯。

“仲化先生说，光父先生未必是我心目中的适当人选；我倒觉得，光父先生并非仲化先生心目中的适当人选。”沈一贯说。

“二位为何以为光父先生不是适当人选？”朱赓问。

“请仲化先生先说。”沈一贯让道。

“好，”沈鲤并不推托，他问朱赓，“少钦先生记不记得，象贤先生是几时掌户部的？”

“是万历三十年初吧。”朱赓说个大概的时间。

“确切地说，是万历三十年三月，”沈鲤说着，又问，“少钦先生记不记得，光父先生又是几时掌工部的？”

“和象贤先生掌部差不多同时吧。”朱赓说。

“确切地说，是万历三十年闰二月，”沈鲤道，“象贤先生升尚书未久，兼署吏部，觉着力不从心；光父先生升尚书亦未久，兼署吏部，同样会觉着力不从心的。”说着，问道，“况且，象贤先生是万历三十一年十二月兼署，至万历三十二年五月而辞，少钦先生知是为何？”

“不知。”朱赓道。

“万历三十二年，甲辰年也，例当外察，”沈鲤说，“象贤先生至外察之年，愈发觉着力不从心，坚辞兼署；光父先生于京察之年兼署吏部，只怕朝颁旨而夕请辞也。”

“肩吾兄也是这么想的吗？”朱赓问沈一贯。

“是，”沈一贯应道，“以正卿兼署吏部，既为提高吏部在京察中的分量，自然以官尚书年头久者为宜。”

“如此说来，夏卿先生是适当人选？”朱赓这么说，是因为肖大亨升尚书的年头比别的尚书久得多。他问，“二位都是此意吗？”

“请肩吾先生先说。”这次沈鲤采取主动。

“好，”沈一贯也不便推托，“夏卿先生万历二十三年以大司寇掌部，迄今十载，万历三十年又兼署兵部。今之京察，以他兼署吏部，不但是适当人选，而且，可说是唯一人选。”

“仲化先生以为如何？”朱赓又问沈鲤。

“夏卿先生兼署吏部，主持今岁京察，并非不可；但我以为，有两个不宜。”沈鲤说。

“哪两个不宜？”朱赓问。

“夏卿先生已署兵部，再署吏部，恐分身乏术，精力无法集中于京察。此其一也。”沈鲤说。

“其二呢？”朱赓问。

“象贤先生、光父先生不宜于此际兼署吏部，不仅因为他等任尚书年头不久，更因为他等均无参与考察之经历。以此而言，夏卿先生亦同。”沈鲤说。

“仲化先生所虑甚是，肩吾兄说呢？”朱赓转问沈一贯。

“仲化先生以为夏卿先生不宜，想必是有更适当的人选。”沈一贯道。

“仲化先生，是吗？”朱赓又问沈鲤。

“未必更为适当，却不妨一议。”沈鲤说。

“仲化先生说的是哪一位？”朱赓问。

“少钦先生有没发觉，肩吾先生的话和你引他的话，有所不同？”沈鲤不答反问。

“仲化先生是不是说，我在窜改肩吾兄的话？”朱赓又反问。

“略有忽略，无所谓窜改。”沈鲤道。

“我引肩吾兄哪句话有所忽略？”朱赓问。

“少钦先生是不是把肩吾先生的想法理解为：以别部尚书兼署吏部，为的是提高吏部的分量？”沈鲤一字不差地引述朱赓的话。

“我是这么理解的，不对吗？”朱赓问。

“别部尚书是少钦先生诠释的，并非肩吾先生的原话。”沈鲤说。

“不是吗？”朱赓记不起来。

“不是，”沈鲤道，“肩吾先生说的是以一正卿，不是以别部尚书。”

“肩吾兄是这么说的吗？”朱赓问沈一贯。

“可能是吧，”沈一贯含混地应道。他发现，自己本来应该使用以别部尚书兼署吏部的说法；因为使用以一正卿的说法，会给沈鲤可乘之机，“不过，此二者似无不同。我说以一正卿，意即以别部尚书。”

“肩吾先生言之差矣，此二者的区别是很大的。”沈鲤道。

要不是朱赓追问，沈一贯一定会设法岔开。

“仲化先生，二者究竟有何区别？”朱赓问。

“别部尚书固是正卿，正卿却不止是各部尚书。”沈鲤道。

“仲化先生是说，还有掌院都御史？”朱赓不难理解他的意思。各衙门的主官，如通政司的通政使、大理寺的寺卿、詹事府的詹事等等，都可以称正卿。而可以和六部尚书并称的正卿，只有都察院掌院都御史。他又问一句，“仲化先生莫非以为，更适当的人选是景文先生？”

“是，”沈鲤应道，“一则，景文先生万历二十六年召掌都察院，年头不算短；二则，吏部、都察院并主考察之事，景文先生对京察不会陌生。他兼署吏部，比夏卿先生兼署吏部，更加适当。”

“肩吾兄以为如何？”朱赓问沈一贯。

“京察本是两个衙门主其事，今以掌院都御史兼署吏部，岂不是两家合成一家？”沈一贯反对的理由也很正当。

“仲化先生看，是不是也有不妥？”朱赓问沈鲤。

“是也有不妥。”沈鲤道。

“无十全十美之计，如何是好？”朱赓无奈地问。

“那就只好以宜迁先生主持今次京察；若谓此事开一先河，也只好由我等开。反正肩吾先生请以夏卿先生兼署吏部，我则请以景文先生兼署吏部。”沈鲤说。他的意思很明确，宁肯同意掌院都御史温纯兼署吏部，而不同意肖大亨兼署吏部。

“肩吾兄也是绝不肯以景文先生兼署吏部吗？”朱赓又问沈一贯。

“我若同意景文先生兼署吏部，想必仲化先生也能同意夏卿先生兼署吏部。”沈一贯说。

“既如此，我意亦决，”朱赓道，“以景文先生署部，则肩吾兄不允；以夏卿先生兼署，则仲化先生不允。我干脆既不同意景文先生兼署，亦不同意夏卿先生兼署，仍以宜迁先生署部吧。”

“只好如此。”沈一贯说。内阁三人，二人否定他的兼署人选，再坚持的话，没多大意思。

第三百五十章

潮州府推官姚会嘉来广州办事，上元节晚，和几位友人畅饮一通，夜半方散。第二天睡个懒觉，正午时才醒。他找个地方随便吃几口饭后，打算离开广州，返回潮州。正所谓人不可尽欢，欢乐过分，必惹灾祸。他还没出城，就遇到麻烦。

“姚大人！”后边有人叫。

“谁呀？”姚会嘉边应，边转回身。

“姚大人！”前边又有人叫。

“姚大人！”左边又有人叫。

“姚大人！”右边又有人叫。

他头扭来扭去，身子转来转去，不知该应哪个方向。

四边都有人向他走过来，每边都不止一人。

“各位都找我吗？”姚会嘉感到不妙，但不得不硬着头皮问。

“你谁呀？”从后边走来的一名汉子反问。

“找你？找你干吗？”从左边走来的一名汉子问。

“我等找的是姚大人。”从右边走来的一名汉子道。

“莫非你就是姚大人？”从前边走来的一名汉子道。

“我是姓姚。”姚会嘉说。

“你是大人吗？”从前边走来的汉子讯问。

“说起来，我还真算不得大人，”姚会嘉说着，对众人环作一揖，“各位既然不是找我，告辞。”

“我等不认得你，你也不认得我等，你走你的，用不着客气。”聚在他周围的一名汉子说。

“是，是。”姚会嘉连应两声，低着头想往前走。他看到的是一排大脚，抬头看去，只见几名汉子把前面的路堵得死死的。

他不敢请他们把路让开，更不敢动手把他们推开，只有绕开他们走。可他身子向左转时，左边的路被堵住；向右转时，右边的路被堵住。他转身向后时，心里在想，后边的路一定也被堵住。但是没有，后边的几个汉子把路让开。他如丧家之犬，漏网之鱼，匆匆往回走。一群汉子围成个半圆形，跟在后边。

跟在这群汉子后边看热闹的，不下数百上千人。

姚会嘉开始还想，有路走就好。但渐渐的，他不再这么想。这群汉子紧随在后，他不想直行时，他们堵住转弯的路，逼迫他直行；他想直行时，他们堵住直行的路，逼迫他转弯；他想左转时，他们堵住左转的路，逼迫他右转；他想右转时，他们堵住右转的路，逼迫他左转。在他们引导下，或者说在他们逼迫下，他走进一条巷子。

这是条死路，没有别的出口，姚会嘉被堵在巷子里。他无话可说；堵截他的汉子们也只是围住他，一言不发。双方这样僵持着，姚会嘉感到内急，他一忍再忍，终于到忍不住的时候。

"诸位，我要小解。"他可怜兮兮地说。

"他要小解，为何告诉我等？"一汉子问其他汉子。

"莫非他不会小解？"另一汉子道。

"那好办，我来教他，"又一汉子说着，比画起来，"要小解的，你要先解开外袍。"

"然后解开裤子。"又一汉子抢着说。

"然后掏出你那玩意儿。"又一汉子道。

"然后可以小解。"又一汉子道。

"但千万别拿那玩意儿对着我，让我看到，一定揪下来！"又一汉子狞笑着说。

姚会嘉宁愿把尿撒在裤子里，也不会照他们说的去做。看见他裤腿一点儿一点儿湿下来，这伙汉子大笑着离去。

他们走远，才有看热闹的人走进巷子。

"是位官人吧？"一个看热闹的人问。

"是。"姚会嘉应道。

"你怎得罪李奄？"看热闹的人问。

"哪个李奄？"姚会嘉没听明白。

"还用问吗，当然是税使李公公！"看热闹的人道。

"他等都是税署的人？"姚会嘉问。

"不是税署的人，怎会如此蛮横！"看热闹的人道。

姚会嘉想想，自己在潮州曾究治过李道的几个随员，若言得罪李道，大概就是此事。原以为此事已经过去，没想到，今天却在广州遭受这么一番羞辱。

两广总督，治理两广地区是没有疑义的，但在两个方面时有改变：一方面是兼抚，一方面是驻地。所谓兼抚的改变，是说两广总督时兼广西巡抚，而另设广东巡抚；时兼广东巡抚，而另设广西巡抚。所谓驻地的改变，是说两广总督曾驻扎广西梧州和广东肇庆。自隆庆三年复设广西巡抚、隆庆四年革广东巡抚以两广总督兼之以后，两广总督一直是兼抚广东，并驻于肇庆。

虽兼抚广东，但两广总督不常在广州。久而久之，在广州，广东巡按的地位比他省巡按的地位要高。即便两广总督到广州，许多事情也要和他商量着办。对资深位高权重的总督来说，这是绝不情愿的。所以，一般总督很少来广州。

今时两广总督戴燿和广东巡按林秉汉是同乡，情形有所不同。戴燿遇事，尤其是遇到需要上奏朝廷的事，愿意来广州和林秉汉议一议，并且希望达成一致，共同进言。

二人在广州见面，戴燿指着一个方向说："伯昭，那边闹得未免太不像话！"

"那边怎会闹得太不像话？"林秉汉虽知戴燿指的是什么地方，指的是什么人，但还是要问。

"好，是我口误，"戴燿道，并改口说，"那人闹得未免太不像话。伯昭总不能说，那人不会闹得太不像话吧？"

"那人确实闹得太不像话，"林秉汉回应道，并问，"唯明先生是专为此事来广州的？"

戴燿字唯明，隆庆二年进士。林秉汉字伯昭，万历二十三年进士。二人都是福建长泰人。

"原以为伯昭会去肇庆，大骂一通其人其事；伯昭没去，我只好到广州来大骂一通。"戴燿道。

"广州到肇庆，二百多里路呢。"林秉汉说。

"那又怎的？"戴燿问。

"不值得。"林秉汉道。

"不会是姚推官遭此大辱，伯昭竟不知吧？"戴燿问。

"事发广州，唯明先生在肇庆已知，我在广州怎会不知！"林秉汉道。

"伯昭不会以为，姚推官遭此大辱，是他活该吧？"戴燿又问。

"晚辈不才，唯明先生也别把我看作不辨是非之人呀。"林秉汉道。

"伯昭不会以为，此等行径不足以参之吧？"戴燿又问。

"既闻其事，是一定要参之的。"林秉汉道。

"那么，伯昭所谓不值得，是何意？"戴燿问。

"晚辈之意，此事虽令人愤慨，甚至令人发指；但唯明先生闻之，唯明先生参之，晚辈闻之，晚辈参之，不一定要抚、按同参之。即便须抚、按同参之，也没必要唯明先生行二百余里来广州，或晚辈行二百余里去肇庆；唯明先生掷下一函，晚辈还能不从命吗！”林秉汉道。

“如此说来，伯昭已上疏参之？”戴燿问。

“尚未。”林秉汉道。

“为何尚未？伯昭不是说，伯昭闻之，伯昭参之吗？”戴燿问。

“等唯明先生来督促呀，”林秉汉道，“晚辈若已上疏参之，唯明先生从肇庆跑来，不就当真不值得？”

说完，他自己先忍不住笑。戴燿也跟着笑两声。

笑罢，戴燿说：“伯昭，别想用句笑话敷衍我！既伯昭闻之，伯昭参之，却又尚未上疏参之，必有缘故。”

“实不相瞒，近日我的心思在别事上。”林秉汉说。

“伯昭说的别事，比此事更重大吗？”戴燿问。

“在晚辈看来，是的。”林秉汉道。

“难怪伯昭要说，为姚推官遭羞辱一事跑二百余里路不值得，原来伯昭心里装着更重大之事，”戴燿说着，问道，“却是何事？”

“楚府之事。”林秉汉道。

“楚王真伪之争？”戴燿问。

“是。”林秉汉应道。

“此事朝廷早有定论，伯昭为何还要想它？”戴燿问。

“晚辈想的正是，朝廷定论是否公允。”林秉汉说。

“伯昭措辞不当呀，朝廷定论还会不公允！”戴燿道。

“唯明先生指责的是，晚辈措辞不当。皇上圣明，朝廷定论不会不公允。不过，”林秉汉口气一转，说道，“朝廷定论是廷臣作出的，其中有无是非曲直，就很难说。再者，朝廷采纳四明相公之议，仅命湖广抚、按等官体访。朝廷定论是据湖广抚、按等官体访作出的，其中有无是非曲直，就更难说。”

“德仲先生为体访楚府之事，已丧命。伯昭还觉着，不能证实其持议公允？”戴燿问。

“晚辈想的正是，德仲先生命丢的是否值得。”林秉汉说。

“伯昭措辞又不当呀，德仲先生以身殉职，有何值不值得！”戴燿道。

“唯明先生指责的是，晚辈措辞又不当。以身殉职，自是臣子之义。不过，”林秉汉又口气一转，说道，“死于职事，仍有区别。持身正，持议正，而死于职事，千古不朽；持身不正，持议不正，而死于职事，则当别论。”

“伯昭想说，德仲先生持身不正，持议不正？”戴燿问。

“晚辈和德仲先生素无交往，甚至不曾谋面，对其持身正邪，持议直曲，不敢妄加评议。不过，有二事，晚辈没想明白。”林秉汉说。

“是哪两件事？”戴燿问。

“第一件事，我说朝廷定论据湖广抚、按等官体访作出，可能并不确切，”林秉汉说着，问道，“唯明先生说，朝廷真无定论吗？究竟是朝廷定论据湖广抚、按体访作出，还是湖广抚、按体访据朝廷定论做出？”

“伯昭有何想法，不妨直说。”戴燿道。

“朝廷若从不曾为楚王真伪一事争议，而命湖广抚、按体访，然后根据湖广抚、按体访作出定论，可以说是朝廷定论据湖广抚、按体访作出。今则不然。湖广抚、按体访之前，朝廷已为楚王真伪一事争得沸沸扬扬。真伪二说，一出自四明相公，一出自礼部郭公。命湖广抚、按体访，是四明相公之议；而湖广抚、按体访的结果，又大体附会四明相公之说。凡此种种，让人不得不疑呀。”林秉汉说。

“伯昭不如直截了当地说，湖广抚、按等官依附四明相公。”戴燿道。

“没有确凿证据，这话我不敢说。”林秉汉很认真地分辩。

“另一件是何事？”戴燿问。

“第二件事，楚府先有数宗人入奏朝廷，称楚王为假王；后有数百之众聚而哄闹。天下亲藩，自宁王之乱后，似乎还没出过这么大的乱子，”林秉汉说着，问道，“唯明先生说是不是？”

“这倒是。”戴燿应道。

“今世与正德时不同，不可能再酿成宁王之乱。但唯明先生说，能聚起数百人哄闹，酿成安化王之乱，是不是有可能？”林秉汉又问。

安化王出自庆王一支。安化王之乱和宁王之乱，都发生在武宗正德年间，但安化王之乱的规模要小得多。（二事详参《正德皇帝全传》第一部。）

“或有可能。”戴燿道。

“实则未酿成安化王之乱。”林秉汉说。

“伯昭究竟何意？”戴燿问。他已听出这句话包含有很大的问题，但想让林秉汉自己说出来。

“楚府宗人或许并无作乱之意。”林秉汉并不怕说出。

“伯昭仍以为，朝廷的定论不公允，对吧？”戴燿问。

“不如说，是湖广抚、按的体访不公允。”林秉汉道。

“又不如说，是四明相公预作的定论不公允。”戴燿道。

“总而言之，湖广抚、按或从四明相公之说而作体访，朝廷又据湖广抚、按体访而作定论，此不公允之一；楚抚处置楚宗之事或有不当，致激宗人之变，此不公允之二。”林秉汉道。

“两件事都有结论，伯昭还能说没想明白吗？”戴燿问。

“唯明先生没听出，两件事我都用的或字？”林秉汉反问，并说，“在晚辈，有这等揣测，并不要紧。”

“伯昭说何事要紧？”戴燿问。

“唯明先生以为然否？”林秉汉道。

“我以为然否，也不要紧。”戴燿说。

“唯明先生说何事要紧？”林秉汉又问。

“朝廷命我抚粤，非抚楚；命伯昭按粤，非按楚。楚王真伪一事再要紧，也没有发生在你我身边的事更要紧。”戴燿说。

“唯明先生教诲极是，晚辈先和唯明先生计议如何参奏税使猖獗，羞辱命官，然后再去想楚府疑案。”林秉汉道。

第三百五十一章

钱梦皋约徐观澜饮酒，徐观澜苦笑着问：“元极兄邀饮，是不是同病相怜呀？”

“敬潮兄不如说同仇敌忾。”钱梦皋道。

徐观澜字敬潮，山西泽州人，和钱梦皋同是万历十七年进士，且同官给事中。

“同仇敌忾？没想到，元极兄处于逆境，仍气势高昂呀，”徐观澜半是羡慕半是挖苦地说。

“何为逆境？”钱梦皋问。

“京察列为不及，元极兄总不能说是顺境吧？”徐观澜反问。

“列为不及，有何后果？”钱梦皋又反问。

“轻则贬，重则罢，反正我别想留在科垣，元极兄大概也无法留在科垣。”徐观澜说。

“若我仍留任给谏呢？”钱梦皋问。

“可谓绝处逢生。”徐观澜说。

“我知我自己既不会贬，也不会罢，为何不气势高昂！”钱梦皋道。

徐观澜知道沈一贯视他为心腹，于是问：“相公安抚过元极兄？”

“不仅是安抚。”钱梦皋道。

“相公向元极兄保证过？”徐观澜又问。

“不仅是保证。”钱梦皋道。

徐观澜语塞。比保证更进一步，他不知该怎说。

“敬潮兄欲知比保证更能保证的是何事吗？”钱梦皋问。

“亟欲知之，不便问耳。”徐观澜道。

钱梦皋不直接告诉是何事，而是不紧不慢，一步一步地引导。

“敬潮兄是不是以为，相公即便保证，也不可全信？”他问。

“不在于信否，在于难否。”徐观澜说。

“相公保我留任科垣，其事难否？”钱梦皋问。

“颇难。”徐观澜道。

“敬潮兄说，难在哪里？”钱梦皋问。

“署吏部的宜迁先生，掌院的景文先生，好比两只拦路的虎，想闯过去，谈何容易！”徐观澜道。

“如若不闯呢？”钱梦皋问。

“不闯？何意？”徐观澜不解。

“他二人要拦，只能拦一条路吧？敬潮兄何不绕走别路？”钱梦皋道。

“绕走别路？怎绕？”徐观澜仍不解。

“我说相公不仅是安抚，不仅是保证，意即，他给我指出一条可以绕行的路；这比他的安抚、他的保证，更让我安心。”钱梦皋说。

“相公指出怎样一条路？”徐观澜问。

“粤按林伯昭新上一疏，敬潮兄知否？”钱梦皋反问。

“言三事，怎不知！”徐观澜道。

“敬潮兄记得是哪三事吗？”钱梦皋又问。

“其一，清仕路；其二，筹边饷；其三，厚宗藩，”三个题目，徐观澜清楚记得。

“敬潮兄能否详述之？”钱梦皋进一步要求。

这有点儿难为徐观澜。他问：“林伯昭之疏，和一条可以绕行的路，二者有关联否？”

“有关联呀。”钱梦皋道。

“若有关联，应该是第一事有关联。所谓清仕路，正是清除我等。此事他如何议论，我大致记得，可为元极兄述之。”徐观澜说。

“不是此一事。”钱梦皋摇头。

“不是此一事？”徐观澜感到困惑，“你我考察不及，又不是因为清查边饷；议一议筹边饷，反而可以让元极兄摆脱逆境？”

“也不是此一事。”钱梦皋又摇头。

“你我和厚宗藩同样也扯不上边呀！”徐观澜道。

“他厚宗藩议的何事？”钱梦皋问。

“似是楚藩事。”徐观澜道。

“似是楚藩事？”钱梦皋追问。

“林伯昭议的此一事，我未曾特别留意。”徐观澜道歉；尽管他说不上来，为什么要道歉。

“敬潮兄，你不能成为相公的心腹，原因恰在于，你分辨不出何事为轻，何事为重。”钱梦皋道。

“元极兄以为，林伯昭所言三事，以厚宗藩一事为重？”徐观澜问。

“对，”钱梦皋应道，“相公与我议及林伯昭一疏，问我，三事中以哪一事为重；我的回答是，以厚宗藩一事为重。”说着，问道，“敬潮兄可知，相公怎说？”

“相公怎说？”徐观澜反问。

“相公说，元极可转危为安矣。”钱梦皋道。

“议一议厚宗藩，今次京察即有转机？”徐观澜怎么也想不明白。

“确切地说，是议楚藩事。”钱梦皋指出。

“议一议楚藩事，今次京察即有转机？”徐观澜又问。

“一定会有！”钱梦皋看上去有十分的把握。

“那我倒要和元极兄好好议一议此事。”徐观澜道。

“敬潮兄又不曾留意，怎议！”钱梦皋调侃道。

“我听元极兄议呀。”徐观澜道。

“要议，须从林伯昭之疏议起，”钱梦皋说着，问道，“林伯昭如何议楚藩事的，敬潮兄还有点儿印象吗？”

“还有点儿印象。”徐观澜点头。

“他是从奉承皇上开始的，敬潮兄还记得吧？”钱梦皋问。

“不错，是从奉承皇上开始的。”徐观澜附和。

“他说：楚藩假王一语，陛下直裁之以理，曰：三十年王尚可说假，则何王不可说假！宸断至公至明，诚非臣下所能赞一词。”钱梦皋述道。

“不错，是这句话。”徐观澜道。

“旋即，林伯昭又说皇上的裁定不公不明。”钱梦皋说。

“他引例说明，楚王可能是假。”徐观澜道。

“敬潮兄还记得他引的是何例吗？”钱梦皋问。

“一古一今。”徐观澜道。

“古为何事？”钱梦皋追问。

“这个——”徐观澜说不上来。

“是不是战国时楚考烈王事？”钱梦皋问。

“对，是楚考烈王事！”徐观澜马上附和，并说，“似与四公子之一的春申君有关。”

“春申君虽有贤名，此事却不光彩，”钱梦皋说着，述道，“楚考烈王无子，李園进妹于春申君，知有身而入王宫。遂生子男，卒立为王。”述罢，问道，“古者，林伯昭引的是这段故事吧？”

“对，是这段故事。”徐观澜说。

“今引何事？”钱梦皋又问。

“似是我朝韩府事。”徐观澜道。第一代韩王是太祖皇帝第二十子，藩国初在开原，后徙平凉，今已传至第九代韩王。

“是韩府汉阴王事吧？”钱梦皋问。汉阴王是第二代韩王庶二子。

“对，是汉阴王事，”徐观澜附和道，并说，“汉阴王似乎仅一世而封除。”

“所以，林伯昭才引汉阴王故事嘛，”钱梦皋说着，述道，“韩府汉阴王疾病无后，令二宫人假若有娠者，妃父郭恂取他人男抱纳宫中。既长受封，为姻家所发，宪宗皇帝下诸司详看得实，始正典刑。”述罢，问道，“今者，林伯昭引的是这段故事吧？”

“对，是这段故事。”徐观澜说。

“敬潮兄以为，这两段故事如何？”钱梦皋问。

“不过是寻常故事。”徐观澜道。两个事例都为反驳皇帝而举出，他当然不会称赏。

“敬潮兄以为，这两段故事能否打动皇上？”钱梦皋又问。

“连我辈都无法打动，如何打动皇上！”徐观澜道。

“敬潮兄以为，这两段故事会否激怒皇上？”钱梦皋又问。

“似又不足以激怒皇上。”徐观澜道。

“那么，林伯昭在这两段故事之后所发的议论，敬潮兄还能记得起几句吗？”钱梦皋又问。

“记不起。”徐观澜如实言道。

“夫李圉之事，终世莫敢言其非，”钱梦皋背诵一句，问道，“有没有此一句？”

“似有。”徐观澜道。

“此一句会否激怒皇上？”钱梦皋问。

“似亦不足以激怒皇上。”徐观澜道。

“韩府之事，年久而后觉其伪，故事未可以常理测也，”钱梦皋再背诵一句，问道，“有没有此一句？”

“似有。”徐观澜道。

“此一句会否激怒皇上？”钱梦皋问。

“似亦——”徐观澜本想重复不足以激怒皇上这句话，心中忽然一动，有了新的想法。他揖道，“能否请元极兄再复述一遍？”

“韩府之事，年久而后觉其伪，故事未可以常理测也。”钱梦皋复述。

“前文有句：陛下直裁之以理，此处却道：故事未可以常理测也；前文引圣谕：三十年王尚可说假；此处却说：年久而后觉其伪。他岂不是字字都针对圣谕，字字都在说皇上不公不明！”徐观澜道。

“此一句应该会激怒皇上？”钱梦皋问。

“应该会激怒皇上。”徐观澜附和。

“真不容易，敬潮兄终于体会到此疏的用处！”钱梦皋道。

“元极兄，我只是说疏中有激怒皇上的句子。”徐观澜忙说明。

“激怒皇上，恰是其用处。”钱梦皋说。

“可林伯昭的话激怒皇上，皇上至多是治林伯昭之罪，怎能改变今次京察的局面？”徐观澜道。

“仅有林伯昭之疏，当然无法改变今次京察的局面。”这个结论钱梦皋是同意的。

“还须何事？”徐观澜问。

“还须使皇上明了二事。”钱梦皋说。

“是哪二事？”徐观澜问。

“第一件事，要让皇上明了，林伯昭为郭美命鹰犬。”钱梦皋说。

“楚王为假，持议者以郭美命为其帅；林伯昭既复言楚王为假，说他是郭美命鹰犬，此事易为。”徐观澜道。

“第二——”钱梦皋接着要说第二件事，被徐观澜叫停。

“元极兄，且慢！”徐观澜道。

“敬潮兄不是说，此事易为吗？”钱梦皋问。

“我是说，把林伯昭列为郭美命鹰犬，不是难事；然林伯昭为郭美命鹰犬，今次京察的局面就可以改变吗？”徐观澜质疑。

“我却想问敬潮兄，皇上对郭美命是否已谅之？”钱梦皋道。

他似乎明显地把话题岔开，但徐观澜很容易为他的思路所左右。

“元极兄说呢？”徐观澜问。

“并未谅之。”钱梦皋说。

“何以见得？”徐观澜问。

“我给敬潮兄讲一件事吧，”钱梦皋道，“彼时，围郭美命舟于潞河，尽捕其家婢女、佣书计男女十五人，缇帅王都督欲使所捕疑犯毛尚文及郭府乳媪十岁之女指妖书出自郭家。提督东厂陈公亲讯之，问道：你说亲见该书之版，可知书版有几？乳媪之女说：一满屋。陈公笑道：妖书不过两三页纸，何须满屋书版！陈公又问毛尚文：你说沈令誉让你刊印妖书，他是哪一日让你刊印的？毛尚文说：十一月十六日。陈公道：初十日即获妖书，莫非妖书有二？”

“我知会讯时元极兄在场，但元极兄给我说此事是何意？”徐观澜问。

“我想说皇上对郭美命并未谅之呀。”钱梦皋道。

“我却以为相反。”徐观澜打算反驳他。

“你是说，由此事可见，皇上已对郭美命谅之？”钱梦皋问。

“是。”徐观澜应道。

“何以见得？”钱梦皋也问。

“元极兄说，此事陈公会不会禀于皇上？”徐观澜反问。

“此是他得意之笔，当然要禀。”钱梦皋道。

“以皇上之圣明，既闻此事，当知郭美命和妖书一案绝无牵连，”徐观澜说着，问道，“对吧？”

“对。”钱梦皋应道。

“皇上既知郭美命和妖书一案绝无牵连，就当谅之呀。”徐观澜道。

“不然，”钱梦皋摇头，“敬潮兄只见其一，不见其二。”

“何为其二？”徐观澜问。

“会讯情形，陈公既禀于皇上，锦衣卫官校有没有即撤潞河之围？”钱梦皋反问。

“似非即时撤围。”徐观澜说。

“不是似非，是绝非，”钱梦皋道，“锦衣卫官校未即时撤潞河之围，可见皇上并未对郭美命谅之。”

“纵然绝非即时撤围，但终归还是撤围。”徐观澜辩道。

“敬潮兄可知，会讯之后，又有何事？”钱梦皋问。

“似是尔张先生为郭美命力辩。”徐观澜说。

“尔张先生确曾为郭美命力辩，然尔张先生为郭美命力辩之前，有数名讲官赴内阁，与相公力争，敬潮兄知否？”钱梦皋问。

“相公亲口告诉元极兄的吧？”徐观澜反问。

“不错。”钱梦皋应道。

“我虽不知，然相公亲言之，必有其事。”徐观澜说。

“那么，数名讲官赴内阁与相公力争之前，太子在文华殿对他等说过一句话，敬潮兄知否？”钱梦皋又问。

“这却不知，”徐观澜说着，略呈惊诧之色。他问，“太子怎说？”

“太子说：为的何事，竟欲杀我好讲官！”钱梦皋述道。

“此等内情，非元极兄，实难知悉；但元极兄给我说此事，却是何意？”徐观澜又问。

“我想说皇上对郭美命并未谅之呀。”钱梦皋道。

“我以为相反。”徐观澜又打算反驳他。

“敬潮兄是说，由此事可见，皇上已对郭美命谅之？”钱梦皋问。

“是。”徐观澜应道。

“何以见得？”钱梦皋问。

“元极兄说，太子的话会不会上达圣聪？”徐观澜反问。

“太子的话一定会上达圣聪。”钱梦皋道。

“元极兄说，皇上最终未治郭美命罪，会不会和太子的这句话有关？”徐观澜又问。

“应该有一些关系。”钱梦皋道。

“仅有一些关系？”徐观澜不满意他的回答。

“敬潮兄若以为大有关系，亦无不可。”钱梦皋道。

“所以，元极兄给我讲的这件事恰好证明，太子既出言，皇上已对郭美命谅之。”徐观澜说。

“不然，”钱梦皋又摇头，“敬潮兄又是只见其一，不见其二。”

“何为其二？”徐观澜问。

“太子出言，既闻于皇上，锦衣卫官校有没有即撤潞河之围？”钱梦皋反问。

“好似即撤。”徐观澜说。

“好似即撤，其实未撤，”钱梦皋道，“锦衣卫官校其实未撤潞河之围，可见皇上对郭美命仍未谅之。”

“元极兄是不是还要问，太子言后，又有何事？”徐观澜自问自答，“我记得，其后刑部拟罪，未将郭美命列入其中。”

“说到刑部拟罪，锦衣卫官校撤围正是在其后。”钱梦皋道。

“是吗？”徐观澜似信不信。

“敬潮兄可知，大司寇夏卿先生曾欲加罪于郭美命？”钱梦皋问。

“似有这个说法。”徐观澜道。

“夏卿先生为何后来放弃？”钱梦皋问。

“这却不知。”徐观澜道。

“是因为刑部争论甚大，夏卿先生亲拟供揭，竟被某司官投掷于地。夏卿先生无奈，不得不把郭美命的名字去掉。”钱梦皋说。

“元极兄对刑部的事也知之甚详，真是难得；但元极兄给我说此事，却是何意？”徐观澜问。

“我想说皇上对郭美命并未谅之呀。”钱梦皋道。

“我以为相反。”徐观澜又打算反驳他。

“敬潮兄是说，由此事可见，皇上对郭美命已谅之？”钱梦皋问。

“是。”徐观澜应道。

“何以见得？”钱梦皋问。

“楚府真伪之争，归根到底，是皇上与郭美命之争，还是相公与郭美命之争？”徐观澜反问。

“是相公与郭美命之争。”钱梦皋道。

“相公不网开一面，夏卿先生会不会仍拟郭美命罪？”徐观澜问。

“应会。”钱梦皋道。

“皇上欲治郭美命罪，相公会不会网开一面？”徐观澜问。

“应不会。”钱梦皋道。

“所以，元极兄给我讲的这件事恰好证明，刑部既不拟罪，皇上已对郭美命谅之。”徐观澜说。

“不然，”钱梦皋道，“敬潮兄仍是只见其一，不见其二。”

“何为其二？”徐观澜问。

“敬潮兄说，皇上有无召郭美命复官之意？”钱梦皋反问。

“似无。”徐观澜说。

“不是似无，是绝无，”钱梦皋道，“陈公既证实郭美命与妖书一案无涉，太子既言好讲官不可杀，夏卿先生既未拟郭美命罪，皇上若谅之，就该复郭美命之官，并昭示天下；皇上既未复郭美命官，可见皇上对郭美命并未谅之。”说罢，问道，“敬潮兄说，是不是这个道理？”

这一问，徐观澜不能再说皇帝对郭正域已谅之。于是，他旧话再提：“好吧，就算皇上对郭美命并未谅之；然今次京察，会因此改变局面？”

“敬潮兄莫忘，林伯昭是郭美命鹰犬。”钱梦皋道。

“让皇上明了林伯昭是郭美命鹰犬，而皇上对郭美命并未谅之，今次京察的局面就可改变？”徐观澜又问。

“仍不可改变，所以还要皇上明了另一件事。”钱梦皋道。

“另一件又是何事？”徐观澜问。

“第二件事，杨宜迁与郭美命情同莫逆。”钱梦皋说。

“杨宜迁既与郭美命情同莫逆，欲借今次京察，驱除力白楚事之人，以为反复楚事之地，也就说得过去。”徐观澜道。

“那么，今次京察的局面是不是也可以改变？”钱梦皋问。

“如果元极兄能证实杨宜迁与郭美命情同莫逆的话。”徐观澜加上一个条件。

“此事说有则有，说无则无，何须证实！”钱梦皋道。

皇帝对郭正域并未谅之，他不厌其烦地一再证实；而关于杨时乔和郭正域是莫逆之交，他却一句也不想多说。

为何如此，只可体会，不可明言。徐观澜点点头，问道：“相公指出的这条绕行的路，我能不能也行之？”

“不为与敬潮兄共行，我为何要说这多的话！”钱梦皋道。

第三百五十二章

皇帝听田义读钱梦皋的奏疏，读到“正域为秉汉做说客，秉汉为正域做鹰犬”一句时，命停下来。

“林秉汉疏，老田带来没有？”皇帝问。

“奴才带来。”田义道。

“你算是摸透朕的习性，”皇帝说着，问道，“林秉汉引古今二事说明，三十年王也可能是假的，是吧？”

“是，”田义应道，并准备复述二事，“一是——”

“朕记得，老田不必重复，”皇帝打断他。又问，“他还说，年久而后觉其伪，故事未可以常理测也，是吧？”

“是。”田义应一声，不再重复。

“他还说故事未可怎的？”皇帝问。

“故事未可以意见决也。”田义回答。

“他怎说的？”皇帝问。

“先楚以假幸成，遂灭楚祀；汉阴以假灭法，何伤国体！若以人言为非，概不行勘，汉阴受封亦有年矣，又孰知其俨然而王者，为他人之子哉！故事未可以意见决也。”田义读到这里停住。

“接着读！”皇帝命道。

田义接着往下读。皇帝命他停时，他读的是：事虽三十余年，而当时在旁诸人，必犹有存者，此固可以推者而得也。

“他终于敢直言三十余年不足为凭！”皇帝冷笑道。

“是。”田义应道。

“朕记得还有后文。”皇帝说。

“还有挺长一段后文。”田义道。

“一并读之，让朕也回顾回顾。”皇帝命道。

“是，”田义应一声，把后文读完，“勘之而假，则盗国必诛，有成化间明例在矣；勘之而真，然后治诸宗以诬罔之罪，彼复何辞！然后重楚藩以钤束之权，则真王教令必行于诸宗，而楚王安；诸宗必俯首揖志，以奉约束，无复敢哗嚣而为乱者，而宗室安；而后楚民无劫杀之害，国家无诛讨之举，诸宗亦免刑戮之祸，而全楚安。且以是垂之史册，传信后世，岂不亦光明正大哉！”

“一举四得，何乐而不为！”皇帝冷笑道。

田义愣了愣神，在心里暗数。按照林秉汉所说，果然是一举四得。他应道：“是一举四得。”

“可朕看，一得也不会有，因为他目无君主！”皇帝道。

“诚如圣谕。”田义应道。

“此疏朕一直没复旨，老田，今日你为朕拟之！”皇帝命道。

“是。”田义应道。

“朕想，复旨要有二层意思：其一，朝廷处置楚府一事，至公至明；其二，林秉汉忽生异议，居心叵测；其三，处分林秉汉。”皇帝交代。

“奴才领旨。”田义应罢，打算退出。

“老田别走！”皇帝命道，“就在此拟旨，拟好之后，朕还有事问你。”

“是。”田义应道。

他退到一旁拟旨，皇帝坐在那里想自己的心思，且不时地瞥他一眼。见他写一会儿，把笔搁下，皇帝问：“老田拟好？”

“前两层意思，奴才拟好。”田义说。

“第三层意思没拟，是不是在琢磨，对林秉汉的处分，怎样才算轻重得当？”皇帝问。

“爷说的是。”田义应道。

“你不用琢磨，朕已然想好，”皇帝说着，口述，“着降五级，调极边杂职。”

田义根据皇帝定的处罚，加上前言，拟好第三层意思。然后，他行至御座前，将拟稿呈上。

“读给朕听吧。”皇帝命道。

“朕处楚事，既据抚、按勘来，又与廷臣博议，迟回辗转，不知几番。公断既行，两年以来，中外大小臣工，并皆颂赞悦服。”田义读到这里，一定要停一停，因为这是第一层意思。

“三言两语，写明主旨，拟得好。”皇帝称赞一句。

“林秉汉如何忽生异议，还要行勘？”田义接着读道，“勘之于谁？岂有朕及满朝，与该抚、按等官之言，皆不足信，必乱宗强证，方足信乎！恭王贤明，必不抱他人，自斩血食；武冈王谋害之时，尚不曾说假，今安得说假！楚宗枉悖，至于劫夺皇杠，戕杀抚臣，谋占南京，决裂狼狈，一至此极，其口安得公论！且明知王之冤枉，若再行查勘，党奸助逆，又煽凶威，逼王于死，阴使朕有杀无罪亲王之名。何以直对祖宗，昭示万世！”

“在信字上作文章，甚合朕意。”皇帝又认可。

“灭国诛王，古今大事，原非臣下敢断。朕若再不与王昭雪，祸恶将无已也。林秉汉有无怀私欺罔，姑且勿论。既妄言乱政，若不处他，无以昭示赏罚，杜绝祸萌。着降五级，调极边杂职。”田义最后读道。

“好，即以此旨颁下。”皇帝命道。

“是。”田义应道。他这次没动，是因为皇帝说过，还有事问他。

“今岁京察，拟处分几人？”皇帝问。

“老疾三人，贪酷十人，疲弱六人，不谨九十人，浮躁三十九人，才力不及三十二人，共计一百八十人。”田义禀道。

“大臣有谁人？”皇帝问。

“兵部尚书肖大亨，总督侍郎邢玠、尹应元。”田义说。

“肖尚书不是刑部尚书，兼署兵部的吗？”皇帝问。

“肖尚书一直是刑部尚书，兼署兵部；但自去岁十月，改任兵部尚书，兼署刑部。”田义说。

“原来掉过来，朕竟然一点儿印象也没有。”皇帝道。

“此事本来不大，难怪爷没印象。”田义说。

“他三人属于哪一类？”皇帝又问。

“爷是指——”田义一时发懵，没听明白。

“是老疾呀，还是贪酷呀？”皇帝具体地问。

“都不是，”田义道，“他等不在考察之列，是拾遗。”

“拾遗，即被指责有欠缺，是吧？”皇帝问。

“爷说的是。”田义应道。

“尚书虽掉过来，但朕相信，肖尚书被指责，是他刑部的事务，”皇帝说着，问道，“老田，你信不信？”

“奴才信。”田义应道。

“今岁京察，科、道有几员？”皇帝又问。

“十一员。”田义禀报。

“科臣几员？”皇帝问。

“四员。”田义道。

“以何名目处分？”皇帝问。

“李应策、洪瞻祖，浮躁；徐观澜、钱梦皋，不及。”田义说。

“道臣七员，以何名目处分？”皇帝问。

“张似蕖、曾舜渔、顾龙桢，浮躁；杨文莅、蒋以化、肖重望，不及；于永清，不谨。”田义说。

“是不是还有个御史锺兆斗，也被处分？”皇帝问。

“锺兆斗是例转，与拾遗类似，和考察中以浮躁、不及、不谨而罢黜或改官，有所不同。”田义说。

“也就是说，今岁京察，处分的科、道确是十一人，不是十二人。”皇帝道。

“是。”田义应道。

“其实，处分十一人和处分十二人，并无多少差别。朕想问的是，一次处分科臣四人、道臣七人，会不会多？”皇帝道。

“确有人以为多。”田义说。

“有人，是四明沈先生吧？”皇帝问。

“是他。”田义应道。

“四明先生有没有和吏部商榷？”皇帝问。

“据奴才所知，他和杨侍郎说过。”田义道。

“他怎说的？”皇帝问。

“如爷所谕，今岁京察，处分科、道会不会多？”田义道。

“不是他如朕所谕，是朕如他所言，”皇帝说，“朕说这句话，是照搬沈先生对杨侍郎所言。”

“原来是这样，奴才不知。”田义道。

“那么，你可知杨侍郎是怎回复的？”皇帝问。

“杨侍郎似乎表示，并不多。”田义说。

“只‘并不多’三字？”皇帝问。

“不止这三个字，他还举例。”田义说。

“朕也听说他举例。但告诉朕的人，也是听别人说的，记不确实。老田正好说给朕听。”皇帝道。

“他举两次京察的事例，一次是万历二十一年的京察，一次是万历二十七年的京察。”田义说。

“万历二十一年京察，处分科、道比今岁多吗？”皇帝问。

“多。”田义道。

“共计几员？”皇帝问。

“十七员。”田义道。

“科臣几员？”皇帝问。

“七员。”田义道。

“道臣有十员？”皇帝问。

“是。”田义应道。

“万历二十七年京察呢？”皇帝又问。

“比万历二十一年少，但比今岁多。”田义说。

“共计几员？”皇帝问。

“十四员。”田义道。

“科臣几员？”皇帝问。

“五员。”田义道。

“道臣是九员？”皇帝问。

“是。”田义应道。

“沈先生大概无言以对吧？”皇帝问。

“爷说的是。”田义应道。

“朕倒可以教给他一法。”皇帝说。

“爷是说，沈先生应该有言以对？”田义问。

“可不！”皇帝道。

“他应怎样应对？”田义问。

“杨侍郎说数，他也可以说数呀！”皇帝道。

“爷是不是说，沈先生也来比较这三次京察的人数？”田义有所领悟。

“老田，果然懂得朕！”皇帝赞道。

“然多即多，少即少，还能比较出别的来？”田义不懂。

“老田，万历二十一年京察，处分科、道几员？”皇帝重问一遍。

“十七员。”田义道。

“万历二十七年京察，处分科、道几员？”皇帝问。

“十四员。”田义道。

“万历二十七年比万历二十一年，少几员？”皇帝问。

“三员。”田义道。

“今岁京察，处分科、道几员？”皇帝问。

“十一员。”田义道。

“今岁比万历二十七年，又少几员？”皇帝问。

“也少三员。”田义道。

“万历二十七年比万历二十一年少三员，今岁也不过比万历二十七年少三员，这样一比较，能说不多吗？”皇帝问。

“爷圣明，”田义颂道，“这等妙策，奴才再也想不出来；奴才断定，沈先生也想不出来。”

“其实，今岁处分科、道多吗？”皇帝问罢，摇一摇头，“并不多。”

“爷说不多？”田义不懂。

“今岁以浮躁处分者，计三十九人，对吧？”

“对。”田义应道。

“而以浮躁处分科臣二员，道臣三员，计五员，对吧？”皇帝问。

“对。”田义应道。

“三十九名浮躁廷臣中，科、道占五员，能算多吗？”皇帝问。

“是不能算多。”田义附和道。

“今岁以不及处分者，计三十二人，对吧？”皇帝又问。

“对。”田义应道。

“而以不及处分科臣三员，道臣三员，计六员，对吧？”皇帝问。

“对。”田义应道。

“三十二名不及廷臣中，科、道占六员，比浮躁占的比例高，但又高出多少？”皇帝问。

“也没高出多少。”田义附和道。

“今岁以不谨处分者，计九十人，对吧？”皇帝又问。

“对。”田义应道。

“而以不谨处分科、道，仅道臣一员，对吧？”皇帝问。

“对。”田义应道。

“九十名不谨廷臣中，仅道臣一员，实在不能算多吧！”皇帝道。

“实在不能算多，”田义附和道，并总结一句，“诚如圣谕，今岁处分科、道，其实并不多。”

“虽则不多，朕仍欲再少处分一二员，至少少处分一员，”皇帝说着，问道，“老田，你知此人是谁？”

"奴才想，应是科臣钱梦皋。"田义说。

"不错，"皇帝点点头，说道，"其参林秉汉一事，足见尽职建言，忠义可嘉，宜照旧留任。"说着，又问，"老田可知，沈先生称今岁京察，科、道处分得多，也是想留住此人？"

"奴才略知。"田义道。

"是风闻，还是确知？"皇帝问。

"奴才是风闻，"田义道，并说，"据奴才所闻，沈先生今次是想留住两个人。"

"除钱梦皋，还有谁人？"皇帝问。

"锺兆斗。"田义道。

"就是那个例转的御史？"皇帝问。

"是。"田义应道。

"欲留钱梦皋，沈先生有密揭给朕；欲留锺兆斗，他为何不言于朕？"皇帝觉得奇怪。

"奴才想，他或有顾虑。"田义说。

"有何顾虑？"皇帝问。

"有人驳之。"田义说。

"杨侍郎肯定要驳之，"皇帝道，"他要留住钱梦皋，杨侍郎驳之；他要留锺兆斗，杨侍郎焉得不驳之！"

"爷说的固是；不过，这次驳他的不是杨侍郎。"田义说。

"那是谁人？"皇帝问。

"朱先生。"田义道。

"值阁的朱先生？"皇帝问。

"是他。"田义道。

"朱先生怎驳沈先生的？"皇帝问。

"朱先生问他，留用被考察科、道，非邀中旨，即自票拟，二百余年大典，岂不由我辈坏之！"田义述道。

"沈先生大概又无言以对吧？"皇帝问。

"爷说的是。"田义应道。

"老田，你说朕让他有言以对，好不好？"皇帝道。

"爷怎能让他有言以对？"田义问。

"朱先生不是说，非邀中旨，即自票拟。朕不用他邀，径颁一旨，命钱梦皋、锺兆斗留任，沈先生不就可以理直气壮！"皇帝道。

"奴才想，此乃沈先生所欲，而不敢望也。"田义说。

"他不敢望，你也不敢拟吧？"皇帝问。

"奴才不是不敢拟，但觉措辞较难。"田义说。

"朕为帮沈先生，不能让你为难。此旨朕亲拟，朕说，你写，"皇帝说着，口述，"朕览今察各官本内，不称职的甚繁，岂皆不肖！内必有徇私之弊：因忿恚以泄之者有之，因结党而去之者有之，欲树权以挟人者有之，欲立威以制人者有之。不然，何乃至此！朕不能无疑。且大察，朝廷之公典，非以公济私之案牍。大臣当以尊君体国为要，以详慎休咎为美。今次已有旨，尔大臣务取诚心，同寅协公，共济时艰，以成平明之治。其钱梦皋尽职建言，忠义可嘉，着照旧供职。"

第三百五十三章

三个人同时到沈一贯家门外。

“钱先生好。”门童招呼其中一人。

被招呼的是钱梦皋。他笑着问道：“恩相在吧？”

“在。”门童应道。

“没在忙吧？”钱梦皋问。

“已忙过。”门童道。

“那我进去给恩相请安。”钱梦皋说。

“钱先生请。”门童说着，往里一让。

钱梦皋迈进大门，没马上往里走。他知道，既然同时来到，就应该一同进去；况且，另外两个人，他认识一个，不认识一个。

“锺先生好。”门童招呼另一人。

被招呼的是御史锺兆斗。他也笑着问道：“恩相在书房吧？”

“在。”门童应道。

“没在歇息吧？”锺兆斗问。

“已歇过。”门童道。

“那我进去给恩相请安。”锺兆斗说。

“锺先生请。”门童说着，往里一让。

锺兆斗迈进大门，也没马上往里走。钱梦皋没有自己往里走，他当然也不能自己往里走；况且，钱梦皋他认识，还在门外的人他不认识。

钱梦皋、锺兆斗都不认识是谁而又都想知道是谁的，是个道士。他虽手不摇羽扇，但一身道袍表明他的身份。

门童把两位官人招呼进门之后，再转向道士。

“道爷好。”他招呼道。

“你看我好不好？”道士和钱梦皋、锺兆斗的回应不同，那二人回应门童的招呼，都是面带笑容，道士脸上却没有一丝笑容。

“道爷莫怪，我招呼过他二位，再招呼道士，是有缘故的。”门童解释说。他料定，道士绷着脸，是因为被怠慢。

“有何缘故？”道士问。

“老爷吩咐，道爷到，要我即刻禀报。”门童说。

听这话，钱梦皋、锺兆斗打算不理会这个道士，先去见沈一贯。他二人来，不必有人禀报，自行进去就是；而道士来，却须禀报。禀报的结果，可能是让他进去，也可能是把他挡在门外。可见他不是常客，也不是什么贵客。

但道士紧接着的问话，让他们又留在原处。

“你家老爷是不是又要和我闹虚文客套？”道士问。

原来是虚文客套，而不是在见与不见中做一选择！钱梦皋、锺兆斗得听听，门童会怎说。

“我家老爷是要亲来门外迎候。”门童笑着说。

“免了吧，”道士冲大门内努努嘴，说道，“你家老爷出迎，我消受得起，他两个也消受得起吗？我知他两个是你家老爷的门生，不如就让他两个陪我进去吧。”

“是，我二人侍奉道爷进去。”钱梦皋、锺兆斗齐道。

“仙人驾到，快请。”沈一贯不理会钱梦皋、锺兆斗，单独招呼道士进他的书房。

平日，不用他发话，二人也会进去。但今天有贵客，恩相又只招呼贵客，他二人进也不是，不进也不是，颇为尴尬。

“元极、梦庚，你两个也要我请吗？”幸亏沈一贯及时补上一句，才让他二人摆脱窘境。

“门上的童儿越来主意越大！我吩咐过，仙人到时，一定要禀我一声，我好出去迎接；他却像没听到一样。”沈一贯抱怨说。

“他听到，也对我说，是我不让他禀报的，”道士说着，指指钱、锺二人，“由他两个后生陪我进来，不是很好吗，何必非劳动相国？”

“老师有事，弟子当服其劳。”钱梦皋、锺兆斗齐道。

“这么说，仙人已知他二人？”沈一贯问道士。

“是。”道士应道。

“他是何人？”沈一贯手指钱梦皋问。

“钱给谏。”道士说。

“他是何人？”沈一贯手指锺兆斗问。

“锺御史。”道士说。

“仙人真知他二人，”沈一贯说着，问钱梦皋、锺兆斗，“你两个已见过仙人？”

“是。”钱梦皋、锺兆斗应道。

“他之名号，可曾告与你二人？”沈一贯问。

钱梦皋、锺兆斗还没来得及摇头，道士说：“敝号不足为人道。”

“那么，就是还没告与你二人；他没告与你二人，我也不便告与你二人，”沈一贯说着，问道，“却不知你二人想不想知道？”

“弟子急切欲知。”钱梦皋说。

“却不知弟子与大仙有无缘分。”锺兆斗说。

“仙人说呢？”沈一贯问道士。

“释家讲缘分，我道家却不讲缘分。”道士说。

“不知大仙讲何事？”锺兆斗说。

“修炼。”道士说。

“哈，仙人在给你二人机会！”沈一贯笑道。

“大仙给我二人的，是何机会？”钱梦皋、锺兆斗齐问。

“修炼呀，”沈一贯说着，向门外问道，“饭备好没？”

“回老爷的话，已备好。”门外有人回答。

“走，陪仙人去吃饭，你二人就有机会。”沈一贯道。

“愿侍大仙用斋。”钱梦皋、锺兆斗齐道。

“错！”道士说，“释家必吃素，我道家未必吃素；别的道人或吃素，我却从君子之道。”

“请教大仙，何谓君子之道？”钱梦皋、锺兆斗齐问。

道士看他二人一眼，问沈一贯：“他二人读不读书？”

“读书人怎不读书！”沈一贯道。

“既读书，怎连这句话也不知？”道士问。

“彼君子兮，不素餐兮，他二人肯定读过；但把这句话列为君子之道，除仙人，大概再无第二人，”沈一贯说着，转向钱梦皋、锺兆斗，“仙人酒、肉皆不忌，我说给你二人机会，是说你二人陪他饮得高兴，他或会告诉你二人他的出处。”

“愿侍大仙痛饮。”钱梦皋、锺兆斗齐道。

钱梦皋、锺兆斗酒量都极大。到餐桌上，见每人面前摆个小酒盅，他们想试试道士的酒量。

“老师，弟子有个不情之请。”钱梦皋先说。

“你说！”沈一贯道。

“弟子头一次与大仙同桌饮酒，为表钦敬之意，老师用小盅，我等换作大杯。”钱梦皋说。

“仙人之意如何？”沈一贯问道士。

“看得出来，钱给谏有二三斤酒的量。但在相府饮酒，适可而止，还是用小盅吧。”道士说。

“老师，弟子也有个不情之请。”锺兆斗又说。

“你说！”沈一贯道。

“弟子头一次与大仙同桌饮酒，为表钦敬之意，老师面前摆一盅，我等面前各摆三盅。”锺兆斗说。

“仙人之意如何？”沈一贯又问道士。

“即便摆三十盅，不也得一盅一盅地饮？各持一盅，随斟随饮、随饮随斟即可。”道士说。

“就依仙人。”沈一贯道。

“小老道也有个不情之请。”道士又说。

“请说！”沈一贯客气得多。

“相国今日饮不饮？”道士先问。

“仙人难得来饮一次，当然要陪。”沈一贯说。

“饮几多，由谁人定？”道士问。

“由仙人定。”沈一贯道。

“相国知道我的习惯，饮几多，是随意而定的。”道士说。

“我知。”沈一贯道。

“那么，相公陪我饮，由他二人斟酒、计数；他二人分别陪我饮酒，由相国计数，另一人斟酒，”道士说着，问道，“如何？”

他是摆明，要以一对三，钱梦皋、锺兆斗难免会有胜之不武的想法。

“我等饮酒之数，大仙做主，大仙自家随意吧。”钱梦皋说。

“我赞成。”锺兆斗附和道。

“不，”道士不领他们的情，“你等饮几多，我亦饮几多。”

“老师尊意如何？”钱梦皋、锺兆斗问沈一贯。

“你二人是怕他不胜酒力？且饮起来再看吧。”沈一贯道。

“相公是主人，我二人先饮，”道士说着，问道，“相公，为何人饮？”

沈一贯不假思索地指指钱梦皋、锺兆斗，说：“为他二人饮吧。”

“好，”道士点点头，又问，“为他二人何事而饮？”

“元极一疏参吏部署部侍郎，不仅留任给谏，且致使署部侍郎连上九疏请辞，”沈一贯讲述后，问道，“仙人说，可不可饮一盅？”

“可连饮九盅。”道士说着，一手比画出个九。

钱梦皋怕老师饮多，说：“杨某虽上九疏，朝廷未准，不如饮一盅。”

“要不，我饮九盅，相公饮一盅？”道士问沈一贯。

“说好听仙人的，怎可悔之！”沈一贯说着，命道，“元极，斟酒；梦庚，计数！”

“是。”钱梦皋、锺兆斗应道。

于是，钱梦皋一盅两盅三盅地斟酒，锺兆斗一二三地计数，直到沈一贯和道士每人连饮九盅。

“相公还饮吗？”道士问。

“饮！”沈一贯正在兴头上。

“还是为他二人饮？”道士问。

“是。”沈一贯应道。

“还是为他二人上疏之事饮？”道士问。

“是。”沈一贯应道。

“这回该为锺御史的奏疏饮吧？”道士问。

“是，”沈一贯应罢，讲述道，“梦庚一疏参掌院都御史，不仅留任御史，且致使掌院都御史连上二十余疏请辞。”讲述之后，问道，“仙人之意，也连饮二十余盅吗？”

“饮个整数，二十盅。”道士说。

“锺某虽上二十余疏，朝廷未准，不如饮个两三盅。”锺兆斗劝道。

“相国说呢？”道士问沈一贯。

“二十盅！”沈一贯断然言道。“梦庚，斟酒；元极，计数！”

“是。”钱梦皋、锺兆斗应道。

于是，锺兆斗一盅两盅三盅地斟酒，钱梦皋一二三地计数，直到沈一贯和道士每人连饮二十盅。锺兆斗隔一两盅，只给道士实斟，而给沈一贯虚斟，道士也不在意。

“相公歇歇，我和——”道士依次看看钱梦皋、锺兆斗，先选中锺兆斗，“——锺御史饮几盅。”

“遵命，”锺兆斗应道。饮酒之前，他先问沈一贯，“今日朝中出一件怪事，恩相尚不知吧？”

“朝中出何怪事？”沈一贯问。

“大司空今日去过文华门。”锺兆斗说。

“光父先生去文华门？”沈一贯也觉这事有点儿怪，他对道士说，“除阁臣之外，朝廷大臣鲜有到文华门者，这可算件怪事。”

“是吗？”道士完全是无所谓的态度。

“光父先生到文华门，为的何事？”沈一贯问锺兆斗。

“拜于门外，泣请辞官。”锺兆斗说。

“吏部署部侍郎虽上九疏，掌院都御史虽上二十余疏，还都没有到泣请的地步，这也算件怪事。”沈一贯说。

“那就算一件吧。”道士满不在乎地说。

“梦庚，还有别的吗？”沈一贯问锺兆斗。

“大司寇不良于行，是被刑部两个夫役搀送去的，”锺兆斗说，“刑部夫役进不去东华门。”沈一贯说。

“是，”锺兆斗应一声，说道，“刑部夫役搀送至东华门，大司寇又央告东华门当值的公公，把他搀送至文华门。”

“这算是第三件怪事，”沈一贯说着，问道，“还有没有？”

“没有。”锺兆斗道。

“有点儿少。”沈一贯说。

“不少。”道士却说。

“我和仙人连饮二十九盅，他只和仙人饮三盅，还不少？”沈一贯问。

“其事有三怪，锺御史却不是以三怪为名目，与我饮酒。”道士说。

“仙人怎知不是以三怪为名目？”沈一贯问。

“其事，他是说给相国听的；三怪，是相国说的。若以三怪为名目饮酒，岂不该你二人饮？我料定，锺御史和我饮的酒，不会少于相国和我饮的酒。”道士说。

“梦庚，是否如仙人所言？”沈一贯问锺兆斗。

“确如大仙所言。”锺兆斗道。

“不以三怪为名目，却以何事为名目？”沈一贯问。

“和老师一样，也以请辞之疏为名目。”锺兆斗说。

“此事仙人不知就里吧？”沈一贯给道士讲道，“二月，为星变事，举朝大臣，包括阁臣，包括各部尚书等，无不自陈乞罢。皇上一一加以慰留，唯独对光父先生之疏，不报。故而光大先生从那时起，连续上疏，几乎每日一疏。孰料皇上亦不报。”

“我关心的是，这位大司寇共上几多辞疏。”道士说。

“三十六疏。”锺兆斗道。

“如何，我说锺御史和我饮的酒，不会比相国和我饮的酒少吧？”道士说着，问沈一贯、钱梦皋，“你二位谁个计数，谁个斟酒？”

“我来计数。”沈一贯道。

“弟子斟酒。”钱梦皋说。

于是，钱梦皋一盅两盅三盅地斟酒，沈一贯一二三地计数，直到锺兆斗和道士每人连饮三十六盅。

“过瘾！”道士抹一抹嘴，高叫。

“畅快！”锺兆斗抹一抹嘴，也高叫。但随即想到，在老师面前不能太放肆。他投去目光，表示歉意。

所幸，沈一贯看他们喝得过瘾、畅快，心里高兴，并不怪罪。

“大仙歇歇吧！”钱梦皋嘴上这么说，心里却跃跃欲试。

“索性和你饮过之后再歇。”道士说。

“怎个饮法，请大仙示下。”钱梦皋道。

“钱给谏擅长对句吧？”道士问。

“一般。”钱梦皋道。

“再一般，也比我强，今以你的强项出令：你出上句，我对下句，你我按照字数来计盅数。”道士说。

“好。”钱梦皋应道。

“不过，钱给谏也要稍稍顾及我：二十字以内的上句，我勉强还能对付；超过二十字的上句，我或对不上来。”道士又说。

“好说。”钱梦皋应允。

“还是相国计数吗？”道士问沈一贯。

“没问题，”沈一贯道，并问，“每字一盅吗？”

“不能每字一盅，”道士说，“钱给谏和我饮酒，不会甘心输给相公和锺御史吧？但不少于三十字，钱给谏才能不输给相国；须得在四十字左右，钱给谏才能不输给锺御史。他不输，我却实在为难。”

“依仙人说，每字几盅？”沈一贯问。

“这样吧，”道士想了想，说道，“钱给谏出的上句，五字以内，每字十盅；五字以上，十字以内，每字八盅；十字以上，十五字以内，每字六盅；十五字以上，二十字以内，每字五盅。”

“亦即，元极的上句若是五字，仙人饮五十盅；若是十字，仙人饮八十盅；若是十五字，仙人饮九十盅；若是二十字，仙人饮百盅，”沈一贯说着，问道，“是吧？”

“是。”道士应道。

“岂不是字数越多，饮得越多！大仙这是在激励元极先生多说几个字呢。”锺兆斗说。

“放心，我说的字数不会太多，也不会太少。”钱梦皋道。

“元极，你也须遵仙人定的规则饮酒。”沈一贯对他说。

“那是自然。”钱梦皋应道。

“你出上句吧。”沈一贯说。

钱梦皋稍一沉吟，分成四句，说出上联，每句四字，共十六字。

他说的是：昔之山人，山中野人；今之山人，山外游人。

“元极，不得无礼！”沈一贯喝道。

“是，”钱梦皋应一声，惶惶不安地说，“弟子只想着字数的限制，对大仙多有冒犯。弟子再另说个上句。”

“不必，”道士摆手，“此一上句甚好，十六个字，刚刚超过十五字，每字合该五盅。来，锺御史斟酒，相国计数！”

于是，锺兆斗一盅两盅三盅地斟酒，直斟到胳臂酸；沈一贯一二三地计数，直数到口干。道士则一口一盅地饮酒，直到饮完八十盅。

“请大仙赐下句。”钱梦皋道。

“相国，”道士对沈一贯说，“他只是冒犯我，我却不仅要冒犯他，还要冒犯你。”

“游戏而已，仙人但说不妨。”沈一贯道。

“昔之给事，给黄门事；今之给事，给相门事。”道士对出下句。

他的话一出，不仅钱梦皋大窘，沈一贯，还有锺兆斗，也都感到窘迫。但有言在先，沈一贯不能发作，钱梦皋不能不喝酒。他也连饮八十盅。

第三百五十四章

夏至这天，沈一贯以病告假，沈鲤、朱赓往仁德门拜贺并候旨。皇帝没召入他二人，但命在门外廊庑赐宴，并命提督东厂太监陈矩陪侍。另外，有近侍多人穿梭来往于宫内、宫外。连陈矩也未必想到，他们在酒宴上的一言一行，都被这些近侍禀奏给皇帝。

“爷，两位阁老都在谢恩。”第一名近侍禀道。

“皇恩是一定要谢的，此事不用告诉朕。”皇帝道。

“陈叔给两位阁老敬酒。”第二名近侍禀道。

“他怎说的？”皇帝问。

“陈叔传皇上谕旨：两位老先生辛劳，今日多饮几盅。”该近侍述道。

“说的还算得体。”皇帝道。

“爷，阁老和陈叔开始说闲话。”第三名近侍禀道。

“是泛泛而说，还是说些具体的事？”皇帝问。

“似乎在说具体的事。”该近侍道。

“说的是近事，还是往事？”皇帝问。

“似是往事。”该近侍道。

“哪一年的事？”皇帝问罢，命道，“说确切，不准再说似！”

“似。”该近侍应道，“是、似”二字，在他嘴里成同一个字。

“不准你说，怎的还说！”皇帝责道。

“奴才不说，”该近侍避免再应是字。他说，“去年的事。”

“去年几月的事？”皇帝问。

“五月的事。”该近侍道。

“五月，谁家有事？”皇帝问。

“两位阁老家里都没事，京城有事。”该近侍说。

“京城有事？何事？”皇帝问。

“京城地震，长陵明楼灾。”该近侍说。

“去岁京城地震，是在五月吗？”皇帝问身边的近侍。

“奴才记得是。”身边的近侍回答。

“好端端的，为何说起去岁五月京城地震？”皇帝又问回禀的近侍。

“奴才不知。”该近侍道。

“为何不听他等说下去？”皇帝责道。

“朱先生说句：去岁地震，长陵明楼火，仲化先生好有算计；沈先生说：此事不值一哂，少钦先生饮酒吧。说到这里，两位阁老饮起酒来，奴才不知要饮到几时，才会接着说，担心爷等得心急，所以没再听下去。”该近侍分辩说。

“该听的没听到，罚你再去！”皇帝命道。

“两位阁老说件事。”第四名近侍禀道。

“是去岁京城地震吧？”皇帝问。

“爷已知？奴才来晚？”该近侍惊道。

“朕知其事，不知其详，快说与朕听！”皇帝命道。

“是，”该近侍应一声，述道，“先是朱先生对沈先生说：去岁地震，长陵明楼火，仲化先生好有算计；接着沈先生对朱先生说：此事不足一哂，少钦先生饮酒吧？”

“二人接着饮酒？”皇帝打断他。

“是。”该近侍应道。

“二先生如何持杯饮酒，如何下筷夹菜，你都不必说；你只告诉朕，听了朱先生的话，你陈叔是不是置若罔闻。”皇帝命道。

“奴才看，陈叔很想知道，沈先生怎的好有算计；但两位阁老饮酒，他也不便扫兴。所以，等两位阁老停杯不饮，他才开口。”该近侍说。

“老陈怎说的？”皇帝问。

“陈叔问朱先生：仲化先生怎的好有算计？莫非他算计出某日某时京城地震？”该近侍述道。

“旁敲侧击，问的好！”皇帝赞道。

“爷圣明，”该近侍称颂。“奴才看陈叔也不真的以为，沈先生算计的是某日某时京城地震。”

“朱先生怎说？”皇帝问。

“朱先生说：仲化先生的算计，和地震无关。”该近侍述道。

“和地震无关？那朱先生为何要说，去岁地震，长陵明楼火，沈先生好有算计？”皇帝怪道。

"是啊，"该近侍应道，"陈叔听后，也很不解。"

"老陈怎说？"皇帝问。

"陈叔问：和地震无关，却与何事有关？"该近侍述道。

"朱先生又怎说？"皇帝问。

"朱先生说：所谓仲化先生好有算计，是因京城地震而起，却和大雨关系密切。"该近侍述道。

"怎又关大雨的事？"皇帝问。

"是啊，"该近侍应道，"陈叔听后，也很不解。"

"老陈怎说？"皇帝问。

"陈叔问：哪场大雨？"该近侍述道。

"朱先生又怎说？"皇帝问。

"朱先生说：地震约一个月后京城的那场大雨。"该近侍述道。

"先是地震，后是大雨，皆为灾异。"皇帝觉出这两件事的联系。

"爷圣明，"该近侍称颂。"奴才看陈叔也有所领悟。"

"老陈怎说？"皇帝问。

"陈叔说：少钦先生称仲化先生好有算计，既然不是指算计出某日某时地震，也不会指算计出某日某时大雨吧？"该近侍述道。

"朱先生怎说？"皇帝问。

"朱先生点头称是。"该近侍说。

"老陈该直接问，那是指何事！"皇帝道。

"陈叔是这么问的。"该近侍说。

"朱先生怎说？"皇帝问。

"朱先生说：长陵明楼火，沈先生约他和内阁另一位沈先生，各自拟疏，请除矿监、税使。"该近侍述道。

"这就是他说的沈先生好有算计？"皇帝问。

"陈叔也这么问来着。"该近侍道。

"朱先生怎说？"皇帝问。

"朱先生说：此乃职责所在，不能说是算计。"该近侍述道。

"着哇！"皇帝道，"朱先生说的是算计和大雨关系密切，被朕忽略，老陈怎也忽略！"

"陈叔拍着脑门，也说：少钦先生说的是算计和大雨关系密切，我怎忽略！"该近侍述道。

“老陈有没问，长陵明楼火后，内阁三位先生有未拟疏？”皇帝问。

“陈叔有问。”该近侍道。

“朱先生怎说？”皇帝问。

“朱先生说已拟。”该近侍道。

“地震后，三位先生并未进疏，请除矿监、税使呀。”皇帝道。

“陈叔也说：地震后，三位老先生并未奏请革除矿监、税使呀。”该近侍述道。

“朱先生怎说？”皇帝问。

“朱先生说：此事该由仲化先生来说。”该近侍述道。

“老陈有没问沈先生？”皇帝问。

“有问。”该近侍道。

“沈先生怎说？”皇帝问。

“奴才不知。”该近侍道。

“到关键之处，你怎不知？”皇帝怪道。

“沈先生一个劲儿地摇头，似不欲说；奴才担心爷等得心急，所以跑回来。”该近侍分辩说。

“关键之处，你说不上来，朕才心急呢！”皇帝说着，挥挥手，把他撵出殿外。

“沈先生总算开口。”第五名近侍禀道。

“他说的是如何算计的吧？”皇帝问。

“爷已知？奴才不用禀奏？”该近侍惊道。

“怎不用？朕正要听沈先生是怎说的！”皇帝道。

“沈先生说，他只对朱先生和另一位沈先生说八个字：各拟奏章，俟时上之。”该近侍述道。

“亦即：拟好奏章，等待时机，是吧？”皇帝问。

“是。”该近侍应道。

“朕总算明白：朱先生说沈先生好有算计，是指‘俟时上之’这四个字；而时者，即京城那场大雨也。”皇帝说。

“爷圣明，”该近侍称颂，“陈叔似乎也想明白，连连点头。”

“他没求证吗？”皇帝问。

“陈叔有求证。”该近侍道。

“他怎求证的？”皇帝问。

“陈叔问：诸公等候的，是那场大雨吧？”该近侍述道。

“沈先生怎说？”皇帝问。

“沈先生没说。”该近侍道。

“老陈既问，沈先生却不说！”皇帝感到奇怪。

“不是沈先生不想说，是朱先生抢着说。”该近侍道。

“朱先生怎说？”皇帝又问。

“朱先生说：不是我众人等候那场大雨，是仲化先生等候那场大雨。”该近侍述道。

“大雨既至，沈先生怎说？”皇帝问。

“陈叔也是这么问的。”该近侍道。

“这次是沈先生回答的，还是朱先生回答的？”皇帝问。

“是朱先生回答的。”该近侍道。

“朱先生怎说？”皇帝问。

“朱先生说：大雨之日，仲化先生说过两个字：可矣。”该近侍述道。

“果然等的是那场大雨！”皇帝道，又问，“归德沈先生非要等到大雨之日，四明沈先生和朱先生不觉奇怪？”

“爷圣明，”该近侍称颂，“他等均觉奇怪，所以才问沈先生。”

“老陈有没问沈先生怎说的？”皇帝问。

“陈叔有问。”该近侍道。

“沈先生怎说？”皇帝问。

“沈先生但笑笑，没说话。”该近侍道。

“那就问朱先生呗。”皇帝说。

“陈叔也问。”该近侍道。

“朱先生怎说？”皇帝问。

“朱先生问沈先生：仲化先生，可说否？”该近侍述道。

“沈先生怎说？”皇帝问。

“沈先生问：少钦先生还能记得我当时的话？”该近侍述道。

“朱先生怎说？”皇帝问。

“朱先生说：若不记得仲化先生那两句话，我怎会说仲化先生好有算计。”该近侍述道。

“老陈何不趁机追问！”皇帝道。

“陈叔是趁机追问的。”该近侍说。

“老陈怎说？”皇帝问。

“陈叔说：少钦先生既然记得，愿一闻为快。”该近侍述道。

“朱先生有没说？”皇帝问。

“有说，”该近侍道，“朱先生先看沈先生一眼，见沈先生并无阻止之意，这才说的。”

“朱先生先看沈先生一眼，你都留意到？”皇帝话中不无嘉勉。

“爷亲自交代的差事，奴才怎敢懈怠！”该近侍道。

“朱先生是怎复述沈先生的话的？”皇帝问。

“朱先生复述道：皇上恶言矿、税事，疏入多不视。今吾辈冒雨素服诣文华门奏之，皇上或讶而取阅，不失为一次机会。”该近侍又复述朱赓的复述。

“被他说中！”皇帝叹息一声。又问，“老陈有没给二位阁老讲述当日的情形？”

“有讲述。”该近侍道。

“他怎说的？”皇帝问。

“陈叔说：公等疏进，皇上谕曰：必有急事。遂亲阅。”该近侍述道。

“朕当时的心思，老陈亦未必知之，”皇帝说，“两位沈先生和朱先生各言革除矿、税的理由，语皆恳切，朕阅览之际，还真有些动心。”

“二位阁老若知，一定会高呼万岁。”该近侍道。

“那也未必，朕终究未革除之，”皇帝说，顿了顿，又说，“朕有件事一直想不明白：大雨那日，三位阁老怎会同时亲诣文华门进疏，原来是归德的沈先生从中策划。今日一席酒宴弄清楚此事，也算划得来。”

“可不，爷几时做过赔本的买卖！”该近侍奉承一句。

“可策划的是沈先生，一直却是朱先生在说，此事不能算完美。”皇帝又说。

“爷说的是。”该近侍应道。

“奴才没想到，沈先生一开口，也是滔滔不绝。”第六名近侍禀道。

“沈先生到底开口？”皇帝问。

“是。”该近侍应道。

“他说的何事？”皇帝问。

“他没说何事。”该近侍应道。

“没说何事？你不说他滔滔不绝吗，难道说的不是一件一件的事，而是呓语！”皇帝责道。

“沈先生滔滔不绝，不是说事，是问人。”该近侍道。

“问谁人？”皇帝问。

“问陈叔。”该近侍道。

“他怎问的？”皇帝问。

“沈先生问：矿监陈增属下程守训私匿赃银达四十万，据陈公所知，有没缴入？”该近侍述道。

“老陈怎说？”皇帝问。

“陈叔说：赃银四十万乃漕运李总督奏闻，实际抄没，相差甚远。”该近侍述道。

“沈先生怎说？”皇帝问。

“沈先生问：实际抄没几多？”该近侍述道。

“老陈怎说？”皇帝问。

“陈叔说：此案尚未了结，故抄没之数还在核查之中。”该近侍述道。

“回答甚是得体，”皇帝称赞一句，又问，“沈先生怎说？”

“沈先生问：陈公公可知，去岁矿监、税使所进银项，有未达到四十万？”该近侍述道。

“老陈怎说？”皇帝问。

“陈叔说：好似不足。”该近侍述道。

“沈先生怎说？”皇帝问。

“沈先生问：若将程守训贪匿银两悉数追出，岂不足以抵消天下矿监、税使所进银项？”该近侍述道。

“这句是他的结论，不是问话。”皇帝指出。

“爷说的是，”该近侍应道，“这句不是问话，所以，陈叔只叹口气，不回答。”

“你可不知，你陈叔这声叹息，胜过十句话。”皇帝说。

“是，奴才是不知。”该近侍道。

“沈先生还有没问别事？”皇帝问。

“有问。”该近侍道。

“他怎问的？”皇帝问。

“沈先生问：辽东税使高淮率家丁三百余人，潜入畿内，直抵京城之外，听说并未率其全部家丁，陈公知否？”该近侍述道。

“老陈怎说？”皇帝问。

“陈叔说：我也听说。”该近侍述道。

“沈先生怎说？”皇帝问。

“沈先生问：据陈公所知，高淮豢养家丁，实有几多？”该近侍述道。

“老陈怎说？”皇帝问。

“陈叔说：或曰五百，或曰逾千，我亦不知具体之数。”该近侍述道。

“沈先生怎说？”皇帝问。

“沈先生问：豢养五百人，一年须几多金？”该近侍述道。

“老陈怎说？”皇帝问。

“陈叔说：估计得二十万。”该近侍述道。

“沈先生怎说？”皇帝问。

“沈先生又问：豢养千人，一年须几多金？”该近侍述道。

“老陈怎说？”皇帝问。

“陈叔说：倍之，四十万。”该近侍述道。

“沈先生怎说？”皇帝问。

“沈先生问：召回高淮，散去所豢家丁，岂不足以抵销天下矿监、税使所进银项？”该近侍述道。

“这句也是他的结论，不是问话。”皇帝说。

“爷说的是，”该近侍应道，“这句也不是问话，所以，陈叔也只叹口气，不回答。”

“老陈回答二十万时，没想到还要说四十万；不然，他回答十八九万，或二十一二万，沈先生怎能轻易地又得出这个结论！”皇帝道。

“是。”该近侍应道。

“沈先生还有没问别事？”皇帝问。

“有问。”该近侍道。

“他怎问的？”皇帝问。

“沈先生问：陈奉榷税湖广，陈公记得在何时？”该近侍述道。

“老陈怎说？”皇帝问。

“陈叔说：万历二十七年二月。”该近侍述道。

“沈先生怎说？”皇帝问。

“沈先生问：湖广第一次民变，陈公记得在何时？”该近侍述道。

“老陈怎说？”皇帝问。

“陈叔说：当年七八月间。”该近侍述道。

“沈先生怎说？”皇帝问。

“沈先生接着问：在何处？”该近侍述道。

“老陈怎说？”皇帝问。

“陈叔说：在荆州。”该近侍述道。

“沈先生怎说？”皇帝问。

“沈先生接着问：乱民聚得几多？”该近侍述道。

“老陈怎说？”皇帝问。

“陈叔说：数千。”该近侍述道。

“沈先生怎说？”皇帝问。

“沈先生接着问：伤毙陈奉属下几多？”该近侍述道。

“老陈怎说？”皇帝问。

“陈叔说：或有一二伤及皮肉，未闻有毙命者。”该近侍述道。

“沈先生怎说？”皇帝问。

“沈先生又问：湖广第二次民变，陈公记得在何时？”该近侍述道。

“老陈怎说？”皇帝问。

“陈叔说：万历二十九年三月。”该近侍述道。

“沈先生怎说？”皇帝问。

“沈先生接着问：在何处？”该近侍述道。

“老陈怎说？”皇帝问。

“陈叔说：在武昌。”该近侍述道。

“沈先生怎说？”皇帝问。

“沈先生接着问：乱民聚得几多？”该近侍述道。

“老陈怎说？”皇帝问。

“陈叔说：数万。”该近侍述道。

“沈先生怎说？”皇帝问。

“沈先生接着问：伤毙陈奉属下几多？”该近侍述道。

“老陈怎说？”皇帝问。

“陈叔说：乱民投陈奉属下十六人于江。”该近侍述道。

“沈先生怎说？”皇帝问。

“沈先生问：湖广不过一陈奉，第二次民变距第一次民变，不过一年又七个月，乱民由数千增至数万，由投石掷瓦变为杀人放火。今遣矿监、税使已十年，所遣矿监、税使，数十上百，哪个不似陈奉，为豺狼虎豹！哪处不足以激起民变！一旦天下乱民蜂起，朝廷奈何？”该近侍述道。

“这也是沈先生的议论，不是问话。”皇帝说。

“爷说的是，”该近侍应道，“这段话也不是问话，所以，陈叔也只叹口气，不回答。”

“你陈叔有问必答，活该他再说不出话来！”皇帝道。

“是。”该近侍应道。

“你说，”皇帝忽问，“你等在外监听，沈先生知否？”

“奴才等去一个，回一个，廊庑中看得一清二楚，奴才想，沈先生应该知道。”该近侍说。

“他既知道，议论起来仍肆无忌惮，你道是为何？”皇帝问。

“奴才也想不明白。”该近侍说。

“他就是想让你把他的议论转告给朕。”皇帝道。

“这么说，奴才是中沈先生的圈套？”该近侍不安地问。

“朕让你去听的，何谓中圈套！”皇帝沉吟着，说道，“倒是朕须得仔细想一想，矿、税一事，是不是该给他等一个交代。”

“爷有旨意要奴才去传吗？”该近侍问。

皇帝点点头，但马上又摇摇头。他反问道：“那边还有几人？”

“奴才走后，只有一人。”该近侍说。

“看看他带来哪些话，再定。”皇帝道。

最后监听的近侍只带回一句话：酒筵已散。

皇帝如释重负，自言自语道：“不是朕不想给先生们一个交代，是先生们等不及。”

第三百五十五章

两个人从观象台出来，一个监候，一个司历，都是正九品，在钦天监里是品秩最低的官，在所有衙门中也是品秩最低的官。

二人边走边聊天，不着边的事聊完，又聊职责内的事。

“我考较考较兄台。”监候说。

“兄台想好再说：是考较，还是请教？”司历道。

“这有何不同？”监候含糊其辞。

“大为不同，”司历道，“前者是居高临下，后者是以低仰高。”

“兄台比我高在哪里，使我须得仰望？”监候问。

“可我也不该被兄台踩在脚下吧？”司历道。

“其实兄台与我无高下之分，”监候改口说，“说考较不妥，说请教也不妥，应该说切磋。”

“兄台早选好字词，何须多费口舌！”司历说着，问道，“兄台欲切磋何事？”

“有段《授时历要法歌》，兄台听过没有？”监候反问。

“用医者的话来说，小儿科也。自入监之日起，我就把它烂熟于胸，”司历说着，问道，“兄台想知哪一句？”

“不是哪一句。”监候说。

“兄台想听哪两句？”司历问。

“也不是哪两句。”监候说。

“兄台莫非要听全歌？”司历问。

“是。”监候应道。

“那就只能说考较，或说请教，不能说切磋。”司历笑道。

“为何只能说考较，或说请教？”监候问。

“兄台知其歌，而要我背诵给兄台听，是考较；兄台不知其歌，而要我背诵给兄台听，是请教。”司历说。

“若是我要背诵给你听呢？”监候问。

“兄台背诵给我听？”司历一下懵住。

“是啊。”监候应道。

司历回过神来，说：“兄台背诵给我听，仍然只能说考较，或说请教。”

“怎讲？”监候问。

“兄台知其歌，且知其意，背诵后要我给兄台讲解，是考较；兄台知其歌，而不知其意，背诵后要我给兄台讲解，是请教。”司历说。

“要是背诵之后我自个儿讲解呢？”监候问。

“兄台自个儿讲解？”司历又懵。

“是啊。”监候应道。

“似乎只好说是切磋，”司历不得不承认，“兄台自个儿背诵，讲解，哪怕背诵错，讲解错，我一一加以更正，也只能说切磋。”

“那我先背诵前两句吧？”监候征求司历意见。司历不反对，他背诵道，“授时历法君要知，但以九年旧历推。”背诵之后，问道，“这两句对不对？”

“对，”司历应道，并问，“兄台说，为何要以九年旧历推？”

“古人云：但见九年兔望日，便是今年正月一。故授时历以九年一推。”监候说。

“兄台连这句古语都知，难得！”司历赞道。

“后两句是：月大月小起初一，看其初一天地支。”监候背诵道。

“为何不言天干地支，而言天地支？”司历问。

“歌皆为七言，若有一句为八言，则不伦不类。”监候说。

“可改为‘看初一天干地支’，或‘其初一天干地支’呀！”司历说。

“兄台觉着‘看初一天干地支’好听，还是‘其初一天干地支’好听？”监候问。

“都不好听，”司历不得不说。同时又分辩道，“可也不能只为好听，便把约定俗成的天干地支改为‘天地支’呀！”

“兄台是说，此句有瑕疵？”监候问。

“却也不是，”司历道，“以九年之前每月初一是何干支，推出本年相应月份是何干支，既知其支，便可推出其干。”

“原来还有这么个讲究，谢兄台指教。”监候说着，揖了揖。

“兄台客气，是兄台考较得好。”司历道。

二人相视一笑。监候又背诵：“大月天干五支九，小月天四地八耦。”

“这两句讲解起来有些麻烦。”司历说。

“我试言之，”监候道，“譬如，九年之前相应某大月，初一为甲子。天干五，从甲至戊为五；地支九，从子至申为九。必以戊申为今年该月之朔日。九年之前相应某小月，初一为丙寅。天干四，从丙至己为四；地支八，从寅至酉为八。必以己酉为今年该小月之朔日。”说罢，问道，“不知我说得对不对？清楚不清楚？”

“兄台说得对，说得清楚，”司历道，并补充一句，“所以古人云：前九之年起算法，大月五九小四八。”

“怎说？”监候问。

司历重复一遍，他跟着默念两遍，记住。

“再后两句是：月大三十日无差，月小分明只廿九。”监候接着背诵。

“兄台可知，怎分辨出大月？”司历问。

“三十日之月，即是大月。”监候说。

“怎分辨出该月是否三十日？”司历问。

“这也要分辨？”监候反问。

“对，”司历点了点头，说道，“譬如，本月初一为己酉，数到下月朔日为己卯，即是大月。”

“大月三十日，本月初一为己酉，下月朔日肯定是己卯呀！”监候道。

“不知历之人，可以这么说；知历之人，不该这么说。下月朔日要以干支推算出来，而不是以大小月推算出来。”

“看来，我还是不知历之人。”监候叹道。

“兄台不必气馁，其推算之法繁杂，不仅兄台以为难，我等虽官司历，亦以为难。”司历说。

“那么，由本月初一，推至下月朔日，如果只有二十九日，即是小月吧？”监候问。

“当然。”司历应道。

“再后两句是：节气只凭九年历，二十四气真端的。”监候接着背诵。

“这两句是说，今年的节气和九年前的节气，是同一日。无须讲解。”司历说。

“这话准不准呢？”监候问。

“当然准，”司历道，“譬如，今年是乙巳年，兄台回去拿丁酉年之历比较，各节气肯定是在同一日。”

“再后是：天干三数地支七，熟记心中须历历；定时二十四年取，逢时遇八君无虑。”监候接着背诵。

“兄台这次为何背诵四句？”司历问。

“四句说的都是如何认定节气，”监候道，“前两句是说，以干支计日，某日是节气，天干数至三，地支数至七，其日亦是节气。譬如癸亥日是节气，癸至乙为三，亥至巳为七，则乙巳日亦为节气。后者是说，以地支计时，某时交节气，则数至八，亦交节气。譬如，逢子时交节气，数至八，为未，则未时亦交节气。”

“兄台懂得此四句，可谓造诣颇深。”司历赞道。

“再后是：若依此法个中推，方省阴阳玄奥处。闰月本来中气无，何劳物外更他图？诗人谙得神仙术，不是愚氓是丈夫。”监候背诵完全歌。

“出了闰月无中气，这几句别无所言，合该兄台一气背诵。”司历说。

说话之间，二人走近盔甲厂。

两个小宦者在崇文门外相遇，彼此一抱拳。

“老哥姓王吧？”一小宦者问道。

“你记错，我姓黄，”另一小宦者说。并问，“是陈哥吧？”

“你也记错了，我姓程。”前一小宦者说。

“这么巧，就碰到王哥。”姓程的小宦者说。

“是啊，我也不曾想，会遇到陈哥。”姓黄的小宦者说。

二人都觉得再予纠正没有意思，不如干脆任对方错叫。他们一同进城，边走边聊。

“王哥，我虽记性不好，有件事却不会记错。”姓程的小宦者说。

“何事？”姓黄的小宦者问。

“王哥在昭和殿当差，对不对？”姓程的小宦者道。

“是个苦差事。陈哥记住，是为取笑吧？”姓黄的小宦者问。

“岂敢！”姓程的小宦者道。又看他一眼，问道，“王哥从外头来？”

“是。”姓黄的小宦者应道。

“去的何处？”姓程的小宦者问。

“南海子。”姓黄的小宦者道。

“不是当天跑一个来回吧？”姓程的小宦者问。

“当天跑一个来回，更成苦差事。”姓黄的小宦者说。

“是昨天去的？”姓程的小宦者问。

“不是。”姓黄的小宦者道。

“是前天去的？”姓程的小宦者问。

“陈哥为何非要问我几时去的？”姓黄的小宦者被问得不耐烦。

“问清楚王哥是哪天去的，好给王哥算算运程。”姓程的小宦者说。

“我自知苦命，不劳陈哥再算。”姓黄的小宦者道。

“未必，未必。”姓程的小宦者连连摇头。

“好吧，我是大前天出宫的，”姓黄的小宦者告诉他，并问，“陈哥看，我的运程如何？”

“王哥是富贵之命。”姓程的小宦者说。

“就因为我是大前天出宫的？”姓黄的小宦者问。

“不仅因为王哥是大前天出宫的。”姓程的小宦者摇头。

“还因为何事？”姓黄的小宦者问。

“还因为你在昭和殿当差。”姓程的小宦者说。

“因为我在昭和殿当差，又是大前天出宫的，陈哥就说我是富贵之命？”姓黄的小宦者又问。

“对，”姓程的小宦者应道，“因为王哥在昭和殿当差，又是大前天出宫的，所以我说王哥是富贵之命。”

“这是为何？”姓黄的小宦者问。

“王哥是大前天出宫，所以不知，前天傍晚时分，昭和殿走水。”姓程的小宦者说。

“昭和殿走水？”姓黄的小宦者大惊，急切地问，“有没有死人？”

“王哥应该问，有没有活人。”姓程的小宦者道。

“有没有活人？”姓黄的小宦者按照他的说法问。

“我先告诉王哥死人的事吧：当场烧死不少人；我再告诉王哥活人的事：活着的人能否活着，还两说呢。”姓程的小宦者道。

“陈哥此话怎讲？”姓黄的小宦者问。

“活着的人都收押，追查谁是罪魁祸首。严讯之下，能不能活着，谁敢担保！”姓程的小宦者道。

“看来，我还真是命大。”姓黄的小宦者自语。

说话之间，二人也走近盔甲厂。

监收火药的内臣臧朝手里拿把斧子，左甩一下、右甩一下地在盔甲厂里走着。把总傅钟跟在他后边。

“老傅，我看你又肥一圈。”臧朝说。

“有吗？”傅钟赔着笑脸问。

“还有吗？就算你自个儿不照镜子，你那婆姨也不告诉你？”臧朝道。

“在下就是这么个体形，喝凉水也长肉。”傅钟说。

“你才不是喝凉水长的肉！放着这么个肥差，有喝凉水长肉的道理吗？”臧朝说着，伸出一只手来，仔细地观赏每根手指的指甲。

傅钟懂得其意，忙把一块银子放进他手心。

臧朝掂了掂，大约十两重。

“老傅，你吃肥肉，只给我喝汤呀！”他不满地说。

“臧叔总说肥差，实话告诉臧叔吧，盔甲厂没那么多油水。”傅钟说。

“没那么多油水？你知一年工部拨下多少银子？”臧朝问。

“工部拨下多少银子？”傅钟问。

“这个数，”臧朝伸出一指，“整整一方！”

一方即一万，这个说法不知源于何时，也不知是不是只有宫里采用这个说法，反正内臣都这么说。

“一万两又不全拨给盔甲厂，还要拨给王恭厂。”傅钟说。

“盔甲厂六，王恭厂四，对吧？六千少吗？”臧朝问。

“六千是不少，但顾名思义，盔甲厂主要是造盔甲，还要造铳炮、弓箭，造火药分的，能有几许！”傅钟道。

“老傅，你的说法不对，”臧朝驳道，“虽名盔甲厂，并非主要造盔甲。造火药一半是为军中用，一半是为宫中用，当然比造盔甲重要。莫非兵部验收盔甲、铳炮、弓箭，也敢伸手要好处？”

“臧叔说的是，我没把轻重分清楚；不过，盔甲厂还有掌厂的公公，还有贴厂、佥书的公公，卑职拿得出的，只有这些。再多奉送，须得请各位公公示下。”傅钟说。

“哼！”臧朝冷笑一声，“你会打官腔，我就不会打官腔吗？我的日子不好过，谁的日子也别想好过！”

说话之间，他们被几个大木箱挡住。

“是这些吗？”臧朝问。

“是。”傅钟应道。

“外面看着像回事，谁知里面如何！”臧朝道。

“卑职打开，请臧叔查验。”傅钟说着，开启木箱。

“不用。”臧朝拦住他，一斧头照着锁住木箱的铜锁砍下去。

他的本意，是想给盔甲厂制造点儿麻烦：锁砍坏，总得换一把吧？锁砍坏的同时，木箱也砍坏，总得换个新的木箱吧？把火药从坏的木箱倒腾到新的木箱里，总得费点儿事吧？他却忘记，存放的火药上面都有相应数量的引信。他这一斧子下去，用力太猛，不仅砍坏锁，砍坏木箱，而且在斧子和铜锁猛力撞击时，迸发出火花。火花引燃引信，随后引爆处在半封闭状态的火药。

只听一声巨响，火光冲天而起，盔甲厂的大火蔓延，把整个一条街烧为灰烬。

臧朝、傅钟当即毙命。后来呈报，被烧死的盔甲厂官员有九人，军士有六十三人，而住在盔甲厂附近的市民，及恰好路过该处者，被烧死数百人。刚离开观象台的司历、监候，宫里当差的两名小宦者都在其中。

第三百五十六章

督、抚加升兼衔，本来兵部和吏部堂官在一起商量商量就可以；今次牵涉到报功真伪，所以，特地把掌院都御史也约来。

三名主官，一正二署。正官是兵部尚书肖大亨，署官是署吏部事侍郎杨时乔和署都察院事副都御史詹沂。掌院都御史温纯屡疏之下，终于在今年七月获准致仕，由詹沂署院事。

“浴之先生，史御史的别字是维良吧？”杨时乔问詹沂。

詹沂字浴之，南直隶宣城人，隆庆五年进士。史御史即巡按山西御史史学迁。

“是维良。”詹沂应道。

“在我印象里，维良按陕，声誉似乎不坏。”杨时乔说。

“是不坏。”詹沂应道。

“那是不是可以说，甘抚今次报捷，确有不实？”杨时乔问。

奏言甘肃巡抚徐三畏报功虚妄的是史学迁，所以他这么问。

“恐怕不能这么说。”詹沂道。

“怎么？”杨时乔让他具体说说。

“宜迁先生以维良按陕声誉不坏，而断言今次报捷不实；那么，子敬先生抚甘，口碑也不坏，岂不该说今次报捷属实？”詹沂道。

徐三畏字子敬，北直隶任丘人，万历五年进士。

“这倒也是。”杨时乔点头。

“二位，可以开始吧？”肖大亨插问。

“不已经在议！”杨时乔说。

“我是说，可以议加衔吧？”肖大亨道。

“抚、按各执一词，还是先听听夏卿先生之见吧。”杨时乔说。

“宜迁先生说得好啊。”肖大亨道。

“夏卿先生也以为按臣之疏可信？”詹沂问。

“非也。”肖大亨摇头。

“夏卿先生不是说，宜迁先生说得好吗？”詹沂不解地问。

“我是指，抚、按各执一词，这句说得好。”肖大亨道。

“怎么？”杨时乔让他也具体说说。

“宜迁先生想想，有几个抚、按不各执一词？”肖大亨反问。

“少。”杨时乔承认。

“有几次报边功是无一实处，有几次报边功是完全属实？”肖大亨问。

“夏卿先生是想各打五十大板吗？”杨时乔反问。

“不是各打五十大板，是各取一部分，”肖大亨说，“抚、按亲临沙场少。今次所报凉州以西怀安等堡之战，我敢说，无论子敬先生，还是维良，都不曾去过。他们或听此将言之，或听彼将言之，或佐证于此民，或佐证于彼民，难免都有差池。此将言战果如何可观，如何辉煌，子敬先生遂以此言奏之；彼将言并无斩获，或虽有斩获，但微不足道，维良遂以彼言奏之。实情可能是斩获固有，但不那么可观；战事足道，但不那么辉煌。”

“边事弊端，夏卿先生说的很是生动呀。”杨时乔叹道。

“夏卿先生的意思，抚、按之奏，各取其半？”詹沂问。

“各取其半，看似公道，却未必公道。”肖大亨说。

“怎么？”詹沂问。

“御史可以风闻奏事，巡按御史难免习惯于风闻奏事；巡抚都御史是堂上官，不会习惯于风闻奏事。故而，抚、按各执一词时，我宁愿七分信抚，三分信按。”肖大亨说。

“七分信抚，即子敬先生所奏，七分是实；七分是实，可以说基本是实。”詹沂说。

“所以，我主张，今次甘肃报功，朝廷宜予嘉勉。”肖大亨说出他的实际想法。

“宜予嘉勉，即宜赏。”詹沂说。

“宜赏，即宜升衔。”杨时乔说。

“宜迁先生也赞成加衔？”詹沂问。

“我想起几天前的一件事。”杨时乔答非所问。

“宜迁先生想起何事？”詹沂问。

“玉牒修成，朝廷对阁臣的赏赐。”杨时乔说。

“我也记得，”詹沂道，“四明相公晋少师兼太子太师，荫一子中书舍人；归德相公晋少傅兼太子太傅，荫一子入国子监；山阴相公晋少保兼太子太保，亦荫一子入国子监。”说过之后，忽然感觉自己多嘴。他问，“宜迁先生，阁臣晋衔与抚、按加衔，有关系吗？”

“没关系呀。”杨时乔道。

“既无关系，宜迁先生怎由边臣加衔想起阁臣晋衔？”詹沂问。

“裕之先生是说，由边臣加衔不该想起阁臣晋衔？”杨时乔反问。

“不，不，我没这个意思。”詹沂否认。

“那就一起来想想吧。”杨时乔道。

詹沂知道，杨时乔对沈一贯不满，因而对沈一贯今次晋衔也有看法。因为修玉牒，主要是礼部和翰林院在操持，但论功，李廷机不仅没加衔，连署部的身份都没变，仍是侍郎。由此联想到部、院，以佐卿署事者原来是两个衙门，现在增加到三个衙门。对内阁来说，朝廷是皇恩浩荡；对部、院来说，朝廷实在是寡恩。

由对沈一贯晋衔有看法，扩大到对所有阁臣的晋衔都有看法，却是詹沂没想到的。他很想问个究竟，但又不便深问。

“二位，可继续议吧？”肖大亨又问。

“可。”杨时乔、詹沂齐应道。

“二位之意，是简而议之，抑或详而议之，抑或广而议之？”肖大亨进一步问。

“何谓简而议之？”杨时乔问。

“是不是只议甘抚一人加衔？”詹沂具体地问。

“简而议之，也不会只议甘抚一人加衔，”肖大亨道，“甘抚有筹划之功，陕西三边总督亦有提调之功；甘抚加衔，陕西三边总督亦当加衔。”

“那么，所谓简而议之，是议陕西三边总督和甘肃巡抚的加衔，是不是？”詹沂问。

“是。”肖大亨应道。

“何谓详而议之？”杨时乔又问。

“凉州怀安等堡之捷，陕西三边所辖各镇，俱有劳焉。”肖大亨说。

“亦即，所谓详而议之，是各镇抚臣一并加衔？”詹沂问。

“是，”肖大亨应道，“三镇抚臣一并加衔。”

“虽称三边，实是四镇。”詹沂提醒他。

“四镇也对，三镇也对。”肖大亨说。

“夏卿先生此言何意？”詹沂问。

“其中有个缘故，议时再说。”肖大亨道。

“何谓广而议之？”杨时乔又问。

“今次陕西报捷，朝廷命议升赏；前次辽东报捷，朝廷却未予升赏。”肖大亨说。

“亦即，所谓广而议之，是加入蓟、辽总督和辽东巡抚？”詹沂问。

“对辽东报捷而言，这又是简而议之。”肖大亨说。

“所谓广而议之，是陕西三边总督和蓟、辽总督，及辖下各镇巡抚，一并议之？”詹沂又问。

“是。”肖大亨应道。

“宜迁先生选哪一个？”詹沂问杨时乔。

“夏卿先生选哪一个？”杨时乔转问肖大亨。

“我倾向于广而议之。”肖大亨说。

“那就广而议之。”杨时乔无可无不可。

“朝廷命议甘肃报捷，简议也好，详议也好，此事乃为根本，应当先议吧？”詹沂问。

“正是。”杨时乔、肖大亨齐应。

“宗齐先生加衔已极崇高，别说我这个署院事者，即便景文先生仍掌院，恐怕也难望其项背。”詹沂说。

宗齐即陕西三边总督李汶，和徐三畏同是北直隶任丘人，和肖大亨同是嘉靖四十一年进士。

“若当议赏，加衔再崇高，也不能不议。”肖大亨说。

“这个道理我懂。”詹沂道。

“宗齐先生加衔崇高，浴之先生能不能具体说说？”杨时乔问。

“宜迁先生，这有些不对。”詹沂道。

“怎么？”杨时乔问。

“督、抚加衔，吏部皆有备案，宜迁先生却要我说！”詹沂道。

“浴之先生的意思，着人把吏部所备之案取来？”杨时乔问。

“那却不必，”詹沂说着，转向肖大亨，“夏卿先生，我说，有不对的地方，请你更正。”

“好。”肖大亨点头。

“万历二十三年四月，宗齐先生以右都御史兼兵部右侍郎，总督陕西三边军务。”詹沂说着，看肖大亨一眼。

“是。”肖大亨应道。

“万历二十四年二月，宗齐先生升兵部尚书兼左副都御史。”詹沂说。

“部衔升一级，院衔却降一级，当时不知怎议的！”杨时乔道。

“职位排列，部于院前，所以还是算升职。”肖大亨说。

“浴之先生，你再说。”杨时乔道。

“万历二十五年五月，以延绥报捷，加太子少保；七月，以平虏等堡报捷，加太子少傅。”詹沂说着，又看肖大亨一眼。

“浴之先生不用一事一顿，若我以为有误，会打断你的。”肖大亨说。

“夏卿先生早说，我一次也不会停。”詹沂抱怨。

“方才就想说，被宜迁先生岔开。”肖大亨道。

“看来，我不该插话。”杨时乔说。

“我想，夏卿先生并无此意，”詹沂替肖大亨解释，“只有我等三人计议，谁个想说，谁个就说。”

“我确无此意。”肖大亨道。

“我接着说，”詹沂迅即述道，“万历二十六年，以收复大小松山，加太子太保；万历二十七年，晋太子太傅；万历二十九年二月，晋少傅，七月，以甘肃大捷，加柱国；万历三十一年十二月，晋左柱国。”说罢，问道，“二公看，有无遗漏。”

“并无遗漏。”杨时乔、乡大亨齐道。

“宗齐先生仅次于四明相公的，只有少师兼太子太师的加衔。这次是不是要进该衔，一朝一外，二少师比肩而立呀？”詹沂道。

“比肩而立，不妥。”杨时乔说。

“那还能如何晋衔？”詹沂问。

“宗齐先生和四明先生差的，不止一点，”杨时乔说，“四明相公是少师兼太子太师，而宗齐先生仅为少傅，并未兼太子太傅。所以，宗齐先生晋衔，不妨在少师和太子太师中择一。这样，既晋衔，又不至于和四明相公比肩而立。”

“宜迁先生高明！”詹沂立刻赞同。

“宜迁先生看，是晋少师，还是晋太子太师？”肖大亨则问。

“在先既为少傅，今次宜晋少师。”杨时乔说。

“好。”肖大亨应道。

“接下来该议子敬先生吧？”詹沂迫不及待地问。

“本该接议子敬先生，但既要广议，还得按照次序来。”肖大亨说。

“宜迁先生意下如何？”詹沂问杨时乔。

“先议太冲先生的加衔，也好。”杨时乔道。

陕西三边总督所辖四镇，陕西镇列在首位。陕西巡抚顾其志，字太冲，南直隶长洲人，隆庆五年进士。

“太冲兄是万历三十一年三月，以右副都御史巡抚陕西的。”詹沂说。

“抚陕两年半，又是议功，加以正卿衔，是不成问题的；问题是，加尚书，还是加都御史。”杨时乔说。

“我意，加兵部尚书。”肖大亨说。

“夏卿先生的意思，加都御史不足以赏其功？”詹沂问。

“并非此意，”肖大亨道，“太冲先生以右副都御史抚陕，升都御史衔，不便再加部衔；而升兵部尚书衔，仍可兼右副都御史。”

“原来夏卿先生是为督、抚们着想，我倒要替督、抚们向夏卿先生道声谢。”詹沂说着，揖了揖。

“浴之先生以为，你都察院才是督、抚们的亲爹亲娘，我兵部是督、抚们的后爹后娘呀。”肖大亨道。

一句话，三人都笑。

“议加公、孤之衔，是不是有点儿早？”詹沂问。

“不是有点儿早，是太早，”杨时乔说着，问肖大亨，“夏卿先生看，浴之先生这个亲爹亲娘，是不是有点儿溺爱？”

“不是有点儿溺爱，是太溺爱。”肖大亨说。

三个人又笑一回。

“万历三十年十一月，邦章先生以右佥都御史巡抚延绥。”詹沂说。

在西北各镇中，延绥镇排在陕西镇之后。延绥巡抚顾汝璧，字邦章，浙江缙云人，隆庆二年进士。

“邦章先生且不必议。”肖大亨说。

“这是为何？”詹沂问。

“宣、大总督子安先生于年初自陈请辞，朝廷准其致仕；部议，以邦章先生代其总督宣、大军务。”肖大亨说。

杨时宁字子安，河南祥符人，隆庆二年进士。

“夏卿先生说三镇也对，指的是此事吧？”詹沂问。

“是，”肖大亨点点头，又说，“其实，三镇也对，两镇也对。”

“又有何事？”詹沂问。

“还是接着议吧，议到时再说。”肖大亨道。

“接下来该议乐之先生。”詹沂说。

西北四镇，排在延绥镇之后的是宁夏镇。宁夏巡抚黄嘉善，字乐之，山东即墨人，万历五年进士。

“我记得，和子安先生自陈几乎同时，乐之先生也请辞。”杨时乔说。

“是有此事，”詹沂应道，并问，“莫非他也不必议？”

“非也，”肖大亨摇摇头，说，“他虽请辞，朝廷未准。”

说着，看詹沂一眼，意思是让他说黄嘉善的情形。

“夏卿先生顺便说不好吗，非得我说！”詹沂道。

“不可越俎代庖。”肖大亨说。

“怪哉！分明是你二位之俎之庖，怎成我的？”詹沂道。

“我之俎，夏卿先生之庖，却是浴之先生掌厨。”杨时乔笑道。

“好，我说，”詹沂有点儿无奈，“万历二十九年六月，乐之先生以右佥都御史巡抚宁夏。”

“太冲先生原衔副都御史，加尚书衔；乐之先生原衔佥都御史，应加侍郎衔吧？”杨时乔提议。

“宜迁先生说的是。”肖大亨、詹沂应道。

“夏卿先生才说两镇也对。一镇可以不议，是应在邦章先生身上；另一镇可以不议，只能应在子敬先生身上。是吧？”詹沂又问肖大亨。

“应在子敬身上，是不错的，却不是可以不议；不然，我一开始应该直接说二镇。”肖大亨说。

“子敬先生又有何事？”詹沂问。

“部议，召回宗齐先生，协理戎政，以子敬先生改陕西三边总督。”肖大亨说。

“子敬先生情形，和邦章先生情形相同，为何处置不同？”詹沂问。

“处置不同是对的。”杨时乔插话说。

“为何是对的？”詹沂问。

“一则，怀安等堡报捷的，是子敬先生，不是邦章先生。二则，无论简而议之，详而议之，广而议之，子敬先生都当议之；而邦章先生升任宣、大之职，无论简而议之，详而议之，广而议之，都不在其中。故子敬先生加衔须议，邦章先生加衔也不是不议，而是根据巡抚升总督之例来议。”杨时乔说。

“宜迁先生这么说，倒也合情合理。”詹沂道。

“一是报捷，二是即升总督，二事合为一事，子敬先生加衔应该从优。”肖大亨提议。

“浴之先生还是先说说子敬先生加衔的情形吧。”杨时乔道。

“万历二十六年七月，子敬先生以右佥都御史巡抚甘肃。”詹沂说。

“子敬先生开府，比邦章先生、乐之先生早许多，议其加衔，本来也该从优。”杨时乔议道。

“万历二十九年七月，以甘肃大捷，加兵部右侍郎。”詹沂说。

“以后有无加衔？”杨时乔问。

“再无，”詹沂道，“兵部右侍郎兼右佥都御史加衔：正常，是兵部侍郎兼副都御史；再稍优，是兵部尚书兼佥都御史；再稍优，是兵部侍郎兼都御史；再稍优，是兵部尚书兼副都御史；最优，是兵部尚书兼都御史。”肖大亨提出几种加衔的方案。

“二位都主张从优，兵部侍郎兼副都御史，可以不考虑；至于兵部尚书兼都御史，是不是也可以不考虑？”詹沂议道。

“我意，恰是兵部尚书兼都御史。”肖大亨说。

“为何如此优等？”詹沂问。

“浴之先生不是一再强调，宗齐先生加衔崇高吗？子敬先生接任，加衔不宜太低；况且，又碰上报捷这样一个机会。”肖大亨说。

“宜迁先生说呢？”詹沂问杨时乔。

“最优亦可，但不宜一蹴而就。”杨时乔说。

“宜迁先生此言何意？”詹沂问。

“今者议功，可先加都御史衔；待颁旨升任陕西三边总督，再加兵部尚书衔。”杨时乔说。

“如此更为恰当。”詹沂表示赞成。

“也好。”肖大亨也表示赞成。

随后，三人又议蓟、辽总督及其所辖各镇巡抚的加衔：蓟、辽总督蹇达，加太子太保；顺天巡抚吴嘉会，加兵部右侍郎；辽东巡抚赵楫，加兵部右侍郎；保定巡抚孙玮，以兵部右侍郎兼右副都御史，仅升俸一级。

肖大亨又提议，辽东总兵官李成梁进太傅，杨时乔、詹沂亦赞成。

第三百五十七章

李廷机进内阁值房，见只有朱赓一人在，大松一口气。

“少钦先生，和你议议郑府的事呀。”他说。

“尔张先生不见，肩吾兄不在！”朱赓道。

“已见，”李廷机应道。并说，“肩吾先生不在，亦可议之。”

“尔张先生不见，仲化先生也不在！”朱赓又道。

“已见，”李廷机应道。并说，“仲化先生不在，亦可议之。”

“是亦可议之吗？”朱赓问。

“确切而言，是正好议之。”李廷机道。

“他二位不在，反而正好议之？”朱赓问，“尔张先生这是何意？”

“肩吾先生、仲化先生还有心思议事吗？”李廷机反问。

沈一贯、沈鲤越来越难坐在一起议事，这是实情。再者，朝廷上支持沈一贯的官员和支持沈鲤的官员之间，有一条越来越清晰的界限。支持沈一贯的官员越来越频繁、越来越尖刻、越来越犀利地抨击沈鲤；支持沈鲤的官员越来越频繁、越来越尖刻、越来越犀利地抨击沈一贯。这使得二人越来越不安于位，除把心思不断地用在告假上，不断地用在上疏请辞上，不断地用在杜门谢客上，不会再放在别的事情上。

朱赓不得不认同李廷机的说法。他以一句问话来过渡一下：“尔张先生要议的，是郑世子的奏表吗？”

“是。”李廷机应道。

“这位世子，可真是个人物！”朱赓不含褒贬地说一句。

“少钦先生是说，他已作五十九年世子？”李廷机问。

“怎么，他作世子即将满一个甲子？”朱赓惊呼。

“是啊。”李廷机道。

“我来算算啊！”朱赓要算，可第一个年份就记不太清楚。他问，“他的郑府世子是嘉靖二十几年册封的，是吧？”

“是，”李廷机应罢，告诉他一个具体的年份，“是嘉靖二十五年。”

“对，是嘉靖二十五年，”朱赓掰着手指算起来，“历嘉靖二十年，历隆庆六年，今是万历三十三年，合而计之，可不是五十九年！”

“作五十九年世子，的确是件奇事。”李廷机附和道。

“不，”朱赓却说，“我说他是个人物，并非因他作五十九年世子。”

“那么，少钦先生是说，他十四年辞王位不就？”李廷机又问。

“他辞王位有十四年？”朱赓又表现出惊诧。

“是啊。”李廷机应道。

“我来算算啊，”朱赓要算，仍是第一个年份记不太清楚。他问，“尔张先生，恭王薨于哪一年？”

“万历十九年。”李廷机告诉他。

“迄今是十四年，”朱赓应罢，又提出异议，“不过，恭王薨，朝廷不会即命他袭王位吧？”

“少钦先生其时不在朝中，难怪不知，”李廷机说，“世子有贤名，故恭王薨，朝廷的确即命他袭王位。”

“那就确是辞王位十四年；不过，”朱赓语气一转，说，“我说世子是个人物，亦非他辞王位十四年。”

“那是为的何事？”李廷机问。

“世子有两件事，我曾闻于乡。”朱赓说。

“是哪两件事？”李廷机问。

“第一件事，他曾奏请宗室皆得儒服就试。”朱赓说。

“有这事，”李廷机道，“万历二十二年正月，世子上疏，言宗室皆得儒服就试；毋论中外职，中式者视才品任使。”

“此事礼部议过没有？”朱赓问。

“不知。”李廷机道。

“咦，其时尔张先生不在礼部？”朱赓怪道。

“不在，”李廷机道，“其时，我仅官侍读，连侍读学士还没熬到。”

“对，尔张先生是万历十一年进士，虽说以榜眼直接进翰林院，然十年工夫升侍读，亦属正常，”朱赓说着，又问，“尔张先生虽不知礼部议过没有，但朝廷当时如何处置，应该知道吧？”

“我有印象，皇上似乎有旨允行。”李廷机说。

“既有旨，怎却未行？”朱赓问。

“我也不知，怎就不了了之，”李廷机说。并反问，“少钦先生以为此议可行否？”

“不好说，”朱赓道，“有些细节，我至今不明。譬如，宗室皆得儒服就试，不知是指所有宗室，还是指将军以下宗室？”

“应指将军以下宗室。”李廷机说。

“是吗？”朱赓质疑，“世子一直辞王位不就，难道不是心存儒服就试的念头？”

“不会吧？”李廷机道，“世子诞于嘉靖十五年，至万历二十二年，已年近花甲，还有心思去作八股文章？”

“或许不会，”朱赓并不争辩，他说，“世子的意思，或是把亲王、郡王都包括在内。但我想，除世子外，不会有第二人脱下王袍，而着儒服；不会有第二人走出王府，走进科场。”

“看来，少钦先生也以为不可行。”李廷机道。

“我的意思，是包括亲王、郡王，皆可儒服就试，未必可行；实际上，将军以下宗室准儒服就试，不仅应该允行，还应该广为号召。试想，数万宗室若得儒服就试，找到一条出路，又得从农、从工、从商，朝廷将节省多少禄米！”朱赓说。

“恐怕也会增加不少的麻烦。”李廷机微微驳道。

“是啊，可能也会增加许多麻烦，”朱赓同意。同时又说，“但不试就放弃，终归有点儿可惜。”说罢，问道，“尔张先生说呢？”

“或许应该试试，”李廷机不带任何立场地说，听上去就知是应付。他问，“少钦先生说世子是个人物，还为何事？”

“第二件事，他曾上历算岁差之法。”朱赓说。

“有这事，”李廷机道，“奏请宗室皆得儒服就试的次年，即万历二十三年，世子上历算岁差法。不过，少钦先生别指望我排疑解惑，因为我对此法一无所知。”

“尔张先生也别指望我有所议论，我对它也是一无所知。”朱赓说。

二人相视一笑，但笑的寓意不同：在李廷机，以为此事就算过去，不用再议；在朱赓，则有三事要问。

“顺便问一句，尔张先生为何一无所知？”这是朱赓的第一问。

“少钦先生为何一无所知？”李廷机反问。

“还能为何？没学过呀，没兴趣呀。”朱赓说。

“我也是没学过，没兴趣。”李廷机说。

“再顺便问一句，尔张先生若有机会学的话，能否学得懂，学得通？”这是朱赓的第二问。

“少钦先生能否学得懂，学得通？”李廷机反问。

“难。”朱赓说。

“我也难。”李廷机说。

“再顺便问一句，尔张先生狠下心来学，须得几年，能学得懂，学得通？”这是朱赓的第三问。

“少钦先生须得几年，能学得懂，能学得通？”李廷机反问。

“非下十年工夫不可。”朱赓说。

“我也非下十年工夫不可。”李廷机说。

“尔张先生看啊，”朱赓具体剖析自己的三问，“其一，你我身为世家子弟，不齿于习历，世子为宗室，却学；其二，你我都以为学历很难，世子身为宗室，却不怕难；其三，你我都以为，习历须下十年功夫，世子可能的确下过十年工夫。由此可见——”

“由此可见，世子是个人物。”李廷机抢着把他后边的话说完。

“是啊，世子是个人物，”朱赓重复一遍，然后回归正题，“尔张先生想要和我议一议世子今次的奏表，是吧？”

“是啊！”李廷机应道。之前他多是在应付，现在则集中精神。

“奏表有没带来？”朱赓问。

“当然要带来。”李廷机道。

“我先读一遍，再议如何？”朱赓问。

“好。”李廷机不可能不答应。

他们但呼世子不呼其名者，朱载堉也。朱载堉是郑恭王朱厚烷嫡长子。厚烷进《居敬》《穷理》《克己》《存诚》四箴，及《演连珠》十章，得罪世宗皇帝，被削爵，禁锢凤阳。

削爵而不除封，载堉世子的地位没有动摇。但厚烷禁锢凤阳后，载堉即在王府外筑土室，席草独处，等于自己辞革世子，世宗皇帝即便想他承袭王位，也无法颁诏。

隆庆元年，厚烷复爵，载堉重回王府。万历十九年，厚烷薨，载堉本该名正言顺地承袭王位，但他一辞再辞，从万历十九年至二十五年，每年上一道辞表。礼部最后不得不议定：载堉以世子终身，其子翊锡摄领郑府事。载堉今次上疏，是要把翊锡摄领府事也一并辞去。

其疏略曰：臣自万历十九年至二十五年，七疏乞正伦序。蒙礼部令臣以世子终身，臣男翊锡摄府事。然庶子袭封，终非所安。臣年七十，死在旦夕，亦抱憾地下。

今载玺袭盟津王，乞代臣摄府事，令臣男从庶子袭封例改正，以成臣志。

读罢载堉奏表，朱赓叹道："世子之志，真是老而弥坚！"

"说得好，礼部议复，一定要用上'老而弥坚'四字，"李廷机顺着他说一句，然后问道，"少钦先生看，当不当从其志？"

"要点是，载玺摄府事，有没有根据。"朱赓道。

"根据倒是能找出几个。"李廷机说。

"尔张先生说说看。"朱赓道。

"第一个根据：盟津王于郑府郡王中，是最长一支。"李廷机说。

"何谓最长一支？"朱赓问。

"第一代郑王为靖王，简王为靖王嫡一子。靖王诸子、简王诸弟，分别封新平王、泾阳王、朝邑王，皆未传至今。简王诸子分别封盟津王、东垣王、河阳王、信阳王、宜章王、繁昌王、庐江王、丹阳王、真丘王等。盟津王是郑府现存郡王中最长的一支。"李廷机说。

"这个根据似乎不够有力。"朱赓道。

"是，"李廷机应一声，说道，"若是只有这一个根据，我不会在少钦先生这里费那么多口舌。"

"还有何根据？"朱赓问。

"第二个根据：以伦序，恭王亦在盟津王后。"李廷机说。

"怎论？"朱赓问。

"恭王是——"李廷机才要说，被朱赓打断。

"尔张先生大致说说郑府的世袭吧。"朱赓道。

"好，"李廷机应一声，说道，"简王传僖王，薨于前，为追封；再传康王，为僖王嫡一子；康王无子，传懿王，乃第二代东垣王；懿王传恭王，其嫡四子也。郑府世袭，大略若此。"

"尔张先生说以伦序恭王亦在盟津王后，是指东垣王列在盟津王后吧？"朱赓引申道。

"是。"李廷机应道。

"康王无子，以东垣王承袭，而不以盟津王承袭，与夺嫡之事有关，是不是？"朱赓问。

"少钦先生记得此事呀？"李廷机道。

"是，"朱赓应一声，又问，"盟津王后来一直未复爵吧？"

"已历三世，一直未复。"李廷机说。

“而懿王承袭郑封，东垣王仍存，是吧？”朱赓问。

“是。”李廷机应道。

“我看，世子让爵，还有存盟津王一脉之意。”朱赓说。

“我也是这么想。”李廷机说。

“用心良苦，不能不成全呀。”朱赓道。

“那么，这个根据够有力？”李廷机问。

“尔张先生还有别的根据吗？”朱赓不答反问。

“第三个根据：盟津王一脉，确有可哀之处。”李廷机说。

“确有可哀之处，这话何意？”朱赓问。

“第一代盟津王为见漗；祐橏，见漗嫡一子也，未得封；厚炜，祐橏嫡一子也，亦未得封；载玺，厚炜嫡一子也，仍未得封。三代皆嫡一子，皆不得封，此或见漗图谋夺嫡的报应；然三代嫡一子，皆不得封，盟津王一脉或再无袭封的机会，不能不让人为之扼腕叹息。”李廷机说。

“这个根据其实最不成其为根据，却最可以启人恻隐之心。尔张先生，我看就从世子之请吧！”朱赓道。

“世子乞载玺代摄府事，须得先袭盟津王。”李廷机说。

“这是自然。”朱赓道。

“然郑王之位不可久虚，载玺袭盟津王、代摄府事之后，马上就要议其袭郑王位。”李廷机又说。

“是不能拖久。”朱赓道。

“我的意思，与其代摄一事既定，又匆匆奏请袭郑王；不如二事合为一事，一并奏请。”李廷机说。

“也好。”朱赓道。对具体的步骤，他没太多想法。

第三百五十八章

皇帝把田义、陈矩同时找来，本也不是常有的事，这两年则越来越少。

“你两个也有日子没在朕这里相见吧？”皇帝问。

“是。”田义、陈矩齐应道。

“将至岁尾，衙门里的事渐繁渐多，在外面奴才二人也有日子没见。”田义又说。

“爷把奴才二人同时召来，让奴才二人见上一面，奴才二人真该叩谢天恩。”陈矩又说。

“叩谢用不着，”皇帝道，“朕把你二人同时召来，也是将至岁尾，宫里宫外的事渐繁渐多，可不是为成全你两个相见。”

“是。”田义、陈矩又齐应。

“有三件事，朕要从内往外说，”皇帝说着，问田义，“按照这个顺序，老田知道朕要说的第一件事吗？”

田义其实心里有数，但是他说：“容奴才想想。”

“老陈，别提醒他！”皇帝警告陈矩。

“田哥说不出来才好呢，奴才干吗提醒他！”陈矩道。

挨过适当的工夫，田义问皇帝：“爷，是皇孙诞生的事吧？”

十一月十四日，皇太子宫里诞下一子，取名由校。他是皇长孙，如果没变故，以后会是皇太孙。所以，这是宫里的一件大事。

“老田分得清内外，”皇帝笑道，又问，“为皇孙诞生之事，你两个谁去的礼部？”

“奴才去的。”田义说。

“由校是王氏所出吧？”皇帝问。

“是，”田义应道，“选侍王氏所出。”

选侍也是个名分，不过是个非正式的名分。太子宫中，除太子妃以外，被选中侍寝的女子，都暂以选侍名之。

“礼部拟封夫人？”皇帝问。

“是。”田义应道。

"朕当时就以为不妥，你还记得吧？"皇帝问。

"奴才记得。"田义应道。

"老田，你以为如何？"皇帝问。

"奴才当时没想到是否妥当；爷谕不妥后，奴才想想，也的确有些不妥。"田义说。

"你有没让礼部再拟？"皇帝问。

"爷没让奴才去，奴才不敢擅作主张。"田义说。

"你没擅作主张，足见老成，"皇帝道，"要是礼部再拟个名分，仍是不妥，朕怎么办？是再次驳回，还是违心准允？"

"爷说的是。"田义应道。

"这几日，朕找来《大明会典》翻阅，愈发觉着，夫人名称不可用。"皇帝说。

"夫人不可用，才人可不可用？"陈矩忽然插话。

"哈！"皇帝笑出声，"老陈，你和朕的想法一样！朕想的也是，选侍册封才人。"说着，问田义，"老田，你说呢？"

"奴才以为恰如其分。"田义说。

"老陈，你怎想到册封才人的？也是读《大明会典》？"皇帝问。

"《大明会典》奴才确读过，册封才人却不是奴才想到的。"陈矩说。

"不是你想到的，是谁个想到的？"皇帝问。

"是田哥，"陈矩道，"田哥和奴才偶遇，说起选侍册封事，指出礼部所拟之误，及何为其正，被奴才记住。"

"老田，你既想到，怎不和朕说？"皇帝责备田义。

"奴才没陈哥的嘴快。"田义说句笑话。

"既然老陈嘴快，册封王选侍为才人，朕就让老陈去礼部传谕，不让老田去礼部传谕。"皇帝命道。

"是。"田义、陈矩齐应道。

"奴才这就去传谕吗？"陈矩又问。

"不忙，"皇帝道，"方才老田猜中朕要说的第一件事，老陈，你再猜猜朕要说的第二件事。"

"是，"陈矩应一声，也挨过适当的工夫才说，"爷，是郑世子乞以盟津王代摄郑府事的奏表吧？"

"宫里的事说完，可不该说王府的事！"皇帝笑道，又问，"为郑府的事，你两个谁去的礼部？"

“奴才去的。”陈矩说。

“既是你去，礼部议复，也由你来读吧。”皇帝命罢，手往前一指，告诉他礼部的复疏在御案上。

“是。”陈矩应一声，拿起礼部复疏。

“不必读前面的赘言，直接读其议。”皇帝又命。

“是，”陈矩应一声，读道，“载堉累让，老而弥坚；不私其身，不顾其子。直与太伯、伯夷、叔齐、季札后先媲节。有贤如此，安可不成其志、遂其高哉！宜令载堉终身世子，翊锡终身世孙。俟翊锡身后，其子袭封东垣王，翊铠身后另封一郡。若载堉奏载玺先袭盟津王，摄府事，后继王爵，不如一举而改正之也。世子、世孙无禄，若载堉父子，宜如郡王禄，以示优渥之义。”

“朕问几件事，老陈未必尽知，老田，你来回答。”皇帝命道。

“是。”田义应道。

“今东垣王是谁人？”皇帝问。

“翊铠。”田义道。

“翊铠，应是载堉侄辈。”皇帝道。

“爷说的是。”田义应道。

“东垣王改系，到他这里是第几世？”皇帝问。

“三世，”田义数道，“懿王袭郑封，朝廷未以东垣王改授其弟，而是改授懿王庶二子厚炯，厚炯传载墩，载墩传翊铠。”

“此系已传三世，复以载堉后袭之，是否合适？”皇帝问。

“奴才想，礼部或许也想到这一层，故以二事弥补：其一，俟翊锡身后，其子袭东垣王；其二，翊铠身后，子孙另封郡王。”田义说。

“这层意思，礼部想到；另一层意思呢？”皇帝问。

“爷说的另一层意思是——”田义问。

“那么，郑封改系，已传几世？”皇帝又问。

“也是三世，”田义道，“懿王传恭王，再传世子载堉，辞爵不袭。”

“又是个三世！”皇帝道。“古人云：君子之泽，三世而斩。今则未传三世，且载堉并无过失，朕心何忍！”皇帝说着，问田义，“老田，你说呢？”

“奴才想，礼部或许也想到这一层，故以载堉让爵，媲节于太伯、伯夷、叔齐、季札，以为当成其志，遂其高。”田义说。

“你说礼部想到，究竟是礼部想到，还是你老田想到？”皇帝道。

“礼部是否想到，奴才不知，故而只能据其奏，说是或许想到；奴才则实未想到。”田义说。

“你未想到，怎说得头头是道？”皇帝问。

“陈哥想到，”田义道，“陈哥和奴才偶遇，说起郑府事，告诉奴才郑封如何改系，东垣如何改系，被奴才记住。”

“老陈，你既知之，为何不说？”皇帝责备陈矩。

“爷问的是田哥，奴才怎敢插嘴！”陈矩道。

“老田，”皇帝又转向田义，问道，“太伯、伯夷、叔齐、季札，是四个人物吧？”

“是。”田义应道，

“四个人物，却是三个故事。”皇帝说。

“诚如圣谕，”田义应道，“伯夷、叔齐二人，是一个故事。”

“伯夷、叔齐故事，朕耳熟能详，你给朕讲讲另外两个人的故事吧。”皇帝命道。

“是，”田义应一声，讲述道，“太伯是周太王的长子。太王欲立幼子季历，太伯与弟仲雍一起避至江南，断发文身，成为当地土著的首领，后来被奉为吴国的始祖。季札又称公子札，是春秋时吴王寿梦幼子，吴王诸樊之弟，封于延陵，又称延陵季子。寿梦欲传位季札，季札避让，乃传于长子诸樊；诸樊传位二弟余祭，为的是再传位三弟余眛，最后传位与季札。季札乃弃室而耕。”

“说起来，季札也是太伯后人，可谓有祖风。”皇帝说。

“爷说的是。”田义应道。

“不过，”皇帝又说，“礼部以季札喻载堉，朕看不妥，他倒更像是想方设法传位给季札的诸樊。”

“欲以盟津王之后袭郑封，以此而言，载堉似诸樊；然诸樊终归即王位，载堉却始终不即王位，以此而言，他又似季札。”田义说。

“老田说的也是，”皇帝点点头，命道，“载堉的事，老田体会更深。老陈别去，由老田去告诉礼部，朕准其奏。”

“是。”田义、陈矩齐应道。

“奴才——”田义又吐出两个字后戛然而止。

皇帝以为他要问，是不是这就去传谕。但等一会儿，田义并没问。

“老田不想即刻去传谕吗？”皇帝问。

“奴才正想请旨，忽然想起爷的话来。”田义说。

“想起朕的话？”皇帝自己似不记得。

“是。”田义应道。

“朕的哪句话？”皇帝问。

“爷说，今日有三件事，要从内往外说。”田义道。

“老田，你好实在！”皇帝笑道，“你若问是不是即刻去传谕，朕说不定会让你去；你却偏要留下来，陪老陈一起猜第三件是何事。”

“奴才不是为陪陈哥。”田义说。

“那是为何？”皇帝问。

“奴才再怎么想，也想不出来，宫里宫外还有何事，和皇孙之诞生，和郑藩之确定，同等重要。”田义说。

“你有自知之明呀。”皇帝说。

“谢爷夸奖。”田义道。

“老陈，你想得出来吗？”皇帝转问陈矩。

“奴才没想。”陈矩道。

“你为何不想？”皇帝问。

“奴才不用想，也知想不出来。”陈矩说。

“你更有自知之明。”皇帝说。

“谢爷夸奖。”陈矩道。

“你两个知朕怎想？”皇帝又问。

“奴才等更想不出来。”田义、陈矩齐道。

“朕压根儿就没想让你两个想。”皇帝说。

“爷为何不想让奴才等想？”田义、陈矩齐问。

“朕知你两个想不出来呀。”皇帝说罢，哈哈大笑。

田义、陈矩很有分寸地陪着笑两声，然后称颂：“爷有知人之明。”

“朕告诉你两个吧，”皇帝说着，问道，“各地管矿主事等官频奏，所出矿砂微细，你两个知道吧？”

“奴才等知道。”田义、陈矩齐应。

“朕一直不信他等所奏，你两个知道吧？”皇帝问。

“爷当面对奴才等说过。”田义、陈矩齐道。

“但近来各地矿使亦频奏，所出矿砂微细，你两个知道吧？”皇帝问。

“奴才等知道。”田义、陈矩齐应。

“老田可曾数过，有几多矿使奏过？”皇帝问田义。

“奴才没仔细数过，但总有十余矿使奏过。”田义说。

“十余矿使奏其事，为数不算少吧？”皇帝问。

“不算少。”田义道。

“有没有大的矿使？”皇帝问。

“有。”田义应道。

“有几个？”皇帝问。

“三五个。”田义道。

“十多个矿使，三五个大的矿使，都说矿砂微细，朕不得不信其言。”皇帝说着，问道，“你等信不信？”

“爷既信，奴才等亦信。”田义、陈矩齐道。

“矿砂微细，开之何益？”皇帝问。

“无益。”田义、陈矩齐道。

“既无益，不如关闭矿洞，撤回矿使，也堵一堵群臣之口。”皇帝说。

“爷圣明。”田义、陈矩颂道。

“圣明？”皇帝冷笑，“你两个可知，一句圣明，朕得丢多少银子！”

“那倒是，”田义应道，“矿使虽称矿砂微细，每年的进奉仍是有的。”

“况且，”陈矩也说，“有的矿使进奉不菲。”

“这还不是主要的，”皇帝道，“天下皆知矿、税，且朕差派的内臣，多是矿、税相兼，矿使撤回，税监怎处置？”

“爷虑的是。”田义、陈矩齐道。

“你两个还会说朕圣明吗？”皇帝问。

“决意撤回矿使，奴才等仍以为爷圣明。”田义、陈矩齐道。

二人不约而同地用“决意撤回”四个字，连皇帝也弄不明白，这是不是他的本意。

“撤回可以，但不能让朕损失太多。”皇帝说。

“是。”田义、陈矩齐应道。

“矿事且不说他，税事如何处置？”皇帝问。

“朝廷本有征税之司，税监撤回，征税之事可交与有司。”田义说。

“朕也在琢磨此事，”皇帝道，“征税一事交与有司，朕有何好处？这不是给他人作嫁衣裳吗！”

“奴才想，所征之税，可以半输于部，半进内库；半进内库之税，可与所进土产一并解运。”田义提议。

“奴才想，不妨先撤回矿使，然后一步一步撤回税监。”陈矩提议。

“暂且如此行之吧。”皇帝也想不出更好的办法。

第三百五十九章

万历三十四年，襄阳知府冯若愚按照惯例，上武当山祷祀，同行的有本府推官程启南。二人一路骑马，十几名衙役跟在后面，再后面还跟两领轿子，以备不时之需。

到了山下，不能骑马。冯若愚心情本来很好，很愿意步行登山，权作一次郊游。可登山到半程，他的眉头皱起，脚落不下来。原来山路秽浊，不但有去年秋、冬落叶堆积，而且，没有落叶堆积的地方，鸟粪、兽粪、人屎，随处可见。

“幸亏有轿子。”他嘟囔一句。

马上有人传话，两领轿子赶到前面来。

“左军，上轿吧。”冯若愚招呼程启南。

“这个——”程启南不知是不忍心轿夫太辛苦，还是担心出危险，有点儿犹豫。

“你我总不能踩两脚屎，登殿祷祀吧。”冯若愚说。

“敏实先生说的是。”程启南应道。

冯若愚字敏实，浙江慈溪人，万历二十三年进士。程启南字左军，山西武乡人，万历二十九年进士。

登一段山路，换一次轿夫，换来换去，走走停停，终于看得见不远处的一座宫观。程启南喝声停，他的轿子马上停下来。冯若愚的轿子在前，轿夫听不到他的喝声，仍在行走。程启南不得不躲闪着山路上的浊水秽物，追将上去。

追到和后面的轿夫平行时，程启南拍拍他肩膀。在轿夫回头时，他两手下按，示意放下轿子。

后面的轿夫停下，前面的轿夫没停下；他只觉抬杠要滑落，也连忙停下。后面的轿夫放下轿子，前面的轿夫没放下；他只觉肩头一沉，也连忙放下。前后停下、放下的不齐整，轿子险些翻落。

冯若愚在轿子里晃了几晃，边问“出何事”，边探出头来。

“敏实先生，已到。”程启南说。

“已到？”冯若愚也看到前面的宫室，他手指宫室问，“太清宫？”

“不是，是紫霄宫。”程启南说。

“不是该在太清宫祷祀吗？”冯若愚问。

“是该在太清宫祷祀。”程启南应道。

“还有多远？”冯若愚问。

“还有一段路。”程启南说。

“到太清宫再说。”冯若愚道。

“依照成例，此处往前，官员不能再乘轿。”程启南解释。

“也得有条干净的路，才可以不乘轿呀，”冯若愚道，“两害相权取其轻，我宁愿打破不准乘轿的成例，也不愿踩两脚秽物登殿。”

程启南见劝止不住，又坐回自己的轿子。

前面的路似乎清洁一些，鸟粪、兽粪、人屎见少；但落叶没有打扫干净，一处一处洼地，仍积下一汪一汪的浊水。而比方才走过的路更多的是，山上的道士或来山上观览的游客随手扔下的杂物。

又在轿里坐上好一会儿，见到前面一座更高大的的宫观。程启南提前更多地下轿，跌跌撞撞走过更多一段路，赶上冯若愚的轿子。这次他没让轿子停下来，而是和轿身走齐，和轿里的冯若愚说话。冯若愚乐得如此，连头也不探出来。

“敏实先生。”他招呼道。

“这次是真的已到吧？”冯若愚问。

“是。”程启南应道。

“路面如何？”冯若愚问。

“仍颇为杂乱。”程启南说。

“那就把轿子停进院里，”冯若愚命道，并说，“我不信，他等连宫里也不打扫！”

“可是——”程启南又想劝止。

“左军，你可以步入，但千万别弄脏鞋。”冯若愚不给他机会。

程启南坐回轿子，不仅为的省些体力，更为的不让冯若愚难堪。

一名老道长率众道士在太清宫外迎候父母官，没想到，两领轿子径入观内。道长一愣，回过神后，跟进观来。众道士自然跟随在后。

道长走近两领轿子，冯若愚、程启南已下轿。

“大人辛苦。”道长问候。

“我不辛苦，下人们辛苦，”冯若愚道。他本想责备两句，但见道长年老，不好意思，改问，“道长高寿？”

"年过七旬。"道长说。

"年事已高，难怪凡事都看得开，"冯若愚冷言冷语，并说，"既来贵观，也算有缘，我替道长管教管教徒子徒孙们。"

"他等犯下何事？"道长吃惊地问。

"犯的不是官府的事，是道观的事；不然，我怎说替道长管教！"冯若愚道。

道长当然不会斗嘴、怄气。他说："山上的道士们差不多都在这里，谁个有违道规，大人处罚就是。"

"我怎知谁个有违道规？得道长告诉我呀！"冯若愚道。

"我告诉大人？我毫不知情，如何告诉大人？"道长不卑不亢地说。

"我和道长说个事吧，"冯若愚道，"十数年前，我进京赴会试。试后，我游白云观，见白云观前一条街，整齐清洁，令人心旷神怡。"说到这里，问程启南，"左军，有没去过白云观？"

"去过。"程启南道。

"是不是观前一条街整齐清洁？"冯若愚问。

"是。"程启南应道。

"道长知是为何？"冯若愚又问道长。

"天子脚下，自当整齐清洁。"道长说。

"道长这么想，可就大错，"冯若愚说着，问程启南，"左军，你应会试，是几月到京师的。"

"前一年冬。"程启南说。

"京师很整齐清洁吗？"冯若愚问。

"初春冰解，一冬茅厕未掏，大街小巷，恶臭无比。"程启南说。

"如何？"冯若愚问道长。

"是我想错，"道长心平气和地说，并反问，"大人说是为何？"

"白云观有人专司打理。"冯若愚说。

"本观也有人专司打理。"道长说。

"不知贵观哪一位专司打理？"冯若愚问。

道长在众道士中寻找，手指一人，让他出来。

"他是本观特别请来的提点，姓袁，名进显，本观打理之事，都由他管着。"道长说。

"若有不洁，是不是唯他是问？"冯若愚问。

"本观若有不洁，是他的责任，"道长说着，四下里看看。他反问道，"大人请看，宫中还算整齐清洁吧？”

“我说的不洁，非指宫内。”冯若愚说。

“方才迎候大人，我看外面也还整齐清洁。”道长说。

“此外呢？”冯若愚问。

“此外？”道长不知他所指，没法回答。

“道长不知上山的路径是何等情景吗？”冯若愚问。

“贫道足不出观。”道长说。

“那我告诉你，一路上得山来，可谓秽不忍睹，秽不忍闻，秽不忍落脚！”冯若愚道。

“这条山路是本观的门面，若有点儿脏，有点儿乱，还有情可原，因为上山参拜的人多嘛；若如大人所言，他责无旁贷。”道长说。

“道长也同意，我来替你处罚他。”冯若愚道。

“大人打算怎样处罚他？”道长问。

“打一千棍。”冯若愚道。

“贫道未闻，官府有如此之重的处罚。”道长以为他在说笑。

“每行百步，打他一棍，道长说多吗？”冯若愚问。

“那倒是不多，”道长苦笑，“不过，大人不用打一千棍，我估计打不到一百棍，他已没气。”

“道长听差，”冯若愚道，“一千棍不是打他一人。他不是提点吗，手下听命于他的，有几十人吧？门面没有打理好，他有责任，他提点的诸人也有责任，都该打。”

“还好，一人只打几十棍，”道长说着，转向袁进显，“进显，本观每月对你都有酬谢的。不尽责，确实该罚，我帮不上你。”

“不用老道长相帮；别说今日来的是知府大人，就算是布、按二司的大人，也不能打我一棍。”袁进显满不在乎地说。

“是吗？”冯若愚心中大怒，但问起来不动声色，“你倒是告诉我，布、按二司的大人为何也不能打你？”

“黄公公不会答应的。”袁进显道。

黄公公即提督太和山的太监黄勋，冯若愚、程启南都是知道的。冯若愚还没什么，程启南心里却紧张起来。

“敏实先生，算了吧？”他低声对冯若愚说。

冯若愚说打袁进显及相关之人，本来恫吓的成分居多。如果袁进显告饶，他再厉声斥责几句，就会过去。没想到袁进显不识相，搬出提督太监来压人，冯若愚要是就此作罢，面子实在丢得太大。

“布、按二司的大人也不能打你一棍，是吧？”冯若愚冷笑。“好，今日我不打你，我只替布、按二司的大人打你！”说着，喝道，“来人！把他拖下去，责打五十棍！相关之人，一一拖出来打！”

袁进显被打得哀号不已，他手下那些负有清扫山路之责的人，被打得哀号不已。冯若愚、程启南被老道长领进殿内，在一片哀号声中祷祀。

黄勋见袁进显一瘸一拐地走进来，觉得好笑。

“老袁，怎这副模样？”他问。

“黄叔猜。”袁进显居然还有心情和他说笑。

“偷鸡不成？”黄勋问。

“比这事儿大。”袁进显说。

“偷人不成？”黄勋又问。

“事儿还要大。”袁进显说。

“你还能干出比偷鸡摸狗更大的事？我可不信！”黄勋道。

“真比偷鸡摸狗的事大。”袁进显说。

“那是何事？”黄勋问。

“正面的山路龌龊不堪。”袁进显说。

“山路不干净？那也叫事！”黄勋道。

“不叫事，会打我五十大板！”袁进显变成哭腔哭调。

“打你五十大板？谁个打的？”黄勋问。

“现官。”袁进显说。

“均州知州吗？”黄勋问。

武当山主峰在均州境内，以区划而言，辖于均州。

“比他官大。”袁进显说。

“襄阳知府？”黄勋又问。

“是他。”袁进显点头。

“襄阳知府姓冯，是吧？”黄勋问。

“是，”袁进显应道，“姓冯，叫冯若愚。”

“此人确愚，”黄勋道，“他不知你是我的人，不能打的吗？”

“他肯定知道。”袁进显说。

“你怎知他肯定知道？”黄勋问。

“我告诉他的。”袁进显道。

“你怎告诉他的？”黄勋问。

“我告诉他，别说他不能打我，布、按二司的大人也不能打我，因为黄公公不答应。”袁进显说。

“是你亲口告诉他的？”黄勋问。

“是我亲口告诉他的。”袁进显道。

“你比他还愚！”黄勋斥道，“他是若愚，你是真愚。这话谁个都可以说，你怎么可以自个儿说！就算他原本并不想打你，一听这话，也非要打你一通。”

“奴才是愚，是该打；但奴才被人打，黄叔不觉着脸上无光吗？”袁进显问。

“老袁，你别激我，”黄勋说，并反过来激他，“我脸上无光，你屁股打烂，谁个仇恨更深？既不甘心，自个儿去报复他。”

“小人卑微，除黄叔，还能拿出什么别的法宝，去和堂堂太守较量！”袁进显作可怜状。

“你没法子，我教你个法子呀。”黄勋道。

“黄叔有何妙法？”袁进显问。

“洒扫庭除，你手下养有多少人？”黄勋反问。

“二十来个。”袁进显道。

“平日吃你的，喝你的，到紧要关头，你能指挥得动吗？”黄勋问。

“别人不敢说，这二十来个人，小人指挥得动。”袁进显说。

“老袁你被打，这二十来个人会不会同仇敌忾？”黄勋又问。

“黄叔还不知道，被打的不止我一人，这二十来个人都被打烂屁股，能不恨姓冯的！”袁进显道。

“他等也被打？那就更妙，”黄勋说着，问道，“冯某要到明日才下山，是不是？”

“是，”袁进显应道，“依照惯例，他要在山上住一夜，明日下山。”

“你那二十来个人，屁股被打烂，还能走路吗？”黄勋问。

“小人说屁股打烂，有些夸张。他等和小人的伤势差不多，走路还是可以的。”袁进显说。

“好，”黄勋一招手，让袁进显凑近些，“明日一早，你就带着这二十来人，当然，能多带些更好，设伏在他下山必经之路上。”

“设伏？”袁进显浑身一哆嗦。设伏二字，听起来就很严重；黄勋的动作和神态，更让人感到严重。他紧张地问，“要蒙面吗？”

“看你怕的，没用的东西！”黄勋斥道，又问，“真要让你杀他，你杀的了吗？”

“怕是杀不了，”袁进显说，“姓冯的也带一二十人，个个精壮，不然，也不能把小人和小人的手下，一个一个地收拾。”

“放心，我不是让你杀人，”黄勋说着，问道，“老袁记不记得，那年我陈哥去荆州开店征税，荆州人是怎么对付他的？”

“掷以瓦石，驱之出境。”袁进显说。

“你可以学学那些荆州人，对姓冯的也掷以瓦石，驱之出境，”黄勋说着，警告道，“记住！断胳臂断腿都没关系，别死人。只要不死人，我来给你收场。”

袁进显按照黄勋的吩咐，用碎石乱瓦把冯若愚一伙赶下山去。

郧阳巡抚胡心得、湖广巡抚梁梦龙先后上疏，奏闻于朝。皇帝不理会。黄勋上疏，参劾冯若愚乘轿入宫，无人臣礼，皇帝也不理会。

此梁梦龙非彼梁梦龙，他是广东琼山人，万历十一年进士。

几个月后，黄纪贤代胡心得巡抚郧阳，易登瀛代梁梦龙巡抚湖广。趁黄勋去其他地方办事，二人通力擒拿袁进显，下狱治罪。

这是后话。

第三百六十章

正月十五一过，陕西税监衙门开始不安生。

乐纲是税监梁永最倚重的心腹，原为千户，近已升至指挥。他进到屋里，梁永满怀希望地问道：“老乐，有好消息？”

“不是好消息。”乐纲摇着头说。

“是坏消息？”梁永又问。

“也不是太坏的消息。”乐纲说。

“总之是坏消息，”梁永道，“除夕那晚吃年饭，筷子掉地，我就知今年的日子不好过。不管多不好的消息，你都直说吧。”

“潼关那边有人报信，公公所委税官，有人被抓。”乐纲说。

“有人被抓？”梁永问。

“是。”乐纲应道。

“有人被抓，即非全部被抓，老乐说得不错，还不是太坏的消息。”梁永道。

话音才落，屋外有人咳嗽一声，说道：“乐大人错矣。”

“是老胡吗？”梁永问。

“梁叔，是小的。”屋外的人应道。

“快进来！”梁永命道。

屋外的人进来，果是咸阳人胡奉。

“从何处来？”梁永问。

“小的从咸阳赶来。”胡奉说。

“咸阳那边有新消息？”梁永问。

“有。”胡奉应道。

“是不是咱所委税官都被抓？”梁永问。

“不是。”胡奉摇头。

“那你为何说老乐说错？”梁永怪道。

“乐大人说不是太坏的消息，错矣。”胡奉道。

“他错在哪里？”梁永问。

“梁叔没问问乐大人，咸阳所委税官，几多被抓？”胡奉反问。

“老乐说，有人被抓。”梁永道。

“我来告诉梁叔新消息吧，咸阳所委税官，全军覆没。”胡奉说。

“老胡，说话怎颠来倒去！咱所委税官没有都被抓，不是你说的吗！”梁永道。

“梁叔别忘，小的也是梁叔所委税官。”胡奉指着自己说。

“对，对！你也是咸阳的税官，你就没被抓，”梁永道。他的脸上露出笑容，好像胡奉没被抓，咸阳所委税官就没全部被抓；换言之，就不是全军覆没。但随即，他又觉得揪心，“老胡，你是说，除你之外，咸阳咱委的税官悉数被抓？”

“是。”胡奉应道。

“这可真是全军覆没。”梁永道。

“梁叔不知，这还不是最坏的消息。”胡奉又说。

“还有更坏的消息？”梁永问。

“有。”胡奉应道。

“你说说看！”梁永问。

“梁叔所委税官，若是被咸阳县抓去，梁叔会怎的？”胡奉问。

“差几个人，直闯县衙抢人！”梁永道。

“若是被西安府抓去，梁叔会怎的？”胡奉问。

“差个干练的人，譬如你老胡，去府衙抢人！”梁永道。

“差小的去，怕是不成。”胡奉说。

“有我撑腰，你还怕甚！”梁永道。

“小的知道有梁叔撑腰；可梁叔别忘，是西安府抓人，小的是漏网之鱼。”胡奉说。

“对，你去不合适，”梁永说，一指乐纲，“去西安府抢人，让老乐带人去！”

“我倒有个计较。”乐纲说。

“你说！”梁永命道。

“我用老胡去换人，”乐纲说，“被抓的有十几人，用老胡换回，梁公公值。要杀要剐，悉听西安府尊便，老胡也算为梁公公尽忠。”

梁永、胡奉知他是说笑，呵呵一笑了事。

“所委官员若是被布、按二司抓去，梁叔会怎的？”胡奉问。

“没法子，只得本监辛苦一趟，去要人。”梁永说。

“梁叔敢要人？”胡奉问。

“衙门大，得给人点儿面子。”梁永说。

“布、按二司要是不给人呢？”胡奉问。

“先礼而后兵，他不给，我带你等再去抢人。”梁永说。

“若是更大的衙门抓人，梁叔会怎的？”胡奉又问。

“更大的衙门？是指巡抚都堂那里吗？”梁永问。

“是。”胡奉应道。

“这却有点儿麻烦。”梁永说。

“有何麻烦？不也可以先礼后兵吗？”胡奉道。

“先礼不成问题，我给巡抚都堂行个礼，他也得给我行个礼；但后兵——”梁永顿了顿，接着说，“巡抚都堂手握官军，咱这兵和他那兵放在一起，不用交手，胜败已定。”

“所以我说，是更坏的消息。”胡奉问许多话，都是为证明这句话。

“你是说，确是被巡抚都堂抓去的？”梁永问。

“是。”胡奉应道。

“他为何要抓咱的税官？”梁永问。

“梁叔想，他等依仗是朝廷委差的官员，谁看咱税官顺眼？”胡奉道。

“他既抓去，我以礼要人，肯定要不回来；以兵抢人，又抢不过他。难道就忍气吞声不成？”梁永说着，看乐纲一眼，让他拿出个主意来。

“我又有个计较。”乐纲说。

“别再拿老胡说事。”梁永道。

“我不拿老胡说事，拿公公说事。”乐纲道。

“拿我说事？莫非你要拿我去把被抓的税官换回？”梁永责问。

“不敢，”乐纲道，“再说，就算我丧尽天良，斗胆拿公公去换回那些税官，都堂大人也未必敢换。”

“既如此，拿我说何事？”梁永问。

“税官们被都堂大人抓去，要又要不回来，抢也抢不回来；此外，无非两个结果：一是弃之不顾，一是打场官司。”乐纲说。

“我不会弃之不顾的。”梁永断然言道。

“那就只剩下打官司。”乐纲说。

“和都堂的官司，只能在朝廷打。”梁永道。

“是，”乐纲应一声，说道，“公公不妨就和都堂大人把官司打到朝廷。不过，我还有个计较。”

“又有何计较？”梁永问。

“直接和都堂大人打官司，胜算不是太大，我看皇上差往各地的公公，包括那些名气很大的公公，都不曾直接和巡抚都御史打官司。”乐纲说。

“老乐，你是何意？”梁永问。

“先打小一点儿的官司，再酌情升级。”乐纲道。

“和布、按二司的官司小一点儿。”梁永说。

“仍大。”乐纲道。

“和西安府的关系又小一点儿。”梁永说。

“仍大。”乐纲道。

“那就只有和咸阳县打官司。”梁永说。

“我的意思，正是和咸阳县打一场官司。”乐纲道。

“老乐太贬低我，和咸阳县也值得打一场官司！”梁永斥道。

“古人云：莫以善小而不为；我也要劝公公：莫以官司小而不为。”乐纲道。

“乐大人，莫以善小而不为之前或之后，还有句话吧？”胡奉插话。

“是莫以恶小而为之，”乐纲告诉他，并问，“公公和咸阳县打官司，老胡以为是恶吗？”

“不是，不是，”胡奉忙否认，“我不记得怎说，才问问。”

“老乐，这场官司为何一定要打？”梁永问。

“一则，公公所委税官是在咸阳被抓的，和咸阳县的官司打赢，再请释还税官，顺理成章；二则，税官虽是都堂所抓，但一定是咸阳县首告，和咸阳县的官司打赢，等于和都堂大人的官司也打赢一半；三则，和咸阳县的官司打赢，和都堂大人的官司打赢一半，西安府也好，布、按二司也好，对公公自然要退避三舍。”乐纲说。

“听起来似有道理，那就先拿咸阳县开刀，”梁永嘴上同意，实际上并没想透，他问，“老乐，和咸阳县的官司怎打？”

“随便找个理由，公公想怎打就怎打。”乐纲道。

“随便找个理由，你也得给我想一个呀！”梁永道。

“好，我想。”乐纲应道。

他还在想的时候，胡奉已经先想好。

“梁叔，小的在路上见到赵叔。”胡奉说。

他说的赵叔，是陕西矿使赵钦。梁永以为他在打岔，不耐烦地说：“等老乐搞定和咸阳县的官司，再说你的赵叔。”

“梁叔，小的就是在说和咸阳县的官司。”胡奉道。

“你是说，赵哥也想和咸阳县打官司？”梁永问。

“那倒不是。”胡奉摇头。

“是和咸阳县打官司，会牵连赵哥？”梁永又问。

“也不是。”胡奉仍摇头。

“你那头摇来摇去，不怕摇下来吗！”梁永说着，伸手按住他的头，让他不能再摇。“你见到赵哥，怎变成和咸阳县的官司？”

“梁叔可知，赵叔一行有几辆车？”胡奉问。

“我没去送他，不知。”梁永道。

“三辆牛车。”胡奉比画着说。

“不多嘛，”梁永道，并说，“老胡，我告诉你，看他任上收获如何，别看有几辆车，要看车上有几多箱。”

“车上无箱。”胡奉说。

“无箱？难道是空车？”梁永问。

“也不是空车，”胡奉说着，又要摇头。想起梁永不让他摇头，生生止住，“前一辆车，坐的是赵叔三二亲随；当中一辆车，坐的是赵叔本人；后一辆车，坐的是赵叔家眷。”

“是平日他喜欢的几个秦妞儿吧？”梁永问。

“是。”胡奉应道。

“一箱财物没有，赵哥会这等清廉？”梁永说着，忽有所悟。他问，“数千里的路，赵哥为何不坐轿，不骑马，不坐马车，而坐牛车？”

“这个，小的还真猜不出来。”胡奉道。

“三辆车，每车几头牛拉？”梁永问。

“一头。”胡奉道。

“一共三头牛，派不上用场呀。”梁永失望地说。

“梁叔，不止三头牛。”胡奉说。

“不是你说的，每车一头牛拉吗？”梁永道。

“拉车的只有一头牛，每车后面却跟随四五头牛。小的想，是准备换着拉车的。”胡奉说。

“好个赵哥！”梁永赞道。

“牛多，赵叔怎好？”胡奉问。

“老胡没明白吗？”乐纲插话，“公公的意思，赵公公虽未携带家财，却是在作贩牛的生意。”

“老乐，你说有没有这个可能？”梁永问他。

“可能不是没有；不过，我算了算，每车后面跟着四五头牛，加上拉车的三头牛，一共不超过二十头，能有多大的油水？闹不好，连草料费都不够。”乐纲说。

“你是何意？你相信，赵哥会空手而回？”梁永问。

“打死我也不信。”乐纲道。

“谁说赵叔空手而回？”胡奉插问。

“不是你说的，车上一个箱子也没有吗！”梁永道。

“箱子都由人抬着，车上当然不会有箱子。”胡奉说。

“有箱子？人抬着？有几多箱？”梁永问。

“近百箱。”胡奉说。

“近百箱！”梁永惊呼。

“梁叔嫌多吧？小的说近百箱，是不到百箱。”胡奉说。

“这我还不懂吗！”梁永斥道。“若超过百箱，岂不是百余箱！”又和颜悦色地问，“老胡，你说近百箱，为的省事吧？”

“梁叔真是知小的，”胡奉道，“一共几多箱，小的前后数两遍，但还是怕数错，不如说个近百箱。”

“数错也不碍事，你告诉我个实数，一共几多箱。”梁永命道。

“九十六箱。”胡奉说。

“九十六箱！”梁永又惊呼。并对乐纲说，“九十六箱，不少吧！”

“确是不少，不过，”乐纲口气一转，道，“我有个疑问。”

“你怀疑老胡数的不准？”梁永问。

“不是，”乐纲道，“哪怕他数的再不准，也不过多个三五箱，或少个三五箱，我不会有疑问。我的疑问是：老胡和公公说这件事，是想让公公和咸阳县打官司，还是和赵公公打官司？”

“对呀！”梁永也猛然醒悟，“你让我和谁个打官司呀？”

“当然是和咸阳县打官司。”胡奉说。

“既和咸阳县打官司，为何要说赵哥的事？”梁永问。

“梁叔可知，箱子里装的何物？”胡奉反问。

“我又没见着，怎知！”梁永道。

“我问赵叔一句，梁叔知他是怎么说的？”胡奉又问。

“他怎说的？”梁永又反问。

“他说是秦砖汉瓦。”胡奉道。

“哈，赵哥几时喜欢上这些东西？”梁永冷笑道，又问，“老胡，你有没看看，可是秦砖汉瓦？”

“小的不敢开箱看；但小的知道，不是秦砖汉瓦。”胡奉说。

“你怎知不是？”梁永问。

“小的见到，箱盖的缝隙处，有物露出。”胡奉说。

“何物？”梁永问。

“是绒毯一角。”胡奉说。

“你是说，这一箱里装着绒毯？”梁永问。

“不止这一箱，好些箱里都装着绒毯。”胡奉说。

“你又怎知？难道这些箱盖缝隙处，都有物露出？”梁永问。

“虽无物露出，小的也看得出来。”胡奉说。

“你怎看出来的？”梁永问。

“每个箱子有两根抬杠，四个夫役在抬。箱子里装的东西不同，重量也不同；重量不同，抬杠受力不同，役夫也受力不同。小的在潼关征税已久，分别得出来。”胡奉说。

“因此，凡是和装绒毯的箱子重量差不多的，都可以断定，里面装的是绒毯？”梁永问。

“是。”胡奉应道。

“你倒看得仔细，”梁永随意说一句，然后问乐纲，“老乐看，可信不可信？”

“老胡眼光是可信的，不过，”乐纲口气一转，道，“我有个疑问。”

“你又怀疑何事？”梁永问。

“绒毯乃陕西特产，赵公公带回去一些，三五箱也罢，十箱五箱也罢，三五十箱也罢，自用也罢，送人也罢，售卖也罢，都不在话下。但与和咸阳县打官司，有何牵连？”乐纲道。

“对呀，这两件事有何牵连？”梁永附和他的疑问。

“小的是想，梁叔何不也找咸阳县索要绒毯！”胡奉道。

“要几多？”梁永问。

“小的估计，赵叔所携绒毯，不下百件。”胡奉说。

“他要百件，我就要两百件，多他一倍！”梁永说着，问乐纲，“老乐，你看如何？”

“不妥。”乐纲道。

“要的太多？”梁永问。

“不是多，是少。”乐纲道。

“比赵哥多一倍，老乐还嫌少？”梁永不解。

“公公没忘吧，向咸阳县要绒毯，为的何事？”乐纲问。

“为和咸阳县打官司呀。”梁永说。

“公公要两百件，他要是如数奉上，官司怎打？”乐纲问。

“这倒是，”梁永点头，“咱要两百件，人家给两百件，怎好意思再打官司！”说着，问道，“老乐的意思，要几多？”

“至少一千件，最好一千五百件。”乐纲说。

“咸阳县肯定不会给的。”梁永断言。

“要的就是他不给。”乐纲道。

“然后呢？”梁永问。

“然后告他抗旨，还可以告他抗税。”乐纲说。

“乐大人，这有点儿挨不上吧？”胡奉插话。

“怎挨不上！”乐纲道，“不奉旨，公公怎会向他索要一千五百件绒毯？公公是税监，开口向他要，就是征税；他不给，可不是抗税！”

“不错，挨得上，”梁永认可，“就依老乐所言，和咸阳县打场官司；就依老胡所言，把官司着落在绒毯上；就依老乐所言，向咸阳县索要一千五百件绒毯，打开缺口。”

梁永疏告咸阳知县宋时隆，并捎带上不买他账的咸宁知县满朝荐。有旨：宋时隆下狱，满朝荐降一级。

第三百六十一章

江西矿使潘相离开南昌前，税监李道为他饯行。

“一山不容二虎，这杯酒，恭送潘哥出城。”李道敬酒。

“好说，”潘相饮罢，回敬一杯，“借李哥一杯酒，预送李哥回京。”

“好说，”李道饮罢，问道，“潘哥怎知我要还京？”

“爷已降旨，税监陆续撤回，李哥别对我说不知。”潘相道。

“潘哥也别对我说，爷有旨，就一定撤回。”李道说。

“李哥是在说我吧？”潘相问。

“不说潘哥说谁个！”李道道，“去年年底命撤回矿使，潘哥却拖到今天，害得我空欢喜好几个月。”

“李哥的意思，既然我有旨可以不回，李哥也可以不回？”潘相说着，连连摇头，“李哥不能和我比。”

“我怎不能和潘哥比？”李道问。

“我若问李哥有没我的智慧，那是欺李哥。”潘相道。

“潘哥欲怎问？”李道问。

“我只问，李哥有没我一半的智慧？”潘相道。

“轻重深浅不分，亏潘哥还好意思说智慧！”李道讥道。

“我怎不分轻重深浅？”潘相问。

“问我有没潘哥的智慧，那是欺我；问我有没潘哥一半的智慧，岂不更是欺我！”李道说。

“是李哥理会错，”潘相分辩，“李哥本来就没我的智慧，我问李哥有没我的智慧，那是欺李哥；李哥或许会有我一半的智慧，甚至会有超过我一半的智慧，我问李哥有没我一半的智慧，则不是欺李哥。”

“我看，我连潘哥一半的智慧也没有，潘哥说的话，我全然听不懂，”李道说着，问道，“怎看得出来，潘哥的智慧，远胜过他人？”

“李哥想啊，爷撤回矿使的旨意一颁，还有几个没召还的？我能留下，靠的难道不是智慧？”潘相道。

“潘哥智慧如何，且搁置一旁；有几个召回的，我却不知。”李道说。

“好，我说给你听，”潘相边数边问，“爷命谁个往真定、保定、蓟州、永平采矿，李哥记得吗？”

“是亮哥。”李道说。他说的亮哥，是王亮。

“亮哥最先被召回，”潘相说着，又问，“爷命谁个往昌黎、迁安采矿，李哥记得吗？”

“是田哥。”李道说。他说的田哥，是田进。

“田哥也被召回，”潘相说着，又问，“爷命谁个往昌平、横岭、涞水、珠宝窝山采矿，李哥记得吗？”

“是忠哥。”李道说。他说的忠哥，是王忠。

“忠哥也被召回，”潘相说着，又问，“爷命谁个往山西平定、稷山等处采矿，李哥记得吗？”潘相问。

“是虎哥。”李道说，他说的虎哥，是王虎。

“虎哥也被召回，”潘相说着，又问，“爷又命谁个往山西采矿，李哥记得吗？”

“是另一位忠哥。”李道说。他说的另一位忠哥，是张忠。

“另一位忠哥也被召回，”潘相说着，又问，“爷命谁个往浙江采矿，李哥记得吧？”

“是曹哥。”李道说。他说的曹哥，是曹金。

“曹哥也被召回，”潘相说着，又问，“爷命谁个往山东采矿，李哥记得吗？”

“是晔哥。”李道说。他说的晔哥，是张晔。

“晔哥也被召回，”潘相说着，又问，“爷命谁个往四川采矿，李哥记得吗？”

“是丘哥。”李道说。他说的丘哥，是丘乘云。

“丘哥也被召回，”潘相说着，又问，“爷命谁个往陕西采矿，李哥记得吗？”

“是赵哥，”李道说。并问，“赵哥也被召回？”

“李哥还不知吗？赵哥才被召回，”潘相说着，问道，“李哥，我数到第几个？”

“似是九个。”李道说。

“再加一个，凑足十个，”潘相说着，问道，“爷命谁个往江西采矿，李哥记得吗？”

李道一愣，道：“不是潘哥你吗？”

“是我。”潘相笑着点头。

“潘哥何意？”李道问。

“矿使十人，九人召回，一人得留。李哥说，这个人除靠智慧，还能靠别的吗？”潘相反问。

“不能靠别的，也没别的可靠。”李道承认。

“我搁置一旁的智慧，现在可以取回吧？”潘相有点儿得意忘形。见李道摇头，问道，“还不可取回？”

“不可。”李道道。

“却是为何？”潘相问。

“潘哥的智慧是我搁置一旁的，我要原物奉还，”李道说着，举起酒杯，“潘哥，再敬你一杯。”

看似在泼冷水，原来是在捧场，潘相高兴地喝酒。

“潘哥的智慧，可以传授吗？”李道问。

“敬一杯酒，就要传授智慧，李哥未免太贪。”潘相说。

“不是只敬一杯，是先敬一杯。”李道说。

“然后呢？”潘相问。

“潘哥每传授一字，我敬酒一杯。”李道说。

“每字一杯？那还不把我灌得烂醉！”潘相道。

“这样，潘哥才会惜字如金，传授的才是精髓。”李道说。

“我有智慧，这难不倒我，”潘相道，并问，“要得我真传，你且说，欲知何事？”

“他人皆去，潘哥独留，在潘哥，靠的是智慧；爷把你留下，却是为何？”李道问罢，伸出一指，在他眼前点了点。“潘哥，别和我说，爷为的是你的智慧；在爷眼里，有智慧的未必是你。”

“爷为的不是智慧二字，是另外二字。”潘相说。

“是哪两个字？”李道问。

“专攻。”潘相道。

“这两个字听起来耳熟，”李道说着，忽然想起来，“对，有句话，叫术业有专攻，是这意思吧？”

“是。”潘相应道。

“潘哥为何只说两个字，不说五个字？”李道问。

“我不想一开始就把自个儿喝成个醉鬼。”潘相道。

“好，那就请潘哥先喝两杯。”李道说。

他斟两杯酒，潘相一口一杯。

“潘哥，何谓专攻？”李道问。

“我以前是江西矿使，江西所有的矿洞，任由我挑选，任由我开采，可以说春风得意吧？”潘相问。

“是春风得意。”李道应道。

“可以说风光无限吧？”潘相问。

“是风光无限。”李道应道。

“我今则移镇景德镇，专司陶瓷，可以说一落千丈吧？”潘相问。

“可以说一落千丈。”李道应道。

“可以说委曲求全吧？”潘相问。

“可以说委曲求全，”李道应道，又说，“也不能说十分委屈，往景德镇专司陶瓷，是潘哥所求嘛。”

“这正是我智慧所在。”潘相道。

“潘哥说得不错，委曲求全，确实需要智慧；不过，”李道口气一转，说道，“爷把你留在江西，绝非为你的委曲求全。”

“对，”潘相点点头，说道，“所以我说，爷留我为的是专攻二字；而没说，爷留我为的是委曲求全四字。”

“潘哥说的专攻，是不是专攻陶瓷？”李道问。

“李哥，我说你或许有我一半的智慧，甚至有超过我一半的智慧，没说错。你听得懂我的意思。”潘相道。

“我却不知，潘哥几时专攻过陶瓷？是在宫里吗？”李道问。

“当然不是。”潘相道。

“是来江西之后？”李道问。

“也不是。”潘相道。

“是在偶去景德镇之后？”李道问。

“我去景德镇，只是准备送往宫里的年礼，我本人对陶瓷一点儿兴趣也没有。”潘相说。

“非此非彼，是在几时？”李道问。

“在我得知爷要撤回矿使之后。”潘相说。

“潘哥得知撤回矿使，不是在爷的旨意颁至江西时？”李道问。

“不是，”潘相道，“略早几日，宫中的好兄弟寄函与我，告知此事。”

“然后呢？”李道问。

“然后，我恶补陶瓷之学，并进一疏。”潘相说。

“潘哥进疏，所言何事？”李道问。

“我进言陶瓷用土，略曰：陶土以浙青为上，次则庐陵、永丰、玉山土，青色稍淡。”潘相述道。

三县都在江西，庐陵隶吉安府，永丰、玉山隶广信府。景德镇则在浮梁县，隶饶州府。

“就这么简单？”李道问。

“就这么简单。”潘相道。

“听起来像是行家。”李道说。

“不但李哥听起来像是行家，爷读起来也像是行家，陈叔读起来也像是行家。所以，我才得如愿以偿。”潘相道。

“没想到，专攻二字还确有些讲头，”李道感慨之后，忽问，“潘哥从私人处得知爷要撤回矿使，比颁旨到江西，早几日？”

“三五日吧。”潘相道。

“三五日即成为行家，潘哥好生了得！”李道竖起大拇指说。

“专攻二字可见智慧？”潘相问。

“可见。”李道点头。

“难得李哥认可，我敬李哥一杯，”潘相道。二人喝杯酒，潘相又道，“李哥说说，还欲知何事？”

“以潘哥的智慧，能不能也送我二字？”李道问。

“李哥索要二字，为的何事？”潘相反问。

“据爷前旨，税监也要陆续召回，乞潘哥授计，让我也可早作打算。”李道说。

“李哥是想，有一日爷命李哥还京，李哥仍有机会留在江西，是不是？”潘相问。

“是。”李道应道。

“但仅限于二字吗？”潘相反问。

“是我说错，”李道道，“可以是二字，也可以是一字，也可以是三五字，几字可见潘哥智慧，潘哥送几字。”

“我送李哥四个字吧：假口于人。”潘相道。

“此四字何意？”李道问。

潘相不会马上解释。他指指酒杯，问道：“李哥不先敬酒？”

“潘哥先释之，我再敬酒不迟。”李道说。

“方才我说专攻二字，李哥却是先敬酒的。”潘相挑理。

“彼事关乎潘哥能不能显示自家的智慧，我不怕潘哥饮多；此事关乎我的去留，万一潘哥饮多，说不出来，岂不要坏大事！”李道说。

“李哥倒是坦诚！”潘相摇摇头，问道，“李哥可知，自爷颁旨取回矿使，到爷重新颁旨，命我在景德镇监陶瓷，相隔多久？”

“两个月吧。”李道说。

“那两个月，李哥知我是怎挨过来的？”潘相问。

“恐怕是度日如年。”李道说。

“说得好！”潘相道，“我不知爷几时会命撤回江西税监，但自爷颁旨撤回江西税监始，李哥也准备度日如年地挨过两个月吧。”

“挨就可以吗？”李道问。

“当然不可以，”潘相道。“我说的不是一个字，是四个字，李哥这就忘得一干二净？”

“没忘，潘哥说的四个字是：假口于人，”李道说着，问道，“假口于人，不能像潘哥那样进疏吧？”

“错，疏是一定要进的！”潘相道。

“我问的是，能不能像潘哥那样，自家进疏？”李道说。

“须得李哥自家进疏。”潘相道。

“自家进疏，还叫假口于人？”李道不解。

“妙就妙在这里，不然，怎见智慧！”潘相道。

“潘哥的意思是——”李道问。

“疏须李哥进，话须别个说。”潘相道。

“原来是这么个假口于人。”李道点头。

“李哥既懂，可以敬酒吧？”潘相想喝酒，不仅因为口馋，更因为李道敬酒，可以满足他的虚荣心。

“潘哥再等等，”李道说，“话须别个说，我懂得；可别个须怎说，我还是不知道呀。”

“我又开始怀疑，李哥有没有我一半的智慧；我点拨到这一步，你却仍然懵懂！”潘相趁机挖苦他一句。

“我一点儿也不懵懂，只不过请潘哥再点拨。”李道说。

“譬如，李哥学我，把自家扮饰成征税的行家，可否？”潘相点拨道。

“不可，”李道否定，“税率、税则，皆有定规，并不需要是行家。刻意扮饰，反而弄巧成拙。”

“我并不是要李哥扮饰成征税的行家，我是要李哥另辟蹊径，”潘相马上改口，他问，“李哥最初是榷税湖口吧？”

“是。”李道应道。

“李哥在湖口经营多年，应该根深蒂固吧？”潘相问。

“还可以吧。”李道说。

“譬如征税归有司，别个接收湖口关，会不会遇到麻烦？”潘相问。

“肯定会遇到麻烦。”李道说。

“会遇到怎样的麻烦？”潘相问。

“我当初从有司手里接收湖口关，曾被当地和外地商人，群起而逐之；而今我在那里站稳脚，别个要从我手里接收湖口关，一定也会有人群起而逐之。”李道说。

“这不就有话可说！”潘相道，“别个接收湖口关，被群起而逐之，狼狈逃窜，是个现成的话题。”

“他等有话，绝非好话。”李道说。

“所以，不能等他等进疏，李哥要先进疏。”潘相说。

“我疏怎写？”李道问。

“有司辞不接收湖口关。”潘相口述道。

“就这一句？”李道问。

“就这一句，足以让爷发话。”潘相说。

“爷会怎说？”李道问。

“有司既辞不接收，湖口关仍着原管太监李道管着，钦此！”潘相模仿皇帝的口气说。

“爷会这么说吗？”李道半信半疑。

“李哥若信，爷会这么说；李哥不信，爷不会这么说。”潘相道。

“不对呀，”李道听出破绽，“爷会这么说，不管我信不信，爷都会这么说；爷不会这么说，不管我信不信，爷都不会这么说。”

“李哥以为我不对吗？你自家才不对呢！”潘相辩道，“李哥若信，才会进疏，爷见疏，定会这么说；李哥不信，则不会进疏，爷不见疏，怎会这么说？所以，李哥信，爷会这么说；李哥不信，爷不会这么说。”

“原来是这么个道理，不管信不信，疏我都会进的。”李道说。

“李哥回过头再想想，我说的假口于人有错没错？”潘相问。

“没错。”李道说。

“李哥可以敬酒吗？”潘相问。

“潘哥再等等，”李道还有话说，“潘哥写陶土，还写两句浙土如何如何，庐陵等土如何如何；只写有司辞不接收湖口关，我总觉着写得有点儿少。”

“李哥觉着少，可以再加上一句。”潘相道。

“怎写？”李道问。

“他关有司亦辞接收。”潘相口述道。

“我这么写，爷会让我奏明哪些关的有司辞不接收吗？”李道问。

“李哥希望爷让你奏明哪些关的有司辞不接收吗？”潘相反问。

“我无法奏明，故不希望。”李道说。

“问题不在这儿。”潘相摇着头说。

“不在这儿，在哪儿？”李道问。

“随便写出几处税关，又有何难！但爷的旨意一颁，李哥须得回奏，再候爷旨下，又要多挨度日如年的两个月，还不如一开始就奏明哪几个关辞不接收呢。”潘相说。

“既如此，不如不多加这一句。”李道说。

“李哥别担心，这句但加不妨。”潘相道。

“怎么？”李道问。

“爷不会让李哥奏明哪些关有司辞不接收的。”潘相说。

“爷会怎说？”李道问。

“爷或许会说：湖口有司辞不接收，仍由李道管着；还有别关有司辞不接收，不如江西各关仍由李道通管。”潘相模仿皇帝的口气说。

“爷会这么说吗？”李道问罢，自己忍不住笑起来，“对，我若信呢，爷就会这么说；我若不信，爷就不会这么说。”

“李哥大有长进。”潘相笑道。

皇帝降旨，果以江西税务仍归李道。

第三百六十二章

仍是姓杨的长随、姓杨的指挥、姓杨的秀才三人，坐在云南税监衙门的后堂。杨荣不在，他们也都无话可说。

杨荣伸着懒腰进来，三人同时站起，按照各自的称呼打招呼。

“叔。”长随招呼道。

“二叔。”指挥招呼道。

“三叔。”秀才招呼道。

“都坐吧。”杨荣说着，自己先坐下。

“都说说今儿个做的何事吧。”杨荣命道。

和往常一样，指挥、秀才齐道：“大哥先说。”

“真是众望所归呀！”杨荣取笑长随。

“哪里是众望所归，第一个说的，从来不会讨好。”长随道。

“那就让他两个先说？”杨荣激他。

“算了吧，”长随道，“谁让他两个叫我一声大哥，不讨好的事，还是由我来做吧。”

“像个老大。”杨荣夸他一句。

“叔，我把樊高明逮来。”长随说。

“樊高明是谁？”杨荣不记得这个人。

“是个指挥。”长随说。

“我让你逮他？”杨荣不记得这件事。

“叔没让我逮他。”长随说。

“那你为何自作主张，把他逮来？”杨荣问。

“叔虽没吩咐把他逮来，但叔说过：召集各卫指挥，谁个迟到，谁个到的最晚，谁个就是对叔不恭。那天叔召集各卫指挥，他到得最晚；我想，对叔这等不恭之人，须得惩戒，所以把他逮来。”长随说。

“你惩戒他没有？”杨荣问。

“已惩戒。”长随说。

“怎惩戒的？”杨荣问。

“抽他一根筋。”长随说。

“可是腿上的筋？”杨荣问。

“是。”长随应道。

“好！”杨荣大叫一声，说道，“他叫高明，明不明，且不管他，至少他高不成。”

三个属下跟着他笑，并纷纷说着奉承的话。

“接下来谁个说？”杨荣问。

“二叔，我说。”指挥道。

“老二这点好，轮到他时，不用别人让，自个儿挺身而出。”杨荣说。

“哪里是挺身而出，前边一个推着，后边一个拉着，我想退缩，也无处退缩。”指挥道。

“要不，今儿个调换次序？”杨荣激他。

“算了吧，”指挥道。“谁让他两个都叫我一声二哥，夹在当中的事，我不作谁作！”

“像个老二。”杨荣夸他一句。

“二叔，我把贺瑞凤逮来。”指挥说。

“贺瑞凤也是个指挥吧？”杨荣还记得这个人。

“是。”指挥应道。

“我让你逮他吗？”杨荣也不记得这件事。

“二叔没让我逮他。”指挥说。

“那你为何自作主张，把他逮来？”杨荣问。

“二叔虽没吩咐把他逮来，但二叔说过：讨要诸物，谁个拖到最后才给，谁个干脆不给，谁个就是对二叔不恭。前些日子，二叔向贺瑞凤要马，贺瑞凤干脆不给。我想，对二叔这等不恭之人，须得惩戒，所以把他逮来。”指挥说。

“你惩戒他没有？”杨荣问。

“已惩戒。”指挥说。

“怎惩戒的？”杨荣问。

“戴枷戴镣，游街示众。”指挥说。

“好！”杨荣大叫一声，说，“他不给我马，就把他当作马，拉到街上遛遛。”

三个属下又跟着他笑，并纷纷说着奉承的话。

“老三，”杨荣问秀才，“你是先评论老大、老二所为，再说自个儿做的何事，还是直接说自个儿做的何事？”

“我直接说做的何事吧。”秀才道。

“好怪！”杨荣大叫一声，然后问长随，“老大，你说怪不怪？”

“怪。”长随应道。

“怎怪？”杨荣问。

“三哥以往总要先评论评论我两个所为。”长随道。

“老二，你说怪不怪？”杨荣又问指挥。

“怪。”指挥应道。

“怎怪？”杨荣问。

“三哥以往评论我两个所为，好显示他的高明。”长随道。

“老三，是这样吧？”杨荣问秀才。

“大哥、二哥说的是。”秀才应道。

“今儿个怎的？没兴趣评论？不愿显示自个儿高明？”杨荣问。

“是。”秀才应道。

“却是为何？”杨荣问。

“今儿个惭愧。”秀才说。

“你做何错事，居然惭愧起来？”杨荣更觉得怪。

“我今儿个惭愧，不是因为做错事，而是因为没做事。”秀才说。

长随、指挥好歹是辛苦一遭，听秀才说没做事，都觉得冤枉。

“三哥今儿个并未做事？”长随问。

“是。”秀才应道。

“三哥今儿个去哪里偷闲？”指挥问。

“哪里都没去，关在房里，躺在床上，却未偷闲。”秀才说。

“关在房里，躺在床上，还不是偷闲！”长随、指挥齐道。

“你两个别吵，我来问他，”杨荣说着，问道，“老三今日关在房里，躺在床上，不在偷懒，却在作甚？”

“想事。”秀才道。

“在想何事？”杨荣问。

“在想大哥去逮人的事。”秀才说。

“还想何事？”杨荣问。

“还想二哥去逮人的事。”秀才说。

“老三想的是不是自个儿也去逮个人？”杨荣问。

“不是。”秀才道。

“为何不想？”杨荣问。

“一介书生，逮不了人。”秀才说。

“逮不了人，可以帮衬呀！老三想的是不是自个儿该去帮衬老大、老二逮人？”杨荣问。

“也不是。”秀才道。

“为何不想？”杨荣问。

“一则，大哥、二哥没央告我帮衬；二则，大哥、二哥逮个指挥，根本不用人帮衬。”秀才说。

“老大、老二逮人的事，你是怎想的？”杨荣又问。

“我在想，大哥为何要逮樊高明，二哥为何要逮贺瑞凤。”秀才说。

“他两个才说，为的惩戒不恭，”杨荣道，并问，“老三以为他两个说得不对？”

“大哥、二哥说得对。”秀才道。

“老三还有别的想吗？”杨荣问。

“我若没的想，就只剩下惭愧。”秀才道。

“看来，老三还在往深里想。”杨荣说。

“是。”秀才应道。

“怎想？”杨荣问。

“我又想，大哥逮个姓樊的指挥来，二哥逮个姓贺的指挥来，有没用处？”秀才道。

“有没用处，这倒是个问题，”杨荣嘟囔一句，然后问长随，“老大，你说有没用处？”

“当然有用处，”长随道。“惩戒樊高明，看谁个还敢对叔不恭！”

“老二，你说有没用处？”杨荣问指挥。

“怎没用！”指挥道。“惩戒贺瑞凤，看谁个还敢不买二叔的账！”

“是啊，”杨荣认同他们的回答，并问秀才，“惩戒怎会没用？”

“我不是说惩戒没用；我是说，把姓樊的、姓贺的指挥逮来，能有多大的作用？”秀才道。

“不用说，老三以为起不了多大的作用，是吧？”杨荣问。

“恕我直言，作用有限。”秀才说。

“老三是怎想的？”杨荣问。

“我在想，自万历二十七八年至今，有六七年，三叔到底参倒几多官员。”秀才说。

“老大说说，老三为何想此事？”杨荣问长随。

“读书人嘛，好忆往事。”长随说。

“老二，你说呢？”杨荣问指挥。

“三哥或在寻思，怎给二叔歌功颂德。”指挥说。

“要我说呀，他关在房里，躺在床上，要不找点儿事情来想，岂不真成偷懒！”杨荣道。

“还是叔看得透彻。”长随奉承道。

“还是二叔说得实在。”指挥奉承道。

“三叔的话，也可以反过来理会。”秀才则说。

“怎反过来理会？”杨荣问。

“我不想偷懒，所以关在房里，躺在床上，才会想着这事。”秀才说。

“那你想出来这些年我参倒几多官员没有？”杨荣问。

“十多名。”秀才道。

“老三想出我这些年参倒十多名官员后，又怎想？”杨荣问。

“我在想，三叔参倒十多名官员，几次有大的威慑之力。”秀才说。

“那你想出来几次有大的威慑之力没有？”杨荣问。

“三次。”秀才道。

“是哪三次？”杨荣问。

“第一次，参倒景东知府熊铎。”秀才说。

“叔，参倒熊铎，我出力最多。”长随表功。

“你以为我会忘！”杨荣怪他多嘴，又问秀才，“第二次呢？”

“参倒寻甸知府蔡如川。”秀才说。

“二叔，参倒蔡如川，我出力最多。”指挥表功。

“我记着呢，”杨荣道。又问秀才，“第三次呢？”

“参倒云南知府周铎。”秀才说。

长随、指挥都不开口。

“你两个怎不再说？”杨荣斥道。

“参倒周铎，叔出力最多。”长随说。

“参倒周铎，全是二叔出的力。”指挥说。

“其实，参倒熊铎，叔居功至伟。”长随又说。

“其实，参倒蔡如川，是二叔运筹帷幄。”指挥又说。

“我早说过，参倒这几个人，都有老三的功劳，”杨荣说着，问秀才，“老三想出这三次有大的威慑之力后，又怎想？”

“我在想，参倒十多名官员，三次有大的威慑之力，三叔是不是如愿以偿？”秀才说。

“老大，你说呢？”杨荣问长随。

“参倒熊铎，是叔的心愿，叔如愿以偿。”长随说。

“老二，你说呢？”杨荣问指挥。

“参倒蔡如川，是二叔的心愿，二叔如愿以偿。”指挥说。

“照你两个的说法，参倒周铎，更是我的心愿，我更该如愿以偿？”杨荣问。

“可不！”长随、指挥齐道。

“是啊，”杨荣认同他们的回答，并问秀才，“参倒他等，老三以为我没如愿以偿吗？”

“那是小的心愿得偿。”秀才说。

“老三是说，我还应该有大的心愿？”杨荣问。

“是。”秀才应道。

“我大的心愿是何事？”杨荣问。

“参倒十多名官员，三次有大的威慑之力，使得云南境内的官员，至少是知府以下的官员，无不对三叔俯首帖耳，”秀才说着，问道，“这个大的心愿，三叔得偿否？”

“我得偿否？”杨荣觉着自己没法回答，转问长随，“老大，你说我得偿否？”

“似未得偿，”长随说。“云南境内的官员，并未对叔俯首帖耳。”

“老二，你说呢？”杨荣问指挥。

“二叔肯定未得偿，”指挥说得更干脆，“云南知府以下的官员，对二叔俯首帖耳的并没几个。”

“老三，你是不是在想，我怎样才能得偿？”杨荣又问秀才。

“是。”秀才应道。

“你两个听，老三想的是大事。”杨荣对长随、指挥说。

“我等听出来。”长随、指挥应道。

“你怎想的？”杨荣问秀才。

“云南各文职，都是朝廷命官；即便知府以下各文职，也都是朝廷命官，三叔只能参倒他等，不能随意逮来，此其一也；云南文职，尤其知府以下文职，人员众多，三叔不能全部参倒，此其二也；云南文职，包括知府以下文职，无论出自甲科，还是出自举人，还是出自荐举，都是读的圣贤书，不识时务，和三叔难以亲近，此其三也。有此三者，三叔虽参倒熊铎，参倒蔡如川，参倒周铎，大愿亦难以得偿。”秀才说。

“听老三这话，让人很沮丧，是不是？”杨荣问长随、指挥。

“是。”长随、指挥齐应道。

“我还有几句话，三叔听后，一定很受鼓舞。”秀才说。

“你说！”杨荣命道。

“指挥们则不然，”秀才说，“云南有六卫，指挥人数有限，此其一也；朝廷对指挥们来说，好似后娘，譬如樊高明、贺瑞凤被逮来，朝廷绝不会责怪三叔，此其二也。有此二者——”

云南全境，有二十卫，他说的六卫，是分布在云南府的军卫，即分布在昆明附近的军卫。

他说到这里，被指挥打断。

“文官有三者，凭什么到指挥，只有二者？”指挥问。

“二哥没听出来吗，三哥说得越多，指挥越不值钱？”长随与其说在劝和，不如说在挑事。

“凭什么到指挥，朝廷就成后娘？”指挥又问。

“你两个别打岔，且听老三说！”杨荣喝道。

“我并无贬低指挥之意，更无贬低二哥之意，”秀才先安抚指挥，然后说，“我想说的是，有此二者，三叔把云南的指挥都逮来，都加以惩戒，其实并不太难。”

“老大逮过指挥，你说呢？”杨荣问长随。

“除逮二哥，我看，逮别个指挥都不难。”长随说。

指挥冲他抱抱拳，感谢他为自己出口气。

“老二也逮过指挥，你说呢？”杨荣问指挥。

“是不太难。”指挥应道。

“老三听到吧，他两个都认可；不过，”杨荣口气一变，说道，“听这几句话，我还没受到鼓舞。”

“我还没说完呢，”秀才道，“云南的文职，三叔可以参倒几个；参倒几个，会有威慑之力。但云南的文职，三叔不能悉数参倒；不能悉数参倒，则威慑有限。威慑有限，则不可能使云南的文职俯首帖耳。云南的指挥，三叔可以悉数逮来；悉数逮来，则威慑之力无穷。威慑之力无穷，则云南的指挥们一定会对三叔俯首帖耳。云南卫的指挥们俯首帖耳，亦是三叔的大愿；如此，则大愿得偿矣。”

“归根到底，老三想的是尽捕六卫指挥，是不是？”杨荣问。

“是。”秀才应道。

“此事想呢，也该想，可如何尽捕呢？”杨荣问。

“这不正要和三叔合计，和大哥、二哥合计。”秀才道。

第三百六十三章

指挥韩光大无论遇到什么大事，都会和另一个指挥贺世勋商量。他自己没主心骨，贺世勋就是他的主心骨。

“贺兄，五哥和你是至亲吧？”韩光大问。

“韩兄说的是瑞凤吧？”贺世勋反问。

“是。”韩光大应道。

“虽非至亲，但是一个高祖，论起来，他是我堂弟。”贺世勋说。

“我见到他。”韩光大道。

“还在游街？”贺世勋问。

“贺兄已知此事？”韩光大反问。

“游过四五条街，全昆明的人皆知，我怎会不知！”贺世勋道。

“贺兄不想为他讨回公道？”韩光大问。

“向谁个去讨？”贺世勋反问。

“谁个把他逮去，向谁个去讨呀。”韩光大道。

“韩兄知道是谁个把他逮去的吗？”贺世勋问。

“听说是他。”韩光大说着，比画个杨字。

“哪个姓杨的？”贺世勋问。

“和我等同侪，却甘作走卒的那个。”韩光大说。

“韩兄说清楚些，他甘作谁人走卒？”贺世勋问。

“甘作阉宦走卒，贺兄又不是不知！”韩世光道。

“既甘作阉宦走卒，阉宦不发话，他敢逮人吗？”贺世勋问。

“我问过，他把五哥逮去，阉宦还真没发话。”韩光大说。

“他纵非奉命逮人，难道不是揣摸着阉宦的心思逮人？”贺世勋问。

“这却完全可能。”韩光大道。

“阉宦即便逮人时不知，难道游街时也会不知？”贺世勋问。

“断然不会不知。”韩光大道。

“所以，你要讨公道，不能向走卒讨，须得向阉宦讨，”贺世勋说着，问道，“向阉宦讨公道，韩兄愿去吗？”

“不愿。”韩光大道。

“韩兄敢去吗？”贺世勋问。

“只身一人，还真不敢。”韩光大说。

“若不单为瑞凤一人呢？”贺世勋又问。

“此言何意？”韩光大反问。

“樊兄也被逮去，韩兄知否？”贺世勋又反问。

“横拉直拽，穿街过巷，全昆明的人皆知，我怎不知！”韩光大道。

“韩兄和他交好吧？”贺世勋问。

“磕过头，拜过把子。”韩光大说。

“韩兄不想为他讨回公道？”贺世勋问。

“向谁个讨？”韩光大重复贺世勋方才的问话。

“谁个把他逮去，向谁个去讨呀。”贺世勋道。

“贺兄知道谁个把他逮去的吗？”韩光大问。

“听说是他。”贺世勋说着，也比画个杨字。

“哪个姓杨的？”韩光大问。

“老阉卵翼下的小阉。”贺世勋说。

“既是老阉卵翼下的小阉，老阉不发话，他敢逮人吗？”韩光大问。

“我问过，他把樊兄逮去，老阉还真没发话。”贺世勋说。

“他纵非奉命逮人，难道不是揣摸着老阉的心思逮人？”韩光大问。

“这却完全可能。”贺世勋道。

“即便逮人时老阉不知，押解在其衙门，老阉也不知吗？”韩光大问。

“断然不会不知。”贺世勋道。

“所以，你要讨公道，不能向小阉讨，须得向老阉讨，”韩光大说着，问道，“向老阉讨回公道，贺兄愿去吗？”

“不愿。”贺世勋道。

“贺兄敢去吗？”韩光大问。

之前韩光大问的，和贺世勋前面问的，完全一样，贺世勋答的，和韩光大前面答的，也完全一样。但到这一句，贺世勋的回答改变。

“要去的，不会是一人。”贺世勋说。

“怎么？”韩光大问。

“瑞凤有难，韩兄若去为他讨回公道；瑞凤是我堂弟，我不会不去吧？”贺世勋反问。

“贺兄不会不去。”韩光大道。

“樊兄有难，我若去为他讨回公道；韩兄和樊兄磕过头，拜过把子，韩兄不会不去吧？”贺世勋又问。

“我不会不去，”韩光大嘴上虽然这么说，心里仍感畏葸，“可我和贺兄去，或贺兄和我去，也仅有二人。”

“要去的，不会仅有二人。”贺世勋道。

“为何不会？”韩光大问。

“我方才问，瑞凤有难，韩兄去为讨回公道，我不会不去吧；又问，樊兄有难，我为他讨回公道，韩兄不会不去吧，”贺世勋重复一遍自己的问题，然后问，“是吧？”

“是啊。”韩光大应道。

“我若换个问法，不知韩兄会怎样回答。”贺世勋说。

“换个问法？怎问？”韩光大问。

“瑞凤有难，韩兄去为他讨回公道，我不得不去吧？”贺世勋其实只换一个字。

“贺兄不得不去。”韩光大顺着他的问话回答。

“樊兄有难，我去为他讨回公道，韩兄不得不去吧？”贺世勋又问。

“我不得不去。”韩光大问。

“韩兄觉着如何？”贺世勋问。

“听起来有些别扭。”韩光大说。

“怎的别扭？”贺世勋问。

“好似勉强，本不想去，却不得不去。”韩光大说。

“韩兄说得好！”贺世勋赞道。

“我说得好？”韩光大自己却不知好在哪里。

“对！”贺世勋应道，“勉强二字，韩兄说的实在是好！瑞凤有难，我去为他讨回公道，还有的可说；韩兄去，是不是有点儿勉强？樊兄有难，韩兄去为他讨回公道，还有的可说；我去，是不是有点儿勉强？其实，瑞凤有难，我去为他讨回公道，也有点儿勉强；尽管他是我堂弟，我到底不是非去不可。樊兄有难，韩兄去为他讨回公道，也有点儿勉强；尽管你二人有金兰之交，韩兄到底不是非去不可。”

“贺兄，我听得有点儿糊涂，”韩光大说，“你我到底该问不会不去吧，还是该问不得不去；到底该答不会不去，还是该答不得不去？”

“瑞凤有难，樊兄有难，还是该问不会不去吧，该答不会不去，因为你我义字当先，去得一点儿也不勉强。”贺世勋说。

“该问不会不去吧，问的也确是不会不去吧；该答不会不去，答的也确是不会不去。贺兄为何要换个字来问？”韩光大问。

“因为接下来会碰到不得不去的事。”贺世勋说。

“碰到不得不去的事？何事？”韩光大问。

“韩兄想呢？”贺世勋反问。

“除非你我本人将有大难，似乎都可以有去或不去两种选择。”韩光大说。

“韩兄，高明！”贺世勋竖起大拇指赞道。

“真的你我本人将有大难？”韩光大惊问。

“是。”贺世勋应道。

“贺兄怎知？”韩光大问。

“有人告诉我的。”贺世勋道。

“莫非贺兄在老阉身边安插有细作？”韩光大说一句笑话，为的是掩饰内心的不安。

“干吗非得安插细作，路见不平的人也是有的，”贺世勋说，“阉宦那厢有个厨子，是我同乡。他告诉我，阉宦和他的几个爪牙正在商量，何时何地以何借口，把我逮去。”

“把你逮去？”韩光大问。

“还有，何时何地以何借口，把韩哥逮去。”贺世勋加上一句。

“我又没得罪过他，干吗要逮我？”韩光大沉吟道。

“难道我得罪过他？瑞凤得罪过他？樊兄得罪过他？”贺世勋问，并说，“他想逮谁个，就逮谁个；甚至他的爪牙们想逮谁个，就逮谁个，还非你得罪他不成！”

“贺兄说的是。”韩光大应道。

“韩兄，而今不是瑞凤有难，不是贺兄有难，而是你我本人大难临头。再要讨回公道，你我是该问不会不去吧，还是该问不得不去吧；该答不会不去，还是该答不得不去？”贺世勋问。

“那是该换个字问，换个字答，”韩光大表示同意，同时又提出疑问，“但老阉欲逮贺兄去，贺兄不得不去讨回公道；老阉欲逮我去，我不得不去讨回公道。不得不去的，不仍是你我二人？”

“韩兄别忙呀！先确定你我不得不去，再说别个，”贺世勋说着，问道，“瑞凤被逮去，你我号召众指挥去为他讨个公道，韩兄说，众指挥不会不去吧？”

“贺兄问的是不会不去，不是不得不去？”韩光大敲定这个字。

“是不会不去。”贺世勋应道。

“我看，有的会去，有的不会去。”韩光大道。

“哪些人会去？”贺世勋问。

“五哥被逮去，樊兄被逮去，你我去为他讨回公道，和五哥有交情的会跟去；和他虽没交情，但和你我有交情的会跟去；和他、和你我都没交情，但为人仗义的会跟去；和他、和你我都没交情，但深明大义的会跟去。”韩光大说。

“而和他、和你我都没交情，不深明大义，为人又不以义字为先，并且胆小如鼠的，不会跟去，是不是？”贺世勋问。

“是。”韩光大应道。

“其实，指挥中和瑞凤有交情的，和他没交情，但和你我有交情的，和他、和你我都没交情，但为人仗义的，深明大义的，也是不会不去，不是不得不去，”贺世勋说着，问道，“韩兄，是吧？”

“是，”韩光大应道，“这正是我要说的。”

“若是他等得知，阉宦要逮他等呢？”贺世勋问。

“和你我一样，他等不得不去为自家讨回公道。”韩光大说。

“那我就告诉韩兄，阉宦及其爪牙商量的，不只是逮我去，逮韩兄去，而是要尽逮六卫指挥。”贺世勋道。

“这个消息传出，要向老阉讨回公道的，就不止贺兄和我二人。”韩光大说。

“韩兄估摸着，能有几多人？”贺世勋问。

“昆明六卫，少则三五指挥，多则十余指挥，大家都去，怎么也得有二三人十吧。”韩光大说。

“不止！”贺世勋道。

“对！”韩光大往上加着人数。“每指挥都会有自个儿的心腹，少则三五人，多则十余人，合在一起，怎么也得有数百人吧。”

“不止。”贺世勋道。

“对！”韩光大又往上加着人数，“指挥们的心腹又各有心腹，少则三五人，多则十余人，乃至数十百人，合在一起，怎么也得数千人吧。”

“不止！”贺世勋道。

“还不止呀！贺兄，还有谁人会为我等讨回公道？”韩世勋想不出。

“不见得是为我等讨回公道，但多行不义必自毙，阉宦作恶多端，滇人无不恨之入骨。我等呼号而去，谁不拥从！”贺世勋道。

三月中旬的一天，在贺世勋、韩光大等带领下，万众拥向杨荣宅第，纵火烧之。杨荣及其党羽二百余人被杀。

第三百六十四章

李旺在慈宁宫外踱来踱去，计算着往返慈宁宫和养心殿之间所需要的时间。慈圣皇太后命人去养心殿，为的是打探住在那里的皇帝的近况，李旺无论如何也要先知道一二。

虽然两个地方相距不甚远，虽然差往养心殿的，又是慈宁宫最善于奔跑的小宦者，李旺还是觉着，等的工夫太久。所以，迎到上气不接下气的小宦者，他抱怨一句："怎去这久！"

"小的知道李叔焦急，老娘娘焦急，已经拼尽全力。"小宦者说。

"爷怎样了？"李旺马上又问。

小宦者微微摇头，摇得幅度很小，速度很慢，好像李旺问的事，他不仅不敢说出口，连摇头也有顾虑。

"你倒是说话呀。"李旺逼他开口。

"爷今日强过昨日。"小宦者不得不说。

"爷今日进过膳？"李旺大喜过望。

小宦者又微微摇头，摇得幅度仍很小，速度仍很慢。

"仍未进膳？"李旺问。

"是。"小宦者应道。

"你为何说爷今日强过昨日？"李旺责道。

"爷进过羹。"小宦者说。

"昨日不也进羹？"李旺道。

"爷昨日只进一小盅，今日进两小盅。"小宦者说。

"那确实比昨日强，"李旺道，又叮嘱，"待会儿娘娘问话，拣好听的说，别让娘娘着急。"

"是。"小宦者应道。

进宫后，慈圣皇太后第一句问的也是："爷怎样了？"

慈圣皇太后问话，是不能点头、摇头的，必须开口。

“圣母娘娘宽心。”小宦者不着边际地说。

“皇上进膳了？”慈圣皇太后欣喜地问道。

“尚未。”小宦者道。

慈圣皇太后脸沉下来，斥道：“皇上尚未进膳，让我怎宽心！”

“爷虽未进膳，但强过昨日。”小宦者说。

“怎的强过昨日？”慈圣皇太后问。

“爷昨日只进一小盅羹，今日进两盅。”小宦者说。

“两大盅吗？”慈圣皇太后问。

“盅仍是小盅。”小宦者不敢说谎。

“老李，昨日不是让你告诉养心殿的人，皇上今日再要食羹，换成大盅吗！你没去说？”慈圣皇太后问李旺。

“奴才传过话。”李旺道。

“那怎还用小盅？”慈圣皇太后问。

“奴才不知。”李旺道。他心再细，也比不过慈圣皇太后和皇帝母子连心，这样一件事他就没想到。

“你可知？”慈圣皇太后问小宦者。

李旺说不知，小宦者当然不敢贸然说知道，他偷看李旺一眼。

“看你李叔作甚！”慈圣皇太后道，“你若没问，我也不能全怪你；你有一份不是，你李叔也有一份不是，是他没想到呀。你若问了，我也不全说你好；你有一份功劳，你李叔也有一份功劳，是他调教得好呀。”

小宦者这才放心。他说：“奴才恰好问一句。”

“养心殿的人怎说的？”慈圣皇太后问。

“他等说，李叔传娘娘懿旨，他等无不放在心上。今日爷要饮羹，他等特意换用大盅。但爷命撤下，仍用小盅。”小宦者说。

“老李，皇上的心病未愈呀！”慈圣皇太后对李旺叹道。

“是。”李旺应道。

“我让你告诉御膳房，今日的羹，要多用几样补品；皇上欲食，多盛些料。你也去说过吗？”慈圣皇太后问他。

“奴才去说过。”李旺道。

“皇上有没有弃之不食？”慈圣皇太后问。

“奴才不知。”李旺道。

慈圣皇太后看小宦者一眼，小宦着忙说：“奴才恰好也问一句。”

“养心殿的人怎说？”慈圣皇太后问。

“他等说，爷连汤带料齐食，并未弃之。”小宦者说。

“还好，添加的物料，正好给皇上补补元气。”慈圣皇太后说。

“是。”李旺应道。

“老李，今日是第几日？”慈圣皇太后问。

“娘娘是问爷不进膳是第几日？”李旺心情一直紧张，不然，也不会这么糊里糊涂地反问一句。

“不问此事，我还会问别的事吗！”慈圣皇太后斥道。

“是，”李旺应一声，回答，“是第四日。”

“第一日，未进膳，水也饮得少；第二日，未进膳，水饮得稍多；第三日，未进膳，进一盅羹；第四日，未进膳，进两盅羹，”慈圣皇太概括了几天的情形后，问道，“是吧？”

“是。”李旺应道。

“至于的吗？”慈圣皇太后问。

李旺没听清她的话，问道：“娘娘怎说？”

“老李，你真是老了，话也听不清！”慈圣皇太后道，“我是说，不过死个税监什么的，皇上至于这么伤心吗！”

“娘娘说的是。”李旺应道。

“那税监叫什么？”慈圣皇太后问。

“杨荣。”李旺道。

“你和他熟吗？”慈圣皇太后问。

“见过几面，不熟。”李旺说。

“皇上对他很眷顾吗？”慈圣皇太后问。

“据奴才所知，爷只对司礼掌印田哥、东厂提督陈哥另眼看待，差出的矿使、税监，虽则有奏必报，但并不特别眷顾。至于这个杨荣，奴才也没听说爷对他特别眷顾。”李旺道。

“那他死了，皇上为何数日不食？”慈圣皇太后又问一遍。

“有个说法，杨荣是被扔进火里，活活烧死的。爷或因他死的凄惨，所以伤心。”李旺试图解释皇帝的心境。

“即便如此，不食三日，也应该到顶。”慈圣皇太后说。

“娘娘说的是，三日不进膳，应该到顶。”李旺附和道。

“你也这么想？”慈圣皇太后问。

“是。”李旺应道。

“那你想想，还有何事，使得皇上不食延至第四日？”慈圣皇太后问。

“奴才倒是还听说一事，不知爷是否为之恼怒。”李旺说。

“何事？”慈圣皇太后问。

“娘娘不生气，奴才才敢说。”李旺道。

“我不生气，你说！”慈圣皇太后命道。

“荣昌公主和驸马爷发生争执。”李旺说。

“吵得厉害吗？”慈圣皇太后关切地问。

“闻得驸马爷是拂衣而去。”李旺说。

“小两口子吵架，没多大关系，那——”慈圣皇太后本想说驸马如何如何，忽又不想称呼驸马。平时，她对公主的丈夫都以驸马称呼，但今天得知小两口子发生争执，仍一声公主、一声驸马地叫着，心里就有点儿别扭。况且，荣昌公主是皇帝的长女，是她的长孙女；况且，李旺还说驸马拂衣而去。不管是何缘故，这都太过分。她问，“荣昌公主下嫁的那人，叫杨春元吧？”

“是。”李旺应道。

“那杨春元不悦，和几个狐朋狗友喝上几盅，火气自然会消，”慈圣皇太后说到这里，笑了笑，表明她并没恶意。然后吩咐，“老李，你去荣昌公主府上说一声，那杨春元回去，别轻易让他进门。”

“是。”李旺应时，也笑了笑，不过笑得苦涩。

慈圣皇太后看得出来。她问：“老李，还有话说？”

“奴才听说，杨春元已出城。”李旺道。

“出城？出的哪个城？”慈圣皇太后没转过弯来。

“奴才也不知他出的哪个城。”李旺听岔。

“不是你说的，杨春元出城？”慈圣皇太后问。

“是，”李旺应道，“奴才是说，杨春元出了京城；至于他从哪个城门出去的，奴才不知。”

“我就是问你，他是不是出了京城，”慈圣皇太后道，又问，“他出京城，去往哪里？”

“杨春元是固安人，有人说，他回乡了。”李旺道。

“他不仅拂衣而去，还拂衣出京，还拂衣还乡！”慈圣皇太后动怒，“有人辞官回乡，他却是辞驸马回乡，驸马也可辞吗！”

“娘娘说过，不生气的。”李旺小心翼翼地提醒。

“我不生气有用吗！有本事，你让皇上别生气！”慈圣皇太后斥道。

“奴才没这本事。”李旺赔着笑脸说。

皇帝摆两下手。陈矩理解其意：第一次摆手，是让他别劝；第二次摆手，是让他别问。所以，他不劝不问。

皇帝平静下来，问道：“老陈，你掌印司礼多久？”

“两三个月。”陈矩回答。

田义病逝，皇帝命陈矩接任司礼掌印，并兼署东厂。

“老田不在，朕不是不难过，可他到底是寿终正寝呀，”皇帝说着，问道，“你说是不是？”

“是。”陈矩不能说不是。

“杨荣却是死于非命，朕想厚葬他都不成！”皇帝又说。

“爷对奴才们厚爱，奴才们都体会得到。”陈矩道。

“老陈，朕要为杨荣申冤报仇。”皇帝说。

“应该的。”陈矩道。

“第一，朕要严惩守土官。”皇帝说。

“爷说的是——”守土官包括的范围可以很大，也可以很小，陈矩需要先加以确定。

“至少云南府的官员，要严惩。”皇帝说。

还好，没说抚、按官和布、按二司官一并严惩。但陈矩不能随便附和。这不仅因为知府的职位很重要，更因为此例一开，无法收拾。

皇帝觉察到他在犹豫，说：“朕不是说一定要把知府怎的；同知、通判，总得有人为此事顶罪吧！”

“据抚、按所奏，今次之变，以军官为主。”陈矩说。

“抚、按当然要把罪责推到军官们头上！”皇帝道，“不然，真追究下去，他等也脱不了干系。”

“爷，奴才有个计较。”陈矩说。

“你说！”皇帝命道。

“据抚、按所奏，今次云南之变，是由军官们挑动，爷先惩治为首军官；以后查出守土官亦参与其事，再惩治守土官，并追究抚、按所奏不实之罪。”陈矩说。

“这不是你一人的意思吧？”皇帝问。

“不是，”陈矩应道，“奴才去内阁传谕时，阁臣们也是这个意思。”

“好，就依你等，”皇帝道，“首恶指挥，一定要诛之！”

“是，”陈矩应罢，觉得劝解的时机已到，“乞爷传膳。爷数日不进膳食，杨荣地下有知，也会不安的。”

“朕今日不食，不是为的杨荣。”皇帝说。

“不是为的杨荣？”好不容易有个机会，却这样失去，陈矩很是沮丧。他问，“爷今日不进膳，为的何事？”

“朕的爱女被欺负，老陈难道不知？”皇帝反问。

“爷是说荣昌公主家事吧，奴才已知。”陈矩道。

“公主家事，难道不是国事？”皇帝不高兴地问。

“公主家事，也是国事。”陈矩附和道。

“杨春元那厮，竟敢和朕爱女大吵大闹，你说可气不可气！”皇帝道。

“可气。”陈矩应道。

“他竟敢甩手而去，你说可气不可气！”皇帝道。

“可气。”陈矩应道。

“他竟敢甩手而出京，你说可气不可气！”皇帝道。

“可气。”陈矩应道。

“他出城去了哪里？”皇帝问。

“固安。”陈矩说。

“他是固安人，是吧？”皇帝问。

“是。”陈矩应道。

“他竟敢甩手回乡，你说可气不可气！”皇帝怒道。

“可气。”陈矩应道。

“朕恨不得一刀取他性命！”皇帝气哼哼地说。

“不可！”陈矩惊呼。

“朕知不可，”皇帝道，“朕一刀杀了他，朕虽解气，朕的爱女怎办？她岂不是成寡妇！”

“爷明鉴。”陈矩松了口气。

“朕在想，杨春元那厮不会是一人离府，一人出城，一人回乡吧？”皇帝问。

“其家殷实，别说选驸马，即便没选驸马，也不会一人离家，一人出城，一人赶路的。”陈矩说。

“朕不能杀他，还不能杀他的随从吗！”皇帝道。

“此事还须从长计议。”陈矩劝解。

“好，从长计议，”皇帝没批驳，而是又问，“老陈，杨春元那厮从哪门出的皇城？”

“东安门。”陈矩道。

“从哪门出的京城？”皇帝问。

“崇文门。”陈矩道。

“守此二门内臣、外臣，是故意放走他的吧？”皇帝问。

“奴才想，或是人多时，他混出去的。”陈矩说。

“即便他是混出去的，守城内臣、外臣，也是怠慢旷职，朕不能杀他，还不能杀守城内臣、外臣！”皇帝道。

“此事亦须从长计议。”陈矩劝解。

“老陈，朕知你说从长计议，是不赞成。杀他的随从，还可以说，伤及杨春元那厮的颜面；杀守城之人，你为何也不赞成？”皇帝责问。

“有句话，奴才本不该说，爷既问，奴才斗胆说出来。”陈矩道。

“你说！”皇帝命道。

“家丑不可外扬，”陈矩说出这句话，并进一步说，“爷谕曰：公主家事，也是国事。那更得说，国丑不可外扬。”

“是朕外扬的吗？”皇帝忿道，“他和朕的爱女争吵，是瞒不住的；他离府而去，是瞒不住的；他回固安，是瞒不住的。分明是他把家丑外扬，怎是朕把家丑外扬！”

“杨春元不懂事，把家丑外扬，还可以遮掩；爷再把家丑外扬，则无法遮掩。”陈矩说。

“他把家丑外扬，怎的遮掩？”皇帝问。

“爷可传谕，览东厂事件，知驸马都尉杨春元出某门，往固安县去了。”陈矩说。

“你是说，把此事公开谕示？”皇帝问。

“是。”陈矩应道。

“那不更是把家丑外扬！”皇帝道。

“奴才知此事不宜公开；但既然瞒不住，不如由爷公开。”陈矩说。

“要是有人问，驸马都尉为何出某门，去固安呢？”皇帝问。

“圣谕里可加上四个字。”陈矩说。

“加上哪四个字？”皇帝问。

“不知缘故。”陈矩道。

“朕览东厂事件，驸马都尉杨春元，不知何故。出某门，往固安去了，”皇帝加上四个字，把原话重复一遍，然后问，“是这样写吗？”

“是。”陈矩应道。

“朕不知，家丑就不是家丑，国丑就不是国丑？”皇帝问。

“圣谕里再加上五个字，家丑可化作美谈。”陈矩说。

“加上哪五个字？”皇帝问。

“遂俯允施行。”陈矩道。

“朕览东厂事件，驸马都尉杨春元，不知缘故，出某门，往固安去了，遂俯允施行，”皇帝又重复一遍，然后问，“是这样吗？”

“是。”陈矩应道。

“此谕何意？”皇帝问。

“爷虽不知杨春元为何往固安，料定他是想家，故准他回乡探亲。爷想，此谕一经宣示，还不万众颂扬爷之宽仁？”陈矩道。

“然后呢？”皇帝问。

“然后，爷再颁一谕，命杨春元还京。”陈矩说。

“就这样放过他？朕不甘心！”皇帝明确表示。

“杨春元还京后，可罚他于国子监演礼；待荣昌公主气消，再让他回府，与公主团聚。”陈矩说。

“罚虽轻，倒也可磨磨他的性子，”皇帝被陈矩说服，“老陈，你不是劝朕进膳吗？此事办得妥当，朕自会进膳！”

第三百六十五章

“恩相去意已决吗？”钱梦皋忧心忡忡地问。

沈一贯瞥他一眼，道：“别个讥我贪恋此位，还说得过去；元极也疑我贪恋此位吗？”

“晚生绝无半点讥意！”钱梦皋气急败坏地分辩，“无恩相，便无晚生的今日，晚生恨不得恩相有分毫贪恋此位之意，恨不得以生命为恩相护住此位，岂敢出言相讥！”

“好了，元极，”沈一贯反过来又劝慰他，“我知你心诚。但弹劾之章隔日一上，这个位子我怎还坐得住！实话对你说，我去意早已决，所以留在朝中，是皇上意尚未决。”

“恩相是说，皇上已决意不再挽留恩相？”钱梦皋问。

“是。”沈一贯点头。

“皇上决心才下，或许还有挽回的余地。”钱梦皋试探地说。

“怎的挽回？”沈一贯不动声色地问他。

“一则，晚生虽已不是科臣，但可联络科、道友好，请皇上挽留；二则，晚生暗示陈公公等，由他等出面，请皇上挽留。”钱梦皋说。

钱梦皋近升大理寺左少卿。对科臣来说，这是个极优的升迁；如果沈一贯去职已成定局，这也是他临去之前，能为钱梦皋做的最好安排。

“不管皇上怎样挽留，我仍要请辞的。”沈一贯道。

“挽留不成，还可强留。”钱梦皋说。

“元极，你糊涂！”沈一贯嗔道。

“晚生怎的糊涂？”钱梦皋问。

“你联络科、道友好，请皇上挽留我，别个能不知吗？你暗示陈公公等请皇上挽留我，别个能不知吗？到头来，无论皇上，还是陈公公，还是你科、道友好，还是别个，无不以为是我贪恋此位。”沈一贯说。

“晚生没糊涂到连这也看不出，”钱梦皋道，“晚生只是茫然，不知恩相一去，晚生辈还能不能立于朝中；即便能立于朝中，又该如何度日？”

“此事我替你想过。”沈一贯说。

“恩相想过？”钱梦皋问。

“是，”沈一贯点点头，问道，“元极想想啊，一旦我去，你等日子不好过；之前我未去，你等日子就好过吗？”

“也不好过。”钱梦皋承认。

“为何也不好过？”沈一贯问。

“内阁次辅视我辈为仇雠，吏部署部侍郎视我辈为贼子，拥戴他等之科、道，视我辈为异类。”钱梦皋说。

“故元极等在朝廷的日子好过不好过，不在于我去不去，而在于有人留不留。”沈一贯道。

“恩相的意思，是次辅及吏部署部侍郎，须与恩相同去？”钱梦皋听出他话里的意思。

“为人不可太贪心。此二人中，有一人与我同去，元极辈在朝中的日子，就会好过得多。”沈一贯说。

“二选其一，恩相以为选谁个好？”钱梦皋问。

“你会选谁？”沈一贯反问。

“次辅。”钱梦皋道。

“为何选他？”沈一贯问。

“一则，拥戴他等、视我辈为异类的科、道，主要是拥戴次辅；如果说他等有一面大旗，这面大旗是次辅，而不是吏部署部侍郎。二则，次辅在，少钦相公唯次辅马首是瞻；次辅践踏我辈，三辅也不会对我辈假以颜色。次辅不在，吏部署部侍郎唯三辅马首是瞻；三辅看在恩相情分上，说不定还能对我辈关照一二。”钱梦皋说。

沈一贯微微一笑，连连摇头。

“晚生的想法不对？”钱梦皋问。

“你没错，错的是我。”沈一贯道。

“恩相怎错？”钱梦皋问。

“说你糊涂，是我错，”沈一贯道，“你不糊涂，你精明得很。”

“恩相是说，首辅去，次辅不可独留？”钱梦皋问。

“怎是我的意思，分明是元极的意思！”沈一贯道。

“是，”钱梦皋应道，并问，“恩相看，我辈不贪心，只求次辅一人与恩相同去，办得到办不到？”

“元极，有件事很有趣。”沈一贯答非所问。

“还有有趣的事？”钱梦皋体会不出这两个字的含义。

“是，”沈一贯点点头，说道，“你欲皇上挽留我，说的一则、二则，用在我身上不合适，用在次辅身上，却很合适。”

“正是，正是，”钱梦皋一点即通，“一则，晚生联络科、道友好，专攻次辅；二则，晚生暗示陈公公，由他出面，请皇上准二相同去。”说罢，问道，“恩相是这意思吧？”

“是。”沈一贯应道。

“晚生联络科、道友好，不敢说人人奋勇，但总有几人响应；但陈叔会不会出面，晚生却无把握。”钱梦皋说。

“其实，请皇上准二相同去，元极用不着暗示陈公公。”沈一贯道。

“恩相是说，陈公公本有此意？”钱梦皋问。

“那倒不是，”沈一贯摇摇头，说道，“我是说，元极暗示陈公公，别劝皇上挽留次辅，就足够。”

“恩相是说，皇上本也不打算挽留次辅？”钱梦皋又问。

“皇上本不打算挽留次辅，但我不去，皇上也不好单让次辅去；我若去，皇上正好让次辅同去。此其一也。元极等攻次辅再猛些，皇上更有理由让次辅同去。此其二也。陈公公集司礼掌印和东厂提督于一身，在大臣去留上，他是唯一可以影响到皇上的近臣。只要他不请皇上挽留次辅，皇上绝没有挽留次辅的道理。”

“晚生这下是真的听懂，晚生这就去张罗。”钱梦皋道。

朱赓进到内阁值房，难免感到落寞。沈一贯、沈鲤都有些日子不来，他想找个说话的人都找不到。来得最多的人，也是他最盼望来的人，是陈矩。陈矩多半是为公事而来，有时也是路过时，顺便进来坐坐。为公事而来，可以从两个方面化解他的落寞：一是交代，商议，都要用心思；二是交代、商议之后，还能说些闲话。顺便而来，则反过来，说着说着闲话，不知怎么就转到正事上面。

“少钦先生，讨杯茶饮。”陈矩这么说，显然不是为公事而来。

“稍坐，马上就来。”朱赓道。

茶是现成的，热水是现成的，他亲自斟上一杯，放在陈矩面前。

“陈公这些日子辛苦。”朱赓说。

“我怎辛苦？”陈矩问。

“每日里司礼监、东厂两处跑，皇上又不时召入宫中，别说还要走路，就是坐轿，也会坐累。”朱赓说。

“少钦先生还少说一件。”陈矩道。

“少说哪件？”朱赓问。

“还得不时来陪少钦先生说说话呀。”陈矩笑道。

朱赓也笑，并揖道：“有感，多谢。”

“说起来，这些日子少钦先生更辛苦。”陈矩又反过来说。

“我怎辛苦？”朱赓问。

“肩吾先生虽称疾，奏章仍多由他拟复，对吧？”陈矩反问。

“对。”朱赓应道。

“肩吾先生杜门不出，少钦先生只好送疏去他府上。”陈矩说。

“也不都是我送，有时通政司径将奏章送至他府上；陈公不也给肩吾兄送过疏吗？”朱赓道。

“但不管谁人送疏，肩吾先生拟旨，一定要与少钦先生计议，对吧？”陈矩问。

“这倒是。”朱赓承认。

“故肩吾先生杜门几多日，少钦先生差不多登门几多次。”陈矩说。

“幸亏陈公说的是差不多，不然我要细算一算。”朱赓道。

“再者，肩吾先生拟的旨，还得请仲化先生过目，对吧？”陈矩又问。

“当然，仲化先生还是次辅嘛。”朱赓道。

“仲化先生虽偶来阁中，多数日子亦杜门不出，对吧？”陈矩问。

“对。”朱赓应道。

“故仲化先生杜门几多日，少钦先生差不多亦登门几多次。”陈矩说。

“这次，陈公可把差不多三字省掉。”朱赓道。

“再者，少钦先生还得不时来往于东西值房，和掌部、掌院大臣议事，对吧？”陈矩又问。

“对。”朱赓应道。

“和掌部、掌院大臣议事之后，少钦先生往往又得去肩吾先生府上、仲化先生府上，对吧？”陈矩问。

“对。”朱赓应道。

“如此奔波，壮年之人也会疲惫；况少钦先生已过古稀之年，能不辛苦！”陈矩道。

“陈公的话只对一半。”朱赓说。

“怎么？”陈矩问。

“肩吾先生、仲化先生在阁之日，我也感觉辛苦；他两位不在阁中，我不是感觉辛苦，而是更感辛苦。不过，”朱赓顿了顿，问道，“陈公说，我一定要这般辛苦吗？”

“不一定，”陈矩道，“譬如，奏章送至内阁，少钦先生完全可以差一名中书送去肩吾先生府上；再譬如，被肩吾先生请去计议拟旨后，少钦先生不一定要去和仲化先生计议；再譬如，少钦先生非得常去东、西值房，和部、院大臣议事吗？总之，少钦先生不一定要这般辛苦。”

“那我为何要把自家整得这般辛苦？”朱赓问。

“我想，一人在阁中，未免孤独寂寞。”陈矩说。

“知我者，陈公也，”朱赓道，并说，“所以，我怕的不是辛苦，不是疲惫，而是孤独寂寞。”

“说起孤独寂寞，少钦先生和肩吾先生比较起来，已然好得多。”陈矩道。

“我知有段日子，肩吾兄也是独自在阁。”朱赓说。

“少钦先生说有段日子，可知有段日子是多久？”陈矩问。

“没计算过。”朱赓摇头。

“我却记得，”陈矩道，“兰溪相公是万历二十六年十月开始养病的，至万历二十九年九月病逝，其间三年，肩吾先生都是一人在阁中办事。再者，少钦先生和仲化先生虽在兰溪相公病逝后即见召，但少钦先生次年四月才到京，仲化先生次年七月才到京，少钦先生说的有段日子，超过四十个月。”

“陈公不会说，我也要一人守阁四十个月吧？”朱赓神色凝重地问。

“除非肩吾先生、仲化先生坚执要去，皇上坚不准去，相持不下，应该不会那么久。”陈矩说。

“陈公之意，是不会有三年，还是不会有四十个月？”朱赓问。

“首先是不会有三年，”陈矩说，“其实，无论肩先生被论，杜门请辞，或仲化先生被论请辞，都已经有过多次。只不过二公不是同时杜门请辞，所以，少钦先生并非一人守阁。而对肩吾先生、仲化先生来说，杜门请辞都有些日子，皇上未必会像前次那样，忍心二公挨到病体终于不支，逝于任上。”

“亦即，此事很快会有个了结。”朱赓引申道。

“我是这么想的。”陈矩说。

“那么，皇上会不会命二公去一个，留一个？”朱赓又问。

“我看也——”陈矩要说的是也不会，但话到嘴边，他又想，何不把这个话题延伸？于是问，“若是皇上决意留一个，少钦先生是希望留肩吾先生，还是希望留仲化先生？”

“是皇上命陈公来问我的吗？”朱赓很敏感。

“不是，”陈矩道，“皇上没对我说过这层意思，更没让我来问少钦先生。纯属好奇，我才问少钦先生的。”

在他解释时，朱赓已经确定了答案。他说：“如果让我选择一人留阁办事，我愿选择仲化先生。”

“少钦先生为何选择仲化先生？”陈矩问。

“纯属一己之见，和二公品德、学问、政绩无关。”朱赓说。

“闲谈而已，少钦先生无须多虑。”陈矩道。

“我不是说肩吾兄值阁，不如仲化先生。事关朝廷大计，譬如册立太子，召回矿、税等，肩吾兄的立场同样是很鲜明的。但一年以来，有几件事，仲化先生不但敢进诤言，且有所匡正，我很是敬佩。”朱赓说。

“少钦先生说的是哪几件事？”陈矩问。

“第一件事：皇上乳母翊圣夫人金氏，其夫官都督同知；夫卒，翊圣夫人请以侄继。仲化先生言，该都督所封同知，并非世官，子尚不得继，况侄乎！皇上遂不准金氏之请。”朱赓述道。

“此事有之。”陈矩说。

“第二件事：龙虎山真人张国祥奏于朝，言皇孙之诞，有其祝厘功，请赐三代诰命，并世袭詹事府官。仲化先生力斥其荒谬，皇上乃赏以金币了事。”朱赓述道。

“此事有之。”陈矩说。

“第三件事：有内臣请核畿辅牧地，皇上命仲化先生拟旨。仲化先生奏曰：近年以来，百利之源，皆笼于朝廷，恐势极生变。况此牧地，岂真有豪右隐占！奸民讦奏，未可深信。察核牧地一事遂止。”朱赓述道。

“此事有之。”陈矩说。

“第四件事：去冬，云南税监杨荣被杀，皇上怒甚，欲尽逮各卫军官。我等虽各有疏谏止，然独仲化先生之疏，详奏杨荣罪状；并请只杀首倡之人，宽贷其余。”朱赓述道。

“此事有之。”陈矩说。

“第五件事：陕西税监梁永上疏，请兼镇守。仲化先生立言此事非例。”朱赓述道。

“此事有之，”陈矩说。见朱赓再要说时欲言又止，他问，“还有一事，少钦先生不便说吧？”

“陈公知是何事？”朱赓问。

“我试言之，”陈矩道，“第六件事：肩吾先生杜门，章奏多即其府拟之，仲化先生公然言，此非故事。”说罢，问道，“是这件事吗？”

“是，”朱赓应道，并说，“身为阁臣，于此诸多之事有所陈言，有所匡正，所以，二公若留一人在阁，我愿留仲化先生。”

“少钦先生就没一点儿私情吗？”陈矩问。

“私情？”朱赓不知他指的何事。

“我换个说法吧，”陈矩道，“少钦先生宁愿仲化先生留阁，而非肩吾先生留阁，是爱仲化先生呢，还是想害仲化先生？是对肩吾先生有成见呢，还是欲庇护肩吾先生？”

“此话怎讲？”朱赓更不明就里。

“肩吾先生、仲化先生皆以科、道参劾，而不安于位。若肩吾先生去官，仲化先生留任，他的日子能好过得了？”陈矩问。

“诚如陈公所言，我愿仲化先生留任，反是害他；既如此，还是他二位一并去官的好。”朱赓道。

七月十六日，沈一贯、沈鲤两名同姓的阁臣，同日致仕。

第三百六十六章

皇帝见陈矩捧疏而入，道："奏章不少呀。"

"是。"陈矩应道。

"今日之疏，是朝中的多，还是外来的多？"皇帝问。

"仍是外来的多。"陈矩说。

他用个"仍"字，可见这一情形已延续数日，甚至数十日。

"两位沈先生一去，朝中清静许多。老陈，是吧？"皇帝问。

"是。"陈矩应道。

"他二人在时，朝中一日数篇、十数篇、乃至数十篇奏疏，往往奏的是同一事，非参劾首揆，即参劾次辅。今者奏章多自外来，有没有也说同一件事的？"皇帝提一个很奇怪的问题。

"有，"陈矩应道，"宁远伯李成梁、蓟辽总督蹇达、辽东巡抚赵楫奏章同日到，说的都是宽奠事。"

"哪儿的事？"皇帝没听清楚，或者听清楚，却不知何意。

"宽奠。"陈矩把这两个字咬得更清楚。

"是个地名吧？"皇帝问。

"是。"陈矩应道。

"朕记得。不是店铺的店，也不是草甸的甸。"皇帝说。

"爷说的是，"陈矩应道，"宽奠的奠，是奠基的奠。"

"他三人上疏言宽奠事，不用说，宽奠在辽东。"皇帝推断。

"是。"陈矩应道。

"这个地名，朕好像有点儿印象，不过知之不详。老陈，你给朕说说。"皇帝命道。

"是，"陈矩应道。他本人就不止一次地给皇帝读过有关宽奠的奏疏，皇帝肯定应该知道这个地方；宽奠远在辽东，皇帝不曾留意这个地方，几乎也可以肯定。没想到，督、抚、总兵官上疏同言宽奠事，却引起皇帝的关注。他说，"宽奠是堡名，但说到宽奠时，往往不是指的该堡。"

“老陈这话有点儿费解呀，”皇帝虽说费解，自己却在琢磨，“辽东有个宽奠堡，是吧？”

“是。”陈矩应道。

“涉及该堡，须得把堡字带出来，说宽奠堡，是吗？”皇帝问。

“是。”陈矩应道。

“若不把堡字带出，只说宽奠，则非指宽奠堡，是吗？”皇帝问。

“往往不是指的该堡。”陈矩强调自己用过的两个字。

“对，往往不是指的该堡，”皇帝重复之后，问道，“宽奠指的不是宽奠堡，却是何处？”

“宽奠附近又有五堡，曰大奠堡，曰永奠堡，曰长奠堡，曰新奠堡，曰林刚谷堡，与宽奠堡合称宽奠六堡。如果说宽奠，往往指的是宽奠六堡，而不是单指宽奠堡。”陈矩解说道。

“原来如此，”皇帝点点头，又问，“蓟督、辽抚上疏，说的也是宽奠六堡，是吧？”

“是。”陈矩应道。

“老陈，你把六堡再说一遍。”皇帝命道。

“宽奠堡。”陈矩道。

他才重复第一堡的名字，皇帝手往下一压，他停下来。

皇帝好像在想什么，过了一会儿，把手一扬。

“大奠堡，永奠堡。”陈矩道。

这回重复二堡的名字，皇帝手又一压，他又停下来。过一会儿，皇帝又把手一扬。

“长奠堡，新奠堡。”陈矩又重复二堡。

皇帝手一压，他停下来。这次，隔较长的时间，皇帝才把手扬起。

“林刚谷堡。”陈矩道。

“朕记起来，”皇帝显得有点儿兴奋，显然是因为印象较为清晰，“此六堡是朕即位之后所建。朕那时年少，还想过，既曰宽奠六堡，为何前五堡都有个奠字，第六堡却没有奠字。”

“爷明鉴，宽奠六堡建于万历六年。”陈矩说。

“你还记得，当时为何要建宽奠六堡吗？”皇帝问。

“万历六年，奴才已入司礼监当差，但不过是典簿之类的下僚，虽知其事，却不知其故。奴才只模糊记得，那一年兵部汪道昆汪侍郎巡视辽东，李成梁李总兵议以孤山、险山及沿江新安四堡外移，可拓地八百里。汪侍郎以其议奏于朝，朝廷照准，于是有后来的宽奠六堡。”陈矩说。

“好，来龙去脉都交代清楚，”皇帝说着，顿了顿。然后问，“快三十年过去，六堡不知是兴旺，还是衰败？”

“曾经很兴旺。”陈矩说。

“怎叫曾经很兴旺？”皇帝问。

“宽奠六堡，方圆八百里，华、夷错居，人丁日众，最多时，达到六万多人。”陈矩说。

“亦即，每堡万人。”皇帝道。

“是，”陈矩应道，“平均起来，每堡万人。不过，有的堡人口多些，有的堡人口少些。”

“不会每堡设卫吧？”皇帝问。

“不会，”陈矩应道，“奴才想，宽奠六堡所驻官军，合起来也不过是一二千户所。”

“亦即，每堡驻军，不会超过三五百人。”皇帝道。

“爷说的是。”陈矩应道。

“驻军三五百人，居民万人，和关内各堡相差不多吧？”皇帝问。

“关内各堡，可能还没这多居民。”陈矩说。

“那真的可以说很兴旺。”皇帝道。

“是。”陈矩应道。

“老陈说六堡曾经很兴旺，而今又如何？”皇帝问。

“而今仍很兴旺。”陈矩说。

“以前很兴旺，而今仍很兴旺，老陈何必说它！”皇帝怪道。

“因为以后会不会兴旺，则难说。”陈矩道。

“这是为何？”皇帝问。

“宁远伯奏言，宽奠六堡孤悬难守，乞尽徙居民于内地。”陈矩趁机说出辽东边臣奏疏的主旨。

“谁个奏言？”皇帝问。

“宁远伯李成梁。”陈矩道。

“他奏言何事？”皇帝问。

“宽奠六堡孤悬难守，乞尽徙居民于内地。”陈矩重复。

“此事多少有点儿滑稽，当初议移堡拓地的，是宁远伯；今议六堡孤悬难守，主张撤回的，也是宁远伯。”皇帝说。

“是有点儿滑稽。”陈炬应道。

“蓟督、辽抚对此事怎说？”皇帝问。

“亦主张撤回。”陈矩说。

“是他二人附会宁远伯，还是宁远伯附会他二人？”皇帝又问。

“是他二人附会宁远伯。”陈矩道。

“三臣所议相同，交兵部议复吧。”皇帝命道。

“是。”陈矩应道。

肖大亨和詹沂在朝房外相遇，彼此一揖。

“夏卿先生，进去坐坐。”詹沂邀道。

“不如在外面走走。”肖大亨却说。

“也好。”詹沂同意。

他跟着肖大亨走。肖大亨左转，他跟着左转；肖大亨右转，他跟着右转。转来转去，没离开朝房。

他等着肖大亨开口说话。并准备肖大亨说东，他也说东，肖大亨说西，他也说西，肖大亨说正事，他也说正事，肖大亨说闲话，他也说闲话。但等好久，肖大亨没开口；而一开口，又出乎他意料。

“浴之先生有话，为何不说？”肖大亨问。

“夏卿先生怎知我有话？”詹沂感到奇怪。

“浴之先生不是邀我进朝房坐坐吗？无话说，为何邀我去朝房坐坐？”肖大亨道。

“那是——”不管有无话说，詹沂不愿就这样承认，使得自己处在被动的地位。他反过来问一句，“夏卿先生有话，为何不说？”

“浴之先生怎知我有话？”肖大亨也问。

“夏卿先生不是邀我在外面走走吗？无话说，为何邀我在外面走走？”詹沂道。

肖大亨笑笑，领着他继续在朝房外走来走去。

“浴之先生，你我都要为难。”肖大亨忽然说一句。

“夏卿先生是说，你和我要为难？”詹沂边问，边指指他，指指自己，以便确定。

“是，你和我要为难。”肖大亨边应，边指指他，指指自己。

“何事，你和我要为难？”詹沂问。

“宁远伯上疏，议弃宽奠六堡。尽徙居民于内地。”肖大亨说。

“此事我知。”詹沂说。

“浴之先生既知，就不用我再多说。”肖大亨道。

“夏卿先生别不多说呀，”詹沂道，“宁远伯疏，已下兵部议复，说到为难，也是夏卿先生作难，不会是我和你一起为难。”

“我说的不是议复宁远伯疏。”肖大亨说。

“可我问何事为难，夏卿先生说的是宁远伯上疏呀。”詹沂道。

“那是前半句话，还有后半句话。”肖大亨说。

“后半句话怎说？”詹沂问。

“蓟督、辽抚同时上疏，附会宁远伯之议。”肖大亨道。

“此事我亦知。”詹沂说。

“浴之先生不能再说，是我一人为难吧？”肖大亨问。

“我为何不能再说？”詹沂反问。

“三疏几乎同进。宁远伯疏，皇上下兵部议复；蓟督、辽抚疏，皇上却未下兵部议复，浴之先生说是何故？”肖大亨又反问。

“或是皇上忽略；或因宁远伯倡议，蓟督、辽抚附议，兵部议复宁远伯疏，不就等于议复蓟督、辽抚疏？”詹沂道。

“浴之先生可能想偏。”肖大亨摇着头说。

“怎么？”詹沂问。

“宁远伯疏，兵部一个衙门议复即可；督、抚疏，却须兵部会同别的衙门议复。”肖大亨说。

“夏卿先生之意，皇上会命兵部会同都察院议复？”詹沂问。

“是，”肖大亨应道，“边地之事，皇上若命兵部会同别的衙门议复，多半就是会同都察院议复。”

“即便如此，”詹沂对这个结论没有异议，他想的是别的事，“议复宁远伯疏不为难，议复蓟督、辽抚疏，怎就为难？”

“我没说议复宁远伯疏不为难呀。”肖大亨道。

“我说议复宁远伯疏为难，也是夏卿先生一人为难，夏卿先生不是说——”詹沂回顾方才的对话，是为反驳肖大亨；可忽然想起，肖大亨说的，确实不是议复宁远伯疏不为难。

“对，”肖大亨知道他想清楚了方才的对话，用不着自己再重复，“议复宁远伯疏，也会为难，不过，的确是我一人为难；议复蓟督、辽抚疏为难，却要浴之先生和我一起为难。”

“议复蓟督、辽抚疏，又有何难？”詹沂从开始就在想，但想到现在，还是没想出来。

“他等议的也是弃守宽奠六堡。”肖大亨说。

“那又怎的？”詹沂问。

“弃守宽奠六堡，则失方圆八百里地。”肖大亨说。

“那又怎的？”詹沂问，并说，“譬如宣庙时，交阯难守则弃之，省却多少兵、粮之费，换得多少年之太平，有何不好！况且，弃交阯，弃的是一布政司，或曰一国；弃六堡，不过是弃原非我所有的方圆八百里，何足惜哉！”

“为难，不在于足惜不足惜。”肖大亨道。

“那在于何事？”詹沂问。

“浴之先生还记得简而议之、详而议之、广而议之吗？”肖大亨反问。

“夏卿先生是说，去冬以秋防议边臣升赏？”詹沂问。

“是。”肖大亨应道。

“议复蓟督、辽抚今日之奏言，与蓟督、辽抚前日之升赏，有关系吗？”詹沂不解地问。

“怎无关系！”肖大亨道，“去岁蓟、辽督、抚议升赏，和三边督、抚议升赏，有所不同。三边是以报捷，蓟、辽是以大阅。报捷例当升赏，大阅却是可升赏，可不升赏。我等才议予升赏，他二人就议弃地，这不是给我等好看吗！”

“照此说来，倒是有些关系，”詹沂点点头，说道，“弃地议的不当，则蓟、辽督抚升赏，可以说是大错，我等议其升赏，也可以说是错；弃地议的得当，则去岁大阅何功之有？也不该升赏。”说着，问道，“夏卿先生，是吧？”

“是。”肖大亨应道。

“那么，夏卿先生以为，该从其议，还是不该从其议？”詹沂问。

“浴之先生知道，我处事有个原则。”肖大亨说。

“两利相权取其重，两害相权取其轻，”詹沂替他说出这个原则，然后问，“于此事，孰轻孰重？”

“朝廷对宁远伯所议，少有驳回；再者，宁远伯议弃守，朝廷命坚守，他能心甘情愿地坚守吗？故今次亦以从其议为宜。”肖大亨说。

第三百六十七章

贵州不仅地处偏远，版图也小。但巡抚贵州都御史也会招揽几名幕僚，和他议事，为他办事。

郭子章走进屋里，见三名幕僚都已就座，问句：“三位都到？”

“是。”三名幕僚齐应道。

“相奎先生见召，敢不速到。”其中一幕僚又说。

“请各位来，为议何事，各位都知道吧？”郭子章又问。

“是。”三名幕僚齐应道。

“今日换个议法，”郭子章道，“以前议事，都是我出题，你等回答，有点儿像我考你等；今日议事，你等出题，我来回答，算是你等考我。”

“学生等不敢。”三名幕僚齐道。

“既曰议事，总是各抒己见。回答是抒己见，出题也是抒己见，有何不敢！”郭子章道。

“学生等遵命。”三名幕僚又齐道。

“谁先出题？”郭子章问。

“请都堂指定。”三名幕僚齐道。

“那就按照百家姓来排吧，”郭子章一一指点道，“李先生第一，周先生第二，魏先生第三。”

“都堂定李兄先出题，不仅是按照百家姓排列。”姓周的幕僚说。

“还有何说法？”郭子章问。

“还因李兄最善出题。”姓周的幕僚说。

“周兄过奖，”姓李的幕僚朝姓周的幕僚揖了揖，又对郭子章说，“都堂定魏兄最后出题，也不仅是按照百家姓排列。”

“还有何说法？”郭子章问。

“还因魏兄最善于总结。”姓李的幕僚说。

“李兄过奖，”姓魏的幕僚朝姓李的幕僚揖了揖，又对郭子章说，“都堂定周兄居中，不仅是按照百家姓排列。”

“还有何说法？”郭子章问。

“周兄思绪最缜密，议事最实在。”姓魏的幕僚说。

“魏兄过奖。”姓周的幕僚朝姓魏的幕僚揖了揖。

“没想到我随口一说，竟是各位长处。”郭子章道。

“由此可知，相奎先生有鉴人之明。”三名幕僚一起奉承。

“罢了，”郭子章一摆手，对姓李的幕僚说，“李兄请吧。”

“今朝中有清疆之议。清疆者，清地耶，清人耶？”姓李的幕僚出题。

“周兄说得对，李兄果然善出题，”郭子章说着，指指姓周的幕僚，“周兄说说，清疆者，清地耶，清人耶？”

“不是都堂回答吗，怎变成我回答？”姓周的幕僚问。

“且不论谁人回答，周兄只说能不能回答清楚。”郭子章道。

“学生恐怕回答不清楚。”姓周的幕僚说。

“依我之见，清疆者，既清人，亦清地。人者，贵阳宣慰使安疆臣也；地者，水西所侵之地也。清疆之议，以治人之罪而清还侵地，以清还侵地而治人之罪。”郭子章说。

“都堂看得果然清晰。”三名幕僚齐道。

“该我出题吗？”姓周的幕僚不等别人回答，马上出题，“清疆之议，缘于何人何事？”

“魏兄说得对，周兄果然实在，”郭子章说着，指指姓魏的幕僚，“魏兄说说，清疆之议，缘于何人何事？”

“学生恐怕回答不清楚。”姓魏的幕僚直接说。

“依我之见，清疆之议，一缘于安疆臣，二缘于抚臣，三缘于督臣；又一缘于侵其地，二缘于借其力，三缘于忘其功。”郭子章说。

“学生想，缘于安疆臣与缘于侵其地，应该是一档子事；缘于抚臣与缘于借其力，应该是一档子事；缘于督臣与缘于忘其功，应该是一档子事，”姓周的幕僚说着，问道，“都堂，可是？”

“周兄思绪果然缜密。”郭子章道。

“缘于安疆臣，缘于水西侵地，怎讲？”姓周的幕僚问。

“安氏为何称水西夷，周兄知否？”郭子章反问。

姓周的幕僚才要说，被姓李的幕僚制止。

“周兄不能说！”姓李的幕僚道。

“李兄不让周兄说，是自家要说吗？”郭子章说。

“我也不能说，魏兄也不能说。否则是抗命。”姓李的幕僚道。

“李兄真是一丝不苟呀！”郭子章一笑，开始自己叙述其事，“贵阳大姓有二：一曰安氏，一曰宋氏。归顺我朝后，以安氏世袭宣慰使，以宋氏世袭宣慰同知。贵阳有鸭池河，安氏常居于河以西，故称水西夷。”

“都堂说水西夷侵地，而不说安疆臣侵地，想必侵地者不是安疆臣。”姓周的幕僚说。

“是，”郭子章应道，“安疆臣之前，有安万铨，与杨应龙祖父杨相同时。杨相以播州内乱，出逃并死在水西。安万铨胁迫播州，索取水烟、天旺等地，然后准杨相归葬。其地遂为水西所有。故侵地者，安万铨也，非安疆臣也。”

“缘于抚臣，缘于借其力，怎讲？”姓周的幕僚又问。

“周兄，前问中还要补充一事。”郭子章说。

“何事？”姓周的幕僚问答之际，倒真像是考官。

“我说的是侵其地，而非水西侵其地，是吧？”郭子章问。

“都堂是这么说的。”三名幕僚齐道。

“我为何说侵其地，而不说水西侵其地呢？因为不仅在安万铨、杨相时，水西索播州地；而且，在其后，播州亦侵水西地。”郭子章道。

“都堂补充此一事，和后面一问有关吧？”姓周的幕僚问。

“不错，”郭子章应道，“抚臣，即本官也。朝廷用兵播州之际，亦有奏告安氏戕杀朝廷命官者。朝廷不问，准其杀贼图功。为使安疆臣助朝廷，我亦许诺，平播州后，以播州侵水西地，约六百里，还与水西，以酬其功。”

“此事都堂曾与我等议过，我等皆以为良策。”姓魏的幕僚说。

“缘于督臣，缘于忘其功，怎讲？”姓周的幕僚问。

“督臣者，子廓兄也，”郭子章道，“播事将息，子廓兄曾与我约见，议论善后之事。当日似无歧见。谁知他后来忽命安疆臣，归还所侵播州之地。我为之辩曰：侵地始于万铨，非始于疆臣；安氏取地于杨相丧乱之时，非擅取于杨应龙荡平之日。且朝廷准其杀贼图功，臣亦许还播州所夺之地。今播州所夺之地未还，反夺其故地，臣无面目以谢疆臣。”说到这里，手指姓李的幕僚，“李兄，此疏是你为我拟的。”

“虽是学生草拟，却是都堂一字一句修改。”姓李的幕僚说。

“子廓兄又辩曰，”郭子章接着叙述，“疆臣征播，传其歼应龙子唯栋，非实也。其他首功虚实，亦可知之。至于佯败弃阵，送药往来，欺君助逆，踪迹昭然。令其归还侵地，不咎既往，已属朝廷宽大。若因其挟而予之，彼不以为恩，我且示弱。

疆臣既无功，不与之地，正所以全抚臣之信。”背诵完督臣王象乾的奏章，他说，“使我失信予夷，却说全抚臣之信，你等说可笑不可笑！”

“着实可笑。”三名幕僚齐道。

“且督臣命疆臣还播州地后，科、道竟有言都堂收疆臣赂金，故为疆臣申辩。究其根源，亦在督臣。”不知谁又说一句。

“以此三者，不知有没把清疆的缘由说清楚？”郭子章问。

“都堂已说得再清楚不过。”三名幕僚齐道。

“周兄还有问的吗？”郭子章问姓周的幕僚。

“没有。”姓周的幕僚道。

“魏兄，你再提问，可有难处。”郭子章对姓魏的幕僚。

“有难处。”姓魏的幕僚应道。

“都是提问，为何偏偏魏兄有难处？”另两名幕僚不服气。

“魏兄告诉大家，有何难处？”郭子章命道。

“李兄、周兄提出的都是好问题，让都堂把事情的来龙去脉捋清楚，这是其一；李兄说我善于总结，都堂亦认可，我的提问，应该可以结束今日议事，这是其二。”姓魏的幕僚说。

“二位以为如何？”郭子章问另两名幕僚。

“果有为难之处。”姓李、姓周的幕僚齐道。

“那么，魏兄欲如何提问？”郭子章问。

“都堂曾言三负怨，学生想以此为题目提问。”姓魏的幕僚道。

“魏兄一开口，果有总结的势头。”郭子章赞道。

“都堂曾言三负怨吗？我怎不知？”姓李的幕僚问。

“我曾偶对魏兄言及三负怨。”郭子章道。

“难怪魏兄比我等更能揣摸都堂的心思。”姓李、姓周的幕僚齐道。

“是哪三负怨？”姓李的幕僚又问。

“李兄，是你问，还是魏兄问？”郭子章制止他问。

“学生多嘴，该魏兄问。”姓李的幕僚说。

姓魏的幕僚知道是哪三负怨，不会问是哪三负怨。他直接问道：“都堂，负地方之怨怎讲？”

“播州一分为二，一州、四县归蜀，三县归黔，各位都知道的，是吧？”郭子章问。

“是。”三名幕僚应道。

“不明言以平越军民府所隶三县归蜀，却使我黔省认蜀粮三百石，此事各位也是都知道的，是吧？”

“是。”三名幕僚应道。

“三百石粮，各位知道是多少吧？”郭子章问。

“差不多是都堂半年的俸粮。”姓周的幕僚说。

“作为田赋呢？”郭子章问。

“贵州偏僻小省，三百石田赋不可小看。”姓周的幕僚说。

“周兄可知，镇远县秋粮几多？”郭子章问。

“学生记得，是二百余石。”姓周的幕僚说。

“二百五十一石，”郭子章说出个具体的数字，又问，“周兄可知，施秉县秋粮几多？”

“学生记得，不足百石。”姓周的幕僚说。

“才六十石，”郭子章说出个具体的数字，又说，“镇远府辖二县、二县的秋粮为三百一十一石。割播州地建三县，而以二县秋粮交换，其中且有一大县，是徒负割地虚名，无益黔省实用，黔省士民皆谓得不偿失，不如干脆以三县地归蜀。接收三县之地，认蜀粮三百石，若自我始，是我负地方之怨。”

“都堂说得好！”三名幕僚齐道。

“都堂，负夷人之怨怎讲？”姓魏的幕僚又问。

“方才言及借力，此时还要再说一说，”郭子章说着，问道，“借水西之力以平播，皇上有旨，各位是知道的，是吧？”

“是。”三名幕僚应道。

“阁老及大司马等皆以为然，各位就未必知道吧？”郭子章问。

“的确不知。”三名幕僚齐道。

“阁老及大司马等有私函致都堂吗？”姓李的幕僚又问。

“有，”郭子章应道，“若无实据，这话我岂能乱说！”郭子章说着，问道，“安抚水西，亦是前督臣之意，各位是知道的吧？”

前督臣，即王象乾的前任李化龙。

“是。”三名幕僚应道。

“所以，借力者，上遵皇上旨意，中受枢臣筹划，下同前督臣议论，我不过施行而已。”郭子章说。

“都堂说的是。”三名幕僚应道。

“我如何与安疆臣盟，各位也是知道的吧？”郭子章又问。

“是。”三名幕僚应道。

“无非是据钦颁赏格，啖以爵土。”姓周的幕僚又说。

“平播是否借到水西之力，各位也是知道的吧？”郭子章又问。

“是。”三名幕僚应道。

“大水田之捷，桃溪衙之烧，皆得安疆臣死力。”姓李的幕僚又说。

“今疆臣不仅不敢希冀寸土之增，且复令割地，复令输粮，夷人不满，怨的却是谁？”郭子章问。

“是都堂。”三名幕僚齐道。

“各位都听到些什么抱怨？”郭子章问。

“有言都堂背盟者。”姓李的幕僚说。

“有言都堂欺哄者。”姓周的幕僚说。

“有言都堂兼并者。”姓魏的幕僚说。

“李兄、周兄所言是黔夷，魏兄所言是蜀夷，是吧？”郭子章问。

“是。”三名幕僚应道。

“更难听的抱怨，我也听过，”郭子章说着，总结一句，“所以，遵行今督臣之处置，是我负夷人之怨。”

“都堂说的是。”三名幕僚应道。

“都堂，负军士之怨怎讲？”姓魏的幕僚又问。

“蜀之遵义、镇雄等五府，节年逋欠军饷有几多，各位恐怕知之不详。”郭子章说。

“的确知之不详。”三名幕僚齐道。

“据闻，不过数万而已，”郭子章说着，又问，“督臣差人核查贵州逋欠军饷，各位知是多少？”

“不知。”三名幕僚齐道。

“是全省逋欠吗？”姓李的幕僚又问。

“不用说全省逋欠，有地曰沙溪，你等知否？”郭子章说。

“可是贵州宣慰使司的沙溪？”姓周的幕僚问。

“是，”郭子章点点头，问道，“周兄可知，仅沙溪一地，逋欠军饷几多？”

“不知。”姓周的幕僚道。

“李兄知否？”郭子章又问姓李的幕僚。

“学生不知沙溪其地，更不知逋欠几多。”姓李的幕僚说。

“魏兄知否？”郭子章又问姓魏的幕僚。

他这样不厌其烦地一一问到，显然是个让人吃惊的数字。姓魏的幕僚说：“数量应该很大。”

“魏兄所谓很大，是十七万之米，六万之金。”郭子章道。

“几多？”三名幕僚惊问。

“十七万之米，六万之金。”郭子章重复一遍。

“不可能呀！”姓周的幕僚道。

“周兄为何说不可能？”郭子章问。

“沙溪既非一州，亦非一县，不过设一巡检司而已，不过巴掌大的地方，怎会逋欠如此之多！”姓周的幕僚道。

“周兄奇怪吧？”郭子章问他。

“是。”姓周的幕僚应道。

“李兄、魏兄奇怪吧？”郭子章又问另外两名幕僚。

“奇怪之至。”另外两名幕僚齐道。

“说怪，其实也不怪，”郭子章说着，问道，“贵州宣慰司哪年不属四川布政司的，各位知否？”

“我等知之。”三名幕僚应道。

“那是早年之事。”姓李的幕僚又说。

“对，”郭子章应一声，说道，“永乐十一年，即改属贵州。我要说的是，前隶蜀夷地，今仍隶蜀，无论地有多大，其逋欠则少之；前隶蜀夷地，今改隶黔，无论地有多大，其逋欠则多之。”

“督臣为何如此不公？”姓李的幕僚问。

“这还用问吗，今之督臣，兼抚蜀地，其偏袒于川蜀，有目共睹。”姓周的幕僚说。

“都堂，学生仍有一事不明。”姓李的幕僚说。

“你说！”郭子章道。

“督臣偏袒于川蜀，毋庸置疑；但都堂为何说负军士之怨呢？”姓李的幕僚问。

“问得好！”郭子章称赞一句，说道，“逋欠如此之多，军士枵腹以待哺，不是我负军士之怨吗！”

“此欲加之罪。”姓李的幕僚忿道。

“即便真有逋欠，也是有司窥伺观望，延缓不纳。”另外两名幕僚说。

“我以一身集此三怨，万一不测之变，乘隙交发，我身不足惜，如朝廷何！如生灵何！”郭子章狠狠地发两句牢骚，然后问，“我想作篇文章，谁来拟草？”

“都堂伤心，都是魏兄问三负怨引起，魏兄当拟。”姓李的幕僚说。

“对，魏兄当拟。”姓周的幕僚附和。

姓魏的幕僚推托不得，说道：“都堂三负怨，不就是篇现成的文章！”

“三负怨是缘起，还要有篇议论。”郭子章说。

“都堂之意，以何事立论？”姓魏的幕僚问。

“负地方之怨，黔省士民得不偿失。”郭子章说。

“好，学生试拟之，”姓魏的幕僚应承下来，并请示，“学生回去即拟，明日呈阅，可否？”

“不要回去写，就在这里写，我和李兄、周兄说会儿闲话，”郭子章说着，问道，“一个时辰够不够？”

“学生勉力而为。”姓魏的幕僚道。

郭子章和姓李的幕僚、姓周的幕僚，坐在原处没动，姓魏的幕僚去另一室拟文。一个时辰后，他果然拟好疏稿，准确地说，是拟好一段议论，因为三负怨那部分，郭子章没交代他写。

“魏兄辛苦。”郭子章慰劳道。

“急就章，还请都堂和二兄斧正。”姓魏的幕僚说。

“于三兄，我向来不欲偏劳；此文既是魏兄所拟，哪位替他来读？”郭子章问姓李、姓周的幕僚。

“我读吧，”姓李的幕僚应着，从姓魏的幕僚手里接过疏稿。他读道，“蜀中之意，欲以地归黔设县者，其意诚美。顾夷人方疑臣欲吞并，而假手于蜀。若令黔得之，其猜益深。而黔与夷自相疑相攻，其祸益不可解。黔宁贫，不愿有此地也，而况故黔地也。”

读到这里，他提醒一句：“好，下面切入主题。”

“魏兄干脆以黔为黔夷，以夷为蜀夷，免得啰唆，亦是一法。”姓周的幕僚也议论一句。

郭子章没说话，姓李的幕僚接着读道：“蜀之议以新郡费侈难处为词，非真难也。平越府以一千又七十石之粮，而支一府一州三县之费；遵义亦一府一州三县也，岂以一万七千七百五十余石之粮，而犹不足以支费耶？且遵义亦臣属也，遵义之增兵添饷，臣亦得与闻。夫遵义之添兵，不过为防水蔺也。黔去水蔺，比遵义尤近。我朝二百五十年来，黔未闻养一兵防水蔺，而水蔺亦不敢挠黔。臣谬，意谓遵义之兵，可无添也，蜀特假此以难黔也。”

"周兄有话要说吧？"郭子章看出来。

"都堂方才曾比较归蜀夷地的逋欠和归黔夷地的逋欠，魏兄在这里又比较遵义府的田粮和平越府的田粮，前后呼应，督臣应该再无遁词。"姓周的幕僚说。

"李兄也有话要说吧？"郭子章又问。

"遵义亦都堂所辖，这一层，我等在前谈论许多，都不曾涉及；魏兄却想到，学生不得不佩服。"姓李的幕僚说。

遵义军民府以区划而言，属四川布政司；以军事而言，则不辖于四川巡抚，而辖于贵州巡抚。黔抚所辖，除贵州本土外，还有湖广的湖北分守、靖州兵备二道，四川的川东、下川东、遵义三道，及相应的府、州、县、卫、所、土司。所以，姓魏的幕僚写道：遵义亦臣属也。

"二兄所言，皆文中精华。但我以为，最后一句：蜀特假此以难黔也，实是神来之笔。"郭子章说。

"都堂说的是。"姓李、姓周的幕僚应道。

"蜀之议，"姓李的幕僚接着读道，"前督臣李化龙善后疏中，有成议而不敢变。臣查前督臣善后疏中，只儒溪、沙溪、水烟、天旺四处，而今添至一百二十处。此亦非督臣意，特播之旧民，欲广土以增私田，且阴以报黔人平播之恨也。"

读到这里，他又议论一句："阴以报黔人平播之恨，实切中要害。"

"且强调：是播之旧民。"姓周的幕僚补充道。

郭子章点点头，命道："李兄稍歇，请周兄接着读。"

"是，"姓周的幕僚接过疏稿，读道："夫西汉捐珠崖，东汉闭玉关，宋捐大渡河以外，史册以为美谈。本朝交州之弃，河套不取，二百年来，未尝以庙堂为失策；而况此区区者，犹属黔版图也，非弃之也。臣曾贻书督臣曰：汶阳之田，不敢不归鲁，而得其田，不得其山，孔子亦名为谢城；苞茅之贡，不敢不入齐，而贡一入，即退师召陵，桓公不穷问水滨。督臣生齐、鲁之乡，故臣望以孔、桓之业。而督臣亦不以臣言为不然。臣谓古今处夷情、争地界者，结局不过如此。"

"周兄，可以喘口气。"郭子章叫停。

"都堂是要考我等吧？"姓李的幕僚问。

郭子章本来真想让他们把文中的典故都说一说。但被姓李的幕僚抢先开口，他不得不改变主意。

"说好今日是各位考我，我怎会考各位！"郭子章道。

"今日问答之约还有效？妙极！"姓李的幕僚说着，问道，"请问都堂，珠崖何所指？"

“珠崖，汉所设郡也，治所在广东琼山附近，设于汉武帝时，废于汉宣帝时。”郭子章述道。

“都堂，玉关何所指？”姓李的幕僚问。

“玉关，即玉门关。古敦煌郡有六城：敦煌也，冥安也，效谷也，拼泉也，广至也，龙勒也。玉门关在龙勒城，东汉时弃之。”郭子章述道。

“都堂，大渡河何所指？”姓李的幕僚问。

“大渡河在川西，大渡河以外，在川西以西，完全是化外之地，宋时弃之。”郭子章述道。

“都堂——”姓李的幕僚还要问，被同伴制止。

“李兄，再问未免不知趣。”姓周的幕僚说。

“怎么？”姓李的幕僚问。

“汶阳之田，苞茅之贡，是都堂用的典故，还轮得到李兄来问吗！”姓周的幕僚道。

“周兄说的是，就请都堂问学生等。”姓李的幕僚道。

“可是你等要我考的，并非我出尔反尔。”郭子章说。

“是。”三名幕僚应道。

“哪位说说汶阳之田呀？”郭子章问。

“学生来说，”姓李的幕僚道，“汶阳在汶水之阳，故名。据《左传》载：公赐季友汶阳之田。即鲁僖公以汶阳之田赐予季友。其地近齐国，故屡遭齐侵。究其缘故，是得其田，而未得其山。孔夫子以为，此田宜辞谢不受。”

“哪位说说苞茅之贡？”郭子章问。

“都堂有命，不欲偏劳，我来说吧，”姓周的幕僚道，“春秋时，召陵为楚邑，其地在今河南。齐桓公为霸主，征楚，与楚会盟于召陵。楚苞茅之贡入齐，齐师即退。”

“魏兄，你拟疏稿，为何要引我这段话？”郭子章问姓魏的幕僚。

“都堂处置夷务，不为已甚，适可而止；督臣处置夷务，分寸没把握好。故都堂以这两个典故告诫督臣。学生以为，朝中附会督臣、参劾都堂者，也是没把握好分寸，也应该让他等温习一下这两个典故。”姓魏的幕僚说。

“你等以为如何？”郭子章问另外两名幕僚。

“魏兄说的是。”姓李、姓周的幕僚应道。

“后面还多吗？”郭子章问姓周的幕僚。

“不多。”姓周的幕僚应道。

"周兄把他读完吧。"郭子章命道。

姓魏的幕僚最后写的是：此局一日不结，地方一日不宁；蜀饷一日不解，军士一日不饱。隙起于蜀，而不在黔；祸结于黔，而不在蜀。在蜀中，则谓臣骄夷，不令夷人退地，知有黔不知有蜀；在黔人，则谓臣激夷，令夷人割地输粮，知有蜀不知有黔。臣既蒙三怨，又处两难。臣今日之苦，有甚于播未平时，安能复与勘耶!

郭子章按照他自己前面所言，草拟三负怨的内容，和姓魏的幕僚所拟的议论合为一疏呈进。

第三百六十八章

河南永城民人王宗、张名到达南京，两眼一抹黑，不得不逢人打听。

“这位大叔，可知神烈山怎走？”王宗问个南京人。

该南京人听他口音不对，问道：“从外地来吧？”

“是。”王宗应道。

“从哪儿来呀？”该南京人又问。

“凤阳。”王宗说。

“别骗我，凤阳口音我听得出来。”该南京人说。

王宗并没骗他。他们一伙永城人，随一个本里叫刘天绪的大哥，离开老家后，走走停停，在凤阳府临淮住有两三年。该南京人问他从哪里来，他当然说是从凤阳来。

张名比王宗乖巧，懂得该南京人问的是什么。

“大叔问我二人是哪里人吧？”他问。

“对。”该南京人应道。

“我二人是河南人。”张名说。

“河南人就河南人，为何冒充凤阳人！”该南京人道。

“我这个兄弟不是冒充凤阳人，更不是欺骗大叔，我二人确实是从凤阳来的。”张名说。

“你两个从哪里来，无所谓；我要问的是，你等河南人见我这等身份的人，都叫大叔吗？”该南京人问。

“是啊。”张名应道。

“那我告诉你，在南京，你等永远也别想问出地方来。”该南京人说着，甩手要走。

“大——”张名不知怎么叫好，只好拉该南京人一把。

“怎的？问路不成，要动手！”该南京人道。

“不敢，”张名双拳一抱，问道，“不知南京人见你老这等身份的人，都会怎称呼？”

“再不懂事，也要叫一声大爷。”该南京人道。

“请教大爷，神烈山怎走？”张名问。

“南京城里城外，并无此山。”该南京人说罢，扬长而去。

留下王宗、张名二人，生一会儿闲气。

张名先消气，他问王宗：“王哥，气消没？”

“没消，”王宗道。又反问，“张哥气消没？”

“已消。”张名道。

“我不如张哥。”王宗说。

“说不上，”张名道，“按照我等下的工夫，根本不该气的。”

“怎讲？”王宗问。

“王哥没听人常说骨气吗？骨气，骨气，骨既然销，哪儿来的气！”张名道。

“会不会——”王宗欲言又止。

“王哥怎说！”张名厉声喝道。

“我又没说。”王宗低下头，嘟囔一句。

“不但不能说，想都不能想！”张名警告他。

会不会没那么一回事呀？王宗想说的，张名不让他说的，就是这句话。怎么回事呢？他们和刘天绪流寓临淮时，住在朱龙桥畔的一座小院里。朱龙桥附近，有许多池塘。刘天绪指着一个池塘，告诉他们：此名退骨塘，入浴其中，即可脱骨；骨既脱，即可成佛。

他们，不仅是王宗和张名，还有许多别的人，有的是和刘天绪一起从永城来的，有的是从辖永城县的归德的其他州、县来的，有的是从河南的其他府、州、县来的，也有从别的布政司来的。

他们看到刘天绪的许多神奇的地方，听从刘天绪的许多神奇的话语，尊他为教主。在刘天绪的指引下，他们一起跳进退骨塘，天天泡在退骨塘里，并相互比较，看谁在池塘里泡得最久，看谁跳进退骨塘时最为虔诚，看谁由于天长日久地泡在退骨塘里，体重减得最轻。

当然，谁真的销骨，谁真的成佛，不是他们自己说了算，而是刘天绪说了算。刘天绪从跟从他的弟子中，选出十二名他认为修行最好的弟子，给予名号，称十二天；选出十二名他认为修行仅次于十二天的弟子，给予名号，称十二佛；选出十二名他认为修行又稍差的弟子，给予名号，称十二星。再次一层的弟子，他懒得取名，任他们自己乱叫，但规定，其响亮的程度，不能超过十二天、十二佛、十二星。

他自己则称辟地定夺乾坤李王。

这个名号有点儿古怪。

首先，不是开天辟地，而仅是辟地。

有弟子问他缘故。他说：我名中已有天，封号中不可再有天。再说，弟子中已封了十二天，我不能和弟子们并列。

其次，他明明姓刘，为何称李王？

有弟子问他缘故。他说：唐朝姓李，本王继承的是李唐。

有弟子问：汉朝姓刘，为何不继承刘汉？他说：汉朝离得太远，早就没办法继承。

这些都是他在临淮时、在朱龙桥下、在退骨塘畔说的话。

后来他去南京。据他自己说，他已经修炼到更高的层次，退骨塘这个小地方容不下他。他把临淮的弟子交代给十二天，嘱咐他们，一旦得到他传来的指令，就要一批一批地去南京，在他指定的日子前，到他指定的地方集合。

他走以后，很久没有消息，更没有传令。有来往江淮各地、有在南京见过刘天绪的商贾，途经临淮时提到过他。有人说，刘天绪在南京甚是落魄，有时连饭也吃不上；有人说，他气色很好，红光满面，吃的是山珍海味，穿的是绫罗绸缎，住的是大屋豪宅；有人说：刘天绪在南京有了个相好的寡妇，姓岳，二人生活在一起，如胶似漆。

然后，有挺长一段日子，没有刘天绪的任何消息。他在临淮、在朱龙桥下、在退骨塘畔的弟子们，不管是普通的弟子，还是十二星，还是十二佛，还是十二天，心情都在起变化，只不过有的人变化得快些，有的人变化得慢些。

心情的变化，是由期望到失望，再由失望到绝望。就在越来越多人的心情接近绝望时，指令突然送达。

刘天绪给他们规定的日子，是十一月初一日；给他们规定的地方，是南京的神烈山。

弟子们一批一批地离开退骨塘，离开朱龙桥，离开临淮。在众弟子中，王宗、张名的地位是很高的，属于十二天。按照刘天绪的指令，他们留守到最后，等人走尽，收了塘，才前往南京。

十一月初一一大早，他们赶进城里，逢人打听神烈山，十个人中倒有八个不知。后来总算遇到个知道的，告诉他们，神烈山其实就是钟山。世宗皇帝处处效法成祖皇帝，成祖皇帝把京城陵区改名为天寿山，他就把祖陵所在之处改名为基运山，把皇陵所在之处改名为翔圣山，把孝陵所在的钟山改名为神烈山，把皇考睿宗皇帝陵寝所在之处改名为纯德山。

钟山山麓有一台，传说是前代高僧说法台。

刘天绪在众多弟子簇拥下登山、登台。众弟子按照身份站立在台前。

“请教主说法。”大弟子道。

“总得让我喘口气吧，”刘天绪一句话，引得众弟子都笑。等他们静下来，他问大弟子，“你是一重天，二重天到没到？”

“尚未。”大弟子说。

“你是四重天，五重天到没到？”刘天绪问另一个弟子。

“尚未。”该弟子说。

“天尚未到齐，我怎说法！”刘天绪道。

“教主，我看二重天、五重天不会来。”下面一个弟子说。

“你怎知？”刘天绪问。

“弟子们得到教主指令，都恨不能马上来到教主身边，他两个却磨磨蹭蹭，不肯上路。”该弟子说。

“是我命他两个等别人都走后再走的，并非他两个磨磨蹭蹭，不肯上路。”刘天绪说。

“可弟子们到的最晚的，两三天前也到。”该弟子说。

“或是路上耽搁，”刘天绪道。他心里也没底，但心里越没底，他说得越肯定。“我和你打赌，他两个不来，你来做教主！”

“弟子不敢。”该弟子不再言语。

“教主说法，是定好时辰的。”另一弟子提醒道。

“定在几时？”刘天绪问。

“午时正。”该弟子说。

“是吗？”刘天绪又问大弟子。

“是。”大弟子应道。

“已是几时？”刘天绪问专司时辰的弟子。

“巳时三刻。”该弟子说。

“还有一刻，再等等！”刘天绪道。

“是。”众弟子应道。

没过一会儿，后面有人喊：“来了，来了！”

众弟子回过头看，刘天绪则在台上往远处张望。果然，王宗、张名二人，一路小跑地赶到。

来到台前，二人跪倒，齐声道：“弟子来迟，教主恕罪！”

“不迟，”刘天绪开心地说着，举手示意，让二人起来。他说，“不过，你两个再不来，教主的位子就要别人来坐。”

“谁敢！”王宗怒道。他转过身，问离得最近的大弟子，“你敢吗？”

“不敢。”大弟子道。

“你敢吗？”王宗问三弟子。

“不敢。”三弟子道。

王宗还要问，被刘天绪制止。

“老二，打住！”刘天绪道。

“教主，弟子知道不该发火，可听说有人要夺教主位，弟子实在按捺不住。”王宗说。

“老二，你的修为比起许多师哥、师弟来，要差得多，我定你为二重天，就是因为你的一片赤诚。可我告诉你，没人要夺教主之位，教主之位也没人夺得去！”刘天绪道。

“是。”王宗应道。

“吉时已到！”专司时辰的弟子喝道。

“请教主说法。”大弟子道。

因王宗发问而有些混乱的众弟子，都安静下来。

“今日专说时日，”刘天绪说着，问道，“可知我为何让你等十一月朔日到？”

“弟子们不知。”众弟子道。

“可知我为何让你等十一月朔日午时前到？”刘天绪问。

“弟子们不知。”众弟子道。

“可知我为何让你等十一月朔日午时前，到神烈山？”刘天绪问。

“弟子们不知。”众弟子道。

“我是带你等来拜测天意的，”刘天绪说，“午时二刻，若有一道紫气升起，则我有君临天下的命；若无一道紫气升起，则我无君临天下之命。我有君临天下之命，你等都是开国元勋。来，和我一起拜天！”说着，他自己转过身，先拜伏下去。

众弟子随即拜伏，一边叩头，一边仰望山顶。

跪拜良久，专司时辰的弟子悄声唤道：“大哥！”

“何事？”大弟子悄声问。

“时辰已到。”专司时辰的弟子悄声说。

“何时已到？”大弟子悄声问。

“午时二刻呀。”专司时辰的弟子悄声道。

"已到吗？"大弟子好像不太相信，其实凭着感觉，他也知道午时二刻已到。他再次抬头仰望山顶，然后嘱咐道，"先别惊动教主。"

"好。"专司时辰的弟子应道。

又过一刻，刘天绪在台上问："时辰到否？"

"已到。"专司时辰的弟子应道。

"我是问，午时三刻到否？"刘天绪道。

"才到。"专司时辰的弟子说。

刘天绪没责备他在午时二刻没报时，而是说："不知时辰没算对，还是地方没算对，大家起来吧。"

众弟子纷纷爬起，免不了又是一阵骚乱。

"回城吧。"刘天绪发令后，率先下说法台，往下山的路走去。

众弟子都是兴冲冲而来，兴冲冲听教主说法，兴冲冲拜天，兴冲冲等着紫气的出现；结果落空。虽然刘天绪看上去很平静，但内心的沮丧是无法完全掩饰的。众弟子也无不感到沮丧。

一路上悄然无声，每个人都低着头，静静地走路。在走进朝阳门时，走在最后的弟子中有一人回头看一眼，惊呼一声"教主"。

和他走在一起的弟子们先是看他一眼；见他手往后指，也回头望去，并惊呼一声"教主"。

在他们稍前的弟子们回头，也是先看他们一眼；见他们人人手往后指，也往远处望去，并惊呼一声"教主"。

就这样，惊呼一声一声地往前传，每传一次，就有一群人停下来。等刘天绪和几个最心腹的弟子回头望时，差不多所有的人都已经停下不走，转过身去，面对钟山。

只见钟山方向，一道烟气腾空而起，不过，不是紫气，是黑气。

刘天绪率弟子们拜伏下去。

操江御史李云鹄着衙役把两个人领进密室。衙役随即出去，关好门。

"你二人说有机密大事，此室甚密，除我之外，没人听得到，你二人放心说吧。"李云鹄道。

"是。"二人应道。

"你是何人？"李云鹄问其中一人。

"小人陈维岳，是陈将军府上家丁。"被问的人回答。

“是说陈将军府上的事？”李云鹄问。

“不是。”陈维岳道。

“你是何人？”李云鹄问另一人。

“小人张应登，是张将军府上家丁。”被问的人回答。

“是说张将军府上的事？”李云鹄问。

“不是。”张应登道。

“好怪呀！”李云鹄摇着头说，“你二人说有机密大事，你是陈将军的家丁，却不说陈将军府上的事；你是张将军的家丁，却不说张将军府上的事。难道除主人，你二人还知道其他机密大事？”

他和操江官军营中姓陈的、姓张的将军并不熟；甚至姓陈的将军、姓张的将军是谁，他也不知道。但一来，他身为操江御史，比关注其他人更关注操江各将；换句话说，没别人比他更关注操江各将。二来，家丁主动到官府，多半是为首告，而除首告本将，他们还会首告谁人？

他完全没料到，陈维岳、张应登齐应道：“是。”

李云鹄不由愣住。他问：“其他机密大事，却是何事？”

“我二人拜师不慎。”陈维岳、张应登齐道。一听便知，拜师不慎是他二人事先约定的说法。

“拜师不慎？”李云鹄笑出声来，“你二人学的是拳上的工夫呀，还是腿上的工夫？”

“都不是。”陈维岳、张应登齐道。

“是习字呀，还是习文？”李云鹄又问。

“都不是。”陈维岳、张应登齐道。

“难道除拳上的工夫、腿上的工夫，你二人还学更厉害的工夫；除习字，习文，你二人还习更深刻的学问？”李云鹄问。

“小人不知算不算更厉害的工夫。”陈维岳说。

“小人不知算不算更深刻的学问。”张应登说。

“你等拜师，究竟学的何事？”李云鹄问。

“销骨之术。”陈维岳、张应登齐道。

“销骨？怎销？”李云鹄问。

“吾师于一水施法，我等以该水浴身，即可销骨。”陈维岳说。

“久之，即可销骨。”张应登补充两个字。

“沐浴销骨，这等荒诞之言，你等也信！”李云鹄斥道。

“小人们的师哥，有不少已修炼成，让人不得不信。”陈维岳、张应登齐道。

“怎知其修炼成？”李云鹄问。

“成佛，即修炼成。”陈维岳、张应登齐道。

“怎知其成佛？”李云鹄又问。

“吾师言其成佛，即成佛。”陈维岳说。

“成佛没有，别人是看不出来的，只有吾师能看出。”张应登说。

“销骨即能成佛，这等荒诞之言，你等也信！”李云鹄又斥道。

“大人别再责怪，我等已后悔莫及。”陈维岳、张应登齐道。

“把工夫都用在没用的地方，所以悔之？”李云鹄问。

“不只是把工夫用在没用的地方。”陈维岳说。

“若只是把工夫用在没用的地方，我等或悔之，但不会来大人这里首告。”张应登补充道。

“你二人首告，还为何事？”李云鹄问。

陈维岳、张应登你看看我，我看看你，都不回答。

“你说！”李云鹄命陈维岳。

“小人说不出口。”陈维岳道。

“他说不出口，你说！”李云鹄又命张应登。

“小人更说不出口。”张应登道。

“都说不出口，是家丑吧？”李云鹄猜测。

“原来大人已知此事。”陈维岳、张应登齐道。

“家丑者，非妻即女，”李云鹄说着，问陈维岳，“你年纪不小，应该是女儿被欺负吧？”

“是。”陈维岳赧然应道。

“你没那么大的女儿，应该是你妻被欺负吧？”李云鹄问张应登。

“是。”张应登也面红耳赤。

“是被你等师傅欺负吗？”李云鹄问。

“我女若得侍寝吾师，那是她的福分。”陈维岳说。

“我妻若得侍寝吾师，我没什么好抱怨的。”张应登说。

“侍寝？”李云鹄想到，他们说的家丑，应该是女眷被欺负；但没想到，他们直接就说到床上去。他问，“并不是侍奉你等师傅？”

“不是。”陈维岳、张应登齐道。

“那是侍奉何人？”李云鹄问。

“吾师有几个大弟子，和吾师是同乡，跟随吾师多年。他等身边没有女人，吾师命我等以妻侍其寝。”陈维岳说。

“或以女侍其寝。”张应登说。

“你等从之？”李云鹄问。

“师命不可违。”陈维岳、张应登齐道。

“好个师命不可违！”李云鹄冷笑，又问，“既然师命不可违，你二人甘愿把妻、女送到人家床上，为何又来首告？”

“若只是妻为师哥侍寝，这口气我还能忍。”陈维岳说。

“若只是女为师哥侍寝，我不会来首告。”张应登说。

“莫非还有别事？”李云鹄问。

“是。”陈维岳、张应登齐应道。

“还有比妻、女被人霸占更大的事？”李云鹄问。

“有。”陈维岳、张应登齐应道。

“却是何事？”李云鹄问。

“吾师给自个儿取个名号。”陈维岳说。

“不对，”张应登纠正道，“他原来就有个名号，近日又改名号。”

“他原来取何名号？”李云鹄问他。

“辟地定夺乾坤李王。”张应登说。

“竟然称王？好古怪的名号！”李云鹄半是吃惊，半是好笑。

“是古怪。”张应登应道。

“他近日改何名号？”李云鹄问。

“龙华帝主。”陈维岳说。

“竟然称帝？好气派的名号！”李云鹄仍然半是吃惊，半是好笑。

“是气派。”陈维岳应道。

“还有别事吗？”李云鹄又问。

“有。”陈维岳、张应登应道。

“何事？”李云鹄问。

“吾师还封师娘为后。”陈维岳说。

“不对，”张应登纠正道，“她是个寡妇，姓岳，吾师到南京后，才和她苟合的。除封后，吾师还封她观音。”

“封后，应该是龙华帝后吧？”李云鹄问陈维岳。

“是。”陈维岳应道。

“封观音，应该是辟地观音吧？”李云鹄问张应登。

“是。”张应登应道。

“还有别事吗？”李云鹄又问。

“有。”陈维岳、张应登应道。

“何事？”李云鹄问。

“吾师有一子，封护国大将军。”陈维岳说。

“吾师几名大弟子，封公、侯、伯不等。”张应登说。

“你二人没封官？”李云鹄问。

“没封，没封！”陈维岳、张应登连忙否认。

“我年纪虽然大，却不过是吾师辈分最低的弟子。”陈维岳又说。

“我等被封指挥，也是最低的职位。”张应登说。

“幸亏你等没被师傅看上，”李云鹄道，并问，“还有别事吗？”

“有。”陈维岳、张应登应道。

“若仍是封官封爵等事，不必再说。”李云鹄道。

“不是封官封爵的事。”陈维岳说。

“那是何事？”李云鹄问。

“吾师和大师哥们已确定日子。”陈维岳说。

“是本月二十三日。”张应登说。

“本月二十三日，本月二十三日，”李云念叨两遍后，醒悟过来，“本月二十三日是冬至呀。”

“是。”陈维岳、张应登齐应。

“冬至可不是你等师傅定的。”李云鹄说。

“小人不是说吾师把本月二十三定为冬至，是说这一天他要做一件事。”陈维岳说。

“一件挺大的事。”张应登强调。

按说，李云鹄应该问，他们的师傅要做什么事，可是他问的是：“你等师傅为何选择这一日做件大事？”

“小人听吾师说，这一日时机最好。”陈维岳说。

“小人记得吾师说，此日行事，定可成功。”张应登说。

“你等师傅要做何事，这一日时机最好，定可成功？”李云鹄问。

“小人等不知。”陈维岳、张应登齐道。

“你二人不知，我却知之，”李云鹄说，“冬至这日，南京群臣，都要往神烈山谒陵。你二人想啊，我等在南京，各有各的衙门，各有各的护卫，一个一个地抓，多麻烦？不如乘群臣谒陵的机会，一网打尽。”说着，问道，“你二人说，是不是？”

“大人说得头头是道，小人怎敢说不是！”陈维岳道。

“如大人所言，吾师果有神机妙算？”张应登则问。

“虽有神机妙算，却漏算一着。”李云鹄说。

“吾师漏算哪一着？”陈维岳、张应登齐问。

“不知他弟子中，有你两个！”李云鹄道，并说，“以后再遇到此等事，用不着说那么多事，只要说吾师谋逆即可。”

李云鹄紧急拜晤南京兵部尚书孙鑛，孙鑛紧急调动人马，在冬至之前，将刘天绪及其主要党羽，悉数逮捕，并奏闻于朝。

第三百六十九章

万历三十五年正月初二，陕西巡按御史余懋衡独自在后衙吃晚饭。中午西安的官员们聚餐，他酒喝得比较多，肉吃得比较多，所以，到晚上毫无食欲，只让厨下煮点儿粥喝。

一碗粥才吃两口，余懋衡忽然感到一阵头晕目眩。他没声张，没挪动，而是静静地坐一会儿。等到稍感舒服，他悄悄让人把西安府衙的赵捕头找到衙门里来。

赵捕头有神探之称，善破疑难案件。巡按大人没按照惯例，通过西安知府，或他的顶头上司通判找他，而是以私人的名义找他，捕头知道，一定是出了棘手的事。所以，他进入巡按衙门，也是神不知鬼不觉的。

余懋衡仍坐在桌边不动。赵捕头上前，躬身行礼，问道：“大人唤在下来，有何吩咐？”

“赵头，看看这碗。”余懋衡指着粥碗说。

“是银器吗？”赵捕头不用细看，不用手摸，也辨得出。

“再看看碗里。”余懋衡又说。

赵捕头小心地端起碗来，往碗里看。里面的粥一丝热气也没有，也闻不出粥的香气，只看得出颜色改变很大。小米煮的粥，本来是黄色，现在已呈黑色。

“有毒。”赵捕头道。

“如我所料。”余懋衡说。

“大人已料到？”赵捕头颇惊。

“是。”余懋衡应道。

“是对大人投毒？”赵捕头问。

“不然，怎会在我碗里！”余懋衡道。

“大人有无食用？”赵捕头问。

“食用过三次。”余懋衡说。

“三次！”赵捕头惊呼。

“对，三次。”余懋衡点头。

“三次对大人投毒，应该不是外人所为。”赵捕头判断。

“我也料到。”余懋衡说。

“大人心目中有无其人？”赵捕头问。

“得请赵头儿帮着找出来。”余懋衡说。

“这是在下的职责，”赵捕头道。并说，“大人若不介意，在下想先问大人几件事。”

“好，你问。”余懋衡道。

“第一次对大人投毒，在何时？”赵捕头问。

“去岁十二月八日。”余懋衡说。

“大人想都不想就说出，是因为吃腊八粥吧？”赵捕头问。

“是。”余懋衡应道。

“第二次对大人投毒，在几时？”赵捕头问。

“去岁十二月二十三日。”余懋衡说。

“过小年？”赵捕头问。

“对。”余懋衡应道。

“过小年大人们一般都有酬答，大人是不是也有？”赵捕头问。

“也有。”余懋衡道。

“当晚大人吃的也是粥吗？”赵捕头问。

“吃的也是粥。”余懋衡道。

赵捕头暗自点头，心里大致有数。

“大人厨下有几个厨役？”他问。

“两个。”余懋衡道。

“二人有无分工？”赵捕头问。

“有，”余懋衡应道，“二厨役，除非有一人歇假，都是一人做主食，一人烧菜。”

“腊月初八日，腊月二十三日，以及今日，大人应该都会放一人假？”赵捕头问。

“是。”余懋衡应道。

“三次歇假的，都是一人吧？”赵捕头问。

“是。”余懋衡应道。

“是烧菜的，还是做主食的？”赵捕头问。

“是烧菜的，”余懋衡说，“烧菜的家在西安城里，逢年过节，想和家人在一起；做主食的家在外地，歇假也没地方去。”

“大人，在下请讯问做饭的厨役。”赵捕头说。

“赵头与我所见略同，我也正要你讯问他。”余懋衡道。

“大人为何疑他？”赵捕头问。

“赵头先说为何疑他。”余懋衡道。

“既疑衙门里的人投毒，厨役自然首当其冲；而三次投毒，做饭的厨役都是一人在厨，我不得不疑他。”赵捕头说。

“赵头说两件事，我再告一件事，”余懋衡道，“本衙所有的人员，唯独做饭的厨役，和乐纲在一起饮过酒，而且不止一次。”说着，问道，“乐纲何许人也，赵头不会不知吧？”

“我深知他。对大人投毒之事，也就他能做，敢做，”赵捕头道，又说，“大人，有件事，在下不懂。”

“你要问我，既知粥里有毒，为何仍食之吧？”余懋衡知道他问何事。

“是。”赵捕头应道。

“你别以为我不顾死活，”余懋衡道，“我请教过识毒的高人，他告诉我，这种毒非得食多，才有性命之虞；似这粥里的毒量，三次五次是害不死人的。”

“多过三次五次呢？”赵捕头问。

“那就难说。”余懋衡道。

“所以，被投毒三次之后，大人才把我找来，对吧？”赵捕头问。

“对，”余懋衡应道，“但愿赵头尽快查明此事。”

赵捕头很快掌握一些确凿的证据，把巡按衙门里做主食的厨役抓去询问。该厨役立刻承认，是乐纲让他投的毒，毒药也是乐纲给的。

他禀告余懋衡后，问道：“大人是怎得罪税监的，他居然要置大人于死地？”

“大概是听说我要参劾他吧。”余懋衡说。

“他匕首已见，大人还会参劾他吗？”赵捕头问。

“本来还犹疑于参与不参之间；他今以死胁迫，我若不参，倒似怕死之徒！”余懋衡道。

余懋衡有充分的动力，写一篇有分量的奏疏，参劾陕西税监梁永。他不能把梁永指使属下对自己投毒的事，放在主要的位置来写；甚至这件事写不写，也要慎重考虑。否则，会让皇帝以为，他参劾梁永是出于私人的恩怨。他只要强调，梁永在陕作恶多端，残害军民，残害官吏，危害国家，危害朝廷，就够了。

首先，要说明陕西的特殊之处有二：一是土地贫瘠，一是位置重要。这是朝廷上下的共识，所以，并不难写。余懋衡写道：陕西一省，延安、庆阳、平凉、临洮、巩昌五郡，俱属冲边，并称瘠地。顾其形势险阻，山川绵亘，为我国家一大藩篱。

藩篱不固，将有堂奥之忧。

朝廷对陕西的重视无庸赘言，有一两句话即可。余懋衡写道：我皇上不惜岁数十万金转给之，令督、抚严饬将、帅，厉兵秣马，乘障列屯，以周捍御，防奔突。圣意何勤，则其地宜安静，不宜扰攘，其民宜抚惜，不宜戕贼，自可概见。

有这一两句话的过渡，下面可以陈列梁永的罪状。余懋衡所列举，不下十数事，如残杀人命，包括逼死县官，打死指挥；如吓掳人财，包括霸占民田民地，兼并城壕官地；如招逃军、逃徒，占卫军、驿骑；如迫逐有司，假称镇守。他把这些罪状总括成两句：膏脂吸尽全陕，威福敢盗至尊。

与其说他思如泉涌，不如说梁永所行之事，一件一件如在眼前。余懋衡自己也不知到底列出多少罪状，只是感觉写得已差不多。

不对，不是写得差不多，而是还差得远。因为梁永爪牙所犯的罪行，无疑也是梁永的罪行。余懋衡写道：加以大奸乐纲，神棍吕四，拨置唆使，簸弄把持。凡梁永从来装诬捏奏之诡状，皆出二恶发纵指示之邪谋。广结土棍，奸占娼妓，县官畏不敢问，小民冤何从伸！

这才可以说梁永及其党羽的罪恶已写得差不多。接下来，应该写写梁永奸恶危害之大。余懋衡写道：先是臣未入境，梁永等藐旨作乱，视前更横。欲专潼关、咸阳二税，故纵亡命奸徒害人。军民疾首痛心，协谋奋击。幸抚臣稍觉，擒治二三土棍以平众怒，方免作难。不然，梁永等不为杨荣之续耶！奸人计行，正士气沮，群小作威，军民遑忿，蕴祟勃发，祸不终朝。臣思边地易动难安，凶徒罪大恶极。法振于上则为威，威不可亵；变起于下则为乱，乱不可生。

这是内忧，还有外患呢？首先是套虏，俺答的后人承袭朝廷赐封的顺义王，而此时的顺义王并非彼时的顺义王，可以控制得住各部族。余懋衡写道：套虏隔延绥、宁夏诸镇，仅一墙；距五路诸虏，仅一河。有如犬羊背约，戎马生郊，而陕西军民，又积怨深怒，观变乘瑕，外构内讧。则梁永等之首领，涂野草而膏刀钻，是何足惜；而边疆将不可为，是深足虑。

写到这里，余懋衡放下笔。不是他写不下去，而是梁永使人给自己投毒的事，究竟写不写，需要做出决断。再三斟酌，他还是决定不写。一则，一路写下来，无法顺理成章地转到投毒一事上；二则，即便可以转到该事，恐怕也会节外生枝。他写道：臣与梁永，不识一面，谨据百姓所告，司道所开，梁永与乐纲、吕四等奸状，列款进览，仅得其十分之一耳。伏惟圣明，早赐逮问，则离照当天，阴霾立灭，保民固圉，作用不凡。臣与关中父老，共祝圣寿齐天，而西陲四千里荒徼，亦借人心为长城，可保无他虞。我太祖尝谕户部曰：奸臣聚敛，深为民害；税及纤微，朕甚耻焉。皇上率由祖德，一朝罢免繁税，休息疮痍，令万里舆图，顿成亨泰之象，则请自陕西始。

结束语中，应该引一句经典。余懋衡推崇《大学》，以为《大学》中的论述最可应用于实际，而该书第十章中有一句话，用来印证税监一事，最贴切。他写道：《大学》一书，千古名言，其第十章治平炯镜，如曰：长国家而务财用，必自小人；小人之使为，国家灾害并至。先臣丘浚之《大学衍义补》，即补宋儒真德秀之《大学衍义》，并属《大学》羽翼，既油然有当于宸衷矣。惟当勤乙夜之观，无蹈十寒之弊，则繁税之当速罢，中使之当速撤，尽在圣鉴，曷逃天聪！

第三百七十章

广渠门管门内使邢相把亲信赵禄找来，问他："赵儿，今年为何年？"

"回叔话，已是万历三十五年。"赵禄说。

"还有呢？"邢相又问。

"是正月。"赵禄说。

"还有呢？"邢相又问。

"是二十八日。"赵禄说。

"你还没把日子过忘。"邢相阴笑着说。

赵禄听不出他是讥是夸，不无得意地说："小的就日子记得准。"

"可你全没说对！"邢相脸沉了下来。

"今日是二十八日呀。"赵禄委屈地说。

"不是这句！"邢相道。

"今月是正月呀。"赵禄说。

"也不是这句！"邢相道。

"今岁是万历三十五年呀。"赵禄说。

"也不是这句！"邢相道。

"小的一共只说三句，"赵禄更感到委屈。邢相说全没说对，可他说的三句话，一句也没说错。

"我是问你，今年以干支纪年，是何年！"邢相道。

"是丁未年。"赵禄说。

"丁未年有何大事？"邢相问。

"还没过一月，小的说不出有何大事。"赵禄道。

"谁个要你说一月里的大事！"邢相斥道。

"一年里的大事，小的更说不出来。"赵禄道。

"谁个要你说一年里的大事！"邢相又斥。

"叔要小的说几时的大事？"赵禄问。

“我就料到，你没长这个脑子！丑年、未年，朝廷有何大事，你会不知道吗！”邢相道。

“叔是说，大计天下官吏？”赵禄好不容易想出来。

“想起来就好，”邢相点点头，又问，“知我守广渠门多久？”

“一年多。”赵禄说。

“知我守广渠门还能有多久？”邢相问。

“这事小的怎知！”赵禄道。

“能守到丑年，或下一个未年吗？”邢相问。

“应该不会，”赵禄说，“不等丑年或下一个未年，叔早该高升。”

“高升也是清水衙门，有何用！”邢相道，“我是在告诉你，不趁今年捞点儿油水，再也没机会。”

他说的油水，就是朝觐官员有出广渠门者，可以在他们身上打主意。

“小的懂叔的意思。”赵禄道。

一个老仆，一条胳臂上挎个褡裢，另一手搀扶着年纪没他那么大、但体格看上去比他还要弱的主人，从广渠门出城。守城内的兵丁用眼一瞄，觉得二人不似有油水的样子，挥挥手，让他们出城。

正好赵禄出来，斥道：“怎不问一句，就放出城！”

“积贫之人，问也白问。”兵丁说。

“还有呢？”赵禄问。

“积病之人，问也白问。”兵丁说。

“还有呢？”赵禄问。

“落魄之人，问也白问。”兵丁说。

“你的眼光倒毒。”赵禄阴笑着说。

“小的没别的长处，就眼光还行。”兵丁不无得意地说。

“可你没一句话说对！”赵禄的脸沉下来。

“赵爷看出，他不是积贫之人？”兵丁不服气地问。

“不是这句！”赵禄道。

“赵爷看出，他不是积病之人？”兵丁又问。

“也不是这句！”赵禄道。

“赵爷看出，他不是落魄之人？”兵丁又问。

“也不是这句！”赵禄道。

“小的一共只说三句，到底错在哪句？”兵丁问。

“我是问你，他是不是朝觐官员！”赵禄道。

“小的看他似积贫之人，所以没问。”兵丁解释。

“积贫之人，就不会是朝觐官员？”赵禄斥问。

“小的看他似积病之人，所以没问。”兵丁又解释。

“积病之人，就不会是朝觐官员？”赵禄斥问。

“小的看他似落魄之人，所以没问。”兵丁又解释。

“落魄之人，就不会是朝觐官员？”赵禄斥问。

“赵爷说的是，再有看似积贫之人、积病之人、落魄之人出城，小的也拦下来盘问。”兵丁说。

“为何要等再有，先盘问盘问这个人！”赵禄命道。

“是。”兵丁十分不情愿、又不敢不从命地追上去，把走在城门洞里的两个人拉回城里，拉回赵禄面前。

没等他问，也没等赵禄问，老仆就抱怨：“不见我家老爷走一步都很难吗，为何非让我两个退回来！”

“等等！”兵丁看赵禄一眼，问道，“你怎称呼他？”

“我家老爷呀。”老仆说。

“他看上去可不怎么像老爷。”该兵丁说。

“军爷看着不像，我家老爷却是正儿八经的老爷。”老仆说。

“怎么个正儿八经的老爷？”兵丁问。

“当过三年县太爷，算不算正儿八经的老爷？”老仆反问。

“他，”兵丁指着他搀扶的主人，问道，“当过三年县太爷？”

“正是。”老仆应道。

“你家老爷在哪儿当的县太爷？”兵丁问。

“南直隶。”老仆道。

“南直隶的县太爷倒是比别地的县太爷多值几个钱，”兵丁说着，又问，“你家老爷在哪府当的县太爷？”

“扬州。”老仆道。

“扬州的县太爷倒是比别府的县太爷多值几个钱，”兵丁说着，又问，“你家老爷当的是哪县的县太爷？”

“泰兴。”老仆道。

“泰兴县的县太爷是不是比别县的县太爷多值几个钱，我心里没数，”兵丁说着，转向赵禄，讨好地说，“赵爷莫怪，小的看走眼，还是你老火眼金睛。”

“先别下定论，”赵禄道，见兵丁不开口，他问，“怎不再问？”

“小的没得再问，恭请赵爷问。”兵丁说。

“这位县太爷姓氏，你知否？”赵禄问。

“小的不知。”兵丁说。

“连人家姓氏都不知，就没得可问？”赵禄斥道。

“是，小的接着问，”兵丁说着，问老仆，“喂，你家老爷姓甚名谁？”

“老爷姓氏有这么问的吗？一边去，还是我来问吧，”赵禄道。他问老仆，“你家老爷贵姓？”

“姓龙。”老仆道。

“名讳是单字，还是双字？”赵禄问。

“单字，我家老爷名讳是个镗字。”老仆道。

“堂上的堂，还是堂下的堂；堂内的堂，还是堂外的堂？”赵禄问。

“将爷说的都是一个堂，我家老爷是从金的镗。”老仆道。

“原来你家老爷多金，是龙镗，龙老爷，”赵禄说着，吩咐兵丁，“以前叫的老爷都不算，从现在开始，你给我数着，我叫过多少次龙老爷。”

“一次。”兵丁数道。

“这次叫的不算；而且，你默数就成，不必数出。”赵禄道。

“是。”兵丁应道。

“龙老爷患病？”赵禄问老仆。

“可不。”老仆应道。

“龙老爷病得不轻吧？”赵禄又问。

“这看得出来。”老仆道。

“龙老爷福大造化大，不用两天，定会痊愈。”赵禄说。

“谢将爷吉言。”老仆道。

“难得老人家说个谢字，这声龙老爷顶得两声。”赵禄对兵丁说。

“是。”兵丁应道。

“龙老爷以泰兴县朝觐，一定是考最吧？”赵禄问老仆。

“此事莫提！”老仆大为懊丧。

“怎么，龙老爷考绩不佳？”赵禄问。

“岂止不佳！”老仆道。

“龙老爷考绩是差？”赵禄又问。

“岂止是差！”老仆道。

“那么，龙老爷是——”赵禄不好问出来。

“重贬边方杂职。”老仆道。

“龙老爷福大造化大，不用两年，定会扭转。”赵禄说。

“再谢将爷吉言。”老仆道。

“难得老人家又说个谢字——”赵禄说到这里，看了兵丁一眼，让他把后面的话续完。

“赵爷，老人家说的不是个谢字。”兵丁似乎不懂他的用意。

“怎不是个谢字？”赵禄叱问。

“老人家说的是再谢二字，小的看，可以顶得四声。”原来兵丁不仅懂得他的用意，而且有所发挥。

“就依你，顶得四声，”赵禄赏给他一个笑脸，然后问，“一个顶两声，一个顶四声，其他各一声，共计几多声？”

“共计十二声。”兵丁说。

“十二声，恰合地支之数，吉利，”赵禄说着，问老仆，“老人家，你说呢？”

“是。”老仆却没懂他的意思。

“是这样的，”赵禄作出很耐心的样子，给他解释，“我等为万岁爷守城门，轻易不会叫进出官员老爷；若叫的话，进出官员须得给赏。”

“京里有这规矩？”老仆问。

“有这规矩呀，不信，你问他。”赵禄说着，一指兵丁。

“赵爷没骗你老人家，有这规矩，”兵丁点头，并说得更加活灵活现。“打我太爷爷辈守广渠门起，就有这规矩，已传百年之久。”

“早知有这规矩，我和老爷就从别的城门出去。”老仆嘟囔着。

“老人家幸亏没从别的城门出去。”赵禄说。

“怎么？”老仆问。

“譬如，老人家伺候龙老爷从广安门出城，那里守着的官校，可不像我这么寡言寡欲；而且，他每叫一声要的赏钱，比我多得多。”赵禄说。

“多得多，是几多？”老仆问。

“譬如，每叫一声，须十两纹银。”赵禄说。

“一声老爷，十两纹银？吓死小老儿！”老仆道。

“我要的赏钱比他合理。”赵禄说。

“将爷要的赏钱合理，却是几多？”老仆问。

“譬如，每叫一声，五两纹银。”赵禄说。

“一声老爷，五两纹银，小老儿也要吓个半死。”老仆道。

“老人家以为，仍不合理？”赵禄问。

“合理，合理！将爷叫声老爷，也不容易，要五两纹银的赏钱，不多！”老仆说着，问道，“将爷方才实叫八声龙老爷，加上顶两声、顶四声的，共是十二声，对吧？”

“对。”赵禄应道。

“每声五两纹银，十二声应是六十两纹银，对吧？”老仆问。

“对。”赵禄应道。

“有六十两纹银的赏钱，我主仆二人是不是可以平安出这广渠门？”老仆问。

“可以。”赵禄应道。

“将爷想过没有，我家老爷拿得出六十两纹银，去吏部或都察院稍微活动活动，何至于考个最劣？”老仆问。

“这很难说呀。”赵禄道。

“将爷再想想，我家老爷拿得出六十两纹银，为何不雇辆车子，却要我搀扶着，一步一步走出城？”老仆又问。

“这也很难说呀。”赵禄道。

“将爷称难说，是何意？”老仆问。

“譬如，龙老爷拿六十两纹银去吏部或都察院活动，可能不会考成最劣，但也绝不可能活动成治最，也不可能活动到考优，甚至连平常都换不来，至多是次最劣。最劣和次最劣，有何区别？不如干脆不去活动。再譬如，龙老爷拿六十两纹银雇辆车，能出得京城，却未必出得畿辅；即便出得畿辅，肯定也出不了北直隶。不如乘眼下你搀扶着还能走，先走出城；等到实在无法走时，再雇辆车子，价钱便宜得多，说不定就能送你二人到家。”赵禄说。

“赵爷又多叫两声龙老爷。”兵丁提醒他。

“这是奉送的。”赵禄说。

“从未见赵爷这么大方。”兵丁说给老仆听。

“如此，多谢，”老仆抱了抱拳，问道，“所以，我家老爷身上可能有六十两纹银，对吧？”

“对。”赵禄应道。

“所以，我家老爷身上若有六十两银子，用作赏银，买个平安出城最合算，对吧？”老仆又问。

“老人家有见识。”赵禄道。

“将爷是先搜小老儿身，还是先搜我家老爷身？”老仆边问，边抬起两臂，等着赵禄等搜查。

“为何要搜身？”赵禄反问。

“将爷好搜出，六十两纹银究竟藏在小老儿身上，还是藏在我家老爷身上呀。”老仆道。

“没有的话——”赵禄说着，伸手拍拍老仆肩头，以示亲切。但拍老仆肩头是虚，而顺势一抚老仆背的褡裢，才是他的目的。褡裢瘪瘪的，肯定藏不住六十两纹银。他用商量的口吻说，“每声老爷，五两纹银，是我开的价，老人家可以还价呀。”

“当真可以还价？”老仆问。

“当真！”赵禄道。

“这个数，成吗？”老仆边问，便伸出四指。

“四十两纹银？”赵禄边说，边摇头，“三分里，一下砍去一分，老人家还价还得太狠。”

表面上看是不接受，实际上老仆再多说一句，他就准备接受。

“不是纹银。”老仆却说。

赵禄一愣，问：“不是纹银，却是何物？”

“四十文钱，”老仆说，“不错，我主仆身上不止四十文钱，但总得留几文钱吃饭吧？小老儿三五日不吃饭，或许不会死；再多几日不吃饭，一定要活活饿死。”

赵禄一改笑容可掬的模样，眼睛里闪烁着凶光。哪怕老仆说的不是四十两，而是三十四两、二十四两、十四两，哪怕老仆说的只是四两，他都能容忍。是他让人家还价的，人家当然会还到最低价。可四十文钱，一两银子不到，这是还价吗？不，这是寻衅！

“小老儿三五日不吃饭，或许不会死；再多几日不吃饭，一定要活活饿死。”老仆说。

“我不和你说，和你家老爷说！”赵禄凶狠地把老仆推开，当胸揪住龙镗。他只觉身子一沉，险些跌倒。原来龙镗立身不稳，须得使大力气，才支撑得住。赵禄顺势推一把，把龙镗推给兵丁，嘴上并嘱咐，“接住，有点儿沉。”

兵丁与其说接住，不如说抱住。由于双手环抱着龙镗的腰，姿势不对，坚持不了多久。他说：“赵爷，小的要倒。”

“你不会把他推开！”赵禄道。

兵丁听话，把龙镗推开，是朝着赵禄的方向推的。于是，龙镗又重重地倒在赵禄的怀里。

赵禄揪住龙镗，本来是要问银子的，但这样把龙镗推过来推过去，别说开口，连龙镗究竟是怎么个情形，也顾不上看。而就在这样被推来推去之间，出现奇迹：自打龙镗出现，他未吭一声，这时却长吁一声，还吐出几个听不真切的字来；他看上去一直是绵软无力的，这时却不知从哪儿来的力量，竟一手挣脱赵禄，一手挣脱兵丁，身子晃几晃，站稳，迈步走开。

他没有确定的方向，歪歪扭扭地往左走几步，又歪歪扭扭地往右走几步，随即又站不稳，没等赵禄、兵丁回过神来，没等老仆扑将过去，只听一声闷响，他已跌倒在地。

兵丁最先有所反应，最先有所行动。他跑过去，弯下腰看看龙镗的脸色，翻翻他的眼皮，试试他的脉搏，露出惊慌的神色。

“赵爷，人已死。”兵丁退回赵禄身边，悄声告诉他。

赵禄也有些惊慌，但马上镇定下来。他说：“装死！咱不能沾上这个晦气，拖出城去，让他快走！”

“是。”兵丁应道。

龙镗的确死亡。朝觐官员猝死，本来不是什么了不起的大事。但查验官将龙镗死亡的经过奏闻于朝，皇帝大怒，命将赵禄下狱，论死，邢相等戍边。

第三百七十一章

部、院大臣中，去年只有一项改动：年初，工部尚书赵焕致仕，十个月后，以本部侍郎刘元霖署部事，尽管他早已署理部事。

又过四五个月，当大臣们聚在一起议事时，好像已经忘记他只是署工部事，且是以侍郎署部，而把他当作主角。

“此事还是请元泽先生定夺吧。”肖大亨说。

“对，请元泽先生定夺。”其他大臣纷纷附和。

“元泽先生，此事工部议过吧？”主持议事的朱赓，也是请刘元霖定夺的意思，不过说得比较婉转。

刘元霖字元泽，北直隶任丘人，万历八年进士。

“议是议过，但意见纷纭，故请诸公议之。”他回复众大臣的话。

“工部堂官不过二三人，加上司官也不过十余人，何至于意见纷纭！”肖大亨道。

“不知都有何高见？”赵世卿则问。

“譬如，有人议，进议者不过是名贡士，所议又是边陲之事，工部有没必要议之？”刘元霖举例。

“元泽先生以为呢？”朱赓问。

“似不无道理。”刘元霖说。

“元泽先生以为工部不须议之，却让七卿们陪着你议！”朱赓开句玩笑，引得众人都笑起来。他又问，“那名贡士是姓杨吧？”

“是，”刘元霖应道，“姓杨，名提，云南贡士。”

“他虽是名贡士，所议虽是边陲之事，但既进议于朝，不会全无道理。我看，我等还是陪着元泽先生议一议吧。”朱赓说。

“少钦先生说的是。”众人附和道。

“此事少钦先生已为元泽先生定夺，元泽先生再说说，工部还有何议？”肖大亨又道。

“再譬如，有人在计算牂牁故道，会不会比今道减少三千里？”刘元霖又举例。

“这倒是件实事。”詹沂说。

“复牂牁故道，真能减少三千里？”杨时乔问。

“我看不会。”李廷机说。

“尔张先生为何以为不会？”赵世卿问。

“若能省三千里路程，当初为何要舍近求远？”李廷机道。

“尔张先生言之有理。”有人附和。

“元泽先生，贵部计算得如何？”杨时乔又问。

刘元霖才要回答，朱赓又为他定夺：“还是一件事一件事地说吧。”

“好。”众大臣都赞成。

“请少钦先生先说第一件事。”赵世卿道。

“既曰牂牁故道，我想先听元泽先生先说说牂牁。”朱赓说。

“牂牁是古郡名，大部在今贵州境内，治所屡有变更，但都在贵州境内；此外，还包括云南东部和广西西北部一些地区。隋代所置牂牁郡，还包括遵义等地，今属四川。”刘元霖说。

“够清楚吧？”朱赓问。

“够清楚。”众人应道。

“接下来，是不是该说说牂牁故道？”朱赓问。

“是。”众人应道。

“牂牁位于三省之交，牂牁故道应该也是穿越三省吧？”杨时乔问。

“此事说起来有点儿滑稽，”刘元霖道。“牂牁为贵州地，复的是牂牁故道，却偏偏要绕开贵州。”

“怎会？”杨时乔不是觉得滑稽，而是觉得不可思议。

“抱歉，我说得不准确，”刘元霖更正道，“复牂牁故道，绕开的是今之贵州。”

“那么，出滇后，不插贵州，而是插广西，是吧？”赵世卿问。

“象贤先生说的是。”刘元霖应道。

“那是条怎样的路线？”杨时乔问。

“我再为宜迁先生说两件怪事吧，”刘元霖道，“第一件怪事，广西，布政司也，另有广西府，却不在广西；第二件怪事，广西有南宁府，又有南宁县，南宁县却不在南宁府，也不在广西布政司。”说着，问道，“宜迁先生可知，广西府、南宁县在何处？”

“不知，”杨时乔道。又问其他人，“诸公知否？”

有人摇头。有人不置可否；他们或许知道，但既然是刘元霖在说，他们更愿意听。

“广西府隶属云南布政司；南宁县隶属云南曲靖府。”刘元霖说。

“此事确怪，但元泽先生欲说明何事？”杨时乔问。

“云南、广西地名交错，牂牁故道不由滇入黔，而由滇入桂，或许才是正道。”刘元霖说。

“那就请元泽先生为我等说说这条正道。”朱赓插话。

“方才言及广西府，广西府在云南府东南。出滇的第一站，是由昆明至广西府。”刘元霖说。

“然后呢？”杨时乔问。

“继续往东南，有广南府，这是第二站。”刘元霖说。

“第三站到何处？”杨时乔问。

“不再往南，而是往东，出云南，入广西，到达田州，这是第三站。”刘元霖说。

“然后继续往东吗？”杨时乔问。

“往东北，到富川，这是第四站。”刘元霖说。

“富川是个县。”赵世卿插话。

“象贤先生说的是。”刘元霖应道。

“属哪府？”杨时乔问。

“夏卿先生必知。”刘元霖不说，让肖大亨说。

“富川属平乐府，广东兵入广西，湖广兵入广西，富川皆为必经之地。”肖大亨不但说出该县隶属哪个府，还顺便解释刘元霖为什么说他必知。

“亦即，由富川可进入广东、湖广，是吧？”杨时乔问。

“是。”刘元霖说。

“由富川怎进入广东？”杨时乔问。

“取水路，”刘元霖道，“富川有富江，南流，于同府的贺县合于贺江；贺江东流，于广东的封川合于西江。”

“元泽先生再往远处说说。”杨时乔不满足于停止在西江。

“西江东流，于番禺合于东江；东江东北流，于江西安远合于濂水。至江西，有多条水路可至南京。沿大江至苏州，有漕河可达京师。”刘元霖从极南到极北说道。

“元泽先生再说说怎进入湖广吧。”杨时乔道。

“取陆路，”刘元霖道，“富川北有临贺岭，过岭即进入湖广，从此一路宽阔、平坦，足以容九轨。”

“宜迁先生，不要让元泽先生再往远处说，好不好？”朱赓担心杨时乔仍不满足。

“好，”杨时乔一边答应，一边仍不忘他方才被打断的提问。“但我问问元泽先生，根据工部诸公的算计，复牂牁故道，能否减少三千里路程，可以吗？”

“这也正是我等所欲知。”朱赓道。

“我仍觉不会。”又是李廷机说。

“尔张先生为何仍觉不会？”又是赵世卿问。

“滇在南，京师在北，南京亦在北，牂牁故道往东南出滇，此乃南辕北辙，怎么反而减少路程？”李廷机道。

“尔张先生只注意方位，却忽略一事。”赵世卿反说。

“忽略何事？”李廷机问。

“尔张先生说，滇在南，京师、南京在北，并不确切；准确地说，滇在西南，京师、南京在东北。往东南走，是南辕北辙，往西北走，同样是南辕北辙。”赵世卿说。

“由滇入黔，是往西北走吗？”李廷机问。

“由滇入黔，不须往西北走；由黔入蜀，却是往西北走。”赵世卿说。

“为何非要由黔入蜀，不也可以由黔入楚？”李廷机问。

“由黔入楚，皆为险山恶岭，山路迂回，多出的路程未必比南辕北辙多出的路程少。”赵世卿说。

“元泽先生，是吗？”李廷机又问刘元霖。

“是，”刘元霖应道。“无论由黔入蜀，或由黔入楚，与之比较，复牂牁故道，都会减少三千里路程。”

“尔张先生还有何疑问？”朱赓问李廷机。

“元泽先生是算计过的，我不再有疑问。”李廷机道。

“我原来倒是有个疑惑。”詹沂说。

“浴之先生有何疑惑？”朱赓问他。

“象贤先生问工部有何议，元泽先生说的是：杨提不过一贡士，所议不过边陲之事，工部有没必要议？夏卿先生问工部又有何议，元泽先生说的是：工部诸公算计，复牂牁故道，会不会减少三千里路程？”詹沂复述到现在为止的所有议论后，问道，“是吧？”

“是啊。”朱赓应道。

“言及工部有没必要议，听起来，元泽先生似乎赞成没必要议，是吧？”詹沂问。

“是。”朱赓问。

“然则，言及会不会减少三千里路程，听起来，元泽先生似乎又赞成复牂牁故道，”詹沂说着，问道，“少钦先生感觉不是吗？”

“我听着，元泽先生似也赞成复牂牁故道，”朱赓说着，点点头，“我听懂浴之先生的疑惑：为何前者连议都觉得没必要议，后来却赞成其议。”说着，问道，“浴之先生，是吧？”

“是啊。”詹沂应道。

“浴之先生却为何又说，原来倒是有个疑惑？难道现在不再疑惑？”朱赓又问。

“是，”詹沂应一声，说道，“既然实实在在地减少三千里的路程，赞成其议难道不是必然的吗？”

“浴之先生说的可是？”朱赓转问刘元霖。

“浴之先生只说对一半。”刘元霖说。

“哪一半说对？”朱赓问。

“减少三千里路程，对任何人、任何衙门来说，都应该很有诱惑之力，”刘元霖说着，反问一句，“譬如，少钦相公得知减少三千里的路程，会不动心吗？”

“是，我不会不动心，”朱赓应罢，用手指指众人，“诸公得知减少三千里路程，都不会不动心。”

“我说复牂牁故道，听起来似赞成其议，正是为此。”刘元霖说。

“哪一半说的不对？”朱赓又问。

“我部还曾议一事。”刘元霖道。

“何事？”朱赓问。

“既曰故道，便非今道，是吧？”刘元霖反问。

“元泽先生是问少钦先生一人，还是问我等众人？”詹沂又反问他。

“既问少钦先生，也问诸公。”刘元霖说。

“此问毋庸置疑。”朱赓说。

“对，此问毋庸置疑。”其他人齐附和。

“既曰故道，便非今日所废，是吧？”刘元霖又问。

“确非今日所废。”朱赓说。

“对，确非今日所废。”其他人齐附和。

“前人为何要废此故道，而取今道？”刘元霖问。

这是个不容易回答的问题。朱赓料到，刘元霖并不希望他来回答，而是准备自己来回答，于是反问：“元泽先生还有别问吗？”

“还有，”刘元霖回应一声，问道，“今既议复牂牁故道，则我大明国初并未复之，是吧？”

“此问亦毋庸置疑。”朱赓说。

“对，此问亦毋庸置疑。”其他人齐附和。

“复牂牁故道，既可减少三千里路程，以太祖高皇帝之圣明，为何不复之？”刘元霖问。

“洪武十五年，始平云南。”朱赓说。

“对，洪武十五年始平云南，国初怎复牂牁故道！”其他人齐附和。

“永乐时不仅云南早平，贵州亦置布政司，”刘云霖说着，问道，“以我成祖文皇帝之圣明，为何不复牂牁故道？”

“前人为何废之，我太祖高皇帝为何不复之，我成祖文皇帝为何不复之，应该是同一个答案吧？”朱赓反问。

“答案是同一个；不过，我要问的，其实是永乐时，我成祖文皇帝为何不复牂牁故道？”刘元霖说。

“我成祖文皇帝为何不复牂牁故道？”朱赓问。

“是啊，我成祖文皇帝为何不复牂牁故道？”其他人也问。

“工部议时，有人问：若非以一线通滇，我成祖文皇帝会不会置贵州布政司？”刘元霖这才说出工部议论的第三件事。

众人不得不承认，这是个极有深度的问题。如果不为开通云南通往内地的驿道，以贵州之偏僻，之贫瘠，一省之田粮，抵不上其他布政司一郡，的确是没必要设置布政司的。而今若复牂牁故道，改经广西进入内地，则贵州布政司也的确可废之。

沉默一会儿，朱赓先赞一句：“问得好！”

“是，问得好！”其他人齐附和。

“我看，工部所议的结果，元泽先生的见解，显而易见。”朱赓说。

“是显而易见。”其他人应道。

“我是赞成其见解的，不知诸公意下如何？”朱赓问。

“我等也都赞成。”其他人齐道。

第三百七十二章

“尔张先生掌部不会太久。”礼部右侍郎杨道宾忽道。

署部侍郎李廷机坐得离他挺远，听这话，挪到他面前坐下。

“唯彦先生是觊觎这个位置，还是算准我可以辞官？”他问。

杨道宾字唯彦，福建晋江人，万历十四年的榜眼。因为二人是同乡，李廷机说话才会这么随便。

“我巴不得你赖在这个位置上不走呢，”杨道宾说话也很随便，“朝廷准肩吾先生、仲化先生致仕之日，我说过一句话，尔张先生还记得吗？”

“推举阁臣，不可不补，不会速补，”李廷机重复一遍他的话后，问道，“是这句吗？”

“是。”杨道宾应道。

“不会速补，被你说中。今日距同姓二阁老去官已经——”李廷机在心里算算，说道，“——八个多月。”

“在尔张先生心目中，过几个月，可说不是太速？”杨道宾问。

“我没想过。”李廷机道。

“那么，尔张先生可知，我以为过几个月，可说不是太速？”杨道宾又问。

“不知。”李廷机道。

“十个月。”杨道宾告诉他。

“亦即，到五月。”李廷机道。

“是。”杨道宾应道。

“唯彦先生卜算一向很准，不知这次准不准。”李廷机不在意地说。

“尔张先生别作出一副和自家无关的样子，这个日子我是为尔张先生卜算的。”杨道宾说。

“为我卜算的？怎讲？”李廷机问。

“今儿个我的第一句话是怎说的？”杨道宾反问。

“问嫂夫人去！”李廷机道，“今儿个唯彦先生的第一句话应该是在大梦初醒时说的，我怎知你怎说！”

“我今儿个的第一句话不是大梦初醒时说的，这是其一；就算我的第一句话是大梦初醒时说的，贱内也听不到，因为我大梦初醒时，她睡梦正酣，这是其二；今儿个和尔张先生说话之前，我没说过一句话，这是其三，”杨道宾说完三点，指一指李廷机。“尔张先生，你得重新想过。”

“和我说的第一句话，我当然记得，”李廷机道，“你说的是：尔张先生掌部不会太久。”

“所以，不超过五月，这个日子是为尔张先生卜算的。”杨道宾说。

“唯彦先生是说，推举阁臣不超过五月，和我掌部不会太久，这两件事有牵连？”李廷机问。

“二事，因果也，”杨道宾道，“因为推举阁臣不超过五月，所以，尔张先生掌部不会太久；为何尔张先生掌部不会太久？因为推举阁臣不会超过五月。”说着，问道，“我说得够清楚吧？”

“唯彦先生直接说我将入阁，岂不更清楚！”李廷机道。

“尔张先生非要说得直白，我就直说，”杨道宾顿了顿，揖道，“恭喜尔张先生，不日将入阁。”

“唯彦先生别忙着道贺，”李廷机拦住他，“我才说，不会逮补一句，被你说中；不可不补一句，还不知你说中没说中呢。”

“这一句，不中也得中，复何疑哉！”杨道宾道。

“怎叫不中也得中？”李廷机问。

“内阁祖宗设置，阁员数人，此乃制度。”杨道宾说。

“唯彦先生别和我说祖宗制度！我岂不知，哪一项祖宗制度是不可更改的。”李廷机道。

“那就说点儿实际的，”杨道宾说着，问道，“前些日子，少钦先生告假，阁中空无一人，尔张先生不会不知吧？”

“我知此事。”李廷机点头。

“既设置内阁，阁中却无人办事，此等情形，自内阁设置以来，从未有过吧？”杨道宾问。

“从未有过是从未有过；但仅一二日，少钦先生旋即入阁办事。皇上是不会因为阁中一二日无人办事，而改变主意的。”李廷机说。

“尔张先生说皇上的主意，皇上是何主意？”杨道宾问。

“增补阁臣呀，”李廷机说，“皇上不愿增补阁臣，不会因阁中一二日无人办事而改变的。”

“尔张先生谬矣。”杨道宾道。

“怎么？”李廷机问。

“增补不增补阁臣，对皇上来说，是件无所谓的事，”杨道宾说，“皇上所以迟迟不增补阁臣，是因为科、道屡有赘言，说得皇上厌烦；并不是皇上早拿定不增补阁臣的主意。皇帝执意和臣子们怄气，尔张先生想，几十年来，哪件事不是和臣子们怄着气办的？增补阁臣，皇上和臣子们怄着怄着气，也会办的。”

“怄着气办，也得看时机。”李廷机说。

“时机应该是有的。”杨道宾道。

“唯彦先生怎知时机是有的？”李廷机问。

“有二事，”杨道宾比画一下，问道，“一日，少钦先生曾素服往文华门，极力陈言三事，尔张先生知否？”

“知之。”李廷机道。

“尔张先生知是哪三事吗？”杨道宾问。

“一曰增阁臣，二曰补大僚，三曰充言路。”李廷机说。

“第一事即增阁臣，可见此事迫在眉睫。”杨道宾道。

“少钦先生以为迫在眉睫，皇上未必以为迫在眉睫，”李廷机说，并问，“此是第一事，第二事是何事？”

“少钦先生昨日又上一疏，尔张先生知否？”杨道宾反问。

“也已听说。”李廷机道。

“有两句话，皇上读罢，一定动心。”杨道宾说。

“哪两句话？”李廷机问。

“论身名，臣不但去为幸，死亦为幸；论分义，臣不但不敢去，亦不敢死。”杨道宾述道。

李廷机听罢，心里一沉。他说：“少钦先生怎写出这等令人心酸、令人心碎的话来！”

“不如此，怎使皇上动心？”杨道宾却说。

“说的也是，”李廷机点点头，问道，“一则素服陈请，一则奋笔上疏，有此二事，就一定会增补阁臣？”

“我看差不多，”杨道宾说。“皇上爱和臣子怄气，对阁臣，却还有几分礼敬。别臣请增补阁臣，皇上可以不予理睬；少钦先生一而再再而三地请增补阁臣，皇上不能总不理睬。”

“唯彦先生说的阁臣不可不补，我有点儿信；我再请教第二事。”李廷机说着，揖了揖。

杨道宾还一揖，道：“尔张先生请说。”

“增补阁员，为何是我？”李廷机问。

“我没说是尔张先生呀。”杨道宾道。

“没说是我？”李廷机不由愣住，“唯彦先生不是贺都贺过吗，怎会没说是我！”

“我是贺过尔张先生。”杨道宾承认。

“贺的难道不是我入阁？”李廷机问。

“贺的是尔张先生入阁。”杨道宾也承认。

“既是贺我入阁，增补阁员怎会不是我？”李廷机问。

“若增补一人，则尔张先生入阁，和增补阁员是尔张先生，才是一回事呢。”杨道宾说。

“唯彦先生的意思，今次若增补，不会是一人？”李廷机问。

“是。”杨道宾应道。

“倒是我没问明白，”李廷机认个错，又问，“可无论增补几人，其中有我，是吧？”

“是。”杨道宾应道。

“增补阁员，为何我在其中？”李廷机问。

“众望——”杨道宾才说两个字，就被李廷机打断。

“唯彦先生千万别说众望所归，”李廷机道，“朝廷舆情如何，我不敢说尽知，但大致是知道的。若言有人瞩目于我，必有人不齿于我；若有一人称我可入阁，必有三人称我不堪为辅臣。”

“至多二人。”杨道宾开句玩笑。

“二人，足以令朝廷弃之不用。”李廷机说。

“尔张先生又错。”杨道宾道。

“我怎又错？”李廷机问。

“譬如，推及尔张先生，少钦先生会不会反对？”杨道宾问。

“或会，或不会。”李廷机道。

“宜迁先生会不会反对？”杨道宾问。

“或会，或不会。”李廷机道。

“象贤先生会不会反对？”杨道宾问。

“或会，或不会。”李廷机道。

“浴之先生会不会反对？”杨道宾问。

“或会，或不会。”李廷机道。

杨道宾是列举，不是遍问，问过现任的阁臣、吏部尚书、户部尚书、掌院都御史后，他不再问。

“尔张先生虽称或会，或不会，但心里很清楚，他等是不会反对的。”杨道宾说。

“唯彦先生心里也很清楚，我说一人称我可入阁，必有三人称我不堪为辅臣，指的不是他等。”李廷机道。

“所以，尔张先生又错，”杨道宾说，“廷推阁臣，乃大臣推之，并非人人可以推之；所谓三人称尔张先生不堪为辅臣，乃科、道之议，非大臣之议。这不会妨碍尔张先生被推。”

“未必如此，”李廷机道，“一则，唯彦先生只问推及我时，少钦先生、宜迁先生、象贤先生、浴之先生会不会反对；为何不问，少钦先生、宜迁先生、象贤先生、浴之先生会不会推我？”

“我若问，尔张先生会怎说？”杨道宾问。

“还是那句话：或会，或不会。”李廷机道。

“尔张先生大概想说不会吧？不会的，”杨道宾肯定地说，并解释，“我说的不会，是不会没人推及尔张先生。”

“为何不会没人推及？”李廷机问。

“七卿中，以礼部尚书入阁者最多，尔张先生想想，自仲化先生、少钦先生之后，已多久没礼部尚书入阁？”杨道宾问。

“差不多二十年吧，”李廷机道，并反驳，“唯彦先生说的是礼部尚书，我却是署礼部事的侍郎，不可同日语。”

“今日若仅尔张先生一侍郎署部，确不可同日语；今几乎各个衙门都以佐卿署，署部侍郎可等同尚书。”杨道宾说。

“好吧，就算可等同，就算一定有七卿推及我；但科、道以三倍之人称我不堪为辅臣，难道不起一点儿作用？”李廷机又从另一个角度反驳。

“当然会起作用。”杨道宾道。

“唯彦先生！”李廷机做个手势，表示自己对形势的估计没有错。

“尔张先生误会我意，”杨道宾道，“我是说，科、道反对尔张先生入阁，说不定反而促成尔张先生入阁。”

“怎会！”李廷机不信。

“尔张先生难道忘记方才的话？皇上爱和臣子怄气，尤其爱和科、道官怄气，他等越说尔张先生不堪为阁臣，皇上越要尔张先生入阁，”杨道宾说到这里，忽觉言中有失：借着皇帝和科、道官怄气的机会入阁，而不是凭着本人的人品、本人的学识、本人的威望入阁，岂不让人难堪！他解释道，“我可不是说，尔张先生以侥幸入阁。”

“侥幸不侥幸，有何区别！”李廷机道，并说，“增补阁臣，我在其中，我也有点儿信。我再请教第三事。”

“尔张先生请说。”杨道宾道。

“皇上若肯增补阁臣，除我之外，在唯彦先生看来，朝中还会有谁人？”李廷机问。

“再无他人。”杨道宾道。

“再无他人？”李廷机又愣住，他问，“唯彦先生不是说，今次增补阁臣，不会是一人吗？”

“我是说过，今次增补阁臣不会是一人；可我没说过，增补的阁臣一定在朝中。”杨道宾道。

“唯彦先生的意思，除我之外，增补的阁臣会在已休致的大臣中推之？”李廷机问。

“是。”杨道宾应道。

“会是谁人？”李廷机问。

“我想，不外乎三个方向。”杨道宾说。

“哪三个方向？”李廷机问。

“其一，前任阁臣。”杨道宾说。

“前任阁臣，不会是汝默先生吧？”李廷机首先想到申时行。比他更早的阁臣，多已去世；比他靠后的阁臣，如沈一贯、沈鲤，则致仕不久。

“不会，”杨道宾道，“汝默先生致仕时，皇上已无意留他。”

“那么，是元驭先生？”李廷机又想到王锡爵。

“对，”杨道宾认同，“元驭先生致仕前，屡请辞，皇上屡加挽留；其后，又多次有意召入朝中。”

“这我倒是想过，”李廷机附和一句，又问，“另一个方向呢？”

“其二，尔张先生的前任。”杨道宾说。

“唯彦先生是说，已致仕的礼部尚书？”李廷机问。

“是。”杨道宾应道。

“会是谁人？”李廷机再问一遍。

“尔张先生前任六名，三名致仕：于公慎行也，李公长春也，罗公万化也；三名逝于任上：范公谦也，余公继登也，冯公琦也，”杨道宾说着，反问道，“尔张先生说会是谁人？”

“无垢先生最早任礼部尚书，亦最早致仕，应该是他。”李廷机说。

“尔张先生看好于公慎行，或就是他。”杨道宾道。

“最后一个方向呢？”李廷机又问。

“其三，尔张先生的同年。”杨道宾说。

“我的同年，官至尚书——”李廷机加上第一个必要的条件，加以筛选。

“不一定是尚书，侍郎亦可。”杨道宾否定他列出的第一个条件。

“且已致仕——”李廷机列出另一个必要的条件。

“不一定已致仕，南京任官，亦不在朝中。”杨道宾否定他列出的第二个条件。

官侍郎，在南京，这个范围缩小得太多。

“唯彦先生说的是进卿兄？”李廷机问。

叶向高字进卿，福建福清人，万历十一年进士，现官南京礼部右侍郎。

“尔张先生的同年中，我看好他。”杨道宾道。

“进卿兄若得入阁，我当然高兴。”李廷机说。

“尔张先生还有事要问吗？”杨道宾问。

“还有一事，”李廷机道，“唯彦先生指出三个方向的人选，会不会还有第四个方向的人选？”

“第四个方向？哪个方向？”杨道宾问。

“外僚中的能吏。”李廷机道。

“所谓外僚中的能吏，是漕督吧？”杨道宾提到李三才。

“是。”李廷机应道。

“我亦听到风声，有人请依照祖宗时故事，以外僚值阁，”杨道宾说着，用力摇头，“此事全无可能！”

“为何全无可能？”李廷机问。

“尔张先生不妨想想，我朝自内阁设立以来，可有纯粹以外僚入阁者？”杨道宾问。在李廷机思考的时候，他说，“不错，非翰林出身者不入阁，这条定例时有突破。但即便嘉靖初的张文忠、桂文襄，也是廷臣，并非纯粹的外僚。”

张璁，即张孚敬，谥文忠；桂萼，谥文襄。二人都是嘉靖初年，助世宗皇帝争议大礼的属僚，故得破格掌部、入阁。

“唯彦先生说的是。”李廷机同意他的说法。

“那么，尔张先生可以接受我事前的道贺吗？”杨道宾问。

“不可以。”李廷机摇头。

“这又是为何？”杨道宾问。

“唯彦先生以为，入阁一事值得庆贺？”李廷机以问作答。

“入阁拜相，不是士人步入宦途后梦寐以求的吗，尔张先生为何要问！”杨道宾道。

“不错，这是士人梦寐以求的。可士人为何梦寐以求呢？”李廷机又自问自答。“无非有二：一则地位崇高，一则有所作为。可唯彦先生看，今之阁臣，还有地位可言吗？别说参照华亭、新郑、江陵诸相公，就是和严介溪相公比较，今阁臣之地位也是一落千丈，自汝默相公、元驭相公，至肩吾相公、仲化相公，哪一个不是仓皇而去？今之阁臣，还能有所作为吗？于上，圣主不宣诏，谠言不见纳；于下，四面楚歌，动辄得咎。这等阁臣，当得有何滋味！”

“我没尔张先生想得深刻，尔张先生既以为不值得庆贺，我收回。”杨道宾道。

五月，增补阁臣，廷推于慎行、赵世卿、刘元震、叶向高、杨道宾、李廷机、孙丕扬七人，皇帝果然点用于慎行、李廷机、叶向高。

第三百七十三章

陕西三边总督徐三畏出城行猎，同行的除贴身校尉和一队军士外，还有一名幕僚。该幕僚和他同姓，他称该幕僚本家先生，而该幕僚也称他本家督帅。一路上，二人骑在马上交谈。

“本家督帅悠闲得很呀。”姓徐的幕僚说。

“不是悠闲，是忙里偷闲，”徐三畏纠正他的说法，“再过些日子，又该筹划防边，别说出城来散散心，我连总督衙门都得给人腾出来。你说是不是？”

陕西防边，一省而设一总督、四巡抚，是绝无仅有的。防边的重点是秋防。为加强秋防，几十年来形成一个制度：于秋防之际，陕西三边总督往花马池坐镇，而开府西安的陕西巡抚会接替他，坐镇固原。巡抚在固原日，借用总督衙门，不必另外修建一处衙门。

“是忙里偷闲。”姓徐的幕僚附和道。

“本家先生，我知你是吃斋念佛的，不杀生。可我今日行猎，却偏偏带你来，你知是为何？”徐三畏问。

“在下不知。”姓徐的幕僚道。

“去岁差不多也是这个日子，本家先生对我说过一句话，还记得吗？”徐三畏拿另一句问话来给他解释。

“别说去岁说过的话，就算昨日说过的话，在下也未必记得住。”姓徐的幕僚不知是真记不住，还是不想说。

“第一年，不怕碌碌无为。”徐三畏复述他的话。

“这是我说的？”姓徐的幕僚好像真不记得。

“是你说的。”徐三畏点头。

“可能说过吧。”姓徐的幕僚稍稍松口。

“第一年如本家先生所言，没做大事，也没出大事，”徐三畏说着，问道，“第二年，本家先生有没有话送我？”

“要想长，做红娘。”姓徐的幕僚念念有词。

“红娘是谁？”徐三畏问。

“有本杂剧，叫《崔莺莺待月西厢记》，本家督帅读过没有？”姓徐的幕僚反问。

“我从不读杂剧。”徐三畏说。

“该杂剧中有个丫环，叫红娘。她为她的小姐崔莺莺和一个姓张的书生穿针引线，促成一桩婚姻。”姓徐的幕僚说。

“那不是宋人所呼马泊六吗？”徐三畏道。

“红娘不是做媒，是穿针引线。”姓徐的幕僚说。

“有何不同！”徐三畏道，又退一步说，“就算她不是个媒婆，但总是个女流之辈，对吧？不仅是女流之辈，还是个丫环，对吧？本家先生把我比作她，该不该受罚？”

“在下所喻不当，该受罚。”姓徐的幕僚认错。

“不过，我还是想听听，本家先生要我给谁人做媒？”徐三畏问。

“为也儿克兔哈屯氏做红娘。”姓徐的幕僚说。

“忠顺夫人？”徐三畏问。

“是。”姓徐的幕僚应道。

“其夫扯力克尚在，本家先生怎就想到为她做红娘？”徐三畏问。

“扯力克命在旦夕之间。”姓徐的幕僚说。

“为也儿克兔哈屯作红娘，此事得好生议议，”徐三畏说着，问道，“朝廷内外，京师内外，边关内外，人人怎称呼也儿克兔哈屯，本家先生知不知？”

“知道，呼她三娘子。”姓徐的幕僚说。

“为何呼她三娘子？”徐三畏问。

“有二说，”姓徐的幕僚道。“一说，她是俺答的第三位娘子。一说，她嫁人三次，一嫁俺答，二嫁乞庆哈，三嫁扯力克；封忠顺夫人三次：一在隆庆五年，二在万历十一年，三在万历十五年。”

“我看二说都不见得对，这且不去管它，”徐三畏说着，问道，“本家先生可知，她有多大年岁？”

“她自称五十上下，实则已五十八岁。”姓徐的幕僚说。

“那你还让我给她做媒！”徐三畏责备道。

“本家督帅又忘记，不是做媒。”姓徐的幕僚提醒他。

“对，是穿针引线，”徐三畏说着，自己忍不住先笑。他问，“请本家先生告诉我，要想长是何意？”

“天下第一的督帅，任得长久。”姓徐的幕僚解释。

“你的意思，只有做这个红娘，才可任得长久？”徐三畏问。

“是。”姓徐的幕僚应道。

“以何为证？”徐三畏问。

“禹秀先生，本家督帅还记得吧？”姓徐的幕僚以曾总督陕西三边军务的郑洛为例。

“怎不记得！”徐三畏道，“我不仅视他为学长，也视他为乡长。”

他和郑洛都是北直隶人，所以这么说。

“三娘子三次婚姻，两次是禹秀先生促成，本家督帅也记得吧？”姓徐的幕僚又问。

“也记得，”徐三畏道，“一次是三娘子不欲嫁乞庆哈，禹秀先生以忠顺夫人名号为饵，促成之；一次是扯力克不欲娶三娘子，禹秀先生以顺义王名号为饵，促成之。”

“禹秀先生任督帅多久，本家督帅也记得吧？”姓徐的幕僚又问。

“这却不曾算计过。”徐三畏道。

“禹秀先生万历七年任总督，十七年召为戎政尚书，这是十年；万历十八年兼总督之职，万历十九年辞，又是一年。合而计之，是十一年。”姓徐的幕僚说。

“亦即，禹秀先生任总督足够长久，是吧。”徐三畏问。

“是。”姓徐的幕僚应道。

“十一年，不为不长；不过，”徐三畏口气一转，向他问起自己的前任李汶，“宗齐先生总督军务几多年，本家先生记得吗？”

“他任总督几多年，和本家督帅无关，我不关心。”姓徐的幕僚说。

“我不问你，此事和我有关无关，及你关心不关心，我只问你知与不知！”徐三畏道。

“在下记得，也在十年左右。”姓徐的幕僚说。

“正好十年，”徐三畏道，“宗齐先生万历二十三年四月，以右都御史兼兵部右侍郎，总督陕西三边军务，至万历三十三年十一月，召回协理戎政，是十年又七月。可见，禹秀先生任总督堪称长久，却也不是长久到不可企及。”

“我并没说长久到不可企及。”姓徐的幕僚分辩一句。

“我要问的是，宗齐先生有没做过红娘？”徐三畏问罢，补充一句，“是为也儿克兔哈屯作红娘，不是给别个做红娘。”

“红娘都由禹秀先生做，轮不到宗齐先生做。”姓徐的幕僚说。

“此其一也。”徐三畏道。

“本家督帅其一、其二的，欲驳何事？”姓徐的幕僚问。

“欲驳要想长，做红娘呀。”徐三畏道。

“倒是驳个正着，”姓徐的幕僚说着，揖道，“请本家督帅接着驳。”

他骑马的本领原来就不好，手一松，身子一动，险些掉下马去。

“本家先生当心！”徐三畏忙招呼。见有惊无险，他说，“本家先生方才有个说法，我求证一下。”

“哪个说法？”姓徐的幕僚问。

“本家先生方才说天下第一的都督，是不是？”徐三畏问。

“是啊。”姓徐的幕僚应道。

“天下皆以蓟、辽总督为天下第一总督，本家先生似乎不是。”徐三畏说。

“当然不是，”姓徐的幕僚道，“蓟、辽总督辖三抚，宣、大总督辖三抚，陕西三边总督却辖四抚，陕西三边总督才是天下第一总督！”

“不管本家先生在理不在理，姑且以陕西三边总督为天下第一总督。请本家先生告诉我，禹秀先生任的可是陕西三边总督？”徐三畏问。

“包括陕西三边总督。”姓徐的幕僚说。

“那么，请本家先生告诉我，禹秀先生两次为也儿克兔哈屯做红娘，可是在陕西三边总督任上？”徐三畏问。

“那却不是。”姓徐的幕僚不得不承认。

“是在宣、大总督任上，对吧？”徐三畏问。

“对。”姓徐的幕僚应道。

“可见，给也儿克兔哈屯做红娘，是宣、大总督的事，不是陕西三边总督的事，”徐三畏说着，问道，“对不对？”

“对。”姓徐的幕僚应道。

“此其二也。”徐三畏道。

“请本家督帅说其三。”姓徐的幕僚揖道。

“好，”徐三畏应一声，问道，“禹秀先生任总督的年头堪称久远，但有没有任过本兵？”

“没有，”姓徐的幕僚回答，“他两度协理戎政，却未掌部。”

“有个说法，本家先生难道不知？”徐三畏问。

“是何说法？”姓徐的幕僚反问。

“总督回朝掌部，才算熬成婆，”徐三畏道，“禹秀先生任总督虽长久，但不曾掌部，结局不能算完满。况且，在禹秀先生之前，学甫先生曾回朝掌部，行之先生曾回朝掌部，君泽先生回朝虽不曾掌部，但任的是吏部左侍郎。”

他举出曾总督宣、大军务、又曾任兵部尚书的王崇古、方逢时，及另一位曾总督宣、大军务的吴兑，无非是要说明，郑洛的经历不值得羡慕。

“还有其四吗？”徐三畏问。

“以此三者，批驳‘要想长，作做娘’，还不够？”徐三畏反问。

“那要看怎说，”姓徐的幕僚并不认输，“任总督长久的，不仅禹秀先生一人，也不一定要做红娘，驳得好，我无话可说；本家督帅若追求掌部，而不在任总督长久不长久，我也无话可说。”

“唯独宣、大总督，陕西三边总督，该由哪个来为也儿克兔哈屯做红娘，本家先生有话要说？”徐三畏问。

“对。”姓徐的幕僚应道。

“说来听听。”徐三畏命道。

“彼时鞑靼各部在套，眼睛多盯在东边，不时扰宣府、大同、山西诸镇，故对三娘子的婚姻，宣、大总督比陕西三边总督看得重，宜由宣、大总督来做红娘；今时鞑靼各部在套，眼睛多盯在西边，不时扰宁夏、延绥、甘肃诸镇，故对三娘子的婚姻，陕西三边总督比宣、大总督看得重，宜由陕西三边总督来做红娘。”

“听似有理，实则大谬。”徐三畏给他八个字的评语。

“请本家督帅批驳。”姓徐的幕僚僚揖道。

“隆庆五年，朝廷封俺答顺义王，以其能控制鞑靼各部；封也儿克兔哈屯忠顺夫人，为的是让她协助俺答，控制鞑靼各部。万历十一年，乞庆哈袭封顺义王，已难以控制鞑靼各部；朝廷再封也儿克兔哈屯忠顺夫人，是希望她能帮助乞庆哈来控制鞑靼各部，结果也差强人意。万历十五年，扯力克袭封顺义王，已完全没有能力控制鞑靼各部；朝廷第三次封也儿克兔哈屯忠顺夫人，是希望她借顺义王的名号，控制鞑靼各部，已经难有成效，”徐三畏说着，问道，“可是？”

“诚如本家督帅所述。”姓徐的幕僚道。

“扯力克若不治，袭封者是谁人？”徐三畏又问。

“或是其孙卜失兔。”姓徐的幕僚说。

“为何是他？”徐三畏问。

“在也儿克兔哈屯的名字里，乞庆哈占个哈字，扯力克占了个克字，卜失兔则可占个兔字。”姓徐的幕僚说。

“此一解说，倒是别开蹊径，”徐三畏笑道，又道，“不管名字如何，且说卜失兔能否控制得住鞑靼各部？”

“卜失兔虽强于他部，但难有作为。”姓徐的幕僚说。

“封忠顺夫人，或是用其力，助顺义王控制鞑靼各部；或是借顺义王之名，助她控制鞑靼各部。今忠顺夫人已老，封个顺义王又衰，本家先生说，再为三娘子做红娘，于朝廷大计何所裨益！”徐三畏道。

“本家督帅比在下想的深刻，在下服输。”姓徐的幕僚不得不说。

说话之间，来到计划行猎的林子外。徐三畏留下几名军士看守马匹，率贴身校尉和其他军士们钻进林子里。姓徐的幕僚跟在后面，也打算进去，徐三畏转身把他推出来。

“本家先生，你手无缚鸡之力，不用往里走。”徐三畏说。

“本家督帅要在下留在林外，和他等一起看马？”姓徐的幕僚问。

“马匹有他等看守，不用你管。”徐三畏道。

“那在下在此恭候本家督帅大获而归，然后，回程再陪本家督帅说话？”姓徐的幕僚又问。

“不是一般地说话，”徐三畏道，“此前你送我的那句话不好，你另想一句话送我。”

“在下谨遵台命。”姓徐的幕僚应道。

他找个有树阴的地方，走来走去；不多时走累，坐下来休息；不多时坐累，躺下去休息。躺下后，他先是睁大眼睛，看望天空；看天空看累，看周围的树木；看树木看累，干脆闭上眼睛。眼睛一闭，不知不觉睡着。等模模糊糊听到一阵喧闹声，徐三畏等已出林子，寻到各自的马匹，准备上马而去。

他忙爬起来，去牵自己的马。

“本家先生，你就是这样恭候呀？”徐三畏取笑道。

“在下苦心琢磨贺词，谁知竟然入梦。”姓徐的幕僚不好意思地说。

“来人呀，替先生牵着马！”徐三畏命道。

“不必，在下可以应付。”姓徐的幕僚谢绝。

“我不是要帮你，是要罚你，”徐三畏道，“我让你另送我一句话，你却酣然而睡，忘得干干净净。你若想好送与我的话，我把马还给你骑；你没想好送与我的话，只好请你步行回城。”

话音才落，他的贴身校尉已从姓徐的幕僚手里，夺过缰绳。

“本家督帅，在下已想好！”姓徐的幕僚呼道。

“说来听听！”徐三畏命道。

“本家督帅在马上，在下在马下；在下说得费力，督帅听得费力。不如和来时一样，边行边说。本家督帅听得不顺耳，不耐烦，把在下再撵下马来不迟。”姓徐的幕僚说。

“也好。”徐三畏做个手势，让贴身校尉把马还给姓徐的幕僚。

姓徐的幕僚上马，和徐三畏并辔而行。

“说吧！”徐三畏又命。

“是，”姓徐的幕僚应一声后，说出一堆数字，“三十，十万，四十二，二三千，一二千。”

“本家先生几时成算账先生？”徐三畏又取笑道。

“五个数字，每个数字都有讲头。”姓徐的幕僚说。

“是吗？”徐三畏回想着他说的数字，问，“首个数字是三十吧？”

“是。”姓徐的幕僚应道。

“它是何意？”徐三畏问。

“三十年。”姓徐的幕僚说。

“三十年？”徐三畏仍不解其意。

“是，”姓徐的幕僚点点头，说道，“近三十年以来，河套之部与河东之部，愈发显现不同。”

“有何不同？”徐三畏问。

“河东之部，统于一，约誓定盟；河套之部，则四分五裂，自相雄长，卜失兔亦不过得其空名。”姓徐的幕僚说。

“第二个数字是十万吧？”徐三畏问。

“是。”姓徐的幕僚应道。

“十万，应该是指部众吧？”徐三畏问。

“本家督帅说的是。”姓徐的幕僚应道。

“是河套之部的部众，还是河东之部的部众？”徐三畏问。

“河套之部的部众。”姓徐的幕僚道。

“印象里，似乎没这么多。”徐三畏说。

“那是因其四分五裂。”姓徐的幕僚重复这四个字。

“四分五裂，却是几枝？”徐三畏问。

“四十二枝。”姓徐的幕僚道。

“原来第三个数字是指此事，”徐三畏说着，问道，“何谓二三千？”

“四十二枝中，部众多者不过二三千。”姓徐的幕僚说。

“少者不过一二千人，是吧？”徐三畏问。

“是。”姓徐的幕僚应道。

徐三畏一手抓紧马缰，一手抚髯，沉思不语。

开始，姓徐的幕僚还很平静，但随着沉默的工夫越来越长，他心里越来越不安，终于忍不住说："在下还是下马步行吧。"

徐三畏摇摇头，说道："本家先生，还是作篇文章吧。"

"作何文章？"姓徐的幕僚问。

"你说五个数字，就用这五个数字，略述河套之部大势，及我应对之策。"徐三畏说。

"略述河套之部大势，五个数字已够；但如何应对，还乞本家督帅示下。"姓徐的幕僚道。

"分兵势，纳其款，先顺者获赏，后至者拒而剿之。"徐三畏反而送给他两句话。

第三百七十四章

宣、大总督驻阳和。山西巡抚李景元风尘仆仆赶到阳和，以为自己来得最晚，已经准备好一套说辞。谁知宣府巡抚连标和大同巡抚霍鹏都没到。连标没到，还说得过去，因为宣府巡抚马鸣銮升宣、大总督是在今年三月，连标以右副都御史巡抚宣府，发布没有几天。甫上任，总有些事情要处理；或者，他根本还没到任。霍鹏就不该比自己来得晚。须知，大同比雁门关近阳和，而升宣府巡抚总督宣、大军务，没升大同巡抚总督宣、大军务，霍鹏迟迟不来，别人会以为他有牢骚呢。

“本打算谢罪，看来不需要。”李景元对马鸣銮说。

“伯善先生为何要谢罪？”马鸣銮问。

“我以为自家到得最晚，让诸位等候，心中不安。”李景元说。

“伯善先生别怪霍、连二公，要怪，就怪我。”马鸣銮道。

“为何要怪君御先生？”李景元问。

马鸣銮字君御，四川内江人，万历二年进士。李景元字伯善，北直隶大名人，万历十七年进士。

“是我请伯善先生早到一日的。”马鸣銮说。

李景元当然不可能怪他。二人坐定后，李景元问：“君御先生命我早到一日，有特别之事要议？”

“并非特别之事，只是想和伯善先生说会儿话，”马鸣銮说着，问道，“伯善先生是万历三十二年巡抚山西的吧？”

“是。”李景元应道。

“几月？”马鸣銮问。

“九月。”李景元道。

“我比你早一月，是八月巡抚宣府的。”马鸣銮说。

“以朝廷发布而言，君御先生比我早一月；以到任之日而言，君御先生恐怕还要比我晚一月。”李景元道。

他是自山西布政使升山西巡抚的，当日可到任；而马鸣銮是自家中起用，从京师到内江宣旨，马鸣銮再来阳和赴任，至少也得两个月。

“伯善先生说的是，”马鸣銮同意李景元的说法，又问，“伯善先生巡抚山西，加的是佥都御史衔吧？”

“是。”李景元应道。

“我抚宣府，加的也是佥都御史衔。”马鸣銮说。

“我这个佥都御史，可没法和君御先生那个佥都御史比。”李景元道。

“为何没法比？”马鸣銮问。

“君御先生巡抚宣府之前，曾以佥都御史巡抚郧阳四年多，后以养病还乡。起抚宣府，虽仅一年多，然合前之数，已足六年考满，遂升副都御史。”李景元说。

“我原来也想说，伯善先生那个佥都御史，和我这个佥都御史，是没法比的；可说法却不相同。”马鸣銮道。

“君御先生怎说？”李景元问。

“我这个佥都御史，是熬够六年，升的副都御史；伯善先生的佥都御史——”马鸣銮说到这里停下来，问道，“若熬够六年，是到哪年哪月？”

“须到庚戌年九月，”李景元说。按照年号，应该是万历三十八年；但世事难料，在该年之前，是不能使用该年号的。

“我料定，伯善先生不用等到该年该月，佥都御史衔就可升副都御史衔。”马鸣銮说。

“君御先生怎料定的？”李景元问。

“今岁初，蒲州有重修虞帝祠之议，是吧？”马鸣銮反问。

“是。”李景元应道。

“此乃一大功德之事。”马鸣銮赞道。

远古有虞氏，首领即舜，故舜又称虞舜。相传有虞氏以蒲州为都，故蒲州的虞帝祠应该是正宗的舜祠。

“此分内之事，不足称道，”李景元说。蒲州隶太原府。以行政区划而言，太原、平阳、潞安、汾州四府，辽、沁、泽三州，皆辖于山西巡抚。故李景元说，重修虞帝祠是自己分内的事。

“已开工否？”马鸣銮问。

“已开工。”李景元回答。

“几时可竣工？”马鸣銮问。

“再有一两个月吧。届时，请君御先生去主持庆典。”李景元说。

“得便的话，一定去。”马鸣銮应诺。

“怎说到虞帝祠上来！”李景元一方面觉得好笑，一方面又觉得马鸣銮既提到虞帝祠，不会是无缘无故。他问，“君御先生不会以为，因重修虞帝祠，我可以不等考满，就升副都御史吧？”

“当然不止此事。”马鸣銮道。

“还有何事？”李景元问。

“闻得蒲州还要重修文庙，可有其事？”马鸣銮又问。

“有。”李景元应道。

“是伯善先生倡议的吧？”马鸣銮问。

“不是，”李景元道，“重修蒲州文庙，是提学副使乔公所议，我只是赞成其事而已。”

“须得伯善先生赞成，其事才有望成功，”马鸣銮说着，又问，“重修蒲州文庙，也于今年开工吗？”

“是。”李景元应道。

“蒲州重修虞帝祠，尚未竣工，重修文庙又要开工，州衙筹得出这多经费吗？”马鸣銮问。

“一年两个工程，对一州来说，难免捉襟见肘，我巡抚衙门打算略加资助。”李景元说。

“伯善先生哪儿来的银子，化缘吗？”马鸣銮问。

“不用化缘，我衙门里拿得出来。”李景元说。

“伯善先生不会从官军口里夺食吧？”马鸣銮开句玩笑。

“你是说克扣军饷？”李景元连连摆手，“此乃重罪，我不敢为，亦不屑为。”

“那么，伯善先生的银子出自何处？”马鸣銮问。

“近三年来，各项开支均有所余羡。”李景元说。

“三年余羡共计几多？”马鸣銮问。

“约十万。”李景元道。

“十万！”马鸣銮惊呼，“我也是任巡抚多年之人，据我所知，没有哪个巡抚不东挪西借，叹经费不足。伯善先生却有余羡，且三年中高达十万！仅此一事，朝廷也当嘉勉。”

“君御先生谬奖，我不过使用每笔银两，都十分小心而已。”李景元谦道。当然，在内心，他因此事也十分得意。

“伯善先生请先回馆驿小憩，晚上，我为伯善先生设便宴，你我小酌几盅。”马鸣銮说着起身，把李景元送出衙门。

李景元想，不管他是真的料定，还是从朝廷听到什么风声，谈论自己进衔，都不是什么正经事。正经的事，可能会在吃饭时说。

劝酒、布菜之间，马鸣銮说的还是些闲话。李景元不知道马鸣銮究竟要说何事，想扭转话题，也无法扭转，只好自己少开口。闲话得两个人都说，一个人说，一个人不说，就难以延续。

果然，得不到回应，马鸣銮也没闲话可说。

"伯善先生，再饮一盅。"他笑着邀道。

"多谢君御先生。"李景元说着，举起酒盅示意，饮酒。

"伯善先生和连公、霍公均有所不同，所以——"马鸣銮眼看就要说到正事上。

"君御先生且慢！"李景元却又把话岔开，他问，"不知我和连公、霍公，有何不同？"

"伯善先生是以方伯升任巡抚的，连公却是自朝廷卿贰出任巡抚的。"马鸣銮先说连标。

"霍公亦以方伯升任巡抚。"李景元指出。

"伯善先生是以本省布政使升任巡抚的，霍公却是以河南布政使升任巡抚的。"马鸣銮说。

"君御先生的意思是——"李景元问。

"伯善先生任官山西，比我等皆长久，对套部之情形，肯定比我等知之更详，故请伯善先生早一日来，以便请教。"马鸣銮说。

"请教不敢当，也未必知之更详；但君御先生有所垂询，当知无不言，言无不尽。"李景元道。

"多谢，"马鸣銮揖了揖，问道，"今者河套之部，分为几枝，伯善先生知否？"

"应该是四十枝左右吧。"李景元说个大概的数。

"是不是四十二枝？"马鸣銮问。

"咦！"李景元流露出惊诧的眼神。"君御先生连具体的数目都说得出来，怎反说我知之更详！"

"这个数目不是我说的，是子敬先生近日所上奏疏里写的，特向伯善先生求证。"马鸣銮道。

"我虽不知具体是四十二三枝，或三十八九枝，但子敬先生既写在疏中，应该是有把握的。"李景元说。

"我也是这么想的，"马鸣銮附和一句，又问，"套部四十二枝，以卜失兔一枝最强，对不对？”

“这也是子敬先生疏中所言吗？”李景元反问道。

“是。”马鸣銮点头。

“卜失兔这一枝未必最强，但他是扯力克孙，他枝酋长或会让他几分。”李景元说。

“伯善先生这么说，更合乎情理，”马鸣銮说着，又问，“套部四十二枝，是怎样分布？”

“我不知子敬先生怎写，但我以为，大致可分为东、西、中三部。”李景元说。

“子敬先生也是这么分的，”马鸣銮说着，又问，“东部以谁个为首？”

“沙计。”李景元道。

“其欲何为？”马鸣銮问。

“欲监马市。”李景元道。

“可与否？”马鸣銮问。

“马市之开，须得我监之，不可与。”李景元说。

“既不与，其部可能危及我边？”马鸣銮问。

“仅沙计一枝，不必担忧；但沙计在东，与东虏土蛮串通一气，则不可不正视。”李景元说。

“伯善先生所言甚是，”马鸣銮回应一句，又问，“中部以谁个为首？”

“摆言太。”李景元道。

“其欲何为？”马鸣銮问。

“欲报父仇。”李景元道。

“报父仇？其父是谁个？为谁人所杀？”马鸣銮问。

“其父明安，万历十九年冬，率部犯榆林，为榆林总兵官杜桐所杀。”李景元说。

“他要找杜桐报杀父之仇？”马鸣銮问。

“他和我朝廷已结成深仇，和我边镇已结成深仇，岂止是向杜总兵一人寻仇！”李景元道。

“伯善先生说的是，”马鸣銮回应一句，又问，“西部以谁个为首？”

“火落赤。”李景元道。

“此人名气不小，各镇边臣、将佐，或不知沙计、摆言太，甚至不知扯力克、卜失兔，却没有不知火落赤的。”马鸣銮说。

“是，”李景元应道。“河套各酋中，以火落赤最为狡诈，也最贪得无厌。”

“其欲何为？”马鸣銮问。

“欲取代扯力克、卜失兔，成为整个套部之长。”马鸣銮说。

“可许否？”马鸣銮问。

“不可，”李景元道，“扯力克袭封顺义王，忠顺夫人嫁扯力克，并再封夫人，朝廷都是有敕旨的，不可出尔反尔。所谓以夷制夷，也须得遵从道义。”

“伯善先生说得好！”马鸣銮赞道，又问，“伯善先生提及扯力克，听说他重病缠身，不久人世，确否？”

“此事已经证实，他或已不在人世。”李景元说。

“扯力克死，袭封者可是卜失兔？”马鸣銮问。

“应该是的；不过，要看有件事他做得成做不成。”李景元道。

“何事？”马鸣銮问。

“俺答、乞庆哈、扯力克三代顺义王，皆娶忠顺夫人，卜失兔能否袭封，要看他能否娶得忠顺夫人。”李景元说。

“娶忠顺夫人？”马鸣銮哑然失笑，“卜失兔可是扯力克孙呀！”

“那又怎的？”李景元问。

“我听说，忠顺夫人当初不愿嫁乞庆哈，是嫌他老；而扯力克不愿娶忠顺夫人，则是嫌她老。扯力克已嫌忠顺夫人老，他的孙子岂不更要嫌其老？”马鸣銮道。

“但扯力克终归还是娶忠顺夫人，这是为何？为袭封也。只要对卜失兔说明利害，我看，他是愿娶忠顺夫人的。”李景元说。

“谁去对他说明利害？”马鸣銮问。

“乞庆哈、扯力克先后娶忠顺夫人，都是宣、大总督从中促成。”李景元说。

“一旦扯力克死，是不是轮到我去做这个媒人？”马鸣銮问。

“除非君御先生好事，此事轮不到君御先生头上。”李景元说。

“为何前两次婚姻是宣、大总督促成，第三次婚姻却轮不到我去做媒？”马鸣銮问。

“时势不同也，”李景元道，“前者河套之部矛头向东，危及宣、大各镇，故禹秀先生出面，促成这一婚姻，以掌控局面；今者河套之部矛头向西，危及陕西三边各镇，君御先生无须为这一婚姻多伤脑筋。”

“伯善先生是说，该子敬先生去伤这个脑筋？”马鸣銮问。

“是。”李景元应道。

“伯善先生看，子敬先生会不会伤这个脑筋？”马鸣銮问。

“不会。”李景元回答得很果断。

“这又是为何？”马鸣銮问。

“亦时势不同也，”李景元道，“彼时，合顺义王、忠顺夫人之力，可以掌控河套之部，或尚可掌控河套之部；促成这个婚姻，于我大有益处。今时，扯力克已是徒有虚名；日后，卜失兔袭封顺义王，更不能指望。劳而无功之事，我料子敬先生不会做。”

“读子敬先生疏后，我想明白的，没想明白的，都被伯善先生说明白。真是与君一席谈，胜读十年书呀。”马鸣銮赞道。

“肤浅之议，不值一哂，”李景元谦道，并判断，“子敬先生述河套之部大略，大概是要计议处置之道。”

“伯善先生所料不谬。”马鸣銮道。

“子敬先生是怎计议的？”李景元问。

“一则分其势，一则纳其款。”马鸣銮述道。

“分其势，谓河套之部分为四十二枝，实为好事；纳其款，谓可一枝一枝准复贡市，”李景元说着，问道，“君御先生，是吧？”

“伯善先生说的大致对；但确切地说，是先顺者赏，后至者罚，并非一概准复贡市。”马鸣銮道。

“子敬先生大概是希望，套部四十二枝酋长，争先恐后地向我大明归顺。”李景元说。

“伯善先生看，有无希望？”马鸣銮问。

“希望甚微。”李景元道。

“我也以为希望甚微，”马鸣銮附和，又说，“正因为希望甚微，伯善先生，我有个担心。”

“君御先生担心何事？”李景元问。

“河套有事，陕西三边总督及各镇巡抚有责，宣、大总督及各镇巡抚亦有责；今陕西三边总督已议处置，宣、大总督不议处置，一旦河套有事，在朝廷看来，我的责任会不会比子敬先生的责任大？”马鸣銮反问。

“有可能。”李景元点头。

“所以我想，秋防之前，宣、大总督是不是也该议一议河套事？”马鸣銮道。

“君御先生想的是，”李景元应道，“不但子敬先生已议，君御先生须有所议；子敬先生未议，君御先生亦当有所议。”

“麻烦就在子敬先生已议；他议过的，我不便再议。”马鸣銮说。

“君御先生别管他有没议过，且说是不是想好议题？”李景元道。

“是想好议题。”马鸣銮应道。

“君御先生欲议何事？”李景元问。

“河套之部近我者，其散布于东边各枝也；其酋沙计与东虏炒花相勾结，屡犯于我。”马鸣銮说。

“此事倒是君御先生该议的，”李景元说着，问道，“子敬先生已议？”

“是，已议。”马鸣銮应道。

“此事说大不大，说小不小，若是两位总督相继议之，不但朝廷之上有人讥笑，传到河套之部或河东之部，其酋也要讥笑。”李景元说。

“伯善先生能不能帮我想个题目？”马鸣銮问。他请李景元早一日到，这才是根本的目的。

“题目有一个，只是不知道合不合君御先生的心意。”李景元说。

“伯善先生想的题目，一定高明，请说来听听。”马鸣銮说着，一揖。

“既然子敬先生李代桃僵，君御先生何不投桃报李？”李景元道。

“何谓李代桃僵？何谓投桃报李？”马鸣銮问。

“本来该君御先生议的题日，却被子敬先生抢先议，是吧？君御先生也可以找个本该子敬先生议的题目来议呀。”李景元道。

“哪个题目是子敬先生该议，他却没议的？”马鸣銮问。

“譬如，河套之部以迎番僧为名，屡出甘肃，久屯于西海，君御先生说，这算不算个事？”李景元反问。

“这算个事，但难道不算好事？”马鸣銮道。

“君御先生为何说是好事？”李景元问。

“河套距我近，西海距我远，河套之部远遁，自是好事。”马鸣銮道。

“君御先生但见其一，未见其二。”李景元说。

“那就请伯善先生给我说说其二。”马鸣銮说着，又是一揖。

“河套之部若经西海远遁，并无大碍，但屯驻西海，则不是好事。一则，河套之部居于河套，西有陕西各镇官军监控，东有宣、大各镇官军监控，纵然有不轨之心，不成大患；而屯驻西海，官军难以监控，任其与西番串连勾搭，日后之患，难以估量。二则，河套水草肥美，河套之部既去，必有觊觎而入者。河套之部经朝廷赐封，历数十载；新入者不知是谁，数十载未必再调教出一个俺答来。为朝廷计，为边关计，与其任河套之部屯驻西海，不如让它滞留河套，”李景元说着，还马鸣銮一揖，“一番妄议，不知有没有道理？”

“大有道理！”马鸣銮道，“我即请朝廷敕令顺义王部，毋久驻西海；至于他是回到河套，还是远遁他方，且不必管。”

第三百七十五章

有人到南乐县，不，不一定要到南乐县，哪怕到大名府，打听一下魏府，必有人问：是南乐三魏的魏府吗？或问：是解元为其一的魏府吗？并热情地告诉打听的人，怎么个走法；要是在大名府的话，会先告诉他，去南乐县怎么个走法。

有人还会多说一句：可惜，早就只有二魏。或多说一句：可惜，解元先生早已不在。

他说的是魏家的老二魏允中已去世多年。

客人是来看望老大魏允贞的。魏允贞见到他，大为惊喜。

“圣起兄，是你呀！”魏允贞道。

客人正是伍袁萃。他万历五年会试中式，却在万历八年赴殿试，并中进士。所以，他和魏允贞、魏允中兄弟都是同年。

但他知道，不能以相同的身份，和魏氏兄弟称兄道弟，他只称魏允中为懋权兄，称魏允贞为懋忠大兄，称他们另一个弟弟魏允孚为懋成小兄。

“懋忠大兄，我今日才知，何为流芳千古。”伍袁萃说。

“圣起兄，为何有此感慨？”魏允贞问。

“懋权兄举解元已三十年吧？”伍袁萃反问。

“圣起兄猛然一问，我还真说不上来，”魏允贞道，“懋权是万历八年进士，若前一年举乡试，迄今不到三十年；若前一科举乡试，迄今已过三十年。”

“不会再前一科吗？”伍袁萃问。

“不会。”魏允贞道。

“那我说，懋权兄举解元约三十年，不会错吧？”伍袁萃问。

“不会错。”魏允贞道。

“懋忠大兄举进士，迄今则是实打实的三十年。”伍袁萃说。

“是。”魏允贞应道。

“懋成小兄比二兄皆早达，万历二年即成进士。”伍袁萃又说。

“是。”魏允贞应道。

他连应两次，为的是听伍袁萃到底要说什么。

“懋权兄高举解元，迄今约三十年，三兄举进士，迄今亦约三十年，然南乐之人，乃至大名之人，念念不忘南乐三魏，可不是要流芳千古！”伍袁萃道。

“惭愧，惭愧！”魏允贞连连摆手，“乡人抬爱而已，我兄弟怎当得起流芳二字！”

说着，把伍袁萃让进书房，一面命厨下准备酒、菜，一面亲自奉茶。

“圣起兄专门来看我？”魏允贞问。

“来南乐，可不专门来看懋忠大兄。”伍袁萃道。

“我是问，圣起兄可是专门来南乐的。”魏允贞说。

“那却不是，”伍袁萃道，“一路北上，游历山川，而来到南乐。”

“在哪省耽搁最久？”魏允贞问。

“山西。”伍袁萃道。

“可游过晋祠？”魏允贞问。

“游过。”伍袁萃道。

“可登过五台？”魏允贞问。

“登过。”伍袁萃道。

“可看过重修的虞帝祠？”魏允贞问。

“看过。”伍袁萃道。

“若由我导之，去此三处，足矣。”魏允贞说。

“还有一处，人人皆欲引我游之，懋忠大兄以为不必去？”伍袁萃问。

“哪一处？”魏允贞反问，并说，“大同等处古迹甚多，但我昔日巡抚的是山西，大同非我所辖。”

“我说之处，不在大同，而在太原。”伍袁萃道。

“却是何处？”魏允贞问。

“魏祠。”伍袁萃道。

所谓魏祠，即魏允贞祠。魏允贞勤政爱民，巡抚山西之日，多次和矿使、税监争执不下。他辞官后，太原士民为他建立生祠。

“此乃晋民抬爱，圣起兄提及，令我汗颜不止。”魏允贞又连连摆手。

“不瞒懋忠先生说，进到魏祠，我曾恭恭敬敬地进一炷香。”伍袁萃笑着说。

“圣起先生这是要折我的寿呀。”魏允贞也笑。

“今天下督、抚，似懋忠大兄这般爱民且为民所爱者，再无其人。”伍袁萃感慨地说。

“圣起兄不可这么说，”魏允贞正色言道，“做到督、抚者，无不经受几十年的磨砺，其中不乏栋梁之材。”

“谁人是呢？”伍袁萃问。

魏允贞被问得愣住。他不是不关心天下大事，不是不留意内外大臣的人品、才能；只是伍袁萃陡然问起，他不知该怎么说。

呆了一会儿，他讪讪地说：“圣起兄这是要和我品藻当世人物呀。”

伍袁萃本是出游，与多年不见的同年好友相见，只想说说闲话，不知怎么一下转到这么正经的话题上。他也愣了愣，然后道：“有何不可！”

“品藻人物，我有三不论，今品藻天下督、抚，却不知合用不合用。”魏允贞说。

“懋忠大兄且说，是哪三不论。”伍袁萃道。

“一则，不知者不论。”魏允贞说。

“应该的，”伍袁萃同意，“不知者非论不可，岂不成胡论！”

“二则，去官者不论。”魏允贞说。

“应该的，”伍袁萃也同意，“一般品藻人物，是品藻其人品，品藻其学识；今之品藻人物，是从天下督、抚有无似懋忠大兄这般爱民且为民所爱者说起，人家不在任，为何还要论之！”

“三则，任官不一年者，不论。”魏允贞说。

“对督、抚来说，则是开府不一年者不论，是吧？”伍袁萃问。

“是。”魏允贞应道。

“更是应该，”伍袁萃道，“开府不一年，人家或蓄势待发，被说得一无是处，岂不沮丧！”

“圣起兄是说，今论天下督、抚，也可用这三不论？”魏允贞问。

“是。”伍袁萃应道。

“怎生论之，圣起先生定吧。”魏允贞说。

“我有三法，请懋忠大兄选一。”伍袁萃道。

“是哪三法？”魏允贞问。

“一则，我提出人物，懋忠大兄品藻；二则，懋忠大兄提出人物，我品藻；三则，轮番提出人物，轮番品藻。”伍袁萃说。

“第三个法子好，”魏允贞马上确定用哪种方法，他又问，“若提出的人物恰好不知，如何处置？”

“这好办呀，”伍袁萃道，“譬如，懋忠大兄提出一个人物，我说不知，懋忠大兄可换一个人物再问；等我品评之后，又可拿我不知的这个人物来请教懋忠大兄。”

“还能反过来提出，这个法子更好。”魏允贞赞道。

“懋忠大兄既然同意，我就先提出个人物？”伍袁萃道。

“好。”魏允贞应道。

“请懋忠大兄品评李抚。”伍袁萃道。

“哪个李抚？”魏允贞问。

“懋忠先生想是哪个李抚？”伍袁萃道。

“我的继任？”魏允贞当然会从自己身上想起。

“是他。”伍袁萃应道。

“不对，”魏允贞摇头，“我万历二十九年去官，李抚万历三十二年到任，当中应该隔着一任或两任巡抚。”

“我请懋忠大兄评议伯善先生，又没请懋忠大兄评议自个儿的继任，”伍袁萃道。见魏允贞还在摇头，他问，“懋忠大兄不会说不知吧？”

“伯善先生虽不是我的继任，但终归是后任，不管知与不知，对他，我不便评议。”魏允贞说。

“懋忠大兄之意，由我来评议？”伍袁萃问。

“按照圣起兄指定的程式，该先由圣起兄先换个人问，然后，我再拿伯善先生问圣起兄。”魏允贞说。

“这个程式改动一下，亦无不可；不过，有件事，我得提醒懋忠大兄。”伍袁萃道。

“何事？”魏允贞问。

“懋忠大兄的三不论中，不包括不便者不论。”伍袁萃道。

“此人物算个例外，还请圣起兄见谅。”魏允贞说着，一揖。

“懋忠大兄既行礼，我不便再纠缠，”伍袁萃说着，给李景元两个字的评语，“此公精明。”

“怎讲？”魏允贞问。

“还要讲解吗？”伍袁萃问。

“不讲解亦可，”魏允贞道，“圣起兄不讲解，我也不讲解。”

“为听懋忠大兄的讲解，我也只好勉强讲解两句，”伍袁萃说着，问道，“于山西开府三年，积十万余羡，当家当得精明吧？”

“精明。”魏允贞应道。

“于山西开府三年，与矿使、税监无大冲突，处事处得精明吧？”伍袁萃又问。

“精明。”魏允贞应道。

伍袁萃看他一眼，道：“听起来，懋忠大兄似乎并不认可呀。”

“认可，”魏允贞道。即便真的不认可，他也不能说。他既表示过不便评议，怎好在人家评议之后，加以反驳！他说，“我只是觉着，圣起兄两个字的评议中有褒又有贬，诚属难得。”

“懋忠大兄的评议，一定更为精辟，”伍袁萃说着，揖道，“请懋忠大兄品评马督。”

马是个不大不小的姓氏，但时下姓马的总督只有一人。

“圣起兄又说到禁忌上。”魏允贞道。

“怎么？”伍袁萃问。

“马督是今年三月总督宣、大军务的，迄今不足半年。”魏允贞说。

“可他是由巡抚升任总督的，督、抚合而计之，有好几年。”伍袁萃驳道。

“这是两回事，”魏允贞道，“马督原为马抚。马抚已去任，据三不论，不当论之；马督到任，不足半年，据三不论，亦不当论之。圣起兄不可把两任合为一任，而论之。”

“懋忠大兄说不当论，就不当论吧。我再改提一人，”伍袁萃说着，揖道，“请懋忠大兄品评李督。”

李是最大姓氏之一，虽然天下总督，加上河道总理，不过寥寥数人，魏允贞一时也难以断定，有几个总督姓李。

“哪位李督？”他问。

“除漕督，难道还有别的总督姓李？”伍袁萃道。

“原来圣起兄说的是他呀，”因为提的是漕运总督李三才，魏允贞连连摇头。他说，“圣起兄谁人不好提，却偏偏要提他！”

“又有何不妥？”伍袁萃问。

“圣起兄难道不知，道甫先生是我故人吗！”魏允贞道。

“懋忠大兄又没说故人不论；况且，”伍袁萃顿了顿，问道，“李通州怎又成懋忠大兄故人？”

李三才是北直隶通州人，多有人以地望呼他。

“当日在朝中，有两位姓李的部臣与我交往最频，其中之一，即是通州道甫先生。”魏允贞说。

“另一位呢？”伍袁萃问。

“另一位是长垣于田先生。”魏允贞说。

“我记起来，是有此事，”伍袁萃道，“一则南乐人，一则通州人，一则长垣人，都在北直隶。其时盛传，朝中有北直三才俊，说的就是懋忠大兄等三人。”

“同是北直隶人，还在其次；我三人相交，是因为彼此以经济才相期许。”魏允贞说。

“以经济才相期许，这也可以算作品评呀。”伍袁萃道。

“可以吗？”魏允贞问。

“可以是可以，不过，”伍袁萃口气一转，道，“我得问一句：懋忠大兄仍对道甫先生以经济才相期许吗？”

“是。”魏允贞点头应道。

“怎讲？”伍袁萃问。

“经济才怎讲，抑或，期许怎讲？”魏允贞反问。

“经济才怎讲，期许怎讲，是启蒙先生的事；我是问，懋忠大兄为何对道甫先生仍以经济才相许。”伍袁萃道。

“一则善谏，一则尽职。”魏允贞答以二事。

“怎见其善谏？”伍袁萃问。

“我为圣起兄背诵一段奏议吧，”魏允贞说着，背诵道，“陛下爱珠玉，民亦慕温饱；陛下爱子孙，民亦恋妻孥。奈何陛下欲崇聚财贿，而不使小民享升斗之需；欲绵祚万年，而不使小民适朝夕之乐？自古未有朝廷之政令、天下之情形一至于斯，而可幸无乱者。”

“是，”伍袁萃点点头，说道，“此疏堪列为名奏，难怪懋忠大兄也背诵得出来！”伍袁萃说着，问道，“怎见得其尽职？”

“这样吧，我再为圣起兄背诵一段奏议，”魏允贞说着，背诵道，“验看今年水痕，比先年尚少二尺余。唯虑来年伏秋水发，有难逆料耳。行据道、府各官，将泗州以下高堰之周家桥、高良涧、武家墩三闸，趁时疏治，即来年水大，由此三闸旁泄入高、宝诸湖，直下全家湾、芒稻河，注之于江。”

“是道甫先生的《勘议河工截留漕粮疏》吧？”伍袁萃问。

“是。”魏允贞应道。

“截留漕粮疏，懋忠大兄不背诵截留漕粮之议，而背诵水势之议，挑选得好！”伍袁萃道。

“好在哪里？”魏允贞问。

“亲自验看水痕，尽职之一也；虑及来年水发，未雨绸缪，尽职之二也；亲自查勘水行之势，尽职之三也。”伍袁萃说。

“我没想那么多，圣起兄却想到。”魏允贞道。

“我帮着懋忠大兄再捋一遍啊：懋忠大兄仍以为道甫先生具经济才，一是因他善谏，一是因他尽职，”伍袁萃说着，问道，“是吧？”

“是。”魏允贞应道。

“懋忠大兄，我怎觉着你落下一条。”伍袁萃道。

“落下一条？落下哪一条？”魏允贞问。

“机警。”伍袁萃道。

“怎讲？”魏允贞问。

“大阉陈增之死，懋忠大兄还记得吧？”伍袁萃反问。

“当然记得。”魏允贞道。

“我若说，陈增死于道甫先生之手，不过分吧？”伍袁萃问。

“此乃实情，有何过分！”魏允贞道。

“矿使、税监之出十载有余，大阉死者数人，有的是死于疾病，有的是死于民变；而死于方面大吏者，仅陈增一人。换言之，得以除却大阉之方面大吏，仅道甫先生一人，”伍袁萃说着，问道，“懋忠大兄，是不是这样？”

“是这样。”魏允贞道。

“所以，言道甫先生具经济才，还有一条，即他的机警。”伍袁萃说。

“言及此事，我却不是遗忘。”魏允贞道。

“不是遗忘，却是为何？”伍袁萃问。

“略去此事，我说一句经济才就够；言及此事，我则须再加上一句话。”魏允贞说。

“懋忠大兄要加上哪句话？”伍袁萃问。

“毋轻许也。”魏允贞道。

“毋轻许？懋忠大兄是说，对道甫先生毋轻许？”伍袁萃有点儿吃惊。

“是。”魏允贞应道。

“这就怪，”伍袁萃道，“除却大阉，不管对朝廷来说，还是对百姓来说，都是件好事。不言此事，懋忠大兄对道甫先生以经济才相期许；既言此事，懋忠先生怎么反倒对他毋轻许？”

“听似怪，其实并不怪，”魏允贞说着，问道，“圣起兄说，道甫先生除却陈增，靠的可是治国大义？”

“那说不上。”伍袁萃道。

“靠的可是经济之才？”魏允贞问。

“也不是。”伍袁萃道。

“除却一大阉宦，直隶固愉悦，山东固愉悦，天下固愉悦。然天下之人望于道甫先生者，治国大义也；我期许道甫先生者，经世以用也。道甫先生除却一阉宦，用的不是治国大义，不是经济之才，而是权宜之计。这未免令天下之人失望，也让我失望。”魏允贞说。

“原来是这么个说法，我赞成。”伍袁萃道。

谈论到这里，家仆来报，饭菜已准备好。

第三百七十六章

外廷大臣，纵然是部、院大臣，又纵然是吏部尚书，也不便去内阁。所以，杨时乔把阁臣朱赓、李廷机约到朝房相见，并把一份名单交给他二人看。

朱赓让了让，李廷机当然不肯先看。朱赓看过后，递给李廷机。李廷机看过后，又递还给杨时乔。二人相互看一眼，又都看着杨时乔。他们都不明白，杨时乔为什么要把这份名单给他们看。

“是吏部拟授的各科给谏。”杨时乔告诉他们。

朱赓、李廷机同时点头，表示明白。

“为何给我二人看？”朱赓问。

“吏部再无第二个堂官，只好请两位阁老看看所拟给谏合适不合适。”杨时乔说。

“大可不必。”李廷机说。

“即便要我等看，也不妨再过些日子，等无垢先生、进卿先生入朝后，再一起看。”朱赓说。

“我等得，科房等不得。少钦先生难道不知，有的科房只有一名都给谏，或左、右给谏，有的科房甚至空无一人？好不容易皇上稍微松动，不可不从速议决。”杨时乔说。

“宜迁先生说的也是，”朱赓应罢，问李廷机，“尔张先生看呢？”

“照理说，朝廷用人，我辈不当与议。既然宜迁先生有难处，就请他把拟授给谏的大致情形说说吧。”李廷机说。

“好，”杨时乔答应一声，把名单又交给朱赓，“请少卿先生或尔张先生读姓名，我为二公介绍。”

此事用不着推让，朱赓接过名单，读道：“喻安性。”

“喻安性，浙江嵊县人，万历二十六年进士。”杨时乔说。

“胡应台。”朱赓读道。

杨时乔只介绍姓名、籍贯、科第，再简单不过。他的本意，是想听朱赓、李廷机说说他们对该人的看法。但二人都没说。他只好问：“要不要我说得详细一些？”

“这样就好，”朱赓却说。并问李廷机，“尔张先生说呢？”

“是，这样就好，”李廷机附和道。“少钦先生和我至少可以帮宜迁先生看看，方方面面是否都照顾到。”

“胡应台，湖广浏阳人，万历二十六年进士。”杨时乔说。

“刘文炳。”朱赓读道。

“刘文炳，北直宁晋人，万历二十六年进士。”杨时乔说。

“王绍徽。”朱赓读道。

“王绍徽，陕西咸宁人，万历二十六年进士。”杨时乔说。

“顾士琦。”朱赓读道。

“顾士琦，南直太仓人，万历二十六年进士。”杨时乔说。

“所拟都是万历二十六年进士吗？”李廷机忍不住插问一句。

“不是，”杨时乔道，“后面应该不是万历二十六年进士。”

“张凤彩。”朱赓读道。

“张凤彩，河南仪封人，万历二十九年进士。”杨时乔说。张凤彩不是万历二十六年进士，后面还有几人也不是万历二十六年进士。

“周永春。”朱赓读道。

“周永春，山东金乡人，万历二十九年进士。”杨时乔说。

“张延登。”朱赓读道。

“张延登，山东邹平人，万历二十年进士。”杨时乔说。

“我以为是按照科第先后排列的，看来不是。”朱赓说。

“的确不是，”杨时乔应道，并说，“少钦先生如果觉着按照科第先后排列为好，我可以重新排过。”

“那倒不必，”朱赓说着，读道：“刘一爌。”

“刘一爌，江西南昌人，万历二十三年进士。”杨时乔说。

“张国儒。”朱赓读道。

“张国儒，山西榆次人，万历二十六年进士。”杨时乔说。

“又回到万历二十六年进士，后面还很多吗？”李廷机问。

“还有几名。”杨时乔说。

“彭唯成。”朱赓读道。

“彭唯成，江西庐陵人，万历二十九年进士。”杨时乔说。

“何士晋。”朱赓读道。

“何士晋，南直宜兴人，万历二十六年进士。”杨时乔说。

“李瑾。”朱赓读道。

“李瑾，山西襄陵人，万历二十三年进士。”杨时乔说。

“黄起龙。”朱赓读道。

“黄起龙，福建莆田人，万历二十六年进士。”杨时乔说。

“邓云霄。”朱赓读道。

“邓云宵，广东东莞人，万历二十六年进士。”杨时乔说。

“宴文辉。”朱赓读道。

“宴文辉，江西南昌人，万历二十六年进士。”杨时乔说。

“高节。”朱赓读道。

“高节，河南祥符人，万历二十九年进士。”杨时乔说。

“读毕。”朱赓要把名单还给杨时乔时，忽然想到应该数一数。

李廷机好像看出他的心思，告诉他：“共十七人。”

朱赓也数完，回应一句：“对，是十七人。”然后问，“尔张先生，有何印象？”

“宜迁先生本次选科臣，以科第而言，在万历二十年至二十九年之间，而以万历二十六年者居多。”李廷机说。

“这个印象不会错，”朱赓边说边数，“所拟十七名科臣中，有十名出自万历二十六年那科，占一半以上。”说着，问杨时乔，“宜迁先生，是这样吧？”

“是。”杨时乔应道。

“能说说理由吗？”朱赓问。

“把科第定在万历二十年至万历二十九年之间，是因为：万历二十年以前的进士，譬如万历十七年的进士，迄今已历七届，有官至巡抚者，似不宜再选授科臣；万历二十九年以后的进士，迄今不过三五年，似亦不宜选授科臣。至于万历二十六年进士居多，一则，在万历二十年、二十三年、二十六年、二十九年四科中，万历二十六年那一科居中；二则，我等议时，以为年资不宜过深，所以，四科中，出自万历二十六年者十名，出自万历二十九年者四名，出自万历二十三年者两名，出自万历二十年者仅一名，”杨时乔说着，问道，“我等所考虑，不知宜否？”

“我看甚宜，”朱赓道，并问李廷机，“尔张先生看呢？”

“至少并无不宜。”李廷机说。

“尔张先生还有何印象？”朱赓又问他。

“宜迁先生本次选科臣，以籍贯而言，几乎遍布省、直。”李廷机说。

“这个印象也不会错，”朱赓又是边数边说，“所拟十七名科臣的籍贯，除北、南直隶外，还有九布政司，计：北直隶一名，南直隶两名，浙江一名，湖广一名，江西三名，福建一名，广东一名，陕西一名，河南两名，山东两名，山西两名。”说着，问道，“宜迁先生，是吧？”

“是。”杨时乔应道。

“我要纠正一下方才的说法，不是几乎遍布省、直，而是除西南之外，已遍布省、直。”李廷机说。

“以籍贯而言，除未选授西南各省之人，应该挑不出其他的毛病。”朱赓道。

“未选授西南各省之人，也算不得毛病。”李廷机说。

“一则科第，一则籍贯，乃是大局。这两项没毛病，别事就不必在这里议吧？”朱赓既是问李廷机，也是问杨时乔。

“宜迁先生，我倒有个小小的提议。”李廷机说。

“尔张先生请说。”杨时乔道。

“科数为六，吏部为何拟十七人？”李廷机问。

“尔张先生的意思，应拟十八人？”杨时乔反问。

“是啊，拟十八人，均而言之，每科三人，岂不更好！”李廷机道。

“每科三人，是做不到的，因为南京各科也要补员；不过，再加一人，拟为十八人，确是个很好的提议。”杨时乔说。

“我也有个小小的提议，”朱赓说，“吏部所拟十七人，均出自甲科，再加一人，可以不可以考虑乙科出身者？”

“少钦先生有人选推荐吗？”杨时乔问。

“没有，也不该有。”朱赓道。

“多谢二公关注此事，还要拟授御史若干人，我去和浴之先生议议吧。”杨时乔说。

“理当如此。”朱赓、李廷机齐道。

“宜迁先生说，科垣拟补十八人？”詹沂问杨时乔。

“吏部原拟十七人，尔张先生提议，不如加至十八人；少钦先生又提议，可否从非甲科出身者中选一人。吏部据二公所议，增加范世济，非甲科出身。”杨时乔略述道。

“尔张先生欲增加一人，是为的每科可均补三人吗？”詹沂问。

“我告诉尔张先生，这是不可能的，因为南京六科也要补员。譬如，拟上十八人，朝廷若准的话，有四人须去南京。这样一来，仍不可能每科均补三人。”杨时乔说。

“我不管是朝廷六科分派十八人，或北、南十二科分派十八人，宜迁先生不是要和我计议增补御史一事吗？我只有一个愿望，还请宜迁先生成全。”詹沂说着，一揖。

“浴之先生客气，”杨时乔还一揖，并问，“浴之先生有何愿望？”

“今次增补道臣，但依增补科臣率。”詹沂说。

“亦即，每道均增三人，是吧？”杨时乔问。

“是。”詹沂应道。

“那我告诉浴之先生，这个愿望不但可以满足，而且可以超过浴之先生的期待。”杨时乔道。

“不止三十九人？”詹沂问。

“浴之先生自个儿数吧。”杨时乔把名单递给他。

詹沂数了数，名单上是四十六人。

“大喜过望，多谢。”詹沂边说，边把名单还给杨时乔。

“浴之先生就这么给我？”杨时乔不接。

“宜迁先生何意？”詹沂问。

“浴之先生的愿望满足，我的愿望呢？”杨时乔反问。

“宜迁先生也有愿望？是何愿望？”詹沂又反问。

“我晤见少钦先生、尔张先生，为的何事？我晤见二公后，即来晤见浴之先生，为的何事？我把所拟道臣名单给浴之先生看，为的何事？”杨时乔一连三问。

“是想听听我对该等人选的看法？”詹沂反问。

“浴之先生知道就好。”杨时乔道。

“宜迁先生真想听听我的看法？”詹沂追问一句。

“这还会有假！”杨时乔道。

“那我就说说，”詹沂说着，问道，“吏部所拟道臣中，可有姓熊的？”

“有一个。”杨时乔道。

“可是叫熊廷弼？”詹沂问。

“是。”杨时乔应道。

“我怎没看到？”詹沂边念叨，边再次看名单。这次看到，他说，“原来是第四个。不仅有，而且列名甚靠前，吏部拟的人选不错。”

“浴之先生单凭他一人，就说吏部拟的人选不错？如果名单中没有他，浴之先生是不是要说，人选拟的不好？”杨时乔感到奇怪。

“我不会说人选拟得不好，但宜迁先生要我再补充一人，我会推举熊廷弼。”詹沂说。

“浴之先生为何对此君情有独钟？”杨时乔问。

“宜迁先生说，今日天下，哪处巡按要紧？”詹沂反问。

“天下巡按，无不要紧。”杨时乔说。

“哪处最要紧？”詹沂又问。

“此事仁者见仁，智者见智，不好一概而论，”杨时乔说着，反问一句，“浴之先生以为哪处最要紧？”

“我若说辽东最要紧，宜迁先生不会以为荒诞不经吧？”詹沂又反问。

“不会，”杨时乔道，“实际上，今之辽东，和三十年前之辽东，和二十年前之辽东，乃至和十年前之辽东，五年前之辽东，都大不相同。有识之士无不以为可虑。”

“若有人对宜迁先生说，一旦为御史，愿巡按辽东，宜之先生以为其人若何？”詹沂问。

“一则有见识，二则有胆略，”杨时乔说着，问道，“这话是熊廷弼说的吧？”

“是，”詹沂应一声，讲述道，“万历三十二年，外官朝觐，我问过几人：一旦为御史，会怎想？当然，怎么回答的都有。唯独熊廷弼说：愿出按辽东。”

“有这句话，难怪浴之先生会记住他。”杨时乔说到这里，忽然两眼盯住詹沂，一脸的怪笑。

“宜迁先生嘴上说的是难怪我会记住他，心里想的却像是我根本不该记住他，”詹沂说着，问道，“宜迁先生，是不是呀？”

“断然不是，”杨时乔否认，“我心里想的是，浴之先生又一个愿望得到满足。”说着，也问道，“浴之先生，是不是呀？”

“算是吧。”詹沂应道。

“那么，浴之先生是不是也该满足我的小小愿望呀？”杨时乔问。

“宜迁先生不是要听听我的看法吗？熊廷弼宜选授御史，这就是我的看法呀。”詹沂道。

“别的呢？”杨时乔问。

“别的？”詹沂想了想，反问道，“宜迁先生和二位相公议科臣的人选，二位相公关注的是何事？”

“一则科第，一则籍贯。”杨时乔说。

“科臣人选，出自哪几科？”詹沂问。

“万历二十年至万历二十九年，凡四科。”杨时乔说。

“哪一科的多？”詹沂问。

“万历二十六年那科。”杨时乔说。

“道臣人选，出自哪几科？”詹沂问。

“基本上也是这几科。”杨时乔说。

“哪一科的多？”詹沂问。

“万历二十六年那科，其次是万历二十三年那科。”杨时乔说。

“科臣人选，出自哪几省？”詹沂又问。

“除川、黔、滇、桂，别省都有。”杨时乔说。

“亦即，除西南诸省，别省都有，是吧？”詹沂问。

“是。”杨时乔应道。

“哪一省的多？”詹沂问。

“江西，三名。”杨时乔说。

“道臣之选，出自哪几省？”詹沂又问。

“其他各省仍有，西南则四川一人，贵州一人。”杨时乔说。

“聊胜于无。”詹沂道。

“是。”杨时乔应道。

“哪一省的多？”詹沂又问。

“南直最多。其次则浙江、江西、山东、山西。再其次则湖广、河南，福建、广东、陕西，和四川、贵州一样，各有一人。”杨时乔说。

“以科第而言，以籍贯而言，科臣的分布，两位阁老有异议吗？”詹沂最后问。

“没有。”杨时乔说。

“二阁老对所拟科臣既无异议，以科第而言，以籍贯而言，所拟道臣分布更广，我怎会有异议！”詹沂道。

第三百七十七章

郑举走在山间小路上，方向是由南向北。边走，他心里边发出狠话：姓黄的，我不信报不了夺地之仇！

走到山的北面，往前看去，仍是山；不过，两山被一条江隔断。这条江即金沙江。郑举沿平缓的山路走到江边。摸着渡桥的铁索，心里又发出狠话：姓黄的，我不信报不了杀亲人之仇！

渡过江后，就是滇、川交界的地区。郑举边往西北方向走，边在心里发出更狠的话：姓黄的，我不信要不了你的命！

姓黄的名榜，原是和曲州的知州，现在又兼署禄劝州。云南武定府一共只辖二州一县：州是和曲、禄劝，县是元谋。元谋县并不是直辖武定府，而是辖于和曲州。黄榜实任一州，兼署一州，除管不到武定府城，他和武定知府的权限几乎相同。

武定府原为土府，土知府姓凤，世代承袭。嘉靖年间，土知府凤朝文作乱。平定后，益发乱得不可收拾。朝廷不得不废土官，设流官。

郑举即凤氏部众。他和知州黄榜结下的仇恨，既有个人之间的仇恨，

也有当地土著和改设流官后的官府之间的仇恨。

他心里发的话越来越狠，是有道理的。因为过金沙江之后，他要找的人，他知道一定能找到的人，是阿克。阿克不是别人，他是差点儿成了武定土知府的凤继祖的侄儿。

阿克徙居金沙江外好多年。郑举知道，他不是不想回到故土，而是忍受不了从府到州流官们的欺压。一旦有机会，他是不会放过的。

郑举过江，就是给他送去机会。

“郑举，你希望我立刻回去？”阿克问。

“属下说得不够清楚？不是属下一人希望大头领立刻回去！”郑举说。

“对，你说的是禄劝州人希望我即刻回去。”阿克道。

“也不仅禄劝一州之人希望大头领立刻回去！和曲州人也希望大头领立刻回去。”

郑举说。

“禄劝州人希望我立刻回去，和曲州人希望我立刻回去，岂不是武定府人希望我立刻回去！”阿克道。

“实际上，就是武定府人无不希望大头领立刻回去。”郑举说。

“郑举，你希望我以何等身份回去？”阿克问。

“自是以属下大头领的身份回去。”郑举道。

“禄劝州人希望我以何等身份回去？”阿克问。

“自是以他等大头领的身份回去。”郑举道。

“和曲州人希望我以何等身份回去？”阿克问。

“亦是以他等大头领的身份回去。”郑举道。

“武定府人都是希望我以他等大头领的身份回去吗？”阿克问。

“是。”郑举应道。

“郑举，我不能回去。”阿克断然地说。

郑举没想到是这样的结果，惊问：“大头领为何不愿回去？”

“你听错一个字，我不是不愿回去，是不能回去。”阿克道。

“大头领为何不能回去？”郑举问。

“你看啊，你希望我以大头领的身份回去；我在这里，你是不是以我为大头领？”阿克反问。

“是。”郑举应道。

“禄劝州人希望我以大头领的身份回去；我在这里，他等是不是以我为大头领？”阿克问。

“是。”郑举应道。

“和曲州人希望我以大头领的身份回去；我在这里，他等是不是以我为大头领？”阿克问。

“是。”郑举应道。

“武定府人希望我以大头领的身份回去；我在这里，他等是不是以我为大头领？”阿克问。

“是。”郑举应道。

“既如此，我为何要回去做大头领？”阿克道。

“可是——”郑举想说服他。

“还有，”阿克抢着问道，“我回去做大头领，你郑举很开心，是吧？”

“是。”郑举只好先应着。

"禄劝州人也会很开心，是吧？"阿克问。

"是。"郑举应道。

"和曲州人也会很开心，是吧？"阿克问。

"是。"郑举应道。

"全武定府人都会很开心，是吧？"阿克问。

"是。"郑举应道。

"郑举，你告诉我，今日武定知府是谁？"阿克换个问题。

"姓陈，叫陈典。"郑举告诉他。

"我回去做大头领，陈知府会开心吗？"阿克问。

"或许不会。"郑举道。

"你再告诉我，今日和曲知州是谁？"阿克道。

"姓黄，叫黄榜。"郑举告诉他。

"我回去做大头领，黄知州会开心吗？"阿克问。

"或许不会。"郑举道。

"还有，今日禄劝的知州是谁？"阿克问。

"禄劝无知州，由黄榜兼署。"郑举告诉他。

"我回去做大头领，黄署州会开心吗？"阿克问。

"或许不会。"郑举道。

"所以，武定有陈知府，或别的知府；和曲有黄知州，或别的知州；禄劝有黄署州，或别的署州，或别的知州，我是不能回去的。"阿克说。

"大头领的意思，属下已懂得，"郑举道，"属下言之有误，正要纠正，却被大头领先行指出。"

"你的话何误？"阿克问。

"我希望大头领立刻回去，不是希望大头领以我的大头领的身份回去；禄劝州人希望大头领立刻回去，不是希望大头领以禄劝州人大头领的身份回去；和曲州人希望大头领立刻回去，不是希望大头领以和曲州人大头领的身份回去；武定府人希望大头领立刻回去，不是希望大头领以武定大州人头领的身份回去。"郑举说。

"你希望我以何等身份回去？"阿克问。

"武定土知府。"郑举道。

"以武定土知府的身份，我是会回去的；可是，怎知我回去能否成为武定土知府？"阿克几乎是不抱希望。

"一定能够。"郑举毫不犹豫地保证。

“郑举，你为何敢说一定能够？”阿克问。

“属下的名字是个举字，汉话的意思是举事、举义；大头领的名字是个克字，汉话的意思是攻克、成功。大头领的名字和属下的名字合在一起，是举事必成功。”郑举说。

“你我是汉人，有这样两个名字，或会成功；可你我不是汉人。”阿克冷静地说。

“我再给大头领说说汉人做的事，大头领就会相信，身为夷人大头领，一定能够成功。”郑举说。

“汉人做的何事？”阿克问。

“黄榜官和曲知州，在和曲加增田税；今署禄劝州，又在禄劝加增田税。致使二州之人怨声载道，即全武定之人怨声载道。”郑举道。

“你是说，只要我振臂一呼，武定将人人响应？”阿克问。

“是，”郑举应道，“人人响应，人人拥戴。”

“郑举，你得知道，黄榜上面有知府，知府上面有布、按二司，布、按二司上面有云南巡抚，云南巡抚上面有朝廷。知州手里没兵，知府手里没兵，布、按二使手里没兵，巡抚却可调动数万大军，朝廷却可调动数十万大军。武定之人能有几多，如何应付得了！”阿克道。

“大头领这是一种想法，属下还有另外一种想法。”郑举说。

“你怎想的？”阿克问。

“和曲知州、禄劝署知州手里没兵，武定知府手里没兵，大头领只要聚集一两千土兵，甚至只要数百土兵，就对付得了他等。巡抚虽调动得了兵，但云南土兵为多，未必与他同心。况且，大头领在金沙江外居住多年，与会川各部均有联络，大头领起兵，他等定会援手。至于朝廷，除出兵征讨，还有个处置的法子：把土知府还给大头领。这样，既省心又省力，朝廷何乐而不为！”郑举道。

“照你这么说，我可以回去？”阿克问。

“是，大头领可以回去。”郑举道。

“我应该回去？”阿克问。

“是，大头领应该回去。”郑举道。

“既如此，还等什么？走吧！”阿克道。

武定知府陈典一人一骑，逃至昆明，径往巡抚衙门而去。武定是距昆明第二近的府，一百多里，正好是一天的行程。

“你老兄怎来会城？”云南巡抚陈用宾见到他，丝毫不掩饰内心的惊诧。两地虽然离得很近，但没有特别的情况，各府的知府是不会随便来会城的。况且，是在天黑之后才进的城；况且，他手里提着个布包。布是粗布，但他提得很小心，里面应该是贵重之物。陈用宾开玩笑地问，“不会是为的让我尝鲜吧？”

“情势急迫，还望见谅。”陈典说着，把布包放在桌上。

听声音，包里是硬物、重物。

“你老兄这是送何物与我？”陈用宾问。

“这若是件礼物，我敢送道亨先生，道亨先生未必敢收；我只是暂将它寄存在道亨先生这里。”陈典说。

送给自己的礼物，自己却不敢收，这让陈用宾大感好奇。不等陈典揭开布包，他抢先拿起。布包裹着很多层，他一层一层揭开。里面包着一枚大印。不用看印文，他也知道，这是武定府衙的大印；不用陈典说明，他也知道，陈典为什么带着这枚大印跑来会城。

“可是武定出事？”他问。

“是。”陈典应道。

“有人谋逆作乱？”陈用宾又问。

“是。”陈典应道。

“领头的是谁人？”陈用宾问。

“那个叫阿克的孽孙。”陈典说。

“他从金沙江外回到武定？”陈用宾问。

“是。”陈典应道。

“此人阴险狡诈，在族人中颇具煽惑之力。他若倡乱，麻烦不小。”陈用宾说。

“是，”陈典应道。“此人阴险狡诈，我已领教过。”

“协从的有谁人？”陈用宾又问。

“多是其部属，以郑举为谋主。”陈典说。

“此人我知，”陈用宾道，“州官多次对我说过，这个郑举最不安分。”

“黄大人说的是。”陈典附和道。

“有多少人追从？”陈用宾又问。

“数百上千。”陈典道。

“数百上千人，完全可以占据府衙。”陈用宾说。

“道亨先生说的是，”陈典应道，“我眼见府衙不守，才牵匹马，从后门逃出。”

“这是几时的事？”陈用宾问。

“天要亮未亮之际。”陈典说。

“整整一天，想必这会儿追从他的人，已有数千，乃至上万。”陈用宾道。

“据下官估计，不会少于数千。”陈典说。

“说不定已据有武定城。”陈用宾又道。

“城内无重兵，抵挡不住乱贼，武定多半已失。”陈典说。

“亏得你老兄跑得快，不然，恐为乱贼所擒。”陈用宾又道。

“下官得以逃脱，也是乱贼在府衙搜索，乱成一团。”陈典说。

“乱贼搜索何物？珠宝细软吗？”陈用宾问。

“珠宝细软也在搜索；但据下官看来，那个阿克，还有谋主郑举，主要在搜索一物。”陈典说。

“却是何物？”陈用宾问。

“府印。”陈典说。

“老兄颇有先见之明，逃难之际，不携别物，单单抱走大印。”陈用宾道。

“下官是想，府印乃朝廷颁给，若落在乱贼手里，下官没法向朝廷交代。”陈典说。

“你想得对，做得对，”陈用宾称赞一句，又问，“阿克那厮应该知道你已出武定城吧？”

“他应该早已知之。”陈典说。

“他应该知道你是携印而走的吧？”陈用宾问。

“他搜索府印不得，应该想得到。”陈典说。

“他应该知道你是奔会城而来吧？”陈用宾问。

“武定距昆明近，他应该想得到。”陈典说。

“你说，他会不会来昆明，向我要印？”陈用宾问。

“其获印心切，多半会的。”陈典说。

“你说，我该不该给他？”陈用宾问。

“把府印给他？怎可！”陈典道。

“不给的话，如何应付？”陈用宾问。

“乞道亨先生调兵遣将，讨伐之；下官虽一介书生，愿为道亨先生打前阵。”陈典说。

“既有乱贼，肯定是要调兵遣将的；届时，须借老兄大力。不过，”陈用宾口气一转，说道，“老兄亦知，我能调动的，只是土兵。剿一武定，非五路土兵不可。而各土兵距会城远，武定距会城近。若是土兵未集，乱贼先来攻城，我该如何应付？”

“这个——”陈典一时无语。

“所以，老兄冒死抱来的大印，我想借用几日，还望老兄应允。”陈用宾说着，一揖。

“道亨先生是想把府印交与乱贼？”陈典问。

“不是交与，是暂交，”陈用宾道，“乱贼索印索到会城，我暂且与他，以遂其意，以安其心；待各路土兵集结，我再去索回大印，连乱贼的头颅一起索回，老兄看如何？”

“下官听从道亨先生的安排。”陈典道。

阿克索要武定府印，陈用宾不仅给他，还安抚说，可以把他恢复土知府的要求奏闻于朝。等到各路土兵集结到昆明附近，他亲自调度，分五路攻打武定，很快平息阿克、郑举之乱。

嘉靖年间设置武定流官知府时，武定还保留许多土官建制。这次事变的结果，是在武定境内，废除一切土官建制，全部改设流官。

第三百七十八章

皇帝拿起筷子，又放下。近侍们知道皇帝有话要问，一名近侍往前走两步，准备回话。

“老陈昨日就没来吧？”皇帝问。

“是。”该近侍应道。

“前日似乎也没来。”皇帝道。

“是。”该近侍应道。

“有几日没来？”皇帝问。

“不算今日是九日，算上今日正好十日。”该近侍说。

“他昨日为何没来？”皇帝又问。

“爷未宣召。”该近侍说。

“前日为何没来？”皇帝问。

“爷未宣召。”该近侍说。

“难道他十日未来，都是因为朕未宣召？”皇帝问。

“是。”该近侍应道。

“朕十日内竟一次也没宣召老陈？”皇帝不相信这久没宣召陈矩；但他知道，近侍绝不敢信口胡说。于是命道，“去，宣老陈即刻见朕！”

“是，”该近侍应一声，壮着胆子问道，“爷宣召陈叔即刻来见，是有急事吗？”

“你是何意！”皇帝斥道，“十日不见，朕想他，不能宣吗？”

“爷息怒，”该近侍分辩道，“奴才是怕菜凉，爷先进膳吧。”

“你分明不是此意！”皇帝道，“不然，为何朕前面问许多句话，你都有问必答，待朕让你去宣老陈，你才注意菜要凉？再者，朕让你宣老陈，老陈又不是马上就可以到的。等他的工夫，还不够朕用膳的吗？”说着，问其他近侍，“你等说呢？”

“爷圣明。”其他近侍颂道。

“说吧，出了何事！”皇帝命回话的近侍。

“陈叔有病。”该近侍不得不说。

“有病？重不重？”皇帝问。

“有点儿重。”该近侍说。

“有点儿重？”皇帝又问。

“挺重的。”该近侍说。

“挺重的？”皇帝又问。

“相当之重，”该近侍不得不说，同时又解释，“这话不是奴才说的，是给陈叔诊治的太医说的。”

“朕十日没宣他，他也十日不来奏事，想来他病重应该有十日吧？”皇帝推断。

“爷说的是。”该近侍应道。

“老陈病重这多日，为何太医不禀奏，你等也不禀奏？”皇帝问。

“陈叔不想让爷担心，吩咐太医和奴才等不得告与爷知。”该近侍说。

“今日要不是朕问起，还不知大伴得重病。你去看看老陈，让他好生摄养，就说，就说，”皇帝想了好一会儿，想出一句足以安慰陈矩的话，“朕知道，他很快会好转的。”

陈矩的病情并没好转，并于十二月十三日，病逝于司礼监的内直房。

皇帝把陈矩掌家常云召进宫，询问陈矩的丧事。

“灵堂可设好？”皇帝问。

“回爷话，已搭设完毕。”常云说。

“在何处？”皇帝问。

“回爷话，在西安门外簿子胡同叔的私宅。”常云应道。

“老陈的遗体，准备安置在那里？”皇帝问。

“回爷的话，是。”常云应道。

“你直接回话吧，不用总带着那句赘语。”皇帝命道。

“回爷话，奴才遵旨。”常云道。

“你看！”皇帝责备。

“叔的遗体，暂且安置在簿子胡同，任由亲朋好友和内外大臣凭吊。”常云说。

“几时起运？”皇帝问。

“午后。”常云说。

“走哪条路线出宫，他等交代过没有？”皇帝问。

“交代过。”常云说。

“你给朕复述一遍。”皇帝命道。

“出仁德门、宝宁门，由廊下家出玄武门，停于东河边；天将暮，出北上东门，经北上西门、乾明门，出西安门，至箫子胡同。”常云述道。

“常云，你可知道，内臣卒于宫中，是不能经这条路线出宫的，尤其不能自玄武门出宫？”皇帝问。

“奴才听说，这条路线是爷特准的；奴才代叔，叩谢天恩。”常云说着，连连叩头。

“常云，祠额还空着吗？”皇帝问。

“是，”常云应道，并说，“爷日前降旨，要御笔亲书叔的祠额，奴才们一直翘首以盼。”

“朕想好两个字：清忠。字也已写好，”皇帝指指御案，道，“就在这儿呢。”

“本朝内臣从未获此殊荣；叔在地下有知，一定感激莫名。奴才代叔叩谢圣恩。”常云说着，又连连叩头。

“你告诉朕，这会儿把字拿去，明日一早，文武百官临吊时，可见得到？”皇帝问。

“奴才回去后，督促刻工连夜制作，应该可以完成。”常云说。

“好，”皇帝点点头，又问他，“朕听说，老陈早已预卜葬地，有没这回事？”

“有。”常云应道。

“位于何处？”皇帝问。

“香山。”常云道。

“离朕的陵寝远点儿；不过，内臣们多葬于西山，这也是没办法的事。”皇帝似在自语，又似在对冥冥中陈矩的魂魄说。

“叔听到爷这话，不知又要洒多少泪。”常云说。

“香山地大，常云，你告诉朕，老陈选在何处？”皇帝又问。

“香山有座慈感庵，叔得闲时，常去那里诵经、打坐。叔的葬地，就选在慈感庵之侧。”常云说。

“朕听说，老陈欲建石塔于坟冢，有没这回事？”皇帝问。

“有。”常云应道。

“石塔建好没？”皇帝问。

“已建好。”常云应道。

“石塔有名吗？”皇帝问。

“已有，”常云应道，“是叔生前亲取的名。”

“老陈取的何名？”皇帝问。

“太极镇山塔。”常云道。

“好气派的名字！”皇帝称赞之后，说道，“坟冢前应有墓道。”

“爷说的是。”常云附和。

“墓道修好没？”皇帝问。

“已修好。”常云道。

“墓道前应有石坊。”皇帝又说。

“爷说的是。”常云附和道。

“石坊建好没？”皇帝问。

“已建好。”常云道。

“坊额题好没？”皇帝问。

“尚未题。”常云道。

“为何不题？”皇帝问。

“墓道、石坊建成后，叔没来得及去看一眼，就仙逝。”常云说。

“老陈没来得及题坊额，朕给他题吧，”皇帝想了想，说道，“修建墓道虽不是奉旨，但朕方才说坟冢前应有墓道，就算是朕命修的吧。此坊可名：赐葬中使神道。”

“若非爷赐名，叔绝不敢以神道名之，奴才代叔叩谢圣恩。”常云说着，又连连叩头。

“常云，你再想想，还有何恩典要求？”皇帝问。

“奴才乞爷再为叔题一额。”常云说。

“还有哪一处要题？”皇帝问。

“石坊前有一石门，尚无匾额。”常云说。

“朕想到四个字：还一仙洞，用在此处再恰当不过。”皇帝说。

“爷赐此名，由奴才所请，奴才不但要代叔叩谢圣恩，奴才自个儿也要给爷多磕几个头。”常云说着，第四次叩头不止。

“有掌家如常云一片赤诚，老陈足感欣慰，”皇帝说着，命道，“常云，把你叔的后事办完，你去司礼监办事吧。”

“奴才领旨，谢恩。”常云叩道。

陈矩的灵车经过后，围观的人群逐渐散去。有两个老者，当别人往前凑时，他们只在远处张望；等别人散去，他们却没离开，而是跟在送灵车的队伍后边，慢慢地走着。

“老家伙，眼热吧？”一个老者问另一个老者。

“首先，咱得说说清楚，谁是老家伙！”另一个老者道。

“你头发皆白，还不承认是老家伙，有意思吗？”前一个老者边说，边手指后一个老者。

“头发皆白，有何稀奇！有人头发未白，胡子全白，也不愿承认自个儿是老家伙。”后一个老者反讥道。前一个老者头发虽然没白多少，却是一把白须。

“我当然不是老家伙。”前一个老者说。

“为何你当然不是老家伙？”后一个老者问。

“因为我是老家伙的老哥呀。”前一个老者说。

二人一笑。后一个老者又问：“其次，你为何说我眼热？”

“不眼热，你会跟到这里！”前一个老者道。

“你老哥不也跟到这里，难道也是眼热？”后一个老者问。

“可不也是眼热。”前一个老者毫不掩饰。

“二老儿半斤八两，谁也不必笑谁。”后一个老者道。

“半斤同半斤，却不一定都是八两。”前一个老者说。

“这话怎讲？”后一个老者问。

“譬如七两八九，是不是也可以说是半斤？”前一个老者反问。

“也可以。”后一个老者道。

“八两一二呢？”前一个老者又问。

“老哥的意思，我两个中，有一个八两一二，有一个七两八九？”后一个老者明白过来。

“然也。”前一个老者道。

“不用说，我是七两八九，你老哥是八两一二。”后一个老者说。

“你老家伙很有自知之明嘛。”前一个老者道。

“我还真少点儿自知之明，不知你老哥比我重在哪里，我比你老哥轻在哪里！”后一个老者说。

“都眼热，这是半斤；轻重在于，眼热之物不同。”前一个老者说。

“是吗？你老哥先说说，我眼热何物？”后一个老者道。

“陈公公的那具寿材，可是几世也修不来的。”前一个老者说。

“你老哥又眼热何物？”后一个老者问。

“也是那具寿材。”前一个老者说。

“你看，不都是七两八九！”后一个老者道。

“不一样，”前一个老者摇头，“你老家伙眼热的是寿材本身，我眼热的却是寿材里面的东西。”

“寿材里面的东西？不会是陈公公的金刚不坏之身吧？”后一个老者打趣地问。

“当然不是，我才不信有什么金刚不坏之身呢！”前一个老者道。

“那么，是他穿的金，戴的银？”后一个老者又问。

“我知陈公公为人，他生前不穿金戴银，死后怎会穿金戴银！”前一个老者道。

“不是此等，却是何物？”后一个老者问。

“你老家伙有没有留意，寿材重得出奇？”前一个老者反问。

“好寿材，本身就重，不足为奇。”后一个老者说。

“不对，”前一个老者摇头，“再重的寿材，也不至于十六个杠夫抬着，还直不起腰来。”

“你老哥是说，里面还有重物？”后一个老者问。

“你没看出来里面还有重物，我却看出来，可证明我比你重点儿吧！”前一个老者道。

“看出来里面还有重物，充其量只重一点儿，照老哥的说法，可是重好几点儿呢！”后一个老者说。

“那我再说一点，”前一个老者说着，问道，“你老家伙可知，寿材里装的重物，会是何物？”

“我怎知！”后一个老者道，并问，“莫非你老哥知道？”

“我当然知道。”前一个老者说。

“那你告诉我，里面装的是何物？”后一个老者道。

“是书。”前一个老者道。

“是书？你老哥怎知是书？”后一个老者问。

“陈公公生前，若得闲暇，最爱逛的是灯市口，而且，只进书肆，从不进别的店铺；别人送他礼物，他只收书，别的一概不收。你说，陪葬的不是书，还会是何物！”前一个老者道。

“这位陈公公，你老哥知道得不少呀。”后一个老者说。

“这算什么！”前一个老者愈发炫耀起来，“我不但知道寿材里面装的是书，还知道里面装的是哪些书。”

“连哪些书都知道？不会吧！”后一个老头不信。

“你不信，我也没办法，”前一个老者道，“我说有哪套书，你说没有；你我又不能敲开棺椁去查看，谁知是我对，还是你对！”

“不用敲开棺椁查看，你说有哪套书，只要你说得出为何有，我就承认你对。”

后一个老者说。

“那好，”前一个老者伸出一指，道，“里面应该有一部《史记》。”

“你老哥怎知？”后一个老者问。

“陈公公一生最爱读的是《史记》。”前一个老者说。

“还有呢？”后一个老者问。

“还有一部《春秋左氏传》。”前一个老者说。

“你老哥怎知？”后一个老者问。

“陈公公次爱读的，是《左传》。”前一个老者说。

“还有呢？”后一个老者又问。

“还有一部《汉书》。”前一个老者说。

“是前《汉书》，还是后《汉书》？”后一个老者多少也懂史。

“应该是前、后《汉书》的合刊本。”前一个老者说。

“你老哥怎知？”后一个老者问。

“陈公公第三爱读的，是《汉书》。”前一个老者说。

“还有呢？”后一个老者问。

“《国语》《国策》。”前一个老者说。

“你老兄怎知？”后一个老者问。

“陈公公第四爱读的。是此二书。”前一个老者说。

“陈公公不会只爱读史吧？”后一个老者提出疑问。

“陈公公爱读史不假，但不是仅爱读史；我后面要说的，就不是史书。”前一个老者道。

“陈公公第五爱读的，是何书？”后一个老者问。

“《周易》。”前一个老者说。

“那么，棺椁里应该有一部《周易》吧？”后一个老者问。

“对。”前一个老者应道。

“还有呢？”后一个老者问。

“还有一部周敦颐的《太极图说》。”前一个老者说。

“这是陈公公第六爱读的书？”后一个老者问。

“是。”前一个老者应道。

“还有呢？”后一个老者问。

“还有一部程颢、程颐的《二程全书》。”前一个老者说。

“这是陈公公第七爱读的书？”后一个老者问。

"是。"前一个老者应道。

"还有呢？"后一个老者问。

"还有一部张载的《张子语录》。"前一个老者说。

"这是陈公公第八爱读的书？"后一个老者问。

"是。"前一个老者应道。

"还有呢？"后一个老者问。

"还有一部朱熹的《四书章句集注》。"前一个老者说。

"这是陈公公第九爱读的书？"后一个老者问。

"是。"前一个老者应道。

"我不再问下去，"后一个老者道，"说来说去，都是以陈公公爱读的书为词，谁知他到底是不是爱读！"

"你老家伙大错。"前一个老者说。

"我怎大错？"后一个老者问。

"不爱读的书，为何要买！既买，怎会不爱读！"前一个老者道。

"你老哥是说，陈公公确实买过这些书？"后一个老者问。

"是，"前一个老者应一声，说道，"我对你说陈公公最爱读的是哪本书，次爱读的是哪本书，并不准确。怎见得在他，《史记》比《左传》爱读；又怎见得在他，《四书章句集注》不如《二程全书》爱读？其实，我要说的是，他哪部书买在先，哪部书买在后，而不是最爱读哪部书，次爱读哪部书。"

"你老哥的意思，你不仅知道陈公公买过这九部书，而且知道他买这九部书的先后次序？"后一个老者问。

"对。"前一个老者应道。

"这可真是匪夷所思！"后一个老者叹道。

"说起来并不难，你和书肆的老板熟识，陈公公几时来过，买的何书，他都会告诉你的。"前一个老者说。

"话是这么说，可你老哥为何对陈公公如此关注？"后一个老者问。

"你老家伙还记得陆太保吗？"前一个老者反问。

"哪个陆太保？"后一个老者不记得，或一时想不起来。

"除大金吾陆帅，还能是哪个陆太保！"前一个老者道。

"你老哥是说，赠封忠诚伯的陆太保？"后一个老者问。

"是他。"前一个老者点头。

"你老哥可别告诉我，陈公公得陆太保提携。"后一个老者道。

“我不说陈公公得陆太保提携，而说陆太保关注过陈公公，可以不可以？”前一个老者问。

“陆太保关注过陈公公，我怎不知！”后一个老者道。

“这就是我比你重的另外一点儿，”前一个老者不无得意地说，“话说一日，陆太保见到陈公公，诧曰：此子功名，异日不在我之下，而名誉更过之。”

“你老哥等等吧，”后一个老者以为抓住他话里的漏洞，“陆太保可是在嘉靖三十九年病卒的。”

“陈公公哪一年进的宫？”前一个老者问。

“哪一年？”后一个老者反问。

“嘉靖二十六年，那年，陈公公不到十岁。到嘉靖三十九年前，陈公公二十几岁，正好可以看出点儿眉目。”前一个老者说。

“你老哥的意思，陆太保的确赞过陈公公？”后一个老者问。

“确凿无误。”前一个老者道。

“你老哥的意思，陈公公功名的确不在陆太保之下？”后一个老者问。

“方才在灵堂前，某阁臣写的一幅挽联，你老家伙有没留意？”前一个老者问。

“哪幅挽联？怎写的？”后一个老者问。

“三辰无光，长夜不旦，”前一个老者述罢，问道，“如此溢美之词，你老家伙见过用在别的内臣身上吗？”

他们说的陆太保，名炳，是嘉靖朝最有宠的大臣之一。

第三百七十九章

万历三十六年的春天，似乎比往年来得早，来得温暖。才二月初，宫人们已脱去棉衣，换上厚的夹衣。

常云出启祥宫，往宫门口一站，立刻有众多内臣围上去。他虽然初到司礼监任秉笔太监，但比那些资深的秉笔太监更有人缘。因为他为陈矩掌家多年，是宫里的大小太监们都要设法巴结的。

“谁是刘若愚？”常云问。

“常叔，在下是。”后面有人应道。内臣们不情愿地闪出一条道，让他走到前面去。

“不是我找你，是爷唤你，”常云说着，转身进宫；并招呼道，“若愚，随我来。”

“是。”刘若愚应一声，跟随他进宫。

常云走得很慢，显然是想在面见皇帝之前，和刘若愚多说几句话。

“多大年纪？”常云问。

“在下万历甲申年生人，二十五岁。”刘若愚回答。

“好年华！”常云赞道，又问，“哪年入的宫？”

“万历辛丑年。”刘若愚说。

“论年头，是八年；实际呢？”常云问。

“还不到七年。”刘若愚说。

“入宫后，就在陈叔名下吗？”常云问。

“差不多，”刘若愚说，“在下入宫两三个月后，就跟着陈叔。”

“如此说来，你我是同门兄弟。”常云道。

“不敢当，”刘若愚揖道，“对在下来说，陈叔是叔，常叔也是叔。”

“若愚，用不着客套，”常云说着，又问，“知爷召你何事？”

“在下不知。”刘若愚道。

“若愚习字，下过些工夫吧？”常云问。

“在下热爱书法，只是性愚钝，总无长进。”刘若愚说。

“拜过师吗？”常云问。

“没拜过。”刘若愚道。

“真没拜过？”常云很难相信。

“在下入宫以后，因偶然的机缘，得到几张字，从此视之为帖，临之不辍。”刘若愚道。

“若愚临的是谁家的字？”常云问。

“鲍老的。”刘若愚道。

“哪个鲍老？”常云问。

“前朝掌印，鲍忠，鲍老。”刘若愚说。

“他可是咱宫里的书法名家，”常云道，“难怪陈叔说，若愚的字，甚似田叔，原来你二位从的是同一个师傅；只不过，一人得面授，一人却是私下揣摩。”

鲍忠是嘉靖朝的太监，多年为长陵神宫监佥书，后被召回，任司礼秉笔、掌印。田义曾向他习书。

“陈叔也知我习过字？”刘若愚问。

“岂止陈叔知道，连爷都知道。不然，今日为何选你！”常云道。

“莫非爷要考我的书写？”刘若愚有几分激动，有几分紧张。

“爷要看看你的字，功力究竟到哪一等，”常云说着，问道，“若愚，紧张吗？”

“紧张。”刘若愚如实回答。

“期待吗？”常云问。

“虽有期待，不敢望也。”刘若愚道。

走几步后，常云说：“若愚，还有件事问你。”

“是。”刘若愚应道。

“鲍老楷、隶、篆、草，无不精通，你得到几张他的字，是哪种字体？”常云问。

“有楷书，有草书。”刘若愚说。

“草书是草隶，还是章草？”常云又问。

草书形成于汉代，初始是草隶，后来发展成章草。章草保留隶书的形迹，但在比画之间，往往牵连相通。

“是草隶。”刘若愚说。

“可惜。”常云道。

“常叔，为何可惜？”刘若愚问。

“爷成年之后，酷爱的是章草。”常云道。

“在下只想到习字，哪儿会想到这些！今儿个就算要临阵磨枪，也没工夫。”刘若愚说。

“你也不用刻意，”常云道，“爷若不拘字体，你就拣拿手的字体写；爷若限制字体，能写的你写，不能写的你如实禀奏。”

“是，”刘若愚应道，“常叔嘱咐，在下谨记。”

皇帝在启祥宫的前殿，等得不耐烦。他写了几个大字，都不满意，心想，也许是太久没写大字的缘故。于是，他把笔一扔，干脆不写。

在殿上踱来踱去，他问：“老常去何处找那个刘若愚，还不来！”

“常叔已进宫门。”一个近侍说。

“才进宫门？”皇帝问。

“不是，进宫门有一会儿。”该近侍说。

“有一会儿？”皇帝觉得不对，“朕是在前殿，又不是在后殿，若进宫门，还用得着走一会儿吗！”

“奴才见常叔走得很慢。”该近侍说。

“是边走，边等人？”皇帝问。

“奴才看不像，常叔身边有一人。”该近侍说。

“那人可是刘若愚？”皇帝问。

“爷命常叔把刘若愚找来；他既和常叔一同进宫，奴才想，他应该就是刘若愚。”该近侍说。

“你再看，他二人是不是就要上殿。”皇帝命道。

该近侍往外看一眼，回奏：“是，二人已上丹墀。”

“朕要作出惊人之举。”皇帝说着，走到御案一侧的一张矮几旁。

矮几上摆放着笔墨纸砚，皇帝往砚台里倒了点儿水，砚起墨来。

该近侍跟在皇上后面，忙抢上去说：“奴才来。”

“你来，算惊人之举吗？”皇帝道。

皇帝只研两下，常云已带着刘若云上殿。常云上前两步，跪倒，刘若愚则跪倒在较远之处。

“爷，奴才把刘若愚领来。”常云奏道。

“老常，你看，朕像是以字会友吗？”皇帝问。

“爷折煞他，他承受不起。”常云道。

“好，你接着来。”皇帝命道。

常云上前，继续研墨。皇帝也往前走两步，问刘若愚话。

“你是刘若愚？”皇帝问。

“奴才是。”刘若愚应道。

“朕看老陈上的奏章，和老田上的奏疏，字迹完全一样。朕知老田曾向前朝太监鲍忠习字，以为他二人师从一人；后来才知道，老陈的奏疏都是你代写的。”皇帝说。

“是。”刘若愚应道。

“皇考时，还有个太监叫王本，你知道吗？”皇帝忽问。

“可是也曾习书于鲍太监的王太监？”刘若愚反问。

“对，是他，”皇帝道，“他应该是老田的师哥。朕在东宫时，王太监曾教过朕写字。说起来，朕和你出于同门。”

“比不得！”刘若愚忙道，“爷的御书，具龙凤之姿，遨游于太空；奴才的字，不过是犬马之态，丑立拙行。”

“你也不必太谦，”皇帝说着，命道，“你的楷书，朕见过很多，确实写得好；今日，你再写些别体的字给朕看。”

“奴才领旨。”刘若愚应道。

他匍匐而前，跪在矮几前，拿起笔来，略加思忖，挥笔写出一篇字。

一名在他身旁等候的近侍，拿起他写的字，举在皇帝面前，恭请御览。

“这是草隶。”皇帝说。

“诚如圣谕，”刘若愚应道，“奴才草隶写得不好，让爷见笑。”

“老田写的草隶，朕见过，王太监的草隶，朕也见过，都和你是一种风格。看来，这就是鲍太监的真传，”皇帝说着，对举着刘若愚字的近侍说，“朕好久没考较你，今日拿若愚的字来考考你。”

“奴才不会草隶。”该近侍说。

“朕不让你写，朕只问你，认不认得出草隶。”皇帝道。

“奴才勉强认得出几个。”该近侍说。

“你把若愚写的字，读给朕听。”皇帝命道。

“是，”该近侍应一声，读道，“自离草莽得登堂，贤主恩优念不忘。饱食瓮城常养锐，怒临杀堑敢摧强。敌声夜振须仍奋，壮气秋高齿减长。眼底孽余平剪后，功成谁不论青黄。”

“是首七律诗呀。”皇帝道。

“是。”刘若愚应道。

“写的是斗促织吧？”皇帝问。

“是。”刘若愚应道。

“你写的吗？”皇帝问。

“奴才写不出这么好的诗，”刘若愚说，“这首斗促织诗，是前辈张太监张维所咏。”

“朕想起来！”皇帝道，“张维除这首斗促织诗，还写过叹鹦鹉诗。没想到，你不仅知道他的诗，还能默写出来。”

“奴才读诗不多，偶尔读到张太监此诗，所以记住。”刘若愚说。

“此诗用章草写出来更有生气，你再用章草写一遍。”皇帝命道。

“爷恕罪，奴才不曾习章草。”刘若愚按照常云的吩咐回奏。

“不曾习过？”皇帝颇为失望。

“是。”刘若愚应道。

“既不曾习过，朕不难为你，”皇帝说着，问道，“昔日你在老陈名下办事，是在司礼监吗？”

“是。”刘若愚应道。

“今日在谁人名下？”皇帝又问。

“尚未分派。”刘若愚道。

“这样吧，”皇帝即刻分派，“老常才去司礼监办事，于事务还不熟悉，你就在他名下吧。”

“奴才领旨，谢恩。”刘若愚叩道。

出殿后，见殿外会聚的内臣不下百余人。在启祥宫当差的内臣都出来，自不必说；还有不少在别宫的内臣也闻讯赶来。皇帝把一名入宫还不太久的内臣叫来写字，已不寻常；听说还亲自为他研墨，这可是件天大的稀奇事。从他们眼神里，可以看出他们的惊羡。

还有你等没想到的呢，刘若愚心想。常云为何说句可惜，他现在才懂得。若是他曾习过章草，或许皇帝就把他留在身边。但皇帝喜怒无常，今日因你有一长而宠你，明日又会因你有一过而罚你。不能留在皇帝身边，说不定反是一件好事。

郑贵妃把皇帝迎入寝殿，福道：“陛下有喜事，臣妾恭贺。”

“朕有何喜事，怎的自个儿都不知？”皇帝问。

“臣妾听说，陛下得到一善书的内臣，留在身边，以备闲暇时谈论书法，这可不是一件喜事！”郑贵妃道。

“爱妃有顺风耳呀，此事也听得到。”皇帝嘲笑一句。

“陛下在启祥宫论较书法，好不热闹！各宫都有人去，臣妾宫里自然也有人去。”郑贵妃解释说。

“一则，今日好天气，朕心情也好。想起老陈当年对朕说过，他名下有一内臣，写得一手好字，所以把他找来，写给朕看。朕不过是想念老陈，并无论较书法之意。二则，”皇帝说到这里，顿了顿，然后接着说，“他没福气。”

“陛下为何说他没福气？”郑贵妃问。

“他只习楷书和草隶，未习章草，朕用不着他。”皇帝说。

“这么说，陛下不打算留下他？”郑贵妃问。

“是，”皇帝应道，“朕不留他。”

“这个内臣叫什么？”郑贵妃问。

“姓刘，叫刘若愚。”皇帝告诉她。

“臣妾略备薄酒，原本是为陛下祝贺，此事既不足贺——”郑贵妃故意不把话说完，她知道皇帝会怎么说。

“酒却还是可以饮的。”皇帝说的和她想的一样。

“臣妾想，可以换个名目饮。”郑贵妃道。

“换个名目？换何名目？”皇帝问。

“改成谢恩酒。”郑贵妃说。

“爱妃为何事谢恩？”皇帝问。

“臣妾恳乞一事。”郑贵妃说。

“爱妃欲乞何事？”皇帝又问。

“臣妾先让他等把酒、菜奉上，再告诉陛下。”郑贵妃想喝起酒来再说，那样，气氛会更好些。

“爱妃还是先告诉朕吧；不然，朕怎知能不能准允，爱妃该不该谢恩，这酒能不能饮！”皇帝道。

“一桩小事，陛下绝无不可准允的道理。”郑贵妃说。

“爱妃说！”皇帝命道。

“陛下既不欲刘若愚留在身边，乞陛下安置在臣妾宫里。”郑贵妃说。

“你要刘若愚在你宫里办事？”皇帝感到意外。

“是。”郑贵妃应道。

“他不过字写得好，爱妃要他作甚？”皇帝问。

“臣妾宫里的内臣和女官、宫女等，没一个字写得好的，来一个字写得好的内臣，门面有光；再者，身边有个字写得好的内臣，臣妾也可以习字；再者，字写得好，学问一定也好，日常也可给臣妾讲讲书。”郑贵妃一连列出三条理由。

“爱妃的理由很充分，不过，朕要一一驳之，”皇帝说着，伸出一指，“其一，何谓门面有光？爱妃宫里有爱妃，乃是最光大门面之事，还用得着别人来增光吗？”

“谢陛下赞许，这一条算臣妾没说。”郑贵妃道。

“其二，”皇帝又伸出一指，说道，“爱妃若要习字，朕不能教你吗？朕有没别的长处且不说，习字却是有几十年的功力。”

“陛下肯为臣妾师，何其幸哉！这一条也算臣妾没说。”郑贵妃道。

“其三，”皇帝伸出第三指，说道，“字写得好，学问未必好；给爱妃讲书，须得有趣，而不在学问好不好。”说着，问道，“爱妃说是不是。”

“是，”郑贵妃应道，并沮丧地说，“这一条也算臣妾没说。”

“其实，爱妃想把刘若愚要去，根本不用那么多理由。”皇帝又说。

“陛下从臣妾所乞？”郑贵妃以为峰回路转。

“朕不能从爱妃所乞，”皇帝道，“朕是说，你若早对朕说，想让刘若愚去你宫里办事，没有任何理由，朕也会准允。可惜，爱妃要他要得晚一步。”

“臣妾怎的要晚一步？”郑贵妃问。

“朕已把他安置在常云名下，”皇帝说，“他在司礼监帮着老常办事，肯定比在爱妃宫里帮着爱妃办事，作用更大。”

皇帝明确拒绝，郑贵妃不能再提要人的事。

第三百八十章

昆山不在苏州昆山县境内，而在松江华亭县境内，虽负有山名，但既不高，也不大。

山脚下有个小酒店，除非出游的人多，或路过的人多，客人很少。有个五十岁开外的老者，像是乡儒，每三日必来小酌。有个壮年脚夫，每五日必来大碗喝酒。两个人差不多都在黄昏时进入酒店，在第一次相遇之后，每隔半个月，都会在这里碰到一次。开始，他们各喝各的酒，谁也不搭理谁。渐渐的，他们坐到一张小桌旁；渐渐的，不知谁先开的口，他们搭上话，而且话越来越多。虽然还是各喝各的酒，发现对方没来，他们会向小酒店的店主或小二询问；渐渐的，不用他们询问，店主或小二会主动告诉他们。如果到该来的日子，对方没有来，他们会边喝酒边等，哪怕等到很晚，哪怕等到小酒店打烊；如果对方来得匆忙，喝一杯酒就走，他们会感到惆怅。

当然，下一次见面，会多个话题。

乡儒如往常一样，小啜一口酒，嘴里念道："来也匆匆，去也匆匆。"

"小老儿是在说我吗？"脚夫问。

"可不在说你！"乡儒道，"前次走得偌急，我有桩生意想留给你，却找不到机会开口。"

"小老儿有生意给我？"脚夫哑然失笑。他喝一大口酒，道，"小老儿有什么好生意，说来听听！"

"那日有个客人在山上过夜，说好第二天回苏州。因为带些土货，要找个挑夫，我就想到小哥你。"乡儒说。

"如此多谢，我买碗酒请你。"脚夫说着，要招呼小二。

"别！"乡儒拦住他，"你饮你的，我饮我的，别坏规矩。"

二人各喝各的酒。停下来时，脚夫说："说来也巧，那天我接个活计，也是第二天挑担去苏州，所以只喝碗酒，匆匆回去准备。"

"你的客人也住在山上？"乡儒问。

“是，”脚夫应道，“是个特意从苏州赶来，上山进香的客人。”

“上山进香？此山哪有寺庙？”乡儒问。

“怎的没有！”脚夫道，“前一两个月，山上新建一庙，小老儿难道不知？”

“那不是寺庙，是个祠堂。”乡儒说。

“祠堂？谁会呆到在山上建座祠堂！”脚夫半信半疑。

“就是有人会这样的呆；要不，祠堂从何而来！”乡儒道，又说，“不过，不是家祠，是学祠。”

“怎叫学祠？”脚夫问。

“不是奉祀先人、而是奉祀前代学者的祠堂，则为学祠。譬如山中新建的祠堂，是奉祀二陆先生的，故名二陆祠。”乡儒讲解之后，问道，“小哥可知，二陆先生是谁个？”

“苏、松二郡，姓陆的官宦人家甚多，谁知是哪一家的！”脚夫道。

“不是今人，是古人，”乡儒又给他讲解，“南宋时，江西抚州陆氏，有三兄弟，老大叫陆九韶，老二叫陆九龄，老三叫陆九渊，都是大学者，当时被称作三陆。”

“那山上建的，为何不叫三陆祠？”脚夫问。

“虽则都是大学者，但陆九韶的学问切于实用，陆九龄、陆九渊则是研习理学，故又有二陆之称。”乡儒说。

“小老儿是说，山上的二陆祠是奉祀陆九龄、陆九渊的？”脚夫问。

“是。”乡儒应道。

“我不懂二陆、三陆，更不懂切于实用的学问和理学，但我听说，在山上建祠的人，也是个大学者。”脚夫说。

“有人这么说吗？”乡儒问。

“有啊，”脚夫应道，“雇我挑担的相公，就是这么说的。”

“他说是，或许就是吧。”乡儒含糊地说。

“他住在山上，你也住在山上，你两个应该很熟吧？”脚夫问。

“鸡犬相闻，老死不相往来。”乡儒说。

“他姓陈，你也没听说过？”脚夫问。

“这倒是有所耳闻。”乡儒说。

“他的名字两个字，叫继儒，你听说过吗？”脚夫问。

“也有所耳闻。”乡儒说。

“听说城里有个叫陈继儒的，后来搬出城，和山上这个陈继儒，不知是不是同一个人。”脚夫道。

“同名同姓，同在一邑，你听说城里的陈继儒搬出城，我听说山上的陈继儒是从城里搬来的，想必是同一个人。”乡儒说。

“如果是同一个人，就不是大学者。”脚夫说。

“这是为何？”乡儒问。

“我听说，他画绘得不错，字写得不错，但文章作得平平，学问就更是作得平平。”脚夫道。

“怎见得他文章作得平平，学问作得平平？”乡儒问。

“你和他都住在山上，没和他谈论过学问吗？”脚夫问罢，忽觉得不该问，“小老儿才说老死不相往来，自然不会在一起谈论学问。”

“小哥说的是。”乡儒笑道。

“学问我是不懂，但我听说——”脚夫说着，忽问，“苏州太仓有个王老相公，小老儿听说过没有？”

“太仓姓王的官宦人家甚多，谁知是哪一家！”乡儒学着他的口吻说。

“可太仓拜过相的，却只有一家。”脚夫说。

“小哥早说王阁老府上，我怎会不知！”乡儒道。

“王老相公有位公子，小老儿听说过没有？”脚夫又问。

“王老相公似不止一位公子。”乡儒说。

“我是问，叫作王衡的大公子。”脚夫说。

“大公子，我倒是听说过。”乡儒说。

“城里的陈继儒，曾被王老相公邀去，和王大公子一起课读，小老儿听说过吗？”脚夫问。

“这事你也听说？”乡儒反问。

“不然，我怎会对小老儿说，城里的陈继儒和山上的陈继儒不应该是同一人！”脚夫道。

“你是说，城里的陈继儒和王大公子一起课读，由此可以看出，他文章作得平平，学问作得平平？”乡儒问。

“可不！”脚夫应道，“人家王大公子在二十年前，就高中会元；那时的陈继儒，却在作甚？”

“小哥是说，城里的陈继儒？”乡儒问。

“是啊。”脚夫应道。

“山上的陈继儒在作甚，我或知之；城里的陈继儒在作甚，我却一无所知。”乡儒说。

“他把儒衣儒冠焚烧，偷偷出城，不知去向。”脚夫说。

“他或是对科举已厌倦？”乡儒试着为陈继儒分辩。

“我还厌倦挑夫的行当呢！”脚夫道，“但我能把扁担一扔，不去挑脚吗？”

“小哥说的是。”乡儒不再分辩。

“约在六七年前，王大公子高中状元。那时的陈继儒，却在作甚？”脚夫又问。

“我怎听说，王大公子中的是榜眼？”乡儒道。

“榜眼和状元，区别很大吗？”脚夫问。

“一个第一，一个第二，区别倒不是很大。”乡儒说。

“陈继儒却连最后一名也没中，这个区别大不大？”脚夫问。

“大。”乡儒附和道。

“他又去作甚？”脚夫又问。

“小哥是问城里的陈继儒？”乡儒问。

“是。”脚夫应道。

“小老儿不知，”乡儒道。

“两相比较，我说城里的陈继儒文章作得平平，学问作得平平，小老儿还会不服气吗？”脚夫问。

“我压根也没不服气，”乡儒道，“小哥说城里的陈继儒文章作得平平，学问作得平平，关我何事！我倒是听说，山上的陈继儒，不仅文章作得平平，学问作得平平，而且，画也绘得平平，字也写得平平。看来，和城里那个画绘得不错、字写得不错的陈继儒，的确不是同一人。”

“小老儿的意思，这个陈继儒更不值一提？”脚夫问。

“不值一提，不值一提！”乡儒连连摆手，“此人不仅不值一提，而且十分令人厌烦！”

“小老儿这却说得过分，”脚夫又表示不同意，“画绘得平平，字写得平平，文章作得平平，学问作得平平，充其量平庸而已，还说不上令人厌烦，更说不上十分令人厌烦。”

“我说山上的陈继儒十分令人厌烦，非因其平庸。”乡儒说。

“那是为何？”脚夫问。

“为其自命不凡。”乡儒说。

“画绘得平平，字写得平平，文章作得平平，学问作得平平，有何资格自命不凡？”脚夫问。

“对呀，他有何资格自命不凡！”乡儒附和道。

“自命不凡是你说的，人家未必自命不凡。”脚夫替那个陈继儒分辩。

“好，”乡儒点点头，举例，“他画绘得平平，可是爱画。他绘的画，堆满一间屋子。有人去讨画，换成小哥你，会怎说？”

“自选自取。”脚夫道。

“小哥爽快！”乡儒赞道，又说，“但你去向山上那个陈继儒讨幅画试试！”

“小老儿的意思，他不给？”脚夫问。

“小哥若讨得来，我就不会说他自命不凡。”乡儒道。

“他不给，你可以说他十分令人厌烦；不过，他或是自知画得不好，或是生性小气，小老儿不能说他自命不凡呀。”脚夫反驳说。

“他若只说不给，我也不会说他自命不凡。”乡儒道。

“他还怎说？”脚夫问。

“当着你的面，他会说：我绘的画，不是送人的，是要拿去烧的；你一走，他会对人说：谁知他是不是拿我的画去卖钱！”乡儒道。

“听这话，倒有点儿自命不凡的味道。”脚夫说。

“再有，”乡儒又举例，“小哥家里，新近盖所大宅。”

“我家只有草房两间；而且，这一生只有住两间草房的命，几时盖所大宅！”脚夫道。

“我是打个比方，”乡儒说，“小哥家里，新近盖所大宅。大宅总得题个门额，小哥想想，左邻右舍，只有这个陈继儒识字，听说他又爱写字，去找他写吧。”说着，问道，“换成小哥，会怎说？”

“我不是求人写字吗，小老儿管我怎说！”脚夫道。

“我是问，小哥若是山上这个陈继儒，会怎说？”乡儒解释。

“取笔墨来。”脚夫道。

“小哥乐于助人！”乡儒赞道，又说，“但你去向山上的陈继儒求个字试试！”

“小老儿的意思，他不写？”脚夫问。

“小哥若求得他写字，我就不说他自命不凡。”乡儒道。

“他不肯写字，你可以说他十分令人厌烦；不过，他或是自知字拿不出手，或生性不乐助人，小老儿不能说他自命不凡呀。”脚夫反驳说。

“他若只说不写，我也不会说他自命不凡。”乡儒道。

“他还怎说？”脚夫问。

“当着你的面，他会说：我写的字，不是让人挂在墙上的，更不是让人挂在门上的，是要拿去烧的；等你走后，他会对人说：谁知他是不是要拿我的字去炫耀！”

乡儒道。

“听这话，又有点儿自命不凡的味道。”脚夫说。

“再有，”乡儒又要举例，但想不起该说什么。他问，“这个陈继儒，还有何事平平？”

“文章作得平平。”脚夫说。

“对，文章作得平平，”乡儒点点头，说道，“小哥家里，近日要办丧事。”

“我老爹老娘死了多年，我却给谁人办丧事！”脚夫斥道。

“我还是在打比方，”乡儒说。“小哥家里，近日要办丧事。万事俱备，只差一篇墓志铭。小哥想了想，左邻右舍，能作文章的，只有山上这个陈继儒，于是去请他撰写。”说着，问道，“换成小哥，会怎说？”

“我会作文章吗？问得多余！”脚夫道。

“我是问，小哥若是山上这个陈继儒，会怎说？”乡儒解释。

“别光写老爹一篇，干脆连老娘的一篇也写上。”脚夫道。

“小哥想得周全！”乡儒赞道，又说，“但你向山上的陈继儒求篇文章试试！”

“小老儿的意思，他不写？”脚夫问。

“小哥若求得他一篇文章，我就不说他自命不凡。”乡儒道。

“他不肯作文章，可以说他十分令人厌烦；不过，他或是写不出来，或是生性不乐写墓志铭，小老儿不能说他自命不凡呀。”脚夫反驳说。

“他若只说不写，我也不会说他自命不凡。”乡儒道。

“他还怎说？”脚夫问。

“当着你的面，他会如小哥所言，说：文章拙劣，千万莫玷污先人，还是另请高明吧；等你走后，他会对人说：素昧平生，为何撰文让他光宗耀祖！”乡儒道。

“听这话，更有点儿自命不凡的味道，”脚夫说着，忽一指乡儒，“小老儿，我知你是谁！”

乡儒吓一跳，问道：“小哥知我是谁？”

“我才懒得管你是谁呢！”脚夫道，“我知你为何拼命说山上那个陈继儒的坏话：你向他要画，他不给；你请他写字，他不肯；你请他作文章，他不作。”说着，问道，“小老儿，是不是？”

“其画平平，其字平平，其文章平平，我不屑求于他。”乡儒说。

“小老儿，我看你才有点儿自命不凡。”脚夫说。

“我自命不凡？”乡儒又吓一跳，忙把话岔开，“我说他在三件事上自命不凡，小哥都认可，我再试说第四件事吧。”

“好，”脚夫应道，并说，“我不懂读书人的事，可我知道，画呀，字呀，文章呀，都是实的，学问却是虚的。小老儿可以轻易地指出山上那个陈继儒的画呀、字呀、文章呀如何平平，指出他于画、于字、于文章如何自命不凡，难道对学问也能说出点儿名堂？”

“或许能说出更多的名堂呢。”乡儒道。

“我倒想听听，在学问上，他是怎么自命不凡的。”脚夫说。

“他会问你许多闻所未闻之事。”乡儒道。

“譬如何事？”脚夫问。

“小哥可知，天下有个辽东？”乡儒反问。

“这不是闻所未闻，我听人说过。”脚夫道。

“他接下来问的，小哥未必知道。”乡儒说。

“他会怎问？”脚夫问。

“他会问，辽东有多远？”乡儒道。

“我是不知，他知否？”脚夫问。

“他会告诉你：辽东都司在辽阳，辽阳距京师一千七百里，京师距南京三千四百余里，所以，南京到辽东五千一百余里。”乡儒说。

“不过是两地间的距离，也算得学问？”脚夫摇头。

“他还会问；辽东有多大？”乡儒道。

“我不知，他知否？”脚夫问。

“他会告诉你：辽东南临大海，西起榆关，东抵镇江，延袤二千三百余里。”乡儒说。

“到镇江，岂不与我松江近在咫尺？”脚夫道。

“他会告诉你：彼镇江非此镇江，不过一堡而已，在辽阳以南。”乡儒说。

“听起来，有点儿自命不凡的味道。”脚夫道。

“越问到后面，自命不凡的味道会越浓烈。”乡儒说。

“他还会怎问？”脚夫问。

“他还会问：辽东虏酋有几？”乡儒道。

“我不知，他知否？”脚夫问。

“他会告诉你：虏酋以百计，子姓部落以十万计。”乡儒说。

“信口一说吧？”脚夫表示怀疑。

“他会告诉你：临前屯者，赖荞等也；临宁远者，獐兔、拱兔等也；临广宁者，小歹青、以儿邓、黄台吉等也；折而西北，则虎墩兔憨为虏王，而东西各部皆属之；

北则煖赤伯言、他不能等；折而东北，则卜言顺等；又折而东，则炒花等。此河西三面虏也。逾三岔河东，则额伯、革打、大威等临海州西，孛儿拜、伯言等临辽、沈西，煖兔、宰赛等临开原西，而北则恍惚大等；东北则北关，东则南关；辽、沈之东则奴速等。此河东三面虏也。”乡儒一口气述道。

“罢了，罢了！”脚夫连连摆手，“小老儿以为，这些稀奇古怪的名字，我能听得清，记得住？”

“小哥一直不说罢了，我还以为你听得入迷呢。”乡儒道。

“不是我听得入迷，是你说得入迷，”脚夫说着，忽然品出些味道，“你一山居小老儿，怎对这些稀奇古怪的人名如此熟悉，对这些毫不相干的地名如此熟悉？倒像自命不凡的，不是山上的陈继儒，而是你小老儿！”

“小哥别误会，”乡儒忙解释，“我不过记性好，他说过的，被我记住。”说着，准备分手。“我酒饮够，小哥呢？”

“我也饮够，一起走吧。”脚夫说。

二人相互搀扶着，离开小酒店。

看着他们渐走渐远的的背影，店主叹道：“老家伙气量真好，和别人一块儿大骂自家！”

“主人在说谁？”小二问。

“还有谁，陈先生呗。”店主道。

“主人是说，那个小老儿就是陈先生？”小儿问。

“对，”店主道，“他就是名动江南、名动天下的陈眉公，陈先生。小子无知，却以小老儿称呼，妄评其画平平，其字平平，却不知其一幅画、一幅字，是他挑一辈子的担，你端一辈子的酒，都买不到的。”

第三百八十一章

皇帝见司礼太监成敬捧着厚厚一摞奏疏进殿，像往常一样命道：“老成，选一篇重要的给朕读，你会选哪一篇？”

“奴才选礼部署部杨侍郎的奏疏读。”成敬说。

“为何选他的？”皇帝问。

“边臣奏辽东事，奴才以为，兵部应先议复，不想却是礼部先议复。”成敬说。

“言之虽不成敬，却成理，”皇帝开句玩笑，然后说，“朕就听你读杨侍郎的奏疏吧。”

“是，”成敬应一声，先读题目：海、建二酋逾期违贡疏；然后读道，“自永乐初年，野人女直来朝；其后，海西、建州女直悉境归附。乃设奴尔干都司，统卫、所二百有四。”

“老成，几多卫、所？”皇帝问。

“二百有四。”成敬重复道。

“你有没问问兵部，可是此数？”皇帝问。

“奴才着人问过杨侍郎，他说这个数字是从兵部得到的。”成敬说。

“那就不会错，”皇帝道，又问，“老成，你不会恰好知道，辽东都司所辖，有几多卫吧？”

“奴才恰好问过兵部，是二十八卫。”成敬说。

“二十八卫，应该比其他都司都多。”皇帝说。

“是，”成敬应道，“如万全都司，领十卫，北平行都司，领十卫，山西行都司，领十四卫，都不如辽东都司的多。”

“好家伙，辽东官军不过二十五卫，奴尔干都司却超过二百卫，差得太悬殊！”皇帝叹道。

“爷说的是。”成敬应道。

“处置辽东事大，老成，你选读此疏，选得对。”皇帝又称赞一句。

“爷谕曰对，奴才接着读。”成敬请旨。

“好。”皇帝点头。

“除野人去中国远，其朝贡不常外，其海西、建州，岁一遣人朝贡，海西一千，建州五百，岁以十月验放入关。如次年五月终到者，边臣奏请定夺。今自三十四年六月，建州、海西先后到京进贡，迄至三十五年，并无验放入关者。候至今春，尚无消息，”成敬读道。

“三十四年六月到京进贡者，应在三十三年贡数内，对吧？”皇帝问。

“对。”成敬应道。

“今春尚无消息，即三十五年无进贡的消息，对吧？”皇帝问。

“对。”成敬应道。

“亦即三十四年、三十五年没有验放入关的记录，此断非小事！”皇帝道。

“诚如圣谕。”成敬应道。

“两年不贡，边臣应该禀奏呀！”皇帝道。

“杨侍郎此疏，即因边臣奏言而进。”成敬说。

“你读吧，看他怎说。”皇帝命道。

“今见辽东总兵、宁远伯李成梁，巡抚右都御史赵楫会题本内，明有奴酋不肯进贡、抢了吧等语，事关职掌，合行题明。”成敬读道。

“老成，有句话你说得对。”皇帝道。

“奴才哪句话说得对？”成敬问。

“兵部应先议复，”皇帝道，“不肯进贡，是该礼部议复，也该兵部议复；抢了吧，却是该兵部议复。总起来说，事关兵部职掌，更多一些。”

“爷谕精辟，奴才没想这么多。”成敬说。

“杨侍郎也没把职掌分清吗？”皇帝问。

“爷问的恰是时候，他接下来有句话写的此事。”成敬说。

“他怎写的？”皇帝问。

“兵机属在司马，非臣所与；而朝贡属在礼曹，有不容听其不来、而置之不问者！”成敬读道。

“他果然分得很清楚。”皇帝说着示意他读下去。

“臣伏读太祖高皇帝《祖训》，首章有曰：胡戎与西北边境，互相密迩，累世战争，必选将练兵，时谨备之。”成敬读完《祖训》里的一句话，停下来，看皇帝有何话说。

“我太祖高皇帝圣谟洋洋，后人自当遵守。”皇帝说。

“爷圣明。圣谟洋洋这四个字，正是杨侍郎用的。”成敬说。

“是吗？你读！”皇帝命道。听说自己脱口而出的一句成语，竟是杨道宾写在疏里的，他不由对其人其疏多几分好感。

“圣谟洋洋，明见万里。所谓胡戎，北则鞑靼、瓦剌，东则兀良哈，西则哈密也。自兀良哈内附于洪武，哈密纳款于永乐，而瓦剌即俺答一部，亦即归诚于皇上，称顺义矣。自永乐九年，女直内附，我文皇帝即设奴尔干都司，以羁縻之。事同三卫，均资扞蔽者。”成敬读到这里，看到皇帝沉思的表情，马上停下来。其实，即使没有皇帝沉思的表情，读到这里，他也会停下来。因为这段话里，有个不小的失误。

“老成，是杨侍郎写错，还是朕记错？”皇帝问。

“是杨侍郎写错。”成敬道。

“你还不知我问何事，怎就断定是他写错？”皇帝问。

“奴才想，爷要说的，一定是瓦剌即俺答一部；实则，俺答乃鞑靼一部，非瓦剌即俺答一部。”成敬说。

“杨侍郎为何会写错？”皇帝问。

“或是他想当然地以为俺答是瓦剌一部，未加考据；或是他写得匆忙，出现笔误。”成敬说。

“还好他是言海、建二酋，不是言北虏，有此差错，不足深怪。此疏不必发下，免得让科、道官们又大做文章。”皇帝命道。

“爷宽仁待下，杨侍郎定当感激，”成敬说着，接读道，“今建州夷酋努尔哈赤，既并毛怜等卫，又举海西南关一带卫、所酋目，惟北关一带，竭力死守。又闻其饰名妹、捐重妆以交欢北虏。夫国家本借女直以制北虏，而今已与北虏交通；本设海西以抗建州，而今已被建州吞并。”

皇帝做个手势，让他停下来，并命道：“把最后两句再读一遍。”

成敬把最后两句又读一遍。

“夫国家本借女直以制北虏，而今已与北虏交通；本设海西以抗建州，而今已被建州吞并，”皇帝听过两遍，自己能把这两句话背诵出来。他说，“此二言，乃本疏的主旨。”

“爷说的是。”成敬应道。

“你说，此二言出自礼部疏中，是不是有点儿不妥？”皇帝问。

“爷的意思是——”成敬不敢妄自揣摩。

“是不是出自兵部疏中，更为妥当？”皇帝说得更明确些。

“诚如圣谕。”成敬应道。

“所以，就此疏须得拟道谕旨；不是给礼部，是给兵部。”皇帝说。

“奴才记住。”成敬应道。

“好，再读吧，”皇帝命道。

“更闻努尔哈赤，与弟速儿哈赤，皆多智习兵，信赏必罚，兼并族类，妄自尊大。犹且厌薄赏赐，明欲抢夺。若复苟且结局，隐忍偷安，不将益轻中国，勾连北虏耶！此其志不小而忧方大耳。”成敬读一段。

“老成，你在司礼监办事多久？”皇帝问。

“奴才十九岁就开始在司礼监打杂。”成敬说。

“可谓少年老成。”皇帝开句玩笑。

“爷取笑。”成敬不好意思地说。

“你还记得，朝廷是哪年封努尔哈赤都督的吗？”皇帝问。

“是万历十六年，封的都督佥事，”成敬道。顿了顿，他补充一句，“奴才听说，那一年，努尔哈赤始兼并建州各部。”

“他多大年纪？”皇帝问。

“爷是问——”成敬不知皇帝问的是现在，还是问的万历十六年时。

“朕是问他兼并建州各部那一年。”皇帝说。

“奴才听说，那年他三十岁。”成敬说。

“比朕大不了几岁，好生了得！”皇帝赞一句，又问，“老成，你还记得，朝廷是哪年封努尔哈赤将军的？”

“是万历二十三年，封的龙虎将军。”成敬说。

“那一年，努尔哈赤做的何事？”皇帝问。

“打败海西女直和北虏结盟的大军。”成敬说。

“此人若肯为朝廷所用，女直不足为虑，北虏不足为虑；可惜，如杨侍郎所言，他厌薄朝廷的赏赐呀。”皇帝不由叹息。

“爷说的是。”成敬应道。

“老成，再读。”皇帝命道。

“辽人曾言，女直兵若满万，则不可敌。当其始时，甲士七千，今奴酋精兵业已三万有奇，况其老弱，更多有之。而臣按隆庆间，辽镇图籍马步官军，实在八万，今称堪战精兵，不满八千。”成敬读道。

“多少精兵？”皇帝惊问。

“杨侍郎写的是，今称堪战精兵，不满八千。”成敬复述一遍。

“亦即，十成里，不足一成！”皇帝道。

“是。”成敬应道。

“确否？”皇帝问。

“杨侍郎告曰，此数得自兵部。”成敬说。

“那应该不会错，”皇帝道，并说，“怪不得有人议论，王者不治夷狄，大有放弃之意。”

“杨侍郎后面正要批驳此议。”成敬说。

“是吗？他怎批驳的？”皇帝让他接着读。

“王者不治夷狄，来不拒、去不追而可矣。此汉儒何休之言，似之而非也。夫使其一去而不来也，吾何必追之？有如不以好来，而以恶来，则安得不追，而又安得不拒乎！故宋臣苏辙著论，非之曰：王者岂有不治夷狄者乎？吾欲来之，则来之；虽有欲去者，不可得而去也。吾欲去之，则去之；虽有欲来者，亦不可得而来也。”

“老成，你让朕体会一下这几句话，”皇帝道。他不仅暗自体会，而且边体会，边说出来，“吾欲来之，吾欲去之，吾乃王者也，非夷狄也。王者欲夷狄来之，则夷狄来之，夷狄虽欲去而不能去；王者欲夷狄去之，则夷狄去之，夷狄虽欲来而不能来。”说着，问道，“老成，是此意吧？”

“爷谕精辟。”成敬道。

“苏辙这话说得好，这才是治夷狄之道。”皇帝赞道。

“杨侍郎也是这么写的，”成敬说着，读道，“此于制御蛮夷之道，可谓深切著明矣。今据奴酋言动，已是自来自去景象，安得日挨一日，托言治以不治！乞敕户、兵二部，从长计议，整顿兵饷，以耀威武，以防侵暴。则制人而非制于人，中国之体统尊，而外夷之观听肃矣。”

“还有吗？”皇帝问。

“最后还有一句，说的是税使可撤则撤，内帑可发则发。”成敬道。

“此与主题无关，着内阁拟旨时，不必涉及。”皇帝命道。

“是。”成敬应道。

内阁拟旨与兵部，略曰：该督、抚、镇、巡等官，务要申饬军令，严戒将领。毋习故侵克，以失军心；毋自弛威严，以生戎心。若有疏虞，责有所归。尔该部即便马上行文与他们知道。

第三百八十二章

詹沂往朝房走，发现杨道宾走在前面，招呼一声。

杨道宾回头，见是他，边停下转身，边说："是浴之先生呀，好几日未见。"

"巧得很，"詹沂道，"我还在想，怎得单独一见惟彦先生，不想就在这里见到，且是惟彦先生单身一人。"

"浴之先生找我有事？"杨道宾问。

"有一事请教。"詹沂说。

"若言请教，还是等有第三者再说，让他也评一评，浴之先生究竟是请教，还是指教。"杨道宾道。

"若是指教，何必单独见惟彦先生，如此长脸的事，莫非我还羞怯不成！"詹沂道。

"浴之先生或是担心我羞怯呀。"杨道宾说。

"惟彦先生信我，确是请教。"詹沂说着，一揖。

杨道宾忙还一揖，道："不敢当，浴之先生要问何事？"

"惟彦先生前者疏中，我有一事不明。"詹沂说。

"惭愧！"杨道宾不等他具体说出，自己先检讨，"瓦剌即俺答一部，纯系下笔匆忙，我也后悔不已，已上疏更正并请罪。"

"我说的不是此事。"詹沂道。

"不是此事？"杨道宾忙问，"浴之先生以为，该疏还有别的错处？"

"我说的不是此事，更不是错处。"詹沂道。

对于该疏中的笔误，杨道宾不仅后悔，而且惊惧。詹沂说请教的不是该疏中的事，让他感觉轻松许多。

"浴之先生说的是哪疏？"他问。

"该疏后没几天，惟彦先生又上一疏。"詹沂道。

"是《建酋兼并属夷、凭凌属国、罪状已著、乞速颁文告、严饬武备、以遏乱萌事》吗？"杨道宾问罢，主动解释说，"前疏专论违贡，上后觉着言犹未尽。违贡虽则关系国威，却不会危及国家，危及社稷；所以，辽东之事，还须从另一个角度去看。”

“惟彦先生的意思，辽东之事已危及国家、危及社稷？”詹沂问。

“我不敢说已危及国家，已危及社稷，只能说或会危及国家，危及社稷，”杨道宾说着，问道，“浴之先生以为，我的看法不对？”

“惟彦先生后一疏不曾拜读，不便置评。”詹沂说。

“那么，浴之先生说的也不是该疏？”杨道宾问。

“不是。”詹沂道。

“前一疏之后，后一疏之前，我还上过别疏吗？”杨道宾疑惑地问。

“惟彦先生两眼盯着辽东，把本门功课忘个干净。”詹沂笑着说。

所谓本门功课，指的应该是礼部的职掌。杨道宾两篇关于辽东局势的奏疏，虽然是从礼部职掌的角度写的，但多少有些偏离。所以，詹沂提到本门功课，杨道宾顿悟。

“浴之先生是说，谏东宫辍讲一疏？”他问。

“对。”詹沂应道。

“此疏有何不妥？”杨道宾问。

“惟彦先生为何只想到不妥？莫非仍不信我？”詹沂略有责备之意。

“是，是，”杨道宾连声应道，并再次问，“浴之先生欲说何事？”

“谏东宫辍讲，而引唐朝宦官仇士良的话，有如神来之笔。我辈读之，无不拍案叫好。”詹沂说。

“浴之先生过誉。与其说它是神来之笔，不如说它是无奈之举，”杨道宾说。“为东宫开讲，廷臣已有太多正面阐述；好不容易出阁讲学，却又长年辍之，我只好找些反面的话来说。”

“仇士良的话，惟彦先生是引自《唐书》吗？”詹沂问。

“是。”杨道宾应道。

“我读过《唐书》，怎不记得有这句话？”詹沂问。

“浴之先生读的是《旧唐书》吧？”杨道宾反问。

“是。”詹沂应道。

“仇士良的这句话，《新唐书》中有记载。”杨道宾说。

“原来如此，多谢赐教。”詹沂说着，一揖。

二人话说完，准备一起进入朝房。走到门外，詹沂又停下。

“天子不可令闲暇，暇必观书，见儒臣，”他背诵一句杨道宾引的仇士良的话，然后问，“惟彦先生，此非全文吧？”

“是。”杨道宾应道。

“惟彦先生还记得全文吗？”詹沂问。

“或可勉强记得，”杨道宾说着，背诵出后面的话，“则又纳谏，智深虑远，减玩好，省游幸，吾属恩且薄而权且轻矣。为诸君计，莫若殖货财，盛鹰马，日以毬猎声色蛊其心，极侈靡，使悦不知息。则必斥经术，黯外事，万机在我，恩泽、权力欲焉往哉！”

“蛊惑君王，再没有比这一番议论更直白、更坦率的。惟彦先生引述之，必对圣天子及东宫有所启迪。”詹沂说。

“但愿如浴之先生所言。”杨道宾道。

“惟彦先生手上还有疏草吗？”詹沂忽又问。

“此疏已收于邸抄，浴之先生没见到吗？”杨道宾反问。

“不，”詹沂摇摇头，说道，“我是问建酋兼并属夷、凭凌属国那篇奏疏，有无疏草，欲借来一阅。”

“好，正要请浴之先生教正。”杨道宾道。

詹沂回到都察院衙门，立刻把到任没多久的御史熊廷弼找来。

“飞百，我知你关注关外事，特找来篇文章与你一阅。”他说。

熊廷弼字飞百，湖广江夏人，万历二十六年进士。

“多谢浴之先生。”熊廷弼说着，揖了揖，拿起疏稿要走。

“飞百就这么走？”詹沂问。

“晚生不是谢过浴之先生？”熊廷弼没懂他的意思。

“我不是要你谢，我是说，你也不问问是谁人的文章？”詹沂道。

“是谁人的文章？”熊廷弼照他的话问。

“是惟彦先生的奏疏。”詹沂说。

“惟彦先生的奏疏呀！我已读过，浴之先生请收回吧。”熊廷弼说着，把疏稿放回桌上。

“不对呀，”詹沂摇着头说，“惟彦先生此疏昨日才上的，尚无抄本，飞百怎会读过？”

“此疏非彼疏？”熊廷弼问。

“当然不是，”詹沂道，“彼疏但言海、建违贡，此疏说的却是建酋兼并属夷、凭凌属国事。”

“那是要读的，”熊廷弼说着，重又拿起疏稿，“下官不问缘由，便归还疏草，有负浴之先生美意，在此谢罪。”

一揖之后，他准备离开。

“飞百就这么走？”詹沂又问。

“下官不是向浴之先生认过错吗？”熊廷弼还是没懂他的意思。

“我不是要你认错，我是说，你也不问此疏我读没读？”詹沂道。

“浴之先生读没读？”熊廷弼问。

“尚未读。”詹沂道。

“浴之先生的意思，是先告诉下官这么个事，然后等浴之先生读完，下官再取去读？”熊廷弼问。

“非也。”詹沂摇头。

“那么，浴之先生是告诉下官，读完之后，即刻还回，因为浴之先生自个儿还要读？”熊廷弼又问。

“亦非也。”詹沂又摇头。

“浴之先生却是何意？”熊廷弼问。

“你我何不一起读！”詹沂道。

“浴之先生是说，和下官一起读？”熊廷弼颇感意外。

“不好吗？”詹沂问。

“好是好，可是，在哪里读？”熊廷弼问。

“就在这里。”詹沂指着脚下说。

“不好，”熊廷弼道，“正读到精彩处，忽有人禀事，不得不停下来，岂不扫兴！”

“我可吩咐一声，除非有圣旨，别事一概延后再禀。”詹沂说。

“浴之先生当真可以做到？”熊廷弼问。

“一定可以做到。”詹沂说。

“既如此，下官愿陪浴之先生共阅此疏。”熊廷弼道。

詹沂出去吩咐一番，回来又把门关好。这时，熊廷弼已读完杨道宾奏疏的前面一部分。

“前文写此疏的起由，下官看，可以不读。”熊廷弼说。

“不仅前文不读，正文也不可照本宣科。”詹沂说。

“那却怎读？”熊廷弼问。

“边读边忆，边读边议，”詹沂说着，解释道，“前一个忆，是回忆之忆；后一个议，是议论之议。”

“其述事，则忆其事；其议论，则议其议。”熊廷弼作进一步解释。

“正是此意。”詹沂点头称道。

“浴之先生一直在朝中，忆其事，恐怕得由浴之先生忆。”熊廷弼说。

“好啊，我忆其事，飞百议其议。”詹沂道。

“我不知能否议出个子丑寅卯，好在忆其事在先，我至少可以饱闻浴之先生回忆往事，”熊廷弼说着，指指杨道宾的奏疏。“据此疏所言，或曰，据朝鲜国奏表所称：万历三十五年三月初七日至二十一日，建酋攻掠六起；七月初三日至十一月二十九日，建酋攻掠十四起。”说着，问道，“浴之先生，可有这多次？”

“六起，十四起，有没有具体叙述？”詹沂反问。

“似是一起一起叙述。”熊廷弼说。

“你笼统地问六起，或十四起，我很难记得是不是有这多次；不如你念念他依次的叙述，我若记得，就说记得；若不记得，就说不记得，”詹沂提议，并问，“如何？”

“也好，”熊廷弼应罢，述道，“或分军为三起，分打时钱三寨诸胡。”

“此‘或’应为第一起。其事，我不曾闻。”詹沂说。

“或分军两起，而抢掠沿江一带胡落。”熊廷弼述道。

“此‘或’应为第二起。建酋抢掠沿江一带，边臣屡奏，不知这是哪一次。”詹沂说。

“或攻县城酋胡万浩，则一城带去无遗。”熊廷弼述道。

“此‘或’应为第三起。攻县城之事，有所闻。”詹沂说。

“或抢毛老、黄古、罗伊，则九处并遭焚劫。”熊廷弼述道。

“此‘或’应为第四起。这一次动静甚大，边臣奏之。”詹沂说。

“或与忽剌温相持于门岩上而取胜，则皆往返于庆源镇之境。”熊廷弼述道。

“此‘或’应为第五起。闻朝鲜陪臣言之。”詹沂说。

“或攻忽剌温厚集于黑龙江，而用兵则约同时于虚叱界之地。”熊廷弼述道。

“此‘或’应为第六起。未闻。”詹沂说。

“或同老土部胡而来说甲胄、马匹、藩胡三事。”熊廷弼述道。

“这当中没有转折吗？”詹沂问。

“浴之先生要何转折？”熊廷弼反问。

“前则六起，后则十四起，发生在不同期间。我想，当中应当有个转折的。”詹沂说。

“或应有，可惜没有。”熊廷弼说。

“那么，是我的揣度有错？他一‘或’二‘或’的，并非按照前六起、后十四起而说的？”詹沂问。

“反正数到现在，再数下去，不就知道是不是！”熊廷弼道。

“伙同土蛮部来说三事，此‘或’应是第七起。此事边臣曾奏闻于朝。”詹沂说。

“或向会宁五镇，而各索往来通好通事各一人。”熊廷弼述道。

“此‘或’应是第八起。边臣已奏闻于朝。”詹沂说。

“或撤水下胡人而移置白头山，复撤罗良介而移住水下，候藩胡尽撤，形势联络，然后进犯朝鲜。”熊廷弼述道。

“此‘或’应是第九起。为进犯朝鲜而部署，朝鲜方面不止一次提及；具体怎样部署，我记不清。”詹沂说。

“或遣精兵八千，船只一千，而载运军器刍粮，复造长梯、牛车、飞楼、战车，而多备兵器、干粮，待明春大动两起军马，直犯镜城、咸兴。”熊廷弼述道。

“飞百可知，建酋抓获汉人，从事别的行当者随意杀之，唯独铁匠一个不杀？”詹沂问。

“有所闻。”熊廷弼道。

“看来，打造兵器等，建酋是处心积虑的。”詹沂说。

“是。”熊廷弼应道。

“此‘或’应是第十起。将犯镜城、咸兴，朝鲜曾奏闻。”詹沂说。

“或进攻回波部落，而尽被屠杀，仍捣忽巢，而势将纳降。”熊廷弼述道。

“此‘或’应是第十一起。此事没有印象。”詹沂说。

“或约攻朝鲜镇、堡，以牵制北边，然后乘虚而直发径路。”熊廷弼述道。

“此‘或’应是第十二起。所述空泛，不知何所指。”詹沂说。

“或遣四将领短甲步兵，而已到山下。”熊廷弼述道。

“此‘或’应是第十三起。所谓四将，不知是哪四将；所谓山下，亦不知是哪座山下。”詹沂说。

“或邀通事，索镇藩胡使无隐城内。”熊廷弼述道。

“此‘或’应是第十四起。索胡使之事，时有所闻。”詹沂说。

“或以五十余卒，由镇江边内。”熊廷弼述道。

“此‘或’应是第十五起。”詹沂说。

因叙述得过于简单，他不想再做任何评述。熊廷弼也不要求他评述，因为后面几句话都很简单。

“或以一百余军，由锤城镇外。”熊廷弼述道。

“此‘或’应是第十六起。”詹沂说。

“或将奴军三百，自柔远境，而穿过稳城。”熊廷弼述道。

“此‘或’应是第十七起。”詹沂说。

“或驱藩胡累千，自山外而督送奴窟。”熊廷弼述道。

“此‘或’应是第十八起。”詹沂说。

“封疆之界，彼此截然，而屡动兵众过境；江边之夷，原非所属，而尽数撤移入寨。”熊廷弼述道。

“飞百，此处没或字吗？”詹沂打断他。

“没有。”熊廷弼摇头。

“那么，这两句话，是不是应该和上面两句是连起来的？”詹沂问。

“浴之先生是说，这两句后面应该有个‘或’字？”熊廷弼问。

“是啊。”詹沂应道。

“可后面也没有‘或’字。”熊廷弼说。

“前则六起，后则十四起，合计之二十起，我却只述到十八起。”詹沂说。

“下官倒是在想，这两句若是和前面的叙述连起来，自十二起以下的‘或’字，都是多余的。”熊廷弼道。

“飞百为何这么说？”詹沂问。

“浴之先生想呀，下述各事，不都是动兵过境，撤移属夷？其实，前述各事，也无不是动兵过境，撤移属夷；只不过，自十三起以下，更加明确而已。”熊廷弼说。

“总之，这两句话不该和前面两句话连在一起，是吧？”詹沂问。

“是。”熊廷弼应道。

“那么，惟彦先生所言‘或’‘或’，就不是前面所说前六起、后十四起中的一起、二起，是吧？”詹沂问。

“那却不然，”熊廷弼道，“下官以为，疏中的‘或’‘或’，即前六起、后十四起攻掠中的一起、二起。”

“然数目不合，怎解？”詹沂问。

“前六起、后十四起，合计二十起，是朝鲜所奏；‘或’‘或’所言，是惟彦先生引述。浴之先生留意到惟彦先生引述的各事中，有的已经很简略，甚至不知所云。想必朝鲜所奏有更简略的，更不知所云的，所以，惟彦先生未加引述。”熊廷弼说。

“这倒也是个说法。”詹沂道。

“再者，惟彦先生所引述十起事，已足以阐明建酋兼并属夷、凭凌属国，即便少引述几次，他或以为也不碍事。”熊廷弼又说。

“这也是一个说法。有这两个说法，忆其事，应该说很圆满，”詹沂说着，问道，“飞百说是不是？”

“是。”熊廷弼应道。

“那是不是该议其议？”詹沂问。

“其议若何？”熊廷弼反问。

“疏草在飞百手里，飞百看呀。”詹沂说。

“我先说其议，再议其议，浴之先生看合适吗？”熊廷弼驳道。

“飞百的意思，我来说其议？”詹沂问。

“浴之先生说其议，下官说其议，均无不可；议其议，则不拘一人，谁人欲议，谁人议之。”熊廷弼提议。

“既如此，还是请飞百说其议吧。”詹沂道。

“好，”熊廷弼应一声，边看疏稿，边说，“下官以为，下面两句话，堪称一议。”

“哪两句话？”詹沂问。

“自近日钦奉圣谕以后，在督臣，则以为显逆未形；在镇臣，犹以为显恶未著。似无容私忧过计者。”熊廷弼读道。

“飞百以为，此议若何？”詹沂问。

“一个似字，已驳斥督臣、镇臣。”熊廷弼说。

“督臣以为建酋显逆未形，不对吗？”詹沂问。

“不能说对，也不能说完全不对。”熊廷弼道。

“镇臣以为建酋显恶未著，不对吗？”詹沂问。

“同样，不能说对，也不能说完全不对。”熊廷弼道。

“飞百模棱两可，有何说法？”詹沂问。

“不能说完全不对，因为建酋此举针对朝鲜，针对他夷，并非公然针对我大明；不能说对，因为朝鲜为我大明属国，他夷为我大明属夷。而且，”熊廷弼说着，指了指疏草，“惟彦先生有所议论。”

“他怎议论的？”詹沂问。

“朝鲜，属国也；豆满江边县城诸胡，则朝鲜所属，以备深处野人者也。向因海酋抢掠朝鲜，故使建酋传谕之；今海酋复抢掠县城诸胡，建酋不唯不救，而反吞噬之。又且勾野人而与之联姻，令与江夷为斗。则目前虽无侵犯朝鲜，而日后诚有滋蔓难图者。”熊廷弼读道。

“听起来，有点儿像是监守自盗。”詹沂说。

“浴之先生说的是‘故使建酋传谕’一句吧？”熊廷弼问。

“是。”詹沂应道。

“下官则在反省‘豆满江边县城诸胡，则朝鲜所属’一句：原来兼并属夷，指的是朝鲜属夷，而非我大明属夷。”熊廷弼说。

“话不能这么说，朝鲜为我大明属国，其属夷难道反不是我大明属夷？不过，惟彦先生此疏引述的是朝鲜所奏，兼并属夷，当然应该主要指朝鲜属夷。”詹沂说。

“浴之先生说的是，”熊廷弼应罢，说道，“惟彦先生下一议，又深入一层。”

“议的何事？”詹沂问。

“地利。”熊廷弼道。

“是言位置的地利，还是天时地利的地利？”詹沂问。

“是天时地利的地利。”熊廷弼说。

“既曰地利，是说建酋侵犯朝鲜，占地利之便吧？”詹沂推测。

“是，”熊廷弼应道，同时又说，“是说建酋占地利之便，也是说豆满江诸胡所在位置的重要。”

“惟彦先生怎写的？”詹沂让他读。

“自本兵曩年传圣谕于该镇，而抚臣赵楫差官宣谕，所云毋得再扰朝鲜地方，抢劫该国近境胡种者，即指豆满江外县城诸种而言也。”熊廷弼读道。

“圣谕之事，我记得；圣谕所云毋得抢劫朝鲜近境胡种，即是豆满江外县城诸种，却是我不曾想过的。今读惟彦先生此疏，倒是把这二者联系起来。”詹沂说。

“此是浴之先生收获，亦是下官收获。”熊廷弼说。

“不过，建州近鸭绿江，远豆满江，建酋欲侵犯朝鲜，舍鸭绿江而取豆满江，是不是舍近取远？”詹沂议论道。

“浴之先生言之有理，且看惟彦先生所议吧。”熊廷弼说。

“好。”詹沂点头应道。

“深处野人，朝贡既不常于中国，声息久不至于江外，今与沿江诸夷兴兵厮杀，仍与建酋缔结亲密，又何也？夫圣上方令建酋传谕海夷奉约，而今且举县城诸胡而吞噬之，反与海夷构衅；朝鲜方恃杂胡传报野人为备，而今且勾深处野人而姻连之，令在沿江厮杀。”熊廷弼读到这里，停下来。他说，“浴之先生那句监守自盗，说的很是形象。”

“我怎觉着，后面一句会很重要，飞百读来听听。”詹沂道。

“即其弁髦圣谕，蹂躏属国，勾连野人，迁徙诸胡，逆已形矣，恶已著矣。而督、抚诸臣，犹然以为未形未著，岂以为必抗旌犯顺，鸣钟向洛，乃称显逆显恶哉！”熊廷弼读道。

“飞百读之若何？”詹沂问。

“冷汗油然而下。”熊廷弼道。

“是惊？”詹沂问。

“惊且羞矣，”熊廷弼道。

“何事羞之？”詹沂问。

“浴之先生问我：显逆未形，显恶未著，对不对？我说：也对，也不对。读惟彦先生先前的话，我以为，他是这么想的。读到此处才知，他是以为，逆已形矣，恶已著矣。其实，我亦以为，建酋显逆已形、显恶已著矣。然欲为尊者讳，岂知自取其辱。”熊廷弼说。

“飞百无须自责，”詹沂为他开脱，“你说的是也对，也不对，而不是一口咬定对或不对，足见有见识。”

第三百八十三章

范汝梓走过礼部时，听到有人叫“君才老弟”。他扭头向衙门里望去，见郑振先正快步走出。他停下来等郑振先走近，问道：“仰之先生是在叫我吗？”

郑振先字仰之，南直隶武进人，万历二十三年进士，官礼部主事。范汝梓字君才，浙江鄞县人，万历三十二年进士，官工部主事。

“出来时，我就想，无论那一位熟人从门前经过，我都要叫住他，说说话。没想到，经过的是君才。”郑振先说。

“仰之先生只想找人说说话？”范汝梓问。

“是啊。”郑振先应道。

“而且，无论是谁人，只要熟悉即可？”范汝梓又问。

“是啊。”郑振先应道。

“仰之先生有何事，如此迫不及待地要对人说？”范汝梓问。

“反正是回家，边走边说，如何？”郑振先相邀，好像他两个的家都在同一个方向。

范汝梓却知道，自己寓处和郑振先的寓处，并不在同一个方向。他很想指出这一点；但转念一想，郑振先不过要找个人说话，自己反正无事，陪他走一段，又有何妨！

“好啊。”他应道。

让他感到意外的是，郑振先领他走的方向，和他知道的郑振先家的方向不同；当然，和他家的方向也不同。

“仰之先生，这是往哪里走呀？”他边问边说，“对在下来说，不过绕点儿路；对仰之先生来说，可是真正的南辕北辙。”

“管他往哪里走，能说话就成。”郑振先道。

“仰之先生不在乎，我更不在乎。”范汝梓说着，跟着走过去。

两个人默走几步，郑振先开口。

“告诉君才吧，我今日上一疏。”他说。

上一疏，一般人是不会说的；如果想说，多半是该疏不同寻常。

“贵部掌部一月内连上三疏，已经轰动朝廷；仰之先生难道还想超过他去？”范汝梓开玩笑地问道。

杨道宾的第三篇奏疏也是关于辽东形势的，题目是：海、建夷贡补至，南、北部落未明，谨遵例奏请、乞赐诘问、以折狂谋疏。

“惟彦先生三疏，虽然深刻，到底议的是边关之外；我以为，今日之患，不在边关之外，而在门庭之内。”郑振先说。

“仰之先生是说，在朝廷吧？”范汝梓问。

“是的。”郑振先肯定地点点头。

“是某个衙门，还是某个人？”范汝梓问。

“不是某个人，是某些人。”郑振先说。

“可言否？”范汝梓问。

“疏已上之，有何不可言！”郑振先说着，平伸出一手，把大拇指按下去，“第一个，朱山阴也。”又按下食指，道，“第二个，李晋江也。内阁有此二人，足以祸国殃民。”

要是说的别人，范汝梓的兴趣或许更大。因为近几个月，尤其是近几日，科、道参劾他二人的奏章太多，郑振先一疏，似乎可有可无。

“仰之先生说的是他二位呀。”他敷衍般回应一句。

“君才之意，科、道们弹章已然不胜枚举，我不必再费笔墨？”郑振先当然听得出话外之音。

“绝无此意。”范汝梓当然要否认。

“君才知我怎想？”郑振先问。

“仰之先生怎想？”范汝梓反问。

“我在想，科、道官们为何对此二奸贼如此客气？”郑振先道。

“仰之先生是说，科、道们的弹奏写得太客气？”这是范汝梓很难认同的，因为科、道官们对朱赓、李廷机二人的参劾逐步升级，罪状越列越深重，言辞越写越严厉，已经可以列为奸贼。

“不仅客气，而且犹如隔靴搔痒。”郑振先又说。

“犹如隔靴搔痒？”范汝梓重复之后，问道，“所以，仰之先生才要上今疏，对吧？”

“对。”郑振县点头。

“在仰之先生看来，怎样论其罪，怎样措其词，才不是隔靴搔痒？”范汝梓问。

“君才想知道我是怎写的吗？”郑振先反问。

“求之不得。”范汝梓揖道。

“好，我背诵起头的几句给你听，”郑振先说着，背诵道，“臣观自古国家，以人而兴，以人而乱。亡国之人不同，而莫甚于专权之宰相；专权之宰相不同，而莫甚于李林甫、卢杞、秦桧数人。然今日之辅臣，更笑前人之拙矣。”

国家以人而兴，以人而乱，无疑是对的；但是不是会由专权的宰相导致亡国，还要两说。譬如秦朝亡于赵高，汉朝亡于十常侍，他们不是专权的宰相，而是专权的宦官。但李林甫、卢杞、秦桧三个人是历代奸相的代表，则毋庸置疑。科、道官或许把朱赓、李廷机列入奸贼，但还没人把他二人和李林甫、卢杞、秦桧相提并论。郑振先不仅把他们相提并论，而且以为今之奸相比起古之奸相，有过之而不及。难怪他说，科、道们对朱、李两位相公太客气。

听到这里，想到这里，范汝梓兴趣大增。

“为何今之辅臣，更笑前人之拙？”他问。

“下文就要说到。”郑振先道。

“仰之先生能背诵得出来吗？”范汝梓问。

“此疏我再三推敲，再三修改，全篇都背诵得下来，但不知君才愿不愿听。”郑振先说。

“听过起篇数句，在下精神一振，愿闻其后。”范汝梓说着，一揖。

“为何说今之辅臣，更笑前人之拙呢？”郑振先重复一遍后，背诵道，“前人所谓专权，大抵挟其刚狠黠贼之才，乘主昏黯庸弱，或迎之以所喜，或劫之以所畏，使其惟吾欲为。于是，附我者必用，背我者必死。其术仅此矣。”

“不错，古之奸相都是明以威福操纵，”范汝梓点了点头，问道，“今之辅臣，又是如何施为？”

“其心虽毒，其机则显；其氛虽炽，其用则粗，”关于古之奸相，还有几句话，郑振先把它们背诵完，接下来再转折，“岂若今日辅臣，以避权而擅权，以擅权为无权，屈曲迂回，层层玲珑，层层幽秘！”

“以避权而擅权，以擅权为无权，写得好！”范汝梓赞道，“前辈多曾言及，今之阁臣无宰相之名，而得宰相之实。仰之先生又让我辈回顾一下此等事实。”

“无宰相之名，而得宰相之实，致使朝野疑之而不可知之，知之而不可言之。”郑振先说。

“疑而不可知，知而不可言，仰之先生怎述之？”范汝梓问。

“以独断归于上，而十躲九闪，尽在独断之中；以无事藏其身，而千端万绪，悉酿无事之内。盖用柔居后之巧，全本之老子；而多方误人之法，杂出于阴符。故盗大柄于皇上，天纵神明之乎？而形迹状貌，及类绝无气焰，奄奄可怜者！”

“痛快，痛快！”范汝梓连声喝彩，“用柔居后之巧、多方误人之法一联，读起来，尤其畅快淋漓！”

“绝无气焰、奄奄可怜，会让君才想起一个人吗？”郑振先问。

“会让我想起一个人。”范汝梓道。

“君才会想起谁人？”郑振先问。

“不是别人，正是我的另一位乡人四明相公。”范汝梓说。

前首辅沈一贯，浙江鄞县人，今首辅朱赓，浙江山阴人，都和郑振先同为浙人，所以他说是另一位乡人。

“君才说得对，今之山阴、晋江二相公，无不承其衣钵。若论二人之罪，大者至少一十有二。”郑振先道。

“愿闻其详。”范汝梓揖道。

“君才能帮我计之否？”郑振先问。

“当然可以，”范汝梓说着，数道，“其一？”

“今朱赓等当国，每与朝臣论及时政，辄低眉蹙额曰：某事吾以去就争之不得，某事吾以死生争之不得。其意直欲天下万姓一口怨上，而翘然冒忧君忧国、谨慎勤苦之名。”郑振先述道。

“其若以争册立东宫、争撤回矿税等事辩之，仰之先生如何批驳之？”范汝梓问。

“一则，东宫终于册立，数代阁臣皆争其事，举朝皆争其事，非二相之功；二则，矿使、税监至今未撤回，几时见二相以去就争之，以死生争之；三则，二相遭科、道参劾，方才言去，几时见其以朝政得失而言去？”郑振先辩道。

“驳得好！”范汝梓赞道，并数道，“其二？”

“朱赓等时时告人曰：今日皇上怒某人，明日皇上怒某人。此何等语，辅臣可出于口！其意只驾空说皇上专恶言官，钳之使不敢议己。又近来阁中奏议，无不发抄传示，徒自彰其遇事力争，而四播皇上拒善之声于天下。”郑振先述道。

“其三？”范汝梓数道。

“君才，此事要涉及你。”郑振先说。

“涉及我？”范汝梓很是吃惊，“在下自忖行事端正，自入朝以来，没有一件事是附和阁臣的。”

“不是纠劾你，是要借你一臂之力。”郑振先道。

“借我一臂之力？怎借？”范汝梓问。

“君才近上一疏，专论太子讲读事，是吧？”郑振先反问。

“是。”范汝梓应道。

“疏中引述过山阴相公的话，是吧？”郑振先又问。

“是。”范汝梓应道。

“我就是要拿他的话，来作篇文章，”郑振先说着，读道，“近年皇太子不出讲读，工部主事范汝梓一疏，颇言其故。汝梓系辅臣同乡，岂无所据！朱赓等时语及之，辄曰皇上自有嫌疑。夫皇上天性至爱，皇太子盛年勤学，而辅臣保藏祸心于其间。”读罢，揖了揖。“君才为我助力，在此谢过。”

“惭愧！”范汝梓道，“可惜力道不够，没有大力让仰之先生借用。”说着，数道，“其四？”

“辅臣每向人言：皇上日差东厂记事人若干在外侦探。皇上明照万里，岂假此辈为耳目！总之有可影似之处，辅臣即以吓人；无可质对之地，辅臣即以诬上。”郑振先述道。

“其五？”范汝梓数道。

“吏部冢宰，百官之首。自李戴去后，累年不补。盖悬冢宰以饵众心，而人效其力；借冢宰以收众力，而终悬为饵。当今贤否失序，铨政无方，尽由于此。”郑振先述道。

“其六？”范汝梓数道。

“陈用宾抚云南十六年，戴耀抚两广十年，一遇小丑，便至丧师失地。辅臣以贿赂之多，乡亲之好，票本止于夺俸，且密许以饬功冒赏矣。群议哗然，云用宾因诸藩败死畏罪，差人辇金宝数十万来京打点，潜住多时。辅臣入其珍好，许以轻票，始敢上疏。”郑振先述道。

“仰之先生，我不是说相公未收贿赂，我只是想知道：滇抚差人辇数十万金宝来京打点，仰之先生有没有确凿的证据？”范汝梓问。

“怎叫确凿的证据？”郑振先反问。

“譬如，数十万金宝由谁个押解来京，哪日到京，存放于何处，等等，”范汝梓列举数事，然后说，“若有山阴相公收取贿赂之实数，或有送金宝至相府之实人，更具说服之力。”

“君才是说，陈用宾差谁个押解金宝来京？”郑振先问。

“此实据之一。”范汝梓说。

“君才又说，云南金宝哪日到的京师？”郑振先问。

“此实据之二。”范汝梓说。

“君才又说，云南金宝到京后，存放于何处？”郑振先问。

“此实据之三。”范汝梓说。

“君才又说，滇抚贿赂山阴相公金宝有几多？”郑振先问。

“此实据之四。”范汝梓说。

“君才又说，送贿赂金宝到相公府上的是谁个？”郑振先问。

“此实据之五。”范汝梓说。

“此五者，君才知道几个？”郑振先问。

“在下一个不知。”范汝梓说。

“君才亦部属，我亦部属；君才不知，我怎会知！”郑振先道。

“这么说，仰之先生是风闻奏事？”范汝梓问。

“差不多是吧。”郑振先道。

“仰之先生入朝早，比我更清楚，非科、道官，是不准风闻奏事的。”范汝梓提醒他。

“若拘泥此项规矩，怎写得出如此犀利的文章！再者，我疏既上，如有得罪，也是我得罪，君才何必担心！”郑振先道。

“可是——”范汝梓本来想说，你疏中引述我的话，怎会不牵连我？又一想，已经是过去的事，受不受牵连，只好听天由命，没必要说出来，惹人笑话。他没心情再听下去，恰好前面是个岔口，他指着一个方向说，“我往那边走，仰之先生怎走？”

郑振先也觉扫兴，他指着另一个方向说：“我往那边走，就此别过。”

第三百八十四章

皇帝一直漫不经心地听成敬读礼部主事郑振先的奏疏，在成敬读到几个数字时，他开始专注起来。不过，还是耐心地等这一段读完，他才用冷峻的声音斥道：“一派胡言！”

“爷说的是——”成敬既是随口回应，又是在问皇帝指的什么。

“朕说的是数字。”皇帝道。

“武定一役，斩首四千四百级，许多人都不信。”成敬说。

“那是陈用宾胡言，朕说的是郑振先胡言。”皇帝道。

“爷是说辇金宝数十万来京打点？”成敬问。

“是，”皇帝点点头，问道，“金宝数十万从何而来？杨荣几次上疏，言及宝井，也不见他辇金宝数十万到京。杨荣是专心寻金宝开矿的，陈用宾却是巡抚，要管那么多事，莫非杨荣殚精竭虑去找而找不到的宝井，却被陈用宾找到？”

“诚如圣谕。”成敬应道。

“朕倒要看看，这个郑振先参劾朱先生、李先生，还会写出何等荒诞不经的话来！”皇帝道。

“奴才接着读，”成敬说着，继续读疏，“从古权臣嫉妒，亦止恶其害已，忌其形已者耳，未尝一概摈弃之。故虽塞否之世，尚有贤者在位。自一贯、赓等执政，由山林以及在列，台谏以及诸司，大僚以及庶员，华近以及疏逖，无不人人禁锢，人人淹若。或忌在此，而别有所借以疑众；或恶一人，而并有所逐以示公。举国空虚，一旦有事，将谁伏哉！大罪七也。”

“何谓华近，何谓疏逖？”皇帝问。

“华近者，高贵、亲近之人也；逖者，远也，疏逖者，疏远之人也。”成敬解释道。

“亦即，无论高贵、亲近之人，或疏远之人，都被禁锢？”皇帝问。

“是。”成敬应道。

“被谁个禁锢？”成敬问。

“按照此疏的意思，是自沈先生、朱先生以来被禁锢的；怎禁锢的，没写，似被禁锢于无形。”成敬说。

“无形怎禁锢？朕不懂；你老成，你懂吗？”皇帝问。

“奴才也不懂。”成敬说。

“下面该是大罪之八吧？”皇帝问。

“是。”成敬应道。

“看他怎写的！”皇帝命他读。

“廉耻，士人之提防、谨守之，犹惧其或溃也。乃辅臣以一切顽钝、无耻之法扫之。台省，风纪之任也，钦留小印，岂不丑于斜封！巡抚，保厘之秩也，候代多年，谁不偷于视荫！辅臣但欲旧官不去，新官不补，造成混沌世界，而己亦混沌于其间。”成敬读道。

“何谓斜封？”皇帝问。

“斜封，即不由正当途径而封者。”成敬说。

“你这是解释字面，朕觉着，斜封是有典故的。”皇帝道。

“爷说的是，”成敬应道，“斜封应该有典故，但奴才不知。”

“老陈要在，应该说得出来。”皇帝忽然想起陈矩，心中难免有几分哀戚。

“陈叔博学多闻，奴才不能望其项背。”成敬说。

“打住，莫再说他！”皇帝摆摆手，把话题又拉回到奏疏上，“朕倒是应该让吏部查一查，郑振先，还有他疏中提到的范汝梓，是不是也属于斜封官。”

“是。”成敬应道。

“再读吧。”皇帝命道。

“今之辅臣，有过去、未来、现在三身。沈一贯在位，王锡爵为过去，沈一贯为现在，朱赓为未来。沈一贯去位，则朱赓为现在，李廷机为未来。今朱赓、李廷机皆为现在矣，王锡爵又以过去为未来；其他未来者，姑勿斥其姓名。大抵如灯灯相续，薪薪无穷，而国从之矣。大罪九也。”成敬读道。

“释教中的三世之说，不想被他搬出来；母后若知他如此亵渎，一定要朕重治他罪！”皇帝说。

“是。”成敬应道。

“王先生幸亏一辞再辞，不肯还朝；不然，倒让郑振先说中，由过去身变成未来身。”皇帝又说。

“奴才听说，王先生府上有女，是神仙附体的。”成敬说。

“你的意思，王先生说不定也真是一尊佛？”皇帝问。

“奴才不敢妄言。”成敬道。

“看看下面还会说出何等妖魔鬼怪。”皇帝命他再读。

“辅臣操纵机括，全在一二司臧否斥陟要紧衙门。其人亦莫不有过去、未来、现在三身，布置接授，所以彼此相牵，前后相因。聚蚁盈除，飞鹰当路；密授衣钵，显露封章。不曰圣意不测，则曰圣意难回；不曰辅臣无与，则曰辅臣无损，訿訿噏噏，无非辅臣私人，而皇上孤立矣。大罪十也。”成敬读道。

“老成，要不要议论一句？”皇帝问。

“臧否斥陟四字，次序不对。”成敬说。

“怎么不对？”皇帝问。

“臧者当陟，否者当斥。臧字在前，则陟字当在前；否字在后，则斥字当在后。”成敬说。

“这也算毛病？”皇帝重重地哼一声，说道：“或是他有意在告诉朕，当今之世，正是臧者反斥，否者反陟呢！”

“爷说的是，”成敬应道，“这一层，奴才没想到。”

“司臧否斥陟衙门，吏部也。老成，你给朕说说吏部尚书的过去、未来、现在三身。”皇帝命道。

“杨侍郎署部，不知能不能算现在身？”成敬问。

“且算是吧。”皇帝道。

“李尚书为现在时，杨侍郎为未来；今杨侍郎为现在，则李尚书为过去。”成敬说。

“李尚书之前还有孙尚书、蔡尚书呢，”皇帝道，“应该是：孙尚书为现在，蔡尚书为未来；蔡尚书为现在，孙尚书为过去，李尚书为未来；李尚书为现在，孙尚书、蔡尚书为过去，杨侍郎为未来；今杨侍郎为现在，李尚书为过去，朕若再召回孙尚书或蔡尚书，则孙尚书或蔡尚书以过去而为未来。”

“还是爷分得清楚。”成敬奉承道。

“还有两大罪，说的何事？”皇帝问。

“一大罪，说的是税监；另一大罪，说的是建夷。”成敬说。

“税监与朱先生、李先生也有牵连？”皇帝问。

“他主要是说朱先生。”成敬道。

“他怎说的？”皇帝问。

“今之税监谋主、爪牙，尽为赓之家人，不知其几千哉！去年浙江巡按御史，坐名至赓宅内，拿去首恶六人，此长安所共知。皇上所差内使，不过数十人，所得犹少；赓之家人，所得何可胜算！皇上虽欲罢税，得乎？大罪十一。”成敬读道。

“这可把朕说糊涂！老成，咱一件事一件事说。”皇帝道。

“是。”成敬应道。

“第一，税监皆朕所差，这不会错吧？”皇帝问。

“不会错。”成敬道。

“第二，税监之下，总得有人办事吧？”皇帝问。

“总得有人办事，”成敬附和道，并说，“内、外官员参劾税监，往往以其属下不法为言。”

“第三，今所差税监，还有数十人吗？”皇帝问。

“应该还有，”成敬说。“税监大概有一二十人，有的矿使未还，改为税监，大概也有一二十人。”

“第四，每名税监属下，有百人之多？”皇帝问。

“有的税监属下，有数百人，甚至上千人。但郑振先说的是谋主、爪牙，而不是普通的兵役。奴才想，朝廷各部及都察院，一个衙门里也不会有上百的胥吏，一税监属下若有上百的谋主，那还了得！”成敬道。

“第五，朕亦多听人说，绍兴府里出师爷，不错吧？”皇帝问。

“不错。”成敬道。

“第六，数十名税监属下的数千名谋主，当真都来自绍兴？”皇帝问。

“或有来自绍兴者，但说都来自绍兴，恐怕未必，”成敬说着，举一例，“譬如，最有名的谋主，莫过于陈增属下程守训。据奴才所知，程守训就不是绍兴人。”

“朕也不信，税监们的谋主、爪牙都是绍兴人，”皇帝道，“朕还有最后一问：即便谋主、爪牙都是绍兴人，或多是绍兴人，难道就都出自朱先生家中？”

“此一事，更难令人置信。”成敬说。

“从朱先生家里拿去首恶六人，长安所共知。朕也算个长安人吧？朕就不知。老成，你知否？”皇帝问。

“奴才亦不知。”成敬道。

“可见，郑疏能取信于人者极少。”皇帝评论一句。

“诚如圣谕。”成敬道。

“与建夷有牵连者，主要也是朱先生？”皇帝又问。

“不是，”成敬道，“这次，郑振先主要说的是李先生。”

“他怎说的？”皇帝问。

“建夷努尔哈赤，本金之裔。李廷机在部，密遣序班李继葵，往与私讲。建酋不贡二年，即使彼无他志，然在我何可不备！况辽东敝极矣：八十岁之总兵，疲惫之巡抚，此可以待敌者乎！何廷机之默默也。已开衅于始，不思御患于今，以致海内汹汹，而辅臣尚欲讳言乎！大罪十二也。”成敬读道。

“朕得一视同仁。既然先替朱先生问过几事，现在也得替李先生问几事。”皇帝略显调皮地说。

“是。”成敬应道。

“第一，序班李继葵，可是李先生家人？”皇帝问。

“多半不是。”成敬说。

“为何多半不是？”皇帝问。

“李继葵若是李先生家人，郑振先不会不作文章的。”成敬说。

“言之有理，”皇帝道，又问，“第二，序班是朝廷官员，虽礼部掌部侍郎，得以密遣否？”

“应该是不可以的。”成敬说。

“第三，八十岁之总兵，疲怠之巡抚，责任在礼部吗？”皇帝问。

“不在，”成敬道，“宁远伯复镇辽东，是前辅臣四明沈先生举荐；巡抚胜任否，责任首先在吏部，其次在都察院。”

“第四，建酋事，李先生果讳言乎？”皇帝问。

“李先生，还有朱先生，未专门议论辽东形势，这是真的；但说讳言，奴才看未必。”成敬说。

“总之，郑振先对李先生的指责，也是没多少道理的。”皇帝道。

“是。”成敬道。

“十二大罪之后，他有所议论吗？”皇帝问。

“还写有一大段话。”成敬说。

“读来听听，”皇帝命道。

“臣于廷机，有堂属弟子之情，岂忍言其过！但国事至此，理乱安危，决于今日；大义灭亲，遑恤其他！昔廷机初相，人皆訾其琐屑偏拗；臣犹私与之辩，谓不害为清白任事之臣。自逐姜士昌、宋涛，而妒嫉显然矣。自行所无事一言，而琐屑偏拗之故步，亦失之矣。若复入手太深，恐清白之名亦难终保；且简用之旨，实自科、道荐疏批出。昔范仲淹参政知事之命，欧阳修曾荐之。仲淹因辞不拜。夫以欧阳修荐之而不拜，廷机试一自忖，始进之非可悟矣。及早毅然抽身，犹可救得一半，不至如赓狼狈。此臣所以忠于廷机者也。若赓，则骑虎难下。势决不去，则有不补言官一法，可以遮掩岁月。意人皆爱官忧身，无敢言者，故臣冒死言之，以见乱贼人人可诛，不必言官也。”成敬读道。

“果然是好大的一大段话，”皇帝说者，问道，“姜士昌、宋涛之事，老成知否？”

“知之不详。”成敬道。

“是去秋的事，”皇帝说，“姜士昌时官江西参政，宋涛时官应天巡按。姜士昌上疏，请起用放逐诸臣，如赵南星、高攀龙、顾宪成等。其中有一句话，朕记得很清楚。他说：盖皇上本无不用诸臣之心，而辅臣实决不用诸臣之策耳。时辅臣，是朱先生、李先生二人。李先生辩曰：人才起用，臣等不唯不敢干至尊之权，亦何敢侵吏部权职！老成，”皇帝唤一声，略显神秘地说，“朕和你说句实话，你可不许在外面说。”

“奴才遵旨。”成敬应道。

“朕本来没打算降罪于姜士昌的，但李先生既然疏辩，朕就不能不重惩，于是他被贬为广西佥事；随后，宋涛申救姜士昌，朕也把他降为平定判官。”皇帝说。

“爷之体恤、爱护，辅臣们应该体会得到。”成敬道。

疏既读完，皇帝该决定批复的事。他说，“此疏要是让朱先生、李先生拟复，他二人都不好下笔；要是让叶先生拟复，他也会感到为难。不如朕替他等拟复吧。”

“爷圣明。”成敬颂道。

“朕说，你写，”皇帝命道。等成敬跪到矮几前，拿起笔，皇帝口述道，“简用阁臣，祖宗时悉由上特简任用，后皆会推公举，非单词支奏。郑振先这厮出位沽名，诋污大臣，好生狂肆！本当拿问，姑降三级，调极边方用；范汝梓故先吠吠窥探，也降三级，调极边方用。都不许朦胧推升。后有党救激扰的，还一并追治不饶！”

第三百八十五章

御史熊廷弼在朝会结束之后，去工科直房看望何士晋。何士晋和他是同年进士，同授推官，又同被召入。只不过，熊廷弼授的是保定府推官，何士晋授的是宁波府推官；熊廷弼召授御史，何士晋召授工科给事中。

“飞百兄如愿以偿，可喜可贺。”何士晋先向他祝贺。

“武莪兄召入谏垣，难道不是如愿以偿？”熊廷弼问。

何士晋字武莪，南直隶宜兴人。

“我说的不是召入，而是放出。”何士晋道。

“武莪兄也听到风声？”熊廷弼问。

“听到，故而贺之。”何士晋道。

“尚未发布，不能作实。”熊廷弼说。

“怎不能作实！”何士晋道，“一则，外放巡按，浴之先生题名，能不算数吗！二则，都知辽东事多、苦寒，谁会和飞百兄争之！”

“但愿如武莪兄所言，一旦发布，我请武莪兄饮酒。”熊廷弼说。

“饮酒之事不急，倒是飞百兄今日来得正好，我领你去见个人。”何士晋说着，往外就走。

“见谁？”熊廷弼问。

“见面即知。”何士晋道。

熊廷弼随他出工部值房，走到隔壁的值房门外。

“飞百兄可知，这是哪科值房？”何士晋问。

“应是兵科值房。”熊廷弼说。

“为何是兵科值房？”何士晋问。

“刑科值房在对面，此间当然应该是兵科值房。”熊廷弼说。

“飞百兄答得对，”何士晋点点头，边往里走边呼问，“晋宗先生在不在？”

这间值房和工部值房一样，摆着几套桌椅，但只坐着一名给事中。见何士晋进来，他没起身，但问：“武莪找我有事？”

看来，他和何士晋已经很熟悉，所以只呼其表字。

何士晋朝门外招招手，等熊廷弼进来后，他说："带位同年好友，特来拜见晋宗先生。"

"是飞百先生吧？"该兵科给事中说着，站起身来。

"晋宗先生唤我飞百就可以。"熊廷弼说。

"好。"该兵科给事中也是个爽快人。

"二位好似故人，用不着我来引介吧？"何士晋道。

"兵垣宋先生，在下久闻大名，朝会时也经人指点过，只是没机会当面请教。"熊廷弼说。

宋一韩字晋宗，河南陈州人，万历二十年进士。

"久闻大名，是虚词吧？"宋一韩问。

"是真话，非虚词。"熊廷弼道。

"我默默无闻一科臣，几时出名？"宋一韩问。

"晋宗先生不知吗？我听不少人说过，晋宗先生的名与字都是大有讲究的！"熊廷弼道。

"我的名和字都有讲究，是吗？"宋一韩边问，边看何士晋。

"晋宗先生别看着我呀，我不在飞百兄所说的'不少人'之中。"何士晋忙说。

"不知我的名有何讲究？"宋一韩这次是问熊廷弼。

"送衣于寒，大有仁爱之心呀。"熊廷弼说。

原来三个字都取的谐音。宋一韩笑笑，问道："我的字有何讲究？"

"古有二韩：其一，周封之韩，在山西；其二，分晋之韩，在河南。晋宗先生名讳，上一下韩，是把二韩合而为一；晋宗先生乡贯河南，而字曰晋宗，是以山西之韩为宗也。"熊廷弼拆解其名其字。

"飞百好大的学问！"宋一韩终于忍不住大笑起来。

"姑妄言之，多有得罪，晋宗先生勿罪。"熊廷弼说着，深作一揖。

玩笑开得太大，何士晋担心宋一韩笑是笑，心里却会不高兴，忙把话岔开。

"是在晋宗先生这里坐坐，还是去隔壁坐坐？"他问。

"就在这里坐吧，"宋一韩道，并先让熊廷弼，"飞百请坐。"

"是，"熊廷弼应着，搬把椅子，放在宋一韩座位前。他还要去帮何士晋搬椅子，何士晋自己已搬把椅子过来。

"武莪，最近听你同乡讲个笑话。"宋一韩对何士晋说。

"说的何事？"何士晋问。

“我的一个同乡，去江南某乡任教职，有个生员请他去饮酒。生员要两壶酒，一碟菜，他说菜要的多。生员以为他说的是反话，又要碟菜，他还是说菜多。于是，他说一句，生员再要一碟菜，直到他说句话，生员才恍然醒悟，原来他说的不是反话，”宋一韩说着，问道，“武莪，你可知他怎说的？”

“不知。”何士晋道。

“饮酒便是饮酒，吃这多菜，肚里哪儿还有地方盛酒！”宋一韩用他的河南方言说。

一是话本身有趣，二是乡音有趣，何士晋、熊廷弼都笑。

“我江南之人饮酒，是要配菜的呀，”何士晋道，并问，“晋宗先生，豫人饮酒，真不要下酒的菜吗？”

“也不是不要，简单而已。”宋一韩说。

“简单到何等程度？”何士晋问。

“一碟葱，一碟干辣椒，足矣。”宋一韩道。

“以辣椒下酒？我想都不敢想。”何士晋咋舌。

“飞百以为如何？”宋一韩又问熊廷弼。

“晋宗先生确定，贵同乡是去宜兴任教职，而不是去江夏任教职？”熊廷弼反问。

“我听出来，在飞百家乡，饮酒也是要下酒菜的。”宋一韩说。

“在下也听出来，晋宗先生讲这个故事，是告诉在下，得尝试着用辣椒来下酒。”熊廷弼道。

“飞百果然机敏过人，”宋一韩赞道，“朝廷选官，往往选的不好；但以飞百出按辽东，我看选的对。”

“晋宗先生过誉，”熊廷弼揖道，并说，“在下也直言，我说久闻晋宗先生大名，是因为听说晋宗先生一直关注辽东事务，且有许多真知灼见。除要学会以辣椒下酒，在下一定身体力行；辽东别的事务，也望晋宗先生赐教。”

“飞百欲知何事？”宋一韩问。

“譬如，”熊廷弼列举第一件他关心的事情，“大臣中，惟彦先生言建酋事最多，晋宗先生以为，其议如何？”

“飞百，我先问你几句吧。”宋一韩道。

“好，晋宗先生请问。”熊廷弼道。

“听说飞百和贵院掌院一起读过该疏？”宋一韩问。

“是。”熊廷弼应道。

“听说，浴之先生要和你一起议其议？”宋一韩问。

“是。”熊廷弼应道。

“你二位议得如何？”宋一韩问。

“惭愧，是以惊且羞而收场。”熊廷弼说。

“为何而惊，为何而羞？”宋一韩问。

“此事我略知，我来替飞百兄说吧，”何士晋不愿置身谈论之外，抢过话头，“惟彦先生疏中言及，督臣以为建酋显逆未形，镇臣以为建酋显恶未著。读到此处，浴之先生问飞百兄之见如何，飞百兄称，显逆未形，显恶未著，也对，也不对。他原以为，惟彦先生不会公然批驳督、抚之议的，故而留个转圜的机会。不想，惟彦先生随即言道：建酋弁髦圣谕，蹂躏属国，勾连野人，迁徙诸胡，是逆已形矣，恶已著矣。所以，飞百兄对浴之先生称已惊且羞矣。”

“可是？”宋一韩问熊廷弼。

“是。”熊廷弼应道。

“其实，飞百大可不必惊且羞矣。”宋一韩道。

“怎么？晋宗先生也以为，建酋显逆未形，显恶未著？”熊廷弼有点儿不相信这话会出自宋一韩之口，因为他在不少场合对辽东局势发过议论，他的看法应该不是这样的。

“建酋逆已形否，恶已著否，是一回事；惟彦先生是否把建酋逆已形矣恶已著矣阐述得透彻，又是一回事。飞百就惟彦先生之疏而议，以为称建酋逆已形矣，恶已著矣，也对，也不对，这并没大错。”宋一韩分析道。

“晋宗先生是不是以为，建酋逆已形矣，恶已著矣，而惟彦先生并未阐述透彻？”熊廷弼问。

“飞百一语道破玄机，武莪，你怕做不到。”宋一韩对何士晋说。

“不是怕做不到，是肯定做不到，”何士晋说，“晋宗先生与飞百兄初次面晤，即赞他机敏，却几时赞过我！”

“虽在科垣值房，二位也不能这么欺负一个外人吧！”熊廷弼道，“武莪兄不是做不到，是心思没放在此事上。”

“飞百说的也是，”宋一韩道，“武莪机敏，其实不在飞百之下。”

“不然，”熊廷弼反驳道，“武莪机敏，肯定在我之上。”

“飞百兄不能一到科垣，就拉拢一个，欺负一个吧！”何士晋道。

三人说笑几句，熊廷弼又问：“晋宗先生以为，惟彦先生的议论有何欠缺。”

“飞百知道宽奠吗？”宋一韩问。

“可是宽奠六堡？”熊廷弼显然知道。

“飞百既知宽奠六堡，应该也知道弃六堡之议吧？”宋一韩问。

“据在下所知，弃六堡之议，宁远伯首发，督、抚皆附和之，遂为朝廷采纳。”熊廷弼说。

“其后果飞百知道几多？”宋一韩问。

“后果嘛，自是失其地。”熊廷弼说。

“其地有多大，飞百知否？”宋一韩问。

“闻得有数百里。”熊廷弼说。

“二三百里是数百里，七八百里也是数百里。”宋一韩道。

“听晋宗先生的口气可知，是七八百里。”熊廷弼说。

“确是七八百里，”宋一韩说着，又问，“朝廷弃此七八百里之地，却与谁人？”

“当为建酋所得。”熊廷弼说。

“建酋得其地，飞百有何说法？”宋一韩问。

“是以地资敌也。”熊廷弼说。

宋一韩先点头，后摇头。

“飞百兄说的究竟是对，还是不对？”何士晋问。

“失其地，飞百说得对。”宋一韩道。

“那么，何事没说对？”何士晋问。

“飞百但言失其地，并不完整。”宋一韩道。

“除其地，还有其民。”熊廷弼说。

“飞百为何不说失其民呢？”宋一韩问。

“在下听说，据宁远伯等所议，朝廷有旨，将六堡居民尽徙内地。”熊廷弼道。

“尽徙其民于内地，则不会失其民？”宋一韩问。

“问得好！”熊廷弼又想起一些情况，“六堡居民旧土难离，边臣则以大军驱赶之。纷争之际，死伤狼藉。所死所伤者，亦是失其民。”

“不，”宋一韩摇着头说，“还不止于此呢。”

“还不止于此？”熊廷弼问。

“是，”宋一韩应道，“死者死，伤者伤，不必多说；飞百有没想过，不死不伤，而又不愿徙回内地的，会怎样？”

“会逃亡。”熊廷弼说。

“逃亡的结果呢？”宋一韩问。

“或毙命于冰天雪地、深山老林，或为建夷所俘。”熊廷弼说。

“飞百可知，建夷俘获汉人，怎生处置？”宋一韩问。

“在下听说，老弱者被杀，健壮者收编，”熊廷弼道，又说，“对，无论毙命于冰天雪地、深山老林，或被建夷所杀，亦失其民也。”

“被收编者呢？”宋一韩问。

“那是以人资敌。”熊廷弼道。

“此乃以人资敌，飞百这话不错；可资敌之人，又不仅仅是被俘者。”宋一韩说。

“是不是还有直接投奔建酋者？”熊廷弼问。‘

“不是还有，而是大有人在，”宋一韩道，“前是驱迫内徙之大军，后是冰天雪地、深山老林，投奔建酋，或是条生路。”

“晋宗先生说的大有人在，是几多？”熊廷弼问。

“飞百可知，六堡原有居民几多？”宋一韩反问。

“听说有数万人。”熊廷弼道。

“是六万四千余人，”宋一韩告诉他个具体数字，并说，“其中，徙入内地者约两三成，死于冰天雪地、深山老林者约两三成，为建夷所杀者约两三成，其余的是被建酋收编的和主动投奔建酋的，飞百自个儿算算有几多。”

“约一成至四成。”熊廷弼说。

“取其中呢？”宋一韩问。

“取其中为两成半，约一万五千人。”熊廷弼说。

“弃宽奠六堡的结果，飞百这下应该看清楚吧？”说到此，宋一韩想结束这个话题。

“是，”熊廷弼应道，“以七八百里地资敌，以一万五千众资敌。”

“建酋吞并海夷、联姻野人也好，吞并豆满江诸夷也好，都发生在属夷、属国，而不是发生在我天朝地域；其得地之助，得民之助，也是得自于属夷、属国，而不是得自于我天朝。惟彦先生以此言之，不可能把建酋逆已形矣、恶已著矣说得透彻；而飞百以为，建酋显逆已形、显恶已著的说法，也对，也不对，并没有错。至于宽奠六堡之弃，失的是我天朝之地，我天朝之民；建酋得地、得民，也都是得自于我天朝。以此事为言，再问建酋显逆已形否，显恶已著否，看谁个还说得出也对，也不对！”宋一韩综合前面所说，大发一通议论。

“晋宗先生说的是。”熊廷弼、何士晋齐道。

“一旦外差发布，在下是不是该先查此事？”熊廷弼问。

“不错，”宋一韩点头道，“譬如，其地是否有六七百里，其民是否有六万四千，死于内徙者是不是以万计，死于冰天雪地、深山老林者是不是以万计，建酋所杀者是不是以万计，建酋收编及投奔之人是不是以万计。此等事都坐实，建酋的图谋就可以彰显，边臣之罪也可以彰显。”宋一韩说。

“在下谨受教。”熊廷弼揖道。

第三百八十六章

皇帝传旨，特意把常云召入宫中回话。

“奴才恭请圣安。”常云叩道。

“起来吧。”皇帝命道。

“是。”常云应一声，爬起来，侧立于御座前。

“常云，你去司礼监办事有半年吧？”皇帝问。

“按应该去司礼监的日子算，有半年；按实际去司礼监办事的日子算，还没半年。”常云说。

“怎说？”皇帝好奇地问。

“奴才奉爷的旨意，为陈叔料理后事，有些日子在他的宅第，有些日子去香山慈感庵，故未能去司礼监值房。”常云解释说。

“但还是去司礼监值房的日子多吧？”皇帝问。

“是。”常云应道。

“自入司礼监以来，有没有三分之二的日子去司礼监值房？”皇帝又具体地问。

“要多。”常云道。

“那去司礼监值房，应该有四五个月。”皇帝说。

“确有。”常云应道。

“在司礼监办事，习惯吗？”皇帝问。

“习惯。”常云应道。

“已学会读疏？”皇帝问。

“已学会。”常云应道。

“读过的疏，能记住？”皇帝问。

“大致能记住。”常云说。

“好，给朕说说辽东的事吧。”皇帝命道。

皇帝问这么多话，常云不解圣意，心中难免忐忑。原来要问辽东的事，虽然他不一定能说得清楚，但至少知道怎样回话。

“爷要奴才说廷臣议论辽东事务的奏疏，还是要奴才说辽东边臣所上之疏？”他问。

“朕要你说辽东边臣所上之疏，”皇帝说着，问道，“昨日蓟、辽总督有一疏送达，是不是？”

“是。”常云应道。

“今日忽讣告于朝，该督病故，是不是？”皇帝问。

“是。”常云应道。

“亦即，该疏是该督临终之言。”皇帝说。

“是。”常云应道。

“人之将死，其言也善。故该督所上该疏，朕是应该读一读的。”皇帝说。

“是。”常云应时，心里在想：要坏事，自己没有过目不忘的本领，皇上又没命他携该疏而来，怎么个读法？

还好，皇帝没让他直接读疏。

“常云可知蓟、辽总督是谁？”皇帝问。

“是蹇达。”常云道。名字写在疏本上，他不会不知；而且，资深的司礼太监告诉他，不管读谁的奏疏，对上疏的官员都要有所了解。所以，皇帝问及此人，他不担心答不上来。

“知道他是哪里人吗？”皇帝问。

“四川重庆人。”常云道。

“知道他是哪科进士吗？”皇帝问。

“嘉靖壬戌科，即嘉靖四十一年进士。”常云道。

“知道他是哪年总督蓟、辽军务的吗？”皇帝问。

“蹇达先后两次总督蓟、辽军务，”常云道，“第一次，自万历十八年至二十年；第二次，万历三十年至今。”

“准备得不错嘛，”皇帝称赞一句，开始问到蹇达的奏疏上，“老常说说，蹇卿奏疏写的何事？”

“请撤回辽东税监高淮，”常云说。因为没有奏疏在手，他只能尽量说得简短。见皇帝摇头，他慌忙问，“奴才说的不对？”

“你没说错，”皇帝道，“朕知蹇卿今次所上之疏，是请撤回辽东税监高淮。朕忽然想起，不久之前，蹇卿还上过一疏；朕想问你，知不知道该疏写的何事。”

“爷说的是蹇督二月所上之疏？”常云问。

“可能是二月吧。”皇帝也记不清楚具体日子。

“蹇督二月上疏，写的是：建州隐忧可虑，乞议战守机宜。”常云说。

“建州隐忧可虑，乞议战守机宜，你这两句概括得不错，”皇帝又称赞一句，然后问，“大概和蹇卿此疏送达差不多的时候，礼部杨侍郎曾上疏指责蹇卿。常云，你知否？”

“奴才不知，”常云道。觉得这样回答太笼统，他又说，“奴才知道，杨侍郎三月以来，连上数疏，陈言辽东形势，但他怎样指责蹇督的，奴才说不上来。”

“是陈言建酋兼并疏夷、凭陵属国一疏，朕恰好记得其中两句，”皇帝说着，背诵道，“自近日钦奉圣谕以后，在督臣，则以为显逆未形；在镇臣，犹以为显恶未著。”

“爷记性真好，”常云奉承道，“奴才也记得有这么两句话，可要奴才背诵，奴才断然背诵不出。”

“朕所以想起这么两句话，是因为蹇卿建州隐忧可虑、乞议战守机宜一疏。可虑者何事？不是隐忧也，而是隐忧终归有一天要成忧患。一则是：在督臣，则以为显逆未形；一则是：建州隐忧可虑，乞议战守机宜。这两句话当然不会是同一个意思；但朕以为，若读懂后者的意思，就不会以为前者是。”皇帝说。

“爷说的是，”常云附和道，“奴才想，杨侍郎的那句话，或是他的引申，蹇督未必当真说过。”

“他二人的官司且不去管，还是说回蹇卿今次的奏疏吧，”皇帝说着，问道，“蹇卿请撤回高淮，一定列举高淮许多过失，或曰罪状吧？”

“是。”常云应道。

“朕知高淮的过失，莫过于三十一年夏，他率三百兵丁来京一事。这是别个都不敢做的事，”皇帝说着，问道，“常云，你还记得此事吧？”

“奴才记得，”常云应道，“奴才还记得，陈叔从值房回到宅邸，对奴才说过四个字：哭笑不得。”

“若不是朕护着，为那件让人哭笑不得的事，高淮早该下狱。今日回想起来，朕真有点儿后悔。”皇帝说。

“爷后悔没处分他？”常云问。

“不是，”皇帝摇头，“朕后悔没让他进城，见朕一面。”说罢，又问，“蹇卿奏疏里，有没重提此事？”

“没重提，”常云道，“蹇督奏疏里说的，都是这一两年的事。”

“有哪些事，你能给朕说上几件吗？”皇帝的要求不高，既没要求他背诵原疏，也没要求他把蹇达所列举高淮的罪状都说出来。

“奴才试言之，”常云道，“譬如，蹇督提及，高淮曾走马朝鲜，索取冠珠、貂皮、良马等，致使怨声载道。”

“高淮走马朝鲜，朕是知道的，这又是一件别个不敢做或不愿做的事。试想，走马朝鲜不辛苦吗？不冒风险吗？但他索物之事，朕却不知。此事可谓有得有失吧。”皇帝说。

“是，”常云应道，又说，“譬如，蹇督提及，高淮数与边将争功。”

“朕看这是欲加之罪，”皇帝道，“第一员边将是宁远伯，他和宁远伯争过功吗？即便争过，也没争到。常云，你不妨想想，这些年宁远伯不是荫子孙，就是增禄米，高淮又得何赏赐？”

“爷的确没怎么赏赐高淮。”常云附和道。

“同理，他和别将争过功吗？即便争过，也没争到。这些年来，辽东边将因功升秩的，不在少数，高淮若是把功劳都争到自个儿手里，他等还升得了官！”皇帝又道。

“爷说的是。”常云应道。

“蹇卿有没写更有分量的事例？”皇帝问。

“扣除军士月粮，奴才不知算不算更有分量。”常云说。

“不管算不算更有分量，朕想问的是：三十一年，高淮率三百兵丁来京，他豢养的兵丁该有几多？”皇帝道。

“多过三百。”常云说。

“这还用你说吗！”皇帝嗔道，“朕是问：他不会率全部兵丁入关的，他既率三百余人，其兵丁总数会不会有五百余人？”

“多半会有。”常云道。

“今又过五年，他豢养的兵丁会不会有千余人？”皇帝问。

“也多半会有。”常云道。

“此千余兵丁，兵部可会登记在籍？”皇帝问。

“不会。”常云道。

“户部可会发给月粮？”皇帝问。

“不会。”常云道。

“兵部不登记在籍，户部不发给月粮，他只好自个儿想法子。最便捷的法子可能就是，从辽东在籍军士的月粮中分得一杯羹。”皇帝说。

“爷说的是。”常云应道。

“朕这是说其有情可原；但扣除军士月粮，和与边将争功，还是有所不同的。”皇帝又说。并问，“常云，可知有何不同？”

“奴才不知。”常云看出皇帝想自个儿说，当然不会说出来。

“与边将争功，只损害一人；扣除军士月粮，损害的是众人。与边将争功，不至于致人于死地；扣除军士月粮，则军士无生路，军士一家人都无生路。”皇帝说。

“爷圣明。”常云称颂。

“扣除军士月粮的害处，朕听老田说过，也听老陈说过。朕想，用在这里正合适。”皇帝说。

“爷说的是，用在这里再合适不过。”常云道。

“高淮扣除军士月粮，有何恶果？”皇帝问。

“蹇督着重写两件事，都发生在今年。”常云说。

“先说第一件事。”皇帝命道。

“今年四月，前屯卫军士擐甲鼓噪，人人皆呼：誓食淮肉。”常云说。

“前屯卫是广宁前屯卫吧？”皇帝问。

“是。”常云应道。

“有人告诉朕，辽东都司所辖军卫，差不多有一半以广宁名，”皇帝说着，问道，“常云，是这样吗？”

“不足一半，大约是三中有一。”常云道。

“你说的出来吗？”皇帝问。

“奴才大致记得。”常云道。

“说给朕听听。”皇帝命道。

“是，”常云应一声，述道，“辽东都司辖二十八卫，同用一名的有三：一是定辽，一是沈阳，一是广宁。以定辽名者有五，曰：定辽中卫、定辽左卫、定辽右卫、定辽前卫、定辽后卫；以沈阳名者有四，曰：沈阳中卫、沈阳左卫、沈阳右卫、沈阳中屯卫；以广宁名者有九，曰：广宁卫、广宁中卫、广宁左卫、广宁右卫、广宁中屯卫、广宁后屯卫、广宁左屯卫、广宁右屯卫、广宁前屯卫。”

“以广宁某屯命名之卫如此整齐，以广宁命名之卫为何反有缺失？”皇帝奇怪地问。

“广宁前卫、广宁后卫也曾设置，后废。”常云说。

“原来如此，”皇帝点点头，又问，“在以广宁命名之卫中，广宁前屯卫是不是距都司最远？”

“爷怎知？”常云颇为吃惊。

“朕想的，”皇帝道，“高淮有点儿小聪明，他要扣除军士月粮，多半会找个距都司远的军卫，免得被都司赶去阻止。”

“爷明鉴，”常云称颂，“以广宁命名诸卫，前屯卫的确距都司最远。广宁、广宁中、广宁左、广宁右四卫同城，距都司四百二十里；广宁后屯卫和义州卫同城，距都司五百四十里；广宁右屯卫距都司，也是五百四十里；广宁中屯卫、广宁左屯卫同城，距都司六百里；广宁前屯卫曾为瑞州，属永平府，距都司九百六十里。”

“常云，你知道得挺多呀。”皇帝道。

“奴才这是鹦鹉学舌，”常云说，“奴才侍奉陈叔久，常听陈叔和田叔念叨，这里记一点儿，那里记一点儿。”

“好，这一件事朕已清楚，再说蹇卿着重写的另一件事。”皇帝道。

“今年六月，松山等处兵变，高淮畏惧，逃回关内。”常云说。

“此事朕有印象，同知王邦才、参将李获阳被逮下狱，好像为的此事。”皇帝道。

“爷说的是。”常云应道。

“你先告诉朕，松山在何处。”皇帝命道。

“在广宁中屯卫南，有松山堡。”常云说。

“这岂不距都司稍近？”皇帝道。

“不止稍近，是近许多。”常云应道。

“逮王邦才、李获阳下狱，是高淮举告吧？”皇帝问。

“是，”常云应道，“高淮称他二人逐杀钦使，劫夺御用钱粮，故朝廷将他二人下狱。”

“朕看，逐杀钦使、劫夺御用钱粮之事是不会有的，应该是高淮受惊之后，迁怒于他二人。”皇帝判断。

“爷的意思，二人可释？”常云问。

“那不忙，”皇帝摇头，“倒是蹇卿既重劾高淮，朕又说人之将死，其言也善，且将高淮召回吧。”

“是。”常云应道。

第三百八十七章

吏部署部侍郎杨时乔以病乞休不得，以病告假。一则，皇上命他赴部视事，二则，廷臣互讦，局面混乱，休养几天之后他不得不复出视事。

各司司官围住他，都要禀报本司的事务。

杨时乔做个手势，制止住他们，并命道：“你等谁能告诉我，汪时甫该不该出外？”

汪若霖字时甫，河南光州人，万历二十年进士。

有说该出外的，有说不该出外的。

“他为何该出外？”杨时乔问。

以为他该出外的道：考选科、道官，是我吏部的事，他手伸得太长。

“他为何不该出外？”杨时乔又问。

以为他不该出外的道：人家言之有理，凭什么放外，而且贬秩放外！

“你等各司的事，且搁置一边，我先去听听部外怎说，回来再听你等各司事务。”杨时乔说着，甩开他们，离衙而去。

杨时乔由远而近，先去的竟是都察院。

“宜迁先生怎来？”詹沂颇感意外。

“怎么？你都察院是虎狼窝，来不得？”杨时乔问。

“差不多是虎狼窝，”詹沂半是认真半是开玩笑地说一句；然后，又完全是开玩笑地说一句，“朝廷是命宜迁先生视部务，却不是命宜迁先生视院务。”

“若部务与院务纠结在一起呢？”杨时乔问。

“那也该唤我去，不该你亲来，”詹沂说着，又反问一句，“宜迁先生从家里来，还是从部里来？”

“从部里来。”杨时乔说。

“既从部里来，纠结之事都有数吧？”詹沂问。

“尚无数。”杨时乔摇头。

“是宜迁先生听不清，还是司官们说不清？”詹沂问。

“是我不想听他等说。”杨时乔道。

“宜迁先生宁愿先听吏部之外的人说？”詹沂问。

“是。”杨时乔应道。

“这个想法不错，但宜迁先生不该来听我说。”詹沂道。

“这又是为何？”杨时乔问。

“宜迁先生自个儿不都说，部、院之务纠结不清！”詹沂道。

“我不该来听浴之先生说，却该去听谁个说？”杨时乔又问。

“譬如，去听相公说。”詹沂道。

“哪位相公？”杨时乔让他说具体的人。

“首先当然是首辅。”詹沂亦不避讳。

“首辅我会去找的，但我先听浴之先生说，有何不可！”杨时乔道。

“宜迁先生好不容易被逼得出来视事，又不辞辛苦来到敝衙，我怎好缄口不言！”詹沂说着，请杨时乔坐下，命属吏奉茶。

杨时乔啜一小口，赞声“好茶”，不再多说什么。

“宜迁先生要听我说，是吧？”詹沂并不是真问，只是作个开场白。他真问的是，“今日之争，因汪时甫而起，宜迁先生知道吧？”

“我在病榻上就知道。”杨时乔说。

“今日之争，又因考选科、道而起，宜迁先生也知道吧？”詹沂问。

“是。”杨时乔应道。

“其实考选科、道人多，有争议的是其中三人，宜迁先生知道吗？”詹沂问。

“听说是三知县。”杨时乔道。

“对，”詹沂点点头，说，“一是汪元功，一是黄汝亨，一是黄一腾，三人皆知县。”

“据我所知，此三人皆经吏部考选。”杨时乔说。

“是啊，”詹沂点点头，说道，“我明白宜迁先生为何要先听吏部之外的人说。原来是担心先入为主！”

“浴之先生这下该愿意说说吧？”杨时乔问。

“其实，此三人考选是否恰当，真不是一两话说得清楚。”詹沂道。

“那就从说得清楚的开始说，”杨时乔说着，问道，“譬如，此三人乡贯，浴之先生说得清楚吗？”

“这倒说得清，”詹沂一一言道，“汪元功是南直歙县人，黄汝亨是浙江仁和人，黄一腾是南直宁国人。”

“再譬如，此三人科第，浴之先生说得清楚吗？”杨时乔问。

“这倒也说得清楚，”詹沂又一一言道，“汪元功是万历二十三年进士，黄汝亨、黄一腾都是万历二十六年进士。”

“再譬如，此三人原官，浴之先生说得清楚吗？”杨时乔问。

“汪元功是新建知县，黄汝亨是进贤知县，黄一腾是南昌知县。”詹沂又一一言道。

“吏部进此三人，以乡贯而言，浴之先生有嫌疑。”杨时乔说。

“宜迁先生是说，三人中，有两个是南直人？”詹沂问。

“是，”杨时乔点点头，说道，“两个是南直人，其中还有一个是浴之先生宁国府的同乡。”

“如此说来，以原官而言，宜迁先生有嫌疑。”詹沂道。

“我正要说到此事，”杨时乔说着，连连摇头，“奇怪的是，我是上饶人，三知县却都来自南昌府，难道我对江西首府的官员特别崇敬？”

“或许吧，”詹沂笑着回应一句，并问，“以科第而言，谁人有嫌疑？是不是四明相公？”

沈一贯是万历二十六年会试的主考官，所以他这么问。

“一则，四明相公已致仕两年有余；二则，自前次考选科、道官，即以万历二十六年的进士居多。此事不用再追究。”杨时乔半是认真半是开玩笑地说。

“那么，宜迁先生和我，是互纠，还是自劾？”詹沂也开起玩笑。

“说正经的，浴之先生还是给我说说争执的经过吧。”杨时乔道。

“好，”詹沂点点头，说，“吏科都给谏陈治则于三知县中，推毂汪元功、黄汝亨二人，而不及黄一腾。另一科臣汪若霖论汪元功、黄汝亨以嚣竞。二科臣互讦，相斥不下。吏部为避免纷争，改汪元功、黄汝亨部曹。陈治则又反过来纠劾黄一腾交构。所谓科臣纷争，大致如此。”

“浴之先生看出来了吗？在此事中吏部是被动的。”杨时乔说。

“看出来了，”詹沂道，“科臣论劾汪元功、黄汝亨，吏部就改二人部曹；科臣又论劾黄一腾，若交吏部处置，多半也会改他部曹。”

“所以，处置此事，吏部无私，浴之先生同意吗？”杨时乔问。

“同意。”詹沂道。

“再来看看二科臣。”杨时乔道。

“宜迁先生欲查二科臣何事？”詹沂问。

“陈掌科为何推毂汪元功、黄汝亨二人？”杨时乔反问。

“这还真说不清楚。”詹沂道。

“还是先从说得清楚的开始说，”杨时乔说着，问道，“陈掌科是哪里人，浴之先生说得清吗？”

“他是浙江余姚人。”詹沂道。

“哪科进士？”杨时乔问。

“万历二十年进士。”詹沂道。

“从科第上看不出有何问题；从乡贯上看，则他和黄汝亨都是浙人。”杨时乔说。

“宜迁先生断定，陈掌科推毂黄汝亨，因乡情作祟？”詹沂问。

“这不是在推论各种可能吗，怎是断定！”杨时乔道，“浴之先生若以为我的推论草率，大可批驳之。”

“不是草率，是有所不及。”詹沂说。

“这话怎讲？”杨时乔问。

“汪给谏参劾汪元功、黄汝亨嚣竞，指的正是黄汝亨以乡情买通陈掌科；而且，不止是指他买通陈掌科。”詹沂说。

“浴之先生是说，陈掌科身后还有人？”杨时乔问。

“不是我说，是汪给谏说。”詹沂分辩。

“意即：黄汝亨是浙人，陈掌科是浙人，陈掌科身后的这个人应该也是浙人，”杨时乔说着，问道，“浴之先生，是吧？”

“汪给谏的意思，是这样的。”詹沂说。

“那我更该去听相公怎说。”杨时乔道。

“宜迁先生慢走。”詹沂准备送客。

“谁说我要走！”杨时乔道。

“宜迁先生不是该去听相公说吗？”詹沂问。

“那也得先听浴之先生说完呀。”杨时乔道。

“我还没说完？”詹沂问。

“还早呢！”杨时乔道，“纷争是由陈、汪两位科臣而起，但陈掌科为何又出面申救汪给谏？”

“我看，有点儿兔死狐悲的味道。”詹沂说。

“兔死狐悲？浴之先生这是在挖苦陈掌科呀，还是在挖苦汪给谏？”杨时乔问。

“我谁都不挖苦，”詹沂先表明自己不偏不倚的立场，然后反问一句，“科臣纷争，皇上有朱批，宜迁先生知道吧？”

“知道有此事，不知其详。”杨时乔说。

“为何不问问司官们！”詹沂道，“要我复述，圣谕是那么几句话；要司官们复述，圣谕也是那么几句话。”

“我不是不愿听他等复述，是不愿听他等借题发挥。”杨时乔说。

“宜迁先生不怕我借题发挥？”詹沂问。

“求之不得。”杨时乔道。

“我还是先给宜迁先生复述圣谕吧，”詹沂说着，复述道，“今次考选诸臣，都依拟用，且阁、部、院催请再回。朕非固吝诸官，但因彼此讦辩渎扰耳，皆由汪若霖起意生疑，部、寺吴正志等讦辩奏扰。汪若霖姑着调外任用，部、寺吴正志、汪元功、黄汝亨，与勾了的黄一腾，都给降一级，调外任用。今后部、院考选科、道，各要慎加精核，练达真才，勿徇虚誉、私嘱以乱治。”

“聆听圣谕，有两件事，可以明了，”杨时乔说着，伸出一指，“第一，汪、黄、黄三知县及汪给谏都降一级，调外任用。”又伸出一指，道，“第二，在汪、黄、黄考选科、道一事上，是徇虚誉、私嘱。”说着，问道，“浴之先生，你说圣谕里的这句话，是指吏部，还是指陈掌科、汪给谏等？”

“不会是指陈掌科，因为陈掌科未被惩处。”詹沂排除一种可能。

“那么，是指吏部，还是指汪给谏；或既指吏部，也指汪给谏？”杨时乔又问。

“此事须问相公。”詹沂道。

“再者，”杨时乔又问，“无论指吏部，还是指汪给谏，是徇虚誉，还是徇私嘱？”

“这就更不好说，”詹沂含糊地说一句，把话岔开，“宜迁先生不是在问，陈掌科为何又申救汪给谏吗？”

“是啊，”杨时乔应道，“我问的是陈掌科为何又申救汪给谏，是浴之先生说到圣谕上去的。”

“这是因为，不说圣谕，不好解释陈掌科为何又申救汪给谏，”詹沂道。“宜迁先生想啊，纷争因二科臣而起，朝廷处分汪给谏，而不处分陈掌科，对他来说，是件很容易招致非议的事。谕旨如此，陈掌科不能不有所表示，这是一个原因。”

“还有别的原因？”杨时乔问。

“是，”詹沂点点头，说道，“吏科左给事中刘道隆疏称：汪给谏不宜调外。云南道御史史学迁上疏曰：有参汪元功、黄汝亨之汪若霖，亦有参吴正志、黄一腾之陈治则，参者俱蒙处分，而参之者有处分有不处分，则何以服人之心！舆情如此，陈掌科更不能不有所表示。这是第二个原因。”

“陈掌科是怎表示的？”杨时乔问。

“调则同调，宥则同宥。”詹沂简要述道。

“这个表示，甚是明智。”杨时乔道。

杨时乔从西城回到中城，没回衙门，而是直接把朱赓约到朝房。

“宜迁先生终于回部视事，极好！前两日我还和尔张先生、进卿先生相约，要一起去府上探望。”朱赓说。

“使不得，使不得！”杨时乔连连揖道。“不能赴部办事，心中已然不安；再劳动几位相公，怎当得起！”

“探望而已，宜迁先生别当作恶鬼上门呀。”朱赓说句笑话，二人各拣把椅子坐下。

“不过几日没有到部，不想考选科道一事，竟起轩然大波，实是某始料不及。”杨时乔说。

因为牵涉到朱赓，杨时乔不太好开口，所以希望朱赓主动和自己说说今次考选科、道之事，但朱赓只是轻描淡写地说：“谁人又想得到！”

杨时乔不得不自己选择话题。他想，该问的，反正要问；该听的，反正要听。于是说：“有件事不明，敢请教于少钦先生。”

“需要我说明的，大概只有谕旨一事。”朱赓道。

“少钦先生说的是，”杨时乔点点头，说道，“所谓科臣纷争，由陈掌科、汪给谏二人引起，为何汪给谏和相关几名选官被处分，陈掌科却没被处分？许多人想不通；实不相瞒，我也想不通。”

“如果陈掌科不是浙人，宜迁先生也想不通吗？”朱赓问。杨时乔切入主题很平和，他提的问题却很尖锐。

“有的人可能会这么想，我却不是这么想的。”杨时乔略辩。

“要把谕旨的事解说清楚，恐怕还不得不涉及地域。”朱赓说。

“当真？”杨时乔问。

“我为何要和宜迁先生打诳语！”朱赓道。

“愿闻其详。”杨时乔说着，一揖。

“我先说点儿和地域无关的事，”朱赓道，“这篇谕旨，虽是内阁所拟，或者说，是我所拟，却是根据皇上的口谕拟的；而且，几乎一字不差。故由我拟，是这几句话；由尔张先生拟，是这几句话；由进卿先生拟，也是这几句话。”

“少钦先生是说，处分汪给谏及本选诸官，而不处分陈掌科，乃是圣意？”杨时乔问。

“是，”朱赓应道，并说，“科、道官参劾，称我每遇事，则诿过于皇上，宜迁先生不会也这么以为吧？”

“我绝不会这么以为，”杨时乔保证，并说，“我只是想不明白。许多人都以为，纷争由陈掌科引起；我也是这么以为。那么，皇上处分一个，不处分一个，却是何缘故？”

“其实，宜迁先生只要仔细想想，不难想通。”朱赓道。

“请少钦先生点拨。”杨时乔揖道。

“陈掌科是吏科掌科，汪给谏是礼科给谏，这是二人最大不同。汪元功、黄汝亨、黄一腾选授，乃吏部所拟。陈掌科以为何人拟的当，何人拟的不当，上疏言之，乃其补阙、驳谳职责所在，不能说是渎扰；考选科、道，非礼部职责，礼科亦无由驳谳。故皇上谕其渎扰，内阁数人议时，都以为恰如其分。”朱赓解说。

“那我无话可说；不过，”杨时乔口气一转，问道，“既然是圣意，和地域就应该无关；少钦先生为何又说，要解说清楚，不得不涉及地域？”

“人家往地域上想，你不说说，人家怎会答应！”朱赓道。

“少钦先生说的人家，是汪给谏？”杨时乔问。

“不仅汪给谏，还有别人，都以为处分汪给谏，而不处分陈掌科，没有别的原因，只因他是浙人。有人说，他背后还有个人。无疑，他背后的这个人就是朱某，朱赓，”朱赓说着，反问道，“我顺着这个想法提几个问题，宜迁先生愿意回答否？”

“只要能回答的，我一定回答。”杨时乔说。

“汪给谏乡贯，宜迁先生知道吗？”朱赓问。

“河南光州。”杨时乔道。

“那能不能说，汪给谏身后有个人？”朱赓问。

“少钦先生说的是——”杨时乔虽估计到是谁，但不愿自己说出来。

“自是归德相公。”如杨时乔所估计，朱赓说的是沈鲤。

“和四明相公一样，归德相公致仕已两年。”杨时乔说。

“宜迁先生为何提及四明相公？”朱赓问。

“少钦先生不是提及归德相公吗？他二位同时致仕，所以，我联想起四明相公，这有错吗？”杨时乔问。

“有错，”朱赓道，“四明相公、归德相公不和，举世皆知；我夹在二人之中，体会尤深。所谓浙人朋党，就是那时传下来的。四明相公致仕，又由我背负浙人朋党的恶名。既然别人能说浙人朋党，我为何不能说豫人朋党？既然我不得不背负浙人朋党的恶名，汪给谏为何就不该背负豫人朋党的恶名？”

他的这番话，有的对，有的不对，杨时乔想。对的是：二沈相公，沈一贯、沈龃不合，举世皆知；而且，从那时起，地域之见比以往任何时候都要强烈，好像浙人空前凝聚地抱成一个团，而别地的官员都在和浙人作对。不对的是：你是阁老呀！当科、道们肆无忌惮地扬言浙人朋党时，有哪个大臣这么说过吗？在前，归德相公这么说过吗；在近，尔张先生这么说过吗？少钦先生却公然地说豫人朋党，这话要是传出去，满朝豫籍官员，以及对浙人已有成见的官员，对少钦相公已有成见的官员，必然群起而攻之。

不对的那一部分，不必指出；对的那一部分，却该如何附和呢？

“少钦先生所言，都是我等经历的。少钦先生看，考选科、道之事至此，该如何处置？”杨时乔问。

“事端既起，宜平息，不宜激化。”朱赓说。

“少钦先生说的是。”杨时乔应道。

第三百八十八章

黄昏时节，无锡的东林书院里，呈现出少有的静谧。刘元珍在自己的房间里，边吃着简单的晚饭，边读朋友从京师捎来的邸抄。邸抄中写了几件事，读到其中的一件时，他勃然大怒，把几页邸抄投掷在地；随即拿起盛粥的碗，也要掷下。

这时，有人诵道："谁知盘中餐，粒粒皆辛苦。"

不知何时，顾宪成已进到屋里。

"叔时先生几时来的？"刘元珍问着，站起身来。

"边食边读，伯先肯定不是专注于食，而是专注于读。难怪我几时进来的，你全无察觉。"顾宪成说着，弯腰拾地上的邸抄。

刘元珍官至礼部郎中，以参劾沈一贯贬谪、除名。回乡后，在东林书院讲学。

"我来！"他抢上去说。

"不用，你接着吃饭，"顾宪成拿身体挡住他，自己捡起几页纸，归拢后放到桌上，并问，"伯先怒不可遏，为的何事？"

"想不到，科、道中竟有如此卑劣之人！"刘元珍怒道。

"伯先说的是谁个？"顾宪成问。

"徐某，徐兆魁！"刘元珍道。

"此人和季时同年，向来卑劣。伯先又不是不知，犯不上为他气坏身子，"顾宪成虽然在安抚，自己对来自朝中的消息也是很关心的。他问，"徐某又做何卑劣事？"

"他肆意诋毁我东林，竟说我辈与税监为伍！"刘元珍道。

"与税监为伍？这从何说起？"顾宪成问。

"他说，浒墅有条小河，我东林以其税为书院经费。"刘元珍说。

"他没说，浒墅在何处？"顾宪成问。

"邸抄中没写。"刘元珍说。

"一则，浒墅关在苏州，而不在常州；在吴县，而不在无锡。徐某恐怕连这都不知，就开始编造谣言。二则，我东林反对矿使、税监最力，徐某即便不知，浒墅税监也不会不知；难道他真会以德报怨，赞助东林办学？三则，浒墅税监如若当真肯拿出该税办书院，我辈也该改变对内臣的看法，”顾宪成说着，问道，“在徐某笔下，我东林是怎么与浒墅税监沆瀣一气的？”

“他说，关使至，东林辄以书招之；关使不赴，亦必致厚馈。”刘元珍述道。

“若有厚馈，我东林留着办学不好，为何要多道手续，拿它去换关税！”顾宪成说着，加以判断，“徐某既如此恶毒攻讦东林，恐怕不会只拿全无凭据的浒墅关税说事。”

“是，”刘元珍点头应道，“他还说有不少东林的劣迹，尤其是泾阳先生的劣迹。”

泾阳先生，是东林书院的同志之人对顾宪成的尊称。

“都有哪些劣迹？”他问。

“他说，泾阳先生讲学所至，仆从如云。”刘元珍述道。

“仆从是有几个，从者如云也是有的，但把从者称作仆从，这应该是徐某的小人之心。”顾宪成评论一句。

“他说，泾阳先生讲学所至，当地官员无不迎至馆驿，安排酒馔，所费非二百金不能办。”刘元珍述道。

“伯先，你常与我外出讲学，也没见你吃胖呀。”顾宪成开玩笑地说。

“随叔时先生外出讲学，除辛苦之外，别无收获，”刘元珍说着，又述道，“他说，与地方官员晤面，必谈及时政；郡、邑行事偶相左，必令改正他途。”

“我倒真希望有必令郡、邑改正他途的权限，也好一展抱负；可惜，我等的话，无一人会听。”顾宪成叹道。

“他说，叔时先生曾受黄正宾贿赂。”刘元珍述道。

“黄兄的确有钱，他的这个官就是用钱捐的。但他和我，和道甫先生，和其他许多人，是意气相投，而不是臭味相投；是秉性相合，而不是利益相关，”这件事，顾宪成说的略多。说罢，他问，“伯先，还有吗？”

“大致就这些。”刘元珍道。

“徐某人果然卑劣。”顾宪成又总括地评论一句。

“光顾着说他，有件重要的事差点儿忘记。”刘元珍说着，拿起桌上的邸抄，找到一页，递给顾宪成看。

“伯先，你说吧。”顾宪成道。因为消息是传递给刘元珍的，他宁愿听刘元珍叙述，不愿亲读。

“科、道中虽有徐某人，还是主持正义的居多。大约在上月，多名科、道举荐叔时先生，请朝廷起用。”刘元珍说。

“谁人举荐？”顾宪成问。

“刑科给事中彭唯成、四川道御史董绍舒等。”刘元珍说。

“不会是只举荐我一人吧？”顾宪成问。

“叔时先生说的是，”刘元珍应道，“彭给谏举荐最多，有二十二人；董御史举荐，也有十余人。不过，他等前疏举荐，徐某后疏即诋毁叔时先生及东林，可见叔时先生是他等最忌讳的。”

“与其说忌讳于我，不如说痛恨我东林讲学。”顾宪成道。

“我东林讲学，的确招致不少人痛恨。”刘元珍附和。

“伯先说说，彭给谏举荐的二十二人中，都有谁个？”顾宪成道。

“我照他写的读吧。”刘元珍打这个招呼，有两层意思：第一，按照邸抄中写的顺序；第二，直呼其名，不加尊称。

“好，你读，我补充。”顾宪成道。

“第一，原任南京刑部郎中邹元标。”刘元珍读道。

“尔瞻先生。”顾宪成的补充，即说出他的别字。

“第二，原任吏部郎中赵南星。”刘元珍读道。

“梦白先生。”顾宪成道。

“第三位是叔时先生。”刘元珍说。

“第三，原任吏部郎中顾宪成，”顾宪成反过来说，稍有调侃之意。他说，“我之前若换别人，我得说上几句；但居于尔瞻先生、梦白先生之后，我不觉委屈。”

“第四，原任福建道御史钱一本。”刘元珍接着读。

“国瑞先生。”顾宪成道。

“第五，原任南京大理寺寺正董基。”刘元珍读道。

“我巢雄兄。”顾宪成道。

“第六，原任光禄寺寺丞王德新。”刘元珍读道。

“我应明兄。”顾宪成道。

“第七，原任吏科都给事中钟羽正。”刘元珍读道。

“我叔濂兄。”顾宪成道。

“第八，原任礼科给事中罗大纮。”刘元珍读道。

“公廓先生。”顾宪成道。

“第九，原任工科给事中王德完。”刘元珍读道。

“子醇先生。”顾宪成道。

“第十，原任工科给事中白瑜。”刘元珍读道。

“绍明先生。”顾宪成道。

“第十一，原任兵科右给事中逯中立。”刘元珍读道。

“与权先生。”顾宪成道。

“第十二，原任监察御史胡克俭。”刘元珍读道。

“共之先生。”顾宪成道。

“第十三，原任监察御史朱凤翔。”刘元珍读道。

“古庭先生。”顾宪成道。

“第十四，原任监察御史邹德泳。”刘元珍读道。

“汝臣先生。”顾宪成道。

“第十五，原任监察御史林秉汉。”刘元珍读道。

“伯昭先生。”顾宪成道。

“第十六，原任吏部员外郎钱养廉。”刘元珍读道。

“克正先生。”顾宪成道。

“第十七，原任礼部主事李懋桧。”刘元珍读道。

“我克苍兄。”顾宪成道。

“第十八，原任兵部主事庞时雍。”刘元珍读道。

顾宪成寻思一会儿。他对这个人没有任何印象，于是问：“这位庞主事，伯先知否？”

“但知他是万历三十二年进士，不知其他。”刘元珍说。

“万历三十二年的进士，却还乡？”顾宪成有点儿吃惊。

“想必是；不然，彭给谏为何举荐！”刘元珍道。

“此可为之一叹！我还乡虽早，好歹在朝中为官十余年，”顾宪成说着，问道，“伯先也有七八年吧？”

“也有十年；不过，是在南京。”刘元珍道。

“万历三十二年，迄今不过四年，就算他才还乡，在朝中任官的年限也太短；而如此之短的年限，居然有人举荐，可见此人必有过人之处。”顾宪成说。

“叔时先生说的是，”刘元珍回应一句，又读道，“第十九，原任刑部主事郭实。”

“伯华先生。”顾宪成道。

“第二十，原任南京兵部郎中刘元珍。”刘元珍读道。

“伯先先生。”顾宪成道。

“除庞主事，我可能是资历最浅的；能和各位前辈并列，实不胜荣幸。”刘元珍说。

“或是我等将以伯先为荣。”顾宪成勉励道。

“第二十一，原任大理寺评事雒于仁。”刘元珍读道。

“少泾先生。”顾宪成道。

“第二十二，原任行人高攀龙。”刘元珍读道。

“存之先生。”顾宪成道。

“彭给谏后面有两句举荐之语，叔时先生想不想听听？”刘元珍问。

“我不想听，伯先就不读吗！”顾宪成道。

“叔时先生不想听，我也想读，”刘元珍承认，“晚生虽在二十二人之列，但知道这些赞誉主要是用在尔瞻先生、梦白先生、叔时先生等身上的。”说着，不管顾宪成想不想听，他咳嗽一声，读道，“或直谅以匡时，而正论久闻于朝廷；或清修以范俗，而公评克协于乡邦。以访册二百人之中，拔十得一，而适合虞廷二十二人之数。臣以为用之典修攘，必能为皇上奏揆文奋武之烈；用之膺繁剧，必能为皇上效奋庸熙载之功。即以之需次大僚，海登卿贰，且不得谓之骤。”

“我得感谢这位彭给谏，”顾宪成道，“不是因为他把我列在第三，也不是因为他对我等加以这多褒勉之句，而是因为——”说到这里，他问道，“伯先数没数，庚辰科进士有几？”

“叔时先生称兄者四人，加上叔时先生本人，共是五位。”刘元珍说。

“梦白先生是万历二年进士，庞主事是万历三十二年进士，万历二年至三十二年，计十一科。举荐二十二人，每科均为二人，然则庚辰一科，却举荐五人，是均数的两倍半，”顾宪成说着，问道，“伯先说，彭给谏是不是对我庚辰科青睐有加？”

“彭给谏纵然青睐有加，也得庚辰科人才济济，让他荐举得出来。”刘元珍说。

“我再有个感受：可惜。”顾宪成又说。

“何事可惜？”刘元珍问。

“彭给谏分在刑科，而不在吏科，也不在吏部，”顾宪成道，“从访册二百余人中挑选出二十二人，又合舜帝二十二臣之数，你说，是不是很下一番工夫？”

“确实得下番工夫，”刘元珍点点头，把这个话题引申一步，“叔时先生看，彭给谏的这番美意，该不该领受？”

“伯先该换个问法。”顾宪成说。

“怎么？”刘元珍问。

“所谓美意，首先是对朝廷，是为朝廷举荐；其次，他举荐的都是正人，都是清流。他视我为君子，我亦视他为君子。如此而已，说不上领受不领受。”顾宪成说。

“是我问错，”刘元珍道，并问，“叔先生说换个问法，该怎问？”

“一旦有朝命，该不该赴任？”顾宪成道。

“我要问的，其实正是此事。”刘元珍道。

“伯先该赴任。”顾宪成道。

“只我一人该赴命？”刘元珍问。

“那倒不是，”顾宪成道，“我以为，被举荐之人，基本上都该赴任；因伯先就在面前，所以，我首先想到伯先该赴任。”

“叔时先生能说个理由吗？”刘元珍问。

“理由伯先自个儿才说过。”顾宪成道。

“我才说过？我几时说过？”刘元珍不解地问。

“伯先不是说，除庞主事，你是资历最浅的吗？”顾宪成引述刘元珍的一句话，然后说，“不仅资历浅，而且年轻。资历浅者，伯先的抱负还没来得及施展也；年轻者，伯先的抱负还有机会施展也。我以为，如果有机会，伯先不应该放过。”

“这个理由我可以接受；但我还想问一句，”刘元珍也是先引述顾宪成的一句话，然后再问，“叔时先生说，被举荐之人，基本上都该赴任。是不是意即：还有人不该赴任？”

“是。”顾宪成应道。

“譬如？”刘元珍让他举例。

“他。”顾宪成指着自己说。

“为何叔时先生不该赴任？”刘元珍问。

“和伯先该赴任的理由一样：伯先尚年轻，我已衰老。”顾宪成说。

“这个理由我不能接受，”刘元珍说，“一则，叔时先生的年纪，还没到一个甲子——”

“明年就到。”顾宪成打断他。

“二则，即便一个甲子，又怎的？今朝廷大臣，年过甲子、年过七旬的，还不比比皆是；且多是尸位素餐之辈，有几个是有抱负的，是为江山社稷的，是为天下苍生的！叔时先生取代他等，无论从哪方面说，都是天大的好事。”刘元珍道。

“伯先不接受这个理由，我还有个理由。”顾宪成道。

“又是何理由？”刘元珍问。

“伯先知道，我与季时情笃，季时去年骤逝，我哀痛不已，怎肯舍其坟茔远行！”顾宪成道。顾允成去年病故，作为兄长，虽然说不上黑发人送白发人，但顾宪成的确是伤心过度。

“这个理由我也不能完全接受，”刘元珍说，“叔时先生与季时先生之间，不仅一奶同胞，有亲人之情，还同直言朝政，同办书院，有同志之情。季时先生仙逝，叔时先生哀痛不已，以致方寸大乱，可以理解。但自古忠孝不能两全，况且，季时先生弟也，非父也，不应该过分影响叔时先生效命于朝廷，效命于国家。”

“我再说说第三个理由吧。”顾宪成道。

“好。”刘元珍点头。

“这个理由也是伯先说过的。”顾宪成道。

“我说过？我怎说的？”刘元珍问。

“伯先不是说，彭给谏等前疏举荐，徐某等后疏即诋毁于我吗？”顾宪成又引述刘元珍的一句话，然后说，“朝廷尚无起用之命，我尚未赴任，已有明枪暗箭射来，敢不警觉！朝中局面，本就纷争不息；若因我而更为混乱，且不说我能否在朝中立足，即便立足，又能有何作为！”

“叔时先生不欲己身成为廷争的目标，无可非议；但为此而退却，岂不使得奸邪小人更加猖獗！”刘元珍驳道。

“我也不是因为朝中有奸邪小人而退却，”顾宪成摇着头说，“曾经沧海难为水，伯先也知道，我官考功员外时，适逢癸巳京察。其时，冢宰为孙公文中先生，考功郎为赵公梦白先生。在我三人联手努力之下，朝中执政私人，几乎被摒绝一空。这等业绩，恐怕难以再有。”

“叔时先生若为追求再度辉煌，我也不敢多加劝说，”刘元珍道，“这等业绩，别说叔时先生自知不可再得，我也知不可再得。”

不久，朝廷以南京光禄寺少卿起用顾宪成。顾宪成力辞不就。

第三百八十九章

朱敬循进家门，顾不上一路奔波之苦，脸也没擦一把，就奔入父亲的卧房。见朱赓并非躺在床上，而是坐在桌前，他长吁一口气。

“好大的胆子，连父亲的病情也敢谎报，害得我日夜兼程，一刻也不敢耽搁！”朱敬循道。他责怪的是往浙江老家报信的家仆。

“第一，是我让他去的；第二，并非谎报病情。”朱赓说。

“我看父亲脸色很好，严重二字从何说起？”朱敬循问。

“感觉，”朱赓道，“而且，我相信自家的感觉很准确。”

“父亲可请过太医？他说父亲是何病？”朱敬循忙问。

“一半是身体有病，一半是心病。”朱赓说。

“那父亲就服药以治身体的病，豁达以治心病呀。”朱敬循道。

“你说得轻巧！”朱赓笑道，“若非豁达，我能坐到今天的位置上！若非豁达，我能挨至今日！”

“父亲是说，今日之事，纵然豁达，亦忍无可忍？”朱敬循问。

朱赓指指桌子另一侧的椅子，道：“敬循，你既赶来，何不坐下，读读这些疏抄！”说罢，把几页手抄的文字推到他面前。

“是父亲整理出来的？”朱敬循问。

“是。”朱赓点头。

“是父亲的疏稿？”朱敬循又问。

“不是。”朱赓摇头。

“别人的疏稿，父亲整理它作甚！”朱敬循不屑地说。

“自是对我重要，才整理。”朱赓道。

“对父亲重要，却是何意？”朱敬循问。

“自是与我有关，我才会觉着重要。”朱赓道。

“与父亲有关，却是何意？”朱敬循又问。

“我说的不确切，”朱赓道，“不是与我有关，而是参我。”

“参劾父亲的奏本，才这几页！”朱敬循惊呼。

“敬循以为少？”朱赓问。

“可不！”朱敬循道，“孩儿听说，今之阁臣，非众望所归，而是众咎所归。父亲入阁，有六七年；为首辅，也已两年，只有这几页参劾之疏，岂不是少之又少！”

“我说的不确切，”朱赓又道。“不是我入阁以来参劾我的奏疏，这些，”说到这里，指指那一厚摞疏抄，“不过是今年参劾我的奏疏。”

“今年参劾父亲的奏疏，只有这多！”朱敬循又惊呼。

“敬循仍以为少？”朱赓问。

“可不！”朱敬循道，“孩儿听说，今年是多事之秋，参劾父亲的奏疏只有这几页，实不算多。”

“我说的不确切，”朱赓又道，“这些并非今年参劾我的奏疏，而是近两三月来参劾我的奏疏。”

“近两三个月参劾父亲的奏疏，只有这多！”朱敬循又惊呼。

“敬循仍以为少？”朱赓问。

“可不！”朱敬循道，“孩儿听说，近两三个月来，两京六科、十三道都不甘寂寞，恨不得人人上疏参人。没想到，只有这几页是参父亲的。”

“我说得仍不确切，”朱赓道，“这些并非近两三个月参劾我的奏疏，而是该等奏疏中有关我本人那一部分的节抄。”

“都是直接针对父亲的文字？”朱敬循问。

“是。”朱赓应道。

“那就不在乎多少，”朱敬循边说，边拿起疏抄，“哪怕只有一个字、一句话是指名道姓参劾父亲的，为日后替父亲申辩，我也得好生读读！”

他拿起最上面的一页，第一句写的是：昨辅臣朱赓辩疏出，而臣反复翫之，则支吾掩饰，全无良心悔悟之意，而阴谋毒计，已潜伏于语言文字之间，臣复安得默默而已乎！

读完这句，他翻阅后面一页，显然是找这段文字结束的地方。找到后，没看到自己要看的东西，他说：“父亲连抄自谁人奏疏，都没写上。”

“为何要写？”朱赓问。

“父亲难道不愿记住此为谁个的参本？”朱敬循反问。

“我已记住。”朱赓说。

“那父亲也该让孩儿知道，此为谁个的参本。”朱敬循道。

“我可以告诉你，是御史邓某的参本。”朱赓说。

他说的邓某，即福建道御史邓澄，所上奏疏为：士气方新，人才当惜，恳乞圣明严谕辅臣，审善败之几，鉴理乱之源，以培国本，以定人心事。

“今之道臣，变得如此轻佻！”朱敬循道，“辅臣之疏，不但不曰拜读，不曰敬阅，连读、阅这等正经的字都不屑用，而用个玩字！”

“三十年前，或不敢用；二十年前，或不会用；今之阁臣已成他辈手上玩物，有何不会用的，有何不敢用的！”朱赓道。

邓澄下面写道：

> 据赓疏称，既挤若霖，复为解救，岂敢于圣主之前，自相反复。此其言似近理，然年来辅臣精神凝系，全在此处。愈精愈密，愈不可测，而愈入于至神至圣之域。天下之人未必尽知之，而稍具悟性者，已了若观火。则是辅臣之自为谋，似密而实疏，似工而实拙也。此举千误万误，更无可误之者；千解万解，总成不解之疑。臣为辅臣进逆耳之规，惟有一策：闭门思过，自首罪于皇上之前。反复辨奏，惟陈事理之当否，而不以一字干涉于建言之人。

“若霖是谁人？”朱敬循问。

“姓汪，官礼科右给事中。”朱赓说。

“他也曾参劾父亲？”朱敬循问。

“他倒没直接参劾我，只是争考选科、道事，与吏科陈掌科发生争执。”朱赓说。

“结果呢？”朱敬循问。

“汪给谏出为颍州判官。”朱赓说。

“此事孩儿已见端倪，”朱敬循道，“陈掌科乃我浙人，与父亲关系又较为密切。汪给谏与他发生争执，在别人眼里，就是与父亲发生争执；他因与陈掌科发生争执而贬谪于外，在别人眼里，就是因与父亲发生争执而贬谪于外。”

“敬循真是旁观者清。”朱赓称赞一句。

下一篇文字开头写的是：臣自入都以来，窃见朝政否塞，人情郁愤，无不追究沈一贯之欺君弄权，党邪害正；而衣钵再传朱赓，继煽益磨拢，出入于不可知之境。

估计后面也不会写上名字，朱敬循问：“此疏是谁人写的？”

“这是御史史某的参本。”朱赓说。

他说的史某，即河南道御史史记事。所上奏疏为：科臣负隅鸱张，持说险谬，恳乞圣明电击，以儆官邪，以清仕路事。

史记事下面写道：

最巧最深，亦劳亦拙，臣窃为辅臣怜之。顾其蜂屯蚁聚，献计划奇，则有若姚士慎之掩耳登坛，熊鸣夏之涂面出丑，其最无耻粗浅者矣。士慎起家铜臭，幸躐清华，疏请朱赓入阁，以媚执政。长安长班给事之谣，无不人人绝倒。至于鸣夏，当汪若霖处外调，天下惜其去，鸣夏则谓皇上不深加罪斥，不知欲置若霖何地！至若刘道隆，奸险叵测尤过士慎、鸣夏万万。先是三十一年，考功赵南星秉公持正，不候朝房，天下称南星为昭代考功郎第一。乃道隆受王锡爵意指，悍然纠劾，坐令麟凤幽栖，豺狼当道。

“士慎、鸣夏、道隆三人，都出自父亲门下？”朱敬循问。

“怎叫出自我门下！三人中，士慎是万历三十二年的进士，该科主考官是我；鸣夏、道隆都是万历十四年的进士，该科主考官却是王太仓相公。但在别人眼里，他三人都是出自我门下。”朱赓说。

“三人都是我浙人吗？”朱敬循又问。

“只有士慎是浙江平湖人，鸣夏则是江西丰城人，道隆则是湖广潜江人。”朱赓说。

“既如此，孩儿倒有个说法。”朱敬循道。

“你有何说法？”朱赓问。

“今科、道每以浙人结党、依附阁臣为言，然史某所劾者，一为赣人，一为楚人，可见父亲受各省士人爱戴，而非受浙江一省士人拥戴。”朱敬循说。

“敬循可以有这等想法，但不用去外间说，免得被人指我刻意掩饰，反而要弄巧成拙。”朱赓道。

“孩儿心里有数。”朱敬循应一句，接着往下读。

下一篇文字开头写的是：顷考选命下，而外调科臣汪若霖。适当辅臣朱赓久病初出之时，舆情不胜骇异。

“又是因汪若霖之事而参劾。”朱敬循说。

“是。”朱赓应道。

“此疏是谁人写的？”朱敬循问。

“这是御史陈某的参本。”朱赓说。

他说的陈某，即福建道御史陈于廷。所上奏疏为：国是权衡宜审，辅臣理势当裁等事。

陈于廷下面写道：

夫朱赓衰病相寻，形影独吊，顷者久卧忽出，而若霖先以暮逐矣。若霖言官，所参汪元功、黄汝亨，阿附权势，入幕深坚。夫权势为谁？所入何幕？则若霖非参二臣，实参辅臣矣。今日若霖之调，辅臣何以自处！且若霖自入谏垣，显摘微指，多侵辅臣。至于《政本单匮难支》与《纠正山东科场》二疏，尤极刺骨。则今日若霖之调，辅臣何以自明！且若霖参汪元功、黄汝亨，陈治则参黄一腾、吴正志。今被参者俱处，而参人者止处若霖，岂若霖，赓之素憾，治则，赓之素昵耶！则今日若霖之调，辅臣何以自掩！

"何以自处，何以自明，何以自掩，一连三问，好不尖刻！"朱敬循指着这一段文字说。

"敬循也心惊肉跳吧，还觉着心病易医否？"朱赓问。

"孩儿又有个想法。"朱敬循道。

"又有何想法？"朱赓问。

"孩儿读过下一篇再说。"朱敬循道。

下一篇文字开头写的是：皇上三十载以前，柄国者刚愎倒持，权将威作。唯时科臣陈三谟，效鹰犬于私门。

"此篇扯得太远。"他说。

"扯得再远，也要回到今日；扯得愈远，我愈不堪。"朱赓道。

"此疏是谁人写的？"朱敬循问。

"这是御史顾某的参疏。"朱赓说。

他说的顾某，即山东道御史顾慥。所上奏疏为：险媚邪臣，文奸肆诋，入幕运筹，盘踞要地等事。

顾慥后面写道：

万历十五年之际，继乱者柔奸阴蚀，政以贿成。年来密勿传心，枢机得窍，刚柔互用，操纵深藏，而陈陈相因。复生则治，皆首垣，皆浙产也。水源木本，波流茅靡。又有如蔚、如庶者，左掣右提，前呼后应，逢迎播弄，实烦有徒。盖与谗谄面谀之人聚，而开诚布公之道塞。潜移大柄，必自小人矣。

"此篇文字并未点名道姓，父亲却把他摘录，是因为'皆浙产也'这几个字吧？"朱敬循问。

"是，"朱赓点点头，命道，"敬循有何想法，还不快说！"

“前者四篇文字，皆御史的参本，孩儿想，会不会是掌院者指使？”朱敬循问。

“不会，”朱赓道，“浴之先生虽然不见得和内阁同心同德，但也没到势同水火的地步。唆使御史参我，对他并没多大好处。”

“那么，可否请浴之先生弹压？”朱敬循问。

“这若是敬循的想法，可评以四字。”朱赓道。

“哪四字？”朱敬循问。

“荒诞之极！”朱赓道，“掌院者本人如能躲过御史们攻讦，已属万幸；怎肯为内阁，对本院加以弹压？再者，前面的参本虽是御史所上，参我者并非只有御史，敬循很快可读到给谏的参本。”

“这个想法，只当我没说。”朱敬循说着，又读下去。

下一篇文字开头写的是：自孙丕扬柄铨，阁、部水火。辅臣欲暗操吏部之私，又外不与吏部之事，遂以推举分任于六卿，实多授意于政府。

“此疏是谁人写的？”朱敬循问。

“给谏刘某。”朱赓说。

他说的刘某，即户科给事中刘文炳。所上奏疏为：为圣政更新，树人宜亟，敬陈会推始末，以重朝常，以清营私事。

“果如父亲所言，马上就读到给谏的参本。”朱敬循道。

刘文炳后面写道：

> 沿袭至今，辅臣可以行私，铨臣可以诿责。年来辅臣行私，国家一定之官制，皆为所壅废；国家培养之人才，皆为所摧抑。以故方推或多异议，既点犹挂弹章。致圣心无所不迟疑，而不知一迟疑，辅臣即借迟疑以窥探；无所不慎重，而不知一慎重，辅臣即缘慎重以行机。皇上自为社稷计，莫若于会推疏中，亟为点用，则可徐责以事功，将渐至于充实。不然，人才之衰谢者，日益衰谢；官次之悬绝者，日益悬绝，空虚之祸，竟贻之宗社，而不可救也！

“到底是科臣，语气上似乎缓和得多。”朱敬循说。

“缓和吗？”朱赓摇摇头，说道，“辅臣可以行私，铨臣可以诿责，辅臣实乃罪恶源头，敬循竟会觉他语气缓和！”

“孩儿是说，他未直斥父亲名讳。”朱静循说。

“他说辅臣缘慎重以行机，我看他才是缘慎重以行机！”朱赓道。

“父亲说的是。”朱敬循应道。

他不得不承认，刘文炳此疏的恶毒，一点儿也不亚于前面那几个御史所参。父亲用一句话概括他奏疏的宗旨：辅臣实乃罪恶源头，无疑是准确的。

“还有几篇参本，我本想在这两天里把有关文字整理出来；你既然来得快，就由你代劳吧。”朱赓道。

“孩儿不仅要把他等攻父亲的文字整理出来，还要一一为父亲申辩。”朱敬循再次表达自己的意愿。

“一一申辩，谈何容易！吾儿没必要自寻烦恼。”朱赓倒似比他看得开些。

十一月底，朱赓病故。

第三百九十章

万历三十七年正月初九日一大早，安定门才开启，守城门的内臣和官校就发觉情形不对。平日这时，只有运水的车子或掏茅厕的车子进城，哪里会有许多行人！可今天城门外已经有十几个乡民等着；而放眼望去，有三人五人一伙的，有十人八人一伙的，都在往这边疾行。见城门开启，他们又改疾行为速跑。

等在城门外的乡民放进，后边再到的要拦下问一问。

首先被拦下的是一家四口，三男一女：年长的是爹，年轻的两个是兄弟，一女子，看上去是大儿子的媳妇。

“干吗的？”守城的内臣问。

本来应该是当爹的回答，但他跑得上气不接下气，只好由大儿子回答。

“种田的。”大儿子说。

“我是问你，进城干吗！”内臣道。

“逃命。”大儿子说。

“逃命？”内臣大吃一惊。

“是。”大儿子应道。

“你说他可气不可气！”内臣对官校说，“我问他第一句话，他答三个字；我问他第二句话，他答两个字；我问他第三句话，他答一个字；我再问他话，他是不是该装聋作哑？”

“公公试着问问呀。”官校笑道。

“清明盛世，天子脚下，怎言逃命？”内臣问。

“回公公的话，回将爷的话，”大儿子听出，内臣嫌他的话少，所以先加上两句前缀，然后再说，“我村被抢。”

“你村被抢？”内臣问。

这时又有几伙人赶到城下，听到内臣的问话，他们纷纷抢着回答：“公公说的是，我村被抢！”

“你等和他等是一个村的？”内臣指着先到的一家人，问起其他人。

有人回答是，有人回答不是。

“我问他村是不是被抢，你等搭讪哪门子的话！”内臣呵斥回答不是的那些人。

“小民等村子也被抢。”回答不是的人纷纷抢着说。

“你等是一个村子的？”内臣又问。

仍然有人回答是，有人回答不是。

“你等是几个村子的？”内臣问。

“小民们也说不上来。”和先到的一家不是一村子的人说。

“不会吧？这么多村子会同时被抢！”内臣道。

“只怕还不止这些村子被抢。”稍有见识的人说。

“公公，能不能先让我等进城，再问话？”更有见识的人提议。

“这是为何？”内臣问。

“只怕再迟，我等进不了城。”提议者说。

“你是说，我会盘问你等盘问到天黑，关上城门？”内臣问。

“那还不是要紧的。”提议者道。

“还有更要紧的？”内臣问。

“是。”提议者应道。

“你倒说说看，是何事！”内臣道。

“劫我村者，会追将过来。”提议者说。

“劫你村者，会追到京城之下？”内臣问。

“是，”提议者应道，“等到那时，不仅我等小民进不了城，公公恐怕也进不了城。”

内臣似乎也担心不知哪一路的盗贼从天而降。他问官校：“老哥，他说我恐怕也进不了城，怎不说你恐怕也进不了城？”

“在他眼里，我进的了城进不了城，无关痛痒。”官校说。

“你看，是放进去问，还是问完再放进去？”内臣征求他的意见。

“留下这一家人问问，其他人放进去，如何？”官校建议。

“那么，你在城外问，我去城门上观望，”内臣说。怕官校反对，他又说，“我的眼神比你好，能看得远些。”

“公公宜高瞻远瞩，请进城吧。”官校并不反对。

“老哥，留神我在城上的手势。”内臣说着，做个奇怪的手势。他是在告诉官校，一旦作出这个手势，就是有情况，赶快进城。

得到放行的命令，守城的军士把路让开，一伙一伙的乡民，跟随守城的内臣进城。他盘问过的那一家人也要进城时，被守城的官校叫住。

"你几个等等。"官校道。

"将爷留下一个问话吧，别一家人都死在城外。"当爹的说。

"你说留谁？"官校问。

"全家都靠老大支撑，他不能不进城。"当爹的说。

"还有呢？"官校问。

"大儿媳已有身孕，她不能不进城。"当爹的说。

"还有呢？"官校问。

"老二还没娶媳妇，他不能不进城。"当爹的说。

"好啊，只有留下你问话。"官校道。

"小老儿腿脚不大方便，没两个儿子扶持，进不了城。"当爹的说。

"如此说来，一个也留不得？"官校问。

"但小老儿愿留下，回将爷的话。"当爹的说。

"我陪爹爹留下，一会儿好扶持爹爹进城。"大儿子说着，吩咐二儿子，"老二，你陪你嫂嫂先进城。"

"不，我陪爹爹和哥哥留下，让嫂子先进城。"二儿子说。

"你等都在城外，我一妇道人家进城，有生路吗！"大儿媳妇道。

"怎么，一家人都不急着进城？"官校讥道，并说，"有我在城外，你等还怕进不了城！"

"我等听将爷的。"一家人齐道。

守城的官校从头问起，有条不紊。

"姓啥？"他问。

"小老儿姓王，两个儿子也姓王。"当爹的说。

"不用管他两个，只说你本人，"官校说着，又问，"名啥？"

"没个正经名字，村里人都叫小老儿王老大。"当爹的说。

"哪儿的人？"官校问。

"昌平。"当爹的说。

十有八九是实话，这条官道走下去，直通昌平。

但昌平是州，下辖顺义、怀柔、密云三县。官校问："哪县？"

"没有哪县，就是昌平人。"当爹的说。

"哪镇？"官校又问。

"黄花镇。"当爹的说。

黄花镇也是有的，在昌平以北，设渤海守御千户所。

“哪乡？”官校问。

“王村。”当爹的说。

有没有王村，却不知道；好在不过是按程序问话，不用深究。

“你村被抢，是怎回事？”官校问。

“昨夜，来一伙强人，人人高举火烛，把村子照得通亮。他等进村后，卸门的卸门，抢粮的抢粮，偷鸡摸狗的偷鸡摸狗，杀猪宰羊的杀猪宰羊。卸下的门板劈成柴火，点起一堆堆篝火，有人在篝火上烧饭，有人在篝火上烤肉，有人在篝火上煮汤。”当爹的说道。

“是这样吗？”官校问儿子、儿媳。

“是。”儿子、儿媳应道。

“不过，不是偷鸡摸狗，是明抢明夺。”小儿子又说。

“不止偷鸡摸狗，烧猪宰羊，牛马也都抢去。”大儿子又说。

“昌平并无高山峻岭，哪儿来的强人？”官校问。

“是建夷。”当爹的说。

“建夷？”官校一下警觉起来。“你怎知是建夷？”

“他等自个儿说的。”当爹的道。

“他等说自个儿是建夷？”官校问。

“他等不说，别人怎知！”当爹的道。

“你亲耳听他等说的？”官校问。

“不是，”当爹的边摇头，边指着大儿子说，“我是听老大说的。”

“你亲耳听他等说的？”官校又问大儿子。

“不是，”大儿子边摇头，边指着兄弟说，“我是听老二说的。”

“你亲耳听他等说的？”官校问。

“不是，”二儿子边摇头，边说，“我是听狗子说的。”

“狗子是谁？”官校问。

“狗子是同村的伙伴，”二儿子说，“他出过关，和建夷打过几天交道，听得懂他等的话。他和我最好，听出是建夷，马上来我家相告。”

“得知是建夷，你于是决定出逃？”官校问。

“我做不了主，得问兄长。”二儿子说。

“是你决定出逃的？”官校问大儿子。

“我也做不了主，得问爹爹。”大儿子说。

“是你决定出逃的？”官校问当爹的。

"既知是建夷，不敢不出逃。"当爹的道。

"为何不敢不出逃？"官校问。

"听说建夷抓到汉人，青壮年的男子做卒伍，女子做老婆，老年和少儿杀死。不出逃，不是等死吗！"当爹的道。

"你听谁个说的？"官校问。

"还是听老大说的。"当爹的道。

"你听谁个说的？"官校问大儿子。

"还是听老二说的。"大儿子道。

"你还是听狗子说的吧？"官校问二儿子。

"是，"二儿子应道，"狗子说，建夷在关外都是这么做的。"

"为何你等在村里时，他等只偷鸡摸狗，杀猪宰羊，抢牛抢马，却没有抢人杀人？"官校问。

"他等说，天一亮，就抢人、烧房、开拔。"二儿子说。

"开拔，却往何处？"官校问。

"往南。"二儿子说。

"往南，是朝京城来？"官校问。

"将爷说的是。"一家人应道。

"这些话也是狗子听出来的吧？"官校问。

"是。"二儿子应道。

"狗子人呢？"官校问。

"他和我等一起逃出村子，到沙河附近跑散。"二儿子说。

"你等去吧，"官校挥挥手，让他等进城，然后命道，"且关闭城门，待我禀报上官，再作定夺。"

"老成还没到吗？"皇帝焦虑地问。

"已去数人宣他，想必很快就到。"近侍说。

"朕总是唤他老成，怎到紧要关头，他却迟迟不到！"皇帝道。

成敬已赶到殿外，听到皇帝后一句话。他边奔跑进殿，边呼："爷恕罪，奴才已到！"

"安定门外的事，你知道吗？"皇帝问。

"奴才已知。"成敬应道。

"一早上，拥进几多乡人？"皇帝问。

“大约三五千人。”成敬说。

“听说德胜门也有大批乡人拥进？”皇帝又问。

“是。”成敬应道。

“有几多？”皇帝问。

“大约也是三五千人。”成敬说。

“亦即，二门一早上约拥进万人？”皇帝问。

“是。”成敬应道。

“安定门关闭没有？”皇帝又问。

“已关闭多时。”成敬说。

“德胜门关闭没有？”皇帝问。

“亦已关闭多时。”成敬说。

“其他城门呢，有无大批乡民拥进？”皇帝又问。

“据各门报，有的比往常进出行人略多，有的和平日无异。奴才想，比往常进出行人略多，多半是因为安定、德胜二门先行关闭，有绕道别门进出者。”成敬说。

“或是如此，”皇帝对他陈述的理由并不在意，而问，“老成，别门关闭没有？”

“业已关闭。”成敬说。

皇帝好似不放心，又一门一门地问。

“东直门可关闭？”皇帝问。

“已关闭。”成敬说。

“西直门可关闭？”皇帝问。

“已关闭。”成敬说。

“朝阳门可关闭？”皇帝问。

“已关闭。”成敬说。

“阜城门可关闭？”皇帝问。

“已关闭。”成敬说。

“崇文门可关闭？”皇帝问。

“已关闭。”成敬说。

“宣武门可关闭？”皇帝问。

“已关闭。”成敬说。

“最要紧的正阳门呢？”皇帝问。

“亦已关闭。”成敬说。

“老成看，重城各门要不要关闭？”皇帝又问。

“奴才正要请旨。”成敬道。

“重城靠近崇文门的，是东便门吧？”皇帝问。

“是东便门。”成敬说。

“东便门须关闭。”皇帝命道。

“是。”成敬应道。

“靠近宣武门的，是西便门吧？”皇帝问。

“是西便门。”成敬说。

“西便门须关闭。”皇帝命道。

“是。”成敬应道。

“东便门稍远，是哪门？”皇帝问。

“是广渠门。”成敬说。

“朕看，广渠门也要关闭。”皇帝命道。

“是。”成敬应道。

“西便门稍远，是哪门？”皇帝问。

“是广宁门。”成敬说。

“朕看，广宁门也要关闭。”皇帝命道。

“是。”成敬应道。

“广渠门再远，是何门？”皇帝问。

“是左安门。”成敬说。

“朕看，左安门最好也关闭。”皇帝命道。

“是。”成敬应道。

“广宁门再远，是右安门吧？”皇帝问。

“是右安门。”成敬说。

“朕看，右安门最好也关闭。”皇帝命道。

“是。”成敬应道。

“重城共有几门？”皇帝问。

“七门。”成敬说。

“还有一门是永定门，在南端，对吧？”皇帝问。

“对。”成敬应道。

“别门皆关闭，朕看，永定门也不能敞开。”皇帝说。

“是，奴才这就去传旨。”成敬道。

“老成，等等！”皇帝不让他走，“朕在想，建夷若到昌平外，有点儿像皇祖时俺答兵犯京师。这可不是件小事。你看，要不要让兵部会同各衙门堂上官，及内阁先生们，议议应对之策？”

“爷虑的是，”成敬应道，“奴才进宫的路上，还在想这件事。”

“你怎想的？”皇帝问。

“奴才和爷想的一样，果真是建夷将犯京师，不是件小事。”成敬说。

“你的意思，是该命议？”皇帝问。

“奴才又有点儿想法，不免迟疑。”成敬道。

“老成又有何想法？”皇帝问。

“奴才在想，建夷是怎入的关？”成敬道。

“你是说——”皇帝其实还没明白他想说什么。

“奴才是说，建夷入关，辽东巡抚怎不报警？他难道不知，身为巡抚，如此旷职，那是死罪！”成敬道。

“是说不过去。”皇帝点头。

“奴才又想，建夷入关，即便躲过辽东巡抚的探子，也闪不过蓟、辽总督的探子，蓟督为何也不报警？他难道不知，身为总督，如此旷职，那是死罪！”成敬道。

“更说不过去。”皇帝又点头。

“奴才又想，朝廷设大司马何用？建夷兵至畿内，距京师不足百里，兵部竟一无所知，一无所禀！他难道不知，身为大司马，如此旷职，那是死罪！”成敬道。

“尤其说不过去，”皇帝道。他听出成敬的意思，因而问道，“既然辽抚无报，老成以为，此事有几成不实？”

“有三成。”成敬道。

“蓟督无报，此事有几成不实？”皇帝问。

“又有三成。”成敬道。

“兵部无报，此事有几成不实？”皇帝问。

“又有三成。”成敬道。

“亦即，老成以为此事有九成不实？”皇帝问。

“是。”成敬应道。

“故而你以为，朕不该信之。”皇帝说。

“奴才以为，爷本来就不信之。”成敬道。

“故而你以为，朕更不必命廷臣议之。”皇帝说。

“奴才想，今白昼暂且关闭京城九门，及重城七门，已经足够；究竟如何应对，不妨看看再说。”成敬道。

“老成果然老成，朕就听你的！”皇帝采纳他的建议。

很快，所谓建夷犯京师之事，查出结果。原来是蓟、辽总督王象乾，命蓟镇总兵官王国栋，以黑峪口夷丁换防。沿途暮炊，扰民之事肯定是有的，但被乡民夸大许多，引起京师内外一片恐慌。

第三百九十一章

工科右给事中王元翰出值房的同时，另一间值房也出来一人，是户科给事中王绍徽。

“子美先生要走？”出于礼貌，王元翰问一句。

“是，”王绍徽应一声，已走到王元翰身边，“难得和伯举先生同时离开，伯举先生请。”

王绍徽字子美，陕西咸宁人，万历二十六年进士。王元翰字伯举，云南宁州人，万历二十九年进士。

“我和子良先生不同路吧？”王元翰道。

“今日我和伯举先生同路。”王绍徽说。

平日两个人离开值房回家，一人往南，一人往北。往北走的，出左掖门，沿着护城河走，转个弯，到东华门外，然后出东安门，回家；往南走的，出社左门，沿着金水河走一段，出长安右门，走长安街，回家。今天，王绍徽却跟定王元翰，王元翰怎走，他也怎走。

“子美先生去看人？”王元翰问。

“是。”王绍徽应时，有意把头点得很重。

他是希望王元翰问他去看谁，他就可以很自然地把话题转到这个人身上。其实，他今天跟着王元翰走，与其说是去看这个人，不如说是想和王元翰说说这个人。但王元翰并不问他去看谁，他不好生硬地提起这个人，只能随机应变。

“入科垣以来，拜读过伯举先生几篇奏章，堪称美文。”王绍徽说。

“子美先生过誉。”王元翰道。

“发自内心，无半点虚伪，”王绍徽说着，举其一疏，“伯举先生曾疏陈可痛哭者八事，对吧？”

“此疏是初官工垣时所上。”王元翰证实。

“辅臣，心膂也。朱赓辅政三载，犹未一睹天颜，”王绍徽背诵一段，问道，“此可痛哭者一，对吧？”

“对。”王元翰应道。

“九卿，强半虚悬，甚至阖署无一人。监司、郡守亦旷年无官，或一人绾数符，”王绍徽又背诵一段，问道，“此可痛哭者二，对吧？”

“对。”王元翰应道。

“两京台省寥寥几人，行取入都者，累年不受命。庶常散官亦越常期，”王绍徽又背诵一段，问道，“此可痛哭者三，对吧？”

“对。”王元翰应道。

“被废诸臣久沦山谷，苟更阅数年，日渐销铄。人之云亡，邦国殄瘁，”王绍徽又背诵一段，问道，“此可痛哭者四，对吧？”

“对。”王元翰应道。

“九边岁饷缺至八十余万，京师十余万兵，岁靡饷二百余万，一旦有急，能驱使赴敌哉！”王绍徽又背诵一段，问道，“此可痛哭者五，对吧？”

“对。”王元翰应道。

“天子高拱身居，通下情者祇章疏耳。今一切束之高阁，言路惟空存议论，世道何如哉！”王绍徽又背诵一段，问道，“此可痛哭者六，对吧？”

“对。”王元翰应道。

“榷税使者满天下，致小民怨声彻天，众心离叛，而犹不知变，”王绍徽又背诵一段，问道，“此可痛哭者七，对吧？”

“对。”王元翰应道。

“郊庙不亲，朝讲不御，且青宫辍讲，亦已经年，奈何不为宗社计也！”王绍徽又背诵一段，问道，“此可痛哭者八，对吧？”

“对。”王元翰应道。王绍徽竟能把他的一篇旧疏的大致内容背诵下来，是他实在没想到的，也让他颇为感动。他说，“所议若有不当，还望子美先生指正。”

“没有不当，都议得很好。”王绍徽道。

“在下近日倒是有所检讨。”王元翰说。

王绍徽一愣，问道：“伯举先生检讨何事？”

“把官员缺失都归咎于朝廷不及时选授，未免偏颇。”王元翰说。

“伯举先生有何高见？”王绍徽问。

“朝廷三十年培养之人才，半扫除于申时行、王锡爵，半禁锢于沈一贯、朱赓，”王元翰说着，问道，“子美先生以为如何？”

“伯举先生所议，诚是犀利；不过，”王绍徽不作明确表态，语气一转，说道，“我有一言，不管对与不对，还望莫怪。”

“子美先生请说。”王元翰道。

“与其临渊羡鱼，何如退而结网！”王绍徽说的是句成语。

“子美先生这个比喻，似有不妥。”王元翰道。

“有何不妥？”王绍徽问。

“鱼者，喻的是人才吧？”王元翰反问。

“没错。”王绍徽道。

“临渊羡鱼者，喻的是人才缺失吧？”王元翰问。

“是。”王绍徽应道。

“如鱼得水不好吗，子美先生却要将其网起！”王元翰道。

“这个比喻是有些别扭，但既然把临渊羡鱼喻为人才缺失，那鱼在水里就不是如鱼得水；而网起鱼来，也是不使人才缺失之意。譬如，国家设科举，难道不是网鱼吗；朝廷考选科、道，难道不是网鱼吗？我以此句喻曰：与其眼看着人才缺失而叹息，不如设法为朝廷保住人才。这个喻意应该是不错的。”王绍徽说。

“子美先生说的不无道理，”王元翰点点头，问道，“子美先生以为，我当退而结何网？”

“当然是以一支生花妙笔，为人才美言。”王绍徽说。

如果说，前一比喻只是听起来有些别扭，这后一比喻则显得过于轻佻。王元翰正色言道：“我希望科垣之臣，人人都有一支直陈之笔，而不是生花之笔。”

“伯举先生纠正得好，”王绍徽回应一句，自己也做纠正，“唯望伯举先生以一支直陈之笔，为朝廷保住人才。”

“子良先生所谓人才，指的何人？”王元翰问。

“譬如，汤翰林嘉宝先生。”王绍徽说。

汤翰林名宾尹，南直隶宣城人，万历二十三年进士。

王绍徽如果说的是别人，王元翰即便不以为然，最多是不应。但在他眼里，汤宾尹虽在殿试高居榜眼，虽官翰林，但不过是个无耻小人。此人近被科、道官参劾，实属咎由自取；而且，王元翰还体会到，王绍徽陪自己走一路，说许多中听的话，目的只有一个，就是游说他为汤宾尹申辩。所以，他肯定不会有好脸色给王绍徽看。

“我忽想起，也要去看个人，就此别过。”王元翰说着，转身向相反的方向走去。

王绍徽找到御史郑继芳，拉他去喝酒。

“子美兄有事呀？”郑继芳问。

“不是我有事，应该是仲孚兄有事。”王绍徽说。

郑继芳字仲孚，北直隶盐山人，和王绍徽是同科进士。

“我有何事？”郑继芳不解地问。

“走，边饮边说。”王绍徽道。

对饮一口之后，郑继芳急切地问：“子美兄，是否可说？”

“可。”王绍徽道。

郑继芳等一会儿，见他不开口，又问：“子美兄为何不说？”

“仲孚兄要我说何事？”王绍徽反问。

“说找我何事。”郑继芳道。

“我不说。”王绍徽摇头。

“子美兄不是说可以说吗，怎又不说？”郑继芳道。

“本该仲孚兄找我，怎又问我找你何事！”王绍徽责道。

“对，”郑继芳承认自己言语有误，“子美兄说说，为何我本该找子美兄？”

“还是仲孚兄先说说，今天下第一科臣，是仲孚兄何人！”王绍徽道。

“是我恩师。”郑继芳说。

天下第一科臣，即吏科都给事中，陈治则怎成郑继芳的恩师，他并不清楚，但郑继芳在好几个场合都称陈治则恩师，只要他承认，陈治则不否认，别人又何必计较他们的师弟关系是怎么建立起来的呢！

“仲孚兄报答过师恩吗？”王绍徽问。

“应该说，还没有。”郑继芳道。

“仲孚兄想不想报答师恩？”王绍徽又问。

“怎不想？做梦都想！”郑继芳道。

“仲孚兄可知如何报答师恩？”王绍徽又问。

“若知之，早已报答！”郑继芳道。

“所以嘛，应该是仲孚兄找我。”王绍徽说。

郑继芳总算听懂他的意思，但打心眼里不相信。于是问：“子美兄知道，我该如何报答师恩？”

“当然。”王绍徽道。

“子美兄要教我，如何报答师恩？”郑继芳又问。

“仲孚兄如果想知道的话。”王绍徽道。

“请子美兄赐教。”郑继芳说着，一揖。

“仲孚兄饮一盅，我告诉你一句。”王绍徽指着酒盅道。

郑继芳喝一盅酒，听他怎说。

“做恩师想你做的事。”王绍徽说。

郑继芳又喝一盅酒，听他怎说。

“做恩师更想你做的事。”王绍徽说。

郑继芳又喝一盅酒，听他怎说。

“做恩师最想你做的事。”王绍徽说。

若是别人，断然不会再喝，而且会对王绍徽说几句难听的话；但郑继芳继续喝第四盅酒。不过，这次他不是被动地听王绍徽怎说，而是主动提问：“请子美兄说，恩师最想我做何事？”

“铲除奸邪。”王绍徽言简意赅。

“铲除奸邪？”郑继芳觉得此事太重大，不是他一人，甚至不是他和恩师两个人，所能完成的。

“或者说，铲除异己。”王绍徽换个说法。

郑继芳不再那么震惊。他问：“在恩师眼里，谁个是异己？”

“仲孚兄当真不知？”王绍徽反问。

“恩师没对我说过，我怎会知！”郑继芳道。

“仲孚兄恩师当真没对仲孚兄说过？”王绍徽又问。

“难道恩师说过，我会置若罔闻；或恩师有所暗示，我却全不理会！”郑继芳道。

“所以嘛——”王绍徽欲言又止。

“怎么？”郑继芳问。

“看来，仲孚兄恩师是要借我之口，告诉仲孚兄，究竟谁个是异己。”王绍徽道。

“恩师对子美兄说过？”郑继芳问。

“明确无误地说过。”王绍徽道。

“却是谁人？”郑继芳问。

“科臣，”王绍徽道，“如果仲孚先生恩师是天下第一科臣，此人便是天下第二科臣；姓王，来自西南边鄙。”

户科今无都给事中，由右给事中王元翰署科，因此王绍徽说他是天下第二科臣；再加上另外两个附加的条件，郑继芳绝不会认作他人。

“是王伯举吗？”他问。

“是。”王绍徽应道。

“此人我也看着不顺眼，子美兄怎看他？”郑继芳问。

“既为奸邪，复为异己。”王绍徽说。

“既以他为奸邪，为异己，恩师又有所嘱托，子美兄为何不大加参劾？”郑继芳问。

“正因为仲孚兄恩师有所嘱托，我才不便参劾。”王绍徽道。

“此话怎讲？”郑继芳问。

“仲孚兄恩师对我说，我等都在科垣，最好由道臣参他。”王绍徽道。

“看来，恩师是寄希望于我。”郑继芳自语。

“我也以为，仲孚兄在你恩师心目中是不二人选。”王绍徽马上附和。

“请子美兄代我复上恩师，我一定不会辜负恩师期待。”郑继芳说。

“我一定把仲孚兄的话带到，”王绍徽应允，并问，“以何事参劾王伯举，仲孚兄心里有没数？”

“我没想过要参劾他，故不知该参劾他何事；不过我想，找出参劾他的事由，并不为难，”郑继芳说着，反问道，“子美兄心里有没数？”

“仲孚兄想，令恩师为何要我来和你说此事？”王绍徽反问。

“这么说，子美兄心里有数！”郑继芳道。

“仲孚兄请饮酒，还是你饮一盅，我说一句。”王绍徽提议。

“我酒量子美兄知道，别在我饮酒后，子美兄说不出来！”郑继芳道。

“好说。”王绍徽笑道。

郑继芳喝一盅酒，听他怎说。

“工科给谏，是要巡查厂、库的。”王绍徽说。

“然后呢？”郑继芳问。

“一盅，一句。”王绍徽道。

郑继芳又喝一盅，听他怎说。

“监守自盗是常有的事。”王绍徽道。

郑继芳这次只喝半盅，并说：“他可是劾别人监守自盗的。”

“仲孚兄说的是他初官工科，纠劾掌厂内臣王道吧？”王绍徽问。

“是啊。”郑继芳应道。

“他劾别人监守自盗，难道不会是障眼法？此其一也；他纠劾王道，难道不会是他向人家索贿未能如愿？此其二也。总之，要参劾他，有的是说法，就看仲孚兄如何选择。”王绍徽说。

“仲孚兄说的是。”郑继芳把剩下的半盅酒喝干。

郑继芳疏参王元翰盗占库金，克扣商人，积赃银数十万。王元翰愤而反驳。一部分科、道站在郑继芳一边，攻讦王元翰，如王绍徽、刘文炳、刘国缙等；一部分科、道官站在王元翰一边，上疏申救。原来科、道官之间的争斗，是因有的抨击阁、部大臣，主要是抨击内阁大臣，有的维护阁、部大臣，主要是维护内阁大臣；现在，随着沈一贯、沈鲤的致仕，随着朱赓的病故，李廷机的杜门养病，演变成科、道官之间的争斗。

第三百九十二章

谬传建夷将犯的第二天，京城各门恢复往日的平静。但在一个月后，同样在安定门，又发生一起怪事。

一男子，衣衫褴褛，长发披肩，疯疯癫癫，嘴里反复念叨着两个字，从远而近。本来在他之前，被他超过去的行人，本来在他之后，超过他的行人，从对面与他擦肩而过的行人，谁也没听清他念叨的是哪两个字，也没人在意他念叨的是哪两个字。

当值的还是那名内臣，还是那名官校。

“看见那疯子吗？”该内臣问该官校。

“看见。”该官校点头。

“我是问，看见他的嘴在动吗？”内臣道。

“这却没看见，公公好眼神。”官校说。

等疯癫之人走近五十步，内臣又问：“看见那疯子嘴在动吗？”

“看见。”官校点头。

“我是问，听见他说话吗？”内臣道。

“这却没听见，公公好听力。”官校说。

等疯癫之人再走近五十步，内臣又问：“听见他说话吗？”

“听见。”官校点头。

“我是问，听清他说的两个字吗？”内臣道。

“这却没听清，”官校说着，反问，“公公可听清？”

内臣摆摆手，不回答，让他继续注意疯癫之人。

等疯癫之人再走近五十步，内臣又问：“听清他说的两个字吗？”

“听清，是两个字。”官校说。

“我是问，听清他说的是哪两个字吗？”内臣道。

“前一字，似乎是一。”官校说。

“后一字，似乎是军。”内臣道。

“一军，却是何意？”官校问。

"会不会在找人？"内臣假设。

"找人？"官校按照这个说法琢磨，"公公是说，他叫二军，他有个兄长，叫一军。兄长丢失，他出来找兄长？"

"找人说得过去，找兄长说不过去，"内臣一半肯定，一半否定，"找兄长，不至于把自个儿变疯。看他的年纪，也不像是找老爹。我看，应该是他的儿子叫一军，儿子丢失，他找儿子找得疯癫。"

说话之间，疯癫之人已走近城门。

"要不要拦下？"官校和内臣商量。

"疯癫之人，拦他作甚！"内臣道。

疯癫之人进城之后，内臣、官校跟在他后面走一段路。

"怎会改变！"内臣忽道。

"何事改变？"官校问。

"他的话改变，听出来没有？"内臣反问。

"公公是说，后一个字改变？"官校又反问。

"怎是后一个字，改的分明是前一个字！"内臣道。

"我再听听，"官校说着，快跟两步，走在内臣前头，然后回过头说，"我听着，还是改的后一个字。"

"我再听听，"内臣说着，也快跟两步，并超过官校，然后回过头说，"我听着，改的还是前一个字。"

"我从不和公公犟嘴，但这次我听着，改的确是后一个字。"官校说，

"你非说改的是后一个字，可听出改成哪个字？"内臣问。

"改成灾字，或者是摘字。"官校说。

"有何不同？"内臣问。

"前者是天灾人祸的灾，后者是摘花惹草的摘。"官校说。

"原来前一个字是一，后一个字改成灾或摘，何意？"内臣问。

"不知。"官校很是茫然。

"所以我说，改的是前一个字。"内臣道。

"公公非说改的是前一个字，却是改成哪个字？"官校也问。

"改成御字，或者是羽字。"内臣说。

"有何不同？"官校问。

"前者是御驾亲征的御，后者是羽毛丰满的羽。"内臣说。

"原来后一个字是军字，前一个字改成御或羽，何意？"官校也问。

“有意思呀，”内臣道，“御驾亲征的御和军连在一起，是御林军；羽毛丰满的羽和军连在一起，是羽卫。”他很为自己的解释得意，反问官校，“老哥可知，何为羽卫。”

“不知。”官校道。

“记住。乃万岁爷的护卫和仪仗。”内臣说。

“公公真乃博学。”官校奉承一句。

“说不上，说不上！”内臣摆摆手，问道，“老哥也承认，改的是前一个字吧？”

“能不能两全其美？”官校问。

“怎叫两全其美？”内臣问。

“前一个字也改，后一个字也改；公公没听错，末将也没听错。”官校说。

“倒不是不可以，但得看看有没有意思，”内臣说着，问道，“老哥先说的是天灾人祸的灾，是吧？”

“是。”官校应道。

“还记得我先说的是哪个字吗？”内臣又问。

“御驾亲征的御。”官校说。

“御灾，何意？”内臣问。

“不知其意。”官校道。

“再来！”内臣问，“老哥后说的是摘花惹草的摘，是吧？”

“是。”官校应道。

“还记得我先说的是哪个字吗？”内臣又问一遍。

“御驾亲征的御。”官校又说一遍。

“御摘，何意？”内臣问。

“亦不解其意。”官校道。

“再来！”内臣又问一遍，“老哥先说的是天灾人祸的灾，是吧？”

“是。”官校应道。

“还记得我后说的是哪个字吗？”内臣问。

“羽毛丰满的羽。”官校说。

“羽灾，何意？”内臣问。

“是不是羽者成灾？”官校胡乱解说一句。

“你自个儿说，是羽毛成灾，即鸟儿成灾；还是羽士成灾，即羽卫成灾？”内臣问。

“这个，末将不敢乱说。”官校打住。

“再来！”内臣又问一遍，“老哥后说的是摘花惹草的摘，是吧？”

“是。”官校应道。

“还记得我说的后一个字吗？”内臣又问一遍。

“羽毛丰满的羽。”官校又说一遍。

“羽摘，何意？”内臣问。

“和羽灾一样，似说得出其意，实在说不出其意。”官校道。

“难怪！”内臣话里的意思：你说得出，才怪呢。

“公公说得出吗？”官校问。

“再简单不过，”内臣道，“他叫的是他儿子的名字。”

旧话重提，官校很难接受。他问：“叫的是儿子的名字？有当爹的给儿子取名，叫某灾的吗？”

“张三、李四可以叫，某灾为何不可叫？再者，也可能是摘呀，叫御摘，不可以吗？”内臣分辩。

“四个名字，公公说，到底是哪个？”官校问。

“都有可能；也说不定，他有四个儿子，分别叫这四个名字。”内臣想得更离奇。

“要不要叫住他，问一问？”官校想有个结论。

“问他，他能说得清楚！”内臣道。

户科给事中韩光祐在东厂门外犹豫片刻，还是走进去。

换别的科臣，提督东厂太监魏伸可能不认得，韩光祐他却认得；换别的科臣忽到东厂，魏伸可能会吃惊，韩光祐来到东厂，虽然来得突然，他却不吃惊。因为韩光祐奉旨巡城，巡城给事中和巡城御史一样，免不了要和厂、卫打打交道。

所以，魏伸只是很平静地问招呼：“子辉先生有何贵干？”

韩光祐字子辉，湖广光化人，万历二十六年进士。

“有点儿事。”韩光祐应的也很平静。

“有点儿事？”魏伸好像不相信。

“是。”韩光祐应道。

“何事？”魏伸问。

问的简单，答的简单，双方都想表明，他们之间有的只是公事上的联系，并无私交。而一旦说到具体的事，话就多起来。

“昨日安定门进来个疯癫之人，公公知否？”韩光祐反问一句。

“已听说，”魏伸点点头，说道，“是名番子当作笑话说给我听的。”

“他可当作笑话说，公公不可当作笑话听。”韩光祐道。

“怎么？”魏伸问。

“疯癫之人，说的未必是疯癫之话。”韩光祐道。

“据该番子所述，疯癫之人不过念叨几个字。”魏伸说。

“念叨几个字？”韩光祐马上问。

“两个字。”魏伸说。

“两个字？”韩光祐明显是指他说的不对。

“对，他是先念叨两个字，然后又念叨两个字。”魏伸改口说。

“你看！”韩光祐点点头，又问，“他说先念叨的是哪两个字？”

“说是一军。”魏伸道。

“哪两个字？”韩光祐问。

“一二的一，军伍的军。”魏伸道。

“此二字何意？”韩光祐问。

“据给该番子讲述的人说，这两个字应该是个名字；该番子听后，觉得确是个名字；我听后，也觉得是个名字。”魏伸说。

“他等没说，会是谁个的名字？”韩光祐问。

“他等多以为是疯癫之人儿子的名字，我也觉着是他儿子的名字。他是丢失儿子，以致疯癫的，”魏伸说着，反问，“子辉先生看呢？”

“反正是猜测，怎猜测都成。”韩光祐不置可否。

“可我猜测，子辉先生一定不是这么想的。”魏伸道。

“公公猜测的不全对。”韩光祐说。

“怎么？”魏伸问。

“这两个字是个名字，我和公公的想法一样；不过，”韩光祐顿了顿，反问道，“公公有没想过，前一个字可能不是一二的一，后一个字可能不是军伍的军？”

“子辉先生的意思，是同音的别字？”魏伸问。

“是。”韩光祐应道。

“完全有这个可能，”魏伸认同。并问，“子辉先生以为，前者会是哪些字？”

“譬如，可能不可能是太医的医？”韩光祐反问。

“为何不可能！”魏伸道。

“再譬如，可能不可能是衣衫的衣？”韩光祐问。

“为何不可能！”魏伸道。

“再譬如，可能不可能是倚重的倚？”韩光祐问。

“为何不可能！”魏伸道。

“再譬如，可能不可能是翊卫的翊？”韩光祐问。

“为何——”魏伸这次说两个字后，忽然停下来。他问，“子辉先生说的，可是左立右羽的翊？”

“是。”韩光祐应道。

“翊和一，虽同音，却不同声。”魏伸说。

“公公能保证，或是该番子能保证，或是对该番子讲述的人能保证，疯癫之人发的是和一相同的声，而不是和翊相同的声？”韩光祐问。

“都不能保证，”魏伸承认，但又奇怪。他问，“子辉先生怎会想到这个最不容易想到的字？”

“为何会想到这个字，我想迟些再说。”韩光祐道。

“那好，”魏伸点点头，又问，“子辉先生以为，后者会是哪些字？”

“譬如，可能不可能是君子的君？”韩光祐反问。

“为何不可能！”魏伸道。

“再譬如，可能不可能是均平的均？”韩光祐问。

“为何不可能！”魏伸道。

“可能不可能是皲裂的皲？”韩光祐问。

“为何不可能！”魏伸道。

“可能不可能是千钧的钧？”韩光祐问。

“为何——”魏伸这次又是说两个字，忽然停下来。他问，“子辉先生说的，可是左金右匀的钧？”

“是。”韩光祐应道。

“这也是个不容易想到的字，子辉先生怎想到的？”魏伸问。

“两个字都不容易想到，公公为何不连在一起想想。”韩光祐道。

“子辉先生是说，疯癫之人念叨的，不是一军。而是——”魏伸本来想把这两个说出来，但到嘴边，又咽回去。真是让人恐怖！翊钧二字，正是当今天子的尊讳呀！他只能用三个字把话说完，“——此二字？”

“是。”韩光祐应道。

“子辉先生确定？”魏伸问。

“本来并不十分确定，但得知他后来改而念叨的两个字后，基本上可以确定。”韩光祐道。

“可后两个字和前两个字，风马牛不相及呀！”魏伸说。

“不见得，”韩光祐摇摇头，问道，“他改而念叨的是哪两个字？”

“确切地说，不是两个字，而是四个字。”魏伸道。

“怎成四个字？”韩光祐问。

“据该番子所言，前一个字，可能是羽毛的羽，也可能是御马的御；后一个字，可能是灾祸的灾，也可能是摘花的摘。”魏伸说。

“也就是说，不仅可能是不同声的字，而且可能是不同音的字。”韩光祐引申道。

“是。”魏伸应道。

“可能不可能既非羽，亦非御，既非灾，亦非摘。”韩光祐问。

“所传已有差异，怎不可能！”魏伸道，又说，“不过，子辉先生还是举例来说吧。”

“譬如，不是御马的御，而是金玉的玉。”韩光祐说。

“太有可能！”魏伸道。

“再譬如，不是御马的御，而是欲念的欲。”韩光祐又说。

“也是有可能的。”魏伸道。

“譬如，不是羽毛的羽，而是语言的语。”韩光祐接着说。

“太有可能！”魏伸道。

“再譬如，不是羽毛的羽，而是禹王的禹。”韩光祐又说。

“也是——”魏伸这次说两个字后，忽然停下来，他问，“子辉先生说的，可是尧、舜、禹的禹？”

“是。”韩光祐应道。

“子辉先生又往最不容易想到的字上去想。”魏伸说。

“且不说是不是不容易想到，只说是不是有可能？”韩光祐问。

“当然有可能。”魏伸道。

“譬如，不是灾祸的灾，而是栽树的栽。”韩光祐接着说。

“太有可能！”魏伸道。

“再譬如，不是灾祸的灾，而是快哉的哉。”韩光祐又说

“也是有可能的。”魏伸道。

“譬如，不是摘花的摘，而是村寨的寨。”韩光祐接着说。

“太有可能！”魏伸道！

“再譬如，不是摘花的摘，而是斋醮的斋。”韩光祐又说。

“也是——”魏伸这次说两个字后，忽然又停下来。他问，“子辉先生说的，是吃斋念佛的斋吧？”

“是。”韩光祐应道。

“子辉先生每每会想到不容易想到的字上。”魏伸说。

“公公把这两个不容易想到的字连在一起，看看是不是还不容易想到！”韩光祐道。

“两个不容易想到的字连在一起，岂不更不容易——”魏伸的话又说不完整。两个不容易想到的字，连在一起，是禹斋。放在别的年代的话，这两个字的确不容易想到；在今天，却不是不容易想到，或者说，不用专门去想，这两个字也应该在心头。因为，皇祖世宗皇帝以尧斋为别号，皇考穆宗皇帝以舜斋为别号，而当今圣上以禹斋为别号。魏伸问，“子辉先生是说，疯癫之人后来念叨的，不是御灾，不是御摘，不是羽灾，不是羽摘，而是禹斋？”

“本来我也不会这么想的，但由前头念叨的两个字改而念叨，除这两个字，还会是别的两个字吗？”韩光祐反问。

“子辉先生是来说件小事的，说来说去，可就不是一件小事。”魏伸这是针对韩光祐开始的话说的。

“不是小事？”韩光祐问，“一个疯癫之人进城，不是小事？”

“这是小事。”魏伸道。

“疯癫之人嘴上不停念叨，不是小事？”韩光祐问。

“也是小事。”魏伸道。

“他不停念叨的碰巧是两个字，不是小事？”韩光祐问。

“也是小事。”魏伸道。

“他后来改而念叨另外两个字，不是小事？”韩光祐问。

“也是小事。”魏伸道。

“他开始念叨的两个字，后来改而念叨的两个字，碰巧被人听见，不是小事？”韩光祐问。

“也是小事。”魏伸道。

“那何者不是小事？”韩光祐问。

“先呼圣讳，继呼圣号，是小事吗？”魏伸反问。

“先呼圣讳，后呼圣号，谁人听到？”韩光祐又反问。

“子辉先生不是说，碰巧被人听到！”魏伸道。

“碰巧听到的，是圣讳吗？是圣号吗？”韩光祐问。

“那倒不是，”魏伸道，“疯癫之人径呼圣讳、圣号，是子辉先生敷衍出来的。应该说，子辉先生的敷衍，和听者所述，相去甚远。”

“所以，我只能告诉公公，有件小事。”韩光祐归纳道。

“但子辉先生当真以为这是件小事吗？”魏伸问。

“当然不是！”韩光祐道，“当真以为是小事，我何必来和公公说！”

“不是小事，又怎讲？”魏伸问。

“以听者所述而言，是件小事；以我的敷衍而言，则是件天大的事，”韩光祐说着，伸出一指，“此其一也。”

“其二呢？”魏伸问。

“我以为我的敷衍，不是凭空捏造，而是更近实情。故对我来说，此事确是件天小的事，”韩光祐说。

“有其三吗？”魏伸问。

“有，”韩光祐应道，“我的敷衍若更近实情，则疯癫之人非疯癫之人，而是妖人。既是妖人，东厂有缉拿之责。故对公公来说，此事确为天大的事。”

“有其四吗？”魏伸问。

“有，”韩光祐应道，“此事在昨日。据钦天监奏，昨日之前一夜，生白云气经天，如布匹状，占曰主兵。钦天监所奏若实，则妖人闯入京城，正可印证。对朝廷来说，此事确为天大的事。”

“子辉先生说，东厂有缉拿妖人之责，我不推托。我和子辉先生约，使朝廷认可此事是天大的事，归子辉先生；缉拿妖人，并证实子辉先生的敷衍，归本监，”魏伸说着，问道，“如何？”

“好。”韩光祐应道。

魏伸撒出东厂所有的番子在城内搜索，未得其人。韩光祐则按照和他的约定，奏言其事。

第三百九十三章

辽东去冬无雪，今春无雨，大旱看来已成定局。

巡按御史熊廷弼行部金州城，问当地差役有没有大的庙宇。差役告诉他，城里有个城隍庙，是最大的庙宇，香火也很盛。他换身便服，带一两个随从，当即去往城隍庙。

城隍庙出现在眼前时，让他大失所望。此处的城隍庙，别说和京师的城隍庙比，就是和他老家武昌的城隍庙比，就是和他任过官的保定的城隍庙比，也小得可怜。而且，香火也不盛。门前，除了两个卖香烛的摊子，只有一个卦摊。两个卖香烛的摊位，一边一个，卦摊和其中一个卖香烛的摊位在一边。因为没有买卖，和卦摊在一边的摊主，想就近和算卦的说说话，但算卦的闭目养神，除偶尔点点头，一声不吭。该摊主觉得无聊，干脆到对面，和另一个香烛摊主说话，让算卦的一个人在那里闭他的目，养他的神。

熊廷弼走过卦摊时，算卦的忽然睁开眼睛，问道：“大人来祷雨吧？”

熊廷弼听到他的问话，不由自主地站住，好好看他一眼。

“你怎知我是大人？”熊廷弼问。

“看出来的。”算卦的说。

“闭着眼睛，也看得出吗？”熊廷弼讥道。

“我说看出来，是睁眼之后看一眼，才确定无疑的；其实，大人是位大人，我是听出来的。”算卦的说。

“人的身份，可以听出来？”熊廷弼不信。

“在别处听不出来，在此处却听得出来。”算卦的说。

“这是为何？”熊廷弼好奇地问。

“来此处的人，不是闲的发慌，就是急的发慌。闲的发慌，是无事可做，来这里转转；急的发慌，是本人或家中发生难解之事，来这里求神仙。大人步履稳重，不慌不忙，身份可想而知。”算卦的说。

熊廷弼听他说的头头是道，更增添几分好奇。算卦的对面放着个凳子，他坐下后，又问：“你又怎知我来祷雨？”

“听大人脚步，是过往之人，不是久居之人。过往此地的大人，来此进香，能为何事？况且，本地久旱，是该有大人来祷雨。”算卦的说。

“你算算，本官今次祷雨，能否灵验？”熊廷弼道。

“这要看大人如何祷之。”算卦的说。

“你是说，须诚心祷之？”熊廷弼问。

“不是，”算卦的摇摇头，说道，“大人既来这里为民祷雨，一定是诚心诚意的；草民所言如何祷之，是别的意思。”

“祷祀者，除诚与不诚，还有别的不同吗？”熊廷弼问。

“有。”算卦的应道。

“愿闻其详。”熊廷弼道。

“大人饱读诗、书，应该记得有篇《祭鳄鱼文》。”算卦的说。

“今与鳄鱼约，尽三日，其率丑类南徙于海，以避天子之命吏。三日不能，至五日；五日不能，至七日。七日不能，是终不肯徙也，是不有刺史听从其言也。不然，则是鳄鱼冥顽不灵，刺史虽有言，不闻不知也。夫傲天子之命吏，不听其言，不徙以避之，与冥顽不灵而为民物害者，皆可杀！刺史则选材技吏民，操强弓毒矢，以与鳄鱼从事，必尽杀乃止。其无悔！”熊廷弼背诵了唐朝韩愈《祭鳄鱼文》的最后一段后，问道，“可是此文？”

“是。”算卦的应道。

“你是说，我当以韩文公之法祷之？”熊廷弼问。

“是。”算卦的点头。

“二事不同：徙与不徙，鳄鱼是可以做主的；雨与不雨，城隍却是做不了主的。以韩文公命鳄鱼者命城隍，岂不是强人所难？”熊廷弼质疑。

“草民说的是祷祀之法，而不是祷祀之事，”算卦的辩道。“鳄鱼之徙，可求之，可命之；雨水之降，亦可求之，可命之，韩文公之于鳄鱼之徙，是命之；大人于雨水之降，亦宜命之。”

“亦即，与城隍约，尽三日，使雨之。三日不能，至五日；五日不能，至七日？”熊廷弼问。

“应是这等语气。”算卦的道。

“七日不能，是终不肯雨也，又当如何？”熊廷弼问。

“此须大人决断。”算卦的说。

“城隍者，一城阴主也。不能保境安民，要它何用！我将推倒神像，拆毁庙宇！”熊廷弼道。

“如此，大人气势更在韩文公之上。”算卦的说。

“伙计，你可是借庙外一块地方谋生的，我拆庙，岂不砸烂你的饭碗！你不怕吗？”熊廷弼开玩笑地问。

“不会。”算卦的道。

“你是说我不会拆庙，还是说你不会没饭碗？”熊廷弼问。

“首先是大人不会拆庙。”算卦的说。

“你的意思，我若照你说的法子，必能祷得雨？”熊廷弼问。

“是。”算卦的应道。

“我与城隍约，你敢不敢与我约？”熊廷弼问。

“七日后，请大人再来此处，草民恭候。”算卦的道。

七天之后，熊廷弼再次来到城隍庙外，已非昔日景象。烧香的、请愿的军民人等，摩肩接踵，络绎不绝；两个卖香烛的，顾此失彼，应接不暇。唯有卦摊前，一如既往的清冷。不对，应该说比往日更加清冷。显然，昨天下的一场大雨，轰动全城，及附近的城镇、乡村。

“我没拆庙，是你自个儿砸了自个儿的饭碗。”熊廷弼笑道。

“这话怎讲？”算卦的问。

“都知道城隍庙灵验，谁还来找你算卦！”熊廷弼道。

“也不尽然，至少大人知道我的卦是准的。”算卦的说。

“不错，”熊廷弼应道，“我知道你的卦是准的，今日特意如约而来，向你道谢。”

“大人此言差矣，”算卦的摇着头说，“大人为我乡人祷得雨水，应该我向大人叩谢才是。”

“我看你在这里生意清淡，不如随我去吧。”熊廷弼又说。

“随大人去作甚？”算卦的问。

“到我那里去捧个饭碗。”熊廷弼说。

“大人相邀诚意，我全然不疑；不过——”算卦的拖个长音，看熊廷弼会怎么接他的话。

“我是命之，不是求之。”熊廷弼道。

“好，”算卦的微笑，“大人赐草民个饭碗，草民感激不尽；不过，随大人去之前，草民还有句话，请大人品味。”

“你说！”熊廷弼道。

“天道易测，人道难测。”算卦的说。

“先生这话怎讲？”熊廷弼但觉这两句话很深奥，不觉对他的称呼也改变。

“天道利民，不宜久旱久雨，故久旱之后，草民敢于妄言降雨；至于人道会否合乎天道，草民不敢妄测。”算卦的说。

“你是说，我虽为辽人祷得雨水，却未必能为辽人祷得福祉？”熊廷弼悟性甚高，不难听出深藏于他话里的意思。

“大人明鉴。”算卦的道。

“我赴辽东使命能否成功，当真不可测吗？”熊廷弼问。

“难测而已，非不可测。”算卦的说。

“当如何测之？”熊廷弼问。

“大人何不试言辽东之事？”算卦的道。

“先生以为，当言辽东何事？”熊廷弼态度认真地请教。

“大人看，此处可是议事之地？”算卦的问。

“说的是，”熊廷弼略一思忖，道，“先生之意，这句话没有说透，是不会随我去的。不如我二人出城一游，如何？”

“这个主意好，两不为难。”算卦的欣然赞同。

二人出城，走出若干里。见路旁有一高岗，熊廷弼把随从们留在岗下，单独和算卦的登上去。

立于高处，可以俯瞰金州，也可以眺望远处。

“到此处，先生可赐教吧？”熊廷弼问。

“大人以为，今日辽东，何事最急迫？”算卦的反问。

“庸官祸国殃民，当罢黜，当惩治。”熊廷弼说。

“大人说的庸官，是谁人？”算卦的问。

“第一，镇守辽东总兵官官李某；第二，巡抚辽东都御史赵某，”熊廷弼道。他说的李某，是宁远伯李成梁；赵某，是辽东巡抚赵楫。说出这两个人后，他又补充一句，“原来还有个税监高某，但此人已被召还，余者不足为大患。”

“草民有个小小的提议。”算卦的说。

“是关乎庸官的吗？”熊廷弼问。

“是。”算卦的应道。

“先生不会觉着，本官议错人吧？”熊廷弼问。

“大人没议错。”算股的道。

“那先生有何提议？”熊廷弼问。

“第一，是赵都堂；第二，是李爵爷。”算卦的把两个人的次序颠倒。

“可撤宽奠六堡，是宁远伯首议，先生难道不知？”熊廷弼以为，他的这个提议并不适宜。

“草民知道。”算卦的应道。

“虽知宁远伯首议，仍要把赵某列在前面？”熊廷弼问。

“是。”算卦的应道。

“却是为何？”熊廷弼问。

“一则，宁远伯首议，赵都堂若持异议，部、院未必会从；部、院从的是赵都堂，非从宁远伯。二则，巡抚都御史易人，于辽东无大碍；镇守总兵官易人，局面难以逆料。”算卦的说。

“言之有理；我上劾疏，可以把此二人的次序颠倒。”熊廷弼道。

“大人上此疏，朝廷若能从大人之请，我以为人道可测，则去大人那里端个饭碗。”算卦的提出条件。

“以几日为限？”熊廷弼问。

“此事不似祷雨，急不得，三月如何？”算卦的道。

“好，”熊廷弼应允，“三月之后，我和先生还在城隍庙外相见。”

熊廷弼上疏，列赵楫、李成梁八大罪状：

罪之一，不能开疆拓土，而反将数百里膏腴之土地，拱手奉夷；

罪之二，不徙民实塞下，而反劫塞下六万余人，以至殍死；

罪之三，以车价买贡不得，后以疆界买贡，长夷酋之桀骜；

罪之四，与属夷歃血盟誓，受城下之辱；

罪之五，边地弃，即以内地为塞，开门揖盗；

罪之六，遣人唆夷，索我土地，逐我人民；

罪之七，盗陛下之府库，以赂夷狄；

罪之八，丧地辱国，犹内外通好，务为欺罔，以买陛下之秩、之荫。

一个月朝廷未加批复，两个月朝廷未加批复，三个月朝廷仍未加批复。熊廷弼如约来到金州城隍庙，卦摊已不见，算卦的早已不知去向。他颇感失落。

这是后话。

第三百九十四章

吏部侍郎肖云举好不容易把孙丕扬盼来，如释重负。

孙丕扬是去年九月有旨起用，重掌吏部的。那时，杨时乔虽重病在身，还可以隔三差五，勉强来衙门里坐坐。等孙丕扬今年初夏赴京就任，杨时乔病逝已两个多月。

在这之间，肖云举由右侍改左侍，但无论是因为杨时乔不能赴部视事，还是因为孙丕扬久久不肯赴任，朝廷都没有命他署部，这使得他的地位很尴尬，很多事处置也不是，不处置也不是。

所以，一旦得知孙丕扬到京，他等不及在衙门里相见，立即前去探望。

孙丕扬宅第没收拾出来，和许多初赴朝的大臣一样，借宿在西朝房后。这成为肖云举的第一个话题。

“叔孝先生，这就是你不对。”他说。

“允升先生是说，我该先去衙门报道？”孙丕扬说句笑话。

肖云举字允升，广西宣化人，万历十四年进士。

“叔孝先生怎想的！”肖云举嗔道，“我是说，朝旨既下，叔孝先生早该差人来把房子收拾出来；即便差人不便，也可让我等晚辈来帮这个忙。免得要在这等不舒服的地方，住一阵子。”

“我可是恳乞皇上收回成旨的，要是皇上准允呢？”孙丕扬道。

肖云举语塞。孙丕扬是万历二十四年去官的，要是有一点点复出的愿望，也不会等到今天，甚至不会等到去年九月朝廷有旨召还。

“要是皇上恩准，岂不是白费一番工夫！”孙丕扬又说。

“世上有几件事不是白费一番工夫的！”肖云举颇有感慨地说，“叔孝先生先使人来收拾房子，可能是白费一番工夫；叔孝先生接连上疏恳辞，就不是白费一番工夫？今日看来，叔孝先生先使人来收拾房子，并非白费一番工夫；而接连上疏恳辞，才是白下一番工夫。”

“允升先生所论，很有哲理呀，”孙丕扬赞道，并顺着他的思路说，“朝廷召我，我不赴，是白费一番工夫；我既赴，无所作为，也是白费一番工夫。”

“尽心而已，是不是白费工夫，大可不顾。”肖云举说。

“承教，承教，”孙丕扬揖了揖，说道，“今日吏部之事，如何尽心，还望允升先生加以启迪。”

“不敢当，”肖云举还了一揖，说，“我看，就从最近的事做起吧。”

“最近的事，却是何事？”孙丕扬问。

“日前，常公公来吏部传旨，皇上命惩处擅自离任之臣。这应该是最近的一件事。”肖云举说。

“允升先生说日前，是哪日？”孙丕扬问。

“三日前。”肖云举说。

“三日前降旨，尚未议处？”孙丕扬问。

“奉旨后，我诉于进卿先生：吏部无人署部，奈何？进卿先生说：据悉，叔孝先生不日抵京，不如等他到，再议复。”肖云举述道。

“此进卿先生本人之意，抑或皇上之意？”孙丕扬问。

“降旨吏部后，皇上并未催促，想来是皇上的意思；至少，进卿先生的意思皇上是认可的。”肖云举说。

“但愿如此；不然，我说不定要责备允升先生不肯尽心，”孙丕扬说这话，显然不是认真的；但也不完全是说笑。他又问，“这两三天，允升先生没找人议议此旨吗？”

“倒是和司官们议过一两次。”肖云举说。

“是怎议的？”孙丕扬问。

“我等都以为，首先要界定，何为擅自离任。”肖云举说。

“要界定何为擅自离任？允升先生等是不是都以为，有的离任并不属于擅自？”孙丕扬问。

“是。”肖云举点头。

“是吗？倒要听允升先生具体说一说！”孙丕扬道。

“譬如，前者本部宜迁先生未能赴部，内阁少钦先生未能赴阁，今者尔张先生未能赴阁，多未奉旨，严格地说，均属于离任。但只可定为离任，不可定为擅自离任。一来，数公的确有病；二来，只要一次有旨静养，各次都可以援引该旨。”肖云举说。

“还有别例吗？”孙丕扬问。

“再譬如，前者内阁太仓相公，今者本部叔孝先生，屡有旨召，而屡不至。因二位尚未到任，不仅不能定为擅自离任，亦不能定为离任。”肖云举说。

“允升先生等这是对我网开一面呀，”孙丕扬笑着说，又问，“以此而界定，允升先生等以为，擅自离任，谁人是始作俑者？”

“我等一致以为，是工科给事中孙君善继。”肖云举说。

“我对此人有印象，应该是资深科臣。”孙丕扬道。

“可不，比我仅晚一科。”肖云举道。

“是山东人吧？”孙丕扬问。

“是山东掖县人。”肖云举道。

“开风气之先者，是一定要严处的。允升先生等确定，他是擅自离任？”孙丕扬问。

“拜疏竟去，不待朝旨，叔孝先生说，算不算擅自离任！”肖云举道。

“若是如此，我也无法替他说话，”孙丕扬说着，又问，“允升先生等以为，对他当如何处置？”

“有人提议削籍。”肖云举说。

除死罪及戍边之外，削籍应该是对官员最严厉的处分。

“允升先生之见呢？”孙丕扬问。

“以擅自离任而言，这一处置过严；以开擅自离任风气而言，这一处分似不为过。”肖云举说。

“那就定以削籍。”孙丕扬果断地说。

“就这么拟定？”肖云举倒颇感意外。

“允升先生还有别的想法吗？”孙丕扬问。

“我本人并无别的想法，但叔孝先生要不要再与各卿议一议，譬如与浴之先生议一议，或与进卿先生议一议？”肖云举道。

“用不着！”孙丕扬更加果断，“允升先生只说司官有人提议，未说司官有人反对。再者，允升先生以为可以，我也以为可以，这还不能成为吏部之议吗？为何还要与别个议！别衙反对，譬如都察院反对，浴之先生可以陈奏；内阁反对，进卿先生可以陈奏。”

“叔孝先生说的是，处分孙善继，以削籍议上。”肖云举表示同意。

“下一个是谁人？”孙丕扬问。

“我等查得，是兵科给事中刘君道隆。”肖云举说。

“咦！”孙丕扬好似发现新奇事，“他是允升先生同年吧？”

“是。”肖云举应道。

“科垣真是藏龙卧虎的地方，随便找个给谏出来，就和吏部佐卿是同科进士！”孙丕扬叹道。

“他不是随便找出的，六科给事中他差不多最资深。”肖云举说。

“我想也是，”孙丕扬回应一句，又问，“刘君是哪里人？”

“湖广潜江。”肖云举说。

“除恰好是第二个擅自离任者，刘君离任一事还有特别之处吗？”孙丕扬问。

“我和司官们议过，并无特别之处。”肖云举说。

“也就是说，对刘君的处置，应该和对孙君的处置不一样，而和对其他擅自离任者的处置一样，”孙丕扬说着，问道，“是这样吧？”

“是这样。”肖云举道。

“那么，就可以和其他擅自离任者的处分一起来议，而不必单独地议，”孙丕扬说着，又问，“是不是？”

“是。”肖云举应道。

“允升先生等议的下一个是谁？”孙丕扬问。

“工科右给事中王君元翰。”肖云举说。

“此君我似从未谋面。”孙丕扬道。

“他是万历二十九年的进士，叔时先生肯定没见过他。”肖云举说。

“他乡贯何处？”孙丕扬问。

“云南宁州。”肖云举说。

“他离任一事有无特别之处？”孙丕扬问。

“数人之中，大概王君最为特别。”肖云举说。

“说说看。”孙丕扬道。

“御史郑君继芳上疏攻讦王君，王君反讦郑君。附和郑君参劾王君之科、道，不下十余人；为王君鸣冤、攻讦郑君之科、道，亦不下十余人。一时朝中大乱。”肖云举说。

“此事我有所耳闻，原来是为此君而起，”孙丕扬道。又问，“郑君攻讦王君何事？”

“盗占库金，克扣商人，奸赃数十万。”肖云举说。

“王君反诘郑君何事？”孙丕扬问。

“称其为北鄙小贼。”肖云举说。

“郑君是北人？”孙丕扬问。

“他是河间府盐山人。”肖云举说。

“畿辅也成北鄙？郑君若是北鄙小贼，我更是北鄙老贼。”孙丕扬的话里，流露出对王元翰的不满。

“王君言辞过激，不仅此一言。”肖云举说。

“还有何言？”孙丕扬问。

“譬如，因灾陈言，请罢内阁少钦先生、大司马夏卿先生、掌院都御史浴之先生，曰：今更有二大变：大小臣工志期得官，不顾嗤笑，此一变也；陛下不恤人言，此又一变也。有君心之变，然后臣工之变因之。在今日，挽天、洪水、寇贼之变易，挽君心与臣工之变难。又曰：陛下三十年培养之人才，半扫除于申时行、王锡爵，半禁锢于沈一贯、朱赓。”肖云举略述其疏文。

“此君言辞还真是特别。”孙丕扬道。

“不仅言辞特别，行为更特别。”肖云举又说。

“怎么？”孙丕扬问。

“其离任之日，他从值房带走自己的用品。出端门时，他将筐箧置于地，招内使、甲士简括。然后，大哭几声，辞朝而去。”肖云举述道。

“看来，允升先生挺称赏他的慷慨激昂之气。”孙丕扬说。

“我并不称赏，但有不少人称赏。”肖云举道。

“是为他鸣冤的那些科、道们吧？允升先生是不是担心，处分他后，为他鸣冤的科、道们会把矛头对准吏部？”孙丕扬问。

“是有那么一点儿担心。”肖云举承认。

“其实毋庸担心，”孙丕扬道，“王君、郑君互讦，是王君、郑君互讦；王君擅自离任，是王君擅自离任。吏部今次议处分，是因擅自离任，而不是因二君互讦，为王君鸣冤的科、道没理由迁怒于吏部。”

“道理是这么个道理，但愿他等也能如叔孝先生般通情达理。”肖云举无法完全消除他的担心。

点到为止，孙丕扬并不想彻底打消肖云举在这件事情上的顾虑。他问：“王君之后却是谁人？”

“左春坊左谕德顾君天埈。”肖云举说。

“翰林牵涉其中，或许只是因为擅自离任，再无别情。”孙丕扬道。

“不见得。”肖云举摇头。

“你是说，顾君也有特别之处？”孙丕扬问。

“是，”肖云举点点头，说道，“首先，顾君是南直昆山人。”

“这不难想到，顾姓乃江南大姓。”孙丕扬说。

“其次，他是万历二十年进士。”肖云举说。

“此事有何特别？”孙丕扬不解地问。

“并无特别，只是叔孝先生留意各擅自离任者之乡贯、科第，所以我告诉叔孝先生。”肖云举说。

“多谢，”孙丕扬揖了揖，问道，“何为其特别之处？”

“朝中有昆党之说，叔孝先生曾闻否？”肖云举问。

“这两年耳朵里常吹进东林党三字，却没吹进昆党二字，”孙丕扬说着，问道，“昆者，昆山也，抑或昆明也？”

“是昆山。”肖云举告诉他。

“同处江南，一则苏州，一则常州，不会是在朝者与在野者遥相呼应吧？”孙丕扬问。

“不仅不是遥相呼应，而且彼此敌对。”肖云举说。

“都是响当当的‘党’？”孙丕扬想到一句俗俚的形容。

“不错，都是响当当的‘党’。”肖云举笑着说。

“同样的原因，处分王君不是因为王、郑二君互讦，处分顾君也不是因为东林、昆山二党之争，故无须心虚。”孙丕扬说。

“此事我也想透。”肖云举道。

“顾君之后是谁人？”孙丕扬又问。

“另一位左谕德李君腾芳。”肖云举说。

“他是不是和顾君同科？”孙丕扬有些印象。

“是。”肖云举应道。

“但不是同乡。”孙丕扬说。

“不是，”肖云举道，“李君是湖广湘潭人。他若和顾君同乡，人家也不会改称顾君别党。”

“怎么？”孙丕扬问。

“顾君、李君二人最友善，却不能以昆党相称，故朝中又有顾党、李党之称。”肖云举解释道。

“原来如此，”孙丕扬点点头，又问，“李君之后，还有没有人拜疏竟去？”

“还有一人，是最不应该擅自离任的。”肖云举道。

“却是谁人？”孙丕扬问。

“吏科都给事中陈君治则。”肖云举说。

“允升先生是说，身为吏垣都给谏，此所谓天下第一科臣，他应该比别官更懂得规矩，更遵守规矩？”孙丕扬问。

“此其一也。”肖云举道。

“其二怎说？”孙丕扬问。

“御史郑君，号称是他弟子。”肖云举道。

“那么，郑君攻讦王君，是受命于他？”孙丕扬不难得出这个结论。

“有这么个说法，”肖云举道，“虽则郑君受命于陈君，而攻讦王君，并无实据；但陈君与王君不合，举朝皆知。王君既擅自离任而去，陈君却又步他后尘而去，岂不是把都给谏等同于普通的给谏，把吏科都给谏等同于别科的右给谏？”

“按照允升先生的说法，即便拜疏而去，陈君也应该在王君的前面，”孙丕扬说着，问道，“是不是？”

“并非此意，只是觉着古怪。”肖云举说。

“我看，这位陈掌科还有个特别之处。”孙丕扬道。

“有何特别之处？”肖云举问。

“我记得，他也是万历二十年进士。”孙丕扬说。

“是。”肖云举应的这一声，不仅在表示他说的对，而且在表示，尽管今次处分，万历二十年的进士居多，也不能证明有多特别。

“他是浙人吧？”孙丕扬又问。

“是浙江余姚人。”肖云举说。

“余姚、山阴，皆属绍兴。”孙丕扬道。

“叔孝先生是说，他因少钦先生病故而去？”肖云举问。

“允升先生能说，此二事无关？”孙丕扬反问。

“我不能说。”肖云举承认。

“允升先生提及顾党、李党，昆党、东林党，然据我所知，更早被冠以党者，应该是浙党。兰溪相公是浙籍，四明相公是浙籍，山阴相公又是浙籍，三相公相继首揆，自万历二十二年至三十六年，达十四年之久。其间，附和内阁者以浙籍士人为多；攻讦内阁者，亦多以此为言。故而，浙党的称号，一定早于别党。”孙丕扬说。

“叔孝先生说的是。”肖云举应道。

“今吏部的事难办，在于朝野党派林立。罢黜一人，则同党者呼号；升迁一人，则异党者呼号。但我想，吏部非东林之吏部，亦非昆党之吏部；非此姓之吏部，亦非彼姓之吏部。吏部是朝廷的吏部。既然结好一党，交恶一党，无不树敌，不如干脆置身党争之外。纵遭弹劾，心中也可坦然。”孙丕扬发一通议论。

“叔孝先生在局外十数年，果然比我辈看得透彻。”肖云举赞道。

吏部议处擅自离任各官，孙善继削籍，刘道隆、王元翰、顾天埈、李腾芳、陈治则五人，各镌三秩。

第三百九十五章

南京礼科给事中晏文辉转到南京工部衙门，见门外太冷清，想进去看看。他不是工部的官员，甚至不是工科的官员，心想，进人家的衙门，总得打声招呼吧？可左看右看，竟没一个可以打招呼的人。他只得在心里说声“我来也”，然后走进大门。

里面静得让人发慌。两厢的房屋紧闭门户，正堂倒是敞开，但丝毫感觉不到生气。正堂须得登阶而入，阶外荒草有半人高，而入门后通往正堂的路边，甚至路径之上，也有一簇簇小草窜生。

晏文辉想退出去。但老天好像故意戏弄他，他要找人时，找不到；他想走时，却有人从正堂走出。

来的当然不是他想找的人，但也不是他根本不想找的人。不管怎么说，只要是衙门里的人，哪怕是下人，也可以问问话。

从正堂出来的，正是个下人。他是个衙役，可能是在门外当差的门役，可能是在衙内当差的杂役，也可能兼而是之。

他三两步跑到晏文辉跟前，边喘气，边问：“大人是来赴任的吗？”

“你看我像吗？”晏文辉反问。

“这不好说。”该衙役道。

“为何不好说？”晏文辉问。

“看大人的服饰，在科垣——”衙役只说一句，就被晏文辉打断。

“这你也看得出来？”晏文辉问。

“小的当几十年差，何等人分辨不出！”衙役道。

“既然看得出我在科垣，怎又问我是否来赴任？”晏文辉问。

“科垣是仅次于翰林的美差，改任部属的很少。尽管如此——”衙役说到一半，又被打断。

“这你也知道？”晏文辉问。

“小的见过从科垣来部的大人，真可谓牢骚满腹。”衙役说。

“你看我会不会牢骚满腹？”晏文辉笑着问。

“大人心境平和，应该不会，”衙役道，又说，“大人虽着科垣服饰，看来不像是来赴任的，但若说来找人，则更不像。所以，小的宁愿问大人一句：是否来赴任？”

“为何我看着更不像是来找人的？”晏文辉问。

“大人难道不在南京科垣？”衙役反问。

“我是在南京科垣呀。”晏文辉道。

“大人既然在南京科垣，怎会不知，南京工部根本不会有大人要找的人！”衙役道。

“你知我要找谁个，就说没我要找的人？”晏文辉问。

“大人从科垣来，不找南司空，也得找少司空。”衙役说。

“你连南司空这等别称也知？”晏文辉又觉好奇。

“人家都这么叫，小的再愚笨，也学得会。”衙役说。

“今日到来，找不到南司空，也找不到少司空，我自然知道；但我不能找某一司官吗？”晏文辉问。

“大人算是找对。”衙役话中带刺。

“我听出来，司官也是找不到的。对吧？”晏文辉问。

“大人明鉴，本衙该有四名司官，今空缺亦是四司官。”衙役说。

“你说无一名司官即可，不非得说空缺四司官！”晏文辉道。

“小的怕大人误会。”衙役说。

“我怎会误会？”晏文辉问。

“我说无一司官，大人岂不误会，南京工部从此不设司官？我说空缺四司官，意即早晚会补。”衙役说。

“看来，你说话比我讲究；工部若有司官，大概比他等更讲究，”晏文辉也话里带刺。他又问，“空缺四名司官，各司事以员外署，抑或以主事署？”

“若有员外、主事，不仅署得司事，或许连部务也兼署。”衙役说。

“你是说，工部连员外、主事亦无一人？”晏文辉问罢，更正道，“不对，口误！各司员外一名、主事二名，我应该问，工部今是否空缺四员外、八主事？”

衙役嘴一撇，道：“大人不是从吏科来吧？”

“为何要问此事？”晏文辉问。

“大人若是从吏科来，不会不知各衙门建制。”衙门说。

“我又说错？”晏文辉问。

“是大错！”衙役道，“各司郎中一人，员外一人，那是北部，不是南部。南部郎中定设，员外却不定设。”

“你是说，南京工部不设员外？”晏文辉问。

“不是不设，而是并非各司设一员外。”衙役说。

“你且告我，南工部有员外几人？”晏文辉道。

“仅营缮司，设一员外。”衙役说。

“主事呢？也是或设或不设？”晏文辉问。

“那倒不是，”衙役道，“本部每司都设主事，共设主事八人；不过，不是每司二人，而是营缮司三人，屯田司一人，虞衡、都水二司各二人。”

“三人行，必有我师焉，圣人的话真对！你不说，我怎知这多细致的事，”晏文辉感慨之后，重新问道，“你是不是说，南京工部今空缺一员外、八主事？”

“是。”衙役应道。

“如此说来，南京工部岂不成一座空衙！”晏文辉道。

“大人又说错。”衙役直摇头。

“对，不是空衙；衙门仍是衙门，房屋在，桌椅在，文档在，只是官员空缺而已。”晏文辉说。

“我不是这个意思。”衙役道。

“对，还有你老哥在。”晏文辉说。

“我也不是这个意思。”衙役道。

“那是何意？”晏文辉问。

“还有和我一样的衙役们，还有在后院办事的书办们，大人要找谁个，小的替大人找来。”衙役说。

“南司空、少司空、司官们、员外、主事们不在，我谁都不找；南司空、少司空、司官们、员外、主事们都在，我也是谁都不找。我或许就是来看看衙门，看看房屋，看看桌椅，连文档我也没想看。”晏文辉说着，漫步走出南京工部大门。

南京吏部衙门外的情形，和南京工部大不一样。或许不应该说大不一样，而应该说有所不同。至少门役规规矩矩地站立门外。有人出来，他会打个招呼；有人进去，他会问上一两句。

“大人是来本衙门找人吗？”他也和晏文辉打招呼。

“是啊。”晏文辉应道。

“大人找哪位大人，小的进去通报。”该门役说。

“我找谁人，等会儿告诉你；你先告诉我，看得出我是哪个衙门的吗？”晏文辉道。

门役盯住他的脸看了一会儿，从他的表情看，不认得晏文辉。

“别看脸，看服饰。”晏文辉道。

门役摇摇头，也不认得服饰上的鸟兽。

“记住，我从科垣来。”晏文辉说。

“是。”门役虽然应着，却是一脸茫然之色。

“也不知道科垣吧？”晏文辉问。

“小的只知员外，不知科垣。”门役说。

“那你可知，吏部有几名员外？”晏文辉问。

“大人若上吏部，找错地方。”门役说。

“这里不是吏部？”晏文辉惊问。

“不是。”终于可以堂而皇之答话，门役的底气十足。

“几时改换的门庭？”晏文辉边四处张望，边道。

“大人说改换门庭，是何意？”门役问。

“改换门庭，即原是吏部，今改成别的衙门。”晏文辉说。

“这里从来不是吏部，所以没改换门庭。”门役说。

“那么，这里是何衙门？”晏文辉问。

“是南京吏部。”门役说。

“天哪，真不可同日而语！”晏文辉哭笑不得。

“大人说的不可同日而语，是何意？”门役问。

“我才从工部衙门过来，和该衙门的人说会儿话；现在又和你说会儿话，你二人真不是同一档次。”晏文辉道。

“大人总算说句明白话，”门役表扬晏文辉之后，自己也说句明白话，“吏部在六部中居首，工部在六部中居尾；南京吏部未必居部首，南京工部却一定居部尾。首尾怎能相提并论！”

晏文辉本来想走，听他这话，又留下来。

“承蒙谬奖，再请教几件事。”他说。

一般人都会说句“请教不敢当”，门役却问：“几件？”

“三五件吧。”晏文辉道。

“别超过五件；超过五件，我也许说不上来。”门役预先告之。

“好，”晏文辉点头应允，他先说，“你方才说知道员外，本部的员外也知道吗？”

“我说的是本村的员外，本部的员外怎知！”门役道。

“本部没有员外？”晏文辉问。

“绝对没有。”门役道。

“你既不知本部的员外，可知郎中？”晏文辉又问。

“除非痴呆，怎会不知郎中！”门役道。

“你说说，本部有几名郎中？”晏文辉问。

“这却不知。”门役道。

“你不是知道郎中吗？”晏文辉问。

“我知道的是街上的郎中，本部的郎中谁知！”门役道。

“你既不知本部的郎中、员外，可知主事？”晏文辉又问。

“除非健忘，谁不知主事！”门役道。

“你说说，本部有几名主事？”晏文辉问。

“家有千口，主事一人。我知道的是家中的主事，本部的主事怎知！”门役道。

“本部郎中、员外、主事皆不知，我要找某郎中，某员外，某主事，你如何为我通报？”晏文辉问。

“大人要找某人，不先得告诉我某是赵呀，还是钱呀；我知道姓氏，不就可以通报？”门役道。

“如此说来，本部官员的姓氏你都知道？”晏文辉问。

“不仅本部的大人们，连本部师爷、本部衙役的姓氏，我无有不知。”门役说。

“要是同姓呢？”晏文辉问。

“小的可以一位一位地找。”门役说。

“你老弟堪称各部衙役的典范，”晏文辉讥道，并说，“我要找贵部赵大人，麻烦你通报一下。”

“大人是找我部赵大人呀，”门役流露出为难神色。“大人径入，不必通报。”

“这是为何？”晏文辉问，“是因为本部姓赵的官员太多，你老弟终归还是怕麻烦吗？”

“正好相反，本部姓赵的大人只有一位，即署部赵侍郎。”门役说。

“既如此，为何不愿通报？”晏文辉问。

“我不是怕自个儿麻烦，是怕大人麻烦。”门役说。

“怕我麻烦？我有何麻烦？”晏文辉问。

“小的通报，赵老大人一定会问小的，谁人来找。”门役说。

“没关系，我可以告诉你我的姓名。”晏文辉道。

“赵大人一定还要问小的，大人为何事来找。”门役说。

“没关系，我可以告诉你事由。”晏文辉道。

“赵大人一定还要问小的，大人的事由经否吏部处置。”门役说。

“没关系，我可以告诉你始末。”晏文辉道。

“大人不厌其烦，固然是好事；但大人说得越多，小的忘得越多，小的忘得越多，不得不一而再、再而三地出来问大人。只怕问到最后，大人拂袖而去。”门役说。

“老弟果然是为我着想，”晏文辉道，“好吧，我径入。”

“大人请。”门役让开路。

南京吏部署部侍郎赵士登听晏文辉讲述在工部、在本部和衙役的对话，大笑不止，险些岔气。

“汝庸先生适可而止吧，别笑出毛病。”晏文辉说。

赵士登好不容易止住笑。他说：“尚华有句话太对。”

赵士登字汝庸，南直隶泾县人，万历八年进士。晏文辉字尚华，江西南昌人，万历二十六年进士。

“仅一句话对？”晏文辉和他较真。

“对的话很多，有一句尤其对。”赵士登说。

“是哪句？”晏文辉问。

“南京工部成一座空衙，”赵士登说，“不管尚华在该部碰到的衙役怎辩，不管衙门里还有多少书吏、衙役，不置一官，就是空衙。”

“晚生还以为，晚生说的尤其对的，是另一句呢。”晏文辉道。

“尚华以为是哪句？”赵士登问。

“晚生在吏部碰到的衙役堪称典范呀。”晏文辉说。

“尚华别以为，我听不出你在嘲讽；你不仅嘲笑本部衙役，也嘲笑我这个署部侍郎！”赵士登道。

“不敢，不敢！”晏文辉连声道，并问，“嘲笑贵衙役，我且不分辩，却不知怎的也嘲笑汝庸先生？”

“吏部的衙役却不知本部有郎中、员外、主事等设制，你说，我这个署部侍郎是怎署的部！”赵士登道。

“正因如此，我才说贵衙役堪称典范呀，”晏文辉说，“盛赞贵衙役，我是发自内心的。汝庸先生想啊，若是各衙门的衙役都把心思放在本衙的事务上，各衙门竟成谁家的天下！不如像贵衙役这样，对本衙的事务不闻不问，不知不管，让人放心。”

“尤其可以让我这个署部者放心。”赵士登加上一句。

“汝庸先生说的是，”晏文辉笑道，又问，“不过，汝庸先生说我尤其对的那句话，才是尤其不让汝庸先生放心吧？”

“你是说，南工部空衙？”赵士登问。

“是啊。”晏文辉应道。

“与其说不放心，不如说徒唤奈何。”赵士登说。

“汝庸先生，南工部当真空衙？”晏文辉不放心地又问一句。

“尚华亲眼所见，何必问我！”赵士登道。

“晚生是说，会不会有官挂职南工部，而请假省亲，或在家养病？”晏文辉道。

“没有。”赵士登很肯定地说。

“连名主事也没有？”晏文辉又问。

“连名司务也没有。”赵士登说。

司务是杂职，只有从九品。

“好，南工部的事，到此为止。晚生还有一事请教，”晏文辉说。他听得仔细，想得更仔细，问道，“南工部这等情形，别衙有否？”

“尚华去南工部转一圈，没接着再转转别的衙门吗？”赵士登反问。

“譬如哪个衙门？”晏文辉问。

“南礼部，或南刑部。”赵士登说。

“汝庸先生是说，这两个衙门也如南工部？”晏文辉问。

“是，”赵士登应道，“尚华若转到南礼部、南刑部，一定会发觉，此二部和南工部一样，也找不到一名官员。不同的是，南礼部和南工部一样，完完全全不置一官；南刑部看似无一官，实则有一二部属或请假省亲，或在家养病。”

“汝庸先生为何对南刑部手下留情？”晏文辉问。

“怎讲？”赵士登问。

“你没把南刑部一网打尽呀。”晏文辉说。

“一则，南京各部是一官不置，还是安置数官，不是我能做得了主的；二则，如礼部、工部一官不置，而刑部尚有一二官员，虽则这一二官员眼下亦不在部，或是因为南刑部属官更多，而非别的缘故。”赵士登说。

“属官多，是因属司多？”晏文辉问。

“对。南部和北部同，礼部、工部各四司，刑部则有十三司，”赵士登说着，问道，“工部司属之设，尚华已经知道，是吧？”

“是。”晏文辉应道。

“南礼部呢？”赵士登问。

“南礼部却不知。”晏文辉道。

“南礼部司属，比南工部更少，”赵士登说，“南工部司属十三人；南礼部四司，则各郎中一人，仪制、祀祭二司，各主事一人，属官仅六人而已。六官尽去，当然比十三司属官尽去，要快得多。”

“有道理，有道理！”晏文辉连声附和，又问，“其他三部，我知南吏部有汝庸先生，南户部、南兵部又如何？”

“亦各以侍郎署部。”赵士登说。

“为何南礼、南刑、南工无官署部，南吏、南户、南兵却置侍郎署部？”晏文辉问。

“我只能说，或因职事繁简不同。南吏部须考察南京及相关官员，南户部须打理江南赋税，南兵部须参赞南京军务，故署部者不可或缺，”赵士登说到这里，笑了笑。“若是有一天，南京各衙门都如南礼部、南刑部、南工部般空衙，南吏部也用不着署部。”

“但愿不会有那一天！”晏文辉做祈祷状，然后认真地问，“我把南京各衙门的情形奏闻于朝，汝庸先生不会怪我多事吧？”

“求之不得，怎会怪尚华多事！”赵士登道。

第三百九十六章

孙丕扬把叶向高约到朝房议事。叶向高问："叔孝先生是要诉苦吗？"

"进卿先生怎知我要诉苦？"孙丕扬反问。

"南给谏疏言南京各衙门举署而空的情形，叔孝先生难道不是为此事来找我？"叶向高道。

"是为此事来找进卿先生，也有向进卿先生诉苦之意，"孙丕扬承认之后，又说，"不过，更要紧的，是向进卿先生请教。"

"这从何说起！"叶向高道，"叔孝先生不是第一次掌吏部，吏部事务应该比我熟悉呀。"

"可进卿先生在南京任官的年头的确不短。"孙丕扬说。

"原来叔孝先生要问我南京衙门的情形，是吧？"叶向高问。

"是。"孙丕扬应道。

"有具体的要问吗？"叶向高问。

"有，"孙丕扬点点头，问道，"进卿先生是从南京召入阁吧？"

"是。"叶向高应道。

"在南京，进卿先生任尚书，抑或侍郎？"孙丕扬问。

"侍郎。"叶向高道。

"礼部吗？"孙丕扬问。

"先礼部，后吏部。"叶向高道。

"进卿先生官南礼侍，是在几多年前？"孙丕扬问。

"七八年前吧。"叶向高道。

"那时南礼部有无尚书？"孙丕扬问。

"早无，"叶向高道，"我记得，南礼部最后一名尚书是四明相公；自他召入，再未推南宗伯。叔孝先生算算有几多年！"

"有十多年，"孙丕扬说，"我虽不记得四明相公是几时召入朝的，但记得他是万历二十二年入阁的。"说着，又问，"进卿先生是署部？"

“是。”叶向高应道。

“也就是说，那时的南礼部有侍郎署部。”孙丕扬道。

“当然有。”叶向高道。

“但不知，进卿先生是署部，抑或守部？”孙丕扬问。

“署部，守部，二者有不同吗？”叶向高反问。

“有，”孙丕扬应道，“署部者，管理一部也，有众多可管之官员；守部者，守着一部的摊子，却无须管理。”

“叔孝先生若是问我那时礼部有无司属，我可以告诉你，我在礼部时，至少还有二司官、一主事在部。”叶向高说。

“人虽不多，但我知南礼部全额官员不过是四司官，二主事。亦即，进卿先生署部时，南礼部还保住半壁江山。”孙丕扬道。

叶向高笑着点点头。值得发笑的，当然是“半壁江山”的说法。

“进卿先生改南吏部后呢？”孙丕扬问。

“朝廷命我改南吏部，并未推选南礼部署部侍郎，更未推选南礼部尚书，直至我被召入朝中，该职一直虚位以待；据我所知，我入朝后，南礼部也没再设堂官。”叶向高说。

“你那三名属下呢？”孙丕扬问。

“你问南礼部的二司官、一主事？”叶向高坐实。

“是。”孙丕扬应道。

“我改官南吏部的那两年里，一郎中去官；至于另一郎中和主事，我不知下落。”叶向高说。

“有没有可能，进卿先生入朝这一年多里，另一名郎中和主事，也相继去官？”孙丕扬问。

“极有可能！”叶向高道。

“那么，晏给谏称南礼部空署，应该不是虚妄之言。”这是孙丕扬需要得出的第一个结论。

“我相信不是虚妄之言。”叶向高同意他的结论。

“南礼部空署不是虚妄之言，那么，晏给谏称，南刑部、南工部空署，也不是虚妄之言。”孙丕扬又推论。

“南礼部的情形我大约可知，所以，可以和叔孝先生一同判断；南刑部、南工部的情形，我却不知。特别是南刑部，我记得是十三司，各设司官一名；浙江、江西、河南、陕西、广东，各设员外一名；除广东清吏司设二主事，别司各设主事一名。

亦即，司官十三名，员外五名，主事十四名，共计司属三十二名。在南京，司属之多仅次于户部。这多司属会不会说没就没，我不敢臆测。”

“那就不臆测，请进卿先生再说点儿有印象的吧，”孙丕扬说着，问道，“进卿先生还记不记得，自任南礼侍后，南部有几名尚书？”

“除南礼部外，其他五部似都有尚书，”叶向高说着，数道，“南吏部尚书是于野先生，南户部尚书是元嗣先生，南兵部尚书是彦辅先生，南刑部尚书是宗传先生，南工部尚书是元谙先生。”

他说的各部尚书，分别是曾同亨、张孟男、郝杰、赵参鲁、裴应章。

“在这五位之后呢？”孙丕扬问。

“叔孝先生是问接替之人吗？”叶向高自问自答，“在我印象里，并无接替之人，各位尚书似成绝响。”

孙丕扬也笑笑。值得发笑的，当然是“绝响”二字。

“进卿先生是说，朝廷不推？”他问。

“也不见得朝廷不推。我所知者，如元谙先生以南工部尚书致仕，以南吏部尚书起复，辞不赴任。”叶向高说。

“这有悖祖宗设置南京职官的深意。”孙丕扬叹道。

“叔孝先生说的，是何深意？”叶向高问。

“南部五位尚书，有一事进卿先生未必记得清楚。”孙丕扬答非所问地说。

“何事？”叶向高问。

“各尚书是哪一科的，进卿先生还记得吗？”孙丕扬反问。

“我确实不记得，”叶向高承认，又反问，“叔孝先生还记得吗？”

“我试言之，”孙丕扬道，“于野先生是嘉靖三十八年进士，元嗣先生是嘉靖四十四年进士，彦辅先生是嘉靖三十五年进士，宗传先生是隆庆五年进士，元谙先生是隆庆二年进士。”

“我知诸公资深，没想到如此之深！如曾、郝二公，步入宦途，已有六十年；即便以休致之年计，也有五十年之多，”叶向高说着，问道，“叔孝先生提及此事，是不是要告诉我，祖宗设置南京各衙门职官，为的是尊老？”

“尊老固是一意，另一意则更重大，即：设置南京职官，为的是储备人才。以老成之士置于南京卿贰，则临事之际，不愁没人可用来收拾局面。”孙丕扬说。

“叔孝先生所言极是。”叶向高道。

“自四明相公入朝，南礼部尚书不曾再推，进卿先生一再言及；五尚书之后，南京各部尚书不曾再推，进卿先生也一再言及。那么，”孙丕扬说到这里，问道，“五尚书是否已全部休致？”

“据我所知，已无存，”叶向高道，“各尚书休致，于野先生于三十三年，元嗣先生于三十四年，元谙先生于三十一年，彦辅先生则二十八年卒于任上，宗传先生在任最久，亦于今年二月卒于任。”

“那么，晏给谏称南吏部、南户部、南兵部皆以侍郎署部，亦非虚妄之言。”孙丕扬得出第二个结论。

“我相信，此亦非虚妄之言。”叶向高同意他的这个结论。

“我若问，南吏部、南户部、南兵部，除署部侍郎外，还有没有司属在部，进卿先生也难以答复吧？”孙丕扬问。

“南刑部、南工部有无司属，我说不上来；南吏部、南户部、南兵部，因其置署部侍郎，我就说得上来？”叶向高道。

“多谢进卿先生，帮我把晏给谏所奏之事捋出头绪，”孙丕扬说着，一揖。他总结道，“南京六部，今皆无正卿，此其一也；南吏、南户、南兵三部，以佐贰署部，南礼、南刑、南工三部，则无署部佐贰，此其二也；南礼部空署，基本上可以确定，此其三也；南刑、南工二部是否已空署，待查，此其四也；南吏、南户、南兵三部，除署部佐贰之外，有无司属在部，亦待查，此其五也。”总结之后，问道，“进卿先生看，还有没有遗漏？”

“南部情形，叔孝先生说的很全面，无可补充；但朝廷每称七卿，南京似乎也应以七卿并言之。”叶向高说。

所谓七卿，是指朝廷的六部尚书和都察院掌院都御史；南京衙门的设置虽和朝廷相同，但没人会称南京七卿。一方面，这是因为南京部、院和朝廷部、院根本无法相提并论；另一方面是因为，朝廷部、院虽然也会不时有不置正卿的时候，而南京部、院不置正卿的情形由来更久，也更严重。

孙丕扬当然不会指出叶向高的说法不妥，他只是问：“南院的情形，进卿先生也很熟悉吗？”

“我不熟悉，但晏给谏言及南院。”叶向高说。

“对，”孙丕扬点点头，说道，“晏给谏言及，南院仅以佥都御史署院；通政司以通政署司，其他各司、寺衙门，和南礼、南刑、南工三部一样，亦空署。但我想，要朝廷一下子把南京所有的衙门都充实起来，是不切实际的，不如先使空署的南部有人办事，使虽有侍郎署部、却无司属的南部先得补充，然后再处置别衙的事。”

“一步一步的来，理当如此；不过，”叶向高口气一转，问道，“叔孝先生想不想议一件应急的事？”

“进卿先生是不是觉着，南京某部的事须优先处置？”孙丕扬反问。

“和南部无关。”叶向高道。

“那么，是南部之外南京某衙门的事须优先处置？”孙丕扬又问。

“和南京无关，”叶向高道，并说，“叔孝先生别为晏给谏一篇奏章，眼睛就只盯住南京不放。”

“进卿先生责备的是，”孙丕扬说着，揖了揖，并问，“请进卿先生告诉我，何处之事须优先处置？”

“天下之事。”叶向高道。

“这个嘛——”孙丕扬不由苦笑，“区区南京的事，都不得不一步一步的来；天下之事，进卿先生却要我优先处置！”

“所谓天下之事，是针对叔孝先生所问何处之事而言；我要说的事，天下皆有，我只得说是天下之事。不过，我并不要叔孝先生一下处置天下所有之事。既优先处置，当然只有一件事。”叶向高道。

“却是何事？”孙丕扬问。

“教官。”叶向高道。

“教官？”孙丕扬怀疑自己听错，追问一句，“进卿先生的意思，今当优先处置者，乃教官之事？”

“是。”叶向高点头。

“我还是不太明白。”孙丕杨则摇头。

“叔孝先生可知，今之职官，以教官最苦？”叶向高问。

“有所闻。”孙丕扬道。

“叔孝先生可知，教官之苦，又以候任最苦？”叶向高问。

“不仅教官，所有职官候任，都是件苦事。”孙丕扬说。

“然教官候任最苦。因为赴京候职，是要银子的；而天下职官，以教官最为贫苦。”叶向高说。

“这话说的是。”孙丕扬道。

“叔孝先生可知，今赴京候任的教官有多少？”叶向高又问。

“我知不少；具体数目则不详。”孙丕扬道。

“有七八百人！”叶向高告诉他。

“竟有这多！”孙丕扬也很吃惊。

“叔孝先生没想到吧！”叶向高道，又问，“七八百人，在叔孝先生心目中，是怎样的概念？”

“朝会若有七八百人，算是很隆重。”孙丕扬说。

“还有呢？”叶向高问。

“操练若有七八百人，算是有规模。”孙丕扬说。

“还有呢？”叶向高问。

“七八百人，在进卿先生心目中，又是怎样的概念？”孙丕扬反问。

“我简单计算一下，天下之府有一百四十个，天下之州约有一百九十个，天下之县约有一千一百个。府、州、县合计约一千四百四十个。府有府学，州有州学，县有县学。府学额设教授一人，训导四人；州学额设学正一人，训导三人；县学设教谕一人，训导二人。训导无品秩，不必赴京候任。以府、州、县学教官各一人计，不过是一千四百四十人。亦即，天下半数教官在京候任。叔孝先生说说看，这算不算天下之事！”叶向高道。

“算是。”孙丕扬应道。

“还有，候任教官在京师，居无定所者有之，衣裳褴褛者有之，忍饥挨饿者有之，病不得治者有之，身心交瘁者有之，今则因贫病饥饿而死者，亦已有之。”叶向高说。

“触目惊心之细节，进卿先生不用再说。教官候任之事，吏部一定优先处置。”孙丕扬道。

“那我可要替候任教官们谢过叔孝先生。”叶向高说着，一揖。

“进卿先生不必客气，”孙丕扬还一揖。不知想起什么，他忽而一笑，并说，“人和人真是不同。”

“叔孝先生为何感慨？”叶向高问。

“想起件小事，”孙丕扬道，“山阴相公在阁时，曾拿教职调侃；今日进卿先生却为教职呼吁，所以我说人和人不同。”

“叔孝先生是说北山阴相公吧？”叶向高问。山阴有二，一隶山西大同府，一隶浙江绍兴府。今人说到山阴相公，都是指朱赓，而不太留意，前阁臣王家屏是大同府的山阴人。

“是。”孙丕扬应道。

“忠伯先生若是今日在阁，也不会忍心调侃教官。”叶向高说。

孙丕扬点点头，表示同意他的说法。然后说：“进卿先生议及，一事宜优先处置；我也想到一事，似宜优先处置。”

“叔孝先生想到的是何事？”叶向高问。

“吏垣掌科不宜久缺。”孙丕扬说。

“吏垣掌科去官，不是今春的事，就是去冬的事，应该不很久。”叶向高道。

“但吏垣不同于别科，更不同于别的衙门，吏科掌科当真不可一日或缺。”孙丕扬说。

叶向高看他一眼，也笑起来，并说句同样的话：“人和人真是不同。”

“进卿先生为何感慨？”孙丕扬问。

“我也想起件小事，”叶向高道，“部、垣形同水火，尚书说起掌垣科臣，多是咬牙切齿。叔孝先生却急于选出吏垣掌科，给自家安置一个对立面，就不怕凡事被其封还、驳正？”

“有人封还、驳正，总比没人理睬好。”孙丕扬说。

叶向高也点点头，表示同意他的看法。二人达成共识，在积重的内外职官缺员的局面下，请优先选任吏科都给事中和处置候任教官一事。

和众多奏议一样，吏部的奏议也没得到回应。

第三百九十七章

明年是会试之年，天下应试举子多有提前数月、半年乃至更多日子赴京者，一方面为的准备功课，一方面寻找各种关系。湖广武陵举子杨嗣昌，也是提前数月出的门；不过，他不是直接去的京师，而是来到父亲杨鹤任官的陕西长安。

杨鹤是万历三十三年进士，初授雒南知县，后改长安。二县均属西安府，不同的是，雒南是州属县，隶于商州；长安不仅是府属县，而且是西安府的首县，亦即陕西布政司的首县，府治、县治，同在一城。所以，这一改官是货真价实的美迁。让儿子来长安做会试前的最后准备，也是杨鹤的意思。

“嗣昌可知，我为何要你来此住些日子？”杨鹤问。

“长安是读书的好地方。”杨嗣昌说。

“还有吗？”杨鹤问。

“此一改官，足见鸿运当头，父亲要分些给孩儿。”杨嗣昌又说。

“不过改到繁华些的县份，哪里说得上鸿运当头！再者，每人有自家的运气，我想分给你，就能分给你？要出人头地，须得自家下工夫！”杨鹤就着他的话教训两句。

“父亲教诲的是。”杨嗣昌道。

“长安是读书的好地方，嗣昌说得不错；除这些日子，可以安下心来读书，我让嗣昌来此，还有两个用意。”杨鹤说到这里，顿了顿。

“请父亲明示。”杨嗣昌躬身道。

“第一个用意：长安附近，名胜古迹甚多，嗣昌在读书之余，可以饱览。”杨鹤说。

“孩儿不敢懈怠。”杨嗣昌道。

“偶尔放松一下，不叫懈怠，”杨鹤说，“一张一弛，文武之道也，这也是我来到周文、武的故土，才体会到的。”

“是。”杨嗣昌应道。

“第二个用意：关中风气淳朴，多气节之士，嗣昌在读书之余，也可见识一二。”杨鹤又说。

“父亲是说，多气节之士？”杨嗣昌这么问，颇有不以为然之意。

“你以为是何话？”杨鹤反问。

“孩儿以为，多豪迈之士。”杨嗣昌道。

“有气节，才得以豪迈；真正豪迈之士，无不讲求气节。”杨鹤说。

“父亲说的是。”杨嗣昌道。

“明日我正好得暇，陪你就近转转；以后要登华山，要浴华清池，你自家去吧。”杨鹤为他安排。

就近，也出城；转转，实则只去一处。

这是靠近林边的一座新坟。墓碑上写的是：长安布衣朱蕴奇之墓。坟本身没什么好看的，杨嗣昌被墓碑上的字吸引，一遍一遍地从上往下看，又从下往上看。

“嗣昌能看出点儿名堂？”杨鹤问。

“颇似父亲字迹。”杨嗣昌说。

“你说的不错，是为父题写的。”杨鹤说。

“这位朱先生，是父亲在长安所交挚友？”杨嗣昌问。

“我与朱君，从未谋面。”杨鹤摇头。

“那是受其家人重托？”杨嗣昌又问。所谓重托，也包含以重金邀请。

“他家人若拿得出重金，我或不会题写。”杨鹤道。

杨嗣昌想起父亲昨日的话，问道：“他亦父亲所称气节之士？”

“算得上一个。”杨鹤说。

“愿听父亲讲述其人。”杨嗣昌道。

“本地有位冯仲好先生，嗣昌没听说过吧？”杨鹤的讲述从提问开始。

“是，”杨嗣昌应道，“孩儿从未听说。”

“冯公讳从吾，万历十七年进士，选庶吉士，授官御史，于我是前辈。二十年，冯公疏陈时政，有两处令我难忘。其一，以万历十六年、十七年为界，称：试观戊子以前，四裔效顺，海不扬波；己丑以后，南倭告警，北寇逾盟，天变人妖，迭出累告。其二，敬告皇上，曰：愿陛下勿以天变为不足畏，勿以人言为不足恤，勿以目前晏安为可恃，勿以将来危安为可忽。”杨鹤述道。

“这话，皇上恐怕听不进去。”杨嗣昌说。

“岂止听不进去，皇上直欲痛责之而后快。”杨鹤道。

“是命下狱，还是命谪戍？”杨嗣昌问。

“命廷杖，”杨鹤道，并说，“皇上盛怒之际，生死难卜。”

“但仲好先生躲过这一劫。”杨嗣昌道。

“嗣昌怎知他躲过这一劫？”杨鹤问。

“仲好先生若是杖下丧命，这位朱先生怎师从于他？”杨嗣昌道。

“嗣昌怎知蕴奇师从于仲好先生？”杨鹤又问。

“孩儿请父亲讲述朱先生，父亲却从仲好先生讲起。孩儿首先想，此二人不会是亲属；如果是的话，父亲会作交代。”杨嗣昌说。

“他二人确非亲属。”杨鹤证实他的判断。

“其次，此二人的关系，不会是一般友人，甚至也不会是挚友；如果是的话，父亲对仲好先生没必要大谈特谈。”杨嗣昌又说。

“二人确非一般友人。”杨鹤又证实。

“所以，二人应是师弟的关系；不过，也不会反过来，是朱先生为师、仲好先生为弟子的师弟之情，一定是仲好先生为师、朱先生为弟子的师弟之情。”杨嗣昌又说。

“嗣昌说得对，仲好先生是师，蕴奇是弟子，”杨鹤又证实，然后说，“嗣昌料到仲好先生躲过生死一劫，却未必料得到，他连廷杖一劫也躲过去。”

“孩儿确未料到，”杨嗣昌点点头，问道，“这是怎么一回事？”

“适值仁圣皇太后诞辰，阁臣言之，乃得免。”杨鹤说。

“真可谓吉人天相。”杨嗣昌道。

“嗣昌似嫌我大谈特谈仲好先生，但我为何要大谈特谈仲好先生，嗣昌该懂吧？”杨鹤问。

“孩儿已懂得。”杨嗣昌道。

“说说看，”杨鹤道。

“仲好先生亦是气节之士。”杨嗣昌说。

“同气相求，结为师弟，固然是我在讲述蕴奇之前，大谈特谈仲好先生的缘故；但我所以在讲述蕴奇之前，大谈特谈仲好先生，却不止这个缘故。”杨鹤说。

“父亲还有何缘故？”杨嗣昌问。

“蕴奇愿拜在仲好先生门下，仲好先生肯收蕴奇为弟子，和别个拜在仲好先生门下，仲好先生收别个为弟子，有所不同。”杨鹤说。

“都是结为师弟，有何不同？”杨嗣昌问。

“我说过，蕴奇家境贫困，读书不易，而他知道仲好先生是大学问家，欲拜之门下；仲好先生知他可造就，肯收之门下，”杨鹤说着，伸出一指，“这是第一个不同。”

“这一不同，师弟双方均属难得。”杨嗣昌评论一句。

“还有个不同，”杨鹤说着，又伸出一指，并问，“嗣昌可知，仲好先生生于哪年？”

“不知。”杨嗣昌道。

“嘉靖三十五年，”杨鹤告诉他，又问，“嗣昌可知，蕴奇生于哪年？”

杨嗣昌往墓碑上找，但墓碑上没刻生卒年。

“嘉靖三十八年。”杨鹤告诉他。

“亦即，仲好先生仅长朱先生三岁。”杨嗣昌道。

“对。”杨鹤应道。

“父亲不会因为二人年岁仿佛，而结为师弟，就以为与众不同吧？”杨嗣昌提出疑问。

“当然不会。”杨鹤道。

“那么，其间又有何讲究？”杨嗣昌问。

“二人年岁仿佛，然为师者，教之一丝不苟；为弟子者，学之一丝不苟。嗣昌说，这是不是也很难得？”杨鹤反问。

“着实难得。”杨嗣昌道。

“有此二者，故我以为，蕴奇先生拜于仲好先生门下，与别个拜于仲好先生门下，有所不同；仲好先生收蕴奇于门下，和收别个于门下，有所不同，”杨鹤总结之后，问道，“嗣昌还有异议否？”

“孩儿一直没异议；不过——”杨嗣昌欲言又止。

“嘴上说没有，心里却有，是不是？”杨鹤问。

“孩儿不过觉着，纵然仲好先生是气节之士，纵然朱先生拜于仲好先生门下，仲好先生收朱先生于门下，不同寻常，但据此而称朱先生也是气节之士，似乎不够有力，”杨嗣昌说着，问道，“孩儿的这个想法，算得异议否？”

“你是要我给你个更有力的证明，算不得异议；我也正要给你个更有力的证明，你听之后，再看够不够有力。”杨鹤道。

“是。”杨嗣昌应道。

“蕴奇曾下狱。”杨鹤先简单地说了一句。

“为何事？”杨嗣昌问。

“嗣昌应该知道，今各处因何事下狱者为多。”杨鹤道。

“父亲说的，可是得罪税监？”杨嗣昌问。

“是。”杨鹤点头。

“这位朱先生是因得罪陕西税监而下狱？”杨嗣昌问。

“是。”杨鹤又点头。

“可是振臂一呼，倡言声讨税监？”杨嗣昌又问。

“这却没有。”杨鹤道。

“如此说来，朱先生敢于得罪税监，可称气节之士；但比起倡言声讨税监的气节之士，似又稍逊一筹。”杨嗣昌说。

“嗣昌，我要和你说的，不是他为何下狱，而是他下狱后的情形。”杨鹤说。

“税监对他用过刑？”杨嗣昌问。

“得罪税监下狱，用刑是难免的。”杨鹤说。

“对他用刑，比对别个用刑更严酷？”杨嗣昌问。

“那倒没有。”杨鹤道。

“那么，朱先生在狱中的情形，和别的狱囚有何不同？”杨嗣昌问。

“嗣昌可知，狱囚饮食，是要家人送的？”杨鹤反问。

“这倒是听说过。”杨嗣昌说。

“蕴奇家中只有个病重的老母，却如何给他送饭！”杨鹤道。

“他无妻、子？”杨嗣昌问。

“先年曾娶一妻，病故，无子女。”杨鹤说。

“可怜！”杨嗣昌叹道，并说，“此等情形，只有托请邻人。”

“邻人倒有乐意帮忙的，可他不住在城里呀。路途挺远，左邻右舍谁也不能天天来给他送饭。所以，他一顿有的吃，一顿没的吃；一天有的吃，一天没的吃。一次，居然四天不曾进食。”杨鹤述道。

“一次或能强忍过去，再有一次，饿也要饿死！”杨嗣昌说。

“谁说不是！”杨鹤道，“却说一狱吏实在看不过去，煮一钵粥，送与他食。”

“此狱吏堪称善人，一钵粥足以救一命。”杨嗣昌说。

“粥煮得香气扑鼻，饿昏过去的蕴奇渐渐苏醒。他指指自己的嘴巴，该狱吏以为他要吃，拿起调羹喂他。不料，他却紧闭着嘴，连连摇头。”杨鹤述道。

“他要自个儿吃？”杨嗣昌问。

“该狱吏也以为他要自个儿吃，把调羹递给他。”杨鹤说。

“他可曾接过去？”杨嗣昌问。

“没有，他仍是摇头。”杨鹤说。

“不要人喂，又不要自个儿吃，他指着嘴巴，却是何意？”杨嗣昌问。

“嗣昌不明白吧？该狱吏开始也不明白，但后来总算明白，原来蕴奇有话要说。”杨鹤道。

“朱先生怎说？”杨嗣昌问。

“他问该狱吏，煮粥的米是谁家的？”杨鹤道。

“该狱吏怎说？”杨嗣昌问。

“他说，不是谁家的，是仓廪。”杨鹤道。

“亦即，是官府的米，”杨嗣昌说一句，又问，“朱先生怎说？”

“他又摇头，再没说话。”杨鹤道。

“朱先生的意思，孩儿有点儿懂得。”杨嗣昌说。

“他是何意？”杨鹤问。

“他的意思是，狱吏私取仓廪，不合制度，他不能吃。”杨嗣昌说。

“嗣昌说得对，他正是此意！”杨鹤道。

“生死之际，尚能顾及大义，真乃出人意表；但四日不食，此粥又不食，他只有饿死。”杨嗣昌说。

“该狱吏好人做到底，把他的情形告知仲好先生的其他弟子，由他等接济，他这才开始进食。”杨鹤述道。

“父亲为何称朱先生是气节之士，为何亲自为他修坟，为他题碑，孩儿懂得。”杨嗣昌说着，站立在坟前，恭恭敬敬地鞠一躬。

第二年会试，二十三岁的杨嗣昌中第。他后来官拜大司马、入阁，成为崇祯朝的重臣。这是后话。

第三百九十八章

户部尚书赵世卿、兵部尚书李化龙、署都察院事的仓场尚书孙玮，聚在朝房议事。李化龙在肖大亨致仕后，以戎政尚书掌部；孙玮则在詹沂挂印后，兼署都察院。

“仓场尚书兼署院事，有个好处。”赵世卿对李化龙说。

“象贤先生说说看。”李化龙道。

“都察院在西，我等在东，要见掌院都堂，何其难也！纯玉先生以仓场尚书署，两边的事都要管，见他容易得多。”赵世卿说。

“我有同感。”李化龙笑道。

“二位招我来，为的何事，请直说吧。”孙玮道。

“辽东巡按熊飞百前议一事，我想问问纯玉先生之见。”赵世卿说。

“辽东巡按熊飞百今议一事，我想问问纯玉先生之见。”李化龙说。

“二公说的不是同一事？”孙玮问。

“一今议，一前议，怎会是同一事！”赵世卿道。

“也未见得。”李化龙却说。

“怎未见得？”赵世卿问。

“譬如熊飞百昨日进言，象贤先生以为是今议，我却以为是前议。”李化龙说。

“于田先生说的，可是熊飞百昨日进言？”赵世卿问。

“不是。”李化龙道。

“于田先生还能说未见得吗？”赵世卿问。

“还能说呀。”李化龙道。

“又怎说？”赵世卿问。

“一事二议、三议，乃至多议，不是常有的吗？”李化龙道。

“熊飞百今议之事，前曾议否？”赵世卿又问。

“似不曾议过。”李化龙道。

“那于田先生还能说未见得吗？”赵世卿问。

“若想说的话，还能说。”李化龙道。

“于田先生不想再说？”赵世卿问。

“不是我不想再说，是纯玉先生不想我再说。”李化龙道。

这话有求助之意。孙玮料想，真让他说的话，除非胡搅蛮缠，应该说不出像样的道理；自己出面阻止这一没有意义的争论，正是时候。

“我也不是不想于田先生再说；我是急于知道，二公要谈论的，究竟是何事？”他说。

他一插话，赵世卿、李化龙果然不再争论。

“不是我二人要谈论，是熊飞百已谈论。”赵世卿说。

“我二人不过欲议其议。”李化龙说。

“好，”孙玮摆摆手，先问赵世卿，“熊飞百已谈论，象贤先生欲议者，是何事？”

“辽东增兵。”赵世卿道。

“熊飞百已谈论，于田先生欲议者，何事？”孙玮又问李化龙。

“辽东屯田。”李化龙道。

“古怪，实在古怪！”孙玮嘴角一动，不由笑起来。

“何事古怪？”赵世卿、李化龙齐问。

“增兵一事，掌于兵部，于田先生有意深议，再正常不过；屯田一事，掌于户、兵二部，但更关心的，应该是户部，象贤先生有意深议，再正常不过。今却反过来，象贤先生欲议增兵事，于田先生欲议屯田事，二公自家说，是不是古怪！”孙玮道。

“说古怪，其实并不古怪，”赵世卿先给他个解释，“都是朝廷要关心的事，难道增兵一事，于田先生须关注，我就不能关注；屯田一事，我须关注，于田先生就不能关注？”

“说古怪，其实并不古怪，”李化龙也给他个解释，“增兵一事，我问过象贤先生，象贤先生说：此事须得和纯玉先生共议；屯田一事，象贤先生问过我，我也说：此事须得和纯玉先生共议。今和纯玉先生在一起，象贤先生既说我欲议之事，我自然要说象贤先生欲议之事。”

“如此说来，我说古怪也没错。”孙玮道。

“纯玉先生的确没错。”赵世卿、李化龙齐道。

“那么，是先议熊飞百哪一议？”孙玮又问。

“纯玉先生此一问，却有些古怪。”赵世卿、李化龙又齐道。

“我问的怎古怪？”孙玮问。

“自当先议增兵，又何必问！”赵世卿道。

“自当先议屯田，又何必问！”李化龙道。

“为何自当先议增兵？”孙玮问赵世卿。

“于田先生欲议增兵呀。”赵世卿道。

“为何自当先议屯田？”孙玮又问李化龙。

“象贤先生欲议屯田呀。”李化龙道。

“议增兵，可是象贤先生说的。”孙玮提醒赵世卿。

“那只好先议屯田。”赵世卿客气一句。

“议屯田，可是于田先生所言。”孙玮提醒李化龙。

“那只好先议增兵。”李化龙也客气一句。

“二公看，我问的古怪吗？”孙玮问。

“并不古怪。”赵世卿、李化龙齐道。

“象贤先生看，究竟先议何事？”孙玮又问赵世卿。

“还是先议增兵。”赵世卿又说回去。

“却是为何？”孙玮问。

“增兵一事，熊飞百谈论在前，则增兵占个先字。”赵世卿说。

“于田先生看，究竟先议何事？”孙玮又问李化龙。

“还是先议屯田。”李化龙也说回去。

“却是为何？”孙玮问。

“兵马未动，粮草先行，屯田本身已占个先字。”李化龙说。

“不如二公争出名目，我再来和二公议。”孙玮说着要走。

“不如纯玉先生说先议何事，则先议何事。”赵世卿、李化龙拦住他。

“我说的算数？”孙玮问。

“当然算数。”赵世卿、李化龙齐道。

“要我说，既不先议增兵，也不先议屯田。”孙玮说。

“依着纯玉先生，熊飞百所议二事都不议？”赵世卿、李化龙齐问。

“不是都不议，是都不先议。”孙玮道。

“那却先议何事？”赵世卿、李化龙齐问。

“子廓先生议设三协，不如先议此事。”孙玮说。

蹇达病故后，朝廷起用王象乾接任蓟、辽总督。三协之议，是他才上的奏疏中提到的。

“协者，可是协守之意？”赵世卿问。

“是，”孙玮应道，“辽东设总兵官一员。设三协，即设三协守副总兵官，或协守参将。换句话说，一协即一重镇。”

赵世卿点点头，表示明白。他对李化龙说：“于田先生看，你我本想邀纯玉先生陪你我等议事，结果却成你我陪他议事。”

“言而无信，不知其可。象贤先生和我既允诺在先，只得先陪他议。”李化龙道。

“二公不可这么说，”孙玮驳道，“一则，象贤先生说，朝廷关注的事，都该关注。难道增兵是朝廷该关注的，屯田是朝廷该关注的，设协就不是朝廷该关注的？二则，熊飞百所议增兵，是辽东的事，所议屯田，是辽东的事；子廓先生所议设三协，也是辽东的事。难道辽东增兵，朝廷须关注，辽东屯田，朝廷须关注，辽东设协，朝廷就无须关注？三则，先议辽东增兵，或先议辽东屯田，二公相持不下，说不定，议着辽东设协，会自然转到辽东增兵或辽东屯田上来，何乐而不为！”

“纯玉先生理由太充分，不得不从。”赵世卿、李化龙都说。

“要不，纯玉先生先简要说说子廓兄所议。”赵世卿又说。

“好，”孙玮应一声，说道，“简而言之，子廓先生议设东协。”

“纯玉先生不是说，子廓兄议设三协吗，怎一下又成仅设东协？”赵世卿问。

“议设三协，是不错的；但原来已有二协，设三协，实际上只是增设一东协而已。”孙玮说。

“纯玉先生称设东协，于田先生似乎不存疑惑？”赵世卿问李化龙。

“我知象贤先生有何疑惑。”李化龙道。

“我都不知自家有何疑惑，于田先生怎知？”赵世卿更多一层疑惑。

“象贤先生一定在想：前有二协，又增一协。所增既曰东协，前协一定有西协；但前协既有西协，就当有东协，怎又复设一东协？”李化龙说着，问道，“象贤先生所惑，是否在此？”

“我的疑惑的确在此，可让我说，却没于田先生说的条理分明；于田先生既把我的疑惑说得如此条理分明，就请帮我解惑吧。”赵世卿道。

“那可不成，”李化龙摇着头说，“解铃还须系铃人，为象贤先生解惑，纯玉先生责无旁贷。”说着，向孙玮做个手势，“纯玉先生，请吧。”

“辽东原有二协，在西者，曰西协，在东者，曰东协。故象贤先生的疑惑，大有道理；而于田先生所释，也完全正确。所以又出来个东协，只是因为子廓先生所议增设之协，位置在更东而已。”孙玮说。

“原来的东协改名？”赵世卿问。

“是。”孙玮应道。

“改为何名？是中协吗？”赵世卿问。

“象贤先生说得对，”孙玮道，“原设东、西二协，增设一协后，成东、中、西三协。象贤先生若不喜欢增设之协沿用旧协之名，改为左、中、右三协，亦无不可。”

“我并无不喜欢，于田先生说呢？”赵世卿转问李化龙。

“我倒觉着，东、中、西三协好过左、中、右三协。”李化龙说。

“这是为何？”赵世卿问。

“朝廷有五军都督府，除左军、右军外，还有前军、后军；三协若称左、中、右，似有所欠缺。”李化龙说。

“于田先生之意，还须加上前协、后协？”赵世卿问。

“那得看象贤先生给不给饷。”李化龙说。

“不给！”赵世卿道，“我才说，称东、中、西协挺好。”

三个人说笑几句，又转入正题。

“东协设于何处？”赵世卿问。

“象贤先生问的是前之东协，或后之东协？”李化龙问。

“这也要说？”赵世卿反问。

“要说，”李化龙道，“前之东协尚未正式更改，今之三协尚在议论之中，象贤先生不说，谁知是哪个东协！”

“议的是增设，我当然问的是增设之东协。”赵世卿说。

“子廓先生议，新增东协设于开原。”孙玮说。

“开原是座卫城吧？”赵世卿问。

“是，”孙玮应道，“开原有三万卫、辽海卫。”

“我对开原的具体位置没印象；该不该增协于彼，不好说。还是请于田先生说吧。”赵世卿揖让。

“一则，象贤先生曾官兵部，不会对开原的具体位置没印象吧？二则，象贤先生果真没印象，我可以具体说说。总之，象贤先生不可以不议。”李化龙把他堵回去。

“一则，”赵世卿模仿他的语调说，“我确曾官兵部主事，不过，是南兵部主事，且在大约三十年前，对开原的具体位置真的没印象；二则，于田先生愿说，我洗耳恭听。”

“象贤先生对开原的具体位置没印象，对辽阳呢？”李化龙问。

“这却有，辽阳是辽东都司所在嘛。”赵世卿道。

“我问的是具体位置。”李化龙说。

“辽阳在京师东北，距京师约一千七百里。”赵世卿说。

“开原在辽阳北，相距约三百里。”李化龙说。

“建州卫也在辽阳北吧？”赵世卿问。

“在东北，”李化龙道，“建州卫的具体位置，在辽阳东北，在开原东南。我想，子廓先生议增东协于开原，主要是为的对付建州。”

“既为对付建州，一定要增设！”赵世卿表明态度，才问李化龙，“于田先生看来，当不当增设？”

“象贤先生是解囊出钱的，如此果决；我伸手要钱的，怎会反对！我想，纯玉先生也是不会反对的。”李化龙说。

“我不反对。”孙玮附和道。

“纯玉先生，前之东协，今改中协，设于何处？”赵世卿问他。

“即于辽阳。”孙玮说。

“于田先生才说，开原在辽阳北，二地还有东、西之别？”赵世卿问。

“辽阳稍西，开原稍东，从位置上说，以开原为东协，应该没问题。”李化龙代孙玮回答。

赵世卿点点头，又问孙玮：“西协设于何处？”

“宁前，即宁远前卫。”孙玮说。

“宁前近山海关吧？”赵世卿问。

“此处，象贤先生倒有印象。”李化龙说。

“听人说过，也不知对与不对。”赵世卿道。

“象贤先生说的对，山海关在宁前以西。”孙玮说。

“入山海关，即北直隶，此地确须设一协扼守。”赵世卿道。

“前之东协，今之中协，象贤先生没要说的吗？”孙玮问。

“纯玉先生不问，我也要说；对该协，我还真有个疑惑。”赵世卿道。

“象贤先生新的疑惑，于田先生知否？”孙玮问李化龙。

“我说说看，”李化龙道，“辽阳乃辽东都司所在，在辽东已是第一重镇，为何还要再设东协？以开原为东协后，为何不废辽阳之东协，而改之为中协？”说着，问赵世卿，“象贤先生是这个疑惑吗？”

“我确惑此，”赵世卿点点头，反问道，“这次是于田先生为我解惑，还是仍由纯玉先生为我解惑？”

“还是请纯玉先生为象贤先生解惑。”李化龙道。

“协守，乃针对镇守而言，非针对都司而言，”孙玮说着，问道，“我这么说，不知对不对？”

“纯玉先生说得对。”赵世卿、李化龙齐道。

“那么，我要说，当初二协之设，虽不在我；二协之设，却不难懂得，”孙玮道，又说，“言及前之二协，须得有一个中心。这个中心就是广宁。”

“为何是广宁，而不是辽阳？”赵世卿问。

“辽东总兵官设在广宁呀，”孙玮道，“辽东三处重镇，一是辽阳，一是广宁，一是宁前。以广宁为中心而言，辽阳在其东约四百里，宁前在其西约四百里。镇守总兵官在广宁，协守副总兵官一在辽阳，一在宁前，应该说守势均衡。”

“纯玉先生是说，前二协之设，恰到好处？”赵世卿问。

“对，”孙玮应道，又说，“象贤先生方才闻得开原近建州，立刻赞成在该处设协，可见，今之辽东局势，和三十年前不一样，和二十年前不一样，和十年前不一样，和三五年前更是不一样。故而，不得不重新考虑守辽东均衡之势。再增一协，改二协为三协，新增之协设于开原，正是为此。”

“听纯玉先生此番议论，我觉着，子廓兄所议之事，无须再议，”赵世卿说着，问李化龙，“于田先生之意如何？”

“象贤先生说的是，”李化龙附和道，又说，“议过三协之设，我不仅觉着此事无须议，且熊飞百所议辽东增兵一事，也无须再议。”

“辽东增兵无须再议？”赵世卿、孙玮均感意外。

“此话怎讲？”孙玮又问。

“熊飞百议增兵若干，纯玉先生记得吗？”李化龙反问。

“七八千吧，”赵世卿道。

“对，”李化龙点点头，又问，“所增之兵，分于何处，象贤先生记得吗？”

“应是六处，”孙玮道，“其一，于开原之靖安堡、庆云堡，各增兵一千五百；其二，于辽阳之清河堡及沈阳，各增兵千人；其三，于宁前，量增兵二三千人。靖安、庆云增兵，即东协增兵也；清河、沈阳增兵，即中协增兵也；宁前增兵，即西协增兵也。设立三协之议即行，于三协增兵还不是顺理成章的事！”

“无三协之议，我亦赞成于辽东增兵；今议设三协，我愈发以为，增兵势在必行，”孙玮说着，问赵世卿，“但不知象贤先生有无难处？”

“辽东不增兵，我亦有难处；今议增兵，我更有难处。不过——”赵世卿依照他的说法说个开头，留个尾巴。

“于田先生可知，象贤先生转折之后，会怎说？”孙玮问李化龙。

“象贤先生大约会说，增兵有无难处，在纯玉先生，在我，而不在他。”李化龙道。

“此话怎讲？”孙玮问。

“纯玉先生别问我呀。”李化龙道。

“这话是于田先生说的，不问于田先生，却问谁人？”孙玮问。

“纯玉先生该问象贤先生，我说的对还是不对。”李化龙道。

“于田先生说的可是？”孙玮果问赵世卿。

“是。”赵世卿应道。

“纯玉先生可以问象贤先生，此话怎讲。”李化龙道。

“此话怎讲？”孙玮又问赵世卿。

“辽东屯田一事成败，难道不在二公？”赵世卿道。

“听出来吧，象贤先生要我等陪他议一议辽东屯田呢。”李化龙说。

“那是该议的。”孙玮附和道。

“错！”赵世卿予以否认，“于田先生说，辽东增兵一事无须再议；我则要说，辽东屯田一事也无须再议。”

“辽东屯田无须再议？”李化龙、孙玮皆感意外。

“此话怎讲？”孙玮又问。

“熊飞百议以几分辽军屯种，纯玉先生记得吗？”赵世卿反问。

“三分。”孙玮道。

“三分是多少？”赵世卿问。

“辽军以八万计，三分即二万四千。”孙玮道。

“熊飞百拟屯田多少，纯玉先生记得吗？”赵世卿又问。

“未曾明言，但曰辽东多旷土，我猜其意，能开垦多少，则屯田多少。”孙玮道。

“以三分辽军屯种，岁可得粟多少，纯玉先生记得吗？”赵世卿又问。

“一百三十余万石。”孙玮道。

“岁得粟一百三十余万石，设立三协还在话下？增兵七八千还在话下？于田先生、纯玉先生赞成辽东屯田，还在话下？”赵世卿一连三问。

“象贤先生说的是。”李化龙、孙玮齐应道。

第三百九十九章

工部主事邵辅忠走在街上，和一名御史擦肩而过。他只知该御史叫徐兆魁，资历极深，说不定是朝中最资深的御史，别的一无所知。因为不熟，他没打招呼；他想，对方也不会打招呼。

没想到，走过去的徐兆魁不仅主动和他打招呼，而且向他示好。

“良弼先生，去饮杯酒如何？”徐兆魁道。

邵辅忠回转身，见徐兆魁就站在他身后，面对着他。

“徐先生请我饮酒？”他受宠若惊。

“本人表字策廷。”徐兆魁告诉他。

“策廷先生请我饮酒？”邵辅忠又问。

徐兆魁字策廷，广东东莞人，万历十四年进士。邵辅忠字良弼，浙江定海人，万历二十三年进士。

“良弼先生请我饮酒，亦无不可。”徐兆魁笑道。

“乐意之——”邵辅忠最后一个字没说出来，因为他忽然想起，身上一个铜钱也没带着。

“良弼先生不必为难，”徐兆魁道，“今日是我邀良弼先生，我做东；改日良弼先生邀我，良弼先生再做东。”

“乐意之至。”邵辅忠总算把这句话说完整。

二人进一家酒店，徐兆魁点上酒、菜，二人边饮，边闲谈起来。

“良弼先生在工部有七八年吧？”徐兆魁问。

“整整十年！”邵辅忠闷声闷气地说，并喝口闷酒。

“够久的。”徐兆魁说着，也喝口酒。

“策廷先生是说，工部主事一任十年，够久的？”邵辅忠说着，又喝口闷酒。

“良弼先生无须沮丧，我在都察院近二十年，不还是名监察御史。”徐兆魁安抚他。

“那不一样，”邵辅忠道，“御史任三十年，也不为久；主事十年不迁，连个衙门都不换，宦途可谓到头。”

“良弼先生说出这话，我不知该怎说，”徐兆魁为他斟酒，邀道，“良弼先生，来，再饮一杯。”二人对饮之后，他又说，“我对良弼先生有个提议，不知良弼先生愿不愿听。”

“请赐教。”邵辅忠道。

“良弼先生为官，不可太拘谨。”徐兆魁说。

“怎讲？”邵辅忠问。

“良弼先生在工部十年，没进过几篇奏议吧？”徐兆魁反问。

“工部司属，不过办些杂事，有何事可议！”邵辅忠道。

“所谓拘谨，正在于此，”徐兆魁指出，“身在工部，难道只有工部的事可议，别部的事都不可议；身为部属，难道只有部事可议，别衙的事都不可议？”

“议别部的事，别衙的事，也得有合适的才好。”邵辅忠说。

“所谓拘谨，又在于此，”徐兆魁接着说，“议题本身并无合适不合适，只要有助于出头，只要有助于成名，只要能引起朝廷关注，无不合适；拿来一议，定有好处。”

“策廷先生说，今有何议题，有助于出头，有助于成名，能引起朝廷关注？”邵辅忠问。

“漕督李某，良弼先生熟不熟？”徐兆魁反问。

“不熟，”邵辅忠道，“他是前辈，一直外任，我怎会熟！”

“良弼先生若参他一本，必有奇效。”徐兆魁说。

“为何参他一本，必有奇效？”邵辅忠问。

“李某为官，名声若何？”徐兆魁反问。

“称其贤能者有，称其贪蠹者有。”邵辅忠道。

“可以说，名声很大吧？”徐兆魁问。

“可以说。”邵辅忠道。

“须得参名声很大之人，才有助于出头，有助于成名，才能引起朝廷关注，”徐兆魁说着，又问，“前者廷推阁臣，有以李某推之者，良弼先生知否？”

“知之。”邵辅忠道。

“李某入阁，坏多少年来之规矩，阁臣必忌之，”徐兆魁说着，又问，“七卿虚位，有称李某堪任者，良弼先生知否？”

“知之。”邵辅忠应道。

“李某觊觎掌部、掌院，今之正卿，或署部、院之佐卿必忌之，”徐兆魁说着，又问，“李某与东林顾某等交往甚密，良弼先生知否？”

“知之。”邵辅忠应道。

“今科、道虽各立私党，但无不与东林为敌；李某亲近东林，科、道无不忌之，”徐兆魁说着，总结道，“阁臣忌之，部、院忌之，科、道忌之，良弼先生参之，还担心孤立无援吗！”

“策廷先生说的是，我来好生参他一本。”邵辅忠道。

皇帝等成敬捧疏来到御案前，问道：“老成，今日之疏，是参漕督的，还是为漕督反参的？”

这两天，参劾李三才的奏疏，及对参李三才的官员加以反参的奏疏，接连而至，所以，皇帝才会问。

“似是参者。”成敬说。

“参者即参者，反参者即反参者，怎会似是？”皇帝奇怪地问。

“疏中并未点名，故须推测。”成敬说。

“参者谁人？”皇帝问。

“御史刘国缙。”成敬说。

“既未点名，是何题目？”皇帝问。

“今日大势四空、五祸、六渐疏。”成敬说。

“四空者，是说署衙皆空吧？”皇帝推测。

“是。”成敬应道。

“此事听得朕耳朵都要出茧子，不必再读，”皇帝说者，又问，“五祸、六渐，都是参漕督的吗？”

“也不是，”成敬道，“奴才判断此疏为参漕督者，所据只有五祸中的一祸，六渐中的一渐。”

“刘国缙怎称该祸？”皇帝问。

“人心之祸。”成敬说。

“怎称该渐？”皇帝又问。

“士绅夤缘之渐。”成敬说。

“好，你先给朕读人心之祸。”皇帝命道。

“是，”成敬应一声，读道，“人心不正，则汹于洪水，甚于猛兽。以观今日，殆有甚焉。”

“不管谁人参谁人，朕最不愿听到的，就是以观今日、殆有甚焉这几个字，好似今日已成末世！”皇帝插言道。

“是。”成敬应一声后，僵在那里。皇帝说最不愿听到，他不知该不该接着读下去。

“朕让你读这一段，你读你的！”皇帝命道。

“是非不论理，而论势；邪正不论人，而论交。救赵不难，窃附取虞，故为假道。”成敬读到这里，见皇帝作个手势，马上停下来。

“此处有两个典故吧？”皇帝问。

“是，”成敬应道，“救赵不难，说的应是围魏救赵；窃附取虞，故为假道，说的应是唇亡齿寒。”

“二事同时吗？”皇帝问。

“不同时，”成敬道，“围魏救赵，是战国的典故；唇亡齿寒，是春秋的典故。”

“二事同国吗？”皇帝又问。

“不同国，”成敬道，“围魏救赵的是齐国，假道于虞的是晋国。”

“朕知围魏救赵的故事，老成再简要地给朕讲讲吧。”皇帝命道。

“是，”成敬应一声，述道，“战国时，魏国攻打赵国都城邯郸。赵国求救于齐国。齐王命田忌统兵救赵。魏国的统帅是庞涓，田忌的军师是孙膑。孙、庞二人都是鬼谷子的学生，相知甚深。孙膑定计：不直接救援邯郸，而引兵攻打魏国都城大梁，并在邯郸至大梁途中桂陵设伏。齐军攻急，庞涓率军回救，在桂陵中伏，兵败被擒。此役史称桂陵之战，又称孙、庞斗智。”

“讲得果然简要，”皇帝称赞一句，又命，“老成再给朕简要讲讲唇亡齿寒的故事。”

“是，”成敬应一声，又述道，“春秋时，晋国打着伐虢国的旗号，向虞国借道。晋侯、虞侯，皆姬姓，虞侯以为晋国不会不利于本国，答应借道。虞国大夫宫之奇谏曰：虢侯何尝不是周姓？虢，虞之表也，虢亡，虞必从之。谚所谓‘辅车相依，唇亡齿寒’者，虞、虢之谓也。虞侯不听。其年冬，晋国灭虢，师还，袭灭虞国。”

“可见这两个典故，绝无牵连。”皇帝说。

“爷说的是，看不出有任何牵连。”成敬道。

“一非同时，二非同国，三非同事，刘国缙却把两个典故用在一起，颇为荒诞。”皇帝评论道。

“诚如圣谕。”成敬道。

“但朕并没觉出来，一句话里用这这两个典故，就是参漕督。”皇帝又说。

“奴才推测刘国缙疏参漕督，并非因他一句话里用这两个典故。”成敬说。

“老成还有别的线索？”皇帝问。

“是，”成敬应道，“下面一句，乃直指漕督。”

“快读！”皇帝命道。

“一朝而推杀二十人，一家而打死十七命，则曰英雄手辣；二载而盗库金二十万，一差而剥商数千万家，则曰罄身出都。”成敬读道。

“说的似乎是二人。”皇帝听出来。

“是，”成敬应道，“英雄手辣一句，说的是漕督李三才；罄身出都一句，说的是给谏王元翰。”

“朕想起来，王元翰以监盗库金被参劾，出宫门时，招甲士搜检，罄身出都肯定说的是他，”皇帝说着，问道，“一朝而推杀二十人，一家而打死十七命，却是怎么回事？”

“疏中语焉不详，奴才亦不知。奴才想，或是刘国缙指漕督在任上为所欲为，草菅人命。”成敬说。

“人心之祸，就写到这里？”皇帝问。

“后面还有两句。”成敬说。

“读完吧。”皇帝命道。

“是，”成敬应一声，读道，“即今公论已明，而南中丑类，如吴正志、蒋贵众，伎虽穷凶，心犹未死；段然、汪怀德，时出没于金、焦之间，捏造流言，荧惑当事，千里线索，呼吸相通。此岂良善安枕时耶！”“段然上疏，为漕督辩，朕有印象。其他几人也是吗？”皇帝问。

“或为漕督辩，或为王元翰辩，或但参邵辅忠。”成敬道。

“他是架起一锅，把该烩的都扔进锅里烩。”皇帝说。

“爷说的很形象，实际上就是这么回事。”成敬道。

“金、焦之间，又是怎么一回事？”皇帝问。

“镇江西北有金山，东北有焦山，都在大江中，堪称名胜。镇江距南京近，奴才想，刘国缙是说，段然、汪怀德等借游金、焦为名，共商保漕督、参异己之大计。”成敬说。

“不无道理，”皇帝点点头，忽想起一事，“你才说他等或但参邵辅忠，邵辅忠参劾漕督的奏疏，比起刘国缙参劾漕督的这两句话，要犀利得多。”说罢，问道，“老成，你说是不是？”

“爷说的是。”成敬应道。

“你还背诵得出几句主要的话吗？”皇帝问。

“奴才记得这么几句，”成敬说着，背诵道，“总督漕运李三才，贪险纵横，结党遍天下。前图枚卜，今图总宪，腹有山溪，口皆剑戟。彼四岳荐由，汉臣谀莽，天下之大可忧，在小人窃据萧墙之内也。”

“朕以为，最犀利的是汉臣谀莽四字。”皇帝说。

“以王莽喻漕督，不仅犀利，而且致命。”成敬道。

“过分不过分呢？”皇帝问。

“爷自有公断。”成敬的回答很巧妙。

“你说得对，刘国缙辈是要置漕督于死地，朕却不会让漕督死。以王莽喻李三才，将朕置于何地！”皇帝道。

“爷圣明。”成敬称颂。

“人心之祸，到此而至，是吧？”皇帝问。

“是。”成敬应道。

“和参漕督有关的一渐是——”皇帝转换了题目。

“是士绅夤缘之渐。”成敬说。

“你再给朕读该渐。”皇帝命道。

“是，”成敬应一声，读道，“昔之夤缘也，在要路；今之夤缘也，在山林。山林之士，名高于泰山、北斗，而游其门者即破甑，可称为完璧。遂使趋炎附势，功名富贵之士奔走若狂，循其迹，舍要路，而山林是图。”

读到这里，他停下来。

“这就读完？”皇帝问。

“差不多读完。”成敬说。

“读完即读完，没读完即没读完，怎叫差不多读完？”皇帝问。

“最后还有一句，总括其论而已。”成敬说。

“他是怎总括的？”皇帝问。

“若见以为淡于世味，而不知其淡也，正其所以为浓；实奸人之雄，而伪夫之杰也。”成敬读道。

“这个‘其’，应该说的是山林之士吧？”皇帝推测。

“爷说的是。”成敬应道。

“前面说的都是山林之士，后面总括的也是山林之士，难道山林之士即漕督？”皇帝问。

“山林之士，说的不是漕督。”成敬肯定皇帝的猜疑。

“那是说的谁人？”皇帝问。

“创办东林书院诸人，第一个是前吏部郎中顾宪成。”成敬说。

“但你告诉朕，此谏也是参漕督呀！”皇帝道。

“漕督和顾宪成辈过从甚密，漕督力荐顾宪成，顾宪成力保漕督。刘国缙在此处，攻顾宪成是虚，参漕督才是实。”成敬说。

“老成这么说，不无道理。”皇帝道。

等一会儿，皇帝没再说话，也没再提问。成敬知道，此疏别的部分，还有别的奏疏，都不用读。

“爷，要不要拟复？”他请旨。

“别的参漕督的奏疏，保漕督的奏疏，以及漕督本人的辩疏，可曾拟复？”皇帝问。

“均未拟复。”成敬说。

“别疏均未拟复，此疏拟复作甚！”皇帝道。

第四百章

万历三十八年正月十六日，阁臣叶向高把礼部署部侍郎吴道南邀到内阁值房，边请他坐下，边解释说："正月没过，外面衙门，包括朝房里，都是乱哄哄的，只得把会甫先生请来这里。"

吴道南字会甫，江西崇仁人，万历十七年进士第一。

"请字免用，进卿先生唤我来何事？"他问。

"补谥一事，已批复。"叶向高说。

"谢天谢地，此事是三十一年礼部议上的，总算有着落！"吴道南说着，问道，"批复是命部议吗？"

"不是。"叶向高摇头。

"那是廷议？"吴道南问，并自语，"看来，皇上今次终于看重其事，竟命廷议！"

"也不是廷议，皇上命阁议。"叶向高说。

"皇上既命阁议，进卿先生为何把我找来？"吴道南不解地问。

"会甫先生看看今日阁中，我却去与谁人议！"叶向高道。

李廷机一直养病，入阁办事的只有叶向高一人，的确无法议。

"所谓阁议的批复，还不如改为阁拟呢，"吴道南说着，提议道，"进卿先生可以登门与尔张先生议呀。这等事以前也是有过的。"

"我已登过门。"叶向高说。

"尔张先生怎说？"吴道南问。

"他的意思，朝廷既准他养病，他不便与议。"叶向高说。

"补谥一事，正是尔张先生署部时议上的，他怎可不管不问！进卿先生不妨以此将他一军。"吴道南又提议。

"我已将过他军。"叶向高道。

"尔张先生怎说？"吴道南问。

"和会甫先生说的一样，不如改阁议为阁拟；此外，他又说，或改阁议为阁、部合议。"叶向高道。

“所以，进卿先生把我唤来？”吴道南此问的意思是：李廷机有两个提议，为何取此舍彼？

“补谥一事，确是尔张先生署部时议上的；但今次会甫先生署部，重提此事，并增议补谥之臣，皇上才有批复。会甫先生怎可不管不问！”叶向高反将他一军。

“不仅我署部后重提，在我之前，已议补多次，”吴道南虽然说明一句，但并没反对李廷机的这个提议。他说，“好吧，阁、部合议就阁、部合议。”

“我手上有份名帖，我来念一念？”叶向高征求他的意见。

“不用，我都记在心里，”吴道南说着，数道，“前所议者五人：掌院都御史伍公，南少司寇吴公，左、右佥都御史杨公、鲁公，吏目邹公；后陆续补议者二十三人：尚宝司少卿孟公，御史刘公，大司马毛公、吏部左侍张公，左谕德张公，南宗伯陶公，太常卿魏公，吏部右侍赵公，刑部右侍张公，先后巡抚大同都御史张公，魏公，户部左侍郭公，先后兵部右侍李公、许公，大司空刘公，户部主事周公，户科给谏杨公，锦衣卫经历沈公，礼部右侍唐公，户部右侍张公，左都御史温公，南冢宰曾公，鸿胪寺卿张公。”数罢，问道，“进卿先生对照名帖，有无错漏？”

叶向高的确在看手上的名帖。他说：“并无遗漏；至于对错，我只能说：职位对，姓氏也对；但我可没会甫先生的好记性，具体议时，还请说出其名，或其字。”

“好。”吴道南应道。

“我意，按照职位而议，不必考虑提名之先后，会甫先生以为可否？”叶向高建议。

“我虽是按照提名先后背诵名帖，但我也以为，按照职位，更便于议决。”吴道南同意。

“那就先议七卿，”叶向高说着，看看名帖。“会甫先生说的第一人，也是今日要议的第一人，大司马伍公。”

“伍公名文定，字时泰，湖广松滋人，弘治十二年进士，嘉靖六年以右都御史掌院，嘉靖九年卒，”吴道南述罢，问道，“进卿先生，我这么说，行吗？”

叶向高本来只想让吴道南说出名字，免得发生误差，没想到，吴道南说的竟是一篇简单的履历。他只能说：“会甫先生若人人都能这么说，拟谥肯定快得多。”

“我尽量吧。”吴道南道。

“时泰先生掌院后，曾加兵部尚书衔，督师云南，征讨土酋安铨。但我以为，其功不在掌院之后，更不在督师云南，而在吉安知府任上。”叶向高说。

“进卿先生是说，他佐阳明先生平定逆藩？”吴道南问。

“是。”叶向高点头应道。

“平定逆藩，肯定是其功大者。”吴道南附和道。

“会甫先生看，宜拟何谥？”叶向高问。

“忠襄如何？”吴道南想出二字，并解说，“危身奉上，甲胄有劳，曰忠襄。为朝廷守土，抗拒逆藩，可用忠；佐阳明先生平乱，可用襄。”

叶向高把这两个字写在伍文定名字的后面，并说：“会甫先生所拟，我写，我所拟，会甫先生写，无论谁人所拟，都先说个简单的缘由，过一会儿再回转来议。”说罢，问道，“如何？”

“好。”吴道南应道。

“第二个要议的是大司马毛公。”叶向高说。

“毛公名伯温，字汝厉，江西吉水人，正德三年进士，嘉靖二十一年官兵部尚书，二十四年卒。”吴道南述道。

“汝厉先生所长在用兵，一则总督宣、大、山西军务，一则征讨安南莫登庸，迫其归还所侵钦州地。”叶向高追忆毛伯温事迹。

“以汝厉先生地位及功绩，卒后即当拟谥，为何不拟？”吴道南问。

“当时未拟谥，不是没有缘故，”叶向高说，“嘉靖二十三年秋，顺天巡抚朱方请撤客兵，导致套虏大入，逼迫京师。责任虽不全在兵部，但汝厉先生难辞其咎。世庙震怒，重惩众臣：朱方毙命杖下，宣、大总督翟鹏遣戍，汝厉先生削籍。”

“我记得，穆庙立，曾复汝厉先生官职，给予恤典；然当时仍未拟其谥。”吴道南说。

“世庙方崩，当然不好议其谥。”叶向高说。

“结果一等又是四十年多年。”吴道南道。

“会甫先生无须感慨，先拟谥吧，”叶向高说。

“汝厉先生一生，据进卿先生所述，应该是功大于过，”吴道南说着，问道，“是吧？”

“是。”叶向高应道。

“我拟用襄懋二字，进卿先生以为如何？”吴道南问。

“有功曰襄，不难理解；懋字却是很少用于谥词。”叶向高说。

“我就是想用个含有美意、而谥词中不常见的字来表明，汝厉先生是被世庙惩处过的。”吴道南说。

“会甫先生的想法很独特呀，”叶向高在毛伯温的名字后写上这两个字，然后指着名帖说，“下一个要议的是南宗伯陶公。”

“陶公名承学，字子述，浙江会稽人，嘉靖二十六年进士，万历六年官南京礼部尚书，万历二十六年卒。”吴道南述道。

“子述先生之谥，我欲拟恭惠二字。”叶向高边说，边把名帖推给吴道南，看他在陶承学名字后写上这两个字。

“先说个简单的缘由，是进卿先生自个儿定的规矩。”吴道南提醒道。

“敬顺事上，爱民好与，曰恭惠。子述先生官太守，官方伯，所到之处，无不以爱民称。”叶向高说。

“其实，适用于子述先生的，特别是个惠字。不以恭惠，而以别惠，亦无不可。”吴道南道。

“爱民即敬顺事上，即便有别惠，仍以恭惠为好。”叶向高说。

“进卿先生说的是。”吴道南应道。

“下一个该议的是大司空刘公。”叶向高说。

“刘公虽加工部尚书，但未掌部，似宜置于督、抚议之。”吴道南说。

“那就稍后再拟，”叶向高说着，指着名帖中另一人。“掌院都御史温公，我知是实任的。”

“温公名纯，字景文，陕西三原人，嘉靖四十四年进士，万历二十六年掌院，万历三十五年卒。”吴道南述道。

“景文先生我等熟知，其谥应当好拟。”叶向高说。

“进卿先生看，宜用何谥文？”吴道南问。

说熟知好拟，其实未必，叶向高一时想不出用哪两个字好。

“会甫先生说说看。”他让吴道南先说。

“敬顺事上曰恭，景文先生掌院七载，说得上敬顺事上吧？”吴道南拟出前一个字。

“景文先生虽任过亲民官，为时皆短暂，不宜用惠字。而掌院七载，五主南北考察，一丝不苟，澄汰得当，可否用个毅字？”叶向高随即拟出后一字。

“果而能断曰毅，恭毅加于景文先生，甚当。”吴道南说着，一笑。

“会甫先生为何而笑？”叶向高问。

“一人一字，谁个记之？”吴道南问。

叶向高也一笑，说：“我代劳吧。”

他在温纯的名字后面写上恭毅二字，又开始找下一个人。

“南冢宰曾公，也是实任。”他说。

“曾公名同亨，字于野，江西吉水人，嘉靖三十八年进士，万历二十六年官南京吏部尚书，万历三十五年卒。”吴道南述道。

“又是个熟知之人。”叶向高感叹。

“竟和景文先生同年升七卿，同年去世。”吴道南则感叹。

“要不，放一放？”叶向高问。

“不好，”吴道南反对。“放下第一个，就有可能放下第二个，最后可能所有的谥文都不好拟。哪怕随便先拟一谥，等发觉不合适时，再加修正，也好过放下不拟。”

“那就请会甫先生随便先拟一谥。”叶向高道。

“进卿先生可知，曾公是我同省的前辈？”吴道南问。

“因此，会甫先生不便拟其谥？”叶向高反问。

“我不是这个意思，”吴道南摇头，“我想说，除我是曾公的乡人，嘉靖首辅严介溪也是曾公的乡人，与严介溪同时的吏书吴默泉也是曾公的乡人，且与曾公之父是同年进士。”

默泉是吴鹏的别号，他在嘉靖三十五年至四十年任吏部尚书。

“会甫先生提及此二人，是何用意？”叶向高问。

“据我所知，于野先生除官吏部主事时，无论严介溪，还是吴默泉，均不曾一谒。”吴道南说。

“会甫先生是说，于野先生能持正？”叶向高问。

“进卿先生不以为于野先生能持正？”吴道南反问。

“那就在持正上作文章吧，”叶向高说着，率先提出一个字，“我以为，持正，莫若用个端字。”

“我也赞同用此字；不过，首先要确定，端字用在前，还是用在后。”吴道南说。

“我印象里，端字用在前面，多是亲藩。”叶向高道。

“以端字在前，的确亲藩为多；不过，也不尽然。譬如，得赠太师的吏部尚书王公恕，即谥端毅。”吴道南不但反驳，而且举出实例。

“于野先生和王公同谥，似乎有所不足。”叶向高却说。

“进卿先生的意思，端字在后？”吴道南问。

“看来，端字在后，较为适宜。”叶向高说。

“端字在后，第一个是文端，但于野先生似不宜用文端。”吴道南说。

“为何不宜？”叶向高问。

“文端多用于翰林出身的大臣。”吴道南说。

“除文端，还有何谥？”叶向高问。

“恭端，荣端，康端。”吴道南道。

“会甫先生看，何谥为宜？”叶向高问。

“温良好乐曰康，宠禄光大曰荣，似乎也都不宜。”吴道南说。

“那只好仍用恭了。”叶向高道。

“不懈为德，守礼执义，曰恭端，”吴道南说着，争道，“不过，这个恭字，应算我拟的。”

“是会甫先生拟的。仍是一人一字，仍是我写，”叶向高写罢，放下笔。他说，“下面是大司空刘公。”

“先内后外，七卿之后，该拟佐贰。然后才是督、抚。”吴道南说。

“按照职位而拟，是我提出来的；谁知会甫先生比我还在意，掌控得还严格，”叶向高说着，指着名帖上的一人，“南刑侍吴公。”

“吴公名悌，字思诚，江西金溪人，嘉靖十一年进士，官至南京刑部右侍郎，隆庆二年卒。”吴道南述道。

“于吴公，会甫先生大概又要说不宜拟。”叶向高道。

“因为继疏兄和我同年同乡吗？不，这回我不退避。”吴道南笑道。

金溪、崇仁，同隶抚州府。亦即，吴悌和吴道南不仅同省，而且同府。此外，吴悌子吴仁度，字继疏，和吴道南同是万历十七年进士。

“会甫先生已有想法？”叶向高问。

“不仅是我的想法，”吴道南道，“继疏兄为父请恤后，我和叔孝先生议过。叔孝先生说：吴公承阳明之学，乃理学名臣，恤典不宜循常格。”

“怎不恤常格，叔孝先生可曾明言？”叶向高问。

“思诚先生虽非翰林出身，但其一，可赠礼部尚书；其二，可以‘文’谥之。”吴道南说。

“后一字呢？”叶向高问。

“叔孝先生没说，但我想，后一字可用庄，”吴道南道，“勤学好问，履正志和，曰文庄。进卿先生看可否？”

“有何不可！”叶向高在吴悌名字后面写上文庄二字，然后看着名帖说，“下一个是左佥都御史杨公。”

“杨公名继盛，字仲芳，北直隶容城人，嘉靖二十六年进士，嘉靖三十四年卒。隆庆初年，谥忠愍，赠左佥都御史。”吴道南述道。

“杨公不是拟谥，是改谥。”叶向高说。

“是，”吴道南应一声，说道，“危身奉上，在国逢难，曰忠愍。仲芳先生铁胆忠心，为痛责奸佞而亡，忠愍二字，似不足以表彰。故数年来，多有人请改其谥。”

“改谥贞肃，是不是好一些？”叶向高提出新谥。

“清白守节，正己摄下，曰贞肃，用此二字，比用忠愍二字，要好得多，”吴道南说着，伸手要笔，道，“这次该我记。”

“下一个是右佥都御史鲁公。”叶向高说。

“鲁公名穆，字希文，永乐四年进士，官至右佥都御史，正统二年卒。”吴道南述道。

“所议当谥诸公，鲁公应是最早的一位吧？”叶向高问。

“是，”吴道南应道，“当议谥，而百八十余年未议，极为少有。”“太过久远，不知鲁公有何事迹？”叶向高问。

“希文先生官福建按察佥事时，断案公允，有‘鲁铁面’之称；入为佥都御史，无换洗之衣，然于上官馈赠，一概不受。”吴道南举二事。

“以此二事而言，端字受之无愧。”叶向高说。

“这次端字可在前，谥以端毅。”吴道南说。

“于野先生谥端毅，我以为有所不足；鲁公却可与王端毅公并列？”叶向高质疑。

“果而能断，强而能断，曰毅。我总觉着，这两句话用在前人身上，更为贴切。”吴道南说。

言外之意，今人缺乏的是果敢、强势。叶向高有同感，所以，不再争辩。他把这两个字写在鲁穆的名字后，然后说：“下一个该拟的是吏部左侍张公。”

“张公名元祯，字廷祥，江西南昌人，天顺四年进士，正德初，官吏部左侍郎，二年卒。”吴道南述道。

“前朝大臣，幼时被巡抚称作人瑞，应该就是此公吧？”叶向高问。

“是他。”吴道南应道。

叶向高说的巡抚即名臣韩雍，他巡抚江西时，对其貌不扬的张元祯很是看好。张元祯也不负他的期望，不仅考中进士，且选庶吉士。

“裕是个祥瑞的字眼。”叶向高说。

“那就谥以文裕吧。”吴道南道。

“此谥算谁拟的？”叶向高问。

“算是进卿先生拟的。”吴道南说着，拿过笔来，写下二字。

“下一个要议的，是吏部右侍赵公。”叶向高看着名帖说。

“赵公名用贤，字汝师，南直隶常熟人，隆庆五年进士，相继官南、北礼部右侍郎，万历二十四年卒。”吴道南述道。

“汝师先生可以名正言顺地谥以文。”叶向高说。

“张江陵，汝师先生师也。汝师先生力陈张江陵夺情之非，几被杖死。其谥后一字，可用毅。”吴道南道。

叶向高在赵用贤的名字后，写上文毅二字，然后说：“下一个该议的，是刑部右侍张公。”

“张公名翀，字子仪，广西马平人，嘉靖三十二年进士，官至刑部右侍郎，万历七年卒。”吴道南述道。

“谥忠简如何？”叶向高道，并解说，“危身奉上，正直无邪，曰忠简。子仪先生初官主事，以奏劾严介溪父子，而谪戍都匀。”

吴道南取笔，写下这两个字。

“下一个该议的，是户部左侍郭公。”叶向高说。

“郭公名唯贤，字哲卿，福建晋江人，万历二年进士，官至左副都御史，致仕，以户部左侍郎起，未任而卒。”吴道南述道。

“是我乡人，我当回避。”叶向高说。

“我不是赞成进卿先生回避，但哲卿先生行的端，立的正，我早想好以恭定二字谥之。”吴道南说。

叶向高写下这两个字后，说：“下一个该议的，是兵部右侍李公。”

“李公名盛春，字淑元，湖广蕲州人，隆庆五年进士，官至兵部右侍郎。”吴道南述道。

“李公谥恭质，如何？”叶向高问。

“质字于谥文中也很少见。”吴道南说。

“李公卒于哪年，会甫先生是不是说不出来？”叶向高问。

“是，”吴道南应道，“别个我不说卒年，或是因为卒于近年，无须说；淑元先生卒年，我确实不记得，还没来得及查询。”

“由此可见，其人为官，中规中矩，默默无闻。我用恭质二字谥之，强调的正是这一点。”叶向高说。

吴道南取笔，在李盛春的名字后，写上恭质二字。

“下一个该议的，是兵部右侍许公。”叶向高说。

“许公名孚远，字孟中，浙江德清人，嘉靖四十一年进士，官至兵部左侍郎，万历三十二年卒。”吴道南述道。

“又是位理学名臣，会甫先生看，能不能亦谥以文？”叶向高问。

“我看不宜，”吴道南否定，“进卿先生称他理学名臣，是说他师承唐公枢，而唐公枢又师承湛公若水。但孟中先生和思诚先生不同，不是以学问名世，而是以功业名世。他巡抚福建时，募民开垦海滨荒地近十万，可谓功于当世，惠于万民。再者，定谥主要看经历，不然，怎有不循常格之说？”

“会甫先生说的是。”叶向高道。

“敬顺事上，一德不懈，曰恭简。我以为，宜用此二字。”吴道南说。

叶向高在许孚远的名字后写上这两个字，然后说：“下一个该议的，是礼部右侍唐公。”

“唐公名文献，字文征，南直隶华亭人，万历十四年进士第一，官至礼部右侍郎，卒于官。”吴道南述道。

“既出身翰林，又以礼部右侍郎掌翰林院事，脱不开文字；温恭朝夕曰恪，这个字用在唐状元身上，也很恰当。”叶向高拟谥。

吴道南取笔，在唐文献名字后，写上文恪二字。

“下一个该议的，是户部右侍张公。”叶向高看着名帖说。

“张公名养蒙，字泰亨，山西泽州人，万历五年进士，官至户部右侍郎，卒于家中。”吴道南述道。

“泰亨先生选庶吉士，可以说是翰林出身，但他名于世者，不在文翰，而在进言。你我拟其谥，不必在文字上作文章。”叶向高说。

“进卿先生说他以进言名于世，特别是指他在万历二十四年论时政阙失的奏疏吧？”吴道南问。

“是。”叶向高应道。

“我记得，该疏以三轻二重为言，”吴道南回顾道，“三轻者，一曰部、院之体渐轻，二曰科、道之体渐轻，三曰抚、按之任渐轻；二重者，一曰进献之途渐重，二曰内差之势渐重。此论切中时弊。”

“会甫先生欲拟何谥？”叶向高问。

“致果杀敌，应世有功，曰毅敏，前者皆用于武臣，我欲用于泰亨先生。”吴道南说。

“是因其督饷朝鲜之劳吧？”叶向高问。

“是。”吴道南应道。

叶向高看一会儿名帖，不由长吐一口气。他指着外面说：“会甫先生，看看吧！”

原来天已经黑下来。吴道南问：“进卿先生的意思，今且到此？”

“是该歇歇；不过，方才提到一位，说好稍后再拟。今若不拟出，恐怕难以安歇。”叶向高说。

“可是大司空刘公？”吴道南说着，述道，“刘公名东星，字子明，山西沁水人，隆庆二年进士，万历二十六年以工部右侍郎兼右佥都御史，总理河道，二十七年加工部尚书兼右都御史，二十九年卒于任。”

“开泇河之役，初议须费百二十万金，子明先生督工，费止七万，河工已完成十之三。以此计之，若非子明先生猝卒，二十万金足矣。子明先生性节俭，真不是徒有虚名。”叶向高叹道。

“宽乐令终曰靖，可用此字。”吴道南说。

“屡正志和曰庄，前冠以庄字更佳，”叶向高说着，在刘东星名字后，写上庄靖二字。

“进卿先生说，不拟出刘公，难以安歇；我想了想，还有二人，今日若不拟谥，恐怕更难安歇。”吴道南说。

“第一个是吏目邹公，第二个是经历沈公，对吧？”叶向高问。

“进卿先生说得对。”吴道南道。

“那就不循常格，先拟他二人谥？”叶向高问。

“好，”吴道南应一声，述道，“邹公名智，字汝愚，四川合江人，成化二十三年进士，选庶吉士，以议论时政得罪，贬广东石城所吏目。弘治四年卒。”

“海公刚峰之谥，会甫先生还记得吗？”叶向高问。

“谥忠介，怎会不记得！”吴道南道。

“汝愚先生憨直，不逊于海公，我看，也适于这两个字。”叶向高道。

“同意，”吴道南说着，取笔写上这两个字。然后述道，“沈公名錬，字纯甫，浙江会稽人，嘉靖十七年进士，官锦衣卫经历，以论劾严介溪，贬谪保安，为介溪党羽杨顺杀于宣府。”

“会甫先生与沈公，别字里都有个甫字，会甫先生欲怎拟其谥？”叶向高找个无关痛痒的缘由要吴道南拟谥。

“臣子之谥，我最不愿用愍字，但纯甫先生不仅本人死于非命，二子亦为杨顺杖杀，令人唏嘘不已，我又不得不用这个愍字。”吴道南说。

“后一字若用愍，前一字须用忠。”叶向高说。

“我正欲以忠愍谥之。”吴道南道。

“仲芳先生谥忠愍，多有人以为不足；纯甫先生谥忠愍，会不会也有人以为不足？”叶向高不无担心地问。

“该谥用于彼或有所不足，用于此或恰到好处。”吴道南说。

议到这里，两个人都决心不再议。

“会甫先生，明日再议？”叶向高问。

“共议二十八人谥，已议一十九人，余下九人，今晚你我不如各拟数谥，明日相互参看有无不妥，再予更正。”吴道南提议。

“也好。”叶向高应道。

他们为其他九人拟谥，分别是：

尚宝司少卿孟秋谥清宪；

监察御史刘台谥毅思；

太常寺卿魏良弼谥忠简；

左谕德张元忭谥文恭；

大同巡抚张文锦谥忠愍；

大同巡抚魏允贞谥介肃；

户部主事周天佐谥忠愍；

户科给事中杨允绳、鸿胪寺卿张朝瑞谥靖恪。

补谥是皇帝命阁议的，内阁拟谥奏上，皇帝却不说准，也不说不准，全不理会。直到十年后，天启皇帝登极，这道阁议才正式颁下。

第四百零一章

会试阅卷之后，两名主考官，皆为吏部侍郎兼翰林院侍读学士的肖云举、王图，会同阁、部大臣确定进呈御览的试卷，就可以说完成使命。试卷进呈御览，为的是让皇帝圈出一甲三人，及二甲第一名。即俗称的状元、榜眼、探花；二甲第一名，即俗称的传胪。既然要钦定四人，进呈御览的试卷，当然要多过四篇，一般少则六篇，多则十篇。等皇帝圈定之后，榜告天下。

等待皇帝圈定，即等待张榜的时候，举子们难熬，考官们也难熬。

肖云举、王图坐在东阁的侧室，喝茶、闲聊，打发时光。

“允升兄看，进呈的试卷今日可能发下？”王图问。

“等的心急？”肖云举反问，并说，“只要在心里断定，今日不会发下，就不会心急。则之兄不妨试试。”

王图字则之，陕西耀州人，和肖云举同是万历十四年进士。

“试试就试试，”他只动嘴，不出声，好像在对自己说：今日又不能张榜。默默念叨之后，他说，“好，我已告诉自个儿。”

“怎样？”肖云举问。

“仍心急。”王图道。

“换个法子试试，”肖云举又给他出个主意，“则之兄不妨想想进卿先生和会甫先生。”

“为何要想他二位？”王图问。

“礼部请补谥，皇上命阁议，则之兄知否？”肖云举问。

“知道呀。”王图道。

“阁议已上，则之兄也知道吧？”肖云举问。

“亦知。”王图道。

“阁议是几时上的？”肖云举问。

“正月的事，相隔一个多月；进卿先生是邀会甫先生同议的，这我也听说。”王图道。

“一个多月过去，迄无下文，你见进卿先生、会甫先生急吗？试卷进呈才多久，你为何急不可耐！”肖云举说。

“耐得住性子，我还真要学学他二位，”王图说着，又问，“允升兄希望皇上点谁个状元？”

“韩君。”肖云举道。

他说的韩君，名敬，是浙江乌程举子。

“韩君的策论的确高人一筹，”王图说着，又问，“允升兄最不愿皇上点谁个状元？”

“既上其卷，则无论皇上点谁个状元，我都不会不愿意，更不会有最不愿意。”肖云举说。

“我换个说法：允升兄最担心皇上点谁个状元？”王图又问。

“韩君。”肖云举道。

“希望钦点韩君状元，又担心钦点韩君状元，允升兄，这是怎么一回事？”王图不解。

“韩君是何处举子，则之兄不会不知吧？”肖云举道。

“是浙人，怎么？”王图问。

“乙未科的状元，则之兄还记得吗？”肖云举问。

“乙未，即万历二十三年，该科状元是元介先生，”王图说。他好像懂得肖云举要说什么，强调道，“元介先生是鲁人，非浙人。”

“该科榜眼呢？”肖云举问。

“是嘉宝先生，”王图道，并强调，“嘉宝先生是南直隶人，非浙人。”

“则之兄记得其乡贯否？”肖云举问。

“宣城。”王图道。

万历二十三年会试，一甲第一人是朱之蕃，字元介，山东茌平人；第二名汤宾尹字嘉宝，是南直隶宣城人。

“叔孝先生还朝之初，我和他说起朝野党争，提及顾党、李党、昆党、东林党，有一党，却不曾提及。”肖云举说。

“顾党、昆党，实为一党，即顾君天埈之党，是吧？”王图问。

“是。”肖云举应道。

“李党即李君腾芳一党，是吧？”王图又问。

“是。”肖云举应道。

“李君亦可以地旺称为湘党。”王图说。

“若称湘党，须得有几个乡人捧场，李君却没有。只得委屈他，以姓氏立党。”

肖云举说。

“说的是，”王图点点头，又道，“东林党不必说，允升兄不曾提及的是何党？”

“宣党，则之兄听说过没有？”肖云举问。

“不会是允升兄之党吧？”王图开句玩笑。

“若是我之党，也是偏隅小党。”肖云举笑道。

“我知宣党以宣城得名，即以汤君得名，”王图说，并问，“允升兄是不是担心，汤君一甲第二也，即可立宣党，韩君以一甲第一，岂不更可以立浙党？”

“我是有此担心。”肖云举道。

“允升兄的担心有点儿多余，朝野早就在风传浙党，根本用不着韩君费心再立。”王图说。

“我知早有浙党之风传；叔孝先生也说，在诸党之先，已有浙党之名。我担心的是，浙党非他党可比。”肖云举说。

“允升兄是何意？”王图问。

“则之兄说，昆党是以顾君得名，是吧？”肖云举又反过来问。

“是啊。”王图应道。

“顾君居何职？”肖云举问。

“谕德。”王图道。

“宣党以汤君得名，是吧？”肖云举又问。

“是啊。”王图应道。

“汤君居何职？”肖云举问。

“祭酒。”王图道。

“东林以东林诸君得名，是吧？”肖云举又问。

“是啊。”王图应道。

“东林诸君居何职？”肖云举问。

“东林诸君，皆为闲云野鹤。”王图说。

“曾居何职？”肖云举又问。

“言东林者，必以叔时先生为言，叔时先生以司官离朝。”王图以顾宪成为例。

“还有呢？”肖云举问。

“东林讲席中，有国瑞先生，以御史离朝。”王图又以钱一本为例。

“还有呢？”肖云举问。

“你我同年小范兄，以主事斥为民。”王图又以安希范为例。

“总之，无论昆党、宣党，还是东林党，其领袖者，无一公卿，”肖云举说着，问道，“对吧？”

“对。”王图应道。

“浙党却以谁人得名？”肖云举忽问。

“以——”王图一时真不知说谁好。

“会不会以章公得名？”肖云举问。

“哪位章公？”王图反问。

“给谏章公，与前诸相公同乡，与晋江相公同年。”肖云举提示。

前诸相公，应该是赵志皋、沈一贯、朱赓；和他等同乡，即浙人。和李廷机同年，即万历十一年进士。再加上姓章，官给事中，这些条件加在一起，只有一人，即会稽人章守诚。

容易想到章守诚，还有一个原因：他任给事中时，赵志皋为首辅，科、道官攻讦赵志皋者甚多，章守城则拥戴赵志皋。

“不会是他，”王图道，“章公官给谏时，尚无浙党之名。”

“会以锺君得名否？”肖云举又问。

“哪位锺君？”王图问。

“给谏锺君，与前诸相公同乡，与前所言顾君同年。”肖云举提示。

姓锺，官给事中，浙江籍，万历二十年进士，也只有一人，即海盐人锺兆斗。联想到他，更重要的原因是，在沈一贯和郭正域的纠葛中，为沈一贯充当急先锋的，正是这个锺兆斗。

“不会是他，”王图道，“他始终是名给谏，在人才众多的浙江士人中，缺乏号召力。”

“会以喻君得名否？”肖云举又问。

“哪位喻君？”王图问。

喻姓是个很小的姓，得中进士的更少，而中进士值得拿出来说事的，可谓凤毛麟角。肖云举如果反问一句，王图完全可以自个儿说出来，但肖云举没让他自个儿说。

“给谏喻君，与前诸相公同乡，与赵状元同科。”他提示道。

赵状元名秉忠，是万历二十六年的进士。该科进士只有一名姓喻，即便不提示官给谏，也必是嵊县人喻安性。

“不会是他。”王图这次没急着说理由。

“为何不会？”肖云举问。

“山阴相公为众官参劾之际，允升兄知道不知道，喻给谏是怎样为他解围的？”王图反问。

“则之兄说的，可是他疏言：今日政权不在内阁，尽移于司礼？”肖云举道。

“对，”王图点头，“参劾山阴相公者，不下三五十人，他一人也不敢得罪，却转以内臣为言。允升兄想，哪个浙人会奉他为领袖！”

“前者如章公，其后如锺君，再后如喻君，都不会是浙党的领袖人物，浙党却是由谁人而得名？”肖云举问。

“我知允升兄的用意何在。”王图道。

“我是何意？”肖云举问。

“章公附兰溪相公，章公非浙党领袖，则浙党领袖为兰溪相公也；锺君附四明相公，锺君非浙党领袖，则浙党领袖为四明相公也；喻君附山阴相公，喻君非浙党领袖，则浙党领袖为山阴相公也。兰溪相公、四明相公、山阴相公纵非浙党领袖，浙党亦因兰溪相公、四明相公、山阴相公而得名也，”王图说着，反问一句，“允升兄，我说的对不对？”

“对，”肖云举应一声，说道，“浙党和别党之间的不同，则之兄不会看不出来吧？”

“不同是看得出来，但担心还没看出来，请允升兄明示。”王图道。

“我先请教则之兄：今次的状元若是昆山人，会不会有人说，主考官阿附昆党？”肖云举问。

“不会。”王图道。

“为何不会？”肖云举问。

“任谁主会试，也不会阿附一谕德。”王图说。

“今次的状元若是宣城人，会不会有人说，主考官阿附宣党？”肖云举又问。

“不会。”王图道。

“为何不会？”肖云举问。

“任谁主会试，也不会阿附祭酒。”王图说。

“今次的状元若是无锡人，更确切地说，来自东林书院，会不会有人说，主考官阿附东林党？”肖云举又问。

“不会。”王图道。

“为何不会？”肖云举问。

“任谁主会试，不会阿附致仕司官。”王图说。

“那么，今次的状元是浙人，会不会有人说，主考官阿附浙党？”肖云举又问。

“这不好说。”王图道。

“为何不好说？”肖云举问。

“浙党以相公得名，主考官阿附相公，是完全可能的；然浙党借以得名之相公，都是前相公，今主考官会不会阿附，就不好说。”王图道。

“会不会有人说，今主考官是前相公培植？”肖云举问。

“或会有人说；我若不在主考官的位置，难免也会信其说。”王图道。

“则之兄看出来吧，今次点浙人的状元，比点别处的状元，议论会增添许多，麻烦会增添许多。”肖云举说。

“原来允升兄担心清誉有损。”王图道。

“不止你我辈清誉有损，对朝廷而言，也增添许多麻烦。”肖云举说。

“朝廷怎会增添许多麻烦？”王图问。

“会试一事，稍不如意者，便以浙党责主考官；朝廷别事，稍不如意者，便以浙党责主政大臣。朝廷大事，天下大事，皆被当作党争议之，则之兄不以为此事值得担心吗？”肖云举道。

“允升兄由小及大，所虑极是；不过，”王图口气一转，说道，“天下若无浙人，难道便无党争？此其一也；浙人学问再好，文章再好，也不点为状元，是不是对浙人太不公正？此其二也。有此二者，我以为，点浙人的状元会有再多的麻烦，也不可明令禁之。”

“道理我懂，所以我才说担心，而不说不愿意。”肖云举道。

本科状元，皇帝果然钦点韩敬。

第四百零二章

四月初一夜，一场不知因何而起的大火，把正阳门烧成废墟。

住在正阳门外的两个老者，一个面色红润，一个面黄肌瘦，每天都在城根下散步。今天过不去，因为官军、役夫等正在清理现场。二人远远地望着那堆废墟，各自叹口气。

“兄弟为何叹息？”面黄肌瘦的老者问面色红润的老者。

“老哥说，这座城门立在那儿有多久？”面色红润的老者反问。

“你就是活到一百岁，也没它老，”面黄肌瘦的老者说，“老辈传说，北京城是永乐爷建。正阳门也应该是永乐爷建，兄弟自个儿算算，它立在那儿有多久！”

“我一人算不过来，老哥帮帮忙，”面色红润的老者说着，认真算起来，“第一位在北京城坐朝的是永乐爷，永乐爷在位二十二年。”

“永乐爷之后是洪熙爷。”面黄肌瘦的老者也认真帮他忙。

“洪熙爷在位一年。”面色红润的老者说。

“洪熙爷之后是宣德爷。”面黄肌瘦的老者道。

“宣德爷在位十年。”面色红润的老者说。

“宣德爷之后是正统爷。”面黄肌瘦的老者道。

“正统爷在位十四年。”面色红润的老者说。

“正统爷之后是景泰爷。”面黄肌瘦的老者道。

“景泰爷在位七年。”面色红润的老者说。

“景泰爷之后是天顺爷。”面黄肌瘦的老者道。

“天顺爷在位八年。”面色红润的老者说。

“正统爷、天顺爷是同一帝，兄弟不可不知。”面黄肌瘦的老者道。

“老哥给我讲过好几次，自个儿记好就成！”面色红润的老者说。

“天顺爷之后是成化爷。”面黄肌瘦的老者道。

“成化爷在位二十三年。”面色红润的老者说。

“成化爷之后是弘治爷。”面黄肌瘦的老者道。

“弘治爷在位十八年。”面色红润的老者说。

“弘治爷之后是正德爷。”面黄肌瘦的老者道。

“正德爷在位十六年。”面色红润的老者说。

“正德爷之后是嘉靖爷。”面黄肌瘦的老者道。

“嘉靖爷在位四十五年。”面色红润的老者说。

“嘉靖爷之后是隆庆爷。”面黄肌瘦的老者道。

“隆庆爷在位六年。”面色红润的老者说。

“隆庆爷之后是今万岁爷。”面黄肌瘦的老者道。

“今爷在位已三十八年。”面色红润的老者说。

“有多久，能算出来吗？”面黄肌瘦的老者问。

面色红润的老者掰着手指算了又算，怎么也算不出个准数，把双手往身后一背，不再算。

“反正超过二百年。”他说。

“超过得多吗？”面黄肌瘦的老者问。

“不是太多。”面色红润的老者说。

“那应该不到二百年。”面黄肌瘦的老者道。

“怎么？”面色红润的老者不解。

“永乐爷并非一登极，就把北京定为京师的，他在南京还坐了好多年的龙廷。”面黄肌瘦的老者说。

“就算不到二百年，也将近二百年，”面色红润的老者道，并说，“要不，老哥告诉我，永乐爷是哪年迁都北京的，是超过几年，还是不足几年，我再重新算算。”

“拉倒吧。”面黄肌瘦的老者不愿说，或者说不清楚。

“挺正经的一件事，干吗拉倒！”面色红润的老者不肯就此罢休。

“我若告诉兄弟，兄弟一定到处对人说，正阳门的城楼子在那里立了多少多少年。再看它忽然成为废墟，有意思吗！”面黄肌瘦的老者道。

“没意思，我干吗要叹息，老哥干吗要叹息？”面色红润的老者问。

“我才不是为此叹息。”面黄肌瘦的老者道。

“不是为此叹息，却是为何叹息？”面色红润的老者问。

“我在想，正阳门的城门楼子一烧，有人欢喜有人愁呀。”面黄肌瘦的老者说。

“有人愁，我懂，”面色红润的老者道，“譬如，老哥和我，原先每天一出门，看到的就是正阳门的城门楼子，打今儿起，不知有多少日子，却看不到，怎会不愁！但有人欢喜，我想不通。前些日子，有人传言，建酋打到安定门、德胜门。老哥是不是说，正阳门烧毁，建虏可长驱直入，所以，他会欢喜？”

“兄弟想什么呢！”年黄肌瘦的老者摇着头说，“咱生活在天子脚下，再没有见识，也不能拿国家安危当儿戏。我说的欢喜的人，不在国门之外，而在萧墙之内。”

“萧墙之内，却是谁人？”面色红润的老者问。

“别说烧毁的是正阳门，烧毁的是两宫、三大殿，有没人欢喜？今者我说的欢喜者，正是旧日为两宫、三大殿的烧毁而欢喜者。”面黄肌瘦的老者道。

“老哥说的是日后修造正阳门时，有幸摊上督工的内臣？朝廷兴大工，他等欢呼雀跃的嘴脸，我见过不少。不过，”面色红润的老者想表明自己更有见识，他说，“那不是萧墙之内，而是宫墙之内。”

工部自尚书赵焕去官后，两名侍郎轮换着署部。先署部的是刘元霖，后改王汝训。现在，虽没改回刘元霖署部，但王汝训已病倒在床上，廷臣私下里议，恐怕又要请回刘元霖。

二人既是同僚，又是同年进士，无论以公，还是以私，刘元霖都应该常去探望王汝训的病情。

说几句闲话后，刘元霖告诉王汝训：“师古兄还不知吧，张司官今日险些遭几名内使的老拳！”

王汝训为人拘谨，虽然工部眼下只有一名司官姓张，他仍问：“是营缮司的张司官？”

“是他。”刘元霖点头应道。

“他是署司官。”王汝训说。

“师古兄差矣，”刘元霖道，“他已扶正，不再是署职。这是近日的事，师古兄在家养病，或不知情。”

“难得，近日竟有署官扶正，”王汝训说着，撇开这个自己出错的话题，问道，“内使为何要殴张司官？”

“还不是为正阳门的事。”刘元霖道。

“他等不会把正阳门被烧毁，归咎于张司官吧？”王汝训问。

“正阳门要真是为张司官而毁，他等说不定还要给张司官打躬作揖，叩头礼拜呢！”刘云霖道。

“元泽兄的意思是——”王汝训问。

“要不是正阳门烧毁，他等哪有机会报上工费银数！”刘元霖道。

“一定是内使报的工费银太离谱，遭张司官批驳。”王汝训从他的话里，不难推测出此事的起因。

“内使们的秉性，师古兄应该是知道的；张司官的秉性，师古兄也是应该知道的。”刘元霖说。

“张司官是楚人，性憨直，我是知道的。”王汝训说。

他们说的张司官，名嘉言，湖广湘潭人，万历二十年进士。

“有一件事，师古兄却未必知道。”刘元霖却说。

“何事？”王汝训问。

“张司官从哪个衙门转来工部，师古兄还记得吗？”刘元霖反问。

“元泽兄欺我！”王汝训指点着他说。

“我不过问问，怎成欺师古兄？”刘元霖问。

“他是工部司官，我连他来历都不知，有何脸面署部！”王汝训说。

“师古兄既知，何不言之！”刘元霖道。

“自都察院转来工部。”王汝训说。

“他在都察院为何官，师古兄也知吗？”刘元霖问。

“官经历。”王汝训说。

“师古兄果然了解部属；不过，”刘元霖像想出坏主意的孩童一样，不怀好意地笑了笑。他说，“我问师古兄知否的，并非此事。”

“多大的事，元泽兄就不能痛快地表彰我一句；非得在表彰之后，再加以否定！”王汝训道。

“我问的真不是此事。”刘元霖一脸无辜地说。

“不是此事，却是何事？”王汝训问。

“师古兄可知，他是怎样签署的？”刘元霖问。

“既已扶正，自当写正式职位。”王汝训说。

“写正式职位，我为何要问师古兄！我问的是他扶正之前的签署。”刘元霖道。

“好似署郎中事云云。”王汝训说得有点儿含糊。

“他写的是：署郎中事都察院经历张某。”刘元霖道。

“以此列衔，是有些怪；不过，”王汝训口气一转，说道，“元泽兄这么一说，我倒想起来：张司官转来工部时，并未正式授予工部职衔，他的确是以都察院经历署我工部营缮司的。他的写法，不能算错。”

“我没说他错；我是说，别个以此列名，没人会挖苦；他以此列名，却留下话柄。”刘元霖道。

“留下什么话柄？”王汝训问。

“他扶正之后，有同寅对他说：兄台名位已尊，以后签署，再不可用署郎中事都察院经历，可径书本部院。”刘元霖说。

“径书何衔？”王汝训前面的话都听清楚，唯独关键的这句没听清楚；或者，虽听清楚，却难以置信。

“径书本部院。”刘元霖重复道。

“天哪！”王汝训呼叫一声，问道，“元泽兄，你敢签署此衔否？”

“我当然不敢，”刘元霖说，“我只有部衔，又无院衔；而且，我的部衔是佐卿，非正卿，怎得签署本部院！”

“元泽兄不敢以本部院签署，我不敢以本部院签署，有人却要张司官以本部院签署！”王汝训道，并问，“他有没有以此签署过？”

“如果没有，也是没来得及。”刘元霖说。

“幸亏没有，不然，我工部可真要贻笑大方。”王汝训道。

说到这里，他忽然觉得偏离主题太远。主题是内臣欲殴张嘉言，原因是张嘉言批驳他们报的修建正阳门城楼的工费。关键是内臣所报的工费是否太过分，而不在张嘉言其人是否太憨直。

不过，是刘元霖转到张嘉言憨直这一话题的，他究竟是怎样的想法，先要问清楚。

“元泽兄是不是说，张司官今日险些被殴，是自取其辱？”王汝训问。

“师古兄欺我！”刘元霖也指点着他说一句。

“我不过问问，怎成欺元泽兄？”王汝训当然也要问。

“不管缘何而起，张司官受辱于内使，都是恪尽职守，我连这个是非都分辨不清，有何脸面立于朝中！”刘元霖道。

“是我问错话，”王汝训赔不是，“我还以为，元泽兄一个劲儿地讲述张司官的憨直，是因为今日的事，他也要分担些责任。”

“我一个劲儿地讲述吗？”刘元霖先是否认，随后解释，“我讲述张司官的憨直，无非是以为：一则，不是张司官的话，可能不会怒而批驳；二则，不是张司官的话，内使可能不会想到动手。但我绝不以为，今日的事张司官有错。”

“既如此，我就要问问：内使所报工费若干，致令张司官怒而批驳？”王汝训道。

“病中不宜发怒，师古兄答应不生气，我才告诉你。”刘元霖说。

“元泽兄看我这模样，有精神生气吗！”王汝训道。

“只怕师古兄听后，会按捺不住。”刘元霖说着，用手指比画。

“我看不明白，元泽兄还是说吧。”王汝训道。

“十三万。”刘元霖道。

“是工、料费吧？”王汝训问，并说，“物料都是现成的，由工部直接提供，不用内使们计费。”

“不是工、料费，只是工费。”刘元霖说。

“报的十三万，只是工费？”王汝训显然也以为报多。

“是。”刘元霖应道。

“那是报得太高。”王汝训不是以为报得稍多。

“师古兄也以为太多？那么，工费报几多为宜？”刘元霖问。

“打点儿富余，两三万差不多吧。”王汝训说。

“张司官若说出这么个数目来，那几员内使也不见得会摩拳擦掌。”刘元霖道。

“元泽兄的意思，张司官说的数目略少？”王汝训问。

“不是略少，而是少得太多。”刘元霖道。

“少得太多，却是几多？”王汝训问。

“师古兄是问他说的是几多，还是他说的比师古兄说的少几多？”刘元霖反问。

“有何区别！元泽兄愿说哪个，就说哪个。”王汝训道。

“我挑个不会惊着师古兄的说法吧，”刘元霖边说，边比画，“若以师古兄说的两万计，可去八成；若以师古兄说的三万计，可去九成。”

“元泽兄以前就不精于计算，谁知过这多年，仍不精于计算。”王汝训挖苦一句。

“我应怎计算？”刘元霖问。

“以两万金计，不是去八成，而是八成即够；以三万金计，不是去九成，而是九成即够。”王汝训说。

刘元霖笑笑，没出言反驳。

“元泽兄笑得好不古怪！”王汝训道。

“不过提醒师古兄，该祝贺我，不该取笑我，有何古怪！”刘元霖道。

“元泽兄话也古怪，我为何该祝贺你？”王汝训问。

“我不是说，挑个不会惊着师古兄的说法？师古兄看，果然没惊着你，”刘元霖说着，问道，“以两万金计，八成即够；八成是几多？”

“不是一万六吗？”王汝训道。

“以三万金计，九成即够；九成是几多？”刘元霖又问。

“不是两万七吗？”王汝训道。

“那么，是一万六够，还是两万七够？”刘元霖问。

“差得有点儿多，”王汝训琢磨出来后，反过来问，“以两万金计，去八成，还余几多？”

“不是四千吗？”刘元霖道。

“以三万金计，去九成，还余几多？”王汝训问。

“不是三千吗？”刘元霖道。

“那么，是三千够，还是四千够？”王汝训问的方式和刘元霖一样，但绝不似刘元霖问得硬气。

“三四千够，”刘元霖道，并问，“我挑的若是这个说法，会不会惊着师古兄？”

“且不说能否惊我，张司官说的是这个数目吗？”王汝训问。

“张司官若是简单地说三四千够，内使们或许当句玩笑，一笑了之。”刘元霖道。

“他是怎说的？”王汝训问。

“此楼在民间，当费三四千金！”刘元霖复述张嘉言的话。

“这话是容易让人抓住把柄，”王汝训道，“一则，人家会问：民间门墙再高，能和城门楼子比吗？二则，人家会说：朝廷工程，皇家工程，怎能和民间比？他何言以对！”

“师古兄说的是，”刘元霖点点头，说道，“十三万金，固不可取；三四千金，亦不可取。唯可取其中。”

第四百零三章

利玛窦躺在床上，显露不出他的魁梧。室内昏暗，本来白肤虬须、深目黄睛、色彩分明的面部变得模糊不清。在病痛的折磨下，他不仅比往常看上去衰老许多，而且比他实际年龄也要老上好几岁。

李之藻静静坐在床边的椅子上，看着他的面孔，不由产生一种我见犹怜的感觉。

利玛窦醒过来，看清坐在眼前的是李之藻，冲他笑了笑。但笑得勉强、无力，让李之藻看了，心里更加难过。

“有点儿难过吧？”利玛窦问。

“没有，”李之藻掩饰自己的感情，“我看先生睡得安详，看来病情减轻许多，不由窃喜。”

“难过用不着，窃喜也用不着，振之要做的，唯一件事。”利玛窦说。

“何事，乞先生明示。”李之藻道。

“你总称我先生，日子一久，我也接受这个称呼。其实，在我的国度，人人都称我神父。”利玛窦说。

“我也可以改称神父；但我觉着，如果称先生神父，远不如称先生亲近。”李之藻解释说。

“这我理解，”利玛窦道，“先生，即师傅，或者说老师。在中华，把师傅和弟子之间的关系看得最重。”

“还有君臣之间的关系，父子之间的关系。”李之藻说。

“这就是三纲，对吧？”利玛窦问。

“对。”李之藻应道。

“因为在你国度，把师傅和弟子之间的关系看得最重，所以，我没有让你改正称呼。我也希望，你和我之间，能保持一种最紧密、最亲近的关系。”利玛窦说。

“这正是弟子之愿。”李之藻附和道。

“振之，你告诉我，为师的责任何在？”利玛窦问。

“传道、授业、解惑。”李之藻道。

“这是你们一位古人说的吧？”利玛窦问。

“是，”李之藻应道，“我大唐有位大文士，姓韩名愈。师者，所以传道、授业、解惑也，是他概括出来的。”

“这话实在精辟，”利玛窦称赞一句后，说道，“振之不是问唯要做何事吗？在我，你是弟子；但在其他许多人，你将为师。你要做的，也是传道、授业、解惑；不过，你要传的，不止是你中华固有之道；要授的，不止是你中华固有之业；要解的，不止是你中华固有之道中的惑，不止是你中华固有之业中的惑。”

“弟子谨记，”李之藻道，又说，“弟子师从先生，虽有年月，且蒙先生亲授洗礼；但自忖于先生之学，不过方入其门。传道、授业、解惑之责任，弟子唯恐难胜其任。”

“这不要紧，我送你两句话。”利玛窦说。

“是。”李之藻应道。

“第一句话：量力而行，尽力而为；第二句话，多与西人切磋，”利玛窦说着，问道，“振之与庞迪我神父已很熟悉吧？”

“已很熟悉。”李之藻回答。

“和熊三拔神父已很熟悉吧？”利玛窦问。

“也已熟悉。”李之藻回答。

“有困惑不解之事，可多问他二人。”利玛窦说。

“弟子谨记。”李之藻又应道。

闰三月，利玛窦卒于北京宅中。

利玛窦的国人和他的大明弟子们，为他举行隆重的丧事弥撒。弥撒结束后，庞迪我把李之藻留下来。

“利玛窦神父有没有给李兄弟讲过澳门这个地方？”庞迪我问。

“讲过，”李之藻应道，“后来我从礼部得知，澳门是属于我广东香山县的一个小岛。”

“那么，澳门有座神学院，李兄弟是否知道？”庞迪我问。

“知道，”李之藻点头，“我和子先兄约定，日后不做官日，一定要游岭南，拜谒澳门神学院的各位神父。”

“这是后话，且不说它，”庞迪我说着，转入正题，“本教有个规定，凡在中国传教的神父，逝后须得葬入澳门的神学院。”

“先生也要葬入澳门神学院吗？”李之藻问。

“按照本教的规定，是的。”庞迪我道。

“广州距京师七八千里，香山县更远；且今已入夏，一日热过一日。先生遗体在途中耽搁数月，多是不便。”李之藻说。

“我等也在为这件事发愁，不知李兄弟有何高见？”庞迪我问。

“不如安葬于北京。”李之藻说。

“昨日有一个兄弟，也是这么对我说的；他还提议，最好请大明皇帝赐给一块墓地。这样的好处是：皇帝赐给墓地，本教在大明国度就可以合法存在，”庞迪我说着，又问，“李兄弟以为，他这个说法如何？”

“不无道理。”李之藻道。

“李兄弟愿意促成此事吗？”庞迪我问。

“义不容辞，”李之藻道，又说，“不过，我也有两个提议。”

“请讲。”庞迪我让道。

“其一，以我名义奏请亦可，但不如以庞神父或贵国其他神父名义奏请，更能引起我皇上重视。”李之藻说。

“我也想过，以我国度之人提出申请，更合情合理。但你中华奏章，我不会写，要请李兄弟加以润色。”庞迪我道。

“这没问题，”李之藻爽快地应承下来，又说，“其二，庞神父等奏请之后，我自会敦请朝廷准允其事。不过，我人微言轻，恐怕起不了多大作用。我拟请出另两位大臣帮着说话，请庞神父，还有贵国其他神父，也去向该大臣请助。”

“是哪两位大臣？”庞迪我问。

“一是内阁大臣叶先生，一是署礼部侍郎吴先生。”李之藻道。

“我知道他二位职位崇高，但不知他二位会否帮忙。”庞迪我说。

“叶先生是闽人，近广东，对本教素有好感。先生在世，他曾两次把先生请到家中宴请。今先生不在，我以为，庞神父继续和他保持来往，于本教甚为有利。至于吴先生，和我同是浙人。我曾经和他私下里说起过本教，他也有好感。我相信，这件事能够得到二位大臣的帮助；而得到二位大臣帮助，此事极易成功。”李之藻说。

“那就一起努力吧。”庞迪我道。

庞迪我请李之藻润色的疏稿，密密麻麻写好几页纸。李之藻草草读一遍，问道：“我中华有句话，叫斧正，庞神父听说过吗？”

“听说过，是比喻修改文章，对吧？”庞迪我反问。

“对。”李之藻点头。

“据我所知，中华之人说斧正，是句客气话。”庞迪我道。

“一般而言，是句客气话；但放在今日，却不一定是客气话。”李之藻说。

“李兄弟的意思，此文润色，的确要用斧子来砍伐？”庞迪我问。

“是，”李之藻点点头，说道，“贵国和我中华行文，大不相同，此文若不从字句到风格都加以修改，恐怕无人敢呈进。”

“李兄弟砍伐就是，把意思表达清楚即可。”庞迪我说。

疏草分四段，李之藻没改变它的结构，根据疏草修改的疏文也分成四部分；而文字则比疏草精简太多。

庞迪我的第一段疏草，经人译成中文后，所述如下：

我，大西国臣民庞迪我，谨为另一个最近故去的外国臣民提出项卑微的请求。我信赖您遐迩闻名的慷慨，谨此为他请求一块墓地。从而您的皇恩浩荡，可以惠及所有的人，哪怕是从极遥远的地区来的外国人。我，庞迪我，就是一个从极遥远的国家来的外国人，深慕贵国的声名和光荣，用了整整三年时间远涉重洋，行经六千多里格，历经无穷的艰难险阻，终于在万历二十八年十二月，和利玛窦以及另外三个同伴来到陛下的朝廷。当时我们曾向陛下赠献了几件从我们家乡带来的小礼物。从那时起，我们一直得到皇家给我们的津贴，维持生活。这确实是一种特别仁慈的恩惠，对此，我们心里不胜感激之情，即使肝脑涂地，也不足为报。万历二十九年一月，我们请求陛下指定给我们一个居住的地方，使您的皇恩的光辉照耀到新来的外国人的身上。我们等了好几年，才得知您意愿的表示。然而在所有这些年中，由于您的皇恩，而不是我们自己的功劳，我们从未缺乏过生活必需品的供应。

经过李之藻的修改，这一段成下述文字：

臣本远夷，向慕天德化，跋涉三载，道经海上八万余里，艰苦备尝，终于万历二十八年十二月，偕臣利玛窦及兼伴五人，始得到京朝见，贡献方物。蒙恩给赐廪饩，臣等感激不胜，捐躯莫报。万历二十九年正月内，奏允天恩，照例安插，以将柔远等情。候旨多年，明蒙廪给不阙。

庞迪我听李之藻解说之后，说：“我一字一字数过，原文大约五百字；经李兄弟斧正之后，只剩下百余字。”

“字数删减虽多，意思却表达无遗。”李之藻说。

“原来的文字和修改后的文字相对照，只有不胜感激之情和感激不胜意近。修改之后，当真没有遗漏？”庞迪我问。

“我给庞神父举个例子吧，”李之藻为打消他的顾虑，耐心地解释，“譬如原文中的肝脑涂地，即将肝脏、脑浆等洒之于地，那还能有命吗？肝脑涂地，为的何事？为的报答皇帝的恩典，即原文中的也不足为报。捐躯莫报四字，已经很好地表达出这两句的意思。”

“中华文字，真是简练，李兄弟就照此斧正吧。”庞迪我道。

第二段疏草，经人译成中文后，所述如下：

> 万历三十八年三月十八日，年老的利玛窦神父因病故去，仿佛是留下了我，成为遥远国土的臣民和孤儿，其处境备极艰难。足以引起普遍的同情和怜悯。运送他的遗体返回故国，将意味着从事长途的航行，水手们都很害怕在船上装载尸体，我将不可能把他的遗体运回他的故土。考虑到我们多年以来，一直生活在陛下的荫庇之下，是否也可以把我们算作您的臣民，属于您辇毂后面的随从，使您的如尧之仁，不限于您的国境之内，而扩大到外国去。

“日子不对。”李之藻说。

“三月十八日，不会错的。”庞迪我道。

“先生是逝于闰三月十九日，非三月十八日。”李之藻说。

“闰三月十八日，不也是三月十八日？”庞迪我问。

“我知贵国使用的是西历，我中华使用的是农历，各有所长，这且不说。我中华之历，每四年增一月，即某月会重复一次，为闰月。重复的月份不同，闰月也不同。如今岁闰的是三月，即今岁有两个三月。不加上闰字，两个三月的日子就会混淆。”李之藻说。

“既如此，闰字一定要加上。”庞迪我承认，日子的确写的不对。

经李之藻修改，成以下一段文字：

> 不意，于万历三十八年闰三月十九日，利玛窦以年老患病身故。异域孤臣，情实可怜；道途险远，海人多所忌讳，必不能将返国。伏念臣等入沾圣化，即系辇毂臣民。尧仁得披于华夷，生即蒙豢养于升斗；西伯泽及于枯骨，死犹望掩覆于泉壤。

“原以为斧正只是削除，没想到，李兄弟也会增写。”庞迪我说。

“庞神父是说最后的两句吧？”李之藻问罢，解释说，“其实并未增写。原文自‘考虑到’之后的七句，被我改写至四句，七十来字，被我改写至三十字，说起来，仍是精简。如果一定要说增写，也只是增写一位古人，一个典故。西伯即周文王，和尧帝一样，是千古明君。”

“李兄弟这样一说，我才能理解。”庞迪我道。

第三段疏草，经人译成中文后，所述如下：

就好像我们活着的时候蒙受您皇恩的滋养一样，我们相信，我们死后您将会赐给我们一块葬身之地。我们提出这一请求，是有鉴于我们的同伴利玛窦自从他到达这一伟大国家之日起，就孜孜不倦地攻读中国文学，并且身体力行贵国书中所阐明的那些德行。此外，他心志纯洁，忠诚形之于外，日夜在天主的神坛上，焚香为陛下的健康祈祷，以报答您的宏恩。朝廷中无论大小，都知道他是个真诚的人，我绝不敢伪造事实。因此之故，我们都称他为渴望学习的人和正直的人。他所写的许多书籍都证明了这一称号。他在海外各国又以一个出名的科学家而著称。而在这里，从他到达之日起，大臣们就竞相与他结交。

经李之藻修改，成下述文字：

况臣利玛窦自入圣朝，渐习熙明之化，读书通理。朝夕虔恭，焚香祝天；颂圣一念，犬马报恩。忠赤之心，都城士民共知，非敢饰说。生前颇称好学，颇能著述。先在海邦，原系知名之士；及来中国，亦为缙绅所嘉。似无愧于山泽隐逸之流，或蒙圣慈再赐体访，不无可矜可录。

疏草最后一段，经人译成中文后，所述如下：

作为来自异域的人，我和我的同伴怎么能希望超出我的卑微的地位之外的东西？我们一想起我们连一块埋葬同伴的坟地都没有，就十分伤心。我们含着热泪请求您施恩给我们一块土地或一块庙产，使一位从远方来到这里的人的遗体得以入土。我们这些后死者，我和我的同伴们，发誓无论生死都要学习他那样。我们认真地追随我们已故的兄弟的榜样，向天主祈祷，祝愿您的母亲和您万岁千秋，从而使我们得以享受陛下伟大帝国的和平与安宁，并得到安慰和满足。如果如蒙赐予这样伟大而非凡的恩典，我们虽然微如蝼蚁，也将感恩戴德。此后，我们的灵魂将永远负担着表示我们感激之忱的重担。我们仅期待着陛下的决定。

经过李之藻修改，该疏则是这样结束的：

臣等外国微臣，岂敢希冀分外！所悲死无葬地，泣血祈恳天恩，查赐闲地亩余，或废寺闲房数间，俾异域遗骸得以埋瘗。而臣等见在四人，亦得以生死相依，恪守教规，以朝夕瞻体天主上帝，仰祝圣母、圣躬万万岁寿。既享天朝乐土太平之福，亦毕蝼蚁外臣报效之诚。臣等不胜感激，屏营候命之至。

庞迪我听李之藻朗读并解说之后，只问一句："李兄弟断定，此疏已足以感动大明皇帝？"

"我皇上若有排斥本教之意，再怎么写也无用；我皇上若无排斥本教之意，此疏足够完美。"李之藻说。

大西国人，或曰欧罗巴人，于京师奏乞墓地，这还是头一次。

第四百零四章

叶向高人在屋外，招呼声先进屋内。

“尔张兄，来看看你。”他说。

李廷机则是人先出屋，然后才说：“进卿兄快请。”

坐下后，叶向高说：“见到尔张兄，有句话才敢说。”

“是哪句话？”李廷机问。

“尔张兄说有事相求。别事都好说，只有一件事，我是万万不会答应的！”叶向高道。

“进卿兄别把话岔开，人家问你哪句话不敢说。”李廷机提醒他。

“就是这句话呀。”叶向高道。

“就是有件事，万万不会答应？”李廷机问。

“是啊。”叶向高应道。

“听进卿兄的口气，好像知道我为何事相求。”李廷机道。

“我虽不知，尔张兄一说，不就知道？”叶向高笑道。他笑得别有一番滋味，让人对他的话无法相信：他说不知，其实是知道的。

李廷机想，一定要先和他调侃一番，再告诉他所求何事。

“听说，叔时先生曾致函进卿兄？”李廷机问。

“尔张兄亦知此事？”叶向高反问。

“我虽久不出门，但进卿兄到处对人说，难免会传进我这屋里来，”李廷机说着，又问，“叔时先生大函，是为道甫先生辩？”

“是。”叶向高应道。

“叔时先生是如何为道甫先生辩的，可否烦请告知？”李廷机这么一问，给人的印象是，他有求于叶向高的是此事。

叶向高看他一眼，更确切地说，是瞥他一眼，然后反问：“尔张兄是关注叔时先生，还是关注道甫先生？”

“都关注一下，不可以吗！”李廷机道。

“既然尔张兄关注，我回去后，即着人把叔时先生的信函送来。”叶向高说。

“既是私函，我怎好看！我宁愿听进卿兄述说。”李廷机道。

“尔张兄这不是为难我吗？我年富力强之时，都做不到过目不忘，何况今已老矣！”叶向高边说，边摇头。

“略述即可。”李廷机不肯放弃。

“叔时先生对道甫先生有句评语，超过别人对道甫先生的评语，我印象颇深，”叶向高不得不应付。“他称道甫先生：至廉、至淡寞，劝学力行，孜孜不倦，为古醇儒。”复述之后，他特别强调，“醇者，醇香之醇也，非纯正之纯。”

“他用个醇字，进卿兄以为过分吗？”李廷机问，并说，“我可听说，他甚至以道甫先生与夫子相提并论。”

“此句尔张兄亦知？”叶向高边问，边解释，“他说的是，道甫先生除税监陈增，有如孔夫子诛少正卯。”

“多谢进卿兄讲述，令我大开眼界；不过——”李廷机说到这里顿住，看叶向高能不能接上后面的话。

叶向高能接上。他说：“不过，尔张兄求于我的，不是此事。”

“进卿兄怎知？”李廷机问。

“一则，尔张兄说，私函不宜看；既不宜看，又岂宜闻？二则，尔张兄当真关注叔时先生的信函，欲阅叔时先生信函，可着人去取，我还能不奉上？”叶向高道。

李廷机只笑笑，未置可否。

“听说，利玛窦神父的墓地已选好？”他转问别事。

“尔张兄亦知此事？”叶向高反问。

“进卿兄上次告诉我的呀，自个儿怎却忘记！”李廷机道。

“不对，”叶向高摇着头说，“我上次来，只告诉尔张兄，利玛窦神父病逝，其同伴上疏，为他奏乞墓地。不仅他是否在寻找墓地，我没对尔张兄说过；连皇上是否准奏，我也没对尔张兄说过。”

“我可以推测呀。”李廷机道。

“尔张兄如何推测的？”叶向高问。

“皇上接受过利玛窦神父的贡物，准与不准，在两可之间，”李廷机说一句，问一遍，“进卿兄说是不是？”

“是。”叶向高应道。

“圣意在两可之间，皇上必向进卿兄咨询，对吧？”李廷机问。

“应该是向内阁咨询。”叶向高纠正。

“好，向内阁咨询；可眼下只有进卿兄值阁，所以，还是向进卿兄咨询，”李廷机说。又问，“无论以大义而言，或以私交而言，进卿兄都以为，宜准其请，对吧？”

“不仅我以为宜准其请，会甫先生亦以为，宜准其请。”叶向高补充。

“进卿兄以为宜准其请，已足以使皇上决断；加之，会甫先生亦以为宜准其请，皇上焉有不准之理！”李廷机道。

“尔张兄说的是，皇上确准其请。”叶向高点头。

“那我问利玛窦神父的墓地是否选好，有错吗？”李廷机问。

“尔张兄问我利玛窦神父的墓地是否选好，并没错；但我敢说，尔张兄有求于我的，亦非此事。”叶向高说。

“进卿兄别把话岔开，且告诉我，利玛窦神父的墓地是否选好！”李廷机道。

“已选好。”叶向高告诉他。

“在何处？”李廷机问。

“阜成门外二里处，有座仁恩寺，皇上传谕，赐作利玛窦神父的墓地。”叶向高说。

“仁恩寺新建不久，我曾听人言及。”李廷机道。

“该寺原是谁个的产业，尔张兄可曾听人言及？”叶向高问。

“似是一内臣的宅地。”李廷机说。

“该内臣姓氏，尔张兄也听人言及吗？”叶向高问。

“这却没人告诉过我，”李廷机说着，问道，“内臣是何姓氏？”

“姓杨。”叶向高道。

“名字呢？”李廷机又问。

“名字我亦不知，只知他犯死罪，身陷诏狱待决。”叶向高说。

“于是，他把宅地改建为仁恩寺？”李廷机问。

“是。”叶向高应道。

“此人愚不可及。”李廷机道。

“尔张兄这话怎讲？”叶向高问。

“他在宅地上建造寺院，难道是悔悟其罪？不是，他是想通过建寺，保住宅地。他也不想想，本人已犯死罪，又无子嗣可传，保住宅地又有何用！再者，不建寺院，其宅地一时半会儿，说不定还能保留；一建寺院，却被皇上赐给西人作墓地，岂不是适得其反！”李廷机道。

“听尔张先生这么一说，确是蠢人做蠢事。”叶向高附和一句。

“不过，进卿兄却要小心。”李廷机又说。

“我为何要小心？”叶向高问。

“内臣若有同伙，得知是进卿兄把杨某的宅地谋划成利玛窦神父墓地，日后说不定要来寻仇。”李廷机说。

“尔张先生言之有误。皇上准赐仁恩寺为利玛窦神父的墓地，还真不是我帮着寻找的。”叶向高道。

“不是进卿兄帮着寻找的，莫非是会甫先生帮着寻找的？”李廷机问。

“也不是会甫先生亲为，”叶向高说，“他有一同年，姓黄，任顺天府官。是他带领利玛窦神父的几名同伴，在京城近郊看过好几处地，最后选中这一处。”

姓黄的官员，名吉士，官顺天府丞。他热衷于为利玛窦寻找墓地，固然是因为皇帝有旨，是因为叶向高、吴道南对此事都很支持，但更是因为他本人对西人所传播的宗教已有信仰。

“此墓建成，京城又该多一景。”李廷机道。

“尔张兄此言又是何意？”叶向高问。

“利玛窦神父等贡入宫中之物，以及送给廷臣的各项礼物，进卿兄见过一些吧？”李廷机反问。

“见过一些。”叶向高说。

“和我中华之物件，是否大不一样？”李廷机问。

“是大不一样。”叶向高说。

“所以我看，其墓地，一定也和我中华之墓地大不一样。它又建在京郊二里之处，可不要成为一景！”李廷机道。

“果如尔张兄所言，待建成后，我陪尔张兄去见识见识，看它究竟是怎样的风尚。”叶向高说。

“那要看它几时才能建成。”李廷机道。

这话说得好似伤感，又好似暗含玄机，叶向高正好问他。

“尔张兄，此事可以到此为止吗？”叶向高问。

“进卿兄要问，我有求于进卿兄的，可是为利玛窦神父寻找墓地一事，对吧？进卿兄想的对，可我有求于进卿兄的，并非此事。”李廷机道。

“尔张兄有求于我的究是何事，是即刻径告与我知，还是再问些别事？”叶向高问。

“进卿兄说万万不会答应，其实一开始就知道我求于进卿兄的是何事，对吧？我要对进卿兄说的是：我有求于进卿兄的，正是进卿兄想到的那件事；我还要对进卿兄说的是：进卿先生可以说此事为难，但切莫说万万不会答应。”李廷机说。

“好吧，我就说此事为难，”叶向高说着，伸出一指，“其一，尔张兄倒是说说看，自请其事，历时几久？”

“近两年。”李廷机道。

“上疏几多？”叶向高问。

“近百。”李廷机道。

“皇上准否？”叶向高问。

“未准。”李廷机道。

“尔张兄自家之事，本人奏乞，历时近两年，上疏近百篇，皇上尚且不准；别个为尔张兄奏乞，又有何用！”叶向高道。

“不曾试过，怎知无用！”李廷机辩道，“我自家称病，皇上可以不信；进卿兄称我有病，且病重，则皇上没理由不信。”

“这是我要说的其二，”叶向高说着，又伸出一指，“内阁常置三臣，今亦置三臣。然太仓相公远在数千里之外，尔张先生好歹在京，虽不赴阁，遇事还可登门请教。我为何要帮尔张兄这个忙？”

“帮人即帮己。”李廷机道。

“道理是不错，但放在此事上，怎讲？”叶向高问。

“进卿兄还有其三没有？”李廷机反问。

“没有。”叶向高说。

“那我就给进卿兄说说其二，”李廷机道，“我去意已决，朝廷准我所请，我自不必再赴阁；朝廷不准我所请，我也不会再赴阁。阁中之事，我帮不到进卿兄。倒不如放我走，朝廷不得不考虑增补阁员之事。那时，就有人可以替进卿兄分担。再者，进卿兄一入朝，不也萌生去意？今日进卿兄帮我一把，给后人作个榜样；日后需要时，也有人帮进卿兄。”

叶向高听罢，两眼没看李廷机，而是在看别处。这说明，李廷机的话对他有所触动，引起他的思索。过一会儿，他才看向李廷机。

“尔张兄当真去意已决？”他问。

“这还用问吗！”李廷机道。

“尔张兄当真想我帮这个忙？”叶向高又问。

“当然。”李廷机道。

“我勉力而为吧。”叶向高应承下来。

一个多月的时间里，叶向高竟上六七疏，为李廷机乞请休致。最后一篇奏疏写得尤其恳切，略曰：

> 廷机求去二载有余，章疏百上；臣之代请，亦六七次。今皇上乃并其去路而塞之，悠悠世情，孰能相信！廷机生平，朴直不欺，往虽恳切求去，未尝敢深言病；今非深病而愈甚，亦不敢言。彼之苦情，于性命为急，而于名节尚缓。臣第因其情而极言之，伏惟皇上哀务裁察，毋使其有生死之恨。

李廷机告病的章疏，及叶向高代为奏乞的章疏，皇帝一概不报。

第四百零五章

御史刘国缙好不容易在朝会的人群中看到王绍徽，过去拉他一把，说：“子美先生，借一步说话。”

王绍徽似乎不愿和他并排而走，先点点头，表示愿和他说话，然后说：“敬夫先生先请，我跟随在后。”

刘国缙字敬夫，江西泰和人，万历二十三年进士。

听了王绍徽的回复，他转身而去。等他走出几步后，王绍徽才跟上去。走到附近无人、远处的人看不见也听不见的地方，二人停下来。

“子美先生，怎么一回事？”刘国缙责问。

“敬夫先生勿怪，我觉着分开走好。”王绍徽说。

“谁怪你分开走不分开走！”刘国缙道。

“敬夫先生问的是何事？”王绍徽问。

“子美先生说分开走好，自有分开走好的道理；我问的是成为子美先生道理的那件事！”刘国缙道。

“敬夫先生问的是仲孚兄的信札？”王绍徽问。

“是啊。”刘国缙气哼哼地应道。

“仲孚兄怎炮制出这等信札，我亦不知。”王绍徽说。

“你和他不是同年吗，你怎会不知？”刘国缙诘道。

“同年数百人，所行之事，怎可能尽知！”王绍徽辩道。

“你和他不是关系甚密吗，你怎会不知？”刘国缙又诘道。

“今日密友，明日仇敌，这等事太多。”王绍徽又辩道。

“听说他参劾王伯举的奏章，都是你鼓动写的，你怎会不知？”刘国缙三诘道。

“我可以鼓动他上疏，参劾王伯举，可见他易被鼓动；别个自然也可以鼓动他写今札。”王绍徽三辩道。

“郑仲孚写今札，当真不是你鼓动的？”刘国缙问。

“敬夫先生被气糊涂吧！”王绍徽道，“仲孚兄和我同气相连，我置他于众目睽睽之下，于我有何好处！”

“看来，真不是子美先生鼓动的，”刘国缙虽有几分信，但仍问，“对郑仲孚，子美先生总比我了解得多，是不是？子美先生倒是说说，他为何要写此札？”

“敬夫先生愿意听我说说？”王绍徽问。

“不是愿意，是亟盼！”刘国缙道。

“首先，我以为，仲孚兄写此札毫无道理，不可理解，”王绍徽说着，问道，“敬夫先生同意不同意？”

“子美先生只管说就是，莫管我同意不同意。”刘国缙有点儿不耐烦。

“好，”王绍徽应一声，列出几个理由，“其一，敬夫先生，仲孚兄，我，当然还有别人，对王伯举群起而攻之，对头只是王伯举一人；既将他驱除，形势大好，仲孚兄为何要树敌太多？其二，仲孚兄参劾王伯举后不久，即得外差。应该说，参劾一事带给他好运，他没理由不珍惜。其三，仲孚兄的外差是巡按浙江，是个美差，他没理由对进卿相公和叔孝先生不满。”

“这也是我最为不解的。”刘国缙说。

“外放美差，仲孚兄没必要把矛头对着朝廷诸公。除非别有缘故，”王绍徽说着，又问，“敬夫先生同意不同意？”

“别有缘故？”刘国缙好像受到启发，他反问一句，“子美先生先说说，耀州兄弟指的谁人？”

“兄者，王之桢也；弟者，王则之也。”王绍徽道。

王国，字之桢；王图，字则之。二人都是陕西耀州人。

“人怪，取个别字也怪，一之在前，一之在后，亲兄弟，哪见过这等取别字的！”刘国缙说。

“可不！”王绍徽随声附和。

“王之桢今为何官？”刘国缙又问。

“巡抚保定都御史。”王绍徽说。

“王则之今为何官？”刘国缙问。

“吏部右侍郎。”王绍徽说。

“一在朝大僚，一在外封疆，会不会是郑仲孚忌之，故造‘欲去富平，先去耀州兄弟’之语？”刘国缙问。

“敬夫先生的意思，仲孚兄其实是针对耀州兄弟？”王绍徽反问。

“正是。”刘国缙点头。

“以谁人陪绑不成，却以他二人陪绑，来头未免太大！”王绍徽说。

“不是吗？”刘国缙看来有点儿失望，他说，“来头越大，越能激起科、道同仇敌忾，这或正是郑仲孚的用意。”

“敬夫先生还没懂我的意思，”王绍徽说，“一则，若为逐耀州兄弟，何必把进卿相公牵扯进来？他难道不知，只逐耀州兄弟，是件单纯的事；把进卿相公牵扯进来，事情就变得复杂？二则，若为逐耀州兄弟，为何把富平冢宰牵扯进来？他难道不知，只逐耀州兄弟，是件单纯的事；把富平冢宰牵扯进来，事情变得更为复杂？”

“子美先生还是直言，何谓别有缘故吧。”刘国缙道。

“为把水搅浑。”王绍徽说。

“你是说，郑仲甫要把水搅浑？”刘国缙问。

“敬夫先生误会；我说的是，此札欲把水搅浑。”王绍徽道。

“无人，哪儿来的札？我怎误会？”刘国缙质问。

“无人无札，这话不错；札是不可能和人分开的，但人也不可能和札分开吗？”王绍徽道。

“你是说，郑仲孚可能和此札分开？”刘国缙问。

“对。”王绍徽应道。

“但信札是郑仲孚写的，怎分得开！”刘国缙道。

“是啊，”王绍徽不解答，而是诱导，“敬夫先生说，怎分得开？”

“除非——”刘国缙想了想，说，“——此札是受人诱惑写的，非他本意。”

“对呀！你若告诉仲孚兄，写此札于前程有多少多少好处，他说不定会写，”王绍徽说着，问道，“这是一种可能，还有别的可能吗？”

“或是受人逼迫写的，更非他本意。”刘国缙说。

“对呀！你若告诉仲孚兄，不写此札会断送前程，他说不定也会写，”王绍徽说着，问道，“这又是一种可能，还有别的可能吗？”

“或不以前程诱惑，而以酒色诱惑。”刘国缙说。

“仲孚兄不爱酒，不好色。”王绍徽道。

“或不以前程逼迫，而以性命逼迫。”刘国缙说。

“仲孚兄非贪生怕死之辈。”王绍徽道。

“子美先生，你是何意！”刘国缙气不打一处来。

“敬夫先生问的何事？”王绍徽问。

“先是说我误会，又不停给我出题目，然后不停地否定。子美先生究是何意！”刘国缙道。

“我只想说，有件事，被敬夫先生看死。”王绍徽道。

“何事被我看死？”刘国缙问。

“此札是仲孚兄写的，”王绍徽道，“我的意思，此札为逐耀州兄弟，敬夫先生却以为，仲孚兄为逐耀州兄弟；我的意思，此札为把水搅浑，敬夫先生却以为，仲孚兄为把水搅浑；我问怎把此札和仲孚兄分开，敬夫先生却说，他是受诱惑而写；我又问怎把此札和仲孚兄分开，敬夫先生却说，他是受逼迫而写。敬孚先生自个儿说，此札乃仲孚兄所写，是不是被你看死？”

“你的意思，此札不是郑仲孚写的？”刘国缙总算听懂。

“不错，”王绍徽应道，“据我对仲孚兄的了解，他断然不会书写这等信札；此札应是伪造。”

“子美先生断言伪造，可知谁人伪造？”刘国缙问。

“在敬夫先生看来，会是谁人伪造？”王绍徽反问。

“怎又问我！”刘国缙道。

“敬孚先生看人看得准，在下是很佩服的。”王绍徽讨好地说。

刘国缙听不得好话，一听，立刻当仁不让地说：“子美先生一定要我说的话，我第一个疑的，是可能成为我同僚的徐某。”

“徐奕开吗？”王绍徽问。

“是他。”刘国缙点头。

徐缙芳字奕开，福建晋江人，万历二十九年进士。

“此人会搅浑水。”王绍徽说。

“再有一个可疑的，是可能成为我同僚的李某。”刘国缙道。

“李孟谙吗？”王绍徽问。

“是他。”刘国缙点头。

李邦华字孟谙，江西吉水人，万历三十二年进士。

“敬之先生指奸，不避乡人，令人敬佩。”王绍徽说。

“第三个应该是另一李某。”刘国缙道。

“也是敬夫先生同僚？”王绍徽问。

“是。”刘国缙应道。

“李谦之吗？”王绍徽问。

“是他。”刘国缙点头。

李炳恭字谦之，福建闽县人，也是万历三十二年进士。

“徐奕开是他同乡，李孟谙是他同年，在其间穿针引线的，说不定就是此人。”王绍徽说。

“子美先生想知，在我心目中，谁是第四个吗？”刘国缙问。

“怎会不想知！”王绍徽道。

“是另一徐某。”刘国缙说。

“徐季良吗？”王绍徽问。他看出来，刘国缙盯着的都是各道的候选御史，所以，用不着再问是否同僚。

“是他。”刘国缙点头。

徐良彦字季良，江西新建人，万历二十六年进士。

“此人又是敬夫先生乡人。”王绍徽说。

“子美先生说，我举出四人好，还是举出五人好？”刘国缙问。

“还用问吗？当然是举出五人好。”王绍徽说。

“第五个可能伪造信札的，是周某。”刘国缙说。

“周仲先吗？”王绍徽问。

“是他。”刘国缙点头。

周起元字仲先，福建海澄人，万历二十九年进士。

“此五人若为一党，我选周仲先为其魁。”王绍徽说。

“子美先生提醒得好！五人皆奸，当为一党，”刘国缙说着，问道，“子美先生看，该党宜冠以何名？”

“闽党如何？”王绍徽随便取个名字。

“因为五奸里，有三人是闽籍；其魁亦是闽人？”刘国缙问。

“是啊。”王绍徽应道。

“另二人未必乐意；况且五奸里，资历最深的是赣人。”刘国缙说。

“我也觉不妥，”王绍徽道，又说，“不过，五奸是敬夫先生所举，其名亦须敬夫先生取之。”

“五怪、五妖、五鬼，子美先生钟意哪一个？”刘国缙问。

“五鬼最好。”王绍徽道。

徐缙芳、李邦华、李炳恭、徐良彦、周起元五人，为地方官时名声都不错，故得列为候选御史。经王绍徽、刘国缙随便一议，他们即被冠以“五鬼”之名。而且，王绍徽估计郑继芳投来之札是伪造的，即被刘国缙认为是实情，到处散布。

第四百零六章

山东巡抚转呈一疏，皇帝把成敬宣来问话。

“老成，知道朕要问你何事？”皇帝问。

“奴才知道。”成敬应道。

“不甚了然的，朕要你去礼部、兵部查查文档，你可去查过？”皇帝又问。

“奴才去查过。”成敬应道。

“查之不解的，朕要你问问礼部堂官，你也问过？”皇帝又问。

“奴才也问过。”成敬应道。

“那先给朕说说这个苏禄国吧。”皇帝命道。

“是，”成敬应一声，述道，“苏禄其国，在东海之洋，距我大明甚是遥远。”

“甚是遥远，有几远？”皇帝问。

“当年三保太监下西洋，未至其国，故无记载。奴才查礼、兵二部文档，有言该国近浡泥、阇婆者。据记载，自我泉州出海，半年可抵阇婆，再一月可抵浡泥。奴才想，往苏禄国，大概也需要六七个月，”成敬讲述之后，问一句，“奴才这么说，不知说清楚没有？”

“你说得很清楚，接着说吧。”皇帝道。

“苏禄国有一座山，名石崎，最为有名，苏禄人视为镇国之山。”成敬接着述道。

“朕猜，应是山字旁的崎字。”皇帝插话。

“爷圣明。奴才看文档，果然是这个字，”成敬颂罢，开始说其人，“苏禄人，无论男女，皆髡。”

“人皆剪发，岂非人皆自视为罪人！”皇帝道。

“若在我大明，髡者皆罪囚；在苏禄国，其习俗若此，并非罪囚方髡，”成敬说着，又述道，“其国人皆以皂缦缠首，以水印花布系腰。”

“安——”皇帝本来以为，不难把三个字的名字说上来，但只说出一个字，后面两个字竟全无印象。他不得不问，“那个上疏的苏禄人何名？”

“叫安守孙。”成敬道。

“他仍以皂缦缠首，以水印花布系腰吗？”皇帝问。

“他在我大明已居数世，早已化蛹为蝶。其穿戴与我国人无异，语言与我国人无异，他自个儿不说，没人会当他是苏禄人。”成敬说。

“朕想也是，”皇帝笑着说，“他居于德州，虽不如京师繁华，但也是座大城。他若以皂缦缠首，以水印花布系腰，满城人见到，都会以为他是怪物。”

“可不是。”成敬笑着回应。

“安守孙在我大明，由朝廷支粮，其国人却何以为生计？”皇帝问。

“苏禄国土地瘠薄，不宜种植谷物，人皆以渔盐为业，以鱼虾螺蛤为食，以蔗酒为饮。”成敬说。

“蔗汁甘甜，蔗酒应该也甘甜吧？”皇帝问。

“奴才未尝过，不知其味；但想来应该甘甜。”成敬说。

“甜汁一般，有何品头！”皇帝道。

“爷说的是。”成敬应道。

“其国有何物产？”皇帝又问。

“据文档所载，永乐年间苏禄国贡物有：梅花脑、竹布、棉布、玳瑁、降香、苏木、胡椒、珠玑、黄蜡等。”成敬说。

“何谓梅花脑？”皇帝问。

“梅花脑是一种树木生的果实。其树称脑子树，似杉，生长于深山穷谷。其果实出于夹缝中，劈而取之，成片者状如梅花，故曰梅花脑，又称片脑。”成敬禀道。

“朕想，为何称脑，应该是有讲究的。”皇帝说。

“诚如圣谕，”成敬应道，“奴才查过文档，未见其解释；问过礼部和四夷馆官，也都说不出个所以。”

“别说他等说不出来，你去问安守孙，他可能也说不上来，”皇帝说着，又问，“何谓竹布？”

“其国盛产芭蕉，其国人以芭蕉之茎织布，称竹布。”成敬禀道。

“皂缦、水印花布，都是芭蕉之茎织的？”皇帝问。

“有的是，有的不是，”成敬说，“其国人以香料、珍珠等，到处都可以换回布去。”

“以芭蕉之茎织布，为何不称蕉布，却称竹布？”皇帝问。

“奴才也觉着没道理；想是叫惯，无人指出。爷既谕曰其名不妥，从今日起命改称蕉布吧。”成敬说。

“这又何必！非我大明所产，人家爱怎叫，就怎叫吧，”皇帝说着，换个话题，

“老成，你方才说到，其国产珍珠，朕想问，我大明亦有珠池，和其国所产珍珠比起来，如何？”

“奴才不敢说我珠池所出珍珠不好；但苏禄之珠，一则颗大，二则色彩经久不褪，向称珠中上品。”

“你说大，有多大？”皇帝问。

“径寸者，不在少数。”成敬说。

“径寸？”皇帝边比画，边问，“有这么大吧？”

“差不多。”成敬道。

“还不在少数？”皇帝问。

“是，”成敬应一声，说道，“径寸之珠，真的不算太大。奴才查文档，永乐年间，苏禄所进巨珠，重七两五钱。爷想想，七两五钱的珍珠，该有多大！”

“一颗珠重七两五钱，朕不但没见过，连听都未听过。”皇帝说。

“奴才也未听过。”成敬道。

“既是贡物，却在何处？”皇帝问。

“奴才不知，”成敬道，并说，“或是迁都之际，不曾运来北京；或是宫中几次走水，不知所终；或是永乐爷建长陵，随葬其中。”

“你说巨珠是苏禄王永乐年间所进，以后未再进过？”皇帝问。

“不仅未进巨珠，永乐以后，苏禄人未再进贡。”成敬说。

“可惜，”皇帝叹道。他叹的不是苏禄人未再进贡，而是再未进贡巨珠，所以又问，“他不进贡，可否购之？”

“一则，价值不菲。奴才问过四夷馆的人，以径寸为标准，径寸以上者，价值千金；径寸以下，大者七八百金，中者二三百金，小者一二百金。似苏禄王进贡的巨珠，须得数千金。二则，去程半年以上，回程半年以上，差使前去，不知能到否，不知能回否。三则，巨珠可遇而不可求，苏禄人亦必视为天物，所以才贡入天朝。差使前去，能到能回，能否得遇，更无保证。”成敬说。

他担心皇帝心血来潮，真差人去苏禄国寻宝，才说这么多的。皇帝当然听得出来，笑了笑，说道：“老成不必啰唆，既不可求，朕就不求。”

“爷圣明。”成敬称颂。

“对了，”皇帝想起一件事，问道，“安守孙自称是苏禄王之后，和你方才说的进贡巨珠的苏禄王，是同一王吗？”

“不是。”成敬应道。

“不是吗？”皇帝这才把注意力转回安守孙的奏疏上，不再想巨珠。他命道，“给朕说说疏中所言之事吧。”

“是，”成敬应一声，说道，“据文档载，永乐十五年，苏禄国东王巴都葛叭哈剌、西王麻哈剌叱葛剌麻丁、峒王妻叭都葛巴剌卜，率家属、头目等，共计三百四十余人，来朝。”

“这哪里是朝贡，简直是举家迁徙。”皇帝道。

“爷说的是，”成敬笑着应道，并说，“不过，要不是那次举家迁徙般朝贡，也不会有今日之疏。”

“其国产珠，而不进珠，却进何物？”皇帝问。

“不是不进珠，是奴才说的那颗巨珠，非该次所进。苏禄诸王所进，有珍珠，有宝石，有玳瑁等，与满剌加贡礼相当。所进珍珠，虽没有后来所进珍珠大，却也是上佳之品。不过，该次所进，最奇特之物，非珍珠等，而是奏表。”成敬叙述道。

“奏表有何奇特？”皇帝问。

“奏表镂以金，显得极其华贵。”成敬说。

“东、西王并来，都曾赐封吗？”皇帝又问。

“朝廷不仅赐封东、西王，连峒王也一起赐封。”成敬说。

“有何赏赐？”皇帝问。

“除印诰、袭衣、冠带、鞍马、仪仗等外，各赐玉带一，黄金百，白金两千，罗锦文琦二百，帛三百，钞万锭，钱两千缗，绣金蟒龙衣一，绣金麒麟衣一。”成敬一一数道。

“我成祖文皇帝赏赐，不可谓不厚。”皇帝道。

“爷说的是。”成敬应道。

“对了，”皇帝又想起一件事，问道，“你说安守孙是苏禄王之后，是三王中哪王之后？”

“是东王之后。”成敬回答。

“那么，卒于德州的，也是东王巴都——”皇帝尝试着想说出东王的名字，发现太难。

“卒于德州的，也是东王巴都葛叭哈剌。”成敬替皇帝说出来。

“三王中，东王列于第一。东王卒于我大明，是件大事。朝廷有没有给予特别的恩典？”皇帝问。

“有，”成敬应道，“其一，遣官赐祭；其二，命有司营葬；其三，赐谥恭定；其四，命留东王偏妃及次子安都禄为东王守墓，三年之丧毕，送之回国；其五，加封东王长子都马含为王，并敕谕之。”

“守墓既以三年为期，为何其后仍在德州？”皇帝问。

“奴才查过文档，但见王妃还国之事，其他未见记载；问过礼部官员，亦不知其详。奴才想，或是安都禄及其后人仰慕我中华文化，愿留居我大明之境。官府为之奏请，朝廷准允。”成敬说。

“应该是这样，不然，为何一代一代给予口粮，”皇帝说着，问道，“时朝廷怎敕谕都马含的，你查到没有？”

“奴才查到，并抄录一份。”成敬说。

“读给朕听。”皇帝命道。

“尔父知尊中国，躬率家属陪臣，远涉海道，万里来朝。朕眷其诚悃，已锡王封，优加赐赉，遣官护归。舟次德州，遭疾殒殁。朕闻之，深为哀悼，已葬祭如礼。尔以嫡长，为国人所属，宜即继承，用绥藩服。今特封尔为苏禄国东王。尔尚益笃忠贞，敬承天道，以副眷怀，以继尔父之志。”成敬读道。

“老成说，永乐以后未贡；却不知，永乐年间在十五年入贡之后，还有没有入贡？”皇帝又问。

“有，”成敬应一声，说道，“永乐十八年，苏禄西王遣使入贡；十九年，苏禄东王母妃遣王叔叭都加苏里朝贡；二十一年，老东王偏妃还国，赏赐甚厚；二十二年，东王遣使入贡。此后，再无入贡记载。”

“巨珠是西王所贡，还是东王所贡？”皇帝的注意力又转到巨珠。

“是东王所贡。”成敬说。

“是永乐十九年所贡，还是二十二年所贡？”皇帝问。

“是永乐十九年所贡。”成敬说。

“朕又想起巨珠，是有笔账要算，”皇帝解释说，“东王次子安——”只说一个字，他停下来看成敬。

“东王次子安都禄。”成敬说。

“安都禄及其后人在我大明生活有几多年？”皇帝问。

“以永乐十五年计，迄今已一百九十余年。”成敬说。

“亦即，近二百年。”皇帝道。

“是。”成敬应道。

“安都禄及其后人在我大明生活近二百年，支与廪饩。巨珠若是东王所贡，倒还值得；巨珠若是西王所贡，朕大为祖宗叫屈。”皇帝说。

“爷这笔账算的是。”成敬道。

“据安守孙疏所写，其家人应从德州仓支粮几多？”皇帝又问。

“每月七十五石。”成敬道。

“这可是原定数额？”皇帝问。

“不是，”成敬道，“原数额在安都禄卒后，已无效。七十五石是按照另一项规定计算出来。”

“是何规定？”皇帝问。

“安都禄之后所生子女，每人月支粮一石。”成敬说。

“亦即，安都禄之后，现存活人数，有七十五个，对吧？”皇帝问。

“对。”成敬应道。

“这个安都禄，也可谓多子孙，”皇帝说，又问，“其口粮，是几时开始裁革的？”

“万历十五年，由巡仓主事张世才奏请裁减。”成敬说。

“那是二十多年前的事。”皇帝道。

“是。”成敬应道。

“其时裁减几多？”皇帝问。

“六十九石。”成敬说。

“亦即，裁减六石。”皇帝听得不真。

“不是，”成敬道，“是裁减六十九石，仅存九石。”

“不对呀，”皇帝发现数字有误，“裁减六十九石，仅存九石，原额应是七十八石，他怎请复七十五石？”

“裁减六十九石，仅存九石，即万历十五年，其人口为七十八；安守孙今请复七十五石，即今时人口为七十五。”成敬说。

“朕倒忘记，人口有死有生；看来，这二十多年来，安守孙家生者不如死者多。”皇帝说着，问道，“老成，你看朕该不该准其请。”

“乞爷裁定，奴才不敢妄言。”成敬道。

“朕看，不宜复之，”皇帝说，“一则，二十多年，安守孙或其长辈未奏请，可见裁减之后，口粮还是够的；二则，巨珠求之不得，朕不复求，为何其后人奏请复其口粮，朕即复之？此事不必理会！”

“是。”成敬应道。

第四百零七章

真定知县李若星擢御史，到京后，两名同年好友，一是官翰林院编修的孙承宗，一是官吏科给事中的梅之焕，找一天请他喝酒。

孙承宗的祝词是："为紫垣兄步步北上。"

李若星毫不犹豫地喝了这杯酒。

梅之焕的祝词是；"为紫垣兄步步南下。"

李若星心里犹豫，不知该喝不该喝。

"稚绳兄虚贺，紫垣兄肯饮；我说的实在话，紫垣兄就不肯饮？"梅之焕道。

不等李若星开口，孙承宗问道："彬父兄，我怎是虚贺？"

孙承宗字稚绳，北直隶高阳人。梅之焕字彬父，湖广麻城人。李若星字紫垣，河南息县人。三人都是万历三十二年进士，孙承宗是该科榜眼，梅之焕选庶吉士，所以，二人都在朝廷任官。

"其一，紫垣兄先知枣强县，复知真定县。由真定而京师，固是北上，由枣强而真定，难道也北上？"梅之焕道。

枣强、真定二县，均属真定府，不过，枣强并非直隶于府，而是隶于真定府所辖的冀州。

孙承宗的家乡高阳属保定府，距真定不远。换成别人，即便不知枣强、真定二县，哪个在南，哪个在北，也不会轻易认输，轻易询问。但他为人实在，不知就是不知，不曾留意就是不曾留意。

"彬父兄，哪县在北？"他问。

"枣强隶于冀州，冀州在真定西南，枣强在冀州东，"梅之焕说出几个地方的位置，然后反问，"稚绳兄说，哪县在北！"

孙承宗还在琢磨，李若星却回过味来。

"那不还是枣强在南，真定在北！"他说。

他一说，孙承宗也回过味来。但他不语，静等梅之焕的解释。

梅之焕也回过味来，他不可以不语。在他说的时候，确是把二县的位置搞颠倒。

换成孙承宗，一定会直率地认错，他却不会。

“这是其一，我不还有其二嘛。”他说。

“其二怎说？”李若星问。

“紫垣兄由枣强而真定，由真定而京师，确是步步北上；然既已到京师，稚绳兄还想他怎北上？再北，就到辽东！”梅之焕道。

“我祝紫垣兄步步北上，到京而止，往后的事还不曾想过，”孙承宗说。他息事宁人，不欲争辩，但问一句，“步步北上，虽有语病；步步南下，却又怎讲？”

“稚绳兄高高在翰苑，怎会知科、道之事！”梅之焕先挖苦一句，然后问，“稚绳兄可知，御史所望者何事？”

“彬父兄既以为我不知，告我即可。”孙承宗道。

“御史所望者，外差也，”梅之焕道，并说，“稚绳兄不信的话，可以问问紫垣兄。”

“我信，彬父兄说下去。”孙承宗道。

“御史外差，包括科垣外差，除一个辽东，无不往南，”梅之焕说着，举例，“譬如，紫垣兄奉外差，巡按京畿，巡按山西，是不是要南下？”

“是要南下。”孙承宗应道。

“再譬如，紫垣兄高升佥都御史、副都御史，巡抚山东，河南，是不是要南下？”梅之焕又举例。

“是要南下。”孙承宗应道。

“再譬如，紫垣兄高升南京掌院都御史，或掌部尚书，是不是要南下？”梅之焕又举例。

“更要南下，”孙承宗应道。

“我祝紫垣兄步步南下，有错吗？”梅之焕问。

“没错，”孙承宗道，“我用个上字，原以为是美意，谁知却把紫垣兄发配到关外；彬父兄用个下字，我以为是贬，谁知却让紫垣兄步步高升。不过，”说到这里，他口气一转，问道，“若是紫垣兄奉召入朝，掌院或掌部呢？”

“我祝紫垣兄步步南下，到南京而止，往后的事还不曾想过。”梅之焕学着他的口吻说。

二人相视一笑，一起看向李若星。

李若星也一笑，道：“我敬二兄一杯。”

“为的何事？”孙承宗、梅之焕齐问。

“为二兄把我抛来抛去，好不开心。”李若星说。

三人大笑，一同饮酒。

“稚绳兄，你辩不过彬父兄。”李若星又对孙承宗说。

“我是辩不过彬父兄。”孙承宗承认。

“彬父兄，你也不能总欺稚绳兄忠厚。”李若星又对梅之焕说。

“怎么听起来，紫垣兄不像是为稚绳兄抱打不平。”梅之焕说。

“那我是何意？”李若星问。

“第一，紫垣兄是讥讽稚绳兄无用；第二，紫垣兄自以为争辩起来，一定可以压倒我。”梅之焕说。

“稚绳兄绝非无用，而是不屑于无用的争执。对稚绳兄的大度，我一向是由衷敬佩。至于和彬父兄争执起来，孰高孰低，我还真是估摸不出来。”李若星大有向梅之焕挑战之意。

“好啊，紫垣兄请出题吧。”梅之焕马上应战。

“还是彬父兄出题。”李若星推让。

“不如稚绳兄出题。”梅之焕、李若星又一起说。

“使不得，使不得！”孙承宗连连摆手，“二兄争辩，我又不知谁个长于此，谁个短于彼，怎出得题！”

“稚绳兄不知我二人所长所短，出题才公正。”梅之焕、李若星齐道。

“二兄一定要我出题？”孙承宗眼看推辞不掉，不再推辞。

“一定要稚绳兄出题。”梅之焕、李若星齐道。

“二兄逼迫，我只得勉为其难，”孙承宗说。在他脑海里，还真有个现成的题目。他问，“二兄是否记得，紫垣兄往枣强上任前，我等三人，还有克之兄，在一起饮酒，二兄对克之兄有句祝词？”

杨守勤字克之，浙江慈溪人，是他们那一科的状元。

“我记得彬父兄的祝词是：克之兄他日为相，莫学新郑。”李若星说。

“紫垣兄则祝：克之兄他日为相，莫学江陵。”梅之焕说。

“二兄的祝词，让克之兄很是难堪呀。”孙承宗道。

“怎会！”梅之焕、李若星都不信。

“二兄又不是不知，克之兄心思不在宦途，而在学问！二兄以相业为祝，且以两名争议极大的相公为戒，他怎能不难堪！”孙承宗说着，问道，“二兄可知，克之兄后来怎问我？”

“他怎问稚绳兄？”梅之焕、李若星齐问。

“他问我，新郑、江陵二相，孰优孰劣。”孙承宗道。

“稚绳兄如何回复？”梅之焕、李若星又问。

“我说，此乃彬父兄、紫垣兄的题目，让他二人去作吧。”孙承宗道。

“原来如此，”李若星点着头说，“稚绳兄今日要我二人来争辩这个旧的题目。”

“紫垣兄，对这个题目还有兴趣吗？”梅之焕问他。

“彬父兄有兴趣，我就有兴趣。”李若星道。

“那就当着稚绳兄的面，争它几个时辰！”梅之焕说。

二人一兴奋，语调都提高。

“有句话，二兄切记。”孙承宗在一旁说。

“哪句话？”梅之焕、李若星齐问。

“有理不在声高。”孙承宗说。

“我二人记住。”梅之焕、李若星齐道。

“还有句话，二兄亦当切记。”孙承宗又说。

“又是哪句话？”梅之焕、李若星齐问。

“有理不在言多。”孙承宗说。

“我二人记住。”梅之焕、李若星齐道。

“二兄开始吧，我洗耳恭听。”孙承宗道。

“那可不成！”梅之焕、李若星齐道。

“二兄之意，我须回避？”孙承宗问。

“非也。”梅之焕、李若星齐道。

“二人争辩，谁输谁赢，自家说了不算。”梅之焕又说。

“须请稚绳兄裁之。”李若星又说。

“使不得，使不得！”孙承宗又连连摆手，“题目如此之大，二兄辩得，我却裁不得。”

“有理不在声高，有理不在言多，都是稚绳兄定的尺度，稚绳兄为何裁不得！”梅之焕道。

“稚绳兄不裁，则我二人不辩，克之兄再问起，看稚绳兄如何应付！”李若星道。

“二兄一定要我裁之？”孙承宗眼看又推辞不掉，不再推辞。

“一定要稚绳兄裁之。”梅之焕、李若星齐道。

“二兄逼迫，我只得勉为其难，”孙承宗顿了顿，接着说，“彬父兄的祝词是：日后为相，莫学新郑；紫垣兄的祝词是：日后为相，莫学江陵。二兄就从为何莫学新郑、为何莫学江陵说起，如何？”

“我先说，”李若星抢先说道，“新郑为首辅，江陵为次辅，江陵对新郑颇多谀词；阿谀同僚，莫学。”

“新郑为首辅，江陵为次辅，新郑对江陵颇多陷害；排陷同僚，莫学。”梅之焕针锋相对地说。

“华亭子多不法，江陵在阁，对华亭子多所庇护；怙恶不悛，莫学。”李若星又说。

“华亭得士子心，新郑在阁，借治华亭子而攻击华亭；不能容人，莫学。”梅之焕又说。

“新郑既去官，内江入阁。江陵与内江不和，遂与内臣谋，使新郑再入阁以庇己；借力害人，莫学。”李若星又说。

“新郑既去官，江陵使新郑再入阁，新郑却对江陵侧目而视；忘恩负义，莫学。”梅之焕又说。

“江陵昵内臣，先是李芳，后是冯保，朝廷大政，无不与之计谋；结交阉宦，莫学。”李若星又说。

“新郑亲门生，先是齐康，后是韩楫，铲除异己，无不以为打手；培植党羽，莫学。”梅之焕又说。

“新郑与江陵约，共去冯阉，江陵阳诺之，而阴以告冯阉；口是心非，莫学。”李若星又说。

“新郑与江陵约，共去冯阉，是其阳也，阴则欲并去江陵；两面三刀，莫学。”梅之焕又说。

“按照二兄所言，新郑、江陵一无长处。”孙承宗插话。

“这却不然。”梅之焕、李若星齐道。

“二位倒是说说其长处，”孙承宗道，并指定，“这次彬父兄先说。”

“新郑掌吏部，不无可取之处。”梅之焕说。

“譬如？”孙承宗要他举例。

“请增置兵部侍郎，以储总督之选。由侍郎而总督，由总督而本兵，中外更番而用，边材得裕。”梅之焕说。

“彬父兄以为，用人一事，江陵不如新郑？”孙承宗问。

“那又不然。”梅之焕道。

“怎说？”孙承宗问。

“新郑虽能用人，然江陵以肥乡为大司徒，则有《万历会计录》；以戚帅镇蓟镇，宁远伯镇辽东，则无不立收奇效。新郑难以望其项背。”梅之焕说。

“紫垣兄，轮到你说。”孙承宗转向李若星。

“江陵于吏治，不无可取之处。”李若星说。

“譬如？”孙承宗要他举例。

“推行考成之法，凡抚、按勘者，以大小缓急为限，误者抵罪。自此，政体为之整肃，人皆不敢文过饰非。”李若星说。

“紫垣兄以为，吏治一事，新郑不如江陵？”孙承宗问。

“那又不然。”李若星道。

“怎说？”孙承宗问。

“新郑掌吏部考察，不循资格。黜陟而无不告以缘故，使被黜之员无不宾服。江陵难以有其公允。”李若星说。

“彬父兄能不能说说江陵的长处？”孙承宗问梅之焕。

“江陵于经济，乃旷世之才。”梅之焕说。

“譬如？”孙承宗要他举例。

“请丈天下田亩，推行一条鞭法，在籍田数由四百余万顷，陡增至七百余万顷，使利归于朝廷。”梅之焕说。

“彬父兄之意，于经济，新郑不如江陵？”孙承宗问。

“差的不是一星半点。”梅之焕说。

“紫垣兄之意呢？”孙承宗问李若星。

“经济或是江陵所长，然清丈田亩一事，议论纷纭，恐非你我今日可作定论。”李若星说。

“不可作定论，难道也不可言之？”梅之焕气盛而问。

“彬父兄少安毋躁，”孙承宗止住他，又问李若星，“紫垣兄能不能说说新郑的长处？”

“新郑于抚夷，有盖世之功。”李若星说。

“譬如？”孙承宗要他举例。

“俺答封贡，在隆庆四年。时兴化首辅，新郑次辅。然兴化恭慎无为，新郑力主其事。此不世之功，该记在他头上。”李若星说。

“紫垣兄之意，于边功，江陵不及新郑？”孙承宗问。

“远不能及。”李若星说。

“彬父兄之意呢？”孙承宗问梅之焕。

“封贡一事，新郑、江陵并主之，这且不说；然河套之虏，难道此后与我相安无事？”梅之焕道。

“皆有其短，皆有其长，二兄能否一言以蔽之？”孙承宗问。

“我二人谁一言以蔽谁？”梅之焕、李若星齐问。

“是我没交代清楚，”孙承宗道，“若欲言其长，则彬父兄一言以蔽江陵，紫垣兄一言以蔽新郑；若欲言其短，则彬父兄一言以蔽新郑，紫垣兄一言以蔽江陵。”说着，问道，“二兄欲言其长，抑或欲言其短。”

“我不欲再言其短。”梅之焕说。

“我亦欲言其长。”李若星说。

“那就请紫垣兄一言以蔽新郑。”孙承宗这次又让李若星先说。

“新郑若无建树，为何得罪皇上、得罪圣母皇太后虽多，逝后得复原官，且予祭葬？”李若星道。

“再请彬父兄一言以蔽江陵。”孙承宗道。

“使今日有综名实、振纪纲如江陵者，无耻之徒敢嚣张若此耶！”梅之焕道。

“二兄，我再没的可问。”孙承宗说。

“何不裁之！”梅之焕、李若星齐道。

“我话还没说完呢，”孙承宗说着，对后面的话特别加以强调，“但有一事，却非问不可。”

“稚绳兄问就是。”梅之焕、李若星齐道。

“彬父兄，得罪。”孙承宗说着，向梅之焕一揖。

“稚绳兄以为我输，直言就是，不必多礼。”梅之焕说。

“不关输赢，”孙承宗道，“我只想问，江陵若非彬父兄乡人，彬父兄也会为他申辩吗？”

“也会。”梅之焕毫不犹豫地说。

“紫垣兄，得罪。”孙承宗说着，又向李若星一揖。

“稚绳兄问的是同一事吗？”李若星问。

“是。”孙承宗应道。

“不是新郑乡人，我也会为其辩。”李若星说。

“二兄皆无私心，我可试为裁之。”孙承宗说着，伸出三指。

“稚绳兄是说，有三句话？”梅之焕问。

“或是，有三件事？”李若星问。

“可以说是三句话，也可以说是三件事。”孙承宗道。

“其一？”梅之焕、李若星齐数道。

“彬父兄言新郑的短处，言江陵的长处，紫垣兄言新郑的长处，言江陵的短处，都不无道理，都足以服人，可谓旗鼓相当。”孙承宗说。

“其二？”梅之焕、李若星又数道。

“最后的一句话，紫垣兄似忘一事。”孙承宗说。

“我忘何事？”李若星问。

“朝廷复新郑原官，半予祭葬，江陵是为他说过话的。”孙承宗道。

“其实，我要强调的，正是此事。”李若星却说。

“怎讲？”孙承宗问。

“江陵对新郑也不能一笔抹杀。”李若星道。

“紫垣兄强调此事，不无道理，但我仍以为：紫垣兄以此一言以蔽新郑，并未具体言及新郑建树；而彬父兄以综名实、振纪纲以蔽江陵，不管当褒当贬，却是实在的建树。所以，最后一句话，我以为彬父兄略胜一筹，”孙承宗说到这里，对李若星又是一揖。“紫垣兄以为我所裁不当，可以辩驳。”

“稚绳兄说的切实，我不辩驳；稚绳兄请说其三。”李若星道。

“二兄所举，均有一处最精辟。”孙承宗说。

“彬父兄所举何事最精辟？”李若星问。

“培植党羽，莫学，”孙承宗道，“今无论在朝在野，无论官高官低，无不以结党为荣，以结党为幸。似无党，则彷徨；无党，则不立。彬父兄此戒，我等当牢记。”

“稚绳兄说的是，”李若星点点头，说道，“朝中又以科、道结党最烈，我初为廷臣，誓不附党，誓不立党！”

“紫垣兄所举何事最精辟？”梅之焕问。

“结交阉宦，莫学，”孙承宗道，“前有言者：今政不在内阁，而在内臣。虽别有用意，然确属实情。皇上深居大内，与外朝隔膜，与内阁亦隔膜；所接触者，唯有内臣。凡不洁身自好者，无不结交之。紫垣兄此戒，我等当牢记。”

“稚绳兄说的是，”梅之焕点点头，说道，“我拟上一疏，已打好腹稿，待写于疏纸，即可呈进。”

“彬父兄疏言何事？”孙承宗、李若星齐问。

“劾东厂太监诬拷商贾之罪。”梅之焕说。

“彬父兄说已打好腹稿，可否略述一二？”李若星更具体地问。

“譬如，我拟议：今天下民穷饷匮，寇横兵疲。言官舍国事，争时局；部曹舍职掌，建空言。天下尽为虚文所束缚，有意振刷者，不曰生事，则曰苛求。事未就而谤兴，法未伸而怨集。豪杰灰心，庸人养拙，国事将不可为矣。请陛下严综核以则实事，通言路以重纪纲，别臧否以惜人才，庶于国事有济。”梅之焕述道。

“原来彬父兄是借东厂诬拷一事，议朝政之大者。”孙承宗说。

“难怪彬父兄最后能说出一句分量极重的话，原来早就打在腹稿里！”李若星道。

“彬父兄已身体力行，紫垣兄，我等也要跟上才是。”孙承宗又说。

“稚绳兄说的是。”李若星应道。

新郑即高拱，江陵即张居正，兴化即隆庆年间首辅李春芳，内江即隆庆年间阁臣赵贞吉，肥乡即万历年间尚书张学颜。他们对高、张二人既以乡贯称之，对别人当然也都以乡贯称之。

第四百零八章

钦天监除设监正、监副等官，还设春、夏、中、秋、冬五官各正一员。五官正秩虽六品，春官正戈谦亨却比同品的部主事，或品秩更高的官员，傲慢得多。钦天监凡有奏，他总会找出理由来批驳。

十一月初一日将日食，钦天监官们的意见一致；但几时初亏，几时亏甚，却说法不一。戈谦亨不愿听同官争论，更不屑于与同官争论，留下一个学生在场，自己溜走。

会议结束之后，学生来向戈谦亨汇报。

“争吵已结束？”戈谦亨问。

“是，已结束。”学生回答。

“谁个把谁个说服？”戈谦亨又问。

“阶低的被阶高的说服，人少的被人多的说服。”学生道。

“我料到就是这个结果，”戈谦亨嘟囔一句，问道，“他等把初亏定在几时？”

“未正一刻。”学生说。

“亏甚定于几时？”戈谦亨问。

“申初二刻。”学生说。

“照他等计算，日食是——”戈谦亨不说出数字，不是因为难计算，而是想借这个机会，考考学生。

“七分余。”学生说。

“七分余不错，但未正一刻初亏，简直是滑天下之大稽。”戈谦亨道。

“老师以为，应在几时？”学生问。

“肯定是在未正三刻；如果不对的话，我再也不吃这碗饭，”戈谦亨说着，又问，“他等是否准备拟疏上奏？”

“没准已在拟疏。”学生说。

“极好！”戈谦亨似乎无缘无故地兴奋起来。

“分明是错，老师怎说好？”学生不解。

“等他等奏过之后，我再出面纠正，让他等去丢这个人吧！”戈谦亨道。原来他的兴奋不是无缘无故的。

兵部职方司员外郎范守巳没有走进本部衙门，而是进入附近的礼部衙门，并径去谒见礼部侍郎翁正春。

署部侍郎吴道南回家奔丧，现由翁正春署部。

“濯之先生请坐。”翁正春让道。

“兆震先生忙吗？”范守巳坐下后问。

范守巳字濯之，河南洧川人，万历二年进士。翁正春和他的科第相差很多，几乎是一代人的差别，所以，对他很是客气。

“再忙，濯之先生难得来，也要陪着说说话；何况，有一事，我也正要请教。”翁正春说。

“是钦天监的事吗？”范守巳问。

“那倒不是，是濯之先生本人的事。”翁正春说。

“我本人的事？”范守巳不解。

“濯之先生名讳中有个巳字，别字又曰濯之，应是诞于上巳之日吧？”翁正春问。

上巳是个节日，是指三月上旬的巳日，官民人等聚于河边，洗濯秽垢。这个节日是古代流传下来，在汉朝时，是个盛大的节日。后来，把上巳节日定在三月初三；但也有人坚持把三月巳日当作节日。

“兆震先生所料不谬。”范守巳道。

“我记得，濯之先生是豫人。”翁正春说。

“是，”范守巳应道，“河南洧川。”

“洧川近洛阳否？”翁正春问。

“洧川属开封且近开封，不近洛阳。”范守巳说。

“书里说，上巳节令，洛阳王孙淑女，倾城玩赏。想来古时，洛阳的上巳节煞是热闹。不知今日洛阳人还过不过该节？”翁正春道。

“应该不过。”范守巳说。

“濯之先生怎知？”翁正春问。

“三月上旬有清明节，谁还看重上巳此一古节！”范守巳道。

“也不见得，”翁正春摇着头说，“濯之先生祖上若不重此节令，怎会以守巳二字为濯之先生名！”

“我的名字是祖父取的，究竟因为碰巧，还是祖父看重此节令，不会有人知道。”

范守巳说。他已经五十多岁，他祖父显然不会在世。

问句闲话，却惹得人家伤感，翁正春心里过意不去。

“濯之先生方才问我，是不是钦天监的事？”他把话岔开。

“是。”范守巳应道。

“钦天监何事？”翁正春又问。

“为今次日食之事，钦天监闹得挺凶，兆震先生不知？”范守巳反问。

“已听说，”翁正春应道，“有人预测，初食在未正一刻；有人预测，初食在未正三刻。结果都不对。”

“兆震先生可知，初亏是在几时？”范守巳又问。

“听说是申初二刻，”翁正春道，并说，“据钦天监所奏，申初二刻应该是食甚，谁知却是初食；直至申正二刻，才是食甚！而且，日食七分五十余秒，并非七分略余。此说也不知确否。”

“申初二刻，日食七分五十馀秒，都是我亲验的，应该不会有错。”范守巳说。

“那么，濯之先生今日来礼部，为的也是此事？”翁正春问。

“是。”范守巳应道。

“濯之先生有何高见？”翁正春问。

“历法须得修改。”范守巳言简意赅地说。

“濯之先生能不能说得再详细些？”翁正春请求。

“好，”范守巳点着头，问道，“自万历元年迄今，日食共计几次？”

“十余次。”翁正春说。

“有无舛讹？”范守巳问。

“濯之先生不如问，有无精确无误之时！”翁正春道。

“也就是说，没有精确无误之时？”范守巳问。

“应该说，几无精确无误之时，”翁正春道，“其误，或一二刻，或三四刻，今则误一个时辰。”

“舛误既多，可曾修正？”范守巳问。

“濯之先生是说，本朝有无修正？”翁正春反问。

“当然。”范守巳点头。

“据我所知，从未修正。”翁正春道。

“为何从未修正？”范守巳问。

“这不好说，”翁正春摇着头，反问一句，“每次日食舛误，都有记载，然从未修正，濯之先生道是为何？”

“兆震先生何不请之？”范守巳显然有看法，却不马上回答。

“不是不想请之，但想到每有所请，则朝廷皆置之不理，不由得心寒，”翁正春说这话时，的确显得萎靡。但看范守巳一眼，忽觉精神一振。他问，“濯之先生今日来说此事，想必有良策吧？”

“有些想法而已，不敢称良策。”范守巳说。

“愿闻其详。”翁正春揖道。

“有两个说法，兆震先生不妨一试，”范守巳说着，伸出一指，“第一个说法，陈述历代修改历法的次数。”

“濯之先生统计过吗？”翁正春问。

“稍作统计。”范守巳道。

“是从商、周开始，还是从秦、汉开始？”翁正春问。

“《尚书》《礼记》虽言历，但不知其法。我是从汉朝开始统计的。”范守巳说。

“汉时修改历法几次？”翁正春问。

“两次。”范守巳说。

“然后是哪个朝代？”翁正春问。

“我把魏、晋至隋，归为一期。”范守巳说。

“这一期修改历法几次？”翁正春问。

“一十三次。”范守巳说。

“唐朝自为一期吧？”翁正春问。

“唐朝自为一期，当然没问题；但五代怎算？所以，我把唐至五代归为一期。”范守巳说。

“这一期修改历法几次？”翁正春问。

“一十六次。”范守巳说。

“然后是宋，抑或宋、元？”翁正春问。

“我以宋为一期，以金、元为一期。”范守巳说。

“我想，濯之先生这么划分，是因为金曾修改历法。”翁正春道。

“是。”范守巳应道。

“宋朝修改历法几次？”翁正春问。

“一十八次。”范守巳说。

“金、元修改历法几次？”翁正春问。

“三次。”范守巳说。

“汉朝四百年，修改历法仅两次，和以后修改历法的次数，肯定不能相提并论。”

翁正春开始对他说的次数进行思考。

“诚是。”范守巳道。

“对以后修改历法的次数，濯之先生有何想法？”翁正春问。

“和兆震先生一样，我想到的是经历的年数和修改历法的次数。”范守巳说。

“请濯之先生具体说说。”翁正春又揖道。

“自汉献帝延康元年，魏篡汉，至隋大业十四年，大唐建国，即唐高祖武德元年，其间计三百九十八年。”范守巳说。

“此一期历法修改一十三次，约三十年修改一次。”翁正春计算道。

“对。”范守巳应道。

“下一期呢？”翁正春问。

“自唐武德元年，至后周显德七年，禅位于宋，即宋太祖建隆元年，其间计三百四十二年。”范守巳说。

“此一期历法修改一十六次，约二十一二年一次。”翁正春计算道。

“对。”范守巳应道。

“再下一期呢？”翁正春问。

“自建隆元年，至宋帝昺祥兴帝投海死，宋灭于元，其间计三百二十年。”范守巳说。

“此一期历法修改一十八次，约十八九年一次。”翁正春计算道。

“对。”范守巳应道。

“再下一期呢？”翁正春问。

“金立国百余年，元蒙自宋灭之日计，也有八十九年，金、元合计约二百年。”范守巳说。

“历法修正却只有三次，和前三期不可同日而语。”翁正春道。

“兆震先生说的是。”范守巳应道。

“该计算的都计算，濯之先生该说说想法吧？”翁正春道。

“好，”范守巳点点头，说道，“自汉兴，至元亡，共约一千五百七十年，历法修改凡五十二次，即约三十年，历法修改一次。换句话说，无论其间隔久远，或短暂，历法皆须修改。这是我的第一个想法。”

“濯之先生的第二个想法呢？”翁正春问。

“自汉兴，至汉亡，为一个时期；金、元为一个时期。这两个时期，历法修改的次数少。自汉亡，至宋亡，分为三个时期。这三个时期，历法修改频繁。”范守巳说。

“这似乎不是个完整的意思呀。”翁正春质疑。

“对，”范守已又点点头，说道，“我的意思是：汉朝四百年，因初用历法，所以修改不多；金、元二百年，异族所立邦国，不可为训。自汉亡、至宋亡的三个时期，历法之修改，当属正常。”

“亦即，历法修改频繁，当属正常？”翁正春加以引申。

“我是这个意思。”范守已道。

“那么，约多少年修改一次历法，最为正常呢？”翁正春问。

“这却是我的第三个想法。”范守已道。

“咦，”翁正春想到范守已前边说过的话，问道，“濯之先生不是只有两个想法吗？”

“两个是说法，不是想法。第一个说法里，就有不止两个想法，”范守已说着，述道，“自汉亡，至宋亡，其间约一千又五十年，历法修改凡四十七次，约二十二三年一次，最为正常。”

“濯之先生的第一个说法里，还有第四个想法吗？”翁正春问。

“有，”范守已应一声，说道，“我大明立国二百年，订立历法之后，一次也不曾修改。虽说我朝使用之历本授时历，较他历精确，但这肯定是不正常的。日食舛误甚多，正好证明之。”

“好，终于回到本题上，”翁正春道，并说，“濯之先生提议陈述历代修改历法的次数，以此衬托本朝不修改历法之非，礼部愿遵从，请再说第二个说法吧。”

“第二个说法是，今之人才，适足以资修改历法之用。”范守已说着，又伸出一指。

“濯之先生能推举一二吗？”翁正春请道。

“陕西按察司有位副使，精通历学。”范守已说。

“濯之先生，对不起！外官的情形，我知之不多。”翁正春道。

“此人姓邢，名云路，字士登，北直隶安肃人，万历八年进士。”范守已介绍说。

“有无著述？”翁正春问。

“著有《古今历律考》等。”范守已说。

“倒是本专门的著作，”翁正春说着，忽问，“按察副使是正四品吧？”

“是。”范守已应道。

“钦天监正是正五品，调他任之，似乎委屈；不过，可以加衔，譬如，以太常寺少卿提督钦天监，就是正四品。”翁正春说。

范守已笑笑，没有搭腔。

“还有谁人擅历律？”翁正春又问。

“有位仁和人，官工部员外郎。”范守已说。

“可是李振之？”翁正春问。

范守已点点头，又说：“还有位上海人，官翰林院检讨。”

“可是徐子先？”翁正春问。

范守已又点点头，不再推举。

“我知李、徐二位于历律之学均有所长；但他二人与西人交往太密切，濯之先生看，宜推举否？”翁正春有个疑问。

“应不碍事，”范守已说，“洪武十五年，太祖高皇帝命翰林李翀、吴伯宗，与回回大师马黑亦沙等，译修西域历法，可为前例。”

“这样的话，不如将西人庞迪我、熊三拔等一并荐于朝，使与李、徐等君一同编译西历，正好说明是仿洪武朝事例。”翁正春说。

“我看可以。”范守已道。

“濯之先生再无可推举的？”翁正春又问。

“一次推举三人，还少吗？”范守已反问。

“我看，还有一人，濯之先生更该推举。”翁正春说。

“谁人？”范守已问。

“濯之先生本人呀，”翁正春道，“我看，士登先生可荐为钦天监正，你濯之先生更可荐为钦天监正。不如以你二位并荐，朝廷总会选用一人。”

“那是兆震先生事，非我事。”范守已道。

礼部以修改历法及举荐人才事奏上，和其他许多衙门的奏章一样，没有下文。

第四百零九章

国子监祭酒汤宾尹把王绍徽找来，陪他喝酒。王绍徽最善于逗他开心，但今天把王绍徽找来喝酒，可不是为的寻开心。所以，草草地喝两口酒后，他命上饭，也不管王绍徽是不是过足酒瘾；草草吃两口饭后，他命上茶，也不管王绍徽是不是填饱肚子。

屋里只有两个人，面前只有一盏茶，汤宾尹开始说正事。和往日一样，开场总是句教训。

“子美，有句话，不可不牢记。”他说。

“老师说的是哪句话？”王绍徽问。

“预则立，不预则废。”汤宾尹说。

王绍徽知道，老师不喜欢简单地应“是”，所以，经常是以问作答。

“凡事都须预吗？”他问。

“小事可不预，大事不可不预。”汤宾尹说。

“何谓大事？”王绍徽问。

“明年遇到的事，即大事。”汤宾尹说。

“老师是说明年的京察？”王绍徽问。

“是。”汤宾尹点头。

“老师是说，明年的京察不可不预？”王绍徽又问。

“是。”汤宾尹应道。

王绍徽身体一躬，道：“请老师教诲。”

“子美，我有些事问你。”汤宾尹说。

“是。”王绍徽应道。

“第一件事：你是秦人，富平、耀州亦皆秦人，在你看来，此二人谁会对我不利？”汤宾尹问。

要预京察，这是第一步。京察即考察京官，如国子监祭酒，一方面要给本监的官员作出评语，另一方面也要听任别个给自己作出评语。给他作出评语的，将是吏部；吏部尚书、侍郎，当然是关键。

对此，王绍徽完全能够理解，所以，才多问一句。

“老师不预肖吗？”他问的是吏部另一侍郎肖云举。

“肖有党否？”汤宾尹问。

几个字，立解王绍徽之惑：“老师这一问，让学生拨云见日。”

“说说看。”汤宾尹命道。

“肖无党，不会专门对付老师，故老师也不用专门预他。”王绍徽说。

“这只是破题，尚未解题。子美若是交上这样一篇文章，我可要批给‘不及’二字。”汤宾尹道。

“专门二字很要紧，不是可以不预，而是一般预之即可，不用专门预之。老师要议的，是须专门预者。富平、耀州，还有渭南，皆秦人，人以秦党目之，又或称为秦脉。渭南与京察无关，可不预。富平、耀州主京察，则不可不预。”王绍徽为得到老师好评，进一步阐述。他说的渭南，即署都察院仓场尚书孙玮。

“专门二字，解得不错，”汤宾尹称赞一句，然后问，“子美既用心思解专门二字，就该说说，富平、耀州二人中，谁须专门预之？”

“耀州。”王绍徽道。

“理由呢？”汤宾尹问。

“富平久离朝廷，对廷臣派系不甚了然，亦无偏见；耀州一直在朝，目睹党争局面形成，并有成见。他所亲近者，在职则漕督也，在野则东林也，于老师则疏远之，”王绍徽说着，伸出一指。“此其一也。”

“第二个理由呢？”汤宾尹问。

“老师与富平并无冲突，与耀州则有冲突。”王绍徽说。

“子美说的是今次会试？”汤宾尹问。

“是。”王绍徽应道。

“和我冲突的是崇仁，非耀州。”汤宾尹说。

“表面看上去是和礼卿，耀州并未介入；实则，耀州倾向礼卿。”王绍徽说。他说的礼卿，汤宾尹说的崇仁，都指署礼部侍郎吴道南。

“何以见得？”汤宾尹问。

“今次会试之争，在点状元。决定状元人选，祭酒的分量不如主考，主考的分量不如礼卿，礼卿的分量不如阁臣；而合全部大臣的分量，不如皇上一支御笔。皇上钦点于最终，这不必说。在皇上钦定之前，老师属意一人，礼卿属意一人。耀州若倾向于礼卿所选，他用不着开口，因为礼卿所选者，本来已处于强势；若倾向于老师所选者，则不能不开口，因为老师所选者，本来是处于弱势，合祭酒、主考之力，未必抵得上礼卿。事实是，耀州并未开口，故学生以为，他是站在礼卿一边，和老师作对。”王绍徽说。

“子美的推论，有点儿意思；不过，子美可知，会试之后，崇仁欲参劾我，被耀州劝止？”汤宾尹问。

“学生知道。”王绍徽说。

“你仍以为，他站在崇仁一边？”汤宾尹问。

“是。”王绍徽应道。

“这又怎讲？”汤宾尹问。

“学生请老师想一想，礼卿参劾老师，为的何事？”王绍徽反问。

“以会试之争为主，或掺杂别事。”汤宾尹说。

“说起来，因点状元之争，学生对老师的崇敬之情，油然而倍增。在决定状元人选时占有优势的礼卿，一败涂地；而皇上最后钦点的状元，竟是老师所属意的举子！老师想，他若为此事参劾老师，究竟是参劾老师，还是参劾皇上？故耀州劝止礼卿参劾老师，为礼卿也，非为老师也！”王绍徽道。

“子美于此事剖析得不错。”汤宾尹又称赞一句。

“此其二也。”王绍徽说。

“看来，还有其三？”汤宾尹问。

“是。”王绍徽应道。

“第三个理由怎说？”汤宾尹问。

“有件事，学生还不曾禀白老师。”王绍徽说。

“何事？”汤宾尹问。

“会试之争渐平息后，学生找过一次耀州。”王绍徽说。

汤宾尹一愣，问：“你找他作甚？”

“学生想让他和老师联手，对付礼卿。”王绍徽说。

“你方才还说，他是倾向于崇仁的。现在又想让他和我联手对付崇仁，岂不自相矛盾！”汤宾尹道。

“学生想让他和老师联手对付礼卿在先，发觉他实际上倾向于礼卿在后；换句话说，在这次游说之后，学生才确定，他是倾向于礼卿的。”王绍徽解释说。

汤宾尹点了点头，表示理解，然后他问：“你是怎游说的？”

“学生说，礼卿有党，欲倾轧老师和他，宜善为计。”王绍徽道。

“他怎说？”汤宾尹问。

“他拒之。”王绍徽道。

“恐怕是严拒之吧？”汤宾尹冷笑道。

“老师说的是。”王绍徽应道。

“子美，你这是自取其辱；且辱及为师！”汤宾尹斥道。

“学生已知错，”王绍徽沮丧地说。“学生原来只想为老师做件好事，没想到会是这样的结果。”

“你说耀州和我有冲突，前二事都是你的猜想、剖析，只有第三件事是实实在在的。”汤宾尹说。

“是。”王绍徽应道。

“正因为有第三件事，把耀州列为不可不预者，就在情理之中。”汤宾尹又说。

“学生也是这么想的。”王绍徽道。

“须得预谁这个题目，子美过关。下面我再问你件事。”汤宾尹化解心中的不快之后，开始考虑怎样解决问题。

“是。”王绍徽应道。

“如何预之，子美想过没有？”汤宾尹问。

“自上次在耀州那里碰壁之后，学生不再想如何对付礼卿；满脑子想的，都是该如何对付耀州。”王绍徽说。

“该如何对付呢？”汤宾尹问。

“学生想到八个字：以攻为守，击其要害。”王绍徽说。

“以攻为守容易理解，何谓击其要害？”汤宾尹问。

“譬如，学生方才言及秦党，或秦脉，老师以为，拿这个题目来作作文章，如何？”王绍徽问。

“不是不可以；不过，”汤宾尹口气一转，说道，“只怕远水不解近渴。朝中被叫作这党那党的太多，也没见谁人因此而被处分。以秦党、秦脉打压耀州等，他等没打压下去，京察已经结束。”

“所以，以秦党、秦脉击之，不是要害。”王绍徽道。

“那么，何事是要害？”汤宾尹问。

“耀州有一子，学生以为，可以拿他作作文章。”王绍徽说。

“等等，”汤宾尹做个手势，表示他要知道更具体的，“你说的耀州有一子，是王大之子，还是王二之子？”

他把王国叫作王大，王图叫作王二。王绍徽也跟着他这么叫。

“是王二之子，”王绍徽道，“王二有一子，名淑抃，三十五年进士，官宝坻知县。”

“区区一知县，有何文章可作？”汤宾尹问。

“在府、州、县等官身上作文章，无非二事：一是贪渎，二是平庸。学生以为，于知府，言其贪渎，不如言其平庸；于知县，言其平庸，不如言其贪渎。”王绍徽说。

“这是为何？”汤宾尹饶有兴致地问。

“知府领州、县多名，人太平庸，则无法治事；况且，言知府贪渎，势必牵连众多人。知县平庸些，不会立即治罪，须得言其贪渎，才能引起朝廷的重视。”王绍徽说。

“没想到，子美对此事还真有独特的见解，”汤宾尹笑了笑，问道，“拿王淑抃作文章，子美是要言其贪渎？”

“是。”王绍徽应道。

“子美有没想好，他贪赃几多为宜？”汤宾尹问。

“巨万。”王绍徽说个虚数。

“凭这两个字，朝廷会治他罪？”汤宾尹表示怀疑。

“这两个字，不足以让朝廷治他罪，但足以乱耀州方寸。”王绍徽说。

“这倒是，”汤宾尹同意。“其子被参劾贪赃巨万，耀州一定在吏侍的位置上坐不住，一定会请辞。”说到这里，又有疑问。“子美，你说朝廷会准他所请吗？”

“朝廷多半不会准；不过没关系，朝廷不准所请，他也没脸过问明年的京察，他一定会回避。”王绍徽说。

“我也不一定要他去官，挨过明年的京察，他仍可以作他的吏侍，”汤宾尹说着，又问，“子美是想，自个儿参劾王淑抃吗？”

“学生参劾亦无不可。但学生以给谏参劾一知县，有些不妥；不如由御史参劾，更为名正言顺。”王绍徽说。

“可有人选？”汤宾尹问。

“学生有个同年，愿为老师冲锋陷阵。”王绍徽说。

“是谁个？”汤宾尹问。

“幸之兄。”王绍徽道。

“金幸之？”汤宾尹问。

御史金明时，字幸之，浙江德清人，和王绍徽同是万历二十六年进士。

“是。”王绍徽应道。

“你上次和我说的，掌院欲参其不职的，就是他吧？”汤宾尹问。

“是他。”王绍徽应道。

“面临明年的京察，他也须预之。所以，他不是为我冲锋陷阵，而是为自个儿谋退路。”汤宾尹说。

“老师说的是，”王绍徽应道，“学生此议，不仅是为老师谋，也是为他谋。他若冲将上去，老师用不着谢他，倒是他应该谢学生。”

“子美，照你想的去做吧；不过，”汤宾尹略一沉吟，说道，“仅预及此，我以为还有所不足。譬如，耀州不为所动，奈何？”

“学生也想到这一层。”王绍徽道。

“下一步，子美有未预之？”汤宾尹问。

王绍徽点点头，说道：“近日有件事，对学生颇有启迪。”

“何事？”汤宾尹问。

“日前京师传，学生同年仲孚兄有篇信札投掷学生家中，”王绍徽说着，问道，“老师听说过此事吧？”

“听说过。”汤宾尹点头。

“今已证实，该信札是伪造的，”王绍徽说。

“伪造的？谁个伪造？”汤宾尹问。

“这却不知，”王绍徽说，“学生想，谁个伪造，无关紧要；紧要的是，伪造者的目的有没达到。”

“伪造者是何目的？”汤宾尹问。

“伪造仲孚兄信札，令其一得罪于福清，二得罪于富平，三得罪于耀州兄弟；投掷学生处，令学生一得罪于福清，二得罪于富平，三得罪于耀州兄弟。从而使阁、部联手，对付我辈。”王绍徽说。

“你也准备伪造一篇信札？”汤宾尹问。

“学生想，伪造信札，不如伪造奏章。”王绍徽说。

“参疏？”汤宾尹问实。

“是。”王绍徽应道。

“子美拟伪造谁人参疏？”汤宾尹问。

“王淑抃的参疏。”王绍徽道。

“他参谁人？”汤宾尹问。

“参其伯父。”王绍徽道。

“参王大？”汤宾尹又要问实。

“是。”王绍徽应道。

“参他何事？”汤宾尹问。

“学生说过，于知府，言其贪渎，不如言其平庸；对巡抚来说，更是如此。”王绍徽道。

“使王淑抃参王大平庸？”汤宾尹问。

“不是一般平庸，而是嫉妒贤能。”王绍徽说。

“子美不会说，他是嫉妒我吧？”汤宾尹这么问，不是极度自负，就是在半开玩笑。

“学生尽量不把老师牵扯进来。”王绍徽说。

“那么，他是嫉妒谁人？”汤宾尹问。

“淮抚。”王绍徽道。

淮抚即漕督，它完整的职务是：总督漕运兼提督军务，巡抚凤阳等处兼管河道。凤阳等地包括凤阳、淮安、扬州、庐州等府，徐州、和州、滁州等州，以淮河流域为主，所以又称淮抚。

“子美以为，李道甫是贤能？”汤宾尹责问。

“不是学生以为李道甫贤能，是有人以为李道甫贤能。”王绍徽说。

“别人以为，是别人以为，你为何随声附和？”汤宾尹继续责问。

“学生不是附和，是权宜。”王绍徽说。

“怎讲？”汤宾尹问。

“今日作耀州兄弟的文章，不妨称他一声贤能；如他日作李道甫的文章，也不妨称耀州兄弟一声贤能。”王绍徽说。

“但我仍体会不出，称李道甫贤能，和作耀州兄弟的文章，有何关联？”汤宾尹问。

“那是因为，有个说法，老师或不知。”王绍徽道。

“又是何说法？”汤宾尹问。

“有人说，王大素忌李道甫之才；王二既敬兄长，又敬李道甫，欲于二人间说和。不料，才在王大面前提及李道甫，即遭王大痛斥。王二亦怒。或曰，他私下里搜集兄长的过失，欲以拾遗除之。”王绍徽述道。

“王二欲除王大，这话子美也信！”汤宾尹道。

“学生信不信，无关紧要，”王绍徽说，“反正是传言，何妨再添点儿油，加点儿醋！”

“使王淑抃参王大，是添点儿油，加点儿醋？”汤宾尹问。

“是。”王绍徽应道。

“前者使人参劾王淑抃，随即伪造王淑抃奏章参劾王大，可以说是连环计。”汤宾尹说着，竖起拇指，表明是在夸奖。

“老师取个好名字，学生正是想施连环计。”王绍徽说。

“古人用连环计，可烧几十万大军；子美施连环计，不知却有何妙用？”汤宾尹问。

“让耀州兄弟阵脚大乱。”王绍徽说。

“此疏传播，耀州兄弟怎就会阵脚大乱？”汤宾尹问。

“耀州兄弟为李道甫而明争暗斗，在京师传播，耀州兄弟已上疏辩诬。今忽又传王淑抃参王大，王二或不明白怎会如此，而王大则会以为，或有王二算计他之事。耀州兄弟都被套在这件事上，哪儿还有心思管别的？连王淑抃贪赃巨万，说不定也顾不上理会。阵脚不大乱才怪！”王绍徽道。

“谁当预之那篇文章，子美可得良；如何预之这篇文章，我却一定要给你优。”汤宾尹勉励道。

第四百一十章

赵世卿拜疏出城，住在大兴县的官驿，已经两个多月。说是候旨，一来他知道，对他辞官之疏，皇上不会下什么旨意；二来他去意已决，不管皇上有没有旨意，不管皇上的旨意是挽留，还是准他辞官，他都不会再进城中，再赴户部衙门。

偶尔有奉差外出或还朝的廷臣，进京或离京的外官，经过时会拜望他。当然，是不被人注意的拜望，偷偷摸摸的拜望。他此举太不合制度，要是皇上想治他的罪，在他拜疏出城期间来看望他的官员被人参上一本，就难以洗清自己。

赵世卿没想到，本部侍郎李汝华会来看他；而且，是大模大样来的，甚至有些招摇，招呼打得生怕别人听不见。

“象贤先生好自在呀！”李汝华道。

“自在？”赵世卿苦笑，“忧心似焚，度日如年，你却说我自在！”

“远离尘嚣，每日读读书，散散步，晚饭时说不定还能抿上几口酒，还不自在！”李汝华说。

“茂夫先生有点儿羡慕吗？”赵世卿问。

李汝华字茂夫，河南睢州人，万历八年进士。

“不是有点儿羡慕，是实在羡慕！”他说。

“茂夫先生不是来和我做伴的吧？”赵世卿又问。

“一没这福气，二没这胆子。”李汝华说。

“你却有胆子来看我，”赵世卿说。

“你还是掌部尚书，户部有事，不找你，却找谁！”李汝华道。

“户部有事？”赵世卿本来想请他进房间坐坐，听这话，止步不前，“户部有事，请茂夫先生自行处置，切莫找我。”

“有旨也不能找吗？”李汝华问。

“茂夫先生今日来，是有旨？”赵世卿边问，边长吁一口气，“这么说，皇上终于放我回乡。”

“不是象贤先生想的那样。”李汝华摇着头说。

“你不是说有旨吗？”赵世卿问。

“有旨是有旨，却不是给户部一个衙门的，更不是为象贤先生请辞一事而颁的。”李汝华说。

“不颁给户部一个衙门，还颁给哪个衙门？”赵世卿问。

“还有工部；此旨是颁给户、工二部的。”李汝华说。

“不为我请辞一事而颁，却为何事而颁？”赵世卿又问。

“命户、工二部会议足国济边之计。”李汝华说。

当李汝华说不是自己想的那样时，赵世卿还抱有些许希望；但听到这里，完全失望。他挥着手说：“茂夫先生请回吧，别耽搁下去，今晚进不了城。”

“象贤先生不用为我担心，我半夜到城外，也可以进城，”李汝华说着，扫一眼馆驿里的房间，指着其中一间问，“象贤先生住那间吧？”

“是。”赵世卿点头。

“是进去坐坐，还是我另找一屋？”李汝华征求他的意见。

“别再给人家找麻烦，”赵世卿说。他不情愿地领李汝华进到自己借寓的那间屋子。

屋里布置简单，两床、两椅、一桌。

“行李呢？”李汝华问。

“谁的行李？”赵世卿反问。

“象贤先生的行李呀！”李汝华道，“难道皇上忽准所请，象贤先生还回到城里去收拾行囊？”

“茂夫先生不用为我担心，”赵世卿学一句他的话，“行李早装箱运来，就放在车上。车停在厩外，家仆住在厩旁小屋。一旦奉旨，赶上车就走，绝不会有片刻耽搁。”

“看来，象贤先生决心下定。”李汝华叹道。

赵世卿请他坐下，自己却不坐，看来，打算三两句话把他打发走。

“降谕户、工二部，茂夫先生为何不与元泽先生议？”赵世卿问。让李汝华去和兼署刑、工二部的侍郎刘元霖计议，是打发他的最合理、也是最简单的理由。

“和元泽兄议过。”李汝华说。

“怎议的？”赵世卿问。

“元泽兄说：户部好歹有尚书，工部已好几年无尚书；我说：工部好歹有人署之，户部已好几月无人署之。”李汝华简单叙述。

“这哪里是议事，分明是抱怨！”赵世卿道。

李汝华和刘元霖是同年，说话随意，是可以理解的。但他单挑那两句说，当然有别的用意。

“象贤先生说，该如何议之？”他马上问。

“应该——”赵世卿才要说自己的想法，忽然发现，险些钻入圈套。他问，“抱怨归抱怨；抱怨之后，没再说别的？”

“元泽兄有几句话。”李汝华道。

“他怎说？”赵世卿问。

“他说，此事须得与象贤先生议，”李汝华说着，两眼又开始巡视空空荡荡的屋子，并重复方才的话，“看来，象贤先生决心下定。”

“茂夫先生别说我，还是说说朝旨吧。”赵世卿道。

就自己的本意而言，赵世卿实在是不想与闻朝事，但李汝华老远从城里赶来，又被他迫使进到屋里，又听他复述刘元霖的话，不听他说一说朝旨，不和他议一议朝旨，实在说不过去。

“圣谕略曰：各边督、抚屡请饷，尔部又言帑绌。因思祖宗以来，钱粮额设，何至今顿匮？各省、直灾伤，征解不前，至各镇民运，欠或百余万，岂尽民负！边饷加往日数倍，岂无冒耗？尔部可会议足国济边者，毋浮言塞责，毋专请内帑。”李汝华述道。

“尔部是指工部。”这是赵世卿听后的第一个印象。

“何以见得？”李汝华问。

“足国计边，向来是责户部，今次为何拉上工部？想来是工部奏言帑绌。”赵世卿说。

“元泽兄的想法和象贤先生一样。”李汝华道。

“他怎说？”赵世卿问。

“他说，鬼使神差，这时向朝廷要钱，和户部一起背起黑锅，真是失策。”李汝华重复刘元霖的话。

“所以，他不和茂夫先生议，却把茂夫先生支出城！”赵世卿冷笑。

“元泽兄并非不和我议，他的意思是：不妨请示象贤先生后，户、工二部再议。”李汝华委婉地替刘元霖分辩。

赵世卿没办法再拒绝，只能说：“若言请示，我一句话也没有；倒是抱怨，我真不比你二位少。”

“元泽兄说：象贤先生掌部多年，就是抱怨，也能抱怨到点子上。”李汝华还有句现成的话在等他。

赵世卿笑笑。当然，是无奈的笑。

“其实，元泽先生不愿与议，并非没有道理；浮言塞责，专请内帑，皇上指责的是我，不关他事。”他说。

“元泽兄绝无推卸之意。”李汝华又为刘元霖分辩。

“不管他是何意，既然被拉扯到一起，我得对他有个交代，”赵世卿说着，问道，“茂夫先生是哪年来部的？”

“我是万历三十六年自南、赣巡抚任上召回的。”李汝华说。

“那我也得对茂夫先生有个交代。”赵世卿说。

“不敢，”李汝华一揖，说道，“象贤先生有话，尽管说；需要我向元泽兄转达的，我一定转达。”

“圣谕所言专请内帑，是两三年前的事。其时，户部奏请捐内帑百万以佐军用。皇上不但不准，而且从那以后，户部凡有所请，朝廷都置之不理。”赵世卿说。

“户部的日子难过，我自入部第一天起，已有体会；没想到还有这么一段故事，”李汝华说着，问道，“象贤先生是要我把这个故事说给元泽兄听吗？”

“不是，”赵世卿摇头，“这个故事，元泽先生或知，或不知；茂夫先生可以说给他听，也可以不说给他听。我要交代于你二位的，是我为何奏请捐内帑以佐军用。”

“圣谕不是说得很明白吗：帑绌。”李汝华道。

“圣谕还质问：钱粮额设，何至今顿匮！”赵世卿驳道。

“象贤先生批驳的是。为何至今顿匮，还真得听象贤先生说说，”李汝华道。

“我先问个数目：皇上大婚，用银几多，茂夫先生知否？”赵世卿问。

“好像不到十万吧。”李汝华说。

“实则七万。”赵世卿告诉他较具体的数目。

“以今日的眼光来看，真可谓少之又少！”李汝华叹道，又道，“我还记得，皇上大婚是在万历六七年。”

“是万历六年。”赵世卿说。

“那时应该还是张江陵柄政。看来，他手上的那把钥匙，比后人看得紧多。”李汝华又感慨。

“茂夫先生别管大婚在哪年，也别管谁个柄政，记着七万这个数目就好。”赵世卿不想他把话题扯到别的方面。

“是。”李汝华应道。

“我再问个数目：荣昌公主下嫁，用银几多，茂夫先生知否？”赵世卿又问。

“不知。”李汝华道。

“是十二万。”赵世卿告诉他。

“竟比皇上大婚还多！”李汝华呼道。

“但比皇上大婚也要晚得多。”赵世卿说。

“是在哪一年？”李汝华问。

“万历二十四年。”赵世卿说。

“比皇上大婚晚十八年，费用多五万，象贤先生，我不知该如何比较。”李汝华道。

“多则多矣，但宫里首次嫁女，还不算太过分。”赵世卿说。

“象贤先生还要我知哪笔款项？”李汝华问。

“大约又过五六年之后，福王婚，用银的数目茂夫先生应该是知道的。”赵世卿道。

“我知，是二十七万。”李汝华说。

“几多？”赵世卿问。

李汝华本来也没太大的把握，赵世卿一问，他更含糊。

“二十七万左右。”他说。

“我以为茂夫先生知之，原来并不知之。”赵世卿道。

“是说多，还是说少？”李汝华问。

“二十七万这个数目没说错，没说多也没说少。我说你原来并不知之，是因为你又加上左右二字，可见你心里没底。再者，”赵世卿顿了顿，又说，“关于二十七万引起的风波，想来你是不知的。”

“的确不知，”李汝华承认，并说，“引起怎样的风波，还请告之。”

“二十七万福王婚费，是几经周折，好不容易才议定的。但户部如数进部帑后，宫里屡有内使，往户部闹事。”赵世卿说。

“宫里内使？皇上差派的？”李汝华问。

“我问过，别官也问过。但没一员内使说是皇上差派的，也没一员内使说不是皇上差派的。在我，此事至今还是个谜。”赵世卿说。

“他等往户部怎闹？”李汝华问。

“逢人而骂，见物而砸；就差骂到我这个尚书的头上，就差砸烂户部的门匾。”赵世卿说。

“他等为何事而闹？”李汝华问。

“福王千岁完婚，只给二十七万部帑，成何体统！”赵世卿述道。

“不知是他等成何体统，还是别人成何体统，”李汝华叨唠一句，又问，“为福王殿下讨钱，会不会是贵妃宫里的人。”

“或有贵妃宫里的人，但肯定不都是贵妃宫里的人。其实，哪宫的人并不要紧；要紧的是，堂堂朝廷一大衙门，颜面荡然无存。”赵世卿说。

“象贤先生如何处置？”李汝华问。听赵世卿这一番叙述，他心里也很郁闷，但还不忘调侃一句，“内使们给尚书面子，没有骂他，他不会因而忍下这口气吧？”

“尚书嘛，曾上疏，”赵世卿觉得这句话比李汝华的问话更加调侃，自己先笑。等李汝华也笑过之后，他说，“尚书的奏章里，其实还使用两个不同凡响的字。”

“哪两个字？”李汝华问。

“辱国，”赵世卿道。他手指天空说，“苍天在上，那时使用这两个字，我至今不悔！”

“辱大臣，即辱国，象贤先生为何要后悔？”李汝华附和一句，问道，“象贤先生疏参内使，皇上如何处置？”

“皇上发下一疏，是内使参我的。”赵世卿说。

“内使反参象贤先生，为的何事？”李汝华问。

“据他等疏称，福王婚费二十七万，皇上以为少，但户部拒不增补，是抗命也。”赵世卿说。

“皇上把该疏发给象贤先生，却是何意？”李汝华问。

“大概是告诉我：他等参你，朝廷未加处分；你今参他等，也别想着处分他等。”赵世卿道。

“一场风波就这样过去？”李汝华问。

“不错，就这样过去。”赵世卿点头。

“象贤先生还有别的数目问我吗？”李汝华又问。

“福王殿下之后，又有皇七女下嫁。”赵世卿说着，问道，“茂夫先生可知，此事麻烦在哪里？”

“象贤先生说，麻烦在哪里？”李汝华不知道。

“首先，茂夫先生能不能分别出来，是皇第七女即将下嫁，还是七位皇女即将下嫁？”赵世卿问。

“应该是皇第七女下嫁。”李汝华毫不犹豫地说。

“茂夫先生怎知？”赵世卿问。

“荣昌公主万历二十四年下嫁；我还知道，寿宁公主是二十七年下嫁。皇女虽多，但多早逝，其余皇女，应该没有七位；再者，即便还有七位皇女，也不会一下都到下嫁的年龄。”李汝华说。

“茂夫先生推断得不错。不过，”赵世卿口气一转，问道，“不称某公主，而称某皇女，是不是不同寻常？本朝皇女，有没有不曾册封公主而下嫁者？”

“的确未闻。”李汝华道。

“除荣昌公主、寿宁公主，其他皇女确如茂夫先生所言，多早逝。皇七女不加册封，或有所讳。但既未册封，却让户部如何筹办嫁妆？”赵世卿说着，伸出一指，表示这是第一个麻烦的地方。

“还有何麻烦？”李汝华问。

“茂夫先生可知，筹办皇七女嫁妆，索费几多？”赵世卿问。

“不知。”李汝华道。

“茂夫先生不知，我亦不知，圣谕但命户部筹数十万金，”赵世卿说着，解释道，“我为何问茂夫先生，是皇第七女下嫁，还是七位皇女下嫁？并非我不知是皇第七女下嫁，而是径索数十万金，让人以为，皇家一下要下嫁七位皇女。”

“二三十万是数十万，八九十万也是数十万，象贤先生拟与部帑几多？”李汝华问。

“茂夫先生不是赞张江陵钥匙看得紧吗？我也想学他，尽量看得紧些。”赵世卿说。

“象贤先生是怎看紧的？”李汝华问。

“此事也是几番周折，”赵世卿说，“我初以故事奏言，称皇女下嫁，嫁妆无至数十万者，请裁抑。皇上命减三分之一。”

“减三分之一，是几多？”李汝华问。

“本来是个含糊的数目，减三分之一，仍是个含糊的数目；但想来，仍是数十万。”赵世卿说。

“譬如，二三十万。”李汝华道。

“对。”赵世卿应道。

“象贤先生拨给否？”李汝华问。

“未拨，”赵世卿摇头，“我又奏言：长公主下嫁，婚费止十二万；后寿宁公主下嫁，婚费相当。乞陛下再裁损，如长公主例。”

“被皇上驳回？”李汝华问。

“皇上未驳回，”赵世卿又摇头，“难得，皇上亦从之。”

“所以，并非户部凡有所请，朝廷都置之不理。”李汝华想起他前面说过的一句话。

“这是在我奏请捐内帑以佐军用之前。”赵世卿道。

“对，”李汝华顺势回到这个话题上，“象贤先生请捐内帑百万，以佐军用。百万之数，是计算过的，还是随口一说？”

“计算肯定是计算过的；当然，也不是很精确的计算。”赵世卿说。

“象贤先生怎计算的？”李汝华问。

“三公主下嫁，索部帑以三十六万计，福王完婚，索部帑二十七万，共计六十余万。此数本当于内帑支给，却索于部。”赵世卿说。

“于是，象贤先生欲从内帑中索回？”李汝华问。

“是。”赵世卿应道。

“但宗室婚嫁，算下来仅六十余万，象贤先生则索百万！”李汝华道。

“还有笔账没和茂夫先生算呢。”赵世卿道。

“哪笔账？”李汝华问。

“昔时，每年关税所入四十万，自税监四出，减三分之一，若以十年计，共该百万以上。而税监入于内库者，不知有几！我今不以十年计，不计入于内库者，但以四十万索于内帑，不能算多吧？”赵世卿道。

“于是凑成百万之数？”李汝华说着，连连摇头，“象贤先生好大的胆子，算账算到宫里，难怪皇上对户部另眼看待！”

“所以，户部我不能再回，”赵世卿说着，向李汝华一揖，“唯望后来者能把国家的这笔账算得更精确些。”

“难！”李汝华的回答只有一个字。

第四百一十一章

万历三十九年正旦节假期间，吏部尚书孙丕扬、礼部署部侍郎翁正春，不约而同地去给叶向高拜年。

两个人是在叶向高宅第外遇到的，翁正春揖道："给叔孝先生道喜。"

孙丕扬以为是过年的贺词，回揖道："同喜，同喜。"

"不能同喜。"翁正春却说。

孙丕扬欲问为何不能同喜，已在叶府家仆恭让下，进入院子。

和叶向高相见之后，翁正春揖道："给进卿先生道喜。"

"同喜，同喜。"叶向高回揖道。

"不能同喜。"翁正春又说。

叶向高才要问为何不能同喜，孙丕扬那厢揖道："给进卿先生道喜。"

"同喜，同喜。"叶向高回揖道。

"不能同喜。"孙丕扬也说。

"为何不能同喜？"叶向高问他，也是问翁正春。

"我怎知！"孙丕扬抢先道，"在外头，我在兆震先生面前碰壁；进屋后，进卿先生在兆震先生面碰壁。我想，礼卿这么说，必是今年的时尚如此，故照着葫芦画瓢。"

不仅叶向高被他逗笑，翁正春也被他逗笑。

"兆震先生，可是今年的时尚如此？"叶向高问翁正春。

"往年难以遇到的事，今年遇到，说是时尚亦可。"翁正春道。

"何事往年难以遇到，却在今年遇到？"叶向高问。

"进卿先生加公，孤，是在何时？"翁正春反问。

三公指太师、太傅、太保，三孤指少师、少傅、少保。太子太师、太子太傅、太子太保和少师、少傅、少保同品，也被列为三孤。总之，公、孤泛指这些尊荣职衔。叶向高是在去年年底，以考满晋太子太保、文渊阁大学士。

"去年腊月。"他回答说。

"腊月哪日？"翁正春问。

“十八日。”叶向高说。

“叔孝先生加公、孤，是在何时？”翁正春又问孙丕扬。

“叔孝先生十多年前就加公、孤。”叶向高代答。

“那是加太子太保，我是问加太子太傅。”翁正春说。

“也是去年腊月。”孙丕扬说。

“腊月哪日？”翁正春问。

“二十九日。”孙丕扬说。

“腊月的事，还来不及向二位道喜，尤其来不及向叔孝先生道喜，今日补上。二位说，怎能同喜！”翁正春道。

“叔孝先生跟风跟错吧？”叶向高笑着对孙丕扬说。

“是跟错，是跟错！”孙丕扬连声道。

三人坐下后，家人奉上香茗。孙丕扬、翁正春品一口，都赞好茶。

“我跟风跟错，认罚。”孙丕扬说。

“怎罚？”叶向高问。

“我向二位禀报今次京察之事吧。”孙丕扬说。

“兆震先生意下如何？”叶向高问翁正春。

“我害叔孝先生跟错风，认罚。”翁正春也说。

“怎罚？”叶向高问。

“我向二位禀报修改历法之事吧。”翁正春说。

“叔孝先生意下如何？”叶向高又问孙丕扬。

“兆震先生向我认错，我接受。”孙丕扬说。

“怎接受？”叶向高问。

“请兆震先生说说，对今次京察有何高见。”孙丕扬道。

“兆震先生意下如何？”叶向高又问翁正春。

“叔孝先生以为我已占先机，我认可。”翁正春说。

“怎认可？”叶向高问。

“请叔孝先生说说，如何使朝廷看重修改历法。”翁正春道。

“叔孝先生——”叶向高又要问孙丕扬。

“进卿先生莫再问我！”孙丕扬道。

“兆震先生——”叶向高又要问翁正春。

“进卿先生没发觉吗，我已改跟风叔孝先生！”翁正春道。

“好，”叶向高点点头，说道，“叔孝先生欲议今年京察之事，兆震先生以为在他本职之外；兆震先生欲议修改历法之事，叔孝先生以为在他本职之外。既如此，我自作主张，谁也不问。”

“进卿先生如何主张？”孙丕扬、翁正春问。

“我说件与我三人均密切相关、又亟待处分的事。”叶向高说。

“有这等事？”孙丕扬、翁正春问。

“有啊，”叶向高应一声，反问道，“二位还记不记得，东宫册立，迄今几多年？”

“十年。”孙丕扬道。

“东宫万历二十九年十月册立，到今年十月，已整整十年。”翁正春说得更具体。

“东宫侍班之设，有几多年？”叶向高又问。

“东宫册立之后，即设侍班，也将近十年。”孙丕扬说。

“叔孝先生能说，东宫侍班之设，与你无关？”叶向高问他。

“我不能说。”孙丕扬道。

“兆震先生能说，东宫侍班之设与你无关？”叶向高问翁正春。

“我不能说。”翁正春道。

“二位可知，东宫侍班，几多年不曾升秩？”叶向高又问。

“我多年不在朝中，不知，”孙丕扬说着，问翁正春，“兆震先生心里应该有数吧？”

“我只记得多年未升；究竟几多年未升，我也说不上来。”翁正春道。

“我若告诉二位，东宫侍班自选任之日起，不曾升秩，二位会怎想？”叶向高问。

“当真？”孙丕扬、翁正春最初的反应，显然是不当真。

“叔孝先生能说，东宫侍班升秩与你无关？”叶向高仍先问孙丕扬。

“我不能说。”孙丕扬道。

“叔孝先生能说，此事不亟待处分？”叶向高问。

“我也不能说。”孙丕扬道。

“兆震先生能说，东宫侍班升秩与你无关？”叶向高又问翁正春。

“我不能说。”翁正春道。

“兆震先生能说，此事不亟待处分？”叶向高问。

“我也不能说。”翁正春道。

“二位都这么说，不如一起来议议此事。”叶向高归纳一句。

“好。”孙丕扬、翁正春齐应。

“东宫侍班的排序，我不甚了然；进卿先生、兆震先生二位，谁个来说说？”孙丕扬出个题目。

“兆震先生和他辈打交道多，请兆震先生说吧。”叶向高道。

“我说错，进卿先生纠正，”翁正春不推让，“东宫侍班排列第一位的，是进卿先生的同年方公。”

“中涵先生？”孙丕扬问。

“是。”翁正春应道。

“他今官国子监祭酒，对吧？”孙丕扬又问。

“对。”翁正春应道。

方从哲字中涵，浙江德清人，万历十一年进士。

“进卿先生加公、孤，中涵先生眼下是不能想的；但进卿先生的正衔是礼部尚书，他怎么也可以晋升卿贰。”孙丕扬说。

“礼部侍郎？”翁正春问。

“一则以国子监祭酒升，一则以东宫侍班升，当然应该礼部侍郎，”孙丕扬说着，又加上一句，“我以为，宜升左侍。”

“进卿先生看呢？”翁正春问叶向高。

“二十八年而得卿贰，亦属正常升迁。我在想，既为东宫侍班，是不是还应该加以翰林院职。”叶向高补充一条意见。

“侍读学士，”孙丕扬毫不犹豫地说，“吏部二侍郎皆兼翰林院侍读学士，中涵先生也可兼侍读学士。”

“好。”叶向高、翁正春都没意见。

“东宫侍班排列第二位的，是南昌刘公。”翁正春又说。

“幼安先生？”孙丕扬问。

“是。”翁正春应道。

刘曰宁字幼安，江西南昌人，万历十七年进士。

“他今官少詹事，对吧？”孙丕扬问。

“对。”翁正春应道。

“我看，幼安先生亦可升礼部左侍郎兼翰林院侍读学士。”叶向高道。

“幼安先生比中涵先生迟两科。”翁正春说。

“那不是问题，”叶向高道，“一则，祭酒是从四品，而少詹事却是正四品；二则——”说到这里，他顿了顿，然后接着说，“有件事，二位未必知之。”

“何事？”孙丕扬、翁正春齐问。

“幼安先生最早侍讲于皇长子。时东宫迟迟未册立，宫外又议论纷纭，皇长子难免心情忐忑。幼安先生进言皇长子，以仁孝为本，别无他念。其言深得皇长子心。

故以排序而言，中涵兄列第一；以亲近而言，幼安先生列第一。”叶向高说。

“进卿先生的理由很充分，我自无异议，却不知叔孝先生舍得舍不得？”翁正春道。

“铨司量才而用，并非空缺的职位越多越称职。”孙丕扬说。

“以下是南充人黄辉。”翁正春又说。

“平倩先生？”孙丕扬问。

“是。”翁正春应道。

“他今官右庶子，对吧？”孙丕扬问。

“对。”翁正春应道。

“平倩先生古道热肠，令人敬佩。”叶向高插话。

“进卿先生为何有此感叹？”孙丕扬问。

“前者，给谏王子醇曾上过一疏，轰动朝野，皇上震怒。叔孝先生知道此事吧？”叶向高说起王德完的事。

“我虽在家休闲，但听说过。”孙丕扬道。

“王子醇下诏狱，廷杖几死，平倩先生不避险阻，每日探视、送饭、照料。王子醇得不死，多亏平倩先生精心照料。”叶向高说。

“其中有个缘故，进卿先生或许也不清楚。”翁正春道。

他认为叶向高可能不清楚，是因为王德完上该疏时，叶向高已离开京师，去南京任官。

“有何缘故？”叶向高问。

“子醇先生上该疏，是因平倩先生鼓动。这一点，许多人不知，进卿先生亦未必知。”翁正春说。

“我的确不知。”叶向高道。

“所以，子醇先生下狱，平倩先生自然要去探望、照料。有人警告他，他说：我致人于祸，可坐视否！”翁正春讲述。

“由此看来，平倩先生不仅古道热肠，而且敢于担当，”孙丕扬道，“再者，后来皇上礼眷中宫，子醇先生此疏起过不小的作用。”翁正春又说。

“有功于社稷，有功于社稷，”叶向高连声道。

“你二位不用一唱一和！不就是说，似平倩先生，应当超擢乎？我不反对呀。”孙丕扬说。

“如何超擢？”翁正春问。

“左、右春坊虽以春坊大学士署理，但春坊大学士和庶子的品秩相同，都是正五品。庶子转春坊大学士，职位升，品秩未升，不如径转为少詹事，职、品皆升。”孙丕扬说。

“好。”叶向高、翁正春应道。

“以下数人，皆同官。”翁正春又说。

“官谕德吧？”孙丕扬问。春坊官，大学士下是庶子，庶子下是谕德，所以不难想到。

“是。”翁正春应道。

“谕德升庶子，是最寻常的升迁。”孙丕杨说。

“不加区别吗？”翁正春问。

“兆震先生先说说，数人却是几人？”孙丕扬反问。

“四人。”翁正春说。

“排名在前的二人，可升左庶子，排名在后的二人，可升右庶子。”孙丕扬说。

“詹事、少詹事，可以不加翰林职衔；春坊官，却要加翰林职衔。”叶向高提醒道。

“应加侍读，对吧？”翁正春问孙丕扬。

“对。”孙丕扬应道。

“排名在前的是乌程朱公。”翁正春说。

“文宁先生？”孙丕扬问。

“是。”翁正春应道。

朱国桢字文宁，浙江乌程人，也是万历十七年进士。

“升左庶子兼翰林院侍读。”孙丕扬道。

“然后是昆山顾公。”翁正春又说。

“子虚先生？”孙丕扬问。

“是。”翁正春应道。

顾秉谦字子虚，南直隶昆山人，万历二十三年进士。

“升左庶子兼翰林院侍读。”孙丕扬道。

“排名在后的是南昌邓公。”翁正春说。

“沛文先生？”孙丕扬问。

“是。”翁正春应道。

邓士龙字沛文，江西南昌人，也是万历二十三年进士。

“升右庶子兼翰林院侍读。”孙丕杨道。

“然后是新乡郭公。”翁正春又说。

“润田先生？”孙丕扬问。

“是。”翁正春应道。

郭淐字润田，河南新乡人，也是万历二十三年进士。

“升右庶子兼翰林院侍读。”孙丕扬道。

“再下是渭南南公。”翁正春又说。

“弦蒲先生？”孙丕扬问。

“是。”翁正春应道。

“他今官洗马，对吧？”孙丕扬问。

“对。”翁正春应道。

南师仲字弦蒲，陕西渭南人，万历二十三年进士。

“二位于弦蒲先生有何话说？”孙丕扬问。

“别无话说。”叶向高、翁正春齐道。

“请叔孝先生定其升格。”翁正春又说。

“诸多谕德升庶子，弦蒲先生可补之。”孙丕扬说。

“叔孝先生说的是个补字。”翁正春说。

“是，”孙丕扬应道，“我说的是，可补谕德之缺。”

“为何言补，不言升？”翁正春问。

“言升亦可；不过，谕德、洗马均为从五品，我若言升，担心兆震先生说我不实在。”孙丕扬说。

“但他人皆升，弦蒲先生独补，是否不妥？”翁正春有些犹豫。

“并无不妥，”孙丕扬分辩，“詹事府官有二：一为春坊官，一为司经局官。洗马即司经局首官，亦即，春坊乃正五品衙门，司经局乃从五品衙门，司经局官改春坊官，虽同品，亦为优转。比较起来，洗马和谕德同升庶子，更为不妥；洗马转谕德，反是正当迁转。”

“兆震先生是不是担心叔孝先生为避嫌，对秦人升迁格外严苛？”叶向高自问自答。“我看不会，叔孝先生心里是有尺度的，不会过，也不会不及。”

“既如此。弦蒲先生升谕德吧。”翁正春道。

“升庶子者，皆兼侍读，升谕德者，可兼侍讲吧？”叶向高问孙丕扬。

“可。”孙丕扬道。

“进卿先生念念不忘，给东宫侍班加翰林院官，后面这两位却可能不宜兼。”翁正春又说。

“是部、寺官？”叶向高问。

“是，”翁正春应道，“一位礼部仪制司主事，一位大理寺评事。”

“主事升员外郎，评事升寺副，二位看如何？”孙丕扬问。

翁正春不提姓氏，不提籍贯，孙丕扬也不问，显然二人的看法一致，都觉得部、寺官的升职比较简单，用不着多议。

而叶向高记得，主事是范可受，评事是罗万英，他们各升一职，再正常不过。他向孙丕扬、翁正春并作一揖，道：“谢过二位。”

“何劳揖谢！”孙丕扬、翁正春忙还礼。

“我这一揖，有三层意思。”叶向高说。

“哪三层意思？”孙丕扬、翁正春问。

“二位来看我，共贺新春，这是第一层要谢的。”叶向高说。

“为此事谢，还说得过去。”孙丕扬、翁正春齐道。

“二位一同来看望，这是第二层要谢的。”叶向高又说。

“这不是和第一层意思一样嘛。”翁正春对孙丕扬说。

“还不如第一层意思呢，”孙丕扬道，“第一层意思里还有共贺新春之意，第二层意思却只是来看望。”

“叔孝先生忽略两个字。”叶向高说。

“哪两个字？”孙丕扬问。

“一同，”叶向高道，“二位分别来看我，我也是要谢的；但谢二位一同来看我，就有特别的意思。”

“进卿先生是说，今日叔孝先生和我一起来，正好可以议一议东宫侍班升职之事？”翁正春问。

“好个兆震先生，一料即中！”叶向高道。

“不对呀，”孙丕扬却听出漏洞，“进卿先生分明是说，此事与我三人相关。议即议，有何好谢！”

“虽与我三人相关，但我却有个想法。”叶向高说。

“进卿先生有何想法，兆震先生料得到吗？”孙丕扬问翁正春。

“料不到，还是请进卿先生自个儿说吧。”翁正春道。

“这就是第三层意思，”叶向高说，“叔孝先生满脑子想的都是今年的京察，兆震先生满脑子想的都是修改历法，东宫侍班升迁一事，由吏部奏请，或由礼部奏请，难免都有些勉为其难。我的意思是，作为阁议奏上。”说着，问道，“不知二位意下如何？”

“再好不过。”孙丕扬、翁正春齐道。

“所以，我要揖谢二位。”叶向高道。

第四百一十二章

二月二十八日一早，王图进吏部衙门后，径往后院，在一间小屋外停下，敲了敲门。

“则之先生吧，进来！”屋里的人说。

王图推开门，一腿迈进，一腿还在门外，就问：“叔孝先生怎知是我？”

“别个谁知我住在这里！再者，谁个会这早就来打扰我！”孙丕扬道。

“八旬老者，一人睡到衙门里，我不该来关心一下你老人家起居？”王图说着，责备道，“奉旨，三月初二日京察，叔孝先生二月二十七日即宿部衙，未免太早吧！”

“这话则之先生昨日就说过，为何宿部，我也对则之先生说过。”孙丕扬道。

“图个清静，对吧？叔孝先生以为，宿部就可清静，就没麻烦，就没人来打扰？”王图不以为然。

“到部里来打扰，白日里来，还是夜里来？白日里人来人往，他不会没忌讳吧？夜里总得门役领他进来吧？有人在边上一站，他也只好免开尊口。”孙丕扬仍强调宿部的好处。

“我知道叔孝先生拿定的主意，谁也无法改变，不再说它！”王图说到这里，忽然一笑。

“老朽固执，很好笑吗？”孙丕扬以为他在笑自己。

“我不是笑叔孝先生。”王图说。

“那是笑谁人？”孙丕扬问。

“想起一句话，觉着好笑，”王图说着，问道，“前几个月，京师盛传署名郑仲孚、投于刘静夫、王子美等的信札，叔孝先生听说过吗？”

“听说过，”孙丕扬点了点头，说道，“不少人对我提起该信札，说它是专门针对你我的。”

“谁要这么以为，未免太肤浅；该信札并非专门针对你我。”王图说。

“还针对谁人？”孙丕扬问。

“秦人！它是针对所有秦人的，”王图道，随即补充一句，“当然，王子美不在其攻讦之列。”

“该信札有哪句话好笑？”孙丕扬问。

“斩断秦脉，以秦攻秦。”王图复述八个字。

“这是谋略呀，有何好笑？”孙丕扬问。

“我和叔孝先生要是为该不该宿部争执起来，不正中他以秦攻秦的圈套？”王图笑道。

“我知则之先生说的是句笑话；我倒觉着，有这八个字，可知该信札并非郑仲孚写的。”孙丕扬说。

“怎见得？”王图问。

“以秦攻秦，难道让王子美这个秦人，攻你我等秦人？郑仲孚再愚驽，也不会公然申明，借用王子美这把刀来杀人吧？”孙丕扬道。

“叔孝先生说的是，该信札非出自郑仲孚手，已有定论。不过，”王图说到这里，口气一转，“我今日一早来见叔孝先生，不仅是问候起居，其实也真是为该信札而来。”

“则之先生的意思是——”孙丕扬问。

“该信札无论出自谁人之手，无疑都是冲着今次京察来的。”王图说。

“这一层，我也想到。”孙丕扬说。

“有人担心今次京察于己不利，故事先放出风声，说今次京察可能为秦人所把持。”王图说。

“那怎办？”孙丕扬问话是虚，实则要发议论，“召我官吏部尚书，则之先生升吏部侍郎，又不是你我刻意求得的，又不是为今次京察刻意安排的，总不能为这股空穴来风，就把今次京察敷衍过去吧！”

“的确不能你我二人都敷衍行事。”王图说。

话里有话，孙丕扬怎能听不出来！

“则之先生何意？”他问。

“京察该如何进行，叔孝先生可一丝不苟地如何进行。”王图说。

“你呢？”孙丕扬问。

“我回避，置身京察之外。”王图说。

“则之先生怎能作此想！”孙丕扬反对，“一则，则之先生身在其位，怎能不谋其政！二则，则之先生置身京察之外，我岂不孤掌难鸣！”

“身在其位，当谋其政，这是不错的；但我可以以为已不在其位，叔孝先生也可以以为我已不在其位。”王图说。

“则之先生分明在其位，我怎能以为不在其位？”孙丕扬道。

“怎不能以为！”王图举出理由，“阁老养病不出，虽未奉明旨去官，叔孝先生还以为他在其位吗？尚书出城待命，虽未奉明旨去官，叔孝先生还以为他在其位吗？”

“则之先生和他二位不同。”孙丕扬说。

“有何不同！无非彼尊我卑，我效法他二位，总可以吧！”王图道。

“我说的不是职位高下，”孙丕扬分辩，“他二人，一则因其身屡遭参劾，一则因其议屡被束之高阁，则之先生境遇与他二人不同。”

“我若自身屡遭参劾，还未必萌生退意呢，”王图说。“但去冬今春之间，忽出太多怪事：先是我儿淑抃被参贪赃巨万，继则传播淑抃参劾吾兄疏草。叔孝先生说，我还能安其位吗？”

“郑仲孚信札，既证实是伪造；淑抃参劾之桢先生疏草，明眼人一看，更知是伪造。为何有人伪造此疏？无非是参劾淑抃一本，未能动摇则之先生；则伪造淑抃参疏，搅乱则之先生之心。则之先生难道连这点儿诡计还看不出来！”孙丕扬道。

“我亦知有人不欲我插手今年的京察，故生出许多怪事。我的想法是：既然有人不欲我插手今年的京察，我干脆不插手。这样的好处是：其一，吾兄得安，吾子得安；其二，叔孝先生也得安；其三，今次京察免受干扰。所以，我已上疏请辞；皇上不准，我则学象贤先生，出城候旨。事已至此，叔孝先生应该以为我已不在其位。”王图说。

“则之先生还说我拿定的主意，谁也改变不了；我看则之先生拿定的主意，更是谁也改变不了！好吧，我权当则之先生不在其位；不过，”孙丕扬口气一转，道，“我以为则之先生一去，我会孤掌难鸣；则之先生却说我也得安。这却不知从何说起？”

“我不在位，仍有在位者；我回避，仍有敢于担当之人。叔孝先生和他等计议京察，不仅不会孤掌难鸣，而且可以使‘秦脉’一说不攻自破。”王图说。

“则之先生似有走马荐诸葛之意呀。”孙丕扬笑着说。

“我乃一介书生，绝非谋略之士；我只是想到，在此关头置叔孝先生于不顾，心里过意不去，特来进一言。叔孝先生若以为言之无益，我可以不说。”王图道。

“不，”孙丕扬摇着头说，“则之先生欲回避的主意，不是一日两日才拿定的；欲说的话，也不是一日两日才想到的。我愿恭闻。”

“公升先生人若其表字，且无党人之嫌，京察之事，尽可以和他多计议，并请他多出面。”王图说。

“是，”孙丕扬应道，“无论则之先生回避不回避，他也是身在其位，我都要多和他计议。至于请他多出面，只要他情愿，当然很好。”

"今之考功郎，正人也，京察之事，可多依赖。"王图又说。

"对，"孙丕扬应道，"子效是晋人，非我秦人，不会有人把他列在秦脉之中。"

考功郎中王宗贤，字子效，山西清源人，万历二十六年进士。

"京察是吏部、都察院两个衙门的事，不妨多和张之先生商量。"王图又说。

"说起来，这是不幸中的幸事，都察院若是仍由纯玉先生兼署，我自个儿都要疑惑，究竟有没有秦党在作祟。"孙丕扬道。

许弘纲官副都御史。正旦之后，孙玮专督仓场，以他署都察院事。

"叔孝先生和张之先生交往不多吧？"王图问。

"不多。"孙丕扬道。

"前者纯玉先生署院，我已被人说怕；所以，和都察院有公事来往，我宁愿去找张之先生。我发觉，他也是个敢于担当的人。"王图说。

"原来则之先生早就在做铺垫，多谢。"孙丕扬说着，一揖。

"还有，"王图又说，"我感到，近来部、科相处，比较轻松。"

六部与六科，彼此对应，有打不尽的笔墨官司。他说部、科相处比较轻松，指的是吏部和吏科的关系较融洽。

"这是为何？"孙丕扬问。

"我看，无非是掌科敬重叔孝先生。"王图说。

"不会是则之先生也做过铺垫吧？"孙丕扬开句玩笑。

"说实话，我一直害怕和吏垣打交道。"王图说。

"则之先生说自梁对我敬重，这个理由牵强。"孙丕扬道。

曹于汴字自梁，山西安邑人，万历二十年进士。

"叔孝先生是说，部、科之间，仍不融洽？"王图问。

"融洽倒是颇为融洽，但不是你说的那个缘故。"孙丕扬说。

"却是何缘故？"王图问。

"则之先生没发现吗，部、科融洽，首先是曹自梁和王子效相处得融洽？"孙丕扬道。

"叔孝先生的意思，是王子效作过铺垫？"王图问。

"你是说，秦党拆散，有人又要拿晋党作文章？"孙丕扬反问。

这么问，是因为曹于汴、王宗贤都是山西人。在京察中，吏部考功郎中、吏科都给事中都将起很大的作用。孙丕扬虽不相信有什么晋党，却不能不有此担心。

"考功郎和吏垣掌科，不似吏部尚书、掌院都御史等，作不出多大的文章。我倒是想，"王图把话题一转，说，"秦党，称秦脉；晋党，该怎称之？"

“山西多山，称晋流吧。”孙丕扬道。

“多山，为何却称流？”王图问。

“多山必多水嘛。”孙丕扬道。

说笑两句，王图又说：“还有个人物，叔孝先生千万别忘。”

“谁人千万别忘？”孙丕扬问。

“河南道掌道。”王图说。

“则之先生是说，河南道管着都察院衙门的事？”孙丕扬问。

“是，”王图点点头，说道，“河南道分管都察院衙门的事务，亦即，于内外考察有专责。”

御史分属十三道。十三道分别协管两京及南、北直隶各衙门。都察院衙门分属河南道。所以，在京察中，河南道和其他道的地位是不一样的。

“则之先生不会在河南道也为今次京察作过铺垫吧？”孙丕扬问。

“汤伯闳乃正人君子，吏部察典不公，我找他也没用；吏部察典公正，他绝不会有二话。”王图对河南道掌道御史汤兆京，评价很高。

“则之先生之意，河南道如若来找吏部的麻烦，一定是吏部本身有毛病？”孙丕扬问。

“一则，我相信，汤伯闳不会找吏部的麻烦。二则，皆为正人，难免也会有歧见；但只要没私心，总能说得通。”王图说。

“则之先生一再称汤伯闳正人，有无事例？”孙丕扬问。

“有两件事，值得一提，”王图说着，伸出一指，“其一，汤伯闳召任御史之初，巡视西城，适逢敖公为贵妃宫中内臣所辱。汤伯闳即严加纠劾，连皇上都觉着，不处分该内臣，不好向群臣交代。”

他说的敖公，是时任礼部侍郎的敖文祯。

“皇上怎处置该内臣的？”孙丕扬问。

“杖之，发配南京。”王图说。

“能让皇上处分一内臣，不难；能让皇上处分贵妃娘娘宫中内臣，着实不易。”孙丕扬对这件事加以肯定。

王图打算又伸出一指，但伸到一半，缩回去。他问：“叔孝先生可曾听说过机易山？”

“在海外吧？”孙丕扬反问。

“对。”王图点头。

“隐约有点儿印象，但在哪国，说不上来。”孙丕扬道。

“在吕宋，”王图告诉他，“最初言机易山素产金银的，是两个奸民，一个叫阎应龙，一个叫张嶷。随后有福建税监高寀附和。按照他们的说法，开采机易山矿，岁可得金十万两，银三十万两。”

“则之先生一说，我想起来。此事传到陕西，税监梁某艳羡不已。”孙丕扬说。

“叔孝先生可知，有人连开机易山矿的本金都筹措好？”王图问。

“当真？这却不知，”孙丕扬道，并问，“从何处筹措？”

“一则以徽州、宁国等府的地税，一则卖高淳等县草场。”王图说。

“这可是投以有形之财，去求无形之产！”孙丕扬道。

“可不！”王图点头，“率先斥其议，并倡同僚共斥之的，汤伯闳也。”

“则之先生说此二事，还真加深我对汤伯闳的了解。不过，则之先生不说此二事，我亦知汤伯闳正人也。则之先生看好他，我也看好他，今次京察，他能起的作用，不会小过曹自梁，甚至不会小过张之先生。”孙丕扬说。

“叔孝先生既然有这等想法，为何还要刁难我！”王图责备道。

“不是刁难，是让则之先生把话都说出来。”孙丕扬道。

“我最后还有一言：今次京察，叔孝先生挂帅，吏部有允升先生和王子效，都察院有张之先生和汤伯闳，再加上科垣的曹自梁，一定会大获成功。”王图说。

“看得出，则之先生对今次京察，还是很在意的，还是很用心的。所以，不管怎说，则之先生决意回避是件憾事。”孙丕扬以一句遗憾，结束他们之间的这次谈话。

第四百一十三章

曹于汴、汤兆京是同年进士。虽召任给事中、御史都有年，但以重要的身份面对京察，还是第一次，因此，他们都显得很兴奋。

“我欲送一帖与太宰，自梁兄看使得使不得？”汤兆京问。

“伯闳兄欲送何帖与太宰？”曹于汴反问。

“为御史金明时那厮写上一帖。”汤兆京说。

“都察院不是已填写那厮的访单吗？”曹于汴问。

“我知。”汤兆京道。

“伯闳兄还要单给他写一帖？”曹于汴问。

“对。”汤兆京应道。

“都察院填写那厮访单，不是款项尤多吗？”曹于汴又问。

“我知。”汤兆京道。

“伯闳兄仍要单给他写一帖？”曹于汴问。

“对。”汤兆京应道。

“却是为何？”曹于汴问。

“那厮实在可恶之极，”汤兆京道。

“伯闳兄恨之切齿，是为他十二月所上之疏吧？”曹于汴猜测。

“说起该疏，对他不仅恨之，而且忌之。”汤兆京说。

“忌之？”曹于汴没听明白。

“原来以为他不过是个无赖，谁知还真称得上奸儒！”汤兆京道。

“伯闳兄感到震惊？”曹于汴问。

“还真有点儿震惊，”汤兆京直认不讳，“自梁兄听听这两句：既申媚灶之情，更结连鸡之势。一般人恐怕不会想到用这两个典故；要用，恐怕也不会如此自然。”

“伯闳兄查过这两个典故？”曹于汴问。

“查过，”汤兆京道，“媚灶，典出《论语》；连鸡，典出《国策》。”

“与其媚于奥，宁媚于灶，何谓也？”曹于汴背诵出《论语》中的原话，然后问，“是这句吧？”

“是，”汤兆京点点头，反问，“自梁兄既然记得此句，一定也记得此句有二解吧？”

“记得，”曹于汴道，“一解出自孔安国，一解出自朱文公。”

孔安国，西汉人，经学大师，为孔夫子后裔。相传他得到孔子藏于夹壁中的古文《尚书》，故被称为古文尚书学派的创始人。朱文公，即宋大儒朱熹。

“孔大师怎说？”汤兆京问。

“奥，内也，以喻近臣；灶，外也，以喻执政。”曹于汴述道。

“文正公怎说？”汤兆京问。

“奥者，室之西南隅也；灶者，五祀之一也。奥为尊而不祀，灶虽卑而时用，得祀。奥者喻君，灶者喻权臣。亦即：与其结于君，不如结于权臣。”曹于汴述道。

“无论哪一解，均喻阿附权贵，对吧？”汤兆京问。

“对。”曹于汴应道。

“自梁兄说，参劾廷臣阿附权贵，还有比媚灶更尖刻、更恰当的吗？”汤兆京问。

“用典，而非谩骂，这两个字应该是最尖刻、最恰当的。”曹于汴说。

“连鸡之典，自梁兄记得出自何策？”汤兆京转问道。

“是《秦策》吧？”曹于汴不是十分有把握。

“是《秦策》，”汤兆京点点头，问道，“怎说的？”

“好似喻诸侯不能行动一致，具体的记不清。”曹于汴说。

“诸侯不可一，犹连鸡之不能俱止于栖，明矣。”汤兆京背诵出《国策·秦策一》中的原文。

“对，是这句，”曹于汴道，又问，“既申媚灶之情，所指甚明，是则之先生；更结连鸡之势，却是指谁？”

“连鸡本意，指的是相互牵制。那厮在引用此典后，又写两句诠释：拼官拼死，意态张皇。我看，他不但是指则之先生，而且怕是把我辈都囊括进去。”汤兆京说。

“拼官拼死，意态张皇。这一诠释，其俗态立见，”曹于汴评论一句，然后又问，“那厮可恶之极，伯闳兄拟如何写帖？”

“看来，自梁兄赞同我写其帖？”汤兆京反问。

“伯闳兄别管我赞同不赞同，且说怎写。”曹于汴道。

汤兆京早打好腹稿，说起来一字一句掷地有声：“御史金明时贪险有病，私通贿赂，长安公论，实所不容。若临时上要挟疏，则台、省无纪纲；而后来考察，亦难矣。”

“伯闳兄这几句话，有点儿意思。”曹于汴说。

“怎有意思？”汤兆京问。

“有病，本无贬义，但和贪婪、险恶放在一句里，就不止是身体有病，且谓其品德有病。”曹于汴说。

“还有呢？”汤兆京问。

“察典须据公论。公论既已不容，察与不察，实在两可之间。”曹于汴说。

“还有呢？”汤兆京又问。

“如何知他会上要挟疏？因其年前所上之疏，即要挟于年后之京察也。年前所上要挟之疏，可以不予理会；年后若上要挟之疏，则不得不防。以免台、省纪纲有损，即朝廷纪纲有损。”曹于汴说。

“如何防之？”汤兆京问。

“是啊，伯闳兄欲如何防之呢？最好是不让他赴部考察，”曹于汴说着，反问道，“伯闳兄不顾那斯访单中款项尤多，仍欲进帖太宰，是想在考察之际，将其拒于吏部大门之外吧？”

“诚如自梁兄所料，”汤兆京点点头，说道，“我问使得使不得，其实非问进帖太宰使得使不得，而是问不让那斯赴部考察使得使不得。”

“使不得。”曹于汴断然言道。

“自梁兄是说，不合制度？”汤兆京问。

“那却不是，”曹于汴道，“伯闳兄一人进帖于太宰，太宰未必会下这个决心。”

“自梁兄之意如何？”汤兆京问。

“不如道臣、科臣一同进帖于太宰。”曹于汴说。

“自梁兄果有此意？”汤兆京大喜过望。

“伯闳兄以为，我不像你那么厌恶那斯？”曹于汴道，“除你我一并进帖，最好先和子效先生打个招呼，请他将帖进于太宰。不使那斯赴部考察，以免闹事，这话最好也由他禀于太宰。”

“好，”汤兆京应道，“我先写帖，然后交由自梁兄安排。”

说着，他准备辞别。

“伯闳兄别忙着走。”曹于汴拦住他。

“自梁兄还有事？”汤兆京问。

“我想问问伯闳兄，考察的评语和处分最终决于太宰和掌院都堂，有没有事也可决于你我？”曹于汴道。

“有啊。”汤兆京应道。

“何事？”曹于汴问。

“拾遗，”汤兆京说罢，悟出曹于汴叫住自己的目的。他问，“自梁兄要和我议议拾遗？”

“我是想问问伯闳兄，从道臣的角度看，今次京察，有没有重臣将被拾遗？”曹于汴道。

“自梁兄不妨直接问我会不会拾遗重臣！”汤兆京道。

“好，”曹于汴按照他的话问，“伯闳兄会不会拾遗重臣？”

“会，”汤兆京应一声，反问道，“自梁兄从科臣的角度看，有无重臣应被拾遗？”

“伯闳兄为何不问我会不会拾遗重臣！”曹于汴道。

“好，”汤兆京也按照他的话，实际上是按照自己的话问，“自梁兄会不会拾遗重臣？”

“会。”曹于汴应道。

“自梁兄叫住我，是不是想和我达成默契：自梁兄拾遗的重臣，我不重复拾遗；我拾遗的重臣，自梁兄不重复拾遗？”汤兆京问。

“是，”曹于汴应道，“拾遗不同于纠劾。纠劾事重，不怕重复；拾遗事轻，一经重复，轻者说不定会成为重者。”说到这里，他顿了顿，然后转换语气说，“我有此意；伯闳兄以为不妥，则作罢。”

“反正这两日即见分晓，有何不妥！”汤兆京道，又问，“自梁兄，我两个谁个先说？”

“我提议的，当然我先说。”曹于汴道。

“好，自梁兄先说，我给你数着。”汤兆京说着，伸出手做计数状。

“伯闳兄还记得，任刑书多年，复改兵部、仍署刑部，复专掌兵部的肖尚书，是哪年致仕的？”曹于汴问。

“自梁兄是说肖夏卿吗？他于万历三十六年致仕。”汤兆京道。

“当拾遗者，我把他列于第一。”曹于汴说。

“此公致仕两年多，自梁兄为何还要拾遗他？”汤兆京问。

“他掌刑部时，我官刑科右给事中，已纠劾他诸多不职之事，然言犹未尽。今借京察之机，再和他算算旧账。”曹于汴说。

“应该，”汤兆京应罢，问道，“自梁兄欲拾遗的第二人是谁？”

“总督河道。”曹于汴说。

“华州刘公？”汤兆京说。

“不，是临川周公，”曹于汴道，“刘公是总理北方河道，周公是总督江南河道。”

他们说的刘公，名士忠，字纯卿，陕西华州人，万历二年进士；周公，名孔教，字明行，江西临川人，万历八年进士。

“明行先生有贤良之名，自梁兄为何拾遗于他？”汤兆京问。

“明行先生有贤良之名不假；听说，苏州饥馑之日，他出粮赈之，救活甚多。但近日面世之《周中丞疏稿》，是他总督河道之后刊印的。刊印之资出于何处，不但他说不清楚，恐怕也没人能说清楚，”曹于汴说罢，问道，“对他拾遗，伯闳兄说应该不应该？”

“应该。”汤兆京应道。

“以下拾遗者，算不得重臣；和伯闳兄的拾遗有无重复，都不要紧。”曹于汴说。

“但自梁兄是否应该告诉我？”汤兆京问。

“应该，”曹于汴应一声，说道，“大僚有申用懋、王业弘、黄汝良、徐大化、王邦俊、黄纪贤、全天叙、方大美、叶永盛；庶僚有丁鸿阳、冯有经、张嗣成、周之龙。”

大僚和庶僚的区别在于：大僚指各衙门的堂官，庶僚指各衙门的属官。不过，这里的大僚和前面提到的重臣肖大亨、周孔教，又不在一个档次上。譬如，他列在最前面的大僚申用懋，是前首辅申时行子，也不过官太仆寺少卿。

“还真有重复的。”汤兆京道。

“谁个重复？”曹于汴问。

“我是不是也该先说重臣？”汤兆京反问。

“是，”曹于汴忙应一声，并问，“伯闳兄拾遗的重臣有谁人？”

“比自梁兄的拾遗多一个，”汤兆京说着，数道，“自梁兄拾遗的第一人，已致仕两年；我拾遗的第一人，仍在任。此人即户部尚书赵公。”

“象贤先生虽未致仕，但形同致仕，他出城候旨，已经好几个月。”曹于汴说。

“我拾遗他的，正是此事，”汤兆京道，“户部事务最繁，不奉朝旨，不候接任，挂印而去，把一大摊子事交与谁人办理！自梁兄有没有留意，此公出城四个月，朝廷迄今不仅没有任用新的尚书，连署部侍郎都未降旨任用。此等风气绝不可长！”说着，问道，“对他拾遗，自梁兄说应该不应该？”

“应该。”曹于汴应道。

“第二位重臣却比肖尚书致仕的年头还要久。此人即蓟、辽总督邢公。”汤兆京又数道。

“督臣邢公？”曹于汴脑子转了转，才想到他说的是邢玠。“伯闳兄欲拾遗的，是式如先生？”

“是他。”汤兆京应道。

“式如先生致仕有十年吧？”曹于汴道。

“他万历三十一年致仕，八年。”汤兆京说。

“八年也着实够久的，伯闳兄为何要拾遗他？”曹于汴问。

“辽东局面不堪，此公难辞其咎；我拾遗他，是表面的文章，实则欲检讨辽东大局。”汤兆京说。

“那是应该的，”曹于汴应一句，补充道，“但既要检讨辽东大局，辽抚似更须追究。”

“我要拾遗的第三人，正是辽抚赵公。”汤兆京说。

“辽东弃地，此公是第一罪人；若不是已离任，不会是拾遗那么简单。”曹于汴说出自己的看法。

他们说的赵公，即前辽东巡抚赵楫。

“三臣以下，也都不是重臣。”汤兆京道。他其实没必要再次重申，所以说一句，只是便于转折。

“那么，伯闳兄现在可以告诉我，大僚和庶僚中，谁个重复吧？”曹于汴正好旧话重提。

“谁个重复，不该我说，该自梁兄说。”汤兆京却说。

“我怎说？”曹于汴问，“我欲拾遗谁人，已告诉伯闳兄；伯闳兄欲拾遗谁人，并没告诉我。”

“正因为自梁兄已经告诉我，而我还没告诉自梁兄，谁人重复，才该自梁兄说。”汤兆京道。

“这是何道理？”曹于汴被他说糊涂。

“自梁兄欲拾遗谁人，是方才告诉我的，怎么也有十数人吧？然后说到别事。我这个人记性不好，一打岔，十数人记不全。我现在告诉自梁兄，我欲拾遗何人。自梁兄记性好，又是才说的，肯定会记得全。两下里比较，还不该自梁兄说吗？”汤兆京道。

“一件芝麻大的事，也被伯闳兄编排得滴水不漏，伯闳兄快说吧！”曹于汴笑道。

“我欲拾遗的大僚有：侯庆远、黄汝良、徐申、徐大任、全天叙、王邦俊、黄纪贤、邵庶；庶僚有：杨廷槐、汪元极、张嗣成、周之龙。”汤兆京说的，也有十余人。巧合的是，他列在赵世卿、邢玠、赵楫之后的侯庆远，也是司、寺的佐贰，而且，和曹于汴列在肖大亨、周孔教之后的申用懋，同是万历十一年的进士。

“重复的还不少呢，”曹于汴数道，“黄汝良，徐大任、王邦俊、黄纪贤、全天叙、张嗣成、周之龙，计七名。”

“半数以上重复，可见确该拾遗。”汤兆京说。

“伯闳兄说的是。”曹于汴应道。

第四百一十四章

皇帝问成敬："京察举行，将近一月，差不多该结束了吧？"

"被议诸臣，已各归其类。"成敬说。

"你说各归其类，有几类呀？"皇帝问。

"三类。"成敬道。

"哪三类？"皇帝问。

"不谨、浮躁、不及。"成敬道。

"朕记得，京察和外察一样，其目有八。"皇帝说。

"爷说的是。"成敬应道。

"不谨、浮躁、不及，肯定在八目之中；除此三目，还有何目？"皇帝问。

"贪、酷、老、病、疲。"成敬道。

"今次京察，难道无贪官？"皇帝问。

"奴才想，不会没有。"成敬道。

"难道无酷吏？"皇帝问。

"也不会没有。"成敬道。

"难道老者都已致仕？"皇帝问。

"应该不是。"成敬道。

"难道病者都已康复？"皇帝问。

"也应该不是。"成敬道。

"难道疲弱者都变刚强？"皇帝问。

"爷不信，奴才也不信。"成敬道。

"那为何只归为三类？"皇帝问。

"贪、酷、老、病、疲五者，尺度都容易把握；不谨、浮躁、不及三者，尺度不易把握。奴才想，吏部、都察院是先难后易，先议定不谨、浮躁、不及三类，再议贪、酷、老、病、疲五类。"成敬说。

"有道理，"皇帝点点头，命道，"既然吏部议定不谨、浮躁、不及，你就先给朕说说这三类吧。”

“吏部奏本未上，奴才手里只有一份抄录的名册。”成敬禀以实情，看皇上还要不要听。

“从吏部抄来的，对吧？从吏部抄来的，怎不能说给朕听！”皇帝道。

“是，”成敬应罢，看一眼抄来的名册。他数道，“不谨者十人：国子监一，祭酒汤宾尹；吏部部属二，闵继迪、朱应奎；礼部部属一，郑振先；工部部属二，张嘉言、徐大化；御史二，康丕扬、沈正隆；行人一，顾天埈；典簿一，陈治则。”

“这个名字听起来耳熟，”皇帝说。

“爷是说陈治则？”成敬问实。

“是。”皇帝应道。

“典簿陈治则，即原吏科都给事中陈治则。”成敬说。

“他改任典簿？”皇帝自己感觉问得不妥，改口道，“朕应该说，他被贬为典簿吧？”

“是，”成敬应道，“原吏科都给事中陈治则，因故贬为典簿。”

典簿，许多司、寺衙门有设，多是正七品。虽然品秩和都给事中相同，但论其地位，绝不可同日而语。

“朕印象里，京察很少有把典簿列入的，尤其列入到不谨一类。今次吏部列上陈治则，多半和老成说的因故的‘故’有关，”皇帝道。

“爷圣明。”成敬颂道。其实他也不知道，吏部为何把陈治则列为不谨。但既然皇帝这么说，除称颂，没有别话好回。

“向来的国子监祭酒，被列为不谨，应该也很少吧？”皇帝问。

“是，”成敬应道，“选国子监祭酒很慎重，论国子监祭酒也应慎重。”

“汤祭酒被论不谨，有特别的缘故吗？”皇帝问。

“奴才听说，有一些缘故。”成敬说。

“有一些？那就不止一个缘故？”皇帝问。

“缘故确实不止一个；但据奴才所知，吏部、都察院将其列为不谨，缘故却是一个。”成敬说。

“是何缘故？”皇帝问。

“因庚戌会试。”成敬说。

“也就是去年的会试？”皇帝问。

“是。”成敬应道。

“朕想起来，”皇帝道，“去岁状元韩敬，据说是汤祭酒力推，碰巧朕点的也是他。

吏部言汤祭酒不谨，难道为的此事？”

“吏部言汤祭酒不谨，和爷绝无干系，”成敬叙事，当然先要把皇帝摘出来，“韩敬抡魁，奴才后来没听一位大臣说点得不当。汤祭酒不谨，在于韩状元非他一房的举子。越房拔选，向为科举中的大忌。”

“越房拔选，而能拔选出状元，可见眼光独到。”皇帝说。

“爷说的是，”成敬先附和一句，然后说，“不过，奴才听说，汤祭酒越房拔选的，不止韩状元一人。”

“却有几人？”皇帝问。

“一十七人。”成敬道。

“一房考而已，本房拔选一十七人，已是太多，遑论越房拔选！加以不谨，并不冤枉他。”皇帝做出结论。

“爷说的是。”成敬应道。

“列为浮躁的，有几人？”皇帝命他往下说。

“九人，”成敬说罢，数道，“计有：寺卿一，彭遵古；翰林一，陈之龙；刑部一，王元翰；工部一，范汝楫；给事中一，锺兆斗；御史三，刘国缙、邓澄、吴亮；博士一，李腾芳。”

“彭遵古是哪个衙门的？”皇帝问。

“光禄寺。”成敬道。

“是正卿？”皇帝问。

“不是正卿，是少卿。”成敬道。

“光禄寺少卿，列为浮躁，也不容易。”皇帝说。

成敬能解皇帝的意思：光禄寺少卿，安排酒宴而已，不过管管鸡鸭鱼肉、油盐酱醋，有什么好浮躁的！但他觉得，还是需要禀奏明白。

“据奴才所知，彭少卿列为浮躁，是本衙门正卿的意思。他不仅在办事时常莫名其妙地出些差错，而且有件事，足见浮躁乃其本性。”他说。

“是人所周知的事吗？”皇帝问。

“许多人都知，”成敬道，“中第之初，适逢应天府督学御史房寰疏参巡抚都御史海瑞，彭少卿遂与同年进士顾允成、诸寿贤等上疏，攻讦房寰。该衙门正卿以为，尚未授官，即卷入纷争，还不是浮躁吗？况且，三人中，诸寿贤已不在官，顾允成已不在世，唯彭遵古在世且在官，亦列为浮躁。”

“此事朕记得，”皇帝道，“他既和顾允成一同上的疏，性情可知。列为浮躁，亦不为过。”

“爷圣明。”成敬颂道。

“王元翰也名在其中？”皇帝忽问。

“是。”成敬应道。

“老成，你还记得他所上六可痛哭疏吗？”皇帝问。

“奴才还有印象。”成敬说。

“让他一说，今天下除痛哭，似再无别事可言！”皇帝至今说起这件事，还有股怨气。

“他写的，着实有些过分。”成敬附和道。

“岂止有些过分，是太过分！”皇帝道。

“是太过分。”成敬又附和。

“他辞朝而去，朕以为他不会回来，谁知他又回到刑部！”皇帝道。

“他辞朝是有的，却还没来得及去。吏部以他擅离职守事参劾，并奏请将他贬为本部检校。”成敬说。

“老成，你记住，这次再不能把他留在朝中！”皇帝命道。

“奴才记住。”成敬躬身道。

“朕记得，李腾芳也是以擅去贬官的吧？”皇帝又问。

“是。”成敬应道。

“他为何擅去？”皇帝问。

“李腾芳初选庶吉士，为翰林官，与同年、同官顾编修天埈最友善。顾天埈被劾去官，李腾芳亦投疏自劾而去。吏部议其擅去罪，贬为太常寺博士。”成敬述道。

“他亦辞朝而未去者。”皇帝道。

“爷说的是。”成敬应道。

“因友好被劾去而自行离官，也可列为浮躁；但朕还记得一事，更可将他列于浮躁，”皇帝说着，问道，“老成，你知是何事？”

“奴才不知。”成敬道。

“内阁王先生复入朝。本来已赞同三王并封之议；忽而变卦，进言反对，你知是为何？”皇帝问。

“莫非因为李腾芳？”成敬猜测。

“可不因为他！”皇帝道，“朕觉此事有疑，让人去查问过。你猜他怎去游说王先生的？他竟说：公欲暂承上意，巧借封王，转作册立。然恐王封既定，大典愈迟。他日公去而事坏，人以始作俑者责公，何辞以解！此不独宗社忧，亦公子孙祸也。”

十年前的话，皇帝还能引述出来，可见印象之深，亦可见皇帝对其人深恶痛绝。

“他这么说，不仅是猜疑王先生，也是猜疑爷。”成敬道。

“议以浮躁，会怎处分？”皇帝问。

“多半会再贬。”成敬说。

“你和吏部打个招呼，最好贬去远方。”皇帝命道。

“是。”成敬应道。

“不及是几人？”皇帝又问。

“也是九人，”成敬说罢，数道，“寺卿一，赵拱极；吏部部属一，胡东渐；兵部部属一，张汝霖；给事中四，戴章甫、宋一韩、姚文蔚、熊鸣夏；御史一，肖淳；评事一，管桔。”

“这九个人，朕没的可问；前面十九个人中，没问过的，朕也没的可问。老成，朕只再问你一人。”皇帝说。

“是。”成敬应道。

“那个被称作阻挠察典的御史，叫何名来着？”皇帝问。

“爷问的是金明时吧？”成敬没有十分的把握，只能以问作答。

“对，是他！”皇帝道，“朕一直在用心听，不谨者名册中没他，浮躁者名册中没他，不及者名册中也没他，是不是？”

“是。”成敬应道。

“吏部何意？是不是欲重治其罪？”皇帝问。

“奴才不知，”成敬道，“奴才只知，京察举行前，金明时曾上一疏，参劾吏部王侍郎子王淑抃，贪赃巨万；称他阻挠察典，此其一也。京察举行后，他又上一疏，参劾吏部孙尚书不容他赴部考察；称他阻挠察典，此其二也。”

“参劾王淑抃贪赃，其实和阻挠察典牵连不上；京察举行后参劾吏部尚书，倒有阻挠察典之嫌，”皇帝说着，问道，“他是怎参劾孙尚书的，老成还记得吗？”

“日前之疏，奴才还记得。”成敬说。

“说给朕听听。”皇帝命道。

“是，”成敬应一声，背诵道，“臣静候考典，冢宰无影生疑，事系孙丕扬具疏参臣；随接部咨，不容臣赴部考察。夫曰要挟，则必具疏于未察之前，或遍钳当事之口，方有要挟。情形如臣，一语不发，一字不吐，而悬坐之以要挟，则何人不可被腹诽之罪耶！臣去年十二月曾有论王国一疏，自树敌国，酿此羌夷接踵之祸。”

“然后呢？”皇帝问。

“然后，爷降旨，着都察院会同该部、科查明，议处来说。”成敬道。

“然后呢？”皇帝又问。

“上疏参金明时的，是道臣汤兆京。”成敬说。

“他怎参的，老成还记得吗？”皇帝问。

“奴才记得。”成敬道。

“说给朕听听。”皇帝命道。

“是，”成敬应一声，背诵道，“明时之心迹，路人所知也。若使参纠疏出于平时，自是言官职掌，谁得议之！斯时之疏，难曰不要挟。臣是以有送单之事。时同曹于汴、乔允升往候冢宰，仍备单，以便请裁。因冢宰见辞，遂以数单授考功郎中王宗贤转送，并以送臣堂官。所谓要挟，即指时明前疏也。”

“等等，”皇帝忽想起什么，问道，“他说的是备单转送？”

“是。”成敬应道。

“朕记得，孙尚书在一疏中也提过送单的事；不过，他似乎说的不是送单。”皇帝道。

“爷说的是，”成敬应道，“孙尚书的奏本，是在金明时参他之前上的，曰：倡言要挟，吓逃考察事。疏中说的是投帖，称：此科、道两臣传于堂上者也。”

“送单与投帖，似有不同。”皇帝说。

“是，”成敬应道，“送单以公，投帖以私。”

他以为，皇帝会就这个话题问下去，或议几句。但皇帝没有。

“然后呢？”皇帝又问。

“金明时疏辩。”成敬道。

“是以送单、投帖为名吗？”皇帝问。

“爷明鉴，他正是以送单、投帖为名。”成敬道。

“他怎写的？”皇帝问。

“臣于初二日接邸报，有台臣汤兆京一疏，寥寥数言。谓要挟一单出兆京之手，与曹于汴无干。况太宰曰帖，明其为私牍也；兆京曰单，又似乎访单。诸臣送单于太宰者甚多，岂臣单独不经太宰心目，而烦兆京之仓皇转递。”成敬背诵道。

该疏还有后文，专驳“要挟”二字，但皇帝问的是送单、投帖，他以为，背诵这一段已够。

“他是怎辩的？”皇帝却要听。

“又指臣去年十二月一疏为要挟，与太宰上要挟疏，语气自相矛盾，则二月二十七日传言与太宰之人，其谁耶？太宰以二月二十七日之后上疏为要挟，则疏在十二月者非要挟可知。语曰：雷霆之所击，无不摧折者；万钧之所压，无不靡灭者。臣以孤立一丝，垂绝于雷霆万钧之下，祖宗二百四十年培养之士气丧尽矣。臣复何言！”成敬接着背诵。

“朕最讨厌动辄以祖宗二百余年为言，好像朕有负祖宗；他倒好，更具体地以二百四十年为言！”皇帝斥道。

送单与投帖不同，这是可以追究的；究竟金明时去年十二月的奏疏为要挟，还是今年二月二十七日以后的奏疏为要挟，是可以追究的。皇帝似乎也有追究的意思。不料，因为金明时此疏里的一句话，皇帝的态度发生很大的转变，这让成敬不知该如何适从。

“吏部欲重参金明时，也是对的；不过，有个更好的题目，不必在‘要挟’二字上作文章，”皇帝说着，问道，“老成，你知是何题目？”

成敬不能说，金明时的奏疏中不该写祖宗二百四十年，这是皇帝说的，他不敢拿来作为己知。

“奴才不知。”他说。

“你也被他们这场官司弄迷糊，他疏中犯讳，竟没看出！”皇帝道。

成敬猛然省悟，不由出一身冷汗。皇帝讳翊钧，金明时的疏里却用了“钧”字。如果说，他引《论语》的句子，还有情可原，他后面又重复一句“垂绝于雷霆万钧之下”，这个过失可就太大。

“奴才该死，竟未察觉他犯圣讳。”成敬请罪。

“你去让内阁叶先生拟道旨，就写——”皇帝略一思忖，述道，“金明时已被参论，只合静听处分，如何屡行渎奏？本内干纪字样，好生狂纵！着该部、院一并参究治罪。”

“奴才领旨。”成敬应道。

第四百一十五章

御史徐兆魁绕道朝房，是想进去歇歇脚，喘口气。谁知才走近朝房，就听到身后一声断喝："卑鄙！"

没等他转回身去，又是一声断喝："无耻！"

随着两声断喝，身后的人问道："是策廷先生吧？"

问话和断喝的语气截然不同，徐兆魁知道前面的断喝不是针对自己，这才放心地转过身去。

叫住他的，是兵科给事中朱一桂。

二人私交不错，徐兆魁更加断定，对方的怒气不是发给自己的。等朱一桂走近，他问："文元先生怒气冲天，为的何事？"

朱一桂字文元，江西浮梁人，万历二十三年进士。

"策廷先生何往？"他不答反问。

"去那里。"徐兆魁指着不远处的朝房说。

"去见谁个？"朱一桂问。

"去坐坐，谁个也不见。"徐兆魁说。

"既如此，策廷先生不如不去，"朱一桂道，"那里乌烟瘴气，非你我辈可去之处。"

"那就不去，"徐兆魁本来也不是非去不可。他反问朱一桂，"文元先生这是要去何处？"

"回值房，写疏去！"朱一桂说。

"既如此，我陪文元先生走走。"徐兆魁道。回都察院衙门，可经过午门外，也可不经过午门外，他要和朱一桂同走一路，不仅是表示友好，也是因为朱一桂方才的断喝声还萦回耳际，他得问个究竟。

"还可以去值房坐坐。"朱一桂当然愿意。

走了一会儿，徐兆魁提起方才的话题："文元先生写疏，是为一泄胸中的怒气吧？"

"是，"朱一桂爽快地承认，"胸中块垒，不吐不快。"说罢，反问一句，"策廷先生也是性情中人，胸中对此就没怒气吗？”

“我不知何事，无法回答。”徐兆魁说。

“岁逢辛亥，策廷先生说为何事而怒！”朱一桂道。

“是为今岁京察？”徐兆魁问。

“可不！”朱一桂道，“祭酒何罪，竟被列为不谨！”

“文元先生是为贵同年不平呀。”徐兆魁说。

“不仅是为嘉宝兄不平，”朱一桂说着，又道，“给谏何罪，竟被列为浮躁！”

“文元先生为梦庚兄鸣不平，我要为他道声谢。”徐兆魁说。

徐兆魁说朱一桂为同年进士汤宾尹鸣不平，朱一桂于是举个徐兆魁的同年进士钟兆斗来说，以表示自己为的是公道。但他若以不及为言，徐兆魁未必能料到他说的是谁；而吏部列入浮躁的，目前只有锺兆斗一名给事中，所以，徐兆魁立刻心领神会。

“也不仅为梦庚先生鸣不平，”朱一桂说着，又道，“御史何罪，竟被列为不及！”

被吏部列入不及的御史，只有肖淳一人，他也是万历二十年的进士。

“文元先生但言京察大不公即可，不用再列举其他人。”徐兆魁说。

“策廷先生不以为今次京察大不公吗？”朱一桂问。

“我和文元先生一样，也以为今次京察大不公；言及今次京察，我也是满腔怒火。”徐兆魁说。

朱一桂看他一眼，道：“我怎没觉出来？”

“文元先生要回衙写疏，我也要回衙写疏，等邸抄一出，自见分晓！”徐兆魁说。

“好，我等着拜读大疏，”朱一桂虽然这么说，但好像仍不太放心。他又问，“今次京察大不公，策廷先生说，责任在谁？”

“以衙门而言，自是在吏部；以人而言，自是在秦脉中的那座最高峰。”徐兆魁毫不犹豫地说。

“亦即，是孙某，孙叔孝，孙丕扬。”朱一桂指名道姓。

“对。”徐兆魁应道。

“策廷先生为何以为责任在他？”朱一桂又问。

“文元先生以为责任不在他？”徐兆魁大感意外。

“不能说不在他；但只说在他，则有所不足。”朱一桂说。

“文元先生，愿闻其详。”徐兆魁揖道。

“先说责任为何在他，”朱一桂道，“京察由吏部主持，都察院、吏科辅之。如果都察院今有正卿，则部、院势均力敌。京察结果，吏部尚书、掌院都御史各有一半的责任，或者说吏部尚书占稍大一半的责任，掌院都御史占稍小一半的责任。又如吏部和吏科互不相容，吏部欲陈者，吏科一一加以驳谳，则部、科不相上下。京察结果，吏部尚书、掌垣都给事中各有一半的责任，或者说吏部尚书占稍大一半的责任，掌垣都给事中占稍小一半的责任。今却不然，都察院以副都御史署院，其与吏部尚书难以匹敌；吏科都给事中则每事依附，从不批驳。故今次京察结果，全是吏部尚书的责任；换言之，全是秦脉中那座最高峰的责任；又换言之，全是孙某人、孙叔孝、孙丕扬其人的责任。"发过一大通议论后，他问道，"策廷先生是此意吧？"

"是此意；但我想的，不如文元先生深刻。"徐兆魁说。

"再说责任为何不全在他。"朱一桂又道。

"其实，文元先生说责任在他时，已经指出这一点。"徐兆魁插话。

"我怎说的？"朱一桂问。

"责任不全在他，也在署院副都御史，也在吏科都给事中，甚至，还在考功郎等。"徐兆魁说。

"这当然也是一个说法，但并非我的说法。"朱一桂道。

"文元先生是何说法？"徐兆魁问。

朱一桂想了想，忽然反问："秦脉之说，策廷先生以为如何？"

"甚是形象，甚是贴切。"徐兆魁说。

"形象固然形象，却未必贴切。"朱一桂说。

"此话怎讲？"徐兆魁问。

"所谓秦脉者，不仅指那座最高之峰，亦指两侧之峰。两侧之峰者，兼署都察院仓场尚书孙某也，吏部侍郎王某也。然于今次京察之前，孙某不再署院，王某回避察典，秦脉何在？以衙门而言，在吏部；以人而言，孙某也。策廷先生这话很对。所以，追究责任，在孙某，不在秦脉，"朱一桂说着，问道，"策廷先生以为如何？"

"是这么个道理。"徐兆魁同意。

"此其一也。"朱一桂说。

"其二呢？"徐兆魁问。

"吏部列为不谨者，不仅有嘉宝兄，还有郑仰之，对吧？"朱一桂问的是礼部员外郎郑振先。

"对。"徐兆魁应道。

"郑仰之和嘉宝先生可是同类？换言之，可是同党？"朱一桂问。

"不是。"徐兆魁道。

"吏部列为浮躁者，不仅有梦庚先生，还有王伯举，对吧？"朱一桂问的是曾为给谏、后贬刑部检校的王元翰。

“对。”徐兆魁应道。

“王伯举和梦庚先生可是同类？换言之，可是同党？”朱一桂问。

“不是。”徐兆魁道。

“吏部列为不及者，不仅有策廷先生另一位贵同年，还有两位御史，一是姚养谷先生，一是宋晋宗先生。他二位都和策廷先生同年，策廷先生一定说得出，他二人是否同类；换言之，是否同党。”朱一桂道。

“二人一南一北，一务实，一务虚，并非同类。”徐兆魁说。

“所以，仅从今次京察的结果，是看不出孙某刻意打击某一党、某一派的；所以我说，秦脉一说，并不贴切。”朱一桂道。

“文元先生问这么多，说这么多，无非得出孙某人无党的结论，对吧？”徐兆魁问。

“大致是对的。”朱一桂道。

“孙某人无党，与今次京察的结果大不公，责任不全在孙某人，二者有关联吗？”徐兆魁问。

“其中关联，是我要说的；策廷先生只告诉我，对孙某人无党这个结论，是否认同。”朱一桂道。

“大致可认同。”徐兆魁用他用过的词句。

“那好，我来给策廷先生说说，二者之间的关联，”朱一桂道。他似乎更习惯于问，而不是说，所以接下来又问，“秦脉之说并不贴切，但嘉宝先生，所谓宣党者也；子实先生，所谓李党者也；升伯先生，所谓顾党者也，亦即所谓昆党者也。各党无不遭排挤，又是为何？”

“文元先生是说，孙某人无党，却排除异党，对吧？”徐兆魁反问。

“大致是对的。”朱一桂道。

“这却是为何？”徐兆魁问。

“有一个最简单的理由：为人所用。”朱一桂道。

“为何人所用？”徐兆魁进一步问。

“去岁有一篇相传是出自郑仲孚之手的信札，策廷先生有印象吗？”朱一桂反问。

“不是一般有印象，而是印象很深。”徐兆魁说。

“‘欲去福清，先去富平；欲去富平，先去耀州兄弟’这句话，策廷先生的印象应该也很深吧？”朱一桂问。

“是。”徐兆魁应道，并说，“不过，后已查实，信札为伪造。”

“不管是否伪造，为何说‘欲去福清，先去富平’呢？”朱一桂又问。

“从字面上说，是把富平当作福清的打手或者保镖。”徐兆魁说。

“这下策廷先生该明白，孙某人究竟为何人所用吧？”朱一桂道。

徐兆魁怎会不明白！他问：“文元先生是说，孙某人为叶某人所用？”

“冢宰听命于相公，又不自今日始。”朱一桂不咸不淡地说一句。

“是否可以这样说：表面上是孙某人排挤异己，实际上是叶某人排挤异己？”徐魁问。

“当然可以这样说。”朱一桂道。

“是否也可以这么说：孙某人无党，叶某人有党？”徐兆魁又问。

“这么说，则须慎重。”朱一桂道。

“那么，可以说他有党，也可以说他无党，是不是？”徐兆魁问。

“是。”朱一桂应道。

“文元先生倾向于他有党吧？”徐兆魁问。

“正好相反，”朱一桂道，“我倾向福清无党，即无福党，或无闽党。”

“那我又不明白。既无党，为何排挤异己？”徐兆魁惑道，“文元先生该不会又，他也是为人所用吧？”

“我正要说，他也是为人所用。”朱一桂道。

“他为何人所用？文元先生不会让我再去回味那篇伪造的信札吧？”徐兆魁问。

“这次不用。”朱一桂道。

“那么，阁老只会用人，怎会为人所用！”徐兆魁边琢磨，边说，“除非是]——”

朱一桂知道他要说司礼监诸公，立刻打断他：“策廷先生方向想错！欲知叶某人何人所用，别往内想，要往外想。”

“怎往外想，请文元先生明示。”徐兆魁道。

“有两个字，策廷先生一定不会没听过。”朱一桂说。

“哪两个字？”徐兆魁问。

“起废。”朱一桂道。

“当然，”徐兆魁回应道，“今公车之牍，无论部臣，还是科臣，还是道臣，无不以起废为言。”

“公车之牍，俱言起废，这个说法好！”朱一桂说着，揖了揖，“策廷先生，我向你借用一下。”

“好说，请便。”徐兆魁道。

"策廷先生可知，起废之疏，常以谁人列在首位？"朱一桂又问。

"似是顾叔时。"徐兆魁说。

"这下策廷先生该明白，叶某人为谁人所用吧？"朱一桂道。

"文元先生是说，叶某人又为顾某人所用？"徐兆魁问。

"也是，也不是。"朱一桂道。

"怎讲？"徐兆魁问。

"叶某人是为顾某人所用，但不是为顾某人一人所用。"朱一桂说。

"文元先生是说——"徐兆魁沉吟。他已完全听懂朱一桂的意思，但没拿定意，后面的话是自己说出来好，还是让朱一桂说出来好。

在他犹豫中，朱一桂把话说出来："叶某人无党，顾某人却有党。"

"亦即，叶某人为东林党所用。"徐兆魁说得更明确。

"策廷先生不是问我的说法吗？今次京察结果，责任不全在孙某人，是因孙某为叶某人所用，叶某人为东林所用，或孙某人、叶某人均为东林所用。亦即，今京察结果，在朝，阁老亦有责任；在野，东林亦有责任。这就是我的说法，"朱一解释之后，问道，"这个说法，策廷先生认同不认同？"

"认同是认同，不过——"徐兆魁显得有些迟疑。

"策廷先生是不是觉着，缺少具体事例？"朱一桂问。

"若有具体事例，更能服人。"徐兆魁马上回应。

"好，我就给策廷先生说个具体事例，"朱一桂说着，问道，"去岁的状元公乞休策廷先生知否？"

"知之。"徐兆魁道。

"他何故乞休？"朱一桂问。

"似是以疾。"徐兆魁道。

"策廷先生信吗？"朱一桂问。

"人家本人称疾，不信又能怎的！"徐兆魁道。

"不信，就该追究他到底为何乞休。"朱一桂说。

"文元先生可曾追究？"徐兆魁问。

"曾追究。"朱一桂道。

"他何故乞休？"徐兆魁反问朱一桂。

"以嘉宝兄被论。"朱一桂说。

"韩状元曾师事嘉宝先生，我是知道的；嘉宝先生越房选取韩状元，我也是知道的。但点取状元，不是嘉宝先生一人说了算数，韩状元大可不必为此事而不安，"徐魁说着，问道，“嘉宝先生是东林欲去者，吏部论嘉宝先生，即东林论嘉宝先生；状元因嘉宝先生被论而萌生去意，即因东林排挤而萌生去意。所以，文元先生以此事即一具体事例？”

“不止于此。”朱一桂道。

“还有更具体的牵连？”徐兆魁问。

“有，”朱一桂应一声，反问一句，“以嘉宝兄越房选取韩状元一事，策廷先生可是谁人首先声言于外的？”

“是谁人首发其机？”徐兆魁反问。

“光禄丞于中甫也。”朱一桂道。

他说出这个人是于玉立，徐兆魁不觉吃一惊。

“于中甫？怎会！”他说。

“策廷先生也觉不该是他？”朱一桂问。

“当然不该是他，”徐兆魁道，“韩状元未中第时，他慕其才，经人说和，结为姻。这才多久，就与人合谋倾轧之，太不合人情！”

“经人说合，策廷先生可知，是经何人？”朱一桂问。

“礼部主事丁长孺。”徐兆魁说。

丁元荐是浙江长兴人，韩敬是浙江归安人。长兴、归安皆属湖州府，丁元荐、韩敬是同乡，而且是很近的同乡，于玉立请丁元荐从中说合，在情理之中。

“此人既肯从中说合在先，却又首攻韩状元在后，应该也太不合人情吧？”朱一桂道。

“首攻韩状元的是丁某人吗？是太不合人情。”徐兆魁附和道。

“丁某人复出前，家居十有二年，策廷先生可知，他与谁人过从最密？”朱一桂又问。

“听说他常去无锡。”徐兆魁说。

“不错，”朱一桂点点头，说道，“丁长孺频密往返于长兴、无锡间，从顾某人游。身为浙人，而在浙党与东林之争中，附从东林，对东林来说，犹如天降神兵。至于金坛，距无锡更近，于中甫不但常往东林做客，而且为东林讲习。浙党攻东林，除攻该院诸子外，李道甫首当其冲，其次则丁长孺、于中甫。”

“有此渊源，丁长孺、于中甫攻嘉宝兄，攻韩状元，亦可谓东林攻嘉宝兄，攻韩状元。”徐兆魁承认，这个具体事例很有说服力。

“那么，今次京察结果大不公，是不是可归咎于东林？”朱一桂问。

“诚然。”徐兆魁应道。

话告一段落，正好走到午门外。

“策廷先生，进去坐坐，饮杯茶。”朱一桂邀道。

“还是不去吧，”徐兆魁回绝，“文元先生急着回去写文章，我也急着回去写文待进疏后，再与文元先生相约。”

朱一桂、徐兆魁先后上疏，参论今年的京察，对准的目标都是远在数千里之的东林书院，都是他们目中的东林党人。

朱一桂疏略曰：东林一脉，人言颇不满。或谓其把持有司，或谓其遥执朝政今岁吴正志一书，请处七人，止漏徐兆魁，此足定东林与参东林之断案乎？今公之牍，俱云起废。独今日一东林，明日一东林，即知时局。又何怪丁元荐出死力以为异日地哉！

徐兆魁疏略曰：今年察典，尽趋东林，其门如市。东林所至，倾动一时，能南北交攻。角胜党附。

吴正志是南直隶宜兴人，万历十七年进士。他在京察前，上书孙丕扬，列举人当斥退。其中六人被论，即汤宾尹，康丕扬、顾天埈、陈治则、锺兆斗、刘国缙唯一没有被论的，是徐兆魁。

朱一桂没向徐兆魁提及此事，是不想让徐兆魁难堪，他自己则早把此事当做林猖狂的又一个具体事例。

第四百一十六章

兵部尚书李化龙和礼部署部侍郎翁正春一同来到都察院衙门，让署院副都御史弘纲吃惊不小。等看到他二人此来，并无恶意，他又轻松地开起玩笑。

“是于田先生陪同兆震先生来投案，还是兆震先生陪同于田先生来投案？”问。

“若是一并来投案？”李化龙、翁正春齐道。

“那便一并受理。”许弘纲说。

玩笑开到这里，恰到好处，再开下去，就显得多余，没意思，庸俗。奉茶之后，役退下，留在堂上的，只有三位大臣。许弘纲传命下去，没有天大的事，不得来扰。

“二公来意，请明示。”许弘纲道。

“兆震先生，不该来。”李化龙对翁正春说。

“是不该来。”翁正春随声附和。

“此地不能坐。”李化龙又说。

“于田先生是说不能坐吗？”翁正春这次没有随声附和。

“兆震先生以为呢？”李化龙问。

“我以为，是不敢坐。”翁正春说。

“对，是不敢坐，”李化龙又随声附和。

“二公一唱一和，却是何意？”许弘纲问。

“没天大的事，不得来打扰，亦即，我二人为之而来的事，仅比天小一点儿。”李化龙说着，问翁正春，“大宗伯，我等有那么大的事吗？”

“没有，”翁正春道。他不是个善诙谐的人，但今天和李化龙配合得恰到好处，“于田先生约我来，为的是件半大不小的事。”

“二公没听出来吗？不得来打扰，是不得打扰二公，不是不得打扰我！”许弘纲说着，问道，“要不我再传命下去，没有比半大不小的事大的事，不得来打扰？”

“不必！”李化龙、翁正春齐道。

“我约兆震先生来，就是想看看张之先生，”李化龙又说，“这段日子，我等都过过来的，张之先生却是熬过来的。好不容易事态稍微平息，我二人今日正好无权作散散步，于是走过来。”

“二位是走来的？”许弘纲惊问。

“可不。”李化龙、翁正春齐道。

“若说熬字，叔孝先生才是熬过来的，我至多算是半熬过来。二公应多安慰他是。”许弘纲说。

“叔孝先生无须特别安慰。”李化龙说。

“于田先生说的是，”许弘纲虽表示赞同，却发句牢骚，“叔孝先生大度，无须特别安慰；我肚量狭小，须得二公特别安慰。”

“并非此意，”李化龙摆摆手，对翁正春说，“我不会说话，还是兆震先生说吧？”

“兆震先生不必说，”许弘纲也摆摆手，又问一遍，“二公来意，还不欲明示吗？”

“我不才说，来看看张之先生！”李化龙道。

“不对。”许弘纲道。

“有何不对？”李化龙问。

“一则，为半大不小的事，二公不会来我这里，更不会相约来我这里；二则，若只为安慰我，连半大不小的事都算不上。”许弘纲说。

“张之先生明鉴，”李化龙道，又问翁正春，“人家一眼就看出我的话不实在，怎好？”

“只好如实说。”翁正春道。

“好，”李化龙应一声，对许弘纲说，“有件事，确如兆震先生所言，半大不小，要和张之先生议一议。”

“是套部的事吗？”许弘纲问。

“是。”李化龙应道。

“张之先生怎知？”翁正春则好奇地问。

“我知张之先生怎知，”李化龙道，“一则，关乎礼部职掌，关乎兵部职掌，又关乎都察院职掌，会是何事？二则，不大，不小，半大不小，会是何事？”说罢，问道，“然否？”

“于田先生明鉴。”许弘纲回敬他一句。

“兆震先生定此事为半大不小，是兆震先生明鉴。”李化龙道。

“不敢，”翁正春道，“这些年，都是兵部、都察院在处置鞑靼事，二公比我看得清楚。”

“兆震先生既曰这些年都是兵部、都察院处置鞑靼事，今时怎又想到插手？”许弘纲问。

“此事我也问过兆震先生。”李化龙插话。

“兆震先生怎说？”许弘纲问。

李化龙不回答，只平伸一手，摇了摇。

“这是何意？”许弘纲问。

“这是个五呀。”李化龙道。

“我知是五，五又是何意？”许弘纲问。

“张之先生猜猜看。”李化龙道。

“不会是五岳吧？”许弘纲问。

“张之先生说的是山岳的岳，还是日月的月？”李化龙反问。

“山岳的岳。”许弘纲说。

“不会是。”李化龙道。

“不会是五洋吧？”许弘纲又问。

“张之先生说的是六畜的羊，还是加水的洋？”李化龙反问。

“是加水的洋。”许弘纲说。

“不会是。”李化龙道。

“那么，是五日、五旬、五月，还是——”最后肯定是五年，但许弘纲没说出口。

“张之先生这次说对。”李化龙道。

“兆震先生的意思，扯力克死将五年，封事仍未定，所以，礼部不得不插手？”许弘纲问。

“张之先生明鉴，”这回是翁正春在说，“俺答死的第二年，乞庆哈即袭封顺义王；乞庆哈死的第二年，扯力克即袭封顺义王；今扯力克之死，已将近五年，却仍未定袭封顺义王之事。日后史家将不言其部变故，而言朝廷失典。”

“兆震先生有这层疑虑，于田先生怎说？”许弘纲问翁正春。

“于田先生说，我所虑甚是。”翁正春道。

“不会仅此一句吧？”许弘纲问。

“当然，”翁正春道，“于田先生举二三事，以启迪我。”

“能不能也启迪启迪我？”许弘纲说着，一揖。

翁正春不能复述；复述的话，等于承认在启迪许弘纲。他看看李化龙，请他出面解围。

“兆震先生不会说，请张之先生指正吗？”李化龙道。

翁正春也不能照他的话说；若照他的话说，等于承认李化龙的话需要指正。看看许弘纲，请他出面解围。

“这话对我说没用。因为无论我怎教，兆震先生都会觉着为难，不如自个儿想话吧。”许弘纲说。

这当然难不倒状元出身、又在翰林院磨砺过多年的翁正春。他说：“于田先生二三事，以启迪我；请张之先生亦举二三事，以启迪我。”

“我不知于田先生举的是哪二三事，我怎再举二三事！”许弘纲道。

“敢以于田先生所举二三事奉告。”翁正春说着，一揖。

“张之先生，敢不承认后生可畏吗？”李化龙笑着问许弘纲。

“怎敢！”许弘纲道。他问二人，“于田先生所举二三事，是兆震先生转述，是于田先生自述？”

“兆震先生既说敢以奉告，我好意思和他抢吗？”李化龙道。

“兆震先生，请吧。”许弘纲道。

“好，”翁正春应一声，述道，“俺答死，特赐祭七坛、彩缎十二表里、布百匹乞庆哈死，亦赐祭七坛、彩缎十二匹、布百匹。扯力克死，可有特赐？”

“无特赐。”许弘纲道。

翁正春伸出一指，道：“此一事也。”

“还有呢？”许弘纲让他再说。

“万历十九年，朝廷停扯力克市赏，等于是封市。”翁正春才说一句，被许弘纲打断。

“朝廷停扯力克市赏，是因为他西行远边，河套各部出没塞下，顺逆不常；但不久，他又叩边服罪，率众东归。”许弘纲说。

“对，”翁正春回应一声，接着说下去，“扯力克东归，虽有部酋顺服，亦有部酋寇边如故，如庄秃赖、卜失兔等。其冬，别部又有犯榆林者。所以，朝廷没有立即恢复扯力克市赏。”说着，又伸出一指，道，“此二事也。”

“还有呢？”许弘纲让他再说。

“万历二十七年，朝廷复扯力克市赏。”翁正春说一句，又被打断。

“停市赏，等于是封市；复市赏，却未必开市。”许弘纲说。

“对，”翁正春应一声，接着说，“朝廷未准开市，是因为复扯力克市赏后，诸部仍叛、顺不一；朝廷准复套部贡市，是在边臣王都堂为之奏请之后。”

他说的王都堂，名见宾，万历二十七年官延绥巡抚。

“还有呢？”许弘纲还让他再说。

“我说的是二三事，我已复述三事。”翁正春道。

“我以为兆震先生说二三事，是个虚数，不想却是实数。”许弘纲说。

“是实数。”翁正春道。

“于田先生举的第一事，是扯力克死，朝廷无特赐，是吧？”许弘纲好像在向李龙求证。

“是。”李化龙应道。

“第二事，是朝廷停扯力克市赏，是吧？”许弘纲又求证。

“是。”李化龙应道。

“第三事，是朝廷复扯力克市赏，却未复套部贡市，是吧？”许弘纲又求证。

“是。”李化龙应道。

“于田先生有未举他事？”许弘纲问。

“不记得；不过，再举他事，也是革套部市赏之类。”李化龙说。

“结论呢？”许弘纲问。

“张之先生问何结论？”李化龙反问。

“于田先生举此等事，总该有个结论吧！”许弘纲道。

“有结论吗？”李化龙转问翁正春。他当然不是说不出来，而是想让翁正春说。

“当然有，”翁正春道，“于田先生在提醒我，扯力克和俺答是不一样的。其差别少有二：一则，俺答封贡后，事朝廷甚谨，扯力克则反复不定；二则，俺答受封，掌控河套各部，扯力克虽受封，各部却自成一体。扯力克卒后，朝廷迟迟不赐封继者，良有以也。”

“于田先生的结论好，兆震先生总结的也好。”许弘纲赞道。

“张之先生是不是——”翁正春不把话说完，让他自己去琢磨。

许弘纲懂得他的意思，道：“我不能应承兆震先生。”

“这是为何？”翁正春问。

“一则，启迪二字不敢当；二则，于田先生指划之间，二三事脱口而出，我绞尽脑汁，大概也只有一事可说。”许弘纲道。

“兆震先生可知，张之先生是给我面子呢。”李化龙插话。

“此话怎讲？”许弘纲问。

“我对你举二三事，你又复述此二三事；他若再举二三事，岂不是我所举之事，漏洞太多？”李化龙道。

“我倒是觉着，是我想不到的地方太多。”翁正春替许弘纲分辩。

“不管是为何，张之先生这一事也是要听的吧？”李化龙问。

“那是当然。”翁正春应道。

“兆震先生体会出来的是扯力克和俺答的差别；但我想，于田先生提醒的差不仅是扯力克和俺答的差别，也包含扯力克和乞庆哈的差别，”许弘纲说着，问李龙，“于田先生，然否？”

“也许是，也许不是，”李化龙含糊其辞，“事是我举的，体会却是兆震先生出的。”

“我要说的一事，或许是个更大的差别。”许弘纲道。

“请道其详。”李化龙、翁正春齐揖道。

“忠顺夫人也儿克兔哈屯初嫁俺答为妇，再嫁乞庆哈为妇，三嫁扯力克为妇”许弘纲说着，问道，“这个差别是不是更大？”

李化龙、翁正春面面相觑，不知该如何回答。

“兆震先生不便比较，于田先生却不妨直言。”许弘纲道。

“还是请兆震先生勉为其难，比较比较吧。”李化龙说。

“张之先生所举之事，似是三人的相同之处呀。”翁正春道。

“不，是差别。”许弘纲否认。

“于田先生懂吗？”翁正春问李化龙。

“懵懵懂懂，好似懂得；但要彻底懂得，还须张之先生略加阐述。”李化龙说。

“请张之先生略加阐述。”翁正春说着，又是一揖。

“俺答卒，忠顺夫人嫁乞庆哈；乞庆哈卒，忠顺夫人嫁扯力克；扯力克卒，忠顺夫人却嫁与谁人？”许弘纲问。

“似无人可嫁，”翁正春终于也懵懵懂懂懂得他的意思，“张之先生并非说三人都娶忠顺夫人是更大差别，而是说三人身后之事有更大差别，是吧？”

“也不只是身后之事有更大差别，”许弘纲道，“譬如，为何俺答卒，忠顺夫人会嫁乞庆哈；乞庆哈卒，忠顺夫人会嫁扯力克；扯力克卒，兆震先生却以为，忠顺夫人无人可嫁？其实，有人可嫁无人可嫁，在他等生前就定下来。”

“在他等生前就定下来？张之先生是说——”翁正春似又懵懵懂懂。

“张之先生是说，乞庆哈、扯力克在袭封前，朝廷已认可其地位。”李化龙插言道。

“于田先生是不是说，乞庆哈、扯力克袭封顺义王之前，朝廷已加封赏？”翁正春问。

“是，”李化龙应道，“俺答封顺义王，随即，乞庆哈封都督同知；乞庆哈袭封顺义王，随即，扯力克封龙虎将军。”

“扯力克袭封顺义王，朝廷随即就不曾赐封谁人都督或龙虎将军？”翁正春问。

“也有，”李化龙道，“扯力克袭封顺义王，朝廷赐封卜失兔、庄秃赖二人龙虎将军。”

“那不又成相同之处，而非差别！”翁正春道。

“是差别，抑或不同之处，得问张之先生。”李化龙说。

“忠顺夫人仰慕中原文化，兆震先生应该有所闻吧？”许弘纲的解说又从询问开始。

“有所闻。”翁正春道。

“依据我中原文化，俺答死，忠顺夫人还能嫁乞庆哈吗？”许弘纲问。

“自是不能，”翁正春道，“别说不能嫁乞庆哈，任何人都不能嫁。”

“忠顺夫人本无意嫁乞庆哈，是在我边臣极力劝说之下，她才再嫁的。此事兆震先生亦有所闻吧？”许弘纲又问。

“亦有所闻，”翁正春道，“据我所知，劝说她嫁乞庆哈的，是宣、大总督郑禹秀先生。”

“是他，”许弘纲回应之后，问道，“兆震先生可知，禹秀先生为何极力劝说忠顺夫人嫁乞庆哈？”

“时乞庆哈已袭封，若忠顺夫人不嫁与他，则他无力掌控河套诸部。”翁正春说。

“所以，忠顺夫人嫁乞庆哈，亦合朝廷之意，对吧？”许弘纲问。

“对。”翁正春应道。

“其后忠顺夫人嫁扯力克，亦是如此，对吧？”许弘纲问。

“对。”翁正春应道。

“那么，扯力克死，朝廷属意忠顺夫人嫁与谁人？是卜失兔，还是庄秃赖？”许弘纲问。

“此二人似皆不可取，”翁正春说，“我记得，宁夏之变，助哱拜、哱承恩父子为乱者，即卜失兔、庄秃赖二人。我以为忠顺夫人似无人可嫁，正是这个缘故。”

“兆震先生记得此事，是因为宁夏之变那年，恰好是兆震先生抡魁之年。”李化龙插言一句。

“未必是那年的事，我才记得；不过，那年我始入朝，宁夏之变又是大事，故我记得更为清晰。”翁正春说。

“其实，卜失兔、庄秃赖有不臣之心，并非起于万历二十年；在此之前，二人各据一川，窜扰于甘、凉、洮、岷各州及西宁间。”李化龙说。

“因而，朝廷早在万历二十年前已断定，无论卜失兔，抑或庄秃赖，都不应该是下一个袭封顺义王者，是这样吗？”翁正春引申一步问。

“我是这个意思，却不知张之先生是不是这个意思？”李化龙说着，看许弘纲一眼。

“我当然也是这个意思，”许弘纲道，“扯力克与俺答、乞庆哈的差别，不仅存在于身后之事，也存在于生前之事。”

说着，他伸出一指。

“张之先生是说，此其一也？”翁正春问。

“是。”许弘纲应道。

“其二呢？”翁正春问。

“前面已经说过，俺答死，忠顺夫人并不情愿嫁乞庆哈；乞庆哈死，忠顺夫人也不情愿嫁扯力克，”许弘纲说着，问道，“对吧？”

“对。”翁正春应道。

“那么，忠顺夫人会不会情愿嫁与卜失兔，或庄秃赖？”许弘纲问。

“多半更不情愿。”翁正春说。

“好，”许弘纲点点头，说道，“忠顺夫人不情愿嫁乞庆哈，但仍嫁乞庆哈；不情愿嫁与扯力克，但仍嫁扯力克，”说罢，问道，“对吧？”

“对。”翁正春应道。

“那么，忠顺夫人虽不情愿，但在我边臣极力劝说之下，会不会再嫁卜失兔，再嫁庄秃赖？”许弘纲问。

“不知。”翁正春边摇头，边看李化龙。

“不好说。”李化龙道。

“为何不好说？”翁正春问。

“俺答死，忠顺夫人不情愿嫁乞庆哈，以其老且病也；亦即，乞庆哈年纪比忠顺夫人大许多。乞庆哈死，忠顺夫人不情愿嫁扯力克，则非为其老且病也；扯力克乃俺答孙辈，忠顺夫人亦俺答孙辈，二人年纪或相差不大。至卜失兔、庄秃赖，则是扯力克子侄辈，亦即忠顺夫人子侄辈，论年纪，也相差不少，不像是俺答当年娶忠顺夫人时，是老夫少妻，而变成老妻少夫。因此，忠顺夫人会不会嫁与卜失兔或庄秃赖，真是件无法料定的事。”李化龙说。

“忠顺夫人若不肯嫁与卜失兔，或庄秃赖，朝廷纵然颁旨令其袭封，于边事有何裨益！”许弘纲补充一句。

“这层意思，我也懂得；不过，”翁正春顿了顿，说道，“这似乎是身后事，而不是生前事。”

“兆震先生说的有道理，张之先生如何解释？”李化龙问许弘纲。

“事是在身后才会提出，但在生前已看得出结果。所以，俺答死，有边臣替乞庆哈说合；乞庆哈死，有边臣替扯力克说合；扯力克死，却没有边臣替卜失兔或庄秃赖说合。”许弘纲道。

“张之先生把此事看作生前事，见识高人一筹。”翁正春说。

“哪里的话！”许弘纲连连摆手，“于田先生说的都是身后事，我不过不愿输给他太多。”

“哪里的话！”李化龙也罢着手说，“张之先生举忠顺夫人一事，远胜过我举二三事。”

“二公的话都有些不实在，”翁正春道，“我愁半载，经二公启迪，今日忽觉不愁，足见二公之高明。”

“兆震先生为何不愁，我倒想听听，”李化龙说着，问许弘纲，“张之先生，你想不想听？”

“我当然也想听。”许弘纲道。

“所愁者何事？”翁正春自问自答，“顺义王袭封，礼部职守也。不在其任，可不愁其事；既署礼部，则不能不愁其事。听于田先生之言，猛然省悟，扯力克死，原来诸酋中无可袭封之人；听张之先生之言，又猛然省悟，原来袭封之后，于边事无所裨益。既无可袭封，袭封又于边事无所裨益，二公说，我为何还要愁它？”说着，问李化龙，“于田先生举二三事，是此意吧？”

“是此意，又不全是此意。”李化龙说。

“怎么？”翁正春问。

“袭封一事暂时不用愁，套部之事仍要愁。”李化龙说。

“张之先生举忠顺夫人一事，可是此意？”翁正春又问许弘纲。

“是此意，又不全是此意。”许弘纲说。

“怎么？”翁正春问。

“兆震先生暂时不用愁，别个仍要愁。”许弘纲说。

“别个即张之先生吧？”翁正春笑着问。

“还有于田先生。”许弘纲说。

“此前是请二公陪我一起愁，此后是我陪二公愁，说起来，真不能算作愁。”翁正春笑道。

三个人又说几句闲话，李化龙、翁正春辞去。

第四百一十七章

一名资深的中书，在内阁牌坊前踱来踱去，等着叶向高回来。

一名和他同样资深、且和他很熟的吏役劝道："先生请先回吧，待相公回来，会告诉他先生来过请安。"

"不成，"中书不肯，"我找相公有事，不是来请安的。"

"我会告诉相公，先生有事找他。"吏役改口说。

"不成，"中书仍不肯，"事有缓有急，凭你一句话，相公怎知我找他事急，还事缓？"

"我会告诉他事急。"吏役又说。

"不成！"中书仍不肯，"相公那么信你？你说事急，相公就信以为事急；你事缓，相公就信以为事缓？"

吏役当然不敢说自己是相公的心腹，更不愿承认自己在相公面前连句缓急的都说不上，心中只有气愤中书不知好歹。他气哼哼地说："你愿等就等吧，我可不相公几时才回得来。"

他来回走几次，见该中书还等在那里，又于心不忍。

"要不，先生进去等吧。"他说。

"不去！"中书不肯。

"别个我不放进去，先生是老人，又有急事，进去坐等，相公不会怪罪的。"役说。

"我知相公不会怪罪。"中书道。

"既知，为何不去？"吏役问。

"我若进去坐等，万一相公在内阁外绕个圈子，又走开，岂不要耽误大事！"书道。

"相公在内阁外绕个圈子又走开，会吗？"吏役觉得好笑。

"怎不会！"中书认真地说，"譬如，相公才一进来，马上又来个公公，宣他宫见驾。"

“怎会有那么巧的事！”吏役道。

“或者，相公才一进来，忽然想起，外面还有件事等他去办，转身又走。”中书说。

“那倒有可能；不过，也亏先生想得出来！”吏役道。

“我想得出来，所以，我在室内办事；你想不出来，所以，你只能在室外当差。”中书说。

吏役被奚落一句，又气哼哼地走开。

第三次和该中书搭话，他端一杯水来。

“先生渴吧？请用茶。”他说着，把杯子递过去。

中书不接，并且生硬地说：“不饮！”

“相公每日里用的，也是这茶，先生别看不上！”吏役道。

“不是看不上。”中书说。

“那是为何？”吏役问。

“我若饮茶，或会内急；万一我如厕的工夫，正好相公回来，旋即又外出，岂不要耽误大事！”中书道。

“先生如厕会耽搁多久，相公回而复出，会吗？”吏役觉得好笑，并说，“再者，先生少饮两口，未必就要如厕。”

“我再少饮，饮过第一口，总要饮第二口吧？饮过第二口，总要饮第三口吧？你又殷勤，万一我饮完第一杯，你又拿来第二杯；我饮完第二杯，你又拿来第三杯。如饮牛般饮我，不内急才怪！”中书道。

好心为他解渴，他却丝毫也不领情，吏役把水泼掉，拿着空杯子回去。

要转过牌坊时，他忍不住回头又问：“入内怕错过相公，饮茶怕错过相公，先生来见相公，到底有何急事？”

“相公移檄各衙门不成，算不算急事！”中书道。

孙丕扬走得急，进朝房后，连喘几口气。

在朝房里坐候的叶向高忙起身迎上，关切地问：“叔孝先生怎这急？”

“还问我怎这急，不是进卿先生说有急事吗！”孙丕扬道。

“事是急事；不过，要是叔孝先生急出个好歹，我可担待不起。”叶向高说着，请孙丕扬坐下。

“既是急事，进卿先生快说吧。”孙丕扬道。

“事虽急，却简单，两个字而已：要人。”叶向高说。

"要人？"孙丕扬指着自己说，"向我要人？"

"是啊。"叶向高应道。

"进卿先生找不到人，该向督臣要，向缇帅要，向五城兵马司要，向顺天府要，向大兴县、宛平县要，或者径向张之先生要，怎却向我要起人来！"孙丕扬道。

"换是别人，我不会要；此人，我非向叔孝先生要不可！"叶向高说。

"进卿先生且说要谁个？"孙丕扬道。

"叔孝先生的佐贰，我的同年，则之先生，"叶向高说着，问道，"此人不见，该不该向叔孝先生要？"

"进卿先生向我要他，师出无名吧！"孙丕扬道。

"怎师出无名？"叶向高问。

"首先，进卿先生说他不见，是不见吗？"孙丕扬反问。

"确切地说，不是不见，是不在朝中。"叶向高纠正自己的说法。

"其次，则之先生不在朝中，进卿先生是不是知道他去哪里？"孙丕扬又问。

"确切地说，你知我知，人人皆知。"叶向高道。

"他去哪里？"孙丕扬问。

"则之兄已出城。"叶向高说。

"他为何出城？"孙丕扬问。

"请辞不准，出城候旨。"叶向高说。

"第三，所谓要人，是不是想他回城？"孙丕扬又问。

"不仅回城。"叶向高说。

"还要回朝？"孙丕扬问。

"对。"叶向高应道。

"第四，怎能使他回朝？"孙丕扬又问。

"或以朝旨迫之，或以交情劝之。"叶向高说。

"进卿先生以为，宜以朝旨迫之，或宜以交情劝之？"孙丕扬问。

"象贤先生出城候旨在先，朝廷并未迫他回朝；则之先生出城候旨在后，朝廷为何要迫之！"叶向高以赵世卿为参照。

"亦即，宜以交情劝之？"孙丕扬问实。

"对。"叶向高应道。

"那么，宜进卿先生出面，或宜孙叔孝出面？"孙丕扬问。

"当然宜叔孝先生出面。"叶向高毫不犹豫地说。

"为何宜孙叔孝出面？"孙丕扬问。

“我说过，则之兄是叔孝先生的佐贰。”叶向高说。

“进卿先生还说，则之先生是进卿先生同年。”孙丕扬道。

“那么，则之先生是和我关系亲近，还是和叔孝先生关系亲近？”叶向高问。

“不好说。”孙丕扬道。

“其实好说：一般而言，同年之间关系或许更为亲近；但就则之兄而言，无疑和孝先生的关系更为亲近。”叶向高说。

“就算则之先生和我的关系更为亲近，又怎的？”孙丕扬问。

“宜由叔孝先生劝之呀。”叶向高道。

“进卿先生差矣，”孙丕扬摇着头说。

“我怎差矣？”叶向高问。

“一般而言，关系亲近的人之间好劝说；但就则之先生而言，关系越亲近的人，不好劝说。”孙丕扬不但模仿他的句式，连语气也模仿他。

“却是为何？”叶向高问。

“进卿先生别告诉我，你不知道有个秦党、秦脉，”孙丕扬道。“则之先生是为此请辞的，而出城的；我以交情出面劝他回城，他能听从吗？再者，我张得开口吗？”

“说的是，”叶向高应道。“叔孝先生不宜开口，则之先生不宜听从。”

“故以交情劝之，还须进卿先生出面。”孙丕扬说。

“若不以交情劝之呢？”叶向高把话岔开。

“进卿先生改主意，要以朝旨迫之？”孙丕扬问。

“倒也不是以朝旨迫之。”叶向高说。

“或以朝旨迫之，或以交情劝之，是进卿先生确定的呀。”孙丕扬道。

“我的意思是，欲使则之先生回城、回朝，有二途：一则迫之，一则劝之，不一定以朝旨迫之，以交情劝之。”叶向高说。

“那么，进卿先生是想到以别法迫之，还是想到以别法劝之？”孙丕扬问。

“还是劝好。”叶向高道。

“该以何事劝之？”孙丕扬问。

“以责任劝之，如何？”叶向高道。

“这倒是个冠冕堂皇的题目，”孙丕扬认可，并问，“以责任劝之，宜进卿先生出面，或宜孙叔孝出面？”

“当然宜叔孝先生出面，”叶向高道。

“为何宜孙叔孝出面？”孙丕扬问。

“我说过，则之兄是叔孝先生的佐贰。”叶向高说。

“进卿先生还说过，则之先生是进卿先生的同年，”孙丕扬说着，拍拍脑门，“
到责任，似与同年不相干。”

“可不！”叶向高道，“则之先生是吏部佐贰，吏部事务繁多，他久不赴部，
多事情都耽搁下来。”

“所以，该由吏部正卿孙叔孝出面劝之，义不容辞！”孙丕扬加重语气地说。

“义不容辞四字，用得恰到好处。”叶向高说。

“吏部事务繁多，诚如进卿先生所言；则之先生久不赴部，有事耽搁下来，诚
进卿先生所言。不过，”孙丕扬口气一转，说道，“则之先生这一走，不管会耽搁
部多少事务，却不会动摇吏部的根本。”

“叔孝先生是说——”叶向高问。

“吏部的大印，没被他封起。”孙丕扬道。

叶向高脸色一变，问道：“叔孝先生何意？”

“则之先生以吏侍掌翰林院事，既离朝，既出城，无交接翰林院印之人，他只
封印而去。封翰林院印，对吏部没任何影响，对内阁却影响极大。因为内阁移檄
衙门，一直借用翰林院印；不加翰林院印，各衙门均不签收。所以，则之先生离朝
出城，对哪个衙门的影响大，不言而喻，”孙丕扬说着，问道，“进卿先生，然否？”

“叔孝先生既知，我不再隐瞒，”叶向高道。他两手比画一个厚度，想了想，
加厚些许，“内阁当移送各衙门文书，送不出去，滞留者已不知有几！”

“可见，一般而言，本职耽搁的事多；但就则之先生而言，兼职耽搁的事更多。
孙丕扬说。

“所以，该由内阁叶进卿出面劝之，才是责无旁贷。”叶向高加重语气地说。

“责无旁贷四字，用得恰当好处。”孙丕扬回敬道。

“则之兄离朝、出城，对内阁的影响，超过对吏部的影响，诚如叔孝先生所言
希望则之兄回朝、回城，内阁比吏部更急切，诚如叔孝先生所言。不过，”叶向高口
气一转，说道，“则之先生终归是封印而去，非携印而去，以内阁不得移檄他衙门为
由，劝其回朝，他完全可以不予理会。”

“进卿先生又要改主意？”孙丕扬问。

“我想的主意不好，不得不改。”叶向高道。

“这次，是在劝之的法子中改，还是干脆改为迫之？”孙丕扬问。

“除以交情、以责任，我不知还可如何劝之。”叶向高说。

“那只好迫之？”孙丕扬问。

“是。”叶向高应道。

“进卿先生是想以朝旨迫之，或以别法迫之？”孙丕扬又问。

“想来想去，以别法迫之，都不如以朝旨迫之更为直接，更易生效。”叶向高说。

“以朝旨迫之，的确最省事，”孙丕扬认可，并问，“以朝旨迫之，宜进卿先生奏，或宜孙叔孝奏请？”

“当然宜叔孝先生奏请。”叶向高道。

“为何宜孙叔孝奏请？”孙丕扬问。

“我说过，则之兄是叔孝先生的佐贰。”叶向高第三次说这句话。

孙丕扬却知道，另一句话，他不应该再次重复。

“好，由我奏请。”他说。

他爽快地应承下来，反倒让叶向高不放心。

“叔孝先生打算如何奏请？”他问。

“先须请罪。”孙丕扬道。

“请罪？”叶向高愣了愣，说，“没必要吧。”

“怎没必要！”孙丕扬道，“对朝廷来说，则之先生是不准而去；对我来说，则之先生是不辞而去。佐贰不辞而去，责任不在朝廷，而在正卿。或是正卿容不得佐贰？”

他并非询问，但叶向高不能不回答。

“没人会这么想。”叶向高道。

“对朝廷来说，听任则之先生离朝、出城，是不勉为其难；对我来说，听任则之先生离朝、出城，是旷于职守。佐贰不被追回，责任不在朝廷，而在正卿。或是正卿嫉贤妒能？”孙丕扬又假设。

“也没人会这么想，”叶向高道，并说，“请罪一事，叔孝先生不用多说，说说别的吧。”

“后须请治则之先生罪。”孙丕扬道。

“这又是为何？”叶向高问。

“佐卿未请准而辞朝，而出城，正卿若不奏请朝廷治其罪，岂不摆明是在偏袒！”孙丕扬道。

“叔孝先生打住，还是由我奏请吧。”叶向高拿定主意。

“进卿先生打算如何奏请？”孙丕扬反过来问他。

“我只请朝廷促其回城，还朝供职，别的一概不说。”叶向高道。

“只有进卿先生可以如此奏请；也只有进卿先生如此奏请，朝廷能颁下旨意。”孙丕扬说。

第四百一十八章

提督东厂太监魏伸奏请面圣之后，暗暗地骂自己多事，恨不得皇帝也厌烦自己多事，而不宣召。但皇帝却把他叫去。

“老魏，有重大之事要禀奏？”皇帝问。

“说不上重大之事。”魏伸道。

“那么，是一般大事？”皇帝又问。

“也说不上一般大事。”魏伸道。

“说不上大事，可是中等之事？”皇帝问。

“不应算中等之事。”魏伸道。

“如此说来，是微不足道之事？”皇帝又问。

“也不应算微不足道之事。”魏伸道。

“说不上重大之事，说不上一般大事，不应算中等之事，不应算微不足道之事老魏莫非是无事说事？”皇帝问。

“奴才不敢无事说事。”魏伸道。

“那是何事？”皇帝问。

“奴才不得不奏之事。”魏伸道。

“原来世上之事，除重大之事、一般大事、中等之事、微不足道之事外，还有个老魏不得不奏之事。”皇帝取笑道。

“谢爷恩赏。”魏伸叩道。

“朕有何恩赏与你？”皇帝问。

“爷恩准将奴才不得不奏之事列为一类，此后奴才无论遇有重大之事、一般大事、中等之事、微不足道之事，只要以为不得不奏，即可向爷禀奏。”魏伸说。

“这两年的东厂太监，你算是白做；你难道不知，东厂太监无论遇有重大之事，一般大事、中等之事、微不足道之事，只要以为不得不奏，都会径来禀奏的？”皇帝道，又说，“朕不失言，以后遇事，无论大小，你尽管来对朕说。”

“奴才领旨。”魏伸躬身道。

“说说吧，你今日不得不奏的，究竟是何事！”皇帝命道。

“奴才听说，爷准太子爷去见贵妃娘娘，”魏伸先说事由。他说的贵妃，当然不郑贵妃，而是常洛生母王贵妃。

“有这事，”皇帝应罢，问道，“老魏是不是也以为，朕不该允诺？”

“奴才不是这个意思。”魏伸说。

“那你是何意？”皇帝问。

“奴才请旨，贵妃娘娘宫中，是否需要增添人手。”魏伸说。

“慈庆宫前者乃仁圣皇太后所居，宫中会缺少人手？”皇帝问。

“慈庆宫本不缺少人手，但仁圣皇太后宾天之后，宫人有的调去别宫当差，有病老而死，后又有灾，人手越来越少。据奴才所知，近来连专司门禁的内臣都没。”魏伸说。

“你说近来，不是今日吧？”皇帝问。

“不是。”魏伸道。

“不是昨日吧？”皇帝问。

“不是。”魏伸道。

“不是三日五日前吧？”皇帝问。

“不是。”魏伸道。

“不是十日八日前吧？”皇帝问。

“不是。”魏伸道。

“你为何今日才来奏请增添人手？”皇帝问。

“奴才唯恐太子爷省母，见贵妃娘娘患疾，宫中人手凋零，难免触景生情。”魏伸说。

“你是说，他会怪朕薄情？”皇帝问。

“太子爷孝顺，不会有这等想法。”魏伸说。

“朕料他也不会有这等想法！”皇帝道，又问，“慈庆宫遭灾后，顾不上修缮完备，老魏，你是不是还想朕加以修缮？”

“此非奴才职守，奴才不敢妄议。”魏伸忙否认。

“其实，朕待王贵妃不薄，”皇帝说着，又问，“朕册封其子为皇太子，乃对王贵妃最大恩德，你说是不是？”

“爷说的是。”魏伸应道。

“王贵妃原寄居母后宫中，朕使之单独居住慈庆宫，又是对她的大恩德，你说是不是？”皇帝问。

“爷说的是。”魏伸应道。

“有这样两大恩德，别事都可以不计。”皇帝道。

魏伸听出皇帝无意改善王贵妃宫中的状况，不敢再多嘴。

已是深秋，又阴着天，宫殿与宫殿之间、宫墙与宫墙之间的甬道上，不知有久没有阳光照射进来，行走其间，更觉着阴冷。

走过慈庆宫，常洛根本没停下来的意思，甚至没扭头看一眼的意思。他继续前走。

“太子爷。”跟随他的一个小宦者招呼道。

“何事？”常洛边走边问。

“娘娘的宫室已走过。”该小宦者说。

“在哪儿？”常洛问是问，脚步并没停下来。

“太子爷往左边看一眼。”该小宦者说。

常洛却把头扭向右边，看一眼。

“太子爷，是这边。”跟随他的另一个小宦者纠正道。

“我知左边在哪里！”常洛道，“我就是要看看慈庆宫对面的景象，如此残败怎会是慈庆宫外！”

“可那里的确是慈庆宫！”两个小宦者齐道。

“除非慈庆宫而今改名。”前一个小宦者又说。

“除非大内有两处慈庆宫。”后一个小宦者又说。

常洛这才站住，并向左转身。

慈庆宫门前，不似它对面的一段宫墙那么残败、荒凉；但杂草是有的。通往宫门的道路上，断裂的砖石是有的，路旁积水是有的。更让人感觉了无生机的是，宫门紧闭，根本看不出里面是否住人。

“除非慈庆宫而今改名，这话谁说的？”常洛问。

“奴才说的。”前一个小宦者说。

“你能保证，慈庆宫而今当真没改名？”常洛又问。

“奴才能保证。”前一个小宦者说。

“除非大内有两处慈庆宫，这话是你说的？”常洛问后一个小宦者。

“是奴才说的。”后一个小宦者道。

“你能保证，大内当真没有第二个慈庆宫？”常洛又问。

“奴才能保证。”后一个小宦者说。

“这么说，母妃当真在里面？”常洛似问非问，两个小宦者都不敢应声；但常洛里流露出悲哀的语调，让两个小宦者都觉得，需要用恰当的话语来安慰他。

“奴才得说说慈庆宫管事的，不能只知伺候娘娘，不知清洁宫室。”前一个小宦说。

“奴才得说说慈庆宫管事的，不能只知清洁宫内，不知清洁宫外。”后一个小宦说。

常洛哼一声，不搭理他们。

“奴才说错，甘愿受罚。”前一个小宦者说。

“你当然说错！”常洛道，“慈庆宫管事的若能把母妃伺候好，哪怕不清洁宫室，也要赏他。”

“奴才说错，甘愿挨打。”后一个小宦者说。

“你当然说错！”常洛道，“慈庆宫管事的若能清洁好宫内，哪怕宫外再不清洁，也要赏他。”

“太子爷大度，奴才等没法比。”两个小宦者齐道。

“大度？”常洛苦笑一声，说道，“我倒想计较呢，可我计较得了吗？实话告诉你两个吧，慈庆宫里若还有管事的，还有人在母妃面前应答，还有人在宫内打扫，我看来，已是万幸。”

他说得既肯定，又伤感，两个小宦者想不出可以安慰他的话。

“进去吧。”常洛说着，走向宫门。

离宫门还有几步，他站下来。

“奴才给太子爷开门。”一个小宦者抢先上前。

该小宦者推了推，没把门推开。他回头看着常洛，等他示下。

另一个小宦者随即上前，道：“推不开，你不会敲！”

他用手掌拍几下门，里面没有回应。

“轻敲不开，你不会重敲！”前一个小宦者道。

他用拳头砸几下门，里面还是没有回应。

“我敲不开，你就敲得开？”后一个小宦者讥道。

“敲不开，你不会叫！”前一个小宦者说着，叫道，“有人吗？”

叫两声，里面没有回应。

“这句叫不开，你不会换句叫！”后一个小宦者说着，叫道，“太子爷驾临，开门！”

他也叫两声，里面还是没回应。

“怎办？”前一个小宦者问。

“怎办？”后一个小宦者也问。

“怎办？”两个小宦者又一起问常洛。

“你两个真是糊涂！”常洛斥道。

两个小宦者你看看我，我看看你，都想看出对方怎么糊涂。

“看那儿！”常洛手指宫门说。

在两个小宦者敲门处和砸门处的上方，挂把铜锁。

“为何上锁？”前一个小宦者问。

“难道没人住？”后一个小宦者问。

“怎么可能！”两个小宦者又齐道。

“一定是守门者外出办事。”前一个宦者说。

“或者是管事者外出办事。”后一个宦者说。

“或者是他两个一起外出办事，”两个小宦者又齐说。然后同时转身，问道，“太子爷，怎办？”

“你两个不是挺有主意的吗？再想呀！”常洛道。

“翻墙成不成？”前一个小宦者出个主意。

“不成！”常洛断然否决，“宫里的墙敢翻，还有哪儿的墙不敢翻！”

“砸锁成不成？”后一个小宦者也出个主意。

“不成！”常洛道，“宫里的锁敢砸，还有哪儿的锁不敢砸！”

“也不知慈庆宫有没有偏门？”前一个小宦者又想主意。

“有偏门也不能走！”常洛道，“堂堂储君，前来探视母妃，若可以走偏门的话到哪里都可以走偏门！”

“也不知管事的几时回来？”后一个小宦者又想主意。

“马上回来也不能等！”常洛道，“堂堂储君，前来探视母妃，若可以等候的话见谁人都可以等候！”

“太子爷，哪儿的驴计穷来着？”前一个小宦者问。

“黔驴技穷。”常洛道。

“奴才变成黔驴。”前一个小宦者说。

“太子爷，殚了何事，竭了何事？”后一个小宦者问。

“殚精竭虑。”常洛道。

“奴才殚精竭虑。”后一个小宦者说。

“恭请太子爷降谕，奴才们去办。”两个小宦者齐道。

"你两个谁个头上别着发簪？"常洛问。

"奴才没别。"前一个小宦者说。

"奴才也没别。"后一个小宦者说。

"太子爷别着呢。"两个小宦者又齐道。

"我还不知我别着吗！但我的发簪贵重，用坏可惜。"常洛边说，边从头发上摘发簪，边向宫门走过去。

两个小宦者退到一旁。他们已明白常洛找发簪的用途，若在平时，早就大献殷抢着替常洛效力。但常洛那句"我的发簪贵重"吓得他两个退避三舍，不敢争功。

好在铜锁看上去笨重，其实已失去功效。常洛把发簪的针插进锁孔，随意转动下，锁即被打开。

"奴才给太子爷开门。"一个小宦者说着，推开宫门。

"奴才给太子爷开道。"另一个小宦者说者，抢先进入，探探虚实。

第一眼看上去，这里不像是皇宫的一角。到处都杂乱，到处都陈旧和肮脏。先去的小宦者，恨不得把太子爷堵在门外；即便他要进去，最好也被蒙上眼睛，免让他看到眼前的情景伤心。

但把太子爷堵在门外，或蒙上太子爷的眼睛，都是不可能的。小宦者能做的，是让太子爷有个心理准备。

"果如太子爷所料，宫内也未清洁。"他说。

话音未落，常洛已跨进宫门。或许是小宦者的话起的作用，或许是他早有所料，入眼帘的景象并没有引起他的情绪波动，他的表情比在宫门外显得平静，甚至是动于衷。

"奴才想换个说法，不知太子爷准不准。"跟进来的另一个小宦者说。

"你说！"常洛道。

"太子爷别想：宫内有人打扫，已是万幸；而改想：后殿有人打扫，已是万幸。"小宦者说。

"为何改想：后殿有人打扫，已是万幸？"前一个小宦者问。

"因为娘娘住在后殿呀。"后一个小宦者说。

"有道理，有道理。"前一个小宦者连声应着。

"你既然说母妃住在后殿，就去看看吧。"常洛对后一个小宦者说。

"是。"后一个小宦者应道。

后院果然比前院干净不少。没那么多杂草，没那么多废弃之物，没那么多污水。更重要的是，有了人气：一些内臣和宫女在走动，说明这里住着人；院内弥漫着煎药的气味，说明这里住着病人。

该小宦者觉得，太子爷见到这里的情景，心情会好些，至少正常些。

他返回前院，隔着老远，就向常洛点头，并呼道：“太子爷，在呢！”

常洛听见他的话，快步向后院奔去。

后院里的内臣、宫女们有认得他的，有不认得他的。认得他的，跪倒请安；认得他的，先想躲到一旁，但见认得的人跪倒，也跪倒在一旁。

“母妃呢？”常洛急切地问。

有人指指一间偏殿，告诉他，王贵妃在该殿内。

“母妃在歇着吗？”常洛又问。

那个人不知，另一个知道的人点点头。

常洛放轻脚步，向那间偏殿走过去。跟随他的两个小宦者跟在他后面，也放脚步，但还是被他听到。他回手一指，两个小宦者站立不动。

如果说，所有的殿内都光线昏暗，那么，慈庆宫殿内更加昏暗；如果说，慈宫正殿的光线昏暗，那么，慈庆宫偏殿内更加昏暗。

更重要的，可能是慈庆宫偏殿内点的蜡烛，不如别宫别殿的耀眼。

常洛忐忑不安地走到卧榻前，不知看到的母妃会是什么样子。

王贵妃脸朝里躺着，给他一个适应的机会。

王贵妃躺着，但没睡着。听到有人走动，她问句“谁呀”，并想转过身来。但身上没剩下多少力气，挣扎几下，也没能转过身。

常洛帮着她转身，让她面对自己。

“新来的吧？”王贵妃问。

她明明睁着眼睛，两只眼睛明明盯着自己的脸，却没有认出自己。的确，母不相见的年头挺久，但自己真的变化那么大？大到咫尺之间，母亲也认不出自己常洛又往前凑凑，想让她看得更清楚。

“老人里没两个可以说说话的，新来一个，又是非聋即哑。”王贵妃叹道。

就算陌生，自己眼角留着泪，她也会看不见吗？除非她当真什么看不见，她反应绝不应该是这样一句叹息呀！常洛不能再往前凑，他伸出一只手，在王贵妃前摇了摇。

王贵妃的表情告诉他，她等着听他说话，而不是等着看他的手势，看他的面容看他的眼睛。

常洛确定，母亲已经完全失明。他又是惊慌，又是悲哀。

“娘！”他叫一声。

王贵妃先是一愣，随即惊喜交加。

“长哥，是你吗？”她问。

“是孩儿。”常洛应道。

王贵妃右手摸索着伸出，常洛伸出左手握住。她左手又摸索着伸出，常洛伸出手握住。

王贵妃想挣脱右手，常洛没感觉出来。她想挣脱左手，常洛也没感觉出来。最后，她两手一起挣脱，常洛终于感觉出来。

“娘要饮水吗？”常洛问。

王贵妃摇头。

“娘该服药吗？”常洛问。

王贵妃又摇头。

“娘要作甚？”常洛问。

“长哥，娘摸摸你的头。”这句话，王贵妃说得很吃力，但很清晰。

常洛跪倒在卧榻前，握住王贵妃的两只手，把它们引到自己的头顶。

王贵妃抚摸着他的头顶，并从他的头顶一直往下摸去，摸到他的脸，摸到眉、眼、鼻、口和耳朵，摸到他的喉咙，摸到他的胸前，摸到他的腰，摸到他的腿。

“我儿长大如此，我死何憾！”她说。

“娘！”常洛禁不住痛哭失声。

九月十三日，王贵妃薨。

第四百一十九章

叶向高看望李廷机，李廷机总要担心地问一句："朝廷没出事吧？"

叶向高有时回答没出事，有时回答确出事，这天回答没出事。

"朝廷没出事就好。"李廷机说。

"朝廷内虽没出事，朝廷外却出事；出的虽然不是大事，可也不是不值一哂之事。"叶向高又补充说。

"却是何事？"李廷机问。

"去秋，象贤先生拜疏后出城候旨，尔张兄知道吧？"叶向高反问。

"知道呀，"李廷机应道，"此事，进卿兄说过不止一次。"

"今春，则之兄拜疏后出城候旨，尔张兄也知道吧？"叶向高又问。

"知道呀，"李廷机应道，"拜疏后，出城前，他曾来看过我。我以为只是一般探视，没想到他是来道别的。"说着，似有所悟。"皇上终于准他二位辞官，这可是件大好事！"

"大好事？"叶向高问，"对户部是大好事，或对吏部是大好事？"

"我并非说，对朝廷是大好事。"李廷机解释。

"那么，对象贤先生是大好事，或对则之兄是大好事？"叶向高又问。

"进卿兄难道不觉着，对他二位是大好事？"李廷机反问。

"顶多算得上好事，无论怎样也算不得大好事。"叶向高说。

"也是，"李廷机同意，"不明不白地离朝，日后都难盖棺论定。"

"所以，大好事云云，尔张兄说错。"叶向高道。

"不然，"李廷机摇头，"对象贤先生来说，对则之兄来说，皇上恩准辞官，算不得大好事；但对一人来说，却可以算作大好事。"

"尔张兄说的不会是自家吧？"叶向高问。

"我说的正是自己，"李廷机道，"象贤先生、则之兄拜疏辞官，皇上终于恩准；那么，我拜疏之殷，胜于他二位，皇上也应该恩准。"

"尔张兄这番心情，恰有一比。"叶向高说。

“比作何事？”李廷机问。

“想入非非，”叶向高道，“象贤先生、则之兄均未奉圣旨，封印出城。尔张先生为，皇上会恩准吗？”

“这么说，皇上仍未准？”李廷机问。

“不错，仍未准。”叶向高道。

“那么，进卿兄为何问他二人之事？”李廷机问，并说，“莫非他二人改变主意，于回朝？这也是件大好事。”

“对象贤先生是大好事，或对则之兄是大好事？”叶向高问。

“我并非说对他二人是大好事；我的意思，对朝廷来说是大好事。”李廷机解释。

“象贤先生、则之兄还朝，对朝廷来说是大好事；尔张兄入阁办事，对朝廷来，岂不更是大好事！”叶向高说。

“说着他二位呢，进卿兄为何牵扯到我！”李廷机道。

“本来是同样的事，为何不能牵扯！”叶向高道。

“本来是同样的事，本来也是说不清楚的事，不如不说，”李廷机说着，揖了揖，还是请进卿兄说说，他二位有何变故吧。”

“象贤先生去矣。”叶向高道。

“去矣？”李廷机不解。

“象贤先生已东去。”叶向高道。

“东去？”李廷机顿悟。“象贤先生是山东人，难道他不再候旨，径返故土？”

叶向高点点头，又道：“则之兄也已走。”

“也走？”李廷机习惯性地问一遍。

“则之兄已西去。”叶向高道。

“西去？”李廷机亦悟，“则之兄是陕西人，难道他也不再候旨，径返故土？”

“或许，这不应该算朝廷外之事，仍应算朝廷内之事。”叶向高说。

“要紧的不是应算朝廷外之事，或应算朝廷内之事；要紧的是，应算大事，或不应算大事，”李廷机说着，问道，“他二位一东去，一西去，有多少日子？”

“象贤先生东去，有五六日；则之兄西去，有两三日。”叶向高说。

“朝中有无议论？”李廷机问。

“议论自然是有的；而且，议论的有些怪异。”叶向高说。

“怎的怪异？”李廷机对这两个字很敏感。

“首发议论者，是户部山东司王郎中。”叶向高说。

“王郎中名家宾，是吗？”李廷机问。

"是。"叶向高应道。

"王郎中怎议其堂官东去？"李廷机问。

"大臣去国，凄景可怜，目击心伤，特难隐默。"叶向高念叨四句话。

"这是题目吧？"李廷机问。

"是。"叶向高应道。

"疏文呢？"李廷机问。

"臣堂官赵世卿，因病乞休，疏陈满箧，栖身郭外，候旨经年。顷乃拜疏量乘一小车，蒙一敝席，一苍头挟驾以去。不审何罪被斥，以至于此，如国家体何！"叶向高复述王家宾奏疏大意。

"司官为本部堂官鸣不平，不能算怪异吧？"李廷机指出。

"我没说王司官为象贤先生鸣不平怪异呀。"叶向高道。

"王司官称象贤先生以罪被斥，虽不符合实情，也算不得怪异吧？"李廷机指出。

"我没说王司官称象贤先生以罪被斥怪异呀。"叶向高道。

"那么，王司官奏疏怎的怪异？"李廷机问。

"我没说王司官的奏疏怪异呀。"叶向高道。

"可进卿兄说，对象贤先生东去、则之兄西去的议论，有些怪异，"李廷机说着问道，"是不是？"

"这话我说过。"叶向高承认。

"进卿兄还说，王司官首发议论，"李廷机说着，问道，"是不是？"

"这话我也说过。"叶向高承认。

"进卿兄怎又不承认说过王司官议论怪异？"李廷机问。

"尔张兄难道听我说过王司官的议论怪异？"叶向高反问。

李廷机被问住。他想了想，道："进卿兄是没直接说王司官的议论怪异；但从这卿兄的话里，不难得出这个结论。"

"那么，不是我的表达有缺陷，就是尔张兄的推断不准确，"叶向高说，"我说议论有些怪异，只是说明议论有些怪异而已，并非同时说明议论从一开始就有些怪异我说王司官首发议论，只是说明王司官首发议论而已，同样并非说明王司官的议论有些怪异。"

"是我的推断不准确，"李廷机承认错在自己，然后问，"进卿兄以为，谁个的议论有些怪异？"

"当属吏科曹都谏的奏疏。"叶向高说。

“曹都谏名于汴，是吗？”李廷机问。

“是。”叶向高应道。

“曹都谏怎议象贤先生东去？”李廷机问。

“世卿于本月十二日上疏，十三日径去，据平常法例，固所不得为也。夫用舍去君权所系，是以古人赐玦方行，非苟留也，为主也。礼义廉耻，国维所系，是古人避言避色，非好高也，亦为主也。岂上于臣下之去，不论其当放与否，往往之不应！亦有求去未报而不去，中间机窍则有二矣：或心本亟去，而不敢擅去；心本不去，而实则淹留。恬退之人，每皇皇不宁；而顽钝之夫，每扬扬自得。二上不能欺圣明，下不能欺天下，中不能欺幽独，从政士绅之在今日，其情甚苦，气甚卑矣！”叶向高复述道。

他复述曹于汴的奏疏，比复述王家宾的奏疏，要详尽得多，但李廷机还是问一：“就这么多？”

“还有下文；尔张兄总得让我喘口气吧。”叶向高道。

“趁进卿兄喘气的机会，我可不可以说句题外的话？”李廷机问。

“尔张兄尽管说。”叶向高道。

“恬退之人，皇皇不宁；顽钝之夫，扬扬自得。进卿兄看，我是皇皇不宁，还是扬自得？”李廷机问。

“尔张兄怎又说到自家身上！”叶向高责怪。

“我得知道，我是心本亟去，或是心本不去呀。”李廷机道。

“我看，尔张兄既非心本亟去，亦非心本不去。”叶向高说。

“我怎不是心本亟去？”李廷机问。

“尔张兄若心本亟去，或效象贤先生、则之兄，早已出城候旨。”叶向高说。

“我怎不是心本不去？”李廷机问。

“尔张兄若心本不去，不会三年杜门养病，不会三年间连上百余疏。”叶向高说。

“如此说来，却是何心？”李廷机问。

“诚以求去，诚以养病，诚以候旨。”叶向高说。

“知我者，进卿兄也！”李廷机叹道。

“尔张兄还有话说吗？”叶向高问。

“进卿兄气已喘得差不多？等述罢下文，我再说。”李廷机道。

“也好，”叶向高点点头，接着复述。“职等仰知皇上亦有所难处矣！将听其去，祸福予夺不出于上，人人掉臂自由，而国受其敝；将不听其去，人人嗜位若膻，而国亦受敝。”

“前后一对比，我倒听出些名堂，”李廷机说着，问道，“曹都谏言：不去者，苟留也，为主也。进卿兄以为，此说怪异？”

“我不以为此说怪异。”叶向高道。

“那么，曹都谏言：人人嗜位若膻，而国受其敝。进卿兄以为，此说怪异？”廷机又问。

“我也不以为此说怪异。”叶向高道。

“曹都谏言：径去者，非好高也，为主也。进卿兄以为，此说怪异？”李廷机

“我不以为此说怪异。”叶向高道。

“那么，曹都给谏言：人人掉臂自由，而国受其敝。进卿兄以为，此说怪异李廷机又问。

“我也不以为此说怪异。”叶向高道。

“进卿兄以为，曹都谏疏中到底哪句话怪异？”李廷机问。

“我不以为，曹都谏疏中有哪句话怪异。”叶向高道。

“可进卿兄不是说过，议论怪异者，当属曹给谏的奏疏！”李廷机大为不解。

“这话我是说过。”叶向高道。

“没哪句话怪异，议论却偏偏怪异，我实在不懂！”李廷机连连摇头。

“那是因为，曹都谏上的奏章不止于此。”叶向高说。

“进卿兄是说，还有别疏？”李廷机问。

“是。”叶向高应道。

“别疏议论何事？”李廷机问。

“则之兄西去。”叶向高道。

“他怎议的？”李廷机问。

“图先日辞阙出城，固难复入；彼一时也，臣等谓其无不去之理。然明条森严谁可擅违！此一时也，臣等谓其无径去之法。”叶向高略述。

“仅此两句？”李廷机问。

“一篇奏章，要旨尽在这两句中。”叶向高说。

“进卿兄是说，则之兄无不去之理，此句怪异？”李廷机问。

“我没说此句怪异。”叶向高道。

“进卿兄是说，则之兄无径去之法，此句怪异？”李廷机又问。

“我没说此句怪异。”叶向高道。

“进卿兄是说，则之兄既无不去之理，又无径去之法，此二句连在一起，颇为怪异？”李廷机又问。

“我没说此二句连在一起怪异。”叶向高道。

“该疏要旨在此二句，二句无论分合，均不怪异，岂不是该疏并无怪异！”李廷结一句。

“我没说该疏怪异。”叶向高道。

“莫非曹都谏议论怪异，仍在别疏？”李廷机只能这么想。

“曹都谏近日未上别疏。”叶向高却说。

“既如此，曹都谏议论有何怪异？”李廷机问。

“他议论象贤先生东去，则之兄西去，均无怪异，但将其二疏连读，乃觉其怪”叶向高说。

“怎讲？”李廷机问。

“尔张兄说，象贤先生和则之兄之间，有无正邪之分？”叶向高反问。

“此事不该由你我裁定；进卿先生一定要问的话，我只能说：看不出来。”李廷道。

“我也看不出来，”叶向高说着，又问，“尔张兄说，象贤先生和则之兄不安其位，无不同之处？”

“我看并无不同之处。”李廷机道。

“我看也无不同之处，”叶向高说着，又问，“尔张兄说，象贤先生和则之兄拜疏印，出城候旨，有无不同之处？”

“无。”李廷机道。

“那么，象贤先生和则之兄径返故里，有无不同之处？”叶向高又问。

“亦无。”李廷机道。

“既然象贤先生和则之兄同为正直大臣，同以被参辞官，同出城候旨，同径返故，为何于象贤先生，曹都谏百般为之申辩，于则之兄，曹都谏则参之？”叶向高问。

“怪异原来在此！”李廷机点着头说。“曹都谏若以为，象贤先生为正，则之兄邪，这个结论怪异；曹都谏若以为，于象贤先生当辩，于则之兄当参，这个做法异。”

“尔张兄概括得好，我正是此意。”叶向高说。

“进卿兄还要喘气吗？”李廷机忽问。

“尔张兄何意？”叶向高不解。

“进卿兄还要喘气，我再说句题外的话。”李廷机道。

“尔张兄尽管说。”叶向高道。

“我若出城候旨，若径返故里，曹都谏会辩之，或参之？”李廷机问。

“尔张兄欲知，在曹都谏辈眼里，尔张兄是正是邪，对吧？”叶向高反问。

“对。”李廷机应道。

“此事问我没用，须问曹都谏。”叶向高说。

“今日有无大臣奏疏？”皇帝问司礼太监成敬。

“有李先生一疏。”成敬禀道。

“内阁李先生？”皇帝问。

“是。”成敬应道。

“一定又是请辞的，不读也罢。”皇帝道。

“李先生此疏，写得恳切。”成敬不能硬要为皇帝读该疏，只能用这样的话委请求。

“他请辞之疏，哪篇写得不恳切！”皇帝顿了顿，命道，“老成既称他此疏写恳切，倒是给朕说说，怎的恳切！”

“李先生写道，自万历三十六年四月二十一日告休，至于今日，几历四载。”敬说。

“老成的意思，他四月二十一日这一天都记得，故曰恳切？”皇帝问。

“是，”成敬应一声，说道，“几历四载，既曰告休已四载，又曰养病已四载，此而颂爷的天恩。”

“你倒会替他引申，”皇帝讥刺一句，又问，“李先生还怎写？”

“李先生还写道：自该疏后，凡一百二十三疏矣。”成敬说。

“今次之疏，是第一百二十四疏？”皇帝问。

“是。”成敬应道。

“老成的意思，他一百二十三这个数目都记得，故曰恳切？”皇帝问。

“是，”成敬应一声，说道，“一百二十三这个数目，既足以表明其去意之坚，足以表明爷挽留之殷。”

“挽留之殷，这个说法不错，”皇帝说着，又问，“李先生还怎写？”

“李先生还写道：今未死未去，独臣一人矣。”成敬说。

“这话怎讲？”皇帝问。

“李先生说，当初他和前阁臣、太仓王先生及朱先生同时被论，朱先生已死四年，已葬三年，王先生死亦一年。”成敬述道。

“未死，是三人中仅余李先生一人？”皇帝问。

“是。”成敬应道。

“何谓未去？”皇帝问。

“李先生说，近年以来，南北大小诸臣不奉旨去者，二十余人。”成敬述道。

“赵尚书、王侍郎也在其中吧？”皇帝问。

“是。”成敬应道。

“此二人径去，倒似成全李先生。”皇帝道。

“爷说的是，”成敬应道，“赵尚书、王侍郎若仍在城外候旨，李先生不能说，今之未去者，仅臣一人。”

“李先生还怎写？”皇帝问。

“李先生最后写道：臣虽不肖，未必尽出二十余人之下也。臣之志可怜也。皇上怜臣，谁怜臣者！乞即批臣此疏，准臣以老休致。”成敬复述道。

“第一句怎说的？”皇帝问。

“臣虽不肖，未必尽出二十余人之下也。”成敬重复。

“老成，你说李先生会不会效仿赵尚书、王侍郎，有一天也出城候旨？”皇帝问。

“奴才以为不会。”成敬道。

“何以见得？”皇帝的看法不同。“他若不打算径去，为何要说未必尽出二十余之下？”

“奴才想，他说未必尽出二十余人之下，是说他去意已决，不在二十余人之下；不是说，他欲效仿二十余人径去。他历尽四载，上一百二十余疏，若一日忽而径，岂不都化为乌有！再者，我朝阁体独重，阁臣若径去，则朝廷体统丧失殆尽。先生翰林出身，曾为礼卿，在阁有年，不会分不出轻重。”成敬说。

“言之有理，”皇帝首肯，“老成既断定李先生不会径去，朕看，也不必急着复。”

第四百二十章

南京工部员外郎李之藻赴京候任，少不了要看望好友徐光启。

“在南京听说朝廷要选人修历，子先兄，可有其事？”李之藻问。

“有。”徐光启应道。

“子先兄是否名列其中？”李之藻问。

“振之兄想问，自家是不是名列其中吧？”徐光启笑着反问。并说，“朝廷欲此事，自然少不了振之兄。”

“你我之外，还有谁人？”李之藻问。

“陕西按察使邢大人，兵部司官范大人；此外，还有大西洋国庞师、熊师。”光启掰着手指数道。

“放句狂言，这应该是竭尽一时之人选吧！”李之藻道。

“礼部是这么说的，许多人也是这么说的。”徐光启点头。

“是礼部举荐的？”李之藻问。

“是。”徐光启应道。

“礼部不是近日举荐吧？”李之藻又问。

“举荐已有些日子。”徐光启道。他本来想告诉李之藻个具体的日子，但实在得太久，他也记不清楚，只得作罢。

好在李之藻并不要知道具体的日子。他问：“怎没下文？”

“部议久被搁置，是常有的事。”徐光启说。

“子先兄的意思，须得阁议，才有可能付诸实行？”李之藻问。

“因言及部议，我才说部议搁置太多；阁议被搁置，又岂在少数！”徐光启道。

“总之，部议不成，阁议也不成，是吧？”李之藻问。

“我看是的。”徐光启道。

“子先兄不以为憾？”李之藻问。

“怎不以为憾！”徐光启道，“我虽在翰苑，身边之人皆鄙薄历学；然与振之兄与庞师、熊师，共同修历，我之大愿。今议而不行，我怎能不以为憾！”

“既以为憾，为何不促成其事？”李之藻竟似责问。

“怎促成？”徐光启辩道，“部议不成，振之兄是见到的；阁议不成，振之兄是见到的；唯廷议，或有幸获准。但部议既被束之高阁，谁人来呼吁廷议！”

“子先兄不屑于想法子——”李之藻故意一顿，他知道要被徐光启打断。

“不是不屑于想法子，是想不出法子。”徐光启道。

“好，”李之藻应一声，说道，“子先兄想不出法子，我倒是想出个法子。”

“振之兄说说看。”徐光启揖道。

“部荐，不被皇上看重，是吧？”李之藻问。

“是啊。”徐光启应道。

“阁荐，或亦不被皇上看重，是吧？”李之藻又问。

“是啊。”徐光启应道。

“何不来个自荐！”李之藻道。

“自荐？振之兄是说，自荐修历？”徐光启问。

“是啊。”李之藻应道。

“部荐不被皇上看重，阁荐不被皇上看重，区区一司官，区区一翰林，自荐修历皇上就会看重？”徐光启看来不抱任何希望。

“也说不准，”李之藻却有几分自信，“部荐不成，是因为兆震先生既不懂历学，也不知你我；阁荐不成，是因为进卿先生既不懂历学，也不知你我。他等是门外汉，说得清楚修历之事；他等说不清楚修历之事，怎能打动皇上？你我自荐，则不同。修历之事，你我不但说得清楚，而且说得深刻；不但说得深刻，而且说得生动。”

“照振之先生这么说，倒不妨一试。”徐光启道。

隔日，李之藻拿着写好的疏草去见徐光启，进门就叫道：“子先兄，帮我润色！”

“吟的何诗？”徐光启问。

“谁有兴致吟诗！”李之藻道。

“不吟诗，何须润色，”徐光启说。想了想，又说，“振之兄的诗作，别具一格，我也润不了色呀。”

“谁个说吟诗才要润色，文章就不要润色，奏章就不要润色！”李之藻道。

“振之兄写的是别的文章，抑或奏章？”徐光启问。

“咦，”李之藻怪道，“昨日说的事，才过一夜，子先兄就不记得！”

“振之兄是说，自荐之疏已拟好？”徐光启问。

"是。"李之藻应道。

"好快！"徐光启称赞一句，伸过手去，"谁个不读，我也要拜读。"

李之藻不把疏草交给他，却说："子先兄与其拜读，不如拜听。"

"振之兄愿读给我听，更好！"徐光启道。

李之藻咳嗽一声，读道："迩年台监失职，推算日月交食时刻亏分，往往差以国家第一大事，而乘讹袭舛，不蒙改正。臣愚，以为此非小失矣。"

"此一节，振之兄阐述的是历有舛错，故须修之。"徐光启概括道。

"对。"李之藻应道。

"让我猜猜看：振之兄接下来要阐述历为何有舛错，"徐光启说着，问"然否？"

"子先兄知我。"李之藻道。

"既猜对，振之兄可以接读。"徐光启道。

"天道虽远，运度有常。惟是朝载征求，士乏讲究。间有草泽遗逸，通经知算士，又皆独学寡助，管窥有限，未有能确然破千古之谬，而垂万世之准者。"李之又读一段。

"朝载征求，士乏讲究，这两句言舛错之难免；独学寡助，独智师心，管窥限，这两言舛错之难纠。写得极佳！"徐光启赞道。

"这一节阐述今历为何有舛错，够不够？"李之藻问。

"我看足够。"徐光启道。

"子先兄猜猜，今历之舛，我以何纠之？"李之藻出了个难题。

"以西法。"徐光启说。

"具体来说呢？"李之藻问。

"见仁见智，不好说。"徐光启道。

"我以为，大西天文历数有十四事，乃我中华制历先贤所未涉及，正可以纠今之舛。"李之藻说。

"竟有十四事之多？"徐光启没想到会有这么多。

"我数出十四事，若有不当者，请子先兄为我删除之。"李之藻道。

"不敢，愿受教。"徐光启道。

"其一，天包地外，地在天中，其体皆圆。从地窥天，自地心测算，与自地面测算，皆有不同，"李之藻说着，问道，"此说我祖宗曾涉及否？"

"此说与我祖宗天方地圆之说，截然不同。"徐光启道。

"其二，北极出地，高低度分不等；赤道所离天顶，亦因而异，以辨地方风气者之节，”李之藻说着，又问，“此说我祖宗曾涉及否？”

“不曾涉及。”徐光启道。

“其三，各处地方所见黄道，各有高低斜直之异，故其昼夜长短，亦各不同。所
日影，有表北影，有表南影，亦有周围圆影，”李之藻说着，又问，“此说我祖宗
涉及否？”

“我祖宗但立一历，不论各处不同，此所谓大一统。”徐光启道。

“其四，七政行度不同，各自为一重天，层层包裹，推算周径，各有其法，”李之
说着，问道，“此说祖宗曾涉及否？”

“祖宗只有一法，怎容得各有其法！”徐光启道，并问，“七政者，振之兄采哪
说？”

七政出自《尚书》，曰：在璇玑玉衡，以齐七政。后习天文者，对七政有不同的
解，所以徐光启要问。

“不管哪一说，都是天象，推算周径，皆不相同。”李之藻说。

“说的是。”徐光启点头。

“其五，列宿在天，另有行度，不当指列宿之天，为昼夜一周之天，”李之藻说
，问道，“此说祖宗曾涉及否？”

“未曾涉及。”徐光启道。

“其六，月及五星之天，各有小轮，原俱平行，故人从地面测之，觉有顺逆迟疾
之异，”李之藻说着，问道，“此说祖宗曾涉及否？”

“祖宗之说，基于同一；至于各有异同，不必再问。”徐光启道。

“其七，岁差分秒多寡，古今不同，盖列宿天外，别有两重之天，动运不同，各
有定算，”李之藻述道。虽然徐光启让他不用问，但说完之后，他仍问，“此说祖宗
曾涉及否？”

徐光启看他一眼，没有答话。

李之藻也知趣，接着说：“其八，春分至秋分多九日，秋分至春分少九日，由太
阳天心与地心不同处所，人从地面望之，觉有盈缩之差，其本行初无盈缩。”说着，
问道，“此说祖宗曾涉及否？”

他如此固执，徐光启不得不回应一句：“不曾涉及。”

“其九，太阴小轮，测得高下、远近、大小之异，交食多寡，非此不确，”李之
藻说着，问道，“此说祖宗曾涉及否？”

“不曾涉及。”徐光启道。

“其十，日月交食，随其出地高低之度，看法不同，食分乃审，”李之藻说着，

问道，“此说祖宗曾涉及否？”

“不曾涉及。”徐光启道。

“其十一，日月交食，人从地面望之，东西则视所离赤道以为减差，”李之藻说着，问道，“此说祖宗曾涉及否？”

“不曾涉及。”徐光启道。

“其十二，日食与合朔不同，渐近于午，则其差时渐少，”李之藻说着，问道，“此说祖宗曾涉及否？”

“不曾涉及。”徐光启道。

“其十三，日、月食所在之宫，每次不同，可以用器转测，”李之藻说着，问道，“此说祖宗曾涉及否？”

“不曾涉及。”徐光启道。

“其十四，节气当求太阳真度，不当计日匀分，”李之藻说着，问道，“此说祖宗曾涉及否？”

“不曾涉及。”徐光启道。

“子先兄似听得索然无味。”李之藻说。

“谁说我听得索然无味！”徐光启驳道。

“若非索然无味，怎只答以‘不曾涉及’四字？”李之藻问。

“我意，各有异同之说，振之兄不必再问；振之兄却一定要问，我能怎答！”徐光启道。

“但西历基于以上不同，此与我历不同之根本；我不问此事，却问何事！”李之藻辩道。

“既为两难，振兄别怪我，我也别怪振之兄。”徐光启说。

“好。”李之藻应道。

“振之兄列出西历之学不同于我历者十四事，不仅是不同，而且是优于我历者，”徐光启说着，问道，“是吧？”

“是。”李之藻应道。

“振之兄是不是该阐述一下，西历之学为何优于我历？”徐光启建议。

“我给子先兄读读下面一段，”李之藻说着，读道，“凡此十四事者，臣观前此天文、历志诸书，皆未论及；或有依稀揣度，颇与相近，然亦无一定之见。盖缘彼国不以天文、历学为禁，五千年来，与我中国数百年来，始得一人，无师无友，自悟自是，此岂可以疏密较者哉！”

徐光启想发句议论，李之藻做个手势制止。

"还有两句，请子先兄一并听完，"说着，他接着读道，"观其所制窥天窥日之器，种种精绝，即使郭守敬诸人在，未或测其皮肤；又况现在台监诸臣，刻漏尘封，星台迹断，晷堂方案，尚不知为何物者，宁可与之同日而论，同事而较也！"

"此一段阐述诚不可缺少，"徐光启评论道。"不然，振之兄但言西历之学与我不同，人家还以为，西历之学不如我呢。"

"子先兄首肯，我就放心，"李之藻道，并问，"子先兄以为，此疏有何不足之处？"

"振之兄这么快就问起不足之处？"徐光启反问。

"不请教不足之处，难道要我每听子先兄一句称赞，就沾沾自喜！"李之藻道。

"我不是要振之兄沾沾自喜；我的意思是，此疏后面还有不少文字呢。"徐光启说。

"子先兄怎知？"李之藻问。其实，他读完一页，把该页放在一旁；现在手里还有几页纸，肯定是没读的。所以，这个问题用不着徐光启来回答，他自己说，"后面写的一些，都是泛泛之谈。"

"泛泛之谈，也该一述。"徐光启道。

"无非是说，西学除历学之书外，还有水法之书、算法之书、测望之书、日轨之书、万国图志之书、医理之书、乐器之书、格物穷理之书、几何原本之书，等等。"李之藻简言道。

"那么，振之兄最后是怎样荐的呢？"徐光启问。

"我给子先兄读这一段，"李之藻说着，读道，"昔年利玛窦最称博览超悟，其学未传，溘先朝露，士论至今惜之；今庞迪我等须发已白，年龄向衰，遐方书籍，按其义理，与吾中国圣贤可互相发明。不以此时翻译成书，以广文教，今日何以昭万国车书会同之盛，将来何以显历数与天无极之业哉！如蒙俯从末议，敕下礼部，亟开馆局，征召原题明经、通算之臣，如某人等，首将陪臣庞迪我等所有历法，照依原文，译出成书，进呈御览。然后责令畴人子弟习学，依法测验。或与旧法各有所长，亦宜责成诸臣细心斟酌，务使各尽所长，以成一代不刊灵宪；毋使仍前差谬，贻讥后世。事完之日，仍将其余各书，渐次广译。其于鼓吹休明，观文成化，不无裨补。"

他读完之后，徐光启突如其来地说一句："原来是我错。"

"子先兄尚未开口评议，怎就言错？"李之藻奇怪地问。

"振之兄言及诸书，我以为不相呼应；其实，译书与修历，是相为表里之事。"徐光启说。

“言及诸书，实不能作为本疏结尾，子先兄说得没错，”李之藻却为他申辩。然后又说，“我此刻请教疏中不足之处，子先兄不能再说我性子太急吧？”

“振之兄要听实话吗？”徐光启问。

“当然要听子先兄的实话！”李之藻道。

“在排斥西历、西学者来说，此疏一无是处；在我来说，此疏一无瑕疵。”徐光启说。

“一无是处，岂不是上之一无益处？”李之藻问。

“那又不然，”徐光启道，“我说的是排斥西历、西学者，而非不懂西历、西学者。譬如今之礼卿，可能不懂西历、西学，却未必排斥西历、西学；所以，礼部荐庞师熊师及你我等修历。譬如皇上圣睿，虽未习西历、西学，但俯览振之先生所进之疏，即刻领会，更不会排斥。所以，振之兄上之，不会一无益处。”

“那么，子先兄当真以为一无瑕疵？”李之藻又问。

“当真以为一无瑕疵；不过——”徐光启口气一转，说道，“我虽挑不出错，却可以为振之兄补充个开篇。”

“哈！”李之藻大笑，“子先兄也觉出，此疏缺个开篇？”说着，一揖。“实不相瞒，我是有意虚格以待的。”

“兹者恭逢圣寿五十有一，盖合天地大衍周而复始之数。御历纪元，命曰万历，则亿万年无算之寿考，与亿万年不刊之历法，又若有机会之适逢，事非偶然。而其绍明修定之业，当有托始于今日者。”徐光启心中拟就几句话，琅琅上口。

“可谓点睛之笔，只是圣寿明年才五十有一。”李之藻说。

“振之兄也不想想今日为何日，正旦日前还想上此疏！”徐光启道。

离除夕只有两三日，李之藻笑道：“可不是，此疏要待来年上之。”